李鸿章 壹

遇贵人，崛起江淮

肖仁福 著

贵州出版集团
贵州人民出版社

图书在版编目（CIP）数据

李鸿章 / 肖仁福著. -- 贵阳 : 贵州人民出版社，2022.4（2025.5 重印）
ISBN 978-7-221-17006-4

Ⅰ. ①李… Ⅱ. ①肖… Ⅲ. ①李鸿章（1823-1901）—传记 Ⅳ. ① K827=52

中国版本图书馆 CIP 数据核字（2022）第 000335 号

李鸿章

LIHONGZHANG

肖仁福 / 著

出 版 人　朱文迅
责任编辑　徐　晶　杨雅云
出版发行　贵州出版集团　贵州人民出版社
地　　址　贵阳市观山湖区会展东路 SOHO 办公区 A 座
邮　　编　550081
印　　刷　三河市兴博印务有限公司
开　　本　787mm×1092mm　1/16
印　　张　110
字　　数　1784 千字
版次印次　2022 年 4 月第 1 版　2025 年 5 月第 4 次印刷
书　　号　ISBN　978-7-221-17006-4

定　　价　248.00 元（全五册）

自序：一个人与一个时代

晚清是个特殊而又非常神奇的时代。这个时代肇始于道光二十年（1840）第一次鸦片战争，至宣统三年（1911）末代皇帝溥仪颁布退位诏书，清朝统治彻底结束，史称晚清七十年。在这七十年里，中国社会充满各种不可调和的矛盾，最为明显的是华洋矛盾、满汉矛盾、帝后（皇帝和太后）矛盾、君臣矛盾、官民矛盾、军政矛盾。一系列矛盾相互叠加，彼此交集，导致社会动荡，变故频发。而每次动荡或变故，都中外震惊，朝野恐慌。有意思的是，眼见帝国大厦一次次倾覆在即，又摇摇晃晃重新立稳脚根，直至两个人物的相继离世，才在辛亥革命浪潮声中悄然倒塌，完成其历史使命。

这两个人物，一个是李鸿章，另一个是慈禧太后。慈禧太后生于道光十五年（1835），咸丰二年（1852）十七岁的她入宫，咸丰六年（1856）生皇长子载淳，即后来的同治皇帝，晋封懿贵妃，咸丰十一年（1861）咸丰驾崩后，与慈安太后两宫并尊，上徽号慈禧。也正是这一年，两宫太后在恭亲王奕䜣合谋下，发动辛酉政变，诛咸丰临终顾命八大臣，夺取政权。自此慈禧正式登上政治舞台，直至辛亥革命前三年的光绪三十四年（1908）辞世，实际掌控清朝四十七年之久。正是在这近半个世纪里，慈禧内倚奕䜣、奕譞等皇族宗亲，外放手任用曾国藩、李鸿章、左宗棠等汉臣，平息太平军，剿灭捻军，继引进西学、兴办洋务、缔造海军、大胆外交，实现同光中兴。国门既已洞开，再不可能闭关自守，回到从前，继续做天朝上国的美梦。加之满人凭武力自关外入主中原，马上得天下易，马下治天下难，延及晚清，其先天不足越发明显，在满汉冲突和华洋冲突双重挤压下，注定不可能平安无事，岁月静好。众所周知的两次鸦片战争、太平天国起义、边疆危机、中法战争、甲午大战、戊戌变法、义和团运动和庚子虏变（八国联军进京）接踵而至，君臣惊慌失据，疲于奔命，勉力渡过一个个难关，才侥幸保住国体。待奕䜣、奕譞、曾国藩、左宗棠、李鸿章等王公大臣一个个凋零，朝局难以为继，不可避免地渐渐走向末路。直至慈禧驾崩，小皇帝溥仪上位没多久，清朝也就到了寿终正寝之时，历史进入北洋时期。

历史由人书写，要深度认识历史，解读历史，借鉴历史，光有对历史事件和历史人物的概念化了解远远不够，最好能跟随历史的亲历者，回到历史现场，切入历史深处，感同身受当时情境，当时人事，才有可能获得真相，不被种种固有的偏见所左右，否则以其昏昏，自然不可能使人昭昭。纵观晚清七十年人事，以上提到的数位君臣，每位都为那段惊心动魄的非凡岁月留下过精彩的注解，然比较而言，李鸿章占据时段最长，几乎每一次大事件和大变故，都是核心人物和亲历者。其他如曾国藩，创建湘军，平定太平军，开启洋务运动，但同治十一年（1872）逝世，晚清后段历史便与他无关。左宗棠比曾国藩小一岁，协同征讨太平军和捻军，草创福州船政，尤其收复新疆，功高盖世，因逝于光绪十一年（1885），此后二三十年的晚清岁月已没他啥事。还有位后来者张之洞，效法曾左李办洋务，与中法战争沾些边，其余事功，涉猎不多。至于奕䜣和奕譞两位亲王，曾分别主办朝政，只起过阶段性作用。慈禧执掌晚清近五十年，毕竟身处深深皇宫，不是军事、洋务和外交的直接经办者。由此可见，要想通过一个人物观照晚清这个特殊的时代，李鸿章绝对是不二人选。

正因如此，李鸿章生前死后，有关他的故事、传记和研究文本汗牛充栋，不胜枚举。连洋人也来凑热闹，找些真真假假的传闻，敷衍成篇，拿去发表赚稿费，或印成书卖钱。一时之间，中外只知有李鸿章，不知还有清朝皇帝。尤其曾国藩死后，李鸿章作为其替手，长期位居直隶总督和北洋大臣要职，且手握淮军，创办海军，国家军政要务和外交事宜，朝中君臣做不了主，或做主也实施不了，都要他发话，再由他出钱出人，出面斡旋经办。即使甲午战败，海军覆灭，淮军败亡，李鸿章本钱花光，削官去职，手中已无一兵一卒，依然虎威不倒。洋使不把总理衙门大臣放在眼里，大闹公堂，只要李鸿章一出面，立马收住气焰，毕恭毕敬，侧立于旁。因李鸿章大势已去，朝堂内外曾一片杀声，非拿掉其项上人头不可，慈禧却凭女人天生的敏感，觉得这个老搭档还有用得着的地方，力排众议，保住其老命。果然庚子大乱之际，国将不国，无一人能面对列强，挽救时局，又是外放两广无涉京津惊天变故的李鸿章，拱着老迈之躯，北上与洋人周旋，保全住国家。

李鸿章生于道光三年（1823），道光二十七年（1847）中进士，时年二十四岁。在翰林院混迹六年，遇太平军攻占江南，厌倦京官碌碌闲散生活的李鸿章南归安徽，与太平军和捻军作战，时人戏称为翰林变绿林。后入幕湘军老营，为老师曾国藩出谋划策，助其渡过一次次危机。继组建淮军，征发上海，攻克苏州、常州等地，与湘军相互配合，剿灭太平军。清廷忌惮汉臣统兵，曾国藩出于无奈，裁撤湘军，李鸿章又率部清剿东西两股捻军，取得完胜。此后历任湖广总督、两江总督和直隶总督兼北洋大臣，大刀阔斧制造西器，修筑铁路，兴办电报，开矿挖煤，倡商振贸，创建北洋海军。随着李鸿章人生步步迈向高峰，史家所称道的同光中兴也达到顶点。然有升就有落，有浮就有沉，国家如是，个人亦然。随着甲午战败，北洋海军和淮军不复存在，李鸿章黯然出局，眼睁睁看着君臣瞎折腾，导致义和团军兴，庚子虏变，慈禧和光绪仓皇西逃，国家面临被列强“大卸八块”的危机。斯人不出，如苍生何？李鸿章接到慈禧电旨，二话不说，离开任所广州，北上与洋人周旋，签署城下之盟。国体得到保全，李鸿章也透支过度，泣出最后一碗血，撒手西去。东归途中的慈禧闻讯，大放悲声，心知柱石折断，大厦必将倒塌。果然苟延残喘数年，随着慈禧病逝，清朝也悄然退出历史舞台。

李鸿章个人命运一直与国家紧密连在一起，故写李鸿章沉浮史，在一定程度上就相当于撰晚清兴衰史。只是翻遍众多有关李鸿章的著述，虽说不乏佳作，然通过李氏命运真实再现和深刻反思那段历史者并不多见。这也许囿于时代的偏见，或局限于史家眼光和著作者笔力，也可能晚清太复杂，李鸿章又经世太久，涉事太深，以常规笔墨无以抵达历史深处。包括梁启超所著《李鸿章传》，其时传主辞世才两个月，作者身在局中，不识庐山，加之年龄不到三十，阅历少，见识浅，哪懂数朝开济老臣心？

自然只能蜻蜓点水，泛泛而论，难切肯綮。鉴于此，敝人于年过天命，在阅人阅史无数，出版小说五十多种（其中长篇小说十余部，历史小说多部）之后，操起手中秃笔，以历史小说形式，走进百年之前李鸿章的纷繁世界，应该勉强还算值得信任。

历史小说不同于现实题材小说，需超越时空，回到当时情境和语境，再现那个风起云涌的特殊时代。好在晚清史料丰富，近数十年史家对李氏的研究也越来越深入透彻，越接近真相，正好为我所用。也因如此，才可能正确认识李鸿章，观照那个特殊的时代，而不至于被固有偏见和简单的定论所系绊，误会那个时代，埋没功勋们创造的近代化的丰功伟业，从而看清来路，鉴往知今，更好地认识时势，面向未来。

历史小说也不同于历史著述。无论通史还是断代史，主要以时间为经，事件为纬，展现历史发展脉络，人物往往不会成为历史叙述的核心。即使以事论人，人物也难免扁平化和概念化，非忠即奸，非贤即愚，非正即邪。而人物是复杂的，多面的，会因时因地，因情因境，呈现不同的样貌。以历史小说笔法写史，写作重心放在人物身上，可避免见事不见人，或人被淹盖在事件之中，变得面目模糊，甚至面目全非。毕竟事在人为，以人记事，或许更能探究事件背后的真正起因，以及人物是怎样一步步推动历史向前发展的真实过程。

以小说形式书写历史人物，还可抛开史论对人物的定见，便于以历史逻辑和人性逻辑，沿着人物人生轨迹记述和描写下来，至于人物是忠是奸，是贤是愚，是正是邪，读者完全可通过白纸黑字，自己判断，自下结论。早在李鸿章活着时，就誉满全球，谤满天下，死后关于他的争议一直没停过，有人尊为爱国者，有人恨为卖国贼；有人奉作大功臣，有人咒作大坏蛋；有人说其天下为公，有人痛骂宰相合肥天下瘦。都说盖棺论定，可对一个位极人臣，影响晚清五十多年及中国历史走向的重臣，论定何其难也，尽管已盖棺百余年。不过容易的东西往往是廉价的，轻易下的结论也一点不重要，重要的是深入认识一位历史人物，真实或接近真实地还原那段惊心动魄的岁月，令人警醒，供人思考，也让人玩味。

拙著以李鸿章平生行迹为线索，联缀晚清七十年件件惊天动地的大事，也将相关人物编排在一起，形成晚清重要人物谱。前言提到的君臣如慈禧、奕䜣、奕譞、曾国藩、左宗棠、张之洞，都是书中重要人物。当时的几代皇帝、朝臣、外官、洋使，中外敌我阵营里的将帅，以及不少有个性有意思的人物，皆被纳入书中。也正是这众多人物，推动晚清历史车轮从闭关自守的旧时代，迈入近代化的新天地，为百年后的现代化中国开掘先河，奠定基础。历史自有其发展脉络，尤其五千年中华文明，陈陈相因，生生不息，一直延续到今天，从没断裂过。只是晚清不同于其他时代，遇三千年未有之大变局（李鸿章语），李鸿章及其君臣们才凭借巨大勇气和非凡智慧，以三千年未有之大举措，开创新风，求富图强，确保中华文明不至于毁灭消亡。

钱穆先生说，历史常在变动中进展，没有变，不成为历史。变字造就晚清特殊的时代，也成就了一生求变的李鸿章。将李鸿章及同期君臣，还有形形色色的中外人物写进小说，是件非常有意思也有意义的事。这件事难度大，工作量不小，但很值得。值得的事就不怕费心费劲费时。人生在世，总得费心费劲费时，做些有难度的值得的事。然再难，也难不过百年前的李鸿章。李鸿章在近八十年的人生里，从没省心省劲省时过，才干出那么多震古铄今的大事业，造就了一个前无古人恐怕也后无来者的独特的李鸿章。

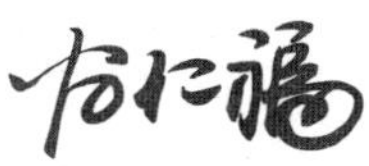

目录

壹

一、初涉战阵试身手

雪后初霁。雪光与斜晖相辉映，透过养心殿明净的窗玻璃，洒在肃立于殿内的群臣的肩背上。年轻的咸丰皇帝奕讫位居高高在上的宝座，顶悬横匾，上有“中正仁和”四个大字，端庄方正，令人肃然。许是光线的作用，咸丰紧绷着的脸上看去右明左暗，仿佛右脸透着喜，左脸写着忧，表情异常复杂。

群臣心里再清楚不过，咸丰正纠结得很，喜不是，忧亦不是。太平军金田起义后，不断扩展壮大，一路突破清军围追堵截，冲出两广，杀向湖南。直至进犯长沙，才遭遇少有的阻击，西王萧朝贵战死，天王洪秀全与东王杨秀清率主力围攻近三个月，未能得逞，不得不撤围北攻岳州和武昌。咸丰既喜长沙赢得保卫战胜利，又忧岳州和武昌朝不保夕，才召众臣入殿商议对策。众臣宽咸丰的心，说太平军纯系乌合之众，趁朝廷防备松懈，侥幸得势，今皇上英明决断，调重兵把守湘鄂，岳州与武昌可保无虞。

众臣所言倒也不无道理。咱堂堂天朝，建国两百年，树大根深，岂是你洪杨逆贼轻易可以撼动的？咸丰脸上肌肉松弛下来。众臣也悄悄吁口气，没再哭丧着老脸。工部左侍郎吕贤基趁机出列，朗声奏道：“启禀皇上，清漪园内的昆明湖淤积经年，湖水越来越浅，已没法行船。工部拟筹资清淤，恢复原貌，以便来年春暖花开，皇上乘船游湖，指点江山。”

吕贤基是在咸丰手里擢拔为工部左侍郎的，一心想着有所作为，报答圣恩。无奈咸丰继位以来，正遇太平军揭竿而起，工部非兵部和军机处，吕贤基插不上手，欲报恩而不得，今好不容易碰着皇上展露和颜，也就拿昆明湖说事，欲讨其欢心，早晋尚书重位。

没待吕贤基说完，当值太监轻轻走到咸丰身边，呈上八百里加急。咸丰低眉一瞧，刚转晴的脸色又阴沉下来，双唇紧抿，出声不得。吕贤基没注意到咸丰脸上表情变化，仍在大声说着给昆明湖清淤的重要意义，恳请咸丰恩准。说得咸丰不耐烦起来，挥着手背道："止止止，吕贤基你止！也不替朕想想，到底昆明湖重要，还是大清江山重要！"

吕贤基脸上唰地红了，赶忙收住舌头。脑袋嗡嗡乱叫，耳朵已然失灵，接下来咸丰还说了些什么，一句都没听进去。本要讨好皇上，却惹他恼羞成怒，招来一顿喝斥，擢拔尚书希望只怕就此泡汤。吕贤基懊恼之极，直至退朝出殿，离开紫禁城，回到家中，还青着长脸，独自躲进书房里，唉声叹气，不知怎样才能挽回丢失在朝堂上的面子。叹上一会儿，忽想起安徽晚辈老乡李鸿章，脑袋灵光，何不召来府上，帮着出出点子？正要唤家仆去李家传人，又改变主意，抬步出门，钻入轿子，直奔刑部方向而去。

李鸿章父亲李文安系刑部五品郎中，住在刑部附近租屋里。京官清贫，身为翰林院七品协修的李鸿章更不用说，几个微薄薪金，大都用来购置书籍和纸墨，手无余钱，只好跟父亲合住，省些租费。因同乡之谊，跟二品大员吕贤基常有往来，吕贤基借口看望乡党李文安，顺便见见其子李鸿章，也在情理之中。

到得李家，天已断黑。李文安没在，只李鸿章在灯下研读明将戚继光《练兵实纪》。听吕贤基说来看望父亲，李鸿章答曰还在刑部值夜勤，把客人迎入书房。寒暄几句，吕贤基拐弯抹角，论及午后朝堂上遭遇，李鸿章沉吟道："只怕岳州和武昌已经沦陷。"吕贤基疑惑道："你怎么知道？"李鸿章道："太平军围攻长沙无果，不见得岳州与武昌便能保住。岳武控扼长江，两处一失，东南危矣。"吕贤基泄气道："看来昆明湖清淤之议只能暂且搁置。"

李鸿章明白吕贤基心思，说："吕大人欲重获皇上信任，不是没有补救办法。"吕贤基忙道："办法何在？"李鸿章道："岳州与武昌失陷，太平军必将顺江东下，吕大人可奏请皇上，增兵赣皖，阻挡敌军东进。臣下能急皇上之所急，自可大获圣心。"

吕贤基表示认同，上轿赶往兵部。向值勤堂官一打听，果如李鸿章所言，岳州与武昌已相继失陷，不少文武官员殉职，湖北巡抚全家遇难。吕贤基长叹一声，回到吕府，准备照李鸿章意思，草拟奏章。只因心绪紊乱，一时不知从何起笔，竟伏案沉沉睡去。

再说李鸿章，吕贤基一走，心头便开始沸腾。自思二十岁进京备考，二十四岁高中二甲十三名进士，选为翰林院庶吉士，散馆后授编修，晋协修，眨眼已三十岁，功不成，名不就，如此下去，只怕又得像父亲样，五十大几才上不上，下不下，熬成小小五品郎中。李鸿章不愿步父亲后尘，老想着另辟蹊径。闻得江南兵乱，赶忙购得兵书数册，潜心研习，期望有用得上的时候，以建功立业，出人头地。今闻八百里加急递入宫中，断定岳州与武昌已失，东南凶多吉少，心里生出一计，研墨铺纸，连夜草拟起奏章来。

身为七品协修，李鸿章官阶太低，无专折奏事权，只能代拟奏章，交吕贤基呈送咸丰，争取南征机会。奏章草成，天色已亮，李鸿章袖入衣袖，踏雪赶到吕府，递到刚醒的吕贤基手上。吕贤基见稿大悦，赶紧誊抄一遍，署上自己名字，去了宫里。

进宫面圣，来来回回，得有一阵子，李鸿章返归家中，躺到床上补觉。醒时已经过午，吃几口家仆刘斗斋热的饭菜，正要去吕府听信，河南项城人袁甲三和安徽太湖人赵畇来访。两人也是出身进士，一为给事中，一为知府衔，一向与李家交好。虽说袁赵大李鸿章十多岁，却依然壮心不已，不愿老死京官闲职，得知吕贤基拿着李鸿章代拟奏章进了宫，特来探听消息。李鸿章请两位在家稍候，匆匆出门，往吕府赶去。

不想来到吕府门外，里面一片嚎哭声，好像死了人似的。侧身入门，不见灵堂，也无人披麻戴孝，一问才知吕侍郎就要南下剿匪，福祸难料，家人担惊受怕，抱头痛哭起来。哪有人没死先嚎丧的？李鸿章觉得好笑，走进吕贤基书房。主人正呆坐书桌前，双手捂耳，两眼直直盯着窗外。听到脚步声，转过头来，叫着李鸿章字号道：“少荃你把老夫害惨啦！”

原来吕贤基进宫呈上李鸿章代拟奏疏，咸丰很满意，一边浏览，一边点着脑袋道：“爱卿深明大义，甚慰朕心。”吕贤基暗自高兴，心想还是李鸿章小子妙笔生花，颇能打动皇上。正要开口谢恩，咸丰话锋一转道：“爱卿疏调大军，规复湘鄂，稳定赣皖，此议不无道理，然该调的军队早调各地，哪里还有余兵可调？”吕贤基不知如何作答，哑在那里。咸丰停停又道：“朕已连颁数十道诏令，命曾国藩等文武大臣编练团勇，共抗贼匪。爱卿既肯替朕分忧，也命你为安徽团练大臣，速速回皖练勇，抵抗贼军。”

吕贤基呈折原意，不过在咸丰面前表现一番，留个好印象，尽快晋级尚书大位，岂料惹事上身，又不敢抗旨，不得不硬着头皮领命。心下暗怪李鸿章添乱，当即面奏咸丰，委其帮办团练，共赴疆场。咸丰自然准奏，吕贤基悻然离宫。回家说起归籍剿匪事，家人慌作一团，哭天抢地，仿佛吕贤基已死在太平军刀下。吕贤基骂不是，劝不是，干脆躲进书房，捂紧耳朵，耳不闻，心不烦。偏偏李鸿章又来凑热闹，吕贤基气不打一处出，将他这始作俑者一顿数落，再透露皇上已恩准两人同返安徽，编练团勇，要活一起活，要死一起死。

李鸿章要的正是这个效果，闻言暗喜。还告知袁甲三与赵畇也有南赴疆场意愿，建议奏请皇上批准。吕贤基隔日再度进宫，奏调袁甲三和赵畇。咸丰二话不说，诏令袁赵两位随吕贤基及李鸿章，同回皖省，会办团练。吕贤基接旨，打起精神，加紧筹备南归事宜。

半个月后，进入咸丰三年（1853）。年没过完，吕贤基便由数名亲兵护卫，率领袁赵李三位，顶寒风，冒飞雪，策马南行。没人意识到，此次毫不起眼的出京南归，竟成为合肥李氏和项城袁氏两个家族悄然崛起的起点。若干年后，正是这两个家族决定着大清的兴衰，主宰着中国历史的走向，令中外为之瞩目。

此是后话。且说一行人辗转进入皖境，已是莺飞草长的江南三月天。太平军早顺江而下，席卷江南，定都金陵六朝古都，号曰天京。形势越发严峻，吕袁赵李四人商定，将团练老营设于庐州城内。理由有三：一是长江边上的安庆失陷后，庐州成为皖省首府，利于筹饷办粮；二是李鸿章系庐州合肥人，亲友故旧多，招兵买马容易；三是庐州一带活跃着数支地方民团，头目不是李文安门生，就是李家兄弟发小和哥儿们，可顺便招到麾下，为我所用。且李家三弟与六弟也聚勇为伍，人数还不少，正可作为团练班底，慢慢扩充壮大。

穿州过府，不日抵达皖西南的舒城。天色向晚，一行人借驻于周氏祠堂。祠堂颇为宽敞，里面供着三国东吴大将周瑜像，头戴绾巾，手执羽扇，神气活现的样子。原来周瑜正是舒城人，守祠人自称其后，口气里尽是自豪。祠堂里有个大坪，东槐西柏，枝连叶接。槐柏之间一方水池，名曰止水池，说是当年周瑜洗马处。

许是期望周瑜在天之灵保佑自己灭贼立功，吕贤基突然改变原议计划，决定以周氏祠堂为团练老营，留驻舒城，不再挪窝。袁甲三和赵畇很恼火，去庐州办团练，天时地利人和样样具备，相反舒城弹丸之地，无兵无饷，无枪无炮，实在不是练勇御敌佳处。李鸿章也不满吕贤基临时变卦，只是自觉仅为团练帮办，人微言轻，极力怂恿袁甲三和赵畇，规劝吕贤基照原计划行事。袁赵两位皆已四十大几，位至五品，又系团练会办，说得起话。可吕贤基一意孤行，袁甲三和赵畇磨烂嘴皮，也没能让他收回成命。

设置好衙署，搭建完班底，吕贤基即派袁赵李三位下乡招兵买马，筹粮办饷。无奈三位都不是舒城人，人生地不熟，加之太平军作乱，捻军骚扰，家有青壮人丁，皆躲得远远的，屋有少许余粮，也隐藏起来，三位跑上半个月，皆无功而返。

吕贤基颇觉失望，又命三位各回老家，发动亲友，募得勇，筹得粮，再带往舒城。袁甲三巴不得，启程北走河南项城老家，赵畇也动身南行本省太湖故里。李鸿章不动声色，让刘斗斋带着家书，回合肥磨店老家，向三弟鹤章借勇。李鹤章见字如晤，立即选调六百壮勇，交给刘斗斋，领回舒城。李鸿章大喜，每天天没亮就起床，率领六百肥勇，赶往演武场，参照戚继光《练兵实纪》，勤操苦练，起劲得很。

不久赵畇领五百太湖勇驰至，吕贤基表兄魏德予也募得八百乡勇，外加两三百亲朋好友，耀武扬威，从老家旌德赶回来。只袁甲三毫无音讯，吕贤基左盼右盼，盼得眼睛发绿，也没盼到半个项城兵丁影子。

这日李鸿章正在演武场操练肥勇，刘斗斋走过来，禀报道："吕侍郎召唤，请大人即回团练老营，有要事相嘱。"李鸿章心想，团练团练，全在于练，不知还有什么比练勇更要紧，值得吕贤基煞有介事，要把你从演武场上叫走。不过身为团练帮办，李鸿章只能服从，让刘斗斋接着督操，离场向周氏祠堂奔去。

走进祠堂，绕过止水池，来到签押房，只见吕贤基正站在桌前，满脸怒气，像要吃人似的。待李鸿章走近，一把抓过桌上邸抄，舞得哗啦生风，嚷嚷道："少荃看看，袁甲三这狗东西，竟带领项城乡勇赶往宿州，进了周天爵团练大营，简直岂有此理！"

邸抄为兵部所发，李鸿章接住一瞧，里面果然载明，袁甲三已调宿州大营。只听吕贤基又咬牙切齿道："叫少荃回老营，是请你代拟奏稿，我要先参兵部，再劾周天爵和袁甲三。"李鸿章问："怎么个参劾法？"吕贤基道："袁甲三奉旨随我会办团练，周天爵故意把人挖走，兵部也不讲规矩，认可两人胡来，不是公然抗旨，破坏皖省大局么？本大臣岂肯善罢甘休！"

袁甲三可是五品给事中兼安徽团练会办，未获皇上恩准，兵部哪敢擅作主张，随便动人？李鸿章提醒道："估计兵部是奉皇上旨意，才调袁甲三转赴宿州大营，说不定圣旨很快就会下来。若不见圣旨，再参亦不迟。"

果然话没落音，圣谕飞至，说皖北捻匪猖獗，准袁甲三留驻宿州，助周天爵会办团练，通力剿匪，稳定皖北，不让长毛有可乘之机。

圣谕所指长毛，就是太平军，因披头散发作战故称。捻匪则系皖豫苏一带农民起义军，各自成股成捻，啸聚山林，来去无踪，叫做捻军，被官家蔑称为捻匪。

吕贤基见旨，哭笑不得，又不好怨皇上出尔反尔，只有大骂周天爵可恶，经营皖北多年，要粮有粮，要人有人，要武器有武器，还少几个项城勇不成？定是怕俺吕贤基发展壮大，与其争功，抢先奏明皇上，把袁甲三弄走。李鸿章倒能理解吕贤基，道："吕大人正当盛年，又深为皇上倚重，没必要计较周天爵八十老翁，还是干好自己事情要紧。"

"不不不，不能叫周天爵白得便宜，也该让他出点本钱。"吕贤基把李鸿章当周天爵，朝他伸伸手掌，"咱现有两千多兵员，日后继续招收，队伍会越来越大。可光有兵不行，还得有粮有饷有武器。周天爵挖走袁甲三，咱没法让皇上收回成命，能做的就是逼姓周的出出血，拨些粮饷器械给咱。"李鸿章道："皖北捻匪猖獗，周天爵不怕粮饷器械多，肯出血么？"吕贤基振振有词道："周天爵挖我墙脚，心里肯定有愧，我提点要求，他能不考虑？还有袁甲三，离我而去，话都没一句，我要周天爵出血，他也该促成此事，好歹给个交代。"

周天爵视你为对手，挖走袁甲三，还盼他倒过头来帮你，是不是有些天真？李鸿章肚里思忖着，只听吕贤基又道：“只是不知派谁去宿州为好。赵大人老成干练，还算合适，可刚回舒城，又正加紧练勇，不便再派他差事。”

吕贤基意思明白，就是想让李鸿章跑趟宿州。李鸿章正发狠训练六百肥勇，自然不愿领差，耽误时间，只顾低首不语。吕贤基急需粮饷器械，哪顾得六百肥勇的训练？干脆直言道：“少荃腿脚勤快，又能说会道，只有辛苦你去宿州跑一趟。”李鸿章张张嘴巴，正欲回绝，吕贤基又道：“当然不能让少荃白跑，老夫会好好补偿你。”

补偿什么？莫非奏准皇上，把你自七品提拔至六品？离京归籍快半年，仅借得六百乡勇，寸功未立，就是保奏也没用。李鸿章心里正在寻思，吕贤基笑眯眯道：“魏德予已领命再回旌德，准备另募两营壮勇。老夫早有规划，日后把旌勇与肥勇编到一起，归少荃统带。少荃练勇有方，统兵得法，一定能带出好队伍，给团练大营做示范，提升整体战力。”

李鸿章半信半疑，勉强答应道：“吕大人看得起，鸿章就动身跑趟宿州吧。”吕贤基道：“少荃能应差，凭你三寸不烂之舌，还有与袁甲三的旧情，一定能马到成功，给我要回足够粮饷和器械。待你返回舒城，魏德予也该募勇归来，正好交你训练管带。”

隔日李鸿章便带上两名亲兵，离开舒城，望北而行。临走将六百肥勇交给刘斗斋，千叮咛，万嘱咐，一定按戚继光《练兵实纪》准则，继续严格训练，不可丝毫懈怠。

自舒城走宿州，有宽敞官道绕经庐州。刚从安庆移驻庐州不久的安徽巡抚李嘉端，乃目前省内最高行政长官，若到他那里埋根伏线，绝对只有好处，没有坏处。李鸿章脑际里闪着此念，发现已至庐州驿馆。勒住缰绳，跳下马背，正欲入驿饮马，驿丞从里面走出来，打着拱手道：“来者莫不是舒城团练大营帮办李少荃李翰林？本丞已恭候多时。”

还没亮明身份，就知你底细，难道驿丞会掐算不成？李鸿章甚觉奇怪，拱手还礼道：“本人正是舒城团练帮办李鸿章。”驿丞接过李鸿章手里缰绳，转递给驿卒，交代道：“赶紧引两位亲兵去后驿饮马，咱有话跟翰林大人说。”

驿卒领命而去，驿丞转身把李鸿章请入馆内，呈上香茶，殷勤道：

“李巡抚探知翰林大人途经庐州北上，特派人嘱咐本丞，请翰林大人入城一晤。”

你正念及李嘉端李巡抚，他老人家就等着见你，也真是巧了。李鸿章道：“本帮办与李巡抚素昧平生，他怎会想起召见本帮办？”驿丞笑道：“你俩素昧平生不假，可李巡抚身为皖省父母官，能不闻治下合肥李家父子威名？而今翰林大人奉旨归籍帮办团练，出差途经庐州，他老人家自然不愿错过一晤良机。”李鸿章打声哈哈，道：“承蒙李巡抚青睐，本帮办不入城拜谢，便显得不近人情，不懂礼貌了。”

“那是自然。”驿丞说道，正要给客人添茶，驿卒进来回报，说马已饮毕。李鸿章起身出驿，跳上马背，由驿丞前头引领，入城直奔巡抚衙署。李嘉端放下手头急务，迎出衙门。眼望英俊高大的李鸿章，不由心生爱慕，道：“久闻少荃大名，今日得见，果然非同凡俗。”

别看李鸿章官不过七品，比二品巡抚低一大截，却位卑名响，官场中人皆知其文章一流，书法出众，舌才也了得。况李家父子七人，既有朝廷命官，又有团练头子，可谓要文有文，要武有武，谁敢小觑？

为示礼贤，李嘉端领李鸿章来到西花厅，置酒款待。主客坐定，李嘉端举杯道：“少荃翩翩才俊，日后定成大器。今日有缘一晤，本抚深感荣幸，请干此杯。”李鸿章喝下杯中酒，客气道：“抚台大人错爱！晚辈才疏学浅，还望多多海涵，不吝赐教。”

“少荃可是著史封侯之料，本抚哪敢轻易赐教？”李嘉端亲自端壶，给李鸿章添上酒。他显然读过李诗：一万年来谁著史，八千里外觅封侯。这是十年前李鸿章入京赶考途中，兴之所至写下的诗句，甫经传出，便朝野争诵。李鸿章心里得意，嘴上自谦道：“都怪当年晚辈年少轻狂，不知天高地厚，胡言乱语，留下笑柄。”

李嘉端抬举两句，又道：“少荃在吕侍郎处高就，应该还算得意吧？不是本抚说吕侍郎，从他选舒城为驻节之地，就看得出不怎么知兵，只怕难成气候，少荃干脆来庐州跟本抚干。本抚没啥能耐，却颇爱才，少荃有意，马上奏调来吾抚衙，安排要职。吕侍郎所设团练老营纯属军事机构，且系临时搭建，不成体统，抚衙可是正式建制，有文事，又有武备，像少荃能文能武之通才大才，更有发挥余地和晋升空间。”

李嘉端命驿丞诚邀入城，难道想学周天爵仗俩，把你从吕贤基手里挖走？李鸿章以酒为谢，道："晚辈当然想跟抚台大人好好干，快上路，快成长，快提升。无奈奉谕随吕大人回籍帮办团练，功业未遂，就见异思迁，只怕皇上不会恩准，日后也不好面对吕大人。"

毕竟李鸿章不是袁甲三，仅凭一顿酒肉，就想把他留住，自然不大可能。李嘉端不过随便说说而已，不敢强人所难，道："火要空心，人要忠心，少荃不弃旧主，令人钦佩。本抚先留话在此，安徽抚衙大门是敞开的，只要少荃想来，随到随安排要位。"

两人都没太高期望，无非见个面，联络一下感情，为日后有机会合作，提前打点基础。目的既已达到，还白蹭一顿酒饭，李鸿章见好便收，起身告辞："抚台大人看得起，好酒好肉招待，晚辈日后再慢慢报答，今天就不久留，还得赶路去宿州办差。"

李嘉端放下酒杯，接过衙役递上的一包东西，塞到李鸿章怀里，道："宿州不近，路上要吃要住，用钱地方多。本抚没啥准备，几个小盘缠，还望少荃笑纳。"

李嘉端真有意思，初次见面，就行起贿来。转而又想，小官给大官银钱，才叫行贿，大官给小官盘缠，不叫行贿，该叫赏赐。领赏与受贿完全是两码事，这钱不要白不要。至于李嘉端厚待你，无非期待日后有用得着你的地方。你北上考功名，南归办团练，不就想做个有用之人么？先在李嘉端这里埋条伏笔，万一吕贤基那里待不下去，也不至于无处可投。

痛痛快快收下李嘉端所给盘缠，拱手谢过，出得抚衙，重新踏上北去之路。几天后到得宿州，李鸿章没直接去找周天爵，先摸到袁甲三住处，打探虚实。袁甲三惊喜道："少荃怎么到了此地？莫非长毛打到舒城，吕大人出事，你临阵脱逃，一个人跑到宿州来了？"

临阵脱逃，也不会天远地偏逃到宿州这个鬼地方来呀。李鸿章眼瞧袁甲三，暗想你小子难道担心舒城离安庆近，长毛说到就到，才脚踩西瓜皮，早早开了溜？瞧得袁甲三不自在起来，又道："少荃张嘴说话呀，瞪着牛眼看我作甚？你来宿州有何贵干？舒城那边情况到底如何？"李鸿章这才不紧不慢道："鸿章上天无路，入地无门，没地方可去，才来投奔你袁大人呀。"袁甲三说："吕大人真出了事？"李鸿章道："舒城兵力单薄，又在安庆长毛眼皮底下，你撇下咱们，从糠箩跳进米箩，到了好地方，吕大人还能不出事？"

见李鸿章口里说得厉害，脸上表情轻松，袁甲三意识到他在开玩笑，道：“你真是从舒城逃出来的，哪会如此光鲜利落，像走亲戚似的？说说看，找我何事？”李鸿章道：“秉承吕大人指示，把你五花大绑押回去，好好惩罚你。”袁甲三笑道：“别逗我开心，我是经皇上恩准，兵部改派，才来宿州帮衬周大人，岂是吕大人想绑回去就绑得回去的？”

说笑几句，李鸿章道：“周大人挖走袁大人，吕侍郎心里不平衡，派鸿章来找周大人讨个公道。”袁甲三说：“讨什么公道？”李鸿章说：“袁大人如此难得之大才，千金难求，周大人总不能白拿白要吧？带我见周大人去。”袁甲三说：“这几日周大人太忙，可否缓缓？”李鸿章道：“周大人忙什么？又有捻匪出没？”

袁甲三解释道：“不是捻匪出没，是定远出了个陆遐龄，犯案关押于安庆监狱，长毛攻克安庆，放他出狱回乡，竖起‘随天大王’旗帜，聚众万余，打土豪，抗清军，闹得很起劲。定远知县督兵清剿，竟两战两败，只好具函求助周大人。周大人推脱不得，又调兵，又遣将，一时抽不开身，须缓几日再有空见少荃。”

客随主便，李鸿章只得住进袁甲三安排的客栈，耐心等候周天爵召唤。数天不觉过去，这日上午正在客栈看书，袁甲三敲门进来，身后还有一位老者，头戴红顶，身着蟒袍，腰身佝偻，手脚微颤，已是暮气沉沉。细瞧其面容，皮粗色衰，布满密密麻麻的青黑老年斑，仿佛雨季墙角，青苔斑斑，暗淡无光。

这便是八十高龄的二品大员周天爵。这把年纪，早该告老还乡，享受天伦之乐，仍在外面拼命，是雄心不已，还是贪恋权杖？李鸿章敬佩之余，又生出几分怜惜。怪只怪朝廷大官小员成百上千，知兵善战却没几人，皇上才不得不遣八旬垂暮老者挥戈上阵。

好在周天爵口齿还算清楚，坐定后，先张开一望无涯（牙）的嘴巴，喘口粗气，慢吞吞道：“少荃到宿州翌日，午桥（袁甲三字号）就已通报给老夫。本该早来探望，无奈匪情紧急，迟至今日才抽空来会，请多多包涵。”话没说完，嘴角已流出长长清涎，伸手去身上摸索起来。无奈手哆嗦得厉害，半天没摸出什么，还是袁甲三掏出布巾，塞给周天爵。周天爵抹抹嘴角，费力道：“午桥还告知，少荃是奉吕大人使命到宿州来的，有何见教？”

李鸿章趁机拿出吕贤基信函，双手呈于周天爵面前。见周天爵手腕颤栗不止，袁甲三代为接往，念诵起来。内容简单，就是吕贤基回籍不久，白手起家，要人没人，要钱没钱，要武器没武器，还请周大人给予扶持。

袁甲三念完信，周天爵笑道：“吕大人也是奉旨回皖操办团练，周某人自该支持。只是皖北匪情不断，定远又冒出个‘随天大王’，老夫也缺粮缺饷缺枪炮啊。不过再怎么，吕大人连午桥都舍得给我，他开了口，老夫多少得满足他点。”

莫非吕贤基料事这么准，周天爵真会放血不成？只见周天爵又抹一下嘴角涎水，继续道：“不过少荃得给我点时间，才可能备足吕大人所需钱物。”

周天爵是有意帮吕贤基，还是想耍什么花招？李鸿章心里没一点底。不过人家好歹留下句话，还只能继续耐心等待，也不至于空手南归。吕贤基独守舒城不易，太平军已占据长江中下游，往江北方向扩展是迟早的事。且舒城离长江不遥远，太平军一旦扑过来，吕贤基无粮无饷，无枪无炮，拿什么抵挡劲敌？

这一等又是半个多月，周天爵迟迟没有实质动作。只袁甲三热情不减，有空就跑来陪喝聊天。李鸿章道：“午桥兄啊，周大人到底想法如何，你给露个口风吧。”袁甲三这才笑嘻嘻道：“周大人想把少荃留下来，跟他一起干。”

李鸿章将酒杯往桌上一顿，道：“袁大人开什么玩笑！我李鸿章可不是你，跟吕大人同路南下，说好回豫募勇，再返舒城共办团练，你却抛下旧人，另投新主。我都没说你什么，你倒反过来劝我背信弃义，留在宿州，像话吗？”

袁甲三也不生气，道：“少荃教训得也对，甲三做法确有欠妥之处。不过叫你留下来，可完全是为你好。”李鸿章说：“为我好？好在哪里？”袁甲三说：“这不和尚头上虱子，明摆着吗？舒城兵力薄弱，离皖南长毛又近，你待在那里，实在太危险了。”李鸿章说：“真怕危险，鸿章就不投笔从戎，毅然回籍，来打长毛。”

袁甲三苦口婆心道：“打长毛没错，可跟对贵人很重要。吕贤基器窄识短，听不进不同意见，非把团练大营设在舒城不可，也不摸着脑袋想想，一旦安庆长毛北进，毫无回旋余地，不坐以待毙吗？再说他回趟旌德，募勇不过千人，跟去打秋风的亲戚朋友就有两三百，把个团练大营当成吕家寨，搞得乌烟瘴气，这哪是做大事的风范？”

这也是大实话，李鸿章无以辩驳，只道：“袁大人不简单，人在宿州，对舒城情况竟一清二楚。”袁甲三说：“舒城离宿州确实不近，可都属皖境，周吕二大人又同省操办团练，彼此做些啥动作，自然有人传话。甲三还听说，令弟鹤章送少荃六百肥勇，本来训练有素，你又按戚继光《练兵实纪》操练得法，效果显著，吕大人心里竟也不怎么舒坦，生怕你势力一大，不好驾驭，才把你支开，让你够不着手下兵勇。”

李鸿章大摇其头，道：“袁大人过虑，吕大人不会是这种人。鸿章练好肥勇，以后他打长毛时用得上，怎会不舒坦呢？吕大人已让魏德予再回旌德，另募两营乡勇，日后交我一起管带。”袁甲三道：“打死我袁甲三，都不相信吕大人这么大度。八成是哄你开心，不然你也不会离开手下肥勇，老远跑到宿州来见咱们。”

说得李鸿章忐忑起来。难道吕贤基真怕肥勇训练有素，对他构成威胁，才故意找借口支开你？李鸿章不敢往下想，调换话题道：“袁大人死活要离开吕大人，往周大人这里跑，周大人身上到底有何魅力，这么吸引你？”袁甲三诡异笑笑，道：“跟着周大人，前程远大。”李鸿章道：“远在哪儿，大在何方？说句对不起周大人的话，他已这把年纪，来日苦短，这团练还办得几时？哪天他两眼一瞪，四脚一伸，树倒猢狲散，你不空欢喜一场么？”

“少荃啊，你还是年轻了点，有些道理一时悟不明白。甲三给你说个咱项城老家的故事吧。”袁甲三咳一声，清清嗓子，娓娓道来，“项城有个穷光棍，为早些脱贫，天天起早贪黑外出劳作，年近花甲才刨下一份财产，娶妻生子，过上财主生活。可几十年习以为常，财主在家待不住，每天扔下年轻妻子，往自家田土和山林里跑。财主妻不满，要求财主请长工帮工，好在家多陪陪家人。财主也知自己一天比一天老，总有跑不动的时候，不得已请了个年轻长工，把山场田土交他看管。长工很能干，也很忠心，把财主家业经营得像模像样。旁人就劝长工，又不是自己家产，工钱也拿得少，如此卖力，不是傻么？长工觉得也是，就要财主加点工钱。

财主是个守财奴，没有答应，长工就有了去意。财主妻认为好长工不容易找，有心留他。怎么才留得住人家呢？财主妻办法既简单又可行，夜里趁财主睡死过去，出门走进偏屋，上了长工的床。果然年轻长工再没说走人，也不提加工钱的事。长工没走也没提要求，财主暗暗高兴，觉得拣了大便宜。可还没高兴够，财主因妻子年轻，房事过度，一病不起，不久见了阎王。长工正好就汤下面，娶了财主妻，也顺理成章做上财主家业主人。长工很是受用，兴高采烈道：过去老以为在给财主帮工，现在才明白，原来不是自己给财主帮工，是财主给自己帮工，且一帮就帮了一辈子。”

这其实是道谶语，后袁家出了个了不起的人物，给垂垂老矣的清朝帮工多年，待其气数将尽，便顺手接过大清江山，一夜间从帮工变成大财主。

此乃后话，暂且不表，只说李鸿章听完袁甲三故事，哈哈笑道：“原来袁大人是见周财主家大业大，到宿州来帮工，等着接手他偌大家业。”袁甲三道：“周财主这把年纪，晚上躺床上，改日醒不醒得来，难说得很，他又不可能把家业带进棺材，总得有人接手，是不是？”

两人正在说笑，周天爵亲兵找上门，说有紧急军情，要袁甲三立即回团练大营议事。还说请李翰林一起去，有话须当面交待。李鸿章不禁心头暗喜，莫非周天爵已准备好钱粮枪炮，等着你前去领取，带回舒城交差？

赶到团练大营，周天爵正坐在签押房里，左手抓耳，右手挠腮，惶惶不安的样子。没等李鸿章提钱粮枪炮的事，就急急道：“大事不妙，还请二位拿拿主意。”

袁甲三身子前倾，道：“周大人有啥事，吩咐就是。”周天爵道：“咱不是派兵赶往定远，前去阻击陆遐龄么？谁知这小子已领匪众离开定远南窜，欲与合肥夏家村夏姓匪首会合，策应长江方向的长毛。仅陆匪已够咱们头疼的，若让陆夏两匪合到一处，再与长毛串在一起，安徽岂不天翻地覆，乱成一锅粥？”

闻言李鸿章也吓一跳。若周天爵所说不假，合肥磨店老家岂不在劫难逃，母妻和家人该怎么办？只听周天爵又道：“李嘉端刚来信函，请我增派兵力，牵制陆夏两匪，救援庐州。少荃是合肥人，熟悉家乡人文地理，把你请来，就是想听听你的高见。”

事发突然，李鸿章一时哪来高见？倒是袁甲三摸着脑袋，说：“甲三倒有个主意，不妨一试。”周天爵急不可待道：“什么好主意，午桥快快道来。”袁甲三不吱声，只拿眼睛去瞧李鸿章。李鸿章道：“袁大人盯我干什么？”袁甲三道：“少荃有办法。”

真是莫名其妙，你俩有兵有将，束手无策，我李鸿章独在异乡，身无长物，手无寸铁，有何办法？李鸿章嘀咕道：“鸿章是吕大人团练帮办，不归周大人调度，袁大人别拿我开玩笑。”袁甲三道：“不是开玩笑，是此事非少荃出面不可。”周天爵催促道：“午桥有话就说，别绕弯弯。”袁甲三这才道：“宿州至定远、合肥可不近，咱纵有千军万马，一时也够不着陆夏二匪。少荃三弟季荃（李鹤章）所领肥勇训练有素，可请他出马，截住夏匪，斩断夏陆之间联系，咱再增派人马，火速赶至，合兵一处，夹击陆匪，定然大功告成。”

周天爵忙道：“这个主意好。只是派谁跑合肥去见季荃，动员他出兵呢？”袁甲三说：“不用派人跑合肥，只需少荃出具书信一封，咱命快马传送，季荃还能不率勇出击？毕竟陆夏二匪得势，少荃老家也不得安宁，季荃定当奋力剿匪。”

为家乡父老着想，李鸿章当然愿写此信。但至宿州一待月余，周天爵一毛不拔，现遇难处，只说要你出力，闭口不提吕大人所请，够意思吗？李鸿章道：“周大人事急，鸿章能理解，可吕大人身处长毛眼皮底下，也不容易啊。”

听出李鸿章言外之意，周天爵爽快道：“吕大人的事好办，老夫不会让少荃白跑这趟宿州。午桥立即调拨三百条火枪，八百石粮食，交少荃带回舒城。”

袁甲三应声出营，李鸿章动笔开始写信。信写好，周天爵接过一瞧，连声夸道：“少荃大手笔，言简意赅，几句话就把事情说个一清二楚。字也漂亮，不乏书圣王羲之风范，方圆有致，老夫不佩服都不行啊。”一边夸，一边装信入封，交亲兵安排快马，火速南递。

听马蹄声出营远去，周天爵松口气，设宴款待李鸿章。袁甲三也备好火枪粮食，赶来陪酒。周天爵给李鸿章布过菜，道：“军情急迫，老夫和袁大人准备带兵南下，少荃再在宿州待几天，老夫派专人陪你各处走走，看看宿州好山好水。”

主人要外出，哪还好意思滞留不走？且出来这么久，吕贤基只怕早已等不及，以为你投奔了周天爵。李鸿章笑道："谢谢周大人看得起，既然袁大人已备好枪炮粮食，鸿章也早些上路，回舒城复命。"袁甲三道："少荃无心逗留，咱们就一起走吧，还可同一段路程，相互有个照应。"周天爵道："也行，多个伴多一分安全。少荃才几名亲兵，押着这么多武器和粮食，万一碰上大股土匪，还不一定对付得过来。"

酒后出营，袁甲三带李鸿章验看过火枪和粮食，再送他回客栈。稍坐会儿，告辞出来，打算回营协助周天爵，筹划增兵定远事宜。没走几步，迎面过来一人，身背褡裢，满脸污垢，神色张皇，形同乞丐。近前甚觉面熟，又一时记不起在哪儿见过。直到驳身过去，才想起挺像李鸿章仆从刘斗斋。为证实猜想，袁甲三张口喊声刘斗斋。那人立刻定住，扭过脑袋，认出袁甲三，惊喜道："袁大人是您？"

还真是刘斗斋。袁甲三心下暗想，这就对了，嘴里问道："你怎么到了宿州？"刘斗斋顾不得尊卑长幼，上前一把抓住袁甲三双手，带着哭腔道："袁大人见过我家李大人吗？"袁甲三故意问道："吕大人派你来找少荃？"刘斗斋点点头，又摇摇头，道："一两句话也说不清楚，袁大人快快告我，李大人在哪儿，容我见着他，再一一禀报。"

"跟我走吧。"袁甲三前头领路，踅回客栈。

叫开李鸿章房门，刘斗斋扑通跪倒在地，未语先大哭起来。边哭边诉："斗斋对不起大人，没带好肥勇。"李鸿章惊讶道："别哭别哭，到底怎么回事，慢慢道来。"刘斗斋道："大人走后，斗斋就加紧训练肥勇，成效还算不错。不久魏德予从旌德募勇回舒城，吕贤基竟派他来找我，要把肥勇接管过去，说是金陵长毛蠢蠢欲动，准备西征和北伐，务必集中兵力，组织防务。斗斋自然不从，魏德予就带人把我绑起来，扔进黑屋。幸好与魏德予对峙时，发现地上有枚铁片，我悄悄拣起含进嘴里，夜间咬着铁片，割断手上绳子，逃出黑屋。去找肥勇，早被吕贤基调走，不知去向。斗斋只好离开舒城，沿路乞讨，来宿州投奔大人。"

气得李鸿章脸色发青，只想骂朝天娘。刘斗斋又道："早知如此，咱们就该像袁大人样，带着肥勇来投周大人，也不至受吕贤基的窝囊气，落得如此下场。"袁甲三几分得意道："有无肥勇都一样，少荃想弃暗投明，还来得及。"

李鸿章没接茬，心想吕贤基做得这么绝，就是断你念想，无法回舒城，沾他吕氏小朝廷的光。不回去就不回去，咱回合肥老家，跟三弟和六弟去办团练，还怕成不了事？只可惜六百训练有素的肥勇，就这样被吕贤基吞掉，让人心有不甘。袁甲三一旁见李鸿章愠而不语，幸灾乐祸道："吕贤基是故意断少荃后路啊。"

从袁甲三口气里，李鸿章似乎听出些别样意味，盯住他道："鸿章对吕贤基不错，他为何突然翻脸？莫非袁大人做了什么手脚不成？"袁甲三掩饰道："少荃真会说怪话。甲三无分身之术，天天待在宿州，怎么跑到舒城去做手脚？"

袁甲三越掩饰，李鸿章越觉得里面有鬼，硬着喉头道："袁大人肯说实话，鸿章认定你这个朋友，一切好办，否则大路朝天，各走一边，从此井水不犯河水。"

见已瞒不过，袁甲三才实话告知，确是他为周天爵出主意，仿李鸿章笔迹写信给刘斗斋，要他率领六百肥勇，悄悄北上来投周天爵。仿信写好，再派人飞送舒城，却没交给刘斗斋本人，故意耍个花招，让魏德予截获，交到吕贤基手上。吕贤基见信大怒，想手刃李鸿章，却遥不可及，只有命魏德予将刘斗斋关押起来，收编六百肥勇，免得好了周天爵。

袁甲三太可恶，自己弃旧投新，还把你李鸿章拉下水。可事已至此，又在袁甲三地盘上，还能把他去毛煮熟，嚼烂吃掉？李鸿章吱声不得，四顾茫然。袁甲三面带愧色，试探道："少荃怎么打算？"李鸿章叹道："已被你害惨，还能怎么打算？周大人给了咱枪炮粮食，正好拿去给三弟做见面礼。"袁甲三道："回去跟令弟干也未尝不可。只是少荃身为堂堂朝廷命官，委身民间团练，有点落草为寇的味道，还是与周大人合作，日后前程或许更远大些。"

袁甲三真是用心良苦，非把你弄到周天爵麾下不可。不过其言倒也不虚，民团再有声势，也属散兵游勇，缺乏归属感。可归属又在哪儿？难道只能在周天爵这里？周天爵会比吕贤基强到哪里去？李鸿章不知所之，唯有哀声长叹。袁甲三揣摩着他心思，又道："周大人看好少荃，才让我设法切断你退路，你只轻轻点个头，他自会奏准皇上，给你合法身份。"

舒城已回不去，也只能暂栖宿州团练大营。李鸿章没吭声，算是默许。袁甲三当即归营报告周天爵。周天爵喜不自胜道："午桥略施小计，断掉少荃南归念想，这下他不跟老夫干也难啰。”袁甲三道：“少荃非等闲之辈，周大人须真诚以待。”周天爵道：“如何真诚以待，老夫照午桥说的办。”袁甲三道：“少荃乃名满天下的大才子，想让他跟咱们干，总得给个名分吧？”周天爵说：“这个好办，我马上奏明皇上，改任少荃为宿州团练帮办。”

周天爵老眼昏花，两手颤个不停，没法握笔写字，只能由袁甲三代拟奏稿。袁甲三也是举人进士两榜出身，写字作文难不倒他，奏稿很快拟就，再请周天爵审核盖印，交快马飞速传送入京。咸丰皇帝知道皖北吃紧，周天爵正缺人手，恩准李鸿章任宿州团练帮办。

李鸿章就这样成了周天爵的人。至于那三百条火枪和八百石粮食，周天爵也没收回去，让李鸿章转赠李鹤章，算作协攻夏陆二匪之酬劳。一份礼物两份情，李鸿章心领，李鹤章也得买账，这事周天爵做得还真够聪明。

翌日上午，在袁甲三和李鸿章护卫下，周天爵点兵四千，离开宿州，往南开拔。才到半道，快马追至，说淮北捻匪闻宿州大营空虚，群起往攻。周天爵经营宿州多年，不愿老巢落入匪手，分兵于袁甲三，让他火速回援。

袁甲三带兵北返，李鸿章随周天爵继续南行。快马加鞭，赶到定远境内，先头部队已与陆匪接上火，彼此各有伤亡。原来陆遐龄人众马多，武器却不如清军，双方势均力敌，战成平手。这下清军又增两千兵力，陆匪处于下风，渐渐不支，卖个破绽，往后撤去。周天爵挥师进击，一口气追出十里地，来到一个叫荒陂桥的地方。

离京回皖大半年时间里，李鸿章读过不少兵书，可正式督军上阵，还是花姑娘坐轿头一回，没任何实战经验。可他喜欢动脑筋，认为仗打得太顺，不一定是好事。《九国兵争》认为，守易攻难，陆遐龄系定远本地人，熟悉方向方位，了解地形地貌，明知清军要来，准备肯定做得足够充分，哪如此不经敲打？把想法说给周天爵，周天爵哈哈大笑道：“少荃过虑，别看陆匪人多势大，却都是些乌合之众，武器也没咱先进，自然一触即溃。”

李鸿章不便多说，只心里不够踏实，总觉事情没如此简单。忽想起离京前去琉璃厂选兵书时，购得皖省分府图，就在刘斗斋包裹里，忙命拿出来。打开分府图，铺到地上，查到定远荒陂桥，发现此地三面环山，外高里低，仿佛一只大布袋。目前清军正好处于袋口位置，继续往前，深入袋里，陆遐龄一旦迂回过来，甚至联系其他捻匪打援，占领三面高地，封住袋口，清军进退无路，岂不只有等死?

事不宜迟，李鸿章令刘斗斋打马飞奔合肥夏家村，让三弟派兵来援，尔后拿着分府图去见周天爵。周天爵取出老花镜，查过看舆图，意识到事态严重，叫苦连连。李鸿章道:“周大人不用急，马上发令，命未入荒陂桥的人马停止前进，分成两股，一股转移东山，一股驻扎西山，无令不能贸然出击。”周天爵让亲兵传令下去，又问李鸿章道:“已入荒陂桥的人马呢，要不要撤回来？”李鸿章说:“撤不得，只需放慢速度，佯装追击，不让陆遐龄看出破绽，待时机成熟，外围人马到位，再里应外合，全歼贼军。”

照李鸿章所说一一布置下去，周天爵舒口气，道:“幸亏少荃及时察觉敌情，加以纠正，一切还来得及。只是咱里外相加才四千兵力，怎么个里应外合呢？”李鸿章说:“现在东西两面山上都有咱们的人，只南山还留着空档，不过周大人请放心，刘斗斋已去合肥搬救兵，救兵一到，占据南山，陆匪就成瓮中之鳖，插翅难飞。”

刘斗斋赶到合肥夏家村，李鹤章正指挥肥勇阻击北上夏匪，见二哥急函，留下一半人马继续与夏匪周旋，自己带上三营肥勇，北上直奔定远而来。到得荒陂桥阵前，兄弟见面，李鸿章拿出三百条火枪和八百石粮食，移交给李鹤章，让他带领肥勇，直登南山。至此清兵已完成对陆匪的全面合围，陆遐龄父子却仍蒙在鼓里，浑然不知。

正如李鸿章所料，早在周天爵先头部队未至定远时，陆遐龄就做好周密计划，准备把清兵引入荒陂桥这只大布袋，再请合肥夏匪和寿州捻匪过来打援，三股力量一齐发威，把清兵扼死在布袋里。却不想被李鸿章一番运作，形成反包围，夏匪又被肥勇拖住，寿州捻匪为清兵所阻，陆匪迂回战术无法实施，待官军包围圈收紧，招架不住，阵脚大乱。

就这样，前后不到两个时辰，近万陆匪被杀得死的死，伤的伤，其余四处逃窜。陆遐龄父子也被李鹤章活捉，扭进周天爵大帐。周天爵审问过陆氏父子，让人做好笔录，交给手下，押送定远大牢，按律处斩。合肥夏匪听说陆匪大败，无心恋战，转身逃跑，被肥勇追至，杀得片甲不留，夏氏父子死于乱战之中。

二、吕贤基殉国

这一仗打得实在漂亮，周天爵召李鸿章进帐，命代拟奏稿，请皇上给兄弟俩封官。李鸿章道：“保举三弟，有此必要，鸿章又没立功，就免了。”周天爵说：“不行不行，没少荃出谋划策，哪能完胜陆匪？”

“鸿章还是不跟三弟分功为好。毕竟功劳一分为二，不如合二为一，力保季荃一人，分量更足一些。”李鸿章要还三弟借勇之情，依然坚持己见，“来日方长，以后鸿章机会多的是。”周天爵不好再说什么，留下李鹤章名字，封好奏章，让亲兵送交官驿，速递京城。

不久圣谕传至，李鹤章受封六品官衔。一仗下来，就从天高皇帝远的民团头子，一跃而为朝廷六品命官，李鹤章自然欢喜得不得了。也是国难当头，朝廷急需各地草莽英雄效力卖命，乐意施舍空头官帽。若承平时期，即便进士及第，两榜出身，七品到头者也不在少数，李鹤章这种没有功名的武夫，想戴顶九品八品小官帽，做梦都没份。

李鸿章正为三弟高兴，李嘉端飞马来报，说金陵太平军大举北伐和西征，皖省首当其冲，请周天爵速往庐州救急。周天爵把李鸿章叫去，商量要不要增援庐州。

合肥磨店属于庐州，李鸿章自然不愿家乡落入太平军之手。再说前次途经庐州，李嘉端也够意思，好酒好肉招待不说，还慷慨馈赠盘缠，眼下人家有难，正是报答之时。可这是私心，不好明说出口，李鸿章找理由道：“安庆沦陷后，庐州成为皖省首府，一旦庐州不保，首脑失灵，整个皖省就会瘫痪。故鸿章建议大人，还是尽快增援庐州，确保皖省安危。”

周天爵为难道：“照理增援庐州，属咱团练大臣职责所在。可不知少荃意识到没有，长毛兵分两路，一路西征，一路北进，朝廷让老夫驻节宿州，意在确保皖北安全，老夫调兵庐州，皖北兵力空虚，一旦沦于长毛之手，老夫难辞其咎啊。”

听话听音，周天爵压根不想出兵庐州。李鸿章道：“李巡抚缺兵少将，周大人不前往救援，庐州必陷无疑。”周天爵道：“吕贤基不在舒城么？舒城离庐州近，援兵瞬息可至。”

吕贤基那点兵力，怎能与宿州团练相比？再说舒城离太平军西征路线长江不远，吕贤基能守住舒城，已阿弥陀佛，哪还有余力顾及庐州？周天爵明明是隔岸观火，坐视李嘉端等死。吕贤基与周天爵都靠不住，李鸿章只得自告奋勇道：“大人要坚守皖北，就让少荃随三弟带上肥勇，赴庐州协助李巡抚，抵挡一下长毛如何？”

周天爵不愿李氏兄弟离开自己，想规劝别去庐州送死，话到嘴边又咽了回去。谁都有家有室，不愿家乡遭殃，李鸿章归籍，李鹤章练勇，目的无非保家卫国，你周天爵怎好阻拦人家呢？就是阻也阻不了，拦也拦不住，肥勇是李家自己花钱出力训练出来的，没编入宿州团练大营，你也驾驭不了。还不如放聪明点，顺水推舟，让李家兄弟痛痛快快地走，彼此高兴，李嘉端那里也好有个交待。

得到周天爵许可，李鸿章兄弟带领肥勇，连夜奔庐州而来。李嘉端喜出望外，迎出衙门，拉着兄弟俩的手，说：“庐州危在旦夕，你们兄弟及时赶到，看来天不灭我啊。”

彼此客气几句，兄弟俩跟随李嘉端，进入签押房。主客坐定，李嘉端又感慨道：“我就知道少荃有情有义，关键时刻会出现在老夫面前。”李鸿章道：“大人是皖省父母官，咱们是皖省子民，自然要与大人并肩作战，抗击长毛。”

“有少荃这话，老夫就知足了。”李嘉端兴奋道，“周大人呢，是不是已在赶来庐州的路上？”李鸿章实话实说道：“周大人要回守皖北，估计已行抵宿州大营。”李嘉端腾地站起来，吼道：“周天爵已回宿州大营？那庐州呢，他甩手不管？皇上谕令他督办安徽团练，不就寄望他保卫江淮百姓吗？如今大敌当前，他怎能置皖省安危于不顾，只知往宿州团练大营龟缩？我要上疏参他手握重兵，不肯作为！”

皖省地界上，主要靠周天爵和吕贤基两大团练支撑，李鸿章不愿看到李嘉端与周天爵闹僵，影响全省大局，忙劝阻道：“大人息怒。金陵长毛兵分一北一西，两路进犯皖省，周天爵驻防宿州，阻止长毛北上，皇上也会认同，大人参劾周天爵，十有八九参不准。”

咸丰皇帝身处京城，自然不愿看到太平军北上。此理浅显，李嘉端不可能不懂，颓然道：“周天爵远在宿州，够不着庐州，吕贤基近处舒城，却兵力有限，咱们岂不只能束手就擒？”李鸿章道：“应该还没如此严重。依鸿章浅见，此次长毛兵分两路犯皖，北路会直奔滁州凤阳方向，西路将沿长江逆行西进，庐州不在其兵锋所指位置，危险应该不太大，李大人正好利用这个间隙，从容布防，加强庐州守卫。”

说得李嘉端稍稍心安，道：“少荃给咱出出点子，怎么布防庐州。”李鸿章胸有成竹道：“目前有三件事该赶紧布置下去。一是庐州城里多少有些绿营兵，应督促庐州知府胡元炜加强操练；二是庐州境内民团踊跃，让季荃联络各大圩主，驻扎庐州东面，抵挡长毛；三是长毛将至，百姓不愿家园毁于兵火，鸿章可下去募兵筹饷，拉支队伍，增强防御能力。如此三管齐下，庐州可暂保无虞。”

大敌当前，无兵可用，无援可求，也只能如此。李嘉端当即签署委札，让李家兄弟分头行动，再派人去召胡元炜，速来商量城防事宜。

出得抚衙，李鹤章留下一营肥勇，交二哥管带，自己打马回了磨店。李鸿章布肥勇于城东要害处，然后带领刘斗斋和几名亲兵，下周边各县募勇筹粮。太平军压境，地方乡绅和百姓人家还算通情达理，有钱出钱，有人出人，李鸿章很快募得数营乡勇和大批钱粮。

就在李鸿章率勇往庐州城里紧赶慢赶时，数十万北伐太平军大举进入安徽境内，啸聚滁州城下。李嘉端大惊，派亲兵出城急召李鸿章。李鸿章将乡勇和钱粮交给刘斗斋，飞马入城。进得抚衙，李嘉端正搓着双手，惶然道：“滁州近在咫尺，一旦城破，庐州还保得几天？”话音没落，又有塘报递进，说滁州已沦陷。李嘉端大恐道：“滁州乃庐州屏障，屏障一失，庐州周边均无重兵，团勇也不多，如何自保？还请少荃代拟折子，奏调赣鄂官兵来救。”

李鸿章很快拟好奏折，盖印加封，以六百里加急发出。此时转战赣鄂的将领乃湖南新宁人江忠源。江忠源以举人身份，奉旨创办团练，从广西一路追击太平军，出湘江，入洞庭，至武昌，现正以湖北按察使衔，带兵驻守江西。江忠源会打仗，手下湘勇也骁勇善战，皇上若准旨派他带兵来援，也许可暂保庐州不失。

然奏折还在路上，滁州太平军已兵分两股，一股往北，攻克临淮关，直逼凤阳，一股往西，朝庐州方向猛扑过来。李嘉端召开紧急防务会，说："长毛来势汹汹，布防于肥东的肥勇和城外兵将，能否挡得住其凌厉攻势，本抚心里没底，各位有何御敌良策？"

众人面面相觑，无言以对。最后还是李鸿章站出来道："大人觉得肥东肥勇不足以抵御长毛，就让鸿章再带几营兵勇，前去增援吧。"

让李鸿章增援肥东防线，会带走新募乡勇和李鹤章留下的肥勇，又是李嘉端最不愿意看到的，良久下不了决心。李鸿章懂得李嘉端肚里想法，道："肥东防线关系庐州生死存亡，一旦防线被破，光凭庐州城里数千兵勇和绿营，没法抵抗长毛，还不如先拿一部分兵力出来，充实肥东防线，或可挡住长毛进逼。"

思来想去，也只这一招或许还能管些用，李嘉端不得不拿出肥勇和新募乡勇，交李鸿章调度。又下令布置于庐州东北方向的绿营头领，加强联合，共抗太平军。

李鸿章立即将肥勇和新募乡勇重新整编，分成三营，开出庐州城。

到达肥东防线，布好阵势，李鹤章来会，李鸿章道："三弟何不带我瞧瞧防线，顺便也见一下各大圩主？"李鹤章道："各圩主也早想见识二哥，看看大名鼎鼎的李翰林是个啥样？"李鸿章笑道："还能是啥样？有鼻有眼，四肢齐全呗。"

太平军横扫江南，捻军出没豫皖之际，皖省数路英雄各自筑圩练勇，保卫家园，名曰圩主。庐州周边最活跃最具规模的民团圩主，主要有周公山张树声，紫蓬山周盛波，大潜山刘铭传，合称三山民团，名重一时。在李鹤章动员下，三山圩主纷纷响应，领着人马赶到肥东防线，分段布防，彼此呼应。

兄弟俩先来到张树声周公山防线。张树声小李鸿章一岁，皮肤白净，眉修目秀，怎么看也不像带兵打仗的武士，倒像大户人家师爷。说话也文绉绉的，左一个李翰林，右一个李翰林，对李鸿章甚是恭敬。接下来是周盛波的紫蓬山防线。听说李鸿章要来，周盛波早带着亲兵营，等在营前。与张树声不同，周盛波面色微黑，像个铁匠，还有点圩主味道。比李氏兄弟都小，对他们也很尊重。只有大潜山防线的刘铭传没在，说到一线巡查去了。李鹤章告诉李鸿章，刘铭传比周盛波还小，字省三，盐贩子出身。满脸都是麻子，兄弟间排行第六，人称刘六麻子。也许年少气盛，脾气大得很，打起仗来不要命，是个拼命三郎。

刚看过三山防线，有报传来，说凤阳陷落，西进太平军离肥东已越来越近。李鸿章对李鹤章道："三弟坚守现有阵线，我带几营兵勇，前去迎击长毛。"李鹤章说："二哥留下，要迎敌，只能三弟前去。"李鸿章道："咱所谓迎敌，不过虚张声势，迷惑一下敌人，真想抵挡长毛，还得靠三弟和各圩主数道防线。你断断不能离开，好好守住自己阵地。"

李鹤章不好坚持，只得寄望二哥小心。李鸿章跳上黄膘马，带领三营兵勇，望东而去。逶迤走上十多里，前哨来报，说太平军已杀将过来。李鸿章深知自己三营兵勇不是敌军对手，把三位营官叫到跟前，如此这般，布置一番。

根据布置，一营首先埋伏阵前，待长毛靠近，先放上一阵火枪和土炮，随即赶紧后撤，让位于二营。二营施放一阵枪炮，同样撤下来，三营再顶上去，如法炮制。这样一来，太平军只闻阵前炮火激烈，不知清兵到底多少人马，一时有些摸不着头脑。

不过太平军久经沙场，不是轻易就镇得住的，没等李鸿章三番炮火放完，就呼啸着冲杀过来，踏过阵前双方留下的伤残，向肥东防线奔涌而至。

比起李鸿章三营兵勇来，肥东防线自然坚实得多，不是太平军随随便便就冲得过去的。太平军北伐以来，一路所向披靡，这次总算碰到了真正的阻击。不过太平军毕竟兵多将广，又打惯硬仗恶仗，肥东防线要阻住他们一波猛似一波的攻击，还不是说的那么容易。

随着阵前死尸越堆越多，李鹤章他们渐渐有些支撑不住。数位圩主又是联手作战，没有统一指挥，见防不住太平军，不愿拼光好不容易积攒起来的老本，各怀异志，盘算着如何撤下自己人马，弃阵逃命。恰在此时，南面山丘上响起激烈的枪炮声。太平军吃惊不小，侧目回望，只见丘上旌旗乱舞，尘土飞扬，潮水般的呐喊声甚至盖过枪炮声。

这些从天而降的神兵不是别人，正是李鸿章三营兵勇。与太平军短暂遭遇过后，他们就撤到一旁，放过敌军，然后一路尾随而来。待肥东防线枪炮打响，三营兵勇就上了南面山丘，身后绑上树枝，肩上插着旗子，一边在土路上来回奔跑，一边放枪开炮，齐声呐喊，仿佛千军万马从天而降。太平军一时摸不透清兵底细，不禁胆寒起来，寻思着要不要撤退。防线圩主们则来了神，放弃逃离想法，开始反击。李鸿章觉得时机已经成熟，指挥三营兵勇，呼啸着从山丘上掩杀下来。

本来太平军北伐目标就是向北，是见滁州以西清兵薄弱，想顺手牵羊拿下庐州，壮大一下声威，不想遇到肥东防线阻击，死伤不少，加之李鸿章疑阵干扰，一时不知深浅，不敢恋战，赶紧往东北方向撤离。这也在李鸿章预料之中，才把疑阵布于南面山丘，以免正面交锋，遭受无谓损失。现太平军北窜，正好追上一程，拣些战利品，武装兵勇。一口气追至巢县北境，抄近道插敌前设伏，一番截杀，斩首甚众，获械无数，兴高采烈而旋。

李鸿章布防得法，保住庐州，继而追敌有获，给足李嘉端面子，李嘉端又是设宴庆功，又是拟稿奏请皇上嘉奖李鸿章。李鸿章毕竟文弱翰林一个，奉旨帮办团练，能给团练大臣办办文案，跑跑碎路，出的点子不馊不臭，便算称职，不料还能真刀真枪，上阵杀敌，不折不扣打了胜仗，远远超出咸丰皇帝想象，当即恩准官提一级，晋升六品，佩戴蓝翎。

武夫打仗立功晋级，皆在情理之中，一介书生，跨马挥剑，带兵上阵厮杀，还一战成功，取得小胜，在皇帝手上赢得蓝翎，实属罕见。李鸿章因此初博小名，被视作难得的文武全才，让人不敢小瞧。不过也有人背后撇嘴，打仗嘛，无非舍命拼杀，难道也是读书人干的差事？李鸿章一定疯了，不做翰林做绿林，真有辱斯文。

翰林也好，绿林也罢，立功晋级才是王道。李鸿章不在乎旁人说长论短，不在乎翰林绿林，一心盼着再寻机会，再立大功。立功机会又在哪儿呢？李鸿章想起窜往北边的太平军，心里有些发痒，跑去见李嘉端，建议道："长毛北窜，宿州有周大人阻击，咱们正好尾追过去，两面夹击，不全歼长毛，至少也会让他们元气大伤，中断北伐。"

李嘉端默然无语。李鸿章不知其意，又道："长毛北伐目的显而易见，就是越淮水，跨黄河，直捣京城。咱们若能与周大人合作，借皖省天时地利人和，拖垮长毛，使其北伐企图泡汤，确保北国和京都安全，皇上定然心生感激，大人前程未可限量也。”李嘉端这才道：“少荃想法好是好，可实施起来，恐怕没说的这么轻松。”李鸿章道：“打仗自然没啥可轻松的。可这是绝好机会，错过可惜。”

李嘉端还是不为所动，道：“咱兵员不够，保庐州尚且力不从心，再把有限兵勇抽走，一旦西征长毛开过来，咱们往何处逃？安庆已失，再丢庐州，巡抚衙署搬到哪里去？没有抚衙，我这个巡抚岂不成丧家之犬，连巡抚印都没地方可藏啊。”

真没出息，就念着抚衙和巡抚印，也不想想大清江山。一旦大清江山易手，你这个巡抚还做得成？李鸿章仍要坚持：“打击敌军就是更好地保全自己，缩在庐州城里，该出手时不出手，必将坐失良机，被动挨打。至于兵力，也事在人为，还可再招募。皖省之内，除随三弟一起布防肥东的三山团练外，还有庐江潘鼎新、吴长庆等民团也办得很好，声势不小，鸿章可出面召到李大人旗下，共同追击长毛。”

李嘉端没法反驳李鸿章，又拿周天爵说事：“周天爵会配合咱们吗？头次庐州遇险，请他救援，他理都不理，回了宿州，仅支使你和季荃来交差了事。”

原来李嘉端还在记恨周天爵，想看着太平军灭掉他，给自己泄愤。殊不知宿州有失，皖北不保，庐州更危险。时机转瞬即逝，不抓住空档，狠揍北伐太平军一顿，待西征长毛逆江而上，就再没了机会。相反若能重创北伐军，洪秀全不敢派兵西进，整个安徽局面将发生改变，庐州也更安全。李鸿章正要张口，李嘉端道：“老夫累了，有事明天再议吧。”

李鸿章悻然出门。想起奉旨南下，先随吕贤基左右，卖力帮办团练，因袁甲三从中捣鬼，遭到排斥；继跟周天爵转战皖北，舍命追剿捻匪，被李嘉端招回庐州；带兵阻击太平军，小试牛刀，初立战功，本欲趁机大干一番，李嘉端首鼠两端，裹足不前，实在让人泄气。

李鸿章心有不甘，改日又去找李嘉端，还想说服他北追太平军。李嘉端干脆避而不见。李鸿章失望至极，知道跟着这样的主子，不可能混出名堂，顿生去意。然天下熙熙，又有谁足可依靠，促自己成就伟业，实现鸿鹄之志？李鸿章茫然四顾，感到无助无望又无奈。

正在李鸿章徘徊不定之际，北伐太平军势如破竹，横扫皖北，兵临宿州城下。周天爵飞书李嘉端，请求增兵皖北，救援宿州。可李嘉端毫无动静，像没事人似的。李鸿章欲上门探问，又担心自讨没趣，只好忍隐不发，等候李嘉端召见。

恰好袁甲三以私人名义来信，说皖北危急，宿州朝不保夕，恳请李鸿章说服巡抚大人，派兵往救。李鸿章拿着袁甲三信函，去找李嘉端，可签押房门户紧闭，问值勤侍卫，说巡抚大人巡查城防去了。再问何时能回，侍卫摇头说不知道。

李鸿章跨上黄膘马，满城跑上一圈，哪有李嘉端踪影？不用说李嘉端料你会找他，懒得费口舌，才找借口躲得不知去向。

垂头丧气回到住地，准备给袁甲三回信，又不知从何说起。总不能说主子坏话吧？这不是李鸿章风格，他只想做男人，动手干实事，不想学妇人，动嘴说长道短。干脆扔了笔，放弃回信想法。太平军围攻宿州，捻军定然又会趁机四起，不知皖北局势还能维持几天，只怕你的回信还没到，宿州已破，皖北已乱，袁甲三早死于太平军之手，这信回也是白回。

将自己关在屋里，生了两天闷气，李嘉端忽派人来唤，要李鸿章去见。走进签押房，还没落座，李嘉端便道：“周天爵已死于亳州。”李鸿章诧异道：“周大人不正在宿州城阻击长毛吗？不是误传吧？”李嘉端说：“不是误传，皇上已经下旨，命袁甲三以安徽布政使身份，主办宿州团练。周天爵已八十一岁高龄，还不撒手人寰，他自己也过意不去呀。”

听李嘉端这口气，正巴不得周天爵死掉。原来周天爵经营宿州多年，壕深墙厚，兵多粮足，属下大小营官都是他的人，大兵压境时，颇能团结一致，共同抗敌，太平军一时攻克不下。可坐守孤城，到底非长久之计，周天爵飞书李嘉端求救，袁甲三也函请李鸿章伸把援手。不想庐州毫无动静，不见半个援兵，袁甲三只好征得周天爵同意，出城招募民团，整编成军，回击太平军，以解宿州之危。

此乃没办法的办法。只是袁甲三到皖时间不长，人地生疏，周天爵干脆亲自突围出城，让袁甲三留守宿州。望西而行，赶往亳州，刚募了两营兵勇，不期太平军突然放弃宿州，转向亳州掩杀过来。太平军用意明显，宿州久攻不下，时间耽误不起，干脆取消原定经鲁进京路线，改攻亳州，绕行豫省，再图北伐。

见太平军来势凶猛，周天爵知亳州不比宿州，兵少粮缺，城防薄弱，不可久守，心里难免发急，一口气没咽下去，倒地而亡。周天爵确实急了点，其实袁甲三见太平军突然扔下宿州，望西而奔，已窥破其用意，调集兵力，衔尾追杀。此时亳州城外的太平军还没完全站稳脚跟，袁甲三率部赶至，一阵乱砍滥杀，打得敌军一个个心惊肉跳。加之城里兵勇见城外喊杀连天，也冲出城来，太平军腹背受敌，顿时作鸟兽散，逃得不知去向。

可惜周天爵早死半天，皖北损失一位团练老臣，整个皖省格局失去平衡，令人心忧。李鸿章道："长毛暂时溃散，定将协同各地捻匪，卷土重来，兴风作浪，皖北只怕会再陷危境。"李嘉端说："没这么严重。周天爵活着时，袁甲三只得听其摆布，有劲使不出。如今独掌兵权，正好放开手脚，发挥才干，镇住长毛和捻匪。从这个角度说，周天爵之死，对袁甲三来说不算坏事，对皖北百姓也是福音。"

别看李嘉端气窄量小，却不乏识人之明。果不其然，袁甲三全面接手宿州团练大营后，重新调兵遣将，该布防的布防，该出手的出手，溃散太平军被他打得七零八落，各路捻军也屡屡败于其手。皇上本来想另派大员接手皖北团练，见袁甲三干得出色，干脆就地取材，让他升任兵部侍郎衔，享受二品待遇，全面负责皖北团练大营。

李鸿章想起袁甲三所说项城财主与长工的故事，周天爵经办宿州团练多年，一直忙到四脚朝天，一命呜呼，原来还真是给袁甲三帮的工。凭袁甲三这个来势，绝对比李嘉端有出息，李鸿章心有所动，想着是不是投奔袁甲三去。自己还是六品，跟袁甲三干上几年，打几次胜仗，往上升几级，到得四品三品，就有资格独立经办团练，撸起袖子大干一番。

不过李鸿章只这么想想，不好自作多情，自己跑去投袁甲三。就如女人嫁汉，只能等人家来娶，不可主动投怀送抱，自我降格。何况你生是庐州人，死是庐州鬼，西征太平军随时都可能打过来，丢下父老乡亲不管，一个人跑皖北谋求顶戴，也说不过去。

李鸿章的担忧很快成为现实，西征太平军主力浩浩荡荡开出金陵城，逆江而上，进驻安庆。比起北伐军，西征军规模更大，人数更多，来势更盛。最让清军胆战心惊的是，西征统帅不是别人，乃鼎鼎大名的翼王石达开。

石达开可不是寻常之辈，乃太平军最富有传奇色彩的人物。十六岁出山，十九岁统帅千军，二十岁加封翼王。自太平军起义至今，独立率军转战数省，战功卓著。尤其是长沙大战，西王萧朝贵阵亡，太平军陷入清军反包围，形势万分危急，石达开西渡湘江，开辟河西基地，多次击败进犯敌军，取得水陆洲大捷，重挫清军士气。又看准时机，安全撤离河西，跳出清军反包围圈。尔后顺江而下，夺岳阳，占武昌，东指金陵，二十八天挺进一千八百里，战无不胜，攻无不克，令清军闻风丧胆，号之曰“石敢当”。

也许是翼王威名太响，一听石达开三个字，李嘉端就双腿发软，差点缩到地上。也不能怪他胆小，石达开太会打仗，且兵多将广，谁听到他名字不发怵？何况庐州离安庆不远，石达开一时兴起，挥师北进，没几天就可打到庐州城下，凭城里这点兵将，能扛得几时？

李嘉端急召李鸿章，商量对策。李鸿章也知石达开一到，庐州凶多吉少，却还是故作镇定道：“虽说石达开能征惯战，毕竟是乱世枭雄，咱们拥有朝廷正义之师，还怕他不成？”李嘉端说：“咱是正义之师不假，然正义之师还得有精兵良将，凭庐州城里城外几营绿营和民团，真跟石贼遭遇，又哪是对手？”

这也是实情，李鸿章不好否认，说：“大人先不用着急，石部就是来打庐州，也得从舒城经过，吕大人的团练已初具规模，总可抵挡一阵子。”李嘉端道：“舒城团练再有规模，也没法与石部抗衡。加上吕大人文人带兵，毫无实战经验，哪像石匪久经沙场，敢战会战能战？石匪若攻舒城，舒城就不是舒城，必是输城无疑。”

说得李鸿章也替吕贤基担忧起来，只怕这次真会死在石达开手里。舒城一破，庐州还保存得几天？李鸿章想想就感到恐惧。又不好将恐惧流露在脸上，只得壮胆道：“不管怎么样，咱们不能坐等石匪来攻，有三件事必须马上办：一是调集各县绿营和民团，共同布防庐州；二是函请袁甲三增兵救援，他不是周天爵，与李大人没有过节，不会见死不救；三是上奏皇上，调集鄂赣兵勇，急救庐州。”

两人照计分头动作，李鸿章草拟奏稿，李嘉端给袁甲三写求援信。奏稿和求援函发出后，再商讨布防事宜。李嘉端道：“各县绿营再烂，再不顶用，也算朝廷制军，应该调得动。民团却不太好说，没拿过官饷，没吃过官粮，恐怕不是想调就调得动的。”李鸿章道：“调集民团的事交我吧，我是庐州人，合肥和庐江一带团勇踊跃，先把他们动员起来再说。”

李嘉端乐道:“那辛苦少荃出城一趟，最好把季荃也叫上，给你多拉几营民团。至于调集绿营的事，有老夫在此，谅他们不敢不从。”

当日李鸿章就带上刘斗斋，打马东归，直奔磨店。时值仲冬，万物萧瑟，冷风飒飒，加之马速又快，跑不到半天，李鸿章就感觉四肢麻木，全身僵硬。正好前面有个小镇，两人准备到镇上找家馆子，吃几碗热饭，抵御一下风寒，再上路也不迟。

正碰上集日，镇里车水马龙，人头攒动，有几分热闹。穿过熙攘人群，来到一家酒馆前，刘斗斋牵马去后院喂料，李鸿章挑帘进店，由店小二带领，引入楼上雅间。要壶热茶，点好肉菜，刘斗斋也喂完马，上得楼来。喝几口茶水，菜已炒好，酒也温热，小二端上来，主仆开始大碗喝酒，大口吃肉。喝到微醺，忽闻窗外起了惊呼和吆喝，还伴随着棍棒和拳脚声。刘斗斋年轻，好奇心强，忍不住放下酒碗，开窗探头，去看热闹。

窗外是个渡口，舟过船往，人来畜去。喧闹声来自水边渡船上的打斗，还有岸上围观人群的大声起哄。可能打得还有几分精彩，看得刘斗斋满脸惊奇，啧啧称善，还招呼李鸿章道:“大人大人，快来看，快来看！”

“有人打架吧，有啥好看的？”李鸿章说着，还是起身来到窗前。只见宽大的渡船上，一位手持扁担的麻脸少年，与七八个五大三粗的刀斧手对抗着，双方你来我往，一时不分输赢。旁边有只小船，站着几个年轻挑夫，脚边搁着担子，还有撒了一舱的白花花的东西，一看便知是昂贵的白盐。一定是盐贩子遇上地方豪强，双方起了冲突。

仅仅一根扁担，也敢跟这么多刀斧手开打，胆子真不小。毕竟头上挥舞着七八把快刀利斧，一不小心，躲闪不及，脑袋就会开花。李鸿章手心正捏着一把汗，见麻脸少年毫无惧色，越战越勇，随着渡船上下波动和左右摇晃，像喝醉酒似的，指东击西，点南攻北，上捅下捣，前剁后劈，几个回合下来，就将刀斧手打得缩头跺脚，收身躬背，又无处躲藏，一个个扑通扑通，落入水中。少年不解恨，也纵身跳入水里，继续手抡扁担，追打刀斧手。刀斧手四肢乱扑，手里刀斧早不知去向，更无还击之力，被打得鬼哭狼嚎，舍了命往岸上逃。少年这才住了手，以扁担为桨，在水里猛地一划，一个鲤鱼打挺，跃出水面，飞身到了船上。

李鸿章暗暗为少年叫好，心里不免寻思，国家临难，缺的正是这种有艺有胆的英雄，若召到门下，抗击悍匪，保家卫国，岂不妙哉？李鸿章拍拍刘斗斋肩膀，说："你去把壮汉叫上来，我有话说。"刘斗斋出门要下楼，李鸿章又叫住他："还是我亲自去请吧。"

可李鸿章下楼来到码头上，麻脸少年还有几位挑夫都已不见，只一旁的小船上，有不少人在起劲争抢白盐。李鸿章有些失落，问旁边的人，刚才与刀斧手对打的麻脸少年是何人。旁人说："何人不太清楚，只听贩盐挑夫喊他刘麻子。"

十里不断刘，姓刘的人多如过江之鲫，脸有麻子的刘姓人肯定也不少，世上叫刘麻子的估计不上万，也成千，又到哪儿去找武艺高强的刘麻子呢？

悻然回到楼上，李鸿章也没心情再喝酒，吃几口饭，就下楼上马，出了镇子。

回到磨店，进得李家老宅，先登高堂，拜望慈母。又入闺阃，会见贤妻。再至小时读书作文的棣华书屋，与四弟蕴章、五弟凤章相聚欢谈。只是难忘心中使命，对凤章道："麻烦五弟去老三圩子跑一趟，要他回来见我。"

老五出门来到圩里，告知二哥到家，李鹤章飞身上马，回村奔进老宅，入棣华书屋来会李鸿章。李鸿章道："石达开带领西征大军进驻安庆，庐州危在旦夕，李大人犹如惊弓之鸟，命我联络合肥和庐江各大民团，共同守卫庐州。三弟与各圩主来往密切，还得请你再出一马。"李鹤章道："三弟自没话说，二哥怎么吩咐怎么做，只是不知各圩主有何想法。"李鸿章说："都是庐州人，保卫庐州，会有啥想法？"李鹤章道："前次配合二哥击败定远陆匪，朝廷委三弟六品衔，各大圩羡慕得很，故北伐长毛来攻庐州，各大圩主不打折扣就到了位。后击退长毛，却没见朝廷有啥表示，各圩主感到失落，不知此次还肯否出面。"

圩主们有想法也在情理之中。李鸿章道："长毛北伐，绕道庐州，不过顺手牵羊，稍一遇阻，便掉头北窜，肥东防线各圩主虽说有功，却不怎么突出，李大人也就没专折奏报皇上，就是报上去，也不可能有赏。"李鹤章道："我也这么劝过各圩主。不管怎么样，咱们还是会会各圩主再说。见面三分义，也许二哥出了面，各圩主肯买账。"

改日正要出发，赴访各圩主，门人入报，说有客来投。迎出门去，竟是赵畇儿子赵继元，还有其母和妹妹赵小莲，一个个灰头土脸，像刚从地里刨出来似的。请进客人，正要问来由，赵继元掏出父亲信函，交给李鸿章。信上说石达开率部进驻安庆后，安庆眼皮底下的太湖人心惶惶，官宦人家和豪商富贾纷纷出逃，儿子赵继元也携母亲和妹妹离家出门，往投舒城。舒城不可久留，赵畇便让儿子陪护母亲和妹妹，赶来磨店，暂避风雨。

看过信函，李鸿章对赵继元道："见字如晤，令尊是家父同僚，又与鸿章一起南归办团练，可谓患难之交，他把你们托付给咱，是看得起咱李家父子。你娘仨只管放心住下，咱们有吃，不会饿着你们，咱们有穿，不会冻着你们。"李鹤章也拍拍赵继元肩膀道："磨店天远地僻，石达开意在西征，就是打到庐州，也不会随便往乡下跑，这里一时半会儿还算安全。你们安心住下，家母喜欢热闹，有你们作陪，老人家一定笑得合不拢嘴。"

李家兄弟如此义气，赵继元稍感心安。彼此客气几句，李鸿章带着娘仨去见母亲。听说是丈夫和儿子同僚家人，李母自然高兴，拉着赵妻之手，问长问短，好不亲切。

安顿好赵家人，李鸿章才由李鹤章陪同，带上刘斗斋和几名亲兵，出了李宅。先下庐江，直奔广寒潘府。潘鼎新闻讯，忙从圩上赶回家，将两人请至上房叙话。潘鼎新小李鸿章五岁，十八岁经童子试成为秀才。他有个表兄刘秉璋，两人自幼一起长大，同窗就学，却初试不利，名落孙山。潘鼎新同情刘秉璋，拉他离家赴京，寄居庐州会馆，拜同乡京官李文安为师。两年后李鸿章高中进士，李文安又让潘刘师从儿子，苦读精研。又过两载，两人冒充顺天大兴籍，分别参加北闱乡试和童试，潘鼎新考中举人，刘秉璋也成为秀才。翌年潘鼎新参加会试，文已入选，皆因词气勃发，引起考官怀疑，觉得不像北方考生文笔，认定为冒籍者，不予取录。潘鼎新年少气盛，愤而回乡，再不应试。留下刘秉璋，继续羁旅京师，考取举人，十年后终于金榜题名，高中进士。潘鼎新返乡不久，太平军席卷江南，他也拉支队伍，筑圩练勇，干得风风火火。皖省民团圩主多为武夫，如潘鼎新举人出身，绝无仅有，实属难得。又是自己学生，李鸿章不可能忽略过去。

师生互道别后情形，李鸿章说明来意，潘鼎新道："老师不辞辛苦，征召学生，学生自是当仁不让。可石匪并非等闲之辈，只怕不是几营缺枪少炮的民团对付得了的。"李鸿章道："石匪确非普通角色，庐州乃至皖省安全更需各民团共同维护。不过琴轩（潘鼎新）不必过虑，巡抚大人已奏请皇上速派鄂赣清兵救皖，又给宿州袁大人去函，请他南下增援。若两路兵马能到，合肥庐江民团也肯出力，加上周边清兵，共挡石匪，该不是空话。”

果如李鸿章所说，能够抵挡石匪，保住庐州不失，又何乐而不为呢？何况一支小小地方民团，发展空间有限，要想成大气候，还得寻找靠山。如今靠山就在眼前，潘鼎新不愿错过，说：“老师不嫌弃，学生自然愿尽犬马，何时需要，咱何时出山就是。”

目的达到，兄弟俩起身告辞，准备出发赶往沙湖山，去找吴长庆。潘鼎新道：“鼎新也好一阵子没见吴长庆，干脆带几个兄弟，随老师走一趟沙湖山吧。”

潘吴素有往来，关系不错。见潘鼎新带着李家兄弟找上门来，吴长庆觉得很有面子，设宴摆酒，盛情款待。李鸿章把在潘鼎新面前说过的话，又说一遍。吴长庆很爽快，说：“长庆马上带领团勇，随大人出发。”李鹤章笑道：“不一定马上出发，咱们还准备动员合肥各大圩主，届时再按约定，联合行动，布防庐州。”吴长庆道：“早知三山圩主准备在周公山下会盟，也不晓得放在哪一天。要么咱们一起去庆贺庆贺？”潘鼎新响应道：“不管哪一天，反正老师要找他们，咱们干脆一起跑一趟，若碰上三山会盟，也好凑凑热闹。”

酒罢四位英雄上马，一起往周公山驰去。也是巧，还真被他们碰到三山会盟佳期。周公山乃张树声大本营，不用说盟主就是他无疑。听到哨官报告，说磨店李氏兄弟还有庐江潘吴两位圩主已到大圩营外，张树声忙叫上弟弟张树珊迎出来，接住四位。

执手寒暄毕，张氏兄弟将四位请入圩内。圩内张灯结彩，杀猪宰羊，一派喜气洋洋。圩台高筑，紫蓬山圩主周盛波周盛传兄弟，大潜山圩主刘铭传，已端坐台上，就等时辰到来，歃血为盟。在主人恭引下，四位登上圩台，去会两山圩主。一回生二回熟，李鸿章曾在肥东防线见过周氏兄弟，今日再会，算是老朋友，格外亲切。刘铭传还是初次相晤，可正眼瞧过去，其坚毅不屈的目光和脸上坑坑洼洼的麻子，让人顿生似曾相识之感。

不用说，几天前回家途中见过的麻脸少年，就是眼前这个刘铭传。当时刘铭传凭借手中扁担，将船上七八个刀斧手打得鬼哭狼嚎，纷纷落水，还不解恨，又跳入水中，追着他们痛揍了一顿。想不到少年竟是刘铭传，现在就站在眼前，叫李鸿章好不欢喜。

就在李鸿章张嘴想赞扬刘铭传武艺时，刘铭传粗声粗气道："你就是李翰林李大人，头次肥东布防，听说你亲自去找过我，我下各营巡查去了，才失之交臂。"李鸿章道："人生何处不相逢？有缘总会再相会。"刘铭传说："谁跟你有缘？肥东阻击长毛，你做几天绿林，就搞到六品顶戴，咱三山民团损兵折将，徒耗饷银，却啥都没捞到，你还好意思来会。莫不是又想哄咱们给你去卖命换更大的顶戴？"

听刘铭传话说得难听，张树声赶紧制止："省三（刘铭传）别无礼！头次肥东狙击长毛，主帅是李巡抚，翰林大人六品顶戴也是李巡抚奏报皇上赏赐的。若翰林大人是主帅，有专折奏报职权，还不把咱们名字都给写了上去？"刘铭传瞪眼张树声，道："你是盟主，不是懵主，也想懵咱不成？咱又不是小孩，还不知道李嘉端奏报皇上，拟稿人就是眼前这位翰林大人？翰林大人担心咱们分他功，影响他高升，才只写自己一人名字。"

"越说越不像话！参加联防，保卫桑梓，本属分内之事，何况也没跟长毛对抗几下，就想加官晋爵，哪来如此好事？以后跟着翰林大人干，立下大功，还怕不给你奏报到皇上那里去？"张树声教育过刘铭传，又别过脸来，要李鸿章大人大量，别计较他。

李鸿章哈哈大笑道："本绿林就欣赏省三这个爽快劲，有啥说啥。说得也有道理，头次肥东布防，不能给你们报功请赏，是本绿林处置不当。也怪本绿林人微言轻，做不得主。待日后咱有了奏报权，你们又乐意跟本绿林干，绝对不会隐瞒你们功劳。"

潘鼎新也上前一步，说："翰林大人来自天子脚下，又是难得的文武全才，日后肯定能成大器，咱们就该聚集到他旗下，跟着好好干，先把他抬到高位，咱们再癞子跟着月亮走，一起沾光。"吴长庆也道："尤其是省三，这么年轻，又一身武艺，有翰林大人做咱们头儿，日后肯定保你建大功，立大业，平步青云，封妻荫子。"

经众人这么一说，刘铭传转愤为喜，抱拳给李鸿章行个礼，说："铭传不知轻重好歹，还请翰林哥哥原谅。从今天开始，咱跟定翰林哥哥，翰林哥哥叫咱上山，咱不下河，叫咱往东，咱不往西。"李鸿章还过礼，笑道："太好啦！省三和各位兄弟看得起，本绿林一定不负众望，为各位创造建功立业良机，有福同享，有难同当，共同发达！"

正好良辰吉时已到，一阵惊天动地的连排枪炮响过，张树声站到台子前，宣布会盟仪式开始。台下团勇齐声呐喊，气势如虹，威壮山河。早有人捉过大红公鸡，递上前来，张树声接住，走到神坛前立定。周氏兄弟、刘铭传以及张树珊四位上前，分立张树声两旁，神情肃穆。张树声拿刀在鸡脖上一抹，将鸡血滴入神坛前的宽口酒碗里，开始带头行使祭礼。

祭祀过的鸡血酒就成了神酒，各人取下佩刀，在自己指上割道口子，看着指血一滴一滴滴入酒盅，再将散发着血腥味的神酒倒入碗里，一人端上一碗，脖子一仰，喝下喉咙。歃过血，喝过血酒，你身上流着我的血，我身上流着你的血，彼此就成为血友，成为兄弟和生死之交，一辈子都得肝胆相照，生死与共，永不背叛。

歃血仪式完成，台上台下掌声雷动，呼喊震天。随着震耳欲聋的鞭炮声响过，三山团勇依次出操，迈着阔步，威风凛凛从台前走过，接受圩主检阅。尔后各圩派出高手，打拳舞棍，击剑耍刀，各有绝活。惹得台前的刘铭传心里发痒，一时按捺不住，嚯地腾起身来，抓过屁股下的板凳，跳到台下，呼啦啦舞将起来。只见板凳旋起一道道弧线，绣球样在地上滚动着，却看不到绣球里面挥舞板凳的刘铭传本人。

丢掉板凳，有人扔过一把大刀，刘铭传用脚尖接住，只轻轻一抖，大刀就到了半空。待大刀落下，才一把抓住刀把，往地上一撑，一个鹞子翻身，弹到两丈外，深击浅挡，远劈近切，竖拍横扫，仿佛千军于前，都不堪其一击。

刘铭传武术赢得一声声喝彩，他更来神，又要过长矛耍起来。李鸿章早看花了眼，想起刘铭传在船上挥着扁担击杀刀斧手时的情形，不知这小子还会多少武艺。问张树声，他笑道："不好说省三会多少武艺，只能问还有哪些武艺他不会。树声印象中，什么武器到他手上，他都能耍得出神入化，毫无破绽。"

"太了不起啦！"李鸿章由衷赞叹道，心里对刘铭传又多了份喜爱。刘铭传开了头，其他圩主包括吴长庆、潘鼎新和李鹤章，也纷纷上前，表演自己看家本领。最后只李鸿章坐在原地不动，张树声上前说："翰林大人也露一手吧？"李鸿章道："鸿章手拿不动武器，脚站不了马步，哪懂武术？要我吟句诗，写幅字什么的，还差不多。”众人不干，这个说：“咱们都是粗人，翰林大人吟诗写字，也不懂，还是表演武术有意思。”那个说：“谁不知李家兄弟从小在李家祠堂习武？翰林大人不会武术，恐怕难得有人相信，还是让咱们开开眼界吧。”

李鸿章只好来到台前，抽出佩剑，装模作样舞了一回。众人使劲鼓掌，说翰林大人一双手握惯笔杆子，想不到舞起剑来，一招一式还像那么回事，实在难得。李鸿章喘着粗气道：“久不挥剑，已很生疏，今天也是高兴，为兄弟们凑个趣，别的场合是断不敢献丑的。”

表演完武术，台前开始耍狮子，舞龙灯，唱地方戏。酒桌也已摆上来，兄弟们大碗喝酒，大口吃肉，好不快活。李鸿章也放开肚皮，来者不拒，只要有敬，仰脖就喝。喝过敬酒，自然得端着酒碗，挨个回敬，将碗碰得丁当响，不惜喝得大醉。

酒真是好东西，能同喝同醉，就能同生死，共患难，成为兄弟。醉过醒来，不用李鸿章开口，圩主们就主动承诺，只要他一声召唤，就带着手下团练，直奔庐州，奋勇杀贼。

赶回庐州，走进巡抚衙门，李嘉端手上正拿着吕贤基求援信，要李鸿章过目。信上说石达开西征以来，以手下悍将燕王秦日纲为先锋，所到之处，清兵望风而逃，溃不成军，已连下集贤关和桐城等地，正逼近舒城，恳请李嘉端派兵驰救。

放下信件，李鸿章道：“舒城乃庐州门户，救舒城就是保庐州，李大人没啥可犹豫的，只能立刻派兵往援。”李嘉端说：“我也这么想，但庐州可用兵勇不多，都派往舒城，长毛和捻匪打过来，我拿什么对付？”李鸿章问：“发走的奏稿及袁甲三信函，有反馈没？”李嘉端苦着脸道：“反馈是有反馈，只是不容乐观。石达开到达安庆后，皖北捻匪和分散各处的长毛跃跃欲试，兴风作浪，袁甲三自顾不暇，也就没法腾出手脚，来援庐州。倒是皇上意识到庐州之重要，准备调主持江西防务的江忠源赴皖。”

皖省捻军成灾，又处于金陵眼皮底下，太平军虎视眈眈，顷刻可至，确实需要能人主持大局。李鸿章道：“江西离庐州有些距离，不知江忠源何日能到？”李嘉端说：“这正是我担心的，只怕江忠源未至，石匪早攻克舒城，到了庐州城下。”李鸿章说：“正因如此，我们不能坐等江大人到来，该咋办还得咋办。”李嘉端说：“少荃说怎么办好？”李鸿章道：“庐州要紧，大人负责留守庐州，鸿章带兵前去救援舒城。”李嘉端不愿分散手头少得可怜的兵勇，道：“可兵在何处？你带着团勇回来没有？”

民团是想带就带得回来的？李鸿章道：“鸿章已拜访过合肥和庐江各大团练圩主，他们都愿归附李大人，同仇敌忾，共卫庐州。”李嘉端转忧为喜道：“合肥庐江民团比八旗和绿营老爷兵强得多，能把他们召到身边，何愁庐州不保？他们进了城，还是在城外？走走走，咱这就去会会他们。”李鸿章道：“团勇一出动，就得拿饷吃粮，没征得大人同意，鸿章不敢贸然带到庐州来。”李嘉端道：“也是的，都怪本抚求兵心切，恨不得马上见到团勇。我这就打开藩库，调拨粮饷，确保各民团到庐州后有吃有花。”

算李嘉端不傻，知道生死存亡之际，库银留着不花，万一城破，只能好了太平军，还不如拿出来犒赏民团，以保庐州不失。于是下书各民团圩主，速速带勇前来领取粮饷。见到李嘉端札书，又有李鸿章叮嘱在先，各大圩主毫不犹豫，纷纷汇集团勇，往庐州开拔。

得知合肥庐江团勇到了路上，李嘉端心里踏实了些，安排两营兵勇给李鸿章，让他带往舒城，应吕贤基之请。李鸿章率勇出城，往西南行进。到得舒城北门外，正碰见赵畇巡城，赵畇道：“都已什么时候，少荃还往舒城跑？”李鸿章道：“来救援吕大人。”赵畇道：“数万长毛来势汹汹，多你两营兵勇，就能保住舒城？”李鸿章道：“庐州力量薄弱，派不出太多兵勇。”赵畇说：“不是怪你带勇太少，是舒城必失无疑，还来送死，大可不必。”

“鸿章随吕大人回籍练勇，而今吕大人遇险，岂能见死不救？”李鸿章转头命令刘斗斋，传令兵勇，准备入城。赵畇阻拦道：“城里正在布防，已够乱的，还是将兵勇暂留城外，见过吕大人再说吧。”李鸿章觉得也是，只身与赵畇进入城门。路上赵畇问：“兵荒马乱的，令堂大人还好吧？”李鸿章说：“托赵大人福，一切均好。令阃与令爱令郎也安康，赵大人足可放心。”赵畇道：“给少荃一家添乱啦。”李鸿章道：“赵大人说哪里话，不是您看得起，也不会让令阃他们到磨店去受罪。”赵畇说：“只怪长毛可恨，弄得咱妻离子散。”

说话间，来到周家祠堂老营门前。进得大门，见魏德予站在止水池旁，手握竹竿，正往池里插去。李鸿章上前打声招呼，问是干吗。魏德予说：

“试试水深。”李鸿章问：“试水深何用？”魏德予道：“若深浅适合，吕大人也好入池洗浴。”

本是周瑜洗马处，怎能洗人？且数九寒冬，吕大人不怕水冷？李鸿章不便多问，随赵昀走进签押房。生死关头，李鸿章忽然现身，吕贤基感激涕零，紧握他双手，道：“还是少荃大义，危难之际重回老夫身边。”李鸿章道：“鸿章与大人奉旨回籍，驻扎舒城，后受大人指派，去宿州筹集粮饷兵器，欲返舒城而不得，只能打一枪换一个位置，几乎将皖省跑了个遍。如今舒城危急，鸿章自然不能袖手旁观，不管不顾。”吕贤基不好意思道：“都怪当初老夫糊涂，误中袁甲三离间计，愧对少荃。多亏少荃海量，不仅不计前嫌，还出手相助。”

人家毕竟是二品大员，能当面道歉，李鸿章还有啥可说的？撇开旧事，问道：“长毛迫近，大人有何部署？”吕贤基说：“石匪自桐城而来，咱将兵力一分为二，一部分扼守南门外，一部分驻扎城内，以便彼此呼应。”

本来兵力有限，还分驻两处，实在不算高明。李鸿章道：“舒城城墙还算坚固，不如将南门外兵力调回来，集中加强城防，或可抵挡长毛锋芒。”吕贤基道：“少荃所言不是没道理，可此时再调兵回防，只怕仓促了点，还是以静待动为佳。再说扼兵南门外，可趁长毛刚至，阵脚未稳，挫其锐气，对城防只有好处，没有坏处。”

知道吕贤基固执，李鸿章没再多说，反正说也白说。吕贤基问道：“少荃是受李大人指派来的吧？他给了你多少兵勇？”李鸿章说：“庐州兵少将寡，李大人只给我两营兵勇。”吕贤基嚷道：“两营兵勇能派啥用场？李嘉端心里唯有他庐州巡抚衙门，全无咱舒城团练衙署。”赵昀一旁道：“只要指挥得当，两营兵勇还是蛮管用的。”

吕贤基不理赵昀，问李鸿章道：“兵勇在哪儿？”李鸿章道：“还在舒城北门外。”吕贤基又不乐道：“长毛来自城南方向的桐城，把兵勇搁在城北干啥？”李鸿章道：“咱不刚从庐州过来吗？不知大人如何部署兵力，故暂留兵勇于城北，先来拜见大人，接受调度。”

毕竟李鸿章已不再是自己部属，又冒险前来增援，吕贤基不好朝他撒气，说：“少荃马上出城，将兵勇挪往城南，配合阻击长毛。”李鸿章道：“若绕城而行，自北而南得小半天，可否让鸿章率勇穿城而过，也省些时间？”赵昀反对道：“城里正在布防，庐州兵勇进进出出，舒城团勇和百姓不明真相，以为出了大事，岂不秩序大乱，还怎么防御即将到来的长毛？”吕贤基道：“也行，庐州兵勇就别进城了，多走几步路，绕城而过吧。”

李鸿章不便多言，出祠堂后问赵畇道：“赵大人咋会出此下策，让咱绕城而过，不白白耽误时间吗？”赵畇说：“耽误时间有啥？城南多你两营兵勇，就能阻住长毛不成？”

与赵畇分手，李鸿章出城带上兵勇，自城外绕行。赶到城南时，战斗早已打响，太平军正与护城团勇对攻。李鸿章不敢贸然参战，登上附近山头，手搭凉篷，睁眼望去，只见西南太平军黑压压掩过来，少说也有两三万人马。舒城团勇人少势弱，哪是太平军对手？几乎没做什么抵抗，就纷纷掉头，往城里退缩。

见太平军追入舒城，李鸿章指挥兵勇冲上前，放起枪炮来。太平军有些发懵，以为中了清军伏击，又听得身后枪炮声稀疏，知是小股团勇，扭过屁股，冲出城来。

毕竟太平军人多势众，李鸿章不敢恋战，勒转马首，望东而逃。一溜烟逃出十多里，才甩脱敌军，稳住阵脚，停止奔逃。惊魂甫定，仔细清点兵勇，已损失过半。

天色向晚，兵勇们嚼几口干粮，东倒西歪，躺下休息。刘斗斋问道：“何时回庐州？”李鸿章说：“也不知吕大人和赵大人怎么样，咱得进趟城，看看他们是死是活。”刘斗斋说：“这么多长毛涌入舒城，只怕两位大人早被踏成肉泥，咱们还是早些走吧。”

李鸿章不理刘斗斋，跳上黄膘马，要往城里方向冲。刘斗斋死死扯住缰绳，哀求他别去送死，死在舒城，只怕皇上连安葬费都不会给。李鸿章马鞭一挥，击在刘斗斋臂上，刘斗斋一松手，黄膘马头一昂，得得得得，往黑暗里奔去。刘斗斋只得也跨上马，随后追上。

挨近舒城，已至黎明时分。城里依然炮火连天，杀声不断。城门开着，不断有人从里面逃出来，有伤残兵勇，有狼狈百姓，还有不少哭喊着的妇女和小孩。忽见外逃人流里有个熟悉人影，像是赵畇。李鸿章下马上前，把赵畇拉到一旁，问：“吕大人怎么样啦？”

“吕大人他他他……”赵畇止不住双泪长流，喉头哽着，一时没法继续下去。李鸿章明白赵畇未出口的话是什么，继续追问道：“吕大人到底怎么啦？赵大人给句明言啊。”赵畇这才悲切道：“吕大人已投身止水池，为国殉职。”

怪不得吕贤基让魏德予试探止水池深浅，他是担心水不够深，不足以淹死自己。又想不是赵畇力阻，自己率勇入城，只怕还没出城南，就被太平军堵住，已死过好几回。李鸿章心里难受，双手捧住嗡嗡乱鸣的脑袋，哀叹道：“该死的舒城，还真是输城啊！”

吕贤基已殉国，没必要留舒城受死，李鸿章率勇护卫赵畇，望东逃逸。望得见庐州城头时，李鸿章邀道：“进城投奔李巡抚吧，赵大人大才，他求之不得。”赵畇摇头道：“我还是先去磨店，带上妻儿，寻个安身之处。不能进而治国平天下，就退而修身齐家吧。”

李鸿章把赵畇请入城边小店，叫几道菜，举酒饯别。酒是好酒，喝到嘴里，却味苦难咽。赵畇凄楚道：“咱俩及午桥随吕大人离京南下，本想齐心协力办好团练，剿灭长毛，修复山河，谁知吕大人出师未捷身先死，一人先走掉。”李鸿章道：“兵燹无情，吕大人恐怕也想不到会是这么个结局。”赵畇道：“早知如此，他就不会放走午桥，又轻信午桥所造伪书，逼走刘斗斋，害得你没法回舒城老营，而把他自己孤立起来。”

人死为尊，李鸿章不好再说吕贤基什么，埋首叹道：“长毛兵多粮足，石达开又善于用兵，我与午桥在舒城，也无济于事。”赵畇说：“你俩不走，给他出谋划策，招兵买马，练勇布防，舒城也不至于一攻即破。吕大人心胸狭窄，谁都不入法眼，只信得过魏德予，还有那些百无一用的旌德亲戚和老乡。”

李鸿章心头一阵悲凉，喝口酒，道：“赵大人不肯见李巡抚，可考虑去宿州投袁大人。”赵畇道：“虽说眼下午桥兵强马壮，然能撑多久也说不定。皖省近处金陵城下，无论长毛北伐还是西征，都会先拿皖省开刀，一旦庐州不保，宿州失去照应，午桥也独力难支。”

也许舒城失守，赵畇胆已吓破，满眼悲观。李鸿章还没失去信心，说：“长毛觑觎皖省不假，可金陵东郊和扬州有清军南北两座大营盯着，洪秀全不敢轻举妄动，加之赣鄂豫三省清军殿后，皖省该不至于太难堪。”赵畇道：“清军南北大营，皇上下足了本钱，但靠两大营扼制长毛，短期管用，日久必定失效。至于赣鄂豫这边，得防堵石匪西征，无法腾出太多兵力东援，皖省清兵欲与长毛形成抗衡，难上加难。”

虽说赵畇文人出身，看待局势还算有眼光。李鸿章叹道：“长毛确实凶猛，可堂堂大清立国两百年，根基不浅，真会断送在他们手上吗？大清消亡，咱们这些做臣子的，又去哪里谋生存，找活路？”赵畇道：“长毛想断送大清也非易事。少荃老师曾国藩所建湘军，已渐成气候，湘省数战，大败长毛，其势不可小视。日后灭长毛者，恐怕非曾大帅不可。”

曾国藩与李父李文安是同年进士，十年前李鸿章和大哥李瀚章进京求学赶考，便被父亲以同年子名义，送进曾府，求义索理，经曾国藩口传心授，深得读书为人精髓。此刻赵畇论及曾国藩，李鸿章不禁心头一振，想万一混不下去，就去投奔曾老师。

酒喝得差不多，李鸿章安排两名兵勇，护送赵畇去磨店，这才打马入城，往见李嘉端。

得闻舒城失守，吕贤基殉职，李嘉端在签押房里长吁短叹，不知自己脑袋还能在脖子上支撑几天，一见李鸿章，便急切道：“少荃有无办法，确保庐州免蹈舒城覆辙？”李鸿章安慰道：“大人不必多虑，庐州不比舒城，城里有绿营八旗把守，城外有各地民团护卫，加之江西援兵已在路上，届时多军共抵长毛，胜数不小。”

说得李嘉端稍稍心安，说：“少荃所言甚是。长毛刚攻下舒城，总得休整一段时间，庐州暂且应该无事。你先回去歇息，明天再巡查城防。城外民团都是你兄弟，听你指挥。”

李鸿章回屋睡上一觉，翌日出城看望各路民团。三山圩主和庐江潘鼎新、吴长庆都在，李鸿章一路巡查过去，见各处防线还像那么回事，才放下一颗心来。免不了又大碗喝酒，大口吃肉，与兄弟们醉成一堆。几天下来，巡完防线，才回抚衙复命。却见李嘉端脸色铁青，像涂了层厚厚的青苔。李鸿章疑惑道：“大人怎么啦？莫不是鸿章迟复欠妥？”

“不关少荃事，是狗日的胡元炜，欺到老子头上来了，看我不宰了他！”李嘉端咆哮道，拿过桌上一样东西，扔给李鸿章。李鸿章一瞧，是圣旨一道，意思是皖省势急，舒城陷落，李嘉端身为一省长官，责无旁贷，着摘去巡抚职务，由江忠源接任。

原来得知舒城失守，吕贤基殉职，皇上坐立不安，又接庐州知府胡元炜奏报，说李嘉端疏于军事，布防不力，庐州日见危急，请求皇上另派干将来守庐州。加之李嘉端自安庆退守庐州后，多次奏请增兵，字里行间充满悲观，皇上也觉得他靠不住，才寄希望于江忠源。名不正，言不顺，要江忠源守卫庐州，就得给他位置和权柄，才叫李嘉端让贤，命江忠源接任安徽巡抚，以挽救庐州乃至整个皖省颓势。

皖省险恶至此，李嘉端恨不得脚踩西瓜皮，溜之大吉，只是巡抚一职丢掉，心有不甘，才大为失态。李鸿章安慰道："皇上远在京城，不知皖省详情，如此处置大人，确实让人难以接受。不过于大人来说，也许并非坏事。"李嘉端气急败坏道："不是坏事，难道是好事不成？少荃也不替老夫想想，老夫穷尽一生力气，好不容易登上巡抚位置，胡元炜一份奏报，就将我拉回原处，叫我怎么想得通？"

说曹操，曹操到，李嘉端正发胡元炜脾气，胡元炜一脚迈进签押房，朝两人打打拱手，嘴上道："巡抚大人好！翰林大人好！"

胡元炜来得确实不是时候，李嘉端一见他，两眼直冒火星，腾地站起来，指着他鼻子，大声吼道："姓胡的，你还敢大摇大摆跑到抚衙来，以为我李嘉端好欺侮是不是！"一把抓过桌上镇纸，朝胡元炜头上猛砸过去。

镇纸为多年沉香木，颇有些分量，幸亏胡元炜躲得快，否则脑袋早开了花。李嘉端还不解气，又抓住砚台，准备出手。砚台不是镇纸，落到地上，不碎也会裂成几瓣，李嘉端稍稍迟疑，便被李鸿章伸手捞过去，说："大人息怒，大人息怒！"李嘉端仍指着胡元炜骂道："你这狗官，竟敢耍我名堂，今天不看少荃面子，我做死你！"

尽管连皮毛都没伤着，李嘉端这顿怒火还是把胡元炜给镇住，他脸上一阵青一阵白，像死过一回一般。李鸿章挪挪墙边椅子，请胡元炜落座，又弯腰拣起地上镇纸放回桌上，再给李嘉端递上一杯水："大人先润润喉咙。"

待李嘉端怒气消了些，李鸿章才对胡元炜道："胡大人驾到，有何好事？"胡元炜怯怯地看眼李嘉端，拿出一纸信函，递给李鸿章。是江忠源写给胡元炜的，意思是他已在来皖途中，嘱胡元炜抓紧筹饷募兵，做好防御西征太平军准备，他一到任就着手布防事宜。

李鸿章把信函还给胡元炜，冷冷道："这是江大人写给你的，拿这里来干啥？"胡元炜道："江巡抚信上说得明白，要我筹饷募兵。庐州境内已被本府掘地三尺，早无饷可筹，无兵可募，要筹要募，需在全省范围内考虑。咱手上知府印只管得着庐州，到庐州境外各处筹饷募兵，得签发加盖巡抚大印的委札。”

原来胡元炜是来取巡抚大印的。李嘉端火气又窜上脑门，只想发飙。李鸿章抢先对胡元炜道：“胡大人这么做，是不是太过分了点？江大人还没到，李大人仍是一省之主，你就急着拿走巡抚大印，换了你会作何感想？”胡元炜一脸无辜道：“不是我要拿走巡抚大印，是筹饷募兵需要嘛。眼下庐州城里饷缺兵寡，翰林大人比我更清楚。”

李嘉端正要发作，再次被李鸿章抢过话头，道：“胡大人所说不是完全没理，眼下属非常时期，诸事都得采取非常手段。不过巡抚大印怎么移交，是让你转交江大人，还是江大人到任后再说，由不得你，只能李大人自己决定。不过有句话，鸿章还得再说一遍，胡大人你这个做法，确实不够厚道，你知道吗？”

听李鸿章口气，事情还有商量余地，胡元炜知趣起身，一边蹑足往外走，一边点头哈腰道：“是是是，怪元炜莽撞，多有得罪。”

胡元炜出门后，李鸿章对李嘉端道：“圣命不可违，庐州更不便久留，迟去不如早去，大人说是不是？胡元炜手握江忠源信函，来取巡抚大印，给他倒也无妨。无官一身轻，一旦巡抚大印易手，千斤重担卸下肩头，大人就可拍屁股走人，哪怕庐州即刻为长毛攻陷，也与您老人家再无任何关系，又何乐而不为呢？”

其实李嘉端心里也是这么想的，不过人前不愿明言而已，这下李鸿章把话说穿，他也就满脸无辜，叹息道：“咱是虎落平川遭犬欺啊，胡元炜桀狗吠尧，逼得这么紧，咱想以死报国，都没了这个资格，叫咱怎么对得起皇上和皖省百姓啊！”

此时还拿皇上和皖省百姓说事，犯得着吗？李鸿章不好吱声，出门对还候在外面的胡元炜道：“李大人迟早会交印的，只是正在气头上，谁也惹不起。明天再来吧，以免李大人又抓过镇纸砚台啥的一顿乱砸，胡大人脑袋可受不了。”

为一枚巡抚大印，拿自己脑袋开玩笑，实无必要，胡元炜悻悻走掉。李鸿章返身回屋，见李嘉端手抚巡抚大印，千般不舍，万般难弃，忍住笑道：“胡元炜想让脑袋在脖子上多待几天，已夹着尾巴溜掉，明天我再让人通知他来取印。”

李嘉端头也没抬，只顾把着大印，爱不释手的样子。

三、荣升五品知府衔

改天李鸿章推开签押房，李嘉端已端坐于桌前，手里仍摩挲着巡抚大印，仿佛十来个时辰过去，一直没撒过手似的。

不久胡元炜进来，李嘉端又磨蹭半天，才忍痛割爱，放手巡抚大印。好在一夜工夫过去，人已平静许多，没再发脾气。倒是胡元炜心有余悸，生怕李嘉端拿大印当砚台，往自己头上砸，缩着两肩，不敢近前，还是李鸿章拿过桌上大印，转递他手上，把他打发走。

巡抚大印易手，皖省再没李嘉端立足之地，只能打点行装，尽快离去。李鸿章没忘六品顶戴是怎么戴到头上的，赶来送行。只见李嘉端落寞地站在抚衙门口，背也驼了，腰也弯了，昔日凛凛威风已荡然无存。旁边没一个送行的同僚，只俩仆人正往车上搬运行李。身为一省巡抚，平时走到哪里，总是前呼后拥，众星拱月，气场大得不得了。有时不小心放个屁，追随者都会弯下腰身，翕动鼻翼，用力吸纳，全心领会，不肯让宝气白白消散掉。谁料刚卸大印，人还没走呢，这些家伙便不见踪影，不知死哪儿去了。

也是没办法，人在官场，有位才有威，位置不在，就如老虎脱落虎皮，自然威风扫地。李鸿章心里几分沉重，朝李嘉端走过去。李嘉端仿佛一下子老了十多岁，气色暗淡，双目浑浊，额角和两颊寿斑触目惊心。

仆人已将行李搬好，李鸿章上前，把李嘉端掺进车里。顺手拉下车帘，以抵挡刺骨寒风。李嘉端一把年纪，又是这个状态，冻出病来，能否活着回到顺天府老家，只怕都难说。可走出不到两丈地，李嘉端又把车帘拉上去，回头望望巡抚衙署，脸上已是老泪纵横。

是不甘大权旁落，还是盼望有人从衙门里出来送上一程？已骑上马背的李鸿章不忍卒看，仰首去望天空。天色玄黄，似有大雪要下的样子。

长江被太平军把住，李嘉端此番回籍，只能北走陆路。出得北门，天上开始下雪，雪花如蝶，漫天飞舞。好在气温不太低，雪落地上，即刻化去，并不妨碍行程。送出城北好远，到该分手的地方，李嘉端却没停车意思，李鸿章只好继续跟着前行。

直至晌午，来到一个小镇上，车才刹住。李鸿章翻身下马，将李嘉端扶到车外，走进一家饭馆。酒上桌后，没等李鸿章敬酒，李嘉端就端过杯子，说："交出大印后，衙门里的人都躲得不知去向，难得少荃还肯冒雪前来送行，老夫敬你一杯。"

"鸿章敬李大人。"李鸿章捧杯干掉。李嘉端说声好，也仰脖喝掉杯中酒。重新倒好酒后，李鸿章变被动为主动，举杯先敬李嘉端。

酒是好东西，可浇心中块垒，一时间，李嘉端仿佛忘记大印易手的郁闷，操心起庐州安危来："依少荃所见，此次江忠源临危受命，可否保庐州不失？"李鸿章道："照鸿章看，若大人不离职，用兵得当，严加城防，说不定庐州还守得住，换上江忠源，必失无疑。"

不说其他，只说打仗，李嘉端还有些自知之明，清楚不能与江忠源比，也就不太相信李鸿章的话，说："少荃快别抬高老朽，谁不知江忠源能征惯战，是长毛克星？"李鸿章无意讨好李嘉端，道："说江忠源是长毛克星，倒也不假。众所周知，蓑衣渡一战，江忠源以两千楚勇重创上万长毛，要了南王冯云山小命。长沙争夺战，又与左宗棠联手，用大炮把西王萧朝贵送上西天。目前湖北与江西战场，能与长毛抗衡者，也只有江忠源一人。故长毛说起江忠源，又怕又恨，视其为心腹大患。"

李嘉端喝口酒，道："既然江忠源这么厉害，庐州还有不保之理？"李鸿章道："很难说。长毛视江忠源为死敌，得知他驻守庐州，还不倾力围剿，以雪心头之恨？况安徽不是湖南，江忠源在家门口作战，得天时地利人和，打胜仗不足为奇。远涉安徽，优势不再，人生地不熟，可用兵将有限，想靠胡元炜此等货色协助打败长毛，谈何容易？"

李嘉端眼望窗外，半日无语。他不愿江忠源取胜，反衬自己治军无方，理政无能。可庐州是自己苦心经营起来的大本营，又不愿其落入太平军之手，生灵涂炭，百姓遭殃。

其实李鸿章心里更不好受。李嘉端这把年纪，已船到码头车到站，大权旁落虽可惜，可不丢位置会丢性命，说是坏事，也是好事。李鸿章则不同，年富力强，如虎下山，正是干事的时候，李嘉端这一走，一下子没了主子，也没了方向，何去何从，还是未知数一个。想起离京南归以来，东一榔头，西一马棒，在吕贤基手下毫无建树，归附周天爵没混出名堂，直至辗转来到李嘉端身边，才凭运气打个小小胜仗，提了一级。谁知刚尝到甜头，李嘉端被夺去巡抚位置，自己一下子又失去靠山，也不知日后投奔谁去。当然铁打的营盘流水的兵，走掉李嘉端，又来个江忠源，另投新主也不是不可以。可江忠源能抵挡太平军进攻，保住庐州，稳定皖省局面吗？从目前形势看，可谓难上加难啊。

李鸿章一肚子苦水，正不知该不该倒给李嘉端，李嘉端突然道："据说少荃当年会试时，副主考是一个叫作福济的满人，可有此事？"

已至穷途末路，李嘉端怎会忽然想起毫不相干的福济来？李鸿章道："大人所说没错，当年鸿章那届会试，皇上确曾命福大人为副主考，只不过他临时外派，没能到任。"李嘉端说："没到任，名义上还是你老师嘛。"李鸿章道："是是是，福大人确实算我老师，只是我一直无缘拜会他老人家。"李嘉端说："想不想见见他？"

福济现为漕运总督，位高权重，莫非想见就见得到？李鸿章道："鸿章当然想拜见福大人，可漕运总督衙署设在淮安，又怎么见得着？"李嘉端道："少荃有所不知，福总督新受皇上委托，兼管淮北盐务，已将衙署搬至临淮关。"

临淮关在凤阳境内，离此地倒也不太远。李鸿章几分惊喜，道："漕运总督不是闲差，还有让其兼管盐务的理？"李嘉端道："这不是非常时期吗？皇上调福济入皖，可能有让他协助江忠源，督办皖省剿匪事务的意思。"

"当此之时，皇上调福大人入皖，这一招还真有几分高明。"李鸿章分析道，"本来漕运总督管钱管粮，颇具实力，兼理淮北盐务，自然更是财大气粗，且手握漕运标兵，协办剿匪事宜，优势确实还不小。"李嘉端笑道："正因如此，老夫才建议你去会会福总督。"李鸿章重重地点点头，说："鸿章听李大人的。"

放下杯子，吃些米饭，李鸿章扶李嘉端走出饭馆。不知何时，纷纷扬扬的飞雪已然止住，太阳从云层里探出来，给远山近水抹上一层浅晖。笼罩在李鸿章心头的厚厚阴霾也一扫而光。万一江忠源兵败庐州，守不住安徽，能接任巡抚位置的，只怕非福大人不可。别看漕运总督级别不低，毕竟没地方巡抚显赫，福大人肯定乐意接受这个位置，好有番作为。一个好汉三个帮，福大人想有作为，李鸿章就有发挥才干的机会。

心里这么想着，李鸿章暗暗激动起来，恨不得即刻赶到福济身旁。手上马鞭也下意识扬了扬，黄膘马奋起四蹄，往前飙去。

此去临淮不远，第二天下午就到了关前。李嘉端拿出名帖，让李鸿章交给关卒。福济官大架子小，念同朝为官之谊，没轻看去职前巡抚李嘉端，亲自出关来迎。

寒暄几句，李嘉端把李鸿章介绍给福济。福济早闻李鸿章大名，又见他高大英俊，一表人才，甚是喜欢，说："你就是少荃啊，幸会幸会！记得当年会试，不是皇上临时改派其他差事，老夫差一点就成了你老师。"这口气有点屈尊讨好李鸿章的味道，李鸿章忙哈了腰道："其实半点都没差，福大人就是鸿章老师，且是皇上正式钦定的。"

见李鸿章会说话，福济很受用，拍着他肩膀道："早闻少荃大才，今日面见，果然名不虚传。"李嘉端接话道："福大人说的是，少荃才堪大用。可千里马常有，伯乐不常有，没伯乐扶持，千里马也难有奔头。把少荃交给福大人，就是请你做伯乐，用好这匹千里马。"

福济拱手谢过李嘉端，笑道："李大人看得起，带少荃来见在下，在下荣幸之至。只是漕运督衙属事务部门，塘小水浅，不好委屈少荃。"李嘉端试探道："皇上让福大人把漕运衙门临时搬到临淮关来，用意不只在盐务吧？"

皇上有何用意，岂是逢人都可奉告的？福济打声哈哈，敷衍过去，把两人请入驿馆，摆上大鱼大肉。都说拔毛的凤凰不如鸡，身为卸任官员，贬归途中没受冷落，还得到福济如此优待，李嘉端感到几分安慰。不过他心里清楚，人家主要冲着李鸿章来的，也就是说今天好吃好喝好住，其实是沾李鸿章的光。

夜里福济走后，李嘉端对李鸿章道："祝贺少荃，你已被福济看上。"李鸿章道："福大人不是说不好委屈我么？"李嘉端道："听其言，不如观其行。福济高规格接待咱俩，就是看你面子。"李鸿章道："鸿章有啥面子？是李大人面子大，福督才如此热情。"李嘉端叹道："老夫已削职为民，还有啥面子？少荃不同，正在上升时期，德才兼备，能文能武，谁又敢小瞧？还是安徽本地人，福济想在皖省立足，把事业做大，最需要你这样的人才。”

这也属李鸿章心里所想，只不过没出口而已。

漕运总督不差钱，隔日李嘉端离开临淮时，福济特意备包银子，让李鸿章塞到他车上。李嘉端自然笑纳。反正平民百姓一个，拿满大员钱财，不叫受贿。

看着客人车驾渐行渐远，消失在天外，两人打马返关。福济热情挽留，李鸿章无法拒绝，又在临淮关待了三四天。初入皖省，福济急需了解省里官场内幕和本地风土人情，向李鸿章咨询，正好找对了人。李鸿章有问必答，知无不言。福济很满意，道：“少荃说句实话，真乐意跟我干？”李鸿章道：“非常乐意。只是福老师知道，庐州危急，学生不敢贪生怕死，逃之夭夭。是送李大人离皖，说起福老师英明，心向往之，特赴临淮拜望，以了夙愿。”

“少荃这么有责任心，难能可贵。”福济褒奖道，“在少荃面前，也没啥可隐瞒的，皇上安排老夫进驻临淮，兼理盐务在其次，主要是会同袁甲三袁大人，负责皖北军务。也就是说，咱一时半会儿离不开皖省，以后与少荃接触机会肯定多得很。”

果然印证了李嘉端猜测。李鸿章拍拍胸脯，道：“福老师任重道远，有用得着学生的地方，只要说一声，学生一定召之即来。”

两人相谈甚欢，大有相见恨晚之意。送走李嘉端，又结识福济，还是堂堂满大员，李鸿章感到很幸运。自己资格浅，位置低，羽翼未丰，正需要福济这样的贵人扶持。

四天眨眼过去，李鸿章这才辞别福济，快马加鞭，急奔庐州。与几天前走时不同，此刻庐州地面上，已是风声鹤唳。距城还有十里之遥，碰上一支人马，竟是周公山团勇。早将合肥和庐江团勇布置在城外，怎么会跑到这个地方来？

正觉奇怪，张树声飞马过来，报告道：“翰林大人离开庐州后，胡元炜就抽走城防精锐部队，去守他的知府衙门，只留部分兵力驻扎东西南北四门。这还不够，又把咱们合肥庐江民团调往远郊，以他本人新招募的乡勇取而代之，驻守城外。”

不是瞎闹吗？李鸿章一听急起来，道：“别说大敌将至，临时换防，乃兵家大忌，就说胡元炜刚招募的乡勇，没经过训练，缺乏战斗力，怎么能放到城外要害部位呢？”张树声说：“胡元炜不这么以为，说咱们能打仗，可力拒打援长毛于郊外，使其靠近不了庐州城。”

“明显是借口嘛，胡元炜只信任自己人，对咱们合肥庐江民团不放心。”李鸿章后悔不让李嘉端砸烂胡元炜脑袋，“这小子居心叵测，庐州城必破无疑。”张树声道：“翰林大人不用担忧，江忠源已带兵入城，庐州应该有救。”

这倒是个不错的消息。李鸿章爬上马背，准备进城去会江忠源。张树声道：“这几天城门关得死死的，谁都不让出入，还不知翰林大人进不进得城。”李鸿章道：“庐州城防是我李鸿章布置的，都进不了城，不是笑话吗？”张树声说：“很难说啊，江忠源初来乍到，情况不明，什么都胡元炜说了算。”

李鸿章不信这个邪，扬鞭打马，朝城里方向急驰而去。一路上又碰着带了队伍往郊外撤的周盛波、刘铭传、吴长庆和潘鼎新他们，也说胡元炜俨然庐州城里霸主，谁都不容，劝李鸿章最好别去讨没趣。果然来到北门口，城门紧闭，李鸿章上前叫门，守卒理都不理。李鸿章喊道：“你们睁眼看清楚，我是李鸿章，要跟江大人商量城防大计，快给我开门。”门卒说：“我们只知胡大人，不知江大人，更不知什么李鸿章。”

气得李鸿章破口大骂，恨不得挥剑劈下门卒脑袋，却剑长莫及，只好转走东门。还是被拒之门外，不得不黯然离去。迎面碰上刘斗斋，说是李鹤章正在找他。李鸿章问：“老三在哪儿？”刘斗斋说：“正拉着团勇，往东郊方向而去。”

赶到东郊，李鹤章刚好安顿妥队伍，把李鸿章迎入帐内，说：“还真没见过胡元炜这么混账的，咱们辛辛苦苦为他护城，他却把咱们当野鸭子样到处赶。依以往脾气，我早带人回了磨店，懒得跟他狗日的玩儿。”

胡元炜这做派，只怕大伙都得回家，看好自家园子再说。李鸿章心里这么想，嘴上道：“三弟先别急，江大人已到庐州，自有抵御长毛良法，咱们理应配合他，共同抗敌。只有打退长毛，保住庐州城，家乡父老才有平安日子可过。”李鹤章摇头道：“我看江忠源办法也不多。他所率楚勇不到三千，加之城里城外的杂牌军，不上一万兵力，想应对三四倍于己的长毛，又谈何容易？何况还有胡元炜从中作祟，此次江大人只怕凶多吉少。”

太平军大举西征，江忠源不可能尽调江西兵力入皖，可三千人马都不到，确实令人感到意外。李鸿章道：“带这点兵力来救庐州，江大人是不是太轻视秦日纲？”李鹤章说：“不是江大人轻视秦日纲，是手里兵力实在有限，分兵无术。秦日纲围困舒城时，江大人意识到皇上会令他入皖增援，早早派人回湘募勇，着手东征准备。谁知湘勇没到位，舒城已破，皇上急令江大人东进，他只得分出五千兵力，匆匆入皖。一路与西征长毛恶战，到达六安时，只剩四千来人。正好新募湘勇已从湖南启程，于是约好会师六安，再入庐州。哪知胡元炜急不可待，三番五次函催江大人，说庐州城里兵多粮足，就等他来调兵遣将。有兵可调，有将可遣，江大人也就没待新募湘勇赶到，留下千余人把守六安，带领两千七百多楚勇上了路。到庐州后才知胡元炜胡扯，七七八八兵勇全加在一起也没过万。又不可能把胡元炜煮汤下面，只得赶快固城墙，挖壕沟，调配现有兵力，加紧布防，誓与尾随而至的长毛决一死战。”

以一万不到弱兵对抗秦日纲四万强敌，还不知这仗怎么打。李鸿章真替江忠源担心。李鹤章又道：“江大人才到庐州，就传言四起，说钢入炉，炉熔钢，江大人注定命丧庐州。”李鸿章不解道：“什么钢入炉，炉熔钢？”李鹤章说：“南方话里，江与钢不同音么？江忠源意志如钢，坚忍不拔，不怕死，敢碰硬，善打硬仗恶仗。可庐州是炉，是一只燃着熊熊烈火的火炉，钢入炉中，还强硬得起来？自然只能熔掉，化为灰烬。”

钢入炉，炉熔钢，听去牵强附会，可李鸿章闻言，还是生出一种不祥的预感来。

不幸的是，庐州还真成了江忠源的葬身之地。一到庐州，江忠源就用布防南昌的办法安排庐州城防，调动亲信，把守各大城门，实行分段防御，自己则率亲兵驻扎水西门。可庐州毕竟不是南昌，城窄墙矮不说，且兵力不足，粮食短缺，江忠源别无良法，只得奏报皇上，请兵要粮，固守待援。皇上接报，急令安徽周边省份清军往救庐州。连金陵城外江南大营统帅向荣接到谕旨，也派提督和春，带兵往安徽赶过来。和春者谁？人说乃乾隆朝巨贪和珅子孙。理由好找，两人皆满人，都姓和，且名字音近。问和春本人，他总笑而不语，不置可否。和珅豪贪，令人齿冷，可名头响亮，无人不晓，与大名人扯一起，容易引起君臣注目。和春原为向荣副官，连年攀升，跃居提督，除多谋善战外，恐怕多少沾了些和珅的光。

且说秦日纲自广西一路打到两江，什么阵势没经历过？早识破江忠源和清廷意图，仗着兵多将广，将庐州城团团围住，然后调兵城郊，以逸待劳，阻击援军。这叫围点打援，援军兵力不够，又远道而来，胜数自然很小。果然各路援军包括和春所带清兵，根本不是太平军对手，很快败下阵来。连撤出外围的合肥庐江民团，也因临时换防，立足不稳，被冲得七零八落，不知所终。江忠源就这样身陷孤城绝地，只能知其不可而为之，负隅抵抗。

可江忠源就是江忠源，凭借少量兵力，硬是挡住一次次攻击，拒太平军于城门外。秦日纲以城外民房作掩护，挖掘地道，向城里延伸，江忠源则命清兵从城内往外对挖，破坏敌人工事。秦日纲占不到便宜，改在水西门地下掘出双层地道，往城下逼近。又派人与胡元炜联系，只要他合作，可保知府衙门安然无事。胡元炜早有降意，加之秦日纲开出的条件好，满口答应下来。清军正全力封堵太平军掘近的地道，忽闻胡元炜打开城门迎敌，气得江忠源口吐鲜血，拔腿要去追杀胡元炜。秦日纲趁机督军将地道掘进数尺，引爆炸药。顷刻间墙倒城破，清兵死伤无数，坚守三十六天的庐州城落入敌手。大势已去，江忠源投水自杀。这是咸丰三年（1853)年底，历史不会忘记四十二岁的江忠源，不会忘记他殉国的日子。

幸亏太平军意在西征，攻下庐州，又要了江忠源的命，只在城外扫荡一遍，留下数千兵力守城，其余大队人马纷纷启程，往西开去。在石达开和秦日纲眼里，清军最难对付的就是江忠源，如今江忠源已死，谁还挡得住他们西征之路？本来洪秀全胸无大志，坐拥金陵，做上土皇帝，天天醉生梦死，已心满意足，可石秦等有识之士觉得不是长久之计，必须尽快收复西南老家，才可能进退有据，立于不败之地。此次攻下庐州，干掉江忠源，扫除西征最大障碍，石达开和秦日纲也就信心满满，大张旗鼓，挥师西进。

这给庐州周边各县百姓留下了些许存活空间，待太平军离去，四散奔逃的难民开始陆续往家里赶。李鸿章也仓皇逃回磨店。四弟李蕴章外逃归家不久，正带领仆人整理破败不堪的家屋。所幸敌军来去匆匆，虽说能吃能穿能用的东西被洗劫一空，可李宅没被毁坏，大小家具也都保留下来，还能避风挡雨，寄身居住。

兄弟相见，未语先咽。相互打量一阵，都未少胳膊缺腿，又破涕而笑。笑过，李鸿章问道：“母亲大人和其他兄弟呢？”没等李蕴章答话，外面响起喧闹声，五弟李凤章和六弟李昭庆扶着母亲大人，出现在门口。李鸿章大步跑过去，扑通一声，跪到母亲面前，悲声道：“都怪儿子无能，没能抵御长毛，让母亲担惊受怕，吃尽苦头！”

母亲扶起李鸿章，将他从头至脚抚摸一遍，尔后瞧着他黑瘦的脸，含泪笑道：“娘怎么会怪你呢？你与你的兄弟都已尽力，对得起朝廷，也对得起家乡父老。来日方长呢，留得青山在，不怕没柴烧，只要你们兄弟好好活着，还怕杀不尽长毛？”

说话间，各位女眷也肩背手提，陆续进屋。李鸿章暂别母亲，陪妻子周氏回了厢房。周氏本来多病，经历此番惊吓和奔波，更加虚弱，李鸿章看着心疼，好言好语安慰。

不觉天色渐晚，出门来到堂前，李蕴章正在神龛前插香点烛，摆放果酒，敬奉先祖。李鸿章才想起已是咸丰四年（1854）正月，正该团圆热闹，只因闹长毛，把大年闹得没了，连祖宗也跟着受冷落，年快过完才享受到迟来的香火。

敬完祖宗，李鹤章也赶回来，跟兄弟几个见过，拥着母亲，坐到餐桌旁。劫后余生，除父兄两人在外未归，一家人还能坐到一起，补上这顿团圆饭，实属万幸。还有一桌好菜和香醇米酒，令李鸿章欣喜不已，问道：“是谁变戏法，变出这么丰盛的晚餐来？”李蕴章笑道：“还能是谁，咱们父亲呗。”李鸿章道：“父亲远在京城，顾得上咱们年饭？”李蕴章解释道：“父亲不管着刑部两个大牢么？里面就有合肥犯人。其中两位入狱时病得不轻，都快咽气，全靠父亲嘱医救治，精心照料，才保住小命。刑满出狱后，一直记着父亲恩德，见这次长毛将咱家扫荡一空，特送来米面酒肉，帮咱们渡此难关。”

身为刑部郎中，李文安不过恪尽职守，优待囚犯，竟被人家铭记心中，涌泉相报。李鸿章又想起赵畇一家，问怎么没一起回来。李蕴章道：“早在舒城失守时，赵大人知道庐州早晚会破，来磨店接走家人，不知去了何方。”

江忠源战殁，皇上颁诏，任命福济为安徽巡抚，署理全省政事军务。福济又喜又忧。喜巡抚属封疆大吏，位置比漕运总督更重要，自己又系满员，日后前途不可限量。忧安徽局势混乱，北边捻军闹事，南边太平军猖獗，加之庐州失陷，摊子越发不好收拾。

福济还算明白，知道要扭转颓势，不辜负皇上期望，得有人才可用。先进入他法眼的自然是李鸿章。虽说只有过短暂接触，福济却很看好这个名义上的学生，深知李鸿章绝非庸才，招到麾下，可派大用场。当即修书一封，派亲兵送往磨店，请李鸿章速赴临淮，共谋剿匪大业。李鸿章见书，心下激动，却没动身，只复函说人生最大悲哀并非位卑人微，是树欲静而风不止，子欲养而亲不待，母亲年事已高，身体欠佳，得在家尽孝。

兄弟们对此甚是不解，说二哥干脆学陶渊明，隐居磨店，永不出山。李鸿章笑道："隐居磨店不好吗？可陪伴母亲，还可采菊东篱下，悠然见南山。"李鹤章笑道："二哥能留下来，兄弟们求之不得。你翰林出身，满肚子学问，像父亲样把棣华书屋腾出来，设馆授徒，舌耕不辍，待遇不比做官差。"说得李鸿章一脸神往道："做个教书先生，传传道，授授业，解解惑，有何不可？磨店林密水幽，宜居宜业，正是耕读好去处。暮春者，春服既成，冠者五六人，童子六七人，浴乎沂，风乎舞雩，咏而归。想想该多么惬意！"

这是《论语》所记曾皙之人生理想，深得孔子赞赏。在孔子和曾皙眼里，人间至乐不是争名夺利，做大官，发大财，风光一时，是身处林泉，与世无争，身边不乏谈得来的同龄人，和天真可爱的小朋友，来了兴致，一起下河洗澡，上岸吹风，待夕阳西下，再唱着歌回家。这挺浪漫，甘于出世，淡泊名利，不难做到。难的是得有片净土，寄居肉身和灵魂。当今江南，捻去匪来，生灵涂炭，哪还有一处清静河湾，供你沐浴嬉戏，迎风歌咏？生逢乱世，曾孔人生理想也就只能是水中月，镜中花，看得到，够不着，唯有打起精神，挥剑上阵，先平定天下，还生民一份安宁生活，再考虑自己小日子怎么过。

见李鸿章神情有异，李鹤章小声问道："二哥怎么啦？"李鸿章道："咱们兄弟六人，一个个顶天立地，竟连母亲都保护不了，眼睁睁看着她东躲西藏，疲于奔命，你说二哥心里能不难受？"李鹤章说："不都是长毛闹的吗？二哥别愧疚，只要咱们好好操练团勇，协助朝廷剿灭长毛和捻匪，就可还母亲和天下百姓平安。"

"三弟有此决心，何愁长毛和捻匪不灭！"李鸿章拍拍李鹤章肩膀，"咱们兄弟毕竟势单力孤，还得把各地圩主聚拢一处，拧成一股绳，才能有效抗敌。"李鹤章道："甚是甚是。若请父亲回皖办团练，多股力量合一处，光复庐州，不在话下。"

吕贤基殉国，目前皖籍官员里，就数父亲级别最高，资历最老，回籍办团练，再适合不过。李鸿章赶紧磨墨铺纸，写信寄出。巧的是信还没送达北京，李文安就已在做回皖准备。原来得知吕贤基和江忠源相继殉国，李文安再也坐不住，奏请回籍练勇。京城少一名官吏，无关痛痒，江南多位官员秣马厉兵，朝廷便多份消灭太平军的胜算，咸丰自然恩准。

两个月后李文安风尘仆仆，南归合肥，出现在李鹤章所筑团练圩。团勇们衣衫不整，面黄肌瘦，却一个个精神抖擞，步伐坚定，很像那么回事。李文安很满意，天天待在圩里指导练勇，一支出色民团渐渐练成。皖省各处圩主刮目相看，纷纷向老人家讨教带勇妙招，请他去各自圩里现场训导。圩主们大都是过去开馆授徒时的学生，比如桐城马三俊，庐江潘鼎新、解光亮之类，李文安有求必应，成为皖省民团核心人物。

皖省民团风生水起，不可能不引起福济关注。福济知道，光凭手下漕运标兵和各处清军，难有大作为，非争取皖省民团圩主支持不可。他叫来副都统忠泰，说了肚里想法。

忠泰也是满人，出身行伍，敢打硬仗，深得福济倚重。他说："皖省各民团圩主，唯李家父子马首是瞻，大人唯有把李鸿章召到身边，才好办事。"福济道："咱早想招李鸿章入幕，给他去信，无奈他推说母亲年高，需在近前尽孝，没有应聘。"忠泰道："李鸿章如此大才，一封信招到身边，自然不大可能。"福济道："你说怎么才可把他招来？"忠泰道："刘备为得孔明，三顾茅庐，福大人不一定三顾，到磨店去走一趟，似有必要。"

福济没吭声。忠泰知他不愿以堂堂巡抚之尊，屈驾下求六品小员，又道："李文安好歹做过京官，大人若以看望同僚为由上门，自然可感动李鸿章。李文安有感于大人礼贤下士，也会敦促儿子成行。"福济觉得在理，带着忠泰，离开临淮关，南下合肥，来到磨店。

李家父子正在棣华书屋说话，闻报出宅，降阶而迎，将客人请入正厅，看茶让座。福济献上见面礼，道："早知李大人离京回籍，训练团勇，无奈军政繁忙，脱不开身，今日迟访，实在抱歉。"李文安客气几句，收下礼金。福济又道："李家父子四人同为朝廷命官，皖省之内绝无仅有，咱见贤思齐，还望多多赐教。"李文安忙说："不敢不敢。"

父亲在场，李鸿章兄弟只能偏着耳朵多听，不敢随便插嘴。福济哼哼哈哈，尽说些闲话，好像特意从临淮关赶来，就是与李文安闲聊的。不过李家父子都不痴，清楚福济此行真正意图，只是他没明言，不好主动问及。

很快酒肉上桌，主客围桌而坐，举酒欢饮。虽说兵荒马乱，缺吃少穿，可李蕴章还是弄出一桌好菜，有色有香有味。其中一道卤水鸭，为庐州特产，烹制讲究，口感极佳，福济甚是喜欢。接着上来一份烧鸡，李文安介绍说："这叫符离集烧鸡，请巡抚和副都统大人尝尝，看合不合口味。"福济夹一块放进嘴里，轻轻一嚼，感觉松软爽口，齿颊生香，忙点头说："好口味，好口味。走遍天下，鸡肉吃过不少，味道这么美妙的，还真是头一回吃到。"忠泰也说："真没想到，鸡肉还能吃出这么好的味道来。"

客人吃得高兴，主人也有面子，李文安又介绍说："咱们庐州风俗，贵客临门，别的好肉好菜可以不上，符篱集烧鸡是绝对少不得的。鸡者吉也，图的就是个吉字，叫多吃多吉，大吃大吉。两位大人尽管放开吃，多吃大吃，多吉大吉。"

谁不想多吉大吉？福济闻言，喝口酒，又夹块烧鸡，猛吃起来。李文安继而道："符篱集烧鸡不仅吃着口感好，且吃过后回味无穷。"福济咽下嘴里鸡肉，暂停夹菜喝酒，咂巴嘴皮品味着，说："真是的，鸡肉已然下肚，可味道好像还留在嘴里，久久未散。"李鸿章笑道："这有个说法，烧鸡吃过后还有'三余'：嘴有余味，齿有余甘，手有余香。"

"想不到符篱集烧鸡这么有内涵，不仅可大饱口福，还让人大长见识。"福济吃得满意，喝得开心，却始终不忘此行目的，撇下烧鸡，转换话题道："听说郎中大人回籍不久，就被各处圩主拥戴为总盟主，把团练带得像模像样？"李文安笑道："文安回乡后无所事事，常跟年轻圩主鬼混，一起吃肉喝酒，舞枪弄棒，他们就说让我做总盟主。其实都是瞎起哄，又没委任状，更没误工费啥的，不像福大人之巡抚，皇上钦命，名头响亮，待遇丰厚。"

福济叹一声，道："钦命是钦命，可皖省情况，郎中大人比谁都清楚，福某也不容易啊。福某愿拿这巡抚换郎中大人的盟主，郎中大人意下如何？"李文安笑道："文安当然乐意，就看皇上意思如何。"福济说："郎中大人能消灭长毛，皇上还吝啬这个巡抚不成？"

李文安收住脸上笑容，说："是啊，大敌当前，福大人这个巡抚确实不好当。"福济道："难得郎中大人身处皖省，感同身受，理解福某难处。您老可不能袖手旁观，得站出来助福某一臂之力哟。"李文安道："怎么助大人一臂之力？"福济说："到巡抚衙门去啊，您肯为福某出谋划策，杀敌立功，福某一定向皇上力荐，保您登临高位，享不尽的荣华富贵。"

逗得李文安哈哈大笑，道：“福大人也是的，咱们同朝为官，又非今天才认识，早先您都到哪儿去啦？直待文安到了这把年纪，土埋半截，才想起来找我。”福济也笑道：“早先长毛没起事，皇上也没派福某入皖主持军政啊。”李文安摇头晃脑道：“文安老矣，已没法为巡抚大人效犬马之劳。您还是另找高明，聘年轻有为之士为您出力吧。”福济故意道：“到哪儿去找年轻有为之士呢？”李文安说：“这可是您巡抚大人的事，文安岂敢置喙？”

福济终于说出要说的话：“郎中大人膝下六位大公子，个个都是人中豪杰，为何不舍得安排一两个给我？”李文安道：“吾家犬子都是无用之才，莫非入得巡抚大人法眼？”福济说：“不仅入吾眼，还入吾心。”李文安道：“巡抚大人看得起，是咱李家小子的福气。看中谁，您带走就是，文安不会阻拦。”

福济要的就是李文安这句话，说：“李家六大公子中，咱跟少荃缘分不浅，当年少荃会试高中，我还是副主考，虽说最后另有差事，没能到任。”李文安道：“巡抚大人是少荃老师，老师想将学生带在身边，加以调教，为父还有啥说的？”福济说：“福某早有此愿，上任伊始，就给少荃来信，少荃要在母亲面前尽孝，没有应聘。”

李鸿章忙朝福济打拱手：“对不起福老师，前一阵确因母亲身体欠安，学生不愿做不孝之子，没敢到福老师身前承教。”福济道：“少荃孝心可贵，为师不怪你。今令尊已开金口，总可放心跟我走了吧？”李鸿章不再忸怩，道：“福老师看得起，学生恭敬不如从命。”

事情就这么敲定下来。翌日李鸿章赶早上路，父亲一直送出村外，才止住步子。李鸿章一只脚已踏到马镫上，回首见父亲仍佝偻着身子，落寞地站在风中，心下一酸，又回来道：“四弟能干，家事父亲少操心，放手让他做主去。”父亲脸上写着慈祥，道：“老四比我会持家，我不干涉他，只有空时到各处看看，活动活动筋骨。你在外多保重，别为我担心。”

看着父亲花白胡须和满脸沧桑，李鸿章意识到老人家确实已老，一丝悲凉袭上心头。虽说兄弟六人都为父母亲生，个个孝顺，人人优秀，可在父亲心中，李鸿章还是有着不同一般的位置。他书读得最好，有跟父亲一样的两榜出身，甚得父亲欢心。且父子同朝为官，待在一起时间最长，彼此了解，感情深笃。父亲自知性格使然，这辈子做上五品郎中，已然到头，不可能再有长进，想要光宗耀祖，还得靠眼前二儿。乱世出英雄，这于二儿来说是个机会，可乱世又危机四伏，生命堪忧，不知把儿子推出去，到底是福还是祸，心里难免矛盾。李鸿章明白父亲眼神里含义，宽他心道："父亲放心好了，儿子会保重的。"

"好好好，晓得保重就好！"父亲两手抖了抖，突然抓牢李鸿章的手，仿佛怕他一去不复返，日后再也见不上面似的。嘴上却朗声道："走吧，跟福大人好好打长毛。记住为父的话，长毛不灭，何以家为！生逢其时，就该挺胸担此使命。"

这就是豪迈的父亲，心有千般柔情，出口的话却掷地有声，砸得出火星子。李鸿章点着头，抽走被父亲握得牢牢的手，拈去他掉在肩上的白发，坚定地转过身，走向黄膘马，呼地跃上马背，一扬马鞭，头也不回，追随福济而去。

到达临淮关，福济将李鸿章介绍给同僚，然后指着逼仄的巡抚衙署道："少荃一定觉得抚衙太过寒酸吧？"李鸿章道："比起当初李大人设于庐州的抚衙，确实稍显逊色。"福济笑道："把你请来，没其他意图，就是希望你协助我，处理好剿匪事务，早日攻下庐州，搬入像样的巡抚衙署。"李鸿章道："福老师信任，学生定当竭尽全力，办好军务，消灭长毛，还家乡百姓以清平世界。"福济道："有少荃此言，老师心里就踏实了。咱们师徒一场，不同外人，以后有何想法，只要有利于剿匪大业，不用拐弯抹角，尽管直言不讳。"

福济不仅说得好，确是真心把李鸿章当学生对待，凡事能开诚布公，互相通气，寻求最佳解决方案。李鸿章熟悉皖省情况，又有实战经验，更善于纵观全局，大处着眼，小处着手，福济几乎言听计从，无一不依，师生间也就相得益彰，合作颇为愉快。

让福济头疼的是咸丰皇帝太性急，隔三岔五就颁道圣旨下来，催促早日拿下庐州，且措辞格外严厉，不管你受不受得了。也怪不得咸丰，庐州在长毛手里，安庆克复无望，平定安徽就是句空话。安徽又是金陵屏障，只有平定安徽，攻克金陵才有可能。

安徽战略意义之重要，咸丰看得清楚，洪秀全和石达开他们更是心知肚明，尽管西征和守护金陵需要大批人马，还是在安徽部署重兵，清军想收复庐州和安庆，又谈何容易？福济找李鸿章商量，怎么打开安徽局面。李鸿章道：“收复庐州并非易事，不过在外围寻找长毛软肋，打上几仗，胜算该不小。”福济道：“少荃快说，长毛软肋在哪儿？”李鸿章道：“皖东和州与含山便是。”福济说：“和州与含山紧挨长江，与金陵近在咫尺，驻有长毛精兵，怎能说是其软肋呢？”李鸿章说：“学生打探过，江南大营统帅向荣从粤闽购回数十只战船，交江南提督和春调度，欲夺回长江航运控制权。”

福济一时没反应过来，说：“和春欲夺长江，跟和州与含山有啥关系？”李鸿章说：“和春惦记长江，一旦有动作，和州与含山两处长毛定会出面参战。咱们先带兵悄悄靠近和州，待城里长毛出动，出手打他个措手不及，拿下州城，再谋含山。”

说得福济兴奋不已，道：“高见高见，少荃高见！能拿下和州与含山，皇上那里也好有交代。”李鸿章说：“凭咱们手头兵力，端掉和州与含山，不在话下。令人担忧的是庐州城里长毛，若闻风而动，出兵救援，咱们腹背受敌，麻烦还真不小。”福济笑道：“不还有庐州民团么？本抚给令尊去函，请他出出面，圩主们定会买他面子，替我看住庐州长毛。”李鸿章道：“征调民团没问题，可福老师恐怕得先答应拨给他们粮饷。”

福济没考虑到这一层，说：“民团也得安排粮饷？”李鸿章道：“与朝廷制军不同，民团无固定饷源，不过出于守土之责，自建成军，农忙耕作，农闲操练，遇事出战，没什么报酬，最多为打仗需要，圩主自筹粮饷，予以临时补给。也就是说征调民团参战，必要的粮饷不能不给。皇帝不差饿兵，让他们空着肚皮打仗，也说不过去。”

福济掌管漕运，粮饷好办，立即着人调拨。又给李文安去函，征用民团。信里说得明白，参战团勇按人头发放粮饷，打胜仗更不会亏待，另有重赏。李鸿章也没闲着，走进忠泰大营，制定作战方案。准备就绪，两人领兵出关，向南潜行。各处团勇也开始集结，一部分埋伏在庐州城外，一部分驻扎于巢县与含山之间，待和州战斗打响，再采取行动。

也是巧，李鸿章与忠泰领兵来到和州地界时，江南大营清军夺江战斗正好打响，太平军闻讯，开门出城，增援守江战斗。忠泰正要出击，李鸿章阻拦道：“此时惊动长毛，缩回城里，于咱夺城不利，不如待其出兵过半，拦腰截断，令其首尾不顾，进退两难。”

听李鸿章说得有理，忠泰收回成命，待一半太平军出到城外，才传令下去，先开土炮狂轰，再放火枪猛扫。事发突然，太平军毫无防备，哗啦啦倒下一大片，没倒下的愣在那里，不知该进该退。忠泰又命士兵跳出土坡，自高往低，俯冲而下，将敌阵冲开一个大缺口。太平军首尾无顾，一半退回城里，一半逃向江边。

清军水师早有防备，听到和州城外炮枪声响，以堤岸为防线，朝着匆忙而至的敌军一顿痛击。太平军近不了长江，只能掉头后撤。没撤几步，又被忠泰部拦住去路，只得胡乱放上几枪，四散而逃。逃不及的，要么死在清兵手里，要么掉进长江，做了水鬼。

倒是缩进和州城里的太平军动作快，赶忙落下城门，把随后追来的清兵阻在城下，一面派人去搬含山和巢县救兵。两地救兵刚出城，遭到团勇伏击，只得丢下死尸，退回城内，差人串联庐州城里守军，以图联合行动。庐州守军不知该不该出兵，犹豫之际，只听城下响起轰隆隆炮火声，大队团勇正对着城上开炮放枪，闹得可欢。比之巢县和含山，庐州更为重要，守军生怕因小失大，老老实实固守城里，不敢轻举妄动。

江上太平军自顾不暇，周边府县援兵过不来，和州就这样成为一座孤城。守将不知底细，派哨兵爬上望楼，企盼西边援军到来。左盼右盼，终于盼来一支队伍，头上旗帜和身着服饰，似与太平军无异。守将喜出望外，开门出城，配合援军，夹击清兵。谁知所谓的援军为庐州团勇假扮，与清军联手，两面合击，大败太平军。

和州就这样到了清军手上。李鸿章率先入城，带人察看府衙，看可否用作巡抚衙署。府衙厦大宇广，做临时抚衙正合适。刚安排人收拾干净，福济赶到，李鸿章请他入府。终于有了一个像样的衙署，福济高兴得嘴角咧到耳根后面，称赞李鸿章会办事。

安顿妥当，福济对李鸿章和忠泰道："和州墙高城厚，想不到一攻就破，长毛也只这么厉害。"忠泰说："长毛其实很能打，和州防卫又严，强攻根本拿不下来。幸亏翰林大人巧用妙计，引蛇出洞，侥幸取胜。"福济甚喜，道："本抚奏报皇上，给你俩请功。"李鸿章说："学生认为表功可缓，当务之急是趁热打铁，进攻含山。"忠泰道："攻打含山和巢县前，得给和州参战兵勇犒赏，不然没人肯为咱用命。"

福济说行，命打开和州府库，拿出太平军未及携走的大笔库银，分发清兵及参战团勇。大家欢呼雀跃，只盼快攻含山，再拿重赏。

含山比和州小，忠泰与李鸿章仗着兵多勇众，将山城围困起来，准备强攻。谁知事情没预想的容易，含山虽小，却城厚墙硬，固若金汤，一时找不到突破口。只能另使花招，诱敌出城。偏偏守军不买账，死守不出。

原来和州失守，含山守军长了心眼，轻易不再上当。只好用太平军惯用攻城办法，从城外往里挖地道，再埋炸药，炸塌城墙。可没挖几尺，天气骤变，下起雨来。雨越下越大，雨水灌入地道，没法掘进，不得不停挖。雨过天晴，地道已积满深水，只能另选地点开挖。也许久雨缘故，土里含水饱满，越往下挖，渗水越严重，无奈之下，再一次歇工。

歇得几次，新一轮雨天又至，接着纷纷扬扬下起雪来。雪下下停停，停停下下，渐近年关，急得忠泰两眼冒烟，找李鸿章讨主意。李鸿章道："鸿章夜观天象，年关前后将会转晴。天晴好办事，再好好合谋。"

到得年关，太阳果然挂上天空。忠泰喜滋滋道："天空放晴，翰林大人有何妙招，快快道来。"李鸿章道："都统大人可知，有条裕溪河出自巢湖，到和州与含山交界处注入长江，该处因而得名裕溪口。裕溪口颇不寻常。"忠泰说："不寻常在哪？"李鸿章道："鸿章已探知，裕溪口乃长毛囤粮重地。"忠泰道："翰林大人想去劫粮？粮草乃军队命脉，自有重兵把守，恐怕不是想劫就劫得到的。"李鸿章道："劫粮不敢想，裕溪口长毛少说也有上万人，只能把长毛粮仓烧掉。"忠泰道："你意思趁过年，长毛放松警惕，烧掉其裕溪口粮仓？只是咱照样拿含山长毛没法呀。"李鸿章道："比起含山小城来，裕溪口粮仓更为重要，咱直捣裕溪口，含山长毛定出手救援，忠大人正可趁乱攻城，收取含山。"

当夜李鸿章带上两营精兵，悄悄出营，往裕溪口方向奔去。到得天明，躲进丛林休息，天黑再出发。如此走走停停，到达裕溪口，已是第三天深夜。粮仓守军正在呼呼大睡，只少量值勤哨兵来往巡视，也一个个无精打采的样子。李鸿章将士兵拆成两股，分别潜伏于粮仓左右两侧，自带百名轻巧小伙，沿悬崖峭壁，攀上后山。

站在山顶，山下粮仓粮堆隐约可见。士兵们已将绳索一头系在树干上，一头紧缠腰间，悬降而下。神不知鬼不觉到得崖壁下，取出身上松膏和火石，又摇几摇绳子。山顶绳子跟着晃动起来，李鸿章会意，点燃手中火把，对着山下挥舞起来。

潜伏于粮仓两侧的清兵一见，赶紧行动，放的放炮，开的开枪，没放炮没开枪的，就点燃鞭炮，噼里啪啦，好不热闹。值勤哨兵大吃一惊，愣怔片刻，才趴到墙边，胡乱放起枪来。酣梦中的守军被枪炮声惊醒，一手提裤头，一手抓过长枪短刀，懵懵懂懂冲出营帐，却不知敌人来自何方，东放一枪，西开一炮，给自己壮胆。慌乱中，潜入粮仓的清兵已点着手上松膏，往粮堆里扔去。各处粮堆同时燃起来，火势越来越大，烧红半边天。守军只得分兵返身灭火，同时派人突围出去，急往含山求援。

看着粮仓快成火海，李鸿章才从山顶从容走下来，指挥兵勇声东击西，与守军周旋个把时辰，且战且退，往北撤离。路上碰着含山出来增援的大队太平军，也不正面对抗，只是随便开上几枪，放他们过去。

回到含山，清兵已攻入城内。代价是忠泰腿上中枪，所幸不至于要命。福济慰问过忠泰，然后大犒将士，上折邀功请赏。奏报送达紫禁城时，咸丰正手拿江西九江所发塘报，对军机大臣们大发雷霆。原来曾国藩率湘军打下岳州后，攻克武昌，又水陆并进，移师九江。谁知石达开和秦日纲早有准备，以逸待劳，攻破湘军水营，烧毁战船百余艘。连帅船都被掳走，幸曾国藩跑得快，拣回老命。曾国藩想不通，策马赴敌，欲以死成仁，被部属拉住，才没成仁。气得咸丰隔空大骂曾国藩，想成仁为何不到水里成去，还怕滔滔长江成全不了你？你曾国藩成了仁，省得朝廷对湘军再存幻想，也不用担心你坐大，对大清构成威胁。

当然后面半句咸丰没骂出口，只闷在肚里，自己烦自己。咸丰对汉员建军心存芥蒂，若非太平军作乱，八旗绿营又远非其对手，岂容曾国藩操练湘军，横行江南？

咸丰火没发完，福济奏报送到。咸丰正在气头上，大叫道："不看不看不看，拿走拿走拿走！福济想学曾国藩成仁，让他成去，朕不会拦他。"户部尚书兼军机大臣肃顺小声道："启禀皇上，福济连打两个胜仗，只成功，没成仁。"咸丰才侧过头，望眼肃顺，半信半疑道："福济打了胜仗？还有此等好事？"肃顺说："福济确实打了胜仗，连下和州与含山两城，还一把火烧掉长毛裕溪口大粮仓。"咸丰眼睛鼓得老大，道："奏报怎么说的？快念给朕听听。"

肃顺也来了神，清清嗓子，大声念起来。咸丰边听边点头，脸色阴转多云，竟至天清地朗，喜气洋洋。没等肃顺念完奏报，便情不自禁站起来，击掌道：“太好啦，太好啦，实在太好啦！以前朕还以为只有曾国藩会统兵打仗，想不到福济打仗也不含糊，还能打胜仗。江忠源战殁，朕让福济接替安徽巡抚，算朕没看错人。”

听去咸丰是拿福济与曾国藩比照，其实他话里意思是，原以为只有汉员会打仗，想不到满员也能打，还打了漂亮的胜仗，真是大长满员威风，大灭汉员志气。

然谁都清楚福济所战乃小股太平军，与曾国藩面对的太平军主力不可同日而语，真让福济碰上石达开和秦日纲，别说学曾国藩以死成仁，只怕成灰都来不及。可在咸丰心里，这不重要，重要的是曾国藩大败，福济却侥幸取胜，虽说不是大胜。心头一喜，咸丰变得格外慷慨，降旨重奖福济和忠泰。李鸿章虽属汉员，却能服从满员统领，不仅献妙计，出高招，还亲自带兵攻城略地，火烧太平军粮仓，自然功莫大焉，赏五品知府衔。

圣旨到达和州，福济大乐，派人去含山召李鸿章来见。李鸿章正在布置城防，得到传令，来到和州，走进抚衙。福济递上圣旨，笑容可掬道：“少荃自己看看吧。”

尽管一切都在预料之中，可看到自己名字后写着知府衔三字，李鸿章心里还是悠了一下。知府衔虽非正式实职知府，却也是重要台阶。水往低处流，人往高处走，偏偏人无双翼，没法腾空而起，一步登天，欲上高处，只能一个台阶一个台阶往上攀爬。也就是说官场无捷径，每个台阶都很关键，一级落后，必然级级落后，最后唯有淘汰出局。

李鸿章不由得联想起父亲，辛辛苦苦干了一辈子，在五品郎中位置上徘徊复徘徊，看看再无上升空间，干脆以操办团练为由，南下回了老家。这也是没法子的事，官路看上去宽阔，只因人多拥挤，也成了窄路，身手好的挤过去，柳暗花明又一村，身手差的被挤到路边，落荒而逃，就像父亲一样。好在李鸿章年轻，三十二岁就已赶上五十四岁的父亲。且五品知府衔是一刀一枪打出来的，分量颇足。反正太平军一天两天打不完，继续打下去，立功机会还在后头，再上台阶完全有可能。含山往西就是巢县，把巢县拿下，甚至收复庐州，皇上肯定会赏四品甚至三品官衔，日后晋巡抚，做总督，出将入相，不是毫无希望。

此刻幻想高升巡抚总督，自然太早了点。重要的不是想法，而是做法。没有做法，想法再好，必将无法，想也白想。李鸿章明白，凭一己之力和缺乏训练的民团，想立大功，绝对做不到，必须借助副都统忠泰手里兵力。最好与江南提督和春打联手，请他调动江南大营清兵，溯江而上，控制皖西太平军，攻取巢县和庐州才有把握。江南大营统帅向荣年老体衰，智力下降，精力不济，全赖和春、张国梁等将领统兵驭卒，与和春修好，很有必要。

正念及和春，和春有信送到。原来福济连战连捷，皇上龙颜大悦，谕令和春协助福济，尽快光复庐州，和春致函福济，要求派员赴江南大营商议收复庐州事宜。福济召见李鸿章，命他跑趟江南大营。李鸿章道："跑江南大营好办，然和州与含山城防当紧，忠泰腿伤未愈，一旦长毛来犯，鸿章不在，如何是好？"福济说："咱们先去看忠泰伤势吧。"

走进忠泰营帐，只见军医在用盐水给他清洗腿伤。伤口还不小，正往外流着黄脓。李鸿章道："忠都统腿伤本不特别严重，怎么疗了个多月，伤口竟越来越大，还流起了脓？军医是吃白饭的？"忠泰苦笑道："不怪军医，怪我自己，不把腿伤当回事，没配合治疗，不小心感染，弄成这样。"李鸿章说："感染很麻烦，最好找找本地草药医生，或许有法。"

福济安慰忠泰两句，起身告辞。李鸿章跟出来，担忧道："看来学生已没法去江南大营拜会和大人。"福济道："城防要紧，少荃自然不能走。你先代我给和春写封信，谈谈皖东情形，再听他回音。"又道："给忠泰找草药师的事，也请少荃多操操心。忠泰部属为绿营制军，只听命于他，咱们指挥不动，他躺在床上，别说收复庐州，就是巢县也没法打。"

与福济分手，回到住处，李鸿章叫来刘斗斋，嘱他访求草药名师，尔后代拟回复和春信函。要收复庐州，必须东西联动，福济打下巢县，移师庐州，控制东线，和春率部北进，收复庐江和舒城，封住庐州西面，然后双管齐下，才可能一鼓作气攻克庐州。

信写好交给福济，他觉得不错，加印发出。不久和春回信，基本同意此办法，只在细节上作了些许调整。谋定而后动，双方开始厉兵秣马，着手收复庐州前期准备。

再说刘斗斋找来草药师，给忠泰用过药后，伤口渐渐缩小，却总有脓血不断外渗，无法愈合。腿伤未愈，忠泰没法带兵攻打巢县，也就无从西进，收复庐州便是一句空话。李鸿章面见草药师，许以重金，要他务必尽快治好忠泰腿伤。草药师看大钱面子，拿出最好草药，全力疗伤。忠泰伤口脓血一天天见少，却依然没能完全止住。李鸿章再出大钱，草药师别无良法，又不甘大钱脱手，干脆咬咬牙，俯身下去，用嘴吮吸伤口脓血。一天吮吸三次，再敷以药粉，脓血终于止住，渐渐愈合。

如此一折腾，春天悄然过去，忠泰才痊愈下地。偏偏天公又不作美，开始下起雨来。雨时大时小，一连月余没消停过。福济和忠泰愁眉苦脸，生怕失去战机，无法收复庐州。

倒是李家老三鹤章来抚衙领取团勇粮饷，到李鸿章住地报告喜讯，说周氏生了个大胖女儿。李鸿章自然希望生个儿子，日后封妻荫子，有人继承。连名字都已想好：经溥。经是章字辈下面一辈，溥有广大之义，意为经天纬地，德广业大。

转而又想，成婚十多年，周氏体弱多病，没能生下一男半女，好不容易怀孕生产，女儿也弥足珍贵。这么推理着，李鸿章心下想，等打下巢县和庐州，一定回家待段时间，好好陪陪妻女，还有父母大人。

出人意料的是巢县之战打得异常残酷，差点要了李鸿章的命。时值咸丰五年（1855）夏至，久雨后天空放晴，天气一下子热起来。李鸿章协同忠泰，带兵来到巢县城外，发现守军早有防备。太平军知道清军攻庐州前，必先打巢县，趁着漫长雨季，从安庆调来重兵，加固城防。还在巢湖近岸扎下水营，随时呼应巢县守军，对清军形成夹击之势。

见此情形，李鸿章就知巢县之战凶多吉少。又不能绕过巢县，直扑庐州。巢县周边有不少太平军据点，没处可绕。即使绕过去，夹在庐州与巢县两地太平军之间，腹背受敌，也必败无疑。偏偏皇上有旨，催促福济赶快行动，不要贻误战机。随后和春信函传至，说庐州西线已开战，请东线快行动。福济再也坐不住，亲自赶往巢县前线督战。忠泰不好拖延，率绿营进攻巢县东门，李鸿章领团勇绕到北门方向，分散守军注意力。北门守军相对较少，可李鸿章几次发起冲击，想挨近城门，都被守军炮火击退。

绿营与民团攻了整整一天，看看天色已晚，只能休兵，来日再战。来日依然如故，没能取得实质性进展。反正于事无补，李鸿章留下小部分人马佯攻北门，将大多数团勇调到后方去睡大觉，养足精神，夜里再搞偷袭。夜里团勇们睡醒起来，饱食一顿，兵分两路，一路汇集北门外，一路由李鸿章亲自率领，往西北方向位移。来到西北城外，又将团勇分成大小两股，大股负责攻城，小股抱了炸药，到墙根去炸城墙。

一个时辰后，北门响起枪炮声，西北城外也一切布置就绪，一伙壮士抱了炸药包，猫腰冲进黑暗里。李鸿章睁大眼睛，隐约可见夜幕里的影子移动着，渐渐往墙根靠过去。墙头有守军值勤，正来回走动，不时引颈往北门方向望望，暂没发现墙根下的影子。

可守军还是挺警觉，终于察觉出墙根动静，居高临下开起火枪来。恰巧墙根响起惊天动地的爆破声，城墙倒下一大块。李鸿章一跃而起，一边施放火枪，一边朝城下冲过去。就在团勇快冲到城下时，城头上飞来一颗土炮，在李鸿章身边炸响，他脑袋里顿时一片空白，随即空白被无边黑暗与死寂淹没……

待李鸿章恢复知觉，已是第二天午后。最先映入眼帘的，是福济那张胖脸。李鸿章猛然坐起来，问道："这是哪儿？是巢县城里吗？"福济摇摇头，没吱声。李鸿章道："城墙已被轰开，难道还打不下巢县？"旁边忠泰道："差点就要攻入城里，因你倒下，团勇们稍稍犹豫，长毛炮火就压过来，失去攻城良机。好在翰林大人没事，乃不幸中之万幸。"

"多亏炸弹长眼，没要少荃的命，好留下与忠大人一起，继续为皇上打长毛。"福济表情复杂道，"少荃啊，你恐怕得回趟磨店老家。"李鸿章不解道："没攻下巢县，收复庐州，回老家干啥？回去有何面目见父亲大人？"福济脸上掠过一丝悲凉，道："攻克巢县和庐州还有待时日，慢慢来吧。令尊大人突然病倒，正急盼你回去。"李鸿章惊讶道："家父得了什么病？他老人家身体一向健旺，怎会一下子得病？福老师不是哄学生吧？"

哪有拿人父亲哄人的？福济不知说啥好，还是忠泰接话道："翰林大人还是回趟磨店吧，令尊大人病得不轻，福大人已奏请皇上，准你回家看望父亲。"

回家看望父亲，还要奏请皇上，是不是小题大做？李鸿章颇觉惊疑，起身走出营帐。刘斗斋已牵过黄膘马，旁边还有忠泰安排的几名卫士。待李鸿章跳上马后，福济拿出一包银子，递上前，道："少荃带着，令尊生病，用得着。"李鸿章推辞几句，还是接住，交给刘斗斋。又朝福济和忠泰作过揖，勒转马首，朝西北方向疾驰而去。

四、收复庐州城

马不停蹄赶回磨店，老远见李家大宅门口搭起厂棚，张贴着纸花和白色横幅竖联。这是乡下习俗，谁家老人办丧事，才会如此布置。李鸿章不觉两眼一黑，从马背上栽下来。

很快醒过来，李鸿章奔到父亲灵前，大放悲声，哭得死去活来。难怪福大人又是奏请皇上，又是送银子，原来早知父亲已故，怕你受不了打击，才没说真话。又想起上年离家出行，父亲送至村外，依依不舍的样子，谁知竟成生离死别。早知如此，就该老老实实在家待着，多陪陪父亲，报答一下养育大恩。

正在伤心，四弟李蕴章过来，递上麻衣麻裤，让二哥穿上，又塞把凳子到他屁股下面。李鸿章没坐，绕灵默默走上一圈。父亲躺在棺里，一脸安详，像睡熟一样。这就是常言说的死而无憾吧？李鸿章略觉安慰，给父亲磕三个响头，问李蕴章道："父亲得的什么病？怎么如此突然？"李蕴章叹道："父亲无病无痛，是夜里多喝了几杯，一觉睡过去，再没醒来。"

很快李鹤章兄弟几个也陆续过来，陪二哥守灵。灵堂另一边，是家里女眷和孩子，包括兄弟们的妻小，只不见周氏。按规矩，长辈去世，后辈都得来灵堂守灵尽孝，怎么唯独周氏躲着不露面呢？李鸿章正感疑惑，李鹤章道："二哥还没见母亲大人和二嫂吧？"

父亲去世，最悲伤的自然是母亲。母亲是当年爷爷从路边拣回家的弃婴，自小与父亲在一起，青梅竹马，相互爱慕，感情比任何人都深。

可当李鸿章走进母亲房里时，她老人家相反收敛悲容，反过来安慰儿子道：“谁都会有这一天，二儿不用过于悲伤。你父亲别无挂碍，最大憾事就是没看到长毛灭亡。不过他相信儿子们，一定会完成他的夙愿。”

望着母亲苍老的面容，李鸿章只顾点头，哽咽着说不出话来。母亲又道：“还没见到周氏和经溥吧？”李鸿章道：“还没有。各家女眷都在灵堂里，只不见周氏影子，也太不像话了。”母亲说：“是我不让到灵堂里去的。她还没坐完月子，又要奶经溥，怎能出月房？”

既是母亲意思，李鸿章不再说什么，到偏房去看妻女。周氏不便出门，却也白服在身，不能不尽孝道。大孝期间，没法在房里久待，李鸿章看看女儿细嫩的小脸，吩咐周氏几句，转身出门，与弟弟们料理丧事，只等给湘军经办粮台的大哥李瀚章到家，主持丧葬。

大哥终于从湘军大营赶回来。弟弟们将他迎进灵堂，齐齐跪到父亲灵前，一起痛哭一场。父亲宽严有度，是兄弟几个小时启蒙老师，兼大兄长，父子七人经常形影不离，一起读书作文，练拳舞剑，甚至带头到老宅旁池塘里游水嬉戏。可自父亲做上京官，直到上年回乡，父子七人再没聚齐过。如今全都走到一起，却已阴阳两隔，声息不通。望着静静躺在棺里的父亲，李鸿章心想老人家若醒转过来，看到六个儿子都到了场，一定会很高兴，坐直身子，拉过他们，畅谈修齐治平，纵论天下大势。

大哥到家，丧事进入正式日程。乡下人对生死看得很开，丧事都当喜事办，叫白喜事，其他喜事则叫红喜事。族人都来参与，由年长德劭者做主管，将一应丧葬事宜安排到人，然后各就各位，各司其职。加之李文安两榜出身，三个儿子为朝廷命官，地方大官小吏也纷纷出面吊唁。只是正处战时，福济、和春和袁甲三等安徽境内大员到不了场，可礼不能少，都派人送来礼金，还有大幅祭帐，层层叠叠，挂满整个灵堂。

唯独不见忠泰名字，一问才知已牺牲在巢县战场。原来李鸿章离营西归后，巢县守军变被动为主动，夜里出城偷袭民团。忠泰率绿营前去打援，又闻巢湖水营里的太平军上岸冲进都统大营，胡砍乱杀，放起大火来。忠泰急忙回救，混战中中枪身亡。

李鸿章闻讯，惊出一身冷汗。若非父亲逝世，自己回家奔丧，也会像忠泰一样，带兵与敌人激战，说不定已死于敌手。原来是父亲庇佑，让自己免去一劫。

磨店与巢县有些距离，李家丧事照常进行。办过佛事，做过道场，热热闹闹将父亲送上井上老坟，兄弟们哪儿也不去，留在家里守制，陪侍母亲大人。守制就是丁忧。大清重孝，明文规定官员父母逝世，必须丁忧三年，不得外出为官。李瀚章、李鸿章和李鹤章都具文上表，请朝廷准假。这自然只是个程序，不可能不准。

丁忧期间，正好静下心来，缅怀先父，孝敬母亲，陪伴家人，读读乱离世道扔下的圣贤书。可磨店并非世外桃源，想置身度外，不太可能，兄弟们不可能不关心战火纷飞的江南时局，盼望战争早些结束。大哥李瀚章颇有信心，道："长毛再厉害，也属乌合之众，只要朝廷上下齐心，共同抗敌，不难对付。怕就怕各怀异志，互相猜忌，力气使不到一处去。"

大哥的话让李鸿章想起一事，问道："听说去年湘军打下武昌，皇上曾谕令我老师署理湖北巡抚，七天后又收回成命，改赏兵部侍郎衔。不知实有其事乎？"

李鸿章嘴里我老师就是曾国藩。曾李两家渊源不浅。曾国藩与李文安是同年进士，又同朝为官，相知颇深。李文安最佩服曾国藩学识，趁老大老二进京求学，以年家子名义，送入曾门，拜其为师。受曾师指点，李鸿章大有长进，高中进士，入翰林，授编修，前途无量。李瀚章虽科场失意，曾国藩却惜其沉稳精细，举荐南下入湘，做了善化县令。后曾国藩创办湘军，奏调主办粮台，一路由湘入鄂，再由鄂至赣，移驻南昌。

此刻二弟问及老师旧事，李瀚章道："实有其事。接到署理巡抚任命时，老师着实高兴了一阵子。倒不是这官多么威风，如何显要，主要可掌管地方政务钱粮，解决湘军吃饭问题。与八旗绿营不同，湘军属地方武装，没一分钱配额，粮饷全赖各地督抚施舍，或找富户筹措，日子很不好过。我给老师总理粮秣，对此最有体会。终于盼到皇上开恩，赏加署理巡抚，老师激动之余，自然上表谢恩，循例谦虚几句，自说德才不够，难于信任，请另择高明。见老师感恩戴德，皇上心里舒服，正要复旨鼓励几句，体仁阁大学士祁寯藻入宫进言，说老师虽为在籍侍郎，去职回乡为母守制，便属普通草民一个。草民闲居乡间，忽然登高一呼，竟应者如云，赫然成军，恐怕不是朝廷之福。就这么一句烂话，吓得皇上一愣一愣，愣怔过后便收回成命，用兵部侍郎衔打发老师了事。看到皇上谕令，老师死的心都有，差点没拂袖而去，回了湘乡老家。"

“怪不得说人言可畏。只怕皇上会一辈子记住祁隽藻这句谗言，时时提防，处处设阻，叫我老师伸不开拳脚。如此下去，长毛何时能灭？这不仅于湘军不利，也是朝廷之大不幸。一言足可兴邦，一言亦足以败国啊！”李鸿章感慨不已，“想想我老师为朝廷卖命，朝中君臣却这样对待他老人家，真令人心寒。究其根源，还是祁隽藻这些朝臣见我老师组建湘军，连胜长毛，心里嫉妒，皇上骨子里也忌惮汉员带兵，希望凭借八旗绿营消灭长毛，不愿看到湘军和地方团练不断壮大。如今江南战场有三股主要力量：一是金陵城外南北两大清兵营，二是安徽福大人与和大人的清军，三是长江上游我老师手里湘军。从几股力量所处位置来看，湘军不过是支后备军，也许皇上还心存侥幸，以为没有湘军，打败长毛也不成问题，才听信旁人烂话，不愿给我老师地方实权，以限制湘军发展。”

李瀚章说：“可皇上忘了，不是湘军在长江上游牵制长毛，金陵城外南北两大营只怕早被杨秀清和洪秀全攻破。至于安徽战场，没各地民团打援手，福济与和春也苟延残喘不到今天。例子也是现成的，二弟回家后，各圩主相继离开巢县战场，加之忠泰身死，含山、和州又重新落入敌手，福济东躲西藏，无处容身，竟将抚衙临时设置于盱眙治下明光镇。”

正长吁短叹，老六昭庆进来报喜说添了个儿子，请大哥和二哥起名。李瀚章对李鸿章道：“老二学识高，你来起吧。”李鸿章谦虚两句，说：“人名不过符号一个，可又往往能影响人之命数，甚至一生功业。如刘邦，光听名字就有济世兴邦之气势。如曹操，只有他才能操纵天下，挟天子以令诸侯。再如李世民，开创盛世，造福于民，非他不可。至于孔明诸葛亮，心明眼亮，无人能让他变蠢。还有李白是白加白，唯天才才有此等想象力。杜甫乃美加美，诗作再俗也俗不到哪里去。白居易居有屋，食有田，一辈子衣食无忧，生活富足。”

大哥与老六连声称妙。李鸿章最后说：“侄儿属经字辈，就起名经方吧。方是远方的方，也是天圆地方的方，蕴含走向远方，经天纬地之意。”两位拍手叫好，说小经方日后一定会走出皖省，走向世界，大有出息。

兄弟仨有说有笑之际，福济送来急函，说皇上已下达旨意，命李鸿章回营效力。

大清规矩，无论大官小员，父母逝世，非回家丁忧守孝三年不可，只国家需要，忠孝不能两全时，才可暂时放下亲情，服从国恩，名曰夺情。如曾国藩丁母忧期间，就是被皇上夺情出山，委以团练大臣，募兵练勇，自衡阳出发，一路打到江西。这自然属非常之举，皇上轻易不好破例。何况李家兄弟还没到曾国藩的分量，照理皇上犯不着专门下旨夺情。

原来是福济专折奏请皇上，为李鸿章争得夺情归营资格。李家老二和老三回磨店后，忠泰死，民团散，清军元气大泄，福济要将没将，要兵没兵，急需召回李鸿章，招兵买马，带勇杀敌。咸丰见折，知福济独力难支，下旨夺情，诏李鸿章回营领兵。

为彰显孝心，李鸿章自然得推辞一番。李瀚章道："福大人看重二弟，你还是早点出山吧，别再迟疑。"李鸿章反问道："大哥呢？莫非真得守完三年制，才回湘军大营？"李瀚章道："去年九江水营被石达开和秦日纲攻破后，湘军一蹶不振，时至今日没太大起色。皇上态度也暧昧，不给老师实权，他想重新崛起，难上加难，一时还用不上我，我正可在家专心守制，陪伴母亲。"李鸿章道："万一回不了湘军大营，大哥可否考虑留省，到福大人手下谋个差事？大哥为人实在，做事牢靠，湘军靠您总理粮饷，才支撑到今天。福大人这边呢，也许不缺张良韩信，只缺萧何，您愿投奔他门下，他肯定乐意。"

李瀚章笑道："我非萧何，福济亦非刘邦，还是别去添乱为佳。二弟倒有张韩之才，只是暂没得遇明主，不妨先委身福济麾下。当年张良给韩王跑过腿，韩信也为项羽当过差，后为汉王赏识，终派上大用。二弟权当在福济手下做见习，待历练够了，自有刘邦可投。"

大哥所言，正是李鸿章心中所想，不免暗暗激动起来，好像自己真是张良韩信，忍不住道："大哥没说错，我看福大人气象，注定成不了刘邦。可刘邦又在哪里呢？"李瀚章笑道："刘邦总会在他该出现时出现，就看张韩准备得怎么样。"

隔日李鸿章拜辞母亲，告别妻女，毅然走出家门。又绕到井上坟，给父亲磕过头，来到村外，率李鹤章所拨两营肥勇，昂然北进。一路马不停蹄，抵达明光镇，安顿好肥勇，再去抚衙向福济报到。衙署临时设置于镇上一大户人家，占地面积不小，房屋也多，只是破败不堪，毫无兴旺气象。这也在预料之中，连年战乱，命都不保，谁还顾得上修葺屋宇？

见李鸿章回营，还带来两营肥勇，福济欢天喜地，置酒为其接风。酒罢归帐，李鸿章磨墨铺纸，分别给三山圩主及吴长庆、潘鼎新等头领写信，告知自己已返军中，请各位重整旗鼓，带领团勇，向庐州方向集结，以配合福大人与和大人，同心戮力，收复庐州。

隔日上午，发出信函，李鸿章入签押房领命。福济亲手递上热茶，说："少荃刚回来，本想待你歇息几天，再发派差事，可军情紧急，不容懈怠，不得不让你辛苦点。"李鸿章道："学生应召归营，不是来享清闲，是来办差的，有事福老师只管吩咐。"福济道："差事自然不少，打理公文，筹措粮饷，操练兵勇，不一而足。不过当前要务还是调集民团，准备收复庐州。"李鸿章说："收复庐州有几成把握？"福济说："把握该不小。将有三股力量协同作战：一是咱师生俩，二是和大人，三是袁甲三。"李鸿章说："袁大人不在皖北阻击捻军么？"福济道："捻匪毕竟不比长毛，易于对付，袁大人连连得手，受到皇上嘉奖，升为兵部侍郎。兵部侍郎并非宿州团练大臣，该为整个皖省战局负责，经咱与和大人奏请，皇上已诏令袁大人暂离宿州，驻节临淮关，协攻庐州，且言明有事三人可联衔具奏，共同对敌。"

太平军横行长江两岸以来，皖北及豫鲁捻军多次南侵，幸袁甲三布兵有方，拒敌于境外，不然捻军早打通南北轴线，与长江太平军合到一处。让袁甲三移师临淮关，也许无伤大局，若抽调来围庐州，皖北空虚，捻军趁机而入，岂不腹背受敌，危险之至！

如此浅显道理，袁甲三应该比谁都清楚，自然不会盲从福济与和春。庐州打不打得下来，是福和两人的事，听凭捻军搅乱皖北，甚至与长江太平军会师一处，吞掉安徽，袁甲三脑袋难保。福济明知袁甲三不会这么干，还要用皇上来压他，居心何在呢？

直到依令外出募勇劝饷，李鸿章才渐渐想明白，原来福济妒袁甲三之能，怕他盖过自己，故意挖坑，等他往里跳。皖省官场微妙，福济、和春、袁甲三三足鼎立，互不服气，难免不产生龃龉。和春不仅须督办安徽军务，还得配合向荣协办江南大营。向荣体弱多病，不知还能活几天，江南大营大任终将落到和春身上。也就是说和春迟早会离开安徽，福济只要摁住袁甲三，皖省便可成为自己一人天下。

想到此处，李鸿章不禁替袁甲三捏一把汗。袁甲三不是吃素的，可毕竟身为汉员，又怎斗得过福和两大满员？李鸿章琢磨着要不要借出差在外，绕道北上，跑趟临淮关，提醒袁甲三，小心福济所设圈套。袁甲三失手，皖北失去重要屏障，捻军入侵皖中，即使庐州克复，也会成为孤城一座，要不了多久又会重新沦陷敌手。

不过李鸿章不敢往临淮关跑。福袁关系微妙，贸然去见袁甲三，后果不堪设想。可否给袁甲三去封信呢？也不行，白纸黑字，哪天落入福济之手，依然没好果子吃。李鸿章不愿陷入官场争斗漩涡，只想好好干点实事，多募乡勇，多劝粮饷，早日收复庐州。

凭三寸不烂之舌，李鸿章顺利募得三营乡勇，还有少量粮饷，兴冲冲回到明光镇，去抚衙复命。走进签押房，福济正在捧读信函，边读边骂，气愤难当的样子。见李鸿章进门，递他手上，说："少荃看看，袁甲三像不像话？我好心写信给他，请他照皇上旨意，赶紧带兵南下，配合我与和大人共谋庐州，他敷衍搪塞不说，还冷嘲热讽，气人不气人！"

不看内容，李鸿章也知袁甲三信里写些什么，无非皖北捻军猖獗，轻易撤防，把宝押在庐州，顾首不顾尾，必将全盘皆失。还说愿与福济换防，请福济北上剿捻，他南下打太平军，保证不用旁人插手，即可收复庐州。福济大约是被这几句话惹恼的。

将信还给福济，李鸿章扼要说几句募勇筹饷之事。福济嗯嗯两声，还在生袁甲三的气。李鸿章说："学生有个想法，新募三营乡勇皆系生手，干脆编入训练有素的肥勇，也好以旧带新，共同长进，短期内尽快提高战斗力。"

李鸿章话里意思，无非想将五营新老团勇合到一处，统归自己管带。福济觉得未尝不可，表示同意。李鸿章准备离去，福济又叫住他道："请少荃代拟折子，参袁甲三一本。"

袁甲三没错在哪里，参也没法参。李鸿章忽捧住肚子，缩到地上，嘴里哎哟哎哟叫唤起来。福济吓一跳，关切道："少荃怎么啦？"李鸿章满脸痛苦道："这阵子在外募勇劝饷，风餐露宿，不小心着了凉，又喝多生水，弄坏了肚子。"福济说："快回屋歇着吧，我叫人给你弄点药去。"叫来亲兵，将李鸿章扶走。

不让代拟奏折，肚子不疼，有这么巧吗？福济想起李鸿章与袁甲三两人有旧，让他拟折参劾老友，也勉为其难，只好自己动笔。也不说袁甲三不肯协攻庐州，只说他自视清高，固执己见，不愿会衔，一味株守临淮，粉饰军情，擅截饷银，冒销肥己。折子派发前，又誊抄一份，寄给和春。和春明白福济用意，也给皇上递上一折，理由差不多。

知道福和两人不会放过袁甲三，李鸿章悄悄派刘斗斋赶往临淮关，口头告知袁甲三实情，看还有无挽回余地。袁甲三太清楚咸丰心理，总觉非我族类，其心必异，如今福和两大满员齐参自己，必然凶多吉少。只不甘愿离皖后，苦心经营两年多的皖北重回捻军手里，趁圣旨未到之前，赶紧布防，加固各关口守备。袁甲三心想，如果福和懂点常识，就知这于攻打庐州没有坏处，仍会继续维持皖北防务。

福和两人折子送达北京后，咸丰见是参劾袁甲三的，信以为真，罢去其兵部侍郎，批转都察院严查。袁甲三早有准备，二话不说，卷铺盖走人，乖乖回京受罚。福济如愿以偿，背后偷着乐。乐够了，才带领李鸿章，赶往临淮，接收袁甲三所留团勇。团练营里却只有一万多人马，另有两万多团勇已布置在各处关口，以防豫鲁捻军南侵。

明知头上帽子不保，袁甲三还精心布防皖北，让李鸿章顿生敬重。敬重之余，又难免暗自感伤。袁甲三忠心可鉴，却反遭排挤，被同僚视为眼中钉，肉中刺，非拔掉不可。同行嫉妒也就罢了，咸丰也不问青红皂白，一味偏听满员一面之词，一道圣旨把袁甲三开掉，实在令人寒心。李鸿章也是汉员，袁甲三如此下场，难免让人兔死狐悲。

福济不想放过两万兵力，准备撤掉关防，调往庐州战场。这实非明智之举，李鸿章忙劝道："学生觉得攻打庐州，也不多在这两万团勇。"福济道："两万团勇可不是小数字。庐州城高池深，长毛严防死守，咱不多些兵力，如何攻得下来？"李鸿章道："福老师可否想过，官军攻打庐州时，豫鲁捻匪趁机入皖，接应长毛，咱们腹背受敌，会是啥后果？"福济说："豫鲁捻匪难道神通如此广大，想入皖就入皖？他们身上长着翅膀不成？"

这已有些蛮不讲理。李鸿章不好与福济争执。可眼睁睁看着皖北良好局面毁于一旦，又觉可惜，何况也不利于庐州战场。李鸿章继续道："据学生了解，袁甲三两万团勇，不是他亲自招募的，就是一手调教出来的，唯其命是从，别人不大指挥得动。尤其各营管带，更是绝对忠于袁甲三，袁甲三把他们安在哪儿，就钉子样在哪儿死死钉住，谁也别想拔开。"

福济将信将疑，说："袁甲三还有此等能耐，人已走，威仍在？"李鸿章说："其实也没啥奇怪的，与兵源不无关系。这两万团勇主要来自豫东和皖北，是本着保卫家乡父老的愿望，才归集到袁甲三麾下的，如今福老师想把这些人调走，让豫东和皖北重回捻匪铁蹄之下，他们肯定不会服从，即使强逼南下皖中，也不会卖命打仗，弄不好还可能哗变，坏咱大事。"

福济权衡再三，最后听信李鸿章，留下两万关防将士，只带走宿州团练营里一万团勇。

回到明光镇，福济让李鸿章安顿好这一万团勇，又把他叫到签押房，商量攻打庐州计策。初步方案出来后，形成文字，派人送到已进驻皖西六安城内的和春，请他过目修订，形成统一意见后，再付诸实施。

等待和春意见的日子里，李鸿章并没闲着，天天跑镇外训练场，操练团勇，为庐州战役做前期准备。直至夕阳西下，离开训练场，打马回镇。经过一家伙铺，一阵酒香扑鼻而至，李鸿章不觉嗡动鼻翼，发起馋来。干脆下马入铺，点两道菜，要一壶酒，自斟自酌起来。

正有滋有味喝着酒，门外进来几个人，说话声音还有些耳熟。抬头一瞧，来者不是别人，竟是赵畇一家。李鸿章不由得站起身来，隔着两张桌子，喊了一声赵大人。赵畇别过脑袋，见是李鸿章，也一脸惊喜。李鸿章招呼店家再加几道菜，添两壶酒，挪开板凳，把赵家人请到自己桌前，对赵畇道："庐州城外一别，倏忽已历两年，想不到在此偏僻小镇意外重逢，看来缘分未尽哪。"赵畇笑道："有缘总会走到一起。还是少荃出息，短短两年时间，已自六品升至五品知府衔，不像俺姓赵的，东奔西逃，一事无成。"

李鸿章叹道："这五品知府衔有何意义呢？不过空衔一个，无职无权，唯有跑腿卖命的份。"赵畇道："现在看去是空衔，待打下长毛，天下太平，朝廷自会给你安排要职。富贵险中求，少荃在翰林院一待数年，才弄个七品协修，若非南下剿匪，长进哪有这么快？"

说话间，店家端上新添酒菜，李鸿章起身举杯，敬赵畇一家。他乡遇故知，话也就多，李鸿章道："赵大人没想到会在明光镇碰上鸿章吧？"赵畇说："袁大人驻守临淮关时，我就知你到了明光镇。"李鸿章诧异道："赵大人去临淮关会过袁大人？"赵畇道："正是袁大人卸任前告诉我，福济把巡抚衙署搬到明光镇后，又奏准皇上，将你调来练勇，准备攻打庐州。”李鸿章说：“你们几时去的临淮关？”

赵昀这才告诉李鸿章，带着家人离开磨店后，本想回太湖老家，寻找栖身之处，半道听说太平军横行皖南，太湖根本没半寸净土，只好转道北上，投奔袁甲三。一路行行止止，到达宿州，袁甲三已开拔临淮。滞留数月，盘缠花得已没几个，仍没见着袁甲三影子。不得不带着妻儿南下，好不容易与袁甲三见上面。待上半年，袁甲三遭福济与和春参劾，挂冠而去，赵家再次启程南下。临淮离明光镇不远，一两日就可到达，无奈途中夫人生病，一起绕道去寺庙烧了几天香，夫人病好才重新上路，来到镇上。

赵家路途辛苦，李鸿章这几天也练勇劳累，牙龈发炎，不敢喝得太过放肆，也就见好就收，让伙铺老板开几间上房，将一家人安顿下来。又陪赵昀说会儿话，才回抚衙，去见福济。和春反馈意见还没到。李鸿章顺便说了赵家处境，希望福济能给赵昀个差事。李鸿章这点面子，福济自然会买，答应下来。

改日练完勇，李鸿章又跑进伙铺，招待赵昀一家。席上李鸿章道：“鸿章已跟福大人谈好，他会安排位置给赵大人，不是高官厚禄，养家糊口该没问题。”赵昀拍着脑门道：“昨晚见面只顾高兴，忘告诉少荃，袁大人离任前上折时，附片说过我的近况，皇上已让吏部安排我出任广东惠湖嘉道，明天就带着家人上路赴粤，福大人这里就免了。”

惠湖嘉道是个实缺，比在福济这里讨饭强，李鸿章替赵昀高兴，道：“这更好，至少有个安身立命之所，家人也不用跟着到处奔波。”赵昀叹道：“也是没法子的事，本想随吕大人回籍干番功业，谁知落得如此下场，只好退而求其次。不像少荃，年轻有为，前程看好。”

“前程别去指望，骑驴看唱本，走着瞧吧。”李鸿章敬过赵昀，“赵大人别急着走，在镇上多待几天，咱们好好说说话儿。”赵昀道：“你们正筹划攻打庐州，岂能碍你大事？来日方长，以后还会见面的。”又说：“至临淮后才听袁大人说起，令尊已经不在。他老人家向来身体硬朗，想不到突然离世而去。”说得李鸿章悲上心头，道：“先父情系桑梓，回皖练勇，可惜没能看到长毛灭亡，就抱憾而去。”

酒后李鸿章送客回房，以银相赠，说南粤千里迢迢，一路花费肯定不少。赵昀稍稍推辞，高兴收下。李鸿章边起身，边道：“赵大人早些歇息，明早鸿章再来送行。”赵昀说：“咱们准备早点上路，少荃军务繁忙，别耽误你时间。”李鸿章说：“赵大人情深义重，专门绕道明光镇，看望鸿章，临走哪有不送之理？”拱手告辞，来到楼下。

出得门来，正要上马，有人在后面叫了声少荃兄。李鸿章回头，见赵小莲出现在伙铺门口，收回踏上马蹬的脚，说：“是小莲，有何吩咐？”赵小莲说：“送送你大将军。”走近李鸿章，两人肩并肩，融入迷蒙月晖里。

说着闲话，不觉来到一座石桥上。但见桥下溪流潺潺，清波荡漾。赵小莲款款下至水边，蹲到宽大石板上，伸手在水里捞起来。李鸿章将黄膘马拴到桥头柳树旁，也来到溪旁，说：“你是捞鱼呢，还是捞月？”赵小莲笑而不语，捞上一片扁圆石块，放到石板上，再从衣袖里取出一样东西，在石块上缓缓磨起来。

一股墨香扑鼻而至。这是徽墨特有的香味，一闻便知。李鸿章越发诧异，道：“小莲跑到溪边来磨墨干啥？墨是写字用的，可惜手头没有纸笔，不然写幅字，送你作个纪念。”

赵小莲不声不响，只顾低首磨她的墨。很快磨好，才招手要李鸿章过去。李鸿章长腿一迈，弹到石板上。赵小莲说：“给我蹲下。”李鸿章乖乖蹲下。赵小莲说：“抬抬你高贵的脸。”李鸿章又听话地抬了脸。正好天上飘过一朵轻云，遮住明晃晃的月亮。李鸿章心想，莫非正是人世间上演男女故事的时候，月亮不忍卒看，悄悄躲了起来？

赵小莲可没这么多想法，用手沾了石块上的浓墨，朝李鸿章腮上抹去。一阵清凉透入烫烫的腮帮，顿觉舒服已极。小时腮腺或牙龈发炎，奶奶就会朝爷爷要截徽墨，磨成浓浓的墨汁，涂到脖子或腮边，用来清火，效果挺不错。赵家乃书香门第，赵家爷爷赵元楷还是嘉庆状元，自然没少用徽墨，懂其妙用。只是赵小莲怎么知你牙龈发炎呢？

给李鸿章腮上涂好墨汁，伸手到水里洗手时，赵小莲才说：“在磨店时见你喝过酒，这两天酒量明显不如从前，我就觉得有些奇怪。又见你有意无意去摸腮帮，就猜你练勇劳苦，内火上升，以致牙龈发炎。不过没事，多涂两次徽墨，注意饮食和休息，很快就会好的。”

说得李鸿章心里甜滋滋的，真想将眼前息息相闻的青春少女揽入怀抱。不巧幽幽天地陡然放亮，月亮破云而出，将暗夜照得如同白昼。李鸿章忙缩回悄悄伸出去的手，抬头望眼悬于深空的月亮，喃喃道：“今晚月亮真圆。”

赵小莲没吱声，转身上岸，朝桥上走去。李鸿章跟着来到桥头，牵过黄膘马，送赵小莲回伙铺。分手时，赵小莲递过徽墨，说：“这是爷爷传下的徽墨，你拿着吧，多涂几次，牙龈炎就会痊愈。”李鸿章接住，小心收入囊中，一边说：“谢谢小莲！治牙龈炎用不了好多墨，我会好好珍藏，日后见墨如见人。”

赵小莲鼻头一酸，朝门口走去。李鸿章对着那个绰约的背影，叮嘱道：“早些歇息，明天我再来送你们。”赵小莲回头扬扬手，转身隐入门洞，隐入深邃的黑暗。

在门外站了好久，李鸿章才牵过马，走进月色里。

夜里一遍遍回忆着两人短暂的聚离，李鸿章许久不能入眠，直到鸡鸣声起，才沉沉睡去。猛醒过来，窗外已大白。赶往伙铺，赵家人早已离去。李鸿章眼望延展至山边的路影，满心怅然。长路漫漫，山高水险，赵家人越走越远，也不知今生今世，还有无重逢之日？

幸好手里还有一支徽墨，足慰离情。磨了墨汁，涂上几回，牙龈很快好了，李鸿章又全心投入备战。和春的反馈也到了明光镇，说太平军正筹划大动作，准备对金陵城外清军南北大营实施反包围，以彻底解除被困局面。打仗拼的无非是人，人多才有胜算。何况反包围，包围圈更大，想形成合围，除搞人海战术，别无他法。也就是说，太平军会从各处抽调兵力，给安徽战场留下空当，收复庐州或将成为可能。咸丰也有此意，希望安徽清军有所作为，减缓南北大营压力，挫败太平军。

福济朝思暮想的，就是攻下庐州，彰显自己能耐。他把李鸿章叫进签押房，递上和春信函，要他过目。和春思路倒也清楚，双方各自从东南和西南两个方向朝庐州靠拢，待兵临城下，再一齐发力合攻。李鸿章觉得可行，代福济回过信，又给各圩主去函，邀他们带勇驻扎庐州与巢县之间，切断两地太平军联系，配合福济所部，先攻巢县。

约定时间一到，福济所领两万清军外加李鸿章五营团勇合到一处，开到巢县东面，与西面圩主们联手，夹攻巢县。可巢县依然固若金汤，任凭东西两面兵勇怎么强攻硬打，都没法撼动。比起上次忠泰领兵攻城，此次兵力多了两倍，还是如此难攻，李鸿章颇感疑惑，暗派手下营官打听，到底是何方高人守城。

营官抓回一个太平军探子，一审才知，巢县守军头领是个莽夫，有勇无谋，安排布防和调兵遣将，全靠手下一名小个子。小个子本系安徽人，熟悉本地山川地理和风俗人情，守城很有一套。李鸿章道：“知道小个子什么名字吗？”营官说：“名字长毛说不出来，只说生着一双豹眼，目光如炬，好不吓人。”

支走营官，李鸿章去见福济，说：“巢县城里有高人，一时三刻恐难拿下，可暂且放弃，先攻庐州。”福济说：“少荃别忘了，忠泰就死在巢县城下，此仇不报，何以慰忠魂？”

话没落音，亲兵来报，说和春已率秦定三和郑魁士两位总兵收复舒城，正扑向三河镇。福济心急道：“三河镇往东便是庐州，看和春来势，没咱们到场，说不定也能拿下庐州，如此一来，咱岂不白忙数月？”

两天后秦定三和郑魁士攻克三河镇，福济才下决心，让李鸿章打头，取道巢县北境，移师西进。来到庐州城东，只见城头守军如蚁，防备森严。正好和春派兵来报，说秦郑两位已赶到水西门外，准备午夜攻城。午夜时分一到，东西两军一齐放炮开铳，战斗轰轰烈烈打响。不想打到天亮，城上守军越战越勇，毫无惧色，清军没占到任何便宜。

连攻两天两晚，城墙坚不可摧，清军只得开挖地道，以接近城根，好用炸药炸。这也属太平军惯用手段，自然知道是怎么回事，赶紧从里往外对挖，堵截清军。

这样下去，只怕一年两载也别想攻下庐州。福济心急火燎，问李鸿章怎么办好？李鸿章说：“一年多前秦日纲攻水西门，往城墙下挖地道，被江忠源发觉，往外对挖，一次次将长毛堵在城外。后秦日纲同时挖掘上下双层地道，才成功通到城下，炸掉城墙。”福济说：“咱以其人之道，还治其人之身，也挖双层地道，通到城下去。”李鸿章说：“要是长毛也从城里对挖两层地道出来呢？”福济说：“哪咱们干脆挖三层。”

这办法一点不高明，却也不妨一试。想想也是，太平军堵得住一层，堵不住两层，堵得住两层，不见得堵得住三层。李鸿章马上布置下去，安排精壮兵勇，同挖三层地道，慢慢向城墙下面逼近。太平军发现有异，开始对挖，不过只挖两层，堵住清军上面两层地道后，以为万事大吉，还笑福济与和春太没想象力，就知学他们旧招。

谁知没笑完，底层地道炸药引爆，城墙一下子塌掉数丈，清军哗啦啦向城里冲去。水西门守军分兵来救，秦定三和郑魁士又趁势攻入门洞。清军本来人多势众，两面同时猛夹，太平军哪里抵挡得住？顿时土崩瓦解，庐州就这样回到清军手里。

清军终于打赢一场像样胜仗。连自信不足的清军水师也深受鼓舞，一气攻下长江两岸的芜湖和太平府，给太平军以少有的重创。消息传出，朝廷上下欢呼雀跃，弹冠相庆。加之主帅又是满员，攻城主力也多为绿营兵，咸丰更是扬眉吐气，挥着手里捷报，对王公大臣们大声嚷嚷道："谁说满员只知纸上谈兵，谁说绿营兵只会吃喝玩乐？福济与和春不就是满员么？攻克庐州、芜湖和太平府的主力不就是绿营兵么？"

众臣跟着高兴，说皇上独具慧眼，用人得当，若不是合适的时候将合适的人选放到合适的位置上，安徽战场哪会取得如此辉煌胜利？咸丰越发得意，道："看来有福济、和春诸将，攻克安庆诸城，光复安徽全境，已是倚马可待。"当即下旨，赏福济太子少保衔和头品顶戴，加李鸿章四品道员衔，和春及众将也各有重赏，以示皇恩浩荡。

圣旨到达庐州，福济自然受用，于咸丰六年（1856）到来之际，将抚衙搬入修葺一新的庐州府署，大摆宴席，把酒言欢，共度新春。席间福济频频举杯，感谢众将为攻克庐州出生入死，立下汗马功劳。众将回敬，说些好听的话。说来说去，无非福大人统军得力，指挥有方，否则庐州不可能光复之类。福济宴请众人，就想听恭维，享了口福，再享耳福。

李鸿章也端杯过去敬酒，想提醒庐州周边大部分城池还在太平军手里，务必早规划，早部署，再打几场胜仗。可没容李鸿章开口，福济就干掉杯里酒，打着哈哈，转身应付旁人去了。李鸿章几分失落，回到自己座位上，独喝闷酒。

此后福济天天泡在酒水里，不问时事，不理军政，李鸿章每次上门，他都醉眼蒙眬，舌头发硬，话都说不清楚。李鸿章没法，只得去提督大营找和春。和春也很着急，说："福大人这么喝下去，还要不要打长毛？"李鸿章道："干脆咱俩先商量个初步方案，再去找福大人，得到他认可，就可付诸实施。"

和春当然同意。李鸿章深知庐州易手，安徽战局将发生重大改变。显而易见，太平军失去庐州，便失去一个重要粮草基地，丢掉芜湖和太平府，则意味着长江粮运水道断掉。洪秀全慌了神，命东王杨秀清调整部署，暂时放弃西线，抽调安徽兵力，交燕王秦日纲统领，直扑扬州，欲摧毁清军江北大营，向北拓展，另谋出路。

南北两大营是清廷救命稻草，咸丰闻报，吃惊不小，连夜下旨，令江南大营统帅向荣出兵防堵，解江北大营之困。向荣领兵出营后，正与太平军打得激烈，西征连捷的翼王石达开亲率三万精兵，自江西回师东进，来攻江南大营。向荣闻讯，尿都吓了出来，赶忙分兵给总兵张国梁，掉头迎战气势汹汹的石部。

太平军全力对付南北大营，庐州兵勇正好出手，夺几座城池回来。李鸿章摊开皖省分府图，琢磨半天，觉得可以兵分两路，打通庐州东南和西南通道，再联合清军长江水师，水陆并进，围攻安庆。这是当前清军最佳行动方案，李鸿章妙笔生花，很快形成文字稿，拿去请和春斧正。和春觉得不错，两人走进抚衙，求见福济。

这次福济倒没喝酒，头脑还算清醒。可看完方案，半晌没表态，不知欲作何打算。李鸿章去瞧和春，希望他开句金口。和春会意，对福济道："围剿安庆，解救皖省，成败在此一举，请福大人明察。"福济还是没吱声。李鸿章忍不住道："福老师别再犹豫，此时咱们出兵攻打长毛，不管打赢，还是打输，都是立功，又何乐而不为呢？"

输赢都立功，倒也新鲜。福济道："此话怎讲？"李鸿章说："在皇上心目中，南北大营非同小可。眼下两大营情势紧急，咱若在安徽攻城略地，取胜不用说，功莫大焉，即使胜算不大，也能牵制长毛，缓解两大营压力，不等同立功么？"福济道："胜也好，败也好，皆难免损兵折将。兵短将缺，还怎么保卫庐州？庐州收复不易，转眼又失，皇上岂不要咱老命？就算皇上不追究，咱丢掉根据地，丧家犬样，流离失所，疲于奔命，又能有何作为？"

原来福济东躲西藏怕了，只想固守庐州不动，保住抚衙。这就是人之天性，一无所有时，往往无所畏惧，豁出去便豁出去。一旦从无到有，便会患得患失，顾虑重重，轻易不肯往前迈步。想想福济刚提太子少保衔，满身光环，且抚衙修葺一新，住得正舒服，又要冒险出征，拿性命去跟敌军血拼，换了谁恐怕都难下此决心。

福济不肯出兵，两人拿他没法，告退出来。李鸿章长吁短叹，道：“想不到福大人会变得这么谨慎。”和春道：“要想福大人改变主意，除非皇上下旨。”李鸿章道：“和大人可否给皇上上个折子，谕令福大人出兵？”和春摇头道：“不可不可，贸然上折，福大人以为我别有用心，觊觎其巡抚位置。皇上把皖省交给我俩，两人不和，以后怎么共事？放心吧，南北大营吃紧，不用咱上折，皇上也会想到福大人，不可能让他窝在庐州不动。”

咸丰一手缔造南北两大营，一心希望向荣击退太平军进攻，打场漂亮胜仗，给自己长长脸。谁知事与愿违，江北大营告急，咸丰大惊失色，给福济与和春下旨，令兵分两路，打通庐州西南和东南通道，与长江水师会合，攻击安庆，围魏救赵。

无奈圣旨到达庐州，时机已失。福和两位分头领兵出城不久，就闻秦日纲攻破江北大营，挥师南下，配合石达开，夹击江南大营。同时腾出力量，扫荡大营外围各处清军，安徽时局再次逆转，东南和州、含山，西南舒城、桐城等地复又沦陷，落入敌手。

圣命不可违，明知太平军势不可挡，福济与和春也只得硬着头皮，率部抗敌。李鸿章依然跟随福济，进击东南各府县。考虑巢县城防坚固，又有太平军巢湖水师互为犄角，遥相呼应，只能暂时回避，先攻含山。才在城外扎下营垒，突然城门大开，太平军潮水般涌出，直扑过来。兵勇们脚跟未稳，没法组织有效反击，弃营溃逃。

太平军击破清军江北大营后，尽调和州守军，协攻江南大营。福济正在逃命，闻此消息，命李鸿章收集残部，重整旗鼓，南下偷袭和州。谁知来到和州城外，刚发起攻击，和州守军又杀回来，将清军打得落花流水。

就这样，福济与李鸿章在庐州东南兜上几圈，攻不克，战不胜，打一仗，败一仗，损兵折将，死伤惨重。没死没伤的，也丢盔弃甲，落荒而逃。逃命没法讲路线，哪里敌军少，逃往哪里。李鸿章一口气逃出数十里地，回头瞧瞧，福济所率清兵已不知去向，只刘斗斋还在身后跟着。朝前继续逃上大半天，人疲马乏，只得下地休息。李鸿章喘着粗气，问刘斗斋到了何处？刘斗斋四处望望，说：“好像到了定远境内。”

“明明往庐州方向撤离，怎么跑到北边来啦？”李鸿章嘴里嘀咕道，扯过衣襟，在满是黑汗的脸上揩两把。刘斗斋道：“长毛紧追不舍，咱们只顾逃命，哪还分得清东南西北？”李鸿章自嘲道：“是啊，小命不保，分清东南西北，又有啥意义呢？”

不觉夜幕降临，刘斗斋凑近道：“到哪里讨碗米饭，充充饥肠，先歇息一晚，明天再作打算吧。”李鸿章说：“你带两名亲兵前去探探路，看有没有村落或人家。”

不大一会儿，刘斗斋打转回来，道：“此去不到四五里，有个不大不小的镇子，镇上还有几家伙铺，正好可以落脚，也免得惊扰镇民。”

起身上马，绕过一道荒丘，丘下果有古镇隐在朦胧月色里，灯火明灭，犬吠起伏。来到一家伙铺前，铺门紧闭，早已打烊。上前叩门，半日才开，门里伙计手揉双眼，哈欠连连，似还在梦里。刘斗斋不耐烦道：“怎么半天才开门？快给军爷弄些吃的。”军爷俩字很管用，伙计闪到门旁，啄着脑袋道：“军爷请进，请请请进。”

几位迈进铺门。伙计掌了灯，请各位上楼。李鸿章觉得眼前事物似曾相识，却想不起何时来过，或许仅是幻觉吧。伙计很快弄来吃喝，几位填饱肚子，倒头便睡。睁开双眼，已是翌日上午，窗纸上映着耀眼阳光。李鸿章下床推开窗户，觉得眼前街景格外眼熟，原来是数月前驻扎过的明光镇。还有更巧的，此刻寄身之所正是赵畇一家住过的伙铺。

想起与赵小莲的短暂聚首，李鸿章心情大好，仿佛不是亡命明光镇，而是来寻觅半年前留下的浪漫足迹。心里装着一份念想，吃早饭时，刘斗斋问饭后何去何从，李鸿章脱口道：“你不觉得这明光镇还不错，可以多待上几天？”

连日逃窜，身心疲惫，好不容易来到一处还算安宁的地方，能多逗留些时日，安顿一下惊魂，恢复恢复体力，又何乐而不为？刘斗斋和亲兵自然无话可说，安安心心住下，该吃吃，该睡睡，巴不得过几天神仙日子。

夜里明月临窗，李鸿章心头隐隐一动，不由得悄悄下楼，走出伙铺，信步来到镇外石桥旁。桥头柳还在悠悠摇曳，桥下溪依然潺潺流淌，溪边的大石板仍固执地守着水中月。月色里，伊人仿佛就蹲在石板上，手拿徽墨，在石片上缓缓研磨着。

在石桥旁发一会儿痴，缓步下到溪边，坐于大石板上，任凭虫声盈耳，清风入袖。与赵小莲相处时的点点滴滴顿时浮现眼前，让这个血染战袍的大男人满心都是柔情。小莲你在哪儿？此时你的心溪是否潺湲似琴，你的心空是否澄澈如镜？

由赵小莲，李鸿章又念及母亲和妻女，不知他们过得怎么样。所幸庐州还在清军手里，大部分团勇也留守城外，配合清军负责城防，附近各处乡镇暂时还算安宁，磨店老家应该无事。可战情瞬息万变，太平军只要高兴，随时都可兴师动众，大举进攻皖省，没人算得准厄运何时降临自己头上。李鸿章情绪又低落下来。离京至今，戎马倥偬，已历四载，打过大小数十仗，吃过不少苦头，却功不成名不就，空怀报国情，徒抱杀敌志，外不能开疆拓土，救亡图存，内无力守护母亲妻女，为心上人开掘一片生存小空间，该是何等悲哀！

李鸿章仰天长叹一声，垂下头来。只见溪月晃着幽光，几分凄清。下意识伸出手来，去捞溪里月亮。溪水一荡一漾，像打碎的镜子，一下子变得支离破碎。李鸿章只觉自己的壮怀和鸿志，就像这溪里月亮，看得见，够不着。

回到伙铺，仰躺在床上，痴望窗外月色，李鸿章心潮翻涌，久久不能入睡。干脆爬起来，拿出赵小莲留下的徽墨，用茶杯接了水，一下一下磨起来。墨磨好，脑里句式已成，拈笔写在纸上：四年牛马走风尘，浩劫茫茫剩此身；杯酒藉浇胸磊块，枕戈试放胆轮囷。悉弹短铗成何事，力挽狂澜定有人；丝鬓渐凋旄节落，关河徙倚独伤神。

诗毕低咏一遍，仍觉意犹未尽，沉吟片刻，又挥毫写道：巢湖看尽又洪湖，乐土东南此一隅；我是无家失群雁，谁能有屋稳栖乌；袖携淮河新诗卷，归防烟波旧酒徒；遍地槁苗待霖雨，闲云欲动又踟蹰。

书罢投笔，怅然良久，李鸿章背着双手，徘徊复徘徊，直至雄鸡报晓，东方欲白，才懒懒回到床上，昏昏睡去。

这样待上数天，李鸿章渐渐有些沉不住气了。外面战火纷飞，你却躲在偏僻小镇，与世隔绝，事不关己，这可不是翰林加绿林的风格。于是重新抖擞精神，跳上黄膘马，带着刘斗斋几位亲兵，离开明光镇，向西南方向驰去。

路上得知江南大营被太平军攻破，十多万清兵死的死，逃的逃，统帅向荣无颜面圣，逃亡路上自缢身死。向荣久经沙场，统兵有方，从广西一路追击太平军至金陵，可谓战功赫赫。江南大营在他数年苦心经营下，不断发展扩张，兵强马壮，粮多饷足，比江北大营强得多。皇上也就寄予厚望，盼他早日挥师出击，打下金陵，押着洪秀全，回京复命。却万万没想到，江北大营溃散才两个月，杨秀清又调动五王（北王韦昌辉、燕王秦日纲、翼王石达开、英王陈玉成、忠王李秀成），内外夹攻，攻破江南大营，皇上灭贼希望成为泡影。

回到庐州城，李鸿章不敢稍有停留，去见已回抚衙的福济。福济早知江南大营破灭，向荣自杀，难免兔死狐悲，惶惶不可终日。正不知如何是好，李鸿章重又出现，福济喜出望外，道："少荃去了哪里？派出好几起人马寻找，都不知你下落，为师是寝不安，食无味啊。万一你有个三长两短，日后谁与我同舟共济，抵抗长毛？"

说得李鸿章不无动容，差点掉下泪来。简单道过别后情形，话题自然落到江南大营上来。福济道："破掉江南大营后，听说长毛跃跃欲试，准备再度北伐和西征。无论北伐，还是西征，安徽都首当其冲。石达开与韦昌辉已抵达赣鄂两省，看架势想与秦日纲、陈玉成和李秀成联手，围歼皖省。"李鸿章道："北伐和西征是长毛出路，石达开与韦昌辉两人行踪足可说明。不过此二人意不在安徽。尤其石达开，胸怀大志，难得在金陵眼皮底下久留。他看不惯洪秀全骄奢淫逸，也不满杨秀清独断专横，只想远离金陵是非之地，独辟蹊径，另外开创一片天地。故此石达开十有八九会离开安庆，逆水而上，向西推进。"福济道："除石韦两匪，还有秦陈李三军，亡我安徽之心不死，仍会卷土重来，到时咱死无葬身之地啊。"

真到这一步，也是天意，无法抗拒。回到住处，门一关，李鸿章躺到床上，不吃不喝，不言不语，好几天打不起精神，像大病一场，没法恢复元气。只是不相信真到了山穷水尽的地步。国家也好，个人也罢，往往好事会变坏事，坏事也会变好事。目前皖省危机四伏，困难重重，自己与福济命运难料，可说不定哪天又会出现某种转机。

可转机又在哪里呢？在我还是在敌？世间万物，有消就有长，有长就有消，这可是千古不变之铁律。比如说太平军，攻破南北大营，确实属大手笔，金陵危机得以有效缓解。但旧危机消失后，会不会又有新危机暗潜隐伏？太平军的危机就是清军的契机，果若抓住契机，说不定能弄出点动静来。

正胡思乱想，进来两个人，竟是三弟鹤章和五弟凤章。

五、克巢县荣升三品衔

兄弟相见，格外亲热，李鸿章心情大好，叫亲兵弄来酒菜，招呼两位弟弟上桌小饮。几杯下肚，李鸿章道：“三弟率勇协防庐州，偶尔会进城办事，见面还算方便。五弟在磨店守家，来一趟不容易。母亲还好么？”李凤章说：“家务有大哥和四哥操持，母亲只是拜拜佛，念念经，精神颇佳，二哥不用挂念。”李鸿章说：“母亲健旺，是咱们兄弟的大福。”

李凤章又告知，二嫂和侄女也平平安安，康康泰泰。“只要平安就好。”李鸿章点头道，“五弟来庐州何干？”李凤章望望李鹤章，笑而不语。李鹤章帮着答道：“二哥知道，咱们带勇战长毛，朝廷不出粮，不给饷，最多打了胜仗，奖赏几个银子。其实对咱这些圩主来说，打不打仗，只要队伍拉起来，就得管吃管喝，还得发点小饷，让团勇们拿回去养家，不然谁给咱卖命是不是？钱从哪儿来？只好筹款劝饷。可连年战乱，民不聊生，财源越来越短缺，就地取财日见困难，只有另想办法。”

李鸿章天天领兵带勇，冲锋陷阵，后勤粮台接触得少，不知除就地取财，还有什么来路可弄钱生财，问道：“打仗就是烧钱，你们有弄钱办法，还不快快道来？”李鹤章说道：“无农不稳，无商不富，想弄钱，还是离不开经商做生意。”李鸿章道：“兵荒马乱，有啥生意可做？”李鹤章笑道：“兵荒马乱有兵荒马乱的生意。”朝李凤章抬抬下巴。李凤章这才说道：“徽人善经商，三哥朋辈里也有商人，生意都做到了金陵，钱来得比别处还快。”李鸿章打断道：“金陵为长毛所占，也敢到那里去做生意？”

李凤章从容道:“有何不敢?做长毛生意,钱更好赚。长毛兵多将广,日用消费大,只要投其所需,轻轻松松就可赚来大钱。三哥心里痒痒,却不能扔掉团勇不管,只好把我介绍给他朋友,跟着四外收购粮油茶叶布匹和各类日常用品,运往金陵,从长毛手上换取大把银子。来回跑上两趟,咱就摸到了门道,干脆出来一个人干。其实也不是一个人,三哥投了大钱,才让我有足够本金,渐渐把生意做大,现已超过三哥朋友生意规模。”

听到这里,李鸿章脸色往下一跌,说:“你们这么做,不是助纣为虐,让长毛吃饱喝足,再来攻打咱们吗?”李鹤章解释道:“没二哥说得如此严重。咱们不做长毛生意,也自有人做,反正有买就有卖。再说咱赚长毛的钱,没用来肥自己腰包,都花到了团勇上,不然兄弟们早已跑光,咱也没法帮着福大人和二哥协防庐州。”

如此道来,做长毛生意也错不到哪里去。李凤章又道:“其实咱与长毛做的都是小生意,大生意全垄断在洋人手里。尤其军火弹药,皆是洋人供给长毛,那才真叫助纣为虐哩。”李鹤章也强调道:“只要清军没法截断金陵与外界联系,谁都可与长毛做生意,包括大量军火买卖。”李鸿章叹道:“洋人也不是好东西,就知唯利是图,发咱们国难财。”又问李凤章:“五弟出入金陵,多少能听到些有关长毛的事情吧?比如洪杨二贼,他俩有些啥动静?”

李凤章道:“说起洪杨两位贼首,金陵城里传言四起,说他们迟早会有闹翻的一天。”李鸿章道:“洪杨多年患难与共,莫非说闹翻就闹翻?”李凤章道:“听长毛议论,杨秀清自恃天父附体,老想控制洪秀全,对他吆来喝去。更有甚者,还代天父传言,逼洪秀全封自己万岁。俩万岁同时登台,这戏还唱得下去?”

若如李凤章所言,洪杨内讧,金陵一乱,无暇顾及别处,安徽颓势自然会有所好转。李鸿章一时兴奋,频频举杯,与两位弟弟喝个痛快。喝得差不多,李鸿章想起什么,对李凤章说:“五弟常在外面跑,可否给我留意一事?”李凤章道:“二哥有事吩咐,五弟全力而为。”李鸿章道:“做生意走南闯北,接触的人多,见识的事广,五弟经营买卖时,顺便查寻查寻地方史志和舆图,能弄的尽量弄些回来。”李凤章爽快答应:“带兵打仗,与敌周旋,先了解清楚地方风土人情和山水形貌,自然攻无不克,战无不胜。”

李凤章消息并非空穴来风,不久金陵果然出了大事。攻破南北大营后，杨秀清自恃功高，越发专横跋扈，趁韦昌辉和石达开出征在外，一再借天父口吻，逼洪秀全封自己为万岁。洪秀全气愤不过，密诏韦石两位，返京收拾杨秀清。韦昌辉早看杨秀清不惯，立马带领三千多人，自湖北火速奔赴金陵，与城里旧部合兵一处，攻入东王府，杀掉杨秀清全家及部众四万多人。随后石达开从江西赶回来，见韦昌辉做得太绝，心怀不满。韦昌辉心想，杨秀清一死，唯一还敢跟自己叫板的就剩石达开一人，只有把这小子干掉，才得消停。当夜带兵冲进翼王府，逢人就砍，杀得血流成河，只石达开见势不妙，落荒而逃。又怕秦日纲有想法，韦昌辉又冲进燕王府，把秦日纲和府里老少也杀掉。还不过瘾，竟率部去围天王府。幸好洪秀全早有预感，联合洪家兄弟及东王党，打退韦部。韦昌辉逃出城外，被人擒住，扭至洪秀全面前。洪秀全叫人砍下韦昌辉脑袋，送到安庆，请石达开回来辅政。石达开回到金陵，洪秀全又暗自后悔，怀疑他跟杨韦一样，亡我之心不死，于是事事设阻，处处提防。石达开年轻，还想多活几年，辞别天王，出城西行，从此一去不复返。

消息令人振奋，福济与和春分头领兵，一个朝东南开拔，一个向西南进击，准备大干一场。和春指挥秦定三和郑魁士两位总兵，一路所向披靡，连下舒城、霍山、岳西，只桐城还在敌手。福济率李鸿章出庐州城后，知道巢县不好打，采取先易后难步骤，绕到东面，快速攻占无为、和州、含山和东关，尔后回师围攻巢县。

巢县依然牢不可摧。架炮猛轰，无奈城坚如铜，无法破敌。掘地而进，又一次次被守军堵住，到不了城下。守军还在城外掘了深沟，来回巡查，地下一有动静，就打洞灌水，淹死不少挖地道的清兵。福济很恼火，问李鸿章道："巢县如此难攻，到底何人把守？"

李鸿章已探明城里情况，道："巢县守将是广西人，外号黄铁匠。黄铁匠没啥能耐，全靠副将程学启部署城防，对抗官军。程学启乃安徽桐城人，双目炯炯如豹，人称豹眼。"

福济道："莫非就拿程学启毫无办法？"李鸿章说："强攻不行，只能先克巢湖长毛水营，再围巢县，待城里弹尽粮绝，守军自会举手投降。"福济说："此法倒也可行。只是听说守军早备足粮草，三五个月该撑得下去，又如何是好？"李鸿章道："就围他三五个月。"

福济猛摇脑袋道："不行不行，咱还有安庆要收复呢。"李鸿章道："安庆不有和大人及秦郑两位总兵么？”福济道：“俩总兵所领皆绿营老爷兵，没漕运标兵和团勇参战，想拿下安庆，没这等好事。”又说：“西南基本打通，秦总兵正围攻桐城，郑总兵则在肥西安民，我请郑总兵过来助战，尽快拿下巢县。”

福济赶往肥西，郑魁士二话不说，点兵一万，望东而来。到得巢县城外，架好火炮，对着城头一阵猛轰，炸开两处豁口，驱兵向前，去登城墙。城下濠深沟邃，士兵搬来长木，搭到壕沟上，再踏木过沟。无奈城头矢如蜂至，弹似雨下，士兵们挨矢中弹，纷纷落入壕沟，淹的淹死，冻的冻僵，没死没僵，也因壕沟太深，没法爬上来。几番冲锋，终于有数十勇士越过壕沟，赶到城下，城墙豁口又被守军补实，清兵们身无翅膀，飞不上去，只能干瞪眼。

如此强攻三天，断送两三千兵士性命，依然毫无成效。倒是李鸿章留下漕运兵，配合清兵围城，自率三山团勇，突袭巢湖太平军水营，得胜而归。福济稍感安慰，说：“长毛水营已破，正好合力攻城，咱们见郑总兵去。”

郑魁士身经百战，打过无数恶仗硬仗，没把李鸿章放在眼里，顾自部署夜战。夜里火炮一响，士兵们扛着长木，冲到壕沟旁，搭起数道木桥，舍命往对面冲。城上守军早有防备，赶紧开枪放箭。清兵人数众多，虽有中箭中弹落水者，仍有不少越过木桥，冲到城下，尔后迅速分为两股，一股冲向被火炮炸开的豁口，一股架梯攀城。

城上守军没闲着，放过枪，射过箭，又往下推滚木，砸石块，一次次将登城清兵击退。郑魁士亲自督阵，清兵没有退路，前赴后继，越过壕沟，踩过堆积如山的死尸，往上攀登。眼看快要攀上墙头，最残酷的一幕突现于前：清兵一个个掉落下来，撕心裂肺地嚎叫着，又扭又摆，又翻又滚，惨不忍睹。嚎叫声不绝于耳，划过夜空，让人毛骨悚然，不寒而栗。

原来守军备了桐油，居高临下，一桶桶往下淋，直接淋到清兵身上。桐油都是烧得滚烫的，烫得清兵焦头烂额，皮裂肉糊，欲生不得，欲死不能。还有更恼火的，后面清兵想继续登城，城墙上全是桐油，不仅烫热难近，还沾手打滑，根本没法攀爬。待桐油冷却，再组织进攻，守军又故伎重演，逼退清兵。

守军还有这么一手，确是郑魁士没想到的，气得捶胸顿足。福济也唉声叹气，想鼓励郑魁士收拾残兵再战，估计他别无佳法，只得去找李鸿章。李鸿章说："咱几战巢县，没少强攻硬取，皆因守军太狠，无功而退。唯有围而不攻，把守军困死在城里。"福济还是不甘心，说："巢县久攻不下，和春只要破掉桐城，自会挥师南下，独攻安庆。安庆比庐州更重要，安庆之战咱边都沾不上，怎对得起皇上隆恩和信任？"

福济哪是担心对不起皇上，明明是怕失去参战安庆机会，对不起自己。尝过攻取庐州的甜头，福济知道能收复安庆，功劳更大，皇上肯定不会薄待，才念念不忘，无以释怀。这倒也能够理解，李鸿章安慰道："咱还是再想想办法，看如何摆平巢县守军。"

福济一走，李鸿章嘱咐刘斗斋看好帐门，任何人不得入内，然后研墨铺纸，着手作文。不作诗词歌赋，不作春秋宏篇，是给巢县城里的程学启写信。

舞文弄墨毕竟不是攻城略地，应该不难。可不攻城，不掠地，却得攻心掠志，也不是想象的简单。好在李鸿章最懂文章之道，笔力了得。他先分析清军与太平军各自优势和劣势，阐明最后胜利一定属于清军。理由明摆在这里，清军背后是经营了两百多年的大清朝廷和各省官军，以及云集响应的地方民团，相比之下，太平军不过是些乌合之众，一时兴起，席卷江南，却没任何根基，打下两湖，丢掉两广，占领江南，失去湖广，有如猴子掰苞谷，掰得多，丢得也多。最要命的还是洪秀全无王者风范，缺乏远大志向和目标，小胜则安，醉生梦死，无以凝聚人心。故看上去太平军人多势广，其实是一盘散沙，一阵风吹雨打，就会烟消云散。事实是新近金陵内讧，东南西北四王已无一幸存，连翼王也没法容身，怅然出走，留下天王孤家寡人一个，要谋无谋，要勇无勇，还能苟延残喘几天？眼见太平军气数将近，不可能成气候，还抱残守缺，替他们卖命，值不值得？识时务者为俊杰，程将军智勇双全，善攻能守，若弃暗投明，归顺朝廷，日后足可建大功，立大业，封妻荫子，名垂青史。

洋洋洒洒写上两千言，李鸿章才收住笔头，重新检查一遍，更正个别用词，装入信封，交给刘斗斋。还拿出一幅小画给他，如此这般吩咐几句。

当夜刘斗斋乔装一番，带着信函，潜入城里。几经周折，信函终于到了程学启手上。程学启细细读过，略有所动。却又患得患失，踌躇半晌，下不了决心。

刘斗斋没立即出城，悄悄躲在暗处观察动静。见程学启没有任何反响，便混入守军中间，散布谣言，说程学启见金陵内讧，太平军大势已去，忽生异心，联系城外清军营中桐城密友，准备里应外合，开门迎敌，献城立功。

虽说程学启具体负责城防，却只是守城副将。主将姓黄，桂籍资深太平军将领，铁匠出身。黄铁匠本来对程学启这个安徽人早有防备，听到谣言，信不是，不信也不是。为防万一，还是安排人秘密监视，看程学启有无反常举动。刘斗斋见谣言起效，弄身敌军卫士衣服穿上，趁夜跑到程学启住处，往门缝下塞张纸条，然后掉过头，若无其事离去。

刘斗斋此举，自然没能逃过暗处的眼睛，等他一离开，就有人溜过来，从门缝里取走纸条，交给黄铁匠。黄铁匠见是幅小画，绘有街衢、里巷、城门和墙柳之类，有些像联络暗语，越发觉得可疑，对程学启更加防备，连城防也不再让他参与，真以为他暗通清军。

程学启意识到黄铁匠不再信任自己，怀疑是不是李鸿章送来信函，被人知道，心里难免忐忑起来。城防插不上手还在其次，还被秘密监视，出入失去自由，心里已凉半截。又想起李鸿章信中所言，句句不虚，字字在理，渐渐有了去意。

是夜，守军和清军对峙两个时辰，各自休兵歇息。直至黎明，双方兵将正觉困乏，东门悄然开启，一彪人马无声出城，往南而去。李鸿章正躲在不远处，将一切看在眼里，放过南去人马，带领马队，直取未及关上的城门。潜伏于后的大队团勇纷纷跃起，一边放炮开枪，一边呼啦啦冲过去，往城门里直涌。福济漕运标兵和郑魁士绿营也快速跟进，一时间，城里城外杀声四起，炮火连天，热闹异常。

天亮时分，清军全面攻占巢县。守军死伤无数，余者缴械投降。李鸿章一边清理战场，一边留心观察城墙，才发现基深砖厚，崇墉百雉，非别处可比。再有程学启精心布防，督兵死守，强攻硬轰不下，也就不足为奇。正好黄铁匠换上百姓衣服外逃，被团勇抓获，扭至李鸿章面前。李鸿章想起忠泰之死，愤恨交加，下令立即斩首，血祭忠泰。

攻克巢县，庐州东南成功打通，福济兴高采烈，回驻庐州，上书请功。正值新年来临，咸丰担心江南局势，面对满桌盛筵，筷子都举不动，得此捷报，情绪高涨，不禁胃口大开，大饱一顿口福。随即命人拟旨，重赏福济诸位。李鸿章功不可没，赏加三品按察使衔。

圣旨到达庐州，李鸿章激动片刻，很快恢复平静。按察使以上便是巡抚级别，品秩不可谓不高。可按察使衔并非按察使，就像画中饼，并非香软可口的真饼，可以饱肚，只有真正坐到实职位置，才可能有所作为。且时逢战乱，别说实职难求，就是能补实缺，也坐不安稳，难成气候。换言之，从按察使衔到巡抚，看去近在咫尺，实际距离相当遥远。

不过再怎么说，按察使衔也是一个重要品级，不是南归参战，舍命立功，短短四年多时间，想从七品升到三品，绝对不可能。若福巡抚与和春能真诚合作，克安庆，控长江，进而东指金陵，自己从战有功，升到巡抚级别，希望还真不小。

然凭福济与和春手里清军，外加松散民团，想从太平军主力手中拿下安庆，夺取长江，进窥金陵，又谈何容易？李鸿章想起老师曾国藩所建湘军，自忖已有三品衔在顶，可否说服福济，奏明皇上恩准，让自己组建淮军，先肃清安徽，再顺江而下，攻破金陵城门，活捉洪秀全？能建此大功，别说升巡抚，提总督，即使封侯拜相，也不在话下。

想到此处，李鸿章又亢奋起来，走进签押房，兴冲冲道：“感谢福老师抬爱，为鸿章奏获三品衔。鸿章无以为谢，唯有奋勇争先，多杀长毛，报答福老师栽培！”福济笑道：“不言报答，少荃计取巢县有功，加官晋级，理所当然。”李鸿章道：“巢县规复，东南打通，下步便是挥师南下，剑指桐城和安庆。”福济道：“本抚也这么想来着，正要召唤少荃，商议调兵南征，先助和春打下桐城，再收取安庆。”

“桐城虽有李秀成亲自驻守，攻取不易，毕竟兵力不足一万，郑秦俩总兵合力围剿，应该拿得下。”李鸿章分析道，“安庆则不同，为长毛重镇，地位仅次于金陵，饷足粮丰，兵多将广，恐怕不是想收就能收，想取就可取。”福济道：“本抚也知安庆坚固，仓促间不容易得手。少荃有何良策，尽管道来。”李鸿章趁机道：“福老师手里漕运标兵人数不多，战力有限；和大人所领绿营师老兵疲，小打小闹尚可，担当大任太难；皖省民团训练不够，又各自为军，也不可能有造化。要对付安庆长毛主力，恐怕还得另练新军。”

福济疑虑道：“另练新军？练什么新军？”李鸿章道：“鸿章既获三品衔，该有独立带兵资格，福老师可奏请皇上，让学生效仿湘军，以三山民团为班底，广征皖籍乡勇，创建淮军，练成铁血之师，先浩荡南进，端掉安庆，继顺江东下，逼攻金陵。”

这个李鸿章，收取巢县，获顶三品虚衔，便忘记自己姓甚名谁，仿佛顶天立地的大英雄，谁都不放在眼里，一心想大展宏图。要么就是在你福济手下待得久了，觉得拘束和压抑，非独立出来，拉支队伍，自己单干不可。想得倒也美，有队伍就有势力，有势力就有地位，有地位就伸得开拳脚，爱干啥干啥，一不小心成大气候，也未可知。只是你李鸿章想成大气候，别人却不想？我福济漕运总督做得好好的，吃香喝辣，悠闲自在，之所以奉皇上旨意，临危受命，入主皖省，不就企图有所作为，日后好提总督，晋阁揆吗？要有作为，需人手帮衬，放任你李鸿章创建淮军，独立门户，自占山头，谁帮我料理军政，支撑局面？

福济铁心不让李鸿章意图得逞，话却来得动听：“少荃想法不错，真像曾国藩样，练成骁勇淮军，何愁安庆不破，长毛不灭？”李鸿章欢喜道：“福老师答应奏明皇上，准允鸿章创建淮军？”福济笑道：“少荃真是急性子，说风便是雨。有风还得有云，云聚才能雨至。要创建淮军，总得有个酝酿过程，岂可仓促而行？”

李鸿章正要问怎么个酝酿法，衙役送进和春信函，福济拆开瞧瞧，脸色往下一跌，吼道：“这个和春也是的，把气往咱头上撒。少荃你说说，和春可笑不可笑？”

李鸿章展阅信函，才知福济啃掉巢县这个硬骨头，得到咸丰嘉奖，桐城却久攻不下，和春心里不舒服，来函谴责福济，本事不大，手段高超，连正规清兵，想抽走就抽走，招呼都不打一声，仿佛他这个江南提督屁都不是。

李鸿章忍不住笑道：“脚长在郑总兵自己身上，他不愿出兵协攻巢县，福老师还能绑走他不成？和大人这气也撒得太不是地方。”福济说：“可不是？当初我也没逼郑总兵，只不过随便开句口，他就兴致勃勃上了路。”

“这也是学生至今搞不明白的，郑总兵又不归福老师节制，怎会轻易跟您老人家走？”李鸿章说。福济颇有意味道：“少荃有所不知，秦郑俩总兵同时给和大人效力，都想获取他老人家青睐，难免心怀嫉妒，暗中生隙。正因如此，两人带兵离开庐州后，便张飞不服马超，分道扬镳，各干起各的来。开始秦总兵很顺手，一鼓作气攻下岳西、霍山，谁料竟为桐城长毛所阻，久围无功，弄得进退两难。其时郑总兵则收复庐江、舒城、肥西诸城，和大人想调他去助秦总兵，郑总兵早知桐城守将李秀成不好对付，犹豫着要不要出兵，正好我邀他赴巢县打援，他也就巴不得，率部出了肥西。”

福济所说李秀成，乃广西滕县人，原系东王杨秀清手下勤务兵，不过做些端茶送水洗衣之类杂务，没谁放在眼里。可这位无名小卒聪明机智，敏捷能干，渐渐引起杨秀清注意，试着让他从军出阵，不想竟足智多谋，能征善战，天生是个打仗的种。杨韦内讧，秦日纲被杀，石达开出走，洪秀全手下无将，只好起用李秀成，让他配合陈玉成，继续对抗清军。李秀成还真了得，带着七八千太平军固守桐城，一次次打退和春与秦定三数万清兵进攻。

李鸿章打听过李秀成来历，知道其人跟自己有不少相同之处。两人同为李姓，同是道光三年（1823）生人，同属劳苦羊命。所不同的是，李秀成已成一军之将，挑起复兴天国大任，自己却不过弄了个不痒不痛的三品按察使衔，要地盘没地盘，要武装没武装，只能寄人篱下，跟在别人屁股后面东奔西跑，打一枪换一个位置，毫无建树，实在汗颜之至。也不知哪天才能拥有自己兵马，与李秀成兵对兵，将对将，干上几场，分个你高我低。兵马又在哪里？唯一办法只有说服福济奏准皇上，让自己征召淮勇，编练成军，以大显身手。可没待李鸿章旧话重提，福济先发话道：“和春对福某有想法，也不好怪他。既然巢县已下，年后咱们调兵南下，助他攻打桐城，免得他在皇上那里说咱坏话。”

时值咸丰七年（1857）初春，刚过完大年，李鸿章跟随福济，拉着队伍，离开庐州，浩浩荡荡向桐城方向进发。郑魁士在和春一再催促下，也率部来到桐城城外。几处清兵合到一起，把桐城围个水泄不通，发起一轮又一轮猛攻。

无奈连攻数日，都没能破城。欲引蛇出洞，太平军坚守不出。混乱中，李秀成派人悄悄出城，赶往枞阳，去搬陈玉成援兵。援军悄然来到清军后面，和福两人浑然不知，还在督兵蛮攻。李秀成见机，大开城门，率军冲杀出来，里外一夹击，清军无法抵挡，兵败如山倒。

和福联手围攻桐城，本来胜券在握，竟反遭夹击，大败而溃，到底是清军无能，还是太平军厉害？李鸿章来不及多想，已被溃兵裹挟着，向东逃去。逃至舒城近郊，后面涌来大队追兵，密密麻麻，蝗虫一样。李鸿章大惊，赶紧往偏僻处躲藏。躲一阵子，听前边响起枪炮，太平军已开始攻城。舒城守兵不多，很快落入敌手。太平军又往东挺进，拿下庐江，北上去攻庐州。和春与福济已回庐州城中，顾不得疲惫，纠合残兵败将，固城死守。形势严峻，若庐州再破，和福无处藏身，不用咸丰追究，也只有自我了断。

久攻无果，陈玉成与李秀成商量，是否调用分守桐城、舒城、庐江等处太平军，集中兵力打歼灭战，非啃下庐州不可。此时李鸿章已回庐州，联合各圩主，趁夜绕到太平军大营外，发起突然袭击。太平军懵懵懂懂，不知敌兵从何而至，人数多少，只能胡乱应对。福济早得李鸿章情报，听得城外枪炮声响，打开城门，督师出击。太平军腹背受敌，无法组织有效反击，怕吃大亏，只好撤退。

陈玉成和李秀成退到舒城一带，清点人数，损失不过数千，倒也无伤大雅。重新整编就绪，转而驱兵北上，很快攻下六安、英山、霍邱等地，与数股捻军勾结一起，大肆扫荡皖北和豫东，只待时机成熟，南下东进，再攻庐州，占领皖中。

福济与和春不免心惊肉跳，不知如何应对时局。偏偏圣旨送到，令和春离皖东行，以钦差大臣身份，召唤转战苏浙的总兵张国梁诸将，招兵买马，重建江南大营。同时升浙江巡抚何桂清为两江总督，加大苏浙赋税征收力度，为江南大营提供后勤供给。还说钦差大臣德兴阿已攻克扬州，正在重建江北大营，和春务必即刻动身，尽快到任，完成江南大营重建大任，以便与江北大营合作，早日收复金陵。

闻旨福济心有戚戚，嘀咕道："长毛捻匪大兵压境，皇上调走和大人，福某如何支撑安徽？"没待和春开口，李鸿章先分析道："杨韦内讧，石达开出走，皇上以为长毛再无战将，只等两位大人打通庐州东西通道，直捣金陵，完成大业。谁知陈玉成和李秀成两个黑煞星占去安徽大部，仅庐州以东少数州县暂存清军手里。这于安徽一省来说，自然不可乐观，可综观整个江南战场，又何尝不是一次难得机遇？难得就难得在陈李转战安徽，金陵空虚，缺乏能战将领，皇上才决定重建南北大营，伺机收复金陵。试想南北大营重建完成，对金陵形成夹击之势，洪秀全吃不香，睡不稳，能不召陈李二贼回防？这于安徽自然不是坏事。"

"少荃分析有理，南北大营重建，江南战场包括安徽局面自会大为改观。”和春安慰福济，“福大人别有顾虑，好好守住庐州，有机会再打几个胜仗给皇上瞧瞧。”福济心里还是不踏实，说：“皇上要重建江南大营，难道不可调别人，非得调和大人不可？”

明眼人不难看出，咸丰心里其实也很矛盾。他日思夜想收复金陵，却又不愿汉员来沾这份头功，显得满员无能。但满员里能征善战者没几人，唯和春与德兴阿还算有些本事，自然只能调他俩负责南北大营重建，替自己完成多年灭匪夙愿。

毕竟不是和春自己要离开安徽，福济心里不满，也不便怪他。好在和春只带走部分清兵，留下秦定三和郑魁士两位总兵，协助福济坚守皖省。

不久又闻咸丰旨令丁忧在家的曾国藩复出，尽快返回江西大营，收取九江，挥师进击安徽。原来年初曾父逝世，曾国藩回籍奔丧，留下亲手带出来的湘军，听任湖广总督官文随意调遣驱使，心里老大不痛快，圣旨倒也来得是时候。可他仍窝在湘乡，迟迟没有动静。圣意好懂，叫你稳定江西，进攻皖省，无非拖住陈玉成和李秀成，好让和春与德兴阿全力重建南北大营，收取金陵。咸丰潜意识里，湘军再有能耐，也只能当当配角，跑跑龙套，歼灭太平军老巢头功只能交给满员来拿。湘军可利用，但不能任其发展壮大，甚至收复金陵，功高镇主，尾大不掉。咸丰这点心思，瞒不过曾国藩，他连连上疏，请求在家终制。

听说曾国藩无动于衷，福济急得不行，对李鸿章说：“曾国藩啥意思嘛，皇上看重他，再次破例夺情，请他出山，他还要不识抬举，装腔作势，就不怕得罪皇上，咎由自取？”

李鸿章清楚，福济不是担心曾老师得罪皇上，是害怕安徽无援，庐州不保。至于曾老师意图，自然不是不想出山，是暗示皇上，要我出山也行，总得有所表示，给个巡抚总督的干干，不然要钱没钱，要粮没粮，这仗怎么打？

咸丰也知曾国藩意思，正犹豫要不要给他加官晋爵，南方喜讯频传，湖广总督满大臣官文和湖北巡抚胡林翼调度彭玉麟、杨载福、李续宾诸将所领湘军水陆两师，收复湖北和江西大片失地。咸丰直乐，心想没你曾国藩，满员不照样指挥湘军打胜仗么？于是顺水推舟，准允曾国藩继续在家守制。气得曾国藩直吐血，隔空大骂胡林翼和彭玉麟逞能，坏我大事。

得知没有曾国藩，湘军也连战连捷，福济大喜过望，暗想湘军踏平湖北和江西，下步就会进攻安徽，庐州可保无虞。还没喜够，亲兵急急跑进来，上气不接下气道：“不好啦，福大人不好啦！”福济吃惊道：“说清楚，到底啥不好啦？”亲兵吐着粗气道：“刚才前方来报，秦总兵与郑总兵两军打了起来，打得还挺厉害。”

原来桐城之战大败，和春一直咽不下这口恶气，离开安徽时留下数万绿营，交秦郑两位总兵统带，以伺机攻克桐城，以雪前耻。时值太平军调兵北上，串联捻军作乱，皖中兵力有限，俩总兵分头并进，去攻桐城。不想两部碰到一处，不思克敌，竟为争抢粮饷发生火拼，大打出手。往救舒城的太平军杀回桐城，里应外合，几乎全歼混乱中的清军。

听到这里，福济肺都气炸，大骂秦郑两位混蛋，眼看桐城可下，竟自毁长城。靠这样的绿营兵，又如何打得过强大的太平军？再这样下去，安徽还能有救？自己小命只怕得丢在这鬼地方，再也回不到北方去了。李鸿章也很震惊，对福济道：“福老师已经看到，这就是绿营兵，大敌当前，命可以不要，粮饷先抢到手再说。”福济叹息道：“国家不惜血本，养活绿营兵，唯指望他们保卫国家，就这种德性，哪还靠得住？”

“湘军在湖北和江西连战连捷，安徽绿营却丢城失地，自相残杀，福老师不觉得有些讽刺么？”李鸿章嘴上说道，心生冲动，又想重提组建淮军的老话。却听福济道：“绿营指望不上，只能盼湘军早日东来，挽救皖省颓势。”李鸿章道：“石达开英勇善战，兵多将广，好像没有马上离开鄂赣迹象，湘军一时只怕到不了皖省境内。”福济可怜兮兮道：“那又如何是好？”李鸿章道：“就目前形势来看，恐怕只有一个办法，或许还算可行。”福济盯紧李鸿章道：“什么办法，少荃先说说看？”

想起在福济面前碰过的钉子，李鸿章变得犹豫起来，不知该不该开口提淮军二字。提也白提，福济绝不会答应。道理明摆着，你在他手下干，是他的人，干出啥成绩，小功劳归你，大功劳归他，一旦独立建军，你就成为其竞争对手，说不定还会蹦到前面去，肯定是他不乐意看到的。屁股决定脑袋，屁股怎么转，脑袋就会跟着怎么想，谁都不可能例外。

李鸿章越不吱声，福济越急，道：“到底啥想法，少荃倒是说呀。”李鸿章道：“绿营靠不住，只好靠自己。”福济说：“别拐弯，直说就是。”李鸿章咬咬牙，道：“还是那句话，请福老师奏请皇上，让学生自己组建淮军，练成湘军一样的劲旅，何愁对付不了李秀成？”

福济望望李鸿章，沉默片刻，才半开玩笑道：“少荃啊，你还要组建什么淮军？为师手里兵将你可调遣不说，还有令弟和各圩主团勇，你召之即来，挥之即去，想想不是你的淮军又是什么？只不过名义上不叫淮军而已。”

各圩主各自为军，出于保卫家园目的，战急召来助战，战毕便作鸟兽散。也仅仅助助战，要他们舍命为朝廷出阵，绝无可能，助战桐城时民团表现就是明证。奏请皇上组建淮军，意义则完全不同，叫奉旨练兵，属于真正意义的武装。还有合法粮饷来源，足可长远发展，不断壮大，而不同于普通民团，饱一顿饥一顿，聚一阵散一阵。

李鸿章这点想法，自然瞒不过福济。一旦练出淮军，手里握有自己武装，这小子就不会再受制于人，包括你福济。既然如此，又何苦咸吃萝卜淡操心，为其奏请皇上？万一皇上见安徽无可用之兵，准李鸿章组建淮军，把你福济扒到一边，再后悔就来不及了。

两人各动着心思，屋里空气似乎都已凝固，让人窒息。半晌，福济像过意不去似的，好言安抚道：“少荃有心组建淮军，为国效力，自然是大好事。无奈皖省大乱，秦郑火拼，为师焦头烂额，无暇他顾，腾不出时间和精力，给皇上拟折。可否稍缓缓，待为师处理好手头急务，再静心琢磨此事？组建淮军，不是小动作，总得有充分理由，才可能说动皇上，否则让皇上产生什么想法，岂不事与愿违，适得其反，你说是不是？”

福济无意玉成你，多说无用，李鸿章怅然出门，回了住处。躺到床上，眼望天花板，想起回籍近五年，四处奔波，出生入死，毫无建树，仅谋了个当不得饭的三品按察使衔，心情不免格外沉重。更有甚者，父亲逝世，孝没守完，就应召出征，一副舍我其谁的样子，好像缺了你，天就会塌下来。谁知事与愿违，到头来竟落得忠不忠，孝不孝，两头不着调。

由这个孝字，李鸿章又生出另一样想法。皖省情形不容乐观，再跟福济待下去，也成不了气候，无以尽忠，干脆拍屁股走人，回家守制，尽尽孝道也好。

改日去见福济，欲道出肚里想法，又觉刚提组建淮军未获同意，回头就要求回家守制，显得太唐突，像故意负气使性似的。再怎么说，福济于你也有知遇之恩，不是他保举，你不可能三年连跳三级，躥升三品，此刻安徽形势不妙，你逼人太急，也不厚道。

李鸿章把话咽了回去。过上几天，准备旧话重提，滁州等处匪情濒发，福济无兵可调，派李鸿章召集肥勇，前去解围。李鸿章不甘不愿，却还是说服三山圩主，随自己进发滁州。所幸只是小股太平军骚扰，经不起肥勇横冲直撞，很快四散不见。

解救滁州回来，福济摆上盛宴，款待李鸿章。趁着酒意，李鸿章逮住机会，开言道："三年来靠福老师鼓励和栽培，学生小有长进，敬福老师一杯。"

福济打着哈哈，喝下杯中酒。心里不免嘀咕，这小子好像有一阵子没再这么客气，是不是又要重提组建淮军老话？为稳住李鸿章，福济变被动为主动，爽快道："为师已考虑清楚，准备奏报皇上，让少荃尽快组建淮军。"

两次请建淮军，都被搪塞过去，李鸿章已心灰意冷，准备回家为父终制，岂料福济竟自动提及淮军二字，实在令人意外。只听福济又道："正如少荃所说，靠人不如靠己。皇上全力打造南北两大营，没法兼顾安徽，安徽事只能咱们自想办法。湘军创建以来，不仅光复湖南，还在鄂赣取得辉煌战绩，少荃若效法湘军，打造出支劲旅，安徽定然大有希望。为师立即拟折禀奏皇上，授少荃编练淮军权，皇上考虑安徽和江南大局需要，自会准奏。"

福济不只口里说说，当即拟成折稿，交李鸿章润色，一副煞有介事的样子。福济也系两榜出身，属八旗纨绔子弟里少见才子，文笔了得，李鸿章自然不敢画蛇添足，赶紧交邮发出。福济还觉不够，又给体仁阁大学士祁寯藻去函，盛赞李鸿章，说他足智多谋，胆大心细，文武双全，若出面组建新军，练成虎狼之师，上呼浩荡湘军，下应南北两大营，如此三管齐下，消灭太平军，也就指日可待。函末恳请祁寯藻，凭两代（道光与咸丰）帝师威望，说服皇上，恩准李鸿章就地编练淮军，稳定安徽，进窥金陵。

曾国藩创建湘军，祁寯藻横竖看不顺眼，没少在学生咸丰面前说烂话，而今又冒出个李鸿章，见样学样，也想编练什么淮军，不岂有此理么？祁寯藻气得白胡子直抖，几下撕碎福济信函，手执拐杖，颤颤巍巍走进宫中，嚷着要见皇上。咸丰正拿着福济奏折，在养心殿召对军机大臣肃顺，商议江南战事。两人都觉得，安徽力量单薄，若依福济所奏，让李鸿章编练淮军，不仅能制约陈玉成和李秀成，且西可与湘军联手，夹击石达开西征军，北可阻来无影去无踪的鲁豫捻军，南北两大营心无旁骛，正好全力围攻金陵，捉拿洪秀全。

商量得差不多，咸丰正要张嘴，嘱肃顺拟旨，准福济所奏，祁隽藻走进殿里，用拐杖狠狠杵着地面，大声咒起福济来。换其他大臣，敢到养心殿来撒野，咸丰早不客气，轰将出去，棍棒侍候，杖个死去活来。祁隽藻毕竟是先皇和自己师傅，咸丰不好发作，先赐座，再耐住性子道："福济远在安徽，怎么惹恼师傅，动这么大肝火？"祁隽藻道："福济糊涂，喝多李鸿章迷魂汤，竟受其蛊惑，奏创什么淮军。前有曾国藩，不知轻重，练成湘军，违背祖制，出省作战，横行鄂赣诸省，已成尾大不掉之势，今再冒支淮军出来，与湘军上下勾结，狼狈为奸，控制湖广和两江重地，日后皇上拿什么收服他们？"

咸丰只想稳定安徽，让南北大营早破金陵，哪想过淮军建成，会与湘军合谋，对大清江山构成威胁？一时语塞，不知说啥为好。倒是肃顺虽系满员，对曾国藩颇为信任，最看不惯祁隽藻身为汉大臣，一闻汉人带兵，仿佛天会塌下来，大惊小怪，无事生非。当即反诘道："祁师傅怎么知道淮军建成，定会与湘军联手作乱？也不想想长毛猖獗，捻匪肆虐，没有善战兵力，拿什么光复江南，还百姓清平世界？"祁隽藻道："捻匪不过散兵游勇，有何可惧？长毛声势浩大，亦属乌合之众，不足为虑。且洪秀全落魄秀才，趁乱起事，席卷江南，其实胸无大志，假以时日，用不着朝廷动手，他们便会自相残杀，自取灭亡。反观曾国藩和李鸿章，又是何等人物？饱读诗书，足智多谋，一手握笔，一手提枪，一旦慢慢坐大，不比村夫野民洪秀全更难对付？何况李鸿章还是曾国藩关门弟子，师傅已成大势，弟子随后捣鼓出支淮军，渐成气候，两强联手，先灭洪秀全，继乘胜势北犯清廷，谁能阻挡得了！"

说得咸丰龙颜铁青，心说祁师傅言过其实，曾李该不会像他说的那么坏，可世间事也难说，万一被祁师傅说中，曾李居心不良，岂不是养虎为患，自掘坟墓？

祁隽藻也不啰嗦，说完该说的，告辞出殿。生怕咸丰经不起肃顺等人怂恿，一时头脑发热，惹出大麻烦，又发动门生故吏，即遍布朝中的言官御史，参劾李鸿章。不参他企图组建淮军，犯上作乱，毕竟没影子的事，不会有人相信，只参他贪图权柄，醉心功名，正值丁忧期间，父亲尸骨未寒，便出山为官，乱纲常，坏礼制，害莫大焉。

咸丰没想到，福济奏请李鸿章组建淮军，会惹得群臣激愤，满堂蛤蟆叫。反正南北大营已重建就绪，江南还没到山穷水尽地步，只好取消编练淮军之议。至于李鸿章违制一事，本系朝廷夺情出山，咸丰不便追究，按下言官劾折，不予理睬。

言官们正在兴头上，不愿轻易放过李鸿章，又搬出翰林变绿林之说，纷纷上折，劾他黉门出身，天子门生，不事考经注典，求义索理，竟然不务正业，投笔从戎，杀人如麻，茹毛饮血，实在有辱斯文，早该放下屠刀，立地成佛。言官职责就是风闻言事，怎么说都有理，没人堵得住他们嘴巴，只是时逢乱世，咸丰需要的不是佛，是带兵打仗武将，以保卫江山，维护皇权，也就置言官非议于不顾，没以翰林变绿林为借口，治李鸿章的罪。

福济要的正是祁隽藻的舌头和言官的笔头，如今目的已然达到，赶紧把李鸿章叫进签押房，故作惋惜道："为师只想少荃早创淮军，早灭长毛，不想祁隽藻为老不尊，从中捣蛋，皇上不好得罪师傅，没敢同意本抚所奏。言官们也吃饱撑得难受，纷纷跟着起哄，信口雌黄，胡说八道。不过少荃不必在意，祁隽藻不满文人带兵，没少在皇上面前说曾国藩坏话，皇上不照样让他领兵打仗吗？现在又想阻止少荃创办淮军，阻得一时只一时，老夫会给朝廷施加影响，替少荃声张，只要获取君臣信任，不愁大事不成。"

起初福济奏创淮军，李鸿章还心存幻想，暗自高兴。继闻他还给祁隽藻去函，对自己大加赞扬，便觉有些不对劲，身上凉了半截。祁隽藻何许人也，福济能不清楚？还向他宣扬你要组建淮军，意欲何为？尔后弄得满城风雨，李鸿章也就明白福济居心所在。福济却把李鸿章当傻瓜，假惺惺道："还有朝中言官御史，竟小题大做，拿少荃丁忧说事，此乃老夫奏请皇上恩准，才让少荃夺情出山，助我收拾安徽乱局，又岂容他人置喙？至于翻出翰林变绿林旧话，肆意攻击，少荃更不必往心里去，权当放屁。老夫立即上折，力陈少荃功绩，言明老夫离不开你，安徽离不开你。皇上圣明，定会依老夫所请，准你继续留在老夫身边，戮力同心，共抗贼匪。俟安徽平定，再保你按察使甚至布政使实职，共谋大局。"

说罢福济磨墨铺纸，写起折稿来。福济本意，先借祁隽藻和言官之嘴笔，打李鸿章板子，回头再为他说好话，让他心生感激，铁心为自己效力。

不想李鸿章看穿福济用意，也不多言，默然出门，回到住处，拿出纸笔，着手写作辞呈。辞呈不言淮军二字，也不论言官御史纠参之事，只道时间真快，倏忽之间，家父故去已历两载，当初守制不到半年，皆因皖中军情急迫，被福老师召回军中，只想着早日消灭长毛，再回家完制。谁知长毛嚣张，也不知何年何月才可剿灭殆尽，鸿章尽忠不能，尽孝不得，想来着实伤悲。征战沙场，弹矢从来不长眼睛，哪天鸿章马革裹尸，倒不足惜，怕就怕生为人子，先父入土多时，此生再没机会去他坟头守护，多拜几拜，多烧几炷香。为不留下终生遗憾，唯有恳请福老师，准许鸿章回家续制，了却夙愿后，再归营服役，报答恩师，效力朝廷。

辞呈写就，时至夤夜。又稍作修改，拟成折稿，才上床躺下，迷糊睡去。醒来阳光已上窗页。饭后来到巡抚签押房，福济满脸喜色，道："少荃坐坐坐。为师已发走奏折，为你辩诬。皇上见折，会对你心生好感，厚爱一筹，你只管安心办差剿匪，建功立业。"

李鸿章也不坐，拿出辞呈，递到福济手上。福济在辞呈上瞟几眼，道："少荃犯不着计较祁隽藻和那帮言官御史，皇上在朝，为师在皖，谁能把你怎么样？别使性子，该干吗还干吗去。"举着辞呈，要还给李鸿章。

李鸿章缩手没去接辞呈，面无表情道："辞职已交上来，福老师同意，鸿章得走人，不同意，鸿章也得回乡。"福济将辞呈放到桌上，心有不甘道："少荃孝心可鉴，为师颇能理解。可你乃朝廷命官，头上有三品按察使衔，该来还是该去，为师作不得主，唯皇上说了才作数。能否让为师先琢磨琢磨，琢磨清楚说服皇上的理由，再拟折奏请如何？"

没待福济说完，李鸿章又从身上掏出一份函件，递上前道："奏折初稿学生已草拟好，请福老师过目，觉得可以的话，烦请加印派发。"福济接过去，勉强道："好好好，为师一定抽空仔细阅看，如有不妥之处，再交换修改意见。"

此种程式文字，有啥好修改的？李鸿章没给福济回旋余地，道："如果福老师不愿加印派发，学生不好强求，只能以私人名义奏请皇上，回家续制。学生不是重臣大吏，按察使衔也非实职，又有言官御史参劾在先，相信皇上不会不答应鸿章奏请。"

天要下雨，娘要改嫁，既然阻拦无用，福济只好奏报咸丰，准许李鸿章续制请求。纵观江南战场，下有南北大营已然建成，对金陵形成夹击之势，上有虎狼湘军步步为营，向东逼近，处于两者之间的皖省阵营也就显得无足轻重，别说仅顶着按察使衔的李鸿章，就是福济本人不想再干，也无关紧要。设身处地替李鸿章想想，组建淮军之愿未遂，反遭言官御史纠参，换作谁都难接受，人家去意已定，非返乡续制不可，咸丰也不便挽留，只能听之任之。

就这样，李鸿章结束五年团练生涯，出城往磨店赶，半是凄惶，半是快意。说凄惶，是离京归籍后，两脚乒乓走，东放一炮，西打一枪，疲于奔命，却收效甚微，正应了乡下粗话，骚牯爬阉牯，白背大辛苦。说快意，是终于脱离福济控制，回到不远却难归的家，做个彻底的乡下人，为父守制同时，还可敬奉母亲，陪伴妻女，与兄弟们喝酒读书，或随发小去河边濯足垂钓，追忆旧日时光，或采菊东篱下，悠然见南山。

回到磨店老家，先拜望母亲。母亲又老了些，却依然精神矍铄，乐观开朗。上来就拉着李鸿章的手，左瞄瞄，右瞧瞧，见没少角，也没缺边，连说数个好字，不知是说儿子全身而归好，还是回家守制好。也许在她老人家看来，只要儿子在身边待着就好。

周氏依然低调随和，话不高声，眉眼间却透着掩饰不住的喜乐。人间大福，其实不是名有多响，官有多高，钱有多厚，是夫妻恩爱，家人团聚。道理也简单，人生苦短，谁不渴望离少聚多，长相厮守？自李鸿章踏进屋门的一刻起，周氏脸上笑容就再没消失过，人都年轻了好几岁。又拉过两岁多的女儿经溥，要她快叫父亲。经溥哪记得仅见过一两面的父亲？直往后缩。可毕竟血脉想连，过一会儿，就变得亲亲热热，缠着李鸿章不肯脱身。

见过母亲妻女，兄弟们再相聚。除五弟凤章外出跑生意，其他几位都在家，围到李鸿章身旁，问长问短，有说有笑。又一起去老坟敬祀祖宗，祭拜父亲。李鸿章五体投地，跪在父亲坟前，想起老人家长毛不除何以家为的遗训，不禁愧恨交加，暗暗责怪自己，太平军仍在肆虐，就以续制为由，逃回家中，父亲在天有灵，定然不肯原谅。

大哥瀚章最懂李鸿章，瞧他满脸悲容，就知他不仅在悲父子阴阳悬隔，无法相逢，也哀自己空怀抱负，一再蹉跎，功业未竟。下山回到家中，把李鸿章叫进棣华书屋，泡好六安瓜片，安慰道："二弟此时回家，确是明智之举。"

想不到大哥如此理解自己，李鸿章几分感动，说："大哥此话怎讲？"

李瀚章说:“安徽目前局面不太可观，二弟再待在庐州，也难有出路。回头再看江南大势，灭长毛者，只能是长江下游和上游两股力量，中游皖省兵薄将弱，福济包括朝中君臣，又各怀心思，不让二弟组建淮军，趁早回头，不是坏事。”

这也是李鸿章早就看透了的，望眼大哥，叹道:“只是我毕竟打了五年仗，到头来功不成，名不就，真愧对父亲教诲和栽培啊。”李瀚章道:“获按察使衔，不是功？得翰林变绿林美誉，不是名？世无不经失败的成功，这五年二弟没成功经验，总有失败教训。”

如果成功必须以失败打底，大哥所言倒也不虚。然自己为何老是到处碰壁，无所作为呢？李鸿章向大哥讨教，李瀚章道:“要想干事，不论大事还是小事，都离不开两种方式，要么跟人干，要么自己干。二弟羽翼未丰，没法自己干，跟过的人，诸如吕贤基、周天爵、李嘉端及福济之流，又都不是成大事者，无所作为，逡巡不前，也就不足为奇。”李鸿章深以为然，道:“是啊，跟对贵人太重要。”

得知大哥和二哥在书屋聊天，三弟鹤章和六弟昭庆闯将进来，说大哥二哥谈天说地，议古论今，怎么不告知弟弟们，也来旁听旁听，长长见识。李鸿章笑道:“咱俩说些闲话，你们感兴趣，一旁听听无妨。”李瀚章也朝三弟和六弟点点头，继续前面话头道:“刚才我说灭长毛者，只能是长江下游或上游两股力量，其实说白了就是两个人：和大人和曾老师。二弟断然离开福济，正好可在和曾两者中择其一而投之。”

才从福济那里脱身出来，怎好又去投奔他人？李鸿章正要说啥，李鹤章先大声道:“二哥谁也不用投，干脆与大哥一起，组建淮军，三弟再说服三山圩主前来加盟，共谋大举。”李昭庆也道:“还有庐州和周边各州县民团，底子也不错，能集结到一起，加以训练，不会比曾国藩所建湘军差到哪里去。”

李瀚章直摇头，道:“哪有三弟和六弟说得这么轻松？我在湘军大营待过不是一天两天，知道组建像样军队，少不了天时地利人和，更离不开统帅个人综合素质。就我对曾老师的了解，他可是胸襟开阔胆识过人的牛人，深谋远虑洞明练达的高人，韧劲十足百折不挠的强人，敢作敢当敢杀敢戮的狠人，这样的人世所罕见，恐怕千年难得出一个两个。二弟虽说也不乏过人之处，目前还到不了曾老师那份上。”

说得李鸿章忍俊不禁，说：“以牛人高人强人狠人概括老师，切中肯綮，颇有意味。愚弟这点自知之明还有，哪敢与老师比较？”李瀚章说：“故二弟暂时还是打消自建一军的念头，待以后条件成熟，环境也允许，再考虑不迟。现在你要做的，就是择良木而栖之，择明主而投之。”李鸿章道：“良木在哪里，明主在何处？”

没等李瀚章作答，李昭庆抢先道：“大哥说得明白，像曾大人这样的牛人高人强人狠人，千年难出一两个，不正是二哥可栖之良木，可投之明主么？”李鹤章否认道：“好事不在忙中取，二哥先别急着做决定，看清江南局势再说。”李昭庆说：“三哥意思，二哥不如去投和春？”李鹤章说：“这也可考虑啊。和春转战皖省有时，二哥没少跟他接触，去投靠他有一定基础。论个人品质，和春没法与曾大人比，可和春是满员和钦差大臣，背后站着咸丰这个大靠山，若随和春干，打下金陵，自然功莫大焉，日后享不尽的荣华富贵。”

听李鹤章这么一说，李昭庆马上改口道：“三哥说得有理，二哥投奔和大人，绝对前途无量。”李瀚章笑道：“只是万一和春拿不下金陵呢？向荣时期的江南大营也很风光，不还是硬生生被长毛冲垮？虽说和大人比向荣稍强，可谁又能保证他不会重蹈覆辙？”

被李瀚章这一问，李鹤章和李昭庆都不吱声了。李瀚章继续道：“这就是选择的艰难。曾老师虽有湘军在握，可皇上对他一直不太放心，连督抚实职都不肯给，至今仍以侍郎身份带兵。加上这阵子在湘乡为父守制，二弟想去投也没法投。至于和大人，优势确实很明显，后有皇上这棵大树可依靠，前有张国梁之类悍将可驱使，旁边还有何桂清提供充足粮饷和武器弹药，照理拿下金陵不是没有可能。最让人担心的是他收集拢来的绿营兵早已老化，与朝气蓬勃的湘军不可同日而语，能不能担负起攻克金陵大任，还未可预料。”

关于曾和二人，关于湘军与绿营，李鸿章也曾作过比较，却没剖析得这么深透。今日大哥一席话，让他茅塞顿开，也觉得目前还不是做选择的时候。

有兄弟作陪，谈天说地，吃吃喝喝，日子过得格外快，不知不觉已入严冬。一阵寒流袭来，天地变得阴阴沉沉，空中飘起纷纷扬扬的雪花。

只半日工夫，地面铺上厚厚的积雪，放眼望去，满世界都白皑皑一片，映得眼睛生疼。

大雪一下半个多月，母亲天天叨唠，这么大的雪，不知老五能不能赶回家过年。老五凤章正在金陵城里做生意，大雪前便传信回来，说拿到货款，就往家里赶。还说清军南北大营重建以来，金陵商路被断，物资极其匮乏，做太平军生意最赚钱。

大雪终于止住，太阳从云层里透出来，天气悄然转暖，地上积雪点点融化。雪还没化尽，村口来了一胖一瘦两个外乡人，胖子骑在马背上，瘦人前面牵马。看得出，骑马的胖子是主人，已经四十开外；牵马的瘦子是仆从，二十出头的样子。

马蹄得得，径直来到李家老宅门前。中年人下马，掏出名刺，递给门人。门人通报进去，李蕴章接住一瞧，见是官场中人，来到棣华书屋，对正在喝茶聊天的瀚章和鸿章兄弟俩道："两位哥哥，江苏清河县令吴棠吴大人来访。"李鸿章瞟眼名刺，转递给大哥，说："吴大人与咱素无交往，清河又远在数百里之外，他老人家放着好好的县令不做，跑到磨店来干吗？"李瀚章起身道："不管来干吗，客人上门，自得好好接待，不可怠慢。"

说毕兄弟三人迎出大门，将吴棠接入正厅。宾主坐定，茶水果品上来，李瀚章先开口道："吴大人主政清河，公务繁忙，怎么想起跨州过府，驾临咱穷乡僻壤？"

"磨店还是穷乡僻壤？咱一路走来，只见山青水幽，地灵人杰，便知是出将入相之宝地。"吴棠夸赞道，"去年家父仙逝，下官回盱眙老家守制，不再理清河政务。皆因长毛猖獗，办起一支民团，助地方官府剿匪。"李鸿章意外道："吴大人也办民团，怎没听说过？"吴棠道："咱小打小闹，不像合肥民团规模大，名头响。两位大人清楚，办民团容易，劝粮筹饷难，咱只好奔庐州找福巡抚想办法。盱眙属皖省版图，咱为福大人练勇拒敌，总不好找人家苏抚要粮讨饷是不是？"李鸿章问道："福大人怎么打发你？"

吴棠将脑袋摇得拨浪鼓似的，说："快别说打发，咱连福大人面都没见着。"李鸿章道："福大人不在抚衙？"吴棠道："不是不在抚衙，是知我去索要粮饷，躲得不知去向。我才想起福大人最听少荃兄的话，见少荃兄与见福大人，不一回事吗？偏偏少荃兄又回了磨店，咱只好一路追过来，看能否讨个敲门砖，去敲福大人的门。"

说到这里，吴棠掉头看眼身后仆从，仆从忙摸出一包银子，呈给吴棠。吴棠接住，放到李氏兄弟面前，说：“没啥敬奉令堂大人，一点点小意思。”李瀚章说：“不妥不妥，吴大人这样可不妥。”吴棠说：“孝敬老人，快别嫌弃。”

好你个吴棠，明显是施小饵，钓大鱼，还说什么孝敬老人。早听说姓吴的出手大方，喜欢到处送礼，否则也不可能以举人身份，弄到清河县令实缺。官场历来僧多粥少，即使进士出身，谋个像样实缺也难上加难，不像七品六品之类虚衔，皇上随便给，反正不用挪交椅，腾位置。只是县令薪金不高，维持正常支应尚且捉襟见肘，还要往外送礼，也不知吴棠如何广开利源，招财进宝。李鸿章甚至暗暗怀疑，吴棠办民团是假，以民团为幌子要粮弄饷是真，只不过福济不好糊弄，知道此中有诈，才故意躲着，不肯掏冤枉钱。

心里揣测着，李鸿章看看前面包包，又想起吴棠一则送礼故事。故事流传甚广，官场尽人皆知。说是道光末年两江一位湘籍刘姓道员谢世，其子租船扶柩西归，途经清河县界，派人上岸向先父故交吴棠吴县令报丧。吴棠得有表示，派仆役携银三百两，慰问丧家。仆役来到河边，见有丧船泊岸，便登船呈上三百两白银，言明乃清河县令所赠祭银，感动得接收银子的两姐妹泪水涟涟，泣不成语。仆役返衙回报，说起船上情形，吴棠觉得有些不对劲，心想不是刘子扶柩回籍么，怎么变成了两姐妹？派人再去探视，原来河边停着两艘丧船，仆役所登丧船灵主并非刘道员，乃安徽皖南道惠征，正由两个女儿扶柩还乡。惠征乃满人，以叶赫那拉为氏，为官还算清廉，家无余财，连船费都付不起，两姐妹只得移船泊岸，求遍父亲旧僚故友，却谁见谁躲，无人肯伸援手。正在窘迫之际，吴县令派人送来三百两银子，无异雪中送炭，正可解燃眉之急。仆从粗心，银子送给不相关之人，吴棠心疼不已，无奈祭银出手再要回来，太不厚道，只得另封银三百两，亲自来到江边，送给刘家。顺便又过到旁边丧船上，递过名帖，祭拜惠征。素昧平生的吴县令如此仗义，惠征俩女儿感激涕零，姐姐还将吴棠名帖藏于妆奁内，说今生今世都不能忘记大恩人，他日富贵，一定好好回报。故事真假难辨，倒是故事里惠征两个女儿确系真实存在，姐姐就是后来选入宫中逐渐进步为贵妃的叶赫拉那氏，前年还为咸丰产下一子，名曰载淳。咸丰后宫佳丽如云，却仅得此唯一皇子，明摆着日后将继大统，登皇位。母以子贵，载淳做上皇帝，叶赫拉那氏就是皇太后，她若还记得妆奁里的名帖，吴棠想不高升都难啊。

肚里想着这个故事，李鸿章回头看眼吴棠身后仆从，不出声道，当年错送祭礼的仆从莫不就是此人？说不定他这一错，给主人错出一片美好前程来。看得仆从不好意思，扭脸去瞧窗外树影。李鸿章抿嘴而笑，找来纸笔，开始给福济写信，隆重推荐吴棠。

吴棠接函于手，称谢不已。李鸿章忍不住问道："都说当年惠征灵柩过清河，正缺川资，幸亏吴大人赠送祭银三百两，才助其家人渡过难关，到底有无此事？"

吴棠笑而不语，端过几上茶水，低头喝起来。这正是吴棠高明之处。不管有无此事，皆不可说。无事说有，显得浅薄，有事说有，显得轻狂，唯其不说，方属明智。道理也不深奥，叶赫拉那氏迟早会成后宫主人，至少是主人之一，有这回事，你不说她心里也有数，说出去传入她耳里，相反多有不妥。没这回事，不言不语，故作高深，官场中人宁信其有，不信其无，自会对你高看一眼，把你当成叶赫拉那氏的人，于日后仕进，只有好处，绝无坏处。

怪不得俗话说沉默是金，身处官场，该闭嘴时还真得闭嘴。李鸿章瞧眼吴棠，心想别看他现是七品县令，年纪也已不小，说不定飞黄腾达的日子很快就会到来。

有了李鸿章信函，吴棠也不久留，告别李家兄弟，去了庐州。年关一天天接近，李凤章终于赶回磨店。不仅带回大把银子，还有不少吃用穿戴之类生活必需品，拉了好几马车。母亲笑逐颜开，说："老五真是块做生意的料子，发了大财，还弄回这么多好东西。兵荒马乱的，家家都难熬，把东西散些出去，帮乡亲们度过年关，反正一时间咱家也吃不了这么多，用不了这么多，否则哪天战火烧到乡下，好了长毛。"

母亲有此意思，兄弟们自然赞成。李蕴章赶紧安排仆人，将东西分赠左邻右舍、亲朋好友。邻居和亲友无不感激，可谓皆大欢喜。

兄弟们一个不少聚拢到母亲身边，这个年因此过得格外热闹。居家过日子就讲个热乎，要热乎，得有人气。年夜饭吃了近两个时辰，母亲兴致勃勃，说远道近，毫无倦意的样子。只要母亲在，一家人就不会散，哪怕官当得再高，生意做得再大，倦了累了伤了，仍会回到原来巢穴里。世上只有母亲筑的巢，才能给予儿女真真切切的温暖。

吃完年夜饭，送母亲回房后，兄弟们意犹未尽，走进棣华书屋，喝茶神聊。自古家国一体，国宁家才兴，兄弟们不可能只聊眼前日子，慢慢又论到金陵城里太平军和南北两大营上面。尤其李鸿章，最关心这话题，问李凤章道：“老五刚去过金陵，有啥好消息？”

“消息多得很。”李凤章也乐于传播见闻，“杨韦事变，石达开西行，洪秀全觉得危险解除，外军交陈玉成和李秀成打理，内政放任洪仁玕几位族弟胡闹，自己做起甩手掌柜，天天只顾装神弄鬼，醉生梦死。老这样下去，也不知太平天国还能维持多久。”李鹤章道：“说起洪贼，要德无德，要才无才，竟横扫大半个中国，弄得朝廷顾此失彼，实在不可思议。”

这有何不可思议的？李鸿章心里说，大清军政腐败，满汉离心，民不聊生，就是没出洪秀全，出个黄秀全蓝秀全黑秀全白秀全，只要登高一呼，百姓照样云集响应，弄出惊天动静。不过李鸿章无意品评朝廷和太平军，另问道：“金陵城外的江南大营近况如何？”

李凤章道：“在和春和张国梁苦心经营下，还有何桂清源源不断提供银子，江南大营可谓兵强马壮，战力大大提升，接连在金陵城外打赢好几场胜仗。咸丰太需要几场胜仗来提气，乐得手舞足蹈，大声叫好。连肃顺奏议，催促守制在家的曾国藩出山，尽快肃清江西和安徽战场，以便配合和春攻打金陵，咸丰也不以为然，觉得没有湘军，清军照样可光复金陵，姓曾的想在家守制，就让他守去。都传肃顺颇有眼光，也是第一个主张重用汉臣的满族大员，他缠着咸丰，不厌其烦地陈述湘军能耐，言明只有敦促曾国藩回营，打开赣皖局面，和春才好全力攻打金陵。咸丰则认为赣皖无碍大局，待和春攻克金陵，回头再收拾这两个地方也不迟。还说最看不惯曾国藩那德性，每次交办差事，他就提要求，谈条件，明里暗里讨要位置，好像离了他，再没人能打长毛似的。”

李凤章所言是否属实，一时没法佐证，倒是曾国藩所建湘军逐渐强大，让咸丰爱也不是，恨也不是，却千真万确，一点不假。想想不是湘军收复湖广，截断洪秀全后路，令太平军首鼠两端，只怕早就大举北伐，打进了北京。眼下除九江、景德镇等少数地方没有光复，江西大部已掌握在湘军手里，若任其顺江而下，收复安徽，攻打金陵，与南北大营绿营争功，绿营又怎么争得过？绿营争不过就争不过，咸丰可以不理会，但总不能眼睁睁看着湘军动静越闹越大，立下盖世大功，到时大清前门驱狼，后门迎虎，又如何是好？

咸丰真铁了心抑曾扬和（和春），硬拦住湘军不让东进，湘军连挨都挨不着金陵，又怎么建立令人垂涎的首功？除非南北大营再破，苏浙绿营全部覆灭。可事实是，新建南北大营和苏浙重又集结了数十万清军精锐，不是太平军想破就破得了，想灭就灭得掉的。李鸿章就琢磨着，要不要到和春那里去谋个位置。若能遂愿，随和春围攻金陵，立下高功，自可去掉头上按察使衔，换只更显赫的顶子戴戴。

李鸿章这点想法，瞒不过旁边的李瀚章，他笑道："咸丰看好和春还有张国梁，他俩也算争气，南北大营重建以来，气象一新，连打胜仗，二弟对此有何感想？"李鸿章说："这是好事啊，和春与张国梁早日肃清金陵外围长毛，攻进城中，拿住洪贼，国家和百姓就可安享太平，过清静日子。"李瀚章说："有如此乐观吗？"

"大哥不希望长毛早日灭亡？"李鸿章反问道。李瀚章慢慢喝口茶，道："谁不希望长毛早灭？可你想过没有，和春与张国梁面对的，是陈玉成和李秀成，还有韦俊和李世贤，这些太平军后起之秀，不仅不比早期东南西北诸王差劲，甚至更胜一筹。"

这倒也是李鸿章不得不认可的，说："二弟跟陈玉成和李秀成间接交过手，深知他们不是等闲鼠辈。"李瀚章说："正因如此，清军打几个胜仗，不仅不能说明问题，只怕还会滋长轻敌情绪，以为长毛容易对付，好事变坏事。"

冰雪聪明如李鸿章，自然懂得大哥此话用意，笑笑道："大哥是叫二弟沉住气，别胡思乱想，只管安心留在家里，静观其变，待南北大营大势明朗后再作打算？"李瀚章笑道："正是此意。凭二弟过人悟性和韧劲，只要跟对贵人，何愁日后干不出一番大业！"

跟对贵人？这个贵人又是谁呢？是和春，还是恩师曾国藩，抑或刚从江北大营移驻安徽的候补侍郎翁同书？李鸿章一时五心无主，茫然失措。李凤章忽然想起什么，说："差点都忘了，我还带回一样宝贝，是送给二哥的。"李鸿章说："看你神秘兮兮的，到底什么宝贝？"

"待会儿拿来，您就知道了。"李凤章笑着出了门。

六、上善若水与草木皆兵

李凤章返身回来，手里多了一个大卷筒，几下解开，原来是一把舆图，有大有小，有新有旧，有赣皖苏浙四省图，还有四省府州县分图，山川丘原，溪河湖泊，城镇村寨，道路阡陌，细细标注在上面，毫不含糊。这正是李鸿章梦寐以求的好东西。老五确是有心人，要他留意各处舆图，他就真弄了一大把回来。

此后李鸿章天天躲在棣华书屋里，认真解读琢磨舆图内容，以致废寝忘食地步。还拿出以前收集到的各类舆图，相互比对，甄别考究。最详尽的还是府州县分图，连小村小寨，小溪小桥，小山小岭，都标记得清清楚楚，一目了然。打仗有条件，离不开充足的兵力和源源不断的给养，可面对具体战斗，还得在细节上面下功夫，细节又取决于对地形地貌的了解和熟悉。回想这几年打过大小数十仗，若手头有此类详尽的分图，细节处理得当，也不至于胜少败多，到处受挫，弄得丧家犬似的，惶惶不可终日。

更难得的是安徽与江苏两省府县分图比较齐全，若能拼接到一起，必是较为完整的省图。只可惜没有足够大的纸张，将这样的省图制作出来。

这日李凤章走进棣华书屋，见舆图摊满一地，说："二哥干啥呢？"李鸿章指着地上说："老五看清楚咯，这是什么？"李凤章低头瞧瞧，说："真有意思，将各县小图拼接拢来，就成为完整的安徽全图。料世上还没如此详尽的省图。"李鸿章说："如果制出此等省图，岂不大有用场？"李凤章笑道:“这好办，用米浆粘贴起来就是。”

“用米浆粘贴也未尝不可，只是不好收藏携带。”李鸿章说，“县图已很详细，偏省图及我原收集的舆图上某些内容，县图里又找不到。如安徽省图上查得到磨店后面丘岗名，合肥小图竟漏掉没注，怪也不怪？”李凤章道:“二哥是说，大图没小图细致，同时小图也有遗漏，如果取大图与小图之优长，制成内容齐全的省图，就比较完善了？”李鸿章说:“知我者,五弟也。可是谁制得出这样的省图呢？就是制得出,没有大幅纸张,也枉然呀。”

李凤章挠挠耳腮，说:“还别说，凤章倒是见过一种包装用的黄皮纸，足有两张书桌大，用来制作这种省图，再妥不过。”李鸿章惊喜道:“在哪儿见过，可否给我弄几张？”李凤章说:“大哥放心，年后我就有趟生意要跑，弄几张回来就是。”

也就李凤章有办法，散年后外出跑上一趟生意，果真带回好几张少见的大幅黄皮纸。纸质还不错,软软的,便于卷藏携带。李鸿章喜不自信，将黄皮纸摊到桌上，拿支细管小笔，借鉴已有各种舆图，开始描画起皖省分府图来。却没想到，这是个精细活，自己根本做不了，描完半张黄皮纸，竟像鬼画符似的，惹得兄弟们笑掉大牙。

李鸿章只好搁笔，不再糟蹋黄皮纸。李鹤章出主意道:“去年布置庐州城防时，在一条偏巷发现一家装裱店，里面挂有几幅猫画，须眉缕析，纤毫毕现，好不逼真。咱进趟城，把黄皮纸交给店主，保证能做出满意的四省分府图。”

“那就请三弟帮个忙。”李鸿章甚喜,让李鹤章带上黄皮纸和大小舆图,还有一大包银子,去了庐州。见银子分量足够,装裱店老板推掉其他生意,带着几位徒弟,花去整整一个月时间,将四省分府图绘制出来。一式两份,该绘的都已绘上，令人满意。

其时湘军收复江西九江，水陆齐发，大举东进。太平军知道一时没法突破南北大营，派出主力，向皖省集结，先后打下来安、滁州、凤阳、怀远，准备往西开拔，与湘军较量一番。眼看皖省在劫难逃，李鸿章忧心忡忡,几经犹豫,还是带上舆图,打马出村,望庐州驰去,准备拜见福济,献图助其抵御太平军。

谁知抚衙出奇地安静，根本感觉不出大敌来临的紧张气氛。走进签押房，只见福济枯坐桌旁，半天没认出便服于身的李鸿章，直到他开口叫声福老师，才猛然反应过来，讷讷道：“原来是少荃，你怎么进城来啦？”

“许久没见福老师，特来看看。”李鸿章掏出自制皖省分府图，摊到桌上。福济瞧两眼，叹息道：“可惜俺已用不上它。”李鸿章吃惊道：“用不上它，这是为何？”福济悻悻道：“明天咱就离开抚衙，离开庐州和安徽，回京接受皇上处置。”

李鸿章这才发现，福济脑袋上的头品顶戴已然不见，身上也不是巡抚官服，像自己一样穿着普通服饰。没等李鸿章发问，福济又道：“少荃回家续制后，安徽局势一天天恶化，尤其近两月以来，滁州等地又陷贼手，皇上恼羞成怒，下诏斥臣日久无功，褫去官衔和头品顶戴。老夫征战安徽多年，勉力支撑危局，没有功劳有苦劳，不想竟落得如此下场。”

本想会过福济，交出分府图，就回磨店，这下见福济去职遭贬，万念俱灰，李鸿章相反不好立即走开，留下继续陪他说话。福济又道：“诏书下达后，抚衙就门前冷落，鬼都不再现身。连我一手提拔的满汉官员也躲得不知去向，仿佛我身上长着麻风，会传染给他们。不意少荃专程跑来看望，真让老夫感激涕零。”话没说完，已是老泪纵横。

李鸿章安慰几句，道：“福老师卸任，谁来接替？”福济说：“翁同书。”

翁同书原在江北大营统帅德兴阿手下帮办军务，月前才以候补侍郎分领数营清兵，进驻安徽。李鸿章道：“翁同书受命候补侍郎没几天，便实授巡抚要职，长进蛮快嘛。”福济道：“这不奇怪，谁叫他生在翁心存家？翁心存乃堂堂帝师，先后出任过工部和兵部尚书，现又以协办大学士管理户部，手眼通天，在皇上耳边念念经，给儿子弄个巡抚啥的，皇上能不买他面子？老夫甚至怀疑翁同书胞弟翁同龢咸丰六年点状元，只怕也与翁父不无关系。”

说起翁心存，李鸿章还真没半点好感。记得居京期间，自己两次进翁府拜访，翁心存都爱理不理。原因是曾国藩官不过侍郎，学问与名头却盖过他炎炎帝师和堂堂尚书，而曾李两家又打得火热，要老头子给李鸿章好脸色也难。弄得李鸿章老不自在，心里暗暗发誓，以后再不迈进翁家大门半步。不过李鸿章不便背后说人长短，问福济道：“翁同书何时到任？听说他早已离开江北大营，移驻定远。定远离庐州不远，要不了几天就可抵达。”

福济说："一个多月前翁同书就卸掉原职，西行入皖。谁知到定远后，却停下脚步，没再动作，也不知他小子搞什么名堂。皇上要我办完交接再起程离皖，两个月内赶回京师，翁同书迟迟未至，我再耽搁不起，明天非动身不可，不然复命迟了，又会惹皇上不快。"

翁同书有意思，急不可待奔皖抚位置而来，到得离庐州仅百里的定远，竟收住步子，徘徊不前，是不是担心太平军攻打庐州，搭进自己小命？庐州城高墙厚，守军人数不少，翁同书又带着绿营兵，还有秦郑两位总兵所领清军可用，调度有方，布防得法，太平军一时三刻不可能得逞。只要庐州不失，待湘军浩荡西来，双方联手打反击，定能击溃太平军。

这是李鸿章肚里设想。福济已卸任，即将离皖北上，也就不再关心安徽局势和庐州安危，摆上好酒好菜，款待李鸿章。一个已脱去官袍，一个早不在职，彼此不再属上下级关系，也就少了客套，多了随意，酒喝得畅快。一畅快，福济舌头灵活起来："转战皖省数年，老师最大失误不是打败仗，不是丢掉皖抚帽子，是对不起少荃你这个学生啊。"

李鸿章知道福济要说什么，笑笑道："福老师何出此言？没您老人家，学生也不可能从小小六品，连晋数级，直至三品按察使衔。福老师大恩大德，学生没齿不忘。"

这话福济爱听。自己虎落平川，一个个躲得远远的，李鸿章还老远跑来看望，福济能不感动？慨然道："老师千不该万不该，不该没抓住时机，让少荃组建淮军。你回磨店后，老师才反省，这几年你奔波于皖省战场，吃了不少亏，不是你不善战，是没有一支真正属于你自己的武装。也怪老师私心作祟，怕你翅膀一硬，不再听命于我，才瞻前顾后，没能全力促成你组建淮军，否则安徽局势也不至于如此不堪，我这个巡抚或许能多做几天。"

说来说去，福济耿耿于怀的，还是自己的巡抚位置。倒是李鸿章不再计较旧怨，已坦然得多。安徽位置特殊，即便匆匆组建淮军，也不见得有作为。这与湘军成军不同。太平军倾巢东进，湘军平地而起，光复湖南，占据湖北，拥有自己战略基地，再无后顾之忧，只管步步为营，沿江东下，不断扩大战果。安徽就在洪秀全家门口，前后左右都是太平军，难免顾此失彼，按住葫芦浮起瓢，多一支淮军也无济于事。也不知巡抚换人，湘军一天天逼近，安徽能否出现新气象，然翁同书那做派，连庐州都不敢靠近，比福济只怕也强不到哪里去。

眼见庐州危急，家园不保，李鸿章心有不安，琢磨着要不要去见见翁同书，呈上安徽省图，帮他稳住阵势，只等湘军入境，收复全省。

酒喝到深夜，李鸿章留宿抚衙。翌日送福济上路，他拉住李鸿章双手，说:“少荃下步作何打算？”李鸿章说:“还没想好，丁忧期满再说吧。”福济说:“眼下你有翁同书、和春、曾国藩三个去处，不知你会选择谁？”李鸿章说:“还请福老师指点迷津。”

“翁同书背景深，又有江北大营作后盾，打开安徽局面不是没可能，可此人格局不大，不足为恃。湘军能征善战，朝廷需其配合作战，又担心尾大不掉，曾国藩至今仍是侍郎身份，连署理巡抚都没捞到，湘军发展空间受限。南北大营为皇上手中王牌，尤其和春所统江南大营，规模大，粮饷足，乃收取金陵当然主力。”福济说到此处，停顿片刻，继续道，“少荃与和春合作过，他对你还算欣赏，若有心去他那里，为师可向他举荐你。”

其实李鸿章早动过投奔和春的想法，后听五弟说南北大营兵多粮足，却纪律松弛，军心涣散，才打消了此念。照福济所言，翁同书没格局，曾国藩前景不明朗，还真只有和春江南大营可去。李鸿章正在沉吟，福济从怀里拿出一封信，道:“这是为师写给和春的亲笔函，专门推荐你的。你安顿妥母亲妻女，就去投和春，他定会给你安排适合位置。”

接过信函，望着福济车驾渐行渐远，李鸿章才扬鞭策马，朝磨店驰去。半道忽又勒住马首，转向东北。李鸿章准备先会会翁同书，不是找他谋职，不过想把安徽分府图交给他，希望他借此还庐州乃至整个皖省以安宁。

一口气跑出三十多里，李鸿章又犹豫起来。两次拜访翁心存的情形回到脑袋里，真担心翁同书跟其父一样，没把你这无职无权的在野官员放在眼里。比起当年，如今翁家越发炙手可热，要大学士有大学士，要巡抚有巡抚，要状元有状元，连痒生出身的老二翁同爵也做上盐运使，满门都是牛人，此时去见翁同书，不是热脸往冷屁股上贴么？

正在进退两难之际，身边奔过一匹快马，风驰电掣般，转瞬消失于前路尽头。凭经验，李鸿章知是加急驿马，大概军情紧迫，到什么地方去报信。

踌躇半天，天色暗下来。干脆找个地方歇脚，待睡上一晚，冷静想想，再作决定不迟。天亮醒来，重又变得信心满满，继续往东北方向奔去。跑出十多里，又有快马追上来，再超越过去。李鸿章觉得不对劲，经过一处驿站时，下马打听，才知陈玉成从天而降，调动数万太平军，将庐州团团围住，城里守军招架不住，连派快马，去定远求翁同书速发救兵。

军情如火，自然不是去给翁同书献图的时候，李鸿章转掉马头，往回急驰。到得庐州城外，发现城池已失。记得咸丰五年冬，在和春和福济指挥下，李鸿章诸将踏着战友尸体，舍命攻下庐州，不想一夜间复又失陷。太平军人多嘴多，要吃要喝，城里供给不足，会不会下乡扫荡呢？想到这里，李鸿章鞭打黄膘马，赶紧往磨店飞奔。

不幸的是，磨店已非往昔磨店，百孔千疮，惨不忍睹，再无一处齐整院落，一间完好房屋。李家老宅冒着青烟，大火刚息不久，上院下房被烧得黑糊糊的，不成体统。残存房子一片乱糟糟，碗朝天，盆朝地，柜子床架东倒西歪，桌椅板凳横七竖八，能穿能戴能盖能用的都被掠得精光。火没进仓房，可里面空空如也，颗粒不剩。至于栏里的牛羊猪，圈里的鸡鸭鹅，园里的瓜果薯，早被劫掠一空，啥都不见。李鸿章悲伤之至，蹲到地上，双手抱住脑袋，想哭无泪，欲嚎无声。自己怎么也有朝廷三品官衔，卫国国破，保家家亡，家人不知所终，未知死活，还有何脸面苟且偷生，存活于世！还不如跳进宅前塘里淹死，一了百了。

又想起现任巡抚翁同书，赴任途中知道庐州危急，竟贪生怕死，龟缩于定远城里，迟迟不肯西进。若他能及时到任，调动各方兵力，组织城防，庐州也不至于轻易落入敌手，害得城乡百姓遭殃罹难，妻离子散，无家可归。

正愤愤然，院外有人进来，喊了声二哥。李鸿章回头，惊喜道："原来是六弟。母亲大人呢？家里人没事吧？"李昭庆说："有几位哥哥保护，母亲和一家大小已躲入屋后密林，二嫂和侄女也安然无恙。估计二哥会回磨店，大哥派我回来守候，好跟家里人一起外逃。"

去往密林的路上，李昭庆又告诉李鸿章，庐州城破后，长毛到处烧杀抢掠，周边乡镇无一幸免。还专门来扫荡磨店，李鹤章带勇阻击，毕竟寡不敌众，败下阵来。长毛本就是冲着李家兄弟来的，进村后直奔李家老宅，一番洗劫，还不解恨，又放上一把大火。还想去掘李家老坟，只因军令传至，才匆匆离去。

走进密林，人已不见。好在李瀚章留了字条在事先约好的石罅里，取出一瞧，得知一家人择小路望北绕行，欲去周公山张树声处避难。张家圩人多势众，不易攻破，尚可容身。

快马加鞭，很快追上一家人。稍作休整，继续上路，两天后到达周公山。张树声兄弟摆上热饭热菜，盛情款待。又腾出上房，将老老少少安顿下来。连日逃难奔波，终于有个临时栖身歇脚之所，全家人都松下一口气。

好在湘军乘九江之胜，水陆并进，扑入皖省，太平军守城固寨要紧，没再下乡扫荡，周公山暂可偏安一时。只是寄居他乡，短期可以将就，毕竟不是长久之计。兄弟们就拢来商量，该何去何从。回磨店吧，家破园毁，要住没住，要吃没吃，又已被太平军惦记上，只要庐州没光复，别作此打算。投奔其他地方，整个江南已没几寸净土，也无处可投。

商量来商量去，商量不出名堂，兄弟几个愁眉苦脸，一筹莫展。李鸿章回首当年，放着好好的京官不做，毅然南下回籍，就是想保家卫国，建功立业。岂料转战六年，出生入死，仗没少打，罪没少受，功业未竟不说，竟然连老家祖宅都保不住，一家大小颠沛流离，居无定所。堂堂七尺男儿，如此不中用，活着还有什么意思？

倒是张氏兄弟一如既往，热情有加，张家有吃，不让李家饿着，张家有穿，不叫李家冻着。还经常探望李母，问寒嘘暖，胜似亲生儿子。有空就与李家兄弟喝酒品茶，纵论天下局势，谋划日后出路。

这日讨论正热闹，湘军信使来到，有函交李瀚章。莫非曾老师已经出山，发函召你回营？李瀚章接函一瞧，原来太平军西进攻皖时，又南下犯浙，皇上谕令曾国藩出办军务。此次曾国藩再不敢向皇上讨要督抚职位，拍拍屁股就离开湘乡，出长沙，过岳州，抵达武昌。一路函召旧部归营，准备大干一场。李瀚章自在征召之列，仍回南昌出任粮台。

大哥能重新出山，李鸿章真心替他高兴。李瀚章问：“二弟有何打算？”李鸿章说：“还没想好。”李瀚章说：“干脆跟我去江西吧，老师会给你机会的。”李鸿章道：“别说老师没召，就是有召，这个时候我也不会应召。”李瀚章说：“这又是为何？”李鸿章道：“如今湘军阵营兵多将广，文武齐全，新近又连战连捷，二弟此时前去，难免有攀附之嫌，让人小瞧。”

从小一起长大，李瀚章比谁都更了解二弟，知他心性天高，轻易不会低头，也就不勉强，沉吟道：“不上江西，和大人那里也行，他深受皇上倚重，又处于战争前沿阵地，攻克金陵，指日可待。不像老师转战长江中游，再有能耐，也不一定够得着洪逆，收取首功。”

这是目前可预见的局面，不过战场瞬息万变，没人先知先觉，看得到还没发生的事情，只能走着瞧。李瀚章又道：“我已想好，带着母亲和各位兄弟共赴江西。老师让我筹粮办饷，我和将士有吃，不会让一家人饿着。二弟留守皖省也行，看看各方趋势，再行定夺。”

两天后李瀚章带上一家老小包括几位弟弟，踏上赴赣路途。李鸿章与妻女留下没待几天，也受刘铭传盛邀，去了大潜山。逗留旬日，周氏兄弟来请，又到紫蓬山住了个把月。忽传翁同书打了几个小胜仗，连下滁州和来安，李鸿章为之一振，带着妻女，离开合肥，往定远奔去。他还是想见见翁同书，呈上安徽分府图，助他多灭太平军，早日配合湘军光复全省。

到得定远城外，又迟疑起来，担心翁同书眼睛长在额头上，自己不受待见。树活一张皮，人活一张脸，李鸿章不愿自讨没趣。徘徊复徘徊，忽记起吴棠在盱眙老家自办民团，也许与翁同书有些接触，何不先去会会他，让他引荐引荐？于是绕过定远城，继续北行。

天黑前途经一个镇子，竟然又是明光镇。人有恋旧天性，李鸿章带领家人走进以前住过的伙铺，熟主熟客，倒也亲切。热饭热菜填满肚皮，又安顿好妻女，躺到床上，正要入睡，忽想起在此邂逅赵家情景，一时倦意全消，心潮翻滚起来。一别三四年，赵家今在何处？小莲姑娘是否已出阁婚配？掐指算算，小莲已过二十，再不出嫁，已是老姑娘了。

想着小莲也许已为人妇，旧情难续，李鸿章满心怅惘，更加难以成眠。由两人短暂相聚，联想败走此地时的凄惨，再到如今漂泊如萍，狼狈不堪，李鸿章越发沮丧，心情久久不能平静。干脆披衣下床，来到外间，推开窗户，让夜风吹吹昏沉的脑袋。

秋已深，窗外夜色茫茫，冷霜沉沉。一阵寒意袭来，李鸿章打个冷战，双手紧紧抱住双肩。回想前次败走此地所作七言诗，忍不住步其旧韵，悲声吟道：“浮生萍梗泛江湖，望断乡园天一隅；心欲奋飞随塞雁，力难反哺恋慈乌；河山破碎新军纪，书剑飘零旧酒徒；国难未除家未复，此身虽去也踟蹰。”

吟毕，又低首哀叹一回，才歪在椅上，蒙眬睡去。早上醒来，诗句还留在脑袋里，挥之不去。一时手痒，磨墨拈笔，随手写到壁上。还不过瘾，再把旧作书到一旁：巢湖看尽又洪湖，乐土东南此一隅；我是无家失群雁，谁能有屋稳栖乌；袖携淮河新诗卷，归防烟波旧酒徒；遍地槁苗待霖雨，闲云欲出又踟躇。

当时巢洪两湖一带还掌握在清军手里，如今几乎全部沦陷，几年南征北讨战果尽付东流，算白白折腾了一番。旧恨再添新仇，叫李鸿章情何以堪？他心冷如冰，泪水盈满双眼，壁上诗作模糊一片。抹一把泪眼，扔掉笔管，又面壁沉吟半晌，出门下楼，步出伙铺。

连年战乱，镇上越发萧条，昔日买卖双旺的繁荣景象早已不复存在，只偶尔几个流动商贩，挑着浅浅货担，踩着落寞身影，无力地叫卖着，一声长，一声短，在街巷上空回荡着。一位白须稀疏的老头坐在街角打盹，身前摆个小摊，摊上有纸有笔。还支着一只牌子，上书“测字”俩大字，旁边写着两句话：灵不灵当场验试，准不准过后便知。笔迹还算洒脱，李鸿章忍不住多瞧了一眼，觉得颇有王羲之遗风。

汉字乃华夏文明之根，炎黄子孙不论男女老少，贫富贵贱，识字与不识字，都对文字存有天然的亲近感和崇敬之情。有种常见的现象，就是偏僻乡野普通村夫，书也许没读几句，却写得一笔极漂亮的字，逢年过节，或谁家婚丧喜庆，只要用得着，都会露上一小手，把大字小楷写得像模像样。能制作和猜测字谜者也大有人在，闲暇之时，你出谜面，我猜谜底，其乐无穷。若练达人情，洞明世事，还长着一张能说会道的嘴巴，干脆就像眼前这位白须老头一样，到集镇上摆个摊子，给人测起字来，顺便赚点小钱，补贴家用。

也许身前的阳光被突然遮住，迷糊中白须老头感觉出什么，头往前一栽，兀地醒过来。睁开望皮，抬头一望，见一个高俊英武的大汉伫立前面，目光如炬，气宇轩昂，觉得不是俗辈，开言道：“大人要测字么？”

“随便瞧瞧。”李鸿章靠读书作文，考取功名，步入仕途，比常人对文字感情自然更深一层。可他觉得文字是无声之语，属于表达工具，与人之命运没直接关联，人生成败取决于自己的努力和机遇，用字测人过去和未来，好像并不怎么靠谱。

见李鸿章没有测字意思，抬步准备走开，白须老头也不急，只是悠悠抛过一句："大人既至摊前，说明咱俩有缘，干吗匆匆离去呢？看得出来，大人不是凡夫俗子，给你测字，老朽分文不取。"李鸿章收回脚步道："测字不要钱，摊子不白摆了？"白须老头笑道："白摆就白摆，只要能助大人拾回信心，重振国运，造福生民，老朽觉得值。"

一个偏僻乡野的测字先生，出口就是国运和生民，倒让李鸿章觉得稀奇，说："字还没报出，老先生怎知我需拾回信心？"白须老头呵呵笑道："你额头暗淡，眉宇不开，双眼缺乏神采和灵光，一瞧便知流年不顺啊。"

李鸿章心头微微一颤，迟疑片刻，躬身蹲到摊前，说："倒要向老先生讨教讨教，晚生到底不顺在哪里？"白须老头指着摊前纸笔说："写个字吧。"李鸿章玩笑道："晚生不会写字。"白须老头说："别诳老朽，一瞧就知你是知书达理的才子，焉有不会写字之理？"

才不才子，莫非也是瞧得出来的？李鸿章觉得有意思，说："写什么字好呢？"白须老头说："爱写什么就写什么，只要是你本人所写就行。"

李鸿章拿过笔，信手在摊前的毛边纸上写了个"羊"字。

说信手也非完全如此。李鸿章属羊，也许潜意识里想测测羊命如何。白须老头眯着双眼盯住羊字，半晌才说："羊入圈，困厄无路。羊撞木，头破血流。羊逢示，只能充当祭祀之牺牲。大人运程不佳，都怪没跟对贵人啊。"

与老头素昧平生，怎知你没跟对贵人？李鸿章惊讶不已。只听白须老头继续道："羊得跟着头羊走，跟错头羊，自然难有出头之日。"李鸿章越发觉得神奇，说："还请老先生明示。"白须老头缓缓道："你这只羊不止跟过一只头羊，至少是三只以上吧。也就是说，你三位上司姓名里面，一位以'口'字为首，一位以'木'字打头，一位以'示'字在先。"

这不就指的吕贤基、李嘉端和福济吗？难怪跟着他们，自己一直无所作为。惊疑之余，李鸿章望着白须老头的薄嘴皮，问道："以后呢，羊该何去何从？"

白须老头嘴巴紧闭，双眼微合，不肯再出声。李鸿章知其用意，从身上掏出一把碎银，放到摊位前。老头听得响动，启开眼帘，不动声色瞥了瞥泛光的银子，不慌不忙道："送你八个字：上善若水，草木皆兵。"

"上善若水，草木皆兵。"李鸿章沉吟着，"老先生可否明示，八字喻义什么？"白须老头几分神秘道："天机不可泄露，总有应验时日。"脑袋一歪，又打起盹来。李鸿章意犹未尽，又不好再多问，缓缓站起身来，提腿朝前走去。走出数步，回头瞧瞧，白须老头还在打盹，只是摊前银子已经不见，早被他收入囊中。

太阳越来越高，李鸿章转入另一条偏巷，朝住地走去。快到伙铺门口时，迎面走过来一胖一瘦两个人。李鸿章也不在意，只顾信步走路。就在双方快驳身而过时，瘦子对胖人说："大人快瞧，这不是李翰林吗？"

闻声，李鸿章扭头一瞧，不禁笑将起来。这胖瘦两人不是别人，就是吴棠及其仆从。意外见到李鸿章，吴棠很兴奋，握住他双手道："陡然碰面，还以为眼花错认了人，不想真是翰林大人。"李鸿章道："吴大人不是盱眙人吗，怎么到了明光镇？"吴棠笑道："明光镇隶属盱眙，敝舍离镇不远，赶早来镇上办事，竟与翰林大人不期而遇，真是有缘。"李鸿章道："本欲去盱眙城里拜访吴大人，不想您回了家，若非在此巧遇，鸿章岂不要赴空？"吴棠道："前一阵子翁大人攻打滁州和来凤，召我带勇助阵，战斗结束后，顺便回趟乡下老家，办几件私事，过几天再回盱眙。翰林大人找我，有何贵干？"

"鸿章就落脚于镇上伙铺，吴大人可否过去一坐，再慢慢叙谈？"李鸿章往前面不远处指指。吴棠说："咱先去后街与老表见个面，回头再来看望翰林大人如何？"

不到小半天，吴棠打转来到伙铺，走进李鸿章房间。闲话两句，李鸿章取过床头行囊，打开来，拿出皖省分府图，让吴棠过目。一边说："欲献图给翁巡抚，又怕他不愿理睬鸿章，故找吴大人，烦请您给予引荐。"

吴棠凑近分府图一瞧，说："这么好的东西，翁大人求之不得，能不理睬您吗？"李鸿章道："翁家炙手可热，不一定瞧得起咱这败军之将，落魄之人。只是觉得皖图具体详细，才动了献图之念，也许能助翁巡抚抵御长毛，维护皖省局面。若人家看不上眼，也断不会逼其非接收不可。"吴棠想想道："寒舍此去不过数里之遥，翰林大人若不嫌弃，先去住上几天，待吴棠处理完家事，再陪您去见翁大人可否？"

李鸿章自无话说，带着妻女，随吴棠出镇，朝乡下走去。到吴家住下，拜望过吴母和家人，李鸿章联想自家母亲和兄弟，不知是否安好，忙给大哥去信，遥寄深情，通报行踪。

俟吴棠忙得差不多，两人南奔定远，进了抚衙。看在吴棠助战有功份上，翁同书放下手头公务，接见两位。对李鸿章也赞不绝口：“少荃可是名满天下的大才子，提起你那豪气干云的佳句：一万年来谁著史，八千里外觅封侯，官场中人谁不竖拇指称赞？”

原来翁同书不难接触啊，至少比他老爹好打交道得多。李鸿章顾忌顿消，说：“抚台大人谬赞，鸿章不过会几句顺口溜，哪有翁家父子大才？翁家要帝师有帝师，要状元有状元，翁大人又主政安徽，可谓文可治国，武足安邦。”

双方相互恭维几句，李鸿章正要掏出皖省分府图，忽又觉得翁同书话里别有意味。他老拿你的文才说事，莫非暗讽你仅会舞文弄墨，寻章摘句，真需治国平天下的时候，其实啥能耐都没有？李鸿章决定缓缓再说，看看翁同书真实态度如何。

聊上一阵子，午饭时间到，翁同书让人摆上酒席，款待两位。几杯下肚，翁同书舌头变得越发灵活：“少荃回皖好几年了吧？”李鸿章道：“已经六年。”翁同书说：“六年可不短喔，老夫没记错的话，你是跟着吕贤基南归安徽的，接着北上去周天爵处转一小圈，南行进入李嘉端幕府，后李嘉端罢官离职，又到了福济门下。”

看来翁同书还比较在意你，李鸿章几分感激，道：“谢谢翁大人关怀，对鸿章行踪了然于心。”翁同书说：“可惜少荃事奉过的几位主子，运气都不佳，死的死，贬的贬，没一个有好结局。这几位仁兄，老夫都有过交往，要德有德，要能有能，怎么少荃一跟上他们，就成为倒霉蛋，竟落得如此下场？连带少荃也没着没落，四处奔波，无所适从。”

这话听去怎么有些阴阳怪气？好像吕周李福几位落败，都是俺李鸿章一手造成的。李鸿章觉得不是滋味，暗忖翁同书莫非怕你赖着不走，给他带来霉运，故意拿吕贤基他们说事，断掉你非分之想？李鸿章不出声道，你这不是狗眼看人低么？不说你翁同书入皖以来仅打胜两场小仗，别无建树，就算你本事再大，是光复安徽攻克金陵之不二人选，咱也不稀罕，不会缠着你，沾你风光，占你好处。也不撒泡尿照照自己，接任皖省巡抚，迟迟不肯到位，致使庐州失守，百姓遭殃，咱都不嫌不弃，跑来会你，无非见生灵涂炭，欲献图助你配合湘军，早日赶走长毛，让皖省百姓过上安稳日子。既然你小肚鸡肠，不识好歹，咱也只能见好就收，留着分府图，日后碰着真正用得着它的人再出手。

吴棠也听出翁同书话里别样意味，酒后走出巡抚衙门，便愤愤不平道：“早知姓翁的这副德性，咱们也不白跑这趟定远。”李鸿章道：“开始我还以为他强于其老子翁心存，不想都是一丘之貉。”吴棠说：“有其父必有其子，父亲刻薄尖酸，儿子还能厚道仁慈到哪里去？不过翰林大人也别灰心，分府图奇货可居，自然不愁没机会出手。您先在咱家休整一段，再到江南大营去跑一趟，献图给和大人，他日派兵进攻安徽时用得上。”

李鸿章不想再提分府图，一路上闷闷不乐，不吱一声。回到吴家，滞留一段时间，吴棠要赴盱眙练勇，李鸿章依然没想好该去哪儿，心里空落落的，好不凄惶悲凉。吴棠心生同情，道：“翰林大人暂无去处，就安心在敝处待着，没有山珍海味，粗茶淡饭还能保障。”

以为吴棠正话反说，要赶自己走，李鸿章觉得颜面尽失，却还要充硬汉，说：“吴大人回盱眙练勇要紧，咱明天就走，返庐州会三山圩主去。”吴棠知道被李鸿章误会，忙道：“翰林大人怕我不在家，没人说话，我不去盱眙就是。反正盱眙团勇练不练，无关乎安徽大局。近朱者赤，近墨者黑，在家陪同翰林大人，可沾沾您的灵气和才情，或许能有所长进。”

吴棠不仅仅说说而已，还真留在家里，哪里不去，天天陪李鸿章喝酒品茶，读书下棋。李鸿章甚是过意不去，下定决心，打算就近到和春那里去碰碰运气。

还没动身，村外快马飞驰而来，直奔吴家，说是周公山有函送达，请李鸿章亲收。莫非三山圩主知你无处可投，劝你回去带勇？李鸿章自忖着，接过函套，拆开一看，想不到竟是张树声所转和春书信。难道是和大人知你漂泊不定，报国无门，特意致函，请你去江南大营当差？李鸿章心里嗵嗵直跳，如饥似渴看起信来。

原来福济离皖后，得知庐州城破，李鸿章宁肯东躲西藏，也不愿带上他的推荐信投奔江南大营，干脆直接给和春去函，说李鸿章人才难得，江南大营又正在用人之际，有现成人才不用太可惜。尤其和大人身负皇上重托，没李鸿章这样大才辅佐，又如何清剿长毛，攻克金陵？和春见函，觉得福济言之有理，当即给李鸿章写信，辗转送至周公山。可惜晚到一步，李鸿章已携妻带女，惶然离去。张树声知道和春此信重要，不敢埋没，经多方打探，才知李鸿章到了明光镇，赶紧安排快马，追至吴家。

信里和春还转述了福济对李鸿章的高度评价，接着说皇上英明，不惜一切代价，重建南北大营，如今江南大营兵精粮足，正一天天发展壮大，唯独缺少出谋划策之高参和冲锋陷阵之良将，李鸿章文武双全，正好大有用场，请他收到信函后，务必早日出发，赶往江南大营任职，充分发挥自己聪明才智，灭寇安邦，报效国家。

这不正是自己求之不得的么？看罢信函，李鸿章眉飞色舞，满脸得意，久萦心头的沮丧一扫而光。和春和春，和暖的春天就要到来，李鸿章没有理由不激动兴奋。

又想起定远之行，被翁同书小瞧，忍不住用鼻子哼了哼。此公无容人之肚量，识人之眼光，才看扁你李鸿章，也不自我反省反省，比起钦差大臣江南大营统帅和春来，你一个小小巡抚啥都不是，还担心人家缠着你，给你带去霉运，真正可笑之极。

不过话说回来，也正是碰过翁同书软钉子，李鸿章才越发觉得和春此函之弥足珍贵。不是么，国破家亡，骨肉分离，再这么浪荡下去，也不是句话，该出山还得出山，不能辜负满腔报国志。更何况江南大营潭大水深，正是英雄斩波劈浪之处。

吴棠也替李鸿章高兴，说："和大人身为满员，又是钦差大臣，手握十万雄兵，还能这么器重翰林大人，求贤若渴，足见您在他心目中位置有多重要。您俩共过事，知根知底，惺惺相惜，跟和大人干绝对没亏吃。且翰林大人已有三品按察使衔，干得和大人满意了，给皇上递份折子，为您保个实缺，甚至弄身巡抚服穿穿，不在话下。"

此言倒也不虚，李鸿章深以为然，颇为受用。吴棠又玩笑道："苟富贵，勿相忘，哪天翰林大人上到高位，别不记得盱眙乡下还有个吴棠，正等您伸出贵手，拉扯一把哦。"李鸿章笑道："吴大人背靠大树，哪用得着鸿章拉扯？"吴棠说："翰林大人笑话吴棠是吧？大树在哪儿，咱怎么打着灯笼，也没找到呢？"

李鸿章往北指指，道："您的大树不在紫禁城吗？"吴棠道："紫禁城何人？"李鸿章道："还有何人？惠征大女儿叶赫那拉氏呗，记不得啦？你好像给她留下过名刺，据说至今还珍藏在她妆奁内呢。"吴棠故作高深道："都是江湖传说，没影儿的事。"

"传说往往最接近真相。"李鸿章笑道，"吴大人比我更清楚，咸丰初年叶赫那拉氏受诏入宫，凭其非凡美貌和过人才智，崭露头角，谋得贵人身份，人称兰贵人。不久做上懿嫔，产下皇子载淳，升为懿妃。如今已做上懿贵妃，地位仅次于钮祜禄氏皇后，可谓后宫二号人物。钮祜禄氏和其他妃嫔都没儿子，载淳作为储君不二人选，日后登基上位，懿贵妃就是皇太后。想想看，哪天皇太后梳妆时，打看妆奁，看到吴大人名刺，还能不给奁中人厚报么？”

说着两人哈哈大笑起来。事不宜迟，李鸿章开始忙着打点行装，准备改日出发，驰赴江南大营。吴棠不舍，又留李鸿章多待了两天。第三天才摆上酒席，为客人饯行。推杯换盏之际，门人来报，说又有信函递到，收信人还是李鸿章。

这次是大哥李瀚章的信件。拆开信套，里面有两封信，一为大哥本人所寄，一为五弟凤章所书。大哥信中说，曾国藩已至江西建昌，正调兵遣将，连打胜仗，湘军来势越显强劲。尤其李续宾和曾国华所带七千湘乡子弟兵，离赣入皖，所向披靡，连下潜山、太湖、桐城、舒城，打得太平军找不着北。还说曾国藩多次在信中问及得意门生李少荃，如果还记得他这个老师，又愿与湘军为伍，就到建昌去找他，粗茶淡饭还招待得起。

五弟信中则说，自随大哥离开周公山，抵达长江边后，不再西上江西，而是顺江东下，在苏浙一带跑了趟生意。还赴江南大营做过几笔买卖，每次都见大营内外闹闹哄哄，一片混乱，根本不像军营，倒像个大集镇，毫无王者之师气象。尤其那些白白胖胖的绿营，说兵不像兵，说民不像民，吃喝嫖赌内行，上阵打仗只怕靠不住。

大哥意图再明显不过，将两封信放入一个信套寄来，就是要李鸿章自己比较权衡，到底是倾向湘军，去投曾国藩，还是看好江南大营，去奔和春。

一心向往江南大营的李鸿章又犹豫起来，一时陷入两难境地，不知在曾和两者之间选择谁更好。两相比较，湘军整体素质不错，可人数有限，不及江南大营清兵一半。欲收复金陵，离不开围城打援战略，说白了就是人海战术，目前看湘军力量，还不足以担此大任，非得依靠南北大营不可。清湘两军优劣还放在一旁，主要是两军主帅对李鸿章的态度，一个亲笔来函征召，一个仅在大哥信中一笔带过，孰重孰轻，一目了然。

见李鸿章盯着手里信函发呆，吴棠笑道："家书抵万金啊。令堂可好？"

对于吴棠来说，李鸿章何去何从，已无秘密可言，也就将信塞到他手里，让他自己看。吴棠先阅李瀚章的信，边阅边忍不住叫好道："早听说湘乡李续宾大名，咸丰三年就随曾国藩赴衡阳练勇，后辅佐同乡将领罗泽南，带领湘乡子弟兵，打过不少胜仗。罗泽南不幸战死，李续宾代统其兵，攻武昌，下九江，功勋卓著，加巡抚衔。入皖以来，又在曾家老六曾国华配合下，以少胜多，连战连胜，整得长毛没了脾气。"

论到曾国华，吴棠更是津津乐道："咸丰五年石达开横扫江西，湘军出师不利，屡战屡败，曾国藩帅船都被长毛缴获，颜面扫地，只想以死殉国。一时江楚道闭，数月间家问闻报不通，曾国华得不到兄长消息，只身一人跑到武昌，从胡林翼手里讨得五千兵马，往江西杀奔而来。没人想得到，从未上过战场的曾国华竟领兵连下咸宁、蒲圻、崇阳等六县，吓得石达开心惊肉跳，赶紧分兵迎击，才让曾国藩躲过一劫。事后曾国藩还心有余悸，幸亏这个同胞弟弟及时出手，给了自己生还之机，否则不知死过几回了。也是因祸得福，自己败给石达开，却让六弟军事天才得到充分展现，曾国藩觉得败有所值，盘算着建支曾家军，交给曾国华和九弟曾国荃统带，日后曾家要帅有帅，要将有将，岂不天下无敌？当然目前条件还不成熟，还得继续强化湘军阵营，于是让曾国荃组建吉字营，掌控江西战场，再把曾国华安排到李续宾军中襄办军务，共领七千湘乡子弟兵出击皖省。两支队伍果然不负众望，连战得胜，大长湘军威风，大灭长毛志气。"

赞赏着曾家两个弟弟，吴棠看完李瀚章信函，又拿过李凤章书信读起来。见李凤章对江南大营颇有微词，吴棠默然无语，不置可否。李鸿章偏偏想听听吴棠意见，盯着他道："五弟所言应该不假吧？"吴棠这才道："信上说得没错，江南大营督管确有问题，不够严整，有些混乱。不过比起向荣时期已大有长进，相信在和大人努力下，战力会越来越强。"

李鸿章道："吴大人是说，当年向荣所领江南大营还要差劲？"吴棠说："我领略过向帅所统江南大营，也见识过如今和帅江南大营，孰优孰劣，还看得出来。"李鸿章叹道："怪不得向荣败得这么惨。"吴棠道："也不能全怪向荣。师久必疲，向荣江南大营在金陵城外一扎四五年，无论将帅还是士兵，早成老油条，谁来统带都不可能一直保持锐气。和大人重建江南大营时间不长，若趁师未疲，兵未沓，赶紧出击金陵，创建奇功也不是没有可能。”

听吴棠口气，还是倾向于和春一边。李鸿章问：“莫非吴大人觉得，江南大营有可能与江北大营联手，攻克金陵，拿下洪贼？”吴棠道：“皇上不惜血本，重建南北大营，正是此意。”李鸿章说：“万一南北大营不争气，辜负圣恩呢？”

“南北大营不行，不还有湘军吗？”吴棠分析道，“不过目前来看，湘军还无此能耐，至少力量太单薄，不足以合围金陵。即使湘军有此能耐，皇上也不会任其顺江东下，去跟南北大营争功。南北大营为清廷正规军，皇上怎会胳膊肘子往外拐，向着湘军是不是？湘军是曾国藩私人带出来的，不加以限制，后果如何，谁也说不准啊。”李鸿章道：“吴大人是说投奔湘军，前途渺茫，不如去投和大人？”吴棠道：“依我浅见，求远不如就近啊。”

李鸿章低头看着手里酒盅，半晌无声。人到十字路口，可东可西，却不知哪条路走得通，行得远，选择自然越发显得困难。吴棠也不逼李鸿章，道：“再好好琢磨琢磨吧，别急于成行，免得日后后悔来不及。”

饯行酒都已喝过，李鸿章不好意思赖着不走，还是放下杯子，带着妻女上了路。吴棠苦留不住，只好送客出村。到得村口，该分手了，吴棠又关切道：“去向如何，翰林大人想清楚没？”李鸿章说：“走一步看一步吧。”吴棠拱拱手：“翰林大人和弟媳侄女一路走好！”

李鸿章谢过，转身上马，护着妻女车子，朝村外行去。山重水复，来到明光镇外，两条路呈现于前，路旁石碑标示，左去金陵，右走庐州。李鸿章勒住马首，一时无法抉择。踌躇半晌，打算还是到镇上逗留一晚，改天再做决定。

还是原来的伙铺和主人。住下后，李鸿章就开始琢磨，明天该走哪个方向。琢磨来琢磨去，直到更深人静，依然没琢磨出名堂。忽想起好久没摸笔杆，反正也睡不着，何不起床练练字，缓解一下心头焦虑？

起床掌灯，研好墨，铺上纸，握笔于手，一时竟不知写些啥为好。做首诗写上，没思路。写几句古人诗文，脑袋里一片空白。原来老想着湘军和江南大营，意念根本不在纸笔上。看来写字简单心静难，心不静，也无从下笔。

沉吟许久，才运笔于纸，无意间写下几个大字。是两个人的名字，一为和春，一为曾国藩。写得笔酣墨饱，丰沛圆润，几乎占去整张黄纸。盯着纸上两人名字，出了半天神，李鸿章若有所思地笑笑，放下笔，来到窗边，去看秋月。

秋夜风高，云卷云舒。秋月在薄云里缓缓穿行，时隐时现，几分神秘。不大一会儿，风流云散，月色如镜，深邃天空变得水洗过一般，万里澄澈。李鸿章忽觉神清气爽，心情顿时大好。回身去瞧桌面，夜风拂过，撩动黄纸，一角翻卷过来，正好盖住其他几个字，唯余“藩”字卓然独在，显得格外醒目。

李鸿章脑袋里顿时浮起白须老头说的八个字：上善若水，草木皆兵。看这“藩”字，不是既有水，又有草么？你是羊命，羊离不开两样东西，一是水，二是草。原来八字玄机正在这里，只有走进曾国藩湘军阵营，你这只羊才有草吃，有水喝。且水亦可灌田，草能肥田，水足田肥，稻丰米香，真真切切的丰收在望盛景啊！

李鸿章没再犹豫，携妻领女，离开明光镇，兴冲冲望西急行。

七、西归曾门献舆图

走出恓恓惶惶的秋天，绕过无处不在的太平军，李鸿章带领妻女，于暖阳高照的初冬时节，辗转来到江西南昌大哥李瀚章府中。

虽在异乡为异客，毕竟又团聚到一起，一家人欢欢喜喜，尽享天伦之乐。不过李鸿章不仅仅是来南昌与家人团聚的，还有一个重要目的地，就是建昌湘军老营。兄弟们清楚老二心思，跑到他屋里，帮他出起谋划起策来。先是老五凤章道："二哥文笔厉害，进了湘军老营，曾大帅定会让您做幕僚，办文案，管机要。"老六昭庆道："二哥正是不愿舞文弄墨，才离开翰林院，回籍练勇，征战沙场，最好还是像曾国荃样，独领一军，上阵杀敌，这样立功机会多，长进更快。"老三鹤章笑道："湘军阵营中大都是湖湘子弟，作为大帅九弟，曾国荃独领吉字营，征战一方，顺理成章，二哥又非湘人，大帅怎会把湖南兵交由外籍人领带呢？除非奏请皇上，命二哥招募安徽兵，建支淮军。"

三位弟弟各说各有理，见大哥瀚章一旁笑而不语，问他看法如何。李瀚章道："曾老师做事老成，用人谨慎，凡有人前去投奔，不会马上压担子，派差事，须先考察一段时间，看此人忠不忠诚，牢不牢靠，适合做什么事，才酌情给予安排。"李凤章道："大帅是二哥老师，知根知底，还有啥可考察的？"李鹤章也道："二哥德才兼备，文武双全，大帅上哪儿找这样的高足去？既然投奔上门，自会立即委以重任，尽快发挥作用。"

兄弟们你一言我一语，讨论得热烈，唯独李鸿章不声不响，好像事不关己似的。李鹤章见不得他无动于衷的样子，道：“二哥真淡定，咱们叽叽呱呱，替你瞎操心，你倒沉得住气，一言不发。有些什么想法，也透露一声嘛。”

不想李鸿章冒出一句：“我暂不打算去建昌。”兄弟们惊诧不已，同声道：“拒绝和大人邀请，放弃江南大营，不辞辛苦赶到江西，不就冲着曾大帅来的吗？怎么又不去建昌了呢？”李鸿章笑道：“说暂不去建昌，不表明以后也不去呀。”李鹤章道：“为何不马上动身去投曾大帅，还要等以后？难道等湘军打到金陵，拿住洪贼，再去看热闹？”李鸿章佯装不满道：“你们是见我没事可干，赖在大哥这里吃闲饭，非赶我走是吧？”

李瀚章知老二暂时不去建昌，肯定有其考虑，笑道：“我可没赶二弟走的意思喔，二弟吃得再多，咱也供养得起。”李凤章也笑道：“二哥一张嘴，胃口再大，也吃不穷咱们，咱做两趟生意，够兄弟们吃半辈子的。”

玩笑几句，李鸿章才一本正经道：“当今湘军兵如狼，将似虎，老师又精心调度，图赣谋皖，势在必得，可谓风头正健。尤其几路大军齐头并进，兵锋所向，长毛无不望风而溃。其中曾国荃吉字营横行江西，围困吉安；彭玉麟和杨载福所领水军扬帆长江，威镇两岸；鲍超霆字营与多隆阿所属绿营出赣入皖，迫近安庆；李续宾和曾国华取得桐城等数战胜利后，近逼三河镇，远指庐州城。湘军阵营将良兵精，势焰冲天，能有我李鸿章一席之地么？”

兄弟几个觉得也是，一时无语。李鸿章又道：“至于老师，更是威望日隆，投奔者络绎不绝，营前车如流水马如龙。老师又海纳百川，门下人才济济，据说光幕宾就有数百人，出计的，献策的，办文的，备武的，筹饷的，征粮的，执勤的，走杂的，甚至啥都没做，仅陪老师聊天说话下围棋的，比比皆是。如此盛况空前，多我一个不多，少我一个不少，我还要不识时务，趋炎附势，去凑热闹，岂不被人轻看？”

李鸿章向来眼光独特，能够透过表象看本质，兄弟们说他不过，不免泄气道：“既然如此，莫非只能放弃湘军，不去投奔曾大帅？”李鸿章从容道：“再看看吧。湘军气焰鼎盛，太平军同样将山兵海，各方兵力加一起，不下六十万人马，优势不小。尤其后起之秀陈玉成和李秀成，久经战阵，善攻能守，短时期内湘军不可能拿他们怎么样，咱完全不用担心金陵早破，失去建功立业机会。还是留南昌多陪母亲说几天话，静观时局变化，待老师最需要我的时候，再出现在他面前，他才会当回事，高看一眼。”

果然不久时局突变，陈玉成与李秀成放弃皖中战场，以迅雷不及掩耳之势，挥师东进，直扑乌衣巷至江浦清军驻地，江北大营统帅德兴阿仓促应战，顾此失彼，一夕数惊。转战皖中的李续宾和曾国华，接主帅命令准备带领七千湘军南下，配合鲍超和多隆阿围攻安庆，又临时改变方向，准备攻克三河，收取庐州，再向安庆移动。消息传到南昌，李瀚章对李鸿章道：“二弟熟悉安徽战情，对此次长毛、清军和湘军三方博弈有何看法？”

“陈玉成和李秀成数度进出皖省，二弟知其用兵特点，用六个字基本可以概括：兵在此，意在彼。”李鸿章说道，拿出皖苏两省分府图，摊到桌上，拼连一处，指点起来，“此刻陈李大军出击浦口和六合等地，与德兴阿展开大战，看去欲解金陵东边和北部之围，其实真正目的还是为保安庆。”李瀚章问：“何以见得？”李鸿章道：“金陵城高墙厚，守军充足，又有安庆和皖北长毛虎视眈眈，清军南北两大营暂不敢轻举妄动，非得与湘军联手，肃清苏浙，光复安徽，至少拿下战略地位十分重要的安庆，才可能采取大规模行动。也就是说安庆存亡，决定金陵安危，陈李会不惜一切代价确保安庆不失。怎么个保法？西有鲍超和多隆阿，北有李续宾和曾国华，陈李只有避开湘军锋芒，移师江苏，猛攻江北大营，既转移湘军注意，又收缓解金陵之效，可谓一举两得。”

李瀚章目光游移于分府图上金陵、安庆和庐州三地，嘴上说：“陈李倾巢离皖，庐州守军薄弱，李续宾和曾国华不正好趁虚而入？”李鸿章说：“陈李正是用庐州作诱饵，拖住李曾二人，免向安庆靠拢。”李瀚章道：“庐州也很重要，长毛不怕落入湘军之手，失去好不容易获取的战略基地？”李鸿章道：“庐州离金陵并不遥远，长毛援军数天可赶回来，岂是湘军轻易能够得手的？我担心湘军还没靠近庐州，就会掉进长毛在三河镇挖下的大坑。”

办粮筹饷，报销做账，李瀚章是把好手，可军事非其所长，一下子理解不透李鸿章意思，不免疑惑道：“长毛在三河镇挖下什么大坑？”李鸿章道：“三河镇背山傍水，易守难攻，长毛才将大量钱粮器械储备在镇里，以便随时接济庐州和金陵。偏偏湘军从上到下，一个个贪婪成性，哪儿有金银可夺，粮秣可掠，就往哪儿扑，陈李深知李曾对三河镇最感兴趣，还能不挖下大坑，等着他们往里跳？”说得李瀚章冷汗直冒：“李续宾和曾国华七千湘乡子弟兵是湘军精锐，向来为大帅所倚重，万一出点什么差错，岂不要了大帅老命？咱是不是派人到李续宾营中跑一趟，提醒提醒他们？”李鸿章摇手道：“大哥可知利令智昏一说？大把金银财宝唾手可得，要人缩回双手，谁做得到？何况李曾两人心高气傲，目空一切，又刚打过几场胜仗，正得意忘形，怎听得进旁人劝告？”

李瀚章道：“那只好派人去建昌禀报老师，请他阻止李曾，免遭大祸。”李鸿章道：“递话到建昌，老师再传令至皖中，一去一回，一折一返，总得十天半月，只怕七千湘军早葬身三河镇，战役已然结束。”李瀚章道：“莫非七千湘军真没法逃脱此劫？”李鸿章道：“自陈李故意抛下皖中，大举进攻江苏，李续宾和曾国华扔下老师调令，掉头北进，事情就已成定局。人为贪婪本性所惑，老天都别想阻止，何况人力。”

果不其然，此时李续宾和曾国华已率领七千湘乡子弟兵，来到三河镇外的金牛镇。三河镇形似葫芦，进镇出镇，唯有处于葫芦口的金牛镇可走。李曾二人先屯兵于葫芦口，再部署进攻葫芦，欲尽掠镇里粮草金银。守军早知湘军要来，提前筑下石垒，挖开护镇河，灌满河水，严阵以待。与此同时，陈玉成与李秀成已在金陵城北大败德兴阿，攻克江北大营，随后带领十二万大军反戈入皖，昼夜兼程，浩浩荡荡望西而来。李曾二人只知三河镇粮草和金银诱人，哪想到已身陷绝境？正调动湘乡兵往镇里猛扑。经一天激战，击破镇外石垒。将士们得意忘形，就垒扎营，大吃大喝一番。改日往前挺进，迎面是壕深水满的护镇河，还有河对岸飞射过来的火炮强弩，湘乡兵寸步难进。双方攻守正激，陈李十二万大军已悄然抵达庐州，步步迫近三河镇。李续宾和曾国华这才反应过来，想撤已无处可撤，只好筑垒挖沟，迎接身后大敌。又火速飞马武昌和定远，向官文、胡林翼和翁同书求援，请求调兵救急。

谁知胡林翼不在军中，官文和翁同书接到救援书后，各怀心事，毫无表示。官文见不得湘军得势，就想看曾国藩热闹，怎肯伸出援手？翁同书身为安徽巡抚，咸丰三令五申，要他尽快收复庐州，他总借口兵少粮缺，畏葸不前，湘军入皖后，又担心庐州为湘军攻克，头上巡抚帽子被咸丰摘走，戴到李续宾头上，纠结不已。出于此种不便明言之心理，翁同书更不可能出兵援助，成全湘军，毁掉自己。

官翁二人袖手旁观，幸灾乐祸，陈李十二万大军已至三河镇外，水陆齐下，将镇子封死，再突破金牛镇，对葫芦形成合围之势。李曾盼不来援兵，逃又逃不出去，唯有硬着头皮，挺身应战。可怜七千湘乡子弟兵，从湖南一路打过来，战无不胜，攻无不克，此次落入三河大坑，仅逃走一两百人，包括李曾两人在内的各将士全部战殁，曾国华连脑袋都找不到，仅留下一具无头尸，被人弄回建昌大营。

趁着完胜七千湘乡兵，陈李一鼓作气收获此前失陷的舒城、桐城、潜山和太湖，浩浩荡荡回师安庆。围攻安庆的鲍超和多隆阿各部见势不妙，赶紧撤走，退守江西。陈李不肯就此罢休，厉兵秣马，准备剑指建昌，攻下湘军老营，活捉曾国藩。

湘军核心力量主要是彭玉麟和杨载福的水师，曾国荃的吉字营，鲍超的霆字营，再有就是李续宾和曾国华所带这支湘乡子弟兵。如今七千湘乡兵覆灭，李曾命丧黄泉，无异断掉曾国藩左膀右臂。曾国藩扑在六弟无头尸上，哭得昏天黑地，几欲气绝。从此一病不起，生死难料。七千湘乡兵与其他湘军有着千丝万缕的联系，不是同宗就是姑表，不是远亲就是近邻，不是师徒就是友朋，这下兔死狐悲，建昌老营与驻扎各处的湘军营白幡飘飘，哀号声声，个个悲痛，人人自危。加之大兵压境，湘军前景堪忧，心怀各异的曾府幕僚一夜间走掉大半，有的跑湖北，投靠鄂抚胡林翼，有的走安徽，进入翁同书抚衙，还有的得知江北大营溃败后，咸丰不惜血本大力充实江南大营，远奔江苏，成为和春帅府座上宾。

湘军元气大伤，文武离心离德，李鸿章却偏偏宣称，准备前往建昌投奔曾国藩。

李家兄弟大惑不解，纷纷劝阻，湘军前途未卜，还不如拿着赣皖苏浙四省分府图，去江南大营投靠和春。只李瀚章没说什么，默默为李鸿章安排盘缠，整理行装，做出发准备。还给已入幕曾府没离去的盛康写信，要二弟到建昌后，先找盛康，再见曾国藩。

盛康乃江苏江阴人，道光年间高中进士后，一直在皖省铜陵、庐州、宁国等地为官，与李家兄弟来往密切。后回江苏给向荣办粮饷，不幸江南大营为太平军所破，又带着儿子盛宣怀和家人逃离常州，辗转西进，经好友胡林翼举荐，投奔曾国藩门下，与李瀚章过从甚密。李鸿章要赴建昌入幕，李瀚章自然想到盛康，由他搭桥拜会曾国藩，以免唐突。

拿着大哥手书，李鸿章告别母亲妻女及众位兄弟，由刘斗斋数名家丁护送，打马出城，直奔建昌。到达建昌城外，先找客栈住下，稍事休整，才入城去见盛康。

早闻老师治军有方，老营移师哪里，哪里就军威赫赫，民意欢洽，气象一新。可这天一路走来，街巷空落，门店冷清，一片凄凉。空中弥漫着残冬腐叶气息，地上随处散落有未燃尽的冥钱、白幡和香蜡，让人倍感窒息。街边行人和路上巡逻兵也垂头丧气一个，像没睡醒似的。莫非三河之败，湘军真的一蹶不振，到了穷途末路？

很快来到湘军老营驻地建昌府门外，李鸿章叫醒正在打盹的门卫，递上名刺，同时塞把碎银，要他进去通报盛康。门卫不久转身回来，盛康跟在后面，见门外站着一个高高大大的汉子，老远叫道："少荃兄啊，想不到是您。"

彼此问候几句，到得盛康住处，李鸿章掏出大哥信函，递到他手上。盛康说："三河之败，湘军内伤元气，外临大敌，大帅几乎死过一回一般，卧床不起，曾府也愁云惨雾，死气沉沉，不知前途在哪儿，不少人脚踩西瓜皮，溜之大吉，不想翰林偏偏跑了来，让人倍感意外。"李鸿章笑道："别人溜之大吉，旭人兄不还待在曾府没走么？鸿章就是冲着你来的。"

旭人是盛康的字。盛康实话道："盛康也想走，却念及落魄时大帅容留接纳，这阵子他老人家遭难，徘徊于生死边缘，我一走了之，良心上也过意不去啊。"李鸿章道："难得旭人兄良心未泯。鸿章何时拜见老师为妥？"盛康说："眼下肯定不行，大帅脱离生命危险不久，病情还很严重，连地都不能下。待他稍有好转，我再提提你名字，看他意思如何。"李鸿章道："也行，我在客栈待着，静候老师康复佳音。"

回客栈后，李鸿章让店家生盆亮旺旺的炭火，安安心心守在屋里，写写字，读读书，或整理整理随身所带书信。盛康有空就来客栈看望，报告曾国藩病况，讨论江南战局，以及湘军今后出路。有时聊得兴起，干脆留宿客栈，彻夜长谈，颇为投机。

所幸曾国藩病情一天天好转，虽还得卧床静养，毕竟可以进些流食，吃点蔬果，至少生命已无大虞。老营里也因此多了些生气，都在悄悄传递这一好消息。近僚偏将更是喜上眉梢，好些理好行装未及走掉的幕友，去意不再那么坚决，盘算着是不是留下来。

这日曾国藩服过汤药，歪在床头闭目养神，听脚步声响，知是盛康，幽幽问道:“旭人步履轻快，莫非有何美事，要告知老夫？”盛康几步近前，附曾国藩耳旁道:“禀报大帅，您老门生到了建昌。”曾国藩依然合着双眼，漫不经心道:“三河惨败，湘军落难，府上幕僚都已走得差不多，谁不识好歹，偏偏来触咱霉头？”盛康道:“大帅大难不死，必有后福，谈何霉头？”曾国藩说:“你还是告诉老夫，谁到了建昌？”

盛康一字一顿道:“李鸿章。”

“李鸿章？是李瀚章二弟李鸿章吗？他人在何处？”曾国藩眼睛一睁，头一抬，坐直身子，病体似乎也好了多半，精神大振，“快快传进来，我要见他，跟他聊聊。”

曾国藩一向城府深，心机重，遇事很少喜形于色，听到李鸿章三个字，竟然掩饰不住内心激动，如此迫不及待，确实令人讶异。莫不是湘军遇挫，左右离心，李鸿章还能来建昌，让他感到既意外，又欣慰？盛康道:“少荃住在城外客栈，大帅想见他，我这就叫去。”曾国藩扬扬手，急切道:“你去吧，要快。”

盛康得令，拔腿就往门外跑。赶到客栈，李鸿章正在整理书信，见盛康满脸通红，上气不接下气的样子，笑道:“客栈又没着火，旭人兄急什么急？”盛康粗声粗气道:“不是盛康急，是大帅急，催我赶紧叫你去见。”李鸿章颇为兴奋，道:“真的？老师病已痊愈，可以见学生啦？”盛康道:“没痊愈，是听到你大名，病一下子轻了许多。”

李鸿章放下手里书信，道:“旭人兄稍等片刻，鸿章换一下衣服，便跟你走。”

就在李鸿章翻开行囊，寻找衣物之际，盛康瞟了瞟桌上书信。见为和春所写，出于好奇，忍不住多瞧了几眼。原来是邀请李鸿章去江南大营就职，位置重要，条件优越。旁边还有福济信函，是向和春推荐李鸿章的。盛康几分不解道:“福济力荐，和大人热情相邀，许以要职，翰林干吗还跑到前景堪忧的建昌来？”

李鸿章已换好衣服，道:“莫非旭人兄觉得鸿章应该去投和大人？”盛康道:“江北大营溃散后，咸丰把全部希望寄托在和大人身上，和大人要将给将，要兵给兵，要钱粮给钱粮，江南大营如日中天，踏平金陵，活捉洪贼，倚马可待，翰林此时去投和大人，明摆着有大功可建，有大业可立。何况和大人身为钦差大臣，又系咸丰最信任的满员，你一旦从战有功，他写个折子保举保举，还怕你不飞黄腾达？反观湘军阵营，大帅卧病不起，将士萎靡不振，待他日重整旗鼓，千里迢迢赶到金陵城下，只怕和大人帅旗早已插上城头。”

这些道理浅显，李鸿章早琢磨过，一点不觉得新鲜，打断盛康，笑笑道：“旭人兄别忘了，老师还在等着见我呢。”盛康也笑道：“走走走，见大帅去。”

两人入城，走进湘军老营，曾国藩已正襟危坐于签押房，等候李鸿章入见。湘军正处低潮，各色人等纷纷散去，李鸿章却毅然来到建昌，着实让曾国藩激动了一阵子。可渐渐心里又起了疑惑，这小子早不来，晚不来，偏偏在你命悬一线时跑过来，到底是何居心？是湘军一蹶不振，来看热闹，还是老师死之将至，来奔丧送葬，抑或投靠无门，别无选择，跑来跟你同舟共济，剿灭长毛，报效家国？这么猜测着，曾国藩让仆人扶持，走出内室，来到签押房。本想在内室会晤，显得随意亲切，因不明李鸿章真实来意，才改变想法，放到正式场合，有些公事公办意味。再说已长达七年没见，旧日师生情谊还存留几分，也未可知。

刚强打精神坐稳身子，盛康进来禀报道：“李翰林已到门外。”曾国藩咳一声：“让少荃进来。”嗓门提得很高，想给人精神饱满的印象，声音出口后才感觉明显缺乏中气。病未脱体，勉强能够下地，想充硬汉，确实不易做到。

李鸿章应声而入，跪地行过门生大礼，才起身抬头，望向曾国藩，听候吩咐。

这一望不要紧，着实将李鸿章吓了一大跳，以为自己眼睛出了毛病，仿佛坐于办事桌后的，并非朝思暮想的曾老师，更像临时安放在签押房里的稻草人，又枯又干，又黄又暗，又老又瘦。究竟是岁月催人老，还是命运捉弄人，或是三河惨败，打击太大，把活生生的一军主帅摧残得如此不堪？遥记当年京师岁月，老师印堂发亮，双颊饱满，一副意气风发的大儒气派，不想七载不见，竟成这副衰朽残败模样，简直从土眼里挖出来似的，用惨不忍睹形容，都不为过。李鸿章鼻头一酸，差点忍耐不住，放出悲声来。

不过毕竟久经历练，见惯生死，李鸿章已有很强自控力，轻易不让情绪溢于言表，努力忍住满心酸楚，不动声色笑望着老师，接受其审视。就是通过这审视的目光，李鸿章意识到，表面看去老师要形没形，要状没状，其实精气神还在，只不过潜藏得更深而已。也许正是这场大病，老师生命力更强盛，意志力更坚毅，已臻人生至境。

品读着老师目光，李鸿章觉得既亲切，又锐利，既温煦，又幽邃，既宽厚，又深长，仿佛无云夜空，内涵格外丰富。从老师目光中，李鸿章真正领会出，什么是伟大灵魂，只要这样的灵魂在，失败再悲惨，打击再沉重，湘军旗帜都不会倒下，仍会高扬着，引领身后的队伍，战胜重重困难，走出低谷，迈向灿烂的明天。

见李鸿章目不斜视，内敛而沉静地笑着，比七年前老成练达了许多，曾国藩打心眼里欢喜。先前的疑惑早已消失，明白这个学生就是来投奔自己的，不会有其他意图。湘军遭此重创，主帅倒下，差点再也起不来，李鸿章偏不识时宜，来到你身边，你能不心存感激？若不是背着老师名分，曾国藩恨不得倒过来，给李鸿章下跪，以示大谢。

心里感慨万千，曾国藩脸上却没任何表示。这就是李鸿章心目中的曾老师，丘壑深沉，哪怕胸中万马奔腾，表面看去依然风恬云静，波澜不惊。只见他半眯着犀利的三角眼，望了李鸿章好一阵，才淡淡道："少荃到建昌已多长时间？"李鸿章朗声道："已有一旬。"

一旬前是湘军最黑暗的时候，自己正在生死线上挣扎，老营里该走的人已走掉，李鸿章此时出现在建昌地面上，多不简单。曾国藩哦一声，佯装生气道："到建昌旬日，怎么不早些来见？"李鸿章望眼盛康，说："旭人兄不让。"曾国藩以质问口气责备盛康道："少荃远道而来，为何不及时告知于我？"

盛康知道曾国藩故意这么说，笑笑道："大帅现在接见李翰林，也不为迟呀。"曾国藩说："不是迟不迟，是冷落少荃，老夫于心不忍啊。"李鸿章忙道："没冷落，没冷落，旭人兄天天去客栈作陪，咱俩相谈甚欢。"

"这还差不多。"曾国藩瘦脸上的皮肉松了松，"少荃此番前来建昌，是长留还是暂住？"李鸿章道："自然是长留。"曾国藩道："具体有何打算？"李鸿章笑道："具体打算嘛，那是老师的事。"曾国藩道："此话怎讲？"李鸿章道："老师会有用得着学生的地方。"

这是曾国藩最想听到的。湘军受挫，太平军得势，可谓此消彼长，要扭转局面，变被动为主动，急需广纳人才，为我所用。道理简单，事是人做的，尤其是李鸿章如此大才，放在身边，必有大用，岂能轻易放弃？再说湘军惨败三河，却还得朝安徽方向发展，李鸿章又是安徽人，离京回籍转战六七年，对如何谋求安徽，肯定有独到见解。

掂量着李鸿章的特殊价值，曾国藩正要征询其对安徽乃至整个江南战场的看法，家仆进来提醒道："大帅该服药了。"

一语提醒李鸿章，老师身体要紧，已耽误他太多时间，也该告退了。于是站起身，望眼曾国藩身后墙上赣皖两省乾隆内府图，说："学生这就回客栈去，请老师多多保重。有事老师只管吩咐，学生随叫随到。"

曾国藩吃力地抬抬屁股，道："好好好，今天聊到这儿，改日再请少荃长叙。"

盛康送李鸿章出府，道："三河之败以来，这是盛康所见大帅最高兴的一天。"李鸿章叹道："老师也不容易，自组建湘军伊始，就多磨多难，九死一生。这还在其次，上面朝廷猜忌，下面地方牵制，与各地清军也矛盾重重，可谓举步维艰。好不容易夹缝中求生存，渐渐平定两湖，进赣入皖，声势日见壮大，又遭三河惨败，几乎要了他老命。今天乍一看到老师，见他形容枯槁，又苍老，又憔悴，我甚是不忍，差点控制不住哭出声来。"

说到此处，李鸿章喉头一哽，竟至呜咽难语。盛康受到感染，也两眼一红，泪水盈满眼眶。但还是安慰李鸿章道："所幸少荃来到建昌，给了大帅莫大安慰。也相信您能为他排忧解难，尽快助湘军恢复元气，重振雄风，完成剿贼大业。"李鸿章道："但愿老师看得上鸿章，肯留我在身边，为其略效犬马。"盛康道："这还用说吗？大帅对你的到来，比湘军打胜仗还高兴，还能放走你不成？刚才不是家仆打岔，早给你安排具体位置和差事了。"

"这个不急，老师宝体痊愈后，再说位置和差事不迟。"出得大门，李鸿章拦住盛康，不让他再送，"旭人兄请留步，鸿章晓得客栈怎么走。近日你老营客栈两头跑，也够辛苦，转身招呼老师去吧。"盛康道："也行，少荃兄早些回客栈歇息，盛康还有些杂事亟待处理。大帅这里有何消息，我第一时间通知你。”

李鸿章谢过，跳上黄膘马，往城外驰去。盛康望着李鸿章飒飒雄姿消失在街尽头，才返身进入府门。走上没几步，曾家仆人迎过来道：“吾家大人有找，请盛大人过去一下。”

说了半天话，莫非大帅没说累，还要你去陪聊？盛康心里嘀咕着，来到曾国藩内室。曾国藩刚服过药，本该躺下午睡，想起李鸿章寄居客栈过旬，要住要吃要喝，只怕旅费已花得差不多，一下没了睡意，传进盛康，吩咐道：“旭人去账房里支笔银子，给少荃送过去。他是冲我来的，不能让他受窘。”

盛康答应一声，转身要出门，曾国藩又叫住他：“少荃到建昌一待十余天，到底在做些什么？”盛康说：“好像也没做什么，天天规规矩矩窝在客栈里。”曾国藩说：“窝在客栈里睡大觉？早听说他能睡，可整天整晚地睡，也受不了啊。”盛康笑道：“也不只是睡大觉，还带了不少书籍，有空就埋头看书。”

读书人看书，倒也没啥奇怪的。曾国藩点点头，要支走盛康，盛康又冒出一句：“李翰林还在整理随身所带信函。”曾国藩道：“少荃性情开朗，广交天下，与朋友书信往来定然不少。”盛康道：“正是的，李翰林信函就摊在桌上，盛康随便瞄了一眼，不仅有普通亲戚好友的，还有达官贵人的。”曾国藩不经意道：“都是哪些达官贵人？”盛康说：“比如和春和大人之类。”曾国藩道：“和春与少荃在安徽共过事，听说对少荃挺有好感，书信交流，也合情合理。”盛康道：“可能正是此因，和大人才盛邀李翰林赴江南大营任职，条件还挺优越哩。”

“还有这样的事？”曾国藩敏感起来，“和春也在打少荃主意？少荃干吗不到江南大营去呢？”盛康道：“不仅和大人主动邀请李翰林去任职，福济也给和春写推荐信，对李翰林大加赞赏。两人信函都放在一起，盛康都见识过。”

曾国藩合上双眼，没再吱声。和春经营江南大营需要人才，对李鸿章又知根知底，请他去任职，不足为奇。福济算李鸿章半个老师，到任安徽就把他招到身边，彼此还算合得来，离任时推荐给和春，也在情理之中。只是李鸿章干吗要随身带着和福两人信函，还故意摊开给盛康看呢？莫非显示他是只香饽饽，有人竞相争抢，或想通过盛康透露给你曾国藩信号，江南大营是皇上打造的正规军，破金陵，灭长毛，非其莫属，李鸿章放着看得见摸得着的建功立业机会于不顾，跑到湘军老营来，是看得起你，给你大面子，你最好别不识抬举？

想到这里，曾国藩就像吃进苍蝇样，有些不是滋味。你小子这不跟我叫板吗？难道湘军三河之败，给了你跟咱叫板的底气，你便可斜着眼睛，小瞧湘军？也不想想自己混迹安徽多年，没打几场胜仗，与湘军将士相比，简直不可同日而语。没错，三河之败确实是对湘军的莫大打击，可军无常胜，又有啥稀奇的？湘军组建以来，也不是第一回遭受失败和打击，我曾国藩还挺得住，不会轻易倒下。其实正是这一次又一次的失败和打击，才让湘军变得更坚强，更牢固，不断战胜重重困难，从湖南一路打到湖北，打到江西和安徽。也许用不了多久，咱就会带领湘军打到江苏去，攻克金陵，砍下洪贼首级，让你李鸿章大开眼界。

可曾国藩心里明白，李鸿章还不至于如此浅薄，耍这种幼童伎俩，与你较暗劲。要说李鸿章虽不乏心机，却还算爽快，尤其在值得敬重的人面前，有啥就说啥，不会藏着掖着。照理这小子还算信赖你做老师的，从当年踏进曾门学理之始，曾国藩就有这个直觉。不过人总会变，六七年未谋面，时过境迁，他还会不会像先前一样信任你这个老师，实难预料。只是他不再信任你，又为何跑到建昌来，投奔于你门下呢？

思过来，想过去，曾国藩觉得李鸿章不是显摆，也不是跟你叫板，更不存在对你老师信不信任的问题，他一定是还心挂两头，不愿断掉后路，完全放弃投奔和春的想法。毕竟当前来看，江南大营优势明显，上有咸丰和朝廷全力扶持，下有两江总督何桂清倾苏浙赣皖赋税给予支撑，和春以钦差大臣身份任大营统帅，占尽天时地利与人和，已将兵力发展到十余万，兵强马壮，气焰冲天，早胜过向荣时期的江南大营，比起自己这个在籍侍郎所领湘军，更是要强多少有多少。湘军唯一本钱是比江南大营清兵能打仗，可外部环境太恶劣，朝廷猜忌，地方掣肘，粮短饷缺，近又遭三河惨败，朝野上下，一个个都幸灾乐祸，看咱笑话。加上自己大病一场，军事荒怠，湘军日后如何发展，向何处去，一切还不太明朗，李鸿章依然留有一手，不愿把宝全押在你身上，也能理解。可理解归理解，曾国藩感情上还是有些过不去。十多年师生情谊，李鸿章尚且脚踩两只船，人在建昌，心系江南大营，换别人岂不更加离心离德？怪不得此番变故，不少人纷纷走掉，想想真令人心寒。

曾国藩心里翻江倒海，眼睛却一起闭着，仿佛已悄然睡过去，脸上看不出任何表情。一旁的盛康静立许久，见大帅毫无表示，蹑手蹑脚出了门。隔日照曾国藩意思，到账房支走一笔银子，准备给李鸿章送去，转而又想，此时人家急需得到的也许并非银子，来到签押房外，想从曾国藩嘴里讨句话再出城。却没碰到人，估计还在书房读书。来到曾氏书房，没见着主人，家仆说正在内室休息。盛康只好坐在书房里，静静等候。

等上大半个时辰，等到日上三竿，出书房瞧过两遍，内室门一直紧闭着。大帅向来起得早，偏偏今天迟起，确实有些反常。又不便叫家仆催促，何况家仆也不会听你的。

又等了个把时辰，还没动静，盛康意识到，大帅可能故意不肯露面，再等无益，只得走开。出城来到客栈，奉上银子，李鸿章感激不尽，说："湘军内外交困，老师还慷慨相助，真让学生感动。"盛康说："翰林老远赶来，大帅表示点心意，也应该。"

"今天老师状况如何？"李鸿章问道，眼里满怀希冀。盛康知道他关心的不止曾国藩身体，摇头道："来时大帅还在内室休息，没见着他人。"李鸿章也觉奇怪："老师从没睡懒觉习惯，莫非病情又有加重？"盛康道："估计不是身体原因。昨天你走后，大帅又找我聊了几句，精神还好得很。翰林也别急，你的事大帅肯定已有考虑，总会发话的。"

从客栈出来，盛康回到湘军老营，还是见不着曾国藩本人。改日也一样。莫非大帅真的大病复发，卧床不起？问家仆，说大帅身体好多了，已能正常饮食和读书。

直到五天后，才在签押房遇着曾国藩。没等盛康开口，曾国藩先问道："给少荃的银子带到没？"盛康说："早带到了。翰林正等大帅发话，给他安排职位呢。"曾国藩不乐道："不见我大病初愈，一大堆事情堆在这里等着处理，哪有时间考虑少荃职位？"

这话不对呀，事情多，有把好手闲置不用，又是何道理？盛康不明白曾国藩啥意思，又不便多问，怕惹出他火气，只得改天再说。改天曾国藩没给盛康开口提李鸿章名字的机会，先拿别的事把他给支开了。

得不到曾国藩口实，又不好让李鸿章干等，盛康再次跑到客栈，说："不知怎么搞的，大帅好像有意回避你的职位问题，我又不能逼他老人家开口，是不是翰林自己去问问？”

没弄明白老师真实想法前，问又能问得出啥名堂呢？李鸿章拨拨火盆里的炭火，玩笑道：“旭人兄没在老师面前说我坏话吧？”盛康道：“盛康一心盼着早跟翰林共事，一起为消灭长毛出力，哪还会说你坏话？何况大帅比我更了解你，我说你坏话，他也不会听啊。”

“我也估摸着旭人兄不会说我坏话。”李鸿章挠挠脑门，“你不说我坏话，可你与老师在一起时，总会聊到我吧？”盛康说：“这自然，是盛康在你与大帅之间搭的桥嘛。”李鸿章说：“你再想想，是不是论到我时，不经意一句什么话惹恼老师，才迟迟不肯再见我？”

盛康思来想去，也没思想出哪句话惹曾国藩不乐，摇头道：“盛康没说翰林什么啊，要说也是说你好话。”李鸿章道：“言者无意，听者有心，说不定你无意间说句什么，老师听去却别有意味，才改变初衷，把我晾在一旁。”

经李鸿章这么一启发，盛康终于想起一事，说：“那天咱们见过大帅后，他又把我叫去，要我到账房里取笔银子送你，顺便问到你在客栈做些什么，我说你在读书和整理书信。这应该不是说你坏话吧？”李鸿章笑道：“这不是坏话。读书人读书，整理书信，没啥稀奇的。他问没问过，我读什么书，整理谁写的书信？”

盛康认真想想，道：“记起来啦，我还告诉他，见过和春写给翰林的邀请函及福济出具的推荐信。这应该也无大碍呀。”李鸿章沉吟道：“福大人推荐，和大人诚邀，我都没动心，去投江南大营，老师应该感到有面子呀，怎么会产生想法呢？”

盛康也认同这个分析。两人又琢磨半天，还是没得出说得过去的结论。盛康走后，李鸿章把和春与福济两人信函拿出来，反复瞧过几遍，也没觉得有啥不妥之处。夜里躺到床上，两眼圆睁，脑袋里还是两封信函上的字迹，挥之不去，好久都没法入睡。夜风拂窗，冷月如霜，李鸿章扯扯被头，裹紧蜷缩的身子，甚至怀疑此次来投湘军，是不是一个错误，不然早已走进江南大营，得到和大人重用，开始大刀阔斧干事了。

夜里入睡迟，第二天日上中天才醒过来。眼皮沉重，一时没法睁开。和福两人的信函忽又浮现在脑海里。老师是不是觉得我收着两人信函，在给自己留后路，投奔湘军的意愿不够坚定和执着？不用说，老师一定有此质疑，才对我不满，不想理睬我。

李鸿章一下子开了窍，恍然大悟，明白过来。赶紧翻身下床，找出和春与福济两人的信函，拨开火盆里的火灰，扔到红红的火种上。

正好楼下响起脚步声，盛康敲门进来。见火盆里冒着黑烟，盛康咳两声，嚷嚷道："翰林是不是想纵火烧掉客栈呀？"低头一看，是两封书信，上面字迹还有些熟悉。赶紧伸手抓出火盆，几下踩熄，一瞧果然是十天前见过的和春和福济两人书信。盛康不解道："烧掉岂不可惜？这可是和大人与福大人的亲笔墨宝。"

李鸿章也不声言，从盛康手里夺过烧残的信函，重新投入火盆。

回到湘军老营，盛康走进签押房，说起李鸿章烧毁和福两人信函的事，曾国藩严肃的脸上顿时绽开笑意，道："旭人啊，这几天大事小情缠身，忙得老夫晕头转向，要不是你提起少荃，我都快记不得他已到了建昌。他还真耐得住寂寞，在客栈里一待二十天没走，看来是铁了心要跟我这个老师一起干。好好好，他有心，咱也得有意，是不是？这样吧，明天你就请他过来，我得跟他好好叙一叙。"

翌日李鸿章就被盛康请进湘军老营，叩见曾国藩。与前次不同，曾国藩没再摆出公事公办架势，放在签押房接待李鸿章，而改至内室会晤。这是私密场合，曾国藩用意明显，要让李鸿章重新享受在京时享受过的关门弟子待遇。

与头次晤面过去这么多天，曾国藩已基本恢复过来，虽说面颊清癯依旧，气色已好得多，说话中气颇足："少荃啊，为师沉疴在身，自顾不暇，把你一人凉在客栈里，你没想法吧？"李鸿章说："老师大病初愈，百事要忙，学生理解。"曾国藩说："真能理解？"李鸿章道："真能理解。再说学生也知道，老师会收留学生的。"曾国藩说："你就这么有把握？"

李鸿章亮亮嗓门，道："有道是海纳百川，学生虽称不上大川，小溪小河该算得上吧？老师海阔天宽，要掀滔天巨浪，学生这条小溪小河入海后，总可给老师推波助澜。"

江山易改，本性难移，还是这副德性，开口就大言炎炎。曾国藩不出声骂道，心里却很高兴。自己最需要的，不就是李鸿章这样敢言敢作敢当的大才么？曾国藩笑望着眼前学生，道："你既入湘军阵营，欲为我推波助澜，为师自然欢迎。你有啥要求，是想襄办钱粮后勤，还是带兵上阵作战，或是留我身边参赞文事，先说来听听。”

对曾国藩为人处事风格，李鸿章早领教过，知道他开口发问前，心里已先有考虑，做出决定，征求你意见，不过表示客气而已。李鸿章也就没自作聪明提要求，只说道:“老师让干啥，学生就干啥。”曾国藩道:“让你干啥容易，若给你的职务，不是你想干的呢？”李鸿章道:“老师安排的职务，定然是学生想干也干得来的。”

这小子竟然跟咱玩起太极拳来了。曾国藩道:“为师在征求你意见，还没安排你职务，你怎么就知是你想干也干得来的？”李鸿章道:“老师知人善任，比学生更了解学生自己，自然不会把学生放错地方。”曾国藩觉得有意思，道:“你就这么有把握，为师不会把你放错？”

李鸿章朗声道:“这二十余天枯守客栈，学生反复琢磨过，假设我是老师，面对李鸿章这种学生，决不会让他襄办钱粮后勤。”曾国藩道:“这是为何？”李鸿章说:“襄办钱粮后勤，胆要小，心要细，腿要勤，李鸿章这小子恰恰相反，心高气傲，志大才疏，加之足底长着鸡眼，腿脚不灵，肯定襄办不来。”

说得曾国藩哈哈大笑，道:“最有说服力的，还是你足底鸡眼。少荃谦虚，你不是志大才疏，是志大才高。继续往下说，我这里听着呢。”

李鸿章继而道:“鸿章若是老师，也不会让自己这个学生带兵上阵作战。”曾国藩道:“是吗？你转战安徽六七年，虽说胜败参半，毕竟积累不少实战经验，正好派上用场啊。”李鸿章实话实说道:“学生转战安徽，带过淮勇，也领过清兵，可淮勇和清兵不同于湘军，湘军都是各将领亲自招募和训练出来的子弟兵，士兵听哨官的，哨官听营官的，营官听将帅的，湘军营官、哨官和士兵跟咱无任何从属关系，不可能听咱的，没法带着冲锋陷阵。”

这正是李鸿章过人之处，凡事能一眼到底，看出实质之所在。曾国藩暗暗赞赏着眼前学生，嘴上说道:“不办钱粮后勤，也不带兵打仗，你真有这个想法，准备留我身边舞文弄墨？”李鸿章道:“此乃学生意愿，自然也是老师殷切期望。”

曾国藩斜眼望着李鸿章，道:“你堂堂翰林出身，想舞文弄墨，何不回翰林院，重操旧业？那可是直接为天子服务，总比给我这个在籍侍郎当差，有出息得多吧？”李鸿章不慌不忙道：“翰林职责简单，不过整理整理旧典，编辑编辑六部资料，归置归置朝廷和地方档案，说得好听是为历史负责，可与朝政和时务并无直接关系。在老师身边舞文弄墨完全不同，事关剿灭长毛平定天下大局，属当务之急。若能用己所长，为老师办理文案，参谋军事，尽快打开安徽局面，学生心满意足矣。目前湘军老营里，还没谁比学生更了解安徽战场，学生也许能提供他人提供不了的成功经验和失败教训。”

一席话，句句说到了曾国藩心坎上。想不到安徽这几年，李鸿章历经磨砺，饱受苦难，虽说功不成，名不就，却学会反省自己，理解他人，懂得站在高处看待事物，实在难得。试想一个人缺乏反省精神，不懂换位思维，没有审视事物的高度，不知身处何处，看不清前路，又如何行之久远呢？看来饱经磨砺和苦难，比建功立业与加官晋级更加重要啊。曾国藩倍感欣慰，不觉得合上双眼，等着学生继续往下说。

偏偏李鸿章不再吱声，屋里静下来，唯有寒风挤入门缝，窸窸作响。两人就这样默默相对良久，曾国藩才又忍不住问道：“除帮我打开安徽局面，留我身边，就再没别的想法？”

当然还有别的想法。李鸿章转战多年，打过数十仗，只将过兵，没将过将，他要在老师身边长长见识，学会如何执掌帅印，领悟将将高超本领。可这是肚里想法，自然不会出口，道与老师。却没法瞒过曾国藩，他太知李鸿章根底了。这自然不是坏事。让曾国藩感到郁闷的是，湘军阵营里不乏智勇双全的将领，知书达理的文士，精细能干的办差员，却唯独没有像李鸿章这样胸怀丘壑，视界高远，既具文韬，又备武略的大才。幸而李鸿章到了湘军老营，虽非湘人，毕竟是自己学生，只要悉心调教，好好栽培，定能为我所用，成就大功。

师生二人心照不宣，却彼此不肯说破，也不用说破。又过去好一阵，曾国藩才慢慢睁开双眼，笑笑道：“难得少荃有意留在为师身边。明天就搬到老营来，盛康会安排你吃住和具体差事。”李鸿章点头应允。曾国藩又道：“为师自得病以来，足不出户，如今痊愈，真有些想念将士们，准备到各营驻地走走，与他们见见面。回建昌后，咱们再详聊如何？”

“老师下去走走也好，活动活动筋骨，于恢复病体有益。”李鸿章应道，心想老师岂止是想念将士？是想到各处露露面，同时也间接告诉天下人，他老人家还活着，活得还挺硬朗，完全不用担心湘军群龙无首，一蹶不振，从此悄然退出江南战场。

李鸿章文笔了得，舞文弄墨纯属拿手好戏，没两天就完全适应湘军老营文事流程，办起文案和机要来得心应手，轻松自如。人家一天才能完成的差事，他半天工夫就可办结，其余时间读读书，写写字，睡睡懒觉，好不自在。

半个月后，曾国藩乘舆归来。一路劳顿，进老营吃些东西，便早早睡下。醒来天还没亮，下床束装，巡视完营房，再与幕僚围桌而坐，共进早餐。这是惯例，只要身在老营，每天早上曾国藩都会与各位共餐，一边吃一边聊，或朝政，或军务，或时弊，或逸闻，或古圣，或今贤，或诗文，或字画，无所不涉，无所不言，想起啥说啥，没甚定准。

这天早上曾国藩端了碗，扒口饭，正要开聊，忽觉心里头还缺点什么，言兴顿失，没有出声。大帅没开言，其他人不好出风头，只顾低首吃饭，席上气氛显得有些沉闷。

好一阵子，曾国藩才想起来，席间少了一人。这人不是别人，就是李鸿章。曾国藩放下筷子，盯着盛康道："少荃呢，怎么没来吃早饭？"盛康停箸答道："李翰林喜欢夜读，早上起不来，入营半月，从没吃过早饭。"曾国藩道："去把他叫来。"盛康道："只怕叫不起。"曾国藩不乐道："没去叫，怎知叫不起？"

盛康乖乖离席，来到李鸿章住房外，敲着门道："翰林该起床啦。"房里没有动静。盛康加大敲门力量，提高声音道："翰林快起床，吃早饭啦！"里面还是没反应。盛康握紧拳头，重重捶起门来，声震屋宇道："翰林快快起床，大帅叫你去吃早饭！"

李鸿章这才在里面咕哝道："谁呀？还让不让人睡觉啊！"盛康说："我是盛康，大帅叫你起来，去吃早饭。"李鸿章懒懒道："告诉老师，我起不来，早饭免了。"

盛康只得回去禀报曾国藩："李翰林起不来，不想吃早饭。"曾国藩一字一顿道："不想吃，也要叫他起来吃！"盛康只得又跑回去敲门："大帅说，不想吃早饭，也非得去吃不可。"李鸿章夸张地哼哼两声，说："我头疼欲裂，起来也吃不下。"

总不好找把斧头，劈开房门，强行拉李鸿章起来吧？盛康没法，只好又复身餐厅，回报道："李翰林说他头疼得不行，起来也吃不下饭。"曾国藩毫无余地道："你告诉他，他不起来吃饭，咱们大家都不吃，非得他到场后再动筷子。"

盛康再次跑到李鸿章门外，大声叫道："大帅说了，不见翰林不动筷，翰林寅时到，寅时吃，卯时到，卯时吃，反正翰林不到场，谁都不会拿筷端碗。"

被逼无奈，李鸿章只得勉强爬起来，揉着双眼，随盛康走进餐厅。睡意蒙眬来到饭桌旁，只见众人不吃不喝，毕恭毕敬坐在桌边，曾国藩也不吭一声，一动不动盯住面前的饭碗，脸上一点表情都没有。李鸿章一激灵，睡意全消，规规矩矩坐到位置上，初入学堂的幼童般。曾国藩这才重新拿起筷子，开始吃饭。其他人也学样，端碗开吃。李鸿章嘴上干涩，毫无胃口，哪里吃得下去？可没法，也只能装模作样，做出吃饭姿态，强行往嘴里扒着饭粒。

自始至终，曾国藩不置一词，其他人都不敢出言，唯有拘谨的嚼饭声，告示着饭厅里的安静。这是湘军组建以来，曾国藩与幕僚唯一一顿只吃不聊的早饭。

饭吃得差不多，曾国藩放下碗筷，才虎着脸，望向李鸿章，冷冷道："没有规矩，不成方圆。少荃既入我幕，就得像个幕僚的样子，遵守我军作息时间和各项规章制度，该吃得吃，该睡得睡，该做得做，不可随性而来，想干啥就干啥，不想干啥就不干啥。"

李鸿章偷偷瞧眼曾国藩，见他面带愠色，目含凶光，好不吓人。平时曾国藩总是宽容大度，温文尔雅，如仁慈父兄，想不到也有凶巴巴生气之时。也许正是平常不温不火，平易近人，偶尔变脸生气，才具有如此大的威慑力，让李鸿章不寒而栗。旧话说慈不带兵，曾国藩带的是将，才慈威相济，宽严并用，不然也不可能将湘军打造成现在这个模样。

领教过曾国藩威严的一面，李鸿章对老师又多了份敬畏和景仰。

曾国藩走后，幕僚们才纷纷离桌。李鸿章最后一个起身，见盛康没走远，追过去道："想不到老师如此威严，以前他也给你们使过脸色吗？"盛康笑道："自然也使过，但没像今早这么吓人。再说咱们都很听话，大帅说啥就啥，哪像你李翰林，吃个早餐，还得大帅亲自安排人上门躬请。一次两次还请不动，非得三请四请才给面子。"

李鸿章嬉皮笑脸道:“鸿章也没想到，你们这么给面子。”盛康笑道:“没办法啊，你没上桌，大帅吃不下，咽不进，其他人也只好跟着空肚干等，好像你是皇上似的。”李鸿章乐道:“一不小心，鸿章就享受了一回皇上待遇。”

从此李鸿章再不敢睡懒觉,每天坚持早起,来赶早饭。渐渐成为习惯,夜里就是睡得再迟，到点都会自动醒来，翻身下床，洗漱完毕，从容走进餐厅。曾国藩看在眼里，还算满意，说道:“咱们湘乡有句老话，叫早起三朝是个工。人生苦短，若每天坚持早起，三天就多出一个工，一辈子该多做多少事情?某种意义上说，也算是延年益寿啊。”

众人停饭附和，唯李鸿章埋头吃喝，没有理会。话本是说给他听的,见他没啥反应，曾国藩就指名道姓道:“少荃觉得呢?”李鸿章赶紧咽下嘴里饭菜，说:“老师言之有理，早起三朝是个工，腾出的时间确实可做不少事。问题是少荃办事效率高，不用早起，一天事情半天做完，这下每天又多出一早无事可做，叫我如何打发时光?”

说得曾国藩朗声而笑，道:“有时间还不好打发?可以舞舞剑，打打拳,上上操。都说你武术底子还不错,荒废了多可惜?还可抓紧读经学史,作诗著文,或练习练习书法。坚持下来,长此以往,何愁成不了可造之才?”

读书作文是李鸿章爱好，这阵子用多出的时间埋头书本，收获还真不少。经老师提示，又加进武术和书法内容，每天过得挺充实。还弄了个作息时刻表,早上起来,先舞剑热身,再研经学史,白天完成职分任务后,则铺开宣纸，练习书圣王羲之行书。曾国藩书法严谨厚重，李鸿章也不时临上几页，觉得颇有心得。

闻知老师精编成《经史百家杂钞》二十六卷，又主动请缨，提出帮忙刊校。该书选辑远古至近清经、史、子、集精华文献七百多篇，大胆突破前人只重义理词章和考据之旧制，加入经济商贸内容。比如关涉国计民生的诏谕、奏疏、弹章、对策等，虽文词质朴，算不上传统意义上的美文，却富于真知灼见，有助经邦济世，故被选入书中。正因《经史百家杂钞》内容独特，研读刊校过程，李鸿章受益匪浅，也乐在其中。

只是晨起太早，白天容易困倦，差办和读书效率难免受些影响。曾国藩又开导李鸿章:“天行有常，阴阳互动，时间因之循环往复，子时阴盛转衰，阳气渐升；午时阳极转阴，阴气渐生。人之精神随阴阳生发消长，子午二时最需静卧，生发气血，若能睡好子午觉，定然大有裨益。”李鸿章问：“老师意思，子午二时都得睡觉？”曾国藩说：“夜里子时大睡，白天午时小睡，可涵养精气，有益健康。”

李鸿章照此调整作息安排，每天夜里子时前一定上床歇息，白天再忙午时也得抽空睡上一小会儿。睡得好，睡得是时候，自然精神饱满，思维清晰，办事读书效率高得多。

说到做到，还能持之以恒，坚持不懈，是成大器的品格。曾国藩欣赏李鸿章的恒心，对他又多了份喜爱。师生彼此越走越近，军务配合默契，生活相互关照，可谓相得益彰。有事没事，曾国藩总把李鸿章叫到身边，与他谈天论地，说古道今，抨击时弊，臧否人物。

这天办完手头要务，曾国藩闲下来，一时不知做啥好。拿起书本，却看不进去，老是走神。干脆起身，步出签押房，来到西花厅。西花厅不小，空荡荡的，莫名地让曾国藩失落起来。从前可不是这样，厅里总是人进人出，好不热闹，自湘军三河惨败，自己大病后，才变得门前冷落鞍马稀，竟然有点繁华落尽曲终人散的味道。

正值郁闷，盛康进来问事。曾国藩敷衍两句，问道：“少荃在忙些啥？”盛康说：“刚才盛康到他屋里说事，他正在埋头写信。”曾国藩说：“写信？给谁写信？”盛康说：“好像给陈鼐、丁日昌还有孙云锦写信。”曾国藩如数家珍道：“陈鼐是少荃同年，两人一起在翰林院共过事，少荃南下后，彼此一直书信往来。丁日昌是广东人，现为江西万安知县，曾与少荃五弟凤章有过生意接洽，估计是凤章牵线，让少荃与丁日昌结识的。孙云锦乃桐城人，也颇有学养，书从米芾和董其昌，造诣尤深，少荃书法了得，彼此自会有交往。”盛康笑道：“大帅肚里有本人才大全。”曾国藩说：“得人才者得天下，身边没人才，谁给你办差？”盛康点头道：“家有梧桐树，引得凤凰栖。大帅这棵梧桐树枝繁叶茂，各地凤凰才纷纷来栖。”

“这棵梧桐树根基还不够深，差点被大风连根拔起，凤凰才飞走了不少。”曾国藩叹道，“少荃写信给这三人，会说些啥呢？”盛康道：“盛康没细问，想必在向陈鼐他们通报入幕以来的长进吧。”曾国藩说：“你觉得少荃入幕以来有些长进吗？”盛康道：“李翰林悟性本来就高，又经大帅悉心调教，想不长进都难啊。”曾国藩笑道：“看看旭人，也学会了溜须拍马。凭少荃天分，哪用悉心调教？只需稍加点拨，就一通百通。把他叫来，我有话说。”

盛康出去没多久，李鸿章进来说：“老师找我？”曾国藩让他坐到身边，说：“少荃已入幕多长时间？”李鸿章答道：“刚好两个月。”曾国藩道：“好快啊，一晃就是两个月。你对湘军老营感觉如何？”李鸿章道：“感觉尚可，只是没想象中那般势焰冲天。”

莫非湘军势焰冲天过？曾国藩苦笑道：“七千铁血子弟兵覆没三河，差点要了为师老命，湘军还能起死回生，维持到现在，我已知足，哪还敢奢望势焰冲天？”李鸿章道：“困窘是暂时的，有老师和文僚武将共同努力，湘军定会走出低谷，重振雄风。”

话说说容易，做起来难。曾国藩不是叫李鸿章来说大话的，转移话题道：“听旭人说，你在给陈鼐几位写信？”李鸿章道：“正是的，向他们告知，鸿章已入湘军老营应差。”曾国藩说：“仅此而已？”李鸿章坦言道：“学生见老师身边人气不足，就是有些人才，也多为湘人，想邀几个外籍人，同来入幕，共襄大事。”

曾国藩莞尔而笑，道：“湘军湘军，湘军老营里多几个湘籍人，也不奇怪呀。”李鸿章道：“老师言之有理。可学生说过，老师海纳百川。仅湖南三湘四水还算不上百川，得将眼界放得更宽泛些才是。”曾国藩道：“旭人来自江苏，就不是湘人。你是怕湘人多，自己受排挤？”李鸿章笑道：“有老师庇护，谁敢排挤学生？我是觉得湘军在湖南作战，顺风顺水，胜多败少，出省后屡屡受挫，总有原因。”曾国藩问：“原因何在？”李鸿章道：“原因是多方面的，其中一个原因至关重要。”曾国藩忙道：“少荃说具体点，为师洗耳恭听。”

李鸿章也不客气，头头是道起来：“身为湘籍人士，老师领着湘军在家门口作战，占尽天时地利人和，打胜仗顺理成章。一旦出省，人地生疏，难免出错，费力不讨好。”曾国藩道：“长毛也是出省作战，为何能打胜仗？”李鸿章道：“长毛先入鄂赣皖苏，又来来回回征战不歇，对地形地貌和风土人情早烂熟于心，自然能占上风。”

此言多少有些道理，不容否认。李鸿章正要往下说，曾国藩忽笑道：“少荃是皖人，转战皖省多年，为何胜少败多？”李鸿章也不介意，坦然道：“皖省这些年学生不是主帅，无职无权无兵，都是跟人家屁股后跑，想打胜仗也心有余而力不足啊。”曾国藩道:“你就没有任何责任?”李鸿章说:“确实有责任,经验不足,缺乏章法,才博得翰林变绿林美誉。”

这就是李鸿章过人之处,敢坦承败绩,不文过饰非。这不但不会让曾国藩轻视,相反更看重他,也就放下身段问道:“少荃再说说,湘军怎样才能扭转局面?”李鸿章道:“延揽各地人才,尤其是赣皖苏浙人才,以弥补湘人之不足。”曾国藩点头道:“故你给陈鼐诸位写信,替我邀他们来入幕。”李鸿章道:“学生尝试尝试,不知他们买不买账。”

“你能来建昌,已做出表率,再写信诚邀,英雄们肯定会响应。”曾国藩道,“想起湘军兴旺时,趋炎附势者甚众,谁知三河一败,老夫病倒,得过我不少好处的势利小人一个个抽身而去,真让人心寒啊。”李鸿章道:“趋利避害,乃人之天性,也不能完全怪人家势利。”曾国藩道:“不怪人家,还怪我曾国藩不成?”

李鸿章直言不讳道:“怪老师您也没怪错啊。”曾国藩道:“为师倒想听听,你怎么个怪法。”李鸿章单刀直入道:“刚才说人皆有趋利避害天性,人家投奔湘军阵营,无非冲着功名利禄而来。七千子弟兵战死三河,大帅一病不起,湘军落于低潮,能否重新崛起,是个未知数,谁敢死守湘军老营,耽误美好前程,甚至断送自己生命?”

曾国藩眯着三角眼,盯住李鸿章,没有出声。李鸿章继续道:“学生还听说,从湘军老营出走的人,部分去了翁同书门下与和春江南大营,大部分则投入湖北巡抚衙门。老师想没想过个中原因?”曾国藩道:“翁同书与和春两人自不必说,背景深,路子广,就是润芝兄也掌管着湖北军政大权,又有湖广总督官文背后支撑,日子比我好过得多。”

润芝是湖北巡抚胡林翼的字,湖南益阳人,系仅次于曾国藩的湘军二号人物。李鸿章道:“老师所言不假,然只是眼睛能看得到的一面,还有看不到的一面。”曾国藩道:“少荃说说看不到的一面。”李鸿章道:“胡帅善于笼络人心,每次打完仗,就拉着官文,及时向朝廷奏报,极力给从战人员邀功请赏,将士们也就死心塌地,愿为他卖命,天下人才眼见跟他干有盼头,自然纷纷跑到湖北去投奔他。”

论及胡林翼对人才的提携,确实比曾国藩有力度得多。胡曾两人年龄相仿,同为湘人,又在翰林院共过事,相交甚深,情谊甚厚。太平军兴,曾国藩奉旨募勇，组建湘军，胡林翼则崛起于贵州，以道员身份率黔勇东下，投入湘军，两人真诚合作，相互扶持，取得两湖战场一个个重大胜利。战功显赫，又有曾国藩玉成，胡林翼事业有成，官运亨通，连升多级。至岳州攻克，武昌光复，咸丰想让曾国藩署理湖北巡抚，圣旨都已下达，又听信祁寯藻谰言，收回成命，改任他人，后转授胡林翼，两人级别已经持平。这对曾国藩确实不公，于湘军却不是坏事。胡林翼善于打仗，也很会做官理政，湖北军政被他治理得有模有样，得以给湘军提供源源不断的饷银粮草和文武人才，帮曾国藩度过一次次难关。一时间胡林翼声名远播，人称南天柱石，更让曾国藩刮目相看，曾当他面说，兄才胜我十倍。其实胡林翼之才不仅仅是其个人才能，更体现在善于发现人才和使用人才上面。他在抚衙辟了间宝善堂，专事天下之才，将人才当宝贝，给予善待和优抚。人才管理也颇有一套，用胡林翼自己话说，叫责人以公，养人以私。私字意思明白，就是让人得好处，满足私欲，从而达到以私报公之目的。

胡林翼笼络人才之手段，曾国藩自然清楚，李鸿章没必要拐弯子，直截了当道："老师以立德立功立言为准则，高举正义大旗，为国征战，实属难能可贵。可要求将士们跟您老人家一样，胸怀君国，不怕死，不要钱，不捞好处，就有些不太现实。世多凡夫俗子，有几人能达到老师如此高境界？将士们投奔湘军阵营，没有私心是假，冲着名利二字而来才是真，说白了就是等着升官发财。一旦升不了官，发不了财，掉头离去，也就毫不奇怪。"

文官不贪钱，武官不怕死，这是儒家传统，曾国藩作为一军之帅，一向以此为准则，从严要求自己。李鸿章说得他伤感起来，道："莫非老夫提倡不怕死，不要钱，为正义和国家出战，也有错不成？"李鸿章道："老师没有错，将士们也没有错。"曾国藩道："都不错，岂不没了是非标准？"李鸿章道："老师要的是是非标准，还是打败长毛，治国平天下？"

问得曾国藩不爽起来，道："少荃不是把为师当罪犯审吧？"李鸿章笑道："从来唯有上司审下属，没有下属审上司，学生哪敢审老师？学生意思是，老师不必拘泥于是非标准，应该多考虑部下欲求，养人以私，以众人之私欲，成全个人之公德。"

以众人之私欲，成全个人之公德！曾国藩反复咀嚼着这几个字，深以为然道："看来润芝兄做得确实比我好，以后得多向他学着点。"李鸿章直言道："目前老师还没法学胡帅。"曾国藩不解道："这又是为何？"李鸿章道："胡帅父亲胡达源胡老先生曾为皇上近臣，朝中背景深厚，身边又有满督官文合作，想保举谁，一保一个准。老师根底浅，皇上又害怕湘军强大，时常堤防，地方督抚嫉妒眼红，不愿附和，加之老师身边大官小员，不是同乡好友，就是亲戚故旧，也得有所回避，不是想保举谁，就保举得了的。"

还是学生懂老师啊！曾国藩感激李鸿章的理解，说："照少荃这么说，湘军棋局死在这里，盘不活了咯？"李鸿章道："只要有机会，盘活棋局也许不难。"

没待李鸿章说完，盛康进来，递上六百里加急圣谕。曾国藩接住，没瞧上几眼，脸就拉得老长，难看得不得了。李鸿章试探道："皇上是不是催促老师，赶快援兵浙江？"

曾国藩望眼李鸿章，说："你怎么知道？"李鸿章道："去年老师守制在家，皇上夺情出山，不就是要您带兵入浙，抗击李秀成么？老师到达江西后，李秀成也离浙西进，赣皖吃紧，皇上没再催促，您才留赣未动。三河战败，围攻安庆的湘军撤走，李秀成又东图苏浙，皇上再次想起您来，自然不会让您赋闲建昌，安享清福。"

看来什么都瞒不住这个李少荃。曾国藩颔首道："少荃分析得在理。那你说说，我是滞留江西，还是入援浙江？"李鸿章道："坚决不能入浙。"曾国藩道："为什么？"李鸿章道："老师想过没有，皇上为啥要你入援浙江？"

曾国藩实话道："圣谕明令，让我先率师入浙，再从东南方向进攻金陵。"李鸿章快言快语道："此乃借口也。皇上真实意图是让老师牵制苏浙长毛，解除江南大营后顾之忧，好让和春全力攻克金陵。这恐怕是老师最不乐意看到的吧？"曾国藩喝道："胡说八道！和大人能攻破金陵，乃国家之大幸，为师为何不乐意？"

李鸿章狡黠地笑笑，道："学生胡说，学生胡说。老师高风亮节，学生是以小人之心度君子之腹。"曾国藩道："谁小人，谁君子，不重要。重要的是湘军不东进入浙，皇上那里怎么交待？"李鸿章道："下好两步棋。一步给皇上上折，言明南线进攻金陵，胜算不大，只能收复安徽，借长江浩荡水势，顺江而下，直逼金陵，才能最后战胜长毛。”

这不正是曾国藩所思所想么？师生俩可谓不谋而合。曾国藩又问道：“另一步棋呢？”李鸿章道：“另一步就是打两个漂亮仗，先平江西，再围安庆，继复庐州，待安徽在握，长江可控，攻克金陵也就指日可待，到时皇上自然不会再逼湘军东援浙江。”

曾国藩暗暗激动起来，道：“怎么平江西，围安庆，复庐州？”李鸿章道：“老师稍候片刻，学生拿样东西给您瞧瞧。”

没等曾国藩发话，李鸿章站起身，蹬蹬蹬朝门口走去。望着李鸿章高大背影消失在门外，曾国藩心下感慨，李文安自己资质平平，成就不大，却养出这么一个绝顶聪明的儿子，莫不是李家老坟冒了青烟？若纪泽也有少荃这般天分，自己死可瞑目矣。

纪泽乃曾国藩长子，今年二十。从小聪慧机敏，勤奋好学，书读得扎实，为人处世也深得父亲真传，属可造之才。但比之志存高远才华卓绝的李鸿章，还是略显逊色。得让纪泽多跟自己这个学生学学，日后或许会有造化，成就一番功业。

正在曾国藩暗将长子与李鸿章比较之际，李鸿章返身回来，手上多了一卷纸筒。曾国藩颇觉奇怪，问道：“啥玩意儿？是字还是画？”

“不是字，也不是画。学生也知道，此时老师无心欣赏字画。”李鸿章卖个关子，将纸筒放到桌上，解下系绳，慢慢发开来。曾国藩凑过去，见是安徽全图，并不觉得稀奇，道：“我也有安徽全图，就挂在签押房里。”李鸿章道：“老师那幅安徽全图为乾隆内府图，学生这幅是请人依据五弟凤章所购各地府县图特制的，内容有所不同。”

闻言曾国藩忙拿出老花镜戴好，伏到图上，细细查阅起来。果然比乾隆内府图精确详尽得多，忍不住嘴上赞叹道：“好好好，这图好，很实用。”

移开安徽全图，还有赣苏浙三省全图，同样精细周详。再下面是皖赣苏浙四省分府图。曾国藩三角眼睁得铜铃大，道：“了不起，了不起，分府图更加细致精准，山山岭岭，河河溪溪，村村寨寨，道道桥桥，尽在眼底，拿着这样的图谋局布阵，调兵遣将，还怕不打胜仗？”

说罢又拿来乾隆内府图，与四省全图及分府图比对。不比不知道，一比吓一跳，乾隆内府图简单粗略不说，还有许多谬误，好些地方与实际根本不符。怪不得湘军入赣进皖后，付出一次又一次惨重代价，原来是被乾隆内府图害的。

感叹着，庐州府映入眼帘。想起曾国华命丧地三河镇隶属庐州府，曾国藩脑袋低得更深，找到状似葫芦的三河镇，手在上面轻轻抚着，眼睛一下子湿润了，哀声叹道："早有这份分府图，续宾和六弟又何至于酿下大错，惨死于长毛之手？"

李鸿章也唏嘘数声，劝老师节哀顺变。曾国藩抬起头，忍住悲泪不往下流，伸手握住李鸿章，道："少荃做了件大事，为师感谢你！"李鸿章道："不用谢，老师用得着就好。"曾国藩道："是啊，一个谢字，不足以表达为师对你的感激之情。现在好啦，有了四省全图和分府图，咱就可做明白人，尽快收复四省，打到金陵去。"

李鸿章抽出江西全图，指着吉安道："收复四省得有一个过程，目前最要紧的是打下吉安，振作士气，提升军威，然后移师北上，收复景德镇，直逼皖省。"

曾国藩叫声好，伸出手掌，在吉安俩字上重重一拍，"就按少荃说的办。"

八、明里换防暗抗旨

得到四省全图和分府图，曾国藩欣喜之余，没忘物色绘图高手，依样画葫芦，影绘十余份，自留两份在手头，其余分送各营主将，以备征战之用。正在围攻吉安的曾国荃得到新绘舆图后，如获至宝，依据图示，重新部署战略，展开全面攻势。

李鸿章也没闲着，代曾国藩草拟奏折，向皇上言明西线进攻金陵的理由，恳请暂缓入浙。同时给年前入值南书房的同年郭嵩焘去信，陈述湘军平赣入皖计划，请其游说协办大学士军机大臣肃顺，争取支持，关键时刻在皇上面前说几句好话。

奏折送达北京，咸丰见湘军仍逗留江西，迟迟不入浙境，大发雷霆，叫嚷着要取下曾国藩脖子上脑袋，以解心头之恨。江北大营溃败后，要破太平军，只能指望江南大营和湘军两股力量，咸丰不可能真要曾国藩老命，发完火后，问肃顺意见如何。

郭嵩焘看过李鸿章信后，已与肃顺沟通过，肃顺非常认可曾国藩设想，这下咸丰发问，也就极言西线进攻金陵的优势。事实也是，赣皖连接两湖，稳定赣皖后，整个西线都掌握在朝廷和湘军手里，再步步为营，图谋苏浙，最后把洪秀全捂死在金陵城里。否则丢下赣皖，深入浙江，后方空虚，不仅无补于大局，还会处处受太平军制约，被动挨打。

这层道理咸丰又何尝不懂？他就是不想看着曾国藩得势，有意调开湘军主力，到浙江去策应江南大营，牵制李秀成，好让这支自己苦心打造的嫡系部队尽快攻占金陵，以免首功落入湘军之手。可这话只能埋在肚里，不好与人明言，包括肃顺。

正在咸丰纠结不已之际，南方传来消息，曾国荃已成功收复吉安。曾国藩趁势命令彭玉麟领水师，鲍超率陆军，多隆阿带绿营，分头向安庆方向集结。安庆危急，金陵必然难保，洪秀全大惊失色，命李秀成率部离浙入皖，回援安庆。咸丰这才无话可说，下旨赏给曾国荃四品衔，同意曾国藩西线进攻计划，命他起营入驻抚州，早日收复景德镇和安庆。同时降旨和春，嘱他趁湘军围攻安庆之际，速速攻克金陵，拿下头功。

吉安得胜，皇上又明确同意西线进攻计划，曾国藩大喜过望，表扬李鸿章道："少荃是我吉星啊，贡献四省全图和分府图，沅甫（曾国荃）依图重新布局，取得吉安大胜。又代拟奏折，说服皇上改变初衷，恩准咱们进攻方案，日后收复金陵，才有坚实基础。"

李鸿章几分得意，却不敢形诸于色，不无谦虚道："都是老师运筹帷幄，决胜千里，学生不过一旁打打边鼓，无足挂齿。"

懂得自谦，也是长进。曾国藩为李鸿章高兴，叫来大儿子曾纪泽，道："劼刚啊，这是你少荃哥，为父的学生和高参，无论读书做文章，还是待人接物和处世谋事，都非常优异，你要多向他学着点，日后也好有所长进。"

曾纪泽生于道光十九年（1839），劼刚是他的字。李鸿章肚里嘀咕，老师只大我12岁，彼此以师徒相称，名义上算两辈人，自己大曾纪泽16岁，却成为同辈兄弟，好像有些说不太通。当然曾纪泽是老师儿子，自己系老师学生，也只能以兄弟相称，不然乱了辈分。

听父亲如此赞扬李鸿章，曾纪泽对这个高大英俊的大哥哥顿生敬慕，双手作揖，请他多多指教。李鸿章也喜欢彬彬有礼的曾纪泽，自此两人经常一起说古道今，品诗论文，很是投缘。曾纪泽特别喜欢李鸿章书法，觉得超拔洒脱，流利通透，得书圣王羲之之神韵，又兼父亲大人书法之厚重遒劲，深沉圆融，虚下心来，向他讨教习字要领。李鸿章也不客气，笑道："要说习字，也没啥要领，主要掌握好两个字就行。"曾纪泽忙问道："哪两个字？"李鸿章道："一个收字，一个放字。"

曾纪泽正要往下追问，盛康推门而入，道："翰林看看谁来啦？"李鸿章还没反应过来，曾纪泽喊了声九叔，一个精壮男人出现在门口，说声劼刚也在，走向李鸿章，道："不用说，这就是大名鼎鼎的李翰林。"

来人不是别人，是曾国荃。在曾氏堂兄弟里，曾国荃排行老九，曾国藩叫九弟，军中尊称九帅。曾国荃贡生出身，也曾饱读诗书，初见有几分文气，再观其粗重举止，及狂傲的嘴角，尖锐的目光，更多还是匪气和俗气。都说一娘生九子，九子不一样，曾氏兄弟同母所出，气质和风度却完全不同，相隔云泥。李鸿章边打量曾国荃，边笑道："九帅名头更响亮，从湖南打到湖北，从湖北打到江西，一路战无不胜，攻无不克，好不威风！尤其吉安之胜，不仅重振处于低谷的湘军士气，也让朝野看到了消灭长毛光复江南之希望所在。"

也是曾国荃爱听漂亮话，李鸿章这高帽一送，逗得他开心无比，道："国荃能攻下吉安，翰林先生也功不可没啊。"李鸿章道："鸿章远在建昌，鞭长莫及，岂敢贪九帅大功？"曾国荃道："大哥所送四省全图和分府图，不是翰林先生提供的样本么？没有这份图，吉安一仗不可能顺利取胜，只怕现在吉字营士兵还在与长毛鏖战呢。"

正在相互恭维，曾国藩派亲兵来请曾国荃和李鸿章去议事。两人走进签押房，亲兵倒好茶水，轻轻关门出去。曾国藩看着两位道："把沅甫从吉安叫过来，就是要你俩相认，已见过了吧？"两人点点头，相顾而笑。曾国藩又道："沅甫是吾九弟，少荃是吾学生，可谓吾左膀右臂也。因此你俩要团结一心，真诚合作，有啥事多担当点，为我排忧解难。"

将同胞弟弟和你异姓学生相提并论，说明曾国藩不把你当外人，你在他心目中分量足够。李鸿章心下感激，赶紧表态道："老师如此看得起学生，是学生莫大荣幸，今后有用得着学生的地方，一定赴汤蹈火，在所不辞。"

曾国藩颔首赞扬两句，转向曾国荃道："吉安已克，下步目标在哪里？"曾国荃道："下步目标就是景德镇。"曾国藩道："确实到了该瞄准景德镇的时候。有何具体设想？"曾国荃道："九弟已有规划，先补充兵源，更新装备，再开赴景德镇。景德镇克复，立即北上，协同彭玉麟水师和鲍超、多隆阿陆军，围攻安庆。"

对曾国荃这个九弟，曾国藩可比谁都更了解，知他格外好大喜功。说常人好大喜功，自是贬义，用在出生入死的将领身上则不尽然。一军之将不好大，不喜功，文弱书生样，淡泊明志，宁静致远，又哪来动力挥师上阵，杀敌如麻？正因曾国荃好大喜功，才置生死于度外，敢打硬仗恶仗。尤其攻打大城市，谁都别想拦住他。原因不外乎两点：一者身为主帅亲弟，为大哥卖命，义不容辞；二者城里财富集中，美女如云，打了胜仗，可与将士们一起抢钱抢女人。曾国藩老拿六个字训令众将：不怕死，不爱钱。可到了战场上，将士们该打胜仗还打胜仗，该抢钱抢女人只顾放手抢。试想湘军非朝廷制军，无正规粮饷来源，欠饷相当严重，照样能攻能战，就是打仗有财可夺，有色可掠，不然早已哗变四散，不知所踪。其实从古至今，提着脑袋冲锋陷阵，攻城略地，几人不是奔着金钱和女人去的？不然谁会拿小命不当命，迎着炮火往前冲？成吉思汗开疆拓土，南征北战，把仗打到了欧洲，唯一目的就是抢钱抢女人，才弄得全世界到处是他后代，据说至今已有近十万人，算来是湘军当前规模的两倍。说白了，不怕死与不爱钱不爱女人根本没法扯到一起去，不信让那些不贪财不爱女人的道德君子带兵打仗，看他怕不怕死。曾国藩深知此理，却还要高喊不怕死，不爱钱，无非哄哄朝廷，骗骗百姓，并非真要照此执行，事实也从没哪个傻瓜当回事过。

除爱钱爱女人，曾国荃还有一个弱项，就是勇气有余，谋略不足。曾国藩这才把他叫到建昌来，先与李鸿章接触，增进两人友情，以后好联手合作。景德镇不是吉安，光凭曾国荃那两下子，取胜把握不太大。曾国荃现为四品虚衔，若景德镇取胜，某个道员实缺之类，下步收复安庆，就可做上按察使甚至布政使。到得这个份上，升巡抚，提总督，就不再是奢望。督抚属封疆大吏，当然不是谁想做就有做的，曾国藩统领湘军，从湖南一路打到湖北和江西，还是在籍侍郎，连巡抚都没弄到，更遑论曾国荃。不过只要太平军存在，就有仗可打，有仗可打，就有晋级上升空间，关键在于如何把握时机。

正是基于这种考虑，曾国藩才格外看重景德镇之战，希望李鸿章能助一臂之力，成全曾国荃。问题是李鸿章已有三品按察使衔，比曾国荃高一个品秩，让三品给四品做副将，别说不甘人下的李鸿章，换了别人也不会乐意，曾国藩还真开不了这个口。开不了口，别急于表露心迹，到抚州后再说服李鸿章也不迟。曾国藩也就避实就虚，只是抛出景德镇作战设想，要曾国荃向李鸿章讨教，凡事多动脑筋，不打无准备之仗。

三人聊得正投机，曾纪泽轻手轻脚走进来，望望父亲和九叔，再盯住李鸿章，欲言又止的样子。曾国藩问：“纪泽有事吗？”曾纪泽道：“也没啥事，刚才翰林哥哥正教我书法之道，说到全在收放二字，被九叔打断，我心里痒痒，想让翰林哥哥解释解释收放两字要义。”

儿子如此谦逊好学，曾国藩心喜不已，笑道：“少荃字写得好，肯定自有心得，说来听听，让我与沅甫也开开眼界。”李鸿章道：“老师和九帅书法功底深厚，高超卓绝，颇具大家风范，鸿章岂敢班门弄斧？”曾国荃道：“字写得好，就摆架子，少荃兄是不是有些不厚道？”曾国藩又道：“纪泽有求，少荃别小气，就说说你的收放之道，咱们一起探讨探讨。”

“收放二字是我瞎琢磨出来的，没啥高深之处。”李鸿章笑道，“鸿章体会，汉字有三个特征：象形，表声，含义。尤其是象形，为造字根本。象何形？自然是人形，兽形，天形，地形，乃至山川河流，风花雪月，万事万物，皆可形诸于字。人与物皆有形状，有姿容，有态势，象形而成之字，自然也具状貌风度，用平常形容人的话叫站有站相，坐有坐相，躺有躺相。想要字形字象好看，不能胡来，得有讲究。我总结成两个字：一是收，一是放。”

归纳得真好啊！曾国藩暗叹道。曾纪泽更是迫不及待，忙问道：“如何收，如何放？”李鸿章说：“归结起来就是三句话：上收下放，左收右放，内收外放。”

三人细细琢磨，觉得确是这么回事，三收三放做到了位，字想写不好都难。就要李鸿章现场演示演示。李鸿章正要推辞，曾纪泽已开始研墨，曾国荃则拿过纸笔，逼其就范。曾国藩也一旁笑道：“少荃嘴上说得好，手上写得肯定更好，就让沅甫和纪泽现学你几招吧。”

也是无法拒绝，李鸿章只得提起笔，凝凝神思，顺手写下四句唐诗：汉国山河在，秦陵草木深，暮云千里色，无处不伤心。

字没得说，正如李鸿章自己所言，收放自如，开合得体，笔力饱满且坚毅。诗出晚唐诗人荆叔《题慈恩塔》，苍凉悲观，充满末世情绪，饱读诗书的曾国藩自然知其来历。泱泱华夏乃诗之大国，好诗汗牛充栋，李鸿章干吗不写些别的，偏偏要书这四句让人悲痛的唐诗？是有心为之，还是信手拈来，系不经意之举？曾国藩心往下一沉，暗想荆叔所处晚唐，建国已历两百年，繁华落尽，一蹶不振，终至日沉西山。眼下大清建国也过两百年，正值外忧内患，山河破碎，败象频现，也不知残局还能维持多久。

曾国藩木然望着李鸿章墨迹，半日无语。屋里一下子沉寂下来，让人倍感压抑。还是曾纪泽打破沉默，说如何如何喜欢李字，嚷着要拿去临摹研习。

又聊会儿书法，时近午夜，各自散去。两天后曾国荃告别大哥和李鸿章，策马回到吉安，部署攻打景德镇战略。曾国藩则尽起建昌水陆大军，浩浩荡荡，向抚州进发。一路琢磨如何动员李鸿章，到吉字营做曾国荃副将，攻取景德镇。理由想了一大堆，似乎没一条足以说服对方。别说李鸿章，就是曾国藩自己也没法说服自己。让四品做主将，三品做副将，好像从无先例，至少曾国藩还没做过这种事。

到达抚州，扎下营帐，还没想出说服李鸿章理由。正在不得要领之际，亲兵送上一封书信，乃左宗棠所寄。左宗棠系湖南湘阴人，字季高，自号今亮。今亮就是今日诸葛亮之意。自称诸葛亮，足见左氏狂傲劲有多大。不过狂人自有狂人本钱。左宗棠道光中举后，三次赴京会试，皆名落孙山，愤懑之余，精心研习军事地理，颇有心得。后入幕湖南抚衙，襄理军政事务，很有手段，一时名声在外，说是天下不可一日无湖南，湖南不可一日无左宗棠。曾左都在岳麓书院读过书，又系涟滨书院同窗，其他人无法忍受左宗棠的傲气，唯独曾国藩惜才，还算把这个小自己一岁的狂人当回事。倒是左宗棠不怎么瞧得起曾国藩，觉得他资质平庸，才德普通。想当年左宗棠已轻松考上举人，曾国藩却数考秀才不中。谁知迈过秀才之坎后，曾国藩一下子开窍，一通百通，举人、进士、庶吉士连考连捷，一路通畅挺进翰林院，儒名大作。之后更是官运亨通，十年九级跳，成为五部侍郎。相反左宗棠却止步举人，处处受挫，让他实在想不通。想不通归想不通，左宗棠毕竟豪爽，曾国藩回籍组建湘军，战长沙，攻岳州，克武昌，该出手帮忙，还得出手帮忙。曾国藩觉得左宗棠身怀大才，可为我所用，常对他施以援手。两人一直书信不断，畅谈国是，针砭时弊，大有惺惺相惜意味。

这天拿到左宗棠书信，曾国藩迫不及待打开，认真阅读起来。没读上几行，嘴角就开始慢慢往下撇，心里说季高啊季高，你真是异想天开，出此馊主意。原来左宗棠觉得安徽局势复杂，太平军横行，捻军不时出没，有必要建支马军，驰骋两淮，既可助陆师攻城略地，亦可追剿飘忽不定的捻军。想法初听好像挺生动，其实仓促间根本没法实施。道理简单，比起陆军和水师，马军少不了好马，更需要经验丰富的骑手，难建难练难养，岂是一句话，想建就可建的？信没看完，被曾国藩扔一边，琢磨着还是找李鸿章，跟他聊聊景德镇战役，试试他口风。若聊得高兴，再提副将之委，就好开口了。

亲兵很快叫来李鸿章，两人有一句没一句讨论着景德镇，曾国藩几次张张嘴，想吐出肚里想法，话到唇边，又咽了回去。正不知说啥好，桌上书信映入李鸿章眼帘，他顺口问了句谁寄来的信，曾国藩答曰左宗棠所寄。

“哦，是左大人。”李鸿章笑道，“听说左大人自比诸葛亮，给自己弄了个今亮名号，不知有无其事？”曾国藩道：“这倒不假，季高才学超拔，心高气骄也能理解。”李鸿章笑道：“该不是数次会试未中，心下自卑，又不服输，才自命不凡，人前人后争强好胜吧？”

这就是李鸿章，看人一眼到底，说人一针见血。曾国藩不愿背后道人长短，说几句左宗棠优长，忽想起他所给建议，顺手拿过桌上信件，递到李鸿章面前，道：“少荃啊，季高要我组建两淮马军，我觉得可以一试，只是还拿不定主意，你给我参考参考。”

一目十行看过信，李鸿章讥讽道：“左大人还自比诸葛亮，我看这个主意并不高明，不像诸葛亮所出。”曾国藩道：“不高明在哪？”李鸿章道：“江南不比北方平原，高处树多林密，低处溪河遍布，马军没有太多用武之地，仅攻城时可助陆军张张声势。湘军已有规模不大的小股马队，再建马军，无此必要。”

这也是曾国藩心里想法，可他嘴上还是说：“捻匪横行江南，不常用骑兵么？”李鸿章道：“捻匪飘来荡去，抢些财物就跑，骑马方便，真要兵对兵，将对将，就得像长毛样，非以水师和陆军为主不可。再说连年战乱，赣皖一带，十寨九空，到哪儿去征调马匹和骑手？”

“少荃有些言过其实吧？哪有马军没建，就知无马匹骑手可征调？”曾国藩说道，没再理睬李鸿章，取过桌上文件，低头披阅起来。李鸿章见没自己的事，退将出去。

还以为老师不过借左宗棠书信，随便闲聊几句，并非真要组建马军。不料两天后曾国藩又把李鸿章叫去，道：“少荃啊，为师觉得季高信上所言也非全无道理，安徽战场没有马军还真不行。你是安徽人，熟悉情况，人脉广大，恐怕还得辛苦你跑趟皖北，征调些马匹和善骑青年，先试练支小型马队，积累些经验，日后再扩建成马军。”

明摆不可行的事，李鸿章自然不肯答应，拿理由推辞。曾国藩不容多言，道：“少荃到我军中后，主要负责文案，实际军务做得少，现给个征马募兵差事，让你实践实践，为啥不领情，还要推诿呢？换了别人，我还不给机会呢。”

官大一级压死人，何况是一军主帅，又系自己老师，李鸿章不可能驳曾国藩面子，只得硬着头皮，勉强成行。途径南昌，回大哥府中与家人小聚，论及此行目的，兄弟几个都觉得组建马军有些不靠谱。李凤章论起不久前回安徽收货，淮南淮北跑了个来回，开眼所见，一片荒凉，人稀畜少，昔日繁荣景象荡然无存，想征调马匹和青壮年，只怕难上加难。李瀚章也要二弟别急于入皖，他给曾国藩去封信，说说皖北征调马队不可行，看他怎么回复。

抚州离南昌不远，信件发出后，没几天曾国藩复函就递了回来。打开一看，信里措词严厉，说李鸿章违抗军令，滞留南昌，拒不北上办理马队事宜，本当问罪，因看在年子份上，暂免追究，责成速速入皖，征马募勇，将功补过，否则严惩不贷。还批评李瀚章身为湘军砥柱，又系李家大哥，不敦促二弟攒劲办差，却挽留家中，延误军务，该当何罪？

看得李瀚章连连咂舌，只顾摇头。出示信函，其他几位弟弟也慨叹不已，说曾大帅小题大做，不近人情。唯李鸿章没声没响，觉得老师言词越严厉，办理马队之事越不重要。当然这只是直觉而已，老师到底为何这样，一时不得而知。

没办法，李鸿章只好强打精神，由三弟鹤章和六弟昭庆作陪，入皖筹办马队。果然不出所料，每到一处，皆满目疮痍，人影都难得见上几个，更别说马猪牛羊。又想起老家磨店，也不知已成何模样。不是太平军作乱，此时一大家子正安居老家，男耕女织，诗酒田园，又何至于亡命他乡，有家无归？李鸿章心情沉重，叹道：“看被长毛闹的，百姓死的死，逃的逃，完好家园成为废墟，好不让人心酸。”

淮南淮北跑一大圈，什么收获也没有，只得南归复命。见李鸿章空手来禀，曾国藩黑着老脸，冷冷道："以为少荃能干善任，才差委征马募兵，竟一马一兵都没带回来，莫非故意抗命不成？"李鸿章道："学生不敢。确因长年战乱，皖北无马可征，无兵可募。"

"还要强词夺理！"曾国藩一拍桌子，指着李鸿章鼻子道，"算本帅瞎眼，错看你这个学生。现有两条道，一是你马上走人，另投明主；二是留下来，接受惩处。"

李鸿章感到很委屈，真想拂袖而去，又觉老师有些反常，用意其实并不在马军，身板一挺，不屈不挠道："学生不走，甘愿留下受罚。"曾国藩道："好你个李鸿章，放你生路不走，宁肯受罚。说说该怎么惩处你！"李鸿章道："要杀要砍，任由老师。"

莫非小子早窥透老夫心思，才如此理直气壮？曾国藩盯住李鸿章，道："要杀要砍，还没到此份上。你下去想想，想好愿受什么惩罚，再来告诉我。"

哪有主帅修理下属，让下属自选惩罚办法的？李鸿章肚里暗笑，老师也太过用心，有意支使学生，竟转如此大弯子。咱并非狭隘之人，有话直说即可，何必多此一举？不过也不能怪老师，居京时走到一起，缘起道德文章，如今入幕襄办文案，也主要务虚，接触实际军务不多，缺乏深层交道，要老师完全信任自己，总得有个过程。

改日李鸿章来到签押房，道："学生已想好受罚办法。"曾国藩正在阅文，头也没抬道："什么办法？"李鸿章说："去打景德镇，将功补过。"

曾国藩要的正是这句话。抬眼望望李鸿章，道："你意让我拨支队伍给你，拿去收复景德镇？"李鸿章道："学生哪敢带老师的队伍？带也带不动。"曾国藩故意道："你还没带，怎知带不动？"李鸿章道："湘军队伍都是老师指令湘籍将领招募训练出来的，组织严密，水泼不进，学生岂敢轻易染指？"

好你个李少荃，看去心高气傲，到底算个明白人，知道何可为，何不可为。曾国藩又道："不带湘军队伍，想自练几营团勇不成？"李鸿章道："景德镇战事当紧，自练只怕已来不及。"曾国藩道："不带现有队伍，也不自己练勇，你一个光杆司令，怎么打景德镇？"李鸿章道："不有九帅吉字营么？学生为他助战。"

"听上去，好像你想给沅甫做副将似的？"曾国藩笑笑，摇着脑袋道，"算了吧，沅甫还属四品，你已是三品，哪有三品给四品做副将的？传将出去，朝野岂不笑话我不懂规矩？”李鸿章道：“三品衔并非实缺，不过画中之饼，充不了饥，当不得真，老师更不必在意，还是安排学生做九帅副将，齐心协力打下景德镇要紧。”

曾国藩大为感动的样子：“难得少荃明大义，识大体，居上品而甘就下位。也罢，非常时期，战事急迫，为师就不讲惯例，委屈你代我去景德镇督战。”

明明是副将，竟成督战，老师真会编词。李鸿章领命而去，曾国藩长吁一口气，具函曾国荃，别摆主将架子，凡事多听李鸿章参谋，争取顺利拿下景德镇，早日转战安徽战场。又觉意犹未尽，给李瀚章也修书一封，说李鸿章位低而不嬉，才高而不傲，日后前程无量。

看过书信，李瀚章具函李鸿章，转达曾国藩夸赞。李鸿章已赶往前线，正在忙碌，读过大哥来函，心里暗笑道，老师真是用心良苦，生怕咱不卖力，又压又抑，又唬又吓，又哄又捧，又激又扬，手段皆被使尽。咱又不是外人，又何必呢？也没时间回复大哥，带上亲兵，围着景德镇绕圈子，仔细观察地形地貌。又拿出赣省分府图，现场勘验，甄别真伪。

再说曾国荃，大哥有意安排李鸿章做自己副将，不好推辞，表面答应遇事与其商量，其实并不把人家放在眼里，只顾自己带兵发狠攻城。谁知吉安失手后，太平军吸取教训，加固景德镇城防，曾国荃一时占不到便宜，苦攻不下，相反遭敌袭击，损失一千多将士。

就在曾国荃为一千多将士白白送命心疼不已时，属将李臣典提醒道：“李翰林不是受大帅委派，到了军中么？可否征求一下他意见，说不定他有攻城办法。”

本来大哥任李鸿章为副将，助自己攻打景德镇，曾国荃不以为然，觉得大哥打伞戴斗笠，多此一举。甚至怀疑是李鸿章主动请命，到军中来长见识，打下景德镇后好坐享其成，分功领赏。这下攻城遇阻，才想起不能让姓李的闲着，一旁袖手作壁上观，也得叫他多少起点作用。当即派李臣典，去请李鸿章到将营来议事。

李鸿章还算知趣，晓得曾国荃不会把自己当回事，没去碍他眼，任他一个人折腾去。又见他轻视敌军，只知一味强攻，早看出不可能有啥效果，也懒得多嘴说他。说也无用，曾国荃眼睛生在额头上，自视天高，不吃点亏，不可能听得进旁人意见。此刻攻城无果，才派李臣典来请，李鸿章自然不会轻易露面，故意躺在帐内，装作头疼。

李臣典如实回报，曾国荃心里笑笑，这个李翰林，肯定是受了冷落，要我还他脸面。也就放下主将架子，亲自跑到副将营中，来会李鸿章。见李鸿章卧床不起，初以为生病不假，直到他坐起来，一脸红光，才知纯属假装。曾国荃也不识破，道：“都怪国荃大意，李翰林患病，竟不得而知，失职失职。”李鸿章道：“偶感风寒，本无大碍，还劳动九帅过来探视，实在过意不去。”曾国荃道：“应该的。李翰林肯放下架子，亲临吉字营督军，是看得起国荃。您好好调养休息吧，待贵体痊愈后，国荃再来向您请教军务。”

改日曾国荃再次走进副将营帐，又问寒，又嘘暖。李鸿章不好再装病，与曾国荃讨论起攻城方略来：“近日鸿章围着景德镇转了两圈，发现城高池深，心知强攻很难见效。老师又急于进图皖省，也不可能给九帅太多时间，跟城里长毛死磕。”曾国荃道：“可不是？若非大哥要求速战速决，我也不急于求成，完全可像围攻吉安样，先断掉城外粮道，再从容不迫往城墙下挖地道，等城里长毛断粮自乱后，再炸墙入攻。”

原来鼎鼎大名的九帅，仅知用此蛮法攻城，怪不得人说湘人是湖南蛮子。若外围形势允许，用这种蛮法打攻坚战，自然稳靠，胜算也大。可这是拿时间换空间，在时间不等人的情况下，还得巧用计策，出奇制胜。李鸿章道：“景德镇不好打，主要是城防严密。只要长毛放松警惕，留下破绽，破城也并非想象中的难。”见李鸿章胸有成竹，曾国荃一脸谦恭道：“还请翰林大人赐教，怎样才能让长毛放松警惕，留下破绽？”

听曾国荃将称呼从李翰林升格为翰林大人，李鸿章心里得劲，掏出江西分省图，指着景德镇城南五十里处，说：“从抚州开往景德镇途中，鸿章就曾留意过，此处有一大片原始森林，可加以利用。”曾国荃也凑到分图前，问道：“此处有片原始森林？我怎没注意到呢？”李鸿章笑道：“九帅脑袋里装着攻取景德镇大计，自然不会在意这些细节。”

细节往往决定大局，曾国荃暗怪自己粗心，道：“翰林大人说说，怎么利用这片森林？”李鸿章道：“九帅可派人潜入城内，散布谣言，说石达开已离湘入赣，准备攻占抚州，摧毁湘军老营。同时写信给老师，要他尽起水陆两师，做北迁南昌样子，以迷惑长毛。”

散布石达开反攻江西谣言，不过动动嘴皮子，自然好办，要大哥调军北迁，可不是好玩儿的。曾国荃面呈难色，道：“大哥是主帅，咱不好指挥他，他也不会听咱调度。”李鸿章道：“湘军老营迟早得移师安徽，能配合咱们攻打景德镇，提前实施北迁计划，可谓放屁吹灯，一举两得，老师干吗不听呢？”

“放屁还能吹灯，恐怕唯有翰林大人做得到。”曾国荃忍不住笑起来。笑归笑，想想颇有道理，站起身来，准备回帐给大哥写信。走两步，又掉过头，问道：“翰林大人还没说咱们该做什么呢？”李鸿章道：“咱们还不好办？待城里谣言纷起，抚州湘军老营也启程上路，咱们就以回援大帅为名，悄悄撤离景德镇。”

曾国荃到底不笨，似有所悟道：“翰林大人意思，咱假装撤兵，开往五十里外，到原始森林里躲起来，待城里长毛放松警惕，再杀个回马枪？”李鸿章道：“九帅言之有理。见咱撤走，说不定长毛还会追出城来，咱正好瞅准空档，攻入城里。”

回到将营，曾国荃按李鸿章所示，一一布置下去。景德镇守军听说石达开要打回江西，曾国藩意欲北逃，还不怎么相信，悄悄派探子去往抚州打探。曾国藩早已收到曾国荃信函，明白计出李鸿章，知道抚州亦非老营久居之地，迟迁不如早迁，于是尽启水陆两军，做出仓皇外逃模样，往南昌方向移动。

太平军探子回景德镇报告湘军老营行踪，守将也认为石达开返击江西不假，否则老谋深算的曾国藩不会狼狈出逃。又见城外湘军拔营而去，说是回援主帅，更加深信不疑，下令倾巢而出，追击湘军。一口气追出五十里，前面湘军越来越近，太平军欣喜若狂，加快追赶速度，想一口把对方吃掉。

见追兵步步逼近，曾国荃有些慌乱，问李鸿章如何是好。李鸿章道：“分出小半队伍，交鸿章带领，继续南行，以引开长毛。九帅率大部躲进森林里，待长毛开过去后，再原路返回景德镇，收复空城。”

“翰林大人此计高明！”曾国荃赞叹一声，趁着天色向晚，下令将吉字营一分为二，依计而行。太平军只顾全力追击，哪知湘军队伍已发生变化？看看就要追上前面部队，夜幕降下来，担心遭受埋伏，只好就地宿营。

天亮起营，追上一程，发现前面部队人数少了不少。正在疑虑，得到报告，说湘军大部已向景德镇扑去，太平军才知上当，赶紧掉头回去救援。李鸿章知是怎么回事，也令部队掉转头，往回直追。这下追兵成了逃兵，逃兵成了追兵，正可谓兵无常势。当追兵总比做逃兵神气，将士们意气风发，勇往直前，一路追到景德镇城下，城头已换了守军。

太平军慌了手脚，不知该进还是该退。还没想明白，李臣典领兵从城里冲出来，李鸿章率部从后面掩杀过去，很快将夹在中间的太平军杀得四散而逃。

待太平军逃得没了踪影，众将士收住阵脚，转头蜂拥入城，抢金夺银，欺男霸女。李鸿章率刘斗斋等亲兵巡城，碰见两位湘勇抢走临街人家金铸小观音，还把追出门来的户主打翻在地，便走上前制止。湘勇竟大声呵斥，要李鸿章躲开，说不关他事。

气得李鸿章眼冒金星，举着佩剑，向两位湘勇挥去，还是刘斗斋一把将他抱住，劝道："大人不可，大人不可，又不是你带出来的兵，敢动他们手，九帅不跟你拼命？"一语提醒李鸿章，他垂下头，悻然走开。刘斗斋跟上去，说："大人可知吉字营将士打起仗来，为何不管死活，肯替九帅卖命？"

李鸿章正在气头上，没搭理刘斗斋。刘斗斋接着道："九帅靠的是三样手段。一是到了战场上，官兵必须拼命冲杀，贪生怕死者，分统、营官和哨官有权就地处决，格杀勿论。二是打完仗后，让将士放胆抢钱抢女人，多抢多得，少抢少得，不抢不得。野战得胜，即使兵勇搜刮敌尸身上财物，剥下衣服拿走，也概不追究。攻下城池，三日内可任意奸掳抢掠，杀人越货，三日后再发榜禁止。三是多保滥保，营官和哨官把在家种田的亲友写进保单，九帅心知肚明，也照保不误。"

曾国荃也贡生出身，怎么做起事来，比山大王还残忍无情？怪不得世人称其为曾剃头，他就是这样剃头的。人说李鸿章翰林变绿林，比起曾国荃贡生绿林，简直小巫见大巫。

此时曾国荃正在营里给大哥写信，通报景德镇得胜喜讯。曾国藩已率水陆两军迫近南昌，看到快报，自是大喜，连说少荃好样的，少荃好样的。李鸿章一向心比天高，能以三品屈尊四品九弟手下做副将，且合作得如此成功，当然是曾国藩最愿意看到的。

克复景德镇，意味着江西全境基本肃清，下步就是移师安徽，威逼金陵。曾国藩飞书曾国荃，要他和李鸿章来南昌商量东进大计。

两人接书，离开景德镇，飞抵南昌城外，走进湘军老营。曾国藩亲自给李鸿章递上热茶，说："少荃不错，为师就知你会与沅甫好好合作，赢得景德镇战役胜利。沅甫已在信里给我汇报过，不是你计出高妙，也不可能短期内顺利打下景德镇。"李鸿章道："老师过奖，其实是九帅指挥有方，学生不过跟着打打大锤而已。"

铁匠铺里都是师傅举小锤掌本，徒弟抡大锤卖力，李鸿章说自己打大锤，是自谦给曾国荃当徒弟，打下手。湖南也有这种说法，曾国荃对李鸿章抱拳道："景德镇之战全靠翰林大人出点子，拿主意，国荃才是打大锤的。"

曾国藩笑道："谁打大锤不重要，重要的是你俩真诚合作，不辱使命，为进攻皖省争取到了宝贵时间。两位征战辛苦，先下去休整休整，过几天咱们再坐下来讨论东征事宜。我还得赶紧给朝廷上折，好好保举各位有功将士，不能让你们白辛苦一场。"

走出老营，李鸿章心下想，看来老师已记住学生的话：以众人之小欲，成全个人之大德。打了胜仗，该给参战将士好处，还得给好处。

回到南昌城里大哥粮台府，陪母亲妻女和兄弟待上两天，李鸿章又入老营，参与东进方案讨论。讨论来讨论去，各位觉得还是先移师鄂赣皖三省交界处的宿松，全力拿下安庆，攻克庐州，待安徽全境光复，再配合江南大营收取金陵。

基本方案确定后，曾国藩开始部署东进行动。正好圣旨到达，景德镇参战将士皆得到大小不等的封赏。最大赢家自然是主将曾国荃，免选知府，直接提拔为四品道员。副将李鸿章也不吃亏，实授福建延建邵道。

虽说道员仅为四品，比已有三品按察使衔还低，李鸿章却很满足，感激老师提携。李鹤章不懂官场套路，质疑道："曾大帅是不是老糊涂，二哥已是三品衔，还往四品保举，不耍二哥吗？"李瀚章笑道："三弟有所不知，三品衔不是三品官，也没法与四品官比。"李鹤章不解道："三品就是三品，四品就是四品，还有衔与官之不同？"

"当然不同。品衔是名分，不是实缺。"李瀚章给三弟上起官场常识课来，"如这福建延建邵道，别看是四品官，却是颇有分量的实缺，叫有职有权。三品衔则不同，有名头，没实职和实权，叫徒有虚名。打个比方吧，三品按察使衔是画饼，虽大如菜碗，却只能看，不能吃。四品道员是实实在在的面饼，尽管只饭碗大，比画饼小，却能饱肚充饥。菜碗大的画饼与饭碗大的面饼放一起，三弟要画饼呢还是面饼？”

李昭庆一旁代三哥鹤章道：“当然要面饼。”李瀚章又道：“再说大清循例，官员要谋实缺，必须有实职履历，仅凭虚衔如三品按察使衔，想直接任用为按察使很难。二弟做上福建延建邵道，算正式步入地方官场，日后谋取按察使、布政司之类实缺，也就有了过硬履历。”

李鹤章明白过来，问李鸿章道：“延建邵道既属实缺，二哥会离开江西，去福建上任吧？”李凤章插话道：“当然得去。延建邵道掌控在二哥手里，咱才好去那边做生意，赚个盆满钵满。”李昭庆笑道：“在商言商，二哥还没动身赴任，五哥就想着去那边做生意发大财。”

兄弟们都笑，问老二何时上任。李鸿章笑而不语，心里却早沸腾开了。权力最让人神往，尤其做上一地长官，一人独大，一言九鼎，想干啥就干啥，想不干啥就不干啥，该有多爽！李鸿章恨不得立刻打马上任，奔赴任所，尝尝大权独揽滋味。有道是宁为鸡头，不为凤尾，在老师手下再有作为，也只是幕僚一个，无非办办文案，理理杂务，最多给人做做副将，到战场上捞点小功绩。且自己皖人一个，想在湘人圈子里混出大名堂，只怕也难。

打定主意，李鸿章就跑到湘军老营，准备向老师讨教，如何做好地方官。说是讨教，其实是试探老师口风，何时放自己走。老师既然为你保得福建延建邵道实位，自然会让你独立门户，及时到任，而不仅仅哄你开心而已。

走进签押房，却见曾国藩一脸阴沉，像刚从噩梦中醒来还没回过神似的。李鸿章不知何故，又不好多问，只得站在一旁做哑巴。半晌曾国藩才拿过桌上信函，扔给李鸿章，道：“少荃你瞧瞧，润芝（胡林翼）不是给我帮倒忙吗？”

是胡林翼亲笔信。信里说石达开已由湖南转战贵州，进犯四川，胡林翼才说动湖广总督官文，联名奏荐曾国藩入川，清剿石匪。李鸿章揣测着胡林翼此举用意，问道：“老师入不入川？”曾国藩叹道：“湘军一路向东，剑指安徽，目标乃金陵城里洪贼，此时转身西进，岂不前功尽弃？”

李鸿章道:“我看胡帅也是好意。”曾国藩道:“什么好意?”李鸿章道:“湖广和江南已无督抚空缺，胡帅想促成老师西征，谋个四川总督干干。”

不用说，曾国藩也早想到这层意思，道:“少荃倒说说，我要不要入川?”李鸿章答得很干脆:“当然不能。”曾国藩道:“给个理由看看?”李鸿章道:“湘军好不容易平定湖南，稳住湖北，肃清江西，正向安徽挺进，要不了多久，就可拿下安庆，顺江攻到金陵城下，收取大功，老师怎能为一个四川总督所惑，拣了芝麻，丢掉西瓜呢?”

一句话和盘托出曾国藩心里所思。他暗暗感激李鸿章的理解,又问道:“皇上会不会听信官文和润芝，命我西上?”李鸿章说:“肯定会。”曾国藩道:“何以见得?”

李鸿章侃侃而谈道:“皇上一边苦心经营江南大营，一边命湘军在长江中游对抗长毛，目的只有一个，就是叫湘军出力，让江南大营收功。换言之，皇上最不愿意看到的，就是老师率军打到金陵，捉拿洪贼，功高镇主。如今和春兵精粮足，志在必得，官胡二人又举荐老师入川，皇上正好将湘军一分为二,一部分随老师西进，堵截石达开，一部分留下来，交给官文统领，狙击安徽长毛，协助江南大营收复金陵。”

前年回乡丁父忧，皇命官文节制湘军，连战连捷于鄂赣，曾国藩就很不自在，天天生闷气，今若转身入川，旧戏重演，谁受得了?李鸿章最知曾国藩苦衷，又道:“即使皇上委以四川总督，老师也不可领旨入蜀，只能挥师进皖，何况川督不一定归属老师。”

说得曾国藩瘫在椅上，烂泥样竖不起来。老师正处为难之际，李鸿章哪还好开口提出赴任福建请求?只得闭紧嘴巴，给曾国藩茶杯续上水，递到他手边。偏偏曾国藩忽然坐正身子，盯住李鸿章道:“少荃是不是来向我辞行，准备去福建就任?”

李鸿章没说是，也没说不是，只道:“学生来听老师指令。”曾国藩没下指令，却问道:“少荃离京南下，已有几年?”李鸿章说:“已经七年多。”曾国藩说:“七年不短啊，人生能有几个七年?七年里少荃先跟吕贤基，继从李嘉端，复随福济，后才来到湘军阵营，一直躲在大树底下。大树底下好乘凉，可大树将阳光遮得严严实实，也不容易出头啊。为师知道少荃不是久居人下之大才，此次特给你荐得福建延建邵道实缺，想让你独撑一片天空，展示非凡才能。却不料润芝添乱，给我惹出这档事来，你说气人不气人？”

曾国藩点到为止，李鸿章却已听出，老师不想放自己走。不放你走你不走，多留份人情在老师这里，日后总会加息还给你的。何况福建天高皇帝远，也不一定能有大作为。李鸿章已悟明白，想清楚，自此再不提赴任福建之请。

果如李鸿章预测，几天后圣旨送达南昌，命曾国藩率部分湘军入川，却只字不提川督一事。曾国藩又气又恨，可又不敢公然抗旨，与咸丰对着干。要抗也不能硬抗，只能软抗。但又如何软抗呢？曾国藩左思右想，不得要领，只好传李鸿章来老营商量对策。

传令兵还在路上，曾国荃属官李臣典带着手下亲兵，先进了粮台府。李臣典二十出头，湖南邵阳人。随曾国荃自湘中打到湘北，从湖南打到湖北，再顺江东进江西，屡立奇功。尤其吉安苦战，曾国荃临阵受创，李臣典横槊而出，杀入重围，退敌救主，因功擢拔守备。景德镇之役，亦为军锋，表现非常勇猛。李鸿章正是助曾国荃收取景德镇，见过李臣典两面，此外别无交情，他忽然跑上门来，有何贵干呢？

毕竟是曾国荃得力干将，李鸿章自然得客气点，把李臣典让进客厅，道："李守备乃吉字营急先锋，练勇督操，繁忙得很，哪有空闲来寒舍走动？”李臣典道："自景德镇拜识家门翰林，臣典便心生景仰，总想当面承教，长些见识。入驻南昌后，探明家门翰林住处，冒冒失失，不请自到，还望见谅。”李鸿章道："不是九帅有事，请李守备传话吧？”

“九帅有啥事，定会亲登贵府，哪会让臣典传话？确是臣典想念家门翰林，专程上门叨扰。”李臣典说罢，来到门边，召过廊下亲兵，从他手里接过一个紫檀匣，端回屋里，轻轻放到桌上，再打开匣盖，扶出一只青花瓷来。李鸿章抬眼一看，便知是景德官窑所产斗彩高士杯，瞧成色该出自明成化年间。杯壁绘有羲之爱鹅图，也属著名典故。相传王羲之造访阴山道士，见观前池水清幽，鹅行水上，心有触动，特焚香沐浴，抄写《道德经》，从道士手里换得爱鹅，抱回家里，养于柳下池，每日静观鹅游，感悟用笔之法，形诸纸上，终至妙境。故事神奇，瓷绘亦颇精巧，羲之身上衣着，僮仆怀中纸笔，池鹅姿容态势，池水波光澜影，以及水边依依垂柳，柳旁坚石修竹柔草，皆以青花勾出，唯妙唯肖，雅趣横生。

此系青瓷瑰宝，李鸿章无恩于李臣典，出手如此大方，背后定有原因。八成是曾国荃有何企求，让李臣典来献宝讨好。见识过羲之爱鹅图，李鸿章扭扭脖子，去瞧李臣典，等他给说法。李臣典将高士杯小心放回紫檀匣，再往李鸿章面前推推，满脸堆笑道：“不瞒家门翰林，此款青瓷乃上次攻打景德镇时，臣典从窑家手里意外所获。无奈臣典粗人一个，只知横刀卧马，冲冲杀杀，不解风情，不懂风雅，眼不识货，只好敬献九帅。九帅爱不释手，却不肯接收，说他文陋字拙，人器不配。臣典问谁相配，他说家门翰林文笔一流，又师法王羲之，写得一手好字，赠您收藏，才不至于玷污千古书圣。”

背后指使者果真是曾国荃。曾国荃何许人也，乃堂堂湘军主将，又系老师胞弟，他的大礼也随便收受，像话吗？李鸿章道：“李守备还是拿走宝贝，鸿章受之不起。”李臣典道：“有何受不起？臣典佩服家门翰林能文能武，无以为敬，才呈上青瓷，略表心意。”

“心意鸿章领受，宝贝还请收回。”李鸿章敛住脸上笑容，“回去转告九帅，鸿章无能，帮不上他什么忙，宝贝还是他自己收着为妥。”李臣典奇怪道：“家门翰林多心了吧，九帅并没说要您帮忙。”李鸿章道：“九帅嘴里没说，肚里怎么想，鸿章清楚。”李臣典道：“臣典愚笨，不知九帅肚里有啥话没说，还请家门翰林明示。”

李鸿章笑笑道：“不可说，不可说。”李臣典疑惑道：“有啥不可说？臣典随九帅出生入死，遇事从没瞒过我。”李鸿章问道：“李守备多大啦？”李臣典道：“已二十一岁。”李鸿章道：“李守备太年轻，哪参得透九帅心思？赶紧带着宝贝回吧，九帅还在等你复话呢。”

李臣典不好强人所难，抱着紫檀匣走人，回到吉字营中。见宝贝没送掉，曾国荃倒也没说什么，只是叹一声，嘟囔道：“李鸿章刚助攻景德镇取胜，自然不会再帮我。”李臣典奇怪道：“九帅要李鸿章帮你啥？”曾国荃无头无尾道：“鲍超和张运兰两部已兵临安庆城外，李鸿章不肯帮忙，看来吉字营只能在外围打打援啰。”

这回李臣典似听出些名堂，道：“原来九帅想主攻安庆？这还不好办，直接找大帅就是，何须下求外人？”曾国荃瞪李臣典一眼，低声吼道：“你一个小孩，懂得什么？”

李臣典吐吐舌头，放下紫檀匣，掉头走开。匣中杯确是攻克景德镇后，李臣典从窑家手里搜获。别看李臣典没读几句书，却也知道王羲之是谁，见杯壁上羲之爱鹅瓷绘，便抱到怀里，屁颠屁颠跑到曾国荃帐中，献于他前。曾国荃轻抚羲之爱鹅图，久久不愿松手。由羲之爱鹅，联想到勤练王体的李鸿章，不由得动起心思来。原来打下景德镇后，曾国荃便两眼盯住江西，想把主攻安庆大任争到手上。安庆乃仅次于金陵的太平军重镇，陈玉成征战半个中国所掠金钱美女都藏在英王府里，若能率吉字营拿下安庆，冲入英王府，自己和兄弟们不仅会官升一级，还可大捞一把。由谁主攻安庆，当然得大哥说了算。然吉字营转战江西时，大哥调派鲍超和张云兰两部虚张声势，进逼安庆，拖住安徽太平军，才免去曾国荃后顾之忧，成功拿下吉安和景德镇诸城。江西肃清，湘军即将倾巢东进，剑指安庆，要大哥把已驻扎安庆城外的鲍张二部调开，让位于吉字营，他会同意吗？虽说曾国荃是自己胞弟，鲍张二位也是旗下爱将，手背手心都是肉，大哥只怕做不出来。

就在曾国荃垂涎于安庆时，忽有消息传来，说在胡林翼和官文举荐下，曾国藩将停止东进，掉头西上。曾国荃不免大失所望，心想大哥要去四川，肯定会把吉字营带走，自己再也没法沾安庆的边。正要出面阻止大哥，闻李鸿章巧舌如簧，已说服大哥放弃西上念头，哪怕不惜抗旨，也要留在江南，先复安徽，再图江苏。曾国荃又来了劲，准备带上高士杯去见李鸿章，欲通过他争取主攻安庆美差。可李鸿章又愿替自己说话吗？再说吉字营江西屡屡得手，全靠鲍张两部遥相呼应，如今安庆势在必得，你又动歪心思，想把人家扒开，是不是也太贪婪了点？曾国荃还真不好当李鸿章面开这个口。犹豫再三，才决定让李臣典代劳，去粮台府跑一趟，只说献宝，不言其他。李鸿章聪明过人，只要肯收下宝贝，不用明言，他也会给大哥出招，让吉字营顺江而下，取代鲍张两部，接过攻打安庆肥差。事实也是，鲍张两部虽能征善战，若论打硬仗恶仗，还是吉字营有经验，把安庆交给咱曾国荃，大哥更放得心。谁知李臣典白跑一趟，李鸿章不识好歹，拒收宝贝，看来事情还有些悬。

曾国荃这点心思，当然瞒不过精明过人的李鸿章，虽说李臣典口口声声说献宝是其自愿，与曾国荃无关。不过没收宝贝，并不等于李鸿章不愿促成曾国荃。撇开曾李两家关系不说，从江南战争大局出发，也该说服老师，把吉字营推到前线，担当大任。理由简单，比之鲍张二部，吉字营战力更强，攻打安庆，胜算大得多。

正巧传令兵走进府门，李鸿章二话不说，牵过黄膘马，跳上马背，兴冲冲赶往湘军老营。走进签押房，只见曾国藩正面对圣旨，两眼发痴，一筹莫展。李鸿章也不出声，矮矮腰身，轻轻坐到盛康挪过来的椅子上。过去半晌，曾国藩才慢慢抬起头来，递圣旨给盛康。盛康会意，传给李鸿章。李鸿章瞥眼圣旨，不惊不讶，道："老师打算如何应旨？"

曾国藩没好气道："我知如何应旨，还传你来干啥？"李鸿章笑道："老师其实早已想好应旨手段。"曾国藩道："你倒说说，我有什么应旨手段？"李鸿章道："手段简单，就一句话。"曾国藩道："什么话？"李鸿章轻描淡写道："抗旨不从。"

曾国藩瞪着李鸿章，不满道："你说得轻巧，旨是说抗就可抗的？"李鸿章悠悠道："将在外，君命有所不受，旨该抗得抗，关键看抗得有没有水平，利不利于军国大局。"曾国藩叹道："行行行，你说抗旨就抗旨吧。你再说说看，旨该怎么抗法？"

李鸿章引而不发，转向盛康，无头无尾道："据说旭人兄当初来投老师，没空着双手，还带着见面礼，是不是有这回事？"盛康疑惑道："投奔大帅时，盛康正穷困潦倒，哪置办得起见面礼？大帅肯收容，皆因盛康腿勤脚快，不在乎有没有礼。"

倒是曾国藩明白李鸿章意思，没等盛康说完，便打开随行笼箱，取出一支毛笔，放到桌前，道："少荃是惦记旭人所送湖笔吧？"

盛康这才反应过来，道："这是盛康流落浙江湖州时友人所赠湖笔，至湘军老营后，见大帅用笔工艺粗糙，估计产自湘乡老家普通笔匠之手，特敬献湖笔，承蒙大帅不弃，至今藏于箱底，没当垃圾扔掉。"

"湖笔与徽墨、宣纸、端砚并称文房四宝，老夫不敢亵渎，才留着镇箱。"曾国藩笑笑道，"旭人快取水来，老夫给少荃磨墨，让他试试湖笔好不好使。"

盛康看眼李鸿章，心想你小子架子蛮大嘛，还要大帅给你磨墨，就不怕折煞你？但曾国藩发了话，只得服从，盛康拿只茶杯，到门外接来清水，挪过桌上砚台，倒几滴在里面，再拿起砚槽里的墨，呈于曾国藩手上。

墨快磨好，盛康又从笼箱里取出黄纸，摊到桌面上。曾国藩站起身，把李鸿章扶到桌前，再返身拿过湖笔，递他手中。李鸿章也不客气，大模大样坐到太师椅里，眼瞧指间湖笔，嘴里道:“该写什么好呢？”曾国藩道:“笔于手，纸在前，你爱写什么写什么。”

李鸿章伸笔向砚台探去。墨探好，收回笔，形于纸上。写的正是羲之体，笔酣墨匀，一挥而就。仅俩字：换防。

换防？换何处的防？曾国藩盯住纸上的字，眼带狐疑，心有所动。

李鸿章所谓换防，办法也简单，就是先抽调安庆城外鲍超、张运兰诸部，随主帅西行，之后再调吉字营悄悄离赣入皖，逼近安庆，围困劲敌。曾国藩沉吟道:“吉字营就在身边，直接领着上路，岂不方便得多，何须倒来腾去？”

“不倒腾，弄不出动静，皇上那里怎么交待？”李鸿章解释道，“从安徽调兵入川，无非做样子给皇上看，让他觉得湘军志不在金陵。还可打时间差，拖延入川，等候皇上收回成命。更为重要的是，鲍超和张运兰两部一动，皖省空虚，长毛必将趁虚而入，安徽巡抚翁同书招架不住，会主动奏请朝廷，挽留湘军。此时再让吉字营入皖，既迎合皇上让湘军配合江南大营攻打金陵圣意，又为日后安庆之围布下攻坚力量。安庆不是别处，只能打持久战，非交给战力超强的队伍不可，调吉字营过去正合适。”

真是一语中的，曾国藩隐约想到却没悟明白的道理，竟被李鸿章几句话说得透透彻彻。尤其安庆乃仅次于金陵的太平军重镇，曾国藩有意交给曾国荃，只是鲍超和张运兰两部早驻扎于安庆附近，不好随意挪动，引起鲍张不满，趁此番皇命入川，就汤下面，悄然换防，不显山，不露水，岂不妙矣哉！

曾国藩二话不说，传令鲍超和张运兰等将领，应旨起营西行。又召来曾国荃，要他做好准备，待鲍张诸部离开安徽后，再领兵入皖，向安庆靠拢。这不正中曾国荃下怀么？他高兴得眉开眼笑，恨不得立即拔营起程，开拔安庆。曾国藩看不得他小人得志样，冷眼告诫道:“好事不在忙中取，入皖行动宜缓不宜速。”

曾国荃一时激动，也没细想大哥良苦用心，顺口道:“打景德镇时，大哥交代我和少荃，务必速战速决，为东进图皖，赢取宝贵时间。时间咱已给你赢了回来，正好借势攻克安庆，您又说宜缓不宜速，九弟就有些想不明白了。”

有啥想不明白的？你急着入皖，鲍超和张运兰作何感想？且翁同书也不会卖力给皇上上折，咱岂不只能老老实实跑到四川去待着？曾国藩望眼曾国荃，也不多做解释，只是道：“我即将入川，你就不想跟我在南昌多待几日？”曾国荃道：“想当然想。可大哥不老教育咱兄弟，身为臣子，要多为君国着想，少考虑个人私情吗？”

曾国藩老脸拉得老长，凶巴巴道：“听我的没错！”

曾国荃一震，恍然而悟，也不再啰嗦，乖乖离开老营，操练队伍去了。直到鲍、张诸部离开安庆，浩荡入赣，随曾国藩开拔湖北，曾国荃才率吉字营悄然出发，朝安徽方向徐行。

李鸿章跟老师一起上了路。途中曾国藩让他代拟信函，寄给胡林翼，说是拜皇上所谕，已逆流而上，准备先至湖北，食武昌鱼，登黄鹤楼，再西入四川，访武侯祠，游杜甫草堂。征战多年，身心疲惫，正好托胡抚和官督的福，寻个清静去处，过过闲散日子，不胜荣幸。

打乱湘军进击皖省步骤，却没给曾国藩谋到四川总督之职，胡林翼正后悔不已，收到曾书，无地自容，赶紧找官文商量，联名禀奏皇上，言明石达开已成流寇，再也蹦跶不了几天，安徽却不能没有湘军，否则江南大营独力难支，又会重蹈江北大营覆辙。

官胡奏折送达紫禁城时，翁同书奏折也到了咸丰手里，说湘军前脚走，太平军后脚又大举进犯安徽，皖南皖北局势危殆，还请皇上复调湘军入皖。

看来令曾国藩离皖，还真是步臭棋。置江南战场大局于不顾，老想着如何限制湘军，终会坏大事。咸丰已有悔意，却拉不下面子，承认自己失误。正好军机处接到四川快报，说石达开屡遭地方军民袭击，犹如惊弓之鸟，无处可栖，落荒而逃。肃顺手执快报，赶紧进宫面圣，先向咸丰报喜，再自我检讨，说自己昏庸，判断有误，听信官方和胡林翼，奏调湘军入川，以至因小失大，给太平军留下空子，陷安徽于不利，恳请皇上治罪。咸丰于是借坡下驴，说智者千虑，难免一失，肃顺大可不必自责，赶紧代拟奏稿，谕令曾国藩回防安徽。

此时曾国藩帅船已抵达武昌，接到谕旨后，长舒一口气，对李鸿章道：“少荃真有先见之明，皇上果真不再逼咱入川。”李鸿章笑道：“哪是学生有先见之明？是时势使然。让老师屁股坐上金銮宝殿，设身处地替咸丰想想，也会把眼光放到金陵洪贼身上，不可能老盯住石匪不放。毕竟石匪已成强弩之末，用不着动用湘军这把牛刀，西南诸省绿营足以对付。”

屁股决定脑袋，凡事换个位置，设身处地为对方着想，就会明白其动机何在。曾国藩非常认同这种换位设想方法。看来自己这个学生确已成熟，安徽多年磨难算没白受。

曾大帅入鄂，官文和胡林翼自然大摆宴席，隆重接待。咸丰英明，改变圣意，湘军不必入川，主客都感到欣慰，谈笑风生，颇为投机。

在座三位都是大员，只李鸿章人微言轻，不便多嘴，也就微笑着看看胖胖的官文，又瞧瞧瘦瘦的胡林翼，觉得颇有意思。官场乃权力场，权力是个怪物，最容易让人异化，变得不近人情。反观官文与胡林翼，一满一汉，一督一抚，同城共事，本来很难相处，彼此却挺合得来，也算是官场一道亮丽风景。

说起官文，都知是庸官一个，不晓军，不懂政，不过凭借满员身份，与皇上关系硬，才弄到湖广总督大位，狐假虎威，跋扈一时。胡林翼则不同，凭军功和才能做上巡抚，也就有些看不惯官文做派，彼此间一度弄得很紧张。为扳倒官文，胡林翼搜集其种种劣迹，准备参他一本。有人提醒胡林翼，参走官文，换个精明能干的总督，大权独揽，小权也攥，巡抚更不好当，倒不如与官文搞好关系，争取他信任，还可废物利用。何况满君只维护满臣，还不一定参得走官文，到时撕破脸皮，不尴不尬，更难共事，何苦来着？胡林翼想想也是，开始设法走近官文。办法也简单，就是绕个弯弯，走太太路线。官文有位姨太太，又年轻又漂亮，深得其欢心。姨太太要过生日，官文为满足她虚荣心，广发请柬，叫人赴宴捧场。官文无德无能无为，湖北官场中人不太瞧得起他，见他拿姨太太生日做文章，收银子，更是气愤，无人愿意露面。开席时间快到，酒肉已陆续上桌，督衙门前还冷冷清清，鬼影子都没一个。姨太太很失望，大骂官文不中用，办个酒席，都没人买账。官文羞愧难当，急得胖脸上全是热汗。正无计可施，大门口冒出数顶绿尼大轿，官文飞也似狂奔出去，竟是胡林翼，还有胡母和夫人。感动得官文老泪纵横，把胡林翼当成救苦救难的大菩萨，只差点没给他下跪。其他官员得知胡林翼胡巡抚到了总督衙门，不好再躲藏，也纷纷带着大礼，登门庆贺，让官文和姨太太赚足银子，又赢够面子。宴罢胡林翼让母亲认官文姨太太为干女儿，从此两家女眷你来我往，亲密无间，官胡两人也一弃前嫌，打得火热。人在官场，总得做点政绩出来，应付朝廷和皇上，官文自己没啥能耐，干脆做起甩手掌柜，放手让深谙为官处事之道的胡林翼去干，湖北乃至整个湖广官场大有起色，为百姓谋了不少福祉，更为湘军发展壮大提供了坚强保障。官文自然也不亏，胡林翼干出的政绩和军功，名义上都属他正确总督的结果，咸丰该给荣誉给荣誉，该给奖赏给奖赏，处处都不会落下他。不久前朝中满员协办大学士缺出，还让其递补上位，集将相于一身。

许是从前为安徽官场尔虞我诈所累，李鸿章才觉得湖北官场一团和气，实在难能可贵。官场如戏台，相互搭台，好戏连台，相互拆台，一起下台。官胡同台，一唱一和，你好我好大家好，就是铁证。李鸿章便想，如果安徽有胡林翼这样的能人主政，自己恐怕也不至于碌碌无为，成事不足，败事有余。

见李鸿章坐在一旁，不声不响，曾国藩不想冷落他，告诉官胡二人，多亏自己这个学生想办法，出高招，让他调兵遣将，拖延时间，才免去入川之苦，不然哪还能安坐此处，从容享受两位大人热情款待？官胡两位便祝贺曾国藩，有如此高足辅佐，何愁大事难成？转而又赞李鸿章志大才高，文韬武略，且有曾老师耳提面命，日后必成大器。李鸿章难免自谦几句，说自己起步晚，明事迟，还请前辈不吝赐教，多加提携。

彼此客气，席上气氛越发欢洽。曾国藩向来处事节制，又闻官文惧怕姨太太，不便耽误他太久时间，见好便收，早早住了杯。胡林翼也不力劝，躬请官文带头喝过团圆杯，几位起身离席，出了酒馆。

送走官文，曾国藩和李鸿章去抚衙后堂拜望胡母。叙会儿家常，告辞出来。胡林翼客气，执意将两位送出抚衙大门。曾国藩大轿就在门外，李鸿章把老师扶上轿，看着轿帘落下，轿子缓缓起行，才与胡林翼握别，转向自己坐骑。

到得马前，忽想起一事，回身对胡林翼道："听说胡帅有个宝善堂，可否让晚生见识见识？"胡林翼笑道："少荃也感兴趣？"李鸿章道："宝善堂美名在外，少荃心仪已久。"

两人又转身折进抚衙。宝善堂是胡林翼专门礼遇各方人士的接待室，就在签押房旁边。进得门来，只见墙上挂着胡林翼自书的两幅字，一幅写着：千夫之长，百夫之杰，用之为臣，弃之为贼；另一幅也是四句话：

善用人才，务尽其用；虑善以动，养而教之。

盯着养而教之四字，李鸿章似有所悟，久久不愿收回目光。胡林翼已让亲兵送进茶水，双手接住，亲自递到李鸿章手上。李鸿章谢过，喝口茶，道：“晚生理解，养就是给养和教养吧，人无养，活不下去，得让人才养得活自己还有家人，才好为你服务。世上没谁天生就是人才，得养之教之，激发其潜能，发挥其优长。”

胡林翼点着头，请李鸿章入座。正要说话，突然咳起嗽来。越咳越猛，将一张瘦削寡白的脸涨得通红，直至咳出一口殷红的鲜血。李鸿章吓一大跳，起身过去，给胡林翼捶捶背，又端过桌上茶杯，递到他手上，说：“胡帅没事吧？”

胡林翼出自官宦之家，属典型的官二代。父亲胡达源为嘉庆探花，官至詹事府少詹事，天天在宫里给皇上和皇子侍讲侍读，没时间管教自家少爷，胡林翼渐成浪荡公子，吃喝嫖赌，样样在行。胡父意识到问题之严重，温言软语说了几大箩，儿子听不进去，只好狠狠心，把他关在屋中，往死里一顿毒打。打得胡林翼皮开肉绽，才将他打醒转来，从此克己修身，铁心读书，二十四岁乡试高中，隔年连捷中进士，点翰林。都说流氓不可怕，就怕流氓有文化，做过恶少，阅人无数，又饱读诗书，满腹才情，胡林翼比一般读书人更懂世事，更谙人情，官场上如鱼得水，无论官文此等傲慢满员，还是身边油滑同行，抑或属下各色文僚武将，都能轻松摆平，把玩于股掌之上。唯年轻放荡落下的痼疾一直无法根治，三妻四妾没能生下一男半女不说，随着年纪增长，体质越来越弱，每每犯咳，就会咳出血来，痛苦不堪。

待胡林翼慢慢恢复过来，脸上红潮退去，李鸿章才道：“胡帅身体不适，鸿章还是走吧，您早点歇息。”胡林翼清清嗓子道：“没事啦，没事啦。刚才好像说到了人才问题。人才难得，人才看得起你，才来你身边为你服务，必须拿出真诚善待之，诱导之，将其潜质充分调动起来，服务国家和百姓。”李鸿章道：“早闻胡帅不仅善待人才，对人才家人也格外关照。李续宾和李续宜兄弟长年征战在外，没法照顾父母双亲，胡帅派人把老人接到抚衙，晨昏定省，如事父母。鲍超无暇家事，胡帅问明其家中每月度用，定期如数寄钱给鲍府。李续宾献身三河，李续宜和鲍超打仗不要命，看来并非无缘无故。胡帅对属下如此关怀备至，实属不易。”

李鸿章所言皆是事实，胡林翼笑道：“其实说难也难，说易也易，主要看用不用心。”

“是啊，世上无难事，只怕有心人。”李鸿章有感而发，“正是胡帅有心，才左右逢源，将湖北官场和军界治理得如此出色。听说胡帅执政治军手段主要体现在三个字上：捧、哄、笼，好比泥鳅要捧，女人要哄，小孩要笼，此言是真是假？”

说得胡林翼忍俊不禁，摇手道：“都是胡说八道，别当真，别当真。”李鸿章道：“胡说八道是胡说八道，可细细思之，还确有道理。官场无非三种人：上级、平级和下级。上级是泥鳅，抓是抓不住的，得小心捧着，才跟你玩儿。平级是女人，打不得，骂不得，须耐心哄其开心，才跟你合作。下级是小孩，棍棒侍候，会吓跑人家，拿出香的甜的，麻的辣的，咸的酥的，软的脆的，诱之惑之笼之，就会围着你团团转。”

胡林翼哈哈大笑，道：“瞎说，瞎说，纯属瞎说。”李鸿章道：“该不是瞎说吧？我看官文就是您手上泥鳅，藩臬二司和各地道府官员便是您身边女人，李鲍之流则是您膝下孩子。”胡林翼道：“就少荃知道牵强附会。”李鸿章继续道：“还有曾府幕宾，都纷纷往胡府跑，还不是胡帅口袋里香甜麻辣咸酥软脆格外诱人？”

老说自己，多没意思？玩笑几句，胡林翼将话题往李鸿章身上引：“少荃可知，老夫每每与曾大帅书信往来，或聚到一起闲聊，总免不了论到你。”李鸿章道：“感谢胡帅关爱！可惜晚生不中用，年近不惑，仍高不成，低不就，功未立，名未显。尤其回皖帮办团练经年，东窜西逃，毫无作为，白蹉跎了岁月。”

胡林翼晃着脑袋，道：“非也，非也，少荃回皖这几年，不是弄到三品按察使衔么？这还在其次，主要积累了历练和经验，这是再高的顶戴和再多的名望都换不来的。”李鸿章道：“胡帅慈悲为怀，故意用好言安慰晚生吧？”胡林翼道：“不是安慰，是大实话。但凡干大事，得先有基础和准备。就像树要往上长，先须往下扎入深根。圣人也有言，天将降大任于斯人也，必先苦其心志，劳其筋骨，饿其体肤，空乏其身，行拂乱其所为，所以动心忍性，增益其所不能。少荃忍得过这么多年磨难，日后正好成大气候。”

说得李鸿章又兴奋，又忐忑，叹道：“胡帅高看晚生，晚生可没看出自己能成气候。”胡林翼道：“不是我高看你，是曾大帅独具慧眼，格外看好你，说你才堪大用。他老在信函中感慨，自你到他身边后，他才真正找到了知音，心里生出啥想法，也有沟通交流对象。人与人之间最难的其实就是沟通交流，彼此不到一个层面，根本没法说到一起去。有句话不叫高处不胜寒么？这个高处与地位不一定相关，是一种品质和境界。彼此品质不同，境界达不到同样高度，观点不一，对人事理解自然大相径庭。想想曾大帅何许人也，也是少荃大才，入得他眼，也入得他心，换了别人，恐怕不是想入就入得了的。”

能得到胡林翼如此嘉许，确实让李鸿章信心大增。曾胡都是人中龙凤，两人惺惺相惜，才走到一起，同心协力做出如此轰轰烈烈的伟业。李鸿章心生敬仰，觉得机会难得，得好好向眼前高人讨教讨教为人做官的道理，日后也好有所长进。

没等李鸿章开口，胡林翼又说道：“老夫与令尊曾同在京城为官，时有交集，后令兄筱荃（李瀚章）赴我老家善化为官，彼此也有来往，现又与少荃邂逅武昌，算来缘分还真不浅。”李鸿章道：“感谢胡帅还想得起家父。大哥常在鸿章面前提及胡帅，要我有机会好好向您讨教。今天来瞻仰宝善堂，胡帅总不能让晚生空手而归吧。”

胡林翼莞尔而笑，道：“筱荃给你出此主意，不是为难我吗？长江后浪推前浪，少荃年富力强，文武兼备，还能忍辱负重，位低而不嬉，才高而不傲，又在曾大帅门下高就，要不了多久，就会远远超到老夫前面去，老夫岂敢好为人师？”

位低不嬉才高不傲的话，曾老师已不止说过一次两次，看来委身为曾国荃做副将收取景德镇，确实给自己加了不少分。见胡林翼如此低调，李鸿章只好说具体点：“来武昌前，朝廷已任命晚生为福建延建邵道，晚生一直犹豫，不知该不该前去就职。”

原来李鸿章还没完全放下福建实缺。胡林翼没直接作答，先问道：“曾大帅态度如何？”李鸿章道：“他还来不及表态，就接到西行圣谕，急忙带我上了路。”胡林翼道：“估计他也不会放你。”李鸿章说：“何以见得？”胡林翼道：“你是他左臂右膀，他怎舍得你走开？”

心知胡林翼是可以坦露心迹的人，李鸿章直言不讳道：“难道晚生只有做幕宾的命，就不能独立门户，自己做自己的主，自己干自己的事？”胡林翼道：“想做自己的主，想干自己想干的事，绝对没有错。可你得悟明白，去福建做什么主，干什么事。”李鸿章老实道：“暂时还没完全想好，到任后总有主可做，有事可干。”

胡林翼凝神片刻，缓缓道：“人在官场，只有两样可做，一是做官，一是做事。道员不高不低，福建官场风气又不太好，做官一时三刻难得做出名堂。做官做不出名堂，就得做些事情，福建有事给你做吗？或者说有急需你做的事吗？”

李鸿章无言以对。胡林翼又道：“我再问你，当今天下最大也最急需的事是什么？”李鸿章不假思索道：“消灭长毛，攻克金陵。”胡林翼说：“对呀，这就是当今天下第一要务。当年少荃不正是胸怀这份抱负，才毅然回籍帮办团练的么？如今长毛集中于安徽、江苏、浙江，跑到福建去做道员，有违你初衷不说，恐怕也难有大作为。再者曾大帅身边不乏冲锋打仗的战将，却少你这样善文能武的全才，而你则需要他这样的贵人，扶上马，再送一程。你俩分开，于他于你，都是莫大损失啊。”

品味着胡林翼话里精义，李鸿章茅塞顿开，不无真诚道：“谢胡帅点拨，晚生决定不去福建，安心服务老师，助他战胜长毛，收取万世之功。”

胡林翼眼望李鸿章，点头赞许。讨得真言，又见天色已不早，李鸿章起身准备离去。胡林翼也不挽留，道：“早点回去歇息吧。明天你们离鄂东下，老夫到船上去送行。”

李鸿章仍觉意犹未尽，没走几步，又转回胡林翼身边，说：“晚生还有话说：躲在大树下面，能避风雨，可也难承接阳光雨露往上长，胡帅说是不？”胡林翼笑道：“少荃莫急，心急吃不得热豆腐。只要沉得住气，你总会往上长成参天大树，撑出自己的天空。”

李鸿章这才信心满满，翻身上马，扬鞭而去。胡林翼在后面挥着手，目送他消失于黑暗里，心想曾国藩有幸，得李鸿章此等大才，正好开创惊天功勋。李鸿章也有幸，投奔曾门，未来定将宏图大展，事业超过其师都难说。毕竟后生可畏，李鸿章潜质好，又有超强的韧劲和忍性，年龄上也占优，日后没人能挡住其上升势头。

九、左宗棠投奔曾幕

看好李鸿章，自然不是胡林翼凭空瞎琢磨。大清建国两百余年，满员备受恩宠，却越来越不中用，太平军兴起，满员所统八旗绿营不堪一击，如今仅剩江南大营，不知还能支撑多久。朝廷想撇开曾国藩，凭借和春之力收复金陵，似无此可能。也就是说李鸿章只要紧随曾国藩，建功立业，自不在话下。何况灭掉长毛，还有捻匪，更有虎视眈眈的洋人，两次鸦片战争已敲响警钟。然满蒙堕落，朝廷想维护局面，只得重用汉员，不可能对李鸿章这样的大才视而不见，闲置不用。胡林翼阅人无数，对人才的认识颇有心得，深知李鸿章学识渊博，胆略过人，智慧超群，又敢作敢为敢当，还有常人不具备的韧性和忍辱负重的坚强意志，这些都是成就大功大业大名不可或缺的素养。

也是胡林翼爱才如命，想到李鸿章的非凡之处，激动得不能自已，回衙躺到床上，好久不能入睡。年近天命之人都有一个毛病，入睡得越迟，醒得越早，天没亮胡林翼就下地，匆匆吃过早饭，赶往长江码头，上船送别曾国藩和李鸿章。

曾国藩以茶代酒，感谢老友对自己的一贯支持，说不是润芝兄坐镇湖北，打造出一块牢固的战略基地，又争取官文信任，提供充足的粮饷兵员保障，湘军也不可能一路东进，形成如今格局。又请对方指点迷津，下步湘军该怎么办。胡林翼笑道：“湘军下步怎么办，大帅肯定早有谋划，还用得着林翼置喙？”曾国藩道：“咱们之间还客气，润芝兄是不是有些见外？”李鸿章一旁也玩笑道:“胡帅不开口，待会儿不让卫兵放您下船。”

“看来林翼不说两句，你们师生是不会善罢甘休了。”胡林翼笑着伸出一个指头，“林翼送大帅一句话：包揽把持。”李鸿章好奇道：“包揽把持？”胡林翼说:“对，包揽把持。包揽就是总揽全局，把持就是稳住阵脚，见机而动。”

李鸿章迫不及待道：“怎样包揽如何把持？”胡林翼不慌不忙道：“包揽把持离不开才气势三样东西，大帅此番东去，出击长毛，光复江南，须以集才集气集势为要。”

曾国藩拍着手掌，连连称妙，道：“润芝兄言之有理，言之有理啊！”李鸿章又忍不住插嘴道：“照鸿章肤浅理解，集才是广纳人才，集气是高扬正气，集势是取天下大势，三样俱全，湘军何愁不旗开得胜，取洪贼犹如瓮中捉鳖？”

胡林翼点头频频，欣赏地看着李鸿章，道：“少荃可否说说，如何集才集气集势？”李鸿章看眼曾国藩，欲言又止的样子。曾国藩鼓励道:“少荃有何想法，但说无妨。”

李鸿章这才朗声道：“人才是强军之本，集取文武人才，是第一位的。有了人才，才能打造正气在身士气高昂的军队。强军在握，调度非常重要，调度不当，军队再强也无济于事。金陵位于皖东苏南和浙北之间，单线进取，极难获胜，务必三路并举，除从安徽向东正面进攻外，还须在江苏和浙江用兵，对长毛形成钳夹之势。一旦势成，金陵唾手可得也。”

这不正是曾胡嘴里所无心里所有么？两人哈哈大笑，觉得李鸿章了不起，站得高，看得远，具有全局观念，是个不折不扣的帅才。

笑过后，曾国藩叹息一声，道：“三路并举确实是可行的大战略，不知朝廷会不会同意。还有金陵城外的江南大营，能否肯跟咱们合作，同仇敌忾，共谋长毛，也很难说。”胡林翼道：“江南大营虽是咸丰全力打造的皇家军，想顶大用，最好别指望，江北大营就是榜样。”李鸿章道：“江南大营肯合作就合作，不合作也没关系，咱们干咱们的。”胡林翼说：“话虽如此，可真要三路用兵，就得与江南大营势力范围发生冲突，将力量抵消。”

曾国藩也早想到了这点。可他还没找到绕开江南大营的办法。也许根本绕不开，只能骑驴看唱本，走着瞧，视日后发展趋势而定。

想不到皇上一道圣旨，曾国藩被迫率部西行，耽误不少时间，却与胡林翼相聚，定下三路进军金陵之策，确也是意外收获。送胡林翼下船后，曾国藩精神抖擞，号令水路两师，加速东进，直指安徽宿松。宿松位置特殊，处于鄂赣皖三省交界处，正好驻节老营，调度分守三省各地的湘军诸营，分路进击。

路上师徒论及胡林翼“包揽把持”和“三集”高论，曾国藩慨然道：“干大事就得总揽大局，以三集为要。三集以集才为本，趁乘船无事，咱先来做做集才之事如何？”李鸿章道：“老师准备邀集哪些才俊，学生代笔发函就是。”曾国藩从容拈须道：“天下英才多，邀也邀不尽，只能择而邀之，诸如安徽桐城人吴汝纶，浙江嘉兴人钱应溥，广东吴川人陈兰彬……”

照曾国藩所示，李鸿章开始一个个写信，以诚恳语气和真诚态度，请他们赴宿松襄赞军务，共谋剿灭太平军大业。写得差不多，李鸿章也想起一人来，对曾国藩说：“还有江苏阳湖人赵烈文，咸丰五年就入过曾幕，后母病辞去，要不要也邀邀他？”曾国藩道：“要邀要邀。赵氏了不得，能识人所不能识，言人所不能言，一定邀他赴宿松共事。”

信写好派发后，曾国藩舒口气，眼望两岸后移的黛色山影，问李鸿章道：“少荃离皖入赣多久啦？”李鸿章说：“已一年多时间。”曾国藩道：“就要返归原籍，有何感想？”李鸿章道：“感想良多。学生八年前辞京回籍，没头苍蝇样这里碰一下，那里撞一气，到头来白费了大好年华不说，还落得家破人散，流落他乡。之所以如此倒霉，毫无出息，想来想去，虽与大局不无关系，主要还是没跟对贵人，或者说没有对的贵人可跟。如今有老师可依靠，再度回皖，自然不同以往，学生一定好好干，消灭长毛，光复失去的家园。”

“好好好，有此决心，何事不成？”曾国藩收回远处的目光，看着眼前弟子，“此番赴鄂，润芝对你评价可高，几次趁你没在场，说你已不是在京时的毛头小子，安徽几年磨难让你成熟练达了许多，已具备干大事的潜质。”李鸿章不好意思道：“胡帅谬夸。学生还嫩得很，以后老师要多训导。”曾国藩道：“润芝说的是实话，我很认同。还说我有福，得了大才。我跟他开玩笑，这么看好少荃，干脆留到身边，我愿成人之美。”李鸿章问：“胡帅怎么说？”曾国藩道：“润芝说他自然乐意把你留下，可安徽战场更需要你，他不能太自私。”

李鸿章暗暗感激胡林翼的赏识，心里道，日后不干点像样的事业出来，也愧对他老人家知遇之恩啊。嘴上则说："胡帅胸怀天下，凡事都能从大局着眼，确有过人之处。难能可贵的是跟老师惺惺相惜，心心相印，合作默契，您俩真是世间少有的黄金搭档。此次赴鄂学生才算明白，湘军有您俩携手经营，想不兴旺都难啊。"

曾国藩敲敲船舷，叹道："岁月不饶人呐，咱们已没时间窝里斗，只能携起手来，同仇敌忾，早日把长毛消灭掉。"李鸿章说："老师正当年富力强，还不是感叹岁月不饶人之时。"曾国藩道："还年富力强？翻过这个年头，就进五十了，用咱湘乡话说，已土埋半截。"李鸿章道："老师别太悲观，你是大德之人，肯定高寿，再活五十年没问题。"

曾国藩摇摇头，道："为师没这个奢望。打仗就得杀人，杀人便是造孽，会折阳寿的。"李鸿章道："我不杀长毛，长毛就杀我，就搅得世无宁日。换个角度说，杀长毛是为百姓造福，也是积德行善。"曾国藩道："为师无意积德行善，也不要长命百岁，能在有生之年，消灭长毛，还百姓一个清平世界，就心满意足了。"李鸿章道："是啊，天下兴亡，匹夫有责，值此国难当头之际，总得有人挺身而出，挥刀上阵，征战沙场。"

由挺身而出一语，曾国藩想起自创心法"挺经"，趁着心情和畅，口授予李鸿章。

挺经其实是个故事。说有客临门，老翁嘱儿采办菜疏果品，日已过午，尚未归家。老翁心急，至村口察望，见儿子挑着菜担，与同样肩扛京货担子的货郎对峙于水塍上，互不相让，彼此钉住不得过去。老翁上前劝货郎道："吾家有客，等菜下锅，请老哥往水田稍避一步，吾儿过来，老哥也可过去，岂不两便？"货郎说："你只教我下水，你儿下不得？"老翁说："吾儿身子矮小，下田担子浸湿，坏了食物，还如何烹用？你身子高长，下田货担不至于沾水，就该你避让。"货郎道："你儿担内无非菜肴果品，即便浸湿，仍可食用，我担中皆京广贵货，万一着水，卖不出去，便一文不值，安能教我避让？"老翁见抵说不过，乃挺身就近道："还是我老头下田，老哥将货担交我顶于头上，你空身从我儿旁过去，我再将担子奉还如何？"说着俯身解履脱袜。见老翁如此，货郎过意不去，道："老丈如此费事，还是我避让吧。"抬脚下水，让过老翁儿子。就这样老翁只挺了一挺，一场争竞就此消解。

挺经有趣，可李鸿章一时未知意用何在，沉思不语。心法不可言传，只能心领神会，曾国藩也不多加解释，让学生自己琢磨去。半晌李鸿章才道：“挺经里面三人，还是儿子挺得住，不声不响，听凭老父和货郎辩驳，最后轻松过去。”

曾国藩道：“若货郎也像儿子样，坚持不下田呢？”李鸿章说：“对呀，两人都死挺下去，困局何日得解？幸亏货郎避让，待儿子先过，自己也自困局脱身出来。”曾国藩又道：“要说货郎不下水田理由充分得很，坚持不避让，也无可厚非。”

“也是啊，货郎凭啥避让呢？老翁先是一番劝说，货郎言词凿凿，老翁心知多说无益，遂决定挺身下田，用自己行动感召货郎，局面因此一新。”李鸿章恍然大悟，不无感慨道，“圣人之道，为而不争。大抵天下之事，只顾局外呐喊，相互争执，总归无益，必须躬身入局，亲力亲为，挺膺负责，乃有成事之可冀也。”

曾国藩暗暗稀奇。曾不止一次两次给人讲述此挺经，都只觉得有趣，却无人能悟到这层意义上来。李鸿章说得真好，事在人为，光嘴巴说得好听，不肯挺身入局，付诸行动，又如何成就事功？看来自己这个学生，还真是眼界高阔，不同凡俗。

话语投机，航程也就不再寂寞，加之顺水顺风，很快进入赣境。尔后经九江，过湖口，抵达皖地，迫近宿松，扎下老营。

天色阴沉下来，老营周边人家放响鞭炮，师徒二人才意识到年关在即，已至咸丰十年（1860）。湘乡后厨知道主人口味，特意上了牛肉牛肚牛血酸辣三合汤，外加一份剁椒湘乡草鱼，搁上足量姜片和紫苏，算是丰盛年饭，让饮食节制的曾国藩大开了回胃口。

倏忽元宵过去，入皖途中发出去的邀请开始见效，各路英才陆续来到宿松。还有此前李鸿章以自己名义邀约的陈鼐、丁日昌和孙云锦，也都到了位。宿松老营一时人才济济，盛况空前。喜得曾国藩眉开眼笑，不无自信道：“得人才者得天下，各位才俊看得起，肯来军中相助，湘军若不光复安徽，打到金陵去，老夫实在无脸见江东父老啊。”

才俊们来自四面八方，也将各地信息带进老营。自江苏来的赵烈文还提供一个绝密消息：陈玉成和李秀成取得三河大捷后，受到洪秀全嘉奖，两人为报天恩，正策划一次大动作，准备调集苏浙皖各处太平军，夹攻清军江南大营，解除金陵威胁。

这个消息很重要，曾国藩找来李鸿章，问他怎么看。李鸿章沉思片刻，道："如果消息属实，陈李抽调各省兵力夹击江南大营，安徽格局就会跟着发生变化，咱们正好采取相应行动。"曾国藩问："什么行动？"李鸿章道："加快部署进攻安庆事宜。"曾国藩道："如何部署才好？"李鸿章道："学生也没完全想妥。不过可以考虑开个军事会议，召集驻守各处的头领来宿松讨论战略方针，领受进攻安庆军令。"

机不可失，曾国藩让李鸿章草拟军令，驰寄各处。各地头领接到命令，不敢怠慢，速速往宿松集结。都是战功赫赫的名将，诸如彭玉麟、杨载福、曾国荃、李续宜、鲍超、曾国葆、张运兰、萧启江，及多隆阿、韦俊之类，不一而足。

湘军元老李元度也到了宿松。下马伊始，拜望过曾国藩，再至李鸿章住处会友。当年李元度赴京赶考落榜，在曾府认识李鸿章，彼此谈得来，成为至交。至交重逢，自然亲切，两人执手相看，都说对方黑了瘦了，也老了不少，眼角都爬上鱼尾纹。互看个够，李鸿章把李元度按到椅子上，让亲兵献上热茶，笑道："京师一别，晃眼十年，不过次青（李元度）兄一举一动，鸿章皆有所闻。"李元度道："闻到些什么？"李鸿章道："老师靖港、九江和樟树镇几次败绩，都是你及时伸手救助，让他恢复元气，才得以走到今天。这应该不假吧？"

李元度喝干杯里茶水，又朝李鸿章另要一杯，抿上一口，说："少荃兄消息真灵通。大帅也没亏待元度，将我一步步提到徽宁池太广道位置，带兵驻防徽州。只是安徽主战场在安庆，徽州无关紧要，英雄无用武之地啊。"李鸿章道："兄还不满足？只要独立带兵，就有立功机会，管他主战场副战场？哪像鸿章，只能做做幕宾，吃吃软饭。"李元度道："话可不能这么说，少荃兄大才，又深得大帅器重，日后肯定会委以重任。"

两人聊得正欢，曾国藩亲兵来唤，说军事会议快开始，要两人速去。二李携手出门，来到议事厅，各位谋臣和将领皆已在座。会议就陈李准备夹攻江南大营做了充分商议，都觉得和春统兵十万，攻克金陵胜算难定，自守应该毫无问题。只要江南大营拖住太平军主力，湘军就可趁机攻下安庆，收复庐州，实现三路进攻金陵大计。

接下来研究安庆战场。安庆位于长江边上，自然得围绕长江两岸排兵布阵。取得共识后，曾国藩开始调兵遣将：曾国荃和满弟曾国葆领吉字营正面主攻安庆，张运兰、多隆阿部策应配合；彭玉麟、杨载福率水师扼守长江，抗击下游太平军水兵；鲍超驻扎宁国，呼应坚守徽州的李元度，防堵苏浙太平军东来。

各将领领命而去，曾国藩却没走，站在墙边，眼盯安徽全图，一脸凝重。李鸿章走上前，轻声道："老师大概觉得长江北边太湖、潜山和桐城方向兵力不够，心里不踏实吧？"

只有李鸿章最了解自己。曾国藩点头道："湘军人数有限，各地八旗绿营又不归咱这个兵部侍郎节制，我是分兵无术啊。"李鸿章道："可考虑向一个人调兵。"曾国藩说："谁？"李鸿章说："胡公胡巡抚。"曾国藩道："我也想到过润芝。可湖北驻军本来不多，再抽走一部分，万一长毛趁虚西入，如何是好？须知湖北乃湘军战略基地，大意不得啊。"

见老师为难，李鸿章不便多言，悄悄离去，赶到客栈，为李元度饯行。几杯过后，酒劲一上，李元度口无遮拦起来："大帅处处英明，就是有些偏心。"李鸿章笑道："老师确实偏心，只因你是湖南人，就保你道员实职，还托以重兵，驻守徽州。哪像鸿章虽获福建延建邵道，却不让到任，也不给兵管带。"李元度道："大帅留你在身边，是离不开你，迟早会委以大任的。我说的是他总偏向曾家弟弟，让他吃肉，别人喝汤。"

李元度还是对曾国荃主攻安庆耿耿于怀。话有些敏感，李鸿章不好说啥，笑而不语。李元度继续道："曾老九也就知道打蛮仗，此外好像再没别的本事。假若不是身为大帅亲弟弟，我敢肯定今天他还是哨官一个。远的不说，就说去年打景德镇，还把你也拉上，全靠你出谋划策，否则他能得手吗？也是大帅出得口，委屈你做曾老九副将。不说你三品在下，曾老九四品在上，就说文韬武略，他哪能跟你相比？"

李鸿章忙摆手制止，说："次青话可不能这么说，沅甫打仗尤其是打硬仗，还是有一套的，不全是老师偏向他。"李元度道："我还不知道曾老九那一手，就是用欲望刺激士兵攻城略地，抢金夺银，长毛都没如此恶劣。我实在看不惯，要大帅管管他，他总是不置可否。这次大帅把张运兰和鲍超挪开，将主攻安庆任务交给曾老九，一旦这小子得胜，如狼似虎的湘乡兵勇冲进城里，安庆百姓不知又会倒多大霉。”

“次青兄想得远了点，攻克安庆可不是一日两日的事。”李鸿章不想说曾国荃，举杯敬李元度酒，“次青兄别灰心，徽州虽非主战场，对收复安庆也至关重要，你责任不轻啊。”李元度道：“少荃兄放心，元度一定守护好徽州，长毛胆敢进犯，叫他们有来无回。”

如此藐视劲敌，恐怕有些不妙。李鸿章提醒李元度道：“次青兄可得想明白，老师让你驻守徽州，是借徽州城池拦住东边长毛援军，千万不可轻举妄动，坏了老师大事。”李元度挥着手道：“这我知道，少荃兄别以为我不懂军事。”

说自己懂，往往不见得真懂。就像三国马谡，好论军事，大言炎炎，仿佛孙武再世，诸葛亮一时糊涂，嘱守街亭，失策惨败，军法论斩，身首异处。李鸿章真担心李元度太过自信，误人误己，待他离开宿松后，又写信给他，要他千万别大意，还是小心撑得万年船。

信寄走后，李鸿章准备去签押房，看曾国藩想没想好太湖、潜山方向增兵之事。刚要出门，孙云锦来访，只得收住步子，热茶伺候。孙云锦是书法家，两人聊会儿书法，李鸿章想起一个人来，道：“贵乡桐城有个程学启，海岑（孙云锦）兄听说过没有？”孙云锦道：“在敝乡桐城，程学启名气大得很。他有两大特点：善战和重义。他擅长攻城略地，又恰逢乱世，正好发挥长处，只不该明珠暗投，与朝廷作对，真是桐城人耻辱。”

李鸿章也觉得程学启投靠太平军可惜，道：“据说程学启离开巢县后，到了安庆，正协助长毛大将叶芸来守城，很是卖命。海岑还没说他如何重义呢。”孙云锦道：“程学启幼年丧母，为族人程唯栋母亲哺养成人。他很感激养母养育之恩，从小孝顺，养母说一不二。为让养母过上富足生活，他先入小刀会，再投太平军，每每起事或打仗，抢得财物，自己不吃不用，统统送到养母家里，孝敬她老人家。”

知恩图报，孝顺养母，说明程学启本质还算不错。只是助纣为虐，对抗朝廷，日后太平军被灭，岂不身败名裂，遗臭万年？两人正为程学启前程担忧，曾国藩亲兵跑过来，说大帅有请，要李鸿章即刻去见。

走进签押房，刚要问何事有找，曾国藩先开口道：“少荃啊，老夫想来想去，实在想不出该派谁抗击太湖、潜山和桐城一带长毛，只怕还得麻烦润芝，让他想想办法。”李鸿章道：“老师决定从湖北调兵，学生立即代给胡帅写信，甚或直接跑趟武昌也行。”曾国藩道：“跑武昌就免了，来来回回费时间，为师身边不能没有你，还是写信便利。”

李鸿章转身走向门口，准备回办差房写信，曾国藩又叫住他，道：“信里语气尽量委婉点，不能直接令润芝发兵。润芝身居巡抚高位，老夫不好随便指使他。”李鸿章道：“行行行，学生会注意措辞，老师放心就是。”

不到一个时辰，李鸿章所拟书信便已成稿。只字不提调兵之事，只通报安庆备战情况，说只要江南大营战斗一打响，湘军立即行动，合围安庆。合围需要大量兵力，美中不足的是湘军人数有限，无以分兵长江北岸诸县，只能走一步看一步。

看过初稿，曾国藩很满意，准备誊写一遍。李鸿章拿过砚台，要出去接水，曾国藩制止道：“给润芝写信，得用溪砚磨墨。”李鸿章道：“溪砚？学生浅陋，听说过歙砚端砚，真不知溪砚为何物。”曾国藩笑道：“不怪少荃不知。咱乡下老宅前有小溪，溪水入涟水处叫溪口，溪口水深莫测，水底潜藏奇石，坚韧细腻，似玉非玉，乡人取石琢成砚台，故名溪砚。前年丁忧在家，友人送砚上门，试过确实不错，即使吾等愚鲁手拙之人，不擅书法，拿溪砚磨墨写字，也平添三分神韵。复出时也就带至军中，藏之书柜，轻易还不拿出来使用呢。”

李鸿章道：“物尽其用，不用岂不浪费？”曾国藩道：“溪砚虽名不见经传，可砚石深藏水底，取之不易，产量极其有限。物以稀为贵，自然得多加珍惜。润芝不是普通朋友，用溪砚磨墨写信，才不玷污我俩友情。”

“溪砚如此神奇，老师快取出来，让学生开开眼界。”李鸿章心痒难耐道。曾国藩打开书柜，取来一樟木方盒，揭开盖子，掏出一枚沉甸甸砚台。砚如月形，色呈绛红，砚堂如斗，斗外雕着层层远山，叠叠近林，及漾漾浅波，叶叶轻筏，粗看与常见砚台也没啥太大区别。

见李鸿章有些失望，曾国藩笑道：“别以为溪砚平常，可格外好用。着水研墨，水墨相依，干净浏亮，全无墨渣。寒冬呵气成露，不用取水，就可研磨成汁。笔探墨汁，不易下滴，似缘自笔管，源源不绝。墨干无垢，石纹清晰可见，有如天然红木。”

见老师赞不绝口，李鸿章拿过溪砚，以手摩挲，才感觉细软温润，柔如凝脂。纹理清晰，富于质感，似如木心。再观砚堂外之远山近水，浑然天成，文气氤氲。李鸿章问道：“这水该是老师老家村外涟水，这山外之山也有名称么？”曾国藩笑道：“吾家老宅位于衡阳和宝庆交界处，衡宝山山相连，水水相接，少荃说这山外之山会是啥山？”

山南为阳，衡阳以衡山为名，既然衡宝山山相连，砚边之山定系衡山无疑。衡山之于湖南，就如皖山之于安徽，为一省之首山，李鸿章不可能不知，经老师轻轻一点，明白过来，说：“怪不得溪砚如此美妙，原来收衡山之精华，集涟水之灵性，尽得山水之神韵。”

欣赏够溪砚，李鸿章才出屋取来清水，动手磨墨。墨汁果然清润流利，不稀不稠，恰到好处。曾国藩握紧笔管，从容探上墨水，着手誊抄初稿。想胡林翼冰雪聪明，不用赘述，见信就明白是啥意思。也是李鸿章懂曾国藩，知道跟什么人说什么话，初稿该写的写上，不该写的没写。在赳赳武夫面前，说话就得直截了当，有啥说啥，对胡林翼此等知音和盟友，自然不必直来直去，把话说得太绝对，当人家是傻瓜。既然胡林翼不傻，就得含蓄点，优雅点，一方面是尊重对方，同时也给对方以回旋余地，以便酌情应对。

信函誊毕寄出，不日到达湖北。虽说信里只字未提增兵一事，胡林翼也一看便知，曾国藩担心无兵对抗太湖、潜山一带太平军，于围堵安庆的湘军是个不大不小的威胁，需你派兵增援。可湖北兵将大部已交付曾国藩，自己手头所剩无几，再也无兵可派，无将可用，还得另想办法。办法也不多，只能安排亲信，在两湖招募新兵。这就是胡林翼，总能想曾国藩之所想，急曾国藩之所急，从不耍奸使滑，借故推脱。

所招湘鄂新兵集结武昌后，胡林翼搁下其他事务，亲自组织训练，不敢稍稍松懈。他心知太湖、潜山一带局面于安庆战场之重要，不能派些无用兵将去滥竽充数。

眼看新兵训练得差不多，胡林翼又加紧劝饷筹粮，准备择日亲自带兵东下赴皖。正在忙碌，抚衙来了一个特殊人物，胡林翼一看名刺，眼前一亮，赶忙飞步迎出门去，拉着对方双手道：“季高兄啊，您怎么突然到了武昌？”

季高就是大名鼎鼎的左宗棠，胡林翼的老乡和好友。两人相携入衙，来到书房。亲兵呈上茶水果品，左宗棠也不客气，大吃大喝一顿，稍解饥渴，才嘴巴一抹，朗声道：“润芝架子不小啊，宗棠在外求见，门房以无巡抚大人预约为由，就是不予理睬，还是我大发脾气，撸了手把子要打人，才答应代递名刺进来。”

胡林翼莞尔而笑，道：“天下衙门都一样，季高兄来自湖南抚衙，又不是不知道。”左宗棠气鼓鼓道：“快别说湖南抚衙，那帮小人，这辈子我都不想提及他们。”

左宗棠志大才大，脾气也大，莫不是把湖南官场中人得罪得差不多，再也待不下去，才跑到湖北来投奔你胡林翼？胡林翼望着左宗棠的胖脸，说：“看季高兄模样，是不是跟谁结下梁子，想另外换个地盘？”左宗棠叹息道：“要说跟谁结下梁子，还没到这一步，只是不想再与那帮小人为伍，干脆离湘北上，去京城参加会试，碰碰运气。”

闻言胡林翼才想起三年一次的会试在即。也是造化弄人，左宗棠才高八斗，学富五车，当年乡试一考中举，接下来连续三届会试，皆名落孙山，至今无以释怀。想想胡左同年，胡林翼少年得志，两榜高中，一路走来，要风有风，要雨有雨，如今已是一方大员，集军政大权于一身。左宗棠虽也做过几件响当当的事情，名声在外，毕竟只举人出身，顶个兵部郎中空衔，功不成，业不就，年近天命还要进京谋功名，说来确也悲哀。岁月不饶人，就是考中进士，甚至选庶吉士，入翰林院，将该走的过场走一遍，人也老去，还能有多少作为？左宗棠聪明得很，如此浅显道理，不可能不明白，还要赴京会试，只不过是个借口，肯定另有想法。八成是不容于湖南官场，才到湖北来寻求出路。想当年太平军横行湖湘，湖南庸人当道，没谁能够退敌，才给了左宗棠一试身手机会，他脾气再坏，人家也只能忍气吞声。后太平军一路东进，石达开过境扫荡一气，也西奔云贵川而去，湖湘大地偃旗息鼓，有无左宗棠，也能维持下去，他还像以前一样耍威风，使性子，喧宾夺主，自以为真成了巡抚大人，不把自己当幕僚，定然没人肯再买账，被排挤出局，也就在所难免。

胡林翼见多识广，一眼看穿左宗棠心思，却照顾他面子，没有点破，只是道：“兵荒马乱，道路闭塞，你又如何到得了京城？国家正值用人之际，像你这样的大才，考不考功名，有没有出身，照样可建功立业，何必再去追求不切实际的虚名？”

一语说到左宗棠心坎里面，他鼓着腮帮道：“润芝该也了解湖南官场，那些小人不过比我多个进士出身，论治军理政，哪点比我左宗棠强？我就是咽不下这口气，非弄个进士给他们瞧瞧不可，免得他们骑在我头上拉屎拉尿。”

强势如左宗棠，谁敢在你头上拉屎拉尿？肯定是你在人家头上拉多屎尿，人家实在受不了你的屎臭尿臊，才联手把你弄走，怎么老怪人家，不在自己身上找找原因呢？胡林翼肚里这么嘀咕着，嘴上不好说什么。说也无用，江山易改，本性难移，胡林翼没想过要改变左宗棠。也没这个必要，左宗棠就是左宗棠，真改成右宗棠，或前宗棠后宗棠啥的，还有什么意思？世间难见有本事没脾气的人，有本事必然有脾气，总强于没本事有脾气，或没本事也没脾气。还是胡林翼心胸开阔，看重左宗棠本事，他脾气大点，也能忍受。甚至动了念头，准备把刚练成的新兵，交他带到安徽，配合曾国藩抗击太平军。

不过此念只在脑际一闪，便马上作了否定。左宗棠带兵打仗绝对没问题，问题是他有郎中身份，留用得朝廷批准，先递折上去，再答复下来，需费不少时间。还须与曾国藩商量，他老人家嘱意于你，希望你带兵助阵，你却拿左宗棠应付，他又会作何感想？这不是胡林翼的风格，他对朋友全心全意，不想打折扣，留一手。何况左宗棠也不见得会答应，新兵是你练出来的，他用起来不一定上手，难有作为，于安徽战场也无裨益。

经反复权衡，胡林翼才开口道：“赴京赶考毫无必要，季高兄还是留在南方，好好干番事业吧。”左宗棠道：“怎么个干法呢？”胡林翼道：“有两个选择，一是待我军中，帮我治理湖北军政；一是去安徽曾大帅老营，为他出谋划策，消灭长毛。”

左宗棠玩笑道：“润芝有意，就给我口饭吃，让我为你服务，干吗扯出涤生（曾国藩），赶我到他那里去？”胡林翼道：“我是怕湖北潭太小，委屈了兄弟你。”左宗棠道：“湖北潭小，可润芝是南天柱石，我想依靠柱石，享享清福。”胡林翼笑道：“想享清福，你早回了湘阴老家，哪会跑到湖北来？靠柱石也没意见，可你想过没有，跟着曾大帅更有出息。”

左宗棠嘴角一撇，道：“涤生自己都没卵出息，出生入死，打了七八年仗，还是个二品侍郎，跟着他又能出息到哪里去呢？也是他沉得住气，换别人早拂袖而去，不跟朝廷玩了。”胡林翼道：“正是涤生兄沉得住气，才能成就惊天大业。”左宗棠道：“但愿如此。涤生能耐确实不小，让人折服。可他有个致命弱点，就是谨小慎微，遇事顾忌太多，不是前怕龙，就是后怕虎。这是我最看不惯也看不起他的地方，我在长沙时就训斥过他。皇上也是见他软弱好欺，连个巡抚也不肯给，旁人都替他愤愤不平，涤生自己竟屁都不放一个。”

凭胡林翼洞明世事的眼光，自比左宗棠更了解甚至更懂曾国藩，也就不会同意其偏激说法。不过也没必要反驳，只是道：“季高兄愿留湖北，是看得起林翼。无奈林翼马上要带兵入皖，你是给我看守抚衙，还是随我一起上前线杀敌？”

左宗棠一时没想明白何去何从，不好表态。胡林翼望着对方，忽然冒出一句：“晓得我为何要带兵入皖吗？”转思左宗棠已离开官场，对外面世界不甚了了，没等他回答，又说道：“陈玉成和李秀成准备攻击江南大营，涤生兄正在排兵布阵，准备大显一回身手。”

也是左宗棠敏锐，听胡林翼如此说，意识到湘军与太平军生死较量在即，苏浙和安徽战争格局会有重大调整。换句话说，到曾国藩老营去，机会不会少。

阳春三月，莺飞草长，左宗棠兴冲冲来到宿松，一脚迈进湘军老营。曾国藩正与李鸿章、赵烈文等幕僚议事，听门外有人大声叫嚷涤生二字，心想谁如此无礼，竟敢直呼老夫字号？又觉声音耳熟，起身离位，出得门来，竟然是左宗棠。旁边站着曾府家仆，两人在湖南时就熟悉，定是这小子把人带进来的。曾国藩趋前一步，热情道：“原来是季高兄，什么风把你吹到宿松来啦？”左宗棠朗声道：“宗棠从武昌来，自然是西北风。”

两人打几声哈哈，曾国藩将左宗棠拉进议事厅，对在座众人说道：“各位应该知道这么句名言：天下不可一日无湖南，湖南不可一日无左宗棠。现在站在你们面前的，就是我的好兄弟，鼎鼎大名的左宗棠左季高先生。”

众人放眼望过去，心里说原来是狂人左宗棠，怪不得未曾现身，动静就弄得这么大。李鸿章也睁眼将矮锉胖大的左宗棠扫一遍，不出声道：好个左宗棠，就你爱管闲事，怂恿老师办什么马军，害我白辛苦跑趟淮北，还没来得及找你报销差旅费呢。

待众人看个够，曾国藩把左宗棠拉到自己太师椅旁，道：“季高兄一路辛苦，先坐下喝口茶，我再将各位介绍于你。”左宗棠也不客气，大模大样坐到太师椅上。亲兵另挪过一张椅子，塞给曾国藩，又为左宗棠端上热茶。左宗棠喝口茶水，道："涤生好有气象，宗棠一路走来，只见营垒整齐，兵强马壮，进得老营，又有诸多幕宾众星拱月，环绕左右。"

这个左宗棠，曾国藩放下身段，一口一个季高兄，他小子倒好，连兄字都省掉，直呼涤生，再牛也没这么个牛法吧。幕僚们早已看不惯，曾国藩却没事人似的，开始介绍起在座各位来。幕僚们来头不小，大部分都有功名，没有功名的，文章学术也响当当，可到左宗棠眼里，屁都不是，简直不值一提，他一脸不屑。肚子里还不断嘀咕，曾国藩真是小人得志，手下几个幕僚，也要放肆显摆，不碍于你老面子，咱早拂袖而去，懒得陪你玩儿。

介绍到李鸿章，左宗棠一听他两榜出身，还在翰林院供过职，想起自己三次会试不中，气不打一处出，恨不得几步上前，施以一顿老拳，以解心头之恨。偏偏曾国藩还要夸赞李鸿章志高才大，劲气内敛，可堪大用，日后必有大作为，左宗棠实在忍无可忍，大声插话道："老夫早闻少荃大名，确实是个人才，堪担大任，做得翰林，也做得绿林。"

谁都听得出来，左宗棠是故意纠住李鸿章翰林变绿林的浪名，借题发挥，讥讽嘲笑他。被点着痛处，也不知李鸿章受不受得了，各位纷纷偏头去瞧他，看他作何反应。李鸿章倒不生气，顾左右而言他："鸿章掉了样东西，不知各位拣到没有？"

不是李鸿章怕了左宗棠，有意没头没脑，拿别的话题岔开吧？众人疑惑道："少荃兄掉了什么？"李鸿章说："掉了天下。你们知道天下在哪吗？"

莫名其妙，天下也是你掉的？各位愣愣看着李鸿章，没能反应过来。李鸿章狡黠一笑，不慌不忙道："不是说天下不可一日无湖南，湖南不可一日无左宗棠么？左大人窜逃安徽，湖南失去支撑，山崩地裂，不复存在，天还不跟着塌了下来？"

明人听得出，李鸿章在正话反说。世界无论少了谁，白天依然日出日落，夜晚照常月圆月缺，不会有丝毫改变。左宗棠狂傲自大，目中无人，与他本性有关，估计也是这句不可无湖南无左宗棠的昏话，让他头脑发热，才过高估计自己，真以为湖南少不了他。事实是他离开湖南，湖南人照样穿衣吃饭，拉屎放屁，活命过日子。李鸿章抓住这句话的矛盾，绕了弯子嘲讽左宗棠，自然比他直接用绿林骂人，略显高明。

见李鸿章占了上风，各位哈哈大笑起来，觉得很爽。自己只有举人出身，就见不得人家中进士，入翰林，对这种人还真不能太客气。左宗棠被李鸿章呛得满脸通红，一时想不出反击手段，嚯的一声站起来，甩手出了议事厅。

“不像样，太不像样！”曾国藩瞪一眼李鸿章，“有你这么对待客人的吗？季高兄刚入老营，你就如此无礼，多没风度？”李鸿章做个鬼脸，没有出声，心下却想，你老人家莫非就看得惯左狂人的狂劲？学生说他几句，正好替你解气，你要感谢学生才是。

说过李鸿章，曾国藩赶紧追出门去，把左宗棠请进自己书房，安慰道：“大人不计小人过。少荃口无遮拦，季高兄别介意，回头我再好好教训他。”

都已奔五的人，也不好显得太没肚量，左宗棠敛住脸上怒容，用力笑道：“没事没事，宗棠什么人没见过，什么事没遇过？还不至于李鸿章一句刻薄话，就把自己气死。”曾国藩说：“这就对啦！少荃太年轻，不知天高地厚。”

劝得左宗棠顺溜了，曾国藩才转移话题道：“刚才见面，季高兄说从武昌过来，一定见过润芝兄吧？”左宗棠道：“到润芝治下，不去看他，他岂不怪罪于老夫？”曾国藩道：“润芝兄在忙些啥？”左宗棠说：“刚招募了一批湘鄂新兵，正加紧操练。”

胡林翼操练新兵为哪般，曾国藩自然清楚。心下欣喜，脸上却水波不惊，道：“润芝兄不留你帮他治军理政？”左宗棠道：“润芝说他也会到安徽来，让我先走一步。”曾国藩道：“季高兄大才，肯到我军中屈就，是曾国藩福气啊。”

左宗棠脾气傲是傲点，却自有傲的资本。在湖南抚衙充幕时，就曾代巡抚理政治军，颇有手腕。如今主动来投，曾国藩自是欣然接纳，又笑道：“季高兄入我老营，是想单独带兵，外出打仗，还是留营帮我料理文案，整饬军务？”

投身于军营，舞文弄墨，跑腿打杂，自然不比外出打仗有出息，左宗棠何尝不想独立带兵，早出人头地？人近天命，再不出头，就为时已晚。可他也知道初来乍到，还没资格提要求，不是想干啥就可干啥，得看人家高兴让你干啥才干啥。曾国藩是湘军大老板，你端人家的碗，就得服人家管，不可凭着性子来。左宗棠性狂心里明，自知再傲，也得看看场合，不是随时随地随便哪个人面前都可傲的。他太了解曾国藩，征求你意见，不过看同乡同窗之旧谊，表示客气，给足你面子，并非真要听你的，你绝不可太把自己当回事。

这么寻思着，左宗棠压低嗓门道：“宗棠走投无路，涤生能收容营中，给碗饭吃，派个活路，已感激不尽，哪还敢挑三拣四？干什么都行，只要宗棠干得了，也干得好。”

这就是左宗棠，无关紧要处使使脾气，耍耍威风，牵涉到实际利害，还是颇懂轻重，深知进退。曾国藩暗暗赞赏着自己这位故人，道：“国藩清楚季高兄知军能战，好想让你领军出征，独当一面。可惜你迟来一步，水师陆军都已交给各路统带，分驻各地，手头已无多余兵卒，只能委屈你暂在营中理理文案，待有机会再说带兵之事，你意下如何？”

左宗棠倒也爽快，说：“行行行，听涤生的。”

意见达成一致，曾国藩便给左宗棠分派具体差事，又吩咐后勤，落实吃住，造册支薪。安排妥左宗棠，正好有些空闲，叫进李鸿章，道：“少荃啊，季高投奔大营，是看得起老夫，你该对他客气点，怎么上场就冷嘲热讽，弄得人家不尴不尬的？”

李鸿章快言快语道：“姓左的不也一见面就拿翰林绿林奚落我么？他是不服我两榜功名和翰林身份，看着我就来气，想压住我。可他考不中进士，又不是我判的卷，怎么能怪到我头上来呢？这倒也无所谓，绿林就绿林，反正我已臭名在外。最让人看不惯的，是他那股子狂傲劲，老师放下身段，一口一个季高兄，他却直呼涤生，连起码尊卑都不懂。再怎么的，老师年龄比他长一岁，地位更比他高一大截，又是堂堂湘军大统帅，他到湘军老营来谋饭碗，讨生路，尊重尊重赏饭碗和给生路的人，总不为过吧？”

逗得曾国藩哈哈大笑，道：“没少荃说的这么严重。季高是吾故人，彼此知根知底，才省了客套和虚伪。他可不是盲目高傲，确实属大能人，无奈英雄无用武之地，憋得难受，才锋芒毕露。就像石下春笋，不用点力又怎么拱得出地面？他能到老营来，老夫打心眼里高兴啊。身旁有尔等高足，已属大幸，再加个左宗棠，岂不如虎添翼，正好干大事么？”

老师如此看重左宗棠，李鸿章倒也没话可说。早闻左宗棠才名，不可无湖南无左宗棠之狂言刺耳是刺耳，毕竟也不全是妄语。何况大敌当前，最需要的就是人才，湘军老营多些左宗棠这样的能人，于事业有百益而无一害。

见李鸿章心悦诚服的样子，曾国藩继续道：“季高还带来一个消息，润芝兄已招募湘鄂新兵，正在抓紧操练，不日就可东进入皖。”李鸿章也替老师高兴，道：“胡帅带兵入皖，看住潜山、太湖一带长毛，九帅和彭杨水师便可全力围剿安庆，胜利也就不太遥远。”曾国藩道：“老夫也是这么想的。眼下最让我担心的是江南大营能支撑多久。陈玉成和李秀成统领太平军后，意气风发，跃跃欲试，非摧毁江南大营不可，老夫忧心忡忡，寝食难安哪。”

李鸿章分析道：“江南大营十万大军，要粮草有粮草，要装备有装备，还有周边各省清军接应，恐怕不是陈李想摧毁就能摧毁的。”曾国藩道：“但愿如此。怕就怕万一江南大营有个什么闪失，长毛尽数向西压过来，湘军可吃不消啊。”

身为湘军统帅，曾国藩有此担心，不是完全没有道理。江南大营兵多将广不假，可还要统帅和春知军，善于调兵遣将，调遣不当，兵将再多也只是个数字。在满人将领里，和春是最能打仗的，过去征战安徽，也并非全是败绩，不然咸丰不可能寄予厚望，将命根子样的江南大营交给他。然金陵毕竟不是安徽，清军直接面对太平军主力，战争规模大，格局广，和春战略眼光如何，能否运筹帷幄，调度各军，战胜陈李，还不太好说。

不久消息传来，李秀成和堂弟李世贤率军绕开清军，南下进入浙江，向杭州方向扑去。李鸿章看得明白，二李此举完全是声东击西，剑指浙省杭州，其实意在江南大营。谁知和春接到浙江巡抚罗遵殿求援信，竟派总兵张玉良率兵两万，往浙江进发，去救杭州。李鸿章甚觉不妙，跑进签押房，对曾国藩说：“老师老师，大事不好啦！”

曾国藩也已得到消息，正为和春捏着一把汗，见李鸿章懵懵懂懂闯将进来，故作镇静道：“少荃怎么慌慌张张的！什么不好啦？”李鸿章道：“看看和大人，竟让张玉良分兵两万，往救杭州，岂不正中长毛调虎离山之计么？”

明知和春此举纯属败笔，曾国藩还要满不在乎道：“江南大营拥有十万之众，分两万出去有啥关系？”李鸿章道：“江南大营号称十万大军，其实也就张国梁和张玉良两人手下四五万人马有些战力，张玉良分走两万，江南大营如何面对陈李数十万长毛？”

曾国藩不再吱声，仰仰脑袋，靠在椅背上，闭上眼睛，陷入沉思。和春是咸丰亲信，堂堂钦差，怎么调兵遣将，曾国藩自然管不着。让人担忧的是，万一江南大营挡不住长毛攻击，安徽局面又如何维持？曾国藩很矛盾，他不想看到和春得势，攻克金陵，收取首功，又不希望江南大营溃败，抵抗长毛重任全部压到湘军肩头上。

见曾国藩不声不响，像睡死过去一般，李鸿章不好多嘴，垂着头，悻然离去。出门没走几步，盛康拿着封书信走过来，要见曾国藩。李鸿章顺便问道：“哪儿来的信？”盛康道：“湖北来的。”李鸿章道：“是胡帅的信吧？”盛康点头说：“正是。”

“估计胡帅已快到安徽，老师见信，一定会很高兴。鸿章陪你回去见老师。”李鸿章转过身，尾随盛康，复入签押房。只见曾国藩依然保持着李鸿章离开时的姿势，合着双眼，一动不动仰躺在椅子上。盛康望望曾国藩，又看看李鸿章，意思是要不要叫醒大帅。

这有啥好犹豫的？李鸿章朝前面抬了抬下巴。盛康这才把信放到签押桌上，轻声道：“禀报大帅，胡帅来信。”话没落音，曾国藩猛然睁开眼皮，坐正身子，迅速拿过桌上信封，几下启开，低头看起来。没看几行，脸上就舒展开来，绽出盈盈笑意：“润芝来得正是时候啊。”

胡林翼信里告知，他已率领新兵，抵达鄂皖边境，不日就可进入战区，听候曾大帅调度。曾国藩将信转递给李鸿章，要他也过过目。又对盛康说：“旭人到书柜里取云子过来，我要跟少荃好好来两局，较量较量。”

盛康拿出黑白两罐云子，放到窗边的棋桌上，又把曾国藩扶至桌旁椅子上。李鸿章也看完信，坐到老师对面。开始两人还算认真，眼盯棋盘，谨慎落子，仿佛非分个输赢不可。渐渐注意力不再集中，落子速度倒快了许多。最后曾国藩眼睛离开棋盘，移到李鸿章脸上：“少荃说说，润芝如此义气，老师该怎么回报他才好？”

李鸿章指捏云子，正往棋盘上伸去，听曾国藩问话，抬起头，悠悠道：“胡帅与老师一样，唯一目标就是消灭长毛，光复江南，老师的事就是他的事，用不着回报。”曾国藩道：“话虽如此，我总得有所表示吧。”李鸿章玩笑道:“如何表示?送金送银,还是送妾送妓?”曾国藩嗔道:“你把润芝看成什么人了?他岂是金银和妾妓能够打动得了的?”

啪的一声,李鸿章悬在空中的手指扣到棋盘上,说:“老师打劫吧。”曾国藩无意棋劫,说:“少荃还没回答老师问话呢。”李鸿章只好道:“要感谢胡帅也简单。”曾国藩道:“怎么个简单法?”李鸿章道:“他不是给您写了信么?您回封信给他,心到意到就是。若老师没时间,学生可代拟初稿。”

确实如此,写信简单,却也最能表达心迹。曾国藩道:“就给润芝回封信。不过这封信不劳少荃费心,得我亲自拟稿,诚意才够。”李鸿章笑道:“反正您得誊抄一遍,我尽量模拟老师口气,还怕胡帅知道是人代拟的不成?”曾国藩说:“润芝不知,我自知啊。”

李鸿章不再多话,取出溪砚,接水磨起墨来。曾国藩端坐桌前,凝神静气,构思书信内容。李鸿章这里墨磨好,曾国藩也构思完毕,铺纸写起信来。谁知写到一半,曾国藩突然放下笔杆,道:“写信诚意还是不够。”李鸿章道:“不写信又如何表达诚意?”曾国藩道:“润芝入皖助战,就在太湖西北方向,离宿松不远,为何还要写信敷衍,不可亲自去见个面?”

这倒也是。李鸿章举双手赞成,说:“胡帅辛苦练兵,远道而来,老师抽得开身,确实该跑一趟,当面去致个谢。若方便的话,学生也愿随老师同往。”曾国藩道:“润芝对你颇为欣赏,你能同去,他定然高兴。”

打定主意,两人开始掰着指头,计算胡林翼行程,只等他进入战区,就去相会。

胡林翼与李鸿章交道不多,却有知遇之恩,要去拜访他,该准备些啥好呢?送金送银,俗气不说,人家身为地方大员,最不缺的就是金银,肯定看不上眼。送珍宝古玩,平时无此谋心,收过朋友几件,又非上品,也拿不出手。

正在犯难,这日翻阅随身携带旧书,忽从书页里掉下一片黄纸,弯腰拾到手上,竟然是个偏方。才想起书是爷爷留下的藏书,爷爷能文善医,在世时是老家十里八乡有名的草药医生,收集了不少药方,经常当书签用,儒医两不误。

把药方重新夹进书里,还没看上两行,曾国藩亲兵来请,说大帅偶感风寒,病倒在床,叫李鸿章去说个事。李鸿章放下书本,要跟亲兵出屋，那纸偏方又从书里漏了出来。拣到手上要塞回去，发现纸背有几个字，注明专治咯血病。李鸿章心头一动，胡林翼患的不正是咯血病么？送此偏方给他，比送真金白银更为管用。

随亲兵来到曾国藩卧室，他老人家正歪在床边，由家仆扶着，往痰盂里呕吐着。却是干呕，什么也没呕出来，只涨得满脸通红。好一阵才止住干呕，吃力地对李鸿章说道：“润芝已入战区，驻扎于太湖县北。老夫要去看望他，这下病倒，如何是好？”

“老师养病要紧，胡帅那里缓缓没事，他不会怪您的。”李鸿章拿过桌上热茶，让老师漱过口，润润喉，扶他躺下，“要么学生代老师去看胡帅如何？”曾国藩道：“这也行，我把写到一半的信写完，交你带给他。”支支身子，就要下地。李鸿章按住他，说：“老师这个样子，别写信了，捎个口信也一样。”曾国藩道：“见字如晤，口信哪比亲笔信？给我磨墨。”

曾国藩决定要做啥，没谁能拦得住他。李鸿章只好扶他下床，搀到桌前，再返身拿出书柜里的溪砚，接水磨墨，让老师将几天前写到一半的信写完。

带着老师亲笔信，还有爷爷那纸偏方，由两名亲兵护卫，李鸿章驶出湘军老营，望北而行。快马加鞭，来到太湖县北小镇上的军营，让卫兵通报进去，胡林翼很快迎出来，拉着李鸿章的手，说：“林翼率部刚至，少荃就追了过来，辛苦啦，辛苦啦！”

入帐坐定，李鸿章道：“本来老师要亲自来看胡帅，不料突然患病，卧床不起，只能派鸿章代为前来拜望。”胡林翼关切道：“涤生兄得的什么病？不要紧吧？”李鸿章忙道：“不要紧，不要紧，不过偶感风寒，过几天就会好的。”

胡林翼稍觉宽心，道：“涤生兄系湘军成败和国家存亡于一身，压力太大，确实不容易啊。少荃在他身边，得多提醒他注意身体，留得青山在，不怕没柴烧。”

李鸿章点头应承，拿出怀里书信，道：“这是老师带病写给胡帅的亲笔函，您请过目。”胡林翼道：“涤生兄病魔在身，还写啥信咯？托少荃带个口信也一样嘛。”李鸿章道：“老师说见字如见人，非写信不可。还是用溪砚磨墨写的。”胡林翼很感动，道：“我知道涤生兄讲究，书写重要信函或文件，才会用溪砚磨墨。溪砚磨墨写的字都舒畅凝重些，一看便知。”

读过信，胡林翼面呈悦色，免不了又要说几句曾国藩重情重义之类的话。忽想起自己也有信要转，拿出来递到李鸿章手上。李鸿章低头一瞧，是郭嵩焘手迹，问胡林翼道："胡帅手里怎么会有筠仙的信？"

筠仙是郭嵩焘字号。与陈鼐一样，郭嵩焘也是李鸿章同年，且一起在翰林院共过事，彼此关系非同一般。后郭嵩焘回湖南湘阴老家养病，自此两人再没谋面。太平军起义，咸丰谕令丁忧在家的曾国藩兴办团练，曾国藩犹豫不决，一再推辞，郭嵩焘几次从湘阴赶赴湘乡，给曾国藩分析天下大势，促他下决心，出山创办湘军。曾国藩爱才惜才，也离不开人才，盛邀郭嵩焘入幕协理军务。不久咸丰诏令郭嵩焘回京，入值上书房，深受信任。时逢洋人商船云集天津港，郭嵩焘奉旨前往帮办海防，为蒙古亲王僧格林沁所不容，转赴烟台查办贸易税收腐败案，设局抽厘，触犯地方官员利益，反遭弹劾，再次称病辞职，南下回湘。途经湖北，造访抚衙，正值胡林翼练成新兵，准备出发，便托他捎信给李鸿章，叮嘱好好跟曾国藩干，日后必将大有出息。道理明显，当今天下能灭太平军者，非湘军不可。

看完信，李鸿章笑对胡林翼道："筠仙口口声声要我跟老师好好干，他自己怎么不随胡帅到安徽来呢？"胡林翼道："我也劝过他，他说刚以回乡治病为由离开京都，转背就进入湘军老营，皇上那里说不过去。"李鸿章道："皇上那里有啥说不过去的？东南战事频仍，湘军急需用人，胡帅和老师上个折子说明一声，皇上还能不点头恩准？"

胡林翼笑笑，道："少荃还不知道筠仙脾气？说回乡治病，没病也得回乡，绝不能中途变卦。他在天津和山东碰得头破血流，就是书生气太重，不知通融回旋，以为皇上下了圣旨，就得不折不扣落实到位，以致众怒难犯，引火烧身。殊不知冰冻三尺，非一日之寒，官场积弊由来已久，岂是几道圣旨就能解决得了的？"

弹琴要手劲，话说费精神，话说得太多，胡林翼渐渐有些吃不消，猛咳起来。一咳就止不住，直至身子缩成一团，咳出一摊浓血，人都差点背过气去。

李鸿章这才想起所带偏方，赶紧掏出来，吩咐卫兵，拿到镇上去抓药。卫兵抓药回来，李鸿章接过去，照着爷爷熬药方法，将药倒入砂罐，适量加水，把握火候，慢慢煎熬。至恰到好处，才滗入碗里，端到床前，亲自服侍胡林翼喝下。

偏方还真有效用，服过药，又睡上一觉，第二天胡林翼便基本恢复过来，不再咳嗽。李鸿章进帐探望，胡林翼满心欢喜道：“感谢少荃，带来这么好的方子。为这咯血病，林翼不知试过多少单方，都不怎么管用，还是这副有效。”

“是爷爷留下的偏方，治愈过不知其数的咯血病人，胡帅留着，定时抓药服用，完全可以治愈。”胡林翼感激道：“医术乃仁术，治病救人，惠及子孙，怪不得合肥李家两代进士，四位朝官，尤其是少荃，日后更会有大造化。”李鸿章笑道：“胡家也是两代进士呀，令尊当年还高中探花，如今胡帅又做上封疆大吏，成为南天柱石。”胡林翼哈哈大笑道：“长江后浪推前浪，少荃后生可畏，以你的智慧和坚韧，可预见日后功业将远在林翼甚至涤生兄之上。”

两人畅谈甚欢，李鸿章见胡林翼精神不错，提出去看看新兵，长长见识。胡林翼自然乐意，带李鸿章出帐，来到营前演武场。将士们正在加紧操练，阵容壮观，队列整齐，官兵个个精神抖擞，斗志昂扬。论及募勇练兵心得，胡林翼告知，都是按湘军标准和营制征兵选将，整编训练，分统下面设营官，营官下面设哨官，哨官直接管带士兵，可谓组织严密，责任明确，战时召之即来，来之能战，战之能胜。

李鸿章耳在听，眼在看，心里则想，怪不得湘军这么有战斗力，从兵勇招募，到整编建制，再到管理操练，每个环节都很务实，比之自己过去带过的安徽民团要强多少有多少。日后有机会招勇练兵，也得好好借鉴湘军办法，不能再搞民团那一套。

观过新兵操练，两人回帐叙话。还没叙上几句，帐外报告，有客人到访。胡林翼接过名刺一瞧，顿时笑起来，朝外面喊道：“请客人进帐！”

李鸿章没想到，来人竟是三弟鹤章和五弟凤章。两人先与胡林翼叙过礼，再跟二哥打招呼。李鸿章诧异道：“两位弟弟怎么到了这里？”李鹤章笑道：“得知二哥在胡帅处，咱兄弟俩也想一睹胡帅风采，便跑了过来。”李鸿章道：“就这么简单？”

李鹤章望眼李凤章，李凤章这才说道：“开春后，五弟不是离开南昌，又东下跑了趟生意么？先到苏州进批苏绣，贩往上海销掉，再南下浙江，准备去杭州进货，路上得知李秀成和李世贤率部往攻杭州，和春派总兵张玉良出兵前去救援，硝烟浓烈，我只好转身北上，走水路往金陵方向赶。去年发了批货给江南大营，还没结账，得赶紧把款子收回来，不然战事一开，货款岂不要打水漂？幸好动作快，刚到江南大营拿到货款，就听说李秀成和李世贤即将打过来，一场大战在所难免。原来二李攻杭州不过做做样子，诱得张玉良率精锐南下后，随即掉头北上，来扑江南大营。我不敢久留，脚踩西瓜皮，匆匆西行。途经皖中，正巧碰上回乡募勇的三哥。三哥一听江南大营有大仗打，拉我去宿松见二哥，告知战报，以便采取应对措施。日夜兼程，绕行太湖，得知二哥到了胡帅这里，于是直奔大营而来。”

听李凤章如此说，李鸿章顿时兴奋起来，对胡林翼道：“和春得知长毛欲攻杭州，派张玉良南下救援时，我就跟老师说过，二李醉翁之意不在酒，果然不出所料。不过江南大营开战，于湘军不一定是坏事，正好趁长毛手忙脚乱，全力围攻安庆，收取大功。”

胡林翼也觉得有理，说：“咱们这就出发，去宿松见涤生兄，看他什么意思。”

此时曾国藩也收到情报，得知江南大营大战在即，像李鸿章一样，一时兴奋不已，觉得正好合兵安庆，啃下这块硬骨头。不过曾国藩毕竟不是李鸿章，很快又冷静下来，认为不能操之过急，忙中出错。合围安庆需大量兵力，附近清兵不归自己节制，湘军兵力又有限，加一起也就四五万人马，还分散在赣皖各地，一时三刻调不拢来，想合围安庆，谈何容易？再说你舍命围攻安庆，长毛分兵来救，岂不好了江南大营清军？江南大营是咸丰攻克金陵的全部希望，只要咸丰心里存此希望，就不会真正重视湘军，自己又何苦替别人卖命？

曾国藩心里正在翻江倒海，胡林翼和李鸿章已赶至宿松，来到老营，迈进签押房。曾国藩用心太专注，有人进门，竟浑然不知。李鸿章张口要喊老师，胡林翼忙摇手止住他，示意别惊动主人。看样子就知曾国藩已探得金陵实况，正为要不要采取行动而举棋不定。胡林翼心明如镜，合围安庆是要付出代价的，还不见得值得。

好半天，曾国藩才回过神来。猛然发现门口站着两个人，细瞧是胡林翼和李鸿章，赶紧站起身，过去握住胡林翼双手，抱歉道：“润芝兄几时到的？怎么不叫我一声？”胡林翼道：“刚到刚到，见涤生兄凝神静思，不便打搅，才没让少荃惊动你。”

叫亲兵送上茶水，分别落座，曾国藩开言道：“润芝兄募兵援皖，该国藩去看您，只因突然病倒，才托少荃走上一遭，不想礼倒了过来，还劳动您跑宿松来看我。”胡林翼笑道：“咱们之间还讲虚礼，大可不必。”曾国藩也笑道：“好好好，不讲虚礼，不讲虚礼。”

客气几句，话题自然转到江南大营上来。李鸿章迫不及待道：“合围安庆时机就在眼前，若轻易错过，就太可惜了。”曾国藩不置可否，转问胡林翼道：“润芝兄意下如何？”胡林翼道：“少荃说得不错，现在合围安庆，确实是个好时机，就看涤生兄下不下得了决心。”曾国藩道：“决心好下，胜算难料啊。”胡林翼道：“安庆城里也就叶芸来属下两万守军，周边地区原有长毛大约三四万，眼下大部分抽走围攻江南大营，所剩已不太多。若咱们行动果敢，趁叶芸来准备不足，迅速调集各处湘军，配合九帅猛攻安庆，胜算起码有七成。”

世无十拿九稳的仗，七成胜算，完全可以考虑了。可曾国藩不动声色，点点头，又摇摇头，不知他是认可，还是否定。李鸿章道：“老师别犹豫，这可是上天赐给您的良机，千万不能放弃，否则过了这个村，就没有这个店，无后悔药吃。”

曾国藩仍没表态。李鸿章还要说什么，胡林翼扯扯他衣脚，说：“好事不必忙中取，少荃别催你老师，他有他的考虑。”又对曾国藩道：“林翼此次来宿松，不只为合围安庆之事，主要还是涤生兄患病，特来探视。所幸涤生兄已然痊愈，林翼也就放心，该打道回营了。”

说着胡林翼起身，准备出门。曾国藩跟着站起来，说：“既来之，则安之，润芝兄已至宿松，就休息两天，咱兄弟俩正可说说话，交流交流想法，看如何面对江南大营战事可能带来的变数和影响。”胡林翼笑道：“涤生兄胸有成竹，何须林翼置喙？再说湘鄂新兵刚刚练成，得加强管束驯化，我也不能离营太久。”

胡林翼所言属实，曾国藩不好强留，送他出门。李鸿章牵过马，见两人手拉手，说得投机，放慢步子，在后远远跟着。胡林翼感觉出曾国藩手上温暖，语重心长道：“涤生啊，咱们都是近天命之人，日见衰朽，动不动就病魔缠身，可得好好珍重啊。”

这是胡林翼第一次直呼涤生，曾国藩听出他话里的深情厚谊，也省去兄字，说道:“感谢润芝关怀！国藩比你痴长一岁，已进五十，更觉身体一天不如一天。”胡林翼道:“生死有命，命不由人，谁也不可能与命抗争，只要善待自己，少留遗憾就行。”曾国藩道:“要说个人生死也不算什么，只要消灭长毛，平定天下，国藩死而无憾。”胡林翼道:“消灭长毛，还有捻匪，清除捻匪，还有如狼似虎的洋人，仅凭咱俩和湘军力量，远远不够啊。”

曾国藩偏头望定胡林翼，意识到眼前这位挚友到宿松来，除关心你的身体和江南大营战况，可能还有更重要的话要说。果然胡林翼不再转弯，直接道:“不管此次合不合围安庆，涤生必须承认，湘军再强大，力量还是单薄了点，必须早做准备。”曾国藩追问道:“准备什么，怎么准备？”胡林翼说:“储备人才和后备军。”

曾国藩深以为然，将胡林翼的手握得更紧了，急切道:“润芝教我，储备什么人才和后备军？”胡林翼道:“不敢言教，林翼只是模糊觉得，人生苦短，不可人亡政息，须提前找好替手，以薪火相传。”曾国藩道:“谁可做吾替手？”

胡林翼停住脚下步子，松开曾国藩双手，笑道:“替手不是一般人物，涤生慢慢物色吧。还有咱们在武昌所定三路进攻金陵战略，涤生也得早做准备，时间不等人啊。”

见两人止步不前，李鸿章牵马过去，要扶胡林翼上马。胡林翼坚持让曾国藩先回。两人礼让一阵，曾国藩拗不过对方，只好转身往回走。

十、江南大营覆没

看着曾国藩一步一回头，慢慢走远，胡林翼才伸手去要李鸿章手上缰绳，准备上马。李鸿章偏不给，几分不甘道：“这么好的机会，老师为何迟迟不下决心，合围安庆？”胡林翼道：“涤生自有涤生的考虑。”李鸿章不满道：“我看老师是怕合围安庆，牵动长毛，解了江南大营的围，肚里不太情愿。”

好个李鸿章，只你最知涤生。胡林翼望眼李鸿章，心下暗想，涤生还要到哪儿去找替手，现成替手不就在你眼前么？嘴里则道：“此话岂能随便乱说，传将出去，于涤生可不利。”李鸿章诚恳道：“鸿章听胡帅的，话到此处为止。”将胡林翼扶到马背上，看着他在亲兵护卫下，扬尘远去，才低了头，往回挪步。

来到老营前，正好碰见左宗棠从签押房出来，嘴里骂骂咧咧，像在生谁的气。李鸿章不知何故，堵住随后出来的赵烈文，问是怎么回事。赵烈文将李鸿章拉到僻静处，道：“左宗棠觉得江南大营大战在即，机会难得，要大帅调兵合围安庆，大帅没明确表态，也不肯做解释，左宗棠恼羞成怒，愤然而出，叫嚷说要回湖南另募一军，前去攻打安庆。”

李鸿章忍不住笑起来，道：“左宗棠一个挂名郎中，没人替他上折，求得皇上许可，他怎么募兵？就是仓促募兵，安庆也是他想攻想打，就可攻可打的？”赵烈文道：“左宗棠有想法也没错，眼下确是合围安庆的好时机，一旦江南大营大战打完，长毛大军压过来，事情就难办得多了。”

李鸿章说："能静（赵烈文）兄认同左宗棠，何不说服老师合围安庆？你比左宗棠会说话，说不定老师肯听你的。"赵烈文说："咱俩一起去试试？"

两人说好，双双走进签押房。曾国藩正仰首察看墙上安徽全图，听到脚步声，头也没抬道："莫非少荃与能静也来劝我合围安庆？"

听曾国藩把话挑明，两人倒不好张嘴了。曾国藩又不紧不慢道："要合围安庆，你们自己合围去。最好叫上左宗棠，他不是叫嚷着要另募一军吗？你们可以跟他走，我不阻拦。只是别来怂恿我，我没时间听你们啰嗦。"

二位你望望我，我望望你，悻然出门，从此再不提合围安庆的事。唯有左宗棠不甘心，想联合各位幕僚，一起游说曾国藩。幕僚们蠢蠢欲动，准备响应左宗棠，见李鸿章和赵烈文无动于衷，只好放弃，将伸出去的头又缩了回去。

不久江南大营战斗打响，一时难分胜负。左宗棠又一次走进签押房，要曾国藩调兵围攻安庆，曾国藩还是没理会他。左宗棠不再使气，知道自己不是主帅，拿人家没法。只恳求看在同乡同窗份上，给自己募兵杀敌机会。

一句话让曾国藩记起胡林翼离开宿松时的嘱托。是啊，要实现三路进攻金陵的战略目标，靠湘军现有规模显然不够，还得另想办法。入夜后，趁着老营寂静，曾国藩铺上稿纸，给咸丰上折，奏请左宗棠回湘募勇，补充湘军。

奏折送达紫禁城，咸丰刚接到和春奏报，说江南大营吃紧，请求增援。急得咸丰热锅上的蚂蚁似的，赶忙叫人拟旨，命令湘军围魏救赵，速攻安庆。旨刚拟就，正好接到曾国藩奏请左宗棠募兵折子，也就二话不说，降旨准许。

两道圣旨以八百里加急送到宿松时，曾国藩正僵坐在签押房里，两眼发直，面如死灰。江南大营已全面溃败，消息刚传入曾国藩耳里。原来张玉良率军离开江南大营后，李秀成和李世贤便撤离浙江，回师北上，与强渡长江的皖北陈玉成部会合，攻占高淳、溧阳、溧水、句容、秣陵等外围要地，断掉江南大营外援和后路。和春惊恐万状，檄调已回军常州的张玉良救援。驻节常州的两江总督何桂清坐拥近十万清军，却只想着自己活命，不让张玉良出兵。和春无奈，只得与张国梁拼命抵抗太平军。大战九天九夜，江南大营终因外无援兵，内无粮饷，哗乱溃败，和春和张国梁率残部败走丹阳。太平军随后追至，张国梁战死，和春逃往常州。

龟缩常州的何桂清不积极组织城防，竟奏言军事交托和春，以赴苏州筹饷为由，仓皇出逃。担心何桂清一走，军心涣散，常州不保，士绅百姓纷纷出面，跪地挽留。不想何桂清丧尽天良，竟命随从开枪，打死 19 人，扬长而去。不久太平军排山倒海而至，张玉良败走，不知所终。和春勉力抵抗，身负重伤，逃到浒墅关，自觉无颜面见圣上，自杀殉国。可怜常州百姓为求自保，自动拿起武器守城，却无力御敌，太平军攻破城门，大肆屠城，一时血流成河。驻扎苏州的江苏巡抚徐有壬闻讯，痛心疾首，弹劾何桂清弃城丧师。正值何桂清逃到苏州，徐有壬紧闭城门，拒之城外。何桂清绕城一周，不得而入，逃往上海洋人租界。不久苏州为太平军所破，徐有壬战死，留下遗疏，再劾何桂清。太平军乘胜挥师南下，攻破杭州，浙江巡抚罗遵殿自杀。至此，除上海等小块地盘，苏浙尽归太平军之手。

尽管一切都在预料之中，可预料成为事实时，曾国藩还是有些不敢相信，太平军竟嚣张至此，清军则如此不堪一击。他既感到解恨，又觉得非常后怕。咸丰对咱曾国藩成见太深，一直压得湘军抬不起头来，不正是有南北大营和何桂清属下清兵的存在吗？如今两大营烟消云散，何桂清孤身躲进上海租界，看你咸丰拿啥与咱较劲。莫非还想三建南北大营不成？和春与何桂清共二十万清兵死的死，逃的逃，只怕你老人家想也白想。更何况陈玉成和李秀成不是老想着与洪秀全过招的杨秀清，不可能给你留下任何机会。咸丰没了机会，要攻金陵，灭洪贼，光复江南，除咱手上湘军，还能指望谁呢？

可解过恨，曾国藩又不寒而栗，恐惧起来。江南大营和苏浙清兵再不中用，也是太平军眼中钉，肉中刺。只要钉不取，刺不拔，太平军就寝食难安，不可能全力对付湘军。如今江南大营和苏浙清兵不复存在，湘军孤零零面对数倍于己的敌军，再能作战，谁胜谁负，谁生谁死，也很难预料。至此曾国藩才意识到，江南大营和苏浙清兵其实不只是咸丰本钱，同时也是湘军同盟军，失去同盟军，孤军奋战，又谈何容易？曾国藩脑袋里冒出唇亡齿寒四个字，暗自后悔不该不听李鸿章和左宗棠劝告，白白放弃合围安庆的大好时机，自断湘军后路，以至不得不独自面对太平军主力。曾国藩不觉浩叹一声，似要将胸中块垒吐将出去。

叹息没落，外面响起重重的脚步声，左宗棠闯进来，大声道：“涤生啊，要你合围安庆，你犹犹豫豫，没有任何动作。现在心满意足了吧，江南大营和苏浙清军全面溃散，湘军失去唯一屏障，只能直面强大的长毛主力，看你怎么办？”

曾国藩一声不响，只是直愣愣望定左宗棠，像不认识他似的。左宗棠一屁股坐到签押桌对面椅子上，说：“看我干啥？我在问你涤生呢。”

曾国藩还是没出声，三角眼里透出复杂的幽光。左宗棠越发气愤，低声吼道：“何去何从，你总得放个屁呀。你是湘军统帅，上上下下，左左右右，都盯住你哩。是不是打算在宿松待一辈子？宿松有啥好待的？要风景没风景，要名胜没名胜，我可不愿老死在这里。”

好半天，曾国藩两个定定的眼珠才动了动，慢条斯理道：“不想待宿松，你想到哪儿去？”左宗棠还是那句话：“回湖南募兵，去打长毛。”

曾国藩伸伸僵硬的手腕，拉开抽屉，摸出圣旨，放到桌上，往左宗棠面前推了推。左宗棠看眼曾国藩，低头拿过圣旨，一看内容，绷着的脸顿时舒展开来。又接过曾国藩以兵部侍郎名义开出的募兵委札，咚咚咚迈出门，回屋打点好行装，兴冲冲离开宿松，回了湖南。

见左宗棠离营而去，幕僚们紧张起来，这个说是不是江南大营和苏浙清军溃败，太平军主力就要打到安徽来，左宗棠担心性命难保，找个借口开了溜？那个说也许长毛攻打江南大营和苏浙时，大帅不听劝告，没调兵合围安庆，挽救江南大营和苏浙清兵，陷湘军于危境，左宗棠心气不平，愤而出走。还有的说别看左宗棠与大帅是老乡和同窗，在湖南时就有过不错合作，到底各自性情不同，脾气相左，分手是迟早的事。

夹在幕僚中间的盛康听得真切，心里也打起鼓来，把陈鼐拉到一旁，道：“左宗棠出走，咱们怎么办？”陈鼐说：“我也在想，左宗棠跟大帅关系这么铁，大难来临，逃之夭夭，你我不是湖南人，与大帅毕竟隔了一层，到底有没有必要死守宿松，同归于尽？”

两人议论几句，决定到签押房去探探深浅。到得门口，陈鼐往后一缩，说：“旭人兄去吧，我在外等你。”盛康道：“大帅挺看得起你，有话好说，还把我推到前面去。”陈鼐道：“你先我入营，熟悉老师脾气，更好说话。若你问不出名堂，我再进去也不迟。”

盛康只好硬着头皮迈进门里。也许走了左宗棠，没人聒耳，曾国藩情绪好转，心境清静，像没事人样，办公如常。见盛康站在地上，欲说还休，自然知其来意。却不挑明，只是故意问道:“旭人有何贵干？”盛康说:“听说左宗棠已离开老营,不假吧？”曾国藩道:“一点不假。”盛康说:“大敌当前，左宗棠算个能人，大帅正用得着，他怎能拍拍屁股跑掉呢？”

曾国藩没直接回答,望着盛康道:“是不是见左季高跑掉,你也想走人？”噎得盛康吱声不得，嗫嚅道:“左宗棠爱跑跑他的，咱可管不了。来见大帅，是看有无事情要吩咐。”曾国藩道:“你该忙啥还忙啥，咱有事会找你的。”

盛康诺诺而退。不一会儿，陈鼐进来，细声细气道:“大家都在议论，左宗棠是不是跟老师闹别扭，才离开大营的？”曾国藩道:“你觉得我会跟他闹别扭吗？”陈鼐道:“左宗棠脾气是暴躁点,可大帅宰相肚里能撑船，应该不会往心里去，一定另有原因，姓左的才走掉的。”曾国藩道:“你干脆说左宗棠贪生怕死，知道长毛大军会开过来，先逃命去了。”

陈鼐走后不久，赵烈文也跑了来。他问得聪明:“左宗棠心高气傲，办事能力也强，只是运气欠佳，年近知天命还是个挂名郎中，无职无权，有劲没处使，以至心烦意躁，见谁都看不顺眼，斗红眼的公鸡样，要跟人斗一番。”曾国藩笑道:“你何不说左宗棠跟我斗架斗得性起，才拂袖而去？”赵烈文道:“左宗棠跟谁斗，也不会跟大帅斗。斗也斗不起来，大帅不会接他招。左宗棠向有抱负，一直苦于无用武之地，如今江南大营覆没，苏浙沦陷，国家急需带兵之人，他正好自组一军，露两手给那些两榜高才生瞧瞧。”

还是赵烈文看人准。曾国藩道:“你是不是也想学左宗棠,自成一军？”赵烈文摇头道:“烈文纸上谈兵可以，真带兵打仗，还没这个能耐。”

赵烈文出去后，又来过几拨人，都是担心湘军面临强敌，能否维持局面，才以左宗棠离营为由头，投石问路，决定去留。连周边府县知府县令也赶往宿松，找到孙云锦，想见曾国藩。孙云锦是桐城人，与这些知府县令有些往来，不好拒绝，只得把他们带进签押房。这些人对左宗棠不感兴趣，只关心自己屁股下面位置坐不坐得长久，也就旁敲侧击，看曾国藩有无良策对付即将到来的长毛大军。曾国藩正惶恐不安，一时哪来御敌良策？唯有故作高深，顾左右而言他，掩盖内心忧惧。

人进人出的，却一直不见李鸿章，曾国藩颇觉奇怪。李鸿章本来遇事最沉不住气，有话就说，有屁就放，这次怎么无动于衷？莫不是已不辞而别，溜之大吉？曾国藩只这么想想，不会真以为李鸿章已走掉。让孙云锦去找，回说正在住处呼呼大睡，做白日梦。李鸿章能睡不假，可也不至于连睡数天，不到签押房来领事呀。要孙云锦再去叫，还是没叫来，说李鸿章头疼欲裂，根本下不了床。

不用说，李鸿章在故意做样子给你瞧。曾国藩笑笑，带上孙云锦，去了李鸿章宿舍。李鸿章要的就是这个效果，不再称病装睡，翻身下地，把曾国藩迎到椅子上，搓着两手道："老师这么忙，还到宿舍来看学生，学生真过意不去。"孙云锦忍不住笑笑，质问道："有啥过意不去的，大帅不到你宿舍来，你会理睬他老人家吗？"李鸿章道："学生病已好得差不多，正要去拜望老师哩。"曾国藩反唇相讥道："我都到了你宿舍，还用得着你去拜望么？"

搓会儿手，李鸿章才想起倒水泡茶，递到两人手上，说："这是我家五弟去皖西跑生意时所购新鲜六安瓜片，老师和海岑（孙云锦）兄一定喜欢。"

"好茶，真是好茶。"曾国藩喝口茶水，称善不已，"少荃也坐吧，你本来就高，杵在那里，像旗杆样，让人好不自在。这还在其次，把屋顶捅破，下起雨来，看你住哪里去。"

李鸿章矮下身子，坐到床边，笑道："老师一贯严肃，想不到也诙谐起来。"曾国藩道："不诙谐行吗？这几天一拨接一拨的人往我屋里堵，堵得我气都喘不过来，也没见少荃去帮着解个围。"李鸿章明知故问道："这些人堵您老人家干啥？"曾国藩道："还能干啥？江南大营覆灭，苏浙大部沦陷，众人见左宗棠拍屁股走掉，以为长毛就会打过来，湘军孤军难敌，还不如趁早散伙，都跑去探我口风。"

话到紧要处，李鸿章却紧闭嘴巴，没再吱声。孙云锦知道自己在场，师生俩有话不好出口，放下茶杯，找借口起身出屋，顺手带上门。李鸿章这才一脸愀然道："让学生无比悲痛的是和春自杀，张国梁战死，徐有壬和罗遵殿相继殉职。这些人都是大清顶梁柱，如今柱倒梁塌，大清大厦到底还能否支撑下去，谁也不好打这个保票啊。"

不是还有湘军吗？曾国藩心里想，嘴上默无声息，等着李鸿章继续往下说。李鸿章沉吟半晌，接着道："如今整个江南就剩五万湘军和皖赣分散清兵，一旦气势汹汹的长毛趁胜西进，能否挡得住都不一定，更不用说攻破安庆，进逼金陵，捉拿洪贼。"

说得曾国藩满心愁云惨雾，像做错事的学生样，眼巴巴望着李鸿章，道："也怪老师当初没听信少荃，抓住时机，调兵合围安庆，不然长毛分兵来救，江南大营也不至于破得这么快，败得这么惨，连带苏浙两地遭殃，大都归长毛所占。”

身为湘军大帅，能自我检讨，把话说到这个份上，李鸿章还能说啥呢？心下已有些过意不去，出言宽慰道：“当初老师放弃合围安庆机会，学生也觉得可惜，现在想来也许不全是坏事。”曾国藩道：“此话怎讲？”

李鸿章慷慨陈词道：“过去咸丰因手握江南大营和苏浙重兵，才觉得湘军可有可无，处处提防限制。谁知江南大营和苏浙清军如此不堪一击，咸丰幻想彻底破灭，再不依靠湘军，他依靠谁去？要依靠湘军打长毛，就得放手让湘军发展，在人力物力财力和大政方面给予扶持，这不仅是湘军机遇，也是国家福音啊。设若江南大营不破，苏浙清兵不败，江南大量税赋一味往这些无底洞里填，湘军如何发展，长毛何日可灭？”

也只李鸿章有如此锐利眼光，能从事情表象察觉出其背后隐义。曾国藩点点头，略有所思道：“好手不比两双，江南大营和苏浙清兵不复存在，光凭湘军五万人马，也难抵长毛二十多万大军啊。”李鸿章道：“长毛人多势众不假，他们靠的就是人海战术，才击败江南大营和苏浙清军。可人数并非胜败关键，与长毛乌合之众比较，湘军不说以一当十，以一当五绝对没问题。现在就看咸丰肯不肯放权，若放权给老师，节制赣皖苏浙四省军政，加之身后两湖作坚强后盾，还怕对付不了长毛？”

说得曾国藩热血沸腾起来，道：“何桂清不还活着吗？皇上好像仍没撤掉他的两江总督，赣皖苏浙哪轮得到老夫来节制？”李鸿章道：“此时的何桂清活着与死去又有何区别？和春等文武大臣以身殉国，虽死犹荣，他却贪生怕死，弃城丧师，还枪杀挽留他的常州百姓，不该千刀万剐？老师应该也已听说，江苏巡抚徐有壬生前死后两疏劾他，各地官员纷纷上折控诉其滔天之罪，咸丰还要包庇他，以后谁还肯替朝廷卖命？”

“不办何桂清死罪，天理难容啊！”曾国藩喃喃道，眼光很复杂，“何桂清死与不死，咱们说了不算，可免职是板上钉钉的事。只是盯着两江总督位置的人肯定不少，鹿死谁手难说咯。”李鸿章道：“两江总督位置太重要，牵涉国家生死存亡，是谁想盯就盯得到的？咸丰就是所托非人，才造成今天这个被动局面，还能不吸取教训，选择可以担当大任之人？如果我是咸丰，就让老师挂兵部尚书衔，节制江南清兵，再委以两江总督重任，掌管赣皖苏浙钱谷赋税，集中力量办大事，灭长毛。”

曾国藩长叹道："可惜少荃不是皇上。"

曾国藩说得一点没错，李鸿章不是咸丰，咸丰也不可能照李鸿章思路办事。他心里有个结始终打不开，就是只希望湘军帮朝廷消灭太平军，不愿看到湘军兴盛强大，担心前门驱虎，后门迎狼，大清江山不保。可问题又来了，湘军不强大，又如何消灭强大的太平军？咸丰人虽年轻，如此简单道理还能懂。他不懂，旁边满汉大臣也不是吃干饭的，总有人懂。

思来想去，权衡再三，咸丰准备采取折中办法，委曾国藩以兵部尚书衔，再让其他可靠之人接替何桂清总督两江。何桂清罪大恶极，自然不可能让他留任原职。不仅不能留任，还饶不了他。咸丰视其为心腹，把江南交给他与和春，和春尚且知道以死谢罪，他小子却临阵脱逃，还好意思活着，不是甩你咸丰耳光吗？咸丰气急败坏，恨不得亲自操刀，一点点剐掉这小子。可何桂清躲在上海洋人租界里，想剐没法剐，只能下旨捉拿归案，解京问罪。

至于委曾国藩兵部尚书衔，事情简单得多，反正他不可能赴京就职，只不过品升一级，比兵部侍郎好听一点，其实毫无实质意义。两江总督则是个实缺肥缺，给谁不给谁，区别可大了去了。反复权衡各方力量，又听取群臣意见，咸丰决定委任于胡林翼。道理有三：一是胡林翼已是巡抚，升任两江总督，顺理成章；二是在湘军人物里，毕竟胡林翼只是二号统帅，位居曾国藩之后，让他掌管两江地方军政，朝廷还算放得心；三是胡林翼也可支持曾国藩，共同抵御太平军，收复江南失地。同时让胡林翼腾出湖北巡抚一职，可授予曾国藩，给其以安慰，让他死心塌地为朝廷服务。

这是咸丰肚里想法，还没正式形成文字，传旨下去，远在安徽宿松的曾国藩自然不得而知。他不担心兵部尚书衔落空，咸丰再小气，也不可能连这么一个虚衔也舍不得松手。曾国藩最在乎的是两江总督，这个位置含金量高，可尽取赣皖苏浙钱粮，给湘军提供充足的后勤保障，还能节制四省清兵和团练，协助湘军对付太平军。

可咸丰会着眼国家大局，放权给你曾国藩吗？曾国藩望眼欲穿，只盼咸丰早日下达圣旨，自己也好在太平军主力西征之前，进行通盘谋划，采取相应对策。不用猜测，江南大营破败，苏浙清兵溃散，太平军下一个目标就是湘军，以及长江中游的皖赣湘鄂四地。

曾国藩盼星星，盼月亮，就是没盼来圣旨，心里那个急呀，确是无以形容。不是曾国藩看重兵部尚书衔和两江总督位置，江南危机重重，国家存亡悬于一线，自己官升一级，权重一地，肩头就多份担当和责任，甚至离死亡线又更近一步，和春与何桂清就是现成例子。是国难当头，总得有人置生死于度外，挺身而出。事实是湘军与太平军两相对峙，箭在弦上，曾国藩已别无选择，想收手，想脱身，都收不了，脱不开，只能继续麻着胆子，迎难而上，把湘军和自己身家性命押上去，拼死一搏。

自己忠心可鉴，不知远在京城的咸丰皇帝尚能知否？他若知你用心良苦，为何迟迟不下达圣旨，让你名至实归，放开手脚，大干一场，早日消灭太平军？他是不是仍对你心存芥蒂，不敢放权给你，怕你有啥异心，甚至觊觎他的皇位？曾国藩真想把五脏六腑给剖出来，送到咸丰面前，让他看个清楚，到底是不是赤胆忠心。

世间最让人尴尬的是自作多情，一片好心被当作驴肝肺。曾国藩很纠结，心里犹如十五个吊桶打水，七上八下，多日来睡不稳，吃不香，清癯的脸更显消瘦，两腮下塌，双眼内陷，像刚遭过大劫大难似的。表面却还要装着什么事都没有，依然谈笑风生，稳如泰山的样子。主帅这里风轻云淡，僚属们也渐渐忘却江南大营溃败和左宗棠出走带来的不安，以为天塌不下来，就是万一塌下来，也有大帅挺脖顶着。

只有李鸿章心知肚明，这是曾国藩备受煎熬的时候。咸丰态度暧昧，倾向不明，老师就没法采取行动，只能坐等太平军打过来，被动应付。李鸿章忍耐不住，走进签押房，冒出一句："老师可否让人打听打听，皇上到底什么想法？"

话说得无头无尾，曾国藩却知其何意，道："安徽距北京数千里之遥，找谁打听去？"李鸿章道："不有千里眼和顺风耳么？"曾国藩扑哧笑出声来，道："你的千里眼和顺风耳在哪儿？"李鸿章道："学生没有千里眼和顺风耳，可官大人有啊。"曾国藩道："官大人有千里眼和顺风耳？"李鸿章道："官大人何许人也，有几只千里眼和顺风耳又算什么？"

此言不假，官文是满大员，皇宫里安插了不少眼睛和耳朵，有个啥消息，很快就会传到他那里。曾国藩明白过来，说："就你少荃脑筋转得快。问题是官大人的千里眼和顺风耳，跟咱们有啥关系？莫非他得到可靠消息，还会透露给咱们不成？"李鸿章道："官大人不会透露给咱们，会透露给胡帅呀，找找胡帅不就得了？”

曾国藩弯着指头，轻叩桌面，道：“对呀，咱怎么就没想到润芝哩？少荃不怕辛苦，就到润芝营中去跑一趟，看他有没有官文所给消息。”

李鸿章自然乐得跑这一趟。他说的不错，京城有啥重大消息，都会有人不失时机传达给官文，官文再转到胡林翼那里。就在李鸿章往太湖紧赶慢赶时，胡林翼已收到官文派人飞送而至的信函，说咸丰有意提胡林翼任两江总督，让曾国藩接替湖北巡抚，圣旨即将下达。还暗示胡林翼，竞争两江总督位置的人太多，没他官文手长，及时活动协办大学士兼户部尚书和军机大臣的肃顺肃大人，不可能有此效果。

地方总督几乎是大清汉员可能到达的最高实职位置，何况还是两江肥缺，就是背景深厚的满大员，也不是想谋就能谋得到手的。胡林翼激动不已，捧着官文信函左看右看，以为自己眼睛老花，看得不够仔细，误解了官文意思。可信里说得明白，咸丰和肃顺高度信任你胡林翼，觉得你是两江总督不二人选，非你不能当此大任。

直到李鸿章迈进大营，胡林翼桌上还摆着官文信函，时不时拿到手上瞧上两眼，品味两江总督就要到手的兴奋。直到亲兵进帐通报，说李翰林李鸿章驰至，胡林翼才赶紧将信函收好，阔步走将出去，笑迎客人。

一看胡林翼印堂泛光，两眼发亮，李鸿章就知他定有好事，叙礼坐下后，便旁敲侧击道：“人逢喜事精神爽，胡帅气色不错呀。”胡林翼笑道：“林翼有病之躯，气色还能好到哪里去？”也不把李鸿章当外人，拿出官文信函，递到他手上。

李鸿章展信一瞧，心里难免不平起来。咸丰还是留了一手，宁肯让胡林翼做两江总督，也不安排给老师，只拿湖北巡抚打发他老人家。不言而喻，咸丰害怕老师身为湘军统帅，拥有五万虎狼之师，再委以两江总督大任，统辖四省清兵和团练，权重镇主，成为朝廷大患。

心里不平着，李鸿章脸上却笑容可掬，拱手祝贺胡林翼：“胡帅德才兼备，总督两江，确属众望所归啊。”胡林翼笑道：“官大人听来的小道消息，不足为凭，少荃不要轻信。”李鸿章道：“官大人是皇上红人，又与肃大人关系亲密，他的小道消息与皇上圣旨又有啥区别？”胡林翼道：“小道消息就是小道消息，自然不能与圣旨同日而语。”

闲话几句，胡林翼意识到李鸿章离开宿松，大老远跑到自己营中来，绝不会是不小心走错了路，这才问道：“少荃专程造访我营，该不会是冲着小道消息来的吧？”李鸿章哈哈大笑道：“胡帅猜得真准，晚生就是老师派遣来探听小道消息的。”胡林翼半信半疑道：“涤生干的是大事，还有心派你来听小道消息？奇闻奇闻。”李鸿章道：“不奇不奇，听的不是别的小道消息，正是官大人才能提供的小道消息。”

“看来涤生也在关注两江总督位置鹿死谁手。”胡林翼听出李鸿章话里别样意味，若有所思道，“两江总督关涉江南大局，要涤生不关注也不可能啊。”李鸿章道：“皇上真任胡帅做两江总督，于老师和湘军来说，确是天大好事。然安排老师接任湖北巡抚，对他实在有些不公。胡帅该记得当年湘军打下武昌，皇上高兴之余，决定让老师署理湖北巡抚，谁知祁隽藻一句烂话，七天后皇上又收回成命，仅拿兵部侍郎应付老师了事。如今湘军已打到安徽，成为对抗长毛的唯一力量，还拿湖北巡抚一职哄人开心，是不是不厚道，也有失理智？”

一语点醒胡林翼，他觉得自己也太自私了点，见官文信里说咸丰有意让你总督两江，就忘乎所以，只得意于自己晋级升官，不想想国家安危和江南百姓生死。从咸丰角度考虑，让你做两江总督自没话说，可从军国大局和百姓利益出发，难道不应该考虑更合适的人选吗？胡林翼顿时惶恐起来，两眼望定李鸿章，不无诚恳道：“咱们都是同道中人，少荃实话实说，老夫是不是没资格做这个两江总督？”

见胡林翼满脸真诚，李鸿章心有所动，却还是话留半句道：“晚生真心觉得，胡帅最适合做两江总督。”胡林翼问：“理由呢？”李鸿章道：“理由简单，胡帅不是何桂清，大难临头，只顾自己逃命，弃城丧师，连挽留他的无辜百姓也敢枪杀。”

胡林翼何等聪明，还能听不出李鸿章弦外之音，道：“你是说我来做两江总督，弄不好就会重蹈何桂清覆辙，只不过不会像他混账透顶，失节贪生，只能学徐有壬和罗遵殿，以身殉职？若做上两江总督，唯有一死，于国于民毫无益处，皇上又何苦来着，老夫又何苦来着？老夫倒不是怕死，人生自古谁无死？反正哪个都会有这么一天。可死也要死得有些价值，不能换来国家太平和百姓安宁，死又有何意义呢？”

也许整个大清官场，只有胡林翼如此理解生死，愿意把个人官位与民族大义、国家百姓利益联系在一起。有感于胡林翼的高风大德，李鸿章也就不再绕弯子，直言道：“胡帅可以设想，当初皇上若让和春兼任两江总督，江南大营面临危机时，自杭州退军常州的张玉良部，以及苏浙清兵和地方团练，还会被何桂清按住不动，以致全盘皆输吗？”

胡林翼点头频频，道：“前车之鉴，后事之师。和春与何桂清的败迹就在眼前，咱们不吸取教训，再犯同样错误，不是蠢猪不如吗？两江总督只能让涤生来做，老夫不可只顾自己出风头，无视国家存亡和生民死活，将数万湖乡子弟兵推向火坑。”李鸿章大为感动，道：“国家有胡帅，江南有胡帅，湘军有胡帅，又何愁长毛不灭？”

“少荃别给我戴高帽，不是你点拨，老夫糊里糊涂铸下大错，还不自知呢。”胡林翼铺纸拿笔，开始给官文写信，要他说服肃顺，跟皇上讲明利害关系，尽快任命曾国藩为两江总督，节制四省清兵和团练，集中力量消灭太平军。

信写得差不多，李鸿章又提示道：“官大人不是胡帅，对老师向有成见，他会不会照您意思，给肃大人去信呢？”胡林翼担忧道：“还真不好说，官大人心思我懂，我做这个两江总督没事，换别人他肯定不乐意。”李鸿章道：“胡帅可在信里添上这么一段话：如果老师权力有限，湘军力量单薄，挡不住长毛进攻，安徽和湖北一旦沦陷，官大人就是不想步何桂清后尘，也只能学和春或徐有壬、罗遵殿他们，以死报效皇上和国家。”

胡林翼连连称妙，重又拿笔把李鸿章所说写进信里，一边说：“趋利避害乃人之天性，官大人想活命，还真的只有照咱们说的办。”

信封好交快马发出，第二天傍晚就到了官文手里。还以为胡林翼得知两江总督即将到手，写信感谢你举荐之恩，不想这小子口口声声自己德行不够，能力有限，不敢担此大任。官文边看边冷笑，这个胡林翼，真是狗坐轿子，不识抬举，两江总督这样的肥差，人家上蹿下跳，求之不得，他不费吹灰之力，皇上便拱手相赠，竟然还惺惺作态，假意推辞，不是脑袋进水，就是鼻血出得太多，成了糊涂蛋。

直看到后面，说两江总督若所托非人，长毛打败湘军，逆江而上，江南各地包括两湖督抚必然在劫难逃，只能步和春与何桂清后尘，不是身首异处，就是身败名裂，官文这才紧张起来，只觉背膛一阵阵发凉。官文再昏庸，眼前形势还看得清楚，朝廷若不给曾国藩以实权，把湘军和各方力量整合起来，共同对抗强敌，江南各地督抚都只有同归于尽。

官文不敢丝毫犹豫，几乎把胡林翼原信照抄一遍，加急寄给肃顺。肃顺看过信，长吁短叹，一脸无奈。官文哪里知道，肃顺早就为曾国藩谋过两江总督位置，遭到祁寯藻和翁心存等老臣一致反对，不得已才推出胡林翼，老臣们看已故同年同事胡达源面子，才没了话说。

原来何桂清败逃上海租界后，京城变得格外热闹，官场中人一个个药癫的鱼一样，上窜下跳，提着大把大把银子，找门子，拉关系，企图把两江总督位置挪到自己屁股底下。王公贵戚自不必说，就是祁寯藻和翁心存这些老臣，也成为重点进攻对象，家里门槛都被踏破。偏偏老臣们乐意借自己威望，给咸丰和吏部施加压力，要把自己的人推上去。咸丰左右为难，一时不知如何是好。还是肃顺提出，长毛猖獗，两江总督不是太平官，不能又派一个何桂清充数，坏皇上大事。咸丰动了心，咬咬牙，准备任用曾国藩，可话刚出口，就引来一片反对声，尤其是祁寯藻和翁心存，跳得最高，说曾国藩比洪秀全厉害得多，皇上不多个心眼，必然后患无穷。咸丰心里又犯起嘀咕来，要肃顺另提人选。肃顺不好坚持己见，提了个折中方案，让胡林翼做两江总督，曾国藩接任湖北巡抚，这才勉强得到各方认可，不再争执。偏偏官文还要来函，认为这么安排胡林翼和曾国藩，于江南大局极为不利，务必说服咸丰改变主意。咸丰主意是谁想改变就改变得了的？这不是给你添堵么？

不过肃顺还是出门，连夜入宫，来到上书房，进谒咸丰，麻胆重申江南形势严峻，强调再不信任曾国藩，委以重权，让他全力对抗太平军，一旦湘军重蹈江南大营覆辙，不仅江南半壁江山不保，就是整个中国都有沦入贼手的危险。

咸丰有些不乐，道："让曾国藩做湖北巡抚，难道还不算信任，不是委以重权？"肃顺道："湘军步步为营，已把战线推进到安徽，让曾国藩返回湖北做巡抚，也没法指挥湘军作战呀。过去咱们还可指望和春与何桂清，如今江南大营覆没，苏浙清兵溃散，仅湘军还在支撑危局，不依靠曾国藩，已无人足可依靠。再说湘军攻下武昌时，皇上曾任命曾国藩署理湖北巡抚，旋即又收回成命，朝廷上下都为他抱不平，他虽隐忍不声，心里肯定有情绪。时过境迁，又拿湖北巡抚打发他，要他心里怎么想？礼轻不送人，还不如出手大方点，授之以两江总督，他定然感恩戴德，铁心为皇上和国家效力。”

道理肃顺早说过不止一次两次，咸丰又何尝不懂？可湘军日见强大，还要把皖赣苏浙清兵和丰厚税赋交给曾国藩，岂不是养虎为患？这话还不便明说，传到曾国藩耳里不好，咸丰只道：“怪只怪何桂清混账，和春危在旦夕，他按兵不动不说，还强留张玉良于常州，致使江南大营一败涂地。江南大营不败，苏浙清兵在手，朝廷又何须如此倚重曾国藩？这个何桂清真不要脸，还好意思活着。马上派人把他从上海租界逮出来，扭送京师问斩。”

何桂清该死该活，已无关大局，肃顺不想涉及，又把话题扯回到曾国藩身上。咸丰还是举棋不定，以反对声太多为由，要肃顺先出宫，容他再想想。

望着肃顺步履沉重，出得上书房，咸丰愣怔好一阵，才缓缓起身，跛着脚回到后宫。要说咸丰还有些抱负，执政手腕远在其父道光帝之上。可他生不逢时，刚登上皇位，洪秀全就高扬天国大旗，席卷半个中国，还一度大举北伐，兵犯直隶，差点打进北京城里。也是咸丰英明，及时调动各方兵力，扼制住北伐军汹涌势头，把太平军控制在江南一带。仗一打就是十年，不仅没能消灭洪秀全，竟连南北大营和苏浙清军屡屡败于敌手，局面越来越不堪。太平军已够让人头疼的，偏偏英法诸国洋人又趁机作乱，再次在南方挑起鸦片战争，继而北上攻陷天津大沽炮台，还不肯消停，时不时找借口寻衅闹事，让咸丰苦不堪言，好想扔掉这身沉重的龙袍，到寺庙里做和尚去。

做和尚不现实，咸丰不过这么想想，不会当真。寺庙里没有锦衣玉食，更没有如花佳丽，日子怎么过得下去？还有皇子载淳才四五岁，你皇爹一走了之，他怎么继得了大统？

由载淳念及其母叶赫那拉氏，咸丰不由自主朝储秀宫西稍间走去。储秀宫本是没名分的秀女居住之地，咸丰初年那拉氏进宫时就住里面，后又在此给咸丰生下唯一的皇子载淳。那拉氏身份也由此不断上升，从普通贵人，一路晋级为懿贵妃，可她还是坚持住在原地，咸丰发话要她搬入慈宁宫，也坚决不从。咸丰不怒而喜，相反到储秀宫来得越发勤快了。贵为皇子母亲，又是地位仅次于钮祜禄氏皇后的懿贵妃，那拉氏不摆谱，不耍阔，自降身价，乐意住在简陋的储秀宫西稍间，自然令人钦佩，咸丰还能不格外加恩？其实咸丰不知，那拉氏这么做，还有一个不易为人察觉的深层意图，就是咸丰只要迈进自己的门，就不会忘记皇子载淳是在这里孕育和产下的，不可能不感激她这个为皇室做出巨大贡献的女人。

当然咸丰常往储秀宫跑，除感激那拉氏生下唯一皇子外，也与其如花美貌和过人聪慧有关。美貌自不必说，相貌平平绝不可能中选入宫。只说那拉氏的聪慧，还真是后宫众妃嫔包括钮祜禄氏皇后没法比拟的。咸丰是个大戏迷，常在紫禁城开堂会听京戏，甚至站到台口，打云板，敲皮鼓，指挥乐队，或粉墨登场，专唱清口老生，功夫了得。偏偏那拉氏于音乐戏曲天生悟性好，属地地道道的戏通戏精，与咸丰夫唱妇随，很是融洽。加之曾随外放为官的父亲惠征辗转江南各地，有机会学习汉人文化，接触地方风俗人情，也就不像其他满族妃嫔，斗大的汉字识不得两石，更不懂世道人心。正是有这几方面的优势，那拉氏才与饱读诗书的咸丰有更多共同语言，谈得到一起去。有时咸丰碰到无法决断的国事，还私下跟她商量，听听她意见。甚至带着没处理完的大臣奏折到西稍间来，让那拉氏帮着阅批。那拉氏也乐此不疲，对朝政和上上下下满汉大臣渐渐熟知起来，比如和春、官文、何桂清、张国梁、曾国藩、曾国荃、胡林翼、翁同书等文武大臣，都了如指掌，如数家珍。

这夜那拉氏正在专心批阅大臣奏折，见咸丰眉头紧锁走进来，一副心事重重的样子，赶忙迎上前，又递茶水，又拿点心，问："谁惹皇上不快啦？"

咸丰只是叹气，不愿吱声。那拉氏格外关心外朝事务，道："把话沤在肚子里是最难受的，皇上有啥只管跟奴婢说，说出来心里也许会舒坦些。"咸丰这才说道："还不是何桂清那厮，辜负朕之厚望，弄得江南百孔千疮，叫朕找谁去收拾残局？"

此前咸丰就在西稍间论起过这个话题，那拉氏知道些底细，道："不是决定让胡林翼顶替何桂清做两江总督么？莫非又有人提出异议不成？"咸丰道："可不是？刚才肃顺又跑进上书房，重提曾国藩，说不让他做两江总督，只怕江南难保，国家可虑。其实朕早有此意，只因反对声一片，才转而考虑胡林翼，不想肃顺和官文又唱反调。"

那拉氏嫣然一笑，道："皇上君临天下，用谁不用谁，没必要太在乎反对声和反调。"咸丰道："反对声和反调总有一定道理，听不行，不听也不行。治国无诀窍，全在于用人，用对一人国家兴，用错一人国家亡，这样的例子自古就没少见。"那拉氏道："用曾国藩，是兴还是亡？"咸丰叹息道："只怕是先兴而后亡。"

那拉氏听出咸丰话里深意，给他杯里续上水，道："蒙皇上看得起，让奴婢接触大臣们的奏章。奴婢虽愚鲁，却也能从奏章里略略看出大臣是忠是奸，是贤是愚。"咸丰几分惊讶，望定那拉氏道："懿贵妇还有这个本事？"那拉氏笑道："不是本事，只能说是小小体会吧。"

咸丰来了兴致，道："说说你的体会看看。"那拉氏道："文如其人，什么人说什么话，什么人作什么文，读其文往往看得出其人之品性和德行，至少大体上不会有差爽。比如曾国藩所呈奏章，条理清晰，内容实在，有一说一，有二说二，少见虚词妄语，字里行间充满对皇上的恭敬与虔诚，颇难想象这种人剑走偏锋，图谋不轨。"

说得咸丰瞪大双眼，对那拉氏刮目相看起来，道："继续说，继续往下说。"那拉氏又道："还有曾国藩的字，四平八稳，厚重扎实，不取巧，少浮滑，也是持重品格。奴婢还读过曾国藩部分家书，不论言志，还是论事，抑或教育子弟，字字句句无不流露着圣人情结。"

"曾国藩还想做圣人？"咸丰说，"他野心可不小啊。"那拉氏说："奴婢不才，却也知道，圣人讲修身齐家治国平天下，野心勃勃恐怕成就不了圣人。作为君主，臣子愿做圣人，总比朝思暮想称王称霸好吧？听人说，曾国藩在京时就以理学扬名，学问做得非常好，目的就是立德立言。后投笔从戎，也是冲着立功去的。一旦三立齐全，岂不就成了圣人？"

咸丰佩服那拉氏的见解，却还是心存疑虑，道："朕怎么就没看出曾国藩想做圣人呢？"那拉氏道："皇上情系军国，日理万机，要处理的大是大非太多，不可能把注意力放在曾国藩一个人身上。奴婢不同，清清闲闲待在后宫，有事没事读读曾文，瞧瞧曾字，再通过文风字品，琢磨其人，才慢慢得出这个不成熟的看法。"

咸丰又问道："你怎么对曾国藩如此感兴趣呢？"那拉氏说："曾国藩文名大，又创建湘军，冒死为皇上抵御长毛，关乎国家存亡，想要奴婢不感兴趣也难呀。"咸丰颔首道："确也是的，朕只要一上朝，说到江南事情，就绕不开曾国藩。"

论过曾国藩道德文章，那拉氏突然没头没尾地问了句："曾国藩今年四十九了吧？"

咸丰不知那拉氏为何对曾国藩年龄也如此关心，道："懿贵妃好奇心也太强了点吧，曾国藩多少岁数也要过问。”那拉氏笑道：“皇上对曾国藩年庚不甚了了，可奴婢年龄多少，心里应该有数吧？”咸丰道：“朕当然有数，懿贵妃芳龄二十五，正当青春年华。”

那拉氏拿年龄说事，可不是为炫耀年轻，只听她接着又道：“奴婢二十五，曾国藩四十九，不正好相隔二十四岁么？”咸丰道：“这个算学题不难，谁都算得出来。”那拉氏道：“照十二生肖纪年法，曾国藩年长奴婢二十四岁，正好大了两轮。”

话到此处，咸丰才明白过来，道：“懿贵妃是想说，你与曾国藩属相相同吧？”那拉氏道：“正是的，曾国藩与我都属羊，我才这么关注他。”咸丰道：“属羊有啥稀奇的？”那拉氏道：“羊有跪乳之恩，最重情义。其特点有三：一是顺从，二是善良，三是肯献身。皇上看看奴婢，不正如此吗？奴婢还听人说，曾国藩殚精竭虑，出生入死，却以素食为主，少沾荤腥，餐餐白饭加青菜。这与羊毫无二异，吃进去的是草，挤出来的是奶。”

咸丰心结开始松动。他早觉得曾国藩比胡林翼更适合做两江总督，只是一直找不到说服自己的理由。世人就是这样，说服人家易，说服自己难。咸丰很认同肃顺看法，湘军是抵挡和消灭太平军的唯一力量，之所以还是下不了决心重用曾国藩，就是没法说服自己，不得不退而求其次，考虑各方都能接受的胡林翼。求其次自然不如求其主，咸丰才迟迟没下达胡林翼的任命，还在等待重用曾国藩的理由能够出现。幸而那拉氏给出了理由，就是曾国藩的忠诚。咸丰需要有人帮他打败太平军，更需要此人忠于自己和朝廷。不过仅凭拉那氏一席话，还不好证明曾国藩忠诚可靠。至少不可全信，只能半信半疑。可半信半疑也比不信全疑要好。也就是说在没有其他人包括胡林翼可以取而代之的情况下，能半信曾国藩，就足以让咸丰做出决定，把两江总督位置交到他手上，整合湘军和皖赣苏浙四省资源，全力打败太平军。

改日临朝，咸丰就面谕肃顺，委曾国藩兵部尚书衔，署理两江总督。署理是遵循惯例，无特殊情况，三五个月后就会去掉署理俩字，改为实授。肃顺很得意，写信回复官文，通报咸丰最新决定。写到一半，又觉得官文迟早会看到消息，多此一举，大可不必。还不如给胡林翼写几句话，告知两江总督本要给他的，考虑江南大局需要，才建议皇上改任曾国藩，相信他深明大义，理解自己和皇上良苦用心。官文才识平平，只知做甩手掌柜，坐享湖广福利，说不定写信要求重用曾国藩，就是胡林翼背后出的点子。胡林翼乃真君子，只要有利于国家和百姓利益，甘愿位居人下，也不肯露峥嵘，出风头，坏国家大事。

信写好，仍觉意犹未尽，又在旁加注，请转曾国藩一阅。信发出，才让吏部草拟任命曾国藩的圣旨，钤上皇印，颁发下去。尔后铨叙苏浙两地巡抚人选。两江总督重位给了曾国藩，肃顺他们占得上风，也不能亏待祁隽藻和翁心存等老臣，咸丰授意提拔他们力荐的薛焕为江苏巡抚，王有龄为浙江巡抚。这看似求平衡，其实另有深意，就是在曾国藩身边安排些对手和耳目，相互牵扯，彼此制约，免得他一手遮天，完全掌控皖赣苏浙四省。

不日肃顺的信就到了胡林翼手里。他替曾国藩高兴，更为国家有救松了一口气。看过信，又按肃顺提示，派人送往湘军宿松老营。曾国藩接信于手，没读上几行，便老泪纵横，哽咽有声。皇上终于肯松手放权于你，让你等来一展抱负的机会。只是等得太久太久，几乎超出常人耐心。想想自出山练勇，从湖南打到湖北，从湖北打到江西，再从江西打到安徽，历时九载，皇上一直信不过你，只让你以侍郎带兵，为他卖命作战，就是不肯委以实权，逼得你不得不在针尖上跳舞，于夹缝里腾挪，其间种种委屈辛酸，又有谁人能懂？现在好了，可以兵部尚书衔和署理两江总督身份，放开手脚，大刀阔斧干一场，消灭长毛，光复江南。

想到此处，曾国藩又破涕为笑，抹掉脸上泪水，铺纸拈管，准备具折以谢浩荡皇恩。还没开笔，便恍然省悟，自哂起来。圣谕还没到呢，仅凭肃顺写给胡林翼的信，就上折谢恩，不是有毛病吗？好像你是官迷心窍，这么急于提拔上位似的。

放下笔，再看一遍肃顺的信，曾国藩心想，暂不给咸丰上折，总该给肃顺去封信，感谢感谢他的栽培吧。肃顺虽为满大臣，却对汉员少有成见，只要是人才，都乐意举荐重用。尤其是湘军人物，比如胡林翼、彭玉麟、杨载福、曾国荃、李元度，以及已为国捐躯的江忠源、李续宾等人，都是他暗中相助，才提拔上来的。如今他又在皇上面前据理力争，把你推上兵部尚书衔和署理两江总督高位，不更应该好好感谢人家么？

打定主意，曾国藩重新拿起笔来，以十分虔诚的口吻，开始给肃顺写信。没写几句，亲兵入报，说有人求见。曾国藩头也没抬道，只说不见。亲兵补充一句,说是李大人。曾国藩心思全在信上,疑惑道:“李大人,什么李大人?”亲兵说:“李鸿章李大人。”

曾国藩只知道李鸿章是自己学生,没想到他还是李大人,一时没有反应过来。亲兵又追问道:“要不要见李大人?”曾国藩这才说道:“让他进来吧。”

李鸿章应声而入,没等曾国藩开口,便问道:“听说胡帅有信递至,一定是好消息吧?”曾国藩道:“你怎么知道是好消息?”李鸿章道:“官大人有千里眼和顺风耳,得到好消息都会告知胡帅,胡帅给老师来函,必定是好消息无疑。”

“还真被少荃猜中,不是坏消息。不过并非官大人所提供,是肃顺大人亲自写信将消息告知润芝,润芝又转信给我一阅。”曾国藩说着,递上肃顺信函。李鸿章接过去一瞧,喜形于色,比自己加官晋爵还高兴,乐道:“皇上终于想通了,肯把皖赣苏浙四省交给老师。看来消灭长毛,已指日可待。”曾国藩说:“但愿如此。”

李鸿章双手奉还肃顺的信,瞥眼桌上刚起头的字稿,见函头肃顺俩字,忍不住问了句:“老师给肃大人写信?”曾国藩坦诚道:“若非润芝让贤,托官大人具函说服肃大人,肃大人再到皇上面前力争,老夫也不可能有此出息。润芝和官大人乃自家人,不必言谢。肃大人那里,感谢几句,似有必要。”

李鸿章不以为然道:“学生觉得,老师大可不必感谢肃大人。”曾国藩道:“不感谢润芝和官大人,也不感谢肃大人,又感谢谁去?”李鸿章说:“感谢另外三个人。”曾国藩问:“哪三个人?”李鸿章道:“一是皇上,二是何桂清,三是老师您自己。”

这小子又发奇谈怪论!不过曾国藩喜欢听,道:“皇上任命下达后,咱自会上折谢恩,此时感谢太早。何桂清罪大恶极,害得咱孤军对峙长毛,还要感谢他,这是哪儿跟哪儿啊?”李鸿章道:“老师心明如镜,该知不是何桂清害得江南大营和苏浙清兵全面崩溃,只怕肃大人再怎么力争,皇上也下不了如此决心,让老师执掌江南四省军政。”

此理曾国藩倒也认可,道:“江南大营与苏浙清兵之败,确是皇上重用我的根本原因。可这与感谢肃大人,一点也不矛盾啊。”李鸿章道:“不矛盾是不矛盾,可老师冷静想过没有,肃大人手握重权,铁腕强势,树敌不少,与他适当保持点距离,该不是坏事。”

对肃顺为人做官风格，曾国藩又何尝不知？却不相信有李鸿章所说如此严重。只听李鸿章又说出一道渊源来：“道光继位后，连生三位阿哥，皆不幸早夭。好在祥妃和全妃争气，陆续给他怀上皇子。受孕有先后，先孕先产，后孕后生，若两人所怀皆为皇子，后生皇子定会失去立太子继大统机会。全妃自知怀孕在后，心有不甘，拿出重金，问御医有无办法提前产子。有钱能使鬼推磨，御医当然有办法，却丑话说在前头，早产儿先天不足，体质羸弱，活不长久。全妃一心只想把持后宫，哪管未来孩子活不活得长久？毫不犹豫喝下御医给的打胎药，先祥妃十余天产下儿子奕詝。本该做五阿哥的奕詝成为四阿哥，继位做上咸丰皇帝，祥妃儿子奕誴却先孕后产，退居五阿哥，与皇位擦肩而过，只能悄悄歇一边去。”

咸丰早产得位秘闻，曾国藩也有所耳闻，却不明白李鸿章干吗会忽来兴致，翻弄这陈芝麻烂谷子，道：“二妃故事与肃大人又有啥关系呢？”李鸿章道：“自然有关系。咸丰早产下地后，还真印证御医所说，不仅先天不足，体弱矮小，且一条腿长，一条腿短，成为瘸子。加上咸丰建元开始，长毛作乱，捻匪肆虐，洋人也趁火打劫，内忧外患，国无宁日，咸丰又总想有所作为，处心积虑，宵衣旰食，身体更是一天不如一天，只怕难得永年。一朝天子一朝臣，万一哪天皇上撂下大清，撒手西去，最为皇上倚重的肃大人还能有他好果子吃？”

曾国藩心里暗暗一惊，道：“有这么可怕吗？”李鸿章道：“世事难料，是谁也说不准的。还有后宫最为当今皇上宠爱的那拉氏，皇上唯一皇子就为她所生。听说那拉氏可不是普通女人，有文化，有知识，有手腕，还能帮皇上批阅奏折。设想一旦年幼皇子做上皇帝，那拉氏就是母后，她若出面干预朝政，岂能容忍肃大人这样的强臣存在？”

说得曾国藩背皮发麻，一时吱声不得。李鸿章又趁机道：“所以学生觉得，老师能有今天，不用感谢这感谢那，最应感谢的就是自己。”曾国藩道：“感谢自己干啥？”李鸿章道：“感谢自己历经磨难，打造出强大湘军，成为保卫大清江山唯一有生力量。否则别说肃顺一张嘴力荐，就是满朝文武都为老师说好话，咸丰也不可能把大任放您老肩上。”

曾国藩深以为然，拿起写给肃顺的半纸信函，点火烧掉。又取过肃顺写与胡林翼的信函，装回信套，交与李鸿章，说：“少荃安排个人，发还给润芝本人吧。”

十一、祁门绝地遇险

李鸿章拿着信套，走出签押房，先回自己住处，准备顺便给胡林翼递封推荐信，一并发走。几天前安徽巢县人张遇春来宿松，想通过他关系，到湘军营里谋个差事干干。张遇春武举出身，几年前就在李鸿章手下干过，打仗是把好手。转战安徽多年，最后李鸿章自己无所适从，张遇春也无处可去，夹着尾巴回了老家。赋闲在家，一身武艺用不上，好不难受，后打听李鸿章进入湘军老营，特赶来宿松求见。李鸿章知道张遇春底细，命他先回县募两营兵勇，有些本钱再投湘军。这下要给胡林翼发信，正好把张遇春推荐到他营中锻炼锻炼，长些本领。李鸿章感激胡林翼知遇之恩，让张遇春募勇去投，也算是回报他老人家。同时日后自己有机会带兵，再找他老人家要回张遇春，他定会慷慨放人。

推荐信和老师所交信套派发后，李鸿章又给张遇春写去一信，问兵募得如何，要他速投胡林翼。不久张遇春就到了胡林翼营中。胡林翼自然高兴，让张遇春做营官，亲领自己所募兵勇。又复信感谢李鸿章，给他推荐得力人才。

李鸿章正在看信，曾国藩亲兵来请，要他速去议事。李鸿章赶到签押房，盛康、赵烈文、丁日昌、孙云锦、陈鼐等僚属都已到场，正等着曾国藩发话。

原来圣旨刚刚送达，谕令曾国藩领兵部尚书衔，署理两江总督。这是天大喜事，可曾国藩一脸凝重，看不出半点悦色。幕僚们很纳闷，曾国藩望眼欲穿，天天等着皇上下达两江总督任命，如今圣谕到手，竟然无动于衷，莫非湘军越来越强大，他老人家野心也水涨船高，不再瞧得起总督位置，非问鼎中原，登上帝位，才心满意足不成?

只有李鸿章清楚，老师提前看过胡林翼所转肃顺信函，兴奋劲早已过去，不可能还有受宠若惊之感。其实说穿了，咸丰并不是宠老师，是要用他老人家瘦弱身躯和五万湘军，挡住太平军的猛烈进攻，确保大清江山不倒。

不用说，曾国藩已感受到肩头使命的沉重，声音显得低婉悲凉："各位非常清楚，皇上委老臣以重任，是信任，是器重，更是严峻考验，老臣直觉有泰山压顶之感啊。想从前咱只恨和春软弱，何桂清无能，皇上不惜血本，要兵给兵，要饷给饷，要粮给粮，不遗余力给予扶持，他们竟然功未成，业未就，辜负圣恩。眼见江南大营一夜破灭，苏浙清兵全面溃散，湘军被直接推到一线，毫无回旋余地，只能直面长毛主力，咱才意识到君令重大，责无旁贷，唯有置生死于度外，硬着头皮，舍命上前，与长毛拼死一搏。"

各位望着曾国藩，觉得他太消极，太平军纵然人多势众，湘军也不是吃素的。何况以署理两江总督之职，可调度皖赣苏浙清兵，协同作战，不再像过去样孤军抗敌，胜算应该不小。关键在于将帅英明，上下团结，不能你打你的锣，我敲我的鼓，各唱各的调。相反只要心往一处想，劲往一处使，世上没有迈不过去的坎。

见平时敢说能说的幕僚们沉默不语，曾国藩暗怪自己太严肃，破颜笑道："吓着各位了吧? 怪老夫过于悲观，事情该没如此严重。咱们要以皇上信任为契机，把压力变成动力，赶紧行动起来，应对严峻形势。"

曾国藩口气一改，气氛这才变得稍稍活跃，大家你一言，我一语，出起点子来。李鸿章也发言道："事分轻重缓急，鸿章觉得有两大问题务必马上解决，不可拖延。"

单独与曾国藩相处时，李鸿章自称学生，尊呼对方老师。到了公开场合，则与其他幕僚一样，以名字自称，喊曾国藩大帅，以显得公私有别。曾国藩用不着改口，照样叫他字号："少荃说说，哪两大问题? "李鸿章道："一是粮饷问题，二是湘军老营去留问题。"

曾国藩点点头，盯着李鸿章道："是啊，老夫正为这两个问题发愁呢。出征以来，老夫一直只是侍郎身份，没有督抚职能，无权直接征粮抽税，军费全靠地方支持，多给多拿，少给少拿，不给不拿，日子一直紧巴巴的。直至入皖，更是连续三四个月不发饷银，再这么下去，别说上阵打仗，万一出现哗变，后果不堪设想。少荃有何办法，帮我筹饷办粮？”

“往日大帅以侍郎统兵，无权干预地方政务，实属无奈。如今署理两江总督，大权在握，办粮征税自然不必再仰仗他人。”李鸿章娓娓道来，“记得鸿章征战皖北皖中时，每逢军中缺饷，福大人就会派人蹲守各城门镇口、码头埠尾、边塞要道，设立卡子，盯住行商坐贾，按其所营货殖，抽取一定比例的厘金，效果相当不错。”

大清建国以来，担心民变，征税手段保守，从没做过这种事情，也亏李鸿章说得出口。幕僚们莞尔而笑，纷纷道：“少荃别说得这么好听，什么厘金，其实就是买路钱，也是福济贪心，干得出来。”李鸿章道：“厘金也好，买路钱也罢，反正是银子。湘军缺的不就是饷银吗？士兵们领不到饷银，哗变成匪，也会盘踞各处，强收买路钱，还不如咱们先行动，设立正规机构，报经朝廷批准，合理合法收取，满足军需，抗击长毛。”

众人还要声讨李鸿章，曾国藩摆手制止，说：“名不正，言不顺，少荃所说正规机构，该如何命名？”李鸿章想想道：“可以叫厘捐局或牙厘局。”曾国藩表态说：“如今两江所治四省，也就江西完全在咱掌控之中，可率先试行，以后再慢慢推广至其他三省。”

大帅不折不扣同意李鸿章建议，其他人没屁可放，只好闭嘴。曾国藩又问道：“少荃再说说湘军老营去留问题。”李鸿章说：“要攻克金陵，必先肃清安徽。要肃清安徽，需从安庆下手。安庆北面已有胡帅部队，对峙太湖、潜山、桐城等地长毛，鸿章觉得湘军老营可横渡长江，移驻南岸，以就近调度各军，夹攻安庆。”

曾国藩也有此意，问道：“移驻南岸哪个地方为好？”李鸿章道：“鸿章浅见，东流是个驻节好去处。”曾国藩质疑道：“东流离安庆近了点，进退余地不大。祁门如何？”李鸿章道：“祁门？祁门是最佳选择吗？”曾国藩道：“最不最佳，一两句话说不清楚。到底移师东流还是祁门，我再考虑考虑，然后报请皇上，看皇上什么意思。”

将在外，君命有所不受，依军情移师老营，还要请示皇上，不多此一举么？老师是不是刚晋级升官，感激皇恩，想找借口表示对皇上的尊重？李鸿章不好吱声，只心里如此瞎琢磨。只听曾国藩又道：“大家可以着手移师准备，圣旨一到，立即采取行动。”

接着发派各位具体任务，会议至此结束。李鸿章起身，朝门口走去，被曾国藩叫住，说还有话要说。李鸿章转身回来，道：“老师有何吩咐？”曾国藩笑道：“你提倡设办厘捐局或牙厘局，干脆由你起草奏稿如何？”李鸿章道：“行啊，叫什么题目为好？”曾国藩道：“就叫《奏请试办江西厘捐局》吧。”

李鸿章一向办事麻利，奏稿很快草拟毕，送入签押房。曾国藩审过，很满意，具名拜发京都。咸丰披阅，觉得理由充足，又算可行，诏准照办。曾国藩收到诏令，批转正在南昌主持粮台的李瀚章，让他尽快筹建江西厘捐局，抽取厘金，满足湘军开支。

移师老营的事，曾国藩经反复考虑，权衡利弊，准备选择安庆东南方向的祁门。祁门丛山环抱，东连休宁和徽州，南达景德镇和南昌，既可借崇山峻岭屏蔽老营，又可与赣浙互通声息，是个理想的驻节地方。拿定主意，叫来李鸿章，让他写成奏稿，再稍加修改，加印报呈咸丰。咸丰见折，觉得曾国藩恪守臣子职分，事无巨细，先奏后办，心下高兴，照折恩准。下朝回到储秀宫，还对那拉氏说：“算朕没看走眼，曾国藩心里还装着我这个皇上，凡事守规矩，讲程序，该请示请示，该汇报汇报，不搞独立王国。”

那拉氏也欢喜，说：“这就是忠臣的样子。奴婢给皇上推荐曾国藩，没推荐错吧？”咸丰说：“是啊是啊，想不到懿贵妃女流之辈，看人这么准。”那拉氏说：“也不是奴婢看人准，是曾国藩与奴婢一样，也是顺从善良的羊。”

说得咸丰哈哈大笑起来。

圣旨很快寄达宿松，曾国藩遵旨起营，率师离开宿松，浩浩荡荡，望东而行。渡过长江，继续向东挺进，不日来到阊江边上的祁门。祁门隶属安庆府，城里有洪家大院，当地人称洪家大屋，庭深院阔，宅多宇广。曾国藩设总督衙门于洪家大院正宅承恩堂，以右侧思补轩为居室和书房，安顿妥当，升堂视事，处理起两江军政急务来。

屁股还没坐热，李鸿章来到承恩堂，推开签押房，急切道：“这两天学生对照安庆府全图，将祁门勘察过一遍，发现四周高，中间低，形同釜底，此乃兵家所言绝地也。学生建议老师，不如及早离开祁门，移师他处，以免日后出现不测，困死釜底。”

曾国藩充耳不闻，只顾埋头处理手头事务。李鸿章不甘，又道：“学生浅见，老师可考虑移师东流。该地有山可依，有江可傍，进可攻，退可守，可保万无一失。与安庆城不远不近，能随时掌握前线动态，及时采取应对措施。他日攻城成功，搬起督衙来也方便。”

刚到祁门，又有洪家大院如此理想之督衙驻址，岂是说移师就可移的？又不是小孩过家家，几件小玩具，挪动起来容易。曾国藩不为所动，也不吱声，连看都不看李鸿章一眼。李鸿章觉得无趣，只好转身朝房门口走去。快至门边，听到后面咳嗽声，又停住步子，以为老师有话交待，不想他冷冷抛过一句：“把门给关上，我要忙事。”

李鸿章无可奈何，拉上门，挪步出去。穿过堂前天井，来到大院外，面对空旷的大晒场，正不知往何处去，张运兰飞马而至。到得近前，马没刹住，便翻身下地，直奔大院。张运兰是湘乡人，曾国藩安排他率老湘营即湘乡嫡系，驻守祁门东北榉根岭和羊栈岭，防堵太平军来袭。此乃关涉老营存亡的两处要塞，张运兰突然离塞回城，定有紧急情况，李鸿章忙凑将过去，问道：“是不是东北来了军报？”张运兰一边往院门里走，一边点头道：“正是。”李鸿章追问道：“不该是长毛打了过来吧？”

李鸿章毕竟是曾国藩身边红人，张运兰不好置之不理，立住脚跟，多说了两句：“运兰刚逮住一名长毛探子，经严刑拷打，从其口里掏出实情：长毛破除江南大营和苏浙清兵主力后，稍作休整，便以长江为线，兵分南北两路，北路由英王陈玉成统兵，南路由忠王李秀成和刚封侍王的李秀成堂弟李世贤领军，齐头西进，向湘军猛扑过来。”

说到这里，张运兰扔下李鸿章，迈进大院，消失在门洞里。李鸿章站在晒场边，一动不动，像根长长的木头。他意识到危险正一步步靠近祁门，老营不及早撤走，后果不堪设想。可老师为何固执己见，如此看重一个明显凶多吉少的地方呢？难道仅因报经咸丰恩准驻节祁门，就非得不顾大局，把命丢在这个鬼地方不可？

很快张运兰就出现在大院门口。李鸿章迎上前，急切问道：“大帅怎么说？”张运兰道：“大帅好像没事人似的，要我只管死守榉根岭和羊栈岭，其余他自有安排。”

看着张运兰上马驰远，李鸿章稍稍犹豫，又复身承恩堂，走进签押房。曾国藩显然有些不耐烦，没等李鸿章开口，先质问道："怎么又来啦？跟你说吧，祁门没你想象的危险可怕。有危险也属正常，带兵打仗，没危险可能吗？关键是如何临危不乱，采取对策，转危为安。祁门四周皆崇山峻岭，只要把住各处关口，尤其榉根岭和羊栈岭，便不是谁轻易可攻进来的。外围咱也已做过周密部署，安排鲍超驻扎宁国，李元度扼守徽州。两城兵精粮足，墙高池深，易守难攻，长毛想拿下两城，来攻祁门，鲍超和李元度肯定不会答应。"

显然曾国藩太乐观了点。兵无常势，哪有事事这么如意的？李鸿章道："万一鲍超和李元度守不住两城，长毛逼近祁门，堵死去路，咱们就成瓮中之鳖，唯有束手待毙。学生觉得还是东流靠谱，进退有据，同时又可与九帅及多隆阿诸部相互照应，共围安庆。"

惹得曾国藩火起，拂袖而起，冷眼瞪住李鸿章，低声吼道："少荃到底是不喜欢祁门，还是胆小怕死？若怕死，要保命，可以拍屁股走人，我没绑着你双腿。还有其他人，也烦请转告，想开溜，悉听尊便，老夫负责盘缠。"

话到这个份上，李鸿章还能说啥？夹着尾巴，出门回了堂左笃素斋自己住处。赵烈文和孙云锦等幕僚也在关注祁门安危，见李鸿章灰溜溜走出承恩堂，跟着跑进笃素斋，打听虚实。李鸿章道："老师觉得祁门是个好地方，咱也没法改变他想法。"赵烈文道："我看大帅不是觉得祁门好，是别有顾虑。"

李鸿章知道赵烈文话里意思。祁门是曾国藩专门奏请咸丰恩准的驻节地，进驻没几天就急忙迁走，有点视君命如儿戏的味道。又刚署理两江总督，得给咸丰留个好印象，好早日去掉署理二字，改为实授。老署理下去，不止威信不足，万一有更合适人选，咸丰轻轻把你扒开，另委他人，至少走起程序来方便得多。

这是曾国藩藏在内心深处的隐秘，不好外扬，李鸿章不便给同僚们挑明，支吾过去。几位悻然出斋，各自散开。只孙云锦走几步，又返回来，问道："少荃兄怎么打算？"李鸿章装糊涂道："有什么可打算的？"孙云锦道："明摆着祁门是歧门，凶险万分，莫非少荃兄还留下等死？"李鸿章道："你意要我脚踩西瓜皮，赶快开溜？"

孙云锦不满道："我在问你呢，你倒说起我来啦。"李鸿章叹道："海岑（孙云锦）兄何去何从，可以理解，也是你的权利，鸿章不拦你。可鸿章与你不同，二十年前就拜在曾门下，成为大帅门生。咸丰初年分别后，为灭长毛，师生各自为战，如今好不容易走到一起，我总不可能因祁门危险，扔下老师，自己逃命吧？也许老师说的没错，祁门虽是绝地，也有其优势，就是守易攻难，只要防守到位，也不是长毛说攻就攻得进来的。”

李鸿章嘴上说得乐观，其实心里一点底都没有。关键要看鲍超与李元度两人，能否坚守宁国和徽州，挡住东来太平军。两地若失，太平军眨眼工夫就会打到祁门，榉根岭和羊栈岭再险要，几千老湘营将士也不可能拒数万强敌于岭外。

李鸿章想再找曾国藩力争，尽快迁走老营，几次来到承恩堂，又掉头走开，不敢入内。忽想起当年袁绍欲攻许昌，谋士田丰说曹操刚收降刘备，许昌兵强马壮，往攻必败。袁绍很扫兴，以田丰扰乱军心为由，把他投入大牢，落得耳根清净。后曹操果真大败袁绍，有人祝贺田丰，说他有先见之明，袁绍将对他高看一眼。田丰说自己这回死定啦。众人不解，田丰说袁绍若取胜，高兴之余或许会放自己一条生路，如今大败，羞愧难当，需找人出气，自己绝无存活可能。果然袁绍回营后第一件事，就是从牢里把田丰提出来，砍掉他脑袋。

李鸿章知道老师不像袁绍狭隘，还不至于把自己关起来，秋后算账。可惹恼他老人家，赶你走，你还赖着不动么？他已发过话，怕死走人就是。走人就走人，还要背个怕死名声，以后还怎么出来混？无奈之下，李鸿章只好回笃素斋，把自己放倒在床上，望着雕花窗出神。窗外夜色正稠，寂静得听不到任何声音，连秋虫也仿佛躲在夜色深处，休眠不醒。李鸿章眼皮渐渐沉重起来，不知不觉睡过去。睡到半夜，有人敲门，李鸿章兀地惊醒，猛然跳下床，大步蹦到门边，一边开门，一边大声问道："是不是长毛打了过来？"

门外站着位高高大大的汉子，没说长毛打没打过来，却喊了声二哥。原来是六弟昭庆。李鸿章把昭庆扯进屋，道："深更半夜的，小弟怎么到了祁门，不知此地正处危险之中？好多人已外出逃命去了，你还跑进来干吗？"

李昭庆讨杯水，咕噜咕噜喝下，道："小弟就是来请二哥逃生的，动作不迅速点的话，只怕来不及啦。"李鸿章道："又没见长毛打进来，逃什么生？"李昭庆道："二哥是明白人，宁国、徽州二城已破，莫非祁门还保得住不成？”

李鸿章大吃一惊，抓牢李昭庆双手，道：“你怎知宁国和徽州已破？”李昭庆道：“两个月前，五哥看好瓷器生意赚头大，又担心路上不太平，叫我带几个兄弟做保镖，一起离开南昌，到景德镇进货，运往浙江。货脱销后，咱们开始往回走。到得浙皖赣三省边界，一路碰着大批逃难人，皆系宁国和徽州两地百姓，说二城已破，长毛正向祁门扑来。五哥担心二哥安危，自己押货回南昌，嘱我快来报信，请二哥早离祁门，以免母亲担忧。”

李鸿章一屁股顿坐床头，愣怔道：“宁国、徽州二城固若金汤，鲍超和李元度又久经沙场，怎么说破就破呢？”李昭庆道：“二哥难道还不相信小弟所言？宁国和徽州牢固不假，可长毛人多势众且能征惯战也是真。据难民说，侍王李世贤围攻宁国时，号称七万大军，鲍超手里才一万兵力，怎么守得住？攻下宁国后，李世贤留下一万多人守城，率领其他五万长毛，朝徽州扑来，与早已兵临城下的罗大纲和周国虞所部四万长毛合并，将徽州团团围住。徽州比宁国坚固，守军也不少，原有一万多绿营兵，加上李元度所募平江勇，有近三万人，若固城死守，仓促间七万长毛不见得能得手。偏偏绿营兵和平江勇闹不和，李元度又逞一时之勇，贸然出城接仗，被长毛截住，打个落花流水，逃得不知去向，随即城破。”

李鸿章捶胸顿足，悲呼道：“次青（李元度）啊次青，你不是陷老师于绝境么？老师嘱你死守徽州，你坚守不出，凭借徽州城池之固，长毛一时也无奈你何，到时赣浙清兵和曾国葆、多隆阿赶过去增援，徽州或许可保。你偏要充英雄，视长毛为无物，还能不自取灭亡！”

陪二哥叹息两句，李昭庆又道：“李元度败走就败走，估计小命无虞。可怕的是李世贤攻下徽州后，正好腾出兵力，赶来攻击祁门。要不了几天，祁门就会成为轰轰烈烈的战场，湘军老营肯定在劫难逃，二哥还是赶紧跟我走吧。”

李鸿章似已嗅到战火的焦糊味，真想随小弟一走了之。可就这么溜掉，日后怎么面见老师？李鸿章道：“我这一走，老师怎么办？湘军老营怎么办？”李昭庆道：“大难即将临头，你还管老师和湘军老营干啥？除黄膘马和刘斗斋几名亲兵，二哥无兵无卒，留下来也帮不了大帅啥忙，又何必坐以待毙，白白送命？”

李鸿章还在犹豫，道：“小弟也知道，二哥离京南归多年，东一榔头，西一马棒，虽弄了个三品虚衔，一直没啥大作为。好不容易来到湘军老营，得到老师器重，老师又新授兵部尚书衔和署理两江总督，正是用得着我的时候，我这么一走，岂不前功尽弃？”

见没法说服李鸿章，李昭庆只得搬出最后一个理由：“二哥清楚，二嫂身体一直不怎么好。尤其离乡迁至南昌后，水土不服，几乎没下过病床，你总得回去看看她吧？”李鸿章硬硬心肠道：“等祁门险情过去，再回去看你二嫂也不迟。”李昭庆狠心道：“待祁门险情过去，只怕就看不到二嫂了。何况祁门这一难躲不躲得过去，还不好说。”

李鸿章心里像被针蜇了一下，道：“你二嫂有如此严重吗？”李昭庆道：“不是哄你，近半年来，二嫂身体一天不如一天，全家人都担心她快熬不下去，将不久于人世。二哥如果马上动身回家，也许还能与她见上最后一面，否则……”

李鸿章无力地摇摇手，止住李昭庆，转身清理行李。行李也简单，李昭庆上前提到手里，开门迈出笃素斋。刘斗斋已候在屋外，上前接住行李，前头引路，朝大院外走去。

夜色如幕，万籁俱静。高大的黄膘马由亲兵牵着，悄然立在墙边，见李鸿章走近，甩一甩长长的马尾，昂首一声嘶鸣，划破寂寂夜空。

刘斗斋把行李扔给亲兵，要扶李鸿章上马。李昭庆已走到不远处的树下，解下自己的马，纵身跳上去。扭头去瞧李鸿章，他还站在黄膘马旁，一下一下抚着马背，眼睛朝身后大院看过去，还是下不了决心。李昭庆放马过来，轻声催道：“二哥走吧。”李鸿章道：“莫非就这么走掉？”李昭庆道：“不这么走掉，您还想咋样？”李鸿章道：“我想回思补轩给老师辞个行。”李昭庆道：“此时大帅肯定在睡觉，还是别去打扰他吧。”

正说着，远处响起得得得的马蹄声，急促如鼓。李鸿章暗暗一惊，引颈望去，有匹快马自黑暗里穿越过来，瞬息间闪到跟前。快马速度还没完全降下来，马上人就口喊快报，翻身跳下马背，跌跌撞撞冲向大院。

安静的承恩堂起了小小骚动，旋即思补轩亮起灯光，曾国藩披衣下地，接过刚递进来的快报。快报说宁国城破，徽州兵败，李世贤与罗大纲、周国虞各领一支长毛，共计四万多人，自东北西三个方向朝祁门包抄过来。

曾国藩傻了眼，跌坐在桃木椅上，差点背过气去。好半天回过神，才后怕起来。正如李鸿章所言，祁门形如釜底，李世贤四万多大军一旦突破张运兰老湘营防线，大院里的人真只能葬身釜底，尸骨难全。可宁国和徽州到底怎么回事？难道那么容易破灭和败掉？鲍超与李元度现在何处？是死还是活？死了倒也干净，若还留着小命，非架油锅烹了这俩小子不可。

两人生死未知，架油锅为时尚早，曾国藩强迫自己冷静下来，让亲兵叫醒幕僚和守城将领，来思补轩议事厅开会，分析形势，讨论对策，看能否死里求生。

第一个走进议事厅的不是别人，是李鸿章。他知道老师正处危急之中，自己就这么走掉，这一辈子别再想回到他身边，霸蛮赶走李昭庆，要他速归南昌，安慰母兄，自己吉人有天相，不会出事，待祁门危机过去，再回去看望他们。

在此危难关头，李鸿章这么快就出现在自己身边，曾国藩心里暗自感激。可他不动声色，只是递过快报，要眼前这个学生先看看。快报与李昭庆所说情况差不多，李鸿章并不感到惊奇，淡淡道："宁国城破，徽州兵败，其实没啥奇怪的，只是破得太快，败得太速，否则老营也不至于这么被动危险。"

见李鸿章冷静如此，曾国藩几分讶然。正要问他是否早知实情，其他幕僚和将领继续赶到，曾国藩宣布开会，通报宁国和徽州已失消息。众人大惊，一个个目瞪口呆。曾国藩没做过多解释，说："宁国和徽州失陷，长毛即将打过来，咱们怎么办？"

众人纷纷议论起来，说的说防，说的说撤，说的说派人讨救兵。李鸿章一直没吱声，直到曾国藩问他有何想法，才发言道："撤肯定已来不及，祁门很快就会陷入长毛包围之中，还能撤到哪儿去？只能积极应对。"曾国藩问："怎么应对？"

李鸿章想想说："可从三方面着手。一是重金征集祁门百姓子弟，充实张运兰老湘营，尽力做好防御。二是派人寻找鲍超和李元度，要两人赶紧收集残兵败将，回援祁门。三是联系已募兵进入赣省的左宗棠，让他设法拖住自南路西进的忠王李秀成，确保景德镇至祁门的粮道不失，给老营留一线生机。"

短短不到半个时辰，李鸿章就做出如此快速反应，且思路清晰，办法可行，曾国藩既惊且喜，觉得这个学生不同凡响，大有造化。又征求其他人意见，所说大体相同。也有人提出搬安庆城外的曾国荃和多隆阿部救援，李鸿章反对说：“九帅和多将军动不得，两人一动，安庆长毛追出来，与李世贤一接应，形成合力，不仅祁门没救，整个湘军都将灭亡。”

曾国藩很认可李鸿章说法，在他意见基础上进行完善和细化，紧急布置下去。各位领命出门，曾国藩又留下李鸿章，问道：“少荃是不是早知宁国徽州两城已破？”

李鸿章也不隐瞒，简单说了说李昭庆报信劝逃之事。曾国藩叹道：“少荃真的走掉，也属人之常情，老师不会怪罪你。”李鸿章道：“知道老师大度，能原谅学生之不是。学生也明白手里无兵，留下来帮不了大忙。只是大难临头，抛下老师走掉，学生不忍为之。”

感动得曾国藩眼里湿润起来，道：“若能逃过此劫，老师一定奏请皇上，给少荃募勇领兵之权，就像左季高一样，关键时候也好为我排忧解难。”李鸿章道：“学生也挺羡慕左大人，返乡征招湘勇，练成劲旅，出湘入赣不久，就数度打败长毛，确实了不起。”曾国藩道：“左季高虽说脾气大了点，却真是带兵打仗的料子，早年入幕湖南抚衙时就已峥嵘初露。”

李鸿章附和两句，忽质疑道：“左大人是人才，学生早有所闻，令人不解的是，他本系地地道道的湘人，又秉承老师指令，回湘募得湘勇，人数不过数千，算不上独立成军，怎么竟扔掉湘字，自称起楚军来？”

曾国藩早闻左宗棠以楚军自命，好一阵子心里都不舒服。左宗棠意图再明显不过，就是自树旗帜，区别于湘军，好摆脱曾国藩节制。这下李鸿章提及楚军二字，曾国藩脸上掠过一丝不快，想批评左宗棠几句，话出嘴后竟成为：“叫楚军也无不可，当年长毛过境湖南，江忠源募新宁子弟狙击，就称作楚勇。反正湘楚一回事，只要能打仗，叫啥都无所谓。”李鸿章道：“左大人独树一帜，无非不甘人下，想显示自己能耐，不靠老师也能成事。”

曾国藩大度一笑，道：“人各有志，随他去吧。”李鸿章道：“还是老师大肚能容。”曾国藩道：“此次咱们要左季高看守祁门至景德镇粮道，他该不会不从吧？”李鸿章道：“他肯定会从命。”曾国藩问：“何以见得？”李鸿章道：“他与老师同乡，又有多年友情，怎能见死不救？”曾国藩问：“要是他不讲乡谊，也不重友情呢？”

李鸿章撇嘴一笑，道：“左大人是聪明人，不看乡谊和友情，也知道凭目前数千楚军实力，想单打独斗，成就大气候，为时尚早。唯一办法就是依傍湘军这棵大树，在老师蔽荫下逐步发展壮大。既然没湘军就没出路，此次他肯定会伸出援手，助老师一臂之力。”

经李鸿章这么一说，曾国藩稍感踏实了些，悄悄舒了口气。只要左宗棠顶住李秀成，景德镇粮道不断，祁门或许可多守几天。

李鸿章分析得不错，左宗棠接到曾国藩命令，立即排兵布阵，以逸待劳，给长途奔袭而至的李秀成部以迎头痛击，初战告捷。消息传到祁门，曾国藩略觉欣慰，免不了去函赞扬左宗棠，鼓励他再接再厉，另立新功，日后奏请皇上，给予重奖和提拔。

有喜也有忧，寻找鲍超和李元度下落的人回来报告说，将宁国和徽州城里城外搜寻个遍，两人影子都没发现，也不知是死是活。曾国藩下令继续去找，反正死要见尸，活要见人，这两个家伙不可能人间蒸发。

还没等到鲍李二人确信，李世贤、罗大纲和周国虞三路大军已分头包抄过来，逼近祁门。幸好张运兰诸将据守榉根岭、羊栈岭各处，凭借有利地形，以一当十，奋勇抵抗，一次次打败太平军疯狂进攻。恶仗一打就是三天三夜。太平军虽然暂时没能攻入祁门，可湘勇减员严重，从岭上抬下来的伤员和死尸摆满阊江岸边，掩埋都掩埋不过来。这样打下去，待将士拼光，太平军还是会冲进来，端掉老营。

曾国藩惊恐万状，由李鸿章等幕僚护卫，走出洪家大院，来到阊江边上。望着成排的伤员和死尸，曾国藩不禁泪水涟涟，伤心欲绝。这大都是自己一手招募和训练出来的湘乡老兵，相依为命八九年，打过的硬仗恶仗不知其数，毫发无损，只因自己一时犯浑，错选驻节地，竟然折戟祁门。心里自责着，曾国藩不时停下来，温言安慰受伤士兵，鼓励他们坚持下去，挺过这两天，打退敌人，就送他们回家治伤，与父母妻儿团聚。见着死尸，也会上前扯扯裹尸布，罩住浮肿发乌的脚趾，或外露的血糊糊的脑袋。

天色慢慢黑下来，榉根岭和羊栈岭仍在激战，喊杀声隐约可闻，还有或明或暗的松明火闪烁着，几分怪异。曾国藩仰天叹息一声，稍不留神，脚下被藤蔓一拌，一个趔趄，往前栽去。还是近前的李鸿章眼疾手快，一把扶住，才稳住腿脚。

回到洪家大院，曾国藩把自己关在思补轩里，清理文件信函，给家人写遗书，安排后事。李鸿章在轩外守候一会儿，欲敲门进去，想想还是不惊动老师好，转背走开。又不知上哪儿去，踌踌躇躇，出得大院，到了晒场上。想起三天前的深夜，刘斗斋连黄膘马都牵了出来，就要上马随六弟走人，结果一念之差，还是掉头进了承恩堂，不然现已回到南昌母亲兄弟身边，不至于还在祁门备受煎熬，等候死神一步步逼近。

不觉来到城边，远处的榉根岭和羊栈岭依然火光明灭，杀声惨惨，可见战斗打得多么激烈。打仗就是拼命，再能拼，命也有拼光的时候。李鸿章脑袋里全是横陈于阊江岸边的伤员和死尸，知道这样拼下去，最迟挨到明天中午，岭上士兵会拼得一个不剩，祁门将被太平军铁蹄踏平。李鸿章后悔不迭，千不该万不该，不该留下来，如今已插翅难飞，只能坐以待毙。可怜自己才三十七岁，满腔抱负还没实现，就这样葬身祁门，多么不甘！

正在李鸿章满心凄楚之时，不远处出现好些黑影，急急往城外走去。李鸿章悄悄跟上前，原来是城里百姓，孙云锦几位幕僚也夹在中间，肩扛手提，看样子准备溜之大吉。欲过去制止，想想事已至此，又何必让人家陪你一起等死？

孙云锦他们消失在夜色里后，又见王闿运等人也带着行李，出现在城边。王闿运是湖南湘潭人，热衷帝王术，专程来劝曾国藩拥兵自立，愿以半部《论语》辅其得天下，再以半部《论语》助其治天下。曾国藩嫌他好为大言，毫无实用，未予理睬。王闿运正觉没趣，忽闻太平军逼近，赶忙让书童打理行装，收好《论语》，夹紧尾巴逃命。也是怕王闿运他们撞着难堪，李鸿章干脆躲到一旁，待人走远，再回到路上。

走进洪家大院，思补轩还亮着灯，李鸿章就知老师没睡。此时此刻，他也不可能睡得着。就这样在窗外徘徊复徘徊，一直看着屋里灯光亮到天明，亮到太阳从东天悄然升起，李鸿章才感觉倦意袭来，歪在台阶上，沉睡过去。

是曾国藩把李鸿章叫醒来的。见老师两眼无神，面色惨淡，与昨天所见裹尸布下的面孔毫无区别，李鸿章着实吓一大跳，说："老师您怎么了？"

曾国藩没说自己怎么了，只淡淡道："给我办件事。"李鸿章道："何事老师只管吩咐。"曾国藩道："张运兰最多还能坚持半天，麻烦你写份告示，通知各位幕宾，若想离开祁门，趁长毛没打进来，赶快走人。"

该走的都已走掉，写告示何用？可李鸿章没出声，心想反正无事可做，就当打发时间，回到笃素斋，铺纸写起告事来。很快写好，找来米浆，张贴到大院外墙上。众人来看热闹，嘀咕道："这个时候才贴告示，想逃只怕也逃不脱了。"

逃不脱也得逃，洪家大院足音杂沓，成百幕宾杂役纷纷走出院门，慌慌溜掉。

思补轩卧室里，曾国藩一个人呆坐着，耳听外面动静，手却下意识伸进衣服，在身上一阵乱挠。他满身长着鱼鳞状的怪癣，湘乡人叫作鱼鳞癣，也有人称龙鳞癣，说只可能生在龙子身子，一般人想生龙鳞癣还没这命。平时还好，癣不怎么痒，遇大喜或大悲，便奇痒难耐，恨不得连癣和一身皮毛都揭下来，才能解恨。

曾国藩使劲挠着身上鱼鳞癣，挠得手上全是血痕，还不能作罢。心里则翻江倒海，浊浪狂涌。写好的遗书已交给家仆，嘱其早做准备，只要太平军从榉根岭和羊栈岭上冲下来，就赶紧出城，奔回湖南老家报丧。书信文件也整理就绪，托可靠亲兵，择机送交九弟曾国荃军中。还给刚打下太湖和桐城的胡林翼写了封信，声称自己死后，请他收集湘军残部，继续清剿长毛，光复江南，别辜负浩荡皇恩。

该交待的好像都已交待妥当，曾国藩心情慢慢平静下来，合上双眼。身上的鱼鳞癣不再那么痒，手也从衣服里抽出来，抓过床头佩剑，放到双膝上。他已经想好，一旦太平军冲进洪家大院，就结果自己，以免有辱斯文。

也许人已走得差不多，大院里一片寂静。一连数天没怎么合眼，曾国藩身心俱疲，这会儿已做好最坏打算，似再没啥可以牵挂，相反无惧无忧，心静如止水。意识渐渐模糊起来，不知不觉睡将过去。睡得还挺沉，鼻翼翕动，起了微鼾。

就在曾国藩幽梦正浓之际，院外嘈杂又起，呼声喊声叫声大作。曾国藩一惊，兀地醒过来，只是两眼还合着。他抽出佩剑，慢慢抵到脖子上。

门砰一声被人推开。曾国藩依然合眼端坐在椅子上，身子僵硬，仿佛泥塑的坐佛。为国殉职的时候到了。皇上啊，罪臣不忠，出师未捷身先死，不能再为君父剿贼灭匪，只能来世给您效力。曾国藩双唇微微播动着，意念集中到紧握剑柄的手腕上，准备完成最后动作。

就在曾国藩即将抽动剑柄的刹那间，推门而入的人猛冲过来，一把抓牢他的臂膀，往外用力一拽，大声喝道:“老师您要干啥！”

曾国藩睁开双眼，竟然不是太平军，是李鸿章。只听李鸿章激动不已道:“祁门得救啦，祁门得救啦！”曾国藩懵懂道:“祁门得救啦！不是梦吧？”李鸿章道:“不是梦，不是梦。是鲍超鲍将军杀了回来，与张运兰里外夹击，把长毛打了个落花流水。”

曾国藩还是不敢相信，质疑道:“鲍超杀了回来？人在哪儿？”

“就在门外。”李鸿章朗声道。咣当一声，曾国藩扔掉手里佩剑，冲向门边。只见一壮汉在大伙簇拥下，龙行虎步，赳赳而至，嘴里大声叫道:“大帅，大帅，鲍超来也！”

果然是鲍超！曾国藩奔将过去，一把抱住对方，春霆（鲍超）二字还没出口，却喉头一哽，已是泣不成声。鲍超咧开大嘴，嘿嘿傻笑着，也不知说些啥好。好半天，曾国藩松开鲍超，拉他进屋，一把按到桃木椅上，呈上热茶，问道:“春霆说说，是怎么打退长毛的？”

鲍超岂敢占大帅椅子？起身要走开，又被曾国藩按回去。鲍超顾不得虚礼，咕噜咕噜一口把杯里茶水喝干，一抹胡子拉碴的嘴巴，粗声粗气道:“宁国失手后，鲍超自知罪不可恕，收集散落各处的兄弟，准备夺回宁国。刚冲到宁国城下，大帅派来的人赶上，说祁门遇险，要我回军救援。保大帅要紧，鲍超丢下宁国赶过来，绕到正攻击榉根岭的罗大纲部后面，一顿猛杀猛砍。罗大纲不知哪来的天兵天将，一时摸不着头脑，只能仓促应战，没几下被我霆字营将士打得找不着北。混战中，正巧遇着罗大纲本人，几回合下来，我就把他杀得没了脾气。也是惜他能战，是个英雄，我格开他砍刀，要他下马受降，他却冷笑几声，要与我拼命。没有法子，我只好卖个破绽，一刀将他斩落马下。”

说到这里，鲍超做了个手起刀落的动作。曾国藩一击手掌，大叫一声好。围观的人群也哗啦哗啦，使劲拍起手掌来。整个洪家大院都沸腾了，沉积多日的晦气一扫而光。

不知何时，李鸿章被挤出人圈，置身热闹之外。太平军退去，绝处逢生，无人可以拦住众人不高兴。可李鸿章没有冲昏头脑，知道鲍超击败敌军，不等于祁门不再危险。江西近在咫尺，左宗棠再能打仗，想凭数千楚军战胜李秀成四五万大军，绝对没有可能。

李鸿章落落寡欢，不声不响回了笃素斋。一个人枯坐半天，正不知做什么好，赵烈文走进来，说：“我道少荃兄去了哪里，原来在屋里坐禅。”李鸿章道：“能静（赵烈文）兄没凑鲍超热闹？”赵烈文道：“鲍超成了英雄，凑他热闹的人多得很，我来你这里清静清静。”

平时两人还算谈得来，李鸿章挪把椅子，请赵烈文坐下说话。赵烈文道：“几日之间，由大险大惊到大喜大乐，也亏大帅承受得起，换作别人，只怕不愁死，也会吓死，不吓死，也已乐死。”李鸿章道：“老师经多大风大浪，要死不知已死过几回，哪会死到祁门来？”

赵烈文点头道：“大帅就是大帅，并非芸芸众生。只是我想不明白，大帅那么大智大慧，莫非看不出祁门危险，非把老营设在此地不可？若非鲍超及时赶到，差点酿成千古之恨。还是少荃兄英明，早有预见，别说咱们幕僚，就是大帅也会敬服三分。”

李鸿章摇摇头，说了袁绍与田丰故事。赵烈文笑起来，道：“烈文也给少荃兄讲个三国故事：曹操征孙吴前，贾诩也曾极力反对，曹操不听，挥师南下，赤壁一战，被周瑜一把火烧得片甲不留，连老命都差点丢掉。败归后，曹操不仅没杀贾诩，还向他认错，自此之后，贾诩计出必从。”李鸿章哈哈大笑道：“能静兄意思，老师不是袁绍，而是曹公？”赵烈文说：“大帅胸怀，比曹公更宽广。”

赵烈文所言不差，曾国藩不是袁绍，且比曹操更高明。督衙复归平静后，就把李鸿章叫进思补轩，自我检讨道：“只怪为师没听少荃规劝，早日离开祁门，差点兵败身死，留下大憾。”李鸿章道：“老师驻守祁门，自有其道理。换作学生，也会这么做。”

此话新鲜，曾国藩道：“这又是何故？”李鸿章道：“祁门虽凶险，有宁国和徽州做屏障，屏障不失，长毛一时也近不了祁门。故此老师留驻祁门没错，错在鲍超与李元度守城不力，导致祁门险象环生。再说老师带兵十年，一直为咸丰所疑，不肯授予实缺。好不容易取得朝廷信任，委以兵部尚书衔和署理两江总督重任，又不折不扣恩准湘军老营移驻祁门，刚到几天便迁走，岂不是视圣旨如儿戏，惹咸丰不乐？咸丰不乐，不再支持湘军，湘军又能有何作为？其于此虑，老师只好冒死留在祁门，以示对咸丰耿耿忠心。”

这正是曾国藩用意，可他却笑笑道：“为师可没想得如此深远，确是眼光短浅，一时看不出留驻祁门之风险所在，才没及时纠偏，几乎死于长毛刀下。痛定思痛，为师唯有自我检讨，请旨严惩。也不好意思让幕宾代拟，已自拟一稿，少荃文笔优美，请你修改润色。”

说着从抽屉里拿出折稿，交给李鸿章。李鸿章展稿阅读，见只字不提遇险一节，只说罪臣缺乏战略眼光，低估敌军，布防不力，用兵无方，屡战屡败，失宁国，丢徽州，困祁门，连带长江沿岸数处大小城池易手，贻误剿匪大业，恳请皇上从严惩治，以儆效尤。

看完奏稿，李鸿章道：“老师果然老道，文辞之精炼，义理之精深，见解之精辟，非学生可望项背。”曾国藩道：“少荃别给为师戴高帽，哪些地方要不得，只管大刀阔斧砍削就是。你眼光毒辣，定能看出谬误之处。”

“学生不是眼光毒辣，是鼠目寸光。”李鸿章笑笑，“不过折里有个词句，若稍作调整，看上去也许更顺眼些。”曾国藩道：“哪个词句不顺眼，少荃只管指出来。”李鸿章道：“就是屡战屡败一词。”曾国藩疑惑道：“此乃大实话。数战失利，连丢多城，不说屡战屡败，还说屡战屡胜，欺骗皇上？”李鸿章笑道：“皇上不可欺，实话也得实说，关键看咋个实说法。”

曾国藩盯住李鸿章，道：“少荃明言，该怎么实说？或干脆删掉屡战屡败四个字？”李鸿章道：“此四字还得保留下来，删掉岂不成不实之言？”曾国藩道：“屡战屡败不删不顺眼，删掉又与事实不符，该如何是好？”李鸿章道：“也好办，把‘战’与‘败’俩字调动一下位置，改‘屡战屡败’为‘屡败屡战’即可。”

“改‘屡战屡败’为‘屡败屡战’？”曾国藩一拍脑袋，大声叫好道：“屡败屡战妙，实在是妙！既实话实说，又体现了与长毛血拼到底的气魄。”

奏折改定，派发京师，咸丰正在号称万园之园的圆明园喜度三十圣诞，喝大酒，听大戏，接受百官朝贺。早有人将湘军败绩送入咸丰耳里，添油加醋，说曾国藩以侍郎带兵，胜多败少，捷报频传，皇上才让其署理两江总督，期望他铭记圣恩，戮力统兵，多灭长毛。谁知曾国藩不珍惜朝廷信任，玩忽职守，丢城失地，损兵折将，似故意与皇上过不去。该罢其官，褫其职，解押至京治罪，另选高明，统兵击贼。咸丰也很恼火，觉得曾国藩太不争气，刚委以重任，就唱出这么一曲，只怕比和春与何桂清也强不到哪里去。

正好曾国藩折子呈入，主动认错，实诚检讨，却只字不提祁门遇险。驻节祁门原属奉旨行事，曾国藩独揽罪过，咸丰肚里气一下子消了不少。尤其读到屡败屡战四字，忍不住赞叹道："安徽局势如此，曾国藩依然不气馁，不服输，屡败屡战，实在难能可贵啊！"当即命军机处将折子誊抄数十份，明发各处，让地方督抚和将领多向曾国藩学着点，不要害怕失败，大敌当前，只要不丧志，不退缩，败而不馁，屡败屡战，总会战胜敌人，取得最终胜利。

觉得还不够，又下达圣旨，实授曾国藩两江总督，加封钦差大臣，统辖江南一切军政事务，全力清剿太平军。

谕令送达洪家大院，曾国藩觉得没白遭祁门一劫，心情格外畅快。实授总督不比署理两江，名更正，言更顺，权更实，威更高。又有钦差大臣头衔，自然万事好办。钦差大臣虽为临时头衔，却是代天子巡狩，所言等同圣谕，所行皆为奉旨办差。也就是说钦差高帽于顶，曾国藩便不仅是两江总督，还是江南至高无上的"皇上"。

留守祁门的各位幕僚为大帅高兴，纷纷走进思补轩，献诗献词献联，表示恭贺。多隆阿、李续宜、彭玉麟、曾国荃等将领带兵在外，没法亲至祁门，便派亲信送来文物、字画或土产，以表心迹。鲍超是个粗人，不懂文玩，对土产又看不上眼，每每攻城略地，只抢夺银子，不及其余。见其他人给大帅送这送那，自己没啥可送，干脆抱了一瓦罐银子，走进思补轩，呈给曾国藩。曾国藩公然宣称不怕死，不要钱，岂能随便收人银子？又不好责怪爱将，将罐里银子倒入布袋，退还给鲍超，只留下粗糙瓦罐，聊作纪念。鲍超过意不去，放下鼓囊囊的布袋，拔腿要往外走。曾国藩笑道："你以为只银子才算钱？这只瓦罐属千年文物，可换好几袋银子哩。"鲍超信以为真，抱着布袋，高兴而出。其实那不过是只再普通不过的瓦罐，曾国藩这么说，是维护鲍超自尊心，不想让他难堪。

李鸿章也未能免俗，来给老师道贺。不过他不献诗赋，不赠古玩，也不输金递银，竟手提竹筒一只，大摇大摆走进思补轩，道："学生没啥敬赠，给老师送筒水泡茶，还望笑纳。"

这倒有些别出心裁。曾国藩笑道："洪家大屋后院就有眼老泉，蛮好泡茶，何劳少荃费力？”李鸿章道：“洪家大屋老泉确实不错，但又哪能跟学生所送神泉可比？”曾国藩道：“是泉神，还是你嘴神？”李鸿章笑道：“当然是泉神。不信老师拿南岳云雾茶出来，学生煮神泉冲泡，保证味美三分。”曾国藩道：“你怎知我有南岳云雾茶？”李鸿章笑道：“昨见彭玉麟书吏提篾篓走进思补轩，便知是来送南岳云雾茶无疑。”

彭玉麟系湖南衡阳人，喜饮南岳云雾茶。相传炎帝神农氏尝百草，尝来尝去，觉得世间百味，还是以高山茶为佳。南岳衡山千草万叶，唯不见茶叶树，炎帝于是播茶籽于山间，茶树成林，收潇湘之灵性，集南天之菁华，叶奇味妙，人间少见。尤其衡山顶上茶叶最佳，炎帝滤云雾为水，再请祝融氏击山石为火，烧水烹茶，更加出味。祝融氏为南岳云雾茶所惑，从此不可一日无茶，待在衡山顶上，再不肯离开，祝融峰因而得名。只炎帝情系苍生，带上茶籽，自东麓一路播撒过去，岳东山岭遍长茶叶树，人称茶陵。还不肯罢休，继续往南，播种不止，最后累死于茶之尾，埋于茶树下，是为炎帝陵，号称神州第一陵。彭玉麟领兵打出衡阳，品遍江南好茶，觉得还是南岳茶最好喝。尤其祝融峰云雾茶，更属至爱，不论走到哪里，每年都会托人登上南岳，捐上香火钱，从高僧手里换得云雾茶，带往湘军水师营，解渴过瘾。知曾国藩也好茶，不时忍痛割爱，分赠一篓半篓给他。曾国藩以钦差大臣实授两江总督，乃湘军大喜事，彭玉麟觉得送什么都没意思，特意献上一篓南岳云雾茶，以示庆贺。曾国藩自然受用。只是担心篾篓走味，装入鲍超留下的瓦罐，想用时再倒出来烹煮。

“就少荃鼻子长，彭玉麟送篓云雾茶，也被你嗅到了。”曾国藩笑笑，拿把铜壶出来，让李鸿章倒上竹筒里的神泉，坐到火上。火是栗炭火。原来祁门地势低洼，阊江半抱，又偏逢寒雨绵绵，屋里阴冷湿重，侍仆一早在屋里生了火，以驱寒除湿。

栗炭火力足，不一会儿铜壶开始吐气。曾国藩从壁柜里拿出瓦罐，揭开盖子，抓把茶叶扔到铜壶里。水沸叶滚，茶香氤氲，满屋芬芳。李鸿章取来茶杯，摆到几上，再提过铜壶，注茶入杯。而后师徒端茶对饮，顿觉齿颊留香，沁入心脾。

茶留舌尖，似比洪家大院老泉所烹云雾茶更甘更醇，曾国藩忍不住问道：“竹筒里的神泉来自哪里，少荃可否透露一句，为师好不时派人，取来泡茶，以慰肚肠，也不枉费彭玉麟献茶美意。”李鸿章笑道：“老师知道神泉取自何处，用不着学生送水上门，学生口渴难耐，想喝南岳云雾茶，岂不少了正当借口？”

这个李少荃，真会卖关子。曾国藩也不计较，又喝口香茶，念及咸丰信赖，实授两江总督，且委以钦差大任，自己任重道远，更应拱起腰背，带好兵，理好政，做番像样的功业出来。试想急待处理的军政要务千头万绪，最当紧者还是粮饷问题，就如居家过日子，仓里无粮心发慌，带兵打仗更是如此，缺粮无饷，没吃没穿，无人替你上阵卖命，谈何杀敌剿匪？又想起李鸿章所倡江西厘金局，经皇上批转成立运行后，现已初见成效，湘军总算有了正式饷源，不再像过去样窘窘迫迫。不过光靠江西还不行，湘军主力已入安徽，若能就地取材，筹备军饷，岂不更加便利？安徽盐业发达，应该把这个利源抓在手上。李鸿章懂经济，又是安徽人，干脆让他做两淮盐运使，一定能成事。曾国藩道：“少荃啊，你虽有道员实缺，却没法到任，为师准备给你另派差委，你也许乐意。”

还以为要自己独立带兵打仗，李鸿章心下窃喜，自忖今天神水送得真是时候。嘴里则说：“老师有何安排，学生一定遵照执行。”曾国藩放下手里茶杯，道：“为师准备奏请皇上，委你为两淮盐运使，你意下如何？”

李鸿章略感失望。不过再怎么说，盐运使也是个肥缺，不是谁想谋就能谋得到手的。至少比待在督衙里舞文弄墨有出息。算来入幕湘军老营已近两年，老这么混下去，也不是句话。李鸿章喝干杯里茶水，痛痛快快答应下来。

李鸿章脸上微妙表情没能瞒过曾国藩，他又补充道：“为师知道，你最想独立带兵打仗，杀敌立功。可军饷问题没解决，也没人愿意随你上阵打仗是不是？少荃只管放心，为师不可能让你永远做这个盐运使，待你打开两淮盐运业务局面，有了实职经历，就让别人接替你，再将你保举到更重要的位置上去。”

老师考虑得这么长远，李鸿章更没话说。曾国藩于是趁给咸丰上折言事之机，附片保举李鸿章两淮盐运使之职。大清官场惯例，地方大吏看中谁人，上折时可夹片给予保举。

也是李鸿章官运未发，曾国藩折片寄出后，正值北方风声鹤唳，咸丰惶恐不安，顾不上南方战事，更别说李鸿章盐运使职务。原来早在二十年前，为使对华鸦片贸易合法化，英国要求在广州等沿海地区开放通商口岸，被清廷拒绝后，不愿罢休，争取美法支持，发动第一次鸦片战争。此后战战和和，摩擦不断，直到两年前的咸丰八年，英法联合舰队攻陷天津大沽口炮台，逼清廷签下《天津条约》。咸丰咽不下这口气，违反经双方认可生效的条约，密令僧格林沁突袭洋舰，收回大沽口。消息传到北京，咸丰兴高采烈，视僧格林沁为钢铁长城，以为足可拒敌于海外。不想一年后英法联军再次攻陷大沽口，僧格林沁败逃通州，天津全面沦陷。此时咸丰正在圆明园庆贺三十万寿，没人敢告知实情，怕败他兴致。英法联军得寸进尺，又组织六千多人，举着洋枪洋炮，杀向北京，大臣们知道纸包不住火，才报告咸丰。咸丰乐极生悲，大骂僧格林沁不中用，何不死在洋人枪炮下，还要厚着脸皮往回跑。

远在祁门的曾国藩不知京畿有变，左等右等，没等到咸丰批复，安慰李鸿章道："估计皇上三十万寿一时结束不了，朝臣又不愿拿琐事打扰他，才把为师折片压了下来。少荃也别急，缓段时间，咱再寻理由上折附片，一定给你保个实位。"

李鸿章有些灰心丧气，却也不好形诸于色，说："没事没事，不能外放，在老师身边多长点见识，更是学生福气。"曾国藩道："少荃能这么想，为师就放心了。欲干大事，得有一个过程，耐心很重要，急是急不来的。"

此言更像说曾国藩自己。李鸿章笑道："像老师这样韧劲十足，耐力超强，世上恐怕没有几人。想老师创立湘军十年，出生入死，尽忠报国，却一直得不到咸丰信任，加之满员排挤，汉臣嫉妒，日日处于风口浪尖之上，却还是凭着坚强意志和超强耐性，忍辱负重，硬挺了过来，终至柳暗花明，获取两江总督大位和钦差大臣身份。"

老师已柳暗花明，自己依然山重水复，看不到前程在哪里，李鸿章倍感失落，躲进笃素斋生闷气，怪自己无能。无心做事，拿些闲书翻看。却怎么也看不进去，干脆丢掉书本，铺纸练起字来。心情不畅，手变得笨拙，字越练越差，搁笔发起痴来。

正好陈鼐来串门，李鸿章赶紧把桌上字纸收进抽屉，免得出洋相。让座看茶，开口闲聊。聊到祁门遇险和宁国沦陷、徽州城破，陈鼐说："少荃听没听说，李元度还活着？"李鸿章半惊半喜道："次青还活着？你怎么知道？"陈鼐说："有人在浙赣边境见过他。"

李鸿章几分不解，道：“这小子既然还活着，为何不赶紧归营，回来见老师呢？”陈鼐道：“肯定是丢掉徽州，觉得没脸面，不好意思回来。”李鸿章道：“有啥不好意思的？胜败乃兵家常事，谁能保证一辈子只打胜败，不打败仗？鲍超就比他聪明得多，兵败不馁，赶紧收集残部，回援祁门，打退长毛，老师不但不怪他丢失宁国，还视为再生父母。”

陈鼐叹口气道：“李元度也学鲍超就好了。我还听说，他徘徊浙赣边境之际，浙江巡抚王有龄专门派人找到他，欲延聘入幕。”李鸿章问：“还有这种事？他应聘没？”陈鼐道：“不甚了了。”李鸿章道：“次青真入王有龄幕，只怕老师不会放过他。”陈鼐道：“可不是？王有龄原为何桂清的人，又通过祁隽藻和翁心存等老臣谋得浙江巡抚，何祁翁三人与大帅不共戴天，李元度若不识时务，投入王有龄怀抱，大帅肯定不会给他好果子吃。”

正为李元度担忧，有人敲门进来，竟然是孙云锦。李鸿章很吃惊，把他拉到陈鼐旁边坐定，说：“海岑（孙云锦）兄不是已离开祁门，怎么忽又冒了出来？”孙云锦脸上红了红，道：“都怪云锦一念之差，觉得祁门危险，抛下大帅和兄弟们，悄悄逃掉。”陈鼐道：“如此说来，海岑兄是回来认错，请求大帅原谅啰？”孙云锦说：“大帅原不原谅倒不怎么重要。”李鸿章说：“什么才重要？”孙云锦犹豫片刻，说：“我也看不准，只是瞎想。”

李鸿章追问道：“快说说你的瞎想。”孙云锦道：“云锦离开祁门后，不知往哪里去好，得知太湖、潜山、桐城已被胡帅攻下，就想去江北走走，看能否碰到老家桐城人，问问父老乡亲情况。又怕被长毛发现，只好躲躲闪闪，昼伏夜出。一路倒也平安，甚至平安得有些不正常。想长毛为保安庆，大举西进，队伍就驻扎于长江两岸和皖赣鄂边境一带，怎么一下子不见了踪影？我感到不踏实，才回祁门，跟你们道一句，你们提醒提醒大帅，有备无患。”

祁门风险刚过去，李鸿章就隐隐意识到，太平军轻易放弃祁门，显得不正常。只是当时意识不怎么清晰，没太当回事，此刻经孙云锦挑明，才觉得事态有些严重。李鸿章道：“感谢海岑兄还想着兄弟们。咱们一起去见老师，说说你的想法如何？”孙云锦道：“云锦不辞而别，怎好再去见大帅？我还是走人吧，你俩也别说我回来过。”

不好强人所难，两人送走孙云锦，复身承恩堂，走进思补轩。

十二、妙解勤王危机

见着曾国藩，闲话几句，李鸿章便道：“学生有个想法，已在肚里憋了好久，不知当讲不当讲。”曾国藩佯装生气道：“为师提倡知无不言，有何不当讲的？”

李鸿章这才清清嗓子道：“祁门如此安静，难道老师不觉得反常？”曾国藩说：“少荃不是认为，祁门危险并没真正解除？放心吧，我已奏请皇上，只等他恩准，立即撤离祁门。只是久没见皇上批复下来，我担心北京是否有啥变故。”

北京是咸丰和京官的北京，李鸿章只对身边事感兴趣，道：“学生以为，暂时撤不撤离祁门，倒不那么重要。”曾国藩奇怪道：“自入驻祁门第一天起，你就催我撤走，现在怎么态度大变？莫不是觉得长毛一时半会儿不会打回来？”李鸿章道：“依学生浅见，一开始长毛就意不在祁门，只不过自旁边经过，听说湘军老营在此，顺便过来骚扰一下。”

曾国藩意识到什么，看看李陈两位，好一阵没出声。陈鼒道：“少荃所言不无道理，大帅可得多加小心。”李鸿章道：“不是埋没鲍超，学生觉得老师祁门得救，并不全是他功劳。”

若非鲍超及时回援，太平军攻入祁门，自己哪活得到现在？曾国藩几分不满，道：“不是春霆（鲍超）功劳，又是谁之功劳？”李鸿章道：“是李秀成和李世贤的功劳。”

曾国藩莞尔道：“少荃又发怪论。”李鸿章道：“不是发怪论，是实话实说。鲍超确实勇猛，不是他收集残兵败将回援，与张运兰联手击退长毛，祁门早已沦陷。可老师想过没有，除罗大纲战死外，李世贤和周国虞手下数万大军都是吃干饭的？还有李秀成十万久经沙场的虎狼之师，竟敌不过左宗棠刚刚练成的七八千楚军，一触即逃，又是为何？难道楚军就这么神奇，十倍于己的长毛都不是其对手？”

说得曾国藩一愣一愣的，一时没法出声。李鸿章继续道：“咱再设想一下，如果李秀成率部北上，与李世贤和周国虞合兵一处，围攻祁门，老师手下数千残兵能抵挡得住？别说一个祁门，就是十个祁门，也会被他们踏成平地，寸草不生。”

“少荃是说，李秀成目的不在祁门，另有更深用意？”曾国藩似有所思道。可太平军到底用意何在呢？是保安庆不失，还是收回赣皖失地，抑或其他企图？陈鼐建议道：“可否派人出去侦探侦探，倒看长毛去了哪里，在干些什么？”

曾国藩很认可，当即派出几起探子，离开祁门，追踪太平军去向。探子一去数天，还没回还，江北飞马驰至，呈上加急快报。曾国藩接手一瞧，是胡林翼笔迹，心里咯噔一下，知道大事不好。赶紧拆阅，胡林翼告急道：太平军数十万大军由陈玉成、李秀成和李世贤三人统领，以长江为轴，分南北两路，避开皖赣沿江湘军和清兵，直奔武汉方向而去。吓得官文屁滚尿流，函命胡林翼回援湖北。胡林翼身为湖北巡抚，归官文节制，可眼下入驻安徽，须两江总督和钦差大臣曾国藩发话，才好采取行动。

快报还没看完，曾国藩就跌坐于椅，眼发白，脸发青，差点惊死过去。太平军意图再明显不过，就是趁湘军集聚皖赣，窥视安庆之际，避实就虚，绕到其大后方，收复武汉，攻取长沙，掌控两湖。两湖乃湘军根本和战略基地，若陷入太平军之手，便失去依靠，势必腹背受敌，被来自东西两个方向的敌军夹在中间，难逃全军灭亡厄运。

又想起李鸿章所言，祁门得救功不在鲍超，在李秀成和李世贤。李世贤自祁门擦肩而过，李秀成绕开左宗棠楚军，原来用心何其险恶。眼看太平军奔湖北而去，是让胡林翼回援，还是继续留下，配合曾国荃等围攻安庆？曾国藩很矛盾，叫来各位幕僚问计。

众人倾向于让胡林翼回援湖北，不能丢掉湘军大后方，失去依据和退路。可这又是曾国藩最不愿意看到的。好不容易定湘夺鄂，出赣驻皖，逐渐形成对安庆的合围，又调兵回去，岂不白忙一场，前功尽弃？李鸿章看透曾国藩心里纠结，道："长毛围武昌，攻湖北，无非两大目的，一是断掉湘军后路，二是解安庆之困。"

说到此处，李鸿章收住舌头，看看曾国藩。曾国藩说："少荃说下去，咱该怎么办？回不回援湖北？"李鸿章说："要回援湖北，更要加紧围攻安庆。"曾国藩说:"湘军不过五万人马,围攻安庆尚且困难,还怎么回援湖北？"

一定是祁门遇险，老师被吓傻，还没完全回过神来，才只想得起手下五万湘军。李鸿章提醒道："如今老师不仅是湘军统帅，还是两江总督和钦差大臣，皖赣苏浙四省清兵尽归节制，皆可纳入麾下，统一指挥和调配。"曾国藩恍然道："是呀，老夫怎么没想起调动各地清兵？"李鸿章补充道："官大人身为湖广总督，也守土有责，老师不能啥都一肩扛吧？"

对对对，太平军进攻湖北，官文肯定比自己还急，岂能让他闲着？曾国藩一激动，紧绷的老脸松弛下来。他决定双管齐下，集中湘军和四省清兵，加紧围攻安庆，同时让李鸿章拟信，请胡林翼速回武昌，协助官文调兵遣将，坚守湖北。

信函拟好，正待发出，亲兵来报，说胡帅已到祁门。曾国藩大喜，带李鸿章步出洪家大院，迎住胡林翼，请入思补轩。主客坐定，胡林翼道："涤生看到林翼急函了吧？"曾国藩说:"已看到,且开会讨论过退敌之策。"胡林翼说："涤生快说说妙策。"

曾国藩引而不发，道："润芝不辞辛劳，造访祁门，定有高见透露给国藩。"胡林翼道："也没啥高见，是担心信函往返耽误时间，过来就教于涤生，好赶紧采取行动。"李鸿章插话道："看胡帅胸有成竹的样子，就知退敌有方。咱想一饱耳福，还是胡帅先说吧。"

胡林翼笑笑，道："长毛西进湖北，意在打乱湘军步骤，保全安庆。林翼觉得涤生不能被长毛牵着鼻子走，可加紧调集四省清兵，协助湘军合围安庆，迫使其回师安徽。"曾国藩道："可湖北空虚，无兵守护，又如何是好？"李鸿章故意道："湖北不还有官大人吗？"

曾国藩忧虑道："官大人做惯甩手掌柜，润芝不在身边，他能有何作为？"胡林翼道："这正是林翼专程来祁门，要与二位商量的。可否让林翼留足守卫太湖、潜山等地力量，其余湘鄂兵勇随我回师西上，助官大人防御长毛。官大人有权调度湖广兵将，还可奏请皇上，谕令川豫诸省清兵入鄂协防，确保武昌不失和两湖安全。”

没等胡林翼说完，曾国藩和李鸿章就你看看我，我看看你，禁不住哈哈大笑起来。胡林翼几分不解，道：“两位大人笑什么？”

曾国藩朝李鸿章抬抬下巴，李鸿章拿出还未及发走的信函，双手呈到胡林翼手上。胡林翼望望两位，低头看起信函来。没看完，就会心笑道：“原来涤生早把我说的写入信里。好好好，就这么办，我立即回援武昌，防堵长毛。”

天色已晚，曾国藩让后厨做了三合汤和湘乡鱼，专门招待胡林翼。李鸿章自然作陪，频频给胡林翼敬酒。知道他有病在身，只让他略表意思，自己全干。

酒后胡林翼留宿思补轩，曾国藩陪他说话，李鸿章回了笃素斋。宽衣解带，正要上床，刘斗斋进来说：“李大人求见。”李鸿章道：“哪个李大人？也不看看已什么时候。”刘斗斋说：“就是李元度李大人。”李鸿章惊讶道：“次青来啦？快让他进屋。”

没等李鸿章穿好衣服，李元度出现在门口。

李鸿章抬眼望去，只见他绸裤缎衣，鲜莹明洁，气色上佳，看不出一点败将之相。是不是在浙江抚衙混得不错，特意回祁门来炫耀？李鸿章这么思忖着，说：“次青到底去了哪里，怎么此刻才想起回老营？”

李元度喝口刘斗斋呈上的茶水，说：“徽州失守后，元度晕头转向，一口气逃出数十里，也不知到了何处，只觉非常惊恐。欲返祁门，又怕大帅不肯原谅，才一直逗留在外。可想来想去，还是回来给大帅个交代，要杀要剐，全听他老人家的。”李鸿章说：“当初干吗不赶紧回营？鲍超就比你聪明，赶上长毛急攻祁门，协助张运兰解除险情，老师不但不怪他丢失宁国，还有感于其救命之恩，对他越发倚重。”

李元度哭丧着脸，可怜巴巴道：“元度也想回援祁门，无奈兵卒全部逃散，我心有余而力不足啊。”李鸿章道：“鲍超不跟你一样，兵卒都被打散，可还是收集残兵败卒，适逢其时地赶回来，干了件该干的事。”李元度道：“都怪元度一时糊涂，没想到这一招。”

哪是不想到这一招，是怕祁门不保，不肯来送命吧？李鸿章道：“听说你一直浪迹于浙赣边境，王有龄还派人找到你，邀你入幕，有无此事？”

王有龄与曾国藩关系微妙，李元度不可能不知，忙否认道："没有的事，皆系谣传。"

谣传往往最接近事实真相。李鸿章又将李元度上下一番打量，道："看你身上穿戴，也不像逃亡在外的样子，一定得到过谁的救济。"李元度掩饰道："我靠写字卖钱，糊住嘴巴，还置办了些衣物。倒霉之人，出门在外，总不能像叫花子一样，破破烂烂，讨人嫌吧？"李鸿章一脸狐疑道："你的字确实写得好，可兵荒马乱的，性命堪忧，谁还有兴致掏钱买字？"

见瞒不过李鸿章，李元度才老实交代道："王有龄确实派人找到我，给了一笔钱，我才勉强果腹蔽体，苟延残喘到今日，不至于弃尸荒野。"李鸿章道："王有龄有意于你，你干吗不到浙江抚衙去？"李元度道："王有龄巴不得我去入幕，承诺给予重保，不让我吃亏。还暗示朝中祁隽藻和翁心存等老臣垂青于他，会让我攀上这层关系，日后好飞黄腾达。我也确实动过心，想跟王有龄干。可咱毕竟是湖南人，出自湘军，久随大帅，转投他人手下，优势不太大，才又折回祁门，看大帅肯不肯收留我。"

"回头是岸，归营就好。"李鸿章叹了口气，"还没见过老师吧？"李元度道："还没有，没这个胆。"李鸿章道："怕老师吃了你？都是故人，你又曾有恩于老师，他不会把你怎么样的。"李元度道："可否麻烦少荃，陪我去见大帅？"李鸿章道："解铃还须系铃人，想要老师原谅你，还是你自己鼓起勇气，直接面对他为好。时间也不早了，不便再去打扰老师，给你找个地方，睡上一觉，明天去给他老人家赔罪也不迟。"

落实好住宿，李鸿章要走开，李元度还缠着不放，说："听说胡帅也到了祁门，麻烦少荃跟他打声招呼，帮我到大帅那里说说好话，可不可以？"李鸿章道："次青你是明白人，这事谁也帮不上忙，只能靠你自己。"

许是内心有愧，李元度实在不敢面对曾国藩，隔日一早就打听到胡林翼住处，偷偷跑去求见。看到李元度，胡林翼很高兴，难免一番问长问短。待李元度说明来意，求他去曾国藩那里说好话时，胡林翼也摇头道："别的事好说情，这事只能你自己放低姿态，当面向涤生道歉，任何人只怕都没法代替你。"

实在没法，李元度只得鼓起勇气，独自去见曾国藩。挪着沉重步伐，低头走进承恩堂，来到签押房外，又犹犹豫豫，抬不起敲门的手。直至李鸿章送走胡林翼，来找曾国藩领差，李元度还在门外徘徊复徘徊，好像要下油锅似的。一见李鸿章，把他当成救命稻草，紧抓不放，央他一定给大帅说句好话。

李鸿章推脱不得，只有答应李元度。进屋谈完正事，仍站着不动，没走的意思。曾国藩抬头望望李鸿章，道：“少荃是不是还有事？”李鸿章道：“不是学生有事，是有人想拜会老师，怕您不待见，不敢进来，让我先请示一声。”曾国藩问道：“此人是谁？”

李鸿章没说是谁，只道：“他想请老师原谅。”曾国藩不耐烦道：“到底何方神圣，还没出场，先遣你铺垫造势？总得让我知是谁人，才好谈原谅二字吧？”

“李元度。”李鸿章说道。曾国藩老脸一拉，扬扬手，要往桌子上拍去，但还是强忍住，没好气道：“让他进来吧。”李鸿章赶紧出去，招过李元度，附他耳边道：“老师答应见你，不过你得有准备，他肯定不会有好脸色，你要多说好话，挨他一顿训，或许能过此关。”

只要大帅收留自己，看看脸色，挨挨训斥，又有何关系？多说好话更简单，不过磨磨嘴皮，鼓鼓舌头，把声音调拨得低徊点，婉转点，还能挠不痒人家耳根？李元度感激地点点头，麻胆进门，垂手而立，蚊子样细声道：“禀报大帅，元度请死来啦。”

曾国藩懒得睬他，只顾低头批阅文件。李元度往前挪半步，又道：“都是元度不对，没保住徽州，又担心大帅不能原谅自己过失，滞留在外，至今始归。”

曾国藩还是没出声。李元度越发惶恐，哭丧着脸，嗫嚅道：“元度痛定思痛，千不该，万不该，不该只顾自己夹着尾巴逃命，没想起徽州和宁国一失，祁门不保，老营危急，大帅性命堪忧。事后反省，其实元度死不足惜，万一大帅有个什么三长两短，湘军怎么办？国家怎么办？元度真是后悔莫及，果若没了大帅，没了湘军，我活着还有什么意思？连绳索已备就，活套已打好，人都站到了高凳上。可就在脖子伸进绳套，正要踢凳子时，有人报信说鲍超回援祁门，大帅得救，才放弃死心，准备回来请罪，要生要死，全凭大帅一句话。一路想起自己罪不可恕，实在无脸见大帅，一路走走停停，挨到今日才来到祁门。”

还没说完，李元度嘤嘤哭泣起来，哭得伤心欲绝，仿佛遭了天大委屈似的。曾国藩不出声骂道，编，往下编，看还能编出多少精彩故事。

转而又想，这小子千错万错，毕竟也是湘军元老，数度帮自己度过危难，不能因徽州之失，外逃不归，紧紧揪住不放。曾国藩心里不觉一软，放下手中笔，缓缓抬起头来，望向李元度。

谁知就是这么一望，又惹得曾国藩心头火起，再不肯原谅这家伙。联想鲍超退敌归来不成人形的情状，这个李元度确实太光鲜了点，光鲜得简直有些扎眼。也许在曾国藩想象里，李元度逃亡在外，吃不是吃，穿不是穿，人不是人，鬼不是鬼，不可能活得如此滋润，一副衣锦还乡的样子。唯一解释就是有人伸出援手，扶危济困。天下大乱，各人自顾不暇，谁会援助一个败逃人？莫非真如传言所说，王有龄派人找过这家伙，给了他银子？

想到此处，曾国藩一下失去控制，腾的一声站起来，指着李元度鼻子，大声吼叫道："滚滚滚！李元度你给我滚，滚得越远越好！"

吓得李元度心惊胆战，欲辩已无辞，抱着脑袋逃出来，奔进笃素斋。李鸿章见李元度一脸晦气，又看看他身上华服，就知是这身行头出卖了他。也怪自己考虑不周，忘提醒他别这么光光鲜鲜去见老师。李鸿章叹一声，问道："你的四品翎顶和雪雀补服呢？"

不知李鸿章此问何意，李元度道："一路都有长毛，元度哪敢公然穿戴官帽官服？"李鸿章道："到了祁门老营还不敢？"李元度道："到得祁门，想穿戴也没得穿戴了。"李鸿章问："这又是为何？"李元度道："浙西皖南一带山高水长，一次过渡时船被风浪打翻，咱连人带行李包裹都掉进江里，水深流急，也没能捞上来。翎顶补服与见大帅有关系吗？"

李鸿章不想多解释，道："次青应该知道，长毛正大举西进，直逼湘军后方湖北，老师首尾不顾，焦头烂额，才没心情搭理你。你先在旅馆住下，待缓些时日，老师处理妥手头急务，时间从容，再去见他，也许情况会有不同。"

李元度是个书生，平时跟书生出身的同僚谈得来，得知他活着回到祁门，大家纷纷去旅馆看望他。又知见过曾国藩，得不到原谅，都为他抱不平。丢失个徽州算什么啰？鲍超不也没守住宁国么？虽说这小子及时回援，保住大帅老命。要知道李元度也是大帅生死之交，多次帮他度过危难，怎能因故人一个失误，如此计较呢？

书生难免书生气，众人意兴一来，起哄要去找曾国藩讨个说法。可来到思补轩外，又胆怯起来，一个个缩着脑袋，不敢往门里伸。有人就出点子，李鸿章是大帅学生，大帅面前说得起话，还是由他带头出面靠谱。

众人转而来到笃素斋，游说李鸿章去曾国藩面前给李元度求情。李鸿章道："该求的情咱早已求过，你们知道不？"众人道："再求一次又何妨？又不会磨坏你嘴皮子。"李鸿章道："鸿章已答应次青，缓缓再求老师，何必急在这一时一刻？"

也是的，李元度再没耐心，几天时间应该等得起。谁知这小子受此冷遇，想起王有龄盛情相邀，已渐生去意。众人再去旅馆看望他时，他正在清理行李，准备走人。大家奉劝他，别意气用事，如今大帅威镇江南，大树下面好乘凉，舍此他就，实无必要。

经不起力劝，李元度才又留了下来。众人又去怂恿李鸿章，快给曾国藩说好话，不然李元度拍屁股走掉，也是湘军损失。李鸿章实在拗不过，由众人簇拥，来到思补轩，道："学生还得再为次青说几句话，请老师酌情考虑，留他别走。"曾国藩道："李元度想去想留，是他的事，你着什么干急？"李鸿章道："学生不急，可众僚急啊，非逼我来求情不可。"

曾国藩早听到动静，知道幕僚们就在外面，道："看你们如此推崇李元度，莫不是他给了你们什么好处？"李鸿章道："次青一落难之人，自身难保，哪有好处给咱们？"曾国藩道："他落什么难？没见他穿锦着绣，像发了大财似的。"

听曾国藩口气，就知他怀疑李元度得了王有龄银子。李鸿章笑笑道："次青发不发财，学生不知道。学生只知灭贼事大，老师正处用人之际，轻易抛弃故人次青，逼其转投他人怀抱，多么可惜！"曾国藩说："他到底想转投谁的怀抱？"

怕惹怒曾国藩，李鸿章不敢提及王有龄，只是道："次青能文能武，只要老师这里一松手，想收留他的人自然多的是。"曾国藩道："李元度能文我不怀疑，能武到底能在哪里，少荃说得出来不？怪我出于私情，把他一步步提上来，派驻徽州，反复嘱其坚守不出，他偏要逞能，贸然出城接仗，以致一败涂地。他就是这么能武，能得够有水平。"

愿意再提徽州之失，说明曾国藩心里已开始松动，有了接纳李元度之意，不然也懒得多嘴废话。李鸿章替李元度高兴，试探道："学生可否转告次青，让他明天来见老师？"

未及搭腔，忽闻圣旨传进。曾国藩赶紧正正红珊瑚顶戴，整整九蟒五爪袍，又抻抻仙鹤补服，跪接圣旨。却不是什么好事，是六千英法联军已杀到北京，咸丰惊恐万状，急谕各地入京勤王，特别指名湘军猛将鲍超率霆字营，北上解急救驾。

接完圣旨，曾国藩傻在那里，脑袋一片空白。六千洋兵轻易打到北京，京畿八旗和绿营都是吃干饭的？还有高傲自大的蒙古亲王僧格林沁，违约偷袭大沽口得手，便不可一世，得意忘形，仿佛天下无敌，就他最英雄，这会儿躲哪儿去了，为何不拒联军于京郊之外？

朝廷是非曲折，曾国藩远驻江南，鞭长莫及，无从过问。恼火的是抽调霆字营赴京勤王，可给他出了个大难题。咸丰有难，京师不保，作为督抚大员，派兵护主，天经地义，责无旁贷。可太平军犯鄂，皖省吃紧，安庆围攻战正处于关键时刻，把最能打仗的霆字营派出去，不是釜底抽薪，要你老命么？曾国藩早看出太平军进击两湖，目的在牵制围攻安庆的湘军，逼你撤围西救湖北，李秀成再掉转枪头，与安庆守军联手，痛击湘军，就像攻击江南大营一样。曾国藩不愿重蹈江南大营覆辙，唯有咬紧牙关，全力围攻安庆，掐住太平军七寸，以尽快扭转局面。安庆系太平军重镇，非重兵围剿不可，紧要关头调开霆字营，破不了安庆，不仅两湖难保，还将陷湘军于东西两面劲敌包夹之中，离全军覆没也就为期不远。

可否以安庆战场吃紧为由，拒不调兵北上，或不派鲍超，另遣他人，前往充数？显然都不可取。你曾国藩天天把忠君爱国挂在嘴边，如今北京危急，君父蒙难，竟然袖手旁观，抗旨不肯出兵，岂不被责为天下罪人，日后何以立足于天地之间？

一连数日，曾国藩心烦意乱，十分着急。半白头发变成全白，仿佛撒了层厚厚秋霜。身上鱼鳞癣又开始发作，以至寝食难安，坐不是，站不是，行不是，卧不是，有如困兽一般，整天整晚在思补轩里团团打转。见谁发谁脾气，又瞪眼睛，又吹胡子，像个黑脸雷公。相比君父蒙难，李元度该去该留，啥也算不上，也就无人敢再提他名字，怕挨克受训，自讨没趣。李元度得不到确信，备感失落，悄悄离开祁门，不知所之。

后来有人提醒曾国藩，三个臭皮匠，抵个诸葛亮，可就出不出兵北援一事，让幕僚们都出出主意。曾国藩无计可施，叫一人写个条陈来，谁说得在理可行，就按谁的办。

幕僚们很踊跃，很快交上条陈，堆满半张桌子。曾国藩一份份阅过，都是建议派兵赴京勤王的。理由也不出奇，无非京师乃国家命脉所在，岂能让洋人肆虐，君父蒙羞？保君护国是臣子本分，正可趁此彰显湘军威风，争取皇上信任，决不可推诿不从。

这些道理三岁娃娃也懂，曾国藩觉得都是废话，手一划，哗啦一声，扒到一边。抽走重兵，一时拿不下安庆，湘军反被太平军吃掉，自己死无葬身之地，又彰显谁的威风？曾国藩呆坐椅上，双手抱住脑袋，痛苦不堪，死的心都有。

痴愣半天，重又凑到桌前，在条陈堆里扒拉起来。李鸿章眼光独特，料事如神，曾国藩想看看他怎么说。却偏偏没有他的条陈，莫非夹在纸堆里，被忽略过去？

从头再扒拉一遍，还是没见李鸿章名字。曾国藩觉得有些奇怪。李鸿章才思敏捷，写字做文章，比谁都快迅，怎么独独无他条陈上来？曾国藩忙叫进盛康，问道："这两天旭人见着少荃没有？快把他找来，我有事要问。"

盛康应声出得思补轩，急步来到笃素斋。但见李鸿章办事房关门落锁，毫无动静。想起这小子没事可做时，喜欢躺床上睡大觉，又跑到他住室，敲上半天门，依然没有反应。去找刘斗斋，也没见他人影，估计跟主子在一起。那么李鸿章又去了哪里呢？莫非担心太平军反扑湘军老营，已逃往南昌？祁门遇险时都熬了过来，危机已然过去，还有啥可逃？

盛康只好回报曾国藩。曾国藩一听，卵泡子是火，恨不得揍李鸿章一顿饱死的。可人不在跟前，没可揍对象，只好空口大骂道："好你个李鸿章，皇命如山，老夫这里急得火烧眉毛，你却不闻不问，跑得不知去向，看老夫怎么修理你！"

骂得正起劲，鲍超闯进来，大声道："听说皇上点名要老鲍北上勤王，大帅为何迟迟不发令，让老鲍领兵北进，杀向京师，灭了狗日的洋人！"曾国藩瞪眼鲍超，恶声恶气道："你以为洋人那么容易灭？我也想赴京杀洋人呢，你来发号施令，我领霆字营勤王去。"

鲍超咬咬舌头，睃眼盛康，低头出了门。随即又踱回来，道："皇上命大帅调兵，大帅按兵不动，岂不是公然抗旨？抗旨可不是闹着玩儿的，还请大帅三思。"曾国藩破着嗓门道："本帅哪只三思？六思九思都早思过，用得着你来教训吗？该干吗干吗去，抗不抗旨，都是本帅的事，皇上要治罪，也只治本帅，一时治不到你头上！”

骂走鲍超，张运兰进来，涎着脸道：“大帅若担心鲍超贪生怕死，离开安徽后会偷逃回四川老家，干脆派运兰领湘乡兵进京，驱赶洋人，救驾护国。皇上感念咱湘乡人，定然痛痛快快让大帅升任首辅，封侯拜相，咱们湘军将领也癞子跟着月亮走，沾沾您老的光。”曾国藩吼道：“你是不是嫌跟随老夫没出息，急于赶往北京，露上几手，好做皇上近臣，扬名立万，光宗耀祖？你要走，赶紧走，别让皇上等得心焦！”

张运兰自讨没趣，灰溜溜避开。多隆阿、李续宜、彭玉麟又相继出现在洪家大院，侧身走进思补轩，旁敲侧击，探听口气，恨不得揽下勤王美差，到咸丰面前表现表现。曾国藩不留情面，骂得他们一个个狗血淋头，落荒而逃。

该浮头的躲得不知去向，不该浮头的一个个往你面前凑，仿佛吃多了泻药，荒乱中找茅厕找错方向。曾国藩火气难消，各将领离去后，依然面对门外，咬牙咒道：“这些蠢货，也不想想江南长毛虎视眈眈，大清江山岌岌可危，以为逃脱老夫掌控，带几营兵勇跑到北京，就可赶野鸭子样把洋兵赶走，获取勤王大功，封官晋爵，大出风头。想出风头明说嘛，老夫成人之美，出让钦差关防，交出五万湘军，任由你们调遣，驰赴京都，打退六千洋兵后，再乘胜追击，杀向天津、上海和广州，把欧美各国在华洋人赶尽杀绝。”

咒个痛快，回头见盛康站在屋里，又拍着桌子骂道：“你来干啥？莫非也想北上护主立功？”忽意识到骂得不是对象，抬手拍拍脑门，自嘲道：“都被鲍超和张运兰他们气糊涂了，见谁都以为是来请求调兵勤王的。旭人别在这里发呆，继续给我寻找李鸿章那臭小子，只要他没离开祁门，掘地三尺，也要把人掘出来。”

盛康不敢违命，跑出思补轩，发动幕友及老营亲兵，将洪家大院里里外外上百间大小房屋翻寻个遍，依然连李鸿章脚毛都没寻见。

盛康只恨不能变个李鸿章出来。忙乱半天，又硬着头皮，再入思补轩回话。这次曾国藩倒没发火，沉吟半晌，问道：“没找着李鸿章，总见过陈鼐吧？”盛康挠着头皮道：“盛康跑进跑出，跑了大半天，好像还真没看到陈鼐。”曾国藩道:“李鸿章与陈鼐同年，两人谈得来，常形影不离，只要见得到陈鼐，就可逮住李鸿章。”

盛康跑到陈鼐住处，正好主人自外面回来。只是问及李鸿章，也不知人在何处。盛康不满道:“大帅还说你与李翰林同年，关系密切，你肯定知他在何处。”陈鼐道:“我又不是李鸿章尾巴，哪能时时贴紧他，他去哪儿我跟到哪儿？”

“为勤王之事，大帅急得已快发疯，非逮住李翰林不可。”盛康皱眉道，“李翰林不知去向，我没法交待，陈大人可得陪我去见大帅，说明一下情况。”陈鼐道:“怎么说明？李鸿章又不是我藏起来的。”盛康道:“不管李翰林是不是你藏起来的，反正你得跟我跑一趟。你没见大帅发脾气的样子，实在吓人，有你作陪壮胆，免得我吓出尿来。”陈鼐笑道:“为保全你裤裆不被尿湿，且陪你走一趟吧。”

来到思补轩，曾国藩看看只盛陈两人，李鸿章仍没现身，黑着脸问陈鼐道:“李鸿章跟你过从甚密，他怎么消失的，难道你也不知？”陈鼐道:“平时少荃有事没事，喜欢叫我喝茶聊天，唯独这两天没来找我，不知到底去了哪里？”

听陈鼐论及喝茶二字，曾国藩忽想起李鸿章送所谓神泉冲泡南岳云雾茶之事，问道:“李鸿章常跟你喝什么茶？”陈鼐道:“常喝六安瓜片。”曾国藩道:“六安瓜片乃安徽名茶，确属李鸿章至爱。”陈鼐道:“李鸿章还给我泡过祁门安茶，口味不比六安瓜片差。”

说到祁门安茶，陈鼐忽然想起什么，一边站起身，一边嘟噜道:“我悟起来了，李鸿章一定去了一个地方，我会会他去。”

曾国藩张嘴欲问是什么地方，陈鼐已走出思补轩，离开洪家大院，望城西而去。出西门不远，迎面一座庵堂，前有茶林，后有竹山。庵堂不大，禅房数间，禅师若干，静安如水。庵旁有人喂马，马是黄膘马，喂马人便是刘斗斋。

不用说，李鸿章定在庵里。庵有美名，曰金粟庵，陈鼐曾陪李鸿章来过两三回。也没别的事，专来喝水月禅师所泡祁门安茶。安茶属黑茶品系，色浓味纯。湘军老营迁至祁门初始，李鸿章骑马考察周边地形地貌，路过城西，入庵讨茶解渴，水月禅师待以祁门安茶，入口难忘，此后稍有空闲，便来庵里与水月禅师谈佛论道，品味安茶。

陈鼐踏入庵门时，果然李鸿章正在禅房里品茗安茶。一旁还摊着一纸书法，书者正是李鸿章本人。每次入庵，水月禅师都会亲自奉陪，煮茶论佛，李鸿章心存感激，用上等宣纸抄好《心经》，一大早赶来庵里，献字讨茶。字承王体，笔畅墨润，水月禅师甚是喜欢，捧着书法，赞赏不已。又亲自取了清泉，煮沸冲泡安茶，款待李鸿章。

两人正在谈经品茶，陈鼐走进禅房，先向水月禅师作作揖，继附李鸿章耳边道："少荃好不自在，笔下有《心经》，口里有安茶，殊不知大帅为找你，把整个洪家大院都掀了个底朝天。"李鸿章不惊不讶道："老师找我何事？"陈鼐道："还有何事？洋人犯京，皇上谕令大帅派鲍超领兵北上勤王，大帅遵旨不是，抗旨也不是，叫你拿主意。"

李鸿章淡然一笑，道："鸿章还以为是啥事，也值得老师如此大惊小怪。"陈鼐不满道："皇上有难，大帅情系君父，急得火烧眉毛，你却没事人样，还说他老人家大惊小怪。还是赶紧起身回城吧，动作稍迟，大帅发起雷霆之怒来，看你吃不吃得消。"

李鸿章端过桌上茶杯，深喝一口，又提过茶壶满上，漫不经心道："要回你回，我不阻拦。水月禅师亲手泡的安茶，可不是谁都有口福消受，咱得把壶里茶水喝完再说。"陈鼐道："到底是安茶重要，还是勤王大事重要？"

"当然是安茶重要。"李鸿章玩世不恭道，"鸿章五弟所送六安瓜片早已喝完，祁门又无处可购，害得鸿章茶瘾来时，慌慌无计，无从过瘾，只好厚着脸皮，来金粟庵讨喝安茶。水月禅师素心素手，茶泡得好，正合鸿章胃口，岂可舍茶而去？你想喝茶，坐我旁边，我给你倒，无意于茶，赶紧走开，别败我雅兴。"

要说李鸿章遇事最肯担当，今日怎么变得如此不可理喻，大帅正用得着他，他事不关己，避而不见？陈鼐道："你不跟我走，莫非要大帅带兵前来，把你五花大绑押回去？"李鸿章笑笑道："赶紧回去搬兵吧，也许一回一来，壶里安茶已喝得差不多。"

陈鼐愤然转身，气咻咻朝禅房外走去。李鸿章望望他背影，悠悠道："如果老师来绑我，麻烦你提醒他一句，带上南岳云雾茶，用庵里神泉冲泡，最出味道。"

回到洪家大院，见着曾国藩，陈鼐便大呼道："李鸿章太不像话，气杀我也！"曾国藩问道："看样子你已见着李鸿章？"陈鼐道："他就在西门外金粟庵里。”曾国藩道：“那他怎么没跟你回来？”陈鼐恨恨道：“他说水月禅师泡的安茶没喝完，端坐禅房，不肯起身。”曾国藩道：“你没说勤王之事当紧，老夫急需与他商讨对策？”陈鼐道：“能不跟他说？咱好说歹说，口水说干，他不当回事，反笑大帅大惊小怪。”

惹得曾国藩火气腾地窜上脑门，一拍桌子，大声嚎道：“好你个李鸿章！天都快塌了下来，还说我大惊小怪。快来人，随我出城拿办李鸿章，将他碎尸万段！”

亲兵应声而至，出现于门外。曾国藩两袖生风，气呼呼走出思补轩，向大门口奔去。陈鼐追上前，道：“陈鼐离开金粟庵时，李鸿章还有叮嘱，大帅若去拿他，叫我别忘提醒您老人家一句。”曾国藩边走边道：“提醒什么？”陈鼐道：“李鸿章说金粟庵里有神泉，大帅最好带上南岳云雾茶，到时用神泉现泡，格外出味。”

闻得此言，曾国藩不自觉刹住步子，低头望望脚尖，绷紧的脸皮慢慢松弛下来。继而眉头舒展，眼目含笑，仰首欣然道：“这个李少荃，原来他还惦记着老夫的南岳云雾茶。”

说罢掉转头，大步回到思补轩，从柜里取出一只瓦罐，塞到随后跟进的陈鼐怀里，道：“这就是李鸿章说的南岳云雾茶，咱们上金粟庵泡茶去。”

陈鼐小心抱着瓦罐，想烂脑袋也没想明白，为何听到神泉和南岳云雾茶，大帅竟心情大变，雷公黑脸顷刻间云开雾散，阳光普照，乾坤朗朗？莫非大帅与李鸿章一个德性，听说有好水泡好茶，足以润喉浇腹，便可置君命于脑后？

金粟庵里，李鸿章早料定老师会来送南岳云雾茶，嘱咐庵外看马的刘斗斋，注意西门方向，有啥动静，立即入庵通报。果然半个时辰不到，便见曾国藩身着便服，由陈鼐陪同，不紧不慢朝金粟庵走来。刘斗斋拴好黄膘马，走进庵里，对着禅房道：“大帅来啦。”

李鸿章放下茶杯，从容迎出庵门。曾国藩正好走近，虎着老脸道：“少荃架子真大啊，没人搬得动你，非老夫面请不可。”李鸿章笑吟吟道：“老师哪是来请学生，明明是来借庵里神泉，泡南岳云雾茶解渴。学生恭候已久，终于候来您老人家。”

听到动静，水月禅师也款步而出，合掌相迎。曾国藩知是庵主，换成笑脸，道:“庵者安也，置身宝庵，咱凡夫俗子也心静神安，暂忘尘世烦恼，得享片刻宁和。”水月禅师道:“早闻大帅不是凡夫，亦非俗子，即使军务再紧，政事再忙，每日都会静室入定半个时辰，屏声敛气，洗涤尘念，明心见性。倒是吾辈静气不够，定力不足，才绝俗出家，寄寓凡胎肉身。”曾国藩道:“过誉过誉！传言听不得，禅师别信。老夫正是俗事烦心，无以为计，不能自持，才来宝庵，借宝庵神泉，泡壶茶水，一洗百结愁肠。”

说话间，几位已入庵门，来到院中。院角立着棵枇杷树，叶似琵琶，花如黄蝶。树旁有三眼泉水，水月禅师绕过枇杷树，来到泉边，缓缓道：“这便是大帅所言神泉。说起来，神泉与大帅还有些渊源。”

曾国藩几分惊讶，走近水月禅师，俯视清澈泉水，道:“老夫从没到过贵庵，怎么会与宝泉有渊源？”水月禅师笑问道:“大帅可是衡山西麓人氏？”曾国藩点头道:“老夫乃湖南湘乡野民，湘乡确在衡山西麓。”水月禅师道:“本庵系唐朝南岳高僧所造，大帅知否？”曾国藩道:“略有所闻，然不知详情。”

水月禅师轻言细语，论起金粟庵与南岳衡山的瓜葛来。

衡山犹如衡器，可称天地，为五岳之一，名曰南岳。遍山皆茶树，相传为炎帝神农氏所植，采茶饮用，可延年益寿，南岳又享寿岳之誉。唐时高僧结庐于岳，以茶为禅，参悟得道，人称茶僧。修成正果后，茶僧怀揣茶种，手拄竹鞭，离山远游。所到之处，播种成林，再用鞭杖杵石为泉，煮茶禅修。山重水复，离湘过赣，不觉进入皖境，来到祁门。祁门跬步皆山，与世隔绝，实属修行佳处。尤其城西地带，金粟满坡，茶僧甚是喜爱，收住步履，撒茶籽于坡前，筑小庵于坡上。小庵筑就，坡前茶籽也破土成树，茶僧手举鞭杖，在庵院石上轻轻一杵，杵出一眼宝泉，汲泉煮茶，禅修悟道。有人入庵参禅，或烧香许愿，茶僧皆以庵茶款待。庵茶不仅解渴，还能安心，后被叫成安茶，广为人知。访庵信众日增，一眼宝泉不够汲用，茶僧再执鞭杖，另杵出两眼宝泉。信众仍在继续增多，每天人来人往，踏破庵门。久之三眼宝泉供不应求，渐被汲干，成为枯眼。茶僧来到庵后土坡，随手扔掉手里鞭杖。鞭杖入土发笋，长出一根根楠竹，青青翠翠，庵中宝泉重新蓄满泉水，再怎么汲用，也不会干涸。遇有远乡人，茶僧还砍下庵后楠竹，裁成竹筒，灌满宝泉，让其带走，路上解渴，或回家煮茶。宝泉为何汲之不尽，用之不竭？不用说全赖茶僧南岳鞭杖，入土发鞭，钻通地脉，西延衡山，不断提供甘美源泉。

故事神奇，说者煞有介事，听者觉得有趣。然曾国藩肚里不以为然，不肯轻信。也许知你是湘中人，来自衡山西麓，禅师故意牵强附会，硬把庵泉与南岳扯到一起，讨你欢心。然方外禅师，不朝你要官，不向你求财，又讨好你干吗呢？

也是水月禅师阅人无数，又禅修日久，曾国藩肚里做何感想，自然一眼看穿。却不说破，只拿过泉边竹勺，顺手舀勺泉水，递到他手上，道："大帅远道而来，又入庵良久，想必早已口渴难耐，先尝宝泉润喉，再入禅房品茶。"

曾国藩谢过，接竹勺于手，举到唇边，轻轻抿上一口。奇怪的是，满嘴都是南岳山泉和湘乡老家井水味道。不免心里暗忖，宝泉故事太过玄虚，舌尖却不会欺骗自己，难道茶僧鞭杖真能打通地脉，引来南岳源泉不成？

曾国藩品尝宝泉时，陈鼐已将怀里瓦罐送入禅房，放到窗边桌上，又出门取过檐下竹筒，按入泉中，咕噜咕噜汲满，提着去后庵灶房烧煮。待泉水煮沸，曾国藩与李鸿章也已被水月禅师送入禅房。禅房不大，明亮温煦。挨墙一张紫藤床，想必为坐禅之用。临窗摆有紫藤桌，旁边数把紫藤小椅。桌上放着紫砂茶具，有壶有杯，外加那只装着南岳云雾茶的瓦罐。透过窗户，可见墙角枇杷，午后阳光幻化成丝丝紫霞，缥缈于花叶之间，送进似有似无的花香。香味仿佛也被染成紫色，在禅房里氤氲着，妙不可言。

曾国藩感受着禅房静趣，李鸿章挪过窗边藤椅，扶他落座。自己也坐到桌对面，揭开瓦罐，用茶匙挖出两匙南岳茶，搁入紫砂壶里。正好陈鼐提着水壶走进禅房，李鸿章伸手接住，往紫砂壶里注入热气腾腾的沸泉。

茶泡好，李鸿章倒上一杯，呈给老师。曾国藩看眼淡绿色的茶汤，浅抿一口，只觉齿舌生香。记得那天在思补轩，李鸿章煮竹筒水冲泡南岳茶，亦是此味，看来皆属同源之泉。

几杯入喉，曾国藩浑身通泰，舌头也变得柔软起来，道："宝泉泡茶，味道确实非同凡俗，怪不得洋人犯京，君国有难，为师已被勤王急旨逼到悬崖边上，进退两难，少荃竟事不关己，置身局外，只顾躲在庵里品佳茗，享清福。"

李鸿章给老师杯里添上茶水，轻描淡写道：“不就是勤王吗，老师何至如此？”

曾国藩端杯正要举向嘴边，闻言放杯，以指轻敲桌面，低声喝道：“我是臣子，皇上有诏，不如此，还能怎样！”李鸿章嬉皮笑脸道：“学生觉得，老师有些小题大做。”曾国藩越发生气：“天都快塌了下来，还是小题，能不大做？你什么话嘛。”李鸿章笑道：“就算大题吧，也无需大做，可换个思路，大题小做如何？”

听得出，李鸿章早胸有成竹，想出破题方法。曾国藩仍板着脸孔，道：“大题小做？怎么个小做法？”李鸿章不说怎么大题小做，只是道：“湘军正全力围攻安庆，以牵制西进长毛，老师最缺的就是精兵强将，肯定不愿意派出鲍超及其霆字营。”曾国藩道：“我若愿意，早让鲍超领兵出发了，还用得着跑到金粟庵来请教你？”李鸿章笑道：“别说请教，学生受不起。”曾国藩道：“废话少说，只说要不要派兵勤王？”

李鸿章收住脸上的笑，道：“坚决不能勤王。”曾国藩道：“且说理由。”李鸿章道：“理由简单，眼下正值围攻安庆以挽救武昌乃至两湖之关键时刻，派霆字营北上，削弱湘军实力，不能摁住长毛七寸，待陈玉成和李秀成放开手脚，拿下两湖，挥师东返，与安庆和金陵长毛联手，合击湘军，湘军必败。湘军乃唯一抗贼力量，湘军一败，长毛乘胜北犯，大清必亡。”

这层道理曾国藩早已想到，不觉奇怪，眼盯李鸿章，等待他后面的话。李鸿章接着道：“别说老师分兵无术，无力勤王，就是兵力足够，有兵可调，勤王也毫无必要。”

勤王护主有功，名利双收，有兵可调，还犹豫干吗？曾国藩睁大两只三角眼，道：“少荃说法真新鲜，洋人兵临城下，京破国亡在即，老夫手有余兵，岂肯坐视不管，还不早派鲍超领兵出发，挺进北国？”李鸿章道：“派也白派。”曾国藩道：“担心鲍超怕死，半路逃跑？”李鸿章道：“鲍超做梦都想到咸丰面前表现一番，绝不会逃掉。”

见曾国藩一脸不解，李鸿章又道：“老师想过没有，安徽远隔北京数千里，长江水道又为长毛所占，无法出海北航，只能走陆路。花上一个多月抵达北京，城门早破，真派鲍超勤王，岂不是打屁脱裤，多此一举，还白白劳军耗资？”

细想确是如此。曾国藩默然无语，怔怔看着对面学生。李鸿章继续道：

“此次事变，纯因咸丰犯糊涂，阴使僧格林沁违约起衅，偷袭洋舰，洋人被激怒，才愤然犯京。洋人不是长毛，目的不在消灭大清，破京后无非索几个银子，要求增开通商口岸。自道光年间洋人攻破国门，中外屡次开战，最后结果莫不如是。完全可以预见，老师若派鲍超勤王，霆字营还在半途中，京城便已熄火停战，金帛议和，一切尘埃落定。”

窗不开不亮，话不说不明。经李鸿章一番剖析，曾国藩豁然开朗，打定主意不派鲍超北上。可不勤王，咸丰那里又如何交差呢？跟他讲明拒不勤王理由？理由确实足够充分，可咸丰会跟你讲理吗？谁见过皇帝跟臣子讲过理？千条理，万条理，到咸丰眼里，不勤王就没理。想咱曾国藩出生入死，转战十年，才好不容易取得咸丰信任，担当大任，统筹两江，勤王之事处理不当，得罪朝廷，于己于湘军都不利啊。

想到此处，曾国藩又不无担忧道：“皇上明旨勤王，莫非臣下还能抗旨不成？抗旨杀头事小，耽误君国剿匪事大啊。”李鸿章道：“老师不派兵，当然也不能抗旨。”曾国藩说：“不派兵就是抗旨，不抗旨就得派兵，哪能既不派兵，又不抗旨？”

李鸿章喝口茶水，缓缓道：“老师可按兵请旨。”

曾国藩低首举茶，正要启唇，听李鸿章如此说，拿开茶杯，疑惑道：“按兵请旨？”李鸿章道：“正是的，按兵请旨。”曾国藩道：“怎么按兵，如何请旨？”李鸿章道：“给朝廷复折，满口应承出兵就是。”曾国藩说：“你意思是，口头应承出兵，实际按兵不动？”

李鸿章点头称是。曾国藩道：“这或许算不上抗旨，可也属欺君呀。”李鸿章道：“不用欺君，只是出个题目，让皇上和朝廷来做。”曾国藩道：“出题让皇上和朝廷做？”李鸿章道：“刚才不说大题小做吗？勤王是大题，如何勤王，派谁勤王，其实是个小题，好做得很。题目送出，发往京师，到军机处和宫里转上一趟，来来回回没有二十天，也得半个月，届时议和早成，大局既定，何劳老师出兵？”

曾国藩长长嘘口气，悬到嗓眼上的心终于落回肚里。眉头舒展，双目溢彩，连脸上每条皱纹皆蓄满悦色。心中欢喜，曾国藩一时顾不得斯文，端过满杯茶水，脖子一仰，一口喝干。又一把抹去沾在唇须上的茶水，乐呵呵道：“复折就由少荃草拟如何？”

主意出自李鸿章，他自然乐意。

十三、师徒负气分又合

事不宜迟，回城走进洪家大院，李鸿章就开始动笔，很快拟出复折。

复折自然是以曾国藩口气写给皇上的，言辞凿凿，信誓旦旦。说是君父有难，京师危急，勤王乃臣子应尽职责，义不容辞。只是鲍超南蛮一个，半辈子足不出江南，在家门口打仗还算差强人意，去往人生地不熟的北方作战，肯定无法信任。为有效保卫京师，维护国家主权，非得比鲍超更有号召力的将帅带兵勤王不可，还请皇上恩准微臣亲自领兵北上，报效君国。若觉得微臣能力有限，难担大任，还有文武双全的湖北巡抚胡林翼，也可以适当考虑。

果如李鸿章所料，复折发出不久，英法联军炮火便已轰塌城墙，攻入北京，杀向紫禁城，前去捉拿咸丰。半道英国公使馆秘书龚橙听说咸丰不在皇宫，带着联军直奔万园之园圆明园。却迟到半步，咸丰已率王公大臣和皇子皇妃，离园出城，望热河逃去，名曰东狩。没逮住咸丰，联军兽性大发，大抢大掠，放火把圆明园烧成废墟。给联军带路的龚橙乃道光名臣龚自珍儿子，名人之后做汉奸，容易轰动，龚橙一时臭名昭著，知名度比其父还高。

吓走咸丰，烧掉圆明园，联军才派代表，与咸丰同父异母弟弟恭亲王奕䜣议和谈判，签下《中英北京条约》与《中法北京条约》，赔款通商，开放口岸。俄国虽没参战，也找上门，趁火打劫。咸丰八年英法联军攻克广州，俄国便趁人之危，占领不冻港海参崴，逼清签订《瑷珲条约》，规定乌苏里江以东为中俄共管。眼下英法联军攻进北京，俄国又如法炮制，强迫清廷签署《中俄北京条约》，确定乌苏里江以东包括海参崴与库页岛在内的四十万平方公里土地归俄所有。四十万平方公里可不小，足有十个台湾大，相当法德两国面积之和。

议和谈判结束，曾国藩折子也送抵北京，奕䜣交付快马，飞传热河行宫，请咸丰御览。危难之际，见曾国藩愿挺身而出，咸丰心存感激，回旨表扬他深明大义，公忠体国，谕告议和已成，不必出师勤王，安心剿匪就是。

谕旨发回祁门，曾国藩捧读毕，长长舒出一口气。洋人犯京之初，咸丰与朝廷惊慌失措，后果如何，懵懂难料，远在数千里之外的李鸿章却看个透彻，预言成真，眼光确实毒辣。曾国藩暗暗佩服学生大智大慧，自然更加高看一等，厚爱一筹，越发器重和倚赖。

勤王之事已然过去，曾国藩一心专注江南战场，调动四省清兵，协助湘军各营，全力围攻安庆。与此同时，湘川豫诸省清兵也向湖北集结，与西征太平军形成对峙。陈玉成和李秀成攻鄂不得，守皖不成，一时不得要领，竟由主动变为被动，围魏救赵策略宣告落空。

形势略有起色，曾国藩绷得紧紧的神经稍一松弛，忽又念及李元度，好久不见，不知他在干些啥。毕竟是湘军故人，只要知错就改，还可重新任事。曾国藩就想着与李元度见个面，好好聊聊，沟通沟通。派人去找，说早离开祁门，回了湖南平江老家。问回去何干，说是应浙抚王有龄之邀，募得八千平江勇，准备开赴浙江，攻打太平军。

一下子又点燃曾国藩心头怒火，一把抓过桌上墨砚，狠狠一扔，咚的一声，将楼板砸个深坑。你李元度就这么离不开王有龄？没有王有龄，难道会死人不成！还要给他募平江勇，真是岂有此理！平江乃湖南地盘，平江勇就是湖南兵，怎能背叛湘军，为王有龄所用？曾国藩平生最恨背信弃义之徒，只想将李元度捉拿归案，就地正法，以解心头之恨。

就地正法自然不可能，曾国藩准备以徽州之败，参李元度丢城弃师之罪。也是太过愤激，手腕老颤，没法握管，才叫过亲兵，去请李鸿章来拟稿。

亲兵出得签押房，正碰上李鸿章来见曾国藩，一脸的愁云惨雾。李鸿章刚收到大哥李瀚章从南昌寄来的家书，说他原配周氏病入膏肓，危在旦夕，请速速归去。还说母亲心疼周氏，急得什么似的，要儿子见信起身，动作稍迟，只怕就见不着活人了。人生最大憾事就是生离死别，李鸿章赶紧来向曾国藩告假，好回去见周氏最后一面。

走进签押房，没等李鸿章开口，曾国藩就青着一张老脸，说："叫少荃来，是请你代为拟稿，老夫要参李元度徽州镇守不力，违令出战，城破兵败，不仅陷祁门于危境，还影响我师围攻安庆进程。"李鸿章道："兵无常胜，打败仗就要参奏，是否欠妥？"

太平军汹汹西进，皖鄂危急，正需文武同仇敌忾，共渡难关，都学李元度背信弃义，叛主求荣，还要不要戮力破敌？不行，此风不可长，此人不可饶。曾国藩拍着桌子，吼道："徽州兵败弃城，滞留赣浙边境，数月才归祁门，没个交待，又不辞而别，回平江募勇去投王有龄，这小子混账不混账？少荃与李元度关系密切，其无耻行为，想必早有耳闻吧？"

李元度何时走的人，没跟谁说过，募平江勇投靠王有龄，更不可能提前透露给别人。李鸿章说："次青该不会这么糊涂，做出此等傻事吧？"曾国藩没好气道："事已至此，少荃还要给他开脱。不是你说好话，两月前李元度返归祁门时，我就已对他采取必要措施，他也不至于嚣张到这个地步，公然从我湖南募兵，跑到浙江去投王有龄之所好。"

纵使李元度有过，可也不能完全怪他，你老人家也有一定责任。李元度肯回祁门，说明有悔过自新意愿，你老人家见不得他太光鲜，态度过于粗暴，让他又惧又懊，才失望而去，另谋出路。可这话不好明言，李鸿章只得说："反正王有龄归老师节制，次青募勇去投王有龄，与投老师也没啥区别，都是为打长毛，老师没必要过于计较。"

正是这句话激怒曾国藩，他嘶哑着嗓子吼道："他王有龄是他王有龄，我曾国藩是我曾国藩，怎么能相提并论呢？王有龄归我节制没错，归我节制并不代表我跟他同穿一条裤子。道不同不相与谋，我迟早会把他拿掉，换上真正能打长毛的人。我真不明白，王有龄买通李元度去投奔他，你少荃拼命为姓王的说好话，是不是也得了他好处？"

这话已有些不讲理，李鸿章也来了气，道："老师大人大量，想不到也说出这种伤人的话语来，太不可理喻。"曾国藩道："不可理喻就别理喻，我用不着别人理喻。"

两人都在气头上，声音越来越高，惊动众僚，纷纷来思补轩看热闹。

想劝又插不上嘴，想拉又不知拉谁好，只得一旁小声嘀咕：李元度有错是不假，可大帅也太不能容人。胜败乃兵家常事，打败仗就揪住不放，日后谁还敢带兵打仗？何况李元度有恩于大帅，几次与大帅生死与共，大帅如此对待他，确实有失公允，说忘恩负义都不为过。

偏偏曾国藩耳朵尖，听到这些议论，火气更大。无奈众口难辩，只有指着李鸿章，威逼道："说句话，你到底拟不拟稿？"李鸿章也犟道："学生不能拟稿。"曾国藩说："不拟就算了，我也会写字，自己可以拟。"

闹到这个地步，李鸿章想告假回家，也不知从何说起，只得负气道："老师一意孤行，硬要参劾李元度，学生不能再侍奉老师，只好提腿走人。"曾国藩更不客气，道："悉听尊便，想留就留，爱走就走，我没捆着你双腿。"

当着众幕僚的面，曾国藩把话说到这个份上，李鸿章想不走，都有些难为情，只得起身挪步，朝门口走去。到得门边，又回过头来，希望老师开口说句挽留的话。曾国藩虎着脸，没理睬李鸿章，更无改口意思。李鸿章一只脚已迈到门外，眼睛依然望着曾国藩，可怜巴巴道："学生走了，老师请多加保重，注意劳逸结合，湘军不能没有你，大清也不能没有你。"

曾国藩冷冷扔过去一句："不用你操心，我不是三岁小孩，自己能管好自己。"李鸿章哀伤道："长毛攻湖北不成，定将回师安徽，老师还是早些撤离祁门，免遇不测。"

曾国藩将头扭到一边，不再搭理这个一向倚为臂膀的学生。李鸿章泪流满面，抬起门里那只脚，迟疑着挪过门槛，来到外面。悻然回到笃素斋，几下清理好行李，走出洪家大院。刘斗斋已牵过黄膘马，伸手来扶。李鸿章蹬鞍上马，手勒缰绳，迟迟不愿放松。黄膘马甩尾踢腿，昂首嘶鸣，急不可待的样子。李鸿章几度回头，奢望老师出现在大门口，唤自己回去。或有人追过来，以老师名义，劝自己下马，返回老营。

可大院门口冷冷清清，什么动静也没有。唯有寒风瑟瑟，撩脱枝头黄叶，缓缓坠向地面。李鸿章仰天浩叹一声，咽下苦涩泪水，打马往西南方奔去。

回到南昌大哥家，妻子周氏已奄奄一息，只差没咽最后一口气。母亲和家里女眷正守护一旁，见李鸿章进门，把他让到近前。李鸿章蹲到周氏床边，满心悲伤，无语先噎，半天说不出话来。周氏感觉出什么，合着的双眼猛然睁开，见丈夫近在目前，脸上掠过一丝艰难的笑意。干枯的手抖抖擞擞，从被里伸出来，无力地握了握，似想抓住什么。李鸿章捉紧周氏的手，贴到自己脸上，哽咽道：“都怪为夫长年奔波在外，没好好陪伴照顾你，以至你大病不起，也不能稍尽夫道，为你奉汤递药。”

成婚近二十年，李鸿章先奔功名，继为京官，回籍后东征西讨，与周氏待一起的时间极为有限，屈指可数。可毕竟夫妻一场，又共同生育女儿经溥，彼此血浓于水。正因如此，李鸿章非常看重这份夫妻情，得知周氏病重难愈，不惜与老师闹翻，离开祁门，急着赶回南昌，送周氏最后一程，以免留下终生遗憾。

周氏以为再见不到丈夫，不想李鸿章意外出现在面前，顿时心情大好，竟能勉强坐起来，吃力道：“还能最后看上夫君一眼，死可瞑目矣。”

“别说傻话，你要好好活着，经溥还小，不能没有你。”李鸿章从女仆手里接过药碗，服侍周氏喝下，“这次我不走了，再不离开你半步，天天跟你与经溥在一起，做个稍微称职点的丈夫和父亲。”周氏道：“大丈夫志在四方，岂可儿女情长，说这种没出息的话？好在我已活不了几天，再不会拖你后腿。”李鸿章道：“快别说不吉利话，不然我生气啦。”

周氏摇摇头，说：“我自己的病，自己心里最清楚。此生能与你夫妻一场，我已知足，怪只怪自己没福气，不能给你生儿续后，这是我最不能原谅自己的。你还年轻，我死后，赶紧找个身强体健的女人，多给你生几个儿子，像你一样考功名，做大官。还记得几年前逃难至磨店的小莲小姐吧，出身名门不说，又才貌双全，通情达理，颇有旺夫之相，不知已许配人家没有，若还待字闺中，夫君娶进家门，是份好姻缘。”

也许聚少离多，难得在李鸿章面前说几句话，周氏才趁着还有些力气，唠叨起来。李鸿章没打断她，让她过过嘴瘾。周氏说的也是真心话，她一直体弱多病，费了大劲才生下女儿经溥，半个儿子都没留下。不孝有三，无后为大，这不能不说是人生缺憾。

多说会儿话，周氏再坚持不住，喘着粗气躺下，随即沉睡过去。李鸿章想起刚见过一面的母亲，去她屋里问安。母亲抹泪道：“可怜周氏年纪轻轻，竟一病不起。老天怎么不开眼，用病魔折磨年轻人，却让我这个老不死的活得硬硬朗朗。老而不死是为贼，再这么活下去，叫我这个贼婆子老脸往哪儿搁？”李鸿章安慰母亲道：“母亲别为周氏担忧，她会好起来的。”母亲摇头道：“她是回光返照，只怕过了初一，过不了十五，你可得有准备。”

母亲见多生死，周氏情形自然瞒不过她双眼。李鸿章默然无语，看着脚尖发呆。只听母亲又道：“刚才我们几个走后，周氏又说到没给你生儿子的话吧？”李鸿章点头道：“这是她的心病，不难理解。”母亲说：“她觉得对不起你，也怕自己死后，没人披麻戴孝，上坟烧香。”李鸿章说：“这也是没法子的事，谁怪我俩没儿福呢？”

正好几位小孩打闹着从门口经过，李经方也夹在里面。李经方系六弟昭庆儿子，名字还是李鸿章取的。现年四岁，长得聪明伶俐，颇得大人欢心。母亲望望他调皮的身影，转头对李鸿章说：“老娘倒有个办法，不知你和周氏意下如何。”

不知母亲有啥办法，李鸿章道：“自成婚之日起，周氏就体弱多病，能给我生下女儿经溥，已经尽了大力，眼看不久于人世，还指望她生个儿子出来不成？”母亲说：“周氏指望不上，可以指望人家呀。”李鸿章说：“指望谁呢？”母亲说：“你觉得经方如何？若你看得上，我给六儿说说，将经方过继给你俩，这样周氏走时，也好有人送终。”

这倒也可行。在数位侄儿当中，李鸿章最喜欢懂事可爱的李经方，说：“儿子求之不得，就看周氏想法如何，还得先问问她。”母亲说：“你问问吧，周氏会同意的。”

李鸿章回头问过周氏，她自然乐意，也为丈夫有了儿子高兴。接着母亲叫去小儿李昭庆，将过继李经方的事说了说。李昭庆略略迟疑，还是答应下来。二哥出身翰林，已是三品命官，说不定以后还会往上升，经方过继到他名下，一辈子享不尽的荣华富贵，比给自己做儿子要强多少有多少，又何乐而不为呢？

双方说妥，一大家子聚到一起，办理过继手续。手续也不复杂，出具过继契文，交换李经方生庚八字，让他跪到祖宗和爷爷牌位前，得到先人认可，又亲口喊过李鸿章夫妇父亲母亲，就算是两人正式儿子。又欢欢喜喜过了门，喝过过继酒，仪式告成。

有了儿子，周氏如愿以偿，心满意足。李经方来到床前，以儿子名义递过几天汤药，周氏才合上双眼，含笑离去。李鸿章悲痛不已，可毕竟遂了周氏遗愿，略觉安慰。又让李经方披麻戴孝，热热闹闹将周氏葬到南昌郊外山上，算她没白在李家做过近二十年媳妇。

丧事甫定，李鸿章独守空房，又伤心了好一阵子。想起二十年原配夫妻，如今阴阳阻隔，生死茫茫，好好的家已不复存在，加上官场行走一场，要功无功，要业无业，可谓家国两头空。堂堂男子汉，无家无国，何以立足于世？从没有过的失败感袭上心头，李鸿章难免自怨自艾，哀叹命运多舛，蹉跎大半辈子，依然四六不着调。

知道李鸿章情绪低落，兄弟们只要有空，就来陪他聊天，帮着解解闷。聊身边琐事，也聊湘军和皖赣苏浙新闻。曾国藩更是绕不开的话题，说是李鸿章离开祁门当天，他就迫不及待寄走参劾李元度的折子。旋即圣旨下达，革去李元度徽宁池太广道实职。曾国藩遂了愿，王有龄更是偷着乐，派人带上重金，送到李元度手上，给他刚练成的八千平江勇做军费。有兵有钱，李元度底气十足，打着安越军旗号，率勇离开平江，准备途经江西，开向浙江。

这个世道，手里有军队，就是大爷。李家兄弟羡慕不已，怂恿李鸿章，也回安徽募支队伍，像李元度样牛一把。李鸿章笑道："天下乱哄哄的，办团练拉队伍者多了去了，可有几人真正干出了名堂？李元度是做给老师看，你不收留我，还参掉我的职务，我偏要干点动静出来，让你后悔后悔。可这到底是好事，还是坏事，暂时还说不准。"

李鹤章觉得二哥顾虑太多，说："别管李元度事好事坏，二哥若能募支像样的军队，保证曾大帅会立即召您回去。"李昭庆说："就是曾大帅不理二哥，近者江西巡抚毓科、安徽巡抚翁同书，远者浙江巡抚王有龄、江苏巡抚薛焕，肯定也会诚邀二哥加盟。"李凤章也说："另有以署钦差大臣身份回督安徽军务的袁甲三，与二哥渊源深厚，也是好去处。"

李鸿章不为所动，叹道："周氏新逝，我哪有心思募勇投靠他人？只想静心陪陪母亲，与经方和经溥多待待，享受享受天伦之乐。"

四十不到，正值盛年，哪是享受天伦之乐的时候？兄弟们知道李鸿章还放不下湘军阵营，等着曾国藩召回。其实周氏去世不久，曾国藩就写来亲笔信，表示安慰，还检讨自己，不知李鸿章家有急事，话说得不好听，伤了师生情分，求其原谅。知李鸿章还在悲痛之中，也没说召回，只嘱节哀顺变，好好读书，侍奉母亲。这就是曾国藩，架子端得起，也放得下，又深谙人情世故，明知此时号召李鸿章，他也不好意思回去，才话留三分。

老师能放低姿态，李鸿章深受感动，也在信中自责脾气急躁，缺乏理智，没能设身处地为老师着想，说了不应该说的话，请求宽恕。曾国藩自然不计前嫌，回信要李鸿章别往心里去，锅与铲搁到一起，不可能不碰不撞。碰撞不是坏事，有碰有撞才算有缘，力气才使得到一处去。李鸿章深以为然，信里表示认同。又劝曾国藩早些搬离祁门，迁到靠近长江的东流，好就近指挥湘军水陆两师，攻克安庆。

信寄走后，李鸿章坐在屋里，又将老师的信重温一遍。两人负气分手，却互不计较，还能书信往来，沟通音讯，除师生情谊还在，就是彼此都有再走到一起的潜在意愿。曾国藩知道李鸿章是个人才，此处不留爷，自有留爷去，不想把他推入别人怀抱，故以信安抚。李鸿章明白当今能灭太平军者，除湘军外再没有第二支军队，想成大事，立大功，只能跟曾国藩一起干。你有情我有意，两人虽各处赣皖，相隔数百里，却心息相通，难舍难弃。

时间过得快，眨眼进入咸丰十一年（1861），曾国藩又有信送到南昌。道过家常，说过战局，又告知李鸿章，湘军老营即将搬离祁门，移师东流。当初驻节危地，确实是个错误，若听进李鸿章意见，早些迁走，也不至弄得狼狈不堪，差点坏了大事。

老师就要脱离险境，李鸿章放下一颗心来。正准备拈管回信，报说有客来访。还不是平常客，是江西巡抚毓科。督抚乃地方大员，兄弟们不敢怠慢，在大哥李瀚章率领下，出门恭迎。毓科借了个来由，就是给老人家拜年，李蕴章忙把母亲请出来见客。叙过礼，母亲退入后堂，兄弟们继续陪毓科喝茶说话。

毓科真正目的自然不言而喻，就是想招李鸿章入幕。可他没直接说明来意，话绕得有些远："少荃是次青好友，拒绝代拟弹劾好友奏稿，才得罪曾大帅，脱离湘军老营。此事在官场中传开，无不为少荃重情厚义，钦佩不已，交口称赞。各位也知道，次青道员职已被大帅劾去，他别无选择，只好率八千平江勇，借道江西，开拔浙江。途经义宁、新奉、瑞州一带，连打几场胜仗，大大改善了江西紧张局面，为此本抚特意为他请功，皇上已下谕赏其布政使衔，品秩已高过原先道员。次青本想绕经南昌，拜会少荃兄弟几位，只是战事繁忙，浙抚王大人又催得紧，不敢耽误，才托我代为造访，传达心意。”

毓科如此说，是要告诉李鸿章，他如何善待人才，尽管李元度带兵去投王有龄，也乐意替他请功，为他争得大位。言下之意，若李鸿章有心跟着他干，绝对不会吃亏。李鸿章却暗怪李元度糊涂，老师弹劾他，一是以申军纪，二是敲他警钟，盼他悔悟，早日回营，谁知他逞一时之能，募勇赴浙，岂不是公然与老师彻底决裂？

心里这么想着，李鸿章不露声色，顾左右而言他，没接毓科的茬。毓科知道李鸿章无意于己，只得起身走人。兄弟几位送到门外，毓科又留下话，要李鸿章好好想想，何时想明白，何时告知他，反正江西抚衙就在南昌，近水楼台先得月。

就在毓科造访李家这段日子里，李元度已率领安越军进入浙江，几次取胜于小股太平军。王有龄大喜，竭力向朝廷保荐，让他收获浙江按察使实缺。李元度扬眉吐气，感觉良好，听说李鸿章不愿入幕毓府，写信劝他到浙江去，还把王有龄大大赞美一番，说他如何慧眼识珠，如何知人善用，简直是天下第一号伯乐。李鸿章唯有苦笑，觉得李元度急功近利，眼光短浅，不想想王有龄系何桂清阵营里人物，又是祁雋藻和翁心存扶上去的，老师迟早会把姓王的拔掉，还投入他怀抱，岂能有好结果？

李元度的信到没多久，浙江巡抚衙门专门来人，呈上王有龄亲笔信，还有大包银子。李鸿章没看信，就知里面写些什么，要来人带着银子走人。来人讨要回信，不然回去没法跟巡抚大人交差。李鸿章只好动笔，借口母亲在堂，不便远游，请王大人见谅。打发走来人，李鸿章就拿过王有龄信函，一把火烧成灰烬。

接着江苏巡抚薛焕和安徽巡抚翁同书也派人送来信函，盛邀李鸿章入幕。薛焕大谈江苏物阜民丰，商肥贾富，暗示李鸿章，只要到他门下，不升大官，至少也可发大财。翁同书则嘲笑曾国藩无容人之量，赶走李元度和李鸿章这样的大才。还说以前误以为李鸿章是曾氏死党，如今才知并非这么回事，弃暗之后，正好投明，入幕安徽抚衙，以大展身手。话后意思，当年李鸿章主动上门，没有接纳，不是不认可他才干，是缺乏了解，如今前嫌尽释，只管放心去投就是。李鸿章自然不予理睬，继续安心在家陪伴母亲，教经方和经溥读书写字。

还有更搞笑的，安徽凤台老秀才苗沛霖，趁乱在寿州拉了支团练，几次小胜来去无踪的捻军，被朝廷赏了个道员衔，自觉了不起，也具函招聘李鸿章。理由是两人都系安徽志士，安徽事只能安徽人才办得好，外人都靠不住。数省巡抚诚聘，李鸿章都不放在眼里，一个顶着道员衔的小小团练头子，也想拉你入伙，这小子也不撒泡尿照照自己影子。

李鸿章当然也有动心的时候，比如福建巡抚来函，催他赶紧就任延建邵道。这是朝廷正式任命的实缺，过去在湘军老营办差，没怎么放在眼里，如今无处可去，若能到职，也算实至名归。说不定还能干出些政绩，造福百姓，以遂平生之愿。只是福建天高皇帝远，延建邵道又偏远，又穷困，只怕难有出息，还是下不了决心。

要说李鸿章一向干脆果敢，遇事该决则决，该断则断，从没如此谨小慎微过，是不是年纪偏大，又遭遇过太多挫折和打击，才变得瞻前顾后，优柔寡断？事实也是离京南归八九年，跟过不少人，打过不少仗，办过不少差，虚位空衔也一路升到三品，却要军队没军队，要地盘没地盘，拿不出像样政绩和功劳，才心虚气短，手足无措。

见李鸿章无所适从，兄弟几个都替他着急，说不愿寄人篱下，做人幕僚，赴任福建延建邵道也不是不可考虑，至少能拿份薪水，补贴家用。说不定还能干出什么业绩，获得上升空间，至少比在家闲着强。人闲得太久，就像家具弃置不用，会生锈腐朽。

也是不愿生锈腐朽，李鸿章渐渐坚定了赴闽决心。就在准备动身南行时，家里来了位客人。客人不是别人，乃李鸿章同年进士沈葆桢。李鸿章喜出望外，带同年拜见母亲，再与众兄弟把酒临风，开怀畅饮。酒至半酣，停杯投箸，又步入书房，品茗叙旧。

两人不仅是同年，还曾为翰林院同事。咸丰三年李鸿章回籍南归后，沈葆桢也离开翰林院，去监察院做了御史。接着离京外放，先做贵州道御史，继转辗赣浙两地，任过几处地方知府。因办事得力，资历渐深，年前擢升吉赣南道职。可沈葆桢厌倦官场尔虞我诈，不愿同流合污，以母亲年迈多病为由婉辞，在福建侯官（福州）老家办起了团练。

“在湘军老营当差时，多次听老师提及幼丹（沈葆桢），说你官做得好，带兵也很有一套，赞赏之情溢于言表。”李鸿章给沈葆桢递上醒酒茶，坐到他对面，“团练办得好好的，怎么舍得离开老家，别母远行，到了南昌？”沈葆桢笑道：“还不是少荃抛弃曾大帅，他老人家觉得身边少个说话的人，邀我去安徽入幕，我只好离闽北上。途经南昌，知你枯居家中无聊，特来陪你说说话，也看看伯母。”

李鸿章又羡慕又嫉妒，说：“谢谢幼丹还记得鸿章落魄之人，专程来家中探望。老师已移师东流，准备举湘军和四省清兵之力，抓紧围剿安庆，正用得着你这样的文武大才。”沈葆桢笑道：“少荃既然知道大帅正需用人，为何偏偏出走，溜回南昌？”

师生祁门之争，江南官场无人不晓，想必也传到了沈葆桢耳里。李鸿章道：“幼丹应该知道，鸿章只因次青之事，与老师意见相左，才一时负气出走。至今想来，当时确实过于冲动，真是后悔莫及。”沈葆桢道：“后悔用不着，只需跟我一起走，去东流面见大帅，他肯定高高兴兴接纳你。”李鸿章道：“好马不吃回头草，好女不嫁二夫郎。去年鸿章走得理直气壮，如今夹着尾巴，不请自去，岂不被人笑话和小瞧？”

这倒也属人之常情。沈葆桢道：“那少荃准备咋办？”李鸿章道：“准备沿你来时路，赴任福建延建邵道，做几年地方官，看能否有些建树。”沈葆桢忙摇手制止道：“不可不可，万万不可。”李鸿章道：“做官又不是做贼，有何不可？”沈葆桢道：“福建官场腐败不堪，去做这个道员，白白浪费光阴不说，弄不好陷入人际泥潭，一辈子脱不了身。”李鸿章道：“有这么可怕吗？”沈葆桢道：“葆桢刚从福建来，多少知些底细，听我的没错。”

好不容易下决心赴闽就职，沈葆桢一瓢冷水泼下来，李鸿章又失去主意，不知咋办好。沈葆桢又道：“入赣路上葆桢就想过，少荃唯一出路就是重回湘军老营，继续跟大帅干。但没得到正式邀请前，自动上门也犯不着，堂堂翰林，衔至三品，不可轻看了自己。不用急，待葆桢到达东流后，说起各路大员使者踏破李家门槛，大帅定会急忙发函邀你回幕。”

一聊聊到东天发白，两人才抵足而眠。醒来已是午后，沈葆桢急于上路，李鸿章不便强留，摆酒饯行。酒罢送出城外，来到赣江之滨，登临滕王阁，一边吟诵王勃诗序，一边观落霞孤鹜，望碧水长天。

兴尽离阁，送客上船。船帆鼓满晚风，悠悠远去，李鸿章仍站在岸边，轻轻挥动着手臂。直到客船一点点变小，最后消失于水色天光里，才怅然返城回家。

沈葆桢就这样带走李鸿章的思念和期待，希冀和梦想。

李鸿章望眼欲穿，左等右等，迟迟没等到东流方面只言片语。心下又不免忐忑起来。莫非安庆围攻战遇到什么麻烦，老师无暇顾及你这个游离在外的学生？只是沈葆桢总得传输点信息回来呀，难道已忘记给你游说老师的承诺？

倒是重回安徽督办军务的袁甲三想着李鸿章，派专人送来邀请，召他到淮北大营去。遥想八年前两人及赵畇诸君，随同吕贤基一路南下办团练的旧谊，至今历历如在目前。可惜赴皖不久，吕贤基殉国，赵畇远赴广东，自己东奔西突，也没干出名堂，唯有袁甲三几经起落，谋得署钦差大臣高位，若跟他一起干，说不定真能干出些名堂来。

但李鸿章还是犹豫不决。袁甲三位高权重，敢作敢当，皖北有他苦心经营，才没落入捻匪和太平军手里。可与老师比起来，毕竟小巫见大巫，不可同日而语。在袁甲三和老师之间选择，肯定只能是后者。无奈老师迟迟没有表示，不知还会不会收留自己。万一老师无意，又不应承袁甲三，岂不扁担无扎，两头失塌？转而又想，反正已回南昌家中这么长时间，再待上一阵子又有何妨？天无绝人之路，不信自己会这么沉沦下去，默默无闻到老。

沈葆桢信函终于寄达南昌，说安庆战场形势不容乐观，大帅急火攻心，病倒在床，也没机会跟他提李鸿章回营之事。怪不得沈葆桢走了这么长时间，一直没有音讯。李鸿章自责起来，安庆烽火连天，硝烟弥漫，自己却躲在南昌享清闲，于心何安？

再往下看，原来湘军主力受阻于安庆城北的集贤关，寸步难进。集贤关为安庆第一要塞，此关一破，安庆唾手可得，否则别想靠近城墙半尺。太平军深知此关重要，安排程学启等悍将严加防守，曾国荃数度挥师强攻，皆毫无进展。

见到程学启三字，李鸿章算领教过他的厉害，也替老师头疼起来。蛮帅曾国荃遇到了真正对手，想凭湘人蛮劲狠劲强攻集贤关，恐怕难见成效，只能让将士白白送死。

看完信，李鸿章痴坐桌前，也不知能否给曾国荃想想办法，助他破关入城。忽闻敲门声，打开门，原来是老四蕴章，站在外面，也不进屋，只笑笑道："贵客临门，二哥猜猜是谁？"李鸿章道："我又不是神仙，哪猜得着是谁？"李蕴章道："猜不着就跟我走。"

随四弟来到客厅，大哥瀚章几位已将客人迎入上座，大家正在喝茶聊天。竟然是赵畇，及其妻小。李鸿章几分惊喜，上前叙过礼，挨大哥坐下。赵小莲就在赵妻旁边，抬眼望去，觉得比当初明光镇惜别时更显成熟，也更优雅靓丽。

母亲闻讯，亲自出来见客。跟赵氏夫妇打过招呼，拉住赵小莲，上下左右一番打量，说："看看小莲姑娘，出落得越发富丽贵气，叫伯娘好不喜欢疼爱。此次再不能放你走了，就留在咱李家，好好给我做伴。"兄弟几个笑道："母亲干脆认小莲姑娘做干女儿得了。"

说笑几句，赵氏母女随李母去后堂叙话，赵畇拿出两封信，递给李鸿章。李鸿章双手接住一瞧，分别为郭嵩焘和胡林翼所写，不觉惊奇道："筠仙（郭嵩焘）和胡帅两人的信怎么到了赵大人手上？"

赵畇笑笑，说出一番缘由来。那年明光镇别后，赵畇带领家人辗转南下，赴任广东惠潮嘉道。任上一干四五年，近闻母亲病重，辞官北上，欲回太湖老家尽孝。途经长沙，郭嵩焘来见，递上写给李鸿章的信函，请代为传达。入鄂会晤胡林翼，说起李鸿章，大加赞赏之余，叹惜负气出走，耽误前程。胡林翼知道赵李渊源深厚，托他跑趟南昌，劝李鸿章速回湘军老营。赵畇感念当年一家子逃难磨店，多亏李家接济和关顾，有心拜望李母，探访李家兄弟，也就绕行南昌，将郭胡信函带到，促李鸿章早返曾幕。

原来如此。李鸿章问道："筠仙和胡帅还好吧？"赵畇道："筠仙身体还算强健，只胡帅咳血病时好时坏，令人担忧。胡帅告我，少荃送他偏方，效果挺不错，只是战事频仍，没时间静心调养，病根难断。看他气色，确实不佳，只怕已支撑不了多久。"

李鸿章忧心忡忡道："胡帅此病，是少年轻狂落下的，后呕心沥血，操持国事，得不到及时调理，才一天天加重，以至如此。江南全靠老师和胡帅维持，不然早糜烂不堪，没等英法联军动手，长毛早已浩荡北进，攻入北京。鸿章担心，万一胡帅病倒，不能理政，谁替老师筹款征粮，招兵买马，支撑湘军大后方？"

在座诸位唏嘘一阵，李蕴章已办好酒宴，请众人入席。久别重逢，主客欢洽，酒喝得很开。只李鸿章想着郭胡二人书信，不敢放肆，留了一手。兴尽离桌，送赵畇一家安寝歇息，径直回到自己屋里，拿出两人信，挑灯展阅。郭胡文笔有别，措词不一，意思却差不多，奉劝李鸿章快回湘军老营，担当大任。如今天下不平，仅凭个人本事出人头地，难上加难，必须寻求依靠，借力发力，才可能有所建树。两人都说多次给曾国藩去信，劝他召回李鸿章。曾国藩也复信表示，李鸿章走后，越发意识到他的重要性，就像缺了左臂右膀，办起事来多不遂意，早有召他回去的想法。

算吃下定心丸，李鸿章情绪一下子高涨起来。要返曾幕，总得给点什么见面礼，空着双手回去，多不好意思？目前湘军主力受阻于集贤关，若能在程学启身上做做文章，帮曾国荃拔掉这颗钉子，岂不解除老师大忧？忽想起孙云锦说过，他与程学启有些交往，知其小时丧母，是族人程唯栋母亲养大成人，每每打仗抢到钱物，全送给养母，报答养育之恩。

也不知孙云锦眼下在干些啥，只记得初回南昌时收到过他的信，信里曾流露重返曾幕之意。李鸿章暗自思忖，孙云锦欲回湘军老营，可先做件事情，就是在程母身上下点功夫，将程学启策反到湘军阵营里来。于是铺开稿纸，给孙云锦写信，要他找到程学启养母，动之以情，晓之以理，说服其劝降程学启。此事若成，功莫大焉，还愁回不到老师身边？

书信写就，装入封套，隔日一早交给大哥，请他通过官邮，派发桐城。然后走进赵畇房间，陪他说话。一说说到周氏逝世，赵畇道："少荃还年轻，总不能这么单身下去吧？"李鸿章说："鸿章年近不惑，又长年奔波在外，暂时不考虑婚姻大事。"

正好窗外有人一晃，敲门进来，原来是李蕴章，对李鸿章道："就知二哥在赵大人这里。"李鸿章说："找我有事？"李蕴章说："不是我找你，是母亲叫你去叙话。"

告辞赵畇出来，李鸿章朝母亲屋里走去。经过天井，碰上赵小莲，身边跟着贴身丫环莫姑娘。李鸿章立住脚跟，准备打声招呼，赵小莲竟像不认识他似的，低下眉眼，绕道走开。只莫姑娘看眼李鸿章，掩嘴笑笑，掉头追向赵小莲。

李鸿章怔在那里，不明白赵小莲为何回避自己，莫姑娘干吗窃笑。直到两人背影消失，才挪动步子，去了母亲那里。母亲开门见山道："二儿知道赵大人干吗绕道来南昌吗？"李鸿章说："来看望母亲大人。"母亲说："此是借口。"李鸿章说："怎么是借口？赵大人记逃难磨店时母亲厚待之恩，专程来叙旧情。"母亲道："他们是为你来的。"李鸿章道："也有这层意思吧，赵大人要转达筠仙和胡帅两人书信，劝我早归曾幕。”母亲说：“还不止此事。”

李鸿章已听出些意思，说：“莫非赵大人还有别的什么意图？”母亲道：“昨天与赵夫人聊天，她就试过我口风，问周氏逝世后，你另有目标没有。”李鸿章说：“啥目标？”母亲说：“别跟我装痴。赵夫人美意，想把小莲姑娘嫁给你。”

怪不得刚才赵小莲躲着自己，原来两位母亲已把话挑明。李鸿章暗暗欣喜，却还要故作矜持，说：“小莲出身名门，品貌双全，怎好委屈她来续弦做后娘？”母亲道：“我也说过这个话，可赵夫人告诉我，这些年多少名门望族上门求亲，小莲只顾摇头，谁都不放在眼里，才一拖拖到二十三四岁，成了嫁不出去的老姑娘。慢慢才弄明白，她心里早已有人，这个人就是你李鸿章。尤其得知周氏去世，你还没续娶，更是铁了心非你莫嫁。此次北归，小莲一路上不停地嚷嚷，要来南昌看望我老婆子，其实就是冲着你来的。”

说得李鸿章感动不已，道：“难得小莲如此深情，只是鸿章不配，生怕有辱赵家门第。”母亲果断道：“废话少说，我已让人排过你俩生庚八字，合得很哩。小莲是个富贵命，旺夫相，娶她为妻，你一定时来运转，宏图大展。”

两人有情，家长有意，这段佳缘就这么确定下来。办过订婚酒，约好来年完婚日期，赵家人又在南昌小住数日，动身上路，回太湖侍奉赵老夫人去了。

周氏逝世，室空人孤，谁知多年前那份朦胧恋情竟然开花吐蕊，又是人生之大福。李鸿章倍感欣慰，庆幸上天眷顾，一年来郁积心头的烦闷和晦气荡涤得干干净净，眼前一片朗朗晴空。顿觉精神抖擞，心高气昂，身上仿佛聚集起一股无穷力量，恨不得立即发挥出来，干番令人瞩目的惊天大业。

也是好运相连，美事成双，不久安庆传来消息，孙云锦接到李鸿章信函后，依计而行，与曾国荃一起成功策反程学启，集贤关为湘军所破。曾国藩心病已去，加紧派人带上亲笔信，赶往南昌，恳请李鸿章回营。

李鸿章心情迫切，只是黄膘马年老力衰，无法长途奔袭，将它留在大哥府中，另选高大壮马，作为坐骑。黄膘马似知要被主人抛弃，扬颈长鸣数声，滚下两颗清泪。李鸿章有些不舍，抱过马首，替它揩干泪水，心里说，老马识途，却无力远征，奈何奈何？

赶到东流，人不卸甲，马不解鞍，李鸿章就直奔湘军老营，去见曾国藩。曾国藩大乐，叙过师生礼，眉开眼笑道："少荃啊，你走后不久，就不断有人在我面前叨咕你的大名，我两只耳鼓都已结了厚厚茧子。尤其是陈鼐、盛康与赵烈文几个，可谓三句不离李少荃。连远在两湖的润芝和筠仙，每次写信都会提到你，劝我早日召你回幕。"李鸿章道："众兄弟和胡帅他们同情鸿章失业在家，无所事事，才代向老师求情。"

曾国藩笑道："不是为你求情，是为湘军着想，怕你被人挖走，我没后悔药可吃。想想李元度才识平平，尚且有人视作香饽饽，给钱给粮，保举大位，少荃如此大才，盯着你的人自然多了去了。听说各地大员及使者纷纷登门，你都不为所动，安安心心待在南昌，还真有些定力。这就是老师最欣赏你的地方，你毕竟不是李元度啊。"

原来曾国藩恨透李元度背叛湘军，投靠自己政敌王有龄，而李鸿章负气出走后，心却依然留在你老师这里，面对诸多诱惑，纹丝不动，静等你召回，其耿耿忠心，着实让人感动。只听曾国藩又道："其实为师早有请你回来之意，无奈安庆战场吃紧，胜败难料，我时刻处于惊涛骇浪之中，实在无法分心他顾。要知道这可是生死之战，只能胜，败不起。"

说得李鸿章心生愧疚，道："安庆之战如此要紧，鸿章却躲在南昌安享清闲，太不应该。"曾国藩道："不能完全怪你，只怪当初为师被李元度气昏了头，迁怒于你，把你赶走。好在你已回来，孙云锦也依你之计，助九弟劝降程学启，攻下集贤关，收复安庆已不在话下。"

师生聊得正欢畅，亲兵进来，呈上胡林翼信函。曾国藩笑笑道："润芝肯定又会提及少荃。"拆开信，没读两行，又笑起来。李鸿章问："胡帅带来什么好消息？"曾国藩道："润芝知我已派人去南昌请你，问你到湘军老营没，嘱我一定好好重用你，不能埋没大才。"

生我者父母也，知我者胡帅也。此生能知遇胡林翼这样的导师和良友，真是天大幸运啊！李鸿章无声感慨着，眼望老师，不知胡帅信里还会说些什么。曾国藩目光专注，久久停留在信函上，脸色渐渐凝重起来。李鸿章不好随便发问，只得规规矩矩坐在一旁，端过杯子，小口喝着茶水。

见老师杯子已空，又提壶续上茶水。

好一会儿，曾国藩才叹息一声，用火点燃手里信函。火苗轻轻摇曳，一点点蚕食着黄色信纸。李鸿章不知老师为何要把信烧掉，莫非里面牵涉到重要机密？直至火熄纸尽，化成灰烬，曾国藩才抬了头，看眼李鸿章，声音低沉道："润芝信里说了三样内容，一是要我给你机会，适当时候，把你扶上马，再送一程；二是打下安庆，收复金陵后，湘军何去何从，必须早有考虑，早做预案；三是……"

话到此处，曾国藩再也说不下去，脸色一愀，声音哽咽起来。李鸿章心里咯噔一下，莫非胡帅病体恶化，大劫即将来临？若如此，信函也就是绝笔之作，弥足珍贵，应该好好珍藏才是，为何老师还要一把火烧毁？

良久，曾国藩才控制住情绪，道："近一年来，长毛威逼鄂省，润芝殚精竭虑，操劳过度，旧病越发严重，已快坚持不下去，叫人如何不痛彻心扉？柱石一倒，不知有谁还能挺身而出，替我支撑就要塌下来的天空，我才感到无比悲痛和无助。"

李鸿章不知如何安慰老师，默坐一旁，暗自悲伤。只听曾国藩又道："润芝知道安庆即刻可破，光复金陵也为时不远，担心大功告成之日，鸟尽弓藏，兔死狗烹，提醒我多想想湘军未来和国家安危，早做谋划，别事到临头，措手不及。这是敏感问题，不可与外人道也，更不能让湘军将士察觉，不然后果不堪设想，也就不好留着信函，只能烧掉。"

胡帅真是用心良苦啊，自己病入膏肓，还在忧心湘军前途。然而老师是不是过于小心谨慎，信里不过说了几句稍稍敏感的话题，就如此担惊受怕？转而又想，朝廷一向忌惮湘军，老师一举一动都逃不过无数看得见和看不见的眼睛，凡事还是小心为佳。高处不胜寒，谁处在他这个地位，都不容易啊。李鸿章心里又增一分对老师的理解和同情。

大功告成有待时日，未来的事缓行还来得及，迫在眉睫的还是安庆战场。曾国藩不敢懈怠，让李鸿章通知陈鼐、沈葆桢、赵烈文、盛康众幕僚，赴议事厅开会，研究前方战况，商议如何根据实战需要，合理调度彭玉麟、曾国荃、李续宜、张运兰、多隆阿、鲍超、曾国葆等水陆大军，发起最后攻击，以便一举拿下孤城安庆。

会后命令发出，曾国藩又给各位打招呼，提前筹备撤离东流移师安庆事宜。众人积极性颇高，分头行动，有条不紊地忙碌起来。过没多久，前方传来消息，湘军已成功攻下安庆。李鸿章几位欣喜若狂，冲进签押房，给曾国藩道贺。

虽说一切都在预料之中，曾国藩还是由衷高兴，摆上盛宴，与众人觥筹交错，弹冠相庆。又让李鸿章代笔，给彭玉麟、李续宜、曾国荃等前方将领去函，给予赞扬和鼓励。

兴奋劲过去，曾国藩上表朝廷，历数将领们丰功伟绩。众所周知，安庆之仗，曾国荃出力最多，功劳最大，满弟曾国葆也有上佳表现，本应给予重保，可曾国藩思忖良久，觉得自家兄弟，还是尽量低调为好，免得遭人嫉妒。尤其朝中大臣，早看不惯你文人带兵，竟然还弄出如此大动静，这下功劳都被你曾家占去，叫人家怎么受得了？再说该赏的赏足，该奖的奖过，日后攻下金陵，朝廷还拿什么打发你们？

基于种种考虑，曾国藩变得格外冷静，遣词造句举重若轻，有意将安庆之战说得平淡无奇，不敢丝毫炫耀。又想起围攻安庆以来，胡林翼筹粮备饷，招兵买马，又亲率湘鄂子弟兵，东征西讨，有效牵制太平军，才让曾国荃他们赢得先机，点据主动，如期收获安庆，有意将首功归之于胡林翼。与曾氏兄弟不同，胡林翼朝中根基厚，人脉广，各方面都能接受，褒奖他可讨众人尤其老臣欢心。再说胡林翼病情危重，将不久于人世，给予重赏也该。

奏折派发后不久，圣旨下达，曾国藩与胡林翼分别加太子太保衔；曾国荃加布政使衔，赏穿黄马褂；曾国葆免选本班，以同知尽先选用，赏戴花翎。其余鲍超、张运兰、彭玉麟等所保人员皆予恩准，无一遗漏。这不足为奇，朝廷得靠曾国藩消灭太平军，他有要求，又合情合理，不可能不答应。奇的是，圣旨前后赫然盖有两枚印章，这可是前所未有之事，也不知朝中有何变故，或许说热河行宫是不是出了什么意外。

正纳闷，兵部咨文飞至，曾国藩一瞧，乐在心里，悲在脸上。

十四、鼎之轻重不可问

原来咨文说咸丰皇帝于热河龙驭宾天，遗令六岁皇子载淳继位，以肃顺等八人为赞襄政务王大臣，辅佐朝政，同时赐慈安即钮祜禄氏太后御赏印和载淳同道堂印，下达圣谕须经慈安与载淳御审加印，方能发出。载淳幼不更事，同道堂印交其生母慈禧太后代管。慈禧太后就是那拉氏，儿子继承大统，母以子贵，由懿贵妃晋级为皇太后，位次于慈安太后。

怪不得圣旨开头与结尾处，分别盖有御赏和同道堂俩印，果然不出所料，朝中发生大变。咸丰驾崩热河，再没法猜忌压制自己，君臣恩怨就此了断，加之又有肃顺等王大臣辅政，湘军今后日子肯定好过得多。曾国藩暗舒一口长气，却不敢流露丝丝得意之色，相反一脸悲戚，仿佛死了亲爹似的。说死亲爹也没错，君父君父，君就是父，死君跟死父是一回事，虽说咸丰比自己小了整整二十岁，做爹有些说不通。

兵部咨文还有说明，各地督抚和都统概遵成例，不用去热河叩谒梓宫，只需各自奉灵祭奠即可。曾国藩命人布置灵堂，摆设香案，以便遥祭大行皇帝。

一切准备妥当，将举行祭拜仪式时，老营来了个不速之客，五短身材，尖嘴猴腮，操广东口音，自称曾氏家门，嚷嚷着要拜会大帅。湘军得势，尤其收复安庆，兵多将广，饷丰粮足，鼎盛一时，威震四方，上门认亲戚认老表认老乡认同窗认家门者多如过江之鲫，曾国藩只要有空，能接待尽量接待，留老营舞文弄墨者有之，发军中冲锋陷阵者有之，派各处跑腿走杂者有之，文不文，武不武，腿脚也不勤快者，便银两打发，不会让其空手而归。只是眼下忙于祭奠大行皇帝，哪有工夫理会闲人？门房自然不让广东客靠近大帅半步。广东客没法，只好找其他人引见。找来找去，找到李鸿章，说："我叫曾耀光，大帅家门，想见他老人家。李翰林是大帅得意门生，烦请帮忙跟他说一声，百忙中抽点时间，听我几句忠告。"

灵堂哀乐响器已起，老师要祭拜大行皇帝，哪有时间见你这个凭空而降的家门？李鸿章道："要见大帅，也不争在这一时一刻，过一阵子再说吧。"曾耀光说："过一阵子，良机已失，再见家门大帅，为时晚矣。"李鸿章不耐烦道："人死为大，何况还是大行皇帝，大帅怎能舍重就轻，先见你呢？"曾耀光不满道："耀光是心系国家命运和生民安危，才迈进湘军老营的，李翰林最好识趣点，马上带我去见家门大帅。"

真不知天高地厚。李鸿章想教训教训这小子，无奈没空，只得哄道："你说得如此煞有介事，鸿章也不好不依你，这就去劝劝大帅，叫他接见你如何？你先在这里等等，喝喝茶，吃些点心，我很快就回来。"让亲兵倒上热茶，摆些吃食，看住曾耀光。

脱身出门，只见曾国藩正被众人簇拥着，往灵堂走去。李鸿章大步上前，贴到曾国藩身边。快进灵堂，忽有武昌急件飞至，通报胡林翼已逝。曾国藩闻知，两腿一软，身子往地上缩去。还是李鸿章眼疾手快，双手往前一伸，将曾国藩托住，道："老师千万得挺住，胡帅只盼您早率湘军收复金陵，不愿看到您就此倒下。"

其实李鸿章跟曾国藩一样悲痛，不是胡林翼给老师留下遗函，自己也许还在南昌赋闲，不一定回得到湘军老营。可老师悲伤成这个样子，只能先稳住自己，扶他进入灵堂。毕竟祭奠大行皇帝是大事，不能因胡帅之死出现差错，否则传出去，老臣们又要嚼舌头。

踉踉跄跄来到咸丰灵位前，曾国藩抻袍甩袖，趴倒于地，大哭大嚎起来。在场的人无不动容，以为大帅在为咸丰驾崩而悲，所谓爱之深，才痛之彻，恨不得代君赴死。殊不知是得到武昌噩耗，曾国藩悲从中来，明哭咸丰皇帝，暗悼战友胡林翼。

李鸿章也五体投地，一把鼻涕，一把眼泪，哭得格外伤心。他更不会在意咸丰之死。南归八九年，尽管以脑袋作抵押，从六品升到三品，却是毫无含金量的虚衔，好不容易入得老师法眼，保举两淮盐运使，咸丰又不予恩准，李鸿章正耿耿于怀，他老人家是死是活，与咱有何关系？跟老师一样，李鸿章痛心疾首，哭得死去活来，也是冲胡林翼去的。胡林翼知遇之恩堪比天高，他就这么尾随先皇走了，以后自己有啥疑惑，遭遇挫折，又找谁问谁去？

虽说举国哀悼先皇咸丰，祭奠活动搞得轰轰烈烈，胡林翼死讯还是很快传开来。大家都说世上最忠实于咸丰的莫过胡林翼，咸丰前脚走，他后脚就跟了过去。朝廷好像也默认这个说法，又赠总督，又谥文忠，给予胡林翼崇高哀荣。

咸丰皇帝已然驾崩，胡林翼不幸长逝，可消灭太平军的事业还得继续，曾国藩强打精神，率湘军老营文官武将，浩浩荡荡向安庆开去。

进入安庆城，设总督衙署和老营于陈玉成英王府，安顿妥当，曾国藩根据轻重缓急，处理完亟待处理的要务，然后着手谋划东取金陵大计。金陵是太平军经营十多年的老巢，墙坚城厚，兵多粮足，可不是想取就取得到手的，必须通盘考量，作好充分部署和周密安排。即召李鸿章、沈葆桢、赵烈文、孙云锦、陈鼐诸僚，入西花厅共商行动方案。孙云锦助曾国荃招降程学启有功，重回湘军老营，仍受曾国藩器重，入督衙管理机要，经办文案。归幕时还单独见过李鸿章，说程学启正随曾国荃驻防安庆城外，日后进城，一定拜见翰林大人。

众人入厅坐定，李鸿章先进言道："欲东取，必先安西，稳定皖省局势。湘军大举围攻安庆之时，进攻湖北的长毛回救失败，李秀成退守苏浙，皖南基本掌握在湘军手里，只有陈玉成盘踞庐州，威胁皖北，与捻匪相互勾结，势焰嚣张至极，必须重点予以打击。皖北肃清，庐州光复，便可直击苏东，进窥苏南，威逼浙北，合围金陵城。"

曾国藩认可李鸿章的意见，又征求过沈葆桢几位看法，道："肃清皖北确是当务之急，该从何处入手为妥？"李鸿章道："如今皖北敌我渗透，你中有我，我中有你，局面格外复杂。先说敌方，长毛和捻匪狼狈为奸，威胁不小；至于我方，虽有袁甲三、翁同书、苗沛霖三股力量，却各怀异心，惯于窝里斗，不仅形不成合力，还相互抵消，于大局极为不利。想稳定皖北，必须先解决这三个人的问题。"

"三个和尚没水吃，袁翁苗同处皖北，不乱才怪呢。"曾国藩沉吟道，

“少荃觉得如何解决三人问题？”李鸿章道：“可以三管齐下，采取有保有压有打的办法，不能让三人同时存在。”曾国藩问：“保谁压谁打谁？”李鸿章道：“保袁压苗打翁。”

袁甲三剿捻有功，有保没错。苗沛霖首鼠两端，身在曹营心在汉，压一压有必要。只翁同书堂堂朝廷命官，安徽巡抚，又怎么打得？在座诸位吃惊不小，一齐盯住李鸿章，纷纷质疑道：“打掉翁同书？少荃不开玩笑吧？”

李鸿章正色道：“鸿章没开玩笑。翁同书做上安徽巡抚后，忌恨湘军功高震世，不仅没好好打过几天长毛和捻匪，还明里暗里给湘军设阻使坏，此君实在容他不得。尤其……”

尤其什么，李鸿章没再往下说，曾国藩却知他指的三河旧事。当初李续宾和曾国华身陷重围，飞书翁同书求援，他隔岸观火，不出一兵一卒，致使七千湘乡子弟兵全部献身，李续宾自杀，曾国华身首异处。可掂量此事，毕竟私仇大于公愤，曾国藩不好挂在嘴上，只淡然道：“少荃说说，怎么打掉翁同书？派兵把他镇压下去？”

李鸿章笑道：“镇压倒不必，老师只一封奏折，就可把他劾倒。”曾国藩道：“怎么个劾法？”李鸿章道：“定远失守，翁同书弃城出走；逃往寿州，再度败逃，以至皖北失控，局面不可收拾，极大延缓了湘军收复安庆进程。这与何桂清失城弃师之罪，又有何异？”

说得曾国藩热血翻滚，不禁暗暗咬了咬牙，觉得确实到了收拾翁同书的时候。只是翁同书不比普通巡抚，不是轻易撼得动的。曾国藩目光渐渐暗淡下去，道：“纵使翁同书罪不可恕，劾他理由也很充足，可他什么背景，莫非少荃不知？”

没等李鸿章作答，沈葆桢接话道：“官场中人都清楚，翁父翁心存多年把持工部和兵部尚书要职，现又以体仁阁大学士兼管户部，做到了汉员可能到达的最高品级。在翁心存作用下，大儿子翁同书官至巡抚，盘踞皖北；二儿子翁同爵以父荫授官，谋得员外郎，来势凶猛；三儿子翁同龢高中状元，身居帝师和中枢要位，更是不可一世。”陈鼐也道：“除翁家炙手可热外，还有祁寯藻等老臣，一向与翁心存同流合污，也会为翁同书说话撑腰。”

曾国藩有些泄气，道：“翁家背景深远，根基厚实，还想参劾翁同书，岂不引火烧身，自寻死路？少荃用心良苦，主意却不怎么高明。”李鸿章道：“不劾掉翁同书，皖北乱象丛生，何日才有转机？唯一办法就是扒开姓翁的，腾出巡抚位置，安排合适人选，尽快平定皖北。”

自受命两江总督之日起，曾国藩就琢磨着，如何将苏浙赣皖四省巡抚拿掉，换上自己的人，翁同书肯定得搬开。然兹事体大，岂可操之过急？曾国藩道：“此事不是闹着玩儿的，没十分把握，不可轻易动手。再说朝中新旧交替，形势并不明朗，凡事需多加小心才是。”沈葆桢道：“大帅过于谨慎了，朝中还有肃顺大人呢，以前为先帝倚重，如今新皇年幼，八大辅政大臣里又数他最有威望和手段，他在背后支持大帅，何事难成？”

曾国藩说：“幼丹（沈葆桢）所言不虚，没肃顺大人，也就没有湘军的今天。只是先帝在世，一统天下，朝中关系相对单纯。如今八大臣共襄军政，颁发圣旨还得慈安、慈禧俩太后同时加盖御赏印和同道堂印，局面如此复杂，咱们这些外臣更不可孟浪。”

陈鼐很有同感，道：“幼丹兄离京时间长，对朝中人事可能不甚了了。比如咸丰六弟恭亲王奕䜣，才情卓绝，精明干练，威信高隆，英法联军攻入北京，全靠他出面斡旋，金帛议和，才稳定大局。却一向为咸丰所忌惮，处处设防，加之肃顺等人从中作梗，此次热河变故，他边都沾不上，连襄赞大臣也没捞到，不知会作何感想。”

赵烈文也道：“据说恭亲王曾苦苦恳求赴热河叩谒梓宫，与四哥见上最后一面，八大臣担心他动机不纯，找种种借口予以坚拒，彼此闹得很不愉快，这恐怕也不是啥好征兆。”

李鸿章向来善于统观大局，归纳道：“如此看来，目前朝中至少存在三股势力，一是以肃顺为首的八大辅政大臣，二是慈安和慈禧两位皇太后，三是留守北京的恭亲王奕䜣。鸿章姑妄猜测，咸丰帝可能担心子幼叔强，才不让奕䜣接近幼皇，只分权给肃顺等八大臣和两宫太后，以相互制衡，确保幼皇宝位稳固。要说咸丰帝心机不可谓不深，却偏偏忘记京师还掌握在奕䜣手里，把人家排除在辅政班子之外，哪天幼皇离开热河，摆驾回銮，奕䜣会不会心甘情愿打开城门，迎銮入宫？又据说热河行宫颇有几分热闹，八大辅政大臣独断专横，两宫太后极为不满，彼此闹得不可开交，若恭亲王奕䜣再掺和进去，咸丰帝苦心设计的平衡又能维持多久？后果如何，实难预料啊。”

曾国藩叹道:“翁家背景深远，朝中局势又不明朗，参劾翁同书，得慎之又慎。”

果如李鸿章所料，咸丰帝预设的权力平衡很快被打破，朝局大变。原来咸丰临死前，肃顺觉得载淳年幼，留着两位年轻太后，后患无穷，建议效法汉武帝，行钩弋之事。钩弋乃太子刘弗陵母亲，汉武帝担心自己一死，钩弋夫人年轻寡居，勾结外臣或异姓男人，架空幼皇，刘家江山不保，毅然杀掉钩弋夫人，以绝后患。

咸丰毕竟不是汉武帝，没有听信肃顺，只是挖空心思设计出分权制衡制度，以维护载淳皇位。不想隔墙有耳，两宫太后听闻肃顺之言，自然恨死了他。加之肃顺等八大辅政大臣肆意专权，俩太后更加不满，命身边太监安德海悄悄离开热河，赴京与恭亲王奕䜣取得联系，趁新皇扶咸丰梓宫回京之机，设计逮捕八大臣，判处肃顺斩立决，其他七人或自裁，或流放，或革职。事发辛酉之年，史称辛酉政变。旋即两宫太后移御养心殿，垂帘听政，改年号为同治，定来年（1862）为同治元年，取共同治理国家之意。奕䜣受封议政王，主持军机事务处和总理各国事务衙门，统揽朝政。

得知朝中政变，肃顺弃市，曾国藩震惊之余，心情久久无法平静。肃顺是朝中少数几位支持汉人带兵的满大臣，过去湘军为咸丰所忌惮，皆因有他斡旋，才一次次度过危机，一步步发展到今天。肃顺已死，朝中无人，两宫太后和恭亲王对湘军会是什么态度，曾国藩一点底都没有，难免忧心忡忡，寝食难安。

还有为对付八大臣，两宫太后与恭亲王结成同盟，一夜政变成功，如今八大臣势力不复存在，三角关系成为双边对峙，彼此互为对手，局面能维持多久，谁也说不准。即使没有恭亲王，外廷内宫相安无事，可新皇才只六岁，母壮子幼，想不出乱子，也难上加难啊。一句千年古训在曾国藩耳边响起：牝鸡司晨，国之祸也。

国祸将至，湘军将去向何方？曾国藩正纠结不已，曾耀光也追至安庆，跑到督衙门口，喊着要见家门大帅。门房只好入报，说有自称大帅家门的人求见。曾国藩说:“哪来的家门？叫啥名字，有何贵干？”门房说:“叫曾耀光，说从楚军大营来，有左大人信函。”

原来东流白跑一场，曾耀光又转赴浙江楚军大营，企图游说左宗棠，劝其起事，弄点名堂出来。此时的楚军不足万人，势单力薄，左宗棠岂敢作非分之想？写上几句话，让曾耀光回头再找曾国藩试试。曾耀光如获至宝，这才赶到安庆，来堵曾国藩。

听说左宗棠有函，曾国藩才同意放人进来。门房传令出去，曾耀光随即出现在签押房门边。曾国藩抬眼瞧去，见来人又矮又黑，目光飘忽，就有些不怎么喜欢。可既然让人进了屋，还得客气点，问道："你就是曾耀光？"

曾耀光露出满嘴黄牙，谄媚道："正是正是。一笔难写两个曾字，耀光才斗胆来见家门大帅。"曾国藩道："你接触过左大人？"

"耀光刚去过楚军大营，手里还有左大人亲笔函呢。"曾耀光双手呈上信套。曾国藩接过去，从信套里抽出一纸，确属左宗棠笔迹。纸上仅有四句话：神所依凭，将在德矣；鼎之轻重，似可问焉。后边有注，说是题神鼎山。

曾国藩脑袋不觉一热，目光落在"鼎"字上面，久久没法移开。

曾耀光偏偏头，观察着曾国藩表情，觉得有戏，小声探问道："家门大帅意下如何？"

曾国藩一言不发，像没听到曾耀光声音似的。曾耀光继续道："家门大帅可知，朝野都在议论纷纷，国家大不幸，新主幼稚，两宫垂帘，亲王主政，乱局必生也，非圣人出，不可戡乱。圣人何在？就在安庆总督衙署里。"

依然没见曾国藩有何反应，只是目光从左函之"鼎"字移到"似"字上。曾耀光趋前半步，还想说什么，曾国藩摇手止住他，说："你可以走了。"

曾耀光张大嘴巴，木然未动。曾国藩对着门外喊声送客，亲兵应声进屋，门板样竖到曾耀光身后。曾耀光才不得不转过身，慢慢朝门外走去。曾国藩拿过笔，几下划掉左宗棠函件上的"似"字，改成"不"字，连接前后字句，成为：鼎之轻重，不可问焉。

出门后，曾耀光没离开安庆，开始四出活动。找过曾国荃，又找彭玉麟，再找曾国葆、鲍超及盛康、陈鼐他们。在这些人面前，曾耀光的话来得更露骨：大清气数已尽，湘军如日中天，只要高举义旗，口呼驱除鞑虏，复我中华，自然云集响应，大功唾手可成。

能推翻大清，大哥做上皇帝，自己就是响当当的亲王。曾国荃被曾耀光说得心里痒痒，猛然闯进签押房，嚷嚷道："王侯无种，帝王有真。当今朝政混乱，江南无主，正是上天所赐良机，大哥可千万不能错过。只要您下定决心，登高一呼，九弟马上率领湖湘子弟兵，挥师北上，杀向京都，攻下紫禁城，扶大哥荣登大宝。"

曾国藩默然无声，偏首遥望窗外高天。但见流云如缕，忽聚忽散，忽卷忽舒，忽禽忽兽，忽花忽草。曾国藩拂拂手，示意曾国荃出去，尔后以指醮茶，在桌上写了个"妄"字。

曾国荃颓然而出。不久彭玉麟进来，说："新皇年幼，两宫再精明，也属女流之辈，不谙时势，不通世情，朝廷必将乱套，大帅正可取而代之。若觉得把握不大，可与太平军结盟，联合起来，共同对付大清。大清灭亡，再回头拿掉太平军，也不为晚。"

没等彭玉麟说完，曾国藩又把他支走，仍指醮茶水，又写下一个"妄"字。接着曾国葆、鲍超、盛康、陈鼐也先后走进签押房，胡言乱语一番。曾国藩依然不为所惑，把他们统统轰走，在桌面上留下一个个"妄"字。

众人你进我出，都没能打动曾国藩，曾耀光大失所望。别无他法，只得又去找李鸿章："家门大帅最听翰林大人的，可得好好劝劝他，抓住此千载难逢之机，成就帝业。"李鸿章笑道："你这么忙前忙后，要老师做皇帝，目的何在？"曾耀光道："目的明确，一是大清暴虐，生灵涂炭，消灭清妖，民心所向；二是小人姓曾，日后天下归曾，小人脸上也光彩。"

李鸿章又笑笑，道："鸿章不姓曾，又何必替你曾家瞎操心？"曾耀光说："凭翰林大人大才，又是家门大帅得意门生，一旦他老人家登基做上皇帝，还会亏待您不成？到时我跟他打声招呼，至少给你弄个宰相之类干干。"

"曾先生有此美意，鸿章也不好不识抬举，怎么也得游说游说老师，玉成此事，到时我老人家也癞子跟你月亮走，沾沾大光。"李鸿章乐道，要曾耀光先别走开，只管等他好消息，然后拔腿赶往签押房，去见曾国藩。

也是被曾耀光和曾国荃几个搅得心烦意乱，曾国藩正在屋里生闷气，见李鸿章也来凑热闹，劈头盖脸道："少荃莫不也受曾耀光蛊惑，上门诱我反清称帝？"李鸿章笑道："可不是？曾耀光大言炎炎，说只要动员老师举旗成事，日后宰相非学生莫属。学生南归征战，出生入死，不就想着出将入相，大贵大富么？跟老师反清成功，有宰相可做，又何乐而不为？”

听李鸿章口气，就知正话反说，曾国藩狠狠挖他一眼，不满道：“别油嘴滑舌，玩世不恭，你到底什么意思？”李鸿章一敛笑容，正色道：“学生意思简单，砍下曾耀光脑袋，免得他扰乱军心，影响湘军东进金陵消灭长毛之大业。”

曾耀光不过胡说八道几句，就拿掉他脑袋，是否也太狠了点？曾国藩半晌无语，不知该不该听信李鸿章。李鸿章继续道：“虽说朝廷出现惊天变局，可恭亲王非等闲之辈，主政伊始，就调整军事布局，增兵湖北，扩充官文实力；起用僧格林沁，统率大军驻扎山东河南。这一西一北两股力量，正好对苏皖形成钳夹之势。”

话到此处，李鸿章停顿片刻，才又道：“老师想没想过，朝廷为何如此用兵？”曾国藩道：“不明摆着窥视金陵，威胁长毛吗？”李鸿章意味深长道：“看似窥视金陵，威胁长毛，其实真正目的是窥视老师，威胁湘军啊。”

曾国藩心头一震，道：“少荃意思，朝廷已在戒备湘军？”李鸿章道：“不是吗？可知恭亲王之雄才大略，不在其兄之下啊。”曾国藩道：“看来有恭亲王总理朝政，大清乱不了，任何人也别想做非分之想。”李鸿章道：“学生正是此意。”

曾国藩叹道：“没办法，咱还真只能借家门脑袋，消除朝廷疑虑，以免节外生枝。少荃去叫曾耀光，要他来见我。”

曾耀光正眼巴巴等着李鸿章传达好消息，见他终于返回，赶忙上前道：“家门大帅意欲何为？”李鸿章笑嘻嘻道：“经鸿章晓之以理，动之以情，老师终于心有所动，决定跟你交个底，你这就过去吧。”

曾耀光满脸惊喜，道：“耀光早就知道，凭翰林大人三寸不烂之舌，家门大帅一定会被你说服，下决心举旗起事。”一边往门口走去。没走两步，又回头道：“君子一言，驷马难追。耀光说话算话，事成之后，一定好好给你美言，叫家门大帅提你做宰相。”

欢天喜地来到签押房，曾耀光刚出口喊声：“家门大帅，耀光来也！”门后猛然跃出两位高大亲兵，将他扑倒在地，几下锁住，牵着就走。曾耀光一边扭着身子，一边大叫道：“我来与家门大帅商量大事，你们到底要干啥！”

亲兵拿把烂布，塞进曾耀光嘴里，几下拉出签押房，推上马车。来到城外河滩，车没完全停稳，就将曾耀光从车上拖下来，刀头一挥，砍下脑袋，让他做了冤死鬼。

处决曾耀光的动作不大也不小，很快传至京城。

其时恭亲王奕䜣正秉承慈禧太后懿旨，派人查抄肃顺的家。抄家力度可不小，抄出大量金银财宝，还有满满几箱书信。宫中啥都不缺，慈禧无意于金银财宝，却对那几箱书信颇感兴趣，让奕䜣仔细验看，到底是哪些人手痒写给肃顺的。奕䜣遵旨查验过，列出明细单子，还将重要信件装盒，带进宫中，交慈禧过目。

见信件大都为朝廷内外官员所写，一个个极尽阿谀奉承之能事，慈禧心里来气，暗忖权力真是个好东西，肃顺一朝权在手，大小官员就视他为皇上，只差没喊万岁了。当即指令奕䜣，关押一批，撤职一批，流放一批，看以后谁还敢轻视皇上，巴结权臣。

奕䜣自然照办。慈禧解过恨，忽又想起一个人来，召奕䜣问道：“肃顺专权时，动不动就举荐曾国藩，还有胡林翼等湘军人物，怎么没见曾大总督信函呢？”奕䜣说：“微臣也留意过，确没发现曾国藩只言片语。”

慈禧难以置信，道：“不对呀，肃顺如此常识曾国藩，难道他无动于衷，不略表感激之情？”奕䜣道：“也许在曾国藩看来，自己受命两江总督和钦差大臣，担当剿匪大任，都是皇恩浩荡，并非肃顺所能决断，也就用不着搭理他，只要懂得感恩皇上就已足够。”

慈禧疑虑冰释，笑颜展露，道：“是啊，多几个曾国藩这样的忠臣，谁撼得动咱皇皇大清！安庆已复，也不知曾国藩在忙些啥？”奕䜣说：“据微臣所知，他正忙着制订东进金陵规划，估计不日就会呈报上来。”

咸丰当朝时，慈禧冷眼旁观，觉得曾国藩忠心可鉴，而今代儿皇掌管同道堂印，千钧重担压在肩头，看谁都觉得居心叵测，对统兵汉臣更不敢轻易言信。当即对奕䜣道：“听说打下安庆后，湘军势焰高涨，曾国藩威望日隆，不知于朝廷来说，是好事还是坏事。”奕䜣道：“太后只管放心，朝廷有厚恩于曾国藩，他应该不会乱来。”慈禧道：“曾国藩也许不会乱来，可他手下人会不会兴风作浪？”

奕䜣胸有成竹道：“他手下人有个啥，太后也不必多虑，咱早已给湖北增兵，又让僧格林沁率军南压，借曾国藩几个胆，量他也不敢轻举妄动。”慈禧道：“曾国藩毕竟是汉人，咱们要保也要防，不能疏忽大意啊。”

“太后英明，害人之心不可有，防人之心不可无啊。”奕䜣诺诺，想起一事，“听说曾国藩进驻安庆后，督衙门庭若市，要官位的，要钱物的，甚至怂恿他起兵反清的，不乏其人。当中有个曾耀光，以家门名义跑到曾国藩面前，摇唇鼓舌，要他趁新皇年幼，朝中无主，天下局势未定，举旗造反，被曾国藩叫亲兵拉到城外砍了脑袋。”

慈禧半惊半喜，高声道：“竟然还有此等奇事？”奕䜣道：“两江衙署和湘军老营里有咱线人，他们亲眼所见，才发秘函禀报给我的。”

看来还是咱属羊的人忠顺啊。慈禧心下窃乐，开言道：“好好好，曾国藩忠贞不二，是大清福音啊。既然他如此有仁，咱们也不能没义，毫无表示是不是？”

奕䜣问道：“太后觉得如何表示？”慈禧道：“曾国藩已是钦差大臣和两江总督，又刚加太子太保，再往上只能授予协办大学士了。”奕䜣道：“就赏授协办大学士吧，反正曾国藩也不可能入朝视事，给个空衔，让他高兴高兴，尽快攻下金陵，也好了却先帝遗愿。”

意见得到统一，授命曾国藩协办大学士的圣旨很快拟定，下达安庆。曾国藩手捧圣谕，久久望着协办大学士几个字，激动之余，有些不可思议。本以为肃顺受死，朝中无人，再没谁给你撑腰，不料恰好相反，依然得到朝廷信任和器重，确实有些奇怪。

曾国藩左思右想，怎么也思不明白，想不清楚。树有根，水有源，到底谁这么眷顾你曾国藩呢？是两宫太后，还是恭亲王奕䜣，或是其他朝中重臣？

正在曾国藩疑惑不解时，陈鼐走进签押房，抱拳表示祝贺。曾国藩道：“圣恩深重，国藩心有不安啊。”陈鼐道：“大帅攻坚克难，收城复地，功高震世，做个协办大学士，实至名归，有啥不安的？”曾国藩道：“仅因功高么？从前咱也没少灭长毛呀。”陈鼐说：“当然还有其他原因。”曾国藩说：“其他什么原因？”

“刚接到京都密友来信，说恭亲王奉两宫懿旨查抄肃顺家时，发现一箱子书信。”陈鼐不紧不慢道，“这些书信大都是朝廷内外大小官员写给肃顺的，里面竟然没有大帅一张纸和半句话。慈禧得报，懿颜大悦，对大帅赞不绝口。”

当初何桂清败逃，两江无督，肃顺寄函透露给胡林翼，为自己争取到两江总督肥缺，曾国藩一时冲动，准备写信感谢肃顺，被李鸿章制止，才投笔作罢，否则信件到得奕䜣和慈禧手里，还真不知后果如何。想到此处，曾国藩不觉惊出一身冷汗。

只听陈鼐又说道：“还有就是曾耀光杀得好，尽得慈禧和恭亲王欢心，觉得大帅是天下最大忠臣，绝对靠得住。”曾国藩欣然道：“曾耀光话语悖谬，自己找死，并非老夫执意杀他。”

先帝驾崩，肃顺获罪，眼看根基已失，又为慈禧和恭亲王倚重，真是大幸啊。宫里有靠山，朝中有大树，自己又新晋协办大学士，身兼钦差大臣和两江总督要职，再不用缩头乌龟样，前怕狼后怕虎，完全可昂首挺胸，放开手脚，该干吗就干吗。比如皖赣苏浙四省巡抚，必须尽快换人，否则处处受牵扯，连招兵买马，筹饷办粮，也无人肯出力气，更别想打到金陵去。尤其安徽位置特殊，局势不稳，影响大局，非拿掉翁同书不可。这小子主政安徽后，全省军政越发混乱，连民团头子苗沛霖都拿捏不住，再度叛投太平军，公然与朝廷叫起板来。

不过翁家势力太大，不可小觑，没充分理由，想随便参倒翁同书，几乎不太可能。曾国藩决定召集幕僚碰碰头，以便出具杀伤力足够的奏折，一拳置之于死地。当即吩咐陈鼐：“把李鸿章几位叫来，老夫有事交待。”

陈鼐应声出门，见外面已等着数位客人，号称江南名士，说是欣闻曾国藩升任协办大学士，专程前来祝贺。曾国藩让人摆上好茶好果，热情接待，耐心陪聊。都是泛泛之聊，聊江南风光，聊古圣先贤，聊天文地理。

聊到文章千古事，得失寸心知，为首的汪姓名士袖出一赋，趋前两步，呈给曾国藩，恳请不吝赐教。曾国藩客气着接住，低首一瞧，是篇《不动心赋》。正好盛康迈步进来，问是不是大帅有召，曾国藩点头说是。

见主人有事，几位名士不好赖着不走，抬了屁股，告辞出门。曾国藩挽留几句，躬身送出门外。汪名士紧贴过来，哈着腰道：“在下天资愚钝，才疏学浅，赋文写得粗鄙，还请中堂大人一定批评点拨，日后再来聆听教诲。”

曾国藩心知汪名士要你点拨是假，叫你在他赋上美言是真，也好拿大旗做虎皮，向人显摆，沽名钓誉，混个虚名玩玩，弄口软饭吃吃。却也不便硬性拒绝，答应抽空研读。

这里曾国藩被汪名士几个缠住不放，盛康躲在签押房里无聊至极，顺手拿过桌上《不动心赋》，瞄了几眼。只见里面写道：使置于妙曼蛾眉之侧，问吾动好色之心乎？曰不动；又使置于红蓝大顶之旁，问吾动厚禄之心乎？曰不动。

盛康忍俊不禁，呸了一声。也是手心实在痒得不行，拿过桌上笔管，一旁提道：妙曼蛾眉侧，红蓝大顶旁，尔心都不动，只想见中堂。

刚放下笔，曾国藩送客回来，见《不动心赋》边上题着四句话，脸色一沉，盯住盛康道：“人家献赋求教，关你何事？你写字于旁，叫我怎么落墨点评？”盛康不以为然道：“此种矫情之作，莫非也值得大帅落墨赐教？”

曾国藩唉一声，耐心道：“你以为老夫傻，看不出是矫情之作？老夫人至天命，此种狐假虎威之小人做派还见得少么？有道是小人不可得罪，小人本事不大，能耐不小，成事不足，败事有余，一旦惹恼他，调动亲戚的亲戚，朋友的朋友，熟人的熟人，同年的同年，给你使绊子，下套子，足可陷你于危境，甚至让你身败名裂，小命不保。你想过此后果没有？”

吓得盛康冷汗都冒了出来，道：“真有这么严重？”曾国藩说：“此事要说多严重，还就有多严重，不信你等着瞧吧。”盛康说：“咱字已写在赋上，又涂不掉，大帅没法点评，又该如何是好？”曾国藩说：“把赋带走，重抄一遍给我，我再在上面留语。”

盛康不解道：“各人笔迹不同，汪名士来索取时，岂不一眼看出重抄过？”曾国藩说：“这倒无妨，我说你视其赋文和书法为珍宝，执意拿去收藏，特另抄了一份给我。”

屁都不是，何谈珍宝？盛康心有不愿，却只能怪自己多手，不得不收下《不动赋》。

少顷，陈鼐及李鸿章、沈葆桢、赵烈文、孙云锦几位陆续进屋，分列左右，等着曾国藩发话。曾国藩咳一声，清清嗓子，说了重启参劾翁同书议程的想法。

各位都觉得曾国藩今非昔比，背后有慈禧太后和恭亲王奕䜣撑腰，保证一折参倒翁同书。只赵烈文顾虑道：“大帅可知，翁心存教咸丰读书时，恭亲王也在一旁陪读，也算翁老师学生，据说师生情谊还不错。如今恭亲王总理朝政，大臣奏折须经他手处理，再呈送两宫，大帅参他老师儿子，不怕他系念师生旧情，捂着罩着，甚至记恨于心？”

奕䜣跟翁家渊源深远，与你曾国藩却啥关系都没有，在你和翁家两者之间，人家屁股会坐到哪一边，自是不言而喻，若奕䜣执意偏袒翁家，你懵懵懂懂递上劾书，不仅参不掉翁同书，还会得罪议政王，岂不搬起石头砸自己的脚？

见曾国藩举棋不定，沈葆桢开口道：“恭亲王做过翁心存学生不假，两人师生情谊深厚也千真万确，但翁同书贪生怕死，连续两次弃城失师，耽误朝廷消灭长毛，也不是捏造出来的，事实明摆着，谁也抹不去，相信恭亲王会以国家利害为重，处理好大帅奏折。”

陈鼐和孙云锦也有同感，认为奕䜣不是小人，不会因为做过翁心存学生，就让罪有应得的翁师傅儿子逍遥法外，影响收复金陵大计。

几位这么一说，曾国藩重拾信心，问李鸿章道：“少荃怎么没吱声？”李鸿章道：“几位说得有道理，还须鸿章多言吗？”曾国藩道：“你说你的看法嘛。”

李鸿章清清嗓子，说得头头是道：“恭亲王总理朝政，有心袒护翁同书，咱们也拿他没法。好在还有两宫太后帘后坐阵，恭亲王不可能一手遮天，压下老师奏折，不往上呈。再说恭亲王也是明白人，知道私情与军国大事孰轻孰重，徇私枉法后果如何。洪贼盘踞金陵，非湘军无人灭之，为保翁家人，得罪曾老师，因小失大，留下长毛后患，想必恭亲王也不会干。”

李鸿章把话说透，曾国藩再无任何顾忌，说：“这就好。麻烦几位下去，各拟一份奏稿上来，看看谁写得最好，就用谁的。”

几位都是文人，草拟奏折纯属拿手好戏，隔日上午就交稿上来，以供选用。几经讨论，几位于翁同书弃城失师事实皆了如指掌，对其恶劣性质也认识透彻，拟起劾章来，自是言词凿凿，说理充分，曾国藩一一看过，认为都不错，只是总觉稍欠火力。

直到李鸿章劾稿送至，曾国藩才眼前一亮，不禁拍案叫起绝来。

劾稿不到六百字，却字字千钧，句句见血。共分三个层次。首先历数翁同书举措不当，守城不力，不顾军民生死，只顾自己逃命，连弃两城。此系实情，人所共知，不可否认。继而指出翁同书数道奏折违背事实，出尔反尔，自相矛盾，又列出其自辩和开脱之词，予以反驳，让翁同书再无继续辩解之余地。最后强调翁同书如此行为，不该逍遥法外，应革职拿问，以肃军纪，点明给予处罚之必要。还不够，又重重砸上一句:“臣职分所在，例应纠参，不敢因翁同书之门第鼎盛而瞻顾迁就。”把朝廷欲看在翁家“门第鼎盛”，给予“瞻顾迁就”从轻发落的后路完全封死。

劾稿写到这个份上，想不佩服都难啊。曾国藩由衷赞叹道:“老辣老辣，委实老辣！看来少荃天生就是理文案办公牍的料子，所拟奏咨函批，皆大有过人之处。真是后生可畏，将来必定建树非凡，或竟青出于蓝，亦未可知啊。”

谁的耳朵都乐意听好话，老师评价如此之高，李鸿章心里得意，只嘴上谦虚道:“老师过奖了，舞舞文，弄弄墨，纸上谈兵，能有何建树？还梦想超过老师，学生可没这么狂妄。”

曾国藩拈须而笑，道:“前人强不如后人强，学生超过老师，是大好事，不是坏事。少荃啊，别小看舞文弄墨，文道即人道，文章白纸黑字，所呈现的都是作者品性与才情。换句话说，文如其人，一个人缺乏超凡之智慧，高深之识见，丰厚之学养，练达之人情，以及明晰之思路和入木三分之文笔，又怎能写出入情入理入心之好文章来？反观古圣先哲，明君贤臣，哪个又不是文章大家，辞赋高手，对不对？”

说得李鸿章越发沾沾自喜，肚里想，照老师这么说，他推崇你的文章，就是认可和看好你本人，哪天有啥机会，还会忘了你，不委以大任么？

劾折发往北京，奕䜣一瞧，左右为难起来。翁同书毕竟是自己老师儿子，治他罪吧，伤及师生情分，放过他吧，又打击曾国藩积极性，于清剿太平军大业不利。也就不置一词，交由两宫太后决断。东太后慈安不懂朝政，凡事皆问西太后慈禧。

慈禧念及翁心存做过帝师，欲宽恕翁同书，又想曾国藩尚且不敢以翁家门第鼎盛，瞻顾迁就，自己若念私情，包庇翁同书，又怎么说得过去呢？只得下令将翁同书锁拿京师，交刑部和都察院处置。两部院摄于慈禧雌威和曾国藩势焰，且翁同书犯罪事实清楚，证据确凿，自不好含糊，按律判其拟斩监候，留待秋后问斩。

判决一下，翁心存犹闻晴天霹雳，晕死在地。家人忙乱半天，又放血，又灌药，他才渐渐醒过来，对守在床前的翁同龢说："千万记住，曾国藩和李鸿章两个狗东西，与咱翁家不共戴天，日后一定给你大哥报仇雪恨！"

翁同龢点头答应着，已是泪流满面。安慰父亲几句，便急急出门，走进恭王府，跪倒在奕䜣面前，说家父命悬一线，请看在师生一场份上，救他一命。

毕竟师生情重，奕䜣顿生恻隐之心，以老师翁心存重病需照顾为由，恳求慈禧网开一面，让翁同书暂且回家尽孝，待父病稍有好转，再按律处置不迟。也是翁家面子大，又有奕䜣说情，慈禧不得不同意翁同书出监归家。翁心存年老多病，悲愤交加，不久后逝世，翁同书又持服百日，才重新入监，直至遇赦，另判流放，拣回一条小命。

曾国藩主要目的是拔开翁同书，腾出安徽巡抚位置，朝廷已经将其查办，要不要他命已不重要，也就没再揪住不放。考虑安徽战略位置太重要，赶紧举荐水师提督彭玉麟接任巡抚。无奈彭玉麟不愿撇开自己一手创建的水师，坚拒不受，只得另保已获安徽按察使的李续宜。从此安徽受控于曾国藩掌心，局势渐渐好转。连苗沛霖也觉得太平军好景不可能太长，暗中降清，诱捕英王陈玉成，庐州回到大清手里。只是狗改不了吃屎天性，不久苗沛霖再度反清，被僧格林沁清兵所败，手下不想再跟着他瞎折腾，背后捅他刀子，要了他狗命。

且说推举李续宜坐上安徽巡抚位置的同时，曾国藩又具片保荐左宗棠和沈葆桢，出任浙江与江西两省巡抚，奕䜣和慈禧不折不扣，照片批准。原任浙江巡抚王有龄受何桂清案牵连削职，李元度失去靠山，茫然无措。偏偏曾国藩再度上折，劾其谎报军功，旨令发往边疆效力。还是后来左宗棠、沈葆桢和李鸿章联名奏保，李元度得免遣戍，放归乡里，老死平江。

见曾国藩一口气换掉治下皖赣浙三省巡抚，仅留江苏巡抚薛焕暂时没动，李鸿章暗暗激动起来，心想老师也该考虑考虑俺这个学生了吧？李续宜、左宗棠和沈葆桢不是弱角，升任巡抚没话可说，咱李鸿章也不比他们差到哪里去，弄个江苏巡抚干干，应该还能胜任。

可曾国藩迟迟没有动静，李鸿章实在坐不住了，跑到签押房去探听虚实。曾国藩却只字不提江苏巡抚之事，唠叨起家常来：“听说少荃发妻病故后，又订了一门好亲，还是太湖赵氏状元之家闺秀，有没有此事？”

李鸿章满心装着江苏巡抚顶戴，哪有兴趣谈论其他话题？无奈曾国藩亲口发问，不得不答道：“确有此事。发妻周氏从小体弱多病，嫁进李家后，与咱聚少离多，没过上几天舒心日子，加之逃亡在外，水土不服，终至一病不起，弃我而去。也是赵大人看得起，将千金许配于我，回幕湘军老营前已订下婚约，准备年后成婚。”

“周氏早逝，实属不幸。可赵家有女，愿嫁少荃，又是好事。毕竟状元门第，大家闺秀，与你合肥两代进士之家，翰林才子，倒也匹配。”曾国藩真心为李鸿章高兴，“还听说赵女八字好，有旺夫贵相，成婚之后，少荃定会好运连连。”

运好不好，要看老师如何栽培，与未婚妻旺不旺夫有啥关系？李鸿章心下暗忖，嘴里笑道：“老师吉言，但愿学生能时来运转。”曾国藩笑道：“日前令兄来信，说令堂思恋故土，带着全家大小回了磨店。为使你好运早日到来，老师准你假期，归家完婚如何？”

说得李鸿章喜忧参半。喜的是岁尾年头，老师准假，既可回家成婚，又能侍奉母亲大人，何乐而不为？忧的是此时离开湘军老营，一旦老师心血来潮，将苏抚位置另许他人，岂不错失良机？李鸿章答应不是，不答应也不是，默然无语。

见李鸿章犹豫不决，曾国藩笑道：“家国家国，无家何以言国？男人立身于世，有家才有责任心，才可委之以大任。少荃归家成婚，解除后顾之忧，不仅不会耽误你报国，还有益于更好地为国效力。老师也是军中事务繁忙，不然跟着走上一遭，给你做做主婚人。”

一番话说得李鸿章暖暖的，下定回家成婚决心。曾国藩又道：“为师预料，少荃举办婚事，张树声、周盛波、刘铭传、吴长庆等皖中团练头子定会前去祝贺，届时你代我问声好，看他们有无加盟湘军共抗长毛之意愿。”

怪不得老师催你回去成婚，原来还有这层用意。只听曾国藩继续道：“少荃可知，安庆之围没解成，李秀成回师东南，攻占苏南浙北数十府县，又以其大本营苏州为省会，建了个什么苏福省，大量招兵买马，一下子发展到三十多万人马，几乎与杨秀清时代不相上下。反观湘军主力，也就五万有余，加上分散四省之清兵，满打满算不到十万，兵力如此悬殊，欲围攻金陵，又谈何容易？故少荃此番回乡完婚，正好动员皖中民团来入，当有大用。”

李鸿章答应着，回到住处，赶紧写信请示大哥李瀚章，是否可遵师命，回家成婚。请示不过谦辞而已，大哥不可能不同意，皆因长兄为父，不能少了这个礼数。一边又发函给四弟蕴章，要他禀报母亲，适当筹备筹备。这才叫来已入湘军当差的三弟鹤章，商量回程路线。时间紧迫，不可能来回折腾，干脆就近先至太湖，接上新娘后，再一同北上，经潜山，走桐城，过庐江，然后取道肥西，回磨店老家。

商议妥当，赶紧清点行李，带足聘金和盘缠，准备隔日起程。隔日一早起来，正待出门，曾国藩派人送来大包银子，作为贺礼。随即陈鼐、盛康、赵烈文、丁日昌等同僚也纷纷前来祝贺，同样免不了礼金打发。

推让几下，李鸿章还是谢过，收下贺礼。又有几起同僚奉送礼金礼物，李鸿章一一笑纳，让刘斗斋记到本子上，以备日后人家有喜，再还礼回去。

好不容易消停下来，已是日上三竿。在刘斗斋等亲兵陪同下，兄弟俩蹬马西行，朝太湖方向而去。快到县境，忽闻不远处锣鸣鼓响，鞭炮喧天，走近一瞧，原来道旁站着上百团勇，为首名叫王有道，曾随李家兄弟打过太平军，得知李鸿章入县接亲，专程率勇来迎。

旧友重逢，分外欢洽，携手共赴赵家。赵家早有准备，办了盛宴，招待李家兄弟和王有道众人。李鸿章恭恭敬敬呈上聘金，赵畇欣然接住。小住两日，花轿扎好，莫姑娘将赵小莲扶入轿中，李鸿章护卫在侧，王有道率团勇前呼后拥，向潜山进发。

到达潜山，又有周士盛团勇迎来送往，好不热闹。如此晓行夜宿，紧赶慢走，眼看来到桐城，天色渐晚，前头人欢马叫，只见孙云锦一边招手，一边高呼李翰林，飞奔过来，身后跟着两个人，说是程学启和何安泰。

见面相识毕，几位拥着李鸿章，入城落宿，摆下酒宴，连喝边叙话。李鸿章叫着程学启字号道：“方忠入湘军后，已独立成营，正转战皖北，怎么到了桐城？”

程学启动动嘴皮，不知从何说起，倒是孙云锦口齿伶俐，论起半年来发生在程学启身上的事情，无不令人唏嘘。原来数月前，曾国荃进攻集贤关受挫，孙云锦接到李鸿章书信后，以程学启事奉养母甚孝，献计曾国荃，捉拿程唯栋母子至军中，威吓程母，学启不降，诛其亲子。程母大恐，依计化装成丐妇，入程学启军帐，伏地痛哭，乞其降清。程学启深念养母恩重，且安庆危急，凶多吉少，心生降意。偏偏守城主将叶芸来已有戒备，闻丐妇入营，怀疑有诈，派八百壮士持令招程学启入城相见。程学启知事不妙，手持令牌，骗开营门，率何安泰、丁汝昌等手下干将八十二人，急投安庆北门外曾国葆之营，协助曾氏兄弟攻破集贤关。程学启骁勇善战，谋略过人，却毕竟是位降将，曾氏兄弟不怎么信任，连曾国藩也写信提醒两位弟弟，多加小心，谨防其变。湘军将士更是妒其敢战有功，恨其降前杀死不少湘勇，怂恿曾氏兄弟除之以绝后患。还是孙云锦拿全家性命担保，安庆城中程家妻小又被叶芸来杀掉，程学启骨肉了断，立誓灭贼报国，围攻安庆时身先士卒，第一个冲入城内，杀敌无数，曾氏兄弟才稍改看法，保举其从三品游击。接下来的无为、东关诸战，又在何安泰、丁汝昌等旧部协助下，累立战功，擢为正三品参将，受命自立营头，扩军为开字营。谁知攻占三河后，曾国葆为报曾国华被杀之仇，大肆屠降，程学启劝阻不能，彼此闹僵，几欲反目。与曾氏兄弟共事困难，只好带着何安泰、丁汝昌数位亲兵回到桐城，侍奉养母，日后去向如何再说。得知孙云锦也在桐城，便与何丁找上门去，向他讨教。事关几位前途问题，孙云锦一时也拿不准，巧闻李鸿章接亲途经桐城，三人远道出迎，也好当面问计。

李鸿章不便离间程学启与曾氏兄弟关系，只是说：“曾国葆报仇心切，做事出格，也能理解，方忠不必计较。如今李秀成在苏南浙北大肆扩充势力，兵多粮足，若想围攻金陵，仅湘军人马和四省清兵，远远不够，还怕方忠无用武之地？”

听李鸿章如此说，程学启精神为之一振，顿觉天宽地阔，大有可为。

十五、钱鼎铭哭求救兵

桐城短暂逗留，一行人继续上路。程学启也告别养母和孙云锦，带领何丁等亲兵，尾随其后。不日到得庐江，早有潘鼎新和吴长庆亲率团勇热烈欢迎，酒肉款待。次日随行出城，逶迤到得肥西，刘铭传领众来迎。离开肥西，绕行庐州边境，又加入张树声、周盛波数支人马，待抵达磨店，迎亲队伍浩浩荡荡，已过千人。

好在四弟蕴章早有准备，加上这些年五弟凤章生意做得广，财大气粗，招待没成问题。何况各路头领都带着大额礼金，不会白吃白喝。婚礼也就不再是平常婚礼，竟成为极盛一时的英雄会，英豪们济济一堂，见证过李鸿章隆重气派的婚礼，然后各就各位，大口喝酒，大口吃肉，大声说笑，几乎将刚修葺一新的李家老宅抬了起来。

婚礼既成，敬奉过母亲大人，李鸿章再举杯对各位英雄道："兄弟们都在场，感激酬谢的客气话，鸿章不想多说，只跟你们掏掏心窝子。"众人起哄道："咱们就等着翰林哥哥掏心窝。"李鸿章道："要得，要得。这次鸿章回磨店，有两大任务，一是与小莲完婚，以遂平生夙愿；二是跟兄弟们见个面，动员你们离开本土，出去大干一场。"

众人欢呼："翰林哥哥只管发话，咱们跟着你干。"李鸿章朗声道："当今天下大势，不说兄弟们也知道。这个大势就是太平军必败，湘军必胜。可太平军在金陵经营十多年，根基深厚，朝廷两度组建南北大营，两度皆被击溃，就是明证。太平军闹出如此大动静，并非洪秀全多厉害，全仰仗手下人才辈出。东南西北诸王自相残杀，翼王石达开远走西南，眼见太平军气数已尽，又冒出英王陈玉成、忠王李秀成和侍王李世贤，都是非常了不起的大英雄。陈玉成死于非命，李秀成独撑天国，把苏南浙北经营得像模像样，要粮有粮，要饷有饷，要兵有兵，要将有将，现已发展到三十多万人马，与前期太平军规模不相上下。比较而言，湘军与皖赣苏浙四省清兵加一起，也不过现有太平军三分之一兵力。也就是说要消灭各地太平军，围攻金陵成功，非得补充有生力量不可。鉴于此，离开安庆前，老师便嘱咐我，趁回家完婚之机，动员各位兄弟，带领自己人马，加盟湘军阵营，共取消灭太平军之盖世伟功。”

话音刚落，众人群情激昂，山呼海啸，高声响应。张树声、刘铭传、潘鼎新、吴长庆四位嚯然起身，亮着嗓门报告道，手下队伍都是现成的，随时可拉出来，奔赴前线。其他几个也承诺，回去后就召集旧部，带往安庆，听从调度。

李鸿章非常满意，一手端酒盅，一手提酒壶，离席一一敬过兄弟们。都是一口一盅，一圈下来，人已头重脚轻，无法把持，一个趔趄，栽倒在地。

酒醒已是隔日上午。大部分英雄已散去，只张刘潘吴四人没走，留下等候李鸿章吩咐。李鸿章问四人手下有多少兵勇，回答各有两三千，四股加一起已上万人。李鸿章说：“兵宜精不宜滥，四位兄弟先各挑选一千精兵，严阵以待。务必精选憨厚勇猛的农家壮汉，游手好闲的富家子弟，耍奸使滑的泼皮无赖，一个都不能收留，以免败坏军风。”

四人得令，起身出门。李鸿章送至大宅外，嘱托元宵后带勇集结磨店，同赴安庆。四人齐声说好，抱拳告辞，跃马飞驰而去。李家老宅一下子变得安静起来，像啥也没发生过似的。偶有零星鞭炮声送到耳旁，提醒李鸿章，新年（同治元年）已经来到。

这个大年李鸿章过得格外开心。一家老小齐聚老宅，募勇大事也落实下来，想不开心都难。更喜赵小莲知书达理，善解人意，不仅在李鸿章面前百般温顺，还懂如何讨老母欢心，与妯娌和睦相处。对一双儿女，也视同己出，服侍周到，教育尽力。看着赵小莲忙前忙后，李鸿章不出声道，这辈子做得最正确的事，也许就是娶赵小莲进屋。

正月初五是李鸿章虚岁四十生日，刚办过婚礼，不再做庆生酒，只一大家子围坐一起，吃饭喝酒，热闹了一天。很快元宵过去，张树声、刘铭传、潘鼎新、吴长庆四人拉来各自队伍，听候李鸿章发号施令。李鸿章告别母亲和新婚妻子，走出老宅，打马出村。

张刘潘吴四支壮勇已威风凛凛，列队于道旁大坪里。李鸿章精神大振，发表过简短动员令，长剑一挥，率领四支队伍，雄赳赳，气昂昂，向西南方向开去。

不日到得安庆城外，李鸿章让队伍扎营待命，自己入城去见曾国藩。三两句说过回家完婚经过，再详细汇报张刘潘吴四人来历，及此次率军投奔湘军经过。曾国藩大喜，拍着李鸿章肩膀道："为师就知少荃办事利索，回趟故里，便一举两得，娶美人进屋，募劲旅来投。好好好，老师记你一大功。"

得到肯定，李鸿章更加意气风发，说："老师发话吧，将这四支淮勇调往何处。"曾国藩说："不急不急，淮勇既入湘军，就得按湘军建制整编训练，待编练成形，再派用场也不晚。"李鸿章道："是是是，这几支淮勇虽上过阵，打过仗，毕竟是地方团练，战斗力还很欠缺，得严格训练才是。"曾国藩说："少荃入幕有三年多了吧，也没少见湘军练兵方式，这四支队伍是你招募来的，就由你亲自负责训练，训练成军后也由你管带指挥。你征战安徽多年，又有湘军老营历练，相信你能带出好兵来的。"

李鸿章做梦都想练勇带兵，这话自然最合心意，表示一定把兵练好，不负老师厚望。曾国藩说："这就好。张刘潘吴四人都是皖中豪杰，声名远播，既已来投，我得见识见识，好好聊一聊。"李鸿章道："老师何时接见他们？"曾国藩说："到时我再通知你。"

李鸿章得话，出城回营，按湘军体制，任四人为营官，从各自姓名里取字，建立树、铭、鼎、庆四营。营官下辖哨官，哨官管带士兵。每个营头 685 人，其中正勇 505 人，长夫 180 人。成营后各剩三百余人，交李鸿章组建亲兵营，日后扩军，再视需要，适当调整。

整编就绪，开始练兵。练得正起劲，曾国藩亲兵传令，要李鸿章带张刘潘吴四人去见。四人交待分统继续督操，随李鸿章打马进城，赶往总督衙署。下马入衙，有人迎面走过来，拦住李鸿章，道："您就是李翰林吧？我正要找您呢。"

李鸿章立住脚跟，望望对方，觉得有些面熟，却一时想不起在哪儿见过。对方笑道："真是贵人多忘，我是钱鼎铭呀。"

钱鼎铭乃江苏太仓名士，道光举人。其父钱宝琛是个人物，曾官至江西巡抚，早年跟李文安和曾国藩同为京官，有过交往。钱鼎铭中举后赴京会试，与李鸿章打过几回交道。只是文运不通，会试未中，返乡经商，生意做得还不错，已成苏沪富豪。

也是官商殊途，李鸿章想不到钱鼎铭会出现在安庆，一时没认出来，连连抱歉，乞求原谅。又问："新之（钱鼎铭）兄找鸿章何事？莫非欲入曾幕，托我引荐？"

钱鼎铭一脸愁容，可怜兮兮道："鼎铭哪有心事来入曾幕？是想请翰林大人到曾大帅面前说说好话，赶紧派兵救援上海，保沪安民。"

"救援上海？你老家不在太仓吗？怎么跑到上海去啦？"李鸿章不解道。钱鼎铭说："翰林大人有所不知，鼎铭仕途无望，又找不到其他出路，不得已离京回乡，做起了生意。也怪自己姓钱，只能跟钱打交道。谁知好景不长，清军南北大营破灭，苏浙再没一片净土，太仓又与上海比邻，只得就近逃亡孤岛。上海虽系洋人领地，李秀成也不肯放过，围攻甚急，江苏巡抚薛焕和布政使吴煦雇佣洋枪队，会同沪上防军，共抗长毛。洋枪队和防军有些战斗力，可毕竟人数有限，哪敌得过人多势众的长毛大军？薛焕和吴煦迫不得已，才接受中外会防局会办冯桂芬建议，派我来安庆乞求曾大帅发兵东征，以保上海不失。"

李鸿章就问："老师怎么答复你？"钱鼎铭说："快别说答复，曾大帅太忙，连面都见不上，鼎铭别无他法，准备去找翰林大人，恰好在此巧遇，您一定得帮我这个大忙。"

李鸿章道："老师不仅统领湘军，还得总督四省军政，每天眼睛一睁，忙到熄灯，可不是想见就见得着的。碰着他，我提提你名字，想必他还有些印象。只是老师手中兵力也有限，围攻金陵都不够用，恐怕没法分兵去救上海，期望不可太高喔。"

钱鼎铭谢过，还想说什么，李鸿章已挪开步子，边走边道："鸿章有事在身，暂不与你多说，过两天听我信吧。"钱鼎铭只好拱手道："拜托拜托！"

风风火火来到签押房外，曾国藩亲兵告知，见面地点放在西花厅。李鸿章几位转身向西花厅走去。可曾国藩并没露面，躲在屏风后面，暗中观察张刘潘吴四人状态。

与质朴厚道的湘人略有不同，四人目光炯明，神情自若，见多识广的样子。睁眼细瞧，又神态有别，气质各异。其中一个白脸，气定神闲，面带微笑，自始至终不温不火；一个青脸，不动声色，只顾低头看着鞋尖；一个红脸，目视前方，腰板挺直，站如劲松；只有麻脸见主人久不现身，显得很不耐烦，来回走动，骂骂咧咧，若非李鸿章拦住，早拂袖而去。

观察个够，曾国藩才从屏风后面慢慢悠悠走出来。李鸿章赶紧上前，要介绍各位，曾国藩摇摇手，说："让我先认认，看准不准。"

李鸿章收住舌头，扶老师落座身后太师椅。曾国藩一手拈须，一手指着白脸说："你是合肥张树声张振轩，禀生出身。"

张树声颇觉吃惊，正要问大帅怎么知道的，曾国藩已掉过头，笑指青脸道："你是庐江潘鼎新潘琴轩，道光举人。"没等潘鼎新反应过来，又转向红脸道："你是庐江吴长庆吴筱轩，出身武家，袭云骑尉世职。"

认完"三轩"，曾国藩才笑对麻脸道："你是合肥刘铭传刘省三，自号大潜山人。"刘铭传倒不觉得奇怪，大大咧咧道："铭传生下地没几天，就得了天花，留下一脸麻子，不论走到哪里，人家都认得是我刘六麻子。"

"还是省三痛快！从四位面相看，都是干大事的命，前途未可限量啊。"曾国藩笑道，强调几句湘军规矩，嘱咐四位好好听从李鸿章调配，认真带兵，努力打仗，干番惊天伟业。

四人得令而退，曾国藩留下李鸿章，道："四人中潘鼎新出身举人，其他都是武夫，不似湘军将领，大多都有功名。不过也没关系，打仗不是做文章，靠的是胆气和勇武精神。据刚才观察，四人都是带兵打仗的料子，只要少荃调教得法，日后定有大作为。"

李鸿章心里踏实下来，说："与四人素昧平生，老师怎么认得如此准确？"曾国藩道："这没啥奇怪的，各人出身和学养，都会写在各自脸上，抹都抹不去。你又提前透露过四人底细，见着人面，只稍加比照，就从其气质和表情，一眼看出谁是谁来。"

李鸿章夸奖几句老师的识人术，想起钱鼎铭所托，说："钱鼎铭求见，老师为何不理不睬？"曾国藩道："叫我怎么理睬？他来搬救兵，湘军兵力短缺，自用都不够，哪有兵力分派上海？"李鸿章道："老师意思，欲置上海于不顾？"曾国藩道："上海孤悬海隅，鞭长莫及，湘军目标在金陵，不可能为拣芝麻，丢掉西瓜吧？”

此话也有道理，李鸿章没法辩驳，说些其他事情，告退出来。回到城外营中，屁股未及沾椅，钱鼎铭追将过来，问曾大帅想法如何。李鸿章就拿曾国藩芝麻西瓜之论复他。钱鼎铭不满道：“曾大帅此言差矣，上海不是芝麻，也不是西瓜，是个大金库。翰林大人比鼎铭更清楚，打仗拼的是小命，花的是大钱，若曾大帅拥有上海这个大金库，何愁金陵不破？”

说的没错，缺粮少饷，怎么打仗？眼下湘军不仅缺人，更缺钱，怎可轻易放弃上海这个饷源宝地？李鸿章若有所思道：“是啊，老师这里不出兵，一旦长毛夺去上海，岂不得了大便宜？”钱鼎铭趁机补充道：“上海商贾云集，到处都是银子，曾大帅若肯派兵救援，确保上海不失，咱每月可筹措六十万两银子，给湘军做军饷。”

六十万两可不是小钱，能解决湘军大问题。李鸿章心有所动，说：“每月能筹这么大笔钱，想必老师也会酌情考虑。只是湖南蛮子认准的理，不是谁轻易想改变就改变得了的，新之还是先回，让我琢磨琢磨，看用啥法子，才能打动老师。”

送走钱鼎铭，李鸿章铺开江苏分府图，找到上海位置，以指轻叩，陷入沉思。上海西倚苏南浙北，东南北三面朝向大海，是天然的通商码头，最适合商船货轮进出逗留，怪不得各路商贾和洋人青睐有加。水可载舟，亦可覆舟。可惜国人尤其当政者，只知舟易为水所覆，忘记水还有载舟之性能，一向视为洪水猛兽，严格实行海禁，长期闭关锁国。直至为洋枪洋炮轰开，才被动开埠，在上海等地划出租界，让洋人居留通商，赚得盆满钵满。为何洋人可在各口岸大发洋财，中国人却不能筹办洋务，开发海运，造福于民，致富于国？

为这突然冒出来的想法激励着，李鸿章思路变得活跃起来，忽想起当年流落明光镇，白须老头给的八个字：上善若水，草木皆兵。正是这八个字，让李鸿章下定决心，辗转投入曾幕，跟着老师干。至于上海，三面环水，洋人洋商洋货云集，“海”与“洋”俩字又皆为水旁，暗合上善若水之意。上海又隶属江苏，苏以草为首，草木皆兵，正好带兵打仗。

就这样，一个念头在李鸿章脑际里慢慢生成。他打定主意，非得促成钱鼎铭说服老师，尽快做出决定，派兵救援上海。

钱鼎铭自然比李鸿章更着急。隔日天刚亮，淮勇大营帅帐未开，他就已出现在门外。得到亲兵报告，李鸿章掀开帐门，迎入钱鼎铭，道:“城门还没开呢，莫非新之兄翻墙出的城？”钱鼎铭道:“哪需翻墙？昨日鼎铭根本就没入城。”

李鸿章讶然，道:“没入城？方圆数里既无伙铺，又没农户，你爬树上过的夜？”钱鼎铭说:“不用爬树，离营不远处有农田，田边堆了不少草垛，咱钻里面对付了一宿。”

春寒料峭，夜宿草垛，可不容易啊。李鸿章深为感动，道:“为上海安危，新之兄不惜忍饥挨冻，鸿章不帮您争得救兵，心里也有愧啊。”钱鼎铭听话里有话，忙问道:“翰林大人口气，似已有说动曾大帅的办法？”

李鸿章笑笑，答非所问道:“鸿章给您说个故事吧。”

这是说故事的时候么？咱又钻草垛，又吃露水，莫非就为来此听你讲故事？钱鼎铭心下抱怨，明里还不好拒绝。也是没办法，是你求人家，人家舌头憋得难受，想讲故事过过嘴瘾，你还好拔腿走掉，扫人家兴不成？钱鼎铭不得不耐着性子，讨好道:“鼎铭从小就爱听故事，翰林大人有啥好故事，只管道来，让我开开眼界。”

李鸿章清清嗓门，说:“新之兄也是读书人，想必知道下面这个故事。”钱鼎铭说:“翰林大人学富五车，在您面前，鼎铭哪敢称读书人？最多只算粗通文墨。”李鸿章道:“新之兄堂堂举子，还说只粗通文墨，世上谁算精通文墨？”

说要讲故事，迟迟没开讲，老说闲话，钱鼎铭心里越发着急，干脆不再出声，只顾盯住李鸿章嘴皮，倒看会从里面冒出啥稀奇故事来。李鸿章何尝不知钱鼎铭心情？端足架势，言归正传，道:“春秋时期，楚君后裔申包胥与楚大夫伍奢之子伍子胥是相当要好的朋友。后伍奢遭谗被杀，伍子胥受父牵连，没法再在楚国待下去，仓皇出逃。申包胥前往送行，临别时伍子胥发誓说，我必灭楚。申包胥说，你能灭之，我必兴之。后伍子胥逃亡吴国，做上大夫，献计给吴君，攻克楚国。楚君逃亡时嘱托申包胥，快奔秦国，求秦王出兵救楚。”

故事出自《春秋左传》，只要识字，不可能没读过，不知李鸿章干吗还要废话，老调重弹。钱鼎铭心下好笑，又不便说破，只得装作洗耳恭听的样子。李鸿章继续道:“申包胥西入秦关后，打通关节，给秦王送钱送玉送美人，求他发兵。无奈秦王一国之君，啥都不缺，拒之门外，没理睬申包胥。”

说到此处，李鸿章忽然刹住，问钱鼎铭:“敢问新之兄，申包胥该怎样打动秦王？”

问如此幼稚的问题，不是挑战咱姓钱的智识么？钱鼎铭肚里生气，却不好发作，只得忍气吞声道:“鼎铭无知，不敢胡说。若像翰林大人这么有学问，咱也早中进士，入翰林，成为朝廷命官，何至于东奔西跑，做个不三不四的买卖人？”

李鸿章知道钱鼎铭故意装傻，喝口茶水，把故事说完:“申包胥没办法，扔掉金玉，赶走美女，披头散发来到秦王府，稀里哗啦趴在府前台阶上，大放悲声，嚎啕大哭。哭得昏天黑地，哭得死去活来，哭得人神共泣。一连哭了七天七夜，直哭至流泪泪已干，吐血血已尽，呼气气将断。最后连上苍都看不过去，电闪雷鸣，直击秦庭，秦王又惊又怕又感动，才同意出兵楚国，最后击退吴军，救楚于既倒。”

故事到此结束。钱鼎铭这才好像听出了一点意思。李鸿章明知申包胥哭秦廷的故事无人不晓，还要故意费口舌，说给你听，用意不是很明显么？

回城走进总督衙署，来到曾国藩签押房外，钱鼎铭二话不说，一屁股坐到地上，悲哭起来。不过没像申包胥样，哭得那么夸张和隆重，只是抹一把眼泪，又擤一把鼻涕，不慌不忙的样子。弄得进进出出的人好不烦躁，绕又绕不开，躲又躲不过。

哭得也有张有驰。碰着有人经过，就装模作样哭上几声，一旦旁边无人，便收住哭腔，歇口气，恢复一下体力。只有见着曾国藩，哭得最来劲，又响亮，又生动，又悲情，仿佛死了爹娘似的。还一声长一短地哭诉，诉上海百姓不幸，只能坐等太平军蹂躏。诉湘军小胜则安，蜷缩皖南，前怕狼后怕虎，再不敢出头。诉曾大帅目光短浅，只知死守小安庆，等着坐吃山空，不敢去保大上海，收取大把大把现成银子。

幸而钱鼎铭比申包胥运气好，不用哭上七天七夜，哭诉到第三天，曾国藩就已受不了，把李鸿章找去，没好气道:“是少荃指使钱鼎铭来签押房外哭叫的吧？”李鸿章道:“学生可没指使他。”曾国藩道:“还要狡辩，有人见钱鼎铭找过你。”李鸿章道：“钱鼎铭找过我倒没假。”曾国藩道：“钱鼎铭找过你后，就苍蝇样叮我门外哭哭啼啼，还说不是你指使的？”

李鸿章一脸无辜，道：“学生真没指使过钱鼎铭，是被他缠得没法，才说了一个故事，把他打发走。”曾国藩疑惑道：“什么好故事还有这个功效？告诉我，我也给钱鼎铭说一说，把他支走。”李鸿章说：“老师博古通今，自然知道这个故事。”曾国藩说：“你没说来听听，我哪知是啥故事？”李鸿章说：“申包胥哭秦廷。”

怪不得钱鼎铭哭得这么有水平，原来是有样拣样。曾国藩鼓着三角眼，将李鸿章盯上半天，才冒出一句，道：“你意思是，钱鼎铭学申包胥，我只能跟着学秦王啰？”李鸿章努力忍笑道：“学生可没说过这个话。”曾国藩道：“别耍滑头，你倒是说说，派兵救援上海，到底有无必要，值不值得？”

李鸿章不好再嬉皮笑脸，认真道：“有必要，很值得。”曾国藩说：“何以见得？”李鸿章说：“钱鼎铭承诺，老师若派兵上海，沪商每月可给湘军筹措六十万两军饷。”

“你就是被这六十万两银子打动的吧？”曾国藩语气已缓和得多，“湘军确实缺粮少饷，可六十万两银子就想买通咱，有这么容易吗？”李鸿章道：“每月六十万两银子，可不是个小数字，能解决不少问题啊。再说老师若能果断派兵，确保上海无虞，不仅能获得大笔亮晃晃的饷银，还可占据一个重要战略基地。”

这倒是曾国藩未及想到的，不禁问道：“什么战略基地？”李鸿章道：“老师应该还记得，胡帅生前与您商定过三路进攻金陵的大计：一路由西向东，从正面进攻；一路由南向北，自侧面进攻；一路由东向西，往背面进攻。上海位于金陵东南，完全可作为背面进攻的据点，扫清东南方向障碍，最后合围金陵，收取全功。”

若如李鸿章所言，上海这么重要，就是钱鼎铭没来求救，也该主动派兵去守，焉能轻易让其落入太平军之手？曾国藩颔首道：“少荃说得对，上海事关全局，不能孤立看待，应纳入金陵围攻战和整个江南战局范畴，进行统一部署。”

见老师态度已很明确，李鸿章掉头出门，朝苦大仇深的钱鼎铭招手道：“过来过来！”

钱鼎铭一听，一下子从地上蹦起来，扯过脏兮兮的衣袖，揩去脸上泪水鼻涕，奔到李鸿章面前，眼巴巴道：“翰林大人叫我？”

“不叫你叫谁？”李鸿章头往门里一扬，返身走进签押房。钱鼎铭紧随而入，局促地站在地上，偷偷望眼曾国藩。曾国藩一改往日严肃，对钱鼎铭道：“难得新之心系上海百姓，苦学古人，哭爹喊娘，向本督求救。没办法，我也只好步秦王后尘，发兵上海。”

听得此言，钱鼎铭双膝一弯，咚一声跪到地上，要给曾国藩磕头。李鸿章伸手一把扶住，说：“免了免了，新之兄还是先说说增援上海之事吧。”

钱鼎铭忙将六十万两饷银的话复述一遍，继而拍着胸脯，表态道：“援军到沪后，一应开销皆由上海方面负责。”李鸿章道：“钱的事下步再说，老师意思，该派多少兵力为宜。”钱鼎铭道：“韩信将兵，多多益善。”李鸿章说：“说得轻松，多多益善。把湘军数万兵力全派给你，谁来守安徽，取金陵？”

曾国藩止住李鸿章，道：“派多少兵力，不是新之的事，新之要考虑的是上海远隔千里，自安庆抵达上海，得通过长毛占领区，看是走陆路可靠，还是行水路稳妥。”李鸿章附和道：“走陆路需要时间，行水路需要船只，这些都得事先做好打算。”

师生两个一唱一和，其实是想让钱鼎铭负责路上费用，只不愿明说而已。钱鼎铭生意场上人，何等机灵，还能听不出来？满口答应道：“帮工不帮饭，只要大帅出兵，鼎铭自然乐于出钱，包揽援军路资。至于走陆路还是水路，不必说死，反正大帅调兵遣将得有个过程，鼎铭先回上海想办法，若能弄到商船，走长江水道，自然快捷得多。”

原来钱鼎铭什么都已考虑进去，就等曾国藩发话派兵。曾国藩道：“能走水路尽量走水路吧。事不宜迟，我也不留新之，你速回上海，组织商船。一去一来，估计你的商船到达安庆，我这里也已选好将，练好兵，只待随船开发上海。”

钱鼎铭千恩万谢，欢喜而去。

发兵上海不过四个字，张张嘴就可吐出来，可发什么兵，派何人带兵，就不像说句话这么简单。上海不比别处，前要抗拒太平军，后需应对各色洋人，还有官商彼此渗透，盘根错节，不是随便派个人就能拿捏得住的。

曾国藩颇费踌躇，一时下不了决心，不知派谁为妥。

知道老师在为带兵救援上海人选伤透脑筋，李鸿章几次来到签押房外，欲敲门进去，主动请缨，揽下大差。又想老师无意于你，请缨也白请，弄不好还会让他反感，好像你迫不及待要从他身边逃开似的。心急吃不得热豆腐，还不如静观其变，倒看他老人家怎么调摆。何况上海水深，选错没水性的人，岂不坏事？李鸿章也知上海凶险，却很是自信，只要老师肯压担子，一定把苏沪事情办好。老师又不是不了解你，总会想到你的。

偏偏曾国藩最先想到的不是李鸿章，是九弟曾国荃。多年历练，曾国荃已日趋成熟，加之军功卓著，威信渐隆，应该能镇得住上海。最重要的是上海有钱，让曾国荃守住这个大金库，日后湘军要用钱，不必求助别人。再则皖赣苏浙四省之内，仅驻节上海的江苏巡抚薛焕没换，正好让曾国荃取而代之，上个重要台阶，把苏沪完全控制在自己手上。

出于不可与人明言的私心，曾国藩叫来曾国荃，嘱他领兵援沪。曾国荃反问道："大哥不是要攻金陵么？上海远离金陵，您要我到那里去赋闲歇凉？"曾国藩说："围攻金陵，先得把苏浙一带长毛扫干净，消除后顾之忧。上海位置特殊，上可攻苏南，下可拒浙北，正是驻军好去处，九弟可不能小瞧。再说上海华洋杂处，商贸兴隆，到处都是豪商巨贾，要钱有钱，要物有物，交给别人我还真放心不下。"

听说有钱有物，曾国荃两眼顿时放出亮光来，道："我看要得，荷叶塘老家翻修，还缺些银子，正好去上海想想办法。"曾国藩不满道："你满脑子就是银子。上海钱再多，也是国家和百姓的，只能留作军用，不可让你乱动，知不知道？"

话是这么说，真的进驻上海，一切咱曾国荃说了算，大哥远在安庆，还由得你么？曾国荃赶忙应承道："大哥说的是，九弟坚决照办。"曾国藩说："还有江苏巡抚薛焕，做惯何桂清走狗，时刻与我作对，你到上海后，我就奏请皇上，把他换掉，让你接任。"

有大财可发，又有巡抚帽子可戴，何乐而不为？曾国荃答应下来，准备调兵遣将。李鸿章闻知，深感失望，觉得老师也太自私了点，好事只顾往自己兄弟身上揽。却心有不甘，跑到曾国荃驻地，假意向他祝贺，探听虚实。

曾国荃很是得意，笑嘻嘻道：“大哥刚找国荃谈过话，少荃兄就探得消息，耳朵真灵啊。”李鸿章道：“不是鸿章耳朵灵，是咱们兄弟情深，您有好事，为您高兴。同时也想拜托九帅，到老师那里，为鸿章美言几句。”

“原来你有求于我。”曾国荃一时高兴，随口应承道，“国荃是大哥九弟，少荃兄是大哥学生，都是大哥的人，有啥你尽管吩咐，国荃一定替你说话。一般人的话，大哥不太当回事，不过我说句啥，他还是会往心里去的。”

李鸿章抱拳相谢，道：“难得九帅豪爽，鸿章有啥说啥。”曾国荃说：“直说无妨。”李鸿章道：“九帅即将远赴上海，自安徽正面进攻金陵的任务自然得转托他人，您可否到老师那里推荐推荐，让我来接这个担子？”

曾国荃斜眼望望李鸿章，说：“少荃兄带兵打仗经验足，点子多，也许能信任主攻金陵大任。可你考虑过没有，领什么人去攻金陵？攻城略地，尤其是攻打长毛大本营金陵，属于真正的大仗硬仗恶仗，不是亲自带出来的兵，哪个愿意给你卖命？”李鸿章说：“我已招了四营淮勇，可做主力。”曾国荃说：“金陵不是小城小镇，四营淮勇能管啥用？”

李鸿章豪情满怀道：“还可再募啊。虽说淮勇不可与老牌湘军比，可毕竟是咱李鸿章家乡子弟兵，应该还指挥得动。就是我指挥不动，也没关系，银子总该指挥得动吧。”曾国荃疑惑道：“银子指挥得动什么？你的淮勇？”

“当然是淮勇。”李鸿章故意放低声音，几分神秘道，“金陵城里俯拾皆是银子，尤其是洪秀全住了十多年的天王府，金银财宝堆积如山，据说够大清四万万官民吃用十年八年的。有钱能使鬼上树，鸿章根本不怕兄弟们缺乏攻打金陵的积极性。”

世间可能没人比曾国荃对银子更敏感，听李鸿章这么一说，口水都流了出来。

李鸿章看眼曾国荃的馋样，继续道：“说金陵银子多，可不是鸿章胡诌。我家五弟凤章是生意人，长年在外奔走，没少跑金陵，也去过上海，可谓见多识广。他曾亲口对我说，别看上海富得流油，其实与金陵比较，实乃小巫见大巫。上海不过几个商人买进卖出，你赚我，我赢你，能聚得多少钱财？至于洋人，多捞得几个，全都海运捎回母国，不会留存于朝不保夕的上海。洪秀全可不同，视金陵为金窝，洗劫大半个中国，所得金银宝贝，通通运往金陵城，搬入天王府，岂可一个富字能形容得过来的？”

说得曾国荃一愣一愣的，恨不得身生翅膀，飞入金陵，冲进天王府里，将金山银山贴上封条，写上曾字，任何人不得染指，日后再搬回老家荷叶塘，慢慢享用。

只听李鸿章又说道：“打下金陵，可谓天下第一功，谋个巡抚呀，总督呀，肯定不在话下。何况咸丰曾公开承诺过，灭洪贼者王之。虽说咸丰驾崩，还有儿子同治帝，父诺音犹在耳，还怕他不肯认账？就是不封王，封侯拜相，赏个大学士什么的，总少不了吧？此等大好事，盯的人肯定多，还请九帅看在咱俩情分上，帮忙成全成全。”

曾国荃已在暗暗后悔，不该嘴太快，轻易答应大哥救援上海。他决定找大哥，收回承诺。却又不愿轻易放弃上海这块香喷喷的大肥肉，像对李鸿章，又像自语道：“上海也非同小可，大哥嘱咱进驻上海后，将其打造成重要战略基地，一旦时机成熟，即从安徽、浙北和苏南即上海几个方向，同时发起对金陵的进攻。”

李鸿章道：“从上海方向进攻金陵没错，可毕竟两地相隔千里，鞭长莫及。加之李秀成全力打造苏福省，重兵把守苏州和常州，只怕你还在路上，没来得及越过长毛苏常防线，安徽方面军队便近水楼台先得月，轰开金陵城，攻入天王府，人财俱获。九帅也清楚，这是胡帅在世时与老师定下的大计，借长江浩荡水势，自西向东，直逼金陵，捉拿洪贼。换言之，金陵决战只能以西线进攻为主，辅之以南线和东线围援，不可能临时改变既定策略。”

说到这里，李鸿章略作停留，才又继续道：“鸿章再次恳请九帅，一定到老师那里说说好话，为鸿章争取正面进攻金陵之美差。事成以后，定当大谢。”

曾国荃哪里还会为李鸿章说好话？当天夜里就跑进曾国藩书房，说：“大哥还是留下九弟，领兵正面进攻金陵吧。”曾国藩道：“你不是答应得好好的，率兵救援上海吗？怎么一梦醒来又变了卦？”

曾国荃挪动屁股下椅子，往曾国藩身边凑凑，道：“大哥想没想过，咱们从湖南一路打过来，战长沙，下岳州，克武汉，取南昌，复九江，收安庆，攻庐州，目的到底是什么？”

曾国藩奇怪地看眼曾国荃，道：“这还用说吗？自然是彻底消灭长毛，捉拿洪贼。”曾国荃道:“正是嘛，咱们积十年之功，步步为营，将长毛逼迫于东南一隅，不就等着这最后决战，收复金陵，取下洪秀全脑袋？这么个紧要关头，大哥竟然让九弟远赴上海，离开金陵城外的安徽主战场，不是把天下第一功拱手让与他人么？”

理不说不明，经曾国荃一挑破，曾国藩也意识到改派九弟去救上海，确实算不上高明。想想曾家兄弟抛家舍业，将脑袋别在裤腰带上，随你大哥出生入死，西讨东征，眼看大功告成，却撇开头上的桃子，叫别人来摘，确有些说不过去。何况一路东来，不少决定性的大仗恶仗硬仗，都是曾国荃带兵打的，到了最重要的收官之战，把他扒开，也不公平。

曾国藩心里已接受曾国荃意见，嘴上却说:“你不是给我出难题吗？已决定派你救援上海，你出尔反尔，又把皮球踢回来，叫我找谁替你才好？”

从曾国藩话里，曾国荃知道自己已不用远奔上海，满脸是笑道:“上海好办，彭玉麟、李续宜能力不错，级别也够，都系不错人选，大哥打声招呼，还怕他们不乐意？”曾国藩说:“你怎么知道他们乐意？”曾国荃道:“上海遍地金银，谁挡得住诱惑？”

看看这小子，眼里只有黄白二物。放弃上海，是不是觉得金陵金多银厚，更好肥腰实囊？曾国藩盯曾国荃一眼，暗想彭玉麟是个人才，把上海交给他，应该放得心。

叫来彭玉麟，他倒没话可说，觉得带着水师为曾国荃助攻金陵，功劳再大，也是曾家人的，还不如去上海独当一面，显显英雄本色。不过彭玉麟有个特点，遇事喜欢推脱几句，说:“大帅看得起玉麟，是玉麟荣幸。只是上海不比内陆，情况复杂，玉麟能力有限，只怕不能信任，大帅还是另请高明吧。”

知道彭玉麟会推辞，曾国藩也不说破，只拿好话鼓励，说他武可安邦，文可治国，打理上海决不在话下。好说歹说，彭玉麟才答应下来。

这一来，李鸿章心里又不乐了，暗怪自己是安徽人，若像彭玉麟样，出生于湖南衡阳，与湘乡只隔一座衡山，好事只怕早到了自己头上。可这话还不好挂在嘴里，说出去得罪的人太多，日后还怎么在湘人圈子里混？

迫不得已，李鸿章只得故技重演，打马出城，来到长江岸边的水师大营，对彭玉麟拱手道："雪帅荣当大任，可喜可贺！"

因字号雪琴，故军中称彭玉麟为雪帅。彭玉麟故作矜持道："有啥可贺的？"李鸿章道："雪帅就要挥师上海，建立奇功，还不可贺？"彭玉麟道："您是说上海差事。大帅托委，玉麟只能服从，不好推脱。其实要说建功，咱经营湘军水师多年，自湘江至长江，自两湖至赣皖，无往而不胜，眼看就要围攻金陵，不正好建奇功大功么？"

"是啊，金陵在望，指日可下，老师却偏偏把雪帅支开，也不知他老人家怎么想的。"李鸿章话留半句，又转而夸赞起湘军水师来，"明眼人一看便知，不是雪帅水师控制长江，曾国荃诸将所领陆师不可能取得一个个重大胜利。如今只剩金陵未破，有无水师已无关紧要，老师觉得你闲着也是闲着，才特派你远赴上海，以免你无事生非。"

湘军水师为彭玉麟亲手打造，从无到有，从小到大，倾注了他全部热情和心血，可说没有他彭玉麟，就没有湘军水师，也没有水师所取得的一个又一个辉煌战绩。彭玉麟也就把水师当作心头肉，视为己出，最不能容忍旁人说半个不是。这会儿听李鸿章出言水师可有可无，不禁怒从心头起，一拍桌子道："放屁！离开咱水师，怎么围攻金陵？"

话出口，才意识到火发错了对象，向李鸿章抱歉道："请少荃兄原谅，玉麟不是说你。"

李鸿章要的就是这个效果，心下暗自得意，问道："雪帅不是说鸿章，又说谁呢？莫非说九帅？据说最初老师要派九帅去上海，九帅都已应承下来，忽又反悔，才向老师推荐你，让你做替罪羊。湘军人才济济，派谁不是派，也不知老师和曾老九干吗不肯放过雪帅。"

"这有啥可奇怪的？曾老九想独夺金陵胜利果实，才设法把我彭玉麟支开。"彭玉麟噌地立起身，要往营外走，"我得找大帅评评理，不能让曾国荃一人好处独享。"李鸿章背后直乐，张开嘴皮，不阴不阳，送上一句冷语："雪帅可得想清楚了再走，到曾老九大哥面前去评理，理难道会偏向你外人一边？"

彭玉麟有些泄气，刹住步子，回望李鸿章道："少荃兄教我，怎么与曾国荃过招？"李鸿章道："不是与曾国荃过招，是得说服老师，让你留下来，水陆两师共围金陵，不然光凭陆师，也不可能完成收复金陵大业。"

彭玉麟点头道：“也是啊，眼下不是意气用事的时候，得同仇敌忾，一致对敌。少荃兄说说，我该怎么办？”李鸿章道：“好办得很，雪帅只管找老师要求，把水师带往上海。”彭玉麟说：“大帅会同意吗？”李鸿章说：“当然不会同意。”

不会同意，还要求个啥呢？彭玉麟心里嘀咕，旋即明白过来，拍着脑袋道：“真的撇开水师，光凭陆师围攻金陵，肯定不可能取胜，大帅自然不会让我将水师带走。水师是玉麟一手创建的，交给别人，不一定指挥得动，从围攻金陵大局出发，大帅也会考虑收回成命，让我留在水师大营，与士兵们同生死，共存亡。”

嘴里嘀咕着，彭玉麟大步出营，上马入城，走进督衙，对曾国藩大声道：“大帅信任，派玉麟救援上海，玉麟欣然接受。只是上海人生地不熟，非精兵强将，不足以守城拒敌。玉麟统管水师多年，水师营里一兵一卒都是玉麟亲手调教出来的，好指挥，易节制，大帅就让玉麟带领水师，征发上海吧。”

水陆两师犹如湘军两只大翅，相辅相成，呼应联动，怎么能抽走水师，让陆师单独面对金陵长毛呢？可不给水师，又让彭玉麟带什么兵好？湘军陆师兵力有限，无法分兵。四省零散清兵，没啥战斗力，无济于事。几营淮勇人数不够不说，也非彭玉麟所募，不一定听他指挥。唯一办法就是回湘募勇，可山远水长，时间又来不及。曾国藩为难起来，说：“雪琴先回水师大营，让我先考虑考虑，看给你派什么兵好。”

彭玉麟出得签押房，李鸿章正候在外面，上前道：“老师如何答复？”彭玉麟说：“没完全说定。”李鸿章道：“雪帅还可会会曾老九，要他找老师求求情。”彭玉麟说：“他肯定也想留下水师，怎么会给我求情？”李鸿章说：“他不留你，怎么留得住水师？”

不是曾国荃多嘴，曾国藩也不会派自己救援上海，彭玉麟心里正有气，经李鸿章这么一说，昂着脑袋赶往曾国荃大营，道：“九帅也是的，大帅派你去上海，你不去就不去，干吗让我给你垫背？要我去上海也行，不过事是你惹的，你得到大帅那里说清楚，把水师交我带走，否则我单枪匹马，怎么救援上海？”

彭玉麟要带水师救援上海，又谁替湘军对付太平军长江水面上的兵船？就是留下水师，没彭玉麟运筹帷幄，仅凭粗人杨载福率水勇横冲直撞，水师还能发挥应有作用么？曾国荃拔腿离营，兴冲冲跑进督衙，把这个意思一说，曾国藩来了毛毛火，道："要彭玉麟顶替你去上海的是你，要他留下来别走的又是你，到底得依你前言，还是该听你后语？"曾国荃道："怪九弟脑瓜简单，多嘴多舌，冒出彭玉麟名字。"

曾国藩也意识到不能支走彭玉麟，说："水师离不开彭玉麟，彭玉麟也不愿离开水师，又派谁去上海呢？"曾国荃道："就派李续宜吧，这个安徽巡抚只那么重要，谁做都一样。"

曾国藩就找李续宜谈话，李续宜觉得上海天宽地阔，大有作为，痛痛快快答应下来。

有人痛快，也就有人痛苦。李鸿章得知曾国藩将上海差事付与湘乡蛮子李续宜，怎么也想不起他这个安徽人，跳长江的心都有。可长江在城外，不是想跳就有跳的，才不得不隐忍下来，走进巡抚衙门，去见李续宜。

安庆向为安徽省会，抚衙一直设在安庆，李嘉端任巡抚时，安庆被太平军攻占，才移驻庐州，此后一直没迁回来。待李续宜接任巡抚，安庆已被湘军收复，经请示曾国藩同意，就近在总督衙门旁边祠堂挂上巡抚衙署牌匾，督抚之间有事，联系起来方便。

李鸿章走进抚衙时，李续宜正在后衙喝药。他本来体弱多病，常年征战沙场，身体每况愈下，四十来岁的人，仿佛八十老头，天天离不开药罐子。外人面前却还要充硬朗，不愿给人病夫印象，以免影响仕进。这会儿李鸿章贸然来访，李续宜忙放下药碗，先在身上喷些麝香，盖住药味，才匆匆出迎，把客人请入书房。

李鸿章何等精明之人，闻得李续宜一身麝香味，还隐隐夹杂着其他异味，就知他刚服过药，是不想被人知道，才欲盖弥彰。其实湘军大营里谁都清楚李续宜乃病夫一个，只不过没谁当面道破。李鸿章也不会拿人病痛说事，只是望定李续宜，故作惊讶道："家门大兄即将赴任上海，实乃天大好事，怎么看你脸色有些不对劲啊。"

李续宜用手搓搓脸皮，说："少荃兄怎么看出不对劲？"李鸿章故弄玄虚道："人逢喜事精神爽，家门大兄有喜，却一脸黯淡，这可不是好征兆。"

李续宜暗怪李鸿章胡说八道，嘴上却说："莫非少荃兄还会看相不成？"李鸿章说："鸿章不会看相，倒是小时常随爷爷出诊，见多各色病人，识字后又翻看过家藏医书，多少懂些医理，有人身患疾病，试着望闻问切，一般不会有误。”

病人对与病有关的话题最敏感，李续宜忍不住问道：“少荃兄还有这个本事，就给续宜诊断诊断，看看我脸色黯淡原因何在？”

李鸿章往李续宜身前凑凑，装模作样，将他一番打量，说：“家门大兄从小元气不足，容易生病，后又离家从军，四处奔波，身体难免有些吃不消。不过这还不是主要的，主要是五行缺火，阳虚阴盛，气结血亏，导致体质羸弱。”

说到这里，李鸿章故意打住，从容喝口茶水，看看李续宜有何反应。李续宜只是笑笑，不动声色的样子。李鸿章又道：“常言道水火不容，其实到人身上，水火就得相容，否则就会失调出状况。像家门大兄缺火多水体质，由于弱火镇不住强水，以致水土流失过重，身体不容易保持平衡，生病患痛也就在预料之中。”

“水土流失过重？”李续宜脱口问道。李鸿章笑道：“鸿章说水土流失过重，意思是吃得再好再多，肠胃也留不住，没经充分消化吸收，就被过盛的水分稀释，排出体外。家门大兄实话告我，是不是有腹泻溏便情况？”

李续宜不得不点头道：“少荃兄真不愧医家出身，还真被你说中了。”李鸿章又道：“家门大兄从小生活在丘陵地区，习惯于干爽环境，无奈国家不宁，不得不离开本土，沿着大江大河追击长毛，本来就阳火缺失的体质遭遇阴湿侵害，自然不易固土保本。”李续宜讨教道：“如何才能固土保本？”李鸿章说：“五行缺火，尽量离开水盛之处。”

李续宜深以为然，还要追问，李鸿章顾左右而言他：“老师对家门大兄真不错，前次要雪帅做安徽巡抚，雪帅觉得光杆巡抚没意思，不愿离开水师大营，坚辞不受，让你顶替。这次上海危急，先派九帅，九帅推辞，继调雪帅，雪帅也不领命，又想起你来。”

一语击中李续宜身上某处神经，他想说什么，张张嘴巴，又赶紧闭住，没有出声。李鸿章见好就收，喝口已凉的茶水，告辞出来。

送走李鸿章，李续宜在书房里发一阵痴，忽觉腹胀，提着裤头就往厕所跑。拖泥带水，好不容易大解完毕，稍感轻松，连官服也懒得换穿，带上两名贴身卫士，匆匆步出巡抚衙门，准备去督府叩见曾国藩，推掉上海倒霉差事。

走上百十步，被一位道士模样的人拦住，说李续宜气色有异，要给他看相。卫士上前大声呵斥，想把道士赶开，李续宜摆手制住，问道士说：“道长如何看出本人气色有异？”

道士拉李续宜到路边凉亭里，相对坐下，这才慢条斯理道：“贫道一瞧大人，就知是个富贵相，不是钦差就是督抚。可从您灰暗脸色不难看出，明显阳火不足，气血亏欠，万万大意不得啊。”李续宜忐忑道：“何谓阳火不足？”

道士问过李续宜生辰八字，一边掐手指，一边似有所思道：“大人八字注定五行缺火，形诸于面相，也就显得阳虚阴旺，气色欠佳。”

李续宜默然无声，鼓眼看着道士，心里想起李鸿章所言，怎么两人的话如出一辙，仿佛事先对过口型似的？道士又道：“缺火多因水盛，水往低处流，大人不宜往水多低处去，需守静少动，才能固火保本。”

道士接下来还说了些什么，李续宜已不大听得进去，只掏出些碎银，放他手上，掉头慢慢走开。也没再去总督衙署，悻然返回抚衙。道士望望李续宜背影，嘴角一笑，摇摇晃晃，步出城门，走进淮勇大营，去给李鸿章回话。

原来道士并非真正方外道士，乃新投李鸿章门下的皖省东流人周馥，字号玉山。周馥虽出身监生，因江南大乱，没能谋得一官半职，只好上街摆摊，算卦面相，维持生计。湘军老营迁至东流后，欲入曾门，曾国藩忙着部署安庆之围，无暇他顾，未获接纳，值李鸿章归营，转投其麾下。周馥世事洞明，为人老成低调，又写得一手好字，李鸿章募勇练兵，需人手筹粮办饷，襄办文案，正好派得上用场。又知周馥善于卜卦面相，特意让他守在抚衙门前，负责忽悠李续宜。忽悠得李续宜心灰意冷，掉头返回抚衙，往床上一躺，一连三天没再出门。就是曾国藩派人召他商谈救援上海事宜，也称病不起。

听说李续宜卧病在床，病体堪忧，曾国藩专门抽出空闲，亲自赴衙探望。走进后堂，来到床前，见李续宜脸色灰暗，神情沮丧，难免心疼不已，一番温言相慰。

问过病情，又嘱咐其家人，好好端汤递药，曾国藩起身准备出门。李续宜这才弱弱地恳请道：“续宜这个身体状况，只怕难担救援上海大任，还请大帅酌情考虑，另选高明吧。”

这小子是不是不想去上海，才故意装病给你看？曾国藩心下存疑，又不好把话说穿，伤了将帅情分。其实早知李续宜是个病夫，曾国荃提他名字时，还犹豫过一阵，只是没有更合适人选，才想起让他去上海，既然他无意赴任，也不便勉强。

可又派谁好呢？曾国葆太嫩，张运兰太粗，鲍超是个莽夫，至于多隆阿之流，又非自己亲信，不可能把上海要地交给他。曾国藩已越来越意识到上海的重要性，不仅关乎整个江南战局，还牵涉到湘军未来安抚问题，没有得力干将，绝对不能轻易托付之。

直到此时，李鸿章三个字才进入曾国藩脑袋。可他还是有些犹豫，李鸿章毕竟系半路走进湘军老营的安徽人，非自己一手培养起来的嫡系人物，虽说他是自己十多年的门生。曾国藩有心想听听身边幕僚意见，以免不慎看走眼，贻误大事。

幕僚们都是聪明人，早知曾国藩在为救援上海人选犯难，主动上门，给他提供建议。先是陈鼐走进签押房，略带批评口吻道：“大帅眼光应该放开阔点，别只盯住湘军将领，也瞧瞧非湘籍人士。”曾国藩说：“你给我提提非湘籍人士看看？”

陈鼐不再拐弯，直言道：“少荃就是掌控上海和江苏不二人选。”曾国藩道：“你就这么看好少荃？”陈鼐道：“大帅是明眼人，可扳着指头数数，现有湘籍将领和幕僚里，谁像李少荃要文有文，要武有武，且肯任事，敢担当？”

“也许你没说错，少荃确实有这么优秀。”曾国藩笑望陈鼐，肯定他的话，却没说一定用李鸿章。陈鼐还要说什么，盛康走进来，道：“大帅就把上海交给李翰林吧。”曾国藩说：“理由何在？”盛康说：“上海华洋杂处，官商勾结，加之长毛环伺，虎视眈眈，随时会发起进攻，非精明灵活又能征善战的李少荃无法信任。”

曾国藩拈须而笑，还是没明确表态。

直到赵烈文一席话，才让曾国藩最后下定决心。赵烈文道：“救援上海，坐镇江苏，决不能用湘军老营之人，非他省人士不可。”

这说法新鲜，曾国藩一愣，道：“能静（赵烈文）莫不是对湘人有什么偏见吧？”赵烈文笑道：“大帅是湘人，烈文就是对湘人再有偏见，也不敢当您老人家面，直言不讳说出来呀。”曾国藩笑笑道：“此话倒也不假。”

赵烈文没笑，正色道：“大帅可否想过，湘军因太平军之兴而兴，没有太平军就没有湘军，一旦打下金陵，拿住洪贼，太平军不复存在，还有湘军存在之必要吗？到时就是大帅有心留住湘军，只怕朝廷也不允许啊。这不是烈文胡说，看看朝廷给湖广总督官文大量增兵，派僧格林沁大军压境山东河南，便可一目了然。”

说得曾国藩背膛一阵阵发凉，却不得不承认赵烈文所言不虚，也是自己必须面对的严峻考验。一时吱声不得，仰首望望天花板，暗暗哀叹一声。赵烈文明知曾国藩心里苦楚，却还要补充道：“湘军自创建以来，歼敌无数，功勋卓著，可十多年下来，已然老化，师老必暮，必疲，必腐，最后结局就是必败。”

话来得重，曾国藩无言以对。赵烈文又道：“既然败局难免，与其败在人手，还不如攻下金陵后，见好就收，以避大祸。只是捻匪未灭，洋人横行，国家不可没有劲旅支撑。劲旅何在？湘军无以为继，八旗与绿营靠不住，大帅正好趁救援上海之际，培植替手，发展新生力量，确保未来国家安全。”

这不是胡林翼临终前所寄遗函说过的道理吗？曾国藩早有此念，今被赵烈文道明，也就更加坚定了决心。他不出声道，是到该李鸿章出山担当大任的时候了，虽说他不是湖南人，可他有足够担当天下大任的品德和才智，又何必死盯湖南人，非湖南人不可呢？天下是天下人的天下，不只是湖南人的天下啊。

赵烈文一走，曾国藩随即叫过门外衙役，说：“马上把李鸿章给我叫来。”

此时李鸿章正在北门外训练淮勇，闻督府衙役说大帅有请，不禁怦然心动，不出声道，老师终于想起你这个学生来了。

十六、天降大任于斯人

入城走进督衙，来到签押房外，李鸿章心里还怦怦直跳，生怕是自己误会，说不定老师有别事找你，并非派你救援上海。直到值日亲兵说大帅没在签押房，要李鸿章去书房见面，悬着的心才终于落下，知道事情已八九不离十。

果然走进书房，没等李鸿章行完弟子礼，曾国藩就把他按到椅子上，亲手递上热茶，说：“想必少荃心里已清楚，老师叫你来何干。”李鸿章故意装痴道：“莫不是老师想教导学生如何训练淮勇吧？”曾国藩嗔而不怒，道：“给我装，继续给我装。”

李鸿章还是不肯道破，道：“难道希庵（李续宜）反悔，不愿去上海，老师让我另荐人选？”曾国藩反问道：“你怎么知道希庵不愿去上海？是不是在他面前说了些啥，他才称病不肯接受上海差事？”李鸿章说：“希庵身体一向虚弱，估计他不是称病，是真有病吧。”

曾国藩笑起来，道：“不管希庵真病还是假病，我已放弃让他赴任上海的决定，打算另外任人。”李鸿章说：“老师准备任谁？”

曾国藩不轻不重道：“李鸿章。”

国人有名讳传统，大名除可自称外，只有父母、皇上和老师才有资格使唤，曾国藩当李鸿章面，连名带姓，脱口直呼，定然大有深意。李鸿章心里一喜，真想趴到地上，给老师磕上三个响头。却还是稳住自己，故作矜持道：“老师真要派学生去上海？”

“千真万确。老师思来想去，就你最适合这个差事。”曾国藩说道。李鸿章傻笑笑，道：“感谢老师栽培！”肚里嘀咕，既然咱最适合，干吗这个时候才想起找咱呢？曾国藩似已看透李鸿章心思，说：“少荃可能有想法，为何先找曾国荃三个，被一一拒绝后，才把你叫来？”

话被曾国藩说白，李鸿章倒有些不好意思起来，躲躲闪闪道：“可不是么？促使老师答应钱鼎铭请求援沪的是学生，干吗选人时却想不起学生来了？”曾国藩道：“哪是想不起你？其实决定救援上海时，我第一个想到的就是你啊。”

话似有假，让李鸿章难以置信。只听曾国藩继续道：“第一个想到你，却没第一个找你，是老师私心作怪，舍不得轻易放你走。你入湘军老营后，不仅帮我处理公文，襄办军务，还一次次为我解除危机，渡过难关。这让我对你渐渐产生了依赖，觉得须臾离不开你。尤其祁门分手，身边没有你，再也无人替我排忧解难，仿佛失去左臂右膀，遇到难事麻烦事使不出劲来，才又迫不及待把你请回老营。如今咱师生愈发配合默契，我更不愿你离开，心想只要有人可担上海大任，能不派你尽量不派你。谁知试着找过曾国荃几位，他们还算有些自知之明，晓得上海不是谁都能镇得住的，都给我推了回来。我太了解这些人，冲锋陷阵打长毛可以，要想同时对付洋人，与盘踞沪上的官商周旋，还真没这个能耐。不然我硬要派谁到上海去，谁敢不从？现在可好，这些人都不敢去上海，我就是再离不开你，也只得放你走啊。”

说得李鸿章心里暖融融的，眼里噙满感动的泪水，只差没盈出眼眶。曾国藩不再啰嗦，道：“废话不多言，咱们来说正事。为师想法，你现在仅有四营淮勇，救援上海显然不够，另得继续募上七八营新勇，我再自湘军老营拨两三营给你，集齐万人，让你独立成军。”

自离京南下帮办团练之始，李鸿章就朝思暮想独立成军，只是时运不济，毫无建树，前后蹉跎十载，未能遂愿。眼看梦想即将变成现实，难免心跳如鼓，兴奋得直想往上蹦。可毕竟人至不惑，变得老成，悲也好，喜也罢，已轻易不会形诸于色。

让李鸿章独立成军，救援上海，毕竟是件大事，曾国藩当即上奏朝廷，请求恩准。请求云云，不过表示忠心，走走过场而已，曾国藩主理江南军政，配置人事，调兵遣将，剑指金陵，朝廷自然言听计从，不可能设阻。

果然慈禧太后见过奏请，征询恭亲王奕䜣意见，奕䜣略陈上海之于东南战局之重要，说曾国藩把上海交给李鸿章，还真选对了人才。

慈禧点头准奏，问起李鸿章其人，奕䜣自然如实禀报。言及尽人皆知的翰林变绿林之笑谈，慈禧颇感兴趣，笑道："天下不平，少几个翰林无所谓，多几个李鸿章这样的绿林，敢于担当，投笔从戎，打长毛，灭捻匪，我看不是坏事。"

奕䜣连声道是，免不了褒扬李鸿章几句。慈禧心生好感，又问及李鸿章学识才干，长相品貌，连年龄都没放过。奕䜣如数家珍，告知李鸿章为道光三年（1823）生人。慈禧想起自己生于道光十五年，小李鸿章一轮，正好都属羊。又记得曾国藩也属羊，算来大李鸿章一轮，大自己两轮，这样三羊岂不都凑到了一起？小时随父辗转江南，见民间画师取《周易》卦象，以三羊入画入饰，名之曰三阳开泰，表示大吉大祥之意。如今朝野三羊齐全，同舟共济，说不定清除匪患倚马可待，即将迎来三阳开泰大好局面。

慈禧浮想联翩，从此牢牢记住李鸿章三个字。又与慈安太后通过气，让军机处拟旨，加盖御赏和同道堂二印，下达安庆。

接旨毕，曾国藩召李鸿章入衙，让他过目。李鸿章不再惊奇，可还是心潮澎湃，出得督衙，忍不住紧握双拳，向空中乱挥乱舞，狂吼数声。也是出头愿望太强烈，又压抑过久，终于盼来难得机会，能不大喜么？舞过吼过喜过，才翻上马背，挥鞭往城北方向驰去。

春风得意马蹄疾，却无心看尽安庆花。李鸿章出城到得淮勇营，立即召来三弟鹤章和六弟昭庆，吩咐赶紧准备，回合肥另募新勇。

这可是个不错信号，兄弟俩都很兴奋。李昭庆急问道："募多少人马？"李鸿章道："起码三到四营。"李鹤章道："三到四营近三千人，加上现有树、铭、鼎、庆四营，多达七八个营头，人数已过五千。"

李鸿章满脸神气，道："救援上海，征讨苏南，人数太少不管用啊。老师已表过态，日后还会从湘军老营另拨两三营给我。"兄弟俩得意道："大帅莫非要让二哥独立成军？"李鸿章笑道："你们别管独不独立，成不成军，只管抓紧行动，调动咱合肥人脉资源，精选肥勇来安庆集训，等着开赴上海。"

说着李鸿章拿笔开列起名单来，都是合肥英雄，诸如西乡周盛波、周盛传，东乡吴毓兰、吴毓芬，内亲李胜、张绍棠，好友王德模、王学懋。

二人接过名单，见都是李家民团旧部，自然满有把握。隔日一早，兴致勃勃出得淮勇营，马不停蹄往北飞驰。

李鸿章增募新勇独立成军消息不胫而走，各路旧朋新友纷纷前来表示祝贺。最先走进淮勇营的是陈鼐、盛康、赵烈文几个僚友。李鸿章让亲兵呈上好茶，打着拱手道："感谢各位仁兄，不时在老师面前美言，才有鸿章重回战场之机会。"陈鼐道："时势造英雄，不是时势使然，上海需要少荃兄，咱们美言又有何用？"盛康道："可不是？天时地利人和齐备，谁也没法阻挡少荃兄出山啊。"

只有赵烈文不出声，李鸿章转向他，正要开言，陈鼐先道："听说能静兄在大帅面前大发怪论，说救援上海不能用湖南人，非外省人不可，你这不是与湖南人过不去么？"赵烈文说："这话可能会得罪湖南人，却是为大帅好，为湘军将士未来好啊。"

语含深意，几位想问究竟，赵烈文拿话岔开，李鸿章没再往下追究，以谦虚口气，问起上海情况来。三位走南闯北，人脉广大，信息灵通，对上海官场、商贾、洋人和军事防务比较了解，说得头头是道，李鸿章颇受教益。

正说得兴起，丁日昌入帐，来凑热闹。丁日昌喜武器机械制造，与李鸿章共同语言多，谈得来，走得近。趁来祝贺李鸿章独立成军，顺便征求意见，说大帅准备派他回广东督办厘金，此事做不做得。李鸿章极力怂恿，说打仗就是打银子，没有厘金，寸功难建，成大业者就要从此等实事干起，提高历练，增长见识。其他几个也赞成，丁日昌遂下定返籍决心。

四位离去，张遇春走进来，说："翰林哥哥就要独立成军，于咱皖籍将士来说，可是天大好事啊。"李鸿章问道："好在哪里？"张遇春说："淮勇终于有了自己的军队和领军人，不必再在湘军阵营里混饭吃，受人挤对。就说咱张遇春吧，在胡帅手下还好，他没门户之见，日子算不错。胡帅不幸去世，编入其他湘军营头，待咱安徽人，可没这么友善，咱只能低声下气，看人脸色行事。没法子，在人矮檐下，不得不低头。"

张遇春所言不虚，常有湘军阵营皖籍营官找李鸿章诉苦，湖南蛮子不好惹，打仗要你冲在前，领赏将你排在后。李鸿章问张遇春道："想从矮檐下走出来？"

张遇春说："想，白天想，夜里也想。"李鸿章道："光想没用，还得老师放你离开湘军营头。”张遇春说:“大帅让翰林哥哥独立成军,您说句好话,他能不放人?”李鸿章道:“我说好话没事,你也到老师面前表示表示意愿,免得他说我挖他墙脚。”张遇春说:“我这就找大帅,要求跟哥哥干。”

有人愿跟自己干,自然不是坏事。过后又有好些湘军阵营中皖籍营官或哨官来找李鸿章,渴望转投淮勇营。李鸿章一一答应,说新募肥勇到安庆后再设法整编到一处。

就这样,皖籍将士天天在淮勇营里穿来穿去,好不踊跃,唯独没见程学启影子,李鸿章难免有些失望。程学启打仗勇猛,身先士卒,敢拼老命,却因是降将,降前杀过不少湘勇,湘军将士耿耿于怀,一直对他不怎么友好。尤其收复三河之役,看不惯曾国葆大杀降卒,彼此闹僵,程学启早生离开曾氏兄弟想法。既然如此,为何不到淮勇营来露露面呢?难道怕引起曾氏兄弟不满?招募淮勇,独立成军,是老师意思,到淮勇营来走动走动,有啥可怕的?

正疑虑,程学启趁朦胧夜色,出现在帐前。李鸿章心下窃喜,嘴里冷冷道:“方忠(程学启)也知安庆北门外有个淮勇营?”程学启尴尬道:“学启早想来拜会翰林哥哥,却心有顾忌,不敢轻举妄动。”李鸿章道:“有啥可顾忌的?”

程学启哀声道:“学启先随小刀会,后投长毛,又降湘军,可谓臭名昭著,还要这山望见那山高,到处乱窜,岂不更为人不耻?”

这倒能够理解,李鸿章收住冷脸,道:“学启明确表个态,愿不愿意入淮勇营,随我救援上海?”程学启不折不扣道:“做梦都想归属翰林哥哥,同生共死,征讨长毛。”李鸿章说:“有你这句话,我一定找老师把你要过来,你听好消息便是。”

程学启欢喜而去。

其时鹤章、昭庆兄弟已回到合肥,照二哥所列名单,按图索骥,联系上各路头领,募得两千余肥勇,浩浩荡荡开往安庆。李鸿章大乐,将新旧淮勇集合一处,重新整编,以张树声兄弟、周盛波兄弟、刘铭传、潘鼎新、吴长庆、李鹤章、李昭庆为营官,依次调整为树字一营二营、盛字一营二营、铭字营、鼎字营、庆字营、鹤字营、昭字营等九个营头,日夜操练,军威大振。操练得差不多,李鸿章打马入城,请老师前往阅兵。

曾国藩兴致很高，放下手头杂务，出衙坐进八抬大轿，由李鸿章随侍，亲兵营护卫，威威武武，直望北门外而来。

到得校武场阅兵台前，没等大轿落地，李鸿章翻身下马，上前掀开轿帘，请出老师。曾国藩立住脚跟，抬眼瞭去，只见齐刷刷的队伍列满大坪，将强勇壮，一个个昂首挺胸，精神抖擞，虎虎生威。只是成军不久，兵勇们武器粗糙，衣衫褴褛，显得不够鲜亮。不过打仗全靠不怕死之精神，不在乎武器精良和穿戴气派，曾国藩并不怎么介意。

见曾国藩面露悦色，李鸿章很得劲，破开嗓门，大声道："兄弟们，淮勇能独立成军，集结安庆，全是大帅英明决策和亲切关怀的结果，以后大帅就是咱们最高统帅，咱们都是大帅最最忠实的战士，一切行动听大帅指挥，大帅要咱们进就进，大帅要咱们退就退，大帅要咱们生就生，大帅要咱们死就死！兄弟们做不做得到？"

话音甫落，队伍里欢声雷动，齐呼道："做得到，一定做得到！坚决听大帅话，誓死跟鸿帅走！"李鸿章叫声好，道："下面请大帅训话！"

曾国藩扬扬手，等掌声过去，才高声道："各位兄弟都是血气方刚的男子汉，顶天立地的大英雄，当此长毛肆虐，捻匪猖獗，国家最需要勇士上阵杀敌之际，你们能挺身而出，勇赴沙场，本帅为你们感到无比骄傲！本帅也相信在鸿帅率领下，你们一定能建大功，立大业，报效桑梓，光宗耀祖，垂名青史！"

下面又是一阵欢呼声。训完话，曾国藩走下阅兵台，与张树声、刘铭传等众头领一一见面言欢，鼓励他们好好干，干出战绩，不辜负国家和百姓殷切期望。还步入兵勇中间，嘘寒问暖，关爱有加，感动得兵勇们热泪盈眶，紧握大帅温暖的手，半天舍不得松开。

接下来兵勇们依序出列，迈着有力步伐，雄赳赳，气昂昂，从阅兵台前正步走过，接受检阅。曾国藩频频招手致意，就像当年自己创建湘军一样，对这支军队充满期待，也相信有李鸿章统带，能茁壮成长为一支能征惯战的好军队。

阅兵仪式结束，李鸿章将曾国藩请入大轿，护侍回衙。大轿将起，曾国藩掀开轿帘，召李鸿章道："少荃别骑马，到轿里来。"

李鸿章跳下马，钻入轿中，与老师并排而坐。曾国藩感慨道："面对朝气蓬勃的淮勇，老夫想起湘军初创之时，也如此威武雄壮，气吞山河，一切仿佛如在目前。晃眼十年过去，湘军历经百战，功高镇世，只可惜当年那股子朝气已不复存在，而充满暮气和腐气。”

说到这里，曾国藩不无忧伤地浩叹一声，沉吟良久，才又缓缓道：“好在淮勇已独立成军，让我稍感安慰。少荃想没想过，给这支军队取个什么称号？”

湘勇成军叫湘军，淮勇成军不就叫淮军，还能取别的什么称号？李鸿章心里悄悄嘀咕，嘴上则说：“遵照老师命令，学生出面招募淮勇，自然属于湘军组成部分，还能叫作别的什么？”曾国藩说：“我看就叫淮军。”

不辞辛劳，募勇练兵，不就等老师开此尊口，给自己这支军队一个正式名分么？李鸿章心下窃喜，却还是故作谦逊道：“湘淮同源，湘勇也好，淮勇也罢，都是老师属下兵勇，完全没必要另给什么称号。”曾国藩说：“名不正，则言不顺，言不顺，则事不成。淮勇已然成军，必须正名，以后好成大事。”

话说到李鸿章心里，他感谢老师厚爱，却还要推辞：“学生可不愿学左宗棠，领老师之命募得湘勇，却别出心裁叫啥楚军，让人笑话。”

“左宗棠湘人募湘勇，尚且弃湘军之名，叫作楚军，少荃淮人募得淮勇，叫淮军更没话说。”曾国藩挑开轿帘一角，望望远处山影，似有所思道，“当初听左宗棠称新募湘勇为楚军，老夫心里也不舒服。可而今思之，才意识到左宗棠不仅没错，且做得非常聪明。”李鸿章好奇道：“聪明在哪里？”曾国藩道：“不用老师多说，日后少荃就会明白。”

说话间，大轿入得城门，望督衙行去。李鸿章想起给程学启的承诺，趁机道：“老师赐名淮军，是对学生和淮勇们最大鼓励，学生却之不恭，唯有遵命。然毕竟淮军初成，缺乏得力干将，老师可否把程学启调给学生，增加淮军战斗力？”

“程学启已找过我，要求跟你干。你俩是不是先撺掇好了，一起来对付我？”曾国藩笑笑道，“程学启是安徽人，入淮军倒也适合，只是不知九弟和满弟同不同意放人。”李鸿章笑道：“整个湘军和赣皖苏浙清兵都归老师节制，您要调动个把人，还需谁同意？只要将程学启安排给我，其他人老师给不给都没关系。”

见李鸿章态度如此坚决，曾国藩当即表态，同意程学启及其开字营调入淮军。还有张遇春的春字营，滕嗣林的林字营，也可考虑。只是调兵遣将需要时日，容后慢慢落实。

想不到老师如此慷慨，李鸿章大喜过望，称谢不已。正好到达督衙门前，大轿落地，李鸿章掀帘下轿，返身将老师扶出来，恭送入衙。

走进签押房，师生坐定，曾国藩递过一封书信，李鸿章一瞧，是钱鼎铭寄来的，说已花十八万两银子租借七艘洋船，正离沪逆江而上，来安庆迎接救援大军，不日就可抵达。李鸿章乐道："洋人与长毛有条约在先，乘洋船东下，不仅比陆路快，长毛也无可阻挡，安全得多。还是钱鼎铭有办法啊。"曾国藩道："不是钱鼎铭有办法，是钱有办法。"李鸿章附和道："是啊，办任何事情，都离不开一个钱字。"

告辞出得督衙，一路想着自己队伍已正名淮军，很快又会开赴上海，李鸿章格外兴奋，忍不住哼起母亲常唱的倒七戏来：三河街十字路开了门面，东边卖瓜子，西边卖香烟，中间卖的酒和面，针脑线头样样全……

哼着哼着，不觉到了淮勇营前。将缰绳扔给随侍亲兵，到得帐外，忽闻隐隐香气袭来，心下几分诧异，男人世界，哪来女人气息？

步入帐门，原来是赵小莲和莫姑娘。

赵小莲早要回门看望父母，无奈兵荒马乱，一直未能成行，还是鹤章、昭庆兄弟募勇南下，才与他们结伴回到太湖。太湖离安庆近，就想着来看望夫君，碰巧周士盛率勇抵达太湖，与王有道来投淮军，又跟两位同行，赶往淮军大营。

又有英雄归附，李鸿章求之不得。当即唤入亲兵，吩咐进城联系客栈，安排夫人入住。赵小莲说："不必花冤枉钱，住营帐挺好。"李鸿章道："营帐设施简陋，怎可委屈夫人？"赵小莲说："有啥委屈的？你住得，小莲就住得。"

李鸿章不再坚持，命亲兵安排好莫姑娘住处，夫妻俩留在帅帐过夜。感激妻子来营探望，李鸿章深情道："母亲说夫人有旺夫相，话一点不假，自娶你进屋，鸿章就时来运转，遵老师之命募得淮勇，独立成师，正式组建淮军，马上就要开赴上海，担当大任。早知如此，就不该拖延至今，青春不再，才与你成婚，害我白白浪费许多光阴。"

"从前周氏在世，你怎么与我成婚？"赵小莲嗔道，"你带兵在外，身边没个知冷知热的人，叫我如何放得下心？"李鸿章道："你也见过，咱的亲兵又勤快又能干，把我的衣食料理得周周全全，你只管放心就是。”赵小莲说:“亲兵五大三粗一个,又怎比细心体贴的女人？”李鸿章玩笑道:“你干脆随军，跟我去上海。”

赵小莲道:“我倒想跟你去上海，可母亲大人谁来照顾？父亲是个读书人，在家日子少，母亲带大你们一大帮子女，多不容易！如今年纪大了，父亲过世，你们兄弟在外奔波，总得有人陪伴她老人家。”李鸿章道:“不还有老四么？其他媳妇对母亲也挺不错。”赵小莲道:“不错是不错，可母亲最愿意与我亲近。大嫂随大哥落脚南昌，家里就我这个二嫂为长，我更不能抛开母亲不管。”

没想到赵小莲小自己十多岁，论年龄是个小妹妹，却能如此担待，李鸿章无不动容，道:“有你孝敬母亲，鸿章再无后顾之忧，可放心在外干事。你只管在家尽孝，我会照顾好自己，不用担心！”

帐里夫妻知心话说个不完，帐外亲兵大声报告，说王有道、周士盛来见。李鸿章迎两位入内，看座上茶，叙过别后之情，表示暂留两位在亲兵营，到沪后再根据需要适当调整。两人得话退下，李鸿章传令各营官入帐开会，宣布好消息。

不大一会儿,张树声、周盛波诸营官陆续入帐,分坐两旁,静候主帅发话。李鸿章清清嗓子，大声道:“兄弟们已到齐，我要告诉众位兄弟，昨天老师已明确表态，咱们既然独立成军，就该有自己的名号，这名号是——”

“淮军！淮军！淮军！”下面齐声欢呼起来。

李鸿章哈哈大笑，道:“原来你们心情比我更迫切。兄弟们没说错，老师已给咱们正名淮军，从此咱们就有自己队伍，自己名号，又有了前进方向，这方向便是大上海。下面就看众位兄弟有无信心和勇气，征战上海，消灭长毛，打出淮军士气和威风。”

众人振臂高呼，声震大帐:“紧跟鸿帅，征战上海，淮军必胜，长毛必败！”

大帐里正在沸腾，督衙亲兵传话进来，说曾大帅有令，上海洋船已抵达安庆，命淮军将士后天转赴城南，自长江码头登船，东赴上海。众人又是一阵狂呼。接下来讨论征发上海具体事宜，尔后李鸿章宣布休会，让各位回去准备，后天一早起营出发。

众人领命而去，李鸿章带亲兵赶往城南，去见识洋船。远远望见七艘洋船泊于江岸，又高大，又气派，再瞧附近木船舢板，简直天上地下，不可同日而语。驰近码头，才下马背，只见钱鼎铭出现在洋船甲板上，一边挥手，一边大声叫着鸿帅，飞快下船，接住李鸿章。李鸿章道：“受大帅之托，特来看看新之。新之来回奔波，辛苦啦！”

钱鼎铭谢过，知道李鸿章看人是假，看船是真，把他请到船上，里里外外参观起来。李鸿章满脸好奇，对开阔的甲板、宽敞的船舱以及实用美观的设施，饶有兴趣，问个不停。钱鼎铭一一作答，还叫来洋人船长，对洋船的妙处和运力进行详细描述。李鸿章不满足，又钻进驾驶舱，把着方向，讨教驾驶要领。甚至钻入底层机舱，去看发动机械，详问动力原理。心想这可比中国旧式船舶先进强大百倍，怪不得洋人敢远涉重洋，侵略大中华，靠的就是这些以蒸汽热能为动力的大家伙，他日吾国吾民也能生产和使用这样的机器，又何惧洋人来我海域江河横冲直撞？看来咱们已落后于洋人很远，兴军强国，势在必行，再也不能像从前样，闭关自守，夜郎自大，得放下天朝上国臭架子，多向洋人学习，把人家技能学到手，才好有与他们对抗的资本和能耐，不然永远都会受人欺侮。

见识过洋船，李鸿章又请教上海局势和人际关系，钱鼎铭知无不言，言无不尽，给予详细汇报。李鸿章也就心中有数，对此番征发上海充满必胜信心。

在船上逗留时间长，下船回到城北，已经入夜。赵小莲还没睡，夫妻俩又说了大半宿体己话。知道丈夫忙大事，不忍心干扰他，赵小莲说明天就回合肥磨店。让两个女人远道北归，李鸿章自然不放心，翌日上午叫来三弟鹤章，要他派人护送。

正好五弟凤章从东南跑生意回来，途经安庆，来看兄弟，李鸿章把赵小莲和莫姑娘交给他，随他商队回家。李凤章生意做得大，雇有镖局武士，安全不成问题。

送走赵小莲几位，李鸿章带着亲兵，亲赴各营，看望将士。各处转上几圈，天色向晚，又召集诸位营官，过问出征准备详情，这才稍觉放心，早早上床躺下。

天亮醒来，吃完早饭，各营将士已列队完备，李鸿章出得帅帐，站到队列前，发布出征动员令，尔后跃身上马，长剑一挥，领军进入安庆北门，浩浩荡荡向城南挺进。

六千淮军穿城而过，动静自然不小，顿时引得市民纷纷出户，夹道观望。见淮军将士衣帽破旧，却步调整齐，一看便知训练有素，市民们啧啧称赞，说这样的部队一定能打胜仗，看来上海有救，不会落入太平军之手。还有人指着队前马上的高大个子，笑着议论说："这就是大名鼎鼎的李鸿章，堂堂翰林出身，诗文一流，却偏偏丢下笔杆，做上赳赳武夫，由翰林变绿林，如今又成为淮军统帅，征伐上海，真是斯文扫地。"

在将士们刷刷刷的步伐里，议论声显得微不足道，偏偏高居于马背的李鸿章耳朵好使，还是隐约可闻。不过他毫不介意，心想斯文扫地就扫地，国家大乱，生灵涂炭，还死守斯文，谁来平定天下，拯救百姓！

不到一个时辰，队伍穿过城区，来到城南。出得城门，眼前是浩浩荡荡的长江，水平岸阔，烟波万里。高大威猛的七艘洋船齐列码头，格外惹眼。岸边人山人海，有看热闹的百姓，有督抚衙门大官小员，有留守安庆的湘军各营将士。

还有一支整装待发的年轻队伍，竟是程学启的开字营。原来程学启已获曾国藩批准，正式加入淮军，随李鸿章第一批征发上海。喜得李鸿章眉开眼笑，上前与程学启打过招呼，又拍拍旁边何安泰、丁汝昌肩膀，让开字营汇入淮军大部队，融为一体。

淮军将士集结长江码头之际，曾国藩亲兵赶到，请李鸿章和各头领去望江楼赴宴。望江楼是安庆最豪华最负盛名的酒楼，位居城南与长江之间，一向客源滚滚，生意兴隆。曾国藩看好望江楼的位置和酒菜味道，两天前就派人前来包下整座酒楼，召集湘军将官、僚属及地方府官县吏、商绅乡贤，一起为淮军壮行。

与望江楼相隔数百步，就见曾国藩由彭玉麟、曾国荃、李续宜等人紧紧簇拥着，笑迎楼前。李鸿章身子前倾，三步并作两步，奔到曾国藩面前，施行师生大礼。

"少荃免礼，今天你是主角，不必客气。"曾国藩拉过李鸿章的手，并排走进酒楼。

一楼大厅济济一堂，全是湘淮两军哨官以上头领。见曾李等人进来，全体起立，鼓掌致意。两人打着拱手，上到二楼，与在座亲友和地方官绅照过面，朝三楼登去。三楼由数个大小雅间组成，两人走进最里也最大的主间，彭玉麟、李续宜、曾国荃、曾国葆、鲍超、张运兰、多隆阿、杨载福等水陆将领，陈鼐、盛康、赵烈文、孙云锦等幕僚文士，还有专程从南昌赶过来的沈葆桢，紧随其后，一一跟进。

这么多人物前来饯行，李鸿章面上有光，心内感激，先扶曾国藩上首落座，再招呼各位入席，尔后矮身依坐老师身边。

酒菜随即上来，曾国藩发话道："遥想当年，少荃初入京师，就由其父领入曾门，拜我为师。不幸长毛作乱，我征战江南，少荃也回籍帮办团练，又辗转来入我幕，前后已历十八载矣。岁月无情，人生易老，老夫已至衰境，少荃亦臻不惑。宝剑锋从磨砺出，可喜少荃历经磨难，越发老辣，已独立创建淮军，老夫深感安慰。今天将各位请到望江楼来，既为少荃和淮军壮行，也希望各位竭尽全力，精诚团结，早日消灭长毛，清剿捻匪，开太平，创盛世，不辱使命！为此老夫提议，大家先干掉这一杯！"

众人响应着干完杯，李鸿章动情道："鸿章懵懂年龄就拜在老师门下，亦步亦趋，受教匪浅。后回籍安徽，东奔西突，投靠多人，一直毫无建树。好在走投无路之际，为老师收留，言传身教，让学生慢慢成熟起来，稍懂做人带兵之道，可谓三生有幸。如今又在老师指导下组建淮军，有了独立征讨上海机会，更应恪尽职守，竭力为之，以报答老师多年苦心栽培，不辜负各位同仁殷切期望。"

众人频频点头，说淮军东征，定有大作为。李鸿章谢过，又道："还要特别强调的是，水有源，树有根，鸿章一辈子都会牢牢记住两点，一是没有老师就没有鸿章，以后无论走到哪里，身处何境，成败与否，始终唯老师马首是瞻，唯老师命令是从；二是没有湘军就没有淮军，淮军永远是湘军一部分，一定继承湘军传统，发扬湘军精神，接受老师指挥，配合湘军作战，振兴大清帝国。"

李鸿章句句出自真情，发自肺腑，众位深受感染，说大帅培养出如此优秀学生，其功德堪比建组湘军，收取江南。曾国藩也颇感慰藉，说："为师也以少荃这样的学生为荣，以后咱们师生更应戮力同心，把江南事情办好，报效朝廷，拯救苍生。"

说毕，众人起身，连干三杯，席上气氛渐至高潮。接下来，李鸿章单独敬过曾国藩，深表感恩。再离座一个个敬在场诸位，以示感激。尔后由曾国藩主陪，诸位随陪，到三楼各雅间及一二楼大厅打上一圈，一一敬酒，感谢众人莅临捧场。复身三楼大包，各位回敬李鸿章，其他雅间和一二楼大厅也派代表，前来敬酒，一时人进人出，热闹非凡。

好不容易消停下来，李鸿章开言道：“鸿章愚钝，虽受老师多年教育，小有进步，可身上还存在许多不足。此番东征，任重道远，还请各位多多批评，不吝赐教，以便鸿章及时修正，日后少犯错误，少走弯路，多出实绩，为国家作贡献。”

见李鸿章如此诚恳，不像客套，各位也就开诚布公，呈上真言，彭玉麟勉以“静思”，沈葆桢出示“稳健”，李续宜赠予“从容”，曾国荃递上“勿躁”，其他诸位也各有寄语，李鸿章无不虚心接受，表示当奉为枕中秘。

最后只曾国藩没出言，大家都把目光投向他。曾国藩笑笑，朝店家要来笔墨，在纸上写下八个大字：沉得住气，耐得住烦。

这不是两句浅白得不能再浅白的平常话吗？耕夫织女，拙工蛮匠，坐贾行商，谁人不晓，老师干吗还拿来相赠？转而又想，也许话越浅白，越有理，也越管用。老师就是范例，凡事沉得住气，不冲动，不急躁，火候未到，隐忍不发，一旦引发，就决不回头，再劳烦，再困苦，也不折不扣，坚持下去，直至功成。

这么琢磨着，李鸿章弯腰伸手，接过字纸，认真默念一片，说一定牢记老师八字真经，好好为人处事，带兵理政。

酒兴阑珊，离出征还有些时间，曾国藩让各位继续喝酒，与李鸿章携手来到大包里间的茶室，单独叙话。李鸿章关门倒茶，恭恭敬敬递到曾国藩手上，说：“老师有何指教，还请开示，学生洗耳恭听。”

曾国藩浅茗茶水，说：“指教谈不上，只想与少荃说几句知心话。”

李鸿章挨曾国藩坐下，做俯首帖耳状：“学生全听老师的。”曾国藩说：“此番东征上海，少荃打算先从何处着手？”李鸿章说：“学生颟顸，烦请老师点拨。”曾国藩说：“为师送你两句话：练兵学战在先，吏治洋务于后。”

“练兵学战在先，吏治洋务于后。”李鸿章重复着老师的话，似有所思的样子，“老师意思，先从上海防务入手，认真练好兵勇，打几个漂亮仗，待站稳脚跟，再慢慢整治官场，料理洋务？”曾国藩说：“正是的。少荃对现有上海防务所知几何？”

李鸿章不假思索，娓娓道来：“上海目前有这么几支力量：一是江苏巡抚薛焕身边八千抚标兵；二是江苏提督曾秉忠手下两万绿营；三是江南团练大臣庞钟璐三万杂勇；四是英法洋兵三千人；五是华尔所领华洋混合的洋枪队，现更名常胜军，拥兵四千多人；六是中外会防局，并无军队，由英国参赞巴夏礼牵头，苏沪名流冯桂芬等人承办，上海豪绅富贾出钱出物，为上海各军提供军需粮饷。”

人还在安庆，千里外的上海防务已了若指掌，如数家珍，曾国藩惊讶之际，不得不对眼前这个学生刮目相看。既肯用心，又如此缜密，既胸怀全局，又注重细节，别说曾国荃和彭玉麟之流，就是咱曾国藩本人也不见得能做到，说青出于蓝胜于蓝，一点也不夸张啊。

稍感嫉妒的同时，曾国藩更多的还是高兴，高兴自己学生如此优秀，也不枉多年苦心栽培。当即道：“看上去上海防务有钱有粮有兵，规模不小，力量不薄，可真正顶用者寥然无几，要不薛焕与吴煦也不会采纳冯桂芬建言，派钱鼎铭来安庆搬兵。少荃考虑过没有，如何对待这几股力量？”

李鸿章胸有成竹道：“绿营和团勇人数不少，却几乎没啥战斗力，可搁置一边，学生打算利用好华尔所领常胜军，助我淮军抵抗长毛。”曾国藩说：“很好！常胜军武器精良，训练有素，临阵可以一当十，若调度有方，拿捏得住，确能起大作用。不过要提醒少荃，洋人不是湘淮将士，纯粹为钱打仗，只可利用，不可依靠，只可会防，不可会剿。”

也是李鸿章悟性高，一点就通，说：“老师高见，上海为洋人利源集散地，可借他们力量适当参与防务，保护洋人利益，不可让其离开上海，会剿长毛，以免做强做大，尾大不掉，养虎为患。”曾国藩说：“为师正是此意。眼下上海官场还有几个人，一是躲在租界里的何桂清，一是刚才说到的苏抚薛焕，另还有江苏布政使吴煦和苏松粮道杨坊，少荃如何对付？”

李鸿章说：“何桂清罪大恶极，早该绳之以法，只是去年京师有变，朝廷没来得及处置他。如今大局已定，慈安慈禧两宫太后自然不会放过这小子，估计要不了多久，就会把他锁拿解京，取其脑袋。至于薛焕、吴煦和杨坊，本是何桂清的人，何桂清一倒，也蹦不了多高。只是他们浸淫苏沪官场日久，树大根深，须加倍小心，巧与周旋，不能让他们坏我大事。”

“何桂清确实不足挂齿。我看他已死到临头，虽说保他的人不少。”曾国藩满有把握道，“前不久朝廷还下旨征询过我意见，我回了两句话：

疆吏以诚守为大节，不宜以僚属一言为进止；大臣以心迹定功罪，不必以分禀有无为权衡。值此多事之秋，正需忠臣义士为国卖命，想必朝廷不会留着何桂清，让人寒心。”

停停曾国藩又道：“至于薛焕，我也已采取必要手段，即使他背景深厚，暂时不能把他从上海赶走，只要摘去他巡抚顶戴，事情会好办得多。剩下吴煦和杨坊，再滑头，再厉害，再有能耐，估计也不是少荃对手。”

说到这里，曾国藩掏出一个小本，递给李鸿章。李鸿章一瞧，是保荐自己任江苏巡抚的奏折底稿本。老师让你组建淮军，出征上海，已恩同再造，又要把你扶上巡抚重位，全面掌控上海，治理江苏富庶大省，说这份恩情比天高比海深，也一点不夸张。李鸿章激动得什么似的，只顾搓着两手，不知说啥好。唯耳朵还没失灵，只听曾国藩又道：“到上海后，少荃要统领淮军，对抗长毛，又要治理官场，打理洋务，可谓千头万绪。事靠人干，以人成事，事离不开人，人也离不开事，人事方面也就尤显重要，你有何设想？”

也许是太高兴，脑筋运转不过来，李鸿章愣在那里，一时无言以对。曾国藩循循善诱道：“人分忠勇智能，事分轻重难易。为师认为，世无庸才，只要善于识人，放对位置，就可人尽其才，为我所用。故少荃须谨记，忠可为侍，勇可为将，智可为僚，能可为吏。至于说到谋事，有军事，有官事，有商事，有洋事。你到上海后，得先好好梳理梳理，掂量掂量，分清孰轻孰重，孰难孰易，孰急孰缓，再充分调动各色人等之积极性，把事情一件件落到实处。最忌事无头绪，眉毛胡子一把抓，以至忙中出错。有道是好人半自苦中来，世事皆因忙里乱。心态很重要，越忙越要冷静，越要从容，越要三思而后行。”

李鸿章深以为然，认真地点着头，似要把老师所说每个字吃进肚里，刻在心头。曾国藩又道：“除以上四件要务，少荃征发上海站稳脚跟后，还有一件最重要的事。”李鸿章问：“什么最重要的事？”曾国藩说：“就是钱事！”

这还用明言么，世上何事离得开钱？李鸿章没完全明白过来，说：“什么钱事？”曾国藩说：“就是努力筹钱办饷。”李鸿章说：“这是必然，江苏和上海商贾云集，做上巡抚，筹钱办饷属于分内事，学生肯定不敢怠慢。”曾国藩说：“我意你不仅要尽职尽责，正常筹钱办饷，确保军务和政务开支，还要另外给我谋取大钱。”

“什么大钱？”李鸿章有些惊讶，难道老师想做贪官，发大财？这可不太像从他嘴里说出来的话。曾国藩有句带兵打仗的口号：不要钱，不怕死。口号太响亮，以至朝野上下，尽人皆知。莫非金陵即下，大功将成，老师忘了初衷，想趁机发笔大财，好回乡做富家翁？

没等李鸿章反应过来，曾国藩补充道：“就是裁军用的大钱。”

一语惊得李鸿章双眼睁得鹅蛋大，话都连不成句，结巴道：“老师要裁裁裁什什什么军？”曾国藩道：“裁湘军。”李鸿章说：“湘军要攻打金陵，怎么能裁？”

曾国藩黯然道：“不是现在裁，是攻克金陵后裁。”

裁军无异于自斫羽翼，难道老师真做得出来？李鸿章不敢相信自己耳朵，双唇紧抿，半日无声。沉默良久，曾国藩才又缓缓道：“少荃是否还记得，润芝临终前曾遣差发给我的遗函？”李鸿章颔首道：“自然记得。”

天光苍黄，自窗外透进来，涂抹在师徒两人身上。曾国藩脸色越发凝重，放低声音道：“函中嘱我给你机会，适当时候，把你扶上马，再送一程。同时提醒我，长毛成就了湘军，攻下金陵后，长毛不存，湘军怎么办，须早做考虑。至于如何考虑，润芝明确提出，务必预备后路，见好就收，决不能留下隐患，危害国家和生民。当时担心润芝信函遗漏出去，带来不良后果，我才点火烧掉。”

李鸿章甚是不忍，说：“湘军为老师一手创建，跟着您为国征战，您就下得了这个手？”曾国藩决绝道：“下不了手也得下。一旦攻克金陵，也就意味着湘军历史使命已然完成，走到了路尽头，再往前走，就是万丈深渊。朝廷也不可能容许其继续存在下去，裁撤是唯一选择。可少荃知道，募军容易裁军难，尤其是军功盖世的军队，容易居功自傲，弄不好就会引起哗变，甚至上山为匪，遗患无穷。建军为国为民，撤军也不能祸国殃民，否则好事变坏事，吾心何安？为师已考虑很久，湘军非裁不可。至目前为止，此想法谁也没说过，只透露给少荃你一个人，你一定严守秘密，到上海打开局面后，负责积极给我谋钱就是。”

“怪不得老师力举让我组建淮军，升任巡抚，原来不单单保上海，攻金陵，还要我为裁撤湘军做准备。很明显，做上巡抚才方便筹大钱，帮助湘军完成裁撤任务。同时国家不可能没有像样的军队，裁掉湘军，还需后继有军，消灭捻匪，抵御外敌，确保国家安全，淮军于是应运而生，并终将走向历史前台。”

想到此处，李鸿章心头不只是激动，更觉任重道远，仿佛千斤重担压在肩头。

此时江边洋船传来长长汽笛声，透过窗户望出去，码头上的淮军将士已分列成行，开始有序登船。曾国藩站起身，道：“少荃，该出发啦。”

李鸿章喝掉杯里残茶，随曾国藩走出茶室。彭玉麟、曾国荃诸位立即起身，紧随两位出门下楼。望江楼前人山人海，湘军老营亲兵分开人群，让出一条人墙甬道。曾国藩不自觉地抓牢李鸿章的手，朝江边走去。十指连心，李鸿章感觉出老师手上温暖，以及悄然传递给自己的厚爱和期望，也用劲握紧老师的手，通过指间力量，传情达意，以心换心。

来到码头，淮军将士已登船完毕。曾国藩没马上放李鸿章走，说：“老师还准备了两样礼物，也请少荃笑纳。”

今天老师真够客气的。李鸿章未及道谢，曾国藩已接过随侍亲兵递上的木盒，慢慢打开，掏出一方砚台来。李鸿章双手接住，只见砚台上刻着一龙一凤，龙飞凤舞，活灵活现。曾国藩介绍道：“这是我湘乡老家发小亲手制作的溪砚，名曰龙凤砚，略显俗气。不过这龙凤有些不寻常，不知少荃看没看出来？”

李鸿章睁眼细瞧，似觉与常见龙凤图稍有不同，说：“好像凤姿略高于龙势，有别于龙上凤下惯例。”曾国藩笑道：“少荃好眼力，一下就看出其中奥妙。发小跟我说，龙凤砚雕成时，原本龙在上，凤在下，谁知在砚房里放过一晚，改日进去一瞧，奇迹出现，竟变成凤在上，龙在下，甚是奇异。也就认定这方砚台非寻常之物，专程跑到安庆，呈送于我。”

“还有这样的奇事？”李鸿章质疑道。曾国藩笑道：“我一向不信奇信怪，一定是发小刻制龙凤时，刀下有误，没法更改，干脆将错就错，编了故事来哄我银子。”李鸿章笑道：“故事虽属编造，却编造得有意思，否则老师也不会当回事。”曾国藩说：“确也是，发小姑妄言之，老夫且姑妄听之，不必太当真。倒是溪砚质地不错，用以磨墨作文，应该还对得起少荃如椽巨笔。少荃升任巡抚后，便会拥有专折奏事权，溪砚正好用得着。”

李鸿章千恩万谢，将溪砚放回砚盒，交给身边亲兵，嘱托小心收好，千万不可遗失。曾国藩又道:“为师还要送少荃一份嫁资。”李鸿章惊讶道:“还有嫁资?老师真把学生当成了新嫁娘?”曾国藩道:“今天你就是新嫁娘,老师把黄翼升的淮扬水师和韩正国、周良才两营亲兵也拨给你,让你嫁得风光。”

这份嫁资可真丰厚,李鸿章感激得直想给老师下跪。曾国藩又说道:“少荃领现有六千淮军先走一步,水师和亲兵营整编完毕后,将随张遇春的春字营、滕嗣林兄弟的林字营和陈飞熊的熊字营,马先槐的垣字营,陆续发往上海。”

李鸿章重重地点点头,给老师作个大揖,转过身,大步朝洋船走去。曾国藩用爱怜的目光望着李鸿章高大背影,发现他脚下步子似比以前踏实了许多,也沉稳了许多。看来人就该身负重任,有所担当,就像肩挑重担,步伐也会变得沉实起来。

迈着踏实沉稳的步子,李鸿章坚定地迈上踏板,向洋船靠近。正要登船,身后有人脆脆地喊了声老爷。这是多么熟悉的声音,李鸿章不自觉地掉过头,只见莫姑娘挤出人群,快步奔过来。赵小莲就站在不远处的后面,咬紧嘴唇,深情地望着丈夫。不用说,是赵小莲怕你在外孤单,生活无人照料,让莫姑娘随军陪侍。

李鸿章心头一动,多想返身回去,将赵小莲一并拉上船。可他知道还不是时候,只得强忍住冲动,转过背,昂首登上载满淮军将士的洋船。

没等李鸿章完全站定,汽笛一声嘶鸣,洋船开始起锚,晃悠着缓缓驶离江岸。岸上炸响送行的铁炮,惊天动地。曾国藩和送行人群仍站在码头上,挥手致意,目送洋船上的李鸿章及其六千淮军渐行渐远,融入水天深处。

李鸿章高扬手臂,用力挥动着,久久没有放下。

码头上的人影越来越小,直至消失在视线里,李鸿章才掉过头,望向浩瀚长江,还有缓缓后移的岸影,心情难以平静。他想起明光镇白须老头那八个字,想起上海复杂的官场要对付,纷繁的华洋人际关系要处理,尤其是苏南数十万太平军虎视眈眈,可不是闹着玩儿的,容不得你半点松懈。李鸿章心潮起伏,几分兴奋,又几分不安。

不知何时,莫姑娘从船舱里走出来,给面江而立的李鸿章披上一件披风,在他耳边道:“老爷还是进舱歇着吧,外面风大,别着凉。”

李鸿章

上台阶，谋定东南

贰

肖仁福 著

贵州出版集团
贵州人民出版社

目录

贰

一、军抵十里洋场

太阳藏在迷蒙的白雾里，似有似无，几分神秘。春寒已然退去，空气潮湿溽热，沾着淡淡的水腥味，让人憋闷和不安。

洋装于身的薛焕走出洋人租界，扯扯帽檐，看看左右无人，钻进路旁马车，说了声回抚衙。车夫答曰得令，打马飞速往城南方向驶去。其实车夫是薛焕亲兵，为遮人耳目，特意弄部马车，等在租界外接应自己。

自十几年前以举人身份选授沪南金山知县，薛焕就一直在上海及周边任职，历任松江与苏州知府，做过苏松粮道及苏松太（太指太仓）道，又在两江总督何桂清手上升任江苏按察使和布政使。前年太平军攻克清军江南大营，进击苏南浙北，驻节常州的何桂清弃城丧师，江苏巡抚徐有壬以身殉职，薛焕临危受命，接任江苏巡抚，僻驻上海。何桂清无处可逃，仓皇流窜沪地，薛焕念其提携之恩，让江苏布政使吴煦和苏松粮道杨坊出面，把何桂清藏入洋人租界。期间英法联军攻入北京，咸丰出逃热河，朝廷自顾不暇，才让何桂清暂留小命，苟且至今。咸丰驾崩，新皇继位，朝局恢复正常，自然不会再容何桂清逍遥法外。北京已有消息传来，总揽朝政的恭亲王奕䜣已征得慈安与慈禧两宫太后同意，准备对何桂清下手。为此薛焕身着便服，专门去租界见何桂清，将消息透露给他。何桂清很绝望，问有无挽回余地。薛焕好言相慰，说正在北京花钱，官位难保，老命应该无虞。还暗示他，一旦被解北京，接受都察院审讯，千万不能供出进入租界实情，否则众位旧僚受到牵连，无人再给他弄钱花钱，唯有死路一条。薛焕深知何桂清贪生怕死，为能多活几天，该懂得如何配合各方救应。

回到抚衙，薛焕换上官服，走进签押房，亲兵呈上刚到的邮件。打开信套，原来为钱鼎铭所寄，说满载第一批淮军六千兵勇的洋船已近上海，明天可抵达黄浦江畔。薛焕有些烦，手一甩，将信扔到桌上，心里嘀咕道，李鸿章这小子终于来了。

早在接任苏抚之初，薛焕就盘算着如何保住上海及周边府县，以免落入太平军之手。仅靠手中抚标，还有退缩上海的江苏绿营和地方团勇，显然无法抵挡太平军，薛焕就召集吴煦和杨坊几个商议，是否打打洋人主意。洋人手里有枪有炮，建支洋枪队啥的，或许可保上海不失。吴煦经办洋务多年，杨坊更是买办出身，知道洋人最看重上海这个聚宝盆，不愿租界受威胁，肯定乐意合作。果然坐到桌上，双方一拍即合，达成协议，由上海官商出资购买枪炮，负责粮饷，成立千余人的洋枪队，请华籍美国人华尔任队长，吴煦兼督带，杨坊为管带。华尔军事院校肄业，在墨西哥和克里米亚打过仗，时任上海清军水师炮船大副，练兵打仗有一套，加之要枪有枪，要炮有炮，要大把银子有大把银子，洋枪队成军后，在绿营和团练配合下，连胜太平军，名重一时，更名常胜军。可随着李秀成苏南用兵规模加大，绿营与团勇溃不成军，常胜军也不再常胜，屡战屡败，中外会防局会办冯桂芬建议薛焕，去安庆向曾国藩讨救兵。曾国藩为何桂清死对头，对苏沪官场颇有成见，薛焕不想让其势力渗透上海，没答应冯桂芬，让吴煦和杨坊加大投入，扩编常胜军，逐渐发展至四千人，对外号称五千兵。可常胜军还是没能阻止太平军攻势，薛焕迫不得已，只好采纳冯桂芬意见，派钱鼎铭驰援安庆，曾国藩果然派李鸿章组建淮军，乘船东下，汹汹而至。薛焕心下矛盾，既忧李秀成攻破上海，又怕李鸿章鸠占鹊巢，见着钱鼎铭信函，也就烦不胜烦。

薛焕正生闷气，吴煦进来，身后跟着杨坊，还有牛高马大的华尔。华尔头戴钢盔，脚穿马靴，腰别短火枪，手执长把指挥刀，神气活现的样子。经吴煦说合，杨坊已将女儿嫁给华尔为妻，常常带着这个洋女婿，招摇过市，狐假虎威。连薛焕都有些看不顺眼，在吴煦面前发过牢骚，说杨坊人仗狗势。可当杨坊和华尔面，还不好说什么，杨坊毕竟挂着常胜军管带名义，与华尔公然出双入对，无可厚非。

见薛焕脸色难看，吴煦不解道：“薛抚有何不快？李鸿章所领淮军即将抵达上海，您该高兴才是呀。”杨坊说：“可不是，咱们有支能征惯战的常胜军，加上新练成军的淮军，岂不如虎添翼，还怕对付不了长毛？”

薛焕不好道出自己鼠肚鸡肠，掩饰道：“原以为曾国藩会派身经百战的湘军救援上海，谁知让李鸿章带几千淮勇来充数，估计比上海绿营和团练强不到哪里去，弄不好咱们的大钱就白花了。”吴煦说：“薛抚别担心，淮军将士都是李鸿章从皖省民团里精挑细选出来的，到安庆后又按湘军营制整编训练，战力应该不会太弱。”杨坊也附和道：“我也听说过，淮军将领皆系李鸿章旧部，一直盼着独立成师，如今淮军初建，士气高涨，再差也差不到哪里去。”

“但愿如此吧。”薛焕叹一声，想换个话头，“三位齐聚抚衙，不是专程来给淮军唱赞歌的吧？”吴煦道：“听说淮军就要抵沪，咱们问问薛抚，要不要搞个像样点的欢迎仪式？”杨坊也说：“要淮军为咱们卖命，恐怕不能怠慢他们。”

还是没能避开淮军，薛焕有些丧气，说：“淮军来就来了，有必要这么当回事吗？”杨坊说：“淮军出发时，曾国藩弄了个声势浩大的欢送仪式，给足李鸿章面子，咱们可不能太小家子气，像没见过世面似的。”吴煦说：“正是正是，虽说上海孤悬海隅，毕竟属两江总督治下，薛抚也归曾国藩垂直督导，咱们还是对李鸿章客气点，以利日后合作。”

经不住两人你一句我一句鼓动，薛焕只得答应搞个欢迎仪式。搞仪式少不了人气，吴煦建议绿营、团勇和常胜军三拨人马都参加，把场面弄得气派豪华点。至于中外会防局，虽说无兵无将，总有几个牵头人，也得出面做做代表。

华尔一直不吱声，这下说起让常胜军也出迎淮军，老大不情愿，操着半生不熟的中国话道：“迎接一个破淮军，还要动用咱常胜军，不是小题大做么？”

能把淮军请到上海来，杨坊协同中外会防局，跑腿筹资，没少花力气，也想让李鸿章出出风头，趁机显摆显摆自己的功劳，对华尔道：“能出现在欢迎仪式上，不正好展示常胜军实力和威风么？同时也可给淮军做个榜样，让他们以后多学着点。”

丈人开了口，华尔不好拒绝，只是嘀咕道：“常胜军布防各处，不容易调度，恐怕不能全部到位。”薛焕表示说：“不用全部调动，来个千把人就行。”

常胜军这里说好，绿营和团练自然好办。退守上海的绿营由江苏提督曾秉忠统领，他早巴望有人来给自己当炮灰，欢迎淮军没话说。江苏团练大臣庞钟璐是道光二十七年探花，系李鸿章同年，又一起做过翰林，如今同年带兵入沪，要他带勇欢迎，自然比谁都踊跃。

事情敲定，各位分头准备。隔日上午薛焕在吴煦、杨坊等拱卫下，乘轿赶往黄浦江边，常胜军、绿营和团勇已先到达，正迎着猎猎江风，陈列沿岸。中外会防局牵头人巴夏礼和冯桂芬诸位，也先后到场。还有上海市民，得知淮军即将抵沪，纷纷跑来看稀奇，黄浦江畔一时人山人海，盛况空前。也怪不得，正值多事之秋，沪民看不惯洋人骄横跋扈，见不得绿营腐败无能，更不愿太平军攻入城中，烧杀抢掠，如今淮军西来，自然想一睹风采。

出轿后，薛焕看眼闹哄哄的人潮，不觉皱了皱眉头，不出声道，本以为上海人见多识广，原来一个个跟土包子一样，一支毫无名气的淮军就足以引出好奇心，竟舍得放下手头生意和活计，跑出来瞎起哄。

见薛焕赶到，华尔正步走过来，报告列队完毕。薛焕应付式地点点头，表扬常胜军军容整齐，军风威武。华尔退下去，曾秉忠依例上前，施个军礼，也就绿营出列情况汇报几句。曾秉忠早年在老家广东吴川县衙做差役，后随绿营赴广西征讨太平军，一路追击至苏浙。江南大营溃败，苏浙陷入敌手，绿营将领死的死，逃的逃，曾秉忠收集溃散水陆清兵，退守上海，朝廷无人可用，擢为总兵，不久又提拔为水陆提督。只是绿营皆兵油子，又连吃败仗，虽勉强成军，人数也不少，却几乎没啥战斗力，败绩多，胜利少，曾秉忠也没啥威信，薛焕并不把他当回事，偶尔公务接触，仅用鼻子哼几哼，算是给他大面子。

接着庞钟璐走上前，程式化报告几句。江苏团勇属乌合之众，庞钟璐来头却不小，南归前做过多部侍郎，品级不低于薛焕。薛焕却不待见庞钟璐，自己举人出身，对大名鼎鼎的庞探花又羡慕又嫉妒，平时除商议防务，再无往来，也是迎接淮军到沪，不得不走到一起。倒是庞钟璐今天情绪上佳，对薛焕客气起来，说：“淮军西来，上海可保，恭喜薛抚。”

薛焕懒得废话，掉过头，转向巴夏礼和冯桂芬他们。他不知庞钟璐为何兴奋，莫不是同年将至，多一个同盟军，好与我薛某人对着干？

正好江面响起突突突的马达声，数艘洋轮吐着黑烟，由远而近，向江岸驶来。首轮甲板上挺立着一个高高的身影，不用说就是淮军首领李鸿章，旁边还站着莫姑娘及周馥、陈庆长几位随僚。钱鼎铭则走来走去，嘱咐纷纷拥出甲板的淮勇，要他们千万小心，别掉进水里，黄浦江看去平静，其实暗流汹涌，不是闹着玩儿的。

随着长长汽笛响起，洋轮缓缓靠岸，落下舷梯。在钱鼎铭导引下，李鸿章第一个朝悬梯走来，准备登岸。岸上人顿时瞪大了眼睛，暗里寻思，莫非这就是大名鼎鼎的李鸿章么？个头怎么如此高，看去就像云中鹤。再瞧其相貌，鼻挺颧突，额高颊长，可谓南人北相，哪像咱江南文弱书生？还有那明亮的目光，坚毅而沉着，睿智而犀利，仿佛可看穿任何深藏不露的事物，只是不知能否带出能征善战的军队。

就在人们充满期待时，李鸿章朝岸上挥几下手臂，抬抬长腿，踏上舷梯。身后淮勇也陆续出动，向舷梯方向拥过来。只见淮勇们骨瘦如柴，面呈菜色，头包布帕，脚蹬芒鞋，身穿破褂。破褂前写“淮”字，后书“勇”字，字旁隐约可见发黄的汗渍。一个个肩横梭镖，腰别砍刀，手里所握劈柴用的斧头，甚至是长不长短不短的锄头棒。

人们大失所望，开始交头接耳，窃窃道，这不是一群叫花子吗？别说华尔领带的常胜军，就是曾秉忠的绿营和庞钟璐的团勇，看上去也要强得多。靠一群寒酸的叫花子，又怎能打赢如狼似虎的太平军？也许这支叫花子淮军压根就不是来打仗的，是饿得发昏来混吃混喝的，还是别指望他们保住上海，大家该躲快躲，该避快避吧。

失望情绪充满江岸，人们开始唉声叹气，掉头离去。

见淮军破落样，薛焕极为不满，觉得受了曾国藩骗。却还得勉强上前，与李鸿章见面。钱鼎铭快步绕过来，介绍两人相识。李鸿章朝薛焕抱拳施过礼，想起上海西风东渐，时兴握手，便主动伸出手掌。薛焕仰脖看眼李鸿章，很不情愿地抬了抬手臂。李鸿章弯腰抓牢薛焕，还没使上劲，薛焕就不耐烦地将手抽回，心里说你一个叫花子头头，也想跟咱堂堂二品巡抚套近乎，门都没有。

李鸿章几分尴尬，随钱鼎铭来到华尔面前。华尔习惯居高临下小瞧中国人，没想到来了个比自己还高的李鸿章，多少有些不自在，用生硬的美式汉语说道：“你就是李鸿章？”

李鸿章三字也是你洋鬼子叫的吗？好没教养。看着高鼻深眼的华尔，李鸿章像吃进个苍蝇，有些不是滋味。钱鼎铭赶忙教育华尔：“鸿帅字少荃，华尔将军可叫鸿帅或少荃先生，不可直呼其名，这是中国人规矩。”华尔说：“少钱？少钱才跑到上海来弄钱？”

这洋鬼子还有几分可爱，李鸿章一乐，笑道：“上海遍地真金白银，谁不想来捞一把是不？”又拍拍华尔肩头指挥刀，指指他身后洋装于身洋枪于手的常胜军，竖竖拇指道：“常胜军好样的，今后淮军要多向常胜军学习。”华尔撇嘴道：“就你的淮军，也想学常胜军？”

也是不想让李鸿章难堪，钱鼎铭拉着他朝曾秉忠走去。曾秉忠莫名地有些兴奋，不出声道，咱绿营臭名在外，官见官咒，民见民骂，现在来支破淮军，看去就没啥能耐，上海人另有吐口水的对象，估计再没兴趣搭理咱绿营，省得耳根清净。心下得意着，嘴里也就很客气，夸赞李鸿章几句，还说要他以后多多包涵。

应付过曾秉忠，来见庞钟璐。两人虽系同年，又同过事，却完全不是一类人。庞钟璐很会读书，更会做官。当年太平军起事消息传到北京，李鸿章无意埋首翰林院故纸堆，只想着投笔从戎，南下剿匪，庞钟璐却上蹿下跳，理顺各路关系，如愿升任侍讲学士和内阁学士，后至多部侍郎。也是造化弄人，就在庞钟璐踌躇满志时，父亲逝世，只得回常熟丁忧。其时已是咸丰末年，太平军大乱苏浙，朝廷隔空扔过一顶江南团练大臣大帽子，庞钟璐不得不打起精神，就地组建团练，做出一副保家卫国的模样。会做官不见得会带兵打仗，加上太平军攻势凶猛，庞钟璐几乎没尝过胜利滋味，带着散沙般的团勇，从常熟一路败退上海，每天胆战心惊，暗怨父亲死得不是时候，不然自己也不用南归拼命，早做上尚书，甚至协办大学士，天天陪皇上吟诗作赋，好不逍遥自在。

可毕竟庞李出身相同，又共过事，庞钟璐还是生出些许亲切感，与李鸿章多啰嗦了几句，说同年挥师东进，上海可保，江南有救，大清江山无虞矣。心里却暗暗琢磨，既然淮军抵沪，有没有团勇，已无关紧要，咱也该回到天子脚下，写写蝇头小楷，做做道德文章，尽一下臣子本分。想想自己堂堂探花，满腹经纶，天天与胸无点墨的粗兵糙勇混一起，冲冲杀杀，不有辱天朝上国千年文明么？

撇开庞钟璐，钱鼎铭又领李鸿章来见吴煦和杨坊两位。毕竟干过洋务，做过买办，两人脸上笑容格外圆熟，老朋友样热乎得很。还言不由衷道，到了上海，就是一家人，以后有事只管吩咐，办得到坚决办到，办不到创造条件也要办到。李鸿章知道两位是薛焕铁杆马仔，不会把他们话当真，却还是虚与委蛇，感谢两人说服薛抚，同意钱大人赴安庆求援，今天才有幸走到一起，相识相处，共谋上海大事。

最后是巴夏礼和冯桂芬。巴夏礼系英国驻华参赞，考虑英国在沪利益不受损失，牵头成立了中外会防局。冯桂芬乃苏州人，号景亭，道光二十年榜眼，官詹事府右中允，咸丰初年太平军攻占南京，回籍帮办团练，苏州沦陷，逃亡上海，协助巴夏礼创建中外会防局，积极筹款劝粮，资助各股军事力量抗击太平军，又给薛焕出主意，让钱鼎铭去安庆讨来救兵。李鸿章知道没有冯桂芬，自己无由组建淮军，与他相握时，手上便多了几分热度。

该见的见过，主客一起到江边酒楼共赴接风华宴。进得包间，却没见了薛焕，吴煦把李鸿章请到主宾席位，躬身道："对不起鸿帅，薛大人临时有要事，不得不赶紧回抚衙应付，嘱我代他，与各位一起陪好您，还请见谅。"

还有何事比淮军到沪更重要，值得你薛焕扔下诸位掉头走开？李鸿章心里不乐，却佯装大度，道："没关系，薛抚有事忙他的，来日方长，一起聚首机会多得很。"

"鸿帅能理解就好。"吴煦坐到主陪位置，招呼各位落座，举杯致辞，代表薛抚和上海军民，欢迎鸿帅与淮军浩荡入沪。尔后带头举杯，号召各位欢迎鸿帅一行。各位响应着喝掉杯中酒，轮到李鸿章端杯答谢。一轮下来，几位又一起出门，到楼下大厅给淮军将领敬酒，回来再互敬互喝。李鸿章难免说些场面话，说自己初到上海，人生地不熟，请各位多开导指点，多维护支持。众人则说开导指点不敢，维护支持应该，只要鸿帅指挥淮军，打退太平军进攻，保住上海，要钱要粮，要枪要炮，啥都好说。言下之意，若进不能攻，退不能守，专来乞讨要饭，还是早些滚回安徽去，省得丢人现眼。

李鸿章何尝听不出众人话外音？却也不在意，点头表示一定好好带兵杀敌，不辜负众人厚望。一边放开肚皮，大口喝酒，大口吃肉，仿佛刚从饿牢里放出来似的。吴煦与杨坊一旁暗忖，这个李鸿章只怕半辈子没沾过肉酒，要不怎么馋成这样？看这副吃相，就知不是领着叫花子淮军来打长毛的，是来大吃大喝解馋的。

庞钟璐也觉得奇怪，在京时没少跟李鸿章吃饭喝酒，这小子有礼有节，斯斯文文，吃有吃相，喝有喝相，怎么几年没见，变得如此粗俗，再也见不到丁点翰林影子？看来翰林变绿林的传说没假，翰林不可能是这副德性。倒是曾秉忠欣赏李鸿章，觉得带兵打仗就要吃得喝得，否则哪来力气冲锋陷阵？心下已将李鸿章引为知己，频频上前敬酒，很投缘的样子。

直到众人放下碗筷，准备离席，李鸿章也吃得饱嗝连连，酒气冲天，才在钱鼎铭搀扶下，脚不是脚腿不是腿地走出酒楼。吴煦和杨坊他们想与李鸿章道个别，见他醉眼迷离，也没了兴致，站在远处，又摇头，又叹气，轻声嘀咕道，上海完啦，上海完啦！

回到淮军大营，莫姑娘见李鸿章烂醉如泥，一边端茶递水，一边直怪钱鼎铭："钱大人也是，李大人赴宴，你也在场，怎么不护着点，让他醉成这样？万一出点啥事，小女子怎么向我家小姐交代？"钱鼎铭说："谁要鸿帅喝得这么主动，鼎铭想拦也拦不住啊。"

莫姑娘还要说啥，李鸿章坐直身子，摇手道："别怪钱大人，是薛大人备的酒菜太丰盛，太可口，我又胃口大开，不喝白不喝，不吃白不吃。"钱鼎铭盯住李鸿章道："鸿帅没事吧？"李鸿章红着眼睛说："我有事吗？"钱鼎铭说："鸿帅到底真醉还是假醉？"李鸿章哈哈笑道："拟把疏狂图一醉，谁人能解酒深味？衣带渐宽终不悔，为伊消得人憔悴。"

"原来鸿帅没醉装醉。没醉就好，咱就放心了。"钱鼎铭喝口莫姑娘倒的茶水，准备走人。李鸿章叫住他："新之（钱鼎铭）兄且慢。淮军已到上海，要吃要喝，要穿要用，你老人家可别甩手不管喔。"钱鼎铭说："这个鸿帅只管放心，明天我就找薛抚去。"

"好好好！"李鸿章道，"新之兄也知道，还在来沪的船上，我就给周馥分了工，命他负责军中粮饷器械，明天就让他随你去见薛抚，弄清抚衙大门朝东还是朝西，以后调粮办饷，不必老要你出面。你商务繁忙，缠住你不放，多不好意思。"钱鼎铭说："鸿帅说哪里话，淮军是鼎铭请来的，淮军的事就是咱鼎铭的事。鼎铭浸淫上海多年，多少有些人脉，以后鸿帅有事，只管召唤，鼎铭赴汤蹈火，在所不辞。”

一句话提醒李鸿章，钱鼎铭是地头蛇，生意又做得广，三教九流，没有不熟悉的，自己要想在上海站住脚，还得多些这样的人帮忙。适当时候，也可考虑召他入幕，看他愿不愿意。到底是多年朋友，用起来顺手。

次日李鸿章把周馥叫进帅帐，道：“六千淮军驻扎黄浦江畔，要吃要喝，你既已担当粮台差事，就得有所作为，不能闺女样躲在营里，足不出户。”周馥挠着脑袋道：“周馥初来乍到，茫然无绪，真不知如何动作，还请鸿帅明示。”李鸿章道：“谁不是初来乍到？我也第一次涉足上海。不还有钱鼎铭吗？你马上进城，让他带你去见薛抚，薛抚会有交待。”

周馥赶紧离开淮军大营，往城里赶。辗转找到钱公馆，钱鼎铭已礼帽在顶，长衫于身，静候周馥到来。两人见面，未及客气，直奔巡抚衙门。衙役认识钱鼎铭，不拦不阻，放他俩进去。到得签押房，没见薛焕，问当值亲兵，说在家待客。再问客为何许人，亲兵支支吾吾，不肯透露。钱鼎铭掏出碎银，塞到亲兵手里，亲兵才说是吴杨两位大人。

银子面前，亲兵没说假话，薛焕果真在家会见吴煦和杨坊，问两人道：“昨晚本抚没去陪酒，李鸿章有啥想法没？”吴煦说：“看不出他有啥想法，只是入席齐过杯，就只顾低着脑袋，狼吞虎咽，风卷残云，好像已八辈子没沾过腥舔过酒。”杨坊也说：“我也从没见过这么副吃相，看去李鸿章像恨不得取下脑袋，将满桌酒肉直接往脖子里倒进去。”

“没这么夸张吧？好歹李鸿章也属两榜出身，没少经场面，怎么会这样呢？”薛焕质疑道，“莫非真是饿得不行，只管填肚皮，顾不得斯文？”吴煦说：“两榜出身又如何？庞钟璐还是探花呢，不也文不文，武不武，没见他写过像样诗文，带兵打仗更是一塌糊涂。”杨坊说：“不过昨天庞钟璐还算节制，没李鸿章恶心。”

薛焕不想说庞钟璐，回到李鸿章身上，说：“曾国藩瞎了眼，派李鸿章这个酒囊饭袋组建淮军，进驻上海，不是拿上海不当回事，拿江苏不当回事吗？”吴煦道：“李鸿章真是酒囊饭袋，于薛抚来说，也许不一定是坏事。”薛焕说：“不是坏事，还是好事不成？”吴煦说：“酒囊饭袋意在酒饭，脑满肠肥，不会惹是生非。”杨坊也附和道：“看李鸿章高大威猛，估计脑袋不怎么好使，该易驾驭。”薛焕道：“好驾驭有啥用？咱是让李鸿章来保卫上海的，不然何必花钱请他统兵来沪？”杨坊说：“要怪只能怪冯桂芬，说服薛抚，派钱鼎铭去安庆搬救兵，搬来六千叫花子，不糟蹋粮食和银子么？”吴煦说：“岂止六千叫花子？还有两批随后就到，加一起近万人，到时非将上海吃空不可。”

说得薛焕心烦，打断两人道：“废话多说无益，还是讲点正经的吧。李鸿章定会派粮台来索粮饷，给还是不给？”杨坊说：“不给不给，把钱花在叫花子身上，还不如追加给常胜军，提升他们士气，打起长毛来劲头更足，或许可保上海不失。”

自华尔做上女婿后，杨坊就把常胜军当成私家军，出手大方得很，薛焕早有不满，道：“常胜军钱粮给得还少吗？人均资费在绿营十倍以上，还要追加，绿营和抚标还活不活？不活也行，只要常胜军能赶走长毛。问题是李秀成攻势稍猛，常胜军就连吃败仗，逃起命来，腿脚一点不比绿营和团勇撒得慢。”

噎得杨坊吭声不得，去望吴煦。吴煦道：“豺狼饿急，也会张口咬人，淮军就驻扎在黄浦江边，想一分钱不给，咱们也挡不住。我意先拖一拖，若防御长毛时，淮军还能起点作用，从上海大局出发，多少得打发点粮饷。”

“也行，能拖先拖拖再说。民脂民膏，来之不易啊！”薛焕表态道。话没说完，亲兵进来说：“钱鼎铭有找，后面还跟着李鸿章粮台官周馥，大人要不要见？”

薛焕正要张口，杨坊道：“薛抚躲着点，不理他们就是。”薛焕说：“怎么躲？躲得过初一，还躲得过十五？你们先回吧，他们找过我，还会找你们的。”

吴煦和杨坊走后，钱鼎铭招呼周馥，走进签押房。主客坐定，钱鼎铭道：“淮军驻沪，支用不少，鼎铭特带周粮台来拜识薛大人，领取饷钱军粮。”

钱鼎铭没说完，周馥已掏出饷银和军粮领据，呈到薛焕桌上，请他过目签批。薛焕冷冷道：“抚衙又没银库粮仓，领饷取粮，怎么找到本抚头上来了呢？”

这是什么话嘛！惹得钱鼎铭火起，又不好发作，尽量缓和声音道：“去安庆前，鼎铭就得过薛大人承诺，淮军驻沪开支由抚衙负责，想必薛大人没忘记干净吧？”

薛焕脸一黑，说：“谁说不负责淮军粮饷？上海钱粮由江苏布政使和苏松粮道掌管，本抚说银库粮仓没在抚衙，难道说错了不成？”钱鼎铭说：“薛大人没说错，银库粮仓确实不在抚衙里，可签字画押权在您手上，您不滴墨，谁敢支银放粮？”薛焕说：“字还不好签，押还不好画？咱们都读书人出身，多少会写几个字。问题是上海军务紧张，我无暇管理粮饷琐事，要饷要粮，直接找布政使就是。”

钱鼎铭没法，只得带着周馥，离开抚署，去藩司（布政司）找吴煦。吴煦刚回藩衙，见钱鼎铭两个跟进来，故意道：“两位拿到薛大人字押啦？”钱鼎铭说：“薛抚军务紧张，没工夫打理钱谷，说已放权给藩司，要咱直接来找吴大人。”吴煦故作惊讶道：“有此种事？薛抚好像没有交待呀。”钱鼎铭道：“吴大人不要推托，咱是刚在抚衙听薛抚亲口说的。周粮台也在旁边，也有两只耳朵，不可能听岔。”周馥附和道：“薛抚确是这么说的。”

吴煦望望两位，像忽想起什么似的，说：“好像确有此事，一次去抚衙办差，薛抚说过这个意思。记得杨坊也在场，还开玩笑说薛抚真开明，钱谷大权也肯下放，不像别处督抚嗜权如命，轻权重用，小权大用，无权也要变出权来。”

承认薛焕权力下放，就该尽快签批手续，支给淮军钱粮。钱鼎铭从周馥手里要过领据，递到吴煦手上。吴煦取过笔墨，签下一行字及自己大名。钱鼎铭接过一瞧，见写着请苏松粮道酌情办理字样，问道：“还要跑苏松粮道？”吴煦道：“新之兄知道，江苏大部已为长毛侵占，利源枯竭，藩库空虚，仅上海及周边府县还归清廷管制，洋商华贾时有来往，尚能坐收渔利，苏松粮道多少有些小银小粮。辛苦你们跑趟松江，看杨大人认不认咱的字。”

松江位于城西，距离不近，两人坐马车赶过去，已夕阳西下。杨坊见过吴煦字押，拍着桌子叫道：“淮军是来救援上海的，又不是来救援松江的，怎么要钱要饷，竟往咱苏松粮道推呢？不行不行，你们找抚衙和布政司去。”

救援上海与救援松江，不一回事么？杨坊明显在耍赖嘛。钱鼎铭没好气道：“上海属不属于松江？苏松粮道归不归布政使和巡抚管？”杨坊一愣，说：“这与谁管谁有关吗？”钱鼎铭说：“苏松粮道归苏抚和苏藩管，你做道员的就得听命巡抚和布政使，给淮军发粮拨饷。”杨坊说：“苏松粮道按月给藩司解银缴粮，没截留一两银子半斤谷米，已无义务再代为支银出粮，你们还是找吴煦去吧。”

钱鼎铭血气冲顶，指着杨坊鼻子道：“你以为苏松粮道钱粮是你杨家的，想给谁就给谁，不想给谁就不给谁吗？告诉你，不是咱钱鼎铭和周馥朝你讨钱乞粮，是淮军来保卫上海，必须拿饷吃粮。我俩回去报告鸿帅，让他带领六千淮军过来，踏平你苏松粮道。”

见钱鼎铭气急，杨坊很开心，不出声道，你有李鸿章六千淮军，俺还有华尔四千常胜军，薛抚八千抚标兵呢，若加上曾秉忠两万绿营，一人撒泡尿，就可把六千淮军淹死。

杨坊不肯接招，两人只得走出道署，回到城东。分手时，钱鼎铭说：“周粮台先回淮军大营，给鸿帅说说今天情况。我再去抚衙见见薛焕，看他到底什么意思，我不相信他推得掉淮军粮饷。”

第一次出门办粮饷，就碰一鼻子灰，无功而返，确实令人沮丧。周馥耷拉着脑袋，回到淮军大营，李鸿章没在帅帐里，莫姑娘说外出练勇没回。周馥不想傻等，往营房后面练武场走去，看能否碰上李鸿章。窝了一肚子气，不尽快找人吐出来，也憋得难受。

没走多远，经过营房，将士们正哼唷哼唷，在筑土墙，挖壕沟。土墙起码高八九尺，厚一丈余，里面夯着实土，外面垒了土块和草袋。墙头还有四尺高的子墙，墙体掏着一个个小洞，一看便知是枪孔。只见一小个将领手持长把火铳，起步于数丈远处，由慢而快跑过来，尔后飞身一纵，跃上土墙，将铳管架到洞孔前，做对外射击状。

小个将领便是程学启。程学启做完示范，跳下土墙，命令队前高个照练一遍。高个也提只火铳，迈出队列，猫身朝土墙直冲过去。谁知到得墙下，两腿往上一蹦，还不及半墙高，脑袋砰一声撞在墙体上，身子往后一弹，四仰八叉摔倒在地，引得众勇哄然大笑。

程学启没笑，上前一脚，将高个踢起来，命他再做一次。高个还是没能跃上土墙，程学启让他先退下，要另外一个壮汉上。壮汉强一些，试过两次，勉强翻爬到墙上，程学启鼓励几句，说多练几天，就能达标，让其他兵勇接着练。

土墙外是丈多宽的壕沟，壕里灌满水，壕外竖着绊马桩，布有铁蒺藜，还挖了梅花坑。有战士正跳壕沟，跳不过的掉下壕里，弄得全身湿漉，落水狗一样。也有跳过去，没躲开障碍物，跌入梅花坑，摔得鼻青脸肿，或绊倒在绊马桩前，被铁蒺藜挂得头脸手脚都是血。

绕开壕沟，再往前有个大操场，上千兵勇在操练，步调整齐，口号声声，很是威武。大操场边还有数个小操场，也被兵勇占据，有的打拳，有的舞棍，有的手挥长矛、大刀或斧头之类，相互格斗，杀声震天。看得周馥几分激动，心想淮勇如此孔武，何愁打不败太平军？若把薛焕他们叫来，见识如此场面，估计就不会卡着粮饷不发放了。

眼花缭乱之际，周馥都快忘了寻找李鸿章。正好哨声响起，各处兵勇停住训练，迅速排成队伍，踏着整齐步伐，朝大操场迈去。集结完毕，又响过热烈掌声，有人开始大声训话。周馥侧耳一听，像是李鸿章声音，回头朝大操场走去。

果然是李鸿章，正站在土台上发表讲话。讲话内容简单，表扬兵勇们操练刻苦，以后还要继续练下去，练出强大战斗力，才能战无不胜，攻无不克。同时又提出高标准，严要求。比如体能训练，要跳得上一丈高的房屋，跃得过一丈多宽的壕沟，火球可抛二十丈远，腿绑沙袋能一天走一百里。又强调几句军纪，说必须按时作息，准时出操，每天中午和晚上各点一次名，点名不到者体罚，私自出营者重责。不能聚众闹事，不可打牌赌博吸食鸦片，违者开除出营，甚至格杀勿论。

训话结束，兵勇们回营，李鸿章由张树声等营官簇拥，去营房检查伙食。老远就闻饭菜香扑鼻而至，兵勇们正排队领餐。李鸿章来到开始用餐的兵勇面前，问伙食如何，饭量够不够？得到肯定答复后，要过对方筷子，夹口饭菜尝尝。觉得还可口，对张树声说："人是铁，饭是钢。一定给我抓好伙食，既要合口味，又不能缺斤少两，要让兵勇们吃好吃饱，好英勇杀敌。"张树声说："鸿帅放心，树声与兵勇同吃同喝，口味不好，分量不够，首先我这里就过不了关。"李鸿章叫好道："那还差不多！"

又到其他营房转了转，才对一直跟在后面的周馥道："玉山（周馥）说说，粮饷办得如何？"周馥趋前两步，委屈道："怪周馥不中用，与钱大人跑上一整天，跑了抚署跑藩衙，跑了藩衙跑粮署，两腿跑断了，口水说干了，一两饷银没领到，一斤军粮没取回。"

一切似乎都在意料之中，没啥可奇怪的。昨天走下洋船，与薛焕和吴煦几位一接触，李鸿章就知此番驻沪，不可能事事都顺。不是薛吴派钱鼎铭上安庆求爹爹，拜奶奶，咱李鸿章也不可能组建淮军，开赴上海。

如今兵驻城外，六千多张嘴巴要吃要喝，这些家伙却翻脸不认人，卡着粮饷不发放，实在可鄙可恶！李秀成不会自取灭亡，哪天上海危急，要咱淮军出阵时，再看是你薛焕狠，还是我李鸿章狠。

回到帐中，夜色已浓。莫姑娘掌了灯，备纸磨墨。她知道李鸿章习惯，白天没办结的公文，睡前非处理完不可，决不积压到来日。或写写书信，练练书法，反正不会闲着。

没等莫姑娘磨好墨，李鸿章已拈笔于手。不办公文，不练书法，准备给曾国藩写信，禀报到沪情况。一切均好，唯粮饷二字，薛焕故意刁难，还没着落。老师有意换掉薛焕，让自己接任巡抚，奏折都已呈递上去。然仅凭老师一份奏折，想赶走薛焕，怕没那么容易。薛焕经营上海经年，军政财三权集于一身，手里不缺银子，没少往北京输送，背后为其撑腰者众，连奕䜣都向着他，常在慈禧面前说他好话。朝廷要靠湘军灭太平军，也需其他力量制衡湘军，淮军自湘军分流出来，进驻上海，朝廷该不会有啥想法，有意让薛焕防着你吧？

想到此处，信已写不下去，干脆改练书法。没练两页，眼皮开始打架，放下笔管，打着哈欠走进内帐，脑袋往枕上一挨，沉睡过去。

天亮醒来，召营官们进帐，商议练勇事宜。众位轮流发言，各抒己见，李鸿章再提纲挈领，理出重点，令营官们贯彻到实际训练中去。又让陈庆长形成条文，分发营官们，严格执行，统带出作风优良本领高强的兵勇。各营依规操练之际，程学启入帐嚷嚷道："翰林哥哥可否弄些洋枪来，先交兵勇练练，打起长毛来，也好以一当十，争取胜利。"

那天离船上岸，见常胜军装备先进，李鸿章便动了心思，想着如何让淮勇扔掉手里刀斧棍棒，用洋枪洋炮武装起来，建成钢铁之师。可洋枪洋炮不是黄浦江里石头，随处可拣，得花大钱购置。李鸿章道："安庆带来的钱粮有限，没几天就会坐吃山空，眼下最重要的是肚子问题，还无力解决洋枪洋炮。"程学启不解道："肚子问题不有抚衙负责么？来沪前钱鼎铭就已承诺过。"李鸿章道："钱鼎铭和周馥找过薛焕几位，他们借故推托，一两饷银一斤军粮都没拿到。"程学启怒道："薛焕真混账！我找他去，看他敢不给！"

李鸿章笑笑，说："薛焕会给粮饷的，不用方忠（程学启）操心，你只管带好兵勇，日后杀敌立功。"程学启说："薛焕不给钱，咱就没吃没喝，没法购置洋枪洋炮，怎么杀敌立功？”李鸿章道：“过去在湘军阵营里，没有洋枪洋炮，你不照样杀敌立功？”程学启说：“湘军兵多将广，能征善战，气势上就能压倒长毛，没洋枪洋炮也能取胜。如今咱们孤军入沪，绿营团勇不中用，常胜军也不见得肯合作，手头缺少好武器，怎能立于不败之地？”

正说着，钱鼎铭进来，后面跟着周馥。没等钱鼎铭开口，程学启就噌的一声站起来，指着他鼻子道：“姓钱的，淮军被你哄到上海来，勤操苦练，备战守土，你们却不发饷，不拨粮，到底什么意思？”钱鼎铭道：“程将军息怒，鼎铭正为此事来见鸿帅，有话要说。”

程学启还想发飙，李鸿章喝道：“不得无理！回营练勇去，粮饷之事不用你插嘴！”

程学启耷拉着脑袋，出了帅帐。望眼程学启短小精悍的背影，钱鼎铭道：“程将军发火发气也没发错，都怪鼎铭没能耐，一时不能兑现承诺。”李鸿章安慰道：“不怪新之兄，要怪只能怪薛焕出尔反尔。玉山已跟我汇报过，我心里有数。”

得到李鸿章理解，钱鼎铭感激道：“鼎铭天天往抚衙跑，薛焕躲着不露面，我只好找到会防局巴夏礼和冯桂芬，言明当前情况，大家倒也开明，愿意先出部分粮饷，帮淮军度过眼下难关，下步再与薛焕理论。”说着拿出银票和粮据，呈给李鸿章。

李鸿章谢过，道：“新之兄如此扶持，淮军何愁不能立足上海？”钱鼎铭道：“淮军不能立足上海，长毛攻进来，大家都没好下场。不知薛焕怎么想的，要与淮军过不去。”李鸿章道：“薛焕见淮勇衣破帽旧，刀斧棍棒为器，视同叫花子，觉得不靠谱，才不想出银出粮。”

钱鼎铭摇摇头，说：“薛焕真势利。”李鸿章说：“不是薛焕势利，鸿章也觉得光凭刀斧棍棒，与长毛作战占不到太大便宜，淮军该更新更新武器才行。”钱鼎铭道：“能更新武器当然好，常胜军不就凭洋枪洋炮，才打了几个胜仗吗？问题是洋枪洋炮昂贵，淮军正常开支都成问题，又哪来钱买枪购炮？”李鸿章道：“想一次性给整个淮军更新武器，也不现实。吾意请新之兄帮忙，先弄一两百条洋枪，数门洋炮，让咱们先打几个胜仗，争取上海各界信任，到时再慢慢添置，逐步武装整个淮军。”

一两百条洋枪，数门洋炮，也许容易解决，钱鼎铭答应尽量想办法。

送走钱鼎铭，庞钟璐来访，问安叙旧。李鸿章笑道："难得蕴山（庞钟璐）兄重任在身，还抽空光临淮军大营，鸿章受宠若惊啊。"庞钟璐说："那天宴会人多嘴杂，搭不上腔，今特放下军务，来看望鸿帅，说说体己话。"李鸿章说："先入为君，蕴山兄久驻上海，鸿章初来乍到，还请多加提携。"庞钟璐摆手道："提携不敢，不过钟璐混迹沪上有时，对地方人事有些了解，可提供给鸿帅。上海地方不大是非多，鸿帅可得多加小心。"李鸿章承认道："上海华洋杂处，商贾云集，军政同城，确实复杂。"庞钟璐道："要说洋人再狡猾，也狡猾不过华人，不然薛焕怎能玩洋人于股掌之中？"李鸿章道："薛焕确实不是好货，狡猾多诈。"

庞钟璐往前凑凑，说："薛焕又狡又诈又坏。经他点头同意，钱鼎铭去安庆搬来淮军，要吃喝拉撒，要装备操练，他竟卡着粮饷不发放，居心何在？"李鸿章说："也许淮军穿戴破旧，武器粗陋，觉得不中用，他担心白费粮饷，才不肯松手吧。"

"一支军队中不中用，哪是穿戴和武器看得出来的？"庞钟璐愤愤不平道，"也怪咱俩同年，钟璐才替鸿帅担心，薛焕把持上海，淮军就不可能有好日子过。"李鸿章叹道："这有啥法子？薛焕是朝廷命官，资历比咱深，官帽比咱大，咱还能摘去他头上抚帽不成？"庞钟璐一脸神秘道："你不能摘去他抚帽，总有人能嘛。"李鸿章问："谁能？"庞钟璐道："皇上呀。"李鸿章笑道："皇上自然能。可皇上还会听我的？"庞钟璐道："皇上不会听你的，但会听另一个人的。"李鸿章道："另一人是谁？"庞钟璐道："你老师曾大帅啊。"

莫非庞钟璐从哪里得知，老师已奏请朝廷拿掉薛焕，故意来试口风？老师做事一向谨慎，轻易不会与外人道，朝廷也不可能随便外传大臣折片，庞钟璐又从何得知？李鸿章正感疑惑，庞钟璐又道："曾大帅受朝廷委托，主持皖赣苏浙军政，从江南大局出发，建议撤换治下官员，朝廷还能不予考虑？皖赣浙三省巡抚不都是按曾大帅意图更换的么？"

这倒不是啥秘密，赣抚沈葆桢，皖抚李续宜，浙抚左宗棠，确系曾国藩保举，朝廷依折委任的。庞钟璐又道："能扳倒薛焕，换上肯与鸿帅真诚合作之人，不仅有利于淮军发展，也是苏沪官民福音啊。"李鸿章问道："谁会与鸿章真诚合作呢？"

庞钟璐没正面回答，道：“外面只知上海有华尔所领常胜军，不知还有咱庞钟璐的团练和曾秉忠的绿营。其实光凭龟缩城里的常胜军，没团练和绿营在城边打边围，也不可能守住上海。常胜军是薛焕和吴煦、杨坊用银子堆起来的，他们眼里也就只有常胜军，常胜军要钱给钱，要粮给粮，却不管团练和绿营死活。我早想离开此是非之地，回京侍奉皇上去，得知鸿帅要率淮军来沪，才暂时留下来，准备跟你好好合作一把。”

庞钟璐意思已很明朗，就是想取薛焕而代之。正应了那句老话，来说是非者，必是是非人。也怪不得，上海商贾如云，尤其李秀成攻占苏南浙北后，苏州、杭州、绍兴、宁波等地富户豪族纷纷涌入，弄得遍地黄金，薛焕没少与吴煦杨坊合伙发横财，要庞钟璐不眼红也难。可他想得也太美了点，别说薛焕以钱开路，触须伸至紫禁城，并非轻易可取代，就是老师说服朝廷扒开薛焕，也不可能有他庞钟璐的份。犹记二十年前入京不久，李鸿章投奔曾门，庞钟璐极力阻拦，说湖南蛮子粗野，成不了大事，不如拜翁心存为师，日后前程远大得多。翁庞都是常熟人，庞钟璐早拜在翁门下，给李鸿章说句好话，自然管些用。可李文安更看好自己同年曾国藩，没让李鸿章跟庞钟璐走。后曾国藩挥师赣皖，李鸿章入幕曾府，助老师参劾时任皖抚的翁家长子翁同书，曾翁两门势同水火，庞钟璐还想搭曾门便车，接替薛焕巡抚位，简直痴人说梦。再说薛焕没少给翁心存和祁隽藻等老臣送钱，算来也属翁门人物，庞钟璐要取代薛焕，不是大水冲进龙王庙，自家不识自家人么？

也是不好点破庞钟璐，李鸿章只笑笑道：“薛焕树大根深，给他说话的人多，就是我老师有此意愿，也不是想扳就扳得倒他的。”庞钟璐笑道：“其实要扳倒薛焕，说难也难，说易也易。”李鸿章问：“易在哪里？”

庞钟璐刚张嘴吐出：“咱可在何桂清身上”几个字，刘斗斋进来报告，说又有客人到访。李鸿章问是谁，刘斗斋说：“河南太康刘大人。”

说起河南太康刘大人，不可能是别人，只能是刘郇膏。果然帐门开处，刘郇膏背披斜阳，举步进来。见庞钟璐也在，先朝他抱抱拳，再转向李鸿章道：“本来淮军抵沪时，郇膏就要去黄浦江边欢迎少荃兄，无奈临时出差吴江，没能赶上趟。今刚回上海，未及卸鞍，就打马直奔淮军大营，想不到蕴山兄已捷足先登。”

刘郇膏也是道光二十七年进士，只不过位居三甲，叫做赐同进士，不仅远远落后于一甲探花庞钟璐，也排在二甲进士李鸿章之后。也就与庶吉士和翰林无缘，早早离京，下派江南，从即用知县做起，到署理知县，再凭军功提升上海知县，继加道员衔，擢海防同知。令人不解的是庞钟璐充任江南团练大臣，正需用人，同年刘郇膏近在眼前，为何不招至麾下，为我所用？莫非瞧不起人家“同进士”身份，放到身边，有辱大探花面子？其实将相本无种，曾国藩不也属“同进士”，如今已是协办大学士兼两江总督，成为支撑大清江山唯一柱石，当朝两百年内一甲二甲进士，谁又有如此隆隆威势？

心里这么想着，李鸿章吩咐莫姑娘端上茶水，让刘郇膏解渴。说话间中午饭点到，李鸿章道：“淮军家底薄，饭菜简单，两位同年不嫌弃，随便将就一顿？”

庞钟璐知军中饭食难咽，意欲推辞，谁知刘郇膏抢先道：“郇膏远道而归，腹内空空，正想尝尝淮军饭菜口味如何。”

李鸿章便让亲兵端饭上菜，又叫莫姑娘温壶米酒，仨同年端杯小饮。齐过三杯，李鸿章说：“两位同年同处上海，平时往来多不多？”刘郇膏张张嘴，又赶紧闭上。大概觉得庞钟璐学位和官位比自己高，不便抢风头，才缩回舌尖。

刘郇膏贸然闯入，打断两人话题，庞钟璐颇觉扫兴，本不想再开口，见李鸿章发问，不得不道：“团练大营人多事杂，钟璐忙得不可开交，松岩（刘郇膏）兄事也多，彼此难得见上一回。”刘郇膏讥讽道：“忙在其次，主要蕴山兄官大，郇膏高攀不上。”

闻刘郇膏话里带刺，见庞钟璐面露尴尬，李鸿章就知两人关系微妙，赶紧岔开话题道：“俩同年掌控苏沪多年，鸿章始建淮军，初来乍到，人生地不熟，以后还请多多关照。”庞钟璐说：“鸿帅驻沪，咱们正好同心协力，办好上海事情，以不辱浩荡圣恩。”

酒喝得差不多，又吃些饭，要放筷子时，李鸿章道：“二位既至淮军大营，可否去各营看看练勇情况，提点宝贵意见？”

两人说行，随李鸿章出帐，来到训练场。见兵勇们精神抖擞，训练卖劲，庞钟璐不得不表示几句：“想不到鸿帅一介文人，带兵也颇有一套。”李鸿章道：“蕴山兄不也是文人带兵么？咱不过小小淮军首领，你还是江南团练大臣呢。”庞钟璐道：“钟璐徒有虚名而已，所带团勇参差不齐，岂敢与淮军相提并论？”

这该是实话，不然庞钟璐也不会老打败仗，被薛焕小瞧。刘郇膏冷眼看看庞钟璐，心里说有什么将帅，就有什么士兵，怎能怪团勇参差不齐？忍不住道：“兵都是带出来的，也要少荃兄带得好。”李鸿章道：“主要各位营官会带兵，鸿章只盯住营官不放。”刘郇膏说：“这叫善于将将，比善于将兵更重要。”

转一圈回来，庞钟璐见时候不早，准备告辞。李鸿章道：“再待一会儿嘛，午餐吃得简单，晚上多备几道菜，一醉方休如何？”庞钟璐说，“来日方长，下次再喝。今日造访，主要看望鸿帅，同时也是听说薛焕卡扣淮军粮饷不给，问问不知是否属实？”

明明是来试探口风，看能否扳倒薛焕，怎么又关心起淮军粮饷来了？李鸿章笑道：“此事也已传入蕴山兄耳里？”庞钟璐道：“上海说大也大，说小也小，官场有个啥事，流传起来蛮快。钟璐去抚衙跟薛抚说一声，叫他快点把粮饷拨下来。兵马未动，粮草先行嘛。长毛亡我之心不死，战事说来就来，耽误不得。也是薛抚坐镇上海时间长，有些一人独大，一般角色真不容易入他法眼。不过我庞钟璐说他几句，他还不好当耳旁风，会认真考虑。”

李鸿章感谢两句，送庞钟璐来到轿旁。掀开轿帘，准备上轿，庞钟璐又回过头，小声接上上午被刘郇膏打断的话：“咱们可以在何桂清身上做做文章，修理修理薛焕。”

在何桂清身上做文章？何桂清身上有啥文章可做？李鸿章泥在地上，望着庞钟璐轿子走远，才转过身，走向刘郇膏，请他入帐。刘郇膏没动，撇着嘴巴道：“庞钟璐尽吹牛，薛焕怎会听他的？”李鸿章道：“庞钟璐毕竟是江南团练大臣，官品不比薛焕低，莫非薛焕敢不把他放眼里？”刘郇膏说：“吃人嘴软，拿人手短。庞钟璐丁忧回乡，迫不得已受命组建团练，屡战屡败，溃逃上海，全靠薛焕接济，在他面前自然不太抬得起头。加之薛焕一榜出身，本就看不惯两榜探花庞钟璐，见他只会吃粮花饷，无济于上海防务，更不会把他当回事。”李鸿章说：“那他还要大言炎炎，说薛焕会听他话，给淮军拨饷支粮？”

刘郇膏大笑道：“不用劳庞钟璐大驾，我刘郇膏跟薛焕一说，他也会听从的。”李鸿章说：“钱鼎铭低三下四，没少说好话，薛焕不理不睬，莫非你金口玉牙，能说动薛焕不成？”刘郇膏说：“薛焕不过故意给少荃兄难堪，显示其权威，不可能老拖着粮饷不给。长毛随时都会进攻上海，曾氏绿营和庞氏团练不中用，华尔常胜军不可能常胜，到时非淮军出兵不可，不用少荃兄开口，薛焕也会主动送粮饷到淮军大营来。”

“松岩兄说得也是。”李鸿章也笑起来，“咱们入帐再叙吧。”刘郇膏说：“几天没在衙门，积下不少公事，得赶紧回去。见到少荃兄就行，有空再请您去海防衙门坐坐。”

送走刘郇膏，李鸿章找来周馥，道：“钱鼎铭答应给淮军弄一两百条洋枪和数门洋炮，你暂搁粮饷之事，进城催催钱鼎铭，要他抓紧点，洋枪洋炮早到手，早训练，早提升战力，好对付长毛。”

也许被薛焕耍弄，没拿到粮饷，钱鼎铭心里不安，给淮军弄起洋枪洋炮来格外卖力，很快筹到一笔款子，又联系上英国人，谈好枪炮价钱，只等去租界提货。周馥返报李鸿章，李鸿章让他叫来程学启，说：“洋枪洋炮已说妥，你俩赶紧跑趟租界。”

程学启兴奋得两眼冒光，飞步出帐，回开字营选上三十个精壮小伙，由周馥领路，龙行虎步，离营进城。拐弯抹角，找到租界，钱鼎铭也乘马车赶至，与洋警察一番交涉，招过程学启一行，一起进入租界里面。

租界确与外面世界不同，洋楼洋房，洋店洋货，街道也干净整洁。只是洋人少，华人多。原来洋人入驻租界后，富裕华商为求自保，也纷纷涌入，掏钱向洋人购买自己国家土地，建房起屋，办厂开店，让洋人大发其财的同时，也促进了租界畸形繁荣。

淮勇们东张西望，来到一处军火库前。钱鼎铭先给蓝眼高鼻的库员塞一把银子，附他耳边嘀咕几句。库员朝库房哇啦哇啦数声，里面走出一个小个子洋人，查看过手续，转身回去，开出一辆铁皮车，停到库员面前。库员拉开铁皮车后门，向钱鼎铭抬抬下巴，钱鼎铭对程学启说：“让你的人上车取枪扛炮吧。”

程学启朝淮勇扬扬手，率先跳上铁皮车，只见车厢里堆着锃亮锃亮的来复枪，还有轻型榴炮弹。掂掂枪，提提炮，还有些重量。没有重量哪有杀伤力？程学启不怕重，一个肩膀扛门十余斤的榴炮弹，一个肩膀挂上五支来复枪，再挺直腰膀，大声道：“一百多条洋枪，分量不轻，力气大的扛六七支，力气小的扛四五支。没洋枪可扛，还有几门洋炮，谁都有份。”

大家就笑：“程将军都能右扛枪左扛炮，咱们也可扛这个数。”程学启说：“是见学启个子小是吧？可力气不比你们小，不然这个营官该是你们，也轮不到我老人家头上来了。”

说得大家笑起来，拥向铁皮车，扛了洋枪洋炮就走。回到淮军大营，刚放下洋枪洋炮，淮勇们就围拢来看稀奇。程学启很得意，高举拳头，大声道：“有了洋枪洋炮，以后咱开字营打起长毛来，绝不弱于常胜军。”

众人热烈鼓掌，一个个兴高采烈。李鸿章得到周馥报告，来开字营见识枪炮。程学启正比划洋枪，呈给李鸿章，请他验收。李鸿章爱不释手，反复掂量察看，嘴里连说数声好。还拉拉枪栓，拉得哗啦哗啦响。吓得兵勇们直往后退，嘴里咕哝，千万别走火。李鸿章道：“没上子弹，怎么走火？来上海的洋船上，本帅就摸过船长的洋枪，知道须先装子弹，才可射击。这与火枪类似，靠硝药炸响助推，发射砂粒，击杀目标。”

程学启这才想起只领回洋枪，没拿到子弹。还有几门洋炮，也无炮弹。枪炮无弹，岂不是废铁一堆，到时怎么杀敌？问钱鼎铭，钱鼎铭笑道：“为防枪炮伤人出事，洋人实行枪弹和炮弹分管办法，子弹炮弹须到其他地方领取。不过我已谈好价，交过款，随时去取就是。”李鸿章吩咐程学启：“方忠赶紧安排人，跟新之兄取回子弹和炮弹，早进行实战训练，早上战场发挥作用。”程学启道：“听鸿帅的，取回子弹炮弹，强化训练，英勇杀敌。”

李鸿章又道：“吾意开字营可先从火铳手中间，精选一百六十名壮勇，组成洋枪队，进行单独训练，将每个人都训练成神枪手和神炮手。日后还要大量购置洋枪洋炮，到时洋枪队人人可做教官，训练新式淮军。”程学启道：“有洋枪洋炮，组建洋枪队不难。只是学启没拿洋枪洋炮打过长毛，不知怎么训练洋枪队。”李鸿章道：“只有花钱请洋教官训练。”

李鸿章说到做到，出钱聘请洋教官，帮程学启训练洋枪队。其时淮军另外两批将士，包括曾国藩当嫁资赠给李鸿章的淮扬水师和两营亲兵，也整编成军，自安庆出发，开往上海。三批淮勇加一起，已近万人，多达十五营，淮军大营越发声势浩大，蔚为壮观。

李鸿章很受用，提笔给老师写信，汇报淮军驻沪详情，以及上海军政人事。还把购置洋枪洋炮组建洋枪队经过细叙一遍，得意之情，溢于言表。

信寄出后，李鸿章手头正好没有急事，想起庞钟璐和刘郇膏亲至淮军大营造访，出于礼貌，也该回访回访，顺便讨教讨教上海防务。于是跳上马，带上刘斗斋几名亲兵，驰出淮军大营，朝江南团练大营方向驰去，先访庞钟璐。谁料太平军慕王谭绍光受李秀成之命，着手部署进攻上海，庞钟璐带人外出布防，李鸿章赴空，绕道去了海防衙门。

同年光临，刘郇膏自是欢喜，摆上好酒好肉，热情款待。与军营不同，海防衙门安静得多，没啥干扰，俩同年喝得尽兴，聊得也很开心。聊来聊去，聊到上海政坛军界，李鸿章问道："松岩兄与庞钟璐好像不怎么谈得来似的？都是难得的同年，又同处上海，理当患难与共，齐心对付长毛呀。"刘郇膏道："庞钟璐可不是你我，志在北京，心向朝堂，只想早日回到天子脚下，做他的太平官，才不屑与咱搅在一起呢。"

想起庞钟璐到访淮军大营情形，李鸿章道："他好像已改变主意。"刘郇膏颇觉奇怪道："莫非见你到了上海，他想留下助你一臂之力？"李鸿章笑道："不是他想助我一臂之力，是想叫我助他一臂之力。"刘郇膏道："要你助他一臂之力？把淮军编入他团练营？"李鸿章道："这倒不至于。庞钟璐欲扳倒薛焕，再让我给老师递话，扶他做江苏巡抚。"刘郇膏道："别说薛焕不是想扳就扳得倒的，就是扳得倒，曾大帅也不可能扶他庞钟璐上位。"

李鸿章抿口酒，笑道："你非我老师，怎知他不会扶庞钟璐上位？"刘郇膏快言快语道："庞钟璐是翁门人，曾翁水火不容，曾大帅怎会让庞钟璐来做苏抚？此理不深奥，庞钟璐竟如此弱智，不明不白。"李鸿章道："许是利令智昏。苏沪油水厚，庞钟璐太想做苏抚，一时变得弱智。"刘郇膏道："庞钟璐真可笑，曾大帅心里早有苏抚人选，他还痴人说梦。"

别看刘郇膏独处海隅，竟然啥都清楚。李鸿章问道："你从何处得知，老师已有苏抚人选？"刘郇膏道："曾大帅接管江南军政后，赣皖浙三省抚衙先后易主，仅苏抚仍是旧人，难道他会听之任之？事实是现任赣抚沈宝桢，皖抚李续宜，浙抚左宗棠，都做过曾府幕僚，不用猜也知苏抚人选必将由曾幕而出。"李鸿章道："谁规定赣皖浙三省巡抚出自曾幕，苏抚就非曾幕之人不可？"刘郇膏道："早有人说曾大帅已上奏朝廷，力荐曾幕人接任苏抚。"

李鸿章问道:“谁消息如此灵通？”刘郇膏道:“头次去淮军大营看望你，咱不是说刚从吴江出差回沪么？”李鸿章道:“你确实说过这话，我还记得。”刘郇膏道:“在吴江办差时，我顺便拜访了一个人。”李鸿章问:“什么人？”刘郇膏说:“殷兆镛。”

说到殷兆镛其人，李鸿章自然不陌生。

二、虹桥首捷登高位

殷兆镛就是吴江人，道光二十年进士，咸丰四年便升为侍讲，入值上书房。上书房为皇上和皇子皇孙出入之处，殷兆镛从此官运亨通，历任兵部等多部侍郎，让人眼热。与皇上走得近，加之性情耿直，也就想说啥就说啥，想参谁就参谁。太平军攻占金陵后，朝廷诏令江南诸省兴办团练，殷兆镛上疏极力反对，认为已有南北大营围攻金陵，外加大量清兵驻扎苏浙，另办团练，纯属多此一举，不仅靡费粮饷，还会导致政出多门，相互抵消，无济于灭贼大计。果然太平军一发力，团勇跟绿营兵一样，撒开两腿，逃得比兔子快，南北大营一再溃败，直至灭亡。江南危急，上海各界为求自保，让英法等国洋人助战，殷兆镛也觉不妥，说长毛易剿，洋人难驱，求助洋人，无异于敞门迎虎，后果不堪设想。正因如此，殷兆镛对两个人最没好感，一是江南团练大臣庞钟璐，一是与洋人打得火热的薛焕，认为这两人成事不足，败事有余，早该挪走。

殷兆镛还真有些个性。李鸿章问刘郇膏："殷兆镛是丁母忧归籍吴江的吧？"刘郇膏说："他确是去年母逝回的老家。丁忧期未满，皇上就催他返京，要他继续回值上书房。"李鸿章就笑刘郇膏："莫不是人家要回上书房，你专门跑去讨好卖乖，让他到了皇上面前，为你说好话，你好早些长进，免得老在天涯海角徘徊复徘徊？"

"这么理解也没错，谁不想长进不是？"刘郇膏笑笑，"殷兆镛出自上书房，朝中自然有眼线，曾大帅举荐苏抚人选消息，还不老早到了他耳边？"

李鸿章故意道:“你说这个人选不是庞钟璐，又会是谁呢？”刘郇膏说:“同年面前，还要猪鼻子插葱，装象！”

李鸿章哈哈一笑，道:“殷兆镛看不起江南团练，对湘军也不以为然吧？”刘郇膏道:“恰恰相反，殷兆镛对湘军评价颇高，说灭长毛者，非湘军不可。”李鸿章道:“殷兆镛是江苏人，对老乡庞钟璐所办团练不以为然，却高看湘军，有些难以置信。”刘郇膏道:“正因殷兆镛是江苏人，了解苏浙风情，深知生于温柔富贵乡，吟诗作画，吹拉弹唱，样样厉害，唯独挥戈上阵不行，让庞钟璐带领苏浙人打长毛，还是别存幻想。湘鄂赣皖则不同，山高水险，民风剽悍，男人一站出来，个个都是顶天立地的英雄。事实也是长毛横扫大半个中国，所向披靡，鲜有敌手，唯独与湘军争锋，屡遭败绩。也是殷兆镛看好湘军，才觉得不能让薛焕和庞钟璐继续把持上海，得让路于湘军阵营出来的人物。”

话说到了李鸿章心坎里，他道:“又怎么叫薛焕和庞钟璐让路呢？”刘郇膏道:“殷兆镛会转道上海，看望同年冯桂芬，再乘船北上，到时咱俩见他一面，让他发发声。加之庞钟璐想取薛焕而代之，也可借他力，先拿掉薛焕的巡抚。殷兆镛透露过，曾大帅撤换薛焕的奏折送达朝廷后，奕䜣一直犹豫不决，不愿让湘淮势力独占苏沪，还想留着薛焕，以制约淮军。庞钟璐了解薛焕底细，他若能上折参劾薛焕，杀伤力还是蛮大的。”

这确实不失为可行办法。也是刘郇膏对薛焕和庞钟璐知根知底，换作自己，初到上海，军政人事了解不多，还真想不出这些招数来。

酒罢出得海防衙门，本欲再返江南团练大营会庞钟璐，见天色已晚，只得直接回了淮军大营。刚入帐，庞钟璐亲兵过来传话，说鸿帅造访团练大营，庞帅恰好不在，实在不好意思，明天摆酒致歉，敬请赴约。李鸿章知道庞钟璐用意，满口应承下来。

翌日上午进城前，李鸿章先至开字营，看洋枪队训练情况。洋教官们正在手把手教洋枪队士兵用正确姿势装弹、握枪、瞄准之类技术，那份认真劲儿，恐怕也只洋人才有。何安泰和兵勇们自然也卖力，洋教官怎么教就怎么练，不打任何折扣。

鼓励教官和士兵几句，李鸿章出营上轿，进城去会庞钟璐。快到约好酒馆门外，掀帘要下地，刘斗斋飞马追至，气喘吁吁道:“薛抚刚才派人至淮军大营，说长毛已对上海发起进攻，请鸿帅速赴抚衙，共商退敌之策。”

李鸿章收回已落地的长腿，对刘斗斋说：“回营传达本帅命令，各营马上集结，准备迎敌。长毛既已行动，派往城北城西城南三方密探，定会返营通报敌情，让他们老实待着，等本帅回去，听取汇报。”刘斗斋答应着要上马，李鸿章又叫住他：“记得叮嘱各位营官，本帅回营前，谁也不能擅自行动，离营半步者斩。”

刘斗斋应声而去，李鸿章放下轿帘，说了钱公馆三个字。轿夫们弯腰起轿，直奔钱公馆。钱鼎铭得报，赶紧迎出来，一边扶李鸿章下轿，一边道：“听说长毛正向上海打过来，鸿帅还有空光临寒舍？”李鸿章说：“我来钱公馆躲长毛不行？”

钱鼎铭把客人请入客厅，倒上热茶，道：“一旦长毛攻破上海，鼎铭只能外逃，寒舍又如何藏得住鸿帅？”

“好茶，好茶！”李鸿章不慌不忙喝口茶水，再放下茶杯，看眼钱鼎铭，“鸿章打了十年长毛，灭贼决心从没动摇过，不然怎会远涉上海，自己主动送到长毛眼皮底下来？可打长毛得有力气，要有力气，须吃饱肚子。皇帝不差饿兵，空着肚皮去打长毛，没等长毛动手，自己先饿倒在地，不让长毛笑话么？”钱鼎铭道：“都怪薛抚不地道，拖延淮军粮饷。鸿帅先在寒舍歇着，鼎铭这就去抚衙跑一趟，要薛抚马上将淮军粮饷拨付到位。”

说着钱鼎铭取下衣架上礼帽，戴到头上。李鸿章也站起来要走。钱鼎铭说：“鸿帅也去抚衙？”李鸿章道：“见薛焕就烦，去抚衙干啥？我去中外会防局做做叫花子，看他们能否给几粒粮食，让淮军将士吃顿饱饭，再上阵杀敌。”

两人出得门来，钱鼎铭先跳上家用马车，奔巡抚衙门而去。

此时抚衙正风声鹤唳，戒备森严，仿佛长毛已打了过来似的。西花厅气氛更是高度紧张，薛焕坐于主位，面色如铅，一边是常胜军统领华尔，副统白齐文，江苏布政使吴煦，苏松粮道杨坊，一边是江南团练大臣庞钟璐，江苏提督曾秉忠，总兵况文榜，抚标统带冯日坤。

唯独不见淮军主帅李鸿章。薛焕已派出好几拨人去淮军大营催促，也没把人催来。屋里议论纷纷，这个说莫非得知长毛进攻上海，淮军拔营逃掉？那个说李鸿章一介书生，只会纸上谈兵，早在安徽时就已被长毛打怕，还不闻贼色变，乌龟样找个旮旯藏了起来？还有的说，一群叫花子兵，本就是来上海讨饭的，还能指望他们上阵打仗？

只有庞钟璐没吱声，心想李鸿章该不还待在酒馆里坐等，不见你和酒菜上桌，生死不走人？可自己离开酒馆时，已跟老板说好，若李鸿章赶到，要他先上抚衙领命，打跑长毛再请他，难道老板忘了递话？就是老板话没递到，淮军亲兵营接到抚衙急令，也会追过去，请李鸿章入衙会议，决无仍留在酒馆里等吃等喝之理。

久候李鸿章不来，众人难免烦躁，说军情紧急，催促薛焕发话，商议应对长毛办法，不能坐以待毙。薛焕脸色越发难看，猛咳一声，正要开腔，门被亲兵推开，进来一个人。大家以为李鸿章赶到，偏过脑袋，竟是钱鼎铭。

钱鼎铭奔近薛焕道："看样子，薛抚在等鸿帅吧？"薛焕道："长毛进逼上海，总得设法应对，各位都已到场，唯独李鸿章三请四邀，不见人影，难道非我本人上淮军大营给他下跪不成？"钱鼎铭道："李鸿章没在淮军大营。"薛焕道："不在淮军大营，去了哪里？逃回安徽去了？"钱鼎铭说："去了中外会防局。"

虽说中外会防局顶着个局字，其实属民间松散结构，其目的只有一个，就是联络中外豪商富贾，为保卫上海筹款劝粮，名下既无兵无将，也无枪无炮。薛焕没好气道："当此长毛来犯之际，李鸿章跑会防局去干什么？"钱鼎铭说："去找巴夏礼和冯桂芬要粮要饷，让淮军将士吃顿饱饭，再上阵杀敌。"

薛焕这才想起淮军抵达上海多时，还一直卡着粮饷未曾发放。看来李鸿章迟迟不入抚衙，也自有道理，你还没法追究他。此中内情又不好当众明言，薛焕只得假装糊涂，两眼盯住吴煦，厉声道："请问吴大藩台（布政使），这到底怎么回事？"

吴煦心知薛焕故意推责，却还不好道明真相。上司面前就是这样，做没做出成绩，绝不可邀功，犯没犯下错误，却得勇于揽责。毕竟卡扣淮军粮饷重责不好揽，吴煦掉头质问杨坊道："道台大人，本司不给你打过招呼，尽快拨付淮军粮饷吗？究竟落实得如何呀？"

明明是你俩不把淮军放在眼里，叮嘱缓发粮饷，如今军情紧急，李鸿章不知去向，却把责任往咱头上推。杨坊吱不得声，三人里自己官最小，由不得你解释，只得麻着头皮道："抚台大人和藩台大人清楚，上海局势不稳，生产凋敝，商贸萎缩，税赋越来越难收取，一时银库粮仓空虚，实在没法支付淮军粮饷，不得不拖延至今。”

薛焕拍着桌子骂道：“难道银库粮仓空虚，淮军就不用吃喝拉撒啦？一旦耽误军情，上海有失，皇上问罪下来，你姓杨的负不负得起这个责？”杨坊道：“都是杨坊办差不力，没能及时筹足粮饷。咱这就赶回道署，清清银库，扫扫粮仓，只要有一两银子和一泣粮食，就毫无保留，通通拨付给淮军。”

“你到底能拿出多少粮饷？”薛焕问道，朝杨坊闪闪眼皮。也是相处多年，彼此心气互通，就是薛焕只张口，不出声，杨坊也能通过口型，读懂他藏在牙缝背后的声音。杨坊说：“扫仓清库，全部拿出来，应该能够满足淮军半月粮饷。”薛焕说：“行行行，能拨足半月就半月，赶跑长毛，再设法补齐。”

这就是薛焕，事到临头，还要留一手。在场各位听得出，薛焕是想看此次迎战太平军，淮军表现如何，表现可以呢，到时补齐不迟，表现太差，则另当别论。支走杨坊，薛焕又安排亲兵，速赴中外会防局，追赶李鸿章。

其实离开钱公馆后，李鸿章哪里没去，直接回了淮军大营。刚归帅帐，刘斗斋进来报告：“三路密探已至帐外。”李鸿章说：“让他们进来。”

刘斗斋闪身出帐，召进三路密探，分头汇报敌情。综合情报，原来李秀成派出五万兵力，交慕王谭绍光统一指挥，分别由正西、西北、西南三个方向往上海移动，一副势在必得的架势。其正西中路和西北路人马各两万，双管齐下，夹击上海，西南路人马一万，防堵浙江左宗棠楚军。

密探出去后，薛焕亲兵追至，说杨道台已回苏松粮道，正在落实淮军粮饷，恳请李鸿章急赴抚衙，商议退敌大计。

薛焕真做得出来，非等敌人进逼上海，才施舍淮军粮饷。若太平军是路痴，找不到上海，迟迟不来进攻，莫非淮军只能喝西北风，西北风喝完，再上街行乞？李鸿章脸色铁青，站起身来，边朝帐外走去，一边对刘斗斋说：“通知周馥，多采购鱼肉，督促后厨，提前开餐，让战士饱食一顿，准备开赴前线。”

刘斗斋得令而去，李鸿章钻进轿里，入城赶往巡抚衙门。

见李鸿章终于走进西花厅，薛焕松口气，把他请到杨坊空出的位置上，讨好道："鸿帅真是千呼万唤始出来。你老人家没到场，咱们还真没法开会。"李鸿章道："你只没法开会，咱淮军还没法开锅呢。"薛焕只好自我检讨："都怪本抚疏忽，忘了叮嘱杨道台，早些将淮军粮饷拨付到位。我已教训过吴藩台，又责成杨道台，立即办理拨付手续，鸿帅放心就是。"

李鸿章冷眉冷眼道："真是抚台大人责成杨道台拨付淮军粮饷吗？怎么鸿章觉得是长毛忠王李秀成和慕王谭绍光过意不去，恳求杨道台大发慈悲，打发淮军呢？"

薛焕几分尴尬，不再啰唆，宣布开会："长毛就要打进上海，大家议议，怎么防御才是。"庞钟璐道："还能怎么防御？兵来将挡，水来土掩。"曾秉忠道："谁不知兵来将挡？问题是怎么个挡法？"况文榜道："可不是，长毛具体从哪里来，咱们在何处防堵，得有具体对策。"庞钟璐道："不是有薛抚在吗？咱们在他治下讨吃讨喝，自然得听他的。"

见几位说的都是废话，挨不到点子上，薛焕看看华尔，问他有何想法。华尔说："长毛仗着人多势众，可能会对上海进行多方位进攻，咱们必须分兵抵御，才可确保上海不失。"薛焕问："长毛会有多少人马？"华尔摊着两手道："我跟长毛没任何往来，怎么知道？"

薛焕拿眼去望李鸿章，说："鸿帅说说你的高见吧。"李鸿章说："各位大人聚集抚衙，专门研究防御长毛之策，可对方多少人，从哪个方向发动进攻，却两眼一抹黑，这会能开出什么效果呢？"薛焕心虚道："不是请大家出主意吗？三个臭皮匠，抵个诸葛亮嘛。"

"知己知彼，百战不殆。敌情一无所知，别说三个臭皮匠，三百个三千个臭皮匠，也无济于事。"李鸿章冷嘲热讽道。众人面面相觑，出不得声。只吴煦因淮军粮饷冤枉挨薛焕教训，心里委屈，看着李鸿章就来气，反唇相讥道："李大翰林口口声声知己知彼，你老人家又到底知道多少敌情，说来听听，让各位也长长见识。"

不想李鸿章早已胸有成竹，以肯定的语气道："李秀成已调拨五万大军，交给谭绍光统一指挥，气势汹汹杀奔而来，非夺下上海不可。"

在座各位又惊又疑，这个说："不太可能吧，湘军进逼金陵，长毛主力拱卫于长江两岸，哪敢分兵五万来攻上海？"那个说："正是的，李秀成又不是孙猴子，可吹毛成兵，一下子从何处变出五万兵力来？"还有的说："若真有五万长毛杀来，岂不把上海踏为平地？"

嘈得薛焕耳朵生疼，敲着桌子道：“静一静，静一静，给我静一静！要你们说情况，一问三不知，鸿帅刚开口，又来打岔。先听鸿帅说完行不行？”

几位才闭紧嘴巴，望定李鸿章。李鸿章面无表情道：“此次五万长毛，大多为李秀成新募而成。李秀成可非等闲之辈，击破清军南北大营后，攻占苏浙大部，以苏州为据点，弄了个苏福省，奖励农桑，保护商贾，减免赋税，不仅生产和商贸得到长足发展，且深受广大百姓拥戴，也就一呼百应，集结五万大军自不在话下。”

没必要为李秀成歌功颂德，李鸿章点到为止，话锋一转，又道：“在李秀成部署下，谭绍光正分三路向上海扑来，志在一举拿下上海。”众人一齐追问道：“哪三路？”李鸿章说：“正西、西北、西南三路。正西两万人马，为中路；西北两万人马，为侧翼；西南一万人马，为策应，同时防堵浙江方向楚军。”

来者不善啊！年前太平军首次来犯，尽管也很凶猛，毕竟兵力有限，上海这边常胜军冲锋陷阵，外加抚标营，还有曾秉忠绿营和庞钟璐团练，多股力量联合作战，人数上明显占优，才成功保住城区没失。这会儿一下子拥来五万太平军，大有泰山压顶之势，又如何抵挡得住呢？薛焕冷汗直冒，问李鸿章道：“鸿帅说说，咱们该怎么应对才是？”

来抚衙路上，李鸿章便已想好应对之策，却还是卖个关子，说：“在座都是高手，又经营上海多年，比鸿章见多识广，还是众人各抒己见，薛抚统一调度，淮军绝对服从命令。”

薛焕就让几位各抒己见。庞钟璐先说道：“曾提督属下皆为正规绿营兵，可担当正面抵抗谭绍光大任。”曾秉忠苦着老脸道：“咱名义上说是正规绿营，其实皆为老弱病残，没什么战斗力，应该常胜军来抵挡正西长毛主力，咱们全力配合。”华尔嗷嗷大叫道：“常胜军才四千余人，怎么抵挡正西两万长毛？亏曾提督出得这个口。”曾秉忠道：“洋教官不给鸿帅训练出支洋枪队吗？洋枪队随常胜军共同出阵发力，后面近万淮军紧紧跟上，战斗力可不小啦。”庞钟璐帮腔道：“还有冯将军八千抚标兵，也可派上大用场。”

“抚标要给我守城，怎能弃城出迎谭绍光主力？”薛焕打断庞钟璐，转向李鸿章，“还是鸿帅给本抚拿拿定见。”众人又纷纷看向李鸿章。李鸿章一脸冷峻，说：“大敌当前，军情急迫，咱们还在这里不紧不慢拿定见，只怕长毛早打了进来。”

薛焕领会李鸿章言外之意，表态道：“好好好，鸿帅不是拿定见，是替薛焕调兵遣将，你怎么说，各位将领就怎么行动，绝不能找借口，论价钱，违抗命令。”

在座几位大都拥有二品以上级别，吴煦和冯日坤虽为三品，也属重权在握的实缺，比李鸿章这个三品按察使衔领福建建延邵道硬朗得多，现在却全然倒过来，一个个都得听命于最低级别的三品衔道台，心里实在不是滋味。可这不是排排坐吃果果的时候，再排上半天位置，只怕果子来不及进口，太平军就攻破城门，冲入抚衙，要了各位小命。相比之下，小命比品级和虚荣更重要，几位只得张开耳朵，静候李鸿章发号施令。

李鸿章就这样成为这次军事会议实际上的主帅。也是没办法，其他人信息不明，情况不清，满脑面汤和糨糊，不可能以其昏昏，使人昭昭。唯李鸿章早有准备，胸怀丘壑，权衡过敌我双方力量，才可能以其昭昭，使人昭昭。看来秩序井然之官场，并非处处只讲级别和地位，一旦处于生死存亡关头，智慧在脑，才干于身，多少能管些用，甚至脱颖而出。

偏偏李鸿章又最善于抓住时机，该表现的表现表现。他轻咳一声，不紧不慢道：“既然长毛三路齐犯上海，我方自然也得三管齐下，共同御敌。算来三路长毛，西南一路最好办，蕴山兄团练营足可拒之。理由简单，浙江方向楚军近在咫尺，薛抚可飞书浙抚左宗棠，请他增兵北上，攻击上海西南长毛，使其不敢全力进犯上海。正西中路是长毛劲旅，战力最强的常胜军自然当仁不让¬……”

没等李鸿章说完，华尔跳起来，嚷嚷道：“李翰林没搞错吧，常胜军为多国联合部队，是看贵国面子，帮你们保卫上海的，怎么动不动就把咱们推到最凶最险之处，你们本国军队却躲在后面做缩头乌龟，说得过去吗？”薛焕大声道：“听鸿帅说完后，华将军再发高论！”

华尔很不情愿地刹住话头，只是嘴里依然咕哝有声。李鸿章望着华尔道：“华将军不是已入中国籍，怎么屁股坐偏，出口还是贵国面子你们本国？再说多国组建常胜军，到底是帮中国人保卫上海，还是帮英法美诸国保护在沪利益，华将军该比谁都清楚吧？以后华将军最好别动不动你们上海你们本国，上海沦陷，大清败亡，看你们洋人上哪儿大把捞银子去！”

头次有人跟自己这么说话，华尔很不习惯，气得眼睛翻白。李鸿章见好就收，又道：“当然华将军有功于上海，是不可否定的。试想不是华将军身先士卒，率领常胜军力保上海，上海或许早已成为长毛天下。不过此次不比以往，长毛人数众多，尤其是谭绍光所领中军主力，战力超强，光常胜军不足以抵挡劲敌，还得曾提督率绿营协防。”

曾秉忠不愿面对谭绍光中军，心怀不满道：“鸿帅为何不率淮军协防常胜军？”李鸿章道：“淮军留下配合常胜军作战也行，曾提督单独率绿营对付西北路两万长毛如何？”

上海绿营号称两万人马，其实皆系溃散后临时收集的残兵败将，士气全失，胆气全无，哪敢抗衡两万虎狼敌军？曾秉忠只得缄嘴，不再吭气。李鸿章继续道：“绿营不愿出兵西北，只有淮军硬着头皮上。要说一万淮军也抵挡不住两万长毛，咱只能智取，不会强攻。”

薛焕问如何智取，李鸿章笑笑道：“鸿章还没完全想好，反正到时自有办法。车到山前必有路，尿总憋不死人，是不是？”薛焕点头叫好：“大家就按鸿帅部署，分头行动。我这里再强调一句，鸿帅所言，就是本抚命令，必须不折不扣执行，违者本抚奏报皇上治罪！”

众人诺诺起身，各自归营，落实防御任务。李鸿章也以最快速度回到淮军大营。才下轿，周馥来报，说杨坊已拨下淮军半月粮饷。

半月就半月吧，兵临城下，薛焕还要留一手，真有这小子的。李鸿章不想多说什么，命刘斗斋：“速传各营营官，来帐听令。”转身入帐，摊开苏松府图，低头研究起来。

不想庞钟璐不请自到，李鸿章讶道：“军情紧急，蕴山兄还有闲暇串门？”庞钟璐笑嘻嘻道：“钟璐让亲兵先返团练大营集合团勇，咱瞅空来看鸿帅一眼，再回去落实防御。战局一开，不知何时咱俩才能聚首，话在肚里憋着，不吐不快啊。”

战事在即，不速速回营统兵，恐怕只庞钟璐做得出来。李鸿章几分不满，转而又想，让散漫无能的团练防守上海西南，实不过做做样子，该路太平军意在打援，防堵浙江方向楚军北犯，庞钟璐动作慢一点，也耽误不了大事。只听庞钟璐继续道：“钟璐说三句话，说完就走。第一句是高兴。鸿帅统观全局之眼光，运筹帷幄之思路，调兵遣将之手腕，别说薛焕之流，就是整个上海甚至江南，也无人可出其右，钟璐钦佩之余，更为兄骄傲。第二句是感谢。幸鸿帅调度江南团练防守西南，若薛焕那厮，定会把咱派往正西或西北，去给常胜军当炮灰。同年还是同年，兄之美意，钟璐心领啦。第三句是……”

说到这里，庞钟璐前后左右看看，见无外人，才又压低声音道：“第三句是已到对薛焕采取措施的时候，不能再便宜这小子。今天鸿帅也已领教过薛焕，于军事一窍不通，做小动作却颇有一套，明明是他授意吴煦和杨坊克扣淮军粮饷，还要装腔作势，故意演戏。再这样演下去，上海非败在薛焕手里不可，钟璐准备马上递折参劾他。”

硝烟四起，上海危殆，庞钟璐仍不忘巡抚位置，意在窝斗，李鸿章实在无话可说。庞钟璐继续道：“弟帮兄搬开薛焕，兄再助弟接任巡抚，咱俩军政联手，共同办好苏沪事情，岂不妙哉？否则就是赶走薛焕，来个更混账更可鄙的小人，对淮军亦无益处。”

庞钟璐一个人叨咕半天，不回应几句，显得没礼貌，李鸿章这才故意道：“鸿章怎么助蕴山兄接任巡抚呢？”庞钟璐道：“咱俩不讨论过，湘淮大军成为消灭长毛的主力，曾帅主持赣皖苏浙军政，苏沪人事他发句话，皇上敢不当回事？兄又是曾帅得意门生，给他提提钟璐名字，他自然会放在心上。何况兄率淮军进驻上海，也是他老人家主张，他自然希望兄在上海站稳脚跟，助其早日攻入金陵，拿下洪贼。”

让庞钟璐继任苏抚，就能办好苏沪事情，打死李鸿章都不敢相信。又不好直言，只得笑笑，不置可否。庞钟璐信誓旦旦道：“只要钟璐接篆苏抚，首务就是把江南团练拨给鸿帅，壮大淮军。尔后再寻机赶走曾秉忠和况文榜，让兄全盘接手绿营。绿营再没战斗力，给淮军打打援手，张张声势，总还胜任。”

说半天，也就这几句还中听。庞钟璐名下好歹也有三万团勇，曾秉忠手上绿营也不少，两股人马加一起，毕竟不是个小数。当然兵贵精，不在多，可多有多的好，择用余地大。江南团勇和绿营再不济，总不乏英勇善战之士，挑选部分整编成军，稍加训练，即可投入战斗。李鸿章心有所动，说：“蕴山兄慷慨，鸿章恭敬不如从命。只是薛焕树大根深，苏沪有势，朝廷有人，怎么才参得倒他？”

庞钟璐几分神秘道："何桂清藏匿于洋租界，逍遥法外达两年之久，影响恶劣，人神共愤，鸿帅可知是谁造成的么？"李鸿章笑道："这在上海已非秘密，都知何桂清是薛焕弄进租界的，只是朝廷远隔千里，不明真相。"庞钟璐道："何桂清总督两江后驻节常州，与洋人不熟，能躲进租界，非薛焕帮忙不可。薛焕经办洋务多年，与洋人走得近，才瞒着朝廷，买通洋人收留罪臣何桂清。如今朝野一片杀声，朝廷想让何桂清归案伏法，以息众怒，还得低声下气跟洋人交涉，接受苛刻条件，不止麻烦，还掉国格。趁此节骨眼上，将何桂清避逃租界内幕捅出去，还能有薛焕好果子吃？"

看来庞钟璐眼盯薛焕，已非一天两天。照理何薛同属祁隽藻和翁心存团伙，作为翁家常熟老乡与同党，庞钟璐该维护何薛二人，想不到为巡抚位置，竟背后搜集起薛焕隐私来。世间险恶唯人心，李鸿章难免暗叹。庞钟璐又道："再说薛焕无视苏沪军情，压住淮军粮饷不发放，贻误大好战机，也难辞其咎。先私匿何贼于租界，继卡扣军需于阵前，两条加一起，奏报皇上，薛焕想逃过此劫，恐怕有些难。就是恭亲王位高权重，有心保护薛焕，要留他于巡抚位置上，想必也爱莫能助，使不上劲儿。"

说得李鸿章心情微妙起来。赶薛焕下位，属己所愿，可大敌当前，务必同仇敌忾，内部先互捅刀子，实在太没意思。又不好阻拦庞钟璐，只道："蕴山兄听便吧，各营营官已至帐外，鸿章得赶紧调度兵将，对抗长毛。"

庞钟璐这才出帐离去。回到团练大营，亲兵早已下达集结命令，无奈团勇们一贯自由涣散漫，半天没凑齐。庞钟璐干脆躲入帅帐，着手起草劾折。刚开个头，又觉哪里不对，放下手中笔。借何桂清弹劾薛焕，激怒祁隽藻等老臣，以后自己还怎么在官场混？还有恭亲王奕䜣，一向维护薛何二人，得罪他也非明智之举。

却也难不倒庞钟璐。他曾在朝中行走十多年，结识不少人，包括宫中大小太监。慈安慈禧两宫听政不久，对奕䜣及咸丰老臣多有防备，老想直接掌控地方人事，树立雌威，何不通过大太监安德海，把上海详情传入慈禧耳里？慈禧发句话，拿掉薛焕，自己既不会得罪祁翁旧党，又有苏抚可做，岂不两全其美？庞钟璐重又拿过笔，开始给安德海写信。信写就，再密封好，交快使传出，才整理戎装，召集团勇，向上海西南开发。

且说庞钟璐离开淮军大营后，李鸿章即召各营官进帐听训。虽说久经沙场，身历百战，毕竟头次以主帅身份调兵遣将，又系淮军入沪首仗，李鸿章略觉紧张，又几分兴奋。成败就看此仗，打退太平军，就可立足上海，逐渐壮大淮军，建大功，立大业，否则只能夹着尾巴，灰溜溜逃回合肥，老死乡间。

容不得多想，李鸿章稳住自己，慢慢镇定下来。想得好，不如干得好，况且此时不是胡思乱想的时候。望着昂然挺立跃跃欲试的营官们，李鸿章信心倍增，大声道："兄弟们多年前就力劝本帅创组淮军，建立勋功。经各位努力，又有我老师玉成，如今淮军赫然成军，集结于上海前沿阵地，将与长毛正面作战，是进是退，是成是败，就看在座各位表现。你们有没有决心和胆量，打退长毛，树立淮军威风？"

十几位营官一齐高举有力的拳头，吼声雷动，震得帐顶瑟瑟颤抖："咱们有决心，有胆量，也有能力，消灭长毛，壮我声威！"

李鸿章非常满意，也不废话，开始具体部署："此次淮军任务主要是坚守上海西北方向阵地，打乱两万长毛进攻步骤，再回援常胜军，围攻中路长毛。主战场就在虹桥一带，程学启率开字营及洋枪队，郭松林率松字营，于虹桥正西三里处扎营；张遇春率春字营，滕嗣林、滕嗣武率林字营，于虹桥正西一里处扎营；李鹤章率鹤字营，李昭庆率昭字营，于虹桥西北三里处扎营。以上各营任务主要保虹桥不失。张树声率树字营，刘铭传率铭字营，于虹桥西北十里处扎营，其意在堵截昆山和太仓增援长毛。潘鼎新率鼎字营，吴长庆率庆字营，于虹桥西南扎营，保卫青浦，策应虹桥各营及南援常胜军。以上数营先期出发，尽快布防到位，其余各营包括亲兵营随后跟进，共同挫败西北长毛进犯。"

部署毕，各营官陆续出帐，向操场方向走去。淮勇们已饱食一顿，集合在操场上，一个个精神抖擞，斗志昂扬。营官们给各营兵勇交代完任务，李鸿章也出现在操场上，阔步迈向点将台，面对台下黑压压的淮勇，开始做战前动员。

不讲空话套话，不讲大道理，只粗着嗓门，讲述发生在淮军身上的事情："兄弟们还记得初抵黄浦江边时的情形吧？见咱们衣衫褴褛，装备简陋，上海市民大失所望，说咱们不是来打仗的，是来要饭的。常胜军统领华尔，绿营提督曾秉忠，团练大臣庞钟璐更是不以为然，公然叫咱们叫花子兵。最可气的是巡抚薛焕、布政使吴煦和苏松粮道杨坊也狗眼看人低，卡着咱们粮饷不予拨付，直到时下长毛进逼上海，本帅拒不参加军事会议，才不得不支拨部分下来，真像打发叫花子一样。本帅当众道出个中情由，不是说人长短，是想激励兄弟们，为自己争口气，为淮军争份光，虹桥之战显显身手，打个大胜仗，让小视咱们的上海人和官商各界，睁大眼睛瞧瞧，咱们到底是支什么军队。否则还真只能做叫花子，讨米回安徽。现本帅问你们，有没有骨气和志气，打出斗志，打出气势，打出淮军英雄本色和赫赫威风！”

没人愿意做叫花子，李鸿章话声甫落，台下群情激昂，近万淮勇们一齐举起手中参差不齐的武器，吼声如雷：“打出斗志，打出气势，打出本色和威风！”

李鸿章要的就是这股士气，又鼓励两句，宣布出征！同时转身抓过鼓槌，挥动长长双臂，大力擂响战鼓，为勇士们提气壮行。

战鼓声中，淮勇们依序出发，踏着整齐步伐，向西北方向昂然挺进。

依事先部署，各营抵达虹桥一带后，迅速驻防到位。李鸿章也率亲兵营随后赶到，就近扎下帅帐。又趁长毛兵锋未至，由亲兵护卫，飞驰前线，实地考察。翻越一道林幽树密的丘岗，远远望见一湾水塘，岸柳如烟，清波荡漾。下岗到得水边，只见塘曲狭窄处，水光潋滟，一桥横卧，恍若虹影。看来虹桥并非徒具虚名，确有其桥。

来到桥上，扫视四面，连营座座，井然有序，淮勇们正在营前筑垒挖沟，干得起劲。李鸿章拿出随身所携苏松府图，查找各营方位，再做现场比对，感觉布防合理得当，太平军想突破防线，越过虹桥，殊非易事。让人不放心的是淮军兵源复杂，一部分出自湘军老营，作战经验丰富；一部分来自皖境民团，也与太平军较量过；另一部分刚招募入营，初次上阵。也就是说战斗力参差不齐，能否顶住数倍于己的虎狼敌军，并无绝对把握。幸而各营都在安庆做过集训，到沪后又日夜训练，总体不会太差劲。尤其士气旺盛，斗志昂然，加之部署有序，调度巧妙，可说胜算也不小。

天色向晚，各处营垒渐渐隐入苍茫夜幕。帅帐周围静下来，唯有夜风如缕，绕帐不去，发出似有似无的窸窣声。李鸿章进入帐内，点上灯，翻看随身古书。却看不进去，放下书，拿过苏松分府图查阅起来，万一哪里布置不妥，还可调整。觉得百无一疏，才吹熄灯，和衣躺下。眼望黑暗中的帐顶，耳朵却捕捉着外面动静，生怕睡得太死，敌人打过来都不知晓。

好不容易迷迷糊糊睡过去，忽听炮声炸响，李鸿章兀地惊醒过来，抓过枕边佩剑，一跃而起，冲出帐外。值班亲兵过来护住主帅，仿佛敌人已到跟前似的。

其实炮声来得远，起码在五六里开外，属开字营和松字营所处位置。原来太平军正架炮猛轰，然后一边放枪，一边冲击淮军营。冲入营里，发现空无一兵，正在纳闷，营外枪声大作，何安泰率洋枪队赶到。太平军慌乱迎敌，无奈弹药已打得差不多，只能扔掉火枪，去掏身上砍刀。刀没上手，已被子弹击中，纷纷倒地。避开洋枪队逃出营外的，被开字营拦住，一顿猛砍，只得抱头鼠窜。窜没多远，再遇松字营，稍作抵抗，留下无数尸体，仓皇脱逃。

太平军第一拨进攻就这样被打退。可他们不罢休，天亮后又纠合一处，气势汹汹杀回来。程学启和郭松林早有准备，先避开敌军锋芒，率勇迂回至侧翼，看准其薄弱之处给予痛击。太平军阵脚被打乱，顾此失彼，只好甩开开字营和松字营，死命冲出洋枪队射程，朝虹桥方向涌过来，直取桥东帅帐。

李鸿章正站在帐前，看得真切，传令张遇春和滕嗣武，不惜代价阻挡敌人，决不能让其靠近虹桥。张滕二将不敢懈怠，身先士卒，迎头痛击，直杀得昏天黑地，双方死伤无数。可毕竟太平军人数占优，两营兵勇渐渐有些吃不消，且战且退，被逼到虹桥上。

桥东无兵无卒，敌军一旦过桥，必然畅行无阻，直逼上海。李鸿章抓过帅旗，跳上马背，风驰电掣般冲下短岗，驰向桥头。马蹄未及收住，人已下马，高举旗杆，大声喊道："兄弟们给我杀，狠狠地杀，本帅在此，要活咱们一起活，要死咱们一起死！"

见主帅现身，淮勇们信心倍增，越战越勇，一次次杀退敌军，直杀得桥上尸体层叠，桥下浮尸如鲫，清幽水塘成为殷红染缸。却不知哪来那么多敌兵，杀死一批，又冒出一批，潮水般涌过来，大有将淮勇吞没之势。淮勇死伤惨重，人数越来越少，渐渐抵挡不住，只得往桥上退却。李鸿章就站在桥头，手扶帅旗，虎着一张脸，剑指撤过来的淮勇，大声道："谁敢过来，先看我手中利剑同不同意。"

淮勇们见状，不敢过桥，冒死返回桥西，再次冲入敌阵。厮杀越发惨烈，连张遇春也被后退的淮勇挤上虹桥，往桥东溃逃。李鸿章提剑上前，抓住张遇春后领，扬剑就劈。劈到一半，又停下，对着退到桥上来的将士，厉声吼道：“本帅宝剑不是对付逃兵的，是用来指挥将士杀敌的，拿你们的刀来，我好砍下张遇春这颗不中用的脑袋，血祭帅旗。”

淮勇们咂咂舌头，只好再次麻胆掉过头，朝追到桥头的敌军扑去。张遇春也从李鸿章手里挣脱，重新杀回桥西。正值何安泰洋枪队赶到敌军背后，一阵扫射，开松二营又冲上前，轮番猛杀猛砍，太平军腹背受敌，死的死，伤的伤，没死没伤的，拔腿就撤，一哄而散。又被正朝帅旗奔过来的鼎字营和庆字营截住，一顿乱砍，太平军丢下无数尸体，落荒而逃。

前后两次交锋，西北路太平军死伤过半，剩下不到一万人。稍稍休整，准备再次攻击虹桥，却得到消息，淮军铭字营和树字营正强攻昆山和太仓。这是太平军老巢，落入淮军之手，便失去后路，也就不敢恋战，掉头回防。虹桥之围解除，李鸿章留春林鹤昭诸营坚守阵地，率左右亲兵营及开松鼎庆数营南进，支援华尔常胜军和曾秉忠绿营。

华曾两军面对的是谭绍光两万中军，数轮拉锯战下来，减员惨重，只好丢下无数死尸和伤员，往城里方向撤离。撤到城下，城门紧闭，苍蝇都飞不进去，已无处可撤。华尔挥舞手枪，对着城头抚标守军哇啦哇啦大叫：“长毛打过来啦，快给老子开门！”

抚标头领冯日坤就站在墙头，居高临下道：“打开城门，长毛冲过来怎么办？”华尔吼道：“你们给我出城迎战！”冯日坤道：“迎战长毛是常胜军与绿营任务，抚标营得遵薛抚命令固守城门。”曾秉忠正好逃至，大骂道：“日你妈的冯日坤，你不就是薛焕脚下一条狗吗？把你主子叫出来，要他迎敌！”冯日坤笑道：“咱是薛抚的狗又如何？你想做他狗还没份呢。”

正闹着，太平军已排山倒海般压迫过来。华尔一急，嘴里大叫：“冯日坤开不开门？不开门老子崩了你？”扬手朝上，啪的一枪。冯日坤身子一闪，躲到垛后，大声嚷嚷道：“有种你打长毛呀，打自己人算什么本事！”

前面城门紧闭，后面追兵淹近，华尔与曾秉忠不愿坐以待毙，只得分头召集常胜军和绿营兵，组织反击。刚摆好阵势，大批太平军就杀到近前，双方一阵恶战。无奈太平军越战越勇，常胜军和绿营渐处下风，逃又无处可逃，只有等着全军覆没。

就在华尔和曾秉忠绝望至极时，不远处响起剧烈枪炮声和喊杀声，李鸿章率领数营淮军，朝太平军后背冲杀过来。太平军慌了神，撇开常胜军和绿营兵，转而对付淮军。华尔和曾秉忠大乐，贴着太平军屁股，一顿猛追猛打。

毕竟首尾难顾，不到半个时辰，中路太平军就支持不住，开始往沪西南撤离，欲与西南军合到一处，再打反击。殊不知左宗棠接到薛焕飞书，命令苏浙边境楚军迅速北上，在庞钟璐团练配合下，南北夹击，将西南军驱散，不知去向。得不到接应，中路太平军残部只有掉头，望北狂逃，退守到北新泾和四江口一带。

穷寇莫追，追也已没力气再追，淮军各路人马休兵回营，论功行赏。此次战役，以弱胜强，以少胜多，转折点在淮军将西北路太平军打退，成功守住虹桥，再腾出兵力支援常胜军和绿营，击溃正西中路敌军。也就是说，虹桥之战是硬仗恶仗，又是巧战妙仗，主帅布局得当，将士敢拼敢杀，才一战告捷，大获成功。华尔是军事行家，深知虹桥取胜之决定性意义，更清楚只有李鸿章所领淮军才可能取胜，如果让常胜军和绿营守卫虹桥，你打你的锣，我唱我的戏，形成不了合力，必败无疑。

事实面前，华尔不得不低下高傲的头，正视李鸿章及其淮军。且逢人就竖拇指："还是鸿帅手里淮军厉害！"当李鸿章面也掩饰不住内心敬佩，说："没鸿帅运筹帷幄，先取得虹桥胜利，再西进痛击中路长毛，上海早被攻破。"李鸿章笑道："其实淮军能守住虹桥，及时赴援沪西，也是沾的华将军的光。"华尔听不明白，道："鸿帅不是挖苦华尔吧？"李鸿章道："不是挖苦，是大实话。此次虹桥取胜，离不开各营将士舍命拼杀，也靠开字营和洋枪队敢打会打，打出应有水平。洋枪队可是华将军属下洋教官调教出来的，淮军能胜，华将军功莫大焉。"

这自然不是虚夸华尔，是铁的事实。虹桥战役中，敌我双方无数次对攻，都是何安泰洋枪队率先出击，压住敌军兵锋，消灭其有生力量，其他淮勇趁势冲杀上前，才有效制服对方。说得华尔哈哈大笑，道："鸿帅慷慨，要分功于华尔，华尔只好笑纳。"

不止华尔，整个上海军政商各界，都从虹桥保卫战看出淮军之不同凡响，再不敢用叫花子兵挖苦嘲笑。也由此意识到，只有淮军才是上海救星，当初花大钱去安庆请来这支衣衫褴褛武器粗陋的军队，看来还算值得。尤其对淮军统帅李鸿章，更是刮目相看，视之为无坚不摧的战神。一时之间，上海官民三句不离李鸿章，大街小巷都在传扬他的故事，说他如何神机妙算，如何巧布战阵，说两军对阵时，淮军将士根本不用看敌人，都抬头张望高处的李鸿章手中帅旗和长剑，旗指东打东，剑指西打西，打得太平军鬼哭狼嚎，溃不成军。

说得天花乱坠，神乎其神，李鸿章就这样成为上海人心目中的救世主和大英雄。崇拜救世主和大英雄是人之天性，大家就想着见见李鸿章，倒看他是长着三头，还是六臂，到底是不是用鼻子吃饭，用耳朵喝水。有钱人还找到李鸿章熟人朋友，要求请他吃饭看戏，合影留念，出场费再多都可以。又听说他字写得棒，诗作得好，愿花大钱购他墨宝和诗作。连租界里洋商都主动要求捐款给淮军做军费，交换条件是李鸿章给其产品代言，登到洋报上。

对此李鸿章能做的，就是不理不睬。他没时间，也没心情。虹桥取胜，并不代表上海从此平安无事。太平军残部退守北新泾和四江口，谭绍光随时可能增兵来犯，须加紧布防，选择适当时机打反击。还得将捷报发往安庆和北京，叫老师高兴一番，也让皇上知道淮军不是孬种，李鸿章不是吃素的。奕䜣放不下薛焕，老师奏请拿掉薛焕巡抚，一直没有反馈。虹桥取胜正好告诉朝廷，上海可以没有薛焕，但不可能没有淮军和李鸿章。

捷报发走，李鸿章又拿出溪砚，准备接水磨墨，给老师写封信。用老师所赠砚台磨墨写信给老师，意义自然非同一般。可低头看看溪砚上的龙凤图，又改变了主意。记得老师送砚时说过一句话：少荃即将升任巡抚，诸事都得具折奏请皇上，溪砚有用得着的时候。眼下巡抚还没着落，拿砚磨墨，是不是有些委屈它？

收好溪砚，李鸿章拿出原用砚台，墨磨写信。写字作文本是李鸿章长项，很快写满好几页宣纸。主要禀报虹桥战役经过，包括如何排兵布阵，如何督军死战，写得活灵活现。新练洋枪队功不可没，自然得大书一笔。末尾还建议老师也购置洋枪洋炮，建支洋枪队，对提升湘军战斗力绝对大有裨益。

信快写完，周馥进来禀报道，说杨坊已拨足所欠淮军粮饷，外加抚衙所给五万两奖银，都一齐到了位。李鸿章答曰已知，再无其他表示。

这些势利之徒，非等淮军取胜才拨足粮饷，若守不住虹桥，上海有失，莫非你们拿着这些粮饷自沉海底不成？李鸿章知道只要薛焕和吴煦之流把持上海，自己就做不起人，成不了大事，非对他们采取措施不可。

周馥出去后，刘斗斋送来一信，竟是老师手迹。打开一看，是封回信。驻沪以来，李鸿章忙进忙出，直至洋枪队建成，才给老师去信，想不到回信来得如此迅速。信里对李鸿章初到上海所作所为给予充分肯定，鼓励他放手大干，不要辜负朝廷和上海官民殷切期望。只对创建洋枪队提出异议，说带兵打仗在人不在器，长毛火枪火炮应有尽有，不还是为湘军大刀长矛所败，节节退缩于金陵城里，坐以待毙？

对此看法，李鸿章自然不敢苟同。别的不好说，至少华尔常胜军和淮军洋枪队打起仗来，洋枪洋炮绝对比大刀长矛管用。想起刚写就还放在桌上的书信，里面大书特书洋枪队，若给老师看到，还以为你跟他抬杠，肯定不乐。老师眼光毒辣，看人看事入木三分。也正因此，一旦认定的人事，也就谁也不可改变。何况还得指望他老人家，到皇上那里为自己争取巡抚位置呢，又何苦惹他不满是不是？他对你不满，没兴趣为你上折，你没巡抚实缺，苏沪事情办不成，岂不误己误人误国家？

将写好的信扔进纸篓，李鸿章另写一封，但言虹桥取胜和上海防卫，只字不提洋枪队。

此时曾国藩正一动不动，端坐于安庆督署签押房，看去脸上波澜不惊，其实心内焦虑难安，有如沸油泼浇。他在切盼上海方面消息。虹桥之战打响前，得到李鸿章御敌方略，他就对此战不抱太大希望。试想淮军初建，仓促到沪，天时地利人和，一样不沾，哪敌得过李秀成久经沙场的虎狼之师？

正忧心忡忡，上海捷报飞至，毫无胜算的虹桥之战，淮军竟然大获全胜！曾国藩一脸惊异，不敢肯定这是事实。直到李鸿章书信随后递至，读完虹桥战役详情，才确信无假。这比湘军取胜更让曾国藩欣慰。看来当初让李鸿章组建淮军，征发上海，不仅没错，且非常正确，甚至说得上英明。算自己没看走眼，李鸿章确非普通翰林，安徽战场多年历练，湘军阵营耳濡目染，心智成熟，翅膀渐硬，才有虹桥一战成功。经此一战，李鸿章就可在上海站稳脚跟，打开局面，一方面为湘军办粮筹饷，一方面牵制李秀成布置在苏南浙北的数十万太平军，让曾国荃和彭玉麟放开手脚，陆水合力，围攻金陵。

激动之余，曾国藩连夜具折，向朝廷奏报虹桥大捷，再次请求委任李鸿章为江苏巡抚，以免军政剥离，相互扯皮，影响整个江南大局。掌管军机处和总理衙门（又名总署）的议政王大臣奕䜣见奏，喜忧参半。喜的是上海有救，李秀成没法在金陵外围扩大势力，洪秀全就会成为困兽一只，施展不开手脚。忧的是曾国藩一再奏任李鸿章江苏巡抚，依其不是，不依也不是。让李鸿章接任苏抚，朝廷又如何遥控江苏和上海？总督两江以来，曾国藩已将赣皖浙三省巡抚换成自己人，仅剩苏抚薛焕与湘军无关，姓曾的还要盯住不放，真是贪心不足。倒不是薛焕多能干，上海离不开他，让李鸿章取而代之，不会比他差。主要是曾国藩已很强势，留个对手看管源自湘军的淮军，朝廷好随时掌握动态，以免受了欺骗还蒙在鼓里。可曾国藩又非他人，得罪不起。要消灭太平军，唯湘军足可依靠，违背曾国藩意愿，他不卖力打太平军，江南何时才能光复？太平军作乱十年，弄得山河百孔千疮，再继续耗下去，百姓没法过日子，国家也承受不起啊。

好在还有两宫太后垂帘听政，拿不准的事可请她俩定夺。隔日养心殿朝会上，奕䜣抛出苏抚位置，交由君臣动议，该不该依允曾国藩奏请。坐在皇位上的同治皇帝才六岁大，懵懵懂懂，不知殿前叔王说的啥，习惯性地扭过脑袋，去瞧大位后的帘子。帘子里送出清脆优雅的声音："恭亲王自己意思呢？"

那是慈禧太后的声音。慈禧有文化，识汉字，志在政治，颇具手腕。相反慈安太后不识汉文，不懂朝政，对纷繁复杂的官场人事颟顸得很，人在帘后，却少有主见，能不吱声就不吱声，仿佛聋人耳朵，纯粹用来配相的。

听得慈禧发问，奕䜣转着弯子，说还是薛焕留任苏抚为佳，原因是他久在苏沪任职，军务民情熟悉。慈禧听得出，奕䜣是将淮军等同于湘军，才对李鸿章老不放心。可她不这么看。虽说淮军源自湘军，毕竟不是湘军。曾李确有师承关系，然湘军绝大部分是湖南人，淮军主要由安徽人组成，从地域上分是两个不同群体。加之湘军可怕之处，不在湘勇能战，是将领多为读书人，读书人心眼多，不好驾驭。淮军除李鸿章进士出身外，所属主要将领仅个别有举人身份，大都是些文化不高的粗人，四肢发达，头脑简单，容易掌控。也就是说，比起湘军来，淮军还算能让人放心。

这自然不是啥秘密，谁都清楚，不用慈禧言明。另有旁人不清楚或没意识到的，就是曾国藩大李鸿章十二岁，李鸿章大慈禧十二岁，三人属相都为羊。慈禧自己属羊，才格外留意官场中属羊的人，对羊命官员天生就有好感，相信李鸿章不会图谋不轨。当然慈禧不会幼稚到拿属相说事。她没说谁做苏抚更适合，顾左右而言他道:“听说何桂清还藏在上海洋人租界，没有捕拿送京，投监归案？”

奕䜣满脑装着苏抚人选问题，慈禧突然问及何桂清，一时转不过弯来，不知两者之间到底有啥联系。痴愣一会儿，才张口道:“已派人与洋人交涉，洋人狡诈得很，说进入租界，就该受到保护，趁机漫天要价，一时没能谈妥。”

“解铃还须系铃人，谁把人送进租界的，就叫谁把人弄出来。”慈禧声音不高，语气却跟锤子钉钉样，很有劲道。原来不久前安德海收到庞钟璐密信，鼓动如簧之舌，在慈禧面前一番嘀咕，慈禧很生气，对薛焕有了看法。又闻薛焕经常往北京送钱，怀疑奕䜣没少得薛焕好处，他越维护薛焕，越坚定慈禧拿掉薛焕巡抚的想法。

奕䜣只知庞钟璐与薛焕一样，同为祁翁一党，哪知他会插这么一杆子，也就没听出慈禧话里意思，道:“谁是系铃人？”慈禧道:“恭亲王是真不知，还是假不知？”奕䜣不无委屈道:“真不知。”慈禧挑明道:“不是薛焕出面斡旋，谁有能耐把何桂清送进洋人租界？”奕䜣睁大眼睛道:“还有此事？我派人调查调查。”慈禧说:“不用你调查，早有人摸清了底细。还有薛焕卡着淮军粮饷不发，差点贻误战机，痛失上海，此事恭亲王知否？”

“京沪远隔千里，微臣一无所知。”奕䜣摇摇头，心想薛焕巡抚看来已没法保住，只能依照曾国藩意见，考虑一下李鸿章。可没等奕䜣开口，老臣祁寯藻出列道:“薛焕处事失当，不宜再做苏抚，就让庞钟璐接任吧。庞钟璐统领江南团练，转战苏沪有时，既深谙江苏防务，又熟悉上海人事，做苏抚再合适不过。”

原来庞钟璐向安德海密告薛焕劣迹时，还给祁寯藻写了封信，将江南团练吹嘘一通，再以不经意口吻提到何桂清案，及薛焕卡扣淮军粮饷的事，暗示薛焕苏抚可能难保，请老人家为自己说句话。祁寯藻自然力荐庞钟璐，以免肥水流入别人田。

可祁寯藻有所不知，就在他收到庞钟璐信函时，不知殷兆镛从何闻悉江南团勇强抢民财民女，一纸诉状告到军机处，奕䜣恼火得很，正要拿庞钟璐是问，哪还会让他接任苏抚？当即驳斥祁寯藻道：“快别提庞钟璐，他领兵无方，治军不严，影响极其恶劣，让他巡抚江苏，岂不坏我大事？”

其他大臣也附和说，庞钟璐读书写字是把好手，做个太平京官也没问题，让他带兵打仗，治理地方，不可能有啥作为，不如把上海和江苏交给李鸿章更靠谱。

慈禧和多数大臣都倾向于李鸿章，奕䜣还能说啥？可将苏沪全盘交到李鸿章手上，又实在放心不下，还得另想周全办法。于是道：“为上海安全着想，就叫薛焕让位，命李鸿章署理苏抚吧。不过薛焕暂时还不能离开上海。”慈禧道：“薛焕不做苏抚，还待上海干啥？”

奕䜣说出一番道理来：“上海洋人众多，洋务复杂，让李鸿章抚苏，军务政事缠身，还得另外有人打理洋务。况苏抚驻节之所本非沪上，过去在苏州，前年苏州沦陷，时任苏抚徐有壬殉职，薛焕接任后无处可驻，才暂时逗留上海。巡抚为一省首脑，不可偏安一隅，抚衙迟早会搬走，迁往苏州、南京或镇江，上海又不能没有重臣坐镇，薛焕熟悉洋务，让他留任五口通商事务大臣，也有利于南洋商贸和洋务顺利开展。”

五口通商始于第一次鸦片战争之后，清廷被迫开放广州、福州、厦门、宁波、上海五个对外通商口岸，派钦差大臣至上海，管理五口通商和洋务交涉事务。继而天津、牛庄、登州三个通商口岸开放，又设三口通商大臣衙门于天津。北方三口通商大臣俗称北洋通商大臣，南边五口通商大臣亦叫南洋通商大臣。

说一千，道一万，奕䜣就是要在上海安个耳目，监视李鸿章和淮军。慈禧不好反对，只有同意。奕䜣又道：“两年前薛焕已署理两江总督，后朝廷改任曾国藩，他顾全大局，服从安排，且无怨无悔，实在难得。这次又委屈他出让巡抚位置，总得多少给点补偿才是。”慈禧说：“怎么补偿？”奕䜣说：“可让薛焕享受头品顶戴，以钦差大臣身份办理南洋通商事务。”怕慈禧不同意，又补充道：“还有何桂清之事，也得薛焕出面交涉才行。”

奕䜣已让步，同意李鸿章署理苏抚，留薛焕于上海，给个头品顶戴和钦差大臣虚衔不算什么，慈禧表示首肯。至于庞钟璐，自受命办理江南团练以来，没见消灭几个太平军，却徒费无数民脂民膏，上海已有淮军驻防，其团练纯系多余，不如早日撤勇回京，写写文章，做点诗赋，也算人尽其才。

圣旨颁发上海，最受用者自然是李鸿章。南归十载，人至不惑，多年媳妇熬成婆，赢得大位，换了谁都会情不自禁，兴高采烈。虽说巡抚前暂缀署理两字，也属官场惯例，不足为奇。署理即代理之义，不出意外，过不多久就会拿掉，实授巡抚。

圣旨在手，李鸿章带人赶往巡抚衙门，去与薛焕办理交接。薛焕心绪低落，正不自在得很。经营上海多年，好不容易做上巡抚，李鸿章入沪没几天，仅在虹桥打个胜仗，就把位置夺走，简直岂有此理。可皇命在上，总不能抗旨不从，握紧抚篆不松手。好在恭亲王体恤下情，赏头品顶戴和钦差头衔，命留上海办理通商事务。这或许也不是坏事。做个通商大臣，管理洋务和商贸，好处不少，责任不大，又何乐而不为呢？反观苏沪战事急迫，政务繁杂，巡抚有权有利，同时也任重如山，哪天打了败仗，或出点什么差错，吃不了还得兜着走。李鸿章确实精明干练，可智者千虑，必有一失，说不定一不小心，尾巴被人踩在脚底，甚至到了战场上，枪子不长眼，洞穿脑袋，苏抚大印岂不又会重归故主？

也是薛焕会想，见着李鸿章，心气已平和下来。倒是李鸿章有些不忍，放低身段，客套道："经薛抚精心整治，苏沪政务井井有条，军务风生水起，洋务兴旺发达，皇上竟然叫你让位，命鸿章署理苏抚，实在有些说不过去啊。"

虚伪！薛焕肚里骂一句，嘴上故作轻松道："鸿帅谦虚，让你署理江苏巡抚，说明皇上和两宫圣明，慧眼识珠，用人得当。薛焕也相信，凭鸿帅大才，江苏在你主持下，无论军事，还是政务，定会焕然一新，出现前所未有之可喜局面。"

薛焕左一个江苏，右一个江苏，言下之意，江苏归你李鸿章管，上海依然是咱姓薛的地盘，你还是知趣点，早些把抚衙搬离上海，另谋宝地。李鸿章冰雪聪明，还能听不出薛焕话后意思？却也不予计较，打着哈哈，言归正传，说明来意，办理抚篆交接。上海到底会是谁的地盘，总会见出分晓，没必要嘴上争出长短来。

交接办完，留下数千抚标军，薛焕搬往南洋通商大臣衙门。安顿伊始，便直奔租界，向洋人讨要何桂清。委任薛焕南洋通商大臣时，奕䜣又专函叮嘱，尽快将何桂清弄出来，解往京师候审。何桂清触犯众怒，一日不离开上海，他薛焕一日不得消停。

洋人执钦犯何桂清于手，不是要保护他，无非想多弄几个银子。薛焕所带银子够数，洋人立马放人，交他带回南洋通商衙门。何桂清以为风声过去，新君继位，万事大吉，不想薛焕一顿好酒好肉招待毕，把他锁进铁屋，等着物色可靠之人，押送京城。

正值庞钟璐来访，祝贺薛焕荣获头品顶戴，以钦差执掌南洋通商事务。薛焕不知对方是何来意，问道："据说蕴山兄准备回京高就？"庞钟璐道："李鸿章抚苏，又手握淮军，咱不好留下碍眼，回京就回京吧。唯手下数万团勇不知如何打发，今登门拜访，请薛大人出出主意。"薛焕道："我一个通商大臣，不理苏沪防务，能出啥主意？"

庞钟璐本想送三万团勇给李鸿章，以换取苏抚大位，谁知竹篮打水一场空，不禁恼羞成怒，自然不愿让李鸿章白捡便宜，才来找薛焕，道："团勇还是编入抚标营吧，以充实沪城防卫。"薛焕道："我已非苏抚，抚标营也移交给李鸿章，说话不再作数。"庞钟璐道："抚标营交给姓李的，可抚标首领还是冯日坤，他唯薛大人马首是瞻，还能听命于李鸿章不成？"薛焕故作不乐道："抚标营移交新抚，冯日坤就得听新抚的，哪能继续受我掌控？"

庞钟璐起身告辞，准备去找冯日坤。薛焕送客出门，一边问道："蕴山兄何日离沪赴京？"庞钟璐道："办好团勇移交就动身。"薛焕道："咱俩同事一场，你远走高飞，我置酒给你饯行。"庞钟璐道："免啦免啦，饯行就免啦。"薛焕道："我还有事相求呢。何桂清已被我接出租界，将解送京师，想请蕴山兄同路看顾。"

京师千里迢迢，没谁愿背个包袱在身，何况还是钦犯，万一路上出点差错，岂不费力不讨好？庞钟璐正要拒绝，薛焕又道："江南团勇之事，我给冯日坤打声招呼，要他按你意思办。至于何桂清，有专门捕快押送，不过让庞大人路上关照，叫他少受些苦，少遭些罪。人家堂堂两江总督，落到如此地步，怪可怜的，赴京途中给点照顾也应该。"

只要薛焕愿督冯日坤接受三万团勇，以免便宜李鸿章那厮，什么都好说。庞钟璐答应着，出衙降阶，钻入轿里。正好冯日坤飞奔而至，拦轿求见，又掀帘而出，笑道：“看把冯将军急得，好像屁股着了火似的。”冯日坤道：“能不急吗？末将一大早赶往团练大营，没见到庞大人，以为您准备离沪，给李刘俩同年辞行去了，赶紧往抚衙和海防府署跑，仍没见您半条影子，想不到到了南洋通商衙门。”

平时两人往来少，冯日坤怎么会追着你跑？庞钟璐道：“冯将军找钟璐，有何贵干？”冯日坤放低声音道：“庞大人北望返京，不会把三万团勇也带走吧？”庞钟璐笑道：“带哪儿去？带北京向朝廷示威？”冯日坤道：“庞大人知道沪上几支军队，数咱抚标营最弱。英法三千洋兵姑且不论，常胜军人比咱少，武器精良。绿营能耐不大，人多势众。淮军训练有素，又取得虹桥之胜，牛气冲天。末将于是寻思，庞大人反正要走，移三万团勇给我，加上八千抚标兵，合计小四万人马，到时咱一军独大，什么淮军绿营常胜军，统统不在话下。”

庞钟璐冷冷道：“抚标营不已移交给署理巡抚，你怎么一军独大？”冯日坤道：“李鸿章算老几！抚标营为薛大人一手创办，岂可听命于外人？不瞒庞大人说，接编团勇也是薛大人意思，否则我也不敢异想天开，跑遍上海，到处找您。”

原来薛焕早在打三万团勇主意，还假惺惺答应帮找冯日坤说好话。庞钟璐不知说啥好。冯日坤以为他不愿出让团勇，要拉他进通商衙门见薛焕。庞钟璐这才道：“团勇接编之事，你与薛大人先商量个初步方案，再与咱合议吧。”

冯日坤一听有戏，飞步走进通商衙门，向薛焕报告喜讯。薛焕可没他兴奋，淡淡道：“庞钟璐早想离沪回京做太平官，后李鸿章来沪，又改变主意，欲借这个同年之力把我弄下去，窃取巡抚位置。不想李鸿章有曾国藩扶持，捷足先登，庞钟璐只得知趣走人。人走容易，三万团勇总得有个去向吧，他不愿交给李鸿章，转而来打咱们主意。你先收下三万团勇，与抚标营合编一处，咱再争取恭亲王支持，看能否独立成师，以制约淮军。”

一个八千抚标头目，眼看就要成为四万大军首领，冯日坤欣喜若狂，声音直往上飙：“薛大人主意高。末将这就找庞钟璐商议，早日办理团勇移交。”薛焕说：“你去落实吧。宜早不宜迟，一旦李鸿章插手，事情就不好办了。”又拿出一包银子：“交给庞钟璐，三万团勇不是个小数目，给他点补偿也应该，况且我还要他照顾何桂清安全抵京呢。”

冯日坤再次赶到江南团练大营，呈上大包银子，庞钟璐心里稍感平衡，没打什么折扣，开始移交三万团勇。说是移交，其实也简单，无非叫来大小头目，与冯日坤见过面，再交出文书资料，粮饷档案，便算完结。

三万团勇有了去处，庞钟璐松口气，带上数名亲兵，与押解何桂清的捕快一起，准备上路。薛焕让冯日坤作陪，设宴饯行。酒喝得差不多，又递上一份公禀，证明何桂清前年逃常奔苏，并非有意丢城弃师，是为保护饷源重地，嘱庞钟璐亲自送给刑部，看能否免去何桂清死罪。看在银子份上，庞钟璐答应帮这个忙。

宴罢上路，庞钟璐对何桂清也多有照料，抵京时依然完好无损，没缺胳膊缺腿。钦犯到案，刑部与都察院立即着手会审。当年就因怕死，何桂清才扔下常州，自顾逃命，如今到得会审堂上，自然极力自辩。庞钟璐也拿出薛焕所具公禀，为其开脱罪责。还有祁隽藻等老臣，不惜代价，上下其手，欲救何桂清一命。可无济于事。正值清剿太平军关键时刻，前线文武官员都学何桂清坏样，贪生怕死，保命失节，将头上小脑袋看得比大清江山还珍贵，江南何时能光复？朝廷毅然决然，判何桂清斩立决，推往菜市口刑场，斩首弃市。

至于庞钟璐，留守苏沪时无所作为，可到得北京，便如鱼得水，样样玩得转。与祁家走得近，跟同为常熟老乡的翁家尤其是翁同龢更打得火热，经常出双入对，日觅珍宝古玩，夜访皇宫王府，或诗酒往来，吟风弄月，隔江犹唱后庭花。祁翁几代都是帝师，皇亲国戚面前说得起话，不时为你美言几句，你想不官运亨通都难。从此庞钟璐转任多部侍郎，后又高升刑部尚书，成为一品大员。

三、见识洋人洋器

常熟人庞钟璐和翁同龢高居庙堂，得心应手做太平京官时，合肥人李鸿章及其淮军正在地方支撑危局，出生入死，救民于水火。所幸已署理巡抚，手上有权好办事，可谓有位才有威，有威才有为。反之亦然，有为才有威，有威才有位。有位有威有为，做人做官才有味，不然也无人挖空心思，挤破脑袋，死命往官场钻。

巡抚衙门自然比淮军大营强得多，办公设施好，生活舒适方便。薛焕会弄钱，也会花钱，抚衙修葺得富丽奢华，签押房又大气又雅致，李鸿章坐在靠背椅上，感觉良好，情绪极佳。想努力忍住心头之喜，不经意间，喜色还是从张扬的眉眼和上挑的嘴角流露出来，收都收不回去。也怪不得，巡抚位列封疆大吏，泱泱华夏，数亿生民，又有几人能入此大堂，登此高位？也是李鸿章祖上积德，两榜高中，十载蹉跎，几经磨难，终于时来运转，脱颖而出，初步实现人生夙愿，主政江苏富庶大省。

江苏确非偏远穷困小省，只是眼下大部分地盘还在太平军手里，这个署理巡抚能掌管的也就上海及周边屈指可数几个府县，江苏再大再富，也沾不上多少边。喜乐劲很快过去，李鸿章感觉重责如山，任重道远，开始慢慢梳理思路，琢磨该从何处着手，打开苏沪局面。要办之事千头万绪，归纳起来，无非军务、政务和洋务几大块。军务务在带兵打仗，带兵打仗离不开枪炮粮饷，只有办好政务和洋务，才购得起枪炮，筹得到粮饷。反过来，有枪有炮，有粮有饷，才可能打胜仗，保卫上海，光复江苏。也就是说，军务也好，政务也罢，洋务也不例外，都不是孤立的，三者互为因果，不可能决然分开。由此看来，洋务控制在薛焕手里，终非长久之计，适当时候还得想想办法，让他老人家撒手离开上海。

无论军务政务，还是没法归类的杂务，样样得人操办，光你署理巡抚一双手，肯定打理不过来。李鸿章唤入周馥等幕宾，商办政务，分清孰轻孰重，孰缓孰急，孰难孰易，再依轻重缓急难易程度，轻事小办，重事大办；缓事后办，急事先办；难事力办，易事即办。

正在商量，亲兵进来报告，说有洋人求见。洋人真性急，你刚署理苏抚，屁股没坐热，就追了过来。再说洋务归薛焕管理，怎么不去南洋通商衙门，来找你李鸿章干啥？也许你入主苏沪，把持军政，洋人觉得光与薛焕接触不管用，才急于前往，投石问路。

来人是一个英国年轻人，名叫阿喳哩，自称英军通事。通事就是翻译。还以为是多了不起的大人物，小小通事也跑来见你署理巡抚，真不知轻重。李鸿章有些不快，却还是让亲兵带人来见。既已入主苏沪，自然没法回避洋务，接触洋人通事，多少总能长些见识。

阿喳哩走进签押房，望望在座几位，瞧向太师椅上的李鸿章。也许是对方太年轻，看去也就二十四五的样子，李鸿章屁股都懒得抬，安坐椅上，稳如石佛。转而又想，不管年轻与否，来者是客，何况还是洋人，基本礼节不能少。华夏号称礼仪之邦，礼字很重要，让人觉得你不懂礼，也颇失面子。再说离开安庆前，老师也亲口说过，洋人也是人，待之以诚，总不会错。李鸿章敛去脸上傲慢，起身抱拳施礼道："欢迎阿喳哩先生光临！"

"李先生好！"阿喳哩操着纯正的华语，走向比自己还高的李鸿章，伸出毛绒绒的长手来。李鸿章犹豫片刻，想起华尔高兴时，也喜欢跟人握手，知道阿喳哩在表示友好，松开双拳，伸手跟他握握，顺便请他落座，再招呼亲兵上茶。

受到礼遇，阿喳哩很高兴，心想到中国也非一日两日，所遇华人永远只有两种人，要么低声下气，奴颜婢膝，要么眼睛上翻，色厉内荏，像李鸿章不亢不卑，落落大方，能与你平视的大清官员还真不多。李鸿章也在想，阿喳哩人虽年轻，举止却不轻浮，一副见多识广的样子，且站有站相，坐有坐相，一口流利华语，连国人都自叹不如，也不知他在哪儿修的。

两人相视片刻，阿喳哩正要说明来意，李鸿章先道：“什么风把阿先生吹到抚衙来啦？”毕竟是通事，研究过中国语言习惯，阿喳哩懂得李鸿章意思，笑道：“当然是东南风。”

英法海军驻于沪东南海边，李鸿章就知阿喳哩定为英国海军提督何伯派来的，心里说何提督架子真大，有事不亲自出面，派个小通事来与你纠缠。却也不去计较，嘴上客气道：“何大提督可好？”阿喳哩说：“好好好，非常好。何提督也让我代向巡抚大人问好。”李鸿章说：“谢谢！何提督派您前来，有何贵干？”

阿喳哩没吱声，望望周馥几位。李鸿章便吩咐周馥他们去外面客厅喝杯茶，待会儿再进来议事。几位出去后，阿喳哩才说道：“何提督非常看好淮军，想与您合作。”

好势利的洋人！李鸿章肚里悄悄骂一句。淮军初到上海，要啥没啥，人见人躲，鬼见鬼愁，不想虹桥大捷，名声在外，洋人就屁颠屁颠，上门要求合作。李鸿章不动声色道：“怎么个合作法？”阿喳哩道：“合作潜力非常大。其一，淮军已成立洋枪队，以后还可扩大规模，咱愿代售先进武器，再派人练勇带兵，有效提升淮军战斗力。”

代售武器可发咱国难财，派人练勇带兵能拿高额薪酬，洋人算盘打得蛮精。李鸿章自然也会掰指头，怎会轻易答应，笑道：“其二呢？”阿喳哩道：“其二是联合作战，先击退嘉定、宝山附近长毛，再挺进苏中，直捣金陵。”

李鸿章心里暗笑起来。年初英法联军就在青浦、嘉定、宝山一带败给太平军，法军提督被长毛火炮炸死，何伯也腿部受伤，差点丢命。看来洋人被太平军吓得破了胆，想让淮军出面当炮灰，取胜算洋人功劳，打败可推给淮军。李鸿章不愿上洋人当，却也不好硬性拒绝，打几声哈哈，岔开话题道：“本抚孤陋寡闻，却知美国人也说英语，是不是可这么理解，美国人是从英国过去的？阿先生堂堂英国学子，可否赐教于老夫？”

联军与淮军合作之事没谈妥，怎么跳到英美关系上面去了呢？阿喳哩不知两者之间有无联系，不应付两句又不礼貌，只得说：“过去英国人瞧不起美国，不承认他们是英国人，如今美国越来越强大，不肯承认是英国人，到底英国人与美国人关系如何，可以写部大书，不是一两句话说得清楚的。”李鸿章道：“有这么复杂吗？”阿喳哩道：“确实复杂。抚台大人还是表个态，同意合作的话，咱回去禀报何提督，再正式签署合约，按约行事。”李鸿章答非所问道：“假设美国人是从英国过去的，常胜军首领华尔先生是美国人，会不会与阿喳哩先生有某种血丝关系？弄不好他还是你直系亲属，或旁系老表呢。”

阿喳哩有些恼火，却还是耐着性子，解释几句，再把话题扯回去。李鸿章还是装痴卖傻，顾左右而言他。阿喳哩没法，只得愤然起身，走出签押房。李鸿章送客出门，看着阿喳哩登上马车，倏忽而去，脸上浅浅一笑，低头返回签押房，对亲兵说：“叫玉山（周馥）他们进来吧，继续议事。”

议完事，周馥几位走后，李鸿章让刘斗斋赶往淮军大营，召各位营官来衙会商军务。军务分营务和防务，二者不可或缺。营务主要有纪律和训练两方面，这是攻无不克战无不胜的保证，一刻都不能松懈。防务重点则在北新泾和四江口，太平军残部就退守在那一带，谭绍光肯定还会找李秀成调兵，重新部署，进行反扑。可喜虹桥之胜，极大鼓舞了士气，从营官到兵勇都信心满满，恨不得李鸿章立即下令，再战长毛，另立新功。

会议结束，天色向晚，后厨摆上好酒好菜，招待营官们。虹桥大捷，主帅署理苏抚，可谓双喜临门，营官们放开喉咙，吃得开心，喝得尽兴，席上气氛格外高涨。李鸿章自然也放得开。万事开头难，淮军初战告捷，为立足上海，更为日后发展壮大，打下良好基础，想不让人得意也难。乱世出英雄，天下不宁，手里有兵，还能打胜仗，才是王道，不然皇上也不可能痛痛快快让你署理苏抚。想当初身处曾幕，手无寸铁，老师给你力保两淮盐运使，咸丰忸忸怩怩，就是舍不得，征发上海伊始，初战告捷，便如愿坐上苏抚高位，不正得益于手里能征善战的军队么？

人逢喜事精神爽，精神一爽酒量涨。李鸿章来者不拒，有几位营官动作稍慢，相反主动走过去，去敬人家。念及虹桥之战，功劳最大要数程学启开字营和郭松林松字营，以及开字营所属何安泰洋枪队，又多敬了他们几杯。还逮住张遇春，叫着他字号道：“山樵啊，虹桥之战最惨烈时，你撤退至桥上，被老夫抓住后领，要人拿刀砍掉你脑袋，你才转身打回去，冒死击退敌人。鸿章如此无情无义，你不会怀恨在心吧？”

也不知是羞愧，还是酒喝得太多，张遇春满脸通红，大声道：“不恨不恨，若非鸿帅逼下官回去，奋力打退长毛进逼，让长毛杀过虹桥，打进上海，咱们真只能讨米回安徽，今天哪还能在抚衙大口吃肉，大碗喝酒，兄弟们说是不是？”众位哈哈大笑，乐道：“幸亏鸿帅刀下留情，让山樵脑袋仍待在脖子上，不然谁替您大口吃肉，大碗喝酒？”

曾与张遇春同守虹桥的滕嗣武道：“当时嗣武就在桥西不远处，眼见得鸿帅高扬长剑，正往下劈，吓得心都快跳了出来。所幸鸿帅只做做样子，没有真劈，不然咱失去好战友，岂不痛哉！”李鸿章笑道：“谁舍得真劈？鸿章宁肯劈自己，也不会劈手下爱将啊。”

席上又是一阵哄笑。也是高兴，李鸿章又挨个敬上一轮，依然不愿放杯，坐等众将再来回敬。你敬我回，不觉得就喝高了，东倒西歪一个。酒量浅者，已缩到桌底，打起高高低低的呼噜声。倒是李鸿章没事人似的，还在找人碰杯。要说平时李鸿章喝酒还算节制，何时该喝，何时该停，把握得颇有分寸。像今天这么敞开肚皮，大喝猛喝，且越喝越勇，好像不太多见。营官们心里暗想，人还是要做官做大官，官一大，酒量也会跟着大起来。

营官们哪里知道，李鸿章酒兴大长，打胜仗，升大官，心里高兴是因，此外还有看不见的深层因素。到上海已非一日两日，李鸿章从没把自己当成上海人，自视为匆匆过客，仿佛水面浮萍，今天漂过来，明天就会漂走。还是迈进巡抚衙门后，才找到归属感，仿佛步入自家大门，成为衙门乃至大上海的主人。在自己家里喝酒，也就毫无必要忍性藏量，该喝就喝，该醉就醉，什么都可不管不顾。

世上没有不散的筵席，再能喝，再想喝，总有停杯搁箸之时。尽兴离席，营官们返营，李鸿章也回到后堂。开始头脑还清醒，想起已入主抚衙，有了直接给皇上上折资格，也该拟封折子，感谢圣恩，汇报淮军训练和上海防务事宜。

谁知走进书房，刚挨书桌，酒劲悄然上来，一时把持不住，歪在桌旁，沉睡过去。莫姑娘进来送醒酒茶，见李鸿章已酣然入梦，拉过他长臂，搭到自己肩上，半扛半搀，弄入内室。又打来热水，给他抹过脸，洗过脚，再搬到床上，盖好被子。

酒如烈焰，又喝过量，李鸿章半夜渴醒，起床找水喝。莫姑娘就在外间，听得动静，端茶进屋，服侍李鸿章喝下。解过渴，李鸿章想起谢恩折，睡意渐消，琢磨起来。第一次有权直接上折，可马虎不得，须写出水平，给皇上留个好印象。可写些啥好呢？是军务还是政事，是官情还是民意，是商贸还是农桑，是德化还是文教？要写内容多得很，总不可能逮住啥是啥，胡乱写一气吧。李鸿章一向视写字作文为雕虫小技，提笔就文思泉涌，轻松可成，想不到这会儿准备草拟平生第一道折子时，却颇觉踌躇，不知该从何处下笔为佳。

不觉天亮，起床洗漱，吃过早餐，来到后花园，一边散步，一边继续构思奏折。忽见刘斗斋来报，说钱鼎铭到访。刚接到署理苏抚圣旨时，李鸿章就想见钱鼎铭，请他物色人才，充实幕府，这下不请自来，不正好么？李鸿章离开后花园，走进书房，召钱鼎铭会晤。却不止钱鼎铭一人，还有中外会防局同仁冯桂芬。

冯桂芬官位不高学名高，自幼聪慧，居陋巷，处贫困，却发愤图强，深得乡民好评。平时沉默寡言，轻易不与人交，遇事则敢决断大义，尚未出仕，已名满江南。时值林则徐抚苏，青睐素昧平生的冯桂芬，称其为百年仅见人才，收为学生，招入抚署读书。冯桂芬越发努力，道光二十年入京会试，高中榜眼，先后做过顺天乡试副考官和广西乡试正考官。咸丰三年受命回籍苏州，帮办团练，直至两年前苏州沦陷，逃亡上海，主持中外会防局。身在官场军界，又南归十载，与绿营、团练、洋人交往频繁，也就见多识广，深思熟虑之余，写成《校邠庐抗议》四十篇，提出以中国之伦常名教为原本，辅以诸国富强之术，以重振中华。《校邠庐抗议》享誉朝野，冯桂芬也成为天下名士，令人敬重。

当着冯桂芬，李鸿章署抚架子已端不起来，赶紧离位，让座看茶，说：“到沪后军务缠身，仅与景亭（冯桂芬）兄有过简短接触，未曾深交，聆听教诲。现又接手苏沪军政，正想忙过一阵，再登门拜访，不想劳大兄动步，光临抚署，实在不好意思。”

没等冯桂芬接话，钱鼎铭先道：“景亭兄早想来会鸿帅，见您防务压身，一直没空，才拖到今日。”冯桂芬道：“少荃兄大任在肩，不比吾等闲人，真不忍心打扰。”李鸿章道：“何言打扰？景亭兄看得起，愿入抚衙，是鸿章莫大荣幸。”

彼此客气几句，李鸿章谦虚道：“鸿章到沪时间短，又新署苏抚，两眼一抹黑，分不清东西南北。景亭兄既入吾衙，就安心久坐会儿，教教鸿章。”冯桂芬道:“不敢言教，不过桂芬滞留苏沪日长，阅人历事无数，确有些切身体会，不妨与少荃兄交流交流。”李鸿章道:“正是正是，咱这个署抚不好当，军务政务洋务，样样要务，茫然无绪，不知该从何下手为好，景亭兄一定得指点迷津。”

冯桂芬显然有备而来，从容道:“作为署抚，尤其身处苏沪重地，外要征剿长毛，内要安抚百姓，还得与洋人纠缠，摆在少荃兄面前的难题确实不少。不过桂芬看来，事有急务和要政之分，急务须快办即办，拖延不得，要政须重办大办，须深谋远虑，做通盘规划和长期打算，一步一步来。”李鸿章问道:“何为急务？何为要政？”冯桂芬笑道:“何为急务，想必少荃兄心中早有数，甚至已安排部署下去，又何须桂芬多言？”

苏沪眼下当务之急，无非筹粮谋饷，多打胜仗，自然不必多说。李鸿章道:“景亭兄就说说要政吧。”冯桂芬道:“桂芬认为，要政就是夷务。”李鸿章质疑道:“莫非夷务比打长毛还重要？”冯桂芬道:“刚才说过，事分急务和要政。打长毛是急务，却算不得要政。窃以为国家也好，苏沪也罢，应以夷务为第一要政，剿贼倒在其次。”

记得离开安庆时，老师嘱咐到沪后先打胜仗，再说吏治和洋务，不想冯桂芬所言，又略有不同。李鸿章沉吟之际，冯桂芬又笑问道:“少荃兄想没想过，贼可灭，夷不可灭？”李鸿章道:“何谓贼可灭，夷不可灭？”

冯桂芬侃侃而谈道:“道理也简单，一夷灭，百夷不俱灭也。一夷灭，代以一夷，仍不灭也。即使一夷为一夷所灭，而一夷弥强，还不如不灭也。一夷可言盛衰，不可就百夷而言。百夷绵延，此衰彼盛，此消彼长，夷务仍自若，想躲闪，躲闪不过，想回避，回避不了啊。”

初闻此言，李鸿章如聆天语，如听天籁，既感新奇，又觉震惊，大声道:“太精辟，太精辟！让人茅塞顿开啊。鸿章再问，既然夷务如此重要，又从何处着手才是？”冯桂芬说:“桂芬觉得，夷务之关键，其实就是四个字:以夷制夷。”

“以夷制夷！”李鸿章一遍遍重复着这四个字，不无兴奋道，“可不可以这样理解，以夷制夷可分人器两个层面，一是以洋人对付洋人，用棋语说，就是见子打子；一是用洋器对付洋器，向洋人购买甚至学会制造坚船利炮，再拿来对抗洋人进攻。”

说得冯桂芬哈哈大笑，说:“还是少荃兄有悟性，提头知尾，举一反三。”

钱鼎铭也道：“没悟性，鸿帅又怎能统领淮军，取得虹桥大捷，确保上海不失？”李鸿章说：“鸿章再有悟性，也没景亭兄悟得深透，得出以夷制夷之妙论，可谓振聋发聩啊。”

冯桂芬晃晃脑袋，说：“其实也非桂芬有悟性，凭空想出以夷制夷之精义。十多年前，恩师文慎公（林则徐）就指导幕宾，搜集夷人情报，写出《四洲志》，里面就蕴含了这一重要思想。后恩师得识湖南邵阳人魏源，对这位大才子分外赏识，托以《四洲志》和手头海外资料，魏源广征博采，宵衣旰食，撰成皇皇巨著《海国图志》五十卷，明确提出师夷长技以制夷。桂芬不过受两位师长影响，又见多苏沪夷务实际，愈发觉得以夷制夷之重要，才不揣冒昧，到抚衙来鹦鹉学舌，看能否对少荃兄治理苏沪略有裨益。”

李鸿章大声叫好，说：“原来事出有因。可惜林魏二公早驾鹤西去，鸿章无当面就教机会，实属人生大憾啊！”钱鼎铭笑曰：“不是还有二公传人景亭兄在吗？见今贤如晤先圣呀。”李鸿章笑道：“说得对，说得对，就教景亭兄也一样啊。”冯桂芬道：“将桂芬与二位师长相提并论，不折煞桂芬么？”

酒逢知己千杯少，话不投机半句多。又你一言，我一语，讨论一会儿夷务话题，不觉已至午时。李鸿章摆上好酒好菜，招待二位。

早闻主人入幕曾府时就养成早起和午睡习惯，两人不敢久留，小喝两盅，起身告辞。李鸿章甚觉不舍，说：“景亭兄不撰有《校邠庐抗议》大著么，何日让鸿章开开眼界？”

“少荃兄不说，桂芬差点忘记此行还有一个目的。”冯桂芬与钱鼎铭相视一笑，从身上搜出书卷一册，“这就是《校邠庐抗议》，还请少荃兄指教。”李鸿章接卷于手，喜出望外，如获至宝，一边大声言谢，一边翻阅《校邠庐抗议》，迫不及待的样子。直到两人走向门外，才放下书卷，提腿追将出去，为客人送行。

客走回屋，也顾不得午睡，手不释卷，开始如饥似渴研读起来。若是平时，中午不小睡一会儿，整个下午都会头昏脑涨，像霜打过的茄子一般。这日为《校邠庐抗议》所吸引，李鸿章不仅忘记午睡，且毫无倦意，一直捧读至昏暮，还不肯作罢。书里痛陈新的变局面前，大清官员因循守旧，不思进取，贪污贿赂公行，甘当富豪犬马。经济方面横征暴敛，蠹国病商，鱼肉百姓。军事上将殆兵懒，疏于训练，形同虚设，不堪一击。此乃国家积贫积弱，屡遭列强欺凌之根源，再不自强，只能越来越落后，直至亡国亡种。其实大清非天时地利物产不如他国，乃人实不如耳。人实不如不是天赋不如，是人自不如，不努力，不长进，不争气。天赋不如人，无法改变，人自不如，才可耻可悲，必须知耻后勇，洗心革面，奋发图强。怎么奋发，如何图强？只有放下天朝上国臭架子，向“蛮夷”学习，广译西书，吸纳西学，变通科举，培养人才，掌握西人有用知识，采用洋器和洋具，发展生产，提升国力。唯其如此，始则师而法之，继则比而齐之，终则驾而上之。

多么新鲜又深邃的见解！李鸿章意识到，《校邠庐抗议》与林则徐和魏源“师夷长技以制夷”思想源起流继，脉络相承，却又突破其船坚炮利的“长技”之论，由“技”归结为“学”，上升至学理层面，让人大开眼界，如饮醍醐。

说到驭夷之道时，书中对战与和作了独到阐述。战讲实力，只有国富民强，兵精器良，才可能战胜洋人。和讲策略，与明理之夷和好，通过明理之夷制约不明理之夷。绝不能简单以战与和区分爱国与否，认定战就是爱国，和就是卖国。须视实情而定，有时和不一定就是卖国，战不一定就是爱国。该战而和，该和而战，误国误民，实乃卖国；该和而和，该战而战，和得有道理，战得是时候，才属真正爱国。

读到这里，李鸿章不禁拍案而起，大声叫绝，在屋子里兜起圈子来，嘴里嘀咕道：大清与洋人数度冲突，朝野纷争不断，总是公说公有理，婆说婆有理，缺乏是非标准，老在战与和之间摇摆不定，要么白白错失战胜洋人之主动，被动挨打；要么无端放弃议和以化干戈为玉帛之良机，割地赔款，蒙受无谓损失。

听到屋里响动，莫姑娘进来递茶，说：“还以为大人与谁吵架呢，原来是白日说梦，自言自语。”李鸿章说：“不是白日说梦，也非自言自语，鸿章在与高人对话呢。”莫姑娘笑道：“屋里明明只你一人，哪来高人？”李鸿章扬着书卷道：“这是高人所作大著，读高人大著，不是与高人对话么？”莫姑娘说：“是上午到衙的冯高人著作吧？”李鸿章说：“正是的，大才子魏源五年前已作古，当今中国还有谁写得出这样惊世骇俗的大著？”

莫姑娘将续好水的茶杯呈于书桌前，说：“既对冯高人如此推崇，大人何不招入幕府，天天都可对话？”李鸿章道：“我早有此想法。可冯高人是一甲榜眼出身，还不知他看不看得起我这个二甲进士呢？”莫姑娘说：“二甲进士又如何？有清以来，状元榜眼探花一拨又一拨，又有几人像大人样，手握虎狼之师，脚踏富庶之地？冯高人书写得好，想必有些见识，要想在苏沪地盘上有所作为，不跟你淮军统帅和署抚大人干，跟谁干去？”

李鸿章端杯于手，眼望莫姑娘，说：“看不出来啊，莫姑娘年纪不大，又系女流之辈，说起话来竟然一套一套的。”莫姑娘道：“咱好歹在赵氏状元府里待过，又随侍大人左右，耳濡目染，总还明点事理吧？”李鸿章说：“这叫近朱者赤，近墨者黑。莫姑娘建议好，明天咱就回访冯桂芬，试试他口气。”

隔日早膳过后，李鸿章召过刘斗斋，要他备轿，准备去中外会防局拜会冯桂芬。未及出门，英国海军提督何伯由阿喳哩陪同，登门造访。是不是前天阿喳哩来谈合作没结果，何伯亲自出马，志在必成？洋务洋务，少不了与洋人交往，冯桂芬早见迟早关系不大，先正面接触接触何伯，合不合作放一边，了解了解洋人习性也好。

将两人请入会客厅，李鸿章细心观察何伯，见他面相平和，目光沉毅，与阿喳哩之俗不可耐决然不同。满口洋话，宛若鸟语，却不紧不慢，流利舒缓，显得既从容又大气。看来将军就是将军，完全不同于阿喳哩之小巧小智。李鸿章莫名其妙地就喜欢上这个洋提督，意识到华洋皆一样，地位高，经事多，见识广，身上透露出来的气质都不一般。

心里喜欢，嘴里语句也就来得亲和，李鸿章道：“提督大人统领英国在华海军，还抽空光临抚衙，鸿章三生有幸啊。”阿喳哩翻译给何伯，何伯笑道：“以前也到过抚衙，薛抚说话阴阳怪气，处事拖泥带水，没法合作，就再没来过。”李鸿章道：“薛大人已升任钦差，兼任南洋通商大臣。今日何提督来衙，有何见教？”何伯说：“李大人主政苏沪，上海可保，江苏有救，英法在沪官兵倍感高兴，准备与您合作一把，共同消灭长毛，解救江南人民。”李鸿章说：“何提督美意，鸿章心领。怎么合作好呢？”

何伯哇啦哇啦几句，阿喳哩脱口翻译道：“主要有三层意思，一是英国武器先进管用，英方可负责代购，武装淮军；二是英军可派教练为淮军练兵，增强战斗力；三是英法军队与淮军联合作战，齐心协力抗击太平军。”

这不是阿喳哩头次求见说过的原话么？接触过冯桂芬以夷制夷观点，李鸿章觉得与洋人合作大有必要，口气比上次来得诚恳：“没问题，英国武器杀伤力强，练兵方法也合理实用，咱可尝试合作一把。至于联合作战，看怎么个联合法，容后再定吧。”

说得阿喳哩眼睛放光，跟何伯交流几句，回头说：“咱英国人讲契约精神，要合作先得签合约。要么先签下武器购买合约，咱们好尽快派人回英采办？”

采办武器得大笔银子，自己刚署理巡抚，苏沪财权又握在布政使吴煦和苏松粮道杨坊手中，一时到哪里弄去？李鸿章含糊其辞道：“合约缓签没关系，先筹足款项再说。反正淮军早晚得扩大规模，需要大量武器。本抚设想，以后咱不仅要购买洋枪洋炮，还要置办制造洋枪洋炮之机器，请洋技师做技术指导，直接进行大批量生产。”

阿喳哩有些不满，拉着脸跟何伯嘀咕嘀咕，翻译道：“洋枪洋炮制造技术难度大，华人冥顽未化，哪是想生产就生产得出来的？还是购买成品枪炮简单可行。李大人快别犹豫了，早签合约早付款，早把武器拿到手，好狠狠打击太平军。”

这是什么话？就算华人冥烦未化，也轮不到你洋鬼子说三道四呀？李鸿章很生气，身为堂堂海军提督，何伯怎能口无遮拦，说出这种有伤国格的话？斜眼去瞧何伯，只见他面呈悦色，仿佛丝毫没自觉出言不逊，对主人构成了伤害。又看看阿喳哩，目含急切，又掩饰不住几分得意。李鸿章拉拉脸，说：“华人再冥烦未化，也轮不到你们英国人来开化教导。发明几样小武器，有啥了不起？咱还有五千年文明呢，你们英吉利蕞尔小国能比吗？就是你们手里洋枪洋炮，所用火药还是咱中国人所发明，知不知道？”

阿喳哩不尴不尬起来，跟何伯叨咕几声，回头说：“何提督没别的意思，是想说洋枪洋炮制造并非一日两日之功，只能慢慢来。他要我向你道歉，如果他话有不妥，还请原谅，先签署合约要紧，别影响双方合作。”

怎么三句不离合约？李鸿章别过头，直视何伯。何伯点点头，优雅地笑笑，没事人似的。到底是不把你这个署理巡抚放在眼里，可以居高临下傲视你，还是脸皮太厚，放了不该放的屁也不以为意？看何伯表情，似乎都不像。无奈语言不通，不能直接拷问对方，让通事转话，又觉难通款曲，无此必要。李鸿章忍住性子，敷衍几句，送客出门。

何伯微笑起身，邀请李鸿章到英国海军提督衙门去作客，慢慢再谈合作。阿喳哩口译何伯原话，脸上全是遗憾，甚至还有几许愠怒。

送走客人，想着两张表情绝然不同的脸，李鸿章觉得很有意思。低头回到签押房，刘斗斋跟进来道："大人还去不去中外会防局？"李鸿章看着墙上自鸣钟说："这个时候过去，正赶上人家午餐，去蹭人饭，不太好吧？"

话才落音，亲兵投进名帖，上写龚半伦字样。谁人会取这种怪里怪气的名字？李鸿章本不想见客，又禁不住好奇，让亲兵放人进来。是个四十多岁的中年人，衣衫不齐，面呈菜色，目光散淡，看着还有似曾相识之感。李鸿章盯住对方道："你就是龚半伦？是自取的字号吧，有正经名字没有？"龚半伦狡黠笑笑，道："将正经名字写到帖子上，你还会见我吗？这世上有以貌取人的，也难免有以名取人的。"

说得倒有几分道理。李鸿章说："还是报上你的尊姓大名吧。"龚半伦还要故弄玄虚，说："当年咱们还在北京见过面的。"李鸿章说："你也在北京待过？"龚半伦说："真是贵人多忘事，你如今高居巡抚大位，自然记不起故交旧友了。我叫龚橙。"

提起龚橙二字，朝堂内外，大江南北，谁人不知，谁人不晓？名头大，自然是有原因的。首先他是龚自珍儿子。早在嘉道之间，龚自珍就看出中国盛世面纱下的衰败气象，提出非改良无以图强，与著述《海国图志》的魏源同被誉为改良主义先驱，名重一时。龚自珍还有《己亥杂诗》行世，多有惊人之语，比如"落红不是无情物，化作春泥更护花"，比如"我劝天公重抖擞，不拘一格降人才"，可说家喻户晓，人人成诵。龚自珍的死也挺轰动。充任宗人府主事时，深受才艺颇佳的多罗贝勒奕绘赏识，两人过从甚密。奕绘侧福晋（侧室）顾太清也是一代才女，词才了得，时人称为词后。顾太清倾慕龚自珍大才，两人勾搭成奸，被奕绘发觉，设计鸩杀。又有说龚自珍晚年爱上私娼灵萧，灵萧好上别的青年男子，龚自珍拿了鸩毒，要灵萧毒死情敌，灵萧反嫌龚自珍老不中用，悄悄将鸩毒放入酒中，交他喝下，把他毒死。才情卓绝的大才子，生性风流，又死得浪漫，想不出名也难。至于龚自珍儿子龚橙，与其父一样，从小广泛涉猎，过目不忘，学问诗文皆属一流。谁知成年后科考失利，从此自暴自弃，放荡不羁，专与狐朋狗党厮混，为狎邪游。与父居京期间，又与洋人搅在一起，学会一口流利英语，为英国公使威妥玛器重，高薪聘作公使馆秘书，随洋人出入于大小衙门，也曾与李鸿章有过一面之识。据说英法联军犯京时，威妥玛建议攻打紫禁城，龚橙说咸丰在圆明园看大戏，圆明园是万园之园，里面财宝数不胜数，遂带着联军冲进圆明园，园里文物被洗劫一空，龚橙也满载而归。龚橙就这样成为火烧圆明园的罪魁祸首，成为千夫所指大汉奸，名头之响亮，一时盖过其父。只不过其父是美名，他是骂名。也因此，时人说起龚橙，总会大摇其头，顺便带出两句俗话，一句是有其父必有其子，另一句是名父之子多败德。

汉奸不好做，龚橙没法在北京待下去，出京南下，漂泊苏沪。直至淮军虹桥战胜太平军，有过数面之交的李鸿章署理苏抚，才赶来相见。又自知名声太臭，怕出示龚橙二字，被拒之门外，才呈上龚半伦名帖，果然瞒过主人。好在龚橙名声虽臭，李鸿章欣赏其才华，不会怠慢。龚橙又懂英语，在洋人遍地的上海总有用场。抚衙不乏刀笔吏，却少人懂西洋语，若龚橙愿意入幕，做个通事，倒也适合。也许龚橙贸然入衙，就是来求职的。

谁知李鸿章正要开口说出自己想法，龚橙从袍子里掏出一样东西，道："抚台大人翰林出身，应该知道此物之价值吧？"李鸿章见是宋版古书，不觉失望之至。不是对宋版书失望，是对龚橙失望。龚自珍学识宏博，酷爱收藏，据说杭州家中，典藏极其丰富。龚橙自幼浸淫家藏，于古籍无所不窥，于学问浩博无涯，著述也不少，还以字号为名，编有《孝拱手抄词》，辑佚乃父遗篇。书籍是读书人命根子，莫非龚橙竟落魄至此，非出卖家藏不可？

见李鸿章盯着古册出神，龚橙急切道："抚台大人开个价吧。我急着用钱，不然也不会出手家藏典籍。又不想卖给别人，有辱斯文，交到抚台大人手上，也算适得其所。"李鸿章冷冷道："你自觉这册宋版书值多少银子？"龚橙试探道："二百两银子总值吧？"

李鸿章叫管家取来二百两银子，交给龚橙。龚橙抱紧银子，往外就走。李鸿章后面叫道："且慢。"龚橙转过身，眼巴巴望着李鸿章，怀里银子抱得更紧，生怕他夺回去似的。李鸿章上前递过宋版书："拿走吧。"龚橙没接，绝望道："莫非抚台大人嫌贵，出尔反尔？"

"此乃父留下的典藏，鸿章拿不下手，不想羞辱乃父一世英名。"李鸿章将宋版书塞进龚橙怀里，"银子你也带走。找个正经事干干，别出卖祖宗。"

龚橙红着脸，飞快溜掉。李鸿章感慨一番，下午赶到中外会防局，见着冯桂芬，忍不住说起龚橙，仍直摇脑袋。冯桂芬笑道："少荃兄可知龚橙为何自号半伦么？"李鸿章道："莫不是不伦不类不官不民之意？"冯桂芬道："龚橙给洋人带路，火烧圆明园，对不起君国，有失君臣之伦；学无所成，放浪形骸，名父败子，有失父子之伦；有家不归，有儿不养，原配长年独守空房，有失夫妻之伦；兄弟为争家藏，反目成仇，闹得不可开交，有失兄弟之伦；朋友之妻不可欺，勾引朋友妻妾，据为己有，有失朋友之伦。"

李鸿章叹道："怪不得龚橙潦倒至此。既然五伦全失，就该叫无伦，怎么还好意思自名半伦？"冯桂芬说："龚橙家蓄朋友之妾，终日形影不离，自觉可算半伦。"李鸿章讥笑道："这小子倒是率直得可爱。"

说几句龚橙，李鸿章换了口气道："感谢景亭兄惠赐大著，《校邠庐抗议》识见高远，鸿章认真拜读，受益匪浅。"冯桂芬说："过奖过奖。书中谬误，还请指正，桂芬好加以修订。"李鸿章说："景亭兄大著，鸿章岂敢指正？唯有认真领会，付诸实施。"

客气一番，李鸿章又道："此次拜访，一是感谢景亭兄光临抚署，惠赐大著；二是鸿章署理苏沪，急需军政人才，中外会防局又非正式衙门，景亭兄可否受聘抚衙，助鸿章一臂之力，办好苏沪事业？"冯桂芬笑道："少荃兄如此高看，桂芬受宠若惊啊。桂芬也想有所作为，无奈年过半百，老眼昏花，已不中用。加之平生深隐书斋，青灯黄卷，读杂书，作闲文，纸上谈兵，问题不大，真要置身抚衙，面对实务，跑腿办差，只怕心有余力不足。"

这自然是客气话。不愿面对实务，又怎会投身中外会防局，四处奔走，筹款办粮，还跑到抚衙，献出《校邠庐抗议》？李鸿章也不强逼，道："景亭兄不用即刻表态，过后回复也不晚。反正鸿章已进驻抚衙，一时三刻不会离开上海。鸿章是觉得，人生在世，知音难觅，与景亭兄半日深谈，又捧读过《校邠庐抗议》，倍感惺惺相惜，只愿与君同舟共济，办好苏沪军政和夷务，报效君国和生民。”

士为知己者死，能得李鸿章赏识，冯桂芬暗自感激，怦然心动。可毕竟榜眼出身，文名大著，岂是轻轻几句漂亮话，就能请得动的？冯桂芬道：“少荃兄美意，桂芬领受。只是知易行难，桂芬说得到，写得到，不一定做得到，不见得能达到少荃兄期望，故不敢轻诺。”李鸿章笑道：“没事没事，景亭兄想好再承诺不迟，鸿章有这个耐心。”

说过要说的话，此行目的已完成，可李鸿章还赖着不走，又就洋务事宜，虚心请教起来。冯桂芬自然毫无保留，有问必答。论到何伯带着阿喳哩造访抚衙经过，李鸿章道：“想不到一国海军提督，何伯竟毫无口德，出言狂悖，说咱华人冥顽不化。早闻洋人率直，可也不至于率直到出口伤人地步吧？”

冯桂芬有些不太相信，道：“桂芬与何伯打过不止一次两次交道，人还算斯文，说话很有分寸，这话不像从他嘴里出来的。”李鸿章道：“不像从何伯嘴里出来的，就只能是阿喳哩自己的话。”冯桂芬道：“有此可能。只是阿喳哩干吗会说这种话呢？”李鸿章道：“莫不是我没答应签署武器购置合约，阿喳哩气急败坏，顾不得措辞，把话说得这么难听？”

冯桂芬道：“阿喳哩是英军通事，经常海陆两军两头跑，海军通事不够时，何伯偶尔也会调用他。我与这人接触过几次，觉得他有些滑头。这样吧，我找巴夏礼借个通事，以您名义去见见何伯，试试他口风，便知是怎么回事了。”

李鸿章巴不得，笑道：“景亭兄还没入抚署，鸿章就派您差使，多有不妥吧？”冯桂芬笑道：“不是少荃兄派差，是桂芬没事揽事。”

过两天趁巴夏礼赋闲在局里，冯桂芬说有事找何伯，带上他的通事，去了英国海军提督府。开始何伯不愿露面，冯桂芬说出李鸿章大名，才让警卫放他入府。见面坐定，冯桂芬说：“前天何提督登门造访李抚，他就想着回访提督先生，无奈新抚苏沪，百废待兴，万事纠缠，一时没法脱身，先让桂芬来说明一句，日后再择良机，登门拜望。”

何伯扬扬手，说：“回不回访，拜不拜望，没关系，只要李抚愿与英军合作就行。”冯桂芬说：“李抚很有合作诚意，只是初次与提督先生交往，彼此不太了解，合作项目不宜太多，还是慢慢来，先合作一个项目，其余以后再说。用咱中国话说，叫摸着石头过河。”

通事解释半天，才将摸着石头过河意思说明白。何伯大笑道：“摸着石头过河好，踏实安全，不会被河水冲走。要么咱先帮淮军练兵吧，至于联合作战，待长毛挑衅，有合适机会再说也不迟。”冯桂芬说：“请英国教练训练淮勇可以尝试，桂芬回去请示李抚，回头双方再坐到一起，商量方案，签字生效。”

自始至终，何伯没提半句代购洋枪洋炮的事，冯桂芬心下明白，一定是阿喳哩趁为何伯当通事，做手脚，耍名堂。出得海军提督府，又找熟悉阿喳哩的人一了解，原来这小子悄悄给太平军代购过两次洋枪洋炮，从中渔利，尝到甜头，试图把生意做到绿营和江南团练大营去，无奈两军皆无洋枪队，又没经费来源，才转而打起李鸿章主意来。

返回抚衙，冯桂芬禀报几句与何伯见面经过，及阿喳哩走私军火实情，李鸿章愤然道：“狗日的阿喳哩，想钱想得发疯，竟瞒过何伯，想私下发淮军的财。看来还得有自己的通事才行，不然与洋人交往议事，被通事蒙骗都不知道。”冯桂芬道：“通事乃华洋之间桥梁，没有桥梁，确实无法与洋人沟通。”

李鸿章忽想起龚橙来，说：“龚橙英语不错，又在威妥玛身边待过，可否聘他至抚衙任通事？”冯桂芬摇头道：“只怕不可行。龚橙是个歪才，歪才岂可办正事？又堕落至此，烂泥扶不上墙，聘为通事，会误大事。再说朝中道学家最看不惯咱们接触洋人，经办洋务，说是崇洋媚外，不要祖宗，抚衙里再多个大汉奸，岂不授人以柄？”

李鸿章道：“听说也有人为龚橙叫屈，说圆明园名头响亮，无人不晓，只要给钱，谁都会带路，不见得就是龚橙。事实也没法证明龚橙给洋人带过路，说不定是以讹传讹，栽在龚橙头上的。”冯桂芬道：“也不好怪人栽给龚橙，他在英国公使馆当差，英国人去攻圆明园，不找龚橙带路，还找谁去？”李鸿章道：“看来这个汉奸头衔，龚橙想抹也抹不掉了。”

撇开龚橙，回到通事话题，冯桂芬道：“从长远来看，要想解决通事短缺难题，可考虑成立翻译馆之类机构，选择聪颖少年入馆学习洋文，毕业后既可做通事，又可译介西学著作，启蒙国人心智，掌握西器制造技术，振兴华夏。”

李鸿章非常认同。凡事确实得放开视界，着眼未来，不可鼠目寸光，光顾眼前利益。要办好灭贼急务，更要考虑夷务要政，早有准备和安排。与太平军周旋十年，如何灭贼，自己心里有数，可夷务是门新学问，还很生疏，得好好补上这一课才是。至于如何补课，自然得多与洋人打交道。好在上海十里洋场，洋人满街走，找起来不难。眼前就有一位何伯，他已主动上门访问过你，正好借机到提督府甚至英舰上去走走，见识见识。

李鸿章说出自己想法，冯桂芬道："我已擅自在何伯面前表示过，适当时候李抚会回访提督大人。"李鸿章乐道："知我者，景亭兄也。"冯桂芬道："何伯有个特点，难得待提督府里，不在英舰上，就在租界自己洋房里，最好事先预约，免得扑空。"李鸿章道："那就麻烦景亭兄再跑趟提督府如何？"冯桂芬道："桂芬熟门熟路，跑腿不难。"李鸿章道："还得给何伯提个要求，不能让阿喳哩做通事。"冯桂芬道："这好办，英国海军有专职通事。"

离开抚衙，冯桂芬再入英国海军提督府，预约李鸿章回访日期。何伯翻翻工作备忘录，敲定下周在提督府会见。预约时间到，李鸿章与冯桂芬正要往英国海军提督府赶，何伯英国海军通事过来传话，说何提督改在英租界家里会见李鸿章。李鸿章不知何伯为何临时变换见面地点，冯桂芬道："英国人公私分明，公务往来不会请人上家里去，何伯这么做，估计是将少荃兄当朋友接待。"

"何伯还这么哥们义气？也要得，咱就到他家里去，看看英国人家庭生活若何。"李鸿章说道，与冯桂芬分头钻进轿子，直奔英租界。

英租界位于苏州河以南，洋泾浜以北，西至泥城浜。比之诸国租界，英租界占地最大，有上万亩，人数也最多，华洋合计数万。轿至租界，李鸿章下轿，与冯桂芬并肩步行，以开眼界。一路走来，只见洋楼巍峨，商铺规整，街道开阔平坦。转过街角，迎面一家中药铺，人进人出，有华人，也有洋人。莫非洋人也吃中药不成？两人信步走了进去。

谁知店里中药少，西药多，有点挂羊头卖狗肉的味道。更有意思的是，买西药的多为华人，购中药的相反多为洋人。看来人都一样，贱有贵无，总觉得人家老婆好。也许正因如此，才有买卖和交易，洋人乐意老远跑到中国来做生意。

转上一圈，出得铺门，门口一个炒货摊，摊前站着华人几位，洋人若干。不同的是，华人买的是瓜子，洋人交了钱，不要瓜子，抓过摊前发黄的纸张，边看边转身离去。李鸿章过去一瞧，见纸上印满密密麻麻的洋文，还配着图画，画里有人有物。冯桂芬介绍道:“这是英国人出的报纸。”李鸿章疑惑道:“报纸？何为报纸？”冯桂芬解释道:“报纸就是将新闻印到纸上，卖给识字的人。”李鸿章说:“什么叫新闻？”冯桂芬说:“新闻嘛，便是新近发生的大事要事或有意思的事。”李鸿章哦一声，拿张洋报，说:“可惜不认识洋文,不然也买张回去读读。”冯桂芬说:“不认识洋文没关系，我找人给您翻译。”

“要得要得。”李鸿章马上掏钱，买了一份。翻开来，只见有幅图画，画里人物好像正是淮军。李鸿章眼睛睁得老大,指给冯桂芬,问怎么回事。冯桂芬仔细一瞧，说:“这不是淮军攻打虹桥的情形吗？中间骑在高头大马上的大帅，就是少荃兄您。”

李鸿章要回报纸，认真看看，大笑起来，说:“我就是这个样子吗？真够意思。”又对摊主说:“可否多买几份？”摊主说:“可以。还有以前没卖完的旧报，也可半价卖给你。”

李鸿章又买了一把报纸，有新有旧，边走边瞧起来。洋文看不懂，先看图画。有份图画上标着中文，竟是前年九月奕䜣代表清政府与俄国人签订《中俄北京条约》的情形，一边站着一伙俄国佬，一边是奕䜣和众位大臣。

折好报纸,放入衣兜,继续向前,一路仍然车如流水马如龙,人头攒动，摩肩接踵。冯桂芬介绍说，过去租界很安静，仅有一两千英国人，太平军攻陷苏浙大部后，涌入大量富豪和流民，购地建房，经商办厂，英国人将中国土地卖给中国人，拿中国货物与中国人做生意，大发其财，也让租界一下子火起来。

耳听冯桂芬介绍，李鸿章眼观街景，可谓五光十色，应有尽有，比外面的街区丰富得多。洋人不少，华人更多。洋人从容优雅，表情轻松愉悦,目光平和温婉,边走边与同伴小声说着话,宛若闲庭漫步,无忧无虑。还有金发碧眼的少男少女，光鲜干净，漂亮可爱，阳光般灿烂，脚下轻快，一步三跳，充满青春气息。反观中国人，一个个行迹匆匆，卑怯冷漠，惶恐迷茫，似有深仇大恨无处可报，满腹委屈无人可诉。还有中国少年，双腿如铅，垂头丧气，畏畏缩缩，人未老，形已衰，仿佛跟父辈样，承受着太多的打击和苦难，对生活已毫无激情，对未来再无希望，甚至连活下去的勇气都已失去似的。

李鸿章忽然被深深刺痛了，心情直往下沉。自己是华人，从北至南，自西往东，天天抬眼所见皆是黑眼睛黄皮肤，对同胞脸色和姿态熟视无睹，也没觉得哪里不对。今天陡然遇见洋人，两相比较，才发现人家活得多么鲜活精彩，惬意自如，咱们则愁眉苦脸，心灰意冷，根本没活出人样来。尤其是年轻人，正值风华正茂，却都成为老头老太，暮气沉沉，毫无青春活力。少年强，国家强，瞧瞧年轻人气质面貌，就知中国未来不容乐观。

李鸿章仰首望望深远天空，强忍住直往外涌的眼泪，无声而叹。他知道过错不在百姓，只能怪君臣治国无方，国家太贫穷，太落后，百姓活得艰辛。加之太平军和捻军趁机作乱，河山破碎，民不聊生，流离失所，生死堪忧，要他们欢天喜地，也不现实。

好在李鸿章善于调剂情绪，很快控制住心头起伏的波澜，渐渐恢复平静。待来到何伯家，见着洋人通事，已满脸春风，像什么都没有过似的。

何伯家是栋两层洋楼，有家仆和保安，还请了园艺师，将个不大的后花园打理得草青木绿，姹紫嫣红。小巧干净的宠物狗摇着短尾，朝客人友好地低吠两声，又卧回花荫下，听蜂蜜低吟浅唱。入门是个大客厅，窗明几净，一尘不染。墙上挂着大幅油画，色泽浓重，深邃的远空下，金黄麦浪滚滚如潮，热闹而又大气。客厅地板上铺着花色地毯，上有檀木茶几，茶几边上是组宽宽大大的沙发，一长两短。

李鸿章第一次走进洋人家里，既新鲜，又拘束，难免手足无措。何伯听得动静，从内室走出来，将客人往沙发上迎。李鸿章弯弯腰，矮身一坐，忽觉身子向下直陷，暗里一惊。赶紧抬起屁股，仿佛有股力量往上反弹，要将人托起来似的。何伯见状，笑道："这是我从伦敦运过来的新式沙发，座垫下装有弹簧，坐着挺舒服的。"

主客坐定，李鸿章从身上掏出一纸亲笔书法作品，欠身呈给何伯，算作见面礼。何伯初识汉文，磕磕绊绊念起来：朝经暮史昼子夜集，胆大心小智圆行方。只是未知何意，冯桂芬给他解释，中国读书人一生追求皆在这两句话里，学好经史子集，培养胆略心智，以经世致用，服务国家。何伯半懂不懂，却也觉得高深，嘴上连说不错。

正好仆人一手提茶壶，一手托茶杯，来到客厅。壶里可能不是普通的茶，远远有香气扑鼻而至，似有奶香，还有茶香。听说英国人喜欢喝牛奶，后中国茶叶进入欧洲，又时兴下午茶，莫非如今已改喝奶茶不成？李鸿章正疑惑，仆人倒出冒着热气的浅黄饮料，主客面前各放上一杯。何伯笑道："决定请李抚台来家相聚时，本督就反复考虑，到底用啥招待你们才好。泡茶吧，茶源自中国，李抚台喝过的好茶何止千千万？煮咖啡吧，味道有些苦，只怕难于下咽。牛奶是好东西，又略带腥味，也不一定习惯。想来想去，还是奶茶好，奶味茶香兼具，可谓华洋结合，中西交融，你中有我，我中有你，岂不妙哉？"

洋人就是喜欢动脑筋，简单的饮料，也这么用心。不过李鸿章乐意，说明主人对你重视。再说做人做事，无所用心，又哪有所成？李鸿章端过杯子，轻抿一口奶茶，香浓的奶味里拌有幽幽茶香，还算比较对味。多喝几口，竟然喜欢起来，干脆仰首干掉。通事见状，赶紧拿过茶壶，过来给客人添满。

喝着奶茶，寒暄几句，开始商谈合作。主要合作项目是培训淮军，诸如规模和经费之类。李鸿章没被好喝的奶茶所惑，始终保持警惕，不愿淮军受控于人，明确提出，洋教练只单纯负责操练兵勇，不能插手军务，更不能拥有指挥权，调动淮军一兵一卒。何伯哼哼哈哈，想打马虎眼，没说行，也没说不行。李鸿章不肯含糊，让冯桂芬一一记下，明确写进合同，英方教练违约，就解除合同。何伯只好表态，照李鸿章意思办。

至于联合作战，必须遵循一个原则，只可会防，不可会剿。意即太平军进犯上海，双方各守阵地，配合作战，共同防御，两军不能交叉和混合作战。洋兵活动范围只能局限于上海城区，如有需要，非得出城剿贼不可，必有中方授权，否则属非法行为。何伯也一一认可。

喝多奶茶，待合同基本谈妥，李鸿章忽感内急，想上茅厕。洋人当然不叫茅厕，叫洗手间，窗明墙亮，铺着白色地砖，没一点异味。抽水马桶为深红圆形橡木，内套洁净白瓷缸，缸里的水清澈如泉。方便后按按桶边按钮，有清水从缸四周喷出，自缸底抽走。李鸿章觉得洋人真奇怪，小解大便也这么当回事，弄得做神仙似的，生杀予夺的大清皇帝也没这么讲究过。又想起中国人肮脏不堪的茅厕，古往今来一个样子，从没谁想过稍加改造，让自己舒服些。原来华洋差距远不止枪炮舰船，衣食住行，起居拉撒，已有天壤之别。

走出洗手间，参观厨房和洗漱室。拧开墙边水龙头，见清洁流水哗哗而出，李鸿章也不掩饰发自内心的羡慕，说：“咱乡下人架竹笕，接山泉至房前屋后或田间地头，用来饮用和灌溉，却没想过引进屋里，方便生活。”何伯说：“英国早就接水入户，无论炊饮洗漱，还是冲涮马桶，只要拧拧龙头，开开水阀，便万事大吉。”李鸿章问道：“自来水又来自哪里？”何伯说：“英国工程师在租界建有水池和水处理设备，再用管子引入各家各户。”

不觉午餐时间到，几位走进餐厅。餐厅宽阔，正中摆着圆桌，桌上铺了雪白桌布，加上白盘白碟白盏白刀白叉，显得素雅洁净。何伯说：“随便坐吧，反正是圆桌，没有上席下席讲究，不像贵国四方桌，有主席主宾之分，主陪次陪之别。”李鸿章道：“提督大人有所不知，四方桌每方坐两人，每桌八人，叫八仙过海，各显神通。”

何伯疑惑道：“吃顿饭还要显神通？”李鸿章道：“中国人吃饭不是简单吃饭，叫饭局，饭里有局，局里有饭，局里有局。”说得何伯脑袋发晕，不知所云。李鸿章道：“提督大人听闻过鸿门宴、煮酒论英雄和杯酒释兵权没？以后有时间，让景亭兄给您说说这些饭局故事。”

说着各自落座。餐桌餐具讲究，内容也比较丰富，沙拉，面包，饼干，牛排，炸鸡，薯条，火腿，以及各类甜品和饮料。是洋人常用的分餐制，一人前面一份饮食，各人吃各人的。怕李冯不习惯刀叉，何伯还让仆人预备了筷子。

怕出丑，李鸿章不敢乱动，先学何伯样，刀叉并用，将牛排分割成小块。却不急于张口，放下刀叉，拿起筷子，夹进嘴里，细嚼慢咽起来。大半天所见所闻，都是洋物洋器如何先进文明，这下筷子在手，至少不比刀叉落后吧？李鸿章不愿放弃还击机会，借题发挥道：“其实中国商周以前，吃饭也使刀叉，后觉得太野蛮，才学会用灵巧文明的筷子。”

通事给何伯嘀咕几句，何伯明白李鸿章话里有话，也不见怪，笑道：“筷子确实灵巧，但说文明，又文明在哪里呢？”李鸿章说：“提督大人设想一下，双手切肉叉鱼，是不是像豺狼虎豹，张牙舞爪，撕咬猎物？”何伯认可道：“有点像。”

“提督大人再看看我怎么用筷子。”李鸿章手握筷子，夹块小薯条，轻轻放进嘴里，“这像不像飞鸟伸出尖喙，优雅啄食？”何伯点头道：“像像像，真像。”李鸿章又道：“我再问提督大人，是飞鸟优雅呢，还是虎豹文明？”何伯道：“当然是前者。”

李鸿章几分得意，继续道：“其实中国人筷子并非简单两根竹子或木片，还有颇深的学理。”何伯问：“筷子还有学理？”李鸿章道：“中华文明源头为道家，道家认为阴阳相生互动，两根筷子就是一阴一阳。人生天地间，天圆地方，筷子也有圆有方。做人讲内圆外方，刚柔相济，也是从筷子学来的。”

何伯笑道：“还是李抚学问高，叫人不佩服不行啊。英国人没这么多想法，只要碟子里有鱼有肉，填得饱肚子，刀叉野蛮就野蛮，无所谓得很。反之碟子里空空如也，筷子再文明，再具学理，又有何用？文明和学理能充饥果腹吗？”

是啊，刀叉也好，筷子也罢，不就是吃饭吃菜的餐具，说得那么复杂干吗呢？中国人出口不是道就是德，不是理就是义，一套一套的，却百无一用，到头来要吃没吃，要住没住，穷困潦倒，积贫积弱，还要自我安慰说是安贫乐道。哪像洋人，少动口，多动手，讲求实效，不玩虚的，全力提升军工，改善民生，让国家强盛，百姓富足，每个人都活出人样来。

其实洋人也讲理，讲的是物理，不讲拍着脑袋悟出的道理和义理。理从物中来，不像中国的理凭空想象，来自玄虚，归于玄虚。比如从安庆至上海时，李鸿章就向船长讨教过，得知洋船靠一种叫蒸汽机的东西发动，蒸汽机利用汽缸内蒸汽膨胀，推动活塞运动产生动力。这就是瓦特等几代英国科学家的发明，依据的就是物理。李鸿章还了解到，洋人发明家都是物理学家和科学家，甚至哲学家。也就是说发明家探物得理，再由理得学，由学得道，反过来又以道驭学，以学驭理，以理驭物，发明创造出具有实用价值的军工和民生用品。不像咱们，理与物脱节，理与技背离，还大言炎炎，君子谋道不谋术，视工艺为奇技淫巧，工匠技师低人一等。事实也是，凭空得出的道和理，于物无关，自然无益于物，也就至今还是刀耕火种，肩扛驴运，远远落后于洋人，遭其侵略和攻击，也就在所难免。

又由洋船想到英国军舰，两者都是船，不知彼此有无区别，李鸿章道：“本抚坐过洋船，没登过贵国军舰，提督大人可否给个机会，让咱见识见识？”何伯满口答应，说：“只要李抚感兴趣，餐后就可到海边去，上军舰瞧瞧。”

餐毕四人出门，直奔沪东海边英国海军基地。说基地，其实就是个小港，二十多艘大小军舰列阵于港内，任凭波推浪涌，岿然不动。登的还是何伯本人座舰。较之赴安庆接载淮军的商船，军舰更加威武雄壮，沉稳如山。舰桥高昂，甲板开阔，住舱敞亮，配餐室和盥洗室干净适用。何伯带客人看过驾驶室，再入指挥室。一边介绍说，舰艇排水量六千吨，以复合式发动机为动力。发动机乃舰艇心脏，就像舰桥是大脑一样，至关重要。舰体二十多丈长，五丈多宽。还有分布于两侧的十多门舰炮，都是二十多公分口径，有效射程达四五公里。

听得李鸿章直咂舌，怪不得英国舰艇横行中国万里海岸线，大清战船根本不是对手。几时大清也购置甚至建造这样的舰艇，排水量大，舰炮射程远，又何愁不能抵御洋人于国门之外？也不知当年郑和造船下西洋，想没想过在船上安装这样的舰炮，去轰人家国门？

心里感慨着，又请教过好些问题，何伯一一给予解释，毫无隐瞒。李鸿章说：“提督大人有问必答，是不是太没警惕性？”何伯先大大咧咧道：“有啥可警惕的？”李鸿章说：“不怕咱们偷走机密，回去学样制造战船，再来对付英国海军？”何伯哈哈大笑道：“造舰技术高深得很呢，是登舰走走瞧瞧，听听介绍，就学得会的吗？”

确是此理。李鸿章不得不认可道：“如此坚强的舰艇，没数代英国工程师钻研改进，不可能建造出来，岂是随便偷学得到的？是不是造舰技术偷不走，不易学会，提督大人才带咱们登舰参观，炫耀贵国海军武力？”何伯摇头道：“李抚误会，咱不为炫耀，是想让你们认识认识，英国舰艇优势在哪儿。”李鸿章道：“不叫炫耀，也是显摆，寒碜大清无能，造不出这样的舰艇。”何伯说：“造不造得出，另当别论，莫非李抚看过舰艇，却一点兴趣都没有？”

“这么好的东西，谁能没兴趣？”李鸿章望着何伯道，“原来何督在吊我胃口，好让我掏大钱购买你的舰艇。”何伯笑道：“购买舰艇，可武装军队，也可用作运输，有何不可？”李鸿章道：“何督不担心大清拥有坚船利炮，拒你们于海外？”何伯说：“不担心，不担心。等到中国拥有强大舰艇，没人敢欺侮中国，哪里还有战可言？”

洋鬼子想得真美，他强你弱时，开着舰艇来打你，等你也有了舰艇，变得强大，再停战熄火。李鸿章道：“不打仗，买你舰艇干吗呢？”何伯说：“这没啥不好理解的，就像两个拳头对峙，只有力量相当，才能保持平衡。一个国家只有强大起来，才可能拥有和平。”

开枪放炮攻你国门，还说什么和平，李鸿章不无嘲讽道：“保持平衡，没仗可打，贵国又如何掠金夺银？”何伯说：“李抚说得太难听。没人真愿开枪放炮，掠金夺银，若有更好的赚钱办法的话。我是说国与国之间除打仗，还有别的事可做。”李鸿章说：“愿闻其详。”

何伯叹一声，说：“打仗其实是最无奈的事，至少没有和平贸易有意思。咱们兴致勃勃驾着商船，不辞辛苦，来到中国，只想与贵国公平贸易，互利互惠，同赚大钱。贵国不愿这么干，拒人于千里之外，咱们才不得不将商船换成舰艇，开炮轰开贵国大门。”李鸿章反唇相讥道：“倾销鸦片，毒害中国人，也叫公平贸易？”

何伯不服气，说：“咱们倾销鸦片给你们，你们不也倾销茶叶给咱们吗？敝国银子都流入贵国，再无银购买茶叶，被逼无奈才运载纺织品和瓷器，来跟贵国交易，以减轻敝国财政压力。谁知贵国人民啥都没兴趣，只喜欢吸食鸦片，咱又能拿你们怎么办？”

此言虽有些强词夺理，却也不是没一点道理。李鸿章突然失去争辩的劲头，变得沉默无语。何伯又道：“贵国人口多，市场大，英国不怕贵国强大，只怕贵国不愿放开做生意。到哪天贵国买得起舰艇，造得出航船，具备与人口大国相对等的实力，就会有足够底气和胆量，放开国门，对外通商贸易。货物得流通转换，才能增值，人民和国家才能富裕起来，这于英于华都不是坏事。咱愿派人为李抚练兵，正是希望淮军增强战斗力，尽快消灭太平军，创造和平环境，发展生产，丰富物资，然后与敝国商贸往来，互换有无。”

李鸿章身为安徽人，没少与徽商接触，自家五弟凤章就是成功商人，自然明白商贸意义之所在。今天进出租界，做客何府，登临英舰，不仅大开眼界，也悟明一个简单道理，中国面临三千年未有之变局，除放下天朝上国架子，虚心学习西洋，发愤图强，奋起直追，再无别的出路。又想起冯桂芬所说，急务在剿贼，要政在夷务。自己既然到了上海，就得两手齐抓共管，训练淮军，收复苏沪，熟悉夷务，强国富民。

四、该抗旨时得抗旨

参观完旗舰，告别何伯，乘舆回城。与冯桂芬分手时，李鸿章拿出兜里报纸，交他找人翻译一份，再送自己阅读。又托拟聘请英军教练协议，自己好抓紧时间，给皇上起草署理巡抚后第一道奏折。对这道奏折太在乎，又有重要想法需表达，李鸿章才不愿敷衍了事，得好好构思，尽量写出水平，引发皇上重视。

回衙后，李鸿章端出老师所赠龙凤砚，找来徽墨，慢慢磨起来。磨墨需慢工夫，太过急躁，用力不匀，墨汁不够细腻柔和，自然难写出好字。好比做人，须好好磨炼，才能变得成熟，慢慢成长成人成才。怪不得读书人作文前先得磨墨，磨墨就是磨心磨性，磨不出好墨，磨不来耐心和韧性，又怎么写出好文章？看来人磨墨，原来墨也磨人。人磨墨，墨好字才佳，墨磨人，人熟事能成。李鸿章突然明白，老师送自己龙凤砚的良苦用心。他就是要让你用磨墨的功夫，好好磨炼自己，先变得成熟，再成就大业。

墨磨成，又取来宣纸，拈笔凝神，开始起草奏稿。奏折内容主要有两大方面，一是练兵剿贼，保卫上海，平定江苏；二是兴办夷务，引进西学，学习夷技，强军富国。也是心中充满激情，李鸿章文思泉涌，将阅读《校邠庐抗议》所感所悟，参观何府和英舰所思所想，一股脑都写入奏稿里面。初稿既成，誊写润色，又加进不少内容，字数不下五千言。

隔日又自我欣赏一遍，正准备装封派发，冯桂芬登门，拿出已译好的报纸，李鸿章接过一瞧，只见内容丰富，有中外大事，也有苏沪近闻，叫来周馥，要他安排人誊抄两份，一份呈安庆曾国藩，一份寄北京奕䜣。

周馥拿走报纸，冯桂芬又呈上聘请英军教练协议初稿。李鸿章审阅过，说："感谢景亭兄，我看可行。开字营曾聘洋教官训练洋枪队，程学启和何安泰有经验，让他俩过过目，就可付诸实施。"将协议递给亲兵，嘱咐速赴开字营，交程何二人审阅修正。

亲兵领命而去，李鸿章留冯桂芬喝茶说话，请他斧正未发奏稿。斧正云云，不过客气而已，其实是想听听对方夸奖，满足一下小小虚荣心。老婆人家的好，文章自己的好，天下文人大都有此通病。

要说李鸿章文笔还真不错，并非仅仅自我感觉好。冯桂芬细品一遍，心内折服，口里赞叹道："久闻少荃兄于文章之道尤为精通，今日拜读大折，才知名不虚传，桂芬自叹弗如啊。"李鸿章说："谬奖谬奖，景亭兄才是文章大师，不然如何写得出惊世之作《校邠庐抗议》？不是受大著启发，又与兄参观何府，考察英舰，得长见识，哪写得出此折？"

"少荃兄太谦虚，拙著不过一堆虚词妄语，哪像大折贴近现状，务实可行？"冯桂芬又夸几句，不免心内担忧，"怕就怕少荃兄剃头担子一头热，朝廷不一定认可。"李鸿章道："拙折可是站在大清角度，阐述强军富国设想，朝廷能不认可？"冯桂芬说："朝廷意在早日消灭长毛，确保大清江山不倒，只怕不会在乎大折所奏强军富国远大目标。桂芬还是那句话，以剿贼为急务，以夷务为要政。急务拖不得，要政可缓行，急也无用。"

被冯桂芬这瓢冷水一泼，李鸿章脑袋冷静下来，意识到自己确实性急了点。太平军没灭，江山未稳，大谈特谈夷务，朝廷会买账吗？夷务要政系长久之计，不在朝夕之间，完全可泰然计议，脚踏实地，一步一步来。

只听冯桂芬又道："桂芬提出以夷务为要政，是想让少荃兄心中有数，抓住主政苏沪良机，熟悉洋人，了解夷技，有意购置洋枪洋炮，武装淮军，多打胜仗，让朝廷看到夷技优势后，再争取其支持，逐渐引进西学，试办制造厂，造枪造炮。日后条件成熟，还可购买和制造舰船，组建海军，加强海防。待内忧外患消除，国家承平，百姓安定，制造厂还能生产民用品，舰船也可稍加改装，用以海运和河运，实现国富民强目标。"

这是一幅多么美丽炫目的蓝图啊，如果朝廷脑海里也有这样一幅蓝图，君臣同心，朝野齐力，何愁大清不能强盛，百姓不能富有？

两人正畅想未来，忽闻圣谕传至。冯桂芬起身告辞，李鸿章送他出门，说："以后凡有洋报上市，还请景亭兄代买一份译成中文，我再叫人誊抄几份，分别寄给老师和恭亲王。"

冯桂芬自然乐意，应声离去。李鸿章转身，跪接圣旨。旨曰湘军围攻金陵正急，命淮军撤离上海，开赴镇江，配合湘军水陆两师及都兴阿和冯子材绿营，共击金陵，早收大功。

原来湘军开到金陵城外后，曾国荃专横跋扈，与多隆阿时起冲突，彼此闹不和。多隆阿身为满员，几时受过汉人窝囊气？两人几乎动起武来。恰逢川民起义，声势日炽，攻入陕西，西北告急，多隆阿几经运作，说动上层，获取钦差大臣身份，摆脱曾氏兄弟控制，率手下一万五千余人西征。湘军人数本来有限，多隆阿釜底抽薪，又如何围攻金陵？偏偏曾国荃胆大包天，率手下两万湖南子弟兵，孤军挺进，入驻雨花台，与金陵隔壕相望，想独吞夺城首功。天王洪秀全一面加强城防，一面命松江前线的忠王李秀成率军回援。李秀成一心想攻占上海，扩大自己苏福省势力范围，迫于天王威逼，不得不退守苏州，筹措粮饷，征调三十万大军，集结于东坝，准备兵分两路，一路由秣陵关，一路由板桥和善桥，齐头并进，包抄雨花台。曾国荃区区两万人马，怎么与太平军城里城外数十万大军抗衡？朝廷生怕湘军有啥闪失，失去消灭太平军的最后力量，降旨李鸿章，要他移师镇江，声援曾国荃。

刚在上海站稳脚跟，得到官商和民众认可，正好大显身手，收复苏沪，同时引进西学，试办夷务，这下子转身离开，岂不前功尽弃，愿望落空？李鸿章一千个不答应，一万个不赞成。可圣旨已到，不答应，不赞成，又能怎么样呢？

垂头丧气回到书房，拿过桌上未发奏稿，哗啦哗啦，撕成几片，再点火烧掉。就要离开上海，还奢谈夷务，大言夷技，岂不好笑！然奏稿易焚，圣谕难违，李鸿章愁着眉，苦着脸，日不甘味，夜不成寐，一时拿不定主意，到底该抗旨留驻上海，还是遵命赴援镇江。

倒是消息传到城外淮军大营，各位营官好不兴奋，恨不得即刻拔营起程，开拔镇江，扑向金陵，活捉洪秀全。尤其刘铭传，闻讯而起，兴冲冲赶到抚衙，闯入签押房，红着一张麻脸，大声嚷道："翰林哥哥快下令吧，铭传愿带铭字营打先锋，直奔金陵城下，轰开城门，冲进天王府，取下洪贼首级，呈献于您。"李鸿章没好气道："洪贼首级那么容易取下来，曾国荃早取走，还轮得到你刘麻子？回你铭字营去，开不开拔镇江，本抚自有安排。”

刘铭传禁声出门，上马离去。随即潘鼎新入衙，说出自己想法：“当初曾国荃眼里只有金陵，才不愿赴援上海，如今又不顾多隆阿分兵西援，孤军深入雨花台，企图独吞金陵首功，简直自不量力。还是皇上英明，知道湘军对付不了洪秀全和李秀成数十万大军，才谕令淮军赴援镇江。老师没啥可犹豫的，只管下达命令，淮军入驻镇江后，说不定还能寻找有利时机，先湘军攻入城里，活捉洪贼。”

李鸿章喝退潘鼎新，张树声又跑进来，分析道：“李秀成陈兵东坝，剑指金陵，苏南形势缓解，上海有华尔常胜军，外加曾秉忠的清兵、冯日坤的抚标和团勇，可保无虞，淮军正好抽身而去，先扎营于镇江，再伺机进攻金陵，勇夺大功。”

张树声走后，又有几位营官赶来，劝说李鸿章，移师镇江，不能眼巴巴看着曾国荃独占便宜。李鸿章一个个都给轰走，懒得多费口舌解释。

后来连程学启也进了签押房。没等他开口，李鸿章就摇着手，极不耐烦道：“别在此废话，淮军是否移驻镇江，没你们营官说的这么简单。”程学启不走，也不吱声，默默呈上一纸文稿。李鸿章一瞧，是聘请洋教练训练淮军的协议。怪只怪被刘铭传几个惹恼，见人便以为是来游说赴援镇江的，才对程学启不客气。

要说淮军十几位营官里，数程学启最肯动脑筋，战斗经验也最丰富，李鸿章才缓和语气道：“估计方忠（程学启）也已听说，皇上谕令淮军立即撤离上海，征发镇江。”程学启点头道：“淮军各营闹得沸沸扬扬，从营官、哨官到兵勇，一个个跃跃欲试，恨不得马上打到金陵去。”李鸿章道：“这些人不知天高地厚，虹桥取胜，便自觉多了不起，好像金陵城是烂泥糊的，随便就可捅开。方忠别管他人怎么看，只说自己有何想法。”

程学启沉吟片刻，才说道：“翰林哥哥知道，镇江现有两支绿营驻守，一是总兵冯子材部，一是江宁将军都兴阿部。学启在湘军阵营时，就与绿营多次合作，知道这些老爷兵底细，既无战斗力，又盲目自信，与他们搅在一起，绝对成事不足，败事有余。加之冯子材与都兴阿不和，闹得很僵，淮军再去掺砂子，还不知会弄出什么乱子来。”

镇江局面确实不容乐观，李鸿章早有所闻，认同程学启的分析。程学启又道:“再看李秀成，虽率三十万大军集结东坝，仿佛随时会扑向雨花台，其实态度并不怎么坚决。苦心经营苏福省多年，李秀成不可能置之不管，苏州、青浦、嘉定、太仓、昆山一带依然留有重兵把守。淮军若开赴镇江，他肯定会下令进攻上海，断掉咱们后路。上海一旦为其所据，与苏州连成一体，李秀成要枪有枪，要炮有炮，要粮有粮，要饷有饷，再与金陵相互策应，对湘淮两军形成夹击之势，南北大营悲剧就会在两军身上重演。学启意见，淮军还是留驻原地不动，广积粮，多筹款，大量购置洋枪洋炮，强化训练，壮大自己，然后步步为营，扫清上海周边长毛，再进窥苏州。到时李秀成首尾难顾，金陵必危，洪秀全死期即至。”

想不到程学启上阵作战勇猛异常，还能纵观全局，对江南战场看得如此透彻。就是李鸿章自己，上海防务考虑得多，也很少将金陵纳入视野，觉得攻打金陵是湘军的事，与淮军关系不太大。其实湘淮同为一体，宁沪唇齿相依，生死与共，两军岂可孤立起来看待？就是说淮军若在上海和苏州有所作为，才能有效牵制苏浙长毛，若跑到镇江去，进入李秀成反包围圈，只能与湘军同归于尽。李鸿章认定淮军只能留，不可奉旨赴援金陵。

程学启走后，李鸿章拿起他修正过的协议稿，浏览一遍，签字画押，交给亲兵，速送会防局。冯桂芬得到协议，又赶往英国海军提督府，交给何伯。何伯动作利索，据约派出英军教练，进驻淮军大营，着手训练兵勇。

淮军大营练兵正紧之际，李鸿章找来钱鼎铭，请他设法再购置一批洋枪洋炮，武装淮军，配合英军训练。新购洋枪洋炮到位后，李鸿章又让铭字营和树字营选调精兵，另成立两支洋枪队，为接下来的战斗储备力量。

安排就绪，李鸿章才静下心来，起草奏折。留沪办夷务，显然没说服力，否定朝廷战略部署，也难免犯忌。最好不说镇江，只言上海危急，洋人要求会剿太平军，抽不开身。又刚署理苏抚，要收拾薛焕留下的烂摊子，还得为湘军筹粮办饷，须先物色好合适替手，才走得开。再则淮军兵少将寡，成军时间短，军纪不严，战力不够，守卫上海已很勉强，北上对抗太平军主力，还拿不出手，务必抓紧训练，待训练成形，再开拔镇江不迟。

奏稿拟成，复核一遍，李鸿章不觉一脸苦笑。好不容易获得专折奏事资格，第一封奏稿就胆大包天，公然抗旨，为留驻上海强词夺理，也不知朝廷会作何感想。也是没办法的办法，上海是自己的今天，更是自己的明天，唯有保住上海，再以此为据点，扎牢根基，才可能实现试办夷务兴军强国理想。李鸿章认定冯桂芬观点，夷务是国家要政，国家要有出路，非办夷务不可，身为大清臣子要有大作为，肯定不可能离开夷务。夷务在哪儿，只能在上海。

奏折加印装封，李鸿章又生一计，何不附片保奏郭嵩焘，来沪出任苏松太道？朝廷要你驰援镇江，总得有人打理上海事务吧？保奏干才名正言顺。加之郭嵩焘远在湖南湘阴老家，保片送到北京，圣上传旨湘省，郭嵩焘再动身赶赴上海，前后总得三五个月，到时江南局势已变，朝廷还调不调淮军赴援镇江，已很难说。况兴办夷务，不可能没自己的人，吴煦和杨坊之流，迟早得扒到一旁，保奏郭嵩焘等来任职，大有必要。

奏折和保片发出，立即传令各营营官，及华尔、曾秉忠、况文榜、冯日坤诸将，赴衙会商军务。各将领准时到会，唯冯日坤姗姗来迟，一脸酒气。一看就知夜里花天酒地，此刻还没醒酒。手握八千标兵，又新收庞钟璐三万团勇，冯日坤自以为成了上海老大，谁都不放在眼里。本来抚标营归巡抚调度，也天天往南洋通商衙门跑，连面都不与李鸿章照一个。李鸿章刚署苏抚，军务纷繁，政事堆积，忙不过来，隐忍一时，未及下他的手。

没等冯日坤坐定，李鸿章宣布开会，说："兄弟们都清楚，湘军吉字营已深入金陵城下雨花台，忠王李秀成受洪秀全之命，集结三十万大军于东坝，欲分两路围扑湘军，谕令淮军驰驻镇江，与都兴阿和冯子材绿营合兵一处，抵御忠王，助攻金陵。朝廷哪知镇江正处于忠王反包围圈里，淮军贸然北进，无异于自投罗网，不仅无助湘军攻城，还会给长毛留下破绽，白白丢掉上海，这叫拉屎擤鼻涕，两头蚀本。"

各位都笑，觉得此比喻形象。笑声小下去后，李鸿章言归正传："淮军不援镇江，也不能啥都不干，作壁上观。吾意李秀成剑指雨花台，咱们正好趁机行动，剿灭上海周边长毛，打几个胜仗给朝廷看看，同时也缓解一下湘军压力。大家出出主意，如何行动为好。"

没能开赴镇江，夺取金陵，刘铭传心里痒痒，听说有行动，忙站起来，建议把兵力集中于沪西，先攻青浦，再取苏州。只是青浦为苏州门户，苏州乃李秀成命根子，哪是想攻可攻，想取可取的？张树声提议，不往西，就往北，攻打嘉定和太仓，消灭长毛有生力量，再集中兵力合攻青浦，往苏州进逼。后又有人提出，先收复沪南，再北上西进。

李鸿章耳闻众将提议，逐渐形成防北击南攻西战略，大声道："众将听令：曾秉忠、况文榜绿营驻扎北新泾一带，防堵嘉定、太仓方向长毛；程学启、张树声、郭松林、李鹤章诸营移驻青浦城外，先围后攻；常胜军、铭字营、鼎字营、庆字营，南攻金山、奉贤和川沙，得手后回师沪西，合攻青浦。"

众将欣然接受。华尔也高兴，表示服从调度。经历虹桥之战，见识过李鸿章军事才能，及淮军敢打敢拼作风，华尔不再盲目自大，乐意合作，打几个胜仗，以壮常胜军声威。李鸿章用意也明显：想借常胜军之力，取胜沪南，鼓舞士气，为沪西战役造势。与英法联军不同，常胜军以华人居多，华尔又有中国籍，视为中国军队，协同作战，也少忌惮。再说与常胜军合作，可借鉴其战法，对提升淮军尤其是几支洋枪队战斗力，也大有裨益。

此刻冯日坤才醒过来，见众将领到任务，唯独没自己的份，觉得没面子，哆哆嗦嗦道："还有抚标营和江南团练，鸿帅总得安排干点啥吧？"李鸿章道："抚标营和江南团练能干啥呢？"冯日坤觉得手握近四万人马，腰杆粗壮，口气也响起来："能攻也能守，别说对付上海周边长毛，就是开赴金陵围剿洪秀全主力，都不在话下。"李鸿章故意道："你还是像以往一样守城吧。"冯日坤道："四万人马搁城里，只怕不得安宁。"李鸿章要的正是这话，道："那就留下抚标兵，与本帅亲兵营守城，冯将军领三万团勇开拔沪南参战。"

领三万团勇参战好说，只抚标营脱手，冯日坤不甘愿，想一起带走。李鸿章道："沪南用不了太多兵力，抚标营守城有经验，咱俩折中一下，留四千标兵负责城防，其余四千与三万团勇征发沪南。"冯日坤只好答应，只要求战后两部分标兵仍复合一处，归其统管。

抚标已掰作两半，日后复不复合，就由不得你冯日坤了。李鸿章宣布冯日坤攻打金山，将奉贤、川沙等处交给华尔和刘铭传。

部署完毕，各军分头行动，进入自己阵地。李鸿章也没闲着，将留守四千抚标拆开，分编至淮军各营。随即铺纸动笔，奏请朝廷开缺吴煦和杨坊，调冯桂芬、钱鼎铭、王大经、薛书常等七人入衙差委。淮军大营也不能没人手，又奏调刘郇膏、刘秉璋、杨宗濂、陈其元、赵炳麟诸位来沪办理军务。奏折字面意思是，朝廷先给江苏抚衙和淮军大营配齐人才，筹足粮饷，理顺营务，到时移师镇江，才可能旗开得胜，不负圣恩。

忙得正欢，沪南战役打响。淮军与常胜军旗开得胜，很快收复川沙和奉贤，只冯日坤久攻金山不下。李鸿章知道冯日坤统兵能力平平，率抚标守护城池，勉强能应付，领兵攻城略地，自难胜任。可他手里三万多人，金山守军不过三千，也拿不下来，实在说不过去。

一了解，原来冯日坤督军开向沪南途中，至少五千多团勇参与抢掠，尔后裹携所获财物逃掉。抵达金山城下，因团勇饷银少于标兵，不愿打头阵，兵勇火拼，死伤三千多。城里守军察知，趁乱出城，又放火，又冲杀，烧死击毙四五千，还不包括三千轻重伤员。几经折腾，清点人数，标兵死伤两千，团勇损失过半，所剩已不到两万兵勇。要说依然不算小数，可军心涣散，又指挥失当，几次攻城都被打退，冤里冤枉丢弃三千尸体在城墙下。

团勇如此不中用，怪不得庞钟璐弃之如敝屣。李鸿章别无他法，只好下令华尔、刘铭传、潘鼎新及吴长庆，往援冯日坤。几位合兵一处，四面开攻，很快打下金山。又分头攻克周边长毛各据点，沪南清剿干净，全面光复。

捷报传至抚衙，李鸿章自然高兴，亲赴沪南慰问将士。先看望淮军各营，命暂留金山一带，谨防浙江太平军北犯。继至常胜军大营，拍着华尔肩膀道："华将军不错，沪南之战，你功不可没。"华尔提着嗓门道："沪南不过小股长毛，哪经得起常胜军枪击炮轰？鸿帅一声令下，咱三天开到金陵城，三天扎好炮台，三天攻破城门，取洪秀全脑袋如囊中物。"

都说洋人实在，只干不说，想不到华尔吹起牛来，嘴上功夫一点不比华人差。金陵城门这么容易破，吉字营岂不早攻入城里，还在雨花台看风景？话传到曾国荃耳里，不把他肺气炸？没等李鸿章答话，华尔又道："让我打金陵没事，得先答应一个条件。"

谁让你打金陵？李鸿章觉得好笑，却看在华尔收复沪南有功份上，笑问道："有何条件？"华尔说："就是攻下金陵后，所获财物，咱得与清廷平分。”

这就是洋人，打仗唯一目的就是财物二字。李鸿章道：“金陵有湘军，咱们先剿灭上海周边长毛再说。”华尔道：“李秀成主力撤走，上海周边经得起咱几下清剿？”李鸿章道：“在李秀成心里，苏浙比金陵更重要，他决不会轻易放弃上海，有的是硬仗恶仗可打。华将军赶紧率常胜军挺进沪西，会同开、树、松、鹤诸营，攻打青浦，争取完胜。”

常胜军得令起营，李鸿章又赶往抚标营。此时冯日坤正在营里大声教训标兵头目：“团勇是兵渣，抚标营随我多年，没少给你们银子，怎么也见啥抢啥，伤害无辜？”

原来金山城破，团勇纷纷入城，大街小巷乱窜，四处哄抢。冯日坤让标抚制止，标兵也见坏学坏，跟团勇一起抢掠，弄得鸡飞狗跳。财物于手，趁乱出城，半天时间逃掉三千多兵勇。冯日坤卵泡子是火，叫来标抚头目，大加训斥。猛见李鸿章入营，骂走各位，回头施礼道：“鸿帅驾到，有失远迎。”

李鸿章不想多话，问道：“冯将军手下还有多少人马？”冯日坤说：“标兵两千，团勇一万二。”李鸿章道：“打算如何调配现有兵勇？”冯日坤道：“调往前线，剿杀长毛。”李鸿章道：“沪南之战，标兵和团勇杀了几个长毛？”

冯日坤无言以对，垂下脑袋。李鸿章果断道：“留下标兵，解散团勇。”一万二千团勇依然不少，冯日坤不情不愿，恳求道：“战事紧急，还是留他们参战，将功补过吧。末将保证，团勇再不会做坏事。”李鸿章说：“拿什么保证？”冯日坤咬牙道：“末将愿立军令状。”当场磨墨命笔，写道：属下团勇若再犯军纪，为非作歹，本将愿以命抵罪。

不是为留住万余团勇，冯日坤又怎会拿命作注？李鸿章道：“冯将军不愿解散团勇，本帅不好勉强。为便于统管，抽调五千交本帅，留守刚收复的沪南各处城池和要塞，其他兵勇由你亲统北上，配合曾秉忠、况文榜等绿营坚守北新泾、法华镇一带。”

原有三万团勇，良莠不分，李鸿章不说抽调，如今该逃跑的逃掉，该溃散的散去，所剩皆为精锐，才来打主意，冯日坤心里不舍，不肯松口。李鸿章扬扬手上军令状：“我可是为冯将军好，团勇恶习难改，抽走五千，容易管带，免得违令掉脑袋。”

迫于无奈，冯日坤只得分出五千团勇，析入淮军各营，留守沪南，自率所剩九千兵勇，拔营起程，北上去与曾秉忠和况文榜清兵会合。李鸿章也飞身上马，奔赴青浦前线督战。青浦为苏州门户，有重兵把守，比沪南诸城更难攻取。李鸿章尝试飞书英法陆军提督，请求参战。时值七月，骄阳似火，两国提督躲在阴凉处避暑，口头答应参战，实无任何行动。

洋人靠不住，李鸿章也不指望，端坐帅帐，调兵遣将。先召华尔：“金陵远在两百多里外，华将军鞭长莫及，还是先会同淮军打下青浦，本帅重重有赏。”华尔说：“听鸿帅的。”李鸿章说：“好！华将军领兵乘船，走水路向青浦城南靠近，攻打南门。”

华尔领命而去，程学启和滕嗣武入帐，李鸿章让两人分别由青浦城北、城东进击，攻打北门和东门。两人得令，各自回营，组织攻城事宜。李鸿章再派小股兵勇，绕到城西北方向，摇旗呐喊，虚张声势，分散城里守军注意力。

各军依计开往青浦，多面齐攻。城里太平军奋力抵抗，终究抵挡不住淮军和常胜军的猛烈进攻，丢下无数尸首，自西北薄弱处逃逸而出。李秀成已统三十万大军，离开东坝，向金陵方向行进，得知沪南失守，青浦城破，大惊失色，只好分出十万人马，交慕王谭绍光统领折返南下，与苏州、昆山、太仓、嘉定数万守军联手，阻击淮军和常胜军。

青浦克复，淮军和常胜军声威大振，李鸿章倍感欣慰。不惜违抗旨意，死乞白赖留守上海，竟接连收复沪南和青浦，也算给朝廷一个说得过去的交代。当即上折，论功请赏，同时着手新的战略部署，准备扫清沪北太平军，进击苏南。

朝廷奖赏很快下达，程学启受封副将，赐“勃勇巴图鲁”称号；刘铭传升游击，赏戴花翎。华尔不在乎虚名，赏银万两，由江苏抚衙负责兑现。其他有功诸将，也各获恩赐。将士们弹冠相庆，欢天喜地，一个个争相入衙请战，要求再战劲敌，勇立新功。

正值将帅跃跃欲试，朝廷又颁谕旨，再次严令李鸿章率军移驻镇江，堵截李秀成大军，上海军务政事移交南洋通商大臣薛焕。至于奏调郭嵩焘、冯桂芬等人入衙赴营，一一准奏，只驳回开缺吴煦和杨坊奏请，说两人久历苏沪军政，无可替代。

看来薛、吴、杨三人在北京花了不少银子，非把李鸿章赶出上海不可。不过主因还是奕䜣几位当政大臣误断江南形势。曾国荃进击金陵，朝廷贸然调开多隆阿，无论理由多么充足，绝对是步臭棋。试想湘军失手，光复金陵无望，后果何其不堪！然朝廷不可能认错，又别无补救办法，唯有打淮军主意。殊不知李秀成看重的并非金陵，是经营有方的苏福省，只因淮军横行上海，威胁苏州，才令其惶惶不安。没人比李秀成更清楚，若无苏浙提供粮饷和兵源，孤零零的金陵城维持得了几天？故得知沪南失守，青浦沦陷，李秀成心惊肉跳，生怕苏南包括大本营苏州落入李鸿章之手，才赶紧分兵南拒淮军。

与身临其境的李秀成不同，清廷远在数千里之外，看不透苏沪与金陵之间内在联系，不知平定上海，光复苏南，才是助攻金陵最佳手段。淮军攻取沪南和青浦，湘军背后一下子少了十万太平军，便是活生生事实。然事实能大过圣旨吗？已抗过一次旨，再抗会是什么后果？不抗旨，则只能抛下上海和苏南，舍弃念念于兹的夷务，北上落入李秀成反包围圈。李鸿章把自己关在书房里，双手捧着快要炸开的脑袋，百思不得其计。

偏偏议政王奕䜣又以私人名义来函，力劝李鸿章奉旨移师镇江。道理跟圣谕上所说差不多，不把李秀成援军挡在镇江城外，深入雨花台的湘军首尾难顾，不仅无法攻克金陵，还有全军覆没可能。函中还说，上海再重要，也没金陵重要，保住镇江，打下金陵，到时再慢慢收复苏沪失地，简直易如反掌。一句话，李鸿章非开赴镇江不可。

李鸿章反复阅读奕䜣信函，心情越发复杂。谁做皇上，谁当上司，都希望下属听话好使，敢拿圣旨和上司话当耳旁风，甚至与朝廷对着干，下场如何，不言而喻。

也许明白李鸿章心思，不愿离开上海，奕䜣接着又发来第二封信。这回措辞更严厉，说再不北援，万一镇江不保，湘军有啥闪失，就拿李鸿章是问。还上升到忠不忠君，爱不爱国之高度，说朝廷同意建立淮军，就希望关键时候用得上，告诫李鸿章胸怀君国，尽臣子应尽职责，别一意孤行，藐视朝廷，违抗圣意。

藐视朝廷，违抗圣意，罪莫大焉，谁扛得住？李鸿章瘫坐于椅，半天坐不起来。连莫姑娘进来添茶，也毫无察觉，像已死去多时一般。莫姑娘不敢惊动他，轻手轻脚走出去，只是心里说，主人碰到啥难事，愁成这个样子。

其实莫姑娘不懂，李鸿章这不是愁，是苦，苦于人至岔路，走左不是，行右也不是。过去李鸿章老觉得，世上难事无非两样，一是手执笔管，做文章考功名，一是手握刀枪，上战场杀敌人。而今想来，文章难做，敌人难杀，反正别无选择，勉力为之即可。哪像现在，何去何从，根本没法选择，却非选择不可，才是真难。

为难之际，曾国藩也来函，奉劝李鸿章遵旨赴援镇江。为何老师所思，与圣谕及奕䜣意见不约而同，如出一辙？李鸿章恍然大悟，曾国荃是其亲弟，吉字营孤军进驻雨花台，前有金陵城里强敌，后有李秀成劲旅，自然凶多吉少，生死难料，作为大哥，不免担惊受怕，动员李鸿章赴援，实在情理之中。那年三河之战，曾家已损失一位胞弟，曾国藩不愿九弟再有闪失，连写数信，令其撤离。无奈曾国荃死活不从，曾国藩无计可施，只好转而寄希望于淮军，为吉字营抵挡来自背后的敌人。可曾国藩就是曾国藩，他不说曾国荃需要淮军支援，只暗示李鸿章，镇江位置重要，如果淮军奉旨赴援，无论成败，责在朝廷，一切好说，若执意留沪，导致镇江失守，苏沪这边也出点啥差错，则属违抗圣旨，罪责难逃。

李鸿章被吓出一身冷汗，意识到继续留守上海不走，简直是冒天下之大不韪。想想再不识时务，固执己见，出现严重后果，岂不咎由自取，谁能替你开脱？李鸿章不敢再坚持，决定屈服圣意，听从奕䜣和老师劝告，率军开赴镇江。

主意已定，李鸿章一下子轻松起来，拈毫于手，准备给皇上上折，言明赴援镇江的决定。正好冯桂芬接到调令，赴衙报到。李鸿章欲写好奏折再见他，又想反正已决定遵旨离沪北进，奏折早上迟上都一样，先见过冯桂芬再说。

冯桂芬走进来。李鸿章吩咐亲兵献茶，一边起身离位，扶正窗前椅子，请满腹经纶的大才子入座，自己再坐到几旁，满脸真诚道："景亭兄才高八斗，名闻遐迩，鸿章何德何能，竟将您请入抚衙，共理苏沪事务。"

虽说大李鸿章十多岁，才名也不在其下，可既已入幕，就是上下级关系，冯桂芬不好再称对方为少荃兄，改口道："鸿帅谬夸，您才是兴办夷务振兴中华之关键人物，桂芬一介无用书生，能入衙当差，实乃三生有幸啊。"李鸿章道："不是让景亭兄当差，是与鸿章和衷共济，开创史无前例的夷务。”

寒暄几句，李鸿章出示圣旨和奕曾二人信函，说：“鸿章就要率军移驻镇江，上海夷务只好全权交景亭兄办理。”冯桂芬吃惊道：“值此紧要关头，淮军岂可离开上海？”李鸿章道：“景亭兄不主张淮军离沪北上？”冯桂芬说：“绝对不能。一旦鸿帅率军撤离上海，李秀成觉得苏州无虞，苏南无事，没任何后顾之忧，不正好全力围攻湘军，湘军不更加危急么？”

想不到冯桂芬与自己不谋而合。李鸿章感慨道：“景亭兄身处苏沪，对江南形势了然于心，可皇上和恭亲王远隔千里，我老师也在安庆，眼里只有金陵，没有苏沪，才会不断催逼鸿章开赴镇江。”冯桂芬道：“无论如何，鸿帅得据理力争，言明苏沪之于金陵的重大意义。再说到沪数月，你也看到洋人积聚上海，随处都是洋兵洋商，洋货洋器，以及洋工厂、洋公司、洋产业，吾国要办夷务，只能以上海为起点，别无他哉。若弃沪北上，鸿帅就会失去开创夷务之先机，耽误师夷制夷振兴中华之大业，还请三思而后行。”

冯桂芬嘴里所言，正是李鸿章心里所想。可圣旨和奕曾信函就在眼前，再容不得抗拒不从，按兵不动。李鸿章两眼发直，陷入沉思，以致冯桂芬何时离去，都浑然不知。直到钱鼎铭进屋打招呼，才回过神来。钱鼎铭也是经奏调入职，前来领受差遣。鉴于钱鼎铭熟悉上海政商各界，李鸿章让他与周馥共同负责粮饷筹措。

说到淮军可能离沪北上，钱鼎铭也极力反对：“鸿帅想没想过，淮军和常胜军攻打沪南和青浦时，英法洋军为何袖手旁观，不肯出战？”李鸿章道：“不是英法洋兵来自西欧寒凉地带，耐寒怕热，酷暑天气不敢出阵么？”钱鼎铭摇头道：“都是借口。洋人鬼得很，口头上站在大清立场，背地里从没与长毛断过往来。李秀成早有约在先，只要英法持中立态度，将全力保护其利益，彼此和平共处。”李鸿章道：“既约好和平共处，干吗年初洋兵又配合清兵和常胜军，抗击长毛？”钱鼎铭说：“当时洋人没领教过长毛厉害，尝试上战场，显示威风。谁知受到重创，躲进大营，暗里与长毛联系，承诺再不出阵。其实洋军重利轻义，并非一定要跟长毛合作，只不过坐山观虎斗，谁赢倒向谁，反正不能让自己吃亏。”

李鸿章略有所思道：“新之（钱鼎铭）兄是说，只要淮军挡住长毛进攻，英法洋军自然倾向于朝廷，反之淮军撤走，上海有失，他们就会与长毛狼狈为奸？”钱鼎铭说：“洋军就这副德行。李秀成已在洋军身上花过不少工夫，一旦鸿帅挥师北上，洋军肯定营门紧闭，坐视长毛攻入上海，再回过来共同对抗大清。”

李鸿章咀嚼着钱鼎铭话里意思，刘秉璋、薛书常、蒯德标、陈其元、赵炳麟等陆续来衙入职，李鸿章又分头接见，一一委以重任。刘郇膏接到谕令，也入衙领差。还告知殷兆镛即将来沪，造访同年冯桂芬，再乘船北上，回值上书房。李鸿章道：“多年没与殷侍郎谋面，他老人家驾到，一定抽时间陪陪他。”

刘郇膏点头而出。李鸿章磨墨铺纸，提笔于手，凝神静思，准备拟折。却左右为难，一时不知如何下笔为好。已公然抗过一回旨，因沪南和青浦取胜，成功牵制太平军，有效减轻湘军吉字营压力，朝廷网开一面，不仅没有加罪，还一一准奏所保诸将，所调诸僚，实属格外开恩，你还要不识好歹，继续抗旨，于情于理于法都说不过去。毕竟抗旨事大，抗上一次，已冒犯天威，罪不可恕，岂可故伎重演，自绝于朝廷？还有议政王奕䜣与曾老师，温言软语，苦口婆心，具函奉劝应旨北援，你不看僧面看佛面，也该买账受命。就算同治年幼，两宫不谙军事，容易糊弄，奕曾两位精于军政，口含天宪，言出法随，又如何得罪得起？不知天高地厚，置奕曾好言劝告于不顾，后果如何，不是和尚头上虱子，明摆着的么？

李鸿章扔下笔杆，在桌前徘徊起来。直到周馥推门而进，给出一个理由，才让李鸿章最后下定决心，准备抗旨到底。其实周馥所给理由，简直不是理由。他先拿过搁于砚台边的毛笔，在纸上写下两个字，一个江字，一个鸟字。字写得方方正正，笔重墨饱。李鸿章看看纸上字，又瞧瞧周馥，不知何意。周馥笑笑道：“江与鸟字拼一起，不就是鸿帅的鸿字么？”

李鸿章皱皱眉头，道：“江鸟合而为鸿，小孩都会拼，有啥奇怪的？”周馥道：“江鸟为鸿不奇怪，然反观鸿字，岂不大有深意？”李鸿章道：“深意何在？”周馥道：“鸿者，江上之大鸟也。”李鸿章疑惑道：“江上大鸟？”周馥进而道：“江上大鸟，奋飞于江，自然鸿运高照，若北上镇江，江为之所镇，鸿失之于江，又怎么振翅飞翔？”

李鸿章心头一惊，不再犹豫，重新坐回桌旁，拿起笔来，开始龙飞凤舞，草拟奏折。自然不好拿鸿失之于江说事，而先肯定朝廷决策英明，淮军移驻镇江助攻金陵大有必要，接着笔锋一转，说上海局势紧张，士绅商民强烈要求淮军留沪，同仇敌忾，共抗长毛。又说苏沪乃商贾重镇，鱼米富乡，谁拥有苏沪，谁就会立于不败之地，若苏沪掌控在太平军手里，金陵粮饷不绝，兵源不断，任何力量也不可能攻克。还说淮军雄踞上海，击退敌军，收复沪南，攻克青浦，正扎在敌军痛处，李秀成害怕后路断掉，北援决心大受动摇，才没尽调苏南兵力共进。最后还端出洋军，说只要淮军一撤，太平军攻入上海，无良洋人马上会倒向李秀成，成为大清死敌，到时朝廷越发被动，收取金陵将遥遥无期。

奏稿所言句句属实，李鸿章自觉留沪理由已足够充分，朝廷想不认同只怕都难。其实朝廷认不认同，已管不了那么多，决定留驻上海，拒赴镇江，就不能瞻前顾后，只有一条道走到黑。奏稿发走，再潜心谋划守卫上海光复苏南大计。

正在忙乎，亲兵报告，说有人到访。没等问明是谁，来人已破门而入，气呼呼冲过来，指着李鸿章鼻子咆哮道：“好你个李鸿章，你身为淮军统帅，署理苏抚，谭绍光十万大军已浩浩荡荡开过来，你竟无动于衷，舒舒服服躲在抚衙里，安享你的清闲，你心里到底有没有皇上，有没有苏沪官商和百姓！”

作为苏沪最高长官，只你李鸿章够格教训治下官民，不想有人竟冲入签押房，对你指手画脚，莫非吃了豹子胆不成？李鸿章一怔，只见来人嘴皮外翻，双眼圆睁，额角青筋暴突，仿佛随时会长出两只尖角来似的。定睛细瞧，这不就是早年在翰林院共过事的殷兆镛吗？也只这个炮筒子侍郎，才生着一副猛兽般的凶模样。

李鸿章赶紧起身，恭请殷兆镛上坐，满脸堆笑道：“听闻侍郎大人丁忧在家，什么风把你从吴江吹到了上海？来上海也不提前通报一声，鸿章好率人远迎，免得你亲自问路上门。”殷兆镛不吃这一套，吼道：“我的话到底听清没有？你怎么抵挡谭绍光？”

没等李鸿章回话，刘郇膏从外面气喘吁吁跑进来，也顾不得作揖施礼，张嘴抱怨殷兆镛道：“侍郎大人也是的，说好先在码头会面，一起上抚衙造访鸿帅，你怎么溜得飞快，自个儿先跑了过来？”

话没落音，冯桂芬也进门责怪殷兆镛道：“我的同年哥哥呃，你再性急，也不急在这一时半会儿，我与松岩（刘郇膏）兄将码头前后翻寻个遍，也没你影子，还以为你落入黄浦江，填了鱼腹。你真有个三长两短，咱们怎么向皇上交待？”

两人你一句我一句数落着，李鸿章渐渐听明白，原来冯刘二人如约上码头迎客，不知哪里出了点差错，失之交臂，殷兆镛干脆自己屁颠屁颠进了城。只要人没事就行，李鸿章吩咐亲兵快快上茶，请三人落座叙话。嘴里笑笑道：“侍郎大人不是没缺胳膊少腿么？量黄浦江里的鱼也没这肚量，装得下朝廷堂堂二品大员。”

殷兆镛仍杵在地上，还想说什么，冯桂芬把他按到座位上，道：“有啥坐下再说，还怕脖子伸不直，肚里话堵住喉咙？”殷兆镛道：“事情如此紧急，亏你们沉得住气。”冯桂芬道：“谭绍光不是还没打过来吗？看你要死要活的。”殷兆镛道：“长毛一向神速，打过来还不容易？兆镛离开吴江时就听说谭绍光统领十万大军，直扑上海而来。估计要不了两三天，即将兵临城下，鸿帅不早做准备，如何抵挡虎狼长毛，确保上海安全？”

不料李鸿章一脸玩世不恭，道：“上海安不安全，已不关李鸿章的事。”殷兆镛又蹦起来，义愤填膺道：“李鸿章你什么态度？皇上让你组建淮军，署理苏抚，就是要你对抗长毛，保卫苏沪百姓。大兵压境之际，你正好报效君国，怎出此极不负责之言？”

“不是我不想负责，是有人不要我负责。”李鸿章拿出圣谕和奕曾二人信件，扔到殷兆镛面前，“侍郎大人不是不识字，自己过目吧。”殷兆镛望望李鸿章，低头翻看起来。几下看完，痛心疾首道：“皇上和恭亲王对江南局势不甚了了，曾国藩怎么也如此不明事理，关键时候下令调开淮军？淮军撤离，上海沦陷，苏浙尽在长毛手中，李秀成后患已除，肯定会命谭绍光回师金陵，湘军岂不更危险？不行不行，我给皇上上折，给奕䜣和曾国藩写信，留下淮军，守沪规苏，拖住李秀成后腿，叫他顾此失彼，无法全力解围金陵。”

别看殷兆镛书生气十足，对江南局势能有如此清醒认识，倒也难得。李鸿章摇手道：“上折写信大可不必，调离淮军，又不是皇上和奕曾二位意思。”殷兆镛莫名道：“折子和信件在此，不是皇上和奕曾意思，又是谁的意思？”李鸿章说：“是上海方面意思。”

殷兆镛不解，望着李鸿章道：“上海方面意思？上海方面是哪方面？”

李鸿章说："上海有人见不得淮军战胜长毛，更见不得鸿章署理苏抚，掌管军政实权。"殷兆镛不明就里，问："到底何人如此混账？"刘郇膏代为答道："薛焕和吴煦、杨坊之流。"

"狗日的薛焕，兆镛早就想参他了！"殷兆镛怒不可遏，大手一扬，在茶几上狠狠一拍，震得茶杯一弹，哐当掉落地上，茶水洒得到处都是，"这小子真不是东西，仗着经营上海多年，熟悉洋人洋务，与吴煦、杨坊做手脚，损公肥私，大发国难财，再拿着非法所得，交人上京活动，谋求官位，排除异己。如今又不顾苏沪安危，企图赶走鸿帅和淮军，欲重新掌控上海，大权独揽，一手遮天，兆镛岂能坐视不管？"

这正是李鸿章需要的效果，趁机故意激殷兆镛道："薛焕之流树大根深，恐怕不是侍郎大人想参就参得倒的。"殷兆镛大声道："参不倒，也要把他从上海参走，别败坏江南大局。我这就乘船返京，拟好劾稿，亲手交到皇上手里。"

说罢起身，甩着袖子，朝门外走去，任李鸿章怎么挽留，只是不理。冯刘两人也赶忙抽身，紧追出门。李鸿章拉住刘郇膏，附他耳边道："兵荒马乱的，得安排好殷大人行程，不要舍不得花钱，花多少算抚衙的。"

刘郇膏会意，要李鸿章放心，朝殷兆镛追过去。望着殷兆镛瘦骨嶙峋的背影，李鸿章不免暗暗得意，不出声道：姓薛的，你就等着瞧吧，殷大人此番北上，可是回值上书房，能直达天听，他老人家要参劾你，看你还能在上海神气几时。

心里想着，李鸿章叫过亲兵，通知淮军各营官及华尔、清兵首领，速速入衙开会，研究部署城防大计，抵抗谭绍光大军。

接到通知，各位陆续进城入衙，齐聚西花厅。谭绍光十万大军来自苏州方向，定然纠合太仓、昆山、嘉定等处守军，进逼上海。李鸿章于是命令淮军各营驻防上海西北，绿营和团勇坚守北新泾、法华镇、静安寺，常胜军暂扎松江本部，视战局进展，随时听候调遣。

众将别无异议，只要求拨足粮饷，让将士塞饱肚皮，拿到银子，才有劲头杀敌。粮饷事宜早吩咐周馥和钱鼎铭速办，怎么还没到位？传唤两人，说是一大早出了门，估计催拨粮饷去了。午后两人回禀，说粮饷卡在吴云和俞斌手上。

江苏布政司和苏松粮道都设有厘金局，吴云和俞斌分别为两局总办，代两司道管理厘捐。前向为淮军粮饷纠葛，藩台吴煦和粮道杨坊被李鸿章参劾，差点丢官去职，干脆放权给吴云和俞斌，由他俩直接支拨淮军粮饷。其实不过是幌子，吴云和俞斌系吴杨死党，唯两人之命是从，实权仍在吴杨手里。吴杨都是薛焕的人，夜里李鸿章走进南洋通商衙门，掏出苏抚大印，搁到桌上，说："慕王谭绍光亲率十万大军，正向上海杀来，鸿章无能，无力抵挡，抚印交还薛大人，请您老人家出面统兵抗敌，挽上海人民于危殆吧。"

十万太平军来犯，李鸿章怎么还有闲暇，手捧抚印往南洋通商衙门跑？急得薛焕大汗淋漓道："鸿帅为何与抚印过不去？薛焕大门不出，二门不迈，又哪里得罪你老人家了？"李鸿章道："上海一旦失陷，苏抚罪责难逃，只好拜请薛大人，拯救鸿章和沪民。"薛焕剁脚道："到底咋回事，直说好不好？"李鸿章道："我也不知咋回事，你问吴煦和杨坊吧。"

提及吴煦和杨坊，自然与粮饷有关。缺粮少饷，淮军不愿出阵，上海必定沦陷。薛焕将吴煦和杨坊叫去，一顿训斥，两人不敢怠慢，指令吴云和俞斌，将粮饷足额拨入淮军大营。粮足饷齐，各营自然底气十足，照李鸿章部署，抓紧布防，誓死捍卫上海不失。

谁知智者千虑，必有一失，李鸿章部署有误，谭绍光并没与太仓、昆山、嘉定守军会合，却避开淮军主力，绕到北新泾、法华镇、静安寺一带，对散沙般的绿营和团勇展开攻击，欲直接进犯上海。曾秉忠、况文榜还有冯日坤慌了神，手忙脚乱，胡乱应付。尤其冯日坤，正在与部下争风吃醋，将团勇大营弄得乌烟瘴气。

事因起于李鸿章部署城防当夜，冯日坤刚从抚衙返回大营，就被一群驻地百姓拦住，要他主持公道，伸张正义。一问才知手下两位团勇夜间出营，跑到附近百姓家，劫财夺物，还强暴陈家未嫁姑娘，掳回营里藏起来，准备长期占有。陈家不肯善罢甘休，纠结数十村民，挥舞锄头扁担、铁锨砍刀，赶来拼命，正碰上冯日坤归营，拦路喊冤，哭求放人。冯日坤早在李鸿章那里立下军令状，承诺手下兵勇再犯军令，以命抵罪。出了此等丑事，张扬出去，哪有好果子吃？一时气急，冲进大营，揪住两位团勇，一顿鞭笞。两团勇受不了皮肉之苦，只好交出陈姑娘。冯日坤一瞧，两只眸子定在眼眶里，再也没法转动。走南闯北，享受过不少女人，哪见过如此漂亮的大姑娘？也是色令智昏，冯日坤吩咐手下，带上足够银子，打发走陈家人，把陈姑娘领回大帐，占为己有。夜里折腾，白天足不出帐，继续胡闹，一切军务皆置之于脑后。直到谭绍光先头部队杀过来，才慌张出帐，被动应对。太平军已近在咫尺，团勇大营很快被冲得七零八落。幸况文榜领兵来救，才击退敌军。冯日坤惊魂甫定，集合四散标兵和团勇，已损失两三千人马。部署好防卫，返回帐里，陈姑娘已撞死在桌旁，脑血淌了一地。冯日坤又惋惜，又后怕，想起为陈姑娘美貌所惑，差点全军覆没，万一事被李鸿章知道，肩膀上这颗脑袋还保得住几天？

其时李鸿章得知谭绍光领军绕至淮军背后，攻击团勇和绿营，赶紧让韩正国率亲兵营随行，赶往北新泾。登上高地，往下一望，只见太平军凭河据垒，遍地旗帜，连营数十座，绵延二三十里。看来十万太平军并非虚数，只能有多，不会有少。

李鸿章倒吸一口凉气，摊开松沪全图，根据敌我兵力布局现状，先调刘铭传、潘鼎新来援，令常胜军接应绿营和团勇；继命李鹤章、程学启留部分人马守卫青浦，其余驰赴北新泾和七宝，绕击太平军后路；尔后调令黄翼升，领淮扬水师，出击吴淞江。

调配妥当，传令下去，望见不远处有座孤屋，李鸿章准备过去休息一会儿，以静观战局发展。走近一瞧，是座关公庙，破败不堪，杳无人迹，阶前布满青苔，墙脚遍生野草，威武的关公像蒙着厚厚灰尘。战争无情，关公保佑不了百姓平安，百姓也无心供奉关公，才让他老人家独处荒野，备受孤寂。李鸿章拂去关公身上蒙尘，倒头便拜。起身还没喘上口气，况文榜派来都司刘佐禹，禀告绿营和团勇遭受过两轮攻击，幸亏奋力抵抗，勉强打退敌人，不知援军何时能到，否则后果堪忧。李鸿章让刘佐禹回营转告曾秉忠和况文榜，再坚持几个时辰，待淮军和常胜军赶到，里外夹击，共同发力，便可重创太平军。

刘佐禹嘴里应承，却没动身，呈上况文榜密信。信里说太平军先头部队攻击绿营无果，派人秘密联络冯日坤，他若率所属兵勇反水，配合长毛击破绿营，事成封王拜将。冯日坤自知霸占民女，罪不可赦，加之十万太平军压境，上海难保，已回书答应投奔敌阵。

李鸿章有些不敢相信，说："冯日坤好歹也属朝廷命官，莫非说反就反？"刘佐禹又从靴里取出折叠成手指宽的字纸，呈给李鸿章，道："来见鸿帅路上，下官逮住一位长毛密探，这是从他裤裆里搜出来的，说为慕王谭绍光亲笔所书。”

纸上写着两行字：东南西北，春夏秋冬。李鸿章不知何意，刘佐禹道：“我拷问过密探，是两句联络暗号，夜里长毛与团勇以此为号，同时发力，齐攻绿营。”

李鸿章寻思片刻，将字纸裁作两半，一半自留，一半交给刘佐禹，再将他耳朵招到嘴边，嘀嘀咕咕，一番交代。刘佐禹点头会意，折好半截字纸，重新塞回靴子里，朝门外走去。出得关帝庙，剥下太平军探子衣服，穿到自己身上，上马下山，直奔团勇大营。

此刻冯日坤正背着双手，在帐里不停地徘徊，不时往帐外望望，急盼太平军密探到来。一直挨到天黑，才有飞马驰至，正是乔装成密探的刘佐禹。

刘佐禹刚下马，就被人死死摁住，带入大帐。冯日坤盯眼刘佐禹，问他从何处来。刘佐禹也不吱声，拿出半截字纸，递给对方。冯日坤见是两句暗语，不明就里，问是什么意思。刘佐禹说：“这是半张密约，乃慕王笔迹。为稳妥起见，还有半张在另一人手里，必须两半连接到一起，笔迹吻合，才知今晚行动方案。”

“那人在哪里？”冯日坤瞧着半截字纸道。刘佐禹说：“在营外数里处的小山包上。”冯日坤说声好，传令标兵营，出营随行。刘佐禹说：“绿营暗哨遍布，人多目标大，容易暴露，标兵越少越好。反正离营不远，不会有啥意外。”

冯日坤觉得也是，只带两名贴身标兵，由刘佐禹领路，打马出营，没入沉沉夜幕。驶过一段平地，逶迤上得山包，下马朝黑暗中的屋子走去。这便是刘佐禹白天来过的关帝庙。到得庙前，冯日坤命两名标兵负责值哨，随刘佐禹迈入庙门。迎面是又高又大的红脸关帝像，像前神龛上香火闪烁，烛光摇曳。冯日坤五体投地，拜过关帝，抬头见烛台下压着半截字纸，伸手取过来，与自带的半截字纸拼到一起，是两句暗语。刘佐禹凑过脑袋，轻声解释几句，冯日坤心领神会，满脸灿烂。

可就在冯日坤爬起来，准备转身离去时，关帝像前多了一个高大身影。冯日坤吓一跳，以为天神降落。又觉有些面熟，睁眼细瞧，不就是李鸿章吗？冯日坤又疑又惊又怕，脱口道：“鸿帅怎么是你？”李鸿章冷笑道：

“本帅正要问你呢，你怎么到得关帝庙的？”

冯日坤吓得不轻，扭头去瞧刘佐禹，问：“这是咋回事？”刘佐禹道：“咋回事？鸿帅问你呢，还是交代了吧。”冯日坤哆嗦道：“交代？有啥可交代？”李鸿章道：“没啥可交代是吧？我再问你，你手里是什么？”冯日坤看看手里字纸，朝外面大喊道：“快来人！”

门外顿时冲进两位大汉。却不是标兵，而是李鸿章亲兵。冯日坤情知不妙，将字纸一团，嘴巴一张，往里就塞，想吞掉罪证。刘佐禹眼疾手快，猛地一掌，将冯日坤击昏，掰开他上下牙床，掏出还没来得及下咽的纸团。两位亲兵上前架住冯日坤，拖到庙外，手起刀落，砍掉脑袋，用布一包，几下打上结。

一个时辰后，李鸿章率领刘佐禹和数名亲兵，驶入团勇大营，通知各头领，至帐前集合听训。各头领到齐，李鸿章开始发话：“兄弟们，长毛就要发起新一轮进攻，团勇大营危在旦夕，可冯日坤呢，人在哪里，你们知不知道？”

众人不得而知，只顾摇头。李鸿章又道：“冯日坤联络长毛去了，准备约好时间，回来动员你们，里应外合，配合敌人消灭绿营，再攻破上海，发大财，升大官，做王爷。”

各位面面相觑，不敢相信是真。李鸿章看眼刘佐禹，刘佐禹拿出从冯日坤嘴里掏出来的字纸，提高嗓门，念诵一遍，将其来龙去脉解释给各位。各位还是半信半疑，大声嚷嚷，要见冯日坤本人。李鸿章朝身后扬扬手，亲兵呈上一个包裹，刘佐禹接过来打开，提出一颗血淋淋的人头，大呼道：“看清没有，这是谁？”

自然是冯日坤。众人吓得脸色寡白，一阵骚动。

“实话告诉你们，曾提督和况总兵所率两万绿营，已将团勇大营团团围住，淮军主力也行进在路上，即刻可到，各位最好放聪明点，别不识时务。”李鸿章抽出佩剑，指着冯日坤脑袋，“谁想与朝廷作对，临阵反水，叛投长毛，冯日坤就是你的下场！”

话没说完，头领们齐齐下跪，表示愿听鸿帅指挥，共同抗敌。李鸿章说：“这就好，各位自率手下兵勇，撤离大营，埋伏两旁，待长毛杀进来后，打他们措手不及。”

头领们领命而去，曾秉忠和况文榜得到召唤，也到团勇大营来听命。李鸿章如此这般交待一番，两人迅速返回绿营，排兵布阵。看看离太平军进攻时间还有一阵子，李鸿章磨墨铺纸，给皇上上折，具报冯日坤临阵背叛，迫于军情危急，先斩后奏，请求恕罪。

不觉时过四更，上万太平军移到两里之外，见绿营大营似无异常，派人往前，悄悄喊声：东南西北。黑暗里有人回应：春夏秋冬。太平军闻声而动，靠近绿营大营，施放火炮。绿营稍作抵抗，纷纷后撤。忽闻侧翼枪炮大作，冲出大队人马。太平军以为是冯日坤团勇，没有多想，直扑绿营大营。谁知团勇竟朝太平军开起枪炮来。太平军意识到上了当，来不及反击，撤出大营的绿营兵又杀回来，腹背受敌，死伤惨重。

得知前队太平军失手，谭绍光忙增兵赴援。稳住阵脚后，又凭借人多势众，发起新一轮攻击。绿营和团勇联合奋战个多时辰，渐感不支，败下阵来。幸好常胜军和淮军铭字营、鼎字营赶到，合兵一处，与太平军展开对攻，一时难分胜负。

北新泾打得正激烈，七宝战场的开字营和鹤字营凭借洋枪洋炮，左轰右击，战败太平军，追击十多里，逼其残部逃入昆山城里。消息传到北新泾，李鸿章大喜，令开字营来会，又调城防抚标出城，协同作战。几股兵力遥相呼应，从太平军后营和两侧发起猛攻。太平军后营是条深河，淮军个个勇猛，人人向前，冒着炮火和枪弹，凫水而渡，抢滩登陆，冲向敌垒。尤其程学启，一马当先，率领开字营将士，冲锋陷阵，踏毁敌营十多座。

前有绿营抵抗，后背和两侧淮军猛攻，太平军晕头转向，死的死，伤的伤，只得丢盔弃甲，败逃数里，跨过吴淞江，于北岸扎营，以大水为阻，继续排阵顽抗。相持半天，潮汐大涨，黄翼升水师借潮而至，猛轰敌营。自黄昏激战至深夜，淮军各路人马又先后赶至，水陆进逼，枪炮齐攻，打得太平军抱头鼠窜。天公也来凑趣，狂风大作，暴雨倾盆，黑幕四垂，伸手不见五指，唯淮军炮火闪烁，尖厉地鸣叫着，射向太平军营垒，爆炸声惊天动地。

天亮风停雨住，太平军已人去营空，遗下一地狼藉，还有数不胜数的尸体。仍不肯作罢，又在野鸡墩一带扎下营盘，试图反扑，再次被淮军击败，溃逃南翔。淮军穷追猛打，一路杀将过去，太平军抵挡不住，逃入嘉定城内，龟缩不出。

至此北新泾之战完美收官，李秀成分兵十万，命谭绍光攻占上海企图彻底落空。不过淮军和常胜军也损失不少人马，连亲兵营营官韩正国和都司刘佐禹都身受重伤，生死未卜。值得庆幸的是上海从此全境光复，尽在淮军掌控之中。

部署好城防，犒劳过各路将士，李鸿章回衙，让衙役召唤刘秉璋，代拟折稿，向皇上奏报北新泾战况。衙役出门，周馥来报，说韩正国伤势过重，救治无效亡故。

闻耗，李鸿章不禁悲泪盈眶。韩正国原属湘军亲兵营营官，淮军安庆初建，将单兵寡，曾国藩忍痛割爱，将韩正国及亲兵营拨给淮军，征发上海。与曾国藩运筹帷幄不同，李鸿章身强力壮，每每开战，喜欢亲临前敌，坐镇指挥，亲兵营也得围着转，保卫主帅，投身战斗，韩正国这才身负重伤，以至不治身亡。

正在伤心，刘秉璋进来。李鸿章嘱他草拟奏稿，禀报北新泾战况，保举有功将士，优抚死伤官兵。刘秉璋也做过翰林，有感江南不宁，南下入幕李府，襄办文案。

奏稿拟成，李鸿章还算满意，稍作改动，加印拜发。慈禧见奏大悦，道：“李秀成朝思暮想收取上海，以稳定苏州后方，全力进攻雨花台，才分兵十万，出击淮军。却反被打得大败，损兵折将，丢城失地，也不知李秀成作何感想？”

本来李鸿章不听劝告，一再抗旨，滞留上海，奕䜣怒不可遏，欲治他重罪，谁知淮军继收复沪南与青浦，北新泾又大获全胜，致使李秀成顾此失彼，进退两难，给了湘军喘息机会。奕䜣转怒为喜，不得不承认道：“李秀成视苏福省为粮饷兵源基地，一直不愿离开苏州，无奈洪秀全三令五申，言辞逼迫，才迫不得已，移师北进，一路迟迟疑疑，总提不起决战湘军的信心。也不知是李鸿章善战，还是谭绍光无谋，长毛北新泾溃败，李秀成心惊肉跳，甚至生出掉头南下念头，先消灭淮军，收复上海，巩固苏南，再回过头来解救金陵。只是洪秀全催得急，淮军也不是想消灭就消灭得了的，万一失手，弄得忠王不忠，成不了功，也成不得仁，留下骂名，才徘徊复徘徊，没有进一步行动。”

慈禧和奕䜣都意识到淮军驻沪图苏的特殊意义，当即复旨，对李鸿章大加赞赏，尽准其奏，升程学启为记名总兵，刘铭传为总兵补用，其余各将都有提携和奖励。至于死伤将士，也依奏予以表彰和优抚。还明确表示，淮军暂不用赴援镇江，唯愿李鸿章牢记圣恩，以上海为据点，尽快肃清苏南，移师北上，协助湘军合围金陵。

朝廷如此厚待，李鸿章不禁百感交集。当初不惜抗旨，赖在上海不走，只等皇上修理治罪，所幸北新泾大败敌军，扭转苏沪局面，也改变朝廷初衷。试想不是淮军将士拼死作战，打败十万虎狼强敌，朝廷会这么客气吗？只怕将你千刀万剐，都不解恨。

感慨之余，李鸿章叫来周馥，递上圣旨，要他过目，尽快颁发奖赏，落实优抚。

五、与吴煦过招

奖赏也好，优抚也罢，都离不开真金白银，圣旨不过一纸空文而已，叫做朝廷行赏，地方付账，还需抚衙自行设法筹措。周馥对照圣旨所列，掰着指头，粗粗估算，不禁大摇脑袋，说这么一大笔款子，真不知找谁要去。李鸿章道:“不仅奖赏和优抚，另有几笔费用，也得筹拢来，比如湘军饷银，离开安庆前本帅亲口答应过老师，总不能食言。”周馥道:“此事无人不晓，当初钱鼎铭安庆乞兵时就承诺过，只要曾大帅发兵援沪，沪上官商每月负责支付湘军六十万两饷银。这是钱鼎铭的事，该不用鸿帅考虑吧？”

李鸿章道:“六十万两湘军饷银，自有钱鼎铭操心。可湘军为攻金陵，不断扩张，六十万两已解决不了问题，江南又连年战乱，税源枯竭，老师只能打上海主意。”周馥道:“六十万湘军还嫌不够？要说他们不缺钱，每次攻城略地，官兵一个个发疯似的强抢恶夺，所获钱财统统偷运回湖南老家，若曾大帅严加管理，截作军费，又何须向鸿帅伸手？”

李鸿章不好说老师坏话，笑而不语。周馥又道:“据说长江水道被湘军水师打通后，日日舟来楫往，蔚为壮观，水手和押货人都带湖南口音。更有意思的是，为遮人耳目，湘军将士购置大量竹子，凿通竹节，将金银财宝塞入竹杠，再随货船逆长江，过洞庭，沿湘资沅澧四水，源源不断运往湘省各地。货船途经码头港口，水吏登船例行检查，边梆梆梆敲着竹杠，边明知故问是什么。押货人会意，也不多话，悄悄塞上一把银子，水吏自然挥手放行。‘敲竹杠’一词便由此而来，现已渐成日常用语。”

李鸿章打声哈哈，岔开话题：“还有曾秉忠身体欠佳，无力带兵，冯日坤临阵叛逃，已被斩首，本帅欲将绿营和团勇裁撤一半，留一半编入淮军。裁军比建军还难，弄不好兵勇哗变，甚至上山为匪，可不是闹着玩儿的。不过说难也不难，只要有钱打发，安抚到位，一切好办。任务就交给玉山了，快想办法去。”

周馥道：“财权都在吴煦和杨坊手里，淮军正常开支，他们都会找借口拖延，另外加码，更不会理睬。”李鸿章道：“不理睬也得找他俩，就说是我开的口，你们要不到，我再出马。”周馥道：“要说上海商贾云集，华洋杂处，关税和厘金不少，吴煦和杨坊肯通融，总想得办法来。问题是这两人狡诈多奸，红口白牙求其恩典，肯定不会买账。”李鸿章道：“怎么才能叫他们买账呢？”周馥道：“关税和厘金都得入账，账簿就在吴煦本人手里。我几次试探，想看账目，他都支吾不肯，说不定里面有啥猫腻。若能掌握账务详情，摸清关税和厘金收支底细，再提饷费追加，吴煦自没话说。”

身为署理巡抚，肩负带兵打仗和地方政务管理重任，财权却抓在别人手里，开支度用得求爹爹，拜奶奶，李鸿章甚觉窝囊，说：“关税和厘金为国家利源，不是吴煦私人资产，他凭啥捂住账簿，不让人沾边？”周馥说：“反正咱拿吴煦没法，除非鸿帅亲自出面。”

两人正议吴煦，刘郇膏进来，说吴煦求见。吴煦来干啥？李鸿章疑惑不解。刘郇膏笑道：“估计来请鸿帅赴宴吧。前天我去藩司办事，吴煦曾透露过请鸿帅之意。”李鸿章说：“请我何干？”刘郇膏笑道：“殷兆镛回值上书房后，狠狠参了薛焕一本，吓得薛焕屁滚尿流，找吴煦和杨坊商量怎么办。两人觉得殷兆镛并不可怕，恭亲王不一定理睬他，只要走好两步棋，就可化险为夷。一步继续送银子买通恭亲王。恭亲王留薛焕在上海，自有其深意，再出些血，他也就不会挪开薛焕。二是与鸿帅搞好关系。淮军连战连捷，牢牢扎下根基，想把鸿帅挤走已不可能，只有放低姿态，主动示好，以求彼此相安无事。”

刘郇膏没有说错，吴煦果然是来请李鸿章赴宴的。李鸿章道：“军务繁忙，恐怕抽不开身。”吴煦道：“再忙饭总得吃吧，不吃饭哪来力气忙事？若吴煦面子小，请不动抚台大人，只好回去禀报薛大人，让他亲自上门恭请。”李鸿章道：“吃个饭也惊动薛大人，怎么好意思？行行行，吴大人美意，本抚恭敬不如从命。”

吴煦自然高兴，考虑刘郇膏是李鸿章同年，请他也去作陪，调剂气氛。

宴请地点在藩司衙门附近豪华酒楼。傍晚李鸿章乘轿赶过去时，吴煦、杨坊及刘郇膏已恭候楼前。轿没停稳，吴杨两人抢步上前，伸手打帘，将李鸿章请出轿来。入得酒楼，走进宽敞包间，端上茶杯，刚喝两口，薛焕赶到，相互礼让一番，各就各位。

坐定寒暄几句，店小二开始上酒。薛焕端杯于手，发话道：“鸿帅指挥得法，淮军将士英勇奋战，一举击退谭绍光十万大军，取得北新泾重大胜利，无不让人欢欣鼓舞！老夫建议各位举杯，庆贺鸿帅和淮军！”

几位起身，响应着碰过杯，美言悦色，一团和气。

重新落座，薛焕单独敬李鸿章：“年初李秀成进犯上海时，常胜军和英法洋兵受挫，上海各界都怪抚衙小气，钱给得太少，若肯掏大钱，洋人视钱如命，定会舍命打仗，击败长毛。老夫觉得洋人不靠谱，才让钱鼎铭赴安庆乞援，幸曾大帅慧眼识英才，命鸿帅建淮军，征上海，连战告捷，赶走长毛。这是朝廷之大幸，也是苏沪人民福气啊。”

这倒是实话。当初不是薛焕拍板，钱鼎铭不去安庆搬救兵，也就没有淮军的今天。李鸿章自然感谢，道：“全靠薛大人抬爱，给予鸿章独立成军机会。到沪后又受到欢迎，淮军将士斗志昂扬，才取得几次上海保卫战小胜。”杨坊趁机插话道：“薛大人对淮军可是格外高看和厚爱，说是视同己出，一点不夸张。每次见面，开口便说淮军是我上海保护神，经费再困难，宁肯自己少吃少用，也要优先保证淮军开支，不能让将士们空着肚皮上战场。”

吴煦也说：“薛大人确是三句不离淮军，淮军能保上海不失，他看在眼里，乐在心头，见人就竖大拇指，比自己领兵打胜仗还高兴。湘军进驻雨花台，朝廷谕令淮军赴援镇江，薛大人急得觉都睡不着，忙给恭亲王具函，声明淮军北进，于江南战局有百害而无一益。也是恭亲王英明，意识到淮军驻沪之特殊意义，才改变初衷，说服两宫准许淮军留下，既保卫上海，又牵制长毛，使李秀成迟迟下不了决心全力进攻湘军。”

这话别人也许相信，想哄李鸿章，自不可能。可他没点破，只是哼哼哈哈，违心称谢。薛焕顺话道：“恭亲王可是大清栋梁，当世英雄，要不新近两宫也不会格外加恩，赐享铁帽子王殊荣，世袭罔替，代代承传。

薛焕何德何能，竟获恭亲王错爱，不时来函训诫，殷殷之情，溢于言表。本来上海有鸿帅主政，完全能够信任，他老人家还要委我以钦差大臣身份，留办南洋通商事务，我是战战兢兢，生怕一不小心，出啥差爽，有辱使命啊。”

薛焕抬出恭亲王，无非暗示自己上面有人，且不是一般人，是铁帽子王，你姓李的最好识趣点，别太嚣张，否则他给恭亲王去个函，递个话，够你受的。李鸿章有些不以为然，却还是笑笑道：“朝廷有人好做官，薛大人背靠恭亲王这棵大树，自是要风得风，要雨得雨。可否在恭亲王那里替本抚美言美言，早些将咱巡抚前面署理二字去掉？”

薛焕大笑道：“鸿帅出身翰林，会做官，能打仗，何愁署理二字不去？”刘郇膏一旁凑趣道：“薛大人已表态，鸿帅表现好点，很快就会由署理转为实授。”

说说笑笑间，杯子也没放空，几轮下来，各位渐渐有些酒意阑珊。李鸿章捧着脑袋，说：“今天高兴，不觉喝多了，难免丑态百出，各位仁兄可别笑话。”吴煦道：“鸿帅量大得很，咱们早已领教过。”杨坊说：“正是正是，淮军初至上海那晚，咱们设宴接风，鸿帅喝酒气势，才真叫大将风度。”李鸿章道：“快别说那晚，本抚醉得不成样子，回营后吐了个一塌糊涂，隔天日上三竿还醒不来哩。”

“记得那晚老夫临时碰上急事，没能陪鸿帅的酒，今天正好补礼。”薛焕说道，高举杯子，再敬李鸿章。李鸿章不好拒绝，只得领受。

喝得差不多，李鸿章内急，起身出去小解。没走两步，一个趔趄，朝前栽去，还是刘郇膏动作快，上前托住，才没出洋相。吴煦见状，笑道：“鸿帅今晚还算放得开，酒量该快到位了。”杨坊也说：“还不是薛大人面子大，别人面前，鸿帅哪会如此爽快？”

待李鸿章醉眼惺忪返回来，杨坊还要加酒，刘郇膏拦住说：“今晚到此为止吧，都在上海共事，一起喝酒机会多。”薛焕说：“行行行，留点酒量搁以后吧。”

挪开酒杯，吃些饭菜，放碗离席。薛焕交待贴在屁股后面的吴煦：“看鸿帅样子，确实有些喝高了，你别管我，负责送他上轿。”

吴煦答应着，朝李鸿章追过去。李鸿章已走出酒楼，视门口大轿于不顾，东倒西歪往前挪去。吴煦上前拦截，要把他塞进轿里，刘郇膏制止道：“鸿帅确实醉了，让他走几步，醒醒酒也好。吴大人先帮忙扶扶鸿帅，我跟轿夫打声招呼，要他们跟在后面，随时听唤。”

“要得，将鸿帅交给我就是。”吴煦说道，紧步上前，颠了脚尖，去捞李鸿章臂膀。李鸿章嘴里咕哝道：“别……别碰……碰我，我……我……我能能走。”手上一甩，吴煦一个趔趄，被甩出老远，前仰后合，差点摔倒在地。好不容易稳住身子，又拔腿向李鸿章奔过去。

刘郇膏已给轿夫递过话，也返身回来，配合吴煦，一左一右架住李鸿章。李鸿章忽然一缩，蹲到地上，嗷嗷嗷呕起来。呕上半天，也没呕出什么。刘郇膏道：“干呕最难受，倒不如把肚里东西呕干净，还轻松些。”吴煦说：“正是的，酒气憋在肚子里，呕又呕不出来，压又压不下去，翻江倒海，更不得消停。”

折腾好一阵，两人掺起李鸿章，问他上不上轿。李鸿章不出声，只是继续向前，深一脚，浅一脚，像踩在棉花上似的。两人不好勉强，护卫两侧，不让他栽倒在路旁水沟里去。

很快来到一处院落前，李鸿章睁开醉眼，往里望望，哆嗦道：“这……这是何处？”刘郇膏指指门前牌子说：“上面不写着藩司衙署么？鸿帅认不出来？”李鸿章道：“藩司？藩司是干啥勾当的？”刘郇膏笑道：“藩司干啥勾当，郇膏不太清楚，要问吴大人，他是藩台（布政使），天天在里面主事。”李鸿章说：“吴大人是谁？咋不出来迎接本抚？”

刘郇膏忍住笑，说：“吴大人就在你旁边呢。”李鸿章看着刘郇膏道：“你是吴大人？”刘郇膏指向另一边的吴煦：“吴大人是他。”李鸿章扭脖盯住吴煦道：“你是吴大人？”吴煦道：“我就是吴煦。”李鸿章道：“咱进去瞧瞧，看看吴大人怎么主事。”

吴煦去望刘郇膏，问：“莫非鸿帅真想入衙？”刘郇膏道：“鸿帅无非说说醉话，也当得真？不过他说进去，就随他进去坐坐，倒杯水让他醒醒酒，再出衙上轿也不迟。”

两人拥着李鸿章，跌跌撞撞进入藩司衙门。别无他处可去，直接来到签押房。吴煦唤过亲兵，掌灯倒茶，招呼李鸿章。李鸿章喝口茶，往椅子上一歪，喘着粗气道：“藩司都干些啥？是剿匪打仗，还是经商务农？”吴煦说：“不剿匪打仗，也不经商务农，主要负责民政民生，为朝廷和军队收税征厘，筹粮办饷。”

李鸿章哦一声，眼睛一合，沉睡过去，还一长一短打起了鼾声。片刻又脑袋一栽，惊醒过来，含含糊糊道：“谁负责管理收税征厘，筹粮办饷？”吴煦点头道：“就是在下。”

李鸿章抖动手指，点向吴煦，语不成句道：“税厘粮饷属国家利源，你可别……别……别贪污挪用，贪污挪用要治罪坐大牢，听清没有？”吴煦点头说：“听清啦。吴煦一身正气，两袖清风，决不多拿一分一厘非法资财。”李鸿章道：“你就这么清白？”

吴煦将胸脯拍得咚咚响，道：“当然这么清白。鸿帅若发现吴煦侵占朝廷半个冤枉钱，尽管拿我是问，下大狱，砍脑袋都行。”李鸿章道：“好好好，清白就好。我再问你，用什么证明你的清白？”吴煦脱口道：“税厘粮饷都有收支账目，毫不含糊。”

“账簿在哪儿？拿出来看看。”李鸿章突然问道。吴煦才意识到说漏了嘴，僵在地上，吱声不得。刘郇膏笑道：“吴大人别介意，鸿帅醉成这样，哪里看得了帐？不过被您勾出话头，随口说说。”李鸿章道：“不是随口说说，非看账不可。”

吴煦还是没动，不知李鸿章的话当不当得真。李鸿章又摊开手掌道：“账在哪儿？为何不拿出来？”刘郇膏也一旁怂恿道：“吴大人还是拿账簿出来吧，满足一下鸿帅好奇心，你再收回去就是。他醉眼迷离，还看得明白账簿不成？”

吴煦将李鸿章上下一番打量，见他双眼眯缝，似睡非睡，心想看就看呗，量你也看不出啥名堂。尔后转身打开内室小门，抱出几册账簿来。

刘郇膏几下收开茶几上茶杯，又抹干茶渍，让吴煦把账簿搁到上面。李鸿章就坐在茶几旁，强打精神，侧了侧身，抬起软绵绵的手臂，拿一本随便翻两翻，哗啦扔到地上。另拿一本，依然没翻几下，又一把扔掉。

这哪是看账簿，明明是猴子掰包谷嘛。刘郇膏一旁暗笑。吴煦也甚觉好笑，瞥眼扔得满地都是的账簿，试探李鸿章道：“鸿帅心明眼亮，账目有何纰漏？”李鸿章挥挥手道：“没纰漏，没……没……没纰漏，吴大人做的账，还能有有有有纰漏，是不是？”吴煦说：“鸿帅说没纰漏，吴煦心里就踏实了，以后好专心专意为您老人家征税办厘，筹粮劝饷。”

“不错不错，吴大人态度不错。”李鸿章头往椅背上一靠，仿佛又要睡死过去，嘴里却喋喋有声，“咸丰后期，本抚走投无路，寄居南昌大哥家里，偶尔去他粮台闲逛，还进账房参观过。区区江西，税厘小省，账簿数十，苏沪大省富地，不可能才这么几册账簿吧？”

这个李鸿章，到底是假醉，还是真醉？说假醉，看去迷迷糊糊，似醒非醒；说真醉，好像通事达理，明明白白。吴煦不免几分忐忑，不知要不要再进屋拿账簿。

刘郇膏已将地上账簿收拣好，搁到签押桌上，回头见吴煦愣着不动，说：“鸿帅还想看，就把其他账簿也拿出来，让他翻两下，走走过场，咱好请他上轿，早点回抚衙。”

吴煦只得又入里屋，搬出其他账簿，堆到茶几上，堆得佛塔般高。

这下李鸿章没再看账，只给刘郇膏递了个眼色。刘郇膏变戏法般，掏出一个宽口褡裢，将茶几和签押桌上账簿全部装进去，几下扎紧，往肩上一扛，拔腿就走。李鸿章一个激灵，睁开醉眼，慢慢起身，向门口挪去。扔下吴煦，愣在茶几旁，动弹不得。

等吴煦回过神，起身追出来，刘郇膏早已不见踪影，只李鸿章晃晃悠悠，被轿夫掺入轿内，缓缓起轿，朝门外摇去。

回到抚衙，李鸿章早已清醒如常，叫过刘郇膏，问他账簿在哪儿。刘郇膏说：“放在最安全的地方，鸿帅可放十二个心。”李鸿章说：“要得。明天你召集几位懂账的人，好好审查审查账簿，倒看吴煦如何征用税厘，搞了哪些手脚。”

刘郇膏得话，改日通知周馥，薛书常、陈其元、陈庆长、王大经及郭柏荫诸位，集中到抚衙，着手查账。不查不知道，一查吓一跳，不论关税，还是厘金，收支随意混乱，漏洞百出。回头找各税厘征收机构核对，要么少入账，不入账，要么该收不收，少收漏收。支出更经不起推敲，弄虚作假，贪污挪用，损公肥私，种种乱象，无处不在，简直触目惊心。

查得差不多，再将查出的问题分门别类，汇总成表，连夜送进签押房。李鸿章一看，不禁怒火中烧，拍着桌子道：“这些蛀虫和败类，苏沪再富庶，税厘再丰盈，也经不起他们胡闹瞎搞呀。怪不得该给淮军粮饷，吴煦和杨坊卡着不给，却有大把银子送京走门子。”

发过火，李鸿章取笔于手，草拟奏折，参劾吴杨及负责税厘征收的吴云和俞斌他们。折子写好，已是夜深，李鸿章放下笔，打个哈欠，忽觉窗外有人影晃过，随即传来喊声：“有刺客，有刺客，快抓刺客！”

堂堂抚衙，守备森严，哪来的刺客？李鸿章要出去看个究竟，刘斗斋慌慌张张跑进来，说：“大人快躲躲，快躲躲。”拉着主子要往密室跑。李鸿章不动，说：“有啥可躲的？到底怎么回事？”刘斗斋说：“两位黑衣刺客进了抚衙，看样子是冲着大人来的。幸亏紫衣人及时出手，截住刺客，现正在院子里打斗呢。”

李鸿章出门来到后院，果然见一紫衣人挥舞柳叶刀，指东劈西，与两个黑衣人混战在一起。黑衣人手执腰刀，身手也挺了得，却还是慢慢落入下风，抽身准备逃走。紫衣人一个鹞子翻身，腾到两人前面，飞起一脚，踢倒一位，另一位稍稍愣怔，被一掌击中脑门，缩到地上。刚好衙役赶过来，七手八脚，将两人扭住，回头问站在廊下的李鸿章怎么处理。

“把手脚捆牢实点，待会儿我再审问。”李鸿章说道，转身去找紫衣人，已不知去向。正纳闷，何安泰匆匆来到，瞥眼地上黑衣人，凑到李鸿章身旁道：“安泰有话向鸿帅禀报。”李鸿章边往签押房走，边问何安泰道：“你不在营中练勇吗？怎么突然出现在抚衙里？”

何安泰说出一段情由来。原来何安泰与程学启曾入过小刀会。小刀会被镇压，两人投靠太平军，后改降湘军，直至淮军组建，随李鸿章东征上海。到沪伊始，程学启让何安泰探访已转入地下的小刀会兄弟，规劝改邪归正，谋求正途。终于联系上一位，叫张汶祥，动员其加入淮军，他说小刀会转入地下后，分紫衣帮与黑衣帮，他所入紫衣帮，帮规严格，终身不得脱帮。程学启觉得小刀会里有人不是坏事，没逼张汶祥，让他多留意上海官商与小刀会关系。正是通过张汶祥，才摸清吴煦与小刀会尤其是黑衣帮接触频繁，有事摆不平，便请黑衣帮出面。就在一个时辰前，张汶祥递信给程学启，说黑衣帮拿了吴煦大钱，会来抚衙行刺。程学启知道李鸿章正在查吴煦账目，吴煦狗急跳墙，啥都干得出来，命何安泰速速离营进城，来为李鸿章护驾。可还是迟来一步，多亏紫衣人出手，两位黑衣人才没能得逞。

李鸿章闻言，倒吸一口凉气，传唤衙役，将两位黑衣人押进签押房。谁知还没开审，两人突然脑袋一歪，栽倒在地。何安泰蹲下身，伸手在两人鼻底试试，已经没气。衙役几分紧张道：“刚才还好好的，怎么一下子死了呢？”何安泰道：“黑衣帮的人拿钱办事，事前先在口里含粒夺命丹，事成吐掉，事败被人逮住，即吞丹入肚，片刻毒发死去，不留活口。”

衙役将两位黑衣人抬走后，李鸿章问何安泰：“紫衣人又会是谁呢？”何安泰说：“估计是张汶祥无疑。吴煦行事谨慎，知他雇人行刺的人不会太多，只可能是张汶祥。”李鸿章说：“吴煦这小子，想叫黑衣帮要我脑袋，我弹劾他私结小刀会，让皇上砍掉他脑袋。”何安泰道：“鸿帅还真没法弹劾吴煦。没人能确认两位黑衣人是小刀会会党，也无从证实他俩拿了吴煦的钱才来行刺。自小刀会转入地下，会党之间不会直接往来，吴煦接触不到两位黑衣人，他的钱得经线人转递。两位黑衣人也不知出钱人是谁，只知何时何地向何人行刺。吴煦正是深谙小刀会办事风格，才敢雇请黑衣帮行刺鸿帅，事成与不成，他都没任何风险。”

拿不到吴煦雇请小刀会会党行刺实证，可他以权谋私，弄虚作假，贪污挪用，已牢牢掌握在手，还怕他抵赖不成？李鸿章拟好劾折，盖印加封，交人发出。又带上劾稿底本和税厘收支审核情况汇总，跑到南洋通商衙门，交薛焕手上，要他看着办。薛焕还能怎么办？传唤吴煦，问到底怎么回事。

花大钱却没能动李鸿章一根毫毛，薛焕又派人上门传唤，吴煦知道没有好事，强打精神，乘轿赶往南洋通商衙门。一进门，薛焕就骂开了：“一个大活人，几本账簿都没看好，被李鸿章弄走，哪天四脚朝天挺了尸，不连棺材板都守不住！”

吴煦自甩耳光，怪自己糊涂，误以为李鸿章真喝醉了，才拿出账簿应付，谁料他会来这么一手。薛焕道：“刀把子已抓在人家手里，你说咋办吧？”吴煦说：“还得往北京花钱说项，我不信李鸿章折上白纸黑字，胜得过咱的真金白银。”薛焕叹道：“北京可以花钱，李鸿章这里怎么打发？他拿着税厘账簿，就等于捏住你的死穴，岂肯善罢甘休？”

不可能再雇人行刺，吴煦一时无计可施，恳求薛焕出面与李鸿章通融通融，别把事情做得太绝。薛焕道：“只要我薛焕人在上海，量李鸿章不可能把你和杨坊怎么样。他不就是想多弄点钱，养活淮军，回报曾国藩吗？你还是让让步，干脆把厘金收支权划给抚衙，藩司只负责关税一块，还省事些。”

事已至此，也只能如此。吴煦拿出大钱，派人上京疏通关系，自己跑去见李鸿章，主动提出厘金收支划给抚衙。李鸿章不好与吴煦闹翻，与薛焕闹僵，见好就收，同意税厘分收分用，藩司负责关税，用于涉外事务支出，包括鸦片战争大清战败赔款、常胜军与会防局用度及镇江协饷等；抚衙负责厘金，用于淮军和苏沪防军正常军饷，以及湘军援饷。

厘金收支权既已划归抚衙，自然得把吴煦死党吴云和俞斌一伙挪开，调用自己的人。李鸿章量能授官，循名责实，委派周馥任淞沪厘金局督办，薛书常为总办，陈其元为提调；陈庆长任江苏牙厘局督办，王大经为总办，郭柏荫为襄办。同时选用赵炳麟等人，专办淮军米捐和粮台，充实仓储，保障后勤，再不用担心兵勇空腹上阵作战。

财权在握，李鸿章才稍感踏实。从此淮军有了粮饷基本来源，离开安庆时许给老师的诺言，亦可按计划逐步兑现。还能广揽人才，为我所有。一时间，陈鼐、郭嵩焘、伍廷芳等各路英才纷纷来投，生旦净丑，粉墨登场，共同唱响强军富国大戏。

这日办完手头急务，李鸿章召集幕僚，讨论下步淮军行动方案。在座诸位，陈鼐、郭嵩焘、刘郇膏是李鸿章同年，资历深，威望高，自然当仁不让，带头发言。郭嵩焘先道："今年天气异常，初夏连续大雨，继而高温不退，入秋后仍酷热难耐。嵩焘离湘入赣过皖，直至苏沪，一路所经城镇乡村，疫病流行，死人死畜随处可见。到达安庆，拜访曾大帅，他老人家正忧心忡忡，说接到九帅密报，吉字营不少将士染上瘟疫，死亡病倒者不在少数。大帅担心李秀成得知此情，趁人之危，发起攻击，函劝曾老九撤出雨花台。无奈曾老九生死不从，说正求医用药，阻止疫情蔓延。保密也做得好，不会泄漏出去，挺过这一段，形势就会好转。"

陈鼐质疑道："此事又能瞒多久呢？迟早会传到李秀成耳里，他定会趁机大举进攻。"伍廷芳说："吉字营染上疫病，莫非太平军能够幸免？"刘郇膏说："很难说。不过李秀成有二三十万大军，就是有病亡，整体战斗力不会受太大影响。"

李鸿章意识到问题的严重性，说："李秀成善于谋略，一旦进攻雨花台，定会同时展开对上海的攻击。咱们得做好准备，应对可能出现的变数。"

众人认同，李鸿章赶紧召集各路营官，重新部署防务，调整兵力，严阵以待。

忙得差不多，刘斗斋送来大哥瀚章信函。打开一看，大哥说已从南昌启程，去广东办差，若老二有事托付，可寄信给广东厘金局督办丁日昌，让他转达。

说起丁日昌，李鸿章入幕曾府时，还与他同过事，两人挺谈得来。他受曾国藩之命回粤办理厘金前，特意征求李鸿章意见，李鸿章认为外放独当一面，可积累经验，提高历练，不像幕僚舞文弄墨，脱离实际，极力怂恿他南归充任。丁日昌到广州后，不仅厘金管理像模像样，还在市郊燕塘设立炮局，师夷长技，仿西洋大炮和炮弹原理，亲自设计监制成功短炸炮三十六尊，炮弹两千多颗，交给广东清军用于实战，杀伤力非常强，颇受欢迎。

自己身边不正缺丁日昌这样的军工人才么？能把他调来上海，也成立一个炮局，专门研制短炮和炮弹，还愁对付不了苏沪太平军？只是不知人家有没有这个想法，没想法也不好逼迫。反正大哥要去广东，正好复信托他帮忙，游说游说丁日昌。

信写好，未及派发，何伯来访，身后跟着华尔，还有另外两位陌生洋人。主客坐定，何伯将陌生洋人介绍给李鸿章。两位都是英国人，一位叫迪佛立，即将接替何伯，出任英国海军提督，一位叫柏郎，驻华英国陆军提督。

与两位提督施礼毕，李鸿章对何伯道：“莫非何伯先生要离华回国？”何伯说：“是啊，国家召唤，另有任用，只能绝对服从。今天登门拜访，一是向抚台先生辞行，二也是带迪佛立和柏郎两位将军来与您认识，希望你们真诚合作，早日剿灭太平军。”

李鸿章说些欢迎之类的客套话，两位表示感谢。迪佛立还说：“我一到上海，何伯将军就竖起大拇指夸奖抚台先生，说您是中国最会办事也最能打仗的官员，希望我与您联手打几个漂亮仗。”柏郎也道：“与巡抚先生合作，一定会非常愉快。”

洋人有意思，沪南和青浦之战，请他们出援，无动于衷，谭绍光十万太平军围攻北新泾，都快攻入英法两军大营，依然袖手旁观，不出一兵一卒，现在太平军龟缩于太仓、昆山诸城，跑来提出联手打仗，也不管你乐不乐意。不过洋人不可得罪，能为我所用，亦非坏事。李鸿章说：“下次长毛来犯，一定邀请贵军出战。”何伯道：“何必等长毛来犯，不可主动出击，打他们个措手不及？”李鸿章笑道：“刚结束北新泾保卫战，淮军死伤不轻，战士疲惫不堪，总得休整休整，恢复元气，才有战斗力出击长毛吧？”

“以后慢慢合作也行。”何伯点点头，表示理解，“还有一句话，我不能藏在肚子里，悄悄带回英国，非当面说给李抚不可。”李鸿章好奇道：“何将军有何吩咐，只管道来。”何伯说：“上次咱们见面，我就说过，英国真诚希望中国和平与富强，以贸易往来，互通有无，提升两国国力。跟其他清朝官员不同，李抚心胸豁达，眼界开阔，卓尔不群，又敢当敢作敢为，何伯觉得中国要崛起，希望就在您身上。”

李鸿章忙摇手，道：“何将军过奖，鸿章不过署理苏抚，处理上海和江苏军政尚且力不从心，何言肩负中国崛起希望？”何伯道：“正是署理苏抚，才有机会担当未来中国大任。李抚可知，英军凭啥能远涉重洋来到中国？别无其他，全凭以蒸汽机为动力的英舰。这在蒸汽机发明之前，简直是不可想象的。”

李鸿章忍不住插话道：“吾国明朝没有蒸汽机，郑和不也带着船队下过西洋么？”何伯笑道：“郑和率船下西洋，确实了不起。可他所乘帆船，得顺风行驶，下趟西洋须好几年，哪像咱们机动军舰，想何时走何时走，跑趟中国用不了两三个月。再说郑和船上全是从百姓家搜刮来的器物特产，一路白送于人，没赚回一两银子利润，实属劳民伤财，于国于民何益？咱们行船来贵国，不白送好处，是进行交易，双方都能获取利润，以利国计民生。”

这个该死的何伯，一语道破郑和下西洋之实质，叫你没话可说。也怪不得，他是海军提督，了解各国海运历史，看问题角度不同一般。只听何伯继续道：“我意是蒸汽机发明后，航船有了强大动力，各国贸易往来将成大趋势，谁想拒人于国门之外，自产自销，自足自给，已没有可能。中国就是例证，先闭关死守，死守不住，才不得不忍痛赔款，被迫开放。我是说上海乃贵国最大通商口岸，洋人纷至，洋船云集，洋务将成为最大要务，李抚主政苏沪，富国强军大任自然而然会落到您肩膀上。”

能从蒸汽机发明，看出世界格局之变迁，大概也只何伯这样周游列国的洋人才有此高远眼光。李鸿章心生敬佩，也受益匪浅，意识到赴援上海，是上天赋予自己大展宏图的良机。良机其实也蕴含着重大挑战，就看自己把不把握得住，把握得住的话，可大显身手，干番大业，否则无非做几年庸官，然后致仕合肥，了此一生。

见李鸿章沉思不语，何伯又道：“当然目前太平军横行，李抚还没法全身心打理洋务，我才陪迪佛立、柏郎和华尔三位来见，希望能与您联手，打几个胜仗，直至配合湘军彻底消灭敌人。到时天下太平，贵国生产恢复，经济发展，才好对外贸易，互利互惠。”

华尔插话道：“说起打仗，还是离不开先进武器。常胜军之所以常胜，不是华尔多有能耐，主要靠威力无穷的现代枪炮。淮军也成立了好几支洋枪队，在实战中的重要作用，鸿帅比谁都清楚。华尔建议鸿帅，加大洋枪洋炮购买力度，武装更多的淮军将士。”

大量购置洋炮洋炮，将更多的将士武装起来，淮军战斗力必然会得到更大提升，又何乐而不为呢？李鸿章心头一动，三人告辞时，问何伯道：“何将军何时起程回国？”何伯说：“与迪佛立先生办完交接就动身。”李鸿章说：“会行船途经广州吧？本抚要派人赴粤办差，可否搭乘将军便船，省几个车马费？”何伯爽快道：“没有问题。”

李鸿章说派人赴粤办差，不是办别的差，就是采购洋枪洋炮。采购洋枪洋炮，先得拿出大钱来。从吴煦手里夺取苏沪厘金收支权后，袋子里确实充实了不少，可也只能勉强应付正常开支，购枪购炮还须另想办法。

办法又在哪里呢？活人总不能被尿憋死吧？李鸿章叫来陈庆长和周馥，过问苏沪两个厘金局进账情况，看能否多抽些厘金，拿来购置武器。两人都为难得很，说连年兵燹，民穷商困，厘金越来越不好抽，还要加码，无异于竭泽而渔，连现有厘金来源都会枯掉。

不好强迫两人，转而找钱鼎铭和刘郇膏，让他俩向豪商巨贾借贷。上海商贾须担负湘军每月六十万两饷银，其他赋税该交还得交，另外出钱，也不堪重负。可钱鼎铭和刘郇膏开了口，还是碍不过情面，多多少少有些小表示。

小表示解决不了大问题，何伯回国日程又一天天迫近，李鸿章依然无计可施，自嘲道，莫非真会被尿憋死不成？急切之际，刘斗斋入报，说李凤章来到。李鸿章大喜过望，心里说老五来得正是时候。

兄弟相见，格外亲切。李鸿章拉住李凤章双手道：“五弟怎么到了上海？”李凤章道：“生意人，哪里有银子，就往哪里奔。”李鸿章笑道：“别说生意人，天下芸芸众生，谁不哪有好处往哪奔？”李凤章说：“没办法，世上熙熙，皆为利来；世上攘攘，皆为利往。”

说着兄弟俩并肩入得内室，莫姑娘出来相见，献上茶水果品。李鸿章正想寻问母亲和妻儿情况，李凤章先道：“今见二哥走路，好像有些不利索，不是腿脚受了伤吧？”李鸿章说：“不是伤，是脚底长了鸡眼。”李凤章说：“鸡眼挺麻烦的，没找人治治？”李鸿章说：“没事没事，还能走动。”莫姑娘说：“我早要请人看看，大人总以忙为借口推脱。”

说会儿鸡眼，李凤章报告家情，说母亲、嫂子和侄儿侄女都好。李鸿章放下一颗心，问道：“老三和老六知你会来上海没？”李凤章说：“凤章是临时决定赴沪放货的，未及告知他俩。”李鸿章说：“我让斗斋出趟城，叫两位入衙来见。”

一听老五到了上海，李鹤章和李昭庆放下军务，打马入城，赶往抚衙。兄弟四人欢聚一堂，笑逐颜开。酒菜很快上桌，又坐到一起，边喝酒，边话叙别后情形。得知老五生意越做越大，李鹤章半开玩笑道：“老五不是见二哥署理苏抚，来上海做军火生意吧？”李凤章道：“三哥别说，五弟还真有此想法，就看二哥支不支持。”

一语提醒李鸿章，暗想抚衙军费紧张，说不定老五手头不差钱，可帮你实现难遂夙愿。于是试探道：“军火生意需大投入，五弟有没有这个实力？”李凤章笑道：“有生意就有实力。莫非二哥要购买军火，准备将生意交给五弟来做？”

李鸿章拿出大哥信函，交三位弟弟过目，说了说准备派人赴粤采办洋枪洋炮想法。李凤章说：“需要哪些洋枪洋炮，数量多少，二哥开个单子，五弟马上去广东跑一趟，给您如数采办回来。”李鸿章道：“听你说得这么轻巧，我得实话相告，苏沪厘金有限，抚衙暂时拿不出大钱，只能到货后慢慢付款。”李凤章笑道：“没问题，还怕日后二哥赖账不成？”

“赖账倒不会。”李鸿章还不放心，“二哥再问你，哪来大钱帮办军火？”李凤章道：“此次五弟来沪，押了好几船紧俏货，大有赚头。二哥若派差事，我再从上海进货销往广东，又可大赚一把。钱万一还不够，还可拉广东生意伙伴共同投资，二哥想购多少军火，都不在话下。”李鸿章道：“广东人会投钱给你？”李凤章道：“做生意属互利互惠行为，不是谁一个人赚钱，只要信誉在，自然有人乐意投资，一起赚钱。”

何伯也说过互利互惠的话，看来国际通商与私人买卖同理，只有通过合作，才能共同获利。李鸿章道：“照这么说，二哥也可投钱给你，一起赚钱？”李凤章道：“不仅二哥，三哥六弟只要有闲钱，都可拿出来，放我手里生崽崽。”

到上海后，李鹤章和李昭庆冲锋陷阵，攻城略地，确实弄了不少钱，交给老五，不用费心保管，还可增值，岂不两全其美？当即表态，愿倾囊而出。倒是李鸿章身为淮军主帅，不可能像下面营官趁战乱发财，私钱自然有限，却也答应多少出些。

事情就这么敲定下来。李凤章又道：“在商言商，投资有风险，五弟私人垫钱采办军火，与淮军先投钱代为采办，性质不一样，价位也不同，二哥心中可得有数喔。”

军有军纪，商有商规，李鸿章能不理解，说：“没问题，五弟只管按行规办事就是。别说自己亲弟弟，就是放在别的商家身上，二哥也会讲诚信，守规矩，照章出牌，不能让人吃亏，不然以后谁还会替淮军办事，是不是？”

酒罢离席，老三老六得返营布防，老五也要回码头验货，没法留宿巡抚衙门，各自散去。李鸿章召来刘郇膏，要他去见华尔，就说淮军准备大量进购洋枪洋炮，请他根据实战需要，拉个详细清单，看选哪些品种为佳。翌日刘郇膏赶往松江常胜军大营，从华尔手上拿回洋枪洋炮品种清单，交给李鸿章。李鸿章依此确定好购置数量，让老五到广东后如数采办。另给丁日昌写信，他是行家，又系广东人，托他协助老五采购军火，大可放心。又想起军火采运并非小事，出不得差错，又叫六弟昭庆挑选一队精壮亲兵，为老五保驾护航。

送走老五老六，忽传长江流域瘟疫蔓延，金陵城外湘军将士疫病盛行，死亡相继，仅霆字营就病死数千官兵，鲍超、张运兰、杨载福等将领都病倒在床。曾国藩惊恐万状，哀号道：“天降大戾，近世罕闻，噩耗频来，心胆俱碎。若被贼匪扑犯，战守俱无把握，甚至欲逃走以待再振而不可得。”

事被李秀成探知，他欣喜若狂，率领二十多万大军，迫近雨花台，围绕曾国荃所领吉字营，筑垒两百多座，东自方山，西至板桥，层层排列，放眼望去，遍地旗帜猎猎。又命苏南和浙北太平军采取相应行动，牵制淮军和楚军。得令后，浙北太平军开始猛攻湖州，清军无力抵挡，飞书浙江巡抚左宗棠求援。此时左宗棠正驻节宁波，无以脱身，令得力干将蒋益澧率军，北攻杭州，以缓解湖州压力。一边急奏朝廷，请调淮军援救浙江。

朝廷见到左折，命李鸿章出兵南援浙江。李鸿章颇觉为难，举棋不定。李秀成有自己的用兵策略，往往醉翁之意不在酒，大张旗鼓攻击湖州，主要目的是吸引淮军南下，给谭绍光创造机会，领太仓和昆山兵马进攻上海。以丢掉上海为代价，就是保住湖州，又有多少意义呢？李鸿章实在不愿舍本逐末，轻举妄动。

还没打定主意，塘报传来，说湖州已为太平军所破。李鸿章既不能放松上海防御，动用淮军，又不好抗拒朝廷命令，无动于衷，只得派华尔率常胜军援浙。

华尔出发不久，受左宗棠檄邀，领军西进，与刚由胡雪岩出资练成的中法混合部队常捷军汇合，围攻杭州。谁知常胜军刚过杭州湾，正欲登岸，慈溪失守。华尔掉转船头，来到慈溪城下，先架大炮，再搭云梯，开始猛攻。城里太平军早有准备，矢石枪弹齐下，无异于暴风骤雨。华尔临阵督战，忽有子弹呼啸而至，直穿其胸，部下拼命救回船上，不治而亡。

消息传到上海，李鸿章惊骇不已，简直不敢相信自己耳朵。为什么战死的是华尔，不是白齐文或其他角色？常胜军能守善攻，战绩辉煌，全靠华尔训练有方，统领得力。如今斯人已去，常胜军失去灵魂，只怕也会跟着作废。就像人之大脑坏死，还能有何作为？

惊骇之余，李鸿章心头又隐隐生出一份快意，仿佛恨不得华尔早死似的。这有些莫名其妙。李鸿章自己都不明白，为何会有此念。要知道，没有华尔，自己还不知洋枪洋炮为何物，更不可能熟悉热兵器练兵打仗新方法。同理没有华尔常胜军，协同淮军英勇作战，想取得沪南、青浦及北新泾等重大胜利，也没那么容易。

华尔灵柩很快运回上海，停放于松江府学宫棂星门旁。李鸿章第一时间赶过去祭奠。作为华尔岳父，杨坊早已到场，正在安慰哭得死去活来的杨女。李鸿章上前，对着灵柩鞠过躬，抬头望眼华尔遗像，心里不觉暗生感慨。清兵与太平军都属中国人，相互厮杀，本跟洋人毫无关系，就像自家兄弟，关起门来，打得头破血流，打得你死我活，都是自家的事，一旦外人冲进家门，动手动脚，打我兄弟，又怎能容忍？华尔尽管加入中国籍，成为杨坊女儿丈夫，再怎么还是洋人，率领华洋参半的常胜军横行中国大地，开枪放炮，杀人如麻，谁舒服得起来？太平军再坏，毕竟是中国人，要杀要砍，要剿要灭，是淮军和湘军的事，何劳你华尔这样的外人！也许正因这种复杂心理，得知华尔战死，李鸿章才隐生快意。

就在李鸿章无声感慨之际，白齐文走过来，掏出一样东西，说：“这是华将军临终前，特意托我转交给抚台先生的，说是留给您作纪念。”

李鸿章接过去一看，是份金陵城区图，高城矮垣，明堡暗垒，主要交通要道及洪秀全诸王王府，都标注得一清二楚。华尔曾说三天可打下金陵，看来并非只是吹牛，还真做足了准备。临死不忘将地图转交给你，也许想向你表白，当时若同意他率军北攻，早已攻下金陵，也不至于死于慈溪。李鸿章收藏好地图，下令以清朝命官身份下葬华尔，全城商铺停业志哀，常胜军全体官兵戴孝三个月。

六、四江口大捷

华尔下葬后，白齐文也学他样子，娶个中国女人为妻，尔后调动英法美各国驻沪领事，轮番游说李鸿章，想转副为正，做常胜军管带。李鸿章对白齐文印象不佳，觉得他说话迂回，目光闪烁，有些心术不正，不想用他。无奈没更合适人选，又碍于诸国领事情面，只得勉强奏请朝廷，让白齐文接管常胜军。

白齐文如愿以偿，想表现一番，证明自己的能耐，到抚衙请缨，要求率军进攻太平军。李秀成已打响雨花台围攻战，谭绍光不可能无动于衷，李鸿章准备先下手为强，集中兵力，出击嘉定。白齐文如此积极，便命他领常胜军打头阵，淮军亲兵营、桂字营、介字营、建字营，英法联军及会防局新募炮勇随后跟进，车辚辚，马萧萧，浩浩荡荡向嘉定开过去。

本来为配合李秀成，谭绍光正调兵遣将，汇集昆山、太仓和嘉定各处共十余万太平军，意欲再次进攻上海。不想李鸿章先动起手来，谭绍光手足无措，只得临时改变计划，一边命嘉定长毛死守，一边调兵增援。

谭绍光命令还在途中，先至嘉定城下的常胜军已点燃大炮，开始轰城。很快轰开一个缺口，白齐文督兵往城里直冲。其实李鸿章早有严令，常胜军到达嘉定后，先选好炮位，埋伏好兵力，等淮军和英法联军赶到，共同发力，开炮夺城。岂料白齐文自不量力，想独吞攻城战功，提前行动，盲目冒进，结果刚入缺口，遭遇太平军猛烈反击，常胜军死的死，伤的伤，其余四散而逃。白齐文阻拦不住，也溜得不知去向。还是淮军和英法联军赶过来，重新组织进攻，压住长毛炮火，才在谭绍光援军到来前，杀入城里，收复嘉定。

可笑战斗刚结束，白齐文就来向李鸿章邀功请赏。李鸿章道：“你功在何处？”白齐文道：“不是常胜军轰开城墙，后续部队怎么进得了城？”李鸿章道：“常胜军确曾轰开一处缺口，可你们一逃，长毛又很快补上，还是后头部队协调作战，付出不该付出的代价，才攻下嘉定。还没追究你临阵脱逃罪责，你竟跑来领功，脸皮真够厚的。”

同样一支军队，华尔任管带，退能守，进能攻，到白齐文手上，开往前线，一触即溃，实在不可思议。李鸿章悔不该听信英法美诸国领事，把常胜军交给白齐文。连新任英国海军提督迪佛立见白齐文不争气，也很失望，来抚衙见李鸿章，说：“白齐文真差劲，英军倒有个上尉叫戈登，品行能力不亚于华尔，让他会带常胜军，可弥补白齐文短处。”

迪佛立想让英国人做常胜军管带，有无什么企图呢？李鸿章正琢磨如何打发迪佛立，刘秉璋入报：“嘉定城破后，李秀成恼羞成怒，函训谭绍光无用，要罢他兵权，谭绍光想将功补过，正调动昆山、太仓等多处长毛，绕开嘉定，向四江口杀过来。”

四江口是淮军主力驻扎地，也是通往上海的要塞，来者不善啊。李鸿章心里一惊，脸上都变了色。迪佛立趁机道：“李抚还是让戈登会带常胜军吧。”

急于应付谭绍光，李鸿章也没多想，答应下来，随即调动各军，部署防御。布防刚到位，记名提督黄翼升跑来说：“李秀成二十多万大军环绕雨花台，日夜不停攻击，吉字营减员厉害，加之瘟疫病亡不少，九帅凶多吉少，鸿帅赶快派兵增援吧。”

黄翼升是湖南长沙人，所领淮扬水师也属湘军系列，是曾国藩考虑淮军初建，力量单薄，临时派驻上海，协同作战。这下湘军受困雨花台，黄翼升自然最为关心，恳请淮军救援。李鸿章深知江南战局是个整体，雨花台湘军有失，李秀成南下，与谭绍光合兵一处，进攻上海，淮军肯定吃不消。这叫唇亡齿寒，一荣俱荣，一败俱败。

见李鸿章沉默不声，黄翼升急起来，道：“鸿帅若无兵可派，就让淮扬水师北援吧。”李鸿章叹道：“你知道谭绍光水陆并进，已向四江口杀过来，淮扬水师怎么调得开？再说九帅心高气傲，想独占收复金陵全功，也不愿别人瞎掺和，没朝廷命令和老师表态，谁敢随便靠近金陵？你先回水师大营，做好水上防御，北援之事容本抚再考虑考虑。”

黄翼升悻然而去。没多时，圣旨递到，命淮军立即北进，解救雨花台湘军，尽快攻克金陵。语气很严厉，大有李鸿章不出兵就出脑袋之意。放下圣旨，曾国藩信函又传至，也令淮军增援吉字营。只是信中文字透出几分无奈和犹豫。老师担心九弟有失，恨不得淮军瞬间抵达雨花台，共击太平军，同时又不愿淮军插手金陵战场，去与九弟争功。

曾国荃不愿他人染指金陵，朝廷命你赶快救援湘军，老师则模棱两可，这可让李鸿章犯起难来，不知派兵好，还是不派好。只好召集幕僚，就增不增援金陵，谈谈看法。众人各有说法，有说皇命不可违，非派兵不可，不能以曾国荃意愿为准。有说淮军人数有限，要负责上海防御，还要抵挡开往四江口的长毛大军，不可分兵别处。还有说干脆打完四江口保卫战，再北援雨花台湘军也不迟。

还是刘郇膏最懂李鸿章苦衷，说：“圣命如山，不派兵肯定行不通，且不得拖延，必须马上发派。”众人追问：“怎么派？派什么兵？”刘郇膏道：“吴煦、杨坊不是常胜军的督带和管带么？就让他俩督管白齐文，率常胜军救援雨花台。”

李鸿章一听，不觉暗暗叫好。常胜军已烂在白齐文手里，留不留上海，无关乎四江口战局，遵旨派往雨花台，能助湘军一臂之力，固然不赖，起不了作用，正好有个由头，解散了事，省得日后尾大不掉。还有吴煦和杨坊两人，留在身边，碍手碍脚，支往别处，空出布政使和苏松粮道两个位置，还可安排给自己人。

当即召见吴煦、杨坊和白齐文，申明圣意，命令三人赶紧筹足粮饷，率常胜军救援湘军。吴杨两人经营上海多年，要权有权，要势有势，要钱有钱，哪想离开这块风水宝地？自然十二个不甘愿。不甘愿归不甘愿，还不能违令不从。李鸿章是苏沪首长，又有圣旨在手，拒不听他派遣，自然没好果子吃。

两人吱声不得，去望白齐文，看他有何表示。常胜军嘉定溃败，白齐文意志消沉，也低首不语。李鸿章知白齐文心有余悸，拿出一样东西，说：“白将军瞧瞧，这是什么？”

“不是金陵图么？还是华将军牺牲前，托我转交给抚台大人的。”白齐文脱口道。李鸿章说:“这不是原件,是复制品,同样很精确。华将军为何要留下金陵图?就是有用得着的地方。白将军是华将军替手,不正好拿着此图,开向金陵,完成其未竟事业么?”

白齐文心有所动,浏览起金陵图来。李鸿章指点着图中诸王王府,说:“太平军从广西打到金陵,诸王所夺金银财宝何止成千上万?曾国荃冒死挺进雨花台,不就是冲着诸王王府去的么?白将军难道不想杀进金陵,与湘军平分秋色?”

说得白齐文两眼发光,巴巴嘴皮,咽了咽口水。李鸿章又道:“常胜军属雇佣性质,不打仗就没粮饷,坐吃山空,结局只有一个,便是打狗散场。打狗散场懂吗?就是没有猎物,只能驱散猎狗的意思。白将军领军时间不长,估计不愿驱散常胜军吧?”白齐文这才表态道:“本将这就回营集合队伍,开向雨花台。”

“不急不急,好事不在忙中取。”李鸿章笑笑,“中国还有句老话,叫兵马未动,粮草先行。没有粮饷,谁跟你去打仗,是不是?”白齐文点头道:“是是是,鸿帅尽快安排常胜军粮饷吧。”李鸿章道:“本抚与吴大人有分工,厘金由抚衙抽取,负责淮军开支,关税由藩司征收,负责洋务开销包括常胜军粮饷支付,白将军还得找吴大人。”

白齐文向吴煦伸出手掌,问何时支付常胜军粮饷。吴煦说:“刚才鸿帅还要白将军别急,哪有说支付就有支付的?苏省关税由藩司管理没错,具体到上海,收支业务归口苏松粮道,本司得与杨大人商量个方案,才好办理支付手续。”杨坊附和道:“先拿文案,再办支付。”

白齐文道:“两位尽快安排常胜军粮饷,最好不要我上门催促。”李鸿章道:“用不着白将军催促。身为常胜军督带和管带,吴藩和杨道须同赴雨花台救援湘军,粮饷是白将军的事,也是两位的事。三位须多商量,多沟通,不能三个和尚没水喝,坏我大事。”

三人诺诺而退。走出抚衙,白齐文回营,杨坊随吴煦去了布政司。进得签押房,杨坊就愤愤道:“这个李鸿章,明知咱俩没带过兵,还要强行下令,命率军救援湘军,不故意整人么?淮军已发展到两万人,为何不抽出部分兵力,派往金陵?”

“谭绍光大军正开向四江口,淮军怎能分兵?”吴煦故作大度道,“淮军分兵,四江口有失,长毛打进上海,咱们有妻有儿的,岂不跟着遭殃?”

杨坊说："吴藩意思，咱俩还是督管白齐文，统领常胜军赴宁？"吴煦说："咱俩不能离开上海。"杨坊说："不离开上海，怎么督管常胜军？"吴煦说："李鸿章不让咱俩筹备粮饷么？咱俩慢慢筹，慢慢备呗。"

杨坊明白过来，说："您老意思，无粮无饷，常胜军无法成行，咱俩也就不用离开上海？"吴煦说："就是这个意思。"杨坊说："那白齐文怎么办？看他饿狗样，恨不得马上把粮饷弄到手里，再去金陵抢金夺银。"吴煦说："跟他磨嘛。他本不想赴援湘军，是受李鸿章蛊惑才勉强答应的，消磨掉他意志，就不会要死要活，急着往金陵赶了。"

定妥常胜军赴援雨花台后，李鸿章又拟奏，又写信，报告皇上和老师。奏折和书信刚发走，李昭庆来报，说洋枪洋炮已运抵上海。李鸿章大乐，带上刘秉璋和刘郇膏，随六弟出城，赶往黄浦江码头，到李凤章商船上去看货。打开箱子，抚一抚锃亮锃亮的来复枪，掀开炮罩，摸一摸散发着机油香味的劈山炮，李鸿章像三岁小孩拿到漂亮可爱的玩具，双眼闪光，满脸兴奋，爱不释手。嘴里念叨道："有如此先进武器，何愁长毛难灭，苏南不复！"

看过货，李鸿章对李凤章说："是按我所列清单如数购置的吧？"李凤章说："如不如数，五弟口说不算，让两位刘大人验收便知。"李鸿章道："不用验，五弟办事，二哥还放不得心？"李凤章说："亲兄弟，明算账，何况军火，关系重大，不验收明白怎么能行？"

李鸿章就让刘秉璋和刘郇膏拿着清单，逐船点验。验了几船，还没验完，就已够数。李鸿章颇觉奇怪，道："是不是军火商不会算数，多装了两船军火？"李凤章道："哪有商人不会算数的？是英国军火产量提高，成本降低，枪炮价格下调，省下一大笔经费，我多购了两船武器。二哥愿接就接，不愿接我卖给长毛，好赚大钱。"

知道五弟故意开玩笑，李鸿章板着面孔道："卖武器给长毛，再用来打你二哥和淮军，你居心何在？"李凤章笑道："商家见钱眼开，谁出得起钱，手里商品就卖给谁，至于商品用到何处，可操不了这个心。"李鸿章道："俗话说盗亦有道，莫非商可无道？"李凤章道："商亦有道，就是公平守信，互利互惠。"

玩笑几句，李鸿章道："多出的两船武器，就给湘军吉字营吧，雨花台正吃紧，曾国荃用得着。”吩咐刘秉璋，通知黄翼升，速速派人押货，经水路送至雨花台。

又让刘郇膏传达淮军各营，前来领取枪炮。至此，淮军除已建洋枪队外，原有鸟枪队、刀矛队、抬枪队都升级实现洋枪化。同时亲兵营中哨配劈山炮一队，洋枪队四队；前后左右四哨配劈山炮两队，洋枪队六队。其他各营各配炮队十队，劈山炮四十尊；洋枪队二十八队，洋枪三百二十八杆。

各营刚武装完毕，谭绍光大军已到达四江口，对淮军奇字营、魁字营展开猛攻。程学启率开字营，李鹤章率鹤字营，火速赴援。正在酣战，又有太平军增援不断，前呼后拥，一时之间，只闻万鼓雷鸣，但见千旗电闪，黄头巾层层叠叠，海潮般汹涌而至。

黄头巾是太平军头饰。一时间哪来这么多敌军？原来此番犯沪，谭绍光不仅收集了苏州、太仓、昆山等多处守军，还尽调嘉兴、杭州、湖州太平军，总数近十五万，比北新泾战役投入的兵力还要多。

战情传至抚衙，李鸿章心惊肉跳，哪还坐得住？噌地站起来，带上刘秉璋和亲兵营，直奔前线。一边传令刘铭传、郭松林、黄翼升等水陆各营将士，汇集四江口，参加誓师会。到达目的地，各营官兵也先后赶至，程学启开字营居右，刘铭传铭字营居中，郭松林松字营居左，亲兵营居后，排列整齐，等候李鸿章发布动员令。

待队伍安静下来，李鸿章迈上高坎，往前一站，用悲壮浑厚的声音喊道：“兄弟们，十倍于我的强敌就在前方，咱们该怎么办？除像华尔将军样，抱定必死之心，与长毛一决雌雄外，别无选择。兄弟们，敢不敢随本帅一起赴死！”

众营官激昂道：“咱们随鸿帅离开安徽，共赴上海，早置生死于度外，大敌当前，要生一起生，要死一起死。鸿帅发令吧，兄弟们愿与四江口共存亡，四江口存，兄弟们存，四江口亡，兄弟们亡。”众士兵也大声响应：“四江口存我存，四江口亡我亡！”

“出发！”李鸿章大手一挥，营官们带领各营士兵，踏着整齐步伐，威风凛凛，追着西去的残阳，开向太平军营垒，占据制高点，扎营架炮，等待出击。

次日黎明，天光乍现，白雾如纱。帅帐隐在白雾里，远可见，近似无。

帐内静极。李鸿章双眼微合，身子后仰，脑袋搁在椅背上，泥塑样一动不动。刘秉璋泡好六安瓜片，搁置一旁。良久，李鸿章抬抬手臂，挥了挥。动作很轻，只刘秉璋看得出，或说意会得出。他几步走出帐外，对信号兵喊了声：开始！

话落音，哒哒哒哒的枪声鸣响，震耳欲聋。惊起林中宿乌，嘎嘎乱叫，四散而逃。旋即，炮声从远处传过来，轰隆隆，轰隆隆，激烈而威猛。李鸿章依然合着眼皮，纹丝不动，却感觉出脚下地皮在微微颤抖。几上茶杯似乎也悄悄晃了晃，溢出沁人芬芳。李鸿章伸手端过杯子，抿上一口，嘴里发声道："仲良（刘秉璋）听出没有，是什么炮？"

"淮军的劈山炮。"刘秉璋随口应道。李鸿章说："自然是淮军的劈山炮。应该说是老五刚运回来投放战斗的劈山炮。"刘秉璋说："老师怎么听出来的？"李鸿章道："此批劈山炮炮管更长，射程更远，威力更大，声音自然更让人震撼。"

李鸿章没听错，正在阵前发威的，确是李凤章购回来的劈山炮。一尊尊劈山炮有序排列，吐出颗颗炮弹，咆哮着飞向敌垒，轰然炸响，惊天动地。炮声中，铭字营和松字营合兵一处，齐头并进，枪炮连发，向敌阵猛扑过去。深陷敌军包围圈的奇字营、魁字营、鹤字营听到枪炮声，信心大振，转守为攻，与铭字营和松字营遥相呼应，内外夹击，重创敌军。

开字营更没闲着，先开炮，再放枪，然后纷纷冲入敌阵，展开残酷的肉搏战。程学启身先士卒，在敌群里横冲直闯，见一个杀一个，见两个杀一双。杀得正起劲，忽听得啾的一声，只觉胸口一热，程学启低头瞧瞧，鲜血已染红战袍。何安泰就在近旁，见得此状，赶紧奔过来，要扶程学启离阵。程学启吼道："我没事，你走开！"甩脱何安泰，人已飙出数丈，手起刀落，砍下敌人首级。将士们看在眼里，深受激励，愈加奋勇，对着敌军猛打猛攻。

无奈太平军人数太多，击毙一百，冒出一千，消灭一千，涌出一万，仿佛黄河之水天上来，拦也拦不住，止也止不了。所喜驻守他处的各营将士接到李鸿章调令，及时赶到，众志成城，渐渐将敌军气焰打压下去。

激战两天两夜，淮军越战士气越高，相反太平军越来越没脾气，胜败渐现分晓。谭绍光知大势已去，不得不丢弃营垒二十多座，扔下死尸两万多具，向苏州、昆山、太仓方向败逃。淮军各营随后紧追不舍，淮扬水师于前拦截狙击，又击毙无数敌人。加之河阻港隔，大队逃兵挤到一起，踩塌岸土，压断桥梁，也落水淹死不少。

消息传到金陵城外，正在围攻雨花台的李秀成惊得目瞪口呆，怎么也不敢相信，谭绍光十五万大军，竟败在四江口万余淮军手上。真后悔不该受天王逼迫，将苏南交付给谭绍光，自己贸然率军来围雨花台。原想谭绍光先突破四江口，收回北新泾、青浦、虹桥等失地，再步步为营，进图上海。就是收不回失地，四江口能取胜，将淮军逼回上海境内，确保苏南安宁，也可解除自己后顾之忧，全力围剿湘军。这下四江口惨败，太仓、昆山、苏州直接暴露于淮军炮口枪眼之下，一旦失守，断掉粮饷来源，到时就是雨花台战役取胜，又有多少意义呢？李秀成真想放弃雨花台，回守苏南，保住大本营，给自己留条后路。

四江口捷报送至雨花台，也让曾国荃又意外，又嫉妒，不相信成军不久的淮军有此能耐，仿佛比吉字营更胜一筹似的。不过嫉妒之余，更多的还是高兴。江南战场不是孤立的，多股力量互为表里，相互作用，无法绝然分割。层次也很清晰，金陵城里洪秀全受困于雨花台吉字营，吉字营被李秀成大军所围堵，李军外围集结着湘军水陆两师和绿营，湘军和绿营背面是苏南谭绍光所部，谭部后头还有虎视眈眈的淮军和楚军。此次淮军四江口大胜谭部，自然会由外向里，层层波及雨花台战场，打破整个江南战局平衡。加之各路湘军瘟疫逐步得到控制，李鸿章所赠洋枪洋炮，也通过水上粮道运抵雨花台，曾国荃正好借此提升战力，撕破重围，改变被动局面，反守为攻，摧垮李秀成二十多万大军。

最得意的自然还是李鸿章。他已打马回衙，走进书房，取出溪砚，一边磨墨，一边构思奏折。墨磨得差不多，腹稿也已打好，落笔成文，装封拜发。又给老师去信，尽叙战斗经过。安庆比北京近，曾国藩先见信，至为欣慰，复信给李鸿章，又叫贤帅，又称君侯，大加赞赏。还说自己从军十载，未尝临阵手歼一贼，深感遗憾，却又大快，为自己学生骄傲。

朝廷见奏，惊喜不已，对淮军大加赞赏，降下圣旨，实授李鸿章江苏巡抚。另授程学启总兵加提督衔，刘铭传为总兵补用，李鹤章为知州，郭松林、潘鼎新等有功将士都有封赏，无一或缺。对阵亡官兵加以表彰，该给荣誉给荣誉，该给优抚给优抚。

这是同治元年（1862）十月，李鸿章永远记得这个不同寻常的日子。与署理不同，实授乃实至名归。也就是说，自己已是正儿八经的地方大员和封疆大吏，又手握能征善战的淮军，日后发展空间自会更大。李鸿章赶紧提笔写谢恩折，呈递京都，谢主隆恩。

又致谢师函，感谢老师多年教育和栽培，学生才小有成就，不然仍如当年转战安徽，功不成，名不就，不过白白蹉跎岁月，浪费青春。给老师写过不少信，这是最为低调和谦卑的一封。原来不是谁都有底气，想低调就可低调，想谦卑就可谦卑。身在低处，人本卑微，还往哪里低，往何处卑？再低恐怕只能趴到地下，再卑只能销迹于无形。

大喜临门，庆功宴肯定少不了。李鸿章吩咐下去，哨官以上将领纷纷进城，齐聚抚衙，觥筹交错，一醉方休。没有将士们舍命奋战，不可能取得四江口大捷，李鸿章心存感激，离开桌子，一路敬过去，一个不落，宴会渐至高潮。

喝完庆功酒，又开始部署下步战略。虹桥、青浦、北新泾、四江口几大战役属上海保卫战，敌军惨败，元气大伤，已没法组织有效进攻，到了淮军主动出击的时候。李鸿章准备先取太仓，继收昆山，进图苏州。方案定妥，再研墨铺纸，拟折写信，请示皇上和老师。

刚开笔，李凤章推门进屋，拱着双手道："恭喜二哥实授苏抚！"李鸿章笑道："你是来贺喜呢，还是来要账？"李凤章道："先贺喜，再要账。"李鸿章道："应该应该，这次四江口大捷，最大功臣其实是你老五啊。"

话没落音，李鹤章进来说："可不是，没老五购置大量洋枪洋炮，武装将士，淮军哪打得过二十倍于己的长毛？"李凤章道："两位兄长过奖。光有好武器，没二哥指挥有方，三哥诸将领兵舍身拼杀，又哪能打败敌人？"

李鸿章大声笑起来，道："都有理。老师说打仗在人不在器，我不太认同，觉得在人又在器。毕竟进入热兵器时代，作战方式已不同以往。不用说，人不行，武器再好也发挥不出作用，可反过来，手里没好武器，人再有能耐，也不可能有效打击敌人。不说远处，就说上海诸仗，淮军能胜，就胜在人与武器的完美结合上。"李鹤章认同道："将士素质高，手里又握有先进武器，自然无往而不胜。"

闲话几句，李鸿章叫来周馥，把李凤章交给他，要他支付洋枪洋炮款子。李凤章表示，拿到款子，准备再下广东，又购几船洋枪洋炮回来。李鸿章说：“要得，动作越快越好。淮军要扩军，雨花台吉字营也快到反攻时候，正需大量武器。”

李凤章应承着，随周馥出门而去。李鹤章没动，说：“三弟有个不成熟想法，不知二哥想不想听。”李鸿章说：“什么想法？关于军国，还是家事？”李鹤章说：“在军言军，自然是军事。”李鸿章道：“莫非对先收太昆再攻苏州方案有不同看法？”李鹤章道：“这个方案确实不错，不过还可修正和完善。三弟探知常熟守将乃凤阳人骆国忠，当年曾随我办过团练，庐州攻坚战失散后投了长毛。若能劝他归降，淮军少些牺牲，常熟百姓也免遭兵燹。”

常熟土肥水美，无灾无害，岁得常稔，是著名的天下粮仓。洪秀全龟缩金陵，东西南北诸王不复存在，李秀成以一己之力，经营苏福省，正是依靠常熟、苏州这些鱼米之乡，提供源源不断粮饷，才支撑起太平天国大厦，否则只怕早已土崩瓦解，灰尘烟灭。若能劝降骆国忠，夺取这个大粮仓，不仅可解决淮军粮食困难，对李秀成更是重大打击，或许还能逼他放弃雨花台，给曾国荃腾出攻取金陵大好战机。李鸿章欣喜不已，道：“三弟不妨跑趟常熟，劝骆国忠归降，我将视同皖籍嫡系，优待厚爱，保举重位，跟其他淮军将领一道建功立业。”

李鹤章道：“三弟正是此意。既然准备劝降骆国忠，二哥原定战略计划，该适当作些调整，可先布重兵于太仓和昆山城外，大造声势，围而不攻，以震慑常熟守军，待骆国忠归降后，再配合淮军，南北夹击太昆两地长毛，定能收事半功倍之效。”李鸿章欣然同意，道：“常熟方向到处都是长毛，你可装扮成生意人，不易引人怀疑。”

隔日李鹤章乔装成商贾模样，轻车简从，出城北行。紧走慢走，穿过昆山与太仓之间太平军缝隙，来到常熟城外。一番打听，得知骆国忠有位副官叫周兴隆，爱财如命，于是诱以大钱，约他出来。见面后，李鹤章道：“我常跑皖北做生意，听去周副官说的像是凤阳话。”周兴隆道：“在下正是凤阳人。”李鹤章道：“凤阳乃朱元璋老家，有明一朝，凤阳百姓连皇粮国税都不用交。”周兴隆对此不感兴趣，道：“你约见我，有何贵干？”李鹤章道：“常熟危殆，想救骆国忠一命。”周兴隆道：“骆军头坐拥天下粮仓，兵强马壮，哪用你救命？”

“慕王谭绍光手里粮饷兵马比骆国忠还少吗？上海数战不照样惨败于淮军手里？”李鹤章哼哼道，“本来咱不想管骆国忠闲事，是路过常熟，见城头血光浮现，大祸即将来临，才念及旧情，欲帮他消灾弭难。”周兴隆道：“你与骆军头熟悉？”李鹤章说：“岂止熟悉？已十多年老交情。”周兴隆似信非信道：“你怎么帮他消灾弭难？”李鹤章道：“只要你引荐，见着他人，我自有妙策。”周兴隆说：“我若不引荐你见人呢？”李鹤章说：“不见骆国忠，他死无葬身之地，你们这些随从也没好下场。”

人都有趋利避害天性，周兴隆闻言，略作思索，带李鹤章来到一家祠堂外。骆国忠就驻扎在祠堂里。自侧门径入祠堂，走过天井，进得会客室，周兴隆让李鹤章稍候片刻，自去前厅禀告骆国忠。骆国忠正召集水陆头领部署城防，周兴隆过去附他耳边道：“有人求见，话带皖中口音，自道与您有十多年旧情。”骆国忠道：“为何见我？”周兴隆道：“他说途经常熟，见城头血光浮现，要为您消灾弭祸。”

何方神圣，有消灾弭祸本事？骆国忠满脸疑惑，交待各头领几句，起身离厅。推开会客室，一眼认出李鹤章，骆国忠半是惊讶，半是惶恐。毕竟今非昔比，一在淮军阵营为将，一在太平军中领兵，陡然间面对面站在一起，确实让人不知所措。然无论如何，曾经的患难之交，生死之情，总没法抹掉。骆国忠赶紧关上门，拱手行礼，开言道：“鹤帅怎么到了此处？”李鹤章笑道：“不因故人，鹤章又怎会冒险深入常熟？”

骆国忠似已明白对方来意，道：“真亏鹤帅敢冒险。您我一别十年，各事其主，就不怕国忠借鹤帅脑袋，去向忠王邀功请赏？”李鹤章笑道：“鹤章项上脑袋可为故人换取荣华富贵，只管取走便是。不过动手前，先听鹤章一吐肺腑。国忠亦知江南局势，湘军兵临金陵城外，淮军数败慕王大军，左宗棠楚军横行浙省，天国势力不断收缩，天王几成瓮中之鳖。”

骆国忠默然无语，听李鹤章继续道：“鹤章离沪时，淮军主力已浩荡北移，准备趁李秀成与曾国荃对峙于雨花台，攻克昆山、太仓，夺取常熟、昭文，尔后收复苏州，切断太平军后路。国忠系吾皖人，又出身合肥民团，误入歧途，令人惋惜。鹤章前来相见，是望你悬崖勒马，归顺淮军，共击长毛，建立不朽功勋。何去何从，国忠三思吧。”

说得骆国忠暗自动摇，只是一时决心难下。他虽系皖人，却还是凭借战功，在太平军中崭露头角，颇受李秀成器重，托以常熟米粮大仓。

李秀成用人不疑，只要入其法眼，不管是否两广将领，皆放手任用，骆国忠才甘愿为其赴死。深受忠王信任，却在他困窘之际，反戈一击，道义何在，良心何安？

李鹤章看透骆国忠心思，道：“平心而论，李秀成非同凡俗，即便湘淮阵营将帅如云，亦没几人能出其右，鹤章若与其为伍，亦甘愿为其赴汤蹈火。无奈忠王明珠暗投，实乃世间憾事。时势造英雄，时势亦可毁英雄，天国成就忠王，忠王亦难免成为天国祭品。识时务者为俊杰，天国大势将去，国忠实无必要一条道走到黑，为洪秀全殉葬。”

骆国忠沉吟良久，还是拿不定主意。正在犹豫，周兴隆推门而入，附他耳旁叨咕起来。原来淮军四江口大捷，骆国忠震惊不已，派密探去上海周边打听战情。密探探得淮军集结于昆山与太仓一带，布阵架炮，势在必得，于是急急返回常熟，入营复禀。骆国忠知道事关大局，撇下李鹤章，出门召见密探。密探道毕详情，又说曾专门靠近淮军阵营，做过仔细观察，其军容之整齐，纪律之严明，武器之精良，较之太平军，实乃一个天上，一个地下。

如此看来，昆山、太仓早晚会被淮军攻陷，常熟失去屏障，必将成为打击目标。常熟城中不缺粮饷，却兵单将寡，又岂是淮军对手？常熟城破，不死即降，别无他途。与其战败再降，还不如战前献城归顺，给淮军份见面礼，两军将士无需付出生命代价，常熟百姓也免遭炮火袭击。骆国忠两相权衡，降意已定，返回会客室，跪于李鹤章面前，表示归降。李鹤章甚喜，上前扶起骆国忠，道：“浪子回头金不换。国忠此时归顺，正好统领常熟守军，配合淮军攻打太仓、昆山，建大功，立大业，光宗耀祖，流芳百世。”

骆国忠自是欢喜，摆上好酒，招待李鹤章，叙述别后情景。酒至半酣，骆国忠说道：“常熟周边昭文、福山、许浦、徐六泾等处守将，与国忠过从甚密，也可劝说他们归顺淮军，共抗太平军。”李鹤章道：“能劝降昭文等处守将，国忠岂不功德无量？鹤章这就回上海，禀报二哥，待常熟昭文等地义旗高举，淮军再采取行动，南北合力，夹击太仓昆山长毛。”

酒罢道别，李鹤章走水路返沪，周兴隆怀揣骆国忠亲笔信函，出得常熟城，驰赴昭文，游说守将。昭文守将见骆国忠已降在先，无话可说，决定归顺朝廷。常熟、昭文两军做出榜样，福山、许浦、徐六泾等处守军也剃发缴印，乖乖降清。

南面淮军主力日日迫近，北面常熟、昭文、福山等地守军一夜反水，太仓、昆山岌岌可危，谭绍光急如热锅上的蚂蚁，飞书李秀成，禀报险情。作为太平军统帅，又经营苏福省多年，李秀成深知常熟昭文丢失，太仓昆山难保，粮饷基地不存，苏州与金陵又何以为继？加之自己二十多万大军久驻雨花台外围，一次又一次发起攻击，怎么也撕不破湘军营垒，再相持下去，待苏南尽失，淮军汹汹北上，自己欲进不得，欲退不能，岂不只有束手就擒？

李秀成骑虎难下，湘军吉字营历经四十多天顽强抵抗，战胜瘟疫和伤亡威胁，硬是守住雨花台阵地不破，现已慢慢缓过劲来。时逢李凤章新购数船洋枪洋炮运抵沪港，李鸿章仅留少部分，其余统统运往雨花台，送入吉字营中。曾国荃正用得上，分发炮兵枪手，而后调动李臣典诸悍将，移师前沿阵地，开始全力反攻。在湘军枪炮攻击下，太平军死伤惨重，李秀成无心恋战，命令撤军，回守苏南，以保后方不失，日后再图发展。

曾国荃以区区两万余湘军，击退李秀成二十多万太平军围困，说来实在令人难以置信。难以置信归难以置信，却真真确确发生于雨花台，一点都不假。捷报传出，朝野欢呼，都说湘军既然能取得这场以少胜多的攻守大战，下步攻克金陵，拿下洪李，自不在话下。

雨花台战情送到上海，李鸿章既喜又忧。喜的是李秀成撤围，金陵孤立无援，迟早会被攻破。忧的是李秀成回军苏州大本营，淮军面前又多出二十多万敌人，更不容易对付。原定配合常熟昭文等处降军，南北合攻太仓昆山计划不得不适当调整，以腾出部分兵力，加大青浦和嘉定防守，以抗苏州太平军进犯。

还有一忧就是李秀成撤退，曾国荃欲独夺破宁大功，自然不再希望外人掺和，常胜军北援一事，恐怕只能泡汤。常胜军滞留不去，吴煦、杨坊和白齐文三尊大神请不走，上海不得安宁，李鸿章就没法全力打理苏沪军政。

常胜军属雇佣军，靠打仗拿钱，白齐文早已整装待发，皆因吴杨两人不愿离开上海，以粮饷未齐为由，故意拖延，迟迟未能成行。一拖拖到雨花台解围，吴煦暗自高兴，叫来杨坊，道：“常胜军粮饷准备得如何？”

杨坊笑道："雨花台已不需增援，还备粮饷干啥？"吴煦道："增援雨花台，是李鸿章下达的命令，谁敢违抗不从？"杨坊道："可让李鸿章收回成命嘛。"吴煦道："李鸿章是你要他收回成命，就收回成命的？"杨坊说："可否请薛大人出面，劝劝李鸿章，李秀成大军南压，上海兵力单薄，正需常胜军留沪防卫，何必舍近求远，劳军费饷，北援雨花台？"

这倒可以一试，吴煦当即去了南洋通商衙门。不想薛焕正在签押房里拍桌面，踢椅脚，大骂殷兆镛疯狗乱咬人。原来刚悉北京消息，殷兆镛又参了他一本，说他自任南洋通商大臣以来，利用职务之便，勾结洋商，损公肥私，大发洋财。

吴煦知道来得不是时候，小心侍立一旁，缄嘴不声。半天薛焕才压住心头火气，问吴煦道："莫不是常胜军就要起程，专来辞行？"吴煦道："不是来辞行，是雨花台危急已过，常胜军再无北援必要，请钦差大人给李鸿章打声招呼，留下常胜军，守沪要紧。"

吴杨不在身边，无人可供使唤，薛焕也不愿他俩离开上海，这下有了借口，正好可说服李鸿章收回成命。也就二话不说，出门上轿，赶往抚衙。

一品钦差登门，李鸿章再无空闲，也得出面接待。客气过，薛焕没直接言明来意，转弯道："李秀成大军南返，上海周边局势紧张，鸿帅有何应对良策？"

薛焕自知不比李鸿章高明，搬出抚衙后，再没插手过上海军政，今日忽然登门，过问军情，用意何在？李鸿章道："鸿章愚昧，暂无良策，还请钦差大人赐教。"薛焕笑道："鸿帅驻沪以来，连胜虎狼长毛，举世震惊，万民称颂，还自言愚昧，也太谦虚了点。赐教不敢，一个小建议，不知鸿帅听得进去否？"李鸿章道："既有好建议，钦差大人明示就是。"

薛焕端端架势，轻咳一声，张嘴道："前时雨花台危急，鸿帅命常胜军增援，实属英明。所幸湘军顽强，击退李秀成大军，再让常胜军北援，似已无此必要。再说苏南陡增二十多万敌军，够鸿帅应对，何不留下常胜军，协同淮军，抵抗长毛，保卫上海？"

原来要挽留常胜军。定是受吴煦和杨坊指使来说项的。只听薛焕又道："常胜军成军于沪，习惯本土作战，开赴别处，人地生疏，恐难有作为。前月华尔轻易离沪，身死慈溪，就是例证。吾意还是让常胜军留守上海，无论于淮军，还是苏南大局，有百益而无一害。”

此话乍一听去，还颇有几分道理，似不容辩驳。无奈常胜军归白齐文统领后，跟华尔时期不可同日而语，苏南又有逐渐强大起来的淮军坚守，常胜军去留与否，区别已不太大。不过薛焕面前，李鸿章不便明说，只道：“钦差高见，令本抚折服。只是常胜军援不援雨花台，圣旨在上，本抚说了不算，还得请皇上定夺。本抚这就具折禀奏皇上如何？”

话到此份上，薛焕还能说啥？唯有告辞出门。不巧碰见白齐文，来势汹汹，像要吃人的样子。薛焕避犹不及，敷衍道：“白将军不是来请战吧？刚才老夫与李抚还论及常胜军，长毛虽撤离雨花台，可金陵还没破，常胜军北援计划不能改变，应尽快成行才是。”

薛焕清楚白齐文一心想打仗拿钱，才用这话哄他。岂料白齐文不傻，知道吴煦和杨坊背靠薛焕这个后台，才有恃无恐，故意耍鬼，使常胜军未能成行，领不到半两饷银，已快坐吃山空。不过白齐文要找的是李鸿章，不想理睬薛焕，昂着脑袋，直奔签押房。

入得门来，白齐文未及发声，李鸿章先厉声道：“半个月前本抚就下令常胜军救援雨花台，白将军怎么仍滞留上海，迟迟未动？”

白齐文本是来声讨李鸿章，为何不责成吴煦和杨坊下拨常胜军粮饷，谁知李鸿章先发制人，堵得他一愣一愣的，嘴巴大张，却吱声不得。半日才嗫嚅道：“都怪吴煦和杨坊，不拨粮，不发饷，我怎么领军北进？”李鸿章冷冷道：“放屁！吴杨说早筹足粮饷，等你前去领取，却不见你人影儿，以为你贪生怕死，不愿赴雨花台送命，故意躲了起来。”

气得白齐文嗷嗷大叫，两脚跳得老高，歇斯底里道：“谁说的！常胜军早整装待命，只等吴煦和杨坊拨下粮饷，便出发北征，他俩却老拿借口推脱，我多催几回，干脆避而不见，到头来说我贪生怕死，不愿送命，真岂有此理！”

见白齐文气急败坏的样子，李鸿章心头掠过丝丝快意，道：“上海又不大，还怕吴煦杨坊钻入地底，没法掘出来？你们之间恩怨，本抚弄不明白，也没兴趣弄明白，只希望常胜军赶快成行，开赴雨花台，配合湘军，收获金陵。不然朝廷追究下来，我拿你们三人是问。”

白齐文气冲冲离去，李鸿章不留不送，低头忙起公务来。苏沪粮饷重地，战略要镇，华洋云集，兵家必争，李鸿章抚苏驻沪，集军务政务洋务于一身，一天十二个时辰不吃不喝，不拉不撒，不眠不睡，都有得忙。忙得正欢，亲兵送进安庆来函。是老师手笔，说雨花台危机过去，反正常胜军还没出发，干脆原地不动，该干啥还干啥。不过围攻金陵，不能缺少骁勇善战敢打能拼的将士，就让程学启率领开字营，北援吉字营。理由也充分，开字营本来出自湘军，年初淮军始建，力量单薄，才忍痛割爱，放其随征上海。如今淮军已足够强大，湘军急需充实力量，也到了该开字营回归之时。

当初程学启归降湘军，打仗不要老命，立下汗马功劳，曾家兄弟疑神疑鬼，生怕他背叛湘军，老是捂着罩着，不让出头。程学启受不了，趁淮军初创，转入淮军阵营，从此如狡龙入海，猛虎归山，苏沪数次恶战，大显身手，荣立大功，惹得曾家眼红，又想要回去。程学启深受李鸿章信任，在淮军营中干得正起劲，只怕不会吃回头草。

没来得及给老师复函，曾国荃也有书信传至，意思与其兄别无二异，亦即白齐文不比华尔，带不出像样军队，嘉定之战，常胜军乏善可陈，足可说明。攻打金陵属恶仗硬仗，别浪费粮饷，派常胜军前往碍手脚，帮倒忙。淮军已成大势，多开字营不多，少开字营不少，还是赶紧放程学启重回湘军，共克金陵。

李鸿章赶紧回复曾家兄弟，感谢当初出让程学启及开字营，成为淮军主力，成功守护上海不失。有借有还，再借不难，一定力劝程学启重返湘军故营，报效旧主，助攻金陵。只是程学启本系皖人，入淮军阵营后如鱼得水，顺心遂意，听不听劝，恐怕难说。还是常胜军靠得住，粮饷已备齐，即将离沪出征。

又给驻守嘉定的程学启去信，转述曾氏兄弟意思，是去是留，别人不好勉强，还是他自做决定。李鸿章明知程学启不会回头，还要这么说，无非老师和曾国荃追究起来，好有交代。果然程学启接信，不为所动，函告曾氏兄弟，自己身为皖人，留在皖人组建的淮军里适得其所，扬眉吐气，屡立战功，年内连升数级，获总兵加提督衔，不好这山望见那山高，重回湘军。又信寄李鸿章，说翰林哥哥是自己再造父母，没他便没自己的一切，这辈子铁了心跟定他，甘愿替他赴汤蹈火，出生入死。世间父母怀抱最温暖，没人肯轻易离开父母怀抱。

李鸿章读信至此，大受感动，热泪盈眶。有这样忠心耿耿的部属，淮军哪还有摧不垮的堡垒，攻不破的城池，打不过的敌人？

程学启不愿赴援金陵，李鸿章求之不得，准备给吴煦去信，催他赶快成行。还没提笔，刘郇膏进来说："老五来访。"李鸿章笑道："五弟肯定是来结账拿钱的。"

果不其然，李凤章连账单都已做好，放到刘郇膏手上。李鸿章接住，边看边念道："一发炮弹合银 30 两，万粒子弹合银 19 两。呃，怎么涨了价？上次可没这么贵。"抬头问李凤章道："五弟不是二哥的钱好赚，随便抬价吧？亲兄弟，明算账，也须买卖公平，是不是？"

李凤章也不急，解释道："五弟岂会随便抬价？商人最怕价格虚高，影响生意。是军火行情看涨，英国人将价格提上来的，五弟只能跟着往上加价，以保本不亏，日后生意还可继续做下去。"李鸿章皱眉道："定是中国战场军火消耗大，英国人随意抬价，趁火打劫。"李凤章道："这是明摆着的。现在想来，前次英国军火商给予价格优惠，其实是个诱饵，到咱们离不开他们所产枪炮弹药后，再提高价格，哪怕再贵，也得掏钱购买。"

被迫无奈，李鸿章只得在账单上签字画押，交还刘郇膏，让他照数拨付给老五。

两人走后，李鸿章心里还在纠结。无论军务，还是政事，哪里不需花大钱？战乱时期厘金关税抽取又极为不易，大把大把银子就这样流入洋人腰包，实在让人心疼。若自己也能制造枪炮弹药，不用送大钱给人家，该有多好？可惜国人尤其是士大夫，力气全花在理学道德和寻章摘句上面，无意技工制造，视其为奇技淫巧，不足挂齿。

正在慨叹，冯桂芬来见，说有个人要介绍。李鸿章知道凡夫俗子不可能入冯桂芬法眼，忙问人在哪儿？冯桂芬道："人家很忙，没空上抚衙来。"李鸿章道："鸿章眼睛一睁，忙到熄灯，整天手不停披，口不息辩，心不辍思，不信还有比我更忙的。"

"各人忙法不同嘛，鸿帅有鸿帅的忙，人家有人家的忙。"冯桂芬笑笑道，"再忙也得去见见，不然您会后悔的。"李鸿章好奇心起，道："到底何方神圣，景亭兄如此推崇？"冯桂芬说："此人叫韩殿甲。"李鸿章道："没听说过这个名字。干什么行当的？是文臣武将，还是士农工商？"冯桂芬道："见着人后，自然便知。"

李鸿章不再追问，出门钻进刘秉璋所备马车，由冯桂芬引路，穿过两道街口，拐入一处偏巷。巷子狭窄，过不得车，只好出车步行。行上百十步，闻得叮叮当当敲击声传来，冯桂芬放慢步子，口说到啦到啦。李鸿章心里嘀咕，冯老夫子也是的，咱一摊子事堆在案上未及处理，还把咱拉到这偏僻场所，要风光没风光，要景致没景致，未知有何贵干。

正纳闷儿，冯桂芬抬腿踏上巷旁石坎，指叩檐下木门，嘴里喊着韩殿甲名字。李鸿章听出，叮当声就是从门里发出来的，不晓得是些什么人，在干些啥勾当。

门吱嘎一声打开，走出一个年轻汉子，身着短褂，胸挂皮裙，手戴布手套，额头沾满铅色尘灰，像刚从炭窑里钻出来的。冯桂芬掉头说："这便是韩殿甲。"又介绍李鸿章："这是我跟你说过的鸿帅。"韩殿甲几分紧张，准备上前施礼，刘秉璋道："此处不是衙门，虚礼尽可免去。"冯桂芬也说："鸿帅不拘小节，快让他进门，看看你们玩意儿。"

韩殿甲腼腆笑笑，让进三人，随手将门扯上。原来是个小作坊，数位工匠正围坐于不高的台桌前，敲敲打打，制作酒盅般粗细的铜帽。

"这不就是炮弹铜帽吗？"李鸿章兴奋不已，眼里放出亮光来，抓一只堆在台桌上的成品，放手里掂量着，"有此铜帽，再配上弹头，岂不就可装入炮膛，轰击长毛？"韩殿甲一旁说："正是按炮筒口径制造的。弹头试样也已出来，正要试制。"李鸿章道："太好啦！咱们自己能造炮弹，又何必再花大钱，找英国人购去？"冯桂芬道："鸿帅先别急，弹头制造更不易，还要装配炸药，技术复杂，不是一时半会儿能成的。"

李鸿章却很乐观，说："能制作铜帽，就能制作弹头，装配完整的炮弹。"韩殿甲道："炸药和雷管也已试验成功，完整炮弹迟早也会生产出来。"李鸿章道："好好好，研制出炮弹，积累丰富经验，再制造子弹，进而生产洋枪洋炮。如此一来，既可满足战争需求，还能留住银子不至外流，用以扩大制造规模。"

说得几位信心大增，都说："有鸿帅支持，再难的事情都好办。"李鸿章道："世事无难易，只要大胆行动，再难也能成，反之只说不做，再易也会落空。"几位说："朝廷官员都像鸿帅这样愿办事，能办事，中国又怎会落后于人，被动挨打？"

对奉承话和大道理，李鸿章兴致不高，说："办事没钱不行，制造军火，须租借场地，购置材料，给付工资，没一样离得开钱。殿甲需费多少，造个计划，本抚拨给你。磨刀不误砍柴工，军费再紧张，军火开支不能少。”又对刘秉璋道：“要郇膏也上这里来看看，敲定经费方案。殿甲时间宝贵，耽误不起，该他主动点。”

这就是李鸿章，雷厉风行，敢作敢为。凡事只要看准，该上午办，不拖到下午，该今天办，不拖到明天。冯桂芬最欣赏这种风格，心下暗想，李鸿章如此有担当，消灭长毛，振兴洋务，强军富国，又有何难？回衙后又表示，还要推荐个人给他。李鸿章迫切道：“还有什么高人，景亭兄只管道来，鸿章一定真诚相待。”

冯桂芬故意卖个关子，说：“这人你接触过。”李鸿章说：“我接触过？”冯桂芬说：“是个洋人？”李鸿章说：“上海满街皆洋人，谁知是哪个？”冯桂芬说：“英国人马格里。”李鸿章笑道：“是常胜军军医马格里吧？鸿章认识。推荐他干吗呢？给我看病？我没病没痛，不想搭理医生。说没痛也不准，脚底鸡眼蛮碍事。不过莫姑娘物色到一个扦脚工，扦上几回，效果还不错。马格里只会西医，估计不会扦脚吧？”

“我只关心洋务和军工，不太在意鸿帅脚底鸡眼。”冯桂芬笑笑道，“马格里虽为医生，于洋枪洋炮却颇有研究，来华前曾在英国军火厂做过技工。一次聊天，他说枪炮弹药耗费大，打仗就是打银子，淮军可考虑自制枪炮。鸿帅若让他弄个韩殿甲那样的作坊，定能造出可用的炮弹和枪弹，甚至洋枪洋炮。”

这就是洋人，擅长学用结合，热衷技工制造。瞧这个马格里，既能当医生，医治枪伤炮创，又能制造伤人的炮弹和子弹。哪像中国士人，只会读死书，究死理，嘴巴厉害，五指除写小楷，再无一技之长，弄不出任何实用器物。还瞧不起能工巧匠，说是雕虫小技。

心里感慨着，李鸿章道：“一定见见马格里，他若有兴趣，鸿章出资让他建个作坊，甚至制造局之类，专门制造炮弹枪弹和洋枪洋炮。也不知白齐文肯不肯放人，常胜军要赴援金陵战场，马格里作为军医，自然也得从军北行。”

也是巧，说到马格里，马格里就出现在抚衙门口，还有常胜军副官李恒嵩。两人先找到钱鼎铭，说有急事报告抚台大人。钱鼎铭于是领着两位，兴冲冲进了签押房。

一见马格里，没等对方开口，李鸿章赶紧起身，把他请到冯桂芬旁边椅子上，说：“马格里先生来得正好，刚才本抚还与景亭兄说到你，要跟你好好谈一谈。”马格里满脸困惑道：“莫非抚台大人已知松江之事？”李鸿章道：“松江何事？不是长毛打了过来吧？”马格里说：“长毛倒没打过来，是白齐文……”

李鸿章打断马格里，道：“只要长毛没打过来，管他白齐文，还是黑齐文，都搁一边去，你先回答本抚，来华前是否在军火厂做过技工？”马格里张张嘴巴，不知该回答李鸿章问话，还是说事。急得旁边的李恒嵩直跺脚，不得不插话道：“马格里做没做过技工，容后再说不迟。松江要出大事了，鸿帅还是听句情况，采取果断措施吧。”

李鸿章才意识到两人来访，原来有事要禀，只好问道：“长毛又没打过来，松江能出什么大事？”马格里说：“为常胜军粮饷，这两天白齐文紧追吴煦杨坊不放，吴杨先是一味敷衍，见敷衍不过，干脆躲了起来。白齐文气急，下令关闭松江城门，领着数十名战士，去了苏松粮道衙门，大有冲击银库强夺饷银之势。抚台大人快拿主意，该怎么办好。”

敢在我李鸿章眼皮子下耍泼，吃错药了吧！李鸿章一听，火气腾地一下窜上脑门，高扬手臂，往桌上拍去。就在掌心快落桌时，手臂忽然往回一抬，五指到了唇边，边摸着山羊胡须，边从容道：“白齐文好像还算正常吧，真会疯狂至此？”李恒嵩道：“白齐文脾气暴，一冲动，啥事都做得出来。又目空一切，谁都不放在眼里，除非鸿帅出面，才可能将他镇住，他对您老人家多少还有几分敬畏。”李鸿章脸色一沉，道：“苏沪军政千头万绪，本抚全身长手都打理不过来，哪有时间顾及白齐文的烂事？你俩先回吧，好言劝劝这小子，要他别失去理智，惹出麻烦来，否则撤掉他职务，驱他滚回美国去。”

马格里与李恒嵩吱声不得，你看看我，我看看你，起身出门。李鸿章叫住李恒嵩：“你马上回常胜军大营，以加强松江城防名义，调动华籍士兵，分守各城门。淮军亲兵营随后进城，对付常胜军洋兵，以防白齐文倒戈。”

李恒嵩离去，李鸿章让钱鼎铭传令刘秉璋，率两营亲兵，开往松江，看住常胜军大营，不让洋兵乱动。钱鼎铭出召刘秉璋，传达李鸿章命令，尔后坐上马车，朝松江赶去。到得城门边，白齐文所布守兵已被李恒嵩换掉，见是钱鼎铭，开门放他入城。

进得城门，钱鼎铭直奔苏松粮道。可还是迟到一步，该发生的已然发生。半个时辰前，白齐文率数十常胜军洋兵强闯粮道衙门，吓得杨坊躲入后衙密室，不敢出声。白齐文将衙门翻个底朝天，没见杨坊，冲入后衙，乱打乱砸，任凭随后赶到的马格里怎么劝阻，根本听不进去。别看白齐文打仗不行，打家劫舍却有一套，硬是把杨坊从密室里揪出来，指着他鼻子道："华尔是你女婿，要钱有钱，要粮有粮，轮到我白齐文统领常胜军，份内粮饷该拨不拨，连面都不肯露。莫不想吞食军饷，去做生意，发大财！"

杨坊急欲申辩，刚张开嘴巴，白齐文一挥老拳，直砸过去，正当砸在他鼻梁上。杨坊惨叫一声，倒在地上，昏死过去。马格里就在旁边，出于医生本能，上前扶住杨坊，一检查，鼻梁已经断裂，只得赶紧施救。白齐文以为要了杨坊的命，一不做，二不休，返身前衙，打死银库卫兵，抢走四万多两银子，赶回常胜军大营，准备领兵去投太平军。不想刘秉璋所领两营亲兵先到一步，白齐文近不得身，无法指挥常胜军，掉头去了海边，登上英军战舰，寻求海军提督迪佛立保护。

钱鼎铭将情况带回抚衙，李鸿章气愤不过，又不觉暗喜。他知道白齐文胆大包天，迟早会闹出点动静，却想不到敢出手痛殴大清三品大员，还打死银库卫兵，抢走四万两库银。这不正好有理由开掉白齐文，改组甚至解散常胜军么？至于杨坊，咎由自取，苏松粮道算是做到了头。还有吴煦，也难逃其责，不指使杨坊拖延常胜军粮饷，又何至于此？

李鸿章当即上书朝廷，详述事件经过，请求惩处白齐文。又大造声势，在英文报上刊登文告，悬赏凶犯，不论死活，只要是白齐文真身，见人见尸，都可领取五万赏银。再给吴煦去信，要他尽快捉拿白齐文归案，以正法典，挽回不良影响。

吴煦见信，去找迪佛立交涉。迪佛立与白齐文私交好，拿借口搪塞，不肯放人。这不出李鸿章意外，不过又多一个弹劾吴煦和杨坊的借口，事发前无端拖延粮饷，致使常胜军迟迟不能起程北援，事发后毫无补救手段，眼睁睁看着白齐文逍遥法外，丢尽天朝上国面子。

劾稿发出后，李鸿章叫来冯桂芬，道："白齐文如此一闹，正好拿掉常胜军，不知景亭兄有何看法？”冯桂芬笑道：“鸟未尽，兔未死，还没到弓藏狗烹之时吧。”李鸿章道：“鸿章也在琢磨，苏南战事正紧，留着常胜军，还能发挥不小作用。”冯桂芬道：“请神容易送神难，想一步到位拿掉常胜军，英美诸国也不会同意。”李鸿章道：“可常胜军一天不解散，鸿章心里一天不踏实，万一以后闹出大乱子，甚至为英美所利用，更不好对付。”冯桂芬道：“常胜军迟早得解散，不过不能操之过急，须慢慢来，先考虑减员，以免尾大不掉。”

常胜军已达近六千人，完全可减去一半，既省军费，又易掌控，日后遣散起来，难度也会小许多。审时度势，李鸿章决定暂不裁撤常胜军，容后慢慢做减法也不迟。常胜军暂可留，吴煦和杨坊决不可留，继续留着，碍手碍脚，会坏大事。其实想留，皇上看过你劾稿，从苏沪大局出发，也会把两人扒开。

吴杨下位，腾出江苏布政使和苏松粮道，加上按察使早空在那里，共有三个实缺，正好安排能人干才。李鸿章心里早已有人，笑对冯桂芬道：“景亭兄出身东吴，又久居苏沪，洞悉人事，了解民情，精通洋务，吾意由你接替吴煦，主政布政司如何？”

怪不得白齐文闯祸，李鸿章比谁都高兴，原来是一箭三雕好事：一可限制常胜军，二可踢开白、吴、杨三人，三还能安插自己亲信。冯桂芬笑道：“桂芬年事已高，替鸿帅提提建议，拟拟文稿，跑跑腿脚，还能信任，充任藩司实缺，已心有余而力不足。再说桂芬离京十年，逗留苏沪，一事无成，品级过低，离司道差着两三级，想扶上位，朝廷也没法破格。”李鸿章道：“这倒好办。景亭兄先入藩司衙门，全心替我主事，日后再奏请皇上，将级别提上来就是。龚自珍诗云：我劝天公重抖擞，不拘一格降人才。非常时期，像景亭兄这样的大才，只要鸿章力荐，朝廷定会打破常规，破格使用。”

冯桂芬倒不是客气，确实无意于仕途，道：“抚衙人才济济，鸿帅还愁没人替你主持藩司？比如刘郇膏和郭嵩焘就不错，又是你同年，心气相通，正可真诚合作，共谋大事。”李鸿章道：“照鸿章原意，刘松岩任江苏按察使，郭筠仙做苏松粮道，景亭兄是本地人，对苏沪情况了如指掌，入主藩司，替我打理苏沪政务和民事，可谓得其所哉。”冯桂芬道：“松岩久在苏沪为官，政绩斐然，让他以江苏按察使兼署布政使，比较合适。

至于日后天下平定，需要恢复生产，鼓励商贸，合理税赋，桂芬自会出面替鸿帅出主意，想办法。”

李鸿章说：“有景亭兄此言，鸿章心里就踏实了。还有韩殿甲作坊已起步，马格里擅长技工，让他也办个制造局，日后还可奏调丁日昌来沪再建一局。办制造需要技师行家，光靠外国人，不是长远之计，还得培养本国人才。可否考虑先学西文，翻译西著，研习洋技，再兴制造？中华儿女智巧聪明不在西人之下，果能精熟西文，转相传习，一切火器轮船等技，当由渐通晓，于吾国自强之道，岂不大有裨助？”

冯桂芬也有此想法，说：“恭亲王已力排众议，设立京师同文馆，招收八旗子弟，开馆授徒，学习西文。鸿帅可考虑奏请皇上，准许于上海设立外国语言同文馆，挑选适龄儿童，延请西人教习外国文字，学成后可直接研习西人技术，担任制造局技师。还可入衙充当通事，协办洋务，沟通华洋，以免与洋人交往时，受洋通事欺骗。”

说得李鸿章忍俊不禁，扑哧一声笑起来。冯桂芬道：“莫非桂芬说错了不成？”李鸿章摇手道：“没说错，景亭兄没说错。”冯桂芬说：“没说错，你笑啥？”李鸿章止住笑道：“景亭兄提起京师同文馆，让我想起倭仁倭中堂，忍不住要笑。”冯桂芬说：“咱们欲于上海设立同文馆，又与远在京都的倭仁何干？”

倭仁可非等闲之辈，有正红旗出身，又系道光进士，是名满天下的理学大师和皇帝老师，官拜文渊阁大学士。前年英法联军攻占北京，朝廷被迫与多国签下《北京条约》，天天与洋人纠缠的恭亲王奕䜣意识到，没有专门外事机构，洋务办理多有不便，奏设总理各国事务衙门，遭到倭仁和徐桐等人激烈反对，认为堂堂天朝上国，专设衙门为蛮夷服务，有失体统和国格。无奈时势使然，倭徐怎么反对也没用，总理衙门还是在奕䜣坚持下，如期成立，挂牌办公。偏偏逃难热河的咸丰不愿奕䜣大权独揽，发出圣旨，着倭仁总理衙门大臣上行走，气得老夫子几乎晕死过去。又不敢抗旨不从，只好勉强上任。平时上下衙门，都坐的轿子，这天倭仁却由家仆扶持，上了马背，一路老泪纵横，看不出是赴衙当差，倒像奔法场送命。到得总理衙门大门外，未待下马，倭仁大叫一声：“祖宗怪罪下来了！”泪眼一闭，脑袋一啄，从马背上倒栽下地，磕得满头满脸都是血，被家仆搀扶回家，卧床养伤。伤一养数月，如愿养来一纸“毋庸在总理衙门大臣上行走”圣谕，终于免去与洋鬼子打交道的差事。不久咸丰驾崩，进入同治时代，西风刮得越发凶猛，奕䜣授意曾国藩和李鸿章，奏请总理衙门下设京师同文馆，招生教习洋文洋技。偏有多事大臣上疏，称同文馆该置理学一科，以保大清根本不变。倭仁乃当朝理学第一人，慈禧太后便让军机处传旨，着其兼署同文馆教习，十日必到馆讲授一堂理学。倭仁坚辞不就，还上奏声称，立国之道，尚礼义不尚权谋；根本之图，在人心不在技艺。拖延数月，慈禧没法，只得改口，放过倭仁。

倭仁故事盛传朝野，冯桂芬自然早有耳闻，说:“鸿帅是担心上海办同文馆，倭仁之流会跳出来反对吧？”李鸿章说:“可不是？倭仁张口闭口理学，最看不惯稍稍新鲜点的事物，恭亲王创立京师同文馆，他大唱反调，咱再在上海提倡西语西学，他岂不跳起半天高？鸿章不明白，我老师也是理学大家，当年曾与倭仁一起拜倒在唐鉴门下治学，为何老师如此开明，编选《经史百家杂钞》时，大胆突破传统理学范畴，收入不少关乎国计民生的实用篇章。到组建湘军，征战江南，更是主动接触西学和洋技，尽管口口声声打仗在人不在器，待看到淮军和湘军吉字营用洋枪洋炮大胜长毛时，立即摒弃成见，肯定洋器作用，还创办安庆内军械所，大胆试制洋枪洋炮。朝廷少几个倭仁徐桐之类老古板，多几个老师这样的开明人士，乐意睁开眼睛向外看，借鉴西学，研习洋技，何愁大清没有重振雄风之日？”

冯桂芬笑笑道:“也怪不得倭徐之流，他们经年累月待在皇城根下，口食皇粮国税，睁眼闭眼全是千年旧理旧学，旧器旧物，无法体会西洋新学新器之神奇，也就谈虎色变，生怕祖宗成法一变，自己满腹理学再无用处，丢掉手里饭碗。曾大帅不同，身处江南战场，凭玄妙空洞的理学不可能打败长毛，非得求变图强，觅出一条生路来。若曾大帅仍高居庙堂，不须面对你死我活的强敌，眼不见战争造成的满目疮痍，只怕心里想法也与倭徐差不太多。文慎（林则徐）公就曾跟我论到这个话题，说他老人家若非出身福建，又辗转江南和湖广，广泛接触夷人，经办夷务，也不见得能认识夷技之重要，将《四洲志》和手头中外文献交给魏源，嘱其编纂出名重一时的《海国图志》。即便魏源本人，如果一直待在湖南乡下老家，缺少江南为官历练和识见，也不可能眼界大开，喊出师夷长技以制夷的声音，振聋发聩，令人警醒。同样道理，鸿帅不组建淮军，征发上海，见识到西学之妙用，洋器之厉害，也不会如此起劲，力主创办制造厂，设立同文馆。”

“无怪乎先贤倡导知行合一，无行又哪有知？”李鸿章频频点头，“京师同文馆教习内容局限于西文，仅招收八旗子弟，属皇族子弟学校。咱办上海外国语言同文馆，不止教授西文，还要研习西人测算之学、格物之理、制器尚象之法，掌握声、光、电、化等制造原理，更趋实用。生员当以近郡聪明儿童为来源，拒招纨绔子弟，以免败坏学风。”

冯桂芬很认同，愿照两人事先设想，代拟奏稿，呈请皇上恩准，让上海外国语言同文馆早日开馆。当夜稿成，隔日交李鸿章过目画押，加印发出。正好有关白齐文事件和吴杨失职复谕相继下达，授李鸿章全权处置白齐文，吴煦藩司和杨坊粮道职务皆被开缺。

司道两职空出，李鸿章又专折保奏刘郇膏和郭嵩焘补缺，两宫照准，任刘郇膏为江苏按察使兼署布政司，郭嵩焘为苏松粮道。于上海设立外国语言同文馆奏折递京后，虽遭倭仁与徐桐等人强烈反对，还是在奕䜣力争下，获得恩准，复旨下来。李鸿章随即拨出专门经费，授权冯桂芬择址聘师，开馆授徒。

军政学诸权尽在掌握之中，就剩白齐文没归案，常胜军群龙无首，得赶紧处置妥当，以便腾出手来，全力应对苏南太平军，尤其是已回守苏州的李秀成大军。李鸿章开出咨文，让钱鼎铭去找迪佛立，要回白齐文。迪佛立装聋卖傻，说没见过白齐文其人，若钱鼎铭认定藏在英军大营，可自行搜查，把人带走。钱鼎铭不可能搜查英军大营，只得回禀李鸿章。李鸿章主要目的在改组常胜军，迪佛立暂不交白齐文，正好向他提别的要求。

翌日李鸿章带上钱鼎铭和数位亲兵，去英军大营照会迪佛立。迪佛立以为李鸿章也是来要白齐文的，先发制人道：“我已跟钱先生说明，白齐文没在海军大营，抚台大人要拿白齐文，恐怕找错了地方。”李鸿章笑道：“不拿白齐文，本抚就不可来拜访提督大人么？”

不来拿白齐文，又来干什么呢？佛迪立几分意外，道：“抚台大人看得起，肯入英军大营，是英军荣幸，本督非常欢迎！”李鸿章笑道：“无事不登三宝殿，照会迪提督，是常胜军违背圣命，拒不赴援金陵，罪不可恕。

本抚已决定将其解散，请提督大人和各国驻沪领事，尽快领走本国官兵，以免引起哗变，损害诸国声誉。”

常胜军本是英法诸国插手大清军事的直接产物，迪佛立自然不愿解散，大摇其头道：“解散常胜军，谁来保卫上海，消灭长毛？”李鸿章道：“保卫上海不还有英法洋兵么？消灭长毛更是淮军和清军的事，不用迪提督操心。”

说不过李鸿章，迪佛立只得来横的，瞪着蓝眼道：“若本督与各国不让解散常胜军呢？”李鸿章说：“不让解散也行，本抚手头拮据，供养不起无用之师，只好停发常胜军粮饷，拜托迪提督和各国领事自行解决。”

迪佛立知道吴煦和杨坊去职，抚衙财权在握，停不停常胜军粮饷，也就李鸿章一句话的事，只得梗着脖子道：“抚台大人非固执己见不可，本督只有发动京沪各国公使和领事，联名抗议，甚至不排除诉诸武力的可能。”

话到这里，已没法再谈下去，照会不欢而散。回衙路上钱鼎铭道：“常胜军非解散不可吗？白齐文可恶，其他将士毕竟无过。且长毛未灭，还用得着常胜军。”李鸿章说：“常胜军迟早得解散。花大钱供养六千洋兵，由洋人管带，英美诸国都可干预，咱怎么睡得着觉？暂时解散不了，也得削减规模，加以限制。”钱鼎铭道：“洋人总觉华人软弱好欺，估计迪佛立不会善罢甘休。”李鸿章道：“正因华人软弱好欺，更得叫洋人明白，不能欺人太甚。”

七、圣贤与英雄

李鸿章说到做到，回衙后召来刘郇膏和郭嵩焘，令即停常胜军粮饷和各项费用。迪佛立颇觉吃惊，想不到李鸿章会动真格的。来华后没少接触大清官员，还没见谁敢在洋人面前如此强硬过。迪佛立大动肝火，欲诉诸武力，又担心面对两万多洋枪洋炮在手的虎狼淮军，占不到便宜，只好怂恿各国驻沪领事及记者，来抚衙给李鸿章施压。李鸿章不怕人多，当众道："恢复常胜军粮饷也行，条件是交出白齐文。拒不交人，就请各位登报声明，承认白齐文殴打清廷命官，抢走四万两库银，属合法行为，无须给予惩处。"

没谁敢说此硬话，洋大人哑口无言，做不得声。李鸿章又道："不能免除白齐文罪过，理该归案，请各位督促迪提督，交出凶犯，是死是活都行，反正活要见人，死要见尸。"

众人觉得李鸿章言之在理，走进英军大营，指责迪佛立："白齐文罪责难逃，留他何用？赶快交人吧，免得常胜军没吃没喝，闹起事来，不好收拾。"迪佛立大声道："别听李鸿章煽动，白齐文没在我处，怎么交人？"

这倒也是实话。为避风头，白齐文早离开英军大营，至于去了哪里，不得而知。有说回了美国，有说降了太平军，还有说拿着迪佛立亲笔信去了北京，准备找英法美驻京公使游说清廷，恢复其常胜军统带职务。

李鸿章不管白齐文去了哪里，公然跟各国驻沪领事摊牌："不交出白齐文，又要恢复常胜军粮饷，绝不可能。本抚给个折中办法，裁减常胜军。

常胜军粮饷平均到人，是吾淮军将士好几倍，可打起仗来，并不比淮军强，有时甚至差得多。耗费大，作用小，常胜军是不是该裁？就是不全裁，也得裁掉多半，留一两千人足矣。”

又将白齐文事件经过说给各国记者，记者们觉得颇有新闻价值，写成大块文章，登到报上，一时洛阳纸贵，举世震惊。迪佛立这才不得不与李鸿章坐下来，商量常胜军裁减事宜。唇枪舌剑，反复争辩，终于敲定《统带常胜军协议十六条》，规定常胜军裁汰至三千人，削减杂项开支及长夫名额；由英国人戈登任管带，李恒嵩为会同管带；不得私购军火；惩办士兵由中方做主；洋人不得干涉松江地方事务。

此系李鸿章首次与洋人交涉，签署中外协议，能有效维护中方利益，实不简单。自道光鸦片争端开始，清廷习惯接受洋人不平等条约，见此协议，惊讶之余，不得不对李鸿章刮目相看，交口称赞。尤其恭亲王奕䜣，捧着协议抄稿，进宫向两宫太后报喜。慈禧乐道：“曾国藩真有眼光，派李鸿章进驻上海，不仅能打胜仗，与洋人过招也有手腕，不至于吃亏。”

奕䜣道：“当初钱鼎铭赴安庆搬救兵，曾国藩心里只有湘军人物，先考虑曾国荃，继想起彭玉麟，还动员过李续宜，谁知曾国荃欲夺金陵首功，彭玉麟不愿离开水师，李续宜觉得上海水深，三人都不答应，曾国藩才不得不让皖人李鸿章组建淮军，征发上海。试想不是淮军苏沪战场连战连捷，先克青浦、嘉定、宝山等地，继取常熟、昭文、福山等粮仓，直接威胁苏州，李秀成担心大本营有失，分兵回援，只怕曾国荃两万湘军早葬身雨花台。”

慈禧点头嘉许，道：“左宗棠也功不可没，若非所领楚军牵制浙闽长毛，淮军首尾难顾，也不可能全力对付李秀成。”奕䜣道：“太后英明！能征惯战的李秀成处处被动，施展不开手脚，正是湘淮楚三军共同发力的结果。楚军在浙江攻城略地，淮军于苏南重创长毛，湘军大可放手围攻金陵。同理湘军锁死金陵，淮军和楚军正好在苏浙发挥威力，三者相互策应，李秀成才顾此失彼，无力回天。”

君臣说会儿湘淮楚三军，慈禧忽然问道：“薛焕还在上海吧，他表现如何啊？”奕䜣道：“还算不错吧。薛焕也是老臣了，任职苏沪多年，熟悉洋务，经办通商事宜比较胜任。”慈禧说：“他经办过哪些像样的通商事宜没有？”

留薛焕于沪，目的在监督淮军，通不通商其实无所谓得很，奕䜣想不起他出过哪些政绩，无言以对。慈禧又道："上海有个李鸿章，薛焕留下无益，念他经营苏沪功大于过，就北上做个太平京官吧。"奕䜣道："湘军已够强大，又冒出个来势凶猛的淮军，缺乏监督，只怕多有不妥。"慈禧不紧不慢道："薛焕身处南洋通商衙门，也无法监督李鸿章，还不如放手让其发展淮军，尽快消灭长毛。依我看，淮军强大，于朝廷也不见得是坏事。"

大清建国以来，以八旗绿营为武装，最忌汉员汉兵坐大，威胁清廷。皆因太平军兴，清兵无能，朝廷才勉强同意汉臣主办团练，规定就地抗匪，不可出省剿贼。后太平军席卷江南，清军金陵南北大营建了破，破了建，再建再破，终至烟消云散，湘军成为对抗强敌唯一力量，咸丰不得不准其离长沙，过岳州，出洞庭，顺江而下，进击金陵。湘军横行江南，清廷已心惊肉跳，淮军应运而生，渐成大势，太后竟说不是坏事，实在不可理喻。

"淮军得到发展，总比湘军一军独大好吧。"慈禧见奕䜣存疑，突然冒出这么一句。一语点醒奕䜣，原来太后意思，先让淮军发展，再以毒攻毒，回头制约湘军。只听慈禧又道："长毛消灭后，还有北方捻匪。师久必疲，湘军东征西讨十载，曾国藩也垂垂老矣，攻下金陵后，北上清除捻匪，只怕再也指望不上，还只能依靠李鸿章的淮军。"

慈禧之手腕，奕䜣多有领教，却想不到心思深沉如许，你没看透的她先看透，你没悟到的她先悟到。奕䜣背上一麻，意识到这个女人太不平常，在她手下办事，须处处小心才是，不然脑袋落地，还不知刀是从哪个方向砍过来的。

至于薛焕，既然慈禧觉得他无须再待上海，就让他拍屁股走人。离宫后奕䜣就令吏部拟稿，以皇上名义下谕，召薛焕入京，让李鸿章兼任其缺出的五口通商事务大臣。

谕令送达上海，薛焕倒也不觉意外。李鸿章不仅掌握威武淮军，与洋人交往也有一套，你留不留上海已无足轻重，即便奕䜣想为你说话，也没了底气。道理想明白了，待李鸿章上门办理南洋通商大臣交接时，也就心平气和，二话不说，乖乖交出官印及相关文件。

倒是李鸿章过意不去，忍不住说些前人栽树后人乘凉之类美言，意即薛焕经营苏沪多年，自己不过坐享其成而已。还设宴为薛焕饯行，托他代向恭亲王问好。旁人以为李鸿章虚伪，实乃时过境迁，彼此不再是对手，昔日恩怨随风而去，不必再耿耿于怀。

送走薛焕，李鸿章梳理梳理通商事务，召集幕僚和各路营官商讨战事。通商和洋务可搁一边放放，战争胜败关乎生死存亡，不得不全力而为。据密探所报，李秀成已命慕王谭绍光，听王陈炳文，潮王黄子漋，率领五万大军，向北移动，势在夺回常熟、昭文等粮饷基地。李秀成用兵，惯于声东击西，令谭陈黄三部北指，是不是转移淮军注意，趁虚调动苏州重兵，东进青浦嘉定，攻击上海？

这给李鸿章出了个大难题，据守青嘉，常昭不保，救援常昭，青嘉危殆，实在没法两全。征求文武意见，都说上海和青嘉是淮军根本，绝不能上李秀成大当，给他留下空档，至于常昭等处守军，不过乌合之众，又刚投降过来，弃之毫不足惜。只李鹤章不愿有负常昭诸城，站出来道："正因常昭守军为归将降卒，更应出兵相救，不然以后谁愿归降？何况常昭乃天下粮仓，粮仓在手，等于命脉在握，岂有让长毛将命脉重新夺回之理？"

李鸿章也有此想法，决定分兵驰援常熟，再飞书骆国忠等将，克服困难，坚守阵地，待援军赶到，合击谭绍光诸部。又令张树声兄弟、周盛波兄弟等淮军主力，分驻青嘉要塞，谨防苏州太平军进犯。

刚部署到位，谭陈黄五万大军已齐聚常熟城下，枪炮齐发，展开猛攻。周边淮军闻讯往救，与骆国忠相互呼应，痛击敌军。然寡不敌众，几个回合下来，清军渐处下风。李鸿章急调开字营、松字营及鹤字营、常胜军，分西南两路，齐攻太仓，以牵制谭陈黄大军，缓解常熟压力。还放心不下，又叫来刘秉璋，命他率亲兵营，增援常熟战场。

刘秉璋领命而去，李鸿章一时得闲，起身伸了伸懒腰。忽闻远处爆竹声起，才意识到年关在即。无心桌案，干脆信步出屋，来到后衙。寒风拂至，天空降下稀稀落落的雪花，像一只只白色蝴蝶，向墙角飘然而去，栖息于蜡梅枝头，乍瞧竟不辨哪是雪蝶，哪是梅花。

见李鸿章站在檐下发愣，莫姑娘过来招呼，请他进屋，别冻坏身子。李鸿章没动，只嘴里问道："不知有无合肥消息，母亲大人和夫人他们可好？"莫姑娘说："大人没说，奴婢倒忘了前天有位庐州衙役来沪办差，说是磨店老乡，特到抚衙送口信，告知母亲大人和夫人都好，要大人放心公干就是。”李鸿章道：“磨店老乡到衙，怎不带来见我？”莫姑娘道：“大人太忙，哪有时间见人？人家办完差事，也急着归皖复命，我便让斗斋打发银子，拜托回禀母亲大人和夫人，就说大人还有三爷六爷一切均好。”

得到母亲和夫人信息，李鸿章脸上舒展开来，表扬莫姑娘事情办得好，转身回了书房。莫姑娘跟进来，一边往炭盆里添炭，一边说：“过两天就是大年，我让后厨备了好酒好肉，可否把三爷和六爷叫来一起过个年？”李鸿章道：“前方战事正紧，老三老六哪离得开？”莫姑娘说：“年前回不来，年后大人四十整寿，再召两位兄弟，给您祝寿如何？”

李鸿章才想起自己已整整四十，一辈子过去了大半。记得十年前三十而立，步吕贤基后尘南下帮办团练，旋又辗转追随过周天爵、李嘉端和福济，蹉跎七载，走投无路，幸大哥牵线搭桥，进入湘军大营，受老师栽培，奏请皇上恩准独立成军，征发上海，连战告捷，先署理苏抚，后转实授，成为一地封疆大吏。老师于己恩重如山，义深似海，几辈子都报答不了。报答不了老师，就报答君父，早日灭贼，兴办实业，富国强军，振兴华夏。

这辈子须铭记老师恩情外，还有一个人也得好好感谢他，这人就是李秀成。当初天国内讧，四王相继归天，翼王愤然出走，金陵指日可下，岂料李秀成平地崛起，盘踞苏浙，经营苏福省，以一己之力维护天国不倒，与朝廷对峙到今天。若无李秀成，天国早灭，自己没有率军征沪机会，又哪来今天成就？可巧李秀成与自己同年出生，同属羊命人，也是大器晚成，年近不惑才有所作为。看来人要成器，需贵人相携，也得靠对手玉成，没有对手于前，英雄无用武之地，到头来英雄也无所谓英雄，只能碌碌无为，平庸一生。

无声感叹着跌宕人生，莫姑娘依然没走，侍立一旁，等主子回话。李鸿章扭过脑袋，说：“若吾生日那天战事略松，不妨召老三和老六来衙，一起喝壶热酒。只是战场瞬息万变，寅时不知卯时有啥发生，什么都别说死。”

事被李鸿章不幸言中，李秀成见青嘉淮军防守严密，太仓胜负难料，趁着年关，又从苏州增调万余生力军，直扑常熟与昭文，欲夺回两处粮仓，掌命脉于手中。李鸿章急令黄翼升率淮扬水师，张遇春率春字营，潘鼎新率鼎字营，刘铭传率铭字营，戈登率常胜军，飞速北进，救援常昭。

各将领兵出营，紧贴李秀成增兵屁股，追至常熟城外，猛攻猛打。

双方你来我往，杀得昏天黑地，胜负难分。为配合常熟保卫战，太仓战场的鹤字和开字诸营自城南城西发起强攻，试图拿下太仓城，向朝廷献份新年大礼。谁知会王蔡元隆城防严密，凭借深池厚墙，一次次打退来自两个方向的进攻。鹤字和开字两营没占到任何便宜，又损兵，又折将，只得退回营中，休兵暂歇。蔡元隆不肯罢休，趁夜里月黑风高，出城偷袭，淮军数处营垒相继失手。李鹤章和程学启后撤数里，清点人数，死伤近半，只差没全军覆没。

时值同治二年（1863）正月初五，正是李鸿章生日这天。征发苏沪以来，淮军从没这么窝囊过，况且还发生在最能打仗的鹤字和开字两营身上。气得李鸿章浑身发抖，见物踹物，见人骂人，连烤火用的火盆都被踢翻，炭火撒得到处都是。有颗烧得正旺的炭头飞上桌子，落在摊开的宣纸上，滋滋滋冒起烟来，李鸿章也视而不见，仍在大喊大叫。幸亏刘斗斋听得动静，跑进签押房，扑熄桌上火势。还想收拾屋里乱局，李鸿章气不打一处来，吼叫着要他滚蛋。刘斗斋不敢逗留，几脚踩灭地上炭火，仓皇出屋。

偏偏常熟战场又遭败绩，损失惨重。眼见常熟随时可能复陷敌手，淮军再也无兵可派，李鸿章心慌意乱，坐立不安，急得团团转，犹如笼中困兽。抓过佩剑，意欲召唤亲兵，亲赴前线督阵，与将士们共存亡。又想死不足惜，死前总得给皇上一个明白交待，又退回桌边，定了定神，铺纸挥毫，含泪具奏道："孤军危险，众心惊惶，臣无路能援，徒心焦虑。"

刚将奏折发走，准备动身出衙，郭嵩焘进来呈报粮饷收支情况。李鸿章不耐烦道："天都快塌了下来，哪还顾得上粮饷？你爱怎么收就怎么收，爱怎么支就怎么支吧，即便统统装上大船，运回你湖南湘阴老家，我也已管不了那么多。"

"什么话嘛！好像我姓郭的给你主持粮道，就等着发国难财似的。"郭嵩焘脸一黑，低声吼道，"少荃你可听清楚，嵩焘好歹也在上书房待过，天天直面皇上皇子，高官大吏见得不少，一个苏松粮道实在吊不起我胃口，是你三番五次写信，好话说尽，我才视彼此交情，离妻别子，来沪给你管粮理饷。早知你如此德性，就不该来蹚浑水。"

郭嵩焘出语够重，李鸿章一镇，才意识到情急之下，没管住自己嘴巴，话说得太没水准。正想解释两句，郭嵩焘又道：“不就是太仓和常熟两战暂时失利吗？胜败乃兵家常事，谁规定只能打胜仗，不能打败仗？一两次小小失败，就急火攻心，惶惶如丧家之犬，以后碰着更大挫折，岂不只有头撞南墙，一死了之！还叫嚷天快塌了下来，我看就是你李少荃死了，淮军全军覆没，还有湘军和楚军顶着，天依然塌不下来，长毛更翻不到天上去。”

也是两人系同年进士，又有翰林院共事之谊，郭嵩焘才敢这么毫不留情，直言训斥李鸿章。李鸿章想想也是，天高高在上，可不是说塌就塌得下来的。只听郭嵩焘又道：“太仓和常熟战役正处相持阶段，最后胜利属于谁还很难说，你这时跑去督阵，不是对各营将领极度不信任么？不但起不到任何作用，还会徒添干扰，弄得人家无所适从，坏淮军大事。”

李鸿章就是李鸿章，听郭嵩焘说得在理，不仅没生气，反而感谢他当头棒喝，止住自己冲动。郭嵩焘也缓和语气道：“嵩焘听说去年少荃离开安庆时，彭玉麟、沈葆桢诸位赠语静思、稳健、从容、勿躁，你表示当奉为枕中秘。曾大帅也送你八个字：沉得住气，耐得住烦，要你懂得隐忍，不畏劳烦，遇事别冲动。莫非到沪刚及一年，便全然忘至脑后？”

师友金玉良言，岂容忘记？李鸿章面带愧色道：“都怪鸿章军政繁忙，陷得太深，辜负师友殷切期望。幸亏筠仙（郭嵩焘）兄点拨，日后再忙再紧张，也要抽空翻翻枕中秘，鞭策自己，从容应对各类事件，以免忙中出错。”

见李鸿章有此态度，郭嵩焘深感安慰，又鼓励几句，转换话题，说起粮饷事宜来。说得差不多，冯桂芬入晤，说：“外国语言同文馆已选定地址，洋教习也物色好，无奈招生告示发出后，反响平平，派人去附近州县动员，亦无人愿送子弟入馆学习。”

李鸿章觉得奇怪，说：“不用自掏学费，连生活费用都由馆方负责，学成后又有现成差事等着，可养家糊口，怎没人愿入馆学习呢？”冯桂芬道：“还是旧观念作怪，觉得研习西语西学西技，没法考功名，做大官，光宗耀祖。”

“无人钻研西语西学西技，制造先进机器，固我国防，强我国力，等到国破家亡，到哪里去考功名，做大官？”李鸿章几分无奈，“吾家儿子经方已到学龄，可惜远居合肥老家，若近在苏沪，一定叫他入馆学习。”

冯桂芬道："鸿帅肯带这个头，自然最有号召力，吸引近郡人家子弟。还可规定同文馆学子学成之后，送隶属督抚考验，作为县附学生，谋取科甲正途，如此定能招收不少生员。"

给同文馆学子以正途，便是为西学谋取合法地位，在中国知识谱系中占一席之地。李鸿章非常赞同，请冯桂芬代抑奏稿，报经总理衙门批准。然后道："战事频繁，炮弹子弹需求量大，英国军火商趁机提价，抚衙不堪重负。好在韩殿甲已做出榜样，办起兵器作坊，想请马格里再开个兵工厂，试制炮弹子弹。未知景亭兄找过马格里没有？"冯桂芬道："与马格里谈过，他很乐意。桂芬这就召他来见。"

华尔战死，白齐文出逃，常胜军新任头领戈登有自己军医，马格里处于半失业状态，得到召唤，飞快赶往抚衙。李鸿章迎住，谈到炮弹和子弹制造，马格里内行得很，从材料到技术，从成品到性能，说得头头是道，让李鸿章大开眼界。还说炮弹子弹试制成功，进入生产流程后，还要研制枪炮，甚至战舰之类大机器。李鸿章感慨道："论及大机器，据吾所知，道光年间英国就已用汽轮取代帆船，横越大西洋，铁路也从五百英里延长至四千一百英里，公开宣布进入海洋与铁路时代。咸丰初年又在伦敦举办万国工业博览会，展示先进机器，诸如大功率蒸汽机、轨道蒸汽牵引机、高速汽轮船、气压机、起重机、机床、自动链式精纺机、隧道桥梁模型及先进高效炼钢法。"

马格里鼓大眼睛道："鸿帅连这些也知道？"冯桂芬道："抚衙有专人负责翻译英文报纸，报上登有西器消息，还能瞒过鸿帅眼睛？"马格里道："原来如此。我印象里，中国人就知道三样东西：苍天、菩萨和皇上，碰到冤屈和灾难，就知大喊苍天开眼，菩萨保佑，或皇上开恩。鸿帅与普通华人真不一样，目光就是独到。"

"小民如蚁，自身不保，只好寄望于苍天菩萨和皇上，本无可厚非。鸿帅身为淮军统帅和封疆大吏，肩负强军富国重任，自然得务真求实，谋划将来，取法西技，奋起直追，不追只能越来越落后。"冯桂芬议论道，"且不说远邦英国，就是比邻日本，近十年来也求变图强，已强过咱们。咸丰三年，美国海军佩里将军率四艘兵舰抵达东京湾，日本人大为惊奇，毫不犹豫放弃闭关锁国旧制，与西方各国签订系列开放国门条约，还花钱向荷兰购买军舰，不到两年就通过学习和训练，尝试驶舰下海。到咸丰十年英法联军攻下北京，咸丰逃亡热河，日本人已驾驶自造轮船，横渡太平洋。”

说得李鸿章痛心疾首，道：“反观吾国，情形却大不一样。二十年前林文慎公广东禁烟，深感英国海军威力无比，提出购置和仿造洋舰，筹建现代海军，朝廷昧于天下大势，老以为中国位居世界中心，英法乃蛮夷之邦，远逊吾国，觉得师夷造船有失天朝体制，议论汹汹，强烈反对，道光帝还在文慎公奏折上朱批曰一派胡言。”冯桂芬道：“二十年眨眼过去，英国海军越发强大，弃帆船而驶汽艇，横行吾国海疆水域，长毛水师也扬威于水上战场，朝廷才想起造船武装水师。又觉造船太慢，缓不济急，考虑进购英舰，固我海疆。”

李鸿章说：“此事已酝酿多日，我在安庆组建淮军时，恭亲王就让老师酌配船员，设想始以洋人教华人，继以华人教华人，舰队建成后，与长江各水师联合一气，以备防江防海之用。后经中国海关总税务司赫德牵线，委托其回国休假的前任李泰国，购买英轮，筹建舰队。据说李泰国已在运作，还聘请英国海军上校阿思本为总司令，执掌舰队。”

李泰国与赫德都是英国人，系中国海关首任正副税务司，上海第一道关税税卡栅栏就是他俩设置的。前年李泰国病休回英，赫德代管总税务司，趁机向恭亲王靠近，受其赏识，提拔为总税务司。也许鸠占鹊巢，赫德觉得愧对李泰国，想着回馈他，征得奕䜣同意，让他购买英轮，从中捞一把。有利可图，李泰国踊跃得很，顾不得治病，在伦敦忙碌起来。

冯桂芬接触过李泰国，知他德性，说：“大清组建舰队不是坏事，但李泰国贪得无厌，只怕不靠谱。他日阿思本舰队到达中国沿海，鸿帅免不了要与其人交往，多少得防着点。”

洋人来华，皆为利益驱动，谁不是要钱不要命？当着马格里之面，李鸿章不便直言，只说：“不管怎么样，中国海岸长远，海域辽阔，没有自己舰队实在说不过去。有支舰队做蓝本，可学习经验，借鉴技术，日后条件成熟，再扩大规模，慢慢建成强大海军。”

建强大海军还有待时日，眼下急务是试造炮弹子弹。李鸿章授权马格里，雇佣工人，筹建洋枪局。马格里觉得洋枪局与别的工厂不同，试制枪炮时，难保不出意外，不能放在居民区，建议选择城郊偏僻处。李鸿章道：“松江城外有个关帝庙，北新泾战役时，我曾在庙里驻扎过，正好建洋枪局。刘佐禹知道怎么走，让他带马先生去看看。”

北新泾之战刘佐禹表现不俗，被李鸿章保举晋级，后又多次立功，擢升知州衔，留抚衙当差。受李鸿章之托，带领马格里，出得松江城，来到关帝庙前。抬步入庙，刘佐禹对着关公像，伏地便拜。马格里望眼红脸长须的关公，撇撇嘴角，不知有啥好拜的。

“关公可是武圣人，将洋枪局建在此处，让他老人家监造洋枪洋炮，一定能成。”刘佐禹从地上爬起来，给马格里讲起关公故事来，诸如过五关斩六将及单刀赴会之类。说得马格里肃然起敬，也学刘佐禹样，五体投地，拜倒在关公膝下。

拜过关公，又将关帝庙里里外外巡察一遍，虽说有些破旧，地盘却不小，又远离城区，制造洋枪洋炮再合适不过。回城后马格里直奔抚衙，请调刘佐禹入洋枪局共事，帮他负责后勤和杂务，以便自己一心一意钻研技术。李鸿章欣然同意，又嘱刘佐禹，与马格里真诚合作，管理好洋枪局，尽快生产出合格炮弹和子弹来。两人说干就干，招得五十位工人，吃住都在关帝庙，每天早早起床，先烧香点蜡，拜过关公，再撸衣扎袖，研制枪弹和子弹。

李鸿章还不满足，想把丁日昌也挖过来。丁日昌是老师红人，须他放手才行，李鸿章走进书房，给他老人家写起信来。信刚发走，常昭战场传来消息，历经两个月鏖战，淮军水陆两师轮番冲杀，常胜军将士前赴后继，常熟昭文之围解除，太平军丢下数万具死尸，落荒而逃。黄翼升、刘秉璋、潘鼎新、刘铭传、张遇春诸将领，骑着高头大马，列队入城，与骆国忠、周兴隆等守将会合一处，弹冠相庆，欢呼来之不易的重大胜利。

太仓战场也出现转机，趁常昭保卫战胜利，开字、鹤字诸营及前往增援的松字营奋起反击，硬生生将太平军逼回城里，龟缩不出。李鸿章下达军令，调动常昭得胜之师，南下合攻太仓。城中守将蔡元隆闻讯，一边加强城防，一边派人去昆山搬救兵。昆山城外淮军虎视眈眈，哪有救兵发给太仓？蔡元隆只得转求苏州。苏州为李秀成根本，更不敢轻举妄动。又担心太仓昆山有失，苏州孤立，忙从无锡和常州调兵，南援太昆。

远水解不了近渴，蔡元隆不甘坐以待毙，准备自谋生路。当即写好降书，送往鹤字营，声言太平军败退常昭，太仓朝不保夕，愿献城归顺。

李鹤章刚吃过蔡元隆的亏，不相信他肯投降，没有理会。蔡元隆又传信出城，说天国大势已去，李秀成独力难支，与清廷对抗下去，唯有死路一条，只想趁早归降，还能多活几天。李鹤章还是无动于衷。蔡元隆再三具函，饱含深情道，自己是湖南人，在两广人窝里不好混，早有意弃暗投明，回归湘淮两军怀抱，还请鹤帅帮其了此夙愿，他当洗心革面，重新做人，报效君国。

见蔡元隆说得恳切，李鹤章动了心，隔日中午领兵出营，来到东门外，准备入城纳降。城门如约敞开，数千太平军头扎白巾，列队而出，声称迎接淮军进城，共同举事。李鹤章大喜，策马过去。谁知刚近城门，忽然枪炮大作，伏兵四起，太平军扯去白巾，猛扑上前。李鹤章大惊失色，掉转马头，紧急撤离。没跑几丈远，又有大股敌军自南门潮涌而出，咆哮着包抄过来。鹤字营将士猝不及防，且退且战，慌乱中死伤无数。李鹤章也被流弹击中，掉落马背，幸亲兵冒死救出，一路狂奔，逃往嘉定方向。

李昭庆就驻扎在嘉定城里，得知太仓有变，率兵北救。出城没几里，碰上鹤字营残兵抬着三哥，败逃而至。李昭庆下马上前，察看三哥伤情，一边令亲兵飞马通报二哥。亲兵快马加鞭，赶到上海，跌跌撞撞闯入抚衙，大叫道："不好啦，不好啦，鸿帅不好啦！"

见是昭字营亲兵，李鸿章还以为六弟出了意外，问亲兵怎么回事。亲兵还没匀过气息，语不成句，半天才说清楚："鹤帅中蔡元隆诈降之计，身负重伤，生死难料。"李鸿章两眼一黑，惊惧道："人呢？人在哪儿？"亲兵道："已退回嘉定，被庆帅迎入城中。"

两个弟弟是追随自己征发上海的，若三弟有啥闪失，怎么回去向母亲交待？情急之下，李鸿章顾不得许多，指令刘斗斋，赴松江城外关帝庙，请马格里跑趟嘉定，为三弟疗伤。尔后忍着脚下鸡眼疼痛，走出签押房，跳上马背，望北急趋。

赶到嘉定城里，李鹤章正躺在昭字营中，接受营医救治。见三弟人事不省，脸上失血，仿佛早死去多时，李鸿章止不住双泪长流，痛哭出声。身为统帅，不便失态，又忍泪吞声，将营医拉到一旁，问："三弟伤势如何？"营医说："腿肚子中弹，流血不少，现已止住，该无大碍。只是耳后还有颗弹片，小医不敢动作，怕不小心伤到要害，后果不堪设想。"李鸿章问："有无生命之虞？"营医说："不知弹片深浅，若刺得深，可能会危及生命。"

狗日的蔡元隆，咱不踏平太仓，将你碎尸万段，还有何面目苟且偷生于世？李鸿章顾不得悲痛，暂调程学启副将提督衔总兵何安泰，收集鹤字营残部，协同开字、松字数营及常胜军，合攻太仓。何安泰领命而去，李鸿章又传令刘秉璋，代自己督常昭得胜诸军，以最快速度奔驰太仓，策应淮军诸部，痛击蔡元隆，为李鹤章报仇。

部署停当，马格里赶到，李鸿章拉住他的手，请入李鹤章床前。马格里到底术高一筹，先给伤员腿伤做过处理，再验看耳后伤，预计弹片陷得不深，敷上止痛粉，手握手术刀，几下将弹片夹出来，止住血，扎上纱布。又拿出西药，给伤员服用消炎。一个时辰后，李鹤章睁开双眼，醒转过来。李鸿章甚喜，感谢马格里救治得力，保住三弟性命。马格里说："幸亏鹤帅耳后弹片系斜刺而入，没伤及脑颅，不然我也无力回天。"

马格里走后，李鸿章暂留嘉定，与老六一起陪护三弟。征发上海以来，三兄弟还是头回数日相守。平时各有各的职责，相处机会极少。偶尔相聚，也很短暂，话没好好说上几句，又匆匆分手。想起年前莫姑娘提议，叫老三与老六入衙过年，因怕耽误战事，没有答应。过后又觉后悔，战争无情，万一老三老六哪个出点状况，再相聚已无可能。谁知担心变成事实，三弟竟遭此一劫。幸苍天有眼，没要他命，倒是给了三兄弟团聚机会。李鸿章也就放下军务大事，与老六一道，安安心心多陪老三几天，说说知心话，叙叙兄弟情。

营医护理到位，李鹤章体质又强健，未及旬日，伤口结痂，逐渐痊愈。又有兄弟陪伴，心情大好，能吃能喝，话也多起来。忆及太仓纳降，李鹤章检讨道："其实稍动动脑子，也不至于上蔡逆的当。蔡逆乃李秀成女婿，又怎会轻易降我？"李鸿章说："太仓之战，若六弟在旁，三弟也许不会受伤，差点留下大憾。"李昭庆道："干脆将昭字营并入鹤字营，咱兄弟可彼此照应。"李鹤章摇头道："兵在精不在多。此次纳降遇变，鹤字营兵败如山倒，怪我掉以轻心，没识破蔡逆奸计，同时也与将士素质不高有关。初发上海，鹤字营大都是合肥人，后扩充规模，发展为多营，加入不少绿营和长毛降兵，变得良莠不齐，打顺风仗没事，遭遇变数，碰到硬仗恶仗，就有些使不上劲。二哥在此，干脆让六弟回趟合肥，招数营肥勇来苏，充实鹤字和昭字两营。咱们兄弟长年在外，六弟回家报个平安，也好宽慰宽慰母亲。"

儿行千里母心忧，何况是上战场，真刀真枪拼杀，性命攸关，生死难料，母亲能不担惊受怕？李鸿章没再多想，答应六弟回皖招勇省亲。又想起上海同文馆生员难招，说："吾儿经方该长高了吧，一年多没见，怪想念的。六弟招得肥勇，把经方也带到上海来，我好亲手教他读书作文。还可入同文馆就学，研习西学西技，长大做个有用之人。长毛和捻匪迟早会被灭掉，洋务和海防会成为国家要政，掌握西学西技，将大有用场。且朝廷也已同意，凡入馆就学儿童，皆视作县附学生，同样可参加科考，不至于耽误仕途。"

李昭庆自没话说，稍作准备，带上亲兵，动身启程。李鹤章已然痊愈，与李鸿章一道，送李昭庆至嘉定码头。客船扬帆离岸，渐行渐远，李鸿章才放下高扬的手臂，转身对李鹤章道："愚兄感觉，鹤弟要昭弟回皖，似乎不仅仅叫他招勇省亲。"

"看来啥都没法瞒过二哥。"李鹤章眼望孤帆远影，动容道，"十年征战，杀人如麻，三弟见多生死，心已冷硬。是此次受伤，到阎王殿里转上一趟，才意识到生命之珍贵，到底好死不如赖活着。如此说并非三弟怕死，怕死也不会提着脑袋，上战场冲杀。三弟死不足惜，六弟可万万出不得差错。爹娘爱满崽，爷奶疼长孙。母亲最疼六弟，万一他掉只胳膊丢条腿，咱俩怎么面见母亲？"

十指连心是兄弟，李鸿章能不理解三弟？面对春风荡漾的江面，喃喃道："三弟深知接下来的太昆之战会很惨烈，才找理由把六弟支走，免出意外。其实你俩在前线拼杀，我做二哥的也总牵肠挂肚，每每接阅战报，最怕看到伤亡单上有你俩名字。三弟干脆将鹤字数营交程学启和何安泰，我给你谋个道台实职，替我管理衙务。"李鹤章摇着脑袋道："不可不可，受点伤，就往后缩，不是三弟性格。再说二哥统率淮军，最需要人冲锋陷阵，三弟只顾自己安危，远离战场，谁还会死心塌地给您卖命！"

"正是两位弟弟不顾死活，冲锋在前，做出表率，淮军将士才一个个置生死于度外，敢冲敢杀，给我打出一片天地来。"李鸿章大受感动，眼里模糊起来。却不知是泪水盈满眼眶，还是江面起了春雾，将视线遮住。遥想老师所统湘军阵营，也是曾家几位兄弟带头冲杀，曾国华还命丧三河镇，连脑袋都没找到，将士们因之受到莫大激励，打起仗来个个不要命，甘愿为老师去死，否则也没有湘军的今天。

李鸿章没再勉强老三，放他跃马扬鞭，返回战场。淮军各陆军水师及常胜军已打退太平军援军，正困住太仓孤城，展开一轮又一轮猛攻。城内守军无处可逃，蔡元隆惊恐万状，愿意缴械归降。淮军吃过诈降之亏，哪还敢相信他？上下异口同声，决不接受投降，同仇敌忾，围而歼之，杀敌万余人，几无漏网之鱼。

却唯独没见蔡元隆，李鹤章带人将太仓城里城外翻个底朝天，也没发现他的影子。过后才知这小子侥幸逃脱，亡命浙江，继续与楚军对抗。后在海宁投降左宗棠部将蒋益澧，不知左宗棠出于什么动机，不仅接纳这小子，还拿出八营兵勇交他统带。

得闻蔡元隆南逃浙江，受左宗棠优待，李鸿章气得咬牙切齿，破口大骂，恨不得亲率淮军，南下浙江，灭掉楚军，生吃了左宗棠和蔡元隆。

气还没消，朝廷发来谕札，明令李鸿章宽恕白齐文，许其重回常胜军，继续领兵剿贼。李鸿章气上加气，跳起三尺高，大吼道："好你个白齐文，你罪不可恕，还没找你算账呢，你竟异想天开，欲恢复原职，以为我李鸿章好摆弄，是么？"

原来白齐文逃离英国海军战舰后，直接去了北京，找到英美两国公使，声泪俱下，寻求庇护。两国公使听信白齐文，跑到总理衙门，摇唇鼓舌，说他忠义诚实，文武双全，英勇善战，简直人见人爱，花见花开。又曾为大清立下汗马功劳，因点小事，开缺出局，于其本人不公，对英美诸国也属藐视和不敬，请奕䜣主持公道，让白齐文尽快复职，继续统领常胜军。也是朝廷受惯洋人欺压，奕䜣不敢得罪英美公使，把皮球踢给李鸿章，说白齐文错归错，毕竟先有功于朝廷，还请看英美两国面子，给其戴罪杀敌机会。

当初处理白齐文，事先呈报过朝廷，明文答复还锁在抽屉里，有据可查。谁知朝廷出尔反尔，要你收回成命，接纳白齐文这个恶魔，不岂有此理么？李鸿章自然不会屈从，否则怎么跟常胜军将士交待？再说戈登已经到任，常昭、太仓诸战表现不俗，眼下又正配合淮军围攻昆山，临阵换将，不乱我军心？

李鸿章铁了心抗旨到底，白齐文已从北京赶回上海，大模大样闯进抚衙，说是奉旨回沪领兵。气得李鸿章浑身打颤，指着白齐文鼻子骂道：

“你还敢到抚衙来胡闹，我让侍卫拖你出去，一枪毙掉。”白齐文阴阴笑道：“量你也不敢。大清皇帝命我回统常胜军，你拒不从命，朝廷不治你抗旨之罪？就是清廷包庇你，我英美坚船利炮也不答应，不信你可试试。”

白齐文说的也是实话，借李鸿章十个胆，也不敢把他怎么样。不过李鸿章亦非软柿子，不是谁想捏就可捏的，冷笑道：“英美坚船利炮确实厉害，但你要明白，你脚下所踩地皮在本抚管辖范围内，我不取你小命，可将你逐出苏沪地面，还是做得到的。”

“你敢！我告你抗旨，告你违反国际条例！”白齐文大声叫嚣起来。李鸿章一拍惊堂木，猛喝道：“给我拖出去，撕烂嘴巴，打断脚筋！”数名侍卫闻声冲过来，架住白齐文，往外直拖。白齐文一边挣扎，一边嚎叫道：“李鸿章你不得好死，我找美英领事和迪佛立将军，向中方宣战，全歼淮军，杀向北京，灭掉中国！”

直到被侍卫扔出大门，白齐文才止住嘴里喊叫，拍拍身上尘土，灰溜溜跑开，赶往美国驻沪领事馆，一把鼻涕一把泪水，一番哭诉。白齐文殴杨坊，劫饷银，影响恶劣，弄得美国驻沪领事颜面扫地，见这小子就烦，哪愿理睬他？只说常胜军原为中英协商设立，美国不便干预，要白齐文去找英国领事。英领事则说常胜军归迪佛立提督监督，其他人插不上手，把白齐文推往英海军提督营。迪佛立已安排英国人戈登统带常胜军，哪还会向着美籍人白齐文？不过虚与委蛇，假意答应找李鸿章说说好话。

白齐文就在英国海军提督营里坐等结果。迪佛立没法，来抚衙走过场。李鸿章知道迪佛立肚里想法，说：“常胜军属雇佣性质，谁给钱帮谁打仗，本抚只负责出钱，至于哪个统带，管不了那么多。迪提督觉得白齐文比戈登强，更适合统带常胜军，你说服戈登让位就是。戈登也是英国人，别人话可以不听，迪提督开句口，估计会很当回事。”

迪佛立无言以对，嘴说去找戈登，出了抚衙。回到海军提督营，只说大清已任命戈登为常胜军统带，撤换得报经批准，李鸿章答应奏请朝廷，要白齐文耐心等候复旨。白齐文等了大半个月，毫无动静，托人打听，才知被迪佛立耍弄，一气之下，抢了艘小火轮，开向苏州，由一个叫呤唎的英国人牵线，走进忠王府，拜倒在李秀成脚下。

得知白齐文叛投太平军，迪佛立还有英美两国公使目瞪口呆，怎么也想不到他会做出这种事来。李鸿章也深感意外，世上还有人无耻到此等地步。随即下达命令，谁逮着白齐文，不用请示，当场击毙，决不能手下留情。

昆山大战在即，李鸿章顾不得白齐文的烂事，亲带小队，离开上海，经嘉定驰赴太仓，部署战局。昆山是名副其实的汪洋泽国，被太平军占领后，李秀成将其与新阳合二为一，改名昆珊。四面环河，吴淞江和娄江横穿东西，外围有阳澄湖、巴城湖、青阳湖诸湖团绕，锁住昆山城，唯正义镇有旱路可通苏州。李鸿章令程学启率开字等十五营跨河筑营，主攻昆山，另分兵夺取正义镇，截断陆路，使守城贼未战胆落。又指示黄翼升等水师分扼各水口，与陆军相为依护，以一网打尽敌人。水陆各师各就各位，再命太仓守将李鹤章，派驻重兵于北门外，防堵敌军自东北方向增援昆山。另饬滕嗣武守卫青浦，加意严防，如苏昆穷寇乘虚内窜上海，即与城外水陆各营互为应援，出击顽敌。李鹤章、滕嗣武如令布兵，李鸿章南返松江，面商已回府休整的戈登，添备攻城器具，克期会剿昆山。

戈登与李恒嵩率常胜军赶赴昆山，与淮军水陆各师联合，将昆山团团围住，展开强攻。太平军固守不出，直到淮军火力减弱，才趁夜出城偷袭。却没占到便宜，不得不改变策略，企图绕开淮军营垒，突围出去。不想到处都是淮军，别无出路，只好暗里派人出城，向谭绍光和黄子澄求援。两人就驻扎在双凤镇，见信后赶紧率三万大军，直扑昆山。却遭周盛传和周盛波伏兵痛击，孙善成水师也前往会剿，逼退谭黄大股援军。程学启见机，亲率洋枪队和水师，乘船直抵正义镇，全歼镇中数千守军。

通往苏州唯一陆路被截断，各处水口又全在淮军水师掌握之中，昆山城里的谭绍光绝望至极，纠合三四万兵力，企图杀出一条血路来。无奈淮军排列洋枪，迎头猛击，水师炮船连环轰炸，毫不留情。一时间，枪炮轰鸣，人呼马叫，各种声音掺杂一起，响彻云霄，震天撼地，太平军进退不能，惊慌失措。如此连战十天，昆山与新阳克复，生擒太平军近万人，轰毙斩杀不下三万，落水死溺者无算，千汊百港，漂尸浮油。

捷报传到上海，李鸿章大喜，召冯桂芬、郭嵩焘、刘郇膏、钱鼎铭等人赴昆山犒军。几位说："淮军规模扩大，咱们筹粮办饷任务繁重，犒军美差何不另委他人？"李鸿章道："各人有各人的忙，众位辛苦，暂搁手里繁务，到各处走走，轻松几日，有何不可？"

几位就当平常出游，嘻嘻哈哈赶往黄浦江边，登上抚轮，驶离码头，出沪北行。水浪叠漾，鸥逐云影，春风又绿江南岸。眼望日前还属敌占区的苏南水乡，而今尽在淮军管控之中，李鸿章心情格外舒畅，仿佛机舱动力蒸汽机吐出的突突声，激越而又欢快。众位一边品尝茶水和点心，一边欣赏沿岸风光，有说有笑，其乐也融融。

天色向晚，轮船放慢速度，动力机声小下来，变成浅吟低唱。亲兵送上餐盘，一人一份，各自为战，倒省得客气。毕竟战火刚熄，硝烟未散，出于安全考虑，餐后李鸿章没让轮船靠岸，熄火随波逐流，天明再加速前行。然后交代众位："诸位仁兄，后舱配有客房，铺盖齐全，累了可去歇息，亦可继续在此喝茶叙话。"

没人起身，仍端坐不动，临舷遥看江岸灯火，依然有一句没一句聊着。冯桂芬和钱鼎铭乃吴越人士，说起本地风俗人情和旧典方志来，一套一套的，让在座各位大长见识。兴之所至，冯桂芬还哼起江南小调，虽系男音，却也清丽柔软，声声入耳。

夜色渐浓，月出波谷。忽有江风拂至，送过隐约琵琶声，像特为冯桂芬伴奏。众人寻声望去，但见近岸灯影里，乌篷轻晃，似行似止。不一会儿，琵琶低落，女声悠然而起，穿过岚烟水雾，婉婉转转，缠缠绵绵，送入江心：月子弯弯照九州，几家欢乐几家愁，几家夫妻同罗帐，几家飘零在外头。

原来琵琶女弹唱的是苏南吴歌《月子弯弯》，典型的羽调式。冯桂芬轻声介绍说。还说这首吴歌很古老，南宗年间就开始流行，一直传唱至今，词曲几乎没有任何变化，可见千百年下来，百姓就没几时逃脱过乱离命运。百戏之祖昆剧就是杂取此类小调，经文士和艺人加工改造和完善，程式固定下来，广受欢迎。承平时期，昆剧舞台遍布昆山及苏南，太平军作乱以来，各处舞台毁于战火，昆剧几乎绝迹，只有这种吴歌偶尔还能听到。

冯桂芬话没说完，远处船上歌声又起：月子弯弯照九州，几家欢乐几家愁，几家骨肉团圆聚，几家飘蓬在外头。

众人听得真切，心头愀然，不再说话喝茶，一个个竖起耳朵，捕捉着乌篷船上送来的每个音符：月子弯弯照九州，几家欢乐几家愁，长安夜夜家家月，几处笙歌几处愁。

不知何时，江风止息，万籁俱寂，唯吴歌如诉如泣，绕舷不去。李鸿章泪湿青衫，扭头对月，月已悄然隐去，水天茫茫，夜色如梦。琵琶声依然不绝如缕：月子弯弯照九州，几家欢乐几家愁，愁杀人来关月事，得休休去且休休……

次日船抵昆山，程学启早率众将，恭候城外码头。船靠岸停稳，诸位缓缓下船，与程学启、何安泰众将执手言欢。赶到淮军大营，犒赏将士，众皆欢喜。又大摆宴席，招待哨官以上军官和立功战士。犒军结束，李鸿章交代诸将，休整一段时间，养精蓄锐，以备苏州大战。尔后改陆路返沪，程学启、何安泰列队恭送。

送出城外，折柳长亭，只见满目荒芜，荆榛塞路，偶有破壁颓垣，也是十室九空。野遗腐尸，恶臭难闻，有饿殍，也有敌我双方战死士兵，战争刚结束，还来不及掩埋。尖嘴乌鹫正在啄食尸肉，闻得动静，扑哧飞走，啼声惨怖。李鸿章脸色凝重，众人也低头不语，忧心忡忡。唯有何安泰叹息一声，嘴里咕哝道："真是哀鸿遍野，惨不忍睹啊！"

"明明是乌鹫，哪来的哀鸿？翰林哥哥名讳，也是你挂在嘴上的？"程学启最敬李鸿章，听不得别人直言鸿字，顿时无名火起，"再说翰林哥哥慈母健在，何哀之有！"何安泰赶紧闭住嘴巴，偷眼去瞧李鸿章，但见他没事人似的，大步朝前，跨上前面的战马。

行行止止，沿途所见，皆百孔千疮，走上数十里，皆寂无人影。好不容易碰上一位老翁，也面无人色，正挖掘路边草根。李鸿章下马上前道："老人家贵姓？"老翁弱声道："免贵姓丁。"李鸿章继问："挖草根做甚？"老翁道："作饼充饥。"李鸿章又问："儿女不予接济？"老翁道："我本住苏州阊门，打渔起家，在城里盘下两间铺面，作些小本生意，日子还过得下去。后长毛陷城，烧杀抢掠，只得带小女仓皇出逃，流落城外。城外依然战火纷纷，父女走散，我年老体弱，近地无可求乞，远处行走不动，唯有挖掘草根填腹，苟延残喘。"

李鸿章从亲兵手里拿过干粮袋，塞给老翁。又掏出一包碎银，交其手上，说："赶紧找到女儿，好父女团聚。"老翁感激涕零，伏身要给李鸿章下跪。李鸿章扶他起来，道："数月之内，苏州便会光复，到时您老仍可回家经营铺面，过安生日子。"

老翁千恩万谢而去。李鸿章浩叹一声，无语凝噎。冯桂芬过来说："从前苏南民稠地密，半里一村，三里一镇，炊烟相望，鸡犬相闻。咸丰三年苏浙失陷，逆贼出入蹂躏，几乎无户不掠，无屋不焚。苏（州）松（江）太（仓）三郡所属州县遭遇尤惨，壮者被掳，老幼相携，死亡枕藉，悲风啼雨。以至树叶摘光，草根掘尽，则食其所亲之肉。”李鸿章悲道：“瞧此状况，即便天下无事，没有二三十年，也无法恢复到咸丰初年光景。”

直到此时，众位才意识到，李鸿章请他们到昆山来，是以犒军为名，体察战后民瘼。昆山与新阳收复后，各路淮军已拥有四十余州县，江苏大局再无悬念，规复苏州不过是迟早的事。也就是说战后重建该摆上议事日程，片刻耽误不得。

回到上海，李鸿章安排冯桂芬和郭嵩焘几位，研究恢复生产办法。研究来研究去，无非鼓励招垦，轻徭薄赋，涵养民力。话好说，做起来难。尤其赋税标准过高，各地完不成，不得不做手脚，糊弄上面，以至粮赋浮额现象极为普遍。苏省系全国赋税最高省份，苏松太三郡粮漕又为全省最高，比本省常州多三倍，比镇江等府多四五倍，比外省多一二十倍。这本来就不合理，战后田荒地芜，民穷财尽，地方无以承担，只好虚报天灾，官垫民欠。如此一来，看去赋额颇高，征收实少，徒有虚名而已。

正在犯愁之际，吴云入衙，献上一册稿本。冯桂芬接过一瞧，竟是苏松太三郡粮赋浮额减裁办法，粗读还算可行，称善道：“此办法好，可依此完善执行。”

郭嵩焘亦有同感，三人一齐去见李鸿章。来到签押房，郭嵩焘先进门禀报：“吴云来访。”

吴云原为吴煦和杨坊同党，被李鸿章撸掉官职后，一直赋闲在家。李鸿章以为他闲得无聊，来讨官要位，道：“吾忙得火急火燎，哪有时间接见闲人？”郭嵩焘道：“不见也没关系，只是日后别后悔，反过来去求人家。”

听话带玄机，李鸿章才道：“就见见吧。”郭嵩焘转身唤入吴云和冯桂芬。吴云上前作过揖，道：“鸿帅过州取州，过府收府，春风得意马蹄疾，旧僚想见上一见，还得筠仙兄好话说尽。”李鸿章笑道：“取州收府易，恢复重建难啊。前不久咱们众位沿苏松太跑了一圈，满目疮痍，不知何时能恢复元气。”

吴云也不多话，掏出身上册子，呈上前来，道：“吴云闲极无事，无以为寄，只好作文打发时光。鸿帅堂堂翰林，词章高手，文名满天下，今特赠拙著，请不吝赐教。”

这个吴云，也太不识趣了，明知你繁务缠身，还要来捣乱。李鸿章想挡回册子，人家已送到手上，只好接住，放到案边，敷衍道：“赐教不敢，待鸿章忙过一阵，荡平苏州，攻下无锡，一定抽空好好研习。”冯桂芬道：“苏锡并非一日两日荡得平攻得下的，鸿帅还是先看看吴著吧，也许您会喜欢。”

平时也没听郭冯与吴云关系如何，今天不知哪段肠子欢快，竟恭恭敬敬叨陪左右，同来面见，你一言我一语，极力帮腔。李鸿章不觉狐疑，拿过桌边册子，倒看是何奇文妙赋。打开封面，见扉页上写着苏松太三郡粮赋浮额减裁办法字样，眼睛顿时就鼓大了，如饥似渴翻阅起来。吴著以事实作依据，详细分析计算三郡粮赋储量，得出浮额具体数据，以阐明减裁之必要。难能可贵的是，还针对战后现状，罗列减裁手段，颇为可行。

李鸿章大声叫好，感谢吴云，做了件非常有意义的大好事。苏松太是苏省乃至全国赋税最重地区，也是吴云任职苏沪多年，深知裁减浮额之必要。李鸿章扬着吴云大著，笑道：“幸亏兄解职赋闲在家，才有时间，书成此著，帮我大忙。”

吴云自然谦虚几句。李鸿章又指示冯桂芬和郭嵩焘，在吴著基础上给予完善，形成整套方案，再请旨核减三郡粮赋浮额，让当地百姓休养生息，恢复生产。

三人得令，起身告退，李鸿章叫住冯桂芬和郭嵩焘，收紧眉头道：“粮赋乃国家之本，浮额裁减后，收入短缺，国库空虚，又怎么供养朝廷、军队和地方呢？只说节流，不言开源，恐怕皇上也轻易不会恩准。”

两人觉得也是，问李鸿章怎么开源。李鸿章道：“墙内损失，只能墙外弥补。苏沪华洋杂沓，商贾辐凑，最为繁富，完全可在厘金和关税上多下工夫。筠仙与松岩管理苏沪厘金征用，两人好好商量商量，也许能拿出增收办法。景亭兄熟悉关税底细，看还有无潜力可以挖掘，赫德将南下巡察各通商口岸，到沪后我再跟他沟通。战争结束，江南无事，厘金和关税有长，朝廷底气足，才可能批准核减三郡粮赋浮额。”

两人领命而去，李昭庆招得肥勇返沪，入衙来见。身后跟着李经方，甫一入门，就口呼父亲，拜倒在地。李鸿章上前扶起，左瞧瞧，右观观，甚是喜爱，乐道：“一别年多时间，吾儿又长高长壮了些，成小男子汉啦。为父记得你出生于咸丰五年五月，过几日就满八岁，正是读书好年华，送你进上海同文馆，定能长真本事。”

几天后李鸿章摆桌家宴，给李经方做过生日，亲自送往同文馆。冯桂芬迎出来，叙礼毕，将李经方一番打量，说：“看经方秀外慧中，又有静气，就知是读书种子。到我同文馆，必将学有所成，日后好服务国家，振兴华夏。”

冯桂芬说着，叫来馆务人员，领走李经方，先熟悉食宿和听课地方。亲自陪李鸿章视察教务，看望教习。教习多为洋人，教学负责卖力，学员反响不错，还算对得起所领高薪。

“中土缺乏西语西学人才，只好高薪聘请洋人。不过咱们花银子，教习花力气，彼此都不亏。”李鸿章忽想起一人来，“景亭兄还记得龚橙么？那小子散漫放浪惯了，入幕受不了拘束，聘到馆里来，每天教个把时辰洋文，应该还够格吧？估计他也不会狮子大开口，要求洋教习那么高聘金，给我省些银两，多买几条洋枪打长毛。”

冯桂芬对龚橙本不抱啥希望，李鸿章有此想法，只好道：“也不知龚橙住在何处，咱让人打探明白，再去恭请，看他愿不愿意。”

没过两天，冯桂芬告知，已访到龚橙住处。李鸿章说：“那麻烦景亭兄走一趟，把他请到同文馆去。”冯桂芬笑道：“龚橙自视才高，又好面子，只怕桂芬请不动他。”李鸿章笑道：“没里子的人，往往最要面子。”随冯桂芬出了抚衙。

拐弯抹角，来到一个小弄堂。轿子进不去，两人只得下轿，由亲兵护卫，淌着脏兮兮的积水，高一脚低一脚往里走。到得弄堂深处，有间木屋门楣上写着“半伦轩”三字，不用说便是龚橙住处。李鸿章抬手在门上扣了扣，门嘎吱一声打开，有个女子出现在门里。颇有几分姿色，估计正是龚橙从朋友处拐来的“半伦”。

人家金屋藏娇，龚橙破屋藏“半伦”，倒也要些本事。李鸿章肚里嘀咕道，只听女人问道：“你们找谁？”李鸿章说：“找龚橙龚孝拱，他在家吗？”女子点头道：“在是在家，不过正在做学问，不愿让人打扰。”

这小子还真会摆谱。冯桂芬想说这是巡抚大人，要龚橙出来跪迎，话出口却变成：“咱们就是来跟龚橙谈学问的，可否进去一坐？”女子这才勉为其难地说了声请，让到门边。李鸿章叫身后亲兵躲远点，低低头，与冯桂芬迈进屋里。

屋里又潮又脏，昏暗如晦，蛛网密布。碗朝天，盆朝地，乱糟糟的。也只龚橙这种浪荡公子还有他的“半伦”待得住，换了别人，只怕早已逃之夭夭。

进门便是客，女子搬来两张板凳，请两位坐，又转过婀娜身姿，提过屋角矮桌上茶壶，倒起茶水来。没见龚橙，李鸿章正要发问，但闻啪啪脆声自里屋传出来。一时好奇心起，李鸿章过去撩开里屋帘子，只见一人正坐在书案旁，一手握朱笔，一手拿竹鞭，前面则摊了本青格子，边上供着一位已出椟的木主，亦先人木制牌位。显然没察觉出身后动静，正扬起竹鞭，敲几下木主，又用朱笔在书上涂改一阵，嘴里嘟囔道：“此字狗屁不通，此句猪屁不通，此段羊屁不通！也是我叫你一声父亲，只好为你改正，免得你欺蒙后人，遗臭万年。”

不用说，此人便是龚橙。龚橙嘴里嘟囔一阵，又举鞭对着木主敲打一番，像有多大仇恨似的。龚自珍在世时，对生父和叔父诗文不屑一顾，常骂父为龚半通，叔为龚不通。龚橙长大，也对父亲不以为然，指责其文七窍通了六窍——一窍不通。还动不动在其遗稿上随意改动，说免得流传出去，出龚家洋相。改文就改文，干吗还要敲打父亲木主呢？

李鸿章忍俊不禁，走上前，望眼龚橙手里竹鞭，还有木主上“龚自珍”三字，又拿过其朱笔下的册子，不用说正是龚自珍遗著。

见册子忽被一只手拿走，全神贯注的龚橙才慢慢扭过头，往后望了望。换了别人，堂堂巡抚大人登堂入室，不感激涕零，五体投地，至少也觉荣幸之至，免不了客气几句。龚橙却没事人样，连屁股都不肯抬，只嘴上道：“你来干啥？不是想把那两百两银子要回去吧？也不早点来要，已被我花得精光，再无分文。”

口袋没银子的人，往往满脑满嘴都是银子。李鸿章翻翻龚橙涂改过的龚父遗著，改得还蛮有道理。看来龚橙书没白读，若不沉湎吃喝嫖赌，潜心学问，定会超过其父。李鸿章放下龚著，质问龚橙道：“纵使乃父诗文不乏瑕疵，你想改便改，为何还要大逆不道，鞭笞他老人家木主？”龚橙玩世不恭道：“不鞭他木主，莫非把他从坟墓里挖出来鞭尸？”

李鸿章为龚自珍悲哀起来，说：“你这是人话吗？好歹你也是读书人，该知为尊者讳。乃父一代名流，万人景仰，做儿子的总该维护其尊严和清誉，哪有你如此忤逆不孝的！”

“我也是为他好嘛。”龚橙强词夺理道，“你知不知道，小时我读书为文，出点差错，龚半通也是一边给我改正，一边用竹鞭敲打我，要我长记性。其诗文错谬百出，要我替他修改，不敲击他，让他长长记性，他在阴间写字做文，不还会犯错，误人子弟？”

世上恐怕也只龚橙这种歪才，说得出此等歪理。没法与龚橙争辩，李鸿章道明来意：“你学问好，又精通英语，沤烂在肚里，也太可惜。本抚与景亭兄商量，请你去上海同文馆做教习，发挥你专长，省得你天天在家鞭笞乃父木主，也好让他老人家在地下清静几日。”

满以为龚橙会飞快答应，谁知他一脸不屑道：“我去同文馆做教习，我家半伦独守空房，岂不寂寞？为我龚橙，她舍得放弃锦衣玉食，我总不好亏待她吧？”气得李鸿章真想甩他两耳光，却还是强忍住，指着他鼻子道：“你这样子，如何善待她？没进项，吃不是吃，穿不是穿，住不是住，能留她几时？要不了三天，她就会离你而去，投入别人怀抱。”龚橙道：“不会不会，龚家典藏珍贵，卖得起价，三年两载，饿不着肚皮。”

真叫人哭笑不得。李鸿章摇摇头，拂袖而出。倒是冯桂芬同情龚橙处境，走到他身后，说：“你还是想想吧，去同文馆授课，薪水不低。”

也许受薪水二字诱惑，翌日龚橙跑到同文馆，向冯桂芬表示愿意应聘。冯桂芬请示李鸿章，给龚橙开多少月薪。李鸿章道：“龚橙卖套家藏两百两银子，就按此数开他月银吧。”冯桂芬道：“这已不比洋教习低。”李鸿章道：“咱不过崇敬龚自珍，借故接济一下他这个忤逆子，免得他将家藏全卖光。至于这个教习，他做得如何，还真不敢奢望。”

看在两百两银子份上，龚橙至同文馆教了十天课，待月银一到手，便再没了踪影。冯桂芬拿他没法，只得趁送三郡粮赋浮额裁减奏稿和实施办法，顺便报告给李鸿章，让他心里有个数。李鸿章一点不觉奇怪，浩叹一声，道：“怪不得我老师有言，不为圣贤，便为禽兽。看这龚橙，自小饱读诗书，准备沿着他老子道路，获取功名，治国平天下，谁知一考未售，再不把自己当人，竟至禽兽不如。”

冯桂芬笑道：“曾大帅胸怀大志，一心想成圣成贤，芸芸众生哪敢存此妄想？敢想也没用，毕竟禽性兽性与生俱来，做禽兽易，成圣贤难。”李鸿章道：“若成不了圣贤，又不愿为禽兽，该怎么办？”冯桂芬道：“好办得很，就做常人。”李鸿章颔首道：“生逢乱世，能做常人，已很了不起。记得鸿章身处湘军幕府时，也想向老师看齐，眼观鼻，鼻观心，非掐掉身上禽根兽茎，以早日成为圣贤，结果发现自己不是做圣贤的料，只好作罢。”

“眼观鼻，鼻观心，就去得禽根兽茎，成为圣贤吗？”冯桂芬笑起来，“依我看，曾大帅也做不了圣贤，只能做英雄。”李鸿章问：“老师是英雄吗？”冯桂芬道：“登高一呼，云集响应，是英雄。战长沙，攻武昌，占南昌，下安庆，日后还要克金陵，更是英雄，且是圣贤做不到的英雄勋业。”李鸿章承认道：“我也觉得老师不像圣贤，更像英雄。可他偏偏不肯做英雄，要做圣贤，才老与自己过不去，昼难心安，夜不成眠，痛苦不堪，备受煎熬。”

冯桂芬道：“乱世出英雄，乱世更需要英雄，有无圣贤，倒无所谓。圣贤重在内修，需反躬自省，一言一行念着符合圣人之道，又怎么放开手脚救民于水火？呼唤英雄的时代，老想做圣贤，自是费力不讨好。”李鸿章问：“难道不可既做英雄，又做圣贤？”冯桂芬道：“鱼与熊掌，岂可得兼？乱世英雄，治世圣贤，人不可能同处两世，集英雄和圣贤于一身。”

说得李鸿章直乐，说：“看来只好听景亭兄的，鸿章断掉圣贤心，尝试做做英雄。”冯桂芬道：“不用尝试，鸿帅已是堂堂英雄。”李鸿章道：“景亭兄高看了。鸿章还有些自知之明，明白离英雄还有很大距离。征战安徽几年，朝野讥咱翰林变绿林。若自我评价，咱绿林英雄兼而有之吧。或者说是绿林里的英雄，英雄里的绿林。”

冯桂芬不禁莞尔，道：“依桂芬看，鸿帅早已完成从绿林至英雄的过渡。奉旨组建淮军，征发苏沪，名正言顺，已与绿林挨不上边。保上海，伐苏南，战无不胜，攻无不克，威震四方，已是响当当的英雄。苏州已成囊中之物，日后收无锡，下常州，威逼金陵，建下盖世之功，就是大英雄，将青史垂名，流传千古。”

李鸿章得意起来，说：“照景亭兄说来，做英雄也不难嘛。一年多前，鸿章还是湘军老营刀笔吏，不过动动嘴皮子，摇摇笔头子，想不到领支部队，跑到苏沪，打上几仗，眨眼间就成了英雄，做梦似的。”冯桂芬道：“要说成为英雄，说难也难，说易也易，就看作哪样英雄。”李鸿章道：“英雄还可分门别类？”冯桂芬道：“英雄至少可分两种。”李鸿章问：“哪两种？”冯桂芬道：“有道是时势造英雄，英雄造时势。时势造出来的英雄，顺势而为，相对容易。造时势的英雄，开创未有之大业，自然难上加难。”

李鸿章深以为然，说：“请景亭兄赐教，哪是时势所造英雄，哪是造时势之英雄？”冯桂芬道：“时势造的英雄太多，陈胜、吴广、项羽、韩信、曹操、刘备乃至李自成、吴三桂等等，数不胜数。”李鸿章道：“史上开国皇帝，改朝换代，该算造时势的英雄吧？”

冯桂芬摇头道：“仅改朝换代，新瓶装旧酒，换汤没换药，谈不上造时势。唯有开创前人未有之奇功伟业，影响后世，造福后人，比如秦始皇始建郡县，汉武帝开疆拓土，李世民融合四夷，才算得上造时势之大英雄。”

李鸿章问：“本朝有过康乾盛世，康乾二帝算不算造时势之英雄？”冯桂芬断然道：“康乾堪称时势英雄，却算不上造时势之英雄。当今内忧外患，看去是道咸以降造成的，其实祸源正出自康乾时代。其时洋人相继西来，要求开埠通商，相互贸易，康乾顾盼自雄，抱残守缺，闭关锁国，严行海禁，不让片帆入海，致使中土一次次失去追赶西洋求富自强良机。以至今日君臣还在做天朝上国美梦，自欺欺人，对西方不屑一顾，可笑可悲更可恶！”

真是振聋发聩！也许只冯桂芬身经江南战乱，长期接触洋人洋器，又精研儒经，涉猎西学，有冷静和深刻思考，才看透中土落后症结之所在。冯桂芬又道：“倒是眼下，正是造时势的时代，就看出不出得了造时势之英雄。”

李鸿章陷入沉思。冯桂芬继续道：“这也是时势所迫。若认清时势，顺应时势，把握时势，就可再造时势，成为造势英雄？比如鸿帅，先建军打仗，做时势英雄，再取法西夷，以夷制夷，以夷兴国，创前所未有之功业，功成当朝，泽被后世，就可成造时势之大英雄。”

李鸿章似有所思道：“做不做英雄不重要，重要的是值此千古未逢之世，勇敢承认自不如人，坦然取法西夷，奋发图强，早日赶上人家。面临三千年未有之变局，只知死守祖宗成法，不肯放下臭架子，虚心学习西学西器，强军富国，只怕亡国亡种，为期不远矣。”

两人忧患半天，直至有人来问事，冯桂芬才起身告辞。李鸿章想起二三十年前，龚自珍就曾大声呼吁改良，算是自己隔代知音，忙叫住冯桂芬，说:“龚橙教不教课，每月两百两薪金还是照常发给他吧，以慰龚自珍在天之灵。”

同文馆经费列支于军费，李鸿章说给龚橙发月薪，冯桂芬自然照办。一发就是多年，直到龚橙悄无声息死去，没人再来领取，才予以注销。

八、临前敌太湖遇险

冯桂芬走后，李鸿章办几个急件，开始审阅三郡粮赋浮额裁减奏稿和实施办法。办法已很详尽，当即派发朝廷。朝廷批复非一天两天能下来，不能坐在衙门里傻等，李鸿章带领老六昭庆赶往青浦，召集诸将，部署进剿苏州战略。

经认真讨论，综合各位建议，李鸿章深思熟虑，准备三管齐下：一由程学启率开字诸营主力队伍，自昆山往西，主攻苏州南部；二由刘铭传、李鹤章、李昭庆率铭字、鹤字及新募肥勇，由常熟出击江阴和无锡，再辅以黄翼升淮扬水师并进，控制苏州北面；三由李朝斌率扬州水师，由泖淀湖挺进平望、吴江、太湖，掌握苏州西面。戈登也不能闲着，由松江移驻昆山，随时为各路提供支援。为防浙江嘉兴、湖州、杭州太平军绕击上海后方，另派杨鼎勋和张遇春部守张堰，潘鼎新和刘秉璋部守泆泾，截击枫泾太平军，策应苏州战场。

各将领领命出城，李鸿章留下程学启，说：“方忠啊，苏州是长毛第二大本营，地位仅次于金陵，而在李秀成心里，比金陵更重要。李秀成精锐尽在苏州，近二十万人马，兵精粮足，武器优良，加之城墙坚固，城门层叠，只怕不是想攻就攻得下的。”

程学启微微而笑，说：“从翰林哥哥刚才的战略部署，程学启看得出来，您意在规取远势，剪除苏州枝叶，而后图其根本。”李鸿章点头道：“淮军将领里，就方忠最懂我。我问你，开字诸营到得苏州城南后，该采取什么行动？”程学启说：“进而不攻，要攻也是小攻，不能大攻，先给城里长毛造成压力，待各水陆大军扫清外部，形成合围之势，再发起总攻，以最快速度和最小代价，一举拿下苏州全城。”

李鸿章沉吟良久，才缓缓道：“上月我带人至昆山犒军完毕，出城与你告别后，路上碰到掘草根充饥的丁姓老翁，乃苏州阊门人，原靠打渔为生，攒足银两后，在城里买了铺面，做些小本生意，及长毛入侵苏州，父女出逃走散，至今无家可归。我当面答应过他，苏州即将光复，到时他就可回归家园，重操旧业。”

战乱年代，背井离乡妻离子散之人，又何止千万？程学启开始有些懵懂，不知李鸿章没头没尾论及丁翁之事，到底何意。旋即明白过来，说：“翰林哥哥意思，大战必有大破坏，若与长毛大军恶战到底，不仅双方伤亡惨重，老翁铺面也将毁于一旦。”

“匪过如梳，兵过如篦，苏州百姓连遭战乱，再也经不起打击和摧残。”李鸿章心事重重，语调悲凉，“况苏州历史悠久，一砖一瓦都是价值连城的文物，毁之多么可惜？”程学启道：“翰林哥哥不愿强攻，欲智取以保全苏州？”李鸿章道：“若能智取，让苏州百姓逃过一劫，岂不功德无量？”程学启道：“欲智取，无非招降，不战而胜。可说起招降二字，我就有些后怕。太仓之战，季荃（李鹤章）已吃过一回大亏，几乎送命，我也差点上当，死无葬身之所。一朝被蛇咬，十年怕井绳，即便苏州守军投降，也难辨真假，不敢轻易接受。”

李鸿章痛彻心扉道：“三弟受骗，只没死在蔡元隆手里，至今我还耿耿于怀。可毕竟太仓是太仓，苏州是苏州，若能招降，怎可放弃努力？”程学启道：“苏州守军慕王谭绍光、纳王郜永宽、康王汪安钧等，都是李秀成死党，只怕招降机会很小。”李鸿章道：“谭贼与李秀成一起从广西打到江苏，不太可能背叛主子，郜汪二贼是中途加入太平军的湖北人，我看不见得会死心塌地，跟李秀成一条道走到黑。”

程学启点头说：“开字营到达苏州南部后，我派人进城摸摸郜汪二贼底细。”李鸿章说：“方忠多留心吧。欲招降敌人，必先置之绝境，断其活路，否则不大可能，故进攻苏州步骤丝毫不可放松。我先回上海处理完急务，再出巡督察水陆各军，尽快廓清外围，孤立苏州。”

与程学启告别，李鸿章打马回沪。进得抚衙，冯桂芬来告，说自李经方到同文馆后，近郡家长纷纷效仿，送子弟前来报名，通过测试筛选，确定十多名聪慧儿童，留学同文馆，现已正式开课。李鸿章连说数声不错，感谢冯桂芬办了件大好事。

苏松太三郡粮赋浮额减裁办法也批复下来，李鸿章嘱冯桂芬、郭嵩焘、刘郇膏三位，依旨办理，尽早落实下去。三位得令，分头行动，三郡已光复州县积极响应，一户户核减到位，还发放种子、耕牛和农具，帮助百姓恢复耕织，重建家园。

正好丁日昌来到上海，李鸿章喜出望外，专设家宴，为其接风洗尘。席上李鸿章兴致勃勃道："都说千军易得，一将难求，其实火器时代，将不难求，难求的是威力强大的枪炮。雨生（丁日昌）一人相当一个军火库，你一到沪，江苏长毛还能顽抗几天？"丁日昌说："鸿帅越高看，丁日昌越感惴惴不安，生怕辜负您殷切期望。"李鸿章道："你已在广东制造出硼炮和子弹，到我门下，要钱给钱，要人给人，还担心你没有作为不成？"

李鸿章自然不是说着好玩儿，让丁日昌又建一洋炮局，与韩殿甲和马格里此前所建两局合称为上海洋炮三局。丁日昌移花接木，借用自己在广东所积累之技术，很快制造出名曰田鸡炮的迫击炮，以及能发射八十磅炮弹的开花炮，成为三局里成效最大的一局。炮弹源源不断送往前线，大大提升了淮军战力，对推动江苏战场胜利，可谓厥功至伟。

枪炮充足，将士得力，苏州外围战场捷报频传，李鸿章哪里还坐得住？准备离沪出巡，督促水陆各师，加快收缩包围圈，尽快拿下苏州。

就在李鸿章跃跃欲试，计划出行时，钱鼎铭进来报告说："赫德到访，鸿帅见与不见？"李鸿章道："这还用问么？别说赫德亲自上门，就是他不知抚衙朝南朝北，只要他踏进上海地面，我也得设法将他逮住，好好商量商量关税之事。"

钱鼎铭点头出去，李鸿章也起身来到门口，迎住赫德。赫德西装革履，穿戴入时。高额宽颐，满脸络腮胡，手上毛绒绒的。李鸿章纳闷，洋人真有意思，服饰鲜亮文明，却半人半兽，连体毛都未褪干净。可要说野蛮不化，又聪明绝顶，能制炮造船，发明各类机器，讲究吃穿住用，连马桶都做得精精致致，拉屎拉尿的茅房比中国人灶台餐室干净得多。

这么琢磨着，李鸿章面露微笑，说些欢迎光临的话，再侧向钱鼎铭，等他翻译给赫德。不想赫德一口流利官话，字正腔圆，比李鸿章还标准。

李鸿章暗自一惊，心想还是俗话说得好，人不可貌相，看赫德兽相未脱，出口却温文尔雅，让人感到舒服。

好在李鸿章提前对赫德做过了解，有话可说，道：“据鸿章所知，赫德先生正值而立之年，鸿章刚好比你痴长十岁。”赫德笑道：“哦，抚台大人已至不惑。”

一个洋人，连不惑都知道，李鸿章想不钦佩都难，再不敢视赫德为半人半兽。

客套过后，赫德言归正题，说明来意，请李鸿章对各通商口岸海关给予扶持。作为南洋通商大臣，扶持海关属职分所在，李鸿章责无旁贷，自然不会推诿。还顺便恳请赫德，规范上海海关管理，加大关税征缴力度，确保苏松太三郡粮赋浮额裁减后，苏沪总体厘税收入维持原有水平不变，甚至略有提高。

苏沪大部已为淮军光复，浮额减裁办法也实施下去，百姓重拾犁铧，回归田园，经济逐渐复苏，洋商华贾往来如织。也就是说上海商贸环境大为改善，关税增收不在话下，赫德不折不扣，满口应承。李鸿章很满意，关切道：“比之北洋三口，南洋五口贸易量大得多，赫德先生可否考虑定居上海，就近掌控五口海关？”

赫德很会说话，道：“只要李抚台主持苏沪，我就居留上海。再说阿思本舰队已进入中国海域，李泰国会先期到沪，与我商讨舰队事宜，近期我不会离开江南。”

朝廷出于对太平军作战需要，不惜花大钱托李泰国在英国组建阿思本舰队，如今太平军已成强弩之末，李鸿章又手握淮扬水师，加之太湖水师也可通过曾老师就近调动，足以对付太平军，对姗姗来迟的洋舰队也就不怎么关心。何况洋舰队在李阿两人手里，中国人没法控制，李鸿章不想过多置词，只是轻描淡写，随便带过。

送走赫德，钱鼎铭说起阿思本舰队，不无担心道：“筹建舰队本是好事，我国海域广阔，海防任务繁重，没支像样舰队，实在说不过去。只是清廷采取赫德建议，全权交给李泰国经办此事，只怕所托非人，麻烦不少。”李鸿章道：“我也听说李泰国贪心傲慢，说好六十五万两银子购买英国舰队，事到临头又要求清廷再加二十万，双方几经讨价还价，最后议定八十万。看来这笔生意，李泰国没有少赚。”

钱鼎铭说：“这还在其次，匪夷所思的是未经任何人允许，李泰国就擅自以清廷名义，在伦敦与阿思本签订合同，内容是清廷不能直管和指挥舰队，日后购买军舰和组建海军，都只能归阿思本统带，清廷皇帝若对阿思本下达任何谕令，都须经李泰国转达才算有效，否则可以不予遵行。说穿了，舰队只能听他李泰国的。”

“这个李泰国，以为我大清朝廷好欺！”李鸿章怒不可遏的样子，“大清受多英国欺侮，李泰国才有恃无恐，把自己视同英国政府，想在大清头上拉屎拉尿。”钱鼎铭道：“李泰国到上海后，肯定会来抚衙找鸿帅，看您如何应对。”李鸿章道：“他找我干啥？又不是我让他筹建舰队的。”钱鼎铭道：“拿到八十万舰队购置款后，李泰国又索要舰队装备包括船炮款及官兵川资，朝廷肯定无力给付，他不来找您找谁？”

果被钱鼎铭说中，李泰国刚至上海，粗气来不及喘上一口，就匆匆跑来见李鸿章。本要扯上赫德作陪，正好有处海关关卡发生纠纷，牵涉多国洋商，赫德在外斡旋未归，李泰国等待不及，拉过上海海关首席通事唐廷植，直奔抚衙而来。

其实李泰国说起中国话来，不比赫德差，根本不用通事，是听说李鸿章与其他中国人不同，不太容易糊弄，才带上唐廷植，好给自己帮腔。唐廷植是广东香山人，早年入读香港马礼逊教会学校，英汉双语出色，咸丰年间就在上海海关担任通事，与洋人过从甚密。唐廷植胞弟唐廷枢也毕业于马礼逊学校，英语同样了得，兄弟俩合作编了部《英语集全》，乃中国第一本英汉字典，属英语教学必备书。上海同文馆刚成立，用得上《英语集全》，李泰国特意让唐廷植带上一本，用做敲门砖，来敲抚衙大门。

见面后李泰国先不提舰队二字，从唐廷植手里拿过《英语集全》，双手呈给李鸿章。李鸿章早知唐氏兄弟编有此书，一直无缘得见，今日到手，自是欢喜，一边翻阅，一边点头赞道：“好书好书，上海同文馆正求之不得，我代馆里学子感谢廷植兄！”

见李鸿章对唐廷植热情有加，将自己冷落一旁，李泰国心中不快，抢过话头，夸奖唐著几句，再过渡到舰队话题上，说为清国海军建设，自己如何殚精竭虑，如何劳心费力，才终于大功告成，阿思本将军已率舰队进入中国海域，不日就可抵达上海。

来抚衙路上，李泰国就设想，阿思本舰队可谓中国第一支现代化海防力量，作为淮军统帅和苏沪长官，李鸿章听到舰队入境消息，应该激动不已，欢呼雀跃。不想这小子竟没事人样，不惊不讶，只淡淡道：“李先生辛苦啦。”

李泰国颇为不满，再没兴致绕弯子，直奔主题道：“舰队共有中级兵轮三艘，小级兵轮四艘，每艘兵轮上都配有炮位多尊，炮弹预备充足，具有超强战力。清廷仅支付八十万两购舰款，轮炮等装备费和官兵川资都由本人先行垫付，粗粗估算不下十二万。”

李鸿章懒得吱声，听李泰国继续往下道：“今求见抚台大人，主要请您兑付已花销出去的十二万两银子，至于舰队到沪后各项开销，预计每月不下五六万，到时按月支付不为迟。”

见李鸿章还是没出声，李泰国有些不知所措。连唐廷植也已沉不住气，凑近李鸿章道：“据廷植所知，淮军收复苏南大部后，苏沪关税和厘金增长不少，十二万两银子该拿得出来吧？”李鸿章瞪眼道：“十二万两银子都拿不出，鸿章还坐在这个巡抚位置上做甚？可淮军将士在前方卖命，活着要吃要穿要拿饷，伤亡要殓要埋要抚恤，哪样离得开银子？银子都砸在舰队上，十万淮军将士散伙回家种田，听任长毛杀回上海，再打到北京去？”

说十万淮军，自是夸张，不过震慑震慑李泰国而已。李泰国一时犯急，绅士风度全失，怒道：“抚台大人意思，这十二万银子不给啰？”李鸿章道：“你说给就给？你是当今皇上还是总理衙门大臣？”李泰国吼道：“不给就不给，我马上指挥舰队，北上找恭亲王去。”

李鸿章道：“你找谁是你的事，我只提醒一句，十万淮军不是吃素的，自安徽打到江苏，从没依靠过洋人。苏沪数十仗，常胜军也只做做配角，当当援手，大仗恶仗都是咱淮军打的。为几个银子，如此要挟逼迫，弄不好激怒军情，无非刀兵相见，一决雌雄。”

气得李泰国两眼翻白，拂袖而出。李鸿章屁股都懒得抬一下，只说了声恕不恭送。钱鼎铭担忧道：“这下鸿帅可将李泰国得罪完了。”李鸿章道：“此种无理也敢取闹之徒，咱没工夫跟他客气。”钱鼎铭道：“鸿帅面前捞不到好处，李泰国定会去纠缠恭亲王，大说烂话。”

“他爱说让他说去。”李鸿章满不在乎。可过后还是具函恭亲王，详述与李泰国交锋过程，提醒总理衙门小心洋人圈套。又比较赫德与李泰国两人，前者还算平正，周旋中外，随事尽力，众誉交推。李泰国权谲百出，贪婪狡诈，恣肆嚣张，不可养虎为患，贻害无穷。

信函发出，李鸿章摊开苏松府图，指点苏州战场，推敲出巡线路。与老师曾国藩不同，李鸿章金戈铁马十多年，亲身历经数十仗，闻惯硝烟和血腥味，苏州大战在即，要他安坐抚衙，隔空指挥，心里总不踏实。不料幕僚们纷纷反对，这个说苏州战场大局已经布下，主帅只须坐镇上海，宏观调度，不必涉险深入战场，劳苦奔波。那个说将帅身份不同，主帅运筹帷幄，将领决胜千里，贵在各尽其职，不可越俎代庖。还有说将领依作战策略攻城略地，主帅往前线跑，只会干扰将领，于战争反而不利。

李鸿章有些不解，平时每逢大战，自己亲临一线，挥刀督战，从没人阻止，这次怎么异口同声，反对你出巡呢？也许苏州为李秀成根本，不仅城里驻有二十万重兵，周边各大小城镇也分布着十几万大军，而淮军经数度扩充，水陆加一起亦不过五万，双方人数悬殊，要以少胜多，拿下苏州，绝对是场恶战硬仗，非付出惨重代价不可，各位担心你身家安全，才不愿你离开上海，亲涉险境。

岂知李鸿章志坚胆壮，认准的事谁也别想改变。当即给各位讲起老师挺经故事来，尔后说："苏州乃李秀成命脉所在，他肯定会不惜代价，严防死守，此战将面临不少意想不到的困难。也正因此，本帅更应挺身入局，亲临一线，给将士以鼓舞，一鼓作气拿下苏州。"

没人能说服李鸿章，只得作罢。只莫姑娘听说他准备出巡苏州战场，夜里趁他回房就寝，温言软语道："听说苏州有大仗要打，大人准备亲自上阵？"李鸿章道："不叫上阵，叫巡察前线。"莫姑娘说："几时出发？"李鸿章说："明天出发。"

莫姑娘没再追问，扭转脑袋，抹起眼泪来。李鸿章正在宽衣解带，没得到莫姑娘反应，觉得有些奇怪，停下手里动作，说："你怎么啦？"

莫姑娘还是没出声。李鸿章伸出长手，掰过莫姑娘肩膀，见她泪眼婆娑，忍不住笑道："你是担心长毛枪子炮弹不长眼，会要我老命吧？"莫姑娘撅着嘴巴道："我才不担心枪子炮弹不长眼呢？"李鸿章问："你担心什么？"莫姑姑说："担心你有三长两短，我家小姐拿我是问。"李鸿章说："我真死在长毛手里，你家小姐找长毛问去呀，找你干吗？"莫姑娘说："我家小姐把你交给我，我就得负责你的死活嘛。”李鸿章道：“你放心，我不会有事的。”

莫姑娘柔声道：“没事也不放你走。”李鸿章说：“你不放我走，我就不走啦？”莫姑娘说：“不是我不放你走，是小姐不放你走。”李鸿章说：“你别三句不离小姐好不好？身为淮军主帅，肩负灭贼重任，早将生死置之度外，岂可临危退却？何况数万淮军是我一手缔造的，对我忠心耿耿，也不会陷我于危境而不顾。快休息吧，明天我还得早起出行呢。”

莫姑娘也知阻止不住李鸿章，只好道：“你得答应我，一路多加小心，四手四脚出门，四手四脚回来。”李鸿章笑道：“答应你，四手四脚回来，不少胳膊不缺腿。”

一夜无语。谁知翌日早上临出门，莫姑娘又泣不成声，生离死别似的。面对威武三军，李鸿章声色俱厉，一言九鼎，一见女人眼泪，却心肠发软，不知如何是好，只得连哄带劝道：“昨晚已跟你说好，我会四手四脚回来的。”

莫姑娘哀哀哭道：“天亮前我做了个梦，梦见一个大湖，白浪滔天，将你座船打翻，你往墨黑的水底沉下去，我要去救你，眼见快够着你伸过来的手指，又一个巨浪打来，把你卷得不知去向。你不能离开上海，你被大水冲走，我到哪儿找你去？”

李鸿章拍拍莫姑娘瘦弱的肩膀，道：“别担心，梦都是反的，我不会有事。”

撇下莫姑娘，出得抚衙，冯桂芬和周馥已等在大门外，几位各自上轿，往黄浦江边赶去。本来郭嵩焘也欲一同出巡，好一路饱览苏锡风光，正巧有朝旨下达，朝廷根据曾国藩、李鸿章师徒保举，任郭嵩焘为两淮盐运使，他已离沪赴任。

来到江边，太湖水师统领李朝斌上前迎住，恭请几位，登上帅船。太湖水师本属湘军系列，曾国藩欲调黄翼升淮扬水师回皖，李鸿章一拖再拖，说苏南战场遍布湖河港汊，须臾离不开水师，不肯从命。曾国藩说不过学生，只好出让太湖水师，进行交换。不想李鸿章笑纳太湖水师，仍扣住淮扬水师不放，气得曾国藩写信，扬言要参劾李鸿章。李鸿章回信说老师想参就参，打下苏州前，不可能放走淮扬水师。曾国藩无奈其何，只得作罢。

且说李鸿章几位由李朝斌保驾护航，望南而行，直指枫泾方向。枫泾并非主战场，可位置重要，李鸿章才决定先巡察这个吴越名镇。李朝斌介绍说：“枫泾位于松江与嘉兴交界处，一镇通两省，一桥跨吴越，号称吴根越角。”

冯桂芬也说：“枫泾地方不大，却钟灵毓秀，人才济济，曾出过三名状元，五十六名进士，一百二十五名举人，唐相陆贽便是枫泾人。”李鸿章说：“小小镇子，英才荟萃，确实非同凡响。可叹长毛作乱以来，江南乡试荒废多年，学子学无所用，白白耽误许多大好时光。”冯桂芬说：“收取苏州，光复金陵，头等要务就是恢复科考，给学子们出路。”

一路聊着，船近枫泾，前方来报，说刘秉璋、潘鼎新、张遇春及杨鼎勋各营共同发力，已成功收复枫泾。李鸿章大喜道：“枫泾在握，截断苏浙两省长毛联系，淮军已无后顾之忧，正好全力围攻苏州。”周馥道：“这是刘秉璋诸将送给鸿帅的见面礼。”

说话间，到得镇口，各将已列队在岸，恭候主帅到来。李鸿章离船上岸，与各位见面，执手言欢，感谢大家敢打敢冲，为苏州战场赢得主动。刘秉璋道：“围攻枫泾多日，一直没能攻克敌垒，还是听说老师要来巡察，将士们个个精神抖擞，斗志昂扬，一气拿下枫泾。”众将齐声附和：“鸿帅英明，淮军威武，战无不胜，攻无不克！”

欢呼声中，将领们拥着主帅，视察布防情况。绕镇一周，见各处堡垒坚实牢固，尽可放心，一行走进施王庙，参拜施王。冯桂芬道：“施王实有其人，并非虚拟。原名施全，宋高宗时曾任殿前司军校，随岳飞征战有功，被朝廷册封为定海侯和护国大将军，掌管金山沿海事务，给苏南浙北百姓做了不少善事。岳飞遇害风波亭，施全乔装潜入秦府，行刺秦桧未成，被分肢杀害。枫泾百姓不忘施全大德，自愿捐建施王庙，定时举办庙会，以为纪念。”

见施王庙里神像完好，各顶设施齐全，李鸿章觉得奇怪，说：“长毛只认天主教，视其他各教为邪教，所到之处，佛寺道观尽遭破坏，为何施王庙能够幸免？”刘秉璋道：“长毛侵入枫泾后，有感于施全精忠报国事迹，不仅没破坏施王庙，还来上香朝拜。”

拜过施王，出得庙门，几位入淮军大营参加庆功宴。宴毕回行营歇息，正值夜色迷离，人在桥头月在水，李鸿章竟有些如梦如幻，不知是否喝多酒的缘故。

冯桂芬轻拍桥栏，说起吴越旧事来：“当年越王勾践为吴王夫差所败，被掳吴宫做苦役。勾践忍辱负重，一副忠心耿耿样子，终赢得夫差好感，放他回国。自此勾践卧薪尝胆，誓报大仇。后用范蠡计，访得浣纱女西施，欲献夫差，消磨其意志，再趁机下手。谁知勾践一见西施，两眼发直，哪忍割爱送人？还是范蠡左劝右劝，大道理小道理说了几大箩，勾践才手挽西施，送她上路。送出越宫，再送出越城，翻过一山又一山，渡过一水又一水，勾践就是不愿止步。一直送到枫泾，上了咱们脚下这座桥，就要进入吴境，勾践依然紧拉西施玉手，死死不肯松开。范蠡只得抽出利剑，说国王再不放行西施，臣下一剑劈断你手臂。勾践还是不管不顾抓住西施，嘴里说反正没有西施，我也活不下去，还在乎一只手臂？话没说完，只听范蠡大喝一声看剑，手起剑落，一道寒光电闪而下。”

说到这里，冯桂芬合住嘴唇，不再吱声。几位听得入迷，急问：“范蠡劈着勾践手臂没？”李鸿章笑道：“肯定没劈着。”几位反问：“鸿帅怎么知道？”李鸿章道：“劈着勾践手臂，君臣反目，还如何一雪前耻？”众人反应过来，要冯桂芬继续往下说。冯桂芬说：“勾践自然不会因为一个女人，丢掉自己手臂，见得剑刃即至，赶紧缩回手，眼睁睁看着西施翩然过得桥去，消失在路尽头，只留下桃李深浓，掩映碧水中。故唐人诗云：西施昔日浣纱津，石上青苔思杀人。一去姑苏不复返，岸旁桃李为谁春。”

冯桂芬说完，几位没再出声，陷入沉思。过桥进得行营，入帐睡下。天明出帐，回到帅船，面西北方向，推波犁浪，逶迤而驰。南风习习，岸柳轻浮，不知不觉太湖已然在望。李鸿章想起昨晚冯桂芬所说吴越故事，忍不住道：“当年西施告别勾践之后，估计也像咱们一样，穿河过汊，辗转太湖，最后进入吴都。”

冯桂芬笑道：“西施如何入得吴都，史无记载，也许有此可能。”周馥感慨道：“都说英雄爱江山更爱美人，看来鱼与熊掌还真不能得兼，连勾践一国之君，为江山只得放弃美人。相反夫差为美色所祸，又丢江山，又失性命，更划不来。”

“说起美人祸水，其实都是男人自己坏事，又不肯认账，才推给女人。美人真能祸国，咱也弄几个绝色美女，送给李秀成，换取苏州，何必煞费周章，兴师动众，苦苦围攻吴都？”李鸿章哂道，“遥想当年夫差，其实是战胜越国后，狂妄自大，听不进伍子胥劝告，悍然伐齐争霸，以至国力削弱，勾践趁虚而入，伐吴取胜，杀死吴太子，夫差无奈与越议和，不久越国再次攻吴，灭掉吴国，夫差自刎身死。”

船上各位都是饱学之士，自然知道吴越典故，皆无异议。李鸿章又叹道：“依鸿章浅见，美人没法战胜英雄，敌人也没法战胜英雄，能战胜英雄的，只能是英雄自己。”

船达太湖，巡察过太湖水师各营，听说郭松林部已攻破苏州西南横塘一带，李鸿章决定东进慰问松字营。太平军侵占苏浙后，冯桂芬被迫离家，客居他乡，如今绕船苏州城外，横塘在侧，家山不远，不觉心下凄楚，忍不住吟诵起范成大诗句来：南浦春来绿一川，石桥朱塔两依然。年年送客横塘路，细雨垂杨系画船。

范成大乃南宋大诗人，也系吴中名士，冯桂芬是借这位前朝乡贤诗句，抒发自己心头难解乡愁。李鸿章也喜欢范成大作品，说：“记得读范诗时，诗注有言，石桥便是枫桥，因唐朝落榜生张继写过《枫桥夜泊》，以至天下闻名。”冯桂芬认可道：“确系张继夜泊之枫桥，在横塘北边，此去不远。古人送客，除折柳惜别，还会指指路径，也许范成大要告诉客人，横塘北行，只要看到枫桥和朱塔，就不会有错。”

在场几位都说古人高雅，诗酒送客，将横塘送成古今名镇。李鸿章说道：“论及横塘送别，最著名者恐怕当属北宋词人贺铸的《青玉案》：凌波不过横塘路，但目送，芳尘去。锦瑟华年谁与度？月桥花院，琐窗朱户，只有春知处。碧云冉冉蘅皋暮，彩笔新题断肠句。试问闲愁都几许？一川烟草，满城风絮，梅子黄时雨。”

冯桂芬暂忘心中愁绪，笑道：“贺铸的《青玉案》实在太有名了，华词丽藻，哀婉优雅，可谓状写闲愁之千古绝唱，不仅吴中读书人，天下学子人能成诵。”周馥说：“贺铸正因《青玉案》词，获得贺梅子芳名，享誉天下。据说宋金词人步其韵仿效唱和者多达数十人，这在诗词史上恐怕是独一无二的。”

“贺梅子词好，人所共知。只是如今战火纷飞，横塘也难幸免啊！”李鸿章突然冒出这么一句。几位觉得扫兴，不再讨论《青玉案》，回首身后太湖，只见烟波浩渺，远山如墨，孤鸥低旋。而舷外横塘，则处处战旗猎猎，硝烟未散，闻不着锦瑟，看不到花院，梅子早已坠落多时，化作尘泥。

不过再怎么，横塘已在淮军手里，李鸿章率几位离船上岸，犒劳松字诸营。又在郭松林等将领陪同下，镇里镇外游历一番，终难寻范成大折柳送客处。

回船离镇，继续北上，绕到昆山境内周庄。周庄依河成街，桥街相连，居民临水而栖，舟楫往来，片刻离不开水。与横塘不同，周庄早被淮军收复，粮赋浮额经有效减裁，生产恢复如旧，交通商贸渐趋正常，百货集散，商贾进出，笙歌处处，一派繁荣景象。

周庄以普通村落而辟为商贸重镇，实为沈万三之功。冯桂芬介绍说，带几位赏街观巷，浏览沈万三旧居。旧居位于镇东，院落不大，砖旧瓦破，已看不出丝毫富贵气象。住着几户人家，却非沈家后人，旧时王谢堂前燕，飞入寻常百姓家。问起沈万三其人，倒也略知大概，说万三者，万户之中三秀也，故又称三秀。沈万三靠种桑养蚕起家，又得陆氏所赠巨财，开始四出经商，以本生利。生意越做越大，越做越远，由周庄而昆山，由昆山而苏州，再由苏州而海外远洋，终成天下第一富翁。还说沈万三致富法宝主要靠借鸡生蛋，即收取昆苏众人之财，集中投资商贸，先近后远，先小后大，如此鸡生蛋，蛋生鸡，鸡再生蛋，反复无穷，财富滚滚而来，挡也挡不住。

出得旧居，天色向晚，几位信步来到街边酒店，要了临河包间，举盏小饮。正好店家姓沈，自称沈万三后代，说起祖上之富足，直流口水。李鸿章问沈万三财富到底多少，店家说谁也说不清，只知当年张士诚据守苏州，靠沈万三资助，整整坚守十个月，才为朱元璋所破。朱元璋盛怒之下，准备屠城，还是沈万三出资修筑金陵皇城，苏州百姓才幸免于难。偏偏沈万三还觉不够，又提出拿大钱犒军，惹得朱元璋火起："匹夫敢犒天子军，不是乱民么？按律该杀！"还是马皇后劝导说："法律是用以诛杀不法之徒的，不可用来诛杀不祥之人。百姓富可敌国，已属不祥，不祥之民，天必降灾于他，何劳陛下动手杀之？"朱元璋于是饶过沈万三，将他流放云南。沈万三不偷不抢，靠聪明智慧赚钱发财，又散财建筑皇城，还被朱元璋修理，流落他乡，百姓心生同情，编造说沈万三到云南后得道成仙，长生不老，快活胜天子。话传到金陵，朱元璋悔不该放人，又起杀意，准备血洗苏州及周庄，还是有位叫徐民望的读书人挺身而出，跑到金陵，舍死告状，朱元璋感于他忘死直言，御书尔是好百姓五字，放他归家，苏州和周庄得以保全。

故事真假难辨，却引发李鸿章万千感慨："沈万三再富有，到底还是无冕百姓，在朱皇帝眼里，与平民徐民望没啥区别，可饶过不杀。轮到胡唯庸和蓝玉等功臣，可就没这么幸运，不仅被杀身死，还株连九族。"

"用尽身贱，功成祸归，这是千古不变之理。"冯桂芬叹道，"胡蓝都是明朝开国元勋，跟随朱元璋南征北战，平定天下，立下赫赫战功。俟国家承平，武将们已无多少用处，却功高震主，甚至可能威胁后代皇帝，朱元璋才寻借口，赶尽杀绝，斩草除根。明初胡蓝诸案，每案一杀就是三四万人，乃至多年后还株连不断，没完没了，实在触目惊心。"

游历周庄，喝酒说话，本是乐事，却由沈万三引出朱元璋，话题越说越沉重，周馥几分不满，说："都是前朝黄历，关咱们甚事，何必挂在嘴上，扫咱们酒兴？"李鸿章说："观今宜鉴古，无古不成今。犹记打下安庆后，老师私下跟我提及胡蓝惨案，说哪天光复金陵，便急流勇退，回湘乡半耕半读。"冯桂芬笑道："光复金陵，还有捻匪，消灭捻匪，还有洋人，岂是曾大帅想退就退得了的？"李鸿章说："倒也是。只要国家有事，咱们这些人也许就不会有杀身之祸，可多活几日。"

酒意阑珊之际，夕阳西去，月挂廊檐。茶坊酒肆，曲楼歌苑，霎时间华灯初上，五光十色，煞是招惹耳目。几位惊叹，周庄不过小小水镇，这般温柔香丽，到得苏州风流富贵之乡，金陵六朝金粉之都，岂不更加繁盛浓艳，胜过天堂？怪不得洪秀全出得两广，便毫不犹豫杀奔江南而来，到金陵后再不肯挪窝，死也要死在秦淮河畔。

惊叹之余，但见楼外香河潋滟，玄月如钩。月影里摇来一条小画舫，似有琵琶如缕，自画舫里飘逸而出。李鸿章觉得几分耳熟，似在哪儿听到过。画舫慢慢驶近，到得酒店楼下，终于听个明白，正是前次自上海赴昆山江上所闻《月子弯弯》，嗓音和曲调如出一辙。

闻琵琶，听曲词，不用说又出自前次江上歌娘。李鸿章心里忽然一悠，暗想此次出巡，反对声一片，还是不顾安危，一意孤行，莫不就是冲着这个声音来的？

李鸿章叫来店家，试探道："可否把水中画舫歌娘叫到店里来唱上几曲？”店家摇头道：“歌娘来自昆山，有些与众不同，从不出舫，谁喜欢她曲子，只能屈尊到画舫上去听。”李鸿章说：“画舫里人多嘴杂，哪有店里清静？我可多给钱。”店家说：“客官出得起钱，可包下画舫，只要还没包出去。”李鸿章说：“麻烦给问问，看画舫包出去没有？”

店家问过，回说刚入夜，画舫还没包走。几位下楼，迈入画舫，谈好包金，舫主落下舫帘，谢绝杂客，将几位请入舫舱，摆上好茶好果，再入内仓，叫歌娘出场。

少顷，歌娘款款而出，仿佛白居易《琵琶行》里的琵琶女，犹抱琵琶半遮面。琵琶遮得住半面，却遮不住美貌如花，风情万种。年龄看去不过十六七岁，亦不同于白氏诗中半老徐娘。给客人行过礼，歌娘端然落座，先凝神片刻，尔后轻划如笋纤指，一边弹拨琵琶，一边吟唱起来：月子弯弯照九州，渔船到处好停留，青山绿水风光美，渔哥哥吹笛妹梳头。

一曲未终，几位鼓起掌来。掌声甫落，歌娘继续弹唱，只是节奏放缓，曲调显得有些忧伤：月子弯弯照九州，渔家辛苦几时休，白天摇船夜补网，小妹妹青春水里丢。

唱得李鸿章伤感起来，不忍卒听，叫歌娘稍停，让周馥送上赏钱，探问道：“歌娘哪里人氏？姓甚名谁？”歌娘软声曼语道：“小女乃苏州小民，姓丁名香。”

“哦，丁香，名字生动好听。”李鸿章微微颔首，问旁边冯桂芬，“景亭兄也是苏州人，听得出丁香姑娘口音否？”冯桂芬证实道：“确系正宗苏州口音不假。”李鸿章转而再问丁香：“家里兄妹几人，父母是否健在，为何流落至此？”

丁香未语先咽，泪湿香腮。好一会儿才止住悲伤，缓缓答道：“丁家人丁不旺，母亲年轻时生过几个儿女，皆未成年便早早夭折，直至年过四十才产下小女，侥幸养大成人。老父本以打渔为业，后母亲病故，不愿小女随他风来浪去，拿着打渔所赚小本，进城租房经商，父女相依为命，日子总算能维持下去。可好景不长，长毛攻入苏州，奸淫劫掠，无恶不作，老父只得带着小女逃离苏州，四处避难。谁知江南处处都是战火，父女走散，小女只得靠弹唱小曲维生，一边寻找老父下落。老父没寻着，竟遭遇长毛，被掳入纳王府中，做了郜永宽小妾，给他弹唱小曲解闷。许是我弹唱得不错，郜永宽甚是喜欢，要金给金，要银给银。可我不要金，也不要银，只要老父，郜永宽答应帮忙寻找，却怎么也找不到。小女思父心切，趁淮军围攻苏州，郜永宽忙于城防，偷逃出城，或走村过镇，或泛舟湖河，弹唱琵琶，看能否回到老父身边。小女是随父学的琵琶和渔曲，只要老父听到小女琵琶曲，就会寻声而至。功夫不负有心人，上月终于与老父重逢，虽说其时老父已病入膏肓，毕竟在闭上双眼前见到小女，也算了却心愿，死可瞑目。”

说得众位黯然神伤，唏嘘不已。李鸿章沉吟良久，想起昆山犒军回沪途中所遇丁老翁，莫非就是丁香姑娘老父不成？想问丁香，又觉天下丁姓人成千上万，哪有这么凑巧？正在犹豫，丁香又重新弹响琵琶，开始浅吟低唱：月子弯弯照九州，翻天风浪使人愁。要吃要穿哪顾险，可怜夜夜泪双流……

曲终人散，李鸿章几位悄然起身，离开画舫，出庄回到帅船上。舷外天高江阔，一阵凉风吹至，水波渐渐荡漾开去，月钩时隐时现，有如夜梦。

天明帅船起锚，望北而行，朝无锡方向驶去。苏锡交界处有个荡口镇，镇东一片辽阔水域，人称鹅真荡。荡口镇位于鹅真荡出入口，因而得名。鹅真荡四通八达，可乘船往来无锡、苏州、常熟和上海等地，自古兵家必争。郭松林部收复横塘后，已遵李鸿章命令，移师荡口镇，准备协同李朝斌所属太湖水师诸营，堵截苏州方向太平军，以便黄翼升、李鹤章、刘铭传、张树珊等水陆各师全力进攻江阴，然后合围无锡。

在习习南风吹送下，帅船一路顺畅，渐入锡境，荡口镇咫尺在前，触手可及。李鸿章观察陆形水势，在镇外扎下行营。休息片刻，就出营前往松字营和太湖水师大营视察，鼓励将士们扼住荡口镇，确保江阴战场胜利。

入夜回至行营，邀冯桂芬、周馥几位入帐闲聊，说：“荡口镇是否也与枫泾、横塘和周庄一样，有方志典故和名人踪迹？”冯桂芬道：“荡口镇也系千年古镇，相传为东汉孝子丁兰故里。”周馥道：“丁兰故事出自《二十四孝》，浙闽湘鄂，皖豫云陕，包括苏省丰县等，都有丁兰故居或墓葬、祠庙，算来总共不下二十处，不知荡口镇是怎么与丁兰扯上关系的？”

冯桂芬正要解释，郭松林闯入帐中，大声道：“鸿帅行营不可扎在镇外，还是趁早移驻他处吧。”李鸿章问：“本帅细观荡口，水陆相形，正是驻扎行营最佳之处，子美何出此言？”

子美是郭松林字号。郭松林道：“进驻荡口镇后，末将将镇里镇外及整个鹅真荡都巡视过一遍，发现鸿帅行营所处位置，属苏州往无锡、江阴必经水口，一旦江阴战役打响，苏州长毛北援，必会自此经过，到时行营直接暴露于长毛面前，鸿帅岂不危险？”

“子美不错，你能打胜仗，不仅在于敢冲敢杀，还在于肯下工夫，肯动脑筋，本帅非常欣赏你这一点。”李鸿章拍着郭松林肩膀，由衷赞道，“不过两军对垒，出入枪林弹雨，不可能没有危险，是不是？本帅也知行营驻扎于水口，容易受敌攻击，可将士们置生死于度外，前面迎敌，主帅怎能贪生怕死，老往安全僻静地带龟缩呢？”

郭松林深受感动，说：“话虽如此，鸿帅毕竟系一军之帅，遇到危险，有何闪失，松林怎么担当得起？”李鸿章道：“本帅投笔从戎十余载，历经大小百仗，什么危险没遇到过？再说有松字营和太湖水师共守荡口镇，就是有危险，也会转危为安，化险为夷。”

郭松林没法说服李鸿章，只得出帐，与李朝斌商量，调动水陆两师主力，就近把守帅营所处水口。李鸿章听得动静，出营训斥两位道：“松字营和太湖水师任务是防堵苏州长毛，怎能本末倒置，尽往主帅行营调遣？荡口失守，莫非行营还能保全？马上给我撤走！”

两人只得听令，乖乖回守原处。冯桂芬几分担忧，说：“子美所说不无道理，主帅行营留驻此地，确实是着险棋。”周馥也道：“险与不险，咱们几个无所谓，万一鸿帅有个三长两短，淮军群龙无首，如何完成平吴大业？”李鸿章不以为然道：“没两位说的如此严重。老话有言，置之死地而后生，处境越险才越没事。”

死而后生的话，平时说说没关系，真到身临其境，小命掌握在人家手里，可开不得半句玩笑。两人半惊半疑，问李鸿章道：“莫非苏州长毛不会出兵？”李鸿章道：“出兵是毋庸置疑的。唇亡齿寒，江阴和无锡失守，苏州成为孤城，独力难支，长毛自然不可能袖手旁观，不出兵相救。”两人又问：“照子美所言，长毛出兵北援，必经行营所处水口，咱们岂不坐以待毙？”李鸿章道：“坐以待毙还不至于。正是子美和质堂（李朝斌）知道帅营危险，才会全力抗敌，不敢松懈，让长毛想接近帅营而不得。”

“原来少荃兄不惜置帅营于绝境，是倒逼子美和质堂舍命御敌，确保江阴战场取胜。”冯桂芬不得不佩服李鸿章胆略，“只是万一长毛突破松字营和太湖水师防线，郭李两人只顾自己逃命，扔下鸿帅不管呢？”周馥也道：“鸿帅可别忘了，子美和质堂都是湖南人，并非您合肥嫡系，会与你同生死，共患难吗？”

李鸿章笑笑，道：“正因两人不是合肥嫡系，更会以死保护帅营。景亭兄有所不知，玉山应该清楚，子美身处湘军时，被曾国荃捂着罩着，一直出不了头，才愤而投奔淮军，受我重用，打仗格外卖力，尽显英雄本色。质堂也差不多，湘军有彭玉麟和杨载福两支水军，太湖水师不怎么受重视，老师欲换回淮扬水师，把他支到我身边，终获用武之地，大展宏图，扬眉吐气，对我感激不尽，自会忠心于我。”

说得两人频频点头，觉得李鸿章驭人之术确实高超。其实也不叫驭人，叫慧眼识才，为我所用。韩愈言，千里马常有，伯乐不常有。马埋首马群，没伯乐赏识，无缘驰骋千里，谁知你是千里马还是百里马？士为知己者死，郭松林与李朝斌虽为湘人，混迹湘军时，一直无所作为，默默无闻，到得淮军阵营，受到器重，仿佛蛟龙入海，猛虎归山，一时尽显身手，大放异彩，还能不感激李鸿章知遇之恩，舍身效命于他？

时值深夜，各自安歇，不在话下。翌日天气晴和，无风亦无浪，李鸿章趁着空闲，由冯桂芬和周馥陪同，入镇观光。江南小镇风格划一，无非古巷粉墙碧瓦，小桥流水人家，荡口镇也不例外。几人游览半日，进了丁兰祠。

祠里竖有丁兰塑像，陈列着其生活起居器具，也不知属真属假。还有丁兰双亲木雕，说系当年丁兰亲手雕刻供奉之原件，一直保存至今。原来丁兰幼丧双亲，成年后念及父母养育之恩，有心侍奉报答，无奈树欲静而风不止，子欲养而亲不待，只好找来上等木头，刻成双亲像，供奉在堂，事之如生。凡事均与木像商议，一日三餐，先敬过木像双亲，自己和妻子再动筷食用。出门非得禀告，回家一定面见，从不懈怠。久而久之，丁兰妻对木像不恭不敬起来，趁丁兰没在，用针刺木像手指，居然有血流出。俟丁兰回到家中，木像眼中垂泪，丁兰觉得奇怪，问知实情，遂将妻子休弃。

故事不无夸张，甚至夸张得有些令人难以置信。也许只有夸张，才能彰显感天动地之功能，给人深刻印象。几位心里暗忖，嘴上默不作声，不好当面亵渎大孝子。直到出得祠门，才你一言我一语，说百善孝为先，弘扬孝道最重要，至于故事真假，又何必较劲？再说世人多虔诚，宁愿相信故事是真，也不会轻易质疑。

说话间回到行营，入帐刚坐下，快报递至，说李秀成本在金陵部署城防，与湘军吉字营对抗，得知淮军三路进剿苏州，顿时慌了手脚，不顾天王洪秀全阻拦，毅然率部南返，在江阴城外与李鹤章、刘铭传、黄翼升等水陆大军遭遇，展开激战。谭绍光则探得淮军主帅行营驻地，派郜永宽领军两万，离开苏州，水陆并进，向荡口镇扑来，意在突破淮军防线，活捉李鸿章，再北援江阴，接应李秀成。

冯桂芬和周馥皆在帐中，听得快报，吓得面如土色。两人知道，驻扎荡口镇的太湖水师和松字营加一起不过五千人马，如何抵挡得住郜永宽两万大军？一旦太平军冲入荡口，行营正当其冲，各位无处逃生，岂不只有受死？

去瞧李鸿章，还算镇静，两位才稍感心安。也许他早有对策，荡口镇没想象的危险。其实事发突然，李鸿章也吃惊不小，只是身为主帅，不可乱了方寸，动摇军心，才故作镇定，尽力稳住自己。他知道谭绍光会有所动作，却想不到这么快，一次出动两万人马。不用说，仅凭郭松林与李朝斌区区四五千将士，绝不可能把数倍于己的强敌挡在荡口外面。

好在李鸿章先有准备，早令屯守青浦等处的滕嗣武、张树声、吴建瀛诸营北移，随时增援苏锡战场。这下谭绍光动作提前，李鸿章赶紧派出亲兵，命滕张吴诸部加速北进，尽快赶到荡口镇，驰援郭松林和李朝斌。

亲兵飞马而去，李鸿章摊开苏锡舆图，分析战局发展趋势。冯桂芬张嘴想说什么，周馥扬手止住他，意思要他安静，别打搅主帅。又努努嘴巴，起身向帐外走去。冯桂芬会意，轻手轻脚，跟上周馥，留下李鸿章，以冷静应对战情。

才出帐，郭松林急驰而至。马蹄未止，人已下地，往帐里直冲，一边喊道："郜永宽大军即将扑过来，鸿帅快撤吧！"

李鸿章依然俯身舆图，头都没抬，只嘴上说道："往哪儿撤？"

郭松林僵在那里，不知说啥好。得知郜永宽重兵来犯，郭松林担心帅营安危，布置完防卫，便急驰而至，只念着请李鸿章撤离险境，没来得及想清楚撤离方向和线路。李鸿章指点着舆图道："荡口镇东为坦坦平川，西为茫茫太湖，北有李秀成劲旅，南有郜永宽大军，叫我怎么撤？给我插上两只翅膀，拔地而起，凌空而去？”

郭松林哑口无言。李鸿章又道：“本帅已别无选择，只能原地不动，跟你和质堂一道，同仇敌忾，共御长毛，等待滕张吴援军到来。”郭松林哭丧着脸道：“能及时等来援军，自然更好，怕只怕滕张吴几位还没赶到，长毛就已突破咱们水陆营垒，杀向帅营。”

李鸿章一拍桌子，大声吼道：“真没出息！松字营和水师营垒如此容易突破，我还调你们来荡口镇干啥？来观光赏景？苏沪到处好风光，观光赏景何必往荡口镇跑！我还没挺尸，别在这里守丧，快回你松字营去，坚营固垒，严防死守，决不能让长毛扑入荡口。”

“松林去也，鸿帅保重！”郭松林给李鸿章行过礼，含泪出帐，上马飞驰回营。闻听马蹄得得，急切远逝，李鸿章也不觉眼中湿润，视线模糊。多好的部将！大敌当前，自己生死难料，却想着你的安危，你还凶巴巴训斥人家，是不是有些太过？

正在自责，李朝斌也急匆匆赶至，劝说李鸿章离开行营，以避郜永宽大军锋芒，李鸿章又毫不客气，一顿臭骂，把他赶走。

夕阳西去，夜幕渐渐降临。远处传来隐隐枪炮声，不用说郭李两部已与太平军交上火。帅营却格外安静，安静得有些可怕。李鸿章端坐青灯前，不紧不慢阅读冯桂芬所赠旧版《苏州府志》。苏州历史悠久，两千五百多年前吴王阖闾就建都经营，从此成为东南富贵之乡，鼎盛千年，至今不衰。控五湖，通四海，达三江，阊门内外，居货山积，行人水流，列肆招牌，灿若云锦，语其繁华，都门不逮。亦因繁盛如此，自古兵燹不断，春秋战国时期吴越争强不用说，项羽叔侄起义，孙吴兄弟称雄，朱元璋与张士诚混战，直至太平军顺江而下，侵吞江南，苏州从没逃脱过劫难。如今淮军已将苏沪各处逐一收复，正分路围剿苏州，又有一场恶战在所难免。苏州百姓遭受过太多灾难，真不忍心在他们未及愈合的伤疤上再划上一刀。可战争无情，枪炮一响，谁也无力保全无辜生民性命财产。东南已百孔千疮，李鸿章只愿苏州能幸免于难，给自己留一个税赋基地，战后江南重建也多几个本钱。

心忧苏州未来，李鸿章情绪越发低落。干脆放下《苏州府志》，步出帐门，到外面透口气。只见荡影朦胧，江天一色，头顶镰月正白，穆然投映水底，凄清得有些让人伤感。从戎以来，舔刀嗜血，翰林变绿林，天天在死人堆里爬进爬出，李鸿章逐渐麻木，早不知伤感为何物。可毕竟骨子里还是儒生，胸蕴悲天悯人情怀，今夜面对无言清月，思及月下苍生，离多聚少，多灾多难，不免悲从中来，几欲泪下。但愿战争早日结束，让天下百姓安享清平，父慈子孝，夫唱妇随，兄义弟悌。可愿望只是愿望，并非现实。现实是南方长毛肆虐，北国捻军作乱，即便消灭两军，还有虎视眈眈的各国洋人，不知朝廷对不对付得过来。

正对月伤怀，身后响起脚步声，周馥手拿大氅，轻轻走过来，披到李鸿章肩上。虽说立秋不久，毕竟荡口风大，一不小心着凉，可不是闹着玩儿的。李鸿章安如磐石，定在地上，任凭荡风鼓动氅裾，怫怫作响。周馥侍立旁边，望望荡里寂月，还是开启唇齿，小声道："时间已经不早，鸿帅还是入帐歇息去吧。"

"你回吧，我还想待会儿。"李鸿章依然面向荡口，没有入帐意思。入帐也没法睡着。滕张吴三师未到，郭松林与李朝斌挡不住部永宽进攻，荡口镇必然在劫难逃。李鸿章不自觉地握握腰间剑柄，仿佛敌人已近，准备随时进行殊死搏斗。

远处枪炮声密集起来。李鸿章别过脑袋，南天火光闪烁，杀声可闻。也不知战况如何，郭松林与李朝斌两师能否坚持到援军到来？万一援军未至，阵线被部永宽冲破，咱岂不得与帅船同归于尽？遥想祁门受困，老师绝望之至，拟好遗折，立好遗嘱，留下遗物，尔后刀把于手，准备在敌人冲入签押房前，结果自己，免受其辱。今夜荡口镇与当年祁门何其相似，虽说祁门四面是山，荡口镇四面为水，可处境都一样，就是逃无可逃，只能坐以待毙。自己是否也该学老师样，安排好后事，利剑出鞘，随时准备自裁？

枪炮声越来越近，也越来越响亮。难道太平军已越过我水陆两师防线，即将杀进荡口？李鸿章寻声望去，心里愈加忐忑。听到枪炮声，数名亲兵来到帐外，问该怎么办？李鸿章声冷如铁："回去歇着，长毛一时还到不了荡口。"

亲兵们没动。李鸿章正要发火，冯桂芬挨近道："前方好像已顶不住，咱们还是早些采取行动吧？"周馥也过来道："鸿帅下令撤吧，再拖延下去，想撤也没得撤了。”

“你们先撤。我得坚守帅船，稳定军心。”李鸿章不为所动，不紧不慢道。冯桂芬和周馥还想说啥，又有杂沓的马蹄声响起，只见数名骑兵风驰电掣而来。没等几位反应过来，骑兵已近在眼前，为首哨官勒马落地，跪报李鸿章道：“前方阵地已破，长毛瞬息便会杀至，我等受郭将军之托，前来护卫鸿帅撤离。”

“壮士请起！”李鸿章命令道。哨官道声谢，挺直身子。李鸿章哪顾得上自己安危，问：“郭松林现在何处？”哨官道：“还在阵地死守。只是我等离开不久，长毛就冲入阵地，双方杀得昏天黑地，不知郭将军和兄弟们生死如何。”

李鸿章一听，意识到大事不好。正好李朝斌手下数名水兵也已赶到，说水师还能与敌船抗衡一阵，由水路撤离，或许有望脱险。众人于是簇拥李鸿章、冯桂芬、周馥诸位，登上帅船，往荡口外驶去。

出得荡口，只见水上炮火喧天，杀声四起。李鸿章站在甲板上，恨不得抽出腰间利剑，杀向敌阵。可距离不近，剑锋够不着。担心流弹随时可能飞过来，水兵过来请李鸿章入舱，他一口回绝，岿然不动。枪炮声还在继续。听得出来，太湖水师船炮正猛，盖过敌炮。平时淮扬水师和太湖水师演练，李鸿章只要有空，就会亲临水上观摩，熟悉两师船炮声音。

水上开始动风，夜雾不知从何而起，乘着风势，在湖面上迷漫开来。月影消失，水天浑然一体。渐渐太湖水师炮声稀落起来，敌炮转弱变强。李鸿章暗自吃惊，知道今夜凶多吉少。看来荡口比祁门更加危险，不知今夜能不能逃出鹅真荡。

果然太平军水师完全占据上风，好几艘战船突破太湖水师水营，穿过重重雾帐，直奔帅船而来。看得出，敌军目标非常明确，就是你这个主帅。李鸿章几分绝望。悔不该听不进郭松林和李朝斌劝告，没早些撤出荡口镇。现在欲逃，为时已晚。又想起离开上海时，莫姑娘揪住不放，生离死别似的，难道此次分手，竟成永诀？

面对迷雾笼罩的湖荡，李鸿章心情复杂，伸手握紧剑柄，寻思要不要学老师样，在敌人到来之际自我了断。旋即又摇摇头，意识到自己不会效法老师。利剑是用来杀敌的，怎能往自己脖子上抹呢？自己手长脚长，真待敌人到了跟前，没等其近身，先出剑杀死他几个再说。至少有垫背的，不至于显得太窝囊。生当为人杰，死亦做鬼雄，女流李清照豪气干云，咱堂堂七尺男儿，当然不能随便认输，白白死于敌手。

船上水兵也看出，围拢过来的是敌方战船。别无他路，只能加快船速，逃得一时是一时。可帅船体量大，再快也快不到哪里去。眼看敌船步步迫近，船上有人高喊李鸿章名字，要他停船投降，不仅可免一死，洪天王一高兴，说不定会赏个王爷干干。气得李鸿章恨啐一口，真想凌波过去，割下其舌头，扔到荡里喂鱼。

也是天无绝人之路，就在敌船只差数丈距离，情况万分紧急之时，忽见前方一只小舢板，自迷雾里飘逸而出，不声不响向帅船靠拢过来。水兵常在湖上漂，知道这是湖区渔户常用小渔船，轻快便捷，专在芦苇浅荡间穿梭，来无影，去无踪。

不容多想，水兵找块木板，搭在帅船和小舢板之间，另有几位水兵来搀李鸿章。李鸿章立着不动，还是不愿离开帅船。可已由不得他，水兵一齐用力，将他架到舷边，往外推送。李鸿章脚点木板，踉踉跄跄，跌入小舢板。几乎是同时，凝坐舢中的渔户一荡双桨，小舢板驶离帅船，箭一般向迷雾深处飙去。

夜雾越发浓重，世界静极。仿佛木桨划水声都被浓雾悄悄吸走，不留任何痕迹。仿佛身后枪炮声也被隔离开来，变得似有似无。李鸿章呆坐舢头，手扶舢沿，脑袋里一片空白，不知是梦是醒，不知身处何处。恍惚间抬头前瞻，只见渔户头戴斗篷，身着短褐，背影有些单薄。双臂却柔韧有力，一下一下划动木桨，娴熟而从容。

良久，李鸿章才想起应该跟渔户打声招呼，感谢人家几句。张张嘴唇，觉得嗓眼干涩，送不出声音。原来生死关头，全身发紧，以至火气上升，口干舌燥。人皆肉身，谁都有贪生怕死之时，大敌当前，别看自己强装硬朗，故作镇定，其实紧张程度一点不比别人低。

夜雾毫无散去迹象，眼前依然迷茫一片。随着轻微的晃动，李鸿章意识到舢板已进入荡汊，正穿行于密集的芦苇丛中。多年前征战巢湖，也有过与太平军纠缠芦荡的经历，至今历历如在目前。李鸿章知道，只要躲入这芦苇如帐的荡汊，战船再有能耐，即使威力无比的洋舰，也没法避开芦苇缠绕，追到里面来。就是进得来，荡汊纵横穿凿，犬牙交错，无异于迷魂阵，也出不去。也就是说，太平军水师再也无法接近李鸿章，危险已经过去。

可李鸿章忽又后怕起来。上舢板后，没跟渔户说过一句话，也看不到其真实面目，不知是老是少，是黑是白，是恶是善。更不知他为何要来救自己。自己并非苏锡人，这一带无亲无故，谁会赶往战火纷飞的阵前，冒死相救？万一是假装成渔户的长毛呢，自己岂不死定了？李鸿章不自觉地将手伸向腰间。佩剑还在。他把住剑柄，悄悄给自己壮胆。只要划桨人有啥异常，就抽剑出鞘，跟他拼个你死我活。

过去一万年，或仅在瞬息之间，夜雾开始稀释，眼前略微明朗了些。又仿佛曙光来临，到了天快亮的时候。就是在这若明若暗的当儿，有个声音忽然幽幽响起来，不缓不急，不轻不重，始觉来自遥远的梦中，再闻又似在耳畔不远处。奇怪的是声音还很熟悉，李鸿章感觉非常亲切。还以为自己产生了幻觉，用力晃晃脑袋，好像还算清醒。掐一把大腿，也知道疼痛。睁大眼睛，左右瞧瞧，荡汊两旁的芦苇已摆脱夜雾缭绕，在夜风中自在地摇曳着。

声音合着渔户手中双桨的节奏，荡漾于水面，清幽，柔曼，动情：月子弯弯照九州，人生苦乐自寻求，好人到底收场也好，一分勤力一分酬。

李鸿章听得出来，歌声其实就是从前面渔户斗篷下面发送出来的。这明明是丁香姑娘弹唱过的《月子弯弯》，怎么渔户也会唱，且唱得与丁香姑娘完全一样？细听连嗓音也如出一辙，只不过没有琵琶伴奏而已。

浓雾完全散去，水天一片澄明，夜色如银，弯月似钩。歌声还在继续，越发忧伤：月子弯弯照九州，今生一去不回头，谁叫你走上虚荣路，一朝坠落一生休。

李鸿章已听出划桨人是谁。不，不是听出来的，是用心感悟出来的。李鸿章明白，世上再无第二个人能唱出这种歌声，这种忧伤得让人心碎的歌声。

九、策反汪安钧

渔户就是丁香姑娘。丁香已放下双桨，摘去头上斗篷，慢慢转过身来，面朝李鸿章。她告知周庄那个夜晚，李鸿章一走进画舫，她第一眼就认出他来，虽说当时他便服在身。丁父临死前描绘过李鸿章，被丁香深深印入大脑，相信只要与他遭遇，就瞒不过她眼睛。

李鸿章觉得好奇，道："令尊怎样描绘我的？"丁香道："父亲说您有一双坚毅而又睿智的眼睛，目光可直透人心。"李鸿章笑道："就这么简单？"丁香说："就这么简单。父亲饱经风浪，阅人无数，看人最准确。从小我就随父在江河湖泊上飘荡，了解他每一道手势的意思，熟悉他每一个眼神的含义，对他干脆简洁的话语更能心领神会，从不用多解释。"

"当时我也觉得你可能是丁翁女儿，只因萍水相逢，不好冒昧打听。"李鸿章看着水中弯月，"你们父女俩是如何重逢的？"丁香说："拿着您给的银子，父亲租下咱脚下这条小舢板，到水上来搜寻我的踪迹。他知道我从小喜欢水，肯定会在水上行走。就这样江里来，湖里去，父亲坚信总有见到女儿的一天，在他告别这个世界之前。果然一个雨后的黄昏，他听到《月子弯弯》从一只画舫里飘出来，赶紧登舫来见我。我抱着父亲大哭一场，离舫上了他的小舢板，听他讲别后磨难及与您相见经过，说是没有您，这辈子父女再不可能相见。还准备带我找到您，以当面谢恩。可为寻找我，父亲已用尽生命最后力气，当夜就合上双眼，离开这个世界。弥留之际，他托我替他做三件事：一是把他埋在昆山至上海他挖过草根的路旁，他坚信您还会从那儿经过，只要守在那里，就能见到您高大的身影。二是设法找到您，将他教给我的《月子弯弯》唱与您听，他觉得这是世上最好听的曲子，说不定您也喜欢。三是回到苏州，协助淮军消灭长毛，让苏州百姓过上安宁日子。”

说到这里，丁香已是泣不成声。李鸿章想安慰她几句，又不知说些啥好。一个刚失去父亲的孤女，再优美再动听的语言，也不可能抚平她心头创伤。李鸿章抬头望月，月影变得迷离，天空曦光乍现，新的一天已悄然来临。

丁香很快止住哭泣，继续道：“父亲最后告诫我，做不到他之所托，我就是大不孝，不配姓丁。苏锡丁姓人大都认大孝子丁兰为宗，父亲也说咱家是丁兰后代，直到爷爷辈才离开荡口镇，流落至苏州一带。长毛杀到江苏之前，每年我都会随父亲驾船回荡口镇祭祖，参拜丁兰故居，顺便入荡撒网打渔。”李鸿章说：“怪不得你熟悉鹅真荡，大雾笼罩，伸手不见五指，也能在荡汊里穿行自如。你又是如何知道我在荡口镇，驾着舢板及时出现的？”

丁香说：“照父亲遗愿，将他葬到昆沪道旁后，我又重归画舫，重操旧业，一边演奏琵琶谋生，一边四处寻访您。父亲说一看就知您不贵即富，富贵人喜欢听曲儿，随画舫走江行湖，就有可能与您相遇。功夫不负有心人，果然在周庄见到了您。过后一打听，才得知您是淮军主帅，我便离开画舫，驾着舢板尾随到了鹅真荡。又听说长毛大军进犯荡口，您危在旦夕，我于是驾着父亲留下的小舢板，出现在帅船面前，把您带离险境。此处安全得很，芦丛密不透风，是最可靠的天然屏障，长毛战船进不来。”

想不到数月前一个小小举动，竟然得此果报，引出这么个评书里才能出现的曲折故事。李鸿章心生感慨，问道：“下步打算怎么办？”丁香说：“父亲前面两个遗愿，咱已替他实现，下步回苏州完成他另一个遗愿。”李鸿章说：“打长毛是淮军的事，用不着你小女子操心。”丁香说：“咱虽为小女子，却熟悉苏州，又在纳王府里待过，说不定能为淮军破敌起些别人起不了的作用。”李鸿章道：“两军交战，枪如林，弹如雨，你还是躲远点好。到上海去吧，反正抚衙里没少吃闲饭的，也不多你一张嘴。”丁香道：“不行，我得回苏州，灭掉长毛后，我将咱家两个铺面租出去，赚些钱，再到昆沪路旁修座小屋，陪伴父亲。”

天已大亮，浓雾飘散。枪炮声早已消失，杳然无迹。李鸿章扭头四望，但见晨风轻拂，芦苇优雅地摆动着，唏嘘有声，像湖荡在呼吸，要把一夜浊气吐掉，吸入清新空气。不知此时帅船到了何处，是被敌人掳去，还是仍在亲兵们手里？冯桂芬和周馥下落何方？郭松林与李朝斌是死是活？还有滕张吴诸军，也不知到没到达荡口镇？

见李鸿章久无声息，丁香知道他在想什么，摆动双桨，绕过几处汊口，将舢板停到一处芦苇四围的土包前，说："大人到上面去歇会儿，我出去瞧瞧，看看外面情形如何。"

李鸿章点头，登上土包。丁香调转舢板，驾轻就熟，向芦苇浅荡外驶去。浅荡外风平浪静，像啥都没发生过一样。初升的太阳撒落满荡金色，辉煌无比。丁香肚里嘀咕，昨夜大战，淮军是输是赢？将士们都去了哪里？他们还想不想得起自己的主帅？

丁香不知，昨夜她驾着小舢板，刚隐入迷蒙大雾，钻进芦苇浅荡，太平军战船便冲向帅船，与船上水兵外加李鸿章亲兵展开对攻。就在帅船被敌炮击中，舰舱开始进水，正往下沉时，敌船后面响起猛烈炮火声。原来驻守别处的太湖水师闻讯驰至荡口，滕张吴陆军也及时赶到，水陆夹击，齐攻太平军。敌阵中间的郭松林与李朝斌趁机杀出重围，配合援军，反戈一击，太平军遭受重创，攻势全失，只得丢下无数死尸，还有大量伤兵，哄然溃散。

穷寇莫追，几路淮军汇集荡口，才意识到主帅没在。郭松林和李朝斌诸将找到泊于湖岸的帅船，问正在补漏的水兵和冯桂芬、周馥他们，才知夜里李鸿章随小舢板离开了帅船，可能还隐藏在某处芦苇浅荡。李朝斌二话不说，亲驾战船，入荡搜寻主帅。正好遇见丁香，她在周庄画舫上见过李朝斌，让他搭乘小舢板，复入浅荡，去接李鸿章。

见到李朝斌，欣闻昨夜水陆援军及时赶到，大胜太平军，李鸿章大喜过望，忙让丁香掉转舢板，驶出芦苇浅荡。战船在望，李鸿章请丁香上淮军大营，她婉言拒绝，将两人送上战船，便驾着舢板，驶入湖心，消失在浩瀚烟波里。

回到荡口镇，正好北路淮军战报送至，李鹤章、刘铭传、黄翼升等各军血战二十多天，击退各股太平军十余万人马，斩杀擒获两万多人，收复江阴。李秀成部也被打得七零八落，迫于无奈，只好收集残兵，南逃苏州，回守大本营。

真可谓好事成双。李鸿章让将士们就地休整数日，尔后带着郭松林、滕嗣武、张树声、吴建瀛诸军，驶离荡口镇，向北挺进，与黄翼升、李鹤章、刘铭传等水陆大军配合，会击无锡。此时无锡城内外有太平军侍王李世贤、章王林绍璋、潮王黄子瀶共守，多达十多万人，数倍于淮军人数。不过淮军新胜敌军，士气正旺，胜算很大。还在船上，李鸿章便开始调兵遣将，传令各部，多管齐下，步步为营，先外后里，合围无锡。

各军得令，分头行动，很快收拾掉外围太平军，向无锡城区进逼。周盛波大战西胶山，击败李世贤大军，李部一退高桥，再退惠山，有如惊弓之鸟。李鹤章和刘铭传又自旁边杀出，激战一天一夜，踏破李世贤惠山大营。李世贤无可奈何，眼望无锡城头，浩叹一声，转身向太湖西岸宜兴方向逃去。林绍璋部也被郭松林、张树声、滕嗣武等淮军打得丢盔弃甲，七零八落，遁离无锡战场，不知去向。不过无锡城里还有黄子瀶父子七万太平军，高筑土城，遍布火力，严防死守，准备与淮军决一死战。

李鸿章率军赶到无锡城外时，北路淮军水陆联攻，基本完成外围清剿，开始往城下集结。在亲兵护拥下，李鸿章下船，骑着高头大马，绕城一周，见墙高濠深，固若金汤，觉得强攻不是办法，召集各将领，商议攻城策略。众人也觉得淮军才两万来人，不及守军四成，贸然攻城，肯定会付出惨重代价，还不一定能攻得下来。为避免不必要的牺牲，李鸿章决定先围而不攻，以观时机，再行定夺。他告诉各位将领，丁日昌到沪后，用广东技术成功造出十八磅和四十八磅开花炮，及威力不错的短炸炮，已派人传令丁日昌，命他速送炮弹到苏锡战场，应该已经上路。到时借助开花炮威力，攻起城来自然事半功倍，省力得多。

会后各将领回营，调整战略布局。李鸿章叫住黄翼升，递给他一纸信笺。黄翼升一瞧，见是曾国藩笔迹，忍不住笑起来。李鸿章说："还没看内容，有啥可笑的？"黄翼升说："此时大帅写信，无非一个意思，催鸿帅放淮扬水师返回湘军。"李鸿章问："老师也给你写过信？"黄翼升说："怎没写过？还不止一封两封，命我立即赴皖，否则对我不客气。"

"老师已给我写过三封信，非把淮扬水师要回去不可。"李鸿章皱眉头道，"他也不想想，江苏到处都是湖河港汊，战事又紧张，淮军怎么离得开淮扬水师？你意思呢，想去还是想留？"黄翼升说："鸿帅需要我，我还是留下吧。”

李鸿章也知黄翼升是这个态度。湘军彭杨两支水师资格老，功劳大，淮扬水师成师于后，位居其次，不像移师淮军阵营，如此受器重。再说安徽穷山恶水，也不如江苏富庶之乡，油水厚，好处多，水师官兵乐不思蜀，都愿随淮军干。李鸿章摸准黄翼升心事，又得过他实话，说：“你愿意留下，我就可跟老师摊牌，不能放走淮扬水师，待收复苏锡后再说。”

黄翼升自然乐意，诺诺而去。李鸿章准备给老师写信，又有安庆函件送达，正是老师来信，责令他立即放淮扬水师回皖，口气比原来更强硬，说自己身为两江总督，属下水师都调不动，也太不像话，李鸿章还敢抗命，就上折参办。

惹得李鸿章火起，开笔回信说，将在外，君命有所不受，老师爱参便参，爱办便办，反正留着淮扬水师，皆为君国大计，无私心可言，只要能规复苏锡，安定大局，死都甘心！

信寄出后，李鸿章带领亲兵，乘船南下，准备坐镇苏州城外，亲自指挥战役。于太平天国来说，苏州地位仅次于金陵，比无锡更重要，李鸿章不敢掉以轻心。加之苏州系千年古城，一街一巷，一砖一瓦，皆价值连城，又经李秀成经营多年，财丰物阜，真不忍眼睁睁见其毁于战火，若不战而屈人之兵，让苏州逃过此劫，岂不功德无量？

又想起刚写给老师的信，语句太硬太冲，多有不妥，趁船上无事，赶紧另写一封，检讨前信气质未平，词意乖忤，还请老师大人大量，原谅学生，想来学生与老师目标完全一致，都是报效君国，早日消灭太平军，让江南百姓过上安宁日子。

待书信写就，交差发出，苏州已遥遥在望矣。

接近苏州，一行绕行城东北，抵达东南宝带桥开字营驻地。

上月程学启率军离昆征苏，无坚不摧，无往不胜，直至扫清城东外围各处敌营，绕击城南，才受阻于宝带桥，打了两场恶战。宝带桥始建于唐代，离城三十多里，有苏州第一桥之美称。桥卧于玳玳河上，沟通大运河与澹台湖，东联上海，南接嘉兴，属苏城东南要冲。太平军深知宝带桥之于苏城之重要，驻有重兵把守，开字营孤军深入，欲取不能，后亏戈登领常胜军赶到，才合力打败敌军，占据宝带桥。不久李秀成从江阴逃回苏城，得知宝带桥丢失，很不甘心，亲率谭绍光和白齐文，气势汹汹，从城南盘门杀出，与淮军展开夺桥大战。在程学启和戈登指挥下，开字等诸营与常胜军咬紧牙关，坚守阵地，一次次击退敌军，致使李秀成夺桥梦想落空。

听程学启说起宝带桥攻防战经过，李鸿章大加赞赏，说："宝带桥在手，围攻苏城就有了重要据点。接下来方忠打算从何着手？"程学启说："宝带桥西边有五龙桥，位置也非常关键，驻守着长毛主力，学启准备先拿下五龙桥，再向城区方向推进。"李鸿章说："好好好，咱们这就出营，现场察看五龙桥去。"

上马离营，西走四五里，五龙桥便历历呈现于前。拴马登上高处，远远望去，只见太湖水经鲇鱼口出澹台湖，穿过五龙桥，先绕盘门往东，再经蛇门，行葑门，直达娄江。程学启手指五龙桥和下太湖方向，说："翰林哥哥看清没有，五龙桥和流经桥下的水带相挽，像不像一把大锁，将苏城紧紧锁起来？"李鸿章睁眼细瞧，认可道："经你如此说，还真有些像。咱们拿下五龙桥，便锁住苏城，长毛岂不插翅难飞么？咱们这就返营，部署夺桥计策。"

回到宝带桥，李鸿章传戈登、李朝斌、张遇春，程学启召何安泰、郑国魁诸部将，齐聚帅帐，分配攻打五龙桥任务。诸将领命，分两路行动，一路由程学启领开、春、魁等五营，外加春字营洋枪队及淮扬水师，进逼五龙桥之右；戈登督率常胜军、炸炮船及太湖水师，抄击五龙桥之左。两路人马连夜赶往目的地，潜伏至次日黎明前，趁敌营防备松懈，左右开打，双面齐攻，以迅雷不及掩耳之势，夺取五龙桥。

捷报传至帅营，李鸿章欣喜不已，至五龙桥看望各军。忽闻丁日昌和钱鼎铭押送新造开花炮和短炸炮抵达，又让程学启和戈登相随，亲赴码头迎接。丁日昌出身广东，长期任职沿海，善于处理洋务，官场中人说他是半个洋鬼子，赠"丁鬼"外号。戈登玩笑道："还是丁鬼面子大，鸿帅如此繁忙，还亲自率咱们出营远迎。"程学启道："戈将军是真不懂，还是装蒜？翰林哥哥哪是迎丁鬼，是迎他所造开花炮和短炸炮。"

李鸿章笑而不语，打马加速，飞快赶往码头。丁日昌和钱鼎铭慌忙出船迎候，身后跟着韩殿甲、马格里还有赫德。韩马两人的洋炮局也造出不少炮弹，到前线来验视炮弹效果，属职分所在，赫德身为海关总税务司，也跑来凑啥热闹呢？李鸿章拍拍赫德肩膀，笑道：“赫德先生不是觉得打仗比收税更好玩，准备学戈登将军，改行带兵打仗？”

赫德没笑，一本正经道：“赫德倒要问问，淮军军费里包没包含海关所收关税？”李鸿章一时没反应过来，顺口道：“其他各口关税不好说，至少上海关税淮军占些份。”赫德说：“关税取自华洋商人，用咱英国正规说法，叫做纳税人。纳税人将税交赫德手上，赫德拨给淮军做军费，淮军嘴吃关税，手用关税，到底在替纳税人和朝廷打仗，还是躲在军营里睡大觉，纳税人有些不放心，托我过来查看查看实情，该说还算名正言顺吧。”

收了几个关税，就将纳税人挂嘴上，一副理直气壮的样子，这洋人真是怪异。用合肥乡下粗话说，叫格外卵子四条筋。还是咱中国人厚道，只知溥天之下，莫非王土，率土之滨，莫非王臣，身为王臣，存于王土，交纳皇粮国税，天经地义，一交交了几千年，从没想起追究皇粮进了谁之嘴巴，国税入了谁之口袋，吃用皇粮国税的人都在干些啥。

李鸿章肚里嘀咕着，嘴上没说什么，迈步上船，验看炮弹。心里还在想，赫德拿纳税人做幌子，冒险往战场上跑，肯定另有深意。恭亲王信任赫德，不然也不会把海关总税务司肥缺交付于他，故赫德离京南下，除负责沿海各口岸海关事务外，只怕还兼具暗里监督淮军之使命，随时汇报朝廷。再说总税务司也属朝廷命官，不仅听命于总署，还得接触地方官员，赫德也想见识见识你的能耐，再决定怎么与你交往，是该深交，还是浅交。

炮弹装满船舱。李鸿章很兴奋，问长问短。丁日昌滔滔不绝，详述炮弹制造前后经过。李鸿章在锃亮的炮弹上抚摸着，不住地点头道：“好啊好啊，咱们终于也有了自造炮弹。”程学启一旁道：“自造炮弹造价低得多，可给淮军节省大笔军费。”李鸿章说：“节省军费自不用说，最重要的是咱中国人也学会制造器械。万事开头难，雨生开了这个头，日后便可大力投入器械制造，国家有事造武器，无事造民用产品，不仅改善民生，还能增加国家税赋。”

展望过未来制造，又问炮弹性能，丁日昌一一回答。李鸿章很满意，转身交代程学启和戈登，马上派人上船领取炮弹，攻打苏城时，正好试试火色。又说：“不能全部拿走，还得想着无锡战场。无锡固若金汤，也需要这些炮弹。”戈登不满道：“抚台大人别忘了，苏城是李秀成大本营，城防更坚固，缺少炮弹，怎么攻城？”李鸿章叹道：“苏城确实坚固，可攻城略地，也不一定只用大炮轰炸呀。”

戈登不懂何意，拿眼去望程学启。程学启说：“戈登将军别急，翰林哥哥自有安排。”

回到帅营，李鸿章叫来程学启，问道：“占领五龙桥，苏城外围基本扫清，现今该收缩包围圈，考虑进攻城区了。方忠觉得，从何处攻城，把握更大？”

程学启拿出苏州城图，摊到李鸿章面前，说：“攻城当以城门为突破口。当年伍子胥建筑苏城，于东南西北四方各开两门，即娄、匠、蛇、盘、胥、阊、平、齐八门。后勾践伐吴，其他城门坚固难克，只好另在城东匠门以南开掘葑门，才破城而入。图中九门都标得很清楚，翰林哥哥看看，从哪道门进攻为妥。”

李鸿章眼观苏城图，说：“古人办事，颇多讲究。听说伍子胥受吴王阖闾之托，象天法地，修筑苏城，颇费了一番心机。只看这伍氏八门格局，就是幅规范的文王后天八卦图。与制作先天八卦的伏羲略有不同，文王认为帝（即太阳），出乎雷震，齐乎风巽，相见乎火离，致役乎地坤，说言乎泽兑，战乎天乾，劳乎水坎，成言乎山艮。伍氏八门正是搭建于此八处卦位上，亦即雷震位的正东娄门，风巽位的东南匠门，火离位的正南蛇门，地坤位的西南盘门，泽兑位的正西胥门，天乾位的西北阊门，水坎位的正北平门，山艮位的东北齐门。至于葑门为勾践攻城所掘，自然不在此列，另当别论。”

对八卦方位之类，程学启也略晓一二，却不知与苏城八门相联系，听李鸿章如此一说，茅塞顿开，说：“学启只闻苏城为伍子胥所造，不知里面学问如此高深。还是翰林哥哥才学超拔，一眼看出其中奥妙。”李鸿章笑道：“古人以天人合一为最高法则，敬天畏地，道法自然。大凡读书人，都得研习经典，总懂这个道理。”

程学启又恭维李鸿章几句，回到原来话题，说：“翰林哥哥觉得进攻苏城，该从何入手为妙？”李鸿章说：“刚才说到文王八卦，帝出乎雷震，亦即东方，从城东入手攻城，也许更顺乎天道地理。”程学启说：“苏州西高东低，历来兵家夺城，多从东面挺进。伍氏出于此考虑，开城东娄匠两门时，工夫放在防御上，勾践不得而入，才开葑门破城。后人重修葑门，基于城防需要，迭建水陆两门，陆门外再筑瓮城一道，变得易守难攻，与勾践所开原门绝然不同。”李鸿章说：“听方忠意思，葑门难破，只能考虑娄门或匠门？”程学启说：“匠门已被长毛堵死，吾觉得从娄门突破，乃夺城最佳选择。然娄门靠近城北齐门，齐门外蠡口驻有长毛重兵，一旦闻警，瞬息可至。欲破娄门，必先端掉蠡口敌营，否则顾此失彼，难以成事。”

李鸿章伸出手指，敲敲蠡口位置，说：“好，咱们先踏破长毛蠡口大营，再谋划娄门进攻方案。”程学启说：“只要雨生他们所造开花炮和短炸炮管用，攻克蠡口不在话下。”李鸿章笑道：“方忠只管放心，雨生已在广东成功造出大量炮弹，将技术照搬上海，所造弹药绝无问题。三位炮弹行家在此，正好将他们一起请往蠡口，亲试炮弹。”

隔日李鸿章就让程学启、张遇春护卫，率冯桂芬、钱鼎铭、周馥及丁日昌、韩殿甲、马格里、赫德诸位，选择西南路线，往东北绕行，一边探察苏州城防，商议破城大计。众人出得大营，缓登高处，面北遥望苏城，左边盘门，右边蛇门，隐约可见。冯桂芬是本地人，熟悉苏城地理，指点龙蛇二门，讲解道：“盘门原叫蟠门。吴国处辰位，属龙，伍子胥刻木作蟠龙，南向越国，镇此以压越势。越国处巳位，属蛇，便在蛇门上置木蛇一条，北首向内，表示臣服于吴。平时蛇门关闭，轻易不开，意即‘绝越’。”

“立蛇门而不开，岂不白白闲置么？”程学启几分不满。李鸿章说：“肯定也有开蛇门的时候。”周馥问：“一开蛇门，岂不成了‘通越’？”李鸿章笑道：“吴越比邻而居，哪有永绝不通之理？至少范蠡受勾践之命，送西施入城时，夫差肯定会大敞蛇门，笑纳美人，不可能为‘绝越’之故，让西施翻墙而入。”众人都笑：“别看城门千军莫开，有时美色轻易可破。要不怎么说，北方有佳人，绝世而独立，一顾倾人城，再顾倾人国。”

说笑间，上马徐行，远绕盘门，来到城西。城西地势略高，侧首东望，胥门与阊门历历在目。胥门别名故胥门，意即伍子胥曾宅居其旁。苏州又叫姑苏，便是故胥变读而来。冯桂芬又给各位讲故事：“子胥本系楚国贵族，楚平王听信谗言，杀害其父兄，子胥仓皇出逃。好友申包胥送他出境，临别子胥说，日后我会回来，灭楚复仇。包胥说，你能灭楚，我就能保楚。子胥辗转入吴，助阖闾刺杀吴王僚，夺取王位。阖闾托子胥兴建吴都，整军经武，富国强兵，北扼雄齐，南制强越，称霸诸侯。为实现灭楚誓言，子胥又领军攻破楚国。时平王已殁，子胥掘墓鞭尸三百下，以泄心头之恨。回吴不久，阖闾病重，托孤子胥，子胥扶夫差继位，攻取越国，掳勾践归吴。夫差好大喜功，征战北齐，子胥劝其远交近攻，杀掉勾践，吞并南越。夫差受勾践蒙蔽，不听劝告，放虎归山。又有小人趁机说子胥坏话，夫差赐剑命子胥自裁，又将其头颅挂胥门上示众。勾践归越，痛定思痛，卧薪尝胆，积蓄力量，又送西施入吴，消磨夫差意志，尔后挥师北上，进攻吴国。勾践来到城下，望见子胥头巨若车轮，目若耀电，须发四张，射于十里。随即风暴雨疾，雷奔电闪，飞石扬沙，疾于弓弩。勾践只好杀鸡祭祀子胥，乞求让道。子胥托梦暗示，东城可破，勾践直奔城东，先取娄门，再攻匠门，均告失败，后开掘葑门，终破城而入，一雪前耻。”

吴越故事不绝于耳，国人尽知。只赫德与马格里闻所未闻，听得入迷，冯桂芬已收回话头，还张着耳朵，等待下文。见冯桂芬没再吱声，赫德问道：“后来呢？”冯桂芬说：“后来吴越又有好多故事发生，三天三夜都讲不完。”赫德说：“吴越故事讲不完，不讲也罢，总不能扔下子胥朋友包胥，没个交代吧。”马格里也说：“冯大人前面说过，伍申两位分手时，子胥发誓说日后会回来灭楚复仇，申胥说你可灭楚，我就可保楚。子胥说话算话，包胥兑现诺言没？”冯桂芬笑道：“说起包胥故事，还是问问鸿帅吧，他讲得比谁都生动。”

冯桂芬话里有话，众人看看李鸿章，又看看钱鼎铭，无心而笑。两位洋人也扭着脑袋，两边瞧瞧，不知何意。也是与钱鼎铭最熟，便缠着他，听没听鸿帅讲过包胥故事。钱鼎铭只好说：“当初李秀成大举攻沪，上海危在旦夕，鼎铭受苏沪各界之托，奔赴安庆求援。其时湘军兵少将寡，曾大帅无兵可派，无将可任，没理睬我。我只得转求鸿帅，请他帮忙游说大帅，救沪民于水火。鸿帅没游说大帅，却给我讲起包胥故事来，说子胥领兵破楚，鞭尸平王，包胥闻知，寄语说，你原为楚臣，侍奉平王多年，平王入土为安，你竟大逆不道，掘墓鞭尸，只怕不得好报。尔后直奔秦国求救。秦王害怕卷入吴楚之争，不肯出援。包胥不甘，泣血秦庭七天七夜，秦王深受感动，派兵南下，助楚复国。”

“包胥大义，泣血复国。中国古代义士真了不起。”马格里一脸景仰，“只是我不明白，钱大人赴安庆求救，鸿帅不帮忙说服大帅，给你讲故事干啥？”赫德与大清官场接触频繁，见多识广，批评马格里道：“你怎么不开窍呢？钱大人也属饱学之士，能不知包胥故事？鸿帅还要拿来往钱大人耳里塞，无非暗示他，也学包胥，到督帅府去泣血哭求。”

众人都笑，说赫德如此通晓中国世故人情，算没白居华多年。钱鼎铭也说：“赫德先生说得对，不是鸿帅讲述包胥故事，我也不会受启发，跑到督帅府哭求大帅，使他老人家备受感动，才命鸿帅组建淮军，征发上海，力战长毛，赢得苏沪现今之大好局面。”

周馥笑道：“看来鸿帅还真得感谢子胥和包胥两位朋友。不是子胥带兵攻楚，包胥泣血秦庭，鸿帅无故事可讲，钱大人无榜样可学，大帅下不了决心援沪，又哪有后来鸿帅组建淮军，东征上海，光复苏沪之丰功伟绩？”冯桂芬道：“也亏子胥建筑苏城，李秀成以此为大本营，成立苏福省，才给鸿帅平吴复苏之良机。”

胥门往北，便是阊门。阊门处于天乾方位，属气通阊阖之首门。周天子尊居洛阳，洛阳远在西北，阊门乃苏城名副其实的朝天门，意义非同小可。阊门大街与南濠大街分布城内外，加之外城河、内城河、上塘河、山塘河从不同方向来汇，占尽天时地利，万商云集，游人接踵，极尽奢华。乾隆年间名画《姑苏繁华图》和《盛世滋生图》，所绘正是阊门盛况。

经绕阊门，自桃花坞北行，平门屹立于前。平门位于水坎位，坎有高低，唯水能平，故而以名。当年子胥和孙武率兵自此门出城，北上平齐，大获全胜，凯旋亦自此门入城，又有平齐门和破齐门之称。后项羽随叔父项梁苏城起义，亦在平门誓师，西渡长江，讨伐暴秦。冯桂芬叹道：“项羽欲学子胥，想着自平门出征，待他日大功告成，再由此凯旋入都。讵料一去不复返，最后兵败垓下，无颜见江东父老，放弃东渡，自刎乌江。”

项羽英雄气短，曾令古今豪杰顿足惋惜。钱鼎铭说：“项羽为何兵败，历来众说纷纭。有说是项羽妇人之仁，鸿门宴放过刘邦。有说他心胸狭窄，受刘邦离间，无端猜疑亚父范增，逼其出走，自断臂膀。依愚之见，恐怕还是项羽太过残暴，新安一夜坑降二十余万，天怒人怨，民心尽失，终至兵败身死。”

程学启本来不怎么吱声，听钱鼎铭说起新安杀降，道：“项羽坑降之说，真假难辨。想想二十多万降卒，编队列阵，该占多大地面，一夜坑掉，莫非如此容易？不好否认坑降事实，或因粮草不够，剪除老弱，或疑降卒反叛，杀一儆百，却绝不可能一坑二十多万。国人惯以成败论英雄，项羽英勇盖世，竟败给流氓刘邦，总得给个说得过去的解释。刘邦灭楚建汉，也需笼络人心，让史官抹黑项羽，抬高自己，来得最简便，也最有效。”

李鸿章笑起来，道：“方忠所言，不是没一点道理。鸿章思量，项羽兵败，主要还在没稳固好江东大后方，便仓促出兵，以至缺乏粮饷和兵械来源，后劲不足，久而久之，自然难以为继。刘邦正好相反，有萧何苦心经营关中，粮饷兵械供应充足，后顾无忧，楚汉相争四年，终于转败为胜。战争拼的是综合实力，不单纯在于将士冲锋陷阵。李秀成最懂此理，才吸取项羽教训，不遗余力建设苏福省，确保粮饷兵械不至断援，以便与朝廷打持久战。”

“李贼……”周馥开口吐出两字，忽觉不对劲。李秀成姓李，鸿帅也姓李，当其面李贼李贼地叫，乍闻难免让人误会，鸿帅听着也不舒服。再说李秀成虽系敌阵主帅，鸿帅却不敢小视，反而敬佩三分，从没叫过李贼或伪忠王，总是左一个秀成，右一个秀成，像称自家人一样。周馥于是学李鸿章口气道：“秀成确非平庸之辈，苏福省建设得像模像样，可惜天国腐败，他独木难支，以至处处受窘，只可能落得项羽相同下场。”

听周馥改李贼为秀成，众人觉得意味深长，跟着笑笑道：“也不能只怪天国腐败，李秀成独立无助，还要怨他生不逢时，偏偏遇上鸿帅这么个大克星。就如周瑜正巧碰上诸葛亮，只好徒生悲凉，哀叹既生瑜，何生亮。”

说着项羽杀降，不觉到得苏城东北方向，远望可见齐门隐约。冯桂芬道：“齐门又名望齐门。当年齐为子胥和孙武所破，齐景公以女为质，随军南下。阖闾以齐女美貌，聘给太子波。齐女思念父母和故土，日夜号泣，终成重病。阖闾于心不忍，乃于北门高筑城楼，令齐女往游其上，遥望家山，以解思亲之渴。”

众人不是冲齐门来的，打马直奔蠡口方向而去。蠡口乃范蠡泛舟避祸之处。范蠡深知勾践禀性，只可共患难，不可同富贵，助越灭吴后，见好就收，急流勇退，携西施乔装离城，经齐门，出蠡口，乘槎浮游于海，后又种竹养鱼，经商致富，成为闻名古今之商家鼻祖陶朱公。北宋诗人郑獬曾诗咏蠡口曰：千重越甲夜围城，战罢君王醉不知，若论破吴功第一，黄金只合铸西施。所述便是范蠡与西施故事。

几位抵达蠡口前，何安泰与郑国魁已率部先至，驻扎于林深树密之处。主帅莅临，何郑二将躬身导引，请李鸿章与程学启登上望楼，手搭凉篷，远观蠡口。只见太平军连营十数里，与齐、娄两门遥相呼应，互为衔接。李鸿章分析道："虽说苏州外围基本廓清，可苏城内外仍盘踞有谭绍光、郜永宽、汪安钧诸伪王十余万众，秀成又自江阴亲领一万多长毛回救，加在一起几近二十万人马，势力更加强盛。反观城下淮军，水陆各营合计才两万多人，若强攻硬取，胜算恐怕不是太大。"程学启说："长毛人数占优不假，可淮军斗志高昂，又有攻无不破的大炮，可以少胜多。雨生又运来数船炮弹，不愁轰不毁敌营。"李鸿章点头道："就以蠡口为现场，先试试雨生自造炮弹之威力。雨生与马格里几位快到蠡口了吧？"程学启说："刚才接到雨生通报，说已至匠门附近，郑国魁派人接应去了。"

李鸿章点头称善，忽又想起什么，问程学启道："方忠想没想过，湘军围困金陵甚紧，洪秀全仅秀成尚可倚重，片刻难离，怎会轻易同意他返苏呢？"程学启道："当初湘军逼攻雨花台，李秀成两次离开洪秀全，一次沿江西上，进北攻南，一次回守苏南，抵抗淮军，洪贼就千般阻拦，还是李秀成晓之以理，力陈利害，又发誓随时可以回救，才勉强让其走人。如今湘军直逼金陵城下，天国越发危急，照理洪贼断不会放李秀成离开金陵。学启思来想去，只有一种可能。"李鸿章说："何种可能？"程学启说："抽调苏州部分兵力，赴援金陵。"李鸿章说："苏州乃秀成命根子，怎么可能釜底抽薪，置之不顾呢？"

"抽走部分兵力，并非置苏州于不顾。"程学启解释道，"学启有旧部在慕王府里当差，曾给我透露说，谭绍光与郜永宽、汪安钧向来不和。李秀成不在苏城，委托谭贼主持防务，郜汪两贼一直不怎么买谭贼的账。比如五龙桥争夺战，谭贼命郜汪率部协防，两贼不听调度，按兵不动，不然咱们断难顺利取胜。"李鸿章说："谭贼乃广西人，系长毛元老，郜汪两贼为湖北人，长毛过鄂时才入伍，属不同体系，有冲突也难免。"程学启说："郜汪两贼敢与谭贼叫板，比王伍贵文、宁王周文佳还有其他将领也跟着起哄，谭贼号令失灵，苏城防务自然容易出现漏洞。"李鸿章道："依方忠所言，秀成有可能调走郜汪两贼，以免干扰谭贼。只是调兵遣将，一纸命令可以解决，秀成干吗还要亲自跑到苏州来呢？"

没等程学启回答，郑国魁用合肥话道："苏州乃人间天堂，谁愿离开这温柔富贵之乡？李秀成不亲自到场动员，郜汪两贼自不会轻易离开。”

李鸿章扭头看眼郑国魁，表示赞许，也不知是赞许入耳的合肥话，还是郑国魁对李秀成回苏原因的理解。原来几年前安徽战乱，郑国魁避难不及，被太平军掳至营中服役，因机灵乖巧，办事得力，深得汪安钧信任，留身边做了侍从。汪部入苏，进攻上海失利，官兵各顾逃命，郑国魁转投清军，为曾秉忠赏识，放抚标营任职。旋李鸿章征发苏沪，与曾秉忠多有接触，碰着郑国魁，见他是合肥人，便要过来协办营务。淮军扩张，急需人才，郑国魁又得机会，管带亲兵后营，屡立战功，累擢至副将。

因是老乡，颇受李鸿章器重，郑国魁也就有啥说啥，又道："国魁还曾听闻，李秀成此番离开金陵，先是冲着鸿帅来的。"李鸿章疑惑道："冲着我来的？"郑国魁道："得知鸿帅出巡苏锡战场，李秀成亲自赶往江阴，调度各路兵力，往荡口镇汇集，妄想擒住鸿帅，致使淮军群龙无首，趁机夺回苏南失地，重振天国大业。"

"莫非鸿章荡口遇险，真系秀成事先预谋？怪不得鸿章前脚才至荡口，长毛后脚就猛扑过去，弄得咱好不被动。"李鸿章满脸惊讶，想起荡口月夜，若非丁香及时出现，说不定真成了李秀成囚笼中人。郑国魁道："开始国魁也不太相信，事有这么凑巧。后康王府有人出城办事，落在魁字营士兵手里，送我审问，正好熟悉，感我酒肉款待，说起荡口战役来由，才知乃李秀成险恶用心。"李鸿章问道："国魁既在康王府待过，该对汪安钧有些了解吧？据说他脑瓜好使，有小诸葛之誉，连纳王郜永宽，凡事都听他的。"程学启也道："天上九头鸟，地上湖北佬，我也闻听汪贼点子最多。"

混迹康王府毕竟没啥可荣耀的，归降后郑国魁一直讳莫如深，从没与人透露过这段不光彩的经历，不想李鸿章旧事重提，莫非怀疑你身在曹营心在汉，仍与旧主暗通款曲，背后有啥往来？郑国魁涨红脸辩解道："当初国魁给汪贼做侍从，实属迫不得已，彼此间若即若离，没直接交谊，对他缺乏真正了解，道不出好丑。"

李鸿章知道郑国魁起了误解，也不解释，一笑了之。正好亲兵来报，说丁日昌几位运炮船只已到蠡口。李鸿章嘱郑国魁和何安泰，安排炮队官兵，照事先计划，领取炮弹，各就炮位，以居高临下，瞄准太平军营垒，静候进攻号令。

不觉夜色降临，万籁俱静。李鸿章迎着微弱星光，遥望敌营，但见营火点点，仿佛萤火无数，几分虚幻。偶有更鼓传至，如水滴石上，似有似无。近处则是淮军炮阵，隐在密林里，可以感知，没法瞧见。这是在丁日昌主持下，三家洋炮局经技术改进后所造首批开花炮和短炸弹，也不知能否达到预期效果。

别说李鸿章，就是丁日昌、韩殿甲和马格里几个，心里也难免忐忑不安，不停地打鼓。虽说炮弹为亲手所造，又经反复试验，该无任何差爽，可毕竟初次临阵实用，万一出啥差错，要不了敌人的命，就会要自己的命。心里打着鼓，操作过程却有条不紊，炮位如何安放，炮弹如何装膛，射击角度如何调整，都按事先规程，循序渐进，一步不落。

终于到预定开炮时间。丁韩马各位肃立炮位前，听程学启一声令下，点燃炮引。只见黑洞洞的炮口喷出一道火焰，咆哮着直飙太平军中营，轰然炸响。其他大炮纷纷响应，跟着射出颗颗炮弹，直捣左右各营。敌垒顿时陷入火海之中。趁着炮势，戈登、张遇春、何安泰、郑国魁诸将率军端枪舞矛，大声呐喊着，冲出密林，潮水般向敌营掩杀过去。

谁知敌军十多里连营空空如也，没一个人影。显然早知淮军来攻，提前撤回城里，让众将白忙一番。回报帅营，李鸿章却很高兴，觉得洋炮局自造炮弹威力强大，丝毫不亚于大钱所换洋炮。且蠡口到手，临近架炮，齐娄两门进入射程之内，也为下步攻城赢得宝贵阵地。

程学启却心有不甘，摩拳擦掌，部署破城攻略。又找李鸿章请求，能否将数船炮弹全搬到炮队营里，尽快派上用场，活捉李秀成和谭绍光。李鸿章不同意，说：“无锡城高墙厚，更需要这些炮弹。”又命丁日昌留下两船炮弹，其余赶紧押运无锡，支援鹤松铭诸营轰城。

丁日昌和韩殿甲押着炮弹离开蠡口后，程学启还在遗憾，说：“丁日昌几船炮弹能为我所用，学启不用十天，就可攻陷苏城。”李鸿章沉吟道：“苏州乃东南望邑，江左大郡，不到万不得已，不可开炮轰炸。”程学启道：“不炮轰，便只能让将士们拼命攻城，付出重大牺牲。”李鸿章问：“能否考虑既不直接炮轰，又尽量减少牺牲，以最小代价收复苏城？”

程学启揣摩出李鸿章意思，道：“翰林哥哥欲智取而弃强攻？”李鸿章点头道：“这正是我早早离开无锡，亲赴苏州战场的最大意图。”程学启问：“又如何智取？”李鸿章反而问道：“此刻国魁在哪儿？”程学启道：“翰林哥哥当面点出他跟过汪贼旧事，他心里难受，准备乔装入城，弄点动静出来，估计已出发。”李鸿章说：“弄点什么动静？干掉汪贼？”程学启道：“汪贼恐怕不是想干就干得掉的，他说进城摸清情况再说。”

果如程学启所说，此刻郑国魁身着服侍汪安钧时穿过的衣服，大摇大摆来到娄门外。守城士兵见是康王侍从，盘问两句，没发现破绽，抬手放行。入得城来，赶往康王府，正碰上汪安钧乘轿外出。郑国魁不便贸然现身，远远望着轿顶，一路尾随而行，不觉到得一处宅院前，原来是忠王府所在地拙政园。

大轿无声而落，汪安钧出轿，迈入园里，绕曲径，穿回廊，直奔西花厅。慕王谭绍光、纳王郜永宽、比王伍贵文、宁王周文佳及张大洲、汪花班、汪有为、范起发诸将已到，汪安钧走过去，坐到郜永宽旁边，面向主位上的李秀成，等他发话。平时各王将各打各的锣，各唱各的调，谭绍光主持军务会议，不是张三李四不到，就是王五陈六没来，很难如此整齐。这些人都是李秀成一手起用的，只服他一人，一旦他离开苏州，便你是你，我是我，谁也管不了谁。即便李秀成反复声明，自己不在，由谭绍光全权代理苏州防务，诸王将皆受其节制，也没人当回事。谭绍光虽年轻，却是天国元勋，与李秀成等人从广西一路打到苏浙，资历老，功劳大，不太瞧得起半路起家的外省诸王将。偏偏诸王将尤其郜永宽和汪安钧，皆为人中豪杰，上山能擒虎，下海可捉龙，入伍后屡立战功，威望日隆，谁面前都不肯服输。且一个个拥兵自重，各居要津，与谭绍光无从属关系，又哪肯听命于他？此次李秀成回苏，就是要解决此不堪格局，有效强化苏城防务。他望望众王将，开言道：“难得各位兄弟深明大义，大敌当前，尚能精诚团结，齐聚一堂，共商御敌大计。看着你们一个个精神抖擞，斗志昂扬，秀成就觉得苏州有保，金陵有救，天国不可能就这么败在湘淮两军手里。”

这自然是李秀成鼓气提神之语，在座谁不清楚江南形势日见急迫，苏州与金陵岌岌可危，难以为继？李秀成似已看透各位心思，朗声笑道：“兄弟们听秀成如此说，以为我是走夜路，唱高歌，自己给自己壮胆。我要告诉你们的是，事情远没想象的坏，只要各位肯与秀成合作，挽回颓势，重铸辉煌，绝对不是句空话。”

经李秀成这么一说，各位勉强振作起来，灰暗目光重新燃起希望。李秀成接着道：“兄弟们也知道，此次秀成南行，主要有两大目的，一是突袭荡口镇，二是调整苏锡防务。荡口镇之役，秀成是冲着李鸿章去的，咱们战船都已挨近淮军帅船，讵料还是让李鸿章从眼皮底下溜之大吉。也怪英美报刊吹嘘，李鸿章高大英俊，文武双全，能言善辩，秀成想见识见识其庐山真面目，才没让炮手开炮，非活捉他不可，不然他小子早已灰飞烟灭。”

也许想起当晚精彩战局，李秀成激动得站起身，在座位前踱起步子来。一边道：“要说秀成与李鸿章同姓，一笔难写两个李字，又同年出生，属劳碌的羊命人。两人上半辈子运程也类似，久经沙场，历尽磨难，直至年近不惑，才算出人头地。不过两相比较，秀成早受天王抬爱，安徽战场就已成为一军主帅，其时李鸿章还没有自己队伍，天天跟别人屁股后面瞎跑，惶惶如丧家之犬，秀成根本没把他放在心上。谁知曾国藩眼光毒辣，让其组建淮军，跑到上海来跟我作对。本想好好与李鸿章过过招，谁知湘军进攻金陵，天王一天一道圣旨，催促北上救驾，我只好出兵平门，集结东坝，分军两路，直驱雨花台，连营六十里，反将湘军团团围住，环攻不止，使曾国藩心已用烂，胆已惊碎，哀叹将士皮肉已尽。然湘军依靠水师输送弹药，得以持久苦战，我军水陆不畅，秋日出征时又未带寒衣，熬至冬月，天寒地冻，金陵又无粮草供应，猛攻四十多天，不得不撤军南退。强围清营不下，天王当殿明责，革去秀成王爵。秀成无怨无悔，另施进北攻南策略，自江北击上游湘军后方，迫敌调南岸军援北岸，调下游军救上游，以缓解金陵之围。不意骆国忠常熟叛变，太仓昆山危急，秀成只得向天王说尽好话，获回苏州戡乱机会。太常保卫战后，我军失利，秀成再率大军赴皖，准备进击湘军赣鄂后方。行至六安，正逢青黄不接，饿殍遍野，无粮可购，只得东撤。其时雨花台已失，京内惊慌，天王召秀成回京，加封真忠军师，各王都归调遣。无奈李鸿章统淮军与常胜军连陷太仓、昆山、吴江，进犯苏州，左宗棠楚军与常捷军则围攻富阳，迫近杭州，苏杭各将日日飞文告急，秀成三番四次奏请南救苏杭，天王都不准许。直至探子报告，李鸿章巡察苏锡战场，秀成定下活捉李鸿章妙计，天王始觉可行，勉强恩准我出京南征。”

说到此处，李秀成浩叹一声，半日才又接着道：“就这样，秀成疲于奔命，两头来回跑，两头不着调，以至越来越被动。反观李鸿章，朝廷信任，曾国藩支持，开拔上海不久，军务政务洋务集于一身，一人独大，说话算话，很快打开局面，成为太平军劲敌。想想看，不是淮军自上海发轫，步步吞食我苏沪后方，秀成能集中兵力财力物力，围剿雨花台，早就击退湘军，金陵又何至如此窘迫？细琢磨，曾氏兄弟是天王天敌，却非秀成最大对手，秀成最大对手实乃李鸿章是也。可悲的是，秀成明明知道对手是谁，却没法全力与这个对手过招，只能转身去帮天王对付其天敌，眼巴巴看着李鸿章在自己屁股后面做强做大，竟无奈其何，唯余悲叹。此次荡口镇战役，秀成本想出奇制胜，擒贼先擒王，打蛇打七寸，一剑封喉，一招夺命，致李鸿章于死地，以便一洗前耻，却偏偏天不助我，让李鸿章绝地脱险。没办法，咱只好走第二步棋，收缩苏福，转战赣鄂，以图长远发展。”

众人望定李秀成，不知其收缩转战之语，具体是何意向。谭绍光摸摸腮边黑痣，说道：“苏福势力已越缩越小，仅剩苏州、无锡、常州、杭州、宁波、绍兴、富阳诸城，又还能收缩到哪里去呢？”李秀成道：“不错，苏福大部易手，所剩城池已然不多。然这不能叫收缩，只能叫失陷，属被动行为。怪秀成以前轻看淮楚二军，一心幻想守住苏福全境不失，布局零乱，兵力分散，眉毛胡子一把抓，才费力不讨好，顾此失彼。现在咱要改变策略，主动收缩阵线，集中兵力，守卫现有诸城。就像昨夜蠡口之战，干脆让对手拣个便宜，占领城外无用地带，咱们回缩城内，保存实力，固守城区不失。苏州城高池深，守易攻难，只要部署得当，布防到位，敌军没付出大代价，花上一年半载时间，别想接近城区半步。”

没等李秀成说完，诸王将纷纷道：“一年半载之后呢，又该怎么办？”李秀成笑道：“这就是今天秀成要与各位兄弟协商的大战略。秀成意思，据守苏福诸城，不只是被动自保，得赋予明确目标，就是拖住淮楚两军，为实现战略转移，赢取宝贵时机。如此不出半年，咱便可崛起赣鄂，捣毁敌后，尔后再回师东进，解除金陵之围，恢复苏福失地。”

众王将可没李秀成这么乐观，质疑道：“忠王曾进北攻南，转战皖赣，最后无功而返，再次西图，只怕也难有作为。”李秀成说：“此一时也，彼一时也。彼时秀成孤军西进，前无援师接应，后有天王掣肘，又如何成得了气候？”众人说：“难道此时天王不再掣肘，赣鄂有援师等在那里？”李秀成说：“此次辞京南归，秀成仔细观察，天王面色灰暗，气息断续，看去将不久于人世。天王也预感末日即至，欲将幼王托付于我，辅其恢复天国大业，至于如何辅幼，天王自然已管不了那么多。天王将殁，秀成和各位都不愿意看到，可于天国来说，又何尝不是新的契机和起点？毕竟幼王还幼，不会像天王样处处设阻，干扰咱们，咱们尽可放手一搏，说不定能绝处逢生。”

各王将受到感染，情绪稍有提振。只听李秀成又道：“至于赣鄂方面，还有梁王张宗禹可以联合作战。今春捻军大本营雉河集为僧格林沁所破，捻王张乐行遇难，其从子宗禹临危受命，统领大军。与乐行不同，宗禹视太平军为同盟，天王听我建议，封其为梁王，他欣然领受。我又飞书约攻赣鄂，他也回函愿往，决定今冬行动，来年开春会师武昌。苏福多处沦陷后，失散将士悉数西渡北上，投奔捻营，得知宗禹有意南征，跃跃欲试，一心企盼杀回江南，报仇雪恨。如此天时地利人和俱全，秀成若率军西进，联手夹击清军，赣鄂岂不唾手可得？到时清廷惊慌，定命湘淮两军回救赣鄂，咱再杀个回马枪，规复苏福，不在话下。”

说得众王将信心倍增，问李秀成行动方案。李秀成道：“现苏州城内有十五万多守军，分属诸王将统带，各行其是，各自为战，形成不了合力。守城不是人马越多越好，全在调配得当，令行禁止。人要吃粮，马要食草，人马过多，徒耗粮草，不宜长治久安。不如分军数万，出城西征，留下十来万人马，统属一人指挥，齐心协力，同仇敌忾，方能固守城池不破。秀成欲选两位能征善战之王将，征发赣鄂，有谁愿意同往？”

真要离开天堂苏州，西入蛮荒赣鄂，各位又不免犹豫起来。李秀成抬头扫视在座王将，众皆低首不语，各怀心思。唯郜永宽沉不住气，待李秀成目光扫至，嚯的一声站起，一旁汪安钧用力扯他衣袖，也没能扯住。只听郜永宽大声道：“湖北是永宽家乡，既然忠王意欲进赣入鄂，永宽义不容辞，愿率所部一万五千精兵，随忠王杀回湖北。”

“好好好！转战赣鄂，最缺就是纳王这样侠肝义胆智勇双全的兄弟！”李秀成大声鼓励着，走到郜永宽身边，用力拍拍他肩膀，将他按回座位，“有纳王支持，西征大功，指日可待！还有谁肯向纳王看齐，自告奋勇站出来！”

没谁吱声。又动员几句，还是无人响应。李秀成回到主位，眼光再次扫向各位，最后落在汪安钧脸上：“秀成没记错的话，康王也属湖北人吧？好像还是与纳王一同出道加入太平军的。”汪安钧嗫嚅道：“忠王所言不假。”李秀成问：“康王就没杀回老家报效桑梓之宏愿？”汪安钧道：“安钧也欲以纳王为榜样，打回湖北老家去，无奈部属万余兵马，皆为历年征战所剩老弱，暮气沉沉，毫无战力，无法西征赣鄂，共创大业。”李秀成笑道：“需要精兵和良将，好办得很，秀成从其他各军调配就是。”

汪安钧还要说啥，李秀成手一挥，果断道：“就这么定啦，纳王和康王各带一万五千兵力，随秀成出城西征，联合捻军，开创赣鄂基地。其余各王将，统归慕王指挥，死守苏城，不得有失。”又抽出身上佩剑，面对谭绍光，大声道：“此剑归你，日后谁不听调度，我行我素，你就代表秀成，斩下谁的首级！”

谭绍光上前跪地，双手接剑，感恩戴德。尔后带领其他诸王将，出忠王府部署城防，留下郜永宽和汪安钧，听李秀成布置西征事宜。李秀成道：“兵临城下，咱们不能一走了之。吾夜观天象，七日内苏州必起大雾，咱们三人正好各领一万五千精兵，分三路自西南东三个方向出城，绕至淮军后面，与慕王里应外合，打一次反围剿，消灭淮军有生力量，再西出太湖，赶往溧阳附近。李世贤已进驻宜兴，秀成即刻传书于他，命其移师溧阳，接应苏州各军，尔后统一行动，溯江而上，入赣进鄂。吾给两位五天时间备征，第六日夜间行动。”

两人告辞出来，分头上轿回府。汪安钧无意西归，当李秀成面，不便坚拒，心里其实一千个不愿意。走到半路，转道纳王府，单独去会郜永宽。郜永宽刚下轿入内，官服未及更换，听说康王追至，嘱咐侍从，备几道家乡菜，回身将汪安钧迎入书房，操着湖北口音道：“才见过面，兄弟便尾随而至，定有要紧话要说吧？”

汪安钧也不转弯，直言道：“老哥今天也太踊跃了点，忠王说要西征，众人都不吭气，独你站出来响应，安钧扯都扯不住。”郜永宽说：“西征有何不好？离开湖北七八年，再没回去过，如今咱好歹也成了王，干吗不衣锦还乡，让父老乡亲们羡慕羡慕？再说苏州已成孤城，早点离开，小命有保，再慢几步，只怕死无葬身之地。”

汪安钧望望郜永宽，不满道：“咱们入苏也非一日两日，老哥乐得其所，说能在人间天堂过上几天，算没白做回男人，这辈子就老死苏城，再不离开，怎么突然担心起死无葬身之地来啦？”郜永宽长叹一声，道：“过去乐得其所，不是有丁香在吗？自丁香不辞而别，永宽就觉得天堂不再是天堂，活着已没任何意思，还不如离开这个伤心之地。”汪安钧说：“听人说，丁香好像并非不辞而别，是受引诱，投入别人怀抱。”

郜永宽圆睁双眼，大声道：“还有这样的事？谁吃了豹子胆，敢引诱丁香？”汪安钧说：“我也是道听途说，并没亲眼所见。”郜永宽怒道：“真有此事，丁香不是自己离府，是被人引诱走的，我知道此人是谁，一定剥他皮，吃他肉，连骨头都嚼碎，吞进肚里。”

“老哥于丁香真是情重如山啊。莫非您决心离苏，全因丁香之故？”汪安钧不大好理解，“苏州温柔之乡，比丁香年轻漂亮的女子多的是，难道再无可心之人？安钧听说，纳王府里日日笙歌，夜夜艳舞，从没少过国色天香。”郜永宽说：“纳王府里确实没少漂亮女子，可没一个有丁香善解人意，还唱得出令人陶醉的《月子弯弯》。”

真没出息！汪安钧心里骂一句。正好侍从来请，说酒菜已经上桌。两人相让，携手来到客厅，把酒言欢。口说家乡话，又以家乡菜下酒，倒也是种享受。你来我往，渐渐郜永宽面呈酡红，已至微醺。汪安钧突然道：“听说此次忠王回苏州后，单独找老哥聊了好久？”

其实汪安钧本是讹诈，不想竟被他讹中，郜永宽承认道：“前天晚上忠王确曾将永宽叫去，掏了半夜心窝子，说咱虽为湖北佬，不是两广人，可最值得他信任的还是咱郜永宽，并非谭绍光他们。还说此次回苏，就是专程来与我会面，商量大事的。”

汪安钧没声，冷眼看着郜永宽。趁着酒兴，郜永宽继续道：“别看忠王当着众人，一口一个天王，其实背后对姓洪的鄙视得很，说他越老越糊涂，越老越昏庸腐朽，竟置天国于不顾，一心贪恋金钱美色，死也要死在秦淮河畔，做鬼亦风流。还不让别人另谋出路，非给他陪葬不可。谁又真心愿为昏君陪葬？怪只怪自己身背忠王二字，不得不一忠到底，以免毁掉一世英名。”汪安钧质疑道：“莫非忠王真会说这种话？”

郜永宽抿口酒，道：“永宽面前，忠王还有啥不好说的？忠王意思明白，在天王身边，凡事受牵制，伸不开拳脚，恨不得离他越远越好。当初建立苏福省，就是想独辟蹊径，却因挨金陵太近，依然没能摆脱天王控制。如今苏福难保，正好溯江而上，重回赣鄂，天高皇帝远，天王鞭长莫及，自可随心所欲，想干啥就干啥，说不定能绝处逢生。忠王肯拉上咱俩，就是觉得咱俩够朋友，讲义气，困死苏城，他于心不忍。咱俩又是湖北人，到得本乡本土，一呼百应，又有他忠王撑腰，宗禹联合，何愁大事不成！”

汪安钧大摇其头，道：“事若有老哥所说如此美好，又何乐而不为？与天王一样，太平军官兵东下江南，一待十年，享惯繁华都市的奢侈生活，谁还愿意再回赣鄂，去穷山沟里受罪？忠王为忠尽职，拯救天国，可赢得生前身后名，将士们出生入死又为哪般？还不是为金银财宝和娇儿美妾。与其再随忠王去吃二遍苦，受二遍罪，前途未卜，生死难料，还不如投降淮军，跟着吃香喝辣，再差也可领笔饷银，回家买田购地，当几天富家翁。”

这话岂是随便说得的？郜永宽起身，扯开门缝，往外瞧瞧，将门拉紧，回来说：“隔墙有耳，被人听去不好。兄弟铁心不随忠王离开苏州啰？”汪安钧说：“忠王有恩于咱，可咱俩是生死兄弟，又同时出道，老哥去哪儿，老弟就跟到哪儿，只担心下面兄弟不一定服从。”郜永宽说：“不离开苏州，坐等淮军攻入城内，束手待毙？”汪安钧说：“安钧觉得没这么严重。淮军水陆两师加一起，不到三万人，咱们有十多万精兵，还守不住一个苏州城？”

郜永宽叹道：“咱们人数确实占优，可淮军炮火厉害，又有常胜军相助，两个月工夫，就不折不扣将苏城外围扫清。还有蠡口之战，据说淮军所用乃上海洋炮局自制炮弹，不比洋炮差劲，若非咱们撤得快，只怕一个个早成炮灰。咱们也有大炮，却得通过白齐文向洋商购买炮弹，洋商出价本来就高，白齐文还要赚一笔，价位更离谱。如今淮军截断苏城外围，白齐文联系不上洋商，只能找戈登供货，戈登又从中掐一把，咱们更负担不起。”

“洋人可恶，有奶便是娘。”汪安钧愤然道，“谭绍光却视白齐文等洋人为祖宗，俯首贴耳，唯命是从。城里有四十多个洋人，为讨好戈登，已被他转移出去二十来个。”郜永宽道：“谭绍光这么做也没亏，通过转移洋人，从戈登手上换取不少枪炮和粮草。只是戈登也够可恶的，拿李鸿章钱，替李鸿章打仗，暗里又送枪炮给谭绍光，用来打淮军，包括打戈登自己的常胜军。”汪安钧道：“戈登唯利是图，咱管不着。老弟是担心谭绍光与戈登打得火热，不知有无别的企图。说不定是想让戈登牵线搭桥，到时再出卖咱们，去投靠淮军。”

郜永宽睁大双眼，不无惊异道：“谭绍光确实混账，可还不至于混账到出卖咱们吧？到底都是太平军王将，同生共死多年，也下不了这个手啊！”汪安钧道：“人心隔肚皮，咱们不是谭绍光肚里蛔虫，知他到底怎么想的？”又道：“现不管还没发生的事，单说此次忠王要拉咱俩离苏西进，安钧暗里猜测，八成就是谭绍光出的鬼主意。谭绍光横行苏城，为所欲为，其他王将敢怒不敢言，唯独咱俩会唱几句反调，他早耿耿于怀，还不趁忠王意欲西进，赶走咱哥俩，好把苏城弄成他个人的独立王国，一人独大，一手遮天？”

苏城诸王将里，出身秀才的汪安钧最有头脑，看人量事颇准，向有小诸葛之称，郜永宽格外信任他。听汪安钧这么一说，郜永宽心里忐忑起来，说：“若忠王安排真为谭绍光主意，咱们出城西征，岂不正中谭绍光下怀，好了他？”汪安钧说：“咱们不能轻易离开苏城，往西边跑。忠王把希望寄托在捻军身上，万一捻军为僧格林沁牵制住，没法南征，咱们前有官文绿营，后有曾家湘军，岂不成为肉馅，被官曾两军包饺子？就是捻军南下，他们来去无踪，飘忽不定，也不可能与咱们长期合作，咱们依然难逃兵败身死命运。”

听汪安钧说得在理，郜永宽西征念头已然动摇。却还有顾虑，道：“不离开苏城，哪天城破，咱们又怎么办？淮军攻势凶猛，苏城守得一时只一时。”汪安钧道：“苏城遍地金银，万一城破，让兄弟们狠狠捞上一把，再南逃浙闽，上山为匪。”郜永宽道：“为匪哪里不是为，难道不可回湖北老家，非到浙闽山上去不可？”汪安钧道：“老家怎么为匪？来往皆乡亲，打个劫都下不了手。且本乡本土，知根知底，日后朝廷剿匪，容易落网，为匪都为不成。”

一席话说得郜永宽心服口服，完全放弃西征想法。只是李秀成那里不好交待，又道：“当面答应过忠王西征，说出去的话，泼出去的水，又如何收得回？”汪安钧说：“不用收回，出城时弄点动静出来，惊动淮军，再对天放上几枪，返回城里就是。”

两人形成共识，汪安钧告辞出门，乘轿赶回康王府。入得府门，推开书房门，猛见椅上坐着位汉子，不觉一惊，后退半步，低声喝道：“你是谁？怎么跑到我书房来了？”汉子站起身来，抱拳作揖道：“贱仆失礼，贸然入室，还请旧主原谅！”

汪安钧认出是郑国魁，讶异之余，对门外喊道：“快来人，把这畜生给我绑啦！”

两位高大侍卫闻声而入，扑向郑国魁，同时下手，钳住他双臂。郑国魁毫无惧色，从容不迫道：“国魁好歹侍奉过王爷几年，失散多时，入府叩拜，本以为旧主记念旧情，会善待旧仆，想不到竟如此不留情面，不讲客气。”

“你这可耻的叛徒，还好意思说什么旧情和情面！”汪安钧咬咬牙，朝侍卫挥挥手，“拉出去毙掉！”俩侍卫扭过郑国魁，往门外直拽。郑国魁起劲别过脑袋，道：“国魁已是旧主砧板上的鱼，还怕重新蹦回江里去不成？待我把话说完，再毙不迟，也好知我为何而来。”

汪安钧并非真要毙郑国魁，不过给他点颜色瞧瞧而已，听他说得可怜，脸上掠过一丝笑意，对侍卫说：“先放过他，看他有啥好说的。”

侍卫松开郑国魁，退到门边。郑国魁掐掐被扭酸的双臂，上前一步，笑嘻嘻道：“谢旧主不毙之恩！”汪安钧满脸不耐烦道：“有话就说，有屁就放，我没工夫与你磨蹭。”郑国魁点头哈腰道：“好好好，国魁说，国魁说。”却欲言又止，只拿眼睛去瞧门边侍卫。

汪安钧支走俩侍卫，对郑国魁道：“快说吧，谁支使你来的？”郑国魁说：“没人支，也没人使，是国魁知道旧主驻守苏城，偷偷离营来看看您老人家。”汪安钧哼道：“咱们各事其主，有啥好看的？”郑国魁道：“虽说咱俩各有所属，毕竟主仆多年，旧主昔日大恩，国魁终生难忘啊。如今两军对峙，你我枪对枪，炮对炮，一旦枪炮一响，不是你死，就是我活，才趁战火未开之前，匆匆入城，能见上旧主最后一面，死亦瞑目矣。”

话说得声情并茂，汪安钧却不为所动，冷冷道：“莫非你冒死进城，就是来说这番废话的？”郑国魁道：“就是来说废话的。废话憋在肚里，实在难受，说了就浑身舒坦了。”汪安钧道：“你舒坦了是吧？”郑国魁点头道：“是是是，一吐为快嘛。一别多年，旧主肯定也有话要说，还请不吝赐教。”汪安钧哼哼道：“不敢，你已是堂堂淮军副将，八面威风，我哪还敢赐教于你？既然你已一吐为快，浑身舒坦了，可以走人了。”

郑国魁在苏州城里转悠大半天，早探得慕王与诸王将不和，于城防大不利，李秀成才匆匆回苏，欲采取措施，消弭摩擦。今又召集各王将开会，一开数个时辰，也预示会有大动作。至于到底是啥措施和动作，又不得而知，郑国魁只好麻胆来会汪安钧，想以情动人，赢得他好感，再从他口里套些内容出来。岂知汪安钧不上当，没说几句就下逐客令，要赶你走。郑国魁不愿罢休，涎着脸道：“旧主莫非如此讨厌国魁，不让多待片刻？”

“看在咱们主仆一场，让你活着离开，你不想走，只好劳动侍卫，把你塞进炮筒，轰出城外。”汪安钧瞟眼郑国魁，掉头喊声来人。刚才俩大汉复又冲进门来，欲对郑国魁动手。郑国魁只好起身，一边朝门外走去，一边道：“行行行，我自己走，自己走。”

离开康王府，已经夜深，月影西沉，更鼓声声。出得城来，东天方白，郑国魁回营小憩会儿，又填饱肚皮，赶紧去见程学启，报告说：“李秀成此番回苏，果然大有名堂。”程学启问：“什么名堂？”郑国魁说：“只怪国魁无能，没能探访明白。去康王府试探汪安钧，他又油盐不进，不肯透露半句口风。”

程学启笑笑道：“汪安钧可非颟顸之辈，岂会轻易透露口风给你？不要你小命，放你条生路，活着出府，已很对得起你了。”郑国魁道：“也是的，康王还算记念旧情。”程学启道：“你进城后，翰林哥哥还问起过你哩，去见见他吧。”郑国魁说：“咱空手而归，如何向鸿帅交待？”程学启道：“没交待就没交待。翰林哥哥顾虑你安全，你浮浮头，好让他放心。”

郑国魁随程学启走进帅帐时，李鸿章正挥毫泼墨，研习书法。两人放轻脚步，慢慢凑近去欣赏。写的是幅联语：高立太虚俯瞰鹏背，远临沧海细数龙鳞。程郑虽系武将，却也识文断字，自然要颂扬几句，说书法潇洒流畅，颇有二王遗风，联语也气势磅礴，沉雄阔大。

“军务缠身，久不研习，手僵指硬，笔头不易把握，自然难写出好字。”李鸿章瞄两眼桌上字纸，心生感慨，“书法看去简单，其实最见功力，三日不练，旁人晓得；两日不练，先生晓得；一日不练，自己晓得。”

两人又连声附和，说冰冻三尺，非一日之寒，鸿帅书法功夫，没三五十年锤炼，不可能到这份上。李鸿章换张宣纸，又低首写起来。嘴里也没歇，说：“听方忠说，国魁进了趟城？”郑国魁嗯一声，将入城经过，及见汪安钧情形，简单叙述一遍。李鸿章道：“亏得国魁有情有义，两军对垒，不共戴天，还甘冒危险，私见旧主。”

郑国魁不知李鸿章是表扬还是批评，嗫嚅道：“本想入城探探长毛虚实，怪国魁不中用，一无所获，啥都没带回来。”李鸿章道：“能把自己给带回来，便是最大收获。”郑国魁说：“谢谢鸿帅宽宏大量，不计国魁过错。”李鸿章说：“你有功无过。”

郑国魁以为李鸿章正话反说，脸上一红，有些挂不住了。李鸿章不在意郑国魁表情，继续运笔于纸上，嘴里道：“汪安钧轻易放人，既不要你命，也不拘留你，说明什么呢？”

程学启瞧瞧纸上字，再瞧瞧写字人，道：“说明汪安钧也有情有义。”李鸿章摇头道：“不不不，长毛真讲情义，就不揭竿而起，烧杀抢掠，祸害天下苍生了。”程学启问：“那汪安钧放掉国魁，到底说明什么？”李鸿章道：“说明汪安钧有想法。”

“有何想法？”两位不约而同道。李鸿章没直接回答，挪开书就的字，准备另写一幅。这次是张继的《枫桥夜泊》：月落乌啼霜满天，江风渔火对愁眠，姑苏城外寒山寺，夜半钟声到客船。书毕，眼盯桌上字，自言自语道：“汪安钧秀才出身，自然读过此诗。听说他多次乡试未中，该能领会落榜生张继诗中意味吧？只是鸿章此字，不知他看不看得上眼。”

两人痴在地上，一时不明白李鸿章究竟啥意思。

纸上墨迹渐干，李鸿章落款加印，又小心叠好，拿信套装上，交与郑国魁，道：“麻烦你再进趟城，将这幅字赠给汪安钧吧。”

郑国魁手捧信套，想问赠送书法，意欲何为，程学启拉他出帐，说：“翰林哥哥要你进城，你就进城，反正熟门熟路，不愁找不到康王府。”郑国魁道：“鸿帅送字给人，要干什么呢？事可一，不可二，康王已饶过我一回，我不知好歹，再返回去，还会放过我吗？”程学启笑道：“只管去吧，不会有事的。”郑国魁说：“万一惹恼康王，国魁岂不有去无回？”

程学启开导道：“翰林哥哥不是说过，汪安钧有想法，才没要你命？”郑国魁道：“可鸿帅没说康王有何想法。”程学启道：“其实汪安钧想法也简单，就是留着你这条线索。”郑国魁说：“留着我这条线索？”程学启道：“有你这条线索，汪安钧就不会断掉后路。”

郑国魁似有所悟，道：“原来鸿帅让国魁捎字，是去跟康王牵线。”程学启道：“国魁终于开窍，明白过来。”郑国魁道：“鸿帅干吗不写几句话，明确心迹，干吗假充斯文，弄首唐诗，酸不酸？还不知人家感不感兴趣呢。”程学启笑道：“汪安钧出身秀才，懂得张继诗，自然感兴趣。”郑国魁道：“我也知康王秀才出身，有才有学。只是两军对峙，箭在弦上，亏鸿帅还有闲心故作风雅。”程学启道：“别管人家风雅不风雅，赶紧入城，去见汪安钧吧。”

当天郑国魁便复返苏城，又混入康王府。俟天黑时分，见汪安钧前呼后拥而归，忽从暗处闪出来，双手作揖，高声请安。侍卫反应快，一拥而上，按住郑国魁，叫他动弹不得。汪安钧上前一瞧，认出郑国魁，不乐道：“怎么又来啦？你到底有完没完？”郑国魁道：“不是我要来。”汪安钧道：“不是你要来，又是谁要你来的？”郑国魁说：“自然是要人。”

汪安钧示意侍卫放开郑国魁，领他进入书房，说：“现在可以说了吧，何方神圣让你再闯王府？”郑国魁从袖里摸出信套，放到桌上，说：“旧主开封看看便知。”

汪安钧拿过信套，几下撕开信唇，抽出一纸，发开展示，竟然是幅书法，笔酣墨饱，算得书中上品。细瞧乃张继名诗，还落有李鸿章款印。毕竟是读书人，汪安钧心下喜欢，不出声道，李抚台此礼不薄啊。脸上却毫无表情，手在纸上戳着，道：“李鸿章无缘无故送字，居心何在？莫不借张继落榜愤懑之作，讥讽我多次乡试不中，至今还是酸秀才一个？”

鸿帅你书谁的诗不是书，干吗书张继屁诗，岂不把我给害惨？万一康王盛怒之下，叫我脑袋搬家，苏州城里不又多具无头尸身？郑国魁暗暗叫苦，只听汪安钧又道：“我知道李鸿章两榜出身，诗文了得，朝野尽知，有资格寒碜我没出息。可两榜又如何？你李鸿章不也翰林变绿林，成为两手沾血的杀人魔王，做了我这草莽英雄的对手！如今你我两军对垒，谁胜谁负，暂时还说不准，弄不好你撞我枪口上，枪子儿不会转弯，不管你两榜三榜，不管你文章再好，书法再棒，照样毫不客气，洞穿你狗脑袋。”

见汪安钧义愤填膺的样子，郑国魁觉得颇有意思。看来康王提着脑袋出来造反，不为缺吃，也不为少穿，皆因功名太低，成不了人上之人，又不肯服输，非出人头地不可。再瞧天王洪秀全本人，不也屡试不中，一肚子怨气出不去，才舍得一身剐，敢把皇帝拉下马，一把战火烧红大清半边天？佛争一炉香，人争一口气，何时世间多几炉香，少几口气，没啥可争，或许就天下太平，乾坤朗朗了。郑国魁胡思乱想着，道：“李鸿章两榜出身算个啥？出京南归，折腾十多年，才谋了个小小巡抚。反观旧主，虽只有秀才功名，不照样称王称霸，王爷做得有滋有味？英雄不问出处，还看各自作为，是不是？”

逗得汪安钧转怒为喜，笑道：“你以为我这王蛮光彩？近年天王没事可做，一口气封了两千多个王，上趟茅厕都能碰上好几个。”郑国魁不敢笑，道：“王有大有小，旧主并非可有可无的小王或中王，是货真价实的大王，坐拥数万精兵，轻轻一咳，地皮都要抖几抖。”

也许汪安钧对大王小王话题不感兴趣，低首欣赏起书法来，说：“还真别说，李鸿章这字确实颇见功力，不是谁想写就写得出来。”

见汪安钧态度大变，郑国魁不再担心自己脑袋安全，讨好道：“也是旧主面子大，鸿帅愿赠字请您指教，平时他可轻易不给人写字。”

“照你这么说，本王不收下这幅字，是不识抬举啰。也行，本王笑纳就是。”汪安钧将书法装回信套，“纳王虽系粗人，可自入驻苏城后，也沾染些许文气，对文玩墨宝起了兴趣，我让他也瞧瞧李字。”又说：“国魁使命已完成，可出城回禀李巡抚，替我谢他赠字。”

送走郑国魁，汪安钧换好便装，出了府门。也不乘轿，跃身上马，由俩侍从护卫，飞速赶至纳王府。府里正热闹，台上莺歌燕舞，台下郜永宽拥红倚翠，眼睛微合，脚踩鼓点，陶醉得很。汪安钧过去，咬住对方耳朵，悄语几句。郜永宽开眼起身，拉汪安钧来到后堂，急切问道：“啥好玩意儿，快快拿出来，让本王饱饱眼福。”

汪安钧出示李鸿章书法，郜永宽也不知好丑，只道不错不错，问值几个银子。汪安钧笑道：“这可是无价之宝啊。”郜永宽道：“无价也是价嘛，当然是大价，不是小价。”汪安钧道：“我说无价之宝，就是有它在手，咱们再用不着上山为匪了。”

这是哪儿跟哪儿啊？郜永宽眼望汪安钧，不明就里。汪安钧又笑道：“纳王仔细琢磨琢磨这四句唐诗，是不是告诉你：凉月西落，孤乌悲啼，长天霜冷，一阵江风吹过，只见渔火闪烁，有人愁眠入梦。梦正深沉，钟响惊梦，原来已至姑苏城外，正值山寺夜半钟鸣时刻，一只客船寻着钟声，穿过迷雾，出现在寺前。”

郜永宽哪有心情听汪安钧说诗？不耐烦道：“少废话！我粗人一个，只知开枪放炮，杀人如麻，哪有你做秀才的，有雅兴谈诗说文？”汪安钧笑道:“纳王再想想, 出现在寺前的客船, 里面会坐着何人? ”郜永宽道:“谁知会是何人? 你不说是唐诗吗? 我又没到过唐朝, 哪晓得唐诗里的客船会坐个什么货色? ”

汪安钧不轻不重道:“我敢肯定, 坐着李鸿章。”

郜永宽恍然大悟, 睁大眼睛, 望定汪安钧道:“你是说, 李鸿章送你唐诗, 是想约见你, 时间地点就写在诗里? ”汪安钧笑道:“纳王终于明白过来。”郜永宽道:“你赴不赴约? ”汪安钧道:“当然得赴约。”郜永宽道:“不怕他要你命? ”汪安钧道:“要我命干啥? 他要的是苏城。咱有十多万守军, 两三万淮军想攻下苏城, 谈何容易? 李鸿章想跟咱们合作。”

郜永宽几分矛盾, 甩手在屋里踱起步子来, 说:“你已想好, 不随忠王西征, 去与淮军吃香喝辣? ”汪安钧道:“先别把话说死, 见过李鸿章, 看他态度如何, 再定不迟。”

郜永宽稍作沉思, 终于点头道:“也行, 你不担心自身安全, 不妨与李鸿章接触接触。离忠王预约时间还有三四天, 何去何从, 都来得及。”

有郜永宽这句话, 汪安钧离府, 连夜自阊门出城, 直奔寒山寺。

十、和平收复苏州

很快到得寒山寺，汪安钧下马，将缰绳扔给侍从，有人从树后走出来，叫了声旧主。正是郑国魁。恰逢寺钟响起，有船只出现在夜雾迷茫的江面，郑国魁附汪安钧耳边道：“来得早，不如来得巧，鸿帅刚好赶至。”

不一会儿船只靠岸，郑国魁扶汪安钧上船。走进船舱，李鸿章与程学启就坐在里面，郑国魁介绍双方认识，四人围舱中方桌坐下，品茗亲兵端上的茶水。不觉船回江心，李鸿章笑道：“汪兄如时赴约，鸿章受宠若惊啊。”汪安钧道：“哪里哪里，受宠若惊的是安钧。鸿帅两榜出身，封疆大吏，亲自接见安钧，安钧三生有幸啊。”李鸿章说：“封疆大吏算啥？汪兄还是王爷呢。”汪安钧赧然道：“咱这哪是什么王爷？草头王而已。”

寒暄几句，言归正传。李鸿章说：“皖鄂一家，在座四位也算大老乡。老乡见老乡，两眼泪汪汪，有话总好说。鸿章不拐弯子，想起啥说啥。天国起事，已历十三载，搅得江南百孔千疮，十村九空。如今淮楚两军基本廓清苏浙，湘军兵临金陵城下，天国气数将尽矣。当然苏省范围之苏、锡、常，浙省境内之杭、嘉、湖，仍在天国手里，没有一年半载攻不下来。尤其苏城，可谓天国第二重镇，地位仅次于金陵，秀成苦心经营多年，驻军多达十五六万，淮军不付出惨重代价，不可能得手。不过大势所趋，最终结果会如何，已不言而喻，汪兄是明白人，比我更清楚。幸而国魁与汪兄有旧，咱们得以走到一起，若有合作之可能，使两军将士少些牺牲，苏州百姓逃脱兵燹，千年古城免遭破坏，也算功德无量啊！”

汪安钧也还干脆，说：“看到张继诗作，安钧及时赴约，就是诚心欲与鸿帅合作。只是苏州城里，除忠王李秀成和慕王谭绍光外，还有纳王部永宽、比王贵文、宁王文佳，外加三十五位天将，并非我汪安钧一人说合作就能合作，须争取各王将尤其几位王爷支持，相互配合，一起行动，才能成功，否则弄巧成拙，会坏大事。”程学启道：“忠王一忠到底，慕王乃天王和忠王死党，恐怕没法争取，只纳比宁三王非两广人士，争取起来应该容易吧？”汪安钧认可道：“纳比宁三王与安钧关系铁，可以试试。忠王与慕王外，苏州城里纳王实力最强，若能争取他支持，事情就算成了一半，关键还看怎么个争取法。”

汪安钧意思明白，投降可以，条件不能太差。李鸿章懂他弦外之音，道：“汪兄回城后，可替鸿章传话给纳王，就说条件由他先提，咱们再坐下来好好协商，确定彼此皆能接受的稳妥方案。目的只有一个，就是合作成功。”程学启道：“万事开头难，康王已坐进咱们船里，说明诚意已到，下步合作就有了基础。至于合作方案，今天没法深谈，康王回去与纳王定个意向，怎么合作，条件如何，下次再找地方详议。”

见李鸿章与程学启如此坦诚，汪安钧心下欢喜，表示回城即找纳王，转告三位意思。李鸿章让水手掉转船头，送汪安钧上岸。

天亮归城，汪安钧直达纳王府，向部永宽禀告枫桥夜见李程情形。部永宽沉吟半晌，说：“李鸿章说得对，天国气数已尽，苏浙十城九陷，苏州守得一时是一时，终难逃兵败身死结局，还不如投降朝廷，谋个职位，封妻荫子，或许能够善终。咱俩手下也就三四万兵力，还得联合比王、宁王及张大洲、汪花班、汪有为、范起发四位天将，共同发力，胜算才大。”

汪安钧也是这个想法，当即通知两王和四将，夜赴纳王府，密议大事。见纳、康两王有意降清，六王将别无异议，积极响应。于是歃血为盟，讨论投降基本条件。商定由纳、康两王出面谈判，对方也来两人，一是程学启，二是郑国魁。两人皆为太平军降将，可以将心比心，理解八王苦志。另让戈登出面做担保，洋人说话算话，不像华人容易反悔。

会商得差不多，已快天明，各自归府返营，像什么也没发生似的。汪安钧刚回康王府，碰着郑国魁前来听信，将其领入书房，简述八王密议过程，要他通知程学启和戈登，今夜到齐门外阳澄湖一处湖心小岛碰头，面谈投降事宜。

郑国魁出城返营，走进帅帐，程学启也在，正等他消息。听说八王将决定集体投降，李鸿章长舒一口气，道：“天助我也！苏州不战而获，淮军不用损兵折将，城里百姓免去一劫，不是天大福音么？”程学启道：“翰林哥哥别高兴得太早，还没谈定投纳降条件呢？也不知郜汪会提啥要求。”李鸿章道：“只要交出苏城，不管提何要求，你先代我答应下来再说。”

程学启领会李鸿章意思，让郑国魁赴常胜军大营，联系戈登，准备当夜去会郜汪二人。此时苏州城里还有二十多个洋人没出城，戈登通过中人，多次与谭绍光讨价还价，要他放人，谭绍光为牵制常胜军，没拒绝也没答应，急得戈登抓耳挠腮，生怕攻城战打响，洋人性命不保，这下郑国魁来见，说要他做担保，促成八王将投降，自然乐意。

入夜三人乘船，如期赶往阳澄湖，登上汪安钧所说湖心小岛。岛上有座不大的碧瓦凉亭，郜汪两位已坐在亭里，三人入亭，直奔主题，讨论正事。郜永宽挠挠后脑，伸出三根指头，给出三个条件：一是投降后，保举主持投降的郜汪为提督，六王将为总兵，其他三十多位天将做副将。二是留二十营降兵，独立编制，其余编入淮军或给饷遣散；三是由各王将统领新编二十营，驻守盘、胥、阊、平四门。

程学启一听，心生反感，怀疑两位不是真降，而是假降。哪有投完降，还要统领降兵，驻扎城门，不随时可反么？再说任命提督、总兵、副将，得报经朝廷批准，不是谁想任命就可任命的。程学启张张嘴，想驳回去，戈登抢先道：“条件好办，只要八王肯献城。鸿帅深得皇上恩宠，又是曾大帅门生，他俩联名上奏，请求解决各王将待遇，皇上定会恩准。”

戈登这么一说，程学启才想起李鸿章所嘱，也就耐住性子，表态道：“两位王爷所提条件确实有些苛刻，不过再怎么说，你们诚心降清，学启深感欣慰，会代表翰林哥哥答应你们。”

见程学启还算爽快，郜汪两人自然高兴，说：“淮军有何要求，也请程将军直言。”程学启道：“来时请求过翰林哥哥，咱们有两个条件：一是出具李秀成和谭绍光脑袋；二是剃发蓄辫，大开城门，迎淮军入城。”

郜永宽看看汪安钧，汪安钧声言道：“剃发迎淮军入城不用说，不然也不叫投降。出具谭绍光脑袋也应该，不能留他碍咱们手脚。唯忠王有恩于咱们，情同父兄，实不忍心加害于他。”程学启道：“李秀成是你们主帅，不把他拿掉，怎么成事？”

汪安钧道出李秀成西征策略，说可待他领兵出城后，再砍谭绍光脑袋，八王将同时起义献城。这确是稳妥办法，双方议定：两天后夜晚，郜汪两王照李秀成原定方案，分头领兵，往东南两个方向开拔，待李秀成一出胥门，淮军便开炮佯装攻城，郜汪两部虚晃一枪，再缩回城里，配合其他六王将，去取谭绍光首级，尔后大开城门，迎淮军进城。

商量得差不多，几位离岛，来到郜汪两人船上。汪安钧拿出事先准备好的降书，双方签字画押。又交戈登，让他作为担保人，留下大名。三方各执一份，以此为凭，永不反悔。

走出郜汪战船，离开阳澄湖，戈登返常胜军大营，程学启与郑国魁回去禀报李鸿章。李鸿章见过降书，说："条件不低啊。第一款不用马上兑现，日后再说，主要是二三款，留编二十营，由各王将继续统领，分驻四门，是个不大不小的隐患。"程学启说："是啊，学启本想拒绝他们，又怕招降失败，只得先答应下来，到时再见机行事。"

李鸿章说："方忠做得对，只要对方打开城门，淮军进驻城里，总有办法对付他们。"

这夜苏城内外大雾弥漫，李秀成率一万五千多嫡系，向胥门移动，准备出城，实施反围淮军及西征赣鄂大计。同时让亲兵传令纳康二王，各调精兵一万五，趁大雾笼罩，自盘葑两门出城，绕击淮军后路，攻破敌营后迅速撤离，汇合太湖西岸，进图赣鄂。

纳王郜永宽与康王汪安钧早拿着李秀成令牌，各自领兵，开向盘葑两门。出得城门，便按兵不动，待探知李秀成已率部出城，才派人登上长城卡营，向外放起枪炮来。淮军大营将士见到动静，也施放空炮，炮炮打在卡营前面深池里，声势浩大，惊天动地。

闻得枪炮激烈，谭绍光率部赶来增援。正碰上纳康两王兵马往城里后撤，谭绍光心下纳闷，不说好出城打围的吗，怎么纷纷回缩？逮住逃兵一问，说淮军攻势太猛，抵挡不住。谭绍光一脚踢开逃兵，登上盘门城楼，果见卡营外枪炮大作，火光四射。一时不知虚实，只得调集兵力，加强城防，决不能让淮军破营而入，威胁城门。尔后返回慕王府，着人联系纳康二王，入府说明情况，为何放弃原定计划，不突围出城。

纳康二王早已撤回城里，正与比宁二王及四天将汇合一处，带领亲兵，往慕王府赶来，约好入府后以纳王郜永宽掷帽为号，其他王将上前扑杀谭绍光，割取首级。走到半路，听说谭绍光去了盘门，掉头南奔。盘门已然在望，谭绍光传令官随后追至，召八王将回慕王府问话。八位随即勒转马首，又往城里急驰。

这里八王将正来回奔波，慕王府中的谭绍光坐立不安，隐约感觉有些不祥，担心会发生什么不测。一时又没见八王将来会，待在府里也不是办法，干脆披挂出门，上马欲去巡视城防，或许能碰上二王。在侍卫簇拥下，得得得穿过两条巷子，前头出现一彪人马，靠近一瞧，为首正是纳康二王，还有比宁二王和四大天将。

这不正好下手么？汪安钧老远认出谭绍光，在郜永宽耳边嘀咕一句，打马向前，下地向谭绍光作揖道："报告慕王，咱们正往慕王府赶，可巧在此遇见，还请慕王下达指令。"

郜永宽与其他王将也纷纷翻身落马，给谭绍光行礼。谭绍光只好下马还礼，望定郜永宽和汪安钧两位，厉声道："忠王已如约出城，驻扎望亭，就等二王绕至淮军后面，同时发力，二王为何刚出城，又退了回来？"

"淮军炮火将长城卡营封锁得严严实实，根本不容咱们突破，为减少伤亡，只好暂时回撤，等待时机再出战。"汪安钧开口敷衍道，斜眼去瞧郜永宽，等他掷帽为号，好动谭绍光的手。其他王将也瞪大眼睛，看郜永宽如何表示。郜永宽慢慢抬起手来，不经意似地抓住毡帽边沿。汪安钧见状，一只手悄悄摸向腰间剑柄，只待郜永宽摘帽扔地，便抽剑刺向谭绍光。

谁知郜永宽手在帽檐上停留一会儿，忽又松开，慢慢垂了下来。急得汪安钧暗暗跺脚，恨不得抓过郜永宽头上毡帽，一把扔到地上，再一剑结果谭绍光。又怕贸然行动，其他王将反应不过来，不予配合，反受制于谭绍光和他身后侍卫。

谭绍光看看汪安钧，又看看郜永宽，觉得两人情状异样，又大声道："时不我待，还等到何年何月？我已增派兵力，阻击盘葑两门卡营外淮军，你俩还不重新集合人马，快速出城！贻误战机，耽搁忠王战略转移大计，看你俩脑袋还保不保得住！"郜永宽双手抱拳，应声道："请慕王放心，永宽立即率部出城，绕击淮军后路。"

说着郜永宽跳上马背，朝所部大营方向驰去。汪安钧失望至极，跃马追近郜永宽，责备道：“老哥已抓住帽檐，为何又松开手，没有进一步动作？还怕咱八王将杀不过一个谭绍光？”郜永宽仰天而叹道：“咱与慕王生死与共多年，虽说他高傲自大，不太瞧得起咱这些两广以外籍贯王将，毕竟也没哪里亏待过咱，如今大敌当前，叫我怎么下得了这个手？”

汪安钧恨铁不成钢道：“你这不是妇人之仁吗？自签署降书决定投清那一刻起，敌人便不再是淮军，而成了太平军，具体说成了慕王谭绍光。这叫化敌为友，化友为敌，如此浅显不过的道理，老哥总该明白吧？”

“化敌为友，化友为敌。”郜永宽重复道，声音由小而高，慢慢激昂起来，“与慕王前世无仇，今世无冤，干吗要化友为敌？一直视慕王为兄弟，同仇敌忾，生死与共，打了多年湘淮军，如今仅因一纸降书，就一下子敌友颠倒，自相残杀，到底为了什么！”

郜永宽激动难耐，喊叫着，一把摘过毡帽，往地上一扔，又抓住头发，猛拽猛扯起来。汪安钧冷眼旁观，不出声道，谭绍光又不在面前，扔掉毡帽，还管啥用呢？

忽然一阵风起，地上毡帽一侧，车轮样往前滚去。没有毡帽，再次遭遇谭绍光，郜永宽又掷何物为号呢？汪安钧赶紧下马，追近毡帽，拿到手上，回来递还郜永宽。郜永宽戴好毡帽，说：“走走走，马上组织出城，绕到敌后，痛击淮军！”汪安钧说：“老哥别忘了，咱们已签署过降书的。”

“降书算什么东西！”郜永宽大声喝道，纵马向前。没跑多远，忽又放慢速度，偏首侧耳，似听到了什么。汪安钧也凝住不动，张了张耳朵，正好一个声音随风而致：月子弯弯照九州，几家欢乐几家愁，几家夫妻同罗帐，几家飘零在外头。

声音婉丽凄美，汪安钧觉得几分耳熟，似在哪儿听过。声音最易让人恢复记忆，汪安钧联想起几次在纳王府里听曲情形，郜永宽爱妾丁香最拿手的曲子便是《月子弯弯》。郜永宽天性粗犷，杀敌如割韭菜，喝酒如饮凉水，自纳丁香为妾，一身侠骨全化为柔肠，又爱屋及乌，喜欢上江南温曲软调，只要人在府里，就叫过丁香，弹唱几支。重要客人到访，逢着高兴，也让丁香献曲，苏城诸王包括谭绍光，都见识过丁香色艺。后来丁香销声匿迹，汪安钧再没听到过凄美得让人心碎的《月子弯弯》，可每次走进纳王府，总能想起丁香及其歌声。

此时送入耳旁的曲子定为丁香所唱。汪安钧心里肯定道，抬起头，寻声望去，又有发现。原来歌声起自不远处的大院，墙高宅深，古树森森。汪安钧意识到是个什么地方，对郜永宽道：“老哥知不知道，咱们就在慕王府围墙外边。”

郜永宽也认出两人所处位置，疑虑道：“慕王府里怎么会有丁香歌声？”汪安钧道：“曾有传言，说老哥在纳王府接待慕王，让丁香唱曲助兴，慕王惊艳不已，想向老哥讨要丁香，又觉横刀夺爱，与老哥闹翻不好，才暗耍手段，让人递话给丁香，谎说丁父乞讨至慕王府，为慕王所收留，丁香信以为真，偷偷离开纳王府，去见谭绍光，被他据为己有。安钧不相信实有其事，一直闷在肚里，没敢说给老哥。今闻丁香曲声出自慕王府，才知传言不假。”

汪安钧这里话没说完，远处歌声又起：月子弯弯照九州，几家欢乐几家愁，几家骨肉团圆聚，几家飘蓬在外头。

“狗日的谭绍光，我要将你碎尸万段！”郜永宽顿时怒从心头起，策马往慕王府大门方向驰去。汪安钧追过去，劝道：“你这不去送死吗？慕王武艺高强，侍卫环护左右，你一个人如何碎尸慕王？还须重新纠集诸王将，统一行动才是。”

郜永宽这才冷静下来，勒住马缰，让汪安钧联系刚刚走散的六王将。

谁知八王将再度聚拢后，郜永宽又变得犹豫起来，反复说叛徒可耻，说降就降，会遭千人骂，万人唾，这辈子怎么抬得起头？汪安钧说骂也好，唾也罢，只要能活下去，总被困死苏城强。郜永宽又说在天国阵营呼风唤雨，扬眉吐气，一旦投降淮军，上不上，下不下，受制于人，忍气吞声，活着又有啥意思？

没法说服郜永宽，汪安钧一气之下，上马回了康王府。气哼哼走进书房，屁股刚挨椅子，郑国魁微服来见。汪安钧心烦意乱，敷衍道：“慕王好像已有堤防，一时没找到下手最佳机会。不过郑兄放心，最迟不出明天，一定提着慕王脑袋，出城去见李巡抚和程将军。”

八王不会反悔吧？郑国魁心里想，招降不比其他，事不宜迟，时间拖得越久，变数越大。汪安钧并非易反易复之人，要反悔也只能是郜永宽。难道事到临头，郜永宽又下不了决心，不忍叛弑谭绍光？或是心存侥幸，觉得苏城可守，投降名利双失，太划不来？

敦促汪安钧两句，郑国魁出城，回到淮军大营，去见李鸿章与程学启，说了自己想法。李鸿章沉思不语，程学启愤然道："八王将是不见棺材不掉泪，得给他们点颜色看看。"李鸿章道："给什么颜色？"程学启说："可对城区发起攻击，让八王将瞧瞧淮军的厉害。"

李鸿章想想，点头说："坐等八王将提着谭绍光脑袋来降，确实不是上策，不如主动出击，敲打敲打他们。就从城东方向进攻，摧毁城外防线，直逼城下。"程学启说："城东有娄匠葑三门，最好三管齐下，同时发难。"

李鸿章表示认可，当即发号施令，程学启率开字诸营，攻打娄门；张遇春、郑国魁率春字与魁字等营，攻打匠门；戈登率常胜军，攻打葑门。

号令发下，三路军同时出营，朝目标移动。李鸿章还不放心，欲领亲兵亲临三门，观察现场。正好冯桂芬和钱鼎铭来谈事，李鸿章让两位随行，一起出巡。

第一站是娄门方向。娄门本名缪门，秦时有古缪县，故名。至王莽篡汉，缪县改叫娄县，门随县名，始称娄门。娄门三重并立，分外城、中城、内城。内城筑有城楼，城门之间设置闸门，留足空地，南面还有三道水城门，堪称金城汤池，非轻易可破。让程学启亲率开字诸营进攻娄门，看来再正确不过。开字营所属洋枪队武器精良，枪兵皆神枪手，枪法精准，久经沙场，打起硬仗恶仗来，一个顶十个百个。炮队更不用说，炮优弹足，炮手都是严格训练出来的，又有丰富的实战经验，最善于攻难关。

看望过娄门外各营将士，往南便是匠门。当初伍子胥造竣大城，便划定城东南为干人工匠冶铸兵器之场所，城门也以匠名。干将莫邪夫妇受阖闾之命，在此设炉铸剑，三年铸成雌雄二剑，雄名干将，雌名莫邪，故城门又有干将之谓。匠将音同，彼此难分，久而久之，又讹音为相门。冯桂芬道："夫差战胜越国后，见匠门干人和工匠能干，又征调城西，筑三百丈高的姑苏台，傲视群雄，自高自大；造富丽堂皇的馆娃宫，专蓄西施，纵情享乐。夫差只顾得意忘形，沉湎声色，不期返越后的勾践卧薪尝胆，厉兵秣马，最后北伐灭吴。"

几位感慨着，视察过春魁诸营阵势，来到葑门。葑门初名封门，以封湖州封禺二山得名。又以周围多水塘，盛产葑亦即茭白，遂改为葑门。葑门乃勾践伐吴所开，水陆两门并列，陆门外筑瓮城一道，门上有重檐歇山城楼三间两层。北宋年间，陆门一度湮塞，恰范仲淹回苏任知州，重新开辟，以便交通。范仲淹乃古今文人之典范，在场皆读书人，无不由衷敬仰。李鸿章说:“年轻时诵读《岳阳楼记》，至‘先天下之忧而忧，后天下之乐而乐’，暗惊文正范公之大才，为何出句高妙如此，竟至千古传诵不衰。后随年岁渐长，才知范公不仅说得好，做得更好，无论出任地方，还是守卫边境，抑或入朝参知政事，都能以身作则，尽责尽职。儒家传统，贵在知行合一，范公若非数十年身体力行，感同身受，哪会发出忧乐天下之绝响！”

作为隔代同乡，冯桂芬自然对范仲淹事迹了如指掌，说:“范公不仅勤于实政，也重视文教。主政苏州期间，除兴农桑，建水利，还腾出祖宅兴办府学，设坛聘师，讲解经学，自己更是登坛授课，言传身教，开风气之先。自此苏州学风蒸蒸，渐成苏湖教学法，受朝廷嘉许，推而广之。故后世有论：吴学之兴始于范公，天下之学始于吴郡。”

“怪不得苏湖人才济济，原来全赖范公兴学于吴，播下读书种子。”李鸿章不无羡慕道，“还是景亭兄有幸，生于斯，长于斯，自小沐范公之遗风，学有大成。”钱鼎铭接话道:“正是吴地学风鼎盛，府学和书院大行，自宋以降，先后出现公私书院五十多所，培养出无以数计的进士、举人和学者。正谊、紫阳等书院更是天下闻名，近期著名学者钱大昕、彭启丰、石韫玉、俞樾及八十六岁中进士的沈德潜，就曾在此就学和主讲。听说景亭兄受教于正谊书院时，文忠林（则徐）公抚苏，步范公后尘，至书院考课，慧眼识珠，发现景亭兄，颇为欣赏，收为关门弟子，招至抚衙读书，亲自辅导。景亭兄不负林公栽培，先考取举人，又高中榜眼，一生孜孜于学，著作等身，传为美谈。”

说得冯桂芬不好意思起来，说:“两位经世致用，拯民救国，才最值得称道。”又说:“长毛作乱以来，江南学政废弛，已多年不设科考，读书人看不到出路，一个个心灰意冷。桂芬逃亡上海途中，经过昆山，特意入城游览考试院，只见门塌墙倒，荒草萋萋，好不让人心酸。苏州收复在即，抚衙也将回迁旧址，桂芬建议鸿帅，干脆把考试院从昆山移过来，尽快恢复童试和乡试，凝聚士心，重振吴学。”

“景亭兄言正合鸿章之意。麻烦您就如何复振吴学，替我做个方案，入城后稳定住局面，便付诸实施。”李鸿章欣然同意，“不过前提是光复苏城，否则一切将成空谈。光复苏城自然是早晚的事，淮军大炮已瞄准城里，一声令下，即可轰开城门。只是投鼠忌器，才迟迟没发起总攻，看能否智取成功，以便养育过范公的古城免遭毁坏，城里百姓逃过一劫，多留下些读书种子，传承儒学吴风。不然愧对范公和莘莘学子，鸿章心里不安。”

正忧乐着苏城命运，戈登走出大营，欢迎几位视察常胜军。看望过官兵，又叮嘱戈登几句，不觉天色已晚，几位出营，返回帅帐。

不觉子夜将至，李鸿章出帐，登上望楼，只见天低云厚，四野寂静。苏州城里，灯火明明灭灭，几分神秘。李鸿章掏出夜光表，瞧瞧时间迫近，朝身后亲兵挥了挥手。亲兵会意，举过来复枪，对空连放三枪。枪声响过，娄匠葑三门方向大炮齐发，炮弹咆哮着，射向城门前的长城卡营。一连半个时辰，炮无虚发，弹弹击中目标，三门前卡营已是火海一片。

苏城大乱。慕王府里，谭绍光困兽般在地上来往徘徊着，急切等待八王将入府商量城防措施。他总算明白过来，纳康两王不愿离开苏州，逼其绕击淮军，西进赣鄂，已无可能，不如一起坐下来，交交心，通通气，消除芥蒂，联手抗敌，或可保苏城不失。

汪安钧得到通知，没直接上慕王府，先去纳王府见郜永宽。他知道郜永宽还在犹豫，不知如何面对慕王。可这是最后时机，必须说服郜永宽履约，否则淮军攻入城门，便为时已晚，想降都没降的可能，只有血战到底，白白送死。

果然走进纳王府，郜永宽一动不动坐在椅上，眼望庭前柏树发呆，汪安钧到了跟前，仍浑然不觉似的。汪安钧道："慕王有召，咱们走吧。"郜永宽半天才道："到了慕王府，又该怎么办？"汪安钧说："照降书约定办。"郜永宽又问："李鸿章会不会兑现承诺？"汪安钧说："没交出慕王脑袋，打开城门，放淮军入城，人家如何兑现？"

郜永宽又痴一会儿，这才缓缓起身，随汪安钧出了纳王府。赶至慕王府，其他六王将已到，正默坐议事厅，一个个垂头丧气。谭绍光一见两位，火气往上直窜，不出声骂道，都是这两个家伙背信弃义，坏我大事，若按忠王意图，绕至敌军后面，城里城外相互配合，内外夹击，又岂容淮军得势逞能，狂轰滥炸！

可谭绍光还是强压住心头火气，笑迎两位到来。兵临城下，不是窝里斗的时候。小不忍则乱大谋，自己两万人马，实在没法压住八王将手里十万兵力，只能放低姿态，哄得他们开心了，才好共同对付城外强敌。

待两位坐定后，谭绍光开始发话："各位都已听到，敌军炮火在东城外轰炸了半个时辰，娄匠葑三门长城卡营毁坏殆尽。好在咱们早有准备，伤亡不太大，淮军想突破卡营，靠近城墙，不是那么容易。本王坚信，只要兄弟们团结一致，共同对敌，凭咱们数倍于淮军的兵马，把他们挡在城外，应该不在话下。"

没等谭绍光说完，汪安钧冒出一句："兵马多，粮草消耗也多，一旦粮尽草绝，看你还怎么挡敌。"谭绍光说："本王白天已巡察过城里粮仓和草场，至少可坚持两三个月。"汪安钧问："两三个月之后呢？"谭绍光自信满满道："不用两三个月，忠王就会分无锡与常州之兵，南下救援咱们。"汪安钧哼哼道："锡常危在旦夕，哪还有兵可分？"

不是你们两位抗令不从，局面又怎会如此被动？谭绍光真想好好教训教训汪安钧，话到嘴边，又改成："纳康两王没有出城，忠王无力反围淮军，只好暂驻望亭，一边飞书锡常诸王，派兵南援，先打退苏州城外淮军，再北进金陵，出击湘军，以固天国根本。为配合忠王，咱们不能坐视敌军横行，须变被动为主动，痛击淮军，扑灭其嚣张气焰。凭各位兄弟对天王和忠王的绝对忠诚，自会义不容辞死守苏州，救援金陵，确保天国永不倒。"

汪安钧冷笑一声，道："湘军将金陵围得铁桶一般，蚊子都飞不进去，城里已快断粮，洪天王连饭都已吃不上，还盼天国永不倒，做白日梦去吧！"

其他各王将也你一言我一语，冷嘲热讽，说天王已成行尸走肉，自己都不再把自己当人，别人还能指望他什么？还是早做打算，另谋出路。天王是谭绍光心中神圣，岂容旁人污蔑？谭绍光再也压不住心头怒火，指点着各位，大骂道："天王也是尔等可指责的吗？你们这些忘恩负义之徒，若非天王恩典，谁能拜将封王，人模狗样一个！"

各王将不服，手舞足蹈，与谭绍光对骂起来。只有郜永宽默然无语，仿佛眼前一切与他无关似的。汪安钧伸出椅子下腿脚，踩了踩他脚背，他也无动于衷，毫无反应。谭绍光不想激化矛盾，忍气吞声，闭住嘴巴。各王将也知嘴皮子不如刀把子，懒得再吱声，纷纷斜眼去瞟郜永宽，只等他抬手取下头上毡帽，好出手做个了断。

议事厅一下子变得格外安静，静得有些可怕。郜永宽两只手搭在膝盖上，还是没有任何表示。急得汪安钧眼冒金星，不出声道，还不动手，更待何时？再这么傻等下去，只会又无功而返。汪安钧顾不得许多，移动手臂，向腰间伸过去。

就在汪安钧指触剑柄，准备动手之际，不远处传来琵琶悠扬，声声如诉：月子弯弯照九州，几家欢乐几家愁，长安夜夜家家月，几处笙歌几处忧。

不用说，又是丁香在自弹自唱。只有她才弹唱得出如此幽怨感人的曲子。此曲只应天上有，人间哪得几回闻？汪安钧下意识缩回手指，没让佩剑出鞘。他太喜欢丁香的琵琶曲，不愿无情的屠戮掩没这天籁之音。

郜永宽也听到了琵琶曲。这是足以消融他铁石心肠的妙音。郜永宽尖起耳朵，努力捕捉着声源。似乎就来自慕王府，且近在身旁。确切说来自窗外那片小树林，微风拂过，摇动不老的冬青，顺便将琵琶曲送入议事厅，送进郜永宽耳里：月子弯弯照九州，几家欢乐几家愁，愁杀人来关月事，得休休去且休休……

且休休，且休休！郜永宽嘴里念叨一句，猛然抓过头上毡帽，咬紧牙根，狠狠往地上扔去。各王将看得真切，抽的抽枪，拔的拔刀，一齐向谭绍光扑过去。

可还是没汪安钧动作快，被他抢先一步，跃到谭绍光面前，身子未曾定住，手上剑锋已刺入对方咽喉。用力过猛，刺得很深，大股鲜血喷涌而出，飙得汪安钧满身满脸都是。

谭绍光从两广打到两湖，从两湖打到两江，穿行枪林弹雨，进出刀山火海，身经百余恶仗狠仗，从没人能伤及他半根毫毛，却被同伴一剑封喉，哼都没来得及哼一声，便歪倒在椅子上。只眼睛睁得圆圆的，散淡的目光从汪安钧身上缓缓滑过，滑向郜永宽，定格在他脸上。

谭绍光脑袋送入淮军大营后，程学启叫来郑国魁，让他验看。郑国魁给汪安钧做侍从时，多次见过谭绍光，熟悉他面容。就是不怎么熟悉，谭绍光腮边有颗黑痣，也易辨认。郑国魁认出谭绍光，又撩开鬓边长发，指着其腮边黑痣，对程学启道：“黑痣在此，不会有假。”

程学启立即赶往帅帐，报告李鸿章。李鸿章大喜过望，说：“好好好，苏城有幸，苏城有幸啊！”程学启道：“何时进城纳降？”李鸿章道：“宜速不宜迟，越快越好。”程学启道：“要不要通知常胜军，一同入城？”李鸿章道：“常胜军鱼龙混杂，不易管控，决不能让其染指苏城，抢夺掳掠。本抚这就下令，让戈登率部回驻昆山。”

接到李鸿章命令，戈登一万个不情愿。围攻苏州，淮军兵力有限，要你领军助剿，协同作战，苏州外围廓清，八王将知道孤城难守，不得不投降献城，却把常胜军一脚踢开，眼睁睁看着淮军入城纳降，大发其财，要咱戈登怎么想得通？可这个理由又摆不上桌面，戈登只能旁敲侧击，对李鸿章说：“苏城守军多达十二三万，常胜军撤离，两万余淮军如何镇得住？万一八王将出尔反尔，临时变卦，鸿帅咋办？”

李鸿章明白戈登话里意思，也不点破，只是道：“八王将已献上慕王脑袋，还怕他们食言违约，不献苏城？戈将军不必过虑，只管领兵回昆就是。昆山空虚，万一无锡和常州方向长毛南犯，无人抵挡，上海岂不危险？”

锡常太平军自顾不暇，哪还有南犯之力？根本不是理由嘛。无奈军中不是讲理之处，戈登不好与主帅辩驳，只得另提要求：“苏州外围之战，常胜军没少出力气，可说功不可没，还请鸿帅看戈登薄面，增拨两月饷银，鼓舞鼓舞士气，下次参战，将士们才肯卖力。”

真是贪得无厌！李鸿章不出声骂道。常胜军饷银标准本就高过淮军好几倍，且从没拖欠过。江南连年战乱，饷源短缺，淮军饷银一拖数月，也得想方设法保证常胜军，及时足额发放到位，否则戈登就追着你索饷，动不动扬言撤军不干。八王将投降，不让进城纳降，又无中生有，想多弄两月饷银，哪有此等好事？李鸿章一口回绝，不容戈登啰唆。

戈登实在没法，只好勉强从命，撤离苏州。常胜军一走，程学启便组织淮军各营，分成两部分，星旗电戟，向娄匠二门开过去。郜永宽已下达过命令，二门洞然敞开。淮军浩浩荡荡，顺利进入城中。照降书约定，降兵分守盘胥阊平四门，其他齐娄匠葑蛇五门及城区出让给淮军。不到半个时辰，五门换防完成。尔后淮军由东往西，前往接管各处关隘。

谁知来到城中地带，被降兵壁垒拦住去路，不让西进。问原因，说纳王已将苏城分为东西两半，淮军驻东，降兵扎西，叫半城而守。

见前头部队受阻，程学启打马上前，听到半城而守四字，不禁火冒三丈，恨不得架了大炮，直轰降兵壁垒。又考虑降兵达十三万之众，四倍于我，真要开打，淮军占不到上风，苏城也会跟着遭殃。只得咽下一口恶气，带上郑国魁，飞奔纳王府，去与郜永宽交涉。

郜永宽知道程学启会上门，在纳王府里坐等，哪儿都不去。自阳澄湖上签署降书后，他便暗生悔意，不知投降是好事，还是坏事。尤其到得谭绍光面前，准备取其脑袋出城邀降，心里就很不是滋味，犹犹豫豫，老打不定主意。也是汪安钧逼迫，又听到慕王府里丁香琵琶曲响起，恨谭绍光夺己所爱，才横下一条心，掷帽为号，让汪安钧索取谭绍光的命。谁知谭绍光死不瞑目，目光定在郜永宽脸上，让他不寒而栗，心惊肉跳。郜永宽懂谭绍光目光里意思：你这背信弃义的可耻叛徒和卑鄙小人，决不可能有好报，我今天惨死在你手里，明天就会轮到你小子头上！

谭绍光目光让郜永宽对淮军，确切说对程学启、郑国魁还有戈登痛恨不已。不是这三人诱导，自己又怎会违背天良，残杀同胞，让谭绍光死于非命？郜永宽觉得不能让谭绍光的命白丢，轻易交出苏城，便宜李鸿章。还要增加筹码，留编百营，半城而守，各王将待遇也得往上提一提。即便李鸿章和程学启不同意，也没啥大不了的，无非费些枪子炮弹，打上一仗，拼个你死我活，不相信自己十三万守军，拼不过他们三万淮军。

程学启和郑国魁赶往纳王府时，汪安钧已先到一步，正劝说郜永宽，撤掉城里壁垒，放弃半城而守愚蠢做法。淮军都已入城，不可能再把人家赶出去，何必节外生枝，激化矛盾？郜永宽根本听不进汪安钧意见，说："此时咱还掌握着半个苏城，一旦撤掉壁垒，把家底全部交出去，再提条件，无异于放屁，谁还会当回事？"汪安钧说："纳王不听奉告，固执己见，只怕会招致杀身之祸。"郜永宽说："我手里还有十多万雄兵，谁近得我身！"

两人正争执不下，程学启与郑国魁已至纳王府前。下马后，郑国魁见程学启满脸怒气，提醒道："军门先平复一下心情，再入见纳王不迟，否则会坏大事。"

毕竟到了纳王府，不是淮军大营，意气用事，不仅招降功败垂成，还会祸及自身。程学启听信郑国魁言，一下子变得理智，长长一吁，吐出胸中浊气。又迫使自己收住怒色，努力装出心平气和的样子，放慢脚下步骤，走进府门。

见程学启与郑国魁到来，郜汪两人不再争执，起身接待两位。重新坐定，程学启悠着语调道：“二王深明大义，放淮军入城接防，李抚特意派学启前来致谢。”郜永宽说：“程将军客气，本王按约归降，何谢之有？”程学启道：“降约只说贵部驻守平闻胥盘四门，没说半城而守，莫非纳王担心淮军兵力不够，才砌筑壁垒，帮我守卫西城？”

汪安钧忙帮着打圆场，说：“不是半城而守，是时间太仓促，还来不及让出西城。纳王正准备下达命令，尽快撤走守军，二位只管放心就是。”郜永宽没领汪安钧的情，说：“不是时间仓促，是淮军还得再答应三个条件，否则本王不会调开西城守军。”

这没出程学启意料，他问道：“纳王还有何条件？”郜永宽道：“屠戮慕王，投降淮军，八王将已背下千古骂名，个个深感不安，后悔不已。我与康王还好说，是始作俑者，没啥可悔的，其他六王将不愿就范，恐怕还得设法笼络笼络。”程学启道：“怎么个笼络法？”

郜永宽道：“也好笼络，一是给六王将保举提督衔。同时保举六王将办不到，先保举比宁二王也行。其实提督衔也好，总兵和副将也罢，都是虚衔，有名无实，还得落实江南富庶地方实职，战争结束即可走马上任。二是降兵除留编百营外，其余将士暂不编入淮军或遣散回乡，就地驻守西城，待各项待遇兑现到位，再决定撤留。三是八王将暂不剃头，为慕王留发守丧，直至慕王七七四十九忌日期满。”

这不是无理取闹吗？程学启正要发作，郑国魁在旁边扯扯他衣脚，他才又忍住恶气，说：“纳王条件越来越高，不是为难咱们吗？”郜永宽道：“条件一点都不高。苏城十三万守军，咱不拱手相让，淮军攻得下来吗？就是攻下来，程将军三万人马只怕也会拼得所剩无几。如此说来，朝廷给降军一点点实惠，安慰安慰咱们，难道不应该么？”

细想想，此理程学启还真没法辩驳，只能先应付道：“纳王把话说到这个份上，程学启无话可说，只好出城，向抚台大人报告，由他来决断。”郜永宽说：“行吧，本王就不留客了，程将军早回，早见抚台，早做决定，早给答复。”

出得纳王府，程学启留下郑国魁，协同张遇春，负责所占城区防卫，自己连夜策马出城，去见李鸿章。听说郜永宽又有附加条件，李鸿章也火气腾腾，往脑门直冲。可发火无补于事，只好逼迫自己冷静下来，沉吟道：“半城而守，加六王提督衔，保举实职，留发守丧，郜永宽不是要挟咱们吗，他到底要干什么呢？”程学启道：“他是见淮军轻松入城，心里不舒服，非逼咱们动手与他打一仗，分个输赢不可。”

李鸿章叹道：“本抚就是想不战而屈人之兵，保全苏城，才苦心孤诣，招降八王将。大功即将告成，还要动枪动炮，岂不枉费心机，前功尽弃？”程学启道：“不打仗也行，先同意郜永宽所开条件，再在受降仪式上把八王将干掉。”

李鸿章看眼程学启，说：“这不是杀降么？”程学启说：“受降如受敌啊，不狠点心，该出手时不出手，会出大乱子。”李鸿章摇头道：“杀降不祥，自古而然。方忠也知道，项羽新安杀降，以至身败名裂，鸿章怎能重蹈其覆辙？”程学启道：“项羽兵败，哪是杀降所致？是没看透刘邦用心，该狠不狠，放虎归山，遗下无穷后患。”

“方忠所言也不是没道理。”李鸿章不无忧患道，“但八王将已降，只不过还留有一手，无端杀降，有负降约，如何向世人交代？”程学启道：“咱们要交代的是朝廷和皇上，不是世人。不杀八王将，苏城终不可得，虽得之亦不安啊。吾宁负降约，负八王将，也不负朝廷，负君王。何况八王将并非真降，也算不得杀降，说不上负与不负。”

想起蔡元隆太仓诈降，淮军损兵折将，三弟差点丢命，还有苗沛霖降而反，反而降，再降再反，前事昭昭，殷鉴不远，李鸿章能不引以为戒？可杀降毕竟不是好事，负面反响大，不到万不得已，绝不可为。两人一直商谈到半夜，也没个结果。

最后李鸿章又提出：“要不要将郑国魁与戈登叫来，一起商量商量？”程学启道：“郑国魁跟汪安钧有旧，不会同意对八王将下手，我才留他在城里，没让同来见翰林哥哥。戈登是担保人，平时又没少与八王将暗通款曲，生意往来，也会维护八王将。再说不让常胜军进城纳降，失去掠财夺物机会，戈登已一肚子怨气，不仅不会支持咱们，说不定还会借题发挥，惹出别的麻烦来。”

李鸿章点点头，却没法表态。程学启道：“当断不断，反受其乱。天亮前不做出决定，答复不了郜永宽，明天受降仪式就没法进行。”

李鸿章还是举棋不定，急得程学启直跳脚。跳得正起劲，探子入帐报告，说驻扎望亭的李秀成正率师往东南移动，似有回扑苏城迹象。李鸿章一惊，问程学启怎么看。程学启说：“李秀成回师苏城，郜永宽半城而守，这里面不会有啥联系吧？莫非部永宽投降是假，引诱咱们入城，再与李秀成内外夹击，歼灭淮军是真？”李鸿章问：“望亭到苏城，需多长时间？”程学启说：“今夜动身，最快也得明天午时赶到。若咱安排兵力半道伏击，又另当别论。”

“就让何安泰率军西上，抵御李秀成。”李鸿章唤进亲兵，传令下去。又对程学启道：“明天受降仪式照约举行。为防不测，做好两手准备，力劝部永宽放弃附加条件，他若识时务，退出半城，饶他不死，否则立斩八王将，再取他们身上令牌，接管城西及平闾胥盘四门。”

程学启答应一声，出帐部署。李鸿章亲具信函，派亲兵入城，盛邀八王将来帅营参加受降仪式，领戴红冠花翎。

函至纳王府，部永宽刚晨起洗漱毕，见红冠花翎四字，怦然心动，召汪安钧问道：“去不去淮军帅营参加受降仪式？”汪安钧说：“放弃西城就去，否则别去为妙。”部永宽道：“能不去吗？李鸿章已答应给红冠花翎，咱倒看这红冠花翎规格如何。”

说罢部永宽通知其他六王将，各带百十亲兵，离城赶往淮军大营。李鸿章亲率程学启诸将，出营夹道欢迎。另有吹鼓手，吹吹打打，热闹非凡。八王将觉得挺有面子，一时得意忘形，龙行虎步，昂然步入帅帐。先由李鸿章带头，五体投地，跪伏香案前，焚香烧纸，杀鸡涸血，奉天地，祀鬼神，敬皇上。再起身分列两侧，听李鸿章高声致辞，代表朝廷接受八王将弃暗投明，改邪归正。尔后接过礼宾所呈红冠花翎，亲自给八王将戴上，其中部汪二王为提督，比宁二王为提督衔，四将为总兵。还有大清官服，也已备就，让八位更换一新。

扶冠正翎，八王将落座，后厨罢上酒肉，李鸿章带头举杯，祝贺各位归顺朝廷，修成正果。各位纷纷响应，喝下杯中酒。李鸿章又笑笑道：“诸位从此便是我大清高官矣，正好共立大功，同创盛世。”各位诺诺道：“一切听从鸿帅指挥！”李鸿章道：“好好好！既为大清官员，不仅须穿戴大清官服和顶子，还得剃发蓄辫，不能搞特殊。八王将念慕王之旧，准备留发七七四十九天，本帅同意，七七后更正亦不迟。”

八王将感激李鸿章宽宥，表示七七后一定剃发蓄辫。李鸿章又道：“各位归顺大清，所部也得划入淮军序列，重新整编，不可各自为军，独立于规制之外，影响大局。尤其半城而守，不利统一行动，还请各提督和总兵大人，交出武器，撤离壁垒，还城于民，以便本帅布置善后，恢复城区秩序，尽快让苏城得现生机，百姓安居乐业。”

此道理不深奥，几位都懂。又不好吱声，纷纷侧首，去瞧郜永宽。郜永宽低头看着杯中酒，沉吟半晌，才说道：“撤离壁垒，接受整编，自然没事，不过不在此刻。”程学启追问道：“不在此刻，更待何时？”郜永宽道：“待鸿帅上书朝廷，留编百营，落实江浙地方实职，再撤垒也来得及。”李鸿章道：“上书朝廷容易，但朝廷会商拟旨，再回复下来，总得一两个月。淮军与降兵同挤一城，枪炮对峙，时间一久，难保不出乱子。”

“一两个月不算啥，眨眼就会过去，出不了乱子。”郜永宽撇着两嘴，不无傲慢道，“八王将不杀掉慕王，拱手献城，鸿帅能保证淮军三万人马，两月内能击败十三万守军？”

既已归降，还说这种话，连汪安钧都有些听不下去，附郜永宽耳边道：“提督大人不可这么说话，咱们毕竟已属鸿帅手下将领，应该听鸿帅的。”郜永宽大声道：“这么说怎么啦？明明是事实嘛，我有一句说一句，没半句假话。”

其他六人也跟着起哄，说承诺没兑现，不让留编百营，半城而守，决不可撤离壁垒。只汪安钧闭住嘴巴，无声而叹。又仰首望向帐顶，眼里满是忧虑。

见郜永宽顽固不化，李鸿章深感失望。程学启说过的话在耳旁回响起来：受降如受敌！还是几倍于己的降敌，一旦处理不妥，就会给淮军，给千年苏城带来灭顶之灾啊！何况李秀成已挥师南压，若何安泰抵抗不力，只怕已快接近苏城。李鸿章不敢再耗下去，眼睃郜永宽，心里忖道，借你梯子你不下，咱只好把梯子抽走，摔你个粉身碎骨。

“今天酒喝得急了点，有些上头。”李鸿章拍拍脑门，装做难受的样子，“各位先喝好，本帅出帐弄些醒酒汤，先清醒清醒，再回来敬各位。”

没人好阻拦主帅，起身注目，看着李鸿章踉踉跄跄，走向帐门。

出得大帐，李鸿章稍立片刻，让冷风吹吹有些发热的脑袋，甩开臂膀，迈向大营门口，朝门将挥挥手，策马离去。门将关上营门，又对空放上一炮。炮声如雷，惊得帅帐瑟瑟发抖，郜永宽猛地一惊，大声道：“哪里响炮？出了什么事？”

话音没落，伏甲四出，刀斧齐下。可怜八王将英雄一世，杀敌无数，谁知这天轮到自己头上，竟来不及做出任何反抗或挣扎，转瞬便成刀下之鬼。

程学启当即摘下八王将身上令牌，出帐离营，飞身上马，急驰入城。身后大营杀声一片，八王将亲兵稍作抵抗，缴械投降，不愿投降者，被赶尽杀绝，一个不留。

程学启进入城门后，拿出王八将令牌，交给张遇春和郑国魁诸将，尽快收服坚守城中壁垒的降兵。诸将马上行动，高举令牌，命壁垒后面降兵放下武器，撤离现场。降兵们开始还有些犹豫，见令牌不假，只好服从命令。也有少数将士，非见着八王将才肯领命，程学启领洋枪队赶到，排枪齐发，立置之于死地。其余众降兵见状，再不敢反抗，纷纷扔下枪炮，抱头后撤，集中城外，等候整编和遣散。

这是 1863 年 12 月 5 日，即同治二年十月二十六日，历史会记住这一天。这一天程学启化解降兵半城而守危局，消除淮军与降兵火拼险情，全面光复苏州，使城池得以完好保全，免遭兵燹。全城百姓也逃过一难，复归朝廷治下。

当然还有一件事，历史也不会忘记，即苏州杀降。其实事发城外，该日城外杀降。所杀除八王将外，还有千余八王将亲兵，至于慕王谭绍光亲兵，系头天八王将部下所杀，不在此列。八王将亲兵好解决，十三万降兵却不易掌控，城里局面难免有些混乱，胆大降兵趁机抢掠，甚至袭击淮军。淮军也有败类趁乱抢劫百姓，一时弄得鸡飞狗跳。

程学启闻讯，带领张遇春和亲兵，满城驰巡，见人公然劫掠，不管淮军还是降兵，一律击毙。碰上淮军哨官甚至营官，亲兵下不了手，程学启毫不客气，亲自开枪，格杀勿论。成为程学启枪下鬼的，大都是新兵，老兵有经验，知道哪该伸手，哪该缩手。淮军有个不成文规矩，跑进敌营抢钱夺粮，只要别太嚣张太过分，大可睁一只眼，闭一只眼，视而不见，轻轻放过，明目张胆抢掠平民百姓，一经撞见，对不起，该毙得毙，该惩得惩，毫不留情。

经程学启发狠整治，胆大妄为之徒才收住心，住了手，局面得到控制。虽说人为财死，鸟为食亡，然一旦财与命不可得兼，食与命不可两全，也只好舍财留命，丢食保命。第二天换防完成，全城秩序恢复正常，程学启派人召唤郑国魁，准备一起出城，去见李鸿章，报告换防情况和城里局势。

岂料郑国魁竟躲起来，不肯露面，说这辈子再不愿见到李鸿章和程学启两位。原来纸包不住火，八王将被杀事实传到郑国魁耳里，他既愤怒，又伤心，觉得汪安钧是被自己害死的，日后九泉之下，没法面对旧主。自然也恨死李鸿章与程学启，人家已经投降，还要大开杀戒，置人于死地，太不近人情。

苏城光复伊始，万事堆积，程学启顾不上郑国魁，带上随从出了城。走进帅帐，正值何安泰击退李秀成，率部回营，禀报主帅。其实也非何安泰击退李秀成，是李秀成得闻八王将被杀，知不可能夺回苏州，黯然撤兵，北上去救无锡。八王将死于非命，苏城告失，西征赣鄂策略已没法实施，不得不退而求其次，救锡保常（州），以免金陵孤立无援，独力难支。

李秀成领兵撤走，苏城失去威胁，李鸿章松下一口气，让程学启汇报城里状况。得知降兵缴械撤离，出城等候安置，全城换防到位，秩序渐趋稳定，李鸿章表扬程学启干得好，道："平稳接管苏城，没出意外，也算对得起千年古城和全城百姓，于心无愧。当然还不到高枕无忧之时，十多万降兵等着整编、安置和遣返，弄不好还会出乱子。"

"善后任务艰巨，非一两天完成得了，只能慢慢来。"冯桂芬几个听李鸿章说到善后话题，插话进来，"苏城历来为巡抚驻地，如今既已收复，鸿帅就该早将抚衙搬入城里，以便尽快善后，恢复苏城及府县商贸生产。"钱鼎铭说："景亭兄是苏城本地人，觉得抚衙具体搬何处为佳？"冯桂芬说："鸿帅乃两榜出身文人，肯定会喜欢拙政园。"

拙政园可是天下名园，与苏州留园、北京清漪园、承德避暑山庄并称中国四大园林，能择拙政园治事理政，又何乐而不为？李鸿章道："两年多前秀成攻占苏城，将拙政园辟为忠王府，署理军务政事，不知园内情形如何。"冯桂芬说："正因李秀成设拙政园为忠王府，故没遭太大破坏，旧时景观物事仍在。李秀成建苏福省，原本打算长驻苏城，还对拙政园做过修缮维护，鸿帅若觉得不错，只需简单打扫，即可搬入。"

说得李鸿章心向往之，说："就定拙政园为抚衙，择个黄道吉日，搬迁入园。"冯桂芬说："吉人自有天相，鸿帅鸿运正当头，不用专门择日，天天都是黄道吉日。”李鸿章笑道：“景亭兄言之有理，不管吉日不吉日，只要就便，随时搬迁皆可。”又对程学启道：“方忠给郑国魁打声招呼，要他安排能干亲兵，派给新之（钱鼎铭），协助收拾好拙政园，我处理完手头急务，三天后拔营入城。”程学启为难道：“郑国魁得知八王将被杀，已躲得不知去向，说这辈子再不愿见到咱俩。”

李鸿章倒能理解郑国魁，说：“全靠郑国魁牵线，联系旧主汪安钧，说服部永宽投降，如今汪安钧身死，郑国魁一时难以接受，也在情理之中。这样吧，方忠和新之立即入城联系郑国魁，给我递个话，由他牵头为八王将做堂佛事，届时鸿章亲自出面祭奠，告慰亡灵。”

程学启和钱鼎铭领命而去，何安泰也告退出帐，移师城南，以阻嘉兴、湖州太平军北犯。留下冯桂芬，提醒李鸿章道：“八王将受死，不仅郑国魁不满，只怕戈登也会闹事。”李鸿章说：“戈登作为中保人，咱们没让他参与受降，又违约处理掉八王将，他心里肯定不服。正是怕戈登坏我大事，我早命令他回守昆山，他已督率常胜军，乘坐轮船，离苏而去。”

话没说完，周馥入报：“戈登带领十多名洋兵，荷枪实弹，杀气腾腾，直扑淮军大营而来，口口声声要鸿帅给八王将抵命。”李鸿章略感吃惊道：“戈登不已率部乘船，离开苏州，怎么又冒了出来？”冯桂芬道：“一定是八王将被杀消息不胫而走，传到戈登耳里，他气愤不过，又掉转船头，回来找鸿帅算账。”

戈登这小子，咱一军之帅，处理几个降敌，你有啥屁可放？李鸿章说：“在常胜军三任管带里，戈登素质最高，与淮军合作得也不错，怎么紧要关头也变得如此混账，给我添乱？”冯桂芬说：“鸿帅还是暂避戈登锋芒，过上一阵子，等他消过气，就会没事的。”

李鸿章觉得也是，随周馥走出帅帐，悄悄转至后营，上了太湖水师汽轮。

本来戈登心里想着，苏城乃东南大邑，富贵之乡，八王将投降献城，正好领军入城纳降，趁机捞上一把。谁知李鸿章不让常胜军沾边，只得另提要求，增拨两个月饷银，又被拒绝，惹得戈登一肚子火气。却迫于主帅权威，不得不领军登上战船，往昆山撤离。行上数里，忽闻八王将被杀，戈登惊讶之余，越发气恼，下令水兵，掉船复返苏州，到淮军大营来寻李鸿章，非给他这位降约担保人一个说法不可。

撞入帅帐，见不着人影，戈登气得嗷嗷大叫，踢桌摔椅，发泄一通。还不解恨，又拔出手枪，在大营里横冲直撞，口呼李鸿章仨字，要他出来受死，还扬言不出来，就烧掉大营。

此时李鸿章已安坐于太湖水师战船，与周馥一边喝茶，一边欣赏太湖美景，哪里听得到戈登喊叫？戈登搜寻半天，没发现目标，只好骂骂咧咧，走出淮军大营，回到汽船上。气还是没法消掉，又提笔写信给李鸿章，要剑对剑，或枪对枪，与他决斗，讨个公道，挽回自己降约担保人之荣誉。若李鸿章觉得自己剑法不好，枪法不准，不敢决斗，就自动辞去巡抚之职，交出关防大印，乖乖离开淮军，接受朝廷查办。不然的话，他将率常胜军攻打淮军，夺回苏城，交还太平军。写好信，叫人送入淮军大营，才命水兵开船，气鼓鼓回了昆山。

得知戈登已走，李鸿章与周馥离船返营，回到帅帐。看过戈登信件，李鸿章用鼻子哼两声，顺手递给周馥，说："看看这个洋鬼子，也敢与本抚叫板，可笑不可笑！"

周馥看完信，也笑起来，说："戈登不过外国雇佣军官，拿钱打仗，为财卖命，鸿帅不雇不佣，他想卖命，都没机会，还敢这么嚣张。也算他运气不错，配合淮军，打过几场胜仗，鸿帅念他勉强尽职，具奏朝廷，为其保举总兵军职，算给他脸上贴了层金。不想他尾巴翘得天高，好像自己多了不起，要与鸿帅决斗，也不知自己配不配。"

李鸿章摇摇头，叹道："这就是西人，讲什么平等，仿佛逮住谁，都可决斗似的。"周馥道："戈登来华也非一日两日，竟如此不懂中国人情世故，脑袋怕是进了水。还要鸿帅辞职，接受查办，此话也是他小子说的么？辞不辞职，查不查办，是皇上和太后的事，岂容他洋人置喙？至于攻打淮军云云，简直自不量力，更显滑稽。过去常胜军凭几杆洋枪，几尊洋炮，到了战场上，多少有些优势，现如今淮军也全副武装，要枪有枪，要炮有炮，战力已远在其上。何况苏城驻有三万淮军，区区三千常胜军又哪是对手？"

嘲笑戈登几句，张遇春入帐请示城防，听说戈登叫嚷要与淮军开战，也大声道："开战就开战，常胜军已今非昔比，华尔时代能战敢战的老兵死的死，伤的伤，离的离队，不死不伤不离的，也暮气沉沉，成了兵油子。其余陆续补入的新兵，缺乏训练，少经实战，打起仗来，没几个中用的。

戈登若不识好歹，胆敢与淮军较量，咱们正好趁机灭掉常胜军，省得打完长毛后，遣散起来麻烦，还须支付巨额安置费。”

常胜军乃薛焕主政苏沪时的特殊产物，上海几大保卫战功不可没，同时也是淮军学习使用洋枪洋炮的榜样，可说正因有常胜军的存在，淮军才于短时间内，自冷兵器时代一步跨越入热兵器时代，成功转型为一支现代军队。从这个角度说，李鸿章对常胜军，对华尔和戈登，一直心存感激。可也正是淮军成功转型，羽翼丰满，太平军又如秋后蚂蚱，蹦跶不了几天，常胜军已完成其历史使命，遣散也就成为必然，再无存在下去之价值。

不过马上遣散常胜军，时机尚不成熟，李鸿章也腾不出时间和精力。眼下急于处理的，还是十三万降兵。十三万降兵就是十三万张嘴巴，要吃要喝，留在苏州，是个不小隐患，稍有不慎，处置不当，就会惹出天大祸乱，贻害百姓。李鸿章对周馥说：“你马上进趟城，看拙政园收拾得如何，明天就将抚衙和帅营搬过去，着手苏城善后事务。”

周馥到城里打一转，回来报告说，钱鼎铭挺能干，带人将拙政园清理干净，就等着鸿帅进城入驻。刘郇膏和郭柏荫也自上海赶往苏城，着手打理钱赋与刑按事务。清制各省设一抚一藩一臬，独江苏为钱赋、人口大省，特增设一套藩（布政）司和臬（按察）司，分署于金陵与苏州。江苏官场也就多出两个要位，刘郇膏、郭柏荫因此得以顺利升任布政使和按察使。苏城光复伊始，百废待兴，李鸿章急令两位尽快赴苏，两位还算迅速，到得及时。

李鸿章赶紧整理关防印鉴及文书资料之类，嘱咐亲兵，该打包的打包，该装箱的装箱，隔日大早便揭帐出营，朝娄门奔去。

近前仰观娄门，更觉高大挺拔，雄壮巍峨，让人自感压抑，倍觉渺小。门洞深数丈，外门与里门之间，还有一道闸门，厚如磐石，坚若铜铁。先经外城，再穿中城，后入内城，三道城门过完，仿佛已历数重天地，抵达别样世界。登上城楼，随处可见大型洋炮，及堆积如山的圆木和滚石。环顾左右，城上雉堞已一律砌平，仅留炮口枪眼，以供施放。数步一座芦篷，布幔为罩，当作更楼，每有情况，可打鼓敲更，互相呼应。南面而望，城下三道水城门，池阔水深，通江达湖，既可输送粮草物资，又可行驶战船，运载水师入城助战，共御敌兵。

看着固若金汤的娄门，李鸿章感到非常庆幸。若非招降纳叛，智取苏城，强行攻城夺堡，不知会消耗多少炮弹，牺牲多少将士，付出多么惨重的代价。看来计灭慕王谭绍光，又依程学启建议，果断处理掉八王将，背个杀降名声，以换得苏城完好无损，还算值得。

下得城楼，往城里驰去，街巷还算整齐，少见破损。李鸿章心情大好，干脆下马徐行，一边饱览苏城风光。冯桂芬随行于侧，一路介绍道："当年长毛来犯，正值徐有壬抚苏，誓与苏城共存亡。无奈绿营无能，长毛不怎么费劲就攻入城里，苏城毁坏不太严重。李秀成进驻后又做过修补，没留下太多战争痕迹，算是苏城之大幸。"李鸿章道："秀成以苏州为大本营，意欲长期经营苏福省，自然舍得花力气维护苏城。"

虽说战争旧痕消弭，可太平军所留印迹，还是随处可见。天国以基督教为幌子，每到一地，喜欢涂涂抹抹，把有关基督事物画到墙上，比如耶稣受难图之类。更多的还是天父天兄赞美画，及太平军军事胜利颂图。只是绘画水平低劣，看得李鸿章直笑，说："鸿章见过西洋耶稣画，大气绚烂，哪像长毛画得如此粗糙，仿佛小孩涂鸦，不忍卒看。"冯桂芬道："长毛主要想张扬其所谓教义，至于绘画水平如何，也就另当别论。"

说话间，但见不远处墙上，画着数株树木，枝繁叶茂。奇怪的是枝头开着黄花，黄得还有些浓郁。另有不少蜜蜂穿行其间，萦绕不去，像在采蜜。几位不知何意，凑到墙边，辨识半天，也没认出到底为何树。还是周馥眼尖，说："看树形叶冠，该是李树。然李树只开白花，哪有开黄花的？"李鸿章也觉怪异，说："桃红李白，世上好像没黄花李吧？"

听着两人议论，冯桂芬忽然明白过来，笑笑道："桂芬接触过两广人，两广方言有王黄不分现象，入画为黄，出口为王。"周馥不明不白，说："景亭兄意思，在两广人嘴里，黄色就是王色？以黄入画，其实是以黄喻王？"李鸿章已看出名堂，笑道："这是封王图。秀成不是忠王么？图里有李有蜂有黄（王），意即李秀成封王。"

周馥乐起来，说："长毛真有意思，用如此蹩脚的画喻示忠王。"

继续往前，又见数处图画，内容都差不多，封王图、天父天兄图，军事胜利图，应有尽有。也有太平军画笔涉及不到的地方，自然是偏街僻巷。其实最能体现苏城特色的，还是这些人迹少至之处，街深巷曲，店浅铺窄。道旁林木成行，冬阳透过密枝疏叶，洒在青青石板上，斑驳如诗。林木后面，隐约可见青砖碧瓦，重檐回廊。松风过去，吴音温软，有如清幽水韵。最美还属柳荫深处的水，永远不会老，总那般清澈灵动，明丽细滑，像青春少女的目光。耳闻柳下流水，眼看桥头行人，免不了让李鸿章想起杜荀鹤的诗：君到姑苏见，人家尽枕河，古宫闲地少，水巷小桥多。

最熟悉这静谧水乡的，自然还是冯桂芬。他感叹道："幸亏鸿帅巧用计谋，兵不血刃而获苏城，才使城里小桥流水人家得以保全。若战火烧进城里，又去哪里寻觅诗画意境？"李鸿章道："只可惜八王将不识时务，坚持留编百营，半城而守，逼鸿章不得不开杀戒。若无八王将事件，此次收复苏城，还真算功德圆满。"冯桂芬说："桂芬觉得，牺牲八人脑袋，换取万家安宁，再怎么也值得。人无完人，事无完事，做得再好，瑕疵和遗憾也在所难免。"

听冯桂芬如此说，李鸿章略感欣慰。也许只有置身局内，亲临其境，才体会得出做人之艰难，处事之不易。心情爽畅，脚下步子不自觉快起来，不大一会儿，便来到拙政园门口。钱鼎铭、刘郇膏、郭柏荫正翘首以待，迎住几位。

进入大门，来到南园。视察完抚衙办差区域，入后衙稍事歇息，李鸿章来到签押房，命周馥通知文武部属，晚上会议苏城善后事宜。周馥出去，钱鼎铭和冯桂芬进来，说园子不错，要不要去各处转悠转悠。李鸿章欣然答应，出得签押房，信步所至，参观起园子来。

十一、杀降事件惹风波

拙政园始建于明正德初。当年御史王献臣失意还乡，以大弘寺旧址拓筑为园，后数易园主，始成现状。李鸿章说："晋代文人潘岳曾作《闲居赋》，里面有云：'灌园鬻蔬，以供朝夕之膳……此亦拙者之为政也。'拙政园想必由此而来吧？"钱鼎铭说："这两天收拾园子，鼎铭专门打听过，拙政园确实出自潘作。"李鸿章道："大巧若拙，为政者所赖正是笨力拙功，没啥诀窍可言。且看这个拙字，一手一出，便是告诉咱们，频出手，多出手，别偷懒耍滑，世上无不劳而获之好事。故本抚离皖驻沪前，老师谆谆告诫，要沉得住气，耐得住烦，就是希望学生别轻飘浮躁，急功近利，但凡舍得出拙力，做拙功，总有事成之日。"

李鸿章所言不虚，几位嘴上恭维，脚不停步，望前徐行。苏城是水乡，拙政园也以水为主题，中亘积水，浚治成池，弥漫处望若湖泊。园多隙地，掘泥为圃，堆土为山。青竹摇曳，桃李成林，果木扶疏，错以亭轩廊堂，楼阁厅榭，说是仙境，胜过仙境。冯桂芬道："拙政园精美绝伦，是历代文人墨客之至爱，皆喜来此雅聚，诗酒唱和。当年吴门四家沈周、唐寅、仇英、文徵明，便是园中常客。文徵明兴之所至，还作《王氏拙政记》，再依园中三十一景，绘图三十一幅，各系以诗，一时传为美谈。"

"据我所知，本朝沈德潜也常来拙政园，曾依园中景致，作过《兰雪堂图记》，声名远播。"钱鼎铭接话道。冯桂芬说："要说住过拙政园的文人里，当属常熟人钱谦益最有意思。谦益为万历进士，年近花甲迎娶二十出头的柳如是，轰动官场与文坛。如是乃秦淮名妓，本姓杨，喜辛弃疾词：我见青山多妩媚，料青山见我应如是，改名柳如是。清军入关，崇祯煤山自缢，谦益出任南明弘光朝廷礼部尚书。翌年清军威逼金陵，如是约谦益至秦淮河畔，欲一起跳河殉国。谦益蹲身试水，说水太冷，不能下。如是不便勉强，只身投水，被谦益拉住，未能遂愿。清军攻城益急，谦益率领明臣，冒着大雨，开城迎降。金陵易主，清军下令剃头，说是留发不留头，留头不留发。如是问谦益留发还是留头，谦益说头皮发痒，痒得不行，出门而去。如是以为他去购买篦梳，待其返家，已剃发留辫，换了人样。不久谦益出任清廷礼部右侍郎，领命北上修撰《明史》。后受黄毓祺反清案株连，囚禁金陵，如是奔走营救，得以免祸出狱，寄寓拙政园，流着老泪，赋诗曰：'恸哭临江无孝子，从行赴难有贤妻。'"

众人感叹，如是不过风尘女子，比起士大夫来，更重节尚义。钱鼎铭道："谦益操守气节不若如是，所作所为，倒也无可厚非。毕竟明朝大势已去，拼死抵抗，亦不过城毁人亡，多些冤鬼而已。稍后之扬州十日，嘉定三屠，便是例证。"冯桂芬说："时过境迁，事物评判准则也会因此而异。两百年前看谦益，缺少气节，尔今思之，却不失为明智之举。"

李鸿章也有同感，玩笑道："想起郜汪等八王将，可惜头皮太厚，若如谦益，痛痒自知，剃发留辫，也不至于留着头发，丢掉脑袋。"冯桂芬说："八王将事件，经戈登一闹，引得坊间议论四起，纷纷指责鸿帅和方忠杀降不仁。殊不知诛灭八王将，苏城免遭毁坏，百姓逃掉一劫，两军将士生命得以保全，才是最大仁义。"李鸿章道："八王将事件已然发生，是好是歹，咱们说了也不算，还是让后人评议去吧。"

说着八王将，经过见山楼，钱鼎铭介绍道："见山楼视野开阔，忠王驻园后，辟为治事之所，协商军政都在楼里。"冯桂芬说："李秀成出身寒微，识字不多，却喜爱诗书，平时稍有闲暇，便坐下来读书作文。"钱鼎铭说："进入拙政园，不喜欢诗书也会喜欢。园中藏书万卷，有拥书阁，读书轩，行书廊，浇书亭，皆系读书佳处。苏城局面稳定后，各位可择良辰佳夕，入园开卷觞咏。"冯桂芬说："拙政园藏书名声在外，传入康熙耳里，南巡时特以此为行宫，前来居住阅读。引得后来者袁枚有感而发：'人生只合君家住，借得青山又借书。'"

康熙之事史不乏陈，李鸿章也略有所闻，说："康熙驾幸拙政园，自然是冲着曹寅来的。曹寅十六岁入宫为康熙御前侍卫，后外放江苏，任苏州织造，署所便设于拙政园。康熙四下江南，到得苏州或金陵，非曹府不居，曹寅家在拙政园，圣驾临幸，不足为奇。”冯桂芬说：“曹寅喜好园林，又不缺银子，曾不惜本钱经营打造，使拙政园迎来三年繁盛时期，直至曹寅升迁金陵。曹寅孙曹雪芹作《红楼梦》，书中所记之大观园，便以拙政园为蓝本，一山一水，一亭一阁，一草一木，一花一叶，都对应得上。”

粗略看过园子，已是夕阳西下，各位意犹未了，返回南园。餐后来到西花厅，刘郇膏、郭柏荫、程学启、张遇春、何安泰诸文僚武属已然在坐，李鸿章兴致勃勃道：“下午参观园子，所经之处，山青水碧，木秀花美，楼奇亭峻，实乃人间少见福地。面积又不小，让抚署独占，实在是种浪费，松岩、远堂二兄愿否将藩臬两司搬入园里，与本抚为邻？”

松岩、远堂是刘郇膏与郭柏荫两位字号。拙政园并非谁想搬就可搬入的，李鸿章有此美意，两人何乐而不为，表示明天就动迁。李鸿章又道：“本抚害怕孤单，喜欢热闹，医药、善后、难民三局干脆也一起搬进来，问话办事方便易行。”

医药局由钱鼎铭负责，善后局让陈鼒主持，难民局交刚从安庆东归的盛康打理，三人自然没话说，感谢李鸿章调度信任，表示遵照执行。李鸿章这才言归正传：“现在商议苏城善后事宜。本抚粗略估算，降兵十三万，难民八九万，总共二十多万，整编、安抚和遣散任务可不轻。各位出出主意，从何着手为宜？”

钱鼎铭道：“首先得筹集大笔银子。有钱能使鬼推磨，没银子啥都办不成，整编没法整，安抚没法安，遣散没法遣。”李鸿章道：“正是此理，有钱男子汉，无钱汉子难。又到哪里去弄银子呢？”冯桂芬说：“李秀成经营苏福省，到处劫掠，四方搜刮，苏城多少会藏些财富，集中到一起，无事不成。”陈鼒也说：“景亭兄所言甚是，苏城不穷，总有办法可想。”

李鸿章听得出来，冯桂芬、陈鼒话里有话，发声问道：“秀成财富又藏于何处呢？”两位点到为止，再不多语。其他各位也无回应，一个个聋子似的。李鸿章抬眼扫视一遍众人，最后目光定在程学启、张遇春和何安泰三人身上。

三人如芒在背，低下头去，不肯吱声。李鸿章只好发话道：“本抚不信，苏城财富会不翼而飞。不在百姓家中，就在长毛营中；不在长毛营中，就在其他地方，总会有出处。”何安泰嗫嚅道：“安泰阻击李秀成时，据说他此次离开苏城，弄走不少粮米银钱。”李鸿章说：“秀成走得匆忙，又想着卷土重来，杀淮军回马枪，带着大量钱粮，岂不成为累赘？再说苏州财赋大邑，秀成多年囤积，也不可能一夜之间全部卷走。”

李鸿章把话说到这个份上，程学启只好道：“各营战士入城后，趁受降之机，偶有搜刮，学启责令各营，交出所获，用以充公。”张遇春说：“遇春担心草入牛嘴，只怕没法扯得出来。”程学启说：“扯不出来也要扯，翰林哥哥命令，谁敢不从！”

程学启表过态，就有办法。李鸿章很满意，转而指令陈鼐和盛康，尽快督同府县官绅，清查户口，登记在册，以为资遣安置依据。这是两人职分所在，自然无话可说。李鸿章又对冯桂芬道：“景亭兄恐怕也得替鸿章出出面，发发话。”

冯桂芬笑笑道：“桂芬一介文人，两手空空，既无枪杆子，又无印把子，出面何用，说话谁听？”李鸿章笑道：“景亭兄乃苏州名流，德高望重，你张张嘴皮，比本抚破着嗓门，喊上三天三夜管用得多。”冯桂芬道：“鸿帅一心为苏州事业着想，身为本乡土著，桂芬自当鼎力配合，决无偷懒耍滑之理。您指示吧，看看老朽能做些什么。”李鸿章道：“景亭兄摸个底子，苏州城里有哪些豪商巨贾和富裕大户，替我邀至拙政园一坐，鸿章好好款待款待他们。”

听此言，冯桂芬就知李鸿章欲让苏城豪富伸出援手，助抚衙早渡难关，也就不折不扣，应承道：“鸿帅定个时间吧，我一家家上门恭请就是。估计他们不看桂芬薄面，也会领鸿帅盛情，欣然前往。”李鸿章道：“明天来不及，就定后天吧。时间不等人，凡事宜速不宜迟。”

冯桂芬点头表示赞同，尽量把该请的人请进拙政园，只要人家肯上门，事情就好办。

苏州乃文教望邑，学风长盛不衰，富豪人家大都是书香门第，对闻名卓著的冯桂芬十分仰慕，他代表一省巡抚，亲自上门，诚挚相邀，自是倍感荣幸，欣然接受。第三天所有受邀者全都到位，无一缺席，拙政园济济一堂，热闹非凡。

席间李鸿章致辞，说：“鸿章自小读圣贤书长大，常为范文正公忧乐情怀所感染，对范公故里苏州心向往之。所惜长毛作乱，苏城沦陷，落入敌手，鸿章常怀悲悯，担心范公文脉从此断裂。率军来到城下，本可直接架炮轰城，速速消灭长毛，收复城垣，又恐殃及鱼池，惊扰长眠地下的吴王和范公。思来想去，还是按住枪炮，与八王将巧为周旋，磨破嘴皮，劝降成功，不战而获苏城。苏城光复，鸿章正要松口气，然降兵壅蔽，难民充塞，百废待兴，万众待抚，依然不敢掉以轻心。邀各位乡贤动步来衙，就是想表明鸿章心迹，争取大家理解，协力齐心，同舟共济，一起办好苏州事情，让千年名城早日恢复元气，焕发勃勃生机，以无愧于吴王和范公，也无愧于全城父老乡亲。"

淮军兵不血刃，和平收复苏城，已大获人心，又听李鸿章这番肺腑之言，各位更是心存感激，为苏城庆幸，得遇良帅，免遭屠戮。李鸿章言毕，冯桂芬出语："鸿帅饱读诗书，深爱三吴遗风，立誓保全苏城，才智对贼酋，不战而屈人之兵。人兵虽已屈，却多达十余万，拥挤不去，日久必生变故。另有难民数万，嗷嗷待哺，亦为隐患。今邀众位齐聚抚衙，一是与鸿帅相识相知，共处一城，好相互照应；二是还请众位多出主意，如何遣散安置降兵与难民，让苏城尽快度过危机，恢复商贸织造和生产经营。"

众位不傻，明白两人说来说去，无非就是钱粮二字。不过他们乐意，不用两人挑明，主动承诺，有钱出钱，有粮出粮，有钱有粮既出钱又出粮，助抚衙尽快处理好善后事宜。大家都是明白人，知道千金散去还复来，苏城早恢复正常，可早投入生产经营，可赚来更多银子。众人有此姿态，李鸿章倍感欣慰，端杯离席，一路敬过去，感谢各位鼎力扶持。

宴罢众位出衙，着手筹钱捐粮。没受邀之富户也有感于李鸿章保全苏城之恩，主动上善后局送钱送粮。至于淮军各营，经程学启、张遇春、何安泰威逼加利诱，营官带头，士兵学样，也忍痛割爱，交出部分所获。抚衙银库和官仓一下子丰盈起来，乐得李鸿章笑口大开，召集刘郇膏和张荫柏，启库开仓，实施遣散计划。除身强力壮愿入淮军，籍贯近在皖苏浙者，就地遣资安置；远为两广两湖云贵赣闽者，逐一发放足额旅费，择期归籍。

遣散安置正紧锣密鼓进行，又有佳音传来，无锡告破。八王将被杀，苏州不保，李秀成放弃西征策略，率部北援，欲保无锡与常州，作为金陵犄角，以图天国多苟延残喘几日。谁知赶至无锡城外，淮军大炮已轰塌城墙，攻入城内，城头易帜，守将黄子澄父子伏诛。李秀成无奈，派兵赴援常州，自领部分兵马，回守金陵。

李鸿章大喜，赶紧铺纸拈笔，具奏苏锡二城规复详情，保举有功人员。奏章发走，周馥走进签押房，说："八王将佛堂已搭建好，就在纳王府内。郑国魁请了高僧，正给亡灵超度，鸿帅要不要抽出时间，去现场露个面？"

给八王将办佛事本是李鸿章意思，自当过去看看。两人直奔纳王府。老远闻得锣鼓铿锵，佛音缭绕。见李鸿章百事缠身，还亲赴灵堂，郑国魁心里感激，上前迎住。来到八王将灵前，李鸿章设祭奠酒，倒头跪拜，泪下数行，哀恸不已的样子。男儿膝下有黄金，可毕竟死者为大，何况八王将降献苏城，挽救无数生命，李鸿章弯下双膝，祭拜败将，一点不委屈。

天国兴军十三年，所占大小城市数百，极少降服者，尤其大城市包括各省省会，皆为武力征服，有的甚至反反复复，数易其手，死伤惨重，破坏巨大。苏州不仅是江苏省城，还属东南望邑，千年名都，人间天堂，能不战获取，自然难能可贵，其意义亦不言而喻。也就是说李鸿章委身佛堂，跪祭降献苏城的八王将，非常值得。

更何况还可安抚郑国魁。不是郑国魁游说汪安钧，汪安钧再撺掇郜永宽，想劝降八王将，恐怕没这么容易。八王将献城又献脑袋，郑国魁难以接受，自在情理之中。请来高僧，唱经念佛，李鸿章又亲临灵堂，既告慰死者，也是给郑国魁一个交待。郑国魁怨气大消，前嫌尽释，回到淮军大营，继续统带魁字营，投入备战和训练。

安抚过郑国魁，出得灵堂，回到拙政园，只见门前横七竖八，堆着不少箱笼包裹，周馥正指挥亲兵往里搬动。上前问是怎么回事，周馥说："皆系上海抚衙物件，刚从船上搬运过来。文僚武弁随后即至，鸿帅再不用发愁腿脚不够，无人给您办差。"李鸿章道："言之在理，有人好办差，咱一个光杆巡抚，成得了啥事？"

说话间，门外走进一伙人，正是上海旧属。莫姑娘及斗斋等家仆也夹在里面，一眼望见李鸿章，赶紧上前施礼。李鸿章道："一路辛苦！快随玉山入衙，先歇口气。"

众人随周馥入屋，冯桂芬带着数位苏城富商来访，李鸿章忙迎入客厅叙话。经冯桂芬介绍，几位不仅身价百成，还有秀才或贡生身份，饱读诗书，满腹经纶。原想考功名，走仕途，无奈江南人才济济，参考人数众多，几位屡试不中，只得弃文从商，经年累月下来，积蓄不少财资，成为巨富。钱财生不带来，死不带去，善后局要遣散安置降兵和难民，便慷慨解囊，踊跃出资，帮了抚衙大忙。又听冯桂芬说起，李鸿章有心恢复苏州书院和府学，特意上门献计献策，到时用得着他们，只管发话就是。

几位有此善心，又何乐而不为？李鸿章深表感谢，说："各位贤达秉承范公遗志，致力书院府学，可是苏州学子福音。只是江苏范围内，常州等少数府县仍在长毛手中，鸿章当务之急是消灭苏境长毛，尔后再腾出精力操办文教。好在有各位贤达支持，可先做前期准备。麻烦景亭兄摸个底细，现有书院和府学状况若何，让鸿章心中有数，以便日后通盘筹划。另帮忙物色饱学之士，待书院府学恢复，便可聘请讲学授课。"

主客聊得欢快，至晚才散。送客出门，周馥来回话，说上海旧属一一安排妥当，大可放心。又说："江苏大局已定，鸿帅是否考虑，将合肥家眷接到苏州，共享天伦，免受孤寂？"李鸿章道："本抚手握数万淮军，身边又有莫姑娘和斗斋等家仆，哪有孤寂可言？"周馥说："终使鸿帅不孤寂，但赵夫人和令堂大人两年未见，只怕也会想念鸿帅。"

说得李鸿章鼻子一酸，心想天堂苏州，闻名遐迩，抚衙又驻节拙政园，请母亲、爱妻及兄弟们前来团聚，岂不是人间乐事？当夜修书一封，尽言苏州与太湖风光之美，请众兄弟趁冬令清闲，陪母亲和家人顺江东行，至苏州一聚，过个团圆年。

隔日发走家书，冯桂芬来会，说昨夜几位富商得李鸿章礼遇，倍感荣幸，表示愿出巨资，重开书院、府学，让苏州失学多年之学子重拾经书，以备江南科考恢复之日。李鸿章连声道好，说："咱们都是读书人，承续范公文脉，义不容辞啊。"

冯桂芬正要附和，周馥进来报告，说英国驻沪陆军提督柏郎来访。李鸿章吃惊道："柏郎待在上海吃香喝辣，舒舒服服，跑到苏州来干啥？"周馥说："他没说干啥，只是一脸愠色，口气有些不友好。"李鸿章更觉奇怪，说："本抚又不欠他米，还他糠，他凭啥给脸色？"冯桂芬说："去一个戈登，来一个柏郎，只怕事出有因。"

论到戈登，李鸿章似已明白柏郎为何来访，让周馥带人入见。果如周馥所说，柏郎一进签押房，脸上乌云密布，未及寒暄，便直截了当道：“八王将已如约投降献城，接受顶戴花翎，鸿帅为何还要背信弃义，将他们斩杀？”

李鸿章也不客气，说：“八王将又非你柏提督部属，是留是杀，属本抚职责，与你英国军方何干？”柏郎说：“戈登是英国人，鸿帅总不好否认吧？他率常胜军替贵国征战，又居中担保，促成八王将归降，你竟瞒着戈登杀降，既损害他名誉，也冒犯了大英帝国。”

不用说，肯定是受戈登怂恿，柏郎才老远跑过来兴师问罪。可他到底是何用意呢？仅为挽回戈登名誉，或英国受冒犯，向你讨说法？洋人向来求实不求虚，想必不会为讨说法，找上门来。李鸿章冷眼看着柏郎，道：“柏将军直说吧，到底想干啥，或说要我给你干啥？”

柏郎提高嗓门道：“不是我柏郎想干啥，也不要你鸿帅干啥，是英国君主和各国驻华军商人士，要你具文登报，公开承认杀降错误。”李鸿章笑道：“我若不承认错误呢？”柏郎道：“不承认错误也行，咱们收回常胜军指挥权，脱离贵国管理。”

果然讨说法是假，企图趁火打劫，掌控常胜军，干预中国军事是真。李鸿章冷笑道：“本抚华人也，所杀八王将亦华人也，华人杀华人，纯属本国内政，即便本抚要认错，也不可能向你们英国人认错，对不对？至于常胜军，由本抚出资，雇佣多国兵勇组成，也非英国军队，只不过英国人戈登受大清朝廷委托，暂行代管而已，岂有把指挥权拱手交给你英国人之理？要交你也行，粮饷由你英方筹措，本抚概不负责。”

气得柏郎嘴巴张开老宽，却语不成句，只有吹胡子，瞪眼睛。李鸿章又道：“英方舍不得掏钱，常胜军自然只能由本抚继续管理，暂不好劳柏将军操心。苏州光复没几天，善后事紧，百废待兴，本抚实在忙不过来，若柏将军没其他要事，恕不留客！”

柏郎只得站起来，指着李鸿章鼻子，大吼大叫道：“我要以英皇名义，写信给贵国皇帝，控告你杀降不义，还恶意伤害咱大英君主！”

吼过叫过，柏郎才气急败坏离去。李鸿章懒得起身送行，只是哼道：“原以为只中国人喜欢狗仗人势，想不到英国将军也一个德性，动不动拉大旗，做虎皮，一口一个英皇，好像英皇吃饱撑得难受，无事生非，两眼盯着老远的中国战场发号施令。”

冯桂芬一旁道：“柏郎碰一鼻子灰，空手回沪，只怕不肯善罢甘休。”李鸿章道：“他不肯善罢甘休，还想怎么样？莫非与咱动武不成？”冯桂芬道：“动武还不至于。鸿帅将柏郎气成那样，他心气难平，给你添些乱子，不好排除此种可能。”

冯桂芬猜得不错，柏郎出得抚衙，回到船上，便给戈登写信，要他赴沪相会，商谈办法，修理李鸿章。戈登见信，立即赶往上海英国陆军提督府，两人嘀咕半天，决计分头行动：柏郎写信给驻节北京的英国公使，请向总理衙门施压，撤销李鸿章职务；戈登召集在沪各国领事和商人，发布苏州杀降事件。

柏郎给英国公使的信写好发出后，戈登如期举行发布会，添油加醋，夸大苏州杀降事实，引得洋商们个个义愤填膺，联合署名登报，谴责李鸿章和淮军。上海领事团不甘落后，专门召开领事会，表决认定苏州杀降为极端反人类之悖逆行为。决议颁布，舆论一片哗然，骂声震天。各路记者倾巢出动，奔苏州而来。香港英文报纸《中国之友》记者动作最快，第一个赶往苏城。也是巧，进城门没多远，发现墙头耶稣受难图，深为感动，认为拜上帝教乃耶稣忠实信徒，太平天国才是中国货真价实的爱国者。李鸿章与耶稣信徒和爱国者对抗，自然大逆不道，何况还有杀降劣迹，更是罪不可恕。随即发文，大骂李鸿章是出卖者的出卖者，八王将出卖自己事业，他出卖八王将，比出卖者更卑劣，若出卖者之无耻可原谅，暴行可宽恕，世上就再无正义和良知可言，从此人心将腐烂败坏，罪恶将肆行无忌，天下将一片大乱。

各路记者文章陆续见报，没到过苏州的好事者也手心发痒，仅凭道听途说，著文声讨淮军和李鸿章。有位常熟商人柯悟迟，苏南战乱，不敢出门，龟缩老家，也捕风捉影，煞有介事写道：十月二十五日，纳王郜永宽等八王将杀害慕王谭绍光，投降献城，苏州克复。二十六日，八王将出城受封，尽为程学启所杀。二十九日李鸿章入城，下达命令：凡苏南口音者悉放归，南京以上不分良莠皆杀。一时杀戒大开，仅城内双塔寺里，就杀掉三万降兵。

此文不长，可时间、地点、事件、人物、数据俱全，一样不落，比英国专业记者所撰报道更专业，其蛊惑力可想而知。英国人吟唎曾受聘为太平军教官，参加苏州外围作战受伤，八王将投降前潜回上海英租界治疗，连床都下不了，读过上海各报，尤其见柯文头头是道，一时情不自禁，忍不住倚在病床上，挥笔写起所谓“亲历记”来。写得有声有色：三万太平军被押赴双塔寺处死，寺院满地浸透殷红的人类鲜血，寺外河道塞满无头尸体，腥臭熏天，清朝官员不得不雇用船夫疏通河道，以畅通行。

各种说法满天飞，越传越神奇，越传越邪乎，顿时传遍大江南北，长城内外。朝野议论汹汹，只要长着嘴巴，皆在摇唇鼓舌，谴责李鸿章违背天理，惨无人道，简直该千刀万剐。其中以咸丰状元翁同龢兴致最高，劲头最大，整天坐着骡车，出入京城大街小巷，逢人便控诉苏州杀降事件。还跑到庞府，动员常熟老乡庞钟璐弹劾李鸿章。庞钟璐不知事情底细，不愿瞎掺和，翁同龢就点他痛处，若非李鸿章征发上海，排挤异己，他这个江南团练大臣，也不会灰溜溜离沪回京，做上缺油少盐的闲官。庞钟璐经不起怂恿，答应参李鸿章一本。

说服庞钟璐，又去拜访老臣祁隽藻，夸大其词，将苏州谣传说得天花乱坠。祁隽藻气得痰堵喉咙，差点憋死。好不容易将痰咳出，气没喘匀，便开始大骂李鸿章缺德，畜生不如。翁同龢暗自得意，转赴倭仁府上，把在祁隽藻面前说过的话重复一片。倭仁与曾国藩曾同为唐鉴学生，研习理学，两人诗书往来，很是欢洽。曾国藩投笔从戎，倭仁觉得有辱斯文，从此对他不以为然起来。后曾国藩与李鸿章倡导洋务，支持恭亲王奕䜣成立总理各国事务衙门（又称总署），害得倭仁不得不遵旨赴署就任，从马背上倒栽下来，差点要了老命。躲过总署差使，北京同文馆设立，慈禧又命他入馆授课，倭仁觉得深受其侮，越发恼恨曾国藩与李鸿章。这下苏州事发，翁同龢又上门唆使，倭仁更不能容忍，不参倒李鸿章，誓不罢休。

翁同龢又访倭仁学生徐桐，徐桐也表示愿意出手，整治李鸿章。只有薛焕让翁同龢感到失望。原以为薛焕是李鸿章死对头，好不容易等到李鸿章露出破绽，能不落井下石？偏偏薛焕说自己远在京城，不了解苏州情况，不好信口雌黄。还说自己任职苏沪多年，没少与太平军周旋，知道打仗不是做文章，可以慢条斯理悠着来，李鸿章以三万淮军收降十多万太平军，弄不好就会坏事，甚至掉脑袋，果断杀掉八王将，自有其道理。见薛焕不仅不配合，还反给李鸿章说话，翁同龢气得卵泡子来火，拂袖而去。

到底功夫不负有心人，翁同龢没白坐几天骡车，祁隽藻、倭仁、徐桐、庞钟璐诸臣纷纷涌入宫中，又是递折，又是面参，强烈要求皇上和慈禧用雷霆手段，严惩李鸿章，以昭天理，以息众怒。慈禧只在乎早日消灭太平军，过几天安宁日子，不在乎天理不天理，众怒不众怒，没理睬翁祁他们。翁同龢不甘心得很，知道慈禧最怕洋人，听说英国公使接到柏郎信函，进了恭亲王府邸，正好拿洋人说事，吓唬慈禧道：“李鸿章得罪洋人，不处理李鸿章，平息洋人火气，一旦洋人以此为借口，挑起衅端，朝廷可吃不了兜着走。”

这一招果然厉害，慈禧再也撑持不住，派人传唤奕䜣，让他拿主意，应对苏州杀降事件。奕䜣打发走英国公使，甩手入宫，来见慈禧。慈禧说：“李鸿章已上折禀报过苏州光复经过，包括诛杀八王将事实，咱没觉得有何不可，怎么翁同龢和祁隽藻他们一个个惊恐万状，大难临头似的？”奕䜣道：“翁祁众臣太平官做得太久，又远离江南，才听见风便是雨。战场瞬息万变，啥事都会发生，李鸿章果敢出手，及时杀掉八王将，实在没啥好奇怪的。”

慈禧认可道：“打仗不可能不杀人，不杀人又哪叫打仗，是不是？洋人应该也懂此理，怎么会揪住苏州杀降不放呢？再说戈登受命吾朝，拿着李鸿章所供饷银，率常胜军助淮军作战，将帅之间闹点矛盾，本也不足为奇，洋人们何至于小题大做，兴风作浪？”奕䜣道：“戈登是洋人，事与戈登相关，洋人观念又与咱们不同，看不惯杀降，发布发布消息，登报声讨一番，也可理解。”慈禧问：“洋人会不会以此为借口，寻衅闹事呢？”

奕䜣挠挠脑门，肯定道：“应该不会。柏郎曾到苏州理论过，被李鸿章毫不客气顶了回去。李鸿章理直气壮，说明他没输理，有底气，不必害怕洋人。洋人再蛮横，也得认理呀，要不怎么说，有理走遍天下，无理寸步难行？”

奕䜣主持总理各国事务衙门，经常接触洋人，了解洋人秉性。听他这么说，慈禧心里才踏实了些，说：“事起于李鸿章，相信他有能耐摆得平。毕竟李鸿章与洋人交手多，懂得进退行止。可悲的是满朝文武，一个个能言善辩，嘴皮一动，黑可说白，死可说活，真让干点实事，却束手无策，毫不中用。反观人家李鸿章，不仅诗文一流，军务政务洋务，哪样不干得风生水起？也是曾国藩有眼光，让李鸿章建军东征，稳定上海，横扫苏南，有效牵制长毛，否则没等湘军靠近金陵城下，早被李秀成大军击溃于雨花台，哪有江南可喜局面？”

奕䜣附和道：“太后高见！朝廷若多几个曾国藩、李鸿章、左宗棠这样的忠臣能吏，哪还有办不成的事？咱们也省心得多。”慈禧叹道：“湘淮楚诸军将帅一心为国，征战在外，咱们心里得有数，不可听信朝臣污蔑，亏待他们，不然以后谁还愿意为朝廷出力卖命？”奕䜣趁机道：“苏锡已经光复，淮军将帅功勋卓著，依例该准李鸿章所奏，给与封赏。太后明断，可否尽快颁旨下去，以慰军心？”慈禧道：“颁发封赏，自然少不得。只不过眼下杀降舆论四起，还是先咨询李鸿章，将底细了解清楚，待风声过去之后，再降旨也不迟。”

奕䜣自然没话说，出宫回府，以军机处和总署名义，给李鸿章下发咨文，要他说明杀降情由。咨文飞达苏州，冯桂芬正拿着一叠翻译成汉文的英报，送呈李鸿章过目。李鸿章接过报纸，未及悉阅，咨文传入，只好放下报纸，先展阅咨文。

看过咨文，李鸿章哭笑不得，递给周馥，要他过目，看如何回复为好。周馥眼瞟咨文，嘴里不满道：“皆因翁同龢捣乱，撺掇庞祁倭徐众位，给太后施压，太后才捂住封赏不肯颁发，要咱们先言明杀降情由。”李鸿章也说：“翁庞祁倭这些角色，为何老跟咱过不去呢？”

周馥正要开口，忽又笑起来。李鸿章奇怪道：“不回我问话，笑什么呢？”周馥止笑道：“我若是翁庞祁倭他们，也会跟鸿帅过不去。”李鸿章道：“是吗？说来听听。”周馥道：“看看翁庞祁倭几位，不是状元，便是探花，不是皇帝老师，便是理学大家，哪个不位高爵显，名重一时？鸿帅虽也两榜出身，诗文不输于人，毕竟没得过状元探花，没做过帝师，也算不上理学大家，名望略在翁庞祁倭之下。可偏偏鸿帅弃文从武，手握雄兵，驰骋沙场，立下赫赫战功，一跃而为三军统帅和封疆大吏，将京城里大名鼎鼎的状元探花帝师大家一个个都比了下去，他们自然妒火中烧，恨意满腹，要与鸿帅过不去。正愁找不着鸿帅软肋，碰巧戈登闹事，洋人发难，还不借风点火，要把鸿帅焚成灰烬？”

说得李鸿章哈哈大笑，说：“无人嫉妒是庸才，本抚还怕人妒恨不成？他们爱妒恨就妒恨吧，本抚八风吹不动，该干啥还干啥。”冯桂芬说：“玉山所言翁庞祁倭伎俩，京都友人也透露给了桂芬，确是大佬们嫉妒鸿帅，才故意刁难。不过细想想，也不仅是嫉妒，恐怕还另有险恶用心。”周馥说：“另有什么险恶用心？”

冯桂芬不紧不慢道：“鸿帅巧施妙计，离间慕纳二王，不战而屈人之兵，成功智取苏城，淮军将士避免牺牲，城池和百姓也得以保全，比之放炮开枪，强攻硬夺，其功德不知要崇高多少。翁庞祁倭聪明绝顶，深知和平收复苏城之重大意义，害怕皇上以此为由，重封厚赏淮军将帅，才咬牙切齿，借题发挥，故意搅局，以转移朝野视线，让皇上和太后将注意力放在杀降上，忽视鸿帅不战而获苏城之事实。”

“人心如此，也实在没办法。”周馥愤懑道，“朝中多小人，自己无能，又见不得人家敢担当，能成事。”李鸿章倒不以为然，说：“小人惯做小动作，就让他们尽情做去吧，咱们不可与小人计较，把心思放在无聊小事上。玉山赶紧动作，根据咨文要求，将苏城收复详细经过和八王将事件原委形诸文字，早日报送恭亲王。”

周馥起身要走，李鸿章又道：“玉山代我找一下马格里，他与戈登关系不错，请他跑趟昆山，劝一劝戈登，别再纠住八王将的事不放，这于淮军不利，于常胜军也无好处。”

周馥答应着出了门，李鸿章摊开译报，重新读起来。报上言论早有所闻，无非夸大其词，添油加醋，说苏城杀降如何伤天害理，如何不齿于人类。内容大同小异，腔调如出一辙，李鸿章觉得意思不大，渐渐失去兴趣。正准备放下报纸，忽看到柯悟迟与吟唎两篇署名文章，说淮军不仅杀掉八王将及其亲兵，还在双塔寺砍下三万降卒脑袋，血浸寺院，尸塞河道。这下李鸿章火气腾地升起来，拍着报纸道：“一派胡言，简直一派胡言！柯悟迟和吟唎到底什么角色？非逮来对质不可，拿不出砍杀三万降卒证据，我砍掉他俩脑袋。”

待李鸿章发完火，气息稍平，冯桂芬才道出柯悟迟来历。

柯悟迟乃翁同龢常熟老乡，早年拜师翁门，做过翁心存学生，跟翁同书与翁同龢兄弟交情不错。与翁家兄弟不同的是，柯悟迟终非读书材料，苦读多年，连秀才都没考取，不得不弃学从商。生意渐渐做大，北京都开有店铺，时常出入翁家。恰碰上曾国藩弹劾翁同书，翁同书被解京师，翁家向柯悟迟借银子，上下打点，免去翁同书死罪。后知曾国藩劾书为李鸿章所代拟，翁家对李鸿章记恨在心。柯悟迟痛失大把银子，也耿耿于怀，认为不是李鸿章刀笔厉害，翁同书不致如此不堪，翁家无需向他举债。自古商人借钱给官家，都是肉包子打狗，有去无回，柯悟迟不可能找翁家要银子，便暗暗把账记在李鸿章头上。常熟光复后，柯悟迟回乡进货，值戈登借八王将事件大闹苏沪，于是无中生有，杜撰成文，速送上海英文报馆。报馆见柯文与事实不符，不予发表。柯悟迟不甘心，拿着文章去找柏郎。柏郎最需要这种文章，逼报馆发表在显著位置上。柯悟迟拿到报纸，通过商轮递送翁同龢一份，借以邀功。翁同龢见报大喜，誊抄柯文数十份，广而传之，同时动员庞祁倭徐诸位，弹劾李鸿章。

世上竟有此等奇事，再聪明的脑袋恐怕也难想象出来。李鸿章望着冯桂芬道：“柯文后面故事真有如此曲折复杂？”冯桂芬道：“不是故事，是活生生的事实。经手发表柯文的编辑与桂芬有旧，觉得发表柯文，有悖新闻道德，心存愧疚，专门写信给我解释过。”李鸿章道：“洋人常将民主自由挂在嘴上，一旦面临威胁，民主也不主，自由也不由了。”冯桂芬道：“民主自由哪敌得过黑洞洞枪口？柯文一出，英国人呤唎也手心痒痒，撰稿交由柏郎，再逼报馆发表出来。”李鸿章道：“呤唎为何也来凑此热闹？”冯桂芬道：“呤唎早先任职上海英国陆军后勤部门，因贪污食费被发现，叛逃苏州，至长毛军中做了教练。后白齐文在上海混不下去，便是经呤唎牵线，投奔到谭绍光门下。淮军围困苏州，戈登与谭绍光背后交易，私放白齐文和呤唎等洋人出城，被围城士兵发觉，开枪追击，呤唎中弹，潜回上海租界养伤。租界阅报方便，呤唎见到报上柯文，一时兴起，坐在病床上写了篇‘亲历记’，送去讨好柏郎。文章见报后，柏郎见反响大，既往不咎，让呤唎重新回到陆军大营。”

气得李鸿章大骂道：“真无耻，为达个人目的，不惜胡编乱造，往别人身上大泼脏水。”冯桂芬道：“西方报纸就有这么厉害，小可说成大，无可说成有，是可说成非。”李鸿章叹道：“英报白纸黑字，时人信以为真，以讹传讹，后人岂不更加坚信不疑？项羽新安坑降二十万，估计也是这么真真假假，流传至今的。”冯桂芬道：“时人以讹传讹，各有私心和目的，胡说八道，在所难免。后人对待历史，自会理性得多，只要认真推敲，不难看出柯悟迟和呤唎两文里面破绽。”李鸿章问：“今人以讹为真，还能企望后人看出破绽？”

冯桂芬道：“为制造真实效果，柯文时间写得很具体，说十月二十五日八王将献城受降，二十六日被杀，二十九日鸿帅进城，下令砍掉三万降卒脑袋。从受降到接管全城，前后五天时间，秩序恢复，大局已定，鸿帅又非疯子，还有必要下达命令，大开杀戒吗？此其一。其二双塔寺不大，不可能容纳三万人。就算分成分批砍杀，三万颗脑袋，加班加点，手不停挥，也得砍杀好几天。何况光复苏州淮军不足三万人，把守几大城门，驻扎各处要塞，布防城外关卡，皆需大量兵力，还得看守二十万降兵和难民，负责繁重善后事宜，哪腾得出人手，拎出三万降兵，赶往双塔寺，从容斩杀？呤唎说寺外河流塞满无头尸，寺外并无河流，只一口方塘，夏长莲花秋长藕，与事实亦不相符。”

听冯桂芬如此说，李鸿章稍感安慰，心里多少好受了些。不料程学启气鼓鼓闯进来，大声叫道：“苏城不战而复，将士欢呼，百姓雀跃，皇上竟视而不见，至今连正常封赏都不颁发，到底是何用意？难道不战而胜算不得胜，非得等着咱们将苏城交还长毛，再退出城外，开炮放枪，打上一次攻坚战不成？”

“放肆！封不封，赏不赏，皇上自有考虑，将帅在外，只管冲锋陷阵，还管得着皇上？”李鸿章拿过桌上译报，扔给程学启，“先看看杀降后果吧，舆论汹汹，朝野沸腾，你以为皇上不感到为难？”程学启接报没看几行，气得嗷嗷乱嚎道：“狗日的柯悟迟和呤唎，到底哪来的杂种！不砍下两人狗头，怎解我心头之恨！”李鸿章道：“柯悟迟和呤唎胡说八道，自然没人相信。八王将被诛总不好否认吧，否则哪会引出这些是是非非？”

听李鸿章口气似有悔意，程学启问道：“难道翰林哥哥觉得八王将不该杀？”李鸿章叹道：“若不杀八王将，也能安然获取苏城，岂不功德圆满？”程学启气愤道：“世上哪有圆满之事？不杀八王将，十三万降兵半城而守，随时可能反戈，苏城能有此时之安宁？说不定咱们脑袋早已掉落地上，坐在拙政园谈天说地的该是八王将，而非咱们这些人。”李鸿章道：“事已过去，不说也罢，苏城万事大吉，已足慰吾心。”

程学启心气却一时平复不下来，说：“翰林哥哥要后悔，学启也没法子。可学启赤心可鉴，自觉对得起苏城，对得起朝廷，对得起天和地，无怨无悔。”

见程学启还在较劲，李鸿章不禁乐起来，道：“鸿章没后悔，也没丝毫责怪方忠的意思，别往心里去嘛。”又忍不住玩笑道：“只是鸿章一直没想明白，方忠也是降人，八王将已然降服，为何还与人家过不去，非坚持杀掉不可？”

不想程学启闻言，满脸涨得通红，接着由红而紫，由紫而青，由青而白，尔后猛一掉头，呼地出了签押房。李鸿章才意识到玩笑开得不是时候，也太没水平，一时愣怔着，不知如何才好。冯桂芬也觉得有些不对，说：“鸿帅玩笑的确有些伤人。虽说方忠也属降人，却对鸿帅和朝廷忠心耿耿，舍命杀敌，立下盖世功勋，岂可与八王将相提并论？”

李鸿章后悔不迭，道：“方忠坚持斩杀八王将，全是为淮军和苏城好，鸿章相反口无遮拦，伤害他自尊心，实不应该。他肯定会恨死鸿章，以后还怎么共事？是不是麻烦景亭兄，替我劝劝方忠，要他别为句玩笑话，太过在意？”冯桂芬笑道：“让桂芬劝方忠，也不是不可以，但他买不买账，有些难说。解铃还须系铃人，恐怕还得鸿帅亲自出面，拿出诚意，消除方忠心头火气。他最敬重鸿帅，该不会为有口无心的玩笑，跟您闹翻。”

两人正要去劝程学启，何安泰上气不接下气跑进来，惊慌失措道：“鸿帅不好啦，程军门像已疯掉似的，在营里大叫大嚷，说杀八王将，皆为鸿帅安全，为确保苏城不至于得而复失，却好心被当作驴肝肺，他很寒心，很痛心，也死了心，命令我集结开军各营，开赴嘉兴和杭州，投奔听王陈炳文去。何安泰不敢从命，跑来禀报鸿帅，快去看看吧。”

李鸿章与冯桂芬相互望望，双双出衙，直奔开军大营。开军驻于拙政园附近来氏祠堂，三人赶到时，程学启正在屋里一边嚎叫，一边踢桌摔椅，惊天动地，像正跟人打大架。李鸿章抬手在门上敲敲，说：“方忠，方忠，你开一下门。”

里面依然乒乒乓乓，没有停歇。李鸿章又道：“方忠别闹啦好不好？都是鸿章不对，乱开玩笑，伤着了你，实在对不起，特来向你道歉。”

屋里动静小了些。李鸿章又道：“方忠开门吧，鸿章脚下有鸡眼，久站难受。”

屋里渐渐安静下来，只是门依然紧闭着。冯桂芬来到窗前，说：“方忠还是把门打开，让咱们进去，跟你说几句话。刚才你离开抚衙后，鸿帅就意识到玩笑开过了头，自责不已。他都向你认了错，你总不好拒人千里，让咱俩在门外站一个通宵吧。”

门里响起门闩松动的声音。何安泰抬了手臂，轻轻推开门。程学启一动不动站在地上，背对门外。何安泰赶紧进屋，扶正歪七竖八的桌椅，拣拾起一地的笔砚、文件、杯盘及各类日常用物，再请两位进屋。程学启依然面壁而立，不理两位，也不言语。

望着程学启后背，李鸿章苦口婆心道:“方忠啊，鸿章拿降人说你，纯粹开玩笑，没半点别的意思。真当你为降人，又哪会把这俩字挂在嘴上，你说是不是？刚才景亭兄还说，你虽在长毛军中待过一阵，可自归清后，尤其率营随我东征沪上，打起仗来，身先士卒，冲锋在前，谁有你舍得死，谁立过你这么多赫赫军功？鸿章不止一次两次对人说起，没有你方忠统领开军和洋枪队，攻无不克，战无不胜，淮军不可能有今天，鸿章不可能有今天。”

李鸿章说得口干舌燥，冯桂芬也帮腔道:“方忠应该听得出来，鸿帅句句发自肺腑，你不会无动于衷吧？你的军事天才有目共睹，尽人皆知，无需桂芬置喙。桂芬要说的是你与鸿帅这对将帅佳配，古今少有，中外难见，可得格外珍惜。鸿帅有你，淮军有你，是上天莫大恩赐。同样你幸遇鸿帅和淮军，也属人生之大幸。不难想象，不是鸿帅运筹帷幄，你与众将领决战沙场，淮军怎能从小到大，从弱到强，一步步发展到今天，取得苏沪辉煌战绩！”

两人话里满是真诚，所说皆为事实，程学启心肠再硬，也会慢慢软化。他转过身来，咚一声跪倒在两人面前，说:“都怪学启气窄量小，连句玩笑都受不起，害翰林哥哥和冯大人动步来营，开导启发。没事啦，学启还是学启，以后翰林哥哥要学启冲锋就冲锋，要学启陷阵就陷阵，借学启脑袋有用，学启也会毫不犹豫取下来，双手呈上。”

李鸿章赶忙起身，扶起程学启。双眼已被泪水模糊，想说啥又不知从何说起。其实情至深处，再好听的话语都已显得苍白，觉得多余。

一句玩笑惹出一段风波，却给了将帅交心通气机会，彼此情谊更深更浓一层，倒是李鸿章没料到的。见证人冯桂芬也觉得有意思，回衙路上说:“桂芬说过，方忠不会与鸿帅闹翻的，果不其然吧？史有廉颇与蔺相如将相和，今有方忠与鸿帅将帅和，可谓异曲同工。略有区别的是，将相和里，将给相负荆请罪，将帅和里，帅给将负荆请罪。”李鸿章笑道：“只要能和，谁请罪都一样。”冯桂芬说：“对对对，和为上。”

程学启这里已没事，可还有位洋将，仍不依不饶，在与主帅较劲。这不是别人，就是戈登。周馥已找过马格里，要他代表李鸿章，去昆山见戈登一面。马格里所办洋炮局刚从上海迁到苏州，整天忙进忙出，无暇他顾，可李鸿章有托，没法推辞，只好乘船赶往昆山。

谁知见到戈登，刚开口吐出鸿帅两个字，戈登就截断他话头，吼叫道：“别提李鸿章，我不想听到他名字！”马格里想解释两句，戈登也没容他开口，指着门外，愤然道：“你给我滚，哪里来滚哪里去，滚得远远的！戈登不需要你，常胜军不需要你。”

马格里只好灰溜溜折回苏州，如实复禀。毕竟内外有别，戈登不是程学启，李鸿章火得很，张口大骂道：“简直狗坐轿子，不识抬举！看来这洋小子不想干了！”忽又想起赫德还在苏州，把他找来，道：“戈登已惹出不少麻烦，本抚不计较他，派马格里劝他别再闹下去，他竟然连话都不让马格里说，把他轰了出来。本抚只好麻烦赫德先生，到昆山去给戈登递句话，他若还想干下去，别再继续无理取闹，咱们有话好说。若不想干，走人就是，本抚决不挽留，从下月开始停发常胜军粮饷。”

赫德连夜赶往昆山。此番苏锡之战，他已见识过淮军能耐，知道李鸿章不是在威胁戈登，戈登再不识好歹，只能咎由自取。幸而赫德不是马格里，乃堂堂海关总税务司，英国海陆两军司令都敬仰三分，戈登不好再梗着脖子，两鼻朝天，问赫德有何见教。赫德晓之以理：“今日之淮军已非昔日之淮军，今日之常胜军也非昔日之常胜军，淮军离开常胜军，收复江苏所剩不多几处失地，已完全不在话下。戈登先生明白我意思吧？”

戈登不傻，能不明白赫德话里意思？其实前天将马格里骂走后，他就开始后悔，不该有台阶不下。赫德知道戈登心里已在松动，又道：“八王将受戮，自身也有过错，不能全怪鸿帅和程学启。却被戈登先生闹得沸沸扬扬，骂声四起，甚至有人无中生有，说淮军在双塔寺杀掉三万降兵，引起全世界公愤。鸿帅对你不薄，你这么做，对得起他吗？”

戈登低下了头。赫德继续道：“明确跟你说吧，此次赫德来昆山，并非鸿帅意思，是赫德出于英国同胞立场，替你和常胜军前途担忧，来跟你掏心窝，说自家话。鸿帅在我面前露过心迹，你浪子回头，一切好办，若不知进退，继续犟下去，他马上解散常胜军。赫德要说的是，戈登先生绝顶聪明，可别学前任白齐文，聪明反被聪明误，以至身败名裂。”

戈登自然不愿步白齐文后尘，自断退路，弄得惶惶如丧家之犬，容身之处都没有。再说自己与柏郎大造舆论，已给淮军和李鸿章制造出不少麻烦，确实到了该回头的时候，再闹下去，已没多大意思。又值赫德上门规劝，正好托他传话，近期回苏州觐见李鸿章。

当日赫德返苏，回复李鸿章，说：“戈登已有悔意，表示要与鸿帅重归于好。”李鸿章倒也大度，说：“只要戈登悬崖勒马，过去一页就此翻过去，咱们可以从头再来，为彻底消灭苏南长毛，继续并肩作战。”

隔日戈登便来到苏州，参拜李鸿章，自我检讨，请求原谅。李鸿章不计前嫌，鼓励戈登带好兵，再立新功。还叫来刘郇膏，追加常胜军两月粮饷，作为苏州外围战的奖励。

戈登乐不可支，出城返昆待命。李鸿章磨墨铺纸，开始笔走龙蛇，奏报收复苏城后，戈登自闹事至回心转意之详细经过。周馥也遵嘱，代拟出回复奕䜣的草稿，李鸿章改定誊正，盖印加封，两稿同时寄出。

正好冯桂芬入见，谈过正事，说起阿思本舰队，道：“日前收到监察御史陈廷经来函，说总署与李泰国几经交涉，实在不敢答应其所提条件，阿思本舰队无法留在中国，只能由朝廷支付巨额遣返费，驶回英国变卖。”

此事李鸿章也已知晓，叹道：“李国泰异想天开，企图一手操控舰队，中方只负责掏钱，不能过问和指挥舰队，谁能同意这样混账条约！只是朝廷筹办现代海军的尝试化为泡影，实在可惜。”冯桂芬道：“二十多年前，文忠林公就提出购置洋舰，在沿海建立现代海军的设想，时至今日，林公遗愿依然无法实现。”李鸿章道：“二十多年过去，已历道咸同三朝，就这样白白耽搁，多可惜啊。无论国家还是个人，若想有所作为，二十年可做好多事情。”冯桂芬道：“怪只怪中土西学西语人才缺乏，购几只舰艇，也得托付洋人，弄得如此不堪。”

两人正慨叹不已，马格里兴冲冲走进来，说：“听说阿思本舰队将遣返英国变卖，二位知否？”李鸿章笑道：“咱俩正在论及此事呢。”马格里说：“阿思本舰队不说世界一流，至少在亚洲属首屈一指，不能留在中国服役，实在令人遗憾。”冯桂芬说：“朝廷又何尝不想留下舰队？只是李泰国居心叵测，谁敢跟他合作？”

马格里不说李泰国长短，只道：“舰队经沪北上时，我随赫德登舰参观过，舰上设施既先进，又实用，实在难得。尤其那套全新的维护设备，包括蒸汽锅炉、化铁炉、铁水包及各种机床，仿佛水上流动兵工厂，看着叫人心里发痒。”

李鸿章已听出马格里意思，道：“你心里发什么痒？”马格里道：“舰队将原路返回英国，这两天会从上海经过，鸿帅可否买下舰里设备，搬入苏州洋炮局，提升枪炮生产能力？要知道这么好的东西，就是专门出洋采购，都不一定采办得到。”

李鸿章已然心动，问冯桂芬想法如何。冯桂芬道：“这个主意不错。残货半价，舰队是中方退货，与残货别无二异，也好议价。”李鸿章道：“景亭兄与马格里先生跑趟上海如何？”冯桂芬说：“行啊，也好顺便回同文馆看看。”

隔天冯桂芬就与马格里登上商船，离苏奔沪。正好阿思本舰队南下驶抵上海，泊岸补充给养。舰队落得如此下场，李泰国觉得很没面子，见冯马二人前来购买船上设备，自然求之不得。几经讨价还价，最后以一万两银子价位，签署正式合同，一手交钱，一手交货，将设备卸到马格里雇请的火轮上，运回苏州洋炮局。正是这套西洋设备，成全了苏州洋炮局，使其蜕变为具备机械化生产能力的新型军工企业，周产炮弹和子弹达 2000 多发。且成本大大降低，过去生产一枚炮弹需三十两银子，现在小者只需银子一两，大者不过三两。

见识了洋机器的妙用，李鸿章深感本国机器制造之粗糙，意识到再不放下天朝上国身段，虚心学习洋人长处，只能越来越落后。落后就会被动挨打，甚至亡种亡国。要想保种救国，别无他途，唯有憋足劲，迎头追赶，也许望尘可及，犹未为晚。

十二、左宗棠巧取杭州

经李鸿章拳打脚踢，文僚武将齐心协力，苏城善后事宜大功告成，二十万降卒和难民遣散安置得差不多，所剩扫尾事务，也在有条不紊地进行当中。

这天李鸿章上善后局听完陈鼐汇报出来，经过藩司衙门，忽想起什么，低头迈进门去。门里差役见大帅到，施过礼，通报给刘郇膏。刘郇膏放下手头批件，出来迎住李鸿章，欲往书房请。李鸿章摇摇手，说："别跑书房，就在签押房稍坐片刻，随便说几句话。"

"也行，今日事少人闲，签押房还算清静。"刘郇膏说道，让进李鸿章，搬椅挪凳，倒水递烟。李鸿章坐定，说："降卒和难民遣散安置渐近尾声，银库还有无节余？"刘郇膏道："待遣散安置结束，估计已所剩无几。"

李鸿章喝口水，说："想给朝廷解些银两过去，未知挤不挤得出来？"刘郇膏望着李鸿章道："多亏苏州富户积极捐纳，各军将士也识大体，上交部分所得，总算勉强能应付遣散安置，又哪来余钱解给朝廷？"李鸿章道："不还有厘捐和关税么？"刘郇膏道："江南历经战乱十多年，民不聊生，厘捐抽取不易，关税略胜，可数量也有限。"李鸿章道："苏南光复后，商贸逐渐恢复，尤其上海周边港口码头，华洋商贩进出频繁，难道毫无办法可想？"

"鸿帅只知关税有办法可想，不知年关将至，将士们嗷嗷待哺，多少总得补发点欠饷吧？"刘郇膏不满道，"再说湘淮楚三军建军以来，攻克大小数百城，从没听说谁给朝廷解过银子，何必开此先例，让曾氏兄弟和左宗棠忌恨？朝廷也不会往这上面想，毕竟各军所费粮饷，全凭自筹，户部没下拨过半两银子，发放过一粒谷米。”

李鸿章哈哈大笑起来。笑过才在刘郇膏耳边轻轻道：“正是没谁给朝廷解过银子，咱让皇上尝点甜头，不更有意义么？”刘郇膏道：“皇上还小，不当家，不管事，鸿帅是想让太后尝甜头吧？”李鸿章说：“太后和皇上不一回事么？”

刘郇膏不好太抠门，笑道：“鸿帅准备解多少？”李鸿章说：“五十万两如何？”刘郇膏大声叫道：“五十万两？你以为五十万两是个小数字？”李鸿章道：“数字是不小，不过动动脑筋，应该想得出法子来。”刘郇膏道：“办法在哪？”

李鸿章擀擀刘郇膏肩膀，道：“大活人一个，还会被尿憋死？跟你说吧，知我有意恢复书院府学，苏城各富户，尤其上次来不及捐助的富商，纷纷表示乐意解囊。你与景亭兄赶快行动，敞开大门，接纳富商捐助，先挪五十万两解京，来年厘捐关税入库，再还回去就是。”

刘郇膏照此办事，很快筹足五十万两银子，派出专人，走水路解往北京。

银子还在路上，李鸿章所寄奏报已达慈禧手里。见苏州杀降事件平息，戈登也不再闹事，慈禧松下一口气，当奕䜣面表扬李鸿章手脚麻利，手腕高强。奕䜣也将李鸿章褒奖一番，说：“不是李鸿章当机立断，以绝后患，说不定苏城又重归长毛之手，苏南局面会如何，真不堪设想。大敌当前，生死攸关，动作稍慢半拍，便可能酿成千古之恨。可笑翁同龢、祁寯藻之流，只知站在岸上瞎嚷嚷，哪体会得到局中人处事之不易？”慈禧道：“还有二十万降卒和难民，也遣散安置得差不多，苏州已万无一失，可喜可贺啊。”

君臣正在高兴，江苏藩司五十万两银子也解达北京。五十万两可不是小钱，慈禧简直不敢相信自己耳朵，对奕䜣说：“还有这种事？”奕䜣说：“自然不会有假，李鸿章已写信给我汇报过此事。”慈禧道：“江南打了十多年仗，都只听到各军唱穷叫苦，从没见谁给朝廷解过银两。本宫也无此奢望，只要各军力战长毛，保我大清江山不倒，已心满意足，想不到李鸿章殚精竭虑，好不容易收取苏州，竟然还心念朝廷，舍得解银入京。

是不是苏州富得流油，遍地银子，李鸿章不好意思一人独吞，也分杯残羹于我，哄我开心？”

奕䜣道：“微臣接到江南密报，苏州虽是人间天堂，毕竟多年兵燹，已糟蹋得差不多，说还多么富有，自然已不可能。是李鸿章和平规复苏城，深获人心，又乐交富商，广结善缘，得到各方支持，加之淮军将士吐出部分所得，凑够大额款项，资遣安置妥二十余万降卒和难民。苏州乃范文正公（仲淹）家乡，历代文教鼎盛，文脉不断，大户小商皆系读书人出身，见李鸿章重视书院府学，心存感激，乐意出钱捐款，资助公益，李鸿章才让刘郇膏巧作盘算，挤出五十万两银子，解京孝敬太后，报答您提携之恩。”

“武功济世，文治兴邦，国家需要的就是李鸿章之类文武大才啊。”慈禧圣心大悦，催奕䜣赶紧下达苏锡战功封赏，别亏待李鸿章和淮军将士。奕䜣立即拟稿，颁下封赏：李鸿章赏太子少保衔，赐穿黄马褂；程学启赏云骑尉世职，赐穿黄马褂；戈登赏头等功牌，赐一万两银子；李鹤章擢道员，记名遇缺简放；刘铭传、郭松林赏头品顶戴；丁日昌升直隶知州，赏戴花翎。其余郑国魁、张遇春、何安泰，张树声、周盛波等，均各有赏赐。

圣谕颁下，淮军将帅受封领赏，皆大欢喜。没过几天，又有谕旨颁布，严令文武百官，不许再议苏州杀降事件，败坏淮军声誉，损害朝廷威望。各地督抚接旨，莫名其妙，不知皇上意欲何为。自古防民之口甚于防川，却从没真正有效防止过。川流永不停息，防不胜防。世上嘴巴千千万，长在各人脸上，嘴开声出，神仙都堵不过来，又岂是一道圣谕防得住的？

李鸿章接谕于手，却高兴得不得了，眉毛胡子都是笑。他知道五十万两银子起了作用。文僚武属不以为然，说又非封王拜相，一纸空文有啥可乐的？李鸿章笑道：“怎么能说是一纸空文？太后是给八王将事件定性，对苏城不战而获，给予高度肯定。”

与李鸿章心气相通的曾国藩，也看出圣谕所含奥妙，对左右说：“少荃和平收复苏城，朝野妒其功高，故意纠住八王将事件不放，企图以瑕掩瑜，却没能蒙蔽西太后和恭亲王，特下达谕旨，鼓励少荃处事有方，功不可没。”

左宗棠也独具慧眼，明白圣谕之深意，召胡雪岩和蒋益澧至浙江富阳楚军行营，说：“上有天堂，下有苏杭，李鸿章计取天堂苏州，厥功至伟，圣谕明令不许再议苏州杀降，实际是诏告各军，攻城略地，智取为上，强夺为下。”

左宗棠领楚军开拔浙江以来，全靠胡雪岩和蒋益澧两位支持，才顺风顺水，取得节节胜利。胡雪岩乃安徽商人，王有龄未发迹之前，就资助他跑官买官，做上浙江巡抚。为回报胡雪岩，王有龄将粮饷军火置办全权交其代理，杭州城内随处都是胡氏店铺和钱庄。太平军听王陈炳文挥师南下，杭州城破，王有龄自缢身亡，胡雪岩又与陈炳文暗通款曲，以求自保。同时不忘投靠新任浙抚左宗棠，为其提供资助，采购军需，一边敞开阜康钱庄大门，大量接纳楚军将帅战场所获钱物，给付高额利息。见胡雪岩能干，左宗棠委为粮饷总管，军中筹粮办饷事务统统交其经理。胡雪岩更加来劲，事事主动，还仿上海常胜军，出资招募中法军人，为左宗棠训练常捷军，协同楚军作战，连战连捷，规复浙江大部。

后方有胡雪岩为左宗棠筹资办粮练兵，前方还有蒋益澧诸将出生入死，攻城拔寨。蒋益澧是湖南湘乡人，天性戆急，不为湘乡老乡曾国藩看好，却深获左宗棠赏识，左宗棠入幕湖南抚衙时，两人便往来密切，很是投机。戆急之人，打仗勇猛，太平军横行湖广之际，蒋益澧便冲锋陷阵，屡立战功。左宗棠抚浙，奏调蒋益澧为浙江布政使，蒋益澧募兵而至，征战浙省各地，连下金华、宁波、绍兴等大小城镇，又苦战富阳半年，终至功成。朝廷以左宗棠军功卓著，擢为浙闽总督，左宗棠趁机保举蒋益澧接任浙江巡抚，只是朝廷另有打算，将大位委之于曾国荃，意在促其赶紧攻克金陵，早日入主浙江富庶之地。

自古以来，吴越一体，苏杭并称。如今淮楚二军一北一南，同时征战于苏浙两地，互为犄角，遥相呼应，彼此难免暗里较劲，欲争高下。左宗棠好胜心又强，自比诸葛，自号今亮，谁都不放在眼里，对进士翰林出身者更是嗤之以鼻，身边僚属武将，功名大都在举人之下，鲜见高过主帅者。最好像蒋益澧和胡雪岩之流，啥功名都没有，更是看着顺眼，相处顺心，使用顺手。偏偏李鸿章两榜出身，也能带兵打仗，所创淮军征战苏南，风生水起，所向披靡。尤其离间贼酋，智获苏城，功胜武取，令两宫称善，朝野叹服。相反楚军入浙后，磕磕碰碰，没几仗打得利索，富阳之战耗掉半年时间，兵临杭州城下，又为陈炳文所阻，猛攻三月，损兵折将，不见丝毫功效。幸而八王将事件给李鸿章制造出不少麻烦，无不叫人拍手称快。想不到皇上又下谕旨，明堵百官之口，暗彰淮军之功，左宗棠又泄了气。心下琢磨，杭州苦战不下，也不是句话，是否该像李鸿章样，采取非常手段，另找突破口？不然对不起今亮雅号不说，还会被李鸿章那小子小瞧。召蒋胡两位入营，用意正在此处。左宗棠望眼蒋益澧，叫着他字号道："芗泉啊，你好像出生于湘乡吧？"

自己出生于湘乡，又非什么秘密，左宗棠再清楚不过，干吗还明知故问？蒋益澧几分不乐道："益澧自然出生于湘乡，若出生于湘阴，别说像左帅样，做上堂堂浙闽总督，至少一省巡抚也已捞到手里，谁也夺不走。"

蒋益澧没法忘记浙抚快到手，又为曾国荃取代，故意借题发挥。左宗棠哈哈大笑，道："出生于湘阴，就有总督可做吗？"蒋益澧说："当然，地灵才人杰，不是湘阴钟灵毓秀，哪出得了左帅此等英才？"左宗棠说："湘阴地灵人杰，湘乡更是了得，曾家曾国藩、曾国华、曾国荃兄弟，李家李续宾、李续宜兄弟，还有张运兰等等，数都数不过来。"

蒋益澧对曾国藩不待见自己，一直耿耿于怀，说："咱仅仅是湘乡人，与曾家兄弟无关。"胡雪岩插话道："芗泉兄已官至藩台，虽说左帅保你浙抚不中，至少已给皇上留下印象，下次有机会，自会轮到你头上。"左宗棠说："芗泉无需着急，只要好好打仗，皇上不可能让你做一辈子藩台。"蒋益澧忙说："不急不急，我不急。"

闲话几句，左宗棠又道："今亮别无所长，唯喜读古书，尤其对《三国志》，更是爱不释手，知道蜀汉有位丞相蒋琬，也是湘乡人，不知芗泉听没听说过？"

久围杭州，寸功未见，还有心思东拉西扯，谈古论今，蒋益澧实在想不明白，道："三国人物与杭州攻坚战有关系吗？"左宗棠笑道："文武之道，一张一弛。战争越难打，越要跳出战争，开阔思路，说不定会有意外收获。芗泉只回答我，蒋琬是不是湘乡人？"

蒋益澧只好答道："蒋丞相不仅是湘乡人，还是湘乡蒋姓家族祖宗，牌位供于蒋氏祠堂正中，芳名写在蒋氏族谱首页。"左宗棠故意道："还有这么回事，怎么从没听你说起过呢？"蒋益澧说："益澧靠带兵打仗，立身于世，不用湘乡人提携，也无须沾老祖宗荣光。"左宗棠笑道："有骨气。

今亮再问你，你们蒋家丞相最大功业是什么？”

别看蒋益澧一介武夫，嘴说无须沾老祖宗荣光，对蒋琬多少有些了解，说：“蒋丞相有两大功业，一是诸葛亮在世时，积极筹措军需粮饷，助其六出祁山，以攻为守，使蜀汉立于不败之地；二是诸葛亮逝世后，受命于危难之际，尽丞相职责，治国安邦，确保蜀汉稳定。”

左宗棠点头道：“芗泉所言不虚，蒋丞相两大功业，史有定论。不过今亮闲居乡下时，研究过蒋氏族谱，里面曾有记载，说蒋丞相最大功业还在给诸葛亮献计，成功降服姜维，继任丞相后又许以姜维重兵，弱蜀才倚姜维一人之力，九伐中原，北拒曹魏，以至诸葛身后竟然还延续了三十个春秋，实在是个了不起的奇迹。”

蒋益澧一见字纸就头疼，没细读过族谱，蒋琬故事多是从族人嘴里听来的，至于左宗棠所说蒋琬与姜维故事，没太多印象，只含糊道：“应该不假吧。”左宗棠又问胡雪岩道：“你对三国人物有何看法？”胡雪岩道：“雪岩家境贫寒，自幼给人放牛，没上过学，后至杭州，又为钱庄当跑街，天天与数字打交道，识字也不多，没读过古书，岂敢妄议三国人物？”

胡雪岩也是实话实说，肚里墨水确实不多。不过肚里墨水少，悟性却不低，不然也不可能高攀上督抚大员，军政商通吃。出得督衙，听蒋益澧抱怨左宗棠尽扯淡，白白浪费半天时间，胡雪岩就启发他道：“芗泉兄急于攻克杭州，莫非左帅就不急么？”蒋益澧说：“他若急，还说东道西，生拉硬扯，不言半句正事？”胡雪岩说：“芗泉兄想想看，李鸿章招降纳叛，计取苏城，左帅拿蒋琬献计降服姜维说事，两者之间是不是有些联系？”

一个是一千六百年前西蜀蒋丞相，一个是当今江苏李巡抚，两人之间能有啥联系呢？蒋益澧望着胡雪岩，两眼茫茫，莫名其妙。胡雪岩笑笑道：“左帅意思好懂，就是要你做你家老祖宗蒋丞相，而视听王陈炳文为姜维。”

“原来左帅要我招降陈炳文。”蒋益澧恍然大悟，“益澧可学老祖宗，但陈炳文会不会做姜维呢？”胡雪岩道：“先尝试尝试嘛。就像咱做生意，不大胆出手，怎知赚不赚钱？”蒋益澧说：“又如何才能让陈炳文成为姜维？”胡雪岩出主意道：“蔡元隆不是从长毛军中投降过来的么？又系你们湖南华容人，可找找他，他肯定了解陈炳文，说不定交情还不错哩。”

太仓被淮军攻破后，蔡元隆纠集残部，辗转南下浙江，遭遇楚军，投降左宗棠。左宗棠明知李鹤章吃过蔡元隆诈降大亏，连命都差点断送在他手里，却偏要做给李家兄弟看，不仅接纳蔡元隆，还拨出八营兵勇归其统领，充当楚军主力。富阳光复，左宗棠调遣蔡元隆，协助蒋益澧围攻杭州，此时正与陈炳文对峙，相持不下。蒋益澧依胡雪岩建议，派人召唤蔡元隆，蔡元隆赶紧来到蒋益澧营中，问有何指教。蒋益澧说：“陈炳文是听王，从前元隆兄也曾封会王，两人关系应该不错吧？”

蔡元隆以为蒋益澧怀疑自己与陈炳文还有关系，心里难免忐忑，说：“长毛王将多达两千多人，王与王之间往往知其名，不知其人，有些甚至连名字都没听说过。驻守太仓时，元隆不过顶个会王虚名，没啥实际意义，跟其他王将也不通音讯。与陈炳文更无交道，只是随同忠王征战苏浙，见过几面，毕竟他是安徽人，咱是湖南人，没法谈到一块儿去。”

听出蔡元隆起了误会，蒋益澧笑道：“元隆若与陈炳文有关系，也非坏事，正好可为我所用。”蔡元隆道：“芗泉兄意欲何为？”蒋益澧道：“我想请你乔装入城，去见陈炳文，说服他弃暗投明，降我楚军，你觉得如何？”蔡元隆说：“如今我与陈炳文各事其主，相互为敌，贸然求见，岂不自投罗网？”蒋益澧说：“没这么严重。两军交战，不斩来使，何况你与陈炳文有旧，他不会把你怎么样的。”

孤身深入敌营，人为刀俎，我为鱼肉，除任人摆布，还能如何？蔡元隆心里叫苦不迭，嘴上还不好拒绝。告辞蒋益澧，出得营来，想起胡雪岩与陈炳文过从甚密，找到他说：“也不知谁给蒋藩出此馊主意，要我入城劝降陈炳文。陈炳文手握五六万虎狼之师，另有汪海洋数万精锐近在余杭，相互照应，楚军猛攻数月，顾此失彼，没占任何便宜，又岂是元隆跑过去，动动嘴皮，就可劝降的？到时只怕劝降不成，还要害我身首异处。”

与汪安钧一样，汪海洋也有顶康王帽子。天国后期封王实在太多，洪秀全记不清封了些什么王，嘴一张一个，已封湖北人汪安钧为康王，转脸又拿康王扣到安徽人汪海洋头上。也许“康王”叫着好听，仅封给汪安钧，好了他小子，让汪海洋也沾沾光。

听蔡元隆诉过苦，胡雪岩笑道：“没兄说得这么可怕吧。”蔡元隆说：“陈炳文心狠手辣，杀起人来眼皮都不眨一下。无奈蒋藩发了话，元隆只得从命，将脖子伸到陈炳文刀下，任其宰割。只是家中上有老下有小，元隆献身后，还请雪岩兄看咱们共事一场份上，给予关照。”

见蔡元隆说得可怜，胡雪岩有心帮他，道：“我给陈炳文写封信，他见我字迹，不仅不会加害于你，说不定真会弃城来投，让你荣立大功。”蔡元隆顿生绝处逢生之感，说：“雪岩兄能让元隆活着见陈炳文，活着回营，元隆天天给你烧香拜佛，保你大富大贵，洪福齐天。”

虽说胡雪岩小时没读过书，离乡进城后，身边都是读书人，也就勤学好问，发愤识字，加之天资聪慧，几年下来已粗通文墨，记账写信不在话下。当即修书一封，交给蔡元隆。

有了胡雪岩的信，蔡元隆胆子稍壮，乔装一番，战战兢兢摸进杭城，混入听王府，出现在陈炳文面前。陈炳文一见蔡元隆，顿时火冒三丈，大喝道：“大胆反贼，叛投清妖，掉转枪口，与我为敌，还敢自投罗网，入我府中找死！快来人，给我绑了，拉出去毙掉！”

喝声甫落，冲进数名高大亲兵，纠住蔡元隆，往外直拟。蔡元隆大声叫道：“听王且慢，听王且慢，元隆身上有胡雪岩书信一封，看过信再毙元隆，元隆死而无憾。”

陈炳文就让亲兵松开蔡元隆。蔡元隆掏出怀里信件，趋前一步，呈给陈炳文。果然是胡雪岩手迹，说是听王智勇，天下无双，致使楚军与常捷军连攻数月，未能撼动杭城一门一墙，一砖一瓦，令雪岩钦佩不已。无奈清祚未绝，湘淮楚三军勃起，三路同时进攻，忠王亦无力回天，苏浙几为清兵所据，仅余天京及不多几座孤城，暂守尚可，长期占据，只怕难上加难。左帅乃当世英豪，大人大量，久慕听王大名，早有招纳之意，若能归顺，必不计前嫌，以诚相待，就如知遇元隆，将委以重任，共匡清室，封妻荫子，万世流芳。

“可笑雪岩，以为我陈炳文也一身软骨，见人就会摇尾乞怜！”陈炳文阅毕信件，冷笑一声，“信已看过，也该借你身上的血，祭奠死于你枪口下的天国将士英灵啦！”

亲兵闻言，又一把扭住蔡元隆。蔡元隆再次大叫起来：“听王且看信件背面。”陈炳文几丝疑惑，看眼蔡元隆，翻过信件，只见背面还写有两行字：道宽思后路，腹饱留饥粮。

陈炳文皱皱眉，扬一扬手，放过蔡元隆。蔡元隆惊慌出城，去见蒋益澧。蒋益澧刚被左宗棠召走，蔡元隆又赶往帅营，哭丧着老脸，将劝降陈炳文不成反差点丢命经过细说一遍。

“好个不识抬举的陈炳文，敬酒不吃吃罚酒，看今亮怎么收拾你！”左宗棠大怒，拍着桌子吼道。吼过后，命令蒋益澧和蔡元隆两部，外加常捷军，全力进击杭城。三师领命，浩浩荡荡开向凤山门外，架设大炮猛轰。连轰半个时辰，轰塌城垛三丈多，三师将士咆哮着涌入城门，仿佛钱塘潮水般，势不可挡。无奈太平军兵力雄厚，又有砖木石垒设阻，双方近距离对阵，楚军炮火用不上，优势变成劣势，渐渐处于下风。

一直激战至天黑，太平军越战越勇，将蒋蔡两部和常捷军逼出城外。蒋益澧与蔡元隆拣回小命，狼狈返逃大本营，走进帅帐，跪地请罪。左宗棠气急败坏，将两人骂得狗血淋头，轰出帐外。事后反省，蔡元隆劝降不成，贸然下令攻城，本就毫无胜算，又怎能责怪两位呢？看来杭城不是急切可得，还须从长计议，另图良策。要说细究起来，左宗棠并非气愤蒋益澧、蔡元隆无能，其实是恼恨李鸿章计取苏城，大获太后欢心，轮到自己，劝降陈炳文未果，强攻又不得要领，无功而返，实在太伤自尊。

正在心烦意躁，又有朝旨下达，由李鸿章兼管浙西军政，嘱左宗棠妥为配合。很显然，皇上见楚军久攻杭城不下，已失去耐心，才让淮军涉足浙西。这不是对咱左宗棠和楚军莫大侮辱么？太后真势利，淮军多打几次胜仗，先期收复苏州，楚军稍处下风，就厚淮薄楚。浙江本属楚军地盘，又岂容他人染指？左宗棠暴跳如雷，扬手指北，咬牙切齿道：好你个李鸿章，真是小人得志，竟太岁头上动土，欺侮起今亮来啦！

其实李鸿章并不愿掺和浙江军政，接到朝旨后，左右为难，服从不是，不服从也不是。自己是江苏巡抚，到左宗棠地盘上去瞎掺和，不要被他记恨一辈子？左宗棠是何德性，李鸿章比谁都清楚。然太后和恭亲王不会考虑你难处，只知苏锡收复后，江苏仅余常州及周边零星小县，指日可下，浙江杭州、余杭、湖州、嘉兴诸城及浙西大部分城镇却仍为敌军所控，让淮军南援浙境，实在情理之中。想想也是，楚军花去整整半年，才好不容易打下富阳，围攻杭州又已三月有余，依然无果，再这样耗下去，不知何时才有完。

李鸿章欲召文武部属，共商良策，又想年关在即，将领们分散各地，传令下去，未及启程，春节已至，干脆安心过完年再说。让亲兵叫来刘郇膏，询问各军欠饷拨付情况，刘郇膏告知，降卒和难民遣散安置未竟之时，就已开始拨付欠饷，现正在有序进行中。李鸿章嘱加紧调拨，确保春节前发放到位，让将士们过一个富足快乐的大年。

刘郇膏得令而出，李鸿章处理完手头急件，去后衙陪伴母亲。母亲已由赵小莲还有四弟蕴章、五弟凤章陪同，离开合肥老家，东抵苏州，入住拙政园。园内山水相依，一步一景，即便隆冬季节，亦无丝毫残败迹象，母亲非常喜欢，住得开心，说不比磨店老宅差。母亲自然是说笑话，磨店老宅确也有山有水，可又怎比拙政园秀丽精美？

来到母亲房中，赵小莲和莫姑娘都在。李经方也从上海赶过来，正在陪伴祖母。见父亲进屋，赶紧起身，叫声二爹。庐州习俗，兄弟子女，不管亲生与否，伯叔面前，皆以“爹”称谓，只在前面冠以序数。比如李经方叫李瀚章大爹，李鸿章二爹，以此类推。李昭庆为其生父，也依序叫六爹。后过继做李鸿章儿子，称呼不用改口，原叫啥，现仍叫啥。

夸奖李经方两句，李鸿章见母亲面前茶杯已空，唤侍女进来添茶。侍女应声进屋，莫姑娘要接茶壶，被李鸿章先提到手上，小心往母亲杯里添起茶来。母亲很受用，嘴上却还要故意道：“让莫姑娘来吧，我一个乡下粗妇，哪敢让朝廷大员服侍？”李鸿章道：“不是母亲生养和调教，又哪有儿子今天？在母亲面前，儿子只是儿子，并非什么朝廷大员。”

说得满屋皆笑。母亲抚着李经方脑袋，说：“孙子看到没？以后你不管官做到多大，也得像你二爹样，好好孝敬爹娘。”李经方说：“孙儿牢记祖母教诲。”拿过茶壶，乖乖给李鸿章和赵小莲杯里添上茶水。

说笑间，李蕴章与李凤章进来，说：“母亲看看谁来啦？”几位掉头，只见李瀚章抬步入门，风尘仆仆的样子。李瀚章已升广东布政使，四处奔忙，为湘军筹粮办饷。年末抵安庆向曾国藩汇报钱谷，得知母亲东下苏州，亦乘船赶了过来。

母亲越发高兴，望望面前兄弟四个，说：“若三儿和六儿在场，就整齐了。”李鸿章说：“三弟与六弟军务缠身，得缓几天才能来苏州拜望母亲。”母亲说：“年前能到吧？”李鸿章道：“年前一定能赶到，请母亲放心。”

果然大年三十，李鹤章与李昭庆匆匆赶到拙政园，一大家子聚一起，道家常，吃年饭，其乐融融。讵料正开心，母亲脸色一楸，淌下两行泪来。大家有些紧张，问母亲怎么啦？母亲骂道：“我生那死鬼的气，寒窗苦读半辈子，好不容易考取进士，做上太平京官，又逢长毛作乱，奉旨南归杀贼，贼没杀几个，自己先去了阎王那里，扔下咱们娘娘崽崽，好不容易熬到今天。要是还活在世上，看到你们兄弟都有出息，该有多高兴！”

母亲在骂父亲，怪他没福气，死得太早。父母情深义重，父亲年寿所限，没能活到儿子们个个成器这一天，自是人生大憾。李瀚章劝慰母亲道：“生死有命，富贵在天，母亲不必伤心。”李鸿章也道：“父亲虽已西去，只要母亲在堂，咱们兄弟就是有娘崽，有依靠，有归宿，有底气，挺得起胸膛。”母亲破颜而笑：“都怪我不好，大过年的，还拿旧事烦你们。好好好，不说死鬼，咱们喝酒吃肉，开开心心过大年。”

兄弟们一个个笑逐颜开，举杯齐敬母亲，祝她健康快乐，长命百岁！母亲说：“要得要得，我要多活几年，活得好好的，看着你们步步高升，出将入相，忠君爱国，造福于民。”

年饭吃得差不多，兄弟们簇拥母亲，来到堂屋，烧香敬神，供奉祖宗，再围坐火盆，吃糖果，剥瓜子，说古道今，共守岁时。不觉到得下半夜，母亲脸带倦意，赵小莲和莫姑娘护送回房歇息。留下兄弟几个，继续说话，直至丑末寅初才散。

李鸿章来到房里，赵小莲还没睡，正与莫姑娘闲聊。莫姑娘道过晚安，退出门去。赵小莲见丈夫眉宇间暗含忧虑，问道：“你好像有啥不快？”李鸿章道：“母亲在堂，兄弟齐聚，哪有不快的？”赵小莲说：“别瞒我，席上母亲论及父亲，就见你有些走神。想周氏了吧？”

被赵小莲道破，李鸿章只好叹息道：“跟父亲一样，周氏也是无福之人。”赵小莲倒能理解，道：“你真是个有情有义的男人。你与周氏婚期有十多年吧？”李鸿章道：“前后十三、四年，却聚少离多，待一起日子屈指可数。周氏是个好女人，善良贤惠，待母亲不错，无奈体弱多病，没做过几天好人。”赵小莲道：“母亲也跟我说起过周氏，对她颇有好感。”

新人面前莫说旧，老论周氏，大有不妥，李鸿章笑道：“过去的事就让它过去吧，上天恩赐，有夫人为伴，我已知足。”赵小莲道：“真话还是假话？”李鸿章道：“当然是真话。夫人品貌双全，命里旺夫，与你成婚后，我才一路高歌，平步青云，到得今天这份上。”

世上最动听的，其实不是美乐，而是好话。听李鸿章夸奖自己，赵小莲自然高兴，投身丈夫怀抱，夫妻相拥而眠。正在梦中，清清脆脆的鞭炮声响起，新的一年来到。起床拉开窗帘，只见窗外雪花翻飞，仿佛无数白色精灵，追逐嬉戏，煞是美妙。远街近巷，屋瓦庭院，到处白茫茫，估计大雪已下了个把时辰。

瑞雪兆丰年。李鸿章不出声道。弹指之间，不觉进入同治三年，所幸天国已成强弩之末，一场历经十四年的战争即将结束。劫后余生的江南百姓，或许可以喘口气，重建家园，休养生息，过上几天安宁日子了。复兴华夏的时候已然到来，虽说朝廷面对的局面纷繁复杂，不仅北方捻军有待清剿，各国战舰商船云集海岸，更不可能视而不见。看来国家已没法回到道咸时代，只有睁开双眼，看清脚下的路，大胆前行。

观会儿雪景，夫妻出屋，拜见母亲，尔后兄弟齐聚正堂，互道新年大吉。敬过祖宗，吃过早饭，抚衙幕友僚属，苏城商贾文士，纷纷入园拜年道贺，一个个口灿莲花，说尽美言。后厨摆上酒菜，招待客人，兄弟们出席答谢，一时间笑语欢声，喜气洋洋，年味十足。

连续好几天，拙政园人进人出，热闹非凡。驻守在外的各军将领也布置好驻地防务，冒着风雪，陆续赶往苏城，来给李母拜年，同时也为李鸿章庆祝四十一岁生日。母亲喜欢这种场面，见一个个如狼似虎的淮军将领五体投地，在自己膝前行礼唱贺，乐得合不拢嘴，心里暗暗称赞儿子有威望，连自己百无一用的乡下老太婆也跟着沾光。

拜年祝寿，免不了要赠送年礼贺金。将领们攻城拔寨，没少发国难财，一个个富得流油，自然出手大方，不甘人后。管家刘斗斋做好登记，拿着礼品簿，来向李鸿章汇报，好让他领送礼人的情。念到刘铭传名字时，刘斗斋哑在那里，出不了声。李鸿章说：“省三（刘铭传）不会空着双手，啥都没送吧？”刘斗斋说：“送是送了，太不像礼。”李鸿章说：“礼到意思到，无所谓像礼不像礼。省三到底送了啥？”刘斗斋这才念道：“两斤寿面和两条年糕。”

李鸿章当即笑起来，说：“省三真会送礼。这是合肥乡俗，意喻寿长年高。咱磨店乡下亲戚做寿，就送这两样东西。”刘斗斋说：“乡下穷亲戚送寿面年糕，无非凑个热闹，刘铭传在大人扶持下，已是淮军大将，不说富可敌国，家财万贯总说得上，还学乡巴佬，拿这两样东西充数，实在不成体统。”李鸿章笑道：“省三是乡巴佬，我也是乡巴佬，乡巴佬给乡巴佬祝寿，就该用乡巴佬的方式。”

“大人真是大量。”刘斗斋又从寿面和年糕里掏出一张红纸，交给李鸿章。李鸿章一看，上面写着首打油诗：时人个个好呵泡，金银鱼肉整担挑，唯有省三礼太薄，两斤寿面两条糕。

呵泡是合肥俚语，乃奉承之意。李鸿章忍俊不禁，乐道：“好个礼太薄。省三出生入死，打过无数胜仗，已给过我无数价重如山的厚礼，哪还用得着另送厚礼？”

刘铭传礼是薄了点，可毕竟人到礼到，还有一个人，不见礼也不见人。这便是郭松林，也是李鸿章爱将。众人都不可理喻，一定是这小子打了几次胜仗，目中无人，连主帅生日都不当回事。其实郭松林在执行一项重要任务，任务正是李鸿章指派的，李鸿章自然不会怪他缺失宴会，照样大宴文武，园内气氛渐至高潮。

宴罢将文武部属召入西花厅，共商下步战略方针。谁知李鸿章轻咳一声，正要开腔，刚关上的大门被砰一声撞开，有人裹携一股凛凛寒风，龙行虎步闯进来，手上捧着一样东西，嘴里大声道：“禀报鸿帅，松林送寿礼来也！”

哪有送个礼，还要大声宣扬的？何况李鸿章生日酒都已喝过，也不是送礼的时候。众人回头望去，只见郭松林大步奔向李鸿章，咚的一声，单膝跪于地上，将手上东西举过头顶，瓮声瓮气道：“请鸿帅收下松林迟到的寿礼！”

那不是普通寿礼，是一柄亮闪闪的宝剑。

郭松林是从奔牛镇连夜赶来苏州的。奔牛镇位于常州西面武进与丹阳之间，是太平军粮道枢纽，金陵所需米粮都得由此转运。李鸿章早就瞄准了这个地方，密令郭松林率领松军，趁着年关奇袭奔牛镇，掐断天国生命线。郭松林最喜欢打这种颇富刺激的仗，一夜工夫就将奔牛镇拿下，缴获米粮十多万石。又留下四千多精兵，驻扎于镇上，阻截太平军粮队。这下李秀成急了，赶紧率部直奔奔牛镇而来。

原来苏州八王将投降献城后，李秀成率领一万多人马，悄然撤离望亭，往援无锡。无奈刚至城郊，无锡已陷，只好与溃逃出城的两万残兵合作一处，向北挺进，准备与常州太平军里应外合，夹击城边淮军营垒。李秀成想法是，只要稳定常州这个后方，自己就可领军回师金陵，突击城外东坝湘军鲍超部，撕开包围圈，救出幼王，前往赣皖鄂另图发展。这下奔牛镇落入郭松林手里，粮道断绝，也就顾不得常州，只得绕行向西，来夺奔牛镇。

郭松林知道自己四千多人，没法与李秀成三万多大军抗衡，虽说其中有两万败兵。想撤出奔牛镇，暂避锋芒，又心有不甘，爬上望楼，先观看敌情，不到万不得已，决不言弃。手举千里镜，往南一望，只见敌军逶迤而至，黑压压一片，让人胆寒。可稍近细瞧，又发现敌军要军威没军威，要队形没队形，一个个疲疲沓沓，在雪地上蹒跚而行，仿佛风都吹得散似的。一般热血顿时涌上郭松林心头，他暗自琢磨，年后要去苏州祝寿，若能痛击李秀成一顿，打散他三万多人马，保住奔牛镇，岂不是给鸿帅最好的生日礼物么？

郭松林是淮军里出名的猛将，冲动一起，哪里顾得许多？当即率领两千死士，埋伏到镇外小岗上，趁太平军脚跟未稳，风驰电掣般冲下岗来，对着敌阵一番狂轰狠射。太平军没来得及做出反应，已呼啦啦倒下一大片，鲜血染红洁白的雪地，冒着热气和腥味。镇里守军也枪炮齐发，飙出一支马队，将敌军阵线冲得七零八落。

一时间李秀成不知到底有多少淮军，慌乱中指挥失灵，组织不了有效反抗，将士们纷纷溃逃，相互挤撞一起，踩死踏伤不少。郭松林率军随后直追，又扫倒无数。谁知追出一程，太平军不再败退，竟然收住阵势，转过头，杀了回来。很少见打散的太平军还复振旗鼓，卷土重来，郭松林吃惊不小。不过丝毫没将这位猛将吓住，他振臂呐喊着，带头冲向敌阵，其他将士也个个奋勇，人人争先，给冲在前面的太平军以迎头痛击。

奇怪的是阵地上已横满无数死尸，敌军人数却不见少，反而不断增加，莫不真如洪秀全所言，天国天兵天将多于河水，杀不完，灭不绝，不会越打越少，只能越打越多？世上不可能有啥天兵天将，郭松林派人一打探，才知李世贤领军从天而降，不是天兵，恰似天兵。

其实李世贤并不是来增援李秀成的。他远在溧阳，不知郭松林已拿下奔牛镇，只听说李秀成会离开常州，北赴金陵，才统领七万余众，赶过来拦截，欲胁迫其改变主意，汇合两军，直接西进赣鄂，另创一片新天地。理由简单，金陵已岌岌可危，还要自投罗网，去给洪秀全陪葬，完全没有必要。直到接近奔牛镇，听得枪炮大作，打马过来，才知太平军遭遇淮军，被打得落花流水，于是挥师上前，两部合到一处，反扑松军。

见太平军前赴后继，层出不穷，郭松林动过撤退念头。转而又想，就这么逃走，又拿什么礼物去给鸿帅祝寿呢？一时顾不得许多，将炮队调到前面，瞄准乌云般的太平军，连发开花炮。开花炮就怕敌人少，不怕敌人多，敌人越多，作用越大，效果越好。趁着太平军遭受重创，气焰渐消，郭松林又咆哮着，一边开枪，一边冲向敌阵。主将奋勇上前，将士们倍受鼓舞，也猛扑过去，与太平军绞杀在一起。

两军相遇勇者胜。松军人数虽少，却个个勇猛，以一当十，越战越来精神。太平军人数占绝对优势，无奈士气低，斗志弱，被淮军一番痛击，一个个胆战心寒，胡乱放上一阵枪炮，便抱头鼠窜，溃退下来。后队见前队大乱，不愿上前做炮灰，也扭过屁股，逃得比兔子快。李秀成正在后面督阵，高扬佩剑，杀掉数名溃逃士兵，想稳住阵脚。无奈逃兵越来越多，犹如山崩，又哪里杀得过来？李秀成指挥过数以百计的大小战斗，何曾见过这种一触即溃的局面？想以往临阵作战，谁不奋勇争先，敢打敢冲，死都死得豪情万丈？兵还是过去的兵，将还是过去的将，敌人还是过去的敌人，为何会出现两种绝然不同的阵势？

一股悲凉袭上李秀成心头，他长长一声浩叹，真想一剑了结了自己。可他知道还没到时候。洪天王和幼王还在金陵城里，唯一可依靠的就是你李秀成，你就这么死了，他们怎么办？死当然容易，举剑轻轻一抹，便一了百了。虽说死比活痛快得多，活远比死难，可你暂时还得活着，为着天王赏赐的忠王二字。

李秀成走向正在督阵的李世贤，舔净剑刃上的血迹，轻轻插入剑鞘，递过去。李世贤愣在那里，说："哥要干啥？"李秀成说："你拿着吧，以后走到哪里，只要见着这把剑，太平军将士都会服从你指挥。"

李世贤明白过来，堂兄是要你完成其未竟事业。率军赶来与堂兄会合，原想胁迫他远离金陵，共进赣鄂，以图东山再起，他决意与洪天王和幼王同归于尽，你又能把他怎么样呢？李世贤趴到地上，跪拜过堂兄，含泪接过宝剑，跳上战马，向激烈的阵地驰去。

李世贤不可能扭转颓势。太平军宛如钱塘潮，涨得快，消得更快，眨眼间被淮军击退，纷纷后涌，裹袭着李世贤，似要将人连马吞没掉。战马大声嘶鸣着，欲前不能，欲退不得，在原地不断转圈。急切间，啾地飞来一颗炮弹，在两丈外炸响，战马前蹄一跪，李世贤两眼一黑，倒栽下地，手上宝剑甩出老远。

太平军全线溃败，往西北和西南两个方向逃去。逃往西北的是李秀成部，目的在金陵。逃往西南的是李世贤部，目的在来时的溧阳。郭松林领兵追击，直到天黑，才收住脚步。正要回撤，发现一名受伤逃兵，穿戴与普通太平军士兵不同，手上还有把佩剑。哪有普通士兵带佩剑的？逮住一审，才知是李世贤近卫。李世贤马失前蹄，栽倒于地，手中佩剑抛到卫士面前，卫士顺手拾过来，准备前去救主，其他卫士已将李世贤扶到另一匹马上，消失在弥漫的硝烟里。卫士急起直追，被流弹击中，落在郭松林手上。

听卫士说佩剑是李秀成赠给李世贤的，郭松林几分好奇，抓住剑柄，抽剑出鞘，只见一道寒辉闪过，犹如夜色里刺眼的雪光。好剑好剑！郭松林眼睛花了花，大声叫道。又想起要给李鸿章祝寿，李氏剑不是最好的寿礼么？郭松林飞身上马，直奔苏州而来。

听完郭松林叙述，李鸿章大喜过望，接过李氏剑，认真端详起来。李氏剑制作精良，乃剑中上品。鞘为楠木所制，外包镀金银鞘箍，配有“万”字回纹，及鹤鹿同春、鹊雀登梅、瓜瓞绵绵图案。抽出剑身，上面镌着“李秀成”三个小字，剑锋犀利，熠熠生辉。剑柄一面刻有二龙戏珠，另一面为双凤朝阳。至于剑扣、环纽、护手，同样做工考究，独具匠心。

这份生日礼物实在太厚重太珍贵了。李鸿章拉过郭松林的手，把他请到座位上。又叫亲兵送上热酒，让他一浇风寒。然后对众人大声道：“四千对十万，不是松林，谁有这个胆量？偏偏就是这四千多淮军，置诸死地而后生，凭借满腔血性，以一当十，顽强击退十万长毛，还缴获秀成宝剑。壮哉，松林！”

在座众人也不可思议。李秀成兄弟征战多年，用兵如神，手握十万大军，就这么败在四千淮军手里。唯一的解释是天国气数将尽，太平军已成惊弓之鸟，一触即溃。

奔牛镇之胜，给各位以极大激励，个个摩拳擦掌，纷纷请战，恨不得立刻奔赴战场，彻底消灭太平军。李鸿章拿出年前朝廷下达的廷寄，朗声宣读一遍，下令兵分南北两路，北路由李鹤章、刘铭传、郭松林、滕嗣武及戈登率领各军，开往常州、宜兴一带，肃清江苏境内太平军；南路由程学启、李朝斌、潘鼎新、刘秉璋领水路诸师，进攻平湖、乍清、海盐，威逼嘉兴、湖州，直逼杭城。众将领命，分头赶回各自驻地，出击太平军。李鸿章坐镇苏州，居中调停，同时督促刘郇膏、丁日昌等筹集粮饷，置办炮弹，提供充足的军需保障。

江南春来早。一夜暖风，积雪尽融，万物复苏，桃李枝头春意闹。好消息不断从各处传进拙政园。北路淮军攻破常州外围敌营数十座，收降三万多人，初战告捷。太湖西岸的宜兴、荆溪两县相继收复。溧阳守军见势不妙，剃发开城，哀告宾服。淮军刚入城收降，李世贤退至城外，本欲入城补充给养，见城头旗帜已换，只得转身南下湖州，联系浙西太平军，继续抗清。浙西战事正酣，程学启兵锋所指，平湖、乍清、海盐三城守军望风而降，程部顺势又收复平望、嘉善诸城，直逼湖州东边的嘉兴。

嘉兴外围战打得也算顺手，太平军各大营垒很快被廓清。谁知攻城时受到顽强抵抗，连记名提督何安泰也殒命城头。程学启悲痛欲绝，流着眼泪，亲自扶柩，将何安泰安葬下地。悲泪未干，便咬牙切齿，扑向嘉兴城下，指挥炮队，施放开花炮，展开猛轰。终于轰开一处缺口，程学启率先跳出战壕，端着洋枪，一边射击，一边向前冲击。勇士们蜂拥而上，紧随主将，翻越缺口，涌入城中，与守军展开肉搏。

自午至申，激战两个多时辰，嘉兴光复。不想战斗接近尾声之际，忽然一颗子弹飞来，击中程学启太阳穴偏后部位，他一个趔趄，栽倒在地。众勇赶紧上前，七手八脚，将主将抬出城外，送到太湖水师汽轮上，往苏州急驰。

到得苏州，已是隔日夜间。苏州城内有个定慧寺，冯桂芬是寺里常客，见寺东废址平整开阔，是个建置试院的好地方，夜入抚衙，汇报给李鸿章。李鸿章觉得可行，又召来薛书常，让他配合冯桂芬，筹款购址，筹办试院。谈到夜深，两位离去，李鸿章正要回屋休息，周馥匆匆而至，说："方忠受伤，伤得还不轻。”

李鸿章以为在做梦，揉揉太阳穴，又挑亮油灯，睁眼看看周馥，说：“方忠人在嘉兴，怎么知道他受伤？”周馥道：“方忠刚被送回苏州，正在医药局抢救。”

医药局就在隔壁，李鸿章来不及多问，拔腿往外便跑，慌乱中脚底被石子一磕，身子失去平衡，差点扑倒在地。还是周馥上前扶住，说：“鸿帅别急，方忠好像还有救。”李鸿章说：“有救才好，方忠没救，谁替我消灭长毛！”

走进医药局，来到病房里，医生正在给程学启处理伤口。程学启脸上全是血，唇白如纸，气息微弱。只要还有口气，说明人没死，又到了医生手上，该有恢复的希望。只是伤在太阳穴后面，那可是最致命的地方，不知医生有无回天之术。李鸿章伤心不已，蹲到床前，捞过程学启搁在床外的手，攥得紧紧的，不让死神把他从自己手上夺走。

可死神无情，数位医生轮番抢救，还是没争赢死神，几天后三十五岁的程学启撒手西去。李鸿章两眼一黑，晕倒在地。医生们手忙脚乱，费好大劲，才把他抢救过来。李鸿章还是不能接受这个残酷事实，呆坐一旁，直到程学启渐渐变冷变硬，才不得不让人抬走。

叶落归根，李鸿章命令总兵丁汝昌，扶程学启灵柩回桐城厚葬。尔后上折请恤，诏旨追赠程学启为太子太保，入祀昭忠祠，又加三等轻骑车都尉世职，予谥忠烈，宣付国史馆立传。

淮军建军以来，将领们敢打敢冲，经历过无数硬仗恶仗，极少伤亡，谁知太平军即将灭亡之际，程学启与何安泰命归黄泉。更可怕的是，之后接连好几位总兵甚至提督衔将领相继阵亡，连郭松林、滕嗣武、周盛波几位主将也受重伤。

李鸿章一夕数惊，绝望之极。正不知如何是好，又有噩讯传到苏州，说正在指挥常州攻坚战的刘铭传被子弹击中额头，血流覆面，晕死过去。李鸿章只觉天旋地转，瘫倒在地。半天才撑起身子，走出签押房，准备上马去常州，又得讯报，说刘铭传命不该绝，子弹入骨不深，已经取出止血，侥幸活转过来。

一时间，死亡阴影笼罩淮军各军，士气严重受挫。议论随之四起，说恶有恶报，善有善报，淮军官兵每复一城，每收一地，不仅大肆烧掠掳夺，还滥杀无辜，不遭报应才怪呢。还有人搬出苏州杀降事件，说八王将阴魂不散，才将程学启与何安泰之命索了去。刘铭传诸位也有杀降行为，只是没程何二人恶劣，才勉强保住小命。

议论传到李鸿章耳里，他坐不住了，叫上郑国魁，跑到八王将坟前，点香烧纸，伏地祭拜，祈求别老作祟，扰乱军心。也许是收了纸钱，受了香火，八王将不再纠缠淮军，刘铭传等诸将伤病也渐渐好转复元，重回战场。

嘉兴为开军所占后，鼎军和秉军没停止前进，继续西讨，直逼湖州城下。富阳城里的左宗棠闻讯，又妒又忧又喜。所妒淮军节节胜利，楚军却仍被太平军阻于杭州城外，连攻数月无果；所忧淮军嘉兴在手，一旦攻破湖州，必会来争杭州，到时他左宗棠老脸没地方可搁；所喜湖州受困于淮军，陈炳文失去北援，给楚军进攻杭州创造了绝佳机会。

蒋益澧也觉得到了收复杭州的时候，跑进帅帐，催左宗棠下令攻城。左宗棠只顾捧着肥肚，在帐里来回踱步，迟迟下不了决心。蒋益澧愤然道："左帅怕了陈炳文不成？你怕了陈炳文，不敢惹他，总有人敢惹，咱们干脆南撤百里，拱手让出杭州，免得碍人手脚。"

左宗棠望眼蒋益澧，不吱一声，继续踱他的步子。蒋益澧自觉无趣，出了帅帐。碰上胡雪岩筹了批粮饷，来给左宗棠复命，蒋益澧忍不住嚷道："雪岩跑前跑后，筹粮办饷，喂养得人家肥肥胖胖，却不冲锋陷阵，又何必呢？"

胡雪岩听出蒋益澧话里的嘲讽，把他拉到一旁，说："知道左帅为何迟迟不愿攻打杭州吗？"蒋益澧说："输不起，害怕再败给陈炳文。"胡雪岩说："与陈炳文硬拼，肯定会付出代价。"蒋益澧说："哪有打仗不付出代价的？"胡雪岩说："左帅想尽量少付出代价，甚至不付出代价，也能收复杭州。"蒋益澧说："想得美。蔡元隆已找过陈炳文，还想叫他去劝降？陈炳文够朋友，放过蔡元隆一次，绝不可能有第二次。"

胡雪岩笑望蒋益澧，说："藩台大人想过没有，陈炳文为何会放过蔡元隆？"蒋益澧说："他俩曾同在洪秀全手下为王，旧情难忘。"胡雪岩说："两军对阵，不是你死，就是我活，莫非旧情可以抵命不成？"蒋益澧说："你倒说说，陈炳文为何放过蔡元隆？"胡雪岩说："太平军江河日下，虎狼淮军赫然南来，杭州城破在即，陈炳文得给自己留后路。"

既然陈炳文不肯投降，又有何后路可言？蒋益澧几分不解。胡雪岩笑笑，扔下蒋益澧，进了帅帐。汇报过粮饷事宜，没马上走开，又接着道："左帅还有用得着雪岩的地方吗？"左宗棠说："办妥粮饷，解我后顾之忧，雪岩厥功至伟，哪还好再劳驾你？"胡雪岩道："只要雪岩做得到，左帅吩咐就是。"左宗棠笑道："你说说，除办粮筹饷，你能做些什么？"

胡雪岩没说自己能做些什么，只说："与苏州一样，杭州也是人间天堂，毁于兵燹，多有可惜。若雪岩猜得不错，左帅一直没有动作，还是不想放弃和平收复杭州初衷。"左宗棠点头道："知我者，雪岩也。"胡雪岩说："雪岩乐为左帅效力。"左宗棠说："你怎么效力？"胡雪岩说："雪岩愿进城面见陈炳文。"左宗棠说："蔡元隆入城劝降，无功而返，难道你能说服陈炳文？"胡雪岩说："我不劝降陈炳文，给他指条活路。"

左宗棠会心而笑，说："好好好，此次大功告成，今亮今生今世只跟你胡雪岩一人做买卖，再不理睬其他生意人。"

当夜胡雪岩便潜入杭城，走进听王府，入见陈炳文。胡雪岩是红顶商人，跟左宗棠走得近，与陈炳文依然往来不断。见面寒暄几句，陈炳文语带悲凉道："雪岩兄啊，天国日落西山，杭州岌岌可危，你还能来府上看我，真算得有情有义之人。"

"正是这难得的情义，雪岩才冒险入城，来跟听王说说心里话，不知你乐不乐意听。"胡雪岩道。陈炳文说："乐意乐意，本王最乐意与雪岩兄说话。"胡雪岩说："听王乐意听雪岩废话，雪岩就知无不言，跟你掏掏心窝子。听王顶天立地，英雄一世，最看不起卖主求荣的小人。头次蔡元隆入城前，雪岩就说过他，听王不可能投降，他听不进，硬要入城自讨没趣，亏听王大度，没拧下他脑袋。"陈炳文说："蔡元隆投降左宗棠，要我也学他样，真是狗眼看人低。不念与他同事一场，我早已叫他身首异处。"

胡雪岩说："苏州八王将事件殷鉴不远，听王不受蛊惑，实乃明智之举。只是眼下淮军汹汹南来，一下嘉善，再下嘉兴，已兵临湖州城下。待湖州失陷，淮军南压，与楚军合作一处，合围杭州，到时听王只怕插翅难飞哟。"

浙西情势如何，陈炳文自然比胡雪岩更清楚，心知杭州危急，死守守不了多久，弃之又觉得可惜。当即说道：“雪岩兄有何高见，只管道来，炳文洗耳恭听。”胡雪岩说：“依雪岩浅见，三十六计，走为上计。”

陈炳文默然良久，才慢慢道：“杭州城高墙厚，易守难攻，本王若坚守不出，楚军一时半会儿也无奈我何。一旦开门出城，进入楚军伏击圈，岂不全军覆没？”胡雪岩道：“只要听王决心弃城，雪岩确保你六万大军安然无事，一个不少撤至安全地带。”陈炳文道：“左宗棠心狠手辣，杀人如麻，你怎能确保？”胡雪岩道：“左宗棠不怕你六万大军安全撤走，就怕你损兵折将。”陈炳文讶然道：“这又是为何？”

胡雪岩附陈炳文耳边道：“身为浙闽总督，左宗棠视浙江为自己势力范围，最不甘愿他人染指浙江。偏偏苏州巡抚李鸿章不知趣，令淮军贸然入浙，恨得左宗棠咬牙切齿，巴不得你撤离杭州，挥师北击苏南，夺走淮军地盘，替他出口恶气。”

蔡元隆太仓诈降，差点要了李鹤章的命，左宗棠竟收留蔡元隆，予以重用，李鸿章心里不爽，才来浙西搅局，左宗棠恼羞成怒，陈炳文若弃城北犯苏境，自然是左宗棠最想看到的。道理被胡雪岩说透，陈炳文也就再无顾虑，表示愿意弃城出走。

离开听王府，胡雪岩连夜出城，来到蔡元隆营中。蔡元隆已闭帐睡下，听说胡雪岩深夜来访，知有要事，赶紧爬起来，把他迎入帐中。主客坐定，胡雪岩道：“雪岩孤陋寡闻，只听说蔡将军与左帅是湖南老乡，不知具体在湖南哪个地方。”

深更半夜来访，莫非就为探知你的籍贯？蔡元隆心怀不满，无奈胡雪岩掌管军中粮饷，得罪不起，只好忍住火气道：“敝人老家乃岳州华容，偏远小地方。”胡雪岩哦一声，说：“是湘鄂交界处的华容吧？地方小，名气大。”蔡元隆道：“名气大？大在哪里？”胡雪岩说：“雪岩读书不多，却也听过三国故事，知道当年赤壁之战，周瑜火烧曹营，曹操兵败如山，自华容道狼狈溃逃，多亏关羽高抬贵手，才侥幸拣回一条老命。”

也是近朱者赤，左宗棠自比诸葛亮，三句不离三国，逮着蒋益澧讲蒋琬与姜维故事，胡雪岩也成三国迷，给你讲起曹操和关羽来。蔡元隆道：“曹操败走华容道太有名，蔡元隆又出生于华容，小时天天听老辈人讲这个故事，耳朵眼都听出了茧子。可左帅告诉我，华容道并非华容。”胡雪岩道：“你别管华容道是不是华容，雪岩只问你关羽为何要放掉曹操？”

蔡元隆打个哈欠，极不耐烦道：“曹操有恩于关羽，关羽乃仁义之士，知恩图报，抬抬大刀，让曹操溜走。故该故事又叫华容道义释曹操。”胡雪岩说：“雪岩还要问一句，当初谁让关羽去守的华容道？”蔡元隆说：“自然是军师诸葛亮。我至今不明白，诸葛亮明明知道关曹关系，关羽会放走曹操，为何不安排别人，偏偏将华容道交给关羽。”

胡雪岩笑笑道：“雪岩揣度可能有两个理由，一是当时孙权太强大，刘备根本不是其对手，放过曹操，可共同制衡东吴；二是关羽太傲气，诸葛亮故意让他违背军令，却留情不斩，日后更好拿捏。”蔡元隆说：“看不出雪岩兄，你一个生意人，怎么于军事如此精通？”

“商场如战场，你中有我，我中有你，有时置人于死地，还不如放人一马，给自己留条后路。”胡雪岩笑笑，“试想当年诸葛亮若不让关羽放走曹操，蜀魏两败俱伤，孙权坐收渔利，只怕就没有后来三国鼎立局面，这可正是诸葛亮高明之处。左帅一生最佩服诸葛亮，才自号今亮。今亮迟迟没对杭城发动进攻，就是想物色关羽，代他出面对付曹操。”

蔡元隆没懂胡雪岩意思，说：“雪岩兄是说，左帅敌人也是曹操？莫非曹操死而复生，到了浙江战场？”胡雪岩说：“陈炳文不就是曹操吗？曹操当年施惠于关羽，陈炳文好像也曾有恩于人。”蔡元隆说：“陈炳文有恩于谁？”胡雪岩说：“前次蔡将军入城劝降，陈炳文不愿归顺，却还是放你出城回营，不有恩于你吗？”蔡元隆挠着脑袋道：“原来陈炳文放我出城，既施恩于我，也是给自己留后路啊。”

见蔡元隆已经开窍，胡雪岩赶紧出营，赶往富阳，回复左宗棠。听完胡雪岩面见陈蔡二人经过，左宗棠哈哈大笑道：“前次我给蒋益澧说三国，想不到雪岩也故伎重演，给蔡元隆说起三国来。”胡雪岩说：“陈炳文不肯做姜维，实在没法，只好让他做曹操。”左宗棠说：“好好好，我派蔡元隆驻守杭城北门，等着陈炳文走一回华容道。”

改日左宗棠就排兵布阵，将南门交给蒋益澧，东门交给常捷军，北门交给蔡元隆，自率一军进抵西门。布置妥当，又让胡雪岩入城通报陈炳文。陈炳文建议改为翌日夜里攻城，他已派人游说康王汪海洋，动员他也放弃余杭，给兄弟们一条活路。胡雪岩出城禀报左宗棠，左宗棠求之不得，传令余杭城外楚军各将领，加紧入城与汪海洋联络，只要他肯弃城出走，也不妨放他一马。汪海洋本来铁了心，欲与余杭共存亡，经不住陈炳文和楚军两拨人马轮番游说，只得接受现实，放弃余杭。

左宗棠得报，自是欢喜。隔日夜里，号炮一声，各军开始攻城。一时间，东西南北四个方向炮火连天，枪声大作。对峙两个时辰，东西南三路楚军将士趁着浓浓硝烟，架设云梯，往杭州城里翻越。城里守军稍作抵抗，纷纷扔下堡垒，转身逃逸。楚军也不追赶，眼睁睁看着大队守军奔往北门，鱼贯而出。北门外的蔡元隆心领神会，令战士们退避数里。又不能闲着，下令朝天开枪放炮，乍听打得好像蛮激烈，其实是在给太平军送行。与此同时，汪海洋也率军撤走，余杭落入楚军之手。

天明时分，左宗棠自西门进入杭州，移驻听王府，犒赏将士，众皆受用。蔡元隆也屁颠屁颠来到帅府，邀功领赏。谁知左宗棠抬手一拍桌子，喝道："来人，将蔡元隆给我绑啦！"门外近卫闻声而入，上前按住蔡元隆。蔡元隆动弹不得，只是嘴上大喊道："左帅为何绑我？"

蒋益澧和胡雪岩诸位都在，一个个吃惊不小，眼望左宗棠，不知发生了什么。只见左宗棠指着蔡元隆脑门道："本帅命你率部驻扎北门外，配合其他诸军攻城，你指挥失误，围堵不力，致使数万长毛脱逃，你是不是与陈炳文有私，故意放他出走？"

这不是天大冤枉吗？不是你左帅授意我学关羽，义释陈炳文，给咱蔡元隆十二个胆也不敢啊。可转而一想，收复杭城前，左宗棠与你面都没见，如何授意予你？只不过胡雪岩上蹿下跳，给你说过曹操败走华容的故事。真不该受胡雪岩糊弄，聪明反被聪明误。

蔡元隆想自辩几句，不知如何开口，扭头去瞧胡雪岩。也是胡雪岩脑袋转得快，已明白左宗棠用意，忙给蔡元隆使眼色。事到如今，是死是活，只能听天由命，胡雪岩想糊弄，就让他再糊弄一回吧。蔡元隆听凭左宗棠训斥，甘领甘受，没作半句反驳。左宗棠手一挥，要卫兵将蔡元隆拉走，严加看管，日后再审。

夜里胡雪岩来到蔡元隆羁押处。蔡元隆匍匐于地，抱住胡雪岩裤腿，大放悲声："雪岩害得我好惨啊！元隆死不足惜，只是上有老，下有小，我命赴黄泉，谁来照顾我家老小？"胡雪岩说："男子汉，大丈夫，别这么情天恨海行不行？去年你落在左帅手里，他大发慈悲，没取走你脖子上的脑袋，白让你拣条命，多活数百天，还不知足？"

听胡雪岩如此一说，蔡元隆烂泥样瘫软在地，说：“不是左帅要你来传话，我小命是他给的，到了该他拿回去的时候？”胡雪岩说：“左帅没让我传话，是雪岩自己揣度，你差不多已死过一回，再死一回又有何妨？没必要把命看得太重嘛。”蔡元隆说：“你是事不关己，吃了灯草，说得轻巧。你倒说说，左帅到底会把我怎么样？”

胡雪岩忍住笑，说：“左帅会把你怎么样，是他老人家的事。不过雪岩觉得，当年关羽义释曹操，诸葛亮拿出军法，准备处置关羽，还是刘备求情，才免去关羽死罪，让他戴罪立功。你放走陈炳文，左帅自然也会治你罪，不可能因你是他湖南老乡，便法外开恩。”

说起关羽，蔡元隆就来气，说：“不是你拿三国故事诱惑我，我会妄学关羽，落到今天这个地步吗？”胡雪岩说：“你不学关羽，与陈炳文死磕，他六七万大军，早将你数千人马踏成肉泥，你死在哪儿都不知道，哪能活到现在？”

蔡元隆说：“你跑到我这里来，就为看我热闹，没别的要说？”胡雪岩说：“该说的话我已说过，你没听明白？”蔡元隆说：“你说过什么？”胡雪岩说：“刚才我不是说，诸葛亮免去关羽死罪，让他戴罪立功么？”蔡元隆说：“你意思是左帅会让我戴罪立功？”胡雪岩说：“左帅审问你时，你可争取争取嘛，至于管不管用，雪岩不好打保票。”

事已至此，也只好照胡雪岩所说试试。左宗棠提审时，蔡元隆就请求给机会，杀敌立功。左宗棠说：“你怎么杀敌，如何立功？”蔡元隆说：“元隆可率旧部攻克湖州，以免看着淮军从咱们眼皮底下夺走好处。”左宗棠说：“若没能攻克湖州呢？”蔡元隆说：“没能攻克湖州，要杀要砍，听凭左帅，元隆再无怨言。”左宗棠说：“你有决心，就给你一次机会吧。”

湖州已被淮军围困，克复是迟早的事，只要自己领军前去，跟着放上几炮，开上几枪，就可分得一份功劳，从左宗棠刀下取回性命。谁知蔡元隆想得太美了点，待他带着八营楚勇赶往湖州城郊时，才知淮军大部已经撤走，仅留程学启开军旧部，远驻东郊之外，丝毫没有进攻湖州迹象。原来陈炳文与汪海洋十万太平军出逃后，与李世贤部会合，直扑昆山和无锡一带，意欲接应常州太平军。李鸿章见势不妙，暂时顾不得湖州，急调鼎、秉各军北上，与常州方向淮军联合，夹击太平军。湖州守军不下四万人，东郊外的开军无意进攻，光靠蔡元隆数千楚军，别说攻入城里，恐怕连城墙都够不着。

就在蔡元隆遥望湖州城，进退两难之际，湖州守军探知楚军南来，领军人不是别人，是叛徒蔡元隆，恨得咬牙切齿，趁其立足未稳，倾巢而出，直扑蔡营。蔡元隆手忙脚乱，一边组织抵抗，一边派轻骑急驰回杭，向左宗棠求救。

左宗棠正召集文武部属，商议杭城光复善后事宜，得到蔡元隆急报，并无增兵意思。蒋益澧过意不去，请求领兵前往救援。左宗棠说："蔡元隆自请攻取湖州，刚与长毛接仗，就跑来搬救兵，哪有这个道理？"蒋益澧说："湖州四万多长毛尽数出城，蔡元隆八营楚勇不是对手，唯有益澧前去助阵，可免蔡部全军覆没。"左宗棠说："你率部增援湖州，杭城无兵驻防，万一陈炳文杀将回来，咱们岂不坐以待毙？"

这不是见死不救，任蔡元隆去死么？蒋益澧说："不派益澧，就派常捷军吧。"左宗棠说："常捷军是那么好派的？兵未动就狮子大开口，咱哪有那么多冤枉银子？"

蒋益澧还要力争，又有骑兵飞至，说蔡元隆已快吃不消，恳请左帅一定派兵，救其一命。左宗棠不为所动，只是嘱咐胡雪岩道："辛苦雪岩跑趟湖州，倒看是怎么回事。"

胡雪岩生意人一个，不会放枪，不懂施炮，派他前去湖州，能有何用？在场众人不知左宗棠要干啥，想问又怕他训斥，只得缄嘴不语，看着胡雪岩领命而出。胡雪岩早知左宗棠会派他差事，马都备好在督衙门外，出衙就跳上马背，往湖州方向急驰而去。

此时湖州南郊正杀声震天，楚军仍在抵抗数倍于己的太平军，一边等待左宗棠派兵来救。却左等不来，右等不来，只得派人绕到东郊，求助于开军。开军将士提到太仓诈降的蔡元隆，恨之入骨，不倒帮太平军围攻楚军，已够客气，自然不会搭理。蔡元隆就这样身陷绝境，无计可施，跪地仰天，大声哀号道："谁叫你蔡元隆做叛徒，你罪有应得啊！"

就在蔡元隆举刀准备结束自己时，胡雪岩飞马赶至。蔡元隆一把揪住胡雪岩，将刀架到他脖子上，一边怒吼道："好你个胡雪岩，你害我落到这个地步，还敢到湖州来，先取了你首级再说。"胡雪岩挣扎道："你以为我愿意跑这趟冤枉路？是左帅逼我来的。"

听到左帅两个字，蔡元隆松开胡雪岩，用刀尖指着他，叫道："你说说，左宗棠要你来干什么？”胡雪岩伸手把鼻尖上的刀尖拨到一边，说：“左帅让我来救你一命。”蔡元隆说：“你人一个卵一条，如何救我？”胡雪岩不紧不慢道：“元隆兄你知不知道，自你投降楚军那一刻起，就已注定会有今天的结局。”

蔡元隆扔掉手里的刀，跌坐在地上，无语而噎。胡雪岩继续道：“身为叛将，化敌为友，还是宿敌，想获得友善，谈何容易？反过来，遇到旧日同盟，以友为敌，敌非置你于死地不可。如此一来，友不是友，敌还是敌，你能有好下场吗？”

蔡元隆不服，说：“太平军欲置我于死地，可以理解，毕竟是我背叛人家。可对左宗棠，我只没挖出心肺给他做下酒菜，他怎么会这样对待我呢？这次若非我驻扎杭城北门外，放过陈炳文，他能兵不血刃收复杭州？”胡雪岩说：“收复杭州，你功不可没。可你想过没有，左帅缘何偏偏安排你驻扎杭城北门外，而不是别人？就因你与陈炳文曾同为伪王，不久前你进城游说他归降，他在你身上留了一手，你肯定会顾念旧情，放过他六万大军。”蔡元隆说：“这不是左宗棠希望看到的吗？”胡雪岩说：“没错，是左帅希望看到的。可这也说明，你是降将，与楚军其他将领不同。”

蔡元隆无话可说。胡雪岩说：“一夜工夫放走五六万长毛，朝廷若追究下来，谁担当得起？左帅没把你交朝廷治罪，派你来攻湖州，其实是放你一马，你以为真让你戴罪立功？”蔡元隆说：“朝廷治罪是死，败给太平军也是死，何言放我一马？”

“不放你一马，左帅怎么会派我来湖州见你？身为叛将，元隆兄注定在楚军阵营里难于立足，一旦到得阵前，长毛也不会轻易放过你，被他们逮住，肯定将你碎尸万段。”胡雪岩说着，从身上掏出两张银票，递到蔡元隆手上，“这两笔钱，一笔是你存在阜康钱庄里的银子，本息都在里面；一笔是左帅给你的赏银，数额也不少。你还是回华容老家，去做你的富家翁，就当私放六万长毛的事从没发生过。”

蔡元隆接过银票，嘀咕道：“明明是你传达左宗棠意思，叫我给陈炳文大军让路，怎么竟成了我私放长毛？”胡雪岩黑着脸道：“不是你私放，就是左帅蓄谋的啰？你有理，到皇上那里说理去，让朝廷把左帅逮入大牢，开刀问斩，换你来做浙闽总督。”

胡雪岩把话说到这个份上，蔡元隆再傻再痴，心里也该明白，夜放数万太平军的事没法较真，只能悄悄沤烂在肚子里，直到带进棺材，消弭于无形。

收好银票，蔡元隆下令各营官，立即撤退，自带数名贴身亲兵，跳上小舢板，逃离湖州，尔后自长江西上，潜回华容老家，购田置产，生儿育女，享起清福来。左宗棠长长地舒了口气，自以为封住蔡元隆嘴巴，夜放杭余十万太平军的事也就到此为止，不可能传扬开去。

十三、抗旨不争首功

可左宗棠低估了别人智商，也忘了那句纸包不住火的话。苏南已基本廓清，一夜之间突然冒出十多万太平军，李鸿章觉得很是蹊跷。派密探一打听，才知十多万敌军由三股组成，一是陈炳文部，一是汪海洋部，再是李世贤手下残兵。换言之，陈汪两军撤离杭州和余杭时，几乎没有伤亡。这只有一种可能，就是没受到任何攻击和抵抗。楚军已将杭州和余杭围得水泄不通，陈汪两部插翅难飞，突然间全部逸出，楚军都躲哪儿去了？

“左宗棠大开杭余两城北门，私放陈汪两部长毛出城，其用意非常明显，就是搅乱苏沪局面，陷淮军于被动。”李鸿章对周馥说，让他代拟劾稿，参左宗棠一本。周馥答应出门，李鸿章冷静分析敌情，调动常湖两处淮军，南围北堵左宗棠放出来的十多万太平军。

各军得令，纷纷开向昆锡之间。李鸿章也离开苏州，赶赴前线，发现杨库、华市、周庄、沙山一带，太平军连营数十里，绵亘不绝，与淮军遥相对峙。打蛇须打七寸，李鸿章计定而动，命令淮军主力直捣华市，使太平军首尾不能相顾。将士们奋勇争先，步步逼近，顷刻间将敌阵冲得七零八落。李鸿章又登上高处，举过千里镜，远远望去，欣喜地看到贼大败而走，缘山乱窜，如蚁旋磨，淮军借势攻扑，致敌尸狼藉，沟壑皆满。

陈炳文、汪海洋、李世贤三军就这样被淮军击溃，四散而逃。周馥也拟好劾稿，赶往前线，交李鸿章过目，以便尽快誊正发出。李鸿章接稿看上两行，忽觉与左宗棠较劲没意思，失去参劾他的兴趣。周馥不解道：“左宗棠如此可恶，莫非就这么饶过他？”李鸿章说：“左宗棠私放长毛，犯我苏境，无非想看我笑话。却激励我军各营，合力围堵，击散长毛，咱正好趁势北攻，拿下常州。得饶人处且饶人，让左宗棠一边嫉妒去吧。”

话虽这么说，李鸿章还是略改劾稿，寄给曾国藩，让他心里清楚苏浙战场发生了啥事。尔后趁着士气正旺，挥师北进，将常州团团围住，火炮齐发，轰开城墙。将士们冒着浓浓烟雾，冲入城里。只见太平军填街塞巷，万头攒动，淮军一路砍杀过去，同时大呼：“弃械伏地者免死！”但听哗的一声，敌军全体趴下，缴械投降，粗略估计不下七万人。

这是同治三年（1864）四月初六，距咸丰十年（1860）四月初六太平军攻占常州，前后整整四年，没多一天，也没少一天，巧合得让人难以置信。至此江苏除金陵一座孤城，全境尽归朝廷。曾国藩得报，欣喜若狂，致函李鸿章：“常州克复，全股剿灭，奇功伟烈，不独当世无双，即古人亦罕伦比。自阁下入沪，屡濒危险，皆躬率诸将决战，出生入死，出奇制胜，如塞洪水，如捕恶蛇，始终无一隙之暇，无一着之懈，不特全吴生灵出水火而登衽席，即东南大局，胥藉余威以臻底定。壮哉儒生事业，近古未尝有也！”

曾国藩对爱徒不吝褒扬，却也句句属实，将李鸿章东征苏沪之伟绩和意义和盘托出，精当准确。李鸿章见函，自是得意，具报朝廷，邀功请赏。朝廷赏李鸿章骑都尉世职，赏李鹤章、刘铭传、郭松林、戈登等黄马褂，授黄翼升江苏总兵，擢丁日昌知府。

朝廷奖赏颁发下来，各将欣然领受，弹冠相庆，其喜洋洋。只戈登郁郁寡欢，毫无悦色。他在为常胜军前景担忧。如今的常胜军已非华尔时代可比。能征善战的资深将士不是死伤，就是离职，临时招募新兵缺乏训练和战斗洗礼，毫无战力。故常州之战，常胜军已起不到主力军作用，只能给淮军做做配角，敲敲边鼓，若非李鸿章具奏朝廷时夸大常胜军功绩，戈登也不可能得赏黄马褂。亦即说功劳是李鸿章施舍的，戈登不感到荣耀，相反觉得颜面扫地。

见戈登对常胜军已信心渐失，李鸿章心中窃喜。戈登是个聪明人，常胜军暮气沉沉，加之常州之战减员厉害，想重振昔日雄风，又谈何容易？只要戈登对常胜军不再心存幻想，解散这支不伦不类的军队，难度就会大为减少。李鸿章叫来马格里，道：“戈登心情有些郁闷，得麻烦马格里先生，代我去昆山看看他。”

洋人也不傻，马格里察觉出李鸿章用意，说：“是不是动员戈登解散常胜军？这个任务我可完成不了。”李鸿章道：“我没说解散常胜军。听说戈登很颓废，天天将自己关在大营里，我怕他憋死，你去看看他，给他解解闷，有何不可？”

马格里当天就赶到昆山，造访戈登。都是英国人，戈登不好拒马格里于门外，只得迎出来，说：“是鸿帅派你来的吧？”马格里说：“你怎么知道？”戈登叹道：“常胜军今不如昔，已失去继续存在下去之必要，鸿帅不好开这个口，让你来代言。你回去告诉他，只要柏郎和驻沪领事馆没意见，戈登马上解散常胜军。”

得了戈登的话，马格里返回苏州，报告李鸿章。戈登如此爽快，倒让李鸿章颇感意外，说：“你没听错吧？”马格里说：“我耳朵好得很，不可能听错。”

两年前上海岌岌可危，沪地官商为求自保，出资组建这支华洋混合军，抗击太平军，属不得已而为之。俟淮军征发苏沪，武器落后，战力弱小，以常胜军为榜样，改用新式武器，习练西式战法，才取得苏沪战场一个个重大胜利。淮军日见壮大，常胜军却在走下坡路，越发式微。如今苏省仅余金陵孤城未克，浙江也只湖州与平望数城还在敌军手里，再花大钱养支无用之师，实无必要。戈登是个明白人，意识到常胜军末日已至，没等中方开口，主动出示裁撤意愿。李鸿章求之不得，派丁日昌速赴昆山，与戈登交涉裁撤事宜，以免夜长梦多。

谁知见到丁日昌，戈登却改了口，说没有解散常胜军想法。丁日昌道：“戈将军亲口跟马格里表示过裁军意愿，怎么又出尔反尔，转背便矢口否认？”戈登说：“头次马格里来昆山，老朋友相见，格外高兴，顺口跟他开了句玩笑，当不得真。”

哪有拿裁军大事开玩笑的？丁日昌意识到背后肯定另有原因。英国海陆两军提督和驻沪领事馆一向视常胜军为手中王牌，以此干涉大清军事，戈登欲解散常胜军，他们自会出来干涉。丁日昌派人赶往上海一打听，果不其然，正是英国人作梗，戈登迫于压力，才反口不再承认说过的话。丁日昌只好做戈登工作：“常胜军自组建以来，出过华尔、白齐文和将军三任头领。华尔战死，再回不到父母身边。白齐文叛投长毛，作恶多端，如今是死是活都不知道。将军结局最佳，若见好就收的话。”

丁日昌话里意思明白，只要戈登及时解散常胜军，就可免步华尔和白齐文后尘，全身而退。戈登无言以对，犹豫不决。丁日昌又道：“无论从前何伯，还是现今柏郎，或是英领事馆，不过视常胜军为手中棋子，与中方交往时多个讨价还价由头。将军却是当事人，与常胜军同生死，共命运，常胜军兴，将军兴，常胜军衰，将军衰。中国人喜欢讲善始善终，常胜军已由盛转衰，将军还能长盛下去？何不趁其没衰落前，赶紧收手，图个善终？”

道理戈登不可能不懂，却还是下不了决心。丁日昌又道：“长毛已消灭得差不多，清廷不可能再劳民伤财，养那么多异族军队，湘淮两军裁撤势所必然，常胜军今天不裁，明天还是没法逃脱裁撤命运。十多年战争下来，大清国库早已空空如也，大裁军时自然拿不出太多遣散费，只能撒胡椒面，各军随便打发点，不会额外照顾常胜军。若趁大裁军没开始，常胜军先走一步，可拿到足额遣散费，对随你冲锋陷阵的兄弟们只有好处，没有坏处。”

听丁日昌说得实在，戈登答应先想想，想好后再答复。丁日昌赶回苏州，走进拙政园，给李鸿章回话。李鸿章正在展阅刚到的塘报，没等丁日昌说完，便递信给他，说：“白齐文已在厦门落入松军手里，松林问我如何处置。”

陈炳文、汪海洋和李世贤昆锡战败，各率残部，经皖南溃逃江西，见鄂湘到处都是清军，只得逸走福建，以待时机成熟，再杀回两广，以图东山再起。本来白齐文逃出苏州后，被戈登转到上海美国租界。美驻沪领事馆怕他再惹麻烦，将他遣往日本。谁知白齐文没死心，探知李世贤溃逃福建，偷渡厦门，欲入李部。不想郭松林率军从江苏扑过来，堵截陈汪李残军，将白齐文逮个正着。白齐文身份不同，郭松林不知该杀该留，飞信请示李鸿章。

丁日昌看过信，说：“美中有约，美国公民在华犯事，得交美国法庭审判。白齐文屡犯天条，至今没得到惩罚，就是受这不平等条约保护，这小子才有恃无恐，屡屡与我作对。松林糊涂，既然白齐文已经到手，该咋办就咋办嘛，具函请求，不给鸿帅出难题么？”李鸿章笑道：“也不能怪松林，白齐文非同他人，名声又大，自然不好擅自处置。”丁日昌说：“莫非让松林将白齐文押往苏州，鸿帅再转手还给美国人？”李鸿章说：“可考虑押白齐文回苏州，至于还不还给美国人，就看他小子有无此福气。”

听李鸿章话里有话，丁日昌知他已有办法，不再哆嗦，只说：“戈登还在犹豫，恐怕还得鸿帅亲自敦促他，常胜军才裁撤得了。”李鸿章道：“白齐文到苏州后，安排戈登与他见一面，到时戈登也许会改变想法，同意裁撤常胜军。”

丁日昌告退，李鸿章铺纸取笔，给郭松林写信。信简单，只几句话：“白齐文是美国公民，咱们无权处置，只能送他回苏州，再完璧归赵，转交美国人。只是厦门到苏州，一路山高水险，白齐文如此娇贵，不知吃不吃得消，经不经得住恶风浊浪。故松林务必倍加呵护，不能让其有任何闪失，否则拿你是问。”

信到厦门，郭松林拆开一瞧，心下嘀咕，白齐文恶狗一条，怎值得鸿帅如此垂怜，仿佛自己亲兄弟，担心路途艰险，怕他吃苦受累。要知平时说起白齐文，鸿帅总是恶声恶气，恨不得将他剥皮吃肉，这次忽然态度大变，简直让人不可思议。

别看郭松林粗野蛮横，其实粗中有细，智勇兼具，打起仗来肯动脑筋，总能抓住敌军破绽，击其要害，一战而胜。又了解李鸿章文风和处事方法，将信多读几次，便读出别样意味。信里担心厦苏之间山高水险，白齐文经不住恶风浊浪，咱就让姓白的到恶风浊浪里去尝试尝试。郭松林会心而笑，带上亲兵，押着白齐文，取道浙江，往江苏方向赶。

到得浙中兰溪，过渡时果遇恶风浊浪，一个浪头打过来，所乘船只顷刻倾覆，船上人全部落水。郭松林湘江里泡大，再大风浪也没事，随行亲兵水性也都了得，处江海如履平地，翻船后没两下就从水里冒出来，两脚踩水，轻松上岸。唯白齐文稍懂水性，却锁着手脚，几经挣扎，渐渐沉入水底。待亲兵们重新入水，把他拖到沙滩上，早已咽气。

数天后，白齐文尸体被运到苏州，李鸿章将郭松林臭骂一顿，还关了两天禁闭，再悄悄把他打发回福建，继续追击陈汪李残部。此后陈汪李三人发生内讧，李世贤被杀，郭松林与左宗棠趁机发起攻击，全歼陈汪余部。

再说白齐文已死，总得有个了结，李鸿章一边禀报朝廷，一边具函美驻沪领事馆，详叙白齐文死亡过程，将责任全部推给恶风浊浪。风浪无踪，没法追究，加之白齐文不争气，弄得美国人颜面扫地，他自寻死路，大家省心，也就无人为他说话，只能不了了之。

丁日昌记性不错，想起李鸿章说过让戈登与白齐文见面的话，派人通知戈登，来苏州送送白齐文。毕竟白齐文是戈登前任，代表常胜军，与白齐文道个别，也在情理之中。戈登见信，立即自昆山赶过来，到白齐文灵前，为其默祷一番。不见棺材不掉泪，眼望白齐文水肿变形的面容，戈登想起常胜军三任管带，一战死沙场，一殁于非命，剩下自己，未知日后结局如何，禁不住伤心欲绝，抹起泪来。

戈登正兔死狐悲，李鸿章也来到灵前，祭奠死者。尔后把戈登叫到一旁，说："可怜白齐文，客死异域，遗骨外乡，连送葬的亲人都没有，只能做个无依无靠的孤魂野鬼。唯戈登先生重情重义，专程赶来，告慰死者魂灵。想当初白齐文生龙活虎，英美军方和驻沪领事馆极力怂恿他管带常胜军，给的给钱，给的给枪，给的给炮，只要白齐文肯听指使，愿替他们卖命。如今人死身腐，即将入土，却谁都不肯露面，前来送上一程。上海离苏州又不远，乘船大半天能到，我也去函邀请，就是请不动他们。这些人为何如此冷酷无情？道理简单，就是白齐文再不可能从棺材里爬起来，为其所用。"

没等李鸿章说完，戈登已是泪流满面。李鸿章见好就收，上轿回了拙政园。白齐文安葬入土后，戈登依中国风俗，在其坟头烧把纸，下山跑进抚衙，拜见李鸿章。李鸿章知他来意，没等他开口，先道："鸿章给戈登先生备了两份礼物，也许你能喜欢。"

戈登满眼悲戚，望着李鸿章，不明白他为何送礼给自己。李鸿章先从内室拿出两面卷着的旗帜，递到戈登手上。戈登慢慢展开，一眼认出，是开字营战旗。李鸿章说："这是方忠临死前交给我的，说这辈子能与戈登先生并肩作战，是他最大的荣幸，希望你能喜欢这两面见证他无数辉煌战绩的旗帜。"

接任常胜军管带后，戈登率军从上海一路打到昆山、苏州和常州，历经大小数十仗，大部分时候都跟开字营打联手，最佩服程学启军事才能，视为中国军队战神，对他言听计从，彼此合作得非常默契和愉快。斯人已去，睹物思人，戈登悲喜交加。悲此生再不可能与程学启走到一起，喜心目中英雄临死还念叨着自己，遗赠如此珍贵礼物。戈登将旗帜贴到腮边，含泪道："谢谢程将军，我会将此大礼带回英国，永远珍藏。"

李鸿章又打开书柜，拿出一柄宝剑，说："此剑你该见过，原是忠王秀成佩剑，奔牛镇之战为郭松林所获，送我做生日礼物，我郑重转赠于你。没有秀成，太平天国早已灭亡，鸿章也没机会组建淮军，征发苏沪，成就今天功业。也就是说，秀成虽系朝廷敌人，却是鸿章最敬佩之英雄，本欲留着其宝剑，做永久纪念。可中国有句古话，鲜花赠美人，宝剑配英雄，鸿章不是英雄，唯秀成和戈登先生英勇盖世，才配得上世所罕见之宝剑，但愿你不嫌弃。"

戈登接过宝剑，抽剑出鞘，瞄眼剑刃熠熠寒光，还有剑身李秀成三字，激动得什么似的。身为男人，谁不想做英雄，配宝剑？李鸿章视你为英雄，以英雄秀成佩剑相赠，这是多么崇高的荣誉？戈登真想弯下高贵的膝盖，给李鸿章下跪，以示大谢。可他心里清楚，对方不需要你跪谢，只需要你裁撤常胜军，离开淮军，离开中国战场。

回馆驿后，戈登亲自动笔，写好裁撤常胜军书面报告，又拿出随身所带印鉴盖上，返回巡抚衙门，当面呈交李鸿章。李鸿章很干脆，开出十二万二千八百两英洋，交给戈登做遣散费，另拨英洋六万两做月饷，以资奖励。

常胜军就此裁撤。不过军中精华得以保留，如炮队、枪队、海上救生队，包括部分洋军官和帮同教习，以充实淮军战斗力。为表彰戈登，李鸿章奏报朝廷，赏戴花翎，赐穿黄马褂，授予提督章服世袭，以示荣宠。

李鸿章快刀斩乱麻，先灭灾星白齐文，再裁虎狼常胜军，各方好评如潮。曾国藩写信给学生，称他驾驭洋将擒纵在手，有鞭挞龙蛇视若婴儿之风。朝廷最怕洋人惹是生非，李鸿章略施手腕，摆平洋将洋兵，消弭隐患于无形，免不了大加赞赏。

倒是李鸿章本人，见常胜军淡出视线，不免怅然若失，心情复杂起来。淮军开拔上海之初，将士肩扛锄把，手拿大刀，腰别弓箭，上路骑鞍马，下水坐帆船。仅花两年多时间，便已弃旧换新，使上大炮，用上来复枪，拥有快速汽轮，昂首挺胸跨入热兵器时代，成为一支现代军队。这自然得归功于常胜军。常胜军就像一块砖，为淮军敲开一扇现代战争的门。

就像一座桥，让清军和君臣一夜间超越千年，义无反顾走进一个全新世界。

李鸿章自己也没想到，此前态度那么强硬，非裁撤常胜军不可，一旦这支军队消失，又恋恋不舍，莫名伤感。一连几天，只要闲下来，常胜军影子就会浮现于脑海，挥之不去。清晨或傍晚，一个人在后花园踱步散心时，仿佛常胜军就躲在山水亭阁间，隐于林木花草里，只要他一声令下，随时会集结于前，开向战场，奋勇杀敌。

有一个人最理解李鸿章心情，那便是博古通今的冯桂芬。见李鸿章形单影只，徘徊于园中曲径，冯桂芬走过去，说："听说这阵子英国人大骂鸿帅，说你是大阴谋家，威逼利诱，软硬兼施，逼迫戈登不得不裁掉常胜军。"李鸿章笑道："英国人骂得还算中听，中国人骂我进门扔砖，过河拆桥，人神共愤。"冯桂芬笑道："门已开，敲门砖占手，自然得扔掉。过完河，把桥拆掉，自断回头路，才能勇往直前。"李鸿章道："人生没有回头路，从组建淮军，征发上海，鸿章就自知再也回不到从前，只能硬着头皮一直走下去。"

忽然一阵风起，倏然吹过园林。冯桂芬望眼径旁莲池，只见莲叶和叶间莲花随风而动，不觉感慨道："战争是个怪物，残忍恐怖，毁国亡家。可人类似乎又离不开它，否则就没法进步。自古战争频发，无非为争夺资源，包括人口、牲畜和土地，说到底就为一个活字，活下去，活得好点。不是你死，就是我活，以死为代价的战争于是产生。可还不得不感谢残酷的战争。不来上海打长毛，鸿帅大概不会琢磨厘金，研究关税，体察商贸，不会对来复枪、开花炮感兴趣，不会跑到英舰上，向英国人请教蒸汽机原理，也不可能与桂芬坐下来，兴致勃勃探讨西学西器和西人创造的天文数理。说白了，都是被战争逼出来的。战争离不开粮饷供给和武器装备，必须有后方的生产和军工建设作保障。一旦战争结束，生产水平往往会大为提升，军工转入民用，国家也会获得新的发展空间。故说人类战争史，其实也是人类文明创造史，至少是人类文明史最重要最关键的组织部分。"

李鸿章笑道："鸿章懂景亭兄意思，与太平军作战，国家遭受前所未有的摧残，却在战争中接触到西方先进武器和军工生产方式，眼看太平军即将消灭殆尽，咱们也得考虑军转民，发展现代工业，提升国力。"冯桂芬道："鸿帅能看到这点，桂芬倍感欣慰啊。"李鸿章道："都是景亭兄开导有方，鸿章稍长见识。未来路还很长，要做的事千头万绪，鸿章觉得还是从小事和具体事做起。比如上海三家兵工厂，可合到一处，名字干脆改叫机器局，不仅生产军用武器，提升国防装备，还要生产民用产品，赚钱赢利，增加赋税，以图自强。”

冯桂芬连声说好，道：“有鸿帅掌舵，国家未来大有希望啊。”李鸿章道：“可战争还没完全结束，北边金陵，南面湖州，仍在长毛手上，估计朝廷不会让淮军驻留苏南，安享清福，不日就会下达朝旨，给鸿章派差。鸿章一心难于二用，苏沪战后发展，请景亭兄先替我谋划。”

冯桂芬点头道：“先容桂芬构思构思，届时写个条陈给你。”

朝旨说到就到。旨云：淮军攻城夺隘，所向有功，炮队尤为得力。现金陵功在垂成，无奈守军顽强，湘军师久已疲，狂攻不下，捻匪又蓄意东趋，迟恐制动全局，李鸿章不可坐视苏州，着即迅调劲旅及得力炮队北进，会合曾国荃，早日攻克“贼巢”。

“贼巢”金陵，可是块大肥肉，谁不想张大嘴巴，狠狠咬上一口？李鸿章一时激动，忍不住握了握拳头。华尔曾夸过海口：三天可下金陵。话在李鸿章耳边回响着，他打开书柜，拿出华尔所遗金陵城区图，摊到桌上，埋首钻研起来。图纸很清晰，高城矮垣，明堡暗垒，交通要道，及洪李诸王王府，都标注得明明白白。

此图在手，再凭淮军枪威炮猛，何愁金陵不克？淮军大部驻于苏锡常一带，与金陵近在咫尺，只要一声号令，即可聚齐，昂然北进，一举拿下金陵。但你能发此号，施此令吗？曾国荃围攻金陵两年多，历经磨难，九死一生，连曾家小弟曾国葆都染疫死于军中，眼下合围完成，只等最后时刻拿下金陵，获取千古首功，你冒冒失失带领淮军跑过去摘落地桃子，曾家兄弟岂不恨死你？然而原地不动，不掺和金陵战事，又有违朝旨，该当何罪？

人生之最难，不是别无选择。无选择，华山一条道，勇往直前就是。有选择，却不知如何取舍，才最伤脑筋。李鸿章一向断事机敏，处事干练，然此次朝旨在手，到底该助攻金陵，还是按兵不动，却进退两难，左右不是，脑袋想烂，也拿不出可行办法。

与李鸿章不同，各将领得知朝廷旨令淮军会攻金陵，一个个摩拳擦掌，跃跃欲试。有的还从驻地跑到苏州，向李鸿章请命，愿带兵北进，数日内攻取金陵。

李鸿章收好金陵城区图，顾左右而言他：“淮军是前年春成军东进苏沪的吧？不久曾国荃会合鲍超、张运兰、彭玉麟、杨载福诸将，水陆并进，离皖入苏，一路杀到雨花台，直逼金陵。洪秀成惊恐万状，急令秀成回救。秀成正大举用兵上海，欲解除后顾之忧，巩固其苏福省。却遭淮军和常胜军顽强抵抗，秀成攻沪不能，洪秀全又催逼得紧，不得不掉头北援，连营数十里，架上新购洋炮，对准雨花台湘军营垒狂轰猛炸。”

各将领入衙请命，以图北进，李鸿章竟翻出这些陈芝麻烂谷子，真让人扫兴。可他是主帅，又不可能动手捂住他嘴巴，只能任其继续唠叨：“当时湘军水陆两师才两万多人，加之瘟疫流行，减员严重，要对抗身前身后二十万长毛，又谈何容易？也是曾国荃霸得蛮，硬着头皮坚守雨花台四十多天，目不交睫，衣不解带，几至崩溃边缘。幸苏南浙北淮楚两军连战连捷，尤其苏沪战场迅速逆转，秀成不甘丢失辛苦经营起来的大本营，不得不收敛雨花台攻势，掉转枪头，回来对付淮军，从而给了曾国荃喘息机会，渐渐恢复元气。”

这些身边旧事实在吊不起各位胃口，将领们一个个哈欠连天，昏昏欲睡。可李鸿章还是收不住舌头：“直到第二年，也就是去年，随着淮军太昆常各战之胜，特别是成功收复苏锡之后，湘军趁秀成首尾难顾，水陆出击，越过雨花台，收取孝陵卫，继克九洑洲，今年春又突破天堡城，直扑金陵城下，就等着悍将李臣典炸垮城墙，入城捉拿洪秀全。”

众人终于明白，李鸿章开口湘军，闭口曾国荃，意即人家苦围金陵两载，淮军贸然跑去争功，岂不犯大忌？也就不好再逼李鸿章，一个个耷拉着脑袋，出了拙政园。一块大肥肉，张口可吞，轻易放弃，多么惋惜？又纷纷跑到铭军大营，鼓捣刘铭传，怂恿他游说李鸿章。程学启死后，刘铭传成为淮军第一大将，最受倚重，又敢说话，也许能说服李鸿章。

经不住众人怂恿，刘铭传拍马出营，飞奔进城。到得拙政园，下马入衙，噔噔噔推开签押房，屁股未及落座，脸上麻子便一弹一弹，嘴上大声道：“皇上旨令合攻金陵，淮军师出有名，鸿帅大可不必犹豫，还是赶快发兵吧。”

李鸿章正在签发文件，没理睬刘铭传。刘铭传又道：“也不用太多兵力，只咱铭军一万多人，三天开往金陵，三天攻破城门，杀进天王府，活捉洪秀全。”

李鸿章这才放下手中笔头，瞪大两眼，点着刘铭传，冷冷道：“你是跟华尔学的吧？他也曾在我面前咆哮过，三天可破城。金陵又不是纸糊的，这么容易破，湘军水陆两师围逼两年之久，岂不早破城而入，还用你在这里瞎嚷嚷？”刘铭传嗤之以鼻道：“湘军老弱病残，死伤惨重，加之武器落后，战力大减，才久攻金陵不下。换我铭军，将开花炮推到城下，瞄准城墙，轰上小半个时辰，炸开几道缺口，马步两军随后掩进，金陵唾手可得矣。”

“说得轻巧。”李鸿章不满道，“你知不知道，金陵城外的东坝有支湘军劲旅？”刘铭传道：“当然知道，不就是鲍超的霆军么？”李鸿章道：“曾国荃为何要安排鲍超驻守东坝？”刘铭传不加思索道：“外防长毛，拒敌于城外；内听调遣，随时进击金陵。”李鸿章道：“恐怕没这么简单吧？可知东坝位于金陵东南方向，若淮军北犯金陵，非得经此不可。”

刘铭传似有所悟，舒缓了语气道：“鸿帅言下之意，曾国荃派鲍超领霆军驻守东坝，不仅防长毛，更是防止咱们淮军？”李鸿章道：“难道不是吗？霆军可是湘军王牌军，你想攻打金陵，霆军会轻易让你越过其防线？”刘铭传撇撇嘴角道：“霆军算个鸟？铭军先用大炮和洋枪捣毁霆军，再攻金陵，照样误不了事。”李鸿章骂道：“金陵未下，大敌于前，自己人先打起来，像话吗？别在这里胡说八道，是否会攻金陵，本帅自有安排。”

骂走刘铭传，其他将领和幕僚依旧不情不愿，又来摇唇鼓舌。李鸿章不为所动，铁心不与湘军争功，得罪曾氏兄弟。可不得罪曾氏兄弟，就会得罪朝廷，又怎么应付朝廷呢？

还在犹豫，第二道谕令又急于星火，送达拙政园。李鸿章举棋不定，干脆走出签押房，反背双手，来到后花园，兜起圈子来。时值初夜，月影横斜，微风习习，百虫叽叽，令人心旷神怡。拙政园精巧别致，为江南园林典范，自抚署搬入后，有空没空，李鸿章都喜欢离开书房或签押桌，置身园中，尽情享受无边风月，还有扶苏草木，芬芳花叶。

正好冯桂芬自外面回来，见着李鸿章，邀他至自己居室一坐。居室在长廊尽处，两人进门，冯桂芬掌灯看座，倒碗凉茶，递给李鸿章。李鸿章喝口茶，道：“景亭兄在忙试院建设吧？”冯桂芬点头道：“正是。都是些具体事务，难免烦琐。鸿帅所托战后发展谋划的事，也未及成文，不过已有初步想法：一方面重振文教，俟试院建成，再恢复府学和各处书院；另一方面尽快恢复生产，招恳与减赋双管齐下，将外逃流民吸引回来，重建家园，复兴农桑和贸易。”李鸿章首肯道：“自长毛东侵，江南科考一停十多年，重振文教，正可聚拢人心。唯人心聚，流民回归，才可能恢复生产和耕织。”

聊着战后重建，见桌上有两本册子，李鸿章顺手拿过一册翻翻，原来是《天朝田亩制度》，不禁笑道：“好个田亩制度，洪秀全画的饼子确实漂亮，什么财产公有，什么无处不均匀，无人不饱暖。饥民受他诱惑，跟着起义造反，到头来公有在哪，均匀在哪，饱暖在哪？”

冯桂芬道：“人性本私，最不靠谱者便是这个公字。比如洪秀全，别人忍饥挨饿，以私奉公，将财产送交其‘天国圣库’，他正好与三亲六眷骄奢淫逸，锦衣玉食。”李鸿章道：“是啊，别人夫妻分居，洪秀全却拥有八十八个皇后，雕花大床横直八尺，嫔妃多得记不住名字，只好编号识别。”冯桂芬叹道，“其实也不止洪秀全，桂芬翻遍中外典籍，发现凡以公字为号令倒行逆施者，其真实目的，无一例外不为一己之私。要说这世上，不怕人私，就怕挂羊头卖狗肉，以众人之公，谋一己之私。”

桌上还有一本册子，叫《资政新篇》，为洪仁玕所著。洪仁玕是洪秀全族弟。与洪秀全一样，也是屡试屡败，干脆秃笔一扔，随族兄造起了反，受封干王。李鸿章道：“洪秀全真会拆字，将‘秀全’拆成‘禾（我）乃人王’，顺便把洪仁玕名字里‘玕’字一拆为二，赏给他做封号。”冯桂芬道：“在天国上层人物里，洪仁玕算是大知识分子，又在香港待过四年，处处留心，广泛接触西方人事，认为天国要强盛，必须‘法法’和‘刑刑’，提倡向日本和俄国学习，从制度入手，实行变法，建立医院、学馆、礼拜堂，建造火船、火车、汽船，同时兴办银行，修筑公路，开发矿藏，设立邮政，编办报纸。”

李鸿章认可道：“洪仁玕确有真知灼见，他所倡议的不正是咱们准备付诸实施的么？看来天国藏龙卧虎，不乏人才啊。”冯桂芬道：“可惜洪仁玕将《资政新篇》呈上去后，洪秀全口里说好，却无任何实质行动。洪杨内讧发生后，洪秀全排挤异性王，只信任洪姓人，洪仁玕手里多少有些实权，可惜天国日薄西山，想办实事，已无能为力。”李鸿章道：“要说天国后期，洪秀全身边文有洪仁玕，武有忠王秀成，怎么就不能重振雄风呢？”

冯桂芬道：“洪仁玕是洪姓王，李秀成是异姓王，两人彼此不和，一直谈不到一块去，相互抵消，也就起不了应有作用。”李鸿章道：“与早期不同，后期的洪秀全已没法凝聚人心，也没法协调洪李二人关系。”冯桂芬道：“金陵金粉地，洪秀全一入金陵，完全换了个人，锐气全失，醉生梦死，宛如行尸走肉，自然无以发挥李洪二人作用，更谈不上变法复兴。”

说会儿天国，冯桂芬将《天朝田亩制度》和《资治新篇》推到桌边，笑笑道：“听说皇上连发圣谕，催促淮军会攻金陵，鸿帅怎么还没行动？”李鸿章愁眉苦脸道：“叫我怎么行动好呢？听命朝廷，挥师北上，必开罪曾家兄弟；按兵不动，袖手旁观，又有违圣命，罪不可赦。鸿章左右不是人，还请景亭兄不吝赐教，给个两全其美之策。”

“世上哪有两全其美之策？”冯桂芬抚髯而哂，“做事不可想得太美，重要的是权衡利害，决定取舍。”李鸿章问：“如何权衡和取舍？”冯桂芬道：“两害相权取其轻，两利相权取其重。或者说选害重利轻者而舍之，择害轻利重者而取之。金陵已被湘军围得铁桶一般，会不会攻，城破已无悬念，无非两宫和皇上等得太久，失去耐心，才旨令淮军北进，赶紧了局。然将在外君命有所不受，淮军听不听旨，天高皇帝远，没法追究。相反若遵旨会攻金陵，掠人之美，势必与曾氏兄弟交恶，后果不堪设想。”

说得李鸿章频频点头。冯桂芬继续道：“再说淮军北进，驻于东坝的霆军肯定不会让步。即便突破东坝，湘淮两军同时入城，抢钱掠宝，势必发生火拼，两败俱伤。湘军成军十多年，已属强弩之末，曾大帅早有裁撤之意，会趁此最后一战，让将士发笔横财，再满载西归，回湖南购田买山，娶妻生子，也算不枉替曾氏兄弟卖命。淮军可不同，成军才两年多，风头正健，未来路长着呢，与湘军搅在一起，自毁前程，无此必要，也不值得。”

说得李鸿章茅塞顿开，道：“两年前离开安庆时，老师就悄悄给我透露过，打下金陵，就将湘军裁掉。湘军已至尽头，淮军与其争功，大可不必。”冯桂芬道：“不图眼前利益，拱手让出首功，曾氏兄弟心存感激，必将趁战后大裁军，全力维护鸿帅，尽量保留淮军。”

理被说透，孰轻孰重，李鸿章了然于心，也就打定主意，准备抗旨到底，按兵不动。然抗旨也有风险，毕竟皇上不好得罪。李鸿章又问道：“不会攻金陵，需有说得过去的理由，给朝廷以交代，总不好实话实说，明确表示，宁肯得罪朝廷，不可得罪曾氏吧？”冯桂芬笑道：“鸿帅冰雪聪明，朝廷那里还不好搪塞？”

谢过冯桂芬，出得门来，月色满园，夜风正畅。李鸿章步履轻松，回到抚署，叫过当值亲兵，命他连夜出城，去淮扬水师大营通知黄翼升，着他明天来见。

翌日上午，黄翼升离营进城，来到拙政园，问李鸿章有何指令。李鸿章笑笑道：“自去夏到今春，老师三番五次，或亲笔至函，或捎托口信，命鸿章放昌歧（黄翼升）兄返归湘军老营，近段怎么忽忘记淮扬水师似的，不再催逼了呢？”

黄翼升笑道：“去夏今春，金陵外围战线长，需调淮扬水师回去，助一臂之力。目下金陵合围完成，有彭玉麟和杨载福所领水师，已完全足够，淮扬水师自然变得无足轻重，回不回去皆一样。”李鸿章道：“话虽如此，但鸿章答应过老师，一旦苏南廓清，就物归原主，让淮扬水师重回湘军老营。说话总得算话，昌歧兄还是率师西归，回老师身边去吧？”

常州收复已有些时日，李鸿章没论过放归淮扬水师，怎么突然想起要你率师西行？黄翼升几分不解，道：“不是曾大帅要调咱回去吧？”李鸿章道：“老师倒没有调令。”黄翼升道：“官兵们日夜操练，正准备会攻金陵呢，既然大帅没调令，鸿帅逼我回湘军老营干啥？”李鸿章笑道：“我可没逼你喔。昌歧兄不愿仓促西行，鸿章也不勉强。这样吧，你单舰跑趟安庆，讨老师句话，他有意调淮扬水师回去就回去，若无意继续留苏南便是。”

讨句话，一封快函就可办到，让咱水师统领专门跑趟安庆，犯得着么？黄翼升实在想不通，正要问个明白，李鸿章又道：“还请昌歧兄顺便代我探探老师口气，朝廷连下两道旨令，命淮军会攻金陵，淮军该遵旨北进呢，还是违旨驻守原地不动。”

原来安排你去安庆，真正目的在此。这可是要紧事，李鸿章不好随便托人，自然得你这个湘军老将出马稳妥。黄翼升二话不说，拔腿就走。李鸿章送出门外，拍着黄翼升肩膀，嘱托道：“要不要淮军会攻金陵，到安庆后昌歧兄请我老师写道便笺，学生好遵照执行。”

风正帆悬，黄翼升很快出现在安庆督帅府。曾国藩颇感意外，道："昌歧不在苏州城外备战吗，怎么到了此地？"黄翼升道："鸿帅答应过大帅，苏南廓清，就让淮扬水师重归原主，特意让我来讨问，淮扬水师回不回湘军老营。"

曾国藩才不相信，李鸿章会吃了饭没事做，安排黄翼升专程跑安庆，讨问淮扬水师去向。道理好懂，时过境迁，淮扬水师留淮还是归湘，已无关紧要。曾国藩眯缝着三角眼，望定黄翼升，半天才道："真是少荃觉得淮扬水师已无用场，要把你一脚踢回来？"

"苏南初定，平安无事，鸿帅自然不愿再费粮饷，白养一支水师。"黄翼升故意装聋卖傻道。曾国藩收回目光，望望窗外晃眼的阳光，嘴上说："金陵功在垂成，本督帅拉屎撒尿工夫都没有，恨不得将一天十二个时辰，掰成二十四瓣来用，哪有心与你闲聊？有话就说，有屁就放，别躲躲闪闪，误我大事。"

黄翼升恍然大悟的样子，道："大帅说起大事，翼升才想起，鸿帅也要问你大事。"曾国藩道："少荃要问什么大事，昌歧快快道来。"黄翼升道："朝廷接连下旨，命淮军会攻金陵，鸿帅要我请教大帅，他是该遵旨呢，还是该抗旨。"

朝廷也是，曾国荃一只脚已踏入金陵，何需淮军去掺和啥？曾国藩琢磨着李鸿章用意，反问道："少荃准备遵旨，还是抗旨？"黄翼升道："鸿帅是大帅得意弟子，弟子当然得听老师的。"曾国藩说："少荃是我弟子没错，可他还是堂堂朝廷命官和封疆大吏，该听老师的，还是该遵从圣旨，他能不清楚么？"

话说了等于没说。黄翼升道："翼升才疏学浅，不会说话，不过在大帅面前，有啥说啥，若说错了，还请大帅谅解。"曾国藩说："想说什么，但说无妨。"黄翼升小声道："照翼升肤浅理解，鸿帅意思可能是皇恩浩荡，师恩亦天高地厚，孰重孰轻，他还掂量得出来。事实摆在这里，因大帅栽培，鸿帅组建淮军，立下不世功勋，皇上才论功行赏，提拔他为江苏巡抚，成为朝廷重臣。亦即说师恩在先，皇恩在后，该负师恩还是皇恩，鸿帅心里自然有数。"

曾国藩一拍桌子，大喝道："放肆！你意思是少荃可负皇上，不可负我曾国藩？这话是可乱说的？你狗胆包天，不怕掉脑袋，我还想让脑袋留在脖子上，多吃几年米饭呢。”

“怪翼升嘴笨，话说得难听。”黄翼升给自己一个嘴巴，“不过大帅放心，翼升有话只在大帅面前说，出这道门，绝不再胡言乱语。”曾国藩苦口婆心道：“祸从口出啊。昌歧已老大不小，什么话说得，什么话说不得，也该分得清了。”黄翼升痛心疾首道：“翼升记住大帅话，以后说话小心就是。”曾国藩道：“你说话要小心，回去告诉少荃，他也不可随便胡说八道。”

黄翼升又连说几个是字。可光说废话，没讨得曾国藩真言，回苏后又如何向李鸿章交代？黄翼升只得转了弯子道：“湘军久围金陵，唾手可得，淮军久战疲惫，鸿帅不想劳师远征，白跑金陵，很想听听大帅教诲，大帅发句话，他自然唯命是从。”

这不是套你口气吗？曾国藩才不上这个当呢，说：“少荃不是三岁小孩，该怎么做，何须我发话？再说发话也不见得管用啊。淮扬水师的事，我可没少发话，谁当回事呢？唉，虽说我老人家身为两江总督，督理两江军政，可你督你的，人家硬是不理，也没法子啊。”

“翼升回去转达大帅话，淮军该北该南，鸿帅自己酌情办理就是。”黄翼升觉得曾李师徒真有意思。又想起临离苏州时，李鸿章讨要老师便笺之嘱，只得又厚着脸皮道：“只是话不好捎带，捧手上易漏掉，放兜里易溜掉。即使丢进嘴里，也易化掉。就是不化，吐出来后也会走样。为稳妥起见，大帅还是写几个字，让翼升带回去，递交鸿帅，他见字如晤，也不会疑心我缺斤短两，克扣大帅金玉良言。”

明明是索要字据嘛。曾国藩老奸巨猾，一眼看透李鸿章险恶用心。自然更不会买账，只轻描淡写道：“是少荃主意吧？昌歧回去告诉他，这阵子本督眼疾复发，没法读书写字。来日方长，以后有事，再信函往来。”

总不好捉住曾国藩的手，强迫他留字吧？黄翼升只得起身告辞，回了苏州。将面见曾国藩经过一说，李鸿章也只能摇头，说：“老师含糊其辞，又不出具一文半字，叫鸿章怎么办好呢？不愿学生遵旨会攻金陵，又不肯分担责任，老师城府真深啊。”

没法子，李鸿章只好拿起笔来，给皇上上折：攻克常州后，微臣之所以未敢遽议会剿金陵，一以淮军苦战经年，伤病疲乏，未得休养，仓促间劳师远征，诚恐再衰三竭，于大局又无裨益，实无必要；二以曾国荃两年围攻，一篑未竟，屡至信函，谓金陵所少者，不在兵而在饷，现开地道十余处，近月即可填塞炸药，轰开城池，无须他人会攻。况又叠获曾国藩咨笺，属令派兵接防句容、溧水、高淳等地，微臣将少兵寡，分军乏术。

折子说得明白，曾氏兄弟一个频频寄书，无须会攻，一个叠发咨笺，另派任务。潜台词就是，不是我李鸿章不愿会攻金陵，是人家百般阻拦，只得作罢。

奏折发出，到得慈禧手上，她大为不满，将折子摔到奕䜣面前，说："看看这个李鸿章，曾氏兄弟放个屁，都比圣旨管用，当今皇上到底姓曾，还是姓爱新觉罗？"奕䜣忙解释道："太后息怒。李鸿章不是不想听皇上的，是曾氏兄弟出生入死，穷十年之功，从湖南一路追击洪贼至金陵，如今洪贼已成瓮中之鳖，伸手可捉，实在不愿旁人再往瓮里插只手进去。"

慈禧愤然道："不愿旁人插手，曾氏兄弟赶紧加大攻势，尽快破城而入呀，如此磨磨蹭蹭，到底要磨到何年，蹭至何月？若无力破城，干吗百般阻拦淮军会攻？咱等了整整十三年，等的就是这一天，难道还要等个十三年不成？"奕䜣道："曾氏兄弟不愿外人分功，也可理解。太后别急，咱将李鸿章奏折抄发曾氏兄弟，让不让淮军会攻金陵，他们自己看着办。"

抄件发至安庆，曾国藩一见便知李鸿章耍滑头，故意推卸抗旨责任。李鸿章可抗旨，咱曾家兄弟千万抗不得。树大招风，曾家一个两江总督，一个浙江巡抚，统领湘淮楚三军三十万重兵，大清上下，朝堂内外，哪个眼睛没盯出水来？稍有不慎，便有大祸临头啊！曾国藩当即上奏，言明常州光复之初，苏南仍有太平军散兵出没，需要淮军驻防维持，在淮军力剿之下，如今苏南局势稳定，恳请朝廷谕令淮军尽快会攻金陵，以免不知情者以为咱兄弟忌同列分功，贪独得美名，误会咱报国区区之意。

接到曾国藩奏折，朝廷觉得还是老臣深明大义，再次谕令李鸿章出兵。同样附上曾国藩奏折抄件，意思是曾大帅都已发话，请求淮军会攻金陵，看你李鸿章再怎么抵赖。

曾国藩此招确实高明。看来姜还是老的辣。淮军本归两江总督节制，直接命令李鸿章出兵，岂不干脆得多，何须转求皇上另下圣谕？曾国藩再清楚不过，皇上下达圣旨，与他本人给李鸿章发命令，完全是两回事。原来李鸿章那点心思早被他摸透，圣谕可以不从，他曾老师意愿则非遵从不可，一点不担心这小子贸然出兵搅局。换言之，没曾国藩命令，圣谕起不了作用，皇上多下几道与少下几道，没太大区别，无非多浪费些纸张。

知道惹恼了老师，李鸿章赶紧写信示好。前言说，湘军苦心经营金陵，功在垂成，学生不便轻言越俎，不敢近禁脔而窥卧榻。后语道，本欲助湘军一臂之力，早克金陵，无奈淮军伤痕累累，疲惫不堪，需要好好休整，仓促间无法北征，还请多多谅解。

本是曾氏兄弟不愿你会攻金陵，反而变成热切盼你出兵，你还得假惺惺找理由，故意推辞。李鸿章敲着脑袋，颇感好笑。还觉不够，又安排抚标兵，将李凤章刚购回来的数船洋枪洋炮，押往金陵城外湘军大营。再叫来刘郇膏，问道："藩库里还有好多存银？"刘郇膏道："苏南百废待兴，用钱地方太多，又刚遣散完降卒，安置毕难民，已所剩无几。"李鸿章道："别含糊其词，说个具体数字。"刘郇膏道："有五六十多万两的样子，准备再筹三十五万两，为各军补上部分欠饷。"李鸿章道："即拨五十万两现银，送到曾国荃营中。"

刘郇膏鼓大两眼，盯住李鸿章道："淮军上下勒紧腰带，南征北战，好不容易廓清苏吴，利源略增，藩库多几个存银，怎可又想着他人？"李鸿章道："苏沪平定，无须用兵，淮军欠饷缓缓再说，助曾国荃克敌要紧。"刘郇膏说："鸿帅没少给湘军解款，自家兄弟嗷嗷待哺，也该多少给点安慰。"李鸿章不乐道："废话少说，照数调银就是。"

刘郇膏诺诺出门，打开藩库，调出五十万两饷银，连夜解往金陵。

给曾家兄弟人情做足，李鸿章才回头复奏皇上，说曾氏要求淮军会攻金陵，朝廷也催促出兵，微臣自然得唯命是从，正准备率领重兵和炮队，走水路北上。走水路需备船只，行军打仗离不开枪炮弹药、粮饷帐篷，甚至锅碗瓢盆，凡此种种，急促间无法办齐，总得宽以时限。理由说得充足，朝廷见奏，没法驳斥，只是复旨，敦促李鸿章抓紧动作，尽快成行。

过一阵子，仍没见淮军有何动静，又下旨催逼。李鸿章继续找借口，说夏日炎炎，将士中暑的中暑，发痧的发痧，呕吐的呕吐，拉痢疾的拉痢疾，军营都成了医药局，没法马上启程。生病总有病好之时，不久李鸿章再度上折，说江南苦雨绵绵，潮溽阴湿，枪炮都生了锈，变了形，不得不加油擦拭，维修矫正。

枪炮去完锈，正了型，总该动身了吧，李鸿章又说雨过天晴，烈日炎炎，气温回升，打上几枪，枪管发烫弯曲，没法持握不说，子弹射出去也够不着目标；放上几炮，炮口烧红开裂，炮弹飞不远，够不到敌人，落在近处，反伤自身炮手。

该找的借口找得差不多，忽接李朝斌自湖州送来快信，说左宗棠见淮军迟迟不出兵，要为君父分忧，准备亲领常捷军和蒋益澧部，离浙北征，会攻金陵。李鸿章心里说，这个左宗棠，哪是为君父分忧，明明眼红曾氏兄弟，欲往金陵分功。

皇上派淮军美差，俺左推右让，谁知推来让去，竟给了左宗棠可乘之机。难道眼睁睁看着左宗棠白捡便宜，淮军悄悄躲在旁边流口水不成？李鸿章自然一百个不情愿。可已答应老师，不与曾国荃争功，这下左宗棠要出兵，莫非你出尔反尔，抢在他面前，急奔金陵？

正好潘鼎新来问事，李鸿章递过李朝斌的信，说："琴轩（潘鼎新）是淮军将领里最有头脑的，你看看朝斌的信，左宗棠真会北上，去抢曾国荃碗里肥肉吗？"

潘鼎新在信上瞟一眼，说："要说别人，也许顾及曾氏兄弟面子，不会贸然行动，左宗棠牛人，有机会露一手，肯定当仁不让。"李鸿章道："鸿章不惜抗旨得罪皇上，本为成全曾氏兄弟，却好了左宗棠，淮军将士又岂肯答应？"潘鼎新说："学生倒有一个主意，不知可行不可行。"李鸿章说："琴轩只管道来。"潘鼎新说："左宗棠真欲北攻金陵，咱们就增兵湖州，与湖州城外太湖水师相互呼应，夺走楚军碗里饭食。"李鸿章说："能攻克湖州，自然也是大功，可比起会攻金陵，到底略为逊色。"

潘鼎新说出一番道理来："北上金陵，总得废些时日吧？曾国荃得知楚军去抢功，必然加紧攻势，弄不好楚军还在路上，金陵已破。再说鲍超陈师东坝，楚军想从霆军枪炮下穿过去，又谈何容易？左宗棠是聪明人，得知淮军南下，总不可能放弃唾手可得的湖州，舍近求远，毅然北上，去夺不一定能得手的金陵吧？"

"就派鼎军开往湖州，会同李朝斌，进攻湖州。"李鸿章兴奋道，"当然不是真攻，是佯攻。咱们目的不在湖州，在拖住左宗棠。一旦左宗棠停止北进，你和李朝斌就收手，等金陵城破再说，不然湖州提早克复，左宗棠照样不会放过金陵。"

潘鼎新赶紧回营，依计而行。此时左宗棠已悄悄领兵，撤离湖州，望北而行。本想先克湖州，再图金陵，无奈城里守军兵力数倍于楚军，一时半会儿无从得手，左宗棠不得不留下蒋益澧，看住湖州，自己先去金陵捞一把再说。

谁知行军不到五十里，蒋益澧派兵追过来，说淮军水陆并进，自湖州北门和东门发起猛攻，志在必得的样子。左宗棠勒住马首，心下寻思，蒋益澧所部精锐和常捷军被自己带走，城外楚军不是老弱病残，就是刚招新兵，毫无战斗力，岂不眼睁睁看着淮军夺去湖州？金陵虽有吸引力，毕竟已为曾国荃掌握，去与他争功，本属险招，万一金陵赶不上趟，湖州又落入淮军手里，岂不两头亏本？左宗棠实在不愿淮军独得湖州，掉兵回去，欲趁太平军全力防守北门和东门之际，攻破南门和西门，抢先入城，插上楚军旗帜。

见左宗棠回师湖州，淮军立即收住阵脚，城里守军得以腾出兵力，死守南门和西门。左宗棠忙碌半天，没法靠近城门半步，觉得不对劲，派人去东门和北门一瞧，才知淮军早已停火，撤回大营，正在喝酒吃肉，比打胜仗还开心。气得左宗棠卵泡子冒烟，真想率军过去，先灭了淮军再说。好不容易冷静下来，叫过蒋益澧道："你去见见潘鼎新，到底咋回事。"

蒋益澧策马北驰，跑进鼎军大营，质问潘鼎新道："贵军打到一半，怎么突然收兵回营，到底什么意思？"潘鼎新正与李朝斌喝茶聊天，放下茶杯，半眯双眼，望定蒋益澧道："炮弹放完了，子弹打光了，不收兵，等着吃长毛枪子？"

身在鼎军大营，不好把潘鼎新怎么样，蒋益澧只得忍住火气，说："真的没了炮弹和子弹？"潘鼎新道："不是真的，还是假的？"蒋益澧说："要不要我送炮弹和子弹过来？"潘鼎新拱手道："求之不得。"蒋益澧道："不过益澧有个条件。"潘鼎新道："说吧，什么条件？"蒋益澧道："楚军提供炮弹和子弹，淮军得配合楚军，共同攻城。"潘鼎新说得干脆："有炮弹和子弹，不攻城，去攻石山？"

蒋益澧回去给左宗棠一说，左宗棠怀疑潘鼎新有诈，却又别无他计，让蒋益澧送子弹和炮弹过去，约好夜里子时，两军同时发力，展开猛攻，一举拿下湖州。

潘鼎新爽快答应。到夜里子时，左宗棠亲自出马，带领蒋益澧和常捷军头领，督促炮兵，驾好大炮，对着城门一阵猛轰。轰得差不多，挥师出阵，一边开枪，一边往城根冲，准备登城。几番冲击，城里火力丝毫不减，楚军死伤无数，却没法接近城墙。

看来守军主力仍在城南和城西。左宗棠觉得不对劲，派人去了解淮军动向，回报说北门和东门安安静静，毫无响动。气得左宗棠嗷嗷大叫，带领亲兵营，直奔东门。来到鼎军大营外，要往里闯，被严阵以待的鼎军枪队拦住，双方差点动起枪来。

寡不敌众，又在别人营前，左宗棠不想自讨苦吃，喝退亲兵，跳下马背，只身入营，走进中军大帐。帐里酒气熏天，杯盘狼藉，潘鼎新与李朝斌正红着双眼，扭打在一起，一个嘴里含糊道："你们湖南人有啥了不起的？上海是你们湖南人守住的吗？太熟昆，苏锡常，是你们湖南人打下的吗？"另一个嘟噜道："没有湖南人北边困住金陵，南边镇住浙江，苏南的安徽人已被长毛包了饺子，你早见阎王去了，哪还能在此吃香喝辣做醉鬼？"

潘与李两个，一是安徽人，一是湖南人，喝得酒醉熏天，还不忘抖着舌头，争安徽人牛，还是湖南人狠。只是两人话说得还算明白，又不像真醉，莫非如俗话所说，酒醉心里明？

左宗棠围着两人绕上一圈，牙齿咬得格格响，恨不得抽出佩刀，砍下两人脑袋，拿去祭奠死在南门和西门的楚军将士。可惜不在自己麾下，奈何不了两个混账东西。左宗棠一甩衣袖，愤然出帐，气哼哼回了城南。

听帐外马蹄声远去，潘鼎新与李朝斌当即松手，相互看上一眼，哈哈大笑起来。

十四、天国灰飞烟灭

淮军放弃会攻金陵好事，还让潘鼎新拖住左宗棠，致使楚军无以成行北进，这也许只李鸿章才做得出来。曾国藩得闻，心里感激不尽，写信嘱令曾国荃，加快攻城速度，不然淮楚两军等不起，朝廷也会失去耐心。

曾国荃得令，二话不说，起身出营，钻入正伸向金陵城根的地道，督促进度。李臣典正指挥工兵，死命挖掘挺进。曾国荃嘱咐李臣典几句，出得地道，命人备好最有爆破力的炸药，只待各处地道完工，往里填充，再一齐引爆。

地道上面就是金陵城墙。李秀成也在督军自里往外对挖，企图捣毁湘军地道。无奈金陵被围得密不透风，苍蝇都没法进出，城里断粮日久，守军腹内空空，浑身无力，又如何阻止湘军掘进？天国毁灭已在所难免，谁也无力回天。李秀成心里明白得很，无非头上顶着个忠王封号，不得不尽职尽责，知其不可而为之。

自离开苏南战场返回金陵后，李秀成就跑进天王府，跪倒于殿前，奉劝洪秀全："留得青山在，不怕没柴烧。曾国荃围困甚严，金陵城破在即，还是让城别走，徐图再展。"

洪秀全不为所动。自入金陵之日起，天王就没出过城。十多年下来，早看惯绮丽的钟山雨，吹惯香软的秦淮风，听惯婉转的后庭花，自然更不愿离开这温柔富贵乡，死也要死在城里，做鬼也风流。李秀成不甘，继续陈奏利害："金陵已是四面楚歌，雨花台失，南门之道绝；江东桥失，东门之道绝；七瓮桥失，西门之道绝；下关失，粮道亦绝。再看城中，文者多，老者多，小者多，妇女多，食饭嘴巴多，能战能守之兵少，还守得几时？”

惹得洪秀全大怒，高声呵斥道：“你想走就走，朕不留你。朕奉上帝圣旨，做天下万国独一真主，铁桶江山，你不扶，自有人扶。你说无兵，天兄耶稣所派天兵，多过于水，何惧曾妖者乎？你走后，朝政由干王执掌，幼王出令，天国照样立于不败之地。”

天王油盐不进，李秀成只愿一死，伏地哀求道：“秀成无能，无力保国，请吾主一刀杀死秀成，以免日后被俘，受辱服刑。”

洪秀全拂袖而去，转入后宫。夜里一想，天父天兄，天兵天将，只在梦里出入，梦醒后连影子都不见，守城卫国，还得依靠文武双全的李秀成。隔日上朝，洪秀全态度大变，赐给李秀成龙袍，以安其心。李秀成披袍于身，恭辞出殿，勉强上马，巡城布防。可将士们饿得东倒西歪一个，又哪来力气坚守这岌岌可危之困城？

皇帝不差饿兵，李秀成又面奏天王，乞求开启天国圣库，拿出财宝，兑换粮食救急。洪秀全降旨说，没有粮食，就吃甜露吧，此物可饱肚子，长力气。

原来《旧约》记载，犹太领袖摩西率以色列人出埃及，夜宿旷野，鹌鹑飞至，绕营而栖。天明鹌鹑离去，留下满地露水。待太阳东升，露水竟成小圆珠，白霜般晶莹剔透。以色列人不知为何物，去问摩西。摩西说，此为甜露，乃耶和华赏给你们的美食。

也许金陵城里饿殍遍野，树皮草根都被饥民饥兵啃光，鹌鹑不肯光顾，洪秀全吃不到甜露，加之身患痼疾，最后饥病交加，死于天王府，死得悄无声息。李秀成秘不发丧，扶十六岁幼王洪天福登基，咬紧牙关又挺了一个半月。

挺到同治三年（1864）六月，湘军工兵在李臣典指挥下，已将数处地道掘入金陵城下，埋好足量炸药，接上引线，拉到地道口。口外阳光正烈，烤得地皮直冒青烟。见李臣典拿出烟斗，往铜烟锅里装好烟丝，亲兵赶紧掏出火镰，击火给他点上。李臣典吸着烟，仰首望望中天太阳，拧了拧眉头。又斜眼瞧瞧不远处的孤树，树影正好垂至树兜，仿佛墨云一朵。已是时候。李臣典无声而语，蹲到地上，猛吸两口烟嘴，拿下烟斗，往引线头上一够，点着药引。引线随即冒着丝丝火花和细细白烟，嗞嗞嗞响着，往地道里蜿蜒而去。

不一会儿，金陵城下响起爆炸声，此起彼伏，万雷轰动，天崩地裂。湘军战士纷纷跃出战壕，冒着浓浓硝烟，呼啸奋登，翻越已炸塌的断墙，扑入城内，冲垮由饥饿守兵组成的脆弱防线，见老砍老，见幼杀幼，见女奸女，见妇淫妇，见财夺财，见宝抢宝，大街小巷顿时乌烟瘴气，悲号喧天，目不忍睹。搅得大清摇摇欲坠的太平天国，在惊天动地的爆炸声中，在残暴无道的烧杀抢掠中，瞬间倾覆，灰飞烟灭。

哀号声中，李秀成踏着满街尸体，奋力冲进天王府，顾不得陈尸地宫的洪秀全，将瘫软如泥的幼王洪天福掺出后门，扶上马背，仓皇外逃。幼王胯下瘦马跑得太慢，眼见得追兵将至，李秀成飞身下地，把幼王扶上自己高大战马。战马踯躅不前，似在等着主人一起上马。李秀成挥鞭在马臀上狠狠一击，看着战马驮走幼王，才趁着迷蒙夜色，往城东南方向奔去，隐于人迹罕至的山林深处，躲进破庙。

庙叫海会寺。天亮后，有位樵夫上山打柴，从寺旁经过，入里歇脚。见有人满身是血，昏死在地，细瞧像太平军首领模样，樵夫柴也不去打了，拿出柴绳，壮着胆子，将人绑缚于寺柱上，然后飞奔下山，去湘军大营报功请赏。

樵夫名叫王小二。可怜李秀成身经百战，战败过多少英雄豪杰，天国崩溃，自己落荒而逃，竟受缚于小小羸弱樵夫！

这就是英雄末路，虎落平川。而山下金陵城里，残暴的杀戮和抢掠还在继续。曾国荃早给过将士们暗示，七天不封刀。湘军有个惯例，每夺一城，每复一地，三天不封刀，意即三天内烧杀抢掠，概不追究。金陵是大地方，好不容易破城，三天时间不过瘾，非七天不可。曾国荃已与大哥秘密商定，夺取金陵首功后便裁掉湘军。也就是说这是湘军最后一战，过了此村，便无此店。兄弟们十多年出生入死，帮曾氏立下盖世之功，脱掉军装前发笔横财，回去购田娶妻，过几年富裕日子，看谁有啥屁放！

因曾国荃纵容，金陵城变成硕大的屠宰场，到处都是饿兵和饥民的残尸败体，连三岁娃娃躲闪不及，也会被杀红眼的湘军战士抛到空中，抽刀接住，竖削横劈，以此取乐。伴随疯狂屠宰的，是疯狂抢劫，一时间家家门破，户户室空，无一幸免。

唯余天王府，早有重兵把守，蚊子都飞不进，无人能涉足。曾国荃不会让任何人染指府中天国圣库，非由他本人出面处置不可。还有一件事也不能落下，就是将攻克金陵实况奏报朝廷。皇上和两宫太后食不甘味，寝不安席，就等着金陵消息。城破当天，曾国荃便以八百里红旗，驰报朝廷：自十六日午时爆破金陵城门，延至日暮，已歼毙悍贼数万，攻陷伪府数十处，唯首逆洪酋所居，筑有伪城甚大，死党不下万人，经官军四面环攻，尚未破入，大约一两日内即能剿洗净尽。

捷报所言洪酋所居，便是天王府，已在曾国荃控制中。至于剿洗云云，不过说得好听，其实就是劫洗。劫洗净尽后，天王府莫名失火，顷刻间化作灰烬。

驰奏朝廷当天，曾国荃还派出快马，飞报大哥。安庆比北京近，快报先到。一瞧金陵城破四字，曾国藩老泪纵横，身上鱼鳞癣突又奇痒起来。每逢大事发生，无论好事还是坏事，曾国藩身上癣疾就会莫名发作，令他抓狂。有人说那不是鱼鳞癣，是龙鳞癣。龙鳞发痒，龙就会兴风作浪。或说龙鳞敏感，风浪起时，会作出异常反应。

其实不能怪曾国藩反应如此强烈。四千个惊恐之日，风雨如磐，强敌如虎，朝野猜忌，内外交困，自己欲死不能，九弟国荃九死一生，四弟国华战殁三河镇，满弟国葆命丧雨花台，更有千千万万湖湘子弟成为他乡野鬼，不知魂依何处……

曾国藩伸手在身上乱挠，恨不得拿把刀，将鱼鳞癣连皮带肉削掉。亲兵们一声不响地守在签押房外，不敢入内，也不让外人进来打扰，好让大帅挠个够。挠上半天，直挠得手上全是血，曾国藩才慢慢感觉好受了些，拿过笔，写下八句话：剑外忽传收蓟北，初闻涕泪满衣裳。却看妻子愁何在，漫卷诗书喜欲狂。白日放歌须纵酒，青春作伴好还乡。即从巴峡穿巫峡，便下襄阳向洛阳。

当年唐军消灭叛军，安史之乱宣告结束，杜甫闻讯喜极而泣，欣然命笔，写下这千古名篇。此时此刻的曾国藩，情同杜甫，忍不住书于纸上，借以抒怀。

放下笔，曾国藩召进亲兵，传令水师，备好帅船，翌日辰时启航。又嘱文属幕僚，收拾文件，清理档案，准备移驻金陵。自己也不闲着，整理信函书籍，归置关防印信，交家仆装箱打包，搬运码头，等着随船东迁。

忙上大半天，才想起只顾自己高兴，忘了将喜讯禀报朝廷。赶紧磨墨提笔，书写奏稿。稿成装封，正要派发，又有曾国荃快报送到，说已在天王府地宫找到洪秀全死尸，只是不见幼王洪天福，估计混乱之际，已被烧成灰烬。

这又是一喜，曾国藩重新铺纸，将洪秀全和洪天福情况写进奏稿，交差发出。

曾国藩奏折还在路上，曾国荃捷报先已送入紫禁城。两宫太后、同治皇帝，还有奕䜣一众王公大臣，都集聚于养心殿里，静候金陵捷报。候上大半天，才终于听到殿外送来太监高声传唤：八百里红旗奏报到——

太监声音未落，帘后两宫太后腾地一下站起来，引颈望向殿门外。各王公大臣也转过脑袋，翘首以待。只有同治皇帝年仅十岁，懵懵懂懂，独自思忖，奏报天天不断，有啥值得大惊小怪？只是背后两位太后都已起身，自己大模大样安坐宝座上，岂不惹她们生气？只好也移移屁股，勉强站起来，倒看这红旗奏报有何稀奇。

太监踉跄着闯进殿内。大太监安德海像往常样，抬步上前，准备接报宣读。只听一声“且慢！”，慈禧太后急切叫道，掀帘而出，说：“这封奏报本宫得亲自接阅。”

王公大臣们瞪了瞪眼睛，没谁吱声，看着慈禧接过奏报，慢慢退到帘后。正要拆封，慈禧又略作迟疑，转给慈安太后，说：“还是姐姐先阅吧。”

殿里一片死寂，针掉地上都听得见。慈安太后掂掂奏报，也没拆阅，叫过安德海，说：“还是你拆宣吧。”安德海碎步上前，双手接过去，慢慢拆开封皮，抽出里面奏章，缓缓展开来，清清嗓眼，开始高声念读。刚念到爆破金陵城门一句，垂帘后的慈禧太后哇的一声大哭起来，泪水泉涌而出，整个身子缩到座椅下面，晕厥过去。

殿前各王公大臣顿时慌作一团，召的召唤太监，搀扶慈禧，传的传令太医，入殿救急。只有奕䜣一动不动，坐在位置上，心静如水的样子。他最能理解慈禧，她是情不自禁，一时失控，过一会儿就会恢复平静。慈禧太不容易，换了谁，只怕都承受不起这等候得太久太久的捷报。早在咸丰初年，咸丰皇帝刚一继位，洪秀全就在广西金田起事，朝廷调动所有能调动的八旗和绿营，企图将其镇压下去，却无能为力，眼睁睁看着太平军越镇压越多，竟演变成滔天洪流，顷刻间淹没整个江南。没办法，咸丰皇帝不得不下旨各省组织团练，共同对敌，湘军因而成军，渐渐发展为追剿太平军的主力。太平军闹得正凶，英法联军又打进北京，咸丰皇帝弃京出逃，驾崩热河，慈禧六岁儿子载淳继位，改元同治，两宫太后垂帘听政，由奕䜣等王公大臣辅佐，接管支离破碎的大清江山。又依靠湘淮楚三军，历经四年鏖战，扫清苏南浙北，将洪秀全困死于金陵。试想身为女流之辈，夫死子幼，家残国破，慈禧太后要有多么顽强的意志和多大承受力，才挺得过来？

所幸战争终于结束。虽说北方捻军还在作乱，毕竟最困难的时候已然过去。慈禧过度惊喜，气血冲顶，晕倒在地。很快醒转过来，在安德海扶持下，慢慢站起身，坐到椅子上。还没坐稳，便揩一把眼泪，破涕而笑："怪本宫没出息，南边打了十多年仗，没有倒下，今天忽闻曾国荃所送天大喜讯，竟然不能自持，当众出洋相。女人哪就是女人，不比你们男人，经得起打击。有啥办法呢，本宫命苦啊，文宗（咸丰皇帝）心狠，丢下幼帝和咱姐妹俩，撒手而去，咱们别无选择，只得硬着头皮，挺起腰杆，把祖宗江山扛下去。好好好，不说这些废话啦，金陵城破，大家应该高兴不是？本宫怎能扫你们兴呢？"

慈禧说该高兴，王公大臣们不好再苦大仇深的样子，个个喜笑颜开，舌灿莲花，颂扬皇上和两宫太后恩高德旺，威服四方，战胜洪贼，赢来隆隆盛世。

颂扬声小下去后，慈禧又道："众位还记得吧，文宗在世时，曾经口谕，取金陵者王。如今曾国藩消灭太平军，攻克金陵城，该如何封赏才是？"

王公大臣们嗡嗡嗡议论起来，殿里像进了一窝蜜蜂，久萦不去。慈禧意识到，曾国藩文人带兵，竟获此大功，朝臣们心生嫉妒，要他们讨论封赏，肯定讨论不出结果。于是拿眼睛去瞧恭亲王奕䜣，希望他维持局面。

虽然隔着帘子，奕䜣也感觉得出慈禧殷切和信任的目光，出列道："进禀皇上和两宫太后，金陵刚刚光复，仅收到曾国荃一人捷报，详情不明，还须曾国藩等人奏报呈上来，综合各种因素，权衡各方利害，再决定封赏不迟。"

慈禧觉得也是，宣布退朝。五天后，曾国藩奏折和曾国荃第二道奏报飞驰入京，将金陵战后秩序和安民情况作了简单汇报。其中专门提到，已在天王府地宫找到洪秀全尸体，李秀成也成功抓获，幼王洪天福逃窜过程中中弹身亡，被战火焚成灰烬。

慈禧没再召集朝会，只宣奕䜣单独进宫，会同慈安太后，商议湘淮楚三军封赏事宜。奕䜣说："文宗虽有口谕，取金陵者王，可祖宗定制，汉人不王，咱们还真不好随便破例。"慈禧掉头问慈安："姐姐高见呢？"

慈安于朝政不懂，也没太大兴趣，说："妹妹和恭亲王定夺吧，我没意见。"慈禧转向奕䜣道："不给曾国藩封王，显得朝廷小气，本宫心里也过意不去啊。"奕䜣说："太后宅心仁厚，高看曾国藩，是他天大福气。可臣思忖，真给曾国藩封王，难免惹恼满朝文武，闹得鸡犬不宁。"慈禧说："本宫也知朝臣本来就对曾国藩抱有成见，觉得他一个读书人，投笔从戎，征伐沙场，有辱斯文，竟还取得盖世之功，更看不顺眼，岂容他封王？"

果不出所料，三人还没商量出名堂，各大臣奏折就陆续递了上来，众口一词，制止给曾国藩封王。不仅不能给曾氏封王，还要扼制湘淮楚三军，以防万一。其中翁同龢、祁隽藻、庞钟璐、倭仁、徐桐等人态度最坚决，说皇上真封曾国藩为王，他们就集体辞官回家。

只知大臣们会不满曾国藩封王，却想不到反应如此强烈，竟以集体辞官回家为要挟。慈禧略觉不快，低声骂道："真是小题大做！这些人看不惯曾李左诸臣受皇上重用，建大功，立大业，才故意找茬，与咱们过不去。"

倒是奕䜣冷静，沉吟道："大臣们确有偏激之处，不过也不是完全没有道理。比如翁同龢奏折说，若清初不封吴三桂为王，也不至于给国家带来那么大灾难，便深中肯綮。试想曾国藩所统湘淮楚三军及赣皖苏浙四省兵力，总数已多达三十多万，再给他封王，享受更多特权，岂不如虎添翼，谁也压不住？"

"莫非曾国藩还有反心不成？"慈安平常话不多，此刻也开口道，"庞钟璐所奏颇有意思，说湘军大营里盛传曾国藩一身鱼鳞癣，是真龙天子，迟早会打进北京，登基做皇帝。"慈禧说："本宫也有所耳闻，湖南湘乡叫鱼鳞癣为龙鳞癣，说不是龙身帝体，想得这种癣疾，还得不了呢。"奕䜣笑道："此系无稽之谈，不足为信。"慈安说："无风不起浪，这也间接说明，有人希望曾国藩做皇帝，或者说希望汉人做皇帝。”

说得慈禧诚惶诚恐起来，说：“还有大臣奏报，湘军攻入金陵后，大肆抢掠，天王府莫名失火，天国圣库巨额财宝去向不明，八成被曾国荃转移别处，以便日后购枪置炮，与朝廷为敌。”奕䜣说：“曾国荃七天不封刀，属下抢掠属实，不过于朝廷来说，也许这不是坏事。”慈禧说：“此话怎讲？”奕䜣解释说：“据臣布置在湘军内部眼线密报，曾氏兄弟觉得湘军成军十多年，已疲沓腐败，早有解散想法，攻下金陵后，才放纵兵将们抢财夺物，发笔横财，好回家置田娶妻。若曾国荃也学当年刘邦，本是好酒好色好财之徒，率军进入咸阳后，却一反常态，不沾酒，不掠色，不劫财，秋毫无犯，岂不更加可怕？”

慈安问道：“恭亲王意思，天国圣库真落在曾国荃手里，估计也是受曾国藩指使，为裁军做准备？”奕䜣说：“是啊，毕竟裁军比建军还难，没钱裁不动啊。”

“但愿曾国藩真有这般苦心。要说曾氏兄弟消灭长毛，保我大清江山不倒，咱们确实该心存感激，记住他们的大恩大德。”慈禧感慨道，“令人可恼的是，湘军攻城拔寨，打了大小数百仗，掠夺财物不知其数，竟然全部私吞，从没想起孝敬朝廷一个子儿。还是李鸿章有良心，和平收复苏州，要补发军饷，要资遣降兵和流民，却还是从牙缝里挤出五十万两银子，上解朝廷。钱虽不多，可他心里有圣上，实在难能可贵。”

见慈禧扯得太远，奕䜣将话题收回去，说：“给不给曾国藩封王，如何处置湘军，不能听朝臣们瞎嚷嚷，还得咱们自己拿主意。”慈禧说：“恭亲王说说想法吧。”奕䜣沉思道：“曾国藩封王，恐怕太难，就封侯吧，符合祖制，朝臣们面前也说得过去。至于曾国荃、李鸿章和左宗棠，自然得低一个级别，封伯即可。”

两宫点点头，听奕䜣继续说道：“例行封赏的同时，还有更重要的事情须做：一是给湖广总督官文增兵，令他扼守鄂赣和长江中游；二是急命蒙古亲王僧格林沁，以剿捻为由，率八旗子弟兵集结皖鲁；三是诏令冯子材和富明阿两部，留驻镇江和扬州，就近注视湘淮楚三军动态，遇有特殊情况，可便宜行事，该采取行动得采取行动。”

这确是朝廷目前能做也非做不可的事情。慈禧道：“蛮好，这几股力量同时作用，量曾国藩也不敢轻举妄动。”奕䜣道：“当然还须敲打敲打曾氏兄弟。尤其曾国荃，得让他明白，别以为攻克金陵，立下首功，就多么了不起，尾巴可以翘到天上去。只要曾国荃夹紧尾巴，其他将领也会自觉收敛，于下步裁军大有好处。”

慈禧颔首道：“曾国藩手握虎狼之师，一天不裁，朝廷一天难安哪。”奕䜣道：“可裁军也不能操之过急，弄不好就会适得其反，激起兵变。不过曾国藩是聪明人，他若有心裁军，会很快付诸行动的。”慈禧问：“曾氏直系湘军得裁，淮楚两军呢？”

奕䜣果断道：“自然也要裁掉。裁军祖有定规，每每军事行动结束，八旗绿营都将撤回原防。湘淮楚三军原非经制军，属临时团练性质，本无防地，于今长毛已灭，将帅或留用，或安排官位，兵士只能拿上遣资，解甲归田。”

鄂赣大量增兵，僧格林沁陈兵皖鲁，冯子材和富阿明虎视眈眈，朝廷裁军风声日紧，如此种种，像一块块沉重的黑云，压在金陵上空，让曾国藩喘不过气来。旋即朝旨下达，不仅不旌表湘军攻破金陵大功，还指责曾国荃放纵兵将，烧杀抢掠，伤天害理，简直罪不可恕。读过朝旨，曾国藩瘫坐于椅，汗如雨下，六心不宁。

顿时惹恼湘军将士，一时群情激愤，扬言要打到北京去，将同治赶下帝位，让曾大帅取而代之。李秀成在金陵也设有忠王府，现为湘军督帅府，鲍超等猛将跑进府里，公然发泄对朝廷的不满，鼓动曾国藩挥师北伐，攻打北京，灭掉清廷。彭玉麟、杨载福、张运兰等湘军老将，也入府试探曾国藩，说清廷腐败无能，气数将尽，正是驱逐鞑靼光复汉室大好时机，千载难逢，轻易错过，实在可惜。曾国藩勃然大怒，将他们骂得狗血淋头，声言以后谁再说这些混账话，定斩不赦。这些人又跑进吉字军大营，怂恿曾国荃，说服大帅，就地定都金陵，高举义旗，杀奔京畿，保证四海响应，万民影从，不出大半年，就可攻破北京，灭掉清朝。

曾国荃一向暴躁，这次却与其兄相反，一副不温不火的样子，轻言细语道：“大哥真有什么想法，还会默许各位，纵容手下兵将大肆抢掠，大发横财？只怕早拿掉你们脑袋，以整顿军纪，收买民心，以便凝聚力量，蓄势待发。”

各位都是聪明人，知道曾氏兄弟无意举事，也就死了这条心。

只有一个人没死心，那便是李秀成。李秀成被王小二告发后，被押进吉字军大营，曾国荃想起四哥曾国华和满弟曾国葆之死，刷的一声抽出军刀，只想一刀剖开他肚皮，取出心肝，祭奠两位兄弟。又觉得洪秀全已毙，李秀成属头号要犯，须交大哥处置，才强压心头怒火，只从他腿股上割下斤把夹精带肥的鲜肉，嘱咐伙房，拌了湘乡酸坛子红剁椒，猛火爆炒，再就着包谷烧，一口口吞下肚去，以解大恨。

曾国藩对待李秀成的态度又不同。李秀成是太平军后期最高军事统帅，曾让湘军吃尽苦头，可曾国藩敬重其军事才能，亲自走进大牢，与他心平气和聊了半天。见曾国藩毫无胜者之傲慢，李秀成颇为感动，说："见到大帅，秀成才知天国为何会败给湘军。"

败人之军不算什么，让败军心悦诚服，才是最大能耐。曾国藩不动声色，只暗暗起意，欲劝降李秀成，为我所用。当即道："李将军说说看，太平军为何会败给湘军？"李秀成道："也很简单，太平军统帅是洪天王，湘军统帅是曾大帅。"

这话曾国藩爱听，笑道："湘军侥幸取胜太平军，主要靠朝廷支持和淮楚各军协同作战，国藩岂敢贪天之功为己功？"李秀成道："不是大帅大德大仁，大智大勇，朝廷会不遗余力扶持您，淮楚各军会紧绕您身边，替您死战吗？反观洪天王，排除异姓，自剪羽翼，最后成为孤家寡人，一败涂地，是迟早的事。故说太平军败于湘军，还不如说洪天王败给曾大帅。"

李秀成所言并非完全没道理，不过曾国藩还是听得出，他在有意给你戴高帽。此等高帽，不用银钱购，无须针线缝，廉价得不能再廉价，可也要人家肯出手赠你。曾国藩眯眼盯住李秀成，倒看他下面还会出什么牌。

李秀成说了最想说的话。正是这番话，改变曾国藩心中动念，不敢留下这个祸根，置自己兄弟于危境。只听李秀成道："别看秀成已败给大帅，若还能从这大牢里走出去，要不了三五个月，就可将散落各地旧部召集拢来，再干番轰轰烈烈的大事。"

曾国藩觉得可笑，道："大牢层层封锁，你又脚镣手铐于身，莫非想学孙悟空，摇身一变，缩成蚊虫，从墙缝里飞出去？"李秀成道："秀成没法变身飞出去，无非大帅开恩，放我一马。"曾国藩道："你可是朝廷要犯，谁敢放走你？"李秀成道："也许大帅敢。"曾国藩道："凭什么？"李秀成道：

“放秀成出去，召集数十万旧部，交大帅指挥。”

曾国藩明知故问道:“战争已经结束，还要你数十万旧部干啥？”李秀成说:“战争结束了吗？我怎么觉得山雨欲来风满楼，随时会爆发大战？”曾国藩说:“大战在哪？”

李秀成不再绕弯子，直言道:“官文的绿营，僧格林沁的八旗，还有冯子材和富明阿两部，正一步步压向金陵，大帅难道心甘情愿坐以待毙？您手握三十万大军，秀成再召集三四十万旧部，另与捻军取得联系，何愁绿营八旗不灭，何愁北京皇城不破？”

原来李秀成想学姜维。当年姜维据守剑阁，与钟会对峙。不料邓艾翻越阴平，奇袭成都，姜维假意投降钟会，企图借机反叛曹魏，恢复汉室。结果事败，两人皆死于魏军之手。李秀成不懂曾国藩，他岂肯学钟会，重蹈其覆辙，搭上自己和曾家九族性命？

再与李秀成谈下去，已无任何意义，曾国藩默然而起，转身向牢门外走去。李秀成心知自己做不成姜维，冲着曾国藩背影道:“事到如今，秀成唯有一死，不会低声下气向大帅讨生。只一事相求，还请大帅恩准。”

曾国藩停住步子。李秀成在后面道:“烦请大帅给秀成纸笔，秀成想将今生领兵打仗经历和心得形诸于笔端，留给后人。”

这要求不高，曾国藩不好拒绝，让人给李秀成送来纸笔。李秀成开始抓紧时间，撰写自述。皆系亲力亲为，信手拈来，速度自然不慢，日均达万字之多。边写边交牢头，转呈曾国藩。李秀成读书不多，文不文，白不白，别字错字不少，曾国藩却饶有兴致，一页页读下去，一个活灵活现的李秀成浮现于前。李秀成自山里农夫，成为闻名于世的大英雄，确实非同凡响。还有洪秀全诸王，自然亦非等闲之辈，不然也不可能闹出这么大动静。可看到后面，曾国藩渐渐有些坐不住了。比如天国圣库底细和幼王去向，李秀成毫不避讳，有啥说啥，叫人胆战心惊。曾国藩实在无法容忍，将七十页之后内容，一把撕碎，点火烧掉。

不能再让这小子继续胡言乱语下去。曾国藩传令曾国荃，将李秀成推出大牢，押往郊外山前，一刀下去，结果了他四十二岁生命。

毕竟李秀成并非普通降将，曾国藩竟敢自作主张，将其杀掉，一时间舆论哗然，议论四起，说曾氏兄弟害怕李秀成解京后，揭露湘军罪行，道出天国圣库实情，迫不及待下手，以绝后患。朝臣纷纷上书，弹劾曾氏兄弟杀人灭口，欲盖弥彰，请求皇上给予严惩。慈禧看过众臣劾书，问奕䜣作何感想。奕䜣毕竟不是朝臣，眼光独特，说：“据眼线密报，李秀成不甘失败，想学姜维，投降曾国藩，再召回流落各处数十万残部，与湘淮楚三军和捻军联手，灭我大清。曾氏兄弟斩杀李秀成，正好说明他们无反朝廷之心。”

慈禧还能认可，说：“李秀成死在曾氏兄弟手里，天国圣库实情岂不成为永久之谜，再无水落石出之日？”奕䜣说：“天国圣库以后慢慢追查不迟，倒是可借此先压压曾氏兄弟威风。”慈禧说：“也行，马上下道诏旨，对曾氏兄弟屠戮金陵和擅自斩杀李秀成行为，给予严正谴责，同时附上朝臣劾稿，看他俩会有何反应。”

诏旨还没拟就，李鸿章与左宗棠捷报递到，湖州在淮楚两军南北夹击下，如期攻克。如此一来，苏浙全境光复，只有少量太平军残部，流窜赣闽一带，不日即可肃清。

朝廷于是颁下封赏，曾国藩赏加太子太保衔，封一等侯爵，赐号毅勇，世袭罔替；曾国荃赏加太子少保衔，封一等伯爵，赐号威毅；李鸿章封一等伯爵，赐号肃毅；左宗棠封一等伯爵，赐号恪靖；四人均赏戴双眼花翎。其他有功将士该封的封，该赏的赏，不一而足。

随后严诏和朝臣劾稿附件寄达金陵，可谓恩威并举。这已是金陵克复后，朝廷第二道指责曾氏兄弟的严诏。曾国藩如坐针毡，对曾国荃说：“朝廷是在借题发挥，真实意图无非逼咱们赶紧裁军。”曾国荃说：“早裁是裁，迟裁也是裁，干脆马上动手，裁个干净。”曾国藩道：“马上动手可以，一下子裁个干净，又哪做得到？”

曾国荃浩叹一声，说：“都是湖湘子弟，提着脑袋跟随咱兄弟多年，如今大功告成，说声撤就撤，咱也做不出来。至少得补上欠饷，发足遣资，总不好让他们空着双手走人吧？”曾国藩说：“还有立功将士，也需妥善安置，免得欠他们人情太厚，咱们兄弟于心不安。”

经慎重权衡，兄弟俩决定年内裁掉直系湘军两万多人，其余筹足遣散费，再分批减裁。至于淮楚两军，必须保留，用以清剿太平军残部和征讨捻军。

裁军很快进入议事日程。曾国藩给皇上上折，奏报详情，以让朝廷放心。慈禧大喜，复旨肯定曾氏兄弟做法。淮楚两军也不能例外，统统裁撤。至于捻军和太平军残部，有八旗和绿营，无须曾国藩操心。

八旗和绿营比湘军还腐败，哪里靠得住？国家不可能没支像样的军队，曾国藩又具折强调，撤掉淮楚两军，一旦天下有事，临时召唤，谈何容易？考虑左宗棠和楚军主力都是湖南人，朝廷多有顾忌，又补上一句，若淮楚两军都留，国家养不起，就裁楚留淮。

曾国藩只顾考虑朝廷利益，没想到会惹恼一个人，又惹出一段公案。

此人便是左宗棠。得知曾国藩有意裁楚留淮，左宗棠恼羞成怒，一纸奏折递上去，参劾曾氏兄弟贪功，谎报幼王洪天福死于战火，其实他早已出逃金陵，流落江西一带。

淮楚两军裁谁留谁，还在酝酿之中，怎会传到左宗棠耳里？莫非朝廷担心湖南人抱团太紧，故意透露给左宗棠，在你俩之间制造矛盾？曾国藩不得而知，只知与左宗棠一决裂，这辈子就再也没法走到一起。

闹到这一步，已无法挽回，也没必要挽回。左宗棠所作所为，也实在让人不敢恭维。想当年这位狂人在湖南混不下去，赴湘军老营入幕，曾国藩记念旧情，不仅格外器重，还不失时机推举他回湘募勇，充分发挥自己才干。谁知他才募得几千兵勇，竟迫不及待自称起楚军来，公然与湘军分庭抗礼。后干出点名堂，更加不得了，再不把曾氏兄弟放在眼里，时有微词，好像这世上只他是诸葛亮，别人都是阿斗。

曾国藩越想越来气，也起草一份奏稿，弹劾杭州和余杭之战，左宗棠私放十万太平军出城，若非淮军扑救及时，保住苏沪，只怕金陵至今还在太平军手里。曾左矛盾于是大白于天下，从此两人不通音问，不相往来，形同路人。

左宗棠私放太平军的事，最先还是李鸿章写信提供给曾国藩的，可听说老师以此参劾左宗棠，他却大摇其头道："老师一向老谋持重，这次左宗棠上折举报幼王脱逃，他老人家反参其私放杭州和余杭长毛，实在算不上高明。"

周馥、陈鼐和盛康几位在座，有些不解，道："左宗棠忘恩负义，曾大帅被他气急，反参他一本，不应该么？"李鸿章道："不是应该不应该，是老师这么做，正中左宗棠下怀。"

众人还是不明白，请李鸿章点拨。冯桂芬也在，笑笑道："左宗棠其实是故意做给朝廷看的。朝廷忌惮湖南人，正在打压曾氏兄弟，左宗棠不愿树倒猢狲散，公然与曾氏闹翻，好让朝廷对他另眼相看，别将他与曾氏相提并论。曾氏反参左宗棠，正好说明曾左确实不是同路人，左宗棠能不暗暗高兴？说不定朝廷见曾左闹翻，会厚待左宗棠，保留楚军。”

“左宗棠表面看去很狂，其实比谁都有心机。”李鸿章挑明道，“自左宗棠回湘募勇成师，自号楚军，鸿章就知他定有深意。鸟尽弓藏，他最懂此理，三年前便预计太平军一亡，湘军必然裁撤，老师也会失势，趁早划分界线，撇清自己，好留后路。”

冯桂芬和李鸿章分析得没错，朝廷见曾左决裂，备感欣慰，对左宗棠格外高看，命他派出精骑，搜拿幼王归案，以刺激刺激曾国藩。加之朝臣嫉妒曾氏兄弟大功，有意扬左抑曾，推波助澜，朝廷越发偏爱左宗棠，甚至动念，只裁撤湘淮两军，保留楚军，以固国防。

朝廷厚此薄彼，自然有人欢喜有人忧。欢喜的自然是楚军。湘军已着手裁撤，将领们自顾不暇，留楚留淮无所谓。淮军阵营却一下子炸开锅，人人骂娘，个个捣逼。本来朝廷封低赏轻，淮军将领个个肚里憋着股气，又闻留楚裁淮，更加愤愤不平，纷纷离开驻地，赶赴苏州，到李鸿章面前发牢骚：“朝廷凭啥留楚撤淮！咱们可不能这么好欺，打脱牙子往肚里咽。”李鸿章训道：“谁打脱你们牙齿？朝廷从大局出发，决定裁军，你们想抗拒不从？君要臣死，不得不死，父要子亡，不得不亡，何况皇上没叫你们去死。”

将领们不服，说：“死有什么可怕？咱们已为皇上死过千回万回，难道还怕再死一回？”李鸿章警觉起来，说：“你们要干什么？”将领们说：“无非舍得这条小命不要，杀进北京，夺了皇位，让鸿帅过把皇帝瘾。”

李鸿章拍着桌子，大骂道：“闭住你们臭嘴！这种话也是可以随便乱说的？如今你们不是提督，就是总兵，不是总兵，也是副将，还怕裁军后没住没穿，没吃没喝？”停停又道：“你们既然不请自来，我也不立即赶你们走，就在苏州玩几天，看看戏，听听曲，喝喝花酒，然后乖乖回到各自驻地去。至于淮军裁不裁撤，是朝廷的事，不用你们瞎操心。”

何去何从都不清楚，哪有心思看戏听曲喝花酒？将领们走出抚衙后，又聚到一起，嘀嘀咕咕，商量如何串通湘军将领，弄点动静出来，迫使皇上收回裁军成命。湘军将领大都是湖南人，湖南人与湖南人好说话，便一致推举郭松林和黄翼升两个，去金陵跑一趟，相约采取军事行动，抵制裁军。朝廷若不让步，就毅然起兵，脱离大清控制。

将领们大都为大老粗出身，每每入苏办差，总会带足银子，找地方快活一番，这次一反常态，不上茶楼，不入酒店，也不去妓院，到底在干啥？李鸿章觉得不对，派人一查访，才知他们准备起事。这些混账东西，不找死么？李鸿章发出令牌，派出抚衙标兵，将人一个个强行弄进抚衙，训斥道："你们都是朝廷命官，竟然不知君恩，不守臣子之道，欲胡作非为，像什么话！真想砍掉你们脑袋，又念你们追随鸿章多年，出生入死，好不容易混出人样来，又有些不忍。自己说说，叫我怎么处罚你们！"

众人说："随鸿帅怎么处罚。不让咱们采取行动，咱们就入小刀会或哥老会，反正不能任凭朝廷宰割。"李鸿章道："裁军后，爱入啥会入啥会，鸿章不会拦你们。不过现在不行，现在你们还归我统管，我不能看着你们乱来，不闻不问。"

光训话自然不行，还得有点别的手段。李鸿章让标兵牢牢把住拙政园各门，谁也不能出衙半步。且餐餐好酒，顿顿好肉，让他们满足口腹之欲。还觉不够，又把潘鼎新和刘秉璋叫进书房，先是一番谴责："你俩一个举人，一个进士，知书达理，也跟这帮家伙搅在一起，给我添乱，莫非圣贤书读到牛屁眼里去了？亏你俩还叫我一声老师，我没有这样的学生。"

刘秉璋不满道："没有湘淮楚三军死战，洪秀全和李秀成早挥师北上，杀奔京城，大清只怕已国将不国。三军挽大清于即倒，再怎么封赏，都不为过，朝廷却寡恩薄情，还要裁掉湘淮两军，兄弟们气不过，闹一闹，也没错到哪里去。"潘鼎新则说："湘军师老已疲，裁撤原在意料之中。淮军比楚军还晚建军，将士们朝气蓬勃，斗志昂扬，又系两淮子弟，与捻军作战比楚军更有优势，朝廷若知好歹，就该留淮剿捻。谁知左宗棠奸猾，出卖曾大帅，朝廷正好借左压曾抑李，裁湘撤淮，仅留楚军，兄弟们想不通，发点脾气，也可理解。"

这层道理不深奥，曾老师也说过类似的话。李鸿章叹道："朝廷如何决策，自有其考虑，咱们只能理智争取，不可无理取闹，无事生非，好事变坏事。你俩是读书人，深明大义，替我开导开导各位将领，再不可胡来。"

听到"理智争取"四个字，两人似乎明白了什么，答应下去与各位沟通沟通。

两人出门后，周馥、陈鼐几位来见，论起将领们闹事，口气与刘潘两人差不多，也觉得朝廷封赏，与湘淮楚三军将帅功勋太不对等，实在让人寒心。轮到裁军，要裁三军一起裁，要留三军一起留，留谁不留谁，难免有失偏颇。也是曾国藩大度，不肯做禽兽，只愿为圣人，否则凭借半壁江山，揭竿而起，成就帝业，也并非难事。

这话太敏感，李鸿章不愿置喙，低首不语。周馥忍不住问道："淮军怎么办？眼睁睁看着朝廷裁掉咱们？鸿帅还是别天天躲在屋里舞文弄墨，也该考虑考虑淮军命运才是。"

周馥话出有因。苏州试院和正谊书院、紫阳书院即将落成，冯桂芬特向李鸿章讨要文墨，留作纪念。李鸿章日理万机，哪有空做文章？周馥愿拨润笔费给陈鼐和盛康，由他俩代笔，届时署上李鸿章大名就是。李鸿章不同意，百忙中挤出时间，亲笔写下《苏州试院记》和《改建正谊书院记》，交冯桂芬请人刻到碑上，以便试院和书院正式落成之日，与学子见面。周馥一片好心，李鸿章却没领情，这下趁机拿出来说道。

李鸿章哈哈大笑，说："舞文弄墨有啥错？文武之道，一张一弛，文还在武之前哩。"

刚好冯桂芬来送苏沪战后规划条陈，接过话头道："马上得天下，还需马下治天下。马上得天下只在一时，马下治天下却是长久之计。故自古君王强调武功，更讲文治。至于舞文弄墨，不仅得有深厚学养，还需洞明义理和人情世故，不然胡言乱语，不着边际，也不忍卒读。文如其人，文章做得好，言之有物，蕴含真知灼见，且章法有致，取舍得当，文笔流畅，作者肯定不简单，当差办事也会是把好手。比如鸿帅，就是例证。"

盛康笑道："世事洞明皆学问，人情练达即文章。文章白纸黑字摆在那里，最能看出作者心性人品和才干。"陈鼐也道："过去陈鼐不太理解，曾大帅集军务政务于一身，忙不完的大事小情，每天还要抽出时间，不知疲倦地撰写日记。今听景亭兄一席话，总算明白他老人家良苦用心，原来是通过写作磨炼和修行，如苦行僧般。"

"老师是有大志向之人，一心想着立德立功立言。"李鸿章满怀敬仰道，"功不用说，消灭长毛，可谓盖世之功，人人都看得见。功高而无异心，自剪羽翼，裁撤湘军，为君主免忧，是为德也。作日记，日三省吾身；

写家书，教导子弟如何做人做官做事；与朋辈同僚亲友书信往来，谈时事，论国是，抒大志，凡此种种，是为立言也。”

冯桂芬点头道：“纵观三立，立德立功，固然不易，立言也不简单，绝非平常所说舞舞文弄弄墨那般轻松。得具备内功，深明义理，博古通今，有知有行，再形诸笔端，才立得起来。否则无病呻吟，言之无物，不叫立言，只能叫口水话。”

几位非常认可冯桂芬灼见，说：“怪不得司马迁有言，究天人之际，通古今之变，成一家之言。不究不通，又如何能成？”李鸿章借题发挥道：“如今西人西学西器，纷纷自海上涌来，中土面临三千年未有之大变局，不仅要究天人之际，通古今之变，还得扩大视野，放眼世界，融中西之理，强军富国，兴我中华，方能立大德，建大功，成大言。”

在座都是读书人，说起儒家传统和文章之道，自然滔滔不绝，没完没了，直至很晚才散。

送走访客，李鸿章摊开冯桂芬留下的条陈，认真看起来。内容大体可分为三部分：一是大兴文教，团结学子，凝聚民心；二是战后重建，通过招垦和减赋措施，吸引流民回归故土；三是创办洋务，扩大制造，建设海防，求富图强。

字字句句都说到了李鸿章心坎上，他兴奋不已，第二天一早就叫来周馥，把条陈交给他，嘱咐誊写数份，送给藩、臬等司局，逐项落实下去。

周馥才出签押房，冯桂芬进来，说：“鸿帅看过条陈没？”

李鸿章把冯桂芬请到椅子上，说：“昨晚你们一走，鸿章就反复看过几遍，非常符合苏沪实际。已交周馥，誊写数份，分发部门，加以落实。”冯桂芬说：“还有件事，不便写进条陈，得与鸿帅口头商讨。”李鸿章恭敬道：“请景亭兄明示。”

冯桂芬说：“大清洋务说白了，始于洋枪洋炮购置和制造。换句话说，朝廷同意办理洋务，完全出于打仗之需要，若非洋人入侵，长毛作乱，肯定不会让地方督抚涉足洋人洋器。桂芬以为强军富国须有缓急之分，先强军，再富国，否则朝廷也不会认可。”

李鸿章悟性高，冯桂芬轻轻一点，他便心领神会，说：“景亭兄意思，鸿章得设法保留淮军，发展国防，引进西方机器和技术，实现强军后，再过度到富国？”

冯李两人性格不同，地位悬殊，却一见如故，相处舒服，凡事说得到一起去，正是两人天分都很高，看待人事的视角相同，能心心相印，惺惺相惜。

见李鸿章提头知尾，冯桂芬不用多解释，说：“昨晚鸿帅说得好，面对三千年未有之大变局，不仅要究天人之际，通古今之变，还得融中西之理。桂芬建议鸿帅，再写几篇文章，论论中西之理和实行洋务之必要。”

李鸿章道：“鸿章无意成一家之言，可这类文章还得写，就写成折子，阐明只有贯通西学，创制西器，兴办洋务，用先进武器武装军队，实现强军富国愿望，从而让朝廷意识到淮军已被先进武器武装起来，不可言裁，唯有留下淮军，加强国防，国家安全才有保障。”

冯桂芬说：“正常上折，只怕效果不一定理想。”李鸿章想想说：“就给要害人物写信，请他们帮着呼吁强军富国之急迫，以影响朝廷决策。只是该写信给谁呢？”

冯桂芬说了三个人名字：奕䜣、薛焕、陈廷经。

奕䜣是议政大臣，其重要性不用说。薛焕浸淫沿海多年，熟悉洋务和海防。陈廷经是御史，威望高，认同洋务。能取得这三人支持，何愁淮军不留，洋务不兴，国防不强？

李鸿章说干就干，关门谢客，分别给三人写起信来。要强军，离不开兵制。李鸿章就从兵制说起：兵制关乎立国之根本，驾驭外夷之枢纽，当今世界格局已不同，又岂能拘于祖宗成法，一成不变？必须尽裁老弱病残，厚给粮饷；废弃弓箭，专精火器；革除旧防地，化散为整；选用能将，勤操苦练。各海口老式艇船也得遗弃，仿效外国船厂，购买西方机器，先制夹板火轮，再造巨炮兵舰。如此陆海皆可掌控，江山不愁不固。可惜中土士大夫，不知敌强我弱，以为内剿外战，在人不在器，只要守旧制，使旧器，足能抵御外侮，破敌攻势，岂不是自欺欺人么？眼下内贼不足平，外患不足御，再不改兵制，造洋器，强我军队，固我国防，待事到临头，慌忙应付，焉能不一败涂地？

思路一打开，李鸿章收不住，又大谈起特谈起洋枪洋炮洋舰的妙用来。连枪炮子弹构造方式，洋舰动力蒸汽机结构原理和运转过程，都给予细致描述，又形象，又生动，可谓绘声绘色，仿佛伸手可触。一句话，就是要敢于放低姿态，虚心学习西方，改革落后兵制，制造先进实用武器，就像淮军一样。当然李鸿章没在信里明提淮军，可言外之意很明确，淮军武器装备和练兵用兵之法，已走在前面，国家要想强军，只能靠淮军。

三封信内容大体差不多，只是用语略有不同而已。信写就发出，李鸿章微合双眼，靠在椅背上，心想三人看过信后，该作何感想？会不会到皇上面前，为保留淮军大胆进言？从京都到地方，混迹官场近二十年，李鸿章太清楚官场风气，光凭几封信，就想敲定留淮强军这样的大事，他还没这么幼稚。

自然还得使使别的手段。那又该使什么手段呢？李鸿章琢磨着，恐怕还须拿钱开道，让三人铁心给你卖力。另外还要争取老师支持，虽说朝廷想打压他，可他在皇上那里还说得起话。尤其是湘军一时半会儿裁不完，手里还有本钱，皇上不可能视他于不顾。

李鸿章又给曾国藩写信，提醒他老人家，裁掉湘淮，留下楚军，日后国家有事，老师要用兵，凭左宗棠那德性，恐怕不会听命调遣。言下之意，如果留着淮军，老师只一句话，咱李鸿章就发兵给他，就像他自己的兵一样。

给曾国藩的信也发出后，李鸿章想起湘军裁撤，需花大钱，又叫来刘郇膏，说："藩库里有多少存银？"刘郇膏说："一百五十万两。"李鸿章说："给我七十万两，我有大用。"刘郇膏苦着一张脸道："淮军将士欠饷一百多万，难民安置尾欠五十万，各衙门还得运转，鸿帅拿走七十万两，郇膏还怎么开支？"

李鸿章想想说："先拿六十万吧，另外十万算你欠我的，缓几天再给我也行。"刘郇膏说："六十万怎么拨付？"李鸿章说："立即拨给金陵两江督帅府。"刘郇膏不满道："几个月前已给过湘军五十万协饷，怎么又拨六十万？"李鸿章道："几个月前是帮湘军攻金陵之用，现在曾家兄弟已着手裁军，没钱怎么裁得动？"

刘郇膏还是没走，说："不是有说法，淮军也会裁撤吗？银子都给了湘军，咱们拿啥裁军？"李鸿章笑道："兄弟们正不愿裁撤，没银子裁不了，他们自然也不会逼你要欠饷，又何乐而不为？"刘郇膏道："欠饷早发迟发都得发，还能老拖下去？"

"车到山前必有路。战后生产商贸一恢复，形势好转，还怕没钱可进？"

李鸿章挥挥手，“去吧去吧，把湘军的钱拨走再说。”

曾国藩收到李鸿章信函和六十万协饷，感动之余，下定死决心，非留淮裁楚不可。但怎么才能让朝廷听自己的呢？正如李鸿章所猜测，办法也简单，就是适当减缓湘军裁撤速度，让朝廷明白，不考虑你曾国藩裁楚留淮建议，将会带来什么后果。

给李鸿章回信时，曾国藩大倒苦水，说请神容易送神难，世上最难就是裁军，他们兄弟费了好大劲，将领们就是不肯配合，裁军进展缓慢，不怎么裁得动。

十五、鸟未尽，弓难藏

两年前曾国藩就开始悄悄做裁军准备，这会儿又裁不动了，哪有此事？李鸿章何等聪明，自然知道老师在帮自己，只是没明说而已。他打算指派心腹悄悄进趟北京，与奕䜣几位接触接触。只是指派谁好呢？此人不仅得可靠，还要会办事，不是谁都可托付的。身边一时找不到合适人选，只得多多留意，慢慢物色。

正为赴京人选伤脑筋，周馥走进签押房，递上一张又黄又黑的纸片。李鸿章接过去一瞧，是一纸房契，房主写着丁旺财三个字，几分不解道："给我这个东西干啥？"周馥道："鸿帅知道丁旺财是谁吗？"李鸿章问："是谁"周馥道："丁香姑娘父亲。"

"丁香姑娘父亲？"李鸿章望着周馥，疑惑道，"他家房契怎么到了你手上？"周馥说："医药局有位老秀才，擅长中医，曾在梵门桥巷开过药铺，铺面就是从丁旺财手上租借过去的。长毛打下苏州后，丁旺财父女逃难出城，老秀才也避难乡下老家。临走发现丁家父女出逃时落在屋角的木盒，打开一瞧，里面除些细软，还有一纸房契，老秀才就带在身上，准备以后见着丁家父女，还给人家。苏州光复后，老秀才进城，受聘于医药局，几次去梵门桥巷，皆没见着丁家父女，故房契一直留在身边。也是老秀才满腹诗书，与我谈得来，偶尔论及丁家父女，听我说知道丁香姑娘在哪儿，就把房契托与我，要我转交丁香。"

世上还有这么巧的事？李鸿章觉得有些奇，说："丁家梵门桥巷房产还在吗？”周馥说：“在倒是还在，可已破烂不堪，里面住着些外来流民。”李鸿章还房契给周馥，道：“还是你拿着吧，见到丁香姑娘，记得交给她。”

“也行。”周馥收好房契，走出签押房，刘郇膏驳身进来，后面还有冯桂芬，对李鸿章说，招垦和减赋惠政颁布下去后，效果不太理想，恐怕还得动动脑筋，设法推行到位。谈论半天，几个都觉得待在抚衙里，不可能想出好办法，还是下去走走，倒看症结在哪里。

改日李鸿章换上便装，带几名亲兵，由冯桂芬、刘郇膏、郭柏荫、盛康、陈鼐、周馥作陪，打马离衙，出了苏州城。正是秋粮成熟季节，可一路走来，只见田土大都荒在那里，杂草丛生，随风起伏。走村串寨，也十室九空，人烟稀少。

怎么会是这样呢？招垦和减赋惠政已推行好几个月，难道起不到任何作用？正好远远走来一位中年人，肩上扛着芦秆，大概是为垫牛羊猪圈或生火之用。李鸿章翻身下马，上前问过安，打听道：“战争已结束，为何田地还荒着，无人耕种？”

中年人放下芦秆，望望李鸿章和他身后随从，说：“听客官口音，不是本地人吧？”李鸿章道：“咱们是从安徽过来的客商。”中年人叹口气道：“客官见识广，该知江南十年战乱，百姓死的死，逃的逃，谁来耕田种地？何况田荒地生，复垦不容易，加之耕牛被兵匪宰杀一光，家具、种子、肥料没有着落，就是有心耕种，也无力而为。”

这是大实话。李鸿章问：“苏沪乃鱼米之乡，财主老爷和豪门大户不少，可向他们租赁耕牛、种粮和家具呀。”中年人说：“太平岁月，财主老爷和豪门大户富足，要啥有啥，兵匪一到，他们首当其冲，在劫难逃，已是家家人财两空。”李鸿章又问：“外地没富户过来购地经营？”中年人说：“客官可知，乡间黄册和鱼鳞册毁于战火，田产契据散失无存，田地无主，又找谁购置去？”李鸿章说：“无主田地，白白耕种，不用交租，岂不更划得来么？”

中年人苦笑笑，说：“世间哪有白白给你耕种的土地？你千辛万苦种下粮食，哪天田地主人回来，你不白忙一场？”李鸿章道：“也许主人早死在外面，回不来了呢？”中年人道：“主人回不来，还有兄弟姐妹，左邻右舍，这些人一个个睁眼瞧着，会让外来人白得好处？客官是买卖人，只懂买进卖出，哪晓乡下千年积习？”

李鸿章出生合肥乡下，自然清楚乡下人情世故，心知中年人所说不假。又问：“听说官府已出台招垦和减赋惠政，作田耕地有补助，出产粮食桑麻可减赋税，有无此事？”中年人说：“确有其事，但好处不可能轮到咱普通百姓头上。”李鸿章问：“这又是何故？”

中年人摇摇头说：“官吏办事都看人来，若沾亲带故，或门路广大，你不耕不作，都可造制假册，冒领补助；一面不识，无瓜无葛，又不懂贿赂，开了荒，种了地，也别想受惠获益。赋税也一样，当减可不减，不当减反减，全凭有无门道，进不进得官府后衙。”

怪不得惠政见不出成效，原来事出有因。与中年人告别，一路走来，所见所闻，八九不离十。也就是说，要想推行惠政，吸引流民回归田土，复垦复耕，得抓住几个关键：一是解决田土归属，恢复乡间秩序；二是重建信心，有人肯出钱，购买田地，有人肯出力，春耕秋收；三是整治吏治，让惠政真正惠及该惠及的乡民，而不是养肥贪官污吏。

天黑住进驿馆，饭后聚谈，李鸿章说出自己想法，各位都很赞同。围绕这么三条，集思广益，加以补充和细化，形成切实可行之具体措施，留待回苏州后，再由刘郇膏和郭柏荫牵头，率领藩臬两司人马，落实到招垦和减赋惠政之中。

天明启程，不觉来到昆山地界。昆山乃昆曲之乡，昆曲是戏曲之母，百戏之祖。连年战争不断，枪炮声里难闻昆曲悠扬，现今战火熄灭，昆曲也该重回戏台，与戏迷见面，几位提议，是否进城听听昆曲，一饱耳福。

李鸿章还有事没办，哪有心事听曲？众位不便强求，随他绕到城南，发现昆沪官道两旁，堆满大小新坟，纸幡飘飘，哀号声声。还有人家请了道士，沿路招魂，冥钱撒得到处都是。怪不得田间地头没人，原来都到这些地方来了。

好不容易在乱坟间找到丁老翁墓，只见坟头培了新土，坟前立了新碑，碑上刻着“父亲丁旺财”字样，旁边留有“女儿丁香敬立”几个小字。

“丁旺财果然是丁香姑娘父亲。”周馥冒出一句。李鸿章没吱声，祭奠过丁旺财，领着几位，走进近旁小村庄。还在村口，就闻清扬琵琶隐隐传来，还有稚嫩童声。寻声望去，是座祠堂，规制不大，门首上方刻着“米家祠堂”四个大字。

众人下马，走进祠堂大门，里面有数名衣衫褴褛的女童，围绕琵琶女，有板有眼地哼唱着。见有人，琵琶女停拨起身，搁下琵琶，迎上前来。

琵琶女不是别人，正是丁香姑娘。丁香也认出李鸿章，几分惊喜。慌乱之间，忙弯了纤腰，举袖拂拂靠墙条凳，请各位落座。李鸿章带头坐过去，问候丁香几句，又瞧瞧她身后数位女童，只见小的七八岁，大的十二三岁，道：“这些女娃从哪儿来的？”丁香叹道：“都是没爹没娘的孤女，有外地的，也有昆山本土的，讨米讨到村上，我见着怪可怜，就留在身边，教他们学着做些针织，偶尔也识识字，唱唱曲，长大后好自食其力。”

“你拿什么养活她们？”李鸿章关切道。丁香道：“米家村民大都姓米，心地纯良，乐善好施。我原租住在村头小木屋里，收留这些女孩后，米家人征得族长同意，腾空祠堂，无偿供咱们居住，还时不时送菜蔬瓜果上门。加之孩子们跟我做点针织货，多少能换些米粮回来，总算勉强糊得住这十来张嘴巴。”

说话间，一位女孩端上茶水，献给各位客人，彬彬有礼的样子。李鸿章偏首一瞧，女孩五官秀丽，举止娴雅，看去比其他女孩略大，问道：“你叫什么名字，哪里人？”

女孩倒也大方，回答：“贫女姓蔡，名叫红菱，就是昆山人。”丁香介绍说：“红菱父母属昆曲世家，红菱从小耳濡目染，地方小调和昆曲段子张口能来。昆山战乱，父母双亡，无依无靠，只得抱着母亲琵琶，四处卖唱，来到米家村，被我留在身边。红菱又懂事，又能干，还可帮我管教小妹妹，让我省不少心。”

听说红菱会唱小调和昆曲，众人提议她唱两段。红菱望望丁香，丁香说：“你就唱两段呗，说不定哪位大人看得中，把你带到府上，吃穿不愁，比跟姐姐受苦强得多。”

红菱走进祠堂偏门，拿出一把比自己个头没小多少的琵琶，坐到客人面前，从容弹唱起来：春天里来百花开，忠王一到昆山来，我伲的嘴巴都笑开。夏天里来流水长，哪有忠王的情义长，我伲看见忠王像见亲爹娘。

苏南战火就是李秀成烧起来的，怎么能歌颂他呢？周馥张张嘴，想制止红菱，李鸿章抬手拍拍他膝盖，他只好合上嘴皮，继续往下听：秋天里来稻子黄，割下稻子打成谷，送给忠王当军粮。冬天里来雪茫茫，我伲一家在炉旁，说起忠王的恩情日夜都不忘……

红菱唱毕，众人鼓掌，也不知是红菱弹唱得不错，还是她弹唱的内容好。

鼓完掌，在座几位沉默无言，心情变得有些复杂。也许红菱还小，不知忠王是谁。不过有一点可以肯定，李秀成能被百姓编进歌里传唱，至少说明他深得民心。得民心不易，李秀成经营苏福省时，一定有一套良法笼络百姓。

冯桂芬最了解实情，说："李秀成曾在苏浙实行'着佃征粮'政策，发给无田佃农'田凭'，'田凭'在手，租田概作自产，不用给田主上租，只给天国交粮。负担减轻，农民种田劲头大，生产自然旺盛。另外为鼓励商贸，李秀成给生意人提供本钱，销完货，缴还本钱七成，留下三成，加上销售所得，本大利大，生意更加好做。生意人一多，有卖有买，买卖繁荣，购销两旺，可增加厘捐收入，还能促进生产。"

李秀成确非普通草莽英雄。可惜天国拥有这样的英雄，还是灭亡了，看来真是天意。李鸿章暗里敬佩着这个同姓同龄英雄，对在场众位说："秀成这些做法既切实可行，又利民利商，值得好好借鉴，可考虑融入咱们招垦减赋惠政里来。惠政推不推得动，关键看百姓有没有动力，百姓有动力，何愁复垦和商贸兴旺不起来？"

这就是李鸿章，乐于接受人家长处。洋人洋器先进，伸手拿来，为我所用，曾经的敌人李秀成惠民办法不错，也愿意接收和吸纳，变成自己做法。得了李鸿章的话，刘郇膏几个自然没话说，答应回去落实。

没听够红菱的小曲，有人提议，要她再弹唱一曲。周馥趁机拿出兜里房契，递到李鸿章手上。李鸿章转交给丁香："丁香姑娘看看，是不是你家房契？"丁香瞧瞧道："正是的。怎么到了周大人手上？"

周馥说了房契来历。丁香自是感激不尽。周馥说："房契到手，丁香姑娘就住回梵门桥巷去吧，流落在外，毕竟不是长久之计。"丁香道："我回了苏州，这些小妹妹怎么办？再说父亲就我一个女儿，我不能扔下他走掉，至少得把三年孝守完。"周馥出主意道："不自住，房屋出租也行，多少会有些收入。不然这么多女童要吃要喝，不容易对付。”丁香说：“百业凋敝，只怕租不出去。”

李鸿章想起紫阳书院也在梵门桥巷，问周馥道：“丁家房产离紫阳书院多远？”周馥说：“仅一墙之隔。”李鸿章道：“租给紫阳书院吧，书院自用或转租都行。先由布政司垫付三年租金，以后书院院产扩大，几个租金总出得起。”

没等布政使刘郇膏表态，周馥先道：“我去找紫阳书院主讲俞樾面商，他肯定乐意。”

见到丁香，也算不虚此行，李鸿章略感心安，起身告辞，走出祠堂。回到苏州，周馥赶往梵门桥巷，与俞樾签下丁家铺面租赁合约。又以此为凭，从藩库里支取三年预付租金，亲自跑趟昆山，送至丁香手上。

周馥动作如此快捷，除完成李鸿章差遣，也想了却自己一个心愿。他常进出后衙李鸿章家，与李母无话不说。有次聊天，李母随口说了句，人一老，真不中用，白天易过，晚上难熬。问是否有啥病痛在身，李母说不是在身，是在脚，人老血气亏，整夜双脚暖不过来，没法入睡。周馥问为何不叫孙子孙女或侍女陪睡暖脚，李母说没哪家小孩愿陪老太婆睡觉，房里也没侍女，吃喝拉撒还能自理，让人服侍，多不自在。

言者无意，听者有心，自此周馥就想着物色个乖巧懂事的小女孩，给老人家暖暖脚。那天一眼见到蔡红菱，周馥便觉得她挺合适，此次来送预付款，就跟丁香说了自己想法。丁香自然乐意，将红菱交给周馥，带到苏州，进了拙政园。

李母口说不愿让人服侍，可一见红菱，还是满心喜欢，不用周馥多劝，便将人留在身边。红菱乖巧，尽心陪侍老人家，祖孙俩挺合得来。见红菱带着把琵琶，李母还让她弹曲子听。听得兴起，李母也亮起老嗓，唱了支倒七戏。红菱几多灵性，试弹几下，便能给李母伴奏，逗得老人家乐不可支，跟红菱学起苏南小调和昆曲来。

事先李鸿章不知周馥要给母亲请人，是从老人家窗外经过，听房里琵琶清脆，进门一瞧，见是红菱，颇觉意外。好在母亲与红菱投缘，李鸿章自没话说，暗暗替老人家高兴。一直没能说服母亲要侍女，想不到还是周馥能干，替自己解决了一个难题。

陪母亲说会儿话，莫姑娘忽然来报，说小姐生了。午间李鸿章去房里看望赵小莲，还没动静，只说预产期将至，已着人去请接生婆，想不到没到一个时辰，孩子就下了地。

李鸿章早想要个儿子，嘴里却道："是顺产吧？"莫姑娘说："顺产顺产，母子都平安。"李母问："是男是女？"莫姑娘笑道："是个大胖小子。"

闻言李鸿章不禁大喜。李母更高兴，说："二儿终于也有自己儿子了。"李鸿章乐道："看母亲说的，经方不是孩儿儿子？"

"是是是，你已有经方，这下小莲又给你生一个，叫做好事成双。"李母朗声笑道，又朝莫姑娘望望，"以后就看莫姑娘的了，你可得加把劲哟。"莫姑娘脸上一红，说："咱们过去看看吧，也许产婆已洗理好孩子。"

几个出门，去看新生儿。老远听到婴儿声嘶力竭的哭嚎，李母便说："男孩哭起来都比女孩起劲，像要跟人打架似的。当初老二下地时，也哭得这么凶狠，产婆还说将来一定会冲锋陷阵做武将。后老二两榜高中，成为翰林，见着产婆，我还把这话撂给了她，不想老二后来还是成了领兵打仗的将帅。"红菱问道："李大人儿子以后会出将呢，还是入相？"李母叹道："但愿从此天下太平，男儿读书中举，好好治理国家，不用当武将，上阵打仗。"

来到产房外，门口围了好些女眷，见李母赶到，自动退到一边，让她老人家靠近前面。莫姑娘敲敲窗户，告诉里面，李母已至。产婆闻声，抱着婴儿，出现在门口。婴儿还在起劲哭嚎。这倒没啥奇怪的，奇就奇在长着两颗门牙，让人匪夷可思。也许门外人多，婴儿想看热闹，忽又止住啼哭，睁睁眼，好奇地往外望了望，竟然目光如炷，炯炯有神。众人觉得世所罕见，轻声耳语起来："莫非是龙子下凡不成？"

另有人赶紧拿了朱砂笔，递到李母手上，让她给婴儿点朱。李母握紧笔管，在婴儿额上点了个圆坨坨。这是合肥习俗，意喻红日高照。

《礼记》有言：作者之谓圣，述者之谓明。李鸿章于是给儿子取名经述，希望他长大后好好习经读史，述作不倦。四十多岁喜得贵子，自是人生乐事，经述满月之日，李府张灯结彩，鼓吹喧阗，大宴各路来宾，热闹了三天三夜。

热闹过，各人该干吗还干吗去，拙政园渐渐安静下来。李鹤章和李昭庆没回防地，留下陪伴母亲。李鸿章公务之余，也与两位弟弟喝茶聊天，很是欢洽。

当此之时，幼王洪天福于江西落网，赣抚沈葆桢奏请处死，其余太平军残部要么被歼，要么投靠捻军。捻军有僧格林沁负责征剿，淮军能否保留，仍未可知。连李鹤章都看出此中奥妙，走进李鸿章书房，道：“朝廷不断给僧部增兵，表面看去是为剿捻，其实更在向天下宣示，湘淮楚三军已无存在之必要。”

朝廷用意，李鸿章自然清楚。可他也知道，蒙军已经落伍，未来国防大任，不靠淮军还能靠谁？李鸿章道：“湘军裁撤势在必然，然蒙军能否彻底消灭捻匪，恐怕不见得，一下子将淮楚两军都裁掉，不太可能。”

李昭庆也在座，插话道：“听说朝廷准备留楚裁淮，未知是真是假。”李鸿章道：“有此一说。不过结果到底如何，暂时还说不准。”李鹤章道：“二哥不会坐等朝廷裁撤淮军吧？”

“正在争取朝廷有识之士，为淮军呼吁。”李鸿章点头道，“还想派人去北京跑一趟，一直找不到合适人选。”李昭庆说：“就让三哥上趟北京呗，自己人靠得住。”李鹤章笑道：“二哥别听老六的，我信任不了如此重大差事。战火熄灭，天下太平，我还是回家种地建房吧。”李鸿章问：“三弟舍得离开淮军？”李鹤章道：“从组建团练，转战安徽，到随二哥东征苏沪，剿灭长毛，倏忽十四五年，人已身心俱疲，早想回归故里，购些房产，买些田土，日出而作，日入而息，过几年清静日子。”李昭庆旁证道：“当初三哥劝降骆国忠成功，就曾透露过卸甲归田意愿，今天终于憋不住，在二哥耳边说了出来。”李鹤章道：“叶落归根嘛。十多年仗打下来，不马革裹尸，还能活着回到熟悉的故土，也是人生大幸，何乐而不为呢？”

李鸿章沉思片刻，说：“本想等朝廷裁军结束后，无论淮军何去何从，也要给三弟安排个适合位置，既然你执意回乡，我觉得也不是坏事。上月我带人跑了些地方，考察招垦减赋惠政推行情况，发现招垦比招魂还难。合肥也不例外，十多年战乱，不仅地荒土生，更兼人心涣散，看不到任何希望，若三弟回去带个头，购买田产，置备耕牛、家具、粮种，租给佃农耕种，帮助父老乡亲回归土地，重建家园，也算功德无量。”

“照二哥这么说，我也愿意回合肥购田买地，租给父老乡亲，共度难关。”李昭庆快言快语道。李鹤章道：“五弟知道咱们回合肥置办田产，肯定也会很踊跃。”李鸿章道：“老五是生意人，有钱投资生意，见效快，利润高，哪会把钱砸到田土上面？”李昭庆说：“不见得。如今地价便宜，投资田土也划算。”李鸿章道：“几天前还收到老五来信，说近期会来趟苏州。他愿不愿意回去投资，见面后一问便知。”

没几天，李凤章就到了苏州。李鸿章拉着他双手，说：“还是商人诚信，五弟说到就到。从哪儿过来的？”李凤章道：“在上海收集了批货物，等着装船北上天津，中间正好有个档期，赶紧来看看母亲大人和小经述。”

说到老三和老六准备回合肥购田买地，李凤章果然愿意出钱参与。还说：“多年前咱们兄弟就在庐州城里购了地皮，如今手里有了些钱，还可再增购几处，把房子建起来，哪天二哥衣锦还乡，到了庐州城里，不用落伙铺。”

见三位弟弟有心回乡振兴家业，李鸿章自然支持，也表示愿意拿出积蓄，交给他们购田买地，将家乡复垦推行起来，做做好榜样。

就这样，李鹤章与李昭庆告别母亲兄弟，带着大把银子西归合肥，购田置地，做起财主来。李凤章也准备离苏赴沪，押货北上。李鸿章正愁没人替自己入京活动，五弟岂不是现成人选？商人灵活，又是亲弟弟，委以重任，最放得心。当即把老五叫进书房，递上一把银票，说：“你在天津交完货后，代我跑趟北京，把这些银票全部送出去。”

李凤章翻翻银票，足足十万两，不禁惊讶道：“二哥这么舍得花钱，要跑谁的门子？”李鸿章拿出一纸名单，说：“全在这上面，谁多谁少，标得明白，你照单出手就是。”

做生意尤其大生意，不可能避开官场，李凤章虽是商人，却对官场人事并不陌生，深知单子上奕䜣、薛焕、陈廷经、庞钟璐、翁同龢、倭仁、徐桐这些人的分量，问道：“二哥有大动作，要这些人为你开口说项？”李鸿章笑笑道：“奕薛陈几位，自然是要他们见财开口，庞翁倭徐之流，则是让他们拿钱闭嘴。”

李凤章也笑起来，说：“钱财真是好东西，可叫人开口，也可叫人闭嘴。”李鸿章道：“可不是？身为臣子，为国办差，总得有人说好，也难免有人说坏。多些人说好，少些人说坏，才可能成事，拿钱买人说好不说坏，有此必要。”

兄弟俩这里说得正投机，窗外忽传来幽雅婉转的琵琶曲：梦回莺啭，乱煞年光遍。人立小庭深院。炷尽沉烟，抛残绣线，恁今春关情似去年。晓来望断梅关，宿妆残。剪不断，理还乱，闷无端……

“这不是昆曲吗？好像还是《牡丹亭·惊梦》里的《绕池游》唱段。”李凤章走南闯北，见得多，听得也多，一下辨出琵琶曲出处，“谁在弹唱呢？这可是典型的水磨调，没受过专门训练，达不到这个水平。”李鸿章笑道：“是母亲房里的侍女红菱，出身昆曲世家，父母殁于战乱，被周馥领到拙政园，不仅可给母亲暖脚，还可暖心。”

李凤章说：“怪不得昆曲唱得如此正宗。昆曲与黄梅戏进京后，融合成京剧，极盛一时，倒是昆曲不再红火，越显珍稀，不到江南来，别想听到这么美妙的昆曲。京剧奢华气派，毕竟没有昆曲入心。尤其北方人，听过昆曲和黄梅戏，无不真心叫好。去年我入京做短暂逗留，参加一个饭局，有人唱了段昆曲，没见过世面的北京佬掌心都拍肿了。”

李鸿章笑起来，说：“人家天子脚下臣民，所见都是大场面，你也敢说人家没见过世面。”李凤章说：“大场面难免失之粗鄙，哪有江南小桥流水灵巧可爱？就说昆曲和黄梅戏吧，在咱这里水灵柔曼，离开本土，到北方干旱地域，就变得声嘶力竭，像催人救火似的。”

哪有这么评判京剧与昆曲的？李鸿章就笑李凤章奇谈怪论。心下暗想，照老五如此说，说不定奕䜣也喜欢昆曲，让老五带上红菱，给奕䜣唱几支昆曲，他肯定受用。

此念一起，夜里李鸿章走进母亲房间，支开红菱，说了心里想法。母亲不乐道：“是见不得我快活，要把红菱从我房里夺走吧？”李鸿章忙解释道：“只是让红菱与老五跑趟北京，唱几支昆曲，逗王爷开开心，唱完又会随老五回到苏州来，您老放心就是。”

李母还是有些不舍的样子。李鸿章又道：“母亲可能不太清楚，朝廷准备裁撤淮军，孩儿不甘不愿，想争取王爷支持，保住咱淮军不裁。”李母说：“仗都打完了，不裁掉，留着吃国家粮饷？”李鸿章道：“长毛是打掉了，还有捻匪和洋人，国家没支像样的军队行吗？再说兄弟们跟着我出生入死，用脑袋换取大功，朝廷说裁就裁，我也没法跟他们解释。母亲把红菱交给老五，去北京给王爷唱几曲，唱得王爷一高兴，到皇上面前为淮军美言几句，留着不裁，这于国家于众兄弟们，不是天大好事吗？”

母亲一向大度，听儿子说红菱进京唱上几曲，就可保住淮军，也就松了口。

谢过母亲，李鸿章出门，跟红菱一说，红菱开始还有些犹豫。李鸿章说：“不用你走路，可以去上海坐大轮船，上北京见大世面，换了别人，还没这个福气呢。”

毕竟红菱年纪小，听说可以出去看世界，好奇心起，答应下来。

三天后，红菱就抱着琵琶，钻进李凤章的皮篷马车，赶往江边码头，转乘小火轮，直抵上海。李凤章货物早已装船完毕，两人随船北行，不日来到天津。交完货，结过账，李凤章又租了马车，带着红菱，望西驰行。

进得京城，来到庐州会馆，李凤章安排红菱住下，开始四处走动，投帖子，送银票。身为商人，李凤章天天与银子打交道，不是往里收，就是往外送，还从没见过与银子过不去的。

翁同龢、庞钟璐、倭仁、徐桐等人都不折不扣收下银票，客气话都省掉，懒得跟李凤章啰唆。不用李凤章解释，也知道李鸿章派他来送银子，是何用意。身为富省巡抚，李鸿章捞得盆满钵满，安排亲兄弟入京孝敬你几个，算他还知趣。也明白李鸿章此举无非堵你嘴巴，紧要关头，别说淮军坏话。皇上真想留下淮军，坏话再坏，也改变不了他主意，到时装聋作哑就是，还可留些口水养牙。

至于奕䜣、薛焕、陈廷经几位，银票出手前，还得适当搞点铺垫，先递上请柬，约来吃个便饭。地点就在庐州会馆，馆里后厨可做合肥特色菜。自然是以李鸿章名义恭请，李凤章既无功名，又无职位，凭几个经商赚来的臭钱，不可能请得动这些大佬。尤其是奕䜣，堂堂议政亲王，好多达官贵人，甚至封疆大吏，想见他个面都不容易，更不用说请出来吃饭喝酒。也好理解，人家王府里的酒饭，都是照御膳配方做的，你庐州会馆大厨，有此能耐么？

不过李鸿章面子，奕䜣不可能不买。人家可是大功臣，刚封威毅伯，朝廷需要这样的大臣支撑局面。不久前又来过长信，大谈兵制和洋务洋器，无非希望你在两宫面前递句话，当今之海内，非淮军能担此大任。这下派五弟进京，设宴摆酒，自然得领情。

奕䜣坐着大轿，朝庐州会馆方向赶来时，李凤章正在馆里嘱咐红菱：“待会儿见着客人，不用慌神，该怎么弹就怎么弹，该怎么唱就怎么唱，就与平时一样。”红菱说：“平时面对的都是小民百姓，与咱无甚区别，自然不会发怵。今天来的却是王公大臣，昆山县太爷遇见都得下跪的，小女子还不两腿发软？”

李凤章笑骂道：“真没出息！王公大臣也是嘴在下，鼻在上，眼睛成对，耳朵成双，有啥稀奇的？就当他们是没见过世面的乡巴佬。”红菱笑道：“五爷真会开玩笑。他们都是皇帝老爷面前的红人，还没见过世面？”李凤章说：“他们见过皇帝老爷，没见得听过原汁原味的昆曲，你弹唱得是好是差，也弄不明白，还不如昆山乡巴佬识好歹。”

听李凤章这么说，红菱胆子就壮了不少。李凤章又道：“你当然也不能敷衍了事，得把手段拿出来。凭你的功夫，姿势一摆，琴弦一拨，曲词一唱，王爷定会闻听仙乐般，开心得不得了。王爷一开心，说不定把你领回王府，让你穿不完的绫罗绸缎，吃不完的满汉全席，享不尽的荣华富贵。”红菱撅着嘴巴道：“我不去王府，还回苏州，陪老夫人。老夫人视我为亲孙女，怜我爱我，我要侍奉她老人家一辈子。”李凤章说：“傻丫头，凭你这么漂亮聪明，乖巧伶俐，到哪里没人怜你爱你？”

吩咐完红菱，李凤章跑到会馆门口，迎候客人。陈廷经官最小，才是四品御史，自然先到。李凤章却当他是一品大员，递上笑脸，弯着深腰，口里道：“御史大人看得起，亲临会馆，凤章荣幸之至，先代家兄谢过您老人家！”

陈廷经打量一番李凤章，说：“你就是李家老五？前天你上寒舍递帖子，老夫没在，家丁不知轻重，也没留你少坐待茶，抱歉抱歉！你与少荃还蛮挂相，一看就是一个娘肚子里出来的。少荃在京时，没少与他接触，他总是眼睛上翻，趾高气扬，腰子好像没你这么柔软。”

李凤章依然笑脸嘻嘻，说：“京官要上朝，皇上高居金銮殿上，眼睛不往上翻，哪看得到皇上？凤章一个生意人，满心想发财，腰子不软点，头不低点，怎么拣得到地上的银子？”

“有意思，有意思！”陈廷经笑着拍拍李凤章后背，昂首走进会馆。

将陈廷经请入餐室，李凤章又跑到馆门口，正好薛焕赶到。虽说薛焕贵为总理衙门大臣，官居从一品，却仅为一榜举人，看去比出身高品秩低的陈廷经还随和，说：“少荃兄太客气，还专门托你做弟弟的赴京请客。本来老夫事情多，没空出门应酬，想起快两年没见少荃，怪想念的，来看看你，见弟如见兄，以解思念之渴。”

当初李鸿章征发上海，雀巢鸩占，夺走江苏巡抚和通商大臣位置，薛焕衔恨北上，想着一辈子都不会理睬这个死对头。后李鸿章努力修复关系，加之洋务方面颇有共识，两人尽释前嫌，握手言和。薛焕也知要想强军富国，非改变兵制，效法西学西器不可，前不久接到李鸿章信函，深有同感，想着适当时机，给皇上和两宫太后奏上一本。李凤章代李鸿章请客，奕䜣和陈廷经会参加，他也就毫不犹豫，按时赶了过来。

安顿好薛焕，李凤章再次返身跑出会馆，恭迎奕䜣。大轿还没着地，他便颠到轿旁，打起帘子，客气着将奕䜣请出来。贵为亲王，奕䜣在百官面前，往往严肃有余，亲和不足，人见人怵。李凤章毕竟是商人，又系李鸿章亲弟弟，奕䜣用不着端架子，显得亲切和蔼，说：“少荃也是的，让五弟大老远跑过来请客，多辛苦！”

李凤章也自知不是官场中人，在王公大臣面前不必缩手缩脚，话也说得调皮：“二哥常说，普天之下，皇上是第一大官，王爷是第二大官。凤章不学无术，没法做官为臣，荣登天子堂，不敢徒生妄念，拜见天下第一大官，只想着有缘得识第二大官，此生足矣。有想法不行，还得有做法，就缠着二哥，要他帮这个忙。二哥不便拒绝，让我入京，以他名义请王爷吃个饭，也许王爷看他面子，会出席饭局，让凤章满足平生夙愿。”

奕䜣哈哈大笑，说：“你想见天下第二大官，只需到王府候着，我进出府门时，总能碰得见，何必破费请客，与银子过不去呢？”

笑着走进餐室，薛焕和陈廷经两位赶紧起身，礼迎奕䜣。奕䜣抱拳还礼，脸上肌肉却僵着，像换了张面皮。不过毕竟属私人场合，不好过于冷漠，又用力笑笑，嘱两人快坐。待肉菜上桌，酒水下肚，气氛渐浓，彼此越发亲热，再无距离感。

原来这三人有个共同点，就是热衷洋务。薛焕还是总理衙门大臣，系奕䜣垂直下属，双方关系一直不错。陈廷经为监察御史，清名卓著，亦为奕䜣所欣赏。这也是李鸿章授意李凤章，将三位请到一起的原因。合肥乡下，人与人合不来，互不搭理，会说吃草不共草坪。人畜不同种，相处之道却近似。两头牛斗红眼，再跑到同一个草坪里，肯定会继续打斗，绝对顾不上吃草。人之人之间有隔阂，坐到一起，谈不到一起，桌上口味再好，也大倒胃口，甚于受刑。非得互相看着顺眼，才会心情舒畅，精神大振，胃口大开。

酒过三巡，烛经数跋，喝酒速度放缓，话兴渐浓，东一句西一句聊起来。陈廷经问李凤章道："稚荃常年在江南各处跑动，见识的人事多，湘军打下金陵时，天王府怎么起的火，天国圣库到底有多少财宝，你该有所风闻吧？"

这可是个敏感话题，李凤章不敢胡言乱语，笑笑道："湘军攻克金陵时，凤章正在安徽芜湖城里选地造房，不得而知。"陈廷经转而问薛焕道："薛大人久在苏沪为官，同僚和友朋多，总有些天国圣库内情会传到您耳里。"

薛焕也不想触及此事，答非所问道："御史大人是不是想参曾国荃一本？听说立下金陵首功后，曾国荃担心遭人嫉妒，匆匆撤掉两万湘军，将其他裁撤任务扔给其兄，迫不及待回湘乡躲了起来，御史大人想参，只怕也够不着了。"

天国圣库话题曾热极一时，朝廷密令驻扎扬州的富明阿明查暗访，一直没查访出什么名堂，奕䜣也不愿议论曾氏兄弟，顺着薛焕口风，问李凤章道："听说你家老三和老六打仗打疲了，也卸甲归田，回了合肥乡下？"

李凤章也不隐瞒，实话道："禀王爷，我家三哥六弟久经沙场，满身刀伤枪创，早想回家息养，只因长毛未灭，不敢顾身舍国，一直坚持到苏南完全光复，才弃戈返乡。这也是二哥想法，江南十多年战乱，山河破碎，田土荒芜，战后招垦不易，让兄弟们拿出平时积蓄，交到老三和老六手上，趁回合肥养伤之际，带头购买田土，置备耕牛、农具和种粮，租给无田无土佃农耕种，以此提升流民信心，早日返归故土，重建家园。国家已百孔千疮，再也耽搁不起，须尽快恢复元气，重新崛起。"

奕䜣边听边点头，说："少荃做得对，你们李家兄弟做得对。作战得有人肯上战场流血献身，战后重建也得有人肯下田入地，出力出汗。我看过少荃减赋招垦奏折，朝廷已批复下去，尽可照此执行，估计渐渐会见成效。"

听奕䜣赞扬苏沪减赋招垦做法，陈廷经再不好拿天国圣库说事。毕竟朝廷眼下要务，不是追究洪秀全留下的财宝，是战后重建，让积贫积弱的国家早日振兴起来。

直至酒兴阑珊，李凤章打起帘子，将三位请到隔壁茶室，喝茶醒酒。茶杯刚上手，李凤章就在墙上敲几下，红菱抱了琵琶，飘然而至，大大方方坐到客人面前。李凤章开口道："听说各位大人喜欢听京剧，京剧前身昆曲和黄梅戏，只怕听得不多。红菱年纪不大，却是昆山本土正宗昆曲传人，今晚让她弹唱一支原汁原味的昆曲，也许几位大人能够喜欢。"

奕䜣闻声，斜着醉眼一瞧，只见红菱头梳乌油溜光的大松辫，身着藕粉色香云纱衫，外罩宝蓝韦陀银线马甲，脚蹬回文嵌花绿皮靴，显出几分贵气。尤其琵琶后面半遮半掩的水灵灵的明眸，更是顾盼生媚，风情万种。

但见红菱正正纤细腰身，将琵琶稍抱紧点，再伸出尖指，在弦上轻轻一拨。拨得几位心上一颤，仿佛被松尖撩了一下似的。接着红菱开始从容弹唱：原来姹紫嫣红开遍，似这般都付与断井颓垣。良辰美景奈何天，赏心乐事谁家院。朝云暮卷，云霞翠轩，雨丝风片，烟波画船，锦屏人忒看的这韶光贱……

此乃《牡丹亭 · 皂罗袍》里的唱段，是红菱拿手好戏。典型的水磨调，就如水磨糯米做出来的年糕，细腻软糯，香浓甜美。又如粘柔的蜘蛛网，网住各位意念，半日回不过神来。

继尔红菱又连续弹唱两曲，几位听得如醉如痴，不知到底是酒醉人，还是昆曲醉人。反正已醉得手脚麻木，全身发软，想鼓掌赞美几句，手臂仿佛失去筋骨，抬不起来，舌头似乎失去知觉，送不出连续的话音。

红菱见好就收，在李凤章示意下，抱着琵琶，起身出了茶室。三位寂然无语，良久才回过神来，笑骂李凤章道："稚荃从哪儿带来的琵琶女，几曲下来，咱们魂魄都被摄走了，挪步回家的力气都已失去，明天没法上朝，皇上拿你是问。"

李凤章笑道："你们魂魄是红菱摄走的，要她再弹几曲，把你们魂魄收回来就是。"

"时间不早了，别让红菱弹唱了，要弹唱，下次吧。"奕䜣说着，站起身来。三人贴着屁股送他出门，来到大轿旁。李凤章伸手打起帘子，请奕䜣入轿，顺便将两万两银票塞到他手上。又招过黑暗里的红菱，推到奕䜣面前，说：“亲王喜欢听昆曲，就让红菱到王府上去唱几天吧，我办完事，离京时再接她同走。”

没等奕䜣答话，李凤章就将红菱推入轿内，放下帘子，嘱咐轿夫起轿。

待奕䜣大轿渐渐融入夜色，消失于街角，李凤章才回过头，不容分说，给薛焕和陈廷经也各塞一张万两银票，把两人送走。至于红菱，已入王府，算是大功告成，自然不会带她离京。翌日早上，李凤章便乘车离京，原路南下，回苏州给二哥复命去了。

再说奕䜣，收下银票，还有天仙般的琵琶女，不好亏待李鸿章，加紧上奏皇上，力陈强军富国之道，折后附上李鸿章改革兵制师法西学西器的信函。

两宫太后看过奏折和附函，召见奕䜣，说：“朝廷要裁军，你与李鸿章大谈强军富国，是不是想停止裁军？”奕䜣说：“裁军不仅不能停，还要加大力度，尽快裁掉老疲之旅，留下精锐之师，配以洋枪洋炮，施以洋兵操练方法，有效提升战力。”慈禧问：“又哪些该裁，哪些该留？”奕䜣道：“绿营大部和湘楚两军必裁，淮军裁半留半，用以巩固国防。”

慈禧想想说：“江南大战证明，绿营已今非昔比，留着徒耗粮饷，不如裁掉，节省开支，派作他用。但毕竟是朝廷军队，总得留下一部分，对汉军形成牵制，也可给僧格林沁补充兵源，尽快消灭捻军。湘军倒也好办，曾氏兄弟已着手裁撤，据说已遣散两万多，明年上春可以裁完。至于淮楚两军，留淮裁楚，或留楚裁淮，确实不好拿捏。”

慈安接话道：“原定留楚裁淮方案，还是不宜更改。楚军出自湖南，却是左宗棠新募兵勇，与曾氏湘军毕竟不同，不会受曾氏控制。曾左闹翻，也不可能联手对抗朝廷。淮军虽出自安徽，毕竟湘淮同源，曾李又有师承关系，留淮与留湘，区别不大。”

奕䜣道：“东太后所言极是。微臣担心的是，左宗棠出自曾幕，没曾国藩扶持，哪来他的今天？可他揪住天国幼王出逃金陵一事，大做文章，公然诋毁曾国藩，有些不合情理。是不是两人串通好，故意制造假象，演戏给朝廷看？”

两位太后一惊。曾左都是人精，聪明绝顶，谁知他们要搞啥名堂？

“倒是李鸿章这人，有啥说啥，没曾左两人那么多弯弯肠子。”奕䜣又道，“再说淮军练兵方法和武器装备，已实现西洋化，兵制改革容易得多。李鸿章又在上海和苏州办了好几个兵工厂，也为兵制改革打下了坚实基础。”慈禧问道：“除办兵工厂，李鸿章还在江南干了些什么？”奕䜣道：“正在推行减赋招垦办法，以期尽快恢复苏省生产。十多年战乱，江南死伤严重，招垦比招魂难，李鸿章迎难而上，连李秀成做法都用上了，据说颇有成效。李家三弟和六弟也放下枪炮，离营回了合肥，购田买地，恢复生产，号召流民早日回归故土。”

两个亲弟弟都舍弃兵权，乖乖回了老家，看来李鸿章除强军富国，确无其他企图。两宫太后也就铁了心，决定裁撤湘楚两军，留下一半淮军及部分八旗绿营。为慎重起见，也不忙着下旨，先听听大臣意见，看看有何反响。

奕䜣出殿后，先上军机处打一转，来到总理衙门，将两位太后想法透露给薛焕。薛焕又传达给陈廷经，两人将早写好的奏折呈入宫中，意思也是彻裁湘楚两军，留下部分淮军和绿营精锐。理由跟奕䜣所陈没太大区别，只是措词不同而已。

其他大臣也纷纷上奏。有说左的，也有说右的。或者不左不右，模棱两可，说了等于没说的。翁同龢、庞钟璐、倭仁、徐桐几位重臣，则大议特议兵制改革，避而不谈裁撤二字。见没有太大分歧，两宫太后让军机处拟旨，加印下达地方。

见到圣旨，李鸿章马上做出反应，打算将淮军半数三万多人，分两次给予裁撤，争取来年年底完成任务。理由充分，欠饷和遣资不易筹措，集中一次裁不了。其实李鸿章是在念拖字诀，不愿撤掉淮军半数人马。冥冥中他总觉得，淮军还会重回战场，再展雄风。一年多前，僧格林沁率蒙古骑兵南下，席卷皖北，捻军大盟主张乐行战死，余部一哄而散，流落各地。至金陵城破，天国灭亡，各地太平军残部无以归附，纷纷投奔捻军阵营，捻军一下子又壮大起来。新兴捻军三大首领赖文光、任化邦、张宗禹重新会盟，准备易步为骑，与朝廷长期周旋。僧格林沁有勇无谋，能否斗得过智勇双全的捻军三巨头，恐怕不好说。换言之，灭捻大任还会落到淮军头上，淮军若裁掉一半，日后如何担当大任？

可目前还得遵照朝廷意思，报送裁军计划。计划递上去后，李鸿章并没闲着，与曾国藩联名上奏，请求恢复江南乡试。又保举丁日昌出任苏松太道，坐镇上海，以两个洋炮局为基础，扩大洋器制造规模。

朝廷答复陆续下达。丁日昌离开苏州，赴任上海。江南乡试在金陵开考，李鸿章挂名监临，不用参与考务，只管操持淮军裁撤事宜。说是裁军，其实所裁一万多人马，都是从湘军阵营里陆续移交过来的，没几个安徽人。至来年春裁毕，李鸿章立即收手，留住六万淮军，再不提裁撤二字，却督促刘铭传等将领，加强训练，时刻准备北击捻军。

肖仁福 著

李鸿章 叁

接大任，手握乾坤

贵州出版集团
贵州人民出版社

目录

叁

一、成立江南制造局

春去夏来，苏州城百花繁茂，万木复苏，一派欣欣向荣气象。拙政园里更是姹紫嫣红，鸟语蝶飞，令人流连忘返。可李鸿章无心欣赏这良辰美景，日日沉浸在繁忙的事务里，无以自拔。幸而功夫不负有心人，由于他巡抚有方，抚衙上下齐心协力，士农工商共同用劲，苏省各行业渐渐恢复生机，来势看好。

身为读书人，李鸿章自然心系苏省文教，不时到苏州试院和各处书院走走，听听莘莘学子的琅琅书声。还将苏州试院取名为景范堂，以苏籍先贤范仲淹勉勖士子。苏州历来文教鼎盛，李鸿章又翰林出身，要把被战争中断的文脉重新续上。这日受冯桂芬邀请，李鸿章赴正谊书院授课，鼓励士子们好好温习经典，争取科场高中，同时也要睁眼看世界，熟悉西语西学，以便日后经世致用，服务国家。

李鸿章的课深受士子欢迎，俞樾也请他去授课。李鸿章放下手头杂务，由冯桂芬等人作陪，来到梵门桥巷，走进紫阳书院。俞樾赶忙迎住，将几位请入正堂。李鸿章抬头望见壁上“学道还醇”的匾额，说：“一看就知乃康熙皇帝御笔。几经战乱，还能留下来，实属奇迹。”

“是苏州沦陷前，百姓藏匿起来的，书院恢复后，主动拿出来，送入书院。”俞樾说道，又指指另一副写着“白鹿遗规”四字的匾额，“这是乾隆所赐，也是百姓还回来的。”冯桂芬道：“乾隆还赐过十三经和二十二史，不知还在不在。”

俞樾带着几位来到藏书阁，指着书架上黄皮书盒，说：“这就是十三经和二十二史，被一位士子带到乡下亲戚家，放谷仓里藏了三年，前几天刚还回来。”

李鸿章抚摸着十三经和二十二史，笑道：“乾隆皇帝真大方，如此贵重典籍也肯出手相赐。”俞樾道：“这可是叨沈德潜沈老先生的光。当年乾隆下江南，诏见本院主讲沈德潜，恩赐了字匾和这两套经典。”

说起沈德潜，当年可谓天下闻名，妇孺皆知。他就是苏州人，二十二岁乡试中举，此后流年不利，连续十七次会考，从青丝考到白发丛生，一次次名落孙山。直到六十七岁，才得中龙虎榜，身到凤凰栖。乾隆怜才心起，挽着沈德潜的手，穿行于翰林院，共相唱和，赋诗曰：我爱沈德潜，淳风挹古初。随后沈德潜一路官运亨通，由少詹事升詹事，再升值书房副总裁，八十岁后致仕，还赐封礼部尚书衔。还没完，九十岁又晋为太子太傅和太子太师，虽为虚衔，却是读书人所能达到的至高荣誉。得知沈德潜主讲紫阳书院，乾隆下江南时，赐给书院匾额和经书，书院声望大振。还赏沈德潜御诗：玉皇案吏今烟客，天子门生更故人。想想人世间，几人能成天子门生和故人？沈德潜故事因而广为流传，令人羡慕。

俞樾说到这里，李鸿章笑道：“翰林为皇上钦点，说沈德潜是天子门生，当之无愧。说是故人，只怕勉强。”冯桂芬也笑道：“乾隆皇帝喜欢作诗，一生写过四万多首，相当于留存下来的全唐诗。诗写得多，信手拈来，自然没法讲究。”

几个人讨论起乾隆诗来。李鸿章说：“乾隆诗是好是坏，另当别论，只说四万多首诗作，出自一人之手，确实令人难以置信，只怕不少是御用文人代写的。”

“大有可能。不过至少可以肯定，乾隆爱诗不会有假。”冯桂芬说，“乾隆非常在意诗事。沈德潜编成《国朝诗别裁》，颂歌盛世，想拍朝廷马屁，却因列钱谦益诗作为集之首，乾隆大为光火，大骂其老而耄荒。”俞樾解释道：“也怪不得乾隆。钱谦益本为前明大臣，降清后不小心得罪清廷，遭到贬黜，又暗里反清，乾隆看到他名字就来气，自然迁怒于沈德潜。”

此事存于史籍，在座各位都知道。李鸿章说：“也有说沈德潜开罪乾隆，是给举人徐述夔诗集作序，集子里有‘明朝期振翮，一举去清都’，乾隆大骂沈德潜昧良负恩，卑污无耻。”冯桂芬说：“还有一说，沈德潜死后，乾隆老惦记着他的遗稿，借故骗到手上，见里面有给皇上改诗的记述，气得半死。这无异于说你堂堂皇上，诗才不如臣下，那还了得！又不好拿改诗说事，便摘出沈稿中题咏黑牡丹之句‘夺朱非正色，异种也称王’大做文章，追回沈德潜所有封赠，毁稿夺官，罢祠削谥，还不够，又令仆其墓碑。”

俞樾叹了一声，说：“给皇帝改诗，多么光彩和荣耀！可惜不好张扬，冒犯皇上。毕竟沤在肚里，又心有不甘，生前不能泄漏出去，只好写入遗稿，流传后世。偏偏乾隆一向以诗才自傲，觉得自己是天下头号诗人，沈德潜竟跟他玩心眼，毁他诗誉，能不恨之入骨？”

李鸿章说：“也许沈德潜不仅仅想炫耀修改帝诗的光荣，可能也在暗示后人，他修改过乾隆诗不假，却没给乾隆代过笔，他沈德潜眼阔手高，不可能作出那种不入流的诗作。乾隆何等敏感，在沈稿里嗅出别样意味，自尊心大受伤害，难免气急败坏，非报复他不可。”

说着沈德潜与乾隆的恩怨，几人走出藏书阁，来到会客室，喝茶润喉。冯桂芬说：“曾大帅曾说过，他这辈子乏善可陈，却培养出三位拼命三郎，一位拼命打仗，一位拼命做官，一位拼命著书。三位拼命三郎两位在此，仅差一位未到。”

众人问谁是拼命三郎，冯桂芬望望李鸿章，又望望俞樾，说：“问他两位就知。”

俞樾于是笑道：“我道光三十年参加会试，有幸得到主考官曾大帅错爱，从此对我高看一筹，倍加关注。可惜我不会做官，河南学政任上被人弹劾，只好弃官赴苏，潜心著述。曾大帅以拼命三郎，将沅甫、少荃二兄与我相提并论，太抬举我了，实在惭愧。拼命著书没啥了不起，只需耐得住寂寞，肯与纸笔为伍，埋首书斋，总有收获，哪像拼命打仗和拼命做官，得面对复杂局面，稍有不慎就会失手，甚至身败名裂，不是谁想拼命就拼得出名堂的。”

李鸿章大笑道：“耐得住寂寞其实是世间最难之事，鸿章就是耐不住寂寞，做不了学问，只好拼命做官，聊以打发时光。”冯桂芬道：“世上无易事，条条蛇咬人。打仗要躲明枪，做官要防暗箭，著书要战胜自己，都不是轻而易举的事。”俞樾说：“比较而言，做官最难，打仗次之，著书最易。像咱俞樾，做官无谋，打仗少勇，只有一身书呆子气，勉强还能著著书，立立说。故曾大帅说少荃兄拼命做官，其实是最高赞赏。”

李鸿章笑道：“怎么鸿章听来，老师说咱拼命做官，是在挖苦我，好像我是个官迷似的。”冯桂芬说：“依我看，曾大帅决无挖苦鸿帅之意。俞主讲败走官场，回归书斋，得其所哉。沅甫率军攻克金陵，吃过的苦，遭过的罪，常人无法想象，他硬挺了过来，才立下不世战功。可要他做官做学问，凭他那秉性，恐怕不见得有太大作为。鸿帅东征苏沪，战功赫赫，可搁置不表，另说诗词文章，几人能比？主政江苏以来，政事洋务，得心应手，更是有目共睹。拼命做官，说白了，就是拼命做事，事不成，则功不立，名不就，德不彰，官亦不稳。曾大帅说鸿帅拼命做官，至少赞多于贬。”

李鸿章长叹一声，慨然道：“鸿章没想过老师是赞还是贬，不过尽己所能，办好每份政事，每件洋务，日积月累，总该有些成就。咱们已落后西洋远矣，再不脚踏实地，做些实事出来，强军富国，只会继续被动挨打，任人宰割，面临亡国亡种之厄运。”

众人都说，国家要富强，确实得像鸿帅样，敢挺身入局，拼命做官，拼命做事。

说话间，到了给士子们授课的时候，李鸿章在众人簇拥下，走出会客室，步入讲堂。

苏吴人才济济，书院和府学读书声一起，各地纷纷响应，蔚然成风，无须李鸿章过多操心，他得腾出时间和精力，打理洋务和商贸。比如苏州洋炮局，自购进阿尔本舰队设备后，马格里巧为利用，洋枪洋炮质量提升，产量大增，前不久还调了一批给僧格林沁剿捻。再说丁日昌归沪日久，上海两个洋炮局也该大有起色。李鸿章就盘算着，处理完手头急务，专程跑趟上海，到通商大臣衙门料理料理外贸，再去两个洋炮局走走，看能否合二为一，扩大规模。去年为充实安庆军械所，老师委派美籍华人容闳，返美购置制器之器，据说已装船起运，如今两江总督府迁往金陵，老师又忙于裁军，无暇他顾，待这批机器运回来后，也可争取留在上海，派作大用场。

主意已定，正准备出行，周馥匆匆走进来，说：“抚衙门口来了两个人，非见鸿帅不可，怎么赶都赶不走，鸿帅说怎么办？”李鸿章问：“什么人，哪儿来的？”周馥说：“是母子俩，刚从上海赶过来，说有天大的冤枉，非找鸿帅投诉不可，否则会出人命。”

民间刑案有道府县衙和臬司打理，巡抚要管要政大事，哪过问得过来？只因听到上海二字，李鸿章心有所动，答应带人进来见见。

周馥转身出去唤人。旋即母子俩出现在签押房门口，未待问话，便扑通趴到地上，磕头如捣蒜，大呼李大人救命！李鸿章说：“先起来吧，慢慢说，到底咋回事？”

两人这才从地上爬起来，坐到周馥搬过的木凳上。母亲正要开腔，已泪下潸然，泣不成声，只好儿子代言。儿子用还算纯正的官话，有条不紊地自我介绍道：“小人名叫唐廷枢，广东香山人，在上海怡和洋行做买办。”

怪不得举止大方，说话从容，一点不像普通士民，原来是见过大世面的。李鸿章猛然想起一个人来，打断对方道：“你叫唐廷枢？我在哪里见过这个名字。对对对，在一本叫《英语集全》的书上。书是作者之一的唐廷植送给我的，我已转赠给上海同文馆。还有一位作者就叫唐廷枢，唐廷植之弟，是不是你？”

唐廷枢不无激动道：“大人所说唐廷植弟弟唐廷枢，正是小人。哥哥早跟我说过，曾与大人您有一面之识，还敬赠过我俩共同编著的《英语集全》，小人才带着老母亲，斗胆跑进巡抚衙门，来找您老人家，救哥哥一命。”

李鸿章几分疑惑，道：“令兄不在上海海关税务司衙门做通事（翻译）吗？到底出了啥事？”唐廷枢说：“哥哥就是做税务司通事时犯的事。其实也不是什么大事，不过收了上海商人五百两译资，被人告到上海县衙，将他逮捕入狱，准备问斩。”

作为通商事务大臣，李鸿章没少接触外贸，又处处留心，对华洋商贸人事还算了解，话问得在行：“是不是上海商人租用洋船装货，所议合同、水脚总单及洋行保险凭据，均系洋文，无法辨识，找令兄帮忙翻译，付给他译资？”

唐廷枢说：“正是这么回事。比起普通沙船，洋船运货快捷安全，费用也低，华商都愿租用洋船运货。只是洋船手续繁复，又都用的洋文，华商看不懂，只得找认识洋文的人翻译，付给译资。此系双方自愿合作，不少海关通事离班出衙后，都会接活，赚些外快。哥哥觉得海关通事薪金不低，从不承揽此事，是被一位交往多年的粤商缠得没法，才接下差事，拿走五百两译银。结果传入税务司同事耳里，以受贿名义，告到上海县衙。原来那位同事也是通事，见哥哥受总税务司赫德器重，做了海关首席通事，心生嫉妒，趁赫德出巡在外，对哥哥施放暗箭。哥哥被关进县衙大狱后，那通事又买通狱卒，将哥哥打得半死，欲置他于死地。小人实在没法，才与母亲赶来苏州，请大人救哥哥一命。”

此事说小也小，说大也大。说小是五百两译银算不得大数，官场中贿赂成风，超过五百两者不多的是？说大是清律规定，收受五百两贿金以上，完全可定谳处斩。海关税务司属大清衙门，职员行贿受贿，一经告发，按律问罪，自然无话可说。

见李鸿章沉默无声，唐母又泪眼汪汪道：“大人一定高抬贵手，只要能救我儿一命，出再多的钱，就是把家产全部拿出来，我也认了。”李鸿章实话道：“案子若捅上去，移交刑部，恐怕再多的钱也换不回令郎性命。”

吓得唐母瘫软在地，几乎气绝。李鸿章心生同情，问唐廷枢道：“令兄案子已办到哪一步？”唐廷枢说：“上海县衙初步定为死刑，正准备报送刑部，待审批下来，就可执行。”唐母哀哀道：“狱卒也太可恶，得了人家好处，就不顾天良，将我儿往死里整。只怕没等到刑部批文下达，我儿就会冤死于狱中。”

唐氏兄弟是不可多得的西语和商贸人才，李鸿章有心帮这个忙，道：“这样吧，我给上海道台丁日昌写几句话，要他过问一下此案，不能任狱卒胡来，虐待犯人，犯人死在狱中，非追究狱卒和县衙责任不可。至于案子结果如何，容本抚探明详情后再说。”

上海道就是苏松太道，因衙门设在上海，故有此简称。李鸿章当即提笔，给丁日昌写了几句话，装封交给唐廷枢。母子俩赶紧趴到地上，咚咚咚地给李鸿章叩起头来。叩完头，唐廷枢拿出张大额银票，上前半步，放到桌上。李鸿章黑着脸道：“也是你们唐家兄弟人才难得，本抚才有心施救，哪会看重你的银票？拿开走人，快回上海，去见道台。”

见李鸿章说得实在，唐廷枢不好勉强，收回银票，扶着母亲，千恩万谢而去。李鸿章望望母子俩背影，让周馥通知冯桂芬和钱鼎铭，翌日出行上海。谁知第二天正要动身，传来一个特大消息，李鸿章震惊之余，敏锐地意识到，要不了几日，圣旨就会送达苏州，自己和淮军将有重大行动，决定暂时放弃上海之行。

消息来自山东曹州。说捻军赖文光、任化邦、张宗禹三大巨头会盟后，易步为骑，变两条腿为四条腿，呼啸来去，神出鬼没，黑旋风般驰骋于豫鲁苏皖一带，亲王僧格林沁率蒙古精骑苦苦追击，就是够不着敌军。不是蒙古骑兵不能跑，是捻军占据主动，想西就西，想东就东，想停就停，想打就打，边跑边打，边打边跑，蒙古骑兵摸不着头脑，老被牵着鼻子走，疲于奔命，劳而无功。偏偏僧王不服气，一根筋穷追不舍，像举行赛马会似的，非赶超捻军不可。有人劝他，这样会拖垮部队，僧王大怒，斥骂长人志气，扰乱军心，还拔出马刀，斫树为慑，声明再多言，刀下树就是下场。没人再敢规劝，打起精神，跟着僧王追赶捻军。捻军运动中看准时机，出其不意，攻其不备，击其要害，僧王防不胜防，一败邓州，再败南阳，三败鲁山，损兵折将，死伤惨重。僧王没反思为何败给捻军，继续猛追，自豫至鲁，自鲁折豫，再自豫过皖，自苏奔鲁，一个多月时间，狂奔数千里，人疲马乏，人畜累死无数。

马不停蹄，人不歇脚，看看追到曹州菏泽，僧王自己也精疲力竭，几乎瘫倒在地。菏泽为黄河水套地区，河堰高筑，堰上植满密密麻麻的柳林，以防大水泛滥。时值初夏，黄河汛期还没到，却来了两股部队，一是捻军，一是蒙古铁骑。捻军先行赶到，人吃饱，马喂足，静静潜伏于柳林后面，只留小股马队在林外出没，故意引诱僧王。见着捻军马队，僧王不顾疲劳，领军直扑柳林，不知不觉进入捻军伏击圈。

这是一个月色迷蒙的夜晚，僧王懵懵懂懂闯入柳林后，捻军马队突然消失得无踪无影，只有夜风穿林而过，吹动柳叶，哗哗作响。就在僧王茫然四顾，不知该进还是该退时，捻军从天而降，万马腾跃，枪炮齐发，从三个方向掩杀过来。僧军惊悸之余，慌忙应战。无奈捻军以逸待劳，人饱马腾，士气高涨，又占据有利地形，越打越勇，僧军死的死，伤的伤，毫无还手之力，迅速溃败。心高气傲的僧王被打得没了脾气，丢下数万人尸和死马，率残部杀出柳林，向高楼寨方向溃逃，又被捻军赶鸭子样赶进一处荒圩内。剧烈的枪炮声中，僧军人仰马翻，一片片倒下，如同墙倾轰然。僧王挥着马刀，冒死突围，却没法突破捻军越裹越厚的包围圈。乱战中，胯下战马被长矛刺中，受惊腾空跃起，僧王坠马落地，跌入一眼废窑，躲过捻军铁蹄，趁乱逃到麦陇深处，惶惶如丧家之犬。枪炮声渐远，四周一片死寂，僧王疲困不堪，寸步难挪，两腿一软，仰倒在地。

英雄豪迈之时，雄姿英发，气冲斗牛，待到穷途末路，也许境遇都差不太多。就如李秀成海会寺受缚于樵夫王小二，僧王一世英名也毁于拾粪小孩张皮绠之手。为多拾几坨牛屎马粪，张皮绠五更天便起床出了门。算他行牛屎运，不到半个时辰，就拾了一畚筐牛粪，乐得笑不拢嘴。正乐着，只见远处麦垅里有个黑物，像卧着头牛犊。走近一瞧，原来躺着个人。张皮绠一惊，扭过头，拔腿就跑。跑没多远，又禁不住好奇心起，缩身回去，倒要看是死人还是活人。蹑手蹑脚来到近前，原来是个军爷，一动不动，已死去多时似的。旁边扔着一把马刀，张五绠鼓足勇气，轻轻拿到手上，对着曙光一瞧，上面全是血迹。恰在此时，僧王突然手脚一颤，嘴里还咕噜了一声。吓得张皮绠一蹦老高，下意识扬起马刀，对着僧王一顿乱砍。威风一世的僧王没做任何反应，没等身上血液流干，便咽下最后一口气，再没醒来。

僧王及其蒙古骑兵不复存在，捻军又不可能自行灭亡，朝廷自然得重新组织力量清剿。力量在哪儿？湘楚两军已裁撤得差不多，仅有两三万没拿到欠饷，滞留江南。八旗和绿营也裁的裁，撤的撤，没裁没撤的，多已遣散回原来的驻地。也就是说，剿捻大任自然而然会落到淮军身上。李鸿章几分得意，心想没完全照朝廷意思裁撤淮军，以拖字诀保留六万人马，看来是非常明智的，不然十多万捻军，怎么应对得过来？

又担心征调淮军的圣旨即将到来，李鸿章放弃上海之行。冯桂芬几位早已等候在衙门外面，见李鸿章久无动静，返身入衙，探问到底怎么回事。

“上海之行恐怕只能取消。”李鸿章说道。几位异口同声，问是为什么？李鸿章道：“蒙古精骑覆灭，朝廷若调淮军剿捻，鸿章不在苏州，岂不耽误大事？”冯桂芬道：“僧王刚殁不久，就是朝旨征调淮军，也不会这么快吧。”钱鼎铭也说：“苏州离上海又不远，来回要不了几天，鸿帅没必要坐在衙门里干等。”

说得李鸿章犹豫起来。沉吟之际，正巧丁日昌信函送到，说是美商虹口旗记铁厂有出售意向，他想花钱买下来，请李鸿章定夺。李鸿章去过虹口旗记铁厂，知是上海规模最大的制造厂，不仅能制洋枪洋炮，还可修造大小轮船，若能收购到手，再与原有两个洋炮局合到一处，岂不可大幅提升制造能力？李鸿章怦然心动。未及给丁日昌复函，便带着冯桂芬几位，走出拙政园，赶往江边，登上江轮，直奔上海而来。

当李鸿章一行出现在上海道衙时，丁日昌既惊且喜，满脸是笑道：“鸿帅来上海，也不打声招呼，日昌好去码头恭迎。”李鸿章玩笑道：“你丁道一声令下，本抚焉敢稍有拖延？自然只能飞快赶来，生怕误了你的好事。”

丁日昌笑笑，腾出衙门最好的房子，安排一行人住下，然后通知旗记铁厂老板杰克逊，明日李巡抚亲赴铁厂考察，商量厂子收购事宜。

一听李鸿章名字，杰克逊便意识到，铁厂出手问题已然不大。原来他有位伯伯，是美国数一数二的农场主，只因无子无女，去世前立下遗嘱，以农场相赠，杰克逊只想早点回国经营农场，才主动找到丁日昌，提出出售铁厂意向。丁日昌答应考虑，但得请示苏抚李鸿章，不想李鸿章亲自到了上海，杰克逊自然喜出望外。

隔日一大早，杰克逊带领助手，恭候在租界入口处，翘首以待李鸿章的到来。李鸿章及时出现在杰克逊眼前，随行还有丁日昌、冯桂芬几位。见面握过手，寒暄两句，一行步入租界，向旗记铁厂走去。租界内地皮便宜，铁厂占地面积不小，起码有两百多亩。如别处美商企业一样，环境很优美，树木成荫，花美草香。走进各生产车间，只见地面干净，机器锃亮，正在机器旁操作的工人忙而不乱，有条不紊。

李鸿章不得不佩服洋人的管理能力，已暗下决心，非买下铁厂不可。脸上却毫无表情，只是眼看心记，不放过任何一样机器。机器上标着洋文，李鸿章看不懂，只得多问，问得很仔细，包括机器名称、功能、功率，甚至运作原理，都一一问到。杰克逊只想出手铁厂，自然有问必答，却颇觉纳闷，这个李巡抚到底是来购厂，还是来学技术？

看完枪炮生产线，又看轮船修造车间，该看的都已看过，几位掉头向厂门方向走去。杰克逊贴紧李鸿章，巴结道：“巡抚大人看过厂子，满不满意？”李鸿章说：“应该还算过得去吧。”杰克逊追问道：“您有没有购置意愿？”李鸿章笑笑道：“本抚有没有购置意愿，其实不重要，关键是看杰克逊先生有没有诚意。”杰克逊说：“当然有诚意。这么大的铁厂，又不可能搬回美国去，只能卖给您老人家。”

“有诚意就好。”李鸿章不温不火道，“有诚意你就给个合理价位，若漫天要价，我可出不起钱。”杰克逊道：“当然不会漫天要价。铁厂始建时，机器购置加厂区厂房建造，花了五十多万两银子，咱按折旧价，三十万卖给您吧。”

李鸿章不置可否，只说：“先拉个机器和各项设备的清单吧，你我双方再照单商议，商议得拢，签署合约，商议不拢，生意不成，仁义还在。”

出厂告别杰克逊，回到上海道衙门，李鸿章问丁日昌道：“今天看过多少种机器？”

丁日昌摸着脑袋，说出几个主要品种。又问冯桂芬和钱鼎铭，两人也记住几种。还有几件机器，各位印象已有些模糊，道不明白，只得说：“机器上都标的洋文，不好记忆。”

“正是不好记忆，我才细问杰克逊，他也耐着性子，一一给予回答，只要有心，记住应该不难。”李鸿章掰着指头，将各类机器名称、型号、规格都说了出来。几位颇为吃惊，赞叹李鸿章记性好。李鸿章道：“不是记性好不好，是过不过脑，留不留心。只要过脑留心，必然记得住。雨生（丁日昌）将我所说机器名目录下来，再到其他洋厂摸摸底细，与杰克逊谈判时，咱们依据在手，才不会受他蒙蔽，他说啥是啥。”

上海各处洋厂都不乏中国雇员，丁日昌认识不少，找他们一打听，旗记铁厂各类机器实价便清清楚楚，无一存疑。同时杰克逊也照李鸿章意思，拉出一个机器和设备清单，来到上海道衙门，双方坐到一起，讨价还价。

杰克逊的清单很详细，每样机器都标注着原价和折旧价。折旧价合计，再加上厂房和其他设施，汇总价正是三十万两银子。李鸿章接过清单，看上几眼，笑笑道：“恕本抚直言，杰克逊先生诚意有些不够啊。”杰克逊不解道：“巡抚大人此言从何说起？”

李鸿章望望丁日昌，丁日昌也从文件匣里拿出一份清单，送到杰克逊面前。杰克逊睁眼一瞧，吃惊道：“这个单子从哪里来的？”丁日昌说：“别管单子从何而来，只说价目准不准确。”杰克逊不解道：“机器价格属于厂家内部机密，怎么会到你们手上？你们到底花了多少钱，才买通人家，如愿拿到这些数据？”

李鸿章脸色一跌，有些不乐道：“杰克逊先生此话，也太难听了点吧？

既然机器价格是机密，你干吗还公开贵厂机器设备价目表？”

杰克逊想说旗记铁厂价目表有水分，可又出不得口，只得摇摇脑袋，露出一脸尴尬。李鸿章缓缓语气，道：“实话告诉你吧，美籍华人容闳受两江总督曾国藩委托，赴贵国采办了一批机器设备，很快就会运到上海。容闳提前寄回一份价目清单，给总督衙门入账，贵厂所有机器设备，容闳单子上都有。”

杰克逊哪知容闳购了些什么机器？一时语塞。李鸿章继续道：“若依贵厂机器设备实价折旧，合计也就三五万两银子的样子，加上房厂和其他设施，不可能超过六万两。”

从三十万到六万，差距也实在太大了点，气得杰克逊嗷嗷大叫：“巡抚大人开什么玩笑？不卖啦，铁厂不卖啦！”愤然起身，甩手出门。

听着杰克逊咚咚的足音渐渐远去，丁日昌不无担忧道：“鸿帅砍价砍得如此厉害，万一杰克逊不卖给咱们，又如何是好？”冯桂芬笑道：“杰克逊急于回国继承遗产，仓促间铁厂不卖给咱们，还能卖给谁？”李鸿章也道：“鸿章其实不是为巡抚衙门砍价。巡抚衙门虽穷，有心要买旗记铁厂，就是再贵，也会咬牙买下。鸿章在替别人砍价。”

丁日昌一头雾水道：“替谁砍价？”

还在来上海的船上，李鸿章说起唐廷植案，冯桂芬和钱鼎铭也有所耳闻，知道廷植弟弟唐廷枢在上海洋行做买办，只是没怎么打过交道。钱鼎铭还提供一条线索，唐母也是商人，多年前就开始经营茶叶出口，常在香港和上海两地来回跑动，与欧美商人打交道多。杰克逊就是在香港认识唐母的，后又通过她引荐，跑到上海来办了旗记铁厂。

闻听杰克逊与唐母还有这层关系，李鸿章心生一念，能否想出两全其美的办法，既能帮唐廷植保住脑袋，又可廉价拿到旗记铁厂。当时只是有此想法而已，无具体操作办法，到沪后与杰克逊几番接触，想法渐渐成熟，现在可抛出来了。

李鸿章于是问丁日昌道：“唐廷枢母子找过你没有？”丁日昌说：“鸿帅没问，日昌忘了向您禀报。唐家母子拿着您的字条找到我后，我就跑到上海县衙，去狱里看过唐廷植，他确实被狱卒整得奄奄一息，差点丢命。我当场责令县令将狱卒锁拿归案，找医生救治唐廷植，决不能让他死在上海县衙大狱，至于朝廷定不定其死罪，另当别论。经医生治疗，唐廷植已无性命之虞，现正在康复中，还请鸿帅放心。”

李鸿章点点头，说：“这就好，你通知唐廷枢母子，就说我在想办法，看能否免去唐廷植死罪，需要他们母子俩配合，请两位明天到道衙来见我一面。”

第二天一大早，唐廷枢母子俩就出现在道衙门口。一见李鸿章，便两腿一弯，跪到地上，代唐廷植叩谢救命之恩。李鸿章扶两位起来，说：“只能说丁道台出了面，唐廷植不会死在狱中，至于最终能否保住性命，就看你们母子俩了。”

听话听音，唐廷枢忙表示道：“只要能免哥哥死罪，巡抚大人要咱们做啥都行。”唐母也含泪道：“只要能换大儿性命，唐家就是倾家荡产，也值得。”

可怜天下父母心。李鸿章肚里感叹，嘴上说：“倾家荡产倒不至于，可破点财，是不可避免的。”唐廷枢说：“大人开个价，我马上筹银子。”李鸿章笑道：“本抚可开不了这个价喔。”唐廷枢问：“是不是要丁道开价？”李鸿章道：“丁道也没法开价。我说破财不可避免，并非仅仅是破财的事，还得看这财怎么个破法。只有破得是地方，才保得住唐廷植性命。”

唐廷枢迫不及待道：“还请大人指点迷津。”李鸿章不紧不慢道：“本抚建议你们，还是找找杰克逊吧，看他开口多少。”

母子俩愣在那里，一时反应不过来。唐母疑惑道：“虽说杰克逊与唐家有旧，可他一个美国商人，哪有办法救我儿命？他有此能耐，我早找上门去了。”李鸿章说：“听说杰克逊的旗记铁厂，还是唐母玉成的？”唐母说：“杰克逊原在广东办厂，听我劝来上海后，人生地不熟，又是我给他张罗，才帮他办起旗记铁厂。”

李鸿章笑笑，说：“这就对了嘛。杰克逊有意出卖铁厂，你们知道吗？”唐母摇头道：“为大儿的事，咱们东奔西跑，没时间也没心情与朋友们往来，都大半年没跟杰克逊见面了。”李鸿章道：“那就跟杰克逊见面，当面证实证实，他到底卖不卖旗记铁厂。”

这有什么好证实的？杰克逊出卖铁厂，与咱唐家有啥关系？母子俩望着李鸿章，百思不得其解。李鸿章继续道：“杰克逊想卖厂，正好上海道衙想买厂。”

母子俩还是没能明白李鸿章意思。李鸿章进一步道："我和丁道台已跟杰克逊接触过两次，估计五六万两银子可以成交。这笔钱说大也大，说小也小，道衙自然出得起。让道衙出钱，倒也简单，用不着本抚来操这份心。我意这笔钱就由唐家来出，不知你俩意下如何？"

到底是商人，头脑灵活，经李鸿章一点，母子俩终于明白过来。唐廷枢亮着眼睛道："大人是叫唐家出钱，购下旗记铁厂，交给上海道衙，用来赎哥哥死罪？"唐母也急切道："果若如此，铁厂再贵，我也得买下来。"

李鸿章拿出铁厂机器设备价目清单，说："铁厂家底都在这里，拿上这个，加之你们与杰克逊的交情，他要价不会太高。铁厂买得成，我再给皇上呈递折片，言明购厂经过，请求豁免唐廷植死罪，皇上自然法外开恩。"

母子俩拿过铁厂价目清单，欢喜而出，赶紧找杰克逊去了。

李鸿章也没闲着，开始动笔，草拟奏折，请求皇上恩准，兼并旗记铁厂，与上海原有两家洋炮局合到一处，组建江南制造局。又在折后附片，说唐廷植是西语和商务人才，留他一命，于洋务事业有大用处。再给曾国藩去函请求，容闳回国后，干脆将其所购美国机器留在上海，充实江南制造局，提升制造能力。

其时唐家母子找到杰克逊，以李鸿章的价目清单作参照，提出四万两银子购买旗记铁厂，给唐廷植赎罪。杰克逊心里不情不愿，却看唐母和唐家兄弟面子，答应下来。

接着签署合约，汇兑银子。手续完毕，唐家母子禀报李鸿章，李鸿章让丁日昌带人，上门验收铁厂。铁厂到手后，两个洋炮局随即迁入。正好容闳也押货回到上海，根据曾李二人意思，将所购美国机器悉数搬入旗记铁厂。

厂牌当然也得撤下，换上江南制造局铜牌，择日举行隆重揭牌仪式。李鸿章亲自到场揭牌，宣布丁日昌为督办，韩殿甲和容闳为会办。聘洋技师百人，中国匠师三百人，工人五千多人，除制造枪炮、弹药、水雷和大小机器，还制造和维修轮船，成为大清国规模最大实力最强的军工制造企业，从而开启中国现代制造业先河。

江南制造局的建成，唐家功不可没。经朝廷同意，唐廷植走出上海县衙大狱，被丁日昌聘为制造局通事。唐廷植能重见天日，全靠李鸿章关照和运作，不然不死于狱卒之手，也会被朝廷处斩。唐家心存感激，摆下大宴，答谢李鸿章。

李鸿章正忙。刚巡察过上海同文馆，又坐镇通商事务衙门，处理积压的洋务。唐家兄弟为示敬意，专程登门恭请。李鸿章很高兴，放下手头事务，由丁日昌、冯桂芬、钱鼎铭几位陪同，出了通商衙门。到了酒店，唐母毕恭毕敬站在门口，迎候客人，旁边还有容闳和一个宽脸汉子，也是满面笑容，礼敬有加。

进入包房，唐母扶正主宾席高背椅，请李鸿章落座，再招呼其他众人入席。自己叨陪李鸿章之侧，说："在座各位，李大人都认识吧？"李鸿章指着宽脸汉子道："只这位仁兄没见过。"唐母介绍道："他叫徐润，也是咱广东香山老乡，在上海经商。"

李鸿章望眼容闳，问道："你也是香山人吧？"容闳点头说："回禀巡抚大人，容闳确是香山人，打小就与唐家和徐兄大商人熟悉。"

"不是好汉不出乡，香山人不简单，或者说广东人不简单，一个个勇闯天下。大清要强盛，就得像你们一样，大胆走出去，出乡出省甚至出洋，长见识，增才干，干大事。"李鸿章正在有感而发，酒菜上来，众位客气着，端杯开喝。

国门已开，国人走出去，洋人走进来，已在所难免，作为通商大臣，尤其是作为洋务倡导者和执行人，李鸿章愿意与商人交往，隐约意识到，以后自己包括大清事业，再也没法离开在座商人们。酒过几轮，又望着徐润道："徐君经营什么生意？"

没等徐润开口，旁边的唐廷植道："徐先生经营茶叶出口，享有上海茶王美誉，其宝源祥茶栈为上海最大茶叶出口公司。"

说得李鸿章双眼放亮，起身要过去敬徐润的酒。惊得徐润端杯跑过来，把李鸿章按到椅子上，说："徐润敬巡抚大人。"李鸿章拍拍徐润肩膀说："好好经营你的茶栈，把上海商贸繁荣起来。"碰碰对方杯子，满口干掉。

徐润退回自己座位后，李鸿章又对众人说："上海是大清黄金口岸，国货由此出，洋货由此入，进出口贸易量大，各位正好施展自己才能。朝廷也可以参与进来，江南制造局就是榜样。以后还得扩大范围，不仅办厂，还要修路，搞船运，开银行。到时免不了请你们帮忙，出钱出力出主意。本抚心里想，中国人不比洋人笨，凡是洋人能干的，咱们也要学着干，不能眼睁睁看着洋人赚咱中国人的钱，咱中国人也可赚中国人的钱，甚至洋人口袋里的钱。我敢肯定，只要在座各位齐心协力，上海必将成为中国人自己的贸易区。”

说得众位热血沸腾，纷纷表示，一定发力经营好手头生意，多赚钱，多交税，决不辜负巡抚大人殷切期望。

酒逢知己千杯少，说得到一起去，酒喝得格外开心。李鸿章又问唐廷植道：“你在海关任首席通事，位置重要，薪水又高，到江南制造局做通事，没委屈你吧？”唐廷植忙说：“不委屈，不委屈，李大人把廷植从阎王殿里拉回来，还安排差事，拿薪水养家，廷植已非常满足。”唐母也道：“李大人和丁大人再造之恩，廷植几辈子都报答不了，一定得尽己所能，当好通事，处好差办，让两位大人满意。”

李鸿章大声说好，又望望丁日昌和冯桂芬，说：“这几天我在考虑，可否把同文馆也合并到江南制造局里来，学员边学边在局里实习，提高实际操作能力。同时开办翻译馆，大量翻译西学著作，让国人扩大眼界，提高见识，增强本领。”

冯桂芬说可行，丁日昌表示马上落实。李鸿章又对唐廷植说：“同文馆迁到制造局，翻译馆也建起来，你这样的西语人才，更是大有用场。”

来而不往非君子，过后李鸿章也设宴，回请唐家母子及徐润、容闳、赫德，还有中外豪商巨贾和英法美等诸国驻沪领事，以此联络感情，共谋上海。上海可是李鸿章的福地，他对这块土地充满深情，愿意长留不走，将要办的事情一件件落到实处。他心里清楚，也只有在上海，他的洋务规划和强军富国梦想，才能变成事实。

可身为大清臣子，李鸿章身不由己，何去何从，只能听命朝廷。初闻僧王骑兵覆没于山东，李鸿章就知道不可能继续待在苏抚位置上，做自己想做的事。也正因此，他才抓紧赶往上海，敲定江南制造局，理顺通商事务，广泛接触官商各界。该办的事办妥，该见的人见过，也该返回苏州，听候朝廷调遣了。

果如李鸿章所料，僧王败亡，捻军猖獗，朝廷惊恐之际，只得重新考虑剿捻大计。东西两宫太后让奕䜣出主意，奕䜣与军机大臣商量，众人都认为湘楚两军已裁撤得差不多，只能命令李鸿章，率领所属六万淮军出山。道理明摆在此，可奕䜣顾虑重重，一直举棋不定。

两宫等得不耐烦，召奕䜣进宫，责问他为何迟迟没有动静。奕䜣道："剿捻大任自然只能由淮军担任，可淮军交谁统领，还确实有些不好定夺。"两宫说："淮军是李鸿章一手创建的，不交他统领，难道还能交给别人？"

奕䜣沉吟道："只能交给一个人，其他人指挥不了淮军，李鸿章也不会答应。"两宫说："这人是谁？"奕䜣说："曾国藩。"两宫说："莫非曾国藩比李鸿章更适合统领淮军剿捻？"

"这不仅仅是剿捻的事。"奕䜣放低声音，说出一番道理来。两宫深以为然，同意按奕䜣意思拟旨，授协办大学士一等毅勇侯两江总督曾国藩为钦差大臣，驰赴山东督剿捻军；同时着江苏巡抚一等肃毅伯李鸿章赏加兵部尚书衔，署理两江总督，协助曾国藩调兵遣将，集饷办粮，妥为筹划，不得稍有迟误。

圣旨送到苏州巡抚衙门时，李鸿章一行刚从上海回来。接完圣旨，李鸿章半是欣喜，半是疑虑。欣喜自己又上台阶，疑虑朝廷为何让老师统领淮军剿捻，而让他这个淮军统帅留在江南。虽说淮军是老师奏请朝廷建立的，可毕竟非他亲手缔造，中间还隔着一层，能否指挥顺手，实难逆料。如此调配，难道朝廷却不担心影响剿捻大事？

可李鸿章来不及多想，处理好手头急件，拿出苏抚印鉴，交给署理江苏巡抚刘郇膏，暂留家眷，由文武随从簇拥，离开如诗如画的拙政园和钟灵毓秀的苏州，登上江轮，望北而行。

时值同治四年（1865）仲夏，李鸿章静立船舷，任凭习习江风吹拂，眼望远山近水，设想未卜前程，心情颇为复杂。这几天整理文件，清理书籍，办理移交，忙得不可开交，一直静不下心来，至今没想明白，为何朝廷不授他钦差大臣，自领淮军剿捻。是他资望不够，钦差于身，难以服众，还是他太嫩，不如老师老成持重，更值得信任？

李鸿章无声自问着，冯桂芬也走出仓门，说："江清水暖，风和景明，真是出行吉日。"

"景亭（冯桂芬）兄慢点。"李鸿章上前扶扶冯桂芬，生怕他摔倒似的。其实江面开阔，水流舒缓，船行沉稳，人走在甲板上，如履平地一般。两位相携而立，随兴而聊，历数江南风光，臧否古今人物，好不投机。又论及朝廷此番调兵遣将，冯桂芬不禁笑道："朝廷用心良苦啊。"李鸿章说:“还愿景亭兄明示。”

“朝廷用意明显，就是要让淮军将帅脱离。”冯桂芬望着远处道，“湘楚两军裁撤得差不多，淮军却保留着六万虎狼之师，朝廷不得不有所顾忌啊。”

捻军横扫僧军，威胁京畿，朝廷还有工夫顾忌淮军？李鸿章有些不可思议。冯桂芬又道:“从前僧格林沁率领蒙古骑兵，壁垒样横亘在京畿与江南之间，可对淮军形成制衡。如今壁垒不存，朝廷心生不安，正好趁着剿捻，拆开淮军将帅。”

李鸿章说:“湘淮同源，淮军本为老师奏创，可算淮军大统帅，与鸿章统领有何区别？”冯桂芬说:“此言不假，可毕竟淮军不是曾大帅亲手创建。何况他年事已高，又有彻裁湘军之举，朝廷不再担心他老人家图谋不轨。鸿帅则正值盛年，此番裁军，又有些拖泥带水，朝廷心里没底，让你脱离淮军，可去此心病。”

这就是大清朝廷，你不剖开胸腔，掏出心肝，总觉得你是黑心黑肝。李鸿章暗自感慨。说话间，不觉夜色降临，江风渐凉。两岸灯火依稀，有如星光明灭。李鸿章拉着冯桂芬，去自己卧仓小坐。早有亲兵呈上茶水，李鸿章接住，递到冯桂芬手上，说:“我老师最懂持盈保泰之理，早在安庆时就谋划裁军，等着功成身退。加之追剿长毛十多年，心血已然耗尽，肯定不愿再领兵出征，重回战场，朝廷为啥硬逼着鸭子上架呢？”

冯桂芬喝口茶水，说:“两江乃国家财赋重地，曾大帅经营多年，到处是其门生故吏，朝中大臣颇有微词，此次剿捻需要，朝廷不正好将他调离？又考虑皇帝不差饿兵，才让鸿帅暂署两江总督，全力以赴，为曾大帅筹粮办饷，若换作他人，不可能像鸿帅样肯效力卖命。此谓一箭双雕，不能不说高明啊。”

李鸿章说:“依景亭兄看法，朝廷只可能让鸿章暂署两江总督，不会去掉署理两字，长久待在两江？”冯桂芬说:“这要看鸿帅表现如何。”李鸿章说:“正如景亭兄所言，鸿章肯定会为老师舍命办差。”冯桂芬说:“光为曾大帅办差还不行，只怕朝廷还会另派您差事。”

李鸿章问:“还会另派什么差事？”冯桂芬道:“还记得湘军攻入金陵时，天王府里的大火么？”李鸿章点头说:“记得，至今还有人说，曾国荃为独吞天国圣库财宝，故意放了那把大火。”冯桂芬说:“是啊，为此朝廷曾派富阿明明查暗访，一直没查访出名堂来。”

李鸿章似有所悟，道：“景亭兄是说，朝廷挪开老师，让我署理两江总督，除铁心筹粮办饷，还会令我继续查访天王府圣库财宝下落？”冯桂芬说：“很有此种可能。”李鸿章说：“看来朝廷比谁都爱财啊。”冯桂芬说：“不仅仅是爱财，还可以此考验您，面对朝廷与曾大帅二者，您到底对谁更忠。”

这确是李鸿章没想到的，说：“朝廷得罪不起，曾氏兄弟也不能得罪，鸿章该怎么办？”冯桂芬说：“车到山前必有路，届时总有办法的。鸿帅还是遵照朝廷旨意，高高兴兴接管两江总督关防，待曾大帅领军北上后，再作下步计议。”

李鸿章点头说：“事已至此，也只能走一步看一步。

二、曾国藩剿捻无功

船抵金陵，曾国藩拖着疲惫的身躯，亲出水西门，迎接李鸿章一行。

一个月之内，朝廷已给曾国藩连下五道圣谕，令他领军出征。正如李鸿章与冯桂芬所言，曾国藩极不情愿，反复推脱，说自己老病昏聩，已领不了将，带不了兵。朝廷旨复，国难当头，只能依靠国之重臣，带病也要出征。曾国藩强调，湘军已裁得差不多，无将可用，无兵可使，仅有三千亲兵，还有鲍超万余苦等欠饷老兵，不足以御敌。朝廷回应，已命李鸿章调拨淮军主力，交他统率北征。曾国藩坚称，江南将士不服北地水土，吃不惯北方面食，南军北调，胜算不大。朝廷声言，捻军三巨头里，赖文光出身广西，任化邦和张宗禹生于安徽，手下将士过半为南方人，他们可北窜作乱，淮军将士也能北征取胜。

各种借口已然找尽，都被朝廷一一驳回，曾国藩知道无法推掉这份苦差事，只得硬着头皮承接下来。至于结果到底会如何，只能半由天意半由人。所幸还有门生李鸿章调拨淮军，提供饷源，北征或许不会落空。探得李鸿章将到金陵，立马带着儿子曾纪泽，赶往江边。

立于江岸，远望李鸿章坐船分水而至，曾国藩眼前亮了亮，紧锁的愁眉也舒展开来。毕竟这世上还有一个人可分担重任，自己不至于太过孤单和寂寞。着力培养李鸿章做替手，保留淮军主力不裁撤，本是从长计议，防患未然，想不到这么快就派上了用场。

站在船头的李鸿章，也看到了岸上曾国藩单薄的身影。安庆一别，已历三载，虽有邮差传书，音问不断，毕竟字不如人，李鸿章还真有些想念恩师。不觉得抬起双臂，朝岸上舞动起来。曾国藩也睁大昏花老眼，招手致意。

船没停稳，李鸿章便甩开身后亲兵，跳下甲板，大步朝岸上奔过去。曾国藩已由曾纪泽搀扶着，颤颤巍巍，迈下高坎。师徒俩越走越快，越走越拢。直到近在咫尺，两人才不自觉立住脚跟，鼓大眼睛，像不认识对方似的，相互打量起来。

在曾国藩眼里，李鸿章越显成熟和老练，脸上轮廓分明，面色黝黑油亮，目光深沉坚毅，高大的身板好像也硬朗厚重了许多。还是岁月最为奇妙，转眼间就将一个耿直急躁的性情男子，磨砺成老成持重的国之栋梁。

李鸿章也觉得老师变化很大。还在途中，他就反复想象，曾氏兄弟双双封侯晋伯，世所罕见，老师该春风得意，威风凛凛。谁知恰恰相反，他身也薄弱了，腰也弯曲了，胡须花白，两鬓如霜，老态毕现。尤其两只三角眼，黯淡无光，不再犀利有神，更多的是温和与慈祥，仿佛乡下野老，暮气垂垂矣。老师是满腹经纶的大儒，强调以德化人，不以势压人，对待湘军将领，总是宽严相济，慈威并举，不失忠厚本色。可到底身为三军统帅，不怒自威，不语自雄，温煦随和的目光背后，隐含着无形的威毅，甚至不可言喻的杀气，让人生畏。如今竟威严不存，雄风不再，实在看不出是功高盖世天下闻名的毅勇侯。

也许是虎狼湘军裁撤得差不多，老师无以足恃，底气不够，才变成和蔼可亲的慈祥老头。李鸿章心生悲悯，同时又清楚地意识到，这正是老师非凡之处，宁肯裁撤湘军，自剪羽翼，自斫臂膀，自去虎威，也要保全淮军，为国家留存有生力量。

李鸿章对老师越加敬重，弯膝跪行师生大礼。曾国藩有些慌乱，忙屈身扶起今非昔比的学生，口里说道：“少荃免礼，少荃免礼，你已是国家功臣，封疆大吏，不必拘于俗礼。”

李鸿章紧紧握住老师的双手，诚恳道：“老师永远是老师，没有老师惇惇教导，处处提携，又哪有学生今天？”曾国藩说：“少荃言重了，没有老师就没有学生，同样没有学生，也没有老师。不是你统领淮军，转战苏南，断掉李秀成后路，湘军也不可能攻克金陵。苏南平定后，你又违背助攻金陵旨意，不与湘军争功，咱兄弟薄面才得以保全，老师感激不尽啊。”

客气过，两位牵手离开码头，在随从簇拥下，奔向不远处的大轿。仿佛三年前安庆码头道别，师生执手连心，难分难舍。上轿入得城门，来到两江总督府，后衙已摆好家宴，等着师生入席。李鸿章又想起三年前离皖东征，老师为鼓舞淮军士气，置酒壮行，其排场之大，声势之盛，简直无以复加。如今弟子功成名就，已用不着再做表面文章，待以家宴，更显亲切随意。何况李鸿章即将成为总督府主人，落脚金陵第一顿饭放在府里，等于在自己家里就餐，感觉更温馨。李鸿章懂老师意思，酒喝得格外开心。

席上说起剿捻话题，李鸿章道：“自咸丰三年（1853）以来，历时十余年，朝廷先后派遣过二十一个统帅，其中不乏总兵、提督、巡抚、总督、亲王，专事剿捻。讵料捻匪嚣张，一个个无功而返，连一代英雄僧王也命丧曹州，难竟其功。朝廷吃尽捻匪苦头，意识到只有老师能担此大任，才旨派接管帅印，挥师北讨。”

曾国藩叹道：“为师是有印无师啊。三番五次请辞，就是推脱不掉。后来我终于明白过来，朝廷为何置少荃于不用，偏偏命我这个病夫率领淮军出征，无非两个用意。”李鸿章问道：“哪两个用意？”曾国藩道：“一是将你与淮军分开，帅将脱离，没法对朝廷构成威胁；二是由我带兵出征，能胜更好，若铩羽而归，也可给朝廷和僧王挣回点脸面，连太平军克星都不能战胜捻匪，僧王自然败得情有可原。”

也许老师分析得对吧。李鸿章说：“老师不是僧王，一定能马到成功。”

“谋事在人，成事在天，知其不可而为之吧。”曾国藩叹道，“明天咱俩交接督篆，再坐下来商量征捻方略。”李鸿章道：“学生听恩师的。”曾国藩道：“离开金陵前，为师会将家眷搬出督府，你好启篆视事。”李鸿章忙摇头道：“不用不用，师母和家眷仍住督府就是，少荃另觅府衙。”曾国藩道：“不必不必。此系从前忠王府，设施完善，开衙便利。”

李鸿章恳切道：“老师统军北征，不可能携带家眷同行，学生一到金陵，就把师母他们赶出督府，外人怎么看可以不管，学生心里也过意不去啊。何况学生不过署理江督而已，没必要入驻督府，显得多么想做江督似的。也正基于此，我才留家眷在苏州，没迁来金陵。”

见李鸿章一片诚心，曾国藩也就没再坚持。接下来数日，师生俩多次长谈，就剿捻大计反复磋商。两人一致认为，再不能像僧王那样，被动追击，受制于捻军。大方针该是以静制动，以有定之兵，制无定之贼。具体做法为，在捻军经常出没的鄂西、豫北、皖北、苏北和鲁南四省十三府重点设防，连点成线，铺开大网，等着捻军触网，再相机收网剿灭之。

铺网需要兵力，李鸿章毫不含糊，将刘铭传铭军，潘鼎新鼎军，周树声树军，周盛波盛军，全部拨给老师。这是李鸿章庐州子弟兵，系淮军精锐，战斗力决没问题。还有刘秉璋所领十营淮勇，也交老师节制。曾国藩很满意。只担心淮军将领不好调度，提出征用李家老三李鹤章、老六李昭庆，随侍旌麾，联络诸将。李鸿章二话不说，当晚提笔写信，派专人送往合肥，命两位弟弟以君国为重，暂搁家产家业，赶赴曾营听差。

有将有兵，还得有足够粮饷。李鸿章表态，江浙乃饷源重地，江督于手，总想得办法来。江南平定后，生产有所恢复，然历经十多年战争，元气大伤，正项粮税不足以养兵，必须抽取厘金，与其病农，不如病商。好在苏沪商贸发达，只要下狠手，总收得到银子。

曾国藩这才打起精神，檄调淮军诸将，誓师出征。李鸿章摆下百桌宴，为老师壮行，一再叮嘱淮军诸将，一切行动听大帅调度。曾国藩端杯于手，酒未入喉，已是五味杂陈。从前老师送学生率军东征，如今学生送老师领军北伐，全然倒了过来。且以前学生所率为自己一手练出来的淮军，外加少量湘军，而今老师所领并非自己子弟兵，全靠学生所赐。虽说湘淮同源，毕竟淮军隔着一层，亲疏有别，到得战场上，指挥灵不灵，还很难说。

忧心忡忡喝完酒，曾国藩揖别李鸿章及督抚旧僚，挥师上路，剑指苏北，直逼清江浦。

送走老师，李鸿章便在忠王府附近选择督衙新址，开府视事，大刀阔斧干起来。首要任务自然是设卡开厘，重征强敛，为老师征捻大军筹措粮饷。粮饷只能来自农工和商贸，李鸿章将苏省招垦复耕和兴商助贸办法，推广至所辖两江其他地区，广开利源。又嘱马格里，把苏州洋炮局迁入金陵，仿照江南制造局范式，扩建为金陵制造局。再让容闳牵线搭桥，进购美国机器，提升生产能力，为前线提供枪炮子弹。

干得正欢之际，接到奕䜣密信，李鸿章顿时傻在那里，不知所措。

密信内容简单，就是命李鸿章追查天王府失火原因，及天国圣库财宝去向。还说是两宫太后的意思，不信如此巨大财富，就这么销声匿迹，总该留下些线索。只是考虑曾国藩带兵在外，只能秘密从事，不可太过张扬，让曾氏兄弟察觉，影响剿捻大计。

果如冯桂芬所言，朝廷将曾国藩调离金陵，不仅仅为清剿捻军，还另有深意。只是天国圣库传言属真属假，至今无人说得清楚。即使是真，朝廷既要曾家上阵卖命，又背后放人家暗箭，也太不厚道。想想天国圣库财宝再多，又怎么能与皇皇大清江山相比？曾家兄弟领军消灭太平军，确保大清江山不倒，朝廷不以大局为重，老盯着这说不清道不明的圣库财宝不放，又何必呢？设若事被老师知道，他该会何等寒心？

李鸿章实在不愿蹚这趟浑水，开罪于曾家。可不开罪曾家，就会开罪皇家，两宫和奕䜣不故意为难你么？或许正是要为难你，倒看你心向朝廷，还是偏袒曾家。李鸿章百般无奈，一连数天坐立不安，无心政务，唯有长吁短叹。

这日冯桂芬到签押房来说厘金征收事宜，见李鸿章老走神，说：“看鸿帅心事重重的样子，莫非也有为难之时？”李鸿章道：“鸿章就不可有为难之时？”冯桂芬笑道：“桂芬印象里，鸿帅向来少有畏途，即便遇到什么难处，也是知难而进，义无反顾。”

李鸿章苦笑笑，拿出奕䜣密信，请冯桂芬过目。冯桂芬道：“朝廷果真没放过鸿帅。这天国圣库是查还是不查？”李鸿章道：“愿景亭兄赐教。”冯桂芬道：“天国圣库牵涉人事广，真查的话，必然打草惊蛇。蛇一旦受惊，会乱咬人，只怕鸿帅身家性命都有威胁。”

李鸿章几分惊讶，说：“有这么可怕吗？”冯桂芬说：“圣库之事十有八九是真的，库里财宝不仅仅曾家占份，湘湘子弟兵都会沾边。明眼人一看便知，没等欠饷发足，这批人就随曾国荃回了湖南，不愿返乡的，也自动离开金陵，或买官捐位，或购地置产，或上山为匪，或下水为盗，或干脆加入哥老会，杀人越货。鸿帅若纠住天国圣库不放，一路追查下去，必然拔出萝卜带出泥，触犯众怒，惹火烧身。”

说得李鸿章背膛发凉，半天才道：“看来只好睁只眼闭只眼，敷衍了事。”冯桂芬道：“敷衍容易，了事只怕难。”李鸿章道：“那就只能不了了之。”

不了又如何了之呢？李鸿章口里说得轻巧，心里却没一点底。正好钱鼎铭进来，手上拿只顶子，轻轻搁到签押桌上。李鸿章疑惑道：“谁的顶子，搁这里干啥？”钱鼎铭说：“郭柏荫顶子，派衙役专程从苏州送来的，托我转交鸿帅。”

李鸿章一拍桌子，大骂道：“不胡闹吗？郭柏荫不想做臬司啦？”钱鼎铭说：“衙役说郭柏荫正是不想做这个臬司，才交出顶子，请鸿帅另许他人。”

郭柏荫一向处事沉稳，办差有方，这下扔掉顶子不要，一定是被硬钉子扎了手。李鸿章逼自己冷静下来，说：“把衙役叫进来。”

钱鼎铭出去，唤进衙役。衙役没说什么，双手呈上郭柏荫亲笔信。李鸿章展信一看，原来吴江有个大商人殷兆钧，苏州半数缫丝生意都垄断在他手上，是厘金征收大户。可殷兆钧仗着堂哥殷兆镛威势，没把吴江厘胥放在眼里，多次强行冲卡，拒交厘金。厘胥只好向署理苏抚兼藩司刘郇膏哭诉。刘郇膏与殷兆镛有旧，不好得罪殷家，就让郭柏荫出面。郭柏荫带上数名衙役，赶往殷府，殷兆钧不由分说，唤出十多名打手，将郭柏荫几位乱棍打出。郭柏荫狼狈不堪，逃回抚衙，请刘郇膏给他一营抚标，非踏平殷府不可。刘郇膏怕闹出大乱子，不敢轻易答应。郭柏荫一气之下，脱下顶子，扔给衙役，命他快马赶到金陵，交给李鸿章。

看过信，李鸿章让钱鼎铭带衙役下去，转身问冯桂芬道：“此事景亭兄怎么看？”冯桂芬道：“厘金乃军饷主要来源，放过殷兆钧，商户见样学样，纷纷与官府对抗，拒交厘金，鸿帅还怎么给曾大帅筹饷办粮？”

李鸿章皱眉道：“此理鸿章也懂。可殷兆镛身居高位，手里笔头尤其厉害，加之剿捻需要，厘金征收确实有些过重，两江绅商怨声载道，殷兆钧冲卡拒交厘金，也不是完全没有道理。若殷兆镛以此大做文章，其他言官跟着起哄，群狗乱咬，鸿章又如何抵挡得住？”

冯桂芬笑笑，道：“鸿帅为朝廷办厘助剿捻军，还怕群狗乱咬不成？照桂芬看，此事不办则已，要办就得办些动静出来，说不定坏事变成好事。”李鸿章问：“坏事如何变好事？”冯桂芬说：“厘金抽取不易，主要是殷兆钧等商户有恃无恐，极力阻挠。殷兆钧背影深厚，鸿帅若也能把他镇住，其他商户自然服服帖帖，不再与厘胥作对，厘金抽取也就容易得多。”

李鸿章不无担心道：“可如此一来，与殷家结下梁子，殷兆镛发动苏籍京官，群起而攻之，鸿章岂不只有卷铺盖走人，回合肥乡下养老？”冯桂芬笑道：“鸿帅回乡下养老，谁替曾大帅筹饷调兵？曾大帅孤立无援，独木难支，捻匪趁机北窜，京畿岂不危急？奕䜣和两宫心明如镜，最知此中要害，自然不会在乎殷兆镛他们。”

自己无私无畏，一心以国家安危为重，又何惧他人物议？李鸿章也就坚定了惩办殷兆钧的决心。只听冯桂芬一旁又道：“鸿帅敢摸殷家老虎屁股，激怒殷兆镛，待他把事情闹大，朝廷顾此失彼，天国圣库之事正好蒙混过关。”

如能逃过天国圣库追查差事，又何乐而不为呢？李鸿章暗忖道。适逢刘郇膏母亲病故，丁忧回籍，李鸿章立即奏保丁日昌署理江苏巡抚，兼任布政使，执掌藩司大权。剿捻非常时期，急需能吏办差，朝廷恩准李鸿章所奏，谕令丁日昌，安排好上海和江南制造局事务，迅速赶往苏州，入驻拙政园。

几乎是同时，奕䜣又有密信递到金陵，催问李鸿章，天国圣库追查得如何。李鸿章懂奕䜣意思，他要酌办何事，提拔何人，朝廷尽量满足他，朝廷要他办的差事，他也不能含糊。李鸿章只得回信，说已布下暗线，正加紧追踪天国圣库，只是个中情形复杂，需时间抽丝剥茧，慢慢追查，太过急切，实难见效。

回信发走，又函令已移驻苏州的丁日昌，尽快抽调抚标营，让按察使郭柏荫协同配合，尽快赶赴吴江殷府，拿办殷兆钧。

前次赶走郭柏荫后，殷兆钧就恶人先告状，具函堂兄殷兆镛，控诉两江督抚投卡抽厘，横征暴敛，简直伤天害理。又见臬司不再来人，吴江各处厘卡也松弛了许多，以为风声过去，召集苏州缫商，弹冠相庆。正在热闹，家丁跌跌撞撞奔进来，说：“不好啦，不好啦，抚衙抚标兵堵死大门，叫老爷快快出去受受受……。”

殷兆钧举过手里酒碗，往桌上一顿，喝道：“受什么受？”家丁说：“受受受缚！”

“没出息，几个标兵，就把你吓成这样。”殷兆钧一掌掴在家丁脸上，又招呼管家，召集家养打手，挥刀舞枪，咆哮出门，倒看谁吃了豹子胆，敢来殷府找死。

谁知龙行虎步来到门外，只见数百抚标兵真枪实弹，将殷府围个水泄不通。好汉不吃眼前亏，殷兆钧心里发虚，收住眼中凶光，双手打拱，一脸笑道：“兄弟们，有话好说，有话好说，何必动枪动刀呢？你们头儿是谁？为我引见引见。”

话才落音，郭柏荫出现在眼前。殷兆钧脸上肌肉僵了僵，用力堆出媚笑道：“是郭大人，久违了，久违了。是不是让您的人退后几步，咱们进屋喝茶说话？”

“这不是喝茶的时候！”郭柏荫身后走出一个人，厉声喝道。殷兆钧打量着对方，结结巴巴道：“你你你是谁？”郭柏荫让一旁道：“不认识吧，这是署理苏抚丁大人。”殷兆钧不解道：“署理苏抚不是刘大人吗？几时换成了丁大人？”

丁日昌不耐烦道：“殷兆钧你少啰嗦，谁做苏抚，是皇上的事，难道还得你点头同意吗？本抚今日登门拜访，只问你一句话，你凭借你殷家朝中有人，为非作歹，欺行霸市，恶意垄断缫丝，冲卡逃厘，殴打臬司，该当何罪？”

殷兆钧嗫嚅道：“官府强抽厘金，商户无力承受，表示抗议，何罪之有？”丁日昌猛喝道：“放肆！来人，将殷兆钧给我绑了，带回抚衙问罪！”

闻声，郭柏荫身后冲出几名臬司衙役，恶狠狠扑向殷兆钧。殷家打手想上前夺回主子，众抚标一阵排枪扫过来，撂倒前面数名找死的，其余的人顾不得殷兆钧，转身逃入府内。殷兆钧早被臬司衙役几下锁住，牵了就走。

殷兆钧归案后，丁日昌和郭柏荫又如法炮制，捕拿了数名抗厘恶商，关进臬司大牢。各地大小商户见殷家根深蒂固，尚且斗不过抚衙，一个个也变得老实起来，再不敢逃税抗厘，该交得交，该抽得抽，苏省税厘一时大增。两江其他省份也学丁日昌做法，抓走一批恶商，杀鸡给猴看，各项税厘按时足额征抽上来。

有钱有粮，诸事好办。两江粮饷解往剿捻前线后，曾国藩巧为调用，铭、树、鼎、盛诸军兵精粮足，士饱马腾，打仗格外来神，连战连胜，将捻军尽数赶出皖北。曾国藩奏报朝廷，将行辕自清江浦移驻临淮关。

就在李曾两位一唱一和，一个忙于征粮办饷，一个着力围剿捻军之际，朝中大臣闲极无聊，听说两江厘巨税重，民怨沸腾，正好借题发挥，打发时光。其中尤以兵部侍郎殷兆镛最起劲，双脚跳得老高，天花板都差点被他顶破。淮军初征上海时，处处受掣肘，难有作为，殷兆镛两参薛焕，李鸿章上下其手，夺过政商大权，才取得保沪平吴大功。如今李鸿章独掌两江，竟不念旧情，先拿他殷家兄弟开刀，叫殷兆镛如何想得通？他大口骂道李鸿章恃功朘民，横征暴敛，借公济私，委用之人品流太杂，猥琐太甚，伤风败俗，手执锋利刀笔，连夜写成劾折，呈入宫中。庞钟璐、翁同龢之辈也不甘寂寞，随声附和，纷纷具折痛骂李鸿章。御史宋晋甚至咬牙切齿，弹劾李鸿章伤天害理，罪不容诛！

李鸿章与丁日昌连殷府都敢动，殷兆镛心中恶气不出难受，原在情理之中。其他朝臣见不得曾李建功立业，妒火中烧，群起而攻之，也可理喻。唯一让人不解的是，朝廷态度也如此暧昧，竟将朝臣奏折抄发地方督抚，像要故意敲打李鸿章似的。

望着桌上堆得高高的弹劾抄发稿，李鸿章气急败坏，拍着桌子，大骂粗话。又不好怪罪皇上，只得提起笔来，反驳朝臣：非常时期，不采取非常手段，征税抽厘，谁保剿捻成功？干脆罢兵休战，任凭捻军猖狂肆虐。或与各朝臣对调，自己回京做清官，朝臣下来办差，看他们从哪里生财聚钱，养兵作战。

折子派发后，心头愤怒才略有缓解。冯桂芬入问道："恭亲王奕䜣近期没来函吧？"李鸿章道："自殷兆镛等人发飙以来，恭亲王还真没来函催促天国圣库之事。"冯桂芬笑道："殷兆镛他们闹得满城风雨，恭亲王也不忍心再逼你。逼也没用，您既要替曾大帅调兵遣将，购枪置炮，又要为剿捻征税抽厘，纳粮备草，还要应对朝臣诅咒，督抚质疑，一时分身无术，哪有精力应对天国圣库的事？看来您要好好感谢殷兆镛他们才是。"

说得李鸿章笑起来，说："正是景亭兄所言，坏事变好事。然朝廷抄发殷兆镛之流劾折，实在让鸿章寒心。"冯桂芬道："将朝臣劾折抄发各地督抚，却对鸿帅没半句惩戒，正好表明朝廷态度，剿捻不可止，抽厘不可废，提醒你压力再大，也要忠心耿耿，为皇上办好差。"李鸿章点头说："朝廷可能确有此意。"

冯桂芬又说："虽说朝廷并无责难鸿帅之意，可事情闹到这个地步，鸿帅还得拿出点动作来，让皇上和朝官知道外臣办差之不易。"李鸿章问："还请景亭兄点拨，鸿章该做啥动作？"冯桂芬说："适当放缓淮军厘税征收和解押进度。理由是现成的，就是朝臣狺狺，两江绅商借机抗厘，粮草军饷筹措越发不易。”

李鸿章心领神会，笑笑道：“粮饷不能及时到位，淮军肯定会嗷嗷大叫，叫声传进紫禁城，殷兆镛他们也不一定有好果子吃。还有已裁部分湘军，因候饷滞留两江一带，干脆停止已着手拨付的欠饷，放任他们闹去，动静闹得越大越好。”

李鸿章停工罢厘之际，还给朝廷递上一折，说殷兆镛等人一闹，两江商户有恃无恐，更不把官府放在眼里，群起抗厘逃税，厘税抽取越发不易。为不耽误军情，还请皇上责成户部调拨粮饷，接济淮军。或命殷兆镛出京，筹粮办饷。朝廷用兵，本是兵部分内之事，殷兆镛身为兵部侍郎，不能只顾一旁指手画脚，口诛笔伐，也该尽点本分。

奏折发出后，李鸿章又复抄一份，送往临淮关。曾国藩正准备移驻徐州，见过李鸿章折抄稿，干脆留下不走了。他要配合学生，唱曲双簧，让朝廷体谅体谅外臣办差之艰辛。

见曾国藩久无动静，朝廷咨问是何原因。曾国藩以无奈口气回奏道：军中粮短饷缺，将士饥肠辘辘，无力北进，只能暂驻皖北，捧着空腹，等候饥粮。

李曾两人奏稿相继递入养心殿后，两宫火冒三丈，把奕䜣叫去，问是怎么回事。奕䜣实话道：“曾李师徒确不容易，死心塌地为朝廷办差，朝中大臣不仅不予理解，还恶语中伤，连罪不容诛都出得了口，换了谁都受不了啊。这还在其次，主要两江商农觉得有机可乘，故意借风吹火，拒交厘税，李鸿章筹不到粮饷，曾国藩难为无米之炊，别说剿捻，只怕还会引起士兵不满，产生哗变，给捻匪可乘之机，坏我大事。”

慈禧半信半疑，说：“有这么严重吗？不是曾李师徒拥兵自重，居功自傲，联手给朝廷施压吧？”奕䜣说：“不能排除此种可能。可两人奏折所言也是事实，并非凭空捏造得出来。”慈禧沉吟道：“怪只怪殷兆镛几个信口雌黄，将好端端的剿捻大局搅成一锅粥。莫非真照李鸿章所奏，由户部调拨粮饷，或抽殷兆镛负责粮饷事宜？”

奕䜣真想痛骂殷兆镛几句，话到嘴边，又悄悄咽了回去。朝中人事太复杂，奕䜣贵为亲王，也不是谁都得罪得起的。朝臣嫉妒曾李功高，也见不得奕䜣维护两人，背后从没少使花招。尤其这个殷兆镛，察觉慈禧不再像以前那样信任奕䜣，公然上折，弹劾他专权跋扈，贪赃枉法，正中慈禧下怀，趁机褫去奕䜣议政王头衔，还降亲王为郡王，仍留军机处和总理衙门领班。奕䜣赶紧夹紧尾巴，变得乖顺起来，慈禧才又赏还亲王爵位。

一朝被蛇咬，十年怕井绳，奕䜣再不敢小瞧朝臣，说话怕痒怕痛，细声细气："户部拨得出粮饷，或殷兆镛有能耐办饷筹粮，咱们也就不必迁就李鸿章，早把他扒一边歇凉去了。"

慈禧长叹一声，正想说啥，又有急报呈入，说霆军哗变，江南面临失控危险。原来湘军裁撤后，部分将士没领足欠饷，仍逗留江南不去。其中包括霆军一万多人马，分滞湖北和福建候饷。曾国藩挂帅剿捻后，朝廷主动下令，停裁霆军，随曾北征。世上哪有只打仗不给饷的？将士们生死不干，还是曾国藩采取种种手段，软硬兼施，才勉强答应下来，前提是必须拿到欠饷。欠饷没到手，又闻两江停厘断税，饷源枯竭，将士们别无指望，喧闹索饷，公然哗变。其他没拿到欠饷的已裁湘军也闻风而动，闹起事来，一时间沸反盈天，掠民者有之，杀官者有之，攻城者有之，甚至还有人扬言加入捻军，与朝廷对抗到底。

两宫和奕䜣大惊失色，赶紧谕令曾国藩和李鸿章，尽快制止哗变，稳定江南，以专心剿捻。又传旨严斥殷兆镛诸臣，不懂体谅外臣办差艰辛，只知信口开河，胡说八道，置国家安危于不顾。本欲拿掉殷兆镛几位头上顶戴，又觉得如此一来，再无人敢指责曾李，他师徒俩尾巴岂不要翘到天上去？也就点到为止，放过殷兆镛他们。原来朝廷离不开曾国藩和李鸿章等能臣办差，也需要殷兆镛这样的犬儒张大嘴巴，不时对他们汪汪汪吼叫几声。

世情如此，狗仗人势可壮胆，人仗狗势亦可助威。见朝廷口里说得厉害，却对殷兆镛诸臣无任何实质性处罚，曾国藩和李鸿章自然有些不快。却也不好再逼朝廷，赶紧掉头处置哗变事件。其实也不难处置，无非掏钱动作迅速点。有钱能使鬼推磨，有钱也能使鬼不推磨，银子拨到位，又杀几个首犯，哗变很快平息下去。

钱粮乃国家和军队命脉，李鸿章又指令两江各道府州县，加大力度，征粮筹饷，造枪置炮，确保剿捻前线需求。曾国藩手头变得宽裕，万事好办，率亲兵营移驻徐州，调度各军，严阵以待，堵截捻军。又将鲍超霆军调往前线，参与战斗。衣贵新，人贵旧，还是湘军好用。不像淮军，虽有李家老三老六负责传令，毕竟不像湘军旧部，召之即来，挥之即去。

一番调兵遣将，秋冬之际又打了几场胜仗，全军士气大受鼓舞。转眼间进入同治五年（1866），曾国藩再次调整策略，北以黄河，南以淮河，东以运河，西以沙河与贾鲁河为防线，责令皖豫鲁直各督抚，协助淮湘诸军，挖濠掘沟，筑堤修墙，各分汛地，层层布置，准备将捻军困于豫西山多田少贫瘠之处，逐步加以歼灭。

经数月努力，各河段堤墙先后竣工。曾国藩心里不踏实，令李鹤章代赴各地，仔细巡察堤墙质量。李鹤章带上亲兵，打马绕上一圈，所到之处，还算满意。只豫军负责的开封城外芦花岗堤墙，土松墙薄，不够坚固，且有部分堤墙缺口，迟迟没有合龙。李鹤章在岗上守了一个多月，亲督豫军加固堤墙，合龙缺口，直到觉得差强人意，才返回徐州。

入城给曾国藩复过命，李鹤章回营，见到二哥来函，询问防线修筑情况，也就顾不得休息，提笔回信，详叙此次巡察所见。还以颇为自得的口气，提到坐镇开封督军固墙经过，意思是二哥派咱老三随侍曾大帅，做事还算靠谱，不会给二哥丢脸。

收到老三复信，李鸿章忙摊开豫鲁舆图，见开封东去不足百里便是鲁境，心里不觉咯噔一下。山东富庶，捻军已将河南洗劫一空，急于冲破淮军围堵，东奔觅粮，开封一带防线薄弱，很容易被撕开。捻军马快，一旦突围而去，又去哪儿捕捉他们踪影？

李鸿章越想越觉得严重，真想亲赴开封，替老师封堵捻军。可自己署理两江，筹粮办饷，重任在肩，又哪走得开？只好给老师写信，重提左宗棠围攻杭州之旧事。前年左宗棠久攻杭州不下，故意在城北留下空当，以至围攻战一开，城里太平军乘虚逃走，悉数扑向苏南。如此一来，浙江是平安了，苏南重又陷入硝烟之中。

李鸿章旧事重提，意思是豫抚和豫军暗怀私心，不愿让河南成为剿捻主战场，修筑开封堤墙时有意留下一手，日后好让捻军突破防线，离豫他去。

信写好发走，钱鼎铭入见，身后跟着一人，竟是同年沈葆桢。李鸿章大乐，上前拉住对方双手，高声道："幼丹（沈葆桢）兄堂堂船政大臣，怎么跑到金陵来啦？"

原来上年沈母仙逝，沈葆桢辞去江西巡抚，扶柩回籍福建侯官（福州），为母丁忧。浙闽总督左宗棠上门吊唁，聊起江南和金陵两家制造局之盛况，沈葆桢建议，也在福州办个船政局，一边制造兵轮军舰，一边培养海员，振兴海防。左宗棠早有此念，回衙后奏请朝廷恩准，选择福州城东马尾，筹建船政局。谁知刚开了个头，西北回民闹事，朝廷调左宗棠转任陕甘总督，左宗棠不甘船政大业胎死腹中，力保沈葆桢出面主持船政局。依大清回避制度，官员只能异地为官，不可本籍就职，何况慈母逝世不久，戴孝执政，有违律法，沈葆桢一再推辞，不肯就任。也是船政事大，左宗棠又一再举奏，朝廷还是谕令沈葆桢，夺情出山，充任福州船政大臣。亲眼看着沈葆桢到职，左宗棠才放下一颗心，率员西行。沈葆桢也随船来到上海，两人下船考察过江南制造局，再转乘江轮，逆江而上。直至金陵码头，沈葆桢与左宗棠挥别，上岸造访李鸿章，打算再去看看金陵制造局。

自安庆别后，沈李已四年未曾谋面。久别重逢，李鸿章自然高兴，招呼后厨，准备盛宴。又吩咐钱鼎铭，叫冯桂芬来作陪。冯桂芬是林则徐门生，林则徐抚苏时，沈葆桢去苏州看望舅舅，就在抚衙里见过冯桂芬，两人意气相投，一见如故。至于钱鼎铭，四年前赴安庆迎接淮军，就与沈葆桢有过接触，也算是老朋友。

当下四友欢聚一室，兴味盎然。酒好话多，一说到左宗棠，李鸿章道：“左大总督也是，途经金陵，竟不告知一声，鸿章也好尽地主之谊，迎他上岸，畅饮几杯，叙叙旧情。毕竟皆出自曾幕，也算同门兄弟，虽说他不太肯承认自己师出曾门，见着我老师，也是直呼其号涤生。曾国荃攻克金陵时，幼天王出逃，他老人家又揪住此事不放，背后捅老师刀子，曾左从此成为路人，左大总督只怕连涤生二字都懒得挂齿，以免污了他的口舌。”

左宗棠特立独行，行为乖张，是个有故事的男人，容易成为席上话柄。钱鼎铭抢先接话道：“左宗棠才干了得，功勋卓著，历数当今天下英雄，除曾大帅和鸿帅，就该轮到他了。不说别的，单说长毛作乱十多年，不是曾李左所领湘淮楚三军，共同发力，又怎能大功告成？只是左宗棠也太狂了点，狂得有些不可理喻。自比诸葛亮，也就随他去，连曾大帅也不放在眼里，仿佛天底下就他一枝独秀，实在有些好笑。想想没有曾大帅力保，让他以四品京堂募兵，独立成军，能有他今天？他不仅毫无感激之心，还公然瞧不起曾大帅，有机会就抬高自己，贬低曾公。说得轻点，叫做拿起筷子吃饭，放下筷子骂娘，说得重点，叫忘恩负义。”

李鸿章笑道：“说是忘恩负义，还不至于，可左宗棠不近人情，倒也不假。咸丰末年充任湘抚幕僚，恃才傲物，开罪于人，惨遭弹劾，咸丰一怒之下，欲以恶幕罪名收拾他。幸郭嵩焘入值上书房，说服侍读学士潘祖荫上折力保，大言炎炎，说是天下不可一日无湖南，湖南不可一日无左宗棠，加之我老师上折求情，好话说尽，咸丰才动了恻隐之心。只是仍犹豫不决，又问郭嵩焘道，左宗棠是你湘阴老乡，你应该比人家知底细，他到底人才如何？郭嵩焘说左宗棠中举后，三次会试未中，不得不放弃八股，转求经世致用之学，学有大成，入幕湘抚，一展身手，确实非同凡响。咸丰觉得人才难得，终于放过左宗棠。照理郭嵩焘有大恩于己，左宗棠总该领情吧？可他偏不。金陵城破后，长毛残部四散，不少南逃浙闽，流窜广东。其时郭嵩焘抚粤不久，手里仅有少量抚标，无以抵敌，函请左宗棠派兵过境剿贼。理由也简单，不是你左宗棠堵截不力，长毛残部也不会入粤作乱，你总不可能袖手旁观吧？谁知左宗棠担心皇上追究长毛逸出闽境之责，又急于北上征捻立功，不仅不派兵入粤助剿，还连上三折，弹劾郭嵩焘无能失职，以混淆皇上视听，害得郭嵩焘丢掉粤抚顶戴，夹着尾巴回了湘阴，至今赋闲在家，穷愁潦倒，清水洗牙。”

冯桂芬笑笑道：“左宗棠遭遇麻烦，小命难保，郭嵩焘上蹿下跳，为其消灾，他恩将仇报，反过来修理恩人，除饰非避罪，急于北征，还有一个重要理由。”钱鼎铭问道：“啥重要理由？”冯桂芬说：“郭嵩焘两榜出身，左宗棠仅为举人。”

几位想想，确有道理。只听冯桂芬又不紧不慢道，“郭嵩焘是进士，左宗棠看着他不顺眼，曾大帅和胡帅（胡林翼）同样进士出身，左宗棠也颇不服气。郭曾胡三人都向皇上举荐过左宗棠，左宗棠统统不认账，在给儿子信中明确说，郭曾胡等人保荐在后，圣明洞见在先。意思是皇上看中自己大才，想不用都难，其他人无非放几个马后炮，无济于事。”

说得李鸿章笑起来，说：“我问过郭嵩焘，左宗棠为何对曾老师那么不服气。郭嵩焘说，左宗棠少年得志，二十一岁就做了举人，其时曾老师还在上下求索，啥都不是，一年后才勉强考取秀才。有趣的是，左宗棠中举后，三次入京会试，皆名落孙山，人近天命仍是布衣一个。相反曾老师起点低，起步晚，可一旦开悟，迈过秀才这个坎，接下来便一通百通，一路顺风，一中举人，再中进士，三入翰林，此后又连跳九级，位居多部侍郎。左宗棠实在想不通，曾老师悟性才华仿佛不及自己，却后来居上，高歌猛进，要风有风，要雨有雨，能不伤人自尊么？所以左宗棠一看有进士功名的人，眼里就冒火，心头就来气。直至成为督抚大员，还纠结不已，凡有人求见，拿过名片，若是进士，一脸不屑，先愤愤然扔到一旁，接见过举人以下来人，才看高不高兴，另外再说。”

三人你一句我一句，拿左宗棠开涮时，沈葆桢一直笑而不语，没有搭腔。李鸿章道：“幼丹兄好像不认识左宗棠似的，咱们讨论得如此热烈，您竟不置一词。”沈葆桢笑笑道：“背后说人长短，有些不厚道吧？”钱鼎铭说：“谁人背后无人说，哪个人前不说人？人到席上，酒杯一端，熟人熟事，正好下酒。”

冯桂芬笑道：“幼丹兄才不会拿左宗棠下酒呢。这世上凡有进士功名以上者，都入不了左宗棠法眼，唯幼丹兄除外。”钱鼎铭说：“正是，左宗棠目空一切，却还有识人之明，倒也难能可贵。在幼丹兄建议下，左宗棠奏办福州船政局，开场锣刚敲响，就被调往西北，走之前推幼丹兄出来主政船政局，确乎明智。”

至于左宗棠为何视天下进士如狗粪，却格外青睐进士出身的沈葆桢，几位嘴里不说，心中有数。原因简单，就是沈葆桢乃林则徐外甥和女婿。当年林则徐总督云贵，听胡林翼荐说左宗棠有大才，专函聘他入幕。其时知左宗棠大名者还没几个，左宗棠自然感激涕零，备好行李，准备应聘。无奈林夫人突然病故，林则徐护灵回籍，事告泡汤。官船行经长沙，大小官员纷纷求见，林则徐能拒则拒，只点名要见左宗棠。左宗棠正躲在湘阴柳庄破屋里，双目茫然，心如死灰，突然受到邀请，激动不已，三步并作两步，赶往长沙，一头钻进湘江边林总督官船。当此之时，林则徐已六十五岁，是名满天下的民族英雄和权倾一方的总督，三十七岁的左宗棠则穷困潦倒，前途无望，能远远看上林则徐一眼，已属三生有幸，何况相对晤坐，促膝深谈，纵论天下，该是何等荣光？更为难得的是，林则徐非常欣赏左宗棠才华，期许一定向皇上荐贤举能。此次会晤后半年，林则徐病入膏肓，临终前竟还从病榻上强行爬起来，亲笔上书道光皇帝，推举左宗棠，可谓“死荐”。这是左宗棠的大名第一次直达天听，连咸丰帝都还没上位，左宗棠总不好说圣明洞见在先，不得不领林则徐死荐之情。又考虑沈葆桢与林则徐之间的关系，福州船政局需要能员主持，也就顾不得沈葆桢功名在己之上，力举他出任船政大臣，以报当年林则徐知遇之恩。

左宗棠这种微妙心态，在座诸位肚里明白，只是不好点破，也就打几声哈哈，掩饰过去。倒是沈葆桢坦然，说：“诸位只知左公孤傲，不知其高功大名，得来多么不易。不说别人，就拿葆桢自己打比，科考不折不扣，步入官场后，有师长扶持，有同年帮衬，还有娘舅余荫可庇，才一步步走到今天，小有成就。想左公出身湘阴乡下，没世荫可乘，亲友可靠，中举后止步不前，无同年可恃，师长可依，加之性格倔强，官居要位的湖南老乡也敬而远之，直至霜染两鬓，依然一事无成。期间也曾投入湘抚幕府，越俎代庖，理政治军，干出不少实绩，却不过为人作嫁，浪得浮名。好不容易弄个四品京堂虚衔，又得不偿失，将抚衙上下全得罪完。湖南实在待不下去了，只好以入京会试为名，北上入鄂，假装顺道拜访鄂抚胡公（胡林翼），想弄口饭吃。胡公深知左公桀骜不驯，不易驾驭，把他推到曾大帅门下。曾左虽有旧谊，但左公心里不怎么瞧得起后来居上的曾大帅，若非走投无路，又哪会跑到安徽，矮下身段，入幕曾府？幸而曾大帅大人大量，不计较左公小肚鸡肠，专折保举他回湘募勇，自成一军。其时左公已人过天命，青春不再，用他自己的话说，叫土已埋到脖子上。想世间哪位英雄，憋得这么久？只怕不憋死，也已憋疯。左公却硬是憋了过来，他能不抓住机会，强行出头？曾大帅说少荃兄拼命做官，曾国荃拼命打仗，俞樾拼命著书，我看都没左公拼命。不拼命不行，不像少荃兄下有庐州子弟兵可用，上有老师曾大帅照顾，中间还有自家兄弟相助；不像曾国荃有兄弟尤其是大哥扶持，有湘乡战友同生共死，要枪有枪，要炮有炮，要粮有粮，要饷有饷。左公有什么？名义上归曾大帅统领，又不愿受其节制，只得独来独往，单打独斗，自己一人拼命挣扎。其他人领军，运筹帷幄，决胜千里，左公每攻一城，每夺一地，都是亲力亲为，跑到前线，冒着敌军枪炮，观敌情，寻战机，排兵布阵。手下人才也是湘淮两军不用之弃才，比如蒋益澧，本是湘乡人，曾大帅觉得他颟顸粗鲁，不可造就，弃如敝屣，左公才拣了个落地桃子，召入楚军大营。没人办粮办饷，只得与十八竿子都打不着的胡雪岩结伙，解决军需。左公能在两年时间内，窜升督抚大位，确是用命换来的，比之他人，其难度不知大过千倍，还是万倍。”

沈葆桢所言，句句属实，几位倒也无话可说。只有钱鼎铭忍不住道：“左宗棠才高八斗，卓而不群，憋了五十年才逮住机会，拼上老命也要出头，情有可原。可他总该明白，没有曾大帅，他出得了头吗？可他倒好，奉曾大帅之命，湘人回湘，募得几千湘勇，当即扔掉根本，别出心裁，自号楚军。这还在其次，金陵光复，幼天王逃离，他又以怨报德，背后使暗箭，伤害曾氏兄弟，简直令人齿冷。”沈葆桢道：“左公做法有些过，可也能看出，他眼光独特，先知先觉。”钱鼎铭问：“左宗棠还有先知先觉之明？”

冯桂芬代为答道：“左宗棠弃湘号楚，一是不想依附曾大帅，独树一帜；二是他预知长毛消灭，湘军必裁，自称楚军，也许能逃脱湘军命运。至于公然与曾大帅撕破脸皮，恐怕也是做给皇上看的，希望楚军能得到区别对待。”

“左宗棠自命楚军，尚可理喻，可杭州和余杭之战，故意留出缺口，虚晃一枪，私放十万长毛逃逸，又作何解释？”钱鼎铭紧追不放，“另有长毛残部出闽入粤，本来是他防范不周，竟反过来连上三折，劾掉郭嵩焘巡抚，难道也有道理？”冯桂芬笑道：“人情皆然，越是来之不易的东西，越发珍惜。左宗棠拼出老命，好不容易做上浙闽总督，自然不敢稍有闪失。若因久攻杭州不下，影响整个江南战局，皇上怪罪下来，撸掉头上顶子，于心何甘？同理，长毛残部出闽，责在左宗棠，他担心有人借题发挥，自己吃不了兜着走，于是先发制人，将过错往郭嵩焘头上推，让他做替罪羊，自己好抽身北上，征捻图功。花无重开日，人无再少年，左宗棠这把年纪，不可能从头再来，只赢得起，输不起啊。”

几位佩服冯桂芬剖析透彻，说：“左宗棠外表倔强，其实内里比谁都有心机啊。”

见几位只顾说话，忘了喝酒，李鸿章高举酒杯，招呼道：“说拿左宗棠做下酒菜，怎么只顾着吃菜，忘了喝酒？来来来，干杯干杯！”几位笑道：“菜吃得差不多，也该喝酒了。”

隔日李鸿章陪同沈葆桢，参观金陵制造局。马格里自然出面引导，介绍机器性能、产品功效，及生产管理规程，让沈葆桢大开眼界。

出得制造局，去忠王府看望过曾夫人，李鸿章又备菜置酒，邀冯桂芬几位为沈葆桢饯行，送他到江边码头，乘船回闽。

且说曾国藩收到李鸿章函件，启封展读，也忐忑起来。若豫军也学左宗棠，故意留下破绽，让捻军破墙而去，数月苦心经营，岂不全部泡汤？

曾国藩不敢怠慢，具函严责豫抚和豫军，加固开封堤墙，不能出任何差错。尔后拖着病躯，移驻济宁，就近调度黄河和运河防御，万一开封堤墙有失，还可凭借两河，拦截捻军，至少不能让其北犯京畿，威胁帝都。又指派铭军，渡过黄河，向开封移动，协助豫军，务必将捻军封堵在河南境内，好关起门来打狗。

铭军得令，移军开封。眼见离城只有十来里样子，天色黑下来，刘铭传传令安营扎寨。同时派出前哨，与豫军联系，以联手防堵捻军。谁知营垒还没扎妥，只听得远处枪炮大作，开封方向一片火海，映红半边夜空。刘铭传情知不妙，准备挥师驰救，前哨回报，说捻军趁豫军用饭之际，发起突袭，冲开堤墙薄弱处，踏破豫军营盘，往东驰去。

刘铭传顾不得太多，率骑兵追击捻军。却因事发突然，马困人饥，哪追得上风驰电掣般的捻军？捻军一路狂奔，很快进入山东曹州境内，见粮抢粮，见马夺马。鲁抚丁宝桢早有防备，指挥鲁军，挡住捻军东进之路。捻军欲北犯直隶，又有淮军扼守黄河，只好玩起“打圈圈”惯法，在鄂豫皖苏鲁五省边境来回兜圈，与淮军捉起迷藏来。

曾国藩闻讯，顿时瘫倒在地，差点背过气去。慌乱中，亲兵叫进军医，又掐人中，又灌药水，才好不容易把他救醒过来。曾国藩想给朝廷拟折，笔才上手，五指一颤，便掉到地上。只好让幕僚代笔，细述墙防失败经过，请皇上降罪。

奏折还在路上，军机处就已得到密报，知道河南墙防失守，捻军尽逸。还有豫鲁皖鄂及直隶诸省督抚奏本，也以最快速度，送入京中，纷纷谴责曾国藩谋划无方，调度失当，致使一年多剿捻努力，皆付诸东流。尤其是豫抚和豫军统领，骂曾国藩骂得最厉害，仿佛是曾国藩扛着铁锹，亲自将开封防堤扒开的。

朝臣们更是欢天喜地，奔走相告，怎么也掩饰不住眉梢嘴角的笑意。你曾国藩不是牛吗，这回怎么样，不照样败在捻军铁蹄下？世上好事全摊到你们曾家兄弟头上，咱们这些朝臣还要不要活命？也是老天爷开眼，姓曾的打下太平军，受封毅勇侯，若再打败捻军，皇上还拿啥授封？岂不只有封王？封王好啊，帝王帝王，王与帝只差一步之遥，一旦封王，你曾国藩正好学吴三桂样子，反清复明，也可弄个皇帝干干。

朝臣们高兴个够，觉得还该做点什么，于是纷纷上折，弹劾曾国藩，说他消极怠工，围剿不力，有意放走捻军，不知居心何在。有人更露骨，说曾国藩读多了史书，老担心鸟尽弓藏，兔死狗烹，绞尽脑汁也要留着鸟和兔，好持弓于手，养狗在圈，顾盼自雄。

与朝臣不同，两宫怎么也高兴不起来。虽说曾国藩败于捻军，多少给僧格林沁挽回些面子，毕竟祸害一日不除，国家一日难安，对谁都没好处。当即召奕䜣进宫，商量对策。奕䜣说："捻匪不比长毛，长毛攻一城，守一城，攻一地，占一地，曾国藩步步为营，稳打稳扎，终将洪秀全困死金陵城里。捻匪流动作战，飘忽无踪，曾国藩想以静制动，自然难见功效。看来还得另觅良帅，改变方略，以其人之道还治其人之身，收取奇功。"

两宫问："又觅谁为帅呢？"奕䜣说："淮军本为李鸿章缔造，交他人指挥，将帅实难合拍，这也是曾国藩失败原因之一。就让李鸿章接管钦差关防，亲统淮军剿捻吧，他比曾国藩灵活，又年轻十二岁，身强力壮，马下可调军，马上可督阵。"

两宫表示同意。留李鸿章署理两江，本是出于三个目的，一给曾国藩筹饷，二替朝廷追查天国圣库，三让淮军将帅脱离，以免日后生变。大敌当前，看来已顾不得这许多，只能先剿灭捻军再说。只是李鸿章领军剿捻，曾国藩总得有个去向。奕䜣也已想好，说："曾国藩好办，哪里来，还到哪里去，就让他回任两江总督吧。"两宫说："两江难道不可另放他人，非曾国藩不可么？"奕䜣说："打仗打的是粮饷，两江是财赋重地，曾国藩是李鸿章老师，让他仍回旧任，可卖力为淮军筹集粮饷。"

两宫就嘱奕䜣，让军机处拟稿，尽快颁旨下去。正好曾国藩奏折递上来，先自责一番，然后恳请皇上，调李鸿章与曾国荃助己剿捻，就像三年前围剿太平军一样。攻克金陵后，朝廷揪住天国圣库不放，曾国荃为避锋芒，没等湘军裁撤完毕，辞官回了湖南湘乡。眼下剿捻所需，曾国藩又有请求，奕䜣觉得可调曾国荃出任湖北巡抚，配合李鸿章堵截捻军。

接到圣旨，曾国藩又喜又忧。喜的是曾国荃伺机而出，说明朝廷并没忘记他攻克金陵之功。又有李鸿章总揽剿捻全局，也许大功可成。忧的是自己功败垂成，没有功劳有苦劳，朝廷连安慰的话都不给一句，只命你交出钦差关防，没留任何余地。

曾国藩颜面尽失，心有不甘，不愿就这么灰溜溜地离开剿捻前线，上折要求留在军中，不主调度，只做个散员，办些力所能及的军务。

与曾国藩一样，李鸿章见到圣旨后，心情也很复杂。淮军将帅又可重新走到一起，同仇敌忾，共报国恩，该是多么快意之事？可老师出师未捷，声望扫地，他肯不肯回任两江？若不肯回任，两江交给别人，不愿铁心为淮军筹饷，自己又怎么成就剿捻大功？

不同于深谋远虑的曾国藩，李鸿章遇事有想法，更有办法，有谋划，更有行动。他一边檄调淮军各将领，拦截游荡于五省边境的捻军，找准机会，给予重创；一边找来钱鼎铭和冯桂芬等幕僚，筹备军需，整理资料，随时准备北征。

钱鼎铭走后，冯桂芬留下说："桂芬年事已高，精力越来越不济，恐怕没法再随鸿帅出征，只能留守江南故土，讲讲学，著著书，度此残生。"

冯桂芬可不是客气。他比曾国藩还大两岁，已近耳顺，李鸿章不好拉他再奔前线，只得说："景亭大兄学贯中西，正好著书立学。只是鸿章身边没有您，遇事谁能释疑解惑？"冯桂芬笑道："鸿帅过誉，桂芬入幕期间，也没为您释过疑，解过惑，只办过谁都办得来的杂役和文案。鸿帅若需要，桂芬倒可推荐个人，给您办文跑杂。"李鸿章说："景亭兄所荐人选，肯定不赖，鸿章求之不得。"

"许钤身。"冯桂芬说出三个字，"许钤身虽无功名，却出身杭州名门，其父亲、伯叔和兄长都做过朝廷命官。更为重要的是，其人脑瓜子好使，文笔不错，且阅历丰富，见多识广，鸿帅诚心延聘，置于左右，定能派上大用场。"

办大事离不开有用之才，李鸿章非常高兴，说："景亭大兄说有大用，再差也不会差到哪儿去。就烦请您具函，邀许钤身尽快到金陵来，入我幕府。"冯桂芬说："许钤身曾在运河上跑沙船，不久前船翻破产，闲居金陵，与桂芬有些交往，我让他来拜会鸿帅就是。"

两天后许钤身就到了李鸿章身边。李鸿章让他协助钱鼎铭，筹办出征事宜，慢慢熟悉衙务。此时周馥已升直隶知州，本想调他随军襄办营务，既然许钤身能顶事，干脆让他留苏补用。剿捻非一日两日之功可见效，老母亲和家眷不好久居江苏，也不便随军漂泊，还是回合肥妥当。幸好几位兄弟操持，合肥李家新宅已建成，李鸿章又嘱周馥，代送老母亲和家眷回乡。

周馥圆满完成任务，回金陵复命时，带来一个漂亮女孩。也是赵小莲心疼夫君征战在外，生活无人料理，想让莫姑姑随军，因莫姑娘小产，身体虚弱，便让出贴身侍女，要周馥带往金陵。周馥见侍女太柔弱，肯定受不了征战之苦，表示异议。赵小莲觉得也对，然仓促间，又到哪儿去找合适女孩呢？周馥说有个叫冬梅的女孩就挺合适。

冬梅是近日才入李家的女佣，十五六岁的样子。第一眼见到冬梅，周馥就觉得她与一个人很像，如果交给李鸿章，他肯定喜欢。琢磨着如何跟赵小莲开口，赵小莲提出给夫君安排个人，周馥就说了冬梅名字。赵小莲也看好冬梅，就让她跟周馥上了路。到得金陵，李鸿章一见，果然眼前一亮，满心喜欢。原来冬梅与丁香很相像，无论身材、五官，还是脸上神态，包括说话声音，与丁香如出一辙，仿佛一个模子里倒出来似的。

冬梅来身边没几天，李鸿章就率随员和亲兵营，启程北上。冯桂芬、周馥及金陵大小官员倾巢而出，一直送到清江浦。临别之际，李鸿章拉着冯桂芬双手，说："日后景亭大兄有事，只管找玉山（周馥）就是，他会全心替你操办的。"

冯桂芬谢过，说："桂芬已在苏州城西木渎镇上物色了一处地皮，正托人造屋，屋成我就住过去，专心主撰《苏州府志》，争取有生之年能够完稿。"李鸿章表示祝贺，承诺道："府志修讫，鸿章可号召苏州富商出资，刊印成书，让景亭大兄大名不朽于世。"

冯桂芬自然称谢。李鸿章挥别诸位，登船北上。不久冯桂芬离开金陵，入住木渎新屋，总撰《苏州府志》153 卷。志成人逝，享年六十五岁。多年后由李鸿章资助和督促，《苏州府志》及冯桂芬其他著作得以刊行出版，流芳百世。

三、接关防倒守运河

经一个月长途跋涉，至初冬时节，李鸿章行抵徐州，安下大营。曾国藩也自济宁南来，李鸿章率员出郊，迎住老师。前年夏金陵一别，一年半过去，老师又苍老了许多，两眼昏花，形容憔悴，精神萎靡，让人想起黎明枯灯，蜡成灰，烛将残，一阵微风过去，都可吹熄。

老师此刻的心境，李鸿章最能理解。劳苦十多年，完胜太平军，功德圆满，一心想着见好就收，急流勇退，谁知僧格林沁战死，朝命北上剿捻，三番五次请辞，没能获准，只好硬着头皮出征。宵衣旰食一年半，筑墙掘河，圈捻军于河南，正待聚歼之，开封墙破，功败垂成。惊悚之余，欲借李鸿章和曾国荃之力共剿顽敌，将功补过，怎奈腾章四起，谤议盈路，朝廷也失去信任，下令交篆走人，自己恳请留营效命，做个散员，都不给面子，叫人情何以堪？

见到李鸿章，曾国藩更是百感交集。一时间老泪纵横，真想趴到学生肩头，痛痛快快哭上一场。然毕竟男儿有泪不轻弹，何况还是顶天立地的大英雄，曾国藩不至于脆弱如此，只抬臂揉揉双眼，说："老啦，不中用啦，一见风，两眼就止不住流泪。"

李鸿章听着，心酸不已。让一个风烛残年的老人，指挥别人练成的军队，在各怀私念的五省督抚治地剿捻，本来胜算就小，如今捻军突围而去，想重振旗鼓，与敌再战，挽回颜面，朝廷死活不准，非逼着交篆卸任不可，实在太过残酷。李鸿章想安慰几句，都不知从何说起，只得将老师扶进大轿，自己按辔随侍，护其入城，住进早清扫干净的背街大屋，安顿下来。

接下来的日子，李鸿章布置好徐州防务，有空就走进大屋，陪老师喝茶聊天，偶尔围上两局，打发时光。钦差关防还在老师手里，李鸿章几次触及剿捻话题，想暗示他尽快移交，都被他用话岔开。关防没到手，又怎么调度各军和五省督抚呢？李鸿章心里干着急，却怎么也开不了这个口，怕惹老师不乐。

其实曾国藩心里再清楚不过，李鸿章正急于拿走关防，部署剿捻事宜。可他还是不愿放弃初衷，接连给皇上上折，一再要求留营自效。卡着关防不交，是想借学生嘴替自己说说话。朝廷要李鸿章平捻，他若有留下老师的意愿，朝廷自会迁就。可李鸿章有李鸿章考虑。一军两帅，容易坏事，既然朝廷责令自己挂帅剿捻，谁愿意多个婆婆，在身边指手画脚？

可这个想法只能放肚子里埋着，没法明白说出口，虽然说与不说，曾国藩也清楚。李鸿章颇感为难，不知如何让老师自愿拿出钦差关防。

这日李鸿章又去见老师。寒暄几句，曾国藩拿出新拟奏折草稿，请李鸿章斧正。李鸿章笑道："老师乃文章大家，学生岂敢斧正您的大作？"曾国藩笑道："少荃太过谦虚，您正处如日中天之盛年，识见高阔，思路敏捷，愚师却已老迈昏聩，文词艰涩，得有赖你指出纰漏，以免折子送到朝中，被那班专以寻章摘句为能事的大臣所嘲笑。"

"朝中大臣再寻章，再摘句，也不可能寻出摘出老师文章里的深义至理。"李鸿章笑言道，看起折稿来。稿里曾国藩以坚决口吻提出，要么留营自效，助剿捻军，要么开缺离职，解甲归田，至于回任两江，打死他也不干，想干也心有余力不足，干不了了。

也许这就是湖南蛮子的蛮劲，一旦倔起来，十头牛都拉不转。李鸿章想规劝几句，留营自效也好，开缺离职也罢，哪有回任两江有意思？经营两江多年，藩臬道府都是湘军旧人，往两江总督宝座上一坐，呼风来风，唤雨来雨，何等畅快？可老师认定的事，又岂是你这个学生能改变得了的？李鸿章只好假意奉承几句，说奏折如何高明，如何有说服力。曾国藩问："少荃以为，皇上见折，是会留我于营，还是驱我回乡？"

李鸿章打着哈哈，想敷衍过去，曾国藩干脆直言道："少荃说句真心话，到底希不希望为师留在军营里，给你打打下手？你愿我留营，也给皇上上个折子，让我这把老骨头为剿捻大业多效力几天。为师相信，淮军有少荃指挥，定能消灭捻匪，给为师出这口恶气。”

难道还能说老师留营碍事不成？李鸿章违心道：“老师若愿留营给学生掌本，学生自然求之不得。只是两江交给别人，老师能放得下这个心么？”曾国藩叹道：“为师老矣，心衰力竭，两江再好，也啃不动了，谁想去，去就是，我不会嫉妒，更不会阻拦。还是留此残身于军中，亲眼看着少荃剿灭捻匪，我死亦瞑目矣。”

李鸿章默然，又拈子陪老师围上一局，才怏怏回营。枯坐帐中，想起手无钦差关防，有劲没法使，一时无所作为，进退两难，真是苦不堪言。欲给朝廷上折，借皇上之口逼迫老师尽快交出关防，又做不出来。唯有耐心等待。老师不可能将关防放怀里捂上一辈子，总有一天会改变主意，主动松手的。

可哪天老师才会松手，交关防于他呢？正在无计可施之际，许钤身进帐问事，见李鸿章愁眉不舒，试探道：“鸿帅还没拿到关防吧？”李鸿章说：“可不是？老师想以散员身份，留营助我剿捻，卡住关防不给，我也不好强行将他手掌掰开啊。”许钤身道：“要说曾大帅此要求也合情理，且他功高盖世，真要坚持，恐怕皇上也不好驳他面子。”

“正是皇上不好驳他面子，他才一再具奏，请求留营自效。”李鸿章大摇其头道，“又知我不可能赶他走，也就得寸进尺，还要我上折替他说话。”许钤身道：“估计鸿帅不会上这个折子吧？”李鸿章说：“你说我会吗？”

许钤身笑笑，忽然道：“听说皇上记性不错，一直没忘记天国圣库？”

李鸿章看着许钤身，不知他提天国圣库干吗。只听许钤身又道：“众所周知，太平天国实行公有制，各军攻城略地所得钱物，各地生产商贸所获资财，须先上交天国圣库，然后再按需下拨各军和各地。太平军横扫大半个中国，又久据江南富庶之地，天国圣库里的财物自然不少，想要皇上不惦记也难啊。”

一语提醒李鸿章，他一下子想起奕䜣命自己追查圣库的密信，沉吟道：“自金陵攻克后，有关追究天国圣库财物去向的呼声就从没停止过。”许钤身道：“当年曾国荃一把火烧毁天王府，引出种种猜测，说啥的都有，幸好两江原由曾大帅总督，断由鸿帅署理，外人没法插上手，盖子才一直被捂住，至今没有揭开。”

许钤身这小子，原来是绕着圈子，教你如何将老师支回两江。当夜李鸿章就带上奕䜣密信，去了曾国藩住处。白天曾国藩又寄走一道请求留营效力的奏折，见着李鸿章，赶紧拿出底本，要他过目。李鸿章瞟上几眼，自然得奉承几句。曾国藩说：“为师眼力越来越差，一道三五百字的折子，没有大半天都弄不下来。岁月不饶人啊。”

知道岁月不饶人，还霸蛮留在军营里干吗？李鸿章肚里嘀咕，嘴上说：“若注意用眼，视力差点无大碍，只要脑筋管用就行。”曾国藩说：“脑筋也越发迟钝了，刚见过的人，刚做过的事，刚说过的话，转背就忘。”李鸿章笑道：“可学生看不出来，老师待人接物，依然那般睿智。”曾国藩笑笑道：“少荃谬夸，少荃谬夸。”

趁着曾国藩高兴，李鸿章像忽然想起什么似的，说：“学生署理两江不久，碰到一件棘手事，一直不知如何处置为好，现又已遵旨离开两江，恐怕还得劳烦老师，代为了难。”曾国藩说：“什么棘手事？说来听听。”

“事是恭亲王交代的。”李鸿章从怀里掏出奕䜣密信，递到曾国藩手上。曾国藩望眼李鸿章，拿出花镜，将密信凑到鼻子下，认真阅读起来。

阅完信，曾国藩沉默半晌，才问道：“少荃追查出圣库财产去向没有？”李鸿章说：“学生正待按恭亲王密信办，结果被吴江殷兆钧抗厘事件一搅，既要应付朝臣弹劾，又要与两江商户纠缠，确保厘税征收，也就再顾不上圣库不圣库。”

想不到殷家抗厘事件背后原因如此复杂。曾国藩心里佩服着李鸿章的机智，已暗下决心，尽快回督两江。皇上肯定还会追究圣库，但只要自己人坐镇金陵，总有办法敷衍过去。时间可以淡化一切，假以时日，人们总会忘记圣库，包括皇上和朝臣。可此时还不行，此时将两江交到他人手上，谁也说不准会惹出什么乱子来。

两天后曾国藩主动交出钦差关防，带着随员，离开徐州，往南而行，回任两江。李鸿章这才正式执掌帅印，真正成为第二十三任剿捻大帅。随即调动淮军和诸省防军，对游荡于鲁苏豫皖鄂边境的捻军展开围追堵截。

旧帅执印，最受鼓舞的是淮军将士，打起仗来，人人争先，个个勇猛。

一连几场胜仗，打得捻军东躲西藏，没了主意。不过捻军也不是吃素的，很快由被动转为主动，兵分两路，一路向北，准备突破黄河，威胁京畿；一路向东，意在扫荡山东，补充粮草和给养。

李鸿章不怕捻军入鲁。若将胶莱地区作为主战场，借助胶莱河和三面海水，阻敌去路，再一步步缩小包围圈，定能事半功倍，歼灭敌军。于是调整战略，将淮军北线主力集中于黄河岸边，严防捻军越河犯京，再让鲁军自守运河防线。山东巡抚丁宝桢深知鲁军将熊兵孬，接连给皇上上折，说山东离京太近，捻军马快，一旦占据山东，随时可能飞驰入京，务必命李鸿章抽调南线淮军，确保山东不失。

皇上经不起吓，紧急谕令李鸿章，尽调南线兵力北上，阻止捻军越过运河，进犯山东。说白了，就是捻军只能南逃，离京都越远越好。君命不可违，李鸿章只得遵照执行。其实也不仅仅是遵君命，他还心存侥幸，幻想借助黄河与运河险要，汇军于豫北和鲁西一带，与捻军决一死战，或许大功可成。岂料事与愿违，捻军见淮军列阵于黄河岸边，北图毫无把握，东进又有鲁军设阻，干脆趁着南线淮军向豫鲁交界处移动，突然掉过头来，以迅雷不及掩耳之势，穿越鲁苏豫皖边境，尽数向南逸去。

捻军战略变化也太快了点，叫人一时难以适应。可不适应也得适应，李鸿章忙调集兵力，望南追击。时值严冬，风高雪厚，天寒地冷，淮捻两军逃的逃得急，追的追得紧，不时会打上一两场遭遇战，各有胜负。

转瞬来到同治六年（1867）春，捻军风驰电掣般进入鄂境，李鸿章函令湖北巡抚曾国荃移师随州，实施拦截。同时命郭松林各军，逮住机会，消灭捻军有生力量。郭松林很快发现战机，率军抄近道，绕击敌军侧翼，取得小胜。可没等尝够胜利滋味，数倍于己的捻军出现于后，郭松林想撤退，已来不及，只有硬着头皮，前迎后挡。可捻军越战越多，郭军被夹在中间，顾首不顾尾，很快败下阵来，丢盔弃甲，抱头鼠窜。乱仗中，郭松林身中数弹，被亲兵拖入草丛深处，才逃过敌军枪眼。

运动战是捻军强项，淮军不可能占到便宜。松军战败，还没恢复元气，又闻曾国荃连吃败仗，丢掉数县，躲在随州城里，再不敢出战。还有身经百战的张树珊战死阵前，身首异处，全军震惊。李鸿章痛心不已，真想亲自挥刀上阵，手刃顽敌，以雪大耻。

可李鸿章不能感情用事，还得冷静分析战局，寻求破敌良策。

正在李鸿章不得要领之计，捻军三巨头出现分歧，竟闹起分裂来。张宗禹认为官军集中于苏鲁豫皖鄂一带，与淮军贴身作战，虽偶获小胜，终会吃大亏，不如另辟蹊径，转移至天宽地阔的西北去，前程或许更看好些。赖文光和任化邦觉得西北贫瘠，粮草不易筹集，难以为继，还是留在中原，吃喝不愁，只要跑得快，官军无奈我何。就这样，彼此谁也说服不了谁，只得一分为二，张宗禹率领所属五万人，前往陕甘，联络回众，另谋发展，称为西捻军；其他十万人马由赖文光和任化邦统领，继续与官军周旋于鄂皖豫苏鲁各省，称为东捻军。

西捻出走西北后，东捻趁着淮军和地方守军遭受重创，未及缓过神来，集结于湖北安陆臼口镇一带，准备稍作休整，再向北转移。李鸿章闻讯，顾不得各军疲劳，下令刘铭传铭军和鲍超霆军进发安陆，聚歼捻军。随即铭军由北而南，鲍超霆军由南而北，向东捻靠拢。东捻后退到尹漋河一带，严阵以待。

铭军先抵尹漋河。其时天刚蒙蒙亮，离两军约定进攻时间还差一个时辰。可刘铭传有些迫不及待，一心想抢头功，没等鲍超率部赶到，先下令进攻。铭军是淮军十一大军系里的头牌军，兵员过万，拥有五千支洋枪，及大小开花炮数十门，战斗力超强。也正是实力雄厚，刘铭传底气十足，觉得有无霆军参战无所谓，贸然决定提前开战。他让士兵们扔下辎重，全力渡河。捻军稍加抵抗，纷纷向后撤退。刘铭传不知是计，挥师追出四五里，才发现后路突冒出大队捻军，不得不抽调马步队回援。

见铭军分兵迎战，佯装撤退的捻军调头反扑，夹攻铭军。刘铭传将铭军分为左、中、右三路，奋力突击。赖文光早有预谋，让任化邦集中优势兵力，痛击铭军左路，自领一军，绕至右边，发起猛攻。如此一来，铭军前后左右全是敌军，顾此失彼，阵脚大乱。

铭军深陷敌圈时，鲍超率部如约来到阵前。一看就知刘铭传想独吞战果，提前开战。鲍超心里老大不乐，也不忙着参战，先看看刘铭传热闹再说。部将跃跃欲试，鲍超也不让。直到铭军多员主将中弹身亡，刘铭传本人盔甲落地，狼狈逃命，鲍超才挥师敌后，发起突袭。捻军猝不及防，没法同时抗击两军，只得撤离战场，逃之夭夭。鲍超领军追出两里地，忽想起什么，赶紧收兵回来，打扫战场，吩咐亲兵，谁拿到刘铭传盔甲，重重奖赏谁。随处都是淮军丢弃的枪炮和衣帽，到哪去找刘铭传盔甲呢？其实也不难，刘铭传已官居直隶提督，盔甲与众不同，很快被一名亲兵抢到手上。

尹濉河战报送入徐州帅营，李鸿章又气恼，又庆幸。气恼刘铭传急功冒进，损兵折将，庆幸鲍超按时率部出战，击退捻军，让刘铭传死里逃生。千军易得，一将难求，铭军死伤再惨，无关紧要，只要刘铭传活着，铭军仍会重振雄风，复现于战场。

为感谢鲍超，李鸿章拿过纸笔，准备奏明皇上，给他请功领赏。刚开了个头，许铃身进帐，手上拎着个包裹，说是鲍超亲兵送来的战利品。李鸿章颇觉疑惑，道："鲍超舍得送战利品给我？快打开看看。"

许铃身打开包裹，竟是一套又破又脏的军官盔甲。李鸿章皱着眉头，说："鲍超送盔甲给我干啥？让我披挂上阵？"许铃身说："看上去像是提督盔甲。"李鸿章疑惑道："提督盔甲？哪位提督的盔甲？"又问道："鲍超亲兵走了没？"许铃身说："我叫人领到后营歇息用餐，应该没走。"李鸿章说："去问问他，到底谁的盔甲。"

霆铭二军同战尹濉河，铭军大败，军中仅刘铭传官居提督，提督盔甲还能是别人的不成？许铃身这么想着，也不多话，跑到后营，一问鲍超亲兵，果然不假。回禀李鸿章，李鸿章不乐道："鲍超这小子，送来刘铭传盔甲，到底是何用心？"许铃身说："鲍刘来自湘淮两军，都是心高气傲战功赫赫的虎将，难免张飞不服马超，互生龃龉。刘铭传违约抢功，为捻军所败，鲍超如期出兵，获刘盔甲，转送给鸿帅，无非两个意思，一是羞辱刘铭传，一是告诉鸿帅，淮军大将莫过如此。"

气得李鸿章眼冒火星，一把抓过刘铭传盔甲，往地上狠狠摔去，大声咆哮道："给我扔到阴沟里去，再别叫我看到这劳什子。"

许铃身上前，捡起盔甲，掸掸上面的灰尘，人却没动。李鸿章说："怎么还不走？"许铃身说："铃身觉得还是留着这套盔甲好。"李鸿章说："留着何用？"许铃身说："还给刘铭传。"

许铃身用意好懂，就是以此警醒刘铭传，到了战场上，还是理智些，别逞强好胜，凭着性子来，自己打自己耳光。李鸿章叹口气，说："行吧行吧，你去处理吧。"

许铃身抱着盔甲出帐，交予差官，送还刘铭传。

本来鲍超及时出手，救自己一命，刘铭传心存感激，还想着酬谢他。

收到李鸿章送回来的盔甲，觉得颜面扫地，羞愧难当，竟由羞转怒，由怒生恨，不仅不再感激鲍超，还大骂他不是东西。骂够后，仍不解气，又上书朝廷，说尹漋河之战本可完胜捻军，皆因鲍超故意延时出兵，导致铭军孤军作战，让捻军占了便宜，趁虚脱逃。

明明是你刘铭传抢独食，提前出兵，败于捻军，这下反咬一口，把责任往我鲍超身上推，也太无耻了吧？鲍超不肯善罢甘休，也上折力争，大骂刘铭传忘恩负义。

就这样，两人你一折，我一本，唇枪舌战，打起笔墨官司来。朝廷没人亲临战场，仅凭两人奏折，知道谁是谁非？便责令李鸿章，尽快调查明白，再回复朝廷，实行奖罚时，也好有个依据。本来李鸿章要给鲍超请功，这小子竟送来刘铭传盔甲，也就再提不起兴致。这会儿朝廷下令调查尹漋河之战真相，李鸿章左不是，右也不是，不知如何起笔为好。

许钤身理解李鸿章苦终，笑笑道："皇上这道命题文章，比起当年会试皇考来，只怕还难吧？"李鸿章愁道："说真话吧，刘铭传得罪不起，日后还要靠他上阵作战，战胜捻匪；说假话吧，不仅对不起鲍超，老师那里也不好交待。鲍超可是老师救命恩人，祁门遇险，不是他小子，老师只怕早已死于长毛之手。"许钤身笑道："钤身倒有个办法，不知可行不可行。"

知道许钤身点子多，李鸿章叫着他字号道："仲韬有何良策，快快道来。"许钤身道："鸿帅可给皇上递个折子，就说徐州离安陆太远，鞭长莫及，不像曾国荃近在随州，让他就便调查尹漋河战役，获取真相不难。"

"你这是哪来的馊主意？不是有意置刘铭传于死地吗？"李鸿章大摇其头，"鲍超系湘军元老，霆军又是大裁军后硕果仅存的湘军旧部，曾国荃肯定会力保鲍超，不可能胳膊肘子往外扭，倒过来替刘铭传说话。"许钤身说："我看不一定。"李鸿章不解道："何以见得？"

许钤身道出一番理由来。他说："曾国荃心中早已没有霆军位置。霆军系湘军旧部不假，可霆军大部分兵源来自川滇黔鄂，仅有少部分为湖南兵勇，算不得湘军嫡系。正因不是嫡系，迟迟拿不到欠饷，没能及时裁撤，正巧碰上僧格林沁兵败，剿捻需要，才勉强留存下来。为欠饷之事，霆军还闹过哗变，差点惹出大乱，弄得曾氏兄弟很头疼，很被动，早想开掉霆军，鲍刘闹别扭，不正是个难得的机会么？此其一。”李鸿章问：“其二呢？”

许钤身说：“其二是曾国荃也不愿得罪淮军。湘军裁撤，曾国荃不再是当年的曾国荃，手里仅有少数抚标和绿营，上任湖北巡抚后才连丢数县，大失面子。幸淮军及时南下，让他稳住阵脚，他心里清楚，得罪淮军，以后日子肯定不好过。”

说得李鸿章频频点头。许钤身说：“最重要的还是其三，曾国荃欠着鸿帅大人情。”李鸿章说：“曾国荃欠我什么人情？”许钤身说：“不是鸿帅署理两江总督，捂住天国圣库盖子，曾国荃能复出湖北巡抚吗？此次鲍刘之争，他正好投桃报李。”

李鸿章哈哈大笑起来，说：“好你个仲韬，刚到军中没几天，湘淮二军底细竟被你摸个一清二楚。”许钤身笑道：“钤身位卑未敢忘忧国啊。何况湘淮两军威震天下，外面说法多着呢。咱又与景亭大兄等过从甚密，总会听到些风言风语。”

李鸿章不再犹豫，让许钤身代笔，给皇上呈折，力荐曾国荃就近调查尹漋河战役鲍刘之争。奏折递到京都，朝臣们没一个看得懂。李鸿章一向喜欢护犊子，淮军将领犯了啥事，他能盖尽量盖，能捂尽量捂，外人说都说不得。尹漋河之战，铭军失利，刘鲍两人公说公有理，婆说婆有理，皇上要李鸿章给个说法，他竟建议湘军旧帅曾国荃出面调查，刘铭传不明摆着会吃亏吗？莫不是李鸿章脑袋进了水？

两宫和奕䜣也觉得意外。让李鸿章出面调查尹漋河战役真相，本意无非照顾刘铭传。原因简单，惹恼铭军，开罪淮军，日后谁替朝廷剿捻？至于湘军旧部霆军，原属裁撤之师，有它不多，无它也不少，还得罪得起。不想李鸿章有便宜不占，硬要推给曾国荃，实在不可理喻。不过既然李鸿章让贤，就派曾国荃跑趟安陆好了。

曾国荃很快拿出调查结果，回奏皇上：尹漋河之战，鲍超对阵赖文光，刘铭传遭遇任化邦，赖弱任强，鲍超胜得可喜，刘铭传败得也不冤。

赖文光原是太平军里文官，金陵城破，他领着残部加入捻军，因足智多谋，加之任化邦与张宗禹闹不和，共同推举他做了名义上的大首领，事实任、张部属还归各自统领，赖文光所能指挥的也不过自带太平军残部。基于此因，曾国荃调查结论看上去不偏不倚，其实背后意思不难懂：鲍超取胜弱敌赖文光，没啥了不起，刘铭传败给强敌任化邦，也情有可原。

见此结果，李鸿章自然欢喜，表扬许钤身道：“还是仲韬有眼光，曾国荃像是事先与你商量过，才下此结论的。”许钤身说：“哪是钤身有眼光，是鸿帅种豆得豆，种瓜得瓜。”

有人欢喜，自然有人烦。见曾国荃湘军老帅，竟替淮军将领说话，鲍超气得冒火，只差没提枪去找曾国荃拼命。正逢东捻大举北上，朝廷命李鸿章驱兵围堵，李鸿章檄调霆军北进，鲍超盛怒之下，岂肯听令？一折递给朝廷，说是伤病复发，要求开缺调理养病。

怒火攻心，忧愤伤体，不久鲍超还真病倒了，各伤皆发，口不能言，耳不能听，奄奄一息。也许意识到自己再也回不了战场，又奏请遣散霆军三十二营，让弟兄们拿钱走人。李鸿章得知鲍超病情严重，无法带兵，将霆军老弱病残裁去，留下精壮，编入淮军。

就这样，威震四方名重一时的霆军退出战场，淡出人们视野。功名赫赫的一代将星鲍超也落寞而去，回籍四川老家养伤，渐渐归于沉寂。随着霆军裁撤，辉煌十多年挽清廷于既倒的湘军完成自身使命，完全退出历史舞台，仅余部分将领和少量兵勇，零零星星，分散于淮军和各地防军，几近于无。

没人在乎霆军之裁撤，留意湘军之消失，朝廷上下都在关注捻军动向，希望淮军和地方防军早日取胜，好过太平安宁的日子。李鸿章重任于肩，更不敢稍有懈怠。东捻冲出官军包围圈后，发挥其能走善跑特长，一阵风似的，刮向河南，直到黄河南岸才刹住。面对滔滔黄浪，一时竟不知何去何从。摆在他们前面的有三条路，一是西行川陕，与西捻会合；二是越河北上，直逼京畿；三是东渡运河，进犯鲁苏。

一个人也好，一支队伍也罢，无路可走之际，披荆斩棘，也要开辟条路出来，勇往直前。而一旦眼前有路，可前可后，可左可右时，相反会犹犹豫豫，举棋不定。赖文光与任化邦商量来商量去，就是决定不下，该去往何方。本来捻军就没明确目标，逢山上山，遇水下水，碰村进村，见寨入寨，若有官军追剿，打得赢就打，打不赢就跑，跑不赢还可兜圈子。如今甩脱官军，左是山，右是水，前面还有黄河，顿时失去了方向。最后两人决定按兵不动，先休整一阵，待派人与张宗禹联系上，取得共识后再说。

东捻选择出路时，徐州帅营里的李鸿章也在苦苦寻找破捻大计。被东捻牵着鼻子到处乱跑，绝对跑不出名堂，最后只能像僧格林沁样被活活拖死。李鸿章召集许钤身、钱鼎铭等幕僚和营务官开会，想听听意见，集思广益。

各位走进帅营后，李鸿章摊开豫省舆图，指明东捻目前所处位置后，请大家发表看法。几位认为可趁东捻休整，悄悄跟过去，出奇制胜。李鸿章觉得不可行。捻军十分警觉，哪是你出奇就能制胜的？只怕淮军和地方防军还没拢边，他们便已逃之夭夭。又有人提出，把东捻赶到豫西贫瘠山区，困死他们。这是上年曾老师用过的战术，捻军不但没往西走，还冲过开封防墙，东入鲁境，骚扰一把，南回皖鄂。

看来唯一办法，只能把捻军引入鲁省，借助黄河和运河天堑，实行围歼。可问题又来了，一是如何引捻入鲁，二是怎么围歼。还有山东巡抚丁宝桢，肯定不愿自己辖区成为主战场，他不合作，不提供粮草，围捻大计必受影响。

正在计议，刘铭传来见李鸿章，说是负荆请罪。尹漋河大战，若非他争功冒进，东捻就是不被全歼，至少也大伤元气，再掀不起大浪。铸下大错，却侥幸逃脱处罚，刘铭传心怀愧疚，主动来向主帅认错。

李鸿章青着一张老脸，啥都没说。尹漋河战役前，郭松林大败，张树珊战死，淮军连连受挫，刘铭传避开霆军，孤军作战，是要单独打个胜仗，为淮军争口气，其用心之良苦，李鸿章再清楚不过，还能说他什么呢？也是刘铭传悟性高，深知李鸿章对铭军尹漋河之败真实看法，也就不痒不痛认几句错，尔后话锋一转，说起围歼东捻话题来。原来这小子来认错是假，献计献策是真。李鸿章来了神，这才开口道："你有好想法，只管道来就是。"刘铭传道："可行倒守运河办法，围逼捻军。"

"倒守运河？"李鸿章眼前一亮，脱口道。刘铭传解释说："原来防军驻扎运河东岸，用以阻止捻军东进，现可改变思路，引诱捻军进入运河以东鲁省腹地，防军再在河西筑墙驻兵，严防捻军西退，好利用胶东三面海岸，关起门来打狗。"

这甚合李鸿章心意。倒守运河，把捻军封堵于山东腹地，还怕他们插翅飞走不成？与刘铭传取得共识后，李鸿章立即发号施令，命各军向山东境内移动，分驻黄河以南和运河以西，修筑长墙，疏浚河道。表面看是防敌北上东进，其实是等着东捻突破防线，进入山东后，再掉过枪眼炮口，实施围歼。

各军依令而行，李鸿章又让六弟昭庆速往金陵解饷，为刘铭传铭军、潘鼎新鼎军、杨鼎勋勋军提供足够银子，添置马匹，组成游击之师，负责绕击捻军，将其赶进预定地区。

大计已定，李鸿章将行辕迁往济宁，就近指挥剿捻。稍事休息，又马不停蹄，亲临运河，察勘河防。许钤身一直跟随左右，建议道："倒守运河，固然不错，若再增设一道防线，捻匪就死定了。"李鸿章说："增设什么防线？"许钤身说："胶莱防线。"

李鸿章铺开山东舆图，找到胶莱河，立着手掌，由北往南一切，说："好好好，筑就胶莱防线，困捻匪于胶莱以东海隅，再加以歼灭，定能收事半功倍之效。就是万一捻匪突破胶莱防线，还有运河防线阻截，可继续围歼。"许钤身道："胶莱防线就交鲁军修筑，名义上以防捻匪东入胶东，这样丁宝桢就会积极性大涨。"

照许钤身所说，李鸿章发函给丁宝桢，丁宝桢果然踊跃得很，调集大量兵勇和民夫，抓紧修筑胶莱防线。许钤身还不放心，又质疑道："有游击之师驱赶，捻军就会乖乖进入鸿帅所设防区么？"李鸿章望定许钤身道："有想法只管说，别吞吞吐吐的。"

"命铭鼎勋三军游击驱敌，确有必要。若再施以小计，让捻军主动进入防区，岂不更加省事？"许钤身压低声音，娓娓道出自己肚里的计策。李鸿章连连称妙，命许钤身依计行事。两天后，许钤身稍做准备，就带着数名亲兵，快马加鞭，东经临沂，赶往苏北赣榆。

数日前，许钤身收到旧东家沙船大王朱其昂信函，说他准备扩建连云港货场，正在港北赣榆一带采购物料，事已初定，欲趁便东赴济宁，与许钤身一聚。朱其昂早知李鸿章热衷洋务和经济，想由许钤身牵线，往李鸿章身边靠拢。在济宁见面自然省心，可许钤身考虑剿捻大事当紧，不如主动跑趟赣榆，免得信函往来耽误时间。

赶到赣榆，朱其昂喜不自胜，将许钤身迎入客栈，好酒好肉款待。许钤身端杯道："老东家可知，淮军战事正急，钤身为何还抽身东行，跑到赣榆来？"朱其昂道："莫不是鸿帅叫你来找我筹饷？"许钤身摇头道：

“淮军有曾大总督筹饷办粮，哪用得着铃身操心？”朱其昂道：“淮军扼守运河，战船不够，鸿帅想借我沙船一用？”

许铃身还是摇头。朱其昂说：“其昂死脑筋，一下子转不过弯来，猜不透仲韬葫芦里到底装的什么药，还是你自己明说吧。”许铃身说：“鸿帅让我讨你一纸墨迹。”

朱其昂哈哈大笑起来，说：“咱朱其昂生意人一个，跟数字和银子打了半辈子交道，让我开开货单，记记进出大账，自然提笔就来，可要我给啥墨迹，不为难我么？”许铃身说：“不是要你给鸿帅墨迹，是给潘贵升几句话。”

“潘贵升？”朱其昂诧异道，“潘贵升离开我后，不是去了任化邦那里么？据说混得不错，已做上内营营官，天天吃香喝辣，神气得很。”许铃身道：“淮军已张开大网，等着捻匪触网自缚，潘贵升继续跟任化邦瞎跑，只怕已神气不了几天。”

朱其昂感慨道：“想当初，你与潘贵升在我手下跑船，我也没亏待过你们两个，你俩干吗要离我而去，枪林弹雨的，拿小命开玩笑？好好好，我给潘小子写几句话，让他赶快离开任化邦，回头是岸。”许铃身说：“人各有志，犯不着逼迫潘贵升离开任化邦，他在捻匪堆里活得正滋润，就是逼他离开，他也不会听咱们的。”朱其昂说：“那你要我给潘贵升说啥？”

许铃身凑近朱其昂，小声道：“此事关系重大，老东家可得给我保密，不然泄漏出去，坏掉鸿帅大事，你我脑袋难保啊。”朱其昂说：“原来你想害老东家，你这个没良心的！”许铃身笑道：“老东家别说得这么难听，铃身哪会害你？此事能成，你好我好，潘贵升也好，君国和百姓也好啊。”朱其昂说：“别说君国和百姓，只说要我干什么。”

许铃身收住笑脸，一板一眼道：“既然要劳驾老东家，铃身就不隐瞒您了。目前捻匪正游荡于黄河南岸河南境内，不知往东往西还是往北。鸿帅已在山东境内设下运河和胶莱两道防线，看去是防堵捻匪东犯，其用意正好相反，就是引捻入鲁，以便关起门来聚歼之。”

朱其昂不耐烦道：“这是你和李鸿章的事，与我朱其昂有何关系？”许铃身道：“说无关便无关，说有关也有关。”朱其昂说：“这不废话么？”许铃身从容道：“记得前年咱们押船经过烟台时，曾被丁宝桢找借口，狠狠宰了一把，老东家没忘此恨吧？”朱其昂说：“怎能忘记？此后每次沙船经过山东沿海时，我就小心翼翼，生怕又被丁宝桢逮住，宰上一刀。”许铃身说：“想不想回敬回敬丁宝桢，出口恶气？”朱其昂说：“怎么个回敬法？”

许钤身顿了顿，才说：“丁宝桢抚鲁，最不愿看到的是山东成为剿捻主战场，老东家帮鸿帅引捻入鲁，就是给丁宝桢最好回敬。鸿帅重情重义，人帮他一尺，他还人一丈，日后您有啥找他老人家，他还能亏待您不成？再说您朱大船王身边耸立着鸿帅这棵大树，丁宝桢还敢欺侮您么？日后你出入山东，岂不就像出入自家客厅和书房？”

朱其昂来了劲，说：“仲韬快说，要我干啥吧。”许钤身道：“事情简单，给潘贵升写封信，说您已备好足量银两和大批洋枪洋炮，正等着任化邦来山东取用，交换条件不高，就是丁宝桢脑袋。潘贵升知您恨死丁宝桢，自会力劝任化邦。任化邦与赖文光本有入鲁补充给养和添置枪炮想法，潘贵升旁边一怂恿，此事定能成。”

动动笔头子，既可报丁宝桢一箭之仇，还能巴结讨好李鸿章，又何乐而不为呢？朱其昂二话不说，研墨铺纸，准备动笔。许钤身掏出事先拟好的信函底稿，说：“不用老东家费心劳神，只依此稿抄一遍即可。”

朱其昂自然照办。如愿拿得朱其昂手稿，许钤身动身离馆。朱其昂送出赣榆城，临别递上一万两银票，算作旅费。朱其昂最不缺的是钱，许钤身假意推辞几句，双手接住。谢过朱其昂，返身西行，绕经临淮关，又勒马离鞍，入漕运总督衙门，拜见吴棠。

那年清河县令任上，吴棠错送三百两银子至慈禧父亲丧船，慈禧当时就向妹妹发誓，日后富贵，一定报答良人。慈禧说话算话，执掌朝政后，格外眷顾吴棠，将他从清河县令，一步步提拔到漕运总督高位，要品有品，要钱有钱，要兵有兵。吴棠与李鸿章有旧，又都是慈禧的人，李鸿章派许钤身来见吴棠，欲借其力，助剿捻军，想必他不会拒绝。

果然见着许钤身名刺和李鸿章亲笔信，吴棠格外当回事，放下漕务，亲自接待客人。许钤身开门见山道：“鸿帅信里已言明，请吴督协助丁宝桢，修筑胶莱防墙，没问题吧？”

“鸿帅有令，吴棠肯定执行，决不打半点折扣。”吴棠笑笑道，“让吴棠不太理解的是，漕兵职责本为看护运河漕运，为何不叫咱就近协防运河，偏偏派往胶东，去修筑胶莱防墙？”许钤身道：“鸿帅这么做，可是基于对吴督的莫大信任，不愿把特殊使命交给别人。”吴棠疑惑道：“协助丁宝桢修筑胶莱防墙，有何特殊之处？”

许钤身起身关紧房门，回头道：“有些话鸿帅信里说不清，只好托我口传。就是漕兵不仅要助鲁军修筑胶莱防墙，到时还得负责悄悄松开缺口，放捻匪进入胶东。”

吴棠甚为不解，说：“放捻匪进入胶东？”许钤身说：“鸿帅就是这个意思，引诱捻匪进入胶东，再封死胶莱防线，关墙歼敌。”吴棠说：“这确是好主意，只是丁宝桢肯干么？”许钤身说：“正是丁宝桢不会干，鸿帅才让吴督率漕兵协防胶莱防线，以实现鸿帅战略意图。”吴棠点头道：“仲韬兄回去告诉鸿帅，吴棠一定为他排忧解难。”

许钤身代李鸿章谢过吴棠，又道：“鸿帅深知丁宝桢等山东官吏最不愿捻匪入境，事先不敢透露自己真实意图，只说修筑运河和胶莱河两道防墙，专为防堵捻匪东犯，待捻匪突破防墙窜入山东后，再依计实施第二步方案。到时捻匪尽入山东，丁宝桢他们肯定会纷纷上奏皇上，弹劾鸿帅陷山东百姓于无情兵燹。鸿帅请吴督修筑胶莱防墙，协剿捻匪，就是关键时刻，也好在慈禧太后那里替他说几句话。”

吴棠忍不住笑起来，说：“这个少荃哪，真是深谋远虑，走一步看三步。好好好，回去告诉他，到时候该叫俺吴棠干吗就干吗。”

告别吴棠，许钤身继续西行，风餐露宿，来到开封地界。东捻就驻扎于开封城外。曾国藩领军剿捻时，开封防墙被一夜冲破，李鸿章接掌剿捻帅印后还没来得及恢复，赖文光和任化邦屯兵于此，以取可攻可守可逃之形，可西可东可北之势。西捻首领张宗禹已有信函回复，与赖任约定，西捻由西往东，东捻由南往北，共同夹击京师。捻军没有坐拥京师称王称帝远大志向，只觉得天子脚下，财富集聚，若捞把大的再跑，至少三五年用不着愁食愁用。

于东捻来说，北上京师有两条可行路线，一是越过黄河，直接北走河北，二是先东入山东，再左折入京。赖文光倾向直走河北，既可省些时日，又能避开豫鲁边境官军重兵；任化邦则认为军中粮草短缺，难以为继，河北贫瘠，给养困难，还不如东进冲破官军防墙，到山东富庶之地夺些粮草，再图京师也不迟。

就在两人意见分歧，难于形成共识之际，许铃身到了捻军大营外面。许铃身将自己打扮成商人模样，一副珠光宝气的样子。到得营前，哨兵举枪喝道:“给我站住！你什么人？”许铃身伸出拇指,朝自己胸前点几下,粗声粗气道:“什么人也看不出来吗？到底长不长眼！”

人就是这样，不怕你强，就怕你横。哨兵不知许铃身啥来头，先软了语气道:“你说找谁嘛。”许铃身说:“找你们头儿。”哨兵说:“哪个头儿？”

许铃身说出三个字：潘贵升。潘贵升身为内营营官，哨兵正好归他统管，听许铃身说出顶头上司名字，赶紧哈腰道:“客官稍候，小的这就入营，请潘营头出来相见。”

不一会儿，潘贵升出现在营门口。

“姓许的，你不在……”见是许铃身，潘贵升小跑过来，嘴里嚷嚷道。本想说你不在李鸿章手下混吗，意识到李鸿章名字有些犯忌，赶紧换成朱其昂三个字。许铃身故意道:“你在他手下都混不下去，我还能跟他搞得长久？”

这不是说话的地方，两人寒暄两句，潘贵升道:“咱们几年没见了吧？营里没啥好招待兄弟的，离营数里有个小镇，咱们到镇上酒馆里喝几杯，叙叙旧如何？”

许铃身自然没话可说。两人翻身上马，朝营外驰去。片刻工夫，到得镇上，走进一家小酒馆。几口下肚，两人舌头便灵活起来。潘贵升举杯与许铃身一碰，说:“感谢老弟，兵荒马乱的，还跑来看望愚兄！”许铃身道:“不是我要来看老兄，是朱王有托，铃身不敢不从啊。”

朱王就是朱其昂，因他有船王之称，业内人都喜欢叫他朱王。潘贵升道:“你不是离开朱王，到了李鸿章门下吗？朱王还怎么托你？”

还没到亮明底细的时候，许铃身扯谎道:“铃身确实离开朱王，到李鸿章行辕里当了几天差。本以为姓李的当世豪杰，跟他干会有出息，谁知他门户之见太深，安徽人哪怕是条水爬虫，他都当做宝贝，给要职，委重任，威风得很，其他籍贯人士再能干，再怎么忠于他，他都信不过，轻易不会放手任用。咱许铃身是个想做点事的人，既无用武之地，还待在人家矮檐下干啥？朱王又三天一信，五天一函，劝我回去，我想与其冒着生命危险，在淮军营里浪费光阴，还不如重归朱王沙船，前程不一定有多光明，至少银子不会少赚。”

银子看得见摸得着，比虚无缥缈的前程来得实在。潘贵升赞同道：“老弟做得对，此处不留爷，自有留爷处。愚兄不是任巨头（任化邦）看得起，也早拍屁股走人了。”许钤身道：“小弟早闻任化邦格外信任老兄，让你统管他的内营，等于把自己脑袋交到了你手上。士为知己者死，跟着这样的主子干，替他当牛做马，伸过脑袋给他当凳子坐，都值得。”

说会儿别后遭遇，潘贵升回到前面话题：“老弟还没说朱王有何贵托呢。”

“咱有朱王亲笔信，老兄看过，便一目了然。”许钤身掏出身上信函，递给潘贵升。潘贵升拆开封套，果然是朱其昂笔迹。看完信，潘贵升笑道：“朱王也是的，咱不过内营营官一个，哪做得了任巨头的主，要他东进山东，他就东进山东？”

许钤身笑笑道：“看捻军现处位置，南有官军追逼，西为贫瘠山地，北乃荒凉平原，唯东边鲁省富庶，不东进觅食，还往哪儿去？”潘贵升说：“山东不有淮军和五省官军高筑防墙抵挡么？捻军如何东进？”许钤身说：“捻军马快，淮军和官军无奈其何，才不得不高筑防墙，欲以静制动，然效果如何，老兄应该清楚，曾国藩所筑开封防墙就是例证。愚弟不是捻军中人，也知在任赖俩巨头心目中，淮军防墙屁都不是。”

潘贵升还是下不了决心，不无担忧道：“山东境内现有运河和胶莱河两道防墙，冲得破一道是一道，万一捻军陷入淮军包围，贵升怎么向任巨头交代？”许钤身道：“数百里长一道的防墙，总难免存在薄弱之处，又有朱王在胶东做接应，到时捻军还不如入无人之境？如此一来，朱王可从任巨头手里拿到丁宝桢脑袋，任巨头可在朱王处取得巨额饷银和洋枪洋炮，老兄两头讨好，两头得路，此等好事，岂可轻易放弃？”

潘贵升心里终于松动起来。许钤身掏出朱其昂送的银票，递予潘贵升，说：“这是朱王给你的小意思，事成之后，还有重赏。”

见是万两大银，潘贵升两眼放光，表示去找任化邦试试。

回营后，潘贵升就去见任化邦。任化邦本来有东进山东想法，看过朱其昂给潘贵升的信，见只要冲破李鸿章防墙，取下丁宝桢脑袋，便可从朱其昂手上换取大量饷银和洋枪洋炮，不禁怦然心动。找赖文光商量，赖文光疑心有诈，沉吟不决。任化邦不乐起来，说：“你觉得此中有诈，化邦不好强求，只得自带旧部，东进山东，你领走你太平军余部，先行北上。”

赖文光还要说啥，哨兵来报，说刘铭传、潘鼎新、杨鼎勋率领马步大队，正向开封掩杀过来。这下赖文光不敢再犹豫，只好同意任化邦建议，调动十万东捻，往东而进。同时派人给张宗禹去函，告知先入鲁办足枪炮和粮草，再北上合攻京师。

十万东捻就这样离开豫地，风卷残云般进入山东。李鸿章号令属下各军和鲁省防军，各就各位，严阵以待，瞅准时机围歼敌军。丁宝桢得到命令，看到围歼二字，心生疑虑，嘀咕道：“原以为李鸿章修筑防墙，是防堵东捻入境，莫非他另有图谋，意在引敌深入，把战场留在咱山东境内不成？”

没等丁宝桢嘀咕完，抚兵来报，说捻军已越过淮军运河防墙，正向济南方向冲杀过来。丁宝桢大吃一惊，命令标抚加固济南城防，同时增兵胶莱防线，决不能让捻军进入胶东半岛，致使山东粮仓和饷源重地毁于一旦。

四、歼灭东西二捻

捻军自然是冲着丁宝桢脑袋来的。济南城高墙厚，可毕竟守军人少，自然寡不敌众。眼看就要被东捻攻下，铭鼎勋三军马队追逼过来，赖文光担心腹背受敌，会吃大亏，劝任化邦放弃济南，绕城向东飙去。到得胶莱河中段，见防墙不可逾越，哗啦啦折向南端。吴棠所领漕兵坚守半天，卖个破绽，被捻军撕开缺口，扑入胶东半岛。

淮军马队及时出现，济南免遭洗劫，丁宝桢也逃过一难。可丁宝桢不仅不领淮军的情，还联络鲁省道州大员，上折弹劾李鸿章，陷山东百姓于水火。在京鲁籍官员也跟着起哄，痛骂淮军防捻不力，请求皇上法办李鸿章，另选能员主持剿捻大事。

朝廷也对李鸿章将剿捻战场放在山东境内表示质疑，却不在乎丁宝桢和鲁籍官员的劾章，更不可能临时换帅，另任他人剿捻。淮军将领连曾国藩都不怎么买账，其他人更不会放在眼里。朝廷只担心山东离京太近，严令李鸿章死守黄河，决不能让捻军入京畿半步。

李鸿章顾不得朝廷和各界反应，调兵遣将，集中全力围剿东捻。运动作战最大困难不在战场，在粮草调运跟不上军队移动。李鸿章让许钤身草拟钦差饬文，传令山东巡抚衙门，赶紧通知各道州府县，加紧筹粮备草，以便淮军马队随时征购。

丁宝桢收到饬文，没读上几行，就狠狠往地上一扔，大叫道："狗日的李鸿章，害我山东百姓家毁人亡，还想要我给你筹粮备草，想得真美！

要筹就筹枪子，要备就备炮弹，等你率淮军来我济南，崩了你狗脑袋！”

钦差饬文就这样被丁宝桢扣了下来。巡抚大人不待见李鸿章，各道州府县衙门也狗眼看人低，不把淮军放在眼里，铭鼎勋三军马队追击捻军，需要给养，向地方衙门征购粮草，他们能逃避就逃避，能搪塞就搪塞，根本不予配合。将士们饿得两眼昏花，不得不跑到野地里挖掘地瓜充饥。若连地瓜都找不到，则只能空腹作战，数月下来，饿死不少。

再说东捻扫荡胶东时，被铭鼎勋三军马队追得无处可藏，又掉头回到胶莱河南端，准备往西突围。这才发现漕兵防墙已变成铜墙铁壁，怎么也突破不了。只得北移，向鲁军防线靠近。与漕兵防线正好相反，原来坚固无比的鲁军防线，一夜间仿佛成了雨水泡过的泥墙，捻军只轻轻一冲，就哗啦哗啦冲了过去。

好在还有运河防线阻拦，捻军终究没能躲开淮军围剿，数次遭遇战下来，十万人马损失近半。东奔西窜之际，来到安丘城外。赖文光与任化邦商量，准备趁淮军马队没追上来，调动精锐，攻破城池，入城抢些粮草和马匹，再向江苏方向突围。谁知刚架了枪炮开始轰城，刘铭传马队自后面杀奔而来。被打怕了的捻军无心恋战，拔腿而逃。刘铭传挥师追击，追出十多里，天色黑下来，担心遭遇埋伏，只好收兵扎营。

可怜将士们，已好几天没吃过像样的饭食，个个按住肚皮喊饿。刘铭传叫过亲兵营游击衔营官宇文建，命他跑趟安丘县城，找县令何毓福采购军粮，填一填将士们饥肚。刘铭传早领教过山东各地对淮军的怠慢，可这天铭军刚解救安丘于既倾，何毓福若是人养的，至少会出于感恩，多少会提供些粮草，解铭军一时之急。

宇文建得令，带领十多位亲兵，打马来到安丘城外。城门已经关闭，宇文建让亲兵叫门。城头很快亮起火把，城门官戴重千居高临下道：“城下何人，怎敢乱喊乱叫！”亲兵叫道：“睁开你狗眼看清楚，咱们是铭军征粮官。”

戴重千玩世不恭道：“是征粮官，还是讨米倌！”亲兵骂道：“放肆！不是咱铭军马队杀退捻匪，你这看家狗脑袋还支在脖子上吗！快快开门，咱们游击大人要见何毓福何县令。”戴重千叫道：“哪个游击官？站出来给我瞧瞧！”

宇文建放马上前，大声喝道：“老子就是三品游击大人宇文建，没见过这么大的武官吧？打开城门，好好见识见识。”戴重千冷笑道：“你说你是游击大人，爷看去怎么像是捻匪呢？”

宇文建正要发作，戴重千举起手里洋枪，轻轻一点，嗖地就是一枪。宇文建猝不及防，被击中胸腔，坠落马下。

亲兵们吓得不轻，赶紧将宇文建扶上马背，逃回军营，报告刘铭传。见宇文建已咽气，刘铭传眼冒金星，大骂道：“好你个何毓福，不是咱铭军解救，安丘早被捻匪洗劫一空，咱派人向你征购粮草，你竟让看门狗躲杀我营官，这还了得！”

边骂边翻身上马，点上两营马队，冲到安丘城下，驾上洋炮轰城。戴重千还在为自己枪法准得意，哪想到铭军这么快杀回来？来不及反抗，城门就被轰开一个大洞，刘铭传一马当先，冲进城去，活捉戴重千，攻占各处堡垒，尔后撞开县衙，把何毓福从床上拎下来，一顿马鞭，再五花八绑捆牢，交亲兵锁在县衙后堂，严加看守。

泄过愤，天已大亮。刘铭传顾不得合眼，高坐县衙大堂，提笔给李鸿章写信，三言两语将夜里经过作过简单叙述，尔后派快马飞送济宁。

看过刘铭传禀文，李鸿章怒火中烧，气得脸色铁青。不止气安丘城门官戴重千射杀宇文建，主要是丁宝桢可恶，山东各级官员学他样子，不把淮军当回事，剿捻大业受挫。当即叫进许钤身，命他起草奏章，要朝廷另请高明，主持剿捻，否则就让丁宝桢离开山东。

许钤身没有动笔，待李鸿章冷静下来，才说出自己想法：“朝廷需淮军剿捻，也许会同意鸿帅请求，开掉丁宝桢。可去了个丁宝桢，还会来个张宝桢或李宝桢，不见得会比丁宝桢强到哪里去。丁宝桢倔是倔点，毕竟还是挺能干的，抚鲁以来，兴修水利，奖励耕织，整治吏治，干得挺出色，享有能员美誉，在山东大官小员面前颇具威信，还算服众。鸿帅若将他身上倒毛撸顺了，说不定能为我所用，为剿捻服务。”

树敌容易成事难，赶走丁宝桢，于剿捻却无甚补益，又何必呢？李鸿章沉吟之际，许钤身又道：“鸿帅可考虑化敌为友。”李鸿章问：“怎么化敌为友？”许钤身说：“安丘城门官戴重千射杀宇文建，决非偶然，肯定受过县令何毓福怂恿。何毓福敢这么做，必然有丁宝桢后面撑腰。钤身意思，鸿帅可去趟安丘，亲自审问戴重千和何毓福，不愁抓不到丁宝桢把柄。把柄在手，给他点颜色看看，再恩威并施，他必定心悦诚服，听命于鸿帅。”

如此说来，跑趟安丘，还确有必要。临行前李鸿章给丁宝桢发去公函，告知要去安丘见识何毓福和戴重千，问问丁巡抚到底如何调教属下官吏，手持百姓税费购买的枪炮，不去剿捻杀敌，却公然枪击剿捻将士。

得知安丘出事，丁宝桢本已有些慌神，接到公函，得知李鸿章要去安丘亲审何毓福和戴重千，更加发怵，匆匆带上少量随从，抢先来到安丘。走进县衙，要与刘铭传交涉，刘铭传根本不把他放在眼里，鼻孔朝天，说铭军不归山东巡抚节制。丁宝桢没法子，领着随员和安丘县衙官吏，出城三十里，跪迎钦差大臣驾到。

丁宝桢自然不是屈服于李鸿章，是大清规制，钦差代皇上出巡，地方官得看皇上面子，远迎跪安。不过这也说明，丁宝桢再傲慢，心里还有朝廷。没朝廷不行，头上顶戴是朝廷给的，敢蔑视朝廷，不是与头上顶戴过不去么？

李鸿章不紧不慢出得轿来，上前去扶丁宝桢，一边故作惊讶道："丁抚怎么到了安丘城外？本钦差可并无惊动丁抚大驾意思，只不过听说安丘城门官戴重千枪法蛮准，想过来问问他是怎么练成的，好让咱淮军将领多向他学着点。至于事先给巡抚衙门去函，也是告知本钦差行踪，以免被当成捻匪，吃城门官枪子。”

呛得丁宝桢不知说啥好，只顾作揖请罪。都说李鸿章嘴皮子厉害，果然一出口，字字夹针，句句带刺，扎人不见血。不过李鸿章不是来过嘴瘾的，他深知口水无法征服自视甚高的丁宝桢。又跟一旁各官吏打声招呼，回到轿里，喊声起轿，向安丘城区方向荡去。

一路行来，见安丘城内城外皆为铭军把守，城楼和各垒卡也有布控，李鸿章心里满意，觉得刘铭传有头脑，有章法，处事颇讲套路。丁宝桢若识相，见此架势，就该明白淮军卫沪平吴，征豫讨鲁，所向披靡，可不是小孩玩家家玩出来的。

入得城来，吃些茶饭，李鸿章由许钤身陪同，迈入县衙，高坐大堂之上。刘铭传与丁宝桢等军政大员静候两侧，作俯首帖耳状。李鸿章扫视一遍四周，抓过惊堂木，轻轻举起来，重重拍下去，大声喝道："带县令何毓福和城门官戴重千上堂。”

两人被铭军亲兵押进来，双双跪到地上。李鸿章又一拍惊堂木，道：“戴重千可知罪否！”戴重千磕头如捣蒜，嘴里道：“小人知罪，小人知罪。”李鸿章问：“何罪之有？”戴重千说：“不该把铭军游击宇文建当作捻匪，开枪击毙。”李鸿章道：“既已知道宇文建为铭军游击，为何还要开枪！”戴重千说：“当时天黑，不知是铭军游击，小人瞎了眼，误以为是捻匪。”

李鸿章冷冷一笑，说：“你不是打着火把吗，怎么会有误？再说围攻安丘的大股捻匪已被铭军击溃，逃得不知去向，铭军就驻扎于城外几里处，小股捻匪岂敢回来送死？你能做上城门官，从军该不会是一年两年，难道如此简单常理也不懂？”

戴重千一时语塞。李鸿章又喝道：“戴重千放老实点，到底谁指使你这么干的？”

戴重千斜眼看看旁边的何毓福，嗫嚅着不敢吱声。只见何毓福满脸是汗，撑在地上的双手颤抖着，似快支持不住，随时会趴下去似的。李鸿章不再追逼戴重千，故意问何毓福道：“何毓福从实招来，戴重千所作所为，是不是你所指使？”

作为堂堂一县之令，放纵城门官，拒剿捻将士于城外，酿成严重恶果，既使不杀头，也该流放千里，何毓福自然矢口否认，结结巴巴道：“下官只严令戴重千看管好城门，不能给捻匪有机可乘，并没指使他枪击游击将领宇文建。”

李鸿章有意略过宇文建事件，转而问道：“本钦差早有饬文下来，着山东各道州府县筹办粮草，以备淮军征购，安丘粮草筹办得如何？”

何毓福满脑是宇文建事件，想不到李鸿章还没问出所以然，又跳到粮草上面来，有些跟不上趟，随口道：“安丘只按常规征收官粮，并没接到专门给淮军筹办粮草的任务。”李鸿章紧追一句：“你话里意思，没看到巡抚衙门转发下来的钦差饬文啰？”

堂前坐着丁宝桢，何毓福意识到说漏了嘴，咬住下唇，噤声不语。李鸿章又一拍惊堂木，大喝道：“大胆何毓福，你到底见没见过钦差饬文？见过就见过，没见就没见。”何毓福颤着腮帮道：“见见见见过。”李鸿章道：“见过就拿出来给我瞧瞧。”

没影儿的东西，到哪儿去拿？何毓福只好改口，承认未曾见过钦差饬文。李鸿章见好就收，示意亲兵将何毓福和戴重千拉下去，一边瞇了双眼，去瞧丁宝桢。丁宝桢垂头丧气，光溜溜的前脑全是汗水。两眼盯着自己脚尖，不敢面对李鸿章凌厉的目光。

想不到丁宝桢一向心高气傲，也有低眉顺眼之时，看来已被镇住。得饶人处且饶人，本来安丘之行，就不是来修理丁宝桢的。李鸿章对刘铭传等人说："你们几位暂时回避一下，本钦差有几句知心话，得单独与丁抚台说说。"

刘铭传几位起身离开后，李鸿章望望丁宝桢，悠悠道："丁抚台就在堂前，戴重千和何毓福两人所言，你应该听明白了吧？"丁宝桢梗着脖子道："听明白了，宝桢自知有错，要责要罚，悉听尊便。"李鸿章道："仅仅责罚二字，就可免你罪愆吗？"丁宝桢道："若宝桢罪大恶极，是该千刀万剐，还是砍头下油锅，钦差大人按律执行就是。"

真是茅坑里的石头，又臭又硬。李鸿章道："按律执行是刑部的事，本钦差只从旁点拨，供你自己掂量，你所犯罪行，够剐还是够杀。你隐瞒钦差饬文，未及时转达地方，地方不筹粮，不备草，淮军人马得不到给养，剿捻大业受挫，此其一；怂恿山东官员，蔑视淮军，放纵城门官枪杀剿捻有功游击将军，令剿捻大军心寒，此其二……"

没等李鸿章说完，丁宝桢便辩解道："饬文为何没转达至地方，下官自会回去追查，倒看哪个环节出的错，没查明前怎能定罪？怂恿地方官，蔑视淮军，是钦差大人一面之词，不足为凭。至于游击将军被枪杀，城门官事先没请示过抚衙，不好直接算到我头上吧？"

李鸿章耐着性子道："行行行，前面两条都可忽略不计，只算后一条，你且听好：东捻被赶入胶东后，淮军正要全力围歼，鲁军所守胶莱防线为何一夜间被冲破？淮军只要稍稍松懈，让东捻越过运河防线，与西来之西捻会合一处，扑向直隶，威胁京畿，到时本钦差再将前缘后由奏明皇上，皇上不拿你丁宝桢脑袋开斩，拿谁的脑袋开斩？"

胶莱防线破裂，剿捻大局乱套，若李鸿章揪住不放，朝廷依赖淮军灭捻，自会讨好其主帅，追责下来，拿丁宝桢开刀。再硬的人，终究有个怕字，这下丁宝桢已硬不起来，赶紧离开位置，哗啦啦地趴到地上，磕着脑袋道："鸿帅救我，鸿帅救我！"

李鸿章出位，扶丁宝桢起来，道："本钦差救不了你，能救你的只能是你自己。"丁宝桢自责道："宝桢愚昧，铸下大错，还不自知，请鸿帅多多点拨。”

李鸿章语重心长道：“你是聪明人，聪明一世，却糊涂一时。你只知巡抚山东，不愿战火烧进自己辖区。殊不知这是坏事，也是好事，你若舍弃偏狭之见，肯与淮军同仇敌忾，联手灭捻于境内，自然厥功至伟，名垂青史。从某种意义上说，淮军驱捻入鲁，实是给你立功绝佳机会，你却反其道而行之，故意放走捻匪，危及京畿，不愚蠢至极么！”

丁宝桢幡然醒悟，承认道：“宝桢愚蠢至极，愚蠢至极！”李鸿章又道：“现在放聪明还来得及。”丁宝桢眼巴巴道：“宝桢听鸿帅的，鸿帅只管发话，要我上山就上山，要我下河就下河。”李鸿章道：“你要做的其实也简单，一是打起精神，协剿捻匪；二是严令地方筹备粮草，淮军马队人有饭，马有料，何愁捻匪不灭？”

丁宝桢拍着胸脯道：“鸿帅放心，宝桢一定遵照执行！”李鸿章说：“好，你有这个姿态就好。你是出了名的能员，说得到自然做得到。歼灭捻匪，立下大功，再请我喝酒就是。”

“请鸿帅喝酒好办，齐鲁高粱大曲劲足，到时咱们一醉方休。”丁宝桢咧嘴笑笑，“戴重千和何毓福呢，怎么处置为妥？”李鸿章说：“戴重千枪杀宇文建，不将他正法，如何向铭军将士交待？只可怜宇文建，死得实在太冤枉，太不值得。若战死沙场，以身殉国，朝廷还有大额抚恤金，足可让宇文家吃用几年。白白死在戴重千手里，无功可言，无抚恤可领，宇文家上有老，下有小，以后怎么存活？”

丁宝桢摸着脑袋想想，说：“这样吧，宝桢从山东藩库里列支一万两银子，抚恤宇文建家属。”李鸿章说：“这也行，宇文建死于山东，家属拿点山东库银也应该。”丁宝桢又问：“何毓福呢？并无证据表明，戴重千受其指使枪杀宇文建，只怕不好定罪。”

李鸿章叹口气，道：“何毓福也挺不容易，寒窗苦读，两榜出身，监察御史做得好好的，因管闲事，参奏宫中太监总管安德海，反被安德海找个由头，弄进刑部监狱，受尽大刑，幸亏何母做过同治乳母，找慈禧哭诉，慈禧亲自过问，他小子才捡了条命，拖着一条残腿，来安丘来做了个小小县令。念何毓福人还正直，就放他一马吧。”

何毓福旧事，丁宝桢自然清楚不过，说：“虽说何毓福不是枪杀宇文建之直接指使者，到底戴重千属他部下，他负有连带责任，如何放他一马？”李鸿章道：“何毓福死罪可恕，活罪难免，不到大牢里待上几天，也说不过去，本钦差定奏请朝廷，将其革职拿问。据说何家还有些家底，到时你再出面，让何母出个万儿八千的替他赎罪，然后咱俩再以治理安丘有功为由，联衔奏保何毓福官复原职，戴罪立功。”

何毓福破财消灾，宇文建家有所养，确不失为万全之策。丁宝桢明白李鸿章苦心，又问道：“出银给儿子赎罪，何母肯定没话说。只是万两银子并非小数，该怎样处置为妥？”李鸿章道：“万两银子还不好处置？五五分成，咱俩各人一半呗。”丁宝桢疑惑道：“鸿帅真有此想法？”李鸿章道：“有此想法奇怪吗？无利不起早，谁见钱不眼开？”

听出李鸿章话里意味，丁宝桢叹道：“是啊，人为财死，鸟为食亡。这个钱鸿帅敢收，宝桢也不好不要吧？”李鸿章忍俊不禁道：“人为财死不假，只是捻匪未灭，你我死于不义之财，谁帮皇上剿捻？再说咱俩也不缺这点银子是不是？还是把银子交给缺银子的人吧。”丁宝桢说：“谁缺银子呢？”李鸿章说：“宇文家呀。”

一件多头刑案，李鸿章伸出指尖，轻轻一番拨弄，便叫犯法人领罪伏法，有责人破财消灾，受害人家属获财有养，足见其手段之高明，处事之练达。丁宝桢算是大开了眼界，可谓隔着篱笆撒尿，想不扶（服）都难啊。当下就心悦诚服道：“像鸿帅心思如此缜密周全，处事如此巧妙圆融，只怕世间少见。”

当夜李鸿章就含毫命简，奏呈铭军安丘大胜详情，附片禀报宇文建被杀经过及裁决结果，却只字不提丁宝桢过失。有感李鸿章手下留情，丁宝桢回济南后，连续下文各道州府县衙门，务必全力预购粮草，以备淮军随时给价取用，胆敢推诿延误者，一律严惩不贷。

各地如文遵办，淮军境遇自此大为好转，再不用空腹作战，战力大为提高，一连打赢好几个大胜仗。捻军因此深陷山东腹地，逃无处可逃，战又战不过如狼似虎的淮军水陆大军，全军上下弥漫着挥之不去的绝望情绪。最可怕的是整个鲁境坚壁清野，马没草料，人没粮食，武器也供应不上，岂不只能坐以待毙？任化邦这才想起朱其昂，叫过潘贵升，责备道：“你那老东家朱其昂也太不地道了，不是他诱以饷银和洋枪洋炮，咱也不会义无反顾，舍命东征。转战鲁地数月，也没见他半两银子和一枪一炮，他到底躲哪儿去啦？”

潘贵升有些紧张，小声辩解道：“朱其昂是商人，讲等价交换，没有丁宝桢脑袋，他自然不会露面，送上饷银和枪炮。”任化邦强词夺理道：“放屁，捻军杀死成千上万淮军和鲁军将士，难道抵不上丁宝桢一颗脑袋？你马上带上数名亲兵，给我找到朱其昂，明确告诉他，要么交出银子和枪炮，要么交出他那颗聪明的脑袋。”

潘贵升不敢抗命，带上亲兵，出了捻军大营。可到哪儿去寻找朱其昂呢？他在山东还是别处？即使找到他人，他肯出饷银和枪炮吗？逡巡片刻，潘贵升想起苏北连云港有朱其昂的货场，说不定能在那里堵住他。只要见着朱其昂，他答应出饷银和洋枪洋炮更好，不答应的话，就赖着不走，几口热饭热菜，他总会施予，不可能看着你饿死。

一路马不停蹄，来到鲁苏边界，朱其昂影子没碰见，却遇上许钤身，潘贵升又惊又喜，又几分愤怒，瞪着眼睛道：“好你个许钤身，怎么也到了此地？你害得任巨头好苦！”许钤身故意道：“任巨头乃堂堂捻军首领，钤身哪害得到他头上？”潘贵升道：“不是你捎给我朱其昂信函，任巨头也不会贸然东征，陷入淮军圈套，无法自拔。”

许钤身笑笑，道：“东捻自始至终没逃脱过淮军马队追击，我不捎给朱其昂信函，任巨头就不会东进山东吗？不见得吧？”潘贵升疑惑道：“你怎么知道得这么清楚？你到底是跟朱其昂干，还是在李鸿章手下当差？”

许钤身没吱声，只是看看潘贵升身边亲兵。潘贵升以值哨为由，将亲兵支开，对许钤身道：“有屁你就放吧。”许钤身道：“其实你离开沙船不久，我也与朱其昂分手，再没跟他干。”潘贵升道：“朱其昂信函又是从哪儿来的？”许钤身道：“朱其昂写的呀。”潘贵升道：“你不是与他分手了吗？”许钤身道：“分了手却不可再见面？”潘贵升道：“他真有用饷银和洋枪洋炮换丁宝桢脑袋的想法？”许钤身道：“这还有假么？朱其昂与丁宝桢的过节你又不是不知道。”潘贵升忽问道：“离开朱其昂后，你去了哪里，到了李鸿章手下？”

许钤身点了点头。潘贵升不满道：“捎朱其昂信函给我时，你怎么不告知实情？”许钤身说：“告知实情，你还会说服任化邦东进山东吗？”潘贵升说：“你为何要挖个陷阱，逗引我往里跳？”许钤身说：“哪是给你挖陷阱，明明是帮你铺设阳光道。”

“还阳光道，我已被逼上绝路。”潘贵升愤然道，“任化邦赶我出营，是命我找朱其昂要饷银和枪炮，找不到朱其昂，别说我脖子上只一颗脑袋，就是一百颗，也不够任化邦砍杀。”许钤身说：“你为啥非吊死在任化邦一棵树上不可？任化邦确实厉害，击毙张树珊，大败郭松林，打得刘铭传丢盔弃甲，连皇上视为大清铜墙铁壁的蒙古铁骑也被他拖垮，僧格林沁死有余辜。可一物降一物，在天敌面前，任化邦已威风不了几天。”

潘贵升惊问道：“天敌？谁是任巨头天敌？”

许钤身说出李鸿章三字。潘贵升一时无语，抬头望眼湛蓝的深空。黄叶飘落枝头，划过初冬晃白的阳光，悄无声息地停泊在他脚边。

许钤身召过不远处的随员，展臂取下他肩头的来复枪，递向潘贵升。潘贵升垂着双手，没有反应。许钤身说：“给你的。”潘贵升说：“给我干啥？”许钤身说：“给你建功立业。”潘贵升说：“建什么功，立什么业？”

许钤身没做解释，只说：“回去见着任化邦，就说枪是朱其昂给的，他正等着捻军去赣榆领取这种来复枪，另有十数尊开花炮。”潘贵升说：“已骗过任巨头一回，他还会相信吗？”许钤身说：“容不得他不信。北边的黄河，西边的运河，东边的胶莱河，全是淮军水陆大军和马队，捻军还能往哪儿跑？唯有南走苏北。”

潘贵升还是下不了决心。许钤身笑笑道：“任巨头好像有个小妾叫紫薇，一直带在身边，须臾不离。都说紫薇长得格外水灵，男人一见就全身发软，莫非兄弟你能无动于衷？”

这个该死的许钤身，连紫薇都知道。紫薇不仅漂亮水灵，还有一双勾人的媚眼，往你身上一瞄，你三天都回不过神来。潘贵升常在任化邦身边走动，不时能遇见紫薇，每次都会被那双媚眼撩得失魂落魄，却忌惮任化邦，不敢做非分之想。经许钤身一点拨，潘贵升心头蠢蠢欲动起来，忍不住咽了咽口水。当即接过来复枪，往肩上一扛，慢慢转过身，踏着落叶，朝前走去。许钤身又在后面补充一句：“来复枪非常准，就看兄弟手段如何！据说紫薇非常爱慕英雄，不然也不会跟任化邦四处奔波。兄弟是英雄还是狗熊，在此一举。”

潘贵升没出声，也没回头，继续朝前走去，走进冬阳照不见的山影里面。返归东捻大营，走进帅帐，任化邦一见来复枪，爱不释手，当即决定撤出山东，移师赣榆，再下连云港。

倒不仅仅去会朱其昂，捻军若不能挫败淮军进攻，朱其昂肯定不会轻易露面。任化邦去过赣榆，知道城外有一片白桦林，其地形地貌，与菏泽城外柳林颇为相似。捻军曾在荷泽柳林大败僧格林沁蒙古铁骑，同样可让赣榆白桦林成为淮军马队葬身之地。任化邦与赖文光一合计，赖文光也觉得东捻入鲁后，败多胜少，急需一场像样胜仗重拾信心。两人于是兵分两路，赖文光领军西奔，吸走部分淮军马队，任化邦率部南行，向赣榆方向移动。

闻知捻军动向后，淮军马队也一分为二，鼎勋二军西击赖文光部，刘铭传率领一万多铭军骑兵精锐，紧紧咬住任部，向南直追。

几天后，铭军追至赣榆城外，任部突然失去踪影。派人一打探，原来敌军并没攻城，而是绕城半圈，弃城而去。刘铭传下令尾追，决不能让任部脱逃。追上一阵，忽然天降大雾，数步开外，人影难觅。不知不觉间，铭军进入一片白桦林，只见风裹白雾，迷漫林间，发出阵阵啰啸，鬼哭狼嚎一般。刘铭传向来天不怕，地不怕，这会儿身陷怪异雾林，耳闻凄厉风声，竟然背膛一凉，心惊肉跳起来。

刘铭传暗暗叫声不好，正准备下令撤退，忽闻喧嚣声起，黑压压的捻军从四面八方围扑过来。没法子，只能咬紧牙关应战。刘铭传还算冷静，指挥洋枪队占领高地，施放连环枪。好不容易打退最前面敌军，后面又有大队人马涌过来，枪声炮声交集着，响彻云霄。

几番较量，铭军死伤惨重，只能择机撤离。却根本分不清东南西北，左冲一阵，右突一气，折腾半天，扭过头一瞧，仿佛又到了原地，身边战友却减损不少，不知是被捻军击毙，还是迷路走散。刘铭传绝望至极，不出声地哀叹道，莫非铭军也会像僧格林沁蒙古骑兵一样，覆灭于任化邦布下的迷魂阵中?

与铭军相反，任部最善于运动作战，见铭军阵脚大乱，士气越发高涨，一边收缩包围圈，一边大声喊道:“全歼铭军马队，活捉刘六麻子！”

刘六麻子是刘铭传外号。听得敌军大声呐喊，刘铭传血气上涌，扬鞭打马，准备冲入敌阵，拼个你死我活。亲兵上前，死死扯住缰绳，勒住跃跃欲试的战马，不让刘铭传出阵。刘铭传挥鞭击到亲兵头上，亲兵疼痛难耐，手上一松，马蹄腾空而起，得得得得，向包抄过来的敌阵飞奔而去。将士们见状，也只得豁出去，纷纷打马上前，与敌人骑兵展开贴身搏杀。

毕竟寡不敌众，铭军很快被击溃，四散而逃。只见刘铭传杀红了眼，左砍右劈，毫无惧色，要与敌军同归于尽。他身后不远的坡地上列着一队骑兵，为首正是任化邦。见阵中刘铭传万夫不当，任化邦心下叹服：壮矣哉，壮矣哉！

“潘贵升把来复枪扔过来。”任化邦忽然喊了声。他想试试潘贵升手上来复枪，看能否致刘铭传于死地。可没有反应。任化邦又叫道：“潘贵升在哪儿？听没听到我叫你？”

还是没得到回应。潘贵升是内营营官，片刻不离左右，平时总是随呼随应，随叫随到，为何今天半天没反响？刚才不还在吗？怎么眨眼间便随风而逝，不知去向？任化邦颇感奇怪，不自觉掉过头来。还是没潘贵升影子。却见三丈开外的白桦树后有个小小黑洞，深奥莫测，正直直地看过来。任化邦本能地一惊，嘴里叫声不好，下意识头一低，似在躲避什么。

正是这么一低，任化邦躲过出自小黑洞的子弹，那颗没有任何征兆的呼啸而至的子弹。可没等任化邦完成低头动作，第二颗子弹又喷射过来。这回子弹出膛角度略低，正当击中任化邦胸腔，然后嗖地从他背膛贯穿出去。

不用说，子弹是从来复枪口里射出来的。躲在白桦树后扣动扳机的人不是别人，正是任化邦内营营官潘贵升。任化邦当即从马背上倒栽下来，栽在马旁石板上，咚地发出一声闷响。

“任巨头中弹啦！任巨头中弹啦！”亲兵们惊呼着，顾不得白桦树后的持枪人，纷纷跳下马，七手八脚，护着血染征袍的任化邦，向林外逃去。没人指挥的捻军一哄而散。随之而散的是浓浓白雾，阳光顿时透进白桦林，败逃的捻军暴露无遗。铭军乘机截击，大获全胜。

任化邦的死讯传到赖文光耳里，他痛哭出声，斗志全失。东捻残部一蹶不振，接连遭遇败绩。年底逃到寿光一带，被淮军团团围住，几经挣扎，最后全军覆没。仅余数百骑，随赖文光沿运河南逃至扬州，遭淮军歼灭，赖文光被俘处斩。

至此，十万东捻彻底灭亡。时值同治七年（1868）春节，李鸿章在济宁行辕大摆盛宴，与众将领欢庆胜利，喜迎新春。同时上书朝廷，论功请赏。想起老师常说的话：功不独居，过不推诿，着重旌表丁宝桢和老师筹粮办饷功绩，恳请皇上重赏。

不久圣谕下达，李鸿章赏加一等骑都尉世职，世袭罔替；丁宝桢赏一品顶戴，加太子少保衔；吴棠参战有功，晋四川总督；曾国藩虽前番剿捻失败，可李鸿章接篆挂帅后，他无怨无悔，积极合作，功不可没，升授体仁阁大学士。失之东隅，收之桑榆，曾国藩丢失的面子不仅在学生这里赢回来，还从协办大学士晋升大学士，自然受用。

可各军将领封赏太低，与期望相去甚远，叫人很是不爽。首先是直隶提督刘铭传，贡献倒守运河大策，转战两年，杀敌无数，厥功至伟，原以为至少可捞个男爵啥的，却仅获轻车都尉世爵，还是三等，级不过三品。潘鼎新杨鼎勋郭松林刘秉璋周盛波诸将所封，也不过四品骑都尉或五品云骑尉。李昭庆更屈，刚组建武毅军，便被二哥派往金陵解饷，回到山东时仗已打完，没有战功，什么都没捞着。

没等李鸿章念完封赏，各位将领都跳了起来。首先是刘铭传，颤着满脸麻子，大叫道：“老子脑袋别在裤腰带上，冒死替朝廷打仗，朝廷倒好，有过重罚，有功轻赏，像什么话嘛。僧格林沁追剿捻匪多年，最后一败涂地，淮军受命危难之际，消灭东捻，朝廷封赏竟如此之低，哄小孩似的，气不气人！算了吧，不跟朝廷玩了，咱留老命回家陪老婆孩子去！”

郭松林也嗷嗷大叫：“慈禧太后凭啥如此轻视咱们兄弟！鸿帅点个头，发句话，咱们步行上紫禁城，去找她老人家讨说法，当面问问她，是不是忘了僧格林沁是怎么死的，是不是觉得捻匪好对付，剿捻之仗打起来轻松？”

杨鼎勋也嘀咕道：“朝廷太轻看淮军将士，好像咱们是叫花子，随便打发点，就可糊弄过去。西捻不是还没灭吗？朝廷遇到麻烦，再叫咱们出征，别理睬就是。”

李鸿章也觉得朝廷封赏实在太低，恨不得跟将领们一道，脱了裤子骂娘，发泄一番。不过他知道，朝廷不是小气，是有意做给他李鸿章看的。剿捻以来，淮军又得到壮大，已发展到八万多人。朝廷心存顾忌，借论功行赏，故意压制淮军，不让各将领尾巴翘得太高。

可这话还不好挑明了说，李鸿章只能瞪着刘铭传几个，大声训斥道：

“难道咱们打仗仅为了朝廷吗？天下兴亡，匹夫有责！捻匪打到家门口，你们不挺身而出，谁保卫咱父老乡亲和兄弟姐妹？想当初长毛作乱，你们自觉筑圩练勇，保家卫国，谁想过受封领赏？现在你们不是提督就是副将，不是副将也是总兵，自觉天下无敌，功高盖世，一个个神气起来，什么轻车都尉、骑都尉、云骑尉，都看不上眼了是不是！”

停停，李鸿章又舒缓了语气，苦口婆心道：“各位剿捻大功摆在这里，没人抹杀得了，不用你们闹，皇上也心中有数，太后更是心知肚明。之所以封赏稍低，是西捻未灭，还算不得全功，若此次封赏太高，封到了顶，日后需要咱们征剿西捻，还拿什么封赏你们？总不能像当初洪秀全样，见人封王吧？我老师苦心孤诣十多年，统领湘淮楚三军消灭长毛，才封武毅侯，朝廷就是给你们封王，你们也不好意思受封吧？”

众人嘟着嘴巴，不再吵闹。却口服心不服，只不过怒气转化成怨气，强忍着不让发出来而已。偏偏朝廷又有圣旨下达，命令淮军将帅，北上征剿西捻。原来与东捻分开后，西捻进军西北，与回民起义军联手，所向披靡，无往不胜，将西北搅了个底朝天。陕甘总督左宗棠受命召回部分已裁楚军旧部和分散各处的零星湘勇，负责清剿西捻和回民起义。无奈捻回联军来无踪，去无影，左宗棠楚军想抓抓不住，想打打不到，弄得焦头烂额，疲于奔命，徒唤无奈。在西北扫荡两圈，西捻甩脱楚军，渡过黄河，由晋南进入豫北，再转向直隶，进抵定州，威逼京畿。朝廷大惊失色，急调淮军勤王。

李鸿章接到圣旨，心情格外复杂。淮军围剿十万东捻，大获全胜，楚军追击五万西捻，不仅劳而无功，还眼睁睁看着人家横扫西北，一路打到皇城边上，淮楚比较，孰优孰劣，岂不一目了然？可要淮军北征西捻，李鸿章心里又很不情愿。淮军歼灭东捻，功高盖世，朝廷连像样点的封赏都不愿给予，现在遇到麻烦，又要人家出征，这不是要菩萨就拜菩萨，不要菩萨就踢菩萨么？将领们个个在气头上，谁会听从调遣？

果然各将领受圣旨时，李鸿章话没说完，就一个个跳将起来，大声嚷嚷，不肯出征。刘铭传一把脱掉裤子，露出两条大腿上的烂肉，大声嚎叫道：“老子长年骑马杀敌，大腿上全是骑马痈，疼痛难耐，叫咱如何领兵上阵？”

没等李鸿章作出反应，郭松林也几步上前，哗的一声撕开上衣，将身上累累伤痕拍得嘣嘣响，嘴上大叫道："老子全身都是伤疤，还怎么出征！咱没法行动，朝廷另请高明吧。"

杨鼎勋最有意思，拿块小木材，跑到李鸿章面前，说："鸿帅认得这是什么木料么？"李鸿章不知他要干啥，无言以对。杨鼎勋继而道："这是楠木，颇为珍贵。最近我脑伤发作得厉害，想必已活不了几日，特意采购了楠木，正托人打造棺材。此次征剿西捻，打死我也不会从命，不然哪天死在战场上，尸体找不到，楠木棺材岂不好了别人？"

将领们哄堂大笑，围住杨鼎勋，请他帮忙采购楠木，也打副棺材备着，以便死得其所。

只李鸿章怔在那里，一筹莫展。淮军组建以来，还从没碰到过如此难堪局面。朝廷只顾催促发兵，急如星火，哪体谅他这个主帅的难处？半月之内，连下八道加急圣谕，口气咄咄逼人，一道比一道严厉。李鸿章千般痛苦，万般无奈，对下没法说服部将，对上无以面对朝廷，真不知如何才能迈过这个坎。

可朝廷已经等不及，得不到淮军确信，一时龙颜震怒，斥责李鸿章应援不力，褫夺黄马褂，拔去双眼花翎，还说要严查刘铭传诸将。刘铭传更加来火，一蹦半天高，气哼哼冲进帅帐，扔下一纸伤病假条，没待李鸿章发话，便拂袖而去，回了安徽合肥。

其他将领也跟着效尤，来找李鸿章请假。李鸿章苦不堪言，怪将领不懂情理吧，实在怪不上；怨皇上处事不当，身为臣子，又没这个资格。欲打落牙齿往肚里吞，又急火攻心，喉干舌燥，咽口水都困难，哪吞得进牙齿？真想上道奏折，解散淮军，辞官回家，省事省心。

就在山穷水尽无路可走之际，许钤身走进帅帐，要他找一个人试试。

征剿东捻，许钤身策反潘贵升，击毙任化邦，功不可没，李鸿章为他保举六品衔，他还算满意。这下李鸿章陷入危机，许钤身自然不愿袖手旁观，提示道："鸿帅有个学生不在军中么？"李鸿章道："你是说潘鼎新吧？"许钤身道："与刘铭传他们不同，潘鼎新出身举人，知书达理，让他带个头，领兵北上，其他将领自会有样学样。"

若如许钤身所言，潘鼎新愿挺身而出，帮你度过这个危机，又何乐而不为呢？李鸿章心里没底，却还是说道："仲韬去把潘鼎新叫来吧。"

可许钤身没动。李鸿章看看许钤身，说："你说要找潘鼎新，怎么不给我去叫人？”许钤身笑道：“钤身觉得，此时此刻，鸿帅有必要放下主帅和老师架子。”

“如今众叛亲离，谁都指挥不动，还有啥架子可言？”李鸿章自哂道，起身出了帅帐。许钤身尾随其后，陪着来到鼎军大营。营官见是李鸿章，要去通报潘鼎新，出营迎接，许钤身拦住他，说：“不用潘藩司出迎，鸿帅知道怎么走。”

潘鼎新已被保举为山东布政使，布政使又称藩司，故许钤身有此称呼。听许钤身如此说，营官退到一边，让过两人。来到潘鼎新帐前，许钤身让李鸿章稍候，先跑步入帐，对正在看书的潘鼎新道：“启禀藩司大人，您老师到了帐外。”

“您是说鸿帅来啦？”潘鼎新放下书本，走出帐外，果然是李鸿章，赶紧施弟子大礼。李鸿章上前扶起潘鼎新，说：“为师来得是时候吧？”潘鼎新笑笑道：“是时候，是时候。鼎新是老师学生和部将，您大驾光临，我三生有幸啊。”

寒暄着走进帐内，潘鼎新摆上好茶，招待两位。李鸿章也不转弯，喝口茶，直接道：“琴轩（潘鼎新）知道，为师指挥不动将领们，被皇上褫去黄马褂和双眼花翎。”

潘鼎新淡然道：“黄马褂和双眼花翎有啥了不起？皇上褫去就褫去呗。”李鸿章道：“你说得轻巧，这可是我半辈子戎马倥偬，用生命换来的。”潘鼎新道：“君臣如父子，父亲今天发怒，夺走儿子东西，明天怒息，又会赏还回来。”

此理倒也说得通。李鸿章道：“刘铭传已愤然回家，其他将领闹嚷着要学刘走人，淮军眼看就要树倒猢狲散，为师哪还敢奢望皇上赏还黄马褂和双眼花翎？”潘鼎新道：“老师是不是要学生劝劝各将领？”李鸿章道：“各将领心气不平，不再把我这个主帅当回事，你跟他们走得近，出面说几句话，肯定比我管用。”

“学生试试吧。”潘鼎新答应道。可他并没鼓动唇舌，规劝各位将领，而是跨上战马，率领所属鼎军，拔营起程，往京畿方向开去。

潘鼎新带了头，各将领无话可说，默默领兵北上。一场危机就此化解。李鸿章也北移至直鲁边境，驻节德州桑园，就近指挥剿捻战斗。

前次征讨东捻，李鸿章手握钦差关防，各省防军都归其节制，禁行令止，说一不二，调度起来还算顺手。此次张宗禹西捻犯京，朝廷一片惊慌，一股脑派出三个钦差、四位督抚、两名侍郎及无数都统、提督，连恭亲王都出了面，似要摆足架势，用一顶顶大官帽吓退张宗禹。偏偏张宗禹不怕吓，趁各大员扯皮之际，率军横冲直撞，打得官军落花流水，溃不成军。

如此多头指挥，只能徒劳无功，朝廷冷静思之，决定还是以淮楚两军为主力，其他各军负责协防。淮楚要想联手，两军主帅需同心同德，非心往一处想劲往一处使不可。无奈李左都是人中豪杰，想叫一个听命于另一个，又谈何容易？尤其左宗棠，一向自命不凡，见着两榜出身的进士和翰林，就气不打一处来。何况还是李鸿章老冤家，更没法尿进一个壶里。比如李鸿章提出圈制西捻，以守待变，左宗棠偏不认同，主张强力追剿，出奇制胜。两人争执不休，互相抵牾，闹得很不愉快。

见李左只顾扯皮，白白贻误战机，朝廷只好请恭亲王调解。李鸿章也意识到北上是来剿捻的，不是与左宗棠打口水仗的，迫于大义，不得不矮下身段，主动向对方求和。

见面三分义，求和最佳方式还是走到一起，握手言欢。正值仲夏时节，桑园绿意盈目，桑枝正遒，桑叶正肥。李鸿章提前置办好酒肉，再派人邀请左宗棠前来会晤。左宗棠也在反省以往战法，觉得继续与李鸿章斗下去，斗不倒张宗禹，于公于私皆不利，也就不怎么摆架子，离开楚军驻地，赶往德州，欣然入园赴约。

十年前两人同处曾幕时，李鸿章就知道大胖子左宗棠能吃，准备很充分，碗里肉丰，壶中酒足。左宗棠也不把自己当外人，一上桌就放开肚皮，大嚼大咽，弄得满桌狼藉。大厨来上菜，看不惯左宗棠吃相，嗤之以鼻，李鸿章忙使眼色，示意对客人友好些。淮军不富足，可左宗棠一张嘴巴也吃不穷，只要他能真诚合作，早日消灭西捻，所省军费何止千千万？

待左宗棠吃饱喝足，李鸿章正要谈正事，谁知他嘴巴一抹，借助酒劲，指着李鸿章鼻子道："今亮见过牛气的，还真没过少荃你这么牛气的，皇上连下八道圣旨，催你北上剿捻，你硬是端着臭架子，迟迟不肯应命出兵，不然早将捻匪剿灭在近畿一带，俺老人家也不会低声下气，跑到你行辕来混饭吃，还要遭你大厨白眼。”

这小子也是的，明明是你征剿不力，放任西捻跑出陕西，直犯畿辅，还要倒过头来，指责淮军不肯出兵，真是岂有此理。李鸿章再清楚不过，淮军成功消灭十万东捻，朝野折服，楚军却拿五万西捻没任何办法，左宗棠心生嫉妒，故意借题发挥，贬低人家，抬高自己。

世上无真正肯服输的人，左宗棠心态可以理解，可你也不能吃人家，喝人家，再打着饱嗝骂人家呀！李鸿章忍无可忍，也怒目相向，敲着桌子道：“好你个左大胖子，你不自比诸葛，自称今亮吗？诸葛亮有你这么无能？区区五万西捻，要地盘没地盘，要粮饷没粮饷，要兵源没兵源，自动送到你楚军嘴边，你就是啃不动，咽不下，还到我面前来逞啥威风？是的，你左大胖子是诸葛亮，李鸿章连阿斗都不如，可我再无能，也凭一己之力，指挥淮军将东捻干净利落消灭于鲁苏境内，不像你老人家，只知追着西捻，放马后炮，开马后枪，害得朝野惊慌，皇上不得不调用疲惫的淮军来给你揩屁股，了大难。”

李鸿章如簧之巧舌，人尽皆知，真要争辩起来，左宗棠又哪是对手？见李鸿章噼里啪啦，连珠炮似的，一顿狂轰滥炸，左宗棠既无还嘴之力，又无招架之功，只得愣怔着，鼓大双眼，听凭对方修理。李鸿章施放完首轮炮火，缓下语速，冷冷道：“都知你左大人擅长抬杠，有理不让人，无理也要争个赢。只是世间好事，不全是想争就争得来的。你有能耐，功业盖世，封侯封公，无人能争得过你，鸿章不敢望你项背。可有一样东西，你就是再怎么争，恐怕也争不过我，就是大学士一位，这辈子你都得让我一筹。”

清朝规制，大学士位置必须从翰林里提拔，左宗棠仅举人出身，三考进士不中，自然没法与翰林出身的李鸿章争锋。左宗棠被戳着痛处，直翻白眼，不知如何出言。李鸿章还不肯放过他，接下来又阴阳怪气道：“大学士属生前名位，死后还有一样东西，你左大人功劳再大，两手再长，估计也抢不走。”左宗棠问：“哪样东西？”李鸿章道：“死后谥之以‘文’呀。鸿章死后谥‘文’没啥问题，你老人家百年后想与‘文’挨边，只怕难上加难啰。”

闻言，左宗棠青着老脸，默然半晌，吱声不得。谥号就是死后封号。清廷重文轻武，依照惯例，非进士和翰林出身，死后不得谥之以‘文’。

比如林则徐和胡林翼，出身进士与翰林，死后谥号皆为文忠，哀荣至崇。

打人不打脸，骂人不揭短。可左宗棠不是常人，不打他的脸，不揭他的短，他又怎肯服输？果然被李鸿章一打一揭，顿时没了脾气，老实起来。不老实也不行，总不可能撸起手腕，与李鸿章干一架吧？位极人臣，揍得鼻青脸肿，也有失体统。就是街头混混，动手前也得考虑考虑，一架下来，占不占得到便宜。很明显，李鸿章个头高出一截，又年轻十一岁，真的拳脚相加，左宗棠占不到任何便宜，又何必自讨苦吃呢？

见左宗棠软下来，李鸿章才改变口气，反过来拿英雄不问出处之类话语安慰他："当今进士翰林俯拾皆是，不上千，也成百，站在北京街头，一泡尿撒得远一点，就可淋着好几个，可又有几人像你左大人一样，手握虎狼楚军，从东南打到西北，威震天下，战功赫赫，成为国家中流砥柱？湘军裁撤后，朝廷可依靠的主要军事力量，就是淮楚两军，你我二人还要闹不和，只顾窝里斗，谁负责戡乱治国平天下？太后和恭亲王正等着要剿捻方略呢，咱俩还是废话少说，心平气和谈谈正事吧。"

"拿人手短，吃人嘴软，今日宗棠到了贵衙门，大饱口福，也不好意思争强好胜，你说咋办就咋办吧。"左宗棠就坡下驴，不再与李鸿章抬杠，两人开始商讨剿捻方略。

商量来商量去，还是照李鸿章设想，以围堵为主，辅之以追剿，就像淮军聚歼东捻一样。具体说就是利用运河、黄河和东边大海，加固长墙工程，先把西捻圈禁起来，再派游击之师驱赶追击，进行会剿。

根据剿捻方略，淮楚两军包括各省防军须分工合作，驻守两河和沿海，实施围堵任务。淮军铭鼎勋松诸军马队兵勇马快，又有征讨东捻经验，负责追剿敌军，潘鼎新杨鼎勋郭松林等将领皆驻军中，唯刘铭传远在合肥养伤，得尽快把他召回来。

刘铭传脾气大，又是赌气回的合肥，光一纸命令，他肯定不会买账。怎样才能把刘铭传的倒毛撸顺呢？李鸿章拍着脑袋，一时想不出有啥好办法。

这日李鸿章与幕僚会商剿捻事宜，说到刘铭传，许钤身道："要想把刘麻子请回来，先须弄明白，他是为何离去的。"李鸿章道："这有啥弄不明白的？众所周知，刘铭传是因朝廷封赏太低，一气之下，愤然回了合肥。

咱又不是皇上，难道还能给他加封晋爵不成？”

“用不着加封晋爵。”许钤身笑笑道，“追剿东捻，劳苦功高，封赏却不相匹配，刘铭传感觉委屈，自尊受到伤害，没里子也没面子，才拂袖而去。鸿帅要做的，就是如何给刘铭传面子，您老给了他面子，反过来他也会给您老面子。”

李鸿章觉得有意思，道：“仲韬倒是说说，刘铭传这面子怎么给。”许钤身道：“钤身思量，礼轻不送人，面子太小，还不如不给。也就是说，要给就把面子给足，给足刘铭传大面子，自然不愁他不归队，归队后不愁他不下死命替鸿帅出阵打仗。”

李鸿章频频颔首，要许钤身继续往下说。许钤身又道：“只是刘铭传当世英雄，眼界高阔，不见得谁的面子都买。”李鸿章道：“我的老面子他也不买么？”许钤身道：“鸿帅乃淮军主帅，您老面子他肯定会买的，但仅有您老面子，只怕还不够。”李鸿章道：“我老面子还不够，难道非皇上给面子不可？”许钤身说：“千军易得，一将难求，刘铭传忠肝义胆，有勇有谋，不说千古难觅，至少当朝少有，皇上不该给他面子吗？”

自己手下大将能获如此崇高评价，李鸿章自然受用，也意识到刘铭传于征剿西捻的特殊价值非他人可以替代，给他点面子完全应该。于是照许钤身主意，亲自动笔，给刘铭传写起信来。信中饱含深情，细述淮军建军以来，将帅如何相互默契，同仇敌忾，生死与共，仿佛鱼和水一样，鱼离开水活不下去，水离开鱼则成为死水臭水。

信写好，李鸿章又附上两斤挂面和两块方糕，派专人飞抵合肥，一起交给刘铭传。有次李鸿章做寿，其他人进金献银，唯刘铭传仅以挂面和方糕相赠，外加一首打油诗。现在李鸿章送此两样东西，意喻礼轻情意重，同时也告诉刘铭传，收过千千万万的厚礼重物，都入不了眼，上不了心，唯独刘铭传好处，他李鸿章一辈子不会忘怀。

这是动之以情。李鸿章再给曾国藩去函，请他张开金口玉牙，规劝刘铭传归队。曾国藩见函，立即去信给刘铭传，说人海茫茫，才人能人千千万万，为何大都默默无闻，一事无成？原因也简单，就是没有贵人抬举。这就是为啥起初刘铭传凭胆识和勇气，啸众起事，称雄乡野，折腾多年无大出息，直到投身淮军，随李鸿章东征苏沪，北击东捻，才立下盖世功勋，做上堂堂直隶提督，威名传遍天下。如今李鸿章受命征讨西捻，正是将帅携手共建奇功之时，虎将怎可离开良帅，悄悄躲在乡下，碌碌无为呢？再说消灭东捻，算不得全功，朝廷有意降低封赏，就等聚歼西捻大功告成，以便一并加封重赏，若放弃北征西捻，岂不前功尽弃？

这是晓之以理。李鸿章觉得还不够，又上折朝廷，声言正值驱剿西捻关键时期，假如最得力的铭军马队缺阵，胜算难料，恳请皇上施之以恩，降旨刘铭传，温言动员他出山。别看刘铭传倔强，却铁胆忠心，深明大义，皇上若看得起，出示圣谕，天语一字之褒，胜臣函牍万万，感召得刘铭传慷慨赴阵，何愁西捻不灭？

朝廷见折，二话不说，立即照李鸿章意思，下达圣旨，高度评价刘铭传，命他尽快出山。刘铭传一见李信，二读曾函，三接圣谕，不禁大为感动，顷刻间，肚里怨气烟消云散，不复存在。湘淮楚三军大小将领成百上千，谁像你刘铭传如此牛气，为说服你出山，主帅求不算，老帅请不够，连皇上也煞有介事，专门下达圣旨，好话说尽，把你捧上了天。刘铭传虚荣心得到极大满足，不再犹豫，叫过随行亲兵，飞身上马，离皖北驰。

刘铭传回到直鲁前线时，各军基本完成合围，陷西捻于圈中。果如许钤身所说，李鸿章给足刘铭传面子，刘铭传上阵剿敌时更是不要老命，勇猛异常，很快为李鸿章赢回大面子。商河一战，刘铭传一马当先，率领铭军马队，死死咬住西捻不放，在鼎军、松军与勋军等各路马队协助下，重创张宗禹主力。

转眼进入秋季，西捻又在乐陵遭受狙击，所剩万余战士，随张宗禹突围至茌平，再次被淮军各路马队圈围起来。张宗禹奋力突击，还是难逃全军覆没厄运，连张家兄弟子侄尽皆阵亡。最后仅余八骑亲兵，护卫张宗禹冲出重围，穿过高粱地，跌跌撞撞，逃到徒骇河岸边。面对汹涌的河水，张宗禹勒住马首，对七名亲兵道："你们各自逃生吧，忠禹去也！"

话没落音，张宗禹就纵身一跳，跃入激流之中。西捻从此彻底灭亡。唯张宗禹投水后，一直找不到尸体。李鸿章派人连续搜寻多日，无奈黄河上游发水，河水盛涨，倒灌徒骇河，水浊浪浑，估计尸身腐烂，没法寻认，只得回头审讯降兵，证实张宗禹投水伏诛无疑，才据此呈报朝廷，朝廷也认可此议。

偏偏左宗棠忍不住跳将出来，硬说张宗禹肯定还活着，指责李鸿章谎报军情，弄虚作假，贪功求赏。说说还不够，又派得力干将，四处搜捕，非逮住张宗禹不可。气得李鸿章又拍桌子又跺脚，大骂左宗棠不是东西。

待李鸿章骂个够，许钤身走进签押房，说：“鸿帅不必气恼，谁不知左宗棠就这德性？金陵光复之初，城里乱哄哄的，曾氏兄弟以为幼王已死于战火，左宗棠不也起劲弹劾人家假冒军功，瞒天过海么？”李鸿章摇头道：“金陵之战，幼王确实没死，不幸被左宗棠言中。这次张宗禹明明已没于滚滚洪流，他还要故伎重演，捅我刀子，真是恶劣之至。”

许钤身笑笑，说：“其实左宗棠这么做，鸿帅应该高兴才是。”李鸿章不满道：“左宗棠欺人太甚，我还高兴得起来？”许钤身道：“左宗棠不是欺鸿帅，是嫉妒鸿帅。西捻流窜西北，楚军无奈其何，眼睁睁看着他们东入晋冀，直犯京师。皇上吓得不轻，征调各军勤王，依然无济于事，直到鸿帅领军北进，采取圈堵和追剿并用的办法，才全歼西捻。想想淮军一歼东捻，二灭西捻，可谓功德圆满，左宗棠一向自命不凡，却败在西捻手上，仅有协剿西捻之功，他能不心生嫉恨，挖空心思给鸿帅找岔子，添乱子？无人嫉妒是庸才，何况是左宗棠这样的牛人，当今天下也就曾大帅和鸿帅值得他嫉妒，难道不该高兴吗？”

说得李鸿章哈哈大笑起来，说：“照你这么说，我得感激左宗棠嫉妒啰。”

五、入京请训广结缘

李许笑谈左宗棠时，左宗棠仍在四处搜索张宗禹。可惜搜来索去，张宗禹毛都没搜索到。朝廷只得依李鸿章所奏，认定张宗禹已死。同时赏还李鸿章双眼花翎和黄马褂，取消降革处分。随即大赏三军，曾国藩筹饷有功，递补武英殿大学士，左宗棠助剿卖力，加太子太保衔，刘铭传则升为一等男爵，其他各军将领及丁宝桢等参战督抚，皆有封赏，无一遗漏。

最大赢家自然是李鸿章，不仅像左宗棠一样赏加太子太保衔，还晋升协办大学士，补授湖广总督。咸丰以降，大学士以文华殿、武英殿、体仁阁、文渊阁入衔，满汉各二人，另有协办大学士，满汉各一人，皆为文臣最高官位。其时大清二品顶戴以上官员多达三百人，李鸿章脱颖而出，挤入六人组成的大学士行列，实在不简单。且才四十五岁，这个年龄位列太师太傅太保三公又递补协揆者，大清开国以来仅此一人而已。

激动之余，李鸿章依例草拟《请入觐片》，提出进京请训要求。奏片发走，又有消息传来，曾国藩转任直隶总督，两江总督由浙闽总督马新贻继任。马新贻虽系李鸿章同年，可论政绩和军功，两人简直不可同日而语。何况李鸿章还曾署理两江总督，若非北征捻军，早该去掉署理二字，实至名归。如今曾国藩离开两江财赋重地，照理该让学生回任，竟然交给资历浅威望低的马新贻，确实有些匪夷所思。

见李鸿章老大不乐，许钤身入见道："中堂大人总督湖广，远离两江，可喜可贺！”

捻军已除，国无战事，李鸿章又位居三公和协揆，再呼鸿帅已不合时宜，僚属都自觉改称中堂。李鸿章道：“你是不是以为我贪恋两江富庶，嫌弃湖广贫瘠？其实我是兴军于苏沪，在两江兴洋务，创西学，倡办机器制造，不愿人去政息。我老师总督两江，自然误不了事，各业皆可继续光大，而今假手他人，后果不堪设想啊。”

许钤身点头道：“中堂所言甚是在理。可您老想过没有，朝廷调曾侯相北上，本来就不是给您腾挪位置的。”李鸿章道：“此话怎讲？”许钤身道：“朝廷还没忘记天国圣库，需要信得过的人赴任两江，以彻底揭开谜底。”李鸿章恍然大悟道：“是啊，本官离开两江时，朝廷出于剿捻大计，让我老师回任，做我坚强后盾。如今捻匪已灭，无须筹集军饷，调开我老师，正好排除干扰，追查圣库之事。”

许钤身几分神秘道：“听说马新贻履新前入京请训，受慈禧太后与恭亲王召见，密谈半日，出得养心殿，脸色寡白，衣服湿透，几近虚脱。照理总督万人瞩目的两江，本该春风得意，趁逗留京师，置酒高会，大撒银子，争取同僚故旧支持，可马新贻却匆匆离京，南归山东菏泽老家，与妻儿抱头痛哭。还专门给兄弟一笔钱，打造上好棺材，以备不测。”

李鸿章瞪大眼睛道：“还有这样的事？你怎么知道的？”许钤身说：“近有好友自京师和荷泽来德州办差，找钤身叙旧，席上触及马新贻，说得头头是道。钤身由此推断，中堂离两江是非之地远些，绝对不是坏事。”

“也许是的，福兮祸所伏，祸兮福所倚。”李鸿章感叹几句，想起前年署理两江总督之初，接到恭亲王密信，命查天国圣库财宝去向，全靠殷家抗拒厘税事件闹大，才勉强敷衍过去。朝廷知你向着曾氏兄弟，特改派湖广，让马新贻总督两江，旧事重提。可湘军旧勇与太平军老兵遍布两江地区，鱼龙混杂，外加哥老会、小刀会等会党余孽，你中有我，我中有你，马新贻置身其中，恐怕凶多吉少，怪不得他如临大敌般，很不自在。

许钤身自然不是专来说道马新贻的，转而提醒道：“眼下天下太平，中堂《请入觐片》已送出，该提前准备入京事宜，以免圣谕下达后，手忙脚乱。”李鸿章道：“正是的，本督咸丰三年初出京，至今整整十五个春秋，此番返京，不仅要面圣受训，还要拜访故旧同僚，总得有所预备。此事就交给你与钱鼎铭，到时你俩随我一起入京。”

许钤身走出签押房，将李鸿章的意思传达给钱鼎铭。钱鼎铭说：“进京准备也简单，就是多带些银票，该塞则塞，该撒则撒。”许钤身笑道：“该塞则塞，该撒则撒，话说起来容易，可到底塞给谁，撒给谁，该塞多少，给几何，只怕大有讲究。”

“这个也好办。”钱鼎铭说着，拿出一样东西。许钤身接过去一瞧，是本《大清缙绅全书》。翻开封面，原来系当朝官宦名录，上到王公大臣，下至各衙门胥吏文书，尽在其中。钱鼎铭启发许钤身道：“先从书里选抄些名字，交给李中堂，由他亲自敲定，谁送谁不送，谁多送谁少送，咱再准备银票，携带入京。”许钤身问：“如此一大把名录，又怎么取舍？”钱鼎铭道：“选中堂用得着的人物，比如军机处和总署要员，比如六部衙门关键角色。”

两人很快选定一批人名，写入清单，送交李鸿章过目。李鸿章基本认可，只在户部送礼名录下，加上几位无品级的小吏。许钤身甚是不解，问：“无品无级的小吏也要打发？”李鸿章说：“别看这些小吏无品无级，却具体负责账目核销，得罪不起。征讨长毛时，我老师是大当家，淮军粮饷账目只管交他老人家，统一送交户部核销，不用我操心。轮到讨捻，我老师退到幕后，淮军开支核销，只能咱自己去跑户部，自然得对经手账目核销的小吏客气点。”

许钤身疑惑道：“讨捻开支大都出自两江，朝廷又没拨过款子，也要拿到户部核销？”李鸿章道：“率土之滨，莫非王土，两江钱谷当属朝廷钱谷，户部当然得核销认可。”

一切准备就绪，朝廷圣谕到达德州，恩准李鸿章入京请训。为避免皇上猜忌，李鸿章将各军撤离直隶，退守黄河以南，尔后带上钱鼎铭、许钤身等随员和少许亲兵，离开桑园，出得德州城，踏上去往京师的路途。

初秋阳光格外明媚，李鸿章让冬梅推开车窗，悠闲地欣赏着道旁秋景。刚从战乱中过来的山河破败萧瑟，却也宁静安详。百姓在田间地头赶种秋粮，生产自救。无论何时，生存总是至关重要的。李鸿章出身合肥乡下，懂得底层生活艰辛，也深知百姓顽强的生存能力，就像土里苗头，哪怕上面压着沉重的大石块，也会从石缝中探出头来，寻找阳光和雨露。

车轮在官道上不紧不忙滚动着，李鸿章心情也起伏跌宕，竟至惴然不安。十五年前的早春，胸怀报国大志，辞别帝京，追随吕贤基，打马南下，一心只想保民卫国，建功立业。十五年过去，壮志已酬，夙愿实现，自己也从七品翰林，一跃而为战功赫赫名满天下的朝廷重臣和封疆大吏。可为何心头还隐隐感觉惶恐，有几分失落呢？

在车轮沉闷的辘辘声中，李鸿章且行且思，渐渐明白过来，当年南下有一个很明确的目标，就是清剿太平军和捻军，收复万里河山，而今功成名就，北上面圣请训，其荣耀自不必说，却已失去对手，也失去人生方向，怎能不茫然无措？人生其实是一场搏弈，博弈总离不开对手，找不到对手，人生还有什么意义可言？

不错，皇上已安排湖广总督位置，等着你去坐享其成，可这就是你所渴望所追求的人生目标吗？李鸿章难免疑虑。大清境内共有十个总督位置，做上总督就能有所作为，实现自身价值么？曾国藩曾说李鸿章拼命做官，照李鸿章自己理解，做官就是做事，拼命做官就是拼命做事。当然到得战场上，拼命做官便是率领将士拼命杀敌。敌人杀尽，转任地方，湖广总督位置上有值得自己拼命的事情可做不？

又想自己毕竟还有职位可任，手下数百淮军将领和八万士兵，又该何去何从？没有了敌人，裁军归农，自是其必然结局。那么军怎么裁，裁多裁少，还是全裁？八旗绿营已成废物，各省防军也无甚战力，淮军裁后，国防空虚，又用什么守卫万里山河？且不说别处，只说直隶一带，李鸿章一路走来，注意查访考察，只见驿站破败，营盘失修，要塞少兵把守，几处粮草转运局无粮无草，连正规兵站，也兵少将寡，毫无防御能力。怪不得张宗禹不费吹灰之力就长驱直入，威逼畿辅，致使朝野震动，两宫色变。若淮军一裁了之，一旦日后出现张宗禹李宗禹王宗禹，谁来御敌护国？

考虑着自己未来和淮军去向，忧心着君国和百姓安危，不知不觉间，京师已近在眼前。都说归乡情更怯，李鸿章可是归京情更怯啊。试问帝京还是十五年前的京帝吗？皇城还是十五年前的皇城吗？紫禁城里的养心殿，不用说再见不到精明自负的咸丰皇帝，早换上同治新君，由两宫垂帘听政，可谓物是人非。江山代有才人出，一朝天子一朝臣，殿前大臣恐怕已看不到几副旧面孔，就如刘禹锡诗之所曰：玄都观里桃千树，尽是刘郎去后栽。

车驾终于在城门口停下来。军机处差官恭候已久，见到李鸿章座驾，赶紧上前施礼，朗声道："下官奉恭亲王差委，特在此迎候李中堂，请上轿赶赴贤良寺，洗尘听诏。"

李鸿章由冬梅扶下车，谢过差官，抬眼望去，数步外停着一顶八人绿呢大轿。扶轿官赶紧过来，搀住李鸿章，小心扶入轿里。刚坐稳，只听引轿官吆喝一声：起轿啰！轿子随即微微颠起来，在护轿官保卫下，向城里方向开去。李鸿章随行车驾紧跟其后，一路浩浩荡荡，引得路人驻足观望，纷纷猜测轿里大员来历。听消息灵通人士说是李鸿章，围观人群越来越多，有的甚至燃放起鞭炮来，表示热烈欢迎。

原来张宗禹率领西捻直犯京畿时，各军勤王不力，京师岌岌可危，满城百姓心惊肉跳，惶惶不可终日，不少富裕人家还大包小包，带着家财，出城躲到了乡下亲戚家。还是淮军北上，击败西捻，警戒得以解除，百姓欢呼雀跃，众口称赞李鸿章，视他为大救星和大英雄。还编排了好多李鸿章神机妙算智剿西捻的故事，一时间广为流传。如今大英雄进京，近在咫尺开外的大呢轿里，自然欣喜异常，跑到道旁，倒看李鸿章长何模样，是不是像诸葛亮样，又英武，又帅气，手上还摇着鹅毛扇，谈笑间樯橹灰飞烟灭。

见自己这么受欢迎，李鸿章大受感动，想掀开轿帘，看眼道旁盛况。可轿帘刚提起，便被护轿官拉严，不让轿里人物暴露于大庭广众面前。恭亲王有令，李鸿章征讨太平军和捻军十多年，如今两军虽已灭亡，其残兵败将分布全国各地，京城人多品杂，三教九流，什么角色都有，万一出点差错，护轿官如何担当得起？

李鸿章不好勉强，只能听之任之。大轿很快进入冰碴胡同，来到贤良寺前。贤良寺原系雍正年间怡亲王允祥府第，允祥死后，遵其遗愿，舍宅为寺。又因雍正谥允祥以贤，故名贤良寺，后成为地方重臣进京觐见时临时居所，带有客栈性质，只不过普通人物无资格入住。李鸿章京城没有房产，贤良寺自然是最佳落脚之处。

轿入寺院，人出轿门，住持赶紧上来请安道乏，送李鸿章入住早已打扫干净的上房。洗过脸，净过手，喝几口清茶，吃几样水果，李鸿章召进钱鼎铭和许钤身，命两位照着早拟好的清单，分赴各处，逐一打点。两人主要负责三品以下官吏，二品以上大员，还得李鸿章拜见过恭亲王奕䜣后，亲自上门，以示尊崇。

两人走后，李鸿章戴上红珊瑚顶戴，穿好九蟒五爪蟒袍和仙鹤补服，出门来到院中，复入绿呢大轿，离开贤良寺，直奔恭王府而去。

位于柳荫街的恭王府，初为乾隆朝大学士和珅私邸。嘉庆皇帝登基，赐和珅自尽，将和府赏给庆亲王永璘。嘉庆之后是道光，等到道光帝儿子咸丰临朝，又转赠给六弟奕䜣，作为恭王府，奕䜣在此一住便是十六七年。当年和珅富可敌国，营造私邸，自然舍得花钱，宅子也就极具规模，成为京城最大王府。

绿呢大轿在恭王府门首缓缓落下，军机处差官从李鸿章手里拿过手本和门包，屁颠屁颠去见门房。门房掂掂门包，觉得不轻，脚打莲花落，通禀进去。里面很快传出一声长长的“请”字，李鸿章闻声走出轿子，正正顶戴，掸掸蟒袍和补服，迈入王府大门。府里自有人过来引路，穿越几道回廊，绕过一处假山，但见奕䜣正站在槐树下，笑盈盈望过来。李鸿章赶紧趋前几步，跪倒在地，口称：“湖广总督协办大学士下官李鸿章给王爷请安！”

奕䜣往前一跨，弯腰来扶李鸿章，嘴里朗声笑道：“少荃别客气，快快请起，快快请起。本王面前，没必要讲究这些俗礼。”

李鸿章道过谢，起身退步，躬腰摆臂，请奕䜣先走。奕䜣抓过李鸿章手腕，往腋下一夹，两人亲亲热热走过中庭，转入后面书房。让仆役看过座，献过茶，奕䜣才道：“少荃进京多久啦？”李鸿章道：“回王爷话，鸿章刚至贤良寺，洗把脸，喝口茶，就往亲王府拜会王爷来啦。”奕䜣道：“你真是个急性子。”李鸿章道：“鸿章离京十多年，没有王爷庇护，哪有今天之小小勋绩？好不容易回到京师，最迫切的就是想拜见贵人，聆听您谆谆教诲。”

“少荃这张嘴，还是如此伶俐。”奕䜣望望李鸿章眼角皱纹和满脸沧桑，感慨起来，“屈指算来，咱们一别已十五年整。记得咸丰初年离京时，少荃风华正茂，气宇轩昂，转眼间已人至中年，霜欺两鬓，岁月不饶人啊！”

遥思就职翰林院时，李鸿章与小自己十岁的奕䜣有过不多几次交往。奕䜣当年虽已贵为亲王，却因人年轻，略显稚嫩和骄奢。道咸之际，咸丰视兄弟里最有才干的六弟奕䜣为政敌，彼此关系微妙，奕䜣为求自保，变得小心翼翼，生怕触怒天威，招致杀身之祸。咸丰驾崩热河，风云突变，时局艰险，奕䜣与两宫太后里应外合，联手除掉八大顾命大臣，受命于危难之际，以议政王身份执掌军机处和总理衙门，肩负大任，日理万机，日见老成持重。后又被慈禧褫去议政王头衔，仍在两宫与满汉大臣之间艰难维持，如临深渊，如履薄冰，变得更加暮气沉沉，三十五六岁的人，看去像已过天命之年。真是伴君如伴虎啊！李鸿章暗暗庆幸自己身为外臣，虽处处受人掣肘，办件事情难于上青天，毕竟山中无老虎，猴子充霸王，总能找到腾挪翻转余地，尺水行尺船，稍有作为。

体会着奕䜣的不易，李鸿章道："王爷也比当年练达得多。所幸有您老成谋国，实乃天下苍生之福气啊。"奕䜣笑道："少荃会说话，见我未老先衰，故意说是练达老成。不练达不老成能行吗？太后和皇上深居宫中，对外面世界不甚了解，朝中大臣又多迂腐，唯知红口白牙说大道理，发空议论，啥事都成不了，只能本王多担当点。"

说到朝中大臣迂腐，只怕莫过于倭仁和徐桐师徒。两人皆为理学大家和皇帝老师，一个傲居大学士高位，一个位处礼部侍郎要职，朝中影响非同小可。倭徐两人有一个共同点，就是无比仇视洋人，只要说起洋人二字，总是咬牙切齿，不共戴天。连碰上杨阳羊扬诸姓同僚，也横眉冷对，没给好脸色。西洋西学西语的"西"字也听不得，谁名字带西或与西音相近的字眼，也当作异类，另眼相看。偏偏慈禧居于养心殿西暖阁燕禧堂，又称西太后，倭徐觉得禧与西刺耳，不叫慈禧太后或西太后，别出心裁称燕太后，弄得慈禧哭笑不得。

养心殿西暖阁还有间三希堂，曾是乾隆书房。三希者，"士希贤，贤希圣，圣希天"是也，意即士人希望成为贤人，贤人希望成为圣人，圣人希望成为知天之人，乾隆借以自勉，也有自命不凡味道。"希"又与"稀"谐音近义，乾隆藏有三件稀世珍宝：王羲之《快雪时晴帖》，王献之《中秋帖》，王珣《伯远帖》，就挂在书房里，读书之余，玩赏不已，故三希又含"三稀"之意。一次慈禧让安德海传唤倭仁，安德海说倭仁是士人领袖，最好放三希堂召对，以示恩宠。慈禧觉得有道理，就在三希堂等着。倭仁随安德海来到西暖阁后，听说在三希堂面圣，皱着眉头，老大不高兴，因为"希"字让他想起"西"来。无奈慈禧等在里面，又不好抗旨，只得不情不愿走进三希堂。面过圣，从三希堂出来，安德海故意上前问道：

大学士在哪里觐见哪位太后？意思逼倭仁说出三希堂和西太后。倭仁知是安德海捣鬼，白他一眼，有气有恨道：在三王堂觐见燕太后。

得知师傅在三希堂面圣，徐桐等弟子羡慕不已，倭仁回到家中后，纷纷跑来探问，三希堂是啥样子，有无三稀珍宝。倭仁没好气道，什么三希，我只见过骚鸡！显然倭仁还在生安德海的气，拿骚鸡骂他。别看弟子们平时满口仁义道德，其实对肚脐三寸以下最感兴趣，觉得师傅话里有话，认定安德海是假太监，真骚鸡，与慈禧关系非同一般，弄不好三希堂就是两人胡搞之处，不然师傅也不会这么愤怒。从此安德海与慈禧所谓艳事广为流传，无人不闻。

徐桐故事也不少。他认为洋人甚至教民都没好货，恨不得见一个杀一个，见两个杀一双。可他手无缚鸡之力，杀不了洋人和教民，只有独自躲在家里生自己闷气。徐家位于东交民巷，紧挨各国使馆，洋人每天出出进进，徐桐没法视而不见，真想放火把各使馆烧掉。无奈使馆看守太严，徐桐无从下手，于是拿出纸笔，写副对联贴在自家门上，用以泄愤。对联还算对称，共八个字：望洋兴叹，与鬼为邻。恨洋人，也恨跟洋人打交道的国人。奕䜣主持总署（总理各国事务衙门），天天接触洋人，徐桐最看不惯。加之奕䜣坚持在总署下面设立京师同文馆，聘人教习西语西学，徐桐更觉得奕䜣大逆不道，背后偷偷叫他六鬼子，因为奕䜣在兄弟里排行第六。还觉不够，另送他八个字：孔门弟子，鬼谷先生。

可以想见，天天跟这帮冥顽不化的老古董打交道，奕䜣该有多么纠结。李鸿章抱不平道："倭徐师徒公然挑衅王爷权威，阻碍朝政，为何还如此得志，位列三公，官居要职？王爷可是一人之下，万人之上，搬开倭徐之流，应该不会太难嘛。"

"倭徐之流树大根深，哪是本王想搬就搬得动的？"奕䜣浩叹一声，不愿多说。李鸿章心知肚明，倭徐之类百无一用，慈禧太后却需要他们看家护院。道理简单，有这些犬儒张大眼睛，盯住奕䜣等权臣，慈禧才好左右逢源，维持平衡，免得大权旁落，失去控制。奕䜣精于人事，自然哑巴吃饺子，嘴上难言，心里有数。

闲聊一会儿，家丁来报，晚膳已准备就绪。两人步出书房，走进餐厅。餐厅不大，餐桌上七碗八碟，桌边却只两副碗筷和酒杯。客气着落座后，奕䜣道："本想请几个人来给少荃作陪，又怕人多嘴杂，还是咱俩清静，说话方便。”

奕䜣处境特殊，慈禧既要用，又要防，不得不处处小心。李鸿章颇能理解，说：“鸿章一路南来，风餐露宿，早就想着王府美食，人多话多，嘴巴忙不过来，就咱主仆二位，正好大快朵颐，大饱口福。”奕䜣笑道：“今晚咱俩放开喉咙，大干一场。”

说笑着，有人提着酒壶进来，给两位倒酒。是位小姑娘，打扮得花枝招展，一点不像平常家仆。李鸿章就多看了一眼，感觉有些面熟似的。奕䜣笑道：“不认识了吧，她就是令弟稚荃（李凤章）送我府上的红菱姑娘。”

“原来是红菱姑娘，怪不得似曾相识。”李鸿章仔细打量着红菱，“看看红菱姑娘，比在拙政园时贵气多了，一颦一笑，一举手一投足，都那么优雅得体。还是王爷有办法，将个乡下姑娘调教成为大家闺秀。”奕䜣笑道：“红菱姑娘很有悟性，到王府两年多，教啥会啥，琴棋书画，已样样精通。平时不让抛头露面，只在闺房读书习字，今日因少荃入府，才让她出来见个面，看你还认不认得。”李鸿章谢过奕䜣，对红菱道：“遇到王爷这样的贵人，真是你福气，可得争口气，好好做人做事，以不辜负王爷再造之恩。”

红菱频频点头，也不多话，倒好酒，又给两位夹菜盛汤，尔后侍立一侧，听候吩咐。两人举盅相碰，干过头杯，奕䜣道：“少荃为国征战多年，吃苦耐劳，出生入死，本王没啥犒劳的，几样家常菜，你就别讲客气，只要合胃口，尽管放开肚皮吃就是。”

话语来得平实，却说得李鸿章不无动容，也顾不得斯文，风卷残云般，大嚼大咽起来。奕䜣是自己贵人，真心实意待你，用不着虚与委蛇，故作矜持，吃得多，喝得多，才会讨他欢心。奕䜣果然很满意，笑道：“过去听说少荃翰林变绿林，本王还不怎么相信，你毕竟两榜出身，怎么那么容易变绿林？如今见你胃口这么好，才知此语不假。不过想想也是，你人高马大，腹中空空，哪有力气上阵杀敌？”

吃饱喝足，李鸿章端过茶杯，一阵鼓漱，咕噜下喉，从袖里掏出银票，放到奕䜣面前，说：“好久没吃过这么好的饭菜，一笔小小饭费，还请王爷笑纳。”

见银票上写着五万两字样，奕䜣佯装生气道：“哪有五万银子一顿的饭菜？少荃这么做，就太见外了。”李鸿章道：“府上人多，张口要吃，伸手要用，王爷那点年俸，如何开支得来？鸿章身为外臣，打仗办事，天天与银子打交道，手头毕竟宽松点，您就别嫌弃。”

奕䜣不好推让，收下银票。见时间不早，李鸿章起身告辞。奕䜣送出府门，一边道：“明日本王进宫跑一趟，看圣上何时召对少荃，顺便给你讨个恩典。”

李鸿章抱拳谢过，几步来到轿旁。却立定身子，非看着奕䜣先返府门，才肯上路。推让几句，奕䜣只好笑着扬扬手，转过身去，缓缓走开。眼望奕䜣隐身入内，李鸿章抬头瞧瞧夜空朗月，掀帘登轿，回到贤良寺。

趁着听诏空闲日子，李鸿章遍访京都王公大臣，比如军机大臣吏部尚书文祥，总理衙门大臣户部尚书宝鋆等，大撒银票，大献殷勤，广为交结。李鸿章深知时逢乱世，上马打天下，离不开将帅同心，兵士勇毅，只要能打胜仗，朝廷会无条件鼎力支持。一旦进入承平时期，下马治天下，利益格局发生变化，你中有我，我中有你，彼此纠缠，互为因果，不处理好各种人际关系，得不到京中大佬理解和扶持，必将毫无作为，一事无成。

几天下来，该拜的拜过，该访的访到，李鸿章走进工部尚书毛昶熙府上。毛昶熙是河南武陟人，也回乡办过团练，曾与河南老乡袁甲三联手，多次大败太平军。袁甲三死后，袁部归属毛昶熙，继续活跃于豫皖一带。毛昶熙很识时务，金陵一光复，迅速自解兵权，将手下人马统统交给僧格林沁，只身一人返回北京，深受两宫太后和恭亲王信任，从此官运亨通，平步青云，盘踞要位。袁甲三是项城袁家顶梁柱，顶梁柱一倒，袁家眼见即将败落，毛昶熙将袁甲三几个侄儿送入淮军大营，得到李鸿章重用，算是后继有人。正因这层关系，毛李二人也就走得近，李鸿章此番入京请训，不用说也得造访毛府。

李鸿章动向瞒不过毛昶熙，他哪里都不敢去，天天在家翘首以待。终于等到李鸿章迈进大门，毛昶熙喜不自胜，将他迎入后堂，摆上好茶好果。李鸿章赶忙道歉：“鸿章到京多日，被人堵在贤良寺，寸步难行，迟至今天才入府拜访，还请尚书大人见谅。”毛昶熙说：“本该昶熙上贤良寺拜望中堂大人，知您载誉返京，万人景仰，够得应酬和忙碌，想等您那里稍稍清静，再去赶个晚市，却劳动您大驾，先至寒舍，昶熙甚是过意不去啊。”

李鸿章打两声哈哈，说：“鸿章不是来说客气话的，是要请尚书大人释疑解惑。”毛昶熙说：“中堂大人谦虚，有事只管吩咐，昶熙尽力而为就是。”李鸿章说：“捻匪歼灭后，天下承平，君民同乐，国家没必要再拿粮饷供养军队。鸿章想学尚书大人，也将八万淮军交给僧王僧格林沁，好落得无军一身轻，不知当否？”

毛昶熙忍俊不禁，说：“中堂大人真会说笑话。若僧王还健在，昶熙一定说服他收编八万淮军。可僧王已献身国家，要我上哪儿求他老人家去？”李鸿章道：“没人收编，又怎么打发淮军将士呢？总不能树没倒，猢狲先散，让这些有功于国的兄弟上山为匪吧。”

“淮军去留是大事，非同小可，还是谨慎处置为佳。淮军可非当年昶熙手里团勇，随便移交他人，不会有啥后顾之忧。”毛昶熙沉吟道，“照昶熙想法，淮军不能全部裁撤，总得留下一部分，转为制军，固我国防。道理不言自明，内寇不存，外敌仍在，更为强大的洋人虎视眈眈，无兵无将，国家有事，拿什么应对？”

毛昶熙有此想法，看来淮军不必全部裁撤，或许可保留三四万人马。李鸿章清楚，别看毛昶熙是工部尚书，却与其他朝臣不同，带过兵，打过仗，还协助奕䜣规划过剿捻军务，国防方面最有发言权，慈禧也乐意听信于他。李鸿章暗暗松下一口气，从袖管里掏出银票，放到桌上，道：“鸿章形迹匆匆，也没啥准备，一点小心意，尚书大人别介意。”

毛昶熙还来不及客气，门被推开，一个半大胖男孩撞进来，挥着一柄木剑，要毛昶熙教他舞剑。毛昶熙说：“不见客人在吗？有空再教你，好不好啊？”

哄走男孩，毛昶熙关上门，对李鸿章道：“这是我儿媳弟弟，亦即袁大人（袁甲三）侄孙，名叫世凯，今年十岁。小世凯挺有意思，教他读书，他坐不住，整天就知舞枪弄棒，耍拳踢腿，昶熙真拿他无奈何。”

袁甲三侄孙怎么进的毛府呢？李鸿章忽然想起，袁家为报答毛家恩德，将袁甲三侄孙女嫁给毛昶熙大儿为妻。岂料婚期将至，毛子不幸暴病身亡，毛昶熙只好忍悲退婚。谁知袁家初衷不改，让袁女抱着未婚夫灵牌，毅然走进毛家，天天吃斋念佛，超度亡灵。毛家上下大为感动，格外敬重这个寡居儿媳，对袁家也高看一筹。事情一传十，十传百，竟传到慈禧太后耳里，她联想自己夫死子少，独守空房，不禁鼻子一酸，大哭一场，而后专门颁旨，旌表毛家媳妇，命在武陟大建贞节牌坊。

这段阴阳婚配太著名，几乎无人不晓，毛昶熙也不多解释，只说："昶熙家眷北迁时，敝夫人放心不下我家儿媳，就一起带到了京城。又怕她思念娘家，干脆将其弟小世凯也叫过来，给姐姐作伴。小世凯倒也懂事，很讨姐姐欢心，只是教他读书，总愁眉苦脸，整天冲冲杀杀的，敝府都成了他的练兵场。昶熙常想，世道正在大变，光知寻章摘句读死书，不见得有啥出息，小世凯对刀枪感兴趣，就由着他去，弄不好日后能派上一定用场。"

李鸿章出身翰林，却以军功立世，位极人臣，对尚武之人，自然颇有好感，慨然道："纵观泰西洋邦，皆以武备强国，专恃其枪炮轮船之精利，横行于中土，吾国要想不受制于人，务必改变重文轻武风气，大造枪炮，多制轮船，栽培血性男儿。小世凯喜舞枪弄剑，绝不是坏事，又有尚书大人提携，日后定能继承其叔爷遗志，成为国家栋梁。"

见李鸿章认可袁世凯，毛昶熙颇感得意，两人又就兴军强国话题，探讨半天。尔后摆下盛宴，与李鸿章推杯换盏，纵论天下，直至午后方散。

离开毛府，上轿打个盹儿，醒来已至贤良寺门口。掀帘出轿，正要入寺，有人从古槐后倏然而出，飘至李鸿章跟前。是个白须老人。随侍亲兵讶然一惊，飞步拢来，挡在白须老人面前，大声喝问道："你是何人，胆敢惊扰中堂大人？"

李鸿章缓缓回头，望眼白须老人，似觉几分面熟。白须老人手拈白须，隔着亲兵，笑对李鸿章道："中堂大人不认识老朽了吧，老朽可还记得您喔。"

听对方口出皖音，李鸿章想起明光镇上的白须老头来，示意亲兵让开，上前两步，说："莫非大师就是当年给我测字的长者？"白须老人笑道："中堂大人好记性，还记得十年前之旧事。"李鸿章笑道："记得记得。当时鸿章夜宿明光镇，无梦早起，没事在镇上随便溜达，被大师拉着测了会儿字。安徽远隔千山万水，大师怎么到得京师的？"白须老人说："老朽浪迹江湖，萍踪无定，何处不是家？"

倒也是的。别说江湖术士，就是李鸿章之类国家重臣、封疆大吏，也是居无定所，皇上指哪儿就奔哪儿，不可能在一个地方待着不动。李鸿章心下暗叹，只听白须老人又道："当年大人写个羊字给我拆，我给出两句话：上善若水，草木皆兵。后大人东进苏沪，临水而驻，增兵添将，果然屡立战功，扶摇直上，官居相国，位及极品，可喜可贺！"

李鸿章颇觉奇怪，道："大师并非官场中人，怎么知道得这么多？"白须老人说："那年明光镇偶遇，见大人气宇轩昂，老朽就知您来头不小，非同凡俗，后经打听，果然乃名满天下的李翰林。从此老朽走到哪里，都能听到大人芳名，说大人先入湘军老营，替曾大帅出谋划策，继组淮军东征上海，战苏吴，灭捻匪，功高盖世，成为大清中兴名臣。老朽游历京城期间，正逢张宗禹进犯直隶，威逼京畿，全城一片慌乱，又是您中堂大人率军击败西捻，迫使张宗禹逃至徒骇河边，投水自尽，京师得以平安无虞。而今战火熄灭，江南平静，老朽年事已高，也该落叶归根，却闻中堂大人入京请训，特意留下来，非见您一面，送一样东西。"

说得李鸿章好奇心起，道："什么东西？"白须老人引而不发，道："自然是世所罕见之物。"李鸿章道："那鸿章只怕受用不起。"白须老人几分神秘道："中堂大人受用不起，谁还受用得起？只是此物弥足珍贵，不可外泄于人。"

李鸿章哈哈一笑，弯弯腰身，请白须老人贤良寺里说话。

入得寺门，来到李鸿章住处，冬梅看坐上茶，又端来点心，轻轻掩门出去。白须老人从袖管里摸出一个封套，揭开套唇，伸手进去，抽出一张宣纸。展开来，原来是水墨丹青，墨香未散，扑鼻而至。是幅泰山图，画面开阔：红日高照，山远水长，万木繁荣，百花盛开，只见花木丛中，三羊昂然挺立。旁有题款，曰三阳开泰。

一见喜气洋洋的三阳开泰图，李鸿章便满心喜欢，说："这幅画好。长毛和捻匪灰飞烟灭，国家中兴初现，就如画中所绘，否极泰来，繁荣昌盛大好时光就在眼前。"

白须老人笑起来，说："还是中堂大人有眼力，一看就知图中含义。不过画里另外还有一层深意，不知中堂大人看出来没有？"李鸿章说："还有一层什么深意？"白须老人说："此画名为三阳开泰，同时亦可叫三羊开泰。"李鸿章道："以羊喻阳，本属约定俗成，三羊开泰与三阳开泰有何区别？"白须老人说："自然有区别。"李鸿章说："区别在哪儿？"

"三阳是太阳、阳明、少阳之合称，太阳为开，阳明为阖，少阳为枢。

三羊也有所指，亦即……”白须老人点到为止，没再往下说。李鸿章知他意思，拿出一包银子，递到对方手里。白须老人掂掂银包，塞入怀中，才不紧不慢道：“画中三羊所指可是三位属羊人。”

李鸿章一时没反应过来，望定白须老人，道：“三位属羊人？”白须老人说：“是的，三位属羊人。”李鸿章问：“三位属羊人都是谁？”白须老人道：“一位为曾侯相，一位为慈禧太后，还有一位就是中堂大人您。”

李鸿章这才想起，曾国藩大自己十二岁，自己大慈禧十二岁，三人正好都是羊命人。细思量，若没有太后君临天下，老师运筹帷幄，自己南征北讨，只怕大清早已灭亡，不复存在，眼下清平世界又从何而来？说三羊开泰，一点不虚啊。

这么想着，李鸿章俯首桌上，饶有兴致观赏起三羊开泰图来，一时陶醉不已。以至白须老人何时离去，也浑然不觉。

正沉迷于三羊开泰图，亲兵来报，妻兄赵继元和大算学家李善兰到访。

赵继元是新科进士，留任翰林院庶吉士，风光无限的妹夫入京请训，肯定要来会面。李鸿章岳丈家也就是太湖赵氏，至此已连续三代中进士，入翰林，名重一时。

李善兰则是浙江海宁人，鼎鼎大名的算学家，全凭自学和钻研，创立二次平方根幂级数展开式，及自然数幂求和公式，享誉中外。李善兰与曾国藩同龄，却与李鸿章同时投身湘军老营，说来皆系曾府门生。后李鸿章署理两江，延请李善兰协办金陵制造局，还出资为其印制算学专著。就是这样一位算学大师，多次科考，屡试屡败，家乡父老颇为不满，逼其北上参加顺天府乡试，来占北方考生便宜，李善兰不得不以年近花甲之躯，背井离乡，辗转入都。却无心科考，带着算学专著，遍访中外名流，欲寻个出身。正好在浙江会馆碰见造访同年好友的赵继元，提起李鸿章，两人遂结伴而行，奔贤良寺而来。

一个亲戚，一个老友，阔别经年，重逢于京，李鸿章欣喜不已，留两人夜宿寺中，通宵长谈，兴味盎然。也是李鸿章好奇心强，凡属新东西，不论懂与不懂，都喜欢刨根底，探究竟。李善兰所赠算学专著，本来如读天书，根本看不明白，仍会时不时拿出来捧读，瞎琢磨一番。赴京途中，竟日困于车里，百无聊赖，又从随行书箱里拿出李善兰大著，装模作样，反复翻阅。无奈全是四书五经里未见过的古怪术语，唯抛物线三字还算顺眼，却依然不知所云。今日作者本人在场，不正好当面讨教么？李鸿章开口道:“鸿章拜读竟芳（李善兰）兄大著，见到抛物线一语，似懂非懂，请问抛物线到底是什么线咯？”

李善兰走南闯北，阅人无数，包括各级大官小员，还没碰到真正关心算学的人，更不用说主动与你讨论算学术语，这夜听李鸿章主动论及抛物线，大有千里遇知音之感，不觉喜出望外，摇唇鼓舌，认真解释起来:“平面内定点与定直线距离相等之点轨迹便叫做抛物线，其中定点叫抛物线焦点，定直线叫抛物线准线……”

讲解半天，李鸿章还有在座的赵继元依然云里雾里，莫名其妙，不知李善兰到底在说什么。见两人两眼茫然，李善兰有些泄气，只好叹道:“善兰嘴笨，一时解说不明白。也怪算学不属显学，中堂大人所读圣贤书无所涉及，自然不易理解。”赵继元笑道:“算学如此高深，又岂是吾等凡夫俗子能够领悟得到的？”李善兰道:“隔行如隔山，每行都有每行的奥妙。就像中堂大人和梓芳（赵继元）兄，做起八股来头头是道，考举人进士，纯属拿手好戏，轮到善兰，一见之乎者也，就脑袋发胀，不知所措。”

李鸿章喜欢以小见大，说:“如今国门洞开，西学东渐，仅会八股文，如何富国强军？还得多出几个竟芳这样的算学家，贯通西学、制造、天文、医理，以经世致用，国家才可能逐渐强大，立于不败之地，不被列强欺侮。”

刚好赵继元喝多茶水，肚胀内急，说声抱歉，起身出门而去。李善兰望望赵继元背影，灵机一动，问李鸿章道:“中堂大人有无内急之时？”

人皆凡胎，上有进，下必有出，难免三急:尿急屎急屁急。李鸿章道:“鸿章又非神仙，能无内急？”李善兰道:“中堂若内急受憋，要不要撒尿？”

内急受憋不撒尿，岂不活活憋死？李鸿章哭笑不得，不知李善兰到底要说啥，道:“人生世上，不当官，不发财，总还活得下去，一旦不撒尿，看你挺得几时。”李善兰依然一本正经道:“只要中堂撒尿，就好理解。”

李鸿章佯装不满道:“尿有啥好理解的？理解要撒，不理解也要撒。”李善兰道:“中堂想想，您撒尿时，尤其是内急受憋，不撒不快，此刻撒出去的尿，会是什么样子？”李鸿章没好气道:“还能是啥样子？不是黄，就是白，无非一泡尿。”李善兰说:“不不不，不是一泡尿，是一线尿，这线尿的样子，就是算学里的抛物线。”

还有这么解释抛物线的，实在太滑稽了。恰巧李鸿章端杯喝了口茶水，还来不及下咽，心里一乐，扑哧一声，全喷了出去，不偏不倚，正好喷在推门进屋的赵继元脸上。

就这样，李赵二位在贤良寺一待三天，与李鸿章谈西学，论西器，很是投机，直至第四天才兴尽离寺，各自办事去了。李鸿章也出门，到翰林院造访过故友旧僚，夕阳西下时分，才乘辇返寺。入屋喝几口茶水，又拿出三羊开泰图，独自欣赏起来。

没欣赏够，钱鼎铭和许铃身推门进屋，禀报数天来遍访大小京官送钱撒银详情。李鸿章自然褒奖两句，请两人见识三羊开泰图。钱鼎铭大声叫好，道："三羊开泰寓意好，三羊共开太平，同治中兴在即，大清福泽绵延，吾辈生逢其时啊！"

与钱鼎铭不同，许铃身眼盯三羊图，闷声不语，毫无表示。李鸿章有些奇怪，问他感觉如何。许铃身这才道："这几天出入大小宦门，所到之处，人人都在议论，中堂大人收了幅三羊图，铃身还以为多么神奇，一瞧才知平常得很，没啥值得稀罕的。"

钱鼎铭也证实，好多人都知李鸿章收了幅三羊图。李鸿章甚觉诧异，说："本督收了幅画，为何这么快就传入他人耳里？"许铃身道："与小民百姓不同，中堂大人乃堂堂天下英雄，大清救星，一举一动，能不万人瞩目？江湖术士弄幅画，得到您夸奖，还换走大把银子，能不大做文章，到处炫耀？"

李鸿章满不在乎，道："一幅普通画品，又能做出什么文章来呢？"许铃身道："在中堂大人眼里，一幅画品自然不算啥。可想想人家江湖术士，一辈子与鸡鸣狗盗之徒为伍，突然受到中堂大人青睐，一时身价倍增，自然会拉大旗做虎皮，欺世盗名，收金蓄银。"

"若因我而让人身价倍增，也不是坏事呀。"李鸿章大度笑笑。许铃身说："于江湖术士当然不是坏事，可于中堂大人，恐怕并非好事。"李鸿章不以为然道："别小题大做，能有如此严重吗？"许铃身说："此事不较真则已，万一有人较起真来，说有多严重，就有多严重。"李鸿章不满道："仲韬是不是有些危言耸听？"

许铃身给李鸿章分析起来："这幅三羊开泰图，初瞧画技尚可，喻意颇深，可细细琢磨，其实根本经不起推敲。不错，若非太后主政宫中，鼎力扶持湘淮大军，绝不可能如期消灭长毛和捻匪。换言之，没有西太后、曾侯相和中堂大人，就没有大清今日之朗朗乾坤、繁荣昌盛。可你们三人之外，恭亲王、曾国荃、左宗棠及各军将领和各地督抚都哪去了？一幅三羊开泰图，把这些人全都撇到一边，叫他们作何感想？”

说得钱鼎铭笑起来，道：“鼎铭觉得，仲韬兄有些借题发挥。不过就是一幅画，借着三羊开泰一词，颂扬慈禧、侯相和中堂大人，犯不着牵强附会，把恭亲王等都扯进来嘛。恭亲王他们又不属羊，就是属羊，也不可能画成十羊开泰或百羊开泰吧？”

没让钱鼎铭说完，李鸿章就打断他，说：“让仲韬把话说完。”许铃身继续道：“就算恭亲王他们无话可说，三羊图到得西太后那里，只怕她老人家也会不高兴。”李鸿章问道：“何以见得？”许铃身道：“曾侯相是圣人，李中堂是大英雄，此乃朝野共识，不会有啥异议。可在慈禧太后面前，两位大人毕竟只是臣子，臣下能耐再大，也要君上看得起，授权给你，才可能干出一番惊天伟业，否则必将一事无成。也就是说，臣下功再大，勋再高，也应归于君上，不可居功自傲，自鸣得意。一幅三羊开泰图，三羊等同，君臣并列，不讲高下，不分彼此，西太后见到这样的图，想想她会有何反应？”

说得李鸿章一愣一愣的，意识到这三羊开泰图不是什么好东西，再没原先想象的那么美妙。不觉身上冷汗直冒，眼前画面变得荒诞起来。

许铃身不便多言，看眼钱鼎铭，转身朝门外走去。钱鼎铭跟出来，说：“我看仲韬有些言过其实，中堂满心雅兴，全被你一番胡诌给败坏掉。”许铃身道：“我这不为中堂好吗？他老人家功高盖世，威震华夏，满朝文武正眼红嫉妒，若因江湖术士一幅不入流的画作，被人抓住啥把柄，修理一通，又是何必呢？”

人心叵测，世道险恶，遇事小心点，总没坏处。钱鼎铭倒也认同许铃身所言，道：“人处于高处，心浮意躁，脚下往往容易踏空。中堂大人正值春风得意之时，扫扫他兴也好，不然兴致太高，犯下不该犯的错，多不值得。”

正悄声说着话，军机处差官从寺外进来，两人赶紧上前迎住，问有何贵干。差官说：“中堂大人在哪儿？恭亲王到了寺外。”许铃身动作快，返身入屋，报告给李鸿章。李鸿章受宠若惊，扔下三羊开泰图，拔腿出屋，来到寺门外，将恭亲王从大轿里迎出来。

客气着进入寺中，来到李鸿章住处，奕䜣省去寒暄，拱手庆祝道:“少荃双喜临门，可贺可贺！皇上和两宫明谕，明天早朝接受少荃请训，此为一喜；另外恩典也给你请下来，进宫时不用劳你动步，又是一喜。”李鸿章心下感激，却还是开玩笑道:“不必动步？莫非让鸿章匍匐于地，爬进宫去？”奕䜣说:“你愿爬着进宫，本王也不拦你。”

说着，两人打起哈哈来。不用说，奕䜣所言恩典，就是紫禁城骑马，又称赏朝马。大清祖制，亲王、郡王有功，可赏紫禁城骑马，大臣六十五岁以上功高勋重者，也可享受这一特殊待遇。李鸿章才四十五岁，获此恩典，实属破例，清朝两百年来仅此一人。

破例享受殊荣，与奕䜣努力争取分不开，李鸿章自然千恩万谢。奕䜣笑道:“还是感谢你自己吧，你有大功于大清，赏紫禁城骑马完全应该。”

李鸿章又谦虚几句，道:“鸿章长年征战在外，昧于朝堂规矩，还请王爷点拨，明日请训，有何讲究？”奕䜣说:“也没啥讲究的，到了养心殿，两宫自然会表彰你征发讨捻，保国卫民，问些相关事项，你据实回答就是。只是记住，别居功自傲，要归功于皇上和两宫太后。话宜短不宜长，切忌啰嗦，更不可东拉西扯。送你六个字，多磕头，少说话。”李鸿章认真道:“明日鸿章一定照王爷所示，多磕头，少说话。”

奕䜣亲自到贤良寺来见李鸿章，是表示对他的器重，旨意传达完毕，也该回去了。李鸿章送出寺外，快步上前，打起轿帘，扶奕䜣入轿。

待奕䜣入轿坐稳，李鸿章正要松手放下帘子，奕䜣又叮嘱道:“明天面圣时，少荃千万记住我送你的六个字：多磕头，少说话。”

多磕头，少说话！望着奕䜣大轿走远，李鸿章还在原地站着，一遍遍重复着这六个字。心下暗忖，莫非这就是做官真经，只要多磕头，少说话，就可成为官场不倒翁，永居庙堂之上？李鸿章没少读圣贤书，知道祸从口出案例，不绝于史。尤其人在官场，危机四伏，真能管住自己嘴巴，不授人以柄，确属立于不败之地不二法门。

李鸿章几分惆怅，低下头，转过身，悻然入寺。又有马蹄声传来，回头望去，只见邮差携尘驰至，停到寺前，送上一只函套。是丁日昌自江苏寄过来的快函。李鸿章拆函展阅，不觉眉头一扬，大声叫起好来。

自然是大好消息。原来丁日昌升任江苏巡抚后，遵照李鸿章意思，将江南制造局从虹口迁到沪南高昌庙，以母厂生子厂之设想，增添系列新厂，诸如轮船厂、汽炉厂、机器厂、熟铁厂、洋枪厂、木工厂、铸铜铁厂，还有库房、煤栈、船坞、工务厅等。同时广纳人才，延请中外技师，扩招生产工人，制造局规模倍增，鼎盛一时。办事离不开钱，李鸿章又奏请朝廷，提留部分江海关税，专门用于船舰制造。全局上下齐心协力，第一艘轮船如愿完工，成功下水。这艘中国人自己设计和打造的轮船长十八丈五尺，阔二丈七尺五寸，马力三百九十二匹，载重六百吨，逆水时行七十余里，顺水时行一百二十余里，船上装有八门大炮，威力无比。这确实是一个划时代的产品，试航之日，上海万人空巷，广大民众蜂拥至江边，一睹为快。船由高昌庙起航，途经吴淞口，乘风破浪，溯江而上，直抵金陵。曾国藩亲自登船，兴奋不已，欣然命名为“恬吉”，取“四海恬波，公务安吉”之意。

丁日昌此函就是通报恬吉号建成试航盛况的。他早知李鸿章已北上请训，会在京城逗留一阵子，直接将函件派发入京，送至贤良寺。李鸿章阅毕，大喜过望，叫来钱鼎铭与许钤身，让两位分赏这份莫大的快乐。两人读过丁函，连连称善，为中堂大人，更为大清有了自己造就的第一艘轮船，欢欣鼓舞。

趁着高兴，几位走出寺门，在附近酒楼订了一桌大餐，为恬吉号弹冠相庆。人逢喜事精神爽，心中快意酒量高，李鸿章杯不离手，直至大醉而归。酒醒时分，已是漏尽更深。在冬梅照料下，李鸿章起床洗漱毕，匆匆用过早膳，花翎于顶，补服在身，大踏步出门，钻进绿呢大轿，迎着迷蒙曙色，来到宫门外，屏息候传。

“赏李鸿章紫禁城骑马！”宫里很快传出话来。话声甫落，早有宫人牵来一匹红毛披花大马，李鸿章谢过天恩，抬腿跨到马背上，随宫人入得宫门，缓缓向养心殿驰去。马蹄舒缓，一下下敲击着地砖，发出均匀的得得声。朝霞初升，如锦似锻，晖映着肃穆空旷的紫禁城，显得有些虚幻。供职翰林院时，李鸿章没少入紫禁城，面对巍峨殿宇和厚重红墙，难免自觉渺小，倍感压抑，连气都有些喘不过来。此刻骑在马背上，视野变得高远，殿宇和红墙仿佛不再那么威严，心胸也随之开阔许多，自信许多。

这也许就是赏骑朝马的妙处吧？李鸿章无声感慨着，养心殿已近在马前。见王公大臣们静候于养心门外，李鸿章赶紧下马，走上前去。先向恭亲王奕䜣请过安，又给醇郡王奕譞行礼，再走近倭仁、官文、徐桐、毛昶熙等人，一一作揖道乏。各王公大臣自然客客气气，恭贺李鸿章骑马请训，备享恩宠。肚子里却不免哼哼：看看这个十五年前的七品小翰林，京都实在混不下去，随吕贤基南下帮办团练，开上几枪，放上几炮，一转身，便窃得湖广总督协办大学士，神气得不得了。若当年先帝咸丰不发话，不让他出京，保证还在翰林院里写字拟稿，最多像他父亲李文安一样，弄个刑部郎中已到了顶。

众位正各怀心思，虚与应酬，养心门吱嘎一声打开，大太监安德海站在门里，高呼道："请各位王爷大臣入殿面圣！"众人闻声，紧随奕䜣，进入门内，来到东暖阁。李鸿章不好争挤，有意缩到一旁，让过他人，再躬着腰背，尾随入殿。奕䜣站到自己固有位置后，见李鸿章落在后面，回头道："少荃过来，待我旁边。"

李鸿章应声过去。刚立住脚，安德海又叫道："皇上和两宫太后驾临！"大臣们赶紧跪倒在地，山呼万岁。同治皇帝走近皇位，用有些稚气的声音说道："众爱卿跪安吧。"众人称谢起身，毕恭毕敬站好，听候圣谕。同治帝再没出声，扭头望眼身后的黄色纱帘，便无精打采地歪在皇座上，哈欠连天，几欲睡过去。

纱帘后响起女人声音。只听慈安太后道："各位爱卿，有事快快呈奏上来。"奕䜣是领班大臣，照例由他先开腔。他出列禀告两件洋务方面事项，慈安旁边的慈禧说声知道了，轮到奕譞。奕譞之后是倭仁、官文几个，都是些无关紧要的杂务，帘子后面大都也是知道了三个字，并无下文。该说的已说过，慈安又发话道："李鸿章到了没有？"

奕䜣在李鸿章后背轻轻拍一拍，李鸿章赶紧站出来，哗啦一声，趴到地上，口里高呼道："湖广总督协办大学士微臣李鸿章拜见皇上和两宫太后！"

"起来说话吧。"慈安说道。李鸿章爬起来，大声道谢。慈安问道："你几时进的京？"李鸿章道："禀太后，进京已过旬日。"慈安道："住在贤良寺吧？"李鸿章道："在贤良寺暂住。"慈安又道："你是安徽人，北京饭菜吃得惯不？"李鸿章回道："谢太后，吃得惯。"慈安再道："你家老母和夫人可好？”李鸿章道：“谢太后挂念，都好。”

慈安不太精于朝政，只能问些衣食住行和家长里短。问得差不多，才对慈禧道：“妹妹也开导开导李鸿章吧。”慈禧道：“听姐姐的，我也问李鸿章几句。”尔后轻咳一声，朝帘子外道：“少荃啊，进宫时你是骑的马，还是走的路啊？”

不是明知故问么？没你慈禧点头，谁敢骑马上朝？大臣们都有些疑惑。可李鸿章却意识到，慈禧话里有话，重新趴到地上，答道：“谢皇上和太后恩典，微臣骑马进的宫。”慈禧道：“知道为何赏你紫禁城骑马吗？”李鸿章道：“皇上和太后看得起。”慈禧笑笑道：“不是看得起，是你脚下长鸡眼，体谅你走路不方便，准你以马代步。”

有大功才赏骑朝马，慈禧却说成体谅你脚上长鸡眼，无非提醒你，不要骄傲自大，你虽有功于国，可不是有功就能享受这个待遇，是朝廷格外开恩，高看你一眼，你要知道轻重。同时也说明慈禧对你关怀备至，连你脚长鸡眼，都放在心里，你更应感恩戴德。

李鸿章动着心思，忽记起奕䜣多磕头少说话的告诫，连连磕头道：“谢皇上和太后隆恩！”慈禧说：“起来吧。以下我问话时，不用下跪磕头，耽误说话时间。”

李鸿章又重重磕个响头，道过谢，站起身来，做洗耳恭听状。只听慈禧又问道：“少荃到了北京，你那八万淮军呢，都在哪里呀？”

慈禧意思明白，打完仗，军队就该妥善安置，不能如临大敌样，仍然处于战备状态。尤其近畿一带，既然敌军已灭，淮军还滞留不去，岂不是与朝廷为敌？幸亏李鸿章早做安排，檄调各军退居黄河以南，不然慈禧面前，还真不好交代。李鸿章据实答道：“各路淮军已渐次南归，等候皇上和太后发落。”

慈禧嗯一声，另起话题道：“战争结束，百废待兴，少荃有啥想法没有？”

李鸿章是个爱动脑筋的人，怎能没有想法？可说满肚子都是想法。但今天是来请训的，岂可信口雌黄，胡说八道？言多必失，还是少说为佳。李鸿章道：“回太后话，微臣愚笨，没啥想法，又系受命入京请训，还请皇上和太后多多训示开导。”

慈禧顿了顿，说：“此次请训，你是从德州桑园出发，直接赶往北京的吧？”李鸿章道：“微臣思君心切，接到圣谕之后，不敢怠慢，便赶紧离营，日夜兼程，望京而驰。”慈禧道：“好一个思君心切。从德州至京都，紧走慢走，半个多月应该足够了吧？你怎么走了二十多天？是不是不想看到咱们娘仨呀？”

这个罪名可不轻。李鸿章已顾不得奕䜣多磕头少说话的提醒，大胆道：“征剿西捻时微臣一直想不通，张宗禹兵出晋东后，为何一夜之间便突破直隶，直逼京畿，似入无人之境。故趁着此次北上，微臣格外留心，注意察访，才耽误了些时日。”慈禧说：“都察访了些什么？”

“察访各处防御设施。”李鸿章直言道，“微臣发现直隶，包括近畿一带，驿道废弛，营盘破败，兵站无兵，粮库无粮，几乎等同于虚设。还有京师神机营，兵少将寡，不足一万人马，且军纪松弛，缺乏训练，可谓一盘散沙。防御空虚如此，别说如狼似虎的西捻，就是一支稍有规模的地方武装，要打进京城，也不是难事啊。”

帘子后面没啥反响，朝堂静如止水。良久，才听慈禧轻叹一声，接着问道：“少荃到北京十来天，都在忙些什么？”李鸿章道：“拜访故旧，接待友朋。”慈禧道：“听人说，你购得一幅画，叫什么三羊开泰，有没有这回事呀？”

连三羊开泰图都清楚，也不知慈禧安了多少眼线在你身边。李鸿章暗自吃惊，承认道：“确有这回事。”慈禧道：“三羊图画得如何？可否送进宫里，让本宫开开眼界？”

许钤身说过的话在李鸿章脑袋里响起来。真将三羊图送入宫里，让慈禧看出破绽，岂不找死么？李鸿章急中生智道：“那是江湖画师诳钱骗财的，画面混乱，画意肤浅，微臣看不上眼，一把火给烧掉了。”慈禧道：“好歹也是幅画嘛，你还花了银子的，烧掉多可惜呀。”李鸿章道：“不可惜，世间好画多的是。”

慈禧也不追究，另外问道：“都说你广结善缘，连无品无级的李善兰，也成为你座上宾，是不是？”李鸿章道：“多年前李善兰就与微臣同为曾府幕友，后又被微臣延聘至金陵制造局办差，相知甚深。听说微臣入京请训，李善兰特意随微臣妻兄赵继元去贤良寺道乏叙旧。”慈禧说：“不止道乏叙旧吧，听说还叙了半夜抛物线。抛物线到底是什么线呀？”

李鸿章吱声不得。总不能像李善兰样，问太后内不内急，撒不撒尿，只要内急撒尿，就知抛物线是啥样吧？太后君临天下，满朝须眉男子，包括皇位上的儿皇同治帝，皆唯命是从，她抬脚轻轻一跺，整个大清江山都会为之抖上几抖。可她老人家再英明，再威武，撒尿撒出抛物线，只怕也不太有可能吧？

想到这里，李鸿章差点笑出声来。生怕肚里不恭浮现到脸上，被慈禧发现，又赶紧趴到地上，磕着头道："微臣于算学一窍不通，抛物线是啥线，实在说不明白。"慈禧不过随便问问，并非真关心抛物线问题，说道："起来说话吧。李善兰为何只学算学，不学四书五经，考个功名，为我朝所用？"

李鸿章重又爬起来，道："李善兰小时也念过几天四书五经，后在其父行囊里发现一本初级算学，不觉好奇，捧读于手，竟无师自通，沉迷其间，再不能自拔。从此弃经学而专攻算学，成为大算学家，竟攻克难度极大的算学命题，享誉世界算学界。从李善兰身上，微臣欣喜地看到，中国人其实一点不比洋人傻，洋人会的，咱们只要刻苦用功，也一定能学会，包括算学、制造、天文、地理、医学等西学有用知识。"

说到这里，李鸿章意识到已说得够多，逼迫自己闭住嘴巴。朝堂里一片沉默，小同治已酣然入睡，帘后两宫太后也没反响，仿佛已然离去。李鸿章觉得没人说话，冷场总不太好，又忍不住道："昨天微臣还收到丁日昌快函，告知江南制造局已造出第一艘轮船恬吉号，下水试航成功，朝廷想必也会收到捷报。这是我国学习洋人，自主设计制造出来的轮船，足以说明国人脑袋不傻，手脚不笨，只要奋起直追，一定能赶上洋人。"

像关久的闸门，舌头一旦打开，李鸿章便再没法自控，只稍稍停顿，又滔滔不绝道："微臣一直在想，中国正面临三千年未有之变局，犹如逆水行舟，不进则退。很明显，退必然落后，必会挨打。要想不退，只有大力倡导西学，研究西洋制造、艺业、工商、财用，开办机器局、轮船局、枪炮厂，建造轮船，开发矿藏，修筑公路，铺设铁路，以开掘利源，增添税赋，富国强兵，再与西洋各国一争高下，在强国如林的世界大格局里占有一席之地……"

李鸿章只管摇唇鼓舌，大发宏论，哪知身边大臣早已愤愤不满，瞟着眼角余光，真想抓把粪土，将他嘴巴塞住。最后徐桐忍无可忍，出列大声道："启禀皇上和两宫太后，别听李鸿章口若悬河，胡说八道，他是吃错药，乱讲疯话。他把西洋说得这么好，好得上了天，那咱们天朝君臣，还要不要祖宗，要不要三纲五常，要不要以德治国，以仁化民？照李鸿章所言，学要学西学，说要说西语，造要造西器，用要用西物，咱们大中国还叫什么中国？干脆学鹅卵子（俄罗斯）改叫鸭卵子，学法烂西（法兰西）改叫法烂东，学英鸡梨（英吉利）改叫英鸭梨，甚或学西班牙和葡萄牙，叫东班牙或玛瑙牙之类。”

算徐桐没白“与鬼为邻”，还叫得出不少西洋国名。众人觉得有趣，一阵哄笑。倭仁挺身而出，粗着老嗓批驳李鸿章数典忘祖，崇洋媚外，吃中土米粮，放西洋狗屁，此风一开，都跟着学样，君不君，臣不臣，父不父，子不子，国不国，民不民，大清还能维持几天！

朝堂成了一锅刚沸的粥。慈禧烦躁起来，厉声道：“吵吵吵！有啥好吵的？散了吧。”慈安也说：“散了吧，散了吧，咱母子仨耳朵实在受不了啦。”

大臣们合上嘴巴，默默转过身，低垂脑袋，退到门外。奕䜣将李鸿章拉到一旁，责怪道：“说过要你多磕头，少说话，你不当回事，这下惹祸了吧？”

没等李鸿章回答，安德海走过来，对奕䜣说：“两宫太后要你留一下。”

奕䜣随安德海来到三希堂，两位太后已等在那里。慈禧发话道：“恭亲王呀，刚才你挨李鸿章最近，他的话你该听得最清楚吧？”奕䜣道：“李鸿章久经沙场，翰林变绿林，已不懂规矩，不会说话，还请太后多多原谅，别怪罪他。”

“怪罪他干啥？感谢他还来不及呢。”慈禧唉一声，“看看满朝文武，一个个都只知道卖嘴巴皮，红嘴吐白牙，空口喊空话，坐盼升官发财，谁像李鸿章样，肚里装着国家安危和大清命运？李鸿章进趟京师，两眼都没闲着，一路详察细访，发现直隶和近畿防御空虚，为君担忧，心生戚戚。你们那班军机大臣呢，都哪里去了，京防形同虚设，怎么没察觉出来？想想不是李鸿章及时调度淮军北征，张宗禹早打进北京，咱们都已做了亡国奴！”

奕䜣赶紧认错，自责平时沉湎于杂务，无暇顾及京畿防御。慈安道：“也不是妹妹说你们，确实得向李鸿章学着点，多为大清未来考虑考虑。”

慈禧道："朝堂上李鸿章所说富国强军想法，虽说不见得都行得通，至少想法没错。凡事总得先有想法，再拿出办法，慢慢付诸行动吧。"奕䜣说："是是是，太后说得对，微臣坚决照办。"

慈禧又道："你是军机和总署领班大臣，国家大政自然得你多费些心思。长毛和捻匪已经消灭，可洋人仍虎视眈眈，岂可掉以轻心？还有八万淮军去向，是留是裁，是全留全裁，还是多留少裁，少留多裁？留下来的淮军如何安置，继续由李鸿章统领，还是转为制军，交给军机处和兵部调度？你跟李鸿章商量个方案，尽快执行到位。"

奕䜣表示出宫后就见李鸿章。慈禧继续道："李鸿章进趟北京也不容易，让他多待两天，我和姐姐还想见见他，说几句话，听听他办制造、兴洋务和强国防之设想。"又偏首问慈安："姐姐你何时有空？"慈安道："我曾在菩萨面前给皇儿许了个愿，还原期将至，得吃斋念佛，妹妹单独见李鸿章吧，我就不参与了。"

慈安向来没兴趣召对大臣，商谈国是，慈禧也不好勉强，对奕䜣道："就后天吧，届时你陪李鸿章到三希堂来，一起喝喝茶，聊聊天。"

奕䜣领命出宫，先召集军机大臣，商量淮军裁撤方案，隔日再跑到贤良寺，亲自去会李鸿章。李鸿章还在为朝堂上舌头失控惴惴不安，见着奕䜣，忙自掌嘴巴道："都怪鸿章这张臭嘴关不住风，惹太后和王爷不乐。"

"本王过来，就是感谢你这张能说会道的臭嘴。"奕䜣满脸堆笑道，"知道昨天散朝后两宫太后找本王去干啥吗？去听对你的表扬。西边简直把你夸成了花，说满朝文武，一个个浑浑噩噩，唯你心里装着天下，想着大清，懂得为君国分忧。包括你那套富国强军设想，虽非一朝一夕做得到，西边也觉得可先尝试尝试，办一两件看看。"

西边就是慈禧，因住养心殿西暖阁，故以西称，而慈安住东路钟粹宫，则以东谓。李鸿章满脸狐疑，望着奕䜣道："王爷不是逗鸿章开心吧？西太后能容忍微臣多嘴多舌，不治罪下来已属侥幸，哪还敢期望她老人家开口表扬微臣？"奕䜣道："是真话。西太后不禁表扬你，还要亲自在三希堂召见你呢。"

李鸿章简直不相信自己耳朵，还以为奕䜣逗自己玩儿哩。直到奕䜣离去，仍没回过神来。想着要见慈禧太后，兴奋之余又琢磨到时怎么才能讨她欢心。女人喜欢小恩小惠，也不知太后有啥爱好，要不要送点小礼品，让她高兴高兴。转而又想，太后可不是一般女人，恐怕不是普通礼品可入其法眼的。找钱鼎铭和许钤身商量，许钤身说：“普通礼品没法入太后法眼，就送特殊礼品呗。”钱鼎铭玩笑道：“三羊图算不算特殊礼品？”许钤身笑笑道：“三羊图当然特殊，不然太后也不会当着大臣面，直接询问中堂大人。”

李鸿章没笑，道：“昨天上朝回来，我已将三羊图一把火烧掉，想送也送不成了。”钱鼎铭说：“记得当年中堂大人离开安庆时，侯相曾惠赠溪砚一方，带没带在身上？”

一语提醒李鸿章，忙让冬梅打开行李箱，取出溪砚，叫两位鉴赏。许钤身一见，笑道：“太后见到这个礼品，肯定非常受用。”冬梅插言道：“小女不学无术，只知四大名砚为端砚、歙砚、洮河砚和澄泥砚，没听说溪砚多么有名，不知太后会不会喜欢。”许钤身说：“太后不可能看得上一方普通溪砚，但她会喜欢砚台上方的龙凤图。”冬梅说：“龙凤图看去也平常呀。”李鸿章笑道：“你看去平常，太后看去肯定不平常。”

冬梅捧过溪砚，端详半天，摇摇头，还是没看出名堂。

隔日得到宣召，李鸿章怀揣溪砚，乘轿赶往紫禁城，奕䜣已等在高墙下，彼此作过揖，打过拱，双双进得宫门，朝养心殿走去。边走李鸿章边问道：“此次见太后是多磕头，少说话，还是少磕头，多说话？”奕䜣道：“太后单独见你，自是想问你话，问啥就说啥呗。”

到得养心殿前，安德海迎出来，问安毕，带两位转过殿角，进入三希堂。慈禧已端坐于内。李鸿章行过跪拜大礼，坐到奕䜣旁边。慈禧问候几句，便直截了当道：“少荃前天所言富国强军设想，本宫觉得颇有道理。打了十多年仗，国家已疲弱不堪，再不趁天下太平，多做些实事，让大清富强起来，又如何应对西洋列强挤压？本宫意思是，有好设想，还得有好办法，不然纯属空谈，无济于事。所幸你们几位外臣早有行动，你与曾国藩所建江南制造局和金陵制造局，左宗棠与沈葆桢所创福建船政厂，以及三口通商大臣崇厚办的天津军火机器局，都已初见成效。可本宫也知道，建厂设局，一需要人才，二需要银子，没有这两样东西，寸步难行啊。少荃说说，到哪里去弄这两样东西？”

咸丰末年总理各国事务衙门成立时，就在天津设置三口通商衙门，由满员崇厚担任大臣至今，负责天津营口烟台三口通商交涉事务，兼管海防、练兵和制造，天津军火机器局应运而生。与南洋通商大臣相对应，三口通商大臣也叫北洋通商大臣。见慈禧对洋务感兴趣，李鸿章满心欣喜，忙道："太后圣明。不止建厂设局，天下任何事情，都离不开人才和银子两样东西。国门大开，要办外交和洋务，没人精通西语，肯定行不通。好在北京、上海还有广东都设了同文馆，将陆续有西语人才结业离馆，为我所用。不过光有人会西语还远远不够，西技西艺人才也必不可少。微臣建议在三家同文馆里增设算学、物理、地理、天文、医药等实用课程，学子结业后直接进入制造局和船政厂，负责机器设计和研制，切实振兴洋务。"

慈禧点头道："同文馆是现成的，增设几门西学课，应该不难吧？"奕䜣道："增设课程得有相应科目教习，教习还真有些不好找。"慈禧道："少荃说李善兰是算学大家，连抛物线是啥玩意儿都知道，做个算学教习没问题吧？"李鸿章道："绝对没问题。其他科目也可先从国人里物色，实在找不到国人，再聘洋人也一样。"慈禧道："李善兰不在北京吗，恭亲王客气点，把他请到京师同文馆，做个算学总教习。"

奕䜣自然表示从命。李鸿章道："西学西技源自西洋，要想得其精髓，学成一流人才，恐怕还得派人出国，直接到洋人大学里去学习。江南制造局和金陵制造局聘了不少洋技师，咱们视同宝贝，其实放到他们自己国家，不过是些二三流人才。因为西国一流技师很吃香，根本不会抛妻舍子，漂洋过海，老远跑到中国来谋生。容闳曾向我和我老师曾国藩建议，可否考虑选派聪慧幼童出国，赴欧美学成一流技艺，再回来服务国家。"

慈禧笑笑，道："容闳主意倒不错。可派留学生需大把银子，国家一穷二白，银子从何而来？"李鸿章道："此事微臣也反复琢磨过。眼下几家制造局和轮船厂，所造枪炮、机器和轮船，主要用于战争。战争虽已结束，但国防不能松懈，枪炮和战船制造停不得。战船可用于海防，亦可租给商家，抽取租金，补贴制造厂。除制造军用品，各局各厂还可扩大规模，生产各类民用品，既便利民众，又增加税赋来源，实属两全其美。"

听得慈禧眼里发亮，道："这可是好事呀，好事为何做不得呢？"李鸿章道："兴建机器局和船政厂，不过小试牛刀，以后还要以此为样榜，创办采矿、纺织、运输、邮传等实业。大清地广人多，需求量大，只要各业振兴，不愁赚不到银子。”慈禧道：“实业办起来，肯定能赚钱，可创办得有启动经费吧？这些钱又从哪儿来？”李鸿章道：“可以招商啊。”

慈禧足不出宫，哪知招商为何物？瞪大眼睛望着李鸿章，问道：“招商？招什么商？”李鸿章道：“微臣主政苏沪时，广结善缘，才知江南人会读书，也会经商做买卖，豪商富贾不少。商贾们不愿手里钱闲着，还想母钱生子钱，于是三家五家，或十家八家，自愿凑到一起，你出三五万，我掏十数万，以股份形式集中拢来，办厂子，做生意，待赚到钱后，再按各自所出股本，分红获利。这就叫做招商或招股。微臣老在想，有钱人可自发招商招股，集中资本，合伙经营，官府信誉高于民间，为何不能采取这个办法，招募有钱人的钱，办厂兴业，赢利后再按股分红，国家则从中抽取税赋，以达到民富国强目的？”

慈禧觉得很新鲜，说：“照少荃所说，赚钱是件蛮容易的事咯。”李鸿章说：“要说赚钱，说易也易，说难也难，关键看如何操办。万事开头难，开了头，往下会好办得多。江南制造局从无到有，几经努力，现已造出第一艘轮船，再造第二艘第三艘就简单得多了。有了轮船，就可在沿海和沿江建码头，修货栈，实施货运和客运。太后和王爷都知道，洋人每每与中国签订条约，总离不开开放海口和江口，其目的就在通过航运，做买卖，谋大利。洋人可以赚咱们的钱，咱们为何不可赚自己的钱，甚至外国人的钱呢？”

说得慈禧怦然心动，真想改任李鸿章为两江总督，把沿海和沿江航运办起来，给朝廷谋利赚钱。可现在还不是时候，得先让马新贻掌管两江，完成重大使命，以后有机会再另行调整。只听李鸿章又道：“要说中国航运起步并不比洋人晚，各类沙船和帆船一直畅行江河湖海。只是洋人轮船开进来后，沙船和帆船优势尽失，破的破产，转的转行，唯有眼巴巴看着洋人赚大钱。其实官府完全可以出面，与富商联手，招商募股，合伙经营，把碗饭抢回来。微臣担心的是，得知朝廷参股经营航运，那些言义不言利的朝臣定会跳将出来，大声反对。”

慈禧不愿议论朝臣。听政多年，满朝文武，几个不是她用起来的？她需要曾国藩、李鸿章、左宗棠他们办实事，也需要倭仁、徐桐等人唱反调，自己好冷眼旁观，以求平衡，维护个人雌威。慈禧叹道：“好事不在忙中取。少荃想法很好，不过不用太急，以后慢慢来吧。”停停又道：“本宫没记错的话，你还有曾国藩，跟我一样都属羊。我还年轻，你也不老嘛，还可做很多事情。都说属羊人是劳碌命，看来这辈子注定没得消停，只有等到两眼一闭，寿终正寝，才可能罢手歇气。反正事情做不完，干脆从容点，耐着性子，一件件来，别操之过急。少荃到任湖广后，先安置好各路淮军，让将士们都有去处，有活路。武昌又是南北中西枢纽，总督湖广，任重道远，少荃不愁没事可做。”

或许这就是慈禧单独召见你的目的，要你别为不能回任两江产生啥想法。也是慈禧看重李鸿章，不然大臣何去何从，她根本用不着跟你解释。李鸿章赶紧谢恩，表示总督湖广后，一定好好办差，决不辜负太后信任。

该说的说得差不多，李鸿章从怀里摸出溪砚，呈给慈禧，道：“这是我老师曾国藩湘乡老家所产溪砚，微臣组建淮军时，他老人家特意送给我，嘱我有事多上折请示皇上和太后。我一直舍不得用，此番赴京，也没啥好东西敬赠太后，只有借花献佛，还请笑纳。”

一方小小湘乡溪砚，名不见经传，有啥可稀奇的？慈禧不出声道，又不好拂李鸿章面子，还是伸手接了过去。客气两句，要将溪砚搁到身后条案上时，砚台上方龙凤图案一下子吸引住慈禧目光。她心里清楚，普天下之龙凤图都是龙在上，凤在下，可这方砚台的龙凤图却与众不同，竟然龙在下，凤在上。

慈禧眼前一亮，美艳而又坚毅的嘴角挑起一丝不易察觉的笑意。

六、招摇离京安德海罪有应得

三天后，淮军裁撤方案出来，初步决定裁掉七成，留下两万多人马，转为制军，一半护卫京畿，一半充实各省防军。奕䜣传李鸿章至恭亲王府，拿出裁军方案，征求他意见。八万淮军一下子裁掉近六万，李鸿章确实有些心疼。可战争刚刚过去，国家贫弱，军机处决定保留两万淮军，已很给面子，自然只能表示服从。

得到李鸿章认同，奕䜣又进宫禀报两宫太后。慈安没话说，慈禧却沉吟半晌，道："还是多留一万淮军，用以充实京畿和地方防御吧，不然哪天有事，仓促间去何处募兵？"

按慈禧旨意，奕䜣又调整裁军方案，保留三万多淮军。这可是意外收获，李鸿章难免欣喜不已，笑得合不拢嘴。莫不是溪砚起的作用？一方砚台换得一万淮军，这个买卖还真合算。要么是没让你回任两江，慈禧过意不去，拿一万淮军补偿你？李鸿章瞎猜半天，想起逗留京都近月，秋风渐渐转凉，也到了该南归的时候。叮嘱随从打点好行装，正准备出发，朝廷差官送来圣旨，任命李鸿章为都察院右都御史。

照大清惯例，右都御史属于兼职，用不着留任都察院。说是兼职，却又有纠察官员的职能，难道有啥案子等着你去办不成？李鸿章百思不得其解。

不解就不解，车驾待发，已来不及去请教奕䜣，有啥日后再说吧。李鸿章钻进车里，出京东行。到得天津，在北洋通商大臣崇厚陪同下，参观过天津军火机器局，再乘船南下。不日到得上海，丁日昌摆下盛宴，为老上司接风洗尘。李鸿章不是来好吃好喝的，停杯搁筷，直奔沪南，视察已迁至高昌的江南制造局。

见制造局占地倍增，规模扩大，生产热火朝天，李鸿章打心眼里欢喜，不断表扬丁日昌等人办事得力，没辜负朝廷厚望。又兴冲冲登上恬吉号，出海绕上半圈，感受自主制造的第一艘轮船扬波破浪的凛凛威风。

在上海停留两日，又由丁日昌等人奉陪，前往金陵，拜会老师曾国藩。绕经昆山城南，走进米家村，想看望丁香，米家祠堂已空空如也。咨问村民，说月前丁香便领着十数名女童，不辞而别，未知去向。问为何要离开此地，村民们说不清楚，也许是近半年来，常有外地人寻进村里，胁迫丁香出卖善唱昆曲的漂亮女童，丁香不胜其烦，躲了起来。

悻悻然离开米家村，李鸿章心情灰灰的，半日不愿说一句话。说不定是五弟李凤章将红菱送入京城后，深获奕䜣欢心，朝臣弄清红菱来历，顺藤摸瓜，跑到米家村来，出价找丁香要人，拿去巴结权贵，才害得丁香待不下去，只好带着女童们一走了之。

闷闷不乐到得金陵，见到老师，李鸿章心情才稍稍好转。两年不见，老师又老了许多，目昧耳聋，满脸病态。马新贻也抵达金陵，正与曾国藩办理交接。马李是同年，可论功绩和资望，却不可同日而语，马新贻能总督两江，算占了大便宜。可他精神颓废，气色灰暗，丝毫看不出新官上任的得意，也不知是涵养足够深，还是另有原因。想起马新贻回乡置办棺材的传言，李鸿章欲问是否属实，又觉得太敏感，话到嘴边，还是咽了回去。

来见老师和同年，除畅叙旧谊，还有一个重要的目的，就是商量裁撤淮军相关事宜。主要是请两江总督府资助裁军资费。马新贻倒也不含糊，明确表示愿尽己所能，出一臂之力。他知道两江是曾李二人老巢，各级要员皆系曾李门生故吏，不与李鸿章合作，别想在两江待下去。何况裁军是朝廷大事，于公于私，都有帮扶合作义务。

办完两江总督关防交涉，又与李鸿章碰过面，曾国藩带领随从和家眷，打起精神，启程北上，去保定直隶总督衙门视事。李鸿章送走老师，告别马新贻，逆水西行，到合肥接上老母和妻儿，朝湖北进发。抵达武昌，接手湖广总督关防，新年（1869）悄然而至。这是战争结束后头一个太平年，虽说国家还没恢复元气，百姓依然一穷二白，可毕竟硝烟已散，枪炮声绝，从朝廷到地方，从官员到百姓，人人心情舒畅，个个笑逐颜开。中国人又喜欢热闹，无论城市，还是乡镇，鼓乐喧天，声声震耳，人如流水车如龙。沉寂十多年的灯戏统统冒了出来，船灯、车灯、采花灯、走马灯，异彩纷呈，盛极一时。

李鸿章心里装着裁军的事，本来无心凑热闹，可总督府不是世外桃源，难得片刻清静。也是官场积习，新督到任，又值新年大节，地方各路要员，不可能不上门拜码头，混脸熟。整个正月，总督府人来人往，宛若集市，欢声不停，笑语不绝。

直到二月初，总督衙门才渐渐消停下来。李鸿章开始实施裁军计划。可请神容易送神难，募兵容易裁军难。只好从李鹤章和李昭庆开始，要他俩带头归乡务农。出征捻军之前，两位弟弟就在合肥购置了不少田产，回乡有事可做，不用二哥怎么动员，便卷上铺盖，离开军营，打道回家。李家两个弟弟做出榜样，其他将领没话可说，该走的拍拍屁股，乖乖走人。加之两江和湖广等地及时解款，裁军资费陆续到位，时至初夏，四万淮军裁撤任务基本完成。

李鸿章松下一口气，着手地方事务。两湖人文荟萃，又是老师曾国藩桑梓和兴军之地，李鸿章准备好好干几件像样的事情出来，给他老人家瞧瞧。比如恢复府学，创建书院，兴修水利，奖励农桑。还打算在武汉和长沙办两个制造局，生产民用产品，振兴地方经济。

这天跑到武汉城外，视察过钱鼎铭和许钤身事先看好的制造局地址，回衙后李鸿章就提笔给丁日昌写信，要他选派经验丰富的技师，到武汉来帮助筹办制造。信刚写好，还没来得及装封，圣谕飞至，传令李鸿章西进四川，查办吴棠贪墨案。

原来一年前吴棠就由漕运总督任上，奉调四川总督。漕运总督也是总督，却比地方总督低半品，总督四川自然属提拔和重用。谁都知道，吴棠能从小小清河县令，数年间升至总督大位，全赖当年错送慈禧姐妹三百两银子。区区三百两银子，竟换来这么大利好，官场中人又羡慕，又嫉妒，老想着找吴棠岔子，修理修理他。听说他赶赴四川时，沿途大收地方官员黄白二物，到任后又卖官贩位，随意调动防军，从地方和军方捞银数十万两。为遮人耳目，还购了不少木箱和水桶，专门装载金银。

这不正好授人以柄么？朝中大臣纷纷上折，狠狠弹劾吴棠。案涉大员贪赃和边防要务，亟应彻底根究，交给他人，朝廷放心不下，才着能员李鸿章，暂搁手头事务，入川确查，据实具奏。

一心想着办些实事，造福两湖，服务地方，朝廷又临时派差入川，李鸿章自然不情不愿。找幕僚们商量，能否念拖字诀，把差事推掉，许钤身道："此事恐怕不是中堂大人想推就推得掉的。"李鸿章道："湖广总督又管不着四川，朝廷凭啥派本督去四川办案？"许钤身笑道："中堂大人忘了，你还是都察院右都御史呢。"

李鸿章这才记起去年离京时，忽然接到圣旨，任命自己为右都御史，当时不明白是啥意思，如今回想起来，原来朝廷并非无缘无故给你这个帽子。

见李鸿章沉吟不语，许钤身又道："自打吴棠入川后，就不断有人参劾他收受巨贿，朝廷一直不理不睬，压着不办，偏偏中堂大人上任湖广总督，又将裁军事宜处理得差不多，才下旨命您入川查办吴案，用意不浅啊。"李鸿章道："你是觉得，朝廷任命右都御史，目的就是让我去查吴棠？"许钤身道："只能这么理解，否则中堂大人位居协办大学士总督湖广，还给一个不痒不痛的右都御史，又怎么解释得通？"

李鸿章手摸胡须，嘴上道："难道朝廷不知我是吴棠故交，应该避嫌么？"许钤身道："正因您与吴棠有旧，朝廷才会派您去，免得派他人坏事。"李鸿章道："难道朝廷想维护吴棠不成？"许钤身道："这是和尚头上虱子，明摆在这里的嘛。"李鸿章道："既然如此，辛苦仲韬（许钤身）跟本督跑趟四川如何？"

许钤身肯定乐意，说："钤身年轻，可先骑快马，入川查案，中堂大人再率员随后西行。估计待您到达成都后，案情已查得差不多，您只管据实呈报朝廷就是。"

稍做准备，翌日许钤身带领三名精明能干的随员，快马加鞭，往西奔驰。李鸿章处理完手头急务，半月后也乔装成茶商模样，在十来位仆役簇拥下，大摇大摆，出得城门，来到长江边，迈入商船，逆流而上。

江平两岸阔，风正一帆悬，一路还算顺畅。待船过夷陵，山愈陡，水愈激，船行艰难起来。李鸿章站立船头，望望岸边弓背负纤的纤夫，又看看船外滚滚长江，不由得想起恬吉号，若对付这险滩恶浪，应该不在话下吧？只是中国制造刚刚起步，生产一只轮船不易，待他日制造能力提升，造出足够多的轮船，海防和江防得到满足，就可用于海运和江运，到长江上游来载人运货，让川里川外客源和货物任意进出。

乘船抵达川东重庆，下船改坐轿子，沿逼仄山路，蜿蜒徐行。天远地僻，山高路险，坐轿丝毫不比乘船轻松。李鸿章这才知李白所言蜀道难，难于上青天，一点不假。

前后走了一个多月，一行人才进入蜀地。许钤身出郊远迎，将李鸿章他们请进成都，安置在一家僻静客馆住下。稍事休憩，吃过晚膳，许钤身尾随李鸿章回屋，掌灯关门，然后从身上掏出一纸清单，放到桌旁，嘴里道："几经明查暗访，吴棠参案基本摸清，其具体受贿数额，都写在纸上，还请中堂大人过目。"

李鸿章移过桌角油灯，看看清单上所列数字，不大也不小，还不算出格。说不出格，是依官场风气，新官上任，都会循例这么做，早就见怪不怪。然真要较劲，煞有介事具奏上去，也足以拔去吴棠头上顶子。李鸿章寻思着，放下清单，问许钤身道："吴棠还不知你们行踪吧？"许钤身道："钤身做得机密，没跟督衙的人正面接触，吴棠自然不知不晓。"

李鸿章指叩清单，说："数字在此，可跟吴棠交底亮牌了。明天你就通知他，到客馆来一趟，看他有何说法。"许钤身笑笑道："今天入川，明天见人，中堂也太性急了点吧？"李鸿章道："早见吴棠，早做了结，咱好回鄂办正事去。"许钤身道："下车伊始就结案，不怕朝廷产生误会，认为中堂大人办差不力，敷衍了事？"

李鸿章觉得也是，笑道："不见吴棠，无事可做，不闷死在客馆里？"许钤身道："可各处看看嘛，成都可看地方多。何况中堂大人翰林出身，到得天府之国，杜甫草堂呀，武侯祠呀，总得去走走，岂可与子美和诸葛失之交臂？"李鸿章说："也行，明天你带路，出去转转。反正成都没人认识咱是谁，来去自在。"

翌日两人依然商人打扮，由便衣亲兵远远跟着，进了城区。先来到杜甫草堂。毕竟是草堂，难免简陋，与其响亮的名声，形成强烈反差。许钤身道："草堂还真是草堂。想不到诗圣名满天下，当年就住在这么寒碜的地方。"李鸿章笑道："诗圣不住寒碜草堂，住进富丽皇宫，还能成为诗圣吗？”许钤身道：“确实是的。乾隆住在金碧辉煌的皇宫里，天天锦衣玉食，要他写出朱门酒肉臭，路有冻死骨，只怕打死他都不可能。”

身为大清臣子，不好说大清皇帝好歹，李鸿章笑而不语。许钤身却顾不得这许多，又道：“乾隆以诗人自居，一生写了四万多首诗，几乎相当留存下来的全唐诗。全唐诗字字珠玑，名篇名句数不胜数，可又有谁记得乾隆只言片语？乾隆贵为天子，还要抢诗人饭碗，不厚道，也太贪心，最后徒留笑柄于人间。”

李鸿章不置可否，只是道：“子美受人敬重，原因有二。一是其诗尤其是律诗，深沉华美，无人能及；二是他匍匐于地，替苍生代言，自己饥寒交迫，还能由己及人，念念于天下寒士。李杜诗篇万口传，李白诗叫人飘飘欲仙，不知今夕何夕，杜甫诗则让人俯首低眉，直面脚下土地。”许钤身道：“李白是诗仙嘛，仙在天上飞，是用来仰视和神往的。杜甫是诗圣，圣在地上走，所食皆为人间烟火，自然与苍生共忧乐。”

说着诗圣，两人出得杜甫草堂，辗转来到武侯祠。武侯祠其实是昭烈庙之配祠。昭烈庙是供奉刘备的，武侯祠是祭祀诸葛亮的，二者一臣一君，规制自然不同。尤其刘备殿高大雄伟，衬得武侯祠越发不起眼。可有意思的是，武侯祠却远比昭烈殿热闹。原来游人大都冲着诸葛亮而来，不怎么在意刘备，外界更是只知有武侯祠，不知还有昭烈庙。

祠里祠外转上一圈，许钤身感慨道：“君臣有别，无论生前，还是死后，君都高于臣。可在芸芸众生心里，孰重孰轻，君臣地位已毫无关系。”李鸿章道：“刘备是帝王，诸葛是圣人，帝王常有，圣人不常有，圣人自然比帝王更难得，也更受苍生爱戴。”

“杜甫诗品高标，人品高古，称为诗圣，名副其实。”许钤身道，“至于诸葛亮，中堂大人说他是圣人，不知依据何在？”李鸿章侃侃而谈：“诗圣属诗人，圣人则是完人，二者不可混为一谈。儒家传统，完人需有忠有勇有智。诸葛对刘家父子忠心耿耿，自不必说。舌战群儒，六出祁山，空城对司马，知其不可而为之，此为勇。草船借箭，三气周瑜，七擒孟获，是为智。忠勇智俱全，已很了不起，还著有《出师表》，里面有言：鞠躬尽瘁，死而后已，令古往今来多少仁人志士动容？较之诸葛，刘备简直一无是处，贵为君王，却只知哭鼻子，要忠没忠，要勇没勇，要智没智，也无惊人之语，叫人如何敬重得起来？故供奉刘备的庙宇再高大，再雄伟，也不可能收获太多人心，昭烈庙备受冷遇，自是在所难免矣。”

许铃身不住地点头，道：“中堂大人高见！看来青史留美名，不见得要做帝王，像诸葛样做圣人，也很了不起。”李鸿章笑道：“世上几人称得上圣人？倒是帝王层出不穷，多如过江之鲫。”许铃身道：“当今曾侯相算得上圣人不？据说湘军打下安庆时，有人怂恿他做皇帝，他不为所动，只想成圣，无意为王。”李鸿章笑道：“老师忠智勇不缺，德功言齐全，当然算得上圣人。只是帝王可自封或继承，圣人却得后人说了算，没有当世称圣的，现在说老师是圣人，为时尚早。若传到他老人家耳里，还以为你想折他寿，定会不乐。”

就这样，东走走，西看看，在成都转上十多天，到了该结案的时候，吴棠也察觉李鸿章到了成都，特乔装一番，趁夜里摸黑来到客馆，求见老友。李鸿章得到亲兵通报，连名刺都没看，便知是吴棠，说声：“放人进来吧。”

吴棠轻手轻脚，来到李鸿章面前，摘下头上大斗笠和身上披风，拱手道：“钦差大人右都御史光临蜀地，吴棠未能尽地主之谊，实属失职，专门前来请罪。”

毕竟是老友，李鸿章不好摆钦差架子，忙让座看茶，一边笑道：“不怪总督大人，要怪只能怪鸿章入蜀后，一直忙于公务，没来得及拜您老码头。”吴棠道：“哪里哪里，是吴棠迟钝失礼，该打板子。”李鸿章不再废话，道：“鸿章此番入蜀，所为何事，吴督可知否？”吴棠故意装傻道：“吴棠愚昧，不知不觉。”

李鸿章拿出圣谕，递到吴棠面前。吴棠接住一瞧，赶紧离座，趴到地上，大声道：“吴棠有罪，吴棠有罪，还请钦差大人右都御史多多包涵！”李鸿章道：“吴督还是起来吧，这里又不是公堂，用不着委屈双膝。”

“谢钦差大人右都御史！”吴棠乖乖起身，重新坐到座位上。李鸿章道：“要鸿章包涵也可，就看吴督态度如何。态度好，有啥说啥，鸿章具奏皇上时，自会酌情替你开脱，争取从轻发落。若隐瞒真相，经究查清楚，据实禀报上去，皇上如何处置，鸿章就管不得许多了。”

吴棠开始细说入蜀总督四川经过。却将主要贿款瞒去，只拣轻的说。李鸿章也不吱声，待吴棠说得差不多，才不紧不慢掏出许铃身所具清单。吴棠见清单里所列贿额，笔笔属实，不禁冷汗直冒。想不到李鸿章入蜀没几天，竟将详情摸得清清楚楚，想瞒也瞒不住。

李鸿章笑而不语，倒看吴棠给啥说法。吴棠死死盯住清单，心下反复琢磨，这些不大不小的数字可追究，也可睁只眼，闭只眼，忽略不计，全凭办案人如何拿捏。于是重又趴到地上，一把眼泪，一把鼻涕，悲声道："还请钦差大人右都御史念咱俩多年交情份上，放吴棠一马，来世吴棠再当牛做马，报答您老大恩大德。"

作为慈禧宠臣，吴棠懂得示弱，李鸿章还能说啥呢？起身离座，扶他起来，道："吴督言重了。你只据实回答鸿章，清单上数字符不符合实情。"吴棠点头道："完全符合。"李鸿章道："你承认是实情，鸿章心里有底，办起案来才好把握。明天就借成都府衙，升堂审案，请您到案听审，堂审完毕，如何处置，鸿章自有章法。"

吴棠诺诺而退。李鸿章送出门外，看着吴棠消失在黑夜里，回头召过许钤身，吩咐一番，叫他逐一落实到位。

翌日吃过早膳，李鸿章换上官服，乘轿离开客馆，往城里方向行进。到得成都府衙门口，递入钦差关防和右都御史名刺，知府见钦差兼右都御史驾到，慌忙出衙跪迎。

李鸿章从容出轿，大摇大摆走进府衙，传唤吴棠和相关人员，升堂办案。吴棠自去官帽官服，跌跌撞撞奔入大堂，跪到地上，大呼冤枉。李鸿章惊堂木一拍，大喝道："吴棠听清楚，本钦差右都御史奉旨审案，你必须老实交代，若使奸耍滑，定严惩不贷。"吴棠磕头道："下官老实交代，下官老实交代。"

李鸿章嗯一声，端足架势，开始问话。吴棠服服帖帖，问啥说啥，一副怪可怜的样子。又审其他同案人员，也该说则说，不该说不说，默契得很。许钤身也在堂上，将涉案人员口供一一记录在案，审问结束，再让吴棠和同案人签字画押，予以确认。

大半天工夫，吴棠贿案便顺利审毕。回客馆后，李鸿章让许钤身草拟奏稿，声称吴棠忠厚廉谨，向有循吏之声，赴任川督，亦无贪墨行为。倒是蜀地习尚钻营，吴棠照章整饬，得罪贪官污吏，故意造谣污蔑，企图挤走新督，好为所欲为。草稿既成，李鸿章又一字一句，细细推敲，反复修改。改定誊正，钤印加封，连带堂审案卷，一并派发京师。

阅过李鸿章奏章，慈禧自然满意不过，当着朝臣道:“吴棠从清河县令，一步步做到漕运总督，历来官声颇佳，咱不信离开江苏，一下子就成了贪官污吏。派钦差一查，果然不出所料，吴棠还是原来的吴棠，皆因有人居心叵测，故意陷害，弄得满城风雨。贪官必须严惩，好官不可冤枉，不然良莠不分，谁来维护朝政，实现同治中兴？”

慈禧口上表扬着吴棠，心里暗暗感激李鸿章办事能干，不负重托。只是不便明说，事实也没必要挂在嘴里。都知道李吴为安徽老乡，十多年前就有往来，叫李鸿章去查吴棠案，慈禧是何用意，官场中没有傻子，哪个看不出来？

慈禧满心欢喜，也就吃得香，睡得甜，白天没事时，还会哼几句江南小调。慈禧姐妹小时随父亲到过江南，没少接触地方戏曲和民间小调，至今难忘。

见慈禧情绪不错，大太监安德海趁机提出，出京采办龙袍和宫用物品，为同治大婚做准备。这小子已不止一次两次提此请求，慈禧都没松口。大清祖制，太监不能私自出宫，违者格杀勿论。安德海自然知道老规矩，敢提出无理要求，是仗着慈禧宠爱，凡属她老人家点过头的事，谁也没法阻挠，更不可能把你怎么样。

也是这天心情大好，慈禧没再扫安德海的兴，恩准他出京跑趟江南。安德海喜不自胜，谢过慈禧，告辞出来，又赶到弘德殿，去见小皇帝载淳。

弘德殿是载淳读书之处。载淳说小也不小，已经十五岁，快到大婚亲政年龄。可在慈禧眼里，载淳左看右看，还是个少不更事的小孩，要他独立亲政，自然难以信任。也就不着急他的婚礼，还想等些时日。安德海不时在载淳身边走动，知道他早想撤去皇位后面的黄色帘子，亲自主政，爱干啥便干啥。无奈母后太强势，载淳有想法不敢出口，只能不声不响闷在肚里，对着太监们发些无名火，借以泄愤。安德海也明白，慈禧总有一天得让载淳结婚亲政，自己既然不可能阻止这一天的到来，就得有所行动，改善一下与载淳的关系。

说起安德海，无论内廷还是外朝，无人不知他是慈禧最宠信的权宦。甚至宠得失去边界，常常打得火热，不成体统。传说因此纷起，说安德海是假太监，与慈禧关系决非一般。一传十，十传百，传得沸沸扬扬，一致认为安德海受宠，靠的就是下半身。其实事实并非如此，安德海吃的是上半身的饭。他是直隶南皮人，自幼家里很穷，别无出路，九岁便受人指点，自阉入宫，做了一名杂役太监。其他太监只知混日子，过一天算一天，安德海却是有心人，想着怎么干出点名堂，也不枉入清宫一遭。要干出名堂，光知闷头做事，绝无可能，还得有些本事。本事从何而来？与其他太监不同，安德海进宫前上过几天私塾，认得几个字，知道读书是长本事的最佳途径。紫禁城读书风气不错，有专职师傅在弘德殿教小皇帝和皇子读书，成年皇帝也常入南书房和上书房读书、办事和召对大臣。几乎历代皇帝都满腹经纶，除了办事就是读书，除了读书就是办事。也就是说安德海身处紫禁城，想读书写字，自然得天独厚，皇帝皇后也颇支持，提供便利。多年下来，安德海办差之余，勤学苦读，装了一肚子墨水，四书五经，无一不通，还写得一笔好字，成为太监里的大秀才。肚里有货，脑袋机灵，办事能干，还善于察言观色，想叫人不喜欢都难。皇族女性大都只学满文，唯有慈禧跟父亲学过汉文，多少接触过一些儒家经典，算是满族女性里少有的才女。宫里太监和宫女都没文化，好不容易碰上一个安德海，机灵乖巧，还有些学问，慈禧自然视作宝贝，当成知音，彼此走得越来越近。到得咸丰驾崩热河，两宫太后欲与恭亲王奕䜣联手，扳倒肃顺等八大辅政大臣，安德海被委之以重任，在两宫与奕䜣之间来往报信，促成辛酉政变成功。两宫如愿垂帘听政，奕䜣成为议政王，主管军机处和总理衙门，安德海当然也没吃亏，被提拔为大太监，主管宫中事务。慈禧也愈发离不开安德海，饮食起居靠他照顾，连批阅奏折，认不得的字，看不懂的典故，也问安德海，安德海有问必答，成为慈禧身边活词典。从此安德海一身二用，就像后人所说，不仅是慈禧生活秘书，还成为她工作秘书，慈禧几乎到了须臾不可离开安德海的地步。无奈人都有一个弱点，就是得意容易忘形，得势难免猖狂。安德海也不例外。起初他还懂得处事谨慎，为人低调，自辛酉政变后，这小子自恃有功，又有慈禧宠信，渐渐跋扈起来。连大权在握的奕䜣都不放在眼里，敢在他背后捅刀子。湘淮楚三军剿灭太平军，离不开军机处调度有方，军机处领班大臣奕䜣自然功莫大焉，慈禧担心其功高镇主，深感不安。安德海探知慈禧心思，买通监察御史，弹劾奕䜣，慈禧借机夺去奕䜣议政王头衔。还有小皇帝载淳，年幼调皮，安德海也敢教训，还在慈禧面前说他坏话，挑拨母子关系，害得载淳常挨母后呵斥。恨得载淳咬牙切齿，问身边小太监，皇帝是不是想杀人就可杀人。小太监问他想杀谁，载淳拿过笔，在手心里写下安德海三个字。

载淳正慢慢长大，亲自当政是迟早的事。这是常识，安德海不可能不明白。待到两宫撤帘，载淳掌权，自己又会是何下场呢？想到这里，安德海就不寒而栗，寝食难安。唯一办法就是修复与小皇帝的关系。怎么修复？安德海知道慈禧恋栈，轻易不愿放权，对载淳婚礼不怎么热心。一旦载淳成婚，说明已成年，可以独立行使皇权，两宫也就不好意思老挂着帘子，继续听政下去。可慈禧没法拦住儿子长大，载淳不可能永不结婚。安德海就想在载淳婚事上出点力气。若能促成载淳早成婚，早主政，他肯定会对自己充满感激，自己也就能稳坐钓鱼台，继续做大太监，人模狗样行走于紫禁城。主意已定，安德海就向慈禧提出，出趟宫禁，给载淳置办龙袍和婚礼用品。慈禧清楚大清祖制，太监不能出宫，所以一直没答应。安德海不达目的不罢休，继续磨嘴皮，终于磨得慈禧点头同意。

要为载淳办事，自然不能瞒着他，事后也好领你的情。安德海于是走进弘德殿，去见小皇帝，说秉承太后懿旨，将出京南行，为皇上婚事办差。话含两层意思：一是由于他安德海说服，皇上婚事已被太后摆上议事日程；二是出京采办婚品，正可借机造势，让天下人都知皇上大婚在即，这样太后就再没法延迟婚礼，阻止皇上亲政。

这会儿弘德殿很安静，载淳正在专心看书。安德海跪禀完毕，载淳偏过头瞥他一眼，啥表示都没有，又继续埋首书本。安德海也不在意，他知道载淳不傻，肯定能领会自己意图，表不表示都无所谓。话已递出去，安德海从地上爬起来，退出殿外，吩咐小太监，赶紧着手出行准备。随即去军机处和兵部，讨要相关手续。京官出京，离不开两样东西：一是军机处依旨外发的公文，叫做明降谕旨，地方官府见旨予以优待；二是兵部签发的勘合，即兵员身份证件，可凭证接收地方官府所给物资供应。

安德海来到军机处，正碰着吏部尚书兼军机大臣文祥坐在堂上。别以为文祥位高权重，还是满洲正红旗人，其实在安德海眼里却啥都不是。只是今天有求于人，安德海才满脸堆笑，又点头，又鞠躬，好像文祥突然成了他亲爹似的。文祥一向看安德海不惯，见这小子换了副嘴脸，暗里好笑，却不闻不问，只顾低了脑袋，继续处理案头公务。

安德海直接抬出慈禧，三言两语，道明来意。文祥半天才道：“军机处归恭亲王主持，本官得禀报他老人家，他发了话，才好开具外发公文。”安德海知道奕䜣不可能发这个话，不满道：“开份小小公文，还要请示恭亲王，你这个军机大臣吃干饭的？”文祥道：“在你大太监看来，是份小小公文，到地方官府眼里，可是皇上圣旨，你懂不懂？”

气得安德海真想抬起手来，给文祥一巴掌。可这是军机处大堂，不是养心殿，没有慈禧庇护，胆敢出手，难道有你好果子吃？只得忍气吞声，转身去了兵部。刚转任兵部尚书的毛昶熙，也不满安德海狐假虎威，说兵部勘合不是想开就可开的，非恭亲王点头不可，否则胡乱开具出去，坏了朝廷大事，谁也担当不起。

安德海拂袖而去。也想过回去找慈禧，求她给奕䜣打个招呼，命军机处和兵部出具手续。转而思之，本来让自己出京，慈禧就有些勉强，万一她临时改变口气，自己岂不白欢喜一场？脚生在自己身上，军机处不开公文，兵部不给勘合，俺安大总管照样可出京嘛。安德海不管不顾，出银租用两艘太平船，带领数十娈男妙女，还有一个戏班子，沿京杭大运河扬帆南下。安德海本人坐在前面的大船里，龙凤彩旗插船两边，船头高悬三面大旗，左边一面写着“奉旨钦差”，右边一面写着“采办龙袍”，中间那面有些怪诞，绘有一幅日形三足乌图，河风吹拂，猎猎有声，老远都能望见。

前面说过，安德海腹有诗书，记得《河图括地图》记载明确：有三足神乌，为西王母取食。慈禧是西太后，好比西王母，悬挂三足乌旗，便是告诉各地官员，俺安德海就是慈禧的三足乌，此次乘船南下，是给慈禧和皇上办差，看谁不识趣，敢不提供方便。

官员们都是饱学之士，看到太平船上三足乌旗，果然知是慈禧红人安德海在船上，真把他当钦差大臣，要吃给吃，要拿给拿，生怕动作稍慢，多有得罪。也没人提出验看军机处公文和兵部勘合，仿佛一面三足乌旗，就是一道盖着玉玺的圣旨似的。

各地官员如此巴结奉承，安德海难免得意，当着小太监，嘲讽文祥和毛昶熙自不量力，以为卡着手续，不予办理，咱就会饿死路上，真是可笑之极！

两艘太平船一路招摇，索拿取要，很快进入山东地段，来到泰安境内。

天色已晚，安德海喝令靠岸，说第二天是自己生日，要在船上庆贺一番。差役们赶紧行动，办的办寿仪，备的备寿宴，忙得不亦乐乎。次日上午，差役搬出两把太师椅，一把披挂龙袍和翡翠朝珠，代表皇上，再把安德海扶到另外一把上，接受红男绿女顶礼膜拜。大礼毕，漂亮女戏子粉墨登场，演奏八音联欢和五音联弹，场面十分壮观。

喧嚣的太平船引来无数民众观望，惊动泰安县衙，县令何毓福派遣衙役出城，探个究竟。回报说是宫中大太监安德海作祟，何毓福感到几分意外，换上便服，跛着一条残腿，亲自来到运河岸边，倒看是怎么回事。

两年多前铭军追击东捻至安丘县城外，刘铭传派营官宇文建进城购粮，为城门官戴重千击杀，李鸿章亲赴安丘审案，判戴重千死罪，将县令何毓福送进牢门，过后又与丁宝桢联名奏保，让其官复原职。何毓福心存感激，办差格外卖力，不久被丁宝桢奏调泰安县令。何毓福知道丁宝桢用意，泰安比安丘富庶，又在泰山脚下，经常接待前往登山的满汉大员，容易得到晋升和重用。不想却迎来仇人安德海，真想踏上太平船，拧下这小子脑袋，扔到河里喂鱼。可自己芝麻县令一个，惹不起，总躲得起吧？何毓福摸摸瘸腿，夹着尾巴回了县衙。

却不曾想躲也躲不起，安德海偏偏派人找上门来，气势汹汹，质问钦差入境，为何不理不睬。原来寿宴过后，差役和小太监借着酒兴，提出进城玩玩，顺便采办些宫需物资。安德海一时高兴，满口答应，带领一班男女，走下太平船，大摇大摆进入泰安县城，游玩半天，再包租豪华客栈，歇脚安息。进入客栈，安德海往床上一倒，睡死过去，直到隔天日上三竿才醒过来。吃完小太监送进的早膳，伸手要杯茶水，咕噜咕噜漱过口，忽想起什么，大声问道：“泰安县令来过没？”小太监说：“好像没有。”

安德海举过茶杯，狠狠往地上一摔，大吼道：“泰安县令何许人氏，什么来头，钦差到县，竟敢视而不见？”小太监说：“泰安县令就是何毓福，仗着其母乳过当今皇上，没把安大人放在眼里。”安德海骂道：“放你狗屁！何毓福老娘乳过皇上，我还日过皇上他娘哩！”

想想长年圈在宫中，走路不敢阔步，说话不可高声，好不容易离开宫禁，安德海自然成为出笼恶狼，动不动就破着嗓门，咆哮一阵。小太监差点笑出声来，心想你吹牛吧，你拿啥日皇上他娘？安德海知道小太监不相信自己的话，说：“你以为哄你开心是吧？把门给我关上，我这就脱掉裤子，让你见识见识。”

小太监还能不知，安德海这是猪鼻子插葱，故意装象？也没去关门，转移话题道：“何毓福不露面，咱们不妨主动点，去泰安县衙走一趟，谅他姓何的不敢轻视钦差大人。”安德海阴阴道：“姓何的肯定还记着当年入狱的事，故意冷淡我老人家。也行，咱先礼后兵，你代我去趟县衙，倒看他是啥态度。”

小太监带领两名差役赶往县衙时，何毓福正冥思苦想，不知该怎么应付这所谓的钦差大臣。昨夜就派人打听过，安德海此行，一无军机处明发上谕，二无兵部勘合文本，地方完全可以置之不理。但这小子可非普通宫人，是炙手可热的慈禧宠信，自己已在他手里栽过一次，能不长点记忆，稍稍放聪明点？

何毓福抓耳挠腮之际，太监和差役已到衙门外面。不管怎么样，人家找上门来，总得以礼相待。何毓福传令，让人领着小太监，来签押房相见。小太监进门后，随意作个揖，连腰都不肯弯一弯，口气不小道：“何大人好大架子，安钦差莅临贵县，也不闻不问。”

也是一路南下，大官小员，一个个奴颜婢膝，小太监自我膨胀，此刻当着何毓福面，腰身怎么也软不起来。何毓福见小太监太无礼，心下不乐，没好气道：“安钦差？哪来的安钦差？”小太监说：“安钦差者，安大总管也，大官小员觐见太后，都需他老人家引领，何大人原系京官，外放没几年，不信从没耳闻目睹过。”

何毓福故意哦一声，说：“安总管就是安总管，几时成为安钦差的？”小太监说：“安钦差所乘太平船就泊于城外河边，何大人该去看看，船头张着大旗，上写‘奉旨钦差’和‘采办龙袍’字样。”何毓福说：“莫非旗上写着钦差就是钦差，书有龙袍就是龙人？”小太监说：“中间大旗还绘有三足乌图，何大人饱读诗书，该知道是啥意思吧？”

“不知道。”何毓福硬梆梆道。小太监卖弄道：“三足乌就是给西王母觅食的青鸟，安钦差以乌自喻，要替西太后采办宫物，包括龙袍，以用于皇上大婚。”何毓福说：“三足乌还是鸟？我以为是三足乌龟呢。”小太监指着何毓福鼻子道：“敢骂安钦差是乌龟，你想死了吧？”

就是小太监这句话，点燃何毓福心头怒火，一拍桌子，大吼道：“大胆阉宦！你明不明白这是泰安，不是紫禁城，谁死谁活，岂能由你说了算！”

小太监僵在那里，不知说啥好。何毓福又愤然道：“什么奉旨钦差，什么采办龙袍，什么三足乌，何毓福统统认不得，只认军机处明发谕旨和兵部勘合文本，无此两样东西，你让安德海趁早滚出安泰地面，否则本官对你们不客气。”

小太监甩手而出，嘴里骂骂咧咧道：“好你个何毓福，咱骑驴看唱本，等着瞧吧。”

透过窗户，望着小太监和两名差役消失于县衙大门外，何毓福不觉有些慌神，意识到气话说过了头，已将安德海得罪干净。有道是小人不可得罪，与小人安德海过不去，接下来会发生什么，何毓福心里一点底都没有。

也是天无绝人之路，就在何毓福惶恐不安时，衙门外来了个外乡人，投帖求见。一见帖上名字，何毓福脸上露出一丝笑意，心里略感踏实。来人名叫盛宣怀，出生于江苏常州，祖籍江阴。其父盛康曾入湘军老营，系李鸿章要好幕友。后李鸿章组建淮军，东征苏沪，盛康也受曾国藩差委，西上武昌，办理粮台和盐政，后升布政使衔，直到一年前告老还乡，回到常州。盛宣怀乃盛康大儿子，自小聪慧，遇事颇有主张。盛康办理湖北盐政时，四川与淮北互争引地，即行盐供销区，双方长期相持不下，小小盛宣怀建议父亲，干脆让川淮两地并行，难题得以解决。此事在官场传为美谈，无人不晓盛康有个儿子聪明过人。

聪明人脑袋好使，考场上不一定就吃得香。况江南读书人多，千军万马争过独木桥，实属不易。盛宣怀考中秀才后，参加江南乡试，无奈落第，意颇怏怏。为安慰儿子，盛康花钱给他捐了个候补知县，冀其静心书斋，以图日后高中。盛宣怀已绝意科场，只想离开父亲覆翼，外出闯荡一番。盛康见留得住人，留不住心，介绍儿子去湖广督府入幕。连给李鸿章的信都已拟就，谁知盛宣怀心高气傲，不愿仰仗父亲关系，欲凭自己本事闯条路子出来。

就这样盛宣怀离苏北上，欲赴山东抚衙投石问路。丁宝桢抚鲁后，政绩卓著，政声彰显，若能受其青睐和重用，说不定能混出点名堂。且山东比邻京畿，地处沿海，接触的不是高官，就是巨贾，容易增见识，长才干，不像湖广等内陆省份，天远地偏，待得太久，人都会变得短视，难有出息。盛宣怀不愿高就李鸿章，却看准丁宝桢，道理便在这里。此时盛宣怀才二十五岁，这个年纪能有此识见，确实不同凡俗。

盛宣怀是搭乘商船沿运河进入山东的。人至山东，泰山于前，不登山以小鲁，岂不遗憾？转道泰安，正要上山，忽想起县令何毓福颇受丁宝桢器重，掉头先奔县衙而来，说不定能讨块敲门砖，去敲巡抚衙门时响动也大些。

同为大清官员，何毓福自然对盛康略有所知，早闻其子盛宣怀大名。又正为安德海之事犯愁，说不定此人能帮忙拿拿主意。心里寻思着，赶紧抬起两脚，迎出衙门。见着客人，才感到有些失望。盛宣怀眉清目秀，一脸稚嫩，没有丝毫老于世故模样。转而又想，人不可貌相，海水不可斗量，嫩相与幼稚毕竟不是一回事。

将客人请入后衙，让坐看茶，盛宣怀果然出语不凡，令人称奇。还是江南才俊见多识广，臧否起古今人事来，入木三分。何毓福不敢怠慢，又置酒款待，敬盛宣怀为上宾。盛宣怀也不把自己当外人，该吃吃，该喝喝，放得开得很。吃喝间忍不住问道："晚辈一路走来，只见城里热闹非凡，莫非有大员过境？"何毓福道："杏荪没见南门河边停着两艘太平船？"

杏荪乃盛宣怀字号。盛宣怀道："宣怀走的东门。"何毓福道："怪不得。宫中大太监安德海到了泰安。"盛宣怀道："大清祖制，太监出京，格杀勿论，安德海不怕死么？"何毓福道："安德海定然得过慈禧口谕才出京的。"盛宣怀道："空口无凭，光慈禧口谕恐怕还不行吧？家父任职湖北藩司时，宣怀在司衙读书，知道朝廷大员每每离京赴鄂，手上都有军机处外发公文和兵部勘合，安德海手上不会没有这两样东西吧？"

何毓福一口干掉杯中酒，愤然道："老夫可气就可气在这里，安德海手无任何文凭，仅在船上挂几面旗帜，画幅三足乌图，书上'奉旨钦差'和'采办龙袍'字样，就神气活现，狐假虎威，一路招摇撞骗，风光得不得了。到了泰安境内，见本官不肯理睬他，还派太监上门示威，本官真想喝令衙役，捉拿安德海，就地正法，以解心头之恨。"

何毓福被安德海修理的事，盛宣怀早有耳闻，颇能理解，仰仰脖子，喝干杯里酒，再抹抹嘴巴，轻声问道："何大人打算如何处置安德海？"

"老夫正在为难呢。"何毓福提过酒壶，给盛宣怀满上，说了说接触小太监的经过，虚心讨教主意。盛宣怀端杯于手，却不入口，道：“小太监见着安德海，自会添油加醋，控告何大人。太平船一路南下，各地官员曲意逢迎，唯何大人傲然不睬，安德海心里已不爽，小太监再从旁挑唆，肯定恨得咬牙切齿，日后只怕不会轻易放过何大人。”

何毓福苦着一张老脸，说：“可不是，得罪安德海，绝对没好果子吃。杏荪教我，怎么对付这阉宦才好。”盛宣怀说：“凭何大人一人本事，与安德海过招，又哪有便宜可占？”何毓福说：“杏荪意思，得找人联手，共同对付狗日的安德海？”盛宣怀点头道：“宣怀正是此意。”何毓福问：“又找何人联手好呢？”

“安德海一向骄横跋扈，没少得罪朝臣外官，想整治他的人还不多得很？”盛宣怀笑笑，低眉盯着杯里酒色，“犹记丁大人升任巡抚时，依例进京入宫请训。皇上两宫高高在上，王公大臣森森于旁，丁大人难免几分紧张，磕头动作太猛，顶戴不慎抖落地上。朝堂之上，衣冠不整，属大不敬，然皇上与两宫宽宏大量，又念丁大人布政山东有功，并不计较，没有说啥。唯安德海狗咬耗子，多管闲事，大声呵斥道：‘丁宝桢你知不知罪，当着皇上和两宫太后，竟敢如此放肆！’原来仗着慈禧威势，安德海惯于为虎作伥，地方大员无不畏他三分，每有升迁，入京请训，都会主动送银上门，求他在慈禧面前多说好话，只丁大人硬气，不肯巴结安德海，进京后没孝敬一两银子。安德海怒不可遏，真想手刃丁大人，以解心头之恨。偏巧丁大人一时慌乱，当堂出洋相，安德海岂能轻易放过他？丁大人自知失礼事大，又遭安德海训斥，吓得屁滚尿流，匍匐而前，去取顶戴。眼看唾手可得，安德海飞起一脚，将顶戴踢飞，引得哄堂大笑。丁大人无地自容，又愧又恼，只差没跃身而起，掐断安德海脖子，无奈君臣在堂，不便发作，只得忍下一口恶气。”

何毓福心下暗喜，道：“丁抚与安德海之间过节，杏荪也知道？”盛宣怀说：“此事被官场中人当作趣谈，传遍朝野，宣怀在官衙里长大，自然有所耳闻。”

何毓福不痴，清楚盛宣怀拿丁宝桢说事之用意，说：“杏荪是要我把事情捅到丁大人那里去？”盛宣怀说：“丁抚记性再差，这辈子也没法忘怀此奇耻大辱，何大人只要把安德海交给丁抚，丁抚聪明过人，自有办法制裁安德海。”

何毓福一拍大腿，大声叫好道：“安德海躲在深宫，丁抚拿他没法，如今送上门来，进入丁抚管辖范围，不找死么？老夫就按杏荪所说，先以安德海空手无凭，擅出京都，把他逮起来，再送到丁抚手上，丁抚一高兴，说不定会奏保我个知府啥的干干。”

说毕何毓福嚯地站起来，拖着残腿，就要出门。盛宣怀问：“何大人哪里去？”何毓福说：“到大堂上去，传令县尉，捉拿安德海，别让他逃之夭夭。”盛宣怀说：“何大人果然是个汉子，敢作敢当。只是您走开，宣怀无事可做，莫非给你看守后衙？”何毓福说：“杏荪放心，老夫让人安排你住宿，待拿住安德海，送往济南后，再回来陪你慢慢喝，喝个一醉方休。”盛宣怀说：“宣怀可不是冲着好吃好喝来的。”何毓福问：“那又是冲着什么来的？”盛宣怀说：“冲着泰山来的。”何毓福说：“想登泰山好办，我派衙役侍候你就是。”

再说小太监离开县衙，回到客栈，难免要将何毓福一番数落，气得安德海暴跳如雷，大骂何毓福吃错药，敢无视堂堂钦差。随即纠集随行太监、差役和戏子，不下二十人，手执短刀长棍，要去县衙找何毓福算账。走到半道，安德海心下寻思，此系山东泰安，不是紫禁城，怎么干得过人家？贸然冲击县衙，不自投罗网么？好汉不吃眼前亏，看来这口气先得吞进肚里，待差事办完，回到慈禧面前，再编排何毓福几句，还愁扳不倒这小子？

思想明白，安德海叫住众人，说还是出城登船，早些离开泰安为佳。清点人数，少了几位太监和戏子，不用说乐而忘返，还在街上疯癫。身边小太监一早去了县衙，未游玩够县城，心里痒痒，正好劝安德海先回客栈，待人齐后，再出城不迟。

也只能如此。安德海挥挥手，一行人掉过头，原路返回客栈。直到天快断黑，外出游玩的太监和戏子才陆续回到客栈。城门已经关上，安德海只好让小太监传话，夜里谁都不能外出，好好睡上一觉，明天一早出城登船。众人答应着，各自洗漱一番，上床躺下。安德海也歪在床头，让小太监按肩捶腿，不知不觉沉睡过去。

睡得正香，客栈起了动静。安德海惊醒过来，觉得有些不对，正要呼唤小太监，小太监推门进来，惊慌失措的样子，嘴里道：“不好啦，不好啦，客栈被人包围起来啦！”安德海一个激灵，一下子坐起来，讶然道：“是些什么人？”小太监结结巴巴道：“好像是何毓福和县尉，带着近百名衙役，每人手里都端着洋枪，好不吓人。”

安德海跳下床，拔腿要往外跑，门口已被人堵住。为首正是县尉，指着安德海道：“你就是安德海安钦差？”见对方叫自己安钦差，安德海以为有好事，自指道：“在下正是安钦差，壮士找我有何贵干？”县尉说：“果然是安钦差。”又朝身后衙役挥挥手：“给我绑了！”

话没落音，几名衙役纵身向前，将安德海扑倒在地，三五下捆个严实，往外直搡。安德海一边挣扎，一边大叫道：“你们拘役钦差，对抗朝廷，该当何罪！”县尉懒得跟这小子啰嗦，摸出块擦枪布，塞进安德海嘴里。安德海跺着脚，嘴里唔唔着，已是语不成声。

安德海就缚下楼时，三十余位太监和戏子已被押到楼前坪里，一个个抱着脑袋，老老实实蹲在地上。何毓福一瘸一瘸，走到安德海面前，阴阴道：“安大钦差，久违啦！”安德海涨得满脸通红，挣着喉咙，想大骂几句，无奈擦枪布堵着嘴皮，出不得声。何毓福冷笑笑，脸一黑，一扬手，大喝道：“给我带走！”

县尉按住安德海脑袋，一把推入旁边囚车。何毓福拿过铁链，亲自上前锁好囚车门，然后让衙役扶上马，押着安德海，往济南方向进发，留下县尉，指挥衙役，将太监和戏子赶往狱舍，然后出城搜缴太平船上安德海非法所获。

押送安德海的囚车来到济南时，已是翌日初夜，抚衙大门紧闭，久叩不开。何毓福一时火起，拾块砖头，对着门板一顿猛砸。好不容易把门房砸醒，揉着睡眼，隔着门洞骂道：“哪来的杂种，也不看看什么时候，敢来抚衙撒野？”何毓福吼道：“泰安县令何毓福，逮了朝廷钦犯，要交丁大人亲审。耽误大事，看你还要不要小命！”

门房从门洞里伸出脑袋，往外瞧瞧，骂骂咧咧打开大门，放进囚车和何毓福几位。抚衙静如止水，唯有夜虫唧唧，愈显清寂。何毓福顾不得许多，跑到后堂，又要打门，被值宿侍卫拦住，一番盘问。确认是泰安县令，又查看过囚车，才着人通报进去。

好一阵子，丁宝桢开门出来，嘴里骂道：“何毓福你是死了爹，还是死了娘，有事不可先在客栈住下，明天再入衙来见本抚？”何毓福瘸腿上前，跪伏于地，一边大呼道：“下官有罪，惊扰丁巡抚丁大人，该骂该打，听凭大人，下官甘领甘受。”丁宝桢哼哼道：“你从泰安老远赶到济南，就是来讨骂讨打的？”

何毓福爬起来，附丁宝桢耳边道：“下官逮住一个人，专程送给大人，大人见了，肯定高兴。”丁宝桢疑惑道：“什么人？大盗还是小偷？”何毓福呵呵笑道：“江洋大盗。”抓过丁宝桢衣袖，拉他来到大槐树下，指着黑暗里的囚车：“大人开眼看看，里面可是何人？”丁宝桢说：“黑灯瞎火的，哪看得清是何人？”

何毓福要过衙役手里马灯，举到囚车前。丁宝桢凑近瞧瞧，只见车里囚犯歪坐着，披头散发，似已睡死过去，看不清面容。何毓福还马灯给衙役，捞过车夫手里马鞭，啪地一甩，狠狠击在囚车上。囚犯全身一抖，头猛地一仰，露出半边脸来。丁宝桢觉得眼熟，却一时想不起是谁。何毓福嬉笑道：“这是天宫玉皇大帝身边跑出来的精怪。”

世上只有皇宫，哪来天宫？丁宝桢示意衙役，高高举起马灯，才认出安德海来。顿时惊得双眼圆睁，不觉连退数步，脚后跟在石块上一绊，往后直倒。还是何毓福手脚快，双手扶住丁宝桢，愧疚道：“丁大人受惊啦！”丁宝桢没好气道：“好你个何毓福，把安德海囚到济南来，是不是要我陪你一起下油锅？”何毓福说：“能跟丁大人一起下油锅，是毓福莫大福气。”丁宝桢说：“你干吗跟这小子过不去？”何毓福说：“不是我跟这小子过不去，是这小子自己往我枪口上撞，我也没法呀。”

“咱们回屋说吧。”丁宝桢不再啰嗦，反背双手，迈着罗圈腿，往签押房走去。入得签押房门，点上油灯，丁宝桢指指窗前椅子，要何毓福坐，自己往太师椅上一仰，苦大仇深道：“何大县令真有你的！本抚别无所求，只求你再备辆囚车，把我也锁进车里，双双押送京师，一起交给慈禧太后。”何毓福道：“把抚台大人交给慈禧太后，谁替大清除害？”丁宝桢吼道：“少废话，到底怎么回事，快给我细细道来。”

何毓福开始叙述事情经过。没等他说完，丁宝桢站起身，甩着双臂，在桌前踱起步子来。踱了半天，才摇着头道：“何毓福啊何毓福，你总该知道安德海来头，朝廷上下，王公大臣，谁人敢动他半根毫毛？你竟然吃了豹子胆，太岁头上动土。你有本事，就在泰安毙掉那狗杂种，干吗弄到济南来，叫本抚骑虎难下？”

何毓福嬉皮笑脸道:“在紫禁城里，安德海是虎，到了咱山东地界，不过是只丧家犬，丁大人英勇无畏，几时谈犬色变过？”丁宝桢说:“本抚有你英勇无畏,早对安德海下手了。说说如何处置这阉宦吧。”何毓福说:“丁大人智慧超群，肯定比毓福有办法。”

丁宝桢晃着脑袋，沉吟道:“太监出宫，有违大清祖制，又无军机处和兵部凭证,罪不可赦。祖制是祖宗留下来的,京官出京规矩也由人制定,可大清祖宗都埋在地下，朝堂上下全听命于慈禧太后，你说是祖制和规矩大，还是慈禧太后大？”何毓福说:“祖制大，规矩大，太后也大，可再大又能大过天理不成？”丁宝桢说:“天理？天理何在？”何毓福说:“多行不义必自毙，这就是行之四海皆准的天理。”

一句话触动丁宝桢，说:“安德海确实该死。为维护你说的天理，咱只能豁出去了。只是仅凭咱俩,就能置安德海于死地么？”何毓福说:“不止咱俩，后面还有恭亲王奕䜣和同治皇帝呢。”丁宝桢说:“也是的，恭亲王不可能忘记议政王头衔是谁搞掉的，同治帝也早存除安之心，有他俩背后支持，不怕整不死安德海。”

何毓福道:“自泰安到济南路上，毓福就反复琢磨，丁大人可先审理安德海，拿到他口供和违制事实依据后，再密报皇上和恭亲王，恭亲王定会促成皇上下旨，让咱们依律法办安德海。到时消息传到太后耳里，她再保安德海，为时已晚。皇上是太后亲生儿子，她老人家总不可能因为一名太监，拿儿子开刀吧？皇上没事，咱俩按律奉旨除害，定然无虞。”

丁宝桢想想说:“也行，就照你说的办。”

隔日丁宝桢早早升堂，高声宣示道:“带人犯安德海上堂！”

声音甫落，衙役扭进安德海，何毓福随后跟入。安德海立在堂下，昂着脑袋,满眼怒火,只是嘴里仍塞着擦枪布,没法发作。丁宝桢瞥他一眼，一拍惊堂木，大喝道:“本抚代表皇上审案，人犯为何不跪？”

安德海口被捂着，出不得声。何毓福朝衙役点点头，衙役伸伸手，扯去安德海口里擦枪布。安德海吐掉满嘴油污，大声骂道:“丁宝桢你这鸟巡抚,瞎了狗眼,咱是宫中大总管安德海,秉承慈禧太后懿旨,出京办差,途经山东，你不尽职迎驾，还与何毓福狼狈为奸，把我当人犯锁拿审讯，狗日的你不想活啦！”丁宝桢喝道:“闭上你的臭嘴！我不知安德海是谁，只知按律审案。给我跪下！”

衙役伸手掐住安德海后脖，用力往下按去。也不知安德海哪来的劲，直脖挺腰，怎么也按不下去。何毓福在后面骂道：“安德海你死到临头，还想充什么硬汉！”单腿一弹，跳起老高，尔后一个泰山压顶，双掌往下一摁，生生将安德海摁倒在地。

惊得丁宝桢嘴巴张开，半天合不拢，也不知何毓福一个半残文弱书生，心头积存了多大仇恨，才化作这股怒气，一下子全发泄到安德海身上。

倒是趴在地上的安德海老实起来，开始回答问话，丁宝桢叫文员一一记录在案。问得差不多，再让安德海在笔录上画押，钤上手印。正好泰安县尉也自泰安赶过来，将太平船上搜得的赃物赃款，移交给抚衙。丁宝桢让臬司登记造册，作为物证，与安德海口供一起装封，奏报朝廷。同时给恭亲王写去一封密信，细叙羁拿审讯安德海前后经过。

抚衙快骑接过密封和信函，飞马出城，望北急驰。进得京都，直奔恭亲王府邸。奕䜣获得折信，走进密室，拆阅内容，不禁又惊又喜。苍天长眼，安德海也有今天！生怕夜长梦多，片刻不敢耽误，连夜出府上轿，赶往紫禁城。塞给禁卫一把银子，进得后门，来到钟粹宫，拜见慈安太后，呈上丁宝桢密件。

安德海有恃无恐，横行宫中，慈安早就看在眼里，恨在心头，只是碍于慈禧面子，不好把他怎么样，这下落在丁宝桢手里，正好借刀杀人，自然不能放过他。可慈安又颇感为难，道：“恭亲王也知道，皇上还没正式亲政，大臣奏折递进宫后，先须内奏处递入养心殿东暖阁，呈交妹妹审阅，视情批转军机处或总理衙门拟旨，待妹妹钤上同道堂印，本宫钤上御赏印，方能颁发下去生效。丁宝桢所递奏折若直接送进东暖阁，到得妹妹手上，她肯定会压下来，留中不发，而另颁懿旨，逼令丁宝桢放人。”

这套程序奕䜣自然清楚不过，说：“听说最近西太后身患微恙，可否让她老人家歇息几天，请皇上去养心殿帮着看看奏折，日后亲政，于朝政也不至于太过生疏？”

“这确实是个好由头，我去跟妹妹说说。”慈安拿了几棵人参，去了养心殿燕禧堂。果然满屋全是药味儿，慈禧正在用药。慈安关切道：“都怪姐姐大意，妹妹有恙，今日才知。前不久盛京老臣送来几根人参，正好给妹妹补补身子，还请不要嫌弃。”

慈禧自然感激，姐妹俩亲亲热热说起家常来。趁话投机，慈安试探道：“妹妹凤体要紧，这几天就在燕禧堂歇着，朝廷大事小情暂搁一边，反正天也塌不下来。”慈禧说：“天是踏不下来，可战争结束不久，百废待兴，加之洋人虎视眈眈，用李鸿章的话说，正遇三千年未有之变局，容不得咱姐妹稍有懈怠，又惹出啥乱子来。”

慈安叹息一声，假装动容道：“是啊，先帝驾崩这十来年，灭长毛，平捻匪，与洋人纠缠，咱姐妹俩没过过两天安心日子，几乎成了惊弓之鸟，生怕哪里再溅个火星，又引出一把大火，烧红半边天。”慈禧道：“好在最困难的时候已经过去，内有恭亲王与文祥等王公大臣维持，外有曾国藩、李鸿章和左宗棠能员支撑，国家总会慢慢好起来的。”

慈安很认可，像忽然想起什么，说：“皇帝已十五六岁，大婚在即，又读了一肚子书，也该有所作为了。老叫咱姐妹俩大包大揽，毕竟不是办法，总得给他机会，先历练历练，日后亲政，咱们也放得心。”慈禧说：“姐姐说的是，是该让他长长见识才行。”慈安说：“要不这几天妹妹安心养病，让皇帝到东暖阁来熟悉熟悉大臣奏折，事关大局者，仍交妹妹把握，若是芝麻绿豆小事，直接批转下去，免得妹妹费神。”

人家一片好心，慈禧不好拒绝，说：“谢谢姐姐关心！人生一世，草木一秋，咱们总有撒手那一天，不可能代载淳看一辈子奏折，确实得让他学着担待点。我这去趟弘德殿，交代他几句。”支起身子，要出门的样子。慈安按住慈禧，说：“姐姐又不是哑巴，几句大白话，还怕皇帝面前说不明白？妹妹只管安心待在燕禧堂吧。”

“那就劳烦姐姐了。”慈禧也不勉强，目送慈安出门而去。慈安来到弘德殿，传达慈禧意思，要载淳明天上养心殿东暖阁学看折子。

虽说年纪不大，毕竟做了十来年傀儡皇帝，载淳早就想过过掌权问政的瘾，得了慈安的话，自是欢喜不尽。第二天一早到弘德殿转转，便迫不及待赶往养心殿，走进东暖阁，打开内奏处送来的黄匣子，拿出大臣所呈奏折，兴高采烈翻阅起来。

翻上一阵，新鲜感过去，便哈欠连天，上下眼皮打起架来。正昏昏欲睡，忽看到丁宝桢奏折，竟是参劾安德海的，载淳顿时精神一振，瞌睡虫跑得无影无踪。

看完丁宝桢奏折，载淳大喜过望，差点叫出声来。又不敢喜形于色，隔墙有耳，到处都是母后耳目，还是谨慎为妙。载淳好不容易拟制住心头激动，只在肚里悄悄骂道：“好你个安德海，没想到你也有今天。”随即提过朱笔，欲批转军机处，尽快拟旨，谕令丁宝桢就地正法安德海。转而又想，谕旨需两位太后钤印才能生效，不是批转军机处这么简单。载淳多了个心眼，袖了奏折，装作没事人似的，出得东暖阁，回到弘德殿，命亲信出宫去召奕䜣。

奕䜣闻召进宫，步入弘德殿。正要行君臣大礼，载淳说：“皇叔别客气。”扶起奕䜣，过去关好门，递上丁宝桢奏折。奕䜣在奏折上瞟一眼，掏出一纸，交给载淳。见是军机处所拟圣旨，上有谕令丁宝桢就地正法安德海字样，载淳叫道：“好好好，皇叔做得好。赶紧派发山东，让丁宝桢遵旨执行吧。”奕䜣笑道：“这就发走，只怕丁宝桢不买账。”载淳道：“莫非丁宝桢敢抗旨不成？”奕䜣说：“两宫太后没钤印，圣旨无异于废纸一份。”

“怪朕心急，忘乎所以。”载淳忍不住笑笑，悄悄来到钟粹宫，请慈安太后在圣旨开头钤上御赏印。再赶回养心殿东暖阁，趁人不注意，拿出同道堂印，钤在圣旨结尾处。

这么转上一遭，圣旨回到奕䜣手上时，天色已晚，只能翌日加急派发济南。

谁知就在载淳和奕䜣忙进忙出时，有位太监匆匆进了紫禁城。太监是从泰安火急火燎赶回来的。原来那日安德海带领随从离开太平船进城时，留下船员和一名太监负责看船。后安德海一伙被捕，县尉亲领衙役出城上船搜缴赃物，留船太监见势不妙，偷偷逃走。回京伊始，来不及喘口气，就急切入宫报信。太监平时是做粗活杂役的，没资格面见慈禧，只好找到内宫太监李莲英，求他转禀太后，救安德海一命。

李莲英有一手梳头绝活，慈禧特别喜欢他梳的头，让他做了贴身太监。其实李莲英也看不惯安德海小人得势做派，巴不得丁宝桢灭了他，自己好取而代之，如愿做上宫中大太监。然知情不报，一旦事被慈禧知晓，追究下来，自己岂不难辞其咎，小命不保？李莲英不敢隐瞒，如实禀报给了慈禧。

何毓福和丁宝桢两个真不像话，敢动宫中总管太监。慈禧有些生气。想起丁宝桢一向无法无天，脾气一来，兴许真会小题大做，要掉安德海小命。担心着安德海安危，慈禧当即发出懿旨，着人连夜出宫，以最快速度飞送济南。

此时山东巡抚衙门里，丁宝桢正掰着手指头，切盼圣旨早到，好依旨惩处安德海。他知道奕䜣和载淳恨死安德海，肯定会谕令自己，将这小子就地正法。

盼星星，盼月亮，盼得丁宝桢望眼欲穿，终于盼来六百里加急，接住一看，却非军机处所发圣谕，竟是慈禧懿旨。丁宝桢跌坐在椅子上，失望至极，连封皮都懒得拆开。何毓福就在一旁，见丁宝桢表情难看，问：“丁大人怎么不看看圣谕？”

丁宝桢抓过慈禧懿旨，往何毓福面前狠狠一扔，道：“你自己睁眼看吧。”何毓福眼瞥加急道：“毓福还以为是圣谕呢。”丁宝桢说：“若是圣谕，我还这么发愁吗？”何毓福说：“丁大人何不先拆封，瞧瞧慈禧说些啥？”丁宝桢说：“慈禧会说些啥，还用得着拆封？”

何毓福嗯嗯两声，说：“不用说，慈禧肯定会力保安德海。事情怎会变成这样？丁大人该怎么办？”丁宝桢没好气道：“你问我怎么办，我正要问你怎么办呢？你做的好事，将安德海押送抚衙，叫我左不是，右也不是。本指望通过恭亲王讨得皇上谕旨，再遵旨干掉安德海，现在皇上谕旨没见踪影，慈禧懿旨先到了我桌上，叫我如何是好？”

何毓福出主意道：“要么先请匠人，煞有介事，建座皇亭，将懿旨供奉起来。如此拖延几天，圣谕定然颁至，大人遵旨砍下安德海脑袋，再入皇亭，举行隆重仪式，慢慢拆读懿旨，以示对慈禧的尊崇，至于里面说些啥，已无关紧要。事实既成，即使慈禧想追究，有皇上和恭亲王挡着，量她老人家也追究不了这么多。”

这点小把戏，又怎能糊弄冰雪聪明的慈禧？丁宝桢摇头道：“皇亭就免了吧，巡抚衙门最缺的是银子，哪来闲钱建这玩意儿？还是拆开懿旨，看看上面说些啥。”

果然拆开慈禧懿旨，正是命放安德海回京的。口气还挺严厉，安德海若少根小指头，就拿丁宝桢脑袋抵偿。且明令丁宝桢亲自出面，护送安德海回京，慢一天都不行。

丁宝桢瘫软在椅，半天起不来。直到华灯初上，军机处所发圣谕姗姗来迟，丁宝桢跪接手上，想哭哭不出，想笑笑不来。圣谕倒是毫不含糊，明令丁宝桢按律就地处斩安德海，一应随从该下狱下狱，该充军充军，该遣散遣散，决不留情。丁宝桢盯着桌上懿旨和圣谕，苦笑道："圣谕早到几个时辰，安德海就死定啦。偏偏滞后于懿旨，要我丁宝桢到底该听圣谕的，还是懿旨的？圣谕不可抗，懿旨更不可违，安德海又只有一个脑袋，若有两个，俺砍一个留一个，也可两头讨好，谁也不得罪。"

丁宝桢无计可施，何毓福及臬司诸人更无良法，只能陪着巡抚大人，一起唉声叹气。

直至夜深，几位依然留坐签押房，愁眉苦脸，无可奈何。安德海就关在历城监狱里，有人提出买通牢头狱霸，痛下重拳，置其于死地。或干脆给监狱长一包毒药，掺到牢饭里，毒死安德海。也可考虑将人押送回京，途中制造个翻船事件，让安德海葬身鱼腹，这样既没违背懿旨，也实现了皇上除暴安良意愿，岂不两全其美？

如此种种，操作起来不难，只是纸包不住火，总有一天慈禧会知道真相，其后果如何，真不堪设想。丁宝桢眼望桌上的油灯，痴然不动，泥人一样。

油尽灯熄，夜去昼来，丁宝桢仍百思不得其策，有一人施施然出现于济南城里。这人便是盛宣怀。原来慈禧懿旨和皇上圣谕先后送到丁宝桢手上时，盛宣怀已走下泰山，悠哉悠哉来到泉城。原想赏过千佛山，观毕趵突泉，游遍大明湖，再寻访巡抚衙门，得知安德海成为丁宝桢手上的烫山芋，留不是，扔也不是，盛宣怀哪里没去，来到抚衙前，递入手本。

丁宝桢任职岳阳和长沙两地知府期间，与湖北布政使盛康有些往来，在盛家见过少年盛宣怀，知他聪慧异常。又是这小子怂恿何毓福，将安德海送往抚衙的，既然他不请自来，到了大门外，不妨见个面，看他有何说法。

获得主人允许，门房带盛宣怀来到客厅。盛宣怀施以晚辈之礼，又代父亲问过丁宝桢好，道："丁大人气色欠佳，是不是夜里没睡好觉？"丁宝桢道："你给何毓福出的好主意，让历城监狱多了个安德海，我还睡得着觉？"盛宣怀道："很简单，处死安德海，丁大人就有好觉睡了。"丁宝桢道："安德海是说处死就可处死的？慈禧懿旨和皇上圣谕在此，一个要保，一个要杀，我丁宝桢听谁的或不听谁的？"

见丁宝桢愁成秋后茄树，都快萎缩到桌下，盛宣怀心下不觉暗笑，嘴上悠悠道："晚辈远道南来，又登临过皇皇泰山，一路风餐露宿，饥腹空空不说，身上已长满贪得无厌的虱子，可否借后衙灶火，烧盆热水，以洗污搓垢，扪虱止痒？"

这家伙有趣，洗污搓垢，不去投奔客栈，竟大大咧咧跑到抚衙来，给咱添乱。丁宝桢心怀不满，抬眼望望盛宣怀，不免寻思，这小子不识时务，敢拿烧水洗澡说事，莫非已给咱想好了难良法？要不怎么一上场便满不在乎说，只要处死安德海，他就有好觉可睡？琢磨着盛宣怀话后意思，丁宝桢脸上由阴转晴，笑笑道："洗个澡还不好办？抚衙再寒碜，还不至于缺烧水柴火。本抚马上嘱咐衙役，服侍贤侄，沐浴更衣。"

说罢召来衙役，领走盛宣怀。盛宣怀痛痛快快洗完澡，穿上衙役备好的新衣新裤，后衙总管已打扫好上房，毕恭毕敬请他入房歇息。房子又宽敞又明亮，几上备着茶水，摆了时鲜水果和特色点心。盛宣怀喝口茶，拣几样果品略填肚腹，上床小憩一会儿，总管敲门进来，说："抚台大人在客厅备了薄酒，请盛大公子赏脸出席。"

七、曾国藩主办教案毁英名

盛宣怀从容下楼，来到客厅，主人及何毓福已等在那里。正要上前施礼，丁宝桢走过来，扶住盛宣怀，往上座方向送。盛宣怀谦让两句，拗不过主人，不再客气，大模大样，矮身而坐。丁何二人一左一右，围坐两旁，像俩老仆小心侍候高傲少主。

大鱼大肉陆续送进，丁宝桢提过酒壶，一边给盛宣怀倒酒，一边道："侄儿身上虱子扪完没有？"盛宣怀笑道："衙役能干，水烧得热，虱子都被烫死，省得宣怀手扪。"

说得两位笑起来。齐过杯，何毓福道："杏荪慈悲，不愿亲手杀生，才借抚台大人后衙热水，灭虱止痒。"丁宝桢道："侄儿好不厚道，不知不觉就让丁某人成为灭虱杀手。"盛宣怀道："灭虱谈不上杀手，敢除安德海，才算大手笔。"

"如何才除得掉安德海？"丁宝桢迫不及待道。盛宣怀事不关己的样子，只顾风卷残云，大口灌酒，大口吞菜，像刚从饿牢里放出来似的。丁宝桢只好耐住性子，不再多言，该添酒添酒，该布菜布菜，小心侍候。直至吃饱喝足，盛宣怀才放下杯筷，娓娓道出肚里想法："趋利避害乃人之天性，亦为处世谋事原则，丁大人肯定权衡过去留安德海之利害。不用说，留住安德海，不仅违抗圣意，得罪大婚将至亲政在即的年轻皇上，且安德海回宫后，必会仰仗慈禧太后威势报复丁何两位大人，两位大人岂不凶多吉少？"

此理不难理解，丁宝桢早已想到这一层。盛宣怀又道：“丁大人应该还会想到，干掉安德海，既可讨慈安、恭亲王与皇上欢心，同时也能赢得慈禧信任，日后前程未可限量啊。”

干掉安德海，还能两头卖乖，哪有此等美事？丁宝桢瞪大眼睛，盯住盛宣怀，以为自己耳朵进了毛虫，将对方的话听反了，一头雾水道：“杏荪不在开玩笑吧？”何毓福接话道：“开的还不是一般玩笑，是天大玩笑。”盛宣怀笑道：“说天大玩笑也没错，皇上和慈禧高高在上，无异于大清的天。”丁宝桢不满道：“侄儿身在局外，天大玩笑也敢开，我可是山东巡抚，朝廷臣子，哪里开得起大清高天的玩笑！”

盛宣怀敛住笑容，道：“丁大人迟迟不敢处死安德海，原因在于重看他了，好像他是多么了不起的人物似的。其实在宣怀眼里，安德海不过一条狗，无非尾巴摇得勤快，慈禧太后看着顺眼，时不时扔根骨头，逗趣取乐，聊以打发清寂时光。咸丰死得早，慈禧年纪轻轻，独守空房，难免寂寞难耐，又不可能出宫去找男人，身边有只善解人意的狗，日子也不至于太难熬。可再善解人意，狗毕竟是狗，被人宰杀，纵使主人一时不舍，也不可能老放在心里，过不了几天就会忘到脑后，另选只乖巧的狗，照样可以寻开心。”

此理丁何两位倒也能够认同。盛宣怀继续道：“狗其实是人类朋友，有时比人更逗人喜爱。安德海可恶之处，是只认慈禧一人，此外见谁咬谁，包括皇上和恭亲王都不放过，才有那么多人包括两位大人，皆欲置之死地而后快。既然安德海已被关进历城监狱，丁大人为何还犹豫不决，不处死这只恶狗，以遂众愿呢？无非忌惮狗主慈禧太后。不用猜也知道，慈禧得闻安德海死讯，定会愤怒难当，毕竟打狗总有欺主之嫌，然过后便会想转来，暗暗感激丁大人。”丁宝桢道：“侄儿真会哄本抚开心。慈禧专门下达懿旨保安德海，咱抗旨处死她心肝宝贝，她老人家还感激咱，这可能吗？”

盛宣怀几分神秘道：“坊间不有传言，说安德海为假太监，与慈禧太后关系暧昧么？山东离京不算太远，两位大人总该有所耳闻吧？”

这本属无稽之谈，无踪无影，盛宣怀也拿来挂在嘴上，丁宝桢颇觉无聊，道：“安德海是真太监，还是假太监，跟咱有啥关系呢？难道是真太监，只管杀无赦，以清君侧，若是假太监，则饶其不死，送还慈禧？”

盛宣怀道：“安德海是真太监，还是假太监，都不重要，重要的是传言广为流布，无人不晓，注定安德海必死不可。”

“仅凭坊间传言，便拿安德海开刀，也太说不过去了吧？”丁宝桢有些失望，觉得白置了这顿好酒。何毓福也搞不懂，盛宣怀肚里到底装的啥点子。只听盛宣怀接着道：“若安德海并非太监之身，处死后立刻毁尸灭迹，不留任何遗存，仿佛啥事没发生过似的。”

丁宝桢这才听出点意思，说：“侄儿是说，如果安德海身上孽根还在，毁掉他尸体，等于毁掉他与慈禧之间的天大秘密？”盛宣怀说：“难道不是吗？丁大人苦心孤诣，替慈禧守住天大秘密，有效维护其清誉，纵使她不满安德海之死，也不会把您怎么样。”

说得也是。丁宝桢又追问道：“若安德海确系太监之身呢？”盛宣怀似笑非笑道：“确系太监之身，也不难办，留下安德海尸身，顺便让济南百姓见识见识，太监到底是啥样子。”

何谓高人？此即高人。丁宝桢茅塞顿开，跷起拇指道：“贤侄主意高。好，就这么办！”

改天一早，丁宝桢带上何毓福，由臬司陪同，亲临历城监狱，提审安德海。说是提审，其实只提无审，安德海被押入审讯室后，丁宝桢点点头，两名狱吏便将他按倒在地，几下扯去他裤子。安德海嚎叫着，两手乱舞，要护住裆部，被狱吏死死钳住双手，动弹不得。

在场几位看得真切，安德海裆里空空如也，啥都没有。丁宝桢心里有了底，命臬司批了斩标，交给抚标营，押安德海至城西刑场，施以绞刑。安德海就这样命丧济南，魂归西天。事情还没完，丁宝桢又依盛宣怀之计，剥光安德海衣裤，悬于西门，暴尸三天。三天里济南万人空巷，全城百姓纷纷拥至，倒看太监与常人有啥不同。

消息传遍大江南北，朝野为之震惊。京官们更是个个欢呼雀跃，奔走相告。载淳和奕䜣松下一口气，庆幸之余，又不免暗自忧惧。所幸恶狗被除，以后行走宫中，不用担心被狗所咬；所惧慈禧追究起来，还真不知怎么应对才好。

果然慈禧得知安德海死讯，又惋惜，又气恼，叫去载淳和奕䜣，质问为何谕令丁宝桢绞杀安德海。两人自然搬出祖制和大清律令，据理力争。慈禧不可能加罪于儿子和王爷，要两人拿丁宝桢和何毓福是问。两人知道慈禧正在气头上，不便硬顶，先嘴里答应着，下去后便找到慈安太后，请她劝劝慈禧，别纠住安德海一事不放。

慈安于是来到燕禧堂，安慰慈禧道："妹妹何必为一个太监，与儿子和大臣们过不去呢？也要怪安德海不知天高地厚，借着妹妹宠信，狐假虎威，到处惹事。有道是众怒难犯，安德海得罪的人太多，迟早难免会有这一天。"

慈禧也知安德海之死与慈安有关，可她是东宫太后，名义上位居自己之上，还不好与她撕破脸皮。也就只能装糊涂，几分痛惜道："安德海确实多有不是，可毕竟在我身边多年，即便是只狗，相处日久，也会产生感情，竟惨死于丁宝桢和何毓福之手，叫我怎么过意得去？"慈安说："妹妹说得没错，安德海就是一只狗，死只狗有啥过意不去的？何况你身边又不是没有能干太监。我看李莲英就不错，头梳得好不说，且善解人意，温顺低调，不会像安德海样，给妹妹添乱。"慈禧道："就算安德海是只狗，丁宝桢也不该打狗欺主啊。"

"丁宝桢不是打狗欺主，是在维护皇帝权威哩。"慈安笑道，"外面不都在说皇帝有职无权，朝政全取决于咱姐妹俩吗？这下丁宝桢置妹妹懿旨于不顾，遵照皇帝圣谕绞杀安德海，不正好说明皇帝威高权重，大臣们可以不听咱俩的，皇帝命令却非执行不可？"

经慈安这么一开导，慈禧心里好受了些，说："姐姐如此说来，倒也在理。维护皇上权威，也是咱姐妹俩的职责嘛。丁宝桢敢拿安德海开刀，可能就是出于这个考虑。"慈安说："丁宝桢也有不对之处，安德海已死于他手，仍不放过，还要暴尸三天，做得太过分啦！"

不用说，慈安是在暗示慈禧，丁宝桢已替她洗清污名。也好理解，安德海太监之身暴露于光天化日之下，有关他与慈禧有染的传言，自然不攻自破。

慈禧怒气渐消，自此再不提及安德海半个字，就当这只狗从没在宫里出现过似的。至于丁宝桢，不仅没因绞杀安德海，引火烧身，相反倍受慈禧青睐，前程一片光明。数年后吴棠因病告假还乡，慈禧让丁宝桢升任四川总督，位及一品。还亲笔御书"国之宝桢"四个大字，送给他珍藏，让他很是长脸，风光一时。

慈禧也因此获得朝野赞颂和好评。丁宝桢向有能臣美誉，政声颇佳，斗胆绞杀慈禧宠信，慈禧不仅不治他罪，还重用提拔他，显得多么有风度，有胸襟？自古有什么君，就有什么臣，大清能带来同治中兴局面，不正是上圣下贤、君明臣能之结果么？

安德海丢条命，有人解恨，有人欢喜，有人平步青云，有人收获声望，实在让人始料未及。可无人承认这是安德海用命换来的好处，安德海很快被人们的健忘抹得一干二净。还是盛宣怀说得好，安德海就是一条狗，狗命卑微，不可能产生多久影响。事实也是，大清内外交困，上至朝堂君臣，下至小民百姓，人命关天之事层出不穷，都关注不过来，怎么会老去关注狗命呢？比如各地教案，从没消停过，就出了不少人命。安徽安庆、江西南昌、湖北天门、贵州遵义等处，一起又一起教案闹得沸沸扬扬，让朝廷头疼得很。

就在丁宝桢绞杀安德海前后，肇始于五年前的四川酉阳教案再度发酵，又引出数条人命，当地教堂焚毁，法籍传教士被烧死。法国公使罗淑亚愤然出京，声称要亲率兵船入川讨说法。朝廷闻讯，一片惊慌，传令李鸿章彻查酉阳教案。

其时李鸿章刚办结吴棠案，离蜀出川，一脚迈入重庆。得到谕令，不得不停下脚步，带着许钤身等随僚，来到酉阳，查办教案。原来早在明代，西方天主教便开始传入中土。当时传教范围小，还算安静，没啥乱子。及至清代，尤其鸦片战争之后，国门大开，传教士蜂拥而入，信众不断增多，教案此起彼伏，渐成蔓延之势。事情总是先有因，后有果。西方传教士利用治外法权身份，以本国外交实力为后盾，飞扬跋扈，不可一世，普通百姓又不明教义，好奇之余，难免心生恐惧，对天主教由抵触而起敌意。加之中土儒家文化传统根深蒂固，觉得天主教无父无君，纯属异端邪说，主张遣返传教士，驱散教徒，以正视听。至于信众乐意入教，并非出于信仰，不过以为天主教跟天地会、哥老会、小刀会之类差不多，觉得以洋教为护身符，能增加安全感，出点啥事，好寻求教会保护。信众入教动机不纯，与非信众之间缺乏沟通，以至冲突时起，纠纷不断。

酉阳教案与其他地方教案性质差不多，李鸿章觉得查处并不难，重要的是按照约章办事，予以公平处理，不必一听洋人威胁就吓得手忙脚乱。可惜地方官遇事不懂去约章里找依据，凭着一时冲动，先煽起民众排外情绪，待群情激愤，事态升级，局面失控，又缩头乌龟样躲起来，让民间纠纷变成国家外交事件，非朝廷钦差出面解决不可。

摸清酉阳教案底细后，先辨别是非，明确责任，而后桥归桥，路归路，首恶抵命，协从入狱，能安抚的安抚，该赔偿的赔偿，各方基本满意，案子就此了结。

离开酉阳，回到武汉，年关已近。一年就这样过去，专门替朝廷走杂揩屁股，该办的正事没办，李鸿章觉得实在没意思，怅然若失。年后（1870）正准备按初督湖广时设想，发狠干几件实事，又有圣旨递到，急令西入贵州，镇压苗民叛乱。李鸿章很是泄气，找出种种借口拖延。拖上一个多月，朝廷又改派西北，督剿陕甘回乱。

左宗棠出任陕甘总督，承担剿回重任以来，取得不少战绩。无奈回军越剿越多，年前竟连败楚军，好几名楚军大将阵亡。情急之下，一向不肯服输的左宗棠，只得奏报朝廷，请求援助。朝廷担心回军像捻军样发展壮大，调令京畿众路淮军西援，归左宗棠统一指挥。兵部尚书毛昶熙提醒朝廷，淮军出自湘军，湘淮楚三军大家长曾国藩征捻时，指挥淮军尚且不灵，以致铩羽而归，将淮军交给左宗棠，他调度得动？朝廷觉得也是，才令李鸿章领军西征。

左李向来不和，陕甘又系左宗棠地盘，李鸿章更不愿跑去争功，当钱鼎铭和许钤身面发牢骚道："左宗棠自诩今亮，前年几乎被西捻拖垮，幸淮军出手，大败张宗禹，逼其投水自尽，才给楚军了了难。回军与西捻不可同日而语，好对付得多，左宗棠又连吃败仗，损兵折将，他干啥去了嘛？莫非还在寻找张宗禹，非把他从水底捞出来，好羞辱我李鸿章？"

发完牢骚，李鸿章提起笔来，给朝廷上折，强调西征困难。兵马未动，粮草先行，打仗要吃要喝，要枪要炮，粮饷筹备，军火转运，得费心费力。加之西北平旷，必须马军和步军兼用，才能与回骑抗衡，然购马募兵，操演训练，亦非一日之功。李鸿章意思明白，自己会遵旨西上，但须假以时日，不可仓促行事。

李鸿章所言是事实，也是借口，朝廷能不心知肚明？却既不驳斥，也不逼迫，只是又颁一旨，任命浙江巡抚李瀚章为湖广总督，限令月内到任。谁都知道，李瀚章是李鸿章大哥。要说可接替湖广总督之重臣能臣多了去了，朝廷不用他人，偏偏让哥哥继任弟弟大位，其用意不可谓不深。

连许钤身也看出这道任命之不同寻常，对李鸿章道:“朝中自有高人在啊。”李鸿章说:“高在何处？”许钤身道:“中堂大人打了十多年仗，早已厌战，又与左宗棠不和，才不愿到西北去。朝廷不好赶着鸭子上架，西北形势又不容乐观，才使出这么一手，叫您老没话可说。”李鸿章说:“大哥升任浙江巡抚没几天，就安排他来做湖广总督，明显是送个大人情给我李家。言下之意，朝廷对你李家不薄，去不去西北，你李鸿章自己看着办吧。”

也是君臣足够聪明，有话不用明说，一个小小暗示，彼此便能心领神会。何况大哥出道伊始，就替曾老师主持湘军粮台，办粮筹饷颇有一套，让他坐镇湖广，自己后顾无忧，正可一往无前。李鸿章二话不说，变被动为主动，着手筹划西征事宜。

正忙得欢，李瀚章带领一家大小，离开杭州，赶往武汉。自己还没离职，又是大哥来接任，无论于公于私，也该有所表示，李鸿章亲赴码头，迎接大哥。新督上任，中堂大人出了面，地方巡抚、藩司、臬司、学政及守军将领倾巢而出，一齐拥向江边，翘首以盼。

江雾迷蒙中，新督官船排浪而至，渐近码头。船刚停稳，李瀚章从舱里钻出来，抬步下船，走向迎过来的李鸿章。行过兄弟之礼，李鸿章又按照官场规矩，推介身边各位要员。其实李瀚章初入官场就任职湖广，后主持湘军粮台，也大多在赣鄂湘粤穿梭，到场官员大都熟悉，好些还是旧属故友。可过场不能少，还是得由前任一一介绍给后任。

见过面，众人簇拥着兄弟俩，向黄鹤楼走去。黄鹤楼上有好酒，也有好诗，是读书人必登之处。好诗当首推崔作。当年李白登楼观潮，就曾感叹，眼前有景道不得，崔颢题诗在上头。在李白看来，黄鹤楼昂立江岸千年，仿佛就等着崔颢那惊鸿一瞥：昔人已乘黄鹤去，此地空余黄鹤楼。黄鹤一去不复返，白云千载空悠悠。晴川历历汉阳树，芳草萋萋鹦鹉洲。日暮乡关何处是，烟波江上使人愁。

黄鹤楼有幸，等来崔颢华丽诗篇，为其附丽了灵动的神韵。就像滕王阁有幸，受王勃青睐，一联“落霞与孤鹜齐飞，秋水共长天一色”，为其赋予不朽风骨。就像岳阳楼有幸，感动范仲淹，一句“先天下之忧而忧，后天下之乐而乐”，为其塑造出崇高品格。

众人凭栏观江，吟咏黄鹤诗，品评江南三大名楼之际，钱鼎铭和许铃身已设下盛宴，邀请各位入席。前任总督做东，为新任总督接风洗尘，当然得两位主角先入座。问题于是来了，论兄弟之伦，李瀚章是老大，李鸿章是老二，该老大坐主座，老二坐次座。可论官位高低，李鸿章身为协办大学士，比李瀚章刚升的总督要大，主座自然该归官高者。这下可好，叫年长的坐主座，委屈了官大的，让官大的坐主座，又委屈了年长的。钱鼎铭和许铃身傻在那里，看看李鸿章，又看看李瀚章，不知如何是好。其他人也觉得很为难，不知劝谁入主座才妥。只得缄嘴不语，隔窗眺望长江波涌连天。

倒是李鸿章毫不客气，几步走到主座前，一屁股坐下去，坦然得很。尔后掉头对李瀚章道："大哥过来吧，就坐我旁边。"

李瀚章毫不犹豫，高高兴兴走过去，坐到李鸿章身旁次座上。其他人也相继入席，不时瞧瞧兄弟俩，心里像在说，看看老二做派，大哥在此，客气话都没说一句，竟大模大样占着主座，是不是欺大哥老实本分？也不知做大哥的心里作何感想。

众人心里所想，李鸿章不用猜测，也能明白。打过开场白，喝过头杯，又寒暄几句，李鸿章才说道："各位是不是对本官坐主座有想法？"众人说："只要李总督没想法，咱们都没想法。"李鸿章笑道："若李总督有想法呢，你们也跟着有想法？"

众人吱声不得，伸筷夹菜，掩饰过去。李鸿章道："今日置酒高会黄鹤楼，意思只有一个，就是旧督迎新督。无论旧督，还是新督，都是朝廷命官。也就是说，今日吃的是官宴，花的是公帑，办的是国事，只能按官场规矩，官高者坐主座，位低者坐次座。本官忝列协办大学士，官品略高于大哥，理所当然该坐主座，而让大哥受点委屈，位居次座。"

"不委屈，不委屈。"李瀚章忙声明。其他人嘴上没说啥，心里则想，兄弟之间讲官大官小，是不是太把官帽当回事？只听李鸿章又道："要说谁坐主座，谁坐次座，本来并不重要，坐哪里不都是喝酒吃菜？如此说，应该也没错，可义理上不大讲得过去。咱们都是朝廷命官，正正当当的公家人，心里应该时刻装着一个公字，说话做事务必先公后私，大公小私。有道是皮之不存，毛将焉附？对于咱们来说，公就是皮，大清就是皮，没有公，没有大清，又哪有咱们立身之地？道理简单，只有心里有公，认真办好公差，干好公事，公家日子好过，国家兴旺发达，私家和私人才衣食不愁，活得下去。”

也许官要做到李鸿章这个份上，才会从主座次座之类小节，发现公私之大义吧。众人眼望主座上的长官，做洗耳恭听状。李鸿章又道：“我老师曾说我拼命做官，其实拼命做官就是拼命为公。不拼命还不行，不拼命，没法办好公事，就得不到朝廷重用，一辈子碌碌无为。正因如此，本官才愿意为公，委曲求全，吃亏遭罪，牺牲个人利益。众所周知，东捻消灭后，淮军将士死的死，伤的伤，没死没伤的，也一个个疲惫不堪。可朝廷一声令下，派我领军征讨西捻，我一千个不愿意，却还是苦口婆心，向将领们求情说好话，动员他们出兵，全歼捻匪，逼张宗禹投水自尽。眼下回军坐大，朝廷又记起我和未裁之淮军，我真想扔掉头上顶戴，落叶归根，独钓巢湖碧波。崔颢诗曰：日暮乡关何处是，烟波江上使人愁。我比崔颢更愁，不止愁乡关难返，另还有几愁：一愁淮军分散各处，调度不容易；二愁西北迢遥，左宗棠不好合作；三愁人生易老，青春不再，富国强军夙愿难遂。可愁又有啥用呢？为朝廷，为国家，还得振作起来，筹划西征，奔赴浩瀚大漠，与回军厮杀。国难思良将，家贫思贤妻。不是皇上和太后心里有你，想为朝廷为国家分忧解困，还没你的份呢。故此，为赴国难，别说受点委屈，吃些苦头，就是洒热血，抛头颅，又算得了什么呢！”

李鸿章越说越慷慨，越说越激昂，众人受到感染，不自觉鼓起掌来。须知李鸿章已快奔知天命，还有这股血性，不得不让人感佩。直至夕阳西下，渔舟唱晚，众人才离席下楼，上马入轿，护送李家兄弟回城。到得总督署衙，李鸿章道：“今天喝的官酒，明天我设家宴，请大家再聚，还请赏脸莅临。”

各位答应着散去，李家兄弟携手入衙，去后堂拜见母亲大人。大儿出现在面前，母亲自是欢喜，免不了问长问短。问到是因私离浙，还是公事出差，李瀚章笑笑道：“禀报母亲大人，皇恩浩荡，已让孩儿升任湖广总督。”母亲问道：“你升任湖广总督，老二干啥去？去杭州接任你的浙江巡抚？”

说得兄弟都笑起来。李鸿章道：“儿子又没犯错，哪有从总督降为巡抚的？”母亲说：“老大占了你位置，你不做巡抚做什么？”李瀚章说：“老二要到西北去平回乱，这两天就与我移交关防。”李鸿章说：“咱兄弟俩换防，母亲是随我去西安，还是留在武汉？”

“我一个老不死的，老远跑西安去干啥？”母亲笑道，“你俩换防，我不换防，继续驻防武汉，哪里都不去。”兄弟俩忍俊不禁，齐声道：“母亲不想挪窝也行，反正离任总督是您儿子，继任总督也是您儿子，山不转水转，您就坐镇总督衙门，做咱们大靠山。”

母子仨聊得正开心，李瀚章妻小也来拜见老人家，兄弟俩出屋，去李鸿章书房叙话，说定明天先交接总督关防，再举办家宴，招待地方官员。

翌日上午，李鸿章设案焚香，将总督关防呈到大哥手上，李瀚章算正式就任湖广总督大位。香案撤去，酒席摆好，钱鼎铭与许钤身将地方大员请入西花厅。

昨日在黄鹤楼摆设公宴，老二李鸿章大模大样占据主座，今日在李家置办私宴，主座总该轮到大哥李瀚章了吧？众人心里嘀咕着，果然李鸿章来到桌边，毕恭毕敬将大哥扶到主座上，自己叨陪在侧。其他人按官位大小，各就各位，李瀚章举酒致辞，感谢众位赏脸光临。

酒过三巡，李鸿章道：“今天大哥高坐主座，各位该没想法了吧？”众人道：“昨天咱们也没想法。”李鸿章道：“没想法就好。十年前鸿章就曾随曾老师离皖入鄂，拜会时任湖广总督官文官大人和湖北巡抚胡（林翼）文忠公，官大人也在这个客厅接待过咱们。”

众人听得出，昨天黄鹤楼公宴上，李鸿章以本官自称，今日在李府设家宴，改叫名字，真可谓公私分明。只听李鸿章接着道：“文忠公初任湖北巡抚时，与官大人不大谈得来。本来督抚同城，满汉共事，矛盾就多，加之官大人位高能低，文忠公位低能高，两人互生龃龉，也就在所难免。文忠公甚至写好奏本，准备参劾官大人，临派发时忽又改变主意，将奏本烧掉，主动上门，向官大人示好，关系慢慢得到改善。此后官大人将军政大权拱手交给文忠公，自己乐得做甩手掌柜，湖广在文忠公操持下，气象焕然一新。其时湖广属湘军大后方，若无文忠公经营湖广，筹粮办饷募兵，哪来湘军节节胜利，直至捣向金陵，将洪秀全困死于城内？看得出，文忠公主动放下私怨，与官大人和好，完全出于公心，以国家利益为重。当然胡官二人也没亏，都受到朝廷恩宠，一个死谥文忠，一个活居大学士高位。”

众人停杯搁筷，听李鸿章侃侃而谈，一个个都入了迷。李鸿章又道：

“今天鸿章旧事重提，就是要各位以文忠公为榜样，时刻以公为重，公成必然功成，也成全自己。这是面对朝廷和国家的自觉要求。至于对手下人，对舍家别业来到你身边，给你办差的下属，则又不同，该在私字上做文章。有一阵子，湘军老营人才一个个离营而去，进了湖北巡抚衙门。曾老师以为文忠公挖自己墙脚，经人打听，人家都是自动投靠文忠公的。原来文忠公一心为公，却从没用公字要求手下人，相反设身处地为下属着想，想尽办法提高他们待遇，谁有难处，想方设法予以解决，让其安心给自己办差。道理简单不过，文忠公身为国家重臣，以天下为己任，可僚属和将士还没到这个份上，自然是出于私心，奔着饷银和前程来的，待遇太低，前途渺茫，凭啥还要给你卖命？文忠公将此总结为一句话，叫以众人之私，成就一己之公。曾老师茅塞顿开，效仿文忠公，从此桃李无言，下自成蹊，曾府人才济济，盛况空前。”

最后李鸿章总结道：“昨天公宴，鸿章大谈先公后私，大公小私，今天私宴，改言私心可取，以私成公，是要告诉各位，公是成私前提，私是成公基础。咱们在外是同僚，入内是兄弟，人在官场，最要学会的，就是处理好公与私两者关系，干出一番大业，否则将一事无成。鸿章即将离鄂西征，以后我大哥就是你们大哥，也是你们长官，你们要好好为他办差，共同把湖广事情办好。同时大哥也会照顾好各位，不会亏待兄弟们，大哥吃肉，兄弟们吃肉，大哥喝汤，兄弟们喝汤，就像胡文忠公样，以各位之私，成就国家之公。”

说得大家倍感温暖，一齐起身，来敬二位。

趁办家宴，推大哥于主座，维护了他权威，又算是前任给后任以交待，自己湖广总督使命已然完成，自可放心离鄂，轻装上阵。宴散人去，李鸿章处理完督衙扫尾事务，让出签押房，于阳春三月，辞别母亲和妻儿，由大哥和地方大员送上官船，凌波西上襄阳。

一路上，李鸿章挥毫命笔，檄调刘铭传、郭松林、周盛传诸军，集结兵员，向潼关方向进发。到达襄阳，稍做停留，继续西进。赶往潼关，已是五月中旬。各路大军包括新募马队，陆续汇集过来，经短暂集训，又浩浩荡荡，向西安方向开拔。

六月下旬抵达西安古城，抬眼眺望，前方已是硝烟弥漫的战场，枪炮声隐约可闻。恰在此时，有消息传来，天津发生震惊中外的重大教案，法国纠合英、美、德、意等七国军舰，集结于天津与烟台，扬言要攻入北京，活捉同治皇帝和两宫太后，中外大战大有一触即发之势。李鸿章心头一震，暗自寻思，淮军西入陕甘，京畿空虚，怎么与洋人较量？比之坐拥坚船利炮的多国联军，回乱只怕已算不上什么。

李鸿章果断号令各军，暂且按兵不动，静观天津教案动态。

天津教案起因颇复杂。第二次鸦片战争后《北京条约》签订，天津作为对外通商口岸，万国衣冠自西来，洋商云集，教堂林立。其中尤以法国商人和教会最为踊跃，抢先租下三岔河口北岸，拆除岸边年久失修的望海楼，建造圣母得胜堂，以为法国天主教天津教区总堂，亦称望海楼教堂。为吸引教民，还在教堂里办了育婴堂，诊病施药，收养弃婴。大多都是女婴。中国人重男轻女，不愁收养不到女婴。女婴长大后可嫁给娶不起媳妇的穷人，一者张扬上帝恩德，再者民众心存感激，也会自愿加入教会。为此教会拿出钱来，奖励送交弃婴者。国人穷怕了，最易受钱蛊惑，有人竟偷抢拐骗婴儿，来育婴堂换取奖金。育婴堂里弃婴越来越多，有些送到时已奄奄一息，医治无效死亡。夏季疫病流行，一月内竟病死三四十个弃婴。修女们只得请人工装进薄棺，埋到野外。人工图省事，埋得太浅，被野狗刨出来，一番撕咬，死婴皮开肉绽，肚破肠露，惨不忍睹。谣言于是风起，说婴儿是拐匪用洋人迷药诱拐，再送至育婴堂。育婴堂购得婴儿，藏于地窖，诱污奸淫，采阴补阳，尔后挖眼剖心，配制西洋药剂。谣言一传十，十传百，引起民众恐慌，一见可疑人，就抓捕起来，刑讯逼供。所谓的拐匪屈打成招，谣言仿佛已然成真。民众被彻底激怒，乡绅集会孔庙，声讨教会，街头巷尾贴满挞伐洋教的檄文揭帖，反教情绪甚嚣尘上，人人仇恨满腔，一时间黑云压城城欲摧。

巧的是此时有个名为水火会的民间组织，趁乱逮住一位叫武兰珍的“拐匪”。酷刑之下，武兰珍受不了皮肉之罪，供认受育婴堂役工王三指派，诱拐儿童，送去换钱。水火会将武兰珍扭送天津府衙，知府张光藻饬令天津知县刘杰严加审讯，刘杰发现武兰珍口供自相矛盾，押往望海楼对质，果然与事实不符，育婴堂并无王三其人，也没有供词里武兰珍与王三交易女婴的栅栏。水火会不服气，争执说教堂为掩盖真相，做了手脚。争执声引来不少民众，顿时群情激愤，与育婴堂的人对骂起来。围观者越来越多，堵得望海楼水泄不通。混乱中有人拾起砖瓦，向教堂抛掷，局面渐渐失控。刘杰一边制止民众，一边与教主交涉，选派民众代表进教堂查验，若教堂清白无辜，可洗刷谣传，平息风波。教主迫于压力，只有同意。民众倒也通情达理，经刘杰动员，很快推举五名代表，准备随教主进入教堂。气氛得到缓解，众人平静下来，等候代表检查结果。

偏偏一个最不该出现的人出现了，这人便是驻津法国领事馆领事丰大业。丰大业得到望海楼教堂遭围攻消息后，带着秘书闯进天津府衙，要求知府张光藻调兵镇压闹事者。民气已起，众怒难犯，张光藻哪敢抛头露面？就是制服民众，自己也得背上汉奸恶名，没法在官场立足，岂不前程尽毁？也是丰大业在中国人面前颐指气使惯了，见张光藻不愿出兵，举枪相逼，吓得张光藻抱头鼠窜。丰大业气急，对着张光藻连开数枪。所幸没有击中，张光藻捡回一条小命。丰大业嗷叫着冲出府衙，直奔望海楼。其时五位民众代表已进入教堂，正在教主引领下准备展开检查，气势汹汹的丰大业冲过去，对教主一顿臭骂，将五位代表轰出教堂。刘杰上前理论，丰大业怒目圆睁，说教堂是法国领地，外国人进入，属入侵行为，可当场击毙。教堂建在中国土地上，竟成法国领地，哪有此事？刘杰反唇相讥，驳斥几句，惹得丰大业大怒，举枪对准刘杰，扣动扳机。刘杰头一低，子弹击中他身后侄子，倒地身亡。民众被丰大业暴行激怒，齐声喊打，一拥而上，将他及其秘书扑翻在地，拳脚相加，砖石齐下，当场殴毙。还不解恨，又涌进教堂，一番打砸，再点上一把火。教堂陷入火海，民众又涌向法国领事馆，还有各国在津机构，又打又砸又烧，一时火光冲天，浓烟弥漫。骚乱延续三个多小时，打死洋教士、洋商、洋官二十名，其中法国人十三名；殴杀中国教民三十多名；毁坏法国教堂和洋行四处；误毁英美两国讲书堂六处。

洋人可不好惹，各国军舰倾刻云集天津和烟台，随时准备登岸，攻打天津，进逼北京。紫禁城一片恐慌，担心十年前悲剧再度重演。恭亲王连夜进宫，与两宫太后商量对策。对策大体有四：一令驻津三口通商大臣崇厚设法斡旋，稳住洋人；二派直隶总督曾国藩离开保定督衙，赶往天津，与洋人谈判，息事宁人；三遣兵部尚书毛昶熙及与洋人接触较多的江苏巡抚丁日昌，赴津协助曾国藩与崇厚办案，四嘱军机处拟旨，以八百里加急西递，命李鸿章速调铭军回驻京畿，为谈判做后盾。

只是难为曾国藩了。有道是年过四十，一年不如一年；年过五十，一月不如一月；年过六十，一天不如一天；年过七十，一时不如一时。曾国藩已是六十老翁，加之长期操劳，思虑过重，心悸失眠，癣疾顽固，身体状况愈来越差。视力一天天下降，一只眼睛几乎失明。经常眩晕，且伴有不明原因的呕吐。由于经年累月不离药罐子，又导致内脏受损，脾胃和肝脏疼痛不已。曾国藩不得不上疏朝廷，汇报病情，请假疗养。谁知假刚批下来，天津教案发生，朝廷又颁旨，命他急驰天津，处理教案。

曾国藩自知来日无多，实在不想跳进麻桶，将自己缚住，毁掉一世英名。可君命难违，百般无奈之下，只得拖着病躯，走出督衙，冒暑来到天津。曾国藩乃一代中兴名臣，民众期望极高，拦轿递状，希望他一反崇厚软弱，采取强硬手段，支持民众，驱逐洋人。

征战十多年，好不容易消灭太平军和捻军，强军富国在望，岂可因教案与洋人开战，将国家重新推入烈烈战火中？曾国藩认为百姓小忿，不足肇起边衅，务必公平办案，辨明是非，平息争端，维护国家大局。抱病找来府县官员和驻津军官，听取意见，竟然众口一词，说弃婴堂挖眼剖心不假。可问证据证人在哪，竟张口结舌，无言以对。遍讯相关案犯，也口口声声，说实有其事，却无一能指实者。再询之育婴堂教民，没一人见过挖眼剖心之事，至于城内外津民，亦无遗失孩子家庭。纯属无中生有，为何人人乐于相信，以讹传讹，自欺欺人呢？曾国藩意识到官民都被情绪所左右，失去理智，才因小失大，惹出天大麻烦。

正好毛昶熙和丁日昌先后到达天津，由崇厚陪同，一起来见曾国藩，共同分析案情。几位交换过想法后，曾国藩说：“民众愚痴，人云亦云，尚可原谅。官场中总该有些明白人吧，却宁信其有，不信其无，视谣言为事实，跟着起哄，到底是何居心？”

丁日昌一针见血道：“官场中没有傻瓜，一个个明白得很，之所以不愿正视真相，无非担心触犯众怒，只有跟着起哄，把洋人说得很坏，才能博取清誉，显得爱国。”毛昶熙说：“也有一惯视洋人为仇敌者，恨不得找个机会，一泄心头愤慨，以图一时痛快。我离京前夕，倭仁和徐桐就找到我，要我设法说服侯相，联奏两宫，调兵遣将，把洋人赶走。”

曾国藩吐口浊气，合上双眼，喃喃道：“洋人是说赶就赶得走的？要赶得走，当年咸丰皇帝就不用仓皇出京，北狩热河，留下恭亲王签订《北京条约》了。既然赶不走人家，津案又已发生，唯一办法就是查明虚实，分别曲直，昭示公道，解除华洋对立情绪。”

在曾国藩主持下，多方调查，据以实情，权衡利弊，很快拟定出五点方案：一是澄清谣言，以正视听，既雪洋人之冤，也解士民之惑；二是拨付银两，重建被毁教堂；三是修复无辜被毁的英美讲堂，区分对待法国与英美案情，以免三国抱团，一起威逼清廷；四是妥殓死亡洋人，交回各国，给予抚恤；五是抓捕倡乱首犯，严惩不贷。

若双方都是中国人，如此处置，大致合理。但一方是洋人，一方是国人，合理不见得合情，以至两头不讨好，两头不认账。方案奏报朝廷，顿时引来一片骂声，说曾国藩身为大清重臣，不知维护本国民意，一味袒护洋人，媚外求荣，简直十恶不赦。肯定得了洋人巨额贿赂，不然哪有胳膊肘往外拐的？一时间千夫所指，举国欲杀。连一向以曾国藩为傲的在京湘籍官员，也觉得颜面尽失，冲进湖南会馆，砸烂曾国藩塑像及其手书馆牌，还对外宣称，开除大汉奸曾国藩湘籍，不让他做湖南人。

洋人也不满意，认定知府张光藻和县令刘杰是教案主谋，非以命偿命不可。法国公使罗淑亚赶到天津，闯入曾国藩行馆，气势汹汹，逼他立刻捉拿张刘二人，否则通知各国军舰，打下大沽口，先占天津，再攻北京。

曾国藩又屈又气又急，当场晕厥过去。丁日昌将罗淑亚拉到外间，说：“罗公使应该知道，曾侯相不惜牺牲自己一世英名，带病入津办案，一心想澄清事实，还法国教会以清白，你把他逼死，朝廷另派他人主办津案，将案子翻过来，于贵国有何好处？”罗淑亚气哼哼道：“翻案就翻案，无非打上一仗。各国军舰已阵列于海边，随时可攻进来。”

丁日昌冷冷一笑，说：“日昌承认，海战中国无法与多国军舰抗衡，可陆战只怕不怎么好说。大清已非十年前之大清，十年前京畿空虚，英法联军才轻松攻入京都，如今淮军要枪有枪，要炮有炮，李中堂已挥师东进，陈兵于京畿一带，数万淮军外加上万京师神机营，还对付不了数千联军？罗大使还是好好想想吧。”

罗淑亚这才稍敛气焰，悻然而去。丁日昌返身回屋，曾国藩已苏醒过来，吃力道：“刚才你与罗淑亚的话，老夫听得真切，莫非少荃已领兵东发，正奔京畿而来？”丁日昌挨近曾国藩道：“是日昌吓唬罗淑亚的。朝廷只征调铭军，没叫李中堂亲率淮军东进。”

曾国藩歇口气，拉过丁日昌的手，道："老夫是老鼠钻进风车里，两头受气啊。又病入膏肓，已无力应对如此不堪场面，恐怕还真得请少荃出面，收拾残局。雨生（丁日昌）这就去找毛、崇二位大人，赶紧联奏皇上，旨令少荃率军离陕，东护京都，然后坐下来与洋人慢慢谈判，力争和局，避免再次陷入兵燹。千万不能重开战端，国家再也折腾不起啊！"

病到死边转，还一心想着国家安危，颇令丁日昌动容，松开曾国藩双手，噙泪出门，赶往三口通商衙门，叫上崇厚，直奔毛昶熙住处。三人坐定，丁日昌转告曾国藩嘱咐，毛崇二人亦觉有理，答应具奏皇上，请求征调李鸿章率军入畿。奏稿拟就，正要派发，毛昶熙沉吟道："天津局面复杂，奏折没法完全说清，还是本官回趟京师，求见恭亲王和两宫，当面言明利害关系，促使军机处速调李中堂和淮军。"

当夜毛昶熙就带上奏本，离开天津，快马加鞭，望西急奔。回到北京，未及喘息，直入恭亲王府，求见奕䜣，详述天津情况，请求征调李鸿章率军东返，拱卫京畿，料理津案。

李鸿章有驭兵之能，又具外交之才，扭转天津乱局，恐怕非他出面不可。恭亲王没有多想，带着毛昶熙，进宫去见两位太后。两宫太后也觉得事情紧急，楚军足可平定回乱，没有淮军，并无大碍，同意军机处发文，命令李鸿章亲率淮军，急速东进。

军机处八百里加急递至西安时，李鸿章早已集结好刘铭传、郭松林、周盛传诸军，倚马可待。拆阅军令，立即跳上马背，挥师离营，向东挺进。路上记起当年滞留明光镇时，白须老头拆的字，羊离不开草和水两样东西，看看水缺草枯的大西北，注定难有作为，还真只能到水旺草丰之东部沿海，一展宏图，干番像样的事业，以不负平生报国愿。

想到此处，李鸿章不禁精神大振，心情大好，浑身都是劲。日夜兼程，不觉间浩荡淮军便进入河北，迫近京畿。调动各军，一一布防到位，李鸿章才由亲兵营护卫，在钱鼎铭和许钤身诸僚簇拥下，赶往天津，去会两年未见的曾老师。

曾国藩躺在病榻上，一遍遍掰着指头，计算淮军东进行程，估摸着弟子也该到津了。正望眼欲穿，忽听门外响起脚步声，丁日昌走进来，兴奋道："侯相侯相，来啦来啦！"曾国藩噻的一声坐起来，道："谁来啦？

是少荃吗？”

话才落音，李鸿章已襟携劲风，奔至床前，咚地跪伏下去，施行师生大礼。曾国藩欢喜道：“免礼免礼，快起来让为师看看，是否真是少荃。”伸手要来拉李鸿章。

“是学生。”李鸿章礼毕起身，将曾国藩扶回枕边，尔后落座于丁日昌挪过来的椅子上，打量起老师来。只见老师脸色蜡黄，目光昏昧，气息虚弱，仿佛黎明残烛，油快枯，灯即尽，一阵微风就可扑灭。遥想当年老师雄姿英发，傲立帅船，挥师破敌，如今英雄迟暮，判若两人，李鸿章心头不免隐隐作痛，不知是岁月无情，还是世事残酷，竟如此弄人。

倒是曾国藩因弟子到来，心头阴霾一扫而光，慈目望向李鸿章，道：“少荃黑了瘦了，西北尘沙厉害吧？不过气色颇佳，精神头蛮好的。”丁日昌一旁笑道：“能如愿逃离左宗棠地盘，回到心驰神往的恩师身边，中堂气色能不佳，精神能不好吗？”李鸿章也笑道：“可不是，接到东进圣旨，学生可是马不停蹄，一路狂奔啊。”

闲话几句，曾国藩道：“自打来到天津后，老夫一头扎进教案麻纱里，无以自拔，一病不起。少荃及时赶到，为师自可苟延残喘，多活几天。可否趁着高兴，咱俩手谈两局？”

“侯相连日卧床，说话力气都没有，今日见到中堂，竟有兴致手谈，倒也难得。”丁日昌取出曾国藩所带云子，铺开棋盘，再扶他下床，坐到桌边。李鸿章移移屁股下椅子，与老师相对而坐，抬手伸入紫色瓷罐里，拈出云子。他知道老师心态，淮军已驻防近畿，料洋人不敢轻易开衅，加之仓促间教案无以了结，干脆悠着点，免得忙中出错。

两人手执云子，眼观棋局，心里所想其实仍离不开教案。曾国藩说：“天津教案盛传天下，想必少荃略晓一二，不知有何看法？”李鸿章道：“学生办理酉阳教案时就有体会，各地教案大体差不多，无非洋人跋扈，惹得国人仇洋情绪高涨，因摩擦起火，点燃仇恨，地方官府处置不当，火越烧越旺，直至演变成国际争端。天津教案看去肇始于弃婴谣言，其实是仇洋情绪作怪，才三人成虎，加之地方官府不仅不思如何冷静应对，反而跟着百姓起哄，借以泄愤，以致闹到不可开交，朝廷不得不惊动老师，出面收拾残局。”

这就是李鸿章，目光毒辣，一眼便能看透事情症结之所在。曾国藩道："正如少荃所言，津案一出，从上至下，宁肯信谣，也不愿正视真相。故为师经反复调查，弄清剖心挖眼之说纯属无稽谣言，提出雪洋人之冤，解士民之惑，才招来一片骂声。尤其朝中大臣，口诛笔伐，恶言中伤，说我被洋人收买，出卖国家，辜负国民，该千刀万剐。"

李鸿章有啥说啥："老师功高盖世，万人嫉妒，朝臣早看您不惯，只不过不好把您怎么样而已，这下终于有了现成由头，还不落井下石，出出心中恶气？"丁日昌也说："侯相无非以真相说话，以求和局，免与洋人开战，好赢得富国强军时机，反遭诬陷，实在冤枉。"

曾国藩大度一笑，说："只要国家能度过危机，实现中兴夙愿，老夫受点冤枉，实在算不了什么。少荃觉得如何处置津案，才能让各方都能接受？"李鸿章摇头道："想让各方都能接受，只怕神仙都做不到。"曾国藩叹道："是啊，为师不是神仙，拟定津案处理方案后，臣民不理解，口诛笔伐，洋人也不买账，法国公使罗淑亚已找我吵过几次。可案子总不能老搁在这里，不了了之吧？"李鸿章道："肯定得有个了结。"曾国藩说："说说你的高见？"

"学生也无甚高见。"李鸿章望着棋盘，沉吟道，"老师所提原则不能变，必须争取和局，避免战乱，国家再也经不起折腾。吾意还是先澄清事实，辨明真相，该杀人得杀人，该赔款得赔款，不过尽量争取少杀人，少赔款，维护朝廷面子。"曾国藩说："怎么做到少杀人和少赔款？"李鸿章说："与洋人据理力争。洋人论势不论理，淮军进驻畿辅，其势可用，再摆事实，讲道理，不怕洋人不认账。"曾国藩又问："理在哪里？"李鸿章说："丰大业开枪威逼崇厚，打死刘杰侄儿，此乃与洋人一争长短之理。"

曾国藩眼盯棋盘，久久忘记落子，嘴上说："为师一心想着争取和局，偏偏忘了丰大业开枪激变事实。少荃甫至天津，就能看到此中要害，为师感到欣慰，完全可将教案移交于你，抽身而去。"李鸿章道："老师怎能抽身而去？您要留在天津，为学生掌舵。"

曾国藩舒心而笑，道："不知少荃还记不记得为师说过的话，你才堪大用，或可青出于蓝。而今你翅膀已硬，早青出于蓝而胜于蓝，为师哪还掌得了你的舵？为师不仅得将津案移交于你，还要把整个直隶也一并托付给你。"李鸿章道："天下大势，首重畿辅，非老师这样德望高隆之重臣坐镇不可，学生怎堪任用？"

曾国藩说:“少荃不堪任用，还有谁堪任用?为师入津前，已嘱人在江西购买上好木料，打造棺材，只等着落叶归根。辞去直督，就南下返乡，过几天清静日子，眼闭气绝后，也好葬入祖坟，陪伴先人。届时只怕还得借少荃如椽之笔，给为师写几句话，以盖棺论定。”

说得李鸿章伤感起来，说:“老师千万别这么想，朝廷肯定不会让您辞职回乡的。正值国家多灾多难，没有老师怎么行?”曾国藩摇头道:“江山代有才人出，没有为师，天也塌不下来。就是万一塌下来，少荃个子高，就由你顶着吧。”

曾国藩可不是说说而已，当晚就亲笔拟折，请辞直隶总督，建议由李鸿章继任。隔日一早加封拜发，第三天便到了两宫太后手上。慈禧看完折子，不禁笑道:“天津教案让曾国藩大受委屈，他被国人骂怕了，只想着往李鸿章身上撂担子，自己好及早退位。”慈安说:“曾国藩已垂垂老矣，又百病缠身，思退不无道理。还是传奕䜣进来，看看他有何看法。”

奕䜣应召入宫，看过曾国藩折子，说:“让李鸿章接任直隶，倒也未尝不可。只是国家多事，朝廷可倚重的大臣不多，曾国藩还是不能全退。”慈禧问:“将直隶交给李鸿章，又安排曾国藩去哪里呢?”奕䜣道:“可腾出两广或浙闽总督位置，交给曾国藩。”慈禧道:“疆臣之中，直隶总督位处至尊，让曾国藩赴任两广或浙闽，不属降职么?天津教案已让他背了黑锅，再降格使用，恐怕会令功臣寒心。”

曾国藩到底是留是去，仓促间没法敲定，慈安提出缓缓再议。慈禧便让奕䜣下去好好琢磨琢磨，琢磨好了，再进宫商量。奕䜣诺诺而出。谁知没过两个时辰，金陵急报递入，两江总督马新贻遇刺身亡。说是马新贻在督署西边校场阅兵完毕，由侍卫和督标前呼后拥，经箭道步行回署。其时道旁人山人海，热闹非凡，欲一睹总督风采。忽有一身着短衣仿佛督标模样汉子，快步走到马新贻面前，单腿跪地，打千请安，顺手从靴筒里抽出一柄闪闪发光的短刀，唰的一声刺过来。马新贻往旁闪了闪，却没能避开锋芒，中刃倒地。一时刀光剑影，督标们一拥而上，摁住汉子，侍卫则七手八脚，将马新贻弄进督衙，传医救治。可惜伤势过重，医师无回天之术，隔日马新贻便衔恨而亡。

急报惊得两宫太后目瞪口呆，还以为谁闲极无聊，随便开玩笑。可谁敢开这种玩笑呢?反复看过急报，白纸黑字，写得明明白白，一点不假。

天津教案麻纱没扯完，金陵又出刺马案，朝廷哪对付得过来？两宫又传令出去，速召奕䜣返宫。

军机处已获刺马案消息，奕䜣正匆匆往宫里赶来。见过两宫，说："此事确实蹊跷，堂堂两江总督，且侍卫督标环伺，大庭广众之下竟被叫做张汶祥的刺客刺死，真乃咄咄怪事。"慈禧问道："张汶祥何许人也，干吗要刺杀马新贻？"

奕䜣说："说法颇多。有说张汶祥是哥老会的，也有说他跟小刀会来往密切，两会与马新贻发生冲突，让张汶祥出面，置其于死地。还传言张汶祥做长毛时，与清军交战，逮捕过马新贻，两人达成秘密协议，才把马新贻放掉。马新贻做上两江总督后，张汶祥找上门去，想谋个肥差，没能如愿，遂起杀心。也有说马新贻与张妻有染，张汶祥一怒之下，杀马解恨。"

另有一说，奕䜣不便出口。就是湘军旧部裁撤后，不少将士滞留两江，不愿回湖南老家。流落他乡，要吃要喝，钱从哪儿来？据说就来自天王圣库财宝。马新贻总督两江，遵循朝廷意思，追查圣库财宝去向，为湘军旧勇所不容，又不好直接出面，怕影响曾氏兄弟前程，只得花大钱买通张汶祥，对马新贻痛下杀手。

朝廷将两江交给马新贻，目的正是让他追回圣库财宝，充实国库，如今财宝没追到，还搭上马新贻一条命，奕䜣实在不知说啥好。慈禧也怀疑马新贻之死与湘军，说白了就是与曾氏兄弟有关。可怀疑归怀疑，无凭无据，也不好定曾氏兄弟罪呀。想想没有湘淮楚三军，大清天下早已易手，老追着圣库财宝不放，岂不得罪曾氏兄弟，还有李鸿章和左宗棠么？湘军已裁撤，可淮军大部及楚军精锐还在，李左可不好得罪啊。

也是时过境迁，圣库再也没法追查下去，慈禧这才死了心，说："传言不过是传言，总不可能以传言为凭，给刺马案下结论，诏告天下吧？"奕䜣道："马新贻乃大清重臣，总该调查清楚，给马家还有天下人一个说得过去的说法。"

"那就请恭亲王召军机处和都察院商议商议，看派谁去金陵查案为妥。"慈禧说，"此外两江不可一日无督，这个总督又谁适合呢？"慈安说："要说起来，还是李鸿章最适合。他做江苏巡抚多年，又署理过两江，熟悉当地军政和洋务。”慈禧说：“李鸿章确实是两江总督最佳人选。可他肩负京畿卫戍大任，又要办理天津教案，哪能再回两江？”

奕䜣想想，说：“微臣倒有个主意，就安排曾国藩回任两江，查办刺马案。两江乃财赋重地，其重要性仅次于直隶，加之直隶让李鸿章接管，也系曾国藩意思，如此安排，既合情，又合理，他应该能够接受。”

这确实不失为两全之策，两宫当即表态，让奕䜣拟旨，尽快盖印生效。圣旨飞送天津，李鸿章大喜过望，做梦都笑出声来。前年与两江总督擦肩而过，去了湖广，今日竟出任直隶总督，位居疆臣之首，实在令人意外。变化来得如此之快，自然离不开两案：天津教案和南京刺马案。没有天津教案，自己不可能离开陕西，回护畿辅；没有刺马案，空出两江总督，老师没地方可去，自己也不可能取而代之。

又想起刺客张汶祥，多年前自己征战上海，小刀会派人潜入抚衙行刺，便是他及时出现，救了自己一命。他干吗要去刺杀马新贻呢？马新贻与他有何过节？莫非真如传言所说，是湘军旧部加入哥老会和小刀会后，暗受曾氏兄弟指使，买通张汶祥，对马新贻痛下杀手？曾国荃不好说，老师应该不会做这种事吧？

至于曾国藩，则有喜有忧。喜的是可拍屁股走人，将骂声置之脑后。忧的是新打棺材不能运回湘乡，自己死在外面，不知会葬身哪里。然未知生，又焉知死？活着尚且身不由己，死后魂归何处，管那么多干吗？曾国藩倒也想得开，巴不得扔下津案，早些逃离这是非之地，眼不见，心不烦。当即吩咐随僚和亲兵，清理行李，以便早日动身。

偏偏丁日昌跑来说：“侯相且慢，日昌让容闳请的英籍洋医马根济已从上海出发，不日就会到津，您稍歇几天，诊过病再走如何？”曾国藩说：“老夫入京请过训，就回任两江，要马根济就近去金陵给我诊病，岂不更方便？”

丁日昌知道没法说服曾国藩，至李鸿章寄住客栈，请他出面劝劝老师，身体要紧，别急着离津。李鸿章比丁日昌有办法，来见曾国藩，说：“容闳此次赴津，恐怕不仅仅带马根济来给老师诊病。”曾国藩问道：“还有别的事不成？”李鸿章说：“学生主持两江时，容闳多次对我和雨生说过，他在美国期间，发现美国之所以强盛，离不开两样东西，一是人才，二是经济，咱们可得在这两方面多下些功夫。”

曾国藩点头说：“容闳也跟我论过这个话题，说美国对教育很重视，人才辈出。人才又不可速成，咱们办同文馆，招收少年入馆，不过是权宜之计，真正的人才须从孩童开始培养，才可能有大造化。容闳建议招收脑子还没固化的幼童，派往美国学习，学成归来，好发挥才干，兴办工商，强军富国。只是当时捻匪作乱，老夫无心考虑此事，没有表示。”李鸿章说：“现在时机已然成熟，容闳即将入津，老师何不等上两天，趁咱师徒和雨生同在天津，一起将派遣幼童赴美留学事宜敲定下来？”

这便是曾国藩，以诊病为由，挡不住其去意，提到国家人才大计，他痛痛快快就留了下来。第三天容闳就到了天津。让马根济诊过病，用过药，扎过针，曾国藩身体好转，对李鸿章和丁日昌说：“纯甫（容闳）在此，咱们议议选派幼童赴美留学的事吧。”容闳说：“依美国学制，修完小学到大学学业，需十五六年，咱们要选就选六岁左右孩童，二十出头便可学成归来，服务祖国。”曾国藩说：“学龄这么长，学童要吃要喝，要学费和往返旅费，加一起可不是笔小钱。须考虑国家承受能力，若所费过巨，吓着朝廷，计划就会泡汤。”

李鸿章说：“较之美国学生，留学幼童不仅要习西学，还要修国学，学西语，任务繁重得多，十五年能否学下来，只怕难说。”丁日昌道：“可考虑不修国学，直接习西学，能节省不少时间和精力。”曾国藩说：“派幼童留学，在朝臣眼里已属大逆不道，赴美后只习西学，不修国学，岂不冒天下之大不韪，朝廷怎肯答应？”

李鸿章摸摸脑门，说：“国家财用有限，所费过巨，难于实施，吾意以八年为期，选派百名左右幼童，年龄放宽到十岁上下，二十来岁学成回国，正好报效国家。所修科目自然得中西兼具，不然日后归来，无法适应国情。以此编造留学计划和经费，容易获得朝廷支持。”

还是李鸿章所言可行，曾国藩表态道：“纯甫就照此先拟道条陈，交与老夫，老夫再与少荃联名具奏朝廷，待朝廷准奏，便开始付诸实施。老夫一天不如一天，活过今日，不知明早还能否从床上爬起来，若能亲自送幼童登船西行，死亦瞑目矣。”

说得容闳无不动容，说：“侯相吉人自有天相，定会长命百岁，不仅能看到幼童启程出国，一定还会看到他们学成归来，为国效力。”

曾国藩摇摇头，没出声，示意丁日昌摆棋盘，要与李鸿章再对弈两局。

八、倭仁发飙骂死官文

容闳得了话，回客栈草拟条陈。拟好幼童留学内容，又顺便加上一条：酌情成立轮船招商公司，让富商自愿投资入股，购办火轮铁船，参与海运和江运，以免国家银子尽入洋商腰包。条陈送到曾国藩手里，他睁着那只没完全失明的眼睛，一个字一个字仔细审阅过，说："幼童留学条陈还算可行，至于成立轮船招商公司，只怕得缓缓。老夫也知道，洋商轮船开进来后，原先沙船老板已失去竞争力，不少沙船搁弃于沙滩上，腐蚀朽烂，成立轮船招商公司势在必行。但不能操之过急，先办好幼童留学之事再说吧。"李鸿章也说："办事不易，每办一事，会遭遇不少反对声，两件事放到一起，有可能一件都办不成。"

基于此，曾李师徒联奏时，仅提幼童留学，轮船招商公司一事，留待日后计议。

奏折发出后，曾国藩还须接受马根济诊治，又在天津多逗留了三天。第四天再也待不下去，执意要走，李鸿章设下酒席，为老师饯行。毛昶熙、崇厚、丁日昌、钱鼎铭、许钤身和容闳几位皆到场，轮番给曾国藩敬酒，一边说些高山仰止之类话语。酒是好东西，可扶强不扶弱，李鸿章知道老师身体吃不消，代他接受敬酒，尔后又回敬各位，席上气氛浓烈欢洽。

也是高兴，曾国藩舌头灵活起来，说："老夫老矣，来日不多，以后国家事情，还需在座各位多担待。"丁日昌说："洋医医术高明，侯相经马根济诊治，身体不是好多了么？以后多看洋医，定能恢复如前，甚至返老还童。”曾国藩笑道：“返老还童是哄老人开心的，老夫怎会相信？医生再高明，也只医得了病，医不了命。命里注定三更死，阎王不留至五更。好在长江后浪推前浪，国家事业后继有人，老夫已无大憾矣。”

崇厚道：“说起后继有人，全靠侯相慧眼识珠，栽培出众多有用之才。放眼大清肯办事能办事者，几位不是侯相知交旧友，门生故吏？”容闳道：“依容闳看来，在曾门众多弟子里，首屈一指者，毋庸置疑当属李中堂李大人。”

毛昶熙道：“要说李中堂不仅是侯相学生，更是侯相事业上替手。当年李秀成围攻上海，湘军没法分兵，侯相亦无分身之术，顺势推出中堂，组建淮军，毅然东征，守沪平吴，掏空长毛后方，湘军才得以全力攻下孤城金陵。后侯相北上剿捻，修筑运河长墙，被捻匪冲破，中堂接任剿捻帅印，用侯相方略，倒守运河，困捻匪于胶莱，最后一一聚歼之。津案一出，举国震惊，侯相抱病出面，查明真相，无奈官民蒙昧，非议纵横，洋人也故意刁难，朝廷为避锋芒，又让侯相退后，继之以中堂，收拾残局。真是天佑大清，造就侯相与中堂师徒二人，国家危难之际，只要师徒出马，定能遇难成祥，化险为夷。”

毛昶熙如此说，自然不无讨好二人之意，却也句句属实。曾国藩心里舒服，望着李鸿章道：“我遇困境，咸赖汝继，且汝才胜我，我聊以自解者，汝究为我所荐也！”

李鸿章正要谦虚几句，曾国藩又转身对毛昶熙道：“诚如毛大人所言，没少荃率淮军守沪平吴，金陵能否如愿攻克，实难逆料；剿捻更不用说，老夫已失去信心，幸亏少荃替任，终至大功告成。津案陷老夫于深潭，还得靠少荃挽回颜面。昨天接到京都友人信函，说有位举子撰对联挖苦我，道是：杀贼功高，百战余生真福将；和戎罪大，早死三年是完人。世无完人，老夫也不想早死，毕竟好死不如歹活着。也不后悔来津办理教案，反正老夫心底无私，问心无愧。何况有少荃断后，凭其智慧，定能息争端，保和局，给国家争取发展壮大空间。世人都说，没有曾国藩，就没有李鸿章。老夫再加上一句，没有李鸿章，亦没有曾国藩也。”

众人鼓掌，说曾国藩这两句话，正好是师生二人关系的真实写照。老师如此肯定自己，李鸿章听在耳里，心里受用。曾国藩继续道：“直隶不设巡抚，直督集军事、行政、盐务、河道于一身，更有卫戍帝京职责，任重而道远。加之洋使往来，洋商云集，纠纷在所难免，这个直督不好当喔。为师想问少荃，日后面对洋人，怎么与之相处？”

李鸿章脱口而出道：“洋人船坚炮利，有恃无恐，又诡谲成性，学生别无他法，只能耐着性子，与其纠缠。”曾国藩说：“若纠缠不清呢？”李鸿章说：“纠缠不清时，不妨打打痞子腔，免使大清权益受损。”

曾国藩质疑道：“打痞子腔？外交大事，又非地痞流氓争讼，怎可打痞子腔？当年少荃征发上海，为师曾与你探讨过，洋人也是人，本质无异于国人，以忠信笃敬待之，才属正道。忠者无欺，信者无诈，笃者质厚，敬者谦谨，固守四者，终不至有失。而今为师依然初衷不改，觉得忠信笃敬最可靠。诚可通于蛮，精诚所至，金石为开，以诚相待，推诚相见，洋人再蛮横，久而久之，也会为诚所动，与你和好。比之痞子腔，恐怕还是君子腔管用。”李鸿章谦恭道：“老师谆谆教诲，学生谨记在心。然老师想没想过，地痞流氓为何打痞子腔？”

曾国藩眯着一瞎一明两只眼睛，望着李鸿章，不知他要说啥。李鸿章笑笑道：“地痞流氓是些什么人？弱势者也，无田无地，无产无业，甚至无家无室，到哪儿都遭人白眼，为人不齿，只能打打痞子腔，自我保护，维护颜面。反观体面士绅，有头有脸，有名有望，优势尽占，底气十足，走到哪儿，眼见皆笑脸，耳闻皆恭维，自然会斯斯文文打君子腔，不必横眉竖眼打痞子腔。就像刘邦未发迹前，不思进取，不喜稼穑，食不果腹，衣不蔽体，只能油腔滑调，满嘴痞子腔，到处混饭活命。儒生看他不起，他更视儒生为狗粪，一见儒生就翻白眼，抓过人家帽子往里尿尿。后与项羽争锋，打到广武城，隔涧对峙，项羽绑刘父于高案上，以刀架其颈，向刘邦喊话，若不投降，就杀掉刘父，扔到旁边油锅里烹煎。刘邦哼几哼，耸着肩膀道，咱俩乃拜把兄弟，我爸即你爸，你烹就烹吧，咱没啥说的，只是老爸我占份，烹熟后记得分杯羹予我。这恐怕是史上最著名的痞子腔，在座诸位饱读史书，应该知道。直到打下江山，登上皇位，无须打痞子腔，刘邦才改为君子腔。没再往儒生帽子里尿尿，反而跑到孔庙祭祀孔子，装模作样说，要崇儒重教，尊事天地，德主刑辅。也不再嚷嚷吃父亲肉羹，把被项羽放走的老父接到身边，成天又跪又拜，孝字不离口，扬言孝治天下。”

众人耳目一新，不得不佩服李鸿章见解独特。李鸿章又道：“大清自以为是上朝天国，其实在列强面前，其贫弱无异于地痞流氓，毫无优势可言，就是想装绅士，洋人也不会把你放在眼里。弱国无外交，又不可能不跟洋人交往，双方争执时，咱们帆船土炮不敌洋人机船洋炮，只好打些痞子腔，使点小心机，耍点小聪明，或可少吃些亏。故鸿章琢磨，大清最要紧的是想尽一切办法，虚心向洋人学习，引进西学西技，大办制造，振兴工商，强我国防，富我家国，多年下来，国家逐渐强盛，有了足够底气，再与西洋一决雌雄，一争高低。届时洋人再不敢小瞧咱们，咱们也不用打痞子腔，只管挺起胸膛打君子腔，他们自然也会认可咱们的君子腔，服服帖帖，双方平起平坐，和平共处。”

说得众人沉默起来，承认李鸿章说得有理。弱肉强食，很无情，很残酷，却是丛林法则，外交现实，无人能改变。国家积贫积弱，腰杆不硬，你再诚，人家也觉得你好欺，不可能施舍同情和怜惜，非得国家强大起来，有了坚强后盾，再与人言诚，才会得到认可和尊重。

曾国藩也默然无语，没法反驳李鸿章。诚字固然重要，但以弱对强，这个诚字确实太苍白，太无力，太没分量。回想津案查办经过，不仅开罪国人，洋人也不买账，就是例证。

宴罢下楼，各位为曾国藩送行。曾国藩上车后，其他人挥挥手，转身而去，李鸿章又以弟子身份，跳上马背，护侍老师出城。到得城外，师徒执手相别，曾国藩道：“论外交手段，少荃不仅强于为师，即便崇厚久居三口通商大臣要位，与你亦不可同日而语。你既然已继任直隶，最好尽快取代崇厚，将通商大臣位置一并接收过来。”

李鸿章自然也有此想法。可崇厚是满员，深得两宫和奕䜣信任，是想取代就取代得了的么？李鸿章说：“崇厚树大根深，不说学生，就是老师，只怕也别想轻易撼动他。”曾国藩说：“崇厚身为通商大臣，外交上毫无章法，津案发生，他难辞其咎，朝廷不予追究，已够意思，再让他占着茅坑不拉屎，实在说不过去。本来为师想趁进宫请训，提请两宫改三口通商大臣为北洋大臣，由直隶总督兼任，就像南洋大臣由两江总督兼任一样，以确保直隶政通人和，华洋相安。无奈咱为汉臣，满员升降去留，随便插嘴，会引起两宫反感，还以为咱师徒居心叵测。为师只能提示少荃，崇厚把持通商衙门日久，劣迹斑斑，你办结津案时，可留点心眼，看能不能揪住崇厚辫子，把他拽开。”

扶老师上车后，又目送车驾走远，渐渐淡出视线，李鸿章才打马返城。一路耳边一直回响着老师的话，琢磨着如何挤走崇厚。朝廷以满员为心腹，对付满员，可不是件简单的事。

回到城里，李鸿章就由毛昶熙、崇厚、丁日昌、许钤身陪同，上了谈判桌，与法国公使罗淑亚、英国公使威妥玛等面对面展开交锋。几国公使异口同声，要求赔偿现银一百万两，悉数抓捕凶犯正法，同时让知府张光藻和县令刘杰抵命。

李鸿章端出曾国藩原定方案，说：“赔偿银两理所当然，不过一百万太多，得对损毁教堂和讲堂给出合理估价，再定赔偿额度。惩办倡乱首犯也没问题，直隶臬司正派人四处搜捕，已有部分首犯到案。张光藻和刘杰非津案主谋，让他们抵命没道理，无法答应。”

“百万赔偿是曾崇两位大人所给数字，岂容轻易否定！”罗淑亚跳将起来，“至于天津民众，没有张光藻和刘杰指使，谁敢聚众围攻教堂，肆意作乱？”李鸿章说：“民众作乱是不明真相，受到蛊惑，意气使然，张刘二人乃堂堂天津府县长官，怎会指使民众作乱，引火烧身？”罗淑亚说：“为何民众闹事，张光藻和刘杰不及时制止？”李鸿章说：“张刘对津案态度积极，处理及时，刘杰还亲临案发现场，调查案子，力劝民众。这可有目共睹，无人不晓，罗公使怎能不讲事实，信口雌黄？”罗淑亚咆哮道：“谁不讲事实？本使讲的句句属实，张光藻和刘杰就是教案主谋。”

李鸿章摊开两手，说：“证据在哪儿？拿来本督瞧瞧。”罗淑亚说：“民众打砸发生在刘杰眼皮底下，不是证据是什么？”李鸿章说：“打砸还发生在丰大业眼皮底下呢！不是丰大业两次开枪射击张光藻和刘杰，现场打死刘杰侄儿，怎么会激怒民众，酿成大祸？我看丰大业才是津案最大罪魁祸首，死有余辜。”

与曾国藩等人数度争辩，无人提及丰大业，想不到李鸿章一上场，就拿丰大业说事，罗淑亚猝不及防，哑在那里，无言以对。李鸿章见好就收，说时间不早，改日再慢慢谈。罗淑亚和威妥玛有些气馁，阴沉着脸，起身出屋。

李鸿章回到行馆，动笔给朝廷上折，奏报首次谈判经过。特别提及罗淑亚坚持让张光藻、刘杰抵命一事，有意无意暗示朝廷，崇厚身为通商大臣，负责天津等口岸外交事务，惹出津案如此重大外交事件，洋人一味纠住张刘不放，只字不提崇厚，有些不合常理。还有百万赔偿数字，明显属狮子大开口，崇厚为何轻易承诺，里面到底有何猫腻？

奏折拜发朝廷，两宫和奕䜣也觉得天津教案，崇厚有不可推卸之责任。却看在他是满员份上，不予追究，只下旨责成李鸿章，尽快查结津案，安抚洋人，争取和局。可有关崇厚与洋人狼狈为奸的说法，还是在朝臣之间传扬开来，一时议论纷纷，说张光藻和刘杰一向与崇厚不和，洋人纠住张刘不放，其实系崇厚背后使坏，意在让张刘做替罪羊，以便自己金蝉脱壳。承诺百万赔偿款，意图也很明显，无非讨好洋人，拿国库银子给自己买平安。

议论从京都传到天津，众人恍然大悟，大骂崇厚不是东西。不免要为张光藻和刘杰抱不平，说满清历来为满员天下，汉臣斗满员，从来没占过便宜。加之崇厚与洋人打得火热，联手整治张光藻和刘杰，两人还不死定了？

由于洋人追逼得太紧，其时张光藻和刘杰已逃往天津城外，以暂避凶险。风言吹到两人耳里，两人才回过神来，原来崇厚想借刀杀人。崇厚仗着满员身份，背后靠山硬，把持通商衙门十年，与洋人沆瀣一气，没少做出卖国家损人利己的坏事。也怪张光藻和刘杰太正直，曾联名揭发过崇厚劣迹，无奈历任直督包括曾国藩，知道没法扳倒崇厚，只好睁只眼闭只眼。甚至向崇厚示好，将两人检举函转给其本人，他自然恨死两位。教案发生后，崇厚把责任全部推到两位身上，还觉不够，又暗示罗淑亚，只要做掉张刘两人，可多给赔偿款。罗淑亚自然乐意，照崇厚指使，一口咬定张刘是津案主谋，非抵命不可。张光藻与刘杰被教案弄得焦头烂额，只知事情发生在自己辖区，洋人坚持要你抵命，也不全是无理取闹。若非京津风言传到耳里，哪会想到崇厚背后施放暗箭？

张刘两人义愤填膺，在夜色掩护下，偷偷潜回城里，来见李鸿章，历数崇厚盘踞天津十年所干坏事，诸如卖国求荣、贪赃枉法、欺男霸女，简直十恶不赦。两人说完，李鸿章沉默半晌，说：“崇厚所行不义，本督也略有耳闻。只是津案未结，本督也无力查办崇厚啊。何况崇厚乃堂堂一品满员，要查办也得皇上授权，不是本督想查就可查的。”

两人有些泄气，说：“莫非只能坐等崇厚借洋人之刀，砍下咱俩脑袋？”

李鸿章说:“你俩大小也为朝廷命官，岂是崇厚和洋人想砍脑袋就可砍的?洋人口口声声说你俩是津案主谋，却无任何证据，本督断然不能认同，前次谈判已驳了回去。”

说得两人涕泪双流，咚地趴到地上，磕头感谢李鸿章救命之恩。李鸿章道:“现在感谢为时过早。崇厚诡计多端，不知背后还会唆使罗淑亚干出什么来。”张光藻说:“难道咱们就拿崇厚没任何办法?”李鸿章说:“你俩有何办法?”刘杰说:“咱们状告崇厚。”

李鸿章挠挠光亮的额头，说:“也行，今晚你俩就留在本督行馆，各写一份揭发崇厚的状子，本督再安排人传播出去，搞臭崇厚。崇厚迫于压力，会主动来找本督，本督再命他去找洋人，先保住你俩脑袋。”

张刘都是读书人，写字作文乃拿手好戏，当夜便写出洋洋万言状子，字字血泪，控诉崇厚。天明交到李鸿章手里，李鸿章着人誊写数份，叫来许钤身，让他进趟京都。许钤身飞马入京，找到陈廷经等御史，呈上张刘两人状子。陈廷经本想据此具折，参劾崇厚，深知崇厚背景深厚，折子递进宫去，泡泡都不会冒一个，干脆拿出状子，交给同僚传阅。传来传去，传得尽人皆知，又恰好印证前次李鸿章奏折所言，一时间矛头全指向崇厚，个个切齿，人人喊杀。连两宫太后也不好包庇崇厚，开始过问此事。毕竟崇厚所作所为，牵涉到天津教案，两宫不可能不在意。

这下崇厚慌了神，赶紧找到毛昶熙，请他帮忙想办法，拉自己一把。毛昶熙一向看不惯崇厚做派，只是知他并非普通角色，不愿得罪他而已。想不到这小子也有低声下气求人之时，毛昶熙觉得痛快，说:“几句流言蜚语，崇大人何必如此在乎?”崇厚说:“若在平时，崇厚肯定不会当回事，眼下不正值津案特殊时期吗?不小心不行啊。”

毛昶熙想想说:“能够拉崇大人一把的，恐怕只有李中堂，别人都无能为力。”崇厚说:“就是李鸿章上折诬我，传得沸沸扬扬，才惹出张光藻和刘杰两人状子，将火引到我身上，他又怎么会拉我?”毛昶熙说:“李中堂上折，不过禀报津案实情，争取朝廷支持，早日结案，好像并无其他恶意。”崇厚拱手道:“那崇厚只有拜托毛大人，找一找李中堂。”

也是入津日久，毛昶熙逐渐看出津案背后奥妙，知道要想顺利结案，恐怕离开崇厚还真不行，有必要稳住他。于是赶往总督行馆，来会李鸿章。

未待毛昶熙开口，李鸿章便已猜中其来意，说：“毛大人是给崇厚带话的吧？”毛昶熙笑道：“昶熙不带崇厚的话给中堂大人，中堂大人又怎么好让昶熙带话给崇厚？”

说罢两人哈哈大笑起来。笑过，李鸿章道：“毛大人带了崇厚啥话？”毛昶熙道：“崇厚想请中堂大人拉他一把。”李鸿章道：“本督也没法拉崇厚，只能他自己拉自己。”毛昶熙明知故问道：“他怎么拉自己？”李鸿章反问道：“张光藻和刘杰的命值不了几个钱，且与罗淑亚无冤无仇，罗淑亚张口闭口要他俩抵命，听去怎么像崇厚口气？”毛昶熙笑道：“莫非中堂大人也信外面流言不成？”

“信不信流言无关紧要，紧要的是早日了结津案，本督好放开手脚干正事。”李鸿章叹息道，“罗淑亚不仅要张刘两人抵命，还狮子大开口，索要百万赔偿款，本督总觉得背后有高人指点。”毛昶熙说：“高人是谁？”李鸿章说：“高人是谁，不追究也罢。毛大人既来传话，就将我的话传回崇厚，要他赶快去找罗淑亚，放过张光藻和刘杰，赔偿款降一半下来。津案早结，你好我好，崇厚也好。”毛昶熙说：“崇厚好在哪里？”

李鸿章没说崇厚好在哪里，却道：“许钤身赴京办了趟差，回来说大学士官文已病入膏肓，将不久于人世。”毛昶熙笑道：“中堂大人意思，一旦官文归西空出大学士，协办大学士顺位上去，崇厚便可争取协揆大位？”李鸿章说：“任通商大臣前，崇厚还做过直隶总督，在满臣里资格最老，威望最高，如遇协揆位置空缺，轮也该轮到他了吧？”

离开总督行馆，毛昶熙直奔通商衙门，将李鸿章所言传给崇厚。崇厚二话不说，带上银票，约见罗淑亚，要他适当让步。罗淑亚贪得无厌，觉得银票数字太小，没说让步，也没说不让，只说还得考虑考虑。考虑什么？自然是考虑银子。罗淑亚知道崇厚有的是银子，还想从他身上多放些血出来。

谁知当天夜里，有重大消息传到天津租界，普法战争打响，普鲁士大败法国。也就是说，法国政府自顾不暇，自然无意于天津教案。消息一旦传到中国人耳里，李鸿章肯定会大耍手段，只怕连崇厚私下所给条件都拿不到。没等崇厚送上第二张银票，罗淑亚便主动跑到通商衙门，对崇厚道：“看在咱俩多年交情上，本使思前想后，决定就按崇大人意见办，只是还有个小小条件，中方非得答应不可。”

崇厚已打开抽屉，正要拿出早准备好的银票，听罗淑亚这么说，悄悄将抽屉关上，说："罗大使说说，还有何条件？" 罗淑亚说："津案办结前，清朝得广为布告，声言各国传教属合法行为，清国民众再不得打教闹事。"

张几幅布告，算啥条件啰？罗淑亚显然是在自找台阶。崇厚喜出望外，屁颠屁颠跑到总督行馆，报告李鸿章。李鸿章自然答应，立马安排人草拟布告，张贴出去。主要张贴于租界周围，别的地方，夜里贴上去，天亮前揭下来，以免引起民众仇恨，又惹出啥乱子。

布告贴出，中外双方再坐拢来谈判。事先崇厚与罗淑亚已定好调子，没怎么费口舌，谈判协议便敲定下来：以一命抵一命原则，立即处决二十名主犯；二十五名从犯充军黑龙江，张光藻和刘杰亦在充军之列；赔款四十九万两白银，重修教堂和讲堂。这与曾国藩原定方案差不多，只不过曾国藩谈不下来，李鸿章略施手段，又碰上普法战争爆发，拣了个便宜。

二十名主犯里，至少有四五名是凑数的，叫人家一起抵命，实在冤枉。李鸿章便指使丁日昌，花些银子，到天津监狱物色五名死囚，换下所谓主犯，绑赴刑场替死。洋人眼里，中国人都是黄皮肤黑眼睛，人与人之间没啥区别，自然看不出来。至于几名死囚，早晚是死，家属白得一笔银子，何乐而不为？也没话说。

再说张光藻和刘杰，虽远充黑龙江，毕竟保住小命，算是不幸之幸。张刘进士出身，前程似锦，竟一朝尽毁，李鸿章心生怜悯，亲笔具函，请关外地方官府予以关照。两年后，两人获释归里，回到家人身边，最后得以善终。

以如此小的代价办结津案，朝廷既意外，又欣喜，旌表李鸿章会办事。李鸿章无意贪功，专门给朝廷上折，归功于崇厚。丁日昌大为不解，说："不是崇厚又做师公又做鬼，侯相手里就可了结津案，也不至于拖到今天，中堂不参劾他，还上折为其表功，是何道理？"

许钤身也没转过弯来，道："崇厚一向有恃无恐，专横跋扈，中堂如此抬举他，他更加不知天高地厚，日后天津事情，只怕连中堂都水泼不进。"

李鸿章没说崇厚好歹，转而问道："容闳还在天津吧？"

正说崇厚，一下子跳到容闳身上，两位一时没跟上思路，望着李鸿章，不知说啥好。李鸿章道："你俩没认识容闳是吧？" 丁日昌这才道："侯相与中堂不已联名具折朝廷，奏请选派幼童出国留学么？容闳仍逗留天津，等候消息。”李鸿章说：“还在天津就好。他带来的洋医应该也没走吧？”许钤身说：“马根济也没走。得知洋医治愈侯相痼疾，天津府县大官小员纷纷找到容闳，求他代请马根济诊病，马根济忙得很呢，还准备在天津办个诊所。”

李鸿章说：“马根济如此受欢迎，本督也想请他诊个病。”丁日昌说：“中堂大人要诊病，自然好说。只是中堂到天津后，日昌天天在您旁边转悠，见您心宽体健，喷嚏都没打一个，又让马根济诊什么呢？”李鸿章说：“不是本督要诊病。”丁日昌说：“谁要诊病？”李鸿章几分神秘道：“文渊阁大学士官文官大人。”

官文要诊病，关你李中堂何事？丁许两人有些犯懵。许钤身说：“莫非念与官文同为大学士份上，眼见他老人家死到临头，中堂大人过意不去，想请马根济起死回生？”李鸿章笑道：“也不知马根济能否起死回生？”许钤身说：“侯相不是说，医生医得了病，医不了命么？官文年事已高，钤身赴京时，听说他已经没救，只怕马根济回天乏术。”李鸿章说：“可以试试嘛，救人一命，胜造七级浮屠。”丁日昌说：“那就让容闳做翻译，日昌代中堂带马根济跑趟北京如何？”李鸿章说：“天津事多，你哪抽得开身？”许钤身主动说：“那就我去北京吧。”李鸿章说：“也不必辛苦仲韬（许钤身）。”两人齐声道：“又叫谁去？”

“就让崇厚回趟北京好了。”李鸿章道，“你俩都是汉人，带洋医去给官文看病，说不定会引起他疑虑，以为要害他呢。”许钤身道：“官文保命要紧，又没倭仁保守顽固，应该接受得了洋医。崇厚带马根济诊好官文，官文心存感激，日后协办大学士空缺，说不定会促成崇厚成功补位。只是钤身不懂，中堂为何如此厚待崇厚？他对您老人家可没这么友好过。”

李鸿章笑笑，说：“他是他，我是我，别混为一谈。叫崇厚到我这里来一趟吧。”

得到召唤，崇厚飞快赶往总督行馆，来见李鸿章。两人坐定，李鸿章提起往事，饱含深情道：“十年前官大人总督湖广，鸿章还是曾府幕僚，与老师去武汉拜访他和胡文忠（林翼）公，官大人没因我位卑人微，有丝毫怠慢，还以长者身份，教我如何为官做人，让我受益匪浅。如今老人家身患重症，本该鸿章亲自赴京，为其延医问药，怎奈刚任直督，百事缠身，又无分身之术，只得请崇大人代劳，带上马根济和容闳，跑趟北京，不知可否？”

为一垂死之人跑腿，不是白白浪费时间么？崇厚略显犹豫，缄嘴无语。李鸿章启发道：“官大人位高权重，有人巴不得他早死，空出位置，留下权柄，好补位接权。鸿章却觉得，像官大人还有倭大人，实乃国家栋梁，只要有他们在，朝局就不会乱，咱们这些外臣才好安心多办几件实事。也就是说，他们能多活几天，是大清之幸，也是咱们做臣子的福气，为他们的健康操点心，出点力，也是应该的。”

倭仁包括官文，与曾李师徒并非一路人，彼此间多有龃龉，李鸿章突然关心起官文的生死和健康来，到底意味着什么呢？是想通过你向他示好，朝中有人好做官，还是为你崇厚提供方便，去巴结官文？巴结其他人有此必要，巴结土埋半截的官文，意义何在？

毕竟崇厚不傻，很快意识到，巴结行将就木的官文，不是有无意义的事，而是意义非常重大。设若官文临死前为你说几句好话，一旦他埋进土里，满员协办大学士填补其留下的大学士空位，你崇厚自可进位协办大学士。

想明白了，崇厚不再犹豫，赶忙带上马根济和容闳，离开天津，望京急行。进入京城，路过自家门口，都不进屋，直奔官文私邸而去。官文年过七十三，久经病魔折磨，已是进的气少，出的气多。可他金玉满堂，妻妾成群，实在不甘撒手西去，忽闻崇厚带来洋医，不禁喜出望外，让儿子快放马根济入室，经由容闳翻译，问病听诊，施药扎针。

不知是命不该绝，还是洋药和洋针疗效确实不错，改日官文病情便大有好转，两天后即可下床挪步，阅看后庭花树。乐得笑口大开，感激崇厚救命之恩，朝他直打拱手。还暗示崇厚，一定在恭亲王面前说他好话，哪天协办大学士位置空出，让他补缺。崇厚心里说，你老人家已活过来，协办大学士进不了位，咱崇厚补谁的缺去？

适逢奕䜣代表慈安和慈禧，前来问候官文，官文谢过两宫太后，先夸洋药洋针如何神奇，再赞崇厚德能双馨，可谓国家栋梁，足可倚重。国家栋梁不可多得，自当进位于大学士之列，发挥更大效用。崇厚本系奕䜣亲信，不然也不可能久任通商大臣美差，奕䜣自然认可官文推崇崇厚的话。翌日进宫，给两宫太后请完安，禀报过官文病情，借机将官文对崇厚的赞扬复述一遍。慈禧道:“崇厚乃一品官员，且办结津案，厥功至伟，连李鸿章都心悦诚服，大加赞赏，他完全够格入列大学士。只要日后有空缺，当优先考虑崇厚。”

慈禧的话传出宫去，朝臣们像吃了苍蝇般，不停地打干呕，满心是恨。大学士又非崇厚家茅厕，凭啥优先考虑他？就凭他长期占据三口通商大臣肥缺，往恭亲王府送银子送洋玩意送得勤？尤其礼部侍郎徐桐，早看不惯崇厚要德没德，要才没才，就晓得巴结奕䜣和洋人，一提及崇厚二字，就直咬后牙槽。这下得知崇厚倍受两宫青睐，是官文在奕䜣面前说的好话，气得眼冒火星，嘴吐白泡。白泡没吐完，就跑到老师倭仁家里，大放悲声道:“老师啊，不得了了，不得了了，天要塌下来了！”

倭仁吃惊不小，说:“天不是好好的么，怎么会塌下来？”徐桐哭诉道:“崇厚带来马根济，给官文又扎洋针，又施洋药，官文当着鬼子六，把崇厚吹上了天，鬼子六又到两宫面前大吹大捧崇厚，两宫一时糊涂，承诺一旦协办大学士空缺，就让崇厚补位。曾国藩和李鸿章已位列大学士，再让崇厚也进入大学士行列，满朝都是卖国贼，大清的天还不会塌下来？”

奕䜣系道光帝第六子，因主持总理衙门事务，常与洋人交往，倭仁、徐桐等排洋朝臣背后都叫他鬼子六。听完徐桐哭诉，倭仁半信半疑，道:“莫非官文也看起洋医来了？”徐桐说:“可不是么？洋医是丁日昌从上海请往天津的，给曾国藩看过病后，说是效果还可以，让崇厚带到京里来，为官文诊病。据说官文已快咽气，扎过洋针，服过洋药，立马起死回生。官文便视崇厚为再生父母，逢人就说他好话。”

倭仁怒从心头起，恶向胆边生，一拍桌子，大声喝道:“放屁！简直是放屁！”徐桐以为倭仁骂自己，吓得不轻，哭丧着脸，可怜兮兮道:“学生没放屁，句句属实。”倭仁说:“不是你放屁，是官文放屁。崇厚带洋医诊过他病，就当崇厚是再生父母，这还了得？咱们身为朝中重臣，君父才是父，崇厚怎么成了官文再生父母？不乱了伦吗？君臣父子夫妻兄弟朋友乃人之五伦，岂能乱套！官文真是犯贱，人过古稀，竟认贼作父，是可忍，孰不可忍！”

骂过吼过，还不解恨，倭仁又柞着拐杖，出门朝官文府邸奔去。徐桐怕老师有啥闪失，赶紧跟上，护卫在侧，细声劝道:“老师别生气，把自己气出病，学生可担当不起。”倭仁气哼哼道:“官文也是大学士，认贼作父，他不脸红，老夫还害臊呢，叫我怎能不生气？”

骂骂咧咧着，很快来到官文府邸。官倭都是满员，一为文渊阁大学士，一为文华殿大学士，平时彼此往来多，门人认得倭仁，没待通报进去，就放倭徐师徒进府。穿过回廊，来到正堂，听家仆说官文没在书房，又直扑后花园。秋阳正暖，金菊盛开，官文由两位年轻侍妾紧拥着，流连菊圃，嘻嘻哈哈，说些不堪入耳的玩笑话。倭仁气不打一处来，挣脱徐桐搀扶，大步走到官文面前，用拐杖杵着地砖，杵得笃笃直响，口里骂道：“好你个官文，看你老不正经的样子！你不已病入膏肓，怎么还在这里打情骂俏？”

满清殿阁大学士原分三殿三阁，自高往低，依次为保和殿、文华殿、武英殿、东阁、文渊阁和体仁阁。乾隆之后，保和殿不再使用，故文华殿大学士居首，习惯称首揆或首辅。此位向为满员专占，汉臣不得染指，即便曾国藩功高封侯，授武英殿大学士，已算登峰造极，依然屈居文华殿大学士倭仁之下。至于官文这个文渊阁大学士，比起倭仁，还要靠后两位。官高一级压死人，首揆倭仁到府，官文自然得客气点，喝退两位侍妾，施过礼，笑盈盈道：“倭阁揆驾到，怎么不先通报一声，下官好盛装远迎？”

倭仁依然黑着老脸，不阴不阳道：“你不迎，老夫就不敢登临贵府了吗？”官文以为倭仁故作严肃，笑笑道：“倭大人光临寒舍，下官倍感荣幸。走走走，上书房喝茶聊天去。”倭仁说：“老夫不是来喝茶聊天的，是来骂人的。”官文觉得有些不对，说：“倭大人乃百官之首，想骂下官，是你职份所在，下官洗耳恭听。”

“你给我听好，老夫要开骂啦。”倭仁举过拐杖，指指官文，恶声恶气道：“听说崇厚曾请来洋医，给你诊病扎针施药？”官文承认道：“倭大人消息还真灵通。实话跟您老说吧，下官已是命悬一线，若非崇厚请来洋医，扎针施药，妙手回春，下官早已四脚朝天，见阎王去了。”倭仁喝道：“七十三，八十四，阎王不请自己去。你都已这个岁数，还不去见阎王干啥？竟晚节不保，让洋医扎针服药，苟且存活，难道比死又强到哪里去？”

这话来得确实有些陡，官文怔在那里，一时出声不得。只听倭仁又道：“你是堂堂中国人，生在中国，长在中国，吃的中国饭，穿的中国衣，说的中国话，读的中国书，血管里流的是中国人的血，肉身里长的是中国人的骨头，就是得病，也该让中国医生看中医，服中药，怎么老了，竟然忘记老祖宗，丢掉中国人尊严，任由洋医摆布，又扎洋针，又施洋药，你就不怕洋医把你扎成蜂窝，治成呆子！”

扎洋针，施洋药，就忘记老祖宗，丢掉中国人尊严，这哪儿跟哪儿啊。官文有些不服气，说：“不扎洋针，不施洋药，下官早已没命，今天哪还见得到倭大人？”倭仁质问道：“到底是你小命要紧，还是大节要紧？”官文说：“大节要紧，小命也要紧。”

倭仁怒火中烧，呵斥道：“住嘴！病死事小，失节事大！此理你都不明白，还做啥大学士？大学士里有你这样的混账东西！你多少读过几句书，总知道夷齐隐首阳，耻食周粟；孔子过盗泉，渴而不饮。你怎么就不学学祖宗，长点骨气，却让洋人玩弄于股掌之上！”

官文嘀咕道：“下官是凡人，贤不及伯夷叔齐，圣不及孔老夫子，只想多活几天，饿了见粟得吃，渴了见泉得饮。”倭仁大喝道：“不可救药！你贤不过夷齐，圣不过孔子，可你总该强于齐丐吧？齐丐宁肯饥饿而死，也不受嗟来之食。你贵为大学士，所承浩荡皇恩，所食朝廷俸禄，就为多活几天，竟不惜变节求生，让洋医扎针施药，尽丧国格，尽失人格，你还有没有天良，有没有操守？与你共为朝中臣，同为大学士，倭仁都觉脸上无光，无地自容！”

官文嗫嚅着，还想为自己辩解，倭仁手舞拐杖，指天画地，叫嚣道：“失节之徒，卖国之贼，无异于行尸走肉，活着还有何意思？可悲的是，你偏偏舍不得死，宁愿苟且偷生，叫人好不痛心。你干脆脱下朝服，剪掉辫子，跑到美国去，天天让洋医给你身上扎洋针，往你嘴里灌洋药，将你整成白皮肤、红头发、蓝眼睛，你好脱胎换骨，变假洋鬼子为真洋鬼子，活上一万年，再死在美国，烂在美国，以免污我中土山河，臭我中土空气，坏我中土人心！”

直骂得官文狗血淋头，急赤白脸。欲回击倭仁几句，只因气急败坏，一时怒火中烧，脑门冲血，一口痰堵在喉头，吐不出来，也咽不下去，不觉两眼一翻，扑通一声，倒在地上。

估计官文已听不清自己诅咒，倭仁才不得不咬住舌头，闭住双唇，给徐桐使个眼色，拄着拐杖，颤颤巍巍出了官文府邸。可悲的是官文倒地后，再也没爬起来，夜里便呜呼哀哉，命丧黄泉，没能如倭仁所诅咒，去美国做洋鬼子。

倭仁骂死官文事件，给大清官场带来的震动，丝毫不亚于天津教案。都说人舌毒如蛇，倭仁舌毒更甚，无药可解，官文遭在倭仁毒舌下，唯有死路一条。也有说不全是倭仁舌毒，官文身为中国人，一辈子服用中药，忽改扎洋针，用洋药，中西药性各不相同，存于一体，互生冲突，病躯受不起，以至老命不保。还有说官文已到阎王不请自去的年龄，经洋医诊治过后，貌似病愈，其实不过是回光返照，即便不挨倭仁痛骂，也已活不了几天。

说来说去，无论官文死于何因，崇厚皆责无旁贷。不是他带洋医给官文扎针施药，倭仁也不会被激怒，骂上门去，引出后面惨案。本来大臣们就看不惯崇厚占据通商大臣肥缺，进金入银，吃香喝辣，这下害死官文，闹得满城风雨，正好趁着机会，上折弹劾他，说他崇洋媚外，伤风败俗。尤其陈廷经等御史，把崇厚上任通商大臣十年所贪所占，一桩桩，一件件，通通掀出来，呈递入宫。几任直督都曾接到过张光藻和刘杰对崇厚的检举，以前不敢吭声，怕扳不倒这小子，反遭其报复，如今满朝共愤，人人喊打，也拿出材料，声讨崇厚。

崇厚本人更没想到，延请洋医，给官文诊病，本与倭仁毫无关系，他竟狗咬耗子，多管闲事，舞着拐杖，冲上门去，将官文给活活骂死，惹得朝官外臣打了鸡血似的，一个个兴奋不已，拿着屎盆子，往自己头上猛扣。崇厚又悔又恼，又恨又怕，跑到总督行馆，向李鸿章讨主意，怎么才能把头上屎尿抹去。

李鸿章要的就是这个效果，心下直乐，嘴里道："屎尿是想抹就抹得去的？只怕越抹越脏，越抹越臭。别理他们，量这些人不可能把你怎么样。"崇厚说："这些人不可能把我怎么样，可他们天天往宫里递折弹劾我，两宫招架不住，说不定会拿我开刀。"

"也有此可能，毕竟众怒难犯。"李鸿章似有所思道。崇厚紧盯他双唇，切盼里面能灿出妙计，救自己于水火。无奈李鸿章话留半句，久无下文，崇厚深感失望，又问道："莫非崇厚就这样束手无策，坐等廷差来津，将我五花大绑，锁拿刑部？"李鸿章故作沉吟道："本督倒有个主意，不知崇大人能不能接受。"

仿佛置身滔滔海浪，忽有救命稻草漂来，崇厚伸手便捞，急切道："是何主意，还请中堂大人快说。”李鸿章道：“虽说天津教案办结，毕竟已开罪于法国，仅几笔赔款，想与法国重修旧好，只怕人家不怎么买账。”崇厚说：“中堂大人意思是？”李鸿章说：“可以以皇上名义，修国书一封，向法国总统表达诚意，从此两国世代友好，永保和局。”

崇厚质疑道：“一封国书，就想永保和局，没这么容易吧？”李鸿章青着脸说：“写封国书，就万事大吉，咱们还忙着造机器图自强干啥？你以为本督幼稚？”崇厚说：“是是是。可修国书意义又在哪里呢？”李鸿章不乐道：“你不是要我给你出主意吗？”

一封国书莫非还能了我崇厚的难？崇厚还是没明白过来。李鸿章只好把话说穿：“国书修好，总不能藏在皇宫，不见天日，总得递交给人家吧？”

崇厚哦一声，说：“中堂大人想让崇厚代表皇上，去法国递交国书？”李鸿章说：“有句话叫惹不起，还躲得起。你为千夫所指，若带着国书去了法国，大臣们鞭长莫及，还能把你怎么样？”崇厚寻思道：“人在国外，天高皇帝远，别说大臣，就是两宫想整咱崇厚，也整不到。可出国避得一时是一时，以后回来，又被众人纠住，崇厚还是难逃此劫。”

李鸿章说：“此一时也，彼一时也。你避的是风头，待你从法国回来，风头已过，国内不知又已发生好多新事，谁还老记着你的旧过？人都有忘性，天大的事，时日稍久，都会忘到脑后。”崇厚说：“确有道理。可远避法国，通商大臣位置被人占去，崇厚回来干什么呢？”

李鸿章怒目圆睁，指着崇厚鼻子，大骂道：“你长的猪脑是不是！你以为你不出国，就能保住你这通商大臣？”崇厚忙点头道：“也是的，被众臣参劾下去，通商大臣也会易手。”

李鸿章换个语气，苦口婆心道：“出国递交国书，与法国修好，回来你就是大功臣，还怕没有好位置给你坐？何况当今天下，洋务属国家要务，你有出国经历，了解西洋，以后洋务大事，岂能离得开你？你放心走吧，本督也会试着奏明皇上，看能否留着三口通商大臣位置，或最多让人兼署，等你日后回来续任。说不定两宫一高兴，恩准本督所奏也未可知。”

跑趟法国，既可逃难避祸，又能成为国家功臣，日后还有可能回归通商大臣位置，在洋务上大展身手，又何乐而不为呢？崇厚满心欢喜，恳求李鸿章具奏两宫，玉成此事。李鸿章当即上折，奏请派遣崇厚赴法递交国书，修复津案造成的两国裂痕，以重修旧好。

派人赴法，要不了几个银子，朝廷觉得可行，很快批复下来。崇厚于是带上数人组成的使团，怀揣国书，搭乘洋商货轮，漂洋过海，远赴欧洲。

辗转到达巴黎，已是同治十年（1871）春上。普法战争硝烟未熄，巴黎公社革命又起，法国一片动荡，也就无人理睬崇厚一行。在巴黎盘桓月余，等不到召见，崇厚倍觉无聊，干脆奔英赴美，游山玩水，饱览一番异域风情。

九、入主直隶和北洋

崇厚一出国，两宫就采纳毛昶熙奏议，裁撤三口通商衙门，改为北洋通商衙署，命李鸿章以直隶总督兼任北洋大臣，颁给钦差关防。原三口通商衙门成为北洋衙署和直督行辕，谕令李鸿章每年海口春融开冻移驻天津行辕，冬令封河再回保定督衙视事。

通商衙门位居津城东北三岔河口。三河者，潞河（南运河）卫河（北运河）子牙河是也。潞水清，卫水浊，子牙水不清不浊，三河汇流，东注大海，为海运与漕运必经之要津。津城正发祥于三岔口，最早的居民点，最早的水旱码头，最早的商品集散地，皆出自此处。当年燕王朱棣挥师扫北，驻跸直沽，见晓日三岔口，连樯集万艘，欣然赐名天津。

崇厚善敛财，也会享受，通商衙门建得轩昂而阔气，前衙堂皇，后衙富丽。后花园山奇石峭，树繁花盛，曲径通幽，别有洞天。崇厚还别出心裁，引潞水入园，构筑环水楼，里面设置藏书阁、品茶室、望云廊、听潮轩。李鸿章命里注定离不开水，自然喜欢满眼皆水的天津，喜欢波光澜影里的环水楼，觉得置身水世界，浑身来劲，干啥都会顺风顺水。

从此李鸿章以直隶总督兼北洋大臣身份，坐镇北洋衙署，统筹全局，经办洋务，督管海防，选将练兵，系国家安危兴亡于一身。用李鸿章自己话说，叫权壹而责巨，任重而道远。为不辱使命，他开始从筹饷、制器、练兵三方面入手，使狠工夫，下大力气，很快见出成效。

先言筹饷。直隶饷源主要有两大块：海税和关税。以前两税征收衙门分设，李鸿章奏请朝廷批准，将负责海税的“钞关”和负责关税的“新关”并归津海关道，加大征收力量，税额得以大幅提升。再说制器。崇厚曾创立天津军火机器局，李鸿章改建为天津制造局，进行改造和扩充，制造规模和产量一下提升十数倍。至于练兵，首先得有兵，李鸿章命令周盛传所部盛仁军一万二千人，自济宁移驻静海和沧州一带，日日操练，以备战时之需。委任旧僚周馥，于运河北岸筹建新城。又奏调六弟昭庆率剿捻时建军的武毅军入津，协同许钤身，营建各处炮台，加强天津防务。洋舰云集海岸，未来中国海防至为关键，李鸿章早有筹建海军设想。李昭庆才三十七八岁，正当盛年，先主持炮台营建，熟悉海防，日后条件成熟，可以武毅军为基础，牵头组建海军。许钤身随朱其昂跑过海运，脑袋又好使，让他与六弟搭档，一文一武，取长补短，足可成就大事。

李鸿章大刀阔斧致力于税务、制器和海防时，日本人也不甘寂寞，跑来凑热闹。受日本天皇委派，外务大臣柳原前光经沪赴津，会晤李鸿章，要求两国订约和通商。国门被洋人炮火轰开后，已被迫与远洋诸国签约通商，还想拒日本和俄国近邻于门外，自然不可能，李鸿章答应柳原前光，先请示朝廷同意，再坐下来谈判签约。

柳原前光走后，李鸿章便提笔给总理衙门去函，提出与日本签约通商的请求。理由简单，无论中日还是中俄，比邻相望，签约通商可往来沟通，增进了解互信，开门总比关门好，通商总比不通商好，有合约规范总比没合约规范好。何况中日民间早有商务交易，通商可使两国商贸合法化和正常化，利国又利民。

不想引来一片质疑声，倭仁徐桐等朝臣纷纷反对，说咱天朝上国，岂可放低身段，自降国格，与日本蕞尔小国勾勾搭搭？李鸿章当着众僚，大发感慨道：“在朝臣观念里，只要与洋人通商往来，就是卖国，唯有闭关自守，拒洋人于千里之外才是爱国。至于守不住国门，被迫签约通商，乃无奈之举，纯属天意，非人力可为，另当别论。言下之意，被动卖国总比主动卖国强，至少看上去，被动卖国比主动卖国，总显得爱国。”

刚从运北新城工地回署的周馥道：“可否由我代替中堂，给曾侯相写封信，请他老人家帮着呼吁呼吁，说不定总理衙门会为之所动，奏请皇上恩准此事。”李鸿章笑道：“给老师写信，怎能请人代笔？还是学生亲自执笔吧。”

见到李鸿章信函，曾国藩毫不犹豫，提笔上折，力陈与日签约通商之必要。朝廷这才力排众议，准许李鸿章代表总理衙门，与日谈判，签订条约，再报朝廷批准生效。李鸿章立即召集周馥、许钤身等幕僚，商议谈判事宜。

人到齐后，李鸿章发问道：“朝廷准许与日签约通商，哪位了解日本，介绍介绍该国情况？”有人回应道：“日本全称日本国，意即日出之国，由本州、四国、九州、北海道四大岛及数千小岛组成，主体民族为大和族，通用日语。”

李鸿章望过去，原来是刚入幕的马建忠。马建忠出生在江苏丹徒天主教家庭，从小随父兄迁居上海，就读于中西并重的教会学校，不仅博经通史，还会西洋多国语言，可谓学贯中西。李鸿章巡抚江苏时，曾与马家哥哥马相伯有数面之识，惺惺相惜。马相伯精通神学，热衷洋务和教育，创办上海复旦大学、震旦大学及北京辅仁大学，还助马建忠写出汉语语法开山之作《马氏文通》，让读书人知道何谓主谓宾动状补，何谓实词虚词名词动词形容词。

这当然是数十年后的事情，暂且不表。只说李鸿章执掌直隶和天津，急需洋务和外交人才，于是通过马相伯，把马建忠挖到身边当差。只听马建忠又道：“日本虽属蕞尔小国，可自推行明治维新以来，力图脱亚入欧，积极与西洋多国签约，广购机器兵船，仿造枪炮铁路，又派人往泰西各国学习各色技术，志欲自强以御侮，千万不可轻视之。建忠觉得，吾国不仅要与日本签约，互通有无，日后还要派使者入驻该国，窥其动静，防患于未然。”

说得多好！若朝臣里有几个马建忠这样富于真知灼见者，大清洋务岂不好办得多？李鸿章说：“给总理衙门具函时，本督说日本安心向化，愿结友好，不过拣好听的说，以免吓着朝廷，放弃签约。其实日本这气势，实在不可小觑啊。又近在肘腋，只怕日后会成为中土之患。当然目前日本还掀不起大浪，可迟早会变得强大，成为咱们对手。与其等日本强大后，像英法诸国样，架着炮火来轰国门，还不如现在主动签约，确保双边平等，不至吃亏。时势使然，还想关门锁国，已绝无可能，唯有振作起来，自强不息，大清才可立于不败之地。”

话题过于沉重，屋里气氛显得有些凝滞。为缓解气氛，许钤身玩笑道：

“日本人乃明之倭寇，把他们抬得再高，也是矮人国里的矮子。各位可知日本人之来历否？”

众人摇头，不知许钤身要说什么。只听许钤身不紧不慢道：“武大郎各位都清楚吧？日本就是武大郎后代。”诸位先是讶然，继而莞尔，道：“仲韬（许钤身）在编故事吧？”

许钤身就给大家编故事：“武松斗杀西门庆后，潘金莲知道大祸临头，只得落荒而逃。事为西门庆所惹，西门肯定不吉，只能往东跑。东是大海，巨浪滔天，潘金莲进退两难之际，见海边有只小船，不管不顾跳上船去，被海风一吹，漂到一座小岛上存身。不久肚里孩子出世，长得又挫又矮，不用说肯定是武大郎儿子，西门庆高大英俊，不可能留下如此品种。”

众人笑道：“仲韬编得还蛮像嘛。”许钤身接着道：“孩子生下来，总得取个名字吧？取啥名好呢？潘金莲灵机一动，就在武大郎‘大’字下加一点，叫做武太郎。太郎慢慢长大，潘金莲寂寞难耐，打起儿子主意来，竟成了好事，先生一郎，再生拓郎，又生多郎。附近渔民看不惯，背后指指戳戳。潘金莲泼性大发，跳脚骂道：‘我儿日我本人，关你们屁事？’日本人于是得名。儿子生孙子，子孙越来越多，太郎想干脆成立一个国家，过把皇帝瘾。国家要有国旗，潘金莲说你爹是卖炊饼的，就在被单上贴个炊饼吧。炊饼远看像太阳，叫炊饼旗不太好听，改叫太阳旗。武家得有武运，又在旗上写下四个大字：武运长久。”

众人都乐：“还真是这么回事。”许钤身继续道：“国家靠人口支撑，为多多添丁加口，强盛国力，太郎想出一个国策，允许日本男女随时随地交配。日本女人很爱国，踊跃响应太郎号召，出门背着枕头，带上被褥，想爱国就爱国，于是有了和服。男女关系太乱，所生孩子不知父亲为谁，孩子生哪儿就以哪儿取名，或土屋，或米仓，或栗山，或小林，或沟口，或渡边，或黑谷，或白石，或野泽，或近藤，或井上，或竹下，或田中，或松尾，或高桥，或山本，不一而足。不过还是皇族武姓最著名，属最大旺族。”

众人哈哈大笑，很开心的样子。

唯李鸿章不笑，望眼许钤身，脸色有些不阴不阳，道：“这有什么可笑的？难道贬低人家，自己就能高大起来？与日本一样，英国也是岛国，土地和人口相差不远，你们敢嘲笑英国蕞尔小国吗？”

许钤身忙关紧嘴巴，众人也垂下脑袋，不再嬉皮笑脸。良久李鸿章才又道：“别看日本人个头矮小，其实头脑挺不简单。与柳原前光短暂接触，本督就发现他学养丰厚，见多识广，对当今世界了如指掌。比如《万国公法》，十年前美国传教士丁韪良就翻译过来，继由京师同文馆刊行，可中国士人不屑一顾，只热衷八股和故纸堆。柳原前光则不然，三句不离《万国公法》，几乎倒背如流。对中国也颇有研究，可说比中国人还了解中国。比如中国舆地、历史、诗文，言谈中多有涉猎，甚至一般中国士人不太熟悉也不感兴趣的历朝典章制度，他也信手拈来，运用自如。本督觉得这才是日本人最可怕的地方，比西洋坚船利炮还让人胆寒。”

众人陷入沉思，半日无语。李鸿章道：“不过也不奇怪，柳原前光是外务大臣，要与中国签约，自是有备而来。其实在座诸位，也个个学富五车，知识面不比柳原前光窄。只是咱们一向没把日本当回事，没有太多兴趣了解他们。”

马建忠接话道：“中堂大人所言甚是。比如建忠，从小就读于基督教会学校，略通西语西学，对东洋日本却所知甚少，以后还得补上这一课。”许钤身也说：“日本、俄国、朝鲜等国近在眼前，日后与这些近邻国家接触肯定避免不了，确实得多了解他们。”

“各位有此态度，本督颇感欣慰。以后洋务外交，全赖各位出谋划策喔。”李鸿章说，“朝廷已决定与日本签约，柳原前光很快会带着使团，来天津与咱们谈判。各位觉得他会提啥条件，咱们又该怎么应对呢？”

诸位七嘴八舌，各抒己见，最后认为日本会依照惯例，在通商互惠、领事裁判和使节往来等方面提出要求，尽量从中国获取更多好处。李鸿章点头道：“各位下去后，查查大清与西洋诸国签订的条约，认真钻研，再拿出预案，与日本人谈判时，不至于两眼一抹黑，无言以对。有啥想法，随时找我商议。”

马建忠动作最快，两天后便到签押房来见李鸿章，说：“翻阅大清与西洋诸国所订条约，建忠发现大部分条款，双边义务与权利都不太对等，属于不平等条约。”李鸿章叹道：“自康乾至嘉道，英法等国一次次派遣使节来中国，低声下气，好话说尽，恳请签约通商，朝廷抱残守缺，拒人于国门之外。见来文的不管用，洋人只好诉诸武力，强行冲关。人家求上门来，欲与你平等通商，你不答应，回过头为人所败，再要人家平等待你，自然没这好事。”

马建忠附和道：“大清若早放下架子，与西洋诸国签约通商，吸收人家的技术，大力发展制造、运输和工商等实业，只怕已不是现在这副样子。”李鸿章笑道：“大清若早走这一步，实现自强，吾等恐怕就不会聚集天津，为兴办洋务和制造绞尽脑汁了。”马建忠也笑道：“也是的。建忠估摸，日本肯定会以大清与西国所订条约为借口，要求给予相同待遇。”

李鸿章认可道：“我也琢磨，日本会来这么一手。过去大清与诸国所签皆属不平等条约，如今日本求上门来，恳请与我签约，又怎能仿照旧例？”马建忠说：“要是日本人胡搅蛮缠，非照旧例签约不可呢？”李鸿章斩钉截铁道：“与日本只能签订平等条约，这是底线，不可逾越。你告诉许钤身几个，一定做好功课，与日本谈判时要有充足理由，驳倒对方。”

众人正筹备与日通商时，一向干旱少雨的京畿开始下起雨来，连绵不绝，永定河猛发大水，日夜咆哮不止，沿河两岸汪洋一片，禾稼尽淹。民间说李鸿章是水神河伯转世，他出任直督和北洋大臣，把大水也带了来，京畿竟成泽国。李鸿章顾不得传言，部署海防，筹办洋务，又抽身出面抗洪赈灾，督促永定河道官员加固河堤，疏浚河道，种植堤柳。直至柳原前光所领五人使团，西装革履出现在天津，李鸿章才从河堤上下来，回署坐到谈判桌上。

李鸿章和马建忠没估计错，双方表达过通商结好意向，说完自愿签订条约之类场面话，待牵涉到两国实际利益时，柳原前光就以大清与西洋诸国所订条约为凭，要求享受同等待遇。李鸿章毫不含糊，断然拒绝，不给对方留任何余地。

似乎早知李鸿章会是这个态度，柳原前光并不觉得惊讶。他耐着性子，苦口婆心，软磨硬泡，一会儿说是天皇意思，不按大清旧例签约，回去没法交差；一会儿说远亲不如近邻，西国可享受待遇不给日本，不符合大清大国身份；一会儿说大清厚彼薄此，不仅会让日本人寒心，也会令俄国等中国周边国家敬而远之。说一千，道一万，就是要中国让步，拿到西洋用枪炮逼着大清签下的条款。

被李鸿章驳回去后，柳原前光有些理屈辞穷。可他仍不肯放弃，说：“中国自古讲究近交远攻，尽量与邻国和睦相处，再共同对付远方敌国。如今清国可让利于遥远的西洋各国，对一衣带水的日本国却缺乏诚意，斤斤计较，是不是要改变古训，远交近攻，以邻为敌？”

李鸿章笑笑，说：“此言差矣。签订平等条约就是缺乏诚意，以邻为敌，本督觉得不成理，也不合情。近交远攻也好，远交近攻也罢，乃周朝时期诸侯国之间外交策略。诸侯国分封各地，拥有共同的周天子，不属真正意义的国家，没法古为今用。再者中国唯愿与各国友好往来，决不会主动开衅，挑起事端，无所谓近交远攻，或远交近攻。”

柳原前光还是不甘心，吊起书袋来：“记得中国宋代有两部伟大著作，一是司马光的《资治通鉴》，一是马端临的《文献通考》，在座诸位都是饱学之士，肯定熟悉吧？”

《资治通鉴》知名度太高，外国人想了解中国，钻研该书很正常。至于《文献通考》，价值一点不比《资治通鉴》低，却因其冷僻，普通中国人知之甚少，不想竟能引起柳原前光注意，可见他视野多么宽泛。所幸李鸿章不是普通中国人，早精研过《文献通考》，受益匪浅。原来《资治通鉴》详于治乱兴衰的描述，略于典章制度的记载，恰恰典章制度又直接关系社会兴衰，天下存亡，不容忽视。宋人马端临于是穷三十年之心血，著成《文献通考》，详记自古至宋二十五个朝代典章制度的兴立和废止，及于经济、政治和文化方面的巨大影响，对当政者治理国家极具参考意义。李鸿章身为朝中重臣，肩负富国强军大任，既要学《资治通鉴》，自然更得习《文献通考》，以师古而不泥古。当年代老师曾国藩编校《经史百家杂钞》，就知老师深受《文献通考》影响，才大胆突破前人只重义理词章和考据之旧制，加入经济方面内容，比如关涉国计民生的诏谕、奏疏、弹章、对策之类。为此李鸿章还将《文献通考》与《经史百家杂钞》对比着阅读，颇有心得。

说起《文献通考》的作者马端临，还是谈判桌上马建忠先祖。李鸿章在上海时，马相伯曾跟他说起过此事。怕李鸿章不信，马相伯还出示马家族谱，丹徒马家果真是从马端临故乡饶州乐平迁出来的，马家兄弟已属马端临二十世孙。想到这里，李鸿章笑对柳原前光道：“连《文献通考》柳原大使都有研究，令人刮目相看。诚如您所说，《文献通考》是部伟大著作，中国士人读《资治通鉴》，必读《文献通考》，如此才能知古今兴衰之真正缘由。本督还要透露给您，《文献通考》还与在座有位先生相关联呢，柳原大使想不到吧？”

柳原前光睁大眼睛道：“《文献通考》成书于六百年前，怎么会与在座先生相关联？”李鸿章指指马建忠，说：“你跟柳原大使说说。”

马建忠抱拳施礼毕，说了说马家的来龙去脉。柳原前光站起身，朝马建忠深深一鞠躬，感谢他祖上写出《文献通考》巨著，让他大长见识。接着道：“读《文献通考》，才知中国历来重视周边关系，与朝鲜、琉球、越南、缅甸等国通商往来时，给予过重大关照和惠顾，为何跟咱日本国，却锱铢必较，毫不让步，连欧美各国待遇都不肯给呢？”

日本人心机多深沉！李鸿章道：“日本国与朝鲜、琉球诸国不同。”柳原前光说：“有何不同？不都是贵国芳邻么？”李鸿章说：“朝鲜、琉球、越南、缅甸等是大清藩属国，日本国愿藩属于大清，本督立即奏请朝廷，让日本享受藩属国待遇。”

柳原前光张大嘴巴，吱声不得。你来我往，唇枪舌战，浪费不知多少口水，才终于达成共识，签下《修好条规》和《通商章程》，在外交、军事、商贸诸方面，做出互信互利互惠之约定。虽说来年换约时，日方又节外生枝，提出修约要求，被李鸿章断然拒绝，最后还是按原约交换文本，立此存照。

此乃李鸿章入主北洋初办外交得意之作，也是中外众多条约里唯一平等条约。一时间，李鸿章声名鹊起，德望高隆，朝野称颂。两宫与奕䜣更是啧啧叫好，赞不绝口，视李鸿章为海上长城，仿佛只要这道长城立于茫茫海岸，大清就万无一失，君臣自可高枕无忧。

制器、洋务、外交上的成就，给李鸿章带来巨大威望的同时，也让北洋衙署变得越来越热闹，各有志之士云集响应，纷至沓来，踏破门槛。要办大事，建大功，开创三千年未有之奇业，最需要的就是人才，李鸿章来者不拒。且出手大方，该给实惠给实惠，该给名头给名头，该给位置给位置，只要肯干事，能干事，绝不让你闲着，更不会亏待你。

连盛宣怀在丁宝桢手下混得有滋有味，闻听李鸿章门下热闹异常，也心里痒痒，蠢蠢欲动起来。他知道丁宝桢再有能耐，也没法与李鸿章相比，跟谁出息更大，自是不言而喻。又不好向丁宝桢开口，只得以父亲生病为由，告假南归省亲。丁宝桢心明如镜，还能看不出盛宣怀肚里小九九，点破道：“到底是要南归，还是北上？莫非跟我丁宝桢一场，只弄了个候补知府，觉得委屈，准备另攀高枝？”

盛宣怀脸上一红，出声不得。丁宝桢倒也大度，说：“人往高处走，水往低处流。想投奔天津，本抚不阻拦你。李中堂乃大清第一人物，你到他那里去，不会有人说丁宝桢留不住人才。本官与李中堂有几分交情，要不要我给他写几句话？”

盛宣怀不愿欠丁宝桢人情，婉言相拒。丁宝桢拿出笔银子，交到盛宣怀手里，亲自送他出门。盛宣怀谢过，离开济南，紧赶慢赶，不日来到天津三岔河口北洋衙署，递进手本。一见盛宣怀三个字，李鸿章便不出声道，这小子终于到了，吩咐侍卫传话，放人进来。

听到传唤，盛宣怀直奔签押房。到得门外，不觉紧张起来，心里咚咚咚直打鼓。毕竟要见大清第一人物，盛宣怀自视甚高，也难免底气不足。只是想起李鸿章是自己父亲故旧，胆子才壮了点，抬步进屋，自报家门道：“候补知府盛宣怀拜见李中堂！”

李鸿章正在桌前批阅文件，听到声音，头也不抬，只顾忙自己的。盛宣怀站在那里，有些不知所措，搞不清主人是故意摆架子，还是耳朵不好使，没听清楚。只得提提嗓门，重复道：“候补知府盛宣怀拜见李中堂李大人！”

李鸿章还是不理不睬，一心专注于手头事情。盛宣怀更加气短，两手直冒汗，不自觉地在衣襟上搓了搓。两腿也不争气地打起颤来，身子几乎失去平衡，差点栽倒在地。

好像过去一万年，才见李鸿章放下手里笔杆，慢慢抬起头来，斜盛宣怀一眼，不冷不热道：“好个候补知府，官还不小嘛。”

面对堂堂协揆兼直隶总督和北洋大臣，知府好比芝麻见西瓜，何况还属候补空名，一文不值。盛宣怀无地自容，只想掉过头，拔腿逃掉。可盛宣怀毕竟是盛宣怀，很快镇定下来，暗自思忖道，男子汉，大丈夫，泰山崩于前而色不变，岂可惧于冷眼横眉？于是上前半步，不慌不忙道：“怪晚辈不知天高地厚，还请中堂大人原谅。其实晚辈只会做事，不会做官，不过徒有官名而已。又早闻中堂大人要创三千年未有之奇业，才远道而来，意在紧跟大人，学做事，做大事，不枉报国之志。”

这话李鸿章最爱听。自己拼命做官，不过想有所作为，可谓做事为升官，升官好做事。事越做越大，官必然越升越高，反之官越升越高，事也越做越大。也就最瞧不起尸位素餐者，尤其见人只会做官，不会做事，占据大位，作威作福，无所事事，就咬牙切齿，恨之入骨。

“好好好，想做事就好。到了本督身边，不愁没事可做。”李鸿章指指窗前椅子，示意盛宣怀就座。又离开桌子，接住衙役端过来的茶水，递到盛宣怀手上。盛宣怀倒也机灵，将茶杯放到茶几上，扶李鸿章回到桌后，再躬身后退，半边屁股挨着椅子，伸手去端茶杯。李鸿章已坐正身子，笑问道：“令尊大人还好吧？”

听李鸿章发问，盛宣怀赶紧放下举到嘴边的茶杯，毕恭毕敬道：“家父还好，谢谢中堂大人记挂。”李鸿章道：“当年本督彷徨歧途，去江西建昌投奔老师，还是令尊带的路呢。弹指间已历十余年，看看你们这一辈都已长大成人，开始出山。”盛宣怀道：“家父也常提及中堂大人，每每论及与中堂大人同在湘军老营为幕岁月，满眼都是神往之色。”

衣贵新，人贵旧，李鸿章心念与盛康的旧情，琢磨着该给盛宣怀什么差事好。恰巧侍卫来报，说崇厚到访。看来崇厚已出使归国。李鸿章忙起身，迎出门去。

原来崇厚游历完英美，返回巴黎时，法国已渐渐安定下来。总统大人这才抽空接见清国使团一行，互换国书。还派专人陪同崇厚，参观考察巴黎下水道工程。说是下水道，其实又干净，又敞亮，宽可过车跑马，人在里面行走，如履街巷。崇厚却很郁闷，下水道被无数腿脚踩在下面，跑到里面参观，无异于钻入法国人胯下，简直是奇耻大辱。定是法国人自视高，把清国人看成下等民族，才用这种方式蓄意羞辱你，真是可恶至极。

被人羞辱滋味自然不好受。崇厚忍辱奏报朝廷，详述拜见法国总统和互换国书经过，只瞒过参观下水道一节，怕惹两宫不乐。奏折发出，便离开巴黎，搭乘越洋货轮，望东而行。漂洋过海，抵达广州，换乘商船，沿海岸继续北上。直至此时，崇厚才从华商嘴里得知，朝廷已物是人非。倭仁骂死官文，事后也受到朝臣指责，说他身为理学大师，张口孔孟，闭口程朱，却不能恪守儒家恕道，以舌为箭，击杀官文。曾子有言：夫子之道，忠恕而已。儒家精髓，全体现于忠恕二字里，官文不过被洋医扎过洋针，施过洋药，倭仁就少见多怪，视之为卖国贼，小题大做，挥舞拐杖，兴师问罪，将人家活活骂死，岂不与儒家恕道相背而驰？骂死官文，自己心里已很过意不去，又受众臣责怪，倭仁更觉惭愧，惶惶不安之下，不禁大病不起，官文死后半年，他也一命呜呼，撒手西去。

最让崇厚放不下的，当然还是三口通商大臣位置。不幸的是三口通商衙门已改头换面，变成北洋衙署，位置已被李鸿章据为己有。初闻崇厚还有些愤愤然，继而又觉并不意外。当初离开天津时，崇厚就意识到屁股再也坐不回原来的交椅。虽说李鸿章承诺奏明皇上，争取为他保位，毕竟只是口水话，当不得真。说不定李鸿章支使自己出国，目的就是要他主动空位，以便鹊巢鸠占。不过崇厚不怪李鸿章，若非他促成自己出使法国，自己死乞白赖，占据通商大臣位置不肯离开，只怕早被大臣们参劾下狱，是死是活都难说。而跑趟法国，完成使命，衣锦荣归，总会得到朝廷善待。

果然船至天津，与旧属见面，论及朝野人事，说是两宫看过崇厚发自巴黎的奏折，还算满意，觉得他见过大世面，熟悉欧美地理风情和洋人禀性，算是不可多得之外事人才，不能闲置浪费，经与奕䜣商量，准备任命其为总理衙门大臣，随文祥等人经办洋务，可谓塞翁失马。崇厚心情大好，前往北洋衙署拜见李鸿章。

李鸿章出门迎住崇厚，很亲切的样子。又让盛宣怀等人作陪，盛宴款待。置身亲手建造的旧衙，目睹朝夕相处十余年的熟景熟物，崇厚黯然神伤，忍不住对李鸿章道："中堂曾亲口答应，设法给崇厚保留三口通商大臣位置，不知还记得旧诺否？"

李鸿章哈哈大笑，说："当然记得。这点记性没有，怎么担当直隶和北洋重任？"崇厚说："记得就好。可为何崇厚回国后，三口通商大臣位置和通商衙门已被中堂大人占为己有？"李鸿章说："鸿章可没占你三口通商大臣位置和通商衙门。"

"中堂大人真会说笑话。"崇厚指指李鸿章屁股，又挥手在空中画半个圈，"难道中堂所坐不是三口通商大臣位置，所处不是通商衙门？"李鸿章笑道："鸿章所坐乃北洋大臣位置，所处乃直督行辕和北洋衙署也。"崇厚一怔，旋即摇摇头，笑道："都怪崇厚脑筋笨，没转过弯来，忘记三口通商大臣已被撤销，通商衙门亦不复存在。"

李鸿章一向对西洋人事颇感兴趣，闲话几句，便好奇地问道："崇大人出使法国，感触颇多吧？说说您的见闻，也让鸿章开开眼界。”

崇厚便将游历欧美和拜见法国总统经过细叙一遍，顺便说了说参观巴黎下水道一事，末了道：“待在国内，坐井观天，夜郎自大，觉得天朝上国多么了不起，出国后才知人家如何先进，有资格瞧不起咱们，故意让咱钻下水道，贬损清国颜面。”

李鸿章摆摆手，说：“崇大人此言差矣，鸿章不敢苟同。”崇厚说：“钻下水道，为崇厚亲身经历，有何不敢苟同的？”李鸿章道：“依鸿章看来，法国人让崇大人参观下水道，其实是展示城市建造工程，炫耀其技术水平高超。”崇厚说：“崇厚在法国奔走半年，没少观赏他们的房屋和桥梁建筑，为何还要带咱往地底下跑？”

李鸿章开导道：“要知道，看得见的建筑可体现一国一城风貌，看不见的工程更能展示建造者的眼光和水平。”崇厚说：“中堂说得也许不无道理，可崇厚还是倍觉受辱，如鲠在喉。”李鸿章说：“从前驻沪，近年入津，鸿章皆喜欢搜集洋人报纸，请人译成汉文，随时翻阅。崇大人出使法国，参观巴黎下水道，早见诸报端，鸿章已略有所知。”

崇厚几分诧异，道：“咱的名字还上了法国报纸？”李鸿章道：“洋人设有专门报馆，雇请能说会写的记者编辑，到处采集新闻，整理成篇，登到报纸上，卖给市民赚钱。”说着，拿出法报原件和译报，递给崇厚。

也许人皆有扬名出风头的天性，见着报上自己名字，崇厚暗自得意，说：“洋人就是有意思。”李鸿章说：“法报上还有巴西王子访法消息，也受邀参观过下水道。为此我曾请教罗淑亚，他说巴黎下水道工程是法国人的骄傲，管理非常严格，一般外宾无缘得见，只有各国皇室贵胄，才享有现场参观之殊荣。”

崇厚颇觉意外，说：“莫非在法国人眼里，崇厚还是皇室贵胄不成？”李鸿章说：“崇大人本系完颜氏，为八旗氏族之首，说您是皇室贵胄，还能错到哪儿去？”

这话崇厚听着舒服，端杯感谢李鸿章抬举。碰过杯，李鸿章道：“崇大人回津，除办好皇差，总得走些地方，看看比之一年前有哪些变化，回京后两宫和恭亲王发问，也有话应对。”

崇厚也有此想法，欣然答应。

先参观津海关道。北洋衙署离津海关道衙门不远，无须骑马坐轿，步行片刻可至。路上李鸿章道："朝廷信任，将直隶和北洋一并交给鸿章，鸿章战战兢兢，丝毫不敢懈怠，生怕辜负皇恩。审察夷情，揣度时势，鸿章觉得要牢固海防和江防，以我一国敌洋人数国，务必从筹饷、制器、练兵三端入手，下狠工夫。国家饷源短缺，陕甘云贵边防耗资甚巨，无力顾及海防，还得自己动手，在海税和关税上想办法。办法在哪儿？也简单，提升税管衙门规格，明确职能，赋予征收权。"

说话间，已至津海关道衙门前。新任道员早候在门口，将李崇一行迎入衙内，一边引路参观，一边介绍道："天津海税始于康熙年间，沿用明代'钞关'叫法，以征收漕运船税为主。十年前天津辟为通商口岸，增设'新关'，开征关税。为便于管理，中堂奏请朝廷批准，将两关并归津海关道，加大征收力量，税额得以大幅提升。"

崇厚不得不佩服李鸿章，自己在天津做了十年通商大臣，就没想起"钞关"和"新关"还可并入津海关道，广征重收，以至白白流失不少利源。

见过李鸿章征税手段，离开津海关道衙，来到天津制造局。其实就是从前的军火机器局，本为崇厚初创。崇厚离津后，李鸿章奏调能员出任总办，又暂留丁日昌和容闳，利用江南制造局技术和经验，对天津制造局进行改造与扩充，规模已超军火局十数倍。且一分为二，一局专造洋枪炮架，一局制作各种火药及军械水雷。高薪聘用人才，筹建铸铁、熟铁、锯木、碾药各厂和药库，另洋枪厂、枪子厂、电气水雷局、电报和水雷学堂，也在规划之中。

眼观生产盛况，李鸿章嘴上也没闲着："制器与练兵互为表里，练兵不得其器，则兵为无用；制器不得其人，则器必无成。西洋军火日新月异，不惜工费，精利独绝，故能横行数万里之外，吾若不认真取法，终无由以自强。时势使然，清国已无退路，务必在此数千年未有之变局中，建数千年未有之奇业，实现强军富国夙愿。"

崇厚大开眼界，又心生嫉妒。却不得不暗暗承认，李鸿章的能耐确实无人可比。自己出任通商大臣十年，光顾着与洋人纠缠，别无建树，仅留下个不成规模的军火机器局。

崇厚这点心思，李鸿章自然一眼看穿，笑笑道："与通商大臣不同，北洋大臣不只负责洋务，还有海防重任，鸿章不得不通盘筹划，使出吃奶力气，把天津和直隶的事办起来。当初崇大人若有此职责，自然也会像鸿章这么干。”

也算崇厚有自知之明，自叹不如道：“不用中堂大人宽慰，崇厚若有您一半才干，也不至于自食其果，差点被朝臣参劾入狱。多亏中堂帮忙，让我出使法国，免去一难，还能继续为朝廷办差，与中堂相会天津，也算万幸。”

能让曾经的对手信服，确属难得，李鸿章闻听崇厚此言，心里倒也受用。出得制造局，又来到运河旁，视察刚动工的运北新城工程。快至新城，周馥和许钤身迎上来，由李鸿章介绍，与崇厚认识。当初淮军北征东捻，周馥留任苏州知州，一干数年。李鸿章要干大事，想起周馥，奏调至津，专门负责新城营建。周馥很卖力，一到天津，就一头扎进城北，做规划，跑资金，选用技师，忙得不亦乐乎。经大半年筹划，终于破土动工。新城营建主要目的在于海防，又让许钤身出面，仿照洋人方法，在大沽口、海光寺西、马家口等处建造炮台，卫守海口和运河。李鸿章指点着新城和新筑设施，展望道：“津城卑薄，又处于运河南岸，控扼殊不得势，鸿章特奏准朝廷，于运北圈筑新城，添建炮台，据水为险，以为海防依托。”

崇厚自然又要奉承几句。李鸿章又透露，新城建好，还要成立强大水师，造船购舰，巡护万里海疆。海防乃系统工程，有水师，还得有陆军，务必海陆互动，双管齐下。为此李鸿章除命周盛传所部盛仁军移驻静海和沧州，还召李昭庆赴津，商议筹建水师事宜。当年剿捻功成，裁军压力大，三弟鹤章和六弟昭庆顾全大局，主动解甲归田，在合肥做上富家翁，日日诗酒，夜夜笙歌，好不快活。李鸿章出任直督兼北洋大臣后，腾出不少位置，安置了一批淮军旧部故人，原想让已有甘肃甘凉兵备道身份的李鹤章出任津海关道，日后再寻机会提拔重用，李鹤章不肯出山，才另任了别人。李昭庆开始也不愿离开老家，经不住二哥一封封信函反复劝说，才勉强答应北上。

这就是李鸿章所谓筹饷、制器、练兵之三端，崇厚一路走来，感触良多。出任直隶总督和北洋大臣未及一年，李鸿章就上下其手，拳打脚踢，一口气干出这么多大事，实在令人意想不到。看来朝廷还确有识人之明，像李鸿章这样肯干事，能干事，不要命干事的人，朝堂内外又有几人？就是其师曾国藩，德高望重，器识宏深，一心报效国家，可论起办事能力，包括与洋人纠缠手段，亦视李莫及，不然也不会败走麦城，灰溜溜重返两江。

还有永定河防洪整治工程，耗资不少，朝廷颇为关注，李鸿章准备陪同崇厚，沿河巡视一遍，崇厚回京后，两宫面前好有交代。谁知总署（总理衙门）忽有咨文递到，要李鸿章即刻赴京，入朝商议选派幼童留学事宜。

李鸿章只得把崇厚交给盛宣怀和永定河道道员，找来丁日昌与容闳，出示总署咨文，说："苦等大半年，我与老师的奏请终于有了反响，你俩可南归两江，报告我老师，拟定章程，征选聪颖幼童，争取明年能出海赴美。"

容闳看过咨文，质疑道："让中堂入京廷议选派幼童留学事宜，就一定能议定通过？"丁日昌也说："选派幼童留学，是破天荒之新事大事，只怕朝臣会极力反对。"李鸿章说："不用说，朝臣肯定会反对。可既然让我参加廷议，我会据理力争，驳倒反对派。"

见李鸿章决心如此大，两人稍感踏实，匆匆收拾行装，趁海港还没冰封，搭乘洋船，沿海南下。李鸿章也带上冬梅和少量督标，离津西进，赴往北京。刚入贤良寺住下，大学士文祥就派人过来，接李鸿章去附近酒楼会面。

到得酒楼，钻出轿子，见文祥候立门前，李鸿章快步奔过去，施礼道："文大人客气，专门招待鸿章。"文祥笑道："不是文祥客气，是少荃天津办差辛苦，王爷怕贤良寺饭菜太差劲，亏待你的肚皮，让我出面陪你喝几杯。"

文祥嘴里王爷便是恭亲王奕䜣。奕䜣安排文祥请喝，恐怕不仅仅是喝酒。李鸿章心里嘀咕着，进得包间，见毛昶熙已到，更觉不平常。果然礼毕入座，喝过头杯，吃些肉菜，文祥就道："明日朝会，主要议题为选派幼童出国一事。这可是王爷好话说尽，两宫才答应召集群臣廷议的。王爷担心反对声音大，特意请少荃入京，不知廷议能有多少胜算？"

本来李鸿章信心满满，见文祥和奕䜣这么当回事，心里相反发起虚来，说："明天会有哪些人参加廷议？"毛昶熙说："选派幼童留学，有史以来还是第一回，两宫心里没底，估计会把王公大臣都叫到朝堂上。"文祥掰着指头道："恭亲王是总署领班大臣，必须到场，醇亲王奕譞，礼亲王世铎，军机处和总署各大臣如李鸿藻、徐桐等人都会参加。"

李鸿章沉吟道：“醇亲王和礼亲王会看恭亲王眼色，不用多担心，怕就怕李鸿藻和徐桐这些腐儒作梗。好在倭仁已故，若他活着，带头一吆喝，其他人跟着起哄，事情绝对泡汤。”文祥说：“少荃和曾侯联名奏折递上来多时，恭亲王一直没提请廷议，正是担心倭仁反对，众臣附和，没法成事。感谢洋医给官文扎洋针，施洋药，激怒倭仁，倭仁骂死官文，自愧对不起官文家小，又担心百官指背，不好意思再活在世上，两眼一合，一命呜呼。恭亲王这才松了口气，争取两宫同意，将幼童留学摆上议事日程。”

毛昶熙笑笑道：“马根济可是崇厚请的，要感谢还得感谢崇厚，若非他带路，马根济也不会自己跑到北京来，去给官文诊病。”李鸿章也笑道：“若追溯下去，最该感谢的该是我老师曾夫子，是他老人家为天津教案所累，病倒在床，丁日昌才从上海请去马根济，给他诊病，崇厚见马根济医术高明，再花钱请入北京，走进官文府邸。”

死者为大，倭仁已故，还拿他开涮，多有不恭。可也怪倭仁生前老与文祥等人唱对台戏，误了朝廷不少大事，几位不嘲笑他几句，实在难受。想那倭仁乃百官之首，朝臣唯其马首是瞻，马首既已不在，廷议胜算应该还不小。文祥道：“徐桐和李鸿藻几位翻来覆去，无非就那几句陈词滥调，少荃辩才了得，击败他们，定然不在话下。”李鸿章道：“鸿章辩才管啥用？也是人才为强国之本，两宫圣明，深知选派幼童留学势在必行，耽误不得，果断召集众臣，廷议决断，这才是咱们最大胜算。”

文祥与毛昶熙都说言之有理。

隔日大早，李鸿章赶到宫门外，宫中太监已恭候在侧，趋近请过安，前头引路，往养心殿走去。到得养心门边，通报入内，里面传出一声请字，李鸿章定定神，低头迈入殿里，先给皇上和两宫跪安，再退到大学士行列。屏住呼吸，偷偷朝前瞟瞟，对面坐着三位王爷，由里往外分别为恭亲王奕䜣、醇亲王奕譞、礼亲王世铎。再瞧身旁，一边为文祥，一边乃宝鋆。四位大学士里，曾国藩远在金陵，官文和倭仁去世后，空缺还未及递补，只剩文祥一个，外加李鸿章与宝鋆两位协办大学士。身后则是兵部尚书毛昶熙、新任礼部尚书李鸿藻及侍郎徐桐诸位。再后还有十余人，李鸿章不便东张西望，不太清楚，只能肯定皆系三品以上大员。

众臣到齐后，帘子后的慈禧发话道：“今日将你们召到朝堂上，主要议题是曾国藩和李鸿章联衔上奏，请求选派幼童出洋留学一事。大清国门洞开，用李鸿章常挂在嘴上的话说，叫做三千年未遇之变局，好多事情，史无前例，查无祖制，朝廷也没经办过，到底办得办不得，只能交给大家，共同商议。既是商议，凡与会众臣，都可畅所欲言，各抒己见，怎么想就怎么说，说错说对，都不会怪罪。”

没人吭声，朝堂上一片肃静，看去不像朝会，倒像皇帝驾崩，一个个垂头丧气，无语默哀。少顷慈安太后咳一声，说：“怎么不出气呢？莫非嘴巴上都贴了封条？还是李鸿章先说吧，事是你惹的，你与曾国藩为何呈递此折，说给众人听听。”

动嘴总比动手容易，李鸿章从不怕说话，出列道：“启禀皇上和两宫太后：微臣陋见，西洋列强，看去强在坚船利炮，其实强在人才，因坚船利炮皆系人所制造，系人驾驭操作。制造有原理，驾驭有方法，牵涉算学、物理、舆图、测绘诸多学识，缺乏人才，可谓寸步难行。鉴于此，微臣与曾国藩反复商榷，认为选派幼童出洋学习，快出人才，势在必行也。”

道理不深奥，一听就懂。慈禧点点头，正要表态，李鸿藻跨前一步，嚷道：“李鸿章开口闭口，但言西洋这强那强，长洋人威风，灭国人志气，居心何在？莫非咱堂堂天朝上国，君主圣明，臣民智勇，还比不上西洋蛮夷？夷人凭借奇技淫巧，造就几艘破船，几门破炮，犯我海疆，不过虚张声势而已，只要咱们同仇敌忾，奋力抵抗，还怕洋鬼子翻得了天？”

看去李鸿章与李鸿藻两人，姓名仅一字之差，其实一为南李，一为北李，井水不犯河水。李鸿藻乃直隶高阳人，咸丰进士，学问做得好，被慈禧召入弘德殿，教载淳读书，以其帝师身份，平步青云，做上礼部尚书。皇上都是自己学生，朝臣外吏自然无人能入法眼，即便协办大学士李鸿章，也不算什么，面对面较量时，口气也就不小。

李鸿章正要反驳李鸿藻，徐桐先站出来，大声道：“不知李鸿章到底得了洋鬼子多少好处，竟把洋鬼子捧上了天。就是上了天，又有啥了不起的呢？孙猴子还曾上天大闹天宫哩。洋鬼子与孙猴子倒有一比，然即使七十二变，到头来终打不过佛祖手掌，佛祖翻掌一扑，就可将其推出西天门外，以五指为金木水火土五行山，轻轻压住，要它再也调皮不成。故微臣恳请皇上和太后，别听信李鸿章胡言乱语，派什么幼童出国，跟洋鬼子学耍猴拳。”

听去徐桐有些像在说评书。他做了倭仁几十年学生，到底学的理学，还是《西游记》？各位忍俊不禁，窃窃私语起来。只李鸿藻不笑，又道："且问李鸿章，你两脚走到哪里，就将制造局办到哪里，若没人才，这局那局是怎么办起来的，干吗还要送幼童出国？"李鸿章耐心道："李尚书没说错，为大清能够自强，鸿章最喜欢办制造。大清现有四个机器制造局，乃江南、金陵、天津三个制造局，外加福州船政局，已制造出大量枪炮和数艘轮船，成为国防利器。可四局里技师多为洋人，有几个中国技师，也系洋技师带出来的徒弟，技术不够精湛。鸿章曾说过，西洋制造发达，一流技师不用抛家舍业出海赚钱，外出谋生者皆为二流技师。二流洋技师领着吾国三流土技师，自然只能造出四流机器，唯有派出幼童，深入西国，从小探究西学原理和洋器精髓，学成回国后，方可制造出先进船炮，与洋人一决雌雄。"

李鸿藻鼓鼓长舌，吱声不得，徐桐继而质问道："咱们不还在北京、上海和广州办了三所同文馆么？都是吃干饭的？"李鸿章道："徐侍郎不是不知道，三所同文馆以西语研习为主，除李善兰这样的算学大师，其余华洋教习，与西洋学校教习自不可同日而语。有道是取法其上，得乎其中；取法其中，得乎其下。不论制造局和同文馆，技师与教习水平受限，西器西学皆无以取法其上，能取法其中，得乎其下，已非常了不起。派幼童出洋，才是取法其上，甚至取法其上上之最佳途径。"

一席话，驳得李徐哑口无言，欲辩不能。慈禧在帘子后嗯一声，对李鸿章所言似有几分认同。谁知又从后面奔出一个人来，咚地趴倒在地，大声疾呼道："皇上和两宫太后圣明，李鸿章之妄语，千万答应不得啊！"

此人乃内阁学士翁同龢，也是同治帝载淳老师。当年李鸿章给曾国藩代笔，弹劾其兄翁同书，翁同龢衔恨在心，已与曾李师徒唱了多年对台戏，凡曾李提倡事物，不管认同不认同，他都要跳出来反对。慈禧隔帘瞥眼翁同龢，问道："李鸿章句句属实，怎么答应不得？"

翁同龢声泪俱下道："橘生淮南则为橘，生于淮北则为枳，叶徒相似，其味实不同也。大清立国两百多年，全靠纲常伦理和仁义礼智，繁盛至今。若把幼童派往西洋，沾染洋人匪盗习气，俟其回国，性情大异，乱我纲常，败我伦理，坏我风尚，其患大于蛮夷甚矣！"

翁同龢危言耸听，确也振聋发聩，甚而让人毛骨悚然。两宫太后一时噤声无语，朝堂一片死寂。还是奕䜣站起来，指着翁同龢鼻子，不客气道："本王问你，幼童还没出国哩，你怎么就知他们会沾染洋人匪盗习气？"

毕竟是王爷，翁同龢还有几分敬畏，不敢放肆，只得闭紧嘴巴。奕䜣又道："洋人确有蛮横者，同时也不乏良善之辈。反观吾邦，谦谦君子有之，可也出过不少流氓地痞，不然长毛和捻匪，又是从哪里来的？对此翁同龢你又该作何解释？"

翁同龢嗫嚅着，无言以对。李鸿章趁机接话道："微臣与曾国藩奏派幼童留学，先得在选字上下足力气，选出聪颖质朴之幼童，出洋后自然会学好，不会学坏。且看容闳，从小出国留学，学成归来，依然是正人君子，也没见他身上有丁点匪盗之气。不仅没匪盗之气，相反学得洋人不少优点，比如说话讲诚信，做事讲规矩，凡微臣和曾国藩托付给他的事，都办得明明白白，漂漂亮亮。众所周知，初识曾国藩没几天，容闳就拿着湘军十多万两银子，只身返美采办机器。若他一去不复返，恐怕没谁能把他从美国绑缚回来。可他一诺千金，一两银子不贪，全部用于购买机器，悉数运回上海，安装于江南制造局。我国制造能有今天成效，容闳厥功甚伟，无人可比。试问翁同龢翁大人，你见过这样的匪盗没有？"

事实胜于雄辩，至理往往蕴于事实中，翁同龢所言皆意气之语，李鸿章却摆的现成事例，谁更有说服力，自然不言而喻。可慈禧没明确表态，只淡然道："皇帝还要回弘德殿读书，我和姐姐也累了，今天廷议到此为止吧。"

各位大臣纷纷退下。李鸿章有些失望，以为事情泡汤，郁郁不乐。出得养心殿，文祥跟过来，在他耳边轻声道："上轿后跟我走，到寒舍去一趟。"李鸿章说："去府上？"文祥笑道："海口冰冻在即，你得回保定过年，给你饯个行。"李鸿章说："文大人太客气了吧？"文祥说："不客气。恭亲王也会去。"

听说奕䜣也去，李鸿章心头为之一振。到得文府上，入书房喝上半盏茶，奕䜣大轿就到了院外。两人起身出迎，将奕䜣请入客厅。酒菜随即上来，三人入座畅饮。见奕䜣酒兴高，李鸿章就知有戏，起身敬酒道："王爷肯定有话要交待吧？"

奕䜣喝过敬酒，抹抹唇边胡须，笑笑道："什么都瞒不过少荃啊。"文祥也笑道："文祥请少荃来寒舍一聚，他迟疑不肯，还是打出王爷招牌，才欣然应允。”奕䜣说:“来吃个饭,还要打我招牌?”文祥说:“可不是么?王爷以为,少荃是谁都请得动的?”

说笑几句,奕䜣才道:“众位大臣退朝后,太后留下我,当面在涤生和少荃奏折上批了字,同意选派幼童出洋。总署会遵照懿旨,尽快行文,下达各督抚,协助征选聪慧幼童。”李鸿章舒口气道:“朝堂上太后为何不发话,害得鸿章心里七上八下的,只担心事情会黄。”文祥道:“少荃有所不知,太后有个习惯,认定的事不一定当众臣面明确表态,倒是不认可的事一般会当廷否决。”李鸿章问:“太后如此英明,难道看准的事还怕朝臣顶回去不成?”文祥道:“太后看准的事自然不是朝臣想顶就顶得回去的,可嚼舌头的一多,耳烦心更烦呀。”

说得倒也在理。李鸿章道:“太后已恩准选派幼童出洋,鸿章立即函告容闳,精心挑选幼童,联系美国学校。”奕䜣说:“幼童留学乃国家大事,容闳毕竟已入美国籍,还得选任中国籍大臣为监督,与外国交涉起来更稳妥。”李鸿章说:“王爷所言甚是。可考虑让容闳做副监督,另选大臣做监督,同率幼童出国。”奕䜣说:“只是选谁好呢?你俩有合适人选不?”

李鸿章道:“曾夫子曾与我讨论过,若需物色幼童留学监督,陈兰彬比较合适。他系太常寺正卿,现任上海同文馆总办,又是容闳广东老乡,两人一个做监督,一个做副监督,带领幼童出洋留学,太后和王爷都放得心。”

文祥也说陈兰彬不错,事情就这么确定下来。

酒后离开文府,李鸿章兴冲冲赶往贤良寺,铺纸拈毫,准备具函给曾国藩报喜。不想才起个头,酒劲发作,脑袋一歪,醉倒桌边,冬梅费好大劲,才扶到床上躺平。大事甫定,身心放松,又有酒劲相助,这一觉睡得又香又沉,醒来已是翌日上午,车驾都备齐停在寺外。李鸿章吃过早膳,走出贤良寺,钻进车里,由督标护卫,冒着呼啸北风,望南而行。

风声一阵紧似一阵,空中扬起片片雪花,缠绵如柳絮。出得城来,官道两旁开始泛白,远山近水披上玉氅。走上一程,路过近畿兵站,守备聂士成早早守候道旁,将一行人迎入站里,烧起熊熊炭火,摆上七碗八碟,倒好热腾腾米酒,为老上司热身暖胃。

聂士成系李鸿章合肥老乡,早年在袁甲三军中效力,继随刘铭传东征上海，平吴剿捻，受赏力勇巴图鲁名号。李鸿章一向对将士疼爱有加，有求必应，不求也主动呵护关照，能给名给名，能给利给利，能提拔提拔，能重用重用，累升聂士成为记名总兵。战争结束后，大部分将领投闲置散，李鸿章腾出近畿兵站守备，委任聂士成。聂士成崇拜李鸿章，得知他出京过站，专门备下酒宴，非留他一醉不可。

正处热闹，站外响起得得马蹄声，督标入报，说恭王府侍卫求见。李鸿章觉得奇怪，王府侍卫怎么会跑到这荒郊野岭来？莫非京城里出了啥乱子？传侍卫进屋，侍卫报告道："王爷随后即到，还请中堂大人稍候片刻。"

恭亲王也追了过来？看来定有非常紧要之事。李鸿章讶然一惊，出屋爬上望楼，往北一望，果见快马数骑，踏雪而来。下得望楼，才出兵站，快马已驰至近前。李鸿章上前，扶奕䜣下马，一边问道："王爷辛苦，有何见教？"

"入站再说。"奕䜣摘下落满雪花的毡帽，扔给侍卫，走进兵站。李鸿章让聂士成打开密室，迎奕䜣入内。旋即炭火摆上，热茶送入。李鸿章关上门，请奕䜣喝茶润喉，说："不是宫里有事吧？"奕䜣道："本王就是出宫后，直接追出城来的。"

原来昨天太后拍板同意选派幼童留洋后，李鸿藻、翁同龢、徐桐几个实在咽不下这口恶气，聚到一起，商量怎么反戈一击，挽回颜面。商量来商量去，最后翁同龢出主意，找几个御史，联名上折，奏请停办福州船政局和江南制造局。理由也好找，战争已然结束，两局每年耗资四五百万两银子，朝廷不堪重负，停办省下银两，可用于民生和其他事项。

打蛇打七寸，闽沪两局是奕䜣和曾李师徒命根子，撤掉两局，奕䜣等人不气死，也会屎尿失禁，威风扫地。李鸿藻很赞同，又提出光让几个御史上折，杀伤力太小，只怕达不到目的，还得更有分量的人背后使劲才行。谁更有分量呢？翁同龢想起一事，同治皇帝大婚在即，礼部正为筹办婚事缺钱发愁，可以请出同治，以御史上折为借口，里外响应，说动两宫，停办两局，省下银子，用来办个像样点的婚礼。同治已十七岁，早想成婚亲政，他定会大力支持。同治一支持，两宫自然没话可说，两局必撤无疑。

此招真够狠的，三人兴奋不已，分头行动。徐桐去找御史宋晋上折，李鸿藻与翁同龢趁入弘德殿侍讲，给同治帝施加影响。宋晋笔头快，不到一个时辰，就写出折稿，痛陈闽沪两局耗资甚巨，劳民伤财，非停办不可。然后让徐桐等人联合署名，连夜递进宫去。两宫刚看完奏折，正举棋不定，同治帝也受李鸿藻和翁同龢两位老师怂恿，拉长着脸找上门来，一番哭诉和吵闹，扬言不停办两局，宁肯不做这个皇帝。

两宫有些招架不住，一大早派人赶往恭王府，传奕䜣入宫，征询他意见。奕䜣自然据理力争，强调两局千万停不得，没有轮船枪炮，拿什么巩固海防？两宫说这几年不已陆续造出二十多艘兵轮么，年年造，哪用得这么多？再说还有金陵和天津两个制造局，足可保障西北战事枪炮供应，留着闽沪两局，已无多大必要，不过徒耗国帑而已。

实在没法说服两宫，奕䜣只得强调，撤不撤闽沪两局，不能朝臣说了算，还得与曾李师徒及左宗棠、沈葆桢等任事外臣沟通一下，以免惹出啥乱子来。两宫也不好与曾李左沈闹僵，毕竟国家大局要靠这些人支撑。就让奕䜣联系曾李他们，尽快给出明确答复。估摸李鸿章一行离郊不远，奕䜣打马出城，幸好马比车快，在兵站追上李鸿章。

贵为亲王，就为闽沪两局命运，奕䜣竟冒着风雪，老远追过来，着实让李鸿章感动。他沉吟半晌，说："近年两局确已造出大小二十多艘兵轮，可千里海岸，万里海疆，又哪是区区二十几艘兵轮对付得了的？再说洋人造船技术日新月异，过不了几年，现有兵轮就会过时，没法与洋人新造洋舰抗衡，非得通过两局，不断学习西法，培养新人，更新技术，制造先进洋器，怎能说停办就停办，失去好不容易建造起来的取法西技强军兴国的基地呢？"

奕䜣痛心疾首道："本王也是这么跟两宫解释的，无奈两宫听不进去。"李鸿章说："皇帝还小，两宫太后长年深居皇宫，不怎么了解海防现状，倒也情有可原，李鸿藻、翁同龢、徐桐和宋晋等人才高识广，怎会出此下策，坏我大清自强局面呢？"奕䜣说："很显然，这些人没能阻止幼童出洋留学，觉得憋屈，才挖空心思，实施报复。"

李鸿章长叹一声，说："就算报复成功，又能给他们带来什么好处呢？国家继续贫弱下去，君臣一起做亡国奴，他们才甘心？"奕䜣说："李翁他们若这么想，也就不会处处与咱们作对了。"李鸿章说："木秀于林，风必摧之。见咱们办成几件像样的事，李翁等人心里难受，只有拖住咱们后腿，陪同寻章摘句抄小楷，他们才高兴得起来。”

“算啦，别把这些人当回事。”奕䜣摇头道，“来见少荃，是看你有无办法，保住两局，以免刚刚兴起的自强大业停步。幸而两宫没把话说死，咱们还有争取余地，挽救两局命运。”李鸿章道：“皇上被李翁之流利用，两宫太后又不好拂皇上面子，两局命运还真难逆料。”奕䜣道：“我知道少荃脑筋好使，说不定一时灵光显现，悟出妙招，力挽狂澜。”

李鸿章皱眉道：“下官尽力而为吧。可先按王爷所言，联络曾夫子、左宗棠、沈葆桢、毛昶熙等大员，共同上折，大声呼吁，力保两局不撤。同时鸿章也考虑考虑，看能否为两局谋划一条出路来，争取以后少花厘金关税，也能生存下去。可具体怎么办，鸿章一时也不得要领，请王爷宽限时日，容我慢慢琢磨。”

自进兵站始，奕䜣脸上肌肉就一起紧绷着，听得李鸿章此言，才舒展开来，说：“本王就知事再难，也难不住少荃。你慢慢琢磨吧，相信你会琢磨出道道来的。年后春雷一响，皇上和两宫会出宫祭扫西陵，你身为直隶总督，有进京护驾职责，届时本王再听你消息。”

说完，奕䜣起身出屋，跳上马背，由侍卫随护，驰离兵站，原路返都。目送奕䜣快骑消失于茫茫雪野，李鸿章写张字条，交给聂士成，让他派人飞速赴津，交给许钤身，要他带上马建忠和盛宣怀，尽快赶往保定，有急事相商。

聂士成安排下去，李鸿章一行也动身离开兵站，踏上南行官道。

十、曾国藩病逝两江任上

到得保定，大雪已封住城门。钱鼎铭早带人铲开积雪，迎住李鸿章车驾，拥护入城，直抵督衙。直隶不设巡抚，全靠布政使钱鼎铭打理一应政务，李鸿章才长年驻节津城，一心一意忙洋务，办制造，成效卓著，令人瞩目，也遭李鸿藻和翁同龢等人嫉恨。

下车入衙，夫人赵小莲亲手熬好姜汤，端到面前，让李鸿章祛寒暖身。又与儿女们见过面，一起上桌吃饭。饭后说会儿家常，走进书房，研墨提笔，写信给曾国藩，报告一好一坏两个消息。好消息自然是朝廷已同意选派幼童留学，可让陈兰彬和容闳立即行动，付诸实施；坏消息是宋晋等人奏请停办闽沪两局，拜托老师上折力争，确保两局不撤。

信函发出，年关将近。噼里啪啦的鞭炮声中，时光之旅踏入同治十一年（1872）新春。钱鼎铭牵头，为李鸿章办过四十九岁生日酒，过没两天许钤身、马建忠和盛宣怀来到保定，兴冲冲迈进督衙。李鸿章将三人请入西花厅，亲自倒酒布菜，热情款待。

酒足饭饱，许钤身问道："中堂召咱们来保定，定有要事吩咐吧？"李鸿章说："三位刚至，暂不谈事，新之（钱鼎铭）已收拾好三间上房，你们美美睡上一觉，恢复一下精神，明天上午再去我书房，咱们好生聊聊。"

翌日上午，李鸿章走进书房，家丁已生了炭火，备好茶水和瓜子糖果。炭火很快升起，三人接踵而至，围火而坐，一边喝茶剥瓜子，一边聊起来。闲话几句，李鸿章引入主题，说了宋晋出头奏请停办闽沪两局经过。

盛宣怀有些不解，道："中堂、侯相和丁抚苦心经营数年，两局正是大出成效时候，宋晋他们怎么突发奇想，奏请停办呢？"许钤身笑道："李翁徐宋之流才不管两局出不出成效哩，只要中堂和侯相办的事，他们就视作眼中钉，肉中刺，非拔掉不可。"马建忠也道："建忠早听人说过，翁同龢曾公开表示与侯相和中堂不共戴天，一辈子都不会放过中堂，中堂说白他偏说黑，中堂说方他偏说圆，不斗赢中堂，誓不罢休。"

盛宣怀剥开两枚橘子，分给几位，道："怪不得家父非常体量侯相，说侯相经常感慨，带兵打仗十余年，真正花在长毛身上的力气不过十之二三，十之七八都耗在了官场人事纠缠上。宣怀来到中堂身边后，也算有了切身体会。"

许钤身说："长毛和捻匪闹事，朝野同仇敌忾，没人敢说停战休兵，放任贼匪作乱肆虐。兴西学，制洋器，办洋务，则不一样，从上至下，反对声一直不绝于耳，甚至视同于卖国卖祖宗，仿佛只有蒙上眼睛，捂住耳朵，啥都看不见，听不到，才算爱国。由此可知，比之当年征发剿捻，中堂效法洋人，强国兴军，更难十倍。"

说话间，有截没烧透的炭头被点燃，炭盆里忽然冒出一股青烟来。马建忠手快，拿过火钳，夹开炭头，嘴里道："据建忠所知，日本与中国签约，其动机并非通商，是借通商名义接近中国，取法制器造船办西学经验。自两国签约后，日本脱亚入欧步伐迈得更快更大，上至天皇，下至平民，都憋着一股劲，要努力掌握洋器制造及使用技术，尽快赶超中国。不仅军队换上洋枪洋炮洋舰，普通百姓也用上洋物，连身上和服都改成西装，就如赵武灵王推行胡服骑射和北魏孝文帝倡导汉化。也有人说日本人身材矮小，穿上西装有些怪模怪样，可他们正是要用外表的丑陋，体现奋发图强的坚定。"

"百姓昧于事理，另当别论，可叹的是朝中腐儒，只知一味排外，不思革新自强。若多几个大臣，肯像日本人样将眼光放长远点，大清事情也就好办得多。"李鸿章唉声叹气，"今天不说日本人，还是聊聊闽沪两局，看有无确保不撤之希望。"盛宣怀说："要保住两局，必须给其所造轮船寻求出路。"李鸿章问："出路何在？"

望眼窗外纷纷扬扬的雪花，盛宣怀略有所思道："二十多年前国门首开，英国商船就开始在广州与香港之间行驶，没少赚银子。此后各国洋船发疯似地驶向中国，驰赴厦门、宁波、上海、烟台、天津各海口及长江等内河。洋船所为，凭借的是诸多条约。各条约皆系洋人用枪炮逼着大清签订的，国人叫做卖国条约。只是宣怀不太明白，洋人依条约将商船开进中国水域，又没将海河运走，怎么叫卖国呢？到底卖的是国山国土，还是国草国木？”

说法倒是新鲜，恐怕也只盛宣怀这样的年轻人没有成见，才道得出此类奇谈怪论。马建忠忍俊不禁道：“杏荪（盛宣怀）兄呐，建忠看你此番言论，就有卖国之嫌，若叫李翁徐宋他们听了去，非扭送你入刑部大牢不可。”许钤身也笑道：“杏荪兄此言，说对也不对。洋船确实没运走咱们国山国土，国草国木，却挤垮华商沙船，运走大清大把大把银子，即使不算直接卖国，也称得上间接卖国。”

盛宣怀喝口热茶，润润喉咙，道：“那也只能叫卖银，不叫卖国。”许钤身道：“国人手头银子都被洋人赚走，国家依然积贫积弱，卖银与卖国又有啥不同？”盛宣怀说：“卖银与卖国自然不同。国卖掉再回不来，银子外输，还可赚回来嘛。”

李鸿章觉得有意思，正要说啥，钱鼎铭进来，说午饭已经备好。几位走出书房，来到西花厅，举了杯子，开怀畅饮。酒过三巡，喝酒速度变缓。李鸿章道：“刚才听杏荪一席话，本督颇受启发。巡抚苏沪时我就想过，洋人利用中国海河大发洋财，咱们为何不可在自家门口行船运输，争金夺银？无奈当时围堵长毛要紧，后又率军北上讨捻，继而充任湖广，想法一直只是想法。”钱鼎铭说：“有想法就有办法。如今中堂处直督和北洋大臣大位，正是实现想法的时候。”盛宣怀附和道：“办法总会有的。宣怀寻思，光知痛恨洋商赚走咱们银子没用，还不如争口气，组织运力强大的轮船，开往海上和内河，揽货载客跑运输，与洋人争个高下。待咱们商船也能赚钱时，诸多条约再不平等，再怎么卖国，也成了平等条约和爱国条约。”

说得多好！李鸿章算开了眼界，暗叹盛宣怀敢想敢说。只听许钤身接话道：“其实过去中国海河行驶的就是中国商船，只不过并非轮船，是木质风帆沙船。钤身就曾受朱其昂聘请，替他跑过沙船。记得国门未开之前，沙船遍布东南沿海，鼎盛时间船只上万，船工不下十万人。无奈沙船运力低，行驶速度慢，抗风浪能力弱，等到赫赫洋船开进来，便把大部分生意抢走，沙船没法生存，渐渐变得稀少。”

钱鼎铭忍不住插话道：“十多年前，各通商口岸十分之九的运输生意就已成为洋商嘴里肥肉，连大豆运输，原属沙船专营，洋商也虎视眈眈，不肯放过。此乃糟米运输之外最大的水运生意，每年由沙船将东北牛庄和山东登州一带大豆运往上海，再转销东南各省，养活了不少船商和大量船工。至淮军征发上海，华商眼见沙船敌不过轮船，试图寻求朝廷翼护，曾联名递禀中堂，呼吁维护华商大豆专营权。中堂出于军需和中国商民利益之考虑，曾建议朝廷严禁洋商染指大豆运输。却遭英法等国强烈抵抗，说不让洋商运载大豆，英法军舰就撤销警戒，放任太平军船只进攻上海。朝廷迫于无奈，不敢下此禁令，只好继续开放大豆运输。华商得不到支持，不得不自己想办法，入股洋商轮船公司，以分一杯羹。或租赁洋船跑生意，挂上洋人国旗，逃避关税厘金。自此，沿海沿江沿河再看不到风帆如织，取而代之的是冒着黑烟鼓浪而行的外国大轮船。”

许钤身说：“沙船犹如老迈病夫，轮船仿佛青年壮汉，病夫败于壮汉，势所必然。”盛宣怀说：“故我认为中外并无不平等条约，只有不平等运输器具和经营方式。与其愤愤于条约之不平等，还不如换换脑筋，想方设法，改进运输器具，提升经营能力。”钱鼎铭也道：“洋船占据海河，沙船淘汰出局，光咒洋人，骂洋船，确实于事无补，还不如照杏荪所言，换换脑筋，另谋出路。”马建忠问道：“出路又在哪儿？”

盛宣怀端杯而笑，说：“就在闽沪两局所造轮船。”马建忠说：“两局轮船？”盛宣怀点头道：“两局花费大量银子，朝臣心疼，提出停办两局，也不能说完全没有道理。要想保住两局不撤，关键在于把两局所造轮船充分利用起来。”

李鸿章已听出盛宣怀话里意思，要他继续往下说。盛宣怀继续道：“闽沪两局制造轮船，初衷是武装水军，迎战长毛。长毛肃清，转而用于海防和江防。其实轮船只要稍作改装，完全可以两用不误，战时用于战，保卫海河；无战用于商，以船养船。如此一来，既保住两局不撤，又能实现争回海运河运权夙愿，岂不两全其美？”

轮船两用，确实是妙招。李鸿章已暗暗认可盛宣怀建议。

酒足饭饱，重回书房，围火饮茶。盛宣怀又慷慨激昂道：“洋人造船可大把大把赚银子，富商养民，利国强军，为何咱们造船只耗财，不生财？说白了，造船本身没有错，错在官府不知考虑商情，给予轮船以出路。出路在哪儿？可以成立轮船招商局，发动商人集资入股，购置轮船，经营水运，赚了钱按股分红。一旦招商局成立，轮船有了用场，闽沪两局不仅可保不撤，还应扩大规模，造出更多更有运力的轮船。船多生意多，船主有利可图，船工有谋生手段，国家还可课税增收，一举三得，又何乐而不为呢？古人有言，百姓足，君孰与不足；百姓不足，君孰与足？国计与民生是相辅相成的，筹国计必先顾及商情，惠及民生，倘商不能自立，民不能富足，国又如何强盛？”

几位鼓掌叫好。李鸿章道：“杏荪就按这个思路，草拟一份轮船招商办法。年节一过，我再趁进京协办西陵大差，亲自呈交两宫太后和恭亲王。”

盛宣怀自然满口应承。李鸿章又道：“闽沪两局轮船造价居高不下，所费银两甚巨，无外乎煤炭和钢铁等原材料消耗大，大清又不能自产，需向洋人购买，洋人故意抬价，还没法与其讨价还价，再贵也得咬牙购进。大清要想图强，开矿采煤，造钢炼铁，已迫在眉睫。眉叔（马建忠）代拟份奏办煤炭和钢铁的折子，我一并带到北京去。”

马建忠也没话说。李鸿章又吩咐许钤身：“仲韬也不能闲着，先给上海茶王徐润和买办商人唐廷枢等人去信，征求他们对成立轮船招商局的意见，待奏办轮船招商局批复下来，你再跑趟上海，见见这些人，动员他们入股。”许钤身点头说：“还有船王朱其昂，经营沙船十多年，熟悉海河运输业务，也是入股筹办轮船招商局不错人选。”

“朱其昂能参与进来，当然求之不得。”李鸿章笑逐颜开，感谢几位出谋划策，“成立轮船招商局，募足股本，运营轮船，便可与洋商一争高低。若水运促推煤铁生产，继而进图修建铁路，筹办陆运，大清自强便不再是空话，可望变成看得见摸得着的现实。”

得到李鸿章嘉许，几位走出书房，兴致勃勃，分头行动。李鸿章也拿出纸笔，给曾国藩与沈葆桢写信，陈述筹划轮船招商局和开矿炼铁之宏大设想，请两位也上折促促朝廷。别人说些什么，朝廷可以不当回事，老师德高望重，沈葆桢则为福州船政大臣，两人同上折子，自会引起重视，堵堵朝臣嘴巴。

信函送达金陵和福州，已是二月初。沈葆桢已知宋晋等人奏请停办两局，正心急如焚，展阅李鸿章信函，不禁大乐，连夜依函拟折，力倡成立轮船招商局，以保船政局不至停办。折子拟就誊正，天已微明，即交幕宾，派发京都。

其时曾国藩正在病中，亦见信心喜，病好三分。正值陈兰彬与容闳来访，还强打精神坐起来，陪两位说了会儿话。原来陈兰彬收到总署委任后，就与容闳制订出《挑选幼童前赴泰西肄业章程》，报经朝廷通过，着手征选幼童事宜。依章程规定，征选对象主要为十至十六岁幼童，原则是家长和幼童自觉自愿。让人意想不到的是，响应者寥寥无几。想想也是，孩子乃父母心头肉，一去千万里，一别十多年，谁忍受得了？更有谣传说，美国人非常残忍，见着中国人，会逮住剥皮，安到狗身上，牵着上街遛狗。本来幼童难征，谣言传得沸沸扬扬，陈兰彬和容闳似成美国帮凶，家长远远看见两人，拉过孩子，跑得无影无踪。

征不到幼童，辜负曾侯相和李中堂殷切期望，如何是好？容闳只得趁回广东老家过年，动员亲戚熟人。广东开化早，又见容闳出国留学归来，颇受朝廷器重，有些动心，迟疑着签下合约。章程所定头批三十名幼童这才征齐，容闳与陈兰彬赶赴金陵，来向曾国藩汇报。

幼童选定，又是一喜。曾国藩乐道："少荃雄心勃勃，正在谋划轮船招商局，还准备开矿炼铁，你俩又如期征选到三十名聪慧幼童，即可派往美国，为大清自强储备优秀人才，老夫死亦无憾矣。"陈兰彬道："侯相乃大清救星，大清自强事业未竟，上苍怎会让你走呢？"

曾国藩笑道："老夫来日无多，已没法为大清未竟事业效命出力了。好在少荃已担负起振兴大清重任，他筹办洋务，处理外事，比老夫更有手段，老夫足可放心。还有你俩挑选出来的幼童，一旦学成归来，便会成为强军富国中坚力量。"

两位点头称是。曾国藩又问："幼童们何时动身？"容闳答曰："还得三五月甚或半年时间。"曾国藩道："为何要等那么久？"陈兰彬解释道："美国方面还没完全联系好，须纯甫（容闳）提前赴美，商谈幼童就读学校，落实托管家庭，再安排幼童登船出洋。"

"只怕老夫已等不到幼童登船出洋那一天。"曾国藩若有所失道。说得两人心头一阵酸楚。陈兰彬道："侯相吉人天相，阳寿还长着呢。大清也离不开您老，朝野都盼您好好养病，早日康复，振兴国家。"容闳也说："明晚容闳动身赴美，到那边后会抓紧时间，尽快办妥幼童留学手续，届时还要请侯相出面，送幼童登船出洋哩。”曾国藩笑道：“但愿能等到那一天。”

也是人逢喜事精神爽，陈兰彬和容闳走后，曾国藩召幕僚薛福成来见，论及幼童选定，出国在即，满脸皆悦色。又拿出李鸿章书信，要薛福成一阅，再按信中要求，代拟折子，奏请朝廷准办轮船招商局，酌情谋划开矿采煤，铸铁炼钢。

薛福成系江苏无锡人，现年三十四岁，字号庸庵。幼时苦读经史，太平军攻占苏浙后，深受震动，决意弃八股试帖之学，致力经世实学。同治四年曾国藩北上剿捻，沿途张榜招贤，薛福成写下洋洋万言《上曾侯书》，递入曾府。曾国藩读罢，击节赞叹，深为其改科举、师夷法、兴洋务的主张所吸引，即延聘入幕。此后薛福成在曾幕一待七年，助办兵事，料理饷事，主持文事，颇为曾国藩器重，被保为知府衔。

读过李鸿章信函，薛福成回话道：“照李中堂设想，招股筹建轮船招商局，大力兴办水运，纵使朝臣反对，两宫和恭亲王或许也会同意，至于开矿采煤，办铁炼钢，亘古未有之事，只怕很难获准。”曾国藩感叹道：“老夫也知道大清要办啥事，总难免大费周章，不是想办就办得成的，须事前酝酿和造势，势成才可谋定。好在少荃有股韧劲，他想办啥事情，总能绞尽脑汁，非办成不可。老夫帮不上忙，只能从旁呼吁呼吁，造造声势，让他省些力气。”

薛福成深以为然，站起身来，准备回办事房代拟奏稿。曾国藩摇摇手，说：“庸庵别急，好事不在忙中取，也不争在这一天半天的。老夫回任两江后，卧病时日多，已好久没过过棋瘾，今日趁着高兴，头脑也还清醒，咱俩围两局。”

“侯相有此雅兴，学生定当奉陪。”薛福成拿出云子，摆开棋盘，坐到曾国藩对面，落子于盘，一边有一句没一句聊着。曾国藩貌似漫不经心道：“老夫活过今天，不知能否还活得过明天。哪天老夫走后，庸庵有何打算？”

原来曾国藩留薛福成下棋，不过是个借口，主要关心他日后去向。薛福成道：“老师想远了，看您老气色，再活十年二十年没事，福成就待你身边，哪儿也不去。”

曾国藩慢慢抬起头来，瞥眼薛福成，说：“老夫当然也想再活十年二十年，可这是老夫做得了主的吗？别说十年二十年，就是十月二十月，十天二十天，也非老夫所能决定。你还是说说日后有何打算吧？”薛福成说：“还没想过。”曾国藩说：“可否考虑到少荃那里去？”

薛福成知道曾国藩在为自己出路着想，说：“李中堂身边已有许钤身、马建忠和盛宣怀诸位，都是些能人，福成恐怕不好再去凑热闹。”曾国藩说：“少荃重才，又想干大事，还愁人才多？你到他那里去，定会大有作为。过两天待老夫精神稍好，给他写封信，推荐推荐你。”

薛福成心里认可，嘴上则说：“还是那句话，福成哪里没去，就跟着老师。”

围完一局，薛福成担心曾国藩精力不支，说：“久坐伤神，老师还是出去走走吧。”曾国藩将手里云子投进棋罐，说：“也行，去后花园转转。”

薛福成起身，搀着曾国藩，来到后花园。天色有些阴沉。曾国藩又提起幼童留学的事，叹道：“幼童要半年后才能登船出洋，看来老夫已没法等到那一天。”薛福成说：“半年不过弹指间，眨眼即到，老师不必着急。”曾国藩笑道：“半年弹指间，一生一世，亦不过弹指间。老夫已六十一岁，活得不长也不短，可了此一生了。只是放心不下幼童留洋一事，万一朝廷有啥变数，收回成命，幼童出国不成，老夫死难瞑目啊。”

莫不是人老思虑重，凡事容易往坏处想？薛福成笑道：“朝廷定妥之事，岂会轻易变更？何况牵涉国家信誉，也不好失信于洋人。”曾国藩点头道：“确实如此。”

绕上半圈，曾国藩觉得有些疲倦，薛福成扶他步入亭子里，稍事休息。阴沉的天空忽然划过一道闪电，远处响起一声闷雷，随即下起雨来。雨不大，丝丝缕缕，润物无声。

依亭柱坐没多久，曾国藩忽觉脚下一麻，半边身子顿时失去知觉。薛福成见势不妙，大声唤人。曾家大儿曾纪泽就在紧挨后花园的书屋里，闻声飞奔而出，与薛福成一起，将父亲搀回房里，扶到床上，一边让人传唤医生。

待医生赶到，曾国藩已溘然而逝，走完六十一年人生，结束一个属于自己的时代。六十一年时光里，曾国藩内圣外王，以德服人，以功立身，以言传世，被视为不朽圣人，光耀中华，高山仰止。庄子说，天下无道，圣人出焉。而今圣人已去，道又在哪里呢？

噩耗传到李鸿章耳里，已是十天之后。他刚离开保定，循例入京，准备随护皇上和两宫太后，祭扫西陵。因太平天国起义，西陵大差已停办十多年，而今同治中兴，天下无事，朝廷恢复旧仪，似也在情理之中。作为直隶总督，李鸿章自有护驾殊荣，无可逃避。

与年前一样，李鸿章依旧入住贤良寺。前脚迈入寺门，后脚曾国藩逝世邸钞就送了进来。早知老师身体欠佳，迟早会有这一天，却想不到这一天来得如此之快。李鸿章肝肠寸断，忧悸欲绝，眼前不觉一黑，差点晕倒在地。双手扶住廊柱，好不容易恢复过来，已是泪湿衣襟。

曾氏门生成百上千，李鸿章受知最早，受恩最重，受益最深，造化也最大，是曾国藩本人唯一认可的嫡传弟子。李鸿章二十岁进京，便投入曾门承教，后两榜高中，入值翰林。太平天国席卷江南，曾国藩回籍组建湘军，李鸿章南归转战安徽，相继跟随过四任大员，历尽坎坷，受尽磨难，终无大成。直至辗转进入湘军老营，师生心气相通，志趣相投，惺惺相惜，同舟共济，并肩作战，渐成大势。不用说，曾国藩是李鸿章学问导师，生命贵人，勋业推手，李鸿章则是曾国藩入室弟子，衣钵传人，事业替手。因李鸿章辅佐，曾国藩立德立功立言，成为三不朽圣人。因曾国藩扶持，李鸿章组建淮军，南平苏吴，北定鲁晋，继倡西学，崇西技，办制造，兴洋务，赶欧追美，富国强军，开创另一个时代，成为造时势之英雄。

不期然老成凋谢，大厦将倾，艰难时局，赖谁支持！李鸿章恨不得马上出京，南奔金陵，去灵前哭祭一番，送老师一程。可他知道，功臣身死，阻挡不了皇家祭扫，自己还得滞留京都，尽直督职责。只好研墨铺纸，含泪函唁曾纪泽和曾纪鸿兄弟，遥寄哀思，缅怀恩师。唁曰：吾师果已死矣，不可复生矣！天乎，天乎！奈之何哉！每忆吾师于军事囤困时，常恐死不得所，及贼平而官居，又虑晚节不终，兹结局如此哀荣，易名如此优异，亦不负平生之志。唯吾等孤露人间，何以善慰慈帏，克谋堂构？鸿章勉承遗绪，何以支持国计，仰报恩知？此则所共早作夜思，而惕厉不能自已者矣！

又应曾氏兄弟函请，为恩师题写神道碑铭：道光季世，夷始圂我。内患乘之，燎原之火。彼睨吾旁，雌雄首尾。曰敝可乘，随耳同起。夷啮其外，寇讧其内。不有我公，嘻甚矣惫。维昔相臣，佐治以文。武功之盛，则由圣人。

函成铭就，李鸿章又连夜撰写挽联：师事近三十年，薪尽火传，筑室忝为门生长；威名震九万里，内安外攘，旷代难逢天下才。

功臣盖棺，朝廷也降诏论定，称曾国藩学问纯粹，器识宏深，秉性忠诚，持躬清正。照大学士例赐恤，赏银三千两治丧。追赠太傅，予谥文正。入祀京师昭忠祠和贤良祠，并于湖南原籍与金陵建立专祠，其平生政绩事实宣付史馆。

历来中国士人最高理想，便是生封死谥。曾国藩所封一等侯，所谥极品文正，好不令人羡慕。左宗棠一向不服曾国藩，得知其谥号后，难免嫉妒，酸溜溜道："曾国藩已谥文正，将来吾等归天，岂不要谥武邪？"不过左宗棠为曾国藩所撰挽联，倒有几分中肯：知人之明，谋国之忠，自愧不如元辅；同心若金，攻错若石，相期无负平生。

元辅便是曾国藩。再说李鸿章寄走唁函和挽联，独居寒室，全身僵硬，满心皆是悲伤。悲老师仙逝，更悲自己顿失依傍，孑然独立于偌大的大清政治舞台，不得不一人面对凶险官场和三千年未有之变局。想从前，遇险有老师排险，逢难有老师解难，面对高墙，望而生畏，老师后面推上一把，便能越墙而过，迎来风光无限。如今恩师已去，再险再恶的巨涛大浪，只能凭一己之力，奋勇搏击，以免沉沦；再重再沉的担子，只能一人咬紧牙关，一肩扛住，不至于被压垮；再艰难再恶劣的局面，只能自己硬着头皮，独自支撑，以期走出困境。

忍着大悲，李鸿章出得贤良寺，抬头望天，一片迷茫。却还得拖着虚脱的身子，赶往宫门外，迎候同治帝和两宫太后。启銮，谒陵，回銮，还宫，直至祭扫大差结束，才借机将创办轮船招商局和铸铁炼钢奏折，交给恭亲王，请他转呈两宫，尽早定夺。尔后辞帝出京，回到天津衙署，一头扎进纷繁的事务里，迫使自己尽快从失师的悲痛里走出来。

李鸿章留下创办轮船招商局和铸铁炼钢两折回津后，不久左宗棠与沈葆桢二人奏折也递入京师，力陈江南制造局和福州船政局乃大清自强希望，千万撤销不得。奕䜣当即将文祥召入王府，拿出三人奏折，说："可惜曾国藩驾鹤西归，若他多活一两个月，也有奏折上来，两宫会更当回事。"文祥说："曾国藩乃大清脊梁，老成谋国，他说句什么，两宫格外看重，王公大臣更无话说。如今脊梁已倒，国家有事，全赖王爷独力支撑。”

奕䜣说：“不是还有你与少荃吗？少荃资历虽不及其师，办事能力却青出于蓝，胜过老师。比如剿捻与查办津案，曾国藩劳而无功，声名扫地，幸亏少荃出手了难，力挽颓局，给老师赢回面子。”文祥说：“少荃无论办事，还是与洋人纠缠，确实比其师利索。可做人方面，还是曾国藩持重老道，少荃则见事不见人，德望与其师仍存在不少差距。”

奕䜣不敢苟同，笑道：“其实事在人为，做事就是做人。少荃一心做事，不言如何做人，却能因人成事，以事成人。不像曾国藩老唠叨如何修身齐家，如何忠君爱国，相反让人感觉有些做作，不够真诚，虽说诚字常挂在他嘴边。”

奕䜣自然话有所指。曾国藩组建湘军后，以奏片、日记和书信等多种方式，不断明里暗里向皇上表忠示好，弄得人心惶惶，怀疑他有何不可告人之目的。直至金陵克复，湘军陆续裁撤，两宫太后和王公大臣悬着的心才落到实处。倒是李鸿章从没标榜自己如何忠君爱国，如何仁义礼智，只就事论事，朝廷相反不会质疑他别有用心，尽管也留着一手，以防万一。

此系敏感话题，文祥不便妄议，瞧瞧左宗棠奏折，说：“别看这个左今亮处处与曾李师徒作对，大是大非面前，比如制洋器，办西学，富国强军，却英雄所见略同，能说到一起去。”奕䜣说：“左宗棠在沿海征战多年，知道制洋器办西学意义重大，草创福州船政局，又举荐沈葆桢出任船政大臣，自然与曾李师徒不谋而合，力主保留两局不撤。”

文祥说：“只是少荃胃口也太大了点，不仅要求保留两局，还提出成立轮船招商局和铸铁炼钢，真让他得逞，还不把李鸿藻、翁同龢、徐桐他们活活气死？”奕䜣说：“铸铁炼钢以后考虑不迟，先把轮船招商局办起来再说，不然好事挤到一堆，两宫无所适从，一件事都做不成。轮船招商局办起来，自造轮船有了出路，闽沪两局就可继续生产，确保不撤。不用说李鸿藻、翁同龢和徐桐他们肯定会跳出来，极力反对，咱们得提前做好准备，必要时好驳倒他们，争取两宫支持，以不辜负少荃厚望。”

驳斥李翁等人理由好找，就在李左沈三人奏折里，奕䜣与文祥将折子反复看上数遍，直至烂熟于心，再呈入宫里，请两宫定夺。两宫择日召集大臣，至养心殿会商。果然听说李鸿章不仅坚决反对裁撤闽沪两局，还要成立轮船招商局，李鸿藻与翁同龢肺都气炸了，跳起半天高，破口大骂李鸿章卖国卖祖宗，竟敢拿洋玩意糊弄朝廷，该千刀万剐。奕䜣与文祥据理力争，陈述创办轮船招商局意义非凡，势在必行。李翁几位占不到上风，声言只要轮船招商局一成立，他们就辞职出宫，回家养老去。李翁都是同治小皇帝的老师，平时没少在他面前臭李鸿章，这下李翁被李鸿章奏折气得要辞职离宫，皇位上的小皇帝也发声道："两位老师不能走，要走也只能李鸿章走，他老给朝廷惹是生非，叫咱皇帝做得不安宁。"

话没说完，慈禧在帘子后面轻轻一咳，小皇帝便脑袋一蔫，不再出气。朝堂顿时安静下来，众臣张开耳朵，捕捉帘后声音。只听慈禧道："我说李鸿藻和翁同龢两个，不要老把回家养老挂在嘴上，莫非你俩回了家，就再找不到皇帝老师？你俩确实有学问，可有学问的人多得很，何必目中无人，恃才傲物？知易行难，大清要自强，光靠几个死学问也不行，还得有人肯出面做些实事。凡事难免有利有弊，叫你们会商政事，就要为大清富强考虑，多说事理，少说气话。李鸿章提出创办轮船招商局，到底利大于弊，还是弊大于利，你们可以就事论事，别扯得太远，话说千言，离题万里。"

李翁敢说回家养老的话，其实是摸透慈禧心思，故意跟她叫板。慈禧离不开奕䜣和李鸿章这些做实事的，也需要李翁等人唱唱反调，以便从中掣肘，两边都听命于她。该唱的反调唱过，慈禧要求就事论事，便照她意思，就事论事呗。也是翁同龢系江苏常熟人，对沿海沿江水运多少有些了解，当即出列道："微臣知道，轮船招商局一成立，占据海河水运，原有沙船只能弃之不用，上万船工无以谋生，就会聚一起闹事，像长毛捻匪样闹得天下不宁。"

翁同龢知道朝廷最怕出乱子，故意危言耸听，拿太平军和捻军打比，吓唬两宫和众臣。果然满堂附和，说为个轮船招商局，弄得天下大乱，得不偿失，实在无此必要。文祥早有准备，反驳道："三十年前洋人轰开国门后，便依条例于近海和江面行船跑水运，如今随处都是洋船，已难得见到几艘沙船。试问翁李等大人，朝廷不办轮船招商局，你们有本事把洋船赶出中国近海和江面，将水运生意重新还给本国沙船么？"

慈禧嗯一声，说："洋人手握条例，在咱近海和江面行船，是其正当权利，朝廷不可能赶他们走。"奕䜣接话道："想赶也赶不走人家，咱们的帆船土炮打不过洋人的坚船利炮。为与洋人抗衡，曾李左沈才创办制造局与轮船局，生产洋枪洋炮和轮船，以求自强。制造枪炮和轮船需银子，宋晋等人奏请裁撤闽沪两局，李鸿章又想出创办轮船招商局，既给自造轮船以出路，又可与洋船在江海上一决高低。不意李鸿藻和翁同龢又拿沙船说事，莫非为了沙船命运，放弃国家自强不成？何况就是不办轮船招商局，沙船也没法重现昔日风光。"

道理不深奥，事实明摆在此，李翁他们应该已无话可说，谁知翁同龢又梗着脖子道："要想让沙船重现昔日风光，也不是没可能。"文祥问道："可能在哪儿？"翁同龢说："可恢复运河漕运嘛。嘉道以前南北运输主要靠运河，后改漕运为海运，才给了洋船可乘之机。若恢复运河漕运，把漕米和豆石等朝廷水运交由沙船，洋船没生意可做，赚不到钱，洋人岂不乖乖把洋船开回自己国家，咱大清江海不又可重新恢复宁静？"

乍一听去，翁同龢所言好像蛮有道理，朝臣们兴奋起来，纷纷附议，力主恢复运河漕运，用沙船打败洋人轮船。连慈禧也心有所动，发话道："恢复运河漕运的事可以考虑。总理衙门发个函，问问李鸿章，看行不行得通。行得通就别成立轮船招商局，让沙船重回运河跑水运，船工们也有碗饱饭吃。皇上坐累了，我和姐姐也要下去歇息，廷议到此结束吧。"

小皇帝起身离去，朝臣们陆续走出养心殿，围住翁同龢，赞扬他脑筋活，一个金点子，便为朝廷排了大忧，解了大难，还能阻止李鸿章办什么轮船局，劳民伤财瞎折腾。翁同龢自然得意，说："咱是坐着沙船长大的，知道沙船有沙船优势，大江大海上跑不过洋人轮船，一旦驶回运河，河窄水浅，便能大显神通，洋轮唯有望而兴叹。"

有喜便有忧，奕䜣和文祥气得不行，远远绕开朝臣，出了宫门，回去商量对策。商量半天，也没商量出名堂，只好照慈禧所说，先发函给李鸿章，看他有无办法，挽回败局。

函件发至天津，李鸿章一瞧，又好气，又好笑，叫来许钤身与盛宣怀几位，道："翁同龢到底是揣着明白装糊涂，还是真不知运河状况？运河通航六百多年，淤积日渐严重，嘉道年间就已无法行驶货船，朝廷漕粮豆石等大宗货物不得不改为海运，各类货船陆续驶离运河，改行海路。翁同龢提出恢复运河漕运，不是故意为难朝廷么？"许钤身笑道："想让沙船重回运河，装货行驶，也不是没有办法。”李鸿章问：“有何办法？”许钤身道：“三个办法：一是疏浚运河，二是修复报废多时的沙船，三是在运河沿岸建筑数百座货仓。”

李鸿章看眼许钤身，说：“就这么简单？”许钤身说：“就这么简单。”李鸿章说：“要得，你马上起草回复恭亲王的信函，就说恢复运河漕运可行，只要户部拿出浚河修船建货仓的银子，咱们逐一落实。”盛宣怀笑道：“中堂跟朝廷玩文字游戏吧，朝廷肯定拿不出银子。”李鸿章说：“主意不是翁同龢出的么？朝廷拿不出银子，他翁家肯定拿得出。”

许钤身很快草拟好回函，交李鸿章加印发出。奕䜣见函，跑到朝堂上，说李鸿章非常赞成恢复运河漕运。朝臣很意外，李鸿章与翁同龢斗了十余年，以往李说白，翁说黑，翁说方，李说圆，怎么也尿不到一只壶里去，想不到此次李鸿章一反常态，不折不扣便认同翁同龢说法，莫非太阳从西边出来了？连慈禧也不可思议，说：“李鸿章真愿恢复运河漕运？”奕䜣说：“李鸿章白纸黑字写着，自然没有假。”慈禧又问：“怎么个恢复法？”

奕䜣一字不漏转述了李鸿章三点做法。慈禧问：“浚河修船建货仓，得花多少银子？”奕䜣说：“李鸿章只说支持恢复运河漕运，没说银子的事。”慈禧说：“办事没银子肯定行不通。再问问李鸿章，需多少银子才恢复得了运河漕运。”

奕䜣又发函天津，问银子的事。李鸿章回复说，他只负责办事，不负责筹银子，银子归户部掌管，只能让户部筹措。户部不筹，就让翁同龢拿，翁家财大气粗，这点银子还拿得起。奕䜣见函，忍不住笑起来，知道李鸿章故意跟朝廷兜圈子，再次跑到朝堂上，转述信函内容。翁同龢一听，又跳将起来，脑门差点把天花板顶破，口里大声咆哮道：“浚河修船建货仓乃国家大事，花的不是小钱，翁家哪拿得起？”

慈禧也已明白李鸿章意思，忍住笑道：“翁同龢说说，恢复运河漕运，该用多少银子？”翁同龢摸摸脑门，道：“没几十上百万两，肯定办不下来。”文祥旁边冷笑道：“翁门两代多人为官，且还是大官要位上的官，几十上百万两银子绝对不在话下。”李鸿藻帮翁同龢腔道：“翁家都是清官，能维持衣食住行已不错，肯定拿不出这么多钱。”翁同龢也哭丧着脸道：“利国利民的大好事，翁家拿得出，还捂着口袋不肯往外拿？”

朝堂上起了窃窃笑声。慈禧不笑，说：“奕䜣再问问李鸿章，恢复运河漕运，到底需要多少银子，若是翁同龢说的几十上百万两，户部总凑得拢。”

下朝后，奕䜣又发函给李鸿章，转达慈禧意思。李鸿章早让许钤身与盛宣怀算了笔细账，疏浚河道、修复沙船外加建筑货仓，没六七千万两银子，花上四五年时间，肯定办不下来。还要办差人能干，否则花钱费时，不见得能如愿。李鸿章照此具函给奕䜣，煞有介事地推举翁同龢出面主事，因为只他有此能耐，花几十上百万两银子，就能恢复沙船运输，给朝廷省下数千万两银子，可派作他用，比如修复圆明园啥的。

收到李鸿章回函，奕䜣拿到朝堂上，一字不漏念上一遍，众臣听得哑口无言，再没半个屁放。只有小皇帝听说修运河还可省下大钱，大声叫道：“想不到翁老师还有这个本事，还不赶紧跪承圣差，先浚运河，省下钱再修复圆明园，好带咱去园子里读书。”

翁同龢脸上涨得通红，想争辩几句，张张嘴巴，却出不得声。慈禧在帘子后叹一声，说：“运河没法指望，还是让李鸿章创办轮船招商局吧，大清总不能守着大海大河，眼睁睁看着洋人跑水运，赚大钱，自己受穷受窘。创办轮船招商局，总比恢复运河漕运花钱少吧？”

奕䜣扯扯文祥衣脚，文祥站出来道：“启禀太后，招商乃向商人招股之意，说白了就是让有钱商人自愿出资，合股购置轮船，承担水运生意，赚钱再按股分红，朝廷只管从中抽税就是。当然朝廷有钱，也可出资购股，参与分红获利。”慈禧说：“不用朝廷出钱也可创办招商局，怎不早说，还拿到朝堂上讨论什么？”奕䜣说：“此乃千古未有之新事，朝廷不讨论，不同意，李鸿章岂敢擅自行动？”慈禧说：“好好好，讨也讨论过了，让李鸿章去办吧。”

慈禧开了金口，慈安也表过态，创办轮船招商局的事就此敲定下来。朝臣们再不好多嘴，只有翁同龢、李鸿藻、徐桐、宋晋几位心里不服，下朝后聚到一起，大骂李鸿章太可恶，本欲打击他的气焰，弄掉江南制造局与福州船政局，谁知不仅于两局无损，还让这小子别出心裁，生出个轮船招商局的歪主意来，可谓风光占尽。宋晋说：“两宫之所以处处维护李鸿章，皆因他手里还有三万淮军未裁，不得不有所忌惮，不然哪会他说啥就是啥？”

徐桐认可道：“确因淮军存在，李鸿章才有恃无恐，若能把淮军裁干净，看他小子还怎么嚣张。”李鸿藻说：“淮军是当今国家主要国防力量，怎么裁得干净？”宋晋说：“不可能裁干净淮军，给淮军添点麻烦，敲打敲打李鸿章，总可以吧？”

怎么才能给淮军添麻烦呢？翁同龢状元出身，是四位里脑瓜最活泛的，三位将目光集中在他身上，要他出出主意。翁同龢眨眨眼睛，说：“捻匪剿灭后，取消了部分厘金，留守国防的三万淮军欠饷不少，咱们可在这方面做做文章。”

宋晋听出点名堂，说：“状元郎意思，抓住欠饷一事，在淮军中间制造点乱子？”徐桐兴奋道：“好好好，淮军一乱，李鸿章就不得消停，看他还威风到哪里去。”李鸿藻问：“怎么给淮军制造乱子呢？”翁同龢说：“今春以来，北方又连降大雨，水患成灾。水灾过去，一般还会出疫情和旱灾，肯定有好戏可看。”

灾害与淮军有何关系？三位一时明白不过来。翁同龢笑而不语，只说到时看戏就是。

翁李几位正等着看好戏，朝廷同意筹办轮船招商局的呈复已发至天津，李鸿章召见许钤身和盛宣怀，商议筹办招商局具体事宜。盛宣怀说：“招商不是小事，中堂得定个调子，是纯商办行为，还是官府也会插手。”李鸿章笑道：“创办招商局，本是朝廷决策，官府能不插手？”盛宣怀说：“宣怀想法，招商局为官府倡办没错，一旦正式成立，官方还是退出来，让各大股东负责运营管理，不然官私搅在一起，矛盾会很多。”

许钤身笑道：“仲韬说来说去，就一个意思，招商局应该定性为商本商办。”李鸿章笑道：“你们想过河拆桥吧？本督费了九牛二虎之力，说服朝廷创办轮船招商局，到时你们一脚把我踹开？”盛宣怀道：“不是踱开中堂，招商局办起来后，您老不继续扶持，肯定行不通。只是商人以谋利为本，一旦官府参与进去，分割其利，他们心存顾虑，只怕不愿入股。”

李鸿章倒也开明，说：“咱们目的只有一个，就是尽快成立招商局，让中国人的轮船出现在中国的海面和江面上，与洋船一决雌雄，至于采用何种方式经办和运营，倒在其次。你俩先把手头事情处理一下，然后出津南下，先往烟台约见朱其昂，若他有意，再一起赴上海联系各大商户，招足股金，购置轮船，把轮船招商局牌子挂起来。”

得了李鸿章的话，两人稍做准备，登船出津，破浪南行。途经烟台，上岸拜会朱其昂。听说许盛是李鸿章派来烟台的，朱其昂欣喜不已，放下手头事务，专门接待两位，说：“看两位满面春风，在李中堂门下一定混得不错。”许钤身说：“李中堂是干大事的人，只要肯干事，在他门下还是混得下去的。今天登门拜访，就是秉承中堂意思，来向船王讨教，如何办好朝廷大差。”朱其昂说：“讨教不敢，只要其昂帮得上忙，两位只管开口就是。”

两人便说了说李鸿章奏请朝廷恩准，准备在上海创办轮船招商局的事。朱家世代经营船运，眼见沙船日渐衰落，别无出路，朱其昂心急如焚，遇上朝廷倡办轮船招商局，正合心意，主动提出愿投大股甚至身家性命，玉成此事。许钤身直乐：“李中堂要的就是您这句话。”盛宣怀则说：“船王有意招商局，一起跑趟上海如何？”

“要招商，肯定得到大上海去招。”朱其昂兴致勃勃道，“轮船招商局花的是大钱，除各大商户入股外，官府会不会放股进来，参与经营？”盛宣怀说：“为避免官府干涉，官商纠缠不清，经李中堂与咱俩协商，定了个基本调子，叫做商本商办，船王觉得如何？”朱其昂想想说：“既然李中堂点头定了调子，暂时就这么办吧。轮船招商纯属经营行为，借鉴洋人经验，商本商办，关系简单，也许较为可行。”

三人取得共识，不愿片刻耽误，当即乘船南下，来到沪上。离船登岸，走进朱家商号广昌号，朱其昂让弟弟朱其诏与许盛两位见过面，赶紧预订饭店，恭请茶商徐润、钱商李振玉、洋行买办唐廷植、唐廷枢兄弟等欢聚一堂，宣告筹办轮船招商局大好消息。听说招商局是李鸿章奏请朝廷恩准创办的，众人热情高涨，纷纷表示愿意参股合营，为中国人争口气。朱其昂很高兴，转天便着手草拟招商条规，在广昌号设立筹备处，正式挂牌，对外招股。又往洋泾浜南永安街物色货房，以备开局之用。

事情进展如此顺利，许钤身与盛宣怀心情大好，准备留沪看看招股行情，再回津禀报李鸿章。谁知招商筹备处挂牌后，前往看热闹的多，真正登记参股者寥寥无几。连徐润、李振玉等巨商，说好入股合营的，也毫无动静，仿佛忘了刚说过的话。商人以诚信为本，金口玉牙，一诺千金，怎么会食言呢？朱其昂很纳闷，不知哪里出了错。许盛二位也颇觉奇怪，酒席上大家话说得那么动听，怎么事到临头，一个个都躲得不知去向？就这么回去，自然没法向李鸿章交差，两人只好打消回津念头，坐下来与朱其昂分析原因。

分析半天，也没分析出个道道来，觉得还是访访各大商户，听听他们到底啥想法。朱其诏说："用不着各商户都访到，只需听听李振玉口风即可，他是上海钱老大，徐润等人做买卖，都找他贷钱周转，只要把他拿下，其他商户自会跟着响应。"

朱其昂觉得弟弟说得有理，决定亲自跑趟李府。自然不能空手上门，总得带点见面礼。国人讲究礼尚往来，没礼怎么往来？只是见面礼不能太轻，轻了没分量；也不能太重，礼重情义轻，显得生分。反复斟酌，朱其昂准备带张五百两银票。许铃身表示反对，说："李振玉钱庄老板，最不缺银子，送银票无此必要。"朱其昂说："生意人还怕银子多？"许铃身道："生意人不怕银子多，可也不多在这五百两呀。"

给有钱人送银子，确实大可不必。朱其昂说："又送啥好呢？"许铃身道："人家缺啥送啥。"朱其昂说："可李振玉啥也不缺。"盛宣怀忍不住道："有才人往往无贝，有贝人往往无才。给才子送贝，给贝人送才，肯定会受欢迎。"

也是朱其诏有悟性，一点就通，说："不久前其诏谋得套宋版书，大哥正好给李振玉带去。"朱其昂说："李振玉肚里没几滴墨水，送他宋版书，他也看不懂啊。"朱其诏说："李振玉有贝无才，你送他财，他不会放在眼里，送他宋版书，便是送他才，尊他为有学问的读书人，自然受用。若是读书人，天天跟书本打交道，见书就烦，再送书给他，只怕你一转背，就咬牙切齿，把书扔到墙角给老鼠做窝去了。"

说得朱其昂频频点头，提过朱其诏拿出来的宋版书，出门钻入马车，往李府而去。见着主人，呈上宋版书，李振玉果然欣然接纳，说自己小时家里穷，读不起书，如今手头松活，走到哪里，就爱往书肆跑，购书回家研读。即便自己读不了，也要用书营造氛围，培养儿孙读书，日后谋取功名，总比做生意被人瞧不起强。

客气着，家丁已递上茶水，摆好果品，李振玉请朱其昂用茶，明知故问道："船王正风风火火筹办轮船招商局，怎么还有空来寒舍送书？"

朱其昂不好责怪人家不肯上门投钱入股，笑脸嘻嘻道："招商招商，全在一个招字。李老板大钱在握，其昂最要招的就是您手里的大钱，却不见您老人家影子，心里发慌啊。再说您不出面，其他商户不敢动作，其昂还办啥招商局？”

李振玉打几声哈哈，要朱其昂喝茶，道：“船王觉得口感如何？这可是福建安溪来的铁观音，曾为乾隆称道，御赐此名，想必也对船王胃口吧。”朱其昂自然说好，身子往前倾倾，讨教道：“沪商们嘴上都说筹办轮船招商局，利国利民利商，为何其昂挂牌招商，却一个个躲到一旁，不见动静？是其昂诚信不够，招商局不一定靠谱，怕钱打了水漂？”

李振玉笑笑，又答非所问道：“船王接触过徽商胡雪岩吧？他和我一样，小时家里穷，读书也不多，却很有经营头脑，当铺、药店和丝茶生意越做越大，尤其是阜康银号，竟有二十多处，遍布东南各省，上海也有好几家，来势凶猛得很呐。”

十一、酒在人凋，女儿红改叫花雕

朱其昂与胡雪岩没啥交情，只知他有左宗棠做靠山，才弄出这么大响动。左宗棠与李鸿章是死对头，李鸿章倡办轮船招商局，胡雪岩肯定不会来入股，得罪左宗棠。偏偏李振玉对胡雪岩特别感兴趣，说他发达奥秘也简单，就是借力发力。借谁的力？自然是官府的力。早年胡雪岩离皖闯荡杭州，进入仁德钱庄做跑街，便胆大包天，擅自借钱给官兵。被开除出钱庄后，搭上浙江巡抚王有龄，不遗余力为抚衙跑腿，其阜康钱庄还有各地当铺和药店，都是在王有龄关照下开设起来的。后太平军攻破杭州，王有龄自杀，左宗棠继任浙抚，胡雪岩又攀上左宗棠，冒险以阜康钱庄作抵押，为楚军大借洋债。左宗棠投桃报李，将楚军粮饷存入阜康钱庄，将士打仗所掠财物也押给胡氏当铺，一应军饷筹供，军火订购，通通交与胡雪岩，让他大发猛发国难财，富甲江南。

朱其昂不是来听胡雪岩故事的，却出于礼貌，还是耐着性子听下去。直到李振玉说得舌头发涩，端杯喝茶，才趁机插话道:“胡雪岩与咱没关系，还是请李老板为其昂出出主意，怎么打动各大沪商，出股合办轮船招商局，把江海水运生意从洋人手里夺回来。”

李振玉依然顾左右而言他。闲话几句，喝口茶，放下杯子，起身入内，拿出一个礼盒，估摸半尺见方，长有尺余。李振玉往朱其昂手上一递，说:“来而不往非礼也，船王客气，送振玉宋版古书，振玉也不好让你空手而归，还请笑纳。”

这是送客信号，朱其昂不好赖着不走，只得怏怏站起来，接过礼盒，告辞出门。浪费一套宋版书，还耽误半天大好时光，却没能从人家嘴里掏出半句真言，朱其昂沮丧至极，上车后也没心情开盒验礼，往座位旁一扔，望着窗外霏霏细雨，发起痴来。回到广昌号，下车时都忘记礼盒存在，还是车夫发现，提着追上来，塞到朱其昂手里。

进门后，朱其昂将礼盒往屋角一扔，缩进太师椅里，闷闷不乐的样子。其时朱其诏在后花园陪许铃身和盛宣怀游览，看风起萍末，鸟穿叶底。正好车夫牵马绕过墙根，去后院马厩喂料，朱其诏知道哥哥已回，带着许盛二位，走出园子，进入大堂。

见朱其昂脸色阴沉，意识到事情不容乐观。许盛毕竟是外人，不便贸然开口，只朱其诏往哥哥身边凑凑，小声问道："李振玉是啥意思？"朱其昂耷拉着脑袋，没有出声。朱其诏又道："李振玉平时还算爽快，是好是歹，总该有个姿态吧？"

许铃身与盛宣怀也走上前，试探着问了两句，朱其昂才有气无力道："这个李振玉，陪他坐了两个时辰，只字不提轮船招商，却老给我讲别人的烂事。"朱其诏问："讲谁的烂事？"朱其昂说："还能是谁的烂事？胡雪岩的烂事呗。"许铃身道："胡李都是开钱庄的，李振玉对胡雪岩所作所为自然最感兴趣。"盛宣怀说："李振玉肚里墨水不多，也不可能说古道今，只好说些眼前人事，聊以应付船王。"

朱其诏有些不甘心，又问哥哥："除讲胡雪岩烂事，李振玉再无其他表示？"朱其昂说："他不收了我宋版古书么？说来而不往非礼也，临别也送了我一份礼物。"朱其诏问："什么好礼物？"朱其昂往屋角一指，说："不在那儿吗？我不是去跟他交换礼物的，没兴致拆看。"

朱其诏几步走过去，提了礼盒掂量掂量，说："还有些分量，不知是金还是银。"盛宣怀笑道："商人讲等价交换，船王送上宋版古书，想必李振玉不愿船王吃亏，估价返还大把银子，故分量不轻。"许铃身说："如此赤裸裸等价交换，岂不是太没人情味？"

说话间，朱其诏已将礼盒提到桌上，几下打开来。却非金非银，非珠非玉，竟然是只小型棺材，红木材质，木香扑鼻。几位很是惊讶，眼睛瞪得老大，不知李振玉送副棺材，居心何在。朱其昂也腾地从椅子上坐起来，端过小棺材，偏着脑袋，前看后看，外看里看，像不认识棺材似的。

一边嘴里疑惑道:“李振玉莫不是咒我早死，好装殓入棺？”朱其诏道:“不会吧，朱李两家无冤无仇，李振玉也犯不着如此啊。”朱其昂道:“是啊，咱朱其昂死得其所，于他李振玉亦无任何好处。”

朱其诏从哥哥手里拿过棺材，端详一会儿，说:“有句话叫不见棺材不掉泪，难道李振玉觉得轮船招商局办不得，暗示哥哥早些抽身，别陷入其中？”朱其昂说:“招商局办得办不得，李振玉完全可当面直说，干吗转弯抹角送小棺材呢？”

盛宣怀一旁分析道:“也许李振玉不是让船王见棺掉泪，是要船王见棺思官。棺材棺材，升官才好发财。李振玉有可能用小棺材提醒船王，沙船已维护不下去，江海水运尽为洋船垄断，想从洋人手里夺回水运利权不容易，与其想入非非，劳心费劲办啥轮船招商局，还不如弃商从官，花钱捐只官帽，谋个实位，先捞他一把再说。三年清知府，十万雪花银，比起跑生意，做官发财来得更稳靠，也更轻松。”

朱其诏不敢苟同，说:“既然做官为发财捷径，李振玉为何仍死死守着钱庄，不自己捐官谋位，大发其财，而反过来动员咱哥？”朱其昂也说:“苏沪习俗，确有送小棺材给官僚，意喻升官发财的。咱不是官僚，李振玉只怕还有别的意思。”

李振玉到底是啥意思呢？几位议论热烈，唯独许钤身一言不发，只顾两眼盯着桌上棺材，一副似有思的样子。盛宣怀问道:“仲韬兄为啥不吱一声？您脑袋灵光，说说李振玉送船王小棺材，到底是何用意？”朱家兄弟也说:“仲韬兄一定自有高见。”

许钤身没说高见，回过头望着朱其昂，说:“刚才船王说，李振玉给您讲了半天胡雪岩的故事？”朱其昂说:“可不是？咱几次论起轮船招商，他都拿胡雪岩故事搪塞，要我插不进嘴。”许钤身说:“钤身隐约觉得，胡雪岩的故事与小棺材之间，或许存在着某种联系。”朱其昂不解道:“故事与棺材有联系？”许钤身说:“李振玉讲完胡雪岩故事后，不送其他礼物，偏偏送小棺材，不太像无意之举，定是有意为之。”

朱其昂眼望许钤身，叩叩脑门，道:“还请仲韬明言，开导开导其昂。”许钤身道:“故事故事，自然离不开事。事在人为，又少不了人。李振玉所说故事里，主要是两个人，一个胡雪岩，一个左宗棠。左宗棠靠胡雪岩办事，解决粮饷军火困难，打仗立功；胡雪岩靠左宗棠给事，承揽其他商人揽不到的大生意，赚大钱，发大财，可谓各取所需，两不亏欠。”

“左宗棠是官人，胡雪岩是商人。商傍官发财，官依商成事。”朱其诏快言快语道，“李振玉先给哥哥讲官商故事，再以小棺材相赠，其义只有一个，就是官不离财，财不离官，商人要想经商发财，不可能没有官人扶持。”

盛宣怀一旁笑道：“宣怀曾听人说起，胡雪岩各处钱庄和店铺的神龛上，供的既非祖宗，亦非财神，也不是佛像，竟是一具小棺材。不知有无此事？”朱其诏说：“此事不假。有次我去上海阜康钱庄找人办事，无意间进得后堂，神龛上果真供着一只红漆小棺材，当时觉得有些怪异，不可思议，后来才知胡雪岩别有用意。”

朱其昂总算开悟，说：“原来李振玉见轮船招商局只有商家，缺乏官方背景，不愿贸然参股，担心没有靠山，出点啥事，股金打水漂，才送棺材，启发咱学胡雪岩。”朱其诏道：“轮船招商不是小动作，是大举措，仅凭咱商人力量，商本商办，确难成事。咱们现在要做的第一件事，就是把招商条规里商本商办四个字改过来。”

朱其昂道：“又怎么个改法呢？其昂考察过好几家在华欧美轮船公司，皆为商本商办，才依样画葫芦，用到咱招商条规里，谁知沪商都不买账，让咱空欢喜一场。”朱其诏道：“华洋有别，洋人商本商办可以，华人商本商办则难行得通。洋人官是官，商是商，官只做两件事，就是收税和保护商户，不会干预商人经营活动。大清不同，官商之间，你中有我，我中有你，官员除抽厘收税，还喜欢与商人接触，牟取私利，而一旦商人遇有麻烦，想寻求其保护，门都没有。故商本商办，必然寸步难行，非寻求官方背景不可。”

朱其昂叹道：“不用商本商办，难道改作官本商办？朝廷连年征战，国库空虚，拿不出银子，李中堂才让咱牵头招股，官本商办自不可能。商本官办也不妥，咱朱家世代经商，皆为白丁，身无功名，除非仲韬与杏荪二兄留在沪上，主持招商局。”

盛宣怀笑道：“咱俩皆在中堂身边当差，仲韬兄还要协助李昭庆办海防，怎可滞留上海？”许钤身也道：“钤身与杏荪兄迟早会回天津，轮船招商局只能由船王总办。这样吧，改掉商本商办，不叫官本商办，也不叫商本官办，叫官督商办，定轮船招商局为官方督管商户参股经办性质，朝廷给予保护，待日后规模扩大，在江海水运站稳脚跟，再考虑商本商办也不迟。当然这只是铃身想法，还得中堂大人首肯，才作得了数。”

“官督商办好！”朱其昂大声道，“官字当头，便可消除各大沪商顾虑，放心前来入股。只是官督怎么督呢？”许钤身说：“轮船招商局是李中堂倡办的，肯定得他亲自督办。只是中堂大人身在天津，不可能督到上海来，主要还得船王自督自办。为强化官督性质，钤身建议船王和其诏兄，花几个小钱，交到户部，让吏部给顶子戴到头上，日后诸事也好办得多。”

朱家兄弟满口答应，笑笑道：“捐个一官半职，咱们就是红顶商人，日后生意场上混不下去，也有条退路，到官场上谋饭吃。”

津沪迢遥，信函往来须费时日，耽误工夫，许钤身与盛宣怀干脆离沪返津，向李鸿章面呈轮船招商局初创受挫经过，提出官督商办设想。李鸿章意识到时下商情，没有官方背后使劲，光凭沪商能耐，想吸纳足够股本，购船运营，与洋人轮船公司争夺江海水运利权，确实不太现实。当即命两人将官督商办四字写入招商条规，西行入京，呈送总理衙门批准备案。又代朱家兄弟，往户部送上捐款，拿得收据，再上吏部换取任命。吏部以款项为凭，依例委朱其昂为候补知府，朱其诏为知府衔。此系空衔，并非实职，可朱家兄弟从此亦官亦商，主办官督商办性质的轮船招商局，也就名正言顺，理直气壮。

国人向来认官不认商，官督商办四字写入轮船招商局条规，朱家兄弟又戴上红顶，沪商态度大变，纷纷登门祝贺，表示愿意认购股本。朱家兄弟自是欢喜，经精心筹备，以洋泾浜南永安街货栈为址，挂上轮船招商局匾牌，扬起三角龙旗和双鱼局旗，鞭炮喧天，鼓乐齐鸣，举行隆重开业仪式。朱家亲朋好友，苏沪官商各界，云集响应，接踵而至，弹冠相庆。朱其昂站在匾牌下，大声宣读总理衙门和李鸿章关于创办轮船招商局的批文，以及各界贺信，尔后庄重宣告，计划发行股票一万份，五百两为一股，共招股本五百万两银子。股票等同银票，年息一分以上。进出自由，持股人可任意支取兑现。亦可转让他人，除洋籍商人之外。

朱其昂声音甫落，掌声响起来，热烈响亮。掌声中，盛宣怀走上前，拿出离津时李鸿章所给五万两银票，交朱其昂手上，代其购股一百份。朱其诏早有准备，出具刚印制而成还散发着油墨香味的股票，写好李鸿章名字，钤上印鉴，交与盛宣怀。这是盘古开天地以来，出现于中国大地上的第一张股票。正是这张股票，掀开了大清近代企业崭新的一页。

南洋大臣沈葆桢、江苏巡抚丁日昌也派来幕僚，捎上大额银票，代购股票。紧接着，受邀参加仪式的李振玉、徐润、唐廷植、唐廷枢等在沪豪商巨富及朱家远亲近邻，同事好友，甚至不少听到鞭炮声响前来看热闹的沪上市民，也不甘落后，走上前来，踊跃出手，认购股本。一时间，南永安街喜气洋洋，盛况空前。

开业仪式过后，朱家兄弟摆下盛宴，招待四方来客。席上觥筹交错，气氛欢洽。朱家兄弟端杯一路敬过去，感谢诸位支持，表示日后一定好好经营招商局，以不负李中堂和众人厚望。一圈敬毕，兄弟俩已有些醉眼蒙眬，脚下开始打漂。恰在此时，有人出现在门口，身边还有一位伙计模样的随从。李振玉、徐润、唐氏兄弟等大佬全都放杯站起来，向来人拱手致意，其他客人也别过脑袋，献上注目礼。

来人正是名满江南的大商人胡雪岩。他向李振玉等人打打拱手，径直向朱家兄弟走去，嘴里道："雪岩迟来一步，还请见谅。"

兄弟俩尽管已喝得半醉，却依然认得胡雪岩，赶紧迎上前，行过礼，把他拉到主桌上，倒了酒，恭请赏脸。胡雪岩举过杯，对朱家兄弟表示祝贺，尔后以责怪口吻道："招商局开业如此大喜事，船王竟不告知雪岩一声，有些见外吧？"

朱其昂满脸歉意，说："其昂打听过，胡老板回了杭州，没在沪上，也就不好惊动您老人家，实在不好意思。"胡雪岩笑道："雪岩回杭州倒也不假，也许船王真打听过。"朱其诏一旁道："胡老板别不相信，咱们连请柬都写好了的，只是没送出去而已。"

朱其昂以为弟弟不过随口一说，谁知他竟从身上掏出一纸请柬，双手呈给胡雪岩。原来胡雪岩进门后，朱其诏就躲到屋角，悄悄填了份空白请柬，放在身上，等着出手。胡雪岩瞧瞧请柬上自己的名号，哈哈一笑，道："就凭这张请柬，雪岩今天也得有所表示。"招过侍立身后的伙计，从他手里拿过一纸银票，递给朱其昂。

银票出自阜康钱庄，上面写着五十万两的字样。这可不是小钱，惊得朱其昂两眼圆睁，以为看花了眼。眨巴眨巴眼皮，鼓眸再看，白纸黑字，写得明白，确实是五十万两。五十万两银子可购一千份股票，往上填名钤印，都得花上半天时间。本以为胡雪岩是左宗棠的人，顾忌李鸿章倡办的轮船招商局，朱其昂才没邀他出席挂牌仪式，不想他不请自到，还带来巨额股金，实在让人大感意外。朱其昂激动得跟什么似的，连连称谢，只差没趴到地上，给胡雪岩磕响头。忙将银票交给朱其诏，嘱他抓紧安排人手填写股票，天黑前送至阜康钱庄。

五十万两银子自然能管大用，加上其他所募股金及朱家自筹资本，已接近两百万两之数。朱家兄弟雄心勃勃，着手制订规划，预购轮船，开辟航道，争取尽快进入运营。又将规划书交给盛宣怀，请他过目。盛宣怀小作修改，带上李鸿章所购一百份股票，来到黄浦江边，准备乘船返津。正碰上陈兰彬带领首批三十位留美幼童，登上越洋客轮，启航远行。盛宣怀站在码头上，眼望越洋客轮消失于海天深处，才踏上洋船，离沪北上。

船入津港，上岸来到北洋衙门，李鸿章正在签押房与许钤身、马建忠等幕僚议事。一见盛宣怀进门，李鸿章召他至身旁，迫不及待问起长短来。盛宣怀将招商局开业盛况陈述一番，交出股票和朱其昂所订规划。李鸿章拿过股票，看了又看，不无兴奋道："想不到一不小心，本督就成了中土有史以来第一位股民，有意思，有意思。但愿以后大清多创股本企业，官民都来认购股票，争做股民，既为中华富强尽己所能，也跟着发财致富。"

论到招商局股票行情，得知李振玉、徐润、唐氏兄弟、朱家亲友同事以及上海市民热情参与，踊跃购股，李鸿章很有感慨，说："咱大清商民，还是认可这个官字。若招商条规不改商本商办为官督商办，又哪来如此效应？"

"是啊，多亏李振玉送小棺材，启发朱其昂，定招商局为官督商办性质，招引众多股民纷纷入股。"盛宣怀深有感触道，"开业庆典上还有位股民，不请自至，一下购进一千股。"

一千股就是五十万两白银，谁如此阔绰，出手就是惊天大数？几位好奇地追问盛宣怀。盛宣怀道："还能是谁？江南第一巨富胡雪岩呗。"

胡雪岩花五十万两银子购进一千份股票，自然不足为奇。奇的是他乃左宗棠的人，出大钱购买李鸿章倡办的招商局股票，不怕得罪左宗棠？马建忠说："没有左宗棠，就没有胡雪岩，胡雪岩敢买轮船招商局股票，难道不担心惹恼左宗棠？"许钤身说："此事有些蹊跷，说不准胡雪岩有啥不可告人之目的，来者不善，善者不来啊。”

李鸿章哈哈大笑道：“招商局吸足股金，可购买福州船政局所造轮船，福州船政局又是左宗棠倡办的，胡雪岩出资支持招商局，说不定正是左宗棠授意呢。”许钤身说：“但愿如此。不过钤身考察过福州船政局，其所造轮船成本过高，朱其昂未必只购该局轮船。胡雪岩精明过人，大量买进招商局股票，其意恐怕不在福州船政局。”

李鸿章问：“意不在福州船政局，又在哪里？”许钤身说：“不好说。也许是钤身多心吧。”盛宣怀说：“多个心眼好，商场如战场，有必要提醒朱其昂，防着胡雪岩点。”李鸿章说：“也是的，防人之心不可无。眉叔（马建忠）代我给朱其昂写封信，将咱们意思转告给他。”

马建忠答应而去。盛宣怀远途劳顿，李鸿章让他下去歇息，吩咐许钤身，从淮军粮饷里支取二十万两银子，作为官督资本，调给招商局，运营赢利后再慢慢还本付息。

再说朱其昂筹足资金，赶紧与江南制造局和福州船政局签订合约，改装军舰，以为商用。同时派人前往英国，订购更为先进的洋轮。英国轮船公司很快交出伦敦号轮船，漂洋过海，驶抵沪上。其余英轮也在赶制，等候招商局后期资金付齐，再交货启程。

经此紧张筹备，招商局进入试运营阶段。李鸿章又饬拨漕米豆石，交由招商局承运，一应报关纳税手续，也尽量给予便利和优惠。

万事开头难，中国大江大海上终于出现华人自己的货轮，是何等荣耀之事！李鸿章激动之余，具文咨报总理衙门。奕䜣欣喜不已，入宫拜见慈禧，细述详情。慈禧面呈悦色，说：“李鸿章主持直隶与北洋以来，与日本签订平等条约，选派幼童留美，现又创办轮船招商局，功不可没，世人瞩目，恭亲王觉得怎么奖赏他才是？”

奕䜣想想说：“倭仁、官文、曾国藩几位逝去多时，所遗大学士空在那里，可让李鸿章递补上位。”慈禧说：“我也有此意。让李鸿章入阁还是入殿？”

殿略高于阁，协办大学士往上递补，一般先入阁，才有资格晋殿。常例汉员能入阁已登峰造极，两殿基本属满员专有，唯曾国藩功高盖世，才破例晋级武英殿大学士。慈禧明知惯例如此，还问李鸿章入阁还是入殿，显然意在拔高他。奕䜣领会慈禧圣意，顺水推舟道：“曾李师生一场，且李鸿章功勋卓著，不让其师，就叫他直接入殿，递补曾国藩留下的武英殿大学士吧。”慈禧说：“也可。李鸿章之作为，皆大清前所未有之大事，朝廷就该破破格，让他越阁入殿，也好叫满汉官员学有榜样，只要实心为大清做事，朝廷不会怠慢他们。”

李鸿章以协办大学士身份，直接晋级武英殿大学士，朝臣们难免又羡慕，又嫉妒，说好说丑的都有。李鸿章跪接圣旨，自是受宠若惊，一半欢喜一半忧。幕僚们不解，觉得大清全靠曾李师徒努力，实现同治中兴，曾国藩仙逝，李鸿章作为其替手，晋级武英殿大学士，实至名归，有啥可忧惧的？李鸿章叹道：“太后和皇上看得起，委以大位重权，鸿章感激涕零。可鸿章最大心愿，是多办实事，实现大清自强，至于地位呀，荣誉呀，皆在其次。如今破例越阁入殿，定会引得朝臣妒恨，处处设阻，妨碍鸿章办事。”

说这话时，李鸿章已至天命，混迹官场三十年，可谓阅人无数，深知人心险恶，树大招风，自己执掌直隶与北洋，朝臣们已愤愤不平，再加封武英殿大学士，这些人岂不怒火中烧，恨不得将你大卸八块，扔进大锅煮汤喝掉？

果然转过年来，进入同治十二年（1873），麻烦便接踵而至。麻烦首先来自朝中。朝臣们认为李鸿章如此得势，并非他多么能干，多么会办事，主要还有三万多未撤淮军在手，皇上和两宫得罪不起，只得哄着宠着，给位给权给大誉。只要把淮军解决掉，李鸿章就成拔毛凤凰，再也神气不起来。怎么拔去凤凰身上的毛？联名上折，请求彻裁淮军，李鸿章定会老调重弹，拿国防为借口，哄骗慈禧，维持淮军现状。唯一办法就是找找淮军岔子，堵住李鸿章嘴巴，要他没法护短，眼睁睁看着淮军被裁，或至少裁掉大部。

淮军岔子其实不难找。淮军初创入沪时才万来人马，后陆续自两淮地区征召过几批，加起来也不过两万有余。可待收复苏州时总数已达六万，太平军肃清后裁去一部分，北上剿捻又发展到七万多。数字如此庞大，兵源何来？主要来自太平军和捻军降卒。降卒又有不少皖籍人，至捻军平定，淮军裁撤过半，所留也以皖人包括皖籍降卒最多。安徽兵剽悍，打仗勇猛，闲时则不太好管制。尤其是降卒，在原来军中沾染不少恶习，吃喝嫖赌，斗殴盗抢，一样不落。故现有未裁淮军各军中，时有违纪现象发生，影响极其恶劣。就是李昭庆带到天津的队伍，也经常惹是生非，让李鸿章很是头疼。这支队伍叫武毅军，系剿捻期间李昭庆照李鸿章意思所组建。入主直隶后，李鸿章雄心勃勃，大办海防，专门奏调李昭庆率军赴津，修筑炮台，筹建新城，其用意再明显不过，就是日后成立海军，武毅军便是当然主力。武毅军里同样有不少太平军与捻军降卒，不时闹点乱子，甚至杀人越货逃之夭夭者，亦不乏其人。

建炮台，筑新城，是累活苦活，加之饷银发放不及时，武毅军里有位哨官心生怨气，带着手下人，趁夜潜入天津老城，抢劫百姓人家，逃得不知去向。恰好哨官和逃兵都是从前降卒，新城工地起了谣言，说逃兵已被抓住，供认还有不少降卒正在谋划哗变，朝廷已密令李昭庆，欲对降卒采取行动，轻则发往边疆卖苦力，重则就地沉海。

谣言一传十，十传百，传得尽人皆知。极度恐慌下，降卒们开始暗中串联，觉得再待在军中，不被整死，也会累死，不如早些逃命，腿脚快的还能多苟活几年。一个月黑风高之夜，数百降卒聚拢一起，挥着锄头镐锹之类筑城工具，冲入饷库粮仓，一番洗劫，然后逃出军营，哄然而散，上的上山为匪，下的下海为盗。还有人偷偷跑到驻守静海、沧州等处的盛军大营里，摇唇鼓舌，煽风点火，盛军又有几批降卒连夜出逃。连外省甚至西南边陲多处淮军驻军，也仿佛受了传染似的，发生数起哗变事件。一时间，朝野震惊，朝臣们纷纷指责李鸿章治军不严，要求将淮军裁撤干净，以绝后患。

此时李鸿章就在京城。京城正举办同治亲政大典，李鸿章亲率五百淮军卫士，入都朝觐庆贺。卫士们一律除去包头巾，辫子挂在后脑，以示对大清的忠诚。李鸿章以为参加完大典就可返回天津，谁知同治召他入宫，要留他居京理朝。点子出自同治两位老师李鸿藻与翁同龢，说是亲政得有所作为，要有作为须能臣帮着打理朝政。同治问能臣在哪儿，两人说了李鸿章名字。同治想都没想，叫来李鸿章，要他入值军机处和总理衙门。李鸿章深感意外，隐隐意识到，定是有人见他在天津办成几件像样的事，要把他留在京城，交给皇帝亲自看管，叫他再没法施展拳脚，同时失去对淮军的控制，兴不起风浪。

可同治开了口，李鸿章还不好当面拒绝，只能跪地谢恩，大着胆子道：

“微臣主持直隶，经办外交和海防，百事刚刚开头，就这么离开天津，前功尽弃，又如何是好？”同治说：“毛昶熙也挺能干，让他接任直隶总督和北洋大臣，比较适合。”

李鸿章无话可说，出宫后赶往恭亲王府，给奕䜣如实禀报叩见同治前后经过。奕䜣也觉得不妙，说：“军机处与总理衙门谁都可以来干，直隶总督与北洋大臣没你少荃，岂不乱套？”李鸿章道：“皇上说可派毛昶熙继任。”奕䜣摇头道：“毛昶熙怎么能行？皇上可能忘记前年琉球船民事件发生后，日本使臣跑到总理衙门讨说法，毛昶熙出语不慎，被人家抓住破绽，无理闹出有理来，让朝廷好不尴尬。”

原来前年十月，琉球船民出海遭遇飓风，船倾淹毙数人，其他六十多名幸存者凫水登上台湾岛，误入琅峤地区，被号称生番的原住民杀死五十多人，仅余十来人逃出，幸亏驻地清军发现，交由台湾县衙护送福州，再辗转回国。琉球本系中国藩属国，历朝都有册封，大明皇帝还赐闽南三十六姓给琉球居民。到明万历年间，日本武力征服琉球，册封其国王为藩王。琉球从此一仆二主，同时向中日两国朝贡。畸形宗藩关系一直延续至当朝，大清不置可否，又多次册封琉球。日本却不满于现状，早想独吞琉球，借着琉球船民事件，特派使臣到总理衙门吵闹，要求大清惩处台湾琅峤原住民，为琉球船民雪恨。琉球系大清藩属国，台湾是中国领土，船民事件本属大清内政，完全可理直气壮驳倒日本使臣，毛昶熙却缩头缩脑，说琅峤原住民属化外生蕃，大清管不了那么多。日本使臣要的就是这句话，大造舆论，扬言台湾生番害人，大清舍而不治，日本将问罪岛人，侵台野心昭然若揭。

毛昶熙如此不清白，让他出任直隶总督和北洋大臣，岂不要坏朝廷大事？隔日奕䜣就进宫去见慈禧，请她阻止同治胡来。毕竟同治已经亲政，慈禧有所顾虑，不好对他颐指气使，两天后才趁母子单独一起，说天津乃洋人入京门户，非能臣镇守不可，毛昶熙脑袋进水，不肯担当，琉球船民事件都处理不好，将天津大门户交给他，谁放得心？除非有更合适人选。同治掰着指头，从李鸿藻、翁同龢、徐桐、崇厚等人一路数下去，还真找不到稍懂外事和洋务的能臣干吏。这才不得不放弃初衷，让李鸿章离开北京，回了天津。

也正是李鸿章逗留北京这些日子，武毅军和盛军士兵哗变事件愈演愈烈，又先后逃掉一两千人，几乎到了不可收拾的地步。原来李翁早知天津不是谁都可信任，建议同治以毛换李是假，让他拖住李鸿章暂时没法回津，致使淮军兵变越闹越不像样才是真。

淮军出了大乱子，朝臣们一个个兴奋不已，纷纷奏请同治，修理李鸿章，撤裁淮军，至少把军中太平军和捻军降卒裁掉。同治不知轻重，听信群臣，正准备准奏，又是奕䜣通过慈禧，止住同治。原因简单，裁军口说容易，首先得拿出巨额裁军费，户部一时去哪里筹措？何况真裁掉淮军，国防空虚，洋人觊觎，谁来拒敌于国门之外？

朝臣声音传入淮军大营，不再只是裁军，竟讹为对所有从前降卒进行清算和严惩，降卒们越发不安，又哗变逃掉不少。连戴功降清的三品总兵潘贵升也脚踩西瓜皮，溜之大吉。潘贵升射杀东捻首领任化邦后，投入铭军，因居功自傲，与刘铭传不和，转入盛军，随周盛传驻守沧州。淮军兵变事发，捻军降卒劝他出逃，他犹豫不决，后有人说在苏沪一带见到任化邦死后下落不明的紫薇，潘贵升蠢蠢欲动，去向周盛传告假，却闻李鸿章已下密令，凡军中从前降卒，不管功劳大小，必须通通清理出局，免得再出乱子。潘贵升不知是真是假，干脆假也不请了，带着几位兄弟逃离军营，脱去军服，南下直奔上海。在城里转悠数日，紫薇没找到，却碰见不少淮军逃兵和捻军战友，连失业多时流落街头的沙船工友也找上门，要潘贵升牵头揽点来钱的活儿干干。啥活儿才来钱呢？不用说抢钱庄最来钱。潘贵升手一挥，很快聚集起数百近千人，龙行虎步，赶往上海阜康钱庄，里三层外三层，围了个严实。

钱庄老板胡雪岩吓得不轻，欲派人报告官府，无奈钱庄已被围得水泄不通，出不去人。就是出得去人，官府一时也派不来大批兵丁，依然拿这批暴徒没法子。好在胡雪岩经多风浪，很快镇定下来，麻着胆子，走出钱庄，大声道："本人乃钱庄老板胡雪岩，你们谁是头儿？可否出面与我交涉，我尽量满足你们要求。"

潘贵升倒也不是吃素的，迈步上前，拍着胸脯道："本人就是大伙头儿。"胡雪岩忙颠过来，打着拱手道："一看兄弟，就是英雄好汉。敢问尊姓大名？"旁边沙船工友大声道："听说过射杀任化邦的英雄么？就是他潘贵升潘总兵！"

任化邦之死是当年大清大事，朝野尽闻，胡雪岩也听说过潘贵升三字，大声道:“雪岩有眼不识泰山，大英雄站在面前，都认不出来。潘英雄先入钱庄喝口茶，有话咱们慢慢说行不？”潘贵升瞪着眼道:“不行！咱不是来讨茶喝的，是来讨生路的。”胡雪岩说:“雪岩从未与英雄打过交道，英雄讨生路，干吗不上别处，专找咱钱庄？”潘贵升说:“兄弟们出生入死，给朝廷卖命，朝廷却不让咱们好活，你是红顶商人，只能向你借点银子花花。”

包围钱庄，不为钱，又还能为哪般呢？胡雪岩心里早有准备，笑笑道:“英雄说需要多少银子？”潘贵升说:“你看着办吧，总得让咱们活上十天半月的。”胡雪岩说:“你们总共多少人？”潘贵升说:“我也没细数，不上千，总有八九百吧。”胡雪岩说:“可否就以一千为数，每人打发五百两银子？”

大清府尹县令年金没到五百两银子，能有这个数，自然远远超出众人预期，潘贵升意外之余，道:“行行行，咱也不为难胡老板，快拿银子吧。”

胡雪岩点点头，给身后伙计嘀咕两句。伙计转身入庄，很快提只布袋出来，递到胡雪岩手上。胡雪岩从布袋里掏出一把票据，对潘贵升扬扬，说:“这都是真金白银，乃阜康钱庄从上海轮船招商局认购的股票。”话没说完，众人闹嚷起来:“不要股票，要现银。”胡雪岩笑对潘贵升道:“可否让好汉们先别急，听咱把话说完？”

潘贵升便朝后面挥挥手，声音渐渐小下去。胡雪岩继续道:“袋子里总共一千份股票，每股银子五百两。股票上写得明白，可随时兑换，你们拿着赶往招商局，他们自当如数兑现，一两都不会少。且有利息计付，就算好汉们来回奔波，雪岩所支车马费。”

一人五百两银子，另外还有利息，众人大声欢呼起来。潘贵升拿过股票，交给身边亲信，照着人头一一分发下去。先拿到股票的人又提出质疑:“万一招商局不肯兑本付息呢？”胡雪岩说:“招商局不兑付，你们再回来找我，钱庄就在此处，又没法搬走。”

千份股票很快发完，一群人簇拥着潘贵升，潮水般涌向南永安街招商局，大声叫嚣着要兑现股票。一下子来了这么多股民，朱家兄弟猝不及防，却只能乖乖履行招股承诺，调集银两，依票付本给息。见股票全是阜康钱庄胡雪岩字号，朱其昂哭笑不得。当时胡雪岩认购股票，还视其为招商局最大财神，想不到他会来这么一手。

经潘贵升一闹，其他持股商民也闻风而动，纷纷拿着股票上门挤兑，生怕动作稍慢，招商局破产，股票成为废纸。朱家兄弟实在没法，只得倾其所有，应付突如其来的挤兑风潮。银库一下子变得空空如也，预订的英国轮船提不回来，已有轮船因缺资金周转，也没法正常运营，招商局几近瘫痪，急得朱家兄弟捶胸顿足。

这还没完。旗昌、怡和、太古等美英洋行轮船公司驻沪有时，不少沪商都投放了大额股本在里面，吃息增值。等到轮船招商局成立，沪商们担心洋行轮船公司生意难做，自己受损，没少诅咒李鸿章，背后使小动作。如今招商局出现大麻烦，他们幸灾乐祸，一个个笑口大开。还不过瘾，又把潘贵升请入洋人租界供养起来，同时拿出大钱，让他纠集苏沪失业沙船船工，围堵招商局，要朱家兄弟还给他们活命生存的饭碗。

轮船招商局大乱，还有比沪商更开心的，就是李鸿藻和翁同龢等朝中大臣。李鸿章奏请创办轮船招商局之初，他们极力反对，说会砸掉沙船船工饭碗，引发船工闹事造反。如今预言终于应验，说明他们眼光独到，具有先见之明，要他们不乐也难。乐够后便联名上疏，奏请同治撤销上海轮船招商局，还有江南制造局与福州船政局。同治有心准奏，又怕母后干预，只好先游说慈禧。慈禧不甘听政期间所创大业破败，将奕䜣找去一番训斥，命他与李鸿章尽快想办法，稳住上海局面。奕䜣飞函天津，传达慈禧懿旨，严令李鸿章，无论如何保住上海轮船招商局，否则自动脱掉直隶总督和北洋大臣帽子，回合肥抱孙子去。

虽说李鸿章已年过天命，可此时还无孙子，就是回到合肥，也没得可抱，只有遵照慈禧和奕䜣指令，想方设法，力戡乱局。他将众幕僚召入签押房，共商对策。人到齐后，马建忠道：“上海乱局始作俑者，主要是潘贵升，只有把他拿掉，才可能消停。”

李鸿章正要问怎么拿掉潘贵升，一旁的盛宣怀看看许钤身，笑道：“仲韬兄怎么缄嘴不语？潘贵升与兄一起跑过沙船，交情不浅，不然当年也不会受兄鼓动，射杀任化邦。如今他小子脱离淮军，流窜上海，兴风作浪，只怕还得兄出马，制服潘贵升。”

李鸿章于是望向许钤身，说：“仲韬说说看，有无办法拔掉潘贵升这颗钉子？”许钤身沉吟半晌，说：“上海情况复杂，好几股势力都与潘贵升有勾连：一是失业沙船船工，二是淮军大批逃兵，三是太平军和捻军溃散旧部。且在上海华洋富商运作下，潘贵升已躲进租界，没人近得了身，想拔掉这颗钉子，还真不容易。”

李鸿章道：“照仲韬如此说，咱们已拿潘贵升没法，只能眼睁睁看着他在上海胡作非为，坏我大清大事？”许钤身说：“也不是完全没有办法，若能找到一个人，还是可引蛇出洞，把潘贵升从租界诱出来。”李鸿章问：“这个人是谁？”许钤身说：“丁香姑娘。”

“丁香姑娘？”李鸿章几分惊讶，“这与丁香有何关系？”许钤身说：“当年任化邦身边美侍紫薇便系苏州人，曾是丁香姑娘好姐妹。太平军攻占苏州时，紫薇出逃，辗转赣皖一带，落入任化邦之手。任化邦为紫薇美貌所迷，仗打到哪里，便带到哪里，须臾不离。潘贵升紧随任化邦左右，自然与紫薇有接触，也垂涎其美色，却慑于主子淫威，不敢作非分之想。任化邦被潘贵升射杀后，紫薇失踪，潘贵升派人到处打听，始终不知音讯。直到盛军士兵哗变，有人逃到上海，见着紫薇，传到潘贵升耳里，他不顾一切，离营南奔沪上，欲一遂夙愿。”

怪不得潘贵升放着好好的三品总兵不做，宁肯逃沪为匪，原来冲冠一怒为红颜。许钤身话里意思好明白，紫薇身在苏沪，丁香是紫薇姐妹，找得到丁香就找得到紫薇，再以紫薇为饵，把潘贵升引出洋人租界。可怎么才能找到丁香姑娘呢？许钤身又道：“丁香姑娘还有紫薇，只有可能在这么三个地方：苏州、昆山与上海。若能让苏沪官府使点劲，找出两人应该不太难。”马建忠说：“即使找到两人，丁香姑娘愿否劝说紫薇引诱潘贵升，恐怕也难讲。就是丁香姑娘愿劝说紫薇，也要紫薇肯配合。”

李鸿章笑道：“世间之事，哪有未曾动手就十拿九稳的？我老师生前多次说过，凡事有六七分把握，便可付诸实施。苏昆沪各地长官皆系淮军旧人，老夫给丁日昌去个纸条，让他打声招呼，各地自会卖力帮着寻找丁香姑娘。辛苦仲韬和杏荪再跑趟上海，有事好相互商量。拿掉潘贵升后，顺便帮帮朱家兄弟，渡过此劫，尽快恢复招商局正常运营。”

许钤身与盛宣怀自然应承。各位散去，李鸿章出得签押房，刚回后衙，周馥来见，身后跟着深州知州吴汝纶。吴汝纶是安徽桐城人，与皖籍老乡周馥交好，每次来津，周馥都会陪他前来拜会李鸿章。桐城系清朝文学重镇，戴名世、方苞、刘大櫆、姚鼐等大家声名赫赫，被尊为桐城文宗，广受文人学子自觉师事和私淑，主盟大清文坛两百多年。曾国藩亦曾说天下文章在桐城，高扬桐城文学旗帜，影响极为深远。吴汝纶景崇戴方刘姚等乡贤，自小笃好文学，博览群书，终至两榜高中，授内阁中书。好读书，文章了得，且系桐城后起之秀，自然易入曾国藩法眼，延聘入府，委以重任。曾国藩病逝，曾府幕僚随之四散，李鸿章挪出直隶深州知州位置，奏调吴汝纶就职。吴汝纶不辱使命，奖耕织，兴文教，干得颇为出色。深津距离不近，这小子不好好待在任上，跑天津来干啥呢？

李鸿章正要质问吴汝纶，抬头见他目含悲戚，臂戴黑纱，暗自一惊，改变口气，叫着其字号道："挚甫怎么啦？"吴汝纶未语先咽，周馥一旁代答道："吴父新逝，挚甫特绕道津门，来向相国道别，准备回乡守制。"

安慰吴汝纶几句，李鸿章嘱后厨办几样素菜，招待两位。席间说起吴汝纶家境，李鸿章关切道："挚甫家底薄，靠着知州薄薪，养活一家老小。令尊已故，令堂还在，你去职回乡，没有进项，拿什么维持生计？"周馥也道："挚甫志在文章千古事，没在意聚金敛银，估计手头没多少积蓄，回籍后日子定然不怎么好过。"吴汝纶叹道："天无绝人之路，何况汝纶出自乡野，吃得进粗粮，嚼得烂菜根，还怕活不下去？"

餐毕李鸿章请两位参观环水楼。出得后衙，穿过花园，但见水中有座塔楼，便是主人所说环水楼。石桥静卧水上，连接花园与塔楼。过桥走进楼里，迎面是宽敞客厅，雕花桌椅，山水画屏，显得典雅而又大气。还有李鸿章自书壁联曰：歌德惠化速邮置，尚节俭志絜羔羊。

李鸿章不群不党，不嫖不赌，公务之余，爱好有三：一是散步，二是读书，三是写字。字采众长，尤崇王欧颜三大家。习王得其纵横捭阖，龙跳天门，虎卧凤阙。研欧得其骨力森然，险绝若平，虚实互补。学颜得其深颜厚貌，盛德重望，观之俨然，即之也温。

赏过壁联，三人来到二楼。二楼为藏书阁。东西北三面，书籍盈架，只南面开着窗户，放进斜阳。窗边也挂着李鸿章手书联语：呼吸潮光，卷藏天禄。窗下有桌有椅，有书有册，有纸有笔，可供阅读书写。吴汝纶走到书架前，两眼放光，细细观赏，徘徊不去。李鸿章过来，笑道："何书能入挚甫慧眼，取走就是。"

吴汝纶环顾藏书阁，道："如此美妙的读书处，好书还是留下，日后有缘入阁，捧书于手，才是莫大享受哩。"李鸿章笑道："挚甫喜欢阁中藏书，随时可来阅读，北洋衙署不会有人拦你。"吴汝纶道："可惜汝纶即将南归丁忧，何时北返，还未可知。”

出得藏书阁，上到三楼，依廊观云天，凭轩听海潮，又是一番意趣。三人环绕一周，掉头下楼，过桥回到后衙静室，李鸿章拿出一纸银票，往吴汝纶怀里塞。吴汝纶缩着两手，不肯接受。李鸿章道：“令尊仙逝，老夫送份祭礼，不应该吗？”

吴汝纶这才收下，趴到地上，悲哭父亲，以尽孝子大礼。李鸿章扶他起来，安慰几句，又对周馥道：“许钤身与盛宣怀要去上海，就让挚甫随行南归吧，也好省几个船费。”

周馥答应着，与吴汝纶告辞出衙，去见许盛二人。路上周馥道：“挚甫知道相国为何带你参观环水楼吗？”吴汝纶道：“环水楼里藏书千卷，相国知汝纶是读书人，让我开眼，不正常得很吗？”周馥道：“相国已嘱我，忙完手头急务，便代他跑趟保定，将总督府里家眷接到天津来，他好亲自督促几位子侄读书写字。”

吴汝纶毕竟不傻，道：“玉山兄是说，相国怜我家贫，丁忧期间不能违制出仕，欲聘我来津做其家庭教师，领份薪酬养家？”周馥道：“相国正是此意。挚甫爱书如命，能入北洋衙署环水楼，坐拥藏书阁，教授相国子侄，不适得其所吗？”

吴汝纶心有所动，不觉点了点头。见过许钤身与盛宣怀，次日随两人登上商船，南下苏沪。稍作停留，改乘招商局江轮，逆长江西归。回到桐城老家，办完父亲丧事，不久接到周馥信函，说李鸿章家眷已至天津，正等他北上教授李家儿女。吴汝纶没有犹豫，安置好妻小，拜别老母，重新踏上北归行程。

再说许钤身与盛宣怀到沪后，丁日昌也收到李鸿章函令，赶紧命苏州、昆山和上海各府县，四处撒网，寻找丁香姑娘。官府势力无孔不入，很快在上海近郊一座天主教堂发现丁香姑娘踪迹。教堂收留了不少战争中失去家庭的女童，需要人手照看，正好丁香从前教养的女孩皆已长大成人，另谋生路，便欣然前来应聘，帮着监管女童，教她们识字唱诗。

这日许钤身与盛宣怀走进教堂时，丁香正在给女童们讲解圣经故事。故事反复听过多次，女童们已觉厌倦，要求讲些别的什么。丁香就讲中国民间故事，包括昆剧等戏曲桥段，女童们听得很专注，一个个着了迷。

正讲得津津有味，有位修女走到丁香面前，告知有客人找。丁香安顿好女童，来到教堂门口。许钤身和盛宣怀上前，先自我介绍，说来自天津北洋大臣衙门。丁香虽远离尘世，国家大事多少了解些，知道李鸿章已入驻天津。既是李鸿章的人，丁香自然很热情，问有啥需要帮忙，尽管开口就是。许钤身便说了紫薇两个字。

可巧紫薇前不久真来过教堂，走时还留下住址，若丁香进城，可去找她。丁香有些犹豫，不知该不该将实情告知两位。许钤身实话实说，毫无保留地道出寻找紫薇的真实意图，然后强调道："潘贵升已成上海大毒瘤，只有把这颗毒瘤切掉，上海才得安宁。"

丁香还是没松口。盛宣怀旁边道："李相国为富民强国，费尽心机，在上海创办制造局和招商局等实业，实属不易。潘贵升再继续闹下去，眼见李相国心血付诸东流，大清自强成为空话一句，丁香姑娘总不忍心吧？"

还是李鸿章名字让丁香姑娘最后下定决心，说："我这就陪你们进趟城吧。不过你们得答应我，事情成与不成，都不能让紫薇受任何伤害。"两人齐声道："伤害紫薇，便是伤害你丁香姑娘，李相国也不会答应。"

就这样，丁香姑娘随许盛两位进得城来，辗转找到紫薇住处。这是栋西洋公寓，紫薇住在二楼，丁香让两位留在楼下，自己上楼去敲门。听是丁香声音，紫薇赶紧把门打开，惊喜道："是丁香姐，快进，快进。"

进屋关门，紫薇倒茶递果，嘴上说："姐姐是进城办事，还是专门来看妹妹？"

"自然是专程来看妹妹。"丁香打量几眼布置洋气的屋子，送给紫薇一串檀香念珠，"妹妹活得蛮滋润，看来没白跟任化邦几年。"紫薇手摩念珠，眼噙泪水道："任化邦是个有情有义之人，妹妹跟着他，虽说东奔西跑，吃够苦头，却没少受他疼爱，倒也很值得。"丁香笑笑道："妹妹也是多情女，任化邦死去多时，还这么一往情深。头次你去看姐，行迹匆匆，话都没多说几句，也不知任化邦死后，你是怎么来到上海的？"

紫薇抹一把眼泪，说出一段伤心往事。原来任化邦被潘贵升击中腰肋后，亲兵把他救入营中，让紫薇包扎枪伤。任化邦自知死期将至，摇手制止，示意紫薇挨近他，有话交代。紫薇把他紧紧抱在怀里，哽咽着问他有何要说。任化邦苍白无血的脸上露出孩子般纯真笑意，断断续续道：

“这辈子遇上你，是上天对我最大馈赠，我死而无憾。只是没能兑现当初承诺，怪我无用，只好来世再报答你。”

任化邦早就对紫薇许过诺，消灭清廷后就带她回安徽蒙城老家完婚，夫唱妇随，男耕女织，为父母尽孝送终。谁知捻军作战不利，又遭潘贵升黑枪，未捷身死，只好托紫薇代为回乡看望父母。紫薇感念任化邦厚待自己，没法拒绝，待他被亲兵抬走埋掉后，便女扮男装，离鲁南行，赶往安徽蒙城。见着风烛残年的任家父母，紫薇不忍心告知任化邦噩耗，两位老人却已明白怎么回事，带她来到后院，指着墙角花繁叶茂的紫薇树，说任化邦妹妹紫薇出生时，任化邦正好七岁，已谙世事，专门上山挖棵紫薇树，扛回来栽在院里，希望妹妹与紫薇一同成长，日后像紫薇一样漂亮好看。又装了坛花雕，埋到树下，等妹妹长大出嫁，再挖出来给她办喜事。在一家人呵护下，转眼妹妹长到十二三岁，果真如紫薇模样美丽可人，任化邦疼爱有加，天天带在身边，无论上山下河，兄妹形影不离。

时逢太平军席卷江南，朝廷招兵买马，追剿敌军。兵要吃粮，马要草料，为供养清军，府县衙役进村募粮劝饷。任家拿不出钱粮，衙役便强行进屋搜寻，发现躲在屋后美貌动人的紫薇，上前动手动脚，说要拿她抵捐。紫薇与衙役厮打起来，被衙役按倒在地，剥去衣服，欲行不轨。任父举着刀斧冲进屋里，直取衙役，衙役愣怔间，紫薇得以抽身。却不堪其辱，捂着裸身，奔出门外，纵身一跳，扑入屋前深潭，沉入水底。正好那天任化邦在山上打柴，待他扛着柴火回到家里，妹妹尸体已摆在潭边。气得任化邦一下子疯掉，挥舞砍刀，往外直冲，要找官府拼命。还是乡亲们死死拖住，没有出村，留下守着妹妹尸体，七天七夜，水米不进。也不许人靠近，直至尸体发臭腐烂，才让人抬走，埋到村外林子里。任化邦跟进林子，又在坟前守了三天，第四天便悄然失踪，不知去向。

几年后才听说任化邦做了捻军首领，东征西讨，攻城略地，烧官府，杀官吏，干得很欢。期间悄悄回过一次村里，抱回一个坛子，也埋到紫薇树旁，告诉父母，在外认识了一个叫紫薇的姑娘，哪天灭掉清廷后，就带她回来，启出两个坛子，办理婚酒。又嘱两老，万一灭不了清廷，自己死在外面，紫薇姑娘会代他回来看望父母，一定将两个坛子交给她，日后她出嫁成婚时用得上。紫薇这才知道任化邦妹妹也叫紫薇。原来在任化邦眼里，自己既是他心仪的女人，也是他难忘的妹妹，才享受着他双重宠爱。他早想回家办场轰轰烈烈的酒，即娶紫薇为妻，又嫁紫薇妹出门，以遂男人平生大愿。

就在紫薇遐想之际，任父已刨开紫薇树下两个坛子。不用说，一只是花雕酒坛，散着醉人酒香。另一只不知装些啥，任父抹去坛子上的泥土，抱进屋里，小心打开，原来是满满一坛金瓜子。这么多金瓜子，足可把婚礼办得像皇帝大婚，只可惜任化邦已死，花雕与金瓜子还有何用？紫薇鼻头一酸，哽咽无语。任父对紫薇说："邦儿说过，要把两个坛子交给你，你带走吧。"紫薇说："金瓜子留给二老养老送终，我带走花雕，想念化邦时，就喝口花雕。"老人坚持按儿子意愿办，最后紫薇抓过一把金瓜子，怀抱花雕坛子，告辞二老，出了村。

听完紫薇故事，丁香感叹不已，唏嘘半天。原以为任化邦不过草莽英雄一个，想不到竟柔情似水，爱美女爱家人，爱得如此深切。丁香正想安慰紫薇几句，紫薇已破涕为笑，说："花雕就在里屋，温上一壶，咱姐妹一醉方休如何？"丁香说："今天不是来喝酒的，是来问你句话，你心里还有无任化邦？"紫薇点头说："紫薇生是他的人，死是他的鬼。"丁香说："任化邦死于潘贵升之手，你不恨他？"紫薇咬牙切齿道："恨不得将这小子碎尸万段。"丁香说："据说潘贵升也在上海？"紫薇说："本来就是我故意让人透露消息给潘贵升，他才跑到上海来的。"丁香问："见到他没有？"紫薇说："暂时还没。"丁香说："打算把他怎么样？"紫薇说："他躲在租界，洋人、沪商、逃兵还有沙船船工都围着他转，还真没法对他下手。"丁香说："有人也想要潘贵升的命，你们可以合作。"

紫薇望定丁香，说："怪不得姐是来替人说项的。何人想要潘贵升的命？"丁香说："自然是轮船招商局，他们被潘贵升害惨了。"紫薇说："不知招商局的人能否接近潘贵升，把他约出来。"丁香说："要约出潘贵升，还得靠你。"紫薇说："我不好轻易露面，更不好随便往租界跑。"丁香说："不用你露面，你给潘贵升写个字条，他见你笔迹，就会来会你。"

"不用写字条。"紫薇从头上抽出一只足金凤钗，"潘贵升认识这只金钗。"丁香说："原来你们早有瓜葛。"紫薇说："一点瓜葛都没有。是一次行军途中，金钗不小心掉落地上，恰被潘贵升拣拾到手，偷偷送还给我，还用言语挑逗，又恰被任化邦撞见，差点毙了他。"丁香说："早毙掉潘贵升，任化邦就不会死在他的枪下，你也不至于到上海来等他，为任化邦复仇。”紫薇说：“是啊，一切都是上天安排，由不得人。”

感叹几句，丁香拿过金钗，一边端详，一边道：“真是支好钗。”而后起身道：“妹妹等着潘贵升来还金钗吧。”紫薇说：“姐姐可要多加小心。”

丁香颔首答应，别过紫薇，下得楼来，将金钗交到许钤身手上。许钤身看眼金钗，转递给盛宣怀，说：“你去趟招商局，朱其昂兄弟拿到金钗，自有办法把它传入租界。”

盛宣怀拿着金钗走开后，许钤身安排马车，护送丁香，出城回到教堂。

得到金钗，朱其昂让朱其诏买通一名洋行买办，进入租界，来到潘贵升住处。见着金钗，潘贵升惊异不已，问是怎么来的。买办也不多话，只是说了一个地址。

当天潘贵升乔装一番，带领两名便衣亲兵，出了租界。来到西洋公寓，让亲兵守在楼下，自己上楼敲开房门，房里果然是日思夜想的紫薇。紫薇风采依旧，眼含秋水，魅力四射。潘贵升骨头都酥了，真想伸过双手，揽美人入怀。转而又想，任化邦早已烂在地下，还怕他重新爬起来，把美人抢走不成？何况紫薇以金钗传情达意，主动约他上门，还是悠着点为妙。

潘贵升心潮澎湃之际，紫薇拿出茶点，嗔怪道：“好你个潘贵升，投奔淮军，就忘了旧人，真是没良心。”潘贵升道：“妹妹冤枉哥哥。不是知你在上海，我又怎会扔下到手的荣华富贵，流落至此？”紫薇说：“你来上海又不是为我，是干你的大事，一下子闹得满城风雨。”潘贵升说：“不闹得满城风雨，你怎知我到了你身边，派人送金钗给我？”紫薇说：“哥还认得金钗，也算妹没白思念你一场。当初跟着任化邦，他看得紧，想跟哥多说句话都不敢，如今咱获自由，与哥团聚，无人再可以干涉。”

逗得潘贵升心上直发软，道：“妹妹有此心，哥哥三生有幸啊。那年击杀任化邦，人家以为我贪恋淮军奖赏，哪知我为的全是妹妹，只要能获妹妹欢心，做叛徒，背骂名，甚至掉脑袋，都在所不惜。无奈任化邦死后，妹妹也不知去向，哥哥心灰意冷，真想一死了之。又舍不得扔下妹妹，四下打听，好不容易知你到了上海，这才逃出军营，直奔沪上而来。所喜妹妹还肯认我，哥死亦无憾矣。”

紫薇佯装生气道：“不许你说死，咱俩刚见面，你就死，妹还怎么活？”

潘贵升笑道:“好好好,不死不死,咱俩都要好好活着。你说说,怎么个活法,是继续待在上海这花花世界,还是远离尘嚣,找个偏僻地方过清静日子?这几年咱多少积蓄一些银子,供咱俩过两三辈子都没问题。”紫薇说:“去哪里过,妹妹无所谓,只要能跟你在一起就行。”潘贵升说:“要得要得,我把上海事情办得差不多,咱俩再远走高飞。”

说会儿话,紫薇下厨,炒几样小吃,又抱过花雕坛子,倒了两碗,与潘贵升对饮起来。潘贵升连说好酒,问从何得来,如此纯厚香浓的花雕,平生还是第一次喝到。紫薇说:“这酒本来不叫花雕,叫女儿红。”潘贵升说:“女儿红与花雕不一回事吗?贵升知道,鲁皖苏浙人家,女儿出生后,父母会拿出雕花坛子,装满酒埋到地下,待女儿长大出嫁,再把酒起出来,大办宴席。因给女儿备的酒,便叫女儿红,酒装在雕花坛子里,也有叫花雕的。”

“哥说得有道理,可花雕与女儿红,还是不尽相同。”紫薇脸色凝重起来,“如哥所说,家有女儿出生,会埋酒于地,女儿出嫁,起酒待客,这叫女儿红。可也有人家,女儿没成人就已夭折,坛子酒不便再叫女儿红,只好改叫花雕。”潘贵升说:“还有此事?”紫薇说:“花雕就是花凋,酒还在,人已凋。凋字令人伤感,花凋又被叫成花雕。”

潘贵升望眼碗里花雕,心头莫名地生出股不祥之感。只听紫薇又道:“这坛花雕是一位英雄在妹妹出生时埋下的,一心等着妹妹长大成婚,再给她办喜酒。谁知妹妹十三岁那年,被官府衙役害死,英雄伤心欲绝,为报大仇,揭竿而起,成为官府死对头。南征北战,出生入死,英雄皮都没被敌人碰破过,却死在叛徒枪眼下。死前英雄没能忘记家院地下所埋花雕,特意托人回他老家,让老父起出花雕以赠。”

说得潘贵升背上发起麻来,盯住紫薇,说:“你口里英雄是谁?”紫薇冷笑道:“这个英雄已被你害死。”潘贵升说:“英雄被我害死?”紫薇说:“任化邦不是你施放暗枪击杀的?”

潘贵升放下酒碗,嚯的一声站起来,指着桌上花雕坛子道:“这是任家花雕?”紫薇不紧不慢道:“没错,就是任家所藏花雕。任父把花雕交给我后,我出村进入林中,用花雕祭奠过与我同名的任家妹妹,又赶往苏北赣榆郊外,来到任化邦坟上,在他坟头洒下三碗花雕酒,再抱着坛子南行上海,等着你来亲口尝尝,任家花雕到底是啥味道。”

潘贵升大惑不解，嚷嚷道：“你为何要这么做？”紫薇说：“为何这么做？你心里清楚。至目前为止，这坛花雕还只有两人喝过，便是任家哥妹。还有大半坛，紫薇不愿独享，才请你出来，咱们共醉一场。”潘贵升说：“干吗给我喝花雕，不喝别的酒？”紫薇说：“世上还有比花雕更好喝的酒吗？喝过花雕，趁着醉意，咱们好一起去地下见任化邦，你继续在他身边当卫士，我依然做他心爱的女人。”

不知是酒力发作，还是酒中有物，潘贵升身上开始不自在，仿佛万千条小虫在血液里爬行，要把他的魂魄吸掉。他抓过桌上酒碗，向紫薇掷将过去。紫薇也不躲避，任酒碗砸在额上，鲜血染着澄黄的酒液，流得满脸都是。潘贵升还要发作，肚子剧烈疼痛起来，身子一收，缩到地上，七窍来血，顿时气绝身亡。

几乎是同时，紫薇也歪倒在地，再也没爬起来。

十二、卷帘非撤帘，卷上去还可再垂下来

潘贵升已死，沪上渐趋平静。朱家兄弟振作起来，四方募股，到处筹款，许钤身和盛宣怀又秉承李鸿章意思，找苏沪各级官府斥资，帮朱家兄弟渡过难关，轮船招商局起死回生，恢复运营，形势日见好转。世人扶强不扶弱，各大沪商深知有李鸿章撑腰，招商局化险为夷，步入正轨，主动登门投股，锦上添花。连阜康钱庄也送上大钱，想重修旧好。朱家兄弟怕了胡雪岩，不肯接洽。胡雪岩去见许钤身和盛宣怀，说当初抛股消灾，也是迫不得已，请两位见着朱家兄弟，转达歉意。过后又让钱庄伙计分头送上大额银票，欲收买两位。

胡雪岩是左宗棠的人，左宗棠与李鸿章关系微妙，盛宣怀不敢拿钱庄的钱。许钤身也深知此理，却还是挡不住诱惑，迟疑着收下银票。银票在手，许钤身赶紧来到招商局，对朱家兄弟说，得饶人处且饶人，胡雪岩放低身段，主动示好，没必要拒人于千里之外。看许钤身面子，朱家兄弟才收下阜康钱庄股金。胡雪岩感激许钤身，又是请吃，又是请玩，彼此越发走得近。盛宣怀提醒许钤身，胡雪岩太聪明，跟聪明人打交道，还是谨慎为佳。许钤身不以为然，觉得胡雪岩聪明，自己也不是傻子，还怕他拖下水不成？不过还是引起警觉，有所收敛，不再公然与胡雪岩来往，偶尔接触，也隐秘得多了。

上海轮船招商局逃过一劫，恢复元气，李鸿章悬着的心才落回原处。可事情还没完，朝臣们又无中生有，说李鸿章拿了朱家兄弟好处，不然

不会下死命力保招商局，还安排许钤身与盛宣怀出面，逼迫苏沪各级官府为其垫资。李鸿章没法堵住人家嘴巴，只得函令朱家兄弟，赶紧偿还官府斥资，免得朝臣借题发挥。

朱家兄弟知道李鸿章难处，待招商局运营赚了钱，首先挤出资金，还清苏沪官府借款本息。李鸿章立即具折朝廷，禀报招商局近况，免得皇上轻信朝臣妄议。正好总理衙门咨召入京，商议秘鲁要求立约事宜，李鸿章带上马建忠和卫士，离津西行。入京至贤良寺住下，稍事歇息，拿出一叠字纸，交给马建忠："眉叔（马建忠）腿脚勤快些，给我分送出去。"

这不是轮船招商局股票吗？上面发行方、持股人及股本数额注载得一清二楚。马建忠不解道："这是相国私人所购股票，转送人家干啥？"李鸿章说："朝臣们老怀疑我得了招商局多少好处，瞧见我私人出血掏钱购股，心里也许好受些。"

隔日马建忠照着李鸿章嘱咐，出寺拜访陈廷经、翁同龢、徐桐等人，李鸿章则去了总理衙门。文祥已先到衙，将李鸿章迎入签押房，先出示秘鲁国王让美国大使转来的咨文，说："秘鲁立约心情迫切，咱们先通个气，定下口径，再禀报恭亲王，交皇上最后定夺。"

秘鲁要求立约，自然不是闲极无聊，无事找事。原来道光年间，广东人就受招工广告诱惑，远涉重洋，去秘鲁谋生，至今已达十多万人。华工们除少数在庄园干活，大部分都被强迫从事挖鸟粪和硝石的苦力。鸟粪是优质肥料，可出口换取外汇，硝石则可制造火药。秘鲁与智利战争正酣，需要鸟粪换钱，硝石制炮造弹。可开采鸟粪和硝石最辛苦，尤其鸟粪，臭气熏天，开挖粪矿，装载粪料，得忍受无以想象的恶臭和毒热，简直不是人干的。还要承受矿主打骂、枷锁和囚禁，累死、病死、活活死于刑具下者，不知其数。勉强活着，也不堪其辱，纷纷逃亡和自杀。秘鲁虐待华工由来已久，洋报时有揭露，雇主却矢口否认。直至上年秘鲁轮船遇风躲入日本横滨，船上两百多名华工受虐死去近半，有人偷逃出来，揭发华工惨死真相，传至天津，李鸿章义愤填膺，派人将幸存华工接回。同时奏请总理衙门，明令沿海各省，禁止秘鲁在华招工。又发函谴责秘鲁政府，严正提出停止虐待华工，尽快遣返回国。秘鲁不愿遣返华工，又迫于国际压力，请求与华立约通商。

通商大事，文祥心里没底，请李鸿章来衙，问答不答应秘鲁要求。

李鸿章说："英国发明蒸汽机以来，洋船弃风帆，改机动，漂洋过海，畅行无阻，闭关锁国已不大可能，各国总要立约往来。故与秘鲁立约没得说，只是须有一定条件。"文祥问："什么条件？"李鸿章说："秘鲁得答应遣返华工，以后照约重新招聘，确保华工不受虐待，否则大清可采取制裁。"

文祥认可，说："就照少荃所言，秘鲁须先遣返华工，签署华工赴秘条规，再谈通商条约。"李鸿章说："先遣华工，然后立约，只怕秘鲁不会同意。不如先签订通商条约，附加华工用工合约，视其落实情况，来年再考虑是否换约。"文祥说："洋人狡诈，不先遣返华工，立约后主动权掌握在人家手里，事情更不好办。"

文祥是总理衙门大臣，李鸿章不便坚持，只好由着他。只听文祥又道："少荃与洋人交往多，秘使到华后，先由你出面谈判，达成协议，总理衙门再办理手续。"李鸿章说："卑职听文大学士的。"文祥笑道："我是体仁阁大学士，你是武英殿大学士，到底谁卑谁尊，谁听谁的？"李鸿章笑道："阁也好，殿也罢，都是大学士。"文祥说："就算殿阁不分，你还是直隶总督呢，也不能自称卑职呀。"李鸿章道："在总理衙门大臣面前，北洋大臣不卑反尊？"

说笑几句，李鸿章拿出四张股票，递给文祥，说："上海轮船招商局成立之始，无本经营，只好发行股票，对外募资。为支持大清新生事物，求富图强，鸿章也掏钱购买了些股票。动身赴京时太匆忙，没啥准备，只好送文大人两份股票，礼轻仁义重，请别嫌弃。"

文祥拿着股票，左看右看，觉得很新鲜，说："上面注明持股人为李鸿章，你是自己没地方存放，让我暂时给你保管吧？"李鸿章道："持股人是李鸿章没错，可票面和招商条规都有说明，股票可转让他人，随时兑现。也就是说，股票到了您老人家手里，就归您所有，您啥时想变现，招商局都可连本带息，兑换现银给您。"

文祥觉得有意思，说："你是说股票相当于银票，与现银差不多？"李鸿章说："银票只能照票面数字兑现，股票除所募本金，还包含利息在里面。换言之，股票上注明五百两，实际不止这个数。故文大人别急着兑换，可放到手里捂些日子，等着慢慢增值。"

高高兴兴收下股票，文祥与李鸿章一同出衙，去恭亲王府见奕䜣。奕䜣同意两人所定与秘立约原则，别无异议。谈过正事，又留两人共进午餐，小酌几杯。酒后文祥回衙，草拟与秘鲁立约奏折，李鸿章陪奕䜣多说了会儿话。话到投机之处，拿出八张股票，呈给奕䜣。奕䜣也觉好奇，问长问短，李鸿章又如此这般，解说一番。

由股票，论及上海轮船招商局前景，再到大清洋务、外交和海防，一路憧憬下去，两人越说兴致越高，不觉天色已晚。李鸿章不好老占用奕䜣时间，喝口几上茶水，准备起身告辞。奕䜣道：“既然到了京都，少荃该去长春宫走走，看看西太后。”

西太后就是慈禧。李鸿章早在琢磨，如何进宫给慈禧送些股票，不想奕䜣有此建议，问道：“是不是同治亲政，两宫撤帘，太后有些不适应，心情郁闷？”奕䜣说：“正如少荃所言，太后离开养心殿，移居长春宫后，整日郁郁寡欢，动不动就使性子，发脾气，宫女们一个个提心吊胆，央求李莲英，设法逗太后开心。李莲英法子也不多，递话出宫，向我讨主意。我能有啥主意？想起红菱自入府后，吹拉弹唱，大有长进，尤其有昆曲底子，唱起京剧来，韵味别样，太后喜欢戏曲，就忍痛割爱，把她送入宫里。后听李莲英传话说，自红菱到了长春宫，太后心境大好，天天让红菱给她唱京剧。京剧听厌了，又跟红菱学昆曲，很是投入。太后一向欣赏少荃才干，你若到她身边走动走动，她肯定会欢喜。”

慈禧乃女中豪杰，精明强势，权欲极大，垂帘听政十多年，说一不二，须眉折服。如今儿子亲政，自己撤帘而去，军政大事说不上话，肯定倍感失落，此时入宫觐见，自然对她是莫大安慰。李鸿章说：“王爷提醒得好，今晚卑职就去趟宫里。”奕䜣说：“好好好，我让人通报李莲英，他好有所准备，出宫接你。”

得了奕䜣的话，夜里李莲英早早候于宫门内，望见李鸿章轿子摇摇晃晃，倏然而至，赶紧迎将出来。轿子停稳，李鸿章钻出轿帘，从身上摸出一张股票，塞到李莲英手里，说：“鸿章来得匆忙，两手空空，小小股票，给大太监玩玩。”

李莲英一向低调圆融，加之安德海死于丁宝桢之手，他吸取教训，处处谨慎小心，不仅对主子服里服帖，在其他人面前也低声下气，从不张扬。对李鸿章这位大清第一重臣，自然更加有礼有节，收下股票后，赶紧作揖，说：“相国乃国家栋梁，系大清安危于一身，还想着莲英，莲英何德何能，受此恩惠？”李鸿章道：“应该的，大太监侍奉太后也不容易。”

客气着来到长春宫，上得台阶，里面传出清脆女声，词雅曲丽，听得出是慈禧在唱昆曲。唱得很地道，时而扬，时而抑，时而缓，时而促，时而婉转似莺，时而流畅如泉。慈禧早年随父亲辗转江南，粗会昆曲，入宫后咸丰喜欢戏曲，她又下过一番功夫，夫唱妇随，很是欢洽。眨眼间，咸丰驾崩十年有余，慈禧也美人迟暮，青春不再。撤帘归政，大权旁落，又搬出养心殿，避居长春宫，无以打发漫漫长夜，只好哼唱昆曲，聊以自慰。

李鸿章揣测着慈禧心境，李莲英附他耳边道：“容莲英进去通禀太后，相国先在外稍候片刻。”李鸿章点点头，侧首望眼夜空，只见月挂檐角，几分凄清。里面曲声渐渐小下去，直至于无，而虫声起于墙根之下，唧唧复唧唧。空中忽然荡过一袭薄云，似要抹去檐角明月。夜色暗淡下来。少顷李莲英复又回到李鸿章身边，轻声道：“相国跟我走吧。”

李鸿章抬腿迈入门里，紧随李莲英，穿廊过厅，到得慈禧面前，趴于地下，口里呼道：“太后万福金安！”慈禧端坐榻前，道：“少荃快起来，又不是朝堂之上，无须这么客套。”李鸿章谢恩起身，低了头，盯着地上。李莲英搬过一张高凳，搁到李鸿章后面。慈禧道：“少荃坐吧。”李鸿章听话地坐到凳上。慈禧又对身边宫女道：“红菱看茶。”

红菱赶紧端茶过来。李鸿章偏头瞟一眼，见红菱早长成亭亭玉立的大姑娘，与当年十二三岁的小丫头已判若两人，若邂逅宫外，都快认不出来。真是女子十八变，越变越好看。李鸿章心里这么想着，端过杯子，喝口茶水。慈禧开始发话，问李母可否健旺，李妻是否安好。

“谢太后牵挂，母亲和拙妻都还康泰。”李鸿章应道，抬了抬头，望慈禧一眼。慈禧听政期间，李鸿章曾数次应召面圣，觉得女主天生丽质，貌美非凡，又区别于普通美人，不怒而威，自有一股逼人英气，令须眉男子俯首臣服。今夜觐见，灯下美妇似少了往昔威严，多了些妩媚和娇艳，让人感觉几分亲切。莫非撤帘归政，蜕去权力硬壳，女人身上应有的柔软天性才得以复苏，让这个女中豪杰重新变回正常女人？

慈禧也望着李鸿章，道：“难得少荃日理万机，还入宫探视。此次是进京面圣，还是有别的差事？”李鸿章道：“主要应总理衙门召唤，来跟恭亲王和文祥商量中秘立约之事。”慈禧道：“大清多灾多难，幸亏有你与曾家兄弟，及左宗棠诸臣，发狠清剿长毛，歼灭捻匪，力办洋务，求富自强，才实现同治中兴。贫居闹市无人问，富在深山有远亲，大清振兴，洋人也愿意与咱们交往，少荃多为朝廷担待点，认真办好外交，不辜负朝廷信任。”

李鸿章说：“要说大清能有今天，主要还是太后圣明决断，力挽狂澜，众臣不过秉承太后和皇上旨意，尽些臣子本分而已。如今天下太平，万国来交，微臣定尊太后圣意，兢兢业业，办好洋务，坚固海防，同时全力处置外事，维护大清益权。只是微臣愚钝，力弱任重，处事不当之处，还请太后多多垂训，不吝赐教。”

慈禧摇一摇头，说：“我和姐姐已卷帘归政，不好再过问朝政，干预皇帝。无奈皇帝太年轻，又亲政不久，没经历什么风雨，你们做臣子的，尤其你这样执掌大政的老臣，要多上奏折，多与皇帝沟通，皇帝有何不妥之处，也要大胆规劝，共同办好国家军政。”

都说撤帘归政，怎么到得慈禧嘴里，竟变成卷帘归政？卷帘自然与撤帘不同。帘撤掉，便不复存在。卷帘说明帘子还在，不过暂卷一时，总有垂帘之日。慈禧莫非仍想着垂下帘子，重新坐到帘后，主持朝政？

李鸿章天性敏锐，从慈禧口里卷帘二字，窥探到其真实心迹。凭慈禧智慧和铁腕，她真想垂下帘子，再度听政，岂不易如反掌？看来听信奕䜣建议，夜谒慈禧，还真没有错。也许奕䜣早觉察到慈禧心里所思，才送红菱入宫，留条后路，又及时提醒她别忘记失权女主。人在得意之时，多一张笑脸，少一张笑脸，区别不大，一旦失势，轻轻一句问候，便胜似千金之赠。虽说慈禧算不得失势，只不过暂时失去听政资格而已。

想到此处，李鸿章掏出十张股票，递给红菱，嘴里说：“历经磨难，排除阻力，上海轮船招商局终于创建运营，为大清求富自强杀开一条血路。没有太后，就没有招商局的今天，微臣特意带来几张股票，敬呈太后，略表心意。”

慈禧觉得新鲜，叫红菱呈上股票。李鸿章又道：“每股才五百两银子，不是什么大钱，可意义非同小可，请太后别嫌弃。此乃有史以来中华大地上第一支股票，也是大清富强之发轫和良好开端。万事开头难，有了第一家股份企业，第一支股票，以后就有现成模式，创办更多股份企业，发行更多股票，实现富国强军宏愿。”

慈禧兴趣盎然，手拿股票，玩赏不已。李鸿章又说了说股票性质和用场，慈禧连连点头说："好好好，国库空虚，没钱办事，吸收商民财富，共创大业，利国又利民，何乐而不为？"

说会儿股票，李鸿章见时候不早，拜别女主，退出长春宫。又去钟粹宫觐见慈安，同样呈上数份股票。告辞慈安，出得宫门，上轿回到贤良寺，已月上中天。进入房中，冬梅端上热水，李鸿章脱掉鞋袜，将两只脚搁到水里，舒舒服服泡起来。

泡完脚，马建忠进门，说："搭帮陈廷经穿针引线，宋晋、翁同龢、李鸿藻等人都不折不扣收下股票，只有徐桐故作矜持，生死不接，还说相国尽做丢祖宗脸面的事，洋人搞机器跟着搞制造，洋人玩股票跟着玩股票，他最恨洋人，以后谁在他面前论及此类洋玩意儿，他参到皇上那里，非把他头上顶戴参掉不可。"李鸿章说："你没告诉他，股票可随时兑现，还有不薄利息，与真金白银无异？"马建忠说："跟他说过，不然他也不会将我骂走后，又让儿子徐承煜追出门来道歉，顺便收下我塞给的两张股票。"

李鸿章笑笑道："还是徐桐厉害，骂过我和洋人，表明他如何爱国，又拿走股票，得到实惠，两头都不误。不过也好，徐承煜收下股票，日后徐桐就不会盯住轮船招商局不放，朱其昂他们便可少些干扰，放开手脚大干。"

果然朝臣们拿到股票，就与上海轮船招商局捆绑在一起，从此再无人说三道四，设阻添堵。李鸿章欣欣然离开北京，回到天津。不久中国人自己的轮船便开始乘风破浪，航行于中国江海上，誓与洋船一竞高下。

轮船招商局的事告一段落，许钤身与盛宣怀也离沪返津，给李鸿章复命，投入制造和海防事务中。武毅军里的太平军和捻军降兵逃掉后，李鸿章又征调盛军至津，由周馥调度，夯筑新城和炮台。新城和炮台建成，李鸿章具折朝廷，提出建立海军坚固海防设想。

两宫卷帘而去，同治人太年轻，遇事无以决断，都交朝臣廷议。朝臣各有立场，各有算盘，你要向东我向西，你要上天我入地，往往议而不决，无果而终。李鸿章没等来朝廷回复，偏偏夏雨又至，连下两月，运河和永定河暴发大水，决堤数处。李鸿章一时顾不得海防，先忙"水防"，一头扎进防汛救灾里。

堤成雨住，秘鲁使臣加雷也带着翻译来到天津，约晤李鸿章，商谈立约事项。谁知随行翻译水土不服，到津次日就病倒在床，上呕下泻，加雷只好另聘临时翻译，以应急需。无奈秘鲁所用西班牙语属小语种，会者不多，无人应聘，急得加雷直跳脚。后听说到任没几天的美国驻津副领事毕德格懂西班牙语，不禁喜出望外，拔腿赶往美领事馆求助。

毕德格是个语言天才，不仅英语说得好，还精通法德俄意诸国语言，以及汉语和西班牙语。其实他不是语言学家，纯粹军人出身，南北战争时当过骑兵，驻守旧金山多年，结识不少来自世界各地的淘金者，不经意间学会多国语言。后充任联邦军队总司令格兰特卫队长，深受器重。南北战争结束，格兰特当选美国总统，毕德格前程无量。却闻中国有个李鸿章，像格兰特一样，跃马横刀，南征北战，以皇皇军功出将入相，担负起复兴国家大任，不免心生好奇，凭一口流利汉语，漂洋过海，来到中国，做上美国驻津副领事，以期见识见识李鸿章，倒看这中国格兰特是高是矮，是胖是瘦。

加雷走进美领事馆，果然毕德格满口西班牙语，比秘鲁人说得还纯正。问汉语如何，毕德格笑道："若汉语般般，还敢到中国来谋生讨食？"

加雷很高兴，开出不菲聘金，拉着毕德格来到北洋衙署，拜会李鸿章。一见李鸿章，毕德格就不出声笑起来，想起格兰德生得粗胖，属美国人里的矮子，目含羞涩，性格内向，却内心强大，意志坚定，无坚不摧，无往不胜。偏偏李鸿章身高臂长，是清朝里少见的高个，甚至高过普通美国人，其性情爽朗，笑容可掬，目光透着智慧和坚毅，不怒而威，让人又敬又怕。比起格兰特来，李鸿章不用说更具个人魅力，加之军功卓著，事功堂皇，若放到美国民主社会里，竞选总统绝对不在话下。

毕德格暗暗打量李鸿章时，李鸿章见对方体格粗壮，满脸英气，觉得不是普通文职人员，竟撇开加雷，道："毕德格先生军人出身吧？"毕德格吃惊道："本领事到津伊始，初见相国，怎知我军人出身？"李鸿章笑道："你不仅军人出身，还当过多年骑兵。"毕德格不可思议道："相国调查过本使身世？"李鸿章道："不用调查，两眼一瞧便知。"毕德格道："怎么瞧出来的？"李鸿章道："本督也骑着战马上阵杀过敌人。"毕德格道："本使来华前，打听过相国身世，知您军功出身，就如敝国总统格兰特先生，先马上得天下，后马下治天下。"

不仅汉语说得地道，连马上马下之语皆随口而出，可见毕德格多么熟悉中国文化。李鸿章对眼前这个看去小自己十来岁的美国人刮目相看起来，笑笑道："毕先生有备而来，可本督百事缠身，各国驻津领事馆又多，没法一一了解领事们背景，失敬失敬。幸本督目力不错，什么人到了面前，仅凭目视就能看出其大体来历，猜个八九不离十。比如毕先生刚进客厅，我就从你容貌和走路姿势，判断出你出身行伍，骑过多年战马。"

毕德格越发觉得神奇，道："本使也是两脚走路，与他人不同吗？"李鸿章道："略有不同。"毕德格道："不同在哪里？"李鸿章道："你走的八字步。"

虽说来华前接触过所有能接触的华人，阅读过所有阅读得到的汉文书籍，却从没听过和见过"八字步"一词，毕德格云里雾里，难免有些茫然。李鸿章微微一笑，拿过桌上纸笔，左一撇，右一捺，写了一个"八"字，递给毕德格，又起身在地上来回走上几步，嘴里道："本督走起路来，两腿姿势是不是与此'八'字有些类似？"

毕德格瞧瞧手里'八'字，也在地上迈起步子来，与李鸿章步伐还真有几分像。李鸿章补充道："这就是长年骑马作战对两腿的改变，已成定势，此生再难改变回去。"

毕德格深以为然，对李鸿章又添几分敬意和亲近。

李毕两人手舞足蹈之际，加雷看看李，又看看毕，不知两人在干啥，心想这个毕德格，花咱钱请来做翻译，却只顾跟李鸿章打得火热，把你这个当事人晾在一边，实在不像话。正欲打断两人，李鸿章已意识到什么，坐回桌前，眼观加雷，道："咱们谈正事吧。"

毕德格也改变口气，翻译给加雷。加雷转怒为喜，双方进入主题。根据总署意图，李鸿章提出先遣返在秘十万华工回国，再谈签约。加雷自然反对。秘智之战还在进行，秘鲁靠华工挖鸟粪换外汇，采硝石制火药，岂能遣返华工？加雷谎称华工在秘待遇优厚，没人愿回国。李鸿章出示暴露秘鲁虐待华工的英美书报，加雷矢口否认，反说作者无中生有，胡编乱造。

双方争执不下，不欢而散。几天后加雷带上已恢复健康的翻译，离开天津，进京去与总理衙门大臣文祥纠缠。文祥经不起加雷软磨硬泡，答应先立约，再遣返华工。

刚好容闳从美国回来，入津面见李鸿章，汇报留美幼童就学情况。又说起秘鲁虐待华工话题，容闳也很气愤，表示愿往秘鲁调查取证。李鸿章甚喜，送走容闳，与自京返津的加雷重新坐到谈判桌上，唇枪舌战，订立两国通商框架协议。

容闳返美后，看望过留美幼童，立即赶往秘鲁，冒险潜入粪矿和硝石矿，偷偷拍下数十幅华工受虐照片，捎往天津。李鸿章见过照片，义愤填膺，待加雷返华换约时，严词指责秘鲁虐华恶行。加雷还要争辩，李鸿章拿出容闳提供的照片，要他自己看。加雷这才哑口无言，不得不签下优待华工条款，明确不愿留秘华工，可予遣返。条约和附加条款生效后，在秘华工益权得到相应保障，受虐现象大为减少。

此系大清外交上难得的佳绩，一时朝野称颂。可颂声未落，忽闻日舰开向台湾，台海硝烟骤起。说骤起并不确切，日本早有预谋。原来日本人抓住毛昶熙生番口误，抛出《台湾番地处分要略》，派遣陆军中将西乡从道，组织三千人的舰队，打着台湾生番探险队旗号，驶向台湾岛。待清廷得到消息，日军已登陆琅峤，战胜当地居民，建立都督府。

时值同治十三年（1874），同治正在筹备慈禧四十大寿，还打算重修圆明园，朝臣们忙得不亦乐乎，听闻日军登台，一个个傻在那里，不知如何是好。还是李鸿章最先作出反应，急奏清廷，务必做好两手准备，一面向日本提出严正交涉，一面派精兵跨海护台，非把日军赶出台湾不可。未等朝廷回复，李鸿章就抽调武毅军马步十三营六千五百人，由徐州取道瓜州，分批驰渡台湾，另调刘铭传侄儿刘盛藻所领驻陕铭军二十营，移驻济宁和徐州一带，守卫南北海口，遍插旗帜，多筑炮台，严阵以待，以防不测。

直到此时，朝廷才回过神来，派船政大臣沈葆桢率军赴台，积极备战。加上六千多武毅军，清军在台已积兵万余，足抗三千日军。日军不敢孟浪，又不肯轻易撤退，便装模作样，往台湾搬运铁器、农具、幼杉、茶树、花木，修筑营房，摆出一副安营扎寨姿态。还扬言已调集八万精锐，随时应战，誓与中国决一死战，以威胁清廷。

日本嘴上强硬，心里明镜似的，知道此时还没法与大清抗衡，军事占领台湾毫无可能。只得派柳原前光为驻华公使，抵达天津，与老对手李鸿章会谈。

两人打过招呼，还没坐稳，李鸿章便直截了当道：“中日已签署友好条约，为何贵国一点不友好，招呼都不打一声，便贸然出兵台湾？”柳原前光说：“琉球居民为台湾生番所杀，清国不闻不问，敝国自往办理，未尝不可。”李鸿章道：“你怎知大清不闻不问？大清正要处置生番之事，贵国出兵登台，破坏两国交好局面，是何道理？”

柳原前光支吾不言。李鸿章又道：“一面发兵大清境内，一面叫人前来通好，口说和好之语，不行和好之事，莫非有两个日本国，一个日本负责发兵挑事，一个日本负责虚意通好！”

柳原脸上一红，结巴道：“台湾生番如无主之人，与清国不相干。”李鸿章质问道：“生番也算得一国？”柳原说：“算不得一国，只是太过野蛮。”李鸿章说：“就如柳使所说生番野蛮，可也属大清国民。且生番所杀琉球人，也不是日本人，何须日本多事？日本如此做法，大清朝野皆不服气，开战呼声甚高。大清多达十八省，四亿多人口，日本地小人少，战事一开，你们吃得住吗？日本虽惯行诡道，可两国用兵题目，总要先说明白，所谓师直为壮也。”

担心翻译不能准确传达语意，李鸿章让参与谈判的马建忠与许钤身磨墨铺纸，挥毫写道：“此事如春秋所谓侵之袭之者也，非和好换约之国所应为，及早挽回尚可全交。”

字成，李鸿章递给柳原。柳原收下字纸，默然无语。李鸿章双目如炬，盯住对方，大声道：“是战是和，柳使表个态吧。”柳原被逼无奈，说：“事关重大，本使一时没法表态，容后再议如何？”李鸿章说：“也行吧，明日再议，定下初步框架，再交两国朝廷认可。”

出得北洋衙门，柳原直奔英国驻津领事馆，借用发报机，电告国内，自己一人没法对抗李鸿章，请尽快派使团来华，与清廷谈判。发过电报，回到馆舍，躺到床上，想起桌上李鸿章咄咄逼人的样子，柳原睡意全无，干脆下床清理行李，离馆出城，西走北京。

这夜李鸿章也没闲着，将马建忠与许钤身召入书房，商议来日怎么迫使柳原，拿出生番事件处理初步方案，再放他入京，与总理衙门大臣见面。议得差不得，两人离去，李鸿章上床歇息。一觉醒来，忽想起日本人一向言而无信，万一柳原前光不辞而别，自己岂不白忙一通？连忙叫进亲兵，去喊许钤身和马建忠，赶紧赶往柳原前光住地，决不能让他溜掉。

可两人赶到馆舍时，柳原前光已离馆而去。两人只得回北洋衙署回复李鸿章，问要不要派人把柳原追回来。李鸿章叹道：“柳原是日本大使，不愿面对我李鸿章，就是追他回来，又能把他怎么样？”许钤身说：“日本人真狡猾，知道在相国这里占不到便宜，干脆脚踩西瓜皮，溜之大吉，直奔北京。北京那帮王公大臣，只怕会被日本人玩弄于股掌之上。”马建忠说：“京津近在咫尺，总理衙门可召相国入京，共同对付日本人啊。”

“朝廷正筹备太后大寿，朝臣们只知如何讨好皇上和太后，谁有耐心与日本人纠缠？”李鸿章不无担忧道。正好英国领事来议事，说起柳原昨夜去领事馆拍电报，李鸿章就意识到，柳原在天津碰了软钉子，担心摆不平清廷，请日本政府遣团来华，非占上风不可。送走英国领事，李鸿章就致函总理衙门，提醒诸位总理大臣，柳原前光到京后，肯定会上总理衙门胡搅蛮缠，各位千万不可服软，受其愚弄。

果然柳原前光一到北京，稍事休整，就跑到总理衙门，提出种种无理要求，逼奕䜣与文祥等人就犯。由于李鸿章有函在先，开始奕䜣几位还能坚持，没让柳原前光得逞。柳原前光也不急，耐心等待日本使团到来，再与总理衙门交锋。日本使团轮船很快经由上海，驶向天津。柳原前光早派专人等在天津港，日本轮船一靠岸，就登船面见使团，传达柳原前光的意思，不可片刻逗留天津，现身于北洋衙门。使团上岸后于是避开李鸿章，直接奔北京而去。

抵京后，日本使团由柳原前光引领，趾高气扬，走进总理衙门，缠住文祥、毛昶熙等总理大臣，一会儿声称台湾化外生番，不干中国之事；一会儿威胁撤使回国，永不与大清交好；一会儿扬言已屯兵数万于长崎，欲先攻金陵，再战上海；甚至要求大清割让台湾，否则赔偿兵费四百万。大臣们被缠得实在没法，入宫禀报同治。

恰好左宗棠奏折递上殿来，说阿古柏新疆作乱，英俄趁火打劫，西北危急，同治心里正恼，总理衙门又来言说台海事件，更不耐烦，说：“总理衙门是吃干饭的？日本蕞尔小国，派几个毛头使臣入京胡闹，都对付不了，莫非还要朕直接面对日本人？朕也不是不可面对，可朕有朕的事情，且都是大事。母后四十大寿在即，朕总得尽点孝心，让她老人家欢喜欢喜吧？母后没别的爱好，就喜欢戏曲，父皇在世时常随赴圆明园听戏，朕已吩咐内务府，筹集银两，修葺圆明园，重建戏台，让母后有个听戏的地方。这下可好，左宗棠上折添乱，你们又拿日本来烦朕，难道朕扔下母后大寿不理，专管新疆与台海屑小琐事？”

文祥等人被同治一呛，只得告退回衙，自想办法。谁料日本人听说同治正为新疆不宁犯难，更加来神，越发嚣张。原来早在十年前，天山南北便烽烟四起，战乱不断，阿古柏趁机在南疆成立洪福汗国，得到英国承认。几年后阿古柏攻克吐鲁番，收降陕甘回军残部，占领迪化、鄯善、玛纳斯等地。俄国借口中国无力维持新疆秩序，趁乱派兵进取固尔扎与伊犁河谷，对外说待清廷收复新疆后，就完璧归赵，以遮人耳目。与此同时，又与阿古柏签订俄阿条约，承认所谓洪福汗国，两国互通商贸。身为陕甘总督的左宗棠自觉守土有责，奏请出兵讨伐阿古柏和俄军，收回失地。

日本人探知清廷西北有事，同治又一心想修复圆明园，无暇顾及台湾事件，跳得更高，吼得更响。柳原前光还具奏日本天皇说：清廷内忧外患，君臣因循苟且，唯文祥尚且知事，可年岁渐高，已撑不了多久，主战又能战者，仅李鸿章一人，然李鸿章独力难支，中国军舰亦不足虑，若决一死战，日本定然完胜。

日本使团故意拿柳原的话吓唬总理衙门，大臣们胆战心惊，慌作一团。李鸿章写信提醒总理大臣们：日本无非虚声恫吓，冀速就和议起见。吾辈办贼十数年，贼之所向，方且声东击西，若日本有意开战，也属机密，哪有兵锋未至，消息便传于千里以外？退一万步想，即使开战，也不足畏，别看日舰强大，清国台湾陆军优势明显，胜算在握。

可总理衙门已听不进李鸿章的话。日本人胡搅蛮缠，使他们耐心渐失，开始倾向于花钱买清静，烧纸送鬼。再说确如李鸿章所言，两国开战，取胜还好，万一战败，谁负得起责，掉得起脑袋？加之慈禧大寿在即，台海之事闹得同治母子不乐，大臣们也没好果子吃。

就这样，由奕䜣出面，与日方签订《北京专条》，认可日军此次侵台为保民义举，约定日本从台湾撤兵，清廷赔偿五十万两银子。不过名义上不叫赔款，叫“抚恤银”和“军营修理费”，听起来耳朵也舒服些。

李鸿章却怎么也舒服不起来，气得捶胸顿足，大呼朝廷此举，有损国体，渐长寇志。又骂总理衙门，有事手忙脚乱，急图补救，无事嬉娱自乐，得过且过。又担心骂声太大，去关窗户，以免被人听去，传到北京，触犯众怒。

窗户关紧，已骂不出声，坐在太师椅上，自生闷气。冬梅进屋倒茶，见李鸿章气色不对，劝他别与自己过不去，要怪只怪日本人太坏，不能全怪总理衙门，君庸臣聩，不得已破财消灾，息事宁人，以免夜长梦多，也不是毫无道理。

冬梅天天在李鸿章身边转悠，他说啥做啥，自然瞒不过她耳朵和眼睛，对日本使团大闹总理衙门，也略知大概。平时决不乱嚼舌头，是见李鸿章整天闷在书房里，与自己过不去，才多了句嘴。李鸿章瞪眼冬梅，没有吱声，心里道，你知道什么？破财就能消灾？日本人贪婪成性，破财只能撑大他们胃口，生番之事仅仅是开始，以后定会有更多动作，中国若不求富自强，坚固海防，将永无宁日。

担心李鸿章闷坏，冬梅找来盛宣怀，要他劝劝相国大人。李鸿章不愿见人，拒盛宣怀于门外。马建忠等幕僚也来求见，还是没能进屋。冬梅想想说：“恐怕只有两个人进得了书房。”几位问哪两人，冬梅说：“大人六弟和周大人。”

冬梅嘴里大人六弟和周大人，便是李昭庆与周馥。几位于是离开北洋衙门，去了新城。新城街宽巷深，垛高墙厚，垒险堡坚，可说固若金汤。来到武毅军驻地，却人去营空，留营善后的许钤身说已迁驻小站新营，领着两人直奔新马大道。

天津新城与青县马厂之间有一片退海之地，开阔肥沃，非常适合练兵屯田。李鸿章看中这块宝地，命盛军移驻马厂，练兵屯垦，拱卫津城，同时令李昭庆武毅军，配合周馥筑新城，修炮台。新城即成，又让两军共筑新马大道，沿途设立兵站，四十里一大站，十里一小站。武毅军大本营位于新马大道中段一处小兵站，将士们顺口叫做小站。北洋海防从此与小站紧密相连，荣辱与共。原来在李鸿章心里，浩瀚大海，沧波远天，鱼龙悲吟，才是中国连接世界的真正枢纽。换言之，创建新型海军，已迫在眉睫，刻不容缓。为此李鸿章暗暗谋划，准备以新马大道和大小兵站为基地，以武毅军为基础，成立新式海军，与盛军海陆呼应，屏障京津，进可纵横，退能当关，抵御海上来敌。

这日许钤身带着盛宣怀与马建忠来到小站后，周馥正督建还未完全竣工的营房，李昭庆则在营房后面的演武场督操。见到三位，得知来意，李昭庆望着周馥道："昭庆练兵正紧，实在抽不开身，还是辛苦玉山（周馥）兄去北洋衙门打一转吧，您跟随二哥多年，比我更了解他老人家性情，一定有法子叫他转忧为喜。"

周馥二话不说，翻身上马，与许钤身几位回了三岔河口。走进北洋衙门，来到李鸿章书房外，周馥在门上敲几下，嘴里说道："周馥从小站回来，向相国禀报练兵和营建近况。"

没等周馥落音，李鸿章就开了门。最让他上心的，便是小站武毅军。武毅军移出老营后，正值日本侵台事发，李鸿章无以抽身，还没去过小站，听到周馥声音，飞快出门，迎他入屋。又见许钤身几个也在，道："是你们把玉山叫来的吧？"

几位笑着跟进书房。周馥喝口冬梅递上的茶水，说起小站练兵来。李鸿章连声道好，满脸悦色，竟至日朗天晴。说过小站和武毅军，论及日本侵台事件，周馥说："日本猖獗，于大清不是好事，于北洋衙门和武毅军未必是坏事。"李鸿章道："奇谈怪论！北洋衙署乃大清衙门，武毅军乃大清军队，大清是坏事，北洋衙门与武毅军还能占便宜不成？"

周馥不紧不慢道："日军悍然侵台，给大清敲响警钟，海上波涛无法拒敌于国门之外，再不加强防御，将永无宁日，甚至国将不国。海岸空虚，洋人虎视眈眈，蠢蠢欲动，朝廷难道不应尽快将海防摆上议事日程，支持相国创立新式海军？"

一语点醒李鸿章，暗怪自己只顾生总理衙门的气，竟忘记创建新式海军初衷。台海事件已成定局，生气于事无补，还不如打起精神，将蓄谋已久的海防办起来。正如周馥所言，日本侵台本是坏事，若借此契机，说服朝廷，创立一支新式海军，岂不坏事变好事？

连日来笼罩于心头的乌云一扫而光，李鸿章扬着眉毛道："玉山说得有道理，海防已到非办不可之时。本督准备就海防筹建，马上给朝廷上道折子。各位也动动脑筋，该从何处着手筹办海防。事不宜迟，下去后就动手，一人写道条陈给我。"

众僚各自拟好条陈，陆续递交上来。李鸿章仔细阅读，反复琢磨，渐成腹稿。尔后铺纸挥毫，写就《筹议海防折》，提出练兵、制器、造船、筹饷、用人、持久等六大构想。又从内政角度，倡导大胆变法。一是改革军制，裁绿营与旧水师之红单、拖罟、舢板等船只，效法西国，建立新式海军。二是发展民用企业，制造耕织机器，开设煤铁各矿，兴办电报、轮船、铁路，仿西法行之，或由官方筹借资本，或劝商民凑股合立公司，以图自强。三是改革科举制度，于考试功名稍加变通，另开洋务进取一格，在沿海省份设立洋学局，学有成效者委以实缺，与正途出身无异。四是授予海防大臣实权，避免徒拥虚名之弊端，使军权、财权及地方政权集于一身，好伸得开拳脚，成得了大事。

奏稿拟就，李鸿章也不急于拜发，让人誊抄一份，交周馥带回小站，征求李昭庆等军中将领意见。一旦获准筹办海防，就让李昭庆组建新式海军，各项设想还得由他具体实施。征剿太平军与捻军十余年，李鹤章与李昭庆兄弟出生入死，劳苦功高，可为避嫌，没将两位弟弟保举到应有位置，李鸿章心里愧疚，老想着如何给予补偿。无奈战争一结束，李鹤章乞归养病，再不肯复出，只得把李昭庆调到身边，协筑新城，筹划海防，日后新式海军成立，便可领军驰骋万里海疆，建功立业。

周馥拿走奏稿后，一晃几天过去，也没见李昭庆传回只言片语。李鸿章有些纳闷，莫非六弟就这么忙，连看眼奏稿提点想法的时间都抽不出来？要知道，这道折子与你幼荃（李昭庆）关系最大，你不在乎谁在乎？

正要派人去小站催促，周馥火急火燎赶往北洋衙署，奔入签押房，喘着粗气道："报告相国，幼荃发病，病得还不轻。"李鸿章惊异道："幼荃病了？怎么病的？"周馥说："我带着相国折稿回小站后，没见到幼荃，说在巡察大沽炮台，隔两天就会回来。我也就不着急，安心等候，一边督建营房。等了三四天，没等到他人，却等回消息，说幼荃视察炮台时，恰遇海风正猛，忽感风寒，引发枪伤复发，一病不起。"

李昭庆身上枪伤已非一日两日，平时偶有发作，可也不至于一病不起。李鸿章心下嘀咕，嘴里问道："他人在何处？"周馥说："已在运往小站途中。未及待他到站，我就打马回城，一来禀报相国，二来延请洋医去小站诊病。"

来不及多想，李鸿章叫亲兵备马，准备出城。又吩咐周馥道："听说曾给我老师诊病的英籍医生马根济在天津办了家私人西医医院，你去看看，争取把马根济请上。"

周馥点点头，匆匆而去。亲兵也已备好马，李鸿章来到大门外，跳上马背，飞速出城。赶到小站，李昭庆也已被亲兵运回，正躺在病床上，接受军医诊疗。李鸿章来到床前，见李昭庆眼斜嘴歪，鼻孔来血，人事不省，不禁大吃一惊，心想怎么会病成这样？将军医叫出病房一问，说是颅内血崩，估计因风寒导致枪伤复发，血气倒涌，淤积于颅，迸裂所致。又问还有无救药，军医晃晃脑袋，说恐怕已无回天之力。

正好马根济赶至，李鸿章视作李昭庆救命稻草，赶紧请他入室。马根济来到病床前，戴上白色皮手套，先捏捏病人眼皮，看了看瞳孔。又掏出听诊器，掀开被子，伸到病人胸腔，听会儿心跳。简单诊断过，才打开药箱，拿出针筒，上好药水，实施注射。可病人已不受药，马根济无奈摇摇头，用半生不熟的华语说了句：准备收尸吧。

闻言李鸿章眼前一黑，天旋地转起来，还是周馥上前，伸手掺住，才没让他倒地。待李鸿章苏醒过来，已尸凉入殓。他踉踉跄跄，奔入丧堂，抚棺恸哭，大放悲声道："幼弟啊幼弟，尔智勇深沉，性情耿介，昔日文正师颇相引重，淮楚将吏深知尔贤，二哥未了各事，方冀得有付托，不谓尔一病不起，二哥处此，不觉万念尽灰。天之阨我，如不我克，从兹以往，长孤立于人世矣！"

这里李鸿章正在悲哭，周馥已发派快马，去保定总督衙门接李经方。虽说李经方已过继给李鸿章，毕竟为李昭庆亲生，生父过世，自然得尽孝。

叶落归根，李经方到天津后，扶生父灵柩上船，准备沿运河南行，回合肥安葬。灵船驶离码头，渐行渐远，消失得无踪无影，李鸿章还站在岸上，久久不愿离去。水天茫茫，悲风呼啸，李鸿章心死如灰，欲哭无泪。

李昭庆是家里最小的弟弟，还不到四十，却最先离开这个世界，叫做哥哥的能不倍觉哀伤？李鸿章后悔莫及，不该召六弟重回军营，企望日后统领什么新式海军，若让他好好待在合肥老家，与其余几个兄弟闲云野鹤，诗酒唱和，悠哉悠哉过自己的神仙日子，也不至于枪伤复发，命丧异乡。也是功名心作怪，自己献身朝廷，还不放过小弟，让他搭上生命。

从此李鸿章沉浸在悲伤中，无以自拔，接连数月打不起精神，政事军务都荒废在那里，无心料理。连书都读不进去，一捧起书本，书上字迹便模糊起来，幻化成六弟身影，在眼前不断晃动。只得放下书本，拿过砚台，接水磨墨，试图写几行字。

李鸿章酷爱书法，平时再忙再累，也要设法抽空，摊纸拈毫，龙飞凤舞一番，以孤芳自赏。读书人以文章立世，可自投笔从戎以来，南征北战，东奔西突，俟大战结束，又一头扎进繁忙事务之中，著书立说已无可能，只能偷闲写写字，让连轴转的脑筋消停片刻。

磨好墨，铺好宣纸，信手书道：中岁颇好道，晚家南山陲；兴来每独往，胜事空自知；行到水穷处，坐看云起时；偶然值林叟，谈笑无还期。

此乃王维名篇《终南别业》。诗以对隐逸闲居生活的随性记录，尽抒超然物外之洒脱，道境禅理跃然纸上。相比之下，李鸿章身居大位，驻守要津，整日为俗务所缠，难得浮生半日闲，唯有挥毫书写王诗，企图冲淡满心惆怅，还有失弟之无尽哀伤。

听说李鸿章整日郁郁寡欢，以录王维诗作消磨时光，文僚武属不安起来，以为他要扔下求富图强伟业于不顾，独自出去寻佛访道。你有佛可寻，有道可访，追随你多年的僚属们怎么办？众人跑去见周馥，撺掇他劝劝相国，别受王维蛊惑，还是赶紧振作起来，干点正事。

正好武毅军管带聂士成离开小站，进城办差，来见周馥。聂士成是铭军旧将，曾屡立战功，累升记名总兵。战争结束，刘铭传解甲归田，铭军几经裁撤整编，一部分由刘铭传侄儿刘盛藻统领，驻守西北，至日本侵台，应召东下，跨海入岛；一部分编入李昭庆所创武毅军，与周盛传所领盛军一道，拱卫直隶。聂士成则充任近畿兵站守备，继被李鸿章调往武毅军，升提督衔，委右军前营管带。李昭庆病故，聂士成留守小站，尽职尽责，丝毫不敢懈怠。今日进城办差，听说李鸿章还处于失弟哀伤之中，找到周馥，探问消息。周馥说："太常之死，对相国打击太大，他悲伤不已，一蹶不振，你去探望探望，于他也是个安慰。"

李昭庆病故之后，朝廷专门下诏，追封为太常寺卿，故周馥有太常之称。聂士成领会周馥用意，随他来到北洋衙署，走进李鸿章书房。李鸿章见聂士成如见幼弟，不禁潸然泪下，泣不成声。聂士成受到感染，不觉喉头一哽，倒头便拜，嘴上道："请相国节哀顺变！人死不能复生，李太常离相国而去，还有士成等活在世上，相国就当士成为您弟弟吧。"

李鸿章扶起聂士成，含泪道："行行行，从此你就是吾弟，好好管带幼荃留下的武毅军。"聂士成立正身子道："士成一定遵办，决不辜负相国期望！"

周馥扶把椅子，塞到聂士成屁股后面。聂士成落座，冬梅端茶进来。李鸿章拭干泪水，吩咐两位喝茶。问起近段武毅军中情况，聂士成从容作答，思路明晰，条理清楚，不失淮军宿将风范。虽说幼弟身死，幸而事业后继有人，该感到宽慰才是，为何老沉湎于悲伤，无以自拔呢？望着魁伟英武的聂士成，李鸿章紧锁的眉头慢慢舒展开来。

聂士成走后，周馥又联系驻守马厂的周盛传，叫他也进城看看李鸿章。紫蓬山周氏兄弟所统盛军，乃淮军初创时之盛字营，随李鸿章自皖至沪，自南至北，从没离过左右。周盛传出现于北洋衙署，李鸿章又为之一振，久积心头的失弟阴霾渐渐散去。

幼弟已去，可追随自己多年的众兄弟依然环绕左右，总不能让他们像没娘崽崽，失去依靠，散沙样各奔东西。只要自己没倒，子弟兵不散，就可继续心贴心，肩并肩，共同谋大计，干大事，效力大清。身为直隶总督和北洋大臣，当前之大计和大事，自然是海防。时逢三千年未有之大变局，务必尽快创立新式海军，辅以陆防，抵挡海上来敌，守护万里海疆不失。如此一来，淮军便有新机遇，新出路，各文僚武属也将大有作为，再建功勋。

想到此处，李鸿章打开抽屉，拿出一压多时的《筹议海防折》，稍加改进润色，加印拜发，只等朝廷批复下来，便甩开臂膀，大干一场。

谁知折子发出后，仿佛泥牛入海，杳无音讯，李鸿章天天盼星星，盼月亮，也没盼来任何反馈。一打听，原来圆明园重修工程已经启动，朝廷上下忙得不可开交，哪顾得上海防不海防？最忙要数总管内务府大臣荣禄，天天往圆明园跑，亲自督监工程，生怕工匠偷工减料，影响质量，同治和两宫那里不好交差。

荣禄系满洲正白旗人，当年咸丰病死热河，曾协助两宫和奕䜣掰倒肃顺等八大臣，从此平步青云，一路升任至户部侍郎，总管内务府，与御前大臣和军机大臣三臣鼎峙，权倾一时。三大臣乃皇上身边重臣，内务府大臣与皇帝尤为亲近，预闻机密和参与决策时，比御前大臣和军机大臣所起作用更大。按时人说法，御前大臣虽班列为前，却尊而不要，唯军机大臣权而要，内务府大臣亲而要。

身为内务府大臣，荣禄与同治走得近，也就最懂他所思所想，督建起圆明园来格外上心和卖力。还不时把同治和两宫请到园子里，现场察看工程。同治和两宫看不明白之处，则摊开施工图纸，详细讲解，引得母子三人圣颜大悦。

修复圆明园可是大动作，需要大钱。钱从何来？内务府出一部分，户部打开国库，也支出一部分。内务府缺钱，国库更加空虚，哪里凑得齐？荣禄便给同治出点子，号召王公大臣报效。所谓报效，就是无偿捐助。人都一样，再有钱也嫌少，谁有多余银子往外扔？迟迟没见有人响应，同治气得实在不行，在后宫大发雷霆，大声呵斥看不顺眼的太监。

呵斥得正起劲，荣禄跑来报告好消息，说有人愿意报效大批木材。木材是工程主材，这不正中同治下怀么？他喜得眉开眼笑，忙问："何人这么慷慨？"荣禄说："此人叫李光昭，本是闽籍木材商贩，花钱捐得候补知府，一直未曾补用。听闻朝廷修葺圆明园，主动找到微臣，说愿报效一批木材，以尽臣子职分。"同治大声叫好："想不到李光昭一个候补知府，如此体谅朕之难处，关键时刻肯伸出援手。让他抓紧下去采办，事成之后，给他放个实缺，干得好的话，日后还有升迁，朕决不亏待他。"

同治开了口，荣禄便出宫找来李光昭，嘱他赶紧行动。李光昭于是底气十足，自制关防一枚，上刻"奉旨采运圆明园木值李衔"字样，揣在怀里，离京南下，招摇撞骗去了。无利不起早，李光昭算盘打得颇精，以为只要向地方官府亮出关防，口称奉旨采运，没人胆敢抗旨不从，不乖乖献上大量木材。木材到手，卖一部分换大钱，留一部分运北京，既可自肥腰包，又能讨皇上欢心，岂不两全其美？

李光昭出京后，同治便开始掰着指头，计算其行程，切盼木材早运回来，尽快修复园子，好将两宫请出紫禁城，少干扰朝政，自己想说啥就说啥，想干啥就干啥，做一回真正意义上的皇帝。想象着一人独大的妙处，同治美得不行，临朝时忍不住对众位王公大臣道："瞧瞧人家候补知府李光昭，没拿过朕一两俸禄，心里却装着朕，知道为朕分忧，主动提出报效大批木材，以助朕早日修复圆明园。反观各位臣工，官高权重，位显禄厚，平时表起忠心来，口若悬河，说的比唱的还好听，哪知到了紧要关头，向你们讨几两银子修园子，一个个装聋作哑，像没这回事似的，半两银子都不肯出。算了吧，你们一毛不拔，朕也不便勉强，待李光昭采运木材返京，跟你们换换位置，他来当尚书侍郎，你们做候补知府去。"

同治话说得难听，王公大臣脸上再也挂不住，意识到不出出血，肯定过不了关。只是暗暗诅咒荣禄，拉个李光昭进来，狗咬耗子，多管闲事，否则同治讨要起银子来，也不至于如此理直气壮。最知趣的还是奕䜣，第一个站出来，愿出两万两银子报效皇上。他主管军机处和总理衙门十多年，君臣们都眼红他权重钱多，口袋捂得太紧，也说不过去。

姐姐做鞋，妹妹拣样。奕䜣带了头，其他王公大臣躲不开，也只得忍痛解囊，献上或多或少的银子。然圆明园非一日两日就能完工，今天缺钱今天报效，明天还会缺钱，谁能保准同治不会再伸手？朝臣们心里发怵，私下商量，还是得找找理由，止住圆明园工程才行。其实理由也好找，西北危急，沿海不宁，听说法国也无事生非，剑指大清属国越南，并不是钱多没地方花，重修圆明园，劳民伤财，国库掏得空无一文，国家有急，如何应对？可朝臣们知道，修复圆明园，并非同治一人想法，也是两宫意思，反对声喊得太响，得罪同治在其次，惹恼两宫太后，可不是闹着玩儿的。众人一筹莫展，不知如何是好。

还是翁同龢心眼多，退朝时把李鸿藻拉到墙边，说："要想制止圆明园工程，非得惊动一个人不可。"李鸿藻问："此人是谁？"翁同龢说："李鸿章。"李鸿藻道："李鸿章？莫非他有此胆量，敢跟皇上和两宫作对不成？"翁同龢道："李鸿章脑袋活，点子多，只要他小子肯出面，阻止皇上瞎折腾，应该不在话下。"

李鸿藻也不傻，知道翁同龢打李鸿章主意，并不仅仅为朝廷着想。想想圆明园重建工程已经开工，李鸿章贸然出面，把事情给搅黄了，同治与两宫岂不恨死了他？翁同龢明明是想埋个套套，引李鸿章过来，一脚踩入套里，无以抽身。

当然李鸿藻也愿给李鸿章找些麻烦，免得他在天津要位有位，要威有威，要为有为，要味有味。可如何诱使这小子钻套呢？李鸿藻说："李鸿章精明得很，只怕轻易不会听你我两个唆使。"翁同龢说："咱俩当然不能现身，否则引起姓李的警觉，把头缩回去，就再无人能够阻止圆明园工程。"李鸿藻说："那又让谁现身呢？"翁同龢说："还得请恭亲王与文祥文大学士出出面，李鸿章最听他俩的话。"

这个主意高，改日李鸿藻与翁同龢进了恭亲王府。奕䜣虽贵为亲王，两位帝师登门造访，也得客气点，让奴才献上香茶美果。闲聊之间，论及朝廷近事，李翁你一句我一句，大骂李光昭，内务府重修圆明园，他跑来瞎掺和。奕䜣笑道：“花钱捐输的候补知府知县，不上千也成百，知道宫门朝向者没几个，也只李光昭有此能耐，可以把话递进皇上耳里。”

奕䜣嘴说李光昭，所指其实是荣禄，因话是他递给同治的。李翁两人知道荣禄非等闲之辈，深受同治和两宫恩宠，连奕䜣都得罪不起，不好说他什么，只是唉声叹气道：“不知圆明园工程要耗费多少国家资财。国家有钱还好办，国库空空，还得大臣们拿口粮银报效。大清实行低薪制，年薪才一两百两银子，主要靠养廉银度日。养廉银数字好看，动不动上万，却不能按时足额兑现，朝臣又不像外臣，没其他财产来源，日子实在过不下去。”

两人说来说去，无非提醒奕䜣，圆明园工程不停止，朝臣们还得往外翻口袋。奕䜣是个明白人，知道同治眼红自己主持朝政多年，没少发横财，仅报效两万两银子，就想了难，恐怕没这么容易。李翁两人正看准奕䜣此心理，才上门试探他口气。奕䜣道：“听两位话里意思，很想制止圆明园工程。想法没错，本王也赞成。可为何上朝时，不明确向皇上提出来，却跑到我这里来嚼舌头？皇上年少气盛，一般人的话不太容易听得进去，可你俩是他老师，朝夕相处多年，他可以不听别人的，你俩的话肯定会当回事。”

李鸿藻哭丧着脸道：“正是咱俩与皇上相处日久，知其秉性，认定的事九头牛都拉不转，因此轻易不好扫他兴，真把他惹毛了，他一意孤行，事情更不好办。”翁同龢则说：“皇上亲政不久，老想有所作为，修复圆明园是他亲政以来最大举措，容不得不同声音，除非有人拿得出充足理由，能让皇上心悦诚服，或许还可改变其初衷。”

“谁拿得出充足理由呢？”奕䜣问道。两人就说了李鸿章三个字。奕䜣道：“李鸿章人在天津，哪有能耐让皇上心悦诚服？”李鸿藻说：“李鸿章绝顶聪明，总有办法。”翁同龢也说：“谁都知道，没有两宫尤其西太后首肯，仅皇上想重修圆明园，也修不成。只要李鸿章肯出面，纵使说服不了皇上，也有办法让西太后改变想法。西太后最欣赏李鸿章，李鸿章也最懂西太后，他肯定有办法让西太后收回成命。”

奕䜣正为两万两报效银心疼不已，又闻法国军队侵入越南河内，越南乃大清属国，大清若出面干涉，与法国发生冲突，免不了又得大把花钱，还哪有余力修复圆明园？也就答应给李鸿章写封信，看他能否在此事上起点作用。两人告辞奕䜣出来，上了文府，又跟文祥如此这般一番叨咕，文祥也答应具函天津，请李鸿章务必巧施手段，止住误国误民的圆明园工程。

奕䜣与文祥两人信函送入北洋衙署，李鸿章打开一瞧，不禁哼道："恭亲王和文大学士真有意思，皇上与两宫要修圆明园，满朝文武不声不响，偏偏往我这个外臣身上推，要我设法制止此事，我又不是神仙，能设得出什么法？"

正好马建忠来送刚翻译过来的英报。报载法军攻入河内后，强行签订越法条约，通商往来，尔后照会清廷，要求废止中越隶属关系。李鸿章长叹一声，自言自语道："法国今天征服越南，明天就会北进中国。东边海防，西北疆防，离不开银子，西南箭在弦上，战事一开，更需大量粮饷，朝廷却一心想着修复圆明园，怎么不长点记性，回忆回忆当年英法联军如何打进北京火烧圆明园的？"马建忠一旁附和道："相国说的是，圆明园修得再漂亮，一旦国门为洋人所破，点上一把火，又会成为灰烬一堆。"

李鸿章望眼马建忠，递过奕䜣与文祥两人信函。马建忠一看，不仅笑道："恭亲王乃皇上叔叔，文祥为位高权重的满大臣，他俩没法制止圆明园工程，却寄希望于相国，想想就觉得好笑。"李鸿章说："恭亲王与文祥肯定受朝臣挑唆，才写信给我，欲陷我于是非泥潭，无以自拔。"马建忠说："谁会挑唆恭亲王与文祥呢？"李鸿章说："还能是谁？不用猜也知是翁同龢与李鸿藻之流。"马建忠说："那相国该怎么办？"

李鸿章沉吟道："大清四面楚歌，皇上却不管不顾，一心想着他的圆明园修复工程，确实不是国家福音啊！可皇上和两宫正在兴头上，冒冒失失扫他们的兴，不仅于事无补，还会自讨苦吃，甚至引来大祸。"马建忠说："相国并非朝臣，身处局外，可以不管朝中是非曲直，别理睬恭亲王与文祥就是。"李鸿章说："恭亲王和文祥可以不理，然皇上所为得不到制止，国难必至，咱们做臣子的还能有好果子吃？"

见李鸿章陷入两难境地，马建忠不便多嘴，准备离去。还没起身，盛宣怀进来，对李鸿章道："相国听说过李光昭其人吧？"李鸿章摇头说："未曾听说。到底何方神圣，值得你如此关注？"盛宣怀说："李光昭来头可不小，手持奉旨采运木植关防，自称李钦差，已乘船过境天津，南下采运圆明园工程木材。”

“采运木材也叫钦差？”马建忠意外道。盛宣怀说：“李光昭很有意思，满朝王公大臣给皇上报效些银子，痛苦得不得了，他一个花钱捐得的候补知府，没得过皇上半文钱好处，竟主动向内务府大臣荣禄提出报效大批木材，用来修复圆明园。荣禄正愁筹不到购买木材的银子，二话不说，奏请皇上，获得恩准，给了李光昭奉旨采运木料特权。”马建忠说：“无利不起早，李光昭此举，只怕不仅仅为皇上着想。”

李鸿章听出些意思来，说：“不管李光昭此举意图何如，咱不能不闻不问，让他轻松得逞。”马建忠说：“李光昭奉旨采运木材，相国与他过不去，不是跟皇上对着干么？”李鸿章说：“皇上劳民伤财，重修圆明园，本督不与他对着干，还有谁敢与他对着干？你们想想看，真让李光昭采回木材，圆明园工程初具规模，再阻止皇上就迟啦。”

两人都说有理，问怎么对付李光昭。李鸿章说：“这好办。李光昭刻制奉旨采运木材关防，无非借此敲诈地方官府，空手套白狼。江南与闽粤各级官府主官，皆我湘淮两系故人，只要给他们打声招呼，无人买李光昭的账，李光昭此番南行，必然一事无成。”

马盛两位深以为然，照李鸿章意思，分头给江浙闽粤官府主官书写信函，再盖上李鸿章印信，交快马发出。四省官员一见老上司李鸿章名字，自然格外当回事，待李光昭手执关防找上门来，也就不理不睬，没把他当回事。

李光昭绕上一圈，一无所获，气得高举关防，狠狠摔到地上，又上前猛踩几脚。还不解恨，又捡起来，跑到驿馆后厨，想塞进灶里烧掉。到得后厨门边，忽改变主意，心想官府里都是官油子，多一事不如少一事，对关防不以为然，商人只见过银子，没见过关防，拿去吓唬他们，说不定管些用。只要商人肯出木材，就可应对皇上，从中谋利。

谁知各地官府秉承李鸿章指令，已提前给木材商贩打过招呼，告知李光昭手上关防系其私刻，朝廷正在追究，若私售木材给他，便构成同谋，一起查办。商不与官斗，木材商惹不起官府，等到李光昭找上门来，掏出关防，也就一味搪塞，话说得动听，只是论到木材二字，便闭住嘴巴，再不吭声，像耳朵忽然聋掉似的。

在各木材商面前碰过一个又一个软钉子后，李光昭失望之至。就这么空手回京，怎么向皇上和荣禄荣大人交差？荣大人好不容易说服皇上，予他奉旨采运木材美差，他却半截木头都没弄回去，岂不有欺君之嫌？欺君是啥罪，三岁小孩都清楚，到时他李光昭就是有十只百只脖子，恐怕也不够刑部刽子手砍切的。

也是李光昭生意人，头脑灵活，心想大清商人太精明，不好愚弄，外国商人头脑简单，看不出你手里关防破绽，或许容易上钩。这么一想，李光昭又来了劲，屁颠屁颠地出了驿馆，赶往香港，找到一位法国木材商人，出示关防，说自己是皇上钦差，专门采办圆明园工程木材，朝廷的钱最好赚，若肯合作，绝对有大财发。

洋人果然好哄。听李光昭花言巧语，说得生动，法商蓝眼一闪，答应下来。原来法商正好有三船木材，货值五万四千多两银子，急切间卖不出去，李光昭这里需要，正可出手。

洋人讲契约，事前须签合同，再照约执行，不得违约。几经商谈，两人约好，李光昭先付定金十两银子，货到再付全款。李光昭上船验完货，拿着双方签过字画过押的合同，先走一步，离开香港，回京向荣禄报信，说购买了价值三十万两银子的上等木材，不日即可运往天津，过关转输京城，交付使用。

十三、儿子立为皇储，父亲哭倒在地

荣禄大喜，入宫奏报同治。同治乐得笑口大开，说：“满朝文武都不满朕重修圆明园，报效几个小银子，像要他们命似的。想不到一个李光昭，胜过数十朝臣，采办木材回来，给朕解决了大难题。若多几个李光昭这样的臣工，朝廷何事难成？”

荣禄自然附和，顺便替李光昭美言几句。同治又道：“李光昭立下大功，朕总不能亏待他吧？你掌管内务府，府里七司三院，职官三千，真能办事的也没几个，李光昭如此能干，把他派给你，去哪个紧要司院任总办郎中如何？”荣禄顺口道：“皇上圣明，微臣也有此意。待李光昭报效木材过关入京后，就委他营造司主办郎中，协办圆明园工程。”

同治点头恩准。荣禄又道：“商货过关，得课以关税。可否给李鸿章打声招呼，木材抵津经过海关时，叫他免税放行，迅速运京？”同治说：“这还用说？圆明园工程报效木材，李鸿章怎能收税？你找找恭亲王和文祥，让他俩妥善落实此事，别耽误朕的好事。”

荣禄拜别同治，出宫往总理衙门奔去。奕䜣与文祥也已听说李光昭香港采购木材之事，坐在总理衙门里，你一句我一句，抱怨李鸿章，要他设法阻止圆明园工程，他无动于衷，连信都不回一封，不知他到底啥意思。现在可好，李光昭采运木材回来，圆明园进入全面施工阶段，谁还有此胆量和能耐叫停？

抱怨得正起劲，荣禄进来，传达圣意，让两人立刻通知李鸿章，放行李光昭报效的三十万银木材。同治开了口，谁敢违抗？奕䜣心里一千个不乐意，也只得忍气吞声，令文祥按荣禄所言，出具公函，派送天津，命李鸿章照此办理。

公函还在途中，法商已押着三船木材，进入天津海关。李鸿章得报，心想这个李光昭真不简单，你封死南方各省官府和华商，他另辟蹊径，通过洋商，把事情给办成。洋人无约不办事，也不知这小子与洋商签的什么合约。李鸿章叫来马建忠，说："你懂洋文，到海关去看看李光昭报效的木材，顺便查查法商手上合约，摸清底细，再来告我。"

马建忠跑到天津海关，验看过三船木材，又要法商拿出购销合约，查问一遍，觉得没啥破绽，返回北洋衙署复禀李鸿章。李鸿章问："三船木材共值多少钱？"马建忠说："合约上说值五万四千二百五十两银子。"李鸿章又问："李光昭交的全款还是定金？"马建忠说："合约所写，法商口言，买方先交十两定金，货到再付全款。"李鸿章说："十两定金，就运着三船木材北上，不怕李光昭反悔耍赖？也只有洋商会这么干，换了咱们华商，前期款没到三分之一甚至过半，谁敢轻易冒险发货？"马建忠说："洋人看重合约，以为合约在手，走遍天下都有理，不怕对方不履约。"

两人正说道洋商，总理衙门公函送到。李鸿章眼瞧公函，嘴里道："李光昭真会来事，采购三船木材，皇上欢喜，荣禄高兴，还惊动恭亲王，让文祥发来公函。外臣疆吏为朝廷卖上十年八年老命，也不一定能引起圣上和王公大臣关注。"

没说完，李鸿章脸上浮起一丝不易察觉的笑意，扬扬公函，递给马建忠，要他也瞧瞧。马建忠捧公函于手，从头至尾看完，说："不就是普通公函吗？好像没啥出奇之处。"李鸿章说："再仔细瞧一遍试试。"

马建忠便再瞧一遍。还是没瞧出啥名堂。李鸿章话里有话道："公函里不写得确切，李光昭所购木材，价值三十万两银子么？"马建忠略有所思道："我查过法商出具的合约，上面说三船木材价值五万四千二百五十两银子，怎么到总理衙门公函里，便成了三十万两银？李光昭不欺骗内务府么？"李鸿章笑道："哪是欺骗内务府？是欺骗皇上。"马建忠问："既如此，还让不让海关放行法商三船木材？"李鸿章说："放不放行，下步再说，你先把法商叫到北洋衙署里来，我要亲自问他话。"

马建忠当即出衙，赶往海关，传来法商，道："你那三船木材来源不明，朝廷正在过问，李相国叫你到北洋衙署去一趟。”法商扬着手里合约道：“我按约押货入津，关李相国何事？”马建忠说：“海关归北洋衙署直管，木材入关上岸，怎么不关李相国事？他也是为你好，了解清楚情况后，好帮你想办法，从李光昭手里顺利拿到货款。”

听到货款俩字，法商二话不说，紧随马建忠，来见李鸿章。李鸿章倒也客气，叫人先上茶水，再与法商平起平坐，让马建忠居中翻译。待法商喝口茶，李鸿章便问道：“本督听说，木材购销合约上写着货到付款，到底是到天津付款，还是到北京付款？”法商说：“李钦差是给圆明园采运木材，圆明园在北京，自然是货到北京付款。”李鸿章问：“李光昭是不是当你面自称钦差？”法商说：“有时自称李钦差，有时自称李监督。”李鸿章问道：“他还自称李监督？”法商点头说：“合约所盖印鉴，也刻着李监督字样。”李鸿章问：“合约带来没有？可否给本督见识见识？”

法商拿出合约，李鸿章接过去，见木材采购方旁边，不仅签着李光昭三字，还盖有“圆明园李监督代大清皇帝”印鉴，不禁皱了皱眉。这个李光昭好大胆，自称李钦差也就罢了，竟然敢代大清皇帝，与法商签署合约，一旦发生什么纠纷，就不仅是购销双方小事情，便成为中法两国争端，后果不堪设想。李鸿章掉过头，问马建忠道：“你早见过这份合约，怎么没听你说起这枚代大清皇帝的印鉴呢？”

马建忠认真瞧瞧签章，说：“在海关看合约时，瞟了眼李光昭签字和印鉴，看得不仔细，没意识到还有大清皇帝字样。说不定是荣禄奏请皇上同意，让李光昭刻的这枚印鉴哩。”李鸿章说：“荣禄不傻，怎么会奏请皇上，让人干这种荒唐事？就是荣禄一时犯傻，但皇上圣明，也不可能恩准李光昭胡来。”

法商不懂中文，望望李鸿章，又望望马建忠，不知他俩说些啥。李鸿章坐正身子，对法商道：“本督看你漂洋过海，来华经商不易，特提醒你一句，你这三船木材，若过关时收不到货款，运抵北京后，只怕半两银子都要不到手。”法商说：“我有合约为凭，李钦差岂敢不认？”李鸿章说：“你有合约不错，可合约上所盖印鉴，纯属李光昭非法私刻，不受官府保护，到时他不付款给你，你拿他有啥法子？”

法商急起来，摊开合约，指着印鉴说：“印鉴上明明写着代大清皇帝字样，李光昭不付款，咱可找大清皇帝。”李鸿章笑道：“一个小小木材商人，怎么有资格代大清皇帝？本督建议你还是让李光昭先付款，再放木材入关。木材入关前，法国军舰可给你提供保护，一旦入关运往北京，李光昭躲着不见，中国那么大，你到哪儿找他去？何况将大清皇帝私刻入印，已冒犯大清律法，朝廷追究下来，即可入刑问斩。人死账亡，到时谁认你的账？”

说得法商冷汗直冒，出得北洋衙署，直奔法国驻津领事馆，细述贩运三船木材详情，寻求益权保护。然后通知李光昭，须先交款，再押货过关，运往北京。

李光昭原以为荣禄出面，总理衙门发函天津，木材过关运到北京，自己做上内务府营造司主办郎中，就可设法弄钱打发法商，日后再在修葺圆明园时慢慢发财。不想法商临时变卦，提出先付款，再押货过关离岸，李光昭不得不往天津跑，看怎么哄住法商，设法将木材通关运京再说，不然营造司主办郎中到不了手，一切都会落空。

经李鸿章点拨，这回法商已变得聪明多了，不再听李光昭糊弄，不见银子，一切免谈。李光昭手扬合约，说：“这上面明明写着货到付款，货还在天津，怎能付款呢？”法商说：“合约上没写货到北京付款，货到天津也是到，我并没违约。”

两人争执不下，李光昭迫于无奈，跑进天津海关，想打通关节，强行把木材拉走。哪知法国领事已先下手，让法国军舰拖走三船木材，看护起来。李光昭还不甘心，又以钦差名义，入北洋衙署求见李鸿章，想请他出面斡旋。

李鸿章正要拿李光昭是问，这小子不请自来，不正中下怀？放进李光昭，讯问事情前后经过，与法商所言出入倒也不大。李鸿章心里有了数，也就毫不客气，将李光昭扣押起来。尔后给朝廷拟折，不厌其烦，细数李光昭行骗经历，最后归纳为三宗罪：一是假冒钦差，招摇撞骗；二是骗取法商五万多银木材，谎称三十万银报效；三是私刻代大清皇帝印鉴，以皇上名义与法商订约，差点引发国际争端。

折子拟就发走，又吩咐马建忠，去趟法国领事馆，跟领事说说，英报记者已知李光昭事件，准备大做文章，请领事给英报打声招呼，别把事情闹大，影响法商益权。法国领事得过法商好处，得维护其利益，上了英报记者驻地。其实英报记者并不晓得李光昭事件，听法领事一说，顿时来了劲，回过头就找法商采访。开始法商还支支吾吾，后觉得事情张扬出去，清廷迫于压力，也许会勒令李光昭速交货款，便将事件原委一股脑儿说了出来。英报记者借题发挥，写成大块文章，登到英国报上，顿时中外舆论哗然。

马建忠拿到英报，翻译成汉文，呈送给李鸿章。李鸿章看过英报，说："外国记者动作真快啊。多弄几份英报，连同翻译稿，分寄军机处、内务府、总理衙门及奕䜣、奕譞、文祥、李鸿藻、翁同龢等王公大臣，让大家开开眼界。"

李鸿章奏折和英国译报送入宫中，同治一瞧，气得火冒三丈，找来荣禄，一顿呵斥。荣禄吓得魂飞魄散，跪倒在地，自掌嘴巴，说："罪臣有眼无珠，被小人蒙骗，还请皇上治罪。"同治说："治你罪何用？法商木材到不了北京，圆明园工程无以为继，朕怎么向太后交差？"

荣禄眼眸一转，说："李鸿章所奏，英报所登，皆源自法商一面之词，不足为信。皇上可否谕令李鸿章，拿李光昭当面对质，弄清事情来龙去脉，若责在法商，让天津海关速放木材过关，运往北京，别耽误圆明园工程。"同治问："若责在李光昭呢？"荣禄说："责在李光昭，命李鸿章定他罪也不迟啊。"

听荣禄如此说，同治又燃起一丝希望，命人起草谕旨，快发天津。李鸿章见旨，不出声笑起来。李光昭就在自己手上，拿他对质还不方便？立即传讯李光昭，让他重述一次事情经过，在笔录上画上押，按上手印，再据此事实，拟判其斩监候。尔后具折皇上，禀报审讯经过，附上李光昭供词，请皇上定夺。

看过李鸿章奏折，还有李光昭供词，同治才意识到法商木材已没法运京，失望之至。可事情没完，奕䜣、奕譞、文祥等王公大臣和各位御史，借机呈折，请求斩杀李光昭，停建圆明园。连李鸿藻、翁同龢、徐桐、宋晋等人，一向与奕䜣、文祥等洋务派对着干，这次也一边倒，上折提出相同请求。同治答应将李光昭问斩，圆明园工程却没明确表态。朝臣们不甘心，一齐涌入宫中，求见同治。同治无法面对群臣，干脆躲起来，不肯露面。朝臣们铁了心，齐刷刷跪倒在养心殿前，声嘶力竭，大声疾呼，再不停止圆明园工程，拿出银子充实疆防海防，俟洋人打进来，十四年前的悲剧又将重演。

也是被逼无奈，同治只好勉强上殿，驳斥群臣。醇亲王奕谖先反驳道：“圆明园开工不久，李光昭差点引发中法争端，再不停工，不知还会惹出什么灾祸。”

话音甫落，奕䜣又扬着手里英报，大声道：“法国侵占越南后，只想寻借口进攻中国，总理衙门正在多方斡旋，差点被李光昭坏了大事。再不停建圆明园，又冒出个张光昭、王光昭、周光昭、陈光昭，招来洋人枪炮，大清岂不毁于一旦，国将不国！”

同治忍无可忍，骂起粗话来：“放狗屁！修圆明园，国家就亡，干脆把圆明园连同紫禁城点上火药炸掉，国家就兴旺强盛啦！朕在这皇位上坐了十四年，你们干这干那，朕几时说过一个不字？朕亲政后，依然什么都听你们的，不过想尽点孝心，修复圆明园，两宫太后也好有个养老去处，你们群起反对，像朕做了什么伤天害理的事似的。莫非修复园子，天就会塌下来？朕偏不信邪，非把园子建起来不可，看你们又能把朕怎么样！”

骂得群臣目瞪口呆，说不出话来。连奕䜣奕谖等亲王也缄嘴不语，低垂脑袋，看着地砖发愣。只有文祥不肯罢休，痛心疾首道：“皇上啊，自道光以降，洋人枪炮叩开国门，继而长毛作乱，捻匪肆虐，大清就没安宁过。好不容易剿灭贼寇，君臣励精图治，迎来同治中兴，正好借机筹办海防，巩固边疆，确保大清求富图强。眼下国库空虚，银子都花在圆明园工程上，无力疆防和海防，洋人趁机而入，国家岂不重蹈覆辙，陷入万劫不复之境！”

说到激愤之处，文祥血气上涌，两眼一翻，晕倒在地，不省人事，口里满是白沫。奕䜣与奕谖见势不妙，猛磕脑袋，请求同治恩准文祥所奏，好让他死能瞑目。其他众臣也咚咚咚，磕头如捣蒜，大有同治不答应停建圆明园，就把地砖磕破之决绝。同治怒火中烧，腾地一下站起来，当场下旨，褫去奕䜣和奕谖亲王尊号，降为郡王，文祥及其他在堂众臣，一律剥夺顶戴花翎，革职除名，永不叙用。

奕䜣等群臣仍以头磕地，似要跟同治对抗到底似的。只有文祥仰躺在地上，死去一般，没再逼迫同治。同治涨得满脸通红，扔下群臣，拂袖而去。

事情闹到如此地步，能收拾残局的，自然只有两宫太后。其时慈禧正在长春宫里闭目养神，只是张着耳朵，听红菱唱曲儿。听得正起劲，忽有太监来报，说养心殿出事啦，死人啦！慈禧几分惊讶，睁开眼睛，让红菱停唱，问是怎么回事。听太监简单说过殿上之事，慈禧见怪不怪的样子，慢悠悠道："荣禄也在殿上吧，叫过来，我再问问他。"

事因圆明园而起，身为内务府大臣，荣禄自然不可能躲到别处去，自始至终待于殿上，同治离殿后，与群臣一同长跪不起。幸太监过来说慈禧有召，赶紧竖起跪麻的双腿，出殿往长春宫奔去。一进宫，慈禧就黑着脸道："听说养心殿死了人，有无此事？"荣禄趴到地上，说："文祥奏事时，情绪失控，晕倒于地，太医正在施救，该无大碍。"

"起来说话吧。"慈禧关心的自然不是文祥，"莫非是与重修圆明园有关？"荣禄起身道："都怪李光昭惹是生非，群臣借风吹火，非逼皇上停建圆明园不可。"慈禧冷冷道："没你这个内务府大臣允许，李光昭怎么惹得了事，生得了非？"

原来慈禧什么都知道。荣禄两腿一软，重又趴倒在地，磕着响头道："都怪罪臣耳朵生毛，只想着早日修复圆明园，听信李光昭哄骗，才奏请皇上，恩准他南下采购木材。结果事没办成，木材不见影儿，竟闹得满城风雨，连累皇上下不得台来。祸因罪臣而起，要杀要剐，全由太后，罪臣绝无怨言，只别为难皇上就是。"

慈禧瞥眼脚尖前的荣禄脑袋，讥讽道："把你杀死剐掉，就能修复圆明园，安抚群臣？你告诉我，怎么才能把事情摆平？"荣禄道："皇上与群臣对峙，互不让步，罪臣愚蠢，不知如何是好，还请太后圣断。"慈禧说："我与姐姐已卷帘归政，还怎么圣断？还是小英子带你去见皇帝吧，劝他偿还群臣爵位和顶戴，平息事端。"

小英子乃李莲英，是慈禧对他的昵称。听慈禧有召，李莲英立即过来，对荣禄道："荣大人走吧。"荣禄谢过慈禧，爬起来，退出长春宫，跟着李莲英去弘德殿见同治。

刚下旨褫夺群臣爵位和顶戴，转背又偿还回去，岂不自打耳光么？同治心里不情愿，任凭荣禄脑袋磕肿，始终没有松口。荣禄无奈，屁颠屁颠返回长春宫，跪地复命。同治是自己儿子，慈禧能不了解他脾气？早知荣禄会白跑一趟，不过故意让他作难，说："皇帝不愿屈从群臣，群臣长跪殿前不起，难道事情就僵在那里，毫无解法？"

荣禄大着胆子道:“太后可下懿旨，恢复群臣爵位与顶戴。”慈禧喝道:“这是什么话！圣旨出尔，懿旨反尔，你不故意挑拨咱母子关系么？居心何在！”荣禄自掌嘴巴，大骂自己该死。慈禧说:“你别死，先请皇帝来此答话，请不动你再死不迟。”

荣禄爬起来，又由李莲英陪着，再次赶往弘德殿。开始同治生死不肯上长春宫，荣禄劝说无效，心想死在慈禧面前是死，死在皇上面前也是死，干脆昂着脑袋，往墙上猛撞过去。多亏李莲英在场，闪到墙边，身子一挡，被荣禄撞倒在地，半天爬不起来。

同治吓得不轻，这才意识到，事情总得有个了结，出了弘德殿。来到长春宫，慈禧正临窗而立，不知她在瞧窗外古槐，还是槐后的远天。同治走上前，跪到慈禧身后，问安请训。慈禧没吭声，慢慢转过身来，懒得理睬同治，命红菱拿出李鸿章当年送的溪砚，磨墨铺纸，挥毫写起大字来。先写“福”字，看看还算满意，接着又写“寿”字，尔后再写“龙”字与“虎”字，笔酣墨饱，力敌千钧。

写完字，又自我欣赏一番，问红菱道:“你喜欢哪个字，自己拿吧。”红菱说:“跟着太后，一辈子享不完的福，奴才就要这个福字。”慈禧笑道:“红菱真乖，要走我最擅长写的字。”又召李莲英和荣禄过来，说:“你俩也过来，喜欢哪个字，只管取走。”

“奴才要侍奉太后，得多活几年才行。”李莲英谢过恩，要走寿字。桌上还有“龙”“虎”二字，荣禄只好拿了“虎”字。慈禧这才矮身坐下，望望仍跪在地上的同治，说:“跪着的滋味好受吧？”同治说:“孩儿不孝，治事无方，请母后惩罚。”慈禧说:“你是皇上，谁敢惩罚你？你且回我，殿上群臣跪多久啦？”同治说:“该有两个时辰了。”慈禧说:“难道就让他们这么跪下去？”同治说:“孩儿听母后训示。”

慈禧取过桌上“龙”字，递给李莲英，让他呈于同治。同治接过字，赶紧谢恩。慈禧说:“起来说话吧。”同治起身，低头听训。慈禧说:“龙腾虎跃，虎跃龙腾。君臣皆跪伏于地，又如何腾跃？大清历经磨难，迎来同治中兴，你们君臣总要珍惜这来之不易的局面才是。如何珍惜？自然得君臣和谐，同舟共济，岂可因一个园子，闹得君不君，臣不臣？群臣为国家前途着想，阻挠修园也没错，就依了他们吧，反正我和姐姐在紫禁城里还待得下去。你有孝心，日后天下无事，朝廷宽裕，再修园也不迟。”

“孩儿听母后的。”同治屈服道，“只是各位臣工还跪在大殿上，如何处置？”慈禧说：“你是皇帝，事因你而起，如何处置自然你说了算。”同治说：“命太监上殿宣布，停修圆明园，要大臣们退朝。”慈禧说：“宣布停修圆明园就够啦？”同治明白慈禧的意思，说：“还请母后下达懿旨，恢复众臣工爵位和顶戴。”慈禧说：“懿旨否定圣旨，不合情也不合法，你不为难我吗？就是我这里答应，也作不得数，还得姐姐开口才是。”

听话听音，李莲英给同治使个眼色，同治会意，说：“那孩儿去趟东边吧。”拜别慈禧，出了长春宫。李莲英又扯扯荣禄衣角，出宫跟上同治，赶往钟粹宫。

慈安好说话，答应颁布懿令，恢复奕䜣、奕譞、文祥等众臣爵位和顶戴，照旧理政治事。同时明确停建修圆明园，改修三海：北海、中海、南海。

修复圆明园是同治主政后，唯一自作主张的大事，却不合时宜，遭到群臣阻拦，一夜间成为泡影。帝威也一落千丈，从此同治整天蔫蔫的，无意朝政，缩在后宫里顾影自怜。实在无聊至极，便换上便服，随太监偷偷溜出宫门，去花街柳巷鬼混，寻找刺激，消磨时光。

花街柳巷盛产花柳病，不久同治染上梅毒，苦不堪言。梅毒没好，又雪上加霜，患上天花。天花比梅毒更要命，御医束手无策，遍访民间药师，亦无偏方奇药，医得了这不治之症。

毕竟是自己亲生儿子，慈禧伤心欲绝，守在同治旁边，为他递汤传药。不过慈禧就是慈禧，并非普通妇人，悲痛之余，开始冷静考虑皇位继承人问题。咸丰只同治一个儿子，同治无儿无女，只要他一死，咸丰一脉随之绝嗣，还得另找旁系想办法。同治属载字辈，下面为溥字辈，照理该从咸丰兄弟孙辈里物色人选。可如此一来，同治皇后便成为太后，慈安与慈禧得退居太皇太后位置，与皇帝隔着两层，再无法插手皇权。

没等慈禧想好对策，同治已晕厥过去，以至弥留之际。太监跑进长春宫，禀报慈禧。慈禧老泪纵横，却一动不动，泥塑一般。良久才慢慢起身，出了宫门。却没去同治卧病的养心殿东暖阁，而上了钟粹宫。

慈安也已得报，正欲去看同治，见慈禧到来，悲戚道：“皇帝病危，妹妹知否？”慈禧扁扁嘴，未语先咽。慈安安慰几句，慈禧止泪道：“皇帝已然这样，咱也无回天之力，只是值此非常时期，咱姐妹俩不能乱了方寸，该未雨绸缪，以防不测。”

慈安倒也认可，说：“妹妹有啥想法只管道来，姐姐听你的。”慈禧说：“皇帝亲政以来，王公大臣还算服帖，宫中安然无事。现皇帝不省人事，朝廷无主，根基动摇，总得有不亲不疏又敢作敢为之人，给咱维持局面，度此难关。”

此话颇有意味。同治无兄弟无子女，最亲莫过道光子孙，换话说皇储只能从这批人中遴选，利害攸关，应该回避。过疏亦不可靠，能委以重任者，还是八旗子弟。慈安问：“妹妹觉得谁人不亲不疏敢作敢为？”慈禧说：“荣禄如何？”慈安说：“自主管内务府以来，荣禄还算尽职尽责，深孚众望，只是圆明园之事有些欠妥，弄得皇帝下不来台。”

“姐姐说的也是，此事荣禄过错不小。然其出发点还是为皇帝着想，属好心办了错事。”慈禧一副宽宏大量的样子，“人非圣贤，孰能无过？有过之人听话，正好为我所用，将功补过。”慈安说：“妹妹看好荣禄，用他也行。”慈禧说：“眼下最要防范的是，有人趁皇帝病危作乱。吾意让荣禄出任步兵统领，保卫京师和皇宫。”慈安说：“叫荣禄入宫领命吧。”

步兵统领为从一品品秩，乃提督九门步军巡捕五营统领简称，主要负责京都守备和治安，实属皇室禁军统领，系整个皇家安危于一身，可不是一般人能担当的。接到入宫通知时，荣禄哪知有此好事？一路心里七上八下，不知是祸还是福。

进得宫门，来到钟粹宫，见两宫太后板着面孔，毫无表情，更是惶恐不安。却也顾不得许多，照例双腿一弯，趴到地上，磕头请安。半天才听慈安道：“皇帝病入膏肓，荣禄你可知否？”荣禄说：“罪臣不知。”慈禧厉声道：“都是你荣禄干的好事！当初若不是你唆使皇帝，恩准李光昭南下采运木材，与法商唱出这么一曲，惹得群臣大闹养心殿，致使皇帝君威扫地，郁郁寡欢，他又何至于一蹶不振，大病不起！”

吓得荣禄全身一抖，筛起糠来，磕头道：“罪臣该死，罪臣该死！罪臣愿以小命挽回皇上龙体康健。”慈安说：“你小命如此顶用，咱又何须为皇帝安危担惊受怕？”

荣禄再不敢妄语，唯有一个劲地磕头，磕得咚咚有声。慈禧见好就收，说：“好啦好啦，起来吧，有话跟你说。”荣禄谢恩起身，额头已血糊糊的，惨不忍睹。也不敢看两宫，两眼死死盯住地上殷红的血印。只听慈禧叹息一声，道：“皇帝病危，宫中却乱不得，须靠得住的人维护秩序。给你戴罪立功机会，你意思如何？”

原来两宫先抑后扬，要重用自己。荣禄心下窃喜，故作不安道：“感谢两宫太后不杀之恩，只要能为大清效力，罪臣赴汤蹈火，肝脑涂地，也在所不辞！”

“嗯，你有这份心就好。”慈安拿过事先拟好的懿旨，递给慈禧。慈禧转递给旁边的李莲英，李莲英高声道：“荣禄听旨！”荣禄重又趴到地上。听到步兵统领几个字，不禁心潮澎湃，热血沸腾。待荣禄听完旨，谢过恩，慈禧又道：“皇帝将不久于人世，什么事情都有可能发生，下去后怎么办，你该清楚吧？”荣禄说：“罪臣一定妥为布兵，竭尽全力，以身家性命，维护京师稳定，保卫宫中安全！”

慈禧又吩咐两句，荣禄领命而退。两宫这才动身，冒着凛冽寒风，赶往养心殿东暖阁。同治已是气息奄奄，生命垂危。两宫守候一旁，不敢哭泣，生怕惊断同治游丝般的呼吸，唯有默默落泪。一直守到沉沉夜幕降临，做了十三年傀儡皇帝的同治身子一挺，气绝驾崩。

两宫放开嗓子，号啕大哭起来。哭得差不多，才由宫女们搀着，去了西暖阁。慈安还在一把鼻涕一把眼泪哭得正欢，慈禧已回过神来，抹把泪眼，召入李莲英，要他着人宣召各位王爷与御前大臣、军机大臣，入宫商量同治后事和大统继承事宜。

各王公大臣接到懿令，迎着风雪，陆续入宫，来到养心殿西暖阁。道光帝生有九子，前四子包括咸丰帝，皆已不在人世，现存五子奕誴、六子奕䜣、七子奕譞，以及不怎么成器的八子与九子，同治病殁，自然得入宫与御前大臣、军机大臣协议后事，挑选皇嗣。

后事有惯例可循，一切按规矩办就是，主要是同治既无子女，又无兄弟，皇位交给何人，确实有些为难。王公大臣僵在那里，良久无人出声，屋里静得谁咽唾液都听得见。又过去好一阵，才有人侧过头，拿眼睛去瞧奕誴。存世各王爷里，奕誴年龄最长，又达观坦荡，各位也就希望他先开句口，打破一下沉默。

说起奕誴，还未出生，就已被人算计。原来道光九子里，长子奕纬生性顽劣，放荡不羁，道光帝恨铁不成钢，气急之下，踢了几脚，踢得不是地方，一命呜呼。此后有嫔妃给道光生下两位阿哥，却皆不幸早夭。还是祥妃和全妃争气，又分别给他怀上皇子。全妃自知怀孕在后，拿出重金，换得御医打胎药喝下，先祥妃产下儿子奕詝，后如愿继位，便是咸丰皇帝。祥妃儿子奕誴则先孕后产，屈居五阿哥位置，与皇位擦肩而过。道光担心奕誴长大后得知真相，与奕詝争权，兄弟相残，早早将他过继出去，远离皇宫。

奕誴就这样成为局外人，无以觊觎皇权，反而无忧无虑，逍遥自在。夏天常粗布短褂于身，手摇大蒲扇，上什刹海纳凉，与人唠嗑闲聊。冬天裹件老羊皮袄，一人溜到正阳楼去吃烤羊肉，喝二锅头。因常行走于阛阓，了解民间疾苦，不时为民请命，督促朝臣行使善政，被人称作贤王。偶尔入宫，看不惯宫里风气，敢于大胆建言。一次敬献黄花鱼给两宫，敬事房太监公然索贿，否则不予进传。奕誴干脆自己用盘子端着鱼，呈于御案。慈禧甚是诧异，问怎么回事。奕誴说："臣先送鱼至敬事房，太监不见银两，不肯转呈，臣拿不出银子，只好自己动手端上来。"慈禧闻言大怒，命将敬事房太监交由内务府，杖责惩戒。

正因奕誴无意皇权，与皇兄咸丰和同治少有芥蒂，交往融洽，才没被冷落，受封惇亲王。又心底坦荡，敢于直言，事涉立储大事，奕䜣、奕譞诸王及其他大臣，皆希望他能出面发声，说几句公道话。奕誴虽一直低着头，却感觉得出王公大臣们的目光，不得不抬抬头，望眼坐在上边的两宫太后，说："大行皇帝（刚薨未谥之载淳）无嗣，文宗（咸丰奕詝）又无其他儿子，只有从旁系载字辈下面溥字辈里遴选。两宫太后和各位王爷皆清楚，宣宗（道光帝）一脉里，也就大阿哥（奕纬）育有溥伦与溥侃俩孙。溥侃还只八个月，没法入继，溥伦已十七岁，正好可承大统。"

奕誴说完，王公大臣们你一言我一语，议论起来。有的说奕纬乃道光长子，立奕纬之孙溥伦为皇储，近承同治，远绪道光，再合适不过。有的说当年奕纬被道光踢死，子冤父疚，让溥伦承祧，既给道光以安慰，又还奕纬以公道，可谓两全其美。

论得正热闹，不想奕譞冒出一句："疏属不可。"

奕纬长孙，道光余脉，说来溥伦与同治载淳已够亲，怎么到奕譞嘴里，竟成了"疏属"？众人这才想起，奕纬无子，溥伦为其过继子所生，论起血缘来，确实算不得载淳"亲属"。

溥伦被否决，纵观道光支脉，溥字辈里再无合适人选，只能转而往上，到载字辈甚至奕字辈里寻求。又是奕誴先开口道：“臣有一人选，若能荣登大宝，定是满清大幸，生民福音，不知两宫太后能否认可。”慈安道：“你还没说是谁，咱怎么认可？”

奕誴望眼旁边的奕䜣，说：“恭亲王如何？他通达睿智，明辨是非，协助大行皇帝主持朝政十多年，勤于军政，精通洋务，功勋卓著，若入主皇宫，大清复兴在望矣！”

此语一出，奕䜣如闻惊雷，惶悚不已，差点吓趴地下。

咸丰病殁热河后，奕䜣与两宫合谋，铲除肃顺等八大辅政大臣，步入清廷前台，权倾一时，也因之没少遭慈禧母子忌惮，一方面不得不利用其聪明才智，办理军政和外交，同时又处处设防，制约打压，奕䜣如履薄冰，如临深渊，生怕一不小心犯傻，酿成大祸。当此皇储未定危机四伏之时，不想奕誴竟口无遮拦，胡言乱语，奕䜣能不惊慌失措？

没等奕誴将话说完，奕䜣便赶紧插话道：“惇亲王此言差也，大行皇帝乃你我侄辈，哪有叔承侄位之理？此等乱伦之事，使不得，使不得，千万使不得。微臣恭请两宫太后圣断，驳回惇亲王奏请，维护大清良序。”

奕䜣有此姿态，王公大臣暗生敬佩，支起耳朵，等待两宫发话。慈安横奕誴一眼，说：“惇亲王呀，你早过不惑之年，怎么还如此不老成，有话不过脑子，张口就来？”慈禧倒是大度，打圆场道：“惇亲王也是为国家好，言者无罪，不必计较。”

奕誴感谢两宫宽囿，又道：“若叔承侄位不合人伦大绪，也不好勉强。然恭亲王长子载澄，孝悌贤良，深明大义，且已成年，入承大统，适得其所。”

此主意倒也不错，王公大臣们同声附和，都说载澄入嗣皇储，合天意，顺人伦。原来奕誴提名奕䜣，不过是个铺垫，真正目的是为引出奕䜣之子载澄。奕䜣心存感激，却不敢贸然接受。自己身为议政王，一心为君，全力为民，却经常受嫉妒，遭暗箭，不得不时时小心，处处谨慎，生怕一不留神，哪里出点差错，酿成大悲，万劫不复。儿子载澄年纪轻轻，不通人情，缺乏历练，入嗣皇储，真不知是福是祸。奕䜣忙道：“载澄德薄才疏，无以承载皇储大任。若从载字辈里遴选皇储，惇亲王为存世兄弟之长，还是选其长子载濂为妥。”

这回轮到奕谅感激奕䜣了。自当年过继出宫后，奕谅就再没把自己当成道光之子，自视为外人一个。即使后来受封惇王，也不敢与成长于皇宫的奕䜣、奕譞诸王攀比，总觉低他们一等，更没奢望自己痴长于诸王，儿子载濂便可继承皇储。无非奕䜣记性好，还想得起你家有儿成年，顺口拿出来说事，你自己可不能当真，以为载濂有入继大统资格，而作非分之想，自欺欺人。奕谅心明如镜，赶忙推辞，坚持要求选择载澄入嗣皇储。

大臣们赞扬奕䜣与奕谅开明，又拿载濂跟载澄比较，觉得奕䜣教子有方，父德子贤，载澄知书达理，睿智聪颖，堪当大位。连慈安也表态说，若由载澄承续大统，国家兴盛在望。众臣和慈安所言，让奕䜣心里活络起来，暗责自己太过胆怯，小瞧载澄，说不准犬子真有天纵之才，帝王之福，只要上位，当大有造化。奕䜣半信半疑，以为身处梦中，悄悄掐一把大腿，明显感觉有痛，才确信耳闻目见不假。

不过奕䜣还没到得意忘形之地步。他知道众臣甚至慈安所说，都算不了数，最后还得慈禧开口发话。可慈禧一直沉默不语，奕䜣想望望她什么表情，竟鼓不起勇气，只顾低了眼皮，心里仿佛十五个吊桶打水，七上八下，忐忑不安。又想起卧尸东暖阁里的同治载淳，乃咸丰与慈禧亲生儿子，合法继位，仍受制于两宫尤其是生母慈禧，无所作为，后成年亲政，亦不过傀儡一个，一事无成，以至郁郁寡欢，身染绝症，英年早薨。自家儿子载澄旁逸斜出，必不容于慈禧，真立嗣承祧，结局只怕也好不到哪里去。

奕䜣动着心思，慈禧默默无言，屋里空气几乎窒息。就在大家感觉喘不过气来的时候，慈禧终于开了腔，说：“本宫也早听说，载濂与载澄确实不错，堪称载辈兄弟里的楷模。”

闻慈禧此言，众人觉得皇储人选，必在载濂和载澄中间产生无疑。谁知慈禧又道：“可载濂与载澄已经成年，缺乏储君教育，根基太浅，难承大统。”

王公大臣们深感意外，心有不服，据理力争，说载濂和载澄是道光血脉里载辈最优秀人才，除此已无更合适人选，总不可能再往上到嘉庆脉系里寻觅吧？还端出奕譞刚才疏属不可之言，说放弃载濂和载澄两位现成人选，贵远贱近，另觅他人，定会惹出大乱。

慈禧不置可否，抬头望望众人，忽然道："怎么屋里少了一个人？"

众臣左右瞧瞧，觉得该到的都已到场，不知慈禧所指何人。只见慈禧转向慈安，说："姐姐注意到没，怎么一直不见荣禄？"慈安恍然道："是呀，商议立储大事，各位王爷及御前大臣、军机大臣都已到场，荣禄岂能躲开，不知去向？"慈禧扭过头，对身后的李莲英道："小英子出去看看，荣禄是不是在宫里。"

李莲英应声出得西暖阁，一会儿便返身回来，背后跟着昂首挺胸的荣禄。荣禄几步上前，跪到慈安和慈禧前面，中气十足道："内务府大臣兼提督九门步军巡捕五营统领荣禄叩见两宫太后！京城内外皆布防就绪，紫禁城禁卫也部署到位，万无一失，恳请两宫太后放心。"

众臣一听，才知荣禄已做上步军统领，吃惊不小。慈禧道："荣禄起来吧。王公大臣们正在商议皇储人选，你身为内务府大臣兼步军统领，自然也不能缺席。"

荣禄谢恩毕，起身退到一旁。慈禧回到前面话题："载濂和载澄早就成年定性，就如树已长成，扭转已来不及，还是选年幼亲属入宫，慢慢教育成人，承续大统。"

这是哪来的歪理？实在让人不敢苟同。众臣正要开言反驳，慈禧又面无表情道："道光脉系里还有个载湉，就立他为皇储吧。"

载湉乃醇亲王奕譞之子，还不满四岁，比载淳当年继位时还小两岁。慈禧为何偏偏看中载湉？原来奕譞福晋即载湉母亲不是别人，乃慈禧亲妹叶赫那拉．婉贞。也就是说，载湉是慈禧亲外甥，同治堂弟加表弟，说起亲疏来，整个皇族，再没比他更亲的亲属，且不仅与同治最亲，与慈禧也最亲。主要还是年龄小，入嗣承祧后，两宫又可垂帘听政。设若让载濂和载澄继位，已成年懂事，自可亲政，两宫便无听政之理由和便利。

真是用心良苦啊。众臣不服气，肚里嘀咕，欲群起而反驳，抬头看看两宫旁边眼露凶光的荣禄，难免有些发怵，不知该不该开这个口。只怕开也白开，慈禧早有预谋，谁敢挑战她的雌威！再说在场众臣都是她一手提拔起来的，也没人撕得下脸皮，公然与她作对。

就在众人犹豫要不要绝地反击之际，奕譞忽然身子一歪，缩到椅子下面，哇啦哇啦大哭起来。众人吓一大跳，愣怔片刻，手忙脚乱，上前来扶奕譞。奕譞却赖在地上，生死不肯起来，只是一把眼泪，一把鼻涕，哭叫得更欢。

“有啥好哭的？太不像话！”慈禧骂一句，见好就收，“散了吧，散了吧。”众臣意犹未了，却不得不撇下奕譞，心怀惆怅，走出西暖阁。

立储会议就这样草草结束。事后有人悄悄议论，奕譞如此失态，实在大有意味。也许是慈禧宣布载湉入嗣承祧，他感觉太过突然，大喜大悲之际，万千思绪一齐涌上心头，无以言表，情不自禁之下，干脆一嚎而快。细想也是，自己白天没得信，夜里没得梦，慈禧轻轻一句话，儿子载湉就成为堂堂大清皇帝，换作别人，谁能不欣喜若狂？然载湉才四岁不到，正在母亲怀里撒娇，入嗣皇储，马上就会离开父母，还有熟悉的醇王府，置身于阴森恐怖的深深皇宫，凶险重重，福祸未卜，怎不叫人揪心！

此乃人之常情，谁都能理解。大局即定，奕譞当两宫太后的面，也是这么解释的。不过也有人揣度，奕譞此举亦不乏表演成分。他深知众臣看好奕䜣儿子载澄，万一有人不怕掉脑袋，公然跳出来反对，其他人再跟着起哄，慈禧担心众怒难犯，临时改变主意，自己岂不空欢喜一场？奕譞也就随机应变，缩到地上，大哭大嚎起来，以至会堂秩序大乱，慈禧见好收场，载湉继位既成事实，也就避免节外生枝，出现其他变数。

载湉就这样成为一代新君。当天半夜，紫禁城所有正门次第打开，内务府大臣兼步军统领荣禄亲往宣武门内太平湖醇王府，恭迎幼帝。奕譞已提前回到府里，告知婉贞大好消息。婉贞又喜又悲，流着泪将睡梦中的载湉叫醒，亲自给他洗理梳妆。天亮后，夫妻依依不舍，送载湉出府，扶入大轿。礼炮声中，大轿缓缓离地，左护右卫，拥往皇宫，经过午门，进入养心殿。先向两宫太后请安，再去大行皇帝灵前祭奠，尔后剪发成服，过继入嗣咸丰。半月后于太和殿举行即位大典，告祭天地庙社，改年号为光绪，由两宫太后垂帘听政。

身为直隶总督，李鸿章自然也得入京，参加新皇即位大典。记得同治亲政不久，入宫拜见撤帘归政后的两宫太后，慈禧不言撤帘，只称卷帘，李鸿章就隐约意识到，帘卷终有垂帘时。眼下得到应验，也就没啥好稀奇的。两宫垂帘听政，或许不是坏事，至少同治时期各项大政，可以延续下来，不至于改弦易辙，半途而废。

想起进呈多时的《海防筹议折》，一直没有下文，眼下新君即位，两宫垂帘，总该有些回响了。李鸿章不愿回津坐等，趁着在京的日子，来到恭亲王府，试探奕䜣口气。奕䜣依然客客气气，把他请进书房，好茶好果招待。论起海防话题，奕䜣说:“少荃那道《海防筹议折》，本王看过，觉得挺好。也催促过穆宗（同治），早给回复，其时穆宗一心想着修复圆明园，无意理政，海防事宜也就搁置下来，没有结论。”

“时间过得好快，一眨眼，同光更替，已是光绪元年（1875）。若折子得到及时批复，只怕诸事已有头绪。”李鸿章不无感慨道，“鸿章所奏海防诸般设想，王爷觉得如何？”奕䜣道:“若能照少荃所奏，一件件办理下来，大清富强，自不在话下。”李鸿章说:“王爷能够认可，鸿章心里就踏实了。还请王爷催催两宫，早些复旨下来，鸿章好落到实处，早见成效。”

不想奕䜣脸上掠过一丝阴云，迟疑片刻，才道:“本王尽力而为，促成海防大事。”

这好像不是奕䜣惯有风格。从前遇到军国大政，奕䜣总是敢作敢当的样子，口气坚定，不容置疑。难道新君即位，让他变得怕痒怕痛，优柔寡断？入京后，李鸿章听人说起立储风波，本来众臣一致看好奕䜣长子载澄，结果慈禧一言九鼎，敲定奕譞儿子载湉，两位亲王关系由此微妙起来。加之奕譞以退为进，儿子入嗣承祧后，便以避嫌为由，主动上折，辞去都统和领侍卫内大臣等要职，深获慈禧好感，让他以御前大臣身份，入宫照料载湉起居和课业，奕譞也就有了更多机会接触两宫，甚至代表儿皇，参预军机政务。如此一来，奕䜣遇事不仅要看两宫太后脸色，还得顾虑皇父奕譞的存在，要他不多个心眼也难啊。

奕䜣难处，李鸿章倒也能够理解，不好逼他表态，只得告辞出府。上轿后，还记挂着海防之事，心有不甘，嘱咐轿夫，转道文府，想去文祥那里讨讨主意。来到文府大门外，递入名刺，文家儿子文熙治匆匆出来相见，说去年父亲力阻同治修复圆明园，情绪失控，晕倒殿前，幸救治及时，保住老命，只是一直卧床不起，至今未能下地。新君继位，两宫太后垂怜老臣，专门派来御医，此刻正在诊断，不方便会客。

文祥老命要紧，总不好赶走御医，把人家从病榻上拉起来，与你讨论海防吧？李鸿章知趣而退，悻悻回了贤良寺。心里寻思，海防乃国家大政，并非你李鸿章一人之海防，何必操之过急？急也急不来，还是耐着性子，慢慢等候朝廷决断吧。同治时朝，两宫听政十多年，国家军政烂熟于心，孰轻孰重，手里有根秤杆，总会有举措的。

翌日早上，李鸿章吩咐冬梅和侍卫，收拾行装，准备出京返津。收拾停当，正要离寺，忽有皇差来到，宣李鸿章入宫面圣。李鸿章心头一亮，正正顶戴，理理补褂，迈开大步，向寺外走去。正好一阵凛冽寒风刮过，灰蒙蒙的天空豁然开朗，云消雾散。李鸿章抬眼看看天边红日，脸露笑意，低低头，钻进轿里。

来到紫禁城，进入三希堂，两宫太后已等在那里。行过大礼，两宫赐座，李鸿章谢恩起身，躬腰坐到椅子上。慈安先问些家长里短，继而慈禧发话道："去年少荃上过一份《筹议海防折》吧？"李鸿章说："回禀太后，微臣确实上过《筹议海防折》。"慈禧道："本宫已取来折子看过，觉得设想很好，值得尝试。值此新君即位之初，朝廷也得有些新举措，新气象，以昭天下。可要办大事，就得花大钱，大清国库空虚，你说银子从何而来？"

李鸿章说："朝廷赋税有限，微臣心里也很清楚。正因如此，务必区分轻重缓急，集中财力，先办好一两件急务和要政，尔后再顾及其余。"慈禧说："你说的急务和要政，就是海防吧？"李鸿章说："太后圣明，海防确实是当务之要政。大清万里海疆，强敌云集，办理海防，刻不容缓。然事急心不能急，手忙脚乱，断然成不了大事。可由易至难，先购置洋船，与自造轮船合到一起，试办海军，加强操练，日后再慢慢扩大规模。与此同时，借用洋人技艺，开煤矿，架电线，修铁路，兴办水陆运输，把各项实业做起来。实业一兴，国家逐渐强大，税源不断增加，待国库充盈，又可办更多事情。"

慈禧点点头，鼓励几句："少荃设想不错，本宫也寻思，大清出路，全在于求富图强。只是富强之路长远，并非一朝一夕能够实现，总得从长计议才是。"李鸿章说："千里之行，始于足下。只要行动起来，便有抵达目的那一天。好在新君继位，两宫垂帘，气象一新，君臣正好同心同德，历精图治，干番翻天覆地的伟业出来。"

"好好好！难得少荃有此决心，本宫深感安慰。"慈禧欣然道，"可你也清楚，左宗棠也有奏折进呈，说阿古柏新疆作乱，俄罗斯侵占伊犁，要求募兵给饷，尽快收复新疆。你要办海防，左宗棠要收新疆，到底听你的，还是听左宗棠的，朝廷也为难呐。"

李鸿章侃侃而谈道:“疆防自然也重要，作为陕甘总督，左宗棠心系新疆，属其职分之所在。然新疆千里荒漠，远在西北，遥不可及，早一天收复，迟一天收复，关系并不太大。海疆则近在咫尺，虽有十数只闽厂沪局自造轮船游弋于万里海岸，亦无异于蜻蜓点水，根本无法抵挡强大威猛的多国洋舰，一遇风吹草动，洋兵便可轻松登陆，转瞬间扑入京师。遥想咸丰末年，僧格林沁开衅于津，英法联军一怒之下，数日便打进北京，一把火烧毁圆明园。至今思之，微臣仍心有余悸，悲痛不已！也就不敢丝毫懈怠，老思谋着如何为君国分忧，早日创立海军，固我海防，以免悲剧再度重演。”

说得慈禧无不动容，长叹一声，说:“不是洋人可恶，文宗（咸丰）也不至于抱憾而崩，抛下咱孤儿寡母，支撑危局。好在有少荃和曾国藩、左宗棠等贤臣良将，力挽狂澜，扭转乾坤，实现同治中兴，为富国强军奠定良好基础。这样吧，少荃先回天津，海防大事，我尽快与军机处和总理衙门合议合议，形成共识后，再行动不迟。”

得了慈禧的话，李鸿章悬着的心落到实处，高高兴兴回了天津。与各位幕僚说起此番京都之行，众人也觉得只要慈禧太后看重海防，一切好办。李鸿章信心满满，没等圣旨下达，便着手制订海军规模，预算建军经费，物色领军头领等等。还让许钤身、马建忠联系西欧船厂，了解各种舰船规格和性能，只待朝廷海防大计确定，即可下单预定。

十四、破例晋升阁揆，不喜反悲

谁知李鸿章高兴得太早了点，事情远非他期望的美好。原来慈禧召入军机处和总理衙门各大臣，刚提出海防二字，便满堂蛤蟆叫，遭到质疑，说大清已有现成水师，另花大钱购置军舰，建立新式海军，纯属戴着斗笠打伞，多此一举。还说阿古柏闹得正凶，左宗棠急于进攻新疆，有钱也得先保疆防，哪顾得上海防？

慈禧又抛出李鸿章所议，说新疆处于数千里之外，遥不可及，海疆却近在咫尺，海防不固，京师不安。众臣辩驳道，英法德美诸国洋人远道而来，无非想跟大清通商，从中牟利，意不在中土，俄罗斯则比邻中国，侵占伊犁，与阿古柏打得火热，新疆不克，中原不宁。

说得慈禧心里也没了底，问奕䜣有何想法。奕䜣本来认同李鸿章见解，觉得海防重于疆防。若是以往，怎么想就怎么说，不会躲躲闪闪。可自新君登基以来，奕䜣变得畏首畏尾，肚子里有话，不会轻易出口。也怪不得他，立储风波一闹，不仅自己与奕譞关系变得微妙，儿子载澄与新君载湉之间也多了层说不清道不明的隔阂。还有传言说，光绪母子分离，婉贞思子心切，每次见到慈禧，老是哭得稀里哗啦，恨不得要回儿子。慈禧可怜妹妹，好言相慰，说母以子贵，答应以后让她做皇太后。婉贞说她没姐姐志向和才能，无意后宫。慈禧懂她心思，说奕譞负责儿子起居课业，不过权宜之计，以后还会有大用。至于什么大用，慈禧没有明说，传到奕䜣耳里，他最清楚此话含意，也就处处小心，生怕授人以柄，自己丢官去爵在其次，牵连载澄罪过就大了。连海防与疆防之轻重，奕䜣早有定见，也瞻前顾后，生怕言多有失，不小心得罪群臣和皇父，半天不敢出气。慈禧不好逼迫奕䜣，叹息一声，说："可惜文祥一病不起，不能前来参加廷议，他若在场，自可给本宫拿主意。"

奕䜣不置可否，大臣们更加来劲，坚持疆防优先，消灭阿古柏再说。慈禧眼光又回到奕䜣身上。奕䜣这才张开嘴巴，说："可否拿出李鸿章与左宗棠两人折子，誊抄数十份，明发各部各省，让文武百官各抒己见，再集思广益，决定海防与疆防孰重孰轻，孰先孰后。"

慈禧想想，照准奕䜣建议，将李左两人折子誊抄明发下去。

结果其实不难预见，满朝文武最看不惯李鸿章得势，凡经其嘴巴说出来的事，不管是好是坏，无论可行与否，都会劈头盖脸，一顿声讨和鞭挞。这次也不例外，听说李鸿章想购军舰，办海防，没有不愤起抗议的。理由跟廷议时王公大臣说法差不多，无非英法美德诸国眼里只有钱，俄国人却盯着中国大片土地，一日不拿掉阿古柏，大清一日不得安宁。

军机处又把众臣议论明发各处，李鸿章一见，觉得好笑之极，对手下幕僚道："满朝文武都以为咱办海防，只是防英法美德，却忘了日本之存在。去年日本侵台，其狼子野心已昭然若揭。另据日本回来的商贩说，日本又在打琉球国主意。台海系我领土，琉球为我属国，日本敢对台湾和琉球动手动脚，谁能保证他们不敢挑战大清？大清日后最大威胁，除万里以外的英法美德诸国，还有一水之隔的日本恶邻啊。"

许钤身与马建忠几位非常认同，说："朝臣疆吏鼠目寸光，相国就上道折子，谈谈日本对大清的威胁，让他们长长眼界。"李鸿章叹道："本督能做的，也只有上折争辩，除此别无他法。"连夜拟折，提醒朝廷，日本动作频繁，居心叵测，朝廷决不可轻视日本近邻，海防不固，总有一天人家会从海上打过来的。

清廷见到折子，又明发各部各省。众臣嘲笑李鸿章人大胆小，日本蕞尔小国，仿佛小小跳蚤，还能把被子拱起来不成？李鸿章只好再度上折，提出忠告，日本不是蕞尔小国，更不是被子下面的跳蚤，而是眼冒凶光蠢蠢欲动的恶狼。原来自明治维新以来，日本痛下决心，改变旧制，研习西洋兵法，仿造铁路火车，开挖煤铁矿，置办电报，铸造洋钱，广借洋债，其势日张。还不断派出青年才俊，远赴英伦三岛，苦习西语、算学、律法、军事、机器制造、轮船驾驶，各大洋面的英国轮船上，没少见日本实习生。日本为何不学他国，专师英邦？原因也简单，日英皆行君主立宪制，都是岛国，且日本国土面积更大，人口更多，英国可以称霸世界，日本能不暗暗心动？说日本是蕞尔小国和拱不起被子的跳蚤，与说英国是蕞尔小国和拱不起被子的跳蚤，不一样好笑么？

李鸿章又由英国论及俄国。俄国强大不假，可其国土面积居世界之首，侵占他国土地的欲望自然没日本强。阿古柏新疆作乱，俄国能笼络他，大清也可怀柔安抚，就像西南藏回苗瑶诸族首领，准其自治，不照样相安无事么？况且大西北数千里荒漠，征战易，守土难，用兵易，安民难，就是收复回来，亦得不偿失。再说儒家传统，重王道，轻霸道，自古君臣都认为国家版图，并非愈大愈好。李商隐曾作诗云：几时拓土成王道，从古穷兵是祸胎。无论汉唐，吾皇开边意未已，备受后人诟病。正因如此，本朝康熙攻克雅克萨城，与俄人签订《尼布楚条约》，将原属中土的尼布楚拱手让给俄国。雍正更慷慨，还没开仗，就与俄订立《布连斯奇界约》和《恰克图条约》，把大片土地拱手让与俄国。康雍两朝号称盛世，国力雄厚，君臣乐意行使王道，觉得将蛮荒之地甩包袱送人，可为朝廷减轻负担，如今国力大不如前，还打肿脸子充胖子，硬着头皮与强邻比强弱，争高下，大可不必。

此折一上，满朝又是一片喧哗，叫嚷李鸿章肯定收了俄人大钱，才坚持送土地给俄国，卖国卖祖宗。最可恶者，公然污蔑康雍二帝，简直罪不容诛。还大批李鸿章欲购洋舰，筹办海防，实属数典忘祖，用夷变夏。又老调重弹，说什么洋人之长在机器，中国所贵在人心，立国需善用所长，制敌宜先知所畏。朝廷可恃者，乃华夏数千年礼义廉耻之维，列祖列宗之教泽。连天津教案也搬出来，说丰大业身挟利刃，施放洋枪，小民振臂一呼，立毙于空拳之下，足见民心可胜枪弹，只要礼教存，民心在，自可大败洋舰洋炮、洋器洋物。

礼教民心可胜洋器，完全是自欺欺人，慈禧看得出来，觉得还是李鸿章折子所言有道理，动了暂弃收复新疆之念。却依然犹豫不决，迟迟没有明确表态。李鸿章理解朝廷苦衷，琢磨着怎么助其痛下决心，把注意力放到海防上来。琢磨良久，忽灵机一动，心生一计，提笔给两宫上疏，请求趁新君登基之机，颁发懿旨，广开言路，让朝野官员就国计民生，建言献策，以供采摘实施。李鸿章用意是，海洋时代已然到来，有眼光的官员应诏陈言，必定离不开海防与洋务，只要言论呈入宫中，两宫掂量轻重，自会坚定信心，支持东南海防。

再度垂帘听政后，两宫也想做做从谏如流的姿态，见过李鸿章奏疏，立即颁下懿旨，广纳言策。各地果然反响强烈，言策纷纷送达北京。议题也如李鸿章所料，大都离不开海防与洋务。筹建海防，兴办洋务，最得力者便是李鸿章，有志者干脆直接走进三岔河口北洋衙署，求见李相国。李鸿章有求必见，北洋衙署门庭若市，热闹一时。

这一天衙署里来了一个特殊客人。门房报上名字，李鸿章眼前不禁为之一亮，大声传人进来！此人名叫薛福成，出身江苏无锡书香门第。其父薛湘系道光进士，尤其擅长八股文，文风独特，时人称为“薛调”，名噪天下。连曾国藩与李鸿章都曾坦言，能在科场告捷，皆因受薛调启发之故。在父亲影响下，薛福成从小饱读诗书，写得一手好文章。当年曾国藩自金陵北上剿捻，沿途遍贴招贤榜，薛福成献上万余字的《上曾侯书》，曾国藩读罢，赞赏不已，聘薛福成进入幕府，朝夕晤谈，问计兵事、饷事、吏事、文事。曾幕历练七年，颇有劳绩军功，被曾国藩保举为五品候补同知。直至曾国藩金陵逝世，薛福成南下苏州书局任职，受李鸿章与李瀚章兄弟之托，编纂曾国藩文集。估摸着曾氏文集已然编成，正要函邀薛福成来入幕，不想薛福成出现在眼前，李鸿章能不惊喜？

不用说，薛福成定是见到两宫懿旨，北上建言献策，转道天津，送交曾氏文集。李鸿章见书如见师，爱不释手，翻阅半天，命人搬进环水楼，收入藏书阁。然后带薛福成登楼，观书，望云，听潮，再步入品茶室，取潞水煮茶，谈天说地。说到朝廷新君登基，两宫纳言懿旨，李鸿章急切道：“庸庵可否出示应诏策论，让本督开开眼界？”

庸庵乃薛福成字号。薛福成也有请教李鸿章的意思，双手呈上《应诏陈言疏》。李鸿章接读，只见文词铿锵，议论纵横，不禁拍案叫绝。疏中提出治平六策和海防十条，句句说到李鸿章心坎里。其中治平六策为：养贤才、肃吏治、恤民隐、筹海运、练军实、裕财用；海防密议十条为：择交宜审、储才宜预、制器宜精、造船宜讲、商情宜恤、茶政宜理、开矿宜筹、水师宜练、铁甲船宜购、条约诸书宜颁发州县。

阅罢，李鸿章取出纸墨，挥毫具函，向奕䜣隆重推荐薛文。函成嘱咐薛福成，进京后务必先上恭王府，恭请奕䜣专呈《应诏陈言疏》入宫，自可直达天听。改日又设宴为薛福成饯行，执其手道：“见过恭亲王，立即返回天津，替我参赞文事，筹办海防。”

薛福成点头答应，由李鸿章亲兵护卫，打马直奔京师。进城入得恭王府，奕䜣看过李鸿章信函，拿着《应诏陈言疏》，赶紧入宫，进呈两宫太后。慈禧读罢，也倍加赞赏，令奕䜣将薛文明发各部省，一时朝野震动，人人争相传抄，成为议论热点。

《应诏陈言疏》就这样吹响海防洋务号角，加之各地有识之士，也纷纷上疏，倡议兴海防，办洋务，朝野由此基本形成共识，两宫太后外加军机与总理衙门各大臣，都觉得海防势在必行，不可言弃。不过话说得含蓄，叫疆防与海防并重。重不重，全在资费二字上，亦即两防财力分配大体相当，不偏不倚。

这自然是李鸿章最愿看到的结果。打仗打的银子，军饷有限，西北没法开战，西北无战，朝廷才有余力，支持东南海防。李鸿章心情大好，赶紧召集幕僚，坐下来细化早已初具雏形的海防筹办规划，以便尽快呈报朝廷批准，付诸实施。

忙得正欢，周盛传进城，入衙拜见李鸿章。李鸿章心里也记挂着小站军垦之事，周盛传不召自来，自然正中下怀，赶紧传他入内，到书房里叙话。

寒暄几句，周盛传言归正传，开始汇报军垦详情。清廷贫弱，各军粮饷长年供给不足，李鸿章不愿等米下锅，天津新城建成后，命盛军移屯小站，开垦退海之地，栽种水稻，自给自足。水稻水稻，自然离不开水，周盛传率军开挖马厂新河，引运河水灌溉稻田。又沿海岸修筑拦潮大堤，预防海潮侵袭。盛军士兵大都来自两淮乡间，吃得苦，耐得劳，加之周盛传领军得法，不到两年时间，军垦大见成效，喜获丰收。

李鸿章边听边点头，不时首肯赞扬几句。周盛传趁机建议道：“小站一带，地广人稀，扩垦余地很大。上年盛军哗变，逃走一批士兵，可否适当补员，用以扩垦？”李鸿章道：“补员扩垦，倒也可行。打算怎么个补员法？”周盛传说：“垦田不轻松，须吃得起苦，建议还是征召咱两淮子弟兵。”李鸿章沉吟道：“眼下并非战时，征召两淮兵，军机处只怕不会同意。”周盛传道:“不过征召数百近千人,又属补员,用不着惊动军机处吧?”

李鸿章想想道:“也行,军机处办事一向拖沓,咨文来来去去,太耽误时间。况且历来军队补员,无定例可循,军机处也答复不了。不过动作尽量小点,以民工名义,分成分批征召,一次两三百人,以免引起地方官府注意。”

补员要求得到李鸿章应允,此行目的达到,周盛传松下一口气,道:“末将离营时,还给相国带来份薄礼。”李鸿章道:“薄礼?什么薄礼?”周盛传说:“几袋小站米。”李鸿章道:“小站米?盛军种的小站米?快快拿来,让我见识见识。”

周盛传起身出门,吩咐随侍亲兵,扛米进屋。打开米袋,只见米粒饱满光亮,散发着好闻的清香。李鸿章抓一把放手上,又是闻,又是瞧,道:“米相如此中看,口味应该也不错吧?”周盛传说:“相国可让后厨煮一顿尝尝,便可得知。”

李鸿章召进衙役,送米入厨。米熟出锅,请各幕僚一起来尝鲜。还在饭堂外面,就闻饭香扑鼻,诱得各位直咽口水。到得桌前,端碗扒上一口,一个个忍不住连连叫好,说是从没吃过如此香软可口的米饭。李鸿章顾不得斯文,三两下扒掉大半碗,这才抬头道:“咱东奔西跑,吃过千家食,咽过万家粮,口感如此好的米饭,确是头回享用。两淮盛产稻米,要说米质还算不错,却没法与小站米比,到底是何道理?”

周盛传笑道:“其一是小站土好水好,两淮土地无法相比。”众僚问:“小站水土好在哪里?”周盛传说:“小站一带属退海之地,本就很肥沃,且运河源自黄河,水含淤泥,腐殖丰富,灌溉水稻,自然既丰产,米质又好。”幕僚又问:“其二呢?”周盛传说:“其二是北方气温低,水稻生长期长,充分吸收水土养分,这便是小站米有营养又好吃的原因。”

众人很认可,许钤身笑问周盛传道:“盛军还要不要文员?咱干脆投入盛军,给周将军当差,天天有小站米吃。”周盛传笑道:“许道见笑,您与在座众兄弟都是大才,盛军塘太小,哪容不下诸位?兄弟们喜欢小站米,末将按时送米进城,确保各位餐餐有小站米吃。”

许钤身刚被李鸿章保为道员衔,故周盛传有此称呼。许钤身道:“你有这份美意,明天就送些来,免得过后忘记。”周盛传自然答应,第二天便让营官拉了几马车小站米，入衙分送各幕僚。众人顿顿有小站米吃，欢喜不已。

小站米从此美名远扬，无人不晓。天津大小官员和富商，还有各国驻津洋人，都想方设法进购小站米食用。外地官商到了天津，入饭馆吃请请吃，亦非小站米不食。以至天津城里饭店，只要弄得到小站米，必定生意兴隆，财源滚滚。

连江南首富胡雪岩北上办差，也转道天津，寻思弄些小站米，带到北京去走门子。小站米由盛军生产，胡雪岩入津伊始，就找到许铃身门上，让他想办法。许铃身南赴上海为轮船招商局斡旋时，受过胡雪岩优待，而今胡雪岩远道而来，这么点小小要求，自然得满足人家。许铃身亲自出城去见周盛传，弄了几袋上等小站米，赠给胡雪岩。胡雪岩感激不尽，物色天津最豪华酒馆，摆下盛宴，答谢许铃身。许铃身道："胡老板到了天津，该铃身尽地主之谊，这顿饭总得给我面子，让我来请。"

"许道请也可以。"胡雪岩道，从身上拿出张银票，塞到许铃身怀里，"雪岩来得匆忙，没啥准备，还请许道笑纳。"许铃身黑着脸道："你啥意思嘛，怕我没带银子，请不起这顿饭不成？"胡雪岩笑笑道："许道说哪里话？小站米珍贵，你出此大力，给我弄到手，适当给点劳务费，不应该吗？欠您情太多，雪岩心里过意不去呀。"

许铃身收下银票，暗想还是有钱人大方，出手阔绰。心下受用，酒也就喝得痛快，不知不觉已有些微醺。话也多起来，忍不住问道："胡老板此行，不是替左宗棠跑差吧？"胡雪岩道："许道莫不是神仙？怎么未卜先知？"

许铃身喝口酒，笑笑道："不是神仙也知道，你是大老板，忙不完的生意，突然出现在天津，肯定有大差要办。眼下李相国要兴海防，左宗棠要攻新疆，朝廷财力有限，顾得东南，顾不得西北，顾得西北，顾不得东南，左右为难。本来两宫举棋不定，薛福成一道《应诏陈言疏》，弄得朝野尽知，渐渐倾向于海防，左宗棠心里发急，只苦于远在兰州，没法回京力争，只好托你老人家，给他入京活动。"

都说许铃身聪明绝顶，果然名不虚传。胡雪岩心里不服不行，望眼醉意蒙眬的许铃身，说："假设你是我，此番入京，怎么才能如愿完成左帅使命？"许铃身笑道："你是胡雪岩，我是许铃身，我怎么会是你呢？"

胡雪岩笑笑道："不是假设吗？"又掏张银票出来，放许钤身前面，故意在上面拍拍，道："假设你是我，到了京都，该从何处着手？"

银票真诱人，许钤身半醒半醉间，自作聪明道："假设我是你胡雪岩，只要两句话，就可吓软朝廷，乖乖听我的。"胡雪岩说："哪两句话？"许钤身说："一句话是，只要俄国人占领新疆，就会进攻内蒙，继而威逼北京。"胡雪岩追问道："第二句话呢？"许钤身道："第二句话嘛，自然关涉咱们李相国。"胡雪岩说："怎么关涉李相国？"

许钤身用力眨着有些沉重的眼皮，指指胡雪岩鼻子，说："你这红顶商人，毕竟只是商人，不了解朝廷心思。"胡雪岩说："朝廷什么心思？"许钤身说："朝廷乃满人朝廷，对汉员一直心存芥蒂。就是李相国如此忠心耿耿，朝廷也老不放心，怀疑他会有图谋。"胡雪岩道："李相国有何图谋？"许钤身说："我可没说李相国有图谋，只说朝廷怀疑他有图谋。"

胡雪岩举杯敬过许钤身，又拿出一纸大额银票，搁到许钤身身前，说："朝廷到底怀疑李相国有何图谋呢？"许钤身眼盯银票，嘴里嘿嘿道："害怕相国心怀不轨，取大清而代之呗。"胡雪岩说："何以见得？"许钤身道："李相国握有淮军，还要办什么新式海军，天津离北京又近在咫尺，犹如卧榻之侧，朝廷能不担惊受怕？"

胡雪岩给许钤身满上酒，道："是你胡思乱想，谁不知李相国忠心可鉴？征剿太平军，讨伐东西捻军，李相国手握重兵，毫无异心，如今天下平定，淮军裁撤过半，余者分驻各地，朝廷怎么还会怀疑他老人家呢？你这话不可信，太不可信。"

许钤身已全身发软，却还是抖着手腕，端过杯子，咕噜咕噜喝干里面的酒，含混不清道："你不信是吧？你到了北京，只要透露说，盛军已在小站开垦出大片稻田，种出小站米，还不肯满足，又想着征召淮勇补员，扩大军垦面积，保证吓尿两宫太后。"

话没说完，许钤身头一歪，身子一塌，缩到桌子下面。

酒罢送走许钤身，回到客馆，胡雪岩写信给左宗棠，细述与许钤身会面情形。信函交人飞送西北，再带着随从，离津直奔北京。

进城后，胡雪岩哪里没去，先赶往文府，买通门房，求见文祥。门房说文中堂病入膏肓，没法会客。胡雪岩早知文祥病重，说见文祥，不过是个借口，真正要见的是文子文熙治。文熙治好说话，门房通报进去，马上得到许可，带着胡雪岩，穿廊过厅，进入后堂。

文熙治久闻江南首富胡雪岩大名，自然客气，让座看茶。胡雪岩不坐，掏出银票，压到杯底，故作神秘道：“雪岩有话要说，又怕隔墙有耳，如何是好？”

看在银票份上，文熙治带胡雪岩去了密室。刚关上门，点亮灯，胡雪岩便从袖底抽出两页字纸，递向文熙治。文熙治看胡雪岩一眼，接纸于手，慢慢发开，就着灯光，低首看起来。没看几行，便将字纸一扔，拍着桌子道：“岂有此理！家父堂堂清廷重臣，皇恩浩荡，忠心耿耿，怎么会与李鸿章狼狈为奸，图谋不轨！”

原来是联名参劾文祥与李鸿章的密折。联名者皆系津沪官员，见朝廷准许李鸿章筹办海防，心怀不满，具折参劾，连背后支持海防的文祥也不放过。劾稿里说，文祥自入军机以来，便与李鸿章内外勾结，一唱一和，打得火热。李鸿章想做直隶总督，文祥帮着说好话；李鸿章请调盛军入津，文祥不遗余力支持；李鸿章奏建新式海军，筹办海防，文祥又不顾众臣反对，冒天下之大不韪，给奕䜣和两宫太后施加影响。由此看来，两人肯定有啥见不得人的共同目的。试想李鸿章一人独大，直隶归他管，外交归他办，淮军归他指挥，文祥再助纣为虐，帮他弄支新式海军出来，大清天下到底是光绪皇帝的，还是李鸿章和文祥的？

这纯属无中生有，往文祥身上泼脏水，文熙治自然接受不了，大为光火。胡雪岩说：“文公子别急嘛，谁不知文中堂一世忠诚，绝对不可能背叛朝廷，是不是？”文熙治说：“那你还拿着这狗屁劾稿找上门来干啥？到底哪儿来的？稿后联名者，咱怎么没听说过？”

胡雪岩道：“清廷上下，大小官员，成百上千，文公子又没在吏部任职，自然所识不多。其实都是些小官小吏，无所作为，出息不大，嫉妒文中堂和李鸿章位高权重，背后耍些小动作，也不足为奇。联名者里有吾好友，酒席上无意透露给我，我觉得此举大为不妥，给他们一笔钱，说要入京办差，可代为进呈。这些人穷斯滥也，见钱眼开，便把劾稿给了我。”

文熙治信以为真，说：“虽说胡老板头有红顶，毕竟属生意人，为何对官场是非如此关注？”胡雪岩说：“正因雪岩是生意人，不愿国家动乱，只盼天下太平，国泰民安，好踏踏实实经商赚钱。文中堂乃大清栋梁，呕心沥血，励精图治，助两宫实现同光中兴，实属不易，雪岩只希望他老人家稳居庙堂，维护朝政，大清商民跟着受益享福。故见人背后放文中堂冷箭，雪岩愤慨不已，特弄到劾稿，登门求见，看如何摆平此事。”

文熙治几分感动，说：“难得胡老板高看家父，熙治深表感谢。此世间最不缺的就是小人，唯恐天下不乱，好趁乱捞一把。让人万万想不到的是家父一世清明，还会有人背后做小动作，欲置其死地而后快。”胡雪岩说：“木秀于林，风必摧之，自古都如此。别小瞧小人的小动作，这份劾稿若递到两宫手里，于文中堂可没啥好处。”

文熙治说：“两宫圣明，难道也会相信小人胡言乱语？”胡雪岩说：“两宫不会全信，可也不见得全不信。文中堂堂堂满族大员，对朝廷忠诚自然没得话说，然李鸿章则另当别论，没人能保证他毫无野心。”文熙治说：“胡老板意思是，不怕一万，就怕万一，万一如劾稿所言，李鸿章有啥不可告人之目的，任由他盘踞天津，逐渐坐大，以后恐怕谁也拿他没法。”

“仅凭肉眼，一时还看不出李鸿章确属乱臣贼子，可画龙画虎难画骨，知人知面不知心，谁能钻进李鸿章肚皮，看清他五脏六腑？”胡雪岩故作高深道，“即使李鸿章暂无异心，但一旦新式海军建成，海陆两军全握在手里，要炮有炮，要船有船，要饷有饷，要粮有粮，时机慢慢成熟，他还会如此规矩，忠实于大清，只怕就有些说不准了。世间之事，宁肯信其有，不可信其无，不防患于未然，待未然成为已然，便为时晚矣。”

文熙治摸着脑袋，说：“就算李鸿章以后会有动作，可与家父又有啥关系呢？”胡雪岩说：“据说李鸿章奏请筹办海防，创建新式海军，朝臣个个反对，人人阻拦，连恭亲王都不置可否，唯令尊一人公然附议，大力支持。哪天李鸿章真有啥动作，惹出麻烦，朝廷追究下来，难道令尊能脱干系不成？”

文熙治说：“家父病入膏肓，待李鸿章建成新式海军，慢慢坐大，犯上作乱，只怕家父已不在人世，与他又有何干呢？”胡雪岩说：“文公子说得轻巧。也不想想，李鸿章弄点啥动静出来，令尊离世，或可逃脱惩处，文家子孙还能置身事外，不受诛连？”

从小生长于官府，养尊处优，少见世面，文熙治哪遇到过这种事情？被胡雪岩一吓，两腿不觉打起颤来，话不成句道：“胡胡胡老板说说说怎怎怎么办办办办好？”

胡雪岩伸出手来，抓过劾稿，放火上点燃，扔到地上。看着火苗一点点吞噬掉稿里字墨，文熙治长长地舒了口气。胡雪岩冷眼看看文熙治，又冒出一句："劾稿烧掉，并非万事大吉。"文熙治说："劾稿不存，两宫无从追究文家，还有何可虑？"胡雪岩道："很简单，你可烧掉手里劾稿，却没法烧掉人家手中之笔。"

"你是说，这些人还会重拟劾稿？"文熙治又紧张起来，"胡老板教我，该如何应对为妥？"胡雪岩说："也简单，小人们可以进呈密折，令尊也写封密折递上去。"文熙治说："要家父具折参劾这些诬告自己的小人？"胡雪岩说："小人不可得罪，参劾他们没用，还不如奏请两宫，晓之以理，否决李鸿章海防筹议。李鸿章成不了事，也就无人再盯住令尊不放。"

文熙治先点头认可，接着又摇头道："可惜家父卧床不起，没法拟折。"胡雪岩说："可让幕僚代笔，再盖上令尊印鉴递上去，还怕两宫不认可？"文熙治说："也行，平时家父也常让幕僚代稿。只是奏稿怎么个拟法？"胡雪岩说："还记得刚烧掉的劾稿不？将里面内容复述一遍，去掉有关令尊的文字，再添些油，加些醋，就是篇不错的奏折。"

文熙治说还能记个大概。此行目的达到，胡雪岩起身告辞。文熙治送出府门外，胡雪岩拍两下手掌，正在车旁打盹的随从猛地醒过来，从车里提过两只米袋，跑上前来。胡雪岩接住，转递给文熙治，小声道："此乃天津小站米，文公子自留一袋，尝尝口味，入宫呈送密折时，顺便带上一袋，转赠两宫。"

文熙治几分不解："两宫也稀罕小站米？"胡雪岩说："肯定稀罕。"文熙治说："怎么给宫里解释？"胡雪岩说："啥都不用解释，只要设法呈入密折和小站米就行。"

胡雪岩走后，文熙治便照计而行，以父亲口气，连夜草拟密折。事情机密，也不找幕僚，干脆自己亲自动笔。密折很快拟就，盖印加封，托人呈入宫中。两宫太后审读数遍，召见奕䜣，交他过目。奕䜣阅毕，沉吟道："看来文祥已病糊涂，竟怀疑李鸿章图谋不轨。洋船横行于世界各地江海湖河，连东洋日本也举全国之力，造铁船，购洋舰，大清再不筹办新式海军，稳固海防，如何对抗各国洋舰？"

慈禧说："恭亲王言之有理。适才咱姐妹还在议论，李鸿章决非易反易复之小人，说他图谋不轨，确实难以置信。然今天李鸿章没有异志，他日新式海军建成，盛军等淮系部队不断壮大，谁还能保证他不会生出其他想法来？”慈安也道：“何况天津近在京畿，李鸿章真有啥想法，联合多国洋人，西扑京师，神机营万余兵力，又岂是其对手？”

奕䜣与李鸿章接触频繁，知他满脑子都是求富图强，至于是否包藏祸心，还确实没察觉出来。若真居心不良，剿捻结束后，也不会自斫臂膀，自裁淮军。不过话又说回来，防人之心不可无，李鸿章毕竟不是满人，多防着点，总不会有错。

说话间，不觉近午，李莲英进来说，御膳已然备好。奕䜣意欲告退，慈安说：“恭亲王留下，咱叔嫂仨一起吃顿家膳吧。”

司膳太监很快抬上膳桌。桌上摆满冷盘热馐，炉食小菜，还有香喷喷的米饭。寝不思，食不语，平时用膳不能说话，这天慈安破例开口道：“恭亲王觉得，今日米饭如何呀？”奕䜣道：“蛮可口的，微臣还从没吃过如此香软的米饭。”慈安又问道：“知道哪儿产的米吗？”奕䜣说：“微臣孤陋寡闻，不得而知。”慈禧插话道：“天津小站米。”

奕䜣哦一声，道：“原来是盛军移屯小站后所产的大米。怪不得近日王公大臣们一见面，口口声声都说小站米好吃，果然名不虚传。”慈禧说：“你只知小站米好吃，不知盛军兵精粮足，还要征召淮勇补员，正扩大军垦面积吧？”

慈禧话里有话，奕䜣自然听得出来。看来李鸿章海防设想，又将落空。奕䜣想替李鸿章辩解几句，欲言又止，生怕祸从口出，引火烧身。

直到午膳毕，司膳太监抬走膳桌，送上茶水，奕䜣喝口茶，才犹豫道：“李鸿章正急盼朝廷答复，好放开手大办海防，咱该如何回复他才好？”

慈安去瞧慈禧，慈禧沉吟半晌，说道：“时势使然，东南海防不办不可，只是到底该大办，还是小办，总该把握好尺度才行。还有西北疆防，朝臣呼声高，好像比左宗棠更急迫。我也知道，朝臣们不喜欢洋人，凡与洋字沾光的人事，都看不顺眼。李鸿章热衷洋务，又兼理外交，还老念着大办海防，让朝廷暂时放弃收复新疆念头，朝臣们自然更加接受不了，大骂他卖国卖祖宗，恨不得剐了他。倒是左宗棠嘴巧，说海防与疆防皆不可弃，得两者并重，双管齐下。此言听起来生动，可朝廷财力允许两者并重吗？李鸿章早已把话说透，西北开战，东南别花钱，反之东南办海防，西北则别用兵。然西北不过阿古柏及其后面的俄国，东南则要面对英法美德及日本众多强国，朝廷只顾西征，放弃海防，又如何行得通？”

慈禧说得正激昂，左宗棠又有折子飞至。拆折一瞧，仅有数语：俄国人占领伊犁后，正不断扩大周边势力，企图再明显不过，便是控制全疆，进攻内蒙，继而威逼北京，吞并大清。

慈禧吃惊不小，腾地一下站起来，张张嘴巴，却出不得声，又矮身坐回去，满脸颓颜，看来被左宗棠奏折吓得不轻。奕䜣却觉得左宗棠故作惊人之语，有些危言耸听。就像江湖游医诊病，先夸大病情，唬住病人，再慢慢开方施药，若药倒病除，说明医术高明，万一不可救药，也怪不得医生乏术，是病人命里该绝。奕䜣与左宗棠交手多年，知其性喜铺排，所言最好打个对折，只可半信，不可全听。很明显，若俄人确有灭清意图，完全可自东线南侵，水陆结合，长驱直入，没必要选择西线，绕行千里大漠，先攻新疆，再吞蒙古，进图北京。然世人不是神仙，未曾发生的事，谁也打不了包票。况又关涉大清生死存亡，嘴巴不紧，说了不该说的话，又如何负得起这个重责？

奕䜣默默动着心思之际，只听慈禧缓缓道：“文祥病入膏肓，只怕再爬不起来了。”

正说道俄国和左宗棠，怎么忽又扯到文祥身上去了？奕䜣与慈安都有些莫名其妙。慈禧又道：“文祥数十年如一日，殚精竭虑，为国效劳，又因力劝穆宗（同治）弃修圆明园，血气冲顶，病倒于御前，其心可鉴啊。吾意让他再晋升一级，离世时亦可瞑目矣。”

文祥已是体仁阁大学士，往上便是武英殿大学士。然武英殿已为李鸿章所据，莫非把他扒开，让给文祥不成？有清以来，殿阁大学士能上不能下，除非人死留缺，后来者才可递进补位。奕䜣问道：“文祥晋封武英殿大学士，李鸿章怎么办？”慈禧说：“倭仁去世后，文华殿大学士之位不一直空在那里么？就由李鸿章递补吧。”

文华殿大学士乃首席阁揆，一向为满蒙大员所专有，从没赏给过汉员。连德高望重如曾国藩者，也止步于武英殿，没晋封文华殿大学士，慈禧怎么会高看李鸿章，让他破此例呢？也是奕䜣聪明绝顶，马上领会到慈禧真实意图，当即表示赞成。慈安也点头认可。在她心里，殿阁大学士不过虚衔而已，谁上谁下，谁增谁补，无所谓得很。

不日圣旨颁发下去，惹得满朝惊疑，以为慈禧夜里觉没睡好，脑袋不清醒，错视李鸿章为满蒙大员，才把他推上文华殿。也有人认为，李鸿章有大功于大清，朝廷再没别的封赏可给，只好拿出满蒙大员专有的大位哄哄他，替朝廷卖命，维护大清局面。

反正说啥的都有，只两个人心里最明白，朝廷如此安排，真实目的是啥。一是左宗棠，嫉妒之余，大骂朝廷瞎了眼，李鸿章行狗屎运，继而得意洋洋，传令属下，赶紧行动，准备西征。一是李鸿章本人，初闻惊喜不已，毕竟大清立国两百多年，还从无任何汉员晋封满蒙专属文华殿大学士，自己能破例获此大位，实属不易。不过喜悦很快掠过心头，李鸿章便一脸愀然，无声而叹：海防大业无望矣！

文僚们哪知李鸿章心里苦楚？只顾纷纷登门祝贺。李鸿章说："老夫已败给左宗棠，有啥可贺的？"众人不明就里道："相国荣登首席阁揆，与左宗棠何干？"李鸿章说："朝廷已下决心，准备倾举国之力，助左宗棠西征。大清财力有限，既重西征，必轻海防，太后才用文华殿大学士安慰我。老夫宁要海防，也不愿顶着这中看不中用的虚衔啊。"

果然不久左宗棠接阅征伐新疆的圣旨，着手调兵遣将，向西挺进。各省督抚也得到朝命，加紧筹饷备粮，尽解西北。李鸿章呆坐签押房，心灰意冷，想不通慈禧为何说好大办海防，转背便出尔反尔，用兵西北。

世无不透风的墙，有种说法很快传到李鸿章耳里，说慈禧将眼光从东南转向西北，与一个人不无关系，此人便是胡雪岩。理由简单，朝廷迟不用兵西北，早不用兵西北，偏偏胡雪岩去了趟北京，朝廷便决定用兵西北，难道是巧合吗？

还有人说，胡雪岩进京前，曾在天津逗留过几天。逗留就逗留呗，竟与许钤身过从甚密，不知干了些啥勾当。为轮船招商局的事，许钤身与盛宣怀同赴上海斡旋，胡雪岩就给过许钤身好处，两人打得火热。许钤身脑袋又格外好使，点拨点拨胡雪岩，胡雪岩茅塞顿开，入京后依计而行，才如愿以偿，促成左宗棠西征。

可李鸿章又觉得，胡雪岩还没这么大能耐，虽说他背后有个左宗棠。也许见你掌控直隶，外交和洋务在握，手里还有淮军，朝廷心存不安，再让你建支新式海军，更加惶恐，还不如让左宗棠收复新疆，缓解西北压力。毕竟左宗棠已六十三四，打上几年仗，届时人近古稀，即使手里有兵，也已没野心和力气犯上作乱。

新疆用兵，举国财力尽解西北，朝廷顾不得东南，肯定会压缩海防经费。南北洋成立之初，海防预算每年四百万两银子，实际到位不足两百万两。还是南洋大臣沈葆桢开明，觉得北洋拱卫京畿，责任更为重大，自愿将南洋海防经费留解北洋，李鸿章才筑新城，建炮台，购轮船，修船坞，办了好些实事大事。而今西北用兵，经费肯定会缩减，海防将成泡影。

不久户部海防预算送到，果然一刀下去，削减为两百万。预算两百万，能到位百万，也就阿弥陀佛了。这是大清惯例，凡办正经事，都会大打折扣。

还有更滑稽的，朝廷又专门下达诏书，煞有介事命李鸿章督办北洋海防事宜。一面大减经费，一面委办海防，不自己哄自己么？朝廷早明确过南北洋海防职能，再发一道圣旨，旧话重提，实属打屁脱裤，多此一举。不过朝廷自有考虑，无非向天下宣示，大清不仅重视疆防，也不放弃海防。就如左宗棠所说，疆防与海防并重，虽系空话假话，说与不说毕竟不一样。就像走夜路怕鬼，亮着嗓门吼叫几声，吓不走夜鬼，至少可给自己壮胆。

督办海防的圣旨就摆在签押房桌上，李鸿章看在眼里，心里很不是滋味。倒是马建忠、盛宣怀、薛福成等幕僚，觉得有圣旨总比没圣旨强。李鸿章说："又能强在哪里呢？办事就得花银子，圣旨变不出银子来，颁发得再多，又有何用？"薛福成说："圣旨确实变不出银子来，可圣旨能给相国底气，您想办海防，放开手脚办就是，朝廷不会随便阻拦。至于经费问题，相国长袖善舞，事情开了头，还怕没办法解决？"

一语说到李鸿章心里，他又振作精神，开始谋划起海防来。要办海防，就得把目光放在海上。眼下千里海岸，万里海疆，仅有二十来艘兵轮巡游，且大都为江南制造局和福建船厂所造，吨位低，质量般般，根本无力抵挡洋人威猛强大的铁甲舰。想让沪闽两局短时间造出铁甲舰，自然不太现实，唯一办法就是向洋人购买。

购买铁甲舰得掏大钱，海防经费短缺，又如何是好？李鸿章无计可施，唯有望洋兴叹。叹声甫落，薛福成走进签押房，说："相国在为东南海面无船可挡洋舰发愁吧？"李鸿章说："可不是么？身为北洋大臣，手无像样海军和兵舰，怎么看守万里海疆？"

薛福成说："凡事总得循序渐进，一步一步来，想一步到位，成立新式海军，拥有英法大型铁甲舰，自然不太可能。福成听说英国刚研制出一种轻型炮舰，叫做蚊子船，虽不比大型铁甲舰，炮火威力却不小，价格又便宜，用于近岸浅海巡游，再好不过。过上三五年，西北战事结束，朝廷喘过气来，再设法购置大型铁甲舰，成立新式海军，也为时不晚。”

这个建议倒也可行。李鸿章让薛福成咨询海关总税务司赫德，了解蚊子船详情。总税务司衙门早已从上海迁往北京，赫德欣闻北洋欲购英国蚊子船，非常主动，亲自赶往天津，面见老友李鸿章。几经磋商，李鸿章最后拍板，决定从英国阿姆斯特朗船厂订购四艘蚊子船。

订单发出，李鸿章正要筹划煤铁和电报，总理衙门急函飞送入衙，说英国公使威妥玛已经出京，准备南下烟台，务必拦住他，不让其离开天津。也许是事情紧急，总理衙门发函时，来不及详述威妥玛离京缘由。想威妥玛在北京待得好好的，干吗往烟台跑？英国军舰汇集于烟台海军基地，莫非大清哪里开罪于威妥玛，他跑去调动英国海军，准备攻打北京？

李鸿章一头雾水，来不及多想，出门上轿，直奔英国驻津领事馆。威妥玛要去烟台，自然会先上英国领事馆，联系船只，不可能自己撑只小舢板走人。

赶往英领事馆，威妥玛还没到。一打听，才知朝廷摊上了大事。起因还有些复杂。英国从海上叩开大清国门后，还不满足，又企图修建缅滇公路或铁路，由西向东，直抵中国腹地。早在七年前，英国就派出探路队，从缅甸出发，到过云南。缅甸是英殖民地，英国人爱干啥干啥，到得中国境内，则寸步难进，最后受阻于大理，只得乖乖退回缅甸。英国人不死心，数年后另派军官柏郎，率领百多名士兵，护送探路队员，自缅北方向，向东而行，往云南腾越开拔。不过这回英国人事先做足了准备，通过驻华公使威妥玛，提前为柏郎拿到清廷护照，又让公使馆翻译马嘉理出京南行，去滇缅边境接应柏郎一行。

这已是去年的事情。其时法国刚攻占越南，正蠢蠢欲动，准备北犯中国，清廷需要英国调和法中关系，才恩准威妥玛请求，颁给柏郎和马嘉理护照。马嘉理到达滇西后，得闻岑毓英升任云贵总督不久，循例西巡大理，忙跑到总督行辕，拜会岑毓英，寻求保护。岑毓英早获总署所发加急，知道英国人要来云南，专门召见腾越守备李珍国，商议应对办法。

李珍国最恨英国人，没等岑毓英说完情况，便道：“七年前英夷自缅甸东入滇境，被我军民逼退，现再起祸心，莫非咱只能看着他们得逞，甘做令人唾弃的卖国贼？”岑毓英道：“与七年前不同，此番总署给马嘉理和柏郎颁发了护照，属合法入境，你可不能乱来。”

李珍国还要说啥，亲兵入报，说有口说中国话的洋人求见。岑毓英知是马嘉理，嘱咐李珍国道：“待会儿马嘉理进来，你别板着马脸，该客气还得客气点。”李珍国道：“我没法对洋人客气，还是躲一边去，省得烦心。”

岑毓英没勉强李珍国，同意他去隔壁回避一下。马嘉理走进来，学中国人样打拱作揖，请安问好。岑毓英也礼让一番，请坐看茶。客套几句，马嘉理拿出总署所颁护照，请岑毓英过目，然后说：“敝国探路队即将自缅甸进入云南，还请总督大人多多关照。”岑毓英随便看眼护照，说：“马翻译说说，怎么个关照法？”马嘉理道：“探路队准备自腾越入境，烦请总督大人指令腾越守备，届时给予保护和方便。”

“马翻译和柏郎将军手持大清总署护照，给予保护和方便，实属腾越守备职份。”岑毓英拧拧眉头，“只是事情恐怕……”马嘉理疑惑道：“恐怕什么？难道小小腾越守备，还敢违抗堂堂云贵总督指令不成？”岑毓英道：“腾越守备肯定会听命于本督，只是滇缅边境山深林密，匪盗成群，野人出没，有时守备也无奈其何。”马嘉理笑道：“中国人有句老话，民不与官斗，匪不与兵斗，小小蟊贼，还敢与清兵对着干不成？”岑毓英道：“但愿如此。本督这就具函，令腾越守备负责保护贵国探路队。”

得到岑毓英所具函令，马嘉理欢喜而去。随即李珍国复身回来。岑毓英道：“本督已答应马嘉理，命你负责英国探路队安全。”李珍国道：“要是我负责不了呢？”岑毓英黑着脸道：“你是腾越守备，洋人手持总署护照，进入腾越管区，你不负责谁负责？”

李珍国没再犟嘴，告辞而出。岑毓英起身送出门外，拍着李珍国肩膀道：“英国探路队就交给你了，你得当回事。滇缅边境林海茫茫，盗匪横行霸道，野人神出鬼没，防不胜防，千万不能掉以轻心。”停停又道：“只怪盗匪与野人不归本督管制，也不会听命腾越守备，万一英国探路队出点什么差错，朝廷追究下来，你我都没法交待啊。”

岑毓英接见马嘉理时，一墙之隔的李珍国就听他论到过盗匪和野人。

他干吗老拿盗匪和野人说事呢？是不是在暗示，官军由朝廷养活，听朝廷的总归没错，盗匪与野人不食官粮，不拿官饷，他们想干啥，难道还需官府同意不成？肚里这么寻思着，李珍国已跳上马背，由随行亲兵护卫，望西而奔，赶回驻地腾越。

且说马嘉理手握总署护照，还有岑毓英写给李珍国的函令，信心满满，赶往缅北，接住柏郎一行，再掉头返回云南境内。又想起岑毓英所说盗匪横行野人出没的话，为保险起见，让柏郎一行暂留边境，自己带领六名随员，先行一步，至腾越守备府，拜会李珍国，出示护照还有岑毓英函令。李珍国看过函令，口里答应一定保护探路队，还置办好酒好肉，热情款待马嘉理。可吊诡的是，翌日马嘉理告别李珍国，与随员离开腾越，准备回去迎接柏郎一行时，竟然被杀死在城外河边，首级悬于城头示众。与此同时，滇缅边境的探路队也受身着清兵号衣的地方团勇围攻，柏郎被迫下令开枪，冲出包围，退回缅境。

柏郎自然不会罢休，电告伦敦，控诉中方。英国电报线路早已铺往印度、缅甸等殖民国，近年又延伸至上海。英首相接阅柏郎电报，一面急命驻缅英军，开拔缅滇边境，严阵以待，一面电令驻沪领事，督促威妥玛，与清廷交涉，调查事因，给予处理。威妥玛与马嘉理是多年好友，又一起在华共事，马嘉理惨死于云南，威妥玛不禁悲愤交加，冲入总署，拍着桌子，逼奕䜣捉拿岑毓英和李珍国，解京审问。奕䜣还蒙在鼓里，不知所云，只得温言宽慰威妥玛，尔后飞函岑毓英，咨问怎么回事。

岑毓英早已回到昆明。他挺有意思，英国公使馆翻译手持总署护照，被人杀死在自己管辖地，驻缅英军已陈兵边境，可他老人家竟没事人似的，坐在总督府喝茶抽水烟，不禀报朝廷，不采取应对措施，直到总署飞函追问，才懒洋洋回复说，洋人运军火入境，途遇野人抢劫退回缅甸，只字不提马嘉理被杀。奕䜣见复，气得不行，再度去函，逼问马嘉理被杀详情。同时奏请两宫，征询朝臣意见。朝臣们义愤填膺，张开嘴巴，齐声喊打，誓与英国决一死战。喊打声越高，越显得爱国，反之谁主张议和，便是丧权辱国。

为战与和二字，朝臣们争来争去，争了大半年，谁也没想起要弄清真相，辨明是非，再以此为依据，给予合理处置。威妥玛一遍遍跑总署，要求捉拿凶手，惩处地方官员，开通缅滇通道，赔偿损失。总署搪塞敷衍，不置可否，威妥玛终于失去耐心，愤然出京，扬言去烟台调兵，像咸丰末年样杀入北京，制服清廷。朝廷这才意识到事态严重，派出快马，致函李鸿章，务必拦截威妥玛，别让他离津去烟台。

威妥玛很快出现在领事馆门前。李鸿章赶忙跑出去，上前作揖问候。威妥玛没好气道："是总署叫你来堵我的吧？"李鸿章笑笑道："别管总署分署，咱俩多年老友，得知您不辞辛苦，来到天津地面，鸿章看看您，说几句知心话，总应该吧？"

威妥玛行走中国三十六年，最看不惯大清大官小吏办事拖沓，推责诿过，唯有李鸿章不同，雷厉风行，一言九鼎，敢作敢当，令人心生敬意。离京时扬言去烟台调兵，不过吓吓清廷，本意是迫使总理衙门委托李鸿章出面处置滇案，早日给伦敦答复。李鸿章已站在面前，又满面笑容，温言软语，威妥玛总不好老拉长老脸，像掉了钱袋似的，也咧咧嘴巴，道："李相国既然先到领事馆，咱们进屋说话吧。"

两人于是随领事走进会客室，坐到桌边，开始对话。领事让人送上茶水，早习惯中国生活的威妥玛端杯喝上一大口，要李鸿章也用茶。威妥玛不仅是外交家，还是语言学家，说一口流利的汉语。曾任职上海海关，负责给英国人教授汉语，摸索着创立"威氏拼音法"，即用罗马字母为汉字注音，写成《寻律录》和《语言自迩集》二书，深受欢迎，广获使用。

李鸿章也喝口茶，不紧不慢道："在谈滇案前，本督有个私人问题想先请教，不知威使肯否赐教？"威妥玛本要直奔主题，李鸿章欲先私后公，也不好阻拦，只得耐住性子道："赐教不敢，李督有啥直说就是。"李鸿章说："本督非常崇拜贵国学者亚当·斯密，读过他的《国富论》。该著从人之利己心出发，主张通过公平竞争和自由贸易，激发人之创造力，以实现富民富国之目的。这是本督对《国富论》的理解，不知当否，还请威使给予点拨。"

威妥玛很吃惊。《国富论》是经济学著作，专业性强，英国本土普通读者不一定读得懂，作为凭八股科考入仕的中国官僚，李鸿章怎么也感兴趣，且能弄个半明半白，他是读的英文原著还是翻译稿？威妥玛一脸疑惑，点头道："总督先生所言甚是，本使也是这么理解《国富论》的。只怪本使孤陋寡闻，没听说《国富论》已出版汉译本，总督先生好像也不懂英文，你到底是怎么研读《国富论》的？"

十五、少荃巧应威妥玛，太后慷慨赐福字

威妥玛哪里知道，李鸿章天生喜欢与洋人打交道，洋人也格外崇拜他，非常乐意与他交往。尤其美国驻津副领事毕格德，自随秘鲁使臣加雷见过李鸿章后，被他心目的中国格兰特所深深折服，竟扔掉副领事美差，跑进北洋衙署，请主人收留，愿免费为其服务，只要管饭管住就行。其时吴汝纶已离皖至津，在环水楼里教授李家子侄，李鸿章觉得已进入海洋时代，孩子们仅习本国诗文已远远不够，便让毕德格留下来教孩子们西语西学，薪金与吴汝纶一视同仁。李家子侄聪颖，学啥会啥，李鸿章很羡慕，要毕德格也教自己英语。可毕竟年过半百，加之公务繁巨，欲学成一门外语，又谈何容易？不学西语，对外界一无所知，如何兴洋务，办外交？李鸿章不死心，灵机一动，对毕德格说："此生没法学成西语，实属遗憾，就请毕将军用汉语为敝人念欧美著作如何？"毕将军最敬李鸿章，自是欣然应允。从此李鸿章只要稍稍有空，就步入环水楼，躲进听潮轩，听毕德格念诵外文著作，一边记下要点和关键内容，过后再与毕德格细细讨论，深化理解。就这样，李鸿章"耳读"了大量英法德意俄诸语经济政治和文学方面的名著，其中也包括亚当·斯密的《国富论》还有《道德情操论》。

得到威妥玛肯定，李鸿章越发来劲，说："比之《国富论》，本督更喜欢亚当·斯密的《道德情操论》。"威妥玛说："此话怎讲？"李鸿章说："《道德情操论》推崇行为适当之说，认为人之行为，并无绝对的对与错，

只有适当与过当，适当则对，过当则错。这与中国的中庸之道异曲同工，颇有相通之处。比如两国交往，肯定会产生摩擦，摩擦不可怕，只要能自我控制，别太过份，又肯坐下来沟通交流，适当让步，达成双方都能接受的协议，一切好办。”

李鸿章一席话，有效缓解了紧张而尴尬气氛，威妥玛紧绷的脸色松弛下来，开始叙述滇案发生过程。威妥玛嘴里的滇案，与英领事说的差不太多，略区别于岑毓英所报。威妥玛认定，马嘉理死于云南军方之手，并非野人所杀。这正是滇案之要害，若是野人所干，还好说话，若系云南军方动作，便属朝廷行为，性质完全不同。可惜李鸿章不在滇案现场，无法判断真伪，只得问威妥玛道：“威使凭什么判定，马嘉理死于云南军方，并非野人之手？”

“围攻探路队的团勇身着清兵号衣，难道不是云南军方，还是野夷游匪不成？”威妥玛拿出柏郎信函，让李鸿章过目，发现是英文，又从包里掏出译稿，“我给总理衙门也送了份中文稿，恭亲王出示岑毓英信函，予以抵赖，令人难以置信。”

柏郎信函里也反复强调，探路队受到身穿清军号衣的团勇围堵，其战斗力还很强，若非柏郎及时下令撤退，早被全歼殆尽。看到这里，李鸿章心里已然明白，滇案八九系岑毓英阴使李珍国所为。倒不是完全相信柏郎所言，是李鸿章太了解大清官员德性，一见洋人踏入中国土地，就视为奇耻大辱，又恨又怕，明里不敢怎么样，背后频使阴招，做小动作，且自以为是忠君爱国。而一旦挑衅起变，闹出大乱子，又束手无策，坐视事态恶化，最后只能朝廷出面揩屁股，签订条约，赔偿款项，以惨重代价平息危机。

李鸿章无声而叹，心知此类乱象层出不穷，皆缘于国人奇特的畸形心理，即匪夷所思的天朝心态，外加弱民心理，凡事只要涉及洋人，不论是非曲直，都会往华夷大防上面扯，叫做非我族类，其心必异。洋人多瞄中国一眼，便觉动机不纯，背后有鬼，亡我之心不死。一说贸易和实业，必定是经济掠夺。一论传教与西学，定然是文化入侵。一讲西医，肯定会拿活人做试验。一提铁路，必然窥视清国国防要塞。至于开矿办电报，不用说便是破坏龙脉，摄人魂魄，要叫大清亡种亡国。

肚子里这么嘀咕，当着威妥玛，李鸿章还得强撑门面，为自家人辩护几句，指着柏郎信函译稿道：“柏郎说探险队受到身着号衣的清兵围攻，威使怎能肯定杀死马嘉理的人一定是清兵？毕竟马嘉理遇害时，柏郎没在一旁。”

这就是李鸿章厉害之处，总理衙门与威妥玛争吵大半年，竟然没察觉柏郎信里的逻辑漏洞，即探险队遭清兵围攻，并不能证明马嘉理死于清兵之手。威妥玛一惊，拿过柏郎信函原件与译稿，反复比对，上面确实没说是清兵杀死马嘉理，不过以围攻探险队的人身着清兵号衣，推测马嘉理为清兵所杀。

此乃本案关键之处，李鸿章未点破之前，连威妥玛本人都没意识到。威妥玛不得不暗暗佩服李鸿章眼光之毒辣。这才是高手，不经意间，便直抵问题核心。威妥玛自然更愿意与高手打交道。高手心明如镜，思路清晰，会以事实为依据，与你顺着逻辑脉络，探寻真相，最后以双方都能接受的适当方式，达成共识，真正解决问题。不像总理衙门那班混混，一脑浆糊，不明事理，不懂常识，你说红，他说白，你说寸，他说尺，你说云，他说雾，仿佛鸡同鸭讲，猫同狗戏，只能白白耗在那里，浪费大好时光。威妥玛正是没法再在北京耗下去，才跑到天津来，找李鸿章了难。

不过威妥玛也不是吃素的，反诘道：“既然围攻探险队的人是身着号衣的团勇，李相国又怎么能否定杀死马嘉理的不是清兵呢？”李鸿章笑道：“身着号衣也不见得就是清兵。云南太乱，私人武装，各路盗匪，也常冒充清兵，行凶作恶，为害乡里。”威妥玛张大嘴巴道：“还有这种咄咄怪事？”李鸿章说：“中国之大，无奇不有。马嘉理是不是清兵所杀，柏郎说的不算，你我两人说的更不能作数，还得总理衙门奏派专门钦差入滇查明，再下结论。”

提到总理衙门，威妥玛又来了火，抱怨道：“总理衙门那帮老爷，害人得很。外使每每有事上门，他们又是茶，又是果，又是水烟，甚至酒饭款待，客气得不得了。可一旦谈论正事，一个个闭住嘴巴，谁也不肯吭声，位高重臣看亲王，先进旧臣看重臣，后进新臣看旧臣，非得亲王开口发话，尔后重臣咧嘴称善，旧臣开口叫好，新臣随声附和，一团和气的样子。”

李鸿章常去总理衙门和军机处走动，没少领教这种衙门作风。却又不好说啥，只能打声哈哈，掩盖过去。威妥玛又道：“今春咱去了趟日本，多次进出官衙，官员们待人诚恳，态度端正，无论对洋人还是日本自国人，皆能一视同仁，公正对待。办事认真负责，有条有理，又快又好，效率非常高。仅从中日两国官府官员行为便可断定，要不了多久，日本就会超过中国，日后威胁中国的，不是咱英法德美，而是大清所不齿的蕞尔小国日本。”

这正是最让李鸿章痛心疾首的地方。他也不止一次两次听有识之士说起，日本自明治维新以来，风气焕然一新，从官方到民间，人人憋着一口气，刻苦努力，发奋图强，非赶超甚至压倒中国不可。李鸿章不寒而栗，不知如何回答威妥玛好，只得将话题扯回去，道：“威使既然到了天津，鸿章作为北洋大臣，有过问外交的职责，你还是留下来，待我督促总理衙门，先了解滇案真相，再据此商议双方都能接受的解决办法。”

李鸿章毕竟不是总理衙门那帮老爷，话能说到点子上，又有解决问题的诚意，威妥玛也就答应留在天津，静候北京消息。

留住威妥玛，李鸿章赶紧回北洋衙署，给总理衙门写信，建议委派钦差大臣赴滇查案，弄清事实真相，捉拿杀害马嘉理的凶手，惩处相关责任人，给予英方赔偿，以尽快平息风波。

见过李鸿章信函，总理衙门才猛然想起，有必要查清滇案真相。原来只顾争论该战还是该和，该爱国还是该卖国，争论来，争论去，争不出名堂，还得回到案情本身，从查案入手。可又派谁赴滇好呢？每每触及到洋人，朝臣们隔空喊打，起劲得很，真要他们站出来，着手处理外交，则一个个把脑袋缩到裤裆里，再不敢往前伸半寸，生怕被洋人吃掉似的。

总理衙门正在犯难，翁同龢借给光绪授课空档，向负责儿皇起居的奕谖推荐一人，这便是湖广总督李瀚章。见李家兄弟一南一北占据两个总督位置，且李鸿章还荣膺首席阁揆文华殿大学士，翁同龢心里很不是滋味，故意唆使奕谖，把谁都不敢惹的滇案派给李瀚章，顺便将李鸿章套住，这样兄弟俩都被系死一根绳上，他好一旁看热闹，开心一把。

奕谖听信翁同龢，跑到两宫面前，道出李瀚章名字。两宫正愁派不出合适朝臣，也只能打外臣主意，指名道姓，着李瀚章入滇查案。李瀚章没法抗旨，只好硬着头皮西行。

得知朝廷把差事派给大哥，李鸿章就知何人出的点子。兄弟俩一个湖广总督，一个直隶总督，本来与滇案毫无瓜葛，这下大哥被牵扯进去，自己看来也没法脱得了干系。李鸿章担心大哥入滇后吃亏，赶紧给岑毓英去信，警告他别鲁莽行事，惹恼缅甸边境英军，可不是好玩儿的。与英国打了几十年的仗，从没赢过，你岑毓英也不可能例外，务必配合钦差大臣，认真查出事实真相，尽快解决中英纠纷，才是上策。

展阅李鸿章信件，岑毓英不敢轻举妄动，只能配合李瀚章查案。李瀚章得维护岑毓英，把马嘉理之死往野人身上推。总理衙门对真相不感兴趣，感兴趣的是滇案结论出自李家大哥李瀚章，正好把李家老二李鸿章也套到一起，函令他赶紧找仍留在天津的威妥玛交涉，意思是无论好歹，都是你李家兄弟的事，朝廷正好躲一旁歇凉去。

中英两国外交纠纷，就这样成为李家私事。可李鸿章没时间区分公私，既已钻进翁同龢布下的套子里，就得设法解套，自我了结。当即跑到英领事馆，给威妥玛宣布大哥调查结论。这与岑毓英所说没啥不同，威妥玛自然不能认可。恰在此时，李珍国擅离腾越，不知去向，据说已逃入滇缅边境大山，做了山大王。李珍国本就出身团练，与云南山匪水盗或私家武装瓜葛很深，见滇案越闹越大，担心罪责难逃，索性拍屁股走人，上山重操旧业。

这正好给了威妥玛把柄，他认准马嘉理定系李珍国派人所杀无疑，不然这小子逃跑干啥？威妥玛强烈要求清廷，立即派兵入滇剿匪，或干脆让驻缅英兵进山捉拿李珍国，连同岑毓英一起押解北京，由他亲自审问，弄出真相。

李鸿章没法答应威妥玛，变得更加被动。威妥玛意识到李鸿章做不了主，质问道：“你把我留在天津，我一待就是四五十天，你总得露个底，朝廷是否已授权于你，滇案由你说了算？”李鸿章如实道：“朝廷暂时还没授权于我。不过我是北洋大臣，有权处理外交事务。”

“朝廷没给你授权，我还留在天津干吗？”威妥玛又气又急，愤然离津，去了烟台。随即英军司令便以维护本国益权为借口，率舰队自烟台驶向天津。威妥玛又通过英国政府，向清廷发出最后通牒。总理衙门慌成一团，别无他法，又令李鸿章，继续与威妥玛周旋，说朝廷正在商量解决方案。恰逢文祥因病逝世，李鸿章赶往烟台，对威妥玛道：“中国有个传统，叫人死为大。文祥是满大臣，德高望重，朝廷得为其举行隆重丧葬和悼念仪式，还请威使看在死者份上，再宽限些时日，待朝廷腾出精力，安排能员接替文祥，定会专心处理滇案。”

文祥协助恭亲王奕䜣掌管军机处与总理衙门多年，威妥玛常与他打交道，彼此多少有些交情，说是老朋友也不为过。眼下老友尸骨未寒，总理衙门正忙他丧事，威妥玛也不好逼人太甚，只得耐住性子，等待下文。

一等等到光绪二年（1876）春天，兵部尚书协办大学士沈桂芬顶替文祥，成为总理衙门大臣，接手滇案。威妥玛重拟谈判求件：惩处杀害马嘉理凶手，解押岑毓英、李珍国入京受审，开辟缅滇商业通道，在滇川设置英领事馆，订立中英贸易章程，免收英商厘金，增开海河通商口岸，赔偿二十万两银子等等。

沈桂芬是李鸿章同年进士，两人关系不错，特发函天津问计。李鸿章觉得案子一拖一年多，只能答应威妥玛要求，否则再拖延下去，于大清更不利。沈桂芬奏请两宫，两宫犹豫不决，召集群臣，展开廷议。群臣不问青红皂白，张开嘴巴就喊打，说只需大黄芒硝一剂，英人立毙。喊声最响的是翁同龢几位，他们最想把事情闹大，朝廷追究下来，李瀚章与李鸿章兄弟难辞其咎，被开缺回家，甚至丢掉狗脑袋，他们可以顺位递补，好好风光一回。

廷议议而不决，威妥玛忍无可忍，降下使馆楼前的米字旗，率领馆员，离京赴津，去会英军司令，准备采取进一步行动。英舰队北移津门期间，李鸿章没少跟英军司令接触，说服他确信中英闹翻，谁都没有好处。英军司令也就不敢盲从威妥玛，贸然用兵。威妥玛无奈，赶往码头，准备搭乘客轮南下，转道上海，回国面呈英皇，誓与中国开战。朝廷又紧张起来，束手无策之际，只得再请李鸿章出面，一定把威妥玛留在天津，不能放他回国。

去年威妥玛在天津一待四五十天，于事无补，定然不会再上李鸿章的当。可李鸿章还是匆匆追到码头，登上即将起航的津沪客轮，走进威妥玛卧舱，厚着脸皮，好言相留。威妥玛将李鸿章一番数落，继而恨铁不成钢道：“本使二十出头便背井离乡，来到贵国，前后办差三十五年，无时无事不维护贵国，只望贵国兴盛富强，中英友好通商，互利互惠。谁知贵国官吏太不争气，自咸丰以降，越来越不像样，说话办事，从来不按规矩，不依条例，随意任性如儿童玩过家家，仿佛活到成年，倒变回两三岁小孩，幼稚得不能再幼稚。贵国朝堂内外，君臣上下，常将内修外攘四字挂在嘴上，敢问相国大人，你们到底内修若何，外攘能否？恕本使直言，贵国不痛定思痛，改变恶气，发愤图强，恐怕内修是空话，外攘更不可能。要改变，最当紧尤在用人，非先换掉总理衙门当政者不可！”

此话难听，却句句属实，李鸿章没法辩驳，不无心虚道：“大清国政，非尔等外使可干预！”威妥玛道：“我没干预贵国国政之意，想干预也干预不了。贵国有句老话，叫物极必反，我已心灰意冷，只能任由两国绝交，我好回国安度晚年，过几天清静日子。”

李鸿章无言以对。汽笛已然鸣响，威妥玛道：“要启航啦，李相国下去吧。”

又不可能动武扣压威妥玛，李鸿章悻然出舱，走下客轮。回到北洋衙署，便具函秉报总理衙门，告知留不住威妥玛，两国断交看来已不可避免。总理衙门又发函，要李鸿章想尽一切办法，挽留威妥玛于上海，决不能放他离沪回国。

李鸿章只得尽力而为，写信给江苏巡抚丁日昌，要他去上海阻拦威妥玛。丁日昌见信而行，离开金陵，飞奔上海，赶往英国驻沪领事馆，求见威妥玛。威妥玛不肯露面，躲在馆里生闷气。越洋远轮离沪没两天，只能暂时滞留上海，静候下一趟。好在随身带着《寻律录》和《语言自迩集》两本著作，正好拿出来修订完善，打发无聊时光。还有一本中国线装古书《说文解字》，也从不离身，作为工具书，随时翻检。公务之余，威妥玛最热衷的便是中英语言对比研究，对汉字形音义颇有心得，成效卓著。

丁日昌绞尽脑汁，也没能见到威妥玛，只得急忙赶往天津，面复李鸿章，说：“要想留住威妥玛，只怕还得请赫德出面才行。赫德掌管海关总税务司，最不想看到中英破裂，他肯定愿意跑这个腿。”李鸿章说：“我也想到过赫德，琢磨着要不要建议沈桂芬，请赫德出一马，或许能留住威妥玛。又怕赫德做小动作，沈桂芬缺心眼，上他圈套还不知道。我曾让赫德帮忙联系英国船厂，订购蚊子船，他倒是踊跃，事情很快办妥，过后一个劲怂恿我成立海防司，交他亲自管带，说要给我打造一支世界一流海军出来。”

丁日昌问:“相国答应他没有?”李鸿章笑道:“没影儿的事,答应与没答应有何区别?也就含糊其辞,先哄他办了事再说。”丁日昌说:“要办海防,肯定得成立海防司。只是赫德已占据海关总司务司要位,日后海防司又受控于他,财权军权集于一人之手,大清如何自主?”李鸿章说:“正是有此顾忌,才没敢让沈桂芬找赫德,挽留威妥玛。”

丁日昌挠着脑门道:“只是真让威妥玛回国,唆使英皇,与中国开战,大清又要吃大亏。还是先让赫德跑趟上海,留住威妥玛再说。至于海防司,不是一天两天成立得起来的,就是到时赫德有啥过份要求,也总有办法应付。”

事已至此,李鸿章只得赶紧写信,交快马送给沈桂芬。沈桂芬不敢耽搁,跑到海关总税务司,请赫德救急。赫德似早知总理衙门会来找自己,撇开威妥玛,先拿出事先准备好的《海防筹划书》,交到沈桂芬手上。沈桂芬瞟了瞟,说:“眼下最当紧的不是海防,是先把威使留下,重回谈判桌上,尽快了结滇案。”赫德笑笑道:“挽留威使,交我就是,我明天就出京南下,去上海见威使。将《海防筹划书》交你,是请你转给恭亲王,促他早日下决心,成立海防司,我负责用英国先进手段,给你们管带海军。”

也是有求于赫德,沈桂芬无法拒绝他的“美意”,拿上《海防筹划书》,去恭王府请示奕䜣。奕䜣皱眉道:“赫德这小子,真会讨价还价。新疆用兵一年多来,已花去户部和各地解送银两两千多万,海防经费一削再削,两百万年预算拨付不足一半,咱哪来钱成立海防司?先口头答应赫德吧,让他留住威妥玛要紧。”

沈桂芬掉过头,又屁颠屁颠跑到海关总税务司,传达奕䜣指令。赫德这才高高兴兴,打马出京,至天津码头乘船,南抵上海。威妥玛知道赫德来意,不理不睬,依然一个人关在屋子里,一心修订他的书稿。赫德不可能破门而入,调动上海所有能调动的人脉关系,前往英领事馆喊门。威妥玛依然不为所动,闭门不出。人都见不着,有话递不进威妥玛耳朵,赫德也泄了气,只得回复沈桂芬,承认啃不动这块又老又顽固的硬骨头。

沈桂芬恼火得很,禀报奕䜣,问该怎么办好。奕䜣两手一摊,说:“我知道怎么办,早拿下威妥玛,哪会挨到今天,弄得如此被动?你还是去趟天津吧,与李鸿章好好商量商量,非得拿出有用手段,稳住威妥玛,别让他坏我大清大事。”

沈桂芬只好遵命，匆匆跑到天津，去北洋衙署见李鸿章。李鸿章把同年请入书房，商议半天，依然无计可施，肠子都快愁断。幕僚薛福成过意不去，走进书房，道："福成推荐一个人，说不定能敲开威妥玛的门。"

两位正绝望之极，有人递上救命稻草，还不赶紧捞住？异口同声道："庸庵（薛福成）有啥好人选，快快道来。"薛福成吐出三个字："马建忠。"

两人一听，大失所望。李鸿章道："赫德几乎把全上海华洋关系都调动起来，也没能见上威妥玛一面，威妥玛与马建忠无亲无故无交情，怎么会理睬他？"薛福成慢条斯理道："马建忠与威妥玛确实毫无瓜葛，可两位大人别忘了，马威两人都是学问家。"

李鸿章心下一动，忙道："庸庵赶紧往下说。"薛福成道："据说威妥玛到沪后，天天躲在领事馆修订他的《寻律录》和《语言自迩集》。内容说起来好懂，就是借用拉丁字母，给汉字注音。"沈桂芬问道："这与马建忠有何关系？"薛福成道："马建忠也热衷学问，以西语语法为参照，探索汉语句法与词法规律。句法也好，词法也罢，最后都得落到字形字义字音上面。威马两人，一个研究汉语注音，一个钻研汉语字词句，自然容易谈到一起去。"

李鸿章拍手叫好，大乐道："原来庸庵是想让马建忠赶往上海，以讨教学问为名，接近威妥玛。"薛福成说："威妥玛这辈子最得意的，并非他的外交生涯，是其对汉语注音卓有成效的研究，谁能与他探讨这方面的学问，他自然乐意。"

李鸿章当即找来马建忠，命其速速南下，去会威妥玛。作为天才学问家和汉语语法迷，马建忠手头就有威妥玛所著《寻律录》和《语言自迩集》，每有闲暇，便卷不离手，精研细读，颇有体悟。也早想当面就教于威妥玛，得到李鸿章差遣，正中下怀，草草打点行装，连夜赶往天津码头，登上货船，直奔上海而去。

抵达沪上，来到英国领事馆，马建忠没去敲威妥玛的房门，进了馆里食堂。食堂里有英国人，也有赴馆办差谈生意的中国人。窗边一位英国绅士，正在用餐，马建忠打量几眼，知是威妥玛，要了份西餐，过去坐到他对面。一位三十出头的中国年轻人，脑留长辫，嚼面包，啃牛排，喝牛奶；一位年近六十的英国老年人，西装革履，呷米饭，吃小炒，喝绿茶，两道别样风景，就这样拼到一张桌上，相映成趣。

这倒也没啥稀奇的，上海华洋杂处，中西不同肤色，不同习俗，不同语言，杂糅一起，你中有我，我中有你，常见得很。奇怪的是两人手里书本。马建忠边吃西餐，边低头阅读英版横排英文著作《语言自迩集》，威妥玛则边吃中餐，边埋首死啃线装竖排汉字古籍《说文解字》。没人读过这些书，也不好去凑热闹，都躲往其他桌子，以免影响他俩阅读。

虽说威马两人各自专注于眼前书本，渐渐还是意识到对方的存在，稍稍迟疑，几乎同时抬起头来，互相瞥了一眼。马建忠毕竟年轻二十多岁，嘴皮子来得快，先操着流利英文，笑笑道："先生读的是东汉许慎所著《说文解字》吧？"

中国人英语能说如此地道的不多，威妥玛略觉惊讶，用纯正得不能再纯正的北京话道："正是《说文解字》。年轻人读的《语言自迩集》吧？"马建忠继续用英语道："《语言自迩集》乃末学枕边书，常读常新，获益匪浅。"威妥玛依然用北京话道："此书是教英国人学汉语的，你是中国人，也用它学汉语？"马建忠道："英国人可用它学汉语，我是中国人，可倒过来，用它学英语。"威妥玛诧异道："此书还可帮助中国人学英语？"马建忠道："中国有句古话，叫反其道而行之，既然此书可由英而汉，自然也可逆反，由汉而英。"

说得威妥玛大乐，用中文道："您是中国人，为何偏偏说英语？"马建忠操英语道："您是英国人，为何偏偏说汉语？"威妥玛呵呵笑道："中国不还有句老话，叫入乡随俗么？我回英国说英语，在中国土地上说汉语。"

"先生言之有理。"马建忠给对方打个拱手，改回汉语道："到哪座山唱哪支歌，咱身在中国，确实该说汉文，要说英语，下次去到英国，再说也不为迟。"威妥玛翘起拇指笑道："说得好，说得好，到哪座山就该唱哪支歌。然若没有山呢？"马建忠说："没有山就不唱歌，读《语言自迩集》和《说文解字》。"

威妥玛哈哈大笑，说："老夫来华三十六年，有个切身体会，就是比起中国人来，中国语言文字要好玩得多。"马建忠附和道："末学有同感，人没文字好玩。"威妥玛道："如'穿衣吃饭'，'衣'字读作平声，到'衣锦还乡'里，'衣'则读作去声，真有趣儿。"马建忠说："此乃汉语里常见的破读现象。'衣'读阴平，用的是衣服本义，为名词，属常读音。到'衣锦还乡’里,‘衣’变成‘穿衣’的意思,为动词,得破读为去声,以示区别。照词法术语说法,此系名动用法,即名词用作动词。”

钻研汉语语言三十年,头次碰到知音,威妥玛喜不自胜,说:“照你的说法,《五蠹》有言‘文王行仁义而王天下’,前一个‘王’字该读作阳平,为名词,后一个‘王’字该读作去声,为名动用法,是‘统治’的意思。老夫我没说错吧?”马建忠说:“没错没错。还有《论语》里说:‘学而时习之,不亦说乎!’其‘说’字读成‘悦’,也是此理。”

你一言,我一语,两人就这样说到了一起。饭也已吃得差不多,威妥玛兴犹未了,主动邀请马建忠去住处小坐,说还有学问要讨教。马建忠说讨教不敢,随威妥玛走出餐厅。

到得威妥玛住处,主人倒上茶水,递给马建忠,转身拿出本《历代诗选》,翻到陶渊明《饮酒》篇,指着“采菊东篱下,倏然见南山”一联,说:“注解说此处的‘见’不读见,得读‘现’。照我理解,该是陶渊明采菊间歇,抬头望见南山,‘见’便是望见看见之意,说读‘现’,解释不通呀?”

马建忠笑笑道:“此处不仅涉及词法巧用,还需从修辞角度加以解释。说陶渊明采菊时抬头望见南山,错不到哪里去,然读‘见’为‘现’,意境更妙。想想陶渊明半醉半醒,已是物我两忘,主客合一,借醉扶篱采菊,菊高洁,人淡雅。恍惚之间,南山受到感应,倏然而至,呈现于前,人悠然,山悠然,山就是我,我就是山。就如庄子所说:天地与我同根,万物与我一体,此中真意,该何等绝妙?”

“绝,实在是绝!怪不得陶诗如此受欢迎,确如《饮酒》篇里所说,此中有真意,叫人不喜欢都难啊。”威妥玛感慨几句,借题发挥起来,“要说中国,语言、诗词、书画、器物、饮食,什么都好,就是清廷官员有些古怪,不敢恭维。”

马建忠不怕威妥玛说中国不好,问道:“清廷官员怎么个古怪法?”威妥玛说:“清廷官员孤陋寡闻,鼠目寸光,却盲目自信,误以为中国位居世界中心,其余不是北狄,就是南蛮,不是西戎,就是东夷,漂洋过海来到中国的各国洋人,更是未经开化的蛮夷异端。比如咱英国,到清廷官员嘴里和文件里,不叫英国,叫英夷,滑稽不滑稽?”马建忠笑道:“照末学理解,说英国为英夷,倒也较为确切。”威妥玛不满道:“你又不是没去过欧洲，也敢不顾事实，信口开河。难道英国比中国野蛮落后？”

马建忠指指威妥玛面前的《说文解字》，说：“里面有注：夷者，平也，从大从弓。说白了，夷就是手执武器的人。英国所造坚船利炮，乃世上最有杀伤力的武器，不然中国大门也不可能被你们洞开，故说英国为英夷，应该没错到哪里去。”

威妥玛哈哈大笑，说：“你是逗我开心吧。为这个夷字，我早查过《说文解字》，也是这么跟咱英国同仁解释的，可他们都摇头，笑我自欺欺人。说夷是手执武器的人不假，可英国人不仅仅有武器，还有哲学、科技、法律、文学、艺术、体育、建筑，有莎士比亚、培根、牛顿、瓦特、法拉第、达尔文。不幸在中国人观念里，只要手执武器，就是野蛮行为，属化外之人，只知打打杀杀，不知文明为何物。”

马建忠说：“先生批评得对，中国官员里确有不少花岗岩脑袋，只知天朝上国，不知世界文明，喜欢睁眼说瞎话。可随着中国与世界交流越见密切，求富自强步伐日渐加快，已有不少人意识到中国落后于世界，都希望取长补短，多向欧美特别是贵国学习，重振中华雄风。”

行走中国大地三十多年，见多自高自大的大清官员，想听到中国人承认落后于欧美，比登月还难。其实落后不可怕，能承认落后，正视落后，痛定思痛，急起直追，总有一天能赶上人家。诚恳而谦虚的人，自然令人心生好感，威妥玛就这样喜欢上了马建忠，又兴致勃勃，跟他聊起振兴大清的话题。马建忠全神贯注，听得很认真，不时点点头，赞同几句。

聊着聊着，窗外夜色悄然降临。马建忠不好老占用威妥玛时间，站起身来，掏出一叠纸稿，呈给主人，说：“末学准备写部语法方面的书，名字都已想好，就叫《马氏文通》。这是部分初稿，还请先生抽空惠阅，不吝赐教。”

威妥玛随手翻翻，高高兴兴收下，嘴里说：“海洋时代到来，国际交往越来越多，语言学习至关重要，语法词法句法研究非常有价值。”起身送马建忠出门，嘱他改日再来叙话。

隔日上午，马建忠又出现在威妥玛面前，身后还站着一个人，这便是赫德。威妥玛就这样被马建忠留在了上海。奕䜣和沈桂芬闻讯，大喜过望，入禀两宫太后，授权李鸿章，代表朝廷和总理衙门，争取早日与威妥玛坐到一起，重启谈判。尔后召李鸿章赴京，商量谈判事宜。要谈判，首先得确定谈判地点。李鸿章毫不含糊表明观点说：“马嘉理案件，曲在中方，朝廷得放低姿态，让威妥玛来定谈判地点和时间。”

奕沈两人觉得也是，揣摩威妥玛会把地点定在哪儿。李鸿章道：“估计不会定天津。”沈桂芬说：“这是为何？”李鸿章说：“英国人喜欢踢足球，有主场客场之分，主场得天时地利人和，胜率往往比客场高。天津是我李鸿章主场，威妥玛自然不会往我主场跑。”沈桂芬说：“照少荃这么说，上海也是你主场，官商各界，不是你属下，就是你亲友，威妥玛占不到上风。”奕䜣笑道：“天津和上海是少荃主场，北京则是朝廷主场，威妥玛更不会来。”沈桂芬说：“北京还是总署（总理衙门）所在地，威妥玛看着咱们就烦，打死他都不会放北京谈判。”

京津沪都入不了威妥玛法眼，莫非会选择伦敦？伦敦远在万里之外，自然不可能。李鸿章说：“威妥玛也许会选择烟台。”沈桂芬说：“难道烟台是威妥玛主场？”李鸿章说：“烟台不仅有英领事馆，还有英军海军基地，说是威妥玛主场，也错不到哪里去。再说各国公使和领事，大都来自寒凉地带，耐冷不耐热，每年夏天都会去烟台避暑，在那里谈判，吹着凉爽海风，双方心情舒适，容易谈到一起去。”奕䜣担心道：“一个威妥玛已够让人头疼的，各国公使和领事全集中到一处，少荃怎么对付得过来？”李鸿章笑道：“下官就是要利用各国公使和领事，促成此次谈判成功。另外第二次鸦片战争背景下签订的《天津条约》太不平等，鸿章也想利用各国公使和领事集中烟台，重新修正调整，争些益权回来。”

马嘉理案久拖未决，前景未明，还企图趁机重修《天津条约》，只怕也只李鸿章敢这么想。奕䜣自然求之不得，当即命沈桂芬，以总署名义函告威妥玛，清廷已委托李鸿章为谈判全权代表，谈判地点和时间由英方敲定。

威妥玛复函很快寄达，要求谈判地点放在烟台，时间为公历八月，即光绪二年（1876）七月。见李鸿章料事如神，沈桂芬不得不佩服，问此次谈判有多大把握。李鸿章道：“谈判要想取得满意效果，还得借一借西太后东风。”奕䜣问：“西太后有何东风可借？”李鸿章说：“各国公使和领事赴烟台避暑，都会带上夫人，鸿章想走走夫人路线。”

沈桂芬疑惑道：“何谓夫人路线？”李鸿章道：“公使和领事夫人都崇拜西太后，我得找她讨两样东西，获取夫人们芳心。”奕䜣笑道：“少荃真有意思，办外交，办公使，办领事，还没办够，还想办公使领事夫人，亏你想得出。说说找西太后，想要哪两样东西？”李鸿章故意卖关子道：“见着西太后便知。”

奕沇两人于是陪李鸿章进宫，去西暖阁拜会慈禧太后。威妥玛答应重启谈判，慈禧太后很高兴，表扬李鸿章解了朝廷急难，功不可没。李鸿章道：“谈判还没开始，结果如何未可料矣，微臣不敢言功。”慈禧说：“少荃之能耐谁不知道啊，只要你出面，肯定能谈出好结果来。据说外面有传言，说李鸿章怕慈禧，慈禧怕洋人，洋人怕李鸿章。不是我耳背听岔了吧？”

李鸿章赶忙磕头，说：“太后威服四海，哪有怕洋人之理？无耻谰言，太后千万别当真。”慈禧笑道：“少荃起来吧。说我怕洋人，也不假。洋人强大，动不动就武力威胁，咱孤儿寡母主政宫中，能不担惊受怕？好在有你们这些大臣撑着，洋人也有个怕字，不敢胡来，也算咱大清福气。好啦，你们三人齐齐进宫，想必不是来道闲话的，有啥直说吧。”

奕䜣看看李鸿章，李鸿章又拱手道：“此次谈判要想功德圆满，微臣还得朝太后讨两样宝贝，去笼络公使和领事夫人。”慈禧诧异道：“谈判就谈判，怎么想起笼络公使和领事夫人？”李鸿章道：“洋人讲男女平等，公使和领事非常尊重夫人，夫人说一不敢二，说东不敢西。太后若能降恩于夫人们，夫人们给各自丈夫吹吹枕边风，各公使和领事再给威妥玛施加些影响，咱就可占据优势，稳操胜算，取得谈判成功。”

“洋人也有意思，说野蛮也够野蛮的，动不动跑到他国门口，开枪放炮；说文明也还算文明，光尊重女人一条，就比咱们中国先进。”慈禧一下子来了兴趣，侃侃而谈起来，“男人们一向自以为是，常说没有男人就没有历史。照本宫说，没有女人就没有生命史，没有人类史。想想看，没有女人，没有家庭，没有儿女，没有人类，谁来创造历史，是不是？”

李鸿章忙附和，说：“太后圣明！历史为人所创造，人为女人孕育，世上总得先有生命，有人类，然后才有历史。微臣私下暗想，洋人强大，理由多多，可有一条最不能忽略，就是尊重女人，男女平等。女人受到尊重，享受平等待遇，就会变得百媚千娇，有效激发男人创造力，发明机器，制造坚船利炮，维护国家益权，实现强盛目标。以后咱中国也得讲男女平等，像各国公使和领事夫人一样，与夫君平起平坐。”

这个李鸿章，真会来事，与威妥玛谈判就谈判，又扯出欧美公使领事夫人，转着弯儿讨慈禧欢心。难怪如此受慈禧信任和器重，这小子不仅识见高人一等，办事胜人一筹，讨好巴结太后手段，亦非常人可比。沈桂芬望眼李鸿章，半是嫉妒，半是欣赏，忍不住开他玩笑道："桂芬听说，李家早就实现男女平等，少荃公务之余，常亲自动手给夫人洗脚，不知有无此事？"奕䜣跟着笑道："少荃给夫人洗脚，满朝都知，应该没假。"

李鸿章望望慈禧，说："太后听到没，王爷和经笙（沈桂芬）这口气，就有男尊女卑之嫌。"慈禧说："男尊女卑要不得，本宫坚决反对。给夫人洗脚有何不可？本宫听人说，少荃还给母亲洗脚呢。少荃肯给母亲和夫人洗脚，说明一有孝心，二有爱心。懂孝知爱，愿低下头来，给母亲和夫人洗脚，世上还有什么事情做不到的？依本宫愚见，少荃能担大任，干大事，追根溯源，就在于他有孝心和爱心嘛。"

说得三人直乐。在三人印象里，慈禧难得开次笑脸，每次听政或召对大臣，都冷着面孔，想不到也有一展芳颜之时。女人毕竟是女人，即使权倾朝野，威震天下，其实最乐意听的，还是对女人的恭维。也是高兴，慈禧问李鸿章道："少荃要向本宫讨哪两样宝贝？"

李鸿章道："据微臣多年外交经验，洋人最喜欢中国两样东西，一是戏曲，二是书法。微臣想请太后让红菱离宫去趟烟台，给公使领事及夫人们唱唱昆曲，逗他们开心开心；另外太后福字写得好，微臣想请您书上几幅，交红菱带往烟台，转赠给公使领事夫人。"

哪有提此种无理要求的，不是吃了豹子胆吧？奕沈二人正担心李鸿章惹恼女主，不想慈禧却说道："红菱离开本宫几天，关系不大，宫里最不缺宫女，不愁没人服侍本宫。至于福字嘛，平时不过写着玩儿，自娱自乐，真要送给公使领事夫人，只怕出不了手。"

奕䜣假意批评李鸿章道："少荃也是，太后一字千金，岂可轻易赐福字于人？"李鸿章道："太后肯赐福于公使领事夫人，公使领事就会为我所用，促成中英谈判，又何乐而不为呢？何况送福字，既是赐福于人，也含有降服洋人，让洋人匍匐于前之意。"

说得慈禧哈哈大笑，道："好好好，赐福洋人，也降服洋人，让洋人匍匐于前。烟台谈判还有些时日吧，我写好福字后，交给红菱，派专人护送她去烟台。"

得了慈禧的话，三人告退出宫。路上沈桂芬道：“也是少荃胆大，竟敢打宫女主意，要太后写字，桂芬真替你捏把汗，生怕你惹恼太后。想不到太后不仅不恼，还满口应承下来。”奕䜣道：“少荃一番男女平等高论，大获圣心，太后懿颜大悦，还不是少荃提什么，便答应什么？本王不止一次两次面圣，太后这么高兴，还是头一回见到。”

李鸿章说：“太后恩准鸿章请求，不只是高兴缘故，更是心系大清安危，只要有益于大清大业，她老人家都乐意玉成。太后如此英明，咱做臣子的，自当同心同德，竭尽全力，把大清差事办好。”奕䜣说：“少荃能这么想就好，此番烟台之行，定能马到成功。”

出得京城，李鸿章先赶往保定，处理完总督衙门事务，再东行天津。回到北洋衙门，便着手出行烟台准备，一边嘱咐文僚武属，好好维护天津秩序。

这本没啥奇怪的，每次离开驻地，李鸿章都会这么交待下属。可此次似乎不同以往，衙署里弥漫起一股异样气息，莫名地让人不安，仿佛李鸿章离津后再不会回来似的。种种流言不胫而走，说威妥玛居心叵测，将谈判地点放到烟台，肯定有不可告人之目的。因为烟台有英国海军基地，各国公使和领事云集响应，名义上说是避暑，其实是策划一项阴谋，只要李鸿章一到，就把他控制起来，以弄出更大动静，要挟清廷。

流言一传十，十传百，传得尽人皆知。据说天津地下会党也蠢蠢欲动，只等李鸿章一离开，就走上街头，冲击洋人教堂和领事馆，让教案旧戏重演一遍。士绅商民不愿再出乱子，纷纷跑进北洋衙署，呈上禀帖，请求李鸿章别抛下天津，单刀赴会，去烟台送死。李鸿章哭笑不得，只有好言相劝：“烟台无老虎，威妥玛不会把本督吃掉。天津更不会有事，城里秩序井然，城外盛军驻扎，没人兴得起风，作得起浪。”

劝走一批，又来一批。李鸿章苦口婆心，好话说尽，喉咙讲干，连哄带骂，才把人赶出衙门。筋疲力尽回到后衙，夫人赵小莲也不无担心道：“你坐镇天津，无人敢轻举妄动，胡作非为，一旦你登船东下，会党分子及天津教案余孽，定会结伙起事，挑起仇外骚乱，到时收拾局面的人都没有，又如何是好？”李鸿章没好气道：“没这么严重，别瞎嚷嚷。”赵小莲说：“纵使天津不会有事，可烟台呢？你带上几个随员，深入英国势力范围，谁放得心？”

莫姑娘正给三岁的儿子经述念《三字经》，也过来帮腔道：“洋人狡诈，什么事干不出来？老爷还是小心为妙，别自投罗网。”李鸿章只得耐着性子解释道：“洋人没你们说的可怕。人家不辞辛苦，远道而来，是想与咱们友好通商，赚取银子。能通过和平手段，正当牟利，干吗要大动干戈？再说烟台属咱大清境内，洋人岂敢轻易挑衅？威妥玛又最了解大清国情，知道我这样真心愿跟洋人合作的朝臣不多，保护我还来不及呢，哪会加害于我？”

赵小莲这才稍稍放心，说：“洋人没有坏心才好。咱们一大家子，上面老的老，下面小的小，万一你有个三长两短的，全家人还怎么活啊？”莫姑娘也说：“是啊是啊，老爷千万得保重，别冒风险，让咱们担惊受怕。”李鸿章说：“没事的，没事的，你们放心吧。”

稳定好后院，隔日李鸿章带上薛福成、许钤身、马建忠等幕僚，在十数名亲兵簇拥下，走出衙门，准备登车去天津码头乘船南行。谁知门外闹闹哄哄，积聚了数千商民，上前拦住车驾，说天津不能没有李相国，大清不能没有李相国，他非赴烟台不可，他们跟着一起去，好震慑洋人。李鸿章又好气，又好笑，大声道：“烟台地方不大，哪容得下你们这么多人？”众人说：“不带咱们去烟台，相国就留下来，别离开天津。”

李鸿章只得退后几步，站到槽门台阶上，大声道：“商民们，众位好意，本督心领，感谢你们厚爱和关怀！可你们知否，没人与英国谈判，会惹出更大祸乱，吃亏的是大清和各位商民。你们只管放心，本督已布置好天津警务，会党分子别无可乘之机。再说本督东下烟台，是去和平谈判，不是去动武打架，不会有人把本督怎么样。洋人欲与中国通商往来，谋利赚钱，渴望营造和平环境，不会随便开衅，你们大可不必为我担忧。除与威妥玛谈判，了结滇案，本督还要与各国公使和领事斡旋，修订《天津条约》，为大清朝廷和商民力争益权。若天随人愿，将给大清赢得二十年和平时期，众商民可一心一意生产经商求富贵，大清国也可奋发有为，徐图自强，重振国威，立于不败之地！”

听李鸿章说得实在，商民倒也能够理解，纷纷点头，往两旁散开。李鸿章走下台阶，钻进马车，带领随员和亲兵，向城外驶去。众商民又恋恋不舍跟到码头，看着李鸿章一行登上轮船，起锚离岸，隐入水天深处，才渐渐散去。

到达烟台，风尘未洗，李鸿章便让马建忠陪同，走进英国领事馆，拜访已先期赶到的威妥玛。威妥玛不急于上谈判桌，道:“中国有句旧话，好事不在忙中取。明天英国海军举行海上演练，本使诚邀相国登舰观演，尔后再坐下来慢慢谈判如何？”

这倒是李鸿章未曾预料到的。英国海军驻扎烟台，并非一日两日，早不演练，迟不演练，偏偏你一到烟台，便说演练，不言而喻，就为扬威造势，先把你给镇住，为谈判增加筹码。马建忠意识到英方意图，想代李鸿章回绝威妥玛，李鸿章朗声笑道:“英国拥有世界一流海军，准备海上演练，正好被本督碰上，自当登舰一观，开开眼界。”

想不到李鸿章如此爽快，威妥玛略觉意外，倒也非常高兴，说:“一言为定！明天上午咱们同乘英舰，出海观演。”

走出英领事馆，马建忠不无担忧道:“威妥玛此举，该不会有什么企图吧？”李鸿章说:“企图明显得很，就是想震慑老夫，占得谈判优势。”马建忠说:“既然如此，相国为何还答应得这么快呢？”李鸿章道:“老夫这辈子见的风浪还少吗？岂是谁想震慑就震慑得住的？”马建忠道:“建忠也知相国不是几艘英舰震慑得住的，可毕竟置身英舰，什么事都有可能发生。当年叶名琛就是先例，被英军请上军舰后，便杳无影踪，一去不返，尸骨无遗。”

马建忠所说叶名琛，乃咸丰朝两广总督。时逢第二次鸦片战争爆发，清军战败，叶名琛被英军掳上军舰，带往海外，死于印度。李鸿章自然知道这段陈年旧事，道:“叶名琛系战败被俘，老夫又没败给威妥玛，他干吗要对我下手？”

回到旅馆，薛福成、许钤身几位听说李鸿章准备明天登舰出海，参观英国海军演练，也有些担忧，纷纷劝他别冒这个险。李鸿章道:“咱不是冒险，是去长眼界，增见识。大清日后总会创建新式海军，英国海军无偿为咱演练，正好学些经验回来，又何乐而不为呢？”许钤身说:“万一登上英舰后，威妥玛拿出事先拟好的不平等条约，逼相国就范，否则不让离舰，就像当年对待叶名琛一样，又如何是好？”

李鸿章笑笑，道:“怎么一提登舰出海，你们就会想起叶名琛来？”薛福成说:“叶名琛事件乃大清之辱，谁能释怀？也是大清贫弱无能，眼睁睁看着封疆大吏被人掳走，束手无策，唯有忍气吞声，不了了之。”李鸿章几分沉痛道：“当年叶名琛被英军掳走，死于异域，确实让大清颜面扫地。不过此一时也，彼一时也，此时之老夫非彼时之叶名琛，此时之英国亦非彼时之英国，且法美俄意诸国公使领事齐聚烟台，威妥玛胡作非为，各国岂不唾之弃之？”

几位觉得也是，没再阻拦。谁知李鸿章次日在许钤身、马建忠、薛福成和亲兵护卫下，来到烟台码头，阔步走向提前赶到的威妥玛时，不知从哪儿冒出数十壮汉，拦住去路，不让离岸登舰。亲兵赶紧上前，欲驱赶壮汉，反被人多势众的壮汉围住，施展不开手脚。李鸿章深感意外，大声呵斥道：“来者何人，阻拦本督，该当何罪！”

原来李鸿章离开天津后，商民们担心他安危，挑选八十名身怀绝技的壮汉，悄悄追到烟台，潜伏暗处，以确保其人身安全。得知李鸿章准备登舰观摩英国海军演练，料定英国人居心不良，会有什么名堂，提前守候于码头，阻拦李鸿章，不让英国人阴谋得逞。

得知壮汉们用意，李鸿章又恼怒，又感动，只得将在马建忠他们面前说过的话，再复述一遍。壮汉们半信半疑，转向威妥玛，逼问邀李鸿章登舰观演，居心何在。威妥玛解释说，请李相国观演，属于国礼，纯系友好行为，别无恶意。壮汉们威胁威妥玛，李鸿章回来后，身上少根汗毛，都不会放过他。威妥玛信誓旦旦，表示绝对保证李鸿章安全，不会对他构成任何伤害。怕壮汉们不信，还亲笔留下字条，以为凭证。

壮汉们这才放过威妥玛，目送李鸿章迈开大步，走向英舰。到得舰上，威妥玛紧握李鸿章大手，不无动情道：“相国大人信任本使，甘冒风险，排除阻挠，毅然登上敝国兵舰，其胆略，其气概，确非凡人可比，叫人不服都不行啊！”

说话间，远处有缕缕青烟腾起，英军舰队出现在前方海面。李鸿章笑道：“贵国军舰举世无双，威使不用本督购买船票，还亲自陪同登舰观演，让本督开眼界，长见识，真够义气的。”威妥玛也笑道：“应该的，应该的。只是那么多人担心相国安危，您就真不怕军舰出海后，直驶英伦，再无归路？”李鸿章乐道：“本督此生还没出过洋，能免费乘坐贵国军舰，远赴西欧，领略英伦繁华，自然求之不得。”

英军舰队逐鸥而来，旗舰如虎，舰群似狼。波正汹涌，浪正澎湃，队形开始变化，忽而横，忽而竖，忽而左，忽而右，忽而聚，忽而散，收放自如，穿插有序，凌浩瀚大海如履平地。看得李鸿章两眼发直，心下暗忖，不知哪天大清才能拥有这样的舰队，到时便可与强敌角逐海疆，一争高下。许钤身、马建忠和薛福成几位随从也看得目瞪口呆，深感大清与英法差距之远，再不急起直追，只能越来越落后，眼巴巴看着洋船横行中国海疆，徒叹奈何。

威妥玛观察几位表情，难免暗暗得意，不出声道，李鸿章你快点认输吧。不想李鸿章拍拍旁边许钤身肩膀，指着前方舰队，说："这就是大清楷模，咱们没理由不发愤图强啊！"

翌日李鸿章走进英领事馆，双方开始首轮谈判。谈判地点也为威妥玛所定。这是他打的如意算盘，要尽占主场优势。双方落座后，威妥玛先问李鸿章昨日观演感受。李鸿章朗声道："英国海军确实英武了得，比大清水师要强多少有多少。不过总有一日，大清也会打造出这样的新式海军，扬威万里海疆。"

威妥玛有些泄气。本想借观摩英国海军演练，震慑震慑李鸿章，却挑起他建立新式海军的强烈欲望。威妥玛苦笑笑，开始复述马嘉理遇害经过，控诉总理衙门办事拖沓，滇案一搁一年半，还未了结。李鸿章两眼含笑，望着威妥玛，神情很是专注。只是不置一词，听凭威妥玛苦大仇深，一路诉说下去，非常耐心的样子。

连续两天，都是威妥玛唱主角，李鸿章闻而不言，少有出声。到第三天，威妥玛说完自己想法，问李鸿章有何高见，李鸿章才慢吞吞道："威使所说皆是事实，本督基本认可。"威妥玛说："你能认可就好，下面讨论条约内容吧。"李鸿章说："也行，劳驾威使先草拟一个初稿，咱们再坐下来推敲协商？"

威妥玛很快拟出条约初稿，内容无非是：追究岑毓英等云南地方官吏责任，赔偿英方损失，开通由缅入滇商道，增开多处通商口岸，降低英商在华税率等等。

初稿递到李鸿章手上，他依然没有明确表态。威妥玛急起来，问他到底有何看法。不想李鸿章忽然道："大清国无宁日，俄国西北作祟，法国西南挑衅，朝廷首尾难顾，没能及时处理滇案，害得威使东奔西走，着实辛苦。本督有心代表总署，真诚向您致歉，一直苦于没有机缘，正好后天慈禧太后生日，明天休谈一天，咱适当做些准备，后天代太后请威使赴宴，尔后再慢慢商谈条约细款，您意下如何？”

威妥玛一心想着尽快谈出结果，哪知李鸿章会来这么一出？答应好，不答应也不好。李鸿章又道：“此乃太后旨意，威使总不好辜负她老人家美意吧？您可知道，谈判要想取得圆满成功，没太后背后支持，又哪能行呢？”

盛情难却，威妥玛答应下来。中方设宴请客，自然不能放到英领事馆，威妥玛只得赶往李鸿章指定的临烟楼大酒店。这便成为李鸿章主场，让威妥玛稍落下风。

进得临烟楼，威妥玛顿时傻了眼，大厅里济济一堂，法德意美日诸国公使和领事都到了场。且各自带着夫人，一个个花枝招展，美轮美奂。身为主人，李鸿章已然先到，见威妥玛现身门口，赶紧奔过来，把他拉到首席主宾位置上。随即宴会开始，李鸿章宣布此乃慈禧太后生日，先祝太后生日快乐，万寿无疆，再代向各位问好，感谢百忙之中拨冗光临！

众人闻声鼓掌，李鸿章首先推出威妥玛，以半开玩笑口吻道：“今天主宾乃英国公使大人威妥玛先生，这可是太后懿旨钦定，说怕谈判桌子威使逼人太甚，狮子大开口，谕令本督置办酒席予以款待，让他放低要求，维护中英友好局面。”

威妥玛倒也开心，起身回敬道：“中国有句俗语，叫吃人嘴软，拿人手短。本使明白，太后与李相国让我好吃好喝，无非堵我嘴巴，叫我说不起硬话，听之任之。行行行，本使来华三十六年，喝惯中国酒，吃惯中国菜，见有好喝好吃，心里想拒绝，嘴上却不忍，只能先满足口腹之欲，再任由李相国拿捏。”

在轻松气氛中，宴会进入主题，李鸿章高举酒杯，请各公使、领事及其夫人共饮。然后从威妥玛开始，一桌桌敬过去。依欧美女士优先风习，每至一桌，先弯腰向夫人请安，后问候公使或领事，敬酒致意。夫人们觉得有面子，对李鸿章倍加赞赏，说他有风度，懂文明，讲礼节，仿佛欧美绅士，不仅可敬，还有几分可爱。

敬完一圈，有娇娘忽然出现于大厅里，臂环琵琶，风情万种。李鸿章清清嗓门，介绍给各位：“这是太后最宠爱的宫女红菱，非常擅长弹唱昆曲，太后每天有事没事，都要听上几曲，否则食不香，寝不安。为表达对各位夫人和公使领事先生的诚意，太后特派红菱来烟台献唱，让各位夫人先生，享受享受太后崇高待遇。”

各位热烈鼓掌。掌声里，红菱坐正身子，怀抱琵琶，纤指在弦上轻轻一划，悦耳弦音涟漪般荡漾开来。众人止住议论，倾耳谛听。但见红菱轻启芳唇，随着琵琶声起，甜甜软软地唱道：黄昏月下，意惹情牵。才照的个双鸾镜，又早买别离船。哭得我两岸枫林，做了相思泪斑。和你打迭凄凉今夜眠，喜见你的多情面。花谢重开月再圆，又怕你难留恋。离情万千，一似梦里相逢，教我愁怎言。

一曲弹唱毕，全场起立，掌声如雷，经久不息。在众人要求下，红菱又继续弹唱道：“想着你初相见，心甜意甜。想着你乍别时，山前水前。我怎敢转眼负盟言？我怎敢忘却些儿灯边酒边？只愁你形单影只，又愁你衾寒枕寒。哭得我哽咽喉干，一似西风泣断猿。”

一连弹唱过五支曲子，众人才过足瘾，勉强作罢。旋即有人送出红木托盘，李鸿章从里面拿过一幅红纸，展开来，是幅裱好的福字，笔酣墨饱，端方大气。李鸿章道：“各位夫人不远万里，伴夫君来到中国，与大清通商友好，慈禧太后心存感念，无以为赠，专门书写墨宝，委托红菱，赐福于夫人们，但愿各位能够喜欢。”

座中公使和领事来华多时，对中国文化多少有些了解，知道慈禧墨宝价值连城，胜过黄金美玉，附在夫人耳边稍加解释，夫人们便笑逐颜开，无不心向往之。从夫人们表情里，李鸿章已读出她们对太后墨宝的期待，亲自端过托盘，带着红菱，来到各位夫人中间。红菱从盘里拿过福字，分递给夫人，乐得夫人们个个喜不自胜，眼泛蓝光，连声叫好。

一圈下来，回到首席，托盘里不多不少还剩一幅福字，红菱拿到手上，呈于威妥玛面前，请他代夫人领受。威妥玛年近六旬，夫人已不年轻，早提前离华回英，故到场公使领事里，唯他一人没带夫人。夫人不能到场，也未被落下，威妥玛心里自然受用，高高兴兴接住福字，谢过红菱，又抱拳向北京方向致了致意。

宴会至此圆满结束。饱过口福，又饱耳福，还收获慈禧所赠福字，各国公使领事夫人心花怒放，回住处后便在先生面前，大夸李鸿章，盛赞慈禧太后。夫人欢喜，先生自然跟着乐，无不感激李鸿章善解人意，办事漂亮，隔日夫妻双双登门拜访，以表谢意。

最先走进李鸿章住地的，是法国新任公使宝海夫妇。李鸿章笑脸欢迎，又是瓜果，又是点心，还亲自泡上新茶，请客人品尝。茶水一沾唇，宝海便知是六安瓜片，连连说好。李鸿章早知这是宝海至爱，有意投其所好。

喝茶聊天之际，李鸿章不时蹙蹙眉头，满怀心事的样子。公使夫人心细，开言道："相国不是有啥为难之处吧？"李鸿章故意道："没事没事，宝使夫妇看得起，光临敝处，本督正高兴着呢。"夫人说："相国有何难办之事，说出来听听，宝海给您出出主意也好。"

夫人如此关心李鸿章，宝海不好无动于衷，也说："相国别客气，只管道来，说不定法方能助你一臂之力。"李鸿章这才叹道："还不是威妥玛给闹的？不过小小滇案，他竟死缠烂打，不依不饶，漫天要价，叫我左右为难。满足英方吧，朝廷不干，不满足英方吧，威妥玛气势汹汹，非把我吃掉不可似的。宝使也知道，本督一到烟台，威使就把我拉到海上，说是观看英国海军演练，其实意在以势压人，迫使我答应其无理要求。"

表面看去英法为盟友关系，背地里则属竞争对手。两国公使亦同行相妒，面和心不和，对威妥玛以滇案为借口大做文章，宝海早已心怀不满，听李鸿章这么一说，义愤填膺道："英国在中国所捞好处还少吗？马嘉理的翻译当得好好的，忽然离京跑到云南去自寻死路，威妥玛把过错都推到清廷身上，也太没道理。相国有啥需要咱宝海出力的，只管开口，我与各国公使和领事联起手来，共同对付威妥玛，不信镇不住他小子。"

李鸿章说："宝使好意，鸿章心领。要说马嘉理手持总署护照，死在云南，中方也有不可推卸的责任，适当给予赔偿也应该。只是大清内忧外患，积贫积弱，履行历年与多国所订条约，比如咸丰末年《天津条约》之类，都力不从心，颇感困难，威使又借滇案开出苛刻条件，朝廷怎堪重负！如今朝臣喊打声一片，唯本督不愿失去来之不易的和局，诚心诚意来烟台与威使谈判，谁知威使得理不让人，无理也取闹，逼得咱无路可退，大不了与英国决一死战。大清海上争不过英国，陆地多少有些优势，咱一声令下，三万淮军集结东南，同仇敌忾，足以拒英军于海岸线外。当今世界，英国海军占优，陆军则德国最强，日本人海军学英国，陆军则学德国，咱也已着人赴德研习军械技术，正考虑派员赴德学习陆战，再与英国在陆上较量一番，无非拼个鱼死网破，大清得不到好处，英国也占不到便宜。”

英国四面开花，无时无刻不想占中国便宜，宝海已很不自在，谁知德国又伸出橄榄枝，要与大清进行军事合作，心里更不是滋味。正琢磨着如何出手搅掉英德好事，宝夫人想起李鸿章所提《天津条约》，当年是在非正常情形下签订的，多有不合理之处，忍不住道：“咸丰末年至今快二十载，中国早与英法俄美修好，大清也历经同治，进入光绪朝，还死守当年《天津条约》不放，确实有些不够公平。”说着又掉头问宝海道：“你说是不是？”

身为签约国之一的法国公使，宝海不好评说《天津条约》，哼哼哈哈，想敷衍过去。宝夫人却不肯放过他，声色俱厉道：“看你含含糊糊的，把舌头撸直点好不！威妥玛无理取闹，相国正在犯难，你难道不该施以援手吗？”

也许洋人也有怕老婆的优良传统，宝海被夫人一呛，赶忙道：“本使可联合俄美两国公使，游说威妥玛，重修《天津条约》，改掉其中不合理条款。多年前的《天津条约》都得适当让步，重新修正，中英就滇案新订条约，威妥玛自然更没道理提过高要求。”

十六、声东击西转移视线，开矿采煤筹办机器

宝海夫妇离去后，美俄日意及葡萄牙、西班牙诸国公使领事也带着夫人，陆续上门答谢李鸿章。李鸿章又故技重演，既示弱，又示威，口口声声要与英国决战。各国公使和领事都是明眼人，一旦中国陷入战乱，自国在华利益势必严重受损，都想维护现有局面，不愿看着事态恶化。于是主动提出，出面制止威妥玛，不能让其企图得逞。

接下来数天，各国公使和领事纷纷前往英国驻烟台领事馆，轮番给威妥玛施加压力。威妥玛这才意识到，将谈判地点定于烟台，本以为占有主场优势，谁知竟是个不大不小的失误。也许同行嫉妒，中外皆然。试想眼睁睁看着你威妥玛从大清手里独捞好处，要各国公使和领事情何以堪？不出面阻止你才怪呢。

也是迫于压力，威妥玛不得不与俄法美意诸国公使坐下来，修订《天津条约》，放弃部分在华益权。《天津条约》都已做出妥协，滇案再不适当让步，自然也就说不大过去。几经讨价还价，李鸿章与威妥玛终于签下《烟台条约》，中方赔偿英方二十万两银子，增开通商口岸，洋货入境享受税收优惠，日后遇有涉英案例，英国可派员观审。威妥玛还要追究云贵总督岑毓英，李鸿章坚决予以拒绝，却主动提出派大员赴英道歉，互修两国之好。威妥玛不傻，知道李鸿章在给自己大面子，欣然同意，不再揪住岑毓英不放。

派员赴英道歉，不过是个美丽借口，李鸿章目的是想趁机选派驻英

大使。派使出驻英日德俄诸国，可互通有无，联络信息，一旦两国发生纠纷，有人及时调停，解决争端，以免因小失大。这是李鸿章多年夙愿，无奈数度争取，朝臣群起反对，说大清乃天朝上国，历来只外国使臣来华朝贺，哪有中国自矮身段，屈派公使出国，与蛮夷小国平起平坐之理？李鸿章一张嘴巴争不过众臣，也说服不了朝廷，只能作罢。此次滇案发生，与英成功签约，正好以道歉为名，择员出使英国，开启派使驻外先河。

《烟台条约》如愿签署，避免中英关系破裂，又意外修订《天津条约》，争回部分益权，总理衙门和两宫太后皆大欢喜，也就不顾朝臣反对，破天荒同意李鸿章派员出使英国奏议。又依李鸿章推荐，任命郭嵩焘为驻英大使。考虑郭嵩焘才情有余，谋略不足，李鸿章举荐许钤身做他副使。总理衙门很快批复下来，不想郭嵩焘鬼迷心窍，竟看中巡抚广东时的旧属刘锡鸿。刘锡鸿有个外号叫刘刺蓬，浑身带刺，见谁扎谁，无人愿意与其为伍，也不知郭嵩焘为何发昏，放着多谋善断的许钤身不要，偏偏选中刘刺蓬。李鸿章真为郭嵩焘担忧，又不好强行阻拦他。拦也拦不住，郭嵩焘也是一根筋，没人能改变他认定的事。只好推荐马建忠给他做翻译，趁机研习国际公法，学成回国，自有大用。

也是不愿埋没许钤身，李鸿章又另具保片，举荐他做日本大使。谁知日本正打琉球主意，与大清闹得很不愉快，许钤身又没能成行。幸而福建按察使空缺，李鸿章费尽周折，终于将许钤身推举上位，让他暂时离开自己，去南边协助沈葆桢管理船政，积累经验，以后再派大用。许钤身聪明过人，深知万里海疆不可弃，大清迟早会创建新式海军，办理船政，增加历练，自然大有作为，也就高高兴兴上任去了。

安排好该安排的人事，中国有史以来第一个驻外使团也起程出国，远赴英伦，李鸿章如愿以偿，心情格外畅快。这标志着清廷不再死守天朝上国“以夏变夷”顽固观念，终于肯以平等心态，融入世界大家庭，照国际惯例行使各自义务，享受该享受的权利。

然而令李鸿章意想不到的是，郭嵩焘与刘锡鸿一出国门，便对掐起来，掐得你死我活。原来朝廷考虑刘锡鸿资历不够，没按郭嵩焘所请任命其为副使，只给个了参赞头衔。刘锡鸿以为郭嵩焘捣的鬼，开始与他闹别扭，处处拧着来。登上火车，一日千里，郭嵩焘大声赞叹：技之奇巧，逾乎缩地，远途顿成近距。刘锡鸿偏偏说：火车有啥好的？看看咱天朝上国，君主圣明，百姓安乐，谁会抛家舍业，到处乱跑？去印刷厂参观，见一个小时能印七万份报纸，郭嵩焘说：大清也应办报，用机器印刷。刘锡鸿说：七万份报纸让咱天朝来印刷，可雇请两三千工人，洋人机器一响，吞掉两三千人饭碗，真是伤天害理。郭嵩焘带刘锡鸿参观伦敦社区，见识英国人富裕生活，意思是机器作业，不仅不会导致失业，还会增加民众收入，提升生活质量。猜猜刘锡鸿怎么说？他说西洋以富为富，大清以不贪为富；西洋以强为强，大清以不好胜为强，反正世上只有天朝好。

马建忠在一旁作陪，实在听不下去，故意给刘锡鸿出难题：照参赞大人高见，天朝如此美妙，为何只让男人外出，女人却足不出户，不许她们去外面开开眼界，长长见识？刘锡鸿道：阴阳有别，男人属阳，可以外出，女人属阴，只能藏于密室，就如人之头脸与胸腹，头脸为阳，可暴露在外，胸腹为阴，只能隐蔽于衣服里。马建忠道：中国女人属阴，只能藏之密室，可西洋女人满街跑，到底属阴还是属阳？噎得刘锡鸿半天吱声不得。不过刘锡鸿就是刘锡鸿，经冥思苦想，终于获得重大发现：中西相反。比如中文书自右往左读写，西文书自左往右读写；中国人先喝酒后吃饭，西洋人先吃饭后喝酒；中国男尊女卑，西洋女尊男卑；中国君贵民贱，讲君主，西洋君轻民重，讲民主。原因也简单，中国居地轴之上，西洋居地轴之下。一句话，洋不可中用，凡洋人有的，中国绝不能有。

马建忠怕了刘锡鸿，意识到与这种人为伍，不是什么好事，白白耗费才情不说，还会折寿短命。赶紧找个借口，离开英国，赶往巴黎，潜心学习国际法，后又考取公费留学，获取法学博士学位。可郭嵩焘身为驻英公使，不同于马建忠，只能留在英国，继续与刘锡鸿对掐。为改善两人关系，郭嵩焘三番五次奏请朝廷，终于提拔刘锡鸿为副使。照理刘锡鸿如愿以偿，该知足才是。可他不。他认定郭嵩焘崇洋媚外，继续占着驻英公使大位，于大清有百害而无一益。他开始给朝廷上折，指控郭嵩焘犯有三大罪：一是参观西洋炮台，天冷风大，郭嵩焘披上洋衣，有失国体；二是在白金汉宫听音乐，郭嵩焘堂堂中国人，装模作样看节目单；三是巴西国王访英，郭嵩焘擅自起立，鼓掌欢迎。这还没完，刘锡鸿又列举出郭嵩焘十恶状，诸如在英国人面前诋毁大清，说中国迟早会被英俄吞并；与回英休假的驻华公使威妥玛来往密切，企图挑唆英军兴兵中国；接见新加坡大酋，不尚左而尚右，不遵礼制；欲将使馆黄龙旗改为五色，蓄有逆志；蔑视谕旨，向英国提供文书，不署他刘锡鸿名字；洋人打伞也打伞，洋人摇扇也摇扇，还咿咿呀呀学说洋语，想做洋鬼子。

骇折送达国内，朝野哗然，众臣随声附和，大肆攻讦弹劾郭嵩焘，闹得满城风雨。郭嵩焘不愿坐以待毙，具折辩解。徐桐等朝臣恨洋人，更恨崇洋媚外的郭嵩焘，认定他是汉奸卖国贼，继续起劲攻击，欲置之于死地而后快。两宫迫于压力，准备召郭嵩焘回国，让刘锡鸿接任驻英公使。这对郭嵩焘太不公平，李鸿章实在看不下去，上折为郭嵩焘辩诬，批驳刘锡鸿小题大做，无中生有。还写信给沈桂芬、毛昶熙、崇厚等总理衙门大臣，为郭嵩焘说情。经多方争取，两宫才让郭嵩焘留任英国，另派刘锡鸿为德国公使。两年不到，刘锡鸿自参赞至副使，再至公使，连升两级，成为二品大员，可谓天上掉馅饼。但他还不肯善罢甘休，继续弹劾郭嵩焘，非把他踩死不可。总署觉得刘锡鸿太不像话，再闹下去，让洋人笑话，奏请两宫，将郭刘两人召回。李鸿章觉得英德是大清友邦，不可没有公使，举荐曾纪泽和李凤苞接替郭刘，出任英德两国公使。

不管怎么样，契约时代已然到来，手持《烟台条约》和重新修订的《天津条约》，又有大使斡旋于外，或许可为中国赢得一二十年太平日子。天下太平，就可放开手脚大干。至于怎么个干法，李鸿章也早成竹在胸。他认为积弱缘于患贫，要想强大，求富迫在眉睫。遥想西洋诸国，方圆不过千里，岁入财赋，动辄数亿，远超万里中国，无非取资于煤铁五金之矿，以及铁路、电报、信局、丁口之税。审时度势，别无他策，唯有早图变计，择其至要者，逐渐仿行，否则以贫交富，以弱抵强，难免不受其累。就像人际交往，穷人在富人面前，容易自卑胆怯，抬不起头；弱者在强者面前，难免心虚气短，未战而屈。

正好在英国订购的四艘蚊子船驶回国内，李鸿章放下手头事务，带领丁汝昌等北洋水师头领，直奔码头，查验接收。丁汝昌曾是程学启手下得力干将。程学启战殁，丁汝昌转入铭军，继续转战江南战场，后又率马队北上剿捻，屡立战功。战争结束，淮军裁撤节饷，刘铭传拟裁马队，丁汝昌致书抗议，惹恼刘铭传，意欲杀之。丁汝昌闻讯，驰归巢县故里，得免杀身之祸。赋闲日久，百无聊赖，才北上天津，拜见李鸿章，想重归军营。也是来得早，不如来得巧，恰逢四艘蚊子船到津，李鸿章担心丁汝昌返回淮军，难免与刘铭传接触，又会闹不快，不如留任北洋水师，负责炮船督操，日后新式海军建立，更有用武之地。

轮船都是“煤老虎”，需烧大量煤炭。这还只是蚊子船，属轻型兵舰，日后购置大型铁甲舰，耗煤量自然更加惊人。当今大清用煤，主要向外国煤商采购，煤价昂贵不说，一旦与洋人开战，人家停止供煤，兵轮及各处机器没法运转，便成废铁。李鸿章暗下决心，就从开采煤铁着手，尔后架电线，筑铁路，筹办机器织布造纸等。只要持之以恒，一件件实业办下来，大清要啥有啥，税赋大增，由富而强，自可立于不败之地。

谁知信心满满，正要大干一场，天公又不作美，北方遭大旱，赤地千里，南国发大水，哀鸿遍野。李鸿章只得暂时放下手头计划，使出浑身解数，调遣道员周馥等僚属，动用大量财力物力，抗旱抢险，赈济灾民。大灾之年，百业凋敝，江海航运亦难幸免，上海轮船招商局惨淡经营，难以为继。加之旗昌等英美轮船公司恶性挤兑，招商局已深陷困境，眼看就要支撑不下去，只得频频发函，求告李鸿章，请他力挽危局。

真是屋漏偏逢连夜雨，船破又遇打头风，李鸿章顾此失彼，急得眼冒金星，一时无以为计。直到赈灾告一段落，才召集盛宣怀与薛福成诸僚，商议对策。商议半天，依然不得要领。还是盛宣怀道:“招商局日子不好过，难道英美轮船公司又能好到哪里去？”

一语点醒李鸿章，一个大胆想法油然而生，道:“是啊，同在中国江海上航行，招商局厄运难逃，英美轮船公司定然也绕不过去，关键看谁能咬紧牙关，坚持到最后。”

自入幕李府，薛福成已渐渐熟悉李鸿章风格，可归纳为四个字，就是敢想敢为。这四个字听起来简单，却不是谁都做得到的。薛福成说:“相国莫非想挤掉旗昌等轮船公司？”李鸿章说:“上海轮船招商局成立伊始，旗昌等英美轮船公司就铆上了劲，凭借雄厚资本，一再压低运价，企图打败招商局，独霸江海航运。低价运营得以牺牲利润为代价，一时半会儿可以坚持，长此以往肯定吃不消。大清国贫兵弱，动武无以抵挡英美，可生意场上，又处于中国境内，咱们若能官商合谋，齐心戮力，胜算其实不小。”

说得盛宣怀兴起，主动请缨，愿跑趟上海，协助朱氏兄弟，与旗昌等英美轮船公司一决高低。李鸿章面授机宜，如此这般交待一番，盛宣怀才离津南下，奔往上海。

谁知踏入沪地，才知朱其昂为筹办赈米，积劳成疾，于日前逝世，招商局雪上加霜，几乎倒闭。好在盛宣怀及时出现，带来李鸿章密令，各大股东才又振作起来，重新招股，以股本多少为数，改任唐廷枢为总办，徐润为会办。两人凭借广泛的人脉资源，筹集大量资金，南北洋衙署再注入大量官银，招商局度过难关，起死回生。又招股成立中国有史以来第一家保险公司：仁和水险公司，不仅打破外国保险公司在华一统天下格局，还为招商局抵御风险提供了有效保障。与此同时，李鸿章联合两江总督沈葆桢、两广总督刘坤一、湖广总督李瀚章等地方大员，将官方货物交招商局承运，促其彻底走出困境，步入正常运转。

英美轮船公司则没这么幸运。随着轮船招商局再度崛起，美国旗昌轮船公司因价格大战元气大伤，资金亏空，加之南北大灾，货源紧缺，再也支撑不下去，不得不宣告破产，向外出售，以抵不良债务。盛宣怀遵照李鸿章意思，协助唐廷枢和徐润招集沪商股金，成功收购旗昌公司。旗昌是最早进入中国的外国轮船公司，以其雄厚资本和科学管理方法，足足称雄十八载，最后还是为上海轮船招商局所败，黯然淡出中国大江大海。

收购手续办妥，已进入光绪三年（1877），南北灾情慢慢缓解，李鸿章松下一口气，亲笔拟折，奏请开矿采煤，徐图富强。没等朝廷批复下来，便调兵遣将，揽资招股，开始运作。考虑上海轮船招商局已入良性发展轨道，保举唐廷枢为道员衔，征调北上开平，筹办煤铁矿务。紧挨天津的开平到处是煤铁，民间人工煤铁矿井遍地开花，正好沿袭上海轮船招商局官督商办方式，组建矿务局，用洋人技术和机器开矿采煤。大哥李瀚章也发来公函，准备在湖北开采煤铁矿，希望李鸿章给予支持。李鸿章二话不说，调配盛宣怀入鄂，筹设湖北煤铁总局，雇请矿师查勘矿源，挖煤采铁。

唐盛两员大将一北一南忙于矿务之际，李鸿章并没闲着，又组建水雷学校于天津，招收聪慧青年入校培训。增派技师远赴德国，钻研军械技术。两江总督兼南洋大臣沈葆桢不甘落后，致函李鸿章，联名奏派福建船政生出洋学习。

李鸿章这里已干得风生水起，朝廷批复却迟迟没有下来，也不知是何原故。开矿采煤，培训军事人才，派员出洋见识，皆为求富图强举措，到底有啥可犹豫的呢？李鸿章不解，只好再度上折，重申自己观点，催促朝廷尽快批复，给予支持。

折子发走后，李鸿章左等右等，没等到朝廷只言片语，却等来一位不速之客。来客不是别人，乃海关总税务司赫德。李鸿章心里不觉一沉，预感有些不妙。又想起总署与威妥玛闹翻后，多亏赫德出面，协助马建忠留住威使，才得以重启谈判，挽回颓局，李鸿章不好怠慢这位多年老友，放下手头事务，迎其入内。

寒暄几句，赫德掏出一纸任命，呈给李鸿章。原来总署犯浑，竟让赫德兼任大清总海防司，负责添购舰船，选用洋将，训练船员，总管海防。也就是说赫德来见李鸿章，就是接管南北洋水师，及其海防设施和装备。

到底谁吃了屎，这种事也做得出来！李鸿章吃惊不小，不出声骂道。赫德已掌管全国海关税务，又把海防交他手上，莫非中国人已死绝？大清财权海权全受制于洋人，猪脑都知道有多可怕。想想清廷防汉如防贼，却对虎狼洋人毫不设防，拱手交出刀把子，实在不可理喻。

肚子里暗暗忧惧着大清命运，李鸿章脸上却波澜不惊，笑祝赫德荣膺大任。赫德谢过李鸿章，试探道："相国何时有空，移交水师？"

仅凭一纸任命，就想接管咱大清水师，哪有这么容易的事？李鸿章笑笑道："都说本督是急性子，想不到赫司比本督还性急。南北洋水师还有些规模，总得宽限几日，让我函告南洋大臣，先盘清底细，到底水兵几许，兵舰几何，炮台几处，造好册子，拿出明细，再办移交吧？"赫德说："说得也是。南北洋何时盘底造册给我？"李鸿章说："本督赶紧督办，你先到英领事馆歇歇脚，慢慢等候消息如何？"

赫德信以为真，告辞出衙。

看着赫德走远，李鸿章转身进门，又踢桌椅，又摔东西，大骂总署各大臣吃多猪潲，连海防大权都敢脱手，交付洋人，茅厕蛆都不会如此弱智！

骂声惊动隔壁办事房里的薛福成，过来问是怎么回事。李鸿章长吁短叹，道出赫德来见经过。薛福成沉默半晌，才冷不丁冒出一句："福成若是总理衙门大臣，恐怕也会这么干。"

李鸿章瞪大眼睛，望定薛福成，不满道："你也像总理衙门大臣，不会动脑子，只知用脚趾想事？"薛福成笑道："据我脚趾所想，总理衙门委任赫德总海防司，理由不外乎两条，一条是企图通过赫德，争取英国支持，抗衡德法日美海军；另一条是……”

说到这里，薛福成咬住舌头，欲言又止的样子。李鸿章道：“有话就说，在我面前，还怕因言获罪？”薛福成这才放低声音道：“相国倡西学，办外交，兴洋务，坐拥三万淮军，再让您掌管海防，数权集于一身，朝廷能不提心吊胆？分海权于洋人，既防相国一人独大，又能海陆牵制，可谓一举两得，又何乐而不为？”

说得李鸿章心里灰灰的，说：“老夫殚精竭虑，舍命替朝廷办差，朝廷依然疑神疑鬼，真令人寒心。”薛福成说：“不仅朝廷疑神疑鬼，朝臣们见相国心想事成，呼风唤雨，也很不舒服，巴不得赫德拿走海防大权。赫德受总署请托，南赴上海挽留威妥玛时，就递过海防条陈，表示愿替朝廷训练海军，负责海防，朝臣们皆知赫德用心，却无人提出异议，岂不怪哉？”

“想平时朝廷每做一项决策，只要牵涉洋人或洋务，总是满堂反对声，卖国卖祖宗大帽子满天飞。此次海防大权旁落，只因可借洋人压制我李鸿章，则一个个缄嘴不语，屁都不放一声，真是可鄙之极。”李鸿章痛心疾首，“莫非满朝皆傻瓜，看不出税权受制于人，已属无奈，再交出海权，危害有多大？要说卖国，这才是最可怕的卖国啊！”

薛福成道：“要想海权不落外人之手，恐怕还得相国出面，说服朝廷收回成命。”李鸿章说：“朝廷忌我一人独大，又哪里听得进我的话？”薛福成道：“还没发声，怎知朝廷听不进相国的话？相国觉得一人之力单薄，可与两江总督和两广总督联名上折，以引起朝廷重视。”

事至如今，看来也只能如此。奏稿照例由薛福成代笔。稿成交李鸿章审阅过，飞送金陵与广州，两江总督兼南洋大臣沈葆桢与两广总督刘坤一接稿一瞧，也觉事态严重，毫不犹豫署名盖印，寄还李鸿章，快递入京。

奕䜣展阅奏稿，开始还不以为然，觉得李沈刘三人小题大做。读到后面，见稿上说赫德毕竟是英国人，其父兄子侄亲戚友朋都在英国，真让他掌管海防，万一中英失和，英国向中国宣战，他是下令海军轰击英夷，还是掉过头打击清军？这才觉大事不好，吓得脸色发白，背膛冒汗。当即带着沈桂芬等总理衙门大臣，匆匆进宫，去见两宫太后。

奏稿所言道理太浅显，三岁小孩都懂，两宫自然不难理解。慈禧痛心疾首道:“洋人亡我之心不死，海权为赫德所控制，哪天中英海战，清军不战而败，是要亡国亡种的啊。”慈安也道:“总理衙门成立二十年，这恐怕是办得最臭的一件事。”

奕䜣越发惊恐，自责道:“怪微臣糊涂，听信赫德花言巧语，以为让他兼任海防司，既可用英国方法训练大清海军，还可制衡法德美日，也不想想刀把子交到人家手上，危害该有多大。今日入宫拜见两位太后，一是当面请罪，二是看还有无补救办法，把海权拿回来。”

慈禧不满道:“如何拿回来？另外颁旨，宣布赫德任命作废？”沈桂芬道:“洋人重契约，单方面毁约，失信于人，道理上讲不过去，万一激怒赫德，以大清践约为由，无理取闹，甚至挑唆英国海军进攻津京，惹出大麻烦，更加恼火。”

听沈桂芬这么一说，奕䜣越发紧张，两宫也苦着脸，无计可施。沈桂芬又道:“是不是听听李鸿章想法？是他牵头联奏，请求朝廷收回成命，也许他有良策。”

慈禧阴沉的脸才开朗了点，说:“李鸿章与沈葆桢该还没将南北水师移交给赫德吧？”奕䜣说:“应该不会。李鸿章既然联合沈刘二人，奏请取消赫德委任，估计还在与赫德周旋，没办移交。”慈禧说:“只要南北洋水师还在自己手上，就把赫德交给李鸿章，让他去对付吧。”

奕䜣连连说好，与沈桂芬出宫，飞函李鸿章，要他摆平赫德。函至天津，李鸿章一瞧，哭笑不得，对薛福成道:“朝廷真有意思，轻信赫德，委以海防司大任，老夫多管闲事，与沈刘联奏，提出异议，他们没收回成命，却要老夫出面摆平赫德。老夫不是赫德他爹，怎么摆得平？难道把赫德绑牢，沉到海底做鱼食？”

薛福成笑道:“赫德不是相国之子，亦非咱中国贱民，谁敢动他一根毫毛？小小翻译马嘉理之死，已闹得朝廷下不得台，赫德名重中外，连英国女皇都高看一筹，真有个三长两短，英军还不借机攻入北京，大捞一把？”李鸿章叹道:“赫德并非等闲之辈，不是谁说动就可动的。可气的是总理衙门，自己干的好事，没法了难，却要我来擦屁股，哪有此种搞法？”

薛福成慢条斯理道:“总理衙门和两宫太后都是明眼人，知道相国自有妙招对付赫德。”李鸿章说:“妙招在哪儿？”薛福成道:“赫德不是多年的海关总税务司么？”李鸿章说:“赫德是海关总税务司没错，可这与海防司有关吗？”薛福成道：“如果相国是赫德，面对海防司和税务司两个要职，是要海防司还是税务司？”李鸿章说：“两个都要。”薛福成道：“先假设熊掌与鱼不可得兼，要么是此，要么是彼，您怎么挑选？”

此话有些意味，李鸿章望着薛福成，道：“你意思是，熊掌与鱼都搁到赫德面前，让他看着办？”薛福成说：“总理衙门玩太极，将难题交与相国，相国再扔给赫德，赫德怎么破题，就看他自己的。”李鸿章说：“那么在赫德眼里，海防司与税务司，又哪是熊掌，哪是鱼呢？”薛福成说：“洋人不远万里来华，目的唯有一个，就是真金白银。”李鸿章说：“你是说，在赫德眼里，海防司才是熊掌？”薛福成说：“相国觉得呢？”

李鸿章不觉笑起来，说：“还是庸庵（薛福成）高明。赫德不是承诺用英国方法训练大清海军么？咱这就发函，要总理衙门制订海防职责，明确海防司须驻扎海滨水师基地，专心专意训练水师，不可稍有懈怠。”

这回总理衙门变得聪明起来，看到李鸿章信函，马上拟好海防职责，盖上大印，发往天津。赫德朝思暮想，就盼接手海防，早已等不及，一次次往北洋衙署跑，催李鸿章速办移交。直到赫德跑得两腿发软，渐渐失去耐心，李鸿章才拿出海防职责，递给赫德，说：“总理衙门刚发过来的，托老夫转交给赫司赫大人，请你遵照执行。”

赫德接住一瞧，嘴角往下直弯，不满道：“怎么又冒出个海防职责？总理衙门什么意思嘛？”李鸿章说：“意思不难理解，训练水师，非一朝一夕之功，海防司总得花些时间和精力吧？赫司若做得到的话，咱就办理水师移交。”

赫德拉长脸道：“总理衙门莫非要我长驻海滨，专司海防，放弃海关总税务司？”李鸿章说：“放不放弃总税务司，是赫司你的事，与他人无关，你自己看着办好啦。”赫德说：“咱天天守在海边，还怎么打理税务？行吧行吧，我先想想吧。”

想了两天，赫德乖乖回了北京，走进总理衙门，将海防司任命还给奕䜣。奕䜣肚里暗暗喜乐，嘴上明知故问道：“赫司这是干啥？不给大清训练水师啦？”赫德没好气道：“你要我天天待在海边训练水师，谁替我管理海关税务？”奕䜣说：“这好办，咱另委他人就是。”赫德说：“算了吧，大清水师不是说训练就训练得好的，咱还是留在海关总税务司，继续干我干了十多年的老本行，轻车熟路，省心省力。”

“既然如此，朝廷也不好为难赫司，只能另选高明。”奕䜣故作遗憾，送走赫德，转背叫上沈桂芬，欢欢喜喜，进宫去见慈禧。慈禧长舒口气，道：“要说对付洋人哪，还得依靠李鸿章，只有他手段高妙。赫德已被摆平，又让谁出任海防司呢？”沈桂芬建议道：“如今西北战事正酣，朝廷无力大办海防，还不如先缓一缓，待日后新疆平定，再成立专门的海军衙门，集中人力财力，打造新式海军，牢固海防。”

慈禧倒也认可，不再论及海防司。又说些其他话题，才像忽然想起什么似的，问道：“记得李鸿章数次上折，嚷嚷着要开矿采煤，你们想法如何？”

李鸿章摆平赫德，朝廷自然得回报他。如何回报才好？他已位极人臣，做到阁揆之首的文华殿大学士，再往上便是侯王。侯王不是想封就可封的，只能另外给予补偿。补金偿银非李鸿章所愿，慈禧知道他就想做事，只要给他做事机会，就是对他最好的补偿。

奕䜣最懂慈禧，也了解她风格，不是有意要办之事，轻易不会主动开口发问。于是附和道：“兴制造，办军备，样样离不开煤铁，李鸿章想干就干吧，换作别人，举着刀子逼迫，还逼不动呢。”慈禧说：“那就复旨李鸿章，放手让他折腾去。”

旨发天津，李鸿章手握上方宝剑，也就底气更足，发动各大干将，干得更欢。不想动作太大，动静太响，朝臣们心怀不满，纷纷上折，表示坚决反对，说什么开矿采煤，地动山摇，会遭天遣。三两封折子，慈禧不太当回事，折子一多，便有些扛不住，召问奕䜣怎么办。奕䜣沉吟道：“开矿采煤确系亘古未有之事，要朝臣们没有想法也难。干脆将李鸿章奏折明发部院及各省，让众臣讨论讨论如何？”

慈禧点头同意。李折明发下去，就像戳着马蜂窝，引来更多非议声。有说风水乃国家命脉，开山掘地，破坏风水，人必倒霉，国必遭殃。有说人活一世，行走于地上，只有死去，才入土为安，哪有人没死，就挖穴开洞，直往地底下钻的？有说国破山河在，如今国还在，山河先破，大清臣民情何以堪？更有说李鸿章图谋不轨，丧心病狂，不顾根本，自毁长城，也不想想东边乃大清龙兴之地，于京东开平区域动土，断掉大清龙脉，后患无穷。连开平百里之外的清东陵地宫渗水，也归咎于李鸿章，说不停办煤铁，祖宗不宁，江山不保。

在众多质疑和谩骂声里，最响亮者当属徐桐和翁同龢。徐桐抱住老师倭仁灵牌，大放悲声道：“老师啊老师，自您去后，李鸿章越发肆无忌惮，谁都不放在眼里，谁都拦他不住，大胆搬来洋鬼子那一套，想上天就上天，想入地就入地，搅得国无宁日，民无安时。你若泉下有知，赶快显显灵，叫姓李的瞎眼中风，断手断脚，没法再胡来。”

翁同龢也跪在家先牌位前，痛哭流涕道：“苍天不长眼啊，曾国藩和李鸿章丧尽天良，害死吾父吾兄，不仅没遭报应，还封侯封伯，风光无限。最可恶要数李鸿章，从长毛和捻匪死人堆里爬出来，总督直隶，执掌北洋，名为兴洋务，办外交，实为壮大自己势力，傲视天朝。若吾父吾兄活在世上，直隶和北洋哪轮得到他李鸿章？他靠边去吧！咱不能眼睁睁看着他小人得志，继续猖狂下去，一定发动众臣，阻止他胡作非为，还大清以清平世界。”

徐桐已升至礼部尚书高位，翁同龢也借光绪老师身份做上户部尚书，威镇朝野，权倾一时，两人登高一呼，自然云集响应，热闹非凡。有人甚至奏请朝廷，捉拿李鸿章，按律处斩，枭首示众，以谢天下，以平民愤，以安人心。

可惜李鸿章不是吃素的，几时认过输？自然不甘就此败落，也拿起笔来，一一辩驳，据理力争。不想越辩驳，声讨浪潮掀得越响，一浪高过一浪，排山倒海，訇訇然，汹汹然，完全盖过李鸿章单薄的声音，几乎要将他整个淹没吞噬，永远浮不出水面。

渐渐李鸿章意识到，不是矿不可开，煤不可采，是矿不能由他李鸿章开，煤不能让他李鸿章采，换作别人，也许不会遭致这么多嫉恨和诅咒。再这样辩论下去，只能徒费口水，白白耗掉大好时光和精力，绝对不可能有啥结果。

百般无奈之下，李鸿章悄悄放下手中笔，不再发声。真想调回唐廷枢和盛宣怀，放弃煤铁开采，跟众臣一样，天天喝喝酒，品品茶，练练字，写写诗，多么风雅，何等惬意？李鸿章也是文人出身，棋琴书画，风花雪月，没哪样比别人差，绝对玩得出水平。

可要李鸿章尸位素餐，蹈空务虚，不干实事，又非其所愿。郁闷，焦虑，忧愤，阴霾样笼罩于心间，李鸿章孤独无助，出得签押房，走进署衙后花园，甩着手臂，来回踱步，苦苦寻思如何才能突围出去。踱了一圈又一圈，磨得脚底鸡眼复发，隐隐生疼，依然计无所出。

就在李鸿章灰心丧气之际，周馥出现在后衙里，旁边跟着一个蓝眼洋人。洋人瞧见李鸿章，老远便口喊密司李，绕过周馥，大步奔过来。李鸿章睁眼望去，觉得来人有些面熟，只是一时想不起在哪儿见过。正愣怔间，洋人已走到近前，李鸿章才一拍脑袋，大声道："密司雷是你！"同时伸出双手，牢牢抓住对方。

李鸿章所呼密司雷，名叫雷诺兹，系英国电报商人。早在淮军东征太平军之际，雷诺兹就来到上海，结识钱鼎铭。后金陵光复，曾国藩北上剿捻，李鸿章署理两江总督，雷诺兹由钱鼎铭引荐，拜识李鸿章，提出在上海架线办电报。李鸿章把雷诺兹交给周馥，让他带着去找刚任上海道台的丁日昌。其时电报还是新鲜事物，丁日昌拿不准，回禀李鸿章，请其定夺。李鸿章奏报朝廷，朝廷不理不睬，一直杳无音讯。雷诺兹等得不耐烦，以为天高皇帝远，上海不是北京，擅自在浦东与川沙之间埋起电杆来，一口气埋了两百多根。正要架线，浦东和川沙一带有人得病暴亡，一时谣言四起，说是电杆破坏风水惹的祸，闹得满城风雨。当地百姓一怒之下，将电杆统统拔掉，扛回家做了烧火柴。雷诺兹不服，告到上海道衙。丁日昌以浦东与川沙不属英租界为由，予以回击，雷诺兹没法，只好作罢。

一晃十多年过去，雷诺兹忽又出现于眼前，莫非贼心不死，想来天津办电报不成？不管想干啥，来者便是客，李鸿章将雷诺兹请入后衙雅室，递烟倒茶，又问长，又问短。原来当年上海失手，雷诺兹自认倒霉，夹着尾巴，去了印度，承揽起英印海底电缆铺设工程，一忙就是多年。工程完结，念及在华遭遇，依然心有不甘，掉头又往中国跑。一入国门，听说李鸿章已总督直隶，正大办洋务，便屁颠屁颠北上天津。踏入津门，打听老友钱鼎铭下落，得知两年前已病逝河南巡抚任上，幸还有周馥主办海防支应局，负责水师军饷收放，于是找上门去，请他作陪，上北洋衙署来拜见密司李。

此时的密司李已非当年的密司李，位更隆，权更重，威更高。尤为重要的是，对洋务有了更深认知，意识到电报乃军事与商务利器，大清要想求富图强，非办电报不可。雷诺兹正是通过津沪旧友，摸准李鸿章心态，才来找他，以了中国电报夙愿。

得知雷诺兹来意，李鸿章很高兴，说："欧美诸国已办了二十年电报，电线遍布世界各地，中国再不能拒之门外，甘做聋子。密司雷有啥想法，只管道来，本督一定支持。"

见李鸿章态度诚恳，雷诺兹满心欢喜，说："可在天津城里试布一段电线，见到实用，尝到甜头，再往外延伸。"李鸿章回头问周馥道："你觉得呢？"周馥说："电报是好东西，就如传说里的顺风耳和千里眼，于军务和商业有大用。但在国人眼里，毕竟还是新鲜事，不能操之过急，最好先考虑周全，再动手也不迟。"

欲速则不达。李鸿章深知此理，要雷诺兹在英领事馆休整两天，再给他确切消息。送走雷诺兹，李鸿章让周馥通知薛福成等幕僚，共商电报之事。不是开明有识之士，也不会入幕李府，众僚异口同声，表示电报不仅要办，还应快办，快办快受益。怕只怕煤铁口水仗还没打完，又提电报，众臣反对，议论鼎沸，弄得骑虎难下。

李鸿章忍不住笑道："你们想想看，凡本督经手事物，哪样不是在朝臣反对和声讨中办起来的？没人反对，无人声讨，咱还觉得没劲呢。"

"相国不怕反对，不畏声讨，电报就办得起来。"周馥笑道，"庸庵兄文笔最好，就由你代笔，起草折稿，早奏早复，也好早动手。"李鸿章质疑道："若奏而不复呢？电报不办啦？不行不行，咱来个先斩后奏，把电线拉起来再说。"

先奏后斩，常遭挞伐攻击，先斩后奏，岂不冒天下大不韪，该千刀万剐？众僚以为李鸿章开玩笑，不想他一脸认真，说："先试办一段，万一朝廷追究下来，可拿雷诺兹做挡箭牌，说是英国送给北洋衙署的，反正大清不可能拿英国人开刀。"周馥问道："相国意思，交给雷诺兹来试办？"李鸿章道："不能撒手交给雷诺兹，必须自己掏钱，自办自用，这样更为划算，以免日后发个电报，还得掏腰包，任洋人发大财。不过也不能完全撇开雷诺兹，可雇请他做协办，负责技术和物色电机师。"

这便是李鸿章高明之处，对洋人留一手，有保留地加以利用，却不能受其控制，必要时还可抬出洋人，敷衍朝廷，保护自己。

接下来商量电报线路。考虑天津制造局与北洋衙署联系最密切，众人觉得就在两地之间架线，电报一通，消息互传，省得有事来回跑动。

取得共识后，周馥跑到英领事馆，去见雷诺兹，告知试办电报的原则和办法。雷诺兹稍感遗憾，又觉得能为李鸿章协办电报，比当年上海落败要强，二话不说，请来英国电机师，共助周馥埋电杆，购铜线，很快在北洋衙署与制造局之间架起十六里长的线缆。

将两地线头植入机房后，试发电报，一举成功。当李鸿章高坐北洋衙署签押房，收到制造局自十六里外发来的电报和译文时，不禁喜形于色，连声说好。这是来自中国自办电报线路上第一份电报，自然非同凡响，意义深远。

见李鸿章忘乎所以，只顾高兴，周馥附他耳边道："相国恐怕也该上份折子，奏报实情，别等朝廷追究下来，手忙脚乱，疲于应付。"

"奏折早已拟好，你拿去推敲推敲，看有无不妥之处。"李鸿章莞尔而笑，掏出折稿，递给周馥。周馥一瞧，也不禁笑起来，道："这哪是奏折，明明是中国电报史读本。"

在奏稿里，李鸿章洋洋洒洒写道，四十年前的道光中期，两个英国人：一位退役上尉，一位自然哲学教授，在铁路上弄出一条电报线，警方曾借以缉拿了一名杀人犯。第一次鸦片战争后，美国人发明电码和电报机，拍出第一封电报：上帝创造了何等奇迹。咸同年间，英国将电报线缆从海底铺至印度，再向中国延伸。法英美德俄等二十多个国家趁机在巴黎成立国际电报联盟，签署《国际电报公约》，世界范围的电报网络初步形成。雷诺兹正是此时来到上海，在浦东和川沙间埋了二百二十七根电杆，被国人全部拔掉。丹麦大北电报公司吸取雷诺兹教训，从地面转入海上，铺设香港与厦门间的海底电报线，连接新加坡与槟榔屿。为方便中国人使用电报，法国人威基杰参照《康熙字典》部首排列方法，挑出六千八百个常用字，编出第一部汉字电码本《电报新书》，时值港厦海底电线铺成，香港收到历史上第一份中文电报。就这样，被国人视为奇技淫巧的电报触须一步步伸进中国领地，宛若坚船利炮，毫不留情地刺激着国人脆弱神经。只有李鸿章看中电报非凡价值，一次次上奏朝廷，请求自办电报，都被以不合国情人情地情物情，予以驳回。直到日本侵台事件发生，李鸿章才说服朝廷，委任丁日昌抚闽治台，在福建与台湾之间架设电线，试办电报。架了几十里，又起纷争，被迫停工。恰好雷诺兹出现于天津，李鸿章正为开矿采煤受阻苦闷不已，于是灵机一动，从朝臣咒骂声中抽身而出，盯上电报，拉起第一条中国人自办电报线，发报成功。有初一就有十五，电报用处明摆在此，又有自办电报做榜样，相信朝廷总会松口开禁。李鸿章早有设想，先架设天津至大沽各炮台电报线，遇有海警，电报传输，瞬息可至；尔后以天津为枢纽，南达上海，连接欧美诸国，西至京师，沟通军机处和总理衙门。如此一来，各地有情况，外国有消息，朝廷及时获知，尽快做出合理决断，不至于贻误时机，陷入被动。

不过李鸿章心里清楚不过，现在说开禁，为时尚早，大波大折还在后头。果然奏折送达北京，总理衙门拿不准，呈报两宫太后，两宫太后又令明发部院及各地督抚，交大家讨论。见李鸿章大谈电报好处，且未经奏请，便自作主张，拉了十六里长的电报线，发起电报来，大臣们又惊恐，又愤怒，捶胸顿足，大悲大号，仿佛大难临头，末日将至。一封封劾折递入宫中，大骂李鸿章目无君国，蔑视朝廷，不惜出卖国家主权，与洋人狼狈为奸，竖电杆，拉电线，破坏大清风水和地脉，该挨千刀，夷九族。强烈请求出兵天津，捉拿李鸿章，驱赶雷诺兹，再拔去电杆，拆毁电线，淋上狗血和粪水，纵火焚烧干净，否则不足以消除妖气，还我大清朗朗乾坤。朝野认定，与中国人吸鸦片上瘾一个道理，洋人嗜吸阴阳人鬼气息，来中国掏地孔，埋电杆，正好一头吸吮地下阴气和死人阴魂，一头吸纳地上阳气和活人魂魄，再顺着线缆，传往英法美诸国，供洋人吸食享用。

这正是李鸿章需要的效果，一边安排薛福成等幕僚代拟奏稿，驳斥群臣，吸引各方目光，一边趁着热闹，嘱令唐廷枢和盛宣怀，加大开矿采煤力度。开平矿务局正式成立，大量招聘矿工，扩大开采规模，出矿产煤量猛增。又命洋行买办广东香山人郑观应，筹办上海机器织布局，招股集资，订购轧花、纺纱、织布等机器设备，装机投产，开创中国机器织布先河。

直到此时，众僚才明白过来，李鸿章奏办电报，不过虚晃一枪，目的是转移朝廷上下注意力，为开矿采煤和筹办机器，排除干扰，赢得宝贵空间。亏李鸿章想得出这种手段，借风吹火，声东击西，杀出血路，谋求拓展，可谓处心积虑。众僚一个个佩服得五体投地，心悦诚服。李鸿章却无奈道："这是没办法的办法，实属迫不得已。不难想象，哪天不必窝里斗，君臣齐心，上下戮力，放开手脚大干，可办好多实事！"

众人点头说是，跟着叹息一回。薛福成道："煤铁已开采出来，正派上大用场，机器织布也卓见成效，即使众臣再怎么反对，料想也难动摇两宫与总理衙门信心。令人担忧的是，电报也属非办不可之事，国人不办，洋人会办，今天不办，明天得办，群臣却久存偏见，恨之入骨，死死咬住不放，不知相国有无破局良策？”李鸿章道：“良策也不多，无非又将群臣目光吸引到其他事物上去。”众僚齐声问道：“其他什么事物？”

没待李鸿章开口，周馥推门进来，笑道：“相国看看谁来啦？”众人抬头，只见唐廷枢出现在门口。李鸿章嚯的一声站起身，上前抓住唐廷枢双手，上上下下，一番打量，嘴里连连道：“看景星（唐廷枢）又黑又瘦又憔悴，就知开矿采煤不容易。辛苦啦，辛苦啦！来来来，先坐下，喘口气，再慢慢说话。”

唐廷枢跟各位打过招呼，挨李鸿章坐下。李鸿章接过衙役呈上的热茶，递到唐廷枢手上。唐廷枢咕噜咕噜喝干杯里茶水，又接过李鸿章亲自削好的梨子，张嘴咬上一大口，开始禀告矿煤开采情况。开平煤矿使用先进机器，洋人技师技术又好，所雇矿工卖力肯干，开采效率自然高。煤质也不错，不比洋煤差。自办煤矿，自采自用，煤质优良，前景乐观。李鸿章频频点头，笑望唐廷枢道：“制造机器，启动轮船，不可片刻没有煤炭。换言之，能开采出优质煤炭，制造和机器开动就有动力来源，求富图强就有可靠保证。若多些景星这样愿吃苦肯实干的能人，把实业扎扎实实办起来，办出规模，办出效益，大清何愁甩不掉贫弱落后帽子，尽快赶上西洋，与诸强国一决高下？”

见李鸿章如此推崇唐廷枢，在座众人又嫉妒，又羡慕，出口恭维，说他挺身而出，开矿采煤，开创中国亘古未有之伟业，卓有成效，实属大清大功臣。唐廷枢说：“不是相国大力栽培，委以重任，又巧施手段，排除众臣干扰，为开矿采煤创造良好条件，廷枢又能成何事？要说大功臣，相国才称得上大功臣。”

“谁是大功臣，一点不重要，重要的是干成大事，富国强军，振兴大清。景星百忙中下山入津，想必不是来讨论归功于谁，估计有要事相商吧？”李鸿章笑笑道，“做实业，谋实务，不是耍花拳，玩绣腿，容不得弄虚作假，得落到实处，见出实效。应老夫所请，景星毅然离沪北上，开矿采煤，景星的事就是老夫的事，有何难处，只管道来，咱们一起想办法解决。为大清办事不易，总是阻力重重，可咱已铁了心，只要一息尚存，决不退缩，该呼吁呼吁，该奔走奔走，该出力出力，一定支持景星，把煤矿办下去，采出大量优质煤炭。”

说得唐廷枢感动不已，说：“大清风气未开，无论朝臣，还是民众，一个个脑袋僵化，不易接受新事，开矿采煤所遇困难，却非常人所能想象。不过有相国做坚强后盾，吃再多的苦，遭再多的罪，廷枢亦在所不惜，定当咬紧牙根，弓起腰背，度过难关，把开平煤矿办好。入津拜见相国，有两件事要禀呈，一是煤矿开采规模在不断扩展，资金需求相应增大，廷枢准备南下苏沪，增筹股本，确保运转；二是机器开采，产煤量大，靠人畜运输，无能为力，还需相国奏请朝廷，恩准修筑运煤铁路，解决煤炭运输困难。”

运力即国力，无事商货往来，有事用兵运粮，都离不开交通。泰西诸国，幅员狭窄，已然铁路纵横，一日千里，中国面积广阔，没几条像样铁路，怎么行得通？李鸿章早有修筑铁路设想，若能借煤炭运输需要，试办铁路，先积累经验，日后再渐渐推行开去，又何乐而不为？只是如何争取朝廷支持，力排众议，还得费一番心机，仓促之间断难成事。

就在李鸿章沉吟之际，唐廷枢又道：“数天前挚甫（吴汝纶）北上替相国办差，在开平短暂逗留，廷枢请他参观煤矿，他见人畜运煤，颇为吃力，远远满足不了运输需求，提议修筑铁路，运煤出山。挚甫乃当今大才子，文笔了得，廷枢托其代拟奏折，交相国呈送朝廷，他满口答应，说回衙后尽快成稿。廷枢入衙，还想见见挚甫，看奏稿拟得如何。”

吴汝纶正在给李家子侄授课，李鸿章命衙役去环水楼里叫人。不大一会儿，吴汝纶出现在门口，见过唐廷枢，献上奏稿。唐廷枢粗粗一读，觉得不错，转呈李鸿章。李鸿章游览一遍，不觉连连叫绝：“真是好稿，两宫阅视，定会为之所动，恩准景星速办铁路。”

奏稿已成，唐廷枢放下心来，出衙离津，回了苏沪。李鸿章专门抽空，审定奏稿，取名为《筹造铁路以图自强折》。准备钦印装封，又犹豫起来，不免嘀咕道：“大清之事，即使非办不可，只要由老夫出面奏请，朝廷便会瞻前顾后，久拖不决，以为我有不可告人之目的。还不如另择大员具名，适时进呈，效果或许会更好。”

李鸿章独坐签押房，正愁找不到合适呈折人选，门房来报，说刘铭传到了衙署门外。李鸿章眼前一亮，出衙迎住刘铭传，笑道：“省三（刘铭传）来得正好，老夫已等你多时。”

刘铭传上前施过礼，随李鸿章来到后衙书房。将帅落座，家仆献上烟茶果品，李鸿章朗声道：“省三收到军机处调令啦？”刘铭传道：“相国比末将更清楚，左宗棠入疆后，就曾奏请皇上，愿分兵末将，西上助征，被末将找借口推掉。后楚军光复北疆，朝中收取伊犁声浪高涨，谕令左宗棠趁势进攻伊犁。左宗棠心中有数，驻伊俄军不比阿古柏乌合之众，不敢轻举妄动，再次奏请朝廷，调末将出山，亲率淮军西进，以合围伊犁，驱赶俄军。朝命如山，铭传不得不离开老家，北上入津，拜见相国，讨您老真言，再入京面圣。”

别看阿古柏横行新疆，动静闹得大，其实不过草莽英雄一个，左宗棠知道不难对付，才力主西征，以建盖世奇功。果然七万楚军出关后，几仗下来，阿古柏便被打得落花流水，夹着尾巴，翻越天山，逃往南疆。捷报传到北京，群情激昂，众臣纷纷奏请两宫，旨令左宗棠乘胜收取伊犁，将俄国红胡子兵赶出新疆。两宫让军机处拿主意，奕䜣与沈桂芬觉得俄军不是阿军，楚军可胜阿军，与俄军开战却毫无胜算。何况俄国有言在先，不过代清廷暂管伊犁，待新疆全境光复，再还伊犁于大清。也就是说伊犁有望通过和平手段要回，没必要与俄国闹翻，以强邻为敌，制造更大麻烦。可众臣不可理喻，说有七万得胜楚军，别说收复伊犁，就是征服俄罗斯甚至英法强国，都不在话下。这种不知天高地厚的混账话，两宫岂敢当真？又不愿捂住众臣嘴巴，逼他们把话吞回去，转而征求李鸿章意见。李鸿章不想过问西北战事，故意装痴，缄口不声。两宫迫于无奈，谕令左宗棠，要他便宜行事，征不征讨伊犁，他自己看着办。左宗棠不愿一世英名毁在伊犁城下，又担心朝臣骂自己只会打内战，不敢碰洋人，故意奏调刘铭传率军西进，待楚军收复南疆后，再配合淮军，共围伊犁，取胜功归楚军，战败过在淮军。其实调淮军不过是个幌子，李鸿章不是颟顸朝臣，深知俄国得罪不起，断然不会让刘铭传领军西进。只要淮军按兵不动，楚军就有充足理由放弃伊犁，全力进攻南疆。

左宗棠实在狡猾，两宫要他便宜行事，他飞起一脚，把皮球踢到你李鸿章怀里，自己躲到一边，冷着两眼，观看热闹。李鸿章别无他法，只有坐等刘铭传到来，再联手化解困局。刘铭传出现于天津，李鸿章也已想好对策，笑问道："省三此番北上，是应召还是拒旨？"刘铭传沉思道："左宗棠一贯好大喜功，若俄军好对付，伊犁轻易可得，又岂肯让功于人，煞费苦心奏调淮军？记得当年淮军平定苏南，朝廷三番五次催促相国北上助攻金陵，相国不愿与曾氏兄弟争功，调兵南攻湖州，左宗棠担心嘴边肥肉被夺走，恼羞成怒，气急败坏，从此恨死相国。如今楚军收复北疆，伊犁触手可及，左宗棠见功不取，反而奏调淮军西征，其居心何在，不一目了然么？咱自然不能轻易上当。"

这就是刘铭传，与一般武将不同，粗中有细，智勇兼备。李鸿章笑道："省三说到了老夫心里，淮军断不能往左宗棠布下的套子里跳，轻率西进。"刘铭传说："只是皇上三令五申，命我出征，抗旨不从，该当何罪？当年大裁军，淮军有所保留，撤半存半，意在应不时之需，眼下正是用兵之际，末将缩着脑袋，退避三舍，激怒圣上，又如何是好？"

李鸿章笑道："你我身为朝臣，不激怒圣上，还去激怒谁？圣上就是用来激怒的嘛。想老夫事君大半辈子，领旨无数，抗旨亦属家常便饭，该从则从，该抗则抗。不然圣命一下，无论好歹，只管照旨执行，一旦坏了大事，过在自己，罪有应得，倒也无所谓，贻害国家，影响大清求富图强，落后挨打，则属莫大失职，良心不安哪。"

闻听此言，刘铭传就知李鸿章已有高招，暗暗松下一口气，笑问道："相国有何指令，只管下达，末将洗耳恭听。"李鸿章没下达指令，却无头无脑问道："征发剿捻，省三冲锋在前，体无完肤，不知伤好得如何？"刘铭传说："承蒙相国关爱，末将回乡疗养多年，身上创伤已愈合得差不多。"李鸿章说："这就好。没个好身体，如何报效君国！听说过英籍西医马根济吧？自给我老师和倭仁诊过病后，马根济名声大振，在津开起西医诊所，每日门庭若市，求诊者络绎不绝。我家内人有啥病症，中医久治不愈，转请马根济看西医，每每药到病除。省三既已至津，就多待些时日，老夫请马根济给你疗疗创伤，以免日后复发难受。"

老上司关爱，有意延请西医，给你疗伤，刘铭传自没话说。李鸿章嘱咐家仆，腾出后衙上房，安顿好刘铭传，再着人去请马根济。看在老朋友份上，马根济撂下其他病人，带着助手，赶往北洋署衙，掀开刘铭传衣服，亲自验看伤痛。刘铭传身经百战，从头到脚，没几处完好皮肉，说伤痕累累，一点都不夸张。只是过去多年，创口已然愈合，仅数处枪弹碎片嵌得过深，取不干净，偶遇天气变化，发作生疼，苦不堪言。马根济便掏出手术刀，重开创口，清渣洗污，刮骨疗伤。尔后绑上石膏，缠紧纱布，再打针消炎，让刘铭传慢慢康复。

做上两个疗程，伤痛好得差不多，马根济准备给病人取石膏，拆纱布，李鸿章赶忙制止，说还没到时候。马根济不解道："给密司刘疗伤的是我马根济，还是你李相国？"李鸿章笑道："当然是你马大夫，没人埋没你的功劳。"马根济道："那我要给病人做处理，你凭啥说没到时候？"李鸿章说："密司刘得赴京面圣，动作太慢，圣上降罪下来，担当不起。反正石膏迟取早取，纱布迟拆早拆，无伤大雅，待密司刘见过圣上，回津后再说吧。"

马根济拗不过李鸿章，征询刘铭传意见。刘铭传说："铭传是病人，应该听医生的。可铭传还是相国部属，自然也得听相国的。"马根济道："那你到底听谁的？总不可能既听我的，取掉石膏，拆除纱布，又听相国的，仍绑着石膏，缠着纱布吧？"刘铭传道："铭传先听相国的，留着石膏和纱布，入京见过皇上，再听医生的，取下石膏，拆去纱布。"

大概从医以来，还没见过如此奇怪的病人，马根济大惑不解，晃着脑袋，告辞而出。隔日李鸿章安排好轿子，亲自扶刘铭传入轿，说："到得朝堂上，只管如实禀告，说是我请西医给你疗的伤。"刘铭传担心："两宫圣明，不会见怪吧？"

"浑身是伤，不好熨帖，又怎么带兵打仗？你放心，两宫不会见怪的。"李鸿章莞尔一笑，掏出一份奏稿，"此乃吴汝纶代拟《筹造铁路以图自强折》，你署上自己名字，面圣时顺便呈给皇上。"刘铭传说："末将一介武夫，置喙洋务，是不是狗咬耗子，多管闲事？"李鸿章说："修筑铁路，方便交通，怎能说是闲事？你带伤回乡疗养，处江河之远，仍心忧天下，不忘大清自强，两宫自然感激，朝臣也会刮目相看。"

刘铭传高高兴兴接过奏稿，揖别李鸿章，由亲兵护卫，摇摇晃晃，面西而行。抵京入住贤良寺，自有军机处派人接洽，引领进宫。来到养心殿，众位王公大臣已位列两旁，见刘铭传头脸为纱布所缠，左腿右臂打着石膏，不觉眉头紧蹙，暗自嘀咕，这么个样子，如何领兵去打伊犁城里的红胡子？难道大清人已死光，再派不出像样武将？

刘铭传感觉得出众臣异样目光，艰难地趴到地上，跪不像跪，拜不像拜，别别扭扭，行使大礼。两宫透过帘子，瞧见刘铭传那怪模怪样，觉得滑稽可笑，格外开恩，赐坐矮几说话。刘铭传高声谢恩，却不肯坐，歪歪斜斜地站在地上。两宫也不勉强，问征发剿捻结束多年，为何伤痛还没痊愈。刘铭传说："伤痛早已结痂，只是还有几处弹片铁屑嵌得太深，取不出来，留在体内，时有发作，痛苦难忍。承蒙皇上胜任，旨令西征，李鸿章担心微臣伤痛于身，不方便行军作战，耽误军国大事，特请洋医重开创口，刮骨疗伤，好让我轻松出阵。"

慈禧几分感动，说："你身上伤几时能好熨帖？"刘铭传说："好熨帖还得假以时日，然西北战事正急，容不得微臣慢慢养伤，微臣可带伤领军出征，太后只管放心。"

慈禧转问其他大臣，众人都说刘铭传伤口未合，如何带得了兵，打得了仗？还是另选将领为妥。刘铭传偏要力争，说从军以来，带伤出阵，纯属家常便饭，没啥可稀奇的。还故意逞能，又是扬手踢腿，又是昂首挺胸，直痛得龇牙咧嘴，额角冷汗直流。

慈禧看在眼里，心想不是李鸿章耍鬼，叫刘铭传上殿演戏吧？毕竟李鸿章心明眼亮，知道不可与俄开畔，又不便插手西战，与朝臣争执，才故意让刘铭传打上石膏，绑了纱布，做样子给咱们瞧，以免去率军远征之苦，也省得劳民伤财，留些银子办洋务，兴海防。还是李鸿章手段多，对付洋人一套一套的，糊弄朝臣也有办法。

想到这里，慈禧暗暗舒口气，发话道："刘铭传忠心可鉴，难能可贵。然你满身纱布石膏，派你出征，皇上于心不忍不说，俄国人见着，以为大清无人，你已这个样子，还要冲锋陷阵。还是另选能将，择时出征，刘铭传依然回老家，继续养你的伤去吧。"

刘铭传还要说什么，大臣们实在看不过去，指责道："刘铭传你也太狂妄了点，以为咱堂堂大清，就你姓刘的能上阵打仗，其他人都是酒囊饭袋，是不是？闭上你的臭嘴吧，没有你刘铭传，左宗棠照样可消灭红胡子，收复全疆。"

刘铭传这才低头认乖，不再妄言西征。却不肯退堂，从身上掏出《筹造铁路以图自强折》，请两宫阅览。大太监李莲英瞧瞧帘后两宫，上前接过折稿，清清嗓眼，高声念起来。没念上几行，朝堂上便骂声四起，如开锅的沸水，一片哗然，将李莲英声音盖过去。

李鸿章 肆

造时势，擘画中兴

肖仁福 著

贵州出版集团
贵州人民出版社

目录

肆

一、挟洋自重，窥窃神器

左宗棠出关后，屡败草莽英雄阿古柏，顺利收复北疆。朝臣欢天喜地，纷纷奏请左宗棠乘胜进攻伊犁，赶走俄国驻军。左宗棠一贯好大喜功，伊犁可得，何用朝臣多嘴多舌？无奈俄军决非阿军，左宗棠不愿七老八十，弃尸塞外，却又不甘背畏敌恶名，于是心生一计，奏调刘铭传率淮军西进，合击伊犁，取胜功在自己，失败可诿过于淮军。

刘铭传不傻，岂肯往左宗棠布下的套里钻？只因不敢抗旨，不得不离开合肥，来天津向李鸿章问计。李鸿章答非所问，关心起刘铭传身上枪伤来，再把他交给西医，划开数处已结痂的创口，取出弹头和金属残片，刮骨疗伤，消毒包扎。当刘铭传臂缠纱布，腿绷石膏，出现在朝堂上时，慈禧太后不便逼其西征，暂时打消武力征讨伊犁俄军念头。刘铭传磕完头，谢过恩，却没立即退堂，竟呈上《筹造铁路以图自强折》，仿佛丢下颗炸弹，震得朝堂都快倒塌，君臣个个大惊失色。

事情还得从瓦特蒸汽机说起。此洋玩意发明后，经不断改造，渐渐运用到采矿、冶炼、纺织、机器制造等行业，生产能力大幅提高。继而作为推进动力，装上舰船，畅行全球，开创海洋时代。受此启发，英国人又设计出高压蒸汽机，安到大型车体上，用以推动轨道机车，火车雏形出现。至道光初年的1829年，英国“火箭”号蒸汽机车问世，可拖带装载三十人的车厢，时速高达四十六公里，英美德俄等国开始修建铁路，用来跑火车。二十年后的道光末年（1850），世界上已有十九个国家建成铁路，运营赢利。

洋人驾驶轮船撞开大清国门后，忘不了在本国享受过的火车便利，跃跃欲试，要把铁路铺到中国土地上。同治四年（1865），英商看中北京永定门外平地，筑成一条一里多长的小铁路，用一台机车拖着三节车厢，来回行驶，以吊中国人胃口。谁知国人诧所未闻，骇为妖物，举国若狂，几至大变，经步军统领衙门饬令拆卸，才止息风波。英国人不甘心，十年后又在上海建成吴淞铁路。这已不是小铁路，长达十四里，每日往返六趟，沪民扶老携幼，蜂拥而至，登车搭乘，两月内载客量达一万六千多人次。火车两旁素本冷寂，一时间竟车水马龙，人流如织，成为热闹非凡的街市。也是热闹得过了头，有人被挤下铁轨，死于飞驰而过的火车轮下。消息传入京师，朝臣惊恐万状，视火车为灾星，上折痛斥，迫使朝廷严令苏沪督抚，花二十八万两银子买下铁路，三五下拆毁，弃置不用。

事发于不久前的滇案纠纷期间，朝臣们记忆犹新。谁知惊魂未定，刘铭传又在李鸿章授意下，趁入宫请训，呈上《筹造铁路以图自强折》，力言时局日艰，非速开铁路，万不能自强。折稿宣称，铁路之利于漕务、赈务、商务、矿务以及厘捐、行旅者，不可殚述，而于用兵一道，尤为急不可缓之图，声言可至呼吸灵通，声势联络，裁兵节饷，并成劲旅。转运枪炮军火，朝发夕至，十八省合为一气，一兵足抵数兵之用，以至兵权饷权尽在朝廷，不为疆臣所牵制。折稿还提出修筑四条铁路的设想，南边两条：一条由江苏清江经山东抵京，一条由湖北汉口经河南抵京；北边两条：一条自京往东至奉天，一条自京往西至甘肃。铁路工程浩大，需大投入，可借洋债，日后以铁路运营收入归还。

此折一呈，满堂惊骇，群臣共愤。刘铭传出宫离京后，声讨仍不绝于耳。这个说铁路穿州过府，所经之处，民间坟茔、田庐、桥梁势必损坏，虚糜帑项，赔累无穷。那个说大清官道畅达，再修铁路，两者并行，拥挤磕碰，伤人坏屋，易启争端。还有说建铁路需采购外国器材，势必导致白银大量外流，掏空国库，且火车运费高昂，加入货价，抬升物价，定然扰乱社会秩序。另有说丝茶为中国主要出口商品，铁路运输，必增加出口，降低价格，伤害商民。更有甚者，说铁路会惊动龙王之宫、河伯之宅，搅得山川之神不安，必召旱潦之灾。

若是以往，奏事受到朝臣反对阻挠，李鸿章会生气来火，甚至大发雷霆。此次不仅不气不火，还暗自乐呵。考虑周馥已新署永定河道，另召盛宣怀入津，抓紧架设天津至大沽电报线缆。湖北煤矿已初见成效，盛宣怀正好腾出身手，转办电报。津沽六十公里电线架成，李鸿章又命盛宣怀趁热打铁，筹办天津至上海电报专用线。

朝臣这才意识到又上了李鸿章大当，这家伙让刘铭传呈递筹造铁路折子，是要引开众人视线，以便在沿海大办电报。于是撇开铁路，转而攻击电报。李鸿章故伎重演，抛出《妥议铁路事宜折》，大声疾呼：士大夫见外侮日迫，颇有发愤自强之议，然欲自强必先理财，而议者辄指为言利。欲自强必图振作，而议者辄为喜事。至稍涉洋务，则更有鄙夷不屑之见横亘胸中。不知外患如此甚多，时艰如此甚棘，断非空谈所能有济。我朝处数千年未有之奇局，自应建数千年未有之奇业。若事事必拘成法，恐日即于危弱而终无以自强。臣于铁路一事，深知其利国利民，可大可久。假令朝廷决计创办，天下之人见闻习熟，自不至有疑虑矣！

在朝臣看来，李鸿章所言，简直是胡说八道，又唾沫四溅，声讨起铁路来。这次嗓门最响的，是从德国回来的刘锡鸿。刘锡鸿与郭嵩焘在英国对掐时，李鸿章曾出面为郭嵩焘辩诬，刘锡鸿怀恨在心，只想报仇雪恨。踏入国门不久，便踩住李鸿章尾巴，自然不肯放过，赶紧上折说：铁路修通，将造成数万脚夫失业，沦为乱民，且中国险要尽失，一旦有变，洋人风驰电掣，朝夕可至。一句话，李鸿章热衷洋务，似为外国谋，非为我朝谋。

趁着众臣注意力再度被铁路吸引过去，李鸿章成立电报总局，委任盛宣怀为总办，加速津沪电报建设。还游说军机处，欲将电报线布至北京，以为军用。

李鸿章与盛宣怀大办电报之际，唐廷枢在上海筹得大量股本，开平煤矿一时资金雄厚，生产规模扩大，出煤量倍增，形势一片大好。随着产量不断提高，加大运力成为当务之急，唐廷枢下山来见李鸿章，问道：“《筹造铁路以图自强折》句句在理，莫非毫无效用？”李鸿章叹道：“自刘铭传呈上折子那刻起，朝臣就叽叽喳喳开始吵闹，吵得天昏地暗，也没吵出任何结果。”唐廷枢说：“不让修铁路，出井的煤运不出来，又如何是好？”李鸿章想想说：“先修条运煤河，将就一下，待朝臣吵闹声小下去，咱再设法修运煤铁路也不迟。”

唐廷枢也知道，大清事情，尤其是利国利民的好事，不是想办就办得成的，只有先组织人力，开挖运煤河。自芦台至胥各庄，一条三十五公里的运煤河很快挖成，运煤困难多少得到些缓解。可胥各庄往北，地势越来越高，再没法开凿，只能停工。唐廷枢又找李鸿章，重提运煤铁路之请。李鸿章颇感为难，可考虑煤炭运不出来，大清机器开不动，轮船跑不成，自强无以实现，又抓耳挠腮，琢磨怎么与朝臣过招。

没等李鸿章寻得良策，朝臣们闻知唐廷枢挖出条运煤河，又口诛笔伐，开始狂轰滥炸。刘锡鸿甚至借题发挥，多次上折说李鸿章跋扈不臣，俨然帝制。证据是外国报纸曾称，李相优待洋人，自视若为中国之王。可见李鸿章开煤矿，办电报，修铁路，用心何其险恶，用八个字足可概括：挟洋自重，窥窃神器。

八个字的意思很明白，就是李鸿章想做皇帝。真是纸笔杀人不用刀。刘锡鸿回国后被贬为光禄寺少卿，人微言轻，胆敢挑战位高权重的相国大人，欲置之于死地，背后定有推手使劲。果然刘锡鸿头阵一打，朝野一片杀声，恨不得立毙李鸿章。李鸿章心惊肉跳，若两宫和皇上也认定自己是乱臣贼子，岂不真得掉脑袋，夷九族？枪打出头鸟，自己有位有威又有为，谁不眼红嫉妒？再这样下去，迟早会死在朝臣舌刀之下，干脆卷上铺盖，回合肥养老去。

当夜提笔书写辞呈，痛心疾首道：处今时势，外须和戎，内须变法，唯君臣一心，顺势而为，变法图强，才有出路。纵观日本诸国，一变再变，蒸蒸日上，独中土以守法为兢兢，互相牵掣，一事无成，即败亡灭绝而不悔。臣本无学术，又乏才能，唯此报国之孤忠，始终未敢稍懈，故不忍乞一日之假，偷一息之安。无奈身处风口浪尖，责任过巨，政务过繁，精神疏漏之处，偶不及检，辄丛咎谤。最为刘锡鸿之流所不容，横生蜚语，被以恶名，若依此言，必生无颜滥厕于朝班，死亦未能塞责于地下。臣积受劳伤，衰病交侵，精力日惫，断难担重任，与其为朝臣唾沫淹杀，还不如回乡息养，看守祖坟，以求善终。

辞呈书就，沉吟半晌，天已大亮。李鸿章叹惋一声，步出书房，往签押房走去。刚将辞呈装入封套，薛福成入内问事，李鸿章顺手递给他，道：“速速交邮发往京都，待两宫批复下来，老夫即打道回乡。”薛福成疑惑道：“相国回乡干吗？”李鸿章说：“回乡养老呗。”薛福成问：“回乡养什么老？”李鸿章道：“你别管老夫养什么老，只管把函件发走就是。”

薛福成诺诺而退。回到办事房，着人传唤官邮之际，见封套未封死，抽出内函，瞧了几眼。竟然是辞呈，薛福成不觉猛吃一惊。想起昔日入幕曾府多年，还没熬够资历，曾侯驾鹤西去，只好转投李府，重新起步，从头再来。幸得李鸿章器重，正盼他保举，谋个实职，一展平生抱负，谁知他老人家准备告老还乡，咱岂不白白侍奉他这几年？

正在惋叹，外面脚步声响起，官邮到了门外。薛福成叠好辞呈，装入封套，递向官邮。旋又缩回手臂，对官邮道：“函件似有不够妥当之处，得查验一遍，予以更正，以免出错误事。你先回吧，到时咱再传你。”

官邮走后，薛福成携函出了北洋衙署，跳上马背，朝电报总局飞奔而去。正好盛宣怀在局里，见薛福成匆匆而至，忙迎入内室，道：“庸庵（薛福成）兄何为而来？看把您急的。”

薛福成也不多言，掏出李鸿章辞呈，递向盛宣怀。盛宣怀接住，没读两行，便紧锁眉头道：“相国经过几多大风大浪，莫非刘锡鸿几道诬折，就惹得他老人家气急败坏，非要告老还乡？”薛福成道：“刘锡鸿并非单枪匹马，后面定然有股强大势力，相国急流勇退，也不是没有道理。”盛宣怀说：“相国急流勇退，咱们怎么办？津沪电报线刚拉到一半，相国一走，来个榆木脑袋执掌直隶和北洋，咱岂不前功尽弃？”

薛福成怂恿道：“可不是，人存政举，人亡政息，自古而然。杏荪（盛宣怀）兄要想继续电报大业，恐怕得出一马，劝相国别递交辞职，万一两宫一时糊涂，点头恩准，岂不麻烦？”

盛宣怀深以为然，出门上马，直奔北洋衙署。走进签押房，见李鸿章脸色铁青，情绪极差，赔着小心道：“相国真准备告老还乡？”李鸿章没好气道：“现时不告老还乡，他日身首异处，想还乡都找不到归路。”盛宣怀说：“相国告老还乡，大清求富图强大业，岂不泡汤？”李鸿章说：“老夫老命难保，还管得了他大清小清？”

盛宣怀无言以对，悻然出门，晃着脑袋，对候在外面的薛福成道：“看得出，相国此次已铁了心要拍屁股走人，恐怕谁也拦他不住。”薛福成道：“可否请唐廷枢下山一趟？唐廷枢总办招商局得力，开矿采煤也卓有成效，格外受相国器重，他若露个面，相国也许会改变主意。”盛宣怀说：

“相国去意已定，只怕唐廷枢也无能为力。”

“还是请唐廷枢下山试试吧。”薛福成别无他法，疾书急函一件，交快马飞送开平。

人生在世，能办成一件半件像样事情，已属非同小可，唐廷枢离开洋行后，先接管招商局，继筹办开平煤矿，俨然大清商务巨子和矿业大佬，当世何人能比？而这一切，全靠李鸿章提携玉成，说没有李鸿章，就没有唐廷枢，一点也不夸张。正因如此，当快马送上薛福成急函，唐廷枢粗粗一阅，便迫不及待飞奔下山，进津入衙，拜见李鸿章。

李鸿章依然没好脸色，一见唐廷枢，便不耐烦道：“你下山干啥，不想开矿采煤啦？”唐廷枢说：“没有相国，还怎么开矿采煤？”李鸿章说：“相国还没死吧，怎么叫没有相国？”唐廷枢说：“相国就要告老还乡，没人扶持支撑，咱还开得了啥矿，采得了啥煤？也只好乖乖回乡抱孙子去。”李鸿章冷冷道：“这是你自己的事，老夫可管不了。”

唐廷枢有些不甘，道：“难道一个小小刘锡鸿，疯狗样狺狺几声，相国就怕了他，甘拜下风？”李鸿章说：“你知道个啥？刘锡鸿后面是朝廷，朝廷没人壮胆，他敢如此放肆？你还是走吧，该干吗干吗去，老夫的事用不着你操心。”

唐廷枢垂着脑袋，走出签押房。薛福成就在门外，望眼他灰暗的脑门，知道无济于事，只好另找他人。又有几位亲信近僚，轮番来劝李鸿章，都未能让他回心转意。最后薛福成想起周馥，去了永定河道衙门。周馥没急于见李鸿章，说：“咱空口白牙，只怕也没法说服相国。”薛福成道：“周道跟随相国二十年，知遇最深，您都没能说服相国，岂不只有眼睁睁看着他离任而去，咱们树倒猢狲散，各奔东西？”

周道是周道台的简称。周馥不慌不忙道：“该没这么严重吧？咱只问你，相国交出辞呈时，封套是否已经封死？”薛福成道：“没封死，不然我也不好抽出来，看到内容。”周馥笑笑道：“既然没封死，就交你付邮快递，说明他有意让人看到内函。”

一语提醒薛福成，他摸着脑袋道：“周道意思，相国并非真要辞职回乡，只不过做做样子给咱们看？”周馥笑道：“做样子给咱们看有啥意思？主要是做给朝廷看，说白了就是做给两宫看。”薛福成道：“两宫远在京都，怎么看得到？”

周馥还辞呈给薛福成，说：“辞呈不是相国亲手交给你的吗？”薛福成道：“周道是说尽快付邮，传入宫里？”周馥说：“当然不能直接往宫里传，得拐个弯子。”薛福成说：“怎么拐弯？”周馥说：“你听没听说过张佩纶这个名字？”

“张佩纶乃名满天下的大才子，谁人不晓？”薛福成道，“他是直隶丰润人，二十出头便两榜连捷，继授编修，擢侍讲，充日讲起居注官。少年得志，才情超拔，也就意气风发，喜疏陈经国大政，慷慨好论天下事。常穿竹布长衫，时人纷纷效仿，渐成潮流。”周馥说：“张佩纶最厉害的，还是手中之笔，谁撞在他笔头上，立刻顶风臭千里，他出道以来，参倒的朝臣和督抚起码有三十多个，弄得人人自危，见他就躲。骇章文采飞扬，议论纵横，针针见血，引得读书人竞相传抄，视作范文。”

薛福成由衷赞道：“张佩纶劾章我找来读过，确实非同凡响。两朝帝师礼部尚书李鸿藻也是直隶人吧，据说将张佩纶及另一位同乡张之洞网罗门下，组成什么清流党，专门追着浊流党，进行大肆攻击。清流与青牛谐音，清流党又名青牛党，意思是青牛般逞能好斗。有人进而比李鸿藻为青牛头，比二张（张佩纶与张之洞）为青牛角，二宝（福州人陈宝琛、北京人宝廷）为青牛尾和青牛鞭。”

周馥忍俊不禁，笑道：“说起福州陈家，也够牛气，明清两代一门出进士二十一名，举人一百一十名。到陈宝琛兄弟，一共六人，三位进士，三位举人，时称六子科甲，可谓显耀榕垣。宝廷则出身皇族，诗才卓绝。其诗：微臣好色原天性，只爱娥眉不爱官，盛传一时。”

薛福成道：“都说八旗子弟多纨绔，却出了两个了不起的文人，一是康熙年间的大词人纳兰性德，一是本朝大诗人宝廷，可谓文坛双璧，光彩夺目。”

两人越说越远，还是周馥收回话头，笑道：“咱们不吟诗，不作词，管人家双璧还是单璧，是不是？还是别忘记相国辞呈仍在庸庵（薛福成）手上呢。”薛福成笑道：“咱们咸吃萝卜淡操心呗。清浊势不两立，在清流党眼里，相国及沈桂芬、沈葆桢皆被视为浊流党魁首，属主攻对象，周道端出清流党干将张佩纶，就不怕他坏相国好事？”周馥故作高深道：“张佩纶扳倒的人多了去了，庸庵听说他参过相国没有？”

薛福成认真想想，确如周馥所言，张佩纶以笔为刀，见谁砍谁，砍得朝臣疆吏一个个东倒西歪，却从没见他动过李鸿章半根毫毛，确实有些奇怪。薛福成甚觉诧异，问周馥原因何在。周馥神秘一笑，这才道出一道渊源来。

与李鸿章一样，张佩纶父亲张印塘亦出身两榜，曾做过安徽按察使。正值江南沦陷，李鸿章随吕贤基离京南下，讨伐太平军，没少与张印塘来往，成为莫逆之交。其时张佩纶才四五岁，天资聪颖，招人喜欢。三岁看小，五岁看老，李鸿章独具慧眼，认准张佩纶长大后定有出息，怜爱之心油然而生。每次造访张家，都要给他带好吃好玩的，还教他读书写字。不久张印塘病逝，李鸿章接张家母子去磨店暂住，待为上客。江南战乱，不是长居之地，不久张母带着儿子返北归乡，李鸿章又是馈赠盘缠，又是派肥勇护送。多年后李鸿章率军北上剿捻，又托手下去丰润给张家送银子，鼓励张佩纶发愤读书，像其父一样考举人，中进士，为国所用。张佩纶没辜负李鸿章殷切期望，后果然两榜连捷，入翰林，授编修，成为光绪近臣。

原来李鸿章有大恩于张佩纶。薛福成道："相国与张佩纶关系非同一般，咱们是不是跑趟京师，见见张佩纶，探探风声？"周馥说："本道也有此意。光绪皇帝入宫后不久，就依慈禧意思，称她为爸爸，'父子'关系还算密切。张佩纶作为侍讲学士，自然与慈禧时有接触。也是慈禧欣赏张佩纶才华，才放身边当枪使，看谁不顺眼，叫他挑谁。"

薛福成茅塞顿开，说："原来张佩纶是慈禧枪手，怪不得挑谁谁落马。"周馥说："张佩纶靠手里笔杆扬名天下，毕竟无权无势，有啥能耐叫板重臣大吏？别说张佩纶，就是李鸿藻与翁同龢，高居尚书重位，又有两朝帝师之尊，在慈禧眼里，也不过侍臣和弄臣而已，要他圆就圆，要他扁就扁。还是相国心明如镜，当年同治亲政，欲留他在京出任大位，他设法说服慈禧，放归天津，继续做自己的直隶总督和北洋大臣，撒开手脚干大事。慈禧也是明眼人，知道朝臣动动嘴皮，写写奏折，谁都能信任，要办实业，兴海防，固江山，求富图强，还真离不开相国和左宗棠等能臣。也因此，慈禧心里最在乎的人，是相国和左宗棠他们，而非李鸿藻、翁同龢此等侍臣和弄臣。然侍臣和弄臣亦不可少，自有其存在价值。相国和左宗棠诸臣干出大事，成就大业，难免功高震主，令人不安，慈禧正好动用身边侍臣和弄臣，不时挥棍舞棒敲打几下，以起震慑作用。这便是为何李翁之流包括张佩纶、张之洞等清流党，甚至刘锡鸿之类，敢对浊流党指手画脚，大加挞伐，原因就是他们后面站着慈禧。”

“原来慈禧权威是这样树立起来的。”薛福成大长见识，“周道是说，刘锡鸿疯狗咬人，攻击相国，也是慈禧意思？”周馥说：“这还真不好说。刘锡鸿并非清流党人，也无从走近慈禧。却又没法排除慈禧指使他人，暗里授意于刘锡鸿。也可能是刘锡鸿趁朝臣不满相国大办煤炭和电报，揣摩慈禧心思，孤注一掷，大打出手。”

薛福成已明白周馥拿张佩纶说事的意图何在，说：“周道莫非想通过张佩纶，摸摸慈禧底细？”周馥笑道：“难怪相国喜欢庸庵，庸庵悟性真好，咱提头，你就知尾。这样吧，你马上跑趟京都，见见张佩纶，试试他口风。”薛福成说：“怎么个见法？”周馥说：“张佩纶聪明绝顶，你只递上相国辞呈，他一瞧便知是啥意思。”

薛福成掉头要走，周馥又叫住他：“京官官俸微薄，张佩纶有职无权，别无财路，且张父早死，家底空虚，日子难熬，咱们得表示表示，不然显得太不会办事。”说罢掏出一张银票，交给薛福成。

薛福成赶回住处，稍做准备，便打马入京，去见张佩纶。

别看薛福成科场失意，无两榜功名，却文笔了得，其《上曾侯书》与《应诏陈言疏》，官场中谁没领教过？况又来自李鸿章幕府，张佩纶自不敢轻慢，恭迎入内，看茶让坐，客气有加。彼此问候几句，薛福成拿出银票，往几上一放，轻轻推到张佩纶面前，说：“匆忙离津，没啥准备，小小意思，还请幼樵（张佩纶）兄别嫌弃。”

虽说张佩纶正需银子，却不好做出见钱眼开的样子，以失名士风度，只听他故作清高道：“兄乃相国门徒，弟亦算相国学生，也来这一套，岂不显得生分？”薛福成说：“是周道不忘幼樵兄，趁我入京替相国办差，略表心意。”

张佩纶自然知道周馥系李鸿章多年心腹，问道：“周道有事找佩纶？”薛福成道：“不是周道有事，是相国要递辞呈，周道想请幼樵兄参预参预。”张佩纶说：“莫不是刘锡鸿弹劾相国，相国意气用事？辞呈带来没？给我瞧瞧。”

薛福成掏出辞呈，双手捧到张佩纶面前。张佩纶一目十行，几下看完，哈哈大笑道：“近日朝中盛传相国在闹辞职，佩纶还以为朝臣自寻开心，想不到相国连辞呈都已写好。相国也不容易，为君国操持数十年，兢兢业业，劳苦功高，也到了该歇息歇息的时候。”

什么话嘛，莫非张佩纶冰雪聪明，竟也曲解咱的来意？薛福成正要说啥，张佩纶继续嬉皮笑脸道：“相国位高权重，所经营者又是三千年未有之奇业，招人耳目，为人忌恨，遭过的非议和弹劾还少吗？他几时当过真？相反非议越多，弹劾越厉害，他干得越欢越起劲，最多轻描淡写，反驳几句，根本没往心里去。想不到刘锡鸿小小光禄寺少卿，信口开河，胡说八道，出具几道诬折，他老人家竟气愤不过，非辞职不可。看来还是刘锡鸿文笔厉害，朝廷养了那么多言官词臣，谁写的劾章有如此杀伤力？”

薛福成这才听出张佩纶话里有话，笑道：“照幼樵兄高见，朝廷会不会恩准相国辞呈？”张佩纶说：“要看太后高不高兴。太后一高兴，体谅相国辛苦大半辈子，放他回皖养老，也不是没有可能。辞呈留这里吧，佩纶入宫侍讲，见着太后，再相机行事。不过要想促成相国辞职成功，仅有辞呈不够，还得请庸庵兄代相国拟份条陈，随辞呈一并进呈太后。”

薛福成问：“代拟什么条陈？”张佩纶说：“相国集洋务、海防、外交于一身，他拍拍屁股走掉，总得有人替办，以不至于前功尽弃吧？反对洋务者众，弃与不弃，无关紧要，海防与外交不可能没人打理，相国推荐几个合适人选，解除太后后顾之忧，才可能恩准他老人家辞呈。”薛福成道：“推荐何人为好呢？”张佩纶笑道：“这就是庸庵兄您的事了，您追随相国左右，办理文案，襄赞军政，该知谁人适合海防与外交，又何须佩纶多嘴？”

薛福成会心而笑，告辞出来，回到住地，动笔草拟条陈。翌日天没亮便起床，匆匆跑到张家，递上条陈。张佩纶瞥上两眼，连同辞呈，一道塞入袖底，抬脚出门，奔紫禁城而去。

赶往毓庆宫，李鸿藻、翁同龢已站立廊下，正在候驾。不大一会儿，杂沓的脚步声响起，光绪驾到，几位上前行使君臣大礼。只听光绪道声“师傅免礼”，抬步迈入书房。三人随后跟进。光绪坐西面东，师傅们坐东面西，授读正式开始。

先由李鸿藻打头，授读《尚书》。继尔张佩纶讲解《孟子》。早膳过后，翁同龢接着讲授《帝鉴图说》。内容有些深奥，却图文并茂，翁同龢由浅入深，讲得颇为生动，听得光绪津津有味。都是从前同治在位时讲过的内容，早已烂熟于心，自然难不倒翁同龢。

张佩纶侍坐一旁，耳听翁同龢讲读声，心下忍不住暗想，怪不得读书人最想做帝师，凭三寸不烂之舌，拿出考功名时诵读过无数次的经史典章，现买现卖，在皇帝面前背上几遍，讲解几句，就可享大名，获大位，侍郎尚书大学士一路攀升，生荣死谥，样样不落。哪像李鸿章等外臣，战时出生入死不说，即使承平年代，干的不是实事难事，就是千年未有之新事，不仅费尽心机，吃尽苦头，还要被朝臣嫉恨，遭弹劾，受挞伐，可谓如履薄冰，如临深渊，一旦不小心出点差错，就有可能身败名裂，死有余辜，甚至遗臭万年。

也是张佩纶年少轻狂，以为动动嘴巴，念诵几句经典，哄骗小皇帝，不算本事，骨子里不大瞧得起李鸿藻与翁同龢之流，虽说自己也忝列帝师之列，以摇唇鼓舌为能事，上高处搏大位的现成路径就在眼前。于是趁侍讲之余，留心揣摩慈禧圣意，今天弹劾张三，明天指控李四，讨取女主欢心的同时，也给自己树立了不少敌人。原来张佩纶并不愿步李翁后尘，点头哈腰，奴颜婢膝，在朝廷里待一辈子，急欲冲出樊笼，像李鸿章一样，去外面做一回真正的男人，要风来风，要雨来雨，干番惊天动地的大业。

张佩纶这里正走神，翁同龢讲授已告一段落，放下《帝鉴图说》，拾起《毛诗》。可没讲几句，宫外起了动静，大太监李莲英过来禀报，说太后驾到。

慈禧关心“皇儿”成长，时不时会到毓庆宫来瞧瞧。翁同龢赶紧停止讲授，光绪与李鸿藻、张佩纶也忙站起身，迎向慈禧，还有紧随其后的光绪生父醇亲王奕譞。行礼问安毕，慈禧坐到光绪身边，侧首过问几句课业，见奕譞和李翁张三人仍毕恭毕敬站着，轻轻扬一扬手，说：“醇亲王还有三位师傅也坐吧。”

四人谢恩落座。慈禧笑道：“帝师不好做，师傅们辛苦啦！”李翁张自然客气几句，脸上堆满谄笑。慈禧又说几句师道尊严之类，要光绪尊重师傅，用心动脑，不懂多问。

李翁都是老臣，张佩纶入值毓庆宫也有些时日，慈禧没必要老端着架子，训示过光绪，便改变口气，与几位随便聊起家常来。执掌大清近二十年，慈禧驾驭朝臣手段早已炉火纯青，在四位大男人眼里，其笑脸比冷脸威严更甚，杀气更重，让人不寒而栗。

四人小心陪着话，慈禧感叹道：“还是毓庆宫清静，听说外廷又吵翻了天，热闹得很。”

慈禧口里的外廷，便是军机处、总理衙门及各部院。外廷各自为政，离两宫太后也稍有距离，顾忌相对较少，说话办事自然放得开些。四位顺慈禧口气道：“不知外廷在吵什么。”慈禧说：“还不是刘锡鸿多事，三番五次弹劾李鸿章，弄得人家坐立不安。据说李鸿章已写好辞呈，准备辞职。众臣一下子兴奋起来，就李鸿章该不该辞职，众说纷纭，莫衷一是。”

慈禧可非村妇街女，吃饱饭没事做，便东家长西家短，乱嚼舌头寻开心。她在四人面前提及李鸿章，自然想听听他们想法。可李鸿章太敏感，又是慈禧亲信，奕䜣不愿置喙，李鸿藻与翁同龢也你看看我，我看看你，不肯吱一声。慈禧知道三人话语金贵，目光从他们头上掠过，停在张佩纶胖胖的脸上。张佩纶略觉紧张，却还是稳住自己，开口道：“太后圣明，依微臣看来，李鸿章早该辞职，还让他继续待在位置上，只怕天理难容。”

张佩纶话来得重，奕李翁暗自一惊，不知这小子想说什么。慈禧也觉诧异，似笑非笑道：“此话怎讲？”张佩纶说：“要怪就怪李鸿章闲不住，前天机器制造，昨天轮船招商，今天开矿采煤，明天电报通讯，春来军垦筑新城，夏日购舰兴海防，秋时派员出洋学西技，冬季遣使与各国修好，没完没了，不停不歇，不知何时才有个头。也是太后大度，容忍李鸿章折腾来折腾去，搅得君臣人心惶惶，朝野上下不得消停，换作他人，用不着朝臣费笔墨参劾，早打发他回合肥乐山乐水去了。还是刘锡鸿目光够狠够毒，一眼看穿李鸿章办洋务，建海防，名为大清求富图强，实乃挟洋自重，窥窃神器。”

此八字太吓人，恐怕只刘锡鸿敢写，张佩纶敢说。奕李翁三人，尤其是翁同龢，再怎么看李鸿章不顺眼，给他十个胆子，也不敢当慈禧面胡诌。慈禧也睁大两眼，望定张佩纶，心下暗想，这小子怕是吃错了药，敢在本宫面前信口雌黄。也是她见多朝官谄媚，听多众臣恭维，偶闻张佩纶惊人之语，颇觉有趣，眯眯丹凤眼，示意他继续说下去。

张佩纶受到激励，稍做停顿，又鼓起勇气道：“刘锡鸿看透李鸿章，李鸿章肯定也在后悔，当年不该放弃大好时机，没如愿取大清而代之。试想剿灭捻匪伊始，李鸿章手握七八万虎狼淮军，真想有所作为，又有谁挡得住他？此后淮军七裁八撤，所剩不足半数，且被朝廷整编为制军，分驻于东南西北各处，欲召召不动，想调调不拢，只好以海防为借口，奏办新式海军，企图日后军成，再以垂暮之躯，驾驶轮船，离津入京，撞破九门，冲入紫禁城，窃神器于手，也好印证刘锡鸿预测，以免他白忙乎一场。”

此话来得巧妙。当初李鸿章正值盛年，重兵在握，乖乖交出军权，而今时过境迁，才想起筹办海防，待新式海军建成，人老体衰，行将就木，再窥窃神器，谁这么没脑子？说得慈禧忍俊不禁，骂道：“张佩纶大胆，敢在本宫面前说昏话。”

张佩纶心里窃笑，忙趴到地下，磕头谢罪。慈禧说：“起来吧，此处不是朝堂，本宫不怪你胡言乱语。”张佩纶爬起来，垂手而立。慈禧又让他坐回师傅位置，道：“你倒说说，李鸿章到底是真辞职，还是假辞职。”张佩纶说：“照微臣浅见，肯定是真辞职。”慈禧道：“何以见得？”张佩纶说：“李鸿章此生不易，已为洋务海防外交操碎了心，如今年事已高，力不从心，生怕失足成恨，晚节不保，退求善终，情有可原。”

慈禧阴着老脸，盯住张佩纶，质疑道：“听你口气，好像李鸿章跟你商量过似的？”张佩纶不紧不慢道：“李鸿章自然不会找我商量。不过人同此心，心同此理，站在李鸿章角度，替他想想，趁大祸未至，学其老师曾国藩，持盈守泰，全身而退，也不足为奇。且李鸿章辞呈就在微臣手上，其言切切，其情恳恳，一瞧便知，绝对假不了。”

说罢张佩纶拿出辞呈，递给李莲英，李莲英转呈慈禧。慈禧眼瞧辞呈，嘴上说：“你非军机大臣，亦非吏部尚书，李鸿章怎么会把辞呈交到你手里？”张佩纶说：“李鸿章担心辞呈转手他处，又授人以柄，说他故作姿态，要挟朝廷，只好托我直接敬呈太后，太后理解其苦衷，定然恩准。”慈禧说：“你咋知本宫一定恩准李鸿章辞职？”

“太后还是看李鸿章老面子，遂其夙愿吧。”张佩纶恳求道，又掏出薛福成代拟的条陈呈上去，“李鸿章情系大清，觉得自己离任后，求富图强大业不能停止，连接替他主办海防和外交的人选都已想好，写入条陈，太后再不恩准其辞职，也不大说得过去。”

慈禧看眼条陈上所提名字，脸色越发难看，哼道：“李鸿章考虑真周详，逼着本宫非恩准他辞职不可。”张佩纶又扔过去一句：“太后不恩准李鸿章辞职，刘锡鸿那里也通不过啊。”

“这个刘锡鸿！”慈禧哼道，嚯的一声站起来，拂袖而去。奕譞赶紧起身，走出毓庆宫，追上慈禧，小声问道："要不要召恭亲王还有宝鋆、沈桂芬来议议李鸿章这事？"慈禧头也不回道："叫他们到养心殿来。"

奕䜣三人进宫来到养心殿，奕譞已站于阶前，彼此行过礼，把几位领入西暖阁。慈禧早等在阁里，拿过李鸿章辞呈和条陈，往地上一扔，忍不住骂句气话。李莲英赶紧捡起来，交与奕䜣。奕䜣看眼辞呈，转递宝鋆，又去瞧条陈。条陈上说，满朝皆于洋务颇有微词，不办也罢，可海防与外交总不能放弃，得有人打理。纵观朝野，懂海防者，非赫德莫属，可为首选。若不放心赫德，可委任翁同龢。翁师傅出生于江苏常熟，紧挨海边，好歹知道海深海浅，比不知海为何物者强。外交可托付崇厚，他去过欧洲，知道洋人也有鼻子有眼。不用崇厚，刘锡鸿亦不错，出使过英德，发明中西相反高论，认定中国居地轴之上，西洋处地轴之下，只要反其道而行之，必立于不败之地：洋人大炮洋枪不可惧，中国有火炮长矛抵挡之；洋人汽轮铁舰不可怕，中国有帆船舢板击溃之；至于洋人电报、铁路、机器造纸纺织之类更不在话下，中国士大夫只需躺在床上，蒙着被子，睡大觉，做美梦，就可胜过人家千倍万倍。

奕䜣觉得好笑之极，又因慈禧在场，不可孟浪，只得闭紧嘴巴，强行忍住，把条陈支向宝鋆。宝鋆瞧几眼，又交给沈桂芬。待三人皆过完目，慈禧才开口道："李鸿章辞呈和条陈，你们几个也已看过，同不同意他辞职呀？"

几位沉默半晌，还是奕䜣开口道："让李鸿章辞职，莫非真如其条陈所奏，动用翁同龢和刘锡鸿之流，接管海防与外交？"宝鋆接话道："翁同龢堂堂状元出身，背背经典，玩玩字画，写写日记，或拨动算盘，核对核对户部账簿，是把好手，要他训练海军，固我海防，不开玩笑吗？至于刘锡鸿，惯用脚指甲想事，办外交只怕是扯淡，不如让他办阿胶果胶。且浑身是刺，见谁扎谁，洋人又不是布娃娃，经得起他几下扎？"

说得满座皆笑。只沈桂芬不笑，正经道："同治以来，全靠太后圣明，王爷贤能，曾国藩、李鸿章、左宗棠、沈葆桢等大臣公忠体国，灭长毛，剿捻匪，保边塞，固海防，办洋务，兴外交，才实现同光中兴，形势喜人。李鸿章力主求富图强，卓见成效，准其辞职回乡，大清伟业岂不就此中断？为大清前途考虑，李鸿章不可走，不可走啊！"

慈禧说:“留下李鸿章,刘锡鸿往哪儿摆？”沈桂芬说:“朝官参劾大臣，就事论事，属于本分，无可厚非。可刘锡鸿借公权以泄私怨，血口喷人，无中生有，说李鸿章挟洋自重，窥窃神器，是要灭李家九族啊，其用心何其狠毒！”宝鋆补充道:“沈中堂说得对，刘锡鸿实在卑鄙，简直令人齿冷。刘李已至水火不容地步，再没法同朝为官，要留李鸿章，则不能留刘锡鸿，要留刘锡鸿，则不能留李鸿章。”

慈禧抬眼去瞧奕䜣和奕譞，说:“二位王爷觉得呢？”两位说:“还是交部议处吧。”此处的部就是吏部。宝鋆以吏部尚书充武英殿大学士，慈禧望着他:“你意思呢？”宝鋆说:“还是依例由皇上下达谕令，吏部才好议处。”

慈禧点点头，交待奕䜣，由军机处拟旨，加盖两宫印鉴，再下发吏部。宝鋆拿到谕令,召集吏部大员,商议处置刘锡鸿决定。商议结果:时势艰难，任事不易，李鸿章舍命办差，有大功于大清，刘锡鸿荒诞不经，信口诬蔑，居心叵测，拟由刑部拿办下狱，议谳定罪。

看过吏部议处，慈禧觉得没必要惊动刑部，打回重议。弹劾大臣，属职分所在，不宜定罪，可刘锡鸿言过其实，有过必惩。这早在宝鋆预料之中，之所以拟交刑部拿办刘锡鸿，是故意留个人情给慈禧，让她出面做好事，日后需打压谁，仍有枪手可供使唤。吏部最后议定，将刘锡鸿革职除名，驱逐离京，永不叙用。

与郭嵩焘对掐时，凭数道诬折，把人家送回湘阴老家，刘锡鸿自以为高明，禁不住旁人指使，又大打出手，欲置李鸿章于死地。谁知搬起石头砸自己的脚，对手毫发无损，自己却乖乖卷上铺盖，夹紧尾巴，落荒而逃。只怪刘锡鸿自不量力，就是照宝鋆所讽，用脚指甲想事，也该明白李鸿章不是郭嵩焘，大半辈子遭受的明枪暗箭多了去了，依然屹立不倒，稳居高位，又岂是你刘锡鸿动动三寸舌刀，便可将其撂倒于马下的?

朝廷少了杆火枪，从此安静了不少。但太过清寂，无事可做，朝臣们又不习惯，一个个怅然若失，颇觉无聊。正值左宗棠继收复北疆，剑指天山之南，一鼓作气，攻取南疆东西八城。自此新疆光复，仅伊犁还在俄军手里。捷报传送京都，君臣无不欢喜。君喜疆乱荡平，天下安靖，臣喜又可逮住新话题，嚼上好一阵子舌头了。原来左宗棠论功请赏时，口气粗重，用语夸张，朝臣们很不舒服，指责其虚报军情，浮夸战绩，居功自傲。还有人说阿古柏不过小小流寇，成不了大气候，数千精兵足可剿灭，左宗棠却征调七万楚军，耗费数千万两饷银，无异于放大炮打苍蝇，实在得不偿失。

议论鼎沸，弄得两宫迷迷糊糊，不知孰是孰非。想起毛昶熙剿过太平军，在军机大臣里算最懂军事者，宣他入宫咨问。事被翁同龢闻知，候在宫门外，堵住毛昶熙，说："晓得两宫召大人干啥不？"毛昶熙望定翁同龢，不知他要说什么。翁同龢又道："两宫摸不准左宗棠战功奏报虚实，欲向你问个明白。"毛昶熙不以为然道："将帅带兵打仗，失败推卸责任，得胜夸大军功，纯属正常，左宗棠奏报有些水分，也可理解。"翁同龢笑笑道："毛大人想没想过，此话埋在肚里没事，一旦张口说破，岂不遭左宗棠忌恨？"

毛昶熙略有所思道："左宗棠收复新疆，肯定会封侯拜相，入值军机处，与他闹僵，以后不好共事，两宫面前，说话确实得有所讲究。"翁同龢道："怎么个讲究法？"毛昶熙说："就说左宗棠所报，大体与事实相符。"翁同龢说："恐怕也不妥。"毛昶熙问："为何不妥？"翁同龢道："说左宗棠所奏属实，朝臣定然不会答应，得罪的人更多。"

毛昶熙犯起难来，一时不知如何是好。翁同龢笑笑道："同龢有句话，不知当讲不当讲。"毛昶熙说："什么话，讲出来听听。"翁同龢说："真讲出来，只怕你老不高兴。"毛昶熙道："你话没出口，咋知我会不高兴？"翁同龢说："若论军事，你老虽也亲自剿过太平军，可比之人家翰林变绿林，好像多少还有些差距。"

指使刘锡鸿连上数折，欲扳倒李鸿章，却事与愿违，反让刘锡鸿出了局，失去一个同盟，翁同龢心里憋闷得很，老想另寻机会，报复一下李鸿章。所喜李鸿章与左宗棠不和，新疆收复，左宗棠越得意，李鸿章自然越难受，若能在两人之间搬弄点是非出来，岂不有好戏看？又值朝臣不满左宗棠虚报军功，两宫宣毛昶熙入宫召对，翁同龢便来堵毛昶熙，欲让他给李鸿章制造点麻烦。毛昶熙哪有翁同龢那么多弯弯肠子？只是人之天性，都以为己比人强，翁同龢话一出口，毛昶熙便觉得很不入耳。可他又知道左宗棠不好惹，指指翁同龢，笑笑道："好你个状元郎！行行行，就依你所说，李鸿章比老夫强，老夫愿拜下风。"

经翁同龢唆使，进宫后两宫问及西北军情，毛昶熙故作自谦道："微臣当年与长毛周旋过，也算略懂军事。可比起李鸿章战安徽，攻上海，取苏城，克湖州，后又清剿东西捻匪，简直小巫见大巫。故要问新疆战报虚实真伪，还得咨询李鸿章，他定能说出个子丑寅卯。”

两宫以为毛昶熙谦虚，照其所言，拿出左宗棠奏稿，着人抄发天津，要李鸿章给个说法。李鸿章哭笑不得，当僚属面发牢骚道：“两宫何等圣明，怎么连这种烂事，也要老夫插嘴？”众僚说：“相国深孚众望，两宫有事拿不准，不问您老又问谁去？”薛福成道：“据宫中消息，本来两宫找的是毛昶熙，翁同龢从中教唆，毛昶熙才打太极，把题目推到相国这里。”

李鸿章叹道：“老夫考虑海防缺钱，反对西北用兵，现楚军得胜，翁同龢故意使坏，借两宫逼我置喙西北战事，其用心何其阴险？”众僚道：“两宫明谕相国辨别西北军情，相国欲缄嘴不语，只怕没法交差。”李鸿章说“可不是，两宫那里总得有个回复。”

众僚问怎么个回复法，李鸿章说：“不管怎么样，楚军西进灭阿，收复新疆，绝对是大好事。虽说老夫曾对西北用兵有想法，也不能跟着朝臣，往左宗棠身上泼脏水。”薛福成道：“打仗得拼老命，办事颇费周旋，相国与左宗棠都不容易，不像朝中众臣，站着说话不腰疼，只需拨拨嘴皮，摇摇舌尖，便万事大吉。”

看法得到统一，李鸿章让薛福成拟稿，对西北战事给予中肯评价，建议朝廷该封得封，该赏得赏，不能让将士寒心。两宫见复，立即诏封左宗棠二等侯爵，晋大学士，刘锦棠诸将皆有封有赏，无一遗漏。朝臣们恼羞成怒，纷纷指责李鸿章睁眼说瞎话，故意偏袒左宗棠，两人暗中肯定有什么阴谋，不然彼此水火不相容，怎么会突然搞到一起去？甚至有人打算奏请皇上，拿办李鸿章与左宗棠，倒看他俩有何居心，是不是企图淮楚联手，海陆共进，推翻大清。盖因刘锡鸿前车之鉴不远，担心激怒两宫，引火烧身，只好作罢，没闹到宫里去。

吵闹声传到天津，李鸿章紧蹙眉头，又闷闷不乐起来。薛福成就劝他：“别把朝臣流言蜚语当回事，只要两宫太后理解相国就是。”李鸿章说：“老夫才没闲工夫在乎朝臣流言蜚语呢。”薛福成问：“那相国又在乎什么？”李鸿章说：“老夫在乎左宗棠被胜利冲昏头脑，有些事情做得过了头，于收回伊犁大为不利啊。”

原来左宗棠受封侯爵后，感恩戴德，立即上书朝廷，力陈新疆建省，尽快派员赴俄索还伊犁。欲索伊犁，当小心维护中俄关系才是，左宗棠倒好，竟下令禁止与俄通商，且动用武力，将新疆各城俄商全部赶走。理由是俄商居心不良，拿经商当幌子，勘探地形，窃取情报，为吞并西北干着不可告人之勾当。李鸿章因此担忧，中俄罅衅渐生，伊犁自无还期。

过没多久，李鸿章担忧不幸变成事实，搅得大清朝廷炸开了锅，君臣乱作一团。原来两宫收到左宗棠折子后，准其所奏，设立新疆省，任楚军干将刘锦棠为首任巡抚，同时依沈桂芬保荐，以崇厚为钦差大臣，率领十五人外交使团，绕道欧洲，抵达俄国圣彼得堡，商谈索还伊犁事宜。崇厚想得简单，俄国早有归还伊犁承诺，自己此番率团赴俄，不过办一下移交手续而已。不想还没开谈，俄商就四处活动，控诉左宗棠下达禁令，驱逐俄商，给政府施加压力。待坐到谈判桌旁，俄方就拿俄商在疆遭遇说事，痛斥清方不守信用，不遵契约，给崇厚以下马威。进而咄咄逼人，提出种种无理交换条件，扬言不达目的，不还伊犁。

谈判一谈就是大半年，自光绪五年（1879）初春上桌，一直谈到秋后，谈得崇厚没了脾气，也没了耐心，稀里糊涂，拿笔在俄国人准备的条约稿本上，签下自己大名。签字地点位于克里米亚半岛的里瓦几亚，故名《里瓦几亚条约》。条约规定，中国收回伊犁城，伊犁西境霍尔果斯河以西、南境特克斯河流域及塔尔巴哈台（塔城）地区斋湖以东大块土地划归俄属，且大清赔偿俄国“代收代守”伊犁兵费及恤款五百万卢布（合银二百八十万两），另增开数处通商口岸和通道，给予俄商在华最惠待遇。

条约先于崇厚所领使团，传回国内。两宫看不出条约好丑，让总理衙门抄发相关大臣，听取意见。李鸿章一瞧，不禁大吃一惊。若依条约，俄国归还伊犁城，却拿走城周围大片土地，让中国孤守空城一座，四面环敌，收回与不收回，又有啥区别？且不说还有大笔赔款，以及商贸利益出让。李鸿章找来新疆府图，摊到桌上，比照条约款项，一一查对，越查越生气，越查越光火，大骂崇厚脑袋进水，如此割地赔款之混账条约，也敢签字画押。

骂过崇厚还不解恨，又将新疆府图一团，狠狠扔到地上，仿佛是府图惹的祸。尔后跌坐椅上，心想此祸崇厚闯大啦，朝臣察知真相后，岂肯放过他？不拧下他脑袋，也会扒了他皮。崇厚死有余辜，朝廷咽不下这口气，与俄国闹翻，两国开战，中国还有大亏吃。然事发西北，身为直督和北洋大臣，李鸿章还不好乱嚼舌头，随便插话，只能闭住嘴巴，静观事态发展。

要李鸿章闭嘴容易，要他袖着双手，啥不都做，实在困难。他赶紧召来唐廷枢，说："你不是要修运煤铁路吗？现在可动手啦。"唐廷枢大喜道："朝廷已批复下来？"李鸿章说："想等朝廷批复，你那运煤铁路最好别修。"唐廷枢说："没有批复，万一铁路修成，朝廷一声令下，三五几下拆除，岂不白费一番劲？淞沪铁路殷鉴不远啊。"

李鸿章拿过《里瓦几亚条约》抄本，递给唐廷枢。唐廷枢接住，翻了翻，越发莫名其妙，说："这与运煤铁路有何关系？"李鸿章道："不怪你，此乃朝廷外交，不是开矿采煤修铁路，一时半会儿你也弄不大懂。老夫直言相告吧，此条约刚传回国内，朝臣们还没看明白，待他们反应过来，又够忙一阵子，也就无人顾及唐山运煤铁路，咱正好抓紧筹建，早日动工。"

唐廷枢恍然而悟，放下条约抄本，扭头就往外走。李鸿章又叫住他："别急别急，我话还没说完。"唐廷枢立住步子，回头道："相国还有何吩咐？"李鸿章说："条约事件迟早会过去，总有一天铁路又将重入朝臣视线，咱总得有所预谋。为掩人耳目，对外还是宣称快车马路吧，老夫也会以此奏报朝廷，免得朝臣一听铁路二字，就受刺激，给咱添堵。"

唐廷枢重重点几下头，出得北洋衙署，赶回唐山。来不及歇口气，便召集开平煤矿各大股东会商，筹集大笔资金，聘请英国工程师，勘察线路，组织施工。李鸿章也没闲着，想起三年前派往伦敦格林威治皇家海军学院的船政生陆续学成归来，琢磨着从中选聘良才，筹建天津水师学堂。正好被刘锡鸿劾回湖南湘阴老家的郭嵩焘来函，对福建侯官（福州）人严复大加赞赏，说他就读于格林威治皇家海军学院时，常去中国使馆走动，两人非常谈得来，发现严复不仅船政专业学得好，还广涉生物、哲学、逻辑、政治等西学，尤其对英国生物学家赫胥黎的《天演论》和经济学家亚当．斯密的《原富》（即《国富论》）颇有研究，是个不可多得的人才，恭请李鸿章多加关注。

李鸿章是个办大事的人，办大事最需要有用之才。读完郭嵩焘信函，不禁喜出望外，立即写信给两江总督兼南洋大臣沈葆桢，请他出让已回任福州船政局的严复。沈葆桢开始没答应，经不住老同年软磨硬泡，不得不放严复北上天津。李鸿章如获至宝，任命严复为天津水师学堂总教习，仿照英国海军章程，制订教习条例和计划，同时从北洋海防经费里拨出专款，选购学堂地址，聘任华洋教员，以尽早招生开课。

也是纸包不住火，听说李鸿章又修运煤铁路，又办水师学堂，朝臣们大为不满，又开始摇唇鼓舌，大加攻击。李鸿章懒得与这些人磨嘴皮，找来薛福成，递上《里瓦几亚条约》抄本和新疆府图，说："你再代老夫跑趟北京吧，把这两样东西交给张佩纶。"

盯眼抄本和新疆图，薛福成问道："只交东西，没话要传达给张佩纶？"李鸿章说："不用传话，张佩纶悟性好得很，一看抄本和新疆图，就知老夫意思。"

薛福成不再啰嗦，稍备礼品，打马西行。赶往北京，见到张佩纶，递上抄本和新疆图。张佩纶有些莫名其妙，问道："相国没明说这是要干吗吗？"薛福成如实道："相国说你悟性好，能领会其用意，不用我多嘴。"

"相国不是跟咱打哑谜么？"张佩纶觉得有意思，瞧瞧抄本，又看看新疆图，不禁笑起来，"原来相国要我趁入宫侍讲，提醒两宫太后，不可轻易批准崇厚所签条约，否则大清损失太大，不仅遭国际笑话，还会为后人所不耻。又因事涉西北，相国不好插手，担心随便开口，被人揪住不放，借题发挥，大做文章，只得由我递话入宫。"

薛福成认可道："不用说，相国肯定是这个意思。福成也比对过抄本和新疆图，崇厚此事办得太臭，一旦朝臣反应过来，肯定会引起非议。如此一来，非议都到了崇厚身上，相国正好让唐廷枢与严复看准时机，修筑运煤铁路，筹办水师学堂。"

张佩纶叹道："相国真是用心良苦，要办点实业，还得偷偷摸摸，像做坏事似的。"薛福成说："在众多朝臣眼里，相国兴洋务、固海防、办外交，就是做坏事，做见不得人的坏事。"张佩纶说："朝臣也有明眼人，知道不效仿西洋，求富图强，中国别无出路，只是见相国位高权重，心里嫉妒，故意站到顽固派一边，大声起哄，要他老人家不得消停。庸庵放心，条约的事只管交给我，我尽快反馈到宫里，看朝廷能否挽回被动局面。"

此行目的达到，薛福成离京回津，去给李鸿章复命。不过数月，薛福成两进张家，难免引起清流派注意，李鸿藻叫着张之洞字号道："香涛啊，世人都说你们二张是青牛角一对，怎么张佩纶见谁顶谁，唯独不敢惹李鸿章呢？不仅如此，还与李府幕僚打得火热，是不是想放弃侍讲美差，转投天津，寻求终南捷径？”张之洞道：“不会吧？李鸿章再厉害，总厉害不过皇上，张佩纶岂可放着现成的帝师不做，退而求其次，去李幕跑腿？”李鸿藻说：“只怕难说。你还是去张家走走，试探试探张佩纶，倒看他是啥想法。”

二、身虚体弱，百病来侵

一笔难写两个张，又同是直隶人，皆为“青牛角”，张之洞登门造访，张佩纶自然亲热，将他迎入书房，拿出好茶，热情款待。京官本来清贫，张佩纶家底又薄，平时所喝皆系粗茶，与李府幕僚走动得几次，连茶品都有别于从前，看来结交权臣，好处总少不了。张之洞心里酸酸的，想起自己同治初年探花及第，起步早，起点高，后入翰林，做编修，任侍读，十多年青春流水般逝去，人过不惑，才弄个了司经局洗马，书画卯酉，才情和精力全耗在图书档案里，实在太不值得。张佩纶小自己十来岁，也后进十来年，一定是见你没大出息，不愿步你后尘，在侍讲位置上浪费光阴，才想另辟蹊径，早谋出路。李鸿章事情做得大，需要大量人手，在他手下干过的人，比如丁日昌之流，即使没正经功名，也经其力荐，爬到要位和高位，令人垂涎。何况张佩纶两榜出身，若入李幕，李鸿章稍加提携，自然腾腾腾往上蹿。

喝着茶，动着心思，张之洞正要试探主人，是否有离京赴津意向，张家有人来报，说张夫人已不省人事，请张佩纶快去看看。原来张夫人一向体弱多病，前不久偶感风寒，一病不起，请了不少名医诊治，不仅不见好转，还越来越严重，恐怕已挺不过多久。张之洞到没多久，话没说两句，张佩纶不好赶他走，只得道声对不起，要他稍候片刻，自己去去就来。

张佩纶出门后，张之洞枯坐书房，甚觉无聊，顺手拿过桌上稿纸，看是什么玩意儿。原来是《里瓦几亚条约》抄本。也是司经局不够要害，总理衙门文件不一定抄发到局，张之洞才没见过条约。主人不在，又无别事可做，只好拿着抄本，一页页往下翻看，打发时光。慢慢看出些道道，觉得条约似有不妥之处。又见桌上摊着新疆图，找到伊犁一比对，张之洞大脑顿时一热，觉得出风头扬大名时机便在眼前，错过岂不可惜？

等不及张佩纶回房，张之洞就不辞而别，兴冲冲回了家。张夫人病情危急，张佩纶正忙着传医问药，没法搭理张之洞，更无从顾及李鸿章请托。不幸医生来家后，回天无力，夫人经医治无效，一命归西。也是祸不单行，夫人尸骨未寒，张母又突然病故，噩耗传来，张佩纶悲痛欲绝，只有上书请假，返乡丁忧。

且说张之洞回家后，连夜草拟奏折，弹劾崇厚狗胆包天，擅自签订不平等条约，出卖万里边疆，损害君国利益。折子拟就誊正，已是下半夜，又赶到李鸿藻家，交到他手上，请其代呈两宫。两宫见过张折，讶然一惊，传召总理衙门大臣，咨问条约事项。沈桂芬似也意识到什么，正与恭亲王奕䜣推敲条约，闻召立即入宫，去见两宫太后。

走进养心殿，还没行完礼，慈禧就让李莲英传过张折，奕沈两人一瞧，觉得大事不妙，暗怪崇厚糊涂，被俄国愚弄，还浑然不察。慈禧脸色铁青，问怎么办，两人半晌无语，不知如何回答。尤其是沈桂芬，崇厚是他推荐出使俄国的，差事办砸，他也有连带责任，更加惊恐不安，几乎瘫软在地。最后还是奕䜣开口道："把各王公大臣请到宫里，听听众位想法吧。"

两宫只得准旨，召集各王爷及众朝臣，共商对策。张之洞也应召来到养心殿，见是专门讨论自己所呈折子，简直受宠若惊，比当年高中探花更感荣耀。人到齐后，慈禧叫太监传折给张之洞，由他本人先念一遍。

自己精心炮制的大作，早已倒背如流，哪用得着看稿？可太后圣谕不好违抗，张之洞还是举着折子，昂着脑袋，装模作样念起来，其实目光游移左右，并没真正落到所念的字词上面。嗓门高亢，口气激越，听去哪是念折子，简直是朗诵古人诗赋名篇。都说孩子自己的乖，文章自己的好，也许在张之洞心里，酸腐文人诗赋做得再华丽，再优美，也不过无病呻吟，仅供读者排遣寂寞，自己这份折子却关乎万里疆域，家国存亡，说一字千金，价值连城，都不算夸张，又岂是无用文人平常诗赋可比？

然出道毕竟已十多年，张之洞深知官场最忌什么，猛然意识到自己太过张扬，赶紧放低姿态，收背缩肩，目光回到字纸上，有意平缓语调，压抑嗓音，变得老实起来。直到折子末尾，声音才稍稍往上扬了扬，咬紧牙根道：不改此议，不可为国！

折子念完，张之洞闭上嘴巴。朝堂沉寂无声，仿佛一潭死水，连丝丝涟漪都没泛起。只张之洞还在兴头上，忍不住扭扭脑袋，四下瞧了瞧。发现不少大臣正侧着目光，向他望过来，似在赞扬折子写得不错，念得也颇有激情。张之洞越发得意。又想起张佩纶，若非夫人病重辞世，又哪轮得到他张之洞到朝堂上来，出此风头？

也是张之洞声音振聋发聩，良久仍在朝臣耳边回响着：不改此议，不可为国！可谁来改，如何改，他只字不语，自然想语也不语不了。朝堂依然一片死寂。最后还是慈禧发话，要众位拿主意，王公大臣们才你一言，我一语，开始诅咒崇厚卖国卖祖宗。人家卖东西，总得卖个好价，他相反倒贴银子给人家，铁心卖国卖祖宗，也不兴这么个卖法。

骂崇厚可解恨，却于事无补，还得商议挽救措施，总不好眼睁睁看着俄国拿走万里边疆，咱大清屁都不放一个。有人便说，反正条约朝廷还没盖印，不认可就是。有人反对说，崇厚以钦差身份便宜行事，代表朝廷签署条约，岂容不认可就不认可？有人便出点子，叫崇厚别急着东归，转回去重新议约，改过来就是。另有人反对道，崇厚糊涂，哪能指望他改约？何况他早已踏上归途，只怕快入国境，要改约也只能另派明白人。还有人说，崇厚已在条约上签字画押，有如铁板钉钉，哪是想改就改得了的？要改得俄国同意，人家不同意，找谁改去？

廷议半天，没议出任何名堂，慈禧大伤脑筋，头痛欲裂，只得宣布散朝，另择时日再议。王公大臣还没出宫，事情就已传开，一时间，朝廷内外，舆论汹汹，沸反盈天。臣民群情激愤，奔走相告，强烈要求斩杀崇厚，以谢天下，再命左宗棠率领楚军，攻取伊犁。喊杀声与开战声搅在一起，一浪高过一浪，仿佛汹涌海潮，拍击着朝廷及整个北京城。

喧嚣声中，崇厚不合时宜地踏入国土，回到北京。迫于压力，两宫下令逮捕崇厚，等候审判定罪。然后再次召集王公大臣，廷议改约事宜。俄约公不公平，合不合理，毕竟为朝廷钦差所签，代表国家意志，大清出尔反尔，俄国自然不会买账，要想收回伊犁诸城和周边土地，只怕难免一战。中国士大夫对这个战字情有独钟，最擅长纸上谈兵，一说起开战，就莫名兴奋，觉得言战等同爱国，言和无异卖国，视爱国为世上最易之事。

恭亲王奕䜣主办军机十多年，讨伐太平军，征剿东西捻军，荡平阿古柏，都由他一手策划和调度，深知战争并非儿戏，对动不动喊打喊战的不负责言论极为反感，站出来予以回击。醇亲王奕谖不同于奕䜣，儿子光绪继位后才开始协办军机和外交，没亲历过战争，不知深浅，中气十足道："左宗棠七万楚军屯驻新疆，收复伊犁，不过探囊取物，易如反掌。"奕䜣反唇相讥道："俄国坚甲利兵，非西陲回部乱民可比，左帅英雄迟暮，力不从心，楚军师老兵疲，难以为继，不用猜也知道，开战必败，届时再向俄国求和，损失更大。"

兄弟二人争执不下，慈安看看奕䜣，再瞧瞧奕谖，不知所措。慈禧也左右为难，发话道："先征求一下左宗棠意见吧，武力收复伊犁，他到底有无胜算。"

咨文飞送兰州楚军大本营，左宗棠一瞧，吱声不得。伊犁这么容易收复，楚军攻取北疆时，早顺势西逼，收归我有，哪用得着留到现在？可话只能悄悄放肚里沤着，不可随便说出口。朝臣不是边将，不用冲锋陷阵，大敌于前，是死是活，都是别人的事，故惯喜摇唇鼓舌，大声言战，岂好扫人兴致，遭人忌恨？当年疆防海防大讨论，疆派海派互不相让，左宗棠学乖，故意声称，疆防海防两者并重，皆不可忽略，两边讨好，不像李鸿章有啥说啥，公然倾向海防，轻视疆防，以致千夫所指，只怕千年万年后还会遭人唾骂。

左宗棠不愿留骂名于后世，明知俄军凶狠，不好对付，也不肯学李鸿章，说出那个令人反感的"和"字，想烂脑袋，想出两句话，回给朝廷：先折之以议论，委婉而用机；次决之以战阵，坚忍以求胜。看看，这就是左宗棠，会打仗，还会说话，又是议论，又是战阵，就如当年疆防海防并重论调一样。至于到底是议是战，怎么议，怎么战，你朝廷看着办吧。

慈禧见到左折，一头雾水，不知他到底是说议，还是说战。奕䜣道："左宗棠说先折之以议论，自然意在议和。"奕谖说："我看不见得，左宗棠还说次决之以战阵，是明知议和难成，终免不了一战。"慈禧不知谁该听谁的，又想起李鸿章，说："还是问问少荃吧。"

朝廷咨文送达天津，李鸿章想起当年疆防海防之争，也变得乖巧起来，生死不肯发声。左宗棠镇守西北，欲和归他去议，想战由他出阵，你又何必狗咬耗子，多管闲事？还不如趁京都热闹，没人顾及东南，督促严复与唐廷枢，赶紧照原计划行事，该干吗干吗去。严复领会李鸿章意图，加紧水师学堂筹办力度，做好规划，选定地址，起屋盖房，着手招收第一批学员。水师学堂开学之际，唐山也传来佳音，唐廷枢与英国工程师金达协作，唐胥（唐山至胥各庄）铁路开工，半年铺就十一公里铁轨，结束中国没有铁路的历史。与此同时，铁路修理厂利用废弃锅炉，改造出中国第一台自制蒸汽机，称为龙号机车，以为拖拉动力。龙号机车刚上铁轨，因声音大，吓得周边民众失魂落魄，上告朝廷，李鸿章只得指使唐廷枢，暂改驴马拉车滑行。洋人见状，觉得滑稽，称为马车铁路。李鸿章没死心，趁朝臣揪住崇厚不放，大声喊杀，又指使唐廷枢，恢复机车运行。随即中国第一家自办铁路公司开平铁路公司如期成立，唐胥铁路先展筑至芦台，进而延伸天津，成为中国北方铁路枢纽。

不过李鸿章操办水师学堂和唐胥铁路时，也没忘记中俄条约事件。俄国恃其诈力，不仅与泰西各国争为雄长，且大兴水师，扬威于东方，谁都看得出来，其意在海不在陆，在东不在西。也就是说，一旦条约事件处置不当，俄国肯定会以伊犁为借口，开启衅端，大打出手，谋求东北利益。李鸿章不愿坐以待毙，一边抓紧筹建大沽船坞，以为水师根本；一边责成丁汝昌，强化水师训练，以拒俄舰南侵。

李鸿章密筹防务之际，张之洞在司经局闲得发慌，挑动李鸿藻、陈宝琛、宝廷等四十多位文武大臣，分头上折，奏请斩杀崇厚。大清惯例，五道劾折可掉官，十五道劾折可要命，连续四十多道奏折雪片般飞入朝堂，两宫太后实在招架不住，只好命王公大臣会同三法司会审议定，判处崇厚斩立决。一时间，朝野亢奋，人心大快，大臣们弹冠相庆，居民燃放爆竹，仿佛只等取下崇厚脑袋，就可吓住俄军，退避三舍。

事实是崇厚斩立决判处下达后，不仅没吓退俄军，相反令俄国倍感屈辱，认为崇厚刚签约回到中国，清廷就判处其死刑，无异于公然挑战，紧急增调九万大军，迫近伊犁，另派二十三艘军舰，驶抵辽海示威。事已至此，清廷不战也得战，以张之洞为头的主战派兴奋不已，挑唆醇亲王奕譞，催促两宫，谕令左宗棠，与俄军决一死战。

两宫进退维谷，只好再发急谕，咨问李鸿章。李鸿章见谕，知道楚军刚征服阿古柏，师老已疲，将士厌战，哪是虎狼俄军对手？正准备回复两宫，左宗棠急函也飞送入衙，讨教征俄方略。试想左宗棠一向自视甚高，几时放低身段，如此谦虚过？无非知道打不过俄军，又不愿轻易言退，遭朝臣唾骂，巴望李鸿章送个和字，以借坡下驴。

李鸿章瞧一眼圣谕，又看一眼左函，哭笑不得，干脆装起哑巴来。忽见薛福成闯入签押房，禀报道：“琉球使臣向德宏在衙署门口长跪不起，非见国相不可。”李鸿章愣怔片刻，嘴里喃喃道：“看来日本已对琉球下手。”

石有光谓琉，玉圆润曰球。琉球国由无数大小岛屿连成，位于台湾岛与日本九州岛之间，蜿蜒千里，若即若离，仿佛散落海洋之美玉，故有此名。自古琉球便是中国属国，彼此间往来不断，互通有无。明末清初，日本出兵琉球，擒获国王，琉球成为“两属”国，同时向中国和日本两国纳贡。大清同光之交，明治天皇册封琉球，逼国王尚泰，脱离中国，专属日本。尚泰不甘，要求保留中琉宗藩关系，天皇始有顾忌，不敢逼人太甚，直至大清西北用兵，中俄剑拔弩张，才派出三万人马，武力威胁。尚泰密派姐夫兼紫巾官向德宏西渡中国求援。向德宏一行划着破船，先达福州，哭求闽浙总督何璟发兵。何璟不敢擅自主张，奏禀朝廷。时值新疆事急，朝廷自顾不暇，哪有余力保护海外区区属国？迟迟没给答复。向德宏久等无果，只得爬上破船，穿恶波，钻狂浪，冒险北上天津，登岸赶往北洋衙署，跪求李鸿章。

圣谕和左函于前，不知如何作答，李鸿章哪来心情理睬向德宏？朝薛福成摆摆手，道：“庸庵先下去安抚安抚向德宏，待伊犁危机过去，老夫再奏禀朝廷，商量救援琉球事宜。”

薛福成出得衙署，扶起向德宏，好言相慰，再安排住宿，待以酒肉。向德宏稍觉宽心，寄身客馆，巴望大清早日解除伊犁危机，好派兵东进，驱赶日军。

可伊犁危机又哪是说解除就解除得了的？向德宏左盼右盼，没盼来李鸿章答复，却得到国内消息，日军悍然登陆，闯入琉球王宫，掳走尚泰，改琉球为冲绳县。向德宏痛心疾首，口吐鲜血，昏倒在地。被随行卫士救醒后，一抹嘴角血沫，踉跄出馆，直奔北洋衙署，再次跪到地上，大声哀求大清速速发兵，为琉球君民报仇雪恨。李鸿章也已获知琉球灭国，既恨日本野蛮，又怜琉球羸弱，对薛福成道：“放向德宏进来吧。”

薛福成出去，把向德宏请入签押房。未待李鸿章起身打招呼，向德宏咚一声趴到地上，刚要说救我琉球，嘴巴一张，喷出一口恶血，染红一地。李鸿章赶紧走过去，把向德宏扶到椅上，一边呼唤衙医，快来施救。向德宏摇摇手，悲泣道：“相国肯派王师东进，为琉球君民报仇复国，德宏自然无医而愈，何须惊动衙医？”

李鸿章没再勉强，坐回太师椅里。薛福成已端过茶水，递给向德宏。向德宏接过去，仰脖喝一大口，鼓起腮帮，咕噜咕噜，猛嗽几下，连同满嘴血水，送入喉咙，吞下腹中。

见向德宏慢慢恢复平静，李鸿章才发话道：“琉球孤悬海外，散落于汹涌波涛之间，叫大清如何替贵国君民复国？”向德宏起身作揖道：“大清国强势盛，兵精将猛，若派战船出海，日军自然心生畏惧，望风而逃，琉球复国不难矣。”

说得真轻巧。日本知道畏惧，也就不死死纠住琉球不放，先逼“两属”，继迫“专属”，直至今日如此不堪局面。也是大清向无海洋意识，康乾时国力强盛，没把海外小小岛国太当回事，任由日本胡来，今遇三千年未有之变局，列强环伺，内忧外患，屋漏又遭连夜雨，自救尚且力不从心，又哪里管得了属国存亡？可话还不好说得太露，李鸿章只得道：“向使可知，大清才举全国财力和兵力，平定西北阿古柏，又因伊犁归属问题，与俄军两相对峙，大战一触即发，何来余力用兵海外，替贵国报仇复国？”

向德宏眼泪又流了下来，泣道：“莫非敝国就这么被日本吞掉，再无复国可能？”李鸿章道：“复国可能不是没有，但并非一朝一夕之事。”

向德宏眼里又燃起丝丝希望，一抹眼泪道：“请相国赐教，如何才能复国？”李鸿章沉吟道：“一心靠着大清替贵国报仇复国，有些不太现实，本督倒有个主意，不知向使听不听得进去。”向德宏迫不及待道：“只要能复国，本使一定遵办不误。”

李鸿章起身离开太师椅，一边在地上踱着步子，一边紧锁眉心道：“尚泰已被日本掳去，贵国群龙无首，唯一出路是拥立新君，团结各方，积聚力量，与日本展开持久较量。”向德宏道：“那又拥立何人为新君呢？”李鸿章反问道：“向使觉得呢，拥立谁为好？”向德宏道：“国王被掳后，王族成员都受控日军之手，已无人可拥。”

李鸿章回到椅子上，望定向德宏道：“没有更佳人选，只有向使挺身而出，自立为王，挑起报仇复国大任？”向德宏摇头道：“向家受恩深厚，世代忠于王室，从无二心，今国王有难，岂可违背天良，取而代之？”李鸿章道：“忠于王室没错，然王室已不存，忠于谁去？”

向德宏默然无语。李鸿章又道：“尚泰被掳，无王可忠，还可忠于国家嘛。只要向使自立为王，成立海外流亡政府，大清可提供充足粮饷，借台湾陆地和海域，供你操练军队。待练成劲旅，再杀回琉球，赶走日军，登岸复国。”

李鸿章用意，经两百多年变迁，琉球归属悄然发生变化，大清单独挑战日本，时机有些不对。若让向德宏自立为王，以大清做后盾，慢慢积蓄力量，日后发兵驱日复国，琉球便可成为大清前沿阵地，对日构成威胁，可谓两全其美。无奈向德宏胸无大志，缺乏自信，一心只希望大清替他了难，不肯鼓起勇气，实行自救。其实若真能照李鸿章所示，挺身而出，以大清为依托，卧薪尝胆，秣马厉兵，他日杀回琉球，报仇复国，也不是没有可能。

也是不好当面回绝，向德宏表示先回客馆想想，想明白后再禀复李鸿章。李鸿章起身，将向德宏送出门外。临别又鼓励道：“中国有句古话，叫求人不如求己。琉球欲救亡复国，向使还得依靠自己。当然作为千年宗主国，只要向使敢当大任，挺身入局，大清自然不会袖手旁观，定当给予支持，助你力挽狂澜，复国成功。”

向德宏诺诺而退。薛福成送出大门，返回签押房，问李鸿章道：“相国觉得向德宏会听信您老忠告吗？”李鸿章摇头道：“不好说。向德宏凭尚泰姐夫身份，上到高位，做惯太平官，孤忠国王没问题，要他硬起腰杆，勇挑复国巨任，只怕有些难为他。”

李鸿章没猜错，向德宏自此再没现身北洋衙署。薛福成跑到客馆一看，才知已不辞而别，去了北京。当即回禀李鸿章道：“向德宏不敢担当，离馆西行，估计求助朝廷去了。”

李鸿章叹口气，拿出纸笔，给两宫复折。却避而不提伊犁二字，但言向德宏入京后，定会乞兵复国，朝廷可劝其自立为王，再借兵助饷，琉球或许有救。

稿成交薛福成付邮发送，薛福成道：“两宫几度咨问伊犁危机，相国不置一词，却拿琉球说事，岂不令两宫恼怒？”李鸿章道：“字面确实没涉及伊犁，不过庸庵可透过字面，体会背后意思。”薛福成琢磨道：“相国莫非在提醒两宫，日本趁大清西北用兵和伊犁危机，悍然吞并琉球，朝廷若自不量力，树强邻为敌，与俄国闹翻，东南必危，国无宁日？”李鸿章道：“两宫圣明，肯定能理解老夫苦心。想朝臣力主疆防时，老夫多说几句海防重要，举国都骂卖国贼，老夫若明言伊犁只可和谈智取，不可出兵武攻，岂不又被唾沫淹死？”

果然两宫见折，意识到俄国不可得罪，进兵伊犁想法渐消。几乎是同时，向德宏赶到北京，长跪宫门外，哭乞救兵。两宫命奕䜣扶走向德宏，照李鸿章意思，劝其自立为王，徐图复国。向德宏不为所动，口口声声，只请清廷出兵。奕䜣被搅得心烦，急函李鸿章，向德宏不肯自救，清廷又没法出兵，还有无其他方法，迫使日本吐出琉球。

看过奕䜣信函，李鸿章只是摇头，出不得声。干脆走出签押房，来到后花园，准备上环水楼，去看子侄读书。正好毕德格出现在楼前，见着李鸿章，弯腰作揖道：“德格正要向相国请求，回趟美国驻津领事馆。”

入幕北洋衙署后，毕德格潜移默化，见人不是拱手，就是作揖，一副训练有素有的样子。连自称也省了毕字，只说后面两字，当毕为姓，德格为名。反正百家姓里有毕姓，德格也勉强像中国人名，李鸿章觉得未尝不可，也左一个毕先生，右一个德格兄，叫得挺欢。

听毕德格要回领事馆，李鸿章道：“莫不是咱家子侄学不进西学，毕先生失去耐心，干脆一走了之？”毕德格忙摇手道：“不不不，经方经述诸兄弟聪明好学，进步很快，我哪舍得离开他们？再说我刚托战友从美国邮来一批欧美著作，还没来得及读给相国呢。”

李鸿章连声说好，又道：“毕先生回领事馆何为？”毕德格道：“格兰特先生即将来华，领事馆知我跟他关系非同一般，约商接待事宜。”李鸿章道：“早闻格兰特先生卸任美国总统后，携夫人泛舟四海，周游列国，老夫正等着他踏上中国土地，以一睹其风采。”毕德格说：“格兰德先生也久仰相国大名，月前便自越南西贡航抵香港，途经广州，绕行上海，即将到达天津。欧美政商共认当今世界有三大伟人，即相国、格兰特先生及德国首相俾斯麦。格兰特先生即将出现在天津，德格一定协助领事馆做好接待，安排两大伟人愉快会晤。”

说得李鸿章兴致盎然，道：“鸿章岂敢与格兰特和俾斯麦两位伟人相提并论？然格兰特先生万里迢迢，来到天津，鸿章定当设宴款待，以尽地主之谊。”

毕德格连连称善，揖别出衙，赶往美领事馆，转达李鸿章盛意。确定好接待方案，格兰特夫妇所乘客轮也破浪北上，驶近津门。毕德格与美领事馆人员已等在码头，欢呼着把前总统及其夫人迎下客轮，介绍给恭候已久的李鸿章。

一个是名扬中外的大清阁揆，一个是功勋卓著的美国前总统，两个世纪伟人就这样各自伸出双手，紧紧握在一起。有趣的是，美国人牛高马大，格兰特竟身短体挫，中国人普遍矮小，李鸿章却个高臂长，彼此一如小丘，一似大山，拼到一起，有点不般配，略显滑稽。不过英雄不问出处，伟人不论个头，两人相见甚欢，丝毫不在意孰高孰低。

见过面，李鸿章把格兰特夫妇请入八抬大轿，由衙役前面开路，枪队两旁护卫，向北洋衙署徐徐前行。一时间，商民蜂拥上前，引颈观望，热闹非凡。到得衙门前，宾主下轿，携手入署。西花厅已摆好盛宴，宾主落座，推杯换盏，其喜洋洋。酒毕送格兰特夫妇去后衙上房午休，午后再迎至环水楼一楼客厅叙话。毕德格自然在座，为新旧二主做翻译。

问过午休休得如何，李鸿章道：“总统大人结束南北战争，统一全美，把人民从灾难中解救出来，可谓再造美国，功德无量。若在咱中国，朝廷和民间会建置生祠，将您雕像供奉在神龛上，当作救苦救难的菩萨，敬香献果，顶礼膜拜。”

听过毕德格翻译，格兰特爽朗大笑，道：“美国讲民主，讲平等，不讲个人崇拜，何况我已离开白宫，无异于平民一个，才没人肯劳神费劲供奉呢。相国战太平军，剿东西二捻，军功盖世，继引进西学，开创洋务，固守海疆，主办外交，事功卓越，不知大清朝廷和人民给您建造生祠，供奉礼拜没有？”李鸿章笑道：“大清敞开国门后，西风东渐，带来民主思想和独立精神，才不会有人崇拜本督呢。”格兰特道：“不崇拜也罢，中国有句老话，公道自在人心。相国有大功于国，国民自会牢记心头，不必供在祠堂里，念在嘴巴上。”

李鸿章表示赞同，叹道：“中国还有句老话，木秀于林，风必摧之。本督因有寸功于世，又肩负洋务、海防和外交重任，难免遭人嫉妒，每倡办一事，都会有言官御史揪住不放，大肆参劾，非置我于死地不可。然大清积贫积弱已久，总得有人挺身入局，徐图自强，以免继续落后挨打。本督也就顾不得太多，只要太后理解，朝廷支持，便咬紧牙关，身体力行，办成一事算一事，假以时日，铢积寸累，积少成多，总可成就大功，使大清摆脱困境，走向富强。至于个人宠辱毁誉，皆可置之脑后，更不敢奢望垂名青史，传诸后世。”

格兰特颇有同感，道：“本人主持南北战争时，军民一心，同仇敌忾，取胜不难。国家统一，入主白宫，欲重建家园，泽惠于民，却常遭掣肘和攻击，很难成事。此番游历欧洲，过境德国，与铁血宰相俾斯麦先生会晤，他也感叹，指挥普奥和普法战争期间，朝野拥戴，君民支持，停战后收拾河山，却屡遭反对，背负恶名，苦不堪言。”

毕德格翻译毕，忍不住插嘴道：“你们是本世纪世界三大伟人嘛，做伟人就得干伟业，不得不面对伟人不可回避的难题和苦恼。”

说得两位哈哈大笑。李鸿章笑过，深有感触道：“既然大任在肩，无论处于何时，无论走到哪里，无论福兮祸兮，唯有冷静理智，笃定坚持，即使黑暗来临，风暴在前，诽谤四起，攻讦如箭，失败难免，生死难料，也要像参天大树和昂然雄狮样，坚持不懈，决不倒下。”

格兰特颇觉吃惊，望定李鸿章道：“这不是咱美国诗人惠特曼《草叶集》里的句子吗？在美国几乎人皆成诵，本人面对挫折和打击时，便会大声念叨，以鼓勇气，以励壮怀，怎么相国也张口就来？”李鸿章笑笑道：“这要问毕德格先生。”

毕德格便给格兰特解释道：“相国不仅满腹中国诗文，也非常喜爱世界各地文化，经常让我用汉语给他念读欧美经济哲学法律建筑科学和文学名著。美国虽建国仅百年，没有中国五千年文明，但民主思想，科学精神，政治经济硕果累累，文学方面也出现不少大家。当我拿出梭罗《瓦尔登湖》，或惠特曼《草叶集》等著作，念给相国听时，很快成为其至爱，精彩之处，甚至过耳成诵，牢记于心。”

异国遇知音，格兰特倍感荣幸，顿时视李鸿章为知己，两人兴致勃勃谈论起美国文学来。谈得忘记时间，谈得格兰特夫人朱莉娅内急，起身离座，出门如厕。没走两步，发现丈夫手杖在自己手里，又掉头放回座旁。格兰特仅大李鸿章一岁，现年五十八，照理还不到扶杖时候，只因战争期间受过腿伤，行动稍有不便，才杖不离手，只有坐下来，才搁到座边，或交作陪人暂管。夫人在侧，手杖自然便到了她手上。

李鸿章眼盯手杖，玩笑道:“好漂亮的手杖，是不是总统先生离开白宫，手无权杖，不太习惯，以手杖代之？”格兰特笑道:“本人还不至于如此贪恋权杖。”顺手拿过手杖，递给李鸿章，笑道:“相国瞧瞧，到底是手杖，还是权杖。”

李鸿章接住，才发觉手杖非同一般。手柄处镶着一颗铜钱大的钻石，另有小钻石数颗环绕，有如众星拱月。一时爱不释手，以指反复摩挲钻石，嘴里喃喃道:“此杖颇有深意，也只总统先生才配得上。”格兰特道:“深意何在？”李鸿章道:“大钻石正好象征总统大人，美国民众仿佛诸多小钻石，紧随您周围。”格兰特笑道:“相国高看，其实没这么深刻。”

直到朱莉娅回来，李鸿章还在把玩手杖，舍不得脱手。格兰特不好意思道:“区区手杖，相国喜欢，本当奉送。然此杖系我卸任时，工商界制授，代表国民公意，实在不便私自转赠。可否待我回国后，征得送杖人同意，再奉寄相国如何？”

李鸿章递还手杖，笑道:“此杖高雅，本督不配，不过好奇而已，不敢横刀夺爱。”

会谈结束，格兰特夫妇离开北洋衙署，来到美国驻津领事馆，接见美国在津官商。隔日摆设豪宴，回请李鸿章和中国朋友。从北京赶过来的美国公使杨约翰也在座，代恭亲王奕䜣欢迎格兰特夫妇入京访问。李鸿章趁机介绍奕䜣不凡气质和丰功伟业，格兰特心向往之，恨不得立刻赶到奕䜣面前，一睹其尊容。嘴里道:“听说因伊犁归属问题，中俄关系紧张，箭在弦上，恭亲王还有闲心接见我吗？”李鸿章道:“总统先生畅游各国，见多识广，恭亲王正好向您讨教外交，该如何处理与俄关系才是。”

格兰特倒也乐意为之，说:“中国内战结束不久，又刚刚打开国门，国不富，军不强，还是以和为上，不可轻易与俄开战。只有争取和局，加快引进西学西器，变得逐渐强大，中国才有资格与列强一争高下。其实富在深山有远亲，国家变得富强，各国都愿结亲攀友，彼此平等商贸，也就不存在谁欺侮谁的问题，争与不争都一样。美国结束南北战争后，全力发展经济，逐渐变得强大，各国都愿修好，经商往来，共同发财，没人想着要欺侮美国。就像身强体壮，外邪不入，一旦身虚体弱，百病来侵，不得安宁。”

李鸿章深以为然，道：“总统先生高见，中国唯一出路就是先办好自己的事，富国强军，再言其他。本督还有事讨教，就是日本吞并琉球，琉球使臣来华求救，大清救还是不救？”格兰特道：“伊犁危机未解，大清若无两面开战能力，琉球事件还得谨慎为妥。”李鸿章道：“不知总统先生可知，美琉已签署通商条约，日本吞并琉球，必伤害美国利益。美日美中更是贸易频繁，中日开战，美国难免损失惨重。”格兰特道：“众所周知，美国与中日琉关系密切。因此离开中国后，我还会访问日本，一定居中调停，督促日本尊重琉球民意，放回琉球国王，以免引起中日冲突，破坏东亚和平。”

格兰特不只嘴上说说，确是真心希望中国拥有和平环境，以便发展经贸，徐图自强，中美之间好加大通商，互利互惠。到北京后，便苦口婆心，劝说奕訢，尽量通过和谈，解除伊犁危机。到日本后，也没忘李鸿章嘱托，力劝天皇，放弃琉球。天皇心有所动，征求内务卿伊藤博文意见，伊藤博文坚持吞琉不动摇。格兰特调停未果，只好给李鸿章写信，表示歉意，再次强调中国若学日本，效法西法，广行制造和通商，则国势必日益强盛，各国不敢侵侮。否则不思进取，故步自封，继续羸弱下去，日本以一万劲旅，可直驱中国境内三千里。

琉球则已经“脱属”有时，为日吞并，中国视而不见，情有可原。伊犁则是中国领土，受控于俄，太说不过去。可用兵不仅打不过俄军，还会引火烧身，危及内地。李鸿章痛定思痛，忙寄密函给奕訢，希望他争取中俄和局。

读毕李鸿章密函，想起格兰特争取和局的忠告，奕訢说服两宫，还是设法与俄和议，以谈判手段，要回伊犁。两宫又召朝臣廷议，再次招致激烈反对。有人怀疑主意来自天津，当廷破口大骂李鸿章，说李鸿章厉害，就带着淮军西进，先灭掉左宗棠楚军，再跟俄国人和谈。

两宫又犹豫起来。奕訢再发快函，请李鸿章另想高招。李鸿章能有啥高招？只好函请奕訢，做好两手准备，明让左宗棠出兵，暗做和谈准备。奕訢担心左宗棠好大喜功，万一领着大军硬攻伊犁，岂不坏我和谈大局？李鸿章要奕訢别担心，左宗棠聪明得很，深知以休战没几天的疲惫之师去战虎狼俄军，毫无胜算，肯定不会鸡蛋往石头上碰，自取灭亡。

奕䜣觉得有理，经与两宫商量，传旨左宗棠，率师出征。时值光绪六年（1880）四月，西北寒气未散，风沙漫卷，左宗棠以六十九岁高龄，勉强爬上战马，同时命人抬口大棺材，跟随于后，自肃州悲壮出关，向哈密进发。

左宗棠真会造势，一时中外轰动，人心大振，满朝文武充满必胜信念，个个面带得意之色，坐等西北捷报传来，好印证主战多么英明神圣。军机大臣武英殿大学士宝鋆赋诗赞美左宗棠：七十年华熊豹姿，侯封定远汉官仪，盈胄灏气吞云梦，盖代威名镇月氏。

领军作战自然没吟诗作赋好玩，马背上的左宗棠心里有数，七万楚军出生入死，驰骋新疆两年，侥幸活过来的将士，只想拿着朝廷赏银，早日归乡，娶妻生子，造屋置田，过几年富贵日子，没谁甘心再上战场，把命丢在异乡做野鬼。何况俄军不是阿军乌合之众，兵强马壮，枪良炮利，楚军想取胜，毫无可能。一路上，左宗棠走走停停，不时回头，望望背后黑色棺材，还有大漠孤烟，长河落日，问护卫身旁的刘锦棠道：“俄国水师派出二十三艘军舰，集结辽海，你说大清水师抵不抵挡得住？”刘锦棠说：“俄军船坚炮猛，仅次于英国铁甲，大清水师几艘蚊子船，外加闽沪两局所造糙船，又哪是对手？”左宗棠说：“大清水师既然挡不住俄舰，李鸿章会不会像老夫一样，也备口棺材，好有用场？”刘锦棠说：“李鸿章不用备棺材。”左宗棠说：“莫非李鸿章有能耐击破俄舰？”刘锦棠说：“李鸿章不用击破俄舰，只等北洋水师舰船一沉，他跟着沉入海底，葬身鱼腹，正好省去棺银。”

“想那李鸿章，与翁同龢一外一中，一个总督直隶执掌北洋，一个以帝师主管户部，都没少发国难财，朝野因而传言：宰相合肥天下瘦，司农常熟世间荒。”左宗棠迎风笑道，“翁同龢小人一个，不足挂齿，只道李鸿章富可敌国，临时连棺材都守不住，悲矣哉，悲矣哉！你说人活世上，要那么多银子干啥是不是？可恨李鸿章与老夫争斗大半辈子，次次被他占去上风，如今死到临头，老夫至少比他多口棺材，看他还有啥可争的。”

说罢，左宗棠哈哈大笑，笑得老泪都快流了下来。笑过之后，又问刘锦棠道：“李鸿章不用备办棺材，又会干些什么呢？”刘锦棠说：“末将以为，李鸿章可能正在四处周旋，争取和议。”左宗棠说：“老夫与两宫都去函咨问过李鸿章，该战还是该和，他不愿插手西北战事，故意装聋作哑，莫非一下子变得不聋不哑起来？”刘锦棠道：“李鸿章不愿插手西北战事没假，可他也不甘死无葬身之地呀。”

说得左宗棠又大声笑起来。大漠无垠，西风如刀，这笑声显得落寞而又苍凉。刘锦棠没说错，李鸿章不甘已起步的富强事业因中俄开战受阻，正在挖空心思，争取和议。原来崇厚被判斩立决，军机大臣沈桂芬生怕牵连进去，心惊肉跳，一病不起，满头黑发都急白了。沈家大公子找到恭亲王府上，哭求奕䜣，救父亲一命。奕䜣于心不忍，说：“恐怕只有李鸿章能救令堂。本王给李鸿章修书一封，你拿着跑趟天津吧。”

奕䜣书信写就，沈公子如获救命稻草，快马飞奔天津，冲进北洋衙署，扑通一声，跪倒于李鸿章膝前，声泪俱下，诉说父亲惨状。一边呈上奕䜣信函，请年家父阅处。李鸿章扶沈公子起来，看过书信，沉吟道：“乃父推荐崇厚出使俄国，崇厚俄差办砸，乃父与崇厚生死攸关，要救乃父，得先免崇厚，崇厚不死，乃父才可免罪。”

听李鸿章如此说，沈公子脸上戚色稍减，眼巴巴望定对方，听其吩咐。李鸿章道：“你先去客房歇息，老夫这就给恭亲王写信，好与他联手，争取两宫赦免崇厚。”

沈公子被家仆带走后，李鸿章开始给奕䜣写信，旧话重提，力陈俄国陆军威猛，海军强大，且中俄三万里海陆边境相连，战衅一开，中国必败，将永无宁日。眼下最应该做的，是先赦崇厚无罪，留些面子与俄国，再派人入俄，请求改约。

议论纵横，洋洋洒洒，开笔便是四千余言。书毕投笔，叫入薛福成，递上信函，说：“这是老夫写给恭亲王的书信，你照里面意思，草拟份奏折。字数控制在六七百字间，不能像老夫样，手心发痒，笔头一动，便收不住。”

薛福成看过书信，忍不住道：“真可谓文如其人，相国为人慷慨，处事通达，心底无私，落落大方，做起文章来，亦文气磅礴，笔力如刀，且收放自如。论做长文，满朝文臣，无人可及啊。”李鸿章说：“铁匠难打钓鱼钩，老夫粗人一个，只会打斧子、锄头和犁铧。还是庸庵刀笔厉害，善制万言宏篇，亦可做百字短折，才是正经文章高手。”

相互恭维几句，薛福成告退出门，回屋拟成六百余字短折，送入签押房。李鸿章很满意，加盖印鉴，连同写给奕䜣的书信，一并交给沈公子，又吩咐几句。沈公子快马加鞭，返回京师，来不及归家，便直奔王府，求见奕䜣。奕䜣阅信大喜，赶忙带上李鸿章奏折，进宫叩见两宫太后。看过李折，两宫心里才有了数，真听信朝臣叫嚷，与俄国开战，后果不堪设想，唯派人入俄改约，争回权益，才是上上策。要想改约维权，须先免崇厚，赢得俄国信任。可才判崇厚斩立决，转背又赦其无罪，朝廷面子又往哪儿搁？

国家也好，个人也罢，越没里子，便越要面子，越喜欢争闲气，图虚荣，有意无意间，老想着拿面子去掩盖里子。因这不值一文的面子，两宫又犹豫起来，迟迟决断不下。事传到张之洞耳里，得知李鸿章敢冒大不韪，请求先救崇厚，再派员赴俄议和，不禁火冒三丈，发动群臣，连续上折，大声呼吁，崇厚必死，俄战必开，伊犁必归，千万不能以李鸿章无耻谰言为是，误国误民误江山。为江山社稷着想，不仅崇厚不可赦免，连李鸿章也应捉拿归案，一并法办处斩，以谢天下，好让楚军义无反顾，全力收复伊犁。

毕竟李鸿章威高望重，为两宫所倚重，不是喊几声法办处斩，就可法办处斩的。张之洞等人得不到两宫回应，便捕风捉影，罗织李鸿章罪名，什么贪赃枉法，什么假公肥私，什么克扣军饷，什么密通俄国，只要想得到的，便顺口哇哇，一吐为快，管他属实不属实。目的是先把李鸿章搞臭再说，反正他一嘴难敌众口。实在找不到词汇，便骂李鸿章不学无术，一辈子就靠打痞子腔，对外糊弄洋人，对内欺蒙两宫。

诅咒声传到天津，薛福成替李鸿章抱不平，说："朝臣真无耻，什么脏水都往相国身上泼，连不学无术都搬了出来。相国两榜出身，才之高，学之深，术之精，朝中谁人能比？至于求富图强，折冲樽俎，更无朝臣能望其项背。"李鸿章大度笑笑："怪不得朝臣，老夫给皇上和两宫上折时，喜欢说自己本无学术，正好被这些人抓住把柄，借题发挥。"

其时周馥也在座，亦愤愤不平道："相国上折自言本无学术，不过自谦而已，便真的不学无术不成？士大夫之间，口头交流，或书信往来，常自称颟顸愚昧，莫非便可据此认定其颟顸愚昧？还有什么痞子腔，亦不过是相国自贬，也成了朝臣话柄。当年文正（曾国藩）公与相国私下闲聊，论及洋人狡诈，该如何应对才不至于吃亏，相国随口说可打痞子腔，意即以其人之道，还治其人之身，不想二十年过去，又被朝臣拿来说事，可笑不可笑？”

薛福成哂道：“二十年前相国投奔文正公，正值曾府鼎盛时期，可谓群贤毕至，人才济济。尤其口能言，手善写者，更不乏其人，比如赵烈文之辈。这些文人身无功名，却也满腹经纶，学问不浅。只是论历练，论情怀，论胸襟，论深谋远略，还有实际办事才干，自不可与相国同日而语。也是文正公眼光毒辣，知人善用，只遣赵烈文辈以刀笔差办，而看准相国文韬武略，委之以军政大权，相国因此成就盖世奇功。文人有个通病，就是自以为是，自以为高明，误认为说得好，写得妙，就能做得到，成得了事。尤其与相国同为文正公幕僚，接触频繁，自觉彼此间也差不到哪儿去，偏偏相国功成名就，自己怀才不遇，寄人篱下，一辈子只能舞舞文，弄弄墨，难免暗生嫉妒，心有不服，于是搜肠挖肚，翻寻相国旧时言论文章或行为举止，拿过来，挂在嘴上，写入文中，以贬低相国，抬高自己。”

说得李鸿章哈哈大笑，道：“没如此严重。倒是庸庵看人阅事，确有独到之处。也让老夫明白一个事实，世人尤其士大夫们，没几人不乐于抬高自己，贬低别人。方式自然多得很，惯常手段便是正话反说，反话正说。比如老夫自说本无学术，如今想来，其实是暗示两宫，鸿章多少有些学术，不然也承担不起朝廷所托大任。”

周馥笑道：“照此说来，相国自称痞子，真正要说的是，自己本是君子，君子遇见痞子，君子一套失灵，犹如秀才碰着兵，有理说不清，只好装作痞子，看看谁痞得最狠，痞得更有水准。”薛福成说：“周道言之有理。再比如相国说，铁匠难打钓鱼钩，自己粗人一个，只会打斧子、锄头和犁铧，似也可理解为，相国在夸自己擅作宏文，不屑小品。”

也是李鸿章坦荡，承认道：“老夫确有自我标榜之嫌。人皆有张扬显摆冲动，又不便表现得太露骨太肉麻，才故意自我贬低，以抬高自己。比如自说粗人，其实意思是说，自己大度大气，颇有格局。反过来，不便当面说人不行，只有夸大其词，说人如何高明，如何了不起，其实真正想说的是，你也莫过如此。比如当面说你才高八斗，学富五车，真能认可你才高四斗，学富两车，不暗里骂你草包，就已很不错。”

周馥说：“看来人家夸你，或你自我贬损，都当不得真。故古人只说闻过则喜，没说闻夸则喜。有人当面夸你好，说不定是在讥讽你，耍弄你，最好别信以为真，得意洋洋，误了自己。倒是世上难得有人当面说过，万一碰到谁点出你过失，确实该自省自省。或许你自屎不臭，自尿不臊，而旁观者清，给你当头棒喝，你正好改过自新，该欢喜才是。当然居心不良图谋不轨者，肆意污蔑，恶意中伤，则另当别论。比如张之洞诸君骂相国不学无术，皆因相国才高识大，令其嫉妒愤恨；咒相国为痞子，正因相国人正品端，让其相形见绌。凡此种种，自可当耳旁风，一笑了之，大可不必太在意。”

此话挠到李鸿章痒处，他拈须而笑：“两侧附耳，总得发挥点作用，不能老闲置在那里，仅拿来配相。金玉良言，一只耳朵装不下，得两只都张开，不嫌其多。谀辞废话，当一只耳朵进，一只耳朵出，别往心里去。诽谤谩骂，更应挡在耳后，充耳不闻，任其随风而逝。就如惠特曼诗语：即使黑暗来临，风暴在前，诽谤四起，攻讦如箭，失败难免，生死难料，也要像参天大树和昂然雄狮样，坚持不拔，决不倒下。”

周馥与薛福成深以为然，说相国阅尽人间，经多风浪，才会有此经验之谈。

话题扯得太远，李鸿章赶紧往回收，说：“张之洞之流没上过战阵，喜欢纸上谈兵，殊不知打仗并非儿戏，是要死人的，还得百姓勒紧腰带，交出粮饷。左宗棠剿长毛，征捻匪，战阿军，几度从死人堆里爬出来，最懂战事之残酷，只因身为疆臣，不愿担怕死卖国之恶名，才模棱两可，说先折之以议论，次决之以战阵，再在朝臣一片开战声中，抬口大棺材，悲壮出关。可怜大学士宝鋆年纪不轻，竟不谙世事，写诗大加赞扬，哪知左宗棠有苦说不出，抬棺出征，看去壮烈，实在暗示朝廷，俄军不是阿军，攻打伊犁，绝无胜算，唯死路一条。”

薛福成感慨道：“虎狼俄军，船坚炮利，战力超出大清百十倍，两国开战，明摆着清军必败。正因如此，相国才向恭亲王和两宫太后力争，赦免崇厚，与俄和议，别让清国再陷战火，失去求富图强良机。”周馥也说：“看去相国救崇厚，实乃救大清，救四万万同胞啊。别无他法，相国还得奏请两宫，免去崇厚斩立决，改善与俄关系。”

话说到李鸿章心坎上，当即嘱薛福成拟稿，再次上折两宫。两宫见到折子，再也顾不得大清面子，谕令三法司，改判崇厚斩监候。同时据李鸿章奏议，电令驻节英法的中国公使曾纪泽，就近赴俄，争取和议。曾纪泽乃曾国藩长子，从小就在父亲督促下，修习西语西学，近因李鸿章保荐，才接替郭嵩焘，出使英法。

收阅朝廷电令，曾纪泽立即整理行装，带着助手，往俄罗斯出发。可到得俄国边界，俄廷却不让其入境。原因简单，崇厚还背着斩监候判决。洋人不知斩立决与斩监候有何区别，但见“斩”字，心怀不满，觉得大清诚意不够。曾纪泽面对俄国大门，不得而入，急得团团转，忙给李鸿章发电报，请求声援。李鸿章又上折两宫，奏请好事做到底，干脆判崇厚无罪，别留着令人恐惧的斩字。最好让左宗棠也做出姿态，退回兰州。

两宫有些不高兴，嫌俄国人啰嗦。朝臣更是怒火中烧，大声叫嚷，决不可去掉崇厚头上斩字，更不能叫左宗棠退兵，应该打起精神，与俄一战，鱼死网破。

李鸿章奏请无效，中俄紧张局势箭在弦上，已到一触即发地步。张之洞等主战派生怕两宫受李鸿章蛊惑，召回左宗棠，避开奕䜣，跑去给奕譞出主意，说是只要请动一个人，便可坚定两宫必胜信心。奕譞问此人是谁，张之洞说出戈登名字。

十六年前淮军不战而获苏州，继而扫清金陵外围太平军，常胜军历史使命完成，被李鸿章解散，戈登打道回国，不久出任埃及总督，期满转任印度总督秘书。奕譞听信张之洞，见着两宫，提及戈登，慈禧眼睛一亮，说：“戈登若能来华，助我一臂之力，何愁不能战胜俄军？只是戈登为李鸿章老部下，李鸿章力主和议，恐怕不肯出面邀请戈登。”奕譞说：“李鸿章愿出面更好，不愿出面，总署以其名义，函邀戈登也一样。”

得到两宫恩准，奕譞派人飞速赶往天津，发电报给戈登，就说李鸿章请他来华，统领清军，对俄作战。接到电报，见着李鸿章三个字，戈登二话不说，带上行囊，自印度登船，兴冲冲往中国赶。二十多天后，天津码头便历历在目矣。

时值孟夏时节，暑气初现，李鸿章得知戈登快到，哪里没去，坐等其来访。果然戈登登岸后，连英国驻津领事馆都没去，先乘马车向北洋衙署赶来。离衙署还有十数丈远的样子，便忍不住掀开车窗，向外张望起来。只见李鸿章站立门前，翘首以待。戈登心头一热，觉得马车速度太慢，干脆跳下车，飞奔而前。

李鸿章也迎上去，戈将军三字还没出口，戈登便先张嘴一声鸿帅，伸出两只大手，牢牢抓住十六年没见的老上司，禁不住泪眼模糊，哽咽无声。已好久没人叫自己鸿帅，戈登这一声呼唤，让李鸿章百感交集，想起当年金戈铁马，气吞万里如虎，一切恍惚还在目前。

四只大手紧紧相握，许久才松开。李鸿章退后一步，打量戈登一番，含泪笑道："岁月催人老，老夫已老眼昏花，戈将军也霜欺两鬓，不再年轻。"戈登用衣袖擦擦眼角，故作欢颜道："时间不等人啊。当年戈登统领常胜军，与淮军并肩作战，就听鸿帅说过，中国古代有个大诗人也姓李，好像叫作李白来着，曾作诗曰：弃我去者，昨日之日不可留；乱我心者，今日之日多烦忧。世上谁有此本事，留得住匆匆岁月是不是？"

"是啊，人生长恨水长东，世人可留芳名于后世，却没法挽时间于眼前啊，故子在川上曰，逝者如斯夫。"李鸿章点头不已，"时间无情，一去不复返，可人只要情缘未尽，别后总有机会重新走到一起。"戈登说："戈登此行，正是来与鸿帅重续旧缘，不然总理衙门一封百十字的电报，哪能召得动我远涉重洋，再次踏入中国土地？"

寒暄几句，两人并肩入衙，来到后衙，举酒共饮，畅叙别后之情。酒至半酣，李鸿章问道："戈将军此行，真想如当年样，组建常胜军，协助清廷，对抗俄军？"戈登说："戈登听鸿帅召唤，鸿帅指东，我不走西，鸿帅指北，我不奔南。"李鸿章笑道："你可是大清朝廷邀请来的，老夫哪敢指挥你？"戈登说："清廷算什么？戈登只需纠集数千英法枪兵，外加两百名炮手，便可轻轻松松攻下北京，活捉光绪皇帝和两宫太后。"

话说得刺耳，却一点不夸张，咸丰末年英法联军就是这么攻入北京的。李鸿章吱声不得，只听戈登又道："当然末将不会如此鲁莽，轻举妄动，除非鸿帅发话。"

小子话里有话呀。李鸿章笑道："老夫乃大清老臣，受恩深厚，怎么会让你去攻打北京呢？戈将军还是先入京见过醇亲王，看看朝廷有何差遣。"戈登说："清廷战和不定，也不知可派我什么差遣。"李鸿章说："照戈将军看来，朝廷该战还是该和？"戈登说："俄国海军不如英国，陆军不如德国，然陆军比英国强，海军比德国强，海陆综合战力，无论英国还是德国，都不见得能与其抗衡，更不用说中国。毋庸置疑，中俄只要开战，半年内中国必亡。"

真是英雄所见略同啊。李鸿章早看到这一点，才极力反对朝廷与俄开战。可惜满朝皆昏聩，只知意气用事，远不如远在印度的戈登明白。李鸿章说：“照戈将军意思，中俄唯有议和啰？”戈登说：“议和是清廷唯一出路。不过万一中俄开战，于鸿帅来说倒不一定是坏事。”

意识到戈登要说什么，李鸿章忙举杯打断他：“来来来，老夫敬戈将军一杯。”戈登笑笑，咽下未出口的话，干掉杯里酒，道：“明天咱就起程赴京，见过醇亲王再说。”

翌日戈登离津西行，赶往北京。仿佛救星从天而降，奕譞激动不已，把戈登迎进醇亲王府，好酒好肉，一番款待。再请入密室，问计道：“将军实话告我，若让你领兵抗俄，有多大胜算？”戈登说：“有六成胜算，如果听信末将之言。”

奕譞大喜，道：“愿闻其详。”戈登说：“若与俄开战，必须做好打持久战的准备。”奕譞说：“持久战怎么个打法？”戈登说：“先迁都。”奕譞惊讶道：“北京多好，迁都干啥？”戈登说：“京津近在咫尺，俄军一旦登陆，几天便可打到北京。京城一破，中国自亡。”

俄军难道有这个能耐？奕譞不肯相信，说：“咱有北洋水师与大沽炮台，可拒俄舰于海外。”戈登说：“醇亲王比戈登更清楚，清廷倾全国之力，支撑西北战事，东南水师经费严重不足，年仅数十万两银子预算，都无法足额兑现，数年不更新旧舰，添置舰炮，也不增募陆师，加筑炮台，如何与强大俄军对抗？就算北洋水师与大沽炮台能抵挡俄国海军，人家还有威武陆军，可自东北入境，两个月打到北京，攻破城门，占领紫禁城。”

说得奕譞哑口无言，半晌才道：“若照将军设想迁都，情形又会如何？”戈登说：“迁都之意义，在于打持久战，先引狼入室，再挖煤制器，造枪造炮，以便关起门来打狼，慢慢耗尽俄军元气，最后逼其举手投降。”奕譞道：“难道不迁都，便不可与俄军一战？”戈登说：“若不迁都，只能议和。”奕譞道：“朝廷派曾纪泽赴俄议和，俄国不放其入境，如何是好？”戈登说：“赦免崇厚，召回左宗棠，俄国自会接纳曾纪泽。”

说来说去，欲解决中俄危机，要么战，要么和，不会有第三条路，既不战也不和。奕譞出府入宫，去见两宫太后，传禀戈登战和建言。慈禧依然决断不下，沉吟半晌，才道：“还是把各王公大臣召集拢来，一起商议商议吧。”

众臣应召进宫，听奕譞转述完戈登言论，又引起满堂蛤蟆叫。李鸿藻首先站出来道：“戈登说得轻巧，京都乃大清根本，是他一句话，说迁就迁得动的？”宝鋆接着道：“清朝入关伊始，就定都北京，威服四海，荡平八方，可谓战无不胜，攻无不克，何曾动过迁都之念？今因伊犁事件，与俄国对抗，便迁都他处，伤筋动骨，成何体统！”

其他大臣也你一言，我一语，大放高论，各抒己见，无非都不可迁，和不可议，先跟俄国拼了再说。倒是张之洞一向好放厥词，这会儿却颇沉得住气，木头样站在那里，一言不发。慈禧觉得奇怪，张口问道：“张之洞为何不吭声呀？”

张之洞这才出列道：“戈登言论确实高明，只是微臣听来，怎么如此耳熟，像在哪里听过似的？”慈禧一时没明白过来，问道：“戈登初来乍到，你在哪里听过此番言论？莫非入宫前，你已见过戈登？”张之洞说：“戈登来者不善，微臣自然不会与他接触。微臣不过觉得戈登口气，怎么听怎么像李鸿章腔调，到底是巧合，还是事出有因？”

被张之洞一语点拨，众臣恍悟过来，忍不住嚷嚷道：“戈登进京前，在天津逗留过，肯定拿了李鸿章不少好处，才帮着他给醇亲王传话，怂恿朝廷冒险迁都，以陷大清于混乱，他与李鸿章好浑水摸鱼，图谋不轨，以期达到不可告人之目的。”

一触及李鸿章，事情便变得复杂起来。戈登系李鸿章旧时战友和生死之交，一入中国，便先去北洋衙门拜会老上司，谁知他俩说了啥，会干什么勾当？连慈禧也顿生疑虑，暗忖自己对李鸿章不薄，他也许不会有啥异心，可戈登赳赳武夫，谁知他脑袋里会想些什么？

奕䜣也在场，本想替戈登辩解两句，因话太敏感，也只好缄嘴不响，任众臣借题发挥，说过戈登不是，又往李鸿章身上泼脏水。慈禧知道议不出名堂，宣布退朝。

三、夜梦无心，昼梦有意

闻知朝议结束，戈登再度来到醇王府，探听虚实。奕譞哼哼哈哈，顾左右而言他，不提朝议一字。戈登只得告辞，去恭亲王府拜会奕䜣。奕䜣也不好说什么，只问戈登，在津见李鸿章时，相谈愉不愉快。戈登敷衍几句，转入英国公使馆，叩见威妥玛。威妥玛信息灵通，多少知道些朝议内情，说："戈将军此番中国之行，只怕白跑一场。"

戈登也不觉奇怪，却多少有些失落，叹息道："清廷最忌洋人，末将也知贸然来华，难有作为。"威妥玛问道："那你还兴冲冲往中国跑干啥呢？"戈登说："咱为鸿帅而来。"威妥玛说："莫非李鸿章用得上你？"戈登说："就看鸿帅愿不愿干番大事。"威妥玛说："你想要他干什么大事？"戈登说："取代清廷，自立为帝，实行君主立宪；或通过选举，出任总统，率领中国人民，求富图强，改天换地。"

威妥玛凝视着戈登，好一会儿才说："中国富强，对你有什么好处？"戈登说："我爱鸿帅，也爱中国，希望在鸿帅统治下，中国尽快改变面貌，与英国友好，扩大贸易，互利互惠。"

"仿佛年深月久之老屋，清朝基陷础动，摇摇欲坠，若非曾李左等汉臣鼎力扶持，早轰然倒塌。如今曾国藩已故，左宗棠已老，余下李鸿章一人，不知还能支撑多久。"威妥玛感慨起来，"不久前本使会晤德国公使巴兰德，论及清朝未来，也觉得不容乐观。不说别的，单说中俄条约，不管内容公不公平，毕竟崇厚代表朝廷赴俄签字，没违背《万国公法》，清廷判崇厚斩立决，公然挑战俄国，实属重大失策。经李鸿章努力，改判斩监候，仍留下一个斩字，叫俄国人作何感想？中国输理在先，实力又远不及俄国，朝臣还要坚持杀崇厚以泄愤，不惜与俄一战，这不明明在自毁长城吗？还有醇亲王奕𫍽，身为帝父，只知跟众臣嚷嚷，也不想想俄军打进北京，对他皇帝儿子有什么好处。”

说曹操，曹操到，刚提及巴兰德，巴兰德便出现在使馆门口。威妥玛起身出去，将客人迎入屋里。见戈登也在，巴兰德招呼道：“本使来贵国使馆，正要托威使找戈将军，想不到将军就在馆里。”戈登说：“巴使找末将，有何见教？”巴兰德说：“俾斯麦先生得知你到了中国，有话想通过你，传达给李鸿章。”

俾斯麦乃德国现任首相。戈登觉得奇怪，问道：“俾相有什么话，要末将传达给鸿帅？”巴兰德放低声音道：“俾相希望趁中俄危机，李鸿章能在戈将军帮助下，率领淮军，攻入北京，取代清朝，自己出任总统。”

戈登望眼威妥玛，两人会心而笑。巴兰德看看两位，说：“你俩笑什么？”威妥玛道：“本使刚与戈登先生论过，清朝已难以为继，唯有李鸿章站出来，改朝换代，才可能拯救中国。”巴兰德乐道：“太好啦，咱们都想到一块去啦。李鸿章肯做总统，各国公使与领事，一定会促成自己国家，竭尽全力，支持李鸿章。”

威妥玛不由得激动起来，说：“堂堂大清，四亿多人口，也就李鸿章心智健全，头脑清醒，知道中国不可能孤立于世界格局之外，务必结交西国，研习西技，译书制器，开矿采煤，修铁路，通电报，购铁甲，兴海军，以后发制人，后来居上，真正实现富强。中华地大物博，一旦富强，又肯与各国通好贸易，各国都有利可图，自会支持李鸿章取清朝皇帝而代之。”

巴兰德点头道：“威使言之有理。戈将军，就看你怎么说服李鸿章，自愿出任总统。”戈登说：“戈登最爱鸿帅和中国，自会赴津游说他。不过巴使既然受俾相之托，恐怕也得露露面，亲口传达俾相盛意，也许更能说服鸿帅。”

威妥玛说：“清廷召戈将军来华，却战和不定，您待在北京，恐怕没太多事，还不如趁早离京返津，免得朝臣们看着你不舒服。本使先在北京游说各国公使，随后再东行去见李鸿章，劝他挺身而出，担起振兴中国之大任。”

隔日戈登到总理衙门转上一圈，没人把他当回事，只得知趣而去，赶赴天津。走进北洋衙门，一见李鸿章，便摇头道：“真拿那帮王公大臣没法，口里喊战，却不知怎么战，胜算到底几何。奕譞奕䜣兄弟，则一个要战，一个要和，弄得两宫太后不知战好，还是和好。”

时值六月天，李鸿章见戈登热汗涔涔，亲自提过陶罐，倒杯凉茶，递他手上，叹息道：“大清朝廷就这样，无论大事小情，总是优柔寡断，非得火烧眉毛，才不得不被动应对。”戈登说：“中国要想成事，恐怕只能指望鸿帅您啊。”

李鸿章鼓着老眼，望定戈登，半晌无声。戈登过去关紧房门，再返身回来，轻声道：“当年鸿帅入幕曾府，据说曾大帅曾传授挺经予您，如今到了用得着的时候。”

李鸿章慢慢收回目光，端过茶杯，放到嘴边抿抿，支棱两只耳朵，捕捉着耳边声音。只听戈登继续道：“中国要想实现富强，立于不败之地，与西国平起平坐，两宫靠不住，亲王靠不住，满汉大臣靠不住，只有靠鸿帅自己，照曾大帅所授挺经去做，挺身入局！”

惊得李鸿章手一颤，杯里茶水抖出去，淋湿前衫。戈登继续道：“只要鸿帅点个头，开句口，末将立即行动，招募常胜军旧部，为鸿帅打先锋，开赴北京，攻下城门，冲进紫禁城，赶走光绪小皇帝，给您腾出金銮宝座。”

屋里空气几乎凝固，只有戈登流利的华语悠悠荡漾着，余音缭绕，经久不散。李鸿章轻轻放下茶杯，合上双眼，菩萨样端坐几前，脑袋里却翻江倒海，掀起一阵阵滔天巨浪，无以自持。他努力控制着自己，故作镇定，以不至于失态。

该说的说过，戈登站起来，缓缓走向门边。要出门时，又回头道：“千载难逢的好时机就在面前，轻易放过，多么可惜？鸿帅先好好想想吧，过几天末将再来听信。”

说罢，戈登悄然而出，回了英国驻津领事馆。两天后，巴兰德处理完手头事务，以调停中俄关系为由，离开北京，赶赴天津。先见戈登，问李鸿章有何表示。戈登说：“末将游说鸿帅半天，他只是不声。但看得出，他心里似有所动。”

说得巴兰德信心大增，走进北洋衙署。李鸿章迎入客厅，以礼相待。

巴兰德分析一番中俄力量，结论与戈登所言差不多，两国开战，中国必败。而后话锋一转，道："清廷能否逃过此劫，暂时还不太明朗，相国不想趁机而动，有所作为吗？"

李鸿章故作糊涂道："鸿章正在设法说服朝廷，赦免崇厚斩监候。一旦崇厚改判无罪，左宗棠也离开西北，俄国定会放曾纪泽入境，重启谈判，大清也就化险为夷，免去一劫。"巴兰德说："若清廷不愿改判崇厚，也不召左宗棠东归呢？"

李鸿章张张嘴巴，出不得声。巴兰德笑道："敝国首相俾斯麦先生倒有建言给相国，就看相国听不听得进去。"李鸿章惊讶道："俾相也在关心中俄关系？"巴兰德笑道："欧美有个说法，说俾相是西方李鸿章，相国是东方俾斯麦。泱泱大中华，成全千上万王公贵族和大官小员，可国家安危和富强，却全靠相国一人支撑，俾相敬仰有加，自然关心中国，欲替您排忧解难。"李鸿章乐道："俾相智慧超群，他支高招，一定管用。"

巴兰德笑笑，从身上掏出一样东西，双手呈上前来。李鸿章接过去一瞧，是份电报译稿。只是译的德文，李鸿章看不明白，笑道："德文认得鸿章，鸿章认不得德文，烦请巴使动动嘴皮，翻译给咱听听。"还电报稿于巴兰德。巴兰德收好德文电报稿，另掏出一纸。

上面不再是洋文，李鸿章一瞧，脸色阴沉下来。仍是俾斯麦电报稿，只不过已译成中文，明白写道：请巴兰德密告清国文华殿大学士李鸿章先生，俾斯麦本人及政府，强烈希望他为中国前途着想，大胆站出来，取代清朝，自立为帝，开创三千年未有之伟业。李先生若愿大举，德国将不惜一切代价，予以全力支持。

电报稿没看完，李鸿章已心惊肉跳，热汗淋漓。

巴兰德离去后，刚从北京赶过来的威妥玛走进北洋衙署，开门见山道："本使来津前，到各国公使馆走了一趟，公使们一致表示，只要李相国做中国总统，一定说服本国政府，给予军事政治和经济各方面支持，共同办好中国事情。"

戈登与巴兰德早已把话挑明，李鸿章不再感到惊讶，反问道："各国公使为何如此热衷鸿章做总统？"威妥玛道："公使们最看不惯清廷做派，最怕与朝臣打交道，相国做总统，可重新洗牌，改进政府风气，咱们做公使的办起事来，也不再遭罪难受。”李鸿章道：“各国政府会听公使的？”威妥玛说：“清廷食古不化，不好打交道，各国政府巴不得中国像日本样，改变国体，效法西制，开化风气，自然会听信驻华公使，支持相国出任总统。”

“感谢各国公使看得起鸿章，鸿章无德无能，怕要辜负各位期望。”李鸿章声音有些低沉，“鸿章出身于合肥乡间，本系一介小民，承蒙朝廷不弃，才渐有今天，皇上与太后于我恩重如山，情深似海，岂能做不仁不义之逆臣？鸿章只有一个心愿，忠于朝廷，恪尽职守，鞠躬尽瘁，死而后已。”威妥玛道：“相国忠于大清，本使可以理解，也深感敬佩。可相国想过没有，您不该只忠于皇家，更应忠于中国人民，朝廷和官员，全靠人民辛苦养活。大清腐败无能，陷人民于水深火热，无法自拔，相国难道不该挺身而出，拯救中国人民吗？”

忠于人民是西洋理念，中国士大夫要效忠的是朝廷，只知居高临下，牧民驭民，哪会施舍忠字予人民？李鸿章乐意效法西技西器，对忠于人民之说，一时难于接受。也是威妥玛来华三十多年，太了解中国士大夫脑袋里的观念，知道一时改变不了李鸿章脑袋里固有观念，不得不另找话题道：“英皇与俄皇有儿女姻亲，若相国做总统，本使愿游说女皇，动员俄国在新疆作出适当让步，改善中俄关系。”

前景实在诱人，可李鸿章不敢画饼充饥，拿话岔开。威妥玛只得走人。刚从北京赶过来的法国公使宝海也上门，表示愿为李鸿章改朝换代出任总统效力。最后连俄国公使也跑到天津，信誓旦旦道，只要清廷逊位，由李鸿章统治中国，他不仅促成曾纪泽入境俄国，坐到谈判桌上，还会设法促使俄皇放弃伊犁，与中国永久通好。

就这样，各国公使来了一拨又一拨，对外说是献计献策，帮助缓解中俄局势，实际目的则是怂恿李鸿章起用戈登，领兵攻入北京，推翻清廷，出任总统。连各国驻津领事也不甘落后，纷纷往北洋衙署跑，试探李鸿章口气，只盼他做总统，好调整对华策略。

弄得李鸿章不胜其烦，生怕消息传到北京，引起朝廷误会，惹出麻烦，干脆称病不出，拒外国公使和领事于门外。衙署因此清静起来，耳边少了许多噪音。

这天午饭过后，李鸿章照常换上短衫，准备午睡。可不知是天气闷热，还是别的原因，两眼合着，大脑却无法入静，好久没能睡着。干脆爬起来，拿把折扇，出门转入后花园，踱步散心。绕上半圈，行至一处石山前。山是假山，石是真石，石间曲水潺潺，游鱼悠悠，倒也有几许情趣。干脆坐到石凳上，赏起鱼来。人觉得鱼可爱，鱼却不知人为何物，只顾追逐嬉戏，不把人当回事。海风从远处吹来，水起微澜，游鱼一惊，沉入石底，一动不动。

海风轻拂，李鸿章只觉身上一阵爽快，睡意蒙眬起来，歪在石凳上，沉睡过去。恍惚之间，打马来到一处山前，路人说山叫白马山。山上树密林深，林子里隐着一个大寨子，寨前遍栽果树，硕果累累，红桃青李，白杏黄梨，甘桔甜柚，杨梅葡萄，当季不当季，应有尽有。正在张望，寨里走出一伙喽啰，把李鸿章从马上拉下来，扯的扯，推的推，说要他去见寨王爷。进到寨中，迎面一座大石屋，屋里一个大厅，摆着石桌石椅，石桌上累满各色果品。靠墙石椅上，端坐着一位老头，大概就是喽啰们说的寨王爷。李鸿章睁眼细瞧，竟是父亲李文安，旁边还坐着三弟李鹤章和六弟李昭庆。见李鸿章入厅，父亲招手道："少荃过来，坐我边上。"李鸿章过去坐定，只见父亲手一挥，大声吆喝道："百果宴开席啦，上果酒！"喽啰们呼啦啦坐到石桌旁，等着小喽啰抬出酒坛，倒上果酒，一个个高举酒碗，大口喝起来。李鸿章喝口酒，正对味，又抓过石桌上果品，往嘴里一塞，满是香甜。吃喝得正开心，不知哪里冒出一只蜻蜓，在桌上停停飞飞，李鸿章伸手去赶。赶开赶开，又飞拢来，惹得李鸿章火起，抓过放在身旁的马鞭，警告蜻蜓。蜻蜓毫无畏惧，竟扑过来，叮到李鸿章小腿上。李鸿章气急，扬鞭狠狠一抽，只听啪一声脆响，腿上一疼，人兀地惊醒过来。原来腿上有只蚊子，李鸿章睡意蒙眬中，扬起折扇，去抽蚊子，把蚊子抽死，也把白日梦给抽醒过来。

正回味着梦里情形，薛福成入园问事。施过礼，见李鸿章神情恍惚，薛福成道："相国刚午睡醒来吧？"李鸿章说："可不是，还做了个怪梦。"薛福成道："夜梦无心，昼梦有意，白日梦最灵。相国做了什么好梦，可否说来听听？"

李鸿章说了说梦里百果宴。薛福成沉思片刻，道："此梦不寻常啊。"李鸿章说："不寻常在哪？"薛福成说："可否回书房去，末学有四个字，写给相国。"两人离开后花园，走进书房。桌上有现成纸笔，薛福成坐到桌旁，提笔竖写出四个字：白马王子。

“白马王子？作何解释？”李鸿章疑惑道。薛福成道：“梦里的山叫白马山，李父是山里寨王爷，相国身为儿子，自然便是白马王子。”李鸿章道：“这又意喻何为？”薛福成说：“意喻颇深啊。”李鸿章说：“深在哪里？难道老夫年近花甲，还有白马王子可做？”

“末学一时也参不透，白马王子到底意喻什么。可否容末学琢磨琢磨，琢磨明白再回禀相国如何？”薛福成道。李鸿章本来对梦半信半疑，听薛福成说还要琢磨琢磨，也不怎么介意，让他回自己办事房琢磨去。

手拿“白马王子”四个字，薛福成离开李鸿章书房，却没回办事房，走出衙署，拐个弯子，赶往淮军营务处，去会潘鼎新。潘鼎新四年前已升任云南巡抚，因与云贵总督岑毓英不和，愤而乞假回乡，今春又被李鸿章召到天津，会办淮军营务。见着潘鼎新，薛福成二话不说，递上手里字条。潘鼎新望眼“白马王子”四字，疑惑道：“庸庵兄意欲何为？”

薛福成说了李鸿章梦中百果宴。潘鼎新说：“这有啥稀奇？天气太热，相国口渴成心念，梦见果品果酒，不也正常么？”薛福成说：“潘抚说得也没错，可您想过没有，相国主办外交，近段各国公使和领事借调停中俄关系，纷纷往北洋衙署跑，梦里百果宴正好与此相关。”潘鼎新说：“与外交相关？”薛福成说：“百果宴就是百国宴。”

潘鼎新笑笑，说：“如此牵强附会，也未尝不可。”薛福成又道：“还有那只蜻蜓，飞到相国腿边，被他拍死，也颇有意味。”潘鼎新问：“什么意味？”薛福成说：“蜻蜓听去，不就是清廷吗？”潘鼎新望定薛福成道：“你是说相国梦中拍死的不是蜻蜓，而是清廷？”

薛福成又指指桌上“白马王子”四字，说：“你不觉得四字里暗含某种玄机？”

暗含什么玄机呢？潘鼎新紧盯“白马王子”四个字，忽然心里一动，拿过笔，把“马”字和“子”涂掉，余下“白”“王”二字，看去便成了一个“皇”字。

当天夜里，潘鼎新走进北洋衙署，拜见李鸿章。说几句营务，潘鼎新便道：“今天见着薛福成，他说老师做了个好梦？”李鸿章说：“什么好梦不好梦，午间疲倦，倚石而眠，梦入白马山，吃了顿百果宴。”潘鼎新说：“薛福成还告诉学生，他给老师解梦，解出四字：白马王子。不知老师有何感想？”李鸿章说：“老夫年纪一大把，还有白马王子可做不成？”

潘鼎新笑笑，说：“老师不用做白马王子，可做白王。”李鸿章说：“白王？什么白王？”潘鼎新道：“‘白马王子’去掉‘马’和‘子’，不就是‘白王’么？”李章说：“白王？白王是什么王？”潘鼎新说：“白王不是王，白王是……”

没等潘鼎新说完，只见李鸿章双目鼓突，发出闪电般的亮光，喷向潘鼎新，吓得他嗫嚅着，咬住舌头，咽回后面没吐出来的字。

出得北洋衙署，潘鼎新心有不甘，想起周馥，去了津海关道。周馥已由永定河道转任津海关道。虽说潘鼎新是李鸿章学生，毕竟没周馥在他身边待的时间多，更了解自己主公。

两人见面，闲话几句，潘鼎新拿出“白马王子”纸条，说了四字来历。周馥沉默片刻，说道：“据我对相国的了解，只怕不会往这方面想。”潘鼎新说：“清朝已为强弩之末，国家内忧外患，能拯救和振兴中华者，非相国莫属。想想相国要将有将，要兵有兵，还有戈登可用，各国公使和领事也愿助一臂之力，取代清朝，唾手可成啊。”

此理周馥自然明白，说：“就怕相国风雨不动安如山，咱们岂不白忙乎一场？”潘鼎新说：“可考虑密告张树声、刘秉璋、周盛传、吴长庆、丁汝昌等淮军宿将，他们手上有枪有炮，说不定能说动相国。”周馥说：“照此说来，在家养伤的刘铭传若肯出面，登高一挥，铭军都会跟他走。”潘鼎新说：“还有相国亲弟李鹤章，二哥大举，他能袖手旁观，无动于衷？”

两人越说越来劲，分头给淮军各宿将寄函，透露李鸿章昼梦，附上“白马王子”四字。将领们都是聪明人，纷纷行动起来。驻守小站的周盛传相距最近，扛袋小站米，踏入津门，闯进北洋衙署。恰逢金陵发来电报，说两江总督兼南洋通商大臣沈葆桢病逝，李鸿章沉痛之余，嘱咐薛福成，草拟唁文，发往金陵。又亲自具折，说两江不可一日无总督，南洋不可片刻无重臣，建议两广总督刘坤一接任沈葆桢所留空位。当年江忠源献身李氏家乡庐州，刘坤一也在军中，李鸿章念及旧情，乐意替他说好话，玉成其事。再说张树声时任广西巡抚，刘坤一离开两广，腾出位置，张树声正好补缺。

奏折发走，李鸿章才回头召周盛传，去书房说话。周盛传进门时，小站米还在肩上。李鸿章道:“衙署有后厨，不用在书房煮饭吃，薪如（周盛传）送米送错地方了吧？”周盛传放米下地，指着米袋上四个字，笑笑道:“相国看看，这可不是普通米。”

李鸿章低头瞧去，见米袋上写着“小站贡米”四字，越发觉得诧异。小站米传入宫中后，正对两宫口味，李莲英递话给李鸿章，不妨多多进贡。米系盛军自产，李鸿章自然乐意讨两宫欢心，指示周盛传，每年新谷入仓，筛选上等好谷，碾成米，装袋配送入宫。米袋标明“小站贡米”，意为两宫和皇上专享，他人不可垂涎。

“既是小站贡米，就该送入宫中，干吗往我这里扛？”李鸿章不满道。周盛传道:“贡米是优中选优头等好米，两宫和皇上吃得，相国为何吃不得？”李鸿章说:“放肆！怎能将老夫与皇上和两宫相提并论？”周盛传笑笑道:“相国不让相提并论，还不好办？以后末将不送皇上和两宫小站贡米就是。”李鸿章说:“你什么意思？”周盛传说:“没啥意思，以后小站贡米专供相国，再不送其他任何人。”

原来周盛传要让你享受皇上待遇。李鸿章摇摇头，长叹一声，指着搁在地上的小站米，说:“你还是把贡米扛走吧，老夫无此福分，消受不起。”

周盛传离去后，北洋水师督操丁汝昌来见，手里还拿了把稿纸。摊开来，原来是各炮舰上的炮位图，旁边注着射程和威力指标。李鸿章颇感兴趣，听丁汝昌解说完，连说数声好，道:“比起欧美各国，大清炮舰威力还有差距，若与日本军舰对峙，目前多少占些优势。日本国小野心大，趁中俄伊犁之争，侵占琉球，大清自顾不暇，只能视而不见，吱声不得。日后大清最大敌人，不是欧美远邦，而是俄日近邻。中俄差距太大，可惜朝臣懵懂，嚷嚷着要与俄国开战，以为鸡蛋能碰过石头。其实最明智的做法是修复中俄关系，抓紧置舰造炮，牢固海防，至少不能让日本先我强大，觊觎中华。”

丁汝昌入衙，可不是来谈海防论外交的，拿炮舰炮位说事，不过是个借口而已。待李鸿章发完感慨，便趁机道:“别看舰炮为炮舰专用，汝昌仔细研究过，卸下来用于陆战，攻城略地，也蛮管用。”李鸿章奇怪道:“你是水师督操，只负责海战，要你攻什么城，掠什么地？”丁汝昌笑道:“汝昌是说，若相国西征，汝昌可拆卸舰炮，为您攻关轰城。”

自天津西征，自然便是征讨北京，李鸿章生气地瞥眼丁汝昌，说:“什么西征东征，根本没这回事。你还是赶紧回营，好好督操你的水师去吧。”

接下来是吴长庆。吴长庆现为浙江提督，负责帮办山东军务，驻守烟台附近的登州，离天津不太远。他还带来一位二十出头的年轻幕僚，这便是袁甲三叔孙袁世凯。多年前李鸿章拜访军机大臣毛昶熙，就在毛家见过袁世凯，其时他才几岁，又机敏，又聪慧，挺讨人喜欢，想不到转眼间，幼稚孩童已成粗壮大小伙。这袁世凯看去，与叔祖袁甲三有几分相像，李鸿章拍拍他肩膀，不无感慨道：“二十多年前，老夫与端敏（袁甲三谥号）公转战安徽，你还没出生呢，如今已成栋梁之材。好好好，袁家后继有人。”

袁甲三病逝于同治三年，袁世凯才四岁，不怎么记事，对没见过几面的叔祖印象不深。可在李鸿章眼里，袁世凯仿佛袁甲三化身，让他倍感亲切。至于袁世凯，身处淮军大营，自然早知叔祖与李鸿章之间旧情，听说吴长庆要来天津，主动恳求带上自己，同来拜见这位如日中天的相国大人，为日后前程寻求更大靠山。

两人只顾言说袁甲三，倒把吴长庆冷落一旁。李鸿章叫亲兵带袁世凯去上房歇息，再招呼吴长庆道：“筱轩（吴长庆）不是专门带袁世凯来见老夫的吧？”吴长庆说：“袁世凯聪明绝顶，胆识过人，推荐给相国，或许哪天能派得上用场。再说毛袁两家关系特殊，相国也清楚，有必要的话，也可通过袁世凯，加强与毛昶熙之间的联系。”李鸿章笑道：“袁世凯姐姐抱着丈夫灵牌嫁入毛家事迹，全中国人都知道，老夫自然略有所闻。”

吴长庆进一步道：“袁世凯姐姐过门后，将弟弟带到毛家读书，毛昶熙爱屋及乌，格外喜爱聪明机智的袁世凯。长庆意思，相国可否派袁世凯进京，争取毛昶熙支持？”

听话听音，李鸿章知道吴长庆要说什么，脸色一跌，说：“人家当人家的京官，老夫做老夫的外臣，各自为政，无须谁支持，你和袁世凯从哪里来，还是回哪里去吧。”

见李鸿章态度坚决，吴长庆带着袁世凯，乖乖回了登州。其他淮军老将，远离天津，没法赶来面见老帅，只好鸿雁传书，以表心迹。张树声从广西寄来信函，说树字营旧部首领每每聚首，感叹久不征战，腿上已长出不少赘肉，只等鸿帅发声，招之即来，来之能战。李鸿章烧掉张树声书信，回复道：该做官做官，该发财发财，该读书读书，别异想天开。

接着刘铭传致函，说："身上伤痛痊愈，每日除诗酒烟茶，便是耍拳练剑，觉得浑身是劲，只憾英雄无用武之地。"李鸿章回道："无用即有用，人生三万天，不短亦不长，既然马放南山，刀枪入库，趁心宽体健，吃好喝好，过几个舒心日子，不是罪过。"

早已解甲归田的李鹤章也来函说："兄弟们在皖经营田土山场、店铺房屋，收益颇丰。尤其五弟凤章生意越做越大，庐州、芜湖、安庆、上海、金陵都有大额资产，几经运营，聚财甚巨。钢要用在刀刃上，钱须花得是地方，若二哥有需要，兄弟们当倾其所有，尽情奉献。再者平时慷慨解囊，赈济地方，大获民心，二哥发句话，咱们一声招呼，自会云集响应，为我所用。"李鸿章回信道："弟弟们只管经营好自家产业，不用替二哥操心，二哥有俸禄与养廉银，足够花销。至于海防和洋务，有朝廷专款可支，无须动用弟弟们辛苦所赚银钱。"

现任江西巡抚刘秉璋最有意思，寄来一面黄色军旗，中间夹一张字条，上有一语：黄旗可披帝体乎！李鸿章又好气又好笑，一把扔到地上，不出声骂道：不知天高地厚！

刚好薛福成来签押房送文件，见地上有面黄旗，弯腰拣到手上。又瞥眼桌上字条，乃刘秉璋笔迹，便明白是怎么回事。五代时期，后汉大将郭威手握兵权，为隐帝刘承祐猜忌，意欲除之。郭威不甘就戮，悍然起兵，将士扯下黄旗披其身，后周政权由此而来。其时赵匡胤就在军中，多年后也旧戏重演，只不过改黄旗为黄袍，往身上一裹，建立大宋王朝。

刘秉璋与李鸿章一样，也是两榜出身，满腹经纶，才故意用郭威故事试探老师。薛福成斜眼望望李鸿章，见他脸色难看，抱着黄旗，转身准备离去。李鸿章在后面喝道："带着黄旗到哪儿去？"薛福成说："拿到办事房收藏起来。"李鸿章问："收藏干吗？"薛福成道："也许有用得着的时候。"李鸿章愤然道："一面破旗，谁用得着！给我放下。"

薛福成只好留下黄旗，夹着尾巴逃走。

外国公使领事穿梭于京津，各地淮军将领蠢蠢欲动，天津北洋衙署波谲云诡，清廷不可能毫无察觉，隐隐不安起来。奕䜣奕譞兄弟最有意思，为争权夺利，彼此较劲，张飞不服马超，一旦感觉到来自汉臣的威胁，便又抱作一团，携手对外。两人齐齐跑到宫中，道出心里隐忧，慈禧瞪大眼睛道：“不都是中俄伊犁之争闹的吗？你们一个要战，一个要和，带动朝臣，吵来吵去，吵得天下不安，朝野不宁，还能不给人以可乘之机！”

两人只得自责，恳请慈禧决断。慈禧倒也冷静，说：“分两步走，一是命令荣禄，调动神机营，加紧京畿防卫，以防万一；二是派专差去天津见见李鸿章，问问他，该战还是该和。他若主和呢，说明不愿大清陷入战乱，仍是我大清忠臣；若主战呢，便有些难说，弄不好已在暗暗行动，只等中俄战事一开，便揭竿而起，杀向京城，大清将面临灭顶之灾。”

二王诺诺而退，照慈禧所言布置下去。专差也于当日动身，急急赶往天津。专差不是旁人，乃慈禧最宠信的大太监李莲英。见李莲英目光闪烁，语词吞吐，李鸿章便明白其真实来意，说：“回去告诉两宫太后和两位王爷，微臣初衷不改，主和不主战。还会说服朝野大臣，别受清流派蛊惑，把开战二字挂在嘴上，尽快促成三法司，赦免崇厚，让曾纪泽进入俄国，重启谈判，以维护大清来之不易的和平局面。”

李莲英走后，李鸿章嘱人给曾纪泽发报，要他也电请赦免崇厚，以尽快进入俄国。正好刘坤一入京请训，途经天津，来会李鸿章。沈葆桢逝世不久，朝廷采纳李鸿章建议，任命刘坤一为两江总督兼南洋通商大臣，所留两广总督位置，由广西巡抚张树声接任。李鸿章将刘坤一迎入客厅，就中俄伊犁之争，阐明观点，一个字：和。刘坤一非常认同，李鸿章又道：“我会让大儿经方陪刘督入京，代父叩见各王公大臣，表明本督主和决心。”

当夜李鸿章就亲笔拟折，向皇上表明主和态度。又分别给各王公大臣写信，强调万不可开战之理由。折子和信函写就，夜已深沉，李鸿章打个哈欠，回到后堂。夫人赵小莲还没睡，正歪在床上，服用二儿李经述递上来的西药。

其实依血缘论，李经述是正儿八经的长子，只因赵小莲过门前，李鸿章已领养六弟李昭庆生子李经方，呼为大儿，李经述出生后便顺延成了二儿。四年前侧室莫姑娘又产下一子，取名李经迈，自然叫做三儿。李经述出生于同治三年（1864），现已十六岁，小李经方九岁，大李经迈十二岁。李鸿章主持北洋通商事务不久，便将大儿二儿带到天津，请吴汝纶毕德格等中外名师授课，一边研读中学，准备科考，一边学习洋文和西学，以备实用。两个儿子皆很聪明，又肯发愤，中西双学都学得不错，很讨父亲欢心。李鸿章推崇西学，也认可西医，夫人病倒，久用中药，不见起色，便请洋医马根济入诊，打洋针，吃西药。西药说明写的洋文，夫人和侍女看不懂，李经述便至床前尽孝，依照说明，倒药递水，侍候母亲。

见父亲进屋，李经述起身扶椅端茶，李鸿章上前按住他，说："不用管我，招呼你母亲要紧。"又问夫人："服过西药，好些没有？"赵小莲说："西药效果来得快，已好多啦。只是耽误经述读书写字，每天进药三四次，全靠他精心服侍。"李鸿章说："学以致用嘛。好不容易习得洋文，正可派上用场。"

赵小莲倒也认可，一脸慰藉。李经述放下药瓶，又招呼母亲躺下，起身准备出门，李鸿章忽想起什么，叫住他："父亲派你趟差事，愿不愿意？"李经述说："父亲吩咐就是，儿子当全力而为。"李鸿章说："你代为父跑趟北京吧，到王府里住一阵子，长长见识。"

长见识自然是假，做人质才是真。京都谣传李鸿章图谋不轨，你把亲生儿送进王府，容易打消两宫和朝臣顾虑。虽说在李鸿章心里，大儿是儿，二儿也是儿，毕竟外人看来，一个为领养，一个为亲生，彼此有区别。出于此考虑，李鸿章才改派李经述，代己入京。

再说曾纪泽收到李鸿章电报后，马上拟折，以电报方式发回天津。李鸿章让人译成汉文，连同自己所具奏折及写给各王公大臣的信函，一并交到李经述手上，让他随刘坤一离津西行，赶往京城。李经述一出现，王公大臣们再无话可说，有关李鸿章准备起兵自立谣言不攻自破。奕䜣大为感动，亲自安排李经述入住恭亲王府，尔后从他手上接过李鸿章和曾纪泽奏章，入宫去见慈禧。李鸿章送子入京为质之事早传入慈禧耳里，忍不住当奕䜣面感叹道："少荃真是用心良苦啊！咱大清多几个这样敢作敢当的忠臣贤相，何愁不能自强！"

奕䜣自然也会说李鸿章几句好话，接着问道："中俄伊犁之争该如何处置？"慈禧说："过两天开个御前会议，念念李鸿章和曾纪泽两人折子，给朝臣们醒醒脑。"

奕䜣欢喜回府，着人陪同李经述，一一拜访宝鋆、李鸿藻、翁同龢、徐桐等大佬，传递父亲亲笔信函。平时这些大佬最看不惯李鸿章倍受慈禧恩宠，想上山就上山，想下水就下水，本来铁心要将杠子抬到底的，见他连亲生儿子都舍得送京为质，也不好意思再较劲，准备随声附和，赦免崇厚，召回左宗棠，争取中俄和议。

两天后的御前会议上，大太监李莲英念完李曾两折，张之洞、陈宝琛、宝廷等少壮派依然暴着额角青筋，大声喊杀（杀崇厚）喊战（战俄国），而宝鋆、李鸿藻、翁同龢、毛昶熙、徐桐，还有刚请过训的刘坤一等老成大佬则异口同声，要求赦免崇厚，争取和议。连奕譞开始还犹豫，要不要坚持原议，见事已至此，也只好改口，同意多数重臣建议。最后慈禧表态，赦免崇厚无罪，檄调左宗棠东返，由刘锦棠统领楚军，撤离哈密。

廷议过后，崇厚出狱，左帅离疆，驻华俄国公使闻讯，如实拟稿，派人赶往天津领事馆，发报回国。俄政府这才放曾纪泽入境，重启谈判。一谈谈了大半年，直至俄土（土耳其）之争结束，俄国赢得战争，却失去人心，受到英法德意诸国谴责，逼其退还夺走的土地和其他好处。曾纪泽揣摩俄政府不愿树敌过多，与清廷过不去，几经据理力争，废除旧约，重新签订《中俄伊犁条约》。条约规定，俄国将伊犁九城及特克斯河流域附近领土归还中国，中国划霍尔果斯河以西、伊犁河南北一带给俄国，中方赔款九百万卢布（约五百零九万两白银），另有贸易关税等约定，不一而足。在清廷和曾纪泽共同努力下，中方终于争回若干权益，可仍失去伊犁河下游三万二千方里和南疆俄边境各处五万七千方里土地。但不管怎么样，伊犁危机和平解决，中国没被拖入绝无胜算的无情战争，避免更大灾难，确属不幸之万幸。后朝廷设新疆省，任命刘锦棠为首任巡抚，新疆地位在版图上正式确定下来。

崇厚获赦斩刑，中俄危机解除，沈桂芬闻讯，大喜过望。当初由他力荐崇厚出使俄国，崇厚糊涂，差事办砸，沈桂芬担心受此牵连，吓得病倒在床。如今险情过去，警报排除，自然比谁都高兴，一时精神大振。岂知久处惊恐重病之中，身体已极度虚弱，哪承受得起如此大悲大喜之乍变？沈桂芬一口气接不上来，身子一挺，眼睛一鼓，竟至一命呜呼。

消息传到天津，李鸿章感慨不已，想不到使尽千方百计，赦免崇厚死罪，却断送掉沈桂芬生命。莫非崇沈两人，横竖总有一死？看在同年份上，李鸿章一边寄发唁文，一边为沈桂芬请功。朝廷念沈桂芬三十年来为大清办差得力，赠太子太傅，谥文定，入祀贤良祠。

谁知刚忙完沈桂芬的事，合肥老家传来消息，三弟李鹤章突病溘逝。李鸿章惊闻，不觉眼前一黑，晕死过去。家人手忙脚乱，好不容易把人救活转来，李鸿章两眼一瞪，哗一声，喷出一口恶血，泪水止不住直往下流，沾湿前襟。

遥想当年，李鸿章空着两手离京回皖，全靠三弟和六弟帮衬，要人给人，要枪给枪，终于拉起队伍，慢慢有了立足之地。继而转战安徽各地，保庐州，征含山，战巢县，每次都离不开两位弟弟配合，才屡立战功，一步步升到三品按察使衔。离开安徽，入幕湘军大营，又是两弟动员合肥三山（周公山大潜山紫蓬山）一湖（巢湖）团勇往投，组建淮军，东征上海。之后苦战太平军，讨伐东西二捻，俩弟皆舍命相助，致使大功告成，李鸿章也因此成为封疆大吏，直至首席阁揆，以文华殿大学士总督直隶，执掌北洋。而今天下承平，国家兴旺，李家要功有功，要名有名，要利有利，正当盛年的六弟和三弟却相继去世，叫李鸿章能不伤心欲绝，痛不欲生！真想离津南下，返乡归里，看三弟最后一眼，送他一程，无奈朝廷无此循例，只得就地设置祭坛，遥寄哀思。

哭祭过三弟，李鸿章打起精神，重新投入繁巨的内政外交和洋务之中。大任在肩，也容不得沉湎私情，贻误国事。别无选择，身为大清重臣，只要在其位，就得谋其政，弓起腰背，咬紧牙关，办好差事，不负圣恩，不负天下苍生。

正在忙碌之际，门房来报，有位中年洋人求见。李鸿章这才猛然想起，戈登还逗留天津没走呢，说不定就是他小子。

果然是戈登。戈登一直寄居于英国驻津领事馆，见中俄事件尘埃落定，知道再在中国待下去，无所事事，入北洋衙署，来向李鸿章道别。李鸿章迎出门外，拉过戈登双手，说："近几个月来，国事家事，事事挤到一处，也没时间打戈将军招呼，还请多多原谅。"

戈登不是来讨原谅的，一笑而过，随老帅步入衙署。李鸿章嘱咐后厨，置办好酒好肉，款待戈登。又让薛福成叫来潘鼎新，共陪老友。齐喝过头杯，戈登举盏敬主人："鸿帅凭借智识忠勇，力挽狂澜，将大清从战争边缘拉回来，免去灭顶之灾，末将由衷高兴，先喝为敬。"

李鸿章喝干杯里酒，回敬戈登，说："不是鸿章智识忠勇，实乃时势使然啊！战争最无情，若非迫不得已，谁愿陷无情战争，自毁毁人？鸿章相信，无论俄国，还是大清，抑或欧美诸国，都不会真心乐意打仗死人，劳民伤财。可为何战争频频发生，无法避免？皆因双方失去理智，产生冲突，又不能及时消弭之，以致星火燎原，酿成大灾。看来人与人之间也好，国与国之间也罢，贵在沟通，沟通得好，该克制克制，该妥协妥协，战争是完全可以避免的。此次伊犁之争能和平解除，就是沟通和妥协的结果。俄土战争刚结束，俄国经不起折腾，主战愿望并不强烈，中国刚从内战中走出来，积贫积弱，百废待兴，也不愿打仗。有此前提，双方一沟通，一妥协，战争危机烟消云散。”

戈登非常认可，心想整个大清，恐怕也只李鸿章有此独到眼光，懂得理性看待国际关系。反观其他官员，尤其张之洞等主战派，只知一味意气用事，张开喉咙，大声喊战，真至战争一触即发之时，又不知如何备战，如何开打。戈登心里敬佩着老帅，只听李鸿章又说道：“中俄和议，时势使然，其实从整个世界范围说，相互交流，和平相处，也将成为大趋势，尽管战争不可能完全避免。蒸汽机发明后，汽轮取代帆船，海洋时代悄然而至，各国交往日益频繁，互派公使，互通有无，通商往来，已成惯例。交往频繁，必然能增进了解，沟通互信，减少不必要的摩擦和冲突，避免战祸和无谓牺牲。”

“的确如此。大势所趋，谁还想闭关自守，拒人于千里之外，已不太可能。”戈登点头道，“由鸿帅时势高论，末将想起中国人常挂在嘴边的老话：时势造英雄，英雄造时势。鸿帅无疑是当今英雄，可戈登弄不明白，鸿帅到底是时势所造英雄，还是造时势之英雄？”李鸿章哈哈大笑起来，道：“老夫可没想过当英雄。当年离京南下，征发剿捻，唯愿救苦救难，还百姓以清平世界，后兴洋务，固海防，办外交，只想求富自强，振兴大清，至于英雄不英雄，实在无所谓得很，从没往心里去过。”戈登说：“鸿帅不在乎英雄不英雄，可在大清臣民和外国人眼里，您早已是英雄，且是响当当的大英雄。”

见戈登口气认真，李鸿章敛住脸上笑容，说：“老夫自任事以来，听多谀辞和奉承，也没少受攻击和中伤，往往赞誉背后，伴随的是更多的诽谤和诋毁。戈将军逗留京津期间，一定听到不少有关老夫的非议吧？”戈登笑道：“朝野皆知末将系鸿帅老部下，人家岂会当我面非议鸿帅？只是此次鸿帅没能趁中俄危机，毅然起兵，取代清廷，不少人都想不通。末将不止一次两次听人叹息，机不可失，时不再来，鸿帅放弃造时势之良机，中国也失去一次改头换面彻底变革的大好机遇，实在令人遗憾。”

可能话题太敏感，李鸿章担心言多有失，低头喝茶，半晌没声。见戈登望着李鸿章，眼巴巴等待下文，潘鼎新代为答道：“众人要说的，不就是相国非造时势之英雄么？在这些人眼里，也许只有夺天下，做皇帝，改朝换代，才算造时势，才属造时势之英雄。然鼎新揣摩相国心思，一定觉得夺皇位容易，当皇帝不难，可面临三千年未有之变局，创三千年未有之奇业，求富图强，振兴中华，尽快赶上欧美，立于不败之地，则难上加难啊。”

薛福成也忍不住插话道：“潘抚说得对。数月来福成反复琢磨，鸿帅所作所为，就是在大造时势。中国历朝皇帝不上千，也成百，真正有大作为者，又有几人？秦皇汉武，唐宗宋祖，可谓造时势之大英雄，功勋卓著，有效推进了中国发展进程。两宋以降的元明清，不能否认没造时势，可所造时势越来越糟糕，国家每况愈下，百姓深受其害，更无足观。即使本朝所谓康乾盛世，闭上双眼，掰开指头，算人口数，计粮食产量，确实超过以往历朝，可一旦睁开双眼，才发现正是康乾以来，闭关自守，夜郎自大，拒绝接受西学西技，才被欧美远远抛在后面，以至积贫积弱，被动挨打，差点亡国亡种。由此看来，纵使视康熙乾隆为英雄，也算不得造时势之英雄，是失时势之英雄，至于乾隆之后嘉道咸同，则更不值得一提。”

潘薛两位嘴里所言，正是李鸿章心里所想，只不过他作为天朝在位重臣，不好随便臧否大清是非。倒是戈登颇受启发，道：“依潘抚和薛道两位高见，鸿帅不愿取代清朝做总统，确实没错。末将爱鸿帅，爱中国，处处留心，也意识到中国当务之急，不在于谁做皇帝，谁当总统，在于求富图强，早日提升国力，改变被动挨打之局面。鸿帅励精图治，兴制造，修铁路，开煤矿，办电报，购军舰，就是在造时势，造皇帝或总统不一定造得来的大时势。时势所趋，日后无论谁做皇帝，谁当总统，都不可能再缩回脑袋，捂目塞耳，拒西技西学于门外，只能沿着鸿帅开辟的路径，硬着头皮，继续前行，一步步走下去，实现富强目标。”

就李鸿章不愿冒险取清廷而代之话题，三人拨唇鼓舌，侃侃而谈，倒也能自圆其说。只是李鸿章心里清楚，事情远没如此简单。戈登西入北京前，暗示中俄伊犁之争乃千载难逢时机，足可大有作为，李鸿章也曾怦然心动，顿生妄念，却还是很快按捺住冲动，不敢做非分之想。正如三人所说，中国已被欧美抛下太远，内忧外患，举步维艰，谁做皇帝或总统，都不容易，还不如维持现有格局，在力所能及范围内干些实事，求富图强，于君于臣，于国于民，都不是坏事。何况大清和太后对自己不薄，李家兄弟子侄受恩深厚，以怨报德，做不出来不说，也会遭千人唾弃，万世诅咒，还不如学老师曾国藩，老老实实做个忠臣，受人景仰。再说无利不起早，洋人助你推翻清廷，肯定有所图谋，到时为其绑架，当其傀儡，损害国家权益，陷百姓于水火，定难有好下场。还有就是自己年近花甲，如像老师活六十一岁，已没几年阳寿，冒大不韪，大可不必。若年轻十岁二十岁，来日方长，铤而走险，大干一场，或许不乏勇气和胆量，也有充足时间重整河山，实现富强，改变中国落后局面。

李鸿章肚里嘀咕着，脸上不动声色，举起杯来，去敬戈登，将话题拉回到当年的平吴大战，引得戈登和潘鼎新抚今追昔，重叙旧情，桌上气氛越发浓烈。又提及淮军第一大将程学启，苏吴大局已定，却在接近尾声的嘉兴之战，为流弹击中，命归西天，实在令人扼腕。

酒喝得差不多，戈登告诉李鸿章，明天就离开天津，乘船回国。李鸿章不舍道："戈将军既然爱中国，中国正值用人之际，可否考虑留下来，待鸿章奏请朝廷，给你安排个合适职位，既发挥您的聪明才干，也帮衬鸿章一把，意下如何？"

戈登知道，李鸿章不过客气而已。就是他真心挽留，两宫也断然不会答应，害怕你怂恿老帅，与清廷为敌。戈登笑笑道："用中国人话说，末将已年近知天命，在地上的日子越来越短，还是早些西归英伦，带带孙子，享享天伦之乐吧。"李鸿章笑道："戈将军比鸿章小整整十岁，鸿章还弓着脊背，给朝廷出卖苦力，您却念着回家带孙子，有些说不过去吧？"

喝完酒，吃过饭，三位送戈登出衙，回英领事馆住地。翌日，李鸿章让薛福成从粮台支取一千两银子，一起去码头给戈登送行。临上船时，戈登从怀里拿出一样东西，交给李鸿章。原来是上表清廷的条陈，诸如洋务、外交、军事，都有涉及，头头是道，切中肯綮，实为中国非办不可的急务和要政。可见戈登说爱鸿帅，爱中国，并非挂在嘴巴上，确属真心实意。李鸿章大受感动，表示立即转呈朝廷，付诸实施。尔后从薛福成手里拿过一千两银票，道："咱们兄弟一场，今日一别，不知何时还能重逢。此乃鸿章一点小心意，还望戈将军笑纳。”

戈登本欲推辞，见李鸿章如此诚恳，盛情难却，接过银子，含泪道：“鸿帅美意，末将恭敬不如从命。虽说中英远隔重洋，越洋邮轮还算方便，鸿帅若有需要，一封电报，戈登定当挺身而出，启程来华，为鸿帅赴汤蹈火，在所不辞！”

李鸿章亦老泪纵横，紧握戈登双手，重重地点着头道：“需要兄弟时，一定会想到您的。”心里则暗忖，今日一别，只怕此生此世，再也没法相见。想到此处，一阵悲凉袭上心头，李鸿章哽咽着，一时间竟然连句祝福话语都说不出来。

戈登松开李鸿章，转身朝邮轮走去。登上甲板，要入舱门，回首之际，见李鸿章还站在岸边，戈登依依不舍，挥动双手，久久不肯放下。李鸿章也扬着手臂，眼望邮轮鸣响汽笛，由缓而速，向浩瀚海面驶去，直至消失得无踪无影。冷飕飕的海风拂至，李鸿章一阵寒战，打了一个喷嚏。薛福成担心李鸿章着凉，催促道：“相国回吧？”

李鸿章无动于衷，眼望深蓝大海，手里还紧握着戈登留下的条陈。条陈所述，与李鸿章所思不谋而合，若照着逐条做去，中国自会大为改观。好在中俄危机过去，总会有几年安宁日子可过，能抓住时机，在富国强军方面多下功夫，定当大有成效。唐胥铁路建成后，唐廷枢又一鼓作气，西延芦台，东接开平。以后还可继续往两头展筑，一头铺往天津，进入京畿，一头连接滦县，伸出关外。电报也得接入北京，辐射各地，形成网状。有了铁路和电报，再组建新式海军和陆军，购进铁甲舰及先进武器，海陆联防联动，海防必将牢不可破。海防离不开巨额经费，厘捐关税有限，务必广开财路。财路在哪儿？不用说在于实业，包括制造、矿务、商务、运输、通讯、医药等等，凡洋人已办且办出成效的洋务，中国皆可大胆效仿试办，从无到有，从小到大，慢慢形成规模，多年坚持下来，不怕中国不能富裕强大。

一份宏伟蓝图在李鸿章脑袋里慢慢变得清晰。可他不敢盲目乐观。凭经验，大清只要稍微清静几天，你刚甩开膀子，干出几件像样事情，还没来得及高兴，又会无风起浪，无事生非，闹得朝野鸡犬不宁，君臣阵脚大乱，迫使你不得不撂下正业，出面了难，非弄得你精疲力竭，焦头烂额，无以消停。想到这里，李鸿章心头又莫名地生出隐忧，不安起来。

可李鸿章没时间忧患，琢磨着如何把心中蓝图变成现实。事得靠人去干，吸引人才，尤为重要。人才在哪里？李鸿章忽想起张佩纶来。恰好唐廷枢至函，说的正是张佩纶。

张佩纶家居直隶丰润。丰润紧挨开平煤矿，张佩纶丁忧回乡后，李鸿章念其家贫拮据，特嘱唐廷枢送银接济，帮他渡过难关。张佩纶笔头厉害，居京数年，参谁谁倒，一时名声在外，可惜位卑薪低，名声又当不得饭，一直穷困潦倒。加之母故妻亡，连遭厄运，几乎到了难以为继之地步。李鸿章与张家有旧，亦爱张佩纶之才，曾在天津北洋衙署腾出办事房，客客气气请其入幕，这小子年少气盛，不愿仰仗于人，不肯就职。李鸿章没法，只得让唐廷枢带上银两，送到丰润张家。也是日子过不下去，一次两次，张佩纶觍颜收下，到第三次，实在搁不下面子，断然拒绝。唐廷枢只得作罢，给李鸿章来信，实情禀报。

李鸿章见禀，摇着头道："这个张幼樵（张佩纶），真是死要面子活受罪。"薛福成一旁笑道："幼樵科场得意，文名远播，又做过翰林院侍讲，怎么也算半个帝师，唐廷枢一再送银上门，叫他怎么受得了？相国若真为他好，就聘其入幕，正儿八经给份薪俸。"李鸿章道："老夫不是没聘过他，他不肯应聘，怎奈其何？"刚从法国回来的马建忠也道："相国幕府大都是咱们这些没正经出身的半吊子文人，幼樵自然不屑为伍。"

几年前郭嵩焘出使英国，马建忠随行当翻译，后被李鸿章派往法国学习国际法，取得法学博士学位，成为中国第一位法学专家。学成归来，再度受聘李幕，协办外交事务。李鸿章常言中国面临三千年未有之变局，需创三千年未有之奇业，奇业得奇才来创，靠写八股出道的两榜庸才已不合时宜，尽管李鸿章本人也出身两榜。正因如此，李鸿章更看重薛福成与马建忠等实用人才，科班举人进士不见得能入法眼，除非肯放下成见，接受西学西技，为我所用。好在张李两家有旧，张佩纶又身怀大才，且对西学西技也有兴趣，李鸿章才青眼相加。

薛福成知道李鸿章有心帮扶张佩纶，出主意道："相国出具聘函时，干脆言明幕府都是吾等俗辈，请张佩纶放低身段，以高就低，委屈一两年，丁忧期满，只管回朝去光绪身边高就便是。他不好自视清高，又确需银两存活，自然会前来就职。"

李鸿章照薛福成主意，函发丰润，张佩纶果然不好再端臭架子，乖乖来到天津，入幕李府。李鸿章正忙着购洋舰，筑炮台，练水兵，却还是抽出时间，召周馥、潘鼎新、薛福成、马建忠等人作陪，为张佩纶接风洗尘。给足面子，又给里子，所开薪俸也属幕僚中最高，张佩纶自然受用。老话说滴水之恩，涌泉相报。何况张佩纶所受恩惠丰厚，如若不报，于心何安？除办好手头文案，老想着怎么报答李鸿章一番。只是李幕人才济济，军需、制器、电报、铁路、矿务、外交、西学等等，都有专人办理，不用旁人插手。

思来想去，张佩纶只好求助于薛福成。薛福成入幕时间较长，又一直帮办机要，最了解李鸿章底细。领取第一份薪俸翌日，张佩纶便上酒馆，备了酒席，专门请教薛福成："相国经天纬地，所办皆是大事，还请庸庵（薛福成）兄赐教，可否有发挥愚弟作用的地方？"

薛福成抿口酒，笑笑道："经手文案，不正好发挥兄之大才么？"张佩纶道："文案说难也难，说易也易，只要识字，谁都办得来。愚弟意思，衙署里有无为难之事，别人不一定办得来，可交愚弟一试？"薛福成想想说："巧妇难为无米之炊。要说世上最难之事，莫过于一个'米'字，只要有米米，烧火做饭倒也好办。"

张佩纶一时没明白过来，说："难道衙署快要断炊不成？"薛福成笑道："断炊倒不至于。周盛传屯兵小站，盛产小站米，供应衙署绰绰有余。"张佩纶道："原来兄是以米米喻银子。"薛福成道："相国兴洋务，固海防，办外交，哪一样离得开银子，是不是？"

说得张佩纶连连点头，给薛福成倒上酒，请他赐教。薛福成慢条斯理道："就说海防吧，事在人为，先得有专门人才。人才哪儿来？无非两个来源，一方面派员出洋学习，前几年相国与沈文肃（沈葆桢谥号）公奏派船政生赴德修习船政，现学成归国，分任南北洋水师；另一方面自办学堂，经多方努力，已建成天津水雷学校和水师学堂，日后还会创办陆军学堂。二是打造海防基地。大沽口基地已初具规模，天津船坞正在建筑。按照规划，相国还准备在威海和旅顺投建两个基地，与大沽口相互呼应，拱卫京畿。三是购置炮舰。相国主持北洋后，先后购进龙骧、虎威等十多艘蚊子船，外加沪闽各制造局自造舰船，总共已有炮舰二十来艘。只是蚊子船与自造炮舰，船身小，炮身大，当作流动炮台，游弋浅海，巡守海口，有其优势，若派外海作战，自然无能为力。为此相国特意在英国定制两艘巡洋舰，命名为超勇和扬威，已令北洋海防记名提督丁汝昌率员赴英接收两舰，即将驾驶回国。”

张佩纶居京数年，每逢中外启衅，只需振臂喊打，就可浪得爱国虚名，哪知口水吓不倒洋人，嘴皮爱国不过自欺欺人，听薛福成如此一说，才意识到实事实办不易，心里对李鸿章又多了层敬意。薛福成停停，又接着道：“中国新式水师起步应该不算太迟，可晚于中国的日本新式海军却后来居上，举全国之力，大量置办兵舰，近年又接连购入比睿、金刚、扶桑三艘重型铁甲舰，扬威海域。且以此壮胆，趁中俄伊犁危机，悍然侵吞琉球，并入日本版图，取名什么冲绳县。相国早意识到日本对中国的威胁，不甘落后，顾不得朝臣极力反对，执意托驻德公使李凤苞，定制德国铁甲舰。”

“愚弟也已听说，正是琉球事件，迫使相国痛下决心，非购置铁甲舰不可。”张佩纶忍不住插话道。薛福成说：“正是。伊犁危机与琉球变故并发时，朝臣群情激愤，高喊西取伊犁，东进琉球，只有左宗棠与相国等局中人，深知中国不具备两面作战能力，顾此必然失彼，不主张干预琉球事件。左宗棠为保西北局面，更是上折宣称，琉球乃贫瘠之地，又与日本岛屿相连，日本兼并琉球，属意料中事，可置之不论。相国本不愿掺和西北战事，只是担心中俄开战，中国吃大亏，不得不上下其手，力保崇厚，促成曾纪泽重回谈判桌，中俄危机得以化解。可日本吞并琉球，成为相国心头隐忧，意识到没有铁甲舰，海上优势尽失，后果不堪设想。无奈铁甲舰造价高，不比蚊子船，也不是巡洋舰，没大钱购不回来。”

张佩纶说：“海防经费有限，相国又到哪儿去弄银子呢？”薛福成笑道：“福成正要跟幼樵兄商量，看你有无办法，替相国解决银子问题。”张佩纶讪笑道：“庸庵兄不是寒碜佩纶么？佩纶若有本事，弄得到银子，哪还会跑到北洋衙署来充幕，领几个小薪俸，养家糊口，艰难度日？何况相国办的大事，花的大钱，谁有本事为他解燃眉之急？”

薛福成收住脸上笑容，道：“名义上户部每年有四百万海防经费预算，却从没真正落实过，每年能拨足两百万，已阿弥陀佛。至西北战事一开，年耗军费千万多两银子，海防经费已然停拨，相国只得另想办法，办制造，采煤矿，修铁路，架电线，从中抽取利润，勉强维护海防开销。拖到西北战事结束，户部才恢复海防经费安排，按旧例每年有不到两百万两银子下拨，北洋南洋两家分摊，各取二分之一。沈文肃公在世时，觉得北洋为京畿门户，自愿将南洋经费解给北洋，让相国集中经费办大事。沈文肃公不幸病逝，刘坤一接任两江总督兼南洋大臣，主持南洋海防。刘督请训过境天津时，相国极尽笼络之能事，又请吃，又请喝，还陪他赶赴大沽口，参观海军基地，登舰观摩水师操演，希望他照沈文肃公旧例，继续在海防经费上给予北洋支持。刘坤一嘴上答应得好，到任后再不认账，一两银子都不肯解往北洋。前面说过，李凤苞已在德国预订铁甲舰，电告只要银子到位，便可下单生产。相国手头无银，又急又气，扬着李凤苞电报，嚷嚷着要上京城，参掉刘坤一头上顶戴。”

张佩纶问：“相国参刘坤一没有？”薛福成道：“户部又无明文规定，南洋海防经费非解北洋不可，从前沈文肃公损己利人，是以大局为重，现如今刘坤一截款留用，也没违反定规成律，相国怎么参他？”张佩纶说：“手头无银，莫非相国只好忍痛割爱，放弃德国铁甲舰不成？”薛福成说：“要想圆相国铁甲舰美梦，只有求助幼樵兄出一马。”张佩纶莫名其妙道：“难道庸庵兄要我南下金陵，游说刘坤一不成？咱与刘督毫无交情，他又哪会理睬我？”

薛福成笑而不语，回身招过酒保，拿出一把银子，说：“结账吧。”张佩纶伸手来拦，说：“那怎么行？说好愚弟请客，怎能让庸庵兄破费？”薛福成笑道：“也不是福成破费，是相国美意，让我代请幼樵兄。”张佩纶说：“相国美意？佩纶初至衙署，他不就已热情有加，出面请过咱么？庸庵和潘抚都在场，可做见证。”

“再请一回，又有何妨？只要你能替相国排忧解难。”薛福成笑笑，将银子交到酒保手里，“听说陈宝琛要到天津来，不知幼樵兄知否？”张佩纶说：“佩纶刚收到伯潜（陈宝琛）来函，说陈母已从福建乘船北上，不日可至天津，伯潜将奉两宫太后懿命，赴津迎母。”薛福成道：“见着伯潜，幼樵兄或许可借他之力，迫使刘坤一将南洋海防费解往北洋。”

四、挺经不是每次都灵，缩经有时也会失效

陈宝琛乃福州人，已官至翰林院侍讲。陈家一门六兄弟，三位进士，三位举人，时称“六子科甲”，显赫一时。前不久陈母染疴，陈宝琛上书告假，欲回闽探母，两宫念陈母教子有方，懿令北上，由太医诊病。陈宝琛不敢违令，致函在家兄弟，扶母北上，自己再东赴天津，迎母入京。张佩纶与陈宝琛不仅为翰林院同僚，且同系清流党人，志趣相投，过从甚密，陈宝琛赴津迎母，张佩纶自然会尽地主之谊。

掐定陈宝琛到津日期，张佩纶出城远迎，又同至天津码头，接住陈母与陈家兄弟。薛福成早安排好上等客店，陈家母子刚刚入店住下，李鸿章便亲自出面，拜望陈母，拿出不菲银两，以示慰问。与张佩纶一样，陈宝琛名高位卑，虽一贯自命不凡，心里却最惦记白花花的银子，有人略施恩惠，便笑逐颜开，恨不得抱住对方大腿，喊爹叫娘。

招待过客人，李鸿章与薛福成先后离去，张佩纶陪陈宝琛回房叙话。一说说到新任两江总督刘坤一，张佩纶大摇其头道：“与沈文肃公一样，刘坤一也系湘军出身，怎么两人一个天上，一个地下，差别那么大呢？”

陈宝琛一向目空一切，谁都不放在眼里，却对两位福州老乡林则徐与沈葆桢舅甥敬仰有加，时常挂在嘴上，说要以两位先贤为人生楷模。这会儿张佩纶提到沈葆桢沈文肃公，陈宝琛面露得意之色，说：“文肃公乃曾文正（曾国藩）公弟子，文武兼修，德才兼备，刘坤一虽也出身湘军，不过赳赳武夫，靠军功晋升大位，二者岂可相提并论？也是文肃公一辈

逐渐凋零，不然两江总督哪里轮得到刘坤一之流？”

张佩纶接话道：“可不是么？文肃公治理两江时，风清气正，官廉吏明，深得民心，刘坤一接任年余，却只顾蓄姬纳妾，日日耽于酒色，昏惰颓靡，加之用人姑息，任事苟且，公事一听江宁布政使梁肇煌所为，风气为之败坏，治内贪腐频发，民怨沸腾。”陈宝琛道：“刘坤一所作所为，宝琛在京时也略有所闻，也不知他怎么会堕落至如此地步？”张佩纶说：“兄若置疑不信，可传令兄令弟一问。闽船过境苏浙沿海，想必航程途中，多少有所耳闻。”

陈宝琛叫来自家兄弟一问，果然一路北航，客人上上下下，听到有关刘坤一的种种不是。陈宝琛不禁拍案而起，大声叫道：“文肃公苦心经营两江多年，官吏廉洁自律，百姓安居乐业，纲纪严明，物阜民丰，岂能毁于刘坤一之手？宝琛非参他一本不可。”

张佩纶怂恿道：“伯潜兄一身正气，若能参走刘坤一，实乃两江百姓之福祉矣。”陈宝琛道：“要么幼樵兄与宝琛联名共参刘坤一，皇上和两宫会更当回事？”张佩纶笑道：“佩纶若能参劾刘坤一，早将劾章递了上去。”陈宝琛道：“这又是为何？幼樵兄浑身是胆，莫非怕了他刘坤一不成？”张佩纶道：“佩纶位卑未敢忘忧国，几时怕过权臣重吏？无奈正处丁忧期间，不在其位，不问其政，岂敢违制造次，授人以柄？”

“看我这记性，真正该死！”陈宝琛在自己脸上拍一掌，愧疚不已的样子。原来张佩纶丁忧在家，不便参与朝政，给人留下贪权忘亲讥责。张佩纶道：“伯潜兄深受皇上和太后器重，您一人上折，同样可杀掉刘坤一威风，叫他吃不了兜着走。”陈宝琛说：“行行行，今晚宝琛就动笔具折，回京后立即进呈皇上，非把刘坤一拉下马不可。”

没等陈宝琛说完，张佩纶从身上掏出一纸，递上前去，说：“刘坤一胡作非为，佩纶实在忍无可忍，已草成一稿，兄若不嫌弃，可斧削修正，进呈皇上和两宫，也省些力气。”

陈宝琛接住，仔细一瞧，见文笔辛辣，议论纵横，针针见血，不觉击节叫绝，大声赞赏道：“幼樵兄有现成好稿在此，何须愚弟挖空心思，另起炉灶，重写编排？只管照稿誊抄一遍，具名钦印，带回京都，递进宫去就是。只是不劳而获，盗用兄之劾章，心有惴惴呐。”张佩纶道：“盗字说得重啦。都是为两江百姓驱瘟神，兄没啥可惴惴的。”

话语投机，两人聊至深夜才散。送走张佩纶，陈宝琛转身回房，摊开桌上底稿，连夜誊正，只在个别词句上稍做修改，便加印装封，放入行囊。翌日上午，辞别前来送行的张佩纶与薛福成，兄弟几人簇拥母亲，望西而行。

不想还在途中，便闻京都出了大事，慈安太后不幸崩于后宫之中。时值光绪七年 (1881) 暮春，慈安才三十五岁，正当盛年，一向康健，怎会一夜暴亡？近日还与慈禧太后多次召见军机和总署（总理衙门）大臣，商议军国大事，只不过两颊微赤，似乎别无异常。直到驾崩当天，才感寒停饮，偶尔违和，未能出面视事。谁知晚间即倒床不起，实在出人意料。朝臣顿时乱作一团，说啥的都有，甚至怀疑慈禧下毒害死姐姐，好专权妄为。

倒是慈禧坦然，惊闻噩耗，急步赶往钟粹宫，抱住慈安余温犹存的尸体，痛哭一场。尔后眼泪一抹，召集相关大臣入宫，料理后事。遵照祖制，移灵驭至慈宁宫，让太监揭掉慈安面幂，供王公大臣瞻仰。慈安面色红润安详，不像中毒而亡，估计为脑内出血所致，传闻因此不攻而破。慈禧又嘱内务府，备硕大金匮，置于灵驭之侧，以便午时大殓。

殓毕诏告天下，举国同哀。李鸿章接诏，设灵遥祭，并上《吁恳叩谒梓宫》折。得到恩准后，从天津起程，抵京入宫，到慈安梓宫前哭拜。

葬礼结束，慈禧召对李鸿章。恭亲王奕䜣与醇亲王奕譞也在场。行过跪拜大礼，慈禧赐座，李鸿章坐到矮几上，用眼角余光观察对面二王。只见奕䜣面带戚容，为慈安之死忧伤不已。虽说慈安权欲不大，毕竟为东宫太后，位在慈禧之上，大事面前，慈禧不敢独断专横，都会与慈安共同商议。每当奕䜣与慈禧意见相左，慈禧想打压奕䜣，慈安总会出面说话，扬奕䜣，抑慈禧。如今斯人已去，大树倒伏，奕䜣失去依靠，自然忧心忡忡，难抑伤悲。

反观奕譞，眼露悦色，面带红光，像刚拣了巨额财喜似的。原来自儿子承继大统以来，奕譞就着力逢迎慈禧，只想取六哥（奕䜣）而代之，独掌军机和总署。皆因中间横着慈安，不得不夹紧尾巴，收敛锋芒，不敢张扬和造次。慈安驾崩，正好借慈禧之力，压制奕䜣，夺过他手里大权，把持朝政。有此好事等着，想要奕譞不乐，也实在太难。

李鸿章这里正暗暗琢磨二王心态，只见慈禧抹把眼泪，道：“姐姐好狠心，弃妹妹而去，留下大清大摊子，交咱来收拾。少荃久任京畿，把守津门，洋务、外交和海防，全赖你独力支撑，有何想法，当着本宫和两位王爷，实话实说，不必隐瞒。”

说到洋务、外交和海防，李鸿章自然有一肚子话，欲一吐为快，以争取太后和二王理解，尽职尽责，办好该办之事。转而又想，话多讨人嫌不说，太后与二王也不见得能记牢，还不如拣重点说，能讨得一份支持是一份支持，能办成一事是一事。于是简明扼要道：“中俄和局初成，只要小心维持，大清总有一二十年和平日子，正好办些实事，徐图富强。制造、采矿、铁路、电报等洋务，赖太后和王爷扶持，微臣悉心办理，已初见成效。唯海疆万里，俄国雄踞于北，日本虎视于东，各国军舰频频出入各海口，微臣不敢片刻懈怠，尽己所能，购舰置炮，陈兵布勇，一边与洋人斡旋，免起衅端。未来中国最大威胁，还是日俄两国。俄国海陆两强，自不必说，日本经明治维新，国力猛增，海陆两军齐头并进。尤其趁中俄危机，后来居上，购进三艘铁甲舰，扬威海上，吞并琉球，窥视高丽，渐成大清心头之患。微臣拙见，要固海防，务必三管齐下，一是筹办海陆学堂，培养人才；二是打造海防基地，拒敌海外；三是购买舰炮，与敌角逐海上。经多年经营，虽说三者皆已初见成效，却依然不够，务必尽快购进两到三艘铁甲舰，才不至于被日本落下，眼睁睁看着人家逞强海上。”

慈禧边听边点头，没等李鸿章说完，便道：“铁甲舰自然是好东西，欲固海防，不可或缺，只是价格不菲吧？”李鸿章说：“每艘价值百万两银子。”慈禧惊讶道：“如此昂贵？”

李鸿章心下暗忖，宫中每日花销银子四五万两，每年达千多万之巨，省下一半或三分之一，可购好几艘铁甲舰。可话还不能这么说，大清乃爱新觉罗家祖宗拼死拼活打下的，后辈子孙享受享受，奢侈奢侈，谁又敢放半个屁？李鸿章只得说道：“铁甲舰确实不便宜，可海洋时代，各国角逐于汪洋大海，不在海防上花钱，终有大亏吃，就如道咸年间一样。”慈禧说：“户部每年不有四百万两海防费么？可调剂使用嘛。”李鸿章说：“禀报太后和两位王爷：户部每年预算四百万两海防银不假，可实际到位往往不足一半，还得南北两洋分摊，可谓购盐不咸，买醋不酸，实在是捉襟见肘啊。”

慈禧闭住双唇，没再吱声。二王张张嘴巴，也不知说啥好。西北战事花去朝廷和各省厘捐四千万两银子，全国东西南北中，每寸地皮都已刨到，百姓一贫如洗，国库空空如也，又到哪里去弄银子呢？李鸿章深知世间之事，说起来容易，做起来也不难，只要手头有银子。无奈天上下雨下雪，偏偏不下银子，人畜拉屎拉尿，唯独不拉银子，只要一提银子二字，上至皇帝老子，下至平头百姓，都愁眉苦脸，无可奈何。

拿不出银子，慈禧别无他计，面露倦态，喃喃道："今天就议到这里吧。少荃手头事多，早些回津忙你的去。只是记得常上折片，有事大家一起想办法。姐姐魂归道山，咱们生者还有口气息在此，总得过下去是不是？"

出得宫来，李鸿章直奔陈宝琛家，探望陈母。陈母本无大疾，不过思子心切，见着陈宝琛，病好三分，入京后又经太医诊视，略施药石，已无大碍。陈宝琛心里感激李鸿章殷切关怀，想起弹劾刘坤一的折子，因慈安太后突然驾崩，朝野一片忙乱，无处可投，仍躺在屉中睡觉。慈安太后葬礼已然过去，朝廷渐渐恢复正常秩序，慈禧太后也快缓过劲来，陈宝琛瞅准时机，拿出劾章，呈入宫中。

读过劾章，慈禧沉吟良久，没有明确表态。两江乃财赋重地，令人眼红，谁总督两江，都难免遭参挨劾。何况刘坤一上任不过年余，也不好见劾挪位，影响两江稳定。陈宝琛见宫里没有反响，不肯死心，怂恿张之洞和宝廷等人，相继递进折子，对刘坤一展开围攻。这下慈禧犯难起来，一时不知该如何处置刘坤一才好。

得知词臣连上劾章，纠住自己不放，刘坤一坐不住了，召集幕僚，商量对策，看怎么逃过此劫。商量来商量去，也没商量出名堂，刘坤一急得两鼻都快来血。两江是个好地方，山好水好，金银满地，还有秦淮歌女，眼如波，声如浪，腰如河岸柳，叫刘坤一怎么放得下？

也是幕府里不乏聪明人，提醒刘坤一道："刘督莫非忘记属下有个赵继元？"

"赵继元？你是指两江军需总局总办赵继元么？"刘坤一一拍大腿，"老夫怎么就没想起这个赵继元呢？要得要得，老夫马上去找赵总办。"

赵继元系安徽太湖人，同治进士。往上追溯，父亲赵畇系道光进士，爷爷赵文楷还是嘉庆状元。还有个更重要的身份，就是李鸿章夫人赵小莲亲哥。赵继元中进士后，又考上翰林庶吉士，散馆外派两江任职。时值太平军和东西捻剿灭不久，两江尽系湘淮旧人。也就是说，两江要员不是曾国藩僚属，便是李鸿章亲信，赵继元因此顺风顺水，一步步做到两江军需总局总办，位至三品，堪比藩臬，实权不小，水陆军用开销，全掌握于一人之手。刘坤一自然知道这层底细，入主两江伊始，就亲赴军需总局造访，笼络赵继元，两人还算谈得来。眼下惨遭词臣纠劾，这一坎迈不迈得过去，还须看赵继元愿否给自己出一马。

赵继元自然早知刘坤一劾案，与李鸿章不无关系。再往深里究，无非海防经费惹的事。解铃还须系铃人，刘坤一来找你赵继元，还真没找错，因你见李鸿章方便。刘坤一也不傻，明明白白透露给赵继元，只要保住其两江要职，海防经费好办得很。

带着刘坤一承诺，还有王闿运所著《湘军志》，赵继元连夜动身，乘船北行。王闿运是湖南湘潭人，受曾纪泽之托，撰成《湘军志》，遍售湘军宿将，自然不会放过刘坤一。刘坤一有求于李鸿章，特托赵继元转赠《湘军志》。

来到天津，进得北洋衙署，步入后衙，先见过妹妹，再提着《湘军志》，去书房会妹夫。说是妹夫，李鸿章年龄比自己大，地位高许多，赵继元不好摆妻兄架子，说话口气谦卑得很。倒是李鸿章公私分明，居家不摆官威，接过王著，道："王闿运也给周馥来函，兜售《湘军志》，周馥已汇去银子，不知何时寄达。幸刘坤一舍得出手，正好先睹为快。刘坤一该不会白送《湘军志》吧？"赵继元笑道："王闿运要价高，《湘军志》不便宜，刘坤一也够大方的。要怪只怪陈宝琛等人多管闲事，刘坤一又不招惹他们，竟连上奏折弹劾，害得人家茶饭不思，坐卧不宁，只好求我出面了难。我哪有此能耐？只好北入津门，一来探望妹妹，二来请妹夫看在湘军老人份上，拉刘坤一一把，他自会感恩戴德，给予回报。"

李鸿章故作矜持道："湘淮本一家，虽说老师（曾国藩）故去已近十年，湘淮不能窝里斗，让外人幸灾乐祸看把戏。无奈事情已闹到这个地步，要太后张张嘴巴，轻易放过刘坤一，也太难为她老人家了。没法子，咱得出出主意，让刘坤一借坡下驴，顺利着地。"赵继元问："妹夫准备借谁的坡？"李鸿章道："依兄之见，借借彭玉麟的坡如何？"

"还是妹夫脑筋好使，一下子想到彭玉麟。继元长年待在两江，没少与彭玉麟接触，竟然将他忘到了脑后。"赵继元忍不住赞叹道，"彭玉麟与刘坤一都是湖南人，一起随曾文正公讨伐太平军，有生死之谊。彭玉麟又正以长江钦差身份，乘船离开衡阳，出湘江，过洞庭，进入长江，破浪东下，巡阅到了两江一带，只要妹夫一封奏疏，太后定然命他就近调查刘坤一，刘坤一自会受其庇护，转危为安。”

彭玉麟乃湖南衡阳人。当年曾国藩草创湘军，为湖南官场排挤，在长沙待不下去，一怒之下，挥师去了衡阳，彭玉麟与杨载福受其征调，出山组建水师。彭杨一文一武，相得益彰，将水师练成铁血劲旅，从湘江打到洞庭，从洞庭打到长江，一路东下，与曾国荃等统领所带陆师配合，扼住金陵，剿灭太平军，成就千秋功业。期间曾多次受朝廷擢拔，委以地方实职，彭玉麟一次次请辞，执意留在帅船上，督带长江水师。后长江水师为李鸿章收编，成为北洋水师主力，太湖水师也改头换面，变作南洋水师，划归两江总督兼南洋大臣指挥，彭玉麟不得不钻进帅船舱内，逆流而上，经洞庭，入湘江，回衡阳老家筑退省庵，吟诗作画，自娱自乐。偏偏朝廷不想放过他，委以长江钦差，每年巡江一次，纠察江运及两岸地方官员，不少权臣重吏为其所参落马，也有冤枉鬼被他洗涮干净，得以正名保位。

凭彭玉麟之德望和特殊身份，有心保护故人刘坤一，自然易如反掌。李鸿章当即提笔拟折，奏请将刘坤一交予彭玉麟查办。折子拜发入京，慈禧一看，正合己意，旨令彭玉麟，就陈宝琛等人参劾刘坤一一案，详加核查，尽快澄清事实。

其时彭玉麟已巡阅至两江一带。所乘钦差大船，仍是当年湘军水师那艘老帅船，只不过刚刷过一层厚厚桐油，焕然一新。自衡阳练兵开始，彭玉麟就待在这艘帅船上，一待三十年，就像陈年老屋，彼此有了深深依赖，难分难舍，难离难弃。老船有老船的妙，可看江岸翠翠，可听江涛声声，可享受带有鱼腥味的江风拂面的清爽。正是这种依赖，朝廷一次次委以大任，彭玉麟一次次以各种借口推掉，其实最舍不得的还是这艘老船。即使解甲归田，自筑退省庵栖身，有事没事仍会回老船上待几天，住几晚，闻听老船气味，重温当年风火岁月。

这日老船驶近金陵，靠岸还没泊稳，便闻旨差来到，彭玉麟赶紧出仓，跪接圣旨。差官宣旨完毕，下船离去，彭玉麟仍趴在甲板上，迟迟没站起来。直到侄儿彭岳南上前搀扶，才立直膝盖，嘴里道：“刘坤一到任两江仅年把时间，屁股下太师椅还没坐热，陈宝琛等词臣就起劲参劾他，到底是何居心？”彭岳南道：“肯定是刘坤一贪赃枉法，被词臣们纠住尾巴，非把他拉下马不可。”彭玉麟说：“刘坤一刚履职两江，即使有何违法乱纪行为，从被人发现，到传入京都，再送进词臣耳鼓，总得有些时日吧？哪有如此迅捷的道理？”彭岳南道：“叔父意思，难道有人栽害刘坤一不成？”

彭玉麟不置可否，望着远处隐隐约约的山影，说：“不管怎么样，圣旨已到，咱也得下船，往城里跑一趟，先会会刘坤一，倒看是咋回事。”

隔日一早，彭玉麟就头戴杂红珊瑚顶戴，身着九蟒五爪蟒袍和锦鸡补服，昂然下船，由彭岳南扶入绿呢八抬大轿，摇摇晃晃，往城里方向荡去。进得城门，快至两江总督衙署，彭岳南越过轿子，小跑赶到衙署门口，拿出叔父名刺，递给门房，道：“长江钦差彭玉麟奉旨办差，会晤刘督，烦请通报进去。”

门房瞄眼名刺，又上下左右打量彭岳南一番，撇着嘴角道：“长江钦差？看你年纪轻轻的，莫非就当上了钦差？”彭岳南抬手指指远处的绿呢大轿，说：“钦差在大轿里，小人先来投递名刺，别啰里啰嗦，快快通报进去吧。”

“好好好，咱这就通报进去，通报进去。”门房嘴里说得动听，却仍竖在原地，纹丝不动，木头一样。彭岳南催促道：“答应通报进去，怎么无动于衷？”门房似笑非笑道：“看上去，你也像见过些世面的样子，是故意装傻呢，还是真不懂规矩？”

彭岳南自然明白门房嘴里的规矩，无非先接你门包，再替你跑腿。然自家叔父堂堂长江钦差，行走于湖广两江，见官大三级，进出督衙抚署如自家门庭，哪里会预备门包，交你手上，讨门房欢心？莫非刘坤一上任时间不长，刚换门房，不知咱叔父大名，才不识时务，不见门包，不肯动步？彭岳南瞪眼道：“你不肯通报是吧？待会儿钦差见过刘督，轻轻发句话，叫你饭碗落地。”门房不阴不阳道：“我不通报进去，钦差近不着刘督，怎么发话？你这种货色咱见得多啦，除狐假虎威，别无能耐，何况你之所假，是虎是猫，还难说呢。”

气得彭岳南直跺脚，恨不得抢上前去，一把掐死门房。没待彭岳南发作，院里走出一位五十多岁的长者，身着三品孔雀补服，估计不是藩台，也是臬使，听到钦差二字，忙把门房扒到一边，对彭岳南道：“客官何许人也，来此贵干？”彭岳南拱手道：“我乃长江钦差彭大人侄儿兼幕僚彭岳南。大人不会是刘总督刘大人吧？”对方拱手道：“在下并非刘总督，乃江宁布政使梁肇煌是也。”彭岳南说：“藩台大人来得正好。长江钦差要见总督大人，咱好说歹说，门房就是昂着脑袋，不见门包，不肯通报进去，您说该怎么办？”

此时钦差大轿已渐行渐近，快到门外，梁肇煌探头望一眼，抬手指指，说：“长江钦差莫非就坐在绿呢大轿里？”彭岳南说：“正是的，不信你可看门房手里名帖。”梁肇煌抓过名刺一瞧，忙道：“果真是长江钦差彭大人。彭僚稍候，本使这就通报进去。”

刘坤一正在签押房里阅文，见梁肇煌刚说过事离去，复又返身回来，奇怪道：“梁大人还有话要问？”梁肇煌道：“并非肇煌要问话，是长江钦差驾到，肇煌回来禀报。”抬手递过手里名刺。刘坤一接住一瞧，见上有彭玉麟三字，二话不说，扔下手头文案，抬腿出屋，三步并作两步，奔到督衙大门外。彭玉麟大轿刚好停稳，刘坤一抢在轿夫之前，过去掀开轿帘，弯着腰身，朗声道：“恭请钦差大人出轿！”

要说两人都是湘军宿将，三十年老交情，且长江钦差与两江总督品位不相上下，刘坤一完全犯不着如此低声下气，无奈京都词臣小题大做，揪住自己不放，彭玉麟奉旨核查，你自该放低身段，小心逢迎才是，否则惹恼钦差大人，复折时说几句坏话，够你受的。

彭玉麟自然没刘坤一这么纠结，出得轿子，先打几声哈哈，捞过对方大手，并肩走进衙署，双双来到西花厅。刘坤一扶正椅子，请彭玉麟落座，掉头要介绍随后跟进的梁肇煌，彭玉麟抬抬屁股，朝对方拱拱手，笑道：“上年本差巡江至金陵，就与振侯（梁肇煌）兄打过交道。一回生，二回熟，也算老朋友啦。”梁肇煌满脸堆笑道：“是是是，上年彭大钦差至金陵，肇煌便有幸目睹尊容，接受训导。也是钦差廉洁简朴，肇煌安排上等客栈，延请入住，钦差生死不肯，硬要住回帅船上去。至今思之，肇煌心里还有些过意不去呐。”彭玉麟笑道：“世上再好的客栈，也没老夫待惯的老船舒服如意啊。”

客气几句，梁肇煌知趣而退，刘坤一起身关紧门，拉好窗帘，然后坐回彭玉麟旁边，嘴角一撇，声泪俱下道：“雪帅要为坤一申冤啊！”

彭玉麟字号雪琴，自领湘军水师始，部属就尊称为雪帅。外人一走，刘坤一便不再叫钦差，以雪帅呼唤之，自然显得亲切，一下子将两人之间距离拉近许多。彭玉麟耳闻湘军将士叫了几十年的旧称，眼望刘坤一道：“砚庄（刘坤一）兄实话实说，你到任两江后到底有没有事。”刘坤一抹把眼泪，道：“坤一早在江忠烈（江忠源）公旗下当差时，就有幸拜识雪帅，您老可是看着末将一步步成长起来的呀。忠烈公战殁庐州，献身大清，坤一死里逃生，继续随曾文正公出生入死，东征西讨，直至消灭长毛，后又受文正公举荐，转任地方，才一步步走到今天。文正公高风亮节，吾等弟子皆以为楷模，严于律己，克勤克俭，一心为国效力，岂敢稍有不慎，有辱文正公英名？”

刘坤一张口江忠烈公，闭口曾文正公，无非告诉彭玉麟，咱们都是一根藤上长出来的瓜，扯断藤蔓还连着丝。其实彭玉麟也正是看在江曾二位前贤份上，难舍三十年生死旧情，才一上岸就直奔总督府，来见湘军老人，否则先往别处明察暗访，将真凭实据抓牢在手后，再一纸劾章递入京都，看你刘坤一怎么吃得消？

亲不亲，故乡人，何况还是一起从死人堆里爬出来的生死之交，两人一时心热耳软，干脆搁下词臣劾案，你一言，我一语，畅叙起昔日烽火岁月来。从守长沙，战岳州，到收武汉，克南昌，再到定安庆，围金陵，端掉洪秀全老巢，越说越来劲，越说越激动，滔滔不绝，没完没了。直至夜幕降临，月临东窗，后厨端上湘菜数味，刘坤一把彭玉麟请到桌边，一边举杯对饮，一边又接着刚才话题，继续往下神侃。

话说了几大箩，酒也喝得不少，见彭玉麟已有几分醉意，刘坤一殷勤道：“雪帅今晚别回帅船了，就住督署后衙里，愚弟老家亲戚送了几包新出的新宁崀山毛尖，正好为您煮茶醒酒。”彭玉麟说：“崀山毛尖的确不错，老夫喝过几回，妙比咱南岳云雾茶。无奈老夫住惯江上老船，身边太安静，没涛声浪语垫枕，觉睡不安稳，只怕没得福气消受你这后衙上房。至于崀山毛尖，暂寄贵处，下次入衙，再喝也不迟。”

刘坤一也知留不住彭玉麟，说：“雪帅不肯住督署，只好坤一陪您去住帅船。”彭玉麟哈哈笑道：“老船狭窄，怎好委屈你大总督？还是老夫早点出城回船，睡个好觉，明天到各司道府县走走，听听情况，若贤弟实无大过，上折为你开脱就是。”

刘坤一感激涕零，送彭玉麟出衙，亲手打起帘子，扶他上轿。又从家丁手里接过一袋崀山毛尖，交到彭南岳手里，请他代为煮茶，给雪帅解渴。刘坤一知道彭玉麟硬气，送金赠银，他不仅不会接受，还会跟你翻脸，只得送几包崀山毛尖，略表心意。

看着绿呢大轿慢慢行远，消失在黑暗里，刘坤一才放下高扬的手臂，扭过头，招过身后家丁，说：“请梁大人到我书房里去，有话交待。”

家丁飞快而去，刘坤一背着双手，返身回衙。刚进书房，屁股才挨椅子，梁肇煌就匆匆赶至，说：“总督大人有何吩咐？”刘坤一说：“彭大钦差说过，这几天会找各司道府县了解情况，烦你帮着打声招呼，要各衙兄弟嘴巴学乖巧点，该喷的喷，不该喷的，沤在肚子里，总不至于发臭生蛆。”梁肇煌笑道：“白天肇煌从西花厅出来后，就已给各司道府县传过话，兄弟们都表示绝对维护刘督，您老放心落意就是。”

“这还差不多。”刘坤一拍拍梁肇煌肩膀，“还是振侯兄会办事，坤一才想到，你已替我做到。”梁肇煌道：“跑跑小腿，动动嘴皮，又算什么？刘督主政两广时，为咱番禺亲友排忧解难，可谓恩重如山，肇煌几辈子都报答不了啊。”

原来梁肇煌是广东番禺人，回乡丁忧时遇亲友有事，求助过时任两广总督的刘坤一，一直牢记在心。眼下刘坤一遭朝臣弹劾，正是梁肇煌出力之时，腿脚自然格外勤快。果然在他撺弄下，接下来几天里，彭玉麟每到一处，无论大官，还是小员，众口一词，纷纷给刘坤一论功摆好，把他说成大清最勤勉的清官良吏。本来彭玉麟就有心袒护刘坤一，两江官员都为他说话，正好就汤下面，嘱彭岳南拟稿，历数其总督两江以来种种功绩和勋业。

别看彭岳南没啥功名，笔头子却还算硬，答应叔父后，连夜动笔，书写奏稿，虚虚实实，真真假假，为刘坤一唱起赞歌来。世间最容易做的，大约便是马屁文章，凭空拈出一堆谀词丽句，有序排列一起，就可敷衍成篇，讨人欢心。至于符不符实，合不合理，入不入情，写的人顾不得那么多，听的人更不会计较，只要能哄耳朵舒服就行。

花大半夜时间，彭岳南极尽吹嘘之能事，洋洋洒洒，很快写成两千多字奏稿，简直把刘坤一捧到了九天之上。初稿始成，又稍加修改，从头到尾读上一遍，自觉词藻华丽，文采飞扬，若朝廷以马屁文章取士，凭此宏文，不是状元，也是榜眼和探花。可惜大清只考八股文，条条框框太多，彭岳南几度参加府县铨选，都没法过关，连秀才也拿不到手，只好死心，放弃仕途，跟随叔父左右，跑腿办差，草拟奏稿，领份薄薪。偏偏叔父清廉，不肯与官商勾搭，彭岳南沾不到太多油水，不得不捂紧兜里几个薪金，以勉强养家糊口。

想到此处，彭岳南心头得意劲一扫而光，情绪不觉低落下来，变得萎靡不振，头一沉，伏在桌上睡死过去。一觉醒来，天色已亮，两岸旷野已披上灿烂晨光。彭岳南钻出舱门，到大舱里去交稿。却没叔父影子，询问船工，说天没亮就下船，上后山看什么千年老梅去了。

也是彭玉麟英雄肝胆，又不乏儿女心肠，从小喜欢外祖母养女梅姑，两小无猜，青梅竹马，竟私许终身，发愿生死相守。无奈辈分和八字都不合，梅姑不得不外嫁姚氏，死于难产。彭玉麟又愧疚，又伤悲，誓画十万梅花纪念梅姑。所作梅画迥异于人，干如铁，枝如钢，花如泪，自号墨梅图。每成一画，便钤印曰：伤心人别有怀抱，或一生知己是梅花。一画就是三十多年，即使当初与太平军鏖战正急，画笔也未曾离手，稍有空闲，就会画上几笔。在江西湖口建造水师大营时，还于营旁筑厅，遍栽梅花，称作梅花坞，以对梅作画。后湘军水陆两师齐头并进，迫近金陵，彭玉麟曾率水师在此刻停船之处结寨。也是巧，寨后有山，叫做梅岭。满岭皆梅树，最陡峭处有片千年红梅，开得格外壮观，看去如腾腾烈焰。因钟情岭上梅树梅花，彭玉麟上过好几回梅岭，甚至动过移葬梅姑于岭的念头。后来长江水师移驻北洋，彭玉麟离江返湘，岭上老梅一夜间竟全部枯死，也不知原因何在。奇怪的是，彭玉麟以长江钦差身份重回长江，岭上老梅复又发出新芽，变得生机勃勃。彭玉麟惊叹不已，趁着此番巡阅长江，事务不多，非亲自到岭上去看个究竟不可。

彭岳南知道叔父一生爱梅，上山看梅，一时半会儿肯定回不来，干脆趁此空隙，跑趟金陵城，刘坤一见识过你拟的奏稿，自然不会亏待你。心思一动，彭岳南几步下船，跳上钦差专用大马，得得得得，飞驰入城。

到得总督衙署前，正逢大门打开，来得恰是时候。彭岳南跳下马背，几下拴好马，跃上台阶，就要往里闯，被人拦住道：“你是何人，想干吗呢！”

正是几天前的门房。彭岳南自指道：“我乃长江钦差侄儿彭南岳，几天前跟你打过交道，莫非记不得啦？”门房自然记得，尤其记得彭岳南欠下的门包，沉着脸道：“总督衙门成天人来人往，谁记得你是长江钦差侄儿，还是短江钦差侄儿？”

呛得彭岳南出不得声，想发作，又孤家寡人，占不到上风，只有忍气吞声道：“跟你说吧，咱可是为你家刘总督来的，误了他老人家大事，看你担不担当得起。”

凡不想出门包的小气鬼，都会拿这种话唬人，门房见得多了，哪会当回事？心下暗忖，头次因梁藩台突然出现，这小子没出门包就进了大门，难道今天还想耍滑头不成？咱也不靠他门包活命，干脆逗他玩玩，开心一番。当即挤出一脸笑道：“既是为总督大人所来，咱给你进去问问，看他老人家有没有空闲接洽你。”彭岳南抱拳道：“如此敢情好，劳烦老兄了。”

门房返身入衙，摇摇摆摆，绕过门里照壁，到茅房里撒泡尿，又慢吞吞返回来，说：“怪你来得太早，吾家大人还没起床哩。”彭岳南说：“已日上三竿，难道你家老爷还在做白日梦？”门房道：“老爷做不做白日梦，咱一个小小门房，哪管得那么多？你若等不起，走人就是，等得起呢，便在这里老实待着，过会儿我再给你去瞧瞧。”

彭岳南摸摸怀里奏稿，说：“咱等等吧，相信你家老爷总会起来的。”门房不阴不阳地笑笑，没再搭理彭岳南。彭岳南蹲到门旁墙角，干等半个时辰，又起身过来求门房：“你家老爷该起床了吧，麻烦进去看看如何？”

门房说声行，懒洋洋往里走，过会儿出来说：“老爷已起床，正吃早饭。”彭岳南谢过，抬头看会儿天上白云，估计刘坤一已吃过早饭，再次催促门房。门房又摆着双臂，进去绕一圈，回来道：“老爷已吃过早饭，不过还在抽水烟，得过完烟瘾，才会上签押房办事。”

大约一袋烟工夫过去，门房又到里面打一转，回报道：“老爷已进签押房，正处理手头文案，待忙过一阵子再纳客。”

这也很正常，彭岳南不便说啥，只能继续耐着性子等下去。如此反复多次，不觉已近午天。门房再次装模作样入内打一转，回来对彭岳南道：“老爷今天身体不适，没法说事，已关上签押房，回后堂歇息去了，你明天再来吧。”

直到此时，彭岳南才意识到受了耍弄，想冲上前去，揍扁门房，又在人家地盘，不好自找苦吃，一边往台阶下退去，一边指着门房鼻子，低声咆哮道:“你厉害,你厉害,我奈你不何!待刘坤一栽在你这看门狗手里,再瞧他怎么收拾你吧!”门房哈哈大笑,乐道:“你走干吗呢?看过老爷收拾完我,再走也不迟啊。”

直至彭岳南上马挥鞭,消失在远处,门房仍乐不可支,笑得泪水都流了出来。抹把眼泪,睁开眼皮,见梁肇煌所乘大轿出现在门外,箭步上前,笑脸恭迎。梁肇煌出得轿子,瞥眼门房,揶揄道:“看你眉开眼笑的,是不是今天运气好,收了不少门包?”门房道:“梁大人真会开玩笑,没收门包,咱就不能高兴吗?”

梁肇煌刚回访完各司道府县归来,得禀报刘坤一,没工夫理睬门房,抬步过门,往里大步走去,很快来到签押房门口。刘坤一正在批阅文稿,并非如门房所说,身体不适,回了后衙。见梁肇煌进来,刘坤一忙放下手头活计,迫不及待问道:“情形若何?”梁肇煌道:“情形大好!彭钦差每到一处,司道府县都交口赞颂刘督,廉洁奉公,勤政为民。彭钦差很满意,夸奖刘大人总督两江有方,没辜负太后厚望。”

刘坤一舒心而笑,亲自倒上茶水,递到梁肇煌面前,说:“幸亏振侯兄多方维护,各司道府县愿为坤一说话。”梁肇煌喝口茶水,抹抹嘴巴,说:“不是肇煌维护,是刘督威高恩重,恪尽职守,各司道府县心悦诚服,乐意在彭钦差面前实话实说。也搭帮赵继元跑天津,说动李鸿章,建议太后旨派彭玉麟调查两江劾案。再怎么的,彭玉麟也是湘军老人,不好为难刘督,不如送个顺水人情,反正无损于其英名。”刘坤一说:“是啊,真该感谢李鸿章,出手化解劾案。人家有仁,咱不得无义,还是赶紧把海防费拨走吧。”梁肇煌道:“明天咱就办。”

改天梁肇煌就走完手续,将本年度海防费拨往北洋。数字不大不小,小百万两,再加五六十万,就可购置一艘铁甲舰。刘坤一表扬梁肇煌会办事,说一定瞅时机,奉告李鸿章。梁肇煌笑道:“刘督慷慨,肇煌岂敢掠美?也是北洋为京畿门户,直接关涉朝廷安危,比南洋更显重要,咱们这么做,不仅李鸿章满意,太后也会高兴。”

“能同时赢得太后和李鸿章好感,这笔海防费拨得也值。”刘坤一颔首道,“怪不得以前沈葆桢主动出让海防费,原来奥妙在此。”梁肇煌笑道:“看来刘督还要感谢陈宝琛,不是他参一本,李鸿章没出面奏请彭玉麟查办劾案,刘督不见得会痛痛快快拿出海防费。”刘坤一莞尔而笑,道:“咱们该办的已办到，不知彭钦差递走折子没有？”梁肇煌说：“估计已递走，不然这两天彭钦差也不会悠哉游哉，上梅岭看老梅发新芽。”

谁知两人高兴得太早了点，事情并非想象的那么美好。原来彭岳南被门房气走后，实在咽不下这口恶气，快出城门时，又勒转马头，返回城里。也没再上督衙，去了衡山客栈。以衡山冠名，自然为衡阳籍湘军老兵所开。太平军灭亡后，湘军大裁撤，不少湘籍官兵不愿回乡，滞留金陵一带，红道白道黑道什么都干。有空常到衡山客栈会面，一起喝酒打牌吹牛皮。话题总离不开湘军老人和朝野逸闻，彭岳南在里面待上半天，便大体了解到刘坤一劾案来龙去脉，这才离开客栈，出城返回钦差大船。

彭玉麟还没下山。直到第二天午后，才出现在江边。彭岳南赶紧出舱，迎叔父上船，问怎么此时才回。彭玉麟一脸兴奋，说他太喜欢那片千年老梅，昨日流连忘返，不觉天已断黑，再没法下山，找个岩洞将就一夜，今天又在林子里转了半天，才恋恋不舍出林下山。

兴致勃勃说过梅林，又喝口彭岳南端上的茶水，彭玉麟想起什么，问道：“奏稿拟得如何？”彭岳南说：“昨天早上就已拟好。”彭玉麟伸伸手，说：“拿来看看。”彭岳南说：“已被侄儿几下撕碎，扔到江里，漂得不知去向。”

彭玉麟用狐疑的眼神望定彭岳南，说：“你什么意思？”彭岳南说：“前天夜里侄儿就已将奏稿拟就，昨天清晨要给叔父过目，不想叔父已上了梅岭。侄儿就想，叔父看湘军老人份上，极力为刘坤一开脱，何不让他本人看看奏稿，不妥之处，也好及时更正，同时让他领领叔父的情。谁知侄儿赶往督衙，已是日上三竿时分，刘坤一竟还在床上呼呼大睡，说是新召了美艳绝伦的秦淮雏妓，听了一夜艳曲，抽了一夜大烟，天亮才沉沉睡去，一时没法起来。好个刘坤一，其所作所为，怎么与司道府县所言大相径庭？侄儿简直不敢相信，跑到衡山客栈坐了个把时辰，才从湘军老兵嘴里得知，刘坤一自总督两江以来，就没办过两件正经差事，一心只想收受贿赂，侵吞公款，用以狎妓听曲抽大烟。上行下效，手下属僚也一个个贪赃枉法，坏事干尽，连门房都贪得无厌，凡入衙办事，无大额门包，决不放行。”

“不是你瞎编的吧？本钦差访过司道府县，一个个把刘坤一说成天下第一清官能吏，怎么到你嘴里，完全变了个人？”彭玉麟狐疑道。彭岳南说:“也没啥可奇怪的，官官相护，自古皆然。照侄儿说，刘坤一最可恶的，还不是伙同部属，违法乱纪，胡作非为。”彭玉麟说:“还有更可恶的？”彭岳南说:“可不是，连叔父您堂堂钦差，刘坤一也敢耍弄。”

彭玉麟略觉吃惊，说:“本钦差秉公办理，无欲无求，刘坤一怎么耍弄得了？”彭岳南说:“叔父可知刘坤一弹劾案，太后为何不交给别人，偏偏交到您老人家手上？”彭玉麟说:“也简单，太后信任老臣呗。”彭岳南说:“只怕不是太后信任您，是李鸿章信任您吧？”彭玉麟说:“李鸿章信任我？刘案与李鸿章有啥关系？”

彭岳南冷笑一声，说:“叔父可能还蒙在鼓里，陈宝琛其实是受张佩纶撺掇，才参劾刘坤一的，背后指使正是李鸿章。”彭玉麟说:“真有此事？”彭岳南说:“一点不假。刘坤一见参，心惊肉跳，游说赵继元赴津求助李鸿章，李鸿章于是装模作样，奏请太后，把劾案交给叔父。太后自然恩准，叔父才奉旨进城办案，欲为刘坤一开脱。刘坤一一高兴，学沈葆桢样，痛痛快快把南洋海防费拨给北洋，李鸿章已如愿以偿，不用说这会儿正偷着乐呢。”

“狗日的李鸿章，又做师公又做鬼，竟敢耍弄老夫！”气得彭玉麟嗷嗷大叫，大骂起来，“是可忍，孰不可忍！”不过彭玉麟毕竟老成，叫过骂过，渐渐冷静下来，写张条子，递与亲兵，嘱其进城，交给留任金陵的旧部，帮忙打听刘坤一劾案来源。

三天后，旧部出城登船，来见老上司。果与彭岳南所言差不太远，刘坤一劾案确系李鸿章蓄谋，目的无非为南洋每年小百万两海防银。李鸿章实在可鄙，刘坤一也不是好东西，竟联手来作弄咱老夫。彭玉麟恨得牙痒痒，想起自己湘军元老，自衡阳练兵就跟随曾国藩，枪林弹雨，寒来暑去，如今还是二品长江钦差，反观李鸿章，半道闯入曾幕，还是皖人，竟后来居上，独建淮军，平吴剿捻，一步步走上高位，直至文华殿大学士、直隶总督兼北洋大臣，地位已超曾国藩。最让彭玉麟想不通的，还是自己一手缔造的长江水师，被李鸿章花言巧语，从曾国藩手里借走，据为己有，又带离江南，开往北国，改头换面，变作什么北洋水师，成为李鸿章手里王牌。留下太湖水师，负责东南海防，李鸿章还不肯放手，又挖空心思，施诡计，耍阴招，将南洋海防费骗走，要咱这些难兄难弟，以后日子怎么过？可恨刘坤一一副猪脑，遭人暗算，还浑然不知，乖乖奉上百万大银。

彭玉麟越想越气，也不用彭岳南代笔，亲自拟稿，参劾刘坤一，说他多妾多妓，吸食鸦片，夜乐昼睡，惰于政事，任凭属下胡来，放纵门房收受门包，诸如此类，不一而足。其实就是把陈宝琛所参内容，从头至尾印证一遍。欲参李鸿章，又无把柄，有把柄也参不倒，干脆拿赵继元出气，附本参其大手大脚，挥霍无度，倚仗妹夫势力，横行于两江。

彭玉麟劾折还在路上，梁肇煌拨走的海防费早到达天津。此前丁汝昌已率超勇和扬威两艘巡洋舰，穿越万里大洋，进入中国海域。途经南海，遇狂风暴雨，白浪滔天，水兵发现海面渔民落难，趴在木板上随水漂浮，十分危急。丁汝昌果断下令施救，将六名渔民捞上军舰，喂水施药，更衣给食。后绕经附近岛礁，又救起四位渔民。正好津沪电报线建成，联通沪港，丁汝昌上岸发报，向北洋衙署禀报航程，顺便论及打捞落难渔民之事。李鸿章见报大乐，电命丁汝昌率舰绕行广州、福建、上海，以宣示沿海主权。不久超勇与扬威顺利抵达天津大沽，李鸿章亲自前往检阅，慰问官兵。尔后登舰视察旅顺口，敲定北洋海军船坞总埠地址，明令丁汝昌统带超勇、扬威及镇中、镇边两艘蚊子船，驻守旅顺，操练逡巡。

也是好事成双，李鸿章刚自旅顺回津，就收到南洋海防费，不禁大喜过望，对薛福成、马建忠众僚道："刘坤一这小子，早依旧例拨银，也不用惊动张佩纶、陈宝琛和彭玉麟诸位，害得老夫欠下人情，不知何时能还。"马建忠道："也怪大清太穷，且西北战事结束不久，一时恢复不了元气，相国购舰置炮建船坞，拿不出银两，只能打南洋主意。"

说到购舰，薛福成想起驻德公使李凤苞拍来的电报，刚译出来，正好交与李鸿章。原来李凤苞经多方考察，已选定德国伏尔铿造船厂，意欲托其代造铁甲舰。铁甲舰成本高，难度大，每艘作价一百六十万两银子，船厂要求先付一定比例定金，才肯设计图纸，预备材料，进入制造工序。李凤苞来电，就是催促定金的。

看过电报，李鸿章沉吟道："一百六十万可不是个小数字。户部每年实拨南北洋海防费不足两百万两，水师官兵不吃不喝，现有舰炮不修不补，才够购一艘铁甲舰。"薛福成说："铁甲舰昂贵，海防费有限，确实是个难题。"马建忠说："铁甲舰制造有个较长过程，先交过定金，船厂开工后，再慢慢筹款，分批拨付，也来得及。”

一语提醒李鸿章，说：“李凤苞也电告过，一艘铁甲舰从设计到制造，再到下水，快则两年，慢则三年，甚至四年。就以三年为期，咱可拿到近六百万两海防费，省吃俭用，节余三百余万，差不多可购两艘铁甲舰。”薛福成笑道：“还有相国所办航运、煤矿、电报及各制造局，多少能筹集些银两，凑上一百多万两，还可加购一艘。”

薛福成不过开句玩笑，不想李鸿章竟当了真，说：“想想咱拼着老命，大办实业，到底图个啥？还不就图多赚银子，富国强军？各实业初见成效，多多少少有些回报，干脆给李凤苞拨足三艘铁甲舰的定金，让德国船厂早日设计开工，咱再在这边慢慢筹措款子。待三艘铁甲舰造成下水，咱银子也已凑齐，正好一手交银，一手交舰。”

薛福成几位颇感吃惊，说：“莫非相国真有此想法？”李鸿章说：“此想法有何不妥？”薛福成说：“万一铁甲舰人家已造出来，咱们银子还凑不拢呢？”李鸿章笑笑道：“只要交上定金，德国船工开了工，咱就有办法凑拢银子。乡下有句老话，叫不造屋不剩造屋钱，不置田不余置田款。银子左手拿进来，右手花出去，若等凑拢钱再造屋置田，永远也造不了屋，置不了田。国事如家事，没有等凑拢银子再办事的理。”

众位觉得也是，乡下有屋有田的财主，都是这么干的。只听李鸿章又道：“再说比起咱大清，日本国土小得多，人口少得多，海域窄得多，人家已拥有三艘铁甲舰，咱们岂可落后于人，不加紧迎头赶上去？落后必挨打，现在舍不得花小银固海防，他日必花大银作赔偿。”

李鸿章说到做到，立即吩咐下去，照李凤苞电报上所给数字，陆续拨走两艘铁甲舰加一艘巡洋舰（吨位略低铁甲舰）的定金，以使德国船厂早日投建。德国人诚信，定金一到，伏尔铿造船厂马上组织人力，制作图纸，交中方审批。李凤苞寄图回国，李鸿章叫来专家，精心审核，提出修改建议，再签上字，发回德国。船厂进入制造工序后，李凤苞又来电，要求给三舰取名。李鸿章给两艘铁甲舰命名为定远、镇远，巡洋舰定名为济远。

三舰已然定制，李鸿章心情大好，笑逐颜开。谁知还没高兴够，传来不好消息，说长江钦差彭玉麟不仅没为刘坤一开脱，竟然倒参他一本，还附劾赵继元贪赃枉法，矛头直指李鸿章。劾折呈入慈禧太后手里，她大发雷霆之怒，罢掉刘坤一，让彭玉麟就地接任两江总督和南洋大臣。还欲开罪赵继元，因看李鸿章面子，才放了他一马。

本想借彭玉麟德望，保住刘坤一位置，以便南洋海防费仍循沈葆桢旧例，继续挪北洋集中使用，岂料彭玉麟偏偏拧着来，刘坤一被太后撸掉，日后三舰款子又如何凑得拢？李鸿章隔空大骂彭玉麟，这家伙到底是何居心，竟对刘坤一下此狠手？皆系曾国藩一手培养出来的湘军老人，难兄难弟，本是同根生，相煎何太急？

骂得正起劲，津海关道周馥自两江办差回来，说起刘坤一劾案，告知事情坏就坏在彭玉麟侄儿彭岳南手上。要说在李鸿章心里，谁总督两江和主持南洋都一样，只要南洋海防费能给北洋使用就行。只是大清官场风习，往往人亡政息，人换事撤。彭玉麟本来就不满你李鸿章据长江水师为己有，刘坤一劾案又结新怨，自然不可能指望他接任南洋后，在海防费上让步。海防费不能集中一处，新订三舰回不来，海域不保，国防不固，大清必危！

周馥最懂李鸿章心思，说："相国大可不必发愁，彭玉麟不见得会接受两江差委。"李鸿章道："他小子撕破面皮，把刘坤一参下去，不就想取而代之么？"周馥道："也不见得。彭玉麟乃湖南蛮子，吃得苦，霸得蛮，领兵打仗，是把好手；偏执顽固，爱认死理，不善变通，出任地方尤其两江重地，军政繁重，人事纷扰，还得与洋人打交道，恐怕不太吃得消。彭玉麟若有自知之明，定会呈折朝廷，推辞两江大任。"

此言让李鸿章想起，多年来朝廷曾数度任命彭玉麟地方实职，都被他拒绝，一辈子死守老船，不愿上岸。一般来说，官员得到擢拔，都会上折推辞一番，说自己德行不够，能力有限，不堪重任，恳请皇上另选高明。这不过表示谦虚而已，待皇上复旨下来，便高高兴兴打马上任。打得还蛮狠，生怕马跑得慢，位置被人占去。彭玉麟与众不同，辞一次不够，会一再请辞，哪怕心里有意该位置。渐渐朝廷便摸清他脾气，请辞两次不算，非请辞三次以上，才收回成命。彭玉麟心里也有谱，若中意位置，最多辞两次，便飞快上任，不会过三。与彭玉麟不同，李鸿章只要觉得位置合适，有事可干，总是当仁不让，见折起程，迅速上任，从不会假惺惺请辞，跟朝廷讲什么客气。原来李鸿章一生践行老师曾国藩所授"挺经"，凡事挺身入局，决不后退推诿。彭玉麟则自创"缩经"，以退为进，以守为攻。

由此道来，彭玉麟不会马上出任两江，还得看他与朝廷怎么捉迷藏。周馥说：“眼下朝廷第一道圣旨才到金陵，离第三道圣旨下达，总有一两个月，想阻止彭玉麟出任两江还来得及。”李鸿章说：“怎么阻止？”周馥说：“可放风声出去，就说刘坤一太冤枉，是被陈宝琛与彭玉麟联手弄下台的，彭玉麟从刘坤一手上夺得大位，陈宝琛从彭玉麟手里拿走大银。如此一来，陈宝琛不堪受辱，定然将矛头转向彭玉麟，好把自己洗涮清白，彭玉麟则会力辞两江大任，以自证参劾刘坤一，完全出于公心，并无不良动机。”

“这个主意不错。”李鸿章说：“问题是沈葆桢不会复活，咱阻住彭玉麟，换他人出任两江，海防费照样捂得死死的，北洋也得不到好处。”周馥说：“换作他人，至少比彭玉麟强，海防费或许还有通融余地。不用猜也知道，彭玉麟出任两江后，相国绝对占不到他半两银子的便宜。”李鸿章叹道：“事至如今，也只能出此下策试试。”

周馥得话，开始动用北京和金陵两地人脉，借刘坤一参劾案，散布谣言，往陈宝琛与彭玉麟两人身上大泼污水。其时刘坤一正准备离开金陵，入京听候发落，谣言入耳，觉得大受委屈，愤愤不平。不平则鸣，一路走一路大骂陈彭两位居心叵测，上折为自己辩诬。陈宝琛坐不住了，也拟折自辩，驳斥谣言，同时参劾彭玉麟巡阅长江敷衍塞责，大部分时间与落草为寇的湘军旧部喝酒吃肉，放肆诋毁朝政，发泄不满。可想而知，让彭玉麟出任两江，两江定会成湘军旧部天下，后果不堪设想。

正是谣言纷起之际，陈宝琛劾折递入宫中。正好彭玉麟第二道请辞折也到了慈禧手上，她召见恭亲王奕䜣与醇亲王奕譞兄弟，说：“彭玉麟到底适不适合两江大任？”

彭玉麟出任两江的提名人本系奕譞，他自然坚持己见，说：“彭玉麟资格老，德望高，舍其还有谁镇得住两江？”奕䜣反对说：“陈宝琛劾折已把话挑明，尽管湘军裁撤已过去那么多年，仍有不少官兵滞留两江一带，占山为王，画地为霸，不断寻衅闹事，加之江南反清复明会党从未真正消失过，万一彭玉麟经不起蛊惑，生出什么异心，于大清可非福音啊。”

对彭玉麟底细，慈禧还是清楚的，相信他不会做对不起朝廷的事。可人心隔肚皮，谁又能保证汉臣彭玉麟一心向着满清？万一如谣言所传，他与陈宝琛联手赶走刘坤一，有着不可告人之目的，委以两江，岂不正好中他圈套？慈禧想来想去，决定还是放弃彭玉麟，对二王道：“反正彭玉麟已上折请辞，还是顺便收回成命吧。”

奕譞仍想坚持，说：“彭玉麟还只上过两道请辞折，他真不想就任两江，还会上第三道折子请辞。”奕䜣说：“要是他有意两江，不再请辞呢？”奕譞说：“就做个人情，让他出任两江。”慈禧火起来：“说好收回成命，还等彭玉麟请什么辞？”

奕譞这才闭住嘴巴，不再多话。隔日接受彭玉麟请辞的圣旨便快马传出京外，飞往金陵。据说请辞两次就被朝廷收回成命，彭玉麟一辈子仅此一回，别无他哉。就像李鸿章“挺经”有不灵验之时，这回彭玉麟的“缩经”也意外失了效。

两江太重要，彭玉麟被否，还得另外派人赴任。李鸿章早已开始行动，通过张佩纶等人，说服张之洞，递折力推曾国荃。湘淮既同源，又有别，然曾李两家关系可非同寻常。曾国藩与李鸿章为千古师生绝配，自不必说，只说当年曾国荃围攻金陵，全靠李鸿章荡平苏吴，扫清外围，且主动送饷送粮，送枪送炮，至大功快告成时，又不惜抗旨，执意让功，令曾家兄弟感激不已。曾国藩死后，儿子曾纪泽又与李鸿章过从甚密，亲如兄弟。曾纪泽出使俄国，没李鸿章背后暗暗使劲，不见得能顺利争回伊犁，建下盖世奇功。凡此种种，李鸿章都有理由相信，只要曾国荃出任两江，自会与自己真诚合作，办好东南海防，共御海上强敌。

读过张之洞折子，慈禧掰着指头细数，能出任两江重地者，也非曾国荃这样的大功臣不可。谁知朝旨下达，曾国荃枪伤复发，没法到任，慈禧只好召集奕䜣奕譞二王再议。这回二王意见很一致，共同推出一个人物来。

此人便是左宗棠。先是奕譞说道：“曾国荃伤痛在身，力不能支，恐怕只左宗棠才镇得住两江。”慈禧道：“左宗棠已年届古稀，还管得了用吗？”奕䜣接话道：“左宗棠英雄迟暮，入值军机处后，脑袋已不灵光，成天昏昏沉沉，垂着眼皮打瞌睡。有次李鸿章递上筹议海防折，负责文案的章京交他审读，他没读两句就眼睛一花，昏睡过去，一道折子半个月没读完。也有清醒之时，便唾沫四溅，叨唠西征盛况，说是如何如何战胜阿古柏，如何如何抬棺出关，欲与俄军决一死战。话说三遍是重言，他翻来覆去，可以把旧话重复十遍二十遍，也不嫌烦，只是害得堂官们没法办差理事，苦不堪言。”

正因左宗棠喜欢唠叨，说话不中听，奕䜣早想把他弄出军机处，一直苦无借口，就想趁两江没有合适人选，正好把他打发走。慈禧只得笑笑道：“左宗棠习惯在外风风火火做自己想做的事，让他入值军机处，实在有些为难他，只好打瞌睡，说废话，消磨时光。把他发派两江，英雄有用武之地，他自然变得生龙活虎，重振雄风。”

三人就这样形成共识，任命左宗棠为两江总督兼南洋大臣。左宗棠早厌倦军机处没油没盐的沉闷日子，接读圣旨，正中下怀，带着书童和家丁，欢欢喜喜出得京城，往天津方向逶迤而去，以便转乘轮船，南下金陵。

得知两江大任放了左宗棠，李鸿章很是泄气。左宗棠与自己抬了一辈子杠，南洋海防费到他手上，无异于嫩草塞进牛嘴里，谁也别想扯出来。也不知太后和二王作何考虑，朝廷再没人，也犯不着动用七十昏聩老头呀。

可左宗棠从天津路过，还得迎来送往，以尽地主之谊。南北两洋各自为政，又唇齿相依，以后交道多得很，总不能因个人恩怨，不接触，不交往，置国事于不顾。李鸿章肚子里琢磨着，让周馥和潘鼎新作陪，把左宗棠请入天津最豪华饭店，好酒好肉，一番款待。

许是年事已高，历尽沧桑，左宗棠宽厚了许多，不似以往气冲牛斗，脖子昂得比天还高。言语也不再夹枪带棒，变得和风细雨：“有少荃兄驻节天津，吾等老臣进进出出，南来北往，口渴了，肚饿了，双脚走疲了，也有个解渴饱肚和歇脚之处，该有多好！”

从没听左宗棠用这种口气和语调说过话，李鸿章心下一软，抬头望望对方满脸皱纹与全白须眉，一时竟不知说啥才好。还有那白眉下两粒眸子，仿佛秋后褪色的枯叶，也变得黯淡昏黄，再发不出熠熠辉光。遥思当年，左宗棠气吞万里如虎，谁想得到竟老迈衰弱至如今这个地步！岁月多么无情啊！反观自己，也已奔六年纪，李鸿章不得不又看眼左宗棠，就如面对一面又老又旧的铜镜，在里面照见自己真真切切的明天。

李鸿章沉吟之际，左宗棠反客为主，高举杯子，来敬他的酒：“难得少荃兄念旧重情，老夫敬您。”李鸿章一个激灵，忙举过杯子，道：“鸿章敬侯相。”

左宗棠西北建功，受封二等侯，又晋东阁大学士，故人尊称为侯相。

李鸿章由此想起征剿西捻旧事，道："侯相还记不记得，当年咱俩桑园之会？"左宗棠笑道："当然记得，没咱俩桑园定下大计，又哪有后来楚淮联手，共剿西捻之奇功？"旁边潘鼎新插话道："李左桑园之会，可是剿捻史上佳话，朝野无人不晓。"

李鸿章感叹道："桑园会面至今，不觉已历十三载，时间过得真快啊！犹记会晤期间，鸿章还出言不逊，故意端出大清旧例，非进士翰林，生不加大学士，死不谥之以文，以寒碜侯相。谁知音犹在耳，侯相便建立奇功，拜相入阁，鸿章这是自己打自己嘴巴啊。"

说得左宗棠哈哈大笑，说："当时咱俩不过贫嘴逗乐，少荃兄大可不必介意。要说拜相入阁，您已至文华殿大学士，可谓登峰造极，大清两百多年，汉臣从无先例，连曾夫子不过做到武英殿大学士，宗棠这个东阁大学士也到了头，更是望尘莫及啊。"

"侯相过谦。殿也罢，阁也罢，都是大学士，叫法不同而已，意思都差不多。"李鸿章继续道，"侯相功高盖世，又已拜相入阁，他日百年，定当谥文，鸿章无耻谰言，又将再次落空。"左宗棠乐道："咱们湖南乡下有句粗话，叫人死卵朝天。真到那一天，什么生前功，身后名，全都烟消云散，与你无关，管他谥文谥武，为正为邪？"

当年曾国藩死封文正，左宗棠正驻守西北，心有不服，曾不阴不阳道：曾大帅今天封文正，他日老夫战死沙场，岂不要封武邪？时过境迁，自己以举人身份破例拜相，估计日后谥文已不在话下，左宗棠也就变得豁达，拿人死卵朝天自嘲。逗得在座皆笑，说人死卵不朝天，还朝地不成？除非正往前赶，有人背后放黑枪，扑翻于地。

话题转到西北战事，李鸿章道："阿古柏作乱时，考虑国家财力有限，银子花在西北，必无钱固东南海防，鸿章对用兵新疆提出异议，幸侯相一鼓作气，扫平阿乱，解除大清后顾之忧。后崇厚赴俄签约，擅让新疆大片国土，遭千夫所指，侯相老当益壮，豪气干云，挥师进逼伊犁，惹得朝野欢呼。鸿章略觉不解的是，侯相出征时，干吗要辛苦士兵，抬口大棺材在后面跟着？是吓唬俄国人呢，还是好给宝鋆提供作诗素材？"

当年左宗棠抬棺出关，曾轰动一时，自然说啥的都有。有的说他宝刀不老，精神可嘉，乃百年难出的大英雄，不惜浪费口水，大唱赞歌。有的说他无非做戏给人看，明知不是俄军对手，还要虚张声势，惺惺作态。

还有的说他在暗示朝廷，楚军对付阿古柏乌合之众不在话下，与虎狼俄军作战，无异以卵击石，自寻死路，最好能化干戈为玉帛，以和议解决争端。

左宗棠自然比别人更清楚此举意图何在，被李鸿章当面一戳，老脸有些挂不住，嗫嚅道：“老夫弄口棺材，不过表示誓与俄军决一死战，别无他哉。”潘鼎新道：“真与俄军开战，侯相到底有多大把握取胜？”左宗棠实话道：“若有把握取胜，咱也就不预备棺材，做最坏打算了。”周馥笑道：“后来棺材也没派上用场，不知侯相换得多少银子？”左宗棠乐道：“若棺材派上用场，今天老夫也不可能坐在这里，与诸位开怀畅饮。也搭帮少荃兄斡旋，保住崇厚脑袋，促使曾纪泽入俄重开谈判，也让宗棠多活了这几年。”

左宗棠肯说实话，李鸿章也不得不坦承道：“鸿章也别无选择，中俄开战，不仅侯相吃不消，北洋水师小船轻舰也无以阻挡重型俄舰，一旦天津失陷，必危及京都，鸿章岂不成千古罪人？”左宗棠说：“言之有理，看上去少荃保的崇厚脑袋，其实保的大清朝廷啊。”

说些不痛不痒的闲话，酒意阑珊，各位停箸搁杯，送左宗棠出门上路。临别时，李鸿章道：“两江可是咱俩共同作过战的地方，侯相赴任，有何打算？”左宗棠说：“九个字：兴耕织，办洋务，固海防。”李鸿章又问：“若海上来敌，怎么应对？”左宗棠说：“多置战舰，拒敌于海外。”李鸿章继问：“大清舰小船弱，如何抵挡洋人巡洋舰和铁甲舰？”左宗棠说：“可在各处海口多设炮台，炮击敌舰，叫其无以近岸。”李鸿章再四问道：“敌舰上装有巨炮，威力无穷，侯相考虑过没有？”左宗棠不乐道：“少荃兄是嫌我只知陆战，不懂海战吧？”

李鸿章一脸凝重，道：“鸿章并非此意，不过提醒侯相，多多考虑自身不足，与洋人船碰船，舰碰舰，绝对占不到便宜。”左宗棠问道：“你说该咋办？”李鸿章说：“除在各海口多设炮台，还得于近海广置障碍，沿岸多布陆兵，万一海上失利，还可凭陆战，阻住敌军。”

左宗棠默然良久，低头钻进大轿，由亲兵护卫，往码头方向行去。看着轿子行远，李鸿章才转身，迈开长腿，往北洋衙署走去。潘鼎新紧追几步，说：“都说相国与左宗棠是死对头，想不到今天相聚，还算欢洽，看不出彼此有何芥蒂。”

李鸿章长叹一声，说：“咱与左宗棠有过争端不假，却非意气之争，亦非个人名利之争，是争替国家出力，实现富国强兵之目的。比如海防与塞防之争，所争无非几个军费。道理浅显，没军费就没法办事，只能干着急。席上说过，国库有限，经费用于东南海防，西北塞防便会落空，反之用于西北塞防，东南海防只能搁浅。也是国家贫弱，顾首自然难于顾尾。”周馥说：“左宗棠大概也这么想，故今天还算友好。”潘鼎新道：“相国不计前嫌，给吃给喝，左宗棠还好怒目圆睁，与桌上酒肉过不去？”

李鸿章笑笑，说：“左宗棠不缺吃缺喝，能接受咱宴请，是看得起咱。人生苦短，人家已年届古稀，今天相见，他日能否再聚，实难预料啊。”潘鼎新道：“那倒也是。听说左宗棠入值军机处后，油盐不进，谁都不放在眼里，人见人躲。今天席上气氛欢洽，相国何不借机将南洋海防费摆上桌面，说不定他口一松，答应依例交北洋统一支配，也有可能。”李鸿章说：“左宗棠虽年高体衰，可脑袋还没完全糊涂，岂肯轻易答应交出南洋海防费？”周馥说：“没有南洋海防费，三舰如何驶得回中国？”

“这也正是老夫最感头疼的。南洋海防费靠不住，还得另想办法。”李鸿章沉吟半晌，“老夫与外国人签了不少条约，主要内容就是贸易开放，可落到实处，只有外国人到中国来经商，中国少有利用条约规定对外贸易，有的也只是民间廉价劳工输出。中国历来重农轻商，一说起商贸，就想到奸商二字，殊不知西洋民富国强，靠的就是商易往来，说是无商不富。海洋时代已然来临，咱们再不可墨守成规，死死盯住家里一亩三分地，也该走出去才是。”

周馥附和道：“前阵子咱赴苏沪办差，与盛宣怀见过一面，他说架设津沪电报线时，与英籍工程师说起英法诸国商铺，茶叶、丝绸、瓷器等中国产品销路不错，就想着成立一家英国贸易公司，自中国直接运货过去销售，利润肯定不薄。”

李鸿章说：“盛宣怀来函跟咱论过此事，咱要他拟份章程给我，也许已经拟就。”

五、微臣好色原天性，只爱娥眉不爱官

话说左宗棠匆匆赶往金陵，进入两江总督衙署，才跟刘坤一办完交接，未及正顶扶翎，升堂视事，门房匆匆入报，说来了位大名鼎鼎的大名士。

此门房自然已非彼门房。一届督抚一届仆，彼门房又戏弄彭岳南，聪明反被聪明误，惹出祸端，早被刘坤一棍棒侍候，驱赶出衙。此门房乃左宗棠湖南老家远房表侄，得知表叔外放两江，不请自到，抢先谋得看门肥差。其时左宗棠身处后衙，斜靠藤椅，边泡脚边翻闲书。不觉水温渐凉，正要吆喝家仆递毛巾揩脚，听表侄禀报来了个大名士，顺口道："大名士就大名士，还大名鼎鼎，是铁鼎铜鼎，还是陶鼎石鼎？"

在左宗棠心里，自己征发（太平军）剿捻（捻军），收复新疆，功高盖世，名震中外，谁胆敢跑到两江督衙来，跟咱比名头？偏偏表侄不识趣，还要说："此人论德无德，论功无功，论言无言，可名声之响亮，并不低于表叔，更别说曾国藩和李鸿章之流。"

左宗棠越发惊诧，说："自古人想出名，无非立德立功立言，此人一样不沾，何来大名鼎鼎？不怕鼎从空中掉下来，把脑袋砸个粉碎？"表侄说："此人无德无功无言，却有两条长腿，专往有权有位者身边蹭，借人之光，照耀自己，因而获得大名。"左宗棠不耐烦道："别此人此人，到底是猪是狗，是猫是狸，其爹娘总给他取有名号吧？"

"王闿运。"表侄这才说出三个字。狂人都不待见狂人，左宗棠一向不喜王闿运狷狂，却看在他跟自己一样仅有举人功名份上，让表侄放人

入衙，同时将搁到脚盆边沿的脚放回水里，吆喝家仆道：“再打半桶热水来，老夫还没泡够。”

左宗棠表侄没说假，王闿运名头确实够响亮，官场无人不晓。湖南湘潭人，生于道光中期。少孤无依，为叔父教养长大。咸丰初年入长沙岳麓书院就读，博览群书，无所不涉，一心想着学成文武艺，贷给帝王家。尤好帝王术，恨不得立即上街逮住李世民或赵匡胤，手把手教其降龙伏虎，经天纬地，以实现自己匡时济世生封死谥美梦。无奈没人额上写着李世民和赵匡胤字样，放眼人海茫茫，谁才是自己心目中圣主？王闿运略感失落，探知自己所用桌椅，曾为名重一时的湘阴举人左宗棠用过，冒冒失失跑到湖南抚衙，以求一见。其时左宗棠受抚台信任，以幕僚身份主理政务，忙得不可开交，没工夫理睬王闿运。王闿运扫兴而归，又打听到左宗棠老乡郭嵩焘居丧于家，掉头跑到湘阴，进了郭府。郭嵩焘也在岳麓书院读过书，年长王闿运 15 岁，已两榜高中，入值翰林，因双亲病故，回乡守制。正值洪秀全广西起事，咸丰旨令同样丁忧在籍的曾国藩组建团练，抵抗太平军。曾国藩顾虑重重，久无动静，郭嵩焘觉得此乃汉臣出将入相好机会，岂可轻易放过？与王闿运没聊几句，便匆匆起程去了湘乡。在郭嵩焘奉劝下，曾国藩才下定决心，挺身而出，组建团练，从湖南打到江西，进军安徽，成为抵抗太平军唯一力量。这已是几年后的事情，王闿运也考上举人，离湘北上，进京会试。一路宣讲郭嵩焘耳朵好使，听信自己建言，跑到湘乡动员曾国藩出山，才打造出湘军劲旅，稳住江南局面。意思自己有大功于清，会试考官可得睁大双眼，别漏掉五百年难出一个的大才。谁知考官瞎眼，没录取王闿运。名落孙山，没法在京城待下去，叔父所给盘缠早花个精光，王闿运想起已入值南书房的郭嵩焘，去找他支借银子。京官薪薄，郭嵩焘自给都困难，哪有钱可借？想起咸丰军机大臣肃顺需要塾师，把王闿运介绍进肃府，一边教肃家子侄读书，一边准备下次会试。不久在肃顺与郭嵩焘作用下，曾国藩授任两江总督，王闿运到处吹嘘，说是自己力荐，肃顺才认定曾国藩乃大清救星，保其得获大位。曾国藩大权在握，推举左宗棠招募楚勇，出征赣浙，以四品京堂授浙江巡抚，王闿运又天天把肃顺挂在嘴里，说不是自己给肃顺说好话，左宗棠一介举人，肃府朝东朝西都不知道，哪有如此好运，一觉醒来，摇身一变，湘阴土鸡成为金凤凰？话传入肃府，肃顺心有不乐，欲辞掉王闿运，看郭嵩焘面子，只得隐忍下来。偏偏王闿运不知天高地厚，向肃顺夸口，愿以半部《论语》退洋人。古传宋初宰相赵普，半部《论语》辅主得天下，半部《论语》助主治天下，王闿运能以半部《论语》驱逐洋人出海，岂不大幸！肃顺侧耳谛听，王闿运侃侃而谈道，欧美荒远，无经书文儒照耀，官民无教，野蛮愚昧，冥顽不化，才驶船架炮，满地球闯荡掠夺。可召各国公使和海陆提督入同文馆，授之《论语》，开其蔽误，告以圣道，再教之以人世大法，与切己之先务，使其感化，或许会放下屠刀，各回本地，因其技巧，以课农桑，则炮无所施，船无往来，崇本抑末，商贾不行，老死不相往来，则天下太平，世有宁日。

说得肃顺哭笑不得，心想再留此公在府，待把肃家子侄教成顽石，后悔都来不及，于是加倍结算束脩，把王闿运请走。此处不留爷，自有留爷处。王闿运愤然出京，南下走进湘军祁门老营，以曾国藩贵人身份，唾沫四溅，劝其反清复明，自己愿以半部《论语》辅其得天下，再以半部《论语》助他治天下。曾国藩觉得好笑，不予理睬，还警告盛康诸君，此人好为大言，毫无实用，戒勿近其。适逢李元度徽州失守，鲍照休宁兵败，敌军压境，祁门危殆，老营人心惶惶，幕僚各自打点行李，准备逃命。只王闿运坐在屋里，手奉书卷，风雨不动安如山。曾国藩闻知，觉得意外，让盛康去看王闿运在读什么书。盛康回说读的《论语》。曾国藩肚里哼哼，这是读《论语》的时候吗？又嘱盛康去看王闿运书童干什么，回说正在打点行装。曾国藩不再吱声。趋利避害，贪生怕死，乃人之常情，然故意做作，足见此人多么虚假。也就任其去留，毫不理会。不久英法联军打进北京，咸丰东逃，死于热河，慈安与慈禧联手奕䜣，发动政变，捕杀以肃顺为首的八大顾命大臣。消息传到江南，王闿运捶胸顿足，直怪肃顺不听忠言，若让自己半部《论语》退洋人，大清平安，咸丰不死，肃顺又何至于身首异处？满人没救药，又跑进已移驻安庆的湘军老营，再次动员曾国藩拥兵自立，别替满人卖命。曾国藩依然不为所动，王闿运自觉没趣，离开曾幕，去浙江游说左宗棠。左宗棠也不待见，王闿运只好浪迹天涯，就食四方。四方食不好吃，在外转上一大圈，转上数年，才面黄肌瘦回到湘潭，开馆授徒，企图舌耕自给。十多年战乱，江南百孔千疮，十室九空，谁读得起书？也就门可罗雀，无人问津。没人上门，缸无粮米，妻儿只能跟着挨饿。十天半月，还能坚持，长期衣食无着，谁受得了？老妻嫩妾活生生饿毙，一帮儿女死的死，半死不活的被好心人领走，留下王闿运独自躺在床上，奄奄一息，只等咽下最后一口气，黄泉路上去会妻小。幸有目不识丁的铁匠、石匠、木匠数名，靠手艺谋生，勉强存活，因同情王闿运，自动送些糙米进屋，把他从阎王殿里拽了回来。王闿运无以为报，唯有教匠人们断文识字。匠人靠两手干活，断不断文，识不识字，有何关系？只不便见王闿运难堪，不得不拜其为师，偶尔上门假意听课。其中有位小木匠叫齐白石，儿时曾上过两天私塾，认得几个字，喜欢附庸风雅，咏诗作词，每次见师傅，都会带上两首，恭请斧正。诗如粗叶，词似糙草，俗不可耐，哪入得王闿运法眼？又不好直说，怕人家一怒之下，不再上门，自己饿死屋角，只得说是薛蟠体。齐白石问薛蟠体是啥体，王闿运说就是薛蟠所创诗体。齐白石又问，薛蟠是男是女，何方高士？王闿运说薛蟠是男，系《红楼梦》里人物。齐白石倒也听说过《红楼梦》，想不到自己一不小心写出薛蟠水平诗作，喜不自胜，隔日又送上数首新作，外加腊肉一块，请王闿运赐教，看符不符合薛蟠体。

在老家一待数年，天天跟村夫野老厮混，王闿运甚觉掉格，又卷了铺盖，离开湘潭，来到长沙，欲谋个体面饭碗。就因曾国藩戒勿近其一语，没人敢接纳，王闿运流落街头，不知何往。忽闻郭嵩焘不容于官场，以养病为由，辞职归乡，又以看望前辈为名，跑到湘阴郭家，狼吞虎咽，吃了两顿饱饭。郭嵩焘心生同情，给曾国荃写信，说曾侯相已故，湘军老人日见凋零，湘潭名士王闿运文翰翩翩，又与湘军将领多有交往，还是赶紧花钱请他动笔，将湘军将士功劳勒成一书，以免传闻失实，功烈不彰。与大哥一样，曾国荃也鄙视王闿运，回函说确实该写部《湘军志》，但不能让王闿运来写。正好曾纪泽扶父灵柩回长沙，郭嵩焘带王闿运去见，旧话重提。曾纪泽厚道，看郭嵩焘面子，开出大额预付稿酬，把撰写《湘军志》大任交给王闿运。王闿运欢天喜地，拿着大把银子，昂然走进青楼，狠狠快活了一把。有道是名士风流，自己名声在外，皆因穷困，一直风流不起来，现在大钱在手，也该享受享受名士待遇才是。流连青楼数月，银子花得差不多，才想起光顾做名士，《湘军志》未著一字，也不是句话，赶紧逃离长沙，回到湘潭，闭门造起车来。很快手头告罄，只能写信给曾纪泽，再讨稿酬。不久曾纪泽银票寄到，王闿运拔腿就往湘潭城里跑，又想去过把风流瘾。快到城边，才止住脚步，心想名士要风流，也不一定花大钱，老往青楼跑呀。于是相中隔壁乡间叫周妈的寡妇，花点小钱，聘入家中，白天为佣，夜里为妓。周妈不到三十，粗壮结实，做家务是把好手，床上功夫也了得。王闿运非常满意，心想只要是真名士，何处不风流，犯得着上青楼砸钱？周妈还有一特长，就是头梳得好，每次将王闿运脑后枯发梳得条分缕析，再结成小辫，扎上红头绳，煞是抢眼。从此王闿运睡非周妈不香，食非周妈不饱，片刻离不开周妈。无论出访湘军老人，或查找文物档案，都会带上周妈，且亲笔书写“王氏侍佣周妈”名刺，出示给人。得意时还忍不住自指脑后小辫和红头绳，说李莲英梳头工夫好，周妈也不差嘛，况周妈侍寝又侍寝，李莲英有本事侍辫，有能耐侍寝吗？意思自己比太后还要风光。

周妈侍辫侍寝，王闿运日子还算滋润。可久而久之，坐吃山空，周妈不干了，扬言要走人。王闿运不舍，想起被人领走的女儿逐渐成年，托巧嘴撮合，择漂亮聪慧者嫁给四川总督丁宝桢儿子为妻。为报亲家，丁宝桢寄赠盘缠，邀王闿运入川游学。王闿运欢喜得不得了，即携周妈西上成都，主持尊经书院。《湘军志》即将成稿，也带在身上，略作增删，刊印成书，四处兜售，所入不少。然王闿运偏执轻狂，不讲史德，以爱憎颠倒事实，不惜笔墨，夸大湘军败绩和烧杀抢掠劣迹，楚人读之惨伤，视为谤书。曾国荃更是大为光火，扬言要砍掉王闿运脑袋。王闿运不服气，说是效法司马迁和陈寿，秉笔直书，执意把《湘军志》写成大清《史记》和《三国志》。想做司马迁与陈寿没错，只是司马迁和陈寿没拿过志主银子，王闿运拿人钱，却日人娘，自然不容于湘军将领，一时骂名四起。王闿运后怕起来，请亲家丁宝桢作序，欲借其声望，封住世人嘴巴。丁宝桢不敢蹚此浑水，要王闿运去找左宗棠，左宗棠名震中外，又是湘楚老人，他若认可《湘军志》，谁敢放屁。王闿运觉得在理，带着周妈顺江东下，赶往金陵，来到两江督衙门前，求见左宗棠。

王闿运带周妈进入后堂时，左宗棠还仰在椅上泡脚。泡得舒服，已歪脑斜身，酣睡过去。嘴巴大张，一高一低，鼾声如雷。五指一撒，手里书卷往脚盆里掉去，还是正在添热水的老仆动作快，伸手一把接住，塞回左宗棠怀里。左宗棠收住鼾声，胖身一扭，竖竖圆腰，同时睁开眼皮，嘟嘟囔囔道："书呢，咱的书呢？"

没等老仆回话，左宗棠发现前面站着一男一妇两人，不冷不热道："壬秋（王闿运）来啦？是不是又来劝说老夫揭竿而起，反清复明？老夫老啦，反不起，复不动，你还是另找高明吧。"王闿运低首上前，弯腰道："闿运知道侯相乃大清忠臣，不敢造次。"左宗棠道："那你要干什么？"王闿运几乎是哀求道："可否待侯相泡过脚，再去书房，慢慢叙话？"左宗棠不乐道："不见盆里刚添了热水，老夫正好泡脚吗？老夫古稀之人，气血不够，足底易生凉，泡脚可活血暖身。有话在这里说一样，又没有外人在场。"

老仆已添完水，转身搬来两张凳子。王闿运强忍屈辱，让周妈扶自己坐下，递给左宗棠两张名刺，一张写着"湖湘村夫王闿运"，一张写着"王氏侍佣周妈"。左宗棠瞧瞧名刺，抬眼看看周妈，打趣道："老夫没记错，壬秋也快奔五了，此妇看去没到三十，你怎么叫他妈呢？湖南话里，娘即妈，妈即娘，你还有这么年轻的娘？"

王闿运脸上一红，嘿嘿笑两声，也不辩解。左宗棠又道："有事说事吧。"周妈倒也麻利，闻言几下打开褡裢，取出一册油墨未干的书卷来。王闿运接过去，双手呈至左宗棠面前，谄媚道："此乃闿运所撰拙著《湘军志》，本要寄赠北京，请侯相惠存，得知侯相遵旨外任两江，故专程携书东下，当面就教。"

左宗棠也不客气，左手托卷，右手食指去舌尖上蘸一下，捏住卷角，低下脑袋，煞有介事翻阅起来。老仆估计水温渐凉，伸手到盆里试试，问还要不要添加热水。左宗棠没吱声，眼睛留在纸面上，双脚轻轻抬起来，搁到盆沿上。老仆挪开水桶，拿过干净毛巾，蹲身下去，抱过主人双脚，几下揩干，再塞进厚底布鞋。

老仆收拾走脚盆和水桶，左宗棠坐正身子，继续一目十行，游览《湘军志》。王闿运心里忐忑，试探道："此番拜见侯相，还有一个请求，不知侯相肯否答应。"左宗棠头也不抬道："有何吩咐，直说吧。"王闿运道："请侯相作个序，以便重刊时收入卷首，给拙著增增色。"

左宗棠没吱声，仍在一页页往下翻。越翻越来气，脸色直往下跌。所气书里不见楚军一词，只有左军二字。当初奉曾国藩之令回湘募勇，左宗棠就自命楚军，意在独立门户，区别于湘军，不想到得王闿运笔下，竟抹掉楚军，改成左军，真是岂有此理。且曾军两篇，左军只一篇，与李（鸿章）军没啥区别，这不是对楚军莫大嘲讽么？左宗棠心火往上直腾，扬起《湘军志》，往地上一掷，指着门外道："拿着你的臭书，赶紧滚蛋！"

王闿运有些莫名其妙，拾起地上书卷，战战兢兢道："拙著错在哪里，还请侯相明示，闿运改回来就是。"左宗棠提高嗓门道："不滚是吧？不滚老夫喊人，乱棒打出。"

王闿运只好拉着周妈，仓皇出奔。奔到门外，左宗棠老仆追上来，塞过一包银子，说是侯相看故人面子，略表心意。王闿运想扔掉银子，又舍不得，将银子递到周妈手上。老仆转身走几步，又停下来，似有话要说的样子。王闿运跟过去，打个拱，讨好道："老哥教我，侯相为何发我脾气？"老仆放低声音道："你也知道，侯相向以楚军为荣，可你不提楚军，只说左军，与李军并论，侯相能不气愤么？"

王闿运半信半疑，心想左宗棠不肯给《湘军志》作序，定是不愿得罪曾国荃和湘军老人，才故意找借口推托，不然也用不着让老仆追出来，赠银传话。也罢，左宗棠耍滑，咱另找高明去。可高明又在哪里呢？王闿运心想当今天下，能镇住曾国荃者，除左宗棠外，仅剩李鸿章一人，恐怕只能找他碰碰运气。犹豫半晌，才拿着老仆所给银子，购得两张船票，带着周妈，钻入洋船，望北而来。

轮船抵达天津码头，王闿运与周妈下船，先找到周馥，问道："所寄拙著《湘军志》，到得相国手上否？"周馥说："刚收到，因为太忙，未及拆包呢。"王闿运道："未拆包没关系，闿运随身带着一卷，可否请周道引荐相国，好当面就教？"

李鸿章正在审阅盛宣怀所拟赴英贸易章程，哪有时间搭理闲人？可周馥还是答应入衙试探试探。来到签押房，报出王闿运三字，李鸿章笑道："刚有金陵故人到访，说王闿运拿着《湘军志》造访两江总督府，左宗棠待以泡脚礼，把他骂出衙署，又让老仆赠银安慰，可谓恩威并施。想左宗棠系其湘楚故人，尚且不愿插足湘人恩怨，俺外籍人一个，何必引火烧身？"周馥道："王闿运苦修帝王术，自视甚高，目空一切，却被左宗棠玩弄于股掌之上，自取其辱，实在可怜。"李鸿章哂道："王闿运有好几个女儿，已择俊秀者嫁入丁家，丁宝桢投桃报李，给名给利，何不跟左宗棠也结为亲家，换取左序？"周馥笑道："左宗棠七十老翁，已活不得几年，王闿运肯定不愿为一篇序言，付出太大代价。"

既然王闿运不受欢迎，周馥只好出面挡驾。岂料湖南蛮子蛮劲足，王闿运不顾死活，昂着脖子，硬闯北洋衙署。李鸿章不得不放下正事，接待王闿运。这回王闿运乖起来，呈上《湘军志》后，说：“村夫觉得拙著太过粗糙，尤其淮军内容偏少，准备仿曾军篇目体例，增写李军后篇。此番入津，就是请相国批评教正，且以如椽巨笔序之。”

李鸿章不置可否，说拜读完大著再说。要周馥先安排王闿运住下，好吃好喝侍候。王闿运与周妈随周馥走后，李鸿章扔下《湘军志》，该干吗还干吗。

王闿运久等无果，再闯北洋衙署。李鸿章知道湖南人吃软不吃硬，拿出半部《论语》，还有九十六两银子，塞给王闿运。王闿运果然作罢，带着周妈，离津南渡，回了湖南。路上周妈气愤道：“都说宰相合肥天下瘦，李鸿章富可敌国，想不到如此小气，送《论语》只送半部，赠银子不足百两。”王闿运说：“你知道个屁，李鸿章那是有意而为。”周妈道：“李鸿章又是什么意思呢？”王闿运叹道：“说了你也明白不过来。”

周妈就往王闿运怀里蹭，逼他非说不可。王闿运只好道：“本名士曾有表示，可半部《论语》助肃顺退洋人，半部《论语》辅曾国藩得天下。谁知肃顺和曾国藩不争气，不纳良策不说，还坏了本名士名声，李鸿章才故意送半部《论语》寒碜我。”

周妈似懂非懂，又问：“那为何又只送九十六两银子，不加四两，凑成整数？莫非李鸿章少此四两银子不成？”王闿运道：“你算算，九十六有多少个十二？”这难不倒周妈，她说：“八个十二。八与十二有何讲究？”王闿运道：“十二为一打，八与发谐音，明白没有？”周妈想想道：“十二一打，要想发，不离八，原来李鸿章用半部《论语》打发你走人。”

王闿运就这样灰溜溜回到湖南。又闻郭嵩焘出使英法时，与刘锡鸿闹翻，被朝廷各打五十大板，夹着尾巴回国归籍，又跑到湘阴，找他了难。意即《湘军志》是你郭嵩焘给咱揽的，惹出这么大麻烦，你郭嵩焘不帮了难，谁帮了难？郭嵩焘出主意，唯有烧毁《湘军志》刻版，或可平曾国荃和湘军老人愤怒。王闿运左思右想，别无他法，只得拿出《湘军志》刻版，堆到郭府门前，请郭嵩焘亲眼见证，一把火烧掉。事后郭嵩焘再给曾国荃等人去函，言明事情始末，曾家与湘军老人这才放过王闿运。为消除《湘军志》恶劣影响，曾国荃又另托他人，撰写《湘军记》，以更为详尽史料，纠正王氏对湘军的污蔑。

惊动一时的《湘军志》风波就此平息。可王闿运心有不甘，过后又重新修订《湘军志》，非做司马迁和陈寿不可。因在金陵和天津受到左李冷遇，愤然删去左军篇和李军篇，矢口不提楚军与淮军，仅留部分内容，以浙江军和江苏军之名，存于志书里。

不过王闿运没亏，经《湘军志》风波，名头越发响亮，被时人视为天下头号大名士，纷纷效仿丁宝桢，请他讲经授课，由从前就食四方变成通吃四方。不幸丁宝桢遽逝，王闿运顿失依靠，大放悲声，不知是悲丁还是悲己。好在张之洞平地崛起，封疆南国，王闿运又想方设法，嫁小女给张家儿子，照样名利两不误。一时间门生满天下，诸如湘人杨度，川人杨锐等，都曾拜在其门下，后成为声震中外的大名士。

此是后话。回头再说李鸿章，细细审过赴英贸易章程，觉得可行，亲笔草拟《创设公司赴英贸易折》，不惜笔墨，大谈富强经，以开导朝廷。国要强，必先富，纵观西洋富强之策，无非商务与船政互为表里，亦即以兵船之力卫商船，以商船之税养兵船。从前商船战舰以风帆为动力，行之不远，各国尚可闭关自守，自给自足，可自从蒸汽机发明后，动力问题解决，洋船洋舰纷至沓来，风气大开，欲拒洋船洋舰于国门之外，已不可能。洋人可走进来，以货换银，咱们为何不可走出去，以中国货换洋人银子？

说过富与强之关系，李鸿章笔锋一转，又写道：天下熙熙，皆为利来，天下攘攘，皆为利往，古今中外，概莫能外。洋人趋利重商，远涉重洋来华，目的就是发财，咱们同样可派殷商富贾出洋，在洋人身上发财。如此一来，互通有无，互利互惠，你中有我，我中有你，洋人也就不会轻易言战，以免损失自身利益，这于稳固大清江山，有百益而无一害。

朝廷爱银子，更爱江山万年长，深知只有江山在握，才能不断从小民百姓手里征税纳粮，供自己消受。也就被李鸿章奏折打动，复旨同意成立公司，赴英贸易。李鸿章当即函令盛宣怀，招商集股，筹办驻外贸易公司，名字就叫中国肇兴公司。而后派人赴英国伦敦租用仓库和门面，以尽快挂牌开张。挂牌得书牌号，还得用中英两种文字书写，盛宣怀电请李鸿章书写中文名，英文名则交驻英法公使曾纪泽书写。

李鸿章擅长书法，做翰林时一手好字便誉满京城。早年练王（羲之）

字，灵动洒脱，近年学颜（真卿）体，庄重厚实。王字颜体两相结合，漂亮大气，特别适合书写招牌。当即铺开纸笔，笔酣墨饱，写就“中国肇兴公司”六个大字。

放下笔，退后半步瞄瞄，还算满意。盖上印，正要交邮，收到大哥李瀚章自武汉湖广总督府寄来的家书，论及母亲大人，说是感染便血症，遍请名医，久治不愈，甚为焦虑。李鸿章不禁忧心忡忡，想起夫人赵小莲生病时，久服中药不愈，后改看西医，药到病除，也许找洋医开些西药，寄往武汉，给母亲试试，说不定挺管用。

原来天津开埠以后，洋商云集，洋人满街，洋医也随之涌入，筹办诊所，开设药店。其中英国医生马根济，曾在汉口和上海做过军医，李鸿章入主直隶和北洋时，受邀北上，给曾国藩和官文等人诊过病，后留津创建天津第一家私立西医医院，医术高明，服务优良，深受华洋病人欢迎。李鸿章向来对西技包括西医颇感兴趣，自己与家人生病，喜欢找马根济诊治。马根济不仅医术了得，为人亦非常和善，被李鸿章聘作北洋水师施医处医官，为官兵治病疗伤。便血症属常见病，问问马根济，肯定会有好药。

巧的是，要找马根济，马根济便由毕德格陪同，出现在北洋衙署里。两人是来呈送北洋医学馆筹办方案的。半个月前，毕德格在环水楼给主人读完英国生物学家赫胥黎的《天演论》，又就书里内容，随便聊了一会儿。一聊一聊，便从生物聊到西医，李鸿章说了欲办医学馆的想法，以挑选聪颖少年子弟学习西医，分派水陆军营当军医。马根济也是李家座上宾，常与毕德格见面，混得很熟，过后毕德格便找到他，转达李鸿章意思，两人联手做出北洋医学馆初步方案，送交李鸿章审阅，好尽快付诸实施。

看过方案，李鸿章觉得可行，画押通过。顺便提及母亲病症，马根济说几天前有批西药自英国发过来，其中就有便血症新药，疗效很不错。李鸿章甚喜，让李经方随马根济赶往施药处，拿回西药数盒。武汉远隔千里，须交邮传递，李经方说：“好久没见祖母，挺想念的，父亲何不让孩儿跑趟武汉，为老人家奉汤进药？”

儿子有此孝心，李鸿章自然乐意，说：“为父忙于公务，无以分身，大儿能代至床前尽孝，老人家见孙如见儿，心里一高兴，说不定药未进病便好七分。”当即提笔，修书一封，嘱李经方稍做准备，早些启程。又见肇兴公司招牌字未及交邮，还放在桌旁，一并交到李经方手上，说:“大儿南下时，先去上海打个转，亲送招牌字于盛宣怀手上，免得付邮传递，耽搁时日在其次，万一弄丢，误肇兴公司大事。”

当天夜里，李经方登上轮船招商局货轮，直奔上海而去。盛宣怀见字，欣喜不已，大声叫好，说:“宣怀若像相国样，写得一手绝妙书法，早上街卖字为生，也不用办电报，跑贸易，脚打莲花落，累得两眼发黑不说，还要官场商场两头遭忌受气。”

叫过好，盛宣怀掏出不菲书法润格费，往李经方手上递。李经方不肯接，盛宣怀硬塞到他怀里，道:“又不是给你的，你客气干啥！相国书法远不止值这点钱，宣怀略表心意而已。不看宣怀面子，相国也不会百忙中抽时间，给我书写招牌。”

李经方只好收下。得知李经方还得赴武汉给祖母送药，盛宣怀也不留他，送他登上开往武汉的商船，回头再忙碌肇兴公司的事。待公司所收货物集中装船，盛宣怀便带领员工，押货离沪，自香港出洋，往遥远英国驶去。

一个多月后，货船抵达伦敦。上岸伊始，盛宣怀找家装裱店，拿出李鸿章书法，及曾纪泽派人送来的英文招牌字，一并刻到铜匾上，高挂于肇兴公司大门上方。尔后敲锣打鼓，燃放鞭炮，公司隆重开业。令人惊喜的是，中国货物一露面，顿时引起伦敦市民极大兴趣，购者如云，生意格外红火。英国报纸闻风而动，纷纷登门，又采访，又拍照，连文配图，一起登到报纸上。肇兴公司由此广受关注，成为英国街头谈资。

报纸传至北京，各国公使竞相传阅，还赶到总理衙门，要求大清派员到自己国家办公司，开门店。总理衙门大臣倒也高兴，入见慈禧，传达公使们请求。慈禧召集御前大臣会议，先表扬李鸿章和盛宣怀肯办事，会赚钱，又让李莲英拿出伦敦报纸，交群臣传阅。

朝臣们本就看不惯李鸿章事事师法洋人，听说他奏请创办驻英贸易公司，便相互串连，准备群起攻之。不料慈禧动作快，早早复旨恩准李鸿章所奏，众臣只得悻然作罢，不好再说什么。现得知李鸿章亲笔书写肇兴公司招牌，还被英国记者拍照登在报纸上，满世界传阅，不由得义愤填膺，指责李鸿章卖国卖得不过瘾，还把字卖到英夷地面上，简直斯文扫地，不成道法。最来气的还是徐桐，指着报纸照片上的门面及招牌字，大声嚷道：“老祖宗发明汉字，是要咱们抄经注典，弘扬春秋大义，作为饱读诗书的儒生和朝廷重臣，李鸿章竟丧心病狂，拿来题写驻外公司招牌，与鬼符般的洋文并列一处，岂不玷污祖宗，有辱国格，该当何罪？微臣强烈要求太后，将李鸿章捉拿归案，明正法典，以儆效尤。”

慈禧知道众臣嫉恨李鸿章，故意小题大做，借风吹火。等他们发泄得差不多，才厉声道：“李鸿章体谅朝廷拮据，想方设法办洋务，兴商贸，无非多筹银两，求富图强。你们觉得他书写招牌字，愧对列祖列宗，我可以让盛宣怀摘下招牌，扔到臭水沟里。然大清厘税不足，财源短缺，万里海疆又不可能不购舰置炮，加强防御，你们肯替我弄钱，或自掏腰包不？”

众臣这才闭住嘴巴，不再吭声。廷议无果而终，各国公使颇感失望，只好写信委托本国驻津领事，找李鸿章通融。李鸿章来者不拒，表示愿效法肇兴公司，择机派驻贸易公司分赴各国。还打发马建忠和薛福成，与各国领事洽谈，商议具体做法。

驻外贸易之事告一段落，李鸿章还没喘过气来，朝鲜使臣求见，禀报率员来津学习制器事宜。朝鲜西邻中国，北接俄国，东与日本隔海相望，仿佛三国之间一枚楔子，日俄垂涎已久，只作为宗主国的中国，一向对朝鲜尽职尽责，爱护有加，两国关系亲密而稳定。可自道咸以降，中国危机四伏，自顾不暇，无力朝鲜事务，朝方也渐起异心，亲日呼声越来越高。至同治年间，朝鲜国王驾崩，因无儿子，由王室旁支李熙继位。其时李熙才十来岁，由父亲辅政，称作“大院君”。李熙成年归政，父子政见不同，雄心勃勃的年轻国王欲摆脱父亲控制，与王后闵妃联手，与大院君明争暗斗，闹得不可开交，致使朝政一塌糊涂。日本看准朝鲜破绽，悍然入侵，于光绪二年（1876）逼朝签订《江华条约》，否定中朝宗藩关系。换句话说，自此中国对朝鲜不再具有宗主国责任和义务。

历来大清部院分工，朝鲜事务由礼部管理。至日本大打出手，礼部尚书徐桐等人视朝鲜为烫手山芋，又想看李鸿章热闹，于光绪五年（1879）奏请慈禧恩准，转入北洋大臣监管。李鸿章常念曾国藩传授之挺经，遇事只知挺身入局，从不推卸责任，接手朝鲜事务后，立即给朝方去函，奉劝开办洋务，对外通商，徐图富强。朝鲜君臣只管窝里斗，哪顾得上国家富强不富强？直至两年后李熙才派吏曹参议金允植，率领数十聪慧青年才俊，来津学习制造，意在仿照北洋，制炮造船，以强国防。在李鸿章亲自过问下，朝鲜青年进入天津制造局后，受到多方优待，金允植心存感激，特入北洋衙署叩谢李鸿章。

中朝口语不同，却通用汉字。李鸿章掏出笔来，在纸上写道："贵国青年习惯天津生活否？"金允植接纸一瞧，以笔答道："非常习惯。"李鸿章问："制造易不易学？"金允植道："不易学，可敝国青年好学上进，表示一定刻苦学习，学成归国，大造枪炮战船，以防敌入侵。"李鸿章道："好好好！海洋时代已然到来，贵国三面环海，无炮无船，海防自然难固。"

金允植见字，以笔讨教道："大清正在求富图强，且已卓有成效。敝国也欲效法贵国，本使请教相国，该从何处着手才行？"李鸿章答道："本督两年前就给贵国朝廷去函，建议兴办洋务，参议先生率员来津学制造，已迈出可喜一步。日后还得开放国门，对外贸易，互通有无。"金允植回道："敝国物产丰富，完全能够自给自足，有无必要对外通商？"李鸿章道："关门自给自足，勉强度日可以，意欲求富，还须师法欧美各国，敞开国门，与亚欧各国商贸往来，以商富民，充盈国库。"金允植问道："中国有句老话，叫饱暖思淫欲。敝国群臣以为，民众一旦富有，难免野心膨胀，胡思乱想，不容易管控。"

大清朝野也全是此等论调，李鸿章耳朵都听起了茧，不足为奇。当即提笔答道："中国还有句古话，叫仓廪实而知礼节，衣食足而知荣辱，想必贵国君臣也略有所闻。"金允植答道："敝国君臣饱读贵国典籍，在《史记》里读过此语。"李鸿章继续开导对方道："本督先不说民众富有后会如何，只说对外通商，其妙无穷。西方通则，一国不能无故侵占别国领土，然则国际法之保护力，仅限于共享商业利益之诸国。比如土耳其与欧美各国通商，俄国侵略土国，英国召各国施加压力，俄国只得撤军离去。若土国如同贵国一样，坚执孤立，与各国不通音问，亦无商贸往来，自然早成俄国之食物矣。另有丹麦和比利时等国，皆为欧洲之小邦，早早与各国签约通商，从无别国胆敢欺辱压迫。此即救弱阻强之妙计也。"

金允植似懂非懂，表示以李鸿章纸条为宝，带回朝鲜，交君臣好好学习。临别又递字道："敝国缺乏外交经验，若对外通商，贵国可否代表敝国，与各国洽谈签约？"

外交事务错综复杂，利益攸关，一旦身陷其中，难免纠缠不清，里外不是人，只怕没谁愿蹚浑水，自惹麻烦。李鸿章连连摇头，写道："不可不可，通商乃国家大事，只能自国人处置，岂有交外人代替之理？家家有本难念的经，再难念，也得自己念，别人念不来。"

金允植哈腰而出，去机器局看望过学技青年，离津返朝。各国驻津领事得知金允植受李鸿章开示，准备回国说服君臣对外贸易，一个个兴致勃勃，尾随而去，希望叩开朝鲜国门，实现通商意愿。谁知大院君反对开放国门，李熙虽认可金允植从北洋衙门所学通商富强妙策，却迫于父亲淫威，不敢决断。金允植报国无门，唯有仰天浩叹，双泪长流。

各国领事在朝鲜待上月余，无所作为，只好乖乖转回天津。只美国领事不甘心，与海军准将舒斐尔留守汉城，直至冬去春来，黄海解冻，依然没能与朝鲜君臣说上话，不得不悻然西返，来找李鸿章，看他能否想办法。

李鸿章风格，看准的事情，非办到不可。美国与朝通商意愿强烈，中方正好玉成此事，开个好头。李鸿章召见马建忠和周馥，说："朝鲜拒美于国门外，你们有法子帮舒斐尔实现夙愿不？"周馥说："舒斐尔在朝数月，无功而返，除朝鲜内斗不休外，也与其君臣不信任洋人有关，若咱们能出面，情形或许会有不同。"马建忠道："中方可派员陪同舒斐尔跑趟朝鲜，通过金允植接近国王，晓之以理，定能促成朝美两国好事。"

李鸿章当即表态道："就你俩陪舒斐尔跑趟朝鲜吧。玉山（周馥）充任津海关道，外事经验丰富，眉叔（马建忠）乃我国第一位法学专家，具有博士学位，精通万国公法，你俩赴朝，定有收获。"周馥笑道："眉叔兄不姓马吗？马到自然成功。"

依李鸿章指示，周马两人赶到美国驻津领事馆，去见舒斐尔，说了愿陪他赴朝签约意思。舒斐尔喜不自胜，说："朝鲜人排外，不习惯与咱白人打交道，你俩出面，可解除他们戒心。"马建忠说："舒将军先准备好条约初稿，见到朝鲜君臣，言之有据，以免空费口水。"

"上年赴朝时，咱就已备好条约初稿，只是没能出手而已。"舒斐尔从包里拿出一份英文册子，呈给马建忠。马建忠精通英法各国语言，翻阅一遍，没啥异议，只是里面只字不提朝鲜为中国藩属国，有些不高兴，说：

“李相国愿促成美朝签约，舒将军却将中国撇得干干净净，有些不够朋友吧？”舒斐尔说：“美朝签约，干吗写上中国？”周馥接话道：“朝中为宗藩关系，美国与中国藩属国签约，怎能不提中国呢？”

舒斐尔摸摸脑门，说：“此稿是借鉴日朝《江华条约》草拟出来的，日朝条约不提朝鲜为中国属国，美朝条约提中国，有此必要吗？况且美国堂堂大国，只能与主权国签约，与他国属邦立约，不自降国格，令人耻笑么？”周馥气愤道：“既不承认朝鲜为中国藩属，咱俩何必辛辛苦苦，随你跑朝鲜？”舒斐尔道：“你俩不愿促成美朝立约，咱只好找日本人。日本人只想与美国结好，咱透露一声，他们肯定答应得飞快。”

马建忠深知美国与日本走得近，于中国有害无益，扯扯周馥衣角，对舒斐尔道：“美朝条约写不写上中国，咱俩做不了主，得回去问问相国。”舒斐尔说：“问问相国也行，相国主办外交十年，通晓国际惯例，会同意本将观点的。再说朝鲜乃主权国家，万一与签约国出现纷争，中国夹在中间，里外不是人，无端受累，又何苦来着？”

两人离开美国领事馆，回北洋衙署见李鸿章，禀报与舒斐尔会面经过。李鸿章沉吟道：“舒斐尔所言，不能说毫无道理。毕竟中外宗藩关系属旧时事物，欧美列强不承认不说，连朝鲜、越南、缅甸等中国藩属国也含含糊糊，一方面想留着藩属之名，好让中国出钱出力，一方面又担心中国图谋不轨，暗里防范，一遇风吹草动，便抛开中国，投入欧美列强怀抱。越南与法国《西贡条约》，朝鲜与日本《江华条约》就是这么来的。”

周馥不满道：“欧美不承认咱与周边国家藩属关系，可他们凭借船坚炮利，四面出击，把别国变成自己殖民地，岂不可耻之至？”李鸿章说：“与藩属国不同，英法等国所建殖民地，不仅进驻军队，负责国防，连政事、商务、外交皆大包大揽，一竿子插到底。中国泥菩萨过河，自身难保，有余力管理藩属国吗？”

马建忠说：“也正基于此，欧美列强才以万国公法为由，高喊平等口号，不承认主权国家之间宗藩关系，自己却入侵弱国，以为殖民地，胡作非为。怪只怪大清衰弱，在此弱肉强食时代，直不起腰，说不起话。也是今非昔比，昔时中国国土广，人口多，国力强盛，可以周边小国为藩属，居高临下，享受万国来朝之虚荣。待到蒸汽机发明，天下情形大变，只要拥有坚船利炮，英法德等地窄人少之国也可成为强国，称霸世界，横行各地。中国徒有其表，弱不如人，还想抱着宗主旧梦，驾驭周边藩国，已不可能。”

“眉叔兄所言，在下也懂。”周馥无奈道，“可藩属藩属，就是以属国为藩，眼看藩篱被洋人推倒，大清不得不直面洋人坚船利炮，又如何是好？”马建忠说：“这也正是大清尴尬之处，没有藩篱，心里不踏实，眼见藩篱摇摇欲坠，欲给予维护，又无能为力。”

李鸿章叹道：“没办法，身处尴尬时代，也只能做尴尬人，办尴尬事。你俩还是陪同舒斐尔跑趟朝鲜吧，能促使美朝立约成功，做个榜样，其他泰西各国也会跟进，以后俄日对朝鲜有啥企图，也会顾忌欧美各国，不敢轻举妄动。”

李鸿章发了话，周馥和马建忠通知舒斐尔，择日赶赴朝鲜。金允植带领周马二人觐见过国王李熙，又与大院君沟通。大院君看大清面子，不再阻止朝美通商，金允植等人才与舒斐尔坐到桌旁，商谈立约事宜。几经磋商，《美朝修好通商条约》于光绪八年（1882）春成功签署。英、法、德等国不甘落后，也加紧与朝接触，相继订立通商条约。与美朝条约一样，其他各国条约一律没有朝鲜为中国藩属字样。就为藩属两字的失去，大清朝臣跳起脚来，指着天津方向，破口大骂李鸿章卖藩卖国，呼吁进兵朝鲜，迫使其废除各国通商条约。

事情就是这样，缅甸沦为英国殖民地，法越《西贡条约》签订，中缅与中越宗藩关系废除，朝日《江华条约》不言中朝宗藩二字，清廷没人放半个屁，而今朝鲜与美英法德各国条约里不提中国，朝臣怒火中烧，义愤填膺，原因只有一个，事不关李鸿章，哪怕亡国亡种，也甘领甘受，一旦与李鸿章沾上边，无论是好是坏，皆系卖国行为，罪不可赦。

李鸿章懒得去理朝臣非议。总不可能为守住大清与邻国形同虚设的宗藩二字，天天跟英法美德各国死掐吧？死掐耗神耗力不说，还损害与各国感情，把局面弄得更糟。退一步说，即使欧美各国承认中国与邻国宗藩关系，邻国也乐意做中国藩篱，中国自己不强大，列强还是可越过藩国，直接攻破中国甚至京都大门，这种事情又不是没发生过。

说到底，一国之安全不能寄托在邻国身上，只能靠自己争气，求富图强。不富不强，谁都不会把你当回事，都可欺侮上门。求富图强不是空口喊空话，得付诸行动，一件件落到实处。好在制造、航运、采矿、电报已初具规模，卓见成效。唐胥铁路延伸至芦台后，正往大沽方向展筑，日后还会西连天津。上海机器纺织和造纸也在筹办之中，可望早日开机运行。眼下最当紧的，还是购船置炮，尽快将北洋水师打造成新式海军，一时没法与英法德俄海军抗衡，至少不能落后日本太远。

正在李鸿章雄心勃勃，为求富图强奔波忙碌之时，李经方自武汉来函，告知祖母服用马根济开具的西药后，便血症逐渐痊愈，已能离床下地，在总督府后衙自如行走。李鸿章大喜，去函嘱咐儿子，好好照顾老人，多陪同说话解闷。不久李经方回信，说老人心情颇佳，饭量大增，精神头十足，在督府花园一转就是半天，不知疲倦的样子。

哪有八十多岁老人病后如此雄健的？李鸿章心头一沉，脑际浮出一句老话：老健春寒秋后热。老人太过强健，就如春寒与秋后热，岂能长久？李鸿章放下手头事务，抓紧草拟折片，举荐周盛传、潘鼎新、丁日昌、周馥、盛宣怀、马建忠、唐廷枢、薛福成等武职文员，说他们乃国家栋梁之材，国家又正值用人之际，请求太后和皇上，该重用的重用，该擢拔的擢拔。李鸿章不无担心，万一母亲有啥意外，自己丁忧回乡，一去三年，以后能否回任直隶和北洋，实属难料，这些有用之才为继任者所弃，于朝廷是大损失。

果然不出李鸿章所料，折片派发递京，另就制造、采矿、铁路、造纸、纺织及海防各项事务做过安排，武汉传来噩耗，母亲大人仙逝于湖广总督府邸。李鸿章老泪纵横，摆好香案，披麻戴孝，望南而拜。尔后奏请朝廷，恳求开缺终制，回乡为母守孝。

李折呈入宫中，慈禧太后顿时慌了神，不知如何回复才好。天津是大清门户，没李鸿章坐镇坚守，谁替自己应付难缠洋人，阻拦洋枪洋炮？慈禧比谁心里更清楚，朝中少几个侍郎尚书大学士，军机处和总理衙门缺几位王公大臣，无关紧要得很，一旦大清门户少了李鸿章，自己坐无靠，躺无凭，吃不香，睡不稳啊。

宫中慈禧坐立不安，宫外众臣也惶惶不可终日，仿佛天会塌下来似的。怪就怪在平时李鸿章兴洋务，振商贸，固海防，每办一件事，众臣不是反对，就是咒骂，恨不得寝其皮，食其肉，一旦意识到他人会离去，顿感靠山崩溃，一个个惊恐万分。

也有自高自大者，觉得李鸿章没啥了不起，有他不多，无他亦不少。比如张之洞，就不怎么把李鸿章放在眼里。张大才子本已受命山西巡抚，因好与李鸿藻、张佩纶、陈宝琛、宝廷等人议论海防，年后经奕䜣奏请慈禧，召回京师商议海防大计，其时正游走于军机处与总理衙门之间。得知李母逝世，李鸿章将回乡丁忧，张之洞心下一阵窃喜，竟生非分之想，垂涎起直隶总督与北洋大臣重位来。光想自然不够，还得有所行动。张之洞迈进吏部尚书协办大学士李鸿藻家里，打着拱手道："恭喜大学士大人！"

李鸿藻乃清流派领袖，与张之洞、张佩纶、陈宝琛、宝廷等清流党人过从甚密。也正是李鸿藻作用，张之洞才由翰林院五品侍讲，连跳数级，一跃而为二品巡抚。既然可从侍讲直窜巡抚，从巡抚升任总督自然不在话下，虽说直隶总督为疆臣之首，没任过其他总督，想一步到位太难。可事在人为，只要李鸿藻、宝鋆还有奕䜣肯说话，也不是无此可能。

张李系河北老乡，又为清流同党，关系非同寻常，李鸿藻拉着张之洞，直奔书房，吩咐家丁端上茶水，笑笑道："香涛（张之洞）惯作惊人之语，你倒说说，老夫何喜之有？"张之洞喝口茶，抹抹嘴巴，笑吟吟道："李鸿章即将丁忧回乡，循例须让出文华殿大学士，宝鋆、左宗棠、灵桂三人依次前移，留下大学士空缺，自然归您协办大学士进补。"

李鸿藻这才恍然大悟，笑道："若老佛爷有意夺情，不让李鸿章离职丁忧呢？"

老佛爷就是慈禧太后。慈安太后存世时，名义上位在慈禧之前，朝廷内外只能一视同仁，都叫作太后，最多以东西二字区别之。自慈安宾天后，慈禧一人独大，不知何时，宫里太监与宫女为讨她喜欢，开始尊其为老佛爷。慢慢传出宫外，朝臣也开口老佛爷，闭口老佛爷，慈禧心里受用，老佛爷三字渐成其一人专属。

张之洞也知慈禧轻易不会放李鸿章走人，道："大清以孝治国，老佛爷岂容大臣贪位忘亲，妨贤误国？虽说李鸿章还算精明能干，又久治直隶与北洋，多多少少有些成效，可也不能因此说明离开他李鸿章，其他人就不能胜任这个位置。比如中堂大人您，若有合适人选可做帝师，委您以直隶与北洋，比他李鸿章不知强多少倍呢。"

也是李鸿藻不仅身为帝师，还协助奕䜣打理军机和总署事务多年，深知直隶总督和北洋大臣位置事关大清存亡，不是谁想干就干得来的，从没想过自己比李鸿章强，可取而代之。张之洞不可能不知此理，之所以还要故意贬低李鸿章，以抬高你李鸿藻，肯定有啥不可告人之企图。人就是这样，只要心有企图，再肉麻的谀辞也说得出口。

李鸿藻阅人无数，世事洞明，张之洞一撅臀，就知他要拉什么屎，面无表情望着对方双眼，说："是不是你想总督直隶和主持北洋？"张之洞脸一红，说："之洞岂敢有此非分之想？中堂大人德高望重，才适合此重位。"

"香涛正值年富力强，有此想法也不错嘛。"李鸿藻嘴上这么说，心想李鸿章真卸任回籍，腾出文华殿大学士位置，宝鋆晋级首席阁揆，左宗棠、灵桂和自己依次递进，还能留出协办大学士给他人，确是一举多得的大好事。至于直隶总督和北洋大臣重位，还是让给后起之秀，比如张之洞之流，自己年过花甲，别说难以胜任，就是如李鸿章本事通天，也心有余而力不足，啃不动了，不如留在皇上身边，做个安稳官，享些清福，也多活些年头。

张之洞精明过人，自然揣度得出李鸿藻肚里想法，也不多话，打打拱手，告辞出门，钻入轿子，去了山西会馆。李鸿藻年过花甲，不稀罕直隶总督和北洋大臣位置，却渴望去掉自己大学士前面协办二字，不愁他不去老佛爷那里争取。不过仅凭李鸿藻之力还不行，他虽系吏部尚书，毕竟属于汉臣，谁升谁降，吏部满员尚书宝鋆的话更有分量。大清六部为满汉同治，每部都有满汉两位尚书，以满尚书为主，汉尚书为辅。与此同理，左右侍郎职数，也满汉各占一半。张之洞谙熟官场套路，知道想走近满臣宝鋆，还得用钱买通满员，从中使使暗劲。山西会馆乃晋商集聚处，自己身为山西巡抚，找晋商弄些银子，不是难事。

再道宝鋆，不仅是吏部尚书和武英殿大学士，还是军机处和总署大臣，威望仅次于恭亲王奕䜣和醇亲王奕譞兄弟。按说作为人臣，到得宝鋆这个份上，已登峰造极，别无所求，可偏偏还留着一个小小遗憾，便是武英殿大学士位在首席阁揆文华殿大学士之后。换言之，只要宝鋆在意首席阁揆，就会有赶走李鸿章之意愿。可怎么才能把宝鋆与李鸿藻拉到一起，共同对付李鸿章呢？张之洞深知，自己虽有巡抚身份，毕竟在宝鋆眼里啥都不是，只有通过宝廷，攻破宝鋆。宝廷不仅是满员，还有爱新觉罗血统，比普通旗人宝鋆高贵得多，尽管其时宝廷才是侍讲学士，地位远不及宝鋆。也就是说，宝廷若肯出面，宝鋆绝对会买账。

与宝鋆还有李鸿藻不同，宝廷才四十出头，既渴望官位，又渴望银子。他是风流才子，家里养着好些艺妓，开销大，正缺钱花。无奈张之洞颇有抱负，平时注意力不在银子上面，手头不怎么宽裕。幸好平时没少跟晋商接触，关键时刻用得着。果然进得山西会馆，好几位驻馆晋商便围上来，打躬作揖，问巡抚大人有何贵干，只管吩咐。张之洞盯住一位姓禹的茶商，笑道：“听说禹老板进了批好茶，可否让本抚尝尝？”

禹老板求之不得，迎张之洞入室，泡好茶水，呈上前来，道：“此乃福建发过来的新产铁观音，正要押运张家口，巡抚大人看得起，送您几袋。”张之洞喝口茶水，叫过好，轻轻放下茶杯，说：“本抚不缺茶喝，倒是有位侍讲学士嗜茶如命，没有茶喝就作不出诗，写不成字，本抚想带你去开开眼界，用你铁观音换他诗词书法如何？”

禹老板连说几个行，备好铁观音和银子，随张之洞去了宝廷家里。宝廷住在显祖所留松树胡同旧居里，墙断瓦破，窗损门歪，已辉煌不再。好在宝廷趣在诗文，对此不以为意。张之洞和禹老板上门时，他正兴致勃勃，在书房里挥毫泼墨，笔走龙蛇。那是宝廷自己作的诗句：微臣好色原天性，只爱娥眉不爱官。

宝廷曾出任福建学政，期满后乘船北归，迷上船妓，以此诗为记，一时传遍大江南北。真名士有真名士之派头，不屑用自己墨水，书写别人包括古人陈词滥调，只涂抹出于自己胸臆的诗文。与宝廷不同，张之洞是不折不扣的官迷，却也欣赏其洒脱劲，当即鼓掌道：“好诗好字，相得益彰，要之洞不钦佩都不行啊。”禹老板也随和道：“吾等陋商，虽走南闯北，阅人无数，却从没见过如此绝佳诗词和书法。”

普天之下，只有两样东西为宝廷看重，一是自己肚里诗才，二是位高权重的大官，虽说他笔底说是不爱官。除此之外，再无人无物，能入其法眼，更别说什么茶商盐贩。无奈禹老板是张之洞请来的，宝廷不好怠慢，听他赞美自己的诗和字，不得不谦虚几句。张之洞拍拍禹老板肩膀，说：“咱说过，来见大诗人，定叫你大开眼界，果然不虚此行吧？”

禹老板会意，放下手里铁观音，对宝廷说：“小人经营茶叶之余，也爱好收藏，不知宝大人愿不愿意出手墨宝，满足一下小人贪念？”宝廷撇撇嘴角，一脸不屑道：“本侍讲不过写着玩儿，逗自己开心，从没想过出手予人。”

禹老板掏出一大包银子，呈于张之洞。张之洞转递给宝廷，低声下气道：“弟知宝兄连官都不放在眼里，更不会在乎这么几个银子。可谁要你诗作得太妙，字写得太绝，勾起禹老板贪心，欲罢而不能？你就忍痛割爱，成人之美吧。”

“张抚这么说，宝廷再故作矜持，就有些不近人情了。行行行，就让禹老板拿去压箱底吧。”宝廷一副迫不得已的样子，拿出印鉴，盖在字旁，再弯腰下去，吹几口气，小心折叠好，交给禹老板。禹老板如获至宝，连连称谢。

张之洞也帮着感谢几句，给禹老板使个眼色，起身告辞。看在银子面子上，宝廷送出屋外。又放低姿态，送禹老板入轿后，再跑到张之洞旁边，打起轿帘，道：“张抚让禹老板来送银子，宝廷受之有愧啊。”

别看宝廷眼睛长在额头上，到底是个明白人，知道自己那几滴墨水，值不得禹老板大包银子，要张之洞给个确切说法。张之洞笑笑道：“李鸿章即将卸下文华殿大学士，回乡丁忧，首席阁揆轮也该轮到宝爷头上了。只你近得宝爷身前，提醒他一句，别错过时机。”

宝鋆要晋首席阁揆，你张之洞着什么急呢？宝廷稍事迟疑，立即明白过来，张之洞眼界高，已看中直隶总督和北洋大臣重位。莫非直督和北洋仅及禹老板一包银子？宝廷心里略感不爽，只听张之洞又道：“只要之洞离开山西，一定附片保举宝兄继任。”

这还差不多。宝廷笑笑道：“咱有一阵子没去见宝爷啦，几日前老爷子还托人捎话，怪我是不是忘了宝府面南面北，咱正好上门去赔个罪。”

告别宝廷，张之洞又带上禹老板，去会张佩纶。张佩纶已入总署当差，助奕䜣奕譞二王筹划新式海军。奕䜣器重李鸿章，轻易不会放他离任直隶和北洋，张之洞只好在奕譞身上使劲。奕譞见不得李鸿章一味对外议和，早想把他扒开，若通过张佩纶，怂恿奕譞给慈禧施加影响，宝鋆与李鸿藻两人再从旁发力，李鸿章非拍屁股走人不可。只是张佩纶得过李鸿章不少好处，会不会听你摆布？张之洞觉得也好办。他太了解张佩纶，喜欢李鸿章的银子，又对他外交上只知言和大为不满。比如中英马嘉理事件和中俄伊犁之争，都被李鸿章巧使手腕，化解于无形，气得力主开战的张佩纶嗷嗷大叫，当张之洞面发过不少牢骚。张之洞就是看中这点，断定张佩纶会配合自己，促使李鸿章离职回乡。

来到张家，见着张佩纶，张之洞又如法炮制，让禹老板拿出银子，换张佩纶的字。张佩纶一心谋划新式海军大事，好久没再写字，张之洞就擅作主张，取下他书房里的挂画，塞给禹老板。那是无名之辈画作，不值几个钱，张佩纶自然不以为意。禹老板知道张之洞有话要跟主人说，拿过挂画，告辞走人，留下张之洞，与主人纵议古今，畅叙天下。

一说一说，说到日本觊觎朝鲜，法国入侵越南，张之洞感叹道："中国虽不强大，可也不能老是低声下气，受人欺侮，总该直起腰杆，一争长短，赢就赢个痛快，输也输个服气。"张佩纶说："只要李相国身处北洋，外事说得上话，朝廷肯定会听其主张，每每以和议了事。"张之洞说："这次恐怕难说，李母逝世，李相国已上折请求回乡守制。他一走，谁还能阻止中国跟日本和法国决一雌雄？"张佩纶说："还有恭亲王呢，他与李相国同穿一条裤子。"张之洞说："你只知有恭亲王，不知还有醇亲王。自新皇登基以来，醇亲王渐有压倒恭亲王之势，如果李相国离任，恭亲王还想斗过醇亲王，恐怕就有些难了。"

张佩纶一下子明白张之洞让晋商送银用意，说："你是想促成李相国回乡丁忧，叫恭亲王难唱独角戏，好一切醇亲王说了算，日后教训教训日本和法国？"张之洞笑道："不仅为教训日本和法国。"张佩纶说："还为什么？"张之洞说："幼樵（张佩纶）兄想想看，李相国身为文华殿大学士，又占据直隶和北洋大位，一旦他卸任南归，好些人都会因而补缺获益。一旦获益者得知，你在此中起过至关重要作用，还能忘记你不成？比如俺张之洞有机会离开山西，肯定会有人主动出面，举荐你继任晋抚。"

张之洞任晋抚不久，离开山西干吗去呢？也是张佩纶脑瓜子转得快，意识到这小子是想取李鸿章而代之。不过张之洞离开山西，腾出晋抚，交自己一试身手，倒也未尝不可。至少需要用钱，不必别人怜悯，怂恿茶商来送银子。京官好做钱难赚，要想发家致富，还得离开京都，外放督抚，直接掌管厘捐钱谷。张佩纶答应张之洞，寻机会接近醇亲王奕譞，要他鼓动鼓动慈禧，趁李鸿章奏请回乡守制，放他一马，满足其愿望。

得到张佩纶承诺，张之洞又找过陈宝琛，由他撺掇翁同龢，促成李鸿章离职。觉得还不够，又往李莲英身上使银子，要他多在慈禧面前说李鸿章如何忠孝仁义。意思是孝父母只一时，忠国家乃一世，不放李鸿章回乡丁忧，不合大清以孝治国成规，会令天下父母心寒。

经张之洞上下其手，左串右联，朝臣基本形成共识，一致认为李鸿章非回乡丁忧守制不可，否则便是冒天下之大不韪，千夫所指，万人唾弃。

这日慈禧召群臣商议海防大计。张之洞虽已外放山西，却为海防方案制订者之一，也受邀参加廷议。方案由张佩纶执笔，经由奕䜣和奕譞二王审阅，已呈至慈禧手上，慈禧拿出来，交群臣讨论。讨论结果，先在总署设置海防股，负责拨付海防经费，协调北、南、粤三洋水师，待他日条件成熟，再单独设置海防衙门，成立新式海军。慈禧基本同意众臣意见，说："总署大臣听旨，众爱卿提议颇为有理，你们尽快充实至海防方案里，抄发李鸿章、左宗棠、张树声，听听三人声音，毕竟北、南、粤三洋归三人主持，管不管用，还得他们认可。唯李鸿章有孝在身，不能专心国事，北洋任重道艰，不可须臾无帅，如何是好？"

慈禧话音甫落，宝鋆出列道："百善孝先，无孝不忠，李鸿章堂堂文华殿大学士，乃百官之首，自然得率先垂范，做出榜样，恳请丁忧守制，切不可贪恋权位。"慈禧道："李鸿章没贪恋权位，早已上折，请求辞官回乡，为母送终。"

李鸿藻进言道："李鸿章饱读儒家经书，又历经道咸同光四朝，懂我大清祖制，岂敢不遵守孝道，上折恳请丁忧？皇上和太后不可放纵李鸿章，弃大节而不顾。"慈禧说："你们只管放心，没人放纵李鸿章，阻拦他回乡丁忧。"

翁同龢接话道："太后和皇上圣明，此乃大清臣民之福。记得曾国藩在世时说过，他这辈子乏善可陈，却培养出曾国荃、李鸿章和俞樾三位拼命三郎，一位拼命打仗，一位拼命做官，一位拼命著书。李鸿章拼命拼惯了，不可一日无官位，片刻无权柄，皇上和太后可得防他离任后，人走心不走，继续干政，败坏官场风习。"慈禧不乐道："李鸿章还在天津北洋衙署没走呢，你怎知他离任后会继续干政？"

徐桐等几位尚书也发表过类似看法，朝堂慢慢安静下来。同光以来，有个成例，凡廷议人事，大学士先发表高见，尚书侍郎（或在京督抚）继之，学士和御史跟进，回头亲王表过态，最后太后一锤定音。依此次序，现已轮到张之洞出声。不想他却装聋卖傻，低垂着脑袋，毫无反应。张佩纶有些不满，这小子背后使尽手段，非赶李鸿章离任不可，到得朝堂上，当着太后和皇上面，竟不声不响，屁都不放一个。偏偏张佩纶是急性子，实在憋不住，只好出列道：“李鸿章回乡丁忧，一去三年，所遗文华殿大学士和直隶总督兼北洋大臣，不好空在那里，太后和皇上须考虑合适人选接替。毕竟直隶和北洋拱卫京畿，得有能臣良吏把守。”

受张之洞之托，张佩纶专门找过奕譞，奕譞答应说服慈禧，放李鸿章回乡丁忧，另选大员取而代之，不然张佩纶也不敢口出此言。宝廷与陈宝琛立即响应，说照大清惯例，李鸿章一走，文华殿大学士可让武英殿大学士进补，其后东阁大学士、体仁阁大学士及协办大学士依次递进。至于直隶总督和北洋大臣，可从现有督抚里擢拔，比如张之洞这样既懂海防，又热衷洋务之干将，就非常适合这个重要位置。

众臣都知宝廷和陈宝琛在给宝鋆、李鸿藻这些大佬代言，纷纷表示赞同。接下来该奕䜣奕譞二王开口了。可两人迟疑着没吱声，朝堂再一次陷入沉寂。慈禧往下扫视一遍，目光停在张之洞身上，冷冷道：“张之洞怎么不说话？”

恰好张之洞也抬了头，向帘子后瞧过去。就这一瞧，张之洞顿时读懂慈禧眼里内涵，赶紧出列道：“秉太后和皇上，微臣觉得李鸿章可以丁忧，但不能离任。”

不离任，又怎么丁忧？莫非把李鸿章劈成两半，一半留在天津继续操纵直隶和北洋，一半回合肥老家给母亲守制？众臣正觉得莫名其妙，慈禧脸上浮起浅笑，饶有兴致道：“你倒说说，怎么才能让李鸿章既丁忧，又不离任？”

张之洞朗声道：“这不难办，先准李鸿章百日丧假，回乡葬母，待百日期满，再夺情起复，令他素服回津，主持直隶和北洋，只不参加各类庆典和接受嘉奖就是。如此一来，朝廷不用担心京畿安危，李鸿章也忠孝得以两全，岂不为妙？”

“还是张之洞脑瓜好使。”慈禧绷紧的面肌顿时松弛下来，侧首问奕䜣和奕譞二人，“恭亲王和醇亲王意下如何？”奕䜣本不赞成李鸿章全身而退，自然没话可说。奕譞虽有心赶走李鸿章，可慈禧已明言肯定过张之洞，自然不好违背她意志，只得点头认可。

最后慈禧发话，就照张之洞所说，复旨李鸿章，恩准其回乡守制，但文华殿大学士、直隶总督兼北洋大臣身份不予开缺，百日后回津视事。

张之洞竟然出尔反尔，将宝鋆、李鸿藻、翁同龢、张佩纶、宝廷、陈宝琛甚至奕譞都给卖了，几位气得咬牙切齿，恨不得上前撕碎他嘴巴。却敢怒不敢言，毕竟在朝堂上。张之洞则大获慈禧欢心，为日后飞黄腾达，押下一笔只赢不输的赌注。事实也是，若张之洞不善机变，死守原定预谋，即使赶走李鸿章，直隶总督和北洋大臣也轮不到他头上。理由也简单，别说洋务难办，外交棘手，光说北洋水师和直隶防军都系淮军旧部，李鸿章历年统帅督操，练成劲旅，岂可遽易于他张之洞之类生手？这是慈禧犀利目光投过来的刹那间，张之洞才一个惊觉，突然明白的浅显道理。

廷议结束，军机处立即复旨，准湖广总督李瀚章扶柩回家丁忧，李鸿章守制而不开缺，百日后夺情回任。旨达天津，李鸿章不肯以墨绖之身莅事，恳请太后和皇上收回成命。朝廷其情切切，再予慰留。李鸿章还要坚持，再三上折，非开缺不可。朝廷只好恩准其暂辞直督百日，仍留文华殿大学士和北洋大臣，毋得再辞。李鸿章领旨，呈上谢恩折，言明百日假满，天下无事，请准予续假，为母营葬，如有警报，再遵旨出山。

又有朝旨飞发广州，令两广总督张树声北上代署直隶。如前所叙，直隶防军和北洋水师皆淮军旧部，老帅李鸿章回乡，淮军二号人物张树声出面统管，再合适不过。李鸿章归心似箭，张树声一到天津，便移交关防文卷，带领家眷和卫兵，登上白幡飘飘的轮船，凄然南行。沧海茫茫，不日抵达长江口，逆流而上皖境，再走裕溪，达巢湖，直奔合肥磨店。

毕竟武汉离合肥近，李瀚章已先行扶柩到家，移入李氏家庙。家庙建于十五年前，淮军剿平捻军不久，李鸿章实授湖广总督协办大学士，李瀚章也官拜浙江巡抚，李家门第鼎盛，如日中天，建盖家庙，光宗耀祖，正当其时。李氏家庙占地近百亩，由大殿、正厅、东西花厅组成，房屋多达九十九间半。正大门朝南偏西，一边蹲着一尊六尺多高的石狮。门楼上悬挂“李氏家庙”大匾，为慈禧太后手书。大门里为过道院，迎面一道大圆门，两旁还有两道小圆门。大圆门和小圆门之间立有圣旨碑，上刻皇帝褒奖李氏兄弟的圣谕。穿过圆门，是开阔的天井院，进深三丈，宽一丈五。院中置重三百斤的铜香炉，东西两边各筑莲花坛。走过天井院，踏上石板台阶，进得檀木门框，便是家庙大殿。殿内面积与天井院等同，竖有四十根柱子，每柱上写一镶金福字，配之以龙凤图案。金字下挂着匾牌，刻有曾国藩、胡林翼、左宗棠、文祥、宝鋆、沈桂芬、沈葆桢、冯桂芬等名人字画。大殿靠里隔了木风格，内设李氏先祖包括李氏兄弟父亲李文安神龛和牌位。

李母灵柩就停放在大殿正中。李许两姓家族，左村右寨乡邻，齐聚李氏家庙，跑腿走杂。安徽抚道及庐州合肥府县各级衙门，亦不敢怠慢，委派专差，上门帮办丧务。众人忙碌之际，李鸿章一行出现于村口，李瀚章兄弟上前迎住，执手相哀，无语凝噎。互搀着挨近家庙，走过门楼，穿越大圆门，经天井院，迈上石阶，李鸿章脚下步子由缓而急，奔入大殿。到得灵前，口里唤声母亲，双膝一弯，跪倒于地，已是双泪长流，痛哭失声。

犹记总督湖广不久，李鸿章辞母离鄂西上，办完吴棠参案，又北上助剿陕甘回乱。途中旨令东进，转理天津教案，自此留任直督和北洋，再没在慈母面前端过茶，递过水。直到十二年后的今天，游子南归，踏入故土，母子一个棺内，一个棺外，已阴阳两隔。母亲出身悲苦，还在襁褓中，因患天花，被遗弃路旁，是爷爷闻得哭声，抱回家中，治好天花，抚养成人。后与父亲结婚，孝敬公婆，和睦妯娌，且吃苦耐劳，勤俭持家，里里外外一把手。生养兄弟六人，个个高大健硕，忠勇智毅，无论从文，还是经武，或是行商，都有大作为，大出息。尤其李鸿章，最肖母亲，脑筋好使，能言善辩，自不必说，且心胸开阔，意志坚韧，遇事百折不挠，再难再苦，永不言败，绝不放弃。李鸿章人生中有三个至关重要的男人：父亲李文安、老师曾国藩、上司恭亲王奕䜣。没有父亲言传身教，老师开示推举，恭亲王信任扶持，李鸿章也走不到今天。更为庆幸的是，生命里还有三个伟大女人：母亲、妻子、慈禧。正是母亲大慈，妻子大德，慈禧大恩，成就了李鸿章非同凡响的人生。而母亲是自己生命之根，力量之源，没有母亲就没有自己的一切。可整整十二个春秋，李鸿章只顾为国尽忠，忙洋务，忙海防，忙外交，独独忘记母亲正在一天天变老，来日无多，竟没南归探视一眼，慰问一声。如今子欲养而亲不待，连给母亲端端饭，夹夹菜，捶捶背，洗洗脚，或听她拉几句家常，说几句笑话，皆已毫无可能，唯有伏棺垂泪，暗自内疚。

忽想起母亲平生最喜欢庐州倒七戏，李鸿章无以为报，就哼几句母亲生时常挂在嘴边的唱段吧，但愿老人家在天之灵，能够听到：三河街十字路开了门面，东边卖的瓜子，西边卖的香烟，中间卖的酒和面，针脑线头样样全。到春天绸缎子苏州乌眉，到夏天茶叶子六安瓜片，到秋天骡马客湖广福建，到冬天皮货客西口北边……

李瀚章、李蕴章和李凤章三兄弟依然陪伴在旁，也跟着老二哼唱起来。声音很轻，仿佛只有近在棺里的母亲才听得清。本来倒七戏又轻松，又欢畅，谁知出自四个大男人之口，竟变得低沉浑厚，灵堂也越发显得肃穆而庄严。

六、斯人不出，如苍生何

在合肥人眼里，李母显然是天下最有福气之人。丈夫李文安高中进士，任过刑部郎中，以御史大夫休致。大儿李瀚章从湘军粮台干起，一步步升到湖广总督高位。二儿李鸿章更不用说，身居文华殿大学士、直隶总督兼北洋大臣，堂堂首席阁揆，满官汉宦无人可及。余者三儿李鹤章和李昭庆，生前分别以军功位至道员和郎官，四儿李蕴章和五儿李凤章未涉及官场，亦有候选道和候选知府官衔。孙辈里也人才辈出，有官有商有学，渐成大势。说李家乃天下第一汉家，一点都不为过。而这个家的核心和纽带，就是活到八十三岁高龄的李母。

为奖赏李母助夫有功，教子有方，朝廷特颁圣谕，赏其一品侯夫人哀荣。安徽巡抚根据圣意，安排工匠，将“一品侯夫人”五个字刻上铜匾，代皇上送达磨店。其时李家兄弟正在举办大规模佛事，给李母超度亡灵，闻听圣旨到来，奔出灵堂，齐刷刷跪伏于地，谢恩接匾，尔后点香燃炮，高挂于李府大门上方。

人死入土为安。李母墓穴不用选取，就在李家井上坟丈夫李文安墓旁。出殡之日，归籍淮军将领，皖省各级官员，李许两姓族人，诸多亲朋好友、门生故吏，及左邻右舍，纷至沓来，一时人群如潮涌，白幡如浪翻，锣鼓唢呐喧天响，鞭炮火铳震云霄，隆重而又悲壮。行行止止，好半天李母棺椁才被送至井上老坟，紧挨李文安坟墓，落葬封土。

丧葬仪式至此圆满结束。回到李家老屋，来不及休整，李鸿章便磨墨研毫，亲拟折子，感谢皇上和太后恩准自己回乡葬母，且诰封母亲一品侯夫人。谢恩折草成，稍做修改，并署大哥李瀚章名字，托人送达庐州，借巡抚官差，拜发京师。

接下来兄弟们又挑选上等石料，委托石匠，镌刻墓志，留待适合母亲生辰八字之吉日，再修坟立碑，以昭后世。守孝期间，不可着华服，吃荤腥，也不可打牌下棋，娱乐喧哗，只能素衣素食，燃香烧纸，缅怀母亲。亦可写字作文，读经学史，一日三省。

读书写字佳处，自然是李宅棣华书屋。二十多年前，太平军攻破庐州，李家祖宅被焚成灰烬。战争结束，枪炮声歇，却万户萧疏，十室九空，田生艾草，土皆荆棘。为恢复国家元气，朝廷鼓励耕织，李家兄弟响应号召，拿出钱来，收购田土山场，置办耕牛农具，分发流民，下田上山，种稻植桑。同时请人翻造祖宅，棣华书屋得以修复。这是兄弟六人早年启蒙读书场所，可说没有棣华书屋，便没有后来之辉煌人生。李鸿章对书屋感情格外深切，有空就往屋里钻，临窗而坐，书卷在手，一切烦恼顷刻间便烟消云散。

这便是读书人的好处，研习经史，达可兼济天下，穷可独善其身。自咸丰初年随吕贤基离京南归始，李鸿章宦海浮沉三十年，征战安徽，入幕曾府，平定苏沪，追剿捻军，总督湖广，入主直隶，经办洋务海防外交，几乎从没得过半日闲。而今丁忧在家，远离庙堂，无案牍之劳，无人事之累，顿觉一身轻松。曾老师说自己拼命做官，外人听来，仿佛你是个大官迷，不可一日无权似的。其实是你太较劲，太认真，在其位，忠其事，只想拼命把官做好，不辜负庭前春光，以及朝廷和苍生，并非无官就活不下去。不做官，还可读书写字，吟诗作赋，游山玩水，含饴弄孙，安享清福，多活几年。毕竟朝中宰相难为，山中宰相好做。

此生能做山中宰相，岂不是人生之至乐？李鸿章心下感慨，磨墨铺纸，信手书联一副，道是：享清福不在为官，只要囊有钱，仓有粟，腹有诗书，便是山中宰相；祈寿年无须服药，但愿身无病，心无忧，门无债主，亦即地上神仙。

书毕，放下笔杆，退后一步，端详一会儿，还算满意，无论是联语，还是书法。心里不免忖度，山中宰相好，地上神仙妙，可俺李鸿章恐怕命里注定无此福缘，只能为朝廷当差服务一辈子，鞠躬尽瘁，死而后已。

正在感慨，大哥到书屋来叙话，看到桌上墨迹，不禁叫绝道：“好句好字！出语高妙，意义隽永，加之二弟师王（羲之）效赵（孟頫），书法行云流水，大气舒展，谁人见了，能不喜欢？”李鸿章道：“大哥谬奖，鸿章还没到此份上。”

听到书屋说话声，老四李蕴章和老五李凤章也走进来，对联语品评一番。李蕴章说：“也是二哥身为朝中宰相，才体会得出山中宰相滋味。咱足不出户，天天做山中宰相，也没觉得有何妙处。”李凤章笑道：“四哥哪是山中宰相，是山野草民。”李蕴章不服道：“我虽说没做半天官，好歹也有候选道头衔，怎么能说是山野草民呢？”

逗得兄弟几位哈哈大笑。又由宰相草民，论到满君汉臣，再及海防洋务外交，竟至没停没歇。李鸿章浩叹一声，说：“鸿章为纷繁人事所牵绊，身心俱惫，离开直隶北洋衙署，再不愿过问朝政，好让耳根清净几天，偏偏你们揪住不放，以此烦我。”

李鸿章怕烦，兄弟几个却越发来劲，追逼着问长问短。尤其大哥李瀚章，吃了一辈子官饭，位及封疆大吏，对官场兴趣最浓厚。论到此次回乡丁忧，以羡慕口吻道：“也是二弟有分量，朝廷生怕你在家待得太久，不愿复出，仅准你百日假期。”李蕴章道：“还不是国家事多，太后担心其他大臣不顶用，非二哥在旁才踏实。”李凤章说：“眼下国家还算太平，仅法国在越南作乱，一时该无大碍。”李瀚章道：“怎么没大碍？昨日皖抚衙门送来朝廷邸报，法国侵占越南南部还不死心，现又以征讨黑旗军为借口，直犯北部，威胁我国云南两广。”

五代十国时期，越南始建国，号称安南，至本朝嘉庆再受册封，定国号越南。同治初年，越南发生饥荒，内乱频仍，法国以平乱为由，占据南圻（越南南部）。后又向北圻蚕食，签订法越《西贡条约》，规定越南为主权国家，与他国无统属关系。换言之，至此越南已非中国藩属国。可越南不甘受法国制约，一面与法国勾搭，订约通商，一面又与中国暗通款曲，频送秋波。至光绪年间，有位广西革职副将领兵进扰北圻，朝廷依李鸿章建议，派湘军老将广西提督冯子材入越平乱，事定越南挽留清军镇守北圻，威慑法军。其时越南境内还活跃着一支队伍，挥舞七星黑旗，叫做黑旗军，首领为广西钦州人刘永福。黑旗军肇起于太平天国时期，后为清军围剿，退入越南保胜一带。法军进攻越南河内时，黑旗军配合越军作战，大败法军，被越南国王授予三宣副提督，管理越北宣化、兴化、山西三省。一个不大的国家，既有越军，又有法军，还有清军，外加一支不属越南也不属大清的黑旗军，想想越南不是一只火药桶，又是什么？清廷意识到这只火药桶随时会爆炸，电令外驻英法俄公使曾纪泽与法国政府交涉，同时让李鸿章与法国驻华公使宝海接触，寻求越南危机解决办法。李鸿章于是邀宝海至天津，批评法越《西贡条约》，置中国宗主身份于不顾，太过荒唐。宝海说法越订约时，越方只字不提中越藩属关系，实在怪不得法国。何况《万国公法》讲平等，不承认国与国之间还有宗藩之分。李鸿章默然良久，不得不暗自承认越法订约，中国已无权干预。只得强调中越友好邻邦，法国不可吞并越南，否则中国断不能置之不问。宝海说法国本无吞并越南之意，只想通商贸易，各取所需。

李宝之晤是年前的事。年后李母逝世，李鸿章回乡办完丧事，便闻法国以驱逐黑旗军保护商民为名，发兵北圻，夺回河内，直逼中越边境。清廷命令广西防军出关赴越，与原驻清军互为犄角，抵御法军。却费力不讨好，招致越人不满，越南礼部官员质问中方官军：堂堂天朝上国，竟派兵船犯我下国，意欲何为？中方只能支吾应对，说是往剿边地土匪，并非有啥不可告人目的。越官说下国已与法国签约，受法军保护，贵国又派兵入境，叫下国如何面对法国？到时越法反目成仇，贵国负得起此责不？

中越关系如此复杂，李鸿章几分无奈道：“大清真是窝囊至极，出人出力出钱，帮越南看家护院，还遭人家训斥，话都说不起。”李瀚章道：“中国视越南为藩属国，法国不承认也罢，越南也含含糊糊，不置可否，叫清廷如何是好？”李凤章插话道：“墙头一棵草，风吹两边倒。越南没个定盘星，一会儿投靠法国，一会儿亲近中国，肯定会闹出乱子的。”

李鸿章摇头道：“这就是弱国心态，自身孱弱，底气不足，不得不左顾右盼，事事求人。我揣摩越南，既怕得罪法国，又不愿失去中国支持，企图学大清以夷制夷，恨不得中法闹翻，好从中渔利。到头来只怕竹篮打水一场空，自家城门失火不说，还殃及邻国大清。”

兄弟几个你一言，我一语，正议论越南危机，忽有圣差到来，脚底呼呼生风，几下迈进槽门，越过天井，直至正厅滴水檐下立定，口宣李鸿章接旨。李鸿章赶紧起身，奔出书屋，五体投地，趴倒于差官脚前，竖耳听旨。

原以为法军攻入广西云南，朝廷有召，却万万没想到，是朝鲜出了大乱子。乱子始作俑者不是别人，正是国王李熙父亲大院君。大院君摄政多年，归政后不甘大权旁落，老想干政弄权，与儿子和儿媳矛盾越来越尖锐。就在李鸿章回籍守制这段日子里，大院君策划兵变，纵容乱兵焚烧儿媳闵妃府邸，闵妃仓皇出逃，藏身他处。大院君趁机夺权，命军队攻入王宫，大肆抢掠，悍然焚烧日本公使馆，杀死七名日本军事顾问。事发光绪八年（1882）夏天，干支纪年为壬午年，史称“壬午兵变”。

要说朝日《江华条约》签订后，朝鲜已为主权国，中朝宗藩关系名存实亡，朝鲜发生内乱，清廷大可袖手旁观，不予理睬。事情自然没如此简单。日本政府借口驻朝公使馆被焚，七名日本人死于非命，正部署陆海两军，准备渡海西进，严惩朝鲜。一旦朝鲜为日军所控，必危及中国东北，后果不堪设想，急需李鸿章速回天津，调度水陆各师，赴朝戡乱。加之西南那只火药桶不知何时引爆，也得李鸿章巧与法国方面周旋，扭转中法危机。

接过圣旨，打发走官差，李鸿章呆坐书屋，半天没有吭气。李瀚章进屋试问道：“君命如山，二弟还是赶紧做准备，早日启程北上吧。家里有我和两位弟弟，你大可放心，不用过多顾虑。”李鸿章道：“张树声代署直隶，淮军旧将丁汝昌统带水师，吴长庆主持山东防务，随时听从其召唤，何须鸿章再插手进去？至于西南局势，还有挽回余地，没圣旨所说严重。”李瀚章道：“张树声久历征伐，老成持重，自有应对朝鲜兵变和越南乱局之良法。可毕竟不比二弟，没你坐镇天津，运筹帷幄，太后和皇上心里不安啊。”

“母亲尸骨未寒，咱兄弟大孝在身，哪有远走他乡之理？还是先给张、丁、吴三人去电，让他们赶紧行动，鸿章回不回天津，缓缓再说。”李鸿章说着，提笔草拟电报稿。内容主要两条：一令吴长庆领陆军，丁汝昌与马建忠带水师，齐发朝鲜，帮同朝廷君臣弹压捉拿罪魁祸首；二商劝日本官将，勿遽动兵，静候缉匪严办。简言之，兵威与外交双管齐下，处置要快，范围要小，务令日本无借题发挥之借口。至于西南军情，宜缓不宜急，应以外交斡旋为主。法国经营越南南圻十多年，军备充分，水陆两师都远胜中国，两国开战，中国绝无胜算。所幸法使宝海还算通情达理，若及时与之对话，达成共识，也许可免开战端。

电稿拟就，交与亲兵，连夜赶往庐州，由抚衙快差飞送金陵，借两江总督电报房发往天津。李鸿章这才松下一口气，走进家祠，来到母亲灵位前，换香添蜡，伏地祷祝，心里默念道：孩儿不孝，又将离家北上，操办国事，还请母亲大人谅解。

其实自圣差入府宣听瞬间，李鸿章就意识到，自己又得返身官场，再不可能躲在乡下，安心为母守孝，享受山中宰相之清闲。可他不愿轻易奉召出山，免得授言官以话柄，说你就喜欢做官，守制不足百日，又迫不及待离家复职，重夺大权。这些人不是一向乐得痛骂你卖国卖祖宗，以标榜自己多么爱国么？你已避居乡间，手无寸权，没法妨碍他们爱国，他们正好爱个够，倒看能爱出什么名堂。

基于此种心理，李鸿章置圣谕于不顾，继续待在棣华书屋，读书写字，吟诗作赋，或接待远亲近邻，包括刘铭传等归籍旧属，叙叙乡谊友情。朝廷自然不会放过他，没出几天，再发上谕催驾。这回口气更加急切，命即刻启程驰赴天津，不得贻误。李鸿章接住圣旨，谢过圣恩，却依然无动于衷，没任何行动。兄弟几位纷纷劝告，还不动身，惹恼太后，不再传旨催促，岂不只有终老乡间？李鸿章笑道："终老乡间有何不可？活得再长，总有叶落归根之时。咱兄弟打小一起，团绕父母身边，何等欢愉快乐！成年后各奔东西，聚首不易，如今齐归故里，安享天伦，吾心足矣！人生苦短，老六老三先后故去，我与大哥年届花甲，四弟五弟也已不小，可共对青山绿水之时日，还能有多少呢？"

嘴里说着，李鸿章眼眶已噙满泪水。兄弟几个也唏嘘不已，不再催促他。

也是命中注定兄弟不可能长相厮守，才过去三四天，第三道圣旨又急如星火，飞速而至。国家多事，东北西南不宁，腹背受敌，斯人不出，如苍生何！说起来，也怪不得慈禧太后，她老人家实在没办法，抬眼看去，满朝都是唾沫四溅的嘴皮爱国者，一旦国家有难，能拿得出实际行动者，除几位淮军将帅，还有谁人？

张树声信函也于当日寄达。上场就大倒苦水，说自己能力有限，精力不济，于料理鸿帅（李鸿章）诸务，甚感困难。原来接署直隶之后，张树声不敢有丝毫懈怠，每天眼睛一睁，忙到熄灯，片刻没有停歇。却费力不讨好，弄得焦头烂额，有如四面起火，顾此失彼。这才深感老帅处理内政外交，多么不易，不得不承认自愧不如。

倒过苦水，才说正事。张树声写道：照鸿帅指令，已召马建忠、丁汝昌与吴长庆至天津衙署，定下赴朝戡乱之策，水陆两师正整装待发，即将起程。至于西南局势，总署与法方多次照会，宝鋆和李鸿藻死死咬住中越宗藩关系不放，宝海觉得好笑，说宗不宗藩是中越之间的事，与法国无关，中法两国只存在和与战二字，要么战，要么和。这无异鸡同鸭讲，猫跟狗语，根本说不到一起去。气得宝海拂袖而出，再不肯见总署的人，除非李鸿章出面。

出于无奈，李鸿章只得奏复朝廷，答应尽快离皖北上复职，待危机过去，再返乡为母造坟立碑。这已是夏秋交替时节，赤日炎炎，暑气腾腾，李鸿章一身素服，带上家眷和亲兵，过巢湖，出裕溪，转道长江，渡海北上。

半个月后，回到天津，张树声已率周馥、潘鼎新等僚属，恭候于码头。李鸿章回乡丁忧前，曾奏保诸僚外任他处，为国出力，朝廷考虑张树声初至天津代署直隶，不谙下情，没有准奏，让众旧僚继续留任旧职，帮办诸务。

上岸见面毕，李鸿章钻进绿呢大轿，晃晃荡荡，直入北洋衙署。张树声早备好素食，请老帅入席。李鸿章也不客气，一屁股坐到上席位置。张树声又招呼周馥几位坐定，自己落座老帅旁边。李鸿章端过杯子，低首瞧瞧，又看看众人前面杯里，皆是茶水，道："鸿章大孝在身，以茶代酒，各位还是换上酒杯，喝酒吧。"

张树声说："在座各位皆系鸿帅旧属和门生，鸿帅母亲即咱们母亲，咱们应该随鸿帅一起，以茶代酒，为母亲守孝。"各位应声道："张督说得对，鸿帅母亲就是咱们母亲，同为母亲大人尽尽孝心吧。"李鸿章几分感动道："好好好，以茶代酒也好。老夫丁忧期间，全靠各位支撑危局，共渡难关，老夫深表感谢！喝掉杯中茶如何？"

众人响应着，喝干杯里茶水，伸筷夹了素菜进口，边嚼边说好吃。李鸿章又单独敬张树声，说："感谢振轩（张树声）雷厉风行，果断出兵。吴长庆、丁汝昌、马建忠等皆智略稳慎，此番入朝，可望大功告成。"张树声客气几句，说：“都是鸿帅多年购置洋舰，精心训练水陆两师，否则无舰可驶，无兵可派，树声也只能望洋兴叹。”

众人纷纷附和，连连称是。李鸿章再敬其他各位。一轮过去，张树声回敬李鸿章道：“鸿帅再不回来，不止天津会乱套，养心殿也将吵翻瓦背，老佛爷和皇上还得另选去处坐朝。”李鸿章明知故问道：“朝臣吵什么呢？”周馥接话道：“还不是朝鲜兵变，众臣觉得派三千人马入朝远远不够，该派三万雄师，吞并朝鲜，改设高丽省，划入中国版图。”

李鸿章觉得好笑，说：“经多年裁撤，淮楚两军所剩可用官兵，也就三四万人，分守各地，都派往朝鲜，新疆和西南要不要驻军？”潘鼎新说：“朝臣哪管这么多，仿佛三四万淮楚兵勇都是孙悟空，可一变十，十变百，变成百万大军，吞并朝鲜后，又一翻跟斗云，飞到中越边境，把法军踏成肉泥，还越南以清平世界，永保西南安宁。”

“滑稽之极！”李鸿章哼一声，不想多议朝臣，招呼各位，“喝茶喝茶，吃菜吃菜。”各位赶紧起身，分头来敬李鸿章。

正值一团和气，有人推门而入，说朝鲜有函送达。来人是薛福成，手里高举着一只函套。众人还没反应过来，张树声已猛地起身，离开桌子，三五步奔向薛福成，从他手上一把抓过来函，仿佛动作稍迟，会被人夺走似的。

不用猜，也知信函是吴长庆自汉城发来的。

一个多月前，吴长庆指挥六营三千人马，由袁世凯和张謇陪同，登上北洋水师提督丁汝昌所率扬威、超勇、威远三舰，渡海赴朝。五天后抵达朝鲜南阳港，金允植也从汉城赶来，由马建忠引荐，登舰面见吴长庆，敲定翌日黎明登陆。吴长庆传令下去，先锋营营官却以士兵晕浪为由，请求推迟行动。军法如炉，岂容戏怠？吴长庆一怒之下，撤掉营官，另委随行幕僚袁世凯取而代之。袁世凯临阵衔命，召集先锋营官兵，以斩钉截铁口气约法三章：如有不服命令者，就地正法。全营为之凛然，一个时辰内整理戎装完毕，有序离舰登陆，贴紧金允植，朝汉城方向进发，三天后抵达城西七里处屯子山，扎下营垒。另外两营紧随其后，陆续赶到，合兵一处。隔日天明，吴长庆由马建忠陪同，入城拜访大院君，温言相慰，话语还算投机。午后大院君率卫队至屯子山，回访吴长庆。帐内相谈甚欢，帐外袁世凯已指挥伏兵，缴掉大院君卫队武器。大院君听到动静，意识到什么，嚯地起身，要往外走。没走两步，袁世凯已率人冲入帐内，当场将其拿下，扭出帐外，交给丁汝昌，塞入事先备好的轿子里，由百名壮士连夜押往南洋港，登上舰艇，往天津方向驶来。大院君受擒，吴长庆和袁世凯率领三千官兵，迅速赶往城内，一举扑灭乱兵，迎闵妃还宫，恢复李熙王位。日军迟到一步，已无用兵借口，只能以日本使馆被焚和日本人死于乱兵为由，软硬兼施，逼朝鲜签订《仁川条约》。朝鲜君臣感谢吴长庆平乱，又见汉城为清军所控，心生恐惧，不仅承诺赔偿日本银子，还同意日兵进驻汉城，保护日本使馆，好与清军形成对峙。姐姐做鞋，妹妹学样，中国孱弱，以夷制夷，朝鲜更弱，只能学中国，也玩以夷制夷把戏，希望中日互相牵制，自己多些喘息时机。中国见日本占朝鲜便宜，也不甘落后，逼朝签订《中朝水陆通商章程》，获取不少益权。也是没法，中国弱于西方，为西方所迫，签订不少不平等条约，但比起朝鲜来，到底强势不少，机会又在眼前，自然不肯错过，也迫使对方签订不平等条约，过一回强国瘾。

再说大院君被押往天津时，李鸿章已从张树声手里接过总督关防，升堂视事。忙完各项急务，回头亲审大院君，再派人押往保定，软禁起来，日后慢慢处置。尔后上疏朝廷，为平朝诸臣论功请赏。慈禧见疏大悦，一一照准。张树声、吴长庆、丁汝昌、马建忠等人，均以相机度势、督率有方、克期定乱，各获重奖。另有袁世凯，著以同知分发补用，留汉城统带驻朝清军。至于李鸿章本人，虽未直接参与平乱，朝廷亦以创建水师，深资得力，且协助张树声调兵遣将及时，交部从优议叙。

对此朝臣自无异议，只觉得便宜朝鲜和日本，不合算不说，也无以彰显天朝上国威势。有人甚至呈折奏请，留军驻朝不解恨，吞并朝鲜也没多大意思，应派知兵大臣和经事将领，坐镇烟台，厚集战舰，练成威武水师，再相机东征，踏平日本，收回琉球。呼声响入云霄，慈禧见过奏折，也怦然心动，传令抄发天津，看李鸿章怎么说。

抄件送达北洋衙署，李鸿章随便翻翻，扔给薛福成，道："奇文共欣赏，庸庵（薛福成）也瞧瞧吧。"薛福成接过去，边看边笑，说："朝臣真会做白日梦，日本如此容易踏平，琉球如此容易收回，相国早领兵出洋，创立奇功，扬名海外，哪轮得到这些人大声嚷嚷，浪费口水？"周馥也耻笑道:“这些人没啥本事，就口水丰富，不喷些出来，担心泡坏牙齿。”

李鸿章笑不起来，无语摇头。朝臣说厚集战舰于烟台，练成劲旅，东征日本，听去激动人心，可惜口水击不退敌舰，就如月亮再圆再亮，也晒不了谷子。曾多次奏请驻军烟台，建炮台，置船舰，朝廷无动于衷，不予理睬，不拨一两银子，至今烟台无炮无军无船。纵观整个东南沿海，建有南北粤三洋，总共才二十来只战舰，可谓沧海之粟。扬威、超勇、威远三舰调往朝鲜后，担心为日舰所制，李鸿章又另派澄庆、威靖、泰安和登瀛洲四舰前往接应，一时难以撤回，北洋仅余操江、镇海两船往来海上，探送文报。南洋有测海、驭远、靖远三舰，巡视江口海岸，通风传信。另有不到十艘小舰，分布于浙闽粤三省，东巡西游，顾此失彼。至于德国所订三艘铁甲舰，仅给过预付，没再拨款，不知何时制成下水，驶回中国。反观东洋日本，已拥有铁甲舰和众多战舰，且不断添购新舰，实力远超中国水师。

此系中国水师现状，无不令人忧心。三国空城计都是编造的，听起来生动无比，可万里海疆，也玩空城计，只怕亡国无日。李鸿章连夜动笔，将沿海水师实情一一具奏朝廷，强调添置兵船，筹建新式海军，刻不容缓。

奏折入京，慈禧读罢，半日无语，再不自欺欺人，轻言东征日本。尔后将折子交予奕䜣，让他召集军机处和总署众臣，共同商议，看新式海军怎么个筹建法。

商议来商议去，还没商议出个名堂，西南又传急报，说法军正大打出手，与黑旗军交上了火。朝臣们一个个兴奋起来，又是一片喊打声。奕䜣撇下新式海军之议，赶紧进宫，禀报慈禧，能否再与法国公使宝海沟通，争取和平解决战端。慈禧说:“就让宝鋆和李鸿藻出面，再跟宝海好好商议商议，看商不商议得拢。”

奕䜣忙派人赶往东交民巷，求见法国公使宝海，请至总署走一遭，就越南战事，好好交涉交涉。宝海连连摇手道:“不去不去，总署全是些花岗岩脑袋，本使再不愿跟他们交往，还是让法军打个痛快，剿灭黑旗军，攻入广西和云南，大清再用赔款买和平吧。”

西南战火纷飞，朝中杀声四起，宝海不肯露面，奕䜣别无他法，满头大汗跑进宫里，再叩慈禧，哭丧着老脸讨主意。慈禧挺不高兴，道:

“你主持总署和军机处，手下数十须眉男子，皆束手无策，我一个妇道人家，能有啥主意？”还是李莲英一旁哈腰道：“冬天已经来临，各国公使喜欢乘船南渡，赴上海过冬，是不是商请宝海，经过天津时，多逗留几日，与李鸿章见见面，也许能谈到一起去。”

“怪咱急晕了头，竟没想起还有个李鸿章。就照大太监所说，让李鸿章去对付宝海吧。”奕䜣拍拍脑门，告退出宫，亲自跑到法国公使馆，对宝海说：“宝使看咱总署众臣不顺眼，咱也拿你没办法，只好惊动北洋大臣李鸿章，让他跟你接触接触如何？”

宝海瞥眼奕䜣，面无表情道：“早叫李鸿章与我接触，事情也不至于闹到如此地步。”奕䜣讨好道：“李鸿章不是归籍奔丧，才回天津不久吗？宝使近日有无空闲，本王这就给李鸿章去函，命他到北京来一趟？”宝海想想说：“天气日见寒冷，王爷函件送至天津，李鸿章拖延几日，办完手头事务，再赶往北京，与我谈上十天半月，只怕海面都已结冰，本使还怎么去上海过冬？别劳动李鸿章，还是本使过津时，去会他吧。”

奕䜣要的正是宝海这句话，高高兴兴走出公使馆，回到恭王府，给李鸿章写信，要他做好与宝海谈判准备。函件发走没多久，宝海也离开北京，望东而行，往天津方向赶去。李鸿章早安排马建忠候在天津西门，接住宝海，迎至北洋衙署。李鸿章已在客厅摆下酒席，宝海一到，赶紧上前握住他手，客客气气，请入上席。这就是李鸿章不同于其他官员之处，洋人面前不卑不亢，该讲理得讲理，该用情得用情，如待国人一样。

主客坐定后，李鸿章指指杯里茶水，坦然相告：“本督有孝在身，只能以茶代酒，还请宝使原谅。”宝海不明白，为何有孝在身，不能喝酒。马建忠简明扼要，给他讲解中国忠孝节义。宝海似懂非懂，却对中国以孝为先传统深表敬意，表示尊重李鸿章选择。

吃喝之际，难免聊及西南战事，宝海想听听主人想法，李鸿章笑笑道：“中国人重亲情，也重友情，亲友之间吃饭喝酒，只叙情谊，不谈国务家事，以免冲淡气氛。关于中法越南之争，是不是专门安排时间，双方坐下来，慎重商谈？”

宝海也觉得席上谈事太随意，点头认可。吃饱喝足，主客离席，李鸿章让马建忠代表自己，恭送宝海入住法国驻津领事馆。隔日再让马建忠作陪，亲自上门回访，敲定谈判日期。与其他清廷大臣交往时，哪受过如此厚待和尊重？宝海深受感动，真诚表示，愿促成中法和约，使中国与越南民众免遭战火。

宝海多次接触总署大臣，皆因不肯承认中越宗藩关系，中方没法接受，一次次无果而终，不欢而散。可中越宗藩关系又属历史事实，外国不承认是外国的事，中国人还不得不挂在口头上，否则会招致卖国骂名，遗臭万年。正因如此，总署大臣宁肯中越前线打仗烧钱死人，也要抱住宗藩二字不放，最后一脚把皮球踢到李鸿章面前。绕不开宗藩二字，战场上又没优势，还要与敌国议和，岂不是死棋一盘？

弱国无外交，也许只李鸿章有足够智慧，面对死棋，也得落子走活，以化解外交困局，尽可能维护国家面子和益权。把宝海请入北洋衙署谈判桌后，李鸿章先寒暄几句，问他睡不睡得好，习不习惯天津气候，再放低姿态，满脸堆笑道："中越宗藩属历史沿袭，如果予以否定，朝臣骂我卖国在其次，我也没法向太后交待。还请宝使教我，该怎么办才好。"

宝海原以为李鸿章也会像总署大臣样，上场就逼你承认中越宗藩关系，没想到竟笑着要你教他，把难题抛给你来做。态度又如此诚恳谦恭，你总不好粗声粗气，一口否定宗藩事实吧？宝海认真想想，说："本使也知中越宗藩关系由来已久，不过毕竟属中越两国之间的事，法国可以听之任之，不置可否。也就是说中法两国签约时，既不承认也不否认中越宗藩关系，不让宗藩二字出现就是。"

这也是李鸿章肚里意思。此话外国人说没事，若出自你李鸿章嘴巴，又要授人以柄，遭咒挨骂。李鸿章说："就照宝使所说办吧。"宝海说："既然李督同意本使建议，咱们就抛开虚浮的宗藩一说，先讨论撤兵，商定中法在越边界，及中法越三国商务往来办法。"

李鸿章点点头，指指旁边的马建忠，说："具体细则可否让马道出面，与宝使慢慢商谈？"宝海说："行啊，马道曾留学英法，通晓国际法则，容易谈得拢。"马建忠问："谈判地点仍放北洋衙署，还是另选他处？"李鸿章笑笑道："欧美喜欢讲公平，此次会晤在北洋衙署，下次移往法国领事馆吧。"宝海说："放领事馆亦可，本使让人煮咖啡给马道喝。"马建忠笑道："咖啡确实好喝，只是喝过后容易兴奋，不易入眠。"

隔日一早，马建忠就走进法国领事馆，与宝海坐到一起，边喝咖啡，边讨价还价，商谈出三条框架协议，写入备忘录：一是中法同时从越南北圻撤兵，法国声明无侵占越南之意；二是越南开放保胜口岸，肃清境界，中法各担保护之责；三是允许红河通航，以河为界，河南属法国保护区，河北属中国保护区。

事情办得如此顺利，李鸿章惊喜之余，略略有些意外。刚好京津电报线拉通，即命马建忠拟好电报稿，电告总署。总署见报，呈送朝廷，朝廷非常满意，画押批准，命令驻越清军北撤。谁知越南方面却不愿看到中法和解，恳求清军留驻原地，做越国保护神。这就是弱国心态，你率军南进要你走，你撤军北归要你留，把你当猴子耍。

宝海也将“宝李协定”发回法国，得到政府认可，法外交部电令驻越法军撤往南圻，不得随意生事。宝海拿着电文副件，走进北洋衙署，禀呈李鸿章。李鸿章置酒答谢，谈笑风生，其喜洋洋。酒后送宝海至天津码头，一揖而别。

然宝海走后没几天，驻英法俄公使曾纪泽发来电报，说法国政府正酝酿换届选举，万一反对党上台，只怕会影响越南局势。李鸿章暗吃一惊，召来周馥，说：“你赶紧调拨一笔款子，联系德美军火商，速购一批铜炮和快枪，分发滇桂前线。”周馥不解道：“中法不已达成协议，分头自北圻撤兵吗？还置枪炮送滇桂干啥？”李鸿章道：“照办就是，别问这么多。”

周馥走后，李鸿章叫来薛福成，说：“庸庵以我名义，给刘秉璋和丁日昌去电，抓紧部署浙江和福建沿海防御，以防越南有变。”

浙江福建本属浙闽总督管辖范围，可两省巡抚刘秉璋与丁日昌皆系淮军老人，何璟不好指使，只得李鸿章亲自去电打招呼。薛福成拟好电稿，送李鸿章过目审定，正要交电报房发走，忽有噩耗传来，丁日昌病故任上。李鸿章大恸，表奏朝廷，给予优抚。

斯人已逝，可国事还得维持，李鸿章又动笔拟折，力推同年张兆栋继任福建巡抚。慈禧自然照准。李鸿章再举荐潘鼎新和刘铭传充任云南、广西巡抚，主持中越边境军事，以应变故。潘刘系李鸿章旧部，慈禧担心淮系坐大，有些犹豫，征求奕谡看法。奕谡说：“‘宝李协定’刚起效，又派淮将赴任云南广西，岂不让法国生疑，惹出不必要麻烦？”

慈禧觉得在理，扔开李折，不再理睬。事情传出去，朝臣又有话头，这个说，潘鼎新曾任云南巡抚，因督抚不和，自动辞职，哪有又让其回任之理？那个说，刘铭传返乡十多年，天天喝酒打牌，军政荒废日久，岂能信任巡抚大任？一句话，李鸿章是借“宝李协议”签订成功，故意向朝廷伸手，讨要好处，壮大淮系，其用心何其卑劣。

得知李鸿章插手西南人事失效，山西巡抚张之洞大受触动，暗暗寻思，慈禧和奕譞不愿淮系势力扩展至滇桂，咱为何不推举自己人，去那里建功立业？他想起两个人物：唐炯与徐延旭。唐炯时任四川建昌道，系张之洞大舅子，张夫人常吹枕边风，要夫君动用朝中关系，擢拔擢拔自己亲哥，张之洞耳鼓都起了硬茧。徐延旭现为湖北安襄郧荆道，乃张之洞姐夫儿女亲家，不时往张家跑，谋求上升通道。张之洞琢磨，若把二人弄上去，纳入奕譞、宝鋆、李鸿藻视线，日后俺老张朝中有靠，朝外有人，岂不要风得风，要雨得雨？

可怎样才能把唐徐两人扶上去呢？人人都知你与唐徐关系不一般，显然不能由你出面举荐两位，只能拐个弯子，借力打力。只是又借谁的力好呢？

正在张之洞不得要领，无计可施之际，有人上门求见，手里还拿着一样宝贝。来人不是别人，乃晋商禹老板。禹老板从前主要做茶叶买卖，傍上张之洞之后，又经营起钱庄生意来，山西藩府库银都从其钱庄进出。商人最懂知恩图报，禹老板多次送银上门，皆遭张之洞拒绝，不得不另想报答方式。正巧谋得一册宋版《陶诗》，想起张之洞喜诗书，好收藏，赶紧塞到怀里，上了巡抚衙门。宋版书价值连城，可谓一页宋版，一两黄金。主要属稀有雅物，为文人至爱，料想张之洞断无再拒之理。

果然张之洞接过《陶诗》，顿时两眼放出如芒之亮光来。不是陶诗如何优美，张之洞一肚子诗书，陶诗张口能诵，不用照本宣科。是宋版册页太可爱，纸坚刻软，字画如写，用墨稀薄，燥无煙迹，开卷之际，自生异香。

见张之洞喜欢，禹老板提着的心渐渐踏实起来，暗想这回巡抚大人该给面子，笑纳宋版《陶诗》了。谁知禹老板又错估了张之洞。只见张之洞翻几下《陶诗》，尔后脸一青，扔还禹老板，说：“你还是拿走吧，如此贵重之礼，本抚消受不起。”

急得禹老板快哭出声来，说：“一册《陶诗》，值几两银子啰？与大人对小人的扶持，简直不值一提。”张之洞说：“本抚没扶持过你，无非见你诚实可靠，才让你经手藩府库银，完全是公事公办，又何足挂齿？”禹老板苦着脸道：“话虽如此，可没大人垂怜，哪有小人今天？大人不收下《陶诗》，以后小人还怎么进巡抚衙门？”

话没说完，禹老板就把《陶诗》放到茶几上，转过身去，抬步出门。张之洞大声喝道：“给我站住！礼尚往来，总得两相情愿，哪有你这样强人所难的？不污我一世清名吗？”

禹老板只好泥住脚步，回过头来，可怜兮兮道：“大人您就留下《陶诗》吧，只此一回，下不为例。”张之洞摇摇头，一脸无辜道：“《陶诗》非吾所欲，你非留下不可，不是为难我吗？你看这样可以不？我不能接受《陶诗》，你也别收回，咱们另想一个处置办法。”

你不接受，我不收回，莫非塞到茅厕里喂蛆不成？禹老板百思不得其解，眼巴巴望着张之洞，不知他有何处置办法。张之洞脸上一笑，从容道：“朝中有个状元出身的大臣名叫翁同龢，你听说过吧？”禹老板说：“略有所闻。”张之洞说：“翁同龢有三个身份，既是皇帝老师，又是户部尚书，最近又被太后委任为军机大臣，可谓权倾朝野。他不好嫖，不好赌，就好收藏，尤喜宋版图书，你跑趟京师，把《陶诗》送给翁老师吧。”

张之洞说送翁老师，就送翁老师呗。禹老板说：“太原离京师不远，跑一趟容易。只是翁尚书万一不收《陶诗》，又该怎么办？”张之洞说：“放心，我写几句话，他自会笑纳。”

禹老板赶到北京，走进翁府，让翁同龢看过张之洞信函，果然他二话不说，痛痛快快收下宋版《陶诗》。原来张之洞有托于翁同龢，请他在帝父奕譞面前多多美言，擢拔一个重要人物。令人意外的是，张之洞请托擢拔对象既非唐炯，亦非徐延旭，竟是张佩纶。

光绪继位后，奕譞作为帝父，入值毓庆宫，负责儿皇起居与课业，开始明里暗里与六哥奕䜣争权夺势，不断培植自己党羽，张佩纶就是这么一脚迈入总署大门的。翁同龢自然也不甘落后，借给光绪授课机会，极力讨好奕譞，深获其欢心。奕譞于是又通过慈禧，把翁同龢也塞进军机处，以架空奕䜣。翁同龢很会做人，能笼络则笼络，能巴结则巴结，仅与李鸿章不共戴天，一掐就是二十年。朝中有两派势力，一为清流党，一为浊流党，翁同龢脚踏两只船，两边都讨好，谁都不得罪。张之洞叫禹老板送上宋版《陶诗》，请他在奕譞面前推举张佩纶，他自然乐得锦上添花，做回好人。

这日刚给光绪上完课，奕譞来问儿皇课业情况，翁同龢连声说好，夸光绪如何聪颖，如何上进。夸得奕譞高兴起来，才趁机道："张佩纶才高名响，又在总理衙门行走，却不过从四品侍讲学士，是不是太委屈他了点？"奕譞说："翁师傅看好张佩纶，何不举荐给恭亲王？"翁同龢说："张佩纶是青牛角，恭亲王不喜欢，找他何用？"奕譞笑道："本王人微言轻，只怕更没用。"翁同龢笑道："醇亲王既是帝父，又为老佛爷倚重，还人微言轻？"

说笑几句，奕譞认真道："翁师傅开了尊口，本王到老佛爷那里试试看吧。你说给张佩纶什么位置好？"翁同龢道："张佩纶言官出身，就给个左副都御史如何？"奕譞说："侍讲学士属从四品，一般往上升四品少卿少詹事之类，哪有连升三级，一下提到正三品左副都御史的？不是叫本王和老佛爷为难么？"翁同龢说："礼轻不送人，提个一级半级，吏部就可办妥，何劳王爷操心？又正值国家用人之际，不拘一格降人才嘛。何况老佛爷对张佩纶颇为欣赏，曾当朝臣面说他奋勇能干，王爷一旁再打打边鼓，她老人家自然恩准。"

虽说天意从来高难问，可翁同龢天天进出宫中，与慈禧走得近，察其言，观其色，她喜欢谁，憎恨谁，总能揣度出几分。加之奕譞也有意栽培自己的人，在慈禧面前把张佩纶吹得上了天，慈禧二话不说，点头准许张佩纶升任左副都御史，继续在总理衙门行走。

由从四品一下蹿升正三品，无论朝臣还是外官，不苦干十年八年，想都不用这么想。张佩纶一夜醒来，就有圣旨递到，宣称自己连跳三级，成了左副都御史，简直不敢相信自己耳朵，还以为做梦呢。掐掐大腿，一阵疼痛，又不太像梦。再揉揉眼睛，捧旨细读，见左副都御史几个字写得明白，才确信没假，真是这么回事。

大喜过后，张佩纶又开始犯糊涂。出道以来，自己今天参张三，明天劾李四，已将朝中满汉官员得罪得差不多，人见人怕，鬼见鬼愁，谁还会为你说好话，拿着好处往你面前塞呢？张佩纶只得竖起耳朵，四处探听，倒看是谁吃饱撑得难受，管的闲事。世上没有不透风的墙，很快探知用翁同龢起的作用。翁同龢官做得溜圆，左连清流党，右结浊流派，仅跟李鸿章为敌，斗了大半辈子，偏偏你与李鸿章还算走得近，翁同龢又岂肯举荐你？张佩纶脑筋飞快地转动着，却怎么也悟不明白，到底是咋回事。

直到禹老板走进张家，张佩纶才从他嘴里得知事情真相。禹老板做过自我介绍，就抱拳道：“祝贺左副都御史大人时来运转，官运亨通，连升三级！”张佩纶不解道：“你一个生意人，怎么对官场人事如此清楚？”禹老板说：“小人是生意人不假，可张之洞张巡抚总算官场中人吧？张巡抚远在太原，不能亲自登门祝贺张大人，只好托小人代为致意！”

张佩纶听出点意思来，说：“莫非敝人进步，与张之洞有关？”禹老板打着哈哈，也不挑明，只说张之洞体谅京官清贫，让他来送些炭敬。尔后留下一大包银子，揖别而出。严冬临近，得烧炭火驱寒，张佩纶那点薪俸仅够买米买面，无钱购炭，不挨饿就得受冻，不受冻就得挨饿。没法拒绝禹老板美意，张佩纶只有厚颜接纳。

过后张佩纶跑到山西会馆一打听，才知禹老板打着张之洞旗号，给翁同龢送过宋版《陶诗》，翁同龢再通过奕譞，到慈禧面前举荐自己，慈禧一点头，左副都御史就这样到了自己名下。张之洞真够义气，助你上位，你还没来得及感谢他，他又让禹老板上门，倒贴银子给你。世上哪有此等好事？不用说，张之洞肯定有啥用意。

还没弄明白张之洞用意何在，又连续有人上门，同样献上大包炭敬。张佩纶居京十年，皆因有职无权，向来门前冷落鞍马稀，无人知道张家门楣高低，如今这些人一反常态，纷纷登门献银子，到底图的什么？张佩纶很快发现，送炭敬的人与两位外臣有关，一是唐炯，一是徐延旭。原来这些人送上炭敬后，都会有意无意论及唐徐两人，说他俩如何如何清廉，如何如何能干，仿佛这两人得不到重用，大清立即就会灭亡似的。

既然送炭敬的人如此推崇唐炯和徐延旭，张佩纶自然得留意留意两人出处。印象中两人好像都与张之洞有些瓜葛。可上吏部一查，唐炯原籍贵州遵义，咸丰举人，看不出与张之洞有啥渊源。徐延旭则系山东人，咸丰进士，没做过京官，与同治探花张之洞亦无交集。

张佩纶有些失望，上了李鸿藻家。李鸿藻现为协办大学士兼吏部尚书，与张之洞交往密切，对其来龙去脉该有所了解。见面后，聊上几句，张佩纶便旁敲侧击，论及张之洞家庭背景，李鸿藻笑笑道：“张家可是河北南皮望族，京畿无人不晓。张父曾在贵州为官十年，做过兴义、遵义等地知府，张之洞就出生于兴义府衙。”

张佩纶似有所悟，顺话道：“听说四川建昌道唐炯便是贵州遵义人，莫非张之洞早认识唐炯？”李鸿藻打声哈哈，道：“你没说错。唐家可是遵义最有威势的官宦之家，唐炯父亲曾出任过西南多处地方长官。遵义就有民谣称：要想唐家不做官，除非干断洗马滩。洗马滩是遵义城外河滩，遵义山多水满，河滩哪有干断之可能？”张佩纶说：“想不到唐炯还有些来历。”李鸿藻说：“唐家是遵义旺族，张父主政过遵义，两家自然会走到一起。”张佩纶说：“何以见得？”李鸿藻说：“张之洞妻子就是唐炯亲妹。”

原来唐炯是张之洞大舅子。张佩纶恍然大悟。又东拉西扯，将话题引向徐延旭。李鸿藻也不瞒张佩纶，道：“徐延旭虽系山东人，却是张之洞姐夫儿女亲家。”

怪不得张之洞苦心孤诣，把你自从四品侍讲学士弄到正三品左副都御史高位，又发动禹老板等人上门送炭敬，献殷勤，原来用意深远。也是张之洞与唐徐两人沾亲带故，总得避避嫌，不好直接举荐，才不得不借你张佩纶之力，把两人推送上去。

吃人嘴软，拿人手短，不回报一下人家，实在说不过去。告别李鸿藻，回到家里，张佩纶就动笔拟折，为唐炯和徐延旭大唱赞歌。别看张佩纶笔如毒箭，射向谁，谁倒地立毙，如今以笔管为喇叭，行使吹捧之能事，也够厉害，可把人吹上天去。其实张佩纶属后起之秀，没接触过唐炯和徐延旭，不知两人高矮胖瘦，忠奸智愚，但还是凭借臆想，理直气壮编造道：唐炯知兵，可任艰巨；徐延旭久守梧州，屡屡出关治盗，得交人心。由此推断，若让唐炯领滇南一军，徐延旭领桂西一军，所益必大。言外之意，法军蠢蠢欲动，试图先灭黑旗军，再突破中越边境，北犯中国，只要唐徐分驻滇南桂西，法军必然有来无回，灰飞烟灭。

想想张佩纶一张乌鸦嘴，咒谁谁倒霉，批谁谁落马，而今一反常态，突然夜莺样唱起颂歌来，肯定格外中听入耳。果然慈禧一见张折，又惊又喜，对吏部尚书李鸿藻道：“张佩纶眼界高，满朝文武无人可入其法眼，竟破例举荐起唐炯和徐延旭来，可见唐徐二人该有多优秀，多能干。难得张佩纶慧眼识珠，就准了吧。”

张之洞往张佩纶身上使劲时，也没少给李鸿藻好处，眼下慈禧发了话，李鸿藻还有啥可说？也就顺水推舟，以落实慈禧懿旨为由，将唐徐两人自四品道员提拔为正三品布政使，分掌滇桂厘税政务。转过年来，至光绪九年（1883）春上，又分别擢为巡抚，主持两地军政。太平军和捻军平定后，如此破例任用巡抚大员者，可谓绝无仅有，一时朝野议论纷纷。

数月之间，就自四品道员，连窜四级，升至正二品巡抚高位，成为堂堂封疆大吏，换作别人只怕也难抑心头亢奋，非把身上力气使出来不可。唐徐两人意气风发，跃跃欲试，只想大干一场，任谁都没法阻挡。就是不阻也不挡，只要你躲闪不及，稍稍有碍观瞻，便一脚把你踢出去老远。比如归籍提督冯子材，受李鸿章调度，毅然出山，率旧部驻守中越边境，徐延旭出任桂抚后，觉得他不好使唤，碍手碍脚，找个借口，把他排挤回了钦州老家。

得知冯子材被徐延旭赶走，远在天津的李鸿章捶胸顿足，悲叹道："徐延旭不是自毁长城吗？真正能与法军对抗者，并非滇桂边军，亦非刘永福黑旗军，而是冯子材所领旧部。冯子材这一走，一旦法军北犯，谁来守护大清西南门户！"

薛福成也为冯子材抱不平，道："徐延旭做梧州知府时，曾入越剿过匪，便以为法军也是地方匪寇，容易对付，赶走冯子材，日后成大事，免得有人分功。再则李鸿藻、张之洞等清流党人，视西南为自己势力范围，推举唐炯和徐延旭巡抚滇桂，可谓煞费苦心。偏偏冯子材受相国征调出山，又岂能容忍其存在？"

李鸿章无奈叹道："老夫知道朝臣心态，凡老夫要办的事和要用的人，他们就横竖看不惯，非阻拦不可。比如潘鼎新和刘铭传两位淮军老将，本督几次上书奏陈，请调出山，主持西南军事，朝廷就是不同意。别说潘刘资历摆在那里，单说两人久经沙场，身历百战，入主滇桂，对抗法军，难道不比唐炯与徐延旭强得多吗？"

两位正在感慨，邮差送来大哥李瀚章发自合肥的信函，说母亲墓碑已请人錾好，坟墓石料也准备妥帖，就等二弟告假归籍，修坟立碑，以告慰母亲在天之灵。

《宝李条约》签订后，中越边境暂时还算安宁，朝中众臣又不愿你李鸿章插手西南之事，何不趁机回趟合肥，了却夙愿？当夜李鸿章便上书朝廷，请求返乡为母亲修坟立碑。这回朝廷倒也开明，复旨恩准两月假期。谕旨下达后，李鸿章急不可待，带上十数名亲兵，登上专轮，渡海南行。经长江，入裕溪，过巢湖，抬眼望去，万里水天，风起云合，大有山雨欲来之势。李鸿章心头一惊，莫非又有什么变故，想安安静静为母亲修坟立碑都不可能？

果然李鸿章刚回到合肥，就有消息自巴黎传出，法国内阁更迭，新当选首相叫做茹费理，素有殖民地后兴使徒之称，曾以镇压巴黎公社起义名镇全球。上台伊始，茹费理就痛批前任对越政策过于软弱，粗暴宣布宝海与李鸿章达成的《宝李条约》无效。

总署大臣大惊失色，将法国变局写成塘报，速发安徽巡抚衙门，嘱速转李鸿章。其时李家兄弟正在井上坟给母亲修坟，举办立碑仪式。墓碑立就，仪式完毕，兄弟们下山刚迈进李家老宅，抚衙官差便飞马而至。李鸿章接过塘报，粗读一遍，半日无语。兄弟几个不知何事，凑过来问道："是不是朝局有变？"

李鸿章把塘报递给兄弟们。几位传阅一遍，李瀚章说："西南不得安宁，老二看来没法继续在家安静待下去。"五弟李凤章不解道："西南又不归直隶总督和北洋大臣管辖，二哥干吗不能待在家里？"李瀚章说："五弟不知，北京有个说法，直隶督府属第二军机处，北洋衙署为第二总署，西南不宁，朝廷岂肯放过二弟？"

李瀚章话没落音，朝廷六百里谕令便已传至，说国家存亡攸关，李鸿章务必尽快修毕母亲坟墓，不必拘泥假期届满，即回署任。差官走后，李瀚章问李鸿章道："二弟作如何打算？"李鸿章说："法国蚕食越南，又不是一日两日的事，再急也不急在这一两个月，咱既已归乡，就多为母亲烧烧纸，燃燃香，没必要匆匆赶回去。"

李凤章怂恿道："反正国事没完没了，不可能有个尽头，二哥也该留下多待些时日，好好打理打理家事。"李鸿章说："有何家事要打理？"四弟李蕴章说："二哥不会忘记，您与三哥选就的温家大村宅基地吧？三哥刚打好地基，便突然病故，继而母亲去世，一直搁置在那里没动。既然母亲大事已毕，二哥也应去看看，做个决断，择日重新开工，早些建就落成，日后致仕归里，也好有个去处。"李凤章接话道："还有庐州城里五进大宅，也是当年二哥与咱们几个弟弟所选地址，二哥从没入住过，可否也进城待上几天？”李瀚章道：“另外四弟为二弟代购的四五百亩田土，二弟恐怕也得亲自去踩踩界线，以便心中有数，不然哪丘田哪块土属你名下，都两眼一抹黑，不清不楚。”

李鸿章几分无奈，道：“太后于我恩重如山，我早把自己交给大清，生是大清的人，死是大清的鬼，哪敢弃国家安危于不顾，分出心来，操持自家私事？再说国无宁日，家也没有好日子可过。所幸四弟五弟能干，房产田土之事，有你俩操办，足可放心。除非日后皇上和太后开恩，准我落叶归根，回籍养老，届时再慢慢料理也不为迟。”李蕴章道：“日后又是何日呢？”李瀚章道：“谁也说不准日后为何日，至少不是明日后日。”李凤章笑道：“明日后日催驾圣旨一到，二哥又得强打精神，起程上路。”

不出兄弟几个预料，没过几天，圣旨又飞速送达，说法国新任首相茹费理举全国之力，大量增拨越战经费，命令驻越法军大举北进，已攻陷越南南定，着李鸿章援金革毋避之义，迅速动身，离开合肥，前往广东，督办西南军事，两广及滇军均归节制。

李鸿章奏调潘鼎新与刘铭传主持滇桂军事，朝廷置之不理，反将唐炯和徐延旭连提数级，巡抚滇桂两地，如今法军北犯，竟支使你奔赴广东，调度滇桂边军，简直是瞎搞。想想唐徐之流，只知感恩李鸿藻、张之洞和翁同龢他们，哪会听命于你这淮军老帅？将帅尿不到一只壶里，不是去广东找死么？到底是谁设下陷阱，逼你往里面跳！

李鸿章不愿跳陷阱，朝廷则紧追不放，没过几日，第三道圣旨又发往合肥，催他立即赴粤。被逼无奈，李鸿章只好把话挑明，自己没法调动西南兵将，去也无用，奏请先赴上海，视军情变化再定。毕竟天高皇帝远，朝廷鞭长莫及，奈不何李鸿章，他爱去哪儿去哪儿，同意他先赴上海，反正不能远避合肥，独享清福。

事不宜迟，接阅圣旨，李鸿章便开始动作起来。先命亲兵去肥西大潜山，召刘铭传来见，看他愿不愿意出山。亲兵遵命正要出发，村口飙来数匹快马，为首竟是刘铭传。原来得知李鸿章回乡为母造坟，刘铭传特从肥西赶来，拜访老帅。

李鸿章闻报，出门迎住昔日部将，请入棣华书屋。书童递茶进来，刘铭传端过去，一口喝干，往太师椅上一坐，高门大嗓道：“听说鸿帅返乡多日，怎不早些告知，本麻子也好登门探望，讨几杯烧酒，暖暖肠胃。”

刘铭传满脸麻坑，人称刘麻子，他本人也不忌讳，常自称本麻子。李鸿章笑道：“没早些告知，你不也已上了门？”刘铭传乐道：“磨店李宅，本麻子想来就来，想走就走，就像进自家菜园子一样。”李鸿章道：“省三（刘铭传）突闯菜园，是来种菜，还是摘菜？”刘铭传打着哈哈道：“不种菜，也不摘菜，专来吃菜。”

李鸿章收住脸上笑容，说：“老夫已安排亲兵，准备去大潜山请你来会，想不到你已先到，看来咱们心有灵犀啊。”刘铭传道：“鸿帅召本麻子，有何见教？”李鸿章说：“不知你听说没有，法军已攻克越南南定，西南吃紧，只怕大清在劫难逃啊。”

“西南之事，多少有些耳闻。”刘铭传愤然道，“本麻子还听说，鸿帅意欲起用淮军旧将，张之洞之流却巧使手段，任人唯亲，让唐炯和徐延旭连升四级，拔到巡抚高位，盘踞西南。朝廷一面滥用庸才，一面防淮军如防贼，鸿帅何必死心塌地为其卖命？听说鸿帅有心做山中宰相，干脆留下别走算了，本麻子陪您下棋打牌，钓鱼喝酒，何等逍遥自在？”

李鸿章道：“山中只有樵夫，哪来宰相？”刘铭传笑道：“山中宰相不遍地都是：享清福不在为官，只要囊有钱，仓有粟，腹有诗书，便是山中宰相；祈寿年无须服药，但愿身无病，心无忧，门无债主，亦即地上神仙。”李鸿章笑道：“看省三张口就来，从哪儿听得的？”

刘铭传说：“朝野都在传抄鸿帅妙联，还能瞒过本麻子？此次赴磨店，就是来请鸿帅书写此联赐我，当然宰相二字得改成将军。铭传没有帅才，可也打过仗，做过提督，将军勉强算得上吧？”李鸿章笑道：“行啊，待会儿写就是。不过宰相不能改成将军，得改成寨王。”刘铭传哈哈大笑道：“寨王更妙，想干吗就干吗，想不干吗就不干吗。”

两人正在笑谈，李瀚章已温好酒，来请客人入席。到得席上，见满桌大鱼大肉，刘铭传乐道：“刚才还跟鸿帅说来磨店吃菜，不想大哥摆上这么多美味佳肴，正可一醉方休。”

有李家兄弟作陪，刘铭传一时豪情大发，放开喉咙，大口喝酒，大口吃肉，不知不觉间已是酩酊大醉。酒醒时分，已是隔日上午，李鸿章来到床前，亲自递上醒酒茶。刘铭传翻身而起，双手接过茶杯，咕噜咕噜喝进肚里，尔后嘴巴一抹，爽快道：“鸿帅发话吧，要本麻子往东还是往西，上山还是下河？”

虽说刘铭传久居乡间，却早听说李鸿章多次奏请起用自己，无奈朝廷瞻前顾后，一直没给明确答复，刘铭传就这样在大潜山一待十四五年。如今西南有事，唐炯徐延旭之流难担大任，正是自己复出之时，老帅有召，自然当仁不让。李鸿章深受感动，说：“省三有此姿态，鸿章心里就有底了。法国铁心吞并越南，中法难免一战，省三想再待在大潜山做寨主，只怕已不太可能。你做好准备吧，会有圣旨下达，召你出山的。”

七、盛宣怀巧设局，胡雪岩走麦城

给刘铭传打过招呼，三天后李鸿章就告别大哥和四弟，由老五李凤章作陪，离开合肥，望东而行。李凤章前年在上海静安寺周边购得大片荒地，准备起楼筑屋，适逢母亲病故，回家守丧，一搁一年多，此番二哥赴沪，正好结伴而行，前去完善手续，早动工，早受益。

风正帆悬，不日到得沪上，上海道（即苏松太道）邵友濂及盛宣怀、郑观应、曹子撝等要员巨商，早早候在码头，迎住李氏兄弟俩。另有马建忠与毕德格，得知李鸿章将赴上海逗留，也从天津乘船赶过来相会。

见面毕，一起走进码头附近新开业的豪华大酒店，为李氏兄弟接风洗尘。酒过三巡，李鸿章与各位碰过酒，开言道："众位知道，西南风起云涌，中法之战箭在弦上。一旦不幸开战，必将祸连我国东南，甚至殃及东北，各位可得有所准备。"

没人接腔。在座都是聪明人，一听就知李鸿章要说啥。只听李鸿章继续道："仗好打，饷难筹。本来朝廷命老夫去两广统兵，老夫空着双手，要钱没钱，要粮没粮，这兵怎么统？别处也指望不上，众位兄弟经营沪上多年，只好跑过来，求助于你们。"

还是没人吱声。只好江边洗萝卜，一个个来。李鸿章先拿盛宣怀开问："杏荪（盛宣怀）主持上海电报总局，东南各省电报线已铺得差不多，轮船招商局也因唐廷枢要修津沽铁路，交你全盘接管，照理调拨几个银子，问题应该不大吧？"盛宣怀笑眯眯道："相国是电报局和招商局大老板，您老说没问题，自然就没问题啰。”

李鸿章说声好，面向机器织布局总办郑观应，说：“织布局情形如何，效益应该不错吧？”郑观应道：“织布局安装好机器后，已投入生产，产量还算可以，只是销路不够通畅。原因是家庭织布作坊遍布城乡，低价抛售，机器织布成本高昂，价格方面缺乏优势。加之生丝等原材料操控在胡雪岩手里，买不到平价原料，成本抬高，日子更不好过。”

胡雪岩凭借雄厚资本，大量收购生丝，垄断市场，已非一日两日，李鸿章早有所闻，说：“胡雪岩这么做，除囤积居奇，赚取大额差价，此外是否有无其他意图？”郑观应说：“胡雪岩早看中机器织布前景广阔，蠢蠢欲动，因被咱们抢了先，不免气急败坏，才开设蚕丝厂，在生丝上大做文章，垄断购销渠道，以低进高出方式，企图逼咱们亏本生产，哪天挺不下去，破产倒闭，他好出手承办机器织布厂。”上海机器造纸局总办曹子撝也道：“据说胡雪岩又在加盖仓库，还准备广收秸秆、竹木等造纸原料，企图击垮咱们机器造纸局。”

这不是釜底抽薪吗？胡雪岩真可恶。李鸿章不出声骂道，扭过脸，对旁边的邵友濂道：“制造局创办已近二十年，家底厚实，该不是胡雪岩想打压就打压得垮的吧？”

江南制造局为官办企业，历来由所在地方官府代管，邵友濂出任苏松太道后，制造局总办依例挂他名下。听李鸿章发问，邵友濂道：“制造局造船置炮制枪，胡雪岩轻易不敢觊觎。销路也不愁，只是朝廷开走轮船，运走枪炮，老不记得打款，友濂也有友濂的难处啊。”

历朝历代都一样，跟朝廷做生意，银子好赚款难收。李鸿章又道：“苏松太三地乃江南聚宝盆，税源广，厘金足，邵道不会也哭穷吧？”邵友濂道：“相国面前，友濂敢哭穷吗？”李鸿章道：“你意思，实际上很穷，只不敢哭穷而已？”邵友濂道：“可以这么说。”李鸿章道：“老夫又不是没在苏沪待过，恐怕不太好糊弄吧？当年长毛作乱，苏沪百孔千疮，苏松太道依然为淮军提供足够粮饷，现承平日久，百业兴旺，你还好开口说穷。”邵友濂说：“友濂不是说苏松太穷，是负担太重，入不敷出，日子艰难。”李鸿章说：“有些什么负担？”

邵友濂说：“相国该不会忘记几年前新疆战事，朝廷举全国之力，筹银五千多万两，左宗棠还觉不够，又让胡雪岩担保，向汇丰银行贷银一千多万两。”李鸿章点头道:“确有其事。”邵友濂道:“左宗棠借债不过一句话,胡雪岩与汇丰银行签字画押也简单,可轮到咱们筹钱还债,却不轻松咯。”李鸿章问:“说说债是怎么还的?”邵友濂说:“按照约定,每年由上海道协饷补给胡雪岩八十万两,胡雪岩再转拨给汇丰银行,分十五年还完,共计本息一千五百多万两。八十万两可不是个小数,想想咱们一年能征几个八十万两?”李鸿章问:“已偿还多少?”邵友濂说:“仅偿还四分之一,仍欠一千一百多万两,还得还上十余年。”

都是一个穷字闹的。可笑朝中大臣,只要中外有摩擦,就破开嗓门喊打,好像嘴巴一张,口水一喷,就可把洋人赶跑,根本不用筹粮备饷,招兵买马。李鸿章暗自一叹,道:“又不要各位马上拿钱,看把你们愁的。咱还是先争取争取,若能与法国议和,朝廷不逼我领兵抗法,我也不会找你们讨钱。这里先打声招呼,各位心里得有个数。”

听李鸿章如此说,各位脸色才稍微晴朗了些。举杯喝上几轮,酒罢席散,盛宣怀附李鸿章耳边说:“相国就住丁香花园吧,宣怀已派人安排妥帖。”

丁香人已消失得无影无踪,不可复现,然听到丁香两个字,李鸿章心里还是不觉得悠了一下。没来得及答话,只听盛宣怀又道:“宣怀在园里栽种了不少丁香花,眼下正值花开时节,花香馥郁,相国一定会喜欢的。”

“行吧!”李鸿章点点头,心里说,这个盛宣怀,真会办事。出得酒店,低头钻入盛宣怀备好的大轿,摇摇晃晃进城,来到丁香花园。入得园门,是栋六层欧式洋楼,楼前楼后植满丁香,及众多有名和无名花卉,可谓春色满园。住进三楼套房,推开窗户,只见后花园亭秀轩敞,桥弯水曲,树竹掩映,林间草地茵茵,周围同样植满艳丽丁香。李鸿章暗作痴想,若能找到丁香,请她做花园主人,该多有意思?

李鸿章正面窗发痴,住在隔壁的毕德格轻手轻脚走进来,道:“鸿帅今天听什么书?”

毕德格出身军人,来华日久,深研中国文化,明白将不离帅,帅不离将,尊对方为帅,自称为末将,显得客气。李鸿章会心而笑,道:“就听《基督山伯爵》吧。”

李鸿章与众不同,不仅喜欢西洋制造和商贸,对西学诸如科学、哲学、政治、文化也有强烈求知欲望。无奈不懂洋文，而事务繁巨，年岁不轻，学成洋文已无可能，便别出心裁，让毕德格用中文给自己读英法德等洋文书籍，从而眼界大开，广闻天下。渐渐成为习惯，只要稍有空闲，哪怕再忙再累，也会静下心来，召见毕德格，听其念西书，十天左右可“听读”一本。自毕德格入幕李府七年来，李鸿章已从他嘴里“听读”过两百多本西书。毕德格乐此不疲，视为人生最大快事，两人约定，若李鸿章活到七十岁，帮他完成六百本西书“听读”任务，若活到八十，可达九百本。在欧美各国知识宝库里，毕德格最喜欢法国哲学和文学，先后给李鸿章念读过伏尔泰的《哲学通信》，卢梭的《忏悔录》，狄德罗的《对自然的解释》，雨果的《巴黎圣母院》，司汤达的《红与黑》。至西南事发，为便于接触法国公使和领事时，多些题外话，改善气氛，李鸿章又集中“听读”过巴尔扎克的《欧也妮·葛朗台》，福楼拜的《包法利夫人》以及大仲马的《基督山伯爵》。也许主人公唐泰斯是伯爵，自己也有一等伯爵衔，李鸿章最喜爱《基督山伯爵》，听得最过瘾，最有兴味。偏偏此书为多卷本，上百万字，一个多月都没“听读”完，此次毕德格应召入沪，特意带在身上，李鸿章有求，当即掏出来，接续上次念及之处，用汉语慢慢往下朗读。

也许是旅途辛苦，又喝了不少酒，没听上半个时辰，李鸿章眼皮开始打架，渐渐有些支持不住，脑袋一歪，睡熟过去。毕德格放下书本，出去叫来马建忠，轻轻把李鸿章搬到床上，脱去外衣和鞋袜，掖好被子，掩门出去。

夜梦无痕。睁眼醒来，天色已大亮。李鸿章盯住天花板，想起入住丁香花园，丁香却不来入梦，难免略觉怅然。又想丁香花园与丁香并没任何关系，她凭什么要跑到这里来，入你梦境？只是李鸿章有些不甘，自认为丁香应该到过梦中，怪只怪自己睡得太深太沉，待穿过厚厚幽梦醒转来时，已不大记得起梦里情境。

胡思乱想着，起床下地，简单洗漱，走出房门，盛宣怀、马建忠、毕德格已候在外面，迎住李鸿章，去楼下餐厅吃早饭。刚下楼，邵友濂从外面奔进来，递上一纸，说：“总署刚发来的电报，友濂怕误事，亲自送了过来。”

李鸿章接住一看，说是法国已召回宝海，让驻日公使脱利古取而代之，脱利古已电告总署，将离开日本，转道上海，进京入主驻华公使馆。总署意思，脱利古逗留上海期间，会跟李鸿章见面，看能否通过他，与法国达成和约。

法国新内阁上台后，李鸿章就知道茹费理迟早会撤换宝海，想不到动作这么快。宝海是李鸿章朋友，才成功达成《宝李条约》，谁知法国内阁更替，狂人茹费理宣布条约无效，中法关系变得危殆起来。听说脱利古不是宝海，跟茹费理共一条裤裆，也属强硬派，肯定不好对付，总署指望李鸿章与法议和，只怕不靠谱。

但李鸿章不愿放弃，知其不可而为之。先让马建忠与毕德格跑趟法租界，摸摸脱利古底细，看他有何嗜好。只要有嗜好，不管好烟好酒，好色好财，皆可满足，以牵着他鼻子走。

李鸿章当然也清楚，洋人鼻子虽长，毕竟不是中国人，不是你想牵就可牵的。故马建忠与毕德格离开丁香花园后，李鸿章就开始给总署拟电报稿，答复脱利古过境上海时，一定与他接洽，争取和议。只是希望太渺茫，建议在家养伤的曾国荃出任两广总督，节制滇桂边军，别把宝押在云贵总督岑毓英和滇桂巡抚唐炯、徐延旭身上。

这一回朝廷动作还算快，接到李鸿章电报，便赶紧电令曾国荃赴任两广。曾国荃知道滇桂边军鱼龙混杂，既有湘系，又有淮系，且不乏地方武装，不好拿捏。至于黑旗军与越军，貌合神离，各打各的鼓，各敲各的锣，也形成不了合力，很难抵抗法军进攻。三个和尚没水吃，何况不止三个，要曾国荃怎么调摆得过来？曾国荃一千个不愿意，可国难当头，容不得迟疑，只得打起精神，离开湖南湘乡老家，翻越衡山，往岭南而行。

李鸿章又调超勇、扬威两艘驱逐舰来沪，以壮声威。接着给浙闽总督何璟、福建巡抚张兆栋、浙江巡抚刘秉璋三人写信，嘱他们积极备战。光备海战还不行，中国战船和舰炮不比法国，海战绝对不是对手，陆战却具备主场优势，至少后面有各省督抚提供粮饷枪炮，法国海军若离舰上岸，给养困难，熬不长久。

信件陆续发走，李鸿章赶往江南机器制造局，督察枪炮生产，嘱令制造局总办邵友濂，扩大规模，给沿海各军提供尽可能充足的枪炮和子弹。

邵友濂说："生产枪炮子弹好办，只要给银子，否则没法采购原材料，给工人发放工钱。"李鸿章说："又在我面前叫穷。"

"不是叫穷，是事实如此。"邵友濂说，"友濂倒有个赚钱主意，在肚里酝酿了好久，不知相国支不支持。"李鸿章说："什么赚钱好主意？"邵友濂答非所问道："昨天胡雪岩还上门找到我，提醒那每年八十万两协饷的事，要我早做准备，及时拨往他的阜康银行，他再解往汇丰银行，免得过期受罚。"李鸿章说："你拨就是，不用跟我说。"

邵友濂把李鸿章请进总办室，关上门，说："友濂是想说，若能使个手段，把这每年八十万两协饷扣留下来，咱可办好多事情。"李鸿章说："汇丰银行股东都是英美德丹等多国金融寡头，背景深厚，你敢打他们主意，不怕搬起石头砸自己的脚？"邵友濂道："正是汇丰银行股东是外国佬，凡事以法律为依据，咱才好钻空子。"

李鸿章满眼疑惑，望着邵友濂道："有啥空子可钻？"邵友濂说："左宗棠提走的一千多万两饷银，是胡雪岩以阜康银行名义，从汇丰银行贷出来的，汇丰银行只能拿着协议，朝阜康银行收贷，找不上地方官府。"李鸿章说："汇丰银行找不上地方官府，胡雪岩找得上呀。"邵友濂说："正是胡雪岩可找咱们，才有必要设法摆平胡雪岩。"李鸿章说："你是说摆平胡雪岩，每年八十万两协饷就能省掉？"邵友濂说："摆平胡雪岩，相当于赚回一千万两银子，不挺合算么？"李鸿章说："你不是头脑发热吧，胡雪岩可是洞庭湖上的老麻雀，见的大风大浪多，又有左宗棠后面撑着，岂是想摆就摆得平的？"

邵友濂笑笑道："其实不是友濂头脑发热，是机器织布局被胡雪岩害惨，郑观应咬着牙床，喊着叫着要弄掉胡雪岩。几天前还与盛宣怀碰过头，请他拿主意，看怎么出手，恰逢相国到沪，暂时搁了下来。"李鸿章道："摆不摆平胡雪岩，是你们的事，别把老夫牵扯进去。胡雪岩是左宗棠的人，左宗棠与我斗了一辈子，若知我指使你们对付胡雪岩，不要杀上门来，拿我是问？"邵友濂说："相国放心，不会牵扯到您，只禀报您一声，您心里有底就行。"

李鸿章没再出声，算是默许。两人出门离开机器局，回到丁香花园，马建忠与毕德格也刚好赶到，说通过法国朋友，对脱利古作过粗略了解。李鸿章迫不及待道："脱利古到底是什么人？"马建忠说："与茹费理一样，脱利古也热衷对外扩张，认为亚非地区野蛮落后，得靠欧美文明国家殖民改造，才可能摆脱旧习，变得先进起来。”

李鸿章不乐道：“咱中华五千年文明，也比欧美野蛮落后？说欧美富强，老夫心服口服，毕竟蒸汽机为其发明，坚船利炮为其制造，其火车、电报、矿业及商务等都是好东西，咱们应该虚心学习，为我所用。可富强不见得就文明吧？咱小时家里穷困，不也知书达理，通达仁义礼智信，敬奉天地君亲师？再说三千年前中国已进入农耕时代，傍山而居，逐水而业，欧洲人还居无定所，到处游荡，为争领地打得头破血流，到底谁文明谁野蛮，两相比较，不泾渭分明么？至于美国嘛，则更不用说，当时还没被发现，无所谓文明或野蛮。”

说到这里，李鸿章望眼毕德格，笑笑道：“毕将军也是美国人，老夫可没鄙薄您的意思喔，相反还得感谢您，这几年为我念了两百多本欧美书籍，不然我也弄不明白，比起中国来，欧美到底是文明还是野蛮。”毕德格也笑道：“敝人正是倾慕中国文化，敬仰相国大德，才投身北洋衙署，为您服务，濡染您高风亮节和人品文华。”

李鸿章打声哈哈，说：“毕将军过誉。闲话少叙，还是说说脱利古吧。”马建忠说：“脱利古主张殖民亚非，源于强烈的民族自信，自以为法国文化不仅优于亚非，也优于欧美其他国家。”毕德格说：“正因如此，脱利古走到哪里，都喜欢炫耀法国宗教、哲学、科学和文艺。尤其是法国文学，不少优秀作品张口就来，可大段大段背诵。”李鸿章问：“脱利古最喜欢哪些作家作品？”毕德格说：“与相国一样，脱利古也喜欢大仲马的《基督山伯爵》。”

“太好啦，见了脱利古，咱要好好与他探讨探讨唐泰斯，老夫太喜欢这个伯爵先生了。”李鸿章乐道，“毕将军快快给我念《基督山伯爵》。”

李鸿章要听书，邵友濂不便碍眼，告退出门，找到盛宣怀与郑观应，说：“友濂已与相国说过咱们意思。”郑观应忙问道：“相国怎么表态？”邵友濂说：“自然不便明确表态，只能默许。”盛宣怀道：“只要相国默许，咱们就可动手。要想置胡雪岩于死地，必须叉住他的七寸。”郑观应说：“胡雪岩投入巨资，囤积大量生丝，这便是他的七寸。”

盛宣怀颇受触动，沉吟道：“胡雪岩坐等生丝涨价，抛售大赚，咱们也购进足额生丝，再低价售出，致使市场饱和，堵死胡雪岩销路。”邵友濂说:“采购生丝得花大钱，银子从何而来？”盛宣怀抿嘴笑道:“邵道掌管苏松太三地赋税，又有制造局在握，还愁没银子？”

“国家赋税有限，入不敷出，寅吃卯粮，哪有钱采购生丝？就是有钱，支取手续繁复，也不是想动就动得了的。”邵友濂拉着脸道，“至于制造局，各地船炮购置款迟迟收不上来，还得找相国想法子，更无银两可支。”盛宣怀故意道:“邵道真会叫穷。照你如此说，莫非只好放过胡雪岩？”郑观应说:“放过胡雪岩，咱们怎么在上海混？”盛宣怀道:“想在上海混容易，只要邵道肯拿钱。”邵友濂说:“我若拿得出，还用你们逼么？”盛宣怀说:“邵道肯定拿得出。拿不出千万百万，七八十万两银子，易如反掌。”

原来盛宣怀惦记着胡雪岩那八十万两协饷。邵友濂道:“八十万协饷给你买生丝，胡雪岩那里怎么交代？”郑观应道:“若能置胡雪岩于死地，他还怎么朝你要协饷？据观应了解，协饷解缴时间快到，邵道该筹得差不多了吧？”邵友濂实话道:“汇丰银行处罚条款很重，协饷须提前凑齐，不然胡雪岩肯轻饶上海道？”盛宣怀道:“有邵道八十万两协饷，轮船与织布两局再凑四十万两，一共一百二十万两，就可收购足够生丝，铺满江南市场，到时胡雪岩仓库里存货售不出去，变不了现，资金链条断裂，咱再抛出连环套，锁住胡雪岩脖子。”

两位胃口被吊起来，齐声道:“杏荪兄的连环套是啥样，可先拿出来瞧瞧么？”盛宣怀故作高深道:“暂时保密，到时再见家伙。”

计议已定，三人开始悄悄行动。郑观应带领得力干将，四面出手，前后不到十天，各地生丝便被收购一空。盛宣怀再联系洋行买办及生丝经营大户，将生丝低价倾销出去。邵友濂也没闲着，正在应付讨要协饷的阜康银号总管高达，假意答应，到时一定拨付。

三人动作诡秘，胡雪岩毫无察觉，见抛售生丝时机在即，忙让手下人做好出货准备，坐等客户上门。却万万想不到，竟然无人问津。主动联系客户，都说已进够生丝，只能等待来年再说。大量生丝积压在库，一两银子都兑不回来，胡雪岩手头资金日见紧张，苦不堪言。

事情还没完，汇丰银行又来人，催收协饷。胡雪岩叫过总管高达，说:“八十万两协饷解缴期已至，找过邵友濂没有？”高达说:“前几天还跑了趟上海道，邵友濂要我放心，到时一定拨付。”胡雪岩说:“后天是最后期限，明天你再去上海道，把解款手续给办下来。”

第二天高达跑到上海道衙，还没张嘴，邵友濂先道：“高总管来得好，本道正要找你呢。”高达说：“莫不是邵道已签好协饷手续，就等我来解款？”邵友濂一脸为难道：“事情突然有变，协饷之事恐怕得宽限宽限几日。”

几天前说好到时一定拨付，哪有变卦比变天还快的？高达又急又愁，无奈人家是苏松太三地最高长官，又握着你的协饷，得罪不起，只有赔笑脸道：“汇丰银行的人就坐在阜康银号，追着胡老板催缴协饷，邵道不解给我，我怎么回去向胡老板交代？”邵友濂道：“藩库里有钱，还能不解给你？几天前款子已凑齐，我才敢当面答应你。谁知西南局势趋紧，朝廷下旨各地，紧急筹措军饷，本道抗旨不得，只有照办，如今藩库已空空如也。”

西南中法两军对峙，高达并非一无所闻，没法辩驳，只得说：“邵道要宽限多久？”邵友濂说：“起码一个月。”高达惊呼道：“一个月？哪能这么久！”邵友濂说：“八十万两白花花的银子，又不是八十万两石头，一时哪凑得齐？”高达脑袋直晃道：“一个月胡老板肯定不会答应，就是十天，还得问问他。”邵友濂说：“至少二十天，否则本道无法保证筹足协饷。”

又不可能逼迫邵友濂，高达只有赶回阜康银号，报告胡雪岩。胡雪岩想想说：“二十天就二十天，阜康银号先垫付八十万两打发汇丰银行，到时再盯紧邵友濂，谅他也不敢耍赖。”

翌日高达就遵照胡雪岩意思，从阜康银号挤出八十万两银子，陆续出库，解往汇丰银行。盛宣怀探知实情，趁阜康银号库房空虚之际，扇动各阜康客户，上门提款挤兑。都是些大客户，少则几千两，多则数万两，阜康银号一下子吃紧起来。

盛宣怀还没放手，又安排人到处放风，说胡雪岩囤积大量生丝，血本无归，只好挪用阜康银号存银，拆衣补裤。且欠汇丰银行八十万两协饷，汇丰银行讨要不到，打算租借洋兵，上门武力追逼。此风一放，气氛变得怪异起来。虽说胡雪岩财大气粗，毕竟积压生丝，亏欠汇丰银行协饷，皆属不争事实，大小客户心生恐惧，纷纷前往阜康银号，提取存款。

一切都是转瞬之间发生的，胡雪岩毫无防备，八十万两协饷出完库后，便上船往杭州赶，想着从阜康总部调剂款项，弥补上海窟窿，同时设法拓展市场，为库存生丝寻找出路。不料抵达杭州，离船上岸，刚刚迈进总部，就有电报追过来，说上海客户已里三层外三层，将阜康银号围个水泄不通，请他赶紧回去了难。

胡雪岩不禁大惊失色，来不及歇歇脚，掉头跑回江边，登船离杭，往上海急赶。

上海阜康银号人山人海，地皮快踩陷时，丁香花园里却惠风和畅，草绿花香。园里来了一个重要客人，正与李鸿章促膝笑谈。客人不是别人，乃新任驻华法国公使脱利古。脱利古是从日本赶过来的，上岸至法国驻沪领事馆稍事停留，便乘车赶往丁香花园，来会大名鼎鼎的李鸿章。他的使命很明确，就是迫使中国承认法国殖民越南的合法性，任由法军消灭黑旗军，吞并北圻。李鸿章知道来者不善，见面坐定，没等脱利古开腔，便笑道："听说脱使博览群书，学养深厚，精通文史哲诸般学问？"

马建忠随即翻译给脱利古。本来脱利古已打好腹稿，准备拿世界大势开导李鸿章，再用万国公法驳斥中越传统宗藩，阐明法国殖民越南，进而开辟中国西南贸易，利法利越也利华。不想李鸿章却旁逸斜出，要跟你谈什么文史哲。又不好驳主人面子，只得谦虚道："本使读书不多，才疏学浅，谈不上精通文史哲，只不过对敝国文化略知一二。"

听完马建忠翻译，李鸿章微微一笑，道："法国文化博大精深，别说科学、宗教、政治、哲学和艺术，只说文学方面，便大师辈出，不胜枚举，诸如伏尔泰、狄德罗、卢梭、雨果、司汤达、巴尔扎克、福楼拜、大仲马，一个个大名鼎鼎，尽人皆晓。"

脱利古很是吃惊。在他心里，中国士人只知孔孟程朱，对欧美文化不屑一顾，也一无所闻，想不到面前这个六十老头，张口就是一大串法国文学家名字。一时好感顿生，暂时搁下来见李鸿章的意图，顺话道："总督大人知道这么多文学家，读过他们著作没有？"李鸿章说："读过一些，比如《哲学通信》《忏悔录》《人间喜剧》之类。"

脱利古更觉诧异，说："本使孤陋寡闻，没见过法国文学家的中文译著，莫非李总督精通法文？可否说几句法语给我听听？"李鸿章大笑道："莫非不精通法文，就不可以读法文书？"脱利古道："李总督是怎么读的法文书？"李鸿章故作高深道："天机不可泄漏也。"

也许为了跟你交流，人家提前记熟几位文学家名字，故意在你面前显摆，实际上根本没接触过作品。脱利古寻思着，有意试探李鸿章深浅，说："刚才李总督说到大仲马，想必知道其代表作《基督山伯爵》吧？"李鸿章说："粗略读过。"脱利古说："多年前本使也看过《基督山伯爵》，无奈时间一久，已然淡忘，李总督可否告我书里人物和故事？"

"脱使有意考本督吧？"李鸿章从容道，"本督年事已高，记性不太好，其他法国作家作品印象渐渐模糊，偏偏《基督山伯爵》记忆犹新，脱使说怪也不怪？"脱利古说："是不是《基督山伯爵》故事吸引人，过目难忘？"李鸿章说："故事吸引人也是原因，主要还是故事主人公唐泰斯与本督系一家人，自家人的事不易忘却。"

马建忠留学英法数年，对法国文学多有涉猎，也知唐泰斯是《基督山伯爵》主人公。可这明明是文学虚构人物，并非现实存在，跟您李相国又怎么扯得到一起去呢？马建忠一头雾水，不知该不该翻译给脱利古。

见马建忠傻在那里，李鸿章催促道："怎不出声？"马建忠说："相国你搞没搞错，唐泰斯可非真人，您怎么与他是一家人？"李鸿章说："先翻译给脱使，我自有说法。"

马建忠只得照办。脱利古觉得新鲜，道："还有此事？愿闻其详。"李鸿章笑道："唐泰斯是伯爵，本督也因军功受封一等伯，这该是不争事实吧？"脱利古说："就算李总督与唐泰斯都是伯爵，也不能说明你俩是一家人啊。"李鸿章说："脱使可知，咱中国有个唐朝，唐朝皇帝姓李，史称李王朝或唐王朝，也可叫李唐王朝，反正是一回事。换言之，唐即李，李即唐，咱李鸿章与唐泰斯岂不就成了一家人？"

马建忠翻译过去，脱利古先是愣了愣，慢慢明白过来，不禁莞尔，道："总督大人太幽默了。可惜大仲马已故，不然本使建议他，把唐泰斯改成李泰斯。"

"此主意高妙，本督赞同。"李鸿章道，"唐泰斯驾驶法老号远洋货轮回国不久，受诬入狱，结识神甫，获知宝藏秘密，后设法逃离监狱，上基督山起出宝藏，再凭借这笔巨额财富，走进上流社会，一步步完成复仇计划。故事精彩绝妙，颇吸引人，令人难忘。本督突发奇想，若让中国人来写唐泰斯故事，该会是什么样子？"

脱利古酷爱《基督山伯爵》，读过无数遍，却从没往这方面想过，饶有兴致道:“李总督说，会出现什么情形？”李鸿章说:“中国人若遭陷害，也会报仇，可一旦写进书里，往往反其道而行之，改成以德报怨，以教化民众。”脱利古说:“这岂不太虚假了么？”

李鸿章道:“说虚假也虚假，说真实也真实。中国人以和为贵，骨子里不愿与人争斗，只求相安无事，和平共处。比如说中国组建军队，主要用于防御,不会出兵侵略人家。看看汉文的‘武’字,由‘止’与‘戈’两字组成，叫止戈为武。也就是说，中国人爱和平，不主动挑起战争，可人家入侵，必将奋起反抗，阻止对方。同样道理，中国外交也以和议为主，能不战则不战，能不争则不争，以免两败俱伤。”

原来李鸿章拿《基督山伯爵》说事，是间接表明议和意愿。脱利古喜欢这种方式，总比一上场就拿腔拿调，针尖对麦芒，来得更温和，也更智慧，容易让人接受。加之能在异国他乡，与非法语人士谈论自己国家作家作品，实在是一种莫大快乐，脱利古很受用，不知不觉喜欢上了眼前这个高大的中国男人，顿生相见恨晚之感。怪不得常听人说起，不论中国读书人，还是欧美有志青年，一经接触李鸿章，就鬼使神差般，被他翩翩风度和非凡人格魅力所感染，乐意围绕在他身边，心甘情愿为他效力，受他驱使。脱利古心里已暗暗决定，只要自己做得到，就尽量促成中法和议，以免中法越三国陷入战火，付出无畏牺牲和损失。

可看上去，李鸿章仍没有进入主题的意思，兴趣依然在中法文化上面。不用说，他是不愿敷衍了事，要另约佳期，在合适场合，开展正式谈判。脱利古也就见好就收，说:“今天已耽误总督大人不少时间，本使也该返回领事馆，留待来日再谈。”

“也行，脱使自日本远道而来，舟车劳顿，早回领事馆休息吧。”李鸿章送客人出门，执手道别，“中国有句老话，来而不往非礼也。脱使今天来晤，明日咱赴贵领事馆回访，再确定谈判地点和时间如何？”脱利古笑道:“记得中国还有句老话，叫客随主便。在中国土地上，本使听总督大人的，应该不会有错。”

隔日李鸿章由马建忠作陪，走进法领事馆，回访脱利古，定下三天后在美国驻沪领事馆商谈中法和约。之所以未开谈就先言和，是因为两人都有信心，能通过努力，找到中法双方能接受的平稳点，促成两国议和，结束越战。

果然三天后双方走进美国领事馆，气氛友好，言语融洽，很快达成共识：中法两国维持越南现状，以红河为界，隔水相处，法军不再北进，中国不增兵入越，在确保越南安全前提下，通商贸易，互利互惠。此为框架协议，报经双方政府同意后，再商谈执行方案。

于法于越于中，这自然是最理想的效果。将框架协议电告北京后，李鸿章心情大好，对马建忠说："若协议能付诸实施，越战熄火，西南无事，中国赢得喘息机会，齐心协力，徐图富强，经一二十年发展，到时西国胆敢犯边，咱就有足够本钱，与其一争高下。"

框架协议初定，自有马建忠功劳在，他也很高兴，说："建忠留学英法时，常与郭嵩焘探讨，中国若想真正实现富强，办制造，兴矿务，建铁路，拉电线，行商贸，无疑非常重要，但同时还得在教育方面下大力气，毕竟富国强军须靠人去实现，没有人才，一切都是空话。"李鸿章认可道："眉叔（马建忠）知识丰富，从小在徐汇公学读书，后又留学英法数年，是中国第一个法学博士，教育方面最有发言权。令兄好像也出自徐汇公学，没错吧？"

徐汇公学是上海教会学校，马家老幼皆系基督徒，马建忠与哥哥马建常（字相伯）从小在该校念书，打下坚实的国文、外语和西学功底，才成为极为难得的有用之才。听李鸿章论及自家兄长，马建忠道："家兄不仅毕业于徐汇公学，现又回校做了校长，建忠正准备抽空去看望家兄。"李鸿章说："不用抽空，老夫这就陪你跑趟徐汇公学，看望令兄去。"

马建忠知道李鸿章意思，看望家兄是借口，考察徐汇公学才是目的。当日便由亲兵护卫，赶往学校，通报进去，马相伯一听李鸿章大名，放下教务，赶紧迎出来。马建忠奔上前，来不及问候一声，拉过兄长，走到李鸿章面前，说："这是李相国，特来考察徐汇公学。"

马相伯抱拳弯腰，行礼致意。李鸿章答礼毕，伸出双手，与马相伯相握，中礼西仪两兼顾。马相伯倍感温暖，侧身于前，引领两位，参观学校。一路走来，无论教学主楼，还是生活附属建筑，包括庭前院后引种的广玉兰树，皆系西洋风格，大方气派。李鸿章一边观赏，一边感慨道："二十年前老夫组建淮军，入驻上海，就已闻听徐汇公学大名，只是其时大敌当前，戎马倥偬，无暇走进校门。平定苏沪后，又改任他处，虽几度回沪，也是马不停蹄，来去匆匆，直至今日才有缘入校，一开眼界。感谢贵校培养出眉叔这样的大才，为老夫所用，不然老夫欲兴洋务，办外交，岂不寸步难行？”

马相伯道：“相国过奖！舍弟能成有用之才，自有徐汇公学小小之功劳，可主要还是相国看得起，送至英法留学，得以稍长学问和见识。”马建忠也道：“相国不仅送建忠赴欧留学，还让兼任中国驻英法公使翻译，才有薪金养活自己，得以完成各科学业。”李鸿章笑道：“其实老夫只派眉叔去做翻译，是眉叔胸怀大志，翻译之余，兼修西学，学有大成。”

嘴里聊着，欣赏完学校外观，走进教学主楼，沿着走廊，隔窗参观课堂教学。只见教室里中西学生端端正正坐在课桌前，正全神贯注听课，洋教习则站在讲台上，一会儿讲解，一会儿返过身，在靠墙黑板前写几行板书，很是投入。这是西式教学，形式和内容皆不同于中国私塾与府学。马相伯介绍道：“本校教学内容除国文外，又另设西语和西学。西学科目齐全，设有数学、物理、化学、生物、地理、音乐、美术、体育，与欧美学校基本一致。”

“怪不得欧美学生知识全面，一走出校门，就能造船制器，采矿修路，原来都是在新式学校打下的牢固基础。”李鸿章发起感慨来，“虽说中国已建有京沪粤同文馆，老夫也在天津设立水师、鱼雷、电报等专业学堂，但这显然不够，日后还要以徐汇公学为榜样，引进欧美教学模式和方法，倡导西学基础教育，培养新式人才。”

马氏兄弟深以为然。李鸿章望眼教室里的洋教习，问马相伯道：“贵校教习多是洋人吧？中国学人能教西学的估计不会太多。”马相伯说：“除国文外，其他科目请的大都是洋教习。”李鸿章道：“请洋教习好，洋教习不仅可教学生西学，还可把西洋思想和文明引入中国，提升臣民素质。老夫办外交多年，每有争端，总是力主议和，尽量化干戈为玉帛，不与西洋为敌，目的就在于华洋融合，借他山之石，用以攻玉。可朝臣不理解，动不动就喊打，把打字等同于爱国，把和字视作卖国，谁与洋人接触，谁使用洋人器物，就属崇洋媚外，数典忘祖。殊不知洋人的发明创造，诸如轮船、铁路、电报、矿务、商贸，包括西学和教育，都是有用的好东西，且人家主动送上门来，咱只要伸手接住，就可为我所用，为何要拒于千里之外，继续抱残守缺，故步自封？老夫思前想后，中国别无出路，唯有放开胸襟，接受西器西物西学，同时与洋人多来往，多交流，和平共处，互通有无。也只有走近洋人，研习西学，丰富知识，切身感受西洋文明，潜移默化，才能摒弃固有之陈腐观念。知识丰富起来，观念变得先进，再一步步付诸行动，中国自可实现富国强军理想，改变落后挨打局面。”

马氏兄弟颇有同感，连连称善。李鸿章又道：“所幸徐汇公学开了好头，西式教育必将成为新趋势，中国未来还是有希望的。日后老夫弃官南归，就来上海做马校长助手，协办公学。”马相伯笑道：“相国系国家安危于一身，皇上和太后哪会放您南归？教育就归相伯来办，相国继续操办您的海防、洋务和外交吧。”

告别马相伯，两人回到丁香花园，李鸿章兴犹未了，叫来盛宣怀，说：“徐汇公学新式教育，杏荪有所耳闻吧？”盛宣怀说：“徐汇公学名气大得很，上海各界有识之士都乐意送子弟入公学就学，好些朋友都托我跑过马校长门子呢。”李鸿章说：“这就好。日后公学有啥困难，你要多多帮衬。”盛宣怀说：“没问题，马氏兄弟也是宣怀好友。”

正说徐汇公学，门房来报，说电报局来人，有急事禀报盛总办。盛宣怀告辞李鸿章出去，原来是发报房主管，呈上一纸电报稿，说：“阜康银号总管高达亲自送到发报房的，还付了加急费，催我速发金陵。”

原来胡雪岩自杭州赶回上海后，见阜康银号前人头攒动，山呼海啸，不觉两腿打颤，悄悄转入后门，进入楼里。也是经历的风浪多，胡雪岩很快冷静下来，对一筹莫展的高达说：“眼下能做的，唯有求助生丝客户，处理部分库存，兑些银子回来，先应付一下乱局。”高达哭丧着脸道：“该求的客户都已求遍，没一人肯施援手。”胡雪岩叹道：“我再试试吧，客户皆是多年老友，说不定我上了门，人家不看僧面看佛面，多少会帮衬些。”

要说胡雪岩江湖行走几十年，常见墙倒众人推，未闻墙倒有人扶，阜康银号大难临头，谁肯出手救苦救难？然情急之下，别无选择，只能心存侥幸，将多年老客户一个个找遍，果然都视其为瘟神，躲得远远的，影子皆不知去向。也有躲不及的，不得不露面应付几句，叫穷声比胡雪岩还响，一把生丝不肯进。更为可恶的，竟拿出百十两现银打发，粗声粗气说不用偿还。胡雪岩大受刺激，哪会接受施舍？拔腿就逃。

逃回阜康银号，时过半夜，楼前已无人影，唯余狼藉一片。胡雪岩双腿如铅，寸步难迈，一屁股坐在台阶上，欲哭无泪。心里明白，这不过是暂时的宁静，明天一早，挤兑浪潮仍会汹涌而返。真想一头撞死阶前，一了百了，又浑身无力，动弹不得。

不知过去多久，身后吱嘎一声响，高达出得大门，慢慢走过来，坐到胡雪岩旁边，嘟囔道："都是八十万两协饷惹的，只有再找上海道。"胡雪岩悻然道："邵友濂不给的二十天期限吗？才过去几天，找他何用？"高达说："虽说还没到二十天，可阜康已无法支撑下去，他总不能见死不救吧？"胡雪岩说："他只怕巴不得咱们死掉哩。"高达说："咱们死掉，他有什么好处？"胡雪岩说："咱们死掉，不用他筹措那八十万两协饷，不省心得多？"

如此道来，阜康落到这个地步，说不定还是邵友濂背后耍的鬼呢。高达暗起疑心，又无凭无据，不便瞎说，鼓动胡雪岩，不妨去上海道试试。

迫于无奈，胡雪岩只好强打精神爬起来，随高达去上海道碰碰运气。到得道衙前，天色已明，候上半个多时辰，衙门终于慢慢打开。门房认得两位，通报进去。邵友濂本不愿见人，想想还是让门房传两位入内。

走进签押房，邵友濂倒很客气，又看座，又叫茶，尔后满脸堆笑道："都说早起的鸟儿有虫吃，胡老板想吃虫，怎么不到别处吃去，道衙里哪有虫子？"

"无事不登三宝殿，雪岩迈不过前面这道坎，只有来求邵道，拉兄弟一把。"胡雪岩无心玩笑，开门见山，说明来意。邵友濂敛住脸上笑意，偏偏头望定高达，说："本道已与高总管约好，二十天后解协饷给阜康，才过几天就逼上门来，莫非你没告知胡老板？"

高达带着哭腔，诉说几句挤兑风潮，请邵大人开恩，挽阜康于既倒。胡雪岩也哀哀下求，好话说尽。见邵友濂不为所动，干脆上前一步，扑通一声，跪倒在对方面前。邵友濂吓一跳，赶紧弯腰来扶胡雪岩，嘴上说："胡老板不折杀我么？"

胡雪岩死活不肯起身，高达也学样跪过来，磕头如捣蒜，哭求道："邵道救救阜康，救救胡老板吧！"邵友濂说："早跟高总管说过，又非三五千两小银，八十万两协饷，过秤都得过上小半天的，本道一下子到哪里变去？"胡雪岩道："一下子变不出八十万两协饷，给个十万八万两，让我先应付一下局面也行。”

看来不松句口，别想把两位大神请走，邵友濂不得不答应调剂八万两协饷，后天拨给阜康。两人这才破涕为笑，千恩万谢而去。

谁知邵友濂不过使的金蝉脱壳之计，并非真心要解银给阜康。挨到第三天，胡雪岩与高达再次来到上海道，门房透露，中越边境告急，邵友濂一早赶赴机器制造局，催铸枪炮子弹，以尽快押送前线。两人追到制造局，已晚了一步，说是邵友濂刚离开制造局，上了轮船招商局，商租轮船，承运枪炮子弹。两人继续尾随而去，邵友濂又已离开，上了别处。

如此追来追去，追上大半天，邵友濂半条影子都没追上，胡雪岩才意识到被这家伙耍了。高达也知邵友濂靠不住，提醒胡雪岩道：“咱们是不是该找找左宗棠？”胡雪岩眼前一亮，说：“都被挤兑风潮和邵友濂弄糊涂了，怎么忘了左大人？走走走，找左大人去。”高达说：“左宗棠远在金陵，就这么走着去？”胡雪岩说：“码头不有轮船吗？乘船去金陵也快。”

高达还是没动，说：“还有比轮船更快的。”胡雪岩说：“什么比轮船更快？”高达说：“电报呀。电报迅过劲风，快过急云，即拍即到。”胡雪岩敲着脑袋道：“上海至金陵电报线早已拉通，我怎么没想起来呢。好好好，咱们这就上电报局去。”

路上胡雪岩提前想好电报内容，无非阜康银号挤兑风潮突至，请两江总督赶紧借调百万两银子救急，待风潮过去，再连本带息，如数奉还。到得电报局，口述给高达，高达耳听手写，几下拟好电报稿，连同加急银，一并递入发报房。

岂料盛宣怀早预料胡雪岩会求助左宗棠，提前给发报房主管打过招呼，凡阜康银号电报，暗暗扣下来，不予发送。主管不敢怠慢，寸步不离坐守发报房，高达电报稿一递进来，就拿到手上，从后门溜出去，直奔丁香花园，来见盛宣怀。

接过电报稿，瞟上两眼，盛宣怀浅浅一笑，对主管道：“得不到左宗棠反馈，胡雪岩还会再发第二封电报的，你照样给我扣下。”

阜康银号是电报局常客，发过不计其数的电报，从没误过事，可这次交出电报稿和加急银后，苦苦等了一天，也没等到左宗棠回应，急得高达两脚直跳，说：“莫非左宗棠也袖手旁观，见死不救？”胡雪岩说：“绝对不可能，左大人及楚军将领都有大量存银放在阜康生息，阜康破产倒闭，他们也跟着遭殃，损失惨重。何况咱们要求也不高，不过百把万两银子，堂堂两江总督府，轻轻拨拨算盘子，就可调剂出来。”高达说：“难道电报线路出了问题，讯号不畅，左大人没收到电报？”胡雪岩说：“你快去电报局问问，再给左大人发一次。”

高达走进电报局，询问昨天电报发走没有。发报员一口咬定已发走，还出示底码本，记得明明白白，毫无破绽。又问电报线路情况，答曰也没任何问题。高达深信不疑，再次交上电报稿和加急银，隔窗瞅着发报员敲敲打打，发走电报，才放心离去。

可金陵还是没有动静。莫不是左宗棠年事已高，离任两江，回了湘阴老家？甚或生了病，卧床不起，无法处理文案？再或手下懈怠，把电报稿弄丢，没送到主人手里？胡雪岩瞎猜一气，对高达说：“还是修书一封，你替我跑趟金陵，上门面见左大人，一切好说。”

胡雪岩写好亲笔函，高达收好，登上客轮，望北而行。是轮船招商局运河航线往返津沪的小客轮，途经金陵时，会靠岸加煤，上下顾客。高达进的头等舱，年轻船侍态度诚恳，服务周到。所送餐食和茶水皆免费，不吃白不吃，不喝白不喝。吃饱喝足，高达吩咐船侍，到达金陵，提醒下船，而后往小床上一躺，迷迷糊糊睡了过去。

不知是这阵子又惊又累，缺少休息，还是吃饱喝足，正好睡大觉，高达一睡就莫名其妙地睡了足足三天四晚，待昏昏沉沉醒转过来，客轮早已离开江苏，进入山东地界，正往天津方向缓缓行进。

高达一向处事谨慎，从没出过差错，才从小伙计，一路做到总管，深受胡雪岩信任。不想此次招商局客轮上的觉太好睡，睡过头，误了阜康大事，哪还有面目回去见胡老板？就是换乘南下轮船赶往金陵，从左宗棠那里要到银子，再返上海，阜康银号只怕早已被挤兑风潮掀倒，连胡老板都不知去向。高达越想越害怕，又在轮船上待了两天多，直到船靠天津码头，随着乘客离船上岸，消失在茫茫人群里，不知去向。

且说高达走后，胡雪岩望眼欲穿，只盼他早些借银回来，渡过难关。可朝也盼，晚也盼，也没盼回高达影子，胡雪岩满腔希望渐渐变成失望，以至彻底绝望。绝望之余，还是不甘心，不得不把所持地契、房产、股票、古董等，凡值钱之物统统抵押出去，又以零头价贱卖掉全部生丝，试图挺过此劫。可已无力回天，上海阜康银号被挤兑风潮吞没时，其他各地二十多家阜康银号包括杭州本部，也风声鹤唳，提款人蝗虫样哄哄而至，踩破门槛，挤歪门框，连银库都被掀个底朝天，淘洗一空。

神奇的阜康大厦就这样轰然倒塌，胡氏财富神话烟消云散，胡雪岩本人也在悲愤中一病不起，苟延残喘半年，于一个风雨之夜黯然离世。

八、边关兵败如山倒，枢廷人事大变动

有人悲，必然有人乐。盛宣怀、邵友濂与郑观应几个洋洋得意，一齐跑去给李鸿章报喜。李鸿章却喜不起来，一副忧心忡忡的样子。自然不是为阜康倒闭而忧，是脱李框架协议电告朝廷后，倏忽过去一月有余，仍然没任何反馈。不用说，慈禧与奕䜣抵挡不住主战派纠缠，一时举棋不定，不知该战还是该和。

夜长梦多，再这样傻等下去，脱李框架协议就会成为废纸一把。别无他法，只有尽快离沪返津，择机跑趟北京，觐见太后和恭亲王，当面讲明中法和战利弊，放弃鸡蛋往石头上撞的愚蠢想法，争取和议，维护越南现状。

离开上海前，自然得与脱利古打声招呼。不想脱利古不请自到，手上拿着法国外交部拍来的电报稿。译的法文，李鸿章看不懂，转手交给马建忠。马建忠阅毕，说："法国政府原则同意脱李框架协议，嘱脱使赶紧与相国拿出细款，发回法国。"

难得法国政府有此姿态，李鸿章握住脱利古双手，表示感谢。脱利古说："这份电报稿来之不易啊。"李鸿章说："愿闻其详。"脱利古说："茹费理首相本不同意议和，是本使通过在野党，给茹相施加压力，他才不得不作出让步，勉强应允。只是不知清廷态度如何，不早下决断，议成和约细款，尽快生效，一遇风吹草动，茹相改变主意，以至前功尽弃，那就悔之晚矣。"李鸿章认同道："本督这就离沪北上，亲自入京，兑现脱李协议。”

当夜李鸿章就率领马建忠、毕德格及众亲兵，登上专轮，望北而行。抵达天津，走进北洋衙署，面对南归数月撂下的如山要件，李鸿章顾不得休整，埋头处理起来。忙上两天，正准备启程西进，薛福成手拿总署电报译稿进来，说朝廷不同意脱李框架协议，命北洋衙署抓紧筹饷办粮，购枪置炮，做好与法开战准备。

李鸿章跌坐在太师椅上，半天起不来。

早在一个月前，脱李框架协议自上海发往北京后，总署就呈送入宫，请慈禧定夺。慈禧拿不准，召开御前会议，听取众臣意见。奕譞、李鸿藻、张佩纶坚决反对议和，说法军虽强大，可我方有滇桂边军，外加越军和黑旗军，三军还打不过一支法军？奕䜣认为三军听去响亮，却各自为军，形同散沙，枪炮也不如人，没有任何胜算，不如趁早议和，息事宁人。慈禧左耳主战声，右耳议和声，一时不知该听谁的，只好下次再议。再议复再议，依然外甥打灯笼，照（舅）旧没有结果。

清廷战和不决之际，法国执政党与在野党也在讨论脱李协议。茹费理本来很强硬，欲置脱李协议于不顾，经不起在野党轮番攻击，不得不表示屈从，电令驻越法军，暂停北进，越南境内因而出现短暂平静。谁知慈禧还在摇摆不定，欲战不敢，欲和不甘，奕譞、李鸿藻及山西巡抚张之洞等人生怕脱李协议成为事实，暗里怂恿唐炯和徐延旭采取行动，别辜负浩荡皇恩。唐徐身临其境，知道法军不好惹，又不好得罪奕李张他们，没这些人提携，自己做梦都不可能连升四级，从小小道员一跃而为封疆大吏。正值进退两难，刚好李鸿章筹办的枪炮和粮饷运到，两人派得力干将，转送刘永福，且给予承诺，只要黑旗军一开火，滇桂边军一定跟进，齐心协力，共破法军。刘永福信以为真，直扑河内城外法军阵营。法军仓促应战，伤亡惨重，连司令李威利都被流弹击中要害，死于阵前。

黑旗军暂胜法军消息传入北京，李鸿藻、张佩纶等人笑逐颜开，联合奕譞，入见慈禧太后，请求否决脱李协议，借黑旗军新胜，调兵遣将，联合越军，尽快把法国鬼子赶出越南，永保中越边境和平。慈禧大悦，将脱李协议扔到一边，懿令李鸿章抓紧备战。

脱李协议被否，李鸿章心不平，气不顺，发誓不再过问西南战事。

可暂易发，真要闭目塞听，置国家存亡于不顾，又万难做到。李鸿章再清楚不过，西南边军鱼龙混杂，领兵大员相互牵制，军纪松弛，饷源匮乏，武器落后，又无得力水师配合，根本不足以与法军抗衡。越南内部则党争不断，政局动荡，越军无所适从，毫无战斗力。黑旗军愿与法军拼死一战，却不过占山为王的土寇，或可一时小胜，长远终非法军对手。奕谖和李鸿藻诸臣太过天真，把安危大局系于江湖好汉身上，简直是拿宗庙社稷开玩笑。

李鸿章忧心忡忡，顾不得生气，提起笔来，忠告总署，议和是唯一明智选择，千万不能因黑旗军一时取胜，心存侥幸，以为法军可灭，以至铸下大错，让国家蒙受重大损失。

朝廷主战派正沉浸在黑旗军战胜法军的欢乐之中，李鸿章此议无异于猫头鹰叫声，格外刺耳难听，败人雅兴。当慈禧面，奕谖和李鸿藻之流还咧着嘴巴，大声嘲笑李鸿章，今日买船，明日置炮，此处筑台，彼处设垒，岁费国家数百万金，每有震惊，只知一味议和，张夷声势，恫吓朝廷，以掩其贪生畏死牟利营私之计，实在可恶之极。过完嘴瘾，再奏请慈禧恩准，调曾国荃任湖广总督，募兵筹粮，让张树声回任两广，节制滇桂边军，进军越南。

朝廷听不进自己声音，李鸿章也没办法，只得给驻法公使曾纪泽拍电报，注意收集法国动态，及时电告朝廷。曾纪泽回电说，李威利战死后，茹费理把责任推到在野党头上，一意孤行，任命驻越海军司令孤拔，兼领李威利旧部，水陆并进，深入红河，夹击黑旗军。黑旗军凭借有利地形，初战告捷。谁知天公不作美，连降暴雨，红河发大水，黑旗军营垒被淹，只得撤退。孤拔挥师向前，衔尾追击，大战黑旗军。刘永福向滇桂边军求援，唐炯和徐延旭按兵不动，黑旗军孤军奋战，终至力不能支，败下阵来。

趁黑旗军元气大伤，蛰伏不出，孤拔下令封锁红河沿岸，督师向越南首都顺化挺进，施以猛烈炮火，攻陷越军各处要塞，直逼城下。时逢越南国王新丧，越军士无斗志，将不用命，即位没几天的新王六神无主，挡不住法军炮火，接受城下之盟，与法国签署《顺化条约》，承认法军对越保护权，平顺省并入南圻法国殖民地，北圻各省开放通商口岸。还交出清廷册封给越南国王的国玺，当众销毁。中国与越南的宗藩关系，从此正式完结。

黑旗军大败，越南首都落入法军之手，慈禧才意识到法军的厉害，顿时慌了神，让总署电令李鸿章，能否与脱利古恢复和谈，制订脱李框架细款。

李鸿章哭笑不得，挥舞着电报稿，对薛福成和马建忠说："可笑可笑真可笑！老夫好不容易与脱利古谈下框架协议，法国政府也有所松动，原则同意，朝廷竟不识好歹，不予恩准。如今黑旗军惨败，越南首都为法军所占，《顺化条约》都已生效，才想起要老夫与脱利古续谈，不滑稽么？咱也不好意思见脱利古，反正李鸿藻他们高明，爱怎么谈，由他们谈去。"

别看李鸿章牢骚满腹，一旦事到临头，自会咽下怨气，挺身入局。薛福成入幕北洋衙署多年，太了解李鸿章，忍不住笑道："相国真硬得起心肠，置总署电令于不顾，不见脱利古，福成愿自罚半年薪俸，交相国拿去购军火，办粮饷，支持西南前线，痛击法军。"马建忠也笑道："邵友濂来电，说脱利古已乘船离沪，望北而来，准备经津入京，接管法国驻华公使馆。脱利古敬仰相国才学智识，路过天津，定将拜访相国，相国避而不见，或见而不谈脱李协议，建忠也愿自罚半年薪俸，充作公用。"

李鸿章鼓眼瞪着两位，故作不满道："老夫不学无术，却也略懂为人处世之道，朋友路过天津，不尽地主之谊，像什么样子？"薛福成和马建忠相视一笑，乐道："看来咱俩想自罚薪俸，耍回大方，也耍不成啰。"

没过几天，脱利古到达天津，刚出舱下船，就见李鸿章身长影长，站在岸上，后面跟着马建忠和毕德格两位。李鸿章也已在人群中发现脱利古，挥动手臂，大步走过来。脱利古迎上前去，抓住对方双手，说："总督大人还好吧？"李鸿章说："好好好，见到脱使就好。"

问候几句，李鸿章召过不远处的绿呢大轿，对脱利古说："脱使上轿吧。"脱利古道："上轿干啥？"李鸿章说："到北洋衙署一聚，本督已备好薄酒，等着与脱使举杯言欢。"脱利古说："本国驻津领事说好来接本使，本使上了总督大轿，待会儿领事见不到人，岂不着急？"李鸿章说："领事见不到脱使，自会赴北洋衙署要人，脱使放心就是。"

脱利古这才高高兴兴上了绿呢大轿。过街穿巷，到得北洋衙署，进入大门，轿子刚落地，李鸿章已先下轿，过来撂开帘子，将脱利古请出来，再往二门里迎。脱利古知道主人用意，先发制人道："今天纯属朋友私会，喝酒可以，绝不谈公事，否则败了兴致，本使搁杯走人。"李鸿章哈哈笑道："听脱使的，只喝酒，不谈事。"

到得席上，李鸿章果然只字不提越战，只一个劲给脱利古敬酒。喝过中国米酒，又换上高脚杯，倒入法国葡萄酒。脱利古本已喝得差不多，见到葡萄酒，混沌的眼眸又发出亮光来，说："想不到北洋衙署也有法国葡萄酒？"

马建忠翻译毕，毕德格把话接过去，道："脱使可知，相国广交天下，外国朋友进出北洋衙署，如入自家花园。朋友往来，难免互赠礼品，以示友好。贵国军商各界人士也是衙署座上宾，知道相国不仅喜欢贵国文化，还爱喝贵国葡萄酒，除送书籍、玩品外，也会以贵国葡萄酒相赠。脱使若不嫌弃，尽管放开肚皮喝，相国屋里有的是葡萄酒。"

"本使从小喝惯敝国葡萄酒，哪会嫌弃？"脱利古说罢，抓过高脚杯，优雅地摇晃几下，举到唇边，轻轻一抿，很陶醉的样子。李鸿章问道："味道还纯正么？"脱利古说："纯正纯正，一喝就知乃波尔多所产拉菲堡，可谓葡萄酒之王。"

身处异域他乡，喝到本国顶级葡萄酒，自然意味深长，感受非同寻常。脱利古心里感激李鸿章真情厚谊，嘴里说："总督大人有话就说吧，本使支耳听着。"李鸿章说："本督没啥要说啊。何况入衙时已约好，只喝酒，不谈事。"

脱利古叹口气道："本使也知李总督处境之尴尬。咱俩所商框架协议，法相茹费理已被迫同意，清廷却不识时务，见黑旗军赢了两仗，竟小瞧法军，抛弃框架协议，以为好戏在后头。谁知事与愿违，黑旗先胜后败，溃成不军，越南首都顺化也被法军攻破，越法订立《顺化条约》。此时清廷才幡然醒悟，又令李总督与本使接触，重新议和。中国有句老话，叫做此一时也，彼一时也。彼时一切好说，此时再旧议重提，只怕茹相更不会松口答应。"

脱利古句句属实，李鸿章吱声不得。默然良久，才厚着脸皮道："脱使可否看本督薄面，尝试与贵国外交部沟通沟通，设法重启和议？"

脱利古沉吟半晌，才勉为其难道：“本使回领事馆后，就给敝国外交部拍电报，传达总督意思，看能否照总督所说办。不过把握不太大，期望别太高。”

“谢谢脱使！本督先喝为敬。”李鸿章举过高脚杯，仰脖喝干里面葡萄酒，又亮亮杯底，伸出另外一只手，托托脱利古杯底，“该脱使啦。”脱利古道：“此乃葡萄酒，须慢慢品，才品得出味，哪有总督如此喝法？”李鸿章道：“入乡随俗嘛，脱使到了中国，就得用中国方法喝葡萄酒。”脱利古说：“真拿李总督没法。”抬抬手臂，举杯于唇，一口而干。

酒席临散，法国驻津领事到了北洋衙署，朝李鸿章要人。李鸿章放脱利古出衙，两人回了领事馆。入馆伊始，脱利古就拍电报给法国外交部，请求重启中法和谈。外交部禀报茹费理，茹费理断然拒绝，大骂清廷不知好歹，给台阶不下，台阶抽走，又来求人。外交部回电给脱利古，脱利古不甘心，再拍电报，说李鸿章喜爱法国文化，对法国颇有感情，不愿眼巴巴看到中法闹翻，两败俱伤，请政府体谅其苦衷，通融通融。外交部再次找茹费理恳求，茹费理犹豫好久，才勉强点头同意。

收到外交部电报后，脱利古赶往北洋衙署，来与李鸿章会晤。李鸿章自是欢喜，将其请到桌旁。主客落座，脱利古出示提前拟就的条件，递到李鸿章手上。内容主要有三条：一是法国保护在越中国商民；二是剿除北圻土匪；三是另订中越边界。

谁敢接受这么三条，岂不成了名正言顺的卖国贼？李鸿章立即予以驳斥，说：“越南向为中国属国，大清在越商民，何须法国保护？”马建忠翻译给脱利古，脱利古道：“法越《顺化条约》说得明白，废止中越宗藩关系，清廷所封越王国玺也已当众销毁，越南脱华既成事实，李总督还抱住宗国属国概念不放，又有多少实际意义呢？”

李鸿章也知宗藩之说毫无意义，才称越南向为中国属国，没说现为中国属国。只好转向第二条：“北圻所驻，越军之外，便是法军和清军，哪来土匪？”脱利古说：“黑旗既非清军，也非越军，不是土匪又是什么？”李鸿章说：“刘永福早被越南国王授予副提督，黑旗当属越军无疑。”脱利古说：“越国旧王已故，新王并没另封刘永福，黑旗不能再算越军。”

论到第三条，李鸿章说：“上海脱李框架协议说得明白，中法以红河为界，河之北归中国保护，河之南归法国保护，无须多此一举，重订边界。”

脱利古说:“上海框架协议作过如此约定没错，可清廷批准没有？请总督出示批文。”

清廷若痛痛快快批准上海框架协议，也许中法越三国都已躲过无妄之灾，自己也不至于如此被动。李鸿章吱声不得，只听脱利古又道:“正是清廷无视上海框架协议，指使黑旗袭击法军，法军才奋起反抗，先败后胜,又收复顺化,签署《顺化条约》。如今法军已控制红河以北大片土地，总督大人仍提以红河为界，不是痴人说梦不？”

李鸿章哑口无言，半晌才喃喃道:“脱使不再认可上海框架协议，本督不敢贸然同意天津三条，中法难道就此撕破脸皮，唯有一战？”脱利古说:“法国不怕战，怕战也不会不远万里，劳师远征，跑到亚洲来，非与中国通商不可。可惜中国战不敢战，和不愿和，自己跟自己过不去，再这么拖延下去，只怕还有大亏吃。”

李鸿章还能说什么呢？国家羸弱，君臣颟顸，靠你北洋大臣一张寡嘴与人争锋，又能争回什么？李鸿章沉默着，半天说不出话来。

其实脱利古也挺郁闷。宝海被召回法国后，脱利古由驻日公使改任驻华公使,于他来说确属千载难逢的好机遇。中国毕竟是大国,比之日本,法国在华利益，不知大了百倍千倍。也就是说，脱利古能处理好中法关系，坐稳驻华公使重位，日后回国出任外交部长，甚至竞选首相，都不是没有可能。不想赶到上海，议成脱李框架协议，好不容易取得茹费理首肯，偏偏清廷不认账，可谓前功尽弃。脱利古不甘心，趁法越《顺化条约》签订之始，从上海赶到天津，设法恢复中法和谈，抛出三条，得不到李鸿章认可，眼看又将落空。出使中国数月，一事无成，劳而无功，别说以后升部长，竞总统，恐怕连驻华公使都保不住，能不令人郁闷？

也是看准脱利古肚里想法，李鸿章改变策略，说:“本督也知道，法国已占据越南战场上风，想让脱使回到上海框架协议，也不太现实。可要本督认可天津三条，也断难应承。既然咱俩谈不下去，只好请脱使另辟蹊径，谋求他途。”脱利古说:“他途是什么途？”李鸿章说:“去与总署交涉。总署由亲王领衔，说话算话，纵使不会照单全收天津三条，部分认同该有可能，届时脱使再与本督坐下来商谈细款，定然大局可成矣。”

脱利古不可能捉住李鸿章手签下天津三条，只有依其建议，离津西行，先入驻法国公使馆，再与总署接触。谁知西南又生变故，没人肯面对脱利古。原来奕譞、李鸿藻、张佩纶等王公大臣得知脱利古拿出天津三条，与李鸿章讨价还价，生怕成为事实，忙指使徐延旭与唐炯赶紧采取行动，同时暗示两人，两广总督张树声疾病缠身，来日无多，云贵总督岑毓英久任封疆，无所作为，日后西南边事全靠两位主持。意思也好理解，张岑俩总督肯定做不长久，徐唐二位正好顺位而上。徐唐心思活络起来，奕譞他们稍稍使劲，就可将你连提四级，自道员一跃而为巡抚，巡抚离总督仅一步之遥，这些人有意擢拔你，还不易如反掌？须知总督只比巡抚高一级，却是拜相封侯的关键台阶，曾国藩、李鸿章和左宗棠都是从这个台阶蹿升上去的。也不能怪两人想象丰富，自比曾李左，看看这三位大佬，不都是靠手里枪炮，南灭天国，北剿捻军，西平疆乱，立下赫赫战功，才得以位及人臣，封妻荫子？眼下越南战乱，正须臣子横刀跃马，醉卧沙场，岂可轻易放弃天赐良机，建大勋，立大业？

脑袋里装着总督大位和拜相封侯美好愿景，徐延旭与唐炯一时豪情满怀，立即给朝廷上书，请求率军南进，踏平北圻，力克法军。慈禧正静候李鸿章与脱利古天津和议结果，收到徐唐奏请，一时心血来潮，让军机处拟旨，命徐延旭出镇南关，与退居北圻山西城内的黑旗军联手，合攻法军，尽快收回河内及周边地区；又命唐炯率师入越，协同作战，歼灭法军。

两人接旨，不禁兴高采烈，调兵遣将，大举南压。还派人潜入顺化，怂恿越南朝中主战派，压倒主和派，重举抗法大旗。越南主战派来了劲，一番密谋，杀死登位不久的新王，另立幼王，断然推翻中法《顺化条约》，联络清军和黑旗，共同抗法。可还没来得及采取行动，孤拔已调动水陆两军，开至山西城下，枪炮齐鸣，对黑旗发起总攻。刘永福领军拼命抵抗，欲与山西城共存亡。但守城越军先生异心，趁黑旗正与法军苦战，跑到城下，打开城门，迎敌进城，夹击黑旗。黑旗大败，丢下无数死尸和枪炮，没入沉沉夜色，逃得不知去向。

越军投降，黑旗消失，该清军大显身手了。在徐延旭授意下，广西提督黄桂兰和总兵赵沃所领数营桂军进驻扶朗，迎战船坚炮利的法军。

只是时值秋冬，红河水位逐渐下降，法国兵舰行驶困难，不得不按兵不动，两军暂时没有正面冲突。

转过年来，进入光绪十年（1884）。不久惊雷一响，春雨大发，红河水位上升，法舰开始移动，向扶朗方向靠近。这是清军首次直接面对强大法军。清军枪劣炮次不说，黄桂兰与赵沃又彼此不和，你不服我，我不服你，从没停止过内斗。两人斗得正起劲，法军已冲至扶朗城下，驾好洋炮，对着城里猛轰。两人没法再斗，各自率军，掉头就跑。一口气跑出老远，来到北宁，叫开城门，钻入城中，龟缩不出。法军尾随而来，对北宁展开围攻。眼看城门快破，两人不得不打起精神，联合原驻桂军，组织抵抗。坚持数个时辰，又弃城而去，逃入兴化。兴化城中驻有数营滇军，与扶朗和北宁逃至的桂军合兵一处，不下五千人，法军枪炮虽占上风，人数却不到一半，本可凭高墙深壕，拒敌于城外，谁知滇桂两军各怀心思，法军枪炮一响，滇军先行溜掉，留下桂军，顽强坚守两天两夜，死伤无数，斗志渐失，赵沃跑得无影无踪，黄桂兰不好意思再逃，城破之际，饮弹自杀。

黄桂兰已死，赵沃逃走，滇军消失，驻扎中越边境的徐延旭与唐炯不知前方败绩，还给朝廷发书，说守御可以无虞。奕譞、李鸿藻、张佩纶几位弹冠相庆，连擢拔徐唐总督滇桂的奏稿都已拟好，只等法军彻底完蛋或溃退南圻，再递入宫中，让慈禧恩准。

偏偏脱利古不识时务，手拿天津三条，天天往总署跑，非逼着和谈不可。李鸿藻猜测，脱利古定是受李鸿章蛊惑，才厚着脸皮，纠住总署不放，对张佩纶说：“李鸿章心高气傲，谁都不放在眼里，唯你幼樵（张佩纶），他肯高看三分。吾意你去趟天津，开导开导李鸿章，别满脑子装着和字，好像大清上下找不到一个硬骨头，全是软壳乌龟，甘愿拜倒在小小法军面前似的。只要李鸿章识趣点，不背后作祟，脱利古也不至于如此起劲，老往总署蹭，好像总署是他家开的杂货店似的。”

张佩纶时年三十七岁，正当盛年，血气方刚，总想着干番大业，自然愿往天津，到北洋衙署吃两顿大餐，顺便说服李鸿章，放弃和谈，别处心积虑阻战，待战胜法军，自己便成有功之臣。李鸿藻立即奏报慈禧，放张佩纶跑趟天津。慈禧见过徐延旭和唐炯奏报，越战大胜在望，也不耐烦脱利古和谈之请，准允张佩纶赴津，疏通疏通李鸿章。张佩纶久处京城，闷得发慌，得到慈禧恩准，迫不及待跳上马背，扬鞭东发。

与兴高采烈的张佩纶正好相反，此时李鸿章如坐针毡，烦躁不安，连雷打不动的午睡都没睡好。干脆下床，离开后衙，去签押房处理积压的案头文件。正在忙乎，津海关道周馥入衙办事，顺便来看主公，说:“天津码头的法国货轮颇为异常，彩旗高挂，鼓号齐鸣，《马赛曲》响彻云霄，不知是何缘故。”李鸿章说:“欧美人不喜张扬，今日喧哗，定然事出有因，你赶紧前去探知虚实，再来告我。”

周馥离去，薛福成推门进来，满腹疑虑道:“洋人最不能接受的，就是中国人有事没事燃放鞭炮，震耳欲聋不说，还弄得满地纸屑药渣，污浊空气。可今天中午法国驻津领事馆也学中国人样，放起鞭炮来，足足放了半袋烟工夫，相国说怪也不怪？”李鸿章又一惊，说:“你找找马建忠，要他立即去趟法国领事馆，问问到底是咋回事。”

薛福成走后，李鸿章呆坐签押房中，再也无心文案。说不定法军已在越南取得大捷，消息传到天津，法国人欣喜若狂，奏乐燃炮，大庆大贺。李鸿章早有预感，黑旗敢拼，与法军对峙多年，偶尔小胜几仗，不无可能，但滇桂边军全无斗志，且枪炮低劣，粮饷不足，唐炯与徐延旭又不知兵，绝非法军对手，说不定刚一交火，便兵败如山，溃不成军。

正在李鸿章忧心如焚之际，薛福成来报，张佩纶到了北洋衙署。这小子来干啥呢？来动员老夫放弃和议，与朝臣沆瀣一气，怂恿太后向法国宣战？李鸿章实在不愿理睬张佩纶，转而又想，彼此关系不同于他人，不见说不过去，只得让薛福成传人进来。

薛福成很快引领张佩纶，进入签押房。看座上茶，寒暄几句，张佩纶便张开嘴皮，唾沫四溅，快言快语道:“此次佩纶东行，乃受慈禧老佛爷懿令，来访相国大人，恳请大人擦亮双眼，认清时势，千万别受脱利古唆使，一味求和，而应与朝廷达成共识，一心一意购枪置炮，筹粮备饷，支援西南清军，把法国鬼子赶出越南，靖边安民，维护大清国威。”

李鸿章颇觉好笑，反讽道:“感谢幼樵及时开导！朝臣个个心明眼亮，人人审时度势，唯我李鸿章系花岗岩脑袋，冥烦不化。”

张佩纶这才意识到自己一时性急，话没过脑子便喷了出来，多有欠妥，抱拳致歉道:“佩纶口无遮拦，说话如放屁，相国大人大量，快别计较。谁都知道，若论机敏颖悟，眼光视界，吾朝上下，无人可与您老相比。佩纶意思是，相国最受太后倚重，满朝文武都盯着您老，只等您发句话喊打，便愤然而起，同仇敌忾，与法国决一死战。”

“死战死战，就知叫嚣死战！朝中那些大喊死战者，包括你张佩纶，愿到前线去死吗？”李鸿章瞪大眼睛道，“一将功成万骨枯。你以为打仗是吟风弄月，作诗写字？老夫南征北战，一次次从死人堆里爬出来，深知世上最残酷者莫过于战争。为何残酷？枪子不长眼，炮弹不留情，枪子射过来，炮弹轰过去，活蹦乱跳的生命瞬间倒毙，如烈焰燎过，草木皆焦。你成于书房，读多经史，闻多墨香，从未曾经战阵，以为纸上谈兵好玩儿，体会不出战争之无情，可去问问侥幸从战场上拣命回来的人，看谁肯轻易言战，动不动就喊打喊杀？”

张佩纶不服气，说：“战争确实残酷无情，可天子守在四夷，中越宗藩关系为法所废，不赶走法军，中国如何立威于属国？”李鸿章冷冷道：“若越南不愿再认你为宗主呢？”张佩纶说：“越南不认，先赶走法鬼，再教训越丑嘛。”

如此大话，也只张佩纶之类狂徒说得出来。李鸿章没好气道：“大清又贫又弱，拿什么赶走法国人？”张佩纶道：“中国诚贫，法亦不富。中国诚弱，法亦不强。而地则主客异势，远近殊形，比之法国，中国得天独厚，得地独厚，得人独厚，还怕赶不走法鬼？”

李鸿章一声浩叹，哀哀道：“比之法国，比之法国，你拿什么去比？比得过武器吗？比得过训练吗？比得过官兵斗志吗？比得过内部团结吗？比得过后勤供应吗？比得过通讯设备吗？就不比这些，单比小小作战地图，有人家详细实用吗？老夫愚昧透顶，老眼昏花，横竖看不出，左副都御史所得之天在哪儿，之地在哪儿，之人在哪儿！”

几句话又得张佩纶嘴巴张在那里，半晌合不上。这才意识到，跟李鸿章打嘴仗，自己还不是对手。李鸿章又痛心疾首道：“前几天张树声还给老夫来函说，上谕川、鄂、湘、赣、豫、苏、浙等省，月供滇桂三十万两协饷，结果除四川按月筹解外，其余各省屡催不至，已欠边军上千万两饷银，以至官兵空腹待粮，停战待饷。皇帝不差饿兵，左副都御史说说，你有本事统领无粮无饷之兵，战胜兵精粮足的法军吗？”

张佩纶出声不得，继续张耳听李鸿章侃侃而谈：“朝中士大夫没扛过枪，没抬过炮，可嘴皮爱国，舌尖退敌，则一个比一个厉害。每遇风吹草动，言战声更是一浪高过一浪，却谁也不肯闭上臭嘴，静下心来想想，战火一开，总得备枪置炮，还须有人开得了枪，施得了炮。反观徐延旭和唐炯之徒，以为杀敌跟升官一样容易，只顾上书朝廷，大言炎炎，吹牛皮，夸海口，用墨汁口水邀宠，唯一不愿认真练兵，以至前方已炮火连天，才临阵磨刀枪，屎胀挖茅坑，勉强组织官兵，摆弄后膛枪怎么使，寻找射击准星在哪儿。"

张佩纶高傲的头慢慢低下去。原本想凭自己三寸不烂之舌，开导李鸿章下决心，与法军一战，不想到头来竟被对方狠狠教育一番。张佩纶以能写会说著称，笔头和嘴皮几时输过别人？实在心有不甘，才鼓起勇气，辩解道："据佩纶所知，滇桂边军并没像相国所说如此不堪。"李鸿章说："就依左副都御史所言，滇桂边军训练有素，能征善战，就一定能打赢法军么？"张佩纶说："没开战，怎能断定滇桂边军，一定打不赢法军？"李鸿章说："不赢就输，不输就赢，战争只此两种结果，别无他哉。赢自然好办，徐延旭、唐炯、李鸿藻、张之洞，包括你张佩纶，个个都是大英雄，大功臣，升官领赏，不在话下。若打输呢？孙子说智者之虑，必杂于利害。凡事皆一样，可能有利，也可能有害。总不能只顾踮起脚尖，等着摘取打赢敌军的丰硕果实，却不冷静想想，万一输给人家，又会是何后果，该怎么收场吧？"

"收场还不容易么？"张佩纶望着自己脚尖，轻声道，"无非议和而已。"李鸿章哼哼道："议和而已？和是这么好议的？你说战败后谁去议这个和？是醇亲王奕譞，还是协办大学士李鸿藻，抑或你左副都御史张佩纶？"张佩纶说："说到议和，自然非相国大人不可。"

李鸿章哭笑不得，道："明知打不赢，唯有议和收场，干吗还要故意喊打，自找苦吃！"张佩纶梗着脖子，强词夺理道："相国刚才不是说，打仗不赢就输，不输就赢。佩纶不信，大清威武之师，又有越军与黑旗军助战，法军面前，只输不赢。万一运气好，赢了法国鬼子呢？"李鸿章哼道："你就等着这个万一，大胜法军吧。"

张佩纶还要说啥，周馥走进来，附到李鸿章耳边，轻声嘀咕几句。李鸿章老脸直往下拉，仿佛刚闻知爹娘死讯样难看。张佩纶正觉奇怪，又见马建忠进门，呈上字纸一张。李鸿章瞥了瞥，扔到桌上，仰过脑袋，眼望天花板，长吁短叹起来。

原来周馥探明，法国商船高挂彩旗，鼓乐喧天，正是欢庆法军北圻三战三捷。法国领事也收到电讯，欣喜若狂，不知如何庆贺，干脆学中国人，上街购回数捆鞭炮，燃放起来，闹得满城皆知。也不瞒前去探听情况的马建忠，拿出电报，让他自抄一份，带回北洋衙署。

张佩纶似乎也意识到什么，把马建忠拉到一旁，问是怎么回事。马建忠懒得费口舌，拿过桌上电报抄件，转递给张佩纶。张佩纶接住一瞧，脑袋顿时嗡的一声震响，像炸弹在里面引爆，身子晃几晃，差点倒于地上。

想不到果被李鸿章言中，滇桂两军竟无用至此。徐延旭和唐炯两个死哪去啦！张佩纶恨不得立赴西南，将两人打翻在地，剥皮食肉，以出心头之气。再劝李鸿章主战已无可能，只好悻然出门，准备返回京都，接受朝廷荐人不当处罚。倒是李鸿章过意不去，望见张佩纶背影晃出门外，扭头对周馥说："天色不早，留下张佩纶，歇息一晚，明天再送他上路吧。"

周馥追出去，把张佩纶拉进驿馆，安排铺位，招待饭菜。隔日张佩纶收拾停当，带领随从，正要上马离去，李鸿章出现在馆外，身后跟着周馥。张佩纶大受感动，上前行礼。李鸿章答礼道："幼樵（张佩纶）回京后，作何打算？"张佩纶说："唐炯与徐延旭自道员超擢藩司，继抚滇桂，皆佩纶荐之于前，李鸿藻保之于后，无奈唐徐两人太不争气，朝廷定当捉拿归案，严加审判。佩纶别无选择，只能主动一点，以误荐唐徐，自请处分。"

李鸿章拍拍张佩纶肩膀，突然问道："幼樵今年三十六了吧？"张佩纶有些糊涂，不知李鸿章为何对自己年龄感起兴趣来，点头道："相国好记性，晚生确已三十有六。"李鸿章感慨道："老夫这个年龄，正在安徽与长毛浪战，打一枪换一个位置，寸功未建，生死未卜。哪像你三十几岁，便成皇上近臣，身居三品左副都御史兼总署大臣，前途未可限量啊。"

张佩纶猛摇脑袋道："相国过誉。西南败绩，唐徐归案，晚生必会连坐，还不知这个坎迈不迈得过去呢，只好自劾请罪，乞求太后谅解。"李鸿章道："唐炯与徐延旭之流，做个四品道员，监管监管州府官吏，勉强能够应付，然位列封疆，镇守边关，肩负国家安危大任，则力所不逮，识者早知其必败。佩纶身为言官，论列贤否，属职分所在，向无严谴之例，只枢臣如李鸿藻诸君，对唐徐一意信任，国家存亡也敢轻易委之，则大不可解。吾与幼樵至交关切，日后望能虚衷体察，勿愎谏自是为幸，自劾则万可不必。”

看来姜还是老的辣，李鸿章轻轻几句点拨，张佩纶便如醍醐灌顶，茅塞顿开。自己确曾力荐唐徐二人，可没有张之洞、李鸿藻和奕譞后面起作用，两人能连跳四级，窜得这么高么？就是要连坐，也得先坐过这几位大佬，才轮得到自己。张佩纶脸上顿时由阴转晴，揖别李鸿章，跳上马背，望西疾驰而去。

没待张佩纶走远，李鸿章便命马建忠赶赴英美领事馆，证实北圻清军败给法军不假，然后给总署发送电报，实情相告。恭亲王奕䜣和协办大学士李鸿藻半信半疑，派人至法英美诸国公使馆打探，果不其然，只得拿着李鸿章所发电报，入宫呈给慈禧。慈禧大发雷霆，将奕䜣和李鸿藻臭骂一顿，当场宣布撤去唐炯和徐延旭两人巡抚职，锁拿京师，交部严处。

消息自宫中传出，满朝文武皆震惊不已。唐徐虽系外臣，却与朝中千丝万缕，瓜蔓相牵，不然也不可能连跳四级，眨眼间自道员窜至巡抚高位。那么又是谁在后面起的作用呢？朝中无傻臣，清流党仨字于是频繁出现在众人嘴里。若非李鸿藻、张之洞、张佩纶等清流党人极力活动奕譞，奕譞再怂恿慈禧，唐徐能拔地而起吗？眼见得风暴即将掀起来，朝臣们一个个又兴奋，又激动，忍不住悄悄议论，这一下该有热闹可看啦。

唯有一人愁着眉，苦着脸，对朝中就要开演的大戏无动于衷。此人乃广东番禺人梁鼎芬，二十二岁中进士，入翰林，现为七品协修。不甘埋首故纸堆，惯喜风闻言事，参劾大臣，聊以自慰。性格孤傲，目中无人，谁都不屑为伍，非盛昱之类贵族，难入其法眼。盛昱系爱新觉罗后裔，亦出身进士，累迁右庶子，充日讲起居注官。盛梁二人出身贵贱不同，官位高低不一，年龄也相差十来岁，但彼此气质相投，颇谈得来。盛昱擅长相面，曾言梁鼎芬面带血光，活不过二十七岁，除非遇上奇祸，方可禳解，遇难呈祥。这已是几年前的事，当时梁鼎芬刚入翰林，春风得意，没怎么在意盛昱危言。一晃几年过去，二十七岁已到，突然想起盛昱说过的话，没见任何奇祸发生，隐隐不安起来，慌忙跑进盛家，忧心忡忡道：“都说救人一命，胜造七级浮屠，盛大人可得救救鼎芬，让我继续活下去，多陪您几年。”

盛昱一心等着朝中大戏上演，好一饱眼福，一时没反应过来，愕然道：“你不活得好好的吗？”梁鼎芬说：“鼎芬今年已二十七，却什么都没发生，盛大人说咋办好？”

盛昱这才想起几年前相面的事，肚里觉得好笑，嘴上说：“你是没见奇祸发生，有些发急吧？”梁鼎芬说：“可不是？鼎芬早盼晚盼，不见祸在何方，命将不保，能不着急？”盛昱颔首道：“你的心情倒可理解，只是仓促之间，又到哪里去给你惹祸呢？”梁鼎芬说：“鼎芬不管，盛大人不给惹点祸出来，鼎芬就赖在盛府不走，死给您看。”

你死哪儿不是死，非死到人家府上，莫非想讹副棺材板不成？盛昱心里直乐，灵机一动，一拍大腿，大声叫道：“有啦有啦！”梁鼎芬问道：“有啥啦？”盛昱说：“有祸啦。”梁鼎芬凑前一步，眼巴巴道：“什么祸，祸在哪儿？盛大人快快道来，别急杀鼎芬。”

盛昱指指梁鼎芬，神秘道：“就在你手上。”

梁鼎芬摊开手掌，低头瞧瞧，不解道：“在我手上？盛大人要我去偷去抢，还是去杀人放火？”盛昱说：“不用偷，不用抢，不用杀人，不用放火，只需用你动动手指，拈起笔头，划拉划拉，弄篇东西，即可大功告成。”梁鼎芬说：“弄篇什么东西？鬼符还是仙咒？”盛昱说：“非符非咒，就像平时样，拟份劾章，递进宫里，保你大祸临头，生命有保。”

说得梁鼎芬一头一雾水，道：“也是吾朝开明，鼎芬所劾大官小员不在少数，竟从没招惹过祸端，此招只怕不灵。”盛昱说：“参劾普通官员，自然惹不来祸端，要参劾就参劾巨臣大擘。”梁鼎芬说：“盛大人明示，鼎芬该劾哪位巨臣大擘？”

盛昱招过梁鼎芬耳朵，轻声道：“唐炯与徐延旭兵败如山，坏我西南大局，已被太后罢官羁押。想唐徐二人，本系小小道员，文不文，武不武，要政绩没政绩，要军功没军功，却一夜蹿升为封疆大吏，内幕可深呐，不正好大做文章？”

“李鸿藻、张之洞和张佩纶三人合力，推唐炯和徐延旭上位，朝中无人不晓。可惜三人看走眼，荐人有过，的确该参该劾。”梁鼎芬略有所思道，“只是该参该劾之臣，鼎芬参劾一本，伸张正义，正中太后下怀，太后自然不会降祸于参劾者，鼎芬岂不白忙一番？”盛昱说：“参劾三人还不够，还得连恭亲王和醇亲王一起参劾，才足以惹祸上身。”

梁鼎芬琢磨道：“唐徐躐升，醇亲王起过关键作用，负有识人不明之责。西南战事由军机处和总理衙门调度，恭亲王身为两署领班大臣，亦责无旁贷。两王皆有过失，鼎芬据实参之，只怕还是惹不来祸。”盛昱道：“你有点傻吧？醇亲王不仅是帝父，又系太后妹夫，太后正要用他排挤恭亲王，参劾醇亲王，定会惹恼太后，你所盼之祸不正好如愿加身？”

梁鼎芬大受启发，兴致勃勃跑回家里，笔走龙蛇，拟起劾稿来。稿子拟成，修改誊正，又屁颠屁颠赶至盛府，送交盛昱。盛昱看过，大加赞赏，说如此尖锐刀笔，字字见血，神鬼皆畏，呈入宫中，两王与两署众臣，能不应声倒地？

隔日早朝，盛昱就按捺不住兴奋，怀揣梁稿，朝宫门走去。路上碰着步履匆匆的赶朝大臣，一个个耷拉着脑袋，面无表情，眼睛里却分明流露出说不清的期待，仿佛正等好戏上演，生怕迟到一步，曲终人散，错失观戏良机。

来到宫门口，正要抬腿往里迈，有大轿停过来，盛昱偏头瞧了两眼，见庆郡王奕劻掀帘而出。奕劻系乾隆曾孙，自小过继给庆郡王为嗣，初封辅国将军，继晋贝子、贝勒，同治年间加郡王衔，任御前大臣。别看奕劻才识平平，却写得一手好字，常给慈禧代拟私信，受恩深重，晋升迅捷。虽为慈禧宠臣，却没一点架子，对谁都笑脸嬉嬉。见着盛昱这样的皇族臣子，又系科考正途出身，更是客客气气。盛昱也乐意与奕劻接触，不仅奕劻那张圆脸看着舒服，还可从他嘴里掏些后宫趣闻出来，满足满足好奇心。

当下盛昱就收住步子，朝奕劻走过去，行礼请安。奕劻答过礼，拉住盛昱的手，往宫门里走去，一边关切道：“今天有折子可呈没？”

盛昱一时不知怎么回答才好。要说没折，怀里确实揣着一封，待会儿就会递上去。要说有折，又非盛昱自己所拟，是代梁鼎芬呈递。奕劻也不追究，没等盛昱开口，又道：“要递折子，可得小心点，别惹恼老佛爷。”盛昱忙问：“盛昱愚笨，还请郡王开示。”

奕劻左右瞧瞧，低声道：“西南兵败，罪在唐炯与徐延旭，朝臣们背后议论纷纷，说要参劾与唐徐有关系的王公大臣。牵涉唐徐之案的王公大臣又不是一个两个，此事弄不好，就会乱了朝局，可千万得看准啰。”

盛昱往奕劻身边靠紧点，讨好道：“郡王教我，如何才看得准？”奕劻微哂道：“本王不是你老师，也不是你亲友，更不是你爹妈，不敢好为人师。”盛昱说：“盛昱拜郡王为师吧，好时刻受教，稍有长进。”奕劻笑道：“你是皇族大才子，本王哪有资格做你老师？”

奕劻之言，虚实参半，盛昱却多了个心眼，进入朝堂后，没敢冒冒失失抛出怀里梁鼎芬奏折。眼下国家当务之急，无非西南战事。唐炯与徐延旭治军不力，北圻连败，已被锁拿绳缚，羁押在途，谁人接任滇桂大任，固边援越，宜尽快定夺。法军气势汹汹，清军进退失据，往下该战该和，朝廷须有个明确态度，含糊不得。

众位大臣各抒己见，有说该和，有说该战，争论半天，无法定论。慈禧坐在帘子后，不动声色，不置可否。朝堂渐渐静下来，无人论及唐炯与徐延旭，仿佛压根儿没有北圻败绩似的。也许与盛昱一样，众臣背后义愤填膺，到得朝堂上，当奕䜣、奕譞及李鸿藻、张佩纶等人面，谁都不愿撕下脸皮，充恶人，做恶事。慈禧好像对西南战和不太关心，只想听听众臣关于唐徐败绩看法。可支耳谛听半天，无人开腔，不得不发话道：“西南败绩传入京师后，朝廷上下议论鼎沸，怎么到了朝堂上，一个个都吃了哑巴药，张不开嘴巴啦？”

盛昱心下寻思，莫非慈禧欲借唐徐之事，做点文章出来？这又是篇什么文章，该从何入手？盛昱一时悟不明白，只得缄嘴不语。倒是奕䜣有些过意不去，出列道：“太后五旬万寿在即，微臣与礼部几经商议，弄出个寿礼进献方案，还请太后过目。”

礼部尚书徐桐闻言，赶紧掏出怀里本子，走上前来，递交李莲英，由他传呈帘后。慈禧接住，看都不看，说：“今天不论寿礼进献。”奕䜣坚持说：“太后万寿可是大事，马虎不得，不早定方案，礼部没法运作。”慈禧黑脸道：“西南战火纷飞，本宫哪有心思考虑寿礼不寿礼？心好则可对天，不用此末节表忠心，还须以西南大事为重。”

西南已是烽火连天，奕䜣身为军机处和总署领班大臣，不顾国家大局，竟以寿礼琐碎小事搪塞，莫非想撂掉担子，回恭王府抱孙子去？众臣颇觉疑惑。偏偏奕䜣像听不出慈禧口里怒气，仍固执道：“太后五十万寿，也是大事，不是小事。”

说得慈禧顿时火起，举过徐桐所呈寿礼进献本子，往帘外就是一扔，大声喝道:“国家眼看着就要完蛋，哪顾得上什么万寿千寿！不做寿啦，今年不做寿啦！”

朝会不欢而散。

下朝回家，吃过中饭，小憩一会儿，盛昱就上了城西定阜街庆王府。从前庆王府在什刹海西南，即嘉庆皇帝抄没的和坤府邸，那可是风水最好的王府，豪华阔气更是无与伦比。延至咸丰登基，命内务府将庆王府收回，赐给六弟奕䜣，成为恭亲王府，庆王府不得不迁到现在的定阜街。为此奕劻一直耿耿于怀，暗暗盼着奕䜣出事甚至问斩，好重新搬回去。

进得庆王府，奕劻还没回来。莫非仍在宫中，代慈禧书写私信？盛昱就恨自己书法般般，若也写得一手好字，说不定早受慈禧青睐，常留宫中，卖乖邀宠，荣登大位。

等上大半天，直到天快黑下来，才听外面一阵喧哗，奕劻大轿出现在府门口。盛昱奔出门去，抢在王府奴才前面，打起帘子，迎奕劻出轿。奕劻见是盛昱，乐道:“拜师受教来啦？”盛昱点头道:“是是是，不知王爷肯收不才为弟子否？”

“收收收，能收盛大才子为弟，本王也有面子啊。”奕劻带盛昱来到书房，口吻神秘起来，“你猜猜，本王为何此时才回府？”盛昱说:“又给老佛爷代拟书信去啦？”奕劻道:“老佛爷哪有那么多书信要拟？”盛昱说:“原来王爷没留宫中，去了哪里？”奕劻道:“去了醇王府。”盛昱说:“怪不得，这么晚王爷才回。跟醇亲王相谈甚欢吧？”

奕劻叹息一声，压低嗓门道:“今日朝堂上你也看到了，恭亲王本末倒置，无视国家大难，老拿寿礼进献之事打岔，惹得老佛爷雷霆大发。想恭亲王从前何等精明干练，如今竟换了个人似的，畏畏缩缩，窝窝囊囊，哪还能担当大任？醇亲王身为帝父，生怕大清坏在光绪手里，心里难免发急，约我去府上商议，如何重振河山，力挽狂澜。”

盛昱试探道:“恭亲王不能担当大任，谁能担当大任？”奕劻说:“你觉得呢？”盛昱想想说:“莫非太后对恭亲王太过失望，欲以醇亲王取而代之？”奕劻道:“醇亲王自然不会把话说得这么透底，可从他言语表情来看，好像似有可能。”

奕譞与奕劻有意赶恭亲王下台，关键时刻咱盛昱若能助一臂之力，岂不成为两王铁杆，前程远大？至少不用再做右庶子，埋首故纸堆，无油无盐，虚度光阴。盛昱蠢蠢欲动，问道：“盛昱又能为王爷做些什么呢？”奕劻不言盛昱该做啥，只小声叮嘱道：“本王拜见醇亲王的事，只透露给你，再没跟其他人论过，你千万别传出去，弄不好会引来杀身之祸。”

说得盛昱心头一紧，无声自语道，有些话奕劻不好明说，也不必明说，你脑袋够用的话，自可回去慢慢琢磨，琢磨透了，再采取行动也不迟。盛昱不好久留，拱手告辞，向外走去。出得府门，暮色中有人迈上台阶，像是商人模样。盛昱觉得有些眼熟，拍拍脑门，才想起张之洞出任山西巡抚时，上门祝贺，与此人照过面，人称禹老板。后又在其他大臣府上碰到过两回，只是没有深交，仅面识而已。又值夜幕降临，匆忙中禹老板没注意到盛昱，盛昱想上前打声招呼，他已抬腿进了府门。

禹老板上庆王府来干啥呢？代张之洞来送银票，通款曲？盛昱胡思乱想着，迎着夜风，回到家中，正好梁鼎芬来访，问折子递上去没有。盛昱说：“你可不知，今天朝会，老佛爷命众臣讨论西南大局，恭亲王不识时务，拿寿礼琐事搪塞，惹得老佛爷大为光火，我见不是时候，没敢贸然呈折。”梁鼎芬说：“那何时才呈上去？”盛昱说：“先等等看，到时再说。”

梁鼎芬不便强求，说：“还请盛大人放在心上，别等到鼎芬命归黄泉，再递折子就晚了。”盛昱说：“只管放心，我一定会想法子，让你招祸成功，跳过二十七岁大坎。”

送走梁鼎芬，盛昱拿出折子，看到奕譞名字，不禁后膛发起凉来。醇亲王即将取代恭亲王，你冒冒失失代人递份折子上去，直击醇亲王，梁鼎芬如愿惹祸，长命百岁，你岂不被醇亲王和光绪恨一辈子，以后还怎么在朝中混？盛昱赶紧拿出笔来，划掉奕譞名字，再字斟句酌，仔细修改一遍，恭恭敬敬誊抄就绪，抹去梁鼎芬三字，署上自己姓名，塞进抽屉。

改日天刚亮，盛昱便起床下地，啃俩馒头饱肚，赶往庆王府，拿出折子，交给奕劻。正中奕劻下怀，他边看边大声称善：“不错不错，本王这就去醇王府打一转，让醇亲王也过一下目，心里先有个数，下次朝会你再呈给老佛爷。”

奕譞见过盛折，亦表示满意，奕劻回头再还给盛昱。趁隔日朝会，盛昱瞅个时机，拿出折子，交给李莲英。李莲英呈入帘子后，慈禧粗粗一看，顺手搁置身旁榻上，没任何表示。这叫留中不发。大臣折子递入后，一般有三种处理方式，一是明发各处，征求朝臣和督抚意见；二是当面掷还，否定折里奏请；三便是留中不发，暂不公布和处置，过后再说。

折子留中不发，最让人揪心。因除呈折人外，谁都不知折里内容，到底是劾人还是奏事，过后会作何处理。故盛折留中不发，众臣的心就悬在半空，怎么也落不回原处。想盛昱属务虚词臣，不知兵，不明政，自然不会奏事，多半是劾人。事实也是盛昱闲极无聊，今天弹张三，明天劾李四，常弄得人人自危，神憎鬼厌。那么此折又会劾谁呢？劾李鸿章崇洋媚外，贪生畏死，一味议和？这倒是众臣最愿看到的。众臣都希望李鸿章倒霉倒大霉，好弹冠相庆，乐呵几天。可万一所劾不是李鸿章，又会是谁呢？是关涉唐炯与徐延旭的人事？

众臣不得而知。京城空气一下子变得紧张而又诡异起来。朝廷内外，满官汉员，个个都在猜测盛昱所劾何人。猜又猜不透，只好四处打听探问。有人干脆直接跑进盛昱家里，试其口气。盛昱故作高深，环顾左右而言他，说今春北风怎么越刮越猛，刮得沙尘满天，出门眼睛都睁不开。弄得大家既心里痒痒，又担惊受怕，不知如何是好。

五天倏忽过去，正在众臣各怀心思，惶惶不可终日之际，慈禧召集御前大会，让李莲英公布盛昱劾折。盛折借唐炯、徐延旭坐误时机，直击张佩纶、李鸿藻识人失察，滥荐庸才，奕䜣、宝鋆、翁同龢等军机总署大臣俯仰徘徊，坐观成败，致使西南大局濒危，请皇上明降谕旨，交部议处，严惩不贷，以儆效尤。

盛折火药味十足，将与西南战事相关枢廷大臣挨个劾到，无一幸免。只有与唐徐沾亲带故的张之洞，原折曾予以重点参劾，李莲英竟只字不提，盛昱甚是不解。忽想起那天傍晚出现在庆王府的禹老板，盛昱才恍然大悟，明白过来。不用说，一定是奕劻收了大额银票，在慈禧面前说好话，慈禧格外开恩，轻轻略过张之洞。

众臣正为盛折火力之威猛惊骇不已，慈禧又颁下严厉懿旨：军机处为用人行政之枢纽，恭亲王奕䜣等始尚小心匡弼，继则委蛇保荣，近年爵禄日崇，因循日甚，每于朝廷振作求治之意，谬执成见，不肯实力奉行，屡经言者论列，或劾其委靡，或谓昧于知人，实法律所不容，若不改图，何以仰副列圣，将来皇帝亲政，又安能诸臻上理？

一通严责后，懿旨宣布，罢黜以奕䜣为领班的军机处和总署各大臣，奕䜣停享亲王双俸，家居养疾；宝鋆原品休致，不再问政；李鸿藻连降二级，另有调用；翁同龢革掉户部尚书，退出军机处，仍在毓庆宫行走；张佩纶暂保三品衔，免去总署差遣。另委礼亲王世铎、户部尚书阎敬铭、刑部尚书张之万、工部侍郎孙毓汶为军机大臣；庆郡王奕劻接任总署大臣。军机处与总署遇急务要件，会同醇亲王奕譞商办。

一直以来，军机处与总署两块牌子，一套人马，统归奕䜣调度，如今礼亲王世铎与庆郡王奕劻各领一署，皆由奕譞制约，奕譞成为无名有实的领班大臣。此次易枢发生于光绪十年（1884），亦即甲申年暮春三月，史称“甲申政变”。自咸丰十一年（1861）叔嫂联手，发动“辛酉政变”，奕䜣成为领班大臣，执掌朝政二十三年，一朝掩面下台，叔嫂联盟彻底破裂。看来世上没有永远的盟友，也没有永远的敌人，一切都会发生转变。包括奕䜣与奕譞，都是道光儿子，一为老六，一为老七，本系亲兄弟，情似手足，如今同根相煎，一个台下，一个台上，也就形同陌路，手足之情荡然无存。

奕譞、奕劻、世铎三王行政能力远不如奕䜣，张之万、阎敬铭、孙毓汶等人才干亦不及宝鋆、李鸿藻、张佩纶、翁同龢诸位，朝臣背后比喻此次中枢大换班，为易中枢以驽马，代柴胡以芦菔。驽马即笨马，芦菔与柴胡皆为药材，价位却有天壤之别。朝臣是借此讽刺新进王公大臣之庸懦。慈禧心明眼亮，自然也知新贵人品、识见、能力、威望，远逊于旧人，且不谙国内政情，不懂国际事务。可无品无能之辈有一个共同优点，就是乖巧圆滑，服帖听话，使用起来顺手，正好方便慈禧专权统治的确立。

恭亲王奕䜣一向被视为李鸿章靠山。自入幕曾府，李鸿章名字就经常出现在曾国藩折片里，为奕䜣所关注。后李鸿章崛起于上海，奕䜣更是不遗余力，支持其平苏沪，征捻军，兴洋务，引西学，办外交，固海防。不想富国强军大业刚起步，靠山轰然倒下，独留李鸿章孤立津海之间，面对浩渺大海，两眼茫茫，进退失据，难免惶惑不安。

近僚最懂李鸿章心思，好言相慰：“恭亲王淡出枢廷，还有太后呢。太后英明神圣，与相国诸臣共同打造同光之治，而今法人侵边，正需能人支撑危局，没有相国斡旋，大清岂不要乱套？”李鸿章感慨道：“太后于鸿章恩宠有加，自不必说。可醇亲王毕竟不是恭亲王，礼亲王与庆郡王又不熟军情外务，分掌军机和总署，诸事皆难办呐。”

说到此处，李鸿章又浩叹一声。还有句话不好出口，就是奕䜣当政时，奕譞受李鸿藻、张之洞、张佩纶等人怂恿，天天高喊图大举，兴大业，今取奕䜣而代之，若一味主战，李鸿章自难认同，彼此间难免产生龃龉。薛福成一眼看透李鸿章心思，说：“相国害怕醇亲王孟浪，只管喊打，不计后果吧？”李鸿章说：“醇亲王于外事不熟，老夫真担心他草率行事。”薛福成道：“脑袋总随屁股转。醇亲王未执政时，信口开河，想啥说啥，反正话不算话，不用负责。如今一言九鼎，遇事会先过脑子，轻易不敢言战。何况身为帝父，只要不存心希望大清江山毁在儿皇之手，醇亲王必将事事谨慎，处处小心，再不会说过头话，办过头事。”

李鸿章想想也是，略感心安。果然没过多久，朝廷密谕发往天津，着李鸿章保全中法和局，通盘筹划，酌定办理，不可迁延观望，致于咎厉。新任军机大臣张之万系李鸿章同年，也有密函传至，说密谕乃奕譞召集军机与总署共同拟成，要李鸿章别无顾虑，照办就是。看来张之万不傻，也知朝廷易枢，外臣无所适从，特具密函，消除同年顾虑。

只是事至如今，又如何保全中法和局呢？李鸿章秉承圣意，与原任法国公使宝海签订《宝李协定》，朝廷出尔反尔，予以否决。宝海凄然卸任，新任法国公使脱利古入境后，又两度与其谈判，先商定上海框架协议，后议成天津三条，皆因朝廷战和不定，翻脸比翻书还快，变成废纸一堆。脱利古没法向法外交部和首相茹费理交差，因此引咎辞职。两任法国驻华公使离华而去，新任法国公使一时又没到位，想和都找不到议和对象。

见李鸿章有些犯愁，马建忠一旁提醒道：“相国可否找找福禄诺？”福禄诺乃法国海军总兵，曾驻防天津，与李鸿章熟识，算是多年朋友。无奈西南事发，福禄诺移师广州，没在天津。马建忠又建议，可通过广东税务司德璀琳，说服福禄诺，来津议和。德福二人一向交好，福禄诺也许会听信德璀琳，北上天津。

德璀琳是英籍德国人，也在北洋衙署做过幕僚，不久前经李鸿章推荐给总税务司赫德，南下出任广东税务司。看来奕譞让李鸿章出面与洋人斡旋，确属明智选择。李鸿章喜欢结交洋人，洋人也乐意与他交往，洋朋友洋下属颇多，办理棘手外事，容易找到合适人选。

李鸿章当即让马建忠给德璀琳发电报，转达自己意思。德璀琳见电，二话不说，去了法国驻粤海军衙门。福禄诺听说李鸿章召他北上议和，毫不犹豫，连夜给法国外交部发报，得到允许，便在德璀琳陪同下，登上军舰，乘风破浪，望北而来。

到达天津，来到北洋衙署，李鸿章已摆好盛宴，为两位老友接风洗尘。两人共同好友毕德格和翻译马建忠皆在座，席上气氛友好，相谈融洽。隔日几人又坐到一起，拟定五条简约。主要内容为：驱逐刘永福黑旗军；中法双方休兵歇战，中国所驻北圻防营撤回中越边界；法国不向中国索偿兵费，中国允许法国在北圻中越边界运销洋货。

简约初成，李鸿章托付德璀琳，赴京交送总署审核。奕劻不敢怠慢，赶紧报送奕譞。未掌朝政之前，奕譞高调主战，喊打之声响彻云霄，现总领军机与总署，置身局中，才意识到动口喊打易，动手真打难，一下子态度大转弯，觉得能议和停战，息事宁人，方为上策。这也是易枢后新任班子上台伊始所办第一件大事，若议和成功，转危为安，为大清求富图强赢得宝贵时间，也算功巨勋隆，可树立自己和新任班子崇高威望。

阅罢简约，奕譞觉得可行，呈递慈禧恩准，再发回总署，函命李鸿章照约办理，尽快拟定撤兵日期，商订细则，付诸实施。

一切都在悄悄进行之中，本以为神不知鬼不觉，不想还是意外泄漏出去。泄密者不是别人，竟是总署领班大臣奕劻。原来盛折引发中枢大换班，奕譞、奕劻、世铎如愿获取大权，盛昱成为诸王眼里红人和各王府座上宾，神气活现，春风得意。这日盛昱昂首挺胸，走进郡王府邸，奕劻正在客厅会见入京外臣，叫盛昱先去书房稍候，待会儿抽空再晤。盛昱在书房久候无聊，看看墙上字画，瞧瞧书柜旧籍，摸摸屋角古董，仍没等回奕劻，顺手端过桌上一件玉器，把玩起来。玩够置还原处，见旁边有份稿本，拿到手上，原来是《福李简约》抄本。盛昱随便翻翻，也不在意，放回桌上。正好奕劻打发走客人，返身书房，拍拍盛昱肩膀，叫着他字号道："伯熙乃此次枢廷换班大功臣，醇亲王已嘱咐张之万与阎敬铭，联名保举你内阁学士，只等老佛爷点头首肯，吏部履行相关手续，就可上任。"

一封劾折，致使中枢大换血，又让自己一跃数级，自五品右庶子直升从二品内阁学士，盛昱不禁欣喜若狂，弯腰给奕劻作揖。心里不禁美滋滋想，醇亲王与庆郡王慧眼识珠，不拘一格降人才，擢拔自己为内阁学士，日后任侍郎，升尚书，或放外巡抚总督，自不在话下。

飘飘然回到家里，琢磨着如何去醇亲王府给奕谖致谢，梁鼎芬来访，哭丧着脸道："鼎芬二十七岁已快过完，大祸即将临头，盛大人快救救我吧。"

若非以梁鼎芬原折为底稿，写出极具杀伤力的劾折，参倒奕䜣诸臣，助奕谖、奕劻、世铎、张之万、阎敬铭等人顺利上位，自己也不可能有内阁学士可做。饮水思源，再怎么也得兑现承诺，玉成梁鼎芬惹祸上身，逃脱此劫。盛昱想起奕劻书桌上《福李简约》抄本，对梁鼎芬说道："有啦有啦。"梁鼎芬眼巴巴道："盛大人有啥啦？"盛昱说："有帮你惹祸免灾的妙计啦。"梁鼎芬追问道："盛大人快快道来，鼎芬好照计行事。"

盛昱就说了说《福李简约》之事。梁鼎芬疑惑道："盛大人莫非想让鼎芬参劾李鸿章不成？只是参劾李鸿章之满臣汉吏成百上千，惹大祸奇祸者，好像也没几人，难道鼎芬能行此大运，如愿招祸？"盛昱道："军机和总署可以大换班，直隶与北洋却离不开李鸿章，太后还需他打理海防外交，保全中法和局，渡过难关。吾意你出面参劾李鸿章，肯定会惹怒太后，对你严加惩处，你不就可招祸于身，逃脱血光之灾了么？"

梁鼎芬深以为然，欢天喜地回到家里，以笔为刀，隔空向李鸿章挥去，骂他二十余年筹饷用兵，应早有成效，竟然只知退缩求和，误国误民，不杀无以振朝纲，无以平民愤，无以谢天下。细数起来，李鸿章至少有六大可杀之罪：靡费巨资，购船置炮，形同虚设，不能阻敌于海外，一可杀也；主办外交多年，罔顾天朝大臣尊严，以洋人为友，却不能劝阻欧美觊觎中国，二可杀也；母丧不留籍守制，贪权恋位，伤天害理，三可杀也；放下四书五经，专听洋人念洋书，数典忘祖，崇尚西学，四可杀也；不宣扬儒学理教，不推崇天朝文明，跟法国公使大谈西方哲学与文学，五可杀也；朝命赴粤统兵抗法，畏葸不前，违旨东奔，一订脱李框架协议，二订天津三条，三订《福李简约》，六可杀也！

劾章拟成，梁鼎芬自觉不错，不免洋洋得意起来。想不到咱梁鼎芬笔力如此了得，文才如此超群，想不佩服自己都不行。且不是一般佩服，简直佩服得五体投地，只差没把梁鼎芬三字刻上神牌，供奉于龛，焚香膜拜。因太过得意，一时舍不得递入朝中，留劾章于手头，不时翻阅一遍，陶醉一番。遇同僚来访，则主动出示，名为讨教，实为炫耀，博取喝彩声。

就这样，梁鼎芬奏请杀李劾折还没递进宫中，就已传扬开去，朝臣们喜出望外，奔走相告，只等李鸿章脑袋落地，纷纷伸脚，当皮球踢着玩个痛快。只是担心仅凭盛昱劾章一封，火力不够，又相互串通，一齐发力，共参李鸿章，欲置之死地而后已。一时之间，劾章多达四十七件，雪片般飞入朝中。依大清循例，如此众多劾章集中弹向一人，被参者纵有十个八个脑袋，也不够砍削。众臣于是认定，奕䜣已下台，再没人肯为李鸿章挡凶，他不身首异处，全家抄斩，至少也会受赐自尽，保留全尸，下地去见先祖，多少有些面子。

九、沿海情势紧急，词臣上阵弄兵

李鸿章遵慈禧密谕，与福禄诺议成简约，只待双方认可，尽快停战熄火，谁知不慎事泄，梁鼎芬从中作祟，引出四十七件劾章，闹得沸沸扬扬。慈禧懿颜大怒，拿过梁折，往地上一扔，还不解气，又在上面猛踩几脚，对侍候一旁的李莲英叫道："传旨刑部，捉拿梁鼎芬，严加惩处，看他还敢不敢胡说八道！"李莲英道："朝廷广开言路，不治言官，梁鼎芬风闻言事，不管对与错，交刑部治罪，恐怕多有不妥吧？"慈禧这才改口道："那就传旨吏部，即刻撤去梁鼎芬协修，降为太常寺司乐，让他闭紧嘴巴，一边歇着去。"

太常寺司乐是看管乐器的末官，小得不能再小，勉强可算从九品。梁鼎芬就这样自七品协修，连降五级，成为绝无仅有的从九品翰林。朝臣们都替梁鼎芬惋惜，他本人却自鸣得意，觉得一封劾章，不仅声震朝野，名留青史，且因祸消灾，如愿跳过二十七岁大坎，世上再无比此更合算的美事。心里一美，忍不住用广东话哼起京戏来。一边哼，一边拿出刻刀，自镌一方小印曰：年二十七罢官。放下刻刀，又以高粱为画，钤印赠人。尔后把新婚娇妻龚才女托付给大词人文廷式照看，拂袖南下，回了老家广东。文廷式系江西人，据说为文天祥后代。文天祥忠君爱国美名万古传，梁鼎芬想文家有其祖，必有其后，托美妻给忠肝义胆的文家人，大可放心。只是梁鼎芬不是君父，文廷式亦非祖宗文天祥，龚女一入文府，两位才男才女便琴来棋去，词来诗去，眉来眼去，纠缠一起，打得火热，再也脱不了手。

梁鼎芬被罢黜后，慈禧仍耿耿于怀，又命都察院追查《福李简约》是怎么泄漏出去的。一查一查，查到盛昱头上，原来是这小子拜访庆王府，在奕劻书房看到《福李简约》抄本，透露给梁鼎芬，梁鼎芬借题发挥，闹出这么一出。慈禧火冒三丈，找来奕劻，将他骂个狗血淋头，末了道：“若不看在盛昱皇族份上，干脆也贬他去太常寺做司乐，陪梁鼎芬看守乐器。”

奕劻自掌嘴巴，咒自己不是东西，辜负老佛爷栽培和提携。自咒半天，又小声问慈禧道：“不让盛昱做司乐，又让他做什么呢？仍任右庶子不变？”慈禧道：“让他任国子监祭酒吧，免得老在后廷晃荡，本宫看着生气。”

国子监祭酒为四品，比五品右庶子高一阶，好歹也算升迁，只是远离皇宫，有些明升暗降味道。盛昱等着连跃数级，晋升从二品内阁学士要职，这下被打发到国子监去带学生，确实有些失落。可也没法，自己是劾李风波始作俑者，慈禧不把你踩入泥底，还提你一级，让你有个领俸养家去处，也算法外开恩，够宽容的了。

风波过去，慈禧赶紧降旨安抚李鸿章，令其尽快与福禄诺商定北圻撤兵日期，早些停战，实现中法越三方和平共处。本来京师劾李闹剧已让李鸿章心灰意冷，不愿再沾惹西南战事，想起太后排除众议，不遗余力庇护自己，又不得不打起精神，亲往法驻津领事馆，约请福禄诺，商议北圻停战撤兵事宜。几番讨价还价，议定清军三个月内自北圻撤兵。且严正声明，以撤兵节略为凭，中法遵约行事，永不言战，不得有误。

节略成稿，双方签字画押。马建忠准备抄送朝廷，李鸿章不同意，晃荡着脑袋，几分无奈道：“《福李简约》呈京后，闹得惊天动地，不可收拾，差点要了老夫小命。撤兵节略再送朝廷，人多嘴杂，节外生枝，不知又会惹出什么乱子来。这样吧，干脆直接发送西南前线，让张树声依略行事，停战收兵，以免误我大事。”

世间之事，往往半由天意半由人，李鸿章怎么也没想到，撤兵节略发送广州时，张树声病卧于床，昏昏沉沉，不能视事。三四天后，头脑稍稍清醒，强睁双眼，模模糊糊看几遍节略，准备签发前线，见仅有李鸿章签章，没有军机处和兵部印信，又犹豫起来。就在张树声犹豫不决之际，法军依约巡边，遇上驻扎于谅山观音桥的桂军。桂军还未接到撤兵命令，自然会阻止对方前进。法军悍然开火，桂军奋起还击，打死打伤法军九十人。一时舆论哗然，欧美各国纷纷指责中国背约，法国趁机要挟清廷，狮子大开口，要求赔偿巨款。

清廷顿时慌了手脚，把责任往李鸿章身上推，申斥其疏忽含混，未将撤兵节略呈报朝廷，擅自发送广州，张树声不敢从命，引起两军冲突，中法和局泡汤。趁慈禧召集御前大会，商议对策，朝臣们一个个火气十足，唾沫四溅，大骂李鸿章误国，请求拿他是问。慈禧说："拿下李鸿章，就能赢得和局吗？"朝臣们说："天下大乱皆由李鸿章造成，没有李鸿章，国家自然太平。"慈禧说："法军已打到家门口，哪来的太平？"朝臣说："不是李鸿章老以议和为借口，阻止朝廷用兵，清军已把法国鬼子赶走，早过上太平日子。"慈禧怒道："放狗屁！李鸿章与法国议和时，朝廷不擢拔唐炯与徐延旭为滇桂巡抚，调兵遣将，双管其下，在北圻抗法吗？到底赶走几个法国人，莫非你们耳朵生毛，闻所未闻？"

朝臣们这才闭上嘴巴，不再纠住李鸿章不放。奕譞出列道："《福李简约》失效，李鸿章失信于法国人，只怕还得另选良臣议和。"慈禧问道："哪有良臣可选？"奕譞说："法国新任公使巴德诺已至上海，就派两江总督赴沪，与他重启谈判吧。"慈禧说："两江总督左宗棠向以言战保荣，又岂肯议和毁誉，背卖国骂名？"奕譞说："朝廷并没说议和就是卖国，左宗棠四朝老臣，定会体谅国家难处，委曲求全，答应主持和议。"

慈禧只得依请，嘱令军机大臣世铎与总署大臣奕劻，联名发报至金陵，命左宗棠赶赴上海，去与巴德诺议和。果然不出慈禧所料，左宗棠复电说自己年老昏聩，手不能写，口不能言，耳不能听，没法与洋人议和，请求致仕归田，埋骨乡里。世铎与奕劻不可能赶鸭子上架，带着左宗棠复电去见奕譞。奕譞也拿左宗棠没法，又给慈禧出主意道："能否让曾国荃出山？他毕竟小左宗棠十多岁，总不好也倚老卖老吧。"

"左宗棠老矣，已不中用，让曾国荃出来一试，看能否支撑危局。"慈禧说道，"至于左宗棠，有大功于大清，不能因其不肯赴沪议和，就一棍子打死，真赶他回乡，显得朝廷无情无义。就让他回京入值军机处，朝廷有啥疑难，可问计于他。"

奕譞得令，让吏部授曾国荃两江总督兼南洋通商大臣，即刻赴苏就职。曾国荃纵使一千个不愿意，还是不敢抗旨，离开湘乡老家，乘船出湘江，过洞庭，再入长江，东临金陵。走进两江总督府，刚与左宗棠办完交接，圣旨随即送达，令其为全权代表，驰赴上海，与巴德诺交涉，条件是越南依旧封贡，中方不赔钱，滇桂不通商，刘永福由清廷处置。

曾国荃不傻，知道法国人不可能答应这些条件，复电朝廷，说自己身为疆吏，守土有责，披坚执锐，冲锋陷阵，义不容辞，跑去与敌方和谈，非己职责，也容易谈崩。

不赴上海和谈，要你主持两江与南洋干吗？朝廷再下严旨，逼曾国荃非去上海不可。还派内阁学士陈宝琛为会办，协助他与法和谈。曾国荃再不好推辞，只得带领陈宝琛等众，麻着胆子，向上海进发。在曾国荃心里，宁肯上战场跟敌人厮杀，死上十回八回，也不愿与洋人对坐谈判桌上，像跟菜贩子讨价还价样，好不耐烦。陈宝琛就提醒他，李鸿章与洋人交往多，可向他讨讨主意。曾国荃眼前一亮，让陈宝琛拟电，发往天津。

虽说李鸿章已被朝廷晾到一边，没资格参与议和，可收到曾国荃电报，还是坐下来，亲拟电稿，和盘托出自己对付洋人心得。末尾不忘提醒曾国荃，法国在越征战经年，损失不轻，定会提出赔偿，若数十万两银子要求，不妨答应下来，再说服朝廷认可。

电报拟好，薛福成拿去发走，回来道：“曾国荃会听信相国忠告，与巴德诺议和成功吗？”李鸿章摇头道：“难上加难。时至今日，中越宗藩关系早不存在，朝廷还想保住虚名，提出不通商，不赔款，法国人岂肯答应？”薛福成说：“明知和局难成，相国为何还要给曾国荃支招？”李鸿章说：“知其不可而为之。国家有难，要老夫袖手旁观，实难做到啊。”薛福成说：“和议难成，岂不只有一战？”李鸿章说：“恭亲王下台，朝中无人听得进老夫浅见，老夫无力回天，只能眼睁睁看着中法开战，生灵涂炭，国家受损。”

薛福成道：“两国若开战，中方有多少胜算？”李鸿章说：“若有胜算，老夫还苦苦坚持和议干啥？至少海上大清毫无优势，只能退守陆地，凭借主场优势，拖疲法军，或可迫使其停战。”薛福成问：“可法军陆战也没吃亏，在中越边境屡屡得手，福成担心总有一天会过境入侵滇桂腹地。”李鸿章说：“滇桂腹地，山高林密，谷深水急，法军岂敢贸然涉险，陷入其中，不能自拔？怕就怕他们凭借坚船利炮，往东南沿海挺进，直犯京畿，如此大清必危。”

“大清水师未成，没有像样战船和炮台，定然无法抵御法国海军。”薛福成痛心疾首道，“莫非大清别无良策，只有坐等法军北攻，打入京师，重演咸丰末年悲剧？”李鸿章一脸凝重，摊开海陆图，指着东南漫长海岸线，分析道：“法军若转移战场，在海上争锋，肯定会先占台湾，继侵马尾，再犯镇海，接着北上攻打威海、烟台和旅顺。此六处若失，天津成为孤岸，法军便可登陆破津，长驱直入，进逼北京，灭我大清。”

说得薛福成心惊肉跳，道：“照相国所说，能依《福李简约》，议和停战，确属最佳选择。可悲的是朝廷左右摇摆，战和不定，欲战不能，欲和不甘，既派曾国荃与巴德诺议和，又开出对方不可能接受的条件，不是故意逼法军渡海北进，直捣津京么？不知相国有无救时良方，挽大清于既倒？”李鸿章说：“老夫也别无良方，只能奏请朝廷，选派知兵大将，死守沿海海岸，清军海上占不到优势，至少可阻止敌军登岸补充给养。敌舰逡巡海上，天长日久，熬不起，耗不起，最后不得不寻求和议。”

薛福成满脸愁容才稍舒展些，说：“相国打算建议朝廷，派遣哪些知兵大将死守沿海？”李鸿章沉吟道：“周盛传陆师屯驻天津，丁汝昌水师扼守旅顺，吴长庆留袁世凯驻守朝鲜，已率庆字营大部回国镇卫文登一带，随时可声援烟台和威海，此数处皆放得心。南边浙江沿海有浙抚刘秉璋坐镇，若添得力人手协助维持镇海，可保不失。闽浙总督何璟出身湘军，福建巡抚张兆栋也打过仗，督抚同城，共守马尾，该无大碍。台湾隶属福建，然隔海相望，鞭长莫及，非老成干将渡海坚守不可。滇桂边军也需能帅调度，趁法军重心转移东南沿海，乘虚进击越南，使其首鼠两端，顾此失彼。只可惜张树声病入膏肓，来日不多，得另选高明。”

看来对沿海之战，李鸿章早有预谋。朝臣们口头高声喊打，却从没想过谁来打，如何打，唯有李鸿章口里言和，肚里却暗暗盘算，该怎么应战。薛福成问道：“依相国设想，该选派何人守卫镇海、台湾和滇桂边境？”李鸿章笑道：“你很快就会知道的。”

李鸿章与薛福成分析中法和战趋势时，曾国荃与巴德诺已坐到桌前，开始谈判。根据朝廷事先授意，曾国荃提出越南继续封贡、中方不赔钱、滇桂不通商等条件。巴德诺断然拒绝，向中方索赔一千二百五十万两银子。

曾国荃听信李鸿章建议，答应五十万两抚恤银。双方期望如隔云泥，谈判破裂。曾国荃发电北京，告以谈判结果。奕譞回电指责曾国荃，轻自出口允许，实属不识大体。而后入觐慈禧，如实禀报。慈禧说：“光绪年少，不谙世事，你是他父亲，代他做主吧。”奕譞说：“微臣不敢做主，只恨法国鬼子欺人太甚，不好好教训教训他们，显得咱大清无能。”慈禧问：“你拿什么教训人家？”

奕譞语塞。慈禧瞥奕譞一眼，正要说什么，李莲英上前道：“庆郡王求见。”

莫非巴曾谈判破裂，法国已开始采取行动？慈禧预感不妙，要李莲英快放奕劻进来。奕劻凄惶而入，手拿张树声刚发来的加急电报，说：“法国海军司令孤拔已调动舰队，正往东南沿海挺进，扬言先拿下台湾、福建，进而北上苏沪和天津，登陆西征，攻克北京。”

慈禧大惊，看眼电报，让李莲英传旨下去，召军机总署六部九卿翰詹科道各大臣，入宫参加御前会议，急商应对法军措施。朝臣们闻召，陆续进宫，来到养心殿。慈禧让奕劻宣读张树声电报，各位闻罢，面面相觑，不知如何是好。慈禧又气又恨道：“你们不是拼命反对议和，口口声声喊打吗？如今议和破裂，法军从滇桂边境扑向东南沿海，你们该满意了吧？要打就打，得有个打法，怎么事到临头，嘴巴闭得紧紧的，屁都不放一个？”

众臣脑袋低到裤裆里，不敢出声，朝堂一片沉默。偏偏又有张树声电报送进，说他病情越来越重，无可救药，请朝廷准假，另命做过广西巡抚的潘鼎新总督两广，统领滇桂边军，入越作战，打乱法军部署，减缓东南沿海压力。

慈禧再次发问，可否照张树声电请办。没等众臣回话，天津也有急电呈入。原来张树声发电北京时，给天津也发去一份，恳请李鸿章予以配合。两人不谋而合，李鸿章当即电奏朝廷，恩准张树声所请，派潘鼎新赴粤指挥滇桂两军，入越作战，重创法军。另请起用老将刘铭传，授以巡抚衔，渡海入台，主持台湾军队，抵挡法国海军侵台。薛福成曾受教曾国藩门下，又在北洋衙署历练多年，可委宁绍台道，助浙抚刘秉璋，守护浙江沿海。

慈禧要过李鸿章电稿，反复看上两遍，然后对朝臣道：“你们喊打声最响，可论到怎么打，一问三不知。反观李鸿章，一贯坚持和议，从没喊过打字，却早有应战预谋。可笑你们横竖看不惯李鸿章兴洋务，办制造，固海防，有事没事就上本参劾他，逼本宫杀李以谢天下。真依你们杀掉李鸿章，国家有难，谁来维护危局？就你们这些人，靠得住吗？”

发泄过心头怒气，慈禧宣布照李鸿章所奏，委任潘、刘、薛诸臣，即刻赴任，稳定东南局势。奕譞赶紧站出来，说：“潘鼎新和刘铭传系淮军老人，薛福成多年在北洋衙署为幕，太后如此重用李鸿章部属，只怕难以服众。”

国难当头，正需用人之际，还分李鸿章部属，张鸿章部属，也不知奕譞是何居心。慈禧正要反驳，众臣纷纷声援道：“北洋范围之天津、旅顺、烟台、威海，皆由淮军将领把持，浙江巡抚刘秉璋和两广总督张树声也系李鸿章旧部，再让潘鼎新续督两广，刘铭传进驻台湾，薛福成赴任宁绍台道，整个东南沿海及西南不成了李家天下？回想清初吴三桂、耿精忠、尚可喜三王，割据滇粤闽三地，分头发难，康熙费了好大劲才算平定下来。试想当初三王若统归一人节制，有预谋有步骤北犯，只怕大清早已灭亡，不复存在。”

清初三藩之乱，史有记载，慈禧不可能不知。听大臣如此一说，心下也犯起嘀咕来。洋人犯华，所索不过钱财二字，汉人一旦存有异志，眼里所盯，肚里所念，则是大清江山，虽然看不出李鸿章图谋不轨，毕竟人心隔肚皮，不怕一万，就怕万一啊。

慈禧正在沉吟，奕譞又从旁建言道：“大敌当前，尽弃李鸿章所奏亦不行，就命刘铭传镇守台湾，薛福成助刘秉璋看护浙江，至于潘鼎新，可调整为广西巡抚，留下两广总督，另委他人为佳。”慈禧问：“两广该委何人？”奕譞说：“张之洞较合适。”慈禧道：“张之洞没打过仗，怎么总督两广，领兵拒法？”奕譞说：“可调彭玉麟出山，会办两广军务。”

张之洞属清流派，彭玉麟为湘军老人，正好监控西南淮军。慈禧说：“既然要彭玉麟出山，何不直接任命为两广总督，以张之洞会办军务？”奕譞说：“彭玉麟最不愿做官，每委一职，总是不断推辞，反复礼让。两广情势紧急，岂容他推来让去，耽误朝廷大事？再说彭玉麟年事已高，也难胜任总督重任，让其会办军务，再合适不过。”

众臣异口同声，附和奕譞。奕譞又提出，内阁学士陈宝琛已会办南洋，干脆外派左副都御史张佩纶与通政史吴大澂，会办福建与北洋海防。

张之洞、张佩纶、吴大澂及陈宝琛，皆系词臣，以笔为刀，指东打西，是其长项，于三军之事一窍不通，派往前沿阵地，不坏事才怪。然任由淮系趁中法之战坐大，把持大半个中国，又为慈禧所忌讳，奕譞正好培植自己势力，将张之洞等人安插到东南各地，既可监督淮军动向，又能建功立业，丰满羽翼，改变李鸿章一人独大格局。

也是慈禧心思被奕譞摸透，慨然应允，让军机处拟旨，谕命彭玉麟、潘鼎新、刘铭传、薛福成直接赴任，不用入京请训。又令张之洞即刻离晋入京，与张佩纶、吴大澂南下履新。

张之洞接旨，春风得意马蹄疾，连夜从太原赶回北京，与张佩纶、吴大澂一道，先赴醇亲王府，叩谢奕譞擢拔重用，再入宫向慈禧与光绪请训。慈禧发问，到任新职，有何抗法良谋。三人从没扛过枪，摸过炮，哪来抗法良谋？只好信誓旦旦，空口空言，表示决不辜负圣恩，到达前线，身先士卒，非全歼法军不可。慈禧又问，万一打不过法军呢，又作何设想？三人拍着胸脯道，宁为玉碎，不为瓦全，愿与法军同归于尽，血荐轩辕。

慈禧很失望，叹道："赶不走法军，血荐轩辕又有何用？你们还是先赴天津，去北洋衙门会会李鸿章，让他开导开导，到了前线，该如何抗拒法军。李鸿章见多识广，从不唱高调，喊口号，凡事懂得三思而行，量力而为，尽心维护国家，你们真该向他学着点。"

三人嘴上诺诺，心里却不怎么服气，暗想李鸿章还不是生逢其时，碰上太平军与捻匪乌合之众好对付，侥幸打了几场胜仗，窃取直隶总督与北洋大臣要位，得意一时，威风一世，其实也没啥了不起的。出得养心殿，三位就老大不乐，嘀嘀咕咕道："太后也是，既然让咱们去打法国鬼子，就该信任咱们，还命去李鸿章那里讨口水干吗？"

看着三人撇着嘴巴出殿后，慈禧忧心忡忡，传奕劻入宫，借他漂亮书法，代拟私信给李鸿章，吩咐道，三人尤其是张之洞与张佩纶到津后，务请耳提面命，多加训示，与敌对阵时千万小心，别只顾好大喜功，不切实际，瞎干蛮干，坏大清大事。

慈禧私信飞递天津时，李鸿章刚送潘鼎新至码头，登船离津。几年前潘鼎新就做过云南巡抚，因与云贵总督岑毓英不和，朝廷偏袒岑毓英，愤而辞职回乡，被李鸿章召到天津，帮办淮军营务至今。眼下西南军情紧急，张树声与李鸿章共同举荐潘鼎新继任两广总督，统领滇桂粤边军抗法，朝廷出于不可明言的心理，让其赴任广西巡抚，将两广总督另委好大喜功的张之洞。宿怨未消的岑毓英居西，只知纸上谈兵的张之洞居东，广西巡抚夹在中间，如何指挥军队冲锋陷阵？潘鼎新老大不情愿，准备托病拒绝就任，李鸿章苦口婆心道："琴轩（潘鼎新）是吾淮军老将，英雄一世，如今国家有难，岂能龟缩不出，眼睁睁看着外敌入侵，毁我大好河山？老夫也知授之桂抚，于你不公，且会受岑毓英与张之洞牵制，拳脚难伸。无奈朝廷有朝廷顾忌，不愿将西南兵权尽委于淮系，咱们也不好力争，只能委曲求全，服从朝廷调配。所幸老将冯子材仍然健在，两年多前受老夫鼓动，练勇出山，镇守中越边境，不想徐延旭巡抚广西后，自视高明，欲行大举，不愿冯子材分功，将其排挤出局，终至滇桂两军兵败如山，唐徐两人丢官去职。琴轩此番抚桂，可带着老夫亲笔书信，恭请冯子材率勇出山，你俩真诚合作，联手抗法，定能旗开得胜，建立奇功。"

说罢，李鸿章拿出早拟好的信函，递给潘鼎新。有冯子材相助，西南定然有救。潘鼎新这才振作精神，稍做准备，带上少量亲兵，赶往天津码头。李鸿章亲往壮行，看着潘鼎新登船南渡，消失于迷蒙海雾深处，才上轿返回城里。

刚入衙署，慈禧快函递至，拆开一阅，李鸿章不觉苦笑起来。明知张之洞与张佩纶不懂三军，又何必霸王硬上弓，支往前线，直接面对强敌？岂不是拿国家安危当儿戏么？还要你李鸿章耳提面命，也不想想这些人一向自视甚高，以为打仗如写字作文，挥挥手臂，强橹便灰飞烟灭，哪会耐烦你多嘴多舌？

看完信函，正要动笔回复，薛福成进来通报，说刘铭传已到。原来刘铭传接旨后，片刻不留，带着家丁，离开肥西大潜山，过巢湖，出长江，破浪北上，直奔天津，来向李鸿章讨教护台方略。李鸿章大喜，奔出门去，降阶而迎。两人手拉手，寒暄几句，并肩来到西花厅，薛福成已招呼后厨，送上好酒好肉。李鸿章亲自给刘铭传倒上酒，双手递到他手上，说："省三（刘铭传）肯出山，台湾可保无虞矣。"

刘铭传没李鸿章乐观，不无忧虑道："台湾四面环水，闽粤水师未成，仅凭数艘小型兵船，几处老式炮台，如何抵挡法军铁甲巨炮？"李鸿章笑笑道：“老夫知道，中法海上力量不可同日而语，台湾船炮绝对抵挡不了法军舰炮。”刘铭传道：“既然如此，鸿帅为何还说台湾无虞？”李鸿章道：“台湾没有像样船炮，却有刘铭传，还愁挡不住法军？”

也不知老帅在宽自己心，还是确有拒敌良法，刘铭传心怀忐忑，还要追问，李鸿章望眼薛福成，岔开话题道：“庸庵已授命宁绍台道，过几天你俩同船南下，也可省些船费。省三久经沙场，庸庵饱读兵书，又见多北洋海防措施，两位同船时可倾心交流，共同探讨破敌大计。”薛福成闻言，起身端杯，来敬刘铭传，说：“福成文弱书生，没上过战场，还请刘将军多多指教。”刘铭传哈哈大笑道：“庸庵兄久在北洋为幕，协助鸿帅指点三军，胸中自有雄兵百万，岂用铭传指教？铭传倒要请你多加点拨。”

说笑间喝完酒，李鸿章送刘铭传去上房歇息，刘铭传又问：“鸿帅到底有何护台良谋，还请多多开示。”李鸿章说：“省三远道来津，先别管护台不护台，好好睡上一觉，改天咱们再坐下来，好好合计合计如何？”

刘铭传不便多问，入房倒头便睡。改日李鸿章又摆酒设宴，盛情款待，却只字不提护台之事。一连数天，吃了睡，睡了吃，刘铭传有些憋不住了，独自琢磨起来：台湾船弱炮劣，与法军水上较量，无异于以卵击石，看来只能扬长避短，诱敌深入，凭借崖陡林密，展开陆战，致使敌军船炮优势尽失，从而达到拖垮对方目的。

回到酒桌上，刘铭传将自己想法一说，李鸿章大笑道：“老夫说过，台湾有省三，就是没有像样船炮，照样可击退劲敌。你与庸庵可行动啦，老夫已备好兵船，护送你俩南行。”

朝阳逐浪升，海风拂岸柳。李鸿章亲至天津码头，送刘铭传与薛福成登船。刘铭传握紧老帅大手：“鸿帅还有何吩咐？”李鸿章道：“老夫揣摩法军大举进攻越南北圻，主要意图是殖民全越，与华通商，并无吞并中国野心。吞也没法吞，中国幅员辽阔，蛇欲吞象，谈何容易？眼下法军暂置越南于不顾，驶舰东进，定是意识到滇桂穷山恶水，即使打得稀烂，也痛不到大清心肺，要想迫使清廷屈服，唯有转移战场，占领东南几个富庶港口城市，好作为抵押物，索取巨额赔款。据说孤拔本欲直接进攻烟台、威海与旅顺，进而威胁京畿，考虑老夫经营北洋多年，早有防备，不敢冒进，才把目光盯向台湾、福州等处，以试探虚实。台湾不是越南，越南虽号称中国藩属，却不属大清领土，清军越战失利，无损于本国疆土。

台湾毕竟属中国版图，败给法军，为其所侵，丢失的可是实实在在的国土。故省三此番渡台，守土有责，任重道艰，得做好打硬仗苦仗持久仗的准备，丝毫不可懈怠。”

“铭传谨记鸿帅教导，决不辜负圣恩，给鸿帅和淮军脸上抹黑。”刘铭传信誓旦旦道。李鸿章拍拍他肩膀，点头道：“凭省三智识和谋略，守台不失，该有把握。只是台湾与天津远隔千里，又有惊涛骇浪相阻，老夫帮不上大忙。可你只管放心，老夫会尽力筹粮备饷，购枪置炮，输送台湾，助你抗法护台。俟战争结束，还将奏请朝廷，设立台湾省，由你巡抚治理。台湾天高皇帝远，可避开朝臣掣肘，省三正好放开手脚，开挖矿山，修建铁路，夯筑炮台，为大清兴洋务，办制造，固海防，做个榜样。”

说得刘铭传热血沸腾，感谢老帅信任。李鸿章又召过薛福成，拿出亲笔信函，塞他手上，道：“庸庵抵达浙省后，将此函交给刘秉璋，他会与你共商守浙良策。估计法军会双管齐下，在台湾与福州同时发难。台湾有省三镇守，可以放得心，福州恐怕就有些难说。法军一旦福州得逞，必然北犯浙江。镇海为浙江门户，又系南北海运枢纽，法军若想在浙江有所作为，必由镇海靠港登陆，庸庵可于近港处，广布鱼雷，多栽木桩，遍置钢丝铁网，叫法舰无以入港。且在海岸驻扎炮队，埋伏枪兵，阻敌于海滩之外。只要法军困于镇海，无法继续北上，京沪无忧，就伤不到大清元气，日后国家振兴，仍大有希望。”

薛福成表示谨记于心。正要作揖告别，又忽想起什么，说：“相国事务繁巨，福成这一走，身边无人办理文案，如何是好？”李鸿章说：“莫非庸庵有合适人选？只管推荐给老夫就是。”薛福成道：“福成久闻兵部主事于式枚，博闻强记，学富才高，尤其文笔了得，相国若聘入北洋衙署，帮办文案，定胜福成十倍。”

于式枚乃广西贺县人，少年得志，十五岁考取举人，十六岁高中进士，旋选翰林院庶吉士，现为兵部六品主事。李鸿章早听说过于式枚才名，有心延纳，当即说：“庸庵推荐，老夫回衙后便给朝廷上条陈，请调于式枚，相信朝廷会看老夫薄面，放其赴津。”

薛福成这才落心转身，追近刘铭传，登上兵船，挥手南去。李鸿章率领随从，返身往城里赶。路上想起慈禧私信，心下暗忖，张之洞几位也该抵达天津了。

果然回到北洋衙署，写好请调于式枚的条陈，交人发走，门房来报，张之洞、张佩纶与吴大澂求见。李鸿章抬抬屁股，意欲出迎，心下寻思，此三人才高气傲，不可太当回事，惯坏他们，又坐回到太师椅，对门房说：“放人进来吧。”

门房当即传话出去。吴大澂受命北洋会办，属李鸿章直接下属，不会指望主官降格出迎。张佩纶身为三品左副都御史，与文华殿大学士品秩相去甚远，又曾入过李幕，也不巴望享受特殊礼遇。唯张之洞虽无大学士头衔，也没直隶总督显赫，好歹也是两广总督，过境天津，入衙求见，李鸿章连出门相迎都不愿意，架子是不是也太大了点？

不过张之洞心里不快，却没形诸于色，与张吴两人一道，迈进大门，朝签押房走来。李鸿章正低头批阅文稿，听脚步声近，抬起头来，故作惊讶道：“原来是三位大才子！怪只怪老夫一心忙事，门房也没说是何方神圣，才有失远迎，乞谅乞谅！”

张之洞知道李鸿章有意演戏，又不便点破，施礼道：“相国肩负洋务、外交、海防大任，日理万机，咱们不请自到，贸然登门，还请别见怪啰。”李鸿章朗声笑道：“老夫敢见怪吗？三位尤其两位张大人，受朝廷委派抗法，借道天津，老夫侍候不周，两位恼羞成怒，到前线后消极怠工，不肯用劲杀敌，致使法军侵华得逞，老夫岂不成千古罪人？”

说得三位忍俊不禁，说没如此严重。笑言几句，周馥来告，酒肉已上桌。主客起身，一起走进西花厅，围桌而坐。端杯于手，李鸿章以不经意口吻道：“三位还没离京，老佛爷就发来私函，千吩咐，万叮咛，诸君尤其两位张大人，衔命出京抗法，过津南行，老夫务必尽地主之谊，盛情接待，别让两位饿着肚皮，为国出征。”

“别处难说，过境天津，还饿肚皮，相国肯定不会答应。”二张齐声道，“老佛爷发专函给相国，肯定别有深意。”李鸿章道：“老佛爷确实还有重托，要老夫与二位好好商议拒敌良谋。二位学贯古今，腹有兵书，想必早成竹在胸，此番南渡闽粤，指挥抗法，将旗开得胜，马到成功，建立万世功勋。”

李鸿章端出慈禧，无非故意敲打二张，法军强大，敌我对阵，真枪实炮，可不像纸上谈兵好玩，切不能掉以轻心。二张有些不以为然，却看在满桌酒肉份上，故作姿态，向李鸿章讨教拒敌之策。李鸿章一笑而过，不愿浪费口水，好为人师。言语毕竟太苍白，缺乏说服力，还得带几位看看驻津法军舰炮，长些见识。

约定参观法国军舰时间，酒也喝得差不多，李鸿章不再力劝，让周馥带二张入住早安排妥的客店。又叫着吴大澂字号道：“子敬既已受命会办北洋防务，便是天津主人，理当照顾好香涛与幼樵二君，明天上午准时出发，同赴海上参观法舰。”

吴大澂点头应允，说相国尽管放心。可翌日李鸿章与翻译毕德格赶到海边，等上半个多时辰，张之洞与吴大澂才由周馥导引，匆匆赶到。竟不见张佩纶影子，李鸿章正要发问，吴大澂先说道：“幼樵头疼欲裂，没法参观法舰，咱与张督不好勉强，随周道先赶了来。”

八成是这小子不把法舰当回事，故意推辞，不肯露面。李鸿章皱皱眉，不便说啥，带头踏上法军舰艇。法舰管带系李鸿章老友，热情有加，导领几位，前前后后，上上下下，参观军舰，一边介绍情况。张之洞是有心人，听得认真，问得仔细，诸如舰身长宽，航速几何，耗煤多少，都没放过。参观一遍，管带走进驾驶舱，亲自掌舵，驾艇出港，张之洞又跟进舱内，问长问短，管带一一作答，毫无保留。很快到得深海，风高浪大，舰艇颠簸厉害，众人招架不住，跑到舷边，呕吐起来，只李鸿章与毕德格平时没少登舰出海，若无其事。管带放慢航速，开始发布命令，施放舰炮和鱼雷。张之洞强忍呕吐，用襟袖捂住嘴巴，趴到炮位旁，睁大双眼，细察舰炮与鱼雷发射过程。一时间，海面炮声隆隆，巨浪冲天，令人震撼。张之洞惊讶之余，赶紧向水兵讨教，舰炮威力如何，鱼雷射程好远，精准度多高，又问了个遍。

李鸿章看在眼里，对张之洞暗暗欣赏起来。想起当年自己征发上海，初登英国军舰，也充满好奇，详问细究，铭记于心。世间万事，不管大事小情，皆须先用心动脑，琢磨明白，再付诸行动，才可能有所成就。不过脑子，无所用心，而欲成事，无异于痴人说梦。

走下法舰，又参观北洋水师舰队，张之洞依然细听勤问，不肯稍有疏忽。李鸿章由此预见，日后张之洞定能成就大业。反观张佩纶，受命会办福建海防，竟放弃见识法舰和北洋水师绝好机会，躲在客店不肯出面，真叫人大失所望。

回到城里，李鸿章直奔客店，去瞧张佩纶，见这小子毫无病相，正在翻阅孙子兵法，自夸已有抗敌妙计。问妙计何在，又故作高深，说是天机不可泄漏。李鸿章哭笑不得，道："幼樵啊，请你参观法舰，你以病推脱，若登舰见识法军炮舰与鱼雷之厉害，你只怕就不会如此乐观了。"张佩纶说："佩纶不登法舰，也早知其厉害。曾文正公不早说过，打仗在人不在器，法军劳师远征，咱以逸待劳，只要调度得法，巧布战阵，破敌易如反掌耳。"

李鸿章猛摇其头，说："不比从前刀箭对攻，如今进入火器时代，调度再得法，战阵再巧妙，敌军猛炮一轰，排枪一放，也叫你吃不消。"张佩纶说："相国太长敌人志气了吧？佩纶赴闽后，定能打败法军，届时你听我喜报就是。"

"能击败法军，自然是老夫所愿，怕只怕没有此等好事。"李鸿章苦苦口婆心道，"老夫预料，福州船政厂与船政学堂皆在马尾，法军舰队抵达台湾海峡后，必将突破闽江口，进攻马尾基地。依老夫浅见，闽军当务之急有三：一是在闽江口广设障碍，阻止法舰入江而上；二是多布精兵与火炮于闽江两岸，一旦法军进入江内，可借江岸有利地形，以陆战消耗对方；三是提前搬走福州船政厂与船政学堂设备，尽量减少损失，万一法军强攻得逞，要占马尾，尽管让其占去，战后议和，再搬回原址就是。"

枪声未响，就先想着败给敌人，不太令人扫兴了么？张佩纶真想捂住耳朵，挡开李鸿章满嘴丧气话。只是看在其官高年长份上，不便失礼，才假意诺诺道："佩纶受教了，赴闽后遵相国所示，与何璟等好好协商拒敌妙法。"

明知张佩纶不会把自己的话当回事，李鸿章也只得闭嘴打住，不好废话。直到送两张登船离津，才给何璟写信，将在张佩纶面前说过的话复述一遍，劝其考虑闽江实际，做好防御，留条后路，别不知天高地厚，以卵击石，与法军硬拼。末了又不忘告诫何璟，身为浙闽总督，守闽有责，得有自己主见，张佩纶不过福州海防会办，千万别被他夸夸其谈所惑。

然何璟会听信你的忠告吗？李鸿章不得而知。其时法国海军司令孤拔已调集舰队，绕行南海，进入台湾海峡，驶近台北基隆与福州之间海域。刘铭传正在基隆布防。内海口仅有一座炮台，五门克虏伯大炮，且地势低下，无以远击敌舰。刘铭传便在外海口两岸各筑炮台一座，以阻遏敌舰入内。岛上将寡兵少，全台仅有四十营防军，其中台南三十一营，台北九营。刘铭传即调两营防军北移基隆，驻扎炮台周围，增强防御能力。

适逢六月中旬，赤日炎炎，海水如蒸。孤拔派人送劝降书上岸，命刘铭传交出基隆。刘铭传是来抗法的，不是来受降的，断然拒绝。隔日即十五日上午，法舰轰击清军炮台，刘铭传下令反攻。无奈敌炮威力十足，清军炮台全行击碎。法军开始登陆，大约四五百余人。清军反击，凭借人多势众，打死打伤法兵百余人，余者撤回舰上。

基隆初战，双方打个平手，各有得失。刘铭传深知恶战还在后头，发电给朝廷，禀报战况，奏请增炮添舰，力拒法军。慈禧见电，赶紧召集御前会议。论及战端已开，一旦台湾失陷，东南不保，法军必北犯京畿，一时失控，不觉大放悲声："本宫不愿再经咸丰故事，更不愿大清江山由我而弱，由我而失。"

众臣垂头丧气，无人敢吱声。慈禧用手巾揩把眼泪，盯着奕譞道："李鸿章与福禄诺议成简约，本宫本欲认可，你说不能受欺于法国，命曾国荃另启谈判，结果谈判失败，法军悍然东进，闽台危急。事情为你所惹，你说怎么办吧。"

奕譞两股直颤，半天说不出一句话来。奕䜣在位时，奕譞嫌他软弱，只知对外求和，如今自己当政，才觉言战口难张，求和更不易，整日如临深渊，如履薄冰，生怕不小心，一脚踏空，以至万劫不复。见奕譞嗫嚅不语，慈禧又没好气道："战争在所难免，你又是皇帝父亲，你得替他作主，成败全看你的。"奕譞这才结结巴巴道："料法国不太强大，距离中国又远，与法军决战，大清不见得一定会输。"

曾国荃总督两江后，左宗棠北上入值军机处，也在御前，当即站出来道："大清不能永远屈服于洋人，与其赔款，不如拿赔款作战费，拼个鱼死网破。"

两人一出声，其他众臣也来了劲，纷纷喊起打来。一舌难敌众口，慈禧一张嘴巴，如何镇得住满堂喊打声，不得不勉强道："打就打，打到底！"

廷议至此结束，众臣退出殿外。奕譞也转过身，低头往外走去，慈禧后面叫道："本宫还有话要跟你说呢。"奕譞战战兢兢返身回来，小声问道："太后有何吩咐？"慈禧道："刚才你只说打，到底拿什么打，怎么打，总得给个说法吧。”

奕譞想了半天，说：“张之洞、张佩纶、陈宝琛已各就各位，刘永福亦可抵敌，不愁胜不了法军。”慈禧说：“你真以为张之洞与张佩纶之流有办法取胜？”奕譞说：“还有彭玉麟、潘鼎新、刘铭传、刘秉璋和曾国荃，都是湘淮老将，身经百战，定能确保东南不失。”

“湘淮老将身经百战不假，可经的是征发剿捻之战，法军船威炮猛，强过发捻十倍百倍，怎可同日而语？彭玉麟、潘鼎新和刘铭传再能战，也不可能拿肉身去挡法军铁甲烈炮吧？”慈禧说着说着，又不免伤心痛肺，涕泪横流，“事已至此，和亦悔，不和亦悔。理为势屈，巨款坐输，示弱四邻，效尤踵起，和之悔也。筹备未密，主战难坚，商局已售，船舰再毁，富强之基尽失，补牢之策安施，不和之悔也。”

奕譞渐渐听出些意思来，说：“太后莫非还是想议和？”慈禧说：“朝会上说好与法军一战，岂可出尔反尔，转过身又来议和？”奕譞说：“若胜法绝无把握，议和也不是不可考虑。”慈禧说：“本宫可没说过议和。”奕譞说：“太后没说议和，微臣不妨去找美国公使调停调停，法国人不服英，不畏德，或许会看美国脸色行事，维持和局。”

慈禧依然不肯明确表态，说：“本宫决不议和，遭人唾骂。”

你是太后，遭人唾骂，有失尊严，只好本王当罪臣，与美国斡旋，看能否免去战祸，保大清江山不灭。谁要自己挖空心思，挤走六哥，临危受命，执掌多灾多难的大清朝政？奕譞只得认命，不再啰嗦，夹着尾巴，告退出来，直奔美国公使馆。

美国公使叫做杨约翰，喜欢周游列国，辗转津沪时，结识李鸿章，获荐出任驻华公使。奕譞掌管军机处和总署后，没少与杨约翰打交道，应该说得上话。果然听说醇亲王到馆，杨约翰放下手头事务，抽身出来，接待客人。还泡上浓浓咖啡，请奕譞品尝。奕譞不喜欢咖啡苦味，只因有求于人，不得不假装受用的样子，狠命喝上几口，再赞扬几句，说：“比起中国茶水来，咖啡味道确实丰富得多，入得喉咙，可回味半天。”

杨约翰哈哈大笑，说：“醇亲王该不是专门上敝馆来品尝咖啡的吧？”奕譞放下咖啡，眼巴巴望着对方道：“杨使知道，法军舰队已进入台湾海峡，侵犯闽台，炮击基隆，威胁东南。”杨约翰点头说：“敝国福州领事已发报给公使馆，本使略有所闻。”奕譞道：“法军凭坚船利炮，横行欧亚海陆，谁都不放在眼里，唯独不敢小觑美国，杨使可否替中国主持正义，跑趟江南，劝说新任法国公使巴德诺，停止侵华行动？”

杨约翰望眼奕谖，道：“两个月前李鸿章就费尽口舌，与福禄诺议成《福李简约》，各国公使都觉还算公平，贵国并没吃亏，王爷为何粗暴背约？”奕谖矢口否认道：“本王没有背约，是众臣觉得法国欺人太甚，无法接受，才不得不派曾国荃赴沪，与巴德诺另开谈判。”杨约翰说：“贵国撕毁《福李简约》，激怒法国，又有北圻观音桥两军冲突，巴德诺才开出一千二百五十万两高额赔偿，曾国荃遵李鸿章意思，还以五十万两抚恤银，竟遭朝廷责备，不知是何缘故？”奕谖气愤道：“中国无罪，赔款无异于土匪入室抢劫，室主倒贴土匪银钱，能不憋屈？佛争一炷香，人争一口气，朝廷实在咽不下这口气啊！”

杨约翰鄙夷道：“敌军已打到家门口，退敌无策，保国无方，只知争气，又能争出什么名堂？难道这口气如此重要？要知道当今天下，各国相争，争的都是力，不是气。事实是无力与人抗衡，最后也争不了气，只能挨打受气。”

噎得奕谖张口结舌，良久才又低声下气道：“大清待美国不薄，杨使总不能眼睁睁看着中国受法国欺侮吧？还是请您出面，劝法军放弃武力侵略，重开谈判，不论什么条件，大清都能接受。”杨约翰道：“王爷早有这个姿态，事情也许不至于弄到这个地步。本使跑趟上海吧，不过法国听不听调停，本使可没法强求。”

当天杨约翰就启程南下，找到巴德诺，代大清提出求和请求。开始巴德诺置之不理，经不住杨约翰好说歹说，才往巴黎拍电报，传达大清意愿，遭到茹费理拒绝。杨约翰别无他法，如实电告总署，连夜登船北返。归京刚入美国公使馆，奕谖就贴着屁股跟进来，探问法国拒和原因，奢望还有转圜余地。杨约翰摇头道：“法国得势不让人，再无挽回可能。”

奕谖哭丧着脸，告退出馆。杨约翰送到门外，说：“本使有句话，已在肚里沤了蛮久，不知当讲不当讲。”奕谖哀哀望定杨约翰，静候下文。杨约翰道：“比起清军，美军人数少得多，法国为何不跑到美国家门口施炮放枪？”奕谖嘟囔道：“美法关系友好呗。”

杨约翰猛摇手道：“不不不，关系当不得饭，人与人也好，国与国也罢，别相信关系。”奕谖说：“不相信关系，又相信什么？”杨约翰说：“相信两条，一条是开放国门，接纳各国，彼此通商，互利互惠；另一条是筑铁路，办工厂，开富矿，兴商贸，让国家强大起来。”

奕譞说：“大清早与各国通商，也在大力兴办洋务。”杨约翰说：“不够不够，远远不够。大清国门不过半开半闭，沿海各港口城市不得已开放，西南等边陲地区能不开不开，能不放不放，否则也不会与法国发生冲突，闹到如此地步。各国通商，不仅互通有无，更重要的是你中有我，我中有你，轻易不会开战，损害双方利益。万一开战，其他各国担心自己国家利益受损，不希望看到通商国发生战争，也会出面干涉，维护和平。”

此类言论，无论在朝堂上，还是其他场合，李鸿章只要有机会，就会不吝口水，大肆宣扬，只是奕譞不太往心里去，这下出自杨约翰嘴巴，确有醍醐灌顶之感。只听对方又道：“通商不止西国到贵国来贸易，贵国也可利用通商条约，走出国门，到西国去做生意。这样可直接学习西语西学，西器西技，学成后回国办学开矿，筑路建厂，让中国慢慢变得强大。中国一旦变得强大，就像美国一样，谁还敢欺侮你？”

与杨约翰分手后，奕譞赶紧入宫去见慈禧，哭丧着禀报，中法议和希望彻底破灭，唯有一战。慈禧还不死心，说：“可否让李鸿章再找找福禄诺，重议《福李简约》？李福二人系多年老友，也许福禄诺不看僧面看佛面，愿重新与老友坐到一起，重启和谈。”

事已至此，还想把福禄诺请回谈判桌上，哪有这么容易？奕譞本不愿李鸿章再插手中法战事，却还是附和慈禧道：“不妨让李鸿章再试试。李鸿章不奏调兵部主事于式枚帮办北洋文案么？咱让奕劻以总署名义拟函，交于式枚带到天津，敦促敦促李鸿章。”

慈禧恩准，奕譞吩咐下去，于式枚带着总署公函，直奔天津，赶往北洋衙署。李鸿章最重人才，走出衙门，抚掌笑迎。于式枚自然受用。李鸿章乃当朝首席阁揆，两广总督张之洞南渡过津，登门求见，他老人家大模大样，端坐签押房，不肯出户迎迓，自己小小六品主事，东来应幕，竟受如此礼遇，能不感恩戴德？

心里受用着，一起来到签押房，于式枚拿出总署函件，呈到李鸿章手上。李鸿章置函于桌上，叫来周馥，道：“晦若（于式枚）可是大清鼎鼎大名的少年天才，看得起北洋衙署，受调前来入幕，玉山（周馥）赶快腾出上房，给予妥善安顿。”周馥说：“在下马上照相国所说去办。”李鸿章又道:“庸庵走后，其办公房空在那里，还算宽敞明亮，正好安排给晦若。另将旁边杂物库打通，交晦若做书房。大才子与书为友，岂能无读书之处，是不是？”

周馥应声出去，李鸿章拿过桌上总署公函，端详端详，也不拆阅，顺手递给于式枚，说:“晦若看看，函件里所说何事。”

于式枚心知李鸿章有意试探自己识见和办文能力，忙拆开函封，一目十行看一遍，说:“总署嘱相国联络福禄诺，争取重启和谈。”李鸿章问:“晦若意思，要不要遵办？”于式枚说:“式枚当值兵部时便有所耳闻，《福李简约》为清廷否定后，福禄诺气愤不过，毅然南下，返回法军驻粤海军衙门，协助孤拔督师东进，时下正在基隆港备战呢，又怎会离开战场，重回谈判桌？也是醇亲王幼稚，异想天开。”

李鸿章笑道:“不是醇亲王幼稚，是老佛爷病急乱投医。”于式枚道:“式枚只知总署公函系醇亲王授命庆郡王草拟的，不知是否为老佛爷圣意。”李鸿章说:“在醇亲王眼里，老夫乃恭亲王的人，不可信任。恭亲王下台，醇亲王主持朝政，不愿老夫插手中法战事，才安排曾国荃赴沪另开谈判。曾巴和谈破裂，法军未宣而战，攻打基隆，老佛爷意识到事态严重，又命醇亲王请杨约翰出面调停。依然没任何结果，才又想起《福李简约》，要醇亲王通过总署，动用老夫，联络福禄诺，重新议和，企图浇灭已点燃的战火。”

“想不到相国人在天津，朝廷所思所想，一举一动，丝毫瞒不过您。”于式枚嘴里说道，心里无不佩服李鸿章过人智慧。李鸿章叹道:“朝廷最缺定见，和怕吃亏，战怕失败，老是左右摇摆，才致使法军暂弃越南战场，直接来攻中国东南，以伤大清痛处，迫使朝廷屈服。事已至此，福禄诺不可能再与老夫坐到一起，晦若文笔了得，代老夫回复总署吧。”

于式枚就是入幕帮办文案的，自然不会推脱，拿着总署公函，去了周馥收拾好的办公房，动笔草拟复函。不到一个时辰，复函拟就，回呈李鸿章。李鸿章一瞧，不禁大声叫起好来。复函以李鸿章口气禀告总署，非常愿意与福禄诺重开谈判，只是福禄诺身在闽台前线，正准备攻打台湾和福州，北洋大臣面子不够，肯定请不动人家，唯有总署和兵部派员赴闽，当面向福禄诺表示诚意，说服其暂离闽台，北上天津，重新坐到谈判桌上。

此函妙处就是将皮球重新踢回给总署，若能把福禄诺从战场上拉走更好，拉不走也是总署和兵部的事，与北洋无关。李鸿章一字不改，签字钤印，交邮发走。奕劻见函，跑到醇亲王府，递予奕譞。奕譞入呈慈禧，再派专员南下见福禄诺。福禄诺出于礼貌，接洽专员，嘲笑清廷，好端端的《福李简约》不愿接受，非等东南枪炮大作，才如梦方醒，重言和谈，哪有此等便宜事？专员悻然回京，告以实情，慈禧只得死心，下发备战懿令。

其实懿令纯属多余，各地早已紧锣密鼓着手战前准备。李鸿章先后选派精壮淮勇，护送新购钢炮、洋枪、子弹、水雷、电线、饷银，装船南航，避开台湾海峡法军封锁，登陆台湾。同时通过兵部征调十营赣军，支援福州前线。

闽东此时已是万木无声待雨来。二张乘船离津，到达闽地后，张之洞继续南行，去了广东，张佩纶留守福州，扎行营于马尾。马尾位于闽江口，东汉便有商船往来，五代开拓为港口。明成化年间，设于泉州的市舶司移置福州，马尾遂成航海枢纽。鸦片战争后，大清被迫对外开放，福州为通商五口之一。至左宗棠总督浙闽，于马尾创办船政局和船政学堂，后经沈葆桢、丁日昌等人多年苦心经营，马尾已成南洋船政主要基地。

张佩纶之到来，实属闽省军政大事。浙闽总督何璟、福建巡抚张兆栋、福州船政大臣何如璋、闽安副将张成纷纷入营拜访，推举张佩纶主持闽省防务。张佩纶以为诸位客气，说自己不过闽省防务会办，没带过兵，更没打过仗，又刚到闽境，人生地不熟，给各大员打打下手，传达传达文书将令还差不多，岂敢越俎代庖，窃居主帅大位？

不知何璟等人出于何种心态，非逼张佩纶就范不可。要说几位乃当朝重臣，封疆大吏，品秩也在张之洞之上，且经营闽省多年，该主动挑起防务重任，岂可偏着肩膀，卸责于人？莫非张佩纶来自天子身边，名头响亮，昔日动笔可杀人，今朝挥师亦能御敌？要么是何璟几位太清楚法军实力，不战便知清军必败，不敢直接面对，正好张佩纶初来乍到，无知无畏，把他推到前台，侥幸取胜，众皆欢喜，即使失败，也可逃避罪责。至少枪炮一响，有人前面顶着，自己可龟缩一旁，捂紧耳朵，免受惊吓。硬是吓尿裤子，也有工夫换裤，不易出丑。

经不起几位轮番力劝，又辅之以肉麻吹捧，张佩纶耳根一热，于是当仁不让，大模大样坐到主帅位置上，开始发号施令。因其字号幼樵，众人称其为樵帅。张佩纶听着舒心，心下难免得意。父亲给自己取名佩纶，就是让你学成文武艺，货与帝王家，一旦国家蒙难，可亲赴前线，头佩纶巾，手执羽扇，谈笑间，樯橹灰飞烟灭。纶读音为官，打了胜仗，自可因功受封，做更大的官，出将入相，封妻荫子。

其时法军舰队已气势汹汹，驶近马尾港。张佩纶把福建水师十一艘战舰集中起来，与法军舰队近距离对峙，声称背水一战，说是取法孙子投之亡地而后存之义。又调集大量舢板、木排、竹筏，上面堆放柴草、桐油、硝包，准备用周瑜火攻曹营之法，焚毁法舰。

张佩纶正为自己的大手笔洋洋得意，何如璋入营来见，说："李鸿章所调十营江西陆军，已出赣入闽，还请樵帅定夺，该布置于何处为妥？"张佩纶道："李相国真是多事，咱与法军海上角逐，他老人家调陆军来干啥，来吃粮领饷？"何如璋道："福建水师稍成规模，陆军相对薄弱，赣军来助，正好替咱守护闽江两岸，阻法军登岸。"

"何大人之意，福建水师海上必败，只好把陆地交给赣军，等着他们看笑话？"张佩纶满脸不高兴，没好气道。何如璋道："如璋并非此意。战争胜负难定，做好两手准备，总没有错吧。"张佩纶说："不不不，大敌当前，唯有向死而生，不能心存异志。若让赣军坚守陆上阵地，水师觉得还有退路，不肯拼命作战，必败无疑。"

拨弄嘴皮子，何如璋又哪有张佩纶厉害？被他一戗，嗫嚅半天，才又结结巴巴问道："万一水师失利呢？"张佩纶道："本帅已备好三钱鸦片，随时舍身殉国，还怕水师失利不成？"何如璋还想说什么，张佩纶黑着脸道："既然何督、张抚与何大人主动让佩纶做主帅，就得听佩纶的，不可随意横加干涉。"

何如璋还能说啥？只好退出帐外。旋即又返身回来道："李鸿章所调十营赣军怎么办？"张佩纶说："叫他们哪里来，回哪里去吧。若朝廷和李相国不信任福建水师，硬要派兵来助，就多调几艘战舰来，海战派得上用场，陆军不能下海，多也无益。"

何如璋只得安排快马，飞书赣军，命其离开闽域，返回原驻地。赣军于是掉头返赣，同时致函天津，告知撤兵实情。李鸿章见函，气得差点吐血，隔空大骂张佩纶蠢猪。又咒何璟诸臣糊涂透顶，视闽省防务如儿戏，将主帅大位拱手交给什么都不懂的酸腐书生。欲予制止，又鞭长莫及。况闽省防务不归北洋管辖，人家也不会理睬你。

正在干着急，于式枚进来，递上一份刚译好的电报。是闽安副将张成发来的。张佩纶出任闽省防务主帅，自作聪明，把南洋所有舰艇集中一处，似故意方便法军发炮轰击，张成实在看不下去，率领各舰管带，入帐请愿，要张佩纶收回成命，别坐等灭亡，害人又害己。张佩纶大发雷霆，指着张成鼻子吼道："到底是我听你的，还是你听我的？要我听你的也行，你把何督和张抚找来，罢去我之主帅，你们爱咋咋的。"

张成瞠目结舌，吱声不得。不想各管带忽然腿脚一弯，一齐跪到地上，哀求张佩纶，放弃愚蠢做法。又说福建水师穷二十年之功，花费上千万两银子，才好不容易初成规模，毁于一旦，实在可惜。张佩纶怒不可遏，嚯的一声站起来，嚎叫道："好好好，你们个个皆孔明，唯我张佩纶是阿斗，我指挥不动你们，唯有离开这里，返回京城，侍奉皇上去。"

嘴里嚎着，张佩纶抬步往帐外就走。张兆栋与何如璋得知张成带领管带，集体找张佩纶请愿，慌了手脚，忙赶过来，正好堵住张佩纶，好说歹说，将他哄回主帅大位。又掉头大声呵斥张成和各管带不成体统，把他们轰走。

出得帅帐，张成眼望港内自己兼带的旗舰扬武号，不禁悲从中来，泪如雨下。福星号管带陈英挨过来，出主意道："张佩纶狂妄自大，连太后和醇亲王都不放在眼里，唯对李鸿章敬仰三分，可否发报给他，请他教训张佩纶几句，也许能管点用。"

张成听信陈英，赶忙去拍电报。李鸿章接报于手，几眼读完，连发气的力都已没有，瘫坐椅子上，紧闭双眼，嘴里嘟囔道："福建水师危如累卵，幼樵自不量力甚矣。"于式枚一旁又呈上一纸，说："式枚已代相国，拟好拍给张佩纶的电报草稿，还请过目。"

电稿主要有两条内容，一是劝张佩纶疏散已集中一处的军舰，开战后尽量减少损失；二是尽快将船政局和船政学堂设备转移安全地带，战后再搬回来。李鸿章看过电稿，叹道："若能把晦若换到张佩纶位置上，福建水师也就万幸了。"于式枚笑道："式枚六品小吏，若懵懂南下，只怕饭碗都弄不到一只。哪似张佩纶官至三品，名满天下，翩翩然入闽，何璟之辈无不折服，甘拜下风，奉之为主帅，任其调度三军。"

“浮名害人啊！”李鸿章晃晃脑袋，还稿给于式枚，“照此发给张佩纶吧。”于式枚执稿出门，走进电报房，守着电报员发走电报。张佩纶接电，嘲笑李鸿章杞人忧天，回电说福建水师军威鼎盛，足可拒法舰于港外。

张佩纶执迷不悟，李鸿章也无可奈何。于式枚仍然不肯罢休，又提醒李鸿章道：“马尾有位船政帮办，足智多谋，若肯出面阻止张佩纶，福建水师或许还有救。”李鸿章说：“你不是说许钤身吧？”于式枚道：“正是此人。”

李鸿章只管摇头，半晌才道：“张佩纶入幕北洋衙署那会儿，与许钤身打过交道。许钤身懂海防，老夫曾经动念，欲让他与丁汝昌文武搭配，同带北洋水师，就如当年湘军水师彭玉麟与杨载福，一文一武，互补共进。可张佩纶觉得许钤身脑袋太聪明，丁汝昌忠勇憨直，玩不过许钤身，难免出现龃龉，不易协调。老夫权衡再三，还是采纳张佩纶建议，留丁汝昌统带北洋水师，将许钤身支往南洋帮办船政。许钤身在福州一待几年，月前法舰犯我东南沿海，被船政大臣何如璋派往上海购运枪炮，不知此时回福州没有。”

于式枚说：“式枚已打听过，许钤身还在上海，相国可发电予他，令其速速回闽，力阻张佩纶胡来。”李鸿章说：“张佩纶太过固执，又对许钤身存有成见，只怕不会买他账。不过也可一试，管不管用，就看福建水师造化了。”

得到李鸿章许可，于式枚发报给上海道衙，请邵友濂转交许钤身。许钤身得令，连夜乘船，赶回福州，来到马尾，果见南洋十一艘军舰全部拼连一起，泊于港内，不远处还有众多堆满柴草桐油硝包的舢板、木排和竹筏。侧望港岸，船政局和船政学堂在迷蒙海雾中若隐若现，有人正在匆匆安装大炮，埋设地雷。许钤身悲从中来，哀叹道，完啦完啦，福建水师完啦，船厂和船政学堂完啦！

悲过叹过，才来到张佩纶帅帐外，拿出名刺，让侍卫通报进去。

见许钤身来访，张佩纶倒也客气，出帐拉他入内，一边道：“一到福州，佩纶就打听仲韬（许钤身）兄，说办差在外。今日终于盼兄来到，甚喜甚喜。”许钤身道：“难得樵帅还记得钤身，钤身深感荣幸。办完沪差回闽，钤身便跑来拜访，一睹樵帅风采。”张佩纶道：“快别说风采，佩纶徒有主帅虚名，其实窝囊得很，调遣舰艇，布置阵势，张成诸管带颇有微词，入帐请愿，坚决反对。仲韬兄最懂海战，本帅所布舰阵，到底符不符合兵法，挡不挡得住法军，咱带你出帐现场观摩，指教指教如何？”

遭众管带抵制，张佩纶色厉内荏，底气不足，好不容易见许钤身现身，正好请他帮腔壮胆。许钤身道：“观摩就免了吧，刚才钤身已至港岸见识过舰阵。”张佩纶迫不及待道：“仲韬兄既已到过港岸，觉得舰阵如何？”许钤身道：“樵帅饱读兵书，又深研过海防，所布阵势，自然非同凡响，无异铜墙铁壁，任法军舰炮再威再猛，亦丝毫不可撼动。”

张佩纶喜形于色，盯住许钤身道：“仲韬兄真以为，本帅所布舰阵定能抵御法舰？”许钤身说：“这自然是毫无疑问的。尤其是舰阵前方的舢板、木排与竹筏，钤身一见上面堆着柴草桐油和硝包，就知樵帅意在火攻，此招实在高明。”张佩纶乐道：“高明在何处？”许钤身扳着指头道：“钤身知道，福州虽有十一艘军舰，比法军入港军舰还多三艘，但总排水量仅八千吨左右，只有法舰一万五千吨排水量的一半。”

听得张佩纶不耐烦起来，打断许钤身道：“这些本帅都清楚，不用仲韬兄细说。还有福建水师官兵仅一千零四十人，法军官兵达一千七百九十人，本帅心里也有数。然决定胜负的不是武器和人数，是用兵韬略，仲韬兄懂不懂？”许钤身笑道：“两军人数与军舰排水量对比，确实意义不大。但法军有两艘铁甲舰领航，这可是福建水师最大克星。道理明显，咱们军舰皆系木质结构，依五行相克之说，金必克木，面对法军铁甲舰，毫无胜算。”

张佩纶哈哈大笑起来，说：“仲韬兄只知金必克木，莫非忘了火必克金？”许钤身道：“钤身明白樵帅备舢板、木排、竹筏，上堆柴草桐油与硝包，意在以火克金，即待法舰靠近，用周瑜火攻曹营之法，置其于死地。此正是樵帅高明之处，钤身不得不刮目相看。”

世间难觅是知音。张佩纶上前抓过许钤身双手，使劲摇晃着，竟至无语凝噎。自主掌闽省防务以来，朝野各种质疑之声不绝于耳，直至今日才有人认同，叫张佩纶能不感激涕零？只听许钤身又道：“火必克金不假，可樵帅考虑过没有，火怎么才能克金？”张佩纶说：“好办得很，待法舰靠近舢板、木排、竹筏，咱命人点着柴草桐油和硝包，扑上前去，定叫敌军连舰带人，一齐葬身火海。”许钤身道：“法舰靠过来自然好办，若不靠过来呢？法舰巨炮射程远，威力大，完全可远距离炮轰咱们舰阵，为啥要靠过来找死？”

张佩纶似乎没考虑过这个问题，哑在那里，不知如何作答。许钤身又道：“周瑜火烧曹营，有两个必要条件，一是施以苦肉计，让黄盖诈降成功，接近曹舰纵火；二是孔明借得东风，火借风势，焚毁曹营。试问樵帅，您有此两个条件吗？”

原以为备好易燃物品，等法舰靠近，点完火就万事大吉，又哪想得那么多？张佩纶眼巴巴望着许钤身，半晌无声。许钤身继续道：“刚才说过，法军巨炮远程施炮，不用近距离发威，火攻够不着他们。即使够得着，法舰位于东南闽江口方向，福建水师位处港内西北，盛夏不可能吹西北风，真用火攻，东南风一刮，法舰安然无恙，我军引火烧身，逃无处逃。”

张佩纶似乎意识到有些不对劲，向许钤身拱手道：“仲韬兄教我，如何才能火攻成功？”许钤身道：“也简单，既要火攻，就得将周瑜火攻曹营手段全套学过来。”张佩纶说：“怎么个学法？”许钤身道：“孔明可借东风，可惜咱们无人能借西风。不过也没关系，马尾满江迷雾，可将装有可燃物品的舢板、木排、竹筏，先隐藏于港口两旁，再派人诈降，引诱法舰入港，趁机抄其后路，借助东南风，施以火攻。”

“妙妙妙！此计甚妙！”张佩纶击掌大叫道，“仲韬兄快说，谁可担当诈降重任，引法舰入港？”许钤身道：“此事倒也好办。福星号管带陈英是伟丈夫，又与钤身为拜把兄弟，钤身跟他一说，他定然挺身而出，甘担大任。”张佩纶道：“好好好，就让陈英做黄盖。那谁来学周瑜，实施苦肉计呢？”许钤身说：“不是张成，自然便是樵帅。钤身还没完全想好，是否先说通陈英，再召张成一起，坐下来共同商议如何？”

张佩纶大喜，让许钤身快去见陈英。

出得帅帐，许钤身登上福星号，拉陈英过到旗舰扬武号上，去会张成。张成正为张佩纶瞎折腾，在管带住舱里生闷气，见许钤身到访，忙拉他进舱，诉起苦来。没等他诉完，许钤身道：“樵帅意欲火攻法舰，特让钤身来与两位合计。”张成道：“怎么个火攻法？”

许钤身不紧不慢，复述一遍在张佩纶说过的话。两位半信半疑，说：“周瑜火攻曹营，都是书上故事，仲韬兄真以为可破法军？”许钤身道：“古今中外战事，只有双方力量不相上下，用计使谋才管用，若彼此力量太过悬殊，什么妙计巧计皆系空话。比如侏儒与巨人打架，巨人手掌一握，就可把侏儒捏死，侏儒有用计施谋的余地么？”

两人眼望许钤身，不知他到底想说啥。许钤身又道：“现在咱们唯一能做的便是疏散水师军舰，搬空船政局与船政学堂，尽量减少损失，保存南洋海防基业。”张成道：“既然要疏散军舰，搬空船政局和船政学堂，又谈什么火攻？”

“不用火攻哄张佩纶开心，又怎能把他引出帅帐，阻止他胡来？”许钤身话里有话道。陈英似有所悟，道：“仲韬兄说说，如何阻止张佩纶瞎闹？”许钤身道：“很简单，以商量火攻为借口，骗张佩纶上旗舰，关进舰底，再禀报船政大臣何如璋，依计行事。”

张成犹豫起来，说：“绑架朝廷命官，要掉脑袋的，岂可孟浪？”许钤身道：“对张佩纶下手是一死，听任他以卵击石，全军覆没，也是一死，两位觉得哪种死法更有意义？”陈英当即表态道：“保全南洋海防家底，青史留名，死不足惜。”

张成觉得也是，愿照许钤身所说办。许钤身于是走下旗舰，再会张佩纶，告知张成与陈英乐意火攻，请他登舰商议具体实施办法。张佩纶欣然同意。走出帅帐，抬头看眼阴沉的天空，又迟疑道：“仿佛要下大雨的样子，可否叫张成与陈英到帅帐来？”许钤身轻声道：“帅帐四面漏风，哪有旗舰四周为水好说话？”

张佩纶以为然，率领十多名侍卫，大步朝港口走去。老远便见扬武号旗舰慢慢驶近，向码头靠过来。众人来到水边，旗舰也已停稳，张成与陈英正站在弦边，指挥水兵抽出踏板，搭向岸边。张佩纶走向水边，众侍卫跟过来，要往踏板上迈。

“不急不急，踏板还没安踏实呢。”许钤身止住侍卫们，拉张佩纶到一旁，附他耳边道：“事泄机密，人多嘴杂，无关人员不宜登舰。”张佩纶说：“也要得，让侍卫长陪着就行。”招过侍卫长，吩咐两句。侍卫长转过身，跟其他侍卫说明一声，几步走上踏板，再侧转身来扶张佩纶。张佩纶故作矜持，甩开侍卫长的手，朝前移了移步伐。

毕竟是北方读书人，不谙水性，见踏板下面水光闪烁，波澜起伏，张佩纶眼前一阵恍惚，心下难免生怯，双腿变得沉重，有些挪不动步子了。偏偏有尾潮涌入江口，推动旗舰，踏板跟着一晃，张佩纶头晕目眩，更加不知进退。

许钤身看在眼里，赶紧跟上去，搀住张佩纶，要把他送过踏板。张佩纶鼓足勇气，动一步，停半天，好不容易才走到踏板中端。不巧云天一个重重霹雳，张佩纶心下一惊，似踩着烙铁似的，两脚往上一弹，身子失去平衡，往踏板外歪去。许钤身口说不好，双手齐伸，去拉张佩纶。无奈张佩纶又胖又沉，根本拉不住，只听扑通一声，重重掉落水中。

张佩纶在水里胡乱扑腾时，众侍卫纷纷入水，七手八脚，把他捞起，搡的搡，拽的拽，往岸上弄。上得岸来，头上顶戴已不知去向，半脑乱发自后往前覆过来，罩住额头和半边脸，一绺绺水柱往下直流，仿佛屋檐水似的。还没立稳，张佩纶一个颤抖，仰起脖子，张大嘴巴，打了一个响亮的喷嚏。竟又引出一个霹雳，噼啪一声，炸响在头顶，几乎炸得山崩地裂。

霹雳音犹在耳，骤雨已倾盆而下。张佩纶任由众侍卫左拉右扯，仓皇逃回帅帐。留下许钤身，独立雷雨中，望望扬武旗舰后面的水师舰队，还有不远处若隐若现的船政局和船政学堂，沮丧至极，也失望至极。

十、闽师全军覆没，左帅功德圆满

大雨持续下了两天两夜，直到第三天午后才渐渐止住。

法军司令孤拔向清廷发出开战通牒，总署电令福建水师，准备应战。许钤身只身一人，来到船政局对面山上。云雾已然散去。山下是张佩纶集中到一处的十一艘舰船，以及阵前的舢板、木排和竹筏。侧首可见马尾江口方向的法军雁形舰阵。雁阵前端为铁甲旗舰，有旗帜自下而上升到桅杆顶端。许钤身认得，那是令旗，法军即将开火。

果不其然，法舰大炮开始喷出火舌，一齐射向福建水师舰阵。炮弹落在阵前舢板、木排和竹筏上，点燃柴草、桐油和硝包，火借风势，吐着红舌，向后面舰阵燎去。继而扬武、伏波诸舰中炮，腾起熊熊大火，顷刻瓦解，沉入水底。福星号管带陈英屹立望台，号令官兵还击。话没落音，舰触法军水雷，轰然一声巨响，全舰颠覆，陈英及七十多名官兵全部殉难。

许钤身瞧个一清二楚，不觉五内俱焚。简直不忍卒看，慢慢背过脸，往山下走去。从此心如死灰，远离大清官场，不知所终。说法颇多，有说蹈海殉职，有说避居闽浙山间，也有说经商出洋，远走他国，成了异域野民。

不远处的另一个山头，张佩纶坐在伞盖下，手摇鹅毛扇，瞪眼观战。不想法炮一响，吓得惊慌失措，拔腿便跑，一路狂奔，逃往后山。雷雨又卷土重来，异常迅猛，似要给法军舰炮助威。也不晓得张佩纶从哪里弄了只铜脸盆，顶到头上，看去滑稽之至。手上鹅毛扇已然不见，竟抓了只猪蹄，跑上几步，塞进嘴里啃一下。脚下不慎被什么一绊，一个四仰八叉，猪蹄飞得不知去向，铜脸盆摔出老远，重重砸在石头上，发出当当脆响。鞋子也早掉落，脚底被碎石和荆棘划得稀烂，直痛得龇牙咧嘴。张佩纶胖如肥猪，一惊一颠，全身虚脱，寸步难移，还是众侍卫又架又拖，逃到三十里外的鼓山，钻进寺庙，避风躲雨。

何璟、张兆栋与何如璋三人表现也好不到哪里去，闻得炮声一响，夹着尾巴就逃，一个个狼狈不堪。何如璋躲进乡下祠堂，乡民气愤不过，干脆一把火把祠堂烧掉，烧得他屁股冒烟，连滚带爬，一口气跑出数十里，入福州欲投两广会馆，又被商人们棍棒打出。

马江炮仗历时不足半个时辰，在法军舰炮狂轰猛炸下，福建水师十一艘战舰，另有十九艘运输船，全部中炮覆没。一时间残樯断桅，破板烂旗，一层层累叠着，淹江而下。阵亡将士八百多，江面尸体乍沉乍浮，惨不忍睹。法军还不罢休，又用密集炮火，轰击船政局与船政学堂，张佩纶叫人埋在周边的地雷纷纷引爆，一时地动山摇，一切化作灰烬。反观法军，仅一艘军舰受创沉没，阵亡五人，伤十五人。

马江之败，其惨其速，令人瞠目结舌，不可思议。朝中文臣无所事事，正好嚼舌头，作联戏谑张佩纶：三钱鸦片，死有余辜；半个豚蹄，别来无恙。四位大臣，俩张姓，俩何姓，又有人作曲挖苦道：两个是画眉张敞，两个是傅粉何郎。还塞糖给街头小孩，逗他们传唱：福州原无福，法人本无法；两何没奈何，两张没主张。

慈禧毕竟不是朝臣，自然开心不起来，叫去奕谖，指他鼻子骂道："你口口声声喊打，这下福建水师全军覆没，你该如愿了吧？三十艘战舰和运输船，外加船政局和船政学堂，朝廷二十多年心血，数千万银家底，毁于一旦，今后拿什么抵挡洋舰！"

奕谖哭丧着老脸，战战兢兢道："谁知张佩纶、何如璋他们毫无章法，如此无用，罪臣真是瞎了眼。"慈禧说："张佩纶几个再有章法，再有用，舰不如人，炮不如人，抵抗得住法军轰击吗？早有人说过这话，就你充耳不闻。"奕谖说："是是是，李鸿章多次警示过罪臣。"

慈禧生会儿气，才又道："你说说吧，现在该怎么办？"奕谖说："马江之败，主要是福建水师实力远不如法军，可张佩纶、何如璋、何璟、张兆栋，还有张成负有不可逃避责任，定当严惩不贷。"慈禧说："怎么个严惩法？”奕谡说：“建议两张两何尽行革职，交部严加议处，张成处斩监候，秋后处决。”

“张佩纶五人也只好这么处置。”慈禧长叹一声，“闽台和越南呢，是守是弃，是战是和？”奕谡道：“法军刚取得马江大捷，只怕轻易不愿和。”慈禧说：“法国不愿和，只有硬着头皮战啰？”奕谡说：“硬着头皮也要继续战。”慈禧说：“如何战？”奕谡语塞，答不上来。慈禧无奈道：“国难当头，看来还是离不开李鸿章。马上密电天津，问问他吧。”

密电发出时，李鸿章正心乱如麻，在北洋衙署后花园低头甩手，绕着圈子。和与战纠缠经年，数度议和，皆化作泡影，终至马江一战惨败，福建水师全军覆没。如此一来，台湾失去大陆后援，孤悬海外，法军正好集中舰炮和兵员，全力逼攻。眼看刘铭传已陷入绝境，李鸿章痛心疾首，欲哭无泪，恨无双翼，飞身台湾，与他同仇敌忾。

慈禧密电到于式枚手上后，他不敢丝毫怠慢，飞步来到后花园，呈给李鸿章。李鸿章看两眼，还给于式枚，望着天边阴云，缓缓道：“法军刚摧毁福建水师，肯定还想继续扩大战果，绝对不会答应议和，大清别无选择，只能打下去。要打得三管齐下：一是想方设法越过法军拦截，往台湾输送粮饷枪炮和兵员；二是命西南清军进攻越南北圻，牵制法军；三是令曾国荃调派南洋水师战舰，绕击法军后背。”

获李鸿章口述，于式枚赶紧拟稿，电呈北京。李鸿章也走出后花园，来到签押房，给刘铭传具函，提醒他，孤拔新胜，必渡海攻台，清军水上毫无优势，只能角逐于陆地，以己之长，克人之短。这其实是李鸿章与刘铭传天津会晤时定下的护台方略，函件还在路上，刘铭传便已开始在基隆与淡水两地布阵，准备诱敌深入，与孤拔展开持久战。

时值深秋月夜，万里无云，海天澄碧。孤拔率领舰队，驶向基隆，缓缓停泊于近岸水湾。月落时分，各战舰舰炮调好角度，瞄准清军营地和炮台，开始发炮。刘铭传已严阵以待，号令反击。无奈法炮威猛异常，各炮台稍做抵抗，便相继摧毁。法军乘势登陆进逼，清军奋勇反抗，双方展开激战，打得难解难分。自黎明战到夜色降临，双方疲惫不堪，法军被迫退回舰上，清军收兵，清点人数，死伤惨重。

子夜时分，刘铭传召集众将，部署撤离基隆方案：一是坚壁清野，转移和销毁可能资敌的粮食、煤铁和武器，二是抽出两营兵力，扼守狮球岭，阻止法军北进，其余各营连夜拔寨，退守淡水，拱卫台北。众将不解，大力劝阻。有的甚至跪地哭求，以死相谏。刘铭传挥刀砍去桌角，喝道："吾计已决，违令者斩！"毅然走出大帐，号令三军，启程开往淡水。

淡水乃基隆后路，离府城台北仅三十里。台北事关台湾全局，又系饷源重地，淡水不保，台北有失，全台亦危。皆因刘铭传可调兵力不过两千人马，基隆两战减员不少，又发瘟疫，余者也就千来人，分兵两处，没一处可保，撤离基隆，固守淡水，属唯一明智选择。

朝中众臣不知台湾实情，闻听刘铭传退守淡水，一片哗然，谤言四起，劾书盈箧，指责他怯让要口，不图进取，罪大当斩。尤其以左宗棠为首的湘籍文武大臣，更是上折痛批刘铭传失地辱国，其罪远过于徐延旭与唐炯，切不可饶恕。

消息传到天津，李鸿章替刘铭传担心，更为台湾前景忧虑，生怕慈禧听信朝臣烂话，做出非理智决定，当即拟折声援刘铭传，阐明清军放弃基隆，诱敌深入，可有效拖住法军，属护台最佳决策。又担心奏折途中耽误时间，派专人快马呈递北京。

虽说慈禧系女流之辈，毕竟是个明白人，见过李鸿章奏折，意识到刘铭传做法之高明，当着众臣，将左宗棠等人劾章扔到地上，大声喝道："台事可虑，半在法寇，半在湘淮不和。刘铭传身处前线，自知如何抗敌，尽可由他自主，若仍存湘淮畛域之见，不能和衷协力，妥筹援剿，致台北孤危，贻误大局，定唯左宗棠等是问！"

左宗棠等人这才噤声不语，不再嚷嚷。慈禧又对奕譞道："张兆栋已免职，就让刘铭传接任福建巡抚吧。"奕譞说："刘铭传做上福建巡抚，谁督办台湾防务？"慈禧道："台湾属福建范畴，刘铭传抚闽，仍可驻台督办防务嘛。"奕譞说："海峡这边的福建大部呢，谁来打理？"慈禧不乐道："眼下当务之急不是打理福建，是确保台湾不失。让刘铭传抚闽，可调用福建各方人财物，全力护台，扭转东南局势。"

奕譞再也无话可说，乖乖安排吏部，办理刘铭传任命手续。大清铁律，失地者斩，刘铭传放弃基隆，朝廷不仅不降罪于他，反升为福建巡抚，众臣又愤愤不平起来。无奈慈禧有言在先，不可妄议闽台之事，也就无人再敢多嘴多舌。唯左宗棠功高望重，脾气又直，上朝时忍不住公然声称：

“刘铭传尽管身经百战，打过太平军与捻军，毕竟面对的都是中国人，如今与强大法军抗衡，他那老一套不见得还管用，只怕难保台湾不失。”

慈禧知道左宗棠最见不得淮系得势，满腹牢骚不发出来难受，便顺他话道：“左宗棠情系闽台，担心刘铭传无力支撑台湾，就授你为钦差，督办福建军政如何？”

虽说左宗棠豪情万丈，毕竟已七十二岁高龄，又自两江回京不久，只想安安稳稳做两年闲官，功德圆满，终此一生，哪考虑过再赴东南边陲，把老命丢在海边？听得慈禧此言，暗暗叫苦不迭，低眉顺眼道：“微臣老矣，已不中用，太后还是另选高明吧？”慈禧道：“满朝都是文弱书生，国家有难，有几人能挺身而出，担当大任？只好借你平疆老将威名，去东南提振提振士气，助刘铭传保台成功。”

左宗棠再没法推脱，只能弓起腰背，在侍卫扶持下，出京东行，过津南下。李鸿章照例得尽地主之谊，迎来送往。于式枚任兵部主事时，常上军机处向左宗棠问事，算他半个部属，也叨陪在侧。酒足饭饱，左宗棠不敢久留，出城登船，与李鸿章和于式枚挥别。眼见客轮离岸，渐渐消融于迷蒙江天，李鸿章还怔怔站立岸边，心头几分悲凉，嘴里喃喃道：“左公此番南渡，只怕再没法回京都侍奉太后和皇上了。”

于式枚也觉几分凄恻，说：“太后也是，左大学士这把年纪，还派他去福建督办军务，也不管他吃不吃得消。”李鸿章说：“左宗棠功高盖世，脾气也不小，两度入值军机处，谁都不放在眼里，谁都合不来，太后才两度找借口，把他支出京城，换来耳根清净。”于式枚说：“式枚任职兵部时就见识过左宗棠，嘴巴不关风，一早到晚，老瞪着眼睛，逮谁骂谁，骂得人人绕着走。实在没人可骂，便大骂相国老师曾文正公笨拙酸腐，虚伪狡诈，误国误君误苍生。式枚想不明白，没有曾文正公提携举荐，左宗棠又怎能组建楚军，建功立业，照说感激曾文正公还感激不过来呢，干吗还对他老人家如此咬牙切齿？”

李鸿章解释道：“这正是左宗棠心中块垒。他自恃才高，强过我老师百倍，却科场不利，不得不放下架子，投幕曾府，成为我老师腋下一人物，后虽功成名就，出将入相，总觉矮我老师一头，一辈子愤愤不平，只有大骂我老师，以给自己挣些面子回来。”

“这个左宗棠，真不可理喻。”于式枚大摇其头，“左宗棠不仅忌恨曾文正公，又因相国是曾氏门生和替手，恨您恨之入骨，连带淮军官兵也不肯放过。太后明明知道李左有隙，淮楚相左，难道不怕左宗棠到福建后，碍刘铭传的事？”李鸿章笑道：“放心吧，廉颇老矣，左宗棠已七十二岁，早已不是当年征西平疆的‘老亮’，还碍得了谁的事？”

于式枚明白过来，说：“还是老佛爷高明，烦透左宗棠，又不好免他职，只有寻个理由发派出京，既顾及其老脸，又讨朝臣欢心，也无碍刘铭传护台，可谓一举多得。”

这年初冬时节，左宗棠一身衰疲，抵达福州。见人就说：“娃子们快快埋锅造饭，料理裹脚草鞋，跟我打洋鬼子去。”又嚷嚷说刘铭传不是孤拔对手，命部属驾船送他渡海登台，临阵督战。部属知他神志昏耗，信口胡语，又不敢忤逆他，扶他上船，在海上漂浮一天，哄说逆风太大，到不了台湾，至天色向晚，再送回来。每天如是，从没间断。就像一盏残灯，左宗棠油将干，芯将尽，随时都可能噗的一声熄灭掉。

与左宗棠不同，海峡对岸岛上刘铭传仍处盛年，正好放开手脚干大事。法军占领基隆后，孤拔抽调八艘兵舰，直扑淡水，先用舰炮轰岸，再派出五个中队，分两批登陆抢滩，向纵深推进。刘铭传没与法军硬拼，指挥军队早早退至敌炮射程之外，埋伏于海岸和山间密林之中，张网以待。直至法军进入伏击圈，才枪炮齐发，猛轰猛打。酣战之际，台湾土军首领张李成率数百高山族团勇杀至，痛击法军。团勇长年狩猎于山林间，熟悉地形地貌，且个个身手不凡，可仰卧地上鸣铳，或趴树梢放枪，令人防不胜防。在清兵与团勇三面伏击下，法军方寸大乱，不复成阵，首尾不顾，只得丢盔弃甲，仓皇逃回舰上，龟缩不出。

淡水一战，大壮清军声威，也堵住了朝野对刘铭传撤离基隆的质疑声。更重要的是遏制住法军攻势，令其无法突破淡水，进逼台北。孤拔原意，欲以基隆为法舰北上补给和中转站，谁知所获不过一座空城，煤铁、粮食、人畜等什么都没有。反观清军，正好利用淡水险要地形和密林布防，不停对法军发动反击，牵制孤拔主力。法军就这样深陷基隆，进退两难。刘铭传把孤拔比喻为虚张声势的公鸡，钻进“鸡笼（基隆）”，看他如何逃出笼去。

不过孤拔毕竟非等闲之辈，知道仅守基隆，不是长久之计，调拨军舰和兵力，侵占澎湖，封锁各海口，打算困死刘铭传。这于清军无疑是致命的。台湾孤岛一座，历来地薄民穷，粮缺税短，刘铭传赴台时所带饷银又已花光，无以为继。加上苦守数月，官兵战死不少，瘴疠更作，药丸奇缺，十有九病亡。好在刘铭传有办法，发动地方官绅和民众，筹粮办饷，征兵拉夫，尽力维持局面。同时奏请朝廷解饷调粮，派兵遣将，设法驱逐法舰，解除封锁。

读到刘铭传奏折，慈禧惊慌失措，生怕清军挺不住，台湾丢失，法军北犯京畿，不禁声泪俱下，也不知是悲台湾军民处境艰难，还是哀大清危在旦夕。倒是李莲英旁观者清，说："老佛爷且别伤心，您不是依李鸿章三管齐下奏章，面谕醇亲王与庆郡王速速办理么？可召两王来问问，若事情落到实处，有效支援台湾，总还来得及。"慈禧一拍脑门，说："本宫气糊涂啦，竟忘了此事。快传奕譞与奕劻。"

奕譞与奕劻飞奔进宫，脚底还没立稳，慈禧便问道："李鸿章曾上过三管齐下助台方略，本宫要你们照折速办，办得怎么样啦？"奕譞道："遵老佛爷圣谕，微臣早派差下去，各部各地齐心协力，已筹足粮饷，购足枪炮，征得数千兵勇，正要突破孤拔封锁，往台湾对岸输送。西南清军也依令往越南移动，准备进攻北圻，牵制闽台法军。"慈禧道："好好好，看来台湾还有救。李鸿章不是还奏请调派南洋战舰，南下台湾海峡，绕击法军后背么？"

两王你望望我，我望望你，不敢吱声。慈禧不耐烦起来，说："两个演哑巴戏？"奕譞扯扯奕劻衣脚，奕劻才结结巴巴道："调派南洋战舰赴闽谕令下达金陵后，迟迟没得到答复，罪臣几次去电催促，曾国荃才回电说，南洋战舰年久失修，正搁船坞维修，一时没法抽调。"慈禧怒道："放狗屁！南洋战舰又非一艘两艘，结伴一齐患上瘟疫，都进船坞问医用药？"奕劻道："罪臣也责备曾国荃，没有战舰同时维修的理，暂还没得到回复。"

慈禧咬牙切齿道："这不是抗旨是什么！台湾情形万急，曾国荃竟意存漠视，不遵谕旨，可恨之极！罢去曾国荃两江总督兼南洋通商大臣职，交部严加议处，另外简派能臣接任。堂堂大清，本宫不信选不出稍稍能干点事的督臣。"

两王出宫，办理罢免曾国荃手续。李莲英对慈禧道："老佛爷真罢曾国荃？"慈禧道："先罢掉他再说。"李莲英说："正值东南动荡之际，也不知谁可替代曾国荃。"慈禧说："本宫正为此犯愁哩。平时老担心汉臣太能干，不好驾驭，真到国家有难，想挑选几个有用之才，打着灯笼都难找。真是国难思良将，家贫盼贤妻啊。”

也正是贤才难得，罢免曾国荃的圣谕刚下达金陵，慈禧又另颁一旨，处曾国荃革职留用，将功补过。这也是慈禧惯用打拉结合之手段，曾国荃并不奇怪，心下唯有暗笑。当年一举攻克金陵，功成名就，人生达到顶峰，不可能再有超越，从此对出任封疆，便无太大兴致，才告病还乡。无奈国无宁日，又数度被朝廷起用，不得不一次次离家出山，勉力为之。此次拒不调派南洋兵舰赴台，一方面确实是数舰老病失修，停滞船坞维修，另一方面也是马江之鉴不远，老弱病舰开往闽台与刚强法舰对峙，无异于以卵击石，大可不必，不如为大清留点海防家底，日后以图复兴。不想太后揪住不放，先压后举，不知该屈从，还是继续抗旨下去。

幕僚见曾国荃甚觉为难，提醒他道：“都是李鸿章坏事，奏调南洋战舰南援。曾督何不拉北洋一起下水？”曾国荃说：“意思是咱也上折，奏调北洋派舰南来，共赴台湾？”幕僚说：“北洋实力比南洋强得多，与南洋一起援台，难道不应该么？李鸿章愿意援台，南洋随北洋一起行动，胜好败好，一荣俱荣，一损俱损。北洋按兵不动，不出兵舰，南洋跟着学样，朝廷总不好只打曾督屁股，放过李鸿章。若李鸿章巧舌如簧，说服慈禧不调北洋兵舰援台，到时曾督再以北洋为由，搪塞朝廷就是。”

此计甚妙，曾国荃让幕僚草拟奏稿，赶紧电呈朝廷。慈禧不好反驳曾国荃，只得电令南北两洋，各调五艘兵舰，汇合上海，齐援台湾。李鸿章见电，意识到北洋不有所行动，南洋耍赖不派兵舰，刘铭传孤立台湾，后果不堪设想，忙复电朝廷，愿调超勇、扬威两舰南下。慈禧明白东有虎狼日本，北洋不多留几艘兵舰，一旦京畿闻警，会坏大事，恩准李鸿章电奏，敦促北洋两舰早日启航，与南洋五舰同援台湾。

李鸿章阅电毕，命令北洋水师提督丁汝昌，调派林泰曾率超勇，邓世昌率扬威，开赴上海，与南洋五舰会合，赴台绕击法舰，为刘铭传解困。

谁知林曾泰与邓世昌做好准备，正要起锚南航时，日本趁中法大战，在朝制造兵变，李鸿章不得不奏请朝廷，改派超勇与扬威东发仁川，支援驻朝淮军，维护朝鲜局势。

两年前朝鲜发生“壬午兵变”，吴长庆领六营淮军入朝平叛，后留驻朝鲜维持局面。中法开战，法军司令孤拔将战火从中越边境烧到东南沿海，李鸿章令吴长庆调走三营淮军，回防山东文登，仍留三营在朝，由记名提督吴兆有统带，袁世凯任总理营务处，会办防务。

“壬午兵变”让大清在朝力量和威望加强，日本不甘落后，没少做手脚。其时朝鲜有两股势力并存。一是事大党，由年老耆儒旧臣组成，主张维持中朝宗藩关系，取《孟子》之义，以小事大，效忠清廷。一是开化党，多系血气方刚青壮年，力主外结日本，内行改革，联日排清，脱离中国，实行君主立宪。两党互不相让，明争暗斗，几趋白热化。俟法军侵占越北，进犯中国，清军连战连败，尤其马江之役，福建水师不堪一击，全军覆没，大清天朝上国声威瞬间破灭，露出纸老虎真面目，开化党觉得机不可失，四处活动，谋求脱中独立。正好法国又联络日本，共同对付中国，开化党与日本人走得更近，一起秘密策划武力政变，企图推翻事大党统治，驱逐中国在朝势力，废除中朝宗藩关系。

政变最佳时机终于出现。汉城邮政大楼落成，王公大臣与各国使节受邀出席庆典，参加晚宴。宴会气氛热烈，宾主欢洽，其乐融融。只有维护治安的闵泳翊略感不安，因日本大使没露面，不知人处何方，在干什么。闵泳翊乃闵妃亲侄儿。闵妃从前也属亲日派。淮军平定“壬午兵变”，抓走大院君，还政于国王后，闵妃转亲大清，提拔侄儿闵泳翊为禁卫大将军，协助淮军维护国家秩序。就在闵泳翊疑虑之际，邮署房内突然起火。闵泳翊带上卫兵，出门察看火情，埋伏暗处的开化党人一哄而上，乱刀齐下。闵泳翊被砍得头破血流，退回宴会厅。王公大臣与外国使节见状，一个个惊慌失措，夺路而逃。趁邮署大乱，另一路开化党人从日本公使馆领取枪支弹药，扑向王宫，与宫中内应联手，四处放火，引爆炸弹，尔后冲入后宫，控制住国王李熙，谎称清军作乱，请求日本保护。日本军队正严阵以待，闻得动静，迅速出兵，占领王宫，十多位事大党人被杀，包括多名闵氏家族要员。开化党趁机挟持国王至景佑宫，连夜组阁，起草宣言，宣布实行改革。

惊闻朝鲜王宫兵变，李鸿章一面奏报朝廷，言明日本制造朝鲜兵变，矛头直指大清，绝不能坐视不管，一面调派超勇与扬威开发仁川，助驻朝淮军平叛。因事发突然，淮军统领吴兆有不知所措，经袁世凯言明利害，先照会日本与各国使节，继率两千淮军开赴王宫，勒令日兵撤离。日兵不从，朝淮军开枪射击。吴兆有担心国王安全，一时举棋不定。袁世凯觉得日兵攻占王宫，目的无非驱王别立，亲日远华，不可轻饶。吴兆有仍无表示。袁世凯急道：“当断不断，反受其乱。错过良机，坏我大事，后悔莫及矣！只好世凯豁出去，有罪在我，不用吴督担责。”说罢，挥师冲向宫门。吴光有见已无退路，令其余军队投入战斗。一番激烈对攻，日军人少势单，落入下风，不得不丢下无数死尸，仓惶撤走。淮军成功占领王宫，可国王已不知所终。袁世凯四处搜寻，终于从景佑宫开化党人手里救出国王，恢复局势。日军欲再行不轨，见北洋军舰集结仁川，不敢妄为，只好作罢。

事发旧历甲申年，史称“甲申之役”。日本图谋朝鲜之阴谋又一次破灭，大清在朝益权得到有效维护。袁世凯才二十五岁，关键时刻挺身而出，扶危定倾，令人刮目相看。且有勇又有谋，事先照会各国，事后巧于斡旋，赢得各方支持。

李鸿章对袁世凯更是大加赞赏，忍不住当于式枚面道：“慰亭（袁世凯）确实了得，无愧于其叔祖袁甲三，也算没辜负毛昶熙、吴长庆诸员扶持。”于式枚笑道：“毛吴扶持不假，可主要还是相国提携，否则袁世凯没资格会办朝鲜防务，哪有抛头露面机会？”李鸿章说：“仅有老夫提携，袁世凯自己不敢担当，无胆无识，又能有多少作为呢？”

正议论袁世凯，周馥入禀道：“刘秉璋派老仆领四儿五儿到了衙署，相国要不要见见？”李鸿章惊异道：“刘家儿子来署何干？”周馥道：“南洋五舰刚离沪南航，孤拔便侦知消息，亲率铁甲舰北上浙江拦截，刘秉璋知恶战在即，故作必死决心，召集家人，宣称以身报国时候已到，夫人须尽节，三个大儿得尽孝，两个小儿送相国看管，为刘家留点香火。”

闻言，李鸿章忙走出签押房，拉着刘家俩小儿，亲自送到夫人赵小莲手上，说：“刘秉璋在前敌抗法，将儿子托付于咱们，夫人当视作自家亲生儿子，尽心养育，好生管教，以后只要李家儿有吃，不能饿着刘家儿，李家儿有穿，不能冻着刘家儿。”

刘家老仆这才放心返浙复命，给刘秉璋转述李鸿章当夫人赵小莲面说的话。刘秉璋感动不已，老泪纵横，抗法决心更坚。当即率领薛福成等文属武将，冒着严寒，亲赴镇海布防。镇海为浙东门户，海天雄镇，是南粮北运与北兵南调必经之地。正因其特殊之战略地位，刘秉璋与薛福成等反复权衡，决定以镇海为防御重点，于镇外甬江两岸驻扎重兵，设置炮台。还在江口栽插木桩，张拉竹签篾网，布设电控水雷，阻止法舰入江。

镇海布防就绪，已是光绪十一年（1885）开春。法军舰队进入浙东海面，耀武扬威，拦截南洋五舰。南洋五舰体小炮弱，绝非法舰敌手，只好东躲西藏，逃避轰击。可还是有两舰动作略迟，被敌舰击中，仓促中放水自沉。另三舰逃得稍快，躲入镇海口内。孤拔率舰紧追不舍，尾随而至。甬江两岸守军点火发炮，双方相持数时，法舰不占上风，掉头后撤，退出海口。孤拔心有不甘，隔日又率舰队来犯，同样遭到炮击，其中两舰中炮受伤。就这样，双方你攻我轰，陆续交战月余，法军始终不得要领，无法突破甬江防御，进入镇海口内。

法军依然不肯善罢甘休，这日再度组舰进逼。孤拔所带旗舰属重量级铁甲舰，冒着浓黑煤烟，引领舰队，率先驶入守军防御区。一阵对攻过后，守军数处炮台受损，敌军也有两舰触着电控水雷受伤，彼此难分胜负。孤拔无心恋战，命升旗语，号令各舰，同时后撤。不想旗舰掉头时，碰着水下木桩，偏离航线，又被竹签篾网缠住螺旋桨，无法全速航行，逐渐落后于其他各舰。两边山头守军看得清楚，集中火力，一齐喷向旗舰。孤拔正站在旗杆下，一面指挥炮手还击，一边招呼技工，尽快排除故障。忙乱之际，一炮落到舰尾，旗舰翘翘板样，前仰后合起来。一炮击中甲板，炸断旗杆，上有横木掉下来，不偏不倚砸在孤拔身上。众官兵吃惊不小，赶忙搬开横木，孤拔仍一动不动趴在地上，已是气息奄奄。还是随舰军医动作迅速，施救及时，勉强为孤拔捡回一命。然孤拔毕竟伤势太重，自此再没站起来过。

孤拔是战争狂人，曾赴亚非多国指挥作战，凭卓越功勋，步步高升，直至远征军总司令，一手制造了越北和中国闽浙战役。孤拔原意，歼灭南洋五舰后，便双管齐下，一方面继续封锁台湾，另一方面率舰北进，越上海，犯烟台，攻旅顺，直犯京畿，重演咸丰末年英法联军共破北京旧戏，迫使清廷屈服，赔付巨款。不想受挫于镇海，还被砸成重伤，不得不南撤闽台，龟缩澎湖。同时发电回国，建议重启沉寂数月的北圻战事。

然孤拔伤得实在太重，军医回天乏力，不久一命呜呼，死于澎湖。法国首相茹费理面对现实，只好听从孤拔遗电，命令法军突破中越边境，入侵滇桂。

早在孤拔受伤南撤时，李鸿章就知道中越边境将重燃战火，奏请朝廷增兵滇桂。又电告广西巡抚潘鼎新，做好打硬仗的准备。潘鼎新接电，亲率六营淮军，镇守谅山，另调湘、粤、滇诸军驻扎各城关要塞，互为呼应。刚布防到位，法军主力便气势汹汹杀将过来，潘鼎新调兵遣将，阻挡劲敌。无奈诸军令不行，禁不止，各自为战，根本不把帅令当回事，眼看法军攻到谅山城外，谁也不愿出手打援。原来湘军将领为左宗棠旧部，粤军受制于两广总督张之洞，滇军由云贵督抚支配，又哪会服从潘鼎新调度？潘鼎新没法，只好指挥六营淮军，死守谅山，等待朝廷新增援兵。就这样，诸军见死不救，援兵苦等不到，法军攻势一日比一日凶猛，淮军抵挡不住，丢下谅山，望北而逃。法军借势淹杀，又冲破湘、粤、滇各军阵营，攻入文渊，一直打进镇南关内，隔日因担心清军援军到来，又焚关而去。

败绩传入北京，慈禧恼羞成怒，下令撤掉潘鼎新，采纳张之洞建议，命李秉衡署理广西巡抚，接管诸军，同时命冯子材帮办关外军务。李秉衡长年担任直隶府县长官，受李鸿章举荐，升任广西按察使，负责给潘鼎新转运粮草。李秉衡到任后，尽职尽责，可他从没领过兵，打过仗，怎么指挥作战？接到朝廷任命，又喜又忧，喜官运亨通，忧贸然奔赴前线，死无葬身之地。也就以粮道艰难为借口，故意拖延，迟迟没来履新。新任统帅不肯露面，潘鼎新打不了移交，也不好撇下兄弟们走掉，只得留下继续统帅诸军。

潘鼎新以正式统帅身份指挥淮、湘、粤、滇诸军，诸军一意孤行，各打各的鼓，各敲各的锣，形如散沙。慈禧一道严令，撤去巡抚职，潘鼎新已什么都不是，不过代未到署理巡抚行使指挥权，诸军相反唯其命是从，指东打东，指西击西，很快收复数处失地。又有老将冯子材一马当先，率领民团，与新到援军合兵一处，将文渊团团围住，昼夜猛攻，法军渐渐不敌，后退谅山，据城固守。清军士气大振，乘胜追至，四面开花，一举将谅山夺回。法军被打得没了脾气，扔下死尸伤员，一退再退，撤至北圻南边。

潘鼎新非常解恨，及时电告天津，备述胜况。李鸿章自然高兴，让于式枚拟电，禀报朝廷，为潘鼎新和众官兵请功。电稿发走，于式枚道：

“潘鼎新兵败不丧志，与冯子材合作，收回失地，取得镇南关大捷，也算给相国争回不少面子。”

李鸿章感慨道：“大敌当前，淮、湘、粤、滇诸军离心离德，不听调度，以致兵败如山倒。太后一道严旨，潘鼎新丢官去职，诸军将领幡然醒悟，不再存门户之见，相反唯潘鼎新之命是从，又有新增援军配合，众志成城，同仇敌忾，终于击败强大法军，倒也坏事变好事。”于式枚说：“潘鼎新将功折罪，朝廷会不会赏回他的巡抚？”李鸿章说：“潘鼎新功大于过，官复原职也应该，就看朝廷善不善待功臣。”

可李鸿章没想到，两广总督张之洞奏报镇南关大捷时，故意玩文字游戏，夸大诸军功劳，隐瞒淮军战绩，以抬高冯子材和李秉衡，贬抑潘鼎新。朝廷依请重赏诸将，却轻轻略过潘鼎新名字，更不提留任二字。淮军将士愤愤不平，纷纷具函李鸿章，请他向朝廷呼吁。李鸿章却吱声不得。站在朝廷角度，潘鼎新任上丢城失地，获罪免职，理所当然，卸任后指挥诸军连战连捷，无异于为人作嫁，战功算你头上没错，忽略不计也不无道理。为了避嫌，李鸿章不好为老部下争功，潘鼎新只能吞声忍泪，告别旧部，东归皖省。直到三年后旧伤复发，李鸿章为其疏请前功，朝廷才赏还原衔，潘鼎新总算无憾而终。

此属后话。且说镇南关大捷，孤拔之死，引发法国政坛大震荡，以强硬著称的茹费理内阁一夜倒台，临时政府不愿陷入中越战场不能自拔，主动伸出橄榄枝，向大清示和。海关总税务司赫德察知此情，走进醇亲王府，表示愿为中法议和出力。身为英国人的赫德对中法关系如此感兴趣，自然有其原因。赫德原为奕䜣宠信，才出任海关总税务司多年。奕譞取代奕䜣主持朝政，赫德一直无缘走近新主子，中法战争前后打了两年，法国愿意求和，若能从中凑合，促成此事，自可争取奕譞信任，继续稳居海关总税务司要职。

不想奕譞却说：“清军镇南关大败法军，正要乘胜追击，一举拿下整个越南，哪是法国想和就可和的？”赫德笑道：“大清多路援军齐聚北圻，以多战少，才在镇南关侥幸取胜。一旦法军缓过神来，集中各处优势兵力，手握先进武器，掉头反击，清军还有几分胜算？再说法军已占据澎湖，封锁台海，日后吞并台湾，不是没此可能。对于大清来说，越南战场与台湾领土，到底孰轻孰重，想必王爷比谁都更清楚吧？”

此理浅显，并不难懂。奕譞望着赫德，半日无语。赫德又进而道：“还有慈禧太后那里，她老人家想战还是想和，王爷是不是也该问问她？”

赫德在华日久，见多识广，早知慈禧迫于奕譞等人压力，不得不点头开战，如今清军镇南关取胜，法国愿意议和，岂肯轻易放弃良机？果然奕譞入宫传达完赫德的话，慈禧便点头道：“就让赫德与李鸿章去议和吧。”奕譞说：“朝鲜兵变，日本人还在纠缠，英国与俄国不肯坐山观虎，也陈舰于朝鲜周边海域，李鸿章只怕抽身不开。”

奕譞所言虽属事实，可他肚里真正想法还是自己不听李鸿章之言，力主与法开战，弄得败绩连连，骑虎难下，今又回头请李鸿章主持议和，觉得太没面子，非把他排除在外不可。慈禧也无异议，让奕譞去找赫德，赶紧与法国沟通，早日达成和议。

奕譞出宫去见赫德，讨论与法交涉事宜。赫德道：“前不久有艘中国货轮为法国所扣，海关驻英办事处主任金登干受本司委托，正在与法国外交部接触，可令他顺便代华议和。”

得到奕譞许可，赫德立即给金登干发去电报，转达大清意愿。金登干立即与法国外交部坐到谈判桌上，商定以天津《福李简约》为基本框架，先达成停战条件，双军收兵，然后让驻华公使巴德诺与中方商谈具体细款。

既以《福李简约》为框架，奕譞再不好避开李鸿章，不得不让他出面，与巴德诺交锋。事实也是满朝文武，说起洋人，喊打声一个高过一个，真要他们与洋人面对面接触，又畏洋人如老虎，生怕走得稍近，被人家吃掉似的。

奕譞偷偷摸摸，让英人与法国商定好停战条件，再叫你与巴德诺商议细款，李鸿章心里自然老大不痛快。然国家安危重如山，李鸿章还是咽下怨气，带着英国法学博士广东新会人伍廷芳，将巴德诺迎入北洋衙署，磨破嘴皮，与其讨价还价。巴德诺每每以条款已经两国政府确认，拒绝李鸿章所提要求。李鸿章无奈，只好与伍廷芳睁大眼睛，在字句上一争长短，仿佛先生批改学生文章。弄得自己都了无意趣，自我解嘲道：“款议皆由内主持，专倚二赤，虽予全权，不过奉文画诺而已。”

此处“内”字所指乃慈禧与奕譞，“二赤”即赫德。两个月后，《中法会订越南条约》签定，大清承认法国与越南所订各条约，中越藩属关系彻底结束；法国可在中越边境通商贸易，设立领事；降低中越边境进出口税率，确保法商益权；日后中国在滇桂边陲修建铁路，应与法国商办；法军退出台湾和澎湖，清军撤离北圻。

签完字，送走巴德诺，李鸿章扬着《中法会订越南条约》，对手下幕僚道：“两年前法越签订《西贡条约》，便注定只能是此结局。无奈满朝文武，只知闭着眼睛喊打，老夫一而再，再而三，与法国人周旋，几次眼见和议即成，皆被喊打声搅黄。打了两年，战火从北圻烧到闽浙沿海，重又回到原发地，虽不用赔款，却已消耗战费上亿两银子，另欠债两千多万两，且东南饱受战争蹂躏，福建水师全军覆没，无数官兵付出生命代价。”

周馥最能理解李鸿章此时心情，说：“可惜朝臣不懂相国苦心，还说法国不胜而胜，中国不败而败。”于式枚道：“纯粹自欺欺人。自越南北宁、兴化、谅山，到中国马江、基隆、澎湖，法军打一仗赢一仗，能说中国不败？所幸刘秉璋守住镇海，刘铭传取胜淡水，重回越北战场，清军先败后胜，镇南关失而复得，才多少挣回点面子。”周馥道：“也仅仅面子好看一些，离战争胜利还差得远。就算中国花再多银两，死再多官兵，把越南从法国人手里夺回来，日后还得还给越南人，越南人又会迎回法国人。”于式枚认可道：“与越南不同，台湾属中国版图，全局利害所关，放弃所谓藩属国越南，让法军退出台湾，确为明智之举。”

两人所言皆属事实，不然慈禧与奕譞也不会急于停战议和。可其他人不这么想。停战协议已签订生效，朝臣与疆吏还牢骚满腹，怪话连连。张之洞、冯子材等人也不愿收兵，直至一道道严旨发下，才陆续撤回越北清军。一边撤军，一边大骂李鸿章卖国。朝臣遥相呼应，上折奏杀李鸿章，以谢国人。骂声此起彼伏，仿佛不骂几句李鸿章，便显得不够时髦似的。朝臣们早就发现，咒骂李鸿章乃世上最合算的美事。想想看，动动嘴皮，轻轻松松就爱了国，还可发泄胸中戾气，自然不骂白不骂。

骂李鸿章骂得最起劲的还是左宗棠。骂得也更有水平，说洋人没啥可怕，唯一可怕的是李鸿章，十个洋将不如一个李鸿章坏事，只要李鸿章一求和，洋人必胜，中国必败。言下之意，他姓左的从没怕过洋人，当年抬棺西征伊犁，原准备贴着俄国人屁股，追打至圣彼德堡，做回成吉思汗，只因李鸿章坏事，一切皆成泡影，不得不乖乖回京入值军机，闲得实在无聊，唯有拿曾国藩开涮，以骂死人为乐。死人耳朵失聪，骂得再多，也听不见，骂来骂去，还是骂活人更有意思。细数当朝最该骂者，自然绕不开李鸿章，那么多人口诛笔伐，骂个不歇，自己不跟着骂上几句，待到两眼一闭，嘴巴一合，再也骂不出声，岂不后悔莫及？

骂得正过瘾，朝旨下达，命左宗棠返京面圣。左宗棠已多年没回湖南，特向朝廷告假，以绕道归乡省亲。得到圣上恩准，左宗棠才暂停骂声，吩咐亲兵收拾行装，准备翌日启程西上。谁知夜里一觉过去，再没醒来，永远闭上那张敢骂爱骂能骂的大嘴，享年七十三岁。

朝廷得报，依例得赐谥追赠。却一时拿不准该谥武还是谥文。大清重文轻武，文谥高于武谥，唯中过进士，入过翰林，才有资格谥文。左宗棠仅有举人功名，照理与文无缘，只能谥之以武。也因如此，当年曾国藩病殁两江任上，朝廷赐以文谥里最高谥号文正二字，左宗棠大受刺激，不无嫉妒道："曾国藩谥以文正，俺左宗棠死后岂不只能谥以武邪？"还不解恨，又见人大骂曾国藩，一骂骂了十多年，仍没能浇灭心头妒火。

也许为安慰左宗棠亡灵，朝廷几经讨论，决定破例予谥文襄。虽说属文谥里末谥，毕竟沾个文字，免得左宗棠到了地下，依然妒火中烧，到处骂人，搅得阴界不得安宁。又追赠太傅，循大学士例赐恤，赏银三千两治丧。入祀京师昭忠祠与贤良祠，另于湖南原籍与立功省份设立专祠，其生平政绩宣付史馆。

左宗棠死讯传至天津，李鸿章不觉黯然神伤，连续数日恍恍惚惚，食无味，寝难眠。也不知是物伤其类，兔死狐悲，还是偌大的政治舞台上，再无人可唱对手戏，担心故事太乏味，人生太寂寞？中法之战正酣之际，淮军几员老将吴长庆、张树声、周盛传，相继病逝，李鸿章还没从悲伤中完全走出来，岂料战火刚熄，左宗棠又撒手人寰，归入道山。思今追昔，大清咸丰、同治、光绪三朝，三位最显赫的人物，曾国藩创湘军，左宗棠组楚军，李鸿章建淮军，三军共同发力，先灭太平军，继剿东西捻军，期间湘楚撤并，与淮军共同担负起大清国防重任，一直延续至今。也幸亏三人三军之存在，多灾多难的大清王朝一次次转危为安，才好不容易维持下来。然人事有代谢，往来成古今，十二前曾国藩离世，十二年后左宗棠西去，留下李鸿章一人，独自面对三千未有之大变局，情何以堪？

想到此处，李鸿章坐到桌边，挥毫写下挽左联：周旋三十年，和而不同，矜而不争，唯先生知我；焜耀九重诏，文以治内，武以治外，为天下惜公。

挽联一出，众僚竞相传阅，赞叹有加。李鸿章集洋务、海防、政事于一身，样样需人经办，多年来搜罗了大量人才，幕府盛况远胜当年曾府。与曾国藩一样，李鸿章也是幕宾们的良师益友，相处十分融洽。曾国藩喜欢早起读书巡营，再与幕友共进早餐，有事说事，无事神聊海侃，纵论古今。得益于老师调教，李鸿章已养成早读办事习惯，却体谅读书人夜间读写早上迟起习惯，不要求早起共餐。要聚放晚餐聚，主宾一边享受好酒好茶，好鱼好肉，一边品人论事，谈天说地。这晚美饮美食入喉，众人议到左宗棠之死，伍廷芳感慨道："世人只晓李左之争，不见李左之和，更不明白正因李左同时存在，才将曾文正公未竟之业发扬光大，大清才有今天之局面。也只相国最懂左宗棠，以上联之'知'字，下联之'惜'字，准确道出两人之真实关系，可谓心心相知，惺惺相惜。"

入幕李府不久的马相伯接过话头道："既然李左相知相惜，为何左宗棠还要大骂相国，一骂就骂了一辈子，至死方休？"周馥笑笑道："左宗棠心里发堵啊。"马相伯说："他堵什么呢？"周馥道："左宗棠属曾文正公同龄人，自觉智识远在文正公之上，从没把他放在眼里过。偏偏造化弄人，左宗棠止步举人，再无进步，相反文正公看上去天分平平，考取秀才后，一路凯歌高奏，直至咸丰近臣，十年九连跳，官晋二品大员。后文正公回乡创建湘军，左宗棠虽有湖南抚衙从幕历练，依然啥都不是，不得不转入曾府，才由文正公举荐，回乡募勇，另树楚军旗帜，入浙剿贼，得展大志。消灭太平军，湘楚两军撤并，没人再想得起楚军，每每提及左宗棠，不说楚军鼻祖，只道湘军老人。换言之，左宗棠折腾来折腾去，纵使出将入相，却依然只能算文正公腋下人物，至死没能从曾氏身后阴影里走出来。"

"怪不得左宗棠一说到文正公，便无名火起，破口大骂。"于式枚觉得挺有意思，"至于相国，小左宗棠十一岁，虽系文正公学生，俟上海告急，便脱离老师，独立门户，创立淮军。相国不忘根本，口口声声湘淮同源，淮出于湘，然湘淮毕竟有别，从没人会将湘淮混为一谈。尤其湘楚撤并之际，淮军稍做裁减，又因剿捻需要，重新壮大，压倒湘军。试想左宗棠身为湘人，返湘募得湘勇，别出心裁，另号楚军，以区别于文正公之湘军，不想还是甩不掉一个湘字。相国则不同，从不忌讳湘淮渊源，却没人误淮为湘，且淮军后来居上，渐渐盖过湘军，朝野说到曾李二人与湘淮二军，总是一视同仁，相提并论，不会厚此薄彼。这也许正是左宗棠心头隐痛，说又说不出口，怪又不知怪谁，只得找些其他借口，破口大骂文正公和相国，以解心头之恨。骂了一辈子，直至人死嘴闭，才终于作罢，止住骂声。”

马相伯道：“怪不得有人说左宗棠是被相国气死的，看来并非空穴来风。”于式枚反驳道：“七十三，八十四，阎王不请自己去，左宗棠已经七十三岁高龄，且功成名就，难道还不应该寿终正寝，去见阎王，怎能怪是相国气死的？”周馥道：“不过危言耸听而已，左宗棠与相国赌了一辈子气，要气早已气死，哪还等得到今天？”

众人议论左宗棠半天，李鸿章听在耳里，觉得颇有意思，却不怎么插言，这下终于忍俊不禁道：“左宗棠又不是周瑜，哪是想气就气得死的？再说孔明三气周瑜，都是说书人为使故事好听，添油加醋，胡编乱造，其实并无此事，当不得真。”

此言颇富深意。不管三气周瑜故事是真是假，毕竟孔明比周瑜高明，在三国无休无止的角逐中，也走得更远，笑到最后。

左宗棠逝矣，盖棺论定，该谥已谥，该祀已祀，评议声喧嚣一时，最终还是随着逝者远去，渐渐消失，难留痕迹。而生者还得面对战争留下的创痛，振作精神，重整旗鼓，继续前行。于国于君，于官于民，战争造成的伤害无以衡量，也无法消弭，好在人有记性，吃一堑，总该长一智。朝廷反思中法战争经过，意识到中国千里海岸，万里海疆，没有强大海军守护，必然处处被动，时时挨打，电令李鸿章统盘谋划，筹办海防。又依台湾省特殊地理位置，单独设省，任刘铭传为首任巡抚。这也是李鸿章多年愿望，写信寄台，憧憬办制造、修铁路、开矿产、架电线、兴贸易、强海防的大好前景。毕竟台湾天高皇帝远，朝臣目光难及，干扰较少，刘铭传正好可当试验地，大展身手，干番前所未有的伟业。

信函寄走，李鸿章处理完手头急件，又尊崇圣意，草拟筹办海防折。折稿初成，日本参议伊藤博文来到天津，交涉朝鲜事宜。甲申兵变后，朝鲜自知国贫兵弱，无力与日本抗衡，同时又担心大清今不如昔，不太靠得住，开始把目光转向北方，派代表团出访俄国，欲与其建交。然俄国也可怕，又借英俄阿富汗之争，与英国暗通款曲。英国于是以俄国海军侵扰香港为由，占领朝鲜南部的巨文岛，切断俄国南下航道。俄国虎狼之国，岂肯示弱？开动大批军舰，云集海参崴，与英军对峙。朝鲜局势一下子变得复杂起来，日本忧心忡忡，主动来华交涉，要与中国联手，共同对付俄英两国。

朝鲜属于岛国，东西南三面环水，北与中国接壤，长期以来甘为中国属国，背靠大树好乘凉。随着蒸汽机发明，欧美铁甲横行海上，示威朝鲜海岸，朝鲜君臣见大清泥菩萨过河，自身难保，也动起心思，明里暗里，与日本、俄国、英国、德国、美国接触，或结盟，或通商，欲借各国在朝势力，相互牵制，自己好于夹缝中求生存。李鸿章颇能理解朝鲜君臣心态，也知大势所趋，还想像从前样大包大揽朝鲜事务，大清积贫积弱，无能为力不说，朝鲜自己也不愿意，日俄英德诸国更不可能袖手旁观。鉴于此，伊藤来津商议朝鲜事务，李鸿章自然欢迎，把客人请到桌边，摆上茶水果品，开始谈判。

一阵寒暄过后，伊藤申明来意："此次赴华，主要有两层意思，一为以前之事，二为将来之事。先说以前之事。中国驻朝兵勇一千数百，较日本为多，致使各有猜忌之意，恐将来中日因此失和，莫如中国撤兵，两国永远和好。"李鸿章问道："贵国是否同时撤兵？"伊藤说："朝日有约，俟一年后察朝民不致滋事，方可撤回。"李鸿章回敬道："贵国不撤兵，欲令中国先撤，未免越俎，于情于理皆不合。"

伊藤没法反驳，又提出朝鲜甲申兵变，日本损失惨重，中国应该予以赔偿。李鸿章认为日本挑拨朝鲜开化党，制造事端，清军及时平叛，消除祸乱，岂有反作赔偿之理？伊藤再拿袁世凯领兵攻入王宫说事，李鸿章又坚持认为袁世凯入宫控制住局面，后又营救国王成功，不仅没有过错，且非常英明，不然朝鲜至今还会处于混乱之中。

双方唇枪舌战，连续会谈六次，才商定《中日天津条约》内容：中日同时撤兵离朝；两国均不能派员教练朝兵；朝鲜有重大事件，两国要派兵，应先互相行文知照。此条约让日本派兵入朝合法化，朝鲜从中国藩属国，变为中日两国共同保护国。李鸿章自然明白此中利害，可他知道朝鲜弱势，大清想代其独挡多国觊觎，已心有余而力不足。一句话，朝鲜未来兴衰存亡，不能仅仅指望中国，更需自己争气，绝地奋起，勉力图强。

条约成文，双方签字画押，李鸿章设宴款待伊藤。席间话题仍没离开朝鲜局势，又不免说到袁世凯，李鸿章问伊藤道："听说历经壬午、甲申两次事变，袁世凯不仅朝鲜无人不晓，也名震日本朝野，不知伊藤先生对其人有何看法？”伊藤说：“本使赴朝办差时，几次接触过袁世凯，此君狡黠多计，精明果敢，胆大妄为，认定之事不择手段，非达到目的不可，可谓当世枭雄也。”李鸿章道：“袁世凯是枭雄吗？伊藤先生此言，是夸还是贬？”伊藤说：“不夸也不贬，不过如实评品而已。”李鸿章说：“袁世凯锋芒太露，受人排挤，已没法在朝鲜待下去，返国回了老家项城。试问伊藤先生，本相该用之，还是该弃之？”伊藤想想道：“依本使看，李相若爱他则重用之，若不爱他则杀之。”

李鸿章闻言，哈哈一笑，乐道：“眼下清廷正值用人之际，袁世凯既有大才，又敢作敢为，当为我所用，岂可杀之？”话没落音，于式枚来报，说袁世凯到了衙署。李鸿章附于式枚耳边道：“先把这小子安顿下来，待老夫送走伊藤，再召他来见。”

十一、小百姓不可一日无钱，大丈夫不可一日无权

朝鲜甲申事变，袁世凯及时平叛，挫败开化党，日本一片哗然，讨袁之声四起，甚至有人提出与华开战，教训大清。奇怪的是清廷内部也对袁世凯颇有微词，说朝鲜事大党和开化党争斗，本与中国无关，不意这小子狗咬耗子，多管闲事，惹得中日失和，因小失大。连吴兆有本该维护自己属下，由于不喜袁世凯光芒盖过自己，劾其专权跋扈，擅开边衅，且挪用军饷，抚恤死于事变的事大党大臣遗孀，专折奏请朝廷，派员赴朝彻查。日本人诬陷好理解，同胞也落井下石，堂堂平叛英雄，一夜间沦为肇乱祸首，袁世凯实在气愤不过，于查案钦差大臣吴大澂赴朝之日，拍拍屁股，一走了之。归国后途经天津，李鸿章爱才心切，留其入幕办差，也心灰意冷，执意回了河南项城。幸而吴大澂离津前得过李鸿章交代，赴朝后摆出彻查袁案架势，暗里维护袁世凯，最后案子不了了之。李鸿章放下心来，函约袁世凯，来津另有大任。袁世凯见信，赶紧启程，马不停蹄赶到天津，走进北洋衙署。

在于式枚安排下，袁世凯吃饱喝足，便兴冲冲来见李鸿章。李鸿章亲自挪正椅子，要袁世凯坐，嘴里道："北洋衙署饭菜如何，慰亭（袁世凯）吃得习惯不？"

袁世凯用屁股尾骨挨着椅子边沿，身子微微前倾，讨好道："习惯习惯，项城与皖省比邻，山相连，水相接，风俗口味差不多，大厨依相国嗜好办的厨，自然最合学生胃口。"

这个袁世凯，真会说话，让人入耳又入心。想当年，李鸿章初与袁甲三交往，也是这么跟他套近乎的。人海茫茫，能走到一起，全靠一个缘字，诸如血缘、亲缘、地缘、师生缘，另有同宗、同姓、同年、同窗、同僚、同党、同行之类。袁世凯随随便便一搭腔，就把两人间的地缘与师生缘包含在了里面，足见其心思之机敏缜密。会说话总会讨人喜欢，尤其是聪明的年轻人。聪明有办法，年轻有精力，才好办事。人事人事，人为事转，事在人为，只有会说话，善于与人交往，才可能成事。当然仅仅嘴上会说，懒惰散漫，缺胆少识，也绝无作为。偏偏袁世凯会说勤勉，聪明肯干，这才是李鸿章看好他的最大原因。

心里赞赏着袁世凯，李鸿章又道："老夫没猜错的话，慰亭今天该二十六了吧？"袁世凯几分动容道："相国日理万机，忙不完的政事军务，连学生年龄也放在心上，学生何德何能，敢劳烦相国如此记挂？"李鸿章笑道："不用记挂，老夫今年六十二，正好大慰亭三轮。"

依干支纪年，十二为一轮，三轮三十六，加上二十六，等于六十二，恰是李鸿章年齿。换话说，与曾国藩、李鸿章、慈禧一样，袁世凯也属羊年生人。没入官场前，袁世凯就听说过三阳开泰之说，很为自己属羊得意过一阵子。只是自己毕竟位卑人微，不敢胡乱攀比，怯怯道："学生听说属羊之人是劳碌命，一生难得清闲自在。"

"人生在世，只享清闲，不肯劳碌，能有啥出息？"李鸿章笑笑道，眼望袁世凯，心里想起张佩纶来。张佩纶生于道光二十七年（1847）年末，大袁世凯十二岁，也属羊命。与袁世凯不同的是，张佩纶科班出身，文笔了得，起步早，起点高，李鸿章才精心扶持，想着日后做自己替手，就像当年曾老师培养自己一样。不想张佩纶华而不实，眼高手低，致使马尾一战，福建水师全军覆没，遭朝廷罢官去职，已流放张家口。张佩纶恐难东山再起，李鸿章只得转而指望袁世凯，全力维护，着意栽培，看日后能否接替自己，支撑大清天下。

袁世凯岂知李鸿章心里所想，见他半日无语，只拿眼睛死死盯住自己，不免有些紧张，惴惴道："相国教诲的是，学生自知天资平平，才疏学浅，凡事唯有勤勉用心，多下苦功，学相国样，以文正公《挺经》为座右铭，遇事不回避，先挺身入局，再解困破局。"李鸿章点头道："好好好！有志气，敢担当，肯用心，愿吃苦，定有大用。慰亭如此年轻，已两经朝鲜大变，临危不惧，出手不凡，力挽狂澜，由此便可预知，日后前程不可限量！”

此语倒也不假。可袁世凯对日后前程不太感兴趣。他是见着李信里另有大用四字，才兴致勃勃跑到天津来的，只想立即撸起袖子，大干一场，偏偏李鸿章尽说闲话，迟迟没发派差事，只好壮胆问道：“相国兴洋务，固海防，办外交，需要人手办差跑腿，只要用得上，相国尽管吩咐，学生定效犬马，绝不偷懒。”

这小子真急性子。李鸿章哈哈一乐，道：“到了老夫门下，还愁没你差事可做？只是你初来乍到，先读读书，写写字，与署里同幕熟悉熟悉，日后再派差也不迟。”

河南项城袁家属书香门第与官宦世家，袁世凯自小虽顽皮好动，却在父兄督促下，没少读书作文。不仅读四书五经，还重金搜罗兵书战策，潜心研读，立志学万人敌，时人笑讥为“袁书呆”。常常沉湎书中，不能自拔，读到兴头上，还忍不住口出狂言：三军不可夺帅，俺若得十万兵，便可横行于天下。十万兵不是想得就有得的，须先博取功名，出将入相，才可能执掌兵权，拥兵自重。为此袁世凯负笈北上京都，没日没夜攻读经书典籍，一读就是四年多，直读到口吐鲜血，晕死过去。谁知走出书斋，参加科考，却名落孙山。一怒之下，干脆将诗文付之一炬，愤然道：“大丈夫当效命疆场，安内攘外，乌能龌龊久困笔砚间，自误光阴耶！”自此一见书本笔墨，脑袋就发胀，叫他读书写字，无异于要他的命。

也是袁世凯圆滑，不会当面忤逆李鸿章，道：“相国要学生读书，学生读啥书好呢？”李鸿章说：“世间书籍千千万万，够你读的。还是拜于式枚为师吧，别人学富五车，他六车七车不止，跟他读书，定会大有长进。”

袁世凯只好去找于式枚。于式枚懂李鸿章意思，袁世凯年少气盛，还需用书本磨磨棱角，锤炼心志，方可担当大任，便道：“慰亭想读什么书？”袁世凯说：“学生听老师的。”于式枚道：“给你找批理学与西学之类书籍，长了本领，日后好逐中原鹿，吞胡天骄。”

袁世凯少有异志，曾自制联语曰：大野龙方蛰，中原鹿正肥。又另作诗道：眼前龙虎斗不了，杀气直上干云霄，我欲向天张巨口，一口吞尽胡天骄。袁联袁诗曾盛传一时，官场上无人不晓，自然也瞒不过于式枚耳朵，才故意拿来开玩笑，弄得袁世凯脸上一红，不好意思道：“只怪世凯少时狂妄，胡言乱语，老师见笑了。”

隔日于式枚便找出一大包书籍，亲自送至袁世凯住处，嘱他慢慢品读。袁世凯表面说愿读书，其实并不以为然，哪有心情埋首故纸堆？将书籍束之高阁，倒在床上，蒙头大睡，一心等待李鸿章委以大任。左等右等，别说大任，小任微任也没等来。实在耐不住寂寞，干脆走出衙署，甩着两手，四处游荡。游来荡去，正觉无聊，碰上自朝鲜撤回来的旧属，便勾肩搭背，走进酒馆，一醉解千愁。酒醒时分，才发觉买醉容易，解愁实难。又不想回衙署干坐枯睡，干脆在旧属簇拥下，走进妓院，打情骂俏，眠花宿柳，逍遥一时。

袁世凯不肯读书，于式枚也拿他没法，只好听之任之。偏偏李鸿章惦记着此事，把于式枚叫去，问袁世凯书读得怎么样。于式枚不好隐瞒，只得如实招供，说袁世凯成天在外与人鬼混，哪里看得进字纸？李鸿章皱着眉头道："你怎么当老师的，仅一个袁学生都管不好？"

袁世凯不图上进，不肯读书，你老人家不教训他，反过来责怪俺姓于的管不好，哪有此理？于式枚肚里嘀咕，辩解道："袁世凯已老大不小，哪是想管就管得了的？"李鸿章道："小有小的管法，大有大的管法，只要你动动脑子，不信管不住他小子。"

于式枚只好回去动脑子。动上半天，终于想出一主意来，用宣纸订成个本子，上写《袁皇帝起居注》，每天紧随袁世凯，将其一举一动，一颦一笑，详记于本子上。袁世凯不知于式枚要干啥，想方设法躲开他，该吃还吃，该喝还喝，该嫖还嫖，该赌还赌。于式枚也不急，记上该记的，转回衙署，守株待兔。直到袁世凯醉眼惺忪出现于署门，再迎上去，作个大揖，高声道："袁皇帝圣驾回銮！"袁世凯望眼于式枚，打着酒嗝道："皇皇皇帝？皇帝在哪儿？"

"你不就是皇帝吗？"于式枚扬扬手里本子，"你说过的话，见过的人，做过的事，微臣皆已详细记载于此，以便日后宣付史馆，垂之万世。"袁世凯哈哈大笑道："于老师记吧记吧，世凯无所谓。"东倒西歪回到住处，倒床便睡。

早上起来，隐约想起昨夜回衙，曾见于式枚手上拿着一个本本，说是什么起居注，袁世凯心里好奇起来。出门欲找于式枚问问，于式枚已站在门口，大声道："皇上圣安！"袁世凯道："皇上也是可随便呼唤的？"于式枚道："皇上于前，岂敢不呼不唤！"从袖里掏出《袁皇帝起居注》，"皇上起居详情，微臣皆已记录在案，还请过目。”

袁世凯接过本子，翻开一看，只见上面写道：某年某月某日，袁皇帝在醉春楼喝酒两个时辰，大醉不归。又：某年某月某日，袁皇帝上烟馆抽大烟一晌，兴尽出楼。再：某年某月某日，袁皇帝于乐坊听曲半晚，醉眠至天亮。

此皆系事实，袁世凯无法抵赖，不乐道：“世凯闲极无聊，外出消磨时光，值得老师费此心机，浪费笔墨吗？”于式枚说：“不浪费，不浪费，袁皇帝迟早会荣登大宝，微臣不过提前动手，秉笔直书，以传之于后世。”

袁世凯服了于式枚，也意识到李鸿章之良苦用心，变得规矩起来，不再外出吃喝玩乐，老老实实待在衙署里，一本本死啃于式枚选送的经书典籍。

收到李鸿章筹议海防奏折后，慈禧很重视，召见奕譞，道：“李鸿章觉得欲兴海防，不仅要购置军舰，建筑海军基地，还需仿照英法俄等国做法，成立海部，专司海防事宜，统辖北、南、粤三洋，分建合操，共守海疆。唯事关重大，务必召李鸿章入京，与当事诸臣熟思审计，规划精详，方能次第施行，渐收实效。”

奕譞遵令，发电天津。李鸿章见电，带上周馥和少量亲兵，迎着凉爽秋风，望京而行。抵达京城，仍像以往一样，入居贤良寺。抵寺稍事歇息，醇邸大轿已抬到寺外，周馥扶李鸿章进得轿子，再跳上马背，护卫在侧，向醇王府逶迤而去。

醇王府悄然在望，李鸿章掀开帘角，抬眼前瞻，远远便见奕譞已等候在大门外。想必奕譞早闻从前奕䜣当政，李鸿章每每登府议事，礼数都很周到，自然也不好怠慢德望老臣。李鸿章也知好歹，赶紧叫停轿子，掀帘出轿，急步前趋，朝奕譞射将过去。快到近前，欲行大礼，奕譞奔前数步，托住李鸿章双臂，说过免礼，问长问短起来。客气毕，李鸿章才召过周馥，介绍给奕譞，说他忠诚牢靠，明白干练，可托大任。

海防任重事繁，需能员操办，李鸿章带周馥赴京，就是让他先在奕譞面前混个脸熟，日后好提拔重用。用人与办事同理，先得有铺垫，屎胀才挖茅厕，自然仓促难成。奕譞与周馥见过礼，顺便赞赏几句，而后转身拉过李鸿章，并肩朝府门走去。

来到客厅，主客坐定，家奴呈上茶水果品。奕譞吩咐客人喝茶，自己也端杯润润喉，感叹道：“中法之战，前后折腾两年多，福建水师覆没，沿海饱受战乱，牺牲无数官兵宝贵生命，还耗费国帑和各地库银一亿多两，到头来越南还是脱离大清，成为法国殖民地。早知今日，当初又何必受朝臣蛊惑，硬着头皮与法开战呢？若早听信少荃良言，与法国议和成功，也不至于中法两败俱伤，还殃及越南军民。”

奕譞系主战派头目，战后能够自省，坦白战争失误，确属不易。说得李鸿章有些过意不去，道：“战衅未开之时，谁也不知会是什么结果，王爷主战也并非完全没有道理。只是大清还不强大，水师船轻炮弱，与人海上争锋，很难占到便宜。”奕譞颔首道：“正是咱们水师太弱小，务必尽快添购军舰，广筑炮台，扩建水师基地，固我海防。”

周馥就坐在李鸿章旁边，道：“说起水师基地，早在光绪六年（1880），相国便东挪西凑，筹集资费，着手在大沽口造船坞，搭厂房，建械库，以为军舰维修基地。可大沽河道浅，不能停泊巨舰，加之离京师太近，战时容易招至敌军攻击，相国又选中旅顺，疏浚口门与船澳，建筑石坝，搭构库房，修造炮台，现也已初见成效。”

“好好好！少荃为大清海防殚精竭虑，做出不少实事，太后与本王心里有数。”奕譞肯定道，“北洋带了好头，南洋与粤洋也不能落后，需齐头并进，共护海疆。中国海岸线绵延数千里，三洋遥隔，无专门海军衙门精心谋划，统一调度，一旦遭遇战事，不能形成合力，怎么抗敌制胜？”李鸿章道：“正如王爷所言，成立海军衙门已迫在眉睫。事在人为，王爷觉得谁来总理和会办海军衙门为好？”奕譞道：“少荃以为呢？”李鸿章道：“鸿章身为外臣，岂敢置喙朝廷人事？”奕譞笑笑道：“太后发话召你入京，就是要你来出主意，你不‘置喙’，谁‘置喙’？再说你乃首席阁揆，总督直隶，又怎能自认为外臣？”

奕譞把话说到这个份上，李鸿章不便再装腔作势，道：“王爷德威高隆，海军衙门总理大臣自然非您莫属。”奕譞道：“若太后恩准本王总理海军衙门，少荃就出任会办吧。”李鸿章道：“鸿章愿为王爷效力。”奕譞道：“太后信任，军机与总署事无巨细，本王都得过问把持，没法把太多精力用在海防上面，少荃呢又远在天津，也不可能老往京都跑，恐怕还得物色能人，具体操办海军衙门之事才行。少荃有无合适人选？”

还在来京途中，李鸿章就想到一个人选，便是中法开战后被朝廷召回国内的驻法公使曾纪泽，让他来筹办主理海军衙门事务，再合适不过。只是还没见到曾纪泽本人，不知他愿不愿意担当此任。何况曾纪泽是自己老师儿子，曾李两家关系众所周知，贸然推举曾纪泽，万一奕譞有啥想法，岂不事与愿违？基于此因，李鸿章不便先提名，只是答道："鸿章身处天津与保定，与朝臣接触不多，不谙人事，还是王爷定夺为妥。"奕譞暂时也无理想人选，道："还是先听取太后懿旨再说吧。"李鸿章道："也行，好事不在忙中取。"奕譞道："明天一早本王就入宫觐见太后，看她何时召对少荃，再言海防大事不迟。"

这有点结束语的味道，李鸿章站起身，准备告辞。奕譞道："少荃一路辛苦，本王已让后厨备好粗食，总得填饱肚皮再走吧。"李鸿章客气两句，道："蒙王爷看得起，鸿章与玉山（周馥）恭敬不如从命。"随奕譞离开客厅，走进餐室。

席间说到京中人事，李鸿章忽然问道："恭亲王近来可好？"奕譞略略迟疑，才道："身体不太好，几乎足不出户。当初太后罢黜六哥，除六哥主政期间偶有失职外，还考虑其身体欠佳，继续主持朝政，不太吃得消。少荃难得来趟京师，抽空去看看六哥吧，他会很欣慰的。"

自组建淮军征发上海之始，李鸿章就进入奕䜣视线，备受青睐，后总督直隶和主持北洋，也全靠他背后支持，才办成不少想办的事情。如今人家大势已去，门前冷落，李鸿章早就有意登府拜望，略叙旧谊，慰藉慰藉他那颗寂寞之心。只因恭醇两邸关系微妙，你贸然走进恭王府，传到奕譞耳里，惹他生疑，日后如何共事？转而又想，兄弟瓜代，奕譞属于大赢家，不该再计较病中兄长，才故意丢个石头，试探深浅。果然奕譞怜悯心起，主动发话，如此你再去看望奕䜣，便是遵令行事，意义也就完全不一样。李鸿章当即道："王爷惦记兄长，鸿章明天就去拜望恭亲王，转达您的美意。"

本是自己要去见奕䜣，一问一答间，竟变作替奕譞当差，这便是李鸿章为人高明之处。

说着话，酒已喝得差不多，李鸿章与周馥告辞出府，返回贤良寺。毕竟已过花甲，乘轿往返王府，喝茶吃酒说话，一律坐着，腰背腿脚酸麻，故入得寺门，李鸿章房也不进，直接来到寺后坪里，甩手迈步，松活松活筋骨。周馥在身后作陪，有话没话道：“外界传说相国是恭亲王的人，一向与醇亲王有隙，今天见证您俩会晤，怎么一点看不出来呢？”李鸿章哈哈笑道：“莫非你希望老夫与醇亲王有隙才高兴？”

“周馥当然愿相国与醇亲王和睦相处，齐心协力，办好海防。只是当初法军挑衅，相国主和，醇亲王主战，彼此意见相左，要外界不疑您俩有隙也难啊。”周馥笑笑，“只是身为帝父，又大权在握，醇亲王竟肯当相国面，主动承认当初主战之失，看来还真大度。”

李鸿章丢下一句：“若老夫处在醇亲王位置，也会如此大度。”而后放开长腿，继续朝前迈去。周馥小跑跟上，道：“周馥迟钝，还请相国赐教。”

来到一棵参天银杏树下，李鸿章止住脚步，抬头望望秋风中簌然抖动的黄叶，嘴里嘀咕道：“醇亲王身为帝父，也就比任何人更希望江山稳固，儿皇可坐享其成。十数年来，老夫处心积虑，购置战舰，建筑船坞，修造炮台，筹设海防衙门，一举一动，一措一施，皆是为大清王朝，或者说为光绪皇帝好。醇亲王心明如镜，最知老夫苦衷，拿硝烟已散的中法之战说事，无非向老夫示好，日后继续替清廷效劳。”

周馥恍然大悟，点头道：“原来醇亲王故意放低姿态，是有深谋远虑。”

翌日早饭过后，李鸿章又出门，坐上醇邸大轿，赴访恭亲王奕䜣。此次周馥没有随行，一大早去了湖南会馆，拜会曾纪泽，告知李鸿章行程。曾纪泽没在京城购置房产，中法开战后，被召回国内，一直吃住于湖南会馆。

先说奕䜣，此刻正卧病在床，忽闻李鸿章到访，精神一振，顿时病好三分，赶紧翻身下床，迎出大门外。李鸿章一眼望见恭亲王，几乎都快认不出来了，难免暗自吃惊。只见奕䜣一张老脸蜡黄寡瘦，暗淡无泽，爬满深深浅浅的皱纹。双目不再炯炯有神，眉头蓄含慈善，眸间混沌无光。要知道恭亲王在位时，机敏睿智，英气逼人，不怒而威，去职交权才一年多，竟像换了个人似的，难免令人唏嘘。怪不得世人说，小百姓不可一日无钱，大丈夫不可一日无权。小百姓无钱，衣食不保，活不下去，大丈夫无权，威风扫地，生不如死。

宾主行过礼，携手来到书房坐定。奕䜣道：“少荃看去老了些，可精神还不错。”李鸿章道：“鸿章已六十有二，也该老啦。没记错的话，王爷比鸿章刚好小十岁，才五十出头，正值年富力强。”奕䜣摇头道：“少荃真会说宽慰话。不中用啦，不才明主弃，多病故人疏啊。”

说得李鸿章鼻子一阵酸楚，忙把话题岔开，说道：“鸿章昨日到京刚入贤良寺，便被醇邸轿子接走，去与醇亲王谈事，迟至今日才来拜见王爷，还请多加原谅！”奕䜣道：“少荃哪里话，老七主持朝政，你受召入京，自然该先入醇邸论事。奕䜣已属无用之人，少荃还记得起我，肯来府一聚，我已非常知足。”李鸿章道：“不止鸿章记得起王爷，昨日与醇亲王议完事，他也说到您，嘱令鸿章一定前来恭邸拜会，代他问安。”

一听便知李鸿章为此趟恭邸之访，提前与醇亲王打过招呼，以免引来麻烦。奕䜣何等聪明之人，颇能理解李鸿章苦心，道：“少荃做得对，先让老七知道你来看我，于你于我都好。反正咱们君子之交，光明磊落，没必要躲着藏着，像做坏事似的。”

说会儿话，李鸿章见奕䜣久坐身累，忙从怀里掏出一纸银票，放到几上，准备告退。奕䜣道：“少荃这是干吗？才说过咱们君子之交，你来这一套，不太好吧？”李鸿章笑道：“王爷自己的钱，不会影响咱们君子之交的。”奕䜣说：“我的什么钱？”李鸿章道：“朱其昂创轮船招商局，唐廷枢办开平煤矿，王爷都入了股，此乃您的股息。”

京中王公大臣入股招商局和开平煤矿，倒也实有其事。不过也就象征性出点钱，与干股无异。开头几年陆续收到过几笔息金，所投那点股本早已成倍收回。后招商局与开平煤矿资金短缺，又逢国家多事，好一阵子没再付息，持股人都快忘了此事。定是李鸿章见你亲王双俸被停，又无人再肯输金献银，王府上上下下要吃要穿要用，捉襟见肘，缺用少花，才以息金为名送银票上门，以维护你去职亲王的尊严。想到这里，奕䜣不禁老泪盈眶，感激道：“本王不在其位，不谋其政，已无力为少荃助阵，你还老想着本王，问心有愧啊。”

一张银票便让堂堂王爷感动至此，确是李鸿章没有想到的。若在大位时，别说一张银票，就是送座金山银山，也不容易入其法眼。李鸿章心下感慨，有些不忍目视奕䜣的落魄，起身拜别出门，上轿离府，回了贤良寺。

刚好曾纪泽随周馥至贤良寺不久，闻听寺外动静，一齐来到门外，接住李鸿章，一左一右，迎入寺内。都是自己人，李鸿章谈起会晤奕䜣经过，两位也唏嘘不已。曾纪泽道：“听人说恭亲王卸职后，天天在家读王维和孟浩然的诗，聊以解愁。”李鸿章说：“可不是，恭亲王一见老夫，就借孟诗感叹：不才明主弃，多病故人疏。”曾纪泽道：“恭亲王是正话反说吧，应改成多才明主弃，不病故人疏。”

曾纪泽是其父曾国藩侯爵继承人，周馥尊之以侯，道：“曾侯改得真好。才多难免为人所忌，多才遭弃，无才受宠，实属官场常情。可想而知，一旦为主所弃，无职无权，自然不病也会被人疏远。”李鸿章道：“不才明主弃，是自怨自艾，怪自己不中用，多才明主弃，岂不有怪明主有眼无珠之嫌？真这样改孟诗，大祸已临头矣！”

论会儿奕䜣，李鸿章言归正传，对曾纪泽道：“老夫此番入京，主要商议海防事宜。劼刚（曾纪泽）出使欧洲经年，常留意英法德海军，潜心钻研军舰构造性能，老夫欲奏请太后，让你筹办海军衙门，调度三洋，你意下如何？”

中法开战后，朝廷疲于应付，无意官员任用，曾纪泽一直没放实缺，直至近期奕劻才想起让他再出使英俄。要说曾纪泽属当朝最出色的外交官，也甘愿为国事出力，然毕竟出洋于外，水土不服，吃住不习惯，远不如留在国内舒服，若还能助李鸿章筹办海军事宜，共谋海防大业，又何乐而不为？曾纪泽当即道：“只要用得着纪泽，相国发派就是。”

“劼刚是朝廷重臣，老夫哪发派得了你？还得看太后意思。”李鸿章笑道。周馥道：“太后召相国入京商议海防，相国力举曾侯筹办海军，还怕她老人家不恩准？”李鸿章道：“太后能恩准，再好不过。可朝中人事纷繁，只怕早有人盯住此位，正上下其手呢。”

言谈间，醇王府派差传话过来，道是太后已定明天上午召对李鸿章。隔日李鸿章起个大早，用膳完毕，便上轿来到宫外。出得轿门，奕譞大轿也刚好驾到，两人礼毕，双双往宫里走去。到得养心殿，由大太监李莲英引入东暖阁，只见慈禧已端坐其上。李鸿章碎步趋前，正要往地上趴，慈禧道：“少荃是四朝老臣，今日又非廷议，免礼啦！”

话没落音，李莲英就上前搀住李鸿章，把他请到矮几上。李鸿章正要谢恩，慈禧开言道：“少荃入京几天了吧？”李鸿章毕恭毕敬道：“三天前微臣便进京入住贤良寺，先赴醇邸与醇亲王商议筹办海军衙门事宜，后赴恭邸拜望恭亲王，今天才受召入宫向太后请训。”

慈禧嗯一声，道：“恭亲王还好吧？”李鸿章说：“恭亲王身体欠佳，不过精神尚可。”慈禧道：“听人说他天天在家读孟浩然的诗，尤喜不才明主弃，多病故人疏，也不知是否属实？”李鸿章道：“微臣与恭亲王只道家常，未谈诗论赋。”

慈禧没再追问，转而道：“听人说法国转战中国时，孤拔本无意闽台，只想北上捣毁北洋水师，进逼京畿，有无此事啊？”李鸿章道：“有此一说，不知是真是假。”慈禧道：“那孤拔为何又把战场留在闽浙，没有北进呢？”

李鸿章欲言又止的样子。奕谖替他答道：“奕谖也听说过，孤拔领军离开越南前，曾电请茹费理，准备直扑直鲁，歼灭北洋水师，再效法咸丰末年英法联军，西攻北京，逼朝廷就范。后宝海、脱利古、福禄诺等人向茹费理力陈，说少荃真心跟法国和好，还是不与北洋交恶为妥，茹费理才勒令孤拔，把战场放在闽浙，也给议和留条后路。”

慈禧又望向李鸿章，道：“少荃面子大嘛，法国人照顾你，竟肯放弃北进。”李鸿章道：“不是微臣面子大，是法国人慑于太后和皇上天威，不敢轻易冒犯。”慈禧道：“假设法军北犯，北洋水师能否拒敌于海外？”李鸿章摇头道：“虽说北洋成师多年，皆因塞防花去巨财，海防经费短缺，兵舰购置、炮台修造、海上训练皆严重不足，真与法国强大海军对峙，可说毫无胜算。除非定远、镇远、济远三舰已驶回国内，或可抵挡法舰一阵子。”

李鸿章早在德国伏尔铿船厂定购三艘铁甲舰，因大清事多，经费不足，改造两铁甲舰和一装甲巡洋舰，分别定名为定远、镇远和济远。三舰陆续完工，又逢中法开战，德国宣告中立，禁止船厂交货，法国也扬言三舰一旦驶离德国，就在公海上拦截。鉴于此，李鸿章不得不同意暂留德国，待战争结束再离德回国。慈禧自然知情，问道：“中法战火已熄，三舰可回国了吧？”李鸿章道：“已张挂商船旗号，驶离德国军港，再过一个多月，就可入境归队。”慈禧道：“好哇，有了铁甲舰和装甲巡洋舰，大清就不怕洋人欺侮啦。”

李鸿章不得不据实道：“有此三舰，北洋水师实力定然大大加强，可比起英法德美等海军强国，还相差很远。就是与后来居上的日本海军相比，也无优势可言。日本早已拥有铁甲舰，见中国新购三舰快回国，又在筹集装甲巡洋舰购置款。微臣来京途中还在琢磨，咱们还需尽快再添几艘装甲巡洋舰，至少不能落后于日本。”

慈禧不解道：“三舰即将回国，要铁甲有铁甲，要装甲有装甲，又要添购装甲巡洋舰？”李鸿章解释道：“照欧美海军强国惯例，一支像样的海军，至少得有四类船只：一为战船，如铁甲舰与装甲巡洋舰；二为守船，如蚊子船和鱼雷艇；三为运船，用于运输；四为练船，专供官兵训练之用。眼下北洋仅有超勇、扬威两艘轻型战船，加上定远、镇远和济远三舰回国后，也只五艘战船，远远满足不了万里海疆之攻守。”

“那岂不又要一大笔钱？”慈禧嘀咕道，心里想着光绪即将大婚和亲政，总得将各处园林，诸如北、中、南三海修葺一番。中法之战打了两年，国库与各地藩库皆已掏空，筹办海军又要大钱，钱到哪里去弄呢？李鸿章似看穿慈禧心思，道：“购船置炮，坚固海防，打消洋人觊觎之心，保江山平安，花再多的钱也值。设若海上空虚，洋舰闯入，被动应战，损失可远超海防费用。此次中法之战就消耗一亿多两银子，若用之于海防，可添置多少船炮？”

慈禧本想拿修葺园林说事，又开不了口，只是叹息道：“朝廷也难啊，办啥事都离不开银子。”李鸿章道：“购置船炮，固我海防，不可能不花钱。可另有些事情若办得好，先把钱花出去，过后又可加倍赚回来。”慈禧瞪大眼睛道：“少荃说说，哪些事可赚钱？”李鸿章道：“比如修成铁路，运人载货，就有钱赚；开办银行，低息吸存，高息放贷，也属生财之道。”

能赚钱生财，自然是好事。可好事不一定好办，慈禧没立即表态，打个哈欠道：“今天已说了不少话，少荃也该累了吧？”

该谈的事没有谈妥，李鸿章哪里会累？然慈禧已下逐客令，不得不道：“微臣累点没事，只是拿海防杂事劳烦太后，甚是过意不去。”奕譞也知趣道：“太后该歇息啦，海军衙门筹建事宜，留待改日再议也不迟。”慈禧道：“也行，你俩先下去吧。”

两人谢过恩，一起退出东暖阁，李鸿章离宫回贤良寺，奕譞入值毓庆宫。正好碰上翁同龢给光绪讲完课出来，上前给奕譞行礼。奕譞还过礼，转身要走开，翁同龢粘上前去，道：“听说朝廷要成立海军衙门，太后肯定会让王爷总办，可王爷日理万机，只怕忙不过来，同龢有个会办人选，不知王爷需不需要？”

奕譞早有人选，就是曾纪泽。只是庆郡王奕劻有意派他出使英俄，奕譞不好与他争人，一时打不定主意，这下翁同龢荐人，也就立住步子，道："师傅有好人选，只管开口。"翁同龢道："黄体芳如何？他系兵部左侍郎，又从小生长在浙江沿海，懂水性，知海军。"

奕譞也考虑过黄体芳，只是觉得此人有些眼高手低，言过其实，不是太满意。见奕譞沉吟不语，翁同龢又添油加醋，说了黄体芳一番好话。奕譞这才道："谁做海军衙门会办，还是请太后来定吧，本王可把师傅的话转呈太后。"

打发走翁同龢，奕譞走进毓庆宫，问过儿皇载湉课业，天黑前回了醇王府。刚入府门，奕劻来访，力荐黄体芳出任海军衙门会办，手里还拿有张之洞写给奕譞的信函，也是一个意思。张之洞在京时，与黄体芳颇为投机，外加宝廷、张佩纶，同为翰林四谏，名噪一时。宝廷只爱娥眉不爱官，急流勇退；张佩纶马江惨败，远贬塞外；剩下张之洞荣任两广总督，只想促成兵部左侍郎黄体芳会办海军衙门，两人一内一外，遥相呼应，不怕大事难成。奕譞看穿张之洞心机，对他推举黄体芳，一点不觉奇怪，倒是奕劻也对黄体芳如此感兴趣，莫非得过他什么好处？奕劻乖巧灵活，就是太爱财，谁出钱就会为谁办事说话。

奕譞没明确表示，仍说一切听太后的。奕劻道："放眼望去，北洋水师上上下下皆系李党人物，总不能朝廷成立个海军衙门，也全掌控在李鸿章手里吧？"

一句话说动奕譞，心下已认定黄体芳，准备推荐给慈禧。两天后，慈禧再次在养心殿召奕譞与李鸿章入对。说几句客气话，进入主题，慈禧道："依少荃所奏，东南沿海千里海岸，北、南、粤三洋各自为军，确需专门海军衙门，统一调度，分建同操，共守海疆。两位觉得海军衙门由谁总理和会办为好？"李鸿章道："醇亲王主持军机和总署，也该总理海军衙门，以便海陆同心，协调联动。"慈禧道："会办人选呢？"奕譞忙道："北洋为水师主力，负责拱卫京畿，少荃身为北洋大臣，统帅北洋水师，海署（海军衙门）会办非其莫属。"

慈禧表示认同，道："醇亲王挂名总理，李鸿章兼任会办，共议海军大事，没太大问题，可海署日常事务，总得能员具体负责才好。你们觉得谁合适？"

李鸿章张开嘴巴，正要说出曾纪泽名字，不想奕譞抢先道：“微臣看兵部左侍郎黄体芳就挺合适。”慈禧道：“黄体芳懂海军吗？”奕譞道：“黄体芳生长于浙江沿海瑞安，见多风浪，又任职兵部有时，确属筹办和当直海署最佳人选。”

黄体芳确是瑞安人，任兵部左侍郎也假不了，只是见多风浪，充职兵部，就一定懂海防，可把海军衙门交给他吗？不知奕譞怎么会青睐此人。李鸿章心下狐疑，却不好与奕譞唱反调，只得将曾纪泽三字咽回去，低头不语。偏偏慈禧不肯放过他，问道：“少荃觉得黄体芳如何？”李鸿章道：“要说黄体芳也不错，可满朝文武，应该还有更合适人选。”

慈禧还要往下问，奕譞怕李鸿章搬出曾纪泽，又道：“就定黄体芳吧，庆郡王也向我推荐过此人。”既然二王都看好黄体芳，慈禧也就不再多问，又论些别的事情，结束召对。

出得宫门，李鸿章满心不乐，只怪自己嘴慢，未及提名曾纪泽，便被奕譞抢先推出黄体芳。返回贤良寺，周馥问到召对情形，李鸿章唉声叹气，道：“本以为醇亲王也会推举曾纪泽任海署会办，谁知他竟拿黄体芳充数，还说奕劻也有此意。”周馥道：“还有无挽回的余地？”李鸿章道：“太后已经点头认可黄体芳，还怎么挽回？”

周馥不太甘心，道：“可找找恭亲王，请他向醇亲王陈明，海军衙门非由曾纪泽会办不可，否则会坏大事。醇亲王毕竟身为帝父，只希望办好海军事宜，不愿看到日后儿皇亲政，黄体芳给他惹事添乱。”李鸿章道：“恭亲王倒是明白人，可他已退位，只怕轻易不愿出面管闲事。”周馥道：“还未曾找恭亲王，怎么知道他不肯出面？”

巧的是午后正要上恭王府拜会奕䜣，忽传恭邸大轿到了寺外。李鸿章快步出门，从轿里请出奕䜣，迎入寺内。心下寻思，莫非前日收了银票，王爷心存感激，专门回访你？毕竟已削职归家，不再端得起架子，若仍大权在握，自然不会以亲王之贵，屈尊往贤良寺跑。

偏偏奕䜣来晤，并非出于私情。两人至上房坐定后，奕䜣便直截了当道：“上午太后召对，醇亲王提出黄体芳会办海署，少荃为何不加以阻止？”李鸿章道：“王爷也已听说此事？”奕䜣道：“这没啥奇怪的，你与醇亲王前脚离开养心殿，就有人后脚去了黄体芳家，他正在家里弹冠相庆呢。”李鸿章道：“王爷是否也觉得黄体芳不合适？”

奕䜣直言不讳道："黄体芳凭一支秃笔见谁参谁，靠一张寡嘴把自己吹上天去，博得清誉虚名，才做上兵部左侍郎。朝廷有军机处管理兵事，兵部可有可无，黄体芳等人在里面享享清福，无关乎大局。可海军衙门成立后，任重道远，怎能谁想去就去呢？"李鸿章道："可事已至此，又如何是好？"奕䜣道："让醇亲王收回自己的话。"李鸿章道："醇亲王已推举黄体芳，只怕不会改口。"奕䜣道："这正是本王来意，看如何说服醇亲王改变前非。"

李鸿章蹙眉寻思好一阵，才道："黄体芳与宝廷、张之洞、张佩纶不有翰林四谏之誉么？马江殷鉴不远，只要听到张佩纶三个字，醇亲王就会意识到事态严重，否定黄体芳。"奕䜣道："行行行，本王这就上醇王府，说说马江故事。"

本来奕譞就觉得黄体芳与张佩纶一样，夸夸其谈，谋大智小，难担重任，六哥奕䜣抱病上门，将马江惨败丑事一说，也后悔起来，不该听信奕劻，让黄体芳会办海署。可说出去的话，泼出去的水，又如何收得回来？奕譞苦着老脸，为难道："黄体芳为七弟所举，又经太后恩准，怎好出尔反尔？"奕䜣道："任命黄体芳的圣旨还没下达吧？"奕譞道："暂时还没有。"奕䜣道："圣旨未下就好，只要言明利害关系，太后自会收回成命。"奕譞道："万一太后不愿意呢？"奕䜣道："太后圣明，会愿意的。"

事关大体，奕譞决定马上入宫，去见太后。抬步要出门，又对奕䜣道："是不是叫李鸿章来府上，一起商量个万全之策，再去见太后如何？万一不能说服太后收回成命，岂不成了一盘死棋？"奕䜣道："先跟李鸿章商量一下也行。"

奕譞侍卫很快传李鸿章至醇王府。听二王道明召见自己的意图，李鸿章笑道："要想说服太后，只有辛苦恭亲王进趟宫。"奕䜣道："我与七弟情同手足，说话不得体，七弟不会怪罪。老佛爷一言九鼎，见我削职罪臣，不甘寂寞，妄议海署人事，岂不大动肝火，降罪于我？"李鸿章笑道："情系国家安危，替大清海防操心，老佛爷感激王爷还来不及呢，哪会降罪于您？"奕䜣叹道："事为本王所惹，也没法回避，只好听少荃的。"

李鸿章看眼奕䜣，忽然道："恭亲王病好得差不多了吧？"奕䜣说："咱们就事论事，于本王疾病何干？"李鸿章道："海署欲任黄体芳，恭亲王心忧大清，难免忧郁成疾。"奕䜣道："少荃莫非想叫本王重新躺回到病床上去？”李鸿章道：“恭亲王病倒在床，醇亲王才好说动老佛爷，临幸恭邸探视，恭亲王正好一吐心声。”

两王皆觉此计可行。隔日一早，奕譞便进宫，当着慈禧面，挤出数滴眼泪，道：“本来六哥已病愈下地，因微臣办事欠妥，惹得他一气之下，又躺倒在床，水米不进，生死难料。”慈禧诧异道：“你办啥事气病恭亲王？”奕譞道：“还不是推举黄体芳会办海署，六哥认为所托非人，忧愤成疾。”慈禧不乐道：“恭亲王已削职回府，岂可再干预朝政？”奕譞道：“不怪六哥干预朝政，只恨微臣瞎眼，轻易推举黄体芳。”慈禧道：“恭亲王怎么跟你说的？”奕譞道：“六哥不愿理我，只是悲呼大清不幸，君臣糊涂。”

当初甲申易枢，奕䜣并无大过，竟褫官夺职，停供双俸，确实做得过火了一点。为此慈禧一直暗存内疚，总想安抚安抚奕䜣，这下正好借黄体芳之事，亲临恭邸，了却心愿。于是对奕譞道：“黄体芳本系书生一个，江苏学政任上干得出色，深得翁同龢赏识，几次力荐，皆因恭亲王阻拦，没获重用，直至甲申易枢，才做上兵部左侍郎。本宫抽空去趟恭王府吧，恭亲王毕竟有大功于大清，不在其位，仍心忧国事，病急卧床，也该关照关照。再说他与黄体芳接触得多，比咱们更了解其人，听听他看法也好。”

两天后，慈禧就由奕譞陪同，出宫去了恭王府。奕䜣恹恹然躺在床上，病入膏肓的样子。慈禧来到床前，询问病情，端汤递药，以示恩宠。奕䜣受宠若惊，在奕譞扶持下，支撑起身子，勉强坐起来，一边咳嗽，一边直咒自己不争气，卧病不起，害得太后耽误时间，屈尊驾临敝府。慈禧又安慰几句，慢慢过渡到海署事务上。奕䜣故作矜持，不言海署，哭丧着脸道：“罪臣有眼无珠，起用张佩纶，让他筹办海防，致使军机与总署众臣以为他真懂海战，派往福州，会办防务，结果马江惨败，福建水师全军覆没，十一艘兵船及十九艘运船毁于一旦，船政局和船政学堂成为灰烬，左宗棠、沈葆桢、丁日昌诸臣心血付诸东流。都怪罪臣识人失察，既误张佩纶，更贻害国家啊！”

张佩纶出任总理衙门大臣时奕䜣还在位，待他出京会办福建防务已是甲申易枢过后，奕䜣并无直接责任。慈禧知道底细，道：“张佩纶狂妄自大，眼高手低，罪有应得。”奕䜣道：“罪臣活到五十多岁，阅人无数，可还是常看走眼，以为听人说得好，必定干得也好。诸如翰林四谏，个个能说会写，罪臣一度很是赏识。谁知张佩纶头脑发昏，自食其果。宝廷只知道玩风月，不务正业。黄体芳也夸夸其谈，说的比唱的好，办起事来，多不靠谱。只张之洞外放封疆，多些历练，变得略为实在，据说做了几件像样的事情。”

慈禧有所触动，道:“本宫倒想问问恭亲王，黄体芳放何职为佳？”奕䜣用嘲讽口气道:“黄体芳不已高居兵部左侍郎要位吗？沿海有北、南、粤三洋，可让他统领其中一洋，哪天洋舰来犯，说不定他手挥鹅毛扇，谈笑间，樯橹便灰飞烟灭。”

敢在慈禧面前这么说话，大概也只去职亲王才有这个胆子。奕譞不满奕䜣这个口气，嘀咕道:“太后好心好意问计六哥，六哥岂可玩世不恭，儿戏朝政？”奕䜣脸一黑，道:“到底谁玩世不恭，谁儿戏朝政？会办海军衙门这么重大之事，七弟竟视同小孩过家家，委之于黄体芳，难道不是最可怕的玩世不恭，儿戏朝政？仿佛张佩纶毁掉福建水师，还不满足，还要把海军衙门交到黄体芳手上，听任他糟蹋北南粤三洋，毁大清海防，重蹈咸丰故事！”

奕譞吱声不得，拿眼去瞧慈禧。慈禧默然良久，才缓缓道:“不让黄体芳会办海署，又命谁会办为佳呢？”奕䜣趁机道:“曾纪泽出使欧洲数年，时刻留意英法海军，认真钻研洋舰洋炮，颇有心得。纵观满朝文武，再无人比他更懂海防，太后岂可弃之不用，却视黄体芳为宝？不是罪臣看不起黄体芳，实因此人除能说会写，别无所长，更不用提海防大举。”

慈禧眼前一亮，道:“本宫糊涂啦，怎么没想起曾纪泽来？好好好，就让曾纪泽会办海军衙门。”奕譞赶忙附和:“太后圣明，让曾纪泽会办海军衙门，大清海防有望矣。”

曾纪泽就这样成为海军衙门会办。可李鸿章觉得还不够，又奏请曾纪泽为兵部右侍郎。奕譞无异议，慈禧依奏恩准。李鸿章用意明显，曾纪泽挂名兵部右侍郎，海署有什么需要兵部协调，无需另外求人，诸事好办得多。

会办人选确定，海军衙门正式成立。办公地址就在神机营内，级别和规制等同总理衙门，其重要性不言而喻。为此李鸿章又通过奕譞，奏准总署大臣奕劻也参与会办，以利日后海事与外事彼此呼应，相互联动。只是奕譞与奕劻各有要职，不过挂名总理与会办而已，真正执掌海署者，实乃李鸿章与曾纪泽二人也。

曾纪泽上任伊始，立即着手筹建海军衙门一应事务，诸如拟定海军衙门及三洋经费，编制购置舰炮计划，依英法德俄海军体例制订水师练船章程，如此等等，不一而足。

至此，京都之行主要使命完成，李鸿章入宫陛辞，准备返津。慈禧道："海军衙门架子已搭起来，以后大清海防就看少荃、纪泽与醇亲王诸位的了。"李鸿章道："微臣与各王公大臣自会兢兢业业，办好海防，太后放心便是。"慈禧道："少荃办事一向尽职尽责，本宫自然放得心。还有其他事情，需要本宫支持的么？"李鸿章道："微臣还是那句话，固我海防，离不开钱，办银行，修铁路，是生财良策，还请太后予以恩准。"

慈禧嘴巴紧闭，沉默不语。李鸿章不愿就此作罢，又道："轮船招商局曾因资金周转困难，报请微臣批准，向汇丰银行借款三十万英镑，约合银一百一十八万两。按合约规定，借款与还款均依当时汇率，拿白银折合成英镑予以汇兑。谁知借款时汇率为每两白银兑五先令六便士英镑，转过年来汇率已变成每两白银兑四先令八便士英镑，也就仅仅半年时间，因汇率起伏，招商局亏损达十四万八千多两白银。微臣意思，大清若有自己银行，办事不需向外国银行贷款，不仅利息肥水不落外人田，也不会吃汇率变化之亏，实属最合算的事。"

听得慈禧似懂非懂，却也知道银行是个好东西，问道："大清若办银行，该怎么个办法？"李鸿章道："也简单，户部先拿出一两百万两银子做本金，银行启动运营后，各地每年所收关税、厘金、地丁等税赋留存银行，银行出票给户部，日后户部凭票支取本息。如此一来，银行通过放贷赚钱，商家贷款经营生财，朝廷坐收利息进项，确系三全其美之事。"慈禧心有所动，道："既是好事，倒也可尝试尝试。本宫征询一下户部意见，再答复少荃如何？"

"户部尚书阎敬铭算盘打得精，会认同微臣想法的。"李鸿章欢喜道，"铁路也属富国强军手段，欧美已有先例，不可不办。"慈禧道："为运煤出山，唐廷枢不已修了条唐胥铁路，效果如何？"李鸿章道："唐胥铁路一通，不仅运煤成本大降，周边百姓出行或货运，也搭乘铁路，又快捷，又安全，可谓功德无量。前不久唐廷枢又报请微臣，准备出资将铁路南延至阎庄，也请太后准允。"慈禧道："铁路未修之前，反对之声不绝于耳，俟修成之后，也没人说啥。既然无需朝廷掏钱，以后商家出资修铁路，不必问本宫，少荃与醇亲王议办就是。”

李鸿章大喜，想不到今日慈圣如此开明。可没等他喜够，慈禧就给他出了一个大难题：“皇帝大婚与亲政在即，本宫原想重修圆明园，阎敬铭掐指一算，说至少得花费两千多万银子，中法之战已将国家底子掏空，拿不出太多的钱。本宫也能理解，不得不放弃圆明园，改为扩建三海，委屈一下皇帝。无奈三海旁边的蚕池口教堂高高在上，大内宫禁尽在其眼底，叫本宫与皇帝待在里面，又怎么能心安？”

听得出，慈禧想把蚕池口教堂迁走。该教堂位于西安门内先蚕坛外，紧邻御河桥。当年康熙患疟疾，服食驻京耶稣教士西药后痊愈，将蚕池口地皮赐给教会，用以兴建教堂，由法国天主教教会管理。教堂高大宏伟，康熙还亲自题赐“天主奉敕建”金字匾额。后因清廷禁教，教堂一度收回，鸦片战争结束又归还法国教会，成为枢机主教公署。涉教之事向来敏感，何况是法国教会，两国刚打过一仗，遗留问题一大堆，清廷想迁走教堂，难度定然不少。也正因太难，无人能够胜任，慈禧只好交李鸿章来办。

慈禧肯在银行与铁路方面通融，她让你办件事，又怎好推辞？李鸿章应承道：“驻津英国教士敦约翰跟罗马教廷过从甚密，微臣可通过敦约翰，跑趟罗马，商议蚕池口教堂事宜，借机与教廷外事部商议建交，然后再转赴巴黎，说通法国教会，将蚕池口教堂迁往别处。”

慈禧甚慰，命李鸿章速回天津找敦约翰，尽快落实蚕池口教堂迁址之事。李鸿章出得宫来，又去醇邸辞主。奕譞置酒为他饯行，李鸿章说起朝鲜大院君滞留中国两年多，也该回去与儿子团聚，万一老死清国，还不怎么好交待。奕譞首肯，道：“朝鲜局势不平静，总得有人护送大院君回朝，派谁合适呢？”李鸿章道：“袁世凯最为合适。”奕譞皱眉道：“袁世凯捷于肆应，巧于侦察，是其所长，然年少气盛，急躁冒进，未可恃也。”李鸿章笑道：“袁世凯因其年轻，确实锋芒太露。可两平朝鲜动乱，足见其胆略兼优，能识大体，非同俗辈。且回国后入幕北洋，又经于式枚悉心调教，长进颇快，可当大任。”

听李鸿章如此说，奕譞只好认可。李鸿章又道：“经历壬午、甲申两次戡乱，袁世凯对朝鲜情形最为熟悉，新旧党人咸相敬重，送大院君回国后，可留下接办朝鲜事务。”奕譞道：“也行，本王先请求太后，再让吏部委任袁世凯为总办朝鲜各口商务委员。”李鸿章想想道:“袁世凯官秩较低,任重位卑,无以资震摄,鸿章觉得该给个正四品驻朝总理交涉通商事宜。”奕譞亦无异议,道:“总理比总办更响,又多交涉一词,可处理外交事务,未尝不可。”

告别奕譞,回天津没两天,朝廷命袁世凯接办朝鲜事务的委任便发往北洋衙署。袁世凯正在苦攻于式枚交待的课业,忽听有人传唤,放下书页,去签押房见李鸿章。李鸿章递上委任状,道:“如今戏台已搭好,看客已请到,专等慰亭出场了。”

袁世凯接过委任状一看,禁不住一阵狂喜,只差没趴到地上,向李鸿章猛磕响头。要知道袁世凯两度协办朝鲜事务,品秩不过七品,一下子连跳五级,成为正四品总理,世上哪有如此美事?且年龄不过二十六岁,起步这么早,起点这么高,满朝只怕再无第二人。也是为表谦虚,袁世凯恳请道:“朝鲜局势复杂,君臣离心,党派纷争,日俄英德诸国虎视眈眈,晚辈独力难支,恐怕还得请相国派人帮办同行。”李鸿章大笑道:“韩人闻听袁大将军到,定然欢声雷动,谁还敢抗拒?有你慰亭足矣,别人去也无用。”

说得袁世凯信心满满,离津赶往保定,解除大院君拘禁,小心护送回国,然后留下总理朝鲜事务,折冲樽俎,独当一面,成为大清政坛最为耀眼的新星。

扶袁世凯上要位后,李鸿章又请来敦约翰,交给他五千两旅费,委其出海,落实蚕池口教堂迁址,以及中国与教廷直接建交事宜。以往中外签约,只有保护教士之条,没有规范传教之款,一遇民教相争,各国公使与领事不问教士对错,动辄为难地方官绅,甚至调洋舰以威胁,实则教务由教廷主持,公使领事无权节制教士,教士行为乖张,以致各地教案频发。李鸿章意思,与罗马教廷建交,彼此共同监管传教,偶遇传教案件,双方直接商办,不由各国公使领事从中插手,利用教案攫取不正当利益,避免事态复杂化。

敦约翰一向敬重李鸿章,非常乐意跑差,承诺先赴罗马游说教皇,再奔巴黎说服法国教会,促成此事。送走敦约翰,唐廷枢来衙探听朝廷对唐胥铁路延建态度。李鸿章道:“太后与醇亲王已默许,可将唐胥铁路展筑至阎庄。”唐廷枢乐道：“铁路延至阎庄，又要给开平煤矿节省大笔运费。”李鸿章道：“吾意还可组建开平铁路公司，商家自愿出资入股，先筑胥阎段，再购唐胥路，合二为一，统一经营。待赚了钱，资本一厚，再西展津沽，东延山海关。”

这便是李鸿章，凡事讲前瞻，重计划，走一步，看三步。唐廷枢很赞同，道：“这是好办法，可节约经营成本。只是开平铁路公司成立，谁来总理好呢？”李鸿章道：“伍廷芳如何？”唐廷枢与伍廷芳是广东老乡，知其底细，道：“让伍廷芳总理铁路事宜，再好不过。”

得到唐廷枢认可，李鸿章立即任命伍廷芳为开平铁路公司总理，英国人金达为总工程师，詹天佑为帮工程师，着手筹建胥阎铁路。詹天佑系首批留美幼童，毕业于耶鲁大学，专修土木工程铁路专业。回国后在福州船政学堂和广东水师学堂担任教习，被李鸿章看中，挖到身边，先给金达做助手，多长些见习，以后好独立主持铁路工程。

胥各庄距阎庄六十五里，约需十五万两工程费，加上其他开支，共二十五两足矣。经伍廷芳与唐廷枢协商，开平煤矿入股一半，另一半向其他商家招股。股金到位快，工程不算太大，只要督建有方，估计半年内便可筑成通车。

胥阎铁路建筑过程中，李鸿章又与奕譞函商，以海军衙门名义奏请朝廷，向英德两国订造致远、经远、靖远、来远四艘巡洋舰。并一再强调，船可分别在英德两国订造，但武器尤其主炮规格非统一不可，须采用当世威力最大的德国克虏伯炮，以方便日后弹供和维修。

巡洋舰订购敲定，几年前在德国订购的定远、镇远、济远三舰已驶回国内，进入大沽口。热烈的礼炮声中，舰上德国商旗徐徐降下，大清龙旗缓缓升起。沿岸军民欢声雷动，为中国总算拥有自己的铁甲舰和装甲巡洋舰激动不已，热泪纵横。

李鸿章大喜，奏请朝廷，委福州船政学堂毕业生刘步蟾、林曾泰和方伯谦，分别为定远、镇远及济远管带。然后亲赴大沽口，巡阅三舰。先由丁汝昌与周馥陪同，登临定远号。一边巡察，一边听丁汝昌介绍：“定远舰排水量七千二百二十吨，长九十四点五米，宽十八米，吃水六米，功率六千二百马力，航速十五点四节。主炮四门，为十二寸口径火炮，有效射程七千八百米。舰艇首尾各一门六寸口径火炮，射程一万一千米。

另有四门三寸舢板炮。三具鱼雷发射管，配二十一枚鱼雷。两条舰载鱼雷艇。舰上官兵配额三百三十人。”

接着视察镇远号。镇远配置与定远大致相同，所异者唯定远号水线下全为钢板，镇远制造时钢价急升，仅安装部分钢板。两艘铁甲舰共花银三百三十四万多两。看过镇远，几位来到略小的济远舰上。济远属穹甲巡洋舰，排水量两千四百四十吨，功率二千八百马力，航速十六节，配有双联装克虏伯前后主炮各一门，另有单管炮、铜炮、鱼雷发射管，外加舰载鱼雷艇两艘。如前所说，济远原定为定远同级别的铁甲舰，时遇中法开战，经费筹措困难，不得不改变初衷，缩造为巡洋舰。所费一部分源自定远、镇远两舰造价余款，一部分为李鸿章挪用淮军报销款，合计六十八万六千两银子。

数据很枯燥，可李鸿章却兴致盎然，问得仔细，不愿稍有忽略。就像自己亲生儿子，每一寸皮肤，每一根毛发，每一颗小痣，都视若珍宝，爱不释手。为购置三舰，李鸿章挖空心思，东挪西借，还在其次，还要与朝臣争论，花费的笔墨与口水，简直无以计数。就是当年讨太平军，剿东西捻军，也没如此劳神费力。盖因率军征战，正值大清江山不保之际，上上下下，无人异议。办海军，固海防，也为保江山，只不过万里海疆暂时平静，朝臣感受不到潜在危险，觉得购置铁甲装甲舰毫无必要，反对声一片，弄得李鸿章举步维艰。直至中越开战，马尾惨败，海上威胁近在眼前，朝臣才闭上臭嘴，不再说三道四。

感慨着筹办海防之不易，天色暗下来。周馥送李鸿章离舰歇息，丁汝昌留舰部署试舰事宜。隔日天明，李鸿章由周馥护卫，再登定远舰，率同镇远、济远及扬威、超勇诸舰，展轮出洋，试验速率。冬阳当空朗照，海风略带寒意，站在舰桥上，举目远眺，但见水天茫茫，碧涛汹涌。海鸥追波逐浪，忽高忽低，忽远忽近。舰行如履平地，轻轻摇晃着，摇得李鸿章仿佛酒至微醺，醉眼蒙眬，莫大的成就感油然而生。管带刘步蟾不时出仓，禀报航速多少，吃水几许，及其他各类数据。李鸿章面带笑容，频频颔首，无声叫好。

趁着三舰试航，又顺道前往旅顺，检阅沿岸炮台，观看后膛火炮演放，李鸿章无不表示满意。离开旅顺，西渡威海，视察船坞、鱼雷库、水师机械厂等海防设施，皆算完善实用。还有各处炮台，布置均得地势，坚固牢实。

回到天津，李鸿章亲笔具疏，向朝廷报告定远、镇远、济远三舰出洋试航经过，及旅顺、威海海防设施详情。同时恭请醇亲王，俟来年春归水暖，亲赴津海，检阅水师操演。

不久敦约翰返回中国，回禀李鸿章，罗马教廷与法国教会同意搬迁蚕池口教堂，条件是另择新址，予以重建。只有与罗马教廷建交之事，因法国政府干涉，没有谈成。蚕池口教堂能迁走已很不错，与教廷建交以后再说不迟。李鸿章派人随敦约翰入京，与蚕池口教堂反复商讨，签署协议，确定迁建费。体谅朝廷拮据，李鸿章建议由海军衙门款项下指拨，奕谖自然同意。与此同时，李鸿章又与英国斡旋，几经周折，英军终于松口，愿撤离朝鲜巨文岛。

好事还没完，伍廷芳又送来消息，胥阎铁路建成通车。李鸿章大乐，连夜具函，向奕谖报喜。又得寸进尺，提出再从阎庄延伸至津沽。担心朝臣阻拦，奏请将铁路事务划入海军衙门主管。理由是铁路为海防配套设施，归口海军衙门，利于统筹兼顾。这不过是借口而已，李鸿章真实想法是，自己与奕谖、曾纪泽三人执掌海军衙门，铁路事务归口海军衙门，以后办铁路，三人通气就行，不用大费周章，奏请朝廷，招惹众臣，引来非议和反对。

奕谖见函，请示慈禧，慈禧恩准。旨颁天津，李鸿章欣喜之余，又奏请速办银行。慈禧让奕谖与户部尚书阎敬铭商议，阎敬铭说不出反对理由，事情也基本定下来。

谁知李鸿章如意算盘打得太响亮，惊动朝臣，风波又起。

十二、翁师傅阴使手段，醇亲王赴津阅操

中法之战，国家损失惨重，军民死伤无数，朝臣外吏去的去职，丢的丢官，李鸿章却长袖善舞，大显神通，执掌海军衙门，迎回铁甲装甲三舰，订造巡洋舰，修成胥阎铁路，又在着手津沽铁路筹建。这也就罢了，还谈妥蚕池口教堂拆迁事宜，说服英军答应撤走巨文岛，大获慈禧欢心。慈禧欢，奕譞也跟着乐，一改成见，对李鸿章刮目相看，言听计从，他想上山，让他上山；他想下河，让他下河；他想摘星，让他摘星；他想揽月，让他揽月。

朝臣于是私下议论，中法之战中国没败，法国没赢，越南没输，只有一个人完胜，那便是李鸿章，因战而得势，仿佛三国事先约好，要替他打这一仗似的。议论得多了，一个个义愤填膺，恨不得跑到天津，将李鸿章五花大绑，押赴北京，扭送菜市口，一刀两断。

议论得最起劲的还是翁同龢与黄体芳。由于清军越战失利，清廷甲申易枢，翁同龢被赶出军机处，郁郁寡欢，见李鸿章风光无限，难免妒火中烧。黄体芳挂名兵部左侍郎，兵事决于军机处，海防为海军衙门把持，弄得他整日无所事事，想会办海署，找点活干，为李鸿章和恭亲王奕䜣所阻，恨得咬牙切齿。翁黄于是走到一起，商议如何给李鸿章使使绊子。只是黄体芳没翁同龢那么多歪歪肠子，实话道："体芳最恨李鸿章贪功，又管海防，又理外事，又修铁路，还想建什么银行。只是此系富国强军要务，李鸿章不办，也得有其他人来办。"

翁同龢不满道：“谁不知海防诸务得有人办？可也不能好事都被李鸿章一个人办了去，他风光占尽，别人都是傻子，只能袖手旁观吧？”黄体芳认可道：“师傅说得也是。可太后与醇亲王眼里只有李鸿章，咱们也拿他没法啊。”翁同龢道：“怪只怪太后与醇亲王受李鸿章蛊惑，看不出他狼子野心。”黄体芳好奇道：“李鸿章有何狼子野心？”

翁同龢扯过黄体芳耳朵，轻声道：“李鸿章一人独掌北洋水陆两师还不够，又会办海军衙门，调度北南粤三洋，这于大清是好事还是坏事，还看不出来吗？”黄体芳道：“李鸿章独掌北洋没错，可海军衙门还有醇亲王总理，曾纪泽会办，不是他一人说了算。”翁同龢道：“你傻呀，醇亲王既管军机，又掌总署，还要督导皇上课业，宫中大事小情，太后也交他料理，他哪有时间操持海军衙门？至于曾纪泽，与李鸿章长达二三十年交情，唯其马首是瞻，还不他说啥是啥？说得透切点，爱新觉罗氏的海军衙门，不知不觉中已悄悄改姓为李。”

话不说不明，黄体芳顿觉事态严重，道：“作为光绪臣子，咱们又该怎么办才好？”翁同龢道：“咱们不像李鸿章，有枪有炮有海陆两军，只有手中秃笔。”黄体芳道：“师傅意思，上书太后与皇上，言明李鸿章会办海军衙门利害关系，为国为民消灾免祸？”

为国为民太玄乎，还是先给黄体芳点盼头，好让他鼓足勇气，与李鸿章过招。翁同龢心下寻思着，嘴上道：“只要击败李鸿章，或至少把他逐出海军衙门，本师傅立即奏请太后和醇亲王，让你顺势入位，到时谁也不可能再阻拦你。只是单凭你黄大侍郎一己之力，欲扳倒李鸿章，恐怕有些难。可先联络徐桐、盛昱及余联沅、屠仁守诸位御史，众志成城，一齐向李鸿章开火，纵使不能灭掉他，也要杀杀他威风，乖乖离开海军衙门。”

黄体芳依计而行，去找徐桐他们，添油加醋，把翁同龢的话学舌一遍。徐桐最看不惯李鸿章与洋人打得火热，说：“老夫也担心大清江山，迟早会断送在李鸿章这帮假洋鬼子手里。黄侍郎肯打头炮，老夫随后跟进就是。”

徐桐现为吏部尚书，位高威重，他能出手，李鸿章定然吃不消。黄体芳欣喜若狂，拜别徐桐，去见盛昱。盛昱因鼓动梁鼎芬参劾李鸿章，被慈禧发配到国子监，天天埋首故纸堆，正郁闷得很，有人要借他如椽巨笔，鞭挞李鸿章，不用说也表示乐意。

黄体芳又联络余联沅、屠仁守等人。余屠都是湖北孝感人，满腹经纶，文冠朝野，却因朝廷僧多粥少，屁股下没实位，手里头无实权，御史一做多年，竟日青灯黄卷，闲得发慌，黄体芳送活上门，当然愿意出手，借以打发无聊时光。

可徐、盛、余、屠等虽为书呆子，却也有精明之处，黄体芳一张口，就知他受翁同龢怂恿，才敢公然与李鸿章作对。至于是不是如其所说，李鸿章欲将爱新觉罗氏海军衙门改姓为李，甚至企图颠覆大清朝廷，难以置信，似可存疑。且李鸿章所作所为，皆系富国强军之举，事先又得到慈禧和奕譞首肯，应无大过。也就各留一手，先作壁上观，等黄体芳打过头阵，看看宫中有何反应，再采取相应行动，以免操之过急，引火烧身。

黄体芳哪知这些人肚里小九九，回到家里，马上研墨铺纸，拈笔具奏，大骂李鸿章独断专行，贪权贪财贪功，不惜耗费国家巨资，筑路开矿，购舰置炮，操练水师，壮大淮军，借以扩张个人势力，凌驾于朝廷之上。还觉不够，又执掌海军衙门，操纵三洋，积蓄力量，等待时机成熟，再联合洋兵，企图阴谋颠覆大清天下。是可忍，孰不可忍？还望太后和皇上及时识破李鸿章狼子野心，果断擒拿国贼，扑灭奸党，挽大清于危境，救民众于水火。

劾稿初成，忽闻翁同龢到访。黄体芳知道翁同龢来意，出示劾稿，恭请指教。翁同龢觉得内容不错，只是略欠火候，也就不客气，提笔修改起来。翁同龢不愧为咸丰状元，两朝帝师，文笔比黄体芳老到得多，经他略作改动，劾章平添文采，更具杀伤力，黄体芳不服还不行。当即谢过翁同龢，重新誊正，呈入宫中。

这封火药味十足的劾章到得慈禧手里，她反复看过多遍，觉得言之有理，又似乎不对劲，李鸿章所作所为，皆系先奏后办，毫无隐瞒，哪来的狼子野心？再说咱慈禧对他李鸿章也不薄，处处维护他，他想要什么给什么，想干啥放手让他干啥，就是有人背后放冷枪，施暗箭，欲置之于死地，也尽力设法给他堵枪挡箭，免得他受伤倒地，无法替大清效力卖命，他还有何理由觊觎咱大清天下？慈禧思前想后，认为黄体芳没事找事，无中生有。可世事又实在难说，你慈禧对人家好，难道人家就非得对你好不可？有道是不怕一万，就怕万一，万一黄体芳不幸言中，李鸿章确实居心叵测，亡我之心不死，大清岂不危矣哉！

慈禧越想越害怕，叫来奕譞，出示黄折，让他过目。奕譞认真看毕，道："怎么通篇都是翁师傅口气？我读过黄体芳文章，文笔哪有如此老辣！"慈禧道："你是说黄折出自翁同龢之手？"奕譞道："也难说，劾折里既透着翁同龢口气，也留有黄体芳影子。也许是黄体芳打的底稿，翁同龢作过修改。"慈禧道："如此说来，黄体芳是受翁同龢指使，具折弹劾李鸿章？翁同龢将李鸿章当眼中钉，肉中刺，想扳倒他，倒也不足为奇。"

"我去见见翁同龢再说。"奕譞告辞慈禧出来，径直上了毓庆宫。翁同龢正好在，未待奕譞督查完光绪课业，便试探道："外面说黄体芳上了道折子，也不知是真是假。"奕譞装傻道："黄体芳又会上什么折子呢？是言军还是论政？"翁同龢道："黄体芳乃兵部左侍郎，八成是言军无疑。"奕譞反问道："翁师傅就这么肯定？"翁同龢道："同龢瞎猜。"奕譞道："黄折言军属其职分，只是不知他言海军，还是说陆师？"翁同龢道："海防为国之大计，朝廷又刚成立海军衙门，估计黄折与海防不无关涉。"

给皇帝授课传道，乃读书人最高追求。翁同龢两为帝师，享尽尊荣，令人瞩目，可还嫌不够，老与李鸿章作对，给朝廷添乱，到底居心何在？奕譞盯着翁同龢，冷冷道："翁师傅还是尽己本分，好好教皇帝读书，海防、洋务、外交有李鸿章打理，用不着你操心！"

丢下这句话，奕譞掉头离去。翁同龢僵在那里，半天没回过神来。直至向晚，出宫回家，脑袋里还晃荡着奕譞那难看的脸色，心里一阵阵发毛。又不甘心，摸黑上了黄体芳家。把翁同龢迎入书房，听他转述完白天与奕譞见面情形，黄体芳摸着脑袋，道："醇亲王与李鸿章正打得火热，自然不可能向着咱们。可太后圣明，该不会受李鸿章蒙蔽，听信醇亲王吧。"

翁同龢似有所思的样子，道："不必在乎醇亲王，背后还有太后呢。你不是找过徐桐诸位么，他们递入折子没？"黄体芳道："好像没啥动静。他们亲口答应联参李鸿章，该不会食言吧？"翁同龢道："徐桐诸人都是官场油子，也许见李鸿章正得宠，生怕羊肉没吃着，反惹一身臊，轻易不敢出手。你再去找找他们，就说老夫已从光绪嘴里得知，慈圣与醇邸读过你的劾章，对李鸿章有了疑心，必将采取措施。这些人一听，不甘落后，定会踊跃跟进。”

黄体芳转忧为喜，送走翁同龢后，便出门找到徐、盛、余、屠几位，一番花言巧语。几位振奋不已，赶紧拟折，等着朝会时出手。

奕谖弄明黄体芳劾折来由后，禀报慈禧道：“翁师傅记恨李鸿章，又觉自己出面欠妥，才拿黄体芳当枪手，无事生非，实在卑劣之至。不看在他是同治和载湉老师份上，干脆把他赶出宫去算了。”慈禧道：“本宫反复看过黄折，也觉纯属捕风捉影，绝无此事。也是李鸿章有大功于大清，遭翁师傅嫉妒，非挑点是非出来不可，不然心里难受。不过翁师傅也非一无是处，状元出身，学问底子厚，不让他为光绪传道授业解惑，也是莫大浪费。”

慈禧此话意思，翁同龢既是皇帝老师，对他还是客气点，免得弄不好，得罪天下读书人。黄体芳则不然，身为兵部侍郎，本该支持李鸿章办好海防，却因没能做上海军衙门会办，衔恨于心，无中生有，恶毒攻击功臣，绝不可轻饶。两天后朝会，慈禧抓过黄折，掷出帘外，痛斥黄体芳迹近乱政，当场宣布撤去其兵部左侍郎，降为通政使。

徐桐、盛昱、余联沅、屠仁守等人就在朝堂上，正琢磨着要不要掏出怀里劾折，见黄体芳惨遭责罚，好不容易混到兵部左侍郎，头上帽子说丢就丢了，实在划不来。顿时吓得冷汗淋漓，暗自庆幸多个心眼，未曾鲁莽行事，不然一失足成千古恨，悔之晚矣。

没能撼动李鸿章分毫，却丢掉兵部左侍郎，黄体芳自然想不通，朝会一结束，直接追到翁府，责怪翁同龢出馊主意，害惨自己。翁同龢安慰道：“别以为李鸿章得意一时，过两年慈禧撤帘，光绪亲政，老夫在学生耳边轻轻给你美言几句，还怕你兵部左侍郎回不来？岂只兵部左侍郎，就是六部尚书和大学士，也是光绪一句话的事。你可能不知道，光绪最看不惯李鸿章做派，只知天天向朝廷伸手要钱，购舰置炮，增兵添饷，一有风吹草动，则缩头乌龟样，一味求和，不敢有任何作为。老夫看好光绪，有主见，有血气，一旦亲政，定会起用敢作敢当的臣工，重振大清雄风，届时自然有老弟你用武之地！”

黄体芳再迟钝也听得出，翁同龢在给自己画饼充饥。可画的饼也是饼，总比连画饼皆无要好。黄体芳略觉安慰，道：“只是就这么放过李鸿章，体芳实在心有不甘。”翁同龢道：“一时半会儿想扳倒李鸿章，确属不易，可给他惹点麻烦，让他难受难受，还做得到。”黄体芳道：“师傅想给姓李的添啥麻烦呢？”翁同龢道：“李鸿章不老想办银行么？咱叫他银行梦化作泡影。”黄体芳道：“又如何阻止李鸿章办成银行呢？”

“此事不难，只要咱俩合作得好。”翁同龢阴阴一笑，胸有成竹道。黄体芳道：“怎么个合作法？”翁同龢道：“你去找户部尚书阎敬铭，就说银行属无本生意，贸然出银给李鸿章做本金，弄不好肉包子打狗，有去无回。老夫则寻机会接近太后，力陈银行之害。太后不发话，阎敬铭不掏银，李鸿章再有能耐，也别想把银行办起来。”

黄体芳甚喜，去户部拜访阎敬铭。客套几句，论及银行，阎敬铭道：“洋人银行在中国大行其道，赚得盆满钵满，咱们为何不可试办两家看看呢？”黄体芳道：“洋人认死理，讲规矩，开银行能赚钱不奇怪。中国人与洋人不同，凡事论关系，重感情，办银行不办出乱子才怪呢。比如户部办银行，你阎尚书七姑八姨开店经商，向你借贷，你借还是不借？借出去后，人家生意亏空无偿还能力，甚至赚了钱也赖着不还，你该怎么办？到时你有几多积蓄，多少家产，拿出来补缺堵漏？补不了缺，堵不了漏，朝廷能轻饶你吗！”

这也是实情，许多事洋人行得通，到中国人手里就会走样。阎敬铭心里打起鼓来，早没了支持李鸿章办银行的信心。黄体芳见阎敬铭半天不出声，又趁热打铁道：“体芳也是为尚书大人好，特意来提个醒。你想想，咱黄体芳参劾李鸿章，开罪太后，也就丢掉兵部左侍郎，至少还有通政使可做。你老出手一两百万，交李鸿章办银行，丢到水里，泡泡都不冒一个，恐怕不只丢户部尚书，弄不好还有牢狱之灾，甚至脑袋难保。”

说完该说的，黄体芳扬长而去，奔翁府给翁同龢复话。翁同龢还在宫里，未曾回家。这天正好慈禧去毓庆宫问光绪学业，翁同龢夸几句光绪，慢慢将话题引到银行上面，胡乱编造道：“太后要让李鸿章办银行，微臣没啥可说的。只是事关天下利害，千万不可学日本鬼子，办银行办坏了，以至大量银子外流欧美，国用无出，天皇买菜购米都困难，天天派人上山挖野蔬，带回皇宫煮熟充饥。”慈禧惊讶道：“还有此等事？简直难以置信。”翁同龢道：“太后如若不信，可召日本驻华公使进宫，一问便知。”

以慈禧之尊，直接召对日本公使，岂不有失身份？回养心殿后，便叫进总理衙门大臣奕劻，要他去日本公使馆，打听打听日本银行办得如何。奕劻得令，出宫赶往日本公使馆。其实头天翁同龢就悄悄派人找过日本公使，给他塞把银子，嘱咐清廷大臣来问日本银行情况，该如何应答。中国是日本假想敌，大清兴洋务，固海防，还准备办银行，富国利民，日本公使正惶恐不安，清廷有人欲阻李鸿章银行之举，自然乐意配合。故奕劻入馆后，日本公使便大骂日本银行家吃里爬外，害得日本政府骑虎难下，快至破产边缘，连驻华公使馆已大半年没拨一两银子，还是中国朋友接济度日，不然早关门闭馆，上街乞讨去了。

奕劻回禀慈禧，慈禧半日无语，陷入沉思。翌日又传阎敬铭，召对银行事宜，阎敬铭也说，办银行风险实在太大，不可仓促为之，以免贻害无穷。慈禧担心弄巧成拙，放弃办银行之初衷，让奕譞传谕：前据李鸿章面奏，开设银号，统筹经费，以裨国计，唯此事创办非易，中华与外洋情形迥不相同，若经理不得其宜，深恐流弊滋多，故暂搁置不议为佳。

谕发天津，李鸿章唯有唉声叹气，深感创办新事之难。于式枚一旁道："中法歇战议和后，胥阎铁路建成，北洋新添铁甲，相国会办海署，心有所想，事有所成，朝臣心生嫉妒，添乱设阻，实不足怪。银行之事缓缓也行，醇亲王将赴津阅军，不愁没您可忙的。"

眼下已是光绪十二年（1886）仲春，离奕譞年前定妥夏季阅军日期越来越近，也容不得李鸿章分心他顾。他早有盘算，海军衙门成立，为北洋海军成军打下良好基础，千万不可放弃这个难得机遇。海军属于新型水军，无论装备配套，设施规格，还是练兵与操演方式，与传统水师截然不同，须以欧美海军为标准，以适应全新的海防形势。因此李鸿章格外看重此次阅军，让奕譞亲眼见证北洋水师风采，争取其支持，早日成立海军。

鉴如此，银行没办成的小烦恼，也只能置之脑后，留待日后再说。李鸿章于是召集周馥、丁汝昌、琅威理等文武僚属，精心部署阅军事宜。琅威理是英国海军军官，中法战争之前便受聘为北洋水师总查。总查就是总教习，负责水师组织、演练、培训与教育。中法战争爆发，英国为中立国，琅威理避嫌辞职。战争过去，李鸿章又返聘其复职，重掌北洋水师训练。琅威理依英国海军条令治军，严格认真，一丝不苟，水师军容为之整肃。水师里有个说法：不怕丁军门，就畏琅威理，足以为证。

各阅军事项筹备就绪，孟夏倏然而至。醇亲王奕譞奉慈禧懿旨，率领海军衙门与神机营满汉诸大臣，及各类会办、帮办、翼长、委员，由戈什哈（武弁）和王府侍卫拥护，出京至通州登船，望津而行。阅军是件大事，出发前奕譞总觉仅海军衙门大臣等人随行不够，专门发函征求李鸿章意见。李鸿章领会奕譞用意，建议奏派太后最信任的后宫近臣，代表其亲赴天津，监督和检阅水师。后宫谁最受太后信任？不言而喻，只能是四品花翎太监总管李莲英。奕譞深受启发，入宫面奏慈禧，请李莲英以太后私人代表名义，随行监阅水师。慈禧自然高兴，点头恩准，心里还暗暗赞赏奕譞懂人情，会办事。

两天后一行人到达津郊。李鸿章乘坐轮船至浦口，登亲王大船，跪请圣安，同舟行抵红桥码头。沿途兵船在水，礼炮声声，陆营于岸，列队跪迎。直隶与北洋各司道以下官员齐伏码头，恭迎亲王登陆。华车宝马静候道旁，亲王一行入车上马，浩浩荡荡，向城中进发。

奕譞以城中海光寺为行辕，文武百官均持手本，至寺内请安。一时间，纡朱曳紫，冠盖如云。隔日一早，李鸿章介绍法、英、德、美、日、俄诸国驻津领事谒见奕譞，尔后同出寺门，视察天津武备学堂，检阅毛瑟枪步队操法。午宴毕，乘小轮船赴大沽，沿途旌旗飘飘，盛军与仁军跪列南北两岸，鸣枪致敬。百姓则扶老携幼，夹岸围观，人山人海，盛况空前。

至大沽换乘海晏号，趁月明潮涌出海。北洋定远、镇远、济远、超勇、扬威五舰，南洋南琛、南瑞、开济三舰，左右护航，镇东、镇西、镇南、镇北、镇中、镇边六炮舰随后，往旅顺方向进发。迎着习习海风，赏过皎月，观过大潮，各自回仓入寝。一觉醒来，已是黎明时分。奕譞出仓来到甲板上，眼望众舰簇拥，面朝茫茫海天，不觉诗兴大发，口吟一词：危坐入东海，飘飘心迹真仙宰。沧波万叠涌艨艟，又疑云烟出没笼崴嵬。西送月无痕，东瞻日初浴，除却升沈赤白丸，唯有滉漾一色连天绿。

李鸿章陪护一旁，听得真切，鼓掌叫好。奕譞道：“少荃也来一首如何？”李鸿章岂敢与醇亲王比诗？笑笑道：“眼前有景道不得，崔灏诗题在上头。”奕谭哈哈一乐，笑道：“少荃可不像自谦，李白虽因崔诗在前，不愿提笔，毕竟名头比崔灏响亮得多。”

到港上岸，一行人参观船坞，察看库房，检视各处炮台。午后齐赴校场，检阅毅字、庆字、护字三军操演。毅军所习德国步队，操法整齐，炮法精熟。庆军与护军不甘示弱，进退离合，无不严整齐一，枪声万响如一出，军容不亚毅军。

翌日检阅海军。李鸿章陪同奕谭与李莲英，兴致勃勃，登上黄金山炮台，居高临下，眺望大海。只见镇远、济远、超勇、扬威、南琛、南端、开济各舰，云集南面海上，依定远旗舰旗语调度，或前或后，或左或右，旋转离合，极有章法。奕谭与李莲英哪见过如此壮观的战舰编队场面，自然倍觉震撼，赞叹不已。

五艘鱼雷艇则排列山边浅水处，依次施放鱼雷。但见鱼雷入水，直射如箭，留下白纹一线。船靶被击中后，一轰而成齑粉。水雷布置于水中，一按线钮，轰然巨响，激起水柱数丈高。接着观看炮台实弹打靶，隆隆爆炸声，响彻山谷，烟焰成云。改天检阅“镇”字号六艘炮舰演习，场面雄壮，炮声如雷，惊天动地。

奕谭与李莲英竖起拇指夸赞，李鸿章大乐，也忍不住赋诗一首：雕弓玉节出天阊，士女如山拥绣裳。照海旌旗摇电影，切云戈槊耀荣光。佽飞禁旅严千帐，罗拜夷酋列几行。德协谦尊齐赞颂，力辞黄屋福威扬。

旅顺演习结束，李鸿章陪奕谭与李莲英登定远，其他大员上镇远与济远，启碇西航。到得烟台，十艘英国军舰，六艘法国军舰，排列于港口外，各鸣炮二十一响迎接。

连日奔波，奕谭有些吃不消，加之夜航海上，凉风一吹，寒气入体，竟发起烧来。李鸿章嘱咐随行洋医，打针施药，精心照料，而后自率丁汝昌、琅威理与周馥等人，乘快船赶往威海，查看海湾南北两岸炮台，视察鱼雷库等海防设施。又登上刘公岛，巡检水师机械厂。北洋水师提督署就设于岛上，名曰水师公所。两年后北洋海军正式成立，朝廷任丁汝昌为海军提督，改为海军公所，又称丁公府。

参观完水师公所，出得门来，李鸿章手指岛西民地，对丁汝昌说：“北洋海军成立在即，更需大量海防人才，可在此处添建水师学堂。”丁汝昌道：

“相国高见，水师学堂建岛上，与外界隔绝，学员可专心学艺，出岛操演也方便。”

离岛返回烟台，登舰看望奕譞，病情略有减轻。问候几句，李鸿章去了自己舱室。正好琅威理由周馥陪同，进来道：“刚才英国舰队司令派人来访，请醇亲王和相国参观舰队。”李鸿章笑道：“贵国舰队司令是看琅教习面子，让醇亲王和鸿章长见识吧？”琅威理道：“司令是我老朋友不假，可主要是醇亲王与相国面子大。”

李鸿章也不啰嗦，爽快答应下来。琅威理出仓，去了英国海军基地。周馥轻声道：“醇邸病体未愈，只怕没法参观英军舰队。”李鸿章道：“醇邸病体痊愈，也不会登临英舰。”周馥道：“那是何因？”李鸿章道：“你忘了咸丰末年旧事？”周馥道：“相国是说醇邸还在记恨当年英法联军破津入京，逼迫清廷签约赔款耻辱？那相国干吗还答应琅威理呢？”李鸿章笑道：“醇邸恨英国人，可以不上英舰，你我兴海防，办外交，总不好不与洋人交往吧？还有大太监李莲英，恐怕也计较不了这么多。”周馥道：“然英国人请的不是李莲英啊。”李鸿章道：“洋人只知中国人黑头发黄皮肤，哪分得清张三李四？”

让太监冒充亲王，也不厚道吧？周馥还想说啥，李鸿章已转身出去，来到奕譞舱室，禀报英军之诚邀。果然奕譞以生病为由，一口回绝。李鸿章为难道：“英国人如此热情，鸿章不得不答应，总不好出尔反尔，得罪人家吧？”奕譞道：“少荃办外交，非与洋人接触不可，你还是去应个卯。另外李莲英既是太后代表，让他也去开开眼界。”

奕譞松了口，李鸿章出仓去找李莲英，告知参观英舰的事。李莲英道：“醇邸不还在病中么，他去得了吗？”李鸿章道：“醇邸肯定没力气登舰，你去也一样。”李莲英道：“那莲英给相国作陪吧。”李鸿章道：“你是太后代表，自是鸿章陪你。”

隔日一行人来到英军海军基地，恭候已久的琅威理没见奕譞，疑惑道：“王爷没来？”李鸿章道：“王爷感遇风寒，卧床不起，无法出行，太后代表李总管到场也一样。”

当着李莲英，琅威理不好说啥。见旗舰上踏板搭过来，伸手去扶李鸿章，请他登舰。李鸿章侧侧身，去搀李莲英。别看李莲英是太后宠臣，其实很谨慎，一路走来，格外低调，无丝毫僭越。此刻更不敢以四品太监总管身份，抢首席阁揆文华殿大学士风头。

见李莲英往后直缩，李鸿章附他耳边道："身为太后代表，你不出头，传入宫中，太后岂不降罪于鸿章？就是太后仁慈，不予计较，也显得鸿章不懂规矩，日后还怎么做人？"

说罢，李鸿章一把架住李莲英，往踏板上直送。踏板下面是晃荡的海水，琅威理生怕李莲英有何闪失，上前扶住他，轻手轻脚，往旗舰迈去。李鸿章也由丁汝昌与周馥护卫，走过踏板，登舰靠到李莲英侧面，一起扬手，向列队于甲板两旁的英兵致意。英兵还以为李莲英是醇亲王，拉响汽笛，鸣放礼炮，齐奏军乐，致以崇高敬礼！

可怜李莲英长年居于深宫，服侍主子，每天从早到晚低眉顺眼，话不高声，处处小心，今日突然被洋兵当成人物一个，享受如此高规格礼遇，难免受宠若惊，激动无比，腰身不再弯曲，不觉得挺起来，脑袋更是昂然往上，目光里放出灼灼亮光。

李鸿章看在眼里，心下不免暗笑。世无天生奴才，一旦主子不在旁边，偶尔冒充回主子，比主子显得更主子。李莲英有些忘乎所以，由琅威理导引，一脚高，一脚低，从英兵队列前走过，来到舷边，观看舰队操演。

在旗语指挥下，两翼舰阵移动起来，不断变换队形，一会儿东，一会儿西，一会儿开，一会儿合，颇为壮观。又施舰炮，放鱼雷，击中前方目标，轰然作响，无一落空。毕竟是老牌舰队，其气势与规模自然在北洋舰队之上。

看过操演，又上上下下，里里外外，参观旗舰，才离舰登岸。奕譞经西医诊治，又休整两天，已然痊愈，一行人返航大沽。大沽逗留一天多，检阅过岸炮与水雷演习，又视察船坞和机器厂，此次规模空前的海军大操结束，功德圆满，皆大欢喜。

返回天津，奕譞受李鸿章盛邀，入住北洋衙署，共商海军发展规划。事在人为，李鸿章抛出系列海军人才培养方案，诸如在威海办水师学堂和枪炮学堂，在山海关建武备学堂，在大沽与旅顺设水雷学堂，同时恢复福州船政学堂，创广东水师学堂，均得到奕譞认可。又重提银行、邮政、铁路等洋务设想，奕譞也点头，要李鸿章具奏上去，再与太后商定。

当夜李鸿章便拟好奏疏，隔日交到奕譞手上，请他代呈太后。奕譞满口答应，笑道：“少荃固海防，兴洋务，本王不遗余力，予以支持，太后与皇帝有事，少荃也得伸伸援手喔。”李鸿章道：“别说伸援手，皇上和太后用得着鸿章，可是鸿章大造化。”奕譞道：“有少荃此话，本王心里就踏实了。皇帝即将亲政，太后不愿显得寒碜，几经过问，已启动三海工程建设。据阎敬铭估算，没六七百万两银子，不可能完工。户部一下子拿不出太多银子，本王想先从海军衙门和神机营借拨一部分，不知少荃意下如何？”

虽说北洋水师初具规模，然比之于英法德美海军，还存在不少差距，用钱的地方多得很，海军衙门的钱岂可随便挪用？可奕譞开了口，李鸿章还能说啥，道：“王爷是海军衙门总理，钱怎么用，自然你说了算。”奕譞道：“本王虽挂名总理，然衙门具体事务主要归你与劼刚经办，当然得你俩做主。”李鸿章道：“皇上亲政是朝廷大事，修葺三海，理所当然，只要海军衙门有条件，自当鼎力而为。”

奕譞很满意，启程西归。李鸿章率员远送，顺道视察过沽西军火库，直至二十五里外的桃花口码头上船。与奕譞等大员一一道别，李鸿章才转身，准备登岸。李莲英回送至舷边，轻声道：“此番观操，承蒙相国垂怜，莲英倍享殊荣，眼界大开。日后有用得着莲英之处，相国只管递话入宫，莲英定效犬马。”

李鸿章抓过李莲英手腕，重重地摇两摇，顺势往袖里塞一张银票进去，嘴上大声说道：“麻烦家门大总管的地方多得很呐，日后还请多多关照。”

旁人看来，只道两人执手相别，不知此中别有内涵。

下得船来，李鸿章挥动双手，目送奕譞船队渐渐远去，才上轿返回津城。入得衙署，兴犹未了，又题诗云：万千气象蜃楼高，忽地齐烟涌六鳌。慈佛护持看献瑞，仙舟共济敢辞劳。自怜坚壁心偏苦，却愧屯田诏屡褒。无限临歧依恋意，漫吟潭水答云璈。

周馥见诗，恭维道：“相国长年忙于国事，无心作诗，此次观操，偶尔为之，便出语惊人，令人刮目。”于式枚一旁道：“相国诗才还用说么？式枚初入翰林，就听说过相国当年入都诗，诸如一万年来谁著史，八千里外觅封侯，尽人成诵。”李鸿章道：“那是少年轻狂，尔今才知觅封侯不易，著史更难啊。”于式枚道：“相国靠军功封爵，凭事功拜相，值此三千年未有之变局，做出三千年未有之奇业，不算著史，又算什么呢？”周馥道：“相国以功著史，也以诗著史，晦若（于式枚）可代相国整理诗作，刊印成册，传诸后世，岂不为美？”

李鸿章赶紧摇手，道：“不可不可！”于式枚道：“有何不可？能为相国编校诗集，可是式枚莫大荣幸。式枚听人说，张之洞处处效仿曾文正公，矢志三立，誓为完人，立德立功之余，时刻不忘立言，每到一处，遇景吟诗，见物作赋，即使政务再忙，也要反复润色，不断校正，亲自誊抄备份，寄回老家存留，待日后结集成册，垂名万代。”

李鸿章撇撇嘴，道：“那是张之洞，老夫不为也。”周馥道：“文章千古事，集诗成册，又不是见不得人，干吗不为？”李鸿章道：“朝堂上下，大江南北，成千上万学子，一个个志大才高，却无缘建功立业，只得借翰墨以抒胸臆，凭诗文扬名立万。算老夫侥幸，时无英雄，竖子成名，多少做出些功业，为何还要把工夫放在诗文上，抢千万学子风头？”

两人以为然，自此再不跟李鸿章谈论集结诗文的事。

且说奕譞回到北京，未及踏进王府，便与李莲英入宫觐见慈禧与光绪，复禀阅操经过，绘声绘色描述巨舰如何驰骋汪洋，大炮如何惊天动地。惹得慈禧心里痒痒，不禁道：“下次操演，本宫也得露露面，饱饱眼福。”

奕譞知道慈禧开玩笑，道：“太后想饱眼福也容易，叫李鸿章再办一次操演就是。”慈禧感慨道：“李鸿章办操演易，本宫出京观操难啊。毕竟渤海不是昆明湖，本宫若抽身出城，兴师动众，劳民伤财，不葬身渤海，也会被御史唾沫淹死。”

昆明湖在清漪园亦即后来的颐和园里，离紫禁城三十来里，倒也不太遥远。只是湖水太浅，划划小船还行，岂可行驶炮舰？不然叫李鸿章派员入湖，操演海军，定能逗慈禧一开懿颜。奕譞心里暗忖着，拿出李鸿章奏疏，呈到慈禧面前。

慈禧接过去瞟一瞟，道：“好个李鸿章，真是得寸进尺。北洋水师已弄出如此大动静，又想着添建水师学堂，扩大海军规模，好像朝廷可以不吃喝，不办事，有钱都交他固海防。银行、邮政、铁路之类，也提过无数次，他不怕嘴皮磨破，本宫还嫌耳朵起茧呢。”奕譞道：“李鸿章也是为大清江山着想，太后该能理解。”

慈禧道：“知道李鸿章为大清江山着想，不然本宫也不会将海防、洋务和外交全交他打理。可朝廷也有朝廷花销。别的不说，光说皇帝一天天长大，要亲政，要大婚，三海不维修维修，也不像话吧？维修银在哪里？总得设法筹措才行。”奕谖道：“微臣已与李鸿章商量过，先从海军衙门办公费里借拨三五十万两银子，用作三海工程，以后再慢慢返拨回去。”慈禧道：“这还差不多。聚财犹如针挑土，花钱好比水推沙。海军衙门经费来之不易，醇亲王与奕劻多为三海工程操操心，每两银子都用到该用的地方。”

说完要说的话题，奕谖出宫回府，光绪也由李莲英护送毓庆宫，让翁同龢继续授课。翁同龢讲授完课程，不愿离殿，旁敲侧击，向光绪打听奕谖在慈禧面前说了些啥。光绪记性好，将父亲的话原原本本复述一遍，几乎一字不漏。翁同龢又问太后如何回答。光绪说太后很开心，只遗憾渤海不是昆明湖，不然也前去观操，大饱眼福。

李鸿章真会来事，一场水师操演，大获奕谖欢心。奕谖再添油加醋，在慈禧面前一番鼓吹，又给李鸿章加不少分。翁同龢又嫉又妒，只恨自己天天围着光绪咬文嚼字，名曰什么帝师，外人听去生动，其实无所作为，哪似李鸿章，想翻江翻江，想倒海倒海，风光无限？

别过光绪，走出毓庆宫，离开宫禁，翁同龢无意回家，信步走来，不觉到得一处熟悉场所，定定神，才发现是好久没来的琉璃厂。行行止止，经过松竹斋，忍不住抬步迈将进去。松竹斋主营书法用纸，兼卖笔墨砚台印盒，同时代购代销书画篆刻成品。翁同龢系松竹斋常客，主人认识，见他进门，主动招呼道：“欢迎翁师傅大驾光临！”

翁同龢嗯一声，在店里转悠起来。店主贴在后面，讨好道：“翁师傅看中什么，只管开口，拿走就是。”翁同龢故意道：“拿东西，不给钱，你道老夫是土匪？”店主道：“翁师傅真会开玩笑。您老身为帝师，光临敝店，敝店无限荣光啊。”

来到纸柜前，翁同龢立定，指指柜里宣纸，问店主价格。店主没说价，还是那句话：“翁师傅需要用纸，拿走就是。”走到柜前，伸手去搬纸。翁同龢故作生气道：“量死老夫没钱，不肯给价是不是？老夫到别处购去。”掉头要出门。店主忙道：“翁师傅当朝书法大家，不用本店宣纸，岂不愧对您老如椽巨笔？”顺口道出价格。

价格确实有些贵。翁同龢顾不得许多，伸手去身上掏钱。谁知清晨出门时换了袍子，身无分文，掏上半天，什么也没掏出来，窘得满脸通红，吱声不得。店主见状，道：“忘带钱了吧？没事没事，在下还是那句话，翁师傅喜欢的纸，取走就是。硬是过意不去，留下只言片语，彼此两清，您不欠我，我也不欠您，岂不为妙？”

一刀宣纸，也想换老夫墨宝，简直岂有此理！翁同龢不出声道。怪只怪今天太郁闷，家中又无纸可用，没法挥毫泼墨，一吐胸中块垒。偏偏没带钱在身，看来只好听店主的，留幅字于店里，换纸带回家去。翁同龢不得不随店主走进店内书房，接过狼毫，一气呵成，在纸上写下两句话：身安茅屋稳，性定菜根香。

店主欢欣不已，连声叫好。叫声未落，有人走进书房，朗声道：“谁如此开心，莫不是捡了窖金子不成！”店主抬头一望，又一阵惊喜，道：“崇大人驾到，幸甚幸甚！”

店主嘴里的崇大人，便是户部满员尚书崇绮，也属松竹斋老顾客。说起崇绮，来头可真不小。先说崇绮父亲，乃咸丰朝大学士和军机大臣赛尚阿，权重一时，崇绮因此十几岁就做了工部主事。父子官场正得意，太平天国起义，赛尚阿南下督师广西，兵败如山，咸丰一怒之下，旨命押解返京，定斩监候，籍没家产。崇绮也受牵连，革职回家，天天独对青灯，靠诗书画打发时光。不觉到得同治三年，礼部会试，崇绮因装进一肚子诗书，写得一手好字，也走入考场，一试身手。会试结束，八位阅卷官阅完密封试卷，圈出前十名，呈皇上御览。其时同治才十岁，由两宫代劳。慈禧见有份试卷文辞颇佳，字写得很见功力，征得慈安同意，朱笔一挥，点为一甲头名。待密封拆开，才发现是旗人崇绮。旗人子弟多纨绔，竟也有人写得出如此上佳文章和书法，两宫不禁又惊又喜。可惊喜之余，又为难起来。原来大清建国之初，为笼络汉人，硬性规定，旗不点元，也就是科考三甲不取旗人。故自清以来，状元、榜眼和探花里，从无旗人名字。见两宫左右为难，阅卷官说了八个字：但凭文章，何论满汉。两宫觉得有理，不再改判，崇绮于是成为大清唯一满状元，也从此受宠于两宫，升侍讲，晋学士，提侍郎，官运亨通，红极一时。转眼同治已至大婚年龄，需从满大员家里挑选皇后皇妃，崇绮女儿与妹妹双双被选中，女儿做了皇后，妹妹当上皇妃。崇绮就这样成为慈禧亲家，同治岳父与大舅子，地位越发尊隆，连亲王都敬三分。然人生无常，祸福所倚，同治二十岁患天花驾崩，皇后五脏俱裂，加之与慈禧有隙，不愿苟活于世，绝食而亡。崇绮悲痛不已，不忍行走宫中，见物思女，故称疾告退。慈禧不允，相反委以户部尚书，与汉尚书翁同龢共事。两人都是状元出身，难免张飞不服马超，面和心不和。好在甲申易枢，翁同龢出局，阎敬铭替任，崇绮钦佩阎敬铭人品和理财能力，主动放权，彼此相安无事。谁知朝中突传谣言，说崇绮耿耿于女儿之死，常背后诅咒慈禧。又有人说谣言出自阎敬铭，意在把崇绮赶出户部，好大权独揽。另有人说是翁同龢记恨崇绮，见他稳居户部，心里不服，非给他惹点麻烦不可。慈禧不管谣言出自谁，一时气愤，欲罢崇绮。崇绮知趣，先递上辞呈，主动请求离职。不想慈禧又良心发现，暗想为人父母，儿女早逝，谁不心痛？又联系自己夫死子丧，不禁悲从中来，也就于心不忍，恩准崇绮回家养疾，仍保留户部头衔不变。

崇绮长年赋闲在家，无所事事，以读书写字画画消磨时光，偶尔会来松竹斋转悠，与店主打得火热。不意碰上翁同龢，感到有些惊讶。翁同龢也略觉意外，赶紧上前，作揖打拱，嘴上道："久违久违！想不到崇大人也会到松竹斋来。"

虽说彼此有隔阂，毕竟时过境迁，又不再共事，崇绮计较不了那么多，回礼道："翁师傅不在宫中为皇上传道授业解惑么？也抽身外出走走？"翁同龢道："皇上聪颖，举一反三，又快成年，颇知用功，臣下正好偷得浮生半日闲，来琉璃厂逛逛。"

两人虚与委蛇，应酬得差不多，店主请崇绮到桌边欣赏翁字："翁师傅刚书的墨宝，墨迹还未干呢，请崇大人一阅。"崇绮上前一瞧，大加赞赏道："好字好字！满朝文武，唯翁师傅写得出如此劲道的书法，确实了不得！只是翁师傅身为帝师，何出此联？莫非久居华屋，吃多美食，无以安身定性，非住茅屋嚼菜根不可？"

李鸿章固海防，办洋务，弄得风生水起，翁同龢相形见绌，难受之至，故作此联自嘲，意即宁肯远离京师，住茅屋，嚼菜根，任凭李鸿章之流胡作非为，眼不见，心不烦。无奈崇绮不明底细，翁同龢也不好说透，敷衍道："见笑见笑。谁不知崇大人文笔优美，书法漂亮，冠绝满汉学子，才入得太后法眼，钦点状元？”崇绮笑道：“翁师傅年齿小老夫一岁，却先老夫八年中状元。闻道有先后，老夫该向您看齐才是。”

见两人说得开心，店主不愿放弃良机，另铺宣纸于桌，递笔至崇绮手上，道：“小人有福，两位文曲星同时下凡，出现于敝店。翁师傅已留下墨宝，崇大人也得写几个字，店里纸砚笔墨，书家画师作品，只要您看得上眼，任意拿就是。”崇绮谦虚道：“翁老师有字在此，崇绮岂敢自作聪明，造次出丑？”翁同龢道：“崇大人大手笔，不写两行字，光耀松竹斋，别说店主不答应，老夫也坚决不放您走。”崇绮道：“翁师傅硬要崇绮露拙，崇绮别无他法，只好从命。”遂写下一联：一雪翻成柳絮风，片云不隔梅花月。

翁同龢人刻毒，字刁蛮，算是当朝书法大师，名气远在崇绮之上。其实崇绮苦练王羲之，功夫不仅不在翁之下，且笔墨酣畅，雄阔大气，更让人喜爱。联语也高古雅致，不似翁联泥于小恩小怨，毫无格局，强说身安定性，其实正是身不安，性难定。

也是店主行狗屎运，收获翁崇两人墨宝，不禁欣喜若狂，忙端上好茶，请二位品尝，又去后房准备银子，好付润笔费。崇绮喝口茶水，看着翁同龢道：“一看翁师傅妙联，就知有感而发，莫非背后藏着什么故事？”翁同龢掩饰道：“哪有那么多故事？胡诌而已。”崇绮道：“不是宫中出了啥事吧？老夫久居家中，不知有汉，无论魏晋。”

翁同龢眼望窗外天光，道：“李鸿章渤海兴风作浪，醇亲王观操归来，一番浮夸虚赞，引出太后雅兴，说让北洋水师再操演一次，也去饱饱眼福。”崇绮道：“太后执掌乾坤，哪离得开京师，不过随便说说吧？”翁同龢道：“随便说说倒好，万一太后动心，有意观操呢？醇亲王观操已劳民伤财，太后出行不更要兴师动众？看您户部拿得出多少冤枉银子。”

崇绮道：“户部之事阎敬铭说了算，本尚书养疾在家，仅挂名而已。”翁同龢道：“崇大人养疾在家不假，可毕竟是满尚书，却丝毫不在意国家生死存亡？”崇绮道：“太后观不观操，国家就会随之生死存亡，哪有如此严重？”

“好好好，莫谈国事。同龢不过书生一个，给皇上授授课，职分所在，至于国家何去何从，兴旺还是衰败，也管不了那么多。”翁同龢叹道，“好不容易邂逅松竹斋，同龢还是送崇大人一幅字，聊表敬意吧。”拿过桌上现成狼毫，信手写下四句话：花胎寒勒柳条轻，诗品虞卿最有情。一字由来不曾著，风流尽得是昆明。

这不是乾隆皇帝所作《昆明湖泛舟》吗？崇绮睁眼瞧去，心头不禁一动。

十三、万寿山形似蝙蝠，昆明湖状如寿桃

数日后早朝，奕譞出得府门，正要弯腰上轿，见轿前一伙人跪地请安，问身边侍卫是些什么人，答曰“都是些年轻旗人子弟。”奕譞更觉诧异，轿也不上了，站直身子，对地上的年轻人道：“你们起来说话吧，何事找本王？”

旗人子弟这才哗啦啦站起来，全都长得又高大，又威猛。奕譞道：“看上去你们有模有样的，不在家读书用功，一大早跑到府门口请啥安呢？”

一位有些老成的青年往前一立，粗声道：“禀告王爷，咱们都系旗人之后，享受圣恩日久，再不好意思游手好闲，无所事事，愿听王爷调遣，挺身而出，干番惊天伟业。”奕譞道：“你们要干啥惊天伟业？”青年说：“北洋水师搏击渤海，扬威中外，咱们旗人子弟也不能示弱，也要当水兵，中流击水，一显身手。”

旗人子弟一向只顾享乐，从不关心国家大事，今天怎么想起要当水兵，莫不是太阳从西边出来了？奕譞道：“你们想去北洋水师服役？”青年说：“北洋水师都是汉人，咱们旗人子弟，怎能与其为伍？王爷就让咱们在京师练武操演吧。”

京师怎么练武操演？弄两只竹筏，在金水桥下划水玩？奕譞觉得好笑，道：“你们回吧，本王还要赶早朝呢。”转身钻入轿里。直到走进宫中，嘴角还撇着不屑。赶往养心殿，各王公大臣都已到堂，一个个直愣愣的，等候奕譞现身。慈禧在帘子后轻咳一声，几分不满道：“醇亲王怎么姗姗

来迟？”

奕譞用无奈口吻，简单说了说迟到原因。众臣觉得新鲜，交头接耳起来。慈禧也感奇怪，问道：“旗人子弟何时变得这么上进了？”奕譞道：“许是李鸿章渤海操演，传入京师，旗人子弟以为好玩，找本王逗乐。”

奕譞话音没落地，有人出列，朗声道：“启禀皇上皇太后，微臣记得同治初年，为推广西学，南设上海同文馆，招汉人子弟进学，北开京师同文馆，招旗人子弟入馆。而今李鸿章为固海防，创办天津水师学堂，培训海战人才，旗人子弟跃跃欲试，有志当水兵，习水战，朝廷何不顺势而为，效同文馆旧例，也在北京办水师学堂，招收有志旗人子弟入学？”

奕譞闻声望去，原来竟是崇绮。崇绮养疾在家，已好久没上朝，怎么突然出现于朝堂之上？府门口拦轿请安的旗人子弟莫不是他所指使？奕譞心下疑虑，只听慈禧在帘子后道：“崇绮想法不错嘛，各位臣工看法如何，只管道来。”

众臣拨动嘴皮，有说可有，有说可无，也有不少说可有可无的。慈禧只好问奕譞：“醇亲王乃主政大臣，你意见呢？”奕譞道：“水师学堂不是同文馆，不仅需校舍讲堂，还得有水陆操演场所，不是想办就办得起来的。”

“醇亲王说得是，筹建水师学堂不简单，还是先听听李鸿章、曾国荃、彭玉麟等督抚建议，慢慢再定夺吧。”慈禧说罢，又问些其他事项，让众臣议论一番，宣布散朝。

退出养心殿，奕譞照例上毓庆宫检查光绪课业，再去军机处、总署和海军衙门转上一圈，该问的话问过，该画的押画完，回了醇王府。进府来到后堂，刚喝口茶，门房递入手本，说崇绮来访。奕譞心想崇绮来干吗，来谈水师学堂？嘴上道：“让崇绮进来吧。”

崇绮走进客厅，奕譞已等在那里，道：“崇尚书不在家养疴么？怎么精神如此旺盛，上朝奏过事，又不知疲倦，到了敝府？”崇绮笑道：“崇绮独居家中，顾影自怜，嘴巴闭臭，想出门晒晒太阳，找人饶饶舌。”奕譞道：“有话就说吧，你是太后钦点旗人状元，学问大得很，正好教导教导本王。”崇绮道：“崇绮哪敢教导王爷？不过有两个故事，在肚里沤得难受，想说给王爷听听。”奕譞讶然道：“崇尚书要给本王说书？”

崇绮也不客气，清清嗓门，不紧不慢道：“故事不新鲜，王爷自然早听说过。道是当年汉武帝征讨云贵，为滇池所阻，退而凿湖于长安，命名昆明池，练成水师，终至征服西南。”奕譞道：“虽说本王孤陋寡闻，此事倒也略有所闻。”崇绮道：“崇绮要讲的并非汉武练水师南征，是本朝乾隆帝游幸万寿山，见山下瓮山泊水光潋滟，联想汉武旧事，不甘示弱，拓泊为湖，是为昆明湖，每年春夏于湖上练武操演，亲临观操，吟诗作赋，尽得风流。”

奕譞望定崇绮，道：“崇尚书想要本王在万寿山下办水师学堂，借昆明湖操演水师？”崇绮道：“还是王爷话语痛快。乾隆帝可在万寿山下训练水师，王爷为什么不呢？”奕譞沉吟道：“水师学堂创办不易，无非太后恩准，大臣支持。”崇绮道：“太后肯定会恩准。”奕譞道：“何以见得？”崇绮道：“咸丰末年，英法联军攻进北京，三山（万寿山、玉泉山、香山）五园（颐和园、静宜园、静明园、畅春园、圆明园）惨遭破坏，昆明湖也在劫难逃。英法联军退走，两宫随新君自热河回京，太后私访颐和园，见满眼残破，伤心欲绝，暗暗发誓励精图治，富国强军，他日重塑金身，再造浮屠，复现皇家辉煌。”

慈禧暗访颐和园事，奕譞也曾听人说起过，只是不知真假。崇绮又道：“太后为大清操劳大半辈子，眼看年事渐高，皇上又亲政在即，王爷总不好意思，继续让她垂帘听政，也得物色像样场所，给他颐养天年吧？为此几天前崇绮专门跑到颐和园，站在昆明湖边，仰望万寿山，发现形如蝙蝠，再爬到万寿山上，俯瞰昆明湖，觉得恰似寿桃。想想如此福山寿海之佳境，若修葺一新，要太后不喜欢都难呐。”

倒出肚里话后，崇绮告辞而出。奕譞送至大门外，转回身便直奔书房，亲拟折稿，奏请创办昆明湖水师学堂。慈禧见折，迟疑不语。奕譞道：“汉人水师风生水起，旗人没支像样水师怎么能行？”慈禧仍不愿拍板，道：“将折子明发下去，听听李鸿章等人怎么说吧。”

奕折抄本发至天津，李鸿章阅罢，大摇其头，出声不得。周馥一旁道：“也不知谁聪明过头，给醇亲王出此高招，以为演练水师，跟赛龙舟样好玩。”

于式枚消息灵通，说：“刚接京师友人函，说是崇绮怂恿醇亲王，奏办昆明湖水师学堂。”周馥道：“崇绮不告假在家么，怎么管起闲事来啦？”于式枚道：“这还得归功于翁同龢送给崇绮的书法。”周馥道：“翁同龢送什么书法给崇绮？”于式枚道：“乾隆《昆明湖泛舟》。”

“晦若兄是说，崇绮受翁字启发，说服醇亲王，仿乾隆旧事，创办昆明湖水师学堂？”周馥恍然大悟，转问李鸿章，“相国要不要附议醇亲王奏请？”李鸿章道：“附不附议结果都一样，没人能制止朝廷创办昆明湖水师学堂。”周馥道：“太后既然已有定见，干吗还要明发奕折给各地督抚？”李鸿章道：“太后不过想听听声援，免得有人说她乾纲独断。”周馥道：“昆明湖深几尺，能练出什么水师来？”

李鸿章浩叹一声，道：“玉山（周馥）该明白，老夫练海军，固海防，创设天津水师学堂，又奏办水雷、武备、枪炮诸学堂，满员自然不舒服，挑唆醇亲王和太后，另办水师学堂，专门训练旗人子弟，好与老夫所创汉人水师抗衡。”周馥道：“昆明湖又非渤海湾，两处练出来的水师岂可同日而语？醇亲王刚巡阅过北洋水师，该明此理。”李鸿章道：“醇亲王自然深明此理，可他另有意图。”周馥道：“另有什么意图？”

趁李鸿章端杯喝茶之际，于式枚接话道：“创办昆明湖水师学堂仅仅是第一步，接下来便是修葺万寿山，供太后和皇上观操。太后与皇上临幸，要吃要住，要行要游，还需整修颐和园工程。颐和园整修得好，太后住得舒服，吃得满意，游得开心，就会留下来，在园里安享晚年，不再干预皇上亲政，醇亲王父子正好大干一场。”

周馥明白过来，道：“原来醇亲王创办昆明湖水师学堂，用意如此深远。那崇绮对创办昆明湖水师干吗也那么起劲呢？”于式枚道：“同治在世时，崇绮身为皇帝岳父和姐夫，地位何等尊崇？不幸同治驾崩，皇后绝食而死，崇绮从此失势，与帝父醇亲王关系也很微妙，只好挂名空头户部尚书，赋闲在家。倡办昆明湖水师学堂，促成颐和园整修工程，太后与光绪父子两头都可讨好，又何乐而不为呢？”

真是一针见血。周馥又道：“那翁同龢既非旗人，又不是皇亲国戚，也掺和进来干吗呢？”于式枚道：“翁同龢觉得仅做帝师不过瘾，欲重回户部，执掌财权。”周馥道：“户部有理财能手阎敬铭，翁同龢哪还回得去？”李鸿章笑道：“办昆明湖水师学堂，修葺颐和园，不是小钱能对付的，阎敬铭巧妇难为无米之炊，自会明里暗里抵制，太后和醇亲王一发怒，翁同龢岂不正好拣个落地桃子，取而代之？”

太后与醇亲王心照不宣，执意要办昆明湖水师学堂，修葺颐和园，李鸿章、曾国荃、张之洞、刘坤一等督抚自知阻拦不住，唯有复折附议。慈禧很高兴，懿令奕谖，抓紧筹建水师学堂校舍，打造兵船，拓宽湖面。来年即光绪十二年（1887），昆明湖水师学堂初具规模，又着手物色洋人教习，选招旗人子弟，择日开学。

其时载湉年届十六，算是成年，可披阅奏章，论断古今，剖决是非。慈禧颁发懿旨，宣布载湉亲政。奕谖甚喜，旋又冷静下来，联络各王大臣，合词恳请慈禧训政。慈禧稍做推辞，便顺水推舟，接受训政请求。训政与听政一字之差，实质没有任何不同。奕谖谢过恩，奏陈昆明湖水师学堂事宜，慈禧给予充分肯定，君臣皆大欢喜。

接下来便是颐和园工程。三海工程及昆明湖水师学堂，已花掉户部和海军衙门数百万两银子，颐和园工程又去哪里筹钱呢？奕谖也没太多办法，还得打户部主意。欲传阎敬铭，又觉得这家伙不好对付，放低姿态，亲自去了趟户部。

却没见阎敬铭当值。一问才知，阎敬铭闻听奕谖来部要钱，干脆躲了起来。他会躲哪儿去呢？奕谖只好让户部属员搜寻，哪怕阎敬铭钻入地底下，也要把他掘出来。

其实阎敬铭哪里没去，就待在家里，独自生闷气。光绪亲政，俟后大婚，皆属朝廷正事，户部出钱改造三海，无话可说。昆明湖上练水师，无异于小孩玩家家，开始阎敬铭怎么也想不明白，朝廷干吗要花此冤枉钱。想来想去，终于想明白，李鸿章大办北洋水师，满清朝廷没旗人水师，心里肯定不踏实。基于此，阎敬铭只好咬紧牙关，四处筹措，拨足款子。昆明湖水师学堂建得差不多，还要找户部拿钱修葺颐和园，阎敬铭无论如何也不答应了，干脆一拍屁股，回家躺到床上，睡起大觉来，眼不见，耳不闻，心不烦。

没睡多久，户部有人找了来。来过一拨又一拨，阎敬铭一概拒之门外，不予理睬。

后来连翁同龢也上了门。阎敬铭不得不下地，把客人请进客厅。刚落座，便快言快语道：“翁师傅大驾光临，莫非代皇上催拨颐和园工程款？有款可拨，老夫早已拨走，何须翁师傅动步？”翁同龢道：“不代皇上催款，同龢却不可上尚书大人家，讨杯茶水解渴？”

阎敬铭忙唤家仆上茶，嘴里道："好好好，先喝茶，先喝茶。"翁同龢喝口茶，道："同龢常伴皇上左右，有话不好乱说，才上阎家，一吐心中块垒。"阎敬铭道："翁师傅乃堂堂两朝帝师，皇上近臣，万民景仰，百世荣光，做梦都会笑醒，哪来心中块垒？"翁同龢叹道："昆明湖水师学堂筹办之初，同龢便极力劝阻醇亲王，无奈王爷一意孤行，非以昆明湖易渤海，万寿山换滦阳，谁也拿他没办法。"

渤海以滦阳为托，乃天然的水师操演场所，朝廷想借万寿山与昆明湖操练旗人水师，取代北洋水师，简直异想天开。阎敬铭眼望翁同龢道："翁师傅真劝阻过醇亲王？"翁同龢道："你不信，可入宫打听打听。"阎敬铭道："宫禁乃帝师出入之所，吾等闲人岂可随便涉足？"翁同龢笑道："阎尚书鼎鼎大学士，人称救时宰相，你不涉足宫禁，太后与皇上要商讨国家大事，找谁去？"阎敬铭愤然道："太后与皇上心系颐和园，哪还会想得起国家大事？"

翁同龢道："同龢也正为此苦恼，才贸然入府，拜会尚书大人。放眼朝堂内外，唯尚书大人德高威隆，说句什么，太后与皇上还听得进去。"阎敬铭道："翁师傅想支使老夫，出面阻止颐和园工程？"翁同龢笑道："谁能支使尚书大人？只是同龢顾虑，颐和园工程办下来，没数百万甚至上千万银两打不住，不让太后和醇亲王放手，看您去哪儿弄这么多银子。"

说的也是，颐和园工程没歇，户部就不得安宁。满尚书崇绮养病在家，一应筹银办款事宜，全落在自己一人身上，朝廷生财之道少，花钱之处多，又到哪里变银子去？送走翁同龢后，阎敬铭就伏案起草奏折，请求停止颐和园工程。

几天后朝会，阎敬铭递上奏停颐和园工程的折子。惹得慈禧满脸不高兴，质问道："好你个阎敬铭，你是不是我朝户部尚书？"阎敬铭道："是清朝户部尚书。"慈禧道："既是我朝户部尚书，就得为我朝理财办差，你知与不知？"阎敬铭道："理财办差，确属微臣本分，可我朝国不强，民不富，财源短缺，不多几个银钱得花在该花的地方。"慈禧道："莫非创办昆明湖水师堂堂，修复颐和园，花些钱不该？"阎敬铭道："颐和园工程花钱应该，可花的不是小钱，眼下国家不少急事要务等着用钱，日后再修葺颐和园也不迟。"

"不迟不迟，何时算不迟？等我老命归西才算不迟？"慈禧怒不可遏，

“阎敬铭你说句痛快话，给不给颐和园工程拨款？”阎敬铭道：“并非微臣不拨款，实乃国库空空，已拨不出款子。”慈禧道：“拨不出款子，不知道筹措？”阎敬铭道：“该筹的已筹，该措的已措。”慈禧道：“你不是响当当的理财能手和救时宰相吗？你到底如何理的财，怎么救的时？碰上朝廷急着用钱，竟然只知大声叫穷。”阎敬铭道：“不是微臣叫穷，是微臣已黔驴技穷。”慈禧道：“黔驴技穷就技穷，还有滇驴桂驴，川驴陕驴，量我朝无人能理财是不？”阎敬铭道：“有滇驴桂驴，川驴陕驴，黔驴可让贤，太后另请高明就是。”

这家伙不是摆明了要挟你么？气得慈禧都快弹起来，隔帘指着阎敬铭鼻子，大骂道：“阎敬铭你狗坐轿子，不识抬举！本宫爱你有些才能，升任你为大学士户部尚书，你尾巴竟翘到天上去了。你上折请辞吧，本宫决不留你，自有能人接管户部。”

有本事的人，难免硬气。慈禧放了话，阎敬铭也不含糊，下朝后便拟了辞呈，送入宫中。慈禧看眼辞呈，手一扬，甩出去老远，恨恨骂道：“可恶可恶！本宫气头上说气话，阎敬铭竟当起真来，执意辞职，不是与本宫过不去么？”

奕譞就在一旁，劝道：“天要下雨，娘要改嫁，没人拦得住。何况阎敬铭已年逾古稀，他要辞职就辞职，满朝文武，还怕找不出户部尚书合适人选？”慈禧道：“你觉得谁合适？”奕譞道：“翁师傅就合适。”慈禧道：“甲申前翁师傅就是户部尚书，让他回任也不是不可。无奈国库进少出多，朝廷又急于用钱，不知他有何生财之道？”奕譞道：“我先试他口风看看吧。”慈禧说：“你去吧，此时他该还在毓庆宫给光绪授课。”

来到毓庆宫，见着翁同龢，奕譞问道：“阎敬铭有心辞职，若让你管理户部，能否筹得拢颐和园工程款？”翁同龢不免心里暗喜，道：“朝廷确实拮据，可毕竟天无绝人之路，同龢不信堂堂大清天下，连颐和园工程款都凑不拢。”

见翁同龢满有把握的样子，奕譞回禀慈禧道：“让翁同龢回任户部吧，他有办法凑钱修葺颐和园。”慈禧道：“那就让阎敬铭顶个大学士头衔，回家抱他的孙子去，免得咱要花个钱，还得看他脸色，好像大清江山已改姓阎，不再姓爱新觉罗似的。”

阎敬铭户部尚书生涯到此结束。没等谕旨下达，便卷上铺盖出京，回了陕西朝邑老家，含饴弄孙，倒也自得其乐。不久有消息从京城传到西北，继任户部尚书不是别人，竟是翁同龢。阎敬铭这才渐渐醒悟过来，这家伙极力怂恿你跟慈禧和奕譞抬杠，原来是给你使绊子，叫你早日出局，他好乘虚而入，足见其用心何等险恶。

要说尚书大位，阎敬铭还真不怎么在乎，然被人愚弄的滋味毕竟不好受。真想跑到翁同龢家里，喷他个狗血淋头，一解心头之恨。无奈陕西远离北京，够不着翁同龢，气得阎敬铭直跺脚，一边绕墙打转，困兽一般。绕上几圈，突然两眼一黑，双腿一缩，咚的一声倒在地上。家人吓得不轻，忙围过来，掐的掐人中，放的放足血，阎敬铭才好不容易动了动脑袋，嘴巴一张，吐出一口浓痰，清醒过来。

也许是到阎王老爷那里打一转，参透生死，阎敬铭一下子豁达起来，觉得受翁同龢愚弄，也生气动怒，大可不必。人一豁达，能吃能睡，心宽体健，又处江湖之远，置身是非之外，确是神仙过的日子。神仙无事牵绊，正好以歌自娱，阎敬铭作《不气歌》，哄自己开心：他人气我我不气，我本无心他来气。倘若生病中他计，气下病时无人替。请来医生把病治，反说气病治非易。倘若不消气中气，诚恐因病将命弃。我今尝过气中味，不气不气真不气。

唱着自编的《不气歌》，阎敬铭在老家过得快快活活，有滋有味。时人不再叫“救时宰相”，改称“不气宰相”。无可救时，能够不气，也是风骨。直至七十五岁高龄，无疾而终，魂归道山。朝廷追赠太子少保，谥文介。一个介字，倒也贴近阎敬铭品性。

且说翁同龢继任户部尚书后，奕譞便召问道：“翁师傅答应给颐和园工程筹款，不知怎么个筹法。”翁同龢从身上拿出一笺，呈给奕譞，笑笑道：“筹法在上面。”

原来翁同龢早有准备。奕譞伸手接住函笺，低头看起来。是以奕譞口气写给李鸿章的信函，里面就一个意思，请他代海军衙门出面，跟各地督抚函商，报效两百万两海防银，存款生息，以补正款不足，专备购舰、设防要务和皇太后阅看水操之用。

向地方督抚伸手要银，手段一点不高明。奕譞颇觉失望。可转而又想，眼下情形，也别无他途，只好摊派各地，以解燃眉之急。奕譞当即在函笺上加盖亲王印信，发往天津。

收到函笺，李鸿章哭笑不得。王爷向下索款，不直接发函给各地督抚，干吗多此一举，由你这个直隶总督代派呢？显然是新任户部尚书翁同龢出的馊主意。阎敬铭为颐和园丢掉户部尚书帽子，翁同龢拣个便宜，首先得解决颐和园工程款，可他屙屎屙尿，唯独屙不出银子，只能打地方督抚主意。又不愿以户部和王爷名义发函，故意私信给你李鸿章出难题，事成是他姓翁的功劳，事不成你姓李的拱起屁股，让奕譞打板子就是。

诿事推责不是李鸿章风格，尽管看穿翁同龢耍的把戏，还是叫来于式枚，让他代笔草拟信函，分头与两江、两广、湖广、四川等地督抚商筹报效款。信函发走，于式枚道："两百万两银子可不是小数，中法战争所费甚巨，各地竭泽而渔，财源短缺，不知能否筹得上来。"

李鸿章道："虽说老夫信上说是报效海防银，可各地督抚个个聪明绝顶，一看便知银子将用往何处，自然尽力而为。"于式枚道："相国如此肯定？"李鸿章道："其他人难说，至少两广总督张之洞会不折不扣，报效巨银。"于式枚道："两广是中法战争重灾区，几乎到了山穷水尽地步，张之洞到哪里筹集巨银？"李鸿章道："你放心好了，为太后和醇亲王效力，张之洞比谁都积极，绝对会舍命为之。"

于式枚点头道："张之洞最会做官，居京时就有巧宦之称，不然也不会身无寸功，便在短短几年内，以词臣身份连升数级，直至两广总督。不过会做官，不见得会来钱，两广民穷官绌，百废待兴，欲报效巨款恐怕不易。倒是两江富庶之地，上海关税丰盈，苏杭和沿海贸易旺盛，曾国荃想多筹几个银子，应该不太难。"李鸿章笑道："依你之见，曾国荃来钱容易，报效会比张之洞多？"于式枚道："两江系曾家兄弟老巢，湘淮旧人遍布司道府县，九帅曾国荃轻轻透句口风，下属还不赶紧解银上来？"李鸿章道："老夫觉得正好相反，张之洞会比曾国荃报效多得多。"于式枚道："何以见得？"

李鸿章抚须而笑，道："你说两江富庶，湘淮旧人遍布，这些都不假，可你对曾老九还不够了解。二十多年曾老九率军攻克金陵，成就千古功业，便运走大批银子，回湘乡老家盖华堂，置田产，一心只想做他的富家翁。此选择其实很明智，人一辈子就像爬山，到达山顶后，接下来只能走下坡路，直至返回原地。曾老九很清楚，攻克金陵是其人生山顶，再无高峰可攀，也就很乐意待在老家，慢慢消受余生。无奈国无宁日，需要持重老臣维持局面，朝廷一次次召唤他，他实在推脱不了，才不得不消极出山。人消极，皆因无所欲求。已有大功在身，又无欲无求，也就用不着讨好谁，包括太后和皇上。相比之下，张之洞属后起之秀，初掌地方大权，只想讨朝廷欢心，好谋大举，干大事，升更大的官。恰逢醇亲王有求，还不正好表现一番，报效巨款，为日后晋升铺条金色大道出来？”

说得于式枚心悦诚服，道：“还是相国眼光毒辣，看人入木三分。”李鸿章道：“不是老夫眼光毒辣，实是见多官场人事，又太熟悉曾国荃和张之洞两人根底，在报效颐和园工程款上面，两人会有何表现，也就了然于心。”

果然不出所料，李鸿章信函发往各地后，张之洞动作最迅速，眼睛眨都不眨便认筹一百万两，且最先解往海军衙门。曾国荃不情不愿，勉强认筹四十万，加上浙江巡抚三十万，总共才七十万。中法之战因功升任四川总督的刘秉璋筹二十万，湖广与湖北督抚共筹四十万，江西巡抚出十万，李鸿章也报效二十万，合共二百六十万两，远超奕譞期望。

有钱好办事，奕譞底气十足，全力推进颐和园修葺工程。

可叹的是，颐和园工程缺钱，奕譞可借海防名义向下摊派，相反正儿八经办海防，户部定额远远不够，李鸿章还只能另想办法。办法其实也不少，制造、轮船、铁路、电报、挖煤、采铅、炼铁、铸铜、造纸、纺织、贸易诸业，自不必说，凡是别人能想到的，李鸿章都已做到，且渐见成效，陆续给海防拨过不少款子，不然北洋水师也不可能达到现有规模。连肥皂与火柴之类小器物，只要为李鸿章所见所闻，也决不会放过。有位天津商人吴崇仁，带着火柴跑进北洋衙署，先划火给李鸿章点好烟，再介绍道：“火柴又叫洋火，也有自来火之称。别看属小东西，英德美各国皆有所造，纷纷运往中国行销，利润大得很。”

李鸿章要过火柴，放手上把玩着，一边问道：“小东西也有大利润？”吴崇仁道：“崇仁做过查访，每年洋造火柴入境后，光运销两项就值银一百三十万两，且有日增月盛之势。”李鸿章道：“你是说仅小小火柴一项，大清每年就有一百三十万两白银外流出国？”吴崇仁道：“这只是欧美各国，东洋日本也学会仿造火柴，运入通商各口，赚走不少银两。”

“日本能制造，咱们也可自行仿制，以敌洋产，保利源。”李鸿章毫不犹豫批准吴崇仁创设火柴公司，加紧生产和销售。又把淮军将领周盛波和杨宗濂介绍给吴崇仁，一起入股投建。德国人闻听，也想入股，李鸿章叮嘱吴崇仁："此系中国自主之政，非他人所能过问也。"

天津火柴公司兴办之际，东北传来消息，说毗邻俄国的漠河因盛产金砂，号称天下第一"金穴"，引得俄人纷纷过境淘金，官府派兵驱逐，倏散倏聚，不仅边境治安不保，还有引发两国争端之重大隐患。李鸿章早知中俄边地偏僻苦寒，天高皇帝远，俄人越境属家常便饭，如不及早经营，诚为可虑。人皆趋利，历来实边之计在人，聚人之计在财，漠河富含金砂，正好开设金矿，官督商办，充实国库，同时以财聚人，巩固边防，遏制俄国觊觎。

有想法就有办法，李鸿章经奏请朝廷，成立漠河矿务局，委任李金镛为总办。李金镛系江苏无锡人，早年做过淮军随营文员，后升任知府，长年在东北办理垦务，勘察中俄边境，熟悉边情。领命后，李金镛带领随员，冒着严寒，沿鄂伦春猎人走过的羊肠猎道，跋山涉水五个月，将淘金者出没之处全部走上一遍，又经长计远虑，拟出开矿章程。然后动员东北与天津官商，筹集股银二十万两，购买机器，雇佣矿工，投入生产。为解决生活物资供应，又选择平旷之地，招民垦荒，放养牲畜，开设商铺。甚至开办上百家妓院，金矿老沟因而得名"胭脂沟"，吸引各地富商穷民，纷至沓来，经商采矿，实现发财梦。昔日穷荒之地，生齿日增，积久成市，越来越热闹，越来越红火兴旺。漠河金矿让千万人发财致富，成功守护住偏远边境，也让李鸿章多了一处财源，以弥补海防经费之不足。

李金镛全力经办漠河金矿之际，有个名叫米建威的美国商人受费城财团委托，漂洋过海，来到中国境内。米建威自然是冲着李鸿章来的。有一年毕德格回美国休假，拜访老朋友米建威，论及李鸿章洋务举措，米建威很感兴趣，顿生访华动机。毕德格回天津后，继续入北洋衙署办文，用汉语给李鸿章读欧美洋文书籍。有次读完英国生物学家赫胥黎的《天演论》，两人就书里内容讨论一番，李鸿章又问起毕德格美国之行，毕德格说到米建威有来华投资愿望。李鸿章毫不犹豫道："你写信告诉米建威先生，只要他乐意踏入中国土地，不管经商、投资还是旅行，老夫随时欢迎他。"

收到毕德格信函，米建威便与费城财团商议，准备先到中国投资德律风（电话），再办其他实业。费城财团知道中国市场大，投资回报率高，让米建威做代表，来天津投石问路。毕德格早等候在码头，接住米建威后，直奔北洋衙署。李鸿章把客人请入西花厅，摆上烟茶鲜果，热情接待。客套过，米建威给助手扬扬手，助手拿出一样东西，端到桌上。是一台摇把电话机。米建威简单介绍几句，让助手给电话机接上电线，在毕德格合作下，拉到户外数十丈远处。不一会儿，桌上电话机震响，米建威取下话筒，对着喂喂两声，又嘀咕几句，交给李鸿章，要他听电话。李鸿章将话筒捂到耳边，学米建威样喂喂起来。立即听到毕德格在话筒里面朗声道:“我是毕德格,您是李相国吧,您好您好！”李鸿章也乐道:“我是李鸿章，毕德格先生您好，您在美国费城呢，还是在中国上海或天津？”毕德格幽默道：“上海和天津还没装德律风，我只能跑到费城去给您老打电话。”

李鸿章哈哈大笑，放下话筒，对米建威道：“好好好，德律风好，电话好！如果天津与上海都装上电话机，两地就能直接对话？”米建威道：“别说天津与上海，就是远在费城，只要两地电话线一连，便可直接通话，就跟当面聊天一样。”李鸿章道:“电话与电报原理差不多吧？”米建威道：“差不多，都是通过电线联结信号。只不过电报传送电码，电话直接传输声音，更加便利。”李鸿章拍板道：“这个电话公司非成立不可。至于如何成立,本督安排专人与米先生详谈如何？”米建威乐道:“相国如此爽快，合作何愁不成？”

当天李鸿章就让毕德格通知周馥、盛宣怀和马建忠，与米建威坐下来，商谈联络各通商口岸合办电话事宜。米建威开出条件：成立中美合资电话公司，集洋银六百万元，双方各占一半股份；电话线放哪里架设，中方决定；中方有要务急务，可优先使用；除总办总查，所有董事及办事员，均可由华人选择出任，辞退总办总查，须大股东集议，诸如此类。

盛宣怀担心电话抢走电报生意，米建威承诺费城财团可补贴中国电报局洋银五十万元。为在中国办更多事情，还当李鸿章面表示，公司股票卖出后，拿出余利五十万元报效北洋，用作海防费。有利可图，中美合办电话协议很快商定，经李鸿章审阅签批生效，由周馥和盛宣怀协同米建威，集股筹建，争取早日通话。

电话项目正循序渐进，马建忠来见李鸿章，说：“米建威以费城财团为背景，专程来华，恐怕不仅仅为合办电话。”李鸿章道：“还想合办什么？合办银行？”马建忠笑道：“米建威确有此意。”李鸿章道：“这不与咱们不谋而合么？干大事得花大钱，要花大钱，离不开银行支持，中国早就该办银行，只因朝臣极力反对，拖到今日，依然无果。”

涉及银行，说来话长。早在鸦片战争前后，就有英国银行在广州开设分行，接着德法日诸国银行挟带雄厚资本，纷纷入境，于香港、广州、上海、汉口、福州等地设立分行和代理机构。咸丰末年英国汇川银行总部在上海成立，随之英资利生银行、利华银行、利升银行相继成立于中国大地上。同治初年，著名的英国汇丰银行成立于香港，旋即在上海设立分行。外国银行财大气粗，在各通商口岸发行纸币，吸收存款，提供贷款，经营汇兑，传统钱庄和票号被挤压得喘不过气来。中国所有实业，诸如制造、轮船、铁路、电线、矿务、造纸、纺织及练兵、军械、海防等军务，无不依赖洋债，旧债未还，新债又添，不仅要支付沉重利息，还经常在汇率上吃大亏。李鸿章办洋务，固海防，没一样离得开钱，深知银行系经济血脉，血脉不通，实业不兴，富国强军便是空话一句。无奈朝臣只须动嘴喊爱国，不用动手干实事，哪知银行之重要？李鸿章多次奏办银行，屡遭非议，一直未能实现夙愿。既然朝廷不肯开银行，只好由内向外，与洋人合办，办出经验，赚取大钱，再独资自办。

正好马建忠兄长马相伯与上海教会闹翻，辞去徐汇公学校长，北上天津投奔李鸿章，李鸿章让他与弟弟一起，去跟米建威洽谈合办银行事。洽谈很顺利，先借银两千五百万两，在天津或上海设立总行，各省另设分行，名字就叫华美银行，中美各派总办和副总办一名，其权相同。大清朝廷不论何时何事，皆可向本行借银，或由本行转为借贷，借数不拘多少，皆照美国国家向商家借贷之例，利息最轻。本行可设厂铸制金银钱，其式样轻重由北洋商宪批定遵行。本行亦可发行钞票，发出票数不得超过存银之半。中国筑路、开矿、纺织、营造、军械、海防等类大工程向本行借款或转借，享受最低利息优惠。

各章程条款公平合理，双方益权均等，很快获得李鸿章批准。只是中美电话公司正在中国招股，市面银根吃紧，银行募股困难，米建威提出把电话公司股票带到美国出售，售价附入银行资本，作为华商股份，以昭信实。征求华商股东意见，各位乐意，李鸿章拍板定案。

合资电话公司如愿开业，华美银行也已议定，米建威准备返美募股，李鸿章派马相伯同往，直接与美国财团洽谈贷款。马氏兄弟觉得事关重大，对李鸿章道:“合办华美银行不是小事，相国恐怕还得奏报朝廷批准才行。”李鸿章蹙眉道：“一旦奏报朝廷，肯定又会招来一片反对声，又是何苦来着？”马相伯道:“纸终究包不住火，一旦银行开办营业，总会传到朝廷里，不经奏准擅行，惹出乱子，更难收场。”李鸿章道：“从前筹划官办银行，老夫之所以奏报朝廷，意在争取户部官银垫股，此番中美集股合办银行，无需户部掏钱，奏报又有何用？相伯放心去吧，我先给美国总统发电报，你会大受欢迎的。”

其时李鸿章名声在外，欧美只知大清有北洋李鸿章，不知还有光绪皇帝。听说李鸿章特使马相伯赴美，美国政商无不翘首以待。俟其入境，美国海关已得到总统指示，照外交代表惯例，免检行李，客气放行。至纽约登岸，总统特派侍从武官列队恭迎，银行界领袖纷纷拜会，轮番宴请，场面比驻美公使到职热闹得多。接下来商谈贷款，大大超出马相伯预期，银行家竞相出资，粗略合计，高达五亿多银。钱太多扎手，马相伯怕李鸿章不敢接受，商定以五千万两为正式贷款，另吸三亿存款，视中国财政缓急情形提用。谈得差不多，马相伯电告李鸿章，呈报成果。李鸿章自然欢喜，回电马相伯，给予充分肯定。

依李鸿章初衷，先不声不响把华美银行办起来，见出实效，再慢慢向朝廷解释。谁知美国记者披露于报，无缘项目之商人出于嫉妒，大骂米建威是骗子，从美国骗到中国，又从中国骗回美国。英德法俄各国银行家也要求贷款给中国，否则鼓动本国商人，切断与华贸易往来。洋人就是这样，一国来华掠金夺银，他国纷纷涌入，恨不得掘地三尺，把钱财通通刨走。眼下美国欲贷款给中国，各国也争先恐后，非把银子往中国大地上撒不可。

消息传到北京，朝臣坐不住了，责怪李鸿章吃了豹子胆，美国人的钱也敢拿。美国人又不是你爹你妈，凭啥塞钱给你？肯定别有用心。即使别无用心，美国给钱，英国给钱，德国给钱，法国给钱，俄国给钱，大清金满地，银满山，俯拾皆是，国人只顾低头捡钱，士子不入书房读书写字，妇女不待家中办厨浆洗，农人不下田耕耘收获，工匠不进厂做工司艺，行商不外出贸易贩运，坐贾不开门买卖经营，国家岂不瘫痪，人人都得饿死冻死？

户部堂官对钱最敏感，得知李鸿章撇开户部，派人赴美筹钱办银行，一个个难受得很。这边满侍郎道：“李鸿章爱多事，户部不愿出钱给他办银行，他竟别出心裁，与美国鬼子狼狈为奸，合办什么华美银行，坏我银根，简直罪大恶极。”那边汉郎中道：“谁不知李鸿章势利眼，有奶便是娘？美国鬼子愿出钱合办银行，他还不一头扎进人家怀里，捞过奶头猛吸猛吮起来？”这边满员外郎道：“美国人太富有，华美银行真办起来，钱用不完，户部无事可办，朝廷还留着咱们这些堂官干啥？”那边汉主事道：“户部掌管银钱，朝廷上下用度，皆需咱们拨付核销，以后谁需办事花钱，都往银行跑，户部门前冷落，还不只有撤销了事？”

堂官们你一言，我一语，说得热闹，唯满汉尚书崇绮与翁同龢闷头阅文，像耳朵塞了厚厚棉花，充耳不闻。莫非两位尚书大人不知华美银行事？众人拿眼去瞧崇绮与翁同龢。两位依然不肯吱声，没事人一样。堂上死寂一片，仿佛蚂蚁走路声音都听得见。

崇绮本来在家养疾，只因颐和园修葺工程顺利铺开，有他功劳在，慈禧特意准其病愈，回部当值。正碰着李鸿章筹办华美银行，公然与户部唱对台戏，实在令人愤慨。崇绮自然感觉得出众堂官投过来的目光，终于憋不住，先开腔道：“翁师傅你好有定力，李鸿章办华美银行，要砸户部饭碗，你竟然如此沉得住气，事不关己，高高挂起。”

翁同龢抬头望眼崇绮，不紧不慢道：“李鸿章朝中有人，咱胳膊还能扭过他大腿？”崇绮不满道：“李鸿章朝中有人没错，翁师傅还是当今皇上老师呢。”

皇上老师又如何？皇上名义亲政，却还处在见习阶段，仍由太后训政，除非两年后大婚正式亲政，看能否独掌朝政。翁同龢心里暗想，嘴上笑笑道：“同龢是皇上老师不假，崇大人不还是国丈么？”崇绮道：“那是同治朝旧事，如今谁还认咱这个国丈国尺？废话少说，翁老师快拿主意吧，不然华美银行横行大清，咱们都只能回家，望着天花板等死。”

翁同龢依然隐忍不发，反问道：“崇大人先说说，该怎么办才好？”崇绮顿了顿，道：“只怕别无他法，唯有动员御史与翰林上疏纠弹，让太后认识到银行之危害，才会勒令李鸿章金盆洗手。”众人附和道：“朝廷养着众多御史和翰林，闲极无聊，总得找点正经事做做。”

不想翁同龢泼冷水道：“找人上疏纠弹未尝不可，只是不见得起作用。”众人问：“翁师傅肯定有高招，透露给咱们吧。”翁同龢卖关子道：“老夫有高招，还会瞒你们吗？”

听说李鸿章勾结美国财团办银行，御史和翰林们早就蠢蠢欲动，准备对李鸿章下手，又经户部堂官怂恿，更是兴致勃勃，挥动刀笔，拟成弹章，呈入宫中。

所有弹章里，火药味最浓者还是御史屠仁守所具折子。折中大骂李鸿章崇洋媚外，不仅迷恋外国轮船、枪炮、铁路、电报、电话，连钱也是洋人的好，月亮也是洋国的圆，竟然不经朝廷批准，自作主张，偷偷与美财团合谋开办银行。殊不知洋人牟利之心无微不至，中华与其交涉，稍有不慎，必堕其术中。无利不起早，洋人肯送钱到中国来，无非放长线钓大鱼，经由吸储放贷，欲笼中华之利，尽归所设银行，致使户部虚设，国计孤注。尔后趁我不备，暗度陈仓，席卷财帑而去，内夺商民之生理，外启各国之争心。待大清成为空壳一只，各国洋人再驶坚船，架利炮，汹汹而至，大清亡国之日不远矣。

李鸿章不经奏请，擅办华美银行，慈禧与奕譞闻之，也非常恼火，却不信事有御史翰林所劾如此严重。奕譞还说，各国早在咱沿海沿江各通商口岸设立不少银行或分行，大清海防、军械、洋务、赈灾等，皆需向外国银行借款，利息与汇差被洋人拿走不说，一旦国家有事，需用巨款，定受制于人，手足无措。既然户部拿不出钱开银行，先让李鸿章与美合办，办出经验和成效，朝廷再尝试自办，掌财权于手中，未必不是好事。

慈禧觉得不无道理，没马上否定中美合办银行做法，只懿令李鸿章具章解释华美银行到底怎么回事。李鸿章赶紧亲笔拟折，详说华美银行来龙去脉，及其种种好处，明言大清不开办银行，富国强军将遥遥无期，终成泡影。

看过李鸿章复折，慈禧心有所动，犹豫着要不要下旨恩准华美银行照常开办。这下崇绮着了急，匆匆赶往翁府，见着翁同龢，顾不得行礼，便气急败坏道：“果如翁师傅所言，御史翰林劾折虽然厉害，却不能说服太后，阻止李鸿章荒诞行径，你说怎么办才好？”

翁同龢眼望崇绮，没有出声。崇绮越发急躁，催促道：“翁师傅吃了哑药怎么的？竟然不吭不哼，不怕把崇绮急出病来？”翁同龢道：“太后向着李鸿章，急又有何用？”崇绮道：“有没有用，你总得搭句腔，你就甘愿眼睁睁看着李鸿章办成银行，坏掉户部和大清？”

翁同龢这才慢条斯理道：“李鸿章办银行仅仅是手段，背后还有更大企图，太后没看出来，醇亲王也没看出来，老夫心里却多少有些数。只是话出自我这张嘴巴，恐怕没人听得进去。”崇绮道：“你话都没出口，怎么知道没人听得进去？”

翁同龢一脸无辜道：“众人都道我与李鸿章有私怨，只要牵涉李鸿章，我一开口，便狗眼看人低，以为我公报私仇。何况醇亲王自主政以来，与李鸿章越发来得近，受其花言巧语蛊惑，他放个屁都是香的。连太后也偏听偏信，视李鸿章屁言为金科玉律，不太容易听得进他人忠告。”崇绮急切道：“你既然有忠告，为何不快快说出来？”翁同龢道：“老夫确有话要跟王爷和太后说，又怕他俩觉得我与李鸿章有隙，故意说他坏话，哪知老夫心忧大清，处处为国家安危着想！”

翁同龢绕来绕去，其实意思只有一个，就是让崇绮给他传话。崇绮毕竟不傻，道：“翁师傅有话直说，别吞吞吐吐好不好？只要为国为民，崇绮哪怕冒着削职停薪甚至杀头风险，也要把你的话送到王爷与太后耳里。”

崇绮都把话说到这个份上，翁同龢不再含糊，轻声道：“李鸿章又购舰，又练兵，又开矿，又修铁路，难道仅仅为富国强兵吗？”崇绮似乎听出点意思，道：“不为富国强兵，又为什么？还请翁师傅继续往下说。”翁同龢道：“李鸿章有舰有炮，有兵有将，海陆在握，三洋可控，于朝廷已是莫大威胁，他小子再与美国串通一气，办成华美银行，把财权牢牢抓在手里，日后谁还能制约和掌控他，大清江山还能不能继续姓爱新觉罗？”

崇绮一怔，盯住翁同龢，良久无言。半天才慢慢站起身来，朝门外走去，一边嘴上喃喃道：“我这就去拜见王爷还有太后。”

走进醇王府，崇绮不拐弯子，直接把翁同龢的话递给奕譞。奕譞半信半疑，道：“准李鸿章办银行，真有这么可怕吗？这话听去，怎么像翁同龢口气？”崇绮道：“司马昭之心，路人皆知。李鸿章为何办银行，明眼人都看得出来，何须翁同龢置喙？”奕譞道：“你们是怕华美银行一办，户部有钱用不出去是吧？事情没这么严重。”

崇绮没再啰嗦，走出醇王府，直接进宫，又原话给慈禧学一遍。慈禧只是一句知道了，打发走崇绮，再着人传奕譞入宫。奕譞为李鸿章辩解几句，慈禧道："本宫也知道李鸿章办银行，不过跟洋人争利。然崇绮所言，也并非没一点道理。还是谕令李鸿章停办银行为佳。众怒难犯，咱们不能因偏袒李鸿章一人，得罪所有朝臣吧？"

朝旨发往天津，李鸿章一声长叹，致电马相伯，命他停止筹款。马相伯大失所望，故意装病，躲开各路欲投资华美银行的美商，溜之大吉，渡海回国。从此离开官场，转图教育，兴办上海震旦学院和复旦公学，又协助罗马教廷创办辅仁大学，开中国现代教育先河。

华美银行就这样泡了汤。直至十年后，才由盛宣怀主持，李鸿章等官商掏钱集股，成立中国通商银行，标志着首家华资银行艰难诞生。

华美银行胎死腹中，李鸿章不甘心，另奏筹办邮政。依然招致一片责难。慈禧与奕譞几经商议，回旨给予否决。邮政办不成，只好回过头来，续造铁路。眼见得大沽至天津铁路即将建成，须早筹划，再往西展筑，延伸通州。通州乃北京东大门，津通铁路一通，洋人洋货在天津上岸后，眨眼就可进入北京，京官京货出海南下，南商南粮北上入京，也变得极为方便。换言之，津通铁路是条黄金线，只要建成通车，定然财源滚滚，利国利民。

奏办津通铁路折子很快拟就发出。始建唐胥铁路时，质疑声，诅咒声，不绝于耳，一旦顶着压力，筑成通车，见出实效，不同声音渐渐变得稀疏。后连阎庄，再接大沽，人们习以为常，反对者则更少。津通铁路不过是津沽线的延展，该不会有人嚼舌头吧。

谁知李鸿章想得太美了点。津通铁路直逼天子脚下，毕竟不是在唐山与天津修筑铁路，要朝臣们不受刺激也难。朝中数翁同龢最懂李鸿章，知他没办成银行，邮政奏请也被否定，自然还会有别的动作，不得不防。果然李鸿章又嚷嚷修什么津通铁路，翁同龢拍案而起，隔空大骂道："李鸿章你这兔崽子，不折腾点事出来，一身贱骨头痒得难受是吧？"

骂得正起劲，黄体芳进了翁府。当初因弹劾李鸿章，贬为通政使，黄体芳愤然辞职。辞就辞呗，还怕没屁股来坐通政使位置？吏部飞快批复下来，黄体芳灰溜溜出京，回了浙江瑞安老家。翁同龢去信把黄体芳骂个狗血淋头，又上下其手，让其返京复职。

两人见面，施过礼，黄体芳便道：“听说李鸿章要把铁路修到通州来，不知有无此事？”翁同龢道：“怎么没此事？李折都已呈到太后手上。”黄体芳道：“太后什么态度？”翁同龢道：“暂时还不明朗。”黄体芳道：“太后容易受李鸿章蒙蔽，说不定一时糊涂，恩准李鸿章所请也难说。不行不行，体芳得赶紧上道折子，阻止修筑津通铁路，不然坏了京师龙脉，败坏中华国运，岂不是咱做臣子的重大失职？”

翁同龢忙摇头，道：“你不能上折。因劾李鸿章，你削官降职，这次再贸然出头，太后还以为你公报私怨，对你反感不说，也于事无补。”黄体芳道：“那又如何是好？”翁同龢道：“朝廷多的是无事可做的御史和翰林，还怕找不到刀笔，去与李鸿章过招？”黄体芳道：“又找哪些御史或翰林好呢？”翁同龢道：“还得找找屠仁守与余联沅。”

照翁同龢所示，黄体芳脚打莲花落，开始积极奔走。

打响头炮的是余联沅。他一口气列举出修筑津通铁路五大危害：害舟车，害田庐，害风俗，害根本，害财用。依余联沅理解，铁路乃洋人奇巧薄脆之物，恒为中国之害，洋人之利；朝廷之害，奸民之利。只要铁路一开，冠裳必化为鳞介，礼义必至于消亡。也就是说，铁路会让礼仪良民异化为禽兽。危害如此大，自然不能以李鸿章一人之言为据，修什么津通铁路，让其阴谋得逞。最好罢去其直隶总督和北洋大臣要职，免得他老是胡捣鼓，瞎折腾，也好还大清以太平，则天下幸甚，万民幸甚！

屠仁守紧随其后，上折道：通州乃京畿门户，阻以峻垒，限以重关，犹恐不足深恃，一旦铁路开通，无异于尽撤藩篱，洞启门禁，洋炮敌兵如风驰，似电走，朝夕可至。千万不能受李鸿章蛊惑，以为铁路可收运费，谋微利，便因锱铢好处，陷国家于危境。

其他御史和翰林也纷纷出动，这个奏曰：津通铁路若建成，京津车船业者无处谋生，必转成乱源，以至国无宁日，为顺民心，固国本，非停办不可。那个劾道：以数百万金修铁路，祖宗所未创，开辟所未有，无事生事，设有意外之虞，谁职其咎！

清廷铁路争论，已非一次两次，此番吵闹不过是老生常谈，一点不新鲜。慈禧看过劾折，往地上一掷，怒道：“办洋务，固海防，古无先例，李鸿章无事生事，又错到在哪里？总比这些御史翰林无事生非，强百倍千倍吧？不干实事，不办实业，凭口水能富国强军？”

发过火，慈禧翻开李鸿章奏章，重读一遍，准备签批。谁知取笔于手，正要画押，外廷呈入奏报，说津沽铁路施工不当，山体垮塌，埋掉多名路人，津民群情激愤，揭竿而起，正杀奔皇城而来，准备找皇上讨要说法。

还有此等怪事？慈禧心头一惊，放下御笔，传奕譞入宫，询问详情。奕譞两眼茫茫，道：“微臣没听说津民入京，不是讹传吧？”慈禧道：“快给李鸿章发电，问问怎么回事。”

李鸿章回电很快到达奕譞手里。原来津沽铁路经由一处荒地，划线时附近村民无人认领，直至打好基脚，准备铺轨，才有戴姓男子出来说是他家土地，请求更改轨迹，施工人员断然拒绝，双方发生冲突，扭打起来。伍廷芳闻知，带领津沽路会办吴炽昌，赶到村里调查，才知荒地主人多年前已搬走，戴姓男子不过为原主邻居，闹事目的无非讹几个银子花花。伍廷芳不买戴姓男子的账，戴姓男子便放出风声，要发动村民，扒掉铁轨，再上京告御状。事经多口传播，不知怎么变成津民揭竿而起，杀向皇城。正好给了御史和翰林借口，又连篇累牍上折，痛批津沽铁路，力陈津通铁路之不可行。

本是捕风捉影之事，可慈禧一见揭竿而起四个字，想起太平军和捻军起义，十数年地动山摇，国破家亡，难免心有余悸，犹豫着不知该不该批准李鸿章津通铁路奏请。

津通铁路就这样搁置下来。迟迟得不到朝廷批复，李鸿章无可奈何，只得暂时放手。恰逢周馥来告，致远、经远、靖远、来远四艘巡洋舰，已从欧洲驶回中国海域。原来八个月前，北洋水师参将邓世昌便率领四百多接舰部队，乘坐招商局轮船，经数十天航行，抵达欧洲。然后分头行动，邓世昌与叶祖圭赴英国接收致远、靖远二舰，林永升与邱定仁至德国接收经远、来远二舰。四舰会合于英国军港后，副统领琅威理以靖远为旗舰，升提督旗，指挥四舰外加一艘鱼雷艇，在英国舰队礼炮声中，以纵队队列徐徐驶离港口，望东而行。一路上，琅威理不失时机，进行战阵演练，不断变换队形，或横阵，或纵阵，或雁阵，或波阵，时而左，时而右，时而攻，时而防。三个月后，四舰一艇驶入台湾海峡，金门炮台鸣放礼炮，欢迎致敬，舰上官兵列队于甲板，向祖国海岸行礼。舰队到达厦门，丁汝昌已等候在此，登上旗舰，与琅威理共同指挥舰队，继续北上，进抵天津。

听完周馥汇报，李鸿章掰着指头道：“有了致远等四舰，北洋大小战舰已至二十五艘，总吨位达四万两千吨，外加数十艘辅助舰和运输船，也算粗具新型舰队规模。”周馥笑道：“听相国细数家底，看来北洋海军成军日期已快到来。”李鸿章感叹道：“老夫穷十数年之功，不就等着这么一天么？咱这就具函醇邸，提出北洋海军成军请求。”周馥道：“给醇邸去函，早点晚点关系不大，丁汝昌与琅威理还等着相国前去检阅舰队呢。”李鸿章笑道：“是啊，琅威理他们一路辛苦，得去慰问慰问。”

到大沽检阅过致远四舰，表彰完接舰官兵，李鸿章亲笔拟函，向海军衙门奏报四舰归国详情，请求尽快成立北洋海军。奕譞复函，命李鸿章先起草海军章程初稿，再赴京讨论北洋海军成军事宜。李鸿章于是召见丁汝昌与周馥，将草拟海军章程任务交给他俩。

初稿很快拟就，李鸿章觉得比较满意，带上周馥等随从，登船西行。令人奇怪的是，还有数名法国工程技师出现在船上，随扈入京。周馥几分不解，道：“相国带上洋技师干吗？”李鸿章笑笑，故作高深道：“先别问，届时你会知道的。”

船至通州，转乘车马。进得京门，直奔醇邸，奕譞摆上盛宴，叫来海军衙门大臣曾纪泽，一起为李周两位接风洗尘。宴罢李鸿章拿出海军章程初稿，呈于奕譞。奕譞阅过，转交曾纪泽，命他仔细审核修正，再以海军衙门名义，奏报慈禧。

曾纪泽与周馥筹备北洋海军之际，李鸿章也没闲着，亲自督促法国技师，给醇王府装上电灯和取暖锅炉。主理朝政以后，奕譞接触洋务渐多，对洋玩意儿也越来越感兴趣，李鸿章要给他装电灯和锅炉，毫不犹豫答应下来。不出半月，锅炉和电灯装毕，醇王府暖意融融，入夜则大放光明。百姓甚觉稀奇，齐聚王府门外看热闹，忍不住啧啧有声。

听说醇王府室暖如春，夜似白昼，慈禧主动提出赴邸观光。奕譞自然乐意，跪迎慈圣驾临。慈禧感觉着室内暖气与电灯光辉，不觉大加赞叹，道：“这些玩意儿都哪里来的？”奕譞道：“李鸿章请洋技师给装的。”慈禧道：“不用猜，也知是李鸿章干的好事。电灯和锅炉不是坏东西嘛，怎么李鸿章只想得起你，忘了本宫？”奕譞道：“李鸿章怕太后不喜欢，不敢造次。”慈禧道：“只许你醇亲王喜欢，却不许本宫喜欢么？”奕譞忙道：

“太后有此想法，微臣叫李鸿章给仪銮殿也装上电灯和锅炉就是。”

原来光绪大婚在即，慈禧不便再占养心殿，需搬到紫光阁旁的仪銮殿，眼下正在装修布置之中。接到奕譞通知，李鸿章又率洋技师，兴冲冲赶往仪銮殿，画线描图，忙碌起来。

确定好线路和锅炉位置，备足材料，正要开工，不知怎么传到朝臣耳里，纷纷出面阻止。理由多得很，什么电灯吸人血气，暖气夺人魂魄，万一太后有个三长两短，大清依靠谁去？慈禧烦不胜烦，又不好不照顾众臣情绪，只得嘱咐李鸿章，让技师将锅炉装在水池边，多布几丈暖管，电灯则拉到外墙上，室内仍用蜡烛油灯照明。

暖气与电灯装成，慈禧移居仪銮殿。曾纪泽也修改完海军章程，呈给奕譞。奕譞审定，与李鸿章入宫，禀报慈禧。章程以英国海军制度为蓝本，分船制、官制、升擢、考校、俸饷、恤赏、仪制、钤制、军规、检阅、武备十一章，后附水师后路各局一章。设置一名提督，两名总兵，五名副将，四名参将，九名游击，二十七名都司，六十名守备，六十五名千总，九十九名把总，四十三名经制外委，加上水兵，共计四千余人。

慈禧没有异议，一一照准。还表扬李鸿章公忠体国，购舰置炮，练兵协饷，才有大清这支即将成军的近代海军。李鸿章自然归功于慈禧和醇亲王，没两位高度信任与无私支持，也不可能有这支初具规模的海军。

谈完正事，论及暖气与电灯，慈禧道：“本宫入住仪銮殿后，觉得挺舒服，也没见电灯吸血，暖气夺魂呀。”奕譞道：“洋人享用电灯与暖气，已非一年两年，也没谁被吸过血，夺过魂，都是朝臣少见多怪，耸人听闻。”慈禧道：“也怪不得朝臣，天天埋首故纸堆，没见过啥世面，耳闻西洋器物，难免大惊失色，视为奇技淫巧。”

李鸿章不好说朝臣长短，道：“太后如此开明，微臣建议颐和园修葺完毕后，也可装上锅炉与电灯。”慈禧道：“少荃有此孝心，本宫自然乐意。”奕譞道：“颐和园装上锅炉和电灯，太后巡园检阅昆明湖水师，定然更舒心。”

“太后恩准，醇亲王同意，微臣回津后赶紧准备材料就是。”李鸿章说道，“其实还有一样洋东西，微臣有心孝敬太后，不知太后喜不喜欢。”慈禧道：“什么洋东西，说来听听？”李鸿章道：“窄轨火车，也叫小火车。”

慈禧惊讶道："你是说要送我窄轨小火车？"李鸿章道："正是的，微臣早想报效太后小火车。"慈禧道："与你已造好的天津唐山火车相比，窄轨火车有何不同？"李鸿章道："顾名思义，窄轨小火车轨窄车小，不像微臣在天津所造火车，轨道宽，车身大，以便多多载客装货。"

慈禧觉得有意思，道："既是火车，再窄再小，也得占不小地方吧？你送我小火车，我往哪儿搁啊？"李鸿章道："仪銮殿位于西苑，太后训政用膳，来来回回，路途不近。可考虑在殿旁紫光阁至北海镜清斋之间铺设窄轨，太后接见外使，垂帘训政，用膳休息，都可坐小火车，比乘大轿更快捷，更舒适，还可沿途悠然观赏三海美景。"

说得慈禧心里痒痒，道："从紫光阁至镜清斋，总有三四里远吧？铺这么长的铁轨，还要购车厢，没个好几万两银子，只怕拿不下来。"李鸿章道："银子不用太后费心。"慈禧道："本宫不费心银子，还不得北洋与直隶费心？北洋海防要用巨款，直隶不是旱灾，就是水患，花销也大，哪来闲钱给我建窄轨火车？"李鸿章笑道："太后铺铁路，哪轮得到北洋和直隶掏钱？"慈禧道："北洋与直隶不掏钱，由谁来掏？"

李鸿章不紧不慢道："听说太后喜欢铁路，外国铁路公司定然竞相报效，将上等铁轨和车厢运到北京，最多让北洋象征性出几个小运费。"慈禧道："还有此等好事？"李鸿章道："太后德被五洲，威服四夷，能为太后服务，洋人倍感荣光，尤恐动作稍迟，被人抢先，哪会计较那几个制轨造车小钱？"慈禧大喜道："不花钱也能坐上火车，又何乐而不为呢？少荃赶紧动作，早早把窄轨铁路铺进西苑吧。"

李鸿章朗声应承，与奕譞一道，辞陛出宫。奕譞问："洋人真会免费送太后铁路？"李鸿章道："肯定会。"奕譞道："洋人皆为趋利之徒，岂能无利起早？"李鸿章道："洋人确是趋利之徒，可人家趋的是大利益和长远利益，不是小利益和眼前利益。"奕譞道："此话怎讲？"

李鸿章说出番道理来："唐山与天津铁路建成后，利国利民，财源滚滚，商民皆大欢喜，日后铁路肯定会大行其道，遍布东西南北。外国公司看中中国市场大，得知太后要修西苑铁路，还不争先恐后，主动送路上门，广而告之，以更快打开中国市场？"

果然回津后，李鸿章刚放出风声，各国驻津领事和商家纷纷涌进北洋衙署，请求承建西苑铁路。几经接触洽谈，最后认定法国铁路公司。

经初步预算，西苑铁路总价约五万两银子，北洋象征性出六千两，大头由法商包揽。铁轨和车厢得从巴黎运往北京，六千两连运费都不够，可法商非常乐意。道理好懂，能把活广告做进北京西苑，可不是谁都办得到的。

西苑铁路有序筹建中，津沽铁路全线竣工。李鸿章兴致勃勃，登上火车，体验铁路的舒适快捷。津沽铁路筹办人伍廷芳、吴炽昌，新晋直隶按察使周馥，及幕僚于式枚等人陪同在侧。还有一位特殊人物也在车厢里，这便是张佩纶。马尾惨败，张佩纶停俸遣戍张家口，李鸿章出手相助，数度赠银，使其安然度过三年戍期。戍满按例需缴赎罪银两千两，又是李鸿章替他代交，才得以顺利南归。其时张佩纶已年届四十，妻离子散，家破人亡，可谓山穷水尽。李鸿章这个年龄正在南国东奔西突，惶惶如丧家之犬，幸投奔曾门，受到提携，异军突起，开创出一片全新天地。与自己一样，张佩纶出自翰林，身经战阵，受尽挫折和磨难，接下来正好干番大事业。李鸿章于是惺惺相惜，招张佩纶入幕，还以二十多岁的小女许配之，指望其自此振作，一鸣惊人。京官外吏见张佩纶官场失意，情场得意，难免又酸又妒，因参劾李鸿章降为从九品的梁鼎芬还作诗嘲讽道：幼樵（张佩纶）学书未学战，战败逍遥走洞房，传诵一时。李鸿章不在乎人言，多次举荐张佩纶，欲予以重用，朝臣们坚决不干，纠住马江旧事，上折谏阻。谏阻最力者，竟是从前清流同党。张佩纶投幕李府，已让他们很不舒服，还厚颜无耻做上李鸿章乘龙快婿，实在令人齿冷。

李鸿章为铁路奋斗多年，还是第一次乘坐火车，难免心潮起伏，感慨万千。多实用多美好的铁路，偏偏被朝臣们视为洪水猛兽，搬出奇奇怪怪的理由，一次又一次横加阻拦。身处愚官蠢吏圈中，想办点实事，确实难上加难！然中国如此贫穷羸弱，要李鸿章尸位素餐，不干点实业，求富图强，尽快改变落后挨打局面，又万万做不到。

正值李鸿章百感交集，不知从哪里冒出数名记者，请他发表乘车感想。毕竟津沽铁路来之不易，作为当事人，感受自然与众不同。李鸿章顾左右而言他，没作正面回答。他不想太过张扬，以免朝臣看到报纸，又受刺激，群起而攻之，影响以后铁路建设。李鸿章还想着津通铁路，不愿轻言放弃。铁路于国计民生大有裨益，津通铁路用处多多，迟建不如早建。想起铁路未造之先，往往疑阻者众，风气既开，则争趋者多，已建铁路便是现成实例。看来人言不足信，也不足畏，关键得拿出实实在在的产品，以事实说话。

到达开平，由唐廷枢等人陪同，视察过煤矿，李鸿章不敢逗留，匆匆往回赶。北洋海军成军在即，好多事情急于处理，还不到游山玩水的时候。走下火车，迈进北洋衙署，丁汝昌和琅威理接踵而至，商议北洋海军筹备事宜。

商议得差不多，丁汝昌还没走的意思，要李鸿章为设于威海刘公岛的海军公所题匾。李鸿章道："每天眼睛一睁，忙到吹灯，好久没写大字，手上生疏，字不成字，你还是另请高明吧。"丁汝昌道："相国一手缔造北洋海军，谁敢造次，题写公所匾牌？何况相国从小酷爱书法，童子功深厚，几天不写大字，有啥关系？"

琅威理一旁问："童子功是什么功？"丁汝昌道："就是孩童时练成的功夫，比如中国人从小筷子不离手，便属童子功。相反洋人习惯刀叉，来华后学使筷子，总没中国人娴熟，道理便在此。"琅威理哦一声，道："怪不得中国人筷子拿得好，毛笔字写得精彩，原来都练的童子功。"又对李鸿章道："相国有童子功，还推辞干吗，快题匾吧。"

"日后北洋海军全靠两位打理，老夫得罪不起，看来恭敬不如从命。"李鸿章笑笑道，拿出宣纸，笔酣墨饱，写下海军公所四字。丁汝昌如获至宝，与琅威理欢喜而去。随即让人刻于匾上，挂在威海刘公岛海军公所朱漆正门上方。

一个非同寻常的日子转眼来到，那便是光绪十四年（1888）十一月十五日，北洋海军成军仪式在刘公岛海军公所门前操场上隆重举行。鸣放过震天礼炮，军乐声奏响，李鸿章在丁汝昌、琅威理等将官簇拥下，来到检阅台上，面对操场上四千官兵，大声宣布北洋海军正式成军。台下掌声雷动，海军军旗冉冉升起。接着李鸿章展读圣谕，委任丁汝昌为北洋海军提督，琅威理为副统领；林泰曾为左翼总兵，管带镇远舰；刘步蟾为右翼总兵，管带定远舰。另有总兵、副将、参将，游击等，皆宣示到人，无一遗漏。

继而官兵宣誓，现场操演。一个时辰后，成军仪式结束，琅威理与林泰曾、刘步蟾诸将率兵离岛，各自登舰，进行海上操演。留下丁汝昌，陪同李鸿章，参观海军公所。公所为砖木举架结构，前后共三座主体建筑，三进院落，内设议事厅、宴会厅、祭祀殿。另配置东西辕门，及两层瞭望楼。李鸿章迈开长腿，登楼远眺，港内舰船尽收眼底，只见众舰进退自如，分合有致，时而纵，时而横，时而行，时而止，临惊涛如履平沙，踏骇浪似涉坦途。

李鸿章很满意，道："北洋海军如此规模，至少亚洲范围内屈指可数吧？"丁汝昌道："北洋海军现有军舰二十五艘，辅助舰五十艘，运输船三十艘，官兵四千余人，已超越日本海军，居亚洲首位。"李鸿章道："世界范围内呢，能排第几？"丁汝昌道："算来当今各国海军，英法俄位于前三，其次为德国、西班牙、奥斯曼、意大利和美国，接下来才轮到北洋海军，可排第九名。"李鸿章几分得意道："中国海防起步晚，能雄居亚洲之首，世界第九，殊属不易啊。"丁汝昌道："可不是？没相国筹款敛财，购舰置炮，哪有北洋海军今天？"

北洋海军成军，李鸿章了却一件大心愿。然海军也好，陆军也罢，得有巨资支撑，大清财源短缺，户部又掌控在翁同龢手里，有限款项常常不能按时足额拨付，还需北洋自想办法，另辟蹊径，弥补不足。比如制造、轮船、矿务、铁路、电报、纺织等实业，没少解北洋燃眉之急。基于此，李鸿章才死死盯住津通铁路，不愿放手。已与朝臣斗过一个回合，终因寡不敌众，败下阵来。正面交锋没有优势，只能曲线设伏，修筑西苑窄轨铁路，期望慈禧亲身感受到火车妙处，支撑津通铁路。也是被逼无奈，李鸿章才挖空心思，出此奇招。

经数月筑基铺轨，西苑铁路终于通车。慈禧果然喜欢，每天出得仪銮殿，便乘坐火车赴勤政殿训政，上养心殿召对大臣，再往镜清斋用午膳。即使没训政和召对大臣，有空没空也爱坐火车兜风，不时哼唱几句苏皖小调，直把西苑当江南。只是车头发动机煤烟多，噪音大，慈禧有些受不了，让人卸掉机头，命四名内监贯绳拉车，另有大批太监执黄缎幡旗，于铁轨两侧列队导引，蔚为奇观。大臣于是作清宫词曰：宫奴左右引黄幡，轨道平铺瀛秀园；日午御餐传北海，飙轮直过福华前。

这日慈禧坐着火车，正在西苑转圈哼曲，李莲英呈上一份折子，请她过目。自然是李鸿章所上奏折，其他人折子，李莲英才不会操此闲心呢。李鸿章折子是由曾纪泽转交到李莲英手上的，李莲英懂得李鸿章用意，特选择太后火车上高兴时出手。

慈禧未接折子，只是笑笑道：“不用瞧，也知是李鸿章奏办津通铁路。”李莲英道：“太后就如此肯定？”慈禧道：“你打开折子，看是不是这么回事？”

李莲英翻开折本，果然一点不假。慈禧见他满脸诧异，道：“本宫没猜错吧？”李莲英道：“太后真神人也，竟然未卜先知。”慈禧道：“有啥可卜的？当初李鸿章张开嘴巴，说要送我窄轨铁路，我就知他醉翁之意不在酒。”李莲英道：“那太后允许李鸿章修津通铁路不？”慈禧道：“你说呢，该允还是不该允？”李莲英道：“太后恩准李鸿章送西苑铁路，火车坐着舒服惬意，奴才觉得太后定会准允李鸿章所请。”

慈禧叹口气，道：“半年前李鸿章就奏请过修筑津通铁路，本宫有心批准，大臣纷纷上折反对，才不得不有所顾忌，拖延至今没办。李鸿章不肯收手，带人进宫，又装电灯，又安锅炉，说服我修筑西苑铁路，待我感受到火车便利，重提津通铁路旧话。本宫明知津通铁路大有用处，有心恩准，又怕群臣再唱反调，耳朵吃不消，一时不知如何是好。”

李莲英道：“奴才倒有个办法，太后不妨一试。”慈禧问：“什么办法，说来听听？”李莲英道：“请王公大臣来坐火车。”慈禧道：“你意思是，王公大臣们体验到火车好处，也就不会再反对津通铁路？”李莲英道：“既然太后喜欢火车，王公大臣没理由不喜欢呀。”

“这确属好主意。”慈禧眼望窗外斜阳，“只是数十王公大臣登上火车，几名太监又怎么拉得动？”李莲英道：“这好办得很，把机头再装回来，过后卸掉就是。”慈禧道：“也行，哪天上完朝，叫群臣来坐火车，长长见识。”

几天后众臣齐聚勤政殿，商谈国事毕，慈禧道：“各位臣工宵衣旰食，为国操劳，本宫没啥可犒赏的，趁时间还早，赏你们陪坐西苑火车如何？”

西苑火车行驶月余，众臣看在眼里，又怕又恨，又烦又恼，无奈上面坐着慈禧老佛爷，只能忍气吞声，不便乱嚼舌头。想不到慈禧提出赏坐火车，众臣惊诧之余，暗暗生出些许期待。因铁路一事，与李鸿章争执多年，最终没能阻止他修通唐胥路，又修胥阎路，再修阎沽路和津沽路，还准备西延至通州。好不容易搅黄津通路，不想姓李的又别出心裁，把铁路弄进西苑，惹得慈禧天天坐着火车进出，简直大煞风景。也不知坐火车是啥滋味，慈禧会如此着迷。估计比坐轿骑马好玩吧？要不洋人怎会异想天开，发明这劳什子干吗？

众臣们正不出声嘀咕着，只听慈禧又道：“臣工们没异议，就随本宫出殿，乘坐火车，绕上两圈吧。”众臣不敢违抗，嘴上诺诺，簇拥慈禧和光绪来到殿外。太监们早恭候火车旁，迎慈禧和光绪先入黄绸窗帷车厢，再请宗室与外戚登上红绸窗帷车厢，其余车厢挂着蓝绸窗帷，自然归各满汉大臣乘坐。各位刚坐稳，便闻汽笛鸣响，机头吐出浓浓烟雾，拽着几节车厢，由缓而速，开始向前奔驰。速度不慢，却不颠不簸，比坐轿平稳得多，更不用说骑马。撩起窗帷，透过玻璃，楼阁亭台扑面而至，转瞬后逝，悠然不见。

享受着火车之奇妙，大臣们心里变得复杂起来。能有如此舒适的火车坐，不得不承认皆得益于李鸿章之不懈努力，不然别说坐火车，连火车啥样都不一定看得到。可李鸿章实在令人讨厌，功高官大不说，且不停地折腾，昨天海防，今天外交，明天洋务，好事做绝，风光占尽，仿佛只有他能干，其他人都是傻瓜，不生手，不长脚。

尤其是翁同龢，火车再舒适，也如坐针毡，浑身上下都感到难受。满朝文武，翁同龢最看不惯李鸿章。李鸿章不过道光二甲进士，你翁同龢还是咸丰一甲头名状元哩。李鸿章觉得自己的字不错，皆因没跟你翁师傅的书法放在一起。李鸿章文笔也过得去，却只知就事论事，立意浅，境界低，哪似你翁师傅高屋建瓴？李鸿章心高气傲，粗鄙庸俗，京都混不下去，夹着尾巴逃回老家，翰林变绿林，你翁师傅以状元身份进宫做同治老师，同治驾崩，再为光绪传道授业，实实在在的两朝帝师。不怕不识货，就怕货比货，把李绿林与你翁帝师放一起比较，孰高孰低，孰优孰劣，不一目了然么？为何李绿林窃居大位，玩弄大权，想干啥便干啥，你翁帝师却只能伴食君旁，皓首穷经，毫无作为，手无寸权，身无寸功？即使好不容易弄个户部尚书，所掌钱粮，也无支配权，李绿林今天要购舰置炮，明天需募兵练勇，你都得乖乖给他拨付到位，好像你是他李家雇请的账房先生。最可恶的是唐山与天津铁路修成，李绿林又奏修津通铁路，被众臣制止后，又弄条窄轨铁路，铺君臣眼皮底下，故意逗你翁帝师生气。偏偏太后受其迷惑，叫众臣来坐火车，公然污辱咱们。

翁同龢越想越愤慨，恨不得趴到窗边，纵身跳下火车，掀掉铁轨，以泄心头大恨。只怪火车开得太快，实在没勇气往窗外跳。又没练过轻功，跌得头破血流，甚至一命呜呼，再无人与李绿林抗衡，他岂不更加肆无忌惮，无法无天？何况俺翁师傅拿惯笔头的手，也掀不动沉重的铁轨。掀得动也没胆量，触怒老佛爷天威，她张嘴发句话，你只有乖乖卷上铺盖，逃回常熟老家，想继续与李绿林对着干，亦无此可能。

十四、私罪不可有，公罪不可无

慈禧赏坐西苑火车，用意何在，大臣们谁也不是傻瓜，一个个心知肚明。故隔日上朝，慈禧宣布同意李鸿章修筑津通铁路，再也无人提出异议。连翁同龢想站出来反对，也咬住后牙床，不吭一声。事情就这么敲定下来。慈禧懿旨传至天津，李鸿章大喜过望，忙召伍廷芳，命他以津沽铁路西端为起点，延建津通铁路。伍廷芳马上行动，一面招股募款，一面派人带领法国铁路技师，沿途勘测线路，争取早日动工。

就在津通铁路紧锣密鼓筹备之中，出了件谁也想不到的大事，紫禁城贞度门突然失火，火借风势，风助火威，一路烧到太和门，再至昭德门，直烧得天昏地暗。满蒙贵族，军机大臣，内阁学士，部院尚书侍郎主事，各旗副都统，旗营侍卫章京，护军官役，外加神机营、步军统领衙门兵丁，共七千多人全部出动，花了整整两天两晚，才好不容易把火扑灭。

大火起得有些蹊跷。坊间谣传，缘于皇帝必读书《帝鉴图说》。该书为明朝内阁首辅张居正所编撰，木刻雕版，图文并茂，分上下两部。在翁同龢指导下，同治与光绪都读过这套书。书如此珍重，平时都收藏在贞度门书库里，只有皇帝需御览时，才由书库太监取出来，送到弘德殿或毓庆宫备用。贞度门书库很大，藏书成千上万，皇帝皇子读不过来，有些古书被搁置于偏僻角落，几十上百年无人翻阅，早蒙上厚厚灰尘。书库太监便监守自盗，深夜潜入库里，拿走无人翻动的古书，越墙出宫，卖给书贩。有位叫张贵宝的太监贪心大，已盗卖过好几部书，这夜又潜入库房，摸黑来到书库深处。手刚够着书架，忽听吱一声尖叫，张贵宝吓一大跳，拔腿就往书库外直逃。其实是只正啃书页的老鼠，也是张贵宝做贼心虚，吓破了胆。生怕隔墙有耳，被人察觉，再不敢回去取书，只是顺手拿走就近书架上书籍，连夜翻出宫墙，从已等候于墙脚的书贩子手上换得一包银子。

巧的是两天后翁同龢想让光绪重温《帝鉴图说》，派人来书库领取，张贵宝去书架上取书，发现只有下部，没见了上部。满书库翻遍，也没找到，才意识到已被自己拿走换了银子。张贵宝吓得两腿发软，好不容易才稳住自己，拿出《帝鉴图说》下部，交给来人，说下部有几处破损，正安排人修补，过几天才补得完。取书人走后，张贵宝慌忙出宫，走进黄体芳家里，跪倒在他面前，央求他救命。原来张贵宝是黄体芳远房亲戚，家里太穷，从小自阉入了宫，后听说黄体芳与翁同龢走得近，请他疏通翁同龢和李莲英，谋了个看守书库的轻松差使。

既然要黄体芳救命，张贵宝不好隐瞒，如实说了事情原委。黄体芳把张贵宝臭骂一顿，赶紧跑去见翁同龢。翁同龢听说《帝鉴图说》上部已被张贵宝盗卖，大发雷霆，扬言要拉他去光绪那里请罪。黄体芳说："派张贵宝守书库，翁师傅也起过作用，追究下来，咱俩都没好果子吃。"翁同龢叹道："那你说怎么办？"黄体芳道："体芳也没法。"翁同龢道："你没法，我也没法，莫非就这样坐等老天降下灾星，点燃贞度门，化所有于无痕？"

黄体芳垂头丧气回到家里，张贵宝还没走。听完黄体芳说完面见翁同龢的前后经过，张贵宝低着头，满腹心思出了黄家。当天夜里贞度门就失了火，还殃及太和门与昭德门，无数奇珍异宝，包括光绪皇帝大婚要用的服饰及各种礼仪用品，全都化成灰烬。自然还有贞度门书库里的书籍在内，一本都没留下。

至于《帝鉴图说》上部，更不会有人在意。人们只在意为何皇宫多年平安无事，偏偏西苑铁路通车，津通铁路获准筹办之际，贞度门突然起火，烧得天愁地惨，之间肯定有什么联系。翁同龢喋喋有词，对光绪道："电灯照耀于禁林，锅炉燃烧于宫墙，火车纵横于西苑，津通铁轨铺设在即，以至天怒人怨，神灵示儆。再不收敛，不知还会惹出啥祸来。"

光绪时年十七岁，心智还不太成熟。所有识见皆来自翁同龢如簧巧舌，自然师傅说啥是啥。经翁同龢不懈灌输，光绪觉得李鸿章弄权贪功，好名重利，惹是生非，无恶不作，简直是天下头号大奸臣，大坏蛋。工夫全用在太后身上，只知讨其欢心，唯其马首是瞻。太后也怪，喝了李鸿章迷魂汤似的，言听计从，说一不二，其他人的话都听不进去。有太后庇护，李鸿章越发骄横跋扈，眼睛长上额头，视满朝文武狗屁不如，就他姓李的功高盖世，威震华夏。别说文武大臣，连光绪都不怎么放在心上，好像光绪没坐在殿上似的。每次上折，虽将光绪与太后相提并论，口气里全是冲着太后去的，没一言一语向着他这个皇上。

联想与李鸿章不多的接触，光绪觉得师傅所说，句句属实，一点不假。又拿过李鸿章所上奏折，仔细研读琢磨，果真看不出哪句与你当皇帝的有关。虽说仍由太后训政，毕竟名义上你已亲政，李鸿章依然狗眼看人低，着实可恨。

光绪肚里那点想法，自然瞒不过翁同龢，他继续道："为师反正已这把年纪，活一天算一天。皇上您可是早晨的太阳，光芒万丈，只等大婚礼成，正式亲政，率领广大臣民，开创帝业，重振大清。为师不无担心，津京山水阻隔，竟阻不住隔不断李鸿章野心，有事没事老往京城跑，到太后前面晃动，好放任他胡作非为。一旦津通铁路通车，津京半日可至，京城仿佛李家后花园，李鸿章随时可西进入宫，给太后施加影响，军政要务还不全由他一张嘴说了算？届时皇上想执掌朝政，施展平生抱负，只怕难上加难咯。"光绪默然片刻，才道："李鸿章所作所为，已惹得上天震怒，以火示儆，朝廷自当收敛，不可再肆意妄为。"

翁同龢要的正是光绪此言，出宫后来到黄体芳家，说："皇上都已发话，宫禁失火，绝非偶尔，实乃天象示儆，津通铁路可休矣。"黄体芳道："莫非皇上会禁止津通铁路？"翁同龢道："眼下仍由太后训政，皇上怎好贸然忤逆太后？然津通铁路不停，再惹出啥乱子来，君父不得安宁，咱们做臣子的也问心有愧啊！"

揣摩着翁同龢的话，黄体芳开始四处活动，游说各王公大臣。王公大臣刚救完火，惊魂甫定，稍经点拨，便觉李鸿章乃火患罪魁祸首，他不办铁路，哪会招至灾星，连烧贞度、太和、昭德三门？年轻光绪都已看出此中端倪，大臣们岂可无动于衷？虽说太后仍在训政，毕竟岁月不饶人，她迟早会撤帘归政，去颐和园养老。颐和园在奕譞督修下，已改去旧颜，山明水阔，亭宽轩敞，树青草绿，鸟语花香，李鸿章又给装上电灯和取暖锅炉，太后只要一进园子，哪里还肯复出回朝，设帘训政？也就是说，过不了两个月，朝廷便由光绪新皇说了算，他有停建津通铁路想法，大臣们不该借宫廷大火，配合着做做文章，以遂圣意？太后老矣，未来属于光绪，提前在他心里留下好印象，以后在朝为官，自然不会吃亏。

众臣动着心思，一个个争先恐后，拟折进呈，声称津通铁路触怒天威，以火示儆，再不叫停，还会惹出更大祸患。示儆云云，毕竟虚幻，又力陈铁路种种危害。诸如民以食为天，铁路占用大量田土，民绝食源，必致饿殍遍野。再如火车一通，执鞭、操舵、负贩贸易者大量失业，难免聚众起事。又如津通直逼京师，易招致敌骑，引狼入室。还有更耸人听闻者，铁路途经，平坟占屋，辗牛轧羊，民众迁怒于洋人洋物，冲击教堂，杀戮教士。如此朝廷既要镇压内部暴乱，又得抵挡洋兵压境，顾此失彼，重演咸丰旧事，赔款割地，岂不悲乎？

劾闸一开，顿时浊浪滚滚，一齐涌入宫中。几天时间里，弹章竟达近百件，几乎所有大臣皆参与进来，无人自甘落后。不就一条津通铁路吗？犯得着如此大动干戈？慈禧惊异之余，实在有些想不通。召见奕譞、奕劻诸王，问是怎么回事，也说不出此番劾潮起自何处。慈禧道：“津通铁路明明属利国利民工程，莫非因贞度门失火，说停就停？”奕譞道：“津通铁路已勘察得差不多，还进购了部分铁轨器材，微臣认为停不得。”慈禧转问奕劻：“庆郡王觉得呢？”奕劻道：“贞度门失火乃天象示儆，不可不虑。”

“军机处和海军衙门就津通铁路事，发文下去，咨询咨询各地督抚，再行定夺吧。”慈禧不愿放弃津通铁路，朝臣齐声反对，只好争取地方督抚支持。朝臣天天待在京师，鼠目寸光，一提洋器便大惊小怪，地方尤其沿海督抚见多识广，对津通铁路看法自然会有不同。

奕譞明白慈禧意思，赶紧给各地颁发咨文，命督抚们尽快反馈意见上来。

为津通铁路一事，京城闹得沸沸扬扬，各地督抚自然早有所闻，见到军机处与海军衙门咨文，也不忙回复，先探听内幕如何。获知光绪与慈禧意见相左，也就各留一手，一个个语焉不详，只字不提津通铁路，不痒不痛说，铁路在国外不是坏东西，然中国不是西洋，修与不修，怎么修，何时修，须深谋远虑，视具体情形而定，不可贸然行事。连两江总督曾国荃虽不反对铁路，却避开津通二字，东一句西一句，不知所云。

多年来李鸿章已为铁路费了太多口水和笔墨，再无兴趣就事论事，只发感慨道：欲成天下大事，贵实心，尤贵虚心，非真知灼见不能办事，亦不能论事。贵耳贱目，听见风，便是雨，最是坏事。鸿章老矣，报国之日短矣，即使事事顺手，亦复何补涓埃？所愿当路诸君，务引父君以洞悉天下中外真情，勿徒务虚名而忘实际，狃常见而忽远图，则天下幸甚，大局幸甚！鸿章一片愚忱，一腔热血，不自知其言之过也，万罪，万罪！

读罢李折，慈禧心里有些发酸。李鸿章已年届六十六，自己也五十三四，照常人寿命，还能活几年，干多少事，只老天知道，谁也说不准。可惜众臣不懂咱君臣苦心，只图嘴巴快活，一听洋器铁路字眼，便暴跳如雷，群起而攻之。不办些实事，尽快富国强军，老在外洋坚船之前苟且，利炮之下偷生，也不是句话呀。

幸台湾巡抚刘铭传奏折呈至，令慈禧眼前一亮。刘铭传毫不含糊，力陈津通铁路可富民，可利国，亦可强军。天津至通州两百余里，全系平原坦途，沿途山溪林木关堑，起不到任何防御作用，不修铁路，敌人亦不难长驱直入，御敌防线应设于大沽海口，非津通一线。不仅如此，津通铁路修成，可往天津输送兵源器械，于固海防，守京畿，实有大用。

“还是刘铭传说得在理。”慈禧甚觉欣慰，扬着刘铭传折子，对奕譞与奕劻道，“过去以为刘铭传不过一介武夫，只知冲冲杀杀，不懂治理地方，其实不然。受李鸿章影响，自抚台以来，努力编练新军，修造铁路，开采煤矿，倡办电讯，改革邮政，创兴航运，鼓励工商，发展文教，样样干得出色。大清多几个刘铭传，何愁地方军政不兴，国家富强难成？”奕譞道：“既然太后觉得刘铭传所奏不无道理，就让李鸿章修造津通铁路吧，早修成，早受益。”奕劻也道：“太后圣明，看准的事，咱们落实下去就是。”

其时光绪也在场，只是一直不声不响，三人都差点忘了他的存在。月前光绪已办过大婚，宣称正式亲政。宣称是宣称，奕譞再次奏请慈禧继续训政，待颐和园扫尾工程完工，有了颐养天年之去处，再撤帘归政也不迟。光绪只好忍气吞声，仍旧躲在慈禧阴影下，做傀儡皇帝。可毕竟已大婚成年，津通铁路这么大的事，再怎么也得问你一句吧？光绪心生不满，冷不丁冒出一句："刘铭传说得不错，津通铁路修成，一旦有事，可往天津输送兵源器械。然日后李鸿章图谋不轨，也可方便他运送淮军与洋兵，直扑北京呀。"

三人一惊，侧过脑袋，去瞧光绪。光绪大婚一个多月来，因慈禧仍没撤帘，依然少有主见，难得出声。不想偶尔开口，话句来得重如千钧。慈禧心下暗忖，这哪像十八岁少年说的话，不用说定是翁同龢唆使的。还有数十位大臣不约而同，齐刷刷奏停津通铁路，说不准也与师徒二人不无关系。然光绪怎么也是皇帝，又已成年亲政，慈禧还不好说他什么。况且光绪也是为大清安危着想，万一津通铁路修成，李鸿章年高犯傻，经不起旁人怂恿，调动淮军，纠合洋兵，乘火车杀奔北京而来，大清既不危矣？

几位正沉默，又有两广总督张之洞奏折传入。张之洞何等精明，接到军机处和海军衙门有关铁路咨文，不忙回折，先具函翁同龢，打听慈禧态度。翁同龢告知，慈禧享受过西苑铁路好处，想把铁路从她脑袋里驱走，实属不易，然津通铁路已引发天儆，激起公愤，连光绪都反对，慈禧也不得不有所顾忌。也就是说，欲让慈禧放弃铁路似无可能，但制止李鸿章修筑铁路，尤其是津通铁路，应该还是做得到的。

张之洞明白翁同龢用意，立即上折，奏请缓建津通铁路，改修卢沟桥至汉口铁路。津通铁路不无引敌之虑，卢汉铁路通往腹地，不用担心为洋人利用。张之洞善做文章，拟定十六字造路方针：储铁宜急，勘路宜缓，开工宜迟，竣工宜速。工程大，筹资困难，可分四段投建：京城至正定为首段，正定至黄河为第二段，黄河至信阳为第三段，信阳至汉口为末段，每段约四百万两银子，全线一千六百万两便可拿下。

为照顾光绪情绪，平息内哄，慈禧只好勉强采纳张之洞奏请，由户部每年拿出两百万两银子，修造卢汉铁路，八年内完成。奕譞没法，以海军衙门名义通报李鸿章，告知朝廷决定：放弃津通铁路，改建卢汉铁路。

读过海军衙门公函，李鸿章大失所望。原指望津通铁路建成，利润可偿还津沽、津通铁路欠债及商股利息，再筹建唐山至山海关铁路，方便陆军调运，以配合海军，共固渤海。本是天大好事，明摆着利民利商，利军利国，就这么泡了汤，空欢喜一场。

众僚都愤愤不平，围绕李鸿章，大骂朝臣成事不足，败事有余。尤其是伍廷芳，出了力，花了钱，费了时间，前功尽弃不说，还要善后揩屁股，你说窝火不窝火？他走进北洋衙署，大声嚷嚷道："咱筹办津通铁路，招谁惹谁啦，朝臣非阻拦不可！我要进京与朝臣辩驳，再让太后评评理，咱们一心为国办差，究竟错在哪里，这么遭人嫉恨！"

周馥叹道："朝廷上上下下一片反对声，也就太后与醇亲王主张修津通铁路，你找谁辩驳去？太后怎么给你评理？"伍廷芳道："听说津通铁路太后早已拍过板，后贞度门失火，朝臣们才借题发挥，大做文章，以天象示儆为由，怪罪到津通铁路上来。"周馥道："坊间有言，贞度门失火与一个叫张贵宝的太监有关，张贵宝是黄体芳远房亲戚，黄体芳又与翁同龢暗通款曲，其间必然有名堂，咱们也参翁同龢一本如何？"

于式枚笑道："坊间传言，无根无据，怎么参劾翁同龢？翁同龢与黄体芳再无耻，也不可能怂恿张贵宝纵火贞度门吧？再说贞度门怎么失的火，纯属无头案，谁也说不准。倒是张之洞提出卢汉铁路，可能与翁同龢有关。翁同龢知道太后爱坐西苑火车，不可能打消其修造铁路的决心，才通过张之洞，以卢汉铁路取代津通铁路。"周馥道："看来翁同龢并非真觉得铁路不好，是见不得相国修铁路，非坏相国好事不可。"

几个人你一言，我一语，大发牢骚，见李鸿章一直沉默无语，问他有无办法挽回颓局。李鸿章只是摇头，依然不响。伍廷芳大发感慨道："朝廷也不想一想，津通铁路才两百余里，集股两百多万两银子，花上一年多时间，便可大功告成，北京至汉口，长达两千多里，还要经由滔滔黄河，是想修就修得成的么？张之洞奏称卢汉铁路可分四段，每段筹款四百万两银子，共一千六百万两便已足够。有人疑问，一里铁路至少需一万两银子造价，卢汉远隔两千多里，还要跨越黄河等大江大河，一千六百万两银子如何拿得下？张之洞说他早想好省钱办法。问怎么个省法，他大言炎炎道，自垒土炉铸铁，可省去购运洋铁大钱。廷芳修过铁路，便知土法所炼之铁，不够坚韧强硬，打造锄头镰刀、铁钉铁铆，还差不多，哪能用以铺设轨道，运载火车？张之洞视修铁路如做道德文章，以为轻松可成，可笑不可笑！"

李鸿章这才叹道："文爵（伍廷芳）所言不虚，卢汉两千多里，有无数山水阻隔，没三千万两银子，断难修成。办实事，只有宽打窄用，哪能倒过来，虑宽取窄的？张之洞惯于抑扬铺张，高论宏议，真启动卢汉铁路工程，他终要泄底，没法交卷。"

于式枚笑道："张之洞一人没法交卷，定会拉上他人入局。"周馥问："会拉谁入局？"于式枚道："拉相国入局。"周馥道："晦若不是张之洞肚里蛔虫，怎知他会拉相国入局？"于式枚道："卢汉铁路出自张之洞主意，朝廷已调他为湖广总督，主持造路工程，他马上奏请漕运总督李瀚章接替两广总督。朝中尚书侍郎，地方总督巡抚，多得数不过来，张之洞为何不举荐他人，偏偏举荐相国大哥？自然是向相国示好，以为我所用。"

周馥颇为认可，道："都说张之洞是巧宦，多计善谋，他举荐相国大哥，自然会有意图。"于式枚道："卢汉铁路可不是闹着玩儿的，张之洞深知凭自己那点本事，没法作成如此大工程，非有大能耐之人入局不可，自然会瞄准相国。"伍廷芳问李鸿章道："相国会入张之洞之局吗？"李鸿章道："老夫干吗入张之洞之局，被他牵着鼻子走？"

李瀚章是几年前老母逝世丁忧回家的。位置永远比屁股少，京官或地方大员一旦离职，想重新出山，的确难乎其难。可李瀚章是李鸿章大哥，朝廷看李鸿章面子，丁忧期满，便让他复出，委以漕运总督肥缺。张之洞留下两广总督，不少够格官员上下打点，急欲运作到手，想不到竟为李瀚章弄走，初以为是李鸿章所起作用，过后始知乃张之洞做的好事。

果如于式枚所料，张之洞举荐李瀚章，正是冲着李鸿章来的。到任武汉后，张之洞便亲自拟折，奏请朝廷将卢汉铁路由四段分为南北两大段，北段让李鸿章负责，南段交他本人主持。又写信寄达天津，烦张佩纶多在李鸿章面前倡导卢汉铁路，促成千秋功业。还主动承诺，卢汉铁路修得成，一定奏准皇上和太后，延请他会办南段。

张佩纶再度入幕李府后，李鸿章曾数度举荐他，谁知朝臣尤其旧时清流同党，老纠住马江败绩不放，痛打落水狗，张佩纶郁郁不得志，就想着离开岳丈大人，另辟路径，谋条出路。张之洞承诺正合己意，于是来到李鸿章面前，鼓吹卢汉铁路。李鸿章道："你也觉得卢汉铁路修得成？"张佩纶道："岳父大人肯支持香帅（张之洞），自然不难。"李鸿章道："三千多万两银子造价，两千多里长的铁轨，翻越无数山川，哪有说的那么轻松？张之洞海口夸得太大，老夫看他如何圆场？”又道：“张之洞急于彰显政绩，即使卢汉铁路修得成，让你前往会办，也不过给你挂个虚名而已，不可能分功于你，你也难有作为。”

张佩纶了解张之洞，知道岳父大人所言不差，不再多话，垂着脑袋出了书房。于式枚随后进来，呈上海军衙门刚到公函。李鸿章一瞧，不禁哈哈大笑起来。

公函内容简单，就是依张之洞所奏，将卢汉铁路一分为二，开封以北由李鸿章承建，开封以南归张之洞主办。这实在没啥奇怪的，早在预料之中，于式枚不知李鸿章为何发笑。等他笑完，才试探道：“相国笑啥？”

李鸿章摊开公函，指指上面开封俩字，未及说话，又忍俊不禁起来。于式枚越发纳闷，到底是开封可笑，还是开封城里有可笑之人，或可笑之事？

笑得差不多，李鸿章才推开公函，对于式枚道：“晦若可知，张之洞为何要以开封为界，他主办南段，由我主办北段？”于式枚道：“开封大体位于卢汉铁路中间，以此分段，应该还算公平吧？”李鸿章道：“你到过开封吗？”于式枚道：“当年北上会试，经由开封，作过短暂停留。”李鸿章道：“老夫不仅进京会试曾途径开封，多年后还在古城布防，借滔滔黄河拦截捻匪。”于式枚道：“相国倒守黄河，传为美谈，式枚也有所耳闻。”

“晦若去过开封，就知黄河位于城北。张之洞负责开封以南铁路，自然不用修造黄河大桥。”李鸿章拈须而笑，“黄河大桥乃卢汉全线最大最难工程，张之洞故意避重就轻，诱老夫上当，难道老夫如此幼稚，轻易会钻他圈套？”

原来张之洞自视聪明，以为做做小动作，便可骗过老谋深算的李鸿章，怪不得引他发笑。也不想想你张之洞出道才几天，竟然不怕出丑，敢关公面前耍大刀。于式枚也笑笑，道：“张之洞凭嘴上功夫，窃取总督大位，急于与相国过招，确实有些自不量力。”

话罢，没听到李鸿章回应，于式枚抬起头，发现对方面肌扭曲，眼歪嘴咧，一脸讥笑凝固在那里，再也化不开似的。十指弯如鸡爪，怎么也伸不直。于式枚大惊，结结巴巴道：“相相相国您您您您怎么啦？”

李鸿章喉咙里咕哝着，似乎想说什么，却嘴斜舌僵，说不出话来。只得抬起手臂，吃力地朝门外划拉几下。于式枚会意，拔腿跑出书房，先禀报李家夫人赵小莲，尔后直奔天津西医医院。叫上马根济，带只药箱，匆匆赶回衙署，李鸿章已被赵小莲和莫姑娘扶入内室，仰卧于床，脸上敷了块毛巾，微微冒着热气。马根济近前，揭开毛巾，稍事诊视，便道："此乃常见面部中风，也叫面瘫，主要因劳累过度、焦虑太重所致。属老年人常见病痛，并无大碍，好好歇息一阵子，辅之以药物，就会恢复过来。"

听如此说，赵小莲和莫姑娘才松下一口气。马根济开好药，又拿只电气按摩器出来，搁病人脸上试试，交代几句，出了内室。

在马根济诊治下，几天后李鸿章面瘫开始好转，面肌有所复原，眼睛与嘴巴也正常了些。说话仍感困难，仅可发些简短声音，语速缓慢，幸而表达已无困难。手指仍有些麻木，不过已勉强能够伸直，甚至拿得起笔头写字，虽说笔下字型有些走样。

也是李鸿章闲不住，病症稍轻，便要上签押房处理公务。赵小莲不让，又拗不过丈夫，只得请周馥与于式枚来帮着劝阻。周馥道："相国已为大清忙了四十多年，好不容易患场病，多歇息几天，还怕皇上治罪下来？"李鸿章吃力道："好不容易患病？患病又非好事，难道是老夫有意患这个病？"于式枚道："患病不是好事，可相国此番面瘫，倒也不是坏事。"

李鸿章几分不满，道："晦若不是幸灾乐祸吧？"于式枚道："朝廷不逼着相国跟张之洞联手，共修卢汉铁路么？不幸患病，正好推脱。"周馥也道："相国本不想掺和卢汉铁路，既然有病在身，大可不予理睬。"李鸿章道："张之洞可以不理睬，朝廷总得应付吧。海军衙门是否又有函件寄达？"于式枚道："来过两道函件，召相国与张之洞入京，与海军衙门共商卢汉铁路事宜。"李鸿章问："怎么复的函？"于式枚道："相国卧病在床，式枚不敢草率回复。"李鸿章道："老夫印信不在签押房么，代我照实回复便是。"

于式枚笑笑，说："卢汉铁路并非啥要紧事，无非张之洞急于求成，请海署（海军衙门）催逼相国，商量合办方法，早动工，早出政绩。"周馥道："晦若说得在理，相国不必迎合张之洞，只管念好拖字诀，多拖一天算一天，最好拖掉卢汉铁路，回头再奏办津通铁路。"

李鸿章叹道："皇上身边有个翁同龢，津通铁路已绝无希望。若能推掉卢汉铁路，倒可倾全力，修造唐山至山海关铁路，以后再出关东延，强固陆防，与海防彼此呼应，拱卫京畿。只是眼下张之洞盯住不放，海署那里总得有个交代吧？”于式枚道：“这好办得很，式枚代给海署复函便是，就说相国面瘫未愈，话不成句，没法进京议事。”

收到复函，奕譞皱皱眉头，让人转抄张之洞，嘱他别急，待李鸿章面瘫痊愈，再议卢汉铁路不迟。张之洞害怕夜长梦多，提出自己先赴天津，与李鸿章面商办路方案，尔后奏请朝廷定夺。奕譞觉得可行，函告北洋。李鸿章不愿张之洞来天津，问于式枚怎么办。于式枚道：“式枚可代秉海署，只说相国不仅口不能言，且眼不能视，手不能写，张之洞就是来津，也是白来，没法与其接洽。”李鸿章道：“也行，说得严重点，才挡得住张之洞。”

奕譞收到北洋公函，没怎么多想，又转发张之洞。张之洞将信将疑，写信给张佩纶，旁敲侧击，探听李鸿章病情。张佩纶早得过李鸿章嘱咐，自然不会说实话。张之洞又电请天津朋友，去北洋衙署侦察。谁知电报还没送达当事人手里，周馥与于式枚已拿到电文抄件，张之洞的人近不了李鸿章，自然没法侦知到真相。

张之洞无奈，只得耐住性子，等待李鸿章病愈，再做定夺。一等等了半年，听说李鸿章还在养病，不能上签押房视事，心里大骂道：狗日的李鸿章，你到底是真病，还是故意躲着我，不肯联手造路？你要死就死，要活就活，别要死不活，耽误我卢汉铁路大计。

其实这半年里，李鸿章并没闲着，该办的事一件没少办，该见的人一个没少见，只不过办事见人的地方不在签押房，改到了书房。书房直通后花园，隔窗可见满园绿林修竹，姚黄魏紫。每天东方发白，及时醒来。随着一声轻咳，人已坐到床边，猿臂一抬，长腿一展，同时伸入两佣人准备的衣袖和裤腿里。旋即换穿另一侧衣裤。衣服上身，蹲过厕所，洗漱毕，喝杯温水，吃一小碗赵小莲熬制的莲子银耳汤，提剑走进后花园。舞上一个来回，步入凉亭，观会儿亭外池中鱼，回屋吃早餐。餐后入得书房，处理文件信函，接待陆续进来问事的幕僚和宾客。午餐荤素搭配，饭量很大。饭毕换上短衣布裤，再入花园，沿回廊绕圈疾走。家人一旁数圈，圈够提醒一声，止步回房，躺到皮椅上，合目午睡。半个时辰醒来，吃些小点心，抽袋烟，再入书房阅文视事。事余写会儿书法，或听毕德格念外国名著，或入环水楼听潮观云，看子侄读书，其乐融融。晚餐吃得少，餐后就着电灯，翻会儿中外报纸，早早上床睡觉。电灯都得熄掉，只留一根蜡烛，方便起夜。有时用人误点两根，会起床下地，捻掉一根。

从起居饮食看得出，李鸿章颇重纪律，严自治。这是西人之风范，华人罕有能及者。已坚持数十春秋，天天如此，从无例外。因而年近古稀，依然身体健硕，精神饱满，办事效率高得惊人，当天人事，当天办结，决不拖延至来日。来日又有来日人，来日事，一天天往后推，推来推去，没完没了，岂不落雨背稻草，越背越重？日月逝也，岁不我延，李鸿章总觉来日无多，才不敢稍有懈怠，力求案无留牍，门无留宾，为富国强军贡献余生。

富国强军离不开矿业。李鸿章多年苦心经营，陆续创办无数矿产，包括煤矿、铁矿、金矿和铜矿等。漠河金矿已进入全盛期，又委朱其诏，在热河勘探出银矿和青铅。制造枪弹，配铸制钱，皆离不开铅与银，于是召朱其诏和洋矿师来津，商量铅银并取采矿法，调拨专款，购置外国机器，进场施工。热河银铅矿初见成效，又成立滦河金矿总局，命徐润为总办，招股集款，收购滦河流域各处小型矿产，采取以工代赈方法，征收当地灾民，开掘金银矿藏。与此同时，还拳打脚踢，在直隶和山东各地，创办临城煤矿、顺德铜矿、峄县煤矿、淄川铅矿、平度金矿及宁海、栖霞、招远等铅矿，不仅有效满足军需，还创造出丰厚利润。

北方矿业正火之际，南方制造也有序推进。轮船招商局几经起落，经人员整改，资产重组，复现生机。机器制造局规模越来越大，资金需求水涨船高，设法注入新股，改进技术，得到长足发展。曹子撝所创上海机器造纸局起步早，来势看好，因日货大量倾销，出现亏损，李鸿章增加官股，还亲自掏钱入股，吸引股民，使其起死回生。上海机器织布局也遭遇同样命运，加之主办郑观应挪用资金，投机金融失败，信誉扫地，股票跳水，李鸿章命人彻底清查，改派马建忠为总办，继由杨宗濂接管，几经腾挪，重新注资招股，终于渡过难关，渐上正轨，产销两旺。无奈织布局劫数未尽，后又遭遇大火，顷刻间灰飞烟灭。然李鸿章没死心，奏调津海关道盛宣怀赶赴上海，于废墟上再建新厂，命名华盛纺织总厂，另在宁波、镇江等地投建十余个分厂，招股购器，开机生产。

此乃后话，无需细表。且说李鸿章这里长袖善舞，大办矿业和制造，千里之外的张之洞惴惴不安，心想李老二不是卧病在床，不能视事么？怎么他名下诸务依然运转如常，一样都不耽搁？莫非他是神仙下凡，分身有术，一个李鸿章躺在床上，静心养病，另一个李鸿章脱体而出，继续经营各项实业？张之洞甚感蹊跷，觉得李鸿章故弄玄虚，说不定他生病是假，借以推脱卢汉铁路是真。卢汉铁路乃慈禧和光绪谕令必办之大事，李鸿章故意推诿，不是抗旨又是什么？可不能中了李鸿章奸计，耽误卢汉铁路，非揭穿他不可。

恰逢李秉衡晋升安徽巡抚，即将入京请训。张之洞寻思，何不让李秉衡路过天津时，试试李鸿章深浅？

李秉衡曾在直隶做过知县，算来还是李鸿章老部下。后父亲逝世，回奉天海城丁忧，期未满由李鸿章奏调复职，旋升知府。中法开战，潘鼎新以广西巡抚统领淮军和边军作战，李鸿章奏保李秉衡为广西按察使，负责筹饷运粮。不久潘鼎新兵败，慈禧大怒，欲罢其职，李鸿章忙上折，吁请潘鼎新戴罪立功，将功补过。新任两广总督张之洞觉得淮军老将不好调摆，奏保李秉衡署理广西巡抚，接管潘鼎新兵权，为慈禧所采纳。李秉衡长年任职府县，转运粮饷是把好手，却从没领过兵，打过仗，担心指挥不了淮军和边军，以粮饷征集没到位为借口，滞留在途，迟迟不肯就任。新官没到，潘鼎新走不开，继续指挥旧部，与法军展开恶战，竟连战连胜，又有老将冯子材出马，终于取得镇南关大捷。然潘鼎新已经去职，留下打仗，无异于狗咬耗子，多管闲事，张之洞奏报朝廷时，移潘鼎新之功，归于李秉衡。就这样，李秉衡没打一枪，没放一炮，更没指挥过半场战斗，一夜间竟成能征惯战之大英雄，享誉朝野。李秉衡自知不战之功从何而来，从此成为张之洞死党，加之两人一个署理广西巡抚，一个总督两广，自然情投意合，打得火热。张之洞离开两广后，又举荐李秉衡升任安徽巡抚，李秉衡更视小自己七岁的张之洞为再生父母，唯其马首是瞻。

两人关系如此，张之洞要李秉衡去李鸿章那里探听虚实，他自然无话可说。何况入京请训，途经天津，顺道拜访老上司，实属情理之中。可李秉衡弃旧恩，投新人，实在令李鸿章不齿，以病中不便见客，拒之门外。于式枚表示反对，道：“式枚觉得，相国应该见见李秉衡。”李鸿章道：“凭什么？此等小人，此生此世都不愿再见。”于式枚笑道：“见见李秉衡，相国没有亏吃。”李鸿章道：“没有亏吃，难道还有便宜可占不成？”

于式枚道：“照式枚揣测，李秉衡求见相国，定有重要使命。”李鸿章道：“什么使命？”于式枚道：“张之洞因相国不肯入局，着人打探虚实不得，才趁李秉衡经津入京，嘱其一试深浅，相国可将计就计，以假乱真。”李鸿章道：“以什么假，乱什么真？”于式枚道：“朝野上下盛传相国不满津通铁路被否，无病装有病，躲避卢汉铁路职责，一时劾章如飞。李秉衡不请自来，不正好借用他嘴巴，给相国辩辩诬么？”

李鸿章觉得有意思，让于式枚叫来周馥，定下巧借李秉衡嘴巴计策。李秉衡求见李鸿章遭拒，不肯死心，想起为官直隶时，没少与周馥接触，跑到直隶按察司天津行辕，请他帮忙。周馥故意道：“相国嘴歪眼斜，言说不便，见有何用？”李秉衡道：“玉山（周馥）兄知道，秉衡辗转直隶多年，在知县与知州位置上徘徊复徘徊，毫无长进，幸相国不弃，奏升知府，又荐任广西按察使，侥幸立功，方有今日。又蒙皇上提携，得以巡抚安徽，总该听相国开示开示，在他家门口办几件像样实业吧？”

周馥又推脱几句，才装出极不情愿的样子，道：“咱去问问赵夫人吧，看她意思如何。”李秉衡道：“见相国，还得赵夫人同意？”周馥道：“相国耳不能听，口不能言，片刻离不开赵夫人，她不同意，怎么见相国？巡抚大人明日再来听讯吧。”

改日李秉衡再访按察司行辕。周馥道：“好话说了几大箩，赵夫人才勉强同意巡抚大人觐见相国。”前头领路，直奔北洋衙署。门房认识周馥，放两位进去。穿过前厅，来到后堂，李经述迎出来，施礼毕，让仆人端上茶水，请两位落座用茶。听周馥简单说几句来意，李经述道：“经述先问问母亲，看父亲方不方便见客。”

不一会儿，李经述回来，道：“母亲答应李大人见父亲，但时间不能太长，以免影响父亲休息。”李秉衡忙道：“就一会儿，问候相国几句，立马走人。”

李经述没再多话，带领两位，来到内室。借着窗外阳光，只见李鸿章斜靠床头，面色灰暗，无精打采。眼睛右斜，嘴角左撇，鼻涕往下直流。双手抖动着，想拥住被子，却老往下滑。夫人赵小莲伸手提提被头，又拿过矮几上的药碗，一匙一匙往丈夫嘴里喂药。进的少，出的多，还没抽走汤匙，药汁便从嘴角淌出来，洇到被头上。

想不到李鸿章英雄一世，也有今天。李秉衡颇为惊讶，上前施礼请安。李鸿章面无表情，没有任何反应。想表情，欲反应，脸上肌肉僵硬，也无能为力。赵夫人放下药碗，附李鸿章耳边道：“安徽巡抚李大人来访。”

李鸿章喉咙里咕哝有声，赵夫人贴过耳朵，认真听听，再回过头来，对李秉衡道：“老头子说他知道了。”李秉衡忙道：“相国是秉衡贵人，秉衡趁入京请训，特意绕道天津，拜望相国，还请相国不吝赐教。”

赵夫人又附李鸿章耳边，转述李秉衡原话。李鸿章动动歪嘴，像在说什么，仍然无声无息。赵夫人又送上耳朵谛听一会儿，转向李秉衡道：“老头子要李大人进宫后，多磕头，少说话。”李秉衡谢过，又问：“到任安徽后，该从何处着手？”李鸿章嘴上又吧嗒几下，赵夫人对李秉衡道：“多干事，少争吵。”

李秉衡还想问啥，赵夫人阻止道：“看在李大人安徽父母官份上，老头子才坚持见你，说了这么多话。你忙你的去吧，咱该给他喂药了。”拿过药碗，用匙子舀了药汁，往李鸿章歪嘴里送去。李秉衡只得起身，与周馥退出去。

来到衙署门外，李秉衡拱手告辞时，忍不住道：“相国不视事，不见人，不办文，怎么直隶与北洋仍运转如常，仿佛有无他这个总督和北洋大臣，没啥区别似的？”周馥笑道：“巡抚大人有所不知，吾等部属幕僚跟随相国多年，其为人处世手段，早烂熟于心，他到不到场，发不发话，批不批文，咱们都能按照规矩，该办的办，该理的理，不会有误。”

李秉衡哦一声，挥别周馥，离津西行。到得京师，入宫请训，慈禧想起李鸿章，问道：“你曾任职直隶多年，少荃对你不薄，此番途经天津，去没去北洋衙署看望过老上司？”

“回禀太后，微臣专门拜访过相国。”李秉衡应道，如实说了说面见李鸿章前后经过。慈禧不无感叹道：“有人弹劾李鸿章，因津通铁路被否，心生怨恨，没病装病，欺君瞒上，以推卸卢汉铁路责任。谁见过李鸿章推过诿责？反正本宫没见过。李秉衡已亲眼见证其病症，看这些人还有何话可说。也难为李鸿章，身患顽疾，却不误国事，洋务海防一样不落。”又对光绪道：“张之洞急于求成，想早日动工投建卢汉铁路，其情可嘉。然好事不在忙中取，卢汉铁路两千多里长，不知何年能就，没必要争在这一天两天，待李鸿章病好后再说吧。”

论过卢汉铁路，李秉衡告退，将天津见闻及慈禧所言函告张之洞。张之洞拿李鸿章没法，不得不作罢，只是心里仍有不甘。卢汉铁路迟建早建都得建，一旦动工，便需大量钢铁，何不先办铁厂，自制钢铁成功，可省去不少成本和运费，如此一千五百万两银子，足够造就两千多里铁路，也不是绝无可能。

光有想法不行，还得有做法，张之洞着手筹划汉阳铁厂。铸铁炼钢，离不开机炉。多方打听，得知英国钢铁机炉最先进，便给驻英公使薛福成拍电报，请他物色机炉。薛福成是经李鸿章举荐出使英国的，抵达伦敦没几天，见到张函，百忙中抽出时间联系英国机炉厂。厂方很当回事，给张之洞发电报，说欲购机炉，必先选拣所炼之铁、石、煤、焦，寄厂化验，须知质地如何，可炼何种钢材，再配置相应机炉，若冒昧从事，必差之毫厘，谬以千里，事与愿违。张之洞大言道，以中国之大，何所不有，岂必先觅煤、铁、石、焦而后购机炉？但照英国所用机炉，购办一份可耳。厂家拿张之洞没法，只得服从，款到发货。如此一来，机炉设在汉阳，铁来源于大冶，煤出自马鞍山，辛辛苦苦炼上数月，什么都没炼出来。原来马鞍山的煤，灰矿并重，炼不出焦，不得不从德国购焦数千吨，可惜机炉仍不出钢。再改江西萍乡煤，这回见了钢，又太脆易裂，无法使用。折腾来折腾去，前后耗去五百六十万两银子，半截合格钢材都没炼成，急得张之洞天天往汉阳铁厂跑，对工程人员大吼大叫。

本来张之洞以词臣身份直线上升，成为封疆大吏，便颇令人妒恨，这下又借炼钢铸铁，大把挥霍银两，朝臣气愤不过，纷纷上折，大加挞伐。尤其旧时清流同党，见张之洞转任地方后，一反常态，步李鸿章后尘，崇洋媚外，购洋器，办洋务，更不肯放过他，轮番上阵，口诛笔伐，欲置之死地而后快。张之洞心惊肉跳，不得不上书自辩。不辩还好，辩得几回，引来更密集围攻，如群蜂入怀，越扑越多。最后抵挡不住，只得闭嘴，坐等朝廷处置。

听说张之洞受到清流党讨伐，远在天津的北洋众僚幸灾乐祸，跑进李鸿章书房，这个说：“当年张之洞以笔为刀，对相国痛下杀手，何等快意，想不到今日，自己也成人家刀笔追杀对象，看他向哪儿躲，往何处藏。”那个说：“也该张之洞尝尝被人纠劾的滋味，不然他早忘记当初联合清流党人围剿相国之情形。”还有的说:“这叫一报还一报，你张之洞笔头厉害，以笔杀人不眨眼，还有人刀笔更锋利，叫你有招架之功，无还手之力。”

众僚越说越来劲，唯李鸿章低头阅文，不发一言。周馥略感不满，道:“张之洞受清流党群殴，相国不觉得解恨吗？”马建忠道:“相国宅心仁厚，不愿计较张之洞他们。”于式枚道:“也许相国记性差，已想不起当年张之洞一伙所作所为。”

刚从上海回到天津的盛宣怀也在场，道:“相国要干大事，无意于小恩小怨。”李鸿章这才抬起头来道:“张之洞惯喜空言高论，老夫确实不太欣赏。可他遭朝臣围攻，老夫不仅深表同情，还应感谢他才是。”众僚诧异道:“感谢张之洞干啥？”李鸿章道:“你们不觉得，自朝臣将矛头指向张之洞后，老夫耳根一下子清静了许多？”

众人想想，还真是这么回事。朝臣们张牙舞爪，一齐扑向张之洞，自然顾不得李鸿章，他正好放开手脚干自己的事。周馥道:“依相国看，张之洞花去五百多万两银子，还没炼出半截钢，朝臣又死缠烂打，太后会不会治他罪？”李鸿章道:“肯定不会。”马建忠道:“相国如此肯定？”李鸿章道:“翁同龢在朝，太后也欣赏张之洞才华，怎会治他罪？”几位道:“张之洞敢大手大脚，大把大把银子砸向汉阳铁厂，还不是仗着身后有太后和翁同龢？”

“老夫记得范文正公（范仲淹）有言：私罪不可有，公罪不可无。”李鸿章借题发挥道，“以个人名利为重，患得患失，犯下罪过，自然不可饶恕。可身为臣子，职分所在，务必尽责，有所作为。欲有作为，犯错在所难免，除非尸位素餐，什么都不做，也就什么差错都不会出。且值此三千年未有之变局，谋三千年未有之大业，前无古人，无例可循，咱又不是神仙，想事事正确，不犯任何过错，哪有可能？故兴洋务，固海防，办外交，无一不是从未经验过之新事，不敢担责，生怕失误，缩手缩脚，耽误富国强军，才是最大罪过啊。”

怪不得遭遇那么多攻讦和打击，李鸿章依然不肯低头，还要拱起腰背，迎难而上，原来他早就做好受过领罪的准备。只听李鸿章又道:“办实业不是写文章，多不容易！机炉炼钢铸铁，亘古未有之事，谁能保证一开炉，就能炼出合格钢铁来？张之洞虽然颟顸，不听英国厂家劝告，盲目购进机炉，白白浪费五百多万两银子，但老夫觉得并不可怕，只要找出失败原因，离成功便近在咫尺。相信总有一天，汉阳铁厂会炼出合格钢来。”

参劾张之洞的弹章仍然雪片般不断飞进宫中，慈禧眉头紧锁，不知如何是好。直到李鸿章的话传入京城，她才有了底气，对朝臣说：“公罪不可无，为公办差，失误总难免。失误不可怕，可怕的是为避免失误，缩头缩脑，不敢作为，一事无成，才是最大罪过。若本宫因张之洞炼钢失败，就治他罪，以后谁还敢大胆任事，为朝廷效力？给我传话下去，让张之洞继续炼钢，炼出合格可用钢铁，再奏报朝廷，本宫好好表彰他。”

慈禧发了话，张之洞底气一下子足起来。几经挫折，才弄明白，原来机炉属酸性配置，没法去磷，所造之钢含磷过多，以致太脆易裂。于是又借款300万元，改造机炉，使用碱性配置，终于制出优质马丁钢。张之洞备受鼓舞，扩大汉阳铁厂规模，除原建炼钢厂，又筹办炼铁厂和铸铁厂，钢与铁生产双管齐下，以备铁路钢铁所需。

钢铁难题已然解决，卢汉铁路工程便不在话下。转眼光绪十六年（1890）来到，张之洞跃跃欲试，准备大干一场，不想朝廷忽然叫停卢汉铁路，改修关东铁路。这不开玩笑吗？为卢汉铁路，咱张之洞已费了一肚子劲，只差小命没搭进汉阳铁厂，怎么说叫停就叫停？不用说，一定是李鸿章不愿跟你合作，才以关东铁路为幌子，企图搅黄卢汉铁路。张之洞不服气，赶紧具折，据理力争。朝廷回旨，事情已成定局，不可更改。

张之洞拿朝廷没法，双脚跳得老高，手指东北方向，破口大骂李鸿章坏他好事。骂上半天，骂得没了力气，才跌坐太师椅上，心想卢汉铁路修不成，另外做点别的什么吧，不然闲极无聊，也实在难受。想来想去，想起李鸿章在上海创建机器织布局，咱也可在武汉办他一个试试。于是拿出准备修卢汉铁路的款子，购买织布机，招收技师和员工，打响马达，开始生产，名曰湖北织布局。只是创办实业，劳心费力不说，还得筹措大钱，太不容易，最好还是办学，找几间空屋，请几个教习，招数十名学生，即可开课。张之洞一口气开办了数所书院与学堂，诸如两湖书院，经心书院，农务学堂，工艺学堂，武备自强学堂，商务学堂。

朝臣一向看不惯洋务，张之洞建铁厂，办织布局，引来骂声一片，后改邪归正，筹办书院与学堂，又赢回广泛赞誉，美名远扬。没办法，朝臣都是读书人出身，从小在书院和学堂长大，对此有感情，其余这局那局，这厂那厂，见所未见，闻所未闻，都是洋鬼子强加给中国人的，绝对不是好玩意儿，必须阻拦之，破坏之，不能误我国民，败我中华。

张之洞没有猜错，修筑关东铁路主意，确实出自李鸿章。原来经历壬午与甲申两次事变，朝鲜局势越发复杂，亲日派急于摆脱中国藩属地位，俄、日、英三国虎视眈眈，老想乘虚而入，扩大在朝势力。尤其俄国野心勃勃，筹建西伯利亚大铁路，自西向东，直指中国和朝鲜。西方国家早察觉出俄国意图，上海各大西报时有报道。李鸿章天天阅报，觉得不妙，准备游说海军衙门，采取相应行动。

正是一年一度陵差时节，身为直隶总督，李鸿章务必循例进京，随慈禧和光绪赴东陵扫墓。二月春分，阳气渐升，李鸿章带领周馥、于式枚、马根济等随从，离津西行。来到京城，奕譞派人接住，迎入醇王府。各位大都是熟人，唯马根济碧眼黄发，奕譞未曾见过。或见过，洋鬼子千人一面，也辨别不出来。奕譞半玩笑半认真道："都说少荃崇洋媚外，月亮都是外国的圆，果不其然，进趟北京，还带个洋人，不授人以柄么？"李鸿章自指面部道："王爷不怜悯怜悯鸿章面瘫没痊愈，带着马医生，好做电气按摩。"

其实李鸿章面瘫已好得差不多，以按摩为借口，带上马根济，无非告诉朝臣，自己面部确实中过风，并非故意装病，推脱卢汉铁路。奕譞盯住李鸿章老脸一番端详，道："少荃自己不说，还真看不出得过面瘫。"李鸿章道："刚做过电气按摩之故。怕只怕不做按摩，一夜起来，又变得眼斜嘴歪，入宫觐见时吓着太后和皇上。"奕譞笑道："太后和皇上哪那么容易吓着？电气按摩怎么个做法，能否让本王见识见识？"

李鸿章便歪在椅子上，让马根济拿出电气按摩器，嗞嗞嗞在他脸部过上一遍。奕譞赞叹道："这按摩器蛮好玩吧，哪天本王面瘫，也请马医生按摩按摩。"李鸿章道："王爷年轻，又福大命大，哪像鸿章天天被朝臣口诛笔伐，咒死骂活，以至急火攻心，气血上冲，郁积面部不散。面瘫事小，弄不好四肢瘫痪，看谁给王爷跑腿办海防。"

说得在场各位都笑。笑过，酒肉上桌，奕譞请客人入席。席上推杯换盏，谈笑风生，主客个个欢洽。李鸿章端了杯，起身敬过奕譞，几分神秘道："此番进京，没啥准备，只给王爷带来一件大礼，不知您老喜不喜欢？"

送礼人谦称薄礼小礼正常，哪有夸口自言大礼的？奕譞琢磨李鸿章所谓大礼，一定不同寻常，道：“少荃有何大礼，可让本王开开眼界么？”

“就是拿来请王爷过目的。”李鸿章说道，示意于式枚，打开随身箱子，取出一个卷筒。周馥起身上前，配合于式枚，慢慢将卷筒展开，原来是一份又宽又大的地图。李鸿章笑笑道：“王爷且看，这是不是一份大礼？”

“此礼确实有些大。”奕谭说着，走到地图前。原来是幅汉文版俄国地图。俄国人绘制本国地图，为何出版汉文版？皆因中俄边界线太长，有必要让中国人瞧个明白。从这份地图上看去，俄国仿佛一只凶猛的鹰嘴，重重一叼，便叼走乌苏里江以东四十多万平方公里土地。鹰舌部位本是一个叫海参崴的地方，但地图上没有这三字，标注着符拉迪沃斯托克字样。

符拉迪沃斯托克系俄文音译名。一见这个古怪地名，奕谭心头便像针扎样，一阵疼痛，以至双泪盈眶，哽咽无声。清朝早期，俄国人就开始进攻远东，梦想谋求太平洋海岸堡垒，将势力延伸至东北亚。咸丰八年，太平军西征与北伐并举，英法联军攻克广州，俄国趁人之危，占领海参崴，逼清签订《瑷珲条约》，规定乌苏里江以东为中俄共管。两年后英法联军攻入北京，咸丰逃往热河，俄国强迫清廷签署《中俄北京条约》，正式确定乌苏里江以东包括海参崴与库页岛在内的四十万平方公里土地尽归俄国所有。四十万平方公里不是小数字，足有十个台湾大，相当于法德两国面积之和。至于乌苏里江，无异于欧洲第二大河流多瑙河。

再说出自建州女真部落的爱新觉罗氏，早期便居住于牡丹江和绥芬河一带，海参崴和乌苏里江流域属其主要活动范围，可说是真正的龙兴之地。在满语里，海参崴即海边小渔村的意思。后爱新觉罗氏不断壮大，直至统治整个中国，不想祖地却为俄国霸占，连海参崴三字都被抹去，变成什么符拉迪沃斯托克，叫奕谭能不痛彻心扉？

李鸿章要的就是这个效果。他望眼奕谭，抬高臂膀，立起手掌，由西伯利亚往东，划向黑龙江，尔后掌心朝下，顺乌苏里江南压下来，止于海参崴，同时嘴里解释道：“鸿章没猜错的话，俄国西伯利亚万里大铁路延抵黑龙江后，会沿乌苏里东岸，南下直至海参崴终点站。俄国意图很明显，觉得强大海军还不够，还得借助大铁路，坚固陆防，水陆并举，以朝鲜和日本为禁脔，扬威于远东及太平洋。”

朝鲜与日本成为俄国禁脔，中国还有好果子吃？奕谭心里悲道，从地图上撤下哀哀目光，望定李鸿章，道:“少荃想法，是不是咱们也修条铁路，沿海岸出关，向东延伸，呼应海军，以固守东北，拱卫京畿？”李鸿章道:“鸿章正是此意，未知王爷想法若何？”奕譞道:“少荃此意甚合吾心，只是卢汉铁路已在筹备之中，哪里还有余力，顾及关东铁路？”

李鸿章沉思道:“鸿章不反对修建卢汉铁路，如若国力允许，还应把铁路修到全国各省各府，方便人货流通，利民富国。可财力物力不足以支撑时，总需区分轻重缓急，轻缓后，重急先。卢汉铁路与关东铁路两相比较，孰轻孰重，孰缓孰急，王爷心里肯定清楚。”

“好好好，本王听少荃的，这就跑趟西苑，请太后定夺。”奕譞果断道，拿过于式枚与周馥卷好的俄国地图，出得王府，直奔西苑而去。到得仪銮殿，行过礼，请过安，把地图摊到慈禧面前，请她先瞧。慈禧不知奕譞何意，让李莲英取来老花镜，架到鼻梁上，埋首一瞥，嘴里嘀咕道:“注的虽为汉文，可看上去怎么奇奇怪怪，不像咱中国地图？”奕譞道:“是俄罗斯地图。”慈禧道:“俄罗斯地图？这有啥好看的？”

奕譞没做解释，先指指符拉迪沃斯托克，问慈禧知不知道此为何处。慈禧道:“又非中国地名，本宫哪知是什么鬼地方？”奕譞道:“符拉迪沃斯托克就是海参崴。”

当年俄国割地，朝野众声反对，可内外交困，国亡在即，咸丰不得不含泪同意，慈禧亲眼见证过其痛不欲生的样子，至今思之，仍历历在目。此刻听奕譞说到海参崴三字，慈禧不由得全身一颤，嘟囔道:“原来符拉迪沃斯托克就是海参崴，海参崴就是符拉迪沃斯托克。”

奕譞无语，只是轻轻点点头。慈禧嘟囔着，泪水已模糊双眼。再也无心看地图，取下眼镜，摔到一边，大声吼叫道:“俄国鬼子可恶，可恶，可恶，太可恶！”还没吼够，又一把抓过地图，狠狠往地上一扔，号啕大哭起来。

奕譞上前拾起地图，小心卷好，递给李莲英。该说的话还没出口，自然不能空手走掉，仍站在地上，等着慈禧发话。慈禧哭得差不多，抹抹眼泪，问道:“地图哪来的？”奕譞实话道:“李鸿章送给微臣的，微臣转赠太后。”

慈禧又发雷霆之怒，破口大骂道:“李鸿章居心何在？故意用俄国地图鄙薄大清，嘲笑咱爱新觉罗氏吗？汉人没一个好东西，包括李鸿章，通通该杀！传本宫懿旨，马上抓捕李鸿章，推出午门，不不不，推到菜市口，给我碎尸万段！”

在场人大吃一惊，不知慈禧为何会动杀机。李莲英怀抱地图，不知如何是好，只是扭头去瞧奕谖。奕谖给他使使眼色，咚一声跪到地上，猛磕脑袋道：“怪奕谖缺心眼，不该把李鸿章送的俄国地图带进西苑，惹太后伤心。”

慈禧恶气难消，指着奕谖，大声嚎叫道：“你也不是好货，与李鸿章合伙来气我！你给我滚，赶快给我滚，滚得越远越好！”

再不滚已不行，奕谖起身，乖乖退出殿外。嘤嘤哭声又从身后传来，显得格外凄楚悲凉，哭得奕谖也心酸起来。哭就哭个痛快吧，反正无人在侧。

海参崴及乌苏里江东大片土地，系爱新觉罗家族发祥地和后花园，与江西一脉相承，可谓打断骨头连着筋，就这样生生被俄国切走，转眼已三十春秋。就像慈禧丈夫奕讠（咸丰），一去三十年，抛下自己空守后宫，独向黄昏。遥想三十年前，慈禧还是二十几岁的青春美少妇，风华绝代，艳如朝花，转瞬间，不觉已成五六十岁的迟暮老妇，无夫无子，无亲无友，还要与一大帮满汉大臣斗来斗去，斗得老眼昏花，筋疲力尽，仍得咬牙继续斗下去，非到两眼一闭，四肢一伸，去与丈夫和儿子相会那天为止。

慈禧越哭越伤心，越哭越来劲，不知是哭割让出去的乌苏里江以东国土，还是哭英年早逝的丈夫和儿子，或是哭一去不复返的青春年华。

再说奕谖垂头丧气回到醇王府，李鸿章赶紧迎上前，问道：“太后意思如何？”奕谖没好气道：“太后要将你碎尸万段！”说了说觐见慈禧经过。

李鸿章一听，不免心下暗乐，却不便喜形于色，故作悲戚道：“都怪鸿章无事生事，触及太后伤心之处。明天咱就去趟西苑，向太后赔罪请死。”奕谖道：“赔罪请死就免了吧，太后会慢慢平静下来的。”李鸿章道：“不上西苑也行，鸿章带周馥去见曾纪泽，让他俩以海署名义起草折稿，奏办关东铁路，再呈太后批准。”奕谖道：“那叫曾纪泽到府上来住几天吧，你也好有个说话的人。颐和园工程正当紧，我不能天天在家陪你。”

隔日奕谖出门后，曾纪泽就被传到醇王府，来会李鸿章。叙几句旧，李鸿章叫进周馥，嘱两人起草关东铁路奏稿。曾纪泽道：“太后已批准卢汉铁路，怎会再筑关东铁路？”李鸿章道：“没啥奇怪的，关东铁路已到非修不可的时候。”曾纪泽道：“太后发话没？”李鸿章道：“太后没发话修关东铁路，只说要将老夫碎尸万段。”

曾纪泽莫名其妙，问是怎么回事。周馥笑笑，将奕譞觐见慈禧经过转述给曾纪泽。曾纪泽感叹道：“满朝文武，恐怕也只相国胆大，敢触碰太后伤心处。”周馥道：“不触碰太后伤心处，又怎么促使她痛下决心，修筑关东铁路？”曾纪泽道：“太后不还没发话么？”周馥道：“太后何等圣明，见到咱们奏请，自会意识到东北铁路重大战略意义。”

曾纪泽颔首道：“说得也是啊，东北乃爱新觉罗发祥之地，地域辽阔，山高水长，既有俄军虎视，又有日本觊觎，一旦发生战事，征调不易，供给困难，如何抵抗强敌？修条像样铁路，运兵输粮，载炮送枪，加之海军水上联动，足以拒恶邻于关外。”

李鸿章击掌道：“劼刚对关东铁路有如此认识，将奏稿交你与玉山草拟，老夫足可放心矣。你俩好好撰稿，老夫入京后便龟缩醇王府，未及拜访庆郡王，正好抽空去庆王府跑一趟，关东铁路还需他鼎力相助。”

说罢带着于式枚，出了府门。赶往庆王府，通报进去，奕劻赶忙迎出来，拉李鸿章往里直走，大声道：“闻听少荃进京，入住醇王府，正想着去看望你，不想你先跑了过来。”李鸿章道：“该鸿章拜访王爷，哪有倒过来，让王爷动步的理？”

客气着来到后堂，奕劻叫府役献上茶果，附李鸿章耳边道：“听说少荃带了幅俄国地图，请醇亲王转呈太后，惹得太后大发雷霆，要把你推到菜市口碎尸万段？”李鸿章道：“此事王爷也已闻知？”奕劻道：“满朝都在盛传，本王耳朵没背，岂能不得而闻？”李鸿章道：“朝臣没有不希望鸿章伏法受死的吧？”奕劻笑道：“别说朝臣，就是本王，也满心希望少荃伏法谢罪。”李鸿章故作惊讶道：“鸿章伏法，于王爷有何好处？”奕劻道：“少荃伏法，本王也好找太后说说好话，弄个直隶总督和北洋大臣干干。”

李鸿章哈哈大笑，道：“鸿章厚颜无耻，活到快近古稀，早已活得不耐烦，太后真拿我问斩，逗满朝文武开心一回，也算功德无量。怕只怕太后心慈，下不了手，鸿章还得苟且偷生，以老病之躯，效力海防与外交，直到人死卵朝天。”奕劻乐道：“谁规定人死只能卵朝天，不可朝地？”李鸿章道:“这是合肥粗话，鸿章一不小心，溜出臭嘴，王爷别怪。”

奕劻笑道:“不怪不怪。本王只是同情少荃冤枉，挖空心思，惹太后恼怒，太后又不愿痛下杀手，看来你还得忍受忍受，继续苟活于世。无论卵朝天，还是卵朝地，反正好死不如歹活着，只要还活得下去，多活几天又何妨?”

玩笑几句，李鸿章侧过脸来，朝旁边的于式枚看了看。于式枚忙从怀里掏出一样东西，递到李鸿章手上。李鸿章展开来，双手呈给奕劻，道:“王爷字冠朝野，鸿章没啥孝敬，带来一幅家藏书法，但愿您能喜欢。”

奕劻接过去一瞧，眼睛顿时瞪得老大，道:“少荃了不得，手中竟有王羲之《兰亭序》，是真迹呢，还是赝品?”李鸿章道:“鸿章不敢言真假，还得王爷金口玉牙，自己说了算。”奕劻道:“少荃有意思，送我《兰亭序》，不敢肯定真假，还要本王说了算。本王说的能算数?”李鸿章道:“王爷一句顶一万句，自然算数。”

奕劻不再说真假，把《兰亭序》摊到桌上，伏身下去，仔细辨认起来，一边嘴上道:“书家皆知，《兰亭序》真迹已被李世民带入昭陵地宫，唯虞世南、褚遂良、欧阳询和冯承素四人摹本流传于世，谁能拥有，亦被视作真迹，价值连城。本王对四人摹本作过精研，印象很深，少荃此幅非虞非褚非欧非冯，不知是何出处。”

李鸿章正背着手，在奕劻身后踱步，接话道:“非虞非褚非欧非冯，那就极可能是王羲之本人所书。”奕劻扭过头，眼望李鸿章，道:“王羲之本人所书?少荃盗过昭陵地宫?”李鸿章道:“鸿章没盗过昭陵地宫，难道就没人盗过?”

奕劻问是谁，李鸿章说出温韬二字。奕劻知道，温韬乃五代梁国人，出任耀州即陕西一带节度使时，曾丧心病狂，盗挖过昭陵。莫非眼前这幅《兰亭序》，确系温韬盗出昭陵后流传于世之真迹?想想王羲之手书《兰亭序》重见天日，该多么轰动，岂会悄悄藏于李家，神不知，鬼不觉?再说纸寿千年绢八百，即便《兰亭序》被盗出昭陵，千多年过去，也早已寿终不存。奕劻明知李鸿章在开玩笑，只是凭他多年对古今书法的钻研，也鉴赏得出眼前这幅《兰亭序》，绝对属上品，其价值仅逊于虞褚欧冯四大家摹本。

奕劻双目再也离不开《兰亭序》，头都不抬道:“少荃送此大礼，肯定有求于本王吧？”李鸿章道:“不瞒王爷,鸿章确实有事相求。”奕劻道:“说来听听，只要本王做得到，一定照办。”李鸿章道:“经与醇亲王商议，鸿章正嘱曾纪泽与周馥草拟关东铁路奏章，太后和皇上定会准奏。修筑关东铁路，是件大事，关系大清安危，无奈鸿章年近古稀，精神颓废，耳聋眼花，已无力承担如此大任，准备向太后和皇上请辞，以让位于年富力强的能人，出面经办关东铁路。然关东铁路由鸿章倡议，太后恐怕轻易不会答应所请。思来想去，唯王爷在太后面前说得起话，适当时候烦请帮帮腔，以遂鸿章心愿。”

奕劻仰首望向李鸿章，满脸诧异。都说李鸿章是拼命三郎，一生就知拼命做官，拼命干事，怎会主动提出辞职？且所辞不是一般职务，是令人眼红的直隶总督和北洋大臣。奕劻不敢相信自己耳朵，不无疑虑道:“少荃是真辞职，还是假辞职？”李鸿章道:“自然是真辞职。”奕劻道:“就为年事渐高，精力不济？”

李鸿章浩叹一声，道:“还有一个理由，就是鸿章久居直隶和北洋重位，为人所忌，做官难，办事难，早思隐退，也好落叶归根，终老合肥。犹记上年奏办津通铁路，朝臣以通州近京危及根本为由发难，明眼人皆知朝臣反对的是鸿章修路，并非铁路本身，换作他人，说不定津通早已铺轨通车。如今奏办关东铁路，定会又有人因鸿章之故，群起而攻之。一嘴莫敌百舌，鸿章唯有辞掉直隶总督和北洋大臣，让朝廷另委高明，早日开建关东铁路。”

听上去李鸿章所言确实不无道理。奕劻又问道:“少荃真下定决心，非辞职不可？”李鸿章道:“非辞职不可。鸿章辞职事小，关东铁路事大啊。鸿章宦海浮沉四十年，有蒙太后和三朝皇上眷顾，知遇最深，受恩最重，为成就关东铁路，做点小小牺牲，又算得什么呢？尘归尘，土归土，人终究会两手一摊，辞别这个世界，且不过提早辞职，王爷说是不是？”

见李鸿章说得诚恳，奕劻道:“既然少荃去意已定，到时本王只好帮邦腔。你说怎么个帮腔法吧。”李鸿章道:“关东铁路折子拟好后，醇亲王会带到朝堂上，奏请太后和皇上恩准。趁朝臣来不及发声反对，鸿章先递上辞呈，王爷一旁附议，太后和皇上自会答应，如此关东铁路有望矣。”奕劻道:“行行行，本王照少荃说的办就是。不过本王再问一句，你可得先想明白，是不是真有辞职想法，待太后恩准下来，再后悔可就来不及了。”

“王爷放心，鸿章早已想得明明白白。太后能放归鸿章返乡，再请您喝酒。”李鸿章说罢，从身上掏出一纸银票，压到茶杯下面，又望眼于式枚，站起身来，一边道：“叨扰王爷，也该回醇王府了，看曾纪泽与周馥奏折已拟得如何。”

送两人出门，奕劻返回客厅，揭开茶杯，拿过银票，见上面数字还不小，不觉得摇摇头，心想来王府送金送银送礼送物者不少，无一不是求官求职，谋位谋权，哪像李鸿章，为辞掉令人垂涎欲滴的直隶总督和北洋大臣，又献书法绝品，又送大额银票？

十五、以退为进假意请辞，获准筹造关东铁路

曾纪泽与周馥动作迅速，很快拟就奏办关东铁路折子，经李鸿章过目，稍做修改，定稿誊正，朝会时由奕譞以海署名义，奏请太后与光绪定夺。朝会在勤政殿举行，议完东陵扫墓事宜，慈禧问各王公大臣，有无其他事项，奕譞出列，奉上海署奏折。

光绪拿过折子翻翻，见与关东铁路有关，不置可否，交给李莲英，转呈帘后慈禧。几天前奕譞留下俄国地图走后，慈禧就知他会与李鸿章合谋，奏办关东铁路。也就没看折子，让李莲英传回奕譞，由他当堂念上一遍，再让众臣合议。

奕譞念完奏折，朝堂上一片嚷嚷声，说什么的都有。这个说一条腹地卢汉铁路，已够朝廷折腾的，又修关东铁路，哪凑得拢巨额银两？那个说天津至山海关三百里，出关后更是长路漫漫，哪是想修铁路就修得成的？还有说定是津通铁路被否，李鸿章心有不甘，又使诡计，蛊惑醇亲王，兴师动众，劳民伤财，修什么关东铁路。

没等众臣嚷够，慈禧就重重咳一声，从帘后送出话来："先别吵好不好？吵得再响亮，也吵不来富强，总该做些实事，兴我大清基业。"接着对奕譞身后的李鸿章道："少荃身为直隶总督和北洋大臣，又兼任海署会办，若修关东铁路，还得你来操持，先说个想法看看吧。"

李鸿章谢过恩，也从身上掏出一份折子，道："微臣想法已写在奏章里，恳请皇上和太后御览。"李莲英上前接住，欲呈光绪，慈禧道："别传来传去，

小英子先念给众卿听听吧。”

李莲英于是清清嗓门，照折念起来。不念不知道，一念君臣惊一跳。原来李鸿章奏折只字不提关东铁路，竟乞求朝廷准其辞去所有职务，告老南行，归乡看守祖坟。想想李鸿章自二十四岁考中进士，入值翰林，至今已四十多个春秋，出生入死，斗风搏浪，谁见他曾萌生过丝丝退意？如今位高威重，权倾朝野，中外瞩目，怎会抛却荣华富贵，悄然离去？众臣实在想不明白，堂下又是一片质疑声，嗡嗡如蜂。

慈禧也有些莫名其妙，不知李鸿章哪根筋结反方向，先怂恿奕譞呈折奏办关东铁路，转过身自己又提请休致。真让李鸿章拍拍屁股走人，又叫谁来掌管直隶和北洋，主持修筑关东铁路？慈禧几分不满，喝问道：“李鸿章是何居心，怎么突然想起去职还乡？”

李鸿章趴倒在地，猛磕几下脑袋，道：“辞职理由折子里已说得明白，微臣确已年迈昏聩，老不中用。食凉腹泻，啖热肠淤。覆薄身寒，罩厚体燥。放言音渺，耳语声高。卧难成眠，坐易得梦。迎来厌烦，送往动念。花开无意，叶落生悲。新人转眼忘，旧事挥不去。喝水塞牙缝，放屁砸脚跟。功宠无动于衷，过辱心惊肉跳。半年前还得过一次面部中风，弄得眼睛不是眼睛，鼻子不是鼻子，嘴巴不是嘴巴，仿佛《西游记》中老妖怪，人见人厌，鬼见鬼恶。微臣担忧，再贪恋重位，沉湎事务，不退养衰躯，恐怕不止面部中风，还会四肢萎缩，全身瘫痪，终至匍匐于地，抓吃鸡屎鸭粪。”

说得满堂皆乐，连光绪都笑得鼻涕泡直冒，仿佛仪銮殿里的西洋灯泡。唯帘后慈禧青着一张老脸，发问道：“危言耸听吧，哪有如此严重？你面瘫不已好得差不多了么？”李鸿章道：“回禀太后，微臣崇洋媚外，数典忘祖，借用西洋电气按摩器，诊疗罪臣这张东亚丑嘴恶脸，侥幸得以痊愈，不然他日九泉之下，无颜见江东父老矣。”

众臣皆捂唇窃笑。怪不得人说六十耳顺，七十从心所欲不逾矩，活到李鸿章如此份上，又功高于世，才敢在朝堂上拿自己开玩笑，逗君臣一乐。慈禧也忍俊不禁，笑笑道：“面瘫好得这么快，说明你人老身不老，再为大清效力十年八年，不在话下。”

李鸿章朗声道：“微臣也想继续为国家效力，鞠躬尽瘁，死而后已。死不足惜，然身居重位，占住茅坑拉不出屎，影响大清中兴大业，该当何罪！毕竟岁月不饶人，人到四十，一年不如一年；到五十，一月不如一月；到六十，一天不如一天；到七十，一时不如一时。微臣古稀在即，明显感觉大不如前，凡事力不从心。为不误国事，恳请皇上和太后另委高明，总督直隶，执掌北洋，会办海军事务。”

如此巧舌如簧，振振有词，弄得慈禧也心犯嘀咕，不知李鸿章口里辞职二字，到底出自真心还是假意。正待再问，奕劻出列，大声道：“禀皇上和太后，闻李鸿章之言，字字如实，句句在理，毫无半点伪饰。朝廷当念其为官四十余载，有功劳，亦有苦劳，年老落叶归根，埋骨乡里，也符合人之常情，何不遂其心愿，放其归乡，以彰显朝廷之宽仁厚爱？”

慈禧问道：“你怎么听得出李鸿章字字如实，句句在理？”奕劻道：“李鸿章自小饱读儒家经典，明知水满则溢，月满则亏，宁愿功成身退，见好就收，如若恋栈不去，遭人嫉恨，一失足成千古恨，又何苦来着？”慈禧道：“木秀于林，风必摧之，毫不足怪。何况李鸿章居重位，所为关系富国强军大业，还怕遭人嫉恨？只要朝廷信任，国家需要，就该不顾个人荣辱，挺身入局，怎能做缩头乌龟，回合肥乡下去躲起来？”

受人之托，忠人之事，奕劻拿了李鸿章大礼大钱，没能帮忙说服慈禧，实在过意不去，昂了脑袋，还要继续争执，只听慈禧转问奕譞道：“醇亲王想法呢，同意李鸿章辞职否？”

奕譞肚里也在打鼓。这李鸿章也真是的，如此热衷关东铁路，海署奏折都已呈递上来，竟突然提出辞职，叫别人来干，到处是何意图？如此处事，也不像他一贯风格呀。就是真有辞职念头，也该提前打声招呼，免得让人措手不及。因不知李鸿章葫芦里到底卖的什么药，听得慈禧发问，奕譞不得不出声道：“李鸿章铁心辞职，朝廷也不好阻拦他。可有一条，他得提出合适替手，接任其位，继续洋务、外交和海防。若无合适人选，暂不能允他走人。”

慈禧嗯一声，问：“醇亲王说得有道理。天要下雨，娘要嫁人，李鸿章执意要走，咱也不便强留。强留留住人，留不住心，也于事无补。不过卸任之前，李鸿章总得先给本宫物色能员，担当直隶北洋和海署大任。”

李鸿章道：“朝廷人才济济，可担大任能员贤吏自然多得很。”慈禧太后道：“别废话，直接指名道姓吧。”李鸿章这才毫不含糊道：“翁师傅翁同龢就最适合。”

众人闻言，大感意外，怎么也想不到，李鸿章会说出翁同龢三个字。

李翁两人过节，朝廷上下，无人不晓，尽人皆知。朝中可荐能员多多，李鸿章偏偏拿翁同龢充数，到底居心何在？连翁同龢本人，听见自己名字从李鸿章嘴里说出来，也惊异得两眼发直，以为耳朵长了毛，听岔了音。两人斗了大半辈子，斗得红眼公鸡似的，只差没红刀子进白刀子出，临到急流勇退，需举荐继任人选，满朝文武，衮衮诸公，有些还是多年同党，李鸿章不举不荐，竟抛出你翁同龢这个死对头，不是太不可思议了吗？莫非李鸿章自知即将大权旁落，拔毛凤凰不如鸡，有意化敌为友，好给自己留条后跟，得以善终？

翁同龢与众人正百思不得其解，御座上的光绪忽然一拍巴掌，叫好道："李鸿章都说翁师傅适合接管直隶北洋和海署，翁师傅定然再适合不过，寡人照准。"

光绪话毕，朝堂上鸦雀无声，谁都没出言。众臣都知光绪虽已亲政，却少不更事，重要人事依然还是慈禧说了算。慈禧念翁同龢学问大，将同光两朝皇帝皆交他教育，可学问大，能耐就一定大吗？兴洋务，办外交，固海防，毕竟不是做学问和教学生。一时无人知道慈禧心里所想，也就不敢随便吱声。话一旦出口落地，覆水难收，再无捡回去之可能。

见气氛有些不对，光绪抬眼瞧瞧众臣，又扭过脑袋，往帘子后望了望。慈禧无任何表示，堂下依然缄嘴不语。光绪受不了这份死寂，只好硬着头皮，叫着李鸿章名字道："你说翁师傅适合接你位置，理由又在哪里？"

李鸿章自然早想好了理由。可他不愿轻易抛出底牌，得等堂上气氛更足一点再出手，效果会更佳。朝堂再次陷入沉默。最后还是慈禧发话道："李鸿章听到没有，皇帝在问你话呢。"李鸿章沉吟道："微臣正琢磨，该如何回禀皇上恰当。"光绪道："怎么想便怎么说，不必太多顾虑。"李鸿章道："谢皇上，微臣可以大胆说话？"光绪道："说吧说吧。"

李鸿章这才道："微臣奏请翁同龢接任直隶北洋和海署，主要有三方面考虑。其一翁师傅状元及第，才高八斗，学富五车，不像微臣二甲出身，才疏智弱，不学无术，只知埋头苦干，不善投机取巧。由翁师傅继任微臣位置，可大试身手，大展宏图。"

拿状元与二甲说事，貌似有理，其实颇为滑稽。众臣听出李鸿章正话反说，又不好插嘴，只得听他继续道：“其二翁同龢德高望重，随处都是他主考时录用之门生，唯其马首是瞻，他放个屁都是香的。微臣不同，别无门生，无党无派，遇事只能单枪匹马，无论该办不该办，总会遭遇非议，受尽刁难。由翁同龢取代微臣，不管上天，还是入地，附议者，声援者，支持者，自然大有人在，事半功倍。能筑成关东铁路者，非翁同龢不可。”

停停，李鸿章又道：“其三翁同龢掌管户部，手握财权，左手拿钱右手花，要他主持关东铁路，至少经费有保障。办差总离不开一个钱字，微臣远在天津，手再长，也够不着户部银库，每逢朝廷差委，不怕事难，就愁钱绌。有钱男子汉，无钱汉子难。有钱能使鬼上树，无钱猴子下树玩。关东铁路需用大钱，微臣再肯卖命，讨不到钱，拨不到款，也只能骚牯爬阉牯，白背大辛苦，于事无补。翁师傅办铁路，水到渠成，自然用不着爬阉牯。”

堂上又一片窃笑。光绪生于王府，长在宫中，不谙世情，听李鸿章嘴里骚牯阉牯的，颇为好奇，问道：“李鸿章说说，骚牯怎么会爬阉牯？你到底是骚牯，还是阉牯？”

逗得哄堂大笑。有人肚里说，皇上您便是骚牯，李莲英则是阉牯，您可爬他身上试试。然腹中可暗语，嘴上不敢言，只能傻笑。有人甚至笑岔气，缩到地上，动弹不得。慈禧又好笑，又好气，大声骂道：“李鸿章放肆！此乃朝堂之上，竟信口雌黄，舌吐粗言，成何体统！”李鸿章忙叩头道：“微臣该死，微臣该死。只怪微臣出身乡野，后又翰林变绿林，天天跟俗人俗物打交道，说惯粗话，恶习难改，玷污了朝堂，还望皇上和太后恕罪。”

“说几句粗话，算不得罪，本宫也恕不过来。”慈禧已在李鸿章话里听出些意味，话锋转向翁同龢，“李鸿章之言，翁师傅也听到了，你有何想法呀。”翁同龢恨死李鸿章拿自己开涮，又不好当慈禧面跟他掐架，就是掐起来，也掐不过人家，只好咬着牙床道：“李鸿章嘴巴尖厉，微臣怕了他，不敢与他过招。”慈禧太后道：“本宫不是要你跟他过招，是问你愿不愿接受李鸿章举荐，接管直隶北洋和海署？”

李鸿章分明在故意嘲讽咱翁同龢，哪是真心举荐你接任其大位，莫非太后聪明绝顶，也听不出来？翁同龢不好质问慈禧，悻然道：“微臣无李鸿章之能耐，干不了铁路差办。”

慈禧要的正是翁同龢此话。李鸿章良苦用心好懂，无非借翁同龢，堵众臣嘴巴，以免阻拦他放手修筑关东铁路。慈禧道：“翁师傅都已开口，不愿接办直隶北洋和海署，李鸿章还得继续待在原位上，当仁不让，发狠筹建关东铁路。关东铁路虽由李鸿章倡议，却不是他个人的事，是朝廷的事。本宫今天有话在先，以后谁要在关东铁路上说三道四，搬弄是非，无端设阻，妨碍洋务和海防，本宫当严惩不贷，决不轻饶！”

堂下静如止水，无声无息。朝臣印象中，慈禧为支持大臣办差，放出如此狠话，好像并不多见。看来关东铁路已属板上钉钉，没人再否决得了。慈禧接着又道：“国家银库空虚，要修关东铁路，只好暂停卢汉铁路。卢汉铁路两百万年费，转作关东铁路用款。翁同龢听好，你是户部尚书，每年关东铁路款项需及时足额拨付到位，若随意拖欠，本宫拿你是问。”

翁同龢诺诺连声，口言明白，心里想着如何将李鸿章大卸八块，再一块块慢慢撕吃，以解心头之恨。慈禧又对奕譞道：“关东铁路属要政，也是急务，海署务必协助李鸿章，组织能员，勘测合理线路，设计施工方案，及早投建。”

奕譞谢恩，表示一定照太后和皇上旨意，会同李鸿章，全力办好关东铁路。

依慈禧旨意，退朝后奕譞通知奕劻、李鸿章、曾纪泽还有周馥，至醇王府商议关东铁路方案。李鸿章早有设想，落座后便提出，以津沽铁路北端林西镇为关东路起点，东延三百里，出山海关，经锦州，过广宁，到达沈阳，尔后南折牛庄、营口、大连，照应旅顺海军基地。南线建成，再由沈阳向东，穿吉林，至珲春，直抵爱新觉罗祖地。全线两千多里，参照津沽铁路每里成本一万两银估算，共需银两千万两。若户部每年两百万两路款能准时到账，一年可修两百里，整个工程约需十年时间，可大功告成矣！

几位没有异议，初步方案敲定。趁着高兴，奕譞把几位请入客厅，置酒高会，弹冠相庆。酒毕奕劻离府，李鸿章送他出门。执手告别时，奕劻道：“受少荃嘱托，朝堂上本王据理力争，欲遂你返乡夙愿，无奈太后拒不接受，不仅没让你辞职，还托付关东铁路重任。本王只好欠着这个人情，日后再还。”李鸿章道：“欠债还债，欠钱还钱，欠情还情，王爷想还可得趁早，别等日后。”奕劻道：“少荃真性急。你说怎么还吧。”

李鸿章由远及近道:“筹办关东铁路,至要者,路款也。款存户部银库,您与我皆无库房钥匙,需要用款,只得找翁同龢讨要。翁同龢一向看鸿章不顺眼,若故意找借口,拖延、少拨甚至停拨款项,咱也不可能把他打翻在地,夺过钥匙,自开库房,拿走银子。”奕劻道:“少荃多虑了吧?太后已放出狠话,谁阻挠关东铁路,拿谁是问,莫非翁同龢敢无视懿令,欺上瞒下?”李鸿章道:“王爷可知,翁同龢状元及第,脑袋最好使,存心捣你蛋,还愁没有手段?太后可震慑他于一时,总不可能老与他玩心眼,处处防着他吧?”

奕劻乐道:“翁同龢脑袋确实好使,然咱们也不傻,可潜入翁府,从翁同龢裤腰上盗走银库钥匙。”李鸿章笑道:“又派谁去盗钥匙呢?王爷高贵,总不好劳您亲自下手吧?您下不了手,又如何还鸿章人情?”奕劻道:“说来说去,你最关心还是那份人情。给我支支招,怎么个还法。”李鸿章道:“其实这人情嘛,说好还也好还。王爷深受太后信任,您到她面前说说,翁同龢又是帝师,又是户部尚书,两头要忙,难免顾此失彼,何不安排个能干副手,帮着他打理打理户部事务,翁师傅也好集中精力,教皇上读书。”奕劻道:“这个主意好,又找谁做翁同龢副手呢?”李鸿章道:“曾纪泽最合适。”

将曾纪泽安插到户部,翁同龢想随意截留关东铁路用款及海防经费,自然不再那么方便。李鸿章真是用心良苦啊!奕劻道:“本王听少荃的,尽快寻找机会,游说太后,给曾纪泽弄个户部侍郎干干。少荃再跟醇亲王说一声,要他也在太后耳边唱唱,共同促成此事。”

李鸿章拱手谢过奕劻,道:“待会儿鸿章就找醇亲王说项。最好将曾纪泽做成左侍郎,仅居翁同龢之后,他日顺位递进,取翁而代之,才有可能。”奕劻笑道:“少荃如意算盘别打得太精,凡事半在人力半在天,要办成才能作数。”

扶奕劻上轿走后,李鸿章转身回府,去见奕谖,说了将曾纪泽做成户部左侍郎的设想。奕谖自然支持,表示尽早与慈禧沟通。李鸿章又找来曾纪泽,说:“鸿章已跟醇亲王和庆郡王说妥,欲把你塞进户部任侍郎,确保关东铁路用款和海防费及时足额到位,你意下如何?”

曾纪泽一贯热心海防和铁路,自没话说,道:“纪泽小时迟钝,读书不进油盐,爷爷有些失望,想让我放弃科考,改学生意,以养家糊口。

做生意，算账很重要，爷爷让账房先生教我打算盘。我学得很努力，无奈算盘总打不顺溜。账房先生百思不得其解，直到抓过我手掌一瞧，才恍然大悟。原来我食指太短，拨弄算盘时不太利索。食指短，意味口食少，不是发财命，账房先生建议爷爷，让我放弃经商做生意初衷，发往父亲营中，学经典，习洋文，走仕途。想不到转了一大圈，到头又要去户部拨算盘，与数字和金钱打交道。”

李鸿章捞过曾纪泽手掌，托住一看，果然食指格外短小，与小指差不多长。合肥也有食指短便食粮短之说，却并非指没发财命，是说食短命薄。也就是说，看曾纪泽手相，就不是高寿之命，只怕活不长久。李鸿章心里沉了沉，又不好说啥，笑道："户部侍郎是堂官，不用亲手记账算数，拨不拨得来算盘，无关紧要。"

转眼陵差日期已至，慈禧与光绪双双出宫，各王公大臣随扈于后，前往东陵扫墓。李鸿章作为直隶总督，须先行出京，至通州跪迎，慈禧念他年迈体衰，叫他骑马随行。陵差队伍长达三十里，各类人等数万，浩浩荡荡，尽显皇家气派。

差毕回京，稍事歇息，李鸿章入宫召对，奏陈关东铁路具体筹办方案，顺便提出曾纪泽任职户部之请。陵差期间，奕譞与奕劻天天陪护慈禧左右，说话机会多，已就曾纪泽职务达成共识，李鸿章话音甫落，慈禧便道："行，就让吏部行文，任命曾纪泽为户部左侍郎。"

两天后曾纪泽正式到任户部，李鸿章放心落意，欢喜出京，望津东归。走进北洋衙署，来不及松口气，便委新晋道员吴炽昌为关东铁路总办，英国人金达为总工程师，广东人詹天佑为帮工程师，实地勘察路线。首期工程为天津林西镇至山海关段，全长三百里，须跨越宽阔的滦河。修筑铁路，地上铺轨易，河上架桥难。李鸿章有意把滦河大桥交给詹天佑，若能拿下如此重大项目，日后让他独立承修铁路，自不在话下。詹天佑为当年首批留美幼童，耶鲁大学铁路工程专业毕业回国后，做过津沽铁路帮工程师，技术非常过硬。经詹天佑反复测量计算，定下铁桥架设方案，报经李鸿章批准，即率相关人员进场。

定妥关东铁路承办人员，当务之急便是落实路款，选购和运输材料。李鸿章忙给曾纪泽拍去电报，催拨铁路年款。谁知一连数电，皆无回音，也不知曾纪泽在干吗。是国库空虚，还是翁同龢有意刁难？不管怎样，先回电说明一下情况，也好一起寻求解决办法呀。

李鸿章颇为郁闷，背着双手，在签押房里来回踱步，真想直奔北京，当面质问曾纪泽,他这个户部左侍郎是怎么当的。好不容易把你扶上要位，就是叫你发挥作用，关键时候岂能缩手缩脚，连消息都没一个？不愿干，何不早提出来，省得老夫厚着老脸，求过庆郡王，再找醇亲王，太后召对，又低三下四，给你说好话。

嘴里嘀咕着，李鸿章猛然想起曾纪泽手相，心里咯噔一下，莫非食指太短，寿命真的长不了？李鸿章心里赶紧否定，本系无稽之谈，岂可当真？何况曾纪泽才五十一岁，正值盛年，再怎么也不至于只活这个年寿。其父曾国藩多病缠身，公务劳累，还活到六十一岁呢，曾纪泽毕竟没父亲那么辛劳，活够一个甲子，该没太大问题吧？

李鸿章正满心疑虑，于式枚进来，递上一封电报。还以为是曾纪泽拍来的，接住一瞧，竟发自香港，发报人为北洋海军总查琅威理。琅威理怎么去了广东？原来年前封河期，北洋各舰移师南方操练，轮流至香港维多利亚港，入坞维修。期间提督丁汝昌出巡南海，定远、镇远、超勇、扬威四舰泊港待修。海军条例规定，提督不在，发号施令权移交左翼总兵，左翼总兵不在，顺移右翼总兵。丁汝昌离港后，旗舰定远号上仍竖着五色提督旗，似乎没人在意，直到过去半个月，五色提督旗忽然降下，升起三色总兵旗。

不用说，此系刘步蟾所为。刘步蟾是左翼总兵和旗舰定远号管带，只他能决定旗升旗降。问题是琅威理也在旗舰上，事情于是变得复杂起来。琅威理拥有提督衔，李鸿章在函电中常把他与丁汝昌并称为“丁琅两提督”，琅威理一直以为提督衔便是副提督。几年前赴英德接受新购战舰，自离开英国军港，琅威理便以靖远号为旗舰，升提督旗，指挥舰队，直至抵达厦门与丁汝昌会合，从没人提出过质疑。自此琅威理便以副提督自居,以为可凌驾于左右两翼总兵之上。此刻“提督衔”明明在旗舰上，刘步蟾降提督旗，升总兵旗，琅威理自然受不了，要刘步蟾复升提督旗。刘步蟾十分清楚，提督衔只是虚衔，并不拥有指挥实权，断然拒绝琅威理要求。两人各说各有理，争执不下，琅威理只得致电李鸿章，讨个说法。

李鸿章正为关东铁路年款没到位发愁，没把琅刘两人争执当回事，放下琅威理电报，对于式枚道：“再给曾纪泽发封电报，如果还不回复，只好老夫亲自进京追款。”

于式枚答应着，赶紧出门，拟拍电报。

其实李鸿章离京翌日，曾纪泽一入值户部，便开始追着翁同龢，商拨关东铁路款银。翁同龢说：“铁路还在勘测，未曾动工，急着拨什么款？”曾纪泽道：“没动工不表明不需花钱，勘测路线，购运材料，样样离不开银子。”翁同龢又道：“颐和园工程正处紧要处，醇亲王天天催款，你找找他，只要他肯停修颐和园，老夫马上调拨关东铁路款。”

谁敢停修颐和园？曾纪泽不好去找奕譞，背着翁同龢，朝管账主事要银库数字。主事不愿出示账簿，说翁尚书有言在先，银库数属国家机密，不可随便外泄。曾纪泽手拍桌子，低声吼道：“我曾纪泽好歹也是户部左侍郎，看看账也成了外泄，这是谁说的！”主事求饶道：“侍郎大人息怒！户部由尚书当家，翁师傅不让他人看账，小人胆敢违抗？日后您老做上尚书，账簿你想看就看，不会有人阻拦你。”

曾纪泽知道硬逼主事，也逼不出名堂，不再为难他，拿着李鸿章的催款电报，跑到庆王府，向奕劻倒苦水。奕劻道：“劼刚别急，本王侧面打听打听，看户部到底有多少存银。捞到底细，再找翁同龢，叫他无话可说。”

奕劻真有办法，很快了解到，户部新入账几笔大银，除去日常支出及颐和园工程款，还有两三百万两库存。曾纪泽得到消息，一大早赶往户部，守株待兔，非逮住翁同龢，逼他签字画押，拨走部分铁路款不可。但整天不见翁同龢露面，不知进了宫，还是在家里。

偏偏李鸿章催款电报又至，曾纪泽心里发急，顾不得许多，直奔翁府，去堵翁同龢。翁同龢正在客厅接待故吏门生。翁氏名下故吏门生大约有三类人，一是他举荐任用的官员，二是历届会试经其亲手取录的进士，三是以其为中心的清流党人。这些人大多属手无实权之词臣，喜欢坐而论道，讥讽天下。讥讽得最多者自然是李鸿章。李鸿章也起用了不少人才，不过不在朝廷，大都任职于军营、实业、外交诸领域，不是手有枪，就是兜有钱，或懂技术，会洋文，正好与翁党人物能说能写不能做，形成鲜明对比。翁党嫉恨李党有权有钱有能耐，又瞧不起他们出自旁门左道，少有科举正途出身。于是凡李党要往东，翁党必说西，李党要务实，翁党必言虚，势同水火，不共戴天。

最可气的是李鸿章奏办关东铁路，也就罢了，又耍手段，把曾纪泽弄进户部，还借慈禧雌威，堵死词臣嘴巴，简直岂有此理。你想做什么就做什么，人家拦不住你，可人家无所事事，靠动动嘴皮，舞舞笔杆，打发打发难捱时光，你都不让，叫人家怎么活？翁党于是齐聚翁府，怂恿翁同龢，设法出出恶气。翁同龢笑道：“老夫可没你们那么多恶气要出。不过李鸿章有能耐把曾纪泽塞进户部，老夫总有办法对付曾纪泽，叫他接近不了户部银库。”

众位正要问翁同龢，是怎么对付曾纪泽的，门房忽然来报，说曾纪泽求见。翁同龢问在座各位：“老夫是见曾纪泽，还是不见？”各位说：“曾纪泽肯定是来要路款的，不见也罢。”翁同龢说：“不不不，见见他也无妨。”

门房出去，带曾纪泽进来。曾纪泽与翁同龢及其众位见过礼，坐下叙话。翁同龢道：“曾侍郎是来问路款的吧？”没等曾纪泽搭腔，屠仁守嚯地站起来，指着他鼻子道：“关东铁路未曾开工，你就追着拨付路款，是不是要与李鸿章瓜分，捎回老家修大宅？”

曾纪泽好歹出过洋，经过大世面，又有侯爵在身，算是重臣能臣和名臣，哪是屠仁守唬得住的？当即笑笑道：“屠御史满腹经纶，该听说过这句俗语：兵马未动，粮草先行。修路如打仗，动工前勘测线路，征用民地，购材备料，没钱寸步难行。此理并不深奥，但凡稍有智识，皆能理解，未知屠御史智识到此水准否？”

呛得屠仁守两眼翻白，直喘粗气。余联沅接着站起来，冷笑道：“曾纪泽你嚣张什么！无利不起早，你要死要活，追逼翁师傅拨款，傻瓜都知你得过李鸿章好处。李鸿章惯于用钱开道，要你给他办大事，怎会亏待于你？要么就是承诺在先，待路款到账后，给你提成。江湖规矩，见者有份，李鸿章乃混入庙堂之江湖骗子，敢坏江湖规矩，以后谁还跟他玩是不是！”

说毕，余联沅得意地笑起来，其他人也咧嘴傻乐。曾纪泽道：“李鸿章是江湖骗子，我曾纪泽也是江湖骗子，只你们是庙堂君子。今天骗子倒要问问在座诸君子，骗子奉旨固海防，兴实业，办外交，你们做君子的干了些什么在哪里，可否指示出来，让骗子见识见识？”

几位一时语塞，吱声不得。曾纪泽又道：“诸位不愿明言，纪泽也早领教过，你们天天笔枪爱国，口炮强军，枪声震天，炮声动地，一个个干得有声有色。骗子我正准备给皇上和太后上奏，缓修铁路，停购舰炮，止办海防，一旦海上有警，派你们镇守各海口，张牙舞爪，伸长舌头，挥动笔杆，用你们强大的口水和墨水，抵御洋人坚船利炮。”

气得各位嗷嗷大叫，恨不得一拥上前，揍扁曾纪泽。新科榜眼文廷式也在座，他最瞧不起非正途出身官员，本不屑与曾纪泽过招，这下实在忍无可忍，大喝道：“曾纪泽狂妄！你以为你是谁？也不看看在座哪位没有一甲二甲身份，你属几甲？廷式没记错的话，你好像连举人都不是，竟敢在众天子门生面前指手画脚，也不撒泡尿照照自己长什么模样。你不就有个好爹吗？没你爹留下侯爵让你继承，别说跟咱们平起平坐，就是提鞋都没你机会。怪咱们投错胎，没找到你那样的好爹，然功名和官位都是凭硬本事谋取的，没有任何不光彩之处。反观你若没有你爹，你现在最多就是湖南乡下私塾先生，别说做君子，做骗子都没份。”

文廷式还真点到了曾纪泽痛处。曾纪泽是凭荫生补员外郎进入官场的，虽袭父侯爵，毕竟没有功名，在满座一甲二甲进士面前，确实有些抬不起头。其实曾纪泽从小在父亲指教下，勤学苦读，通经史，工诗文，精算术，后又力学英语，钻研西学，识者每以学贯中西誉之，不然也不可能出使欧洲，与俄人一争高下，要回新疆大片领土。反观在座众位，实用知识一窍不通，仅因死啃旧学，会做几句八股文，博得科考功名，便自以为高曾纪泽一筹。

可这也是没法子的事，科举取士已时兴千年，朝廷上上下下，大多为进士出身，殊途仕进者属于特例，并不多见。曾纪泽也就孤立于朝，为众臣所不容，虽说他有大功于朝廷。一时也没心情催翁同龢拨付铁路年款，愤然起身，拂袖而去。

回到家中，心气还没平复下来，又接到李鸿章追款电报。看上两眼，忽感内急，双手捧腹，进了厕所。却不怎么通畅，蹲上半天，意犹未尽。好不容易事毕，猛地站起来，不觉眼前一黑，往前栽去，扑倒于门后，再没能醒来。

曾纪泽死讯传到天津，李鸿章大惊失色，捶胸顿足道：“老天爷啊老天爷，你不是故意与我作对吗？奈何，奈何，奈若何！”当下具疏，奏陈曾纪泽外交和海防贡献，尤其与俄交涉伊犁领土，折冲樽俎，功莫大焉，请特旨赐谥。朝廷采纳李鸿章建议，谥曾纪泽为惠敏。

曾纪泽后事结束没几天，又闻湘军水师老将彭玉麟病逝于衡阳老家，朝廷追赐太子太保衔，谥刚直，于原籍及立功省份建专祠纪念。李鸿章难免又兔死狐悲，感叹去日多，来日少，大业未竟，时不我与。又念及关东铁路工程款，曾纪泽身为户部左侍郎，天天追逼翁同龢，尚且分文未拨，于今伊人已逝，户部无内应，自然更加悬乎。至少本年度路款，十有八九会落空。李鸿章于是预谋另外选人，入部继任曾纪泽缺位。想起张佩纶整日意志消沉，无所事事，准备具片密保，看能否让他重回京师，进驻海署和户部。于式枚觉得不妥，道："张佩纶名声不太好，又是相国女婿，朝廷肯定会有顾忌，不敢轻易起用。"

李鸿章挠挠脑袋，叹道："晦若所言，确实不无道理。可户部无人，关东铁路年款无以到账，巧妇难为无米之炊，又如何是好？"于式枚道："可考虑周馥。周馥为人沉稳，办事周全，以其三品臬司，入值海署，晋级户部侍郎，足可服众。然相国不可直接奏保，以免引起朝臣反感，不如借醇亲王之力，向太后和朝廷举荐，一定能成。"

依于式枚建议，李鸿章准备私函奕譞，推举周馥。转而又想，奕譞主持修葺颐和园，工程正处紧要时刻，只怕无暇顾及其余。也是慈禧近居西苑仪銮殿，以训政之名把持朝纲，不知何时才还政于光绪。也就是说奕譞当务之急，必定是赶紧修成颐和园，早些让慈禧移居过去，以便撤帘归政，让光绪独掌皇权，真正发挥作用。

看来还得求助于奕劻。李鸿章亲笔具函，请他去慈禧那里为周馥说项。奕劻获函，入宫觐见慈禧，力荐周馥接替曾纪泽所留空位。事被翁同龢察知，跑到光绪面前，说李鸿章已把持直隶和北洋，又上下其手，欲将心腹塞入六部，企图架空皇上，岂可坐视不管？光绪深以为然，赶往仪銮殿，力阻周馥入京。慈禧不愿与光绪闹不愉快，只得依其所请。

周馥就这样被翁同龢挡在户部门外，李鸿章唯有徒叹无奈。其时关东铁路唐山至山海关段已勘测完成，年款不到，没法开工。忽有消息传来，俄国闻知大清筹筑关东铁路，不甘落后，举全国之力，大办西北利亚大铁路，同时派出最得力工程师，赶往海参崴，以终点为起点，往回倒修，双管齐下，以尽快完成全路工程。李鸿章急得直跳，恨不得打马进京，用枪顶住翁同龢，逼他打开银库，拨出铁路年款。有了款子，先筑唐山至山海关段，出关后继续东延，说不定自己有生之年，还能看到全线贯通。

可急也没用，人权和财权在朝廷手里，你还能把朝廷怎么样？就在李鸿章倍感绝望之时，李经方自英国回到天津，给关东铁路带来一线希望。

李经方年方三十五，资深外交官，数年前便出任美英参赞。本来参赞干得好，晋级公使，指日可待，然李经方仅有举人身份，渴望进士功名，趁朝廷会试在即，匆匆回国赶考。

入得国门才知，本届会试副主考是自己儿女亲家，需循例回避，又白白奔忙一趟。

早在二十年前，李鸿章入主直隶和北洋，李经方就来到天津，一边精修中学，一边跟毕德格等洋人学习洋文，钻研西学。考取举人后，便出国办理外交，错过会试机会。可满朝皆系两榜官员，李经方总觉得人前抬不起头，非考个功名不可，才兴冲冲辞职回国，准备一试身手，想不到阴错阳差，被拒之科考门外。李经方很是泄气，向父亲抱怨，宣称干脆回合肥种田去。李鸿章笑道："磨店不是没田可种，大儿要回去，为父也不拦你。只是你精通洋文和西学，白白沤烂在肚里，不觉可惜？"

经方过继到名下后，李鸿章又陆续生下经述和经迈两个儿子。可他依然视经方如同己出，唤作大儿，带在身边，与其他子侄一起接受中西双学教育，直至学有所成，派上大用。李经方也就颇能理解父亲苦衷，毕竟今非昔比，有无科考功名，其实并不重要，重要的是有无真才实学，能否为国家贡献聪明才智。只听父亲又道："眼下外交已渐成朝廷要务，大儿还是发挥专长，重操旧业吧。"李经方道："孩儿听父亲的。"李鸿章道："听我的就好。你已做过两任参赞，若再度出洋，也该晋级公使，独当一面。"

父亲打理外交，让你晋级公使，应该不在话下。李经方转忧为喜，才猛然想起一事，忙道："科考受阻，心烦意躁，一时忘禀知父亲，孩儿离欧回国前，曾受人之托，寻找中国贷款项目，不知父亲有没有用得着大钱的地方？"

李鸿章正为关东铁路无款发愁，闻言喜道："说说看，何方商人，贷款条件如何？"李经方道："是位奥国商人，名叫伦道呵，出身富家大室，手握重金，愿以四厘五毫年息放款给可靠项目。"李鸿章道："时下贷款年息通常为六七厘，甚至八九厘，四厘五已相当优惠。不知伦道呵能贷出多少款项？”李经方道：“伦道呵说过，贷银四五千万两，不成问题。”

别说五千万两，就是三千万两，也足够修成整个关东铁路。李鸿章满心欢喜，连夜给奕谖写信，请求以北洋大臣名义，向伦道呵商借三千万两现银，投资关东铁路。东北矿产发达，煤铁金银铜铝诸矿储藏量大，各类厂矿已达数十家，铁路一旦筑成，运矿载货，装人送兵，利润厚实，要不了几年就可收回成本，偿还贷款本息。

奕谖收到信函，也觉得是大好事，同意由北洋衙署与伦道呵签署合同，报海署备案即可。李鸿章忙发报给驻法参赞陈季同，令他就近接触伦道呵，商谈贷银三千万两事宜。陈季同遵令联络伦道呵，表明贷款意向，得到伦道呵认可，再回电天津。李鸿章又提出商借具体办法，陈季同再找伦道呵商谈，来来回回，几番讨价还价，终于达成共识，只等拟定合同文本，寄至国内，由奕谖签字，盖用北洋大臣关防，画押生效。

不出差错的话，照此进度，本年年底或明年初，洋款有望到位，关东铁路便不再是句空话。李鸿章眉开眼笑，比封侯拜相还欢喜。正值北洋海军舰队北抵威海，丁汝昌携琅威理赴津入见。汇报完南海演练情况，琅威理口操英式汉语，望定李鸿章道：“本教习头顶清廷所颁提督衔，相国函电也常以丁琅二提督并称，虽不敢自命提督，副提督勉强还算得上吧？”

原来琅威理还没放下香港换旗之事。李鸿章明知提督衔并非副提督，却念琅威理训练北洋海军有功，不愿轻易得罪他，点头道：“提督衔虽不同于提督，但算副提督，该没太大问题。”琅威理道：“副提督是否大于总兵？”李鸿章道：“比总兵大。”琅威理道：“副提督比总兵大，副提督在旗舰上，总兵刘步蟾擅降提督旗，升总兵旗，岂不是无视咱这个副提督的存在？相国可得为本教习主持公道。”李鸿章道：“琅提督说说，如何主持公道？”琅威理道：“叫刘步蟾给本教习认错，日后本教习在旗舰上，不能降提督旗。”

照海军章程，刘步蟾换旗也错不到哪里去，又如何让他认错？李鸿章道：“事已过去数月，没必要再纠缠不放吧？”琅威理道：“本教习威信扫地，相国不给个说法，以后怎么教练海军官兵？”李鸿章没法驳回，心生一计，道：“为维护琅提督威信，日后制作四色副提督旗，丁提督不在旗舰上，升四色旗，两位觉得如何？”

丁汝昌觉得可行，琅威理也无异议，换旗纠纷迎刃而解。谁知刘步蟾、林泰曾等各舰管带得知李鸿章准备制作四色副提督旗，以偏袒琅威理，纷纷提出抗议。李鸿章为难起来。当年福州船政学堂学生多为福建人，北洋海军军官又主要来自福州船政学堂，时人称为福建帮。也就是说没有福建人，北洋海军无以成军，刘步蟾他们可得罪不起。

正不知如何是好，罗丰禄入谒。罗丰禄也是福建人，同样毕业于福州船政学堂。还曾赴英留学，归来入幕李府，担任英文秘书和翻译，后提升水师营务处道员，继任天津船坞总办，现系天津水师学堂会办。

因是多年幕僚和下属，见面后罗丰禄也不拐弯，有话直说道："听说相国准备制作四色副提督旗？"李鸿章道："这有什么不妥吗？"罗丰禄道："丰禄曾受相国之托，参与拟订过北洋海军章程，里面可没有副提督之说。"李鸿章道："海军章程为人所拟，以后修订可增加此款。"罗丰禄道："日后增加此款，倒无不可。只是为一个洋教习，不惜得罪总兵和各舰管带，似乎不太值得。"李鸿章道："老夫知道琅威理督操甚严，各舰管带颇忌之，急欲赶人家走。北洋海军操法与纪律皆为琅威理所建，他走掉，人亡政息，训练弛懈，一旦海上有事，如何拒敌？"罗丰禄道："北洋海军能有今天，琅威理确实功不可没。然此一时，彼一时，北洋海军已训练有素，有无琅威理，照样可出操演练，抵抗海上来敌。"李鸿章摇头道："没这么乐观。洋人为人严肃，处事认真，失去琅威理，北洋海军会成啥样，可说不准。"

说服不了李鸿章，罗丰禄只得告辞出去。

不久严复求见。与罗丰禄一样，严复也是当年福州船政学堂学员，赴英国留过学，现任天津水师学堂会办。没等严复坐稳，李鸿章便叫着他字号道："几道也是为海军换旗事件来的吧？"严复点头道："的确如此。"李鸿章道："老夫问你，琅威理该去还是该留？"严复道："该留。"

李鸿章讶然一惊，道："老夫以为你胳膊肘子不会往外拐，谁知你竟替洋人说起话来。"严复道："严复不是替洋人说话，是替海军担忧。"李鸿章道："担忧什么？"严复道："与华人圆滑通融不同，洋人讲规矩，认准的事情，会坚持到底。慈不带兵，身为军人，正需要这种品格。故留下琅威理，可弥补中国军官之不足，于北洋海军只有好处，没有坏处。"

话说到李鸿章心里，他叹息道："可惜海军军官们不会这么想，都嫌琅威理管理太严，希望他走人。”严复道：“让琅威理走掉，不仅对北洋海军，对大清都会带来不小损失。”李鸿章“有如此严重么？”严复道：“中国最大敌人非欧美远国，乃日俄近邻。琅威理后面有英国军方和政府，日后中国欲与日俄海上争锋，可通过他获取英方支持。”

这倒是李鸿章没想到过的，细细思量，确实不无道理。与罗丰禄不同，严复没入过李幕，虽颇受李鸿章器重，担任天津水师学堂要职，但彼此走得不是太近，说完要说的话，便起身告辞。李鸿章手心往下压压，道：“几道别走，老夫还有话跟你说。”

严复屁股又落回座椅，道：“相国有何指教？”李鸿章道：“老夫知你西学深厚，有本西书肯定精研过。”严复道：“相国所指何书？”李鸿章道：“《天演论》”。

《天演论》乃英国生物学家赫胥黎所作，严复留学伦敦时就爱不释手，回国后一直带在身边，准备翻译成中文出版，又怕为朝廷所不容，至今未曾动笔。想不到李鸿章没去过英国，也不懂英文，竟然也知《天演论》，严复觉得奇怪，道：“相国见过此书？”李鸿章道：“老夫不仅见过此书，还囫囵吞枣，读过一两遍。”

严复更加不可思议，道：“国内不仅没有《天演论》汉文版，连英文版也没出现过，相国怎么读得到？”李鸿章笑道：“老夫天天办外交，自有洋人出示时新书籍，让老夫长见识。”严复道：“相国所见《天演论》是英文版还是汉文版？”李鸿章道：“当然是英文版。”严复道：“相国懂英文？”李鸿章道：“不懂英文。”严复道：“不懂英文，怎么读《天演论》？”李鸿章乐道：“老夫不用眼睛读，用耳朵读。”

天津人皆知，李鸿章喜欢听洋人用汉语读西书，叫做“听读”。严复自然也有所耳闻，道：“是毕德格给相国读的吧？”李鸿章道：“正是。只要有闲，老夫就会让毕德格读几段西书，既可解闷，又可增长见识。毕德格也为老夫念过《天演论》，还一起讨论书中观点，诸如物竞天择，适者生存，优胜劣汰，诸如时代必进，后胜于先。开始老夫不太认同，经毕德格反复阐释，渐觉似有道理。”

说得严复一时兴起，道：“优胜劣汰，后胜于先，乃《天演论》之精髓。联想国人，自恃天朝上国，自觉高人一等，一向视西洋为蛮夷，不愿放在眼里。谁知一夜之间，国门为洋人攻破，不仅颜面尽失，差点亡国亡种。

想不做亡国奴，别无他法，只有摒弃祖宗成法，涤旧革新，尽快富强起来，方可与西洋一争高下。”李鸿章道：“老夫办洋务，固海防，目的就是求富图强。可富强二字，说来易，做来难啊。”严复道：“办洋务，固海防，非常重要，可这只是谋事。事在人为，更重要者还是谋人。”李鸿章道：“人怎么个谋法？”严复道：“国之强弱存亡，决定于血气体力之强，聪明智慧之强，德性义仁之强。只有鼓民力，开民智，新民德，让国民变得优秀和强大，才能适应形势，在与外洋竞争中胜出，免遭淘汰。”

说得李鸿章点头称善，道：“几道说得好！考没考虑把《天演论》翻译成汉文，交付出版？”严复道：“动过此念。只是担心无人敢出版，加之会办水师学堂，教务繁忙，也腾不出时间。”李鸿章道：“会办学堂，已够忙碌，若委你以总办，岂不更无时间？”

本来李鸿章欲升罗丰禄为天津水师学堂总办，今听严复一席话，临时改变想法，准备委之以大任。严复谦虚道：“严复会办学堂，负责教务，差强人意，出任总办，恐怕难于胜任。”李鸿章道：“坐到位置上，自然就能胜任。”

不久李鸿章就开出委任状，严复从水师学堂会办一跃而为总办。总办事务更繁杂，翻译《天演论》计划不得不暂时搁下，留待日后再说。

经严复一语提醒，李鸿章留下琅威理的决心更坚定，函催丁汝昌，尽快制作四色副提督旗，以后提督不在旗舰上，升副提督旗。刘步蟾等人深受刺激，公然抵制，闹得满城风雨。连朝廷都被惊动，一时议论纷纷，说李鸿章认贼作父，宁可开罪自家人，也要维护英国鬼子。从前就曾与英国军人戈登打得火热，戈登本已回国，还趁中俄危机，跑到天津，表示愿替淮军打前锋，攻入北京，推翻大清，拥李鸿章为帝。戈登没能得逞，又请琅威理来华，拱手交出北洋海军训练和指挥权，莫非欲与他合伙，图谋不轨，以遂戈登当年夙愿？

此纯属捕风捉影，恶意中伤，可李鸿章还不得不有所顾忌。清廷非常渴望求富图强，但又不愿看到汉人太强大，更不愿看到汉人强大后，与洋人狼狈为奸，共同对付自己。虽说李鸿章忠心耿耿，别无异志，为清廷卖了四十年命，可一旦有人往他身上泼污水，清廷还是难免暗生戒心，宁信其有，不信其无。李鸿章太了解朝廷心理，不愿为留住一个洋教习，让自己下不得台。无奈之下，只得令丁汝昌停制四色旗，取消任命琅威理副提督的打算。

琅威理愤而辞职回国，大骂清廷和中国海军忘恩负义，过河拆桥。英国政府反应激烈，下令英国海军院校，拒收中国留学生，又电告清廷和李鸿章，取消两国军方合作，撤走在华英籍军事和各类工程顾问。李鸿章这才意识到，贸然赶走琅威理，确实显得不够高明，虽说口头上故作强硬，说英国政府不知实情，不应偏袒琅威理。

琅威理离去，最得意者还是北洋海军军官们。有人向李鸿章反映，没有琅威理严加管束，海军从上至下，很快变得松松垮垮，操练尽弛。军官挈眷陆居，士兵去船以嬉。北洋封冻，例巡南洋，每夜淫赌于沪港。李鸿章怒不可遏，勒令丁汝昌严整狠治。丁汝昌本陆将，又系淮人，孤居群闽军官之上，威令难行，唯有两头应付，勉力维持。

换旗事件余波未平，陈季同商借洋债的条款电报发至，李鸿章字斟句酌，细加修改，又经多次往返完善，双方共同认可，形成正式文本，只等陈季同寄回画押，生效拨款。

正在李鸿章急盼借款合同时，突有噩耗传来，五弟李凤章去世。李凤章天生就是生意人，十几岁便走南闯北，买进卖出，成为皖中首屈一指之富商。几任两江总督赏识其经济之才，邀办两江营务和江南机械局。后因家门鼎盛，引退回皖，继续经商，兼办赈务。月前赴南京面见曾国荃，商议皖北灾赈，返回芜湖后，筹足粮款，正欲北上办赈，偶染风寒，一病不起，没几日便撒手西去。出殡当天，官民工商有感李凤章多年行善布施，散财赈济，纷纷上街送葬，人流绵延数十里，首尾不相望。至此李家六兄弟，昭庆、鹤章、蕴章、凤章相继去世，只剩老大老二两位兄长，仍滞留世上，浮沉于宦海。李鸿章悲痛不已，哀号道：“长兄健在，少者先殒，阴阳相隔，唯增凄恻！”

悲声甫落，又传两江总督曾国荃病故，朝廷赐谥“忠襄”。湘淮老人就这样一个个先后离去，凋零殆尽，无不令人感伤。朝廷咨询李鸿章，两江总督可否由张之洞继任。李鸿章觉得两江军事重地，张之洞没打过仗，难于信任，还是交给刘坤一为妥。值此海洋时代，两江地位比湖广更重要，恨得张之洞咬牙切齿，怪李鸿章坏他好事。

时值驻日公使职位空出，慈禧想起李经方做过欧美参赞，擢拔其为驻日大臣。李鸿章颇感欣慰，亲自送儿子至天津码头，左叮咛，右嘱咐，眼望他登上轮船，消失于茫茫水天之处，才慢慢掉头，走向不远处的大轿。刚掀开轿帘，正要入轿，只听天边惊雷炸响，大雨倾盆而下，打得轿顶啪啪作响。大雨一下就是一个多月，永定、大清、南北运河陡涨，多处溃决，近岸房倒屋塌，津民无处藏身，栖集庙宇，饥寒交迫，惨不忍睹。连北洋衙署也被洪水围困，树影依檣，涛声在枕。李鸿章只得放下其他事情，一边督筑河堤，一边募粮捐款，救济灾民。一直忙到秋后，雨水消停，水势减退。

好在李鸿章身体还算硬朗，近古稀高龄，没日没夜折腾，竟没倒下。没倒下就得继续弓起腰背，支撑局面。这日处理完堆积如山的文案，站起来伸伸懒腰，揉揉太阳穴，门外脚步声响起，于式枚走进签押房，呈上一件法国来函。不用猜测，也知是陈季同所寄贷款合同文本。几下拆开，果然不假。仔细阅过，跟两月前与陈季同电报往来所议毫无差爽。

合同已成，三千万两银子唾手可得，千里关东铁路便不再是空话。李鸿章心花怒放，连夜给奕譞写信，展望关东铁路前景。信写就，连同贷款合同，一起装入函套，只待交邮送京，请奕譞过目审签。改日欲唤邮差，又虑万一邮传有失，坏我大事，可不是闹着玩儿的。于是召进于式枚，递过函套，道："还是辛苦晦若，代老夫跑趟京师吧。"

接过函套，于式枚稍做准备，便打马出津，西奔北京。

肖仁福 著

李鸿章

挽狂澜，天命难违

伍

贵州出版集团
贵州人民出版社

目录

伍

目录

伍

一、相国喜迎七十大庆，太后归政光绪皇帝

朝廷准筑关东铁路，户部尚书翁同龢却不予解款，李鸿章无奈，只得委托驻法参赞陈季同，与奥国商人伦道呵讨价还价，商定贷银三千万两。合同文本也寄回国内，李鸿章交给于式枚，专程赶赴京师，恭请醇亲王奕𫍽审签画押，即可生效见款。

抵京后于式枚哪里没去，直奔醇王府。到得府前，门房却说王爷不在。只好暂寄附近旅馆，先喘口气。翌日再来王府，还是没能见着奕𫍽，门房说王爷夜里没有回府。一连数天，都是如此。守株待兔，不见兔影，如何是好？于式枚赶往兵部，找昔日同事打听醇亲王去向。

同事透露，醇亲王正全力督修颐和园，经常十天半月吃住在工地，足不出园。于式枚二话不说，西奔颐和园，买通门吏，传话进去。奕𫍽认识于式枚，让门吏放人入园。

于式枚入得园门，只见树绿竹修，草青花艳，五步一亭，十步一阁。树竹掩映处，长廊延展，连接着座座高楼巨殿，恍若人间仙境。楼前是湖，殿后是山，山明水秀，相得益彰。山叫万寿山，湖乃昆明湖，山影入湖，湖波万顷，美不胜收。

奕𫍽没在山前，也不在湖畔，在背山面湖的乐寿堂。乐寿堂是给慈禧太后居住的，修葺工程快接近尾声，奕𫍽却不敢马虎，日夜蹲守里面，监督施工。于式枚来到乐寿堂前，奕𫍽正在训斥包工园吏，听去像是某处装饰略显粗糙，务须返工重做。训完话，转过身，抬步迈下台阶，于式枚趁

机趋前几步，行礼毕，呈上函套。

奕譞接住，说："是李鸿章商借洋债的合同吧？"于式枚点头道："确如王爷所言，是借银合同。李相国怕邮传有失，才命式枚携函进京，面呈王爷。"奕譞道："知道啦，你先回吧，告诉李鸿章，本王忙过这阵子，就签批发还。"顺手交给随身侍从，嘱其带回王府，送入书房抽屉收好，不得让任何人染指。

不久乐寿堂及整个颐和园修葺工程大功告成，奕譞也累得快趴到地上。可他心里高兴，觉得再累也值得。有了安居乐游之所，太后自会痛痛快快，撤帘归政，入园颐养天年，儿皇光绪也好放开手脚，大干一场。太后旁边指手画脚，光绪有劲没法使，也难有作为。

心里高兴，傍晚返回多日未归的王府后，奕譞就让福晋，亦即慈禧妹妹光绪生母婉贞作陪，张开喉咙，多喝了几杯。边喝还边哼起京剧花腔来，兴高采烈的样子。婉贞嗔道："看把你乐的，碰到了什么好事？"奕譞道："颐和园修成，太后有了好去处，本王能不乐吗？"婉贞放低声音道："你哪是乐太后有好去处，是乐儿皇可真正执掌朝政了吧？"

"知吾者，福晋大人也！"奕譞举杯跟婉贞碰碰，一口干掉。忽想起李鸿章借贷洋债的事，放下杯子，端碗吃些饭菜，别过婉贞，起身回了书房。打开抽屉，拿出于式枚留下的函套，几下拆开，凑到灯下瞧起来，忍不住嘴里赞道："四厘五的年息已够优惠，这笔款子还真借得。多亏李鸿章公忠体国，朝廷拿不出太多银子筑路，也难不倒他。三千万洋债到账，关东铁路早筑成，早受益，自是天大好事。"

赞上几句，奕譞叫进书童，取砚研墨。墨研好，书童又递上羊毫，奕譞接过去，蘸了墨，正要落字，忽然手一抖，身一颤，脑袋往前一栽，伏于桌前，再无动静。

待婉贞听到书童呼唤，急急走进书房，奕譞已口冒白泡，鼻来乌血，不省人事。赶紧传医入诊，已经无救，仅气息尚存，迟迟不肯断绝。婉贞强忍悲痛，报讯入宫，光绪连夜回府，伏到床前，拉着父亲之手，大放悲声。奕譞这才咽下最后一口气，魂归道山，终年五十一岁。慈禧懿旨谥为"贤"，爵位由光绪同父异母弟载沣袭继。

闻知奕譞未及签批洋款借贷合同，便突然撒手西去，李鸿章又惊又悲，又惶又恐，跌坐太师椅上，暗自寻思，莫非老天有意夺走贤王，以陷大清于绝境？想想太后一天天老去，光绪少不更事，清廷内政外事皆由奕譞打理，老天早早将他收走，以后靠谁支撑大清大局？还有两千里关东铁路，没人画押举借眼看快到手的三千万两洋银，又用什么修筑？年初铁路立项，从春到夏，从夏到秋，从秋到冬，一次次催逼翁同龢拨款，至今分文未见，也就没法购料开工，连半寸铁轨都没铺成。

奕𫍽丧事期间，身为直隶总督和北洋大臣，李鸿章依例入京吊唁，顺便从婉贞手上拿走洋债合同，再找奕劻签批。慈禧已明令庆郡王奕劻接替奕𫍽，主办军机、外交和海军，铁路归口海军衙门主管，举债修筑铁路，自然得找他。

经李鸿章苦口婆心，力陈洋债用场，才好不容易说动奕劻。不想传到朝臣耳里，一个个跳起半天高，指责李鸿章狗胆包天，竟敢举借巨额洋债，修筑关东铁路，万一到期还不了本息，洋人岂不又打上门来，闹得国无宁日？还有更难听的，说李鸿章让大儿子李经方出使日本，就等着这三千万两银子到手，好带领全家老小，携款外逃，十辈八代都吃不完，花不掉。吓得奕劻提起笔头又扔下，再不敢沾染借债合同。李鸿章百口莫辩，也不便逼奕劻动笔，悻然回到天津，电令陈季同，暂搁洋款借贷。

洋款可以不借，关东铁路则不能放弃，李鸿章只得召集吴炽昌，商议招股办法，几番奔走，筹到部分款项。又找开平煤矿、轮船招商局及津沪机器制造局等赢利企业，调度资金，汇集于关东铁路公司，至来年即光绪十七年（1891）开春，终于勉强破土动工。

关东铁路是大工程，股金与企业调度银有限，铺不了几截铁轨，还得回头向户部伸手，讨要年款。空口讨要，人家不会当回事，李鸿章于是具函，连同辞职书，寄给翁同龢，辛苦他老人家来津总督直隶，主持北洋，会办海军衙门，以早日筑成关东铁路。还煞有介事附上举荐翁同龢的保片，麻烦他一并呈入宫中，奏请皇上和太后恩准。

翁同龢见函，气得浑身发抖，破口大骂，恨不得手刃李鸿章，以解心头之恨。自然不可能照信中所言，把保片和辞职书送入宫中，讨太后训斥。李鸿章已当皇上和太后面演过一回戏，知道太后不会让他离开直隶和北洋，才又在你面前故伎重演。

迫于无奈，翁同龢不得不忍气吞声，拨出一百五十万两路银，说明系本年度路款，上年已成过去，欠款不再补拨。李鸿章就知翁同龢久拖上年路款不拨，用意便是能赖便赖，也已不存任何希望。可本年度路银也不只一百五十万两，还有五十万两哪去啦？发信质问，翁同龢回复说国库空虚，日后有银，再补也不迟。

李鸿章明白翁同龢又耍小名堂，五十万两差额没到账，再也别想补拨给你。果然过后多次催逼，都被翁同龢找借口敷衍过去，终至落空。人家是皇上老师，肱股近臣，皇上耳朵就在嘴边，递话方便，你一个外臣，又怎么斗得过人家？李鸿章无奈作罢，不去与翁同龢较真。天天与朝臣周旋，还办得成什么事？口水求不了富，图不了强，还得拿出切实行动。

撇下翁同龢，李鸿章转过身去，专注于铁路、海防，还有忙不完的政务，片刻不敢松懈。正忙得不可开交，负责水陆营务的周馥入衙提醒，按海军章程规定，每三年出海校阅一次，自光绪十四年（1888）海军成立至今，已历三年，正值首次校阅时候。李鸿章便让周馥下去，协同海军提督丁汝昌、山东巡抚张曜等人，尽快筹备。

转眼初夏已至，李鸿章率领周馥等人，自大沽登船，由丁汝昌和南洋统领及总兵率舰护航，出海校阅海军。翌日船抵旅顺，张曜恭迎上岸，一起参加会校。先观水陆两军演习，再视察旅顺、大连湾、威海卫、刘公岛、胶州、烟台及大沽各地海军设施。途中遇上飓风，丁汝昌与张曜提出取消操演观摩，李鸿章不同意，笑着踏上舰船。结果到得深海，风起云涌，巨浪滔天，船身前仰后合，左摆右倾，进了不少水，惊险万分。李鸿章面不改色，毅然站在舰桥上，手举望远镜，专心观看前方战舰操演。周馥等人不顾呕吐，上前劝他入舱，他纹丝不动，直到操演完毕，才放下望远镜，大声叫好，自信道："综核海军战备，尚能日新月异，当无敌于亚洲。即使限于饷力，未能扩充，然就渤海门户而论，亦有深固不摇之势。"

此番校阅，全程三千余里，水陆颠簸十八天，李鸿章以年近七旬老躯，凭着坚强意志，及对自己这支海军的深爱，不顾劳累和风险，圆满完成任务。

操演结束不久，应日本政府邀请，李鸿章派丁汝昌率定远、镇远、致远、靖远、经远、来远六舰，驶赴东京湾，展开对日访问。日本明治天皇很重视，亲自接见丁汝昌及六舰管带，还有驻日公使李经方。尔后丁汝昌在定远号上举行隆重酒会，招待日本海陆军官和记者，觥筹交杂，气氛友好。接下来启航，先后访问东京、大阪、神户、横滨各城市，参观日本海军舰队及各处军港，交流经验，互通有无。

北洋舰队访日，算不得什么大事，却倍受欧美各国关注，洋报天天都有报道。李鸿章有阅报习惯，见北洋能入欧美法眼，颇为受用。可这天却在英报上看到一篇文章，不禁猛拍桌子，勃然大怒。文章为日本人所写，说北洋舰队访问日本关西时，济远号停泊横须贺（第一海军区）镇守府维修，军区参谋长海军大佐东乡平八郎微服私访济远号，公然叫嚣，中国海军可击灭，理由是济远号上很不整洁，东西乱扔，主炮上还晒着水兵短裤。主炮乃军舰灵魂，灵魂都可亵渎，且处于访问邻国期间，足见北洋海军纪律之弛废，士气之不堪。

事情还没完，隔日洋报又有报道，这回说的不再是济远号，改成平远号。李鸿章才想起，无论济远，还是平远，都没参加访日活动，怎会在横须贺镇守府维修？拍电报咨问李经方，得知东乡平八郎乃吴（第二海军区）镇守府参谋长，并非横须贺镇守府参谋长。莫非是文章作者信口开河，故意丑化北洋海军？李鸿章不得而知，只有过后再问丁汝昌。

北洋舰队归国后，丁汝昌率刘步蟾与林泰曾来津，汇报访日经过，李鸿章拿出洋报，问是否属实，三位自然矢口否认。李鸿章没法求证，道："从前琅威理曾定下规矩，各舰定时集中晾晒衣物，规定时间外私人物品不能出舱，破坏整洁。尤其主炮绝不允许玷污，此亦系各国海军通例。琅威理已去，你们还能否严格执行这个规矩？"

说到这里，李鸿章眼望刘步蟾，意思是琅威理是你赶走的，你争气的话，就该做得比琅威理更好才是。刘步蟾不敢直视李鸿章，低下头去。李鸿章又道："也许各舰并没在主炮上晾晒过短裤，然琅威理离队返英后，海军军纪渐趋松懈，却是不争之事实。老夫月前校阅海军，也发现军纪不如从前。别以为军纪事小，上了战场，军纪就是军舰和官兵生命。你们三位，一个提督，两个总兵，这浅显道理，应该不用老夫讲解吧？"

三人赶忙点头，表示听从鸿帅指示，回去后严抓军纪管理。李鸿章道："行，你们记住老夫的话就是。下面说说此次访日，有何收获吧。"

丁汝昌先说访日经过，接着刘步蟾道："此次访日，走近日舰，才发现这几年日本海军发展迅速，舰队规模，舰艇排水量与速率，舰炮射程与威力，已远超北洋海军，北洋若安于现状，墨守成规，不添船，不换炮，势将被人家甩到身后。"

说得李鸿章眉头紧蹙，道："光绪十四年中国海军成立之初，为亚洲第一，世界第九，莫非仅过去三年，此地位已被日本取代？”林泰曾道：“海军实力全看舰艇与舰炮，西洋制造升级日新月异，舰艇舰炮更新换代速度惊人，三年不添舰换炮，便已滞后于一个时代。日本誓与中国比高低，每年都有新舰新炮购进，赶超咱们，并不奇怪。”

此理一点不深奥，李鸿章何尝不懂？当即表态道：“咱们不能被日本比下去，老夫这就给薛福成去电，让他了解一下英德轮船公司，看有哪些新型战舰，北洋再购置两艘回来。”

三人欢喜而去，李鸿章叫来于式枚，口授电报词，嘱即发驻英公使薛福成。

不久薛福成回电，英国阿姆斯特朗公司新设计出一款快速巡洋舰，长110米，排水量4150吨，航速23节，四门主炮射程8600米，均为当世之最，综合战斗能力远超定远和镇远两艘铁甲舰。与主舰匹配的防护巡洋舰，规模略低。

李鸿章二话不说，复电薛福成，预订一主一配两艘巡洋舰，预付款随即拨至。然后给奕劻去函，先述日本海军现状，再提添购两舰计划，请他催促翁同龢拨付北洋海军购置年款。

阅毕信函，奕劻召翁同龢至庆王府，咨问北洋购置年款。翁同龢肚里大骂李鸿章，刚拿走一百五十万两铁路年款，又念起购置年款来，哪有这么贪心的？嘴上道：“醇亲王好狠心，丢下偌大一个大清，让王爷一肩扛，王爷任重道远，不容易啊。”奕劻叹道：“可不是？贤王西去，太后撤帘，皇上初次独掌朝政，手上生疏，咱们做臣子的总得多担待点。”

奕劻所言不虚，醇亲王逝后不久，慈禧不好再干预光绪，已撤帘归政。翁同龢阴阴道：“太后虽已撤帘，可并没迁居颐和园，仍住西苑仪銮殿不动，王爷知是什么原因吗？”

接替奕譞后，奕劻百事要理，忙得不可开交，哪有心思揣摩慈禧心思？摇头道：“本王已有一阵子没见太后，不知颐和园修葺一新，她老人家为何没住过去。”翁同龢道：“王爷记不记得同治十三年和光绪十年发生的事？”奕劻道：“怎么不记得？同治十三年日本侵台，光绪十年中法大战。”翁同龢道：“除战事外，再没其他事么？”

奕劻摇摇头，不知翁同龢要说啥。翁同龢道：“同治十三年与光绪十年，分别是太后四十和五十大寿。”奕劻道：“翁师傅怎么会想起太后大寿？”翁同龢道：“太后四十大寿，日本人作祟，五十大寿，法国人又捣乱，都没办过像样寿庆，咱们做臣子的心有不安呐。”

奕劻这才听出点意思，摸着脑袋道：“翁师傅是说，太后为国操持几十年，连像样大寿都没做过，臣下总该体谅她老人家，趁她六十大寿补补礼，让她高兴高兴？”翁同龢道：“难道不应该吗？”奕劻正色道：“当然应该。只是这与北洋购舰换炮有何关系？”翁同龢道：“怎么没关系？北洋购舰换炮要大钱，给太后办寿莫非不用花钱？国库那点银子，放进左口袋，右口袋落空；放进右口袋，左口袋落空。”

奕劻点点头，道：“确实也是，钱拿去购舰换炮，就没法给太后办寿，给太后办寿，就没法购舰换炮。”翁同龢道：“户部库银归属朝廷，同龢不过代为管理，库银用在哪里都一样。可王爷不同，太后如此信任您，让您接任贤王大任，您总得有所回报。贤王在世时，给太后修葺好颐养天年之所，王爷若不学样，知恩图报，太后两相比较，岂不显得你不懂事？”

太后寿庆很重要，海军添舰换炮也耽误不得，奕劻左右为难，半日无语。翁同龢又道：“太后主政数十年，撤帘归政，已颇感失落，再远离紫禁城，岂不更加孤寂？此时王爷主动出面，表示尽力筹办太后六十寿庆，她老人家心里受用，自然会痛痛快快离开西苑，移居颐和园。如此一来，没人一旁干扰皇上，他自可大胆主政，开创新局面。既能安抚太后，又可为皇上解忧，还惠及大清天下，一举三得，王爷又何乐而不为呢？”

话不说不明，理不说不透，奕劻茅塞顿开，感谢翁同龢一语点醒自己，不然只顾让北洋购舰换炮，却冷落太后，岂不成忘恩负义之徒？于是依翁同龢主意，复信给李鸿章，说刚接贤王摊子，忙里忙外，没法与户部商谈北洋购置年款事宜，只能他自己直接找翁同龢。

身为海军衙门主办，北洋海军购舰置炮本系奕劻本职，怎么能以忙碌为名，推卸责任呢？李鸿章阅信毕，不知奕劻是何用意。只好照其所嘱，给翁同龢写信，讨要海军购置年款，虽然明知翁同龢定会耍滑头，故意找借口拖延。信写好寄出没两天，忽有朝旨下达，说照户部所请，南北两洋购置年款，一律暂停两年，所省银两，解部充饷。

李鸿章怎么也想不到，朝廷会来这么一手，一时傻在那里，不知怎么办才好。周馥觉得兹事体大，道：“停掉购置年款，无钱添舰换炮，北洋海军落后于人，遇海上有事，败给敌舰，户部无责，相国则难辞其咎，非上书据理力驳不可。”李鸿章叹道：“此事始作俑者，自是翁同龢，不过肯定经得庆郡王同意，皇上认可，才颁旨明确，力驳亦无用。”周馥道：“不上书皇上，可找太后争取，若有她老人家支持，或许还有转圜可能。”

太后已正式撤帘归政，怎好为北洋购置年款，与庆郡王和光绪过不去？李鸿章道：“户部停款，道是解部充饷，估计会拿去筹办太后六十大寿，咱岂可扫太后兴？怪只怪贤王已故，朝中再无人肯为老夫说话。庆郡王接手贤王重任，固然感激太后，可大清未来毕竟属于皇上，又不得不考虑皇上之存在。至于翁同龢，有皇上撑腰，会越发嚣张，趁太后不在朝中，正好为难老夫。老夫身为外臣，谁都得罪不起，否则以后更不好办事。”

周馥发牢骚道：“为难相国，海防不保，于朝廷，于郡王和翁同龢有何好处？相国可晓之以义理，朝廷幡然醒悟，说不定会改变主意。”李鸿章摇头道：“义理谁都懂，何须老夫晓之？任事以来，天天与朝廷争，与翁同龢之流争，争了几十年，老夫已没兴趣也没力气再跟他们争。且土埋到脖子上，老夫争得过今天，也争得过明天，莫非还能争得过后天？”

跟随李鸿章三十多年，很少听他说这种泄气话，看来朝廷暂停海军购置年款，确实伤透了他的心。周馥不再啰唆，默然而出。李鸿章静坐半日，才找来于式枚，要他发电给薛福成，取消已预订好的两艘新式巡洋舰。

接到电报，薛福成忙跑到阿姆斯特朗船厂，要求撤销合约。快速巡洋舰主体已造好，岂是买方说撤约就可撤的？船厂严正提出巨额赔偿。薛福成知道洋人重契约，好话多说无用，电告李鸿章实情。北洋哪出得起赔偿款？李鸿章要薛福成跑趟英国海部，请琅威理帮忙想想办法。琅威理回国后，在英国海部就职，已晋升为海军中将。

虽对北洋海军满肚子是气，薛福成找到海部，说明来意，琅威理还是答应看李鸿章老面子，帮这个忙。毕竟服役北洋海军时，除换旗一事，其他地方李鸿章没亏待过自己。

翌日琅威理处理完手头急务，便起身出门，准备去阿姆斯特朗船厂。迎面碰上一位日本军官，口吐流利英语，又点头，又哈腰，媚态十足。琅威理认识此人，乃日本海军大佐东乡平八郎。东乡毕业于伦敦商船学校，还曾服务于英舰，前后留英达八年之久，回国因此受到重用，升任大佐，现为第二海军区参谋长。琅威理服役北洋时，中日海军时有接触，东乡又是有心人，主动结识琅威理，彼此颇有好感。

老友相见，格外亲切，琅威理把东乡迎入会客室，以咖啡款待。东乡喝口咖啡，说是奉日本政府命令，专程从日本赶来拜会老友，然后呈上天皇亲笔信。琅威理接信一瞧，言辞恳切，情深意长，恭请自己担任日本海军总教习，且许以海军准将衔。日本海军最高长官为大将，准将相当于副将和副提督。日本政府比清廷慷慨得多，琅威理不禁怦然心动。

只是琅威理身为海军现役中将，不可能日本天皇一纸委任状，就跟东乡走人，笑笑道："本将受英国海部指挥，贵国天皇美意，只能心领，不敢从命。"东乡道："只要琅将军有意敝国海军，本佐可请驻英公使馆，向贵国海部提出正式请求。"琅威理道："本将离开中国不久，无意再度东渡。"东乡道："琅将军看得起敝国，待遇绝对比服务清国高得多，天皇亲笔签署委任状，足以说明敝国对将军之敬重。"琅威理道："本将是军人，不可违背军人本色。"东乡说："有如此严重吗？"琅威理道："中日乃亚洲两大海军强国，哪天两国开战，本将站在贵国军舰上，怎好下令向曾服务过多年的中国军舰开炮？"

"将军去不去敝国，咱俩仍是好朋友。"东乡没有勉强琅威理，起身告辞，同时从身上掏出英国银行所开大额存单，放到桌上，"此乃天皇一点小心意，请将军笑纳。"

无功岂可受禄？琅威理拿过存单，追出门去，无奈东乡已不见踪影。琅威理苦笑着摇摇头，去了阿姆斯特朗船厂。厂方与琅威理交往多，却不肯买他账，仍坚持要中国赔偿损失。琅威理只得走人，心下琢磨，也许能通过日本人解决难题。

两天后薛福成再至英国海部，寻问结果，琅威理摇头道："船厂非逼中国赔偿损失不可，本将也无奈其何。"薛福成愁眉苦脸道："清廷买不起舰艇，自然也出不起赔偿款，能否再与船厂通融通融？"琅威理道："再通融也无济于事。本将有个法子，倒可以一试。"薛福成问："什么法子？"琅威理道："可让日本买下两艘巡洋舰。"

日本人买走两舰，哪天中日开战，正好驾驶中国预订的战舰，攻击中国海军，咱岂不是助纣为虐？薛福成肚里一千个不甘愿，却又替北洋发愁，拿不出赔偿款，不得不违心道："那请琅将军给日本人透个口风，听听他们意思。"

隔日琅威理要去日本公使馆找东乡平八郎，东乡先到了海部，对琅威理道："本佐后天即将回国，特来拜别将军，不知将军能否改变主意，赴日训练敝国海军？"琅威理道："非常遗憾，本将还是没法答应大佐先生。

不过为答谢贵国，本将可提供一个强大日本海军的好机会。”东乡急切道：“什么好机会？琅将军快快道来。”

“别急嘛。本将先带你到一个地方去转转。”琅威理笑笑，拉着东乡，去了阿姆斯特朗船厂。见过基本成型的快速巡洋舰，东乡两眼睁得老大，对厂方道：“这两艘巡洋舰造出来后，可卖给日本么？”厂方道：“两艘巡洋舰造价加起来，超过四百万两白银，日本一下子拿得出这么多钱？”琅威理也道：“这可是大生意，大佐做不做得主？”

东乡低头想想，道：“大佐做不得主，可有人做得主。”琅威理道：“谁做得主？”东乡道：“天皇和首相。”琅威理道：“你能走近天皇和首相，在他俩面前说得起话？”东乡说：“本佐没法接近天皇和首相，但驻英公使馆武官能直达天听。”

日本驻英公使馆武官名叫河原要一，可直接给日本首相伊藤博文发电，请示海军事宜。东乡直奔驻英公使馆，拉走河原，回到船厂，见识快速巡洋舰。河原大开眼界，叹为观止，当夜给伊藤发电，请求购买快速巡洋舰，以及与之配套的防护巡洋舰。

日本毕竟国小人少，近年来又拼命发展海军，国库早已淘光，两舰如此昂贵，怎么购置得起？伊藤见电，颇感为难，又舍不得放弃当前世上最先进的战舰，走进皇宫，求见天皇。天皇毫不犹豫，以无比坚定的语气道：“买，一定得买。”伊藤道：“可国库空虚，钱从何而来？”天皇道：“可以募捐。本皇从现在开始，每天吃一顿饭，省出饭钱，购买两舰。”皇后也在场，当即表态道：“本后捐出所有首饰，交海军卖钱购舰。”

天皇和皇后决心如此大，伊藤还有啥说的？信心大增道：“两舰买定啦！有天皇和皇后支持，困难再大，政府也能解决。”又问天皇：“既然已确定购舰，还请天皇给两舰命名，募捐时更加名正言顺。”天皇道：“舰名不过符号而已，首相先生自己命名就是。”

伊藤想想，道：“天皇心系海军，吉野乃皇族圣地，快速巡洋舰就叫吉野如何？”天皇道：“好好好，吉野名字好，通俗响亮，上口易记。防护巡洋舰呢？”伊藤道：“防护巡洋舰可考虑命名浪速，取行浪尖如履平地之意。”

天皇没有异议，两舰名号就此定下来。回到首相府，伊藤便着手组织募捐。听说为购买吉野和浪速两舰，天皇一天只吃一餐，皇后连首饰都捐了出来，日本商民格外踊跃，自动发起两舰募捐会，月余时间便捐足五百多万两银子，远超预期。购置款打往英国，阿姆斯特朗船厂加紧制造，一年多后便成舰下水。伊藤于是命河原要一为吉野号舰长，东乡平八郎为浪速号舰长，双双驾舰，迎风破浪，驾回日本。

由琅威理牵线，两舰找到买家，清廷不用掏违约金，可日本海军实力却得以迅速加强，本已处于弱势的中国海军再次被抛到后面，李鸿章喜不是，悲亦不是，只能仰天长叹。周馥满腹牢骚道:“清廷不是没钱，却停拨海军购置年款，挪作他用；反观人家日本，国库无银，天皇与商民齐心协力，勒紧腰带也要购置两舰。他日两国开战，中国必败无疑。”

李鸿章无话可说，暗想他日又是何日？届时老夫只怕早已两脚一伸，寿终正寝。周馥深知李鸿章心中苦楚，本来还有牢骚没发完，只得强咽回去，转身出了门。碰上于式枚进来，手里拿着军机处发来的电报，请李鸿章阅处。原来长江流域发生教案，民众云集响应，会党和教门推波助澜，势成燎原，命李鸿章出面救火。

各地会党历来都很活跃，诸如哥老会、天地会、三合会、仁义会、双刀会、小刀会、牛头会、乌龙会、花子会、洋枪会、黑旗会等，往往河东呐喊，河西响应，南山开锣，北山击鼓，渐成声势。会党外还有教门，如白莲教、青莲教、罗教、闻香教、弘阳教、善友教、大乘教、八卦教、天理教之类，名目繁多，信奉弥勒佛的，信奉燃灯佛的，信奉孙悟空的，信奉猪八戒的，信奉三十九老母的，信奉七十七观音的，信奉八十一洞真人的，信奉九十八老祖的，信奉一千一百大佛的，数不胜数，蔓延日广。

会党和教门不仅活跃于民间，也会渗透进军方。当年湘军鼎盛时期，不少官兵就是哥老会成员，说是楚师一万，会党八千，几乎无一人不结盟拜兄弟。直隶至今流行在理教，说是为明遗民后裔发起，劝人戒烟戒酒，立志行善，并无政治主张。淮军里多有信此教者，常口念五字真言。李鸿章见在理教民都有身家恒产，并无妖言邪术和诱惑愚民情事，奏免拏办，只敦促其改五字真言“一心保大明”为“观世音菩萨”。

从善如流的教门会党，毕竟属少数。一旦会党成党，教门成教，千百群聚，总得有所动作，洋教和洋人往往成为其攻击目标，不时闹出些动静来。这年夏秋，扬州街头出现揭帖，宣称外国教会育婴堂杀害婴儿，激怒民众，涌至教堂，大吵大闹，掀砖揭瓦。地方官府不以为意，进而演化成杀人放火，不分青红皂白，攻击洋人和外国领事馆。骚乱很快从扬州蔓延至无锡、丹阳、江阴，再至芜湖、安庆、九江、南昌、长沙、武汉、宜昌，整个江南大乱。加之传教士与洋商甚至外交官生命财产受到侵害，各国纷纷向清廷施压，清廷束手无策，只好请李鸿章出面，稳定局势。长江流域有两江、湖广、四川、云贵四大总督把持，李鸿章本可推脱，可他还是不折不扣，立即发电各地督抚，教导他们如何扑灭骚乱，如何与洋人谈判，同时派丁汝昌率领两艘军舰，逆长江而上，协助张之洞等督抚，弹压反教运动。又传令各口岸，禁止洋人倒卖军火给会党和教门，搜捕华洋走私商。

经李鸿章一番拳打脚踢，南方骚乱很快镇压下去，各地逐渐消停下来。可李鸿章还没松口气，承德金丹教又爆发暴乱。原来蒙古人经常南下骚乱中国边民，数度与金丹教发生冲突，蒙古王府甚至以打猎为名，预谋攻击金丹教徒，教徒们闻知，揭竿而起，聚集三万教民和游民，先攻入蒙古喀拉沁，焚王府，烧公署，杀官民，释囚犯，劫当铺，打砸喇嘛庙，拆毁天主教堂，不少无辜蒙古人被杀。绥化厅内各教门大受鼓舞，闻风而起，准备响应起事。朝廷得报，令李鸿章发兵清剿。李鸿章派直隶提督叶志超和亲兵营管带聂士成，领兵北进。

两人都是安徽合肥人，出身于刘铭传铭军，久经战阵，足可信任。金丹教人数虽多，毕竟多为乌合之众，终不敌叶、聂两军洋枪洋炮，稍作抵抗，便溃不成军，哄然而散。不足两个月，至光绪十八年（1892）春，绥化全境平定，经李鸿章请功，叶、聂赏穿黄马褂。

淮军多年没经阵仗，北征大获全胜，给李鸿章七十寿庆，献上一份丰厚而及时的大礼。李鸿章生于道光三年（1823）正月，时年正值虚岁七十。初五一大早，天才蒙蒙亮，西来皇家寿礼车队便浩浩荡荡，开进天津城。李鸿章跪迎至署，恭设香案望阙，叩头谢恩祗领。慈禧与光绪贺礼最为富丽堂皇，有匾额，有联语，有“福”“寿”等御字，外加御笔蟠桃图、无量寿佛像、带膝貂褂、嵌玉如意、蟒袍及大卷红绸。两宫如此抬举，王公大臣，门生故吏，亲朋好友，及各国公使领事，不甘落后，送礼，送包，送贺联、贺诗、贺文，争奇斗艳，花团锦簇，络绎不绝。衙署内红灯高悬，鼓乐喧天，大摆筵席，大开堂会，盛况空前。

寿筵到得高潮处，司仪招呼堂下安静，高声宣诵各方贺联贺诗贺文。慈禧赏联曰：栋梁华夏资良辅，带砺山河锡大年。光绪赏联曰：圭卣恩荣方召望，鼎钟勳贯富文年。庆郡王奕劻赠联曰：一德钧衡受兹介福，三朝将相同我太平。其余翁同龢赠联：壮猷为国重，元气得春先。张之洞赠联：四裔人传相司马，大年吾见老犹龙。刘秉璋赠联较贴切：南平吴越，北定齐燕，廿年前人羡黑头宰相；西辑欧洲，东绥瀛海，三万里外共推黄发元勋。

贺文最夸张者为张之洞所赠。据说早在两个月前，张之洞就命众僚，各作一寿词，要求切合李鸿章身份和勋业。结果交上去后，没一篇感到满意，只好亲自操刀。不愧探花出身，张之洞文笔确实了得，简直把李鸿章捧上了天。不是半天，是九霄云天。先夸总督天赋卓越，智勇俱全，武能定国，文可安邦。继颂相国保上海，征苏南，剿捻匪，主直隶。再吹太傅兴洋务，办海防，机器响彻城乡，铁路贯穿京畿，厂矿遍布南北，电报连接中外。最令人神往的是海防固若金汤：战舰严阵以待，进可攻，退可守；舰炮威力无穷，远可射，近可击；岸炮隐蔽，炮眼虎视，严守每座港口；堡垒依山而据，暗道四通八达，将帅运筹帷幄，士兵神出鬼没。末了盛赞李鸿章天纵奇才，德隆望重，国家栋梁，官民楷模，仰之弥高，钻之弥坚，在李相国面前，晚辈如之洞者，仿佛侏儒匍匐于巨人足旁，蝼蚁钻营于大树底下，自惭形秽，无地自容，恨不得找个壁缝，钻进去藏起来。

司仪念毕，满堂喝彩，掌声雷动。李鸿章也拈须而笑，受用得很。周馥叨陪一侧，忍不住轻声嘀咕道："卢汉铁路被关东铁路冲掉，两江总督为刘坤一占去，张之洞恨死相国，还能写出如此肉麻谀词，也真难为他老人家。"李鸿章笑道："如今老夫勉强存活，皇上和太后也看得起，张之洞之流锦上添花，丝毫不值得奇怪。待他年老夫死有余辜，躺进棺材，只怕姓张的连祭帐都不会赠一幅，更别说谀词颂歌。"

伴随司仪颂声，寿筵进入高潮，丝竹齐奏，笙管共鸣，其喜洋洋。这是李鸿章一生顶峰，人在龙虎国，身处锦绣乡，享不尽的荣华富贵。只是世上没有不散的筵席，也无永久不败的繁华，往往盛极必衰，犹如叶茂而殒，花繁而落，无人能够改变。至曲终席散，李鸿章送走一拨拨贵宾和上客，拖着如铅步履，刚回到后堂，侧室莫氏慌慌张张跑过来，带着哭腔道："我崽经进危矣，奈何奈何？"

爷爱长孙，父疼小崽。经进现年十五，比三儿经迈还小一岁，虽为莫氏所生，因聪明乖巧，最受李鸿章宠爱。身体说不上强壮，也还健康。年前还活蹦乱跳的，初三忽染疴于身，吃过马根济开的西药，已好得差不多，仅大半天没见，怎会忽然病危？李鸿章闻言，顾不得疲惫，紧随莫氏，快步走进经进房中。果见儿子仰躺于床，面色寡白，气息奄奄，早已不省人事。李鸿章顾不得悲痛，赶紧让人传呼马根济，入衙救治。

可马根济也无回天之力，翌日经进便抛下老父，撒手而去。李鸿章大放悲声，差点气绝过去，还是赵小莲把他拽走，安抚大半天，才慢慢缓过神来。

处理完经进后事，悲切中过完正月，李鸿章勉强支撑起衰躯，去签押房视事。周馥进来，见他又苍老，又憔悴，满脸哀容，想安慰几句，话到嘴边，又咽了回去，只是道："太阳从西边出来了。"李鸿章不知何意，道："不是碰着什么奇事吧？"周馥道："真是奇事，没等咱们催促，翁同龢就主动将两百万关东铁路年款拨了过来。"

李鸿章便鼓大了双眼，道："奇事奇事，天大奇事。前年关东铁路立项，翁同龢敷衍过去，两百万年款未拨分毫。拖到去年，咱们穷追猛逼，赏给一百五十万两，剩余五十万两再无下文。今年才出正月，没问没催，竟然两百万一次划了过来，实在令人难以置信。"

周馥略有所思道："翁同龢肯定有求于相国。"李鸿章道："翁同龢乃皇上老师和宠臣，入值军机，掌管户部，只老夫有求于他，哪有他求老夫的？"周馥笑道："翁同龢嫉妒相国功高位重，处处设阻，时时刁难，突然一反常态，向相国示好，肯定事出有因。"李鸿章沉吟道："又是何因呢？"周馥道："相国别急，要不了多久，京中就会有消息传至。"

果然不出三天，奕劻亲笔来函，说皇上亲政以来，多次过问海防，请李鸿章跑趟北京，商谈关东铁路和海军建设事宜。周馥阅函，道："关东铁路已铺到滦州，正向山海关方向延展，有啥好商谈的？只怕是个借口，背后定然还有别的名堂。"

李鸿章也满腹狐疑，心下直犯嘀咕。却也顾不得许多，寻思着皇上既然重视海防，何不趁机携折入京，请庆郡王代奏上去，尽快恢复船炮购置年款？当即拟好奏折，装入囊中，由随从护拥左右，西望京师徐行。

抵达北京后，李鸿章先赶往庆王府，拜见奕劻。奕劻迎住，请入书房。问几句关东铁路和北洋海军情况，没等李鸿章拿出奏折，奕劻又道："劳少荃动步来京，除海防外，还有件要紧事，非你出面不可。"李鸿章笑道："王爷别客气，有事吩咐便是。"

奕劻这才道："少荃也知道，贤王（奕𫍽）耗费大力气，没日没夜督修颐和园，命都搭了进去，无非给太后营建颐养天年福地。园子修好，太后却一直留居西苑，不愿搬走，皇上欲尽孝心而不得，自然着急。一时无计可施，只好让我召你进京，想想办法。”

这倒有些出人意料。李鸿章道：“翁同龢不是设想，只要提前筹办太后六十万寿，讨得太后欢心，她自会痛痛快快搬往颐和园么？”奕劻道：“快别说筹办万寿的事，翁同龢遵皇上旨意，做出个万寿筹办方案，跑到仪銮殿，请太后过目，竟惹得太后大发雷霆，把他痛骂一顿，说是满朝上下都指望她快点老死，免得碍人眼目。翁同龢吓得屁滚尿流，回头向皇上诉苦。皇上别无他法，突然想起少荃，脑袋好使，定有高招。”

李鸿章笑笑道：“哪是皇上想起鸿章，是翁同龢意思吧？”奕劻道：“你怎么知道是翁同龢意思？”李鸿章道：“鸿章不问不催，铁路年款就已足额到位，一厘不少，难道毫无原因？”奕劻掩饰道：“没那么多原因，铁路年款是本王催翁同龢早些拨付的。”李鸿章也不追究，道：“住不住颐和园，太后自有考虑，莫非会听鸿章奉劝不成？”

“太后器重少荃，自然最听你的话。”奕劻道，“今晚你就住在府里，明天咱俩一起进宫去见皇上，他有旨意下达。”李鸿章也不客气，留在庆王府，好吃好住，倒也舒服。折子也不再拿出来，反正要到宫里去，当面拜呈皇上，省得麻烦郡王。

一夜无语。早上起床，吃过早餐，与庆王分乘大轿，摇摇晃晃，往宫里行去。轿停宫外，掀开轿帘，奕劻已先出轿，上前执牢李鸿章的手，一起迈进宫门，来到养心殿。

光绪已等在东暖阁里，两人进去，纳头便拜。光绪叫奕劻平身，又用亲切口气对李鸿章道：“李爱卿起来吧，庆郡王边上有座。”李鸿章道：“微臣还是跪着听训吧。”光绪道：“李爱卿年逾古稀，又给朝廷办洋务，固海防，劳苦功高，到了宫里，怎好老让你跪地上？起来就座，有话问你。”李鸿章道：“谢皇上！”爬起来，坐到奕劻下手。

光绪望向李鸿章，问身体，问吃穿，问关东铁路和北洋海军，口气温和而亲切。李鸿章倍受鼓舞，掏出奏折，敬呈上去。光绪瞧两眼，搁置一旁，说：“恢复海军购置年款的事，容后再交廷议。今召李爱卿前来，主要是颐和园经醇亲王苦心修葺，已焕然一新，无奈太后情系社稷，仍居西苑不动，迟迟不肯入园，朕空有一片孝心，甚是过意不去。李爱卿脑子灵光，又最知太后心事，定有良策说动她老人家。”

光绪心情可以理解。被死死看管了近二十年，好不容易大婚亲政，慈禧又改听政为训政，依然帘子高挂，紧握权柄不放，训政期过去，名义上撤帘归政，却仍留居西苑，两眼紧盯紫禁城，迟迟不肯到颐和园去，能叫光绪不芒刺在背，如坐针毡？李鸿章道：“太后留恋西苑，自有其原因，很有必要先探明其真实想法，才好作下步打算。”光绪道：“这倒好办，朕去西苑觐见太后，请她老人家抽出空闲，召见李爱卿。”

慈禧归政以来，不再莅临朝会，闲极无聊，听光绪说李鸿章求见，自然满口答应。

这天李鸿章赶往西苑，来到仪銮殿外，李莲英上前迎住，领入暖阁。君臣礼毕，慈禧赐座，照常问几句冷暖，还有海防与洋务。李鸿章一一作答，毕恭毕敬的样子。问答之间，慈禧拿出一方不大的刺绣，让李莲英转递给李鸿章。李鸿章起身接住，低头一瞧，绣面图案不复杂，山影绰约，白云悠悠，孤鹤徘徊。好一幅闲云野鹤图！李鸿章心里说道，只听慈禧问了句：“绣得好不好？”李鸿章道：“好好好，绣得真好。”慈禧道：“本宫亲手绣的。”

“太后不仅刺绣绣得好。”李鸿章回道，话留半句。慈禧叹道：“天长日久，往后啊，也就只有绣绣刺绣咯。”李鸿章道：“绣刺绣之佳处，并不是西苑。”慈禧问：“不是西苑，又是哪里？”李鸿章道：“颐和园。”慈禧道：“少荃莫不也以为我老不中用，只能像朝臣们说的，赶快迁入颐和园，颐养天年，等着老死？”

李鸿章笑道：“微臣比太后痴长一轮，还在为朝廷办差，太后年富力强，远没到颐养天年之时。”慈禧道：“那你又要我移居颐和园，是何居心？”李鸿章道：“颐和园清静敞亮，可绣刺绣，可观美景，唯一缺憾是离紫禁城太远，太后想念皇上时，见上一面不容易。”

这正是慈禧想说的话，道：“本宫不愿离开西苑，就是舍不得皇帝。皇帝进宫时，才两三岁，吃喝拉撒，样样不会，是我一把屎，一把尿，把他拉扯大的。晃眼过去十八年，十八年母子形影不离，乍一分开，还真不习惯。若远迁颐和园，来去不便，一旦想念皇帝，叫我到哪儿寻他去？”李鸿章道：“其实也不难办，可让皇上不定期到园里去听训嘛。”

慈禧眉毛顿时扬得老高，道：“这倒是个办法，就怕皇帝太忙，抽不出时间。”李鸿章道：“养育之恩高于天，皇上再忙，该尽的孝心还得尽。”

慈禧笑笑，不再多言，转身对李莲英道：“把云鹤刺绣拿过来，还得补几针。”

李鸿章知道该走了，起身告退。出得西苑，正要上轿，不知翁同龢从哪儿冒出来，上前打拱作揖，道：“少荃兄辛苦啦，太后有何懿旨？”李鸿章望眼翁同龢，道：“太后嫌鸿章不会说话，要罢我的职，让翁师傅做直隶总督兼北洋大臣。”

翁同龢几分尴尬道：“少荃兄又寒碜同龢。同龢有少荃兄本领，就不做账房先生，专给您管理账簿了。”李鸿章道：“你账簿管得好，想卡账就卡账，想停款就停款。”翁同龢道：“今年关东铁路两百万年款，不是一分不少拨给你了么？”李鸿章道：“不看两百万路款，老夫会车马颠簸，赶往京城，给你跑腿么？”翁同龢道：“不是给同龢跑腿，是给皇上当差，皇上还会亏待你不成？”李鸿章道：“皇上亏不亏待老夫，还不是听你翁师傅的？”

翁同龢忙摆摆手，有些低声下气道：“同龢说不过少荃兄，不跟您磨嘴皮了，咱们还是赶紧进宫吧，皇上正等你回话呢。”

两人来到紫禁城，走进养心殿东暖阁，未及行礼，光绪便忙赐座，问李鸿章道：“太后怎么说？”李鸿章道：“太后不是不愿移居颐和园，是嫌地处偏远，担心想念皇上，见个面都难。”光绪道：“太后抚养儿皇十八年，母子情深，忽分驻两处，儿皇心里也不踏实。李爱卿如何回答太后？”李鸿章道：“微臣对太后说，皇上可常去看望太后，以解太后思念之渴。”

光绪一击大腿，叫道：“不是吗？太后想念儿皇好办得很，儿皇腿脚勤快点就是嘛。太后答应没有？”李鸿章道：“太后没吱声，想必已然默许。”

只要慈禧肯住进颐和园，多跑去看她几趟，又有何妨？光绪兴高采烈，摆驾来到仪銮殿，拜望慈禧。请过安，光绪言归正传，道：“还是西苑好，儿子想念太后，过来探望方便。不像颐和园，离宫里太远，太后真住过去，儿子还有些不舍呢。”慈禧道：“可不是？日后朝廷有了钱，让李鸿章修条铁路，直通颐和园，来往也快迅些。”

光绪说：“铁路不是想修就修得成的，再说李鸿章年逾古稀，已没力气修得动铁路。太后看得上颐和园，愿意住过去的话，儿子一定常去请训。”慈禧道：“中国地广人众，祖宗留下这份家业，确实不易打理，你老往颐和园跑，耽误国事，岂不是本宫罪过？”

生怕慈禧临时改变主意，光绪赶紧道：“太后言重啦。太后尽管已归政于孩儿，但还是大清主心骨，离开太后，国家怎么运转得下去？孩儿年轻，识见短浅，拿不准的人事，还得靠太后掌舵。不管太后住在哪里，孩儿都会常往请训，朝中政务人事，听太后定夺。”

这话倒也入慈禧耳，道：“本宫这两天就住到颐和园去吧，以免辜负皇帝孝心，还有贤王生前一片美意。也不好劳驾皇帝常请训，颐和园远在城外，来来回回辛苦。”光绪道：“能经常看到太后，尽孝心，听训示，辛苦点算啥？”

慈禧一副被迫无奈的样子，叹道：“皇帝话都说到如此份上，不让请训显得本宫不近人情，只得成全你咯。不用天天请训，就两天请训一次吧，省些时间，皇帝好专心处理朝政。”

颐和园离城三十多里远，轿来轿往，得一整天，十日半月跑一趟没事，两天请训一次，不把人累死？光绪暗暗叫苦，想不到慈禧会口出如此无理要求。又不敢当面反驳，只得硬着头皮，故作欢颜道：“太后懿旨，孩儿坚决遵循。”

告别慈禧，离开西苑，回到养心殿，光绪肚里怒火无处发泄，见男踢男，见女训女，吓得一个个胆战心惊，大气不敢出。走进东暖阁，坐不是，站不是，抓过几上茶杯，高高扬起，再狠狠往地上砸去，砸得茶水四溅，瓷片乱飞。

得知光绪从仪銮殿回来，翁同龢进养心殿探听消息。见光绪怒不可遏，一地茶渍和瓷片，知道事情不妙，不敢吱声。直到光绪慢慢平静下来，翁同龢才试探着问道：“莫非太后反悔，不愿住到颐和园去了？”光绪道：“她很乐意住颐和园去。”翁同龢道：“那皇上应该高兴才是呀。”光绪吼道：“太后要我两天去颐和园请训一次，我高兴得起来吗？”

慈禧确实有些过分，怪不得光绪发怒。可翁同龢不敢指责慈禧，只有拿李鸿章说事：“不用说也知是李鸿章出的好主意。”光绪道：“翁师傅怎知是李鸿章主意？”翁同龢道：“没有太后宠信，也就没李鸿章今天。太后移居颐和园，朝政军事一主于皇上，李鸿章担心再没法为所欲为，才居心叵测，调动如簧巧舌，说服太后，逼皇上两天入园请训一次，以继续掌控军政不放。只要军政上面太后说得起话，李鸿章也就仍可像从前样，爱兴洋务兴洋务，爱办海军办海军，爱修铁路修铁路，谁也没法阻止他。”

气得光绪大吼道：“好你个李鸿章，你怂恿太后整朕，看哪天朕剥你皮，剐你肉！”翁同龢阴阳怪气道：“太后罩着，皇上只怕没法奈何李鸿章。”

光绪有些泄气，道：“眼下不是奈何不奈何李鸿章的时候，是该怎么应付太后，要不要两天去颐和园请训一次。”翁同龢道：“两天跑趟颐和园，确实辛苦，可总比太后住在西苑，天天请安听训强些吧？还是先让太后离开西苑，住进颐和园，至于来日事，来日再说。”

来日方长，慈禧已快六十，光绪才二十出头，还怕熬不过她老人家？翁同龢话没明说，光绪也体会得出，重拾信心。从此每隔一天，就往颐和园跑一趟，不管天晴下雨，还是刮风飘雪。銮舆不是快马，慢慢悠悠，常常披星出城，戴月回宫，饱受颠簸。每次入园，先至乐寿堂给慈禧请训，再去近旁仁寿殿歇息。偶尔也在殿里办办急差，批批头天没批完带在身边的奏折。慈禧就让李莲英过仁寿殿来传达口懿，说城里城外奔波不易，仁寿殿宽敞明亮，皇帝不妨长住此处，有重要军务政事，让臣工送过来处置，也耽误不了什么。且后有万寿山，前有昆明湖，还可忙里偷闲，登登山，游游湖，强身健体。

让慈禧移居颐和园，无非想摆脱其控制，自己长住仁寿殿，岂不又像在宫里样，时刻处于其眼皮底下，毫无任何自主权？光绪自然不干，宁肯辛苦点，隔一天跑趟颐和园，也不愿在仁寿殿滞留久住，除非特殊情况需要。慈禧也不勉强，只要光绪两天请训一次，大政要务及时禀报即可。事实也勉强不来，宫中没有皇帝，太监大臣岂不闹翻天？

试想贤王奕譞生前，费尽心机，动用巨款，亲自出面监工，甚至不惜累死自己，终于把颐和园弄得有山有水，有花有木，有殿有阁，有亭有台，目的便是让慈禧有个好去处，远离紫禁城，真正放手朝政，好让儿皇光绪独掌皇权，大展身手。不料慈禧名义上已归政，也痛痛快快住进颐和园，又突然唱出这么一曲，继续握光绪于掌心。真可谓魔高一尺，道高一丈，若奕譞泉下有知，也不晓得会作何感想。

说服慈禧移居颐和园，李鸿章觉得有功于光绪，只盼他恩准恢复北洋海军购置款，也就不急着回津，留守郡王府，静候佳音。却想不到慈禧别出心裁，要光绪两天去颐和园请训一次，军国大事，需讨得懿旨，方可执行。李鸿章只得摇头，意识到光绪委屈之余，定会受翁同龢挑唆，迁怒于自己，奏复海军购置款折子将泥牛入海，不可能有啥消息。

再在京城待下去，实无必要，李鸿章只得打理行李，准备辞主东归。正好奕劻从外面回来，递上一封电文。是北洋衙署发给海军衙门的，说李夫人赵小莲病急，请海署转告李鸿章，速回天津。李鸿章心里咯噔一下，带领随从，急急上路。

二、君欲摆脱女主制约，臣谋裁减海陆防军

赵小莲小丈夫十五岁，已年过五十五。从前身体还算不错，奔知天命后病痛多起来，以至每况愈下，一天不如一天。也不知啥病啥痛，反正不自在，日见消瘦，中医西医诊遍，也无起色。月前又病倒在床，李鸿章离津入京时略有好转，已可下地，怎么忽又病急起来？

一行人紧赶慢赶，回到天津，赵小莲已处弥留之际，只守着一口气，等着丈夫回来。李鸿章急奔床前，握住夫人微热的手，附其耳旁道："小莲怎么啦，我出门才几天，你竟病成这样？"赵小莲合着的眼皮动了动，却无力睁开，只嘴角露出一丝不易察觉的浅笑，尔后头一摆，手一撒，身子一挺，落下最后一口气息，命归黄泉。

李鸿章三十岁离京南下帮办团练，狼奔豕突六七年，仅弄得三品虚衔，别无所获，一事无成。后入曾幕，又因拒不代拟参劾李元度奏章，师生闹翻，离开祁门，回到南昌临时居所。不久原配夫人周氏病逝，李鸿章重回湘军，续娶小自己十五岁的赵小莲进屋。从此有如神助般，建淮军，征苏沪，升巡抚，晋总督，封爵拜相，所授文华殿大学士，略高曾老师武英殿大学士一筹，成为有清以来位最高权最重之唯一汉员。朝野便传，赵小莲命里旺夫，李鸿章所有功名利禄都拜此继配夫人所赐，可说无小莲，便无鸿章。夫运是否来自妻命，无以印证，但李鸿章心里比任何人清楚，小莲嫁入李家三十年，奉侍慈闱，经理家政，礼法秩然，贤惠宽厚，备受李家上下爱戴，李鸿章才免去内顾之忧，全心军务国事，做出震古烁今之伟业。

感念着夫人大恩大德，李鸿章老泪纵横，恨不得随她而去，黄泉道上也好相互照应。何况已届颓龄，比常人多活了一二十年，还赖在世上干啥呢？李鸿章痛不欲生，几乎气杀于地。吓得经方、经迈、经述三儿手忙脚乱，赶紧扶起父亲，苦苦相慰，才缓过劲来。

苍天也似乎深受感动，赵小莲移殡城郊时，电闪雷鸣，暴雨倾盆。竟一发而不可收，连月不断，永定河再次决口，直隶二十余州县尽成汪洋。李鸿章顾不得失妻之痛，一面派人堵决浚河，一面组织募捐赈济。又命于式枚代拟折稿，奏申灾款。

光绪见折，召入翁同龢，命他拨款救灾。翁同龢苦着一张老脸，声言部库空空，无银可拨。光绪道："无银赈灾，灾民闹起事来，如何是好？"翁同龢道："李鸿章不缺钱，皇上不用担心。"光绪说："他钱从何来？"翁同龢道："年初户部才拨出两百万铁路年款，一下子不可能花完，正好调剂救急，谁还敢阻拦不成？再说李鸿章名下矿产、工厂、公司，遍布直隶与两江，效益颇为丰盈，也可腾挪借用。"

翁同龢说的也是事实，光绪不好勉强，旨命李鸿章尽快修复河决，勉力赈灾抚民，只字不言户部灾款。李鸿章无奈其何，只好自想办法，使出浑身解数，筹款办灾。还以老迈之躯，顶风冒雨，来到河堤上，督堵决口。又深入灾区，察看灾情，指挥赈济。幕僚怕老人吃不消，好言相劝，他不以为意，依然我行我素，漫长雨季没几天待在衙署里。

这天李鸿章看望灾民，绕经一处水淹禾田，不小心踩在雨水泡松的虚土上，身子失去平稳，卟嗵一声，跌进水田里。随僚大惊，赶紧七手八脚，把他捞出来。李鸿章打一个喷嚏，提提湿透的衣袍，笑笑道："你们见过落汤鸡，还没见过如此狼狈的老落汤鸡吧？"

回到衙署，洗过热水澡，又趁热喝下莫夫人熬的姜汤，倒到床上，捂了被子，发汗祛寒。汗还没发出来，津海关道盛宣怀手持电文，直奔内室，莫夫人拦都没拦住。原来上海机器造纸局经营不善，加之日货倾销，出现亏损，宣告破产，低价卖给外商，过后才电告盛宣怀。盛宣怀气急败坏，不管不顾，来见李鸿章，看看有无挽回余地。

上海机器造纸局系中国第一家华资机器纸厂，为李鸿章亲自奏准督办，猛地听说破产变卖，一时心如刀绞，仿佛亲生儿子卖给他人一般。一位古稀老人，先失子，继丧妻，再遇滔天洪水，还没缓过气来，又闻机器造纸局恶讯，就是钢筋铁骨，也承受不了。加之落水湿身，风寒入骨，终于病倒在床，不省人事，水米不进，生死难料。

消息传到京师，朝臣们一个个欢天喜地，心里道李鸿章啊李鸿章，你自四十建淮军升巡抚起始，三十年稳居高位，呼风唤雨，权利名一样不落，也该知趣点，撒开双手，让同僚也进位尝尝大权大利大名滋味。那么谁适合接掌直隶和北洋呢？众人掰着指头，数起大臣名字来。数来数去，觉得两江总督兼南洋大臣刘坤一最适合，曾国藩与李鸿章皆出身两江，有例可循。有人不同意，认为刘坤一年龄偏大，张之洞不仅年富力强，且朝廷背景深，又是北方人，得天独厚，优势明显。没谁规定直隶是南方人的直隶，北洋是南方人的北洋，南方人把持直隶北洋几十年，也该北方人来过过瘾了。

朝臣们说得天花乱坠，都作不了数，还得皇上定夺。这天御史余联沅和屠仁守走进翁府，想从翁同龢嘴里探听皇上口风。翁同龢最盼李鸿章早死，得知他病入膏肓，乐得做梦都笑出声来。可当余屠两人面，还是故作严肃道："百人百病，李相国生场病，有啥可大惊小怪的？天津洋医成群，给他打几针药水，服几片西药，定能逢凶化吉，遇难呈祥。"余联沅说："李鸿章十五岁小儿和五十五岁老妻，不都是洋医医坏的么？"屠仁守也道："李鸿章风烛残年，又连遭打击，难道还能逃过此劫不成？他又不是神仙，也属凡胎肉身。"

李鸿章当然不是神仙，是贼，且是罪大恶极的国贼。有句话叫老而不死是为贼，说的就是李鸿章这种人。翁同龢肚里骂道，嘴上则说："李鸿章命大，但愿上天保佑，留他再活几年，多为皇上办些实事，富国强军，保大清江山永不倒。"余屠两人不服气，道："就他李鸿章知道富国强军，满朝文武一个个都是肥猪，只知吃了睡，睡了吃，吃了再睡？"

你一言，我一语，说得正热闹，太监来传翁同龢进宫。莫非皇上找去商议谁做李鸿章替手？翁同龢来不及多想，送走余屠二人，往宫里赶去。到得养心殿，行过礼，光绪开口道："李鸿章大病不起，朝臣纷纷猜测，该谁主管直隶和北洋，不知翁师傅有何想法？"翁同龢道："老臣两耳不闻窗外事，可还是道听途说，朝臣们嘴里说得最多的，好像是刘坤一与张之洞两人名字。"光绪道："直隶和北洋只能一人来做，刘张谁更合适？"

"两人都不适合。"翁同龢毫不含糊道。光绪讶然一惊，道："李鸿章之外，刘张是资望最高的封疆大吏，他俩不合适，谁才合适？”翁同龢道：“大清唯一满状元崇绮。”

崇绮曾配合翁同龢，力阻李鸿章办海防，修铁路，彼此算是同盟，翁同龢才老想着还个人情给崇绮。再则崇绮是户部满尚书，虽说身体欠佳，在家养病时日多，户部大小事务主要由翁同龢说了算，毕竟满汉同堂，多少会有些掣肘，若把崇绮搬开，换个资历浅又出自翁门的年轻满尚书，户部岂不形同翁家所办？

光绪年轻，哪懂翁同龢肚里想法？只道：“崇绮只比李鸿章小六岁，身体又不好，只怕太后不会同意。”翁同龢提醒道：“皇上可别忘了，崇绮女儿和妹妹同为同治皇后与贵妃，太后能不看在儿子同治份上，对崇绮格外加恩吗？京津陆防，北洋海防，尽归直隶总督和北洋大臣掌管，皇上若将如此重任交给崇绮，崇绮还不感恩戴德，为皇上肝脑涂地，也在所不辞？”

翁同龢话里意思明显，慈禧手里有李鸿章等权臣，才人已归政，雌威不减。能抢在慈禧面前，把崇绮争取过来，授以重权，光绪便可慢慢摆脱慈禧控制，当即道：“既然如此，麻烦翁师傅找崇绮问问，他有出主直隶和北洋意愿，朕再设法把他推举上去。”

出宫后，翁同龢上了崇府。客气两句，翁同龢言归正传，说明来意。崇绮激动得鼻尖都渗出汗珠来。想想李鸿章身为汉臣，皆因手握北洋海陆两军，牛气冲天，咱好歹出自镶黄旗，若能主持直隶和北洋，执掌海防陆卫，岂不如虎添翼？翁同龢瞧在眼里，嘴上说：“皇上已认可同龢推举，欲委崇大人以重任，接下来就看您自己如何动作。”崇绮道：“还请翁师傅赐教，崇某如何动作才好？”翁同龢笑道：“崇大人智慧超群，同龢岂敢赐教？”

毕竟是大清唯一满状元，崇绮心眼不比翁同龢少，笑道：“翁师傅是要咱去太后面前露露脸？”翁同龢道：“崇大人以养病为由，难得出门，估计好久没见过太后了吧？太后僻居颐和园，远离皇城，除皇上两天过去请训一次，门前清静，崇大人肯现身，她老人家能不高兴？太后一高兴，皇上再轻轻说声您的大名，一切不水到渠成么？”

崇绮赶往颐和园，进得乐寿堂，正在把玩玉如意的慈禧果然满脸是笑，夸他有情有义，没忘记自己这个归政太后，不辞辛劳，专程远道来访。崇绮谢过恩，捧上一堆漂亮话，又拿女儿和妹妹说事，惹得慈禧想起死去快二十年的儿子同治，难免伤心一回。崇绮顺话道："生死有命，富贵在天。诸如李鸿章，功成名就，志得意满，身体也一向强健，可岁月不饶人，办过七十寿庆没多时，忽病来如山倒，据说已处弥留之际，实在令人叹惋。"

慈禧望崇绮一眼，暗忖这几天朝臣一踏进乐寿堂，三句不离李鸿章，好像李鸿章该死该活，阎王说了不算，非得我慈禧发话不可。这些人到底是关心李鸿章其人，还是热衷他名下的直隶总督和北洋大臣位置？慈禧不动声色，眼盯手上玉如意，道："李鸿章征长毛，剿捻匪，办洋务，固海防，再造玄黄，功高盖世，是我大清恩人呐。不知他死后，谁能继承其伟业，永葆我大清。"崇绮道："李鸿章居功至伟，自不必多说，君臣也个个肚里有数。可知人知面不知心，他毕竟是汉员，京津海陆两军尽在其手，朝廷也不踏实。终于等到他老死放权之时，正好可换上满蒙奴才顶替上去，接掌直隶和北洋。"

出身镶黄旗，口说满蒙，崇绮用意不言自明。事实也是，李鸿章真的死去，若从满蒙大员里物色替手，还真只有崇绮与荣禄较为合适。荣禄几年前已离京出任西安将军，若就地取材的话，确非崇绮不可。只是崇绮常年称病在家，似乎不太关注朝政，怎么李鸿章病倒，他突然变得如此亢奋？莫不是光绪与翁同龢给他透露过什么？慈禧动着心思，脸色冷淡下来，放开手里玉如意，捶捶后背，道："老啦老啦，不中用啦，多坐会儿就腰酸背疼。"

此乃送客信号，崇绮知趣，告退出去。其实慈禧腰不酸，背也不疼，崇绮走后不久，奕劻入园求见，她又返回暖阁，正襟危坐于榻前。与崇绮不同，奕劻是来复命的。得知李鸿章病倒于床，生死不定，慈禧就传旨给奕劻，密切关注其病情。奕劻于是天天坐镇海署，天津电报一到，便派专差西驰颐和园，禀报慈禧。几乎一天一报，从没间断。今天奕劻不派专差，竟动步上门，莫非李鸿章已寿终正寝，等着朝廷赏赐丧银？

奕劻进入暖阁，还没下拜，慈禧就迫不及待道："平身吧，先说李鸿章是死是活。"

要说朝野上下，也就慈禧一人真正关心李鸿章生死。日久见人心，两人打了三十多年交道，彼此最知根底。从前慈禧还有过疑虑，堤防李鸿章拥兵自重，犯上作乱。经事一多，才看出他并无异志，绝对忠诚可靠。如今人至古稀，除大哥李瀚章仍总督两广，其他弟弟皆已过世，子侄辈里又多为书生和商人，更不可能觊觎大清天下。慈禧也就希望李鸿章起死回生，再给朝廷办几年差。没法子，文武满朝，能说会道，能写会算，不乏其人，真正肯担当，敢任事，又可作为，能与洋人一争长短者，也就李鸿章一人，再找不出第二个。

奕劻懂得慈禧心情，道：“李鸿章大难不死，到阴间跑一趟，阎王说他阳寿没尽，不肯收留，又把他给赶了回来。”

慈禧嚯的一声站起来，指着奕劻道：“你敢肯定，李鸿章没死，又复活啦？”奕劻点头道：“微臣肯定，李鸿章的确没死，有电文为凭。”伸手从袖里摸出电文纸，呈给慈禧。慈禧将电文看一遍又再看一遍，嘴里咕哝道：“没死就好，没死就好哇，本宫还苟活于世，他李鸿章怎忍心扔下本宫和大清，撒手而去呢。”

奕劻也替慈禧高兴，道：“李鸿章是昨夜子时活过来的，周馥派人给海署拍过电报，觉得电报说不详明，又发快马西驰入京送信。早上微臣赶到海署，拿到译好没多久的电文，快马也飞奔而至，说李鸿章差点已落气，是听到上海消息，眼睛猛一睁，清醒过来。”慈禧觉得挺有意思，道：“上海什么好消息，比医生医术还高明，能救李鸿章老命？”

奕劻于是眉飞色舞，给慈禧学起舌来。事起于两个月前，李鸿章刚一身湿透，从赈灾前线返城入衙，便闻上海机器造纸局倒闭变卖，又气又恼又急，一下子病倒在床。可倒下前还是坚持掏出私款，交给盛宣怀，委托他连夜南下，挽救造纸局。盛宣怀到沪后，不辱使命，争取原来股东支持，赎回纸厂，改名为伦章机器造纸局，另行筹资招股，添购机器，采办原料，终于开机运营。忙得差不多，才想起给天津发电报。电报送到周馥手上，他三步并作两步，奔入后衙，见李鸿章昏迷不醒，不禁大放悲声：相国啊，怪我迟来，没能在你清醒时，把盛宣怀所拍电报送到你面前。也许听到盛宣怀名字，李鸿章沉沉的眼皮竟动了动。周馥看得真切，又大声道：相国你若听得见，告诉你个好消息，盛宣怀拍来电报说，上海机器造纸局已成功赎回，重新开工生产。没等周馥说完，奇迹发生了，李鸿章慢慢睁开眼皮，启开干裂的嘴唇，用微弱声音道：电报在哪，给我看看。

“李鸿章大难不死，再活个十年八年，该没问题。”慈禧长舒口气，让李莲英拿出数根长白山野山参，交给奕劻，道：“你带上这几根山参，派人代本宫送给李鸿章，给他补补身子，早日康复，继续为大清办洋务，固海防。”

奕劻自然乐意照办，出园回城后，给李鸿章修书一封，连同山参一起，托付得力家仆，速送天津。事被朝臣闻知，一个个失望之至，破口大骂李鸿章已到死亡边沿，又死皮赖脸活回来，让人空欢喜一场。还收获太后山参，简直大逆不道，该遭千刀，挨万箭。最可怜者还是崇绮，眼看煮熟的鸭子飞走，气急败坏，怒不可遏，跑进翁府，当面质问翁同龢道："你不是说李鸿章死期即至么？怎么你说话跟放屁一样，让他闭上的眼睛又张开了？"翁同龢道："怪我说偏了嘴，也怪李鸿章命硬，连阎王都怕了他，拿他没法。"

李鸿章该死没死，光绪也恼羞成怒，成天没好脸色。翁同龢安慰道："咱暂时奈何不得李鸿章，没法接管津海海陆防军，可考虑逐步加以削减。"光绪道："怎么个削减法？"翁同龢分析道："除津沽、威海、旅顺等处海防，李鸿章麾下还有叶志超练军、马汝贵盛军、马玉昆毅军、左宝贵奉军、聂士成武毅军，皇上可下旨裁减一半。"光绪道："津海海陆防军关系国家安危，岂可轻易裁减？"翁同龢道："裁减津海海陆防军，节省出来的军饷，可扩充京畿神机营，或编练新军。神机营强大，新军练成，大清安危岂不就可得以保障？"

拥有自己武装，底气才足，腰杆才硬，才不会任太后拿捏。教过光绪近二十年书，翁同龢太了解自己这个学生，自然轻轻一张嘴，就能说到他心里去。光绪情绪一下子高涨起来，涨红着脸，要师傅快授机宜，如何充实神机营，编练新军。没等翁师傅搭腔，又道："崇绮已六十大几，身体又不好，坐享其成尚可，交他神机营，嘱他编练新军，只怕不太靠谱，"翁同龢道："崇绮确实太老，只怕连太后都看不中。"光绪道："太后看得中的人，又怎会死心塌地维护朕呢？"翁同龢道："事情为难之处正在这里，必须找到这么一个人，既忠于皇上，太后那里也能通过，不然太后不点头，依然白忙一回。"

师徒俩你一言，我一语，商议半天，最后还是翁同龢道："臣倒想起一个人来，不知皇上中意否？"光绪道："此人是谁？"翁同龢道："荣禄。"

荣禄系正白旗人，本是慈禧亲信，曾一度兼任内务府总管和步军统领，当年慈禧就是依靠他，如愿扶四岁光绪登上大位，得以继续垂帘听政。后慈禧欲自选宫监，荣禄不知出于何因，奏非祖制，忤旨遭贬，出任西安将军。翁同龢分析道："一晃荣禄已在西安待了十来年，太后一直没让他返京，皇上若促成他先官复原职，再统管神机营，编练新军，他定然感激涕零，死心塌地为皇上服务。"

光绪觉得师傅言之有理，只担心慈禧那里通不过。翁同龢认为，为使慈禧二度垂帘听政，荣禄出过大力，后因小过，遭贬出京，确实有些冤枉。其实这是慈禧驾驭权臣手段，恩威并举，捧压兼施。翁同龢又道："荣禄被压了多年，太后肯定早有让其回京之意，皇上趁机提提荣禄名字，太后正好就汤下面，重新起用他。"

起用荣禄，既可讨慈禧欢心，身边又多个得力干将，为我所用，强固国防，又何乐而不为呢？光绪频频点头，道："就照师傅说的办，赶紧活动荣禄回京。"翁同龢道："好事不在忙中取，运作荣禄回京前，先得裁减李鸿章麾下海陆防军，津海薄弱，国防空虚，让荣禄回京任职，扩充神机营，编练新军，理由才充分。"

师徒说干就干。翁同龢先以户部库银短缺名义，上折请求缩减军饷，然后私会李鸿藻，怂恿他出手，奏裁津海海陆防军规模，节约军饷开支。

八年前甲申易枢，李鸿藻惨遭降职，一直抬不起头来，直到光绪亲政，才又重回枢廷，充任军机处大臣。打压不可一世的李鸿章，可收获光绪欢心，此等好事，李鸿藻岂肯轻易错过？于是连夜拟折，附议翁同龢。

收到两人奏章，光绪趁赴颐和园请训，呈请慈禧恩准。慈禧问："裁减津海防军，谁来保障京畿安危？"光绪道："裁减津海防军可节省军饷，用以扩充神机营，编练新军，守卫京畿。"慈禧问："有此必要吗？"光绪道："很有必要。津海防军只听命于李鸿章，适当削弱，节饷充实和打造皇家军队，于大清江山有百益而无一害。"慈禧道："皇帝担心李鸿章造反？"光绪道："李鸿章自然不会造反，要造反早造过了。然咱可保李鸿章忠诚于大清，谁能保他下面提督总兵也忠心不二？李鸿章活着好说，手下喽啰听命于他，不会乱来，万一他两眼一闭，两手一摊，那些不知天高地厚的武将揭竿而起，倏忽而至，朝中君臣岂不束手就擒？前不久李鸿章已死过一回，下次再大病倒床，恐怕没人能让他再活回来。"

光绪才二十左右，脑筋能如此复杂吗？不用说，定是翁师傅教的。不过光绪所言也不无道理，慈禧不得不有所考虑。好在她不会一意孤行，凡事喜欢交内外大臣讨论，以集思广益，博采众长。当即嘱令光绪，将翁李奏折抄发部院和各地，先听建议，再下定论。

翁李折抄发往天津，李鸿章浏览一遍，呵呵一笑，束之高阁，该干啥干啥，没事人似的。幕僚们坐不住了，跑进签押房，大骂翁同龢和李鸿藻恶劣，竟出此馊主意，自撤藩篱，洞开国门，坐等外敌来犯。骂完后，又催促李鸿章，赶紧据理力争，让光绪和慈禧放弃翁李奏请。还鸡一嘴，鸭一嘴，说事出有因，至少与光绪不无关系。光绪虽说已经亲政，却依然受慈禧控制，才急于拥有自己的军队，做回真正的皇上。翁同龢早给光绪灌输过，津海防军受制于李鸿章，李鸿章听命于慈禧，一天不培植自己军力，翅膀一天硬不起来。

李鸿章充耳不闻，无动于衷。众僚越发着急，嚷嚷着不趁早驳回翁李奏请，万一光绪和慈禧听信两人谗言，旨命裁减津海海陆防军，再想挽回就为时已晚。李鸿章这才开言道："人家爱裁就裁，爱减就减吧，裁减津海防军，老夫无事一身轻，正好回合肥过两年清闲日子。人生在世，无非八个字：功名利禄，诗酒田园。前四个字老夫已经占齐，也该放下一切，寄情诗酒，栖身田园，尘归尘，土归土，匿迹于无形。"

这可不像李鸿章风格。莫非大病一场，参透生死，看破红尘，不愿再与人争高低，竞长短？众僚又劝几句，依然得不到回应，不好勉强，纷纷叹气离去。

与李鸿章波澜不惊不同，部院和各地疆臣收到翁李折抄后，无不欢呼雀跃，喜不自胜，庆幸李鸿章好戏已快到头，也该交出兵权，知趣退至幕后，做他的富家翁去。活到七十，已够不要脸，本可趁大病上身，善始善终，功德圆满，偏偏还要死乞白赖，不肯走人，真是天理难容。也怪皇恩浩荡，不定你李鸿章贪生赖活罪，仅裁减津海防军，你还是放聪明点，见好就收吧。众臣欢喜之余，一个个欣然提笔，附议赞成裁减津海防军英明决策。动作越快越好，早行裁减，朝廷省拨粮饷，百姓少些负担，天下多些安宁。李鸿章不仁，剿捻结束后，本该裁军节饷，却耍尽花招，留淮军，办海防，多年下来，花去数千万两大银。当今国家承平，依然养着如此众多海陆防军，糜费粮饷，劳民伤财，毫无必要，早该休矣。

见到众多附议，翁同龢大乐，对当值军机处的李鸿藻说："这就是人心所向，看来不速裁津海防军，谁都不会答应。"李鸿藻道："大臣们替国家担忧，忠心可鉴。想李鸿章自创淮军以来，三十年拥兵自重，威震朝廷，不弱其兵，屈其势，皇上睡觉都不安稳呐。"又说："裁减津海防军说来容易，动真格裁谁减谁，还得李鸿章本人操办，他那里有何反应？"

翁同龢才意识到没收到李鸿章回馈。拿出众臣附议，堆到桌上，扒拉半天，也没见李鸿章只言片语。翁同龢道：“李鸿章办事一向雷厉风行，抄件发往天津多时，是好是歹，认不认同，他总得放个屁呀。”李鸿藻道：“莫不是抄件路上有误，没送到北洋衙署？”

两人叫来负责文事的章京询问，说北洋衙署文稿签收回执已发至军机处，说明抄件早到李鸿章手上。既然收到抄件，就得表个态，莫非缄嘴不语，就可对抗朝廷，免裁免减不成？李鸿藻吩咐章京道：“给李鸿章发份电报，问他到底阅过抄件没有。”

章京遵命发电，此次李鸿章回复倒挺迅速，不过仅两个字：已阅。气得李鸿藻胡子直抖，嚷嚷道：“既然阅过抄件，就该反馈意见，岂可仅以两字敷衍？”翁同龢道：“李鸿章在念拖字诀。”命章京再发电报，限李鸿章两天之内，就抄件内容，回复具体想法和做法。

两天不到，李鸿章便复了电，仍只两个字：同意。

想不到李鸿章不折不扣，满口同意裁减津海海陆防军，翁李两人既意外，又觉得不大可信。李鸿藻道：“李鸿章是真同意，还是假同意？”翁同龢道：“不真同意，他回电同意干啥？军中无戏言，裁军大事，莫非他也敢开玩笑？”李鸿藻道：“再给李鸿章去电，既然同意裁减津海防军，就得给出具体方案，怎么裁减，裁减多少，何时裁毕，不得含糊其辞。”

电报发往天津，李鸿章收视，哈哈大笑起来，对于式枚道：“翁李两人说要裁减津海防军，却命老夫出具裁减方案，老夫吃饱撑得难受，替他操一番心？晦若（于式枚）替老夫回电，就说裁军高见非直隶与北洋提出，没义务出具裁减方案。”

翁李见电，大骂李鸿章滑头，只好以军机处名义，召集兵部和海军衙门，商讨津海防军裁减办法。几经商讨，好不容易拟出初步方案，派人飞送天津，李鸿章也没细看，挥毫批了八个字：方案可行，毫无异议。

八字于前，翁李鼓大眼睛，左瞧右瞧，总觉事情顺利得太出乎意料。于是齐齐入宫，觐见光绪，禀报李鸿章愿裁津海防军，呈上其亲笔八字。光绪大喜，正式下旨，明令李鸿章照津海防军裁减方案，尽快落实下去。

旨发天津，李鸿章复折道：皇上圣明，微臣遵旨，只请户部拨足裁减资费及海陆防军历年欠饷，妥善安抚裁减官兵。光绪见折，把翁李两人叫到养心殿，一脸不解道：“朕知道招兵买马，少不了粮饷，莫非裁军也非银子打发不可？”

翁李一心只顾削弱李鸿章势力，让光绪拥有自己军队，尽快摆脱慈禧，一时没想起裁军减员没银子不行。两人你看看我，我看看你，嗫嚅半晌，李鸿藻才细声细气道：“李鸿章所奏也没错，裁军没银子还真不行。这叫请神容易送神难，无银打发，裁减官兵自然不会乖乖离开军营，弄不好还会引起哗变，贻害无穷。”光绪道：“先缴掉裁减官兵枪炮，还怕他们把天掀翻不成？”李鸿藻道：“没安置妥善，就是逼官兵离营，也会为匪成贼，祸害地方百姓，届时剿匪所花银子，将大大超过安置银。”

此理并不深奥，光绪尽管年轻，也勉强能明白，道：“翁师傅掌管户部，赶快筹足银两，趁李鸿章改口前，促其裁减津海防军。”翁同龢道：“这不是笔小钱，不知筹不筹得拢。”光绪道：“给李鸿章去电，要他拿个数字出来，再说下步。”

两人回到军机处，给李鸿章拍电报，转达圣意。电至天津，李鸿章叫去周馥，出示电文，说：“玉山（周馥）给我拉个裁军资费清单。”周馥道：“日俄虎视眈眈，各国军舰云集沿海，相国为何不如实禀报，晓以利害，让朝廷收回裁减津海防军成命？”李鸿章道：“哪是朝廷要裁减津海防军？是翁同龢与李鸿藻两人故意作祟，老夫身为外臣，还斗得过他俩？别啰唆，赶快把清单拉出来，好应付两位大神。”

周馥加班加点，很快拉出裁军资费清单，注明详细用途。各项内容加一起，合银六百多万两。清单发往军机处，翁同龢一见，嗷嗷大叫，骂李鸿章趁火打劫，要钱不要脸。李鸿藻也在堂上，从翁同龢手上要过清单，低首一瞧，说：“李鸿章真是狮子大开口，是欲趁裁军发笔横财？咱俩联名参他一本，劾其居心不良，要挟朝廷。”

写好奏折，递到光绪那里，光绪道：“李鸿章还有要挟朝廷胆量？”翁同龢又拿出裁军资费清单，呈给光绪：“皇上瞧瞧这个便知。”光绪扫一眼，皱眉道：“裁个军也需这么多银子？”李鸿藻道：“李鸿章本不愿裁军，才故意无中生有，漫天要价，为难皇上。”光绪道：“你俩稽核过没，到底哪属裁军必要支销，哪属虚列浮开？”翁同龢道：“还没来得及。”光绪道：“马上稽核一遍，若李鸿章确属无中生有，恶意要挟朝廷，朕一定治他重罪。”

两人花上几天，一项项核对过，觉得清单所列皆属必要开销，看不出虚列浮开项目，不认可都不行。如实回禀光绪，光绪道：“那户部就照单拨款吧。”翁同龢道:“六百万两巨款,一时间户部哪拨得出?”光绪道:“想办法筹措呀。”翁同龢道:“筹措得有个过程,并非短期能够筹足。”光绪道:“何时筹足,何时裁军,一句话,津海防军非裁减不可。”

俗话说,聚财犹如针挑土,散财宛若水推砂。六百万两可非小数,翁同龢绞尽脑汁,从秋筹到冬,从冬筹到春,已进入光绪十九年(1893),依然远没够数。偏偏李鸿章那里又开始催拨当年铁路年款,以及海陆两军常费。翁同龢不予理睬,心里盘算,先把六百两万裁军银奏齐,津海防军着手裁减,再说其余。李鸿章知道翁同龢用意,给奕劻写信称,常规款项不到位,海陆两军欠饷过巨,官兵空腹逼饷,闹出乱子来,唯有请户部出面圆场。

奕劻知道翁同龢与李鸿藻正一唱一和,怂恿光绪裁减津海防军,惹不起人家,拿着李鸿章信函,去了颐和园,禀报慈禧。慈禧说:“津海防军保留一天,就要吃一天饭食,何况只说裁减,没说裁撤,怎能截留正常经费?惹起哗变,翁同龢负得起这个责吗?”

奕劻将慈禧原话递入翁同龢耳里,翁同龢迫于无奈,只得拨出津海防军常费,却还留一手,铁路年款一两不给。李鸿章不干,又三番五次催拨。翁同龢也有办法,以来年为慈禧六十万寿,户部需筹措寿庆银,通过光绪下达圣旨,免拨铁路年款。

慈禧六十寿庆乃朝廷大事,又有光绪圣旨,李鸿章还能说啥?只好忍气吞声,默默认可。翁同龢暗自得意,抓紧挪借爬梳,终于凑足六百万两银子。先拨出一百万,待李鸿章遵旨启动裁减津海防军,再拨其他五百万。一百万就一百万,聊胜于无,李鸿章自然笑纳,拿一半发放海陆两军欠饷,另一半用作已快停建的关东铁路工程,至于津海防军裁减,没任何动静。翁同龢破口大骂李鸿章不是人,又以光绪名义下达旨意,令其立即启动裁军,若恶意抗旨,交部议处,决不姑息。李鸿章自领军征发苏沪伊始,就没少抗过旨,岂是光绪和翁同龢镇得住的?毫不客气复旨道:一百万不够历年海陆两军欠饷,欠饷没补足,裁军无从谈起。

翁同龢又气又恨,又无可奈何,正犹豫要不要拨付另外五百万两,天公开始作恶,黑云密布,下起雨来。越下越大,如瓢泼,如盆倾,仿佛天河跌落。与往年样,永定河一夜暴涨,巨流汹涌,过坝断坝,经堤决堤,顺天直隶所属三十多州县皆成泽国，上下千数里，巨浸汪洋，几无干土。李鸿章搁下裁减防军圣旨，组织救灾。又亲赴洪涝一线，视察灾情，了解民瘼。尔后据实奏报：暴雨无情，大水肆虐，房屋倒坍，禾稼漂没，小民无地可种，无屋可栖，荡析流离，岌岌不可终日。又奏调抗洪人力，申请赈灾款项。

光绪见奏，召集文武百官，共商抗洪救灾良法。众臣觉得顺直遭灾，是直隶总督的事，与朝廷无关，没谁愿意搭腔。只翁同龢心疼那拨走的百万两银子，气呼呼道："李鸿章手握三万津海海陆防军，户部又刚拨过裁军银，他还好意思找朝廷要人要钱？"光绪道："裁军银需专款专用，李鸿章岂敢违旨挪作他用？"李鸿藻帮腔道："李鸿章险佞狡猾，阳奉阴违，根本没裁军意愿，那一百万用作赈灾，也没啥不可。至于抗洪抢险，津海防军至今没裁减一兵一卒，可调派洪涝一线发挥作用。"光绪道："顺直洪水滔天，灾情紧急，只好暂缓裁军，谕命李鸿章全力以赴，抗洪赈灾。"

其实向朝廷奏报灾情前，李鸿章已从各路防军抽调精兵强将，派往洪涝一线，顶风冒雨，抗洪抢险。同时调剂款项，展开赈济。总督直隶以来，永定河没几年没发大水，李鸿章早成办灾熟手，手段不少，再艰难，再困厄，总能应对过去。

好不容易雨季过去，水势渐渐消退，李鸿章一边部署灾后重建，一边召集周馥与永定河道衙官员，商议治河防水办法。正好奕劻来信，说明年太后六十万寿，近畿不宜见灾，务必加大力度，整治永定河，别到时又发大灾，扫太后兴致。李鸿章觉得有意思，近畿不宜见灾，莫非远畿可任灾泛滥？然无论如何，身为直隶总督，治河属职责所在，责无旁贷。

坐在屋里商议不出名堂，李鸿章带领周馥等人，走出衙署，现场考察永定河。永定河有小黄河和浑河之称，源出燕山峡谷，泥沙俱下，淤积河床，每逢雨季水涨，漫出河堤，两岸房屋田土尽泡水中，灾民苦不堪言。治理办法也不多，千百年来，无非这么两手：一手挖掘河沙，疏浚河道，一手筑堤两岸，防沙入河，挡河漫溢。然永定河两百多里长，挖沙疏浚，口说容易，实施起来多难？流沙源源不断，河床越垫越高，堤岸越筑越隆，人力远远跟不上自然伟力。众人于是设想，可否在河岸建筑减水大石坝，以分流减水，控制主河道水量。

李鸿章决定三管齐下，即挖沙浚河、筑堤防沙、砌坝减水同时进行。

永定河河宽水长，短期难见全功，只得奏请先治近畿河段，以后逐步延展，多年大功或可告成。为使慈禧大寿之年近畿无灾或少灾，光绪不折不扣，下旨抓紧治河工程。资费不让直督衙门沾边，由户部拨入工部，工部划给永定河道。所需人力则自津海海陆防军里抽调，尽量少征用民工。李鸿章复禀，津海防军裁减在即，没法抽调。光绪再颁旨明确，津海防军暂缓裁减。

为保全津海海陆防军，李鸿章不好讨价还价，从练、盛、毅、奉及海防诸军里抽调大量官兵，投放治河防沙工地，至于操演训练，只能搁置一边。其实自李鸿章入主直隶以来，所领京畿淮军，大部分时间都在垦荒屯田，修路架桥，治河防灾，操演训练虽说不上完全荒废，然所花时间和精力越来越少，却是不争事实。不这样还不行，翁同龢主持户部后，常找借口少拨军费，军中欠饷严重，李鸿章不得不让防军放下操练，输出劳务，赚钱自给。

抗洪救灾，治河防沙，忙忙碌碌，一年不觉过去，晃眼进入光绪二十年（1894），用传统干支纪年法，叫甲午年。本年十月初十系慈禧六十万寿，朝廷不惜动用大量人力物力财力，筹办寿庆，准备大庆大贺一番。还特颁恩诏，奖赏文武大臣。李鸿章赏戴三眼花翎，荫儿子经迈以员外郎用。有清以来，唯皇族成员及四位有重大军功的满臣享受过三眼花翎，李鸿章属唯一获此殊荣之汉臣，连老师曾国藩皆无此幸运。这自然是慈禧格外开恩，换作光绪，李鸿章公然抗旨，拒不裁减津海海陆防军，杀他的心都有，哪还会施恩于他？翁同龢与李鸿藻更是老大不痛快，又不敢公然说慈禧不是，只好红着眼珠，大骂礼部坏了祖制，所赏非人。

李鸿章没义务治疗翁李两人红眼病，受赏仪式一结束，便戴着三眼花翎，兴冲冲回了天津。照海军条例规定，又到三年一度的校阅时候，得抓紧部署阅军事宜。

返津入衙，屁股还没落座，于式枚手拿电文，前来禀报道："金玉均在上海被人杀死。"

论及金玉均，还得从十年前朝鲜甲申叛乱说起。叛乱主要策动者就是开化党代表人物金玉均。叛乱过后，金玉均逃往日本避难，朝鲜多次与日交涉引渡，均遭拒绝。中国驻朝通商大臣袁世凯于是出主意，不如派人潜往日本，暗杀金玉均。朝鲜急于消除金玉均这个大隐患，依计展开追杀甲申余孽行动。可两次赴日行刺，均告失败。朝鲜因而流言四起，说金玉均将联合日本，杀回汉城，以雪前耻。流言其实出自中国驻朝大臣衙署，目的无非为解决金玉均寻找理由。金玉均为此还致信李鸿章，谴责袁世凯。在中朝两国双重压力下，日本怕事情闹大，又不愿交人，以驱逐金玉均出境为名，将其软禁于小笠原群岛上。过没几年，风声过去，才让金玉均恢复自由。朝鲜又不安起来，重启暗杀行动，交给一个叫洪钟宇的人执行。洪钟宇刚从法国留学归来，途经日本，正要返朝，拿到任务，开始接近金玉均。金玉均逃亡期间，李经方正出驻日本公使，年前因生母去世，才卸任回国丁忧。洪钟宇了解到李金之间有过交往，便劝金玉均西渡中国，投奔李经方，进而联系李鸿章，活动回朝。两人当即带上日籍仆从和翻译，乘船来到上海，住进客店。隔日早上，洪钟宇趁金玉均不备，将他杀死在客房里。客店赶紧报案，巡捕抓获洪钟宇，扭送上海道衙，上海道不敢隐瞒，电告北洋衙署。于式枚收到电报，不知如何回复，正值李鸿章从北京归来，便直入签押房，禀告实情。

朝鲜亲日派人物逃往日本，被人骗到上海，杀死在客店里，这可不是普通杀人案，弄不好会刺激日本，让中国搅进局里。李鸿章吃惊不小，仔细看过电报，说："电文只说案发上海客店，没说是何店名，地处沪东沪西。赶紧回电，命详细报来。"

于式枚出去，半个时辰后返回，告知案发地在美国租界内东和客店，店主为日本人。李鸿章这才松了口气，连说数声好，道："事发美国租界日本客店，又是朝人杀朝人，自然与中国无关。"当即电令上海道，善殓金玉均尸体，送回朝鲜。

其时金尸已被其日本仆从领走，上海道接电，又强行扣留下来。因中朝没有通商航线，不得不请南洋大臣刘坤一派遣兵船，押运灵柩及凶手洪钟宇至仁川，交还朝方。

金玉均是朝鲜君臣肉里刺，又与中日两国不无关系，被洪钟宇拔掉，倒也省事。李鸿章正在庆幸，不想朝鲜横生枝节，让人捏出一把汗来。

原来甲申叛变虽已过去整整十年，朝鲜君臣心头仇恨却丝毫没减，不能生剥活剐金玉均，也要以谋叛大逆不道罪名，行使凌迟戮尸之刑。李鸿章闻讯，觉得大不可，电令袁世凯，奉劝朝鲜当局，妥葬死者，别做过头事，激怒日本。日本驻朝公使也出面阻拦，警告若连死尸都不放过，日本定然舆论大哗，于朝鲜不利。

可朝鲜当局听不进去，先凌迟金尸，再高悬于城头，插上“大逆无道玉均”标识。还觉不够，又砍下头颅，用重盐腌制，传示南北八道。

“这哪是行刑，完全是发泄怒气，也不想想会有什么后果。据袁世凯来电，朝鲜东学教正口喊驱逐奸倭，征讨在朝日军，揭竿而起，闹得沸沸扬扬。”李鸿章捶胸顿足，“早知朝鲜君臣疯狂如此，还不如让金玉均日籍仆从带尸归日，也不至于弄出这种荒唐事来，给日本人以口实。日本明治维新，借用西洋政体，多党共存，舆论自由，定会揪住金尸事件，大肆渲染，干扰日朝关系，进而把中国牵扯进去。”

果然没出李鸿章所料，朝鲜当局此举在日本引起轩然大波。反对党首先站出来，质疑政府，称中国解金尸归朝，是对日本一大侮辱，要求对华采取措施。日本媒体指责刺杀事件为中国背后操纵，还说大清连续两任公使李经方和汪凤藻，都与金玉均关系匪浅，想撇清干系，没那么容易。在媒体怂恿下，东京民众找出金玉均遗发和衣物，建衣冠冢，举行盛大葬礼。葬礼毕，又拥往首相府，呼吁对清宣战，一洗中朝加之于日本的奇耻大辱。还有人闯入军营，要求出兵中朝，军方暗示若有人点火，开战也不是不可能。只日本首相伊藤博文和外相陆奥宗光没失去理性，觉得为他国一亡命客之死对华宣战，不值得也不可能。

见过驻日公使汪凤藻专电里伊藤与陆奥的话，李鸿章才稍感心安。可日本民众仇华情绪已被挑起，日本政府又为民选产生，民众可直接影响政府决策，再有什么摩擦，就如日本军方期望，有人趁机点上一把火，自然便成燎原之势，后果不堪设想。李鸿章复电汪凤藻，时刻注意日本官民和军方动态，有什么及时报告国内。

电报发走，才腾出手来，部署三年一度的海军操演。时值初夏，李鸿章登临招商局海晏号轮船，前往大沽口。北洋各舰及南洋、粤洋各兵轮列阵口外，礼炮大鸣，军乐欢奏，恭迎大帅。李鸿章甚喜，朝舱门走去，准备上甲板阅操。谁知门低人高，一不留神，头上顶戴被门框一挡，掉落地板上，红宝石顶珠和三眼花翎掼出老远。随从们大惊失色，僵在那里，不知如何是好。还是周馥反应快，忙捡起顶戴，插紧花翎，固牢顶珠，再拂拂上面灰尘，双手交还给李鸿章。李鸿章接住，举到头上戴好，又正一正，没事人样来到甲板上。其时汽笛昂然响起，轮船起锚，缓缓启航，向港外悠悠驶去。

谁知还没驶出数丈，突然一阵狂风大作，鼓浪而至。船上帅旗始而猎猎而鸣，继而哗啦一声，脱离帅船，飘落远处海面。众人又是一惊，觉得太不吉祥，奉劝大帅，别再冒险出海，以免遭遇意外。李鸿章哈哈一笑，道："有啥可意外的！老夫老矣，却还不至于弱不禁风，被刮到水里去吧？另张帅旗，继续前行，别耽误校阅。"

船员很快换上备用帅旗。各舰首尾相衔，往外海逶迤而出。一路操演不歇，白天挥旗号与手号，夜晚打灯号与火号，遇大雾则施雾角和汽号，众舰进退有序，开合自如，变化无穷。先达旅顺口，次至大连湾，再抵威海卫，继而驶入胶州和烟台，最后来到本次校阅终点站山海关，沿途除检阅水陆两军操演，还观赏了各国军舰。

整个校阅过程，比之三年前那次大阅，没太多区别，无须一一赘述。只道山海关短暂停留，视察过水陆海防设施，改乘火车返津。历经数年不懈努力，关东铁路已铺至山海关，李鸿章得亲自体验体验火车的快捷和舒适。关东铁路总办吴炽昌、总工程师金达、帮工程师詹天佑等人同上火车作陪，一路汇报铺路艰难历程。车过滦河铁桥，众人下车参观，听铁桥主办詹天佑介绍筑桥经验。李鸿章边听边点头，说："眷诚（詹天佑）好样的，你的耶鲁大学没白上啊。中国多些你这样的年轻工程师，修路架桥就不再是什么难事。"詹天佑感激道："当年不是文正公（曾国藩）和相国送咱们幼童赴美留学，天佑现还在南海种地打渔呢。从美国回来后，天佑东一下，西一下，无正业可操，又是相国召入直隶，安排给金达先生做帮工程师，终于使所学派上用场，做出些许成绩。"

"感谢金达先生对眷诚的大力栽培！"李鸿章向金达拱拱手，又拍拍詹天佑肩膀，"修路容易架桥难，眷诚随金达先生修过数条铁路，又独立架成滦河铁桥，用中国话说，也算出师啦，日后可单独承接铁路工程，大显身手。"詹天佑道："只要相国用得着，天佑一定唯命是从，为大清多修铁路。"李鸿章道："用得着的地方多着呢。关东铁路才到山海关，还要延展至珲春和旅顺，不会少你英雄用武之地。"

修成关东铁路，乃李鸿章余生最大愿望。可他话说得响亮，心里却很悲观。年初入京受赏三眼花翎时，户部已透露过，意欲商借本年关东铁路两百万路款，用于慈禧太后六十大寿庆典。户部意思就是光绪和翁同龢意思，翁李两人连过数招，翁同龢皆没占到便宜，正好借慈禧六十大寿，再卡一下你脖子。李鸿章当翁同龢面道：“先不提户部年年欠拨津海海陆防军军费，也不论所停海军购置款仍没恢复，只说关东铁路年款，哪年及时足额划拨过？不然铁轨早已出关，也不至于远落后于同时起步的俄国西伯利亚大铁路。现在又拿太后寿庆说事，停拨关东铁路年款，老夫坚决不干，哪怕官司打到太后那里，也奉陪到底。”

咱为慈禧筹款办寿庆，你把官司打到她那里，还怕你占得了上风不成？翁同龢嘻嘻笑道：“打官司伤和气，李相又是何必呢？你关东铁路确实重要，太后寿庆也不能办得太寒碜吧？太后这么扶持你，你心里却只有铁路，没有太后，要太后作何感想？”

“别拿太后吓老夫，老夫不是吓大的！”李鸿章拂袖而去，找到庆王奕劻，请他阻止翁同龢截留关东铁路年款，别等日本与俄国作乱东北和朝鲜，运兵运不出，送粮送不到，贻误战机。奕劻嘴上答应找翁同龢和光绪说说，心里则想，谁狗胆包天，敢阻拦太后寿庆！

为一条关东铁路，奕劻不可能得罪翁同龢，包括光绪和慈禧，李鸿章也不过说说而已，对铁路年款不抱任何希望。这下当着詹天佑几个面，说将关东铁路延展至珲春和旅顺，无非哄自己开心，自己有生之年，绝不可能看到这一天。

果然回到天津，圣旨就送达衙署，明令暂停关外铁路，路款移作慈禧六十寿庆之用。李鸿章眼盯圣旨，良久无语，唯有叹息。叹息甫落，于式枚进来道：“朝鲜出大事啦！”

李鸿章不怕天灾，不怕人祸，也不怕翁同龢卡脖子，毕竟他卡得一时只一时，只要自己还有一口气，总能找到时机，突破其阻拦，谋到款子，办成想办的事。最怕朝鲜出点啥事，就像十年前越南战乱一样，不弄得大清遍地疮痍，元气大伤，不得消停。且朝鲜近在黄海对岸，日俄尤其日本借风点火，火势很快就会烧到关东和京畿，直接威胁北京。李鸿章嚯的一声从太师椅上弹起来，眼瞪于式枚道：“什么大事？给我说明白点。”

“朝鲜东学教已聚集起数万人马，攻占朝南全罗、庆尚、忠清三道，北犯京畿道，首府汉城已危在旦夕。”于式枚说着，呈上袁世凯电报。

三、朝鲜戡乱无力，中日借机出兵

自李熙登基后，朝鲜君臣暗弱，官场腐败，军队糜烂，民不聊生。有民谣为证：金樽美酒千人血，玉盘佳肴万姓膏；烛泪落时民泪落，歌声高处怨声高。民谣发乎民心，是现实直接反映，真实可信，不是谁想编就编得出来的。袁世凯驻韩十年，看在眼里，忧在心头，曾电告李鸿章道，朝鲜王宫日日宴饮，夜夜笙歌，不惜大把大把银钱花在享受和优伶身上，民灾兵饥却不思抚恤，兵心生恨，民怨沸腾。

朝廷不顾生民死活，生民自会掉过头去，另寻寄托。早在三十年前的咸丰末年，东学教悄然兴起，为贫穷百姓所接受，跟着教祖崔济愚敬天讲道，念咒画符，祈寿祷福，祛病消灾，奢望获得官府不能给予的幸福。教众越来越多，韩廷难免恐惧，派兵镇压，处死崔济愚。教祖已死，朝鲜王廷觉得万事大吉，不吸取教训，反贪惩腐，改善民生，依然故我，该腐败腐败，该享乐享乐。官府靠不住，百姓又奔向二代教主崔时亨，群起闹事。东学教复又壮大，信众集结，涌往汉城，为教祖崔济愚鸣冤叫屈，吁请合法地位，还在各外国使馆张贴反洋标语，朝外震惊。朝廷大骇，派兵弹压，同时通过袁世凯，向中国借得靖远、来远两舰，开赴仁川，策应汉城。慑于军威，东学教暂时偃旗息鼓，散落民间。然才过半年，至今年初，崔时亨以惩治贪腐、斥倭斥洋为口号，在南部全罗道登高一呼，信众云集响应，冲击官府，打砸商铺，焚烧洋教堂，其声势完全不同于以前的小打小闹。朝廷又借去中国平远号军舰，外加本国两艘汽船，出兵八百，自仁川南渡全罗道，展开围剿。

讵料东学教已聚集起数万农民，官军来不及施放枪炮，便被黑压压掩过来的农民军冲散，不知去向。农民军趁势占领全罗、庆尚、忠清三道，直逼汉城所在京畿道。王宫为此一片惊恐，首辅大臣闵泳骏赶往中国驻朝总理通商公署，搬兵征讨农民军，以挽朝鲜于既倒。袁世凯满口答应，电禀李鸿章，请求派兵入朝，镇压农民军，以巩固中国在朝宗主国地位。

出兵朝鲜，镇压叛乱，倒也简单，壬午、甲申两次助韩平叛，便是先例。不简单的是此一时也，彼一时也。彼时日本不够强大，掀不起大浪。经十多年发展，日本后来居上，海陆两军已超过中国。又有中日《天津条约》在先，一国出兵，必照会另一国。也就是说，中国派兵入朝，日本决不会袖手旁观，正好借机发难，一雪壬午与甲申之耻。

无奈中朝名义上保留着宗藩关系，尽管朝鲜背地里没少与日俄英等国暗通款曲，只想摆脱中国制约。国际舆论也认为国家不论大小，皆为平等关系，不断抨击早已过时的宗藩二字，认定朝鲜为自主国，应与中国平起平坐，唯清廷依然做着天朝上国美梦，以为高人一等，其实不过自欺欺人，用无任何实质意义的宗主国虚名哄自己开心。既然端着宗主国架子不肯放弃，藩属国有难，宗主国自然不好坐视不管。为维护大清廉价的宗主国虚荣，李鸿章不得不考虑出兵朝鲜，但朝鲜必须出具求兵书面公文，以堵日本人嘴巴。

电发汉城，袁世凯阅毕，心里说相国老矣，朝鲜首辅大臣闵泳骏亲自来署搬兵，还不作数，还得人家出具公文，不打屁脱裤，多此一举么？脱裤就脱裤，出具公文容易。只是公文来往，总得费些时日，只怕清兵未出，日本人先反应过来，不知会惹出什么乱子。袁世凯二话不说，直奔朝鲜王廷，面晤闵泳骏，转达李鸿章意思。闵泳骏当即入宫，觐见国王李熙。本来对请中国出兵，李熙一直举棋不定，担心日本趁火打劫，皆因农民军声势浩大，汉城危急，才勉强同意闵泳骏去找袁世凯。这下听说还得出具正式公文，又犹豫起来，道："中国不见公文不出兵，莫不是事后好有依据，向咱索要出兵饷银？"闵泳骏道："清国地大物博，还在乎这点出兵饷银不成？况中朝千年宗藩关系，哪有父兄帮子弟打架，找子弟要工钱的？壬午、甲申两次出兵，清国就没要过军饷，只驻朝期间，咱们主动提供过部分食宿。"李熙道："壬午与甲申清国出兵不多，不在乎那点军费。此次数万农民军暴动，没数千上万兵马，如何镇压得下去？兵多费巨，清国吃不起这个亏，定会索要无疑。"闵泳骏道："即便清国索要军饷也没事，今天拿去，明天咱再找个理由，请赏要回来就是。清廷向来大方，轻轻拔根汗毛，就够咱吃上一阵子的，咱又不是没少找他们拔过毛。”

李熙心有所动，却还是下不了决断，要闵泳骏容他再想想。人家是一国之王，闵泳骏不好逼迫，只得退身出宫。回到闵府，屁股刚沾座，门人跟进来通报，说杉村濬求见。杉村来干啥呢？莫非探知朝鲜向中国搬兵，也想引兵入韩？

杉村是日本人，临时代理驻朝公使。正式驻朝公使名叫大鸟圭介，农民军刚起事时就把使馆托给杉村，兴冲冲回了国。到得东京，来不及进家门，先赶到外务省，拜见外相陆奥宗光，禀报道：“朝鲜乱局已现，日本正好借此做做文章。”陆奥一直在关注朝鲜动态，听大鸟话里有话，问道：“做什么文章？”大鸟道：“出兵控制朝鲜。”

这可是大文章，不是外相一人做得来的。陆奥略有所思道：“伊藤首相正骑虎难下，朝鲜危机也许能帮他大忙。咱们先到首相府去走一趟吧。”

伊藤博文上任首相以来，一味扩充军备，国库只要有点钱，全都用来招兵买马，购舰置炮，经济严重受损，导致民众造反，政治动荡，众议院反对党更是发起一轮又一轮攻击，提出议案，逼迫内阁总辞职。伊藤焦头烂额，一筹莫展，就等议会召开，递上辞呈，拍屁股走人。陆奥与大岛双双出现于前，让他眼前一亮，心想若能出兵朝鲜，赶走袁世凯和在朝清兵，不仅可一雪壬午与甲申之耻，还能转嫁危机，保住本届内阁不倒。

可伊藤毕竟是出色的政治家，头脑清醒，不会一时冲动，随意表态，草率决策，道：“中朝毕竟有着藩属之名，又由事大党当政，需外力平叛，肯定先考虑中国，不会求助日本，咱们无故出兵，定遭国际干涉，弄巧成拙。”大鸟有些泄气，道：“莫非朝鲜不请日本出兵，咱们就袖手旁观，站在边上看热闹？”伊藤道：“不不不，只要中国出兵，朝鲜请不请都无所谓，日本照样可出兵。”陆奥也道：“首相大人说得对，中日《天津条约》明文规定，两国一方出兵朝鲜，需照会另一方。到时日本就以保护使馆和日民为由，出兵朝鲜。”

“本相正是此意，现在关键是促使中国出兵，日本随后跟进。”伊藤脸上浮起狡黠笑意，“密电杉村，命他设法挑动中国出兵朝鲜，届时大鸟先生再以保护使馆名义，领兵入韩。”

大鸟得令，赶紧给杉村拍电报，下达伊藤旨意。杉村见电，离开使馆，赶往闵府。正值闵泳骏从王宫回来，开口让门人放杉村入晤。见面落座，杉村便道：“农民军大闹南国，官军惨败，汉城岌岌可危，各国使臣惶惶不安，只差没下旗回国，不知首辅大臣有无良策，尽快平定叛乱？”闵泳骏叹道：“良策不多，就是请宗主国中国派兵助剿叛民。”

闵泳骏故意端出“宗主”二字，就是告诉杉村，日朝没有宗藩关系，才不请日本派兵。杉村很大度的样子，说：“朝鲜崇中国为宗主，藩属国有难，宗主国自然应该出兵。”

平时日本人口口声声朝鲜是自主国，否认中朝宗藩关系，怎么今天杉村一反常态，也觉得中国应尽宗主义务？闵泳骏警觉起来，问道：“中国出兵朝鲜，日本不会反对？”杉村道：“中国若出兵平息朝鲜叛乱，日本在韩使臣和商民安全有保障，又何乐而不为呢？”

见杉村能急朝鲜之所急，闵泳骏不好再把他当外人，实话道：“中国答应出兵，可惜要求朝鲜出具正式求兵公文，国王心存顾虑，一时打不定主意，本大臣正为此发愁呢。”杉村道：“这个要求也不高啊，不出具公文，怎么体现贵国诚意呢？”闵泳骏道：“正是此理。本臣再找找其他大臣，奏请国王尽快具文，早见清兵。”

杉村又怂恿几句，离开闵府，来到中国驻韩总理通商公署，拜访袁世凯，道：“本使从闵大臣处得知，贵国准备出兵朝鲜平叛，有无此事？”袁世凯不答先问：“杉使觉得中国该不该出兵？”杉村道：“当然该出兵。中朝千年宗藩关系，朝鲜有难，中国不出兵谁出兵？且越快越好，动作稍迟，暴民杀向汉城，你我皆会陷入危境。”袁世凯道：“敝国也想快点出兵，可韩王优柔寡断，不愿出具求兵公文，谁奈其何？”杉村笑道：“袁使可奈其何。”

袁世凯望向杉村，道：“此话怎讲？”杉村道：“韩王不愿出具公文，主要心存侥幸，欲通过谈判，招安暴民，也不想想暴民来势正猛，无所畏惧，岂肯轻易接受招安？”

一语提醒袁世凯，送走杉村后，便直奔王宫，觐见李熙，开门见山道：“国王陛下迟迟不签署求兵文书，莫非想派人与暴民接洽，奢望招安成功，不战而和？”

心思被人窥破，李熙不便掩盖，不得不承认道：“若能招安暴民，免去杀戮，贵国也无须劳师远征，又何乐而不为呢？”袁世凯道：“若能招安暴民，自然再好不过。可暴民刚击败官军，正在势头上，只怕不会那么乖巧听话。”

李熙默然无语。袁世凯又道："要暴民屈服议和，无非大兵压境。怕只怕大兵不至，暴民火势越烧越旺，烧出全庆清三道，直逼汉城，届时谁也保护不了国王您啊。"李熙还是不声。袁世凯继续道："唯一办法，就是国王早出具公文，借得清兵，威镇暴民。暴民愿和更好，清兵原路返回，当什么都没发生。不愿和也没关系，趁机剿灭之，从此天下太平。"

袁世凯把话说到这个份上，李熙再不好拖延，当夜咬紧牙关，签下求兵公文。可次日闵泳骏受召入宫取文，李熙又锁进抽屉，舍不得出手了。闵泳骏只得发动资深老臣，轮番游说，口水说干，李熙才终于打开抽屉，拿出公文，递给闵泳骏。

公文在手，闵泳骏飞驰中国驻韩总理公署，面呈袁世凯。袁世凯不敢怠慢，立即发电天津，禀告收到朝鲜求兵公文，还说已与杉村达成共识，日本不仅不反对中国出兵，还希望动作越快越好，早灭暴民，早还朝鲜安宁，以保障中日和各国在韩官民安全。

李鸿章接到电报，没袁世凯那么兴奋，总觉得今非昔比，事情不会像壬午与甲申时期那么简单。昔时中强日弱，中国一出手，日本乖乖收手，并不奇怪。今时已倒过来，日强中弱，中国一旦出兵，还不知日本会唱出哪一出呢。

就在李鸿章盯着袁电发愣时，日本驻津领事荒川已次入衙求见，说："朝鲜大乱，贵国该会尽宗主义务，派兵平叛吧？"李鸿章道："出不出兵，得看朝鲜当局，人家求援，中国势必出兵，否则不好贸然行动。"荒川点破道："本领事接到驻韩代理公使杉村电报，说韩王已签署求兵公文，送交袁世凯。"李鸿章掩饰道："本督还没收到袁电，不得而知。"

荒川也不追究，道："袁电很快会发至天津的。本领事赞成中国出兵，平定朝鲜暴乱。"李鸿章道："贵国为何如此热衷中国出兵？莫非好借风吹火，浑水摸鱼？"荒川笑道："李相别说得如此难听嘛。日本即使出兵，也只可能派少量官兵，保护使馆和在韩日本商民。"

听荒川口气与袁世凯电告杉村说法差不多，李鸿章才心存侥幸，让于式枚草拟电文，禀报总理衙门，朝鲜已出具求兵文书，中国出兵与否，还请定夺。同时命令海军提督丁汝昌、直隶提督叶志超，做好出兵准备，另调驻守于芦台的聂士成，驰赴大沽口待命。

电发总理衙门时，主政大臣奕劻与翁同龢、李鸿藻几位一道，正在养心殿接受光绪召对。朝鲜暴乱之始，翁同龢就给光绪出点子，假意请慈禧回宫主持大政，应对中朝事变。慈禧喜欢颐和园佳山丽水，又对外事不感兴趣，不愿返城。却格外开恩，暂免光绪两日赴园请训一次规矩，专心待在宫里处理朝鲜急务，只需派快马及时通报详情即可。光绪暗喜，想不到朝鲜出事，可省去奔波之苦，倒也出乎意外。也就振奋不已，召见奕劻、翁同龢、李鸿藻诸臣，讨论要不要出兵朝鲜平叛。奕劻早与李鸿章沟通过，觉得出兵平叛可以，必先见朝鲜求兵公文，不给日本人以口实。李鸿藻以壬午与甲申两次入朝平叛为例，觉得有无朝鲜公文无所谓，兵贵神速，越快越好。只翁同龢模棱两可，语焉不详。

光绪觉得翁同龢肚里有话，召对结束后，特意留下他，问道："师傅莫不有话不愿外人听去，只能单独跟朕说？"翁同龢道："皇上不觉得朝鲜暴乱，于您是大好事？"光绪道："好在哪里？"翁同龢道："皇上亲政已非一日两日，无奈在太后眼里，您还是个长不大的孩子，故不愿放手让您主政，大事要政须入园请训。若皇上借朝鲜乱局，运筹皇宫，决胜藩国，树立权威，定然官敬民服，太后也不敢小瞧，自会慢慢真正归政于您。"

光绪怦然心动，道："师傅快快教朕，怎么借朝鲜乱局，决胜藩国？"翁同龢道："及时派兵入朝，扑灭暴乱，巩固宗主国地位。"光绪道："朕早有此意，无奈李鸿章担心日本插手，引火烧身，迟迟没有行动。"翁同龢道："日本蕞尔小国，有何可惧？壬午与甲申就是先例。只是当时皇上还小，决策出于太后，功劳没法记到皇上名下。如今皇上长大，又已当朝主政，若朝鲜问题上无所作为，不仅让太后寒心，也会失威于朝臣和天下啊。"

光绪点头道："师傅说得对，朕一定把握时机，在朝鲜事务上弄出点动静来。"翁同龢道："有皇上这句话，老臣心里就有数了。没数的还是李鸿章，就怕他越老胆子越小，手握海陆雄兵，却不肯给皇上出力，不然早该发兵朝鲜，而不是老借口没拿到公文，拖三延四，至今没派出一兵一卒。"光绪道："又如何促使李鸿章派兵入朝呢？"

没等翁同龢开口，奕劻复出现于殿外，说有急事求见。原来他刚回总理衙门，就收到李鸿章电报，顾不得喝口茶，歇歇气，又复身养心殿，呈上李电，请光绪御览。光绪大喜道："好好好，朝鲜已出具公文，大清正好出兵。庆郡王听好，立即下达命令，责成李鸿章派兵入韩，平定叛乱，不得丝毫延误。"

奕劻领旨回衙，电谕李鸿章。李鸿章早有准备，令丁汝昌、叶志超、聂士成海陆两军立即行动。时值仲夏五月初，晨曦微露，波涌浪翻，济远、扬威二舰领命出海，赶赴朝鲜汉城西大门仁川，与上月赴朝平叛未返的平远号会合。隔日聂士成率九百余名先遣兵，乘坐招商局轮船，由超勇号护航，往仁川方向驰去。数日后叶志超又率一千五百名士兵登船，在操江号护卫下，驶出山海关外海，望东而行。

中国终于出兵啦！这个声音顿时响彻日本朝野，伊藤欣喜不已，经请示天皇，立即成立战时大本营。大本营内设参谋总部、军事内局、兵站总监部、管理部、陆军部、海军部，负责草拟作战方案，协调文武人事，提供物资、运输、通信、卫生医疗等军需保障。如此阵势，全然不似西岸天津北洋衙署，凭李鸿章一人，又打锣，又唱戏，不仅集备战与外交于一身，还要应对来自养心殿、军机处、总理衙门、海军衙门及兵部等君臣干扰。

日本战时大本营成立伊始，便下达对朝作战动员令，由驻朝公使大岛以回任为名，率四百八十名铁血战士速登兵船，破浪西驶，绕抵汉城。此前已驻扎于仁川的八百名海军陆战队员，借口保护日本使馆和在朝日民，闻风而动，启程跟进。随后第五师团混成旅先遣队四千多兵力，登上运输船，由购自英国的吉野号战舰护卫，以最快速度驰赴仁川附近，另有浪速、松岛、秋津等七艘战舰随后策应。

眼见中日大军与战舰云集仁川，朝鲜农民军不免背皮发麻，自知凭手中锄头、大刀和鸟铳，想与洋枪洋炮抗衡，无异于以卵击石，已有降意。韩鲜君臣更是心惊肉跳，想不到搬来清军，引出如狼似虎的日本兵。惊骇之际，朝鲜王廷代表与农民军代表坐到一起，商议和解，签订停战协议。稍事讨价还价，农民军便接受招安，拿走银子，退出全州城，四散而去。国王李熙于是命令闵泳骏，照会袁世凯和已回驻汉城的日本公使大鸟，请求两国军队撤出朝鲜。

袁世凯电禀李鸿章，李鸿章马上做出反应，召见日本驻津领事荒川，批评日本未经朝鲜请求，擅自出兵，惊扰朝民，破坏《万国公法》。并声言中国已决定收兵，请日本遵照朝鲜意愿，撤走入朝海陆两军。送走荒川，又分别会晤英俄等驻津领事，召见各国在津记者，谴责日本野莽行径，请各国为维护朝鲜主权和东亚和平大声呼吁。

荒川回到领事馆，发电给日本外务省，报告天津动态。外相陆奥已收到大鸟电报，又刚打发走来送照会的朝鲜驻日公使，见着荒川电文，急奔首相府，参见伊藤。伊藤简单听过陆奥汇报，接过大鸟和荒川电报瞧两眼，感慨道:“李鸿章反应真快啊，朝鲜暴乱刚平息，他就四面出击，展开对日攻势。”陆奥道:“下步怎么办？莫非只能依朝鲜所请，撤兵回国？”

伊藤摇摇头，说:“中国有句老话，开弓没有回头箭。咱们劳师远征，八艘炮舰和五千余士兵才开往朝鲜，就夹着尾巴返回国内，不说贻笑国际，国内民众也不答应，众议院更会揪住不放，非逼内阁辞职不可。”陆奥道:“师出得有名。朝鲜暴乱平息，汉城风平浪静，再以保护使馆和日民为由，留驻海陆两军，已说不过去。”

伊藤笑笑道:“道可道，非常道;名可名，非常名。师出之名还不易名？只是不可常名，随便乱名。关键要使国际尤其俄英两国认可才行，只要俄英不掺和进来，光一个中国，或仅一个李鸿章，咱们总对付得过来。”

从伊藤口气里，陆奥听出他已成竹在胸，道:“首相先生说说，师出之名为何名？”伊藤笑道:“三个臭皮匠，顶个诸葛亮。咱们不能学清廷，把李鸿章一个人推到前面，其他人躲在背后看大戏。单独与李鸿章斗智，无人是其敌手。可咱有内阁，有战时大本营，只要调动众人智慧，还怕他李鸿章一人不成？毕竟智者千虑，必有一失啊。”陆奥领会伊藤意思，道:“首相先生准备交给内阁决策，共同对敌？”伊藤道:“为何不呢？”

当晚内阁会议召开。大部分阁员觉得朝鲜暴乱已平，再留兵于朝，会引起欧美诸国不满，众怒难犯。伊藤道:“难道不可化众怒为众喜？”阁员们道:“怎么化怒为喜？”伊藤道:“朝鲜贫穷落后，民乱不断，与朝通商诸国益权严重受损，皆希望改变其现状，好处诸国皆有份。咱驻军于朝，可维护稳定，促进改革，助朝鲜早日富强，欧美诸国自然不会反对。”有阁员提出:“助朝鲜富强，非一朝一夕之功，恐怕不易做到。”伊藤道:“不会有谁逼迫立竿见影，主要以此为借口，争取诸国认可，咱先留兵于朝，赶走中国在朝势力，日后一切好办。当然还可把中国拉进来，中日共同处理朝鲜事务，至于李鸿章答不答应，是他的事。”

众阁员觉得可行，议定朝鲜事务议案三条：一是日中两国共同讨伐东学教余孽；二是异教乱民平息后，两国派代表参与朝鲜内政改革；三是两国派员训练朝鲜军队。

议案既成，伊藤让陆奥照会中国，同时通过日本驻俄英等各国公使和领事，借助欧美报纸，广为发布，宣称日军留守朝鲜，并非出于一己之私，目的是与中国联手，改造腐朽落后的朝鲜，促其早日融入文明国际，与世界共荣。

对日本悍然出兵朝鲜，欧美诸国本来一片谴责声，见此议案，觉得能促使朝鲜破旧立新，摒弃过时国体，革除弊政，求富图强，避免内乱，各国在朝商贸往来安全可靠，又何乐而不为呢？于是纷纷发表声明，赞同日本“善举”，希望中国积极配合，早见大功。

议案自然也摆到了李鸿章桌上。他反复看过几遍，不得不佩服伊藤出手高明。日本目的无非驱逐中国在朝势力，全面控制朝鲜，却打出助朝改革旧制和弊政的漂亮幌子，实在太有迷惑性，足以蒙蔽欧美各国眼睛。还扯上中国，中国若不同意，那是希望朝鲜永远落后腐朽下去，好继续维持现状，驾驭人家。想想朝鲜本系中国藩属国，要改革也是中朝两国的事，与你日本何干？然《万国公法》早不认可国与国之间的宗藩关系，中国再把这两个字挂在嘴上，只会引起各国反感，更加偏向日本。

正在唉声叹气，罗丰禄进门，说孙文求见。李鸿章问：“孙文是谁？”罗丰禄说：“是位医生。”李鸿章道：“我吃得进，拉得出，不需诊病，见什么医生？”罗丰禄道：“孙文不是来诊病的。”李鸿章问：“医生上门，不来诊病，来打秋风？”罗丰禄道：“来进言献策。”呈上数页字纸，说是孙文所撰改革意见书，倡议变革教育，培养人才，改造中国，实现富强宏愿。曾呈郑观应和盛宣怀看过，郑盛非常欣赏其人其文，函嘱引荐给相国。

“待朝鲜事平息，老夫得好好研读研读，再见孙文，共商变革大计。”李鸿章接过意见书，低头刚要翻看，马建忠入告，说英国驻华公使欧格讷到了天津。李鸿章道：“欧格讷不在北京吗？来津何干？”马建忠道：“据说欧格讷主动去总理衙门找奕劻，商谈调停中日两国撤兵事宜，因言语不合，意见不一，愤而出京，准备辞职回国。”李鸿章道：“他人在哪儿？”马建忠道：“在英国驻津领事馆。”李鸿章毫不犹豫道：“咱们会欧格讷去！”

来到英领事馆，欧格讷迎住，双方见面坐定，李鸿章笑道：“欧使不是来津避暑的吧？”马建忠翻译给欧格讷，欧格讷心想朝鲜箭已在弦，李督还有心开玩笑，哼哼道：“中国有句话，夏至不至不热，冬至不至不冷。夏至还没到，北京舒适宜人，咱避什么暑？”李鸿章道：“不避暑，莫非来看望本督？”

欧格讷苦笑笑，道：“到得天津，肯定要拜会李督。与李督总能说到一起去，不像见着庆郡王奕劻，话不投机半句多。”李鸿章道：“莫非庆王说了有损英国尊严的话语？”欧格讷道：“英国没那么多尊严，他爱损不损，咱不在乎。”李鸿章道：“欧使在乎什么？”欧格讷道：“在乎英国在朝利益。”李鸿章道：“日本擅自派兵入朝，搅得天翻地覆，英国利益肯定会受损。且不是小损，是大损。”欧格讷道：“日兵擅自入朝确实不对，可人家愿与中国共同改革朝鲜旧制，并非坏事。本使劝奕劻适当考虑日本要求，他却左一句宗主，右一句藩属，说朝鲜事乃中国事，与别国无关。本使最听不得此言。朝鲜藩属中国已上千年，中国为何不让人家早日富强起来？日本好心改革朝鲜旧制，有何不可？”

这就是日本议案的效果。李鸿章避开朝鲜改革，也不说中朝宗藩关系，只道：“日本全面控制朝鲜，难道英国有便宜可占？”欧格讷道：“本使只顾为朝鲜改革高兴，来不及考虑其余。”李鸿章道：“俄国大修西伯利亚大铁路，无非朝鲜和中国东北有利可图。俄国一旦察觉日本图朝之心，数日内就可运兵至朝，赶走日兵，控制朝鲜，到时英国水都泼不进去。”

一番话惊得欧格讷两只蓝眼一鼓一鼓，半天出不得声。李鸿章见好就收，告辞出来，带马建忠直奔俄驻津领事馆。巧的是俄驻华公使喀希尼正在馆里。喀希尼可非欧格讷，知道清廷不中用，见过日本改革朝鲜议案，不声不响出京赴津，准备稍事休息，再会李鸿章。不意李鸿章先至领事馆，省得自己动步。当即让领事打开会客厅，双方坐到一起。客气几句，喀希尼道：“本使真为朝鲜高兴，侍奉宗主千年，毫无长进，日本脱亚入欧，率先成为文明强国，不忘芳邻，主动入朝，欲与中国携手，助其革旧图新，朝鲜大有希望矣。”

日本攻心术真厉害，轻易就迷住洋人眼睛。李鸿章不便指责洋人，只道：“日兵入朝，只怕改革朝鲜是假，与人联手抗俄是真。”喀希尼吃惊道：“日本与谁联手抗俄？”李鸿章道：“除开英国，还能是谁？”喀希尼道：“英国防俄，由来已久，但据本使所知，好像还没与日本搅在一起。”李鸿章道：“搅在一起还不容易？日本与英国都知道，谁单独与俄国抗衡，争夺在朝利益，毫无胜算，只有两国联手，制服朝鲜，才能拒俄成功。”

俄英日三国微妙关系，属事实存在，喀希尼心知肚明，被李鸿章一点，清醒过来，道："本使即刻发电回国，请外部采取措施，谨防日英联盟。"

得了喀希尼的话，李鸿章看眼马建忠，两人起身，告辞出馆。回到北洋衙署，给中国驻英和驻俄公使发去电报，活动两国外部，揭穿日本阴谋，晓以利害，督其撤兵离朝。

李鸿章一番拳打脚踢，英俄政府果然坐不住了，开始出手。先是沙皇责成驻俄日使，转致日本天皇：速与中国商同撤兵，尔后再议助朝改革事宜，如日拒不遵行，俄廷实难作壁上观，定用压服之法。与此同时，英国外务大臣也召见驻英日使，声明日兵不撤，英军当采取必要措施。日本二使不敢掉以轻心，忙给本国外务省发报实告。

陆奥阅电大惊，急奔战时大本营，禀报伊藤。伊藤面色凝重，道："真是魔高一尺，道高一丈啊。"陆奥试探道："干脆命令大鸟，与袁世凯商议撤兵如何？"伊藤道："不可不可。"陆奥道："不撤兵，惹怒英俄，武力胁迫，日本可挡不住啊。"伊藤道："李鸿章以三寸不烂之舌，争取英俄支持，咱为何不可把他们挡回去？"陆奥道："怎么个挡法？"

伊藤果断道："三拳齐出。一是继续增兵朝鲜，驱赶仁川清兵，全面掌控汉城。二是电令大鸟，逼朝鲜王李熙下罪己诏，同意成立改革委员会。三是密令驻英和驻俄日使，上月政府已拨足资费，该花得花，不管送日元，还是献日妓，非把两国政府和外部要员拉下水不可。"

陆奥道："伊相英明。前两拳没得话说，只是第三拳用财色贿赂洋人，不够光明磊落不说，也有违法嫌疑，传到议员耳里，借题发挥，兴师问罪，咱可担当不起啊。"伊藤道："本相也知贿赂属犯罪行为，理当论处。然罪也分该犯与不该犯，该犯不犯，本身便是罪啊。用中国古圣先贤的话说，叫私罪不可有，公罪不可无。"

中国话太深奥，陆奥一时明白不过来，道："罪就是罪，还有公私之分？"伊藤笑笑道："这你不知道了吧？李鸿章心高气傲，却无比崇拜三个人，一是范仲淹，二是曾国藩，三是慈禧太后。曾国藩与慈禧不用说，没有此二人就没有李鸿章。范仲淹也值得崇拜，只是中国古圣先贤多的是，李鸿章为何不崇拜别人，偏偏崇拜范仲淹呢？原来范仲淹是苏州人，当年李鸿章和平收复苏州，搜集范著，精心研究，格外推崇范仲淹做人为官之道。"

陆奥佩服道："伊相真了解李鸿章。"伊藤道："中日毗邻而居，互为竞争对象，咱不可能不与中国人尤其李鸿章交手。与李鸿章交手，自然得了解其人。”陆奥道:“伊相言之有理，知己知彼，百战不殆嘛。”伊藤道:“正是凭对李鸿章的了解,咱才知其崇拜范仲淹,以其言为指南,以其行作圭臬。私罪不可有，公罪不可无，正出自范仲淹之口。意思好懂，为一己私利，触犯国家律令，可耻可恶，然在大局面前，必须置个人得失于度外，挺身入局，敢作敢为，甚至不惜突破禁区，冒犯法规，牺牲个人小名小利，争取国家权益，成就大勋大业。为突破旧制，兴洋务，固海防，办外交，李鸿章甘背骂名，万死不辞，已给咱做出表率，咱采取非常手段，夺取朝鲜，缓解国内危机，犯公罪，被指责，甚至遭劾下野，也无怨无悔。”

陆奥深受感动，心里敬佩着伊藤，迅速将其指令布置下去。外务省与大本营立即调遣各方力量，展开行动。趁着后续部队浩荡入朝，大鸟昂首挺胸，走进皇宫，逼李熙下达罪己诏，说国家混乱，皆因旧制和自己不德造成，再不改弦更张，只有死路一条，宣布由中日共同改革朝鲜祖制和蔽政。然后照会袁世凯，请他代表清廷参与改革事务。袁世凯发电回国，清廷大哗，纷纷怂恿光绪，旨令李鸿章立即增兵，赶走在朝日军，维护大清尊荣和宗主地位。

李鸿章接旨，脑袋直摇。日本看透欧美诸国心态，巴不得清廷拿宗藩说事，惹洋人反感。朝臣也不想想，为宗主虚名，中国不惜代价，一次次为越南、缅甸、朝鲜等属国出头，到头来属国不买账，欧美列强不认可，弄得里外不是人。

李鸿章正伤脑筋，日本驻津领事荒川闯入衙署，说李熙已下旨成立政制改革委员会，中国不愿参与，只好托日本单独监督改革事宜。日本根据本国君主立宪办法，提出朝鲜内政、赋税、兵制、教育、司法等改革纲领，共计七项要旨：实行议政制；宫廷不得干涉内阁政务；明确外交责任制；消除派阀；严禁买官卖官；杜绝官吏受贿；修铁路，办电信，兴制造。

荒川还告诉李鸿章，朝鲜改革纲目公布后，欧美各国交口称赞，一致认为只有日本才能改变朝鲜愚昧落后局面，尽快进入文明时代。一边指责中国，既然不愿参与朝鲜改革，就该乖乖撤兵，以免影响日军保障朝鲜改革成功。

日本就这样由非法出兵，变成“合法”驻朝。欧美各国一边倒，无不赞同日本做法。还对英俄两国施压，不可再逼日本撤兵，破坏朝鲜变革大局。英俄要员又暗里拿到日本所送好处，干脆顺水推舟，向中国声明，朝鲜事情他们再也插不上手了。

还是伊藤棋高一着，李鸿章精心设置的外交攻势，又被他一一化解。莫非中日之间唯有一战？李鸿章很不情愿看到这么一天。替所谓藩属国出头，劳民伤财，损兵折将，实在太不合算，就像十年前为了越南，赌气跟法国作战一样。

偏偏叶志超和聂士成自仁川来电，说日军再次增兵，人数逾万，已占据仁川与汉城各处要塞，是战是退，请大帅定夺。两千多清兵怎么与四倍于己的日军作战？李鸿章下令叶聂，立即退至牙山待命。叶聂两部依令而行，继而复电建议，既然朝鲜民乱已平，又没法与日军争锋，干脆撤兵回国，以置日本于不义地位。

退一步海阔天空，李鸿章早动过这个念头。可在朝臣眼里，朝鲜乃中华藩属国，不放一枪，不鸣一炮，拱手让给日本人，不有失天朝上国威严么？李鸿章正吱声不得，袁世凯来电，说日本文武齐下，汉城在控，中国欲与之抗衡，毫无把握，好汉不吃眼前亏，还是撤使收兵，暂弃朝鲜，待备战充分，再杀回去，赶走日军。

中日壬午、甲申两次过招，日本自知力所不逮，皆能及时收手，此番中国准备不足，为何不可忍一时之气，以图长远？面对叶聂袁三人来电，李鸿章渐起中国单独撤兵之意。又考虑光绪与朝臣决不会赞同，只能寄希望于慈禧太后。于是铺纸动笔，写信给奕劻，晓以中日在朝力量比较，请他当面奏请太后，撤兵回国，抓紧备战，日后雪耻不迟。

担心信件泄密，李鸿章不敢轻易付邮，召来马建忠，命其携信入京，面呈奕劻。马建忠接信欲出，李鸿章又喊住他，说："信送到，别急着回津，留在京都，多往俄英日三国公使馆跑动，若有转圜之机，也好及时斡旋。"

马建忠领命，策马西驰。时已入暑，天公不肯作美，阴晴不定，风雨无时。马建忠顾不得水淋头，泥溅身，一路狂奔，赶赴京师，直抵庆王府。奕劻见信，不敢犹豫，命仆人备驾，出门去了颐和园。进得乐寿堂，见着慈禧太后，施过礼，请完安，忙将李鸿章信里内容复述一遍。慈禧沉吟半晌，道："识时务者为俊杰。清兵入朝平叛，日军却冲着大清而来，志在必得，清军以无预对有备，肯定占不到便宜。只是皇帝当政，不知他想法如何。"奕劻道："国家大政一向由太后定夺，太后有意撤兵，皇上自然无话可说。"慈禧道："好吧，你回复李鸿章，若无战胜日本把握，撤兵也不失为明智之举。"

奕劻得话，跪安离园，快速回城，着府役赶往客馆，传马建忠来府领命。谁知马建忠来京途中，人急马快，风扑雨淋，暑邪浸体，竟病倒客馆，昏沉不醒。府役回府实禀，奕劻不可能等马建忠病好再传慈禧口谕，准备亲赴总理衙门，发电给李鸿章。

未及出门，门人入报，说翁同龢至府，问王爷见与不见。原来满朝皆系翁门学生和同党，李鸿章能说得上话者，也就奕劻等少数几人，翁同龢特放了眼线在庆王府门口，留意天津来人。线人报知马建忠与奕劻行踪，翁同龢颇觉蹊跷，专门上王府来探听虚实。

“就说本王不在。”奕劻支开门人，又令府役把轿子抬到后门去，欲避开翁同龢纠缠，尽快离府。岂料府役没走几步，只见翁同龢直闯进来，出现在天井旁边。奕劻无以脱身，只得迎上前去，把翁同龢请入客厅。问候两句，翁同龢便直奔主题道：“听说马建忠到过王府，不是李鸿章传信王爷，议请撤兵朝鲜吧？”

翁同龢不过妄加猜测，信口讹诈，奕劻却暗觉心惊，目光闪烁，掩饰道：“朝鲜乃大清属国，日本悍然出兵，无理取闹，哪有宗主国先撤兵之理？”翁同龢道：“王爷所言甚是。李鸿章胆敢擅自撤兵，别说满朝文武坚决不答应，皇上也不会轻饶他。”奕劻明知故问道：“皇上主战还是主和？”翁同龢道：“皇上主战主和，王爷比老臣更清楚。”奕劻道：“皇上以翁师傅为师，师徒天天在一起，翁师傅自然最懂皇上心思。”翁同龢道：“皇上心思倒不难懂。明眼人都看得出来，皇上青春鼎盛，又已主政，正是大有可为之时，朝鲜有事，他岂肯放弃建功树威之机？”奕劻道：“建功树威总没错。然朝鲜局势复杂，日本驻兵过万，叶聂两千多兵马，哪是人家对手？”翁同龢道：“中朝两国山相连，海相望，大清添兵并不难。”

翁同龢善伺圣意，天天放此宏论，光绪哪里还沉得住气，不逼李鸿章赌上一把？奕劻心里寻思，嘴上无言。只听翁同龢又道：“太后垂帘听政时期，中日壬午、甲申两度在朝冲突，皆以大清完胜收束。如今皇上主政当国，咱们做臣子的畏首畏尾，不敢戮力齐心，制服日本蕞尔小国，叫皇上脸面往哪儿搁，皇威从何而来？”

贸然用兵，侥幸取胜，自没话说，万一败给日本，不更丢脸面？奕劻吱声不得，依然沉默无语。翁同龢慢慢站起来，言轻语重道：“王爷绝顶聪明，该知如何掂量轻重。太后已至花甲，皇上却正值盛年，来日方长，王爷尊崇太后，理所应当，可也不能因此忽略皇上啊。”

撂下此话，翁同龢甩手而出。奕劻愣在地上，半天动弹不得，几乎将复电李鸿章之事忘个干净。待回过神来，天色已晚，只好改日再上总署（总理衙门）。然翌日还没动步，宫中太监来传，说皇上有召。定是翁同龢在光绪耳里塞了话，奕劻不敢怠慢，飞快入宫，来到养心殿。光绪高坐于上，没等奕劻行完大礼，便冷冷道：“庆郡王记性好差，只认颐和园路径，忘了紫禁城朝东朝西。”奕劻道：“太后避居颐和园，门前清静，皇上心系朝鲜，又无暇经常过去请训，奕劻才抽空前往，稍解太后寂寞，还望皇上见谅。”

“还是庆郡王体贴太后，不像朕粗心，忘记太后十八年养育之恩，弃之于远郊，不管不顾。”光绪阴阳怪气道，“庆郡王承欢太后膝前，领得多少重赏厚赐，可透露给朕乎？”奕劻不得不如实道：“微臣西赴颐和园，不求赏，不讨赐，不过转禀李鸿章撤兵之请。”光绪咬紧后牙床道：“原来你们早已商量好，准备撤兵于朝。你可以走啦，朕不好耽误你撤兵大举。”奕劻道：“撤兵之请，太后已有口谕，还请皇上降旨。”

光绪怒道：“你们已讨得太后口谕，还用朕降什么旨！”拂袖而去，留下奕劻，呆立片刻，怏怏退出殿外。正碰上翁同龢和李鸿藻两人，各抱一大摞奏章，来觐光绪。少说也有四五十封，都是弹劾李鸿章及奕劻的。早在日本出兵之初，御史和言官便热血沸腾，大声呼吁朝廷，尽快调集大军，兵分两路，一路赴朝，固我宗主地位，一路捣日，踏平东京，灭此朝食。众臣正激昂之际，不意从翁府传出，李鸿章已派人入京，唆使奕劻密奏慈禧太后，打算放弃朝鲜藩国，撤兵西归，顿时一个个怒从心头起，恶向胆边生，连夜拟折，愤然弹劾李鸿章，练兵二十年，购舰数十艘，糜费库银数千万两，竟震慑于日本小小岛国，纵敌玩寇，临事张皇，畏葸不前，一味周旋于英俄诸国之间，徒托空言，妄图舌退日军，尽失天朝上国颜面。既然李鸿章及奕劻贪生怕死，不敢言战，唯有交出兵权，自缚受死，待皇上另授良帅接印，挥师东进，重创日本蝼蚁之兵，以振我堂堂大清天威。

见过群臣劾章，光绪又愤慨，又解恨，又振奋。愤慨的是李鸿章年老昏愦，胆小如鼠，日本区区疥癞，不敢触碰；解恨的是群臣骂得在理，骂得痛快，李鸿章就该骂该打该杀；振奋的是正义在人心，只要君臣同仇敌忾，官民众志成城，何愁小日本不灭，大清国不胜！

在众多劾章激励下，光绪涨红着脸，声音不觉高起来：“李鸿章老命要紧，朕罢掉他，再御驾亲征，临波东渡，好好教训教训小日本。”李鸿藻提醒道：“皇上若御驾亲征，定然剑锋所至，日兵望风而溃。只是如此重大决议，恐怕须征得太后恩准才是。”

一提慈禧太后，光绪便泄了气，垂着脑袋道：“太后只怕不会允朕出京。”翁同龢道：“一个小小日本，哪用得着劳烦皇上亲征？”光绪道：“太后不让朕亲征，李鸿章又迟迟不肯出兵，莫非只能看着日本把朝鲜夺了去，咱千年宗主地位，顷刻化为乌有？”李鸿藻道：“还得请求太后，责成李鸿章派重兵入韩，镇压日军。毕竟北洋水师和直奉鲁诸军皆为淮系旧部，唯李鸿章之命是从。”光绪道：“太后已有口谕，允许李鸿章撤兵，谁又能让她改口？”

李鸿藻掏出一纸电文，呈给光绪，道：“此乃朝鲜王李熙密电，请求中国派兵救援。皇上若带着此电，还有群臣劾章，赴颐和园请战，不愁太后不改口谕，勒令李鸿章出兵。”

原来在大鸟威逼利诱下，朝鲜国王李熙不得不先下达罪己诏，继认可日本改革旧制方案。方案以日本宪政制度为蓝本，明确规定韩王虚位自处，不得干涉政务。换言之，宪政下的国王，大权旁落，一切任由内阁操持。李熙不愿做有名无实之君，又不敢公然挑战日本，只得密使近臣，电请李鸿章与袁世凯，增兵入朝。还说朝方已派人联络崔时亨，准备召回农民军，好与清兵里应外合，合取汉城，赶走日军。只是担心李袁下不了决心，另给清廷总署和军机处也发电一份，请求直达天听，催促李鸿章尽快出兵。

朝臣弹劾，朝鲜王有请，且愿以农民军为内应，共驱日军，太后想不收回口谕，只怕也难。当天午后，光绪就登轿出宫，以请训为由，兴冲冲驰往颐和园，呈上李熙电文及朝臣劾章，指责李鸿章一味求和，不思攻取，任日军横行汉城，挑战大清。

慈禧还算清醒，驳斥道：“李鸿章身为北洋大臣，打理外交，求和有什么错？外交天职便是求和，动不动兵戎相见，还要外交干啥？道光年间大清就自不量力，开始与洋人厮杀，杀来杀去，哪次不杀得大败，以议和告终？输了战争，赔了银子，才知厮杀不是办法，故特设总署，专办外交，尽量化干戈为玉帛，动嘴不动手。李鸿章不怕麻烦，苦苦与英俄周旋，欲使日本退兵，只是日本诡诈，亦穿梭于英俄两国之间，又送金银，又献美女，手段用尽。英俄见利忘义，不再插手朝鲜危机，李鸿章不得不退而求其次，采纳袁世凯和叶志超意见，试图单方撤兵，免被拖入朝鲜战场不能自拔，就如十年前为越南冤枉打仗一样。朝臣安居京师，酒肉烟茶，棋琴书画，不知李鸿章折冲樽俎之艰难，动不动口诛笔伐，到底是何居心？”

慈禧句句在理，光绪嗫嚅半天，才翻动嘴唇道：“朝臣动机纯良，无非朝鲜系吾属国，轻易言弃，有失咱天朝上国脸面。李鸿章不仅是北洋大臣，且总督直隶，守卫京畿，多年操演海军，督练陆师，如今朝鲜有事，总该详细筹谋，精心备战，老是视日如虎，畏葸不前，也不是句话。李鸿章若觉年老力衰，不敢开战，儿皇愿御驾亲征，挥师朝鲜，灭日气焰。”

慈禧瞥眼光绪，道：“皇帝真有亲征决心？”光绪道：“太后俯允，儿皇就有决心。”慈禧叹道：“李鸿章久经沙场，老于兵事，深知东洋强敌不可小觑，才不敢轻举妄动。皇帝长于后宫，少经风雨，视日军为天上麻雀，以为放上几枪，鸣上几炮，就可把他们吓走？”光绪道：“正是儿皇没见啥世面，才渴望亲赴前敌，接受战火考验。”

慈禧不知说啥好，抬抬头，透过窗外杨柳，眼望湖面风行，碧波微漾，心里在想，光绪才二十三岁，虚骄气盛，情有可原，翁同龢与李鸿藻之流，三朝为臣，深明世故，竟也不知轻重，张口闭口不离一个“战”字，实在不可理喻。无非李鸿章功高勋厚，为国倚重，令人嫉妒，你言和，我必说战，你道撤兵，我必喊进军，非拗着来不可。

见慈禧沉吟不语，光绪来了劲，又大言炎炎道：“堂堂大清，海军强大，陆师威武，又有朝鲜君臣和农民军策应，让儿皇御驾亲征，对付小日本，决不在话下。”

慈禧收回窗外目光，拿过手边劾折，也不翻阅，只当扇面，放腮边轻轻晃几下，叹口气道：“御驾亲征还是免了吧，朝鲜非我族类，哪有为了他国，惊动皇帝的？本宫也收回撤兵口谕，你做皇帝的酌情处置，该战该和，多与奕劻及李鸿章妥为商榷，精心规划，切不可轻视日本，孟浪行事，引火烧身，重蹈越战覆辙。宗主虚名只那么重要，重要的还是先把家里事办好，富国强兵，以免被人欺侮。”

慈禧肯做出让步，主要考虑光绪主政，不好事事替他做主。加之众怒难犯，满朝文武皆咬紧牙关，誓与李鸿章斗到底，你老维护他，也难免遭忌挨咒。见慈禧松了口，光绪心下窃喜，跪安出园，急驰回城，召集翁同龢与李鸿藻，连夜拟旨，命李鸿章抓紧备战，早日调动海陆两师，浩荡入朝，与朝鲜农民军里外夹击，灭掉日军。

李鸿章见旨，哭笑不得。朝廷无视日本全国动员，有备而来，却又不调其他部队参战，只逼北洋出兵，谁能保证一战取胜？北洋重在防御，兵力分布于直鲁奉三省，收紧拳头，海陆相辅，足以扼守渤海门户不失，若离境出击，处处空虚，俟敌来犯，大局难保。

李鸿章如实电禀，光绪下旨责问所练陆海两军多少，实力如何，为甚不可攻守两备。李鸿章回复道：沿海陆防两万多人，长年屯田生产，救灾筑堤，欠饷严重，士气不高，无法抽调远征。海军仅八艘新式战舰可用，即镇远、定远、靖远、致远、济远、经远、来远、平远，实力远逊日本。且陆军无帅，海军诸将无才，人器皆无优势，冒险赴朝御敌，必败无疑。

此折一上，满朝哗然，说北洋经营二十年，只八舰可用，其他舰艇都去了哪儿，莫非被李家人开回安徽巢湖，打鱼捞鳖去啦？李鸿章申明道：除八艘新式战舰，另有旧式巡洋舰和蚊子船八艘，鱼雷艇十三艘，共二十九艘。而日本新式战舰三十一艘，鱼雷艇二十四艘，多达五十五艘。两军实力高低，稍加比较便知。北洋海军落后日本，皆因户部停款，多年不购一舰，不添一炮，连旧舰长年泡水生锈，锅炉久用老坏，亦无钱维修和更换。

光绪见折，无词以对。只好召来翁同龢，扔过李鸿章折子，问他怎么办。折里所说皆系事实，翁同龢支支吾吾，仿佛嘴里含了泡鸡屎。光绪道：“师傅说啥，朕听不清楚。”翁同龢鼓足勇气道：“李鸿章一面之词，皇上不可全信。”光绪道：“不可全信，就请翁师傅跑趟北洋，看看哪些舰艇可战，哪些不可战。”翁同龢摇头如拨浪鼓，道：“老臣老矣，跑不动啦。”光绪道：“朕没记错的话，李鸿章大你整整七岁，他都没说老，你怎好倚老卖老？”

翁同龢低下头去，闭紧嘴巴，大气不敢出。光绪又道：“快给北洋拨款吧，李鸿章好购舰添炮，弥补欠饷，挥师出征朝鲜，给朕争口气回来。”

一听说拨款，翁同龢顿时怒气直窜脑门，骂骂咧咧道：“李鸿章就知钱钱钱，总督直隶和主持北洋二十多年，花掉国家银子不计其数，轮到皇上令他出战，两眼仍死死盯着户部银库。银库又不是水井，可昼夜不停往外冒，哪是他想给就有给的？”光绪道：“不拨银子，海军舰少炮弱，陆军官兵缺饷短粮，难道翁师傅替朕出阵？”

翁同龢无奈，只得出宫，会同户部和海军衙门，准备筹银三百万两，由北洋提用。光绪为之一振，电着李鸿章查照提解，务将战守事宜，妥为筹备，以期缓急足恃。

银子还没半个影儿，怎么查照提解？李鸿章望着圣旨上“足恃”二字，怀疑这三百万两银子不过画中饼，恐怕靠不住。即便银子靠得住，临渴掘井，情急抱佛脚，也已来不及。此前李鸿章曾电令驻欧各国公使，预订新一代军舰，回说各国以中日开战在即，须守中立，拒绝向华售舰，或故意抬高价格，声明需战争结束方能交货。

李鸿章如实禀报，光绪方寸大乱，下旨痛斥道：大清海军成军多年，船械不足，训练无实，皆因李鸿章未能深谋远虑，豫为防范，疏慢之咎，实所难辞！

明明是朝廷停款，不让北洋购舰添炮，事到临头，竟倒打一耙，要李鸿章说啥好？谋定而后动，朝廷无预谋，北洋海陆单薄，贸然出战，岂能不招致大祸？李鸿章忧心忡忡，却还是打起精神，命丁汝昌枕戈待旦，做好征战准备。又令卫汝贵、马玉昆、左宝贵等将领，召唤屯田耕作和浚河筑堤官兵，归营集结，听候调遣。

忙得差不多，于式枚送入丁汝昌电报，说是直鲁沿海各港俄舰，陆续出港北移，向海参崴方向驶去。李鸿章点点头，会心一笑。原来俄国强占乌苏里江东岸后，以海参崴为远东军事防御港口，每逢夏秋时节，便召太平洋各地军舰战回港维护和补充给养。于式枚提醒可做做这方面文章，李鸿章便命丁汝昌注意俄舰去向。俄舰果然有了动静，李鸿章让于式枚传令周馥、盛宣怀等人，分别联络各国驻津领事和记者，拿俄舰北移说事。

俄舰动向就这样成为众人嘴里热门话题，加之洋报推波助澜，大肆渲染，英国人便有些坐不住，觉得俄舰不仅仅回海参崴休整，可能还有其他什么意图。

见火候已到，李鸿章密令仍滞留北京的马建忠，依计而行。马建忠病情已痊愈多时，见过李鸿章密令，走出客馆，去了英国公使馆。英公使欧格讷自津回京不久，听说马建忠来访，自然开门纳客。宾主坐定，马建忠先出示英报，摊到欧格讷面前，指着上面俄舰北移海参崴报道，说：“欧使知不知道，俄舰动作有些诡秘？”欧格讷看眼英报，道：“俄舰每年都会回海参崴维修和补充给养，有何诡秘可言？”

马建忠接着递过德报，头版也有大块关于俄舰的报道。欧格讷笑道：“德俄关系密切，关注俄舰，不足为奇。”马建忠又陆续拿出美国、法国、意大利、比利时、葡萄牙、奥地利等国报纸，头版头条依然是同题文章。欧格讷紧锁眉头，道:“记者无用，找不到好素材，只有拿俄舰做文章，小题大做。”马建忠道:“不是小题大做，是事出有因。”欧格讷问:“事出何因？”马建忠道:“欧使想想，日军进驻朝鲜，中国调兵遣将，各国自守中立，避犹恐不及，俄舰却大摇大摆，冒险北移，穿梭于朝鲜海峡和日本海，难道毫无意图？”

欧格讷想想也是，中日争夺朝鲜，俄舰插到中间，瞎搅和什么呢？马建忠望望欧格讷，见好就收，留下一堆报纸，告辞而出。英国绅士本来最讲风度和礼节，可欧格讷两只眼睛被桌上报纸牢牢吸住，客人要走，竟无动于衷，没任何表示。

直到天黑，欧格讷仍守着半桌报纸，越发忐忑不安。心下琢磨，万一俄舰以北移海参崴休整为名，与日本暗相勾结，吞食朝鲜，自己不及时制止，岂不失职？思来想去，只有先给驻华海军及津鲁沪各处领事发电报，请帮忙了解俄舰去向。翌日早上，海军与各领事就发回电文，说各地俄舰去向不明，颇为可疑。

欧格讷再也坐不住了，打听到马建忠寓所，主动上门求见，问他还有没有俄舰消息。马建忠这才拿出两份俄日电报抄件，放到桌上，请欧格讷自己阅看。欧格讷略懂俄日两国文字，只见抄件上说两国将采取联合行动，拿下朝鲜，然后以金刚山为南北分界，俄据北朝鲜，与包括海参崴在内的乌苏里江以东土地紧紧相接；日据南朝鲜，控制朝鲜海峡，战后再在日本福冈与朝鲜釜山之间修建跨海大桥，将两地联为一体。

怪不得俄国中止中日调停，原来有不可告人之目的。欧格讷大惊失色。当即录下两份电文，匆匆返归公使馆，走进电报房，准备亲自传回英国。临时又想，万一抄件有假，又该怎么办呢？欧格讷多了一个心眼，给英国欧亚情报机构去电，请帮忙调查俄日电讯往来。

调查结果，并没发现马建忠提供的俄日电报抄件。欧格讷愤而出馆，来到马建忠寓所，指着他鼻子，大声吼道:“本使已查询清楚，俄日之间并无共谋朝鲜电报往来。”马建忠似早料到欧格讷有此一问，从容道:“欧使想想看，假设贵国欲与日本图谋不轨，会通过常规手段传递信息吗？”欧格讷一怔，道:“俄日电文既非常规手段所传递，中国又如何获知？”

马建忠笑笑道:“建忠再问欧使，英国与中国比较，谁跟俄日两国接触更紧密？”欧格讷不得不点头道:“自然是中国。”马建忠道:“中俄之间也好，中日之间也罢，官方往来和民间交道历来亲密无间，俄日两国核心机构里潜伏几个中方人员，应该不太奇怪吧？也就是说，英国得不到的俄日情报，不见得中国一定得不到。”

欧格讷无话可说，归馆将俄日准备瓜分朝鲜电文内容，电传回国。英国政府马上做出反应，一边给俄日两国施压，一边命欧格讷重启中日之间调停。马建忠大喜，走进英国公使馆，对欧格讷道:“欧使恐怕得去天津与李相国见个面，共商中日撤兵朝鲜大计。”

欧格讷也有此想法，与马建忠一道，打马东行，来到天津。经与李鸿章连夜密商，决定由中方出资，雇请英国海军军舰，征发日本，进逼东京，迫使伊藤博文撤兵朝鲜。商量妥帖，欧格讷出署，走进英国驻津领事馆，发电回国，报请政府批准。李鸿章则亲拟奏折，恳请朝廷将承诺北洋的三百万两军费拨付到位，好雇佣英国海军出阵。

英国政府收到欧格讷电报后，不愿看到俄日联盟，通过驻俄与驻日公使，声明俄日若吞并瓜分朝鲜，英国定采取强硬措施，甚至不惜一战。又给英国驻华海军司令发电，只要中国愿意掏大钱，英舰可随时出海，袭击日本。

英国能做出如此迅速反应，于式枚与马建忠很得意，一起去签押房见李鸿章。不是于式枚出主意，拿俄舰北移说事，马建忠再在北京一番运作，英国也不会再度插手朝鲜危机，给日俄施压。若能迫使日本撤兵，救朝鲜于水火，两人定会得到举荐，官升一级。

可李鸿章没两人想的简单，不无忧虑道:“英国政府头脑清醒，不愿看到日俄两国狮子大开口，吞并朝鲜，答应出手，自在情理之中。然清廷脑袋僵化，同不同意出钱雇请英舰，征讨日本，解救朝鲜，老夫一点底都没有。”于式枚道:“北洋海陆两军无以抵挡日军，花钱雇请英舰，把战火烧到日本本土去，迫使其乖乖撤兵，朝廷为何不干呢？”马建忠也道:“如此妙计，朝廷也不采纳，那就只能看着日本拿下朝鲜，甚至借机侵入东北，威胁京畿，再狠狠敲中国一笔，到时只怕不是几百万或几千万的代价。”

李鸿章叹息道:“朝廷若能这么想，也就不一次次阻止老夫和议，硬逼北洋增兵朝鲜，非把老本赌光不可。”马建忠道:“朝廷为何放着上策不允，偏行下策呢？”于式枚道:“眉叔（马建忠）兄没在朝廷待过，不知朝臣心态。相国兴洋务，办外交，干得有声有色，还肩膺直鲁防卫，执掌北洋海陆两军，翁同龢、李鸿藻等重臣看着就不顺眼，才老使绊子，利用手中大权，挪用铁路年款，拖欠陆军粮饷，停拨海军购置费，只差没奏请撤掉北洋防卫。好不容易碰上日兵入朝，还不趁机怂恿皇上，勒令相国出兵，一旦取胜，他们主战有功，万一兵败朝鲜，正好借机撸掉北洋防军，再落井下石，整垮相国。”

马建忠似懂非懂，说：“照晦若兄此说，相国不出兵一战，翁同龢与李鸿藻决不会答应啰？”于式枚道：“不仅翁李不会答应，还有光绪皇帝，年轻气盛，内存私欲，心心念念逼迫相国出兵，战胜日本，给自己长脸树威，以便脱离太后掌控，成为朝廷主宰。”

于式枚分析得一点没错，见到李鸿章借英舰征日奏请，光绪也不过脑子，先想想可不可行，开口就骂李鸿章年老昏愦，贪生怕死，专意下求洋人，不思进取。翁同龢则怪声怪气道：“李鸿章不仅贪生怕死，且暗怀鬼胎，担心北洋海陆两军败给日军，以后没法拥兵自重，威胁朝廷。”李鸿藻也道：“谁不知英国军舰长期漂泊海上，开销巨大，给养不足，才挖空心思，欲趁朝鲜乱局，敲诈中国，捞上一把。也只李鸿章畏日如虎，甘愿受人愚弄。”

骂够了，光绪才让翁同龢拟旨，对李鸿章一番痛斥：倭人肇衅，挟制朝鲜，以致势难收束，中朝自应大张挞伐，岂可缩头缩尾，借助他邦插手，别生枝节？若出自英国本意，不用中方破费，自动派舰东征，显威日本，与俄争锋，中国无话可说。议由我发则不然，彼以自动之举，托言助我讨日，事后以所耗兵费，狮子开口，向我取偿，中国岂不冤枉哉！李鸿章此议，非但示弱于人，且贻患无穷，殊属非计，著毋庸议。嗣后该大臣与洋人谈论朝鲜事，务宜格外审慎，设轻率发端，致误事机，定唯是问！

中国本来就弱于欧美，包括脱亚入欧勃然兴起的日本，何言示弱于人？一步好棋，就这样坏在光绪和翁李手里，李鸿章真是欲哭无泪。又不可能公然抗旨，擅自雇佣英舰，征发日本，否则翁同龢还不怂恿光绪，派人挖掉合肥李家祖坟？

倒是英国重启调停后，伊藤博文有些慌乱，一边派人活动英国政府，一边命驻津领事荒川来见李鸿章，探听虚实。李鸿章故作神秘道：“英国在韩利益受到贵国严重侵犯，人家岂能善罢甘休？”荒川道：“莫非英国会悍然出兵朝鲜？”李鸿章道：“出兵朝鲜算客气，只怕还会有更加重大之行动。”荒川道：“什么重大行动？”李鸿章莫测高深道：“这本属英国机密，只怪伊藤是吾老友，本督才透露给你。你转告本督原话，伊藤自然一看便知。”

荒川心怀忐忑，赶紧告辞出衙，发电回国。伊藤见电，心生疑云，对陆奥道：“李鸿章什么意思，难道已与英国密结联盟，准备共同对付日本？”陆奥拍着脑袋道：“各国报纸大肆渲染俄舰北移，仿佛俄日有何预谋，弄得英国敏感起来，为李鸿章所利用，双方合作，对日采取措施，也不是没有可能。”伊藤道：“英国会采取啥措施呢？悍然对日动武？”陆奥道：“李鸿章狡诈多端，可得防他出钱买通英舰，袭击咱日本后方。”

英国海军为世界最强，英舰真出击日本，日本军舰又哪是对手？伊藤一惊，对陆奥道：“马上给荒川去电，命他再访李鸿章，就说可考虑中日同时撤兵朝鲜。”陆奥道：“日本驻韩部队已经过万，没少耗军费，无功而返，只怕反对党不干。”伊藤道：“反对党不可怕，怕就怕英国对日动武，后果不堪设想啊。再说在朝日兵过万，势压清军，如若撤兵，可向中方索赔。中国不缺钱，破财消灾，自然乐意。能要回几百万两银子，日军也算不虚此行。”

荒川接电，忙求见李鸿章，传达伊藤意思。花几百万息事宁人，又何乐而不为呢？待战败再赔偿，可不是几百万的事。李鸿章问道：“伊藤欲索赔多少？”荒川道：“至少一千万两银子。”李鸿章道：“本督给伊藤算过账，贵国水上运兵万余至朝，往返花销要不了二三十万，加上战舰护航所费，一百万只多没少。老夫出一百五十万两银子如何？”

荒川做不得主，回电陆奥。陆奥请求伊藤，伊藤出价六百万。荒川再找李鸿章，李鸿章加到两百万。几经电商，最后确定为三百万，日本见款撤兵。

四、战和系于一身，一人难敌两国

要说三百万两，说少不少，说多不多，自北洋海陆军费里挪借一部分，再向津沪直鲁各矿冶公司筹措一部分，总能凑得拢来。可这不只是钱的事，得奏明朝廷恩准才行，不然费力不讨好，光绪与翁同龢借题发挥，拿掉你脑袋，你想喊冤，都无处可喊。

光绪见奏，心想不惊动英俄诸国，中日双方协商撤兵，不会留下后患，花点银子也值得。召问总署和军机处各大臣，奕劻与李鸿藻等人都觉得可行，唯翁同龢心有不甘，不情愿日本就此放过北洋海陆两军，让李鸿章依然有恃无恐，狐假虎威，于是提出："仓促之间，户部哪拿得出三百万两银子？"奕劻出主意道："户部拿不出银子，可命李鸿章自筹。他兴航运，办制造，开矿山，修铁路，想办法弄两三百万，该没太大问题。"

李鸿章花钱，给朝廷消灾，这可是天大好事，在场众臣大都随声叫好。翁同龢又站出来道："纵使李鸿章能筹足三百万两银子，也属咱大清锅里肉，岂可轻易往日本嘴里送？日本贪得无厌，今天给三百万，明天再惹点事，开口五百万，后天耍个名堂，伸手一千万，没完没了，大清哪有那么多闲钱喂养这头恶狼？况咱堂堂天朝上国，威服四方，竟畏惧小小日本，不让欧美各国笑破肚皮？人有人品，国有国格，李鸿章人品可不要，咱大清国格不能丢啊。可恨李鸿章厚颜无耻，固陆防，建海军，花费国帑数千万，国家遇事，动不动就拿钱出气。养兵千日，用在一时，既然李鸿章拿钱拒敌，不肯用兵，干吗还让他总督直隶，统管北洋！"

乍听翁同龢所言，字字不虚，句句在理，众臣无以辨驳，只得默认。翁同龢还觉不够，又发动御史言官，大肆参劾李鸿章。御史言官皆两榜出身，没几个不是同光两朝翁同龢主考取录学生，老师一声令下，自然同声附和，踊跃响应，纷纷上折攻击李鸿章临敌怯阵，畏葸自保，误国误民，请皇上赐其自尽，另选高明，领兵入朝，赶走日兵，杀向东京。

光绪本就觉得李鸿章做法太窝囊，经翁同龢及其众门生一闹，也就放弃破财消灾想法，谕令李鸿章赶紧打消和议念头，专意增兵朝鲜，若再踯躅不决，贻误战机，绝不姑息。

李鸿章接旨，沮丧到了极点，唯有浩叹。伊藤见李鸿章久无下文，不再抱幻想，电令驻英使臣和情报人员，抓紧活动英国政府和媒体。中英有约在先，开始英国不大理会日本，只等中国款到出舰，却泥牛入海无消息，渐渐冷下心来。又探知俄舰集结海参崴后，没有异常举动，也就掉头来与日本接洽。日本奉上早准备好的书面承诺，只要英国保持中立，日方决不侵犯其在朝利益。得到英国认可后，伊藤底气又足起来，继续往朝鲜增兵。

至此李鸿章已黔驴技穷，回天乏术。日本要战，朝鲜要战，光绪要战，翁同龢要战，李鸿藻要战，言官御史要战，英俄各国放弃调停，保持中立，乐意观战，仅剩李鸿章一个人要和，能和得成吗？没办法，只得硬着头皮，弃和一战。

其实李鸿章口喊和议，却从没停止备战。他是北洋通商大臣，兼理外交，外交天职就是和，能化干戈为玉帛，才算尽职。无奈他同时又是直隶总督和海部大臣，肩负陆海国防大任，不可能不备战。李鸿章也就很纠结。以直督和海部大臣身份求战吧，外交家角色提醒他，必须求和，不和而战，属重大失职。以外交官身份求和吧，总督和海部大臣角色又警示他，务必求战，军人以战为天职，不战而和，还算视死如归的合格军人吗？

这就是李鸿章可悲之处，更是大清的悲哀，仿佛满朝文武皆已死光，非得把外交和军事两个自相冲突的职位全压在李鸿章一人身上，让他时刻处于矛盾和尴尬中，战不是，和也不是，里外不是人。文武百官真死光了，或许不是坏事，至少没人背后拉扯掣肘，捣乱设阻，李鸿章可专意对外。可怕的是百官身已死，什么都不做，也做不了，嘴舌却活着，且活得格外起劲，舌刀一挥，便可置人于死地。欧美洋人同情李鸿章，替他抱不平，说他以一人战日本一国，太不容易。北洋幕僚笑洋人眼里只有日本，看不到大清君臣的无耻行为，李相国无异于以一人战两国：前面要战日本国，背后还要大战大清国。

不过和局被清廷君臣如愿破坏掉，李鸿章倒省不少心，可丢掉外交官身份，放弃求和努力，义无反顾备战，虽说自始至终他都在备战，从没松懈过。毕竟李鸿章不是翁同龢和李鸿藻之流，翁李及众言官御史嘴里喊战，双手却袖着，只等开战看热闹，不用采取任何实际行动。李鸿章言战，得实实在在调兵遣将，筹饷拨粮。海军正严阵以待，陆军叶志超和聂士成驻扎仁川以西牙山，马玉昆、左宝贵、卫汝贵、丰升阿各部，也已结集完毕。最伤脑筋的是陆军无帅，众将皆系提督和总兵，互不统属，难于协调作战。此前李鸿章曾急电刘铭传，请其出山统兵，刘铭传托病不出，不知真病，还是不愿打这种无准备无胜算之战。继而物色助左宗棠收获新疆的刘锦棠，又闻刘锦棠突然暴亡。李鸿章才意识到已非三十年前讨伐太平军和征剿捻军之时，想当初各营营官，没有一个孬种，随便安排一人，皆出可为将，挥师上阵，入可为帅，运筹帷幄。如今众将凋零，仅剩刘铭传，又病痛缠身，再派不上用场。李鸿章脑际浮现起程学启来。伊人若在，交征朝大军于其手上，何愁日军不灭？可惜程学启不可能复活。李鸿章痛惜之余，恨不得亲自统兵入朝，无奈已至风烛残年，想逞强也逞不了了。

形势不由人，还是先将兵力派往朝鲜，再另物色统帅。朝鲜南部已为日军控制，只有陈兵北部城市平壤，与日决战。且平壤离中国本土近，调兵运粮便利，能以此为战场，重创日军，争取主动，再谈挽回朝鲜危机，才有可能。

策略已定，李鸿章立即电令卫汝贵率盛军马步六千兵，马玉昆率毅军两千兵，左宝贵领马步八营，丰升阿率奉天练军数营，即刻从各自驻地出发，开赴平壤一带。同时电令叶志超与聂士成，以退为进，撤离牙山，北上平壤，与卫马左升四军会合。考虑叶聂两部力量单薄，决定调运仁字营两千余人，走海路至牙山，助叶聂北进。用什么船运兵好呢？李鸿章想起当年淮军乘英国商船东征上海旧事，叫来马建忠，嘱道：“赶快雇用三艘英国商船，帮我运兵至牙山。至于价钱，你看着办就是。”

马建忠应声而出，于式枚送来袁世凯发自汉城的电文，请求下旗回国。袁世凯已是第三次发出请求。说准确点不是请求，是哀求。袁电说日军围汉城月余，视华仇甚，公署文员武弁见势不妙，均已外逃，留下自己重病于身，唯有等死。死不足惜，然何益于国，痛绝痛绝！

原来英国退出调停后，伊藤再次发兵朝鲜，仁川汉城两地日兵已达一万四千人。日驻朝公使大岛因而更加跋扈，痛斥李熙密请中国增兵制日，逼其驱逐在朝清军，废止中朝历年所签通商条约，解除两国宗藩关系。周日内必做出答复，否则派兵围攻王宫，惩治昏君奸臣。还放出风声，非踏平中国驻朝通商公署，把袁世凯剁成肉泥，以雪壬午、甲申之仇。

袁世凯知道日本人记恨自己，绝不止嘴上说说，若再在汉城待下去，肯定会死在他们手里。只好一次次给李鸿章拍电报，请求离开汉城，留条小命，多吃几年米粮。自己才三十五六岁，还没活够，死于异国他乡，连尸身都没人收埋，只能做孤魂野鬼，也太凄凉了点。又见仁川与汉城到处都是日兵，就是获准回国，也逃不出日本人掌心，找来公署厨子，给他一大包现银，说："大难即将临头，我也吃不下饭食，这几天你不用办厨，给我出去跑跑腿。"

然后要过厨子耳朵，悄声叮嘱几句，承诺事毕另有重赏。厨子属汉城本地人，已在公署司厨多年。炒得一手河南菜，受袁世凯厚待，眼见公署职员逃得差不多，仍留署内，尽职尽责做饭炒菜。这日厨子遵嘱离开公署后，钻入租来的绿呢小轿，由两位壮汉抬着，往城西晃荡而去。轿至西门，值哨日兵挺着刺刀，上前喝令：干什么去？厨子掀帘出轿，往哨兵兜里塞把银子，笑嘻嘻道："去仁川谈个生意，还请皇军放行。"日兵挑开轿帘瞧瞧，里面啥都没有，扬扬手，放厨子出城。

来到城外，经历数处关卡，仍用银子开路。仁川照样日哨遍布，厨子用相同手段，混入海边码头。在码头逗留个把时辰，登轿原路返回。隔日再坐绿轿，又往仁川跑上一趟。第三天依然如故。日本哨兵渐渐熟眼，此后任凭绿轿来回穿梭，再不过问一声。

又过去数天，袁世凯终于接到李鸿章电报，说已奏请皇上，准其回国。本来皇上不肯松口，说袁世凯驻朝十余年，朝鲜局面弄成这个样子，他罪不可恕，死也得死在朝鲜，岂有临危撒手走人之理？翁同龢与李鸿藻等人也视袁世凯为李鸿章走狗，巴不得他客死异国，极力阻止光绪，不能准其西归。也是李鸿章觉得袁世凯人才难得，丢了朝鲜事小，搭进如此大才，太不合算，一次次给朝廷拍电报，说好话。还动员奕劻到慈禧那里求情。慈禧见满朝皆是能说不能干的嘴舌英雄，有心留住袁世凯小命，以后可给大清办大差，命奕劻传旨光绪，光绪才不得不勉强点头，让李鸿章召回袁世凯。

电文在手，袁世凯喜出望外，叫来唐绍仪，交上印信文件，让他代理公署事务。与后来大名鼎鼎的民国内阁总理不同，此时的唐绍仪仅仅是驻朝商务书记官，名不见经传，与日本人无冤无仇，留守汉城，不会有太大危险。

与唐绍仪办完移交，袁世凯又给厨子一把大钱，互换衣帽，钻入绿轿，往城外行去。连续数日，绿轿不断在眼前晃悠，日哨不足为奇，自然放行。一路通畅无阻，来到仁川码头，一脚踏上中国货轮，长长汽笛随即鸣响，渐离硝烟四起的朝鲜地面，袁世凯才松了口气。

就在袁世凯出逃当天夜里，大鸟借口朝鲜改革决心不大，不愿脱离中朝宗藩关系，与日军混成旅团长大岛义昌率领日军，对朝鲜王宫发起猛烈攻击。王宫卫队稍作抵抗，败下阵来，日军攻入宫中，俘虏国王李熙，逼其诏令大院君全权处理国事。大院君宣布朝鲜为独立自主国，废除中朝各项条约，授权日军驱逐驻朝清兵。与此同时，大鸟命令另一股日军，闯进中国驻朝总理公署，扯下国旗，见人打人，见物砸物。奇怪的是里里外外翻个遍，也没见到袁世凯其人。公署一直在日军严密监控之下，人逃哪儿去啦？大鸟不甘，派人四下搜寻，依然一无所获。满城都是日军，莫非袁世凯会遁身术，钻入地底潜伏起来啦？

至于唐绍仪，日军冲入公署前，已翻墙而出，避入英国驻朝公使馆，连夜发报给李鸿章，禀报汉城兵变情形。这一天终于到来。李鸿章不觉奇怪。正好马建忠所雇三艘英国怡和洋行商船到港，李鸿章命盛军一千三百余兵登上其中两船，由北洋穿甲巡洋舰济远号与鱼雷巡洋舰广乙号护航，往牙山方向进发。仁军一千一百多兵则踏上另一艘英船高升号，与运输炮械和饷银的福州造木壳小舰操江号结伴，自塘沽起锚，全速东行。

先行的盛军安全抵达牙山后，济远与广乙护航任务完成，原路返航。行至丰岛附近海面，只见远处升起一片烟云，济远管带方伯谦心生疑虑，走出舱门，来到望台上。大副沈寿昌与主炮手柯建章手拿望远镜，齐声报告道：“前方驶来三舰军舰。”

方伯谦从沈寿昌手上要过望远镜，往前方一望，全身顿时发起毛来。

此乃日本联合舰队第一游击队三艘主力舰，途经丰岛海面，赶赴牙山，协助陆战队进击清兵。方伯谦毕业于英国皇家海军学院，又访问过日本海军，一下子认出三舰，一名吉野，一名浪速，一名秋津。吉野出产于英国阿姆斯特朗船厂，原为北洋海军所预订，因清廷停拨购置款，无法履约，被日本趁机购去。数月前才建造出来，由大佐河源要一驾驶回国。为世上最新最先进快速战舰，配备刚问世的测距仪，排水量高达四千多吨，也能驶出二十三节时速。拥有舰炮三十六门，一分钟可发七炮。其中前后六寸大口径主炮四门，两舷四寸速射炮八门，密布于战舰各处的单管速射炮二十四门。之外还有五具鱼雷发射管。与吉野一样，浪速也为阿姆斯特朗所造，三千多吨排水量，航速与火力都很了得。秋津虽属日本船厂所产，却系月前出产最新产品，且为英国设计师设计，舰炮配置与浪速差不多。

反观方伯谦足下德国造济远号，十年前成舰时领先世界，十年间造舰技术不断更新换代，加之逐渐老化，已非常落伍。排水量才两千多吨，航速也只十五节。火炮十六门，其中六寸主炮两门，又系后膛炮，五分钟才发一炮。且炮弹仍是旧时以砂石填充的实心弹，各国包括日本舰炮早弃之不用，都改成新型火药开花弹。至于广乙号，为多年前福州船政局所造，更加老旧过时。方伯谦很悲观，北洋各舰犹如八九十衰朽老人，日舰仿佛二十出头壮小伙，两相对峙，开打炮弹没敌舰杀伤力足，逃跑速度没敌舰快，就是硬撞，敌舰舰体坚固，也撞不赢。一句话，未曾对阵，输赢已成定局。

可眼看日舰越来越近，还得硬着头皮上。方伯谦下达命令："准备应战！"沈寿昌道："中日并没宣战，莫非日舰贸然开炮不成？"方伯谦道："日本攻打台湾，吞并琉球，何曾宣过战？"柯建章道："方管带说的是，冤家路窄，惹不起也躲不起，只能冒死一拼。"

沈寿昌这才横下一条心，传达迎战命令。船上官兵各就各位，严阵以待。又升旗打旗语，跟对方联络，表示问候。日舰毫不理会，相反加快速度，鼓浪而至。方伯谦几位正愣怔，吉野号伸长舰艏主炮炮管，突然吐出红红火焰，啾的一声，弹头直喷过来。

这是甲午年（1894）六月二十三日上午卯时。英国人为中国设计的吉野号，向中国战舰射出第一发野蛮炮弹，标志甲午大战正式打响。浪速与秋津紧跟着悍然开火，多炮连发，有的击中济远与广乙，有的落在四周水面上，激起冲天水柱。

济远与广乙仓促应战，发炮还击。却因射程短，够不着目标，只得吐着浓浓硝烟，逼向日舰，就近施放。还没到射程内，广乙已被击中，船身倾斜，摇摇晃晃退出战场，搁浅于近海处，焚船自毁，以免资敌。留下济远，以一病弱老舰，对抗三艘年轻强舰。主炮手柯建章临危不惧，调准炮位，点燃炮引，只听轰然一声，弹头钻出弹道，直射吉野，砸透其坚硬腹甲，穿入弹药库。可弹壳里填的砂石，无法引爆。也是没法子的事，实心弹就这功效，只能给敌舰造成撞伤，若是开花弹，击中弹药库，敌舰不灰飞烟灭，也会炸成两截，沉入海底。其实丁汝昌早知开花弹厉害，多次请求装备舰炮，淘汰实心弹，无奈户部停款，李鸿章只得东挪西凑，弄了几笔小银，购置少量开花弹，配给几艘主舰，放上几炮便告罄，只得施以实心弹，与日舰开花弹对攻。射入吉野弹药库实心弹，为战后维修时发现，吓得河源要一直咂舌，心想幸亏此弹仁慈，否则舰毁人亡，连整个战局或许都会发生改变。

济远仍在拒敌。毕竟不是三艘日舰对手，乱战中数炮飞至，炸塌炮台，击中柯建章前胸，血流如注，倒地而亡。继而望台中炮，沈寿昌头骨炸裂，脑浆喷涌而出，溅了旁边指挥作战的方伯谦一身。见舰上官兵死的死，伤的伤，为保全济远，方伯谦只得下令悬挂白旗，掉头向西逃去。吉野后面紧追不舍。浪速与秋津也加大马力，包抄过来。方伯谦又命改挂日本旗，表示投降。三舰不为所动，迅速收拢包围圈。

眼看着就要被三舰夹住，不远处海面忽出现两艘航船。原来送兵的高升号与运载饷银炮械的操江号正经丰岛海面，往牙山急驶。闻得枪炮声声，两船慌忙扭头逃逸。却被日舰发现，浪速直取高升，秋津过去拦截操江，吉野继续追击济远。济远速率低吉野八九节，有如病弱绵羊，哪逃得过勇猛雄狮？方伯谦急中生智，往浅水区驶去，以引诱吉野搁浅。河源要一发现不对劲，识破方伯谦意图，放弃追击，济远才得以脱逃，驶回旅顺。

操江与高升，一为小舰，一系商船，则没如此幸运。在秋津炮火轰击下，操江只能挂上白旗，乖乖投降，舰上官兵，外加饷银与炮械都被日军掳去。高升号因挂着英国旗，浪速没有轰击，只施放空炮，以示警告。同时打旗语，命令抛锚停驶。尔后派出大副，乘小艇过来，登船检查执照，勒令英籍船长，驾船跟随浪速走。船长说："此乃英国商船，凭什么跟你们走？"大副蛮横道："不走也行，等着挨炮吧！"跳下小艇，扬长而去。

船长只得入舱，与仁字营帮带高继善商量。高继善手按佩刀，不容置疑道：“咱们愿与高升共存亡，谁敢投降，当污我刀。”船长说：“浪速为咱英国所造，本船长知其舰炮威猛，轻易可击沉高升，抵抗只能白丢船上千多条生命。”高继善道：“战死疆场，军人天职，死有何憾！”船长道：“可英国船员不是军人，贵军决心与日舰一搏，请允许船员离船求生。”

英国船员离船，日本鬼子岂不更加放肆？高继善断然拒绝，命令士兵，把船员们看管起来。船长无奈，向浪速发出信号，请求继续谈判。日军大副又乘小艇过来，却没登临高升，与船长隔水对话。船长大声道：“中日未曾宣战，清军拒绝当俘虏，要求返回中国。且高升是英国商船，英日为缔约国，你们不能无理取闹。”

费了不少口舌，双方互不相让，谈不到一起去。大副返回浪速，禀报舰长东乡平八郎。东乡留学英国多年，又在英军舰队服役过，艺高胆大，曾放豪言道：舰不够长，向前一步。甲午海战后，又率日本海军大败俄国，被誉为战神，授予海军元帅。

这是后来的事，暂不赘述。此时东乡听说高升不愿跟浪速走，非常恼火，准备下令开炮。大副提醒道：“炮轰英国商船，会不会引起不良后果？”东乡道：“英国商船运载中国军队，赴朝对抗日军，就是公然与日本为敌，岂能容忍？”大副又道：“中日此时不还没宣战么？”东乡道：“咱们已击毁广乙，俘虏操江，轰跑济远，还不算宣战？用不痒不痛的文字宣战，哪有用大炮和鱼雷宣战来得痛快！”

大副没再多话。东乡命令升起红旗，高升号船长见是表示攻击的旗语，惊恐之下，匆忙发放救生设备，组织英国船员离船。慌乱之际，只听唆的一声，浪速发出一枚鱼雷，钻逼而来，擦船而过。继而火炮齐至，一时间高升浓烟滚滚，火焰冲天。仁字营官兵趴到舷边，以步枪对抗浪速大小火炮。煤舱很快中炮起火，火势喷出舱外，四处蔓延。浪速火炮仍在轰击，高升百孔千疮，海水灌进来，开始倾斜，慢慢沉没。日军这才停止炮击，驾驶小艇靠近，用机枪疯狂扫射落水清兵。绝大部分官兵殉国，仅两百余人躲过日军野蛮枪杀，后被路过外国商船救起，侥幸逃出生天。

翌日即二十四日，丰岛消息才传至天津，李鸿章惊闻，大放悲声。悲广乙沉没，操江被掳，济远遭受重创，更悲千名仁字营子弟兵葬身海底，尸骨无存。仁字营前身为华字营，系淮军初创老营头之一，官兵大都来自合肥东乡，不想竟死于日本战争狂人东乡平八郎指挥的枪炮之下，叫李鸿章日后如何面对家乡父老？

可李鸿章没时间悲痛，抹去老泪，让于式枚电告总署，采取应对措施。又电令丁汝昌赴烟台英国海军基地，会晤英海军司令，日军丧心病狂，胆敢击沉怡和商船，英国海军号称世界最强，受此奇耻大辱，岂可忍气吞声，坐视不管！随后召见日本驻津领事荒川，痛斥日军野蛮行径。荒川愧疚不已的样子，又点头，又哈腰，只是不置一词，生怕说错话，被抓住把柄。荒川走后，李鸿章带着马建忠，直赴英国驻津总领事馆，敲着桌子道："本督三番五次恭请贵国给日本施压，以免日军丧心病狂，侵害贵国益权。贵国不以为然，袖手旁观，放纵日本，日军才狗胆包天，悍然击沉贵国商船。本督请问，贵国打算怎么办？"英总领事道："日军违反《万国公法》，击沉英国商船，英国决不会善罢甘休，轻饶日本。李督请放心，本领事马上电告敝国政府，对日本采取措施。"

得此承诺，李鸿章告辞出馆，让马建忠联系欧美各报驻津记者，控诉日军恶行。记者们个个义愤填膺，人人咬牙切齿，表示尽快撰文登报，声讨日本。送走记者，李鸿章再给总署去电，告知自己天津行动，请奕劻诸臣也以朝廷名义，照会英日驻华公使，联络相关人士，抗议日军，告慰牺牲于丰岛海域的中国官兵之魂。

电至北京，奕劻正召集总署、海部和军机处等王公大臣，会商对日办法。众臣脸上故作凝重，却抑制不住满心兴奋，像刚拣到意外之财似的。丰岛事发，意味着李鸿章主和避战努力彻底失败，要主战众臣不乐也难。尤其翁同龢最有成就感，若非他千方百计阻挠，真让光绪屈从太后，放弃主战决心，俄英两国再管管闲事，这仗又怎么打得起来？仗打不起来，谁帮翁家教训李鸿章？自同治初年李鸿章替曾国藩拟稿参劾翁同书，害得翁家气死的气死，流放的流放，翁同龢就怀恨在心，非报此大仇不可。无奈曾李师生权势太大，一直没法下手。君子报仇，十年不晚，翁同龢只能耐住性子，等待时机。直至十年过去，曾国藩病殁金陵，大仇依然未报，只得把账算到李鸿章一人头上，有朝一日叫他加倍偿还。为等到这一天，翁同龢借用同光两任帝师身份，大力培植党羽，积蓄力量。又数涉文衡，屡掌棘闱，网罗新进士人，安插于各要害部门，共同对付李鸿章。可恨李鸿章手握淮军还不够，又创建北洋海军，拥兵自重，顾盼自雄，太后畏惧三分，皇上无奈其何。翁同龢只有调动亲信，发起一轮又一轮攻击，然荩章毕竟敌不过人家手里枪炮，皆无果而终。看来要想制服李鸿章，还得削其兵权，斫其羽翼。翁同龢于是利用手里财权，巧借理由，在军费方面耍名堂，做文章，以致北洋海军停款，陆军欠饷，整得李鸿章没了脾气。正巧朝鲜出事，日本发难，李鸿章自知日军后来居上，北洋防军不是对手，绞尽脑汁求和。翁同龢岂能让李鸿章诡计得逞？事实证明，凭翁派朝中势力，斗不过李鸿章，唯有借日军灭掉北洋海陆防军，再奏请皇上，杀李以谢天下。多亏日本人英武，丰岛海域先下手，济远受创，广乙自沉，操江被掳，高升覆没，三舰海员与仁字官兵千余人葬身海底，实在大快人心。然北洋海军大小战舰二十五艘，丰岛损失三舰，还有二十二艘，陆军官兵两万多人，减员千余，更是无伤大雅。更可恶者，李鸿章蛊惑朝廷，斡旋诸国，逼日本放下屠刀，轻饶北洋，是可忍，孰不可忍！奕劻也不知好歹，拿李鸿章鸡毛当令箭，跟着叫嚷以夷制夷，给日本施压。翁同龢卵泡子来火，恨不得挥舞老拳，揍奕劻个鼻青脸肿。无奈奕劻贵为郡王，哪天慈禧高兴，赏其亲王，也不是没有可能，翁同龢不敢造次，努力控制住自己，冷眼道："日军已悍然动武，仍言以夷制夷，不痴心妄想么？"

李鸿藻也幸灾乐祸道："中日终难免一战，庆郡王怎么制止日本？"奕劻道："李鸿章电文里已说得明白，咱们照着去做就行。可分头行动，李中堂召见日本公使林董，提出抗议，翁师傅赴英国公使馆造访欧格讷，催其电商英国政府，制裁日本。"

李鸿藻已升协办大学士，故奕劻以中堂相称。李鸿藻正要说啥，翁同龢嚯的一声先站起来，朝后宫方向抱抱拳，道："老臣只服侍皇上，哪能像李鸿章样，去洋鬼子面前低声下气，丢人现眼？"奕劻道："不用说好话，只摆事实，讲道理，迫使英国出面教训日本。"翁同龢道："日本与中国作对，就该由中国教训，哪轮得到英国狗咬耗子？都怪李鸿章不中用，刚接仗就败下阵来，老臣老脸没地方搁，哪好意思面对英国人？"

奕劻虽是郡王，但翁同龢受光绪恩宠，也不好把他怎么样，只得道："翁师傅不愿见英使，就负责召见日使，欧格讷交给李中堂。"李鸿藻道："日军不宣而战，以为大清好欺侮，咱们岂能自降身段，跟洋人打嘴仗？还是先奏请皇上定夺为妥。"翁同龢道："李中堂所言甚是，还是入宫讨得皇上圣旨再说，否则擅自行动，有违圣意，也担当不起。”

奕劻也觉事关重大，带领翁李二人，出得总署，往后宫赶去。进得养心殿，免不了甩袖下跪，行君臣大礼。光绪说声平身吧，扬着手里礼品簿，满脸是喜道：“难得众臣一片耿耿忠心，肯献厚礼，甚合朕意。”

原来过几天便是光绪二十三岁生日，礼部特将各地官员所送贺礼登记在册，敬呈光绪御览。几位自然道几句吉言嘉语，以讨圣上欢心。光绪放下礼品簿，道：“三位爱卿齐齐入殿，有何奏请？”奕劻正要开口，翁同龢抢先道：“禀报皇上，内务府已预请京师最好戏班，正等着皇上万寿那天，入宁寿宫唱大戏。老臣思忖，皇上正值青春鼎盛，大有可为，不妨点些铿锵有力的武戏，以助长大清威风，鼓舞众臣意志。”光绪首肯道：“朕也有此意。翁师傅说说，点些什么曲目为佳？”翁同龢从怀里掏出一个小本子，呈上前去，说：“老臣所列曲目皆写在本子上，就看皇上满不满意。”

“不错不错，朕也喜欢这些曲目，后天就照此点戏得了。”光绪眼瞧本子，嘴里乐道。又就曲目内容，与翁同龢讨论起来。奕劻心念丰岛战事，只是不好扫光绪兴致，几次欲言又止，不得不赔着笑脸，不时点点头，免得干坐尴尬。

直到师徒讨论得差不多，奕劻再次张嘴要出声，翁同龢又道：“皇上久坐劳累，咱们也该跪安辞殿，有事朝会再行奏议。”光绪打个哈欠道：“好好好，三位爱卿下去吧，难得你们送来曲目，朕传给内务府，转交戏班早做准备，后天君臣一起开开心心听戏。”

三位退出养心殿，奕劻责怪翁同龢道：“一起来奏丰岛海战大难，翁师傅却拿听戏闲事岔开，弄得本王开不得口。”翁同龢道：“为大清江山，皇上一年到头忙忙碌碌，好不容易欣逢万寿喜庆之日，咱们做臣子的，怎忍心拿海上小事打扰呢？”

日本不宣而战，还说是小事，真让人哭笑不得。奕劻不再指望翁同龢出面斡旋外交，只好对李鸿藻道：“翁师傅要忙皇上寿庆，咱们可不能图清闲。本王去找欧格讷，日本公使林董就交给李中堂，务必狠狠教训日本鬼子，免被其小瞧。皇上寄予厚望，让咱们打理总署、海部和军机处，咱们总得尽职尽责，岂可尸位素餐，是不是？”

奕劻把话说到如此份上，李鸿藻再不好推辞，不得不答应回署后，着人传召日使林董。

奕劻又叮嘱几句，上轿直奔英国公使馆，去会欧格讷。欧格讷迎住，请奕劻来到客厅，献上英国奶茶，给客人解渴。奶茶入喉，奕劻道：“日军丧心病狂，炮轰北洋军舰，击沉贵国怡和商船，欧使该得到消息了吧？”欧格讷道：“本使已然知闻。”

奕劻挑唆道：“日本悍然出兵朝鲜，本王与李鸿章几番敦促贵国出面压服日本，贵国隐忍不发，日军才以为贵国好欺侮，见到怡和商船，毫不客气，发炮击沉。贵国号称世界头号强国，莫非咽得下这口气？”欧格讷道：“肯定咽不下这口气。本使已电禀敝国政府，控诉日军恶行。政府回电说，已嘱令驻朝和驻日公使，先查明丰岛海事详情，再采取必要措施。”

“贵国肯出手，料日军再不敢张狂。但愿贵国政府认清日本狼子野心，尽快出手，中国也好大力配合，共惩日本。”奕劻说罢，告辞出来。

回到总署，正值日本公使林董受召，到衙会晤李鸿藻。李鸿藻拍着桌子道：“有史以来，日本亦步亦趋，紧跟中国，大到治国理政，小到琴棋书画，无不以中国为师范，中国更是视日本为弟兄，呵护有加，关怀备至。即便日本明治维新，也是受中国魏源《海国图志》影响，才脱亚入欧，修了几条铁路，挖了几处矿洞，购买和仿造了几艘战舰。怎么稍稍强盛，就翻脸不认人，借朝鲜危机，大量出兵，砸我驻朝公署，击我海上舰艇，连英国商船也不肯放过？”

林董狡诈，避实就虚道：“敝国可脱亚入欧，贵国为何死守善道，只办洋务，固海防，不改用欧美政体，真正实现求富图强目标？就是洋务和海防，也只李鸿章一人咬牙坚持，贵国君臣一致反对，处处设阻。哪像咱日本，伊藤首相每有倡议，上至天皇，下至臣民，无不鼎力支持。伊藤曾感慨，若李鸿章为日籍人，由其出任首相，日本早已赶英超德，称霸世界。”

李鸿藻不乐道：“中国人事不用外国佬置喙。”林董道：“咱不置喙中国人事，置喙朝鲜人事总可以吧？日本出兵朝鲜，正是为助其改旧制，兴西学，办洋务，早日富强，与日本共抗欧美大敌。”李鸿藻喝道：“朝鲜乃吾国藩属国，富不富强，乃中国事情，与日本何干？”

林董讥讽道：“中国自己事情都办不好，还插手别国军政，不可笑吗？中堂还记得十年前中法越战吧？中国也抱着宗主国虚名不放，不惜与法国闹翻，大动干戈，结果白花掉上亿军费，冤死数万兵民，越南也不买账，趁机解除中越宗藩关系。朝鲜也一样，除少数事大党旧臣抱着中国大腿不放，年轻一代臣民都不愿受制于中国，只想独立自主，效法日本，改旧制，兴洋务，真正实现求富图强。其实这于中国并非坏事，放弃朝鲜，甩下包袱，正好集中精力，办好自己事情，同时还可改善与日俄两国关系，维护东亚和平格局。”

虽说林董强词夺理，所言确也不虚。无奈李鸿藻只懂君臣父子，子曰诗云，弄不明白中朝日俄之间纷繁复杂关系，林董一番海阔天空，他老人家竟云里雾里，不知如何反驳，翻来覆去无非宗藩二字。本来召林董接受训斥，震慑日本，到头来竟被人家哇啦哇啦，上了堂免费课，弄得李鸿藻挺不是滋味。待他跳起来想发火，林董已笑吟吟揖别而出，回了公使馆。

当夜林董就给本国外务省发电，以得意口吻，汇报教育清廷大臣李鸿藻前后经过。陆奥见电，觉得林董口才了得，赶往首相府，去见伊藤博文，面禀中国在丰岛事件上的态度。伊藤正在吹胡子瞪眼睛，大骂大本营海军军令部部长桦山资纪，骄纵浪速舰长东乡平八郎，连英国怡和商船也敢开炮轰击，激起英国军方尤其驻华海军极大不满，纷纷请战挥师，对日动武。加之李鸿章也上下其手，四出活动，大造舆论，欧美各国无不谴责日本不宣而战，弄得伊藤焦头烂额，传唤桦山，指着他鼻子，一顿臭骂。

骂得嗓门冒火，伊藤才刹住，端茶润喉。桦山插话道：“那干脆把东乡抓起来，军法处之，对英国也好有个交代？”伊藤放下茶杯，无奈道：“东乡扬我军威，治他罪，岂不令前线官兵寒心？咱不能为一艘英国商船，断送海军战将。”桦山道：“首相所言甚是，可又如何面对英国呢？”伊藤瞪眼道：“这是首相府的事，你可以走啦。”

桦山离去后，伊藤瞧瞧林董电文，对陆奥道：“清廷什么态度，无关紧要，咱只担心李鸿章借风吹火，鼓动英国压制日本。”陆奥道：“荒川和林董电报里都说，李鸿章和清廷正借高升事大做文章，英国军方在驻华海军司令挑唆下，摩拳擦掌，跃跃欲试，准备对日动武，看来确实有些麻烦。”伊藤道：“本相已布置下去，召开内阁会议，商讨应对措施。”

内阁会上，阁臣们一个个愁眉苦脸，一筹莫展，不知如何摆平英国，只好拿东乡平八郎出气，大骂他行事鲁莽，高升号商船又非中国战舰，竟图一时痛快，发炮轰沉，浪费炮弹不说，还给政府添乱，建议法办东乡平八郎，争取英国谅解，解除危机。伊藤不同意，道：“高升虽系商船，可船上有千余名清兵，东乡轰沉高升，击杀清兵，错不到哪里去。今天不说东乡，只论如何应对英国，不能让李鸿章以夷制夷手段得逞。”

话题又回到对英措施上。阁臣们三缄其嘴，没人拿得出可行办法。最后伊藤道：“我看还得走好三步棋。一是英国政府早在谋求签订《英日通商航海条约》，一直没谈下来，立即重启谈判，不管英方提出什么要求，毫无条件答应，尽快打通海路，互通有无，如此英国就不会武力威胁日本，损害自身利益。二是花钱买通英国军方包括驻华海军高层，让其拿人手软，不再言战。三是以高升船员口吻在英美各报发布文章，就说浪速舰本不愿轰击高升，皆因清兵开枪射杀离船英籍船员，才义愤填膺，炮打清军，替船员报仇。”

与英通商航海，阁臣们无话可说，反正国门已开，不可能挡住两国商船往来。发文倒打一耙，诬陷清兵射杀英籍船员，也没啥不可。然给人行贿，有违日本宪法，传到反对党耳里，从中作梗，再怂恿记者，借题发挥，大肆渲染，内阁肯定抵挡不住，弄不好只能集体辞职下台。权力是个好东西，阁臣们不愿出位，请伊藤另想高招。伊藤笑道：“只要内阁形成决议，本相自有办法堵住反对党嘴巴。”阁臣们道：“办法何在？”伊藤道：“内阁后面不还有天皇么？天皇出面发句话，反对党还有什么屁可放？”阁臣们问：“天皇会发话吗？贿赂罪可是他签署发布的，他怎肯出尔反尔？”伊藤道：“正值非常时期，情况特殊，天皇自会以国家存亡为重，答应内阁请求，尽快扭转日本被动局面。”

只要天皇肯承担责任，一切好办。阁臣们不再犹豫，一致表决通过贿赂英国军方决议。以内阁会议形式，集体研究表决贿赂方案，这在日本政府，绝对前无古人，后无来者。决议形成，伊藤急入皇宫，觐见天皇，奏请恩准。开始天皇有些迟疑，禁不住伊藤一番鼓动，才答应下来。临动笔签字，又道：“国家倾力支持海陆大军入韩，国库已空，又哪来巨款拿去充塞英国军方口袋？朕问问皇后，看宫里还有无值钱物品，拿去变卖换钱，略尽绵薄之力。”

伊藤摇手道：“为备战筹饷，天皇和皇后节衣缩食，捐钱赠物，政府和臣民已感激不尽，怎好再拿宫中钱物？钱方面不用天皇操心，本相已筹备充足。”天皇道：“你怎么筹措？克扣军饷，从将士口里抠钱？”伊藤笑道：“克扣军饷，将士们又怎会为国拼命杀敌？”

天皇不解，道：“那钱从何而来？”伊藤道：“从中国人手里来。”天皇道：“中日兵戎相见，中国还答应借款给日本？”伊藤道：“不是借，是白送。”天皇越发糊涂，道：“中国白送？有此等好事？”伊藤笑笑道：“日本联合舰队第一游击队击沉高升前，还俘虏了清军操江号兵船，上有二十多万两饷银及不少炮械，这笔钱正好用来贿赂英国军方。”

天皇恍然而悟，连声说好，痛痛快快在贿赂决议上签字画押，命令内阁照此执行。

有天皇鼎力相助，伊藤也就大伸拳脚，调动各方力量，展开斡旋，该送钱送钱，该献色献色，忙碌起来。英军惩日声音开始减弱，欧美报纸不再谴责日本海军，反过来批评高升号上清兵，丧尽天良，枪杀手无寸铁的英国船员。

李鸿章觉得不对头，派马建忠去英国驻津领事馆探听虚实，同时给总署发电，请面询欧格讷，到底怎么回事。总署竟无大臣当值，连负责文案的章京都没影子，一个个都在宁寿殿陪光绪听戏。原来正逢光绪二十三岁生日，陪好皇上，自然比中日战事重要。

幸好电报房里有人，拿着电文，出衙往宫里跑。到得宫门外，禁卫不让进宫，不得不返回来，另走庆王府，恳求府上人，设法转给庆郡王，别误了大事。王府仆役倒有办法，终于把电文递进宫里，交到奕劻手上。

此时宁寿殿里正热闹得很，锣鼓响亮，腔调高昂。奕劻瞥瞥电文，知道大事不妙。再瞧瞧不远处眯眼听戏的光绪，以及环绕左右的翁同龢、李鸿藻众位大臣，一时急火攻心，不知如何是好。英国不再给日本施压，日本岂不更加张狂，肆无忌惮？奕劻再也坐不住，扭扭屁股，站起身来，出了殿门。身后锣鼓越发起劲，曲声悠扬而苍凉：两国不和屡交战，各为其主夺江山，老王爷设下双龙会宴，失计不成丧黄泉。

这是《四郎探母》唱段。戏里交战容易，无非依照程式，喊喊嗓子，做做动作，俟曲终人散，什么痕迹都不留。戏外征战，那是真炮真枪，得费巨款，拼人命，弄不好就会国破家亡。又想人家日本出兵朝鲜，上至天皇首相，中至军政要员，下至普通民众，同仇敌忾，心往一处想，劲往一处使，咱大清君臣却没事人样，悠哉游哉，宴饮听戏，能不败给人家？

正好翁同龢听戏时喝多茶水，出殿小解，奕劻趁机扯住他衣袖，递上电文，道：“李鸿章来电，说日本上下其手，买通英军和外交部，英人得了好处，放弃制裁日本，形势于中国大不利。翁师傅陪侍皇上身后，烦请转呈，看能否采取补救措施。”

翁同龢口里答应代呈，接过电文，去了殿后。奕劻匆匆出宫，赶回总署，复电李鸿章。这里翁同龢小解毕，回到殿里，闭上双眼，继续听戏。一边默数鼓点，轻敲脚尖，弹击节拍。宫里演戏，不叫看戏，叫听戏。清廷君臣都是戏迷，对京剧曲目熟悉得不能再熟悉，不用往台上观望，演员一招一式皆了然于心。也就闭上双眼，张开两耳，尽情享受唱腔和乐器珠联璧合，丝丝入扣，仿佛夏日凉风，沁人心脾。

心在戏上，翁同龢一直没出手电文。也不打算出手。光绪听戏正痴，拿烦事打扰，不讨骂么？直至夜深戏散，出宫回家，翁同龢才拿出电文，随便瞟两眼，扔到一旁，嘴里冷笑道：“李鸿章啊李鸿章，你怎么老想着抱英国人大腿？也不看看英国人大腿太粗，是你想抱就抱得牢的么？你还是抓紧调兵遣将，与日本拼死一搏吧。拼赢了呢，继续做你的直隶总督和北洋大臣，若拼输了，那对不起，只好拿你脑袋，向国人谢罪。”

翁同龢正得意，门人报说有客到访。时过子夜，还来骚扰，真不知趣。问是谁人，竟是新科状元张謇，翁同龢大喜过望，迎出门去。

与翁同龢一样，张謇祖籍也是江苏常熟人。科场不顺，止步秀才，不得不辗转府县，充任幕宾，后至吴长庆军中办理文案。朝鲜壬午事变，又与袁世凯一道，随吴入朝平叛，撰写治朝《善后六策》，交吴长庆代呈李鸿章，建议吞并朝鲜，设郡开府。朝鲜乃是非之地，俄日英美诸国利益盘根错节，哪是想吞就吞得进，想并就并得了的？李鸿章一心操办自己国家事情，不愿引火烧身，弃张文于不顾。却欣赏张謇才华，吴长庆死后，欲揽其入幕。翁同龢闻知，忙出面打岔，非把张謇拉入翁门不可。要说翁同龢屡任考官，门生故吏遍布朝野，该不在乎一个小小秀才。然这些门生故吏缺乏历练，都是十年寒窗苦读，高中两榜，著华章，发宏论，笔舌功夫了得，真要托付军政要务，实在不敢信任。反观李鸿章身边文武，没几个有像样功名，却上马能打仗，下马善办差，处理海防、洋务、外交，个个都是好手。正是凭这些好手，李鸿章才玩得风生水起，深受慈禧倚重，翁同龢以帝师重臣身份，调动朝中所有力量，使出浑身解数，也没能把他整垮。好不容易常熟老家出了个张謇，文章一流不说，还理过府县政务，办过营中军务，又曾经入朝参加平叛，熟悉外交，如此全才，任其投奔李幕，岂不好了李鸿章？翁同龢坐不住了，琢磨着怎么把张謇拉到自己阵营来。只是张謇并非傻子，肯定会掂量跟谁更有出息。虽说翁同龢位高名重，却不管实务，自己又无功名，最多办点文案，想出人头地，绝无可能。李鸿章则管得宽，管得实，入李幕自然大有可为，就如盛宣怀、薛福成、马建忠、伍廷芳之辈，身无功名，却在李鸿章保举下，两三年一个台阶，渐升至司道级别，令两榜士子望尘莫及。翁同龢揣摩张謇心思，也不逼其入幕，只写信启发他，要他参加两榜考试，有他后面照应，定让他高中，先在皇上面前混个脸熟，再外放地方，就如张之洞一样，几年间便可成为封疆大吏。张之洞也邀请过张謇，张謇对其发迹史最感兴趣。要说李鸿章靠军功起家，不易效仿，张之洞两榜高中，没上过阵，仅凭文才和口舌，赢得皇上和太后信任，自翰林起步干到湖广总督，确系读书人飞黄腾达现成楷模。张謇深受启发，听信翁同龢，放出豪言：南不拜张，北不投李，尔后躲进书斋，潜心备考，光绪十一年（1885）高中顺天府乡试第二名。然接下来四次会试，皆因翁同龢误认他人试卷为张卷，使其四度名落孙山。至甲午慈禧六十万寿，增开恩科，翁同龢亲自入场压阵，命收卷官坐等张謇交卷，直接送他手上，又说服其他阅卷官，判张卷为第一，再拿着卷子向光绪力荐，点为一甲头名状元，授翰林院六品修撰。尽管状元姗姗来迟，毕竟没有翁同龢，绝无此万世尊荣，张謇常思报答恩师。无奈翁同龢官高禄厚，不贪财，不恋色，啥都不缺，欲报无门。也是张謇足够聪明，探知北洋海军丰岛惨败，特上翁府献计，敲打李鸿章。偏偏翁同龢面对李电，不知如何下手，闻高徒来访，赶紧出门，迎入书房，先递茶水，再以李电示之。

张謇看过电文，道："李鸿章忌惮日军，才寄望于俄英诸国调停，苟且求和。丁汝昌也担心北洋海军不是日军敌手，只想避战保船。老师正可借题发挥，奏请皇上，果断拔钉，斫去李鸿章羽翼，以免淮人复据海军，好亲自把海防抓在手里。"

翁同龢一时没听明白，问："拔钉？拔什么钉？"张謇笑道："钉者丁也。只要罢去丁汝昌，委任他人，积极应战，到时李鸿章鞭长莫及，不战都不行。"翁同龢叫好道："季直（张謇）言之有理。老夫糊涂，一心阻拦李鸿章求和，没想起先'拔钉'，后制李。皇上血气方刚，急欲痛揍日本，树立皇威，老夫奏罢丁汝昌，定然获准。"张謇道："丁汝昌乃李鸿章安徽同乡，才得以窃居提督，统领海军，其他总兵和舰长大都为福建人，将帅不和，上下离心，一旦拔钉成功，架空李鸿章，老师便可掌控海军，力战日本。”

说得翁同龢热血沸腾，表示翌日上朝，奏请皇上拔钉。然军中不可一日无帅，赶走丁汝昌，谁来继任？翁同龢道：“丁汝昌再不懂海军，毕竟在海上浸泡多年，见多风浪，另外物色人选，恐怕胜任不了。”张謇道：“海军提督无须亲自驾船驶舰，不过运筹帷幄，容易上手。当年曾国藩、左宗棠包括李鸿章，不都书生起家，照样带兵讨发剿捻么？”

这也是事实。翁同龢道：“季直觉得谁接替海军提督合适？”张謇道：“李秉衡就很合适。”翁同龢问：“李秉衡没经历过海战，又新抚安徽，岂可转任海军？”张謇道：“山东暂由藩司署理巡抚，可调李秉衡抚鲁，兼督海军，军政一体，有利于海陆防务。李秉衡历任县府道司，且曾经历中法阵仗，经验丰富，老成持重。又系东辽人士，保家卫国意志坚定。主要是与李鸿章不和，不会唯李是从，定尊老师之命，与日本一决高低。”

“此计甚妙！”翁同龢乐道，“时间已不早，还请季直留宿府中，代拟奏章，明早老夫携带入朝，面呈皇上。”张謇自然照办。翌晨交稿，翁老师很满意，塞入袖中，嘱仆备轿。临出门又问张謇道：“毕竟李秉衡没掌过海军，万一有人反对呢？”张謇道：“满朝皆老师学生，谁会与老师作对？”翁同龢道：“奕劻不是为师学生吧？兵部尚书孙毓汶，侍郎徐用仪，因太后宠信，当值军机，他们出声反对，皇上也得有所顾忌。”张謇道：“若众人反对李秉衡执掌海军，可力荐林泰曾。此人乃林则徐侄孙，福州船政学堂毕业后，赴英国海军实习三年，现为提督衔左翼总兵兼镇远舰管带，资深技优，性行忠谨，待下仁恕，人称北洋海军宝刀，足可服众。其人一向不满李鸿章扶持外行丁汝昌执掌海军，老师若肯力荐，必为所用也。”

此主意甚高，翁同龢欣然上轿，直奔皇宫。到得养心殿前，见奕劻站在门口，上前作过揖，拿出李鸿章电文，还其手上。奕劻道：“翁师傅昨晚没呈给皇上？”翁同龢为难道：“皇上听戏听得入迷，老夫岂敢随便打岔，自讨没趣？”

奕劻没法，只得朝议时，亲自进呈光绪。光绪见电，大声吼道：“高升沉，济远伤，操江被日掳去，如此奇耻大辱，叫朕如何咽得下这口气？”翁同龢忙道：“皇上息怒，听老臣一言。丰岛惨败，皆怪李鸿章一味避战求和，苟且偷安，加之丁汝昌调度无方，仅派弱舰为援兵护航，遭遇日军，弱不胜强，以致损兵失舰，示弱东洋。依老臣陋见，眼下之计，唯有锁拿丁汝昌，交部议处，另选任统帅，重振海军。”

对李鸿章一味求和，丁汝昌畏敌不出，光绪早有不满，恨不得把两人一并撸掉。没待光绪拍板，奕劻启奏道：“临阵换帅，军中大忌，翁同龢之言不可行。”孙毓汶与徐用仪也道：“海上初战失利，撤去丁汝昌，不利于稳定军心，还请皇上慎之。”

翁同龢两眼鼓突，咬牙道：“不除丁汝昌，就扒开李鸿章，别占着茅坑不拉屎。此二人一心保船求和，不思进取，如此下去，哪天日舰运兵入津，杀向京畿，则为时已晚矣。”

李鸿章是谁想撼就撼得动的？至少慈禧那里就通不过。还是拿掉丁汝昌容易，只要理由充足，慈禧不好硬性阻拦。光绪沉吟之际，太监送进一摞奏章，说是数十翰林和言官联名奏免丁汝昌，另选良帅，统领海军，速胜日本，灭此朝食。

原来给翁同龢献计“拔钉”前，张謇便联系甲午新进翰林及部院言官，纠弹丁汝昌拥兵自保，畏敌不前，以至丰岛惨败，请求光绪除丁以告天下。这不正中光绪下怀么？他底气更足，没再犹豫，决定罢免丁汝昌，锁京问罪。

皇帝金口玉牙，谁敢反诘？翁同龢喜不自胜，望眼奕劻，还有孙毓汶、徐用仪几个，不出声道，看你们还保不保丁汝昌！奕劻没理翁同龢，奏道：“群龙不可无首，换掉丁汝昌，谁来统领海军？”孙毓汶与徐用仪也道：“罢丁容易选帅难，请皇上先选替手，再去旧人。”

光绪痛心疾首，一心只想拿掉丁汝昌，哪意识到军队在外，需人统帅？可仓促之间，又去哪里选任海军提督？光绪抬起眼眉，去望翁同龢。翁同龢胸有成竹，朗声道：“可调安徽巡抚李秉衡北上抚鲁，兼任海军提督，协调海陆两军，固守鲁东海防。”

当年中法之战正酣，张树声病殁，张之洞受命两广总督，为贬低淮军将领，对李秉衡多有褒奖。朝廷远离前敌，不知底细，听信张言，倚李秉衡为干城，委以重任，直至安徽巡抚。光绪略闻其名，加之师傅亲自举荐，自然满口应承。可孙毓汶反对道：“李秉衡不仅没接触过海军，连陆军也没统带过，中法之战时也就在后方筹措过粮饷，竟被张之洞吹上了天，其实并不知兵。”徐用仪也道：“李秉衡年过六十四，巡抚地方差强人意，领兵作战，肯定吃不消。”翁同龢叫嚷道：“李秉衡只比丁汝昌大六岁，领兵出阵绝对没问题。”

几番争论，光绪还是偏向翁同龢，暂拟以李替丁。之所以说暂拟，皆因慈禧有言在先，三品以上官员任免去留，需经其恩准，否则不能作数。

好在慈禧比光绪明白，深知让李秉衡取代丁汝昌，不是啥高明主意，断然否定。翁同龢只得建议光绪，去掉林泰曾提督衔后面的衔字，着其统领海军，太后该没话说。林泰曾身为海军宝刀，最懂海战，威望也比丁汝昌高，慈禧果然不便反驳，只说北洋海军为李鸿章一手创建，由军机处发电咨询，先听听他意见。

军机处电文发至天津时，李鸿章正坐守电报房，等候叶志超与丁汝昌消息。丰岛海战后，日军不断增兵，叶聂两部加上英船所送登岸援军，总共才三千三百人，牙山已成孤绝之地，不可久守，李鸿章电令叶聂布防成欢，寻找机会甩脱日军，北上平壤，会合卫汝贵、马玉昆、左宝贵、丰升阿四军，与日决战。又命丁汝昌增派旅顺与威海战舰驶抵牙山，援助陆军。

丁汝昌所派战舰出海后，朝鲜天气骤变，大雨滂沱，河水猛涨。聂士成领兵占据成欢西北高地，修筑堡垒，布置火力，以阻敌兵。叶部则退守南侧，以为后援。这是两天前的事，正值光绪生日，紫禁城文欢武乐，皇上受贺赐宴，欣赏大戏，一派喜气洋洋。反之东京城里，日本天皇和首相伊藤则坐镇战时大本营，遥控日军混成旅团进击成欢。

得到命令，日军兵分数路，向成欢进发。迷蒙雨雾中，先头部队懵懵懂懂进入清兵视线。并非清兵主力，是天津武备学堂学员，刚走出学堂门，便来到前线，负责侦察任务。发现敌情，立即设伏，待日军靠近，枪炮齐发，一番痛击。交战半个小时，双方各死伤二十余人。

此系中日陆军首次接仗。听到枪炮声，日军后续部队大量涌至。聂士成站得高，看得远，组织官兵，严阵以待。待两军交火，又身先士卒，往来指挥作战。无奈日军人多势众，火力凶猛，聂部数处堡垒陷落，只得望北败走，成欢告失。

聂部与日军苦战之际，叶志超不思救援，先是隔山观望，继而拔营奔逃。逃出数十里，见日军没追上来，才放慢脚步，捣开朝民门户，见粮抢粮，见食夺食，大饱口腹。又觉没放几枪，便弃阵而逃，李鸿章那里不好交代，叫来随军文员，口授电文：成欢初战，官兵奋勇杀敌，以少战多，皆因日军增援不断，我军孤立无援，不得不撤离成欢，挥师北进。李鸿章见电，半信半疑，回电质问，到底遇敌多少，杀倭几何，总得给个约数，好向朝廷奏报。

回电发走，正好收到军机处电文，说丰岛惨败，皇上震怒，欲罢丁汝昌，代以林泰曾。李鸿章长叹一声，脑袋直晃。前线吃紧，岂可随意撤换主帅？况林泰曾虽有海军宝刀之誉，毕竟只是提督衔左翼总兵和镇远舰管带，未曾统领过全军，仓促间接掌帅印，哪能胜任？再说日军未宣而战，以强胜弱，丰岛惨败，情有可原，贸然撤掉丁汝昌，海军官兵寒心，谁愿再为朝廷拼死卖命？此中道理并不深奥，皇上如此武断，定是翁同龢等人捣鬼，故意借题发挥，给北洋海军添乱，叫你没法全力御敌，尽早败给日军。

李鸿章不愿就范，复电据理力争，陈述以林代丁弊端。孙毓汶拿到电文，呈入宫中，光绪勃然大怒，咬牙吼道："丁汝昌与林泰曾乃朝廷命官，谁上谁下，朕说了算，岂容李鸿章置喙！马上复电李鸿章，朕既然看好林泰曾，丁汝昌非让贤不可。"

孙毓汶想辩解几句，惹不起光绪，只得出殿，电复李鸿章。又另发密电，撤不撤丁汝昌，慈禧态度并不明朗，或许还有转圜之机。李鸿章知道，孙毓汶与李莲英义结金兰，才得以主持兵部，入值军机，有两人暗中保护，光绪与翁同龢想撤换丁汝昌，恐怕不那么容易。

正好丁汝昌来电复禀出海情形，道是旅顺与威海军舰驶近牙山附近海面时，成欢已失，本想寻觅日舰，以报丰岛之仇，因铁甲舰镇远号锅炉年久失修，容易熄火，不得不放弃寻仇，提前撤离牙山海域，返航维修。

镇远舰管带正是林泰曾。李鸿章复电丁汝昌，命其调查镇远舰，到底是锅炉故障，还是管带畏敌退缩。丁汝昌想起林泰曾与刘步蟾技高倨傲，一向不把自己放在眼里，加之风闻光绪在翁同龢怂恿下，执意李代桃僵，领会出李鸿章电文深意，电禀镇远舰锅炉老旧属实，但不至于熄火程度，不然也不可能顺利返航，林泰曾确有畏敌避战之嫌。

李鸿章接电，二话不说，原文转发给军机处。孙毓汶何等聪明，拿着电文，飞快赶往颐和园，面交李莲英，请他转呈慈禧。隔日早上给慈禧梳头时，李莲英以漫不经心口气道："昨夜孙毓汶匆匆来园，求谒太后，奴才见时间已不早，擅自做主，把他给打发走了。"慈禧问道："孙毓汶有啥急事？"李莲英道："也没啥急事，主要来拜望太后。"慈禧道："是不是朝鲜战事紧迫，跑来传达李鸿章消息？”

“太后没说，奴才差点忘记，孙毓汶还留下密电一封，叫奴才转呈太后。”李莲英不紧不慢道，给慈禧扎好发髻，再呈上电文。慈禧拆开，看上两眼，悠悠道：“皇帝忙于朝鲜战事，有一阵子没来颐和园了吧？英子着人递话过去，就说本宫想念皇帝。”

李莲英下去，派遣快马，出园飞驰入城，直赴后宫。光绪接到慈禧口谕，不知何事，赶忙上轿西行。入园来到乐寿堂，走近慈禧，跪地请训。慈禧道：“起来吧，本宫也没啥可训的，是久不见皇帝，担心你为朝鲜战事废寝忘食，召你西来，放松一会儿。”

光绪谢恩起身，坐到慈禧旁边，乖乖顺顺的样子。母子俩道些家常，说些废话，慈禧才转变话锋，问道：“皇帝只想以林替丁，也不知对林泰曾有多少了解？”

也是光绪年轻记性好，将翁同龢提供的林泰曾身世与履历，原原本本背诵出来，道：“比起陆军起家的提督丁汝昌，林泰曾作为左翼总兵，海军技艺要强多少就有多少，不然儿皇也不执意去丁擢林，期望他带出一支进能攻退能守之强大海军。”慈禧说：“说林泰曾技高艺精，无可置疑，说他退能守，也差强人意，可若靠他进能攻，只怕别去指望。”

一时不明慈禧此言何意，光绪小声试探道：“莫非太后听到什么风声？”慈禧脸色一跌，冷冷道：“不是听到风声，是海军有人举报，林泰曾徒有精技，却胆小如鼠，督镇远出巡牙山时，竟以锅炉故障为由，提前返航，致使海军寻仇步骤打乱，不得不集体回港。”

光绪讶异不已，道：“还有此事？不大可信吧？”慈禧道：“莫非皇帝以为本宫骗你不成？”拿出孙毓汶所呈电文，扔到光绪面前。光绪一瞧，心里绝望道，林泰曾啊林泰曾，你也太不争气了，朕一心重用你，你竟烂泥糊不上墙，有负圣恩。

光绪悻然出园，回到紫禁城，召见翁同龢与李鸿藻，怒道：“丁汝昌太可恶，得知提督大位不保，竟反诬林泰曾不思寻仇，畏敌返航，真正气煞朕也。”翁同龢道：“丁汝昌背后放林泰曾暗箭，咱也可揪住丁汝昌把柄，好好修理他。”光绪道：“丁汝昌远在威海，怎么揪他把柄？”翁同龢道：“可安排李秉衡尽快转任山东巡抚，就近监视丁汝昌。”光绪道：“朕早有此议，不已为太后所否么？”翁同龢道：“让李秉衡以鲁抚兼任北洋海军提督，太后顾及李鸿章面子，否决不奇怪。只给鲁抚，不涉及提督，则另当别论。”李鸿藻也附和道：“皇上以林代丁，太后不同意，眼下鲁抚空缺，海防吃紧，委李秉衡抚鲁，太后该无话可说。”

光绪觉得可行，命吏部草拟李秉衡任命，送交颐和园，请慈禧御批。为维护光绪权威，也为强化山东防卫，慈禧果然没说什么，依请恩准。光绪因嘱李鸿藻，密令李秉衡尽快到位，多在威海安插耳目，发现丁汝昌有何异常，及时奏报。又让翁同龢给湖广总督张之洞去函，命其拨款给李秉衡招兵买马，以防丁汝昌率舰叛投日本。

布置妥当，光绪长舒一口气，翁同龢与李鸿藻也颇为得意，觉得小有收获，算没白忙。正在弹冠相庆，奕劻匆匆入宫，呈上日本公使林董所传天皇宣战书。光绪道：“日本早在丰岛海上与成欢陆地挑起战衅，还装模作样宣战干吗？”奕劻道：“没宣战前，战与不战，还有选择，一旦宣战，只能硬着头皮打下去。”翁同龢道：“日本天皇已发出宣战书，为大清尊严，皇上也得下诏宣战。”光绪道：“就由翁师傅执笔拟诏吧。”

翁同龢欣然命笔，不到一个时辰，宣战诏书拟成。呈入养心殿，光绪御览毕，却半日无语，脑袋里响着奕劻说过的话：宣战诏书一下，再无回头路，只能与日本打到底。中国虽大，可日本不弱，大国与强国争锋，谁能占上风？

见光绪临事不决，翁同龢生怕他改变主意，用话激道：“日本丧心病狂，借朝鲜事发难，欺侮到大清头上，难道皇上咽得下这口气？”光绪还是无言。翁同龢又道：“太后归政皇上，皇上该思报效太后，同时借教训日本，树立君威。”光绪道：“太后归政不假，可她有言在先，大事须及时禀明，宣战书不该请她老人家恩准么？”

翁同龢连声说是，传令备驾，送光绪西行颐和园。慈禧阅过宣战书，道：“朝鲜事发，李鸿章三番五次争取和议，翁同龢、李鸿藻诸臣不断在皇帝耳边鼓噪，非逼北洋出战不可，如今日本天皇已下诏宣战，你还有啥可犹豫的？”

光绪得话，匆匆返城。翁同龢仍滞留毓庆宫书房，坐等消息。得知光绪入宫，赶紧来到养心殿，随太监走进东暖阁。只见光绪低着头，在地上来回踱步，满腹心思的样子。翁同龢趋步而前，轻声问道：“太后没恩准？”光绪道：“已然恩准。”翁同龢道：“太后既已恩准，皇上自可落名加印，传达东洋，以免被日本人小瞧。”

光绪停下脚步，眼望翁同龢，不无忧虑道：“师傅说说，中日互战，中国胜算如何？”翁同龢道：“总有几成胜算。”光绪道：“到底几成？”翁同龢说：“该有八成。”光绪问：“何以见得？”翁同龢道：“养兵千日，用在一时。朝廷花费数千万两库银，供养北洋海陆两军多年，李鸿章若舍得本钱，定能一战功成。”光绪道：“丰岛与成欢海陆初战，不都已败给日本么？”翁同龢道：“那是李鸿章调兵不当，丁汝昌迁延观望，错失良机，以致惨败。”

光绪还在犹豫，道：“设若李丁不争气，再战再败呢？”翁同龢道：“只要皇上恩威并施，责成李丁痛改前非，重振雄风，定能扭转局面，转败为胜。”光绪道：“李丁二人多次上折声明，北洋海陆防军以防为主，离开防区，远途作战，毫无优势。”翁同龢道：“那是李丁两人保船避战，拥兵自重，不愿为朝廷出力。皇上先下诏宣战，再严令李丁主动出击，力战敌军，何愁小日本不退！”光绪道：“万一北洋出师不利，败给日本呢？”

翁同龢继续强调，中华泱泱大国，不可能败给日本蕞尔小国。光绪再次追问道：“朕说万一。不怕一万，就怕一万啊。”翁同龢被逼无奈，看看旁边无人，放低声音道：“此番中日大战，胜亦好，败亦罢，皇上皆可坐收渔利。”光绪疑惑道：“败也有利？”

翁同龢振振有词道：“自五十年前英军广州强行登岸，中国从没赢过洋人，皇上能赢下东洋日本，当大长大清志气，大树皇上天威，连太后都会敬您三分。也正因五十年没胜过洋人，万一北洋海陆两军败落，也不足为奇，见怪不怪，皇上倒可趁机砍下李丁两人脑袋，另择良将，训练新军，培植势力，到时有恃无恐，太后想再凌驾于皇上之上，就不那么容易了。”

虽说光绪日日高声喊战，其实真正大战临头，心里难免发虚，需要旁人鼓气壮胆。既然翁同龢把话说到如此份上，光绪也就不再迟疑，走到桌前，摊开宣战书，署名加印。翁同龢大喜，拿过诏书，飞奔军机处，正式对外公布。

中日两国宣战书一经发布，欧美各报便纷纷报道，原文照登。中国反复强调中朝宗藩关系，朝鲜内乱属中朝两国自家事情，与别国无关，日本不请出兵，中国有义务将其赶出朝鲜。日本则宣称朝鲜为自主国，中国出兵破坏朝鲜独立，不容于国际法则，日本派出正义之师，维护朝鲜独立，促其改革旧制，惩治腐败，富国强军，有利于东亚乃至整个世界和平。

见到两国宣战书，欧美各国相继宣布中立。心里却认同日本，觉得中国妄自尊大，端着朝鲜宗主国架子不放，公然与各国对着干，其实是陷自己于不义。李鸿章一眼看出两份诏书水平之高下，大摇其头，对于式枚等幕僚道：“老夫以为朝臣百无一用，至少笔墨功夫还过得去，想不到竟拟出如此低劣之诏书来。国际潮流早不认宗藩二字，还翻来覆去拿此说事，岂不蒙昧无知，授人笑柄？反观日本，知宣战书不只给清廷看，更属争取舆论造势手段，才大书特书助朝独立，维护和平。仅读两国宣战书，老夫也觉正义在日本，而非中国啊。”

于式枚道：“说朝臣笔墨功夫不错，也不冤枉，至少参劾起勤谨办事臣工时，笔锋如刀，足可置人于死地。”马建忠道：“朝臣寒窗苦读，两榜高中，到头来别无所长，也就识得数千汉文，不拿来挞伐同僚，以泄私愤，确也是莫大浪费，令人可惜！”

正感叹，叶志超来电，回复日前李鸿章质疑，说成欢初战，以两千清兵布阵，抗击上万日军，力疾奋战，歼敌两千。李鸿章依然不敢轻信，问于式枚道：“晦若觉得叶志超所报是真是假？”于式枚道：“叶聂两部属淮军嫡系，是相国亲手训练出来的，当年征发讨捻，叶志超英勇无畏，号称拼命三郎和叶大呆子，今力战日本，小有斩获，也许不假。”李鸿章点头道：“晦若所言不无道理。海战丰岛惨败，陆战成欢小胜，对皇上也是个安慰。就将叶电转发朝廷，一来堵朝臣嘴巴，二来鼓舞我军士气，争取平壤会战取胜。”

于式枚应声拿走电文，速速转发北京。孙毓汶接电，亲自跑进宫中，呈给光绪。光绪信以为真，不吝美词，传旨表彰叶志超：该提督偏师深入，以少击多，克挫凶锋，深堪嘉悦，赏银二万两，委以总统在朝各军。

除叶聂两部，在韩清军还有卫汝贵、马玉昆、左宝贵、丰升阿四军，李鸿章担心叶志超缺乏帅才，诸统领各存己见，不服调度，难免偾事，奏请光绪收回成命。光绪召孙毓汶诸臣商量，仓促间无帅可选，只得矮子里选高子，认定叶志超，不再变更。

不想叶志超假冒军功，诳取朝廷轻信，不仅置自己与诸将于绝地，也害惨了丁汝昌。也是光绪天真，以为陆军布阵成欢，以少战多，重创日军，海军却丰岛遇敌，一败涂地，丢尽天朝颜面，丁汝昌非得以叶志超为楷模，找日舰报仇雪恨，打个胜仗，争口气回来。在光绪眼里，陆军是军，海军也是军，陆军提督是提督，海军提督也是提督，陆军与陆军提督做得到，海军与海军提督为啥做不到？当即旨令李鸿章，派丁汝昌挥舰出港，歼灭日本海军，致使日舰无法增兵，叶志超好统兵战胜在朝日军，收回汉城，控制朝鲜。

李鸿章没光绪乐观，回禀说北洋海军卫护渤海有责，出海作战，取胜把握不大，还会留下空当，一旦日舰乘虚而入，运兵登陆奉鲁和直隶，京畿必危。光绪召对军机大臣，孙毓汶与徐用仪赞同李鸿章意见，北洋海军不可随意出海，予日舰以可乘之机。翁同龢与李鸿藻则大骂李鸿章和丁汝昌，只求自保，不思破敌，罪不容诛。

双方争论不下，光绪没了主意，君臣不欢而散。下朝回到家里，翁同龢还在生气，不知是气李丁畏敌不战，还是气孙徐偏袒李丁，抑或气光绪优柔寡断，缺乏君上虎威。正在气头上，有人送来李秉衡密函，说接抚山东后，为报答帝师信任，经广泛搜罗，侦知北洋海军不思进取，军纪松弛，腐化堕落成风，吃喝嫖赌成性。尤其丁汝昌，身为一军提督，竟用军费蓄养妓女，日夜淫乐。又不知自己年老貌丑，惹得重金购得的雏妓心生厌恶，偷偷潜出刘公岛，跑到济远舰上，私会年轻英俊的方伯谦。事被丁汝昌察知，突访济远舰，手刃雏妓，直取方伯谦，幸卫士死死拖住，终于作罢。后两人闹到北洋衙署，李鸿章不作训诫，不予处罚，却做和事佬，劝丁方以大局为重，不可因一名雏妓，伤了兄弟和气，有损海军威严。

一看便知李秉衡无中生有，有意编排丁汝昌与方伯谦。翁同龢却如获至宝，召来张謇，拿出密函，让他过目，说是奇文共欣赏。张謇会意，带走李函，誊抄数份，广传言官御史。言官御史正愁无事可做，一个个兴奋不已，连夜调墨弄笔，弹劾李鸿章纵容属下，包庇丁汝昌与方伯谦，败坏军纪，长此下去，如何固我海防，保我江山？

光绪见劾，不敢全信，又不敢不信，再次下旨，严责北洋海军离海出征，寻敌破之，否则不足以服众。李鸿章回电，出海不是不可以，得调南洋各军协航，留足战舰守海，以卫京畿。光绪旨商南洋大臣刘坤一等，回说南洋与日本近在咫尺，须防日舰南侵，无法北援。

光绪不好勉强刘坤一，又回头逼迫李鸿章。李鸿章没法，不得不电令丁汝昌，相机出航，速去速回，以保船固海为要。丁汝昌领命，调动大部军舰出海游弋。光绪觉得还不够，非悉数出动不可，否则遭遇日舰，力不能支，又将重蹈丰岛覆辙。言官御史也跟着起哄，痛斥李丁无背水一战决心，畏首畏尾，缩手缩脚，毫无作为。

有道是将在外，君命有所不受。不过那是明君圣君，光绪少不更事，又急于求成，才听信身边小人鼓噪，尽给李鸿章与丁汝昌添乱。李鸿章抵挡不住，明令丁汝昌，尽调海军舰艇，开往朝鲜附近海面，寻找日舰决战。

日军侦知北洋军舰倾巢而出，渤海空虚，速调主力舰二十一艘，绕航威海，施放速射炮，对港坞和炮台狂轰滥炸。总兵张文宣往来各炮台，指挥炮手，予以还击。张文宣系李家亲外甥，李鸿章专门去电，予以鼓励。又令丁汝昌尽快率舰回防。同时实告朝廷，军舰远征，渤海炮台不足以阻敌，日军乘虚登陆，京畿必失。

吓得光绪两腿发软，旨令李鸿章，召回军舰，抗击日舰。还觉不够，又另发一旨曰：渤海系北洋根本，威海、烟台、旅顺、大连湾等处为北洋要隘和大沽门户，海军各舰应坚守自固，严行扼制，不得随意远离，倘有疏虞，定将李鸿章与丁汝昌从严治罪。

军舰固位，催逼出海；沿海有警，又惊慌失措，责令不得远离。这就是清廷君臣，不仅不谙军事，不知兵戎，战略不明确，还不信任前线将帅，瞎指挥，乱司令，动不动以撤职为威胁，呵斥问罪，弄得前敌将帅进退得咎，无所适从。

幸而各炮台火力威猛，加之丁汝昌回防迅速，日舰不敢冒进，很快撤离。李鸿章电嘱丁汝昌，遵旨固防，不必远出，无警坚守港口，有警出港迎击。

丁汝昌当然照办。可没过半月，言官御史见海陆两军没啥消息，又上书弹劾李鸿章，说皇上宣战诏书下达多时，仍未闻北洋击沉一艘日舰，消灭一队日军，岂不是公然抗旨，抵触朝廷么？奏请拿下李鸿章、丁汝昌、叶志超诸将帅，派刘坤一、张之洞和李秉衡接管北洋海陆两军，光复朝鲜，杀向东京。加之翁同龢一旁叨唠不休，光绪脑袋又开始发胀，电谕李丁叶诸臣，务必立即采取行动，痛击日军，绝不可错失良机，误国误君。

李鸿章上书自辩：叶聂两部撤离成欢后，避走旱路，北进平壤，即将与卫、马、左、丰诸军会合，狙击日军。海军遵旨固守渤海，不可轻易撤防，否则后果不堪设想。光绪下旨痛责：陆军大战在即，海军岂能原地不动？务必舰发朝鲜海面，震慑日军，切不可巽懦规避，偷生纵寇，否则当严查办罪。

李鸿章转旨给丁汝昌，丁汝昌心凉半截，复信诉苦：追事吃紧，出击无功，固罪；既出，后方有危，不足回顾，尤罪。进亦罪，退亦罪，攻亦罪，守亦罪，本提督反正罪责难逃，相国还是另选高明，别耽误灭日大计。

此系将帅私信，竟被李秉衡所委探子侦知，密告翁同龢。翁同龢呈入宫中，当光绪面一番挑拨，光绪下旨怒斥曰：丁汝昌只知宿妓酗酒，毫无振作，不加以惩处，何以肃军律，励士心？著革去其提督职，戴罪自效。圣旨发走，仍觉不过瘾，接着再发一谕，大骂丁汝昌可恶可恨，令人切齿，命李鸿章于海陆诸将中悉心遴选，择优酌保，候旨简放。暗示左翼总兵林泰曾表现不佳，右翼总兵刘步蟾或可取而代之。

李鸿章自然不会遵旨，只有上折力辩：查北洋可用军舰，首推铁甲舰镇远与定远，然质重行缓，吃水过深；次为济远、经远、来远三舰，有水线穹甲，行驶不速；另外致远、靖远二舰定造速率十八节，因行用日久，无款维护，现仅十五六节。其余各船，愈旧愈缓。海战以趋避敏活为准，速率快者，战易追逐，败易引避，迟速悬殊，利钝立判。故西洋各国船政以铁甲为主，快船为辅，攻守有序，进退自如。东洋日本亦不甘落后，战舰多为光绪十五年（1889）后购置，最快速率高达二十三节，至差也在二十节上下。舰炮皆为新造，射速快，火力足。反观北洋，光绪十四年后，户部停款，未购一舰，未添一炮，微臣才兢兢以保船制敌为要，不敢自不量力，轻于一掷。所幸将士勤加操演，攻人虽不足，自守尚有余，只要固守渤海，作猛虎在山之势，倭尚畏我铁甲，不会贸然来犯，内可保北洋门户无虞，外有资于朝鲜战场取胜。丁汝昌曾经大敌，迭著战功，留直（隶）统带水师，创办海军，藉资历练，情形熟悉，诸将尚无出其右者，若另择替手，无以服众，偾事贻误，臣所不敢出也。

看过李折，朝中君臣无言以对，翁同龢却恨李鸿章老拿户部停款说事，牙齿咬得格格响，发誓非给他点颜色看看不可。先给光绪灌输道：“自古两军作战，在人不在器，哪有借口器械不坚，拒不领旨，畏敌不出之理？李鸿章抗旨死保丁汝昌，无非两人同为安徽老乡，生怕换作外人领军，任由皇上直接调度，出兵战胜日本，立威于朝，到时太后让权引退，自己失去靠山，才不肯善罢甘休，铁心与皇上纠缠到底。”

光绪日思夜想立威于朝，哪经得起翁同龢反复挑唆，忙问道：“师傅教朕，怎样才能促李鸿章出兵？”翁同龢道：“还是离不开两手，一手恩，一手威。皇上仁慈，一向恩多于威，李鸿章才没把皇上放在眼里，一次次抗旨不从。”光绪道：“那又如何施威为好？李鸿章非同普通臣工，朕投鼠忌器，不便做得太过火。”翁同龢道：“可借群臣刀笔，纠劾李鸿章劣迹，一旦皇上有理有据，降旨重罚，他才服帖，太后也不好太多干预。”

论到太后，光绪不便多言，紧闭嘴巴，算是默许。翁同龢赶紧出宫，派家仆传呼张謇，欲请其联络门生故吏，搜集北洋将帅罪证。也是巧，家仆还没动步，张謇已不请自到，身旁还有文廷式。翁同龢迎两位入得书房，道：“已好一阵子没见道希（文廷式），在忙些什么？”张謇笑道：“道希金屋藏娇，能有啥可忙？”翁同龢道：“莫非龚才女仍没南归？据说梁鼎芬数度催促，官司都已打到太后那里，太后都发了话，要拿道希问罪。”

五、文臣后方填词唱曲，武将前线节节败退

事情得从十年前说起。中法越战，李鸿章主和，梁鼎芬劾其六可杀，惹怒慈禧，撤去他七品协修，连降五级，贬为看管乐器的从九品太常寺司乐。梁鼎芬因此自镌一方小印曰：年二十七罢官，尔后将湘籍美妻龚女托付好友文廷式照看，南下回老家广东开馆授课，做起教书先生来。岂知文廷式风流倜傥，才情卓绝，又写得一手好词，与龚女一唱一和，纠缠一起，难解难分，传得满城皆知。传到广东，梁鼎芬自不相信，以为朋友妻，不可戏，文廷式又是文天祥子孙，不会有负故人。后闲人管闲事，录下文龚互赠艳词寄往广东，梁鼎芬才不得不认可，函咒文廷式，说已买通杀手，欲取其脑袋，以雪夺妻之恨。文廷式害怕起来，问计翁同龢。翁同龢不说什么，拿笔写下两句话：李鸿章为苍生始出，梁鼎芬戴绿帽而归。此系坊间戏语，文廷式也有所耳闻，不知老师录此何干。翁同龢道："你寄给梁鼎芬，他再不会派人追杀你。"文廷式半信半疑，将翁书装封寄走。梁鼎芬见字，哈哈大笑，果真没再忌恨文廷式。旁人不解，问梁鼎芬为何发笑，答曰："李鸿章何等人物，梁某人能与其相提并论，齐名青史，千金难买啊。且为同光两代帝师翁师傅所书，哪日梁某人穷愁潦倒，无米下锅，正好出手兑换大银，苟活于世。"

语传京都，文廷式感动不已。不是感动梁鼎芬大人大量，是感动翁师傅大智大慧，大笔书上两句坊间戏话，便保自己小命不失，又可继续享用朋友美妻。不觉间龚女滞留文府近十年，乐不思蜀，从不提南归一词。

直至两月前，发觉身怀有孕，告知文廷式。文廷式喜不自胜，决定正式娶龚女为妻，好让她高高兴兴把肚里孩子生下来。龚女自然乐意，函商梁鼎芬，准备与其解除婚约。梁鼎芬坚决不干，说龚女乃梁家媳妇，肚里孩子便是梁家人，岂可落生于文家？反催龚女速速南行。文龚苟且之事天下皆知，龚女怎好意思回粤面见公婆？生死不肯离京。惹得梁鼎芬恼羞成怒，愤然上告，一直告到都察院，最后惊动慈禧老佛爷，觉得梁龚婚约仍在，肚里孩子就该姓梁，若降生于文府，受人歧视，孩子岂不遭罪？当即放出口谕，恩准龚女归粤产子。这下文廷式没了辙，只好遵旨放人。又念与龚女露水一场，此番分别，今生今世能否再聚首，亦未可知，难免黯然神伤，想着约几个好友，吃顿酒席，热闹一番，以示纪念。寻思居京日久，来往密切者，不过翁门六子，即汪鸣銮、徐致靖、志锐、张謇、沈鹏及文廷式本人。找张謇一商量，他也赞成，还道："若翁师傅能赏脸，龚女更有面子，说不定回粤产子毕，念及道希兄恩情，还会别梁北上，重返文府。"文廷式求之不得，道："不知师傅愿否屈尊上门。师傅最看得起季直，跟廷式走一趟翁府如何？"

两人就这样进了翁府大门。得知文廷式来意，翁同龢有些犹豫。张謇道："老师不要修理李鸿章么？趁众弟子聚首，可一起想想计谋，出出高招，何愁倒李不成？毕竟三个臭皮匠，顶个诸葛亮。"翁同龢这才欣然道："既要商议倒李事宜，把李鸿藻也请上吧。老家伙早闻龚女花容月貌，几次向老夫表露，若能观花赏月，死而无憾。"张謇笑道："李鸿藻年高七十五，活得今天，难说明天，道希总不好让他带着遗憾躺进棺材吧？"文廷式笑道："反正别人老婆，有人愿观愿赏，廷式也不好阻拦。"张謇骂道："龚女不离不弃，跟随道希十年，还说是人家老婆，太没良心。"文廷式道："不是人家老婆，太后怎会令我放人南归？"张謇道："龚女不还在府上吗，留下别放她走就是。"文廷式道："违抗太后旨意，廷式还要不要脑袋？"

照翁同龢意思，文廷式上门恭请过李鸿藻，尔后设下华宴，静候客人光临。甲午新科进士张謇与沈鹏资历最浅，官品最低，首先赶到。随即徐致靖、汪鸣銮、志锐陆续入府。李鸿藻与翁同龢年高位尊，最后露面。主客入席，酒菜上来，翁同龢望眼众人，道："今天这顿饭，恐怕得礼部埋单。"文廷式道："末学略备薄酒，邀师友相聚，无须礼部破费。"

翁同龢指指李鸿藻及其旁边的志、汪、徐三位，说："李大人端居礼部尚书，公颖（志锐）系礼部满侍郎，柳门（汪鸣銮）为礼部汉侍郎，子静（徐致靖）乃礼部署理侍郎，礼部堂官到者过半，还不该掏银子？”

“没事，礼部再穷，一两顿饭还请得起。反正坐吃山空，可找户部尚书追拨。”李鸿藻说道，东张西望起来。翁同龢知其意，对文廷式道：“主角呢？美人没出场，酒水再美，肉菜再美，李尚书恐怕也难以下咽。”李鸿藻道：“老夫不信翁师傅兴冲冲而来，仅为桌上酒菜。”

众位皆笑。翁李二人位极人臣，朝堂之上一本正经，三句不离家国天下，到得私人场所，竟也嬉皮笑脸，相互打趣起来。也怪龚女来路不正，若为文家明媒正娶，即使翁李心存觊觎，也不好拿来开玩笑。文廷式倒不计较，今日高会本为龚女而置，自得请她出场。于是朝屏风后拍两下手掌，龚女便在侍女扶持下，款款而出。

翁同龢与翁门弟子常来文府，早识龚女，不觉稀奇，唯李鸿藻初见，惊奇之下，视作天人。也怪龚女步态轻盈，身段婀娜，香袖如虹，云鬓动摇。尤其红唇微抿，未启似闻莺语泉声欲出；明眸含笑，未盼便有风情万种流转。二十五六佳龄，瓜已熟，蒂将落，正值芬芳四溢之时。又饱览词章，擅长棋琴，比普通女子更增一份才情，多添一份风韵。

文廷式瞥瞥李鸿藻色眼，上前迎住龚女，与座中各位见过，又介绍给初次相见的李鸿藻。没哪个风华女子喜欢七老八十的糟老头，然龚女毕竟腹有诗书，见多识广，懂得如何与大人物打交道，几声温言软语，竟逗得李鸿藻全身酥麻，差点把持不住，缩到桌子底下。龚女看在眼里，不动声色，施过礼，随文廷式回到座位上，举杯与客人同饮。

数杯下肚，众位有些耳热心跳，喝酒速度缓下来，拿眼睛去瞧文龚二人。文廷式让女仆拿出琵琶，送入龚女怀中。龚女也不推辞，纤指在弦上一划，轻拢慢捻，开始弹奏起来：细雨轻尘春窈窕，看尽红嫣，自觉孤芳好；系马垂杨临大道，更无人处多幽草；六曲屏山归梦绕，油壁香车，何计迎苏小？纨扇无情金钿杳，高楼日日东风峭。

一曲终了，众位鼓掌。翁同龢道：“这不是道希所填《蝶恋花》吗？经龚女巧手一弹，意境全出。”李鸿藻道：“怪不得道希能成为大词家，有美人怀抱琵琶在侧，脑袋再笨，也能填出清词丽句，令人耳目一新。”翁同龢道：“道希赶快物色个琵琶女，送到李府上，让李大人也做个词家。”文廷式道：“学生不敢。”翁同龢道：“有何不敢？”文廷式道：“李大人心系苍生，为皇上治国平天下，拉他下水，惹恼皇上，可不是好玩儿的。”李鸿藻道：“老夫宁肯学道希，备香车，迎苏小，不愿治国平天下。”

众人大声叫好。李鸿藻又道：“道希词坛高手，何不现场作两首，让在座同僚开开眼界？最好是艳词，更能促酒兴。”几位都说：“对对对，要作就作艳词。”文廷式道：“李大人和众师友有令，廷式只好献丑。”稍事凝思，便吟道：衣飞练，娇姿美态真红艳；真红艳，肌如凝脂，撩人容靥；人因靡乐忘其中，情随狂曲心怀乱；心怀乱，媚来秋眼，摄魂迷恋。

李鸿藻道：“此词曲牌名曰《忆秦娥》吧？作得不错，可惜还不够艳。”文廷式道：“词中已带艳字，还不算艳？”李鸿藻道：“此艳非彼艳也。”文廷式道：“李大人想更艳也不难，座中就有艳词高手。”李鸿藻道：“高手在哪？”文廷式拍拍沈鹏肩膀道：“高手在此。”

与张謇一样，沈鹏也是翁同龢江苏常熟老乡。与张謇不一样的是，沈鹏科场得意，二十出头便两榜高中，成为最年轻翰林。且擅长诗词，与文廷式走得很近，常一起击节唱和，好不快活。许是年轻风流，尤其喜填艳词，人称沈艳艳。

想不到艳词高手就在座中，李鸿藻眼望沈鹏道：“诵棠（沈鹏）快来一曲，让老夫饱饱耳福。”沈鹏道：“晚辈不敢。平时寒窗枯寂，作诗填词以解乏，登不了大雅之堂。”翁同龢道：“此处不是大雅之堂，乃私下聚会，诵棠大可不必拘谨。”

恩师发了话，沈鹏才大胆吟了一曲：迟日昏昏如醉，斜倚桃笙慵睡；乍起领环松，露酥胸；小簇双峰莹腻，玉手自家摩戏；欲扣又还停，尽憨生。

此词曲牌名曰《一痕沙》。一直不太吱声的汪鸣銮道：“词作得好，艳也够艳，只是不够含蓄，略嫌浅露。”志锐道：“不露又如何叫艳词？柳门（汪鸣銮）兄来一首含蓄艳词如何？”汪鸣銮道：“公颖（志锐）兄差也，翁老师和李大人在上，哪轮得到门生置喙？”

众位就怂恿翁李赐教。翁同龢道：“作词是年轻人长项，咱老家伙早已无此激情。”李鸿藻也道：“尤其艳词，咱垂垂老矣，想艳也已艳不起来。”众位不肯善罢甘休，嚷嚷姜是老的辣，词是老的艳，非逼两位老头作几句，哪怕不合词牌，也无所谓。

李鸿藻便与翁同龢商量：“咱俩不作词，来几句打油诗如何？”翁同龢问各位道：“打油诗可不可以？”众人说：“打油诗也无不可，只要艳就行。”

李鸿藻朝翁同龢拱拱手："翁师傅老来艳，您请领先示范。"翁同龢也不客气，道："十七新娘七十郎，苍苍白发对红妆；鸳鸯被里成双夜，一树梨花压海棠。"

在座皆笑，去瞧李鸿藻。原来李鸿藻活得够久，妻妾相继去世，他老人家不甘寂寞，新近又纳小回家，故翁同龢有此一戏。李鸿藻不介意，也追翁韵，打油一首："耄耋长夜拥青娘，难入花蕊尽瞎忙；岁月磨蹭常如是，力不从心心怅惘。"

众位大声叫好，都说李大人现身说法，艳得不同凡响。热闹中，酒意阑珊，翁同龢提议龚女再弹两曲，然后喝杯团圆酒，撤席品茶聊天。龚女于是重抱琵琶于怀，弹奏道："我所思兮江上路，因风赠与瑶华，玉楼半天卷朱霞；飞鸿将远梦，一夜到伊家；强忍闲情情转切，泪痕弹湿窗纱，相思相望各天涯；知卿憔悴损，不忍问桃花。"

此曲叫《临江仙》，亦为文廷式所填。龚女又弹一曲《蝶恋花》："九十韶光如梦里，寸寸关河，寸寸销魂地；落日野田黄蝶起，古槐丛荻摇深翠；惆怅玉箫催别意，蕙些兰骚，未是伤心事；重叠旧痕缄锦字，人生只有情难死。"

好个人生只有情难死。一听就知文廷式不舍龚女南归，填此词曲，以寄离意别思。诸位不胜唏嘘，深为这对怨男恨女所感动。沈鹏还对翁同龢道："翁师傅入毓庆宫授课时，何不奏请皇上下道圣旨，恩准龚女改嫁道希兄，成全这段美好姻缘。"翁同龢叹道："皇上婚姻都摇摇欲坠，无以自保，还作得了臣下婚配的主？"

众所周知，慈禧为把持后宫，钦点胞弟桂祥次女静芬给光绪婚配，这便是隆裕皇后。隆裕貌丑性懦，光绪正值青春年少，自然喜欢不起来，只爱珍妃美丽活泼。也就难免遭慈禧忌恨，不让两人过于亲密，弄得光绪痛不欲生。

后宫人事纷繁复杂，各位不便胡言乱语，没人接翁同龢话茬。还是徐致靖起身，打破沉默道："各位多坐会儿，致靖早约好城外草药师，上门诊治耳病，得先走一步。"

众人假意挽留几句，心想你早走，咱们好早说正事。原来徐致靖虽为翁门六子，又系翁同龢江苏同乡，却还有另外一个身份：李鸿章同年子。

也就是徐父与李鸿章为同年进士，两家交情好，私谊深。也因如此，翁同龢要倒李鸿章，还得避开徐致靖，他在时才故意拿艳词寻开心。幸徐致靖知趣走人，正好翻过闲篇，言归正传。

席散入得茶室，众人端杯润润酒气直冒的喉咙，开始鸡一嘴，鸭一舌，猫一声，狗一吠，数落起李鸿章来。综合道听途说，以及张之洞与李秉衡密探搜集的情报，李鸿章罪行大体有五：一是海军官兵疏于训练，沉湎酒色，吸食鸦片。总兵张文宣横行霸道，不可一世，还与丁汝昌通同一气，借采办军械，大吃回扣，器多窳败，不堪应用。二是陆军诸将不和，勾心斗角，互相攻讦。军官克饷，士兵闹饷。叶、聂、卫、马、左各军入朝途中，烧杀抢掠，无恶不作。贪生怕死如卫汝贵，竟怀揣老婆书信，不思为国杀敌，只想早日回合肥老家抱孙子。且有信为证：君起家戎行，致位统帅，家既饶于财，宜自颐养，且春秋已高，望善自为计，勿当前敌。三是洋务伤民，外交败俗。盛宣怀、郑观应、徐润等大办轮船招商和机器造纸织布等，致使传统产业凋敝，千万从业人员丢失饭碗，无以存活。马建忠、伍廷芳、汪凤藻等与洋人打得火热，满嘴洋话，数典忘祖，有损天朝尊严，丢尽上国颜面。四是李家亲属如张佩纶者，经常打着李鸿章招牌，到海陆军中敲诈勒索，拿这拿那。李经方出使日本时，娶日本女人为媳妇，收日本女子为义女，让妻女牵线，与日军暗通款曲，随时准备携巨资窜逃日舰，赴日定居。五是李鸿章本人衰老昏庸，糊涂懵懂，靠每日服食洋药，苟延旦夕，尸居余气，临战一筹莫展，一再贻误战机，致使败绩频频。

罗列得差不多，才算作罢。翁同龢满心欢喜道："有此真凭实据，李鸿章与丁汝昌不倒台，至少也得脱一层皮。也不用各位出面，以免有人以为老夫怂恿翁门子弟，专与李鸿章过不去。只管联络屠仁守、余联沅、黄体芳、盛昱等言官御史及给事中，交由他们妙笔生花，奏呈宫中，届时太后就是有心袒护李丁，只怕亦难矣。"

众人称善，走出茶室，各自分头行动。唯李鸿藻仍无去意，不肯动身。翁同龢道："难道李大人想留下来，再作几首打油诗？"李鸿藻道："道希盛宴款待，龚女弹奏妙曲，咱们饱了口福饱耳福，就这么拍拍屁股走掉，也太不厚道了吧？"翁同龢道："莫非李大人欲等道希算清细账，好以礼部名义付费？"李鸿藻道："付费道希肯定不答应，咱可另作补偿。"翁同龢道："如何补偿？"李鸿藻道："从龚女所弹词曲听得出，两人千般难舍，万般难分，若帮道希留住龚女，也算成人之美，行善积德。”翁同龢道：“李大人怎么行善积德？”

李鸿藻扯过翁同龢耳朵，嘀咕几句，翁同龢连连叫好，说此计可行。在两人合谋下，几天后数位太监出现在文府里，请龚女换上宫女衣服，怀抱琵琶，钻入小轿，去了颐和园。入园来到隆裕寝宫宜芸馆，龚女巧运纤指，一番弹唱，拨弄得隆裕心荡神摇，暗想此曲只应天上有，人间哪得几回闻，太后一定喜欢。

此时慈禧正在园子里闲逛，身后跟着李莲英和数位宫女。一逛一逛，逛到一处曲水前，只见梧桐数株，枝抖叶颤，像在与柔风悄言细语。慈禧信步来到树下，不觉梧叶脱离枝头，自鬓边划过，飘落足前。弯弯腰，拾起梧叶瞧瞧，想起年轻时随父寓居江南，当地民谚有云：梧桐叶落，天下尽秋，心里不觉悠了悠，问李莲英道：“小英子，眼下到了什么节气？”李莲英道：“禀太后，八月上旬，中秋很快到来。”

慈禧哦一声，眼里掠过一丝伤感。中秋将至，冬天不远，时光流逝得真快啊。遥忆当年人在江南，凭梧落而问秋，心头却盛满青春之欢悦，并不知秋为何物。不知不觉四十多年过去，一番番春夏秋冬，叶有重绿日，人无再少年，青春一旦逝去，便绝无回头之时。别说青春，就是岁月里最重要的生命，说逝就逝，永不复返，谁也没法留住。心硬如铁的慈禧顿时双眼湿润，身边梧桐，眼前湖山，仿佛蒙上一层薄雾，变得模糊起来。迷雾里有人影惝恍，仿佛奕詝（咸丰）与载淳（同治）父子，在空中缥缈着，看似近在咫尺，却又被什么力量阻隔着，没法近前。奕詝与载淳，一为夫，一为子，是慈禧生命里的至爱。然苍天不公，三十年前丈夫抛妻弃子，绝然而去，二十年前儿子又扔下寡母，狠心走掉，留下慈禧孑然一身，独自在男人世界里斗智斗勇，苦苦挣扎，也就心如死灰，没有情，没有爱，唯有悲和痛。痛太深太沉太重，彻入骨子里，就会变成孤傲和冷漠，世间一切皆为无情物。这有一个好处，冷眼观人识物，不会感情用事，情令智昏，慈禧才凭女人柔弱双肩，扛起风雨飘摇的大清大厦不倒。一扛就是三十多年，自二十多岁直至六十岁，眼看生命迈过春，走过夏，途经秋日，即将进入草木凋零万物萧煞之寒冬。

正胡思乱想，忽闻琵琶声至，悠悠扬扬，入耳又入心。慈禧泥住脚步，随口问了声：“哪儿来的琴声？”李莲英往前凑凑，道：“好像来自宜芸馆。”

慈禧道：“隆裕也会琵琶？本宫怎么从没听她弹奏过？”李莲英道：“许是宜芸馆新进宫女弹的吧？要不要叫到乐寿堂，给太后弹奏几曲？”慈禧道：“行啊，本宫也走累了，该回去歇息啦。”

李莲英脚打莲花落，去了宜芸馆。慈禧掉过头，带着宫女，回到乐寿堂。不大一会儿，李莲英进来禀报道：“皇后和琵琶女来啦。”慈禧说：“让她俩进来吧。”

龚女与隆裕皇后很快出现于堂下。慈禧也不吱声，微合双眼，斜倚于软榻前。隆裕行过礼，示意龚女坐到兀子上，又轻轻点点头，意即大胆弹奏就是。好在龚女多少见过些世面，不惧不畏，抱紧琵琶，两手齐动，叮叮咚咚弹奏起来。先是《菩萨蛮》，再是《贺新郎》，慈禧始终无动于衷，像已熟睡过去。龚女手已弹热，开始弹唱《蝶恋花》。弹得婉丽幽怨，千回百转，唱得声情并茂，如诉如泣。直至“人生只有情难死”，忽见慈禧泪水从眼角渗出来，嘴里喃喃道：“情难死，情难死，岂知人生也有心灰之日，情死之时。”

吓得龚女收拨抱琴，大气不敢出。隆裕伸手向外摆摆，龚女轻轻站起来，蹑手蹑足往门外走去。不意慈禧发话道：“先别走，再给我弹奏一遍《蝶恋花》。”

龚女坐回去，划拨琵琶，重新弹唱。慈禧止住泪水，用脚尖轻点节奏，直至曲终，才开口问道：“你是哪里人，何时入的宫？”龚女道：“小女湖南人，未曾入宫。”慈禧道：“进门前明明听隆裕称你宫女，怎么没入宫？”龚女道：“小女姓龚，龙共龚的龚，皇后才呼作龚女。”慈禧道：“哦，是此龚女，非彼宫女。来北京多久啦？”龚女道：“十二年。”慈禧道：“许配人家没有？”龚女道：“已许配。”慈禧道：“夫家是谁？”龚女道：“梁鼎芬。”

慈禧偏偏脑袋，认真看看龚女，道：“你就是久滞文家不归的梁妻？本宫不已传谕，令你南行回粤，与梁鼎芬团聚产子，怎么还在北京没走？”

龚女咚一声跪到地上，磕头谢罪，声称：“小女已打理好行装准备出发，谁知文廷式请翁师傅和李鸿藻李尚书赴文府聚餐，唤小女弹琴助兴，甚得两位大人欢心，说皇后喜欢琵琶，命小女入园献过曲，再南下也不迟。又有幸给太后演奏，真是小女福分。”慈禧道：“起来吧。你手灵嘴巧，弹得妙，唱得好。词也不错，系何人所填？”龚女交代道：“文廷式所填。”

“好个文廷式！”慈禧眉头一竖，发起怒来，“梁鼎芬视文廷式为知己，托付美妻，他怎可霸人所爱，据为己有，不肯放手？”龚女道：“不是文廷式霸占小女，是小女心甘情愿随他。”慈禧道：“你一有夫之妇，竟不守妇道，弃夫随人，该当何罪！”龚女不卑不亢道：“文廷式爱小女，小女也爱文廷式，哪怕领罪受戮，也在所不辞。一句话，头可断，情难死。”

慈禧心头一震，难免又羡又慕，又妒又恨。想起自己拥有整个大清江山，却没法获得可生死相托之真情真爱，简直白来世间走此一遭。慈禧深受感动，对龚女道：“你真愿意弃梁随文？”龚女道：“小女跟定了文廷式。”慈禧道：“若本宫命你离文归梁呢？”龚女道：“小女已想好，只要离开文府，走出北京城，就从卢沟桥跳下去，了此一生。”慈禧道：“好，本宫替你做主，准你留下来，为文廷式生产贵子。”

龚女就这样留在文府，再无人能赶走她。文廷式很受用，感谢翁同龢与李鸿藻成全自己。翁李道：“怎么个感谢法？”文廷式道：“督促各言官御史，尽快拟就劾章，呈入宫中。”翁李道：“这还差不多。动作要快，万一北洋打了胜仗，再弹劾李鸿章，就来不及了。”

文廷式应声而去，叫上张謇、沈鹏，遍访言官御史，收集劾章，一起交给翁同龢。翁同龢趁上毓庆宫授课，面呈于光绪。宣战诏书下达一个多月，北洋仍毫无作为，寸功不见，光绪心烦意躁，阅过众人劾章，心潮起伏，栏杆拍遍，决定非惩处李鸿章不可。召集军机大臣，商议惩处办法，奕劻、孙毓汶和徐用仪三人觉得平壤会战在即，李鸿章正积极备战，凭御史言官信口开河，无端指控，便给予处罚，会动摇北洋将士军心和意志，大为不妥。翁同龢驳斥道：“李鸿章口喊备战，谁知他真备战，还是假备战？丰岛与成欢两战过去，一晃月余，没见北洋任何动静，谁能保证李鸿章不是有意糊弄皇上，延误战机？”李鸿藻也道：“李鸿章一意避战，朝廷不动点真格的，他绝对不会当回事。”

光绪自然认同翁李意见，谕令两人起草诏书，责罚李鸿章，也好给言官御史以交代。奕、孙、徐三人拗不过光绪，出宫后赶紧把消息透露给慈禧。慈禧觉得光绪纯属胡闹，派人进城传话，处罚李鸿章可以，但不能太轻，干脆将其就地正法，皇上再带着翁同龢和李鸿藻，御驾亲征，奔赴朝鲜，不扑灭日军，别回国见列祖列宗。话来得重，光绪哑在那里，不知所措。翁同龢和李鸿藻不甘心，密使文廷式与张謇，怂恿言官御史，群集颐和园门外，跪地请愿，说是不惩处李鸿章，逼其把日军赶出朝鲜，大清国将不国，众臣无脸活下去，唯有死给太后看。过路行人纷纷上前围观，仿佛看猴子把戏似的。看猴子把戏还得扔上几个铜板，看言官御史聚众取闹，分文不取，不看白不看。

京都倒李风潮闹得沸沸扬扬，不可能不传到天津。可李鸿章心系平壤战场，没法理会来自身后的明枪暗箭。两国一经宣战，求和之路堵死，李鸿章不再与洋人纠缠，全身心投入备战之中。没办法，朝臣高喊主战，只需动动唇舌，战胜坐享主战之功，爱国之名，战败罪在北洋海陆两军，正好幸灾乐祸，落井下石。相反李鸿章备战，得调兵遣将，送枪运炮，筹粮协饷，事无巨细都需落到实处，不可弄虚作假。

想起平壤会战一打响，一两天不可能结束，李鸿章传入负责军需的周馥，说："叶聂各军离境时，正值盛夏，衣单被薄。眼下已是秋八月，北朝鲜天气转凉，各军将士大都来自江南，不耐寒，不禁冻，恐怕够受的。"周馥道："相国放心，卑职早联系上海机器织布局，多产衣布棉被，供应朝鲜战场。昨天接到盛宣怀电报，说数船衣被已离沪北上，不日可抵天津。"

这就是周馥，你想到的，他已提前做到。李鸿章甚慰，道："御史言官口口声声喊打，岂知打仗需充分准备，北洋海陆防军又重在防守，朝廷硬逼，倾巢而出，渤海沿岸和各港空虚，后患无穷啊。所幸二十年洋务没白办，像机器织布局、轮船招商局等，关键时候可应大需。但愿众志成城，阻日军于朝鲜境内，北洋或许能逃此一劫。"周馥道："出国征剿不比本土作战，地理生疏，后勤供应难度也大。日本觊觎朝鲜十多年，做足准备，悍然入韩，志在必得。大清匆忙应战，劳师远征，叶志超诸军能否守住平壤，确实难说。"

李鸿章说："叶聂两军到达平壤后，与卫汝贵、马玉昆、左宝贵、丰升阿四军会合一处，计有三十余营，共一万四千兵力，足可抵挡人数略多的日军。虽说日军武器精良，可平壤城高墙厚，易守难攻，我军应该不会吃亏。"周馥道："但愿如此。只是六军临时集结，各自为战，不知叶志超能否调度得动。且各军虽出自淮军，大多为临时急募新兵，能不能打仗，是个疑问。特别是丰升阿东北练军，人称'鸭蛋兵'，经不起磕碰。"

李鸿章张嘴还没出声，袁世凯闯进来，打断两人，大声道："恩师可让世凯带兵了吧？"

原来自汉城回津后，袁世凯三番五次入衙讨兵请战，扬言要杀回朝鲜，以雪前耻。北洋兵制早已成熟，仓促间腾不出多余兵马，李鸿章无法答应。袁世凯没死心，探得北洋还要招募新兵，又跑来提要求："交几千给我吧？我用西法给韩廷练过兵，定能为相国练出能攻能守之西式新军。"李鸿章道："新兵已有人训练，不用慰亭（袁世凯）操心。"袁世凯颇感失望，道："世凯在韩十二年，人情地理熟悉，正好训练新兵，统领入韩，痛击日军。"

李鸿章想起当年安徽浪战，无功西行，入幕曾府，天天缠着老师要求带兵，倒也能理解袁世凯，道："慰亭精神可嘉，老夫挺欣赏。你还年轻嘛，以后机会多的是。"袁世凯道："打仗就得年轻，像叶卫马左诸将，一个个五六十岁，人老志短，哪还有勇气，敢打敢冲？反观大岛义昌等日本入韩将领，正值盛年，气势上就可压倒叶卫马左他们。"

师老必疲，将老必衰，这正是李鸿章心头隐忧。当年淮军东征苏沪，自己不到四十，身心正健，敌后运筹帷幄，敌前横刀跃马，脑袋里何曾冒出过畏惧一词？旗下程学启、刘铭传、郭松林诸将也就二三十岁，更如饿狼出林，猛虎下山，万夫莫当。现如今，自己风烛残年，走路东倒西歪，哪里还上得战场？最多躲在北洋衙署，遥控指挥，给各将发发电文，鞭策鞭策，鼓励鼓励。前敌叶卫马左诸将，也人老多病，闻枪心惊，闻炮腿软，还有多少意志和勇毅，与年轻气盛的日军抗衡，谁也没法保证啊。

一丝悲凉袭上心头，李鸿章不敢再往下想，对袁世凯道："慰亭啊，你刚死里逃生，从朝鲜回来不久，就别回去参战啦。万一此次朝鲜战败，北洋防军溃散，还得有人绝地而起，再练新兵，支撑国防。如果让你参战，胜则好说，败则朝廷问罪，你再无崛起之日，国家损失一个可造大才，多不值得！老夫早有打算，韩战能胜，老夫一定拨兵给你，让你以西式方法训练成劲旅，替代老弱淮系旧军，就像当年淮军替代湘军一样。若败给日本，北洋覆没，老夫丢官去职前，也会奏请朝廷，选派你编练新兵，重铸军魂。老夫统军三十多年，说话还会有人听的。国不可一日无防，英雄总有用武之地。慰亭暂且隐忍，假以时日，定能出头。"

说得袁世凯不无感动，想不到恩师暂不让自己领兵，用意如此深远。当即道："日后如何，世凯不敢多想，只求眼下为恩师为国家略效犬马。"李鸿章道："你想做事好，老夫命你随玉山（周馥），赶赴辽东，筹办和转运粮饷如何？若前线失利，还可就地收集残兵败将，领回京畿，为国家未来留存些复兴火种。”

袁世凯深表谢意，随周馥而出。两人足音远去，又有人进来，原来是于式枚，手里拿封快函，说是两广督府所寄。李鸿章嚯一声站起来，接过函件，几下拆开，阅读起来。

李鸿章早有预谋，购买数艘新式洋舰，组成一支强大舰队，再雇请英国海军指挥官管带，直捣长崎，把战争打到日本本土去，让入朝日军首尾难顾，叶聂诸部正好趁势收回朝鲜。几经交涉，与海军强国智利达成初步意向，该国可提供包括大型穹甲巡洋舰在内的七艘新式军舰给中国。电告孙毓汶，由他密奏慈禧，得到恩准，李鸿章便与汇丰银行接触，商谈货款，同时向现任两广总督的大哥李瀚章伸手。想不到大哥回复得如此快，明确说已筹集到九十万两银款，即要即提。关键时刻还是亲兄弟靠得住啊！李鸿章喜出望外，眉头高扬，对于式枚道：“传马建忠与伍廷芳，到智利驻津总领事馆去。”

听说李鸿章上门，智利驻津总领事乔纳森迎出大门，把三位请入客厅，明知故问道：“中日已宣战，李相还有闲来敝馆看望本领事？”李鸿章笑道：“看望乔总，商购贵国军舰，事若能成，消灭日军岂不指日可待？”乔纳森笑道：“原来李相惦记着敝国军舰。本领事已协调好，款到提舰。”李鸿章道：“款银本督已备得差不多，唯愿贵国看在敝国战时拮据，价格能优惠尽量优惠点。”乔纳森道：“已够优惠，再优惠恐怕有些难。”李鸿章道：“本督年老力衰，腿脚不便，还颤颤巍巍上门说好话，乔总难道不给面子，照顾些车马费？”乔纳森笑笑道：“从北洋衙署至敝总领事馆，要得几个车马费？好好好，李相公忠体国，不辞辛劳登门，本领事再与敝国政府及外部商量商量，能照顾李相面子尽量照顾。”

李鸿章留下马建忠，与乔纳森具体论价，以尽快签约，然后领着伍廷芳，去了阿根廷驻津总领事馆。阿根廷海军亦不错，万一智利方面谈不成，也多一个选择。阿根廷总领事很乐意卖军舰给中国，李鸿章又留下伍廷芳，负责讨价还价。回到衙署，还觉不踏实，隔日又带上罗丰禄去了巴西驻津总领事馆。巴西方面也愿出售军舰，李鸿章让罗丰禄负责详谈。

购舰计划正在实施之际，叶志超来电，说一万六千日军正向平壤收拢，近日内必有血战，守军千里征战，困难重重，不容乐观：左宝贵右边身子中风，走路困难；丰升阿东北练军大多是“鸭蛋兵”，不足为恃；马玉昆最勇，兵将最少；至于叶志超本人，自牙山北逃平壤时，一路风吹雨淋，以至一病不起，饮食难进，头晕目眩，神志不清。

诚如袁世凯所言，一帮老弱将帅，既无体力，又无斗志，枪炮还未响，气势先落入下风，又如何取胜于人？可惜李鸿章鞭长莫及，只得发去电报，好言相慰，给予激励。又问战阵布置情况，务必尽快回复，好给朝廷交代。

电报发走，李鸿章痴坐桌前，心头阴云密布。平壤之战败不起啊。两万多北洋陆军，五分之四已派往朝鲜，仅余宋庆驻旅顺，刘盛休守大连金州，总不可能全都派出，押到朝鲜战场吧？刘盛休乃刘铭传侄儿，助叔叔统带铭军，南征北讨，所向披靡，战无不胜，以军功升任总兵。剿捻结束，淮军裁撤，李鸿章奏留铭军数千，交给刘盛休，驻防金州。这可是铭军也是淮军仅存精锐，万一押输，海军战舰失去照应，岂不任凭日军海陆夹击，等着沉没海底？北洋陆兵和军舰是国家命脉，命脉一失，拿什么保卫大清江山？大清入关后，蒙古、新疆、西藏相继并入版图，一旦清朝灭亡，三族只认满清不认汉，宣布独立，洋人再插进来，趁乱宰割，国家必将四分五裂，俺李鸿章又有何面目活在世上？自己已七十多岁，老命值不了几个钱，只是数十年所筑海防，就此崩溃，遗大患于国家，死不瞑目啊！

脑袋里正翻江倒海，又接到丁汝昌来电，说各战舰已遵命集结于大连湾，随时听从调度。李鸿章眼盯电报，沉吟不语。如此部署，主要考虑大连离平壤近，厚集兵舰，可给前线清兵助威，有必要的话，还可为刘盛休四千多陆军护航赴朝，绕击日军后路。可这太冒险，金州防军出征，仅留宋庆孤守旅顺基地，一旦沦入敌手，威海必危，整个北洋海军都将毁灭。基于此考虑，李鸿章叫进于式枚，嘱令道：马上复电丁汝昌，坚守大连湾，绝不可轻举妄动。

于式枚出去后，李鸿章仍坐在桌前，苦等叶志超回电。没得到平壤战场兵力布局情况，心里难安啊。可直到天黑，回电仍迟迟没来。晚饭时间早已过去，家人三请四催，才起身出了签押房。走几步又刹住步子，折身来到于式枚办公房，说："晦若盯住电报房，平壤电报一到，立即送我手上。"于式枚道："相国放心，给丁汝昌发电报时，已叮嘱过电报员。"

直到翌日午后，李鸿章望眼欲穿，才终于盼来平壤电文，叶志超禀报说诸军布局早定，马玉昆部驻城南，卫汝贵部守城西，左宝贵部扎城北，叶志超本部一半护卫城东，一半留城里为机动，另聂士成和丰升阿两部则屯于义州方向，以保平壤后路。

看完电报，李鸿章打开朝鲜地图一瞧，不禁大吃一惊，一拍桌子，大骂道：“这个叶大呆子，到底会不会打仗？怎能如此部署兵力？”

原来义州位于平壤西北，靠近鸭绿江，过江便是辽宁丹东。分兵远离主战场，目的何在？为逃跑回国做准备？哪有枪炮没响，就想着逃跑的？平壤总共才一万四千守军，分出聂丰两部四千多，剩下九千余人，如何抵抗一万六千武装精良的日军？叶志超久经战阵，连此浅显道理都不懂么？莫非真的病入膏肓，糊涂一时，一顿瞎折腾，乱指挥？

仿佛已预感到平壤失败在所难免，李鸿章心头一阵阵疼痛。那可是自己多年训练出来的精锐所在，难道就这样断送在叶志超手里，葬身异国他乡？千不该万不该，不该听信叶志超谎称牙山取胜，奏报朝廷请功，朝廷不知真假，钦命其统领入朝清兵，陷平壤于绝境。

李鸿章不愿眼巴巴看着自己家底毁掉，决心豁出去，电令刘盛休率军入朝，救援叶志超诸军。又命丁汝昌尽出海军战舰，保驾护航，决不能让丰岛悲剧重演。

这步棋实在太险恶，不是迫不得已，李鸿章怎会铤而走险？他早已分析过，刘盛休部东征，日军海陆联动，进犯大连，旅顺必定不保，后果不堪设想啊。再说北洋战舰悉数离港，亦有可能遭遇日本海军，海战打响，谁胜谁负，根本没法预料。若平壤陆军败落，海军也跟着受挫，北洋也就玩完，李鸿章十个脑袋都不够朝廷砍削。唯一好处是可遂翁同龢与李鸿藻平生大愿，拉着光绪一起做亡国奴。

幸而北洋又募得一万新兵，尽管只训练过几天，开枪放炮没完全学会，毕竟也可拿出来，派驻大连金州充充数，聊胜于无吧。李鸿章布置下去，又电告叶志超，刘盛休四千多精兵已分乘上海招商局轮船，自大连湾出海，不日可至平壤，命他立即调回聂丰两部，内外夹击，共创日军，争取平壤战场胜利。

电报发往平壤，叶志超正躺在帅营发着高烧。昏头昏脑接住电文，取过老花镜，凑到眼前，纸上一片模糊。揉揉眼皮，睁眼再瞧，还是什么也看不清楚。叶志超有些发急，像对亲兵，又像自言自语道：“难道老夫两眼已经病瞎？”

"叶帅没瞎，是高烧不止，神志不太清醒。"亲兵答道，端上汤药，服侍叶志超喝下。拿开药碗，再抓过电报，附叶志超耳边念上一遍。叶志超眼望亲兵，莫名其妙道："难道聂士成与丰升阿没在平壤？"亲兵道："聂丰两部不是大帅亲口下令，调往义州方向的吗？还是本人传达的军令呢。"叶志超道："你着人再传电，令聂丰两位回援平壤。"

亲兵扶叶志超躺下，掖好被子，掉头出门，传令下去。可为时已晚。一万六千多武装到牙齿的日军，在日本陆军之父山县有朋指挥下，兵分三路，自南西北三个方位，气势汹汹向平壤压过来。恰逢八月十五中秋夜，玉盘当空，万里澄碧，天上月团圆，世间人团圆。清军诸将无心赏月，率领兵士固垒静守，严阵以待，誓与日军决一死战。只主帅叶志超没法出阵，仍躺在病榻上，高烧不退，哼哼唧唧，满嘴胡话。

眼见月过中天，子时逝去，到得丑时，东方曙色微露，城南方向大岛义昌部打响第一炮。城里守军为马玉昆部，共计四营两千余兵力。马玉昆乃安徽蒙城人，早年追随李鸿章，东征北讨，后随左宗棠部，远至新疆，清剿阿古柏叛军，屡功升总兵，助提督宋庆驻防旅顺。如今年过六十，依然宝刀不老，勇猛不亚少壮。正枕戈待旦，闻得炮声一响，一跃而起，冲出营帐，亲自指挥炮手，予以还击。双方对轰至上午卯时，日军冒着炮火，以战友死尸为掩护，步步进击，逼至近前。马玉昆一声令下，众将士跃出营垒，以血肉之躯，作殊死拼杀，重创日军。一波又一波惨烈厮杀持续到午后，日军反复冲锋，皆被打退，死伤五百多人，付出两个中队代价，大鸟义昌本人及多名将佐受伤。城南争夺战具体地名叫船桥里，日报随军记者目睹日军惨状，大放哀声道：此役不克旗下死，呜呼苦战船桥里。

马部誓死捍卫城南时，城西战场炮火也异常猛烈，双方展开残酷的拉锯战。守将卫汝贵名声不好，朝臣讥讽他怀揣老婆信函，未出征就想着回家抱孙子，其实打起仗来，一点不胆怯，不含糊。卫汝贵乃安徽合肥人，随老乡李鸿章一路征讨，屡立战功，位至总兵，驻防天津小站，成为北洋防军得力干将。进驻平壤城西后，固垒布防，毫不懈怠。战斗打响，更是老当益壮，身先士卒，打得极其顽强，把日军挡在城外开阔地带，无法近前半步。还指令马队，发起数度冲锋，重创敌军。自然也受到对方火力抗击，损失一百多名兵勇和两百匹战马。

打得最惨烈的当属城北战场。此系平壤争夺战主战场，山县有朋集结八千多精兵,黑云般自城外掩杀过来。城外有个叫牡丹台的山包,地势险峻,山侧便是著名的大同江。左宝贵率两千守军驻防城北后,强拖病体,登上牡丹台,督促士兵夯了座五丈高的壁垒,上安田鸡炮和速射炮,配备七连发步枪,居高临下,静待敌军。左宝贵系山东费县回民,当年咸丰打造南北两大营围攻金陵,他就入营从战。两大营两建两破,左宝贵拣回一条小命,溃逃回鲁。后僧格林沁率蒙古铁骑剿捻,曾随其征战。僧格林沁战殁,左宝贵再度回家避难,直至李鸿章统军北上,堵捻于鲁东,左宝贵入淮军效力,频立战功,成为一代名将。李鸿章总督直隶,奏办海防,又保举左宝贵以提督记名总兵简放,驻防奉天。奉天离朝鲜近,朝鲜开战,左宝贵顾不得半身不遂,衔命入朝,毅然挑起防守平壤城北重任。

城北牡丹台为全城最高点,可谓平壤命脉所在。守住牡丹台,便守住城北,平壤也就可保无虞。左宝贵太清楚牡丹台之重要,派精锐镇守。山县有朋也不傻,心知牡丹台非同小可,厚集兵力,发起猛攻。牡丹台上火力威猛,日军几度舍死进攻,都未得逞,不得不留下数百尸体,退回至清军枪炮射程之外。气得山县有朋暴跳如雷,一边哇啦哇啦叫喊着,一边挥舞战刀,抬腿要往前冲,被部属死死扯住才作罢。随即下达命令,尽调西南两战场重炮,集中城北,一齐猛轰,终于摧毁牡丹台,守军将士大都为国捐躯,阵亡于炮火之中。左宝贵也震晕倒地,被亲兵救出,撤入城里。醒后发现偏瘫已好,竟然行动自如。左宝贵大乐,几下脱掉铠甲,换穿黄马褂,戴上双眼花翎,往来城头,部署战斗,狙击自牡丹台方向汇集过来的日军。亲兵劝道:"花翎和黄马褂太显眼,一瞧便知是主将,容易招至日军枪炮。"左宝贵凛然一笑,朗声道:"若辈惜死,可自行撤退,左某视此城为吾冢也!"士兵们闻言,肃然起敬,架的架炮,端的端枪,操的操刀,拥至城堞边,誓与敌军殊死一战。连从牡丹台上侥幸逃回的伤员见状,也一跃而起,簇拥至左宝贵身边,同仇敌忾,愿赴国难。

日军占据牡丹台后,山县有朋指挥炮兵,于制高点架好重炮,开始向城内轰击。仗着炮火掩护,黑压压的日军漫过来,远看犹如蚁群一般。左宝贵喝令开火,将士们枪炮齐发,狠狠射向敌阵。受到无情痛击,敌阵一下子散乱开来。可很快又合拢一处,前赴后继,直逼城下,同时举枪朝上射击,施放榴霰弹。榴霰弹属新型武器,杀伤力很大,弹丸由金属制成,射出枪管后,在空中叭叭炸开,炽热的金属碎片无规则四溅,打在人身上,不被击毙，也会严重烫伤。李鸿章早闻榴霰弹厉害，欲从欧洲大量购置，武装海陆两军，无奈户部停款，只得作罢。直至朝鲜事发，才购回数百箱，还没来得及运往前线。

日军武器虽先进，还是被城头炮火压制住，向后撤退。稍作喘息，又卷土重来。此次兵力更厚，枪炮更密集。左宝贵冒着炮火和榴霰弹，往来督战，士兵们无不奋勇，竭尽血诚，力战不怠。激战中，一名炮手被榴霰弹击中，重伤倒地。左宝贵见状，迅速冲过去，命令跟上来的炮手装弹，自己亲自点燃炮引。只见炮座往后一缩，弹头射出炮管，飞入敌阵，轰然炸响。炮手们深受鼓舞，众炮齐发，一连射出上百颗炮弹，炸得城下日军成片倒地，死的死，伤的伤，不死不伤的，也一个个魂飞魄散，抱头鼠窜，再次溃逃。

无奈日军人数太多，又有牡丹台重炮居高临下，对着城楼狂轰滥炸，本来人数不多的清军减员严重，渐处弱势。弹药也快打光，再无力组织强有效抗击。俟新一轮对攻打响，日军很快占据上风，攻势越来越猛。左宝贵没有退缩，仍站在城楼上，亲手施放炮弹。也是黄马褂和双眼花翎显眼，日军集中火力，扫射过来，左宝贵左臂连中两枪，血流如注。从黄马褂上撕块布片，缠住伤口，再次扑向炮台。忽闻榴霰弹数枚在头上炸开，弹片冒着青烟，打在肩膀上，洞开黄马褂，切入皮下。左宝贵一个趔趄，栽倒在地。没待亲兵扶持，又拱拱腰背，站立起来。有位营官牵过战马，要驮他离阵，左宝贵一把甩开，继续坚守阵地。又一发炮弹射过来，炸响在脚旁，左宝贵被掀至半空，再重重摔回到地上，四肢一挺，含恨牺牲。

这已到下午未时。上苍为左宝贵壮举所感动，电闪雷鸣，怒降暴雨，冲刷着他身上黑红血痕，还有血腥战场。日军减员严重，幸存者也筋疲力尽，被雨水糊住眼睛，只得扔下武器，拿出干粮，往嘴里塞。山县有朋很悲观，不知还能坚持多久。他得到情报，丰升阿部从义州方向杀了回来，刚被击退，又有聂志成部从天而降。海上也不平静，刘盛休部四千多铭军分乘招商局轮船，在北洋海军舰队护卫下，逼近朝鲜海岸。山朋有县早闻刘铭传大名，也知刘盛休厉害，如果四千多铭军登岸杀向平壤，又有聂士成部赶到，配合城里清军，里应外合，元气大伤的日军肯定吃不消，弄不好就会全军覆没，葬送在城外泥泞地里。

可惜叶志超不是山县有朋，他脑袋已被高烧烧糊，完全失去判断力。偏偏又是钦命主帅，一军中枢，判断力再弱，众将也得听命于他。叶志超不知日军斗志尽失，满怀惊恐，又被大雨一淋，一个个冻得瑟瑟发抖，正和着雨水吞咽干粮。更不知山县有朋焦头烂额，忧心忡忡，生怕平壤日军断送在他这个陆军之父手里，一世英名尽毁。叶志超只知牡丹台失守，左宝贵战死，其他两个战场减员厉害，平壤危殆。恐惧之余，勉强从病榻上爬起来，传令马玉昆、卫汝贵等将领速至帅帐，商议下步行动，是战还是撤，众人一起拿主意。

众将得令，趁大雨停战，暂离战场，入帐分坐两旁。叶志超用虚弱声音道："日军武器精良，人数众多，不知各位将领还能坚持多久？"马玉昆道："日军炮火虽猛，毕竟平壤城池坚固，本将所守南门坚持两天，应该没问题。"卫汝贵道："西门估计也能守上一天两天的。"叶志超对北门守军营官道："牡丹台失守，左将军殉国，北门只怕保不了几时。"营官说："虽说北战场日军人多炮猛，又占据牡丹台高地，但我军幸存将士有感于左将军壮举，发誓与北门共存亡，不能让左将军白白牺牲，日军急切间想突破防线，不那么容易。"

其他将领也纷纷表示，只要官兵齐心协力，凭借高城厚墙，再坚守一到两天，待聂士成与刘盛休援军到来，共同发力，打退日军，绝没问题。叶志超深表怀疑，道："城内弹尽粮绝，饮水短缺，且将士衣单冻馁，情况堪忧啊。至于援军，能否冲破日军封锁，抵达平壤，也没个准儿。听说丰升阿鸭蛋兵回援时，没几下就被日军伏军击退，不知去向。聂士成部同样也会受狙击，要想靠近平壤，难上加难。刘盛休部从海上来，虽有海军舰队护航，可日本舰队一直在朝鲜海岸巡航，两军遭遇，丰岛悲剧重演，铭军能否登岸，把握不大。"

叶志超所说也属实情，众将心里清楚，缄嘴不语。只马玉昆不肯服输，打破沉默道："叶帅怎么两眼所见，都是不利因素，为何不从有利方面设想设想？设若聂部及时赶回，刘部顺利登岸，城内城外，里应外合，共歼疲惫日军，大功告成，岂不倚马可待！"叶志超道："若如此，自然甚好。怕就怕聂刘两部还没靠近平壤，日军便攻入城里，咱们皆成新鬼。毕竟出国征战，不比国内，战死还有葬身之地。客死异域，无人收尸，孤魂难归，又有几位官兵存必死之志，愿与敌军血战到底？在座诸位百战不死，活到这把年纪，竟命丧异国，岂不悲乎！”

话没说完，叶志超已是老泪纵横，泣不成声。马玉昆看不惯叶志超这副熊样，道：“咱们出国征战，日军不也一样么？人家不怕客死异域，咱们老担心孤魂难归，显得太没出息！两军相遇勇者胜，还没到山穷水尽时，坚持下去，战败日军，也不是没可能。”

众将闻言，点头附和。只有卫汝贵有些走神，低头不声。叶志超扫他一眼，问道：“卫将军有何想法，说来听听。”卫汝贵衰怨道：“以身报国乃军人天职，生死存亡，何足道矣！只是咱们冒死远征，慷慨赴国难，国家又怜惜咱们，买不买咱们账呢？”

大敌当前，不思如何退敌，管国家干啥？众人偏首，望向卫汝贵，满眼质疑。卫汝贵道：“昨夜有位海军联络官来军中问事，论及朝中言官御史，闲得发慌，挥舞如椽巨笔，几乎把北洋海陆将帅参劾个遍。连本将收到老婆来函，也被张之洞与李秉衡重金所雇坐探侦知，电告翁同龢，翁同龢发动门生故吏，大做文章，奏请皇上拿我是问。”

“还有此等咄咄怪事？不是卫将军编造的吧？”众将惊讶道。卫汝贵道：“本将吃饱撑的，编故事逗自己开心？翁同龢一心扳倒鸿帅（李鸿章），挖空心思找理由，抓把柄，再交给言官御史，写成劾章，集体跑到颐和园，向太后示威，欲置鸿帅于死地。所幸太后心明眼亮，不为所动，才把这些人哄走了事。翁同龢不甘心，又让人散布谣言，说鸿帅暗通伊藤博文，趁朝鲜事发，双方联手，先把水搅混，再浑水摸鱼，大捞一把，好叛逃日本，吃香喝辣，顺便接替伊藤，过回首相瘾。鸿帅因此做贼心虚，自愧有负皇恩，罪责难逃，吓得杯弓蛇影，病入膏肓，已经活不了几天。本将老在琢磨，鸿帅年事已高，又四面楚歌，倍受攻击，真想不开，有什么不恻，咱们成为没娘崽，是祸是福，是死是活，莫非还去指望翁同龢不成？”

众人心情复杂起来，嘀咕道：“鸿帅早成众矢之的，不被朝臣恨死咒死气死，只怕也会为光绪所忌，对他痛下杀手，死有余辜。”叶志超接话道：“咱们都是鸿帅一手扶起来的，万一鸿帅被人整死，或老病故去，咱们这些将领呐，胜也好，败也好，活也好，死也好，都不会有什么好下场。”卫汝贵道：“例子也是现成的。丰岛和成欢两战失败，鸿帅为伤亡官兵申请抚恤，翁同龢有意设阻，一两银子都不肯拨付。鸿帅转求伤亡官兵原籍官府，岂料各府州县主官多为翁门学生或故旧，只看翁同龢眼色行事，不予理睬。鸿帅迫于无奈，只好一边挪用北洋军费，一边向盛宣怀等人筹措，才算给伤亡官兵家属以交代。试想鸿帅倒台下狱，或寿终正寝，各位死在朝鲜，谁来安抚咱们父母妻小？”

各位心气不平，大声骂起朝廷来。连马玉昆也愤然道：“今晨咱俘虏一个日本兵，问他打仗如此勇猛，难道不怕死在异国他乡？他说他也怕死，却愿赴国难，因为他们是职业军人，为国战死乃其天职，家人会受到优待，子子孙孙都会受人尊敬。他还给我说了一件事：丰岛开战时，日本还没正式宣战，伤亡官兵享受不到战时高额抚恤，为此天皇特意委托伊藤博文，七次召开专门会议，反复说服众议员，终于获准突破宪法规定，将开战日期提前至丰岛海战那一天，决不让任何将士白白流血献身。”

马玉昆也发感慨道：“日本天皇一心想着前线将士，反观大清君臣，根本不把咱们当回事，死者不抚，伤者不恤，活者不慰，却天天口诛笔伐，不是参张三，就是劾李四，把咱们当成仇寇，不置于死地，决不撒手。由此可预言，若像左宝贵样战死朝鲜，倒也一了百了，若活着回国，朝廷随便找个什么理由，都会将咱们连同鸿帅本人，一并治罪下大狱。”

卫汝贵叹道：“咱们以老迈之躯，远离故土，征战朝鲜，无非跟随鸿帅几十年，不愿给他脸上抹黑。如今翁同龢与李鸿藻等人狼狈为奸，怂恿皇上整治鸿帅，鸿帅不保，咱们干吗还要替满人卖命赴死？皇上明知日本重兵入朝，志在必得，大清没有任何备战，毫无胜算，还要硬逼鸿帅匆忙调动北洋海陆防军出国，无非忌惮汉人领兵，借日本枪炮削弱北洋力量，以免鸿帅继续坐大，威胁北京。故此番征战，败必得咎，若取胜功高，皇上不安，依然会找借口开去鸿帅，再把咱们一个个撸掉。”

叶志超道：“朝廷负咱，咱还不如趁平壤未破，弃城北移，保全官兵性命，也算行善修德积阴功。到达义州，能战跟日军战上一阵，不能战也好过鸭绿江回国。大清祖陵离鸭绿江不远，镶黄旗人依克唐阿所统绿营重军屯驻满洲，守陵有责，军械粮饷又远优于北洋各军，不可能坐视不管，总会协助咱们布防江北，阻日军于边境。”

叶志超所言不无道理，不过更像给自己弃城保命找借口。主帅去意已定，众将还能说啥？领命出帐，回营组织北撤。

正好大雨停止，叶志超派信使出城，告知山县有朋，清军准备弃城撤离。山县有朋一直在犹豫，要不要趁夜攻城。攻吧将士死伤惨重，又经大雨一淋，饥寒交迫，病倒无数，毫无取胜把握。不攻吧又不知聂士成和刘盛休两部何时赶到，一旦腹背受敌，首尾不顾，必败无疑。却想不到叶志超送信说放弃平壤，山县有朋自然大喜过望。又担心清军使诈，不敢轻信。于是派人复信，要求与叶志超面谈，察看虚实。叶志超回复不用面谈，明早清军一定出城。

说是明早出城，事实不到半夜，叶志超便乔装为士兵，悄悄溜出北门，带头往城外逸去。山县不知深浅，哪敢轻举妄动？直至确认叶志超已逃之夭夭，且有大量清兵出城，才令布置路旁的伏军狙击敌军。伏军躲在暗处，无声无息，像在大睡。大睡总有鼾声，日军比死尸还安静，清军路过，毫无察觉。直到先撤部队过去，山县命令送至，才扣动扳机，一番狠射。清军顿时大乱，谁也没想起举枪还击，只顾抱头鼠窜，哭的哭爹，喊的喊娘，在日军枪口下，成片成片倒下。死倒也是福，可怜受伤未殒者，纵横僵卧，求死不得，求生不能，哀号之声不绝。加之人马腾藉，相揉死伤，不计其数。

其时刘盛休四千多援军，正乘上海轮船招商局五艘邮轮，在北洋舰队护卫下驶近西朝鲜湾。惊闻平壤失陷，只得取消登岸计划，掉转船头，逶迤北航，向鸭绿江口方向驶去。刘盛休与丁汝昌认为，逃兵两腿再快，也快不过轮船，援军先至义州驻扎，待败军赶到，再合到一处，共同布防，足以拒日军于城外。纵使义州不保，还可横渡鸭绿江，等候奉天依克唐阿所属绿营南下，凭借浩荡江水，阻日军于南岸。

刘丁判断没错，叶志超诸军溃逃方向果真是义州。一路先追上丰阿升残部，不久又与南援聂士成部撞个对面。聂士成截住叶志超，质问道：“平壤开战不过一天多时间，怎么如此快败给日军？再坚守一两天，援军赶到，内外合击，挫败日军，亦非难事啊！”叶志超道：“说得轻巧！能坚守咱还不坚守？走吧走吧，到达义州，靠近国境，再作打算吧。”

聂士成无奈，只好指挥所部，转身跟着北逃。

再说清军逃走后，日军开始打扫战场。准确说并不是战场，是屠宰场，因溃逃过程中，清军根本没战。很快收拾尸体一千五百多具，另俘虏五百名伤员。

清军伤员里有一位三十多岁的李姓男子，来自大连与丹东之间的庄河，名叫李守国。其实李守国并非正儿八经的清兵，是位地地道道的商人，长年往返中朝之间，买进卖出，大发洋财。本来生意做得好好的，月前接到来自山东抚衙密信和大把银子，赶紧扔下买卖，混入清军，一起进驻平壤。不用像清兵一样作战，自然毫发无损。清军溃散时李守国也没逃跑，装成瘸子，被抬到日军临时医棚里，暂避风头。趁军医料理其他伤员，悄悄爬下担架，顺手偷件军医白服，穿到身上，大摇大摆走出医棚，去了平壤府衙。

日军正在接管平壤，衙署里闹闹嚷嚷，像个大集市。李守国直奔电报房，拦住一位准备外逃的衙役，给他一包银子，再递上一纸电文，要他发往中国山东抚衙。见衙役有些犹豫，再掏一包出来，在他眼前左右晃晃。李守国不心疼银子，反正不是买卖所得，差事能成就行。原来银子来自山东抚衙，确切说来自湖广督府。

衙役眼睛一亮，抓过银子，返身电报房，以最快速度，将不长的电文发走。山东抚衙电报房收到电文，立即译成汉字，送到巡抚李秉衡手上。李秉衡出生于庄河，给他发电报的不是别人，是他亲侄儿，受其指使，才放下生意，专门混进入朝清军里，收集叶志超诸将劣迹，以及时电告，提供打击北洋将帅铁证。

李秉衡见电，如获至宝，原文转发北京和武汉。北京天亮不久，卯时未至，各军机大臣还在家里吃早饭。只翁同龢早早出门，来到军机处，往电报房直奔。他意识到近日会有重要消息，新聘了亲信，日夜值守电报房，有急电及时翻译传送。

刚到电报房外，门从里面打开，钻出一个人，与翁同龢撞个满怀。正是翁同龢亲信，手持电文，道："刚译出来，正要呈送翁府，不想大人大早露了头。"

翁同龢没答腔，取过老花镜，就着天光瞧起来。不瞧不要紧，一瞧脸上大悦，激动得全身颤抖，肚里嘀咕道：日本人好样的，终于把淮军打趴下。只因手握淮军，李鸿章横行霸道三十年，朝臣昨天纠参，今天举劾，所上弹章车载斗量，竟丝毫撼动不了此君。幸亏上天造就日本人，该出手时就出手，狠狠收拾淮军，直击李鸿章命门。翁同龢真想上日本驻华公使馆，给日本人磕几个大响头，感谢他们给自己出了口恶气。

翁同龢当然不会往外国使馆跑。他一辈子忠君爱国，岂能学李鸿章奴颜婢膝，天天与洋人搅在一起，欺君卖国？翁同龢拔开双腿，向宫里奔去。那步态哪像六十四五老人？简直如二三十岁之壮汉。气喘吁吁赶到养心殿外，想起正是光绪早读时间，转而又往毓庆宫走去。

果然光绪正在宫里，手捧西语读本，咿咿呀呀诵读。翁同龢看不惯光绪数典忘祖，放着四书五经不好好学，找来洋书，变猫啼鼠叫。光绪也就只好趁早上头脑清醒，师傅又没到场，偷偷读上几页，想着与洋人接触时，不用通事也能直接对上话，深入了解西学西情，依照西人样子，尝试改革大清帝国。自己才二十三岁，活到七八十，做够四五十年皇帝，定能励精图治，把大清改造过来，赶超欧美诸国，到时看他东洋鬼子，还敢不敢与咱叫板。

这日早读正起劲得很，翁同龢提前赶到，光绪一时难为情，闭住嘴巴，将西语读本藏到身后，准备挨师傅数落。不想翁同龢一反常态，毫不介意，进门便扬着手里电文，眉飞色舞道："好消息，好消息，皇上好消息！"

"什么好消息？看把师傅高兴成什么样。"光绪扔下洋书，接过电文，几分疑惑，"莫非清军已击退日兵，守住平壤？"翁同龢喜不自胜道："皇上御览过便知，不是清军击退日兵，是叶志超心怯胆寒，平壤未破，便率军弃城北逃。"

光绪看过电文，果如翁同龢所言，平壤已失。顿时气不打一处来，手一抬，将电文甩到翁同龢脸上，扭身吼道："平壤易手，有啥好高兴的！你是大清臣子，还是日本官员？"

翁同龢这才意识到自己失态，满脸窘迫。所幸电文遮住老脸，光绪看不到。伸手拿开脸上电文，眼望光绪后背，嗫嚅道："老臣不是为平壤易手高兴，是为皇上高兴啊。"光绪咬牙道："平壤已失，清军败逃，大清威风扫地，你还为朕高兴，想看朕热闹不成？"

翁同龢冷冷道："李鸿章调度失当，淮军一失汉城，再失平壤，皇上正好拿下李鸿章，另委信得过的忠臣治军，不是坏事变好事么？况且平壤又非大清城池，失与不失，与皇上关系不大。"光绪道："朝鲜为大清属国，入朝清军丢城失地，能说与朕没关系？"翁同龢道："朝鲜为大清属国不假，可属国毕竟是属国，皇上大可不必为此懊恼。要怪只怪李鸿章白费国家巨饷，养活北洋防军，临阵一触即溃。眼见李鸿章成事不足，败事有余，众臣义愤填膺，联名弹劾，太后还要百般袒护，不肯加责，如今平壤失守，看太后还有何话可说。"

提到李鸿章，光绪怒火中烧，血冲脑门，一时忘记生翁同龢的气，大声叫道:“传旨下去，召军机处与总理衙门各大臣，会商朝鲜事，惩处李鸿章。”

翁同龢得令，屁颠屁颠跑出毓庆宫，传令奕劻、李鸿藻、孙毓汶等人入宫议事。

众人陆续来到养心殿，闻知平壤已失，不禁大惊失色，一时不知如何是好。光绪先骂李鸿章，再骂叶志超，继骂卫汝贵、马玉昆、左宝贵、丰升阿、聂士成。可骂的都骂到，才问众人，该怎么办。李鸿藻声色俱厉道:“李鸿章统兵无方，北洋事事贻误，非予严惩不可。”翁同龢不阴不阳道:“前番数十朝臣齐赴颐和园请愿，奏惩李鸿章，太后仁慈，不肯下手，如今旧话重提，不知太后那里能否通得过。”李鸿藻道:“前番是前番，今番是今番。前番平壤还在清军手上，今番已落入敌爪，太后还想纵容李鸿章，只怕不太说得过去。”

光绪点着头，询问奕劻、孙毓汶、徐用仪三位。事已至此，三位已无话可说，只得任由光绪处置李鸿章。光绪道:“各位别无异议，就辛苦翁师傅，负责起草劾章，朕再拿着去见太后。李鸿章不争气，太后即使想保，也断难开这个口。”

君臣力气都用在打压李鸿章上面，没谁再想得起平壤兵败，很快略过朝鲜战事，结束召对。翁同龢奋笔疾书，字字如弹，句句似刀，击杀得李鸿章百孔千疮，体无完肤。劾章草成，念念有声，复查一遍，不得不佩服自己笔力千钧，一不小心便作成惊世宏文，足可传诸千古。稍事改动，再用漂亮行书誊正，呈给光绪。光绪最佩服师傅文笔，提不出修改建议，只道:“仅以师傅个人名义参劾李鸿章，分量略轻了些，让李鸿藻等也署上名字吧。”

只要扳得倒李鸿章，多署几个人名字，有何为难？翁同龢飞快出宫，来到李府。李鸿藻二话不说，落名于纸，陪同翁同龢，找到文廷式、余联沅、屠仁守等言官御史，讨要署名。各位已获知平壤败绩，李鸿章被叶志超诸将打脸，一个个欢天喜地，奔走相告，翁李两位拿着劾章求上门来，自然毫不犹豫，痛痛快快签下各自大名。

名签得差不多，翁李两人来到宫中，恭呈光绪。光绪很满意，带着两位，起驾直驰颐和园。慈禧见过联名劾章，沉默半晌，叹道:“李鸿章误我大清，不予惩罚，无以对祖宗，对天下啊。皇帝准备如何处置之？”光绪道:“免去李鸿章所有职务，锁拿入京，交部治罪。”慈禧道：“锁拿李鸿章，谁来指挥北洋，抗拒日军？”

光绪一心念着弄死李鸿章，哪想起还有日军要对付？一时哑在那里，无言以对。还是翁同龢反应快，道：“可调两江总督刘坤一北上拒敌。”慈禧道：“北洋海陆防军都是李鸿章训练出来的，调刘坤一北上，两眼一抹黑，如何调兵遣将？”李鸿藻听出慈禧意思，忙道：“罢去李鸿章职务，仍留北洋效力，若战事仍无起色，再锁京治罪不迟。”

光绪颇觉失望。只要有慈禧庇护，想一棍子打死李鸿章，似无可能。只得退而求其次，建议照李鸿藻所说办。得到慈禧允许，君臣三人拜别出园，速速回城，连夜拟旨。旨意为，倭人渝盟肇衅，迫胁朝鲜，朝廷眷念藩封，兴师致讨，北洋大臣李鸿章总统师干，统筹全局，却日久无功，先败丰岛，再输牙山，又失平壤，殊负委任，著拔掉三眼花翎，褫去黄马褂，以示薄惩。该大臣务当力图振作，督催各路将领，实力进剿，以赎前愆。

朝旨发出，翁同龢喜不自胜，嘴里念念有词：都说人无千日好，花无百日红，李鸿章雄居大位三十年不倒，终于也有今天，真是苍天有眼啊！然后钻进家祠，对着父兄牌位，扑通一声跪下去，老泪纵横道：“儿弟不贤，迟至今日才扳倒李鸿章。父亲和兄长放心，有朝一日，儿弟总会抬出皇家祠堂青龙刀，砍下李鸿章狗头，以雪大恨！”

出得家祠，还觉不够，又拿起纸笔，想写几句日记，以录心迹。却因过度兴奋，思维阻塞，琢磨半天，也没想出好词，最后仅留下四个字：真明快哉！

六、海战损兵折舰传恶讯，朝臣奔走相告喜欲狂

朝旨发至天津时，叶志超电文已摆上李鸿章桌子，说血战平壤五昼夜，诸军奋勇杀敌，弹尽援绝而退。电文是叶志超逃往义州后发出的，此前李鸿章已从刘盛休与丁汝昌等人电报里获知，清军败走平壤，死伤惨重。除丰升阿奉天练军外，入朝诸军大都为安徽子弟兵，驻守直奉鲁十多年，与北洋海军共同看护渤海门户，是国家安全保障，也是李鸿章手里王牌。在朝中君臣逼迫下，连应有的后勤都没准备，诸军便匆忙出征朝鲜，兵败如山，大清海防无以为继，王牌也变成烂牌，一发不可收拾。李鸿章不禁老泪纵横，痛哭失声。泪水打湿电文纸，纸上字迹漫涣开去，一片模糊。

于式枚在隔壁办公房当值，闻得悲啼，心如刀绞。还以为李鸿章为失去三眼花翎和黄马褂痛苦，过到签押房，先拿过桌上杯子，倒掉残茶，另泡一杯，放到李鸿章面前，安慰道："朝廷无情，动不动就褫这夺那，实在令人心寒。不过相国也不用在意，只要督促叶志超诸将守住义州，拒日军于鸭绿江南岸，皇上定然开恩，赏还三眼花翎和黄马褂。"

李鸿章收住泪水，哀哀道："三眼花翎和黄马褂系皇上所给，予夺听便，实在无所谓得很。老夫不过心疼两万北洋兵勇，一朝溃败，再难成军。那可是老夫数十年心血啊，其骨干还是征发上海时老兵老将，南征北剿，枪林弹雨，死里求生，都活了过来，想不到为大清宗主虚名，入朝参战，惨死异邦，尸骨难寻，叫老夫如何面对合肥父老乡亲？项羽兵败垓下，自刎乌江，老夫曾恨其懦弱，为何不肯过江，东山再起，卷土重来，与刘

邦一决雌雄。而今合肥子弟兵命丧朝鲜，孤魂不归，老夫才真正体会出项羽当时心境。”

于式枚忽然明白过来，李鸿章三十年位居显要不倒，并非太后和皇上看得起，实乃手握陆海重兵，坐镇渤海门户，为朝廷所倚重。陆军入朝，牙山、平壤连败，海军丰岛遭受重创，孤航海上，存亡堪忧，俟手中王牌打完，必将为朝廷一脚踢开，弃之如敝屣。也就是说光绪褫夺三眼花翎和黄马褂，仅仅只是开头，接下来便是头上顶戴，还有顶戴下面的脑袋。怪不得翁同龢之流不遗余力怂恿皇上，催逼北洋海陆两军出击朝鲜，无非借日本人之手，削去李鸿章臂膀。拔毛的凤凰不如鸡，届时李鸿章两手空空，自然任其宰割。想到此处，于式枚不寒而栗，却还是安慰道：“叶志超诸部败退平壤，并非全军覆没，加之刘盛休部已至鸭绿江南岸，与叶志超诸部合到一处，固守义州，定能反败为胜。”

“晦若未上过战场，不知什么叫兵败如山倒。想想山崩塌下来，谁能阻挡得住？”李鸿章摇着脑袋，满眼悲凉，“日军并非当年长毛与捻匪，是日本明治维新后，照欧美办法训练出来的新式职业军人，又有大本营统一调度，提供完整的后勤医疗保障和抚恤办法，战斗力非常强。打个不恰当的比方，新式日军像凶猛的恶狼，随时准备腾空而起，扑向朝鲜和中国。相反北洋海军是看家狗，狗仗主势，底气足，胆量够，谁想入门，一番狂吠猛咬，够吓人的，一旦远离家门，无势倚仗，自然惊慌失措，夹紧尾巴，谁都可欺侮。见过无家可归的丧家犬么？哪只不惶惶不安，路人轻轻吼一声，都吓得落荒而逃？也就是说，北洋防军驻守渤海，卫护京畿，日军入侵，拒之于门外，不在话下。如今倾巢而出，无人守门，不仅不能制敌于韩，还会引狼入室，毁掉老夫二十年构筑起来的海防，后果不堪设想啊。”

说得于式枚悲哀起来，为在韩清军，为忠心耿耿的李鸿章，更为愚蠢无知的大清朝廷。

两人正在哀叹，又有电文送进，仍是叶志超发来的，说日本陆军第一军进攻平壤时，大本营又派出第二军和第五军数万人，由联合舰队护航，向西朝鲜湾进发，准备与第一军会合，收取义州，甚至过江犯清。叶志超意思，清军唯一出路，只能放弃义州，早些渡过鸭绿江，与奉天绿营合作一处，组成防线，抵挡日军。

李鸿章不敢自作主张，命于式枚转发叶志超电文至军机处，请皇上定夺。论及兵事二字，光绪一窍不通，军机大臣翁同龢与李鸿藻不通一窍，怎么定夺？君臣商量半天，旨令叶军诸部，必死守义州，将功补过，若再弃城丧师，定斩不赦。

明知叶军诸部一路溃逃，斗志尽失，根本没法抵抗数倍于己的虎狼日军，还要命其死守义州，不是眼睁睁看着清军全体覆没么？翁同龢用意再明显不过，就是等着清军一个不留死在朝鲜，以免过江回国后，重归李鸿章麾下。

不过李鸿章不担心清军会死守义州。叶志超连平壤都已放弃，会为区区义州，把自己老命搭上去吗？何况出城渡江便是中国，死在母国土地上，总强过抛尸异域。李鸿章担心的是日本联合舰队护送完陆军后，不会乖乖离去，有可能游弋朝鲜附近，寻找为刘盛休部护航的北洋舰队。若两军遭遇，必有一场厮杀，谁胜谁负，还真不好说。

李鸿章这里还在担心北洋海军与日本联合舰队难免一战，谁知两军已于黄海大东沟海域相遇，可谓海阔天空，冤家路窄。大东沟位于鸭绿江口，北洋舰队护送刘盛休部到岸登陆完毕，留下四舰善后，定远、镇远等十艘主力舰解缆起锚，望西而行。

时值八月十八日，即平壤失守两天后，上午巳时（十点）左右，风和日丽，海平如镜。离岸行驶个把小时，镇远舰前桅瞭望水手突然瞧见，东北方向升起一片浓浓煤烟，赶紧报告给管带林泰曾。林泰曾命令打旗语，报告旗舰定远号：发现敌舰。丁汝昌坐镇于定远号，见报后带领管带刘步蟾，迅速登上舰桥，举镜眺望。

果然烟雾缭绕处，一支庞大舰群赫然出现，徐徐驶来。那便是日本联合舰队十二艘主力战舰。丁汝昌毫不犹豫，下令迎剿。刘步蟾让旗手升起战斗旗，各舰领会，分成五组，以夹缝雁行阵，向敌舰驶过去。行进中，致远、经远、扬威、超勇诸舰还撤除舢板之类救生工具，决意破釜沉舟，与战舰同生死，共存亡。

两军渐渐靠近。丁汝昌发现日舰以单纵队形驶来，考虑北洋战舰多为前主炮，命令改为横队迎战，以利于火力发挥。谁知匆忙间，变队未能及时到位，队形不整，旗舰定远号远离左右羽翼，凸显于前，为敌舰所瞩目。丁汝昌顾不得许多，命令全速前进。定远为铁甲舰，炮座大，射程远，离敌舰一万六千尺时，炮手根据刘步蟾指令，首先发炮，打响海战。一时间，炮声隆隆，硝烟滚滚，水柱冲天，战斗异常壮烈。

北洋购入定远和镇远两艘铁甲舰后，日本深受刺激，举全国之力，购置了三艘铁甲舰：比睿、扶桑、金刚。仍不满足，又不惜代价，专门请法国船厂设计打造出三色舰：黄色松岛号、黑色严岛号、红色桥立号，装备火力超强的速射炮，用以专门对付定远和镇远两艘铁甲舰，足见用心之险恶。还以黄色松岛号为旗舰，率黑色严岛号、红色桥立号，冲在最前面，让比睿、扶桑、金刚三铁甲镇尾压阵，避开北洋定远和镇远，以后发制人。

海战打响后三分钟，黄色松岛号一马当先，快速冲过来，一炮命中定远主桅，桅杆折断，打塌飞桥，掀翻甲板木，夹住丁汝昌。刘步蟾大惊，上前施救，无奈舵机室又中炮起火，喷出甲板，近前不得。情急之下，丁汝昌忍住伤痛，抽身而出，就地一个翻滚，躲开火舌。但脸上已被烫伤，没法睁开眼睛。刘步蟾率人迅速扑灭大火，来扶丁汝昌进舱。丁汝昌不让，道："不要管我，代我指挥作战！"仍端坐甲板上，坚持督阵。

无奈主桅倒塌，信号索具损毁，旗舰指挥功能丧失，无法发号施令，众舰只能各自为战，抢占有利位置，施以新购置的开花弹，向日舰发起猛烈攻击。一炮击中日军旗舰松岛号，船舱爆炸，火焰冲天。高千穗号中炮，腾起熊熊大火。日本海军军令部部长桦山资纪坐在西京丸号上，见松岛和高千穗受伤，下令加速，靠近定远号，连发数炮。定远还以颜色，命中西京丸，吓得桦山脸色寡白，躲入舱内，速命撤退。却被北洋鱼雷艇截住，连发鱼雷三枚，可惜都没击中，眼睁睁看着西京丸逃走，让桦山拣回一条小命。

丰岛海战中出尽风头的吉野、浪速、秋津三舰也在战阵里，横冲直撞，不可一世。可这回面对的是北洋海军主力，不再那么轻松好玩。先是浪速中炮进水，继而秋津右舷速射炮被摧毁，吉野进攻北洋超勇舰时，被超勇开花炮击中舰后甲板，引爆炮位旁的弹药堆，爆炸声惊天动地，一团团火球腾上半空，炮手们被炸得血肉横飞，死伤惨重。

海战进行三个小时，至下午一点多，北洋各舰开花弹打完，只能施放无法引爆的实心弹，战局开始逆转，日舰凭借火力优势，加之航速快，移动迅捷，灵活使用包抄夹击战术，渐渐占据上风。济远管带方伯谦见势不妙，令升伤旗，率先逃跑，北洋舰队阵脚始乱。经远不幸中炮，管带林永升与大副二副相继牺牲，水兵们仍坚守岗位，发炮不止，直至舰沉人亡。

超勇重创吉野后，连中多炮下沉，管带黄建勋拒绝救助，以身殉舰。扬威重伤起火，退出战阵，搁浅后被仓惶逃命的济远撞沉，管带林履中愤而投海。广甲伤退触礁，千总黎元洪爆船自沉，在海上漂浮多时，被路过渔船救起，为多年后民国留下一位总统。

最为悲壮的还是致远舰。致远系北洋舰队里航速最快的巡洋舰，在战局处于下风时，本可学济远逃命，管带邓世昌发誓与舰同存亡，沉着应战，奋力搏击。眼见日军三色舰围攻定远，亲驾致远上前，插到前面，以舰挡炮。对攻中致远数处中弹，舰底洞穿，密舱隔门橡皮老化，因海军停款，没能及时更换，隔水功能丧失，海水汹涌而入，舰体逐渐下沉。情急之下，发现吉野带伤驶近，助三色舰围攻定远，邓世昌怒火中烧，开足机轮，冲向吉野，欲同归于尽。吉野大恐，掉头逃窜，一边发射鱼雷阻击。其他日舰也上前助阵，开花弹有如雨霰，直落致远，引发声声爆炸。邓世昌毫无惧色，继续驾舰追赶，无奈吉野航速快，脱逃而去。致远耗尽最后动力，舰身爆裂，舰艏下沉，唯露舰尾推进器于海面，依然旋转不止。邓世昌随即落水，护兵投过救生圈，他摇头不接。北洋鱼雷艇上前施救，仍不为所动，毅然拒之。与邓世昌一起落水的，是同舰二百四十名官兵，外加一只小猎犬。邓世昌原籍广东番禺，毕业于福州船政学堂，个子矮小，人称邓小辫子。性喜安静，沉默寡言，钻研船技战术之余，大部分时间都跟小猎犬待在一起，白天黑夜，形影不离。犬通人性，坠海后仍随主人浮沉，不离不弃。见邓世昌力竭下坠，死死咬住其辫子，欲把他拖上海岸。大海茫茫，岸在何方？小猎犬无能为力，只能殉命主人。战斗结束后，战友找到邓世昌尸体，小猎犬早已溺毙，可仍咬着主人辫子，不肯松口，生怕主人舍己而去似的。

北洋舰队沉的沉，伤的伤，至未申之际，只剩定远、镇远、来远、靖远四舰，继续与日军九舰对峙。后靖远、来远中炮，退出战斗。日军亦有四舰受创，留下三色舰及吉野、浪速，继续围攻定远和镇远。天色渐渐黑下来，日军五舰不仅没能攻破定远与镇远厚实坚硬的铁甲，相反接连中炮，伤痕遍体，旗舰亦即黄舰松岛号差点被定远击沉，不得不下令撤离。定远与镇远衔尾追击，无奈敌舰速度太快，无以企及，只能望洋兴叹。

月亮升上天空，如墨海面，风平浪静。丁汝昌仍纹丝不动坐在甲板上，有如坐佛一般。刘步蟾上前，道：“敌已远，夜渐凉，丁军门回舱吧。”

丁汝昌摇摇头，没吱声。刘步蟾靠过来，盘腿而坐，共同面对大海，看夜雾悄然而起，蒙住月色，海天一片苍茫。

黄海大战长达六小时，中日主力舰全部到场，其规模之大，惨烈之甚，为全球未有。后统计，日军死伤两百三十余人，近半战舰受重创，无一沉没。北洋死伤官兵六百左右，致远等三艘沉海，超勇搁浅自毁，扬威为济远撞沉。比较双方参战战舰实力，总吨位不相上下，然火力与速率方面，日舰占尽优势，无异于年轻壮汉斗病弱老汉，北洋败落，不足为奇。

定远、镇远诸舰带伤驶回旅顺，丁汝昌立即给天津发电，禀报战况。李鸿章甫见电文，心口针扎般一阵疼痛。却出不得声，扭过脑袋，望向窗外。窗外银杏叶正黄，在风中抖动着，不时落下一片两片。风从海上刮过来，似带着北洋沉舰和死难官兵的丝丝气息。不觉间，混沌的泪水渗出李鸿章眼窝，如两条蚯蚓，慢慢下滑，一起滑到唇边，沾在花白胡须上。

门外响起脚步声，马建忠走进来，说："禀告相国，经反复洽谈，已与智利议好军舰价格，只等签约付款，即可发货，交北洋进击日本。"没说完，见李鸿章形色不对，赶紧收住话头，轻声问道："出了啥事？朝鲜又有败讯传至？"

李鸿章毫无反应，仍望着窗外杏叶。正好伍廷芳与罗丰禄相继而入，也是来报告议购军舰事宜。原来阿根廷与巴西也同意售舰给中国，价格还算合理，就等李鸿章发话签约，钱货互换。见李鸿章满脸悲痛，马建忠愣愣站在地上，伍廷芳和罗丰禄咬住舌尖，不敢出声。

未几于式枚进屋，给三位使使眼色，一起出门，来到隔壁办事房。马建忠道："莫非叶志超诸部又吃败仗，义州已失？"于式枚道："不是义州已失，是中日海军黄海大战，北洋损失惨重，相国正为沉舰与死伤官兵伤心。"简单说了说海战情形。

三人唏嘘不已，替李鸿章痛惜起来。凭一己之力，倾二十年心血，创建北洋海军，扬威海上，不料一战而败，沉的沉，伤的伤，溃不成军，换谁都会痛彻肺腑。马建忠道："海军损失惨重，正好从智利诸国购进新舰，重新武装，以雪大耻。"伍廷芳与罗丰禄跟着附和，说日本海军能在黄海占据上风，无非舰炮威猛，航速快捷，智利等国军舰皆系新造，购回充实北洋海军，加之定远、镇远铁甲修复后，仍可上阵助战，足以歼灭日舰。

说着三人掉过头，准备去签押房说服李鸿章，签约付款，驶回新舰，照原计划，打到日本去。于式枚阻止道：“陆军丢失平壤，相国被褫去三眼花翎和黄马褂，海军黄海惨遭重创，朝廷更会严加惩处，他老人家自身难保，还哪顾得上添购新舰？就算智利、巴西、阿根廷三国白送军舰，翁同龢害怕日军灭不了北洋海军，也会从中作梗，坏掉相国好事。”

三人止步，问：“估计朝廷会把相国怎么样？”于式枚道：“轻则罢去直隶总督和北洋大臣职务，重则牢狱之灾难免。”三人道：“有如此严重吗？”于式枚道：“翁同龢只想往死里整相国，北洋海军败绩不正好授之以柄？式枚刚给军机处转去丁汝昌电文，翁同龢见电，又该有忙的了。”

于式枚没猜错，翁同龢得知海战情况，如饮甘泉，心旷神怡，只差没置酒高会，弹冠相庆。赶紧找来文廷式等学生，告知大好消息，继而走进宫中，呈电文于光绪。不敢像平壤失守时喜形于色，故意装作悲痛样子，一把鼻涕，一把眼泪，哀怜北洋五舰和六百官兵葬身海底。肚里则恨日舰不够狠，没全歼北洋海军，仍给李鸿章与丁汝昌咸鱼翻身留有些许余地。

与以往一样，光绪闻讯，又喊着李丁两人名字，一番破口大骂。骂够后，才传奕劻、李鸿藻、孙毓汶、徐用仪诸臣，商议如何惩处李丁。李鸿藻道：“邓世昌、林永升、林履中、黄建勋诸管带以身殉舰，死得其所，丁汝昌怎好意思再活在世上？李鸿章耗费巨资，组建北洋海军，与日舰两度遭遇，一败再败，当与丁汝昌同罪。老臣建议，立即锁拿两位罪人进京，交部议处，视情形轻重，该杀头得杀头，该免职得免职，不可轻饶。”

孙毓汶表示反对，说：“日军多为近年新购军舰，火力与速率明显占优，相反北洋海军六年未购一舰，未添一炮，逐渐趋于劣势，以弱敌强，败亦难免。李鸿章身处前敌，早知中日双方实力悬殊，不得不提出保船制敌，无奈朝臣屡逼出阵，以致黄海惨败，实属情有可原。”翁同龢反唇相讥道：“照孙大人此言，李鸿章、丁汝昌、叶志超之流一而再，再而三，连吃败仗，情有可原，朝中君臣催北洋出击日寇，倒触犯天条，罪有应得啰？”

听翁同龢有意将君臣扯到一起，孙毓汶害怕刺着光绪，再不敢出声，去看徐用仪，希望他帮句腔。徐用仪也不敢拿君臣说事，只好道：“日军掌控汉城，收取平壤，又在黄海取胜，下步肯定海陆联动，北压中朝边境。此时重罚李鸿章与丁汝昌，谁来指挥海陆两军，抵抗倭寇？”李鸿藻驳斥道：“不是李鸿章等畏敌如虎，一再错失战机，让日军占得先机，又何至一败再败？眼下只有拿掉李丁，另用良帅猛将，方可挽回颓势，后发制人。”

孙徐还想说啥，光绪手一扬，道：“不用再为李丁辩护，难道留着两人，无所作为，眼巴巴看着日军跨过鸭绿江，侵我祖陵，犯我京畿？朕非撤李丁不可，就看撤职后，如何处置。”

光绪话没说完，太监进来，呈上奏折，说：“此系数十言官御史联名劾章，请求皇上御览处置。”光绪打开劾折，瞧上几眼，传给各位：“你们也瞧瞧吧。”

原来文廷式等言官御史天天参李劾丁，欲置之于死地，一直未能得逞，好不容易从翁老师嘴里得知，日军大败北洋海军于黄海，无异喜从天降，正好又有了出手借口，当即群起联名，上书呼吁斩李杀丁，以谢国人。连各舰生还管带也没放过，一一参个遍，理由是舰在人存，太不像话，早该自爆沉海，以身殉国，最不应贪生怕死，驾舰逃命。

没等劾章传阅完，光绪便迫不及待道：“各位意见如何？”翁同龢与李鸿藻异口同声道：“众怒难犯，不拿下李丁，怎么向天下交代？”光绪又问奕劻，奕劻支吾不声。再问孙徐两人，两人无言以对。光绪有些烦躁，抬眼去看翁同龢。翁同龢道：“听说皇祖留下把青龙刀，一直供奉在祖庙里，因年久未用，已生锈迹，何不请出来，除一除锈？”

一语提醒光绪，他大声叫道：“马上把青龙刀请出祖庙，交由翁师傅和李鸿藻，代朕巡幸天津，向李鸿章和丁汝昌问罪，若罪不可恕，正好借李丁两人胫血，以祭青龙刀。”

奕、孙、徐三位闻言，吃惊不小，欲阻又怕惹怒光绪，只得三缄其嘴。召对结束，孙毓汶叫上徐用仪，尾随奕劻，去了庆王府。入府坐定，孙毓汶便道：“郡王救救李鸿章和丁汝昌吧。”奕劻道：“皇上杀心已决，非除李丁不可，谁救得了他俩？”徐用仪道：“其实咱们要救的并非李丁，乃大清国啊。”奕劻道：“徐侍郎言重了吧？”

徐用仪说出一番道理来：“除掉李丁，北洋海陆两军被激怒，反戈一击，掉头杀奔京畿而来，大清岂不危矣哉！况日军攻取平壤后，正北上义州，一旦拿下义州，过江西进，势在必然，留着李丁，尚可抵敌一阵子。纵使无以抵敌，不得不议和罢战，也少不了李鸿章出面收拾残局。别看翁同龢与李鸿藻朝堂上议正词严，一见洋人便全身筛糠，外事哪指望得上？”

说得奕劻紧张起来，站起坐下，坐下站起，嘴里嘟囔道：“真让皇上请出祖庙青龙刀，交到翁同龢和李鸿藻手上，岂不害惨大清！”孙毓汶道：“眼下可行办法，还是烦郡王跑趟颐和园，请太后发话，制止皇上冲动，惹出大乱。”奕劻道：“太后会发话吗？”徐用仪道：“太后深明时势，会保全李鸿章和丁汝昌的。”

奕劻挠挠脑袋，望着孙毓汶道：“还是辛苦莱山（孙毓汶）跑趟颐和园吧，求李莲英帮忙，尽快见上太后。本王在家另谋良策，设法入宫单独觐见皇上，为李鸿章求求情。吉甫（徐用仪）赶紧回军机处，给李鸿章去电，要他也采取措施，应对不测，争取逃过此劫，否则翁同龢与李鸿藻扛着青龙刀到了天津，一切为时晚矣。”

孙毓汶出府后，跳上王府所备快马，速奔颐和园。徐用仪赶往军机处，给天津发去急电。李鸿章看过电文，冷冷一笑，束之高阁。众僚觉得大不妙，替他捏着一把汗，催他赶快设法自保。李鸿章叹道：“老夫古稀之人，今日有口气，明天还能否活下去，都说不准，自保干啥？若能拿老夫脑袋当炮弹，击退日军，皇上只管取走，老夫毫不足惜。怕只怕日军不在乎老夫这颗脑袋，意在鸭绿江北岸，以及旅顺、威海等北洋海军基地。”

见李鸿章口气轻松，众僚稍觉心安。于式枚道：“黄海大战过后，多路日本陆军纷纷向义州挺进，叶志超诸军闻风而撤，已过江回国，朝鲜尽归日军掌握，难道他们还不满足，会觊觎中国？”李鸿章道：“日军先控汉城，继胜牙山，再取平壤，海上大战又占得便宜，想要再制止其进攻步伐，难上加难，除非花钱议和。”马建忠道：“朝廷愿意议和吗？”李鸿章摇头道：“北洋海陆两军全部覆没前，料朝廷决不会同意议和。”

“北洋海陆覆没，大清岂不危在旦夕？”于式枚道。李鸿章无言。沉默半晌，才对马建忠与伍廷芳两位道：“你俩去趟英俄两国驻津领事馆，代老夫问安，北洋防军无能，败给日军，老夫凶多吉少，以后恐怕再无缘与各国使臣友好往来。怪老夫年老昏聩，说过不入耳的话，办过不入理的事，还请多加原谅，日后继续支持大清事业。”

马伍两人甚是不解，朝廷已动杀心，李鸿章朝不保夕，还想着给英俄使臣问安乞谅，又何必呢？又不好多问，只得领命出门，分头去了英俄领事馆。两人走后，李鸿章才对于式枚道：“朝鲜事发以来，老夫就没好好听过洋书。晦若找找毕德格，要他上环水楼去。翁同龢与李鸿藻就要扛着青龙刀，来天津取老夫首级，趁着老夫脑袋还在脖子上，耳朵还有些听力，最后听毕德格读几段西著，免得黄泉路上念念不忘。”

于式枚出门而去，心想都已什么时候，还有心思听书。

毕德格来到环水楼时，李鸿章已仰躺在窗前躺椅上，闭着双眼，像已沉睡过去。听书如读书，乃人生最大乐事，每有闲情听书，李鸿章都会合眼收心，决不让杂念侵扰干预。毕德格知其习惯，也不废话，坐到旁边藤椅上，悄悄打开书本，用流利中文，和风细语般念起来。

念的是莎士比亚四大悲剧之首:《哈姆雷特》。剧中丹麦王子哈姆雷特属悲情英雄，文武双全，光明磊落，一心替父报仇，改变混乱颠倒的世界。不幸的是为伸张正义，哈姆雷特被奸人所害，终至愿望落空。然哈姆雷特又是幸运的，他以个人的牺牲，警示世人，唤醒人心，雄辩地证明社会总在前行，新生力量终究战胜腐朽没落的旧势力。

毕德格深知北洋海陆两军新败，李鸿章听书目的与平时不同，不只是吸收西学，更想缓解心头压力，诵读故事曲折、文辞优美的经典，更合其意。果然听着听着，李鸿章脸上肌肉开始慢慢松弛，浮现出似有似无的笑意。继而嘴角往两旁咧去，尔后微微张开，送出不高不低的鼾声，鼓动唇边胡须，一扬一扬，如风梳秋草。毕德格侧侧脑袋，看眼李鸿章，依然照着现有节奏和音量，不停不歇，往下继续。

半个时辰过去。李鸿章鼾声突然止住，两眼跟着睁开，望向毕德格。毕德格仍兢兢业业念诵着。李鸿章坐直身子，轻咳一声，道:“毕将军念累了吧？放下书本，喝口茶水，陪老夫说两句话。”毕德格收住尾音，端茶一抿，笑道:“鸿帅有何吩咐？”

毕德格军人出身，最敬重文武双全的李鸿章，像淮军将领样，喜欢以鸿帅称呼之。李鸿章道:“老夫办理外交二三十年，乐意与洋人交往。无奈年事已高，腿脚不便，想出门看看洋朋友，也没了体力。”毕德格道:“鸿帅有啥话要传，吱一声，末将代为跑腿就是。”

“毕将军代老夫去看看贵国驻津领事，感谢贵国使臣多年对老夫和清国的大力支持。”李鸿章悠悠道，“北洋兵败朝鲜，朝廷正要治老夫重罪，日后恐怕再没法与各国使臣交往通好。”毕德格愤然道:“北洋以海防为重，受朝廷逼迫，仓促出阵，败给日军，有何奇怪？朝廷不好好自省，竟治鸿帅重罪，怎么说得过去？”李鸿章笑道:“朝廷治老夫罪，自有其道理，毕将军不必恼怒，只管代访贵国领事，转告老夫问候就是。”

毕德格没再多嘴，出了环水楼。来到美国驻津领事馆，说起李鸿章遭遇，美领事也愤愤不平，拍电报给驻华公使田贝，直言不讳批评清廷。田贝早看不惯清廷君臣昏庸愚昧，不思进取，却偏偏自视高明，小瞧日本，分明没做任何战备，还要把北洋海陆防军逼上朝鲜战场。战事正紧，理应全力提供枪炮和粮饷，调动全国各地海陆军队，共同发力，战胜日军，清廷君臣倒好，不给枪炮，不增战舰，不遣一兵，不派一卒，吃喝玩乐之余，只顾高喊斩叶志超，杀丁汝昌，治李鸿章，叫嚣声不绝于耳。可怜李鸿章，前要抗拒日本海陆两军，后要防备朝廷明枪暗箭，可谓一人敌两国，不败给日本，也会死在清廷君臣手里。

出于义愤，田贝将亲眼所见，写成大清国情报告书，交给文员，邮寄回美。文员刚走，驻津领事发来电文，说光绪准备请出祖庙青龙刀，斩杀李鸿章、丁汝昌等人，田贝感觉莫名惊诧，走出公使馆，去见奕劻，欲阻止清廷自取灭亡。

来到总理衙门，英俄两国公使欧格讷和喀希尼已捷足先登，正在为李鸿章讨说法。与田贝一样，欧喀两使也不希望李鸿章死在清廷刀下。原因简单，北洋海陆两军兵败朝鲜，再失去主帅，更无斗志，俟日军犯境，打进中国，谁来保障洋人在华利益？

当着洋人面，奕劻还得给光绪说话，声言北洋惨败，不惩处当事人，无以树君威，镇天下。三使不是朝臣，说话无顾忌，毫不客气道："光绪少不更事，急躁易怒，才会受老臣愚弄，做出荒唐决定。郡王身为满族亲贵，岂能学翁同龢与李鸿藻等汉臣，拿满清江山不当回事，听任光绪胡作非为，把国家推向深渊？"

驻华公使都是中国通，也知拿满汉冲突说事。说得奕劻出声不得，只顾叹息。见奕劻半天不放个响屁，欧格讷说起狠话来："郡王不阻止光绪收回成命，本使就下旗回国，免得看着清廷君臣不争气，自毁长城，心里难受。"喀希尼与田贝也跟着嚷道："李鸿章忠心耿耿，几十年如一日，为大清办外交，兴洋务，固海防，做出亘古未有之巨大贡献，贵国君臣不知感激不说，还要请出青龙刀，索他老命，咱们实在看不下去，也只好下旗回国。"

作为局外人，洋使冷眼旁观，深知离开李鸿章，大清不可能有今天局面，偏偏清廷不识好歹，竟视为眼中钉，肉中刺，欲除之而后快。这正是大清可悲之处，但凡君臣多些见识，再有点良知，就知如何爱护功臣能吏，共同维护大局，不让国家烂在居心不良者手里。

奕劻无地自容，答应三使，立即入宫觐见光绪，力保李鸿章。

到得宫中，奕劻不拐弯，不抹角，直截了当，转述美英俄三使意见。光绪大发雷霆，拍着龙案道:“朕堂堂大清皇帝，想惩处自己手中臣子，关他们洋人何事？也要横加干涉！”奕劻道:“大清自开埠始，英美俄诸国商民纷纷来华经商贸易，投资建厂，自然希望多些精通外交擅长洋务的大臣维护其利益，听说皇上要拿李鸿章问斩，难免着急，上门求情说好，也不为过。皇上还是酌情考虑洋使意见，放过李鸿章，让他继续为大清效劳。”光绪青着脸道:“要是朕不宽囿李鸿章呢？”奕劻道:“洋使说，李鸿章有啥不测，他们下旗回国。”

下旗回国就是断交之意。光绪越发来气，吼道:“下旗回国就下旗回家，朕巴不得。中国几千年自食其力，国富民足，道咸之际洋人破门而入，搅得大清没过一天安生日子，谁稀罕他们洋人？他们愿滚，只管滚就是，朕决不挽留。”奕劻道:“皇上所言也是事实。可从另外角度说，洋人闯入国门后，也带来诸多先进事物，比如机器、矿冶、轮船、铁路、电报之类。”光绪道:“这些东西有啥好？只能给清廷添乱。”奕劻道:“添乱归添乱，毕竟振作了大清制造、矿业、运输和商贸。尤其李鸿章兴办洋务以来，自东南沿海沿江，至京畿直隶奉天，各行各业勃然而兴，大清每年税收增加数十倍，都是看得见摸得着的好处。”

光绪虽恨洋人扰华，毕竟识得几句洋文，读过几册洋书，知道当今世界，任何国家，无论大小，再不可能闭关自守，自己跟自己过日子。也知奕劻所言属实，洋人确实给中国带来不少实惠，李鸿章大力推行洋务，贡献又有目共睹，无法否认。为富国强军，赶欧追美，李鸿章不止一次两次呼吁，要在此三千年未有之大变局中，创三千年未有之大业。他不仅这么说，更是这么做，且已实实在在做到，一件件摆在世人面前。有人统计过，李鸿章自三十年前进军上海首办机器制造以来，已创造出五百多个中国第一，两百多个亚洲第一，合起来有八百个第一。怪不得洋人无不敬重李鸿章，把他与美国总统格兰特、德国首相俾斯麦并列一起，誉为世界三大伟人。道理很简单，李鸿章不只说得好，做得更好。试想一个人一生，能做出如此众多巨大成就，放眼全世界，又能找出几人？

光绪陷入沉思之际，报说李莲英到。原来昨夜孙毓汶赶往颐和园，随李莲英走进乐寿堂，禀奏光绪欲借祖庙青龙刀杀李鸿章以谢天下，气得慈禧脸色铁青，低声骂了两个字：胡闹！随即嘱咐李莲英，天明进城跑一趟。光绪自知李莲英乃慈禧最宠信太监，离开颐和园，往紫禁城跑，肯定不是闲极无聊来串门子，忙传令下去，放人进来。

李莲英细步入见，行过大礼，以不高不低声音，宣称太后口谕："无鸿章，无清朝！"

仅六个字，别无他哉。光绪领旨毕，愣怔半天，才传旨出去，命翁同龢入宫。翁同龢很快出现在殿前，光绪又将慈禧六字口谕，亲口传达给他。

翁同龢一听明白，有此六字，谁也别再想拿掉李鸿章脑袋。他非常绝望。费了一肚子劲，却没能动仇人半根毫毛，叫人怎么想得通？不觉咬牙切齿，压低声音吼道："李鸿章死罪可免，活责难逃。"光绪问："什么活责？"翁同龢道："罢免李鸿章直隶总督与北洋大臣职务，另选良帅，统兵御敌，灭日寇于朝境。"

光绪也不甘心就此放过李鸿章，不要他脖子上脑袋，取下他脑袋上顶戴，似在情理之中，慈禧该无话可说。毕竟北洋海陆两师一而再再而三败给日军，身为统帅，李鸿章责无旁贷。光绪也没多想，表态道："翁师傅下去拟旨吧。"

翁同龢动作飞快，没多久便交稿上来。稿曰：朝鲜事发以来，李鸿章调度乖方，救援不力，致使错失胜局，深堪痛恨，著摘去顶戴，革除直隶总督和北洋大臣职，永不叙用。

光绪览毕翁同龢所拟旨稿，未及加玺下发，李鸿章大哥两广总督李瀚章奏折呈入宫中。折里写道：微臣兄弟六人，老大老二老三老六自太平军起事之始，挺身而出，为国征战，没少流汗出血，老四老五力事赈济，救助灾民，亦不敢稍有懈怠。如今四位弟弟已故，留下老大老二，年高七十多岁，皇上看得起，依然委以重任，服役要津，不禁感激涕零。然微臣年迈昏聩，体弱多病，再无力操劳国事，恳请皇上开恩，放归乡里，看守先父坟墓。先父曾为道咸旧臣，受恩深厚，江南沦陷之际，奉旨返乡练勇，积劳病殁，独留青冢于祖茔。臣常遥望家山，唯愿早归故里，为父清扫几年墓草，亦不愧为人子一场。

阅过奏折，光绪扪心自问，合肥李家父子兄弟数人，还确没少为大清出力，可谓满门忠义。眼下李瀚章两广总督干得好好的，不见参，不闻劾，主动折请致仕，用意很明显，无非代弟受过，换取朝廷宽宥，用心何其良苦。李家有大功于清，既让大哥卸任，又同时革去二弟职位，身为人君，确实不太做得出来。

光绪犹豫不决，不知该准李老大致仕，还是应革李老二职务。偏偏各国使臣又找奕劻嚷嚷，若罢免李鸿章，遇有外事，看谁替清廷出面斡旋。奕劻再觐光绪，请三思而行，开缺李鸿章之前，务必先物色好替手。可替手在哪里呢？光绪试探翁同龢口气："李鸿章离职后，遇上棘手之事，洋人纠缠不清，翁师傅可为朕分忧么？"

翁同龢见洋人背都怕，哪敢担此大任？色厉内荏道："老臣只侍奉皇上，不屑乞尾于洋人。"光绪道："只要与洋人通商往来，便不可能没人处理外事。李鸿章离开直隶和北洋之前，总得先选好通晓外事之大员。"翁同龢摸着脑袋想了半天，道："把恭亲王请出来吧。"

中法战争期间，恭亲王奕䜣被慈禧革职回家，一晃已是十年。奕䜣外交经验丰富，让他对付洋人，自然再好不过。只是要请奕䜣出山，还得慈禧恩准。光绪以请训为名，赶往颐和园，力推恭亲王出山。慈禧也觉得国难当头，放着奕䜣不用，是个浪费，点头恩准。

回城后，光绪直接上亲王府，去见六叔。不想奕䜣以病重为由，不愿出来主事。光绪好说歹说，奕䜣才勉强松口道："硬要老臣为朝廷效力，皇上得先答应一个条件。"光绪道："什么条件，六叔开口就是。"奕䜣道："不能开去李鸿章。"

费天大劲请奕䜣复出，无非让其替代李鸿章主理外事，既留李鸿章不走，又何必多此一举？光绪难免失望，半日无语。奕䜣暗自嗟叹，都是翁同龢教坏光绪，对李鸿章向抱成见，怀恨于心，非踢开他不可。殊不知满朝文武，无人可取代李鸿章，没他支撑，大清早已垮掉。可悲的是中国不富不强，自家事情没办好，还要意气用事，强行出头，不断与洋人争战，争来争去，战来战去，闹到最后，无非议和了局，让银子吃亏。中日之战继续往下打，也不可能有啥好结局，要么看着日军打进北京，要么议和赔钱。谁来议和？免不了又得李鸿章出面，总不可能把咱堂堂亲王推出来，低声下气向洋人说好话，有辱爱新觉罗尊严吧？

然此理奕䜣还没法明言。光绪太年轻，更事少，耐性差，加之翁同龢等朝臣大声鼓噪，以为仅凭血勇，就可建奇功，树皇威，压倒慈禧太后，实在可笑之极。然人家再可笑，也是皇上，你还不能笑出声来，只能旁敲侧击道："据说太后让李莲英给皇上传达了六个字：无鸿章，无清朝，不知是否属实？"光绪道："确有此事。"奕䜣道："太后为何只说无鸿章无清朝，没说无同龢无清朝，或无鸿藻无清朝？"

光绪望定奕䜣，怔在那里，不知他意欲何为。奕䜣道："四十年前，亦即咸丰初年，李鸿章就离开翰林院，南下剿匪，后受曾国藩举荐，创办淮军，与湘楚两军联手，三面进攻金陵，摧毁横行十多年的太平军，挽大清于既倒。湘军裁撤，又接替曾国藩，率淮军清剿东西二捻，为清国迎来难得的太平日子。自此李鸿章总督两江，主持直隶，兴制造，修铁路，建电报，开矿井，固海防，办外交，大清始有同光中兴。也正是李鸿章功巨勋高，遭人嫉妒，无一日不受攻击，无一时不遭暗算，杀李之声，从没停过。太后主政三十多年，鼎力支持李鸿章所创功业，深知其于清朝之莫大贡献，才说出无鸿章无清朝的重话。事实也是，放眼望去，满朝状元榜眼探花和翰林，可做帝师，任尚书者，善写宏文，说豪言者，大有人在，然真到天下有事，肯身赴国难，扶危济困，力挽狂澜，且不计毁誉，甘背黑锅者，又有几人？皇上圣明，当知太后放出重话，听去似保李鸿章，其实是想留下擎天柱石，支撑大清大厦，以免轰然倒塌啊。臣言发自肺腑，不过为大清计，为皇上好，还望明鉴。"

奕䜣话说到如此份上，光绪别无他法，不得不再次让步，收回罢黜李鸿章动议。又觉便宜了这老家伙，拿出李瀚章奏折，批准其致仕回乡，以免李家兄弟风光占尽。

折腾来折腾去，没能分毫撼动李鸿章，气得翁同龢吹胡子，瞪眼睛，指着天津方向，隔空大骂，发泄胸中愤懑。又学李瀚章，写份辞呈，扬言告老还乡，看谁有咱翁同龢高德大才，教育得了当今皇上。待来到毓庆宫，见着光绪，又觉不甘，没出示辞呈，反挑唆道："太后只说无鸿章，无清朝，没说无汝昌，无清朝，海军丰岛黄海连败，总不可能就这么放过丁汝昌吧？"光绪也有此想法，道："师傅觉得，怎么处罚丁汝昌为妥？"

翁同龢道："太后一句话，确保李鸿章无虞，若再哼上一声，护丁汝昌于翼下，皇上只怕也拿他没辙。还不如电令李鸿章，命他拿出处置丁汝昌办法，到时太后也就不好开口干涉。李鸿章乃聪明人，皇上已免去他一劫，他正好拿丁汝昌开刀，给自己垫底。”

光绪觉得可行，让翁同龢速速拟电，催促李鸿章。李鸿章明知光绪已放过自己，不可能轻饶丁汝昌，却还是具疏为其力辩：行军制胜，海战唯恃舰炮，陆战全凭枪炮，稍有优绌，利钝悬殊。倭人十年来一意治兵，专师西法，倾其国帑，购置船械，愈出愈精。大清拘于部议，未能大力兴办，遂觉相形见绌。海军缺快舰，少速炮，仅足守口，难于出战。陆军装备亦多系老旧，远不及日军新式快枪和榴霰弹厉害。清国毫无战备，日本有备而来，且以北洋一隅之力，搏倭人全国之师，欲仓促取胜，又谈何容易？

奏疏发走，又给丁汝昌去电，要他等着挨朝廷处罚。丁汝昌回电说，君要臣死，不得不死，要杀要砍，悉听尊便。李鸿章很生气，电诫道，国难当头，死还不容易，可你死了，谁替我管理海军？丁汝昌不再言死，却禀报黄海大战，两军对阵，方伯谦贪生畏死，不战而逃，请严行参办，以儆效尤，以期振作。李鸿章明白丁汝昌用意，海军败于黄海，朝臣挞伐之声从没断过，想蒙混过关，绝无可能，拿方伯谦堵人嘴巴，不乏为权宜之计。

方伯谦系侯官（福州）人，十五岁考取福州船政学堂，后至英国皇家海军学院学习驾驶三年，成绩优异，回国后受命为济远号管带。海军人才培养不易，费银费时，并非从街上随便拉个人，就可驾驶军舰，上阵作战。邓世昌、林永升、林履中、黄建勋已殉舰身亡，李鸿章真不愿再搭上一个方伯谦。要说海战不利，战舰受伤或可能被击沉，避战退出战斗，保全百万造价战舰，以及舰上数百生命，也错不到哪里去。然而不搭上方伯谦，就得搭上丁汝昌，叫李鸿章好不为难。怪只怪海战双方正紧，方伯谦率先驾舰离阵，说有过错，也不冤枉。犹豫好久，李鸿章不得不舍卒保车，奏将方伯谦正法，以肃军纪。

整不掉李鸿章和丁汝昌，光绪气急败坏，满腔恨意不知向谁发泄，见到奏请，心想先取下方伯谦脑袋，多少可扬扬皇威，没有多想，下谕恩准。丁汝昌见谕，即命绑缚方伯谦，押往旅顺大坞西刑场，开刀问斩。

黄海败绩都算到方伯谦头上，翁同龢等朝臣收住舌头，不好再鼓噪，宫廷里暂时消停下来。李鸿章却没感到轻松，心情非常沉重。毕竟方伯谦是自己一手培养提携起来的虎将，没像邓世昌样以身殉国，却死在同胞刀下，实在不值。李鸿章命人给方家送去抚恤金，让其妻儿父母有条活路。又觉海军人才难得，军舰难购，上折呼吁善待海军官兵和战舰，海战力不能敌，不必蛮干硬拼，瞅准时机保船护命，至为重要。

折发朝廷，光绪不理不睬，却下旨褒扬海陆牺牲官兵，作御诗赞赏邓世昌与左宝贵。这么做也有必要，邓左等人为国献身，难能可贵。不过光绪用意并不在此，是间接警告北洋将士：大敌当前，要么战败敌军，要么死于疆场，不能取胜，别再活着回来，丢人现眼。李鸿章倍觉悲凉，深知北洋官兵不全部惨死于日军枪炮之下，光绪决不会善罢甘休。

要想挽救北洋海陆两军，唯一办法，只能求和。道咸以降，大清每每与洋人争战，没有一次不以求和了局。这属不争事实，只是清廷自欺欺人，不愿承认而已。在君臣心里，日本不是西洋强国，乃东方蕞尔小邦，灭此朝食，不过举手之劳。殊不知明治维新以来，日本日益强大，军事整体实力不比英法俄弱。距离中朝又近，运兵调饷方便，铁心死战，大清实在占不到便宜。为避免输掉底裤，李鸿章决定派人去日本，看有无和谈可能。

派谁去好呢？还不能派中国人，被朝臣察觉，肯定给你搅黄。李鸿章找来德璀琳，嘱其密赴日本，拜见伊藤，寻求转圜之机。德璀琳走后，又传马建忠，道："国难当头，恭亲王带病出山，主持朝政，实不容易。马根济医术高明，眉叔（建忠）带上他，跑趟北京，给恭亲王诊病，同时也代老夫问候请安。"

北京不仅有御医，也不缺洋医，何必劳心费力，从天津请人过去为恭亲王诊病呢？马建忠嘴里答应，心里满是狐疑。只听李鸿章又道："除送医问安，眉叔还得代禀德璀琳赴日求和事，请恭亲王秘密联络英法俄美诸国公使，调停中日之战，若能在战火烧过鸭绿江前休兵，于大清来说，或许是不幸中之大幸。"

原来是怕你单独入京去见恭亲王，引起朝臣注意，带个洋医，可遮人耳目。大清就这么怪，好心为国消灾了难，却像做贼一样，得想方设法躲着藏着，生怕被人撞见。马建忠感慨着，出得北洋衙署，拉上马根济，往北京急趋。

奕䜣复出伊始，便闻日军攻克义州，云集鸭绿江南岸，随时会打过江来，不免愁断肝肠，未知如何拒敌才好。忽见马建忠与洋医出现在王府里，心头一动，道："少荃真有意思，本王赋闲十载，北洋大官小员进进出出北京，没见谁入府问寒嘘暖，皇上刚召本王出来主持朝政，他就让眉叔来送医递药，不怕朝臣后面指背，骂势利眼？”

这自然是玩笑话。奕䜣罢黜后，李鸿章及属下没少入府探望请安，送钱送物。马建忠知奕䜣正话反说，笑道：“骂势利眼算个啥？朝中天天有人骂卖国误君，李相都充耳不闻，没当回事。”奕䜣道：“骂卖国贼都没当回事，什么才当回事？”

马建忠看看左右，欲言又止。奕䜣会意，把他领入密室，道：“此处密不透风，有话眉叔直说就是。”马建忠这才道：“李相已密遣德璀琳，赴日去见伊藤，求和停战，想请王爷这里，也屈尊联络联络英法俄美诸国公使。若公使们肯从中调停，让日军止步鸭绿江南岸，则大清幸甚，天下幸甚。”奕䜣沉吟道：“本王早有请洋使调停中日战事之意，无奈朝廷上下众口一词，同声喊战，咱稍有不慎，就会授人以柄，故一直不敢轻举妄动。”马建忠道：“王爷显贵，万众瞩目，一举手，一投足，都会引人注目。马根济乃英国医生，且系英使欧格讷多年好友，由他代王爷给欧格讷等洋使递话，不易引起朝臣疑心。”

这倒是好办法，奕䜣又召入马根济，嘱他先去英国公使馆，请欧格讷与日本政府沟通，代议停战条件。马根济领命，出得王府，去见欧格讷。欧格讷不含糊，当夜致电英国驻日公使，传达奕䜣意图。马根济接着又跑法俄美诸国公使馆，请各洋使出面，给日本方面传话。洋使们都是李鸿章与奕䜣多年朋友，自然满口答应，乐意做和事佬。

这里马根济正在诸国公使中间穿梭，德璀琳已抵达日本，求见伊藤。伊藤以其非中国人，没法代表清廷，不予接洽，却没说死不愿停战。后经英法俄美各国驻日公使轮番游说，初步答应停战，只是条件不能太低，得几千万两赔偿，否则没法向国人交代。各驻日公使将伊藤意思电转北京，奕䜣也知兵败求人停战，对方不可能不要赔偿，指望日本无条件放弃侵华，绝对不现实。破财能消灾，又何乐而不为？奕䜣当即赶往颐和园，觐见慈禧。只要慈禧决心求和，光绪与翁同龢等人嗓门再大，喊战声再高，也没啥用。

听说日本愿意议和，慈禧也很高兴。还差一个月，便是自己六十万寿，能求和止战，过上一个热热闹闹生日，岂不善哉。慈禧道：“能和就好，能和就好。李鸿章反复上折，倾诉日军备战充分，北洋无取胜把握，平壤黄海之败已然应验。只是日本贪得无厌，索赔数字不会少吧？”奕䜣道：“估计没上千万两银子，怕是了不了难。”慈禧惊讶道：“上千万两？大清每年税收能有多少，都给了日本，咱们还要不要过日子？”奕䜣道：“千金散去还复来，若心疼银子，让日军攻入鸭绿江北岸，侵占奉天，捣毁祖陵，那可不是千两银子的事。”

慈禧叹道：“也行吧，让李鸿章与日本磨磨嘴皮，能少出银子，尽量少出。虽说洋务兴起以后，大清税源增长，毕竟民脂民膏，来之不易啊。”

奕䜣出园，回到王府，叫来还在等候消息的马建忠，告知慈禧已允议和，他可速返天津，让李鸿章跟日本洽谈赔偿数额。马建忠得话，与马根济离京东归，转达奕䜣指令。李鸿章立即与日本外务大臣陆奥取得联系，电商赔偿事宜。日方先开价三千万，李鸿章气得嗷嗷大叫，说拿三千万备战，拼死一搏，料日军不见得占便宜。日方降到两千五百万，李鸿章还是不答应。电来电往，电纸堆了一桌子，才商定两千万两赔偿银。

将赔偿数字密告奕䜣，奕䜣也觉过高，一边电令李鸿章与日本再议，一边去颐和园，禀报给慈禧。慈禧道：“日本真是狮子大开口，只怕皇帝与朝臣不会答应。”奕䜣道：“只要太后首肯，皇上和朝臣那里，微臣负责说服就是。”慈禧道：“皇帝和众臣接受得了，本宫没话说。只是辛苦恭亲王身体有疾，还来来回回颠簸。”

“只要大清化险为夷，别说辛苦，就是献出小命，也值得啊。”奕䜣拜辞而出，回城入宫，禀报光绪。光绪听说奕䜣与李鸿章背着自己，偷偷与日议和，气不打一处来，劈头盖脸，指着奕䜣，一顿训斥。训上一阵，才猛想眼前这位六叔乃堂堂亲王，父亲在世时，对他都客客气气，敬仰有加，哪是你张口就可训斥的？于是赶紧收住话头，缓和语气道：“都是该死的李鸿章，手握北洋海陆重兵，不敢与日一争高下，只知一味求和。和就和，朕也不想打仗死人，可要赔偿两千万两银子，朕到哪里筹措去？朕做不了这个主，还是跟朝臣通报一下，众臣愿筹银子，就交李鸿章去和吧。”

说罢，光绪传翁同龢等人入宫，让奕䜣转述求和事宜。奕䜣话音甫落，翁同龢就跳起老高，大骂李鸿章辱国卖国，罪该万死。李鸿藻等人也跟着破口大骂，指责李家父子在日本存了巨款，中国若赔银给日本，日本定会汇一半入李家账户。

朝会在骂声中不欢而散。翁同龢还不解恨，出宫后欲传张謇，想起张父新逝，张謇已告假回家丁父忧，才转传文廷式，要他撺掇各言官御史，联名参劾李鸿章父子。

一夜间，君臣诅咒声犹如漫天潮水，訇訇然，訇訇然，将奕䜣与李鸿章两人的求和声淹没掉。连慈禧也开始犹豫，不知该战还是该和。鸭绿江南岸气氛本来稍有缓和，这下又变得紧张起来。慈禧召集光绪、奕䜣、奕劻及各军机大臣，来颐和园乐寿堂商量战和事宜。光绪、翁同龢、李鸿藻高声喊战，奕䜣、孙毓汶、徐用仪坚持议和，奕劻喉咙咕哝作响，像有痰难以下咽，听不清他到底说和还是道战。慈禧先瞥眼身旁的光绪，再看看左边，瞧瞧右边，战不是，和也不是，叹道："若李鸿章在场，听听他想法，本宫决断起来，理由也许充分些。"奕䜣道："可惜李鸿章在天津，没法参加廷议。"孙毓汶道："可电召其进京。"徐用仪道："李鸿章要调度海陆防军，又哪离得开？"奕䜣道："看来只能发电旨或廷寄，与李鸿章商榷。"

"电旨说不清楚，廷寄来来回回，颇费时日，耽误不起。"慈禧晃着脑袋，"还是派人跑趟天津，与李鸿章当面相商，确定和战。"奕䜣道："孙毓汶乃兵部尚书，你跑一趟吧。"翁同龢反对道："李鸿章力主和议，孙大人赞成议和，这两人碰一起，会是啥结论，不是不言而喻么？"光绪道："理不辩不明，就派个主战大臣，与李鸿章一辩，理在谁，由谁说了算。"

光绪毕竟是皇帝，慈禧不便反驳，道："就派李鸿藻去吧，你俩姓名只差一字，藻说服章，听藻的，章说服藻，听章的。"李鸿藻忙跪地求饶，道："微臣老矣，比李鸿章还大三岁，已七十五，哪里还跑得动？还是派年富力强者代劳吧？"慈禧望向翁同龢，道："本宫没记错的话，翁师傅比李鸿藻小十岁，才六十五，跑趟天津没事吧？"

翁同龢也趴到地上，道："老臣去不得，去不得。"慈禧道："为何去不得，怕李鸿章张嘴吃了你？"翁同龢道："老臣一辈子忠君爱国，总不能老了老了，还去天津论战言和，万一被李鸿章说服，做成和局，岂不晚节不保，成了卖国贼？"慈禧怒道："不像话！清廷与洋人纠缠几十年，哪次启衅，不以议和了局？难道满朝君臣都是卖国贼？"

翁同龢自知话说漏了嘴，道："老臣不敢说他人卖国，只说自己不愿言和。"光绪道："没人拴住你舌头，到得天津，言战言和，谁管得了你？然和得有个和法，不能日本开口两千万给两千万；战得有个战法，再不可仓促上阵，稀里糊涂败给日军。"翁同龢道："答应老臣言战，老臣愿往天津。"慈禧无奈，道："你去言战吧。"

翁同龢谢过恩，爬起来，离园回城，做出行准备。次日一早，轻车简从，赶往通州，去码头转乘轮船。至水边下得轿子，身后有人喊声老师，回头见是张謇，翁同龢很是惊讶，道：“你不回家丁忧去了吗？怎么还在此地？”

张謇把翁同龢拉到僻静处，说：“学生向皇上告假后，处理完几件急事，才动身离京。出得城门，闻老师要赴天津与李鸿章讨论和战，知道会在通州换乘轮船，特守候在此，有几句话要说。”翁同龢道：“难得季直如此用心，有话直说吧。”张謇道：“皇上坚决主战，太后一会儿说和，一会儿言战，说明主战占上风。老师抵津后，矢口不言和字，但说太后与皇上遣差，只为议战，叫李鸿章没法拿和字搪塞。”

翁同龢点头道：“皇上和太后答应不言和，老夫才应的差，当然不会伸出脑袋听凭李鸿章摇晃。然姓李的老奸巨猾，说到战字，肯定会反问如何战法，老夫不知怎么回答好。”张謇道：“学生就怕老师被李鸿章问住，下不得台，赠您四个字：先倨后恭。”翁同龢道：“先倨后恭？”张謇道：“见着李鸿章，先代表皇上太后教训他指挥不力，用兵失策，把他气焰给压下去，再放低姿态，说受两宫嘱托，问计如何战胜日本，叫他没法反诘。”

“这倒是好策略。”翁同龢点头道，“要是李鸿章不肯献计，咱回京后如何向太后和皇上交代？”张謇道：“言战好办，不用李鸿章献计。”翁同龢道：“李鸿章不献计，计从何出？”张謇道：“恭亲王主和也好，太后和战不定也罢，不过担心日军过江攻入奉天，大清祖陵不保。老师可大胆献计，派威海与旅顺北洋陆军，北上会合叶志超诸军残部，以及依克唐阿奉天练兵，构筑鸭绿江防线，凭借浩荡江水，抵日军于南岸，绝对没问题。既然日军无法越境，大清祖地可保，别说皇上和太后，就是恭亲王也会同意一战。”

翁同龢伸出拇指，赞道：“还是季直想得周到，当年没白随吴长庆入韩平叛。但威海与旅顺防军归李鸿章调度，他会同意吗？”张謇道：“李鸿章害怕防军败给日军，手里本钱输光，肯定不会答应。老师可给皇上出主意，命李秉衡广募新兵，守护烟台、威海，再调刘坤一南洋海陆防军，北驻威旅两处，充实渤海防御，再找机会把李鸿章与丁汝昌扒开，接管北洋防军。”翁同龢连声叫绝：“好好好，如此厚积海陆兵力于奉天与渤海，既可阻日军于国门之外，又可架空李鸿章，可谓一举两得。”又道：“就照季直所说办。你放心回乡丁忧，赶走日本后，老夫再奏准你夺情出山，咱师生共佐皇上，振兴大清。”

张謇谢过，目送翁同龢昂然登船，望东而行，直逼天津。

翁同龢到达天津时，李鸿章刚从小站回来。北洋近募一万新兵屯集于小站，连枪都没摸过，李鸿章安排天津武备学堂教官，突击训练，又抽空亲自前往，检阅练兵情况。返津入衙，还没坐稳，门房报称翁同龢到。也不知大神来意若何，先迎入堂内。正要问茶请坐，翁同龢高声叫道："李鸿章听诏！"

李鸿章赶紧抻褂甩袖，五体投地，洗耳恭听。只听翁同龢高声道："倭人起衅侵韩，李鸿章遵旨征讨，屡遭败绩，未能见功，每以和议敷衍，君臣无不寒心，特著军机大臣翁同龢赴津，代圣严责，督催水陆两军进剿，不得延误。钦此！"

诏毕，李鸿章呼过万岁，起身接旨，见翁同龢两手空空，疑惑道："诏旨呢？被翁师傅藏哪儿啦？"翁同龢道："老夫传的口谕，算不算诏旨？莫非李相怀疑老夫矫诏不成？"

李鸿章请翁同龢入座，道："翁师傅堂堂帝师，自两宫身边来，咳嗽都携带皇威，鸿章岂敢随便怀疑？"翁同龢道："同龢不辞辛劳，远赴津门，可不是来咳嗽的。"李鸿章道："不来咳嗽，来责备训斥鸿章督师不力？"

"李相还算是明白人。"翁同龢哼两声，开始数落，"皇上太后倚重，李相要舰给舰，要炮给炮，要粮给粮，要饷给饷，命你勤练兵，固海防，守护渤海，拱卫京畿，抵挡洋军。你老人家倒好，倭军横行朝鲜，竟畏葸不前，敷衍了事，海陆连败，叫两宫能不痛心疾首？"李鸿章面带愧色，不得不低首道："缓不济急，寡不敌众，此八字无可辞也。"

翁同龢很得意，斜眼瞥瞥对方，心里说你李鸿章也有今天！你不自恃功高，独步津京，傲视天下，觉得满朝文武屁都不是吗？为何突然变得老实起来啦？若非老夫说服皇上，催逼北洋海陆两军出战，一再惨败于倭人，你只怕依然鼻孔朝天，谁都不会放在眼里。还是日本鬼子痛快，借朝鲜事发，大打出手，替老夫狠狠教训北洋两军，不然李鸿章也不会低眉顺眼，甘受训斥，让老夫有机会一吐为快，将肚里一憋多年的恶气全都喷出来。

还觉不够，又粗着脖子，痛责李鸿章辜负圣恩，误君误国误苍生。说到兴奋之处，竟一挺茶几，嚯地站起来，点着李鸿章鼻子，骂他通倭可恶，卖国可耻，罪不可赦，必将遗臭万年。骂声惊动于式枚诸僚，来到堂下，引胫张望，暗恨李鸿章窝囊，翁同龢欺上门来，竟不声不响，任其血口喷人。想冲上堂，拳脚相加，又念翁同龢代君传谕，不便添乱，只得作罢。

骂得累了，翁同龢声音渐渐小下去，坐回椅子，端杯喝茶。李鸿章这才从容问道："鸿章有过，翁师傅呢，你的丰功伟绩在哪儿？"翁同龢扬眉道："同龢教育出两代皇帝，难道不是功绩吗？"李鸿章不好拿不中用的同光二帝说事，只道："你不仅教育皇帝，还挖空心思拖大清后腿，阻挠兴洋务，固海防，生怕北洋强过日军，没人替你泄私愤，报私仇。"

轻轻数语，便气得翁同龢眼睛翻白，欲张嘴反驳，一时竟出不得声。李鸿章又道："翁师傅小鸿章七岁，记忆力该没完全衰退，总还记得鸿章开矿办厂建电报，你没少做手脚吧？尤其老夫筹办中美合资银行，你一作祟，竟胎死腹中，大清少一大利源。老夫力修关东铁路，你上下其手，从中捣鬼，一再延误，至今才出关不远，不然朝鲜事发，正好送兵运械入朝，也不至于兵少将单，败给日军。老夫建海军，固海防，你居心不良，奏停部款，北洋多年没添一舰，不换一炮，眼巴巴看着日军大量购置新舰速炮，后来居上，远超北洋，逞强入朝，连战连胜。这下翁师傅该心满意足了，若日本弱于北洋，无人替你报仇雪恨，你死不瞑目啊！"

翁同龢痛骂李鸿章，全凭高嗓门，佐以响词重话，无中生有，毫无事实依据。李鸿章反击，字字属实，句句为真，绝无空言，叫翁同龢欲辩不能，欲讦不得，只好干瞪眼，脸上一阵红，一阵白，汗如雨下，仿佛酷热天气，突然中暑发痧，痛苦不堪。李鸿章觉得有意思，又软语补充道："北洋败于朝鲜，鸿章调度乖方，责无旁贷。翁师傅无责，无非使多阴术，干多缺德事，遗害无穷，若问罪恶几何，聚九州之铁，无以铸之也！"

李鸿章语轻话重，重过千钧。翁同龢又羞又恨，气冲脑门，哇一声，吐出一口黑血。吓李鸿章一大跳，忙传衙医。衙医很快出现于堂前，要给翁同龢把脉，翁同龢一把推开，气急败坏道："老夫没事，一时半会儿死不了！"李鸿章道："翁师傅死不得，死不得，你一死，皇上到哪儿找师傅去？你学问如此大，别说万年难遇，至少千年难出一个。"

翁同龢还要发作，忽想起张謇先倨后恭四字，才意识到自己犯傻，竟来北洋衙署练嘴皮子。谁不知李鸿章伶牙俐齿，无人可及，与他口舌争锋，哪占得到便宜？这才不得不软下来，抹去嘴角血沫，道："同龢不辞辛苦赴津，不是来跟李相争长论短，是要代皇上问计。"李鸿章道："问什么计？"

翁同龢道:“退敌之计。”李鸿章道:“退敌也不难，放下天朝上国架子，弯下腰来，跟日本议和。”翁同龢道:“同龢乃天子近臣，不敢因为和局被举世唾骂也。”

李鸿章无可奈何道:“翁师傅只担心被人唾骂，不担心国破家亡。”翁同龢道:“难道唯和可息争，战只有败，不能胜？”李鸿章道:“翁师傅说怎么战吧。”翁同龢道:“同龢知道怎么战，哪会老远跑来问李相？你久经战事，又掌管北洋海陆防军，该知怎么战。”李鸿章道:“鸿章多次给皇上敞明过，北洋防军重在防御，贸然出战，无以取胜，才有朝鲜之败。”翁同龢道:“日军云集鸭绿江南岸，随时会过江入境，李相正好防而御之。”

也是拗不过翁同龢，李鸿章只得道:“非战不可，有上中下三策，就看朝廷如何取舍。”翁同龢忙道:“请李相详述之。”李鸿章道:“先说下策:布兵鸭绿江北岸，看着日军水陆齐动，兵分两路，一路过江，直犯奉天，一路攻占大连旅顺，威胁威海津沽。”

日军真有能耐拿下大连、旅顺、威海甚至津沽，北洋海军完蛋，李鸿章还不只有夹着尾巴，逃回合肥抱孙子？翁同龢暗呼妙策，又问道:“中策呢？”李鸿章道:“中策者，迁都打持久战，以退为进，先放敌军进驻奉天渤海，深入直隶京畿，再关起门来打狗，拖垮日军。”翁同龢再问上策。李鸿章道:“上策者，征调各地兵力和战舰，统一行动，协调作战，一方面陈兵山海关，阻陆路来敌，另一方面固守渤海，拒日舰于海外。日本国小，后劲不足，只求速战速决，一旦速战不成，速决不得，军力财力物力耗尽，自然师疲力竭，届时清军反戈一击，赶走日军，光复朝鲜，不是没有可能。”

讨得三策，翁同龢没再逗留，告辞出衙，赶紧回京复命。李鸿章送走客人，回到签押房，于式枚进来道:“相国出示上中下三策，不知朝廷会采用何策。”李鸿章反问道:“晦若以为呢？”于式枚道:“肯定会用下策。”李鸿章道:“何以见得？”

于式枚道:“上策可给北洋海陆防军以喘息机会，再借各处兵力和战舰绝地生还，翁同龢不甘愿，光绪害怕奉天祖陵落入敌手，也不会答应。中策迁都打持久战，清廷舍不得待了两百多年的北京，又顾虑离京客居汉人区，缺乏安全，更不会同意。剩下下策，死守鸭绿江，若借浩荡江水，侥幸拒敌于南岸，省心省力省事。”

李鸿章无奈道:“侥幸乃赌徒心理，谁见过赌徒真正赢过？”于式枚道:

“鸭绿江失守也有好处，日军正好陆路南下，水路西进，夹击旅顺，摧毁威海，直逼津沽，待北洋海陆防军败完散尽，朝廷再派相国出面与日和谈。”

李鸿章无语，唯有仰天长叹。于式枚说得没错，朝廷不可能采用上中策，会把赌注押在鸭绿江，赌赢算光绪与翁同龢英明，赌输可清除北洋海陆防军，以遂师生俩夙愿。于式枚又道：“李相国明知朝廷会胡来，为何还要苦口婆心，给翁同龢献计献策？”李鸿章哀哀道：“老夫知其不可而为之啊。眼下唯有指望恭亲王，能否制止光绪自掘陷阱，以为鸭绿江能阻止日军北进。鸭绿江漫长，清军绝对守不过来。”于式枚道：“若恭亲王也指望不上呢？”

“指望不上，也得指望。”李鸿章道，“还请晦若为老夫代笔，拟封密函给恭亲王，告之拒日三策，看他老人家能否亲赴颐和园，面奏太后，以上策拒敌，或可守直隶渤海不失。”

于式枚笔快，几下拟好密函，交李鸿章改定誊正，加印发出。

七、日军进逼津海危急，六十万寿草草收场

于式枚没猜错，恭亲王也无能为力，没法制止光绪弃上策不用，竟行下策，押赌注于鸭绿江。翁同龢回京没过几天，圣旨下达，拜七十五岁老将宋庆为帅，率旅顺防军，北上会合刘盛休部，收集渡江归国的叶志超诸部残兵，协同依克唐阿绿营，驻防鸭绿江北岸。

无帅可用，强行派遣衰病昏聩老人统兵出征，与劲敌作战，令人大惑，不知是光绪弱智，还是翁同龢故意拿大清江山开玩笑。可怜宋庆，明知此征凶多吉少，不过拿将士性命开玩笑，还是强打精神，踉踉跄跄，出得营来，由亲兵扶上马背，率师踯躅北进。途中给北京发电：风高云急，天冷地冻，将士仓促应征，衣单被薄，粮短食缺，饥寒征战，露宿御敌，苦不堪言，恳请朝廷速调一应布棉帐篷等军需物资，以供急用。

电至军机处，孙毓汶心急如焚，匆匆进宫，求见光绪，呈上电文。光绪看几眼，惊奇道："打仗无非放枪施炮，又不是大姑娘出嫁，要布呀绵呀的干啥？宋庆不老糊涂了吧？"

也许在光绪想象里，将士们应裸体睡觉，光身上阵，不该浪费布绵。最好连饭食也省下，反正迟早会战死沙场，省一顿是一顿。孙毓汶暗恨光绪少不更事，口气有些陡："征战可非儿戏，缺穿少吃，不用与敌对阵，先会冻死饿毙。反观日军出战，吃喝穿戴，开销用度，包括救护、医药、通讯等设施，政府考虑周周全全，安排妥妥帖帖，一样不落。"

没等孙毓汶说完，翁同龢大声喝道："孙毓汶给我闭嘴，有你这么跟皇

上说话的吗？谁不知战士要穿要吃？仓促之间，要皇上怎么变得出来？就是变得出来，调拨运转，也得假以时日，是你一句话就可送达前线的？”

要说翁孙两位，渊源还不浅。都是咸丰六年（1856）进士，翁同龢高中一甲一名状元，孙毓汶斩获一甲二名榜眼，皆为人中龙凤。翁同龢凭借帝师身份，步步升到吏部尚书，入值军机处，权倾朝野。孙毓汶无缘帝师显位，只好与李莲英义结兰谱，成为慈禧宠臣，递升至兵部尚书，顺理成章做了军机大臣。翁同龢自觉受皇帝宠信，全靠真才实学，比孙毓汶做小动作拉拢李莲英光明磊落，底气足得多。尤其孙毓汶倚仗慈禧势力，视皇上如虚器，更令翁同龢齿冷，每每逮住机会，就要借题发挥，敲打敲打他。

见孙毓汶被敲得哑在那里，出不得声，翁同龢颇为得意，又继续道：“宋庆身为老将，打过长毛，剿过捻匪，平过陕甘回乱，自知大清规矩，哪次作战不是主帅自己筹粮劝饷，置衣办被，何曾为难过皇上？当年曾国藩克武昌，复安庆，收金陵，一应军需皆系自行解决，从没向上伸过手。一定是宋庆年老胆怯，不敢拒敌，故意找借口搪塞，糊弄朝廷。”

孙毓汶不敢苟同，道：“曾国藩与李鸿章战长毛，灭捻匪，自筹粮饷，确属实情。可左宗棠西征新疆，不是朝廷筹措巨资么？”翁同龢道：“西北不毛之地，左宗棠无处觅食，自然只能朝廷帮忙。何况面对阿尔泰异族，征讨不易。”孙毓汶反问道：“日军不是异族，莫非属我族类？比之阿匪，日军强大得多，朝廷没有后勤军需供应，宋庆怎么作战？”

光绪不耐烦起来，喝道：“别争啦，争有何用？既然宋庆有请求，朝廷能否办到，总得有答复吧？”翁同龢道：“答复好办，照从前讨伐长毛和捻匪惯例，下达圣旨，特许宋庆诸将，自己动手，解决困难。”光绪道：“就请师傅拟旨，电令宋庆吧。”

做文章是翁同龢拿手好戏，立等拟成：前方诸军冒寒远征，忍饥挨饿，深为悯念。鉴于道远路阻，一应衣布棉被，窝棚稭料，准由诸军自拿措施，就近筹办。

宋庆接旨，哭笑不得。咱可就近筹办，还奏请朝廷干啥？关外茫茫林海，渺无人烟，找谁筹办去？只得向李鸿章诉苦。朝廷抽调宋庆陆军，并没征求过李鸿章意见，甫见宋电，不禁大惊失色。旅顺陆防全靠宋庆与刘盛休两部，刘部已调走北援，再把宋部挪走，仅余周边数营守军，几乎已成空港，若日军乘虚而入，必将唾手可得。迫于无奈，李鸿章只得急派还没练成的近万小站新兵，开赴旅顺充数。同时电令周馥与袁世凯，尽力支持宋庆诸军。周袁正在关外筹措粮饷军需，接到电令，尽己所能，调拨转运。

正在忙碌，丁汝昌来电，说朝廷征调威海戴宗骞所领陆军，北援鸭绿江防线。旅顺已虚，又掏空威海，两处岸炮一旦失守，海军舰艇必成敌军移动炮靶。朝廷此举意图明显，无非将北洋海陆两军完全拆散，彼此没法照应，再借日军之手分而歼之。翁同龢手段真毒，也不知谁教他的。也许不用教，居心不良之徒欲做恶事，往往无师自通。

李鸿章不愿坐以待毙，密令戴宗骞借故拖延，暂不出兵，然后上折抗议，声明调动威海陆防可以，除非山东巡抚李秉衡所统鲁军移驻威海荣成方向。这回朝廷倒也爽快，下旨命李秉衡调兵遣将，确保威海海军基地安全。李鸿章也写信给李秉衡，提醒荣成乃威海后路，日军若东来入侵，定会自荣成登陆，不可掉以轻心。谁知李秉衡见信后，竟率领两万鲁军，拍拍屁股，后撤数百里，龟缩莱州，躲起迷藏来。

李秉衡此举明属抗旨不从，朝廷竟无一字责备，实在悖谬。说不定正是翁同龢捣乱，明令鲁军增援威海，阴嘱李秉衡移师他处，让北洋海军独自面对来敌。更有甚者，朝廷干脆撇开李鸿章，另命两江总督兼南洋大臣刘坤一为钦差大臣，负责统领南北洋海陆防军，节制关内外各军，对日作战，也不管刘坤一应不应旨，发不发兵。

至此李鸿章手里兵权已被完全剥夺。众僚抱不平，李鸿章无奈道："不怪朝廷，只怪老夫出言不慎，说了不该说的话。"马建忠道："相国说了啥，朝廷竟如此无情无义，夺走相国三眼花翎和黄马褂还觉不够，又把兵权拿走？"于式枚道："相国与翁同龢辩论时，曾说其罪大恶极，聚九州之铁，无以铸之。"马建忠道："翁同龢不是公报私仇么？他难道想看着日军攻占奉天，突破渤海，直逼京畿？"于式枚道："也许翁同龢以为厚积兵力于鸭绿江北岸，足以挡住日军，先把相国兵权收走，日后论功行赏，以免分他功劳。"

"能击退日军，有功可分，翁同龢他们尽管分去，老夫不稀罕。"李鸿章愁眉苦脸，满心忧患，"怕只怕事与愿违，鸭绿江防线一破，清军兵败如山倒，奉天弃守，渤海难保，京畿危急，以至一地鸡毛，不可收拾。"

李鸿章的担心很快成为事实。宋庆诸军到达鸭绿江北岸后，依克唐阿部也已赶到，粗粗一算，共计兵力近三万。三万说来不少，可江岸绵延，不知敌军自何处渡江，只得沿江筑下百里防线，以备不测。隔江日军侦知九连城上游一处河口，属宋依两军分驻交界处，兵力薄弱，正好抢渡过江。清军奋勇狙击，却抗不住日军手榴弹和榴霰弹轰击，被迫撤退。防线缺口撕开，再也没法合缝，四万多日军陆续渡江登岸，直扑九连城和丹东。宋庆、依克唐阿及叶志超诸部各自为战，稍加抵抗，纷纷溃逃。

唯聂士成仍在死守阵地，浴血奋战。眼见伤亡越来越大，各位营官斗志丧失，请求后撤。聂士成还要坚持，营官们不满道："军人战死沙场，马革裹尸，毫不足惜。可死也要看为谁而死，死不死得有价值。"聂士成道："为国家捐躯，为朝廷送命，就是价值。"营官们道："国家是谁的国家？朝廷是谁的朝廷？咱们都是淮军旧人，随鸿帅南征北战，立功邀赏，在所不辞。朝廷已褫去鸿帅黄马褂和三眼花翎，又剥夺其兵权，他老人家泥菩萨过河，自身难保，咱们还在这里拼命，战死沙场倒是痛快，可谁出马革，为咱裹尸还？"

聂士成无言以对，只得默许营官们，丢下阵地，望西而逃。就这样，清军以三万重兵布置的鸭绿江防线，三天内全线崩溃。很快九连城各城相继失守，宋庆诸军丢下辎重炮械，击鞭锤镫，一路狂奔至凤凰城。没几天，凤凰城破，再退至辽阳，关外连连告急。

清军盲目应战，疲于奔命，日军则讲策略，有计划，环环相扣，步步为营。北路军抢渡鸭绿江时，南路三万劲旅直指旅顺北洋海军基地。偏偏刘盛休部先离金州，宋庆部继舍旅顺，日军大喜过望，乘船西来，寻找登陆点。船上有位中国人，就是李秉衡侄儿李守国。李守国原在平壤走动，给李秉衡发完电报，落入日军之手。日军觉得他有用处，重金聘为军事顾问。李守国觉得比做生意划得来，欣然应允，随船回国。李守国是庄河人，常在金州、大连、旅顺一带走动，熟悉地形海貌，认定庄河以南一百六十里的花园口最适合登陆。李守国在控，日军不怕他说假，北路军渡江当日，亦即农历九月二十六凌晨，摸黑上岸，未遇任何阻力。李守国使命由此完成，被日军一刀捅死，拿走其随身银子，扔海里以果鱼腹。

黑暗过去，海雾继至，日军不声不响，开始向金州和旅顺方向挺进。刘盛休与宋庆两部撤走后，两地留有不到五千守军，少部分为北洋陆军，大部分为绿营兵。绿营为盛京将军所统，职责并非防御外侵，主要提防北洋防军反清，内战内行，外战外行。另有李鸿章临时所募一万新兵，连枪都不会放，兵无斗志，将不用命，不过做做样子，吓唬日军。偏偏日军不怕吓，不怕唬，直扑金州。清军形如散沙，一触即溃。

金州告急，旅顺危殆，李鸿章虽已无职无权，还是急电宋庆，收拢鸭绿江退下来的败兵，与刘盛休部汇合，南援旅顺。宋庆明知李鸿章啥都不是，却仍看在老上司份上，客气回电，说尽力而为。李鸿章想起刘坤一身为钦差，受命节制关内外清军抗日，且手握南洋海陆数万防军，总不可能袖手旁观吧？忙去电哀求，请速速北上救急。刘坤一回电说：队不齐，械不备，没法出兵。李鸿章不出声道：完了完了，却还是不甘心，给军机处和兵部发去电报，恳求旨令刘坤一和宋庆，速救旅顺和威海。

军机处安静得很，各大臣都进了宫，与六部堂官会商慈禧万寿事宜。礼部早有预案，寿庆活动主要放颐和园举办。翁同龢看出光绪有意讨好慈禧，背后出点子，寿庆前可再弄个劝寿仪式。光绪问怎么个劝法，翁同龢说由皇上带领百官，赴颐和园膜拜慈禧，恳请颐和园寿庆活动办完后，再浩荡东移紫禁城宁寿宫吃肉看戏。光绪拿不准，召集众臣，想听听意见。军机大臣闻召而动，倾巢入宫，仅留徐用仪当值，防火防盗。

接到李鸿章电报，徐用仪不知要不要禀报皇上，还有翁同龢和孙毓汶。皇上正操心慈禧万寿大事，跑去添乱，难道不怕讨骂挨训？正不知如何是好，兵部也接到李电，部里无要臣做主，只得往军机处送，因徐用仪就是兵部侍郎，有权处理军务。

李鸿章接连给军机处和兵部来电，此事看来耽误不得。徐用仪不再迟疑，手持电文，飞快进了宫。光绪见电，气愤难当，大骂李鸿章无能，却忘记李鸿章早已被自己一撸到底，代之以刘坤一。其他人也诅咒北洋成事不足，败事有余。却满脸兴奋，幸灾乐祸，暗忖这么一折腾，出自淮军的北洋陆军应该消耗得差不多。陆军灭亡，海军失去照应，自然来日无多，看你李鸿章还逞什么能。也许光绪太年轻，不明白清军战败，为何众臣还高兴得起来。正待发火，翁同龢劝道：“皇上息怒。北洋落败，不足为虑，咱不还有南洋和各地军队吗？过几天太后寿庆告成，再调兵遣将，一切来得及。”

听到南洋二字，光绪想起刘坤一，问道：“南洋海陆两军出关没？”孙毓汶正要实话实说，翁同龢抢先答道：“皇上命刘坤一为钦差，手握虎符，节制关内外清军，他敢不乖乖北进，拼命为朝廷当差？朝会后老臣再电催刘坤一，他会舍命效力的，咱们还是继续商议太后万寿大事，早些入园劝寿，以遂太后大愿。”

李鸿章不中用，老牌湘军宿将刘坤一总靠得住吧？光绪转怒为喜，重回原来议题。众臣想着北洋海陆两军即将灭亡，李鸿章死期将至，不禁心情大好，你一言我一语，定下西驰颐和园劝寿时间，及各项繁缛程式。

隔日百官再聚紫禁城，蠢蠢欲动。翁同龢代光绪告诫众位，千万不能在慈禧面前提及鸭绿江与金州消息，败坏老佛爷心情，小心脑袋。众臣应诺，随扈光绪，出宫西奔。来到颐和园，进入乐寿宫，齐刷刷跪倒在慈禧前，行使劝寿大礼。慈禧懿颜大悦，让君臣平身听训。君臣一个个面带微笑，心悦诚服的样子。唯有孙毓汶与徐用仪两人笑得有些难看，像吃错药拉肚子，裆下不清不楚。慈禧心里老大不乐，问道："我说孙毓汶与徐用仪，你俩莫非见本宫寿庆将至，耗费国帑，心里不痛快呀？"

两人趴到地上，磕头求饶，声称不敢不痛快。慈禧道："有话就说，说错免罪。"孙毓汶这才大胆道："太后万寿将至，普天同庆，罪臣岂能无事生非？无奈鸭绿江失守，金州危急，咱作为兵部堂官和军机大臣，罪该万死，恳请太后和皇上治罪。"

慈禧嚯的一声站起来，喝道："此事当真！"徐用仪应道："千真万确。李鸿章虽已罢职，却还是冒昧给兵部和军机处拍了电报。"慈禧横眼扫向光绪和翁同龢，厉声道："皇帝和翁师傅不满有把握，只要布防到位，足可阻日军于境外，怎么鸭绿江失守，金州又急？"

光绪嗫嚅着，去瞧翁同龢。翁同龢心里正骂孙毓汶和徐用仪多事，咱本想讨好慈禧，她老人家一高兴，趁万寿在即，给咱赏个协办大学士啥的，你俩存心与咱过不去，看今后怎么收拾你俩。又逃不过光绪逼视，只好咚一声跪到地上，先自责两句，继而振振有词道："拒敌于国门外，本非难事，无奈李鸿章留有一手，北洋防军不肯用命，放任日军越境逞凶。"慈禧道："你们不嫌李鸿章不中用，让刘坤一取而代之，节制关内外清军拒日吗？怎么还拿李鸿章搪塞？"翁同龢道："北洋防军多系李鸿章淮军旧部，他人指挥不动。"慈禧反诘道："北洋防军为淮军旧部，又不是什么秘密，为何还要削去李鸿章兵权，委以刘坤一节制？刘坤一的南洋海陆防军哪去啦，还在江南喝花酒，抽大烟？"

吓得翁同龢满头大汗，半天说不出话来。慈禧知道责骂翁同龢，没法阻止日军进犯，无奈道："都散了吧。日本人已打到家门口，本宫哪还有心情听你们劝寿？越劝本宫越烦。寿庆也干脆免掉，省得各国公使笑话大清，连小日本都对付不了，还好意思弹冠相庆。”

为慈禧六十万寿，礼部做了两年准备，光礼仪程式就设计了几大本，尚书徐桐自然不甘不愿，上前禀奏道：“鸭绿江和金州远在千里之外，徒手走路也得一两个月，量小日本一下子打不过来，太后万寿照常进行无妨。不然被洋人看扁，日本鬼子过境放上几枪，施上几炮，咱们便服了输，连万寿庆典都悄然取消。”

光绪与其他大臣也请求，太后圣明，造就同光盛世，大清幸甚，万民幸甚，好不容易盼来六十万寿喜庆，临时取消，实在令人失望。

四十万寿，日本侵台；五十万寿，法国乱越，都没好好热闹过，好不容易迎来六十万寿，天下太平，国泰民安，正要大庆大贺一番，朝鲜又出事，日军得寸进尺，又打上门来。慈禧好不闹心，照预案大庆特庆吧，实在不合时宜；放弃庆典吧，又心有不甘，大臣们也不答应。左权衡，右思量，只得叹道：“就到紫禁城宁寿宫办个简单祝嘏（祝寿）仪式吧，至于颐和园庆典，还有各处点景、经坛、戏台项目，统统取消。”

徐桐等人还要说什么，慈禧制止道：“别说了，就这么办，省些银两下来，支持前线吧。本宫名下有撙节银三百万两及制钱万贯，都拿出来充作军饷。”

众臣无语，黯然告退。慈禧留下光绪，苦着眉脸道：“荣禄已从西安回京，准备参加庆典，就让他复任步军统领，加强京都防御，万一京畿危急，也好有人保卫城里百姓，还有咱娘俩两条贱命。恭亲王重掌朝政，然身体虚弱，天天待家养病，本宫意思还是晋庆郡王奕劻为亲王，在此国难当头之际，多替朝廷担当点。”

光绪自然允诺。慈禧又道：“战事无常，多找恭亲王和奕劻商量，别只听翁同龢一面之词。他与李鸿章积怨太深，恨不得置之死地而后快。李鸿章公忠体国，可毕竟拥北洋自重，又非我族类，平时有人帮着盯紧点，大有必要。可眼下日军猖獗，国门告破，翁同龢该以国家为重，暂时放弃夙怨宿仇，与李鸿章联手对外，确保大清江山不倒。”

听训完毕，光绪垂首出园，起驾回宫。翁同龢赶紧跑去觐见，察言观色，辨风测云。劝寿时被慈禧当众修理几句，翁同龢又羞又愧，恨不得找根茄子树吊死自己。战战兢兢回到翁府，仍坐不是，站不是，一边跺脚，一边嘴里念念有声。家人细听，不知说啥，以为他犯了魔怔。正要去请医生，翁同龢忽然出了府门，进入宫中。

光绪嘴里没说什么，脸上却不阴不沉。翁同龢越发忐忑，小着嗓音，旁敲侧击。光绪含糊其辞，不肯明言。翁同龢不好多问，悻然出宫。说不定光绪正承受巨大压力，想照慈禧意思，大义灭师（傅），又碍于情面，暂时做不出来。光绪软弱，迟早会迫于慈禧雌威，对你痛下杀手。翁同龢又恨又怕，只盼慈禧早死，光绪真正执掌皇权，到时咱翁同龢一人之下，万人之上，想干啥就可干啥。最要干的当然是锁拿李鸿章入京，开刀问斩。也许不用等到那一天，要不了一两个月，北洋海陆两军覆没，再让张謇发动数十言官御史，联名劾参，李鸿章欲保项上脑袋不掉，只怕太难。忽又想起张謇还在家中丁忧，没法入朝煽风点火，只能另外物色人选。好在把持朝考多届，满朝皆系翁门子弟，诸如文廷式之流，点火是把好手。

肚里念着文廷式，回到翁府。前脚迈进门，后脚有人踵至，正是文廷式。慈禧修理翁同龢之事已经传开，文廷式上门求证。翁同龢正恨慈禧，顺口道："过几天不是太后六十万寿么？众臣一心欲讨太后欢心，纷纷主张大庆特庆，唯老夫见关外战事吃紧，毅然奏请简办，以全力拒敌。惹得太后不乐，怒曰本宫十年才逢一大寿，谁让本宫不快乐一阵子，本宫叫他不快乐一辈子。"文廷式道："老师不怕触犯太后懿威，头上顶戴不保？"翁同龢道："比之国家存亡，头上顶戴算得什么？幸老夫冒死力争，太后勉强同意，只在宁寿宫祝嘏一番，走走过场，颐和园等处活动一律取消，节约银两制钱，支援前敌部队。"

文廷式恭维翁同龢几句，出府后逢人便说，慈禧放出狠话：谁阻止万寿庆典，让她不高兴一阵子，她叫他不高兴一辈子。此话一传十，十传百，传得尽人皆知，朝野上下大骂慈禧混账透顶，只图个人享受，不顾国家安危。

没人敢把话递到慈禧耳里，慈禧也无工夫听人闲言碎语，正催促光绪，把三百万撙节银和万贯制钱调拨前线，期望清军击退日军，保境安民。可动作太迟，慈禧万寿头天，即十月初九，日军攻占金州，直逼大连，朝野惊恐。

慈禧已离开颐和园，移居紫禁城长春宫。初十入宁寿宫，接受百官三跪九叩大礼。礼毕大戏开锣，君臣静坐听戏。台上戏曲精彩，台下听众如坐针毡，心情凄凉无比。慈禧难受至极，没到一半，实在听不下去，起身黯然离去。光绪与大臣也相继退场，作鸟兽散。

没过几天，大连失陷。日军入城，从容休整数天，西攻旅顺。各炮台守兵单薄，丁汝昌率舰队撤出旅顺口，免使战舰成为炮靶。日军占领西海岸炮台，清军逐渐瓦解，开始溃败。宋庆正领鸭绿江败军南援旅顺，被迎面而至的溃兵冲散，掉转头来，一起往盖平和营口方向逃命。腿脚慢的，脱掉号服，与百姓混在一起，东躲西藏。日军以此为借口，见人就杀，不论兵民。旅顺成为大屠场，三四万民众和逃兵惨死日军刀枪之下。

旅顺一失，北洋海军大本营威海卫成为孤地。李鸿章绝望已极，却还是流着老泪，给李秉衡去电，恳求他调回退匿莱州的鲁军，协防威海。谁知翁同龢欣闻旅顺失守，抢先密电李秉衡，暗示威海再失，北洋海陆两军彻底完蛋，李鸿章脑袋难留，直隶总督与北洋大臣空缺，总少不了手握重兵大臣接防。李秉衡乐不可支，置李鸿章恳求于不顾，下令紧邻威海的烟台守军撤退，西奔莱州汇合。如此手上又多数千兵力，只等日后李鸿章罢职问斩，自己继登显位。也是心情过于迫切，等不及日军来攻威海，先参李鸿章布防不力，痛失旅顺，一并又将丁汝昌及威海守将戴宗骞、刘超佩、张文宣也劾上一遍，推卸自己弃守威海和烟台之责。

文廷式等朝臣也不甘落后，请余联沅出面领衔，串通六十多名御史言官，联名奏斩李鸿章与丁汝昌。还说日军进攻旅顺时，丁汝昌安然晏坐蓬莱阁重帷密室之中，姬妾满前，纵酒呼卢，视如无事。此类诬告，也就光绪相信，谕令锁丁入京，交刑部治罪。还想撤销李鸿章直隶总督和北洋大臣，被慈禧制止，才改为撤职留任，以示薄惩，而观后效。

谕令下达威海，海陆守军一致抵抗，电禀李鸿章求情。其实李鸿章已给孙毓汶去电，请向慈禧言明，临阵斩帅，兵之大忌，大为不可。孙毓汶托李莲英转奏慈禧，慈禧把光绪叫到长春宫，一顿臭骂，光绪只得让丁汝昌暂留威海，待击退日军，即行起解，不得再行渎情。

旨达威海刘公岛海军公所时，丁汝昌刚接到一纸电文，为李鸿章所发：旅顺已失，敌军必攻威海，诸将身负守台护港之责，台在人在，港亡人亡。台失港陷，无论逃至何处，定即奏拿正法。半载以来，淮将遇敌即败，败即逃走，实天下后世大耻辱事。汝等称有天良，须争一口气，舍一条命，于死中求生，荣莫大焉。

事已至此，哪还有死中求生可能？丁汝昌凄然一笑，叫来张文宣，递过一包银子：“请几位木匠来岛，打造副棺材，以为本督归宿，免得日后弃尸荒野。”张文宣含泪道：“莫非唯有一死，别无生还之机？”丁汝昌摇头道：“唯有死路，不死于日军枪炮，也会死于朝廷铡刀。横竖都是死，与舰队共存亡，死在岛上，还可守望葬身海底众舰，死而无憾矣。”

其实自海军舰队从旅顺撤回之日起，死亡气息便弥漫在刘公岛上空，驱之不散。那是数天前的清晨，舰队悄然入港。本来次序井然，谁知鬼使神差，镇远舰偏离航线，稀里糊涂擦伤。伤得非常严重，再不堪出海任战。定远与镇远是海军信心之所在，镇远受损，舰队战斗力因而大减。管带林泰曾无法面对丁汝昌，忧愤自责，服食鸦片身亡。官兵大恸，预感末日来临，偷偷收藏鸦片，随时准备学林泰曾，以身殉国。

张文宣亦知死期在即，抹去泪水，出岛购置木材，请来木匠，下墨开斧。棺材打好，刷上黑漆，已近年底。天上下着鹅毛大雪，岛上白皑皑一片，万籁俱寂。海面却不平静，日军联合舰队浩荡东来，陆续进入荣成湾。急报送达刘公岛，张文宣走进签押房，面禀丁汝昌。丁汝昌不为所动，只是道：“棺材做得如何？”张文宣道：“已打好过漆三遍，基本就绪。”

“带我去看看。”丁汝昌起身，迈出公所。大雪还在下，满山满岭都被白雪覆盖，雪光如芒，刺得眼睛都睁不开。公所大门快被大雪封住，张文宣拿过铁铲，铲开一条小路，陪丁汝昌来到东侧营房。棺材就摆在营房后厅里，油光泛亮，漆香四溢。丁汝昌走上前，绕棺两圈，觉得很满意，问张文宣道：“外观不错，不知合身否？”

棺材规格够大，还能不合身？张文宣张张嘴，却鼻头一酸，语不成声。丁汝昌毫不在意，攀住棺沿，抬高腿脚，翻入棺里，仰首一躺，大呼道：“合身合身，挺好挺好！”还说：“德三（张文宣）可得做证，此棺已为我躺过，就算归我名下，日后谁也不能与我争抢。”

张文宣不忍直视，掉过头去，厅外山头已是一片模糊。丁汝昌爬出棺材，回到签押房，才下达御敌命令。张文宣一一传达下去，又问道：“守军力量单薄，可否请二舅调兵来援？”

张文宣乃李家外甥，嘴里二舅便是李鸿章。丁汝昌道：“相国已削去兵权，怎么调兵？即使可调兵，北洋陆军死的死，伤的伤，散的散，已不复存在，调什么兵？”张文宣道：“可惜日前刘坤一已挥师出关，若还在关内，或可挥师来援。”丁汝昌道：“日军未曾入境，朝廷便命刘坤一节制关内外清军，他以队不齐，械不备，拥兵观战，真有心救援北洋防军，早已传檄出兵。”张文宣道：“金州失，旅顺陷，威海危，他干吗还往关外跑？”丁汝昌道：“此时出关，既可推卸救援威海之责，又可获取保护大清祖陵名声，讨朝廷欢心，可谓一举两得。”

张文宣道：“刘坤一真滑头。眼下只剩李秉衡，威海在其治下，守土有责，再不能见死不救吧？”丁汝昌道：“相国三番五次请李秉衡协防威海，朝廷也有电旨，他竟把近海包括烟台鲁军全部调往莱州，就等着看北洋海陆两军覆灭，求他掉头回援，不异想天开么？”张文宣道：“此一时彼一时，此时日军已入荣成湾，朝廷若严令东援，李秉衡敢继续抗旨不从？”

丁汝昌不再吱声，任张文宣发电天津求援。李鸿章接电，转发北京，接着回复丁汝昌：他人靠不住，只有调动手下官兵，设法击退日军。丁汝昌唯有苦笑。日军是那么容易击退的么？威海守军不过万余人，军舰伤的伤，残的残，荣成登陆日军则达三万四千多，还有三千八百匹战马，辅以吉野等八艘军舰，速快炮猛，海陆双双发力，威海必失无疑。

日军自荣成赶到威海时，已至年关。转天便是光绪二十一年（1895）正月初一，日军顶着漫天大雪，枪炮齐鸣，发起猛攻。摩天岭为威海制高点，自然成为日军主攻目标。清军在岭上修筑了紧固的防御工事，炮垒巍峨，深堑纵横，地雷遍布。眼见日军云集而至，岭上炮台与港内舰炮同时发威，炮弹冰雹样落在敌阵里，轰隆隆炸响。日军遭受重创，死伤无数，连第一旅团长大寺安纯亦中弹身亡。然日军攻势不减，后军踏着前军尸堆，穿越密密的枪林弹雨，蜂拥而上。清军死守不撤，放完最后一枚炮弹，射光最后一粒子弹，拼掉最后一名官兵，直到岭上再无一个活人，才被日军占据。

接着日军集中兵员，在凶猛狂烈的炮火掩护下，向南帮炮台冲锋。总兵刘超佩率军抗击，打退敌军一次次冲锋。无奈敌军倒下一批，又冒出一群，络绎踵至，没完没了。枪炮都施放不过来，只好展开肉搏战，逼退敌军。过一会儿，敌军卷土重来，刘超佩中枪败退，士兵跟着逃窜。日军不肯罢休，随后追击。戴宗骞率两营守军负责后路，见敌军追近，指挥战士，奋力反攻。曾一度逼退日军，夺回两座炮台。却终因寡不敌众，不得不后撤至北帮炮台，继续迎击日军。日军穷轰猛攻，清军渐渐不支，有人借口张宗骞压饷，弃台逃跑。

大敌当前，需士兵卖命，谁愿压饷？皆因李鸿章兵权被削，粮饷转运不灵，没能及时发放到士兵手里。张宗骞没法阻止逃兵，集中注意力，顽强抗敌。最后身边仅剩十九人，仍在苦苦支撑，坚守阵地。有人提出暂弃炮台，待援反攻。戴宗骞道：“守台吾职也，兵败台失，吾还有何面目存活？

唯有一死以报相国尔！”

话没说完，炮弹落在不远处，炸死数人。戴宗骞被卫兵拉走，乘小艇赶往刘公岛，当晚吞下鸦片，气绝身亡。刘超佩也回到岛上。可他没来见丁汝昌，也没自杀，两天后悄悄逃往烟台。后潜回天津，被捉拿归案，就地正法。

南北炮台尽失，日军开进威海卫。日舰以钢索和栅栏封住港口，对北洋舰队大轰大炸。丁汝昌以靖远为旗舰，指挥各舰还击，重创日舰。已被日军控制的炮台居高临下，向北洋军舰开火。靖远连中数弹，燃起熊熊大火，倾覆沉没。丁汝昌落入刺骨的海水里，被亲兵救起，失声痛哭道："天使吾不获阵殁也！”

炮战还在继续。直到正月十五元宵节，北洋舰队还在以弱对强，作殊死抵抗。舰队核心是镇远与定远两艘铁甲舰。镇远因伤没法参战，定远在刘步蟾指挥下，冒着来自炮台和敌舰两面炮弹，瞄准日舰猛轰。日军大怒，集中炮舰和鱼雷，围攻过来。定远寡不敌众，负伤搁浅。却还在用尾炮拒敌，击沉日军鱼雷艇，系开战以来击沉的唯一日舰。

定远已无法动弹，丁汝昌不得不下令炸掉，以免资敌。刘步蟾千不甘，万不愿，却还是含泪引爆炸药。随着轰然一声巨响，定远灰飞烟灭，刘步蟾亦同归于尽。

两天后日军水陆并进，以猛烈炮火，轰击刘公岛。丁汝昌站在海军公所门口，耳闻隆隆炮声，眼望大雪覆盖下的海军基地，忧愤悲凉，百感交集。基地是自己一手创建起来的，舰队亡，基地失，自己死期亦至矣。死不足惜，人总有一死，早死迟死，区别不大。只是辜负李相国殷切期望，丰岛一败，黄海再败，威海三败，还有何面目活下去？丁汝昌摸摸袋里鸦片，不出声道，死比活易，死有何惧！

不知何时，张文宣亦来到公所门口。见丁汝昌目视前方，纹丝不动，张文宣没有惊动他。丁汝昌知道身后是谁，忽道："德三曾给相国去电求援，若有救兵，也该到了吧？”张文宣凄凉道："毫无援兵消息。”丁汝昌缓缓道："鏖战半月，日军虽屡屡得逞，毕竟损失惨重，减员不少，已成强弩之末，若此时援军驰至，里外合击，击溃日军，也不是无此可能。”张文宣泣道："二舅手无一兵，君臣袖手旁观，刘公岛孤悬一隅，谁也救不了咱们。”

"朝廷上下皆盼北洋海陆防军早灭，汝昌还念叨救援，不痴人说梦么？”

丁汝昌自嘲道，“刘公岛已非久留之地，德三传我命令，趁日军还未登岛，愿离岛者，只管速逃。”张文宣道：“逃哪里去？普天之下，莫非王土，逃得出刘公岛，逃不出大清国境，终难免一死。”

丁汝昌默然。良久转身，回到内室，拿出鸦片，放进小酒缸。都说鸦片泡酒，毒性更剧，服之死得快。守缸静坐半晌，出至签押房，张文宣跟进来，道：“日军舰队司令送来劝降书，请丁督过目。”丁汝昌接住，瞧都没瞧，扔到桌上，说：“定远与镇远乃我双子铁甲，定远已毁，不能留着镇远，让日军捡便宜。德三马上派人入港，给我炸掉。”

张文宣往外走两步，又踱回来，说：“降书如何处置？日使还在客厅等着呢。”丁汝昌道：“先炸掉镇远再说，不然来不及了。”

张文宣出门，派人出岛，登上镇远舰，传达炸舰命令。无人响应。张文宣无奈，回告丁汝昌。丁汝昌喝道：“再给我传令！”如是三番五次，依然没人领命。丁汝昌火起，欲亲登镇远，炸舰殉职。门口堵着众舰管带，哀声道：“丁督殉舰，兄弟们怎么办？”丁汝昌道：“愿死跟我登镇远，不愿死赶紧出逃。”众管带道：“刘公岛已成绝岛，四面皆敌，无处可逃，唯有投降日军，保全官兵性命。”丁汝昌骂道：“海军灭亡，保命何用！”

话虽如此，丁汝昌还是返回签押房，拿过日军劝降书，递给张文宣，道：“众管带欲降，本督不好阻拦，可不能在本督眼皮底下降。本督死后，德三再率众官兵投降吧。”

张文宣接过劝降书。丁汝昌走进内室，关上门，静坐片刻，取过酒泡鸦片，吞下肚里。旋即毒性发作，全身扭曲，倒在榻上，弥留至翌日气绝。张文宣一直守候在室外，得知丁汝昌已死，才带人进去，把他抬到营房后厅，装入棺材，盖上棺盖。而后拿出日军劝降书，转递给广丙舰管带程璧光，道：“投降事宜就交你负责，你牵头去与日军交涉吧。”

说话间，张文宣掏出短枪，对着太阳穴，一扣扳机，饮弹而亡。程璧光含泪收拾完张文宣尸体，自拟降书，送至日军旗舰上。枪炮声停止，岛上和港内一片死寂，唯大雪还在纷纷扬扬飘洒着，仿佛被风撕碎的冥钱。镇远、济远、平远、广丙诸舰易手，其他炮舰和鱼雷艇，此前沉的沉入水底，不复见天，逃的逃出港外，不知所之。

至此，北洋海军彻底覆没。虽说一切皆在预料之中，可消息传到天津，李鸿章还是眼前一黑，昏倒于地。于式枚、马建忠等人就在旁边，吓得不轻，一边动手把他扶上椅子，一边派人传医施救。医生很快到场，有西医，也有中医。又是打针，又是灌药，折腾半晌，李鸿章才慢慢苏醒过来。却面无表情，形如活尸。痛苦，悲愤，伤感，绝望，一齐袭上心头，无以言表。数十年来，为将为相，征发剿捻，兴洋务，理外交，办海防，哪样不干得风生水起，惊天动地！转眼间大势已去，威风不再，只觉软弱似羊，卑微如蚁。返思入主直隶和北洋以来，看上去手握海陆防军，要兵有兵，要将有将，要舰有舰，要炮有炮，其实不过徒有其表，外强中干，仅余几个无字。无能：欲和不能，君不许，臣不让；欲战不能，兵不足，饷不齐；欲进不能，前有强敌快船速炮；欲退不能，后有朝廷铡刀绞索。无力：无力调兵，无力集款，无力支援陆军，无力拯救海军，连亲外甥困守刘公岛，皆无力挽回其年轻生命。无奈：皇上不信任，无奈何；翁同龢公报私仇，无奈何；刘坤一不肯出兵，无奈何；李秉衡拥兵观战，无奈何。无语：动手不如动嘴，兴制造，群臣反对；修铁路，清流阻止；建银行，帝师使坏；办电报，尚书干扰；求富强，御史捣乱；固海防，言官围攻。无能，无力，无奈，无语，唯有向隅而泣，又欲哭无泪：哭天天不应，哭地地不灵，哭君君不明事理，哭臣臣幸灾乐祸；哭民民不知实情，最后只好哭自己，却心冷如灰，老泪已干！

一连两天，李鸿章不哭不笑，不言不语，不喜不悲，不吃不喝，不站不坐，只是躺在床上，眼望天花板出神。急得家人团团转，不知如何是好。李经方甚至把李经述和李经迈兄弟叫到一旁，商量后事。李经述伤心欲绝，李经迈少不更事，商量不出什么名堂，李经方只好向莫夫人讨主意。莫夫人知丈夫意志坚强，虽年高七十三，应该挺得过来，觉得没到谈后事之时。如此自然甚好，李经方出见于式枚、马建忠等人，给北京去电，禀报李鸿章病情。

欣闻北洋海军覆没，丁汝昌自杀，李鸿章一病不起，朝臣喜出望外，奔走相告。又纷纷上折，奏斩李鸿章，以平官愤民怨。若悬李鸿章脑袋于海岸，能吓退日军，又何乐而不为？不能退敌，斩李何用？光绪急火攻心，在养心殿里跺脚发气，骂完李鸿章，再骂叶志超，连死有余辜的丁汝昌也没放过，叫嚷着非把他从棺材里拖出来鞭尸不可。又怪翁同龢一味主战，以至北洋防军败亡，京畿失恃，国都危急。

正要传唤翁同龢，翁同龢已至宫外，闻传入觐，咚一声跪到地上，一边自甩耳光，一边大呼："罪臣该死，要杀要剐，全由皇上，罪臣决无怨言。"

也是翁同龢下得手，耳光甩得啪啪响。却痛在脸上，美在心里。想不美也难，北洋两军覆灭，李鸿章末日将至，兄仇可报，父恨可雪，死而无憾矣。心里甜美，耳朵却支楞着，补捉光绪动静，等着他做出反应。光绪本想训斥翁同龢几句，见他趴在地上，自掌嘴巴，煞是可怜，心里一软，道："师傅起来吧，有话慢说。"

翁同龢谢恩起身，道："千不该，万不该，罪臣不该高估北洋海陆防军，以为坚如磐石，固若金汤，抵挡日军不在话下，才力劝皇上，命李鸿章出兵。怪罪臣瞎眼，看错李鸿章，花费国帑数千万，购舰置炮，厉兵秣马，轮到出阵时，竟一触即溃，兵败如山，眼睁睁看着日军打上门来。皇上要治罪，先治罪臣，罪臣愿与李鸿章一起受戮，给朝廷一个交代。"

翁同龢把话说到这个份上，光绪还能说什么，道："兵临国门，哪是治罪的时候？师傅说说，事已至此，朕该怎么办？"翁同龢道："皇上先别急，北洋海陆两军覆没，既是坏事，也是好事。"光绪惊讶道："国亡在即，不是坏事，还是好事？"翁同龢道："说坏事，坏的是李鸿章的事，他再也没法拥兵自重，跟朝廷叫板。说是好事，皇上正可借机招兵买马，训练属于自己的皇家军，既固国本，又树皇威。"

朝鲜争端初始，翁同龢就高喊战日军，树皇威，诱惑光绪，逼李鸿章去打一场毫无准备的仗。如今旧话重提，无非掩盖主战之过，继续糊弄光绪。光绪做梦都想练兵树威，可兵非一天两天练得成，威非一天两天树得起，只怕兵没招齐，威没影儿，日军就打进北京，国破君亡。光绪虽年轻，此理还能明白，道："练兵树威得慢慢来，当务之急是该战还是该和？"翁同龢道："不能和，只能战。"光绪道："怎么战？"翁同龢道："刘坤一已出山海关，正调动八九万兵力，组织海城争夺战，定会有好消息传来。"

刘坤一出关不假。出关前还接受过光绪和慈禧召对，誓与关东共存亡。光绪一下子来了神，道："李鸿章不中用，刘坤一总该给朕争些面子回来吧？"翁同龢道："李鸿章自始至终只想保船保兵保老本，畏葸避战，以致一败再败。刘坤一不同，抱定必死决心，以三倍于敌的兵力，夺回海城，赶跑日军，不在话下。"

话还没落音，军机大臣孙毓汶呈入电报，说海城初战失利，刘坤一欲以死谢罪，被众将劝住，准备再战。光绪顿时泄了气，跑到长春宫，向慈禧讨主意。慈禧道："恭亲王已经复出理政，有事怎么不问问他？"光绪道："恭亲王一直在病中，没法上朝。"慈禧道："恭亲王毕竟是皇帝六叔，有病在身，你不可摆驾上门，慰问慰问？”

迫不得已，光绪只好乘銮出宫，来到恭王府，到奕䜣病床前问计。叔侄默然相对半日，奕䜣才吃力道：“北洋防军覆没，刘坤一无力回天，还是选派能臣赴日求和吧。”

光绪回宫，召集军机处和总署各大臣，商议求和事宜。翁同龢为保名声，还要大唱高调：“胜败乃兵家常事，只要刘坤一振作再战，赶走日军，不是无此可能。”光绪道：“师傅能否保证，刘坤一再战，一定能胜？”翁同龢答非所问道：“老臣觉得，咱堂堂天朝上国，低声下气向小日本求和，有失体面。”

“都已什么时候，还讲体面？体面当得饭，还是当得菜？”光绪不耐烦起来。翁同龢这才闭住嘴巴，不再言战。也绝不让和字出口，招致卖国骂名。

口水爱国无济于事，光绪与众臣顾不得卖不卖国，只有鼓起勇气，面对眼前残酷现实。几经商议，决定派张荫桓和邵友濂为代表，赴日求和。张荫桓为尚书衔总署大臣兼户部侍郎，曾做过驻美公使，外事经验丰富。邵友濂现系署理巡抚，曾任上海道台，没少与洋人接触，知道如何跟日本人打交道。

两人领命，带上伍廷芳等随员，东渡日本。谁知日方觉得张荫桓与邵友濂级别太低，无资格与日本政府和谈，毫不客气，拒之门外。两人低声下气，说干口水，日方才扔过一句话：硬要和谈也行，就看张邵两位敢不敢答应战胜国，赔款五万万两银子，割让东北、台湾与福建沿海地区，如此便可坐下来，拟订和议，画押生效。

这还怎么谈？张荫桓与邵友濂只得收拾行李，准备回国。又觉得空手而归，没法向光绪交代，让伍廷芳以私人名义去见伊藤博文，套套他口气。伍廷芳系李鸿章幕僚，十年前伊藤访华，有过接触，彼此熟悉。因是熟人，伊藤倒也客气，暗示大清若诚心议和，唯有派恭亲王奕䜣或文华殿大学士李鸿章出面，其他人不配与日本政府对话。

告别伊藤，回见张邵，伍廷芳话留半句，只说伊藤要求恭亲王出面议和，没提李鸿章三字。求和不是啥好事，不是割地，就是赔款，必会留下千古骂名，伍廷芳敬仰李鸿章，不愿陷其于不义。至少也得先告知其本人，让他自做取舍。

几人西渡回国。到达天津，上岸进城，径直来到北洋衙署，拜访李鸿章，禀报此行遭遇，讨教如何打破坚冰，启动与日和议程序。北洋海陆两军覆没，给李鸿章打击是致命的，他差点就没挺过来。也许阎王老爷暂时不愿看到大清灭亡，让他死而复生，继续苟活于世。命虽没丢，却元气大伤，两眼昏花，听力下降，须发全白，宛如霜草，精气神大不如前。

见李鸿章形容枯槁，仿佛出土活尸似的，三位不免心惊。北洋海陆两军是李鸿章命根子，命根子丢掉，还能重新站起来，不能不说是奇迹。所幸李鸿章人已走形，脑袋依然清醒，意志没有垮掉。既然阎王不肯收留自己，那就勉强再活几年，倒看朝臣能把你怎么样。三位入见前，还强撑弱躯，挥毫写了幅书法。是李清照《夏日绝句》：生当作人杰，死亦为鬼雄，至今思项羽，不肯过江东。

三位坐定后，李鸿章拿过字纸，让伍廷芳传给张邵两人，笑请雅正。张荫桓夸赞道："相国书法真了得，刚中带柔，绵里藏针，宝刀不老啊。"邵友濂也道："相国远摹王羲之，近师曾国藩，再融入数十年人生历练和沧桑，笔迹已越发炉火纯青。"李鸿章打两声哈哈，道："书法说起来高深，其实就是写字，只不过老夫肯用功，写得像字而已。"

张邵两人可不是来谈书法的，还字给李鸿章，说了赴日遭遇。李鸿章顾左右而言他，把话岔开，不肯置词。张荫桓心急道："相国久办外交，经验丰富，日本水泼不进，您倒点拨点拨，咱们该和，还是该战？"邵友濂接话道："可不是，该和怎么和，该战怎么战，相国指条明路，咱们回京后，皇上那里也好有个交代。"李鸿章叹道："说和吧，战前老夫就极力主和，几次和议将成，都被翁同龢等朝臣搅黄。说战吧，老夫将北洋海陆两军全部交出去，覆没于无形，手里已无一兵一将，一舰一炮，连脑袋上顶戴，屁股下位置，也被剥夺干净，仅余大学士虚衔，叫老夫怎么战，难道挥着老拳，去与伊藤格斗？要和要战，找翁同龢去吧，他既然有能耐把皇上推下悬崖，自然也有本事把皇上从悬崖下拉上来，创造太平盛世。"

张邵两人无言以对，悻然出门。伍廷芳送两位回客馆歇息，又返身衙署，复见李鸿章。李鸿章道："你不陪张邵俩大人进京复命？"伍廷芳道："日本之行，无功而返，相国不给指条路出来，两位大人无颜回京面圣，廷芳也不用离开天津，继续待相国身边跑差。"

李鸿章知道伍廷芳有话要说，主动发问道："老夫是伊藤老友，老友幕宾到了日本，伊藤难道没只言片语，托你捎带？"伍廷芳才借机道："伊藤拒绝与张邵议和，就是想念相国，希望您能去日本走一趟。"李鸿章盯住伍廷芳道:“伊藤不已明确提出，非恭亲王出面议和不可吗？怎么又把老夫扯了进去？”

伍廷芳道:“伊藤太了解清廷，知道恭亲王尊贵，皇上不可能派他出国，低声下气向人乞和，不过拿他做幌子而已。且恭亲王卧病在床，命悬一线，也没法出国，伊藤才暗示廷芳，唯相国能担此大任。然兵败议和，难免赔款甚至割地，会背千古骂名，廷芳不愿陷相国于不义，没把伊藤意思透露给张邵，先禀报于您，由您亲自决断。”

李鸿章闻言，合上双眼，良久无语。伍廷芳静坐一旁，也不敢出声。半晌李经方进来，跟伍廷芳打过招呼，问李鸿章道:“父亲找我？”李鸿章睁开眼，没理李经方，对伍廷芳道:“伊藤怎么说，你怎么转达给张荫桓与邵友濂吧。”

伍廷芳应诺出门。李鸿章拿过桌上信套，对李经方道:“交给大伯家丁，带回上海。”

信套里装的，正是伍廷芳见过的李清照诗。原来李瀚章辞去两广总督后，带着家眷，乘船离粤北上，准备经上海，走长江，回合肥老家。虽说李瀚章已削职为民，拔毛凤凰不如鸡，毕竟久历封疆，又为李家大哥，过境沪上，盛宣怀等李鸿章门生故吏自会出面接风洗尘，轮番款待。正值北洋海陆两军覆没，李瀚章派家丁带上家书，走运河至津安慰。信中还说官场险恶，人心叵测，二弟顶戴花翎已褫，不如告老致仕，南下上海，与兄会面，再双双西返磨店，息影林泉，享闲居之趣。李鸿章见信如见人，甚觉欢欣，病都好了多半。只是没法答应大哥还乡。理由简单，北洋海陆两军覆没，合肥老将新兵，不是葬身海底，就是毙命于敌军枪炮之下，连亲外甥都保不住，还有何面目回归故里，去见父老乡亲？可话不知从何说起，只得写了李清照的诗，传李经方进屋，拿去交给大哥家丁，带往上海。

李瀚章见字，浩叹一声，哀哀道:“二弟此生只怕再也不会回合肥了。”盛宣怀就在一旁，要过字纸瞧瞧，知道李鸿章借项羽旧事，直抒胸臆。当年项羽兵败垓下，退至乌江边，乌江亭长劝他过江，另募江东子弟，卷土重来，与刘邦再决雌雄，夺回天下。项羽慨然笑曰，天之亡我，我何渡为？我率江东八千子弟渡江而西，今无一生还，纵江东父兄怜而王我，我何面目见之！遂自刎乌江。

盛宣怀亦唯有一叹，还字给李瀚章。

八、忍辱负重东渡和谈，惨遭刺杀血浸袍服

且说伍廷芳随张荫桓和邵友濂返京后，立即进宫复命。听说日本政府嫌张邵位卑言轻，资格不够，断然拒绝和谈，光绪顿时跳将起来，大骂道："日本鬼子真可恶，嫌总理衙门大臣官小，莫非要朕亲自东渡跟他们和谈，才够格？"

皇上少不更事，又急又躁，在朝堂上鼓眼睛，发脾气，训斥大臣，威严得很，真离开皇宫，跟洋人过招，讨价还价，只怕还嫩了点。伍廷芳肚里这么嘀咕着，只听张荫桓道："皇上息怒。虽说和谈遭拒，不过还是有一个小收获。"光绪问："什么小收获？"张荫桓道："伍廷芳以私人名义拜访过伊藤，伊藤表示若让恭亲王出面和谈，还算够格。"光绪又吼道："恭亲王卧床不起，说话都困难，怎么去日本和谈？伊藤不故意与朕过不去吗？过不去就过不去，无非硬起心肠，跟日军战到底，凭咱四万万国民，还怕战不过小日本？"

没待光绪发完火，军机处传进快报，说刘坤一再攻海城失利，日军正欲反攻，西取山海关。光绪火气顿消，可怜巴巴道："难道恭亲王之外，再无人能替朕分忧，赴日和谈？"伍廷芳这才道："启禀皇上，微臣私会伊藤时，提到过李鸿章名字。虽说伊藤不置可否，没有明言，可据微臣察言观色，他似有默许之意。"

像身处滔天洪水之中，猛然抓到根救命稻草，光绪大喜道："朕怎么偏偏忘了李鸿章？听说十年前伊藤到过天津，与李鸿章相谈甚欢，彼此也算

老朋友。让李鸿章赴日和谈，伊藤肯定买他账。马上拟旨，着李鸿章即刻启程，代朕赴日和谈。”张荫桓忙提醒道：“李鸿章顶戴花翎已去，无职无权，光身赴日，只怕没法开谈。”

光绪想想也是，道：“派李鸿章赴日议和，事关重大，还得请太后出面，召集枢（军机处）译（总理衙门）大臣，会商妥善法子才行，不然李鸿章再白跑趟日本，时间耽误，日军只怕已攻破山海关，进入京畿地区了。”

翌日上午，慈禧与光绪齐至养心殿，召对枢译各大臣。命李鸿章赴日和谈，没人有异议，毕竟北洋海陆防军败给日军，李鸿章责无旁贷，由其出面揩屁股，似也应该。只是代表朝廷出国，得有像样身份，张荫桓、孙毓汶、徐用仪都建议，开复李鸿章原有顶戴花翎及其直隶总督和北洋大臣职务。翁同龢一听来了火，愤然道：“李鸿章督师不力，畏敌保船，致使日军得寸进尺，大清国门危殆，朝廷示以薄惩，没拿掉他脖子上脑袋，对他已够客气，怎能轻易赏还顶戴花翎，让他狐假虎威，再逞凶狂！”

要说翁同龢并不颟顸，也知李鸿章无职无权，没法与日本和谈。只因费尽心机，借日军之力，消灭北洋海陆防军，致使李鸿章身败名裂，虚荣和实职尽失，转眼间一切重又回到他身上，自己岂不白忙大半年？翁同龢实在想不通，情急之下，脱口说出一派胡言。光绪一向敬重师傅，此刻见翁同龢太不像话，也顾不得师道尊严，愠怒道：“师傅有异议，只好把李鸿章顶戴花翎及一应职务，加诸师傅之身，由师傅代朕去日本议和。”

翁同龢这才老实起来，闭嘴噤声。其他大臣皆推崇李鸿章，光绪于是颁发圣旨：李鸿章勋绩久著，熟悉中外交涉，为外洋各国所共倾服。议和成功与否，关系国家生死存亡，此全权之任，非该大臣莫属。著赏还李鸿章顶翎，开复革留处分，作为头等全权大臣，与日商定和约。着即速速来京请训，一切筹办事宜，均于召对之时，详细面陈。该大臣既受逾格之恩，当念时势阽危，宜尽匪躬之义，不可别存顾虑，贻误转圜之机。

刚被打入十八层地狱，转又抬至九天云霄，李鸿章跪接圣旨，不禁五味杂陈。北洋海陆两军败亡，手中本钱尽失，项上脑袋难保，若非和议需要，勉强有些用处，此生哪里还有咸鱼翻身之可能？然和谈并非什么美差，说得好听点，可救大清于既倒，说得不好听，那是往坑里跳啊。跳的不是火坑，是污浊不堪臭不可闻的粪坑。跳入火坑，化成灰烬，还可图个干净。跳进粪坑，死有余辜不说，还会遗臭万年。自己已七十三岁高龄，油快尽，灯将灭，犯得着惹一身污粪，再赴黄泉吗？

李鸿章无处言说，满心苦涩只能自个儿独尝。众僚都觉得日本去不得，大清姓爱新觉罗，又不姓李，没必要为光绪做替罪羊。先是于式枚入见，愤慨道："朝鲜起衅之初，相国苦口婆心，反复强调，北洋海陆两军重在防务，不可草率出击，给敌军留下破绽。可叹光绪懵懂，朝臣使坏，非逼相国发兵朝鲜不可，以致一败涂地，不可收拾。战逼相国去战，和又逼相国去和，朝廷岂可如此混账？相国不必当回事，不应命就是。"

李鸿章看于式枚一眼，没吱声，拿笔在纸上划起来。于式枚瞥了瞥，是李清照《夏日绝句》首句："生当作人杰"。也亏李鸿章有定力，众人都为他忧心忡忡，他还有闲情写书法。于式枚无心欣赏书法，出门而去。旋即马建忠觐见，道："中日开战以来，相国几度斡旋，争取和议，日本也有和意，索款不多，都被朝廷一次次否定。招致敌军长驱直入，枪炮声震京师，一发不可收拾，朝廷才想起派员赴日和谈，结果水泼不进，又来打相国主意。莫非以为相国好摆布，可呼来唤去，随意支使？相国完全有理由推掉，多一事不如少一事。"

李鸿章充耳不闻，看都没看马建忠一眼，只顾握管在纸上划拉着。写的是《夏日绝句》次句："死亦为鬼雄"。马建忠心下寻思，真赴日议和的话，又割地，又赔款，不仅生被骂汉奸，死亦会钉在历史耻辱柱上，谈何鬼雄？鬼奸鬼贼还差不多。

北洋各军打散后，周馥无粮可转，无饷可运，返回关内，得知旨令李鸿章赴日议和，也赶紧来劝，道："四十多年来，相国转战安徽，收复苏沪，清剿捻匪，继而办洋务，主外交，固海防，创造同光中兴，无愧于君国，颇对得起大清。只因君臣自不量力，引火烧身，败给日本，责不在相国，实无必要拼着老命，东渡舌战，一争长短。议和无非赔款割地，会遭千夫所指，万民唾弃，连子孙都做不起人，相国还是别去背黑锅好。"

李鸿章无言，低头写下"至今羡项羽"五字。《夏日绝句》第三句为"至今思项羽"，为何改"思"为"羡"？项羽有什么可羡的，羡他有勇无谋，败给刘邦，走投无路，自刎乌江？周馥不解，掉头出门。正碰上袁世凯，手拿辞呈，前来叩见李鸿章。袁世凯是与周馥同时从关外回来的，知李鸿章已然失势，待在他身边，难有出路，想着暂离此是非之地，回河南乡下看望妻儿去。周馥拉住他，道："相国不顾生前身后名，意欲领旨与日议和，众人力阻不住，慰亭能说会道，你劝他几句，他老人家或许听得进去。”

“世凯试试吧。”袁世凯答应着，走进签押房。未曾张口，见李鸿章正端着架子写书法，便伸伸脖子，多瞧了几眼。自然是李清照《夏日绝句》。前两句为原诗，一字不改，第三句的“思”字成了“羡”字。第四句本该是“不敢过江东”，竟又写成：“死亦为鬼雄。”如此连起来便是：生当作人杰，死亦为鬼雄，至今羡项羽，死亦为鬼雄。

袁世凯何等聪明之人，一瞧便知李鸿章用意，没说什么，放下辞呈，转身出了门。周馥几位还在外面等着，见袁世凯出来，上前问道：“相国有何表示？”

“什么表示也没有，只煞有介事，改书李清照诗句。”袁世凯说着，将李鸿章改过的《夏日绝句》念上一遍。周馥道：“相国为何改《夏日绝句》呢？是好玩吗？”于式枚道：“好像不是为好玩。李家大哥劝相国同归合肥养老，相国就曾复以《夏日绝句》，只不过是原诗，一字不改，表明欲学项羽，不过江东。”马建忠道：“不过江东好理解，合肥子弟兵有去无回，相国实在不好见江东父老。然项羽死为鬼雄，又有啥好羡慕的呢？”袁世凯道：“项羽不过江东，还可为鬼雄，相国不回合肥，却得与日议和，连鬼雄都做不成，只能做鬼奸鬼贼。”

各位明白过来。赴日议和，割地赔款，生前替光绪背黑锅，死后还会留下骂名，做鬼都抬不起头，会被官民视为汉奸和国贼。为何不效仿项羽，不做汉奸，不为国贼呢？也许别人可效仿，李鸿章效仿不来。项羽成也好，败也好，只是个人的事，无非江山易主，换个皇帝而已。日军毕竟不是刘邦的汉军，若趁着汹汹来势，入关过津，攻下北京，将国破山河碎，君父臣民都得做亡国奴。李鸿章也就只能徒羡项羽，无所顾忌，死为鬼雄。

抱定死为鬼奸鬼贼的悲凉，李鸿章离开天津，一路冰天雪地，西赴北京请训。进得城门，放眼望去，大街小巷铺满厚厚白雪，人少车稀，一片死寂。入住宫旁贤良寺，刚安顿下来，风霾忽起，呼呼大叫。入夜风止，雪花又飞，落在窗台上，悄无声息。

翌日放晴，地上积雪放射出刺眼光芒，李鸿章眯眯老眼，出寺上轿，逶迤入宫。召对地点在乾清宫，八面寒风，气氛悲沉。慈禧与光绪坐于殿上，面无表情，目光凝重。军机处和总署各大臣列于殿前，屏气静声，纹丝不动。

闻李鸿章进来，众臣忍不住拿眼角余光瞟过去，像看怪兽一般。见李鸿章身披黄马褂，顶戴上晃着三眼花翎，不紧不慢走上前，翁同龢暗暗咬了咬后牙床。好不容易把这小子翎顶和黄马褂褫去，皇上一句话，开恩赏还，又让他抖擞起来。骑驴看账本，走着瞧吧，总有一天咱会再把你打翻在地，踏上一只脚，甚至取下你顶翎时，顺便拿掉顶翎下面的狗脑袋。

慈禧也在瞧李鸿章。发现他腰身已弯，脖子已缩，满脸憔悴，须发干枯，一下子老去许多，难免有些心酸。李鸿章威风一生，英雄一世，老了老了，本该在家安度晚年，含饴弄孙，只等着盖棺论定，讨个好谥号，青史留美名，不期然遇上日本挑事，亲手所创北洋海陆防军一夜间毁灭于无形，剩下他一个孤寡老头，独对君臣责难，官民攻讦，也确实不易。换作他人，只怕早已饮弹自尽，一了百了，哪还有勇气存活于世？莫非国难当头，不忍撇下大清，才苟延残喘至今，好出面收拾残局？也怪大清多灾多难，君臣又不争气，除口水爱国，别无能耐，全靠李鸿章独力支撑，暂保江山不倒。李鸿章老矣，活一天算一天，待他撒手西去，大清再遇不测，谁替本宫分担了难？想到此处，慈禧不禁鼻子一酸，悲从中来，差点流下老泪，只是当着众臣面，不愿失态，才强行忍住。

光绪一心指望李鸿章胜日军，树皇威，不想北洋海陆防军不中用，一败再败，致使江山动摇，国势颓危，连累自己这个皇上跟着颜面尽失，威风扫地，无法向子民交代。也就一辈子不想看到李鸿章，无非有求于他，才不得不传入宫中，当面召对。本想心平气和，安抚几句，让他高高兴兴赴日完成使命，谁知一见其人，心头便腾地升起一股怒火，恨不得冲过去，甩他几个大耳光，以解心头之恨。却还是强压火气，待李鸿章行过大礼，便皮笑肉不笑道："李爱卿辛苦，咱君臣已静待多时，就等着听你赴日和谈想法。"

难得光绪以爱卿相称。若不指望你议和，只怕早将你碎尸万段，哪还爱得起来？李鸿章无声哼哼，先自我检讨道："罪臣治军不严，用兵不当，让国家蒙难，君父蒙羞，真恨不得自沉渤海，以谢天下。无奈死不足以抵滔天大罪，更不能挡日军于国门之外，只得留着口气息，活到现在，以替君国分忧，看能否通过和议，熄灭兵燹。所幸左宝贵惨死，马玉昆伤残，叶志超和卫汝贵被缚，北洋陆军溃败四散；丁汝昌自裁，林泰曾蹈海，刘步蟾殉舰，连罪臣亲外甥张文宣都已自我了断，海军覆没灭亡。海陆不复存在，罪臣再不可能拥兵自重，顾盼自雄，觊觎朝廷，威胁君臣，天下从此安宁，权臣柄臣，勋臣豪臣，能臣干臣，谋臣计臣，直臣忠臣，宠臣幸臣，侍臣弄臣，谏臣词臣，都可当上太平官，睡上安稳觉，做上黄粱美梦。雅兴来时，还可喝喝酒，听听戏，写写诗，吟吟词，练练字，作作画，多么开怀，何等惬意。罪臣也无所事事，再用不着劳心费力，厚颜办洋务，固海防，乞粮饷，置枪炮，惹人嫉妒，讨人怨恨，昨天被御史告，今天为言官参，明天受翰林劾，后天遭清流骂，正好乐得耳根清净，身心安泰，延年益寿，活到地老天荒，气死阎王老子。人人袖手享清福，谁也不招事揽事，于是朝野上下，长城内外，你好我好大家好，皆大欢喜，官民齐贺，普天同乐。”

本来李鸿章辩才就颇了得，朝中无人能比，又活到这个份上，已无欲无求，无畏无惧，好不容易逮住君臣在场，也就一顿夹枪带棒，指桑骂槐，将积压心头的愤懑恨恨喷洒出来。光绪张张嘴想阻止，又需李鸿章东渡和议，万一他有话不出口，心里不痛快，使气不肯应命，也不好宰杀他，烹煮吃肉。一个七十老翁，也没几块好肉，就是敲骨吸髓，只怕骨空髓干，费上半天力气，也敲不出什么名堂，吸不到什么内容矣。也就苦了翁同龢，明知李鸿章字字句句都冲着自己而来，却只能怪耳朵没长盖，无法充耳不闻。欲捂紧耳朵，又身处朝堂，不敢乱动手脚。想喝住李鸿章，慈禧和光绪在堂，都不吱声，臣下更不便造次。只得任由李鸿章信口开河，胡说八道，一旁假装大度，故作镇定。

直到李鸿章口水说干，自动停下来，才听光绪道：“李爱卿要说的说完了吧，也该回答回答朕刚才问话，如何与日议和。”李鸿章道：“罪臣入京请训，就等着皇上训示。当然还有众臣，尤其翁师傅，襟怀坦荡，光明磊落，高瞻远瞩，深谋久虑，有何见教，尽管先提出来，鸿章认真领会，勉力执行就是。”光绪道：“那就众臣先说吧。”

庆亲王奕劻先发言道：“微臣猜测，日本肯定会乘连胜之势，在三方面做文章，一是朝鲜归属，二是赔偿银两，三是割让土地。乞求和议，此三条恐怕绕不开。”孙毓汶道：“大清自身难保，朝鲜属谁不属谁，已管不了那么多。赔款免不了，哪次华洋开衅，不以赔款了结？余下割地一项，恐怕会成为和议焦点。”徐用仪也道：“不割地，日本只怕不干。”翁同龢马上表示：“让出朝鲜可，赔偿银两可，唯割地绝不可。”

堂上顿时一片嗡嗡声，有说家国天下，岂有割让给小日本之理？有说不割地，乞和不成，战争难停。也有说看割地割哪儿，至少辽东龙兴之地，绝不能割让。光绪望向李鸿章，问道：“李爱卿觉得呢，要不要割地？”李鸿章道：“翁师傅说不可割地，就不割地。”

几时李鸿章跟自己唱起一个调来了？翁同龢颇觉奇怪，斜眼望望一侧的李鸿章。别看翁同龢深居宫中，却身为枢臣，对日本多少有些研究，知道日本鬼子贪得无厌，十年前趁法国作乱，悍然出兵台湾，就是明证。故此次仅出让朝鲜归属权，赔些银两，想轻松过关，绝不可能。之所以反对割地，就是给李鸿章添堵，要他议和时，割地不是，不割地也不是。割地会遭千古骂名，无以面对四万万中国人；不割地议和难成，没法向光绪交差。李鸿章是当事人，该知此中利害，为何也表示不割地，不自己给自己下套么？

光绪也知割地难免，又问李鸿章道：“不割地，和议难成，又该怎么办？”李鸿章道：“和议不成，只好迁都，与日本打持久战。日本国小，兵源短，饷源缺，速胜可以，长久征战，难以为继。中国幅员辽阔，人多势广，一时灭不了日军，拖也可把他们拖垮。”

迁都又迁往何处？清廷入关两百多年，君臣早已习惯北京优渥生活，岂肯轻易迁走？光绪不知所措，问慈禧：“太后觉得呢，割地议和，还是迁都再战？”慈禧道：“割地也好，迁都也罢，事关重大，自当慎之。先征求一下各地督抚意见，再下决断也不迟。”光绪道：“太后圣明。军机处立即电询各地督抚，听听他们说法。”慈禧又道：“电来电往，总得一两天，孙毓汶和徐用仪勤快点，陪李鸿章到各国公使馆走走，看洋人有何高见。”

孙徐李自然应诺。退堂出宫后，李鸿章回贤良寺，孙毓汶尾随而至，道：“割地议和，在所难免，至于迁都，不过说说而已，相国怎能附和翁同龢，答应不割地呢？不割地，和议能成吗？”李鸿章笑道：“割地是卖国，孙大人想让鸿章卖国么？”孙毓汶急道：“不卖国，就亡国。此理又不深奥，相国还能不懂？”李鸿章道：“孙大人想卖国不难啊，劳驾你到日本卖去，也好免鸿章颠簸之苦。”孙毓汶道：“毓汶无相国德望，难当大任，不敢代赴日本。日本人也不会接纳毓汶，想卖国也卖不成咯。”

李鸿章摇头叹道：“只怕没谁想卖国。可事已至此，不卖也得卖啊，总不能像翁同龢样，天天高喊爱国，爱得国破家亡，他依然可舒舒服服待在毓庆宫里，只管拨动嘴皮，继续做他的帝师。”孙毓汶道：“那你怎不反驳翁同龢，言明不割地，和议难成，危害更大？”李鸿章笑道：“别急嘛，咱们不要去见各国公使吗？”孙毓汶道：“行行行，明日早些动身。”

翌日孙毓汶与徐用仪陪同李鸿章，先来到英国公使馆。主客坐定，欧格讷道：“李相国不坐镇天津，督师拒敌，跑京城来干啥？”李鸿章道：“北洋陆军打散，海军灭亡，老夫还拿什么拒敌？都怪贵国袖手旁观，日军击沉高升舰，竟忍气吞声，屁都不放一个，致使日本得陇望蜀，海陆进逼，侵入中国境内。”欧格讷道：“英国也尽过力，无奈日军嚣张，政府干预过甚，反对党横加干涉，也不好办。”李鸿章道：“过去的事已然过去，暂且不提。眼下日军横行中国沿海，贵国在华利益严重受损，总不可能再坐视不管吧。”欧格讷道：“怎么个管法？清廷若派相国与日议和，英国可敦促日本坐到谈判桌上，中日早日握手言和。只不过日本连胜，要价恐怕不会低。”李鸿章道：“欧使觉得日本会要啥价？”欧格讷道：“索赔外只怕还有割地要求。”孙毓汶追问：“若不答应割地呢？”欧格讷道：“不割地，和不成。”

告别欧格讷，三人来到俄国公使馆。见着喀希尼，李鸿章就气呼呼道：“中日启衅之初，俄国答应派舰出兵，震慑日军，怎么只听楼梯响，不见人上楼？本督算看透啦，贵使不叫喀希尼，叫和稀泥。”喀希尼不懂和稀泥啥意思，去望孙毓汶。孙毓汶略作解释，喀希尼尴尬道：“不是本使和稀泥，是见英日签订新约，狼狈为奸，只怕掺和进去，触犯英国利益，关系弄得太复杂，不好处置。”李鸿章道：“日军今日敢以朝鲜为跳板，跨过鸭绿江，入侵中国，明日就敢以中国东北为后盾，北犯俄国。俄国再不采取行动，总有后悔的一天。”喀希尼道：“相国言之在理，本使一定禀报本国大帝，不能放任日本猖獗。听说清廷欲遣相国与日和谈，相国打算怎么个谈法？”李鸿章道：“老夫正要听喀使高见。”喀希尼道：“赔偿割地皆难免。”徐用仪道：“如果不割地呢？”喀希尼道：“不割地就硬着头皮，与日本打到底。”

三人再去见法德公使，把在英俄两国公使馆里说过的话复述一遍。俩使也觉得非赔款割地不可，若不愿忍痛割地，唯有再战。李鸿章提出北洋海陆两军覆灭，中国沿海不保，刘坤一所统各路清军连败，日军大有西进入关之势，再战能胜吗？俩使建议清廷迁出北京，操练新兵，与日军打持久战，日本财力人力拼光，自会撤走。

李鸿章三人进出各国公使馆时，各地督抚意见也汇总到军机处。慈禧称病不出，光绪再召枢臣，讨论议和事宜。翁同龢乃首席军机大臣，先说道："全国八位总督里的五人，十六位巡抚里的七人，二十一位布政使里的六人，皆认为赔款没话说，割地断然不可。"孙毓汶道："微臣与李徐两位大人造访英俄法德等国公使馆，各使都觉得只赔款，不割地，议和难成。"光绪问道："众卿觉得呢？割地还是不割地？"

大臣们众说纷纭，你主张割地，我赞成迁都，公说公有理，婆说婆有理。孙毓汶与徐用仪坚持割地求和，待战端平息，再发奋图强，不愁大清无以振兴。翁同龢叫嚣道："割地出去，如何向列祖列宗交差，向天下子民解释？千万不能割地，割地在座都会成千古罪人。"孙毓汶问："不割地，和议不成，只有迁都再战。"翁同龢道："迁都又不是过家家，哪是说迁就可迁的？"徐用仪道："既不割地，又不迁都，难道等着日军打进北京，做亡国奴？"翁同龢道："放屁！大清四万万臣民，小日本兴风作浪，就甘做亡国奴，没出息！"

争上大半天，也没争出名堂，争得光绪头都大了，双手往下压压，叫道："停停停停，有话好好说，争什么争！争能管用吗？"众臣赶紧闭上嘴巴，低头去瞧鞋尖，看沾了多少口水。光绪沉思半晌，意识到李鸿章一直没吭声，眼巴巴望向他道："李爱卿咋不发言？你主意高，说句话吧。"李鸿章慢吞吞道："割地心疼，迁都不易，只有一个法子，应该可行。"光绪两眼放亮，迫不及待道："什么好法子，李爱卿快快道来。"

李鸿章瞥眼翁同龢，似笑非笑道："皇上谕令翁同龢随臣赴日，不用割地，也能议和成功。"顿时吓得翁同龢脸都白了，猛摆双手，忙不迭声道："微臣不行，微臣不行！皇上不可听信李鸿章，派微臣赴日。"李鸿章道："翁师傅别谦虚，鸿章说你行，你一定行。"翁同龢脑袋摇成拨浪鼓，道："同龢除读圣贤书，替皇上料理钱谷外，从没涉及过洋务和外交。若有外交经验，必不推辞大任。以生手办重事，贻误军国，不可不可。"

李鸿章讥笑道："有何不可？日本人与翁师傅灵犀相通，心照不宣，翁师傅要战，日本人不敢不力战；翁师傅要灭北洋海军，日本人不敢不发狠灭北洋海军；翁师傅要剿北洋陆军，日本人不敢不过境追剿北洋陆军。日本人于翁师傅恩重如山，翁师傅总不好知恩不报，不亲自上门，当面谢恩吧？你一露面，一谢恩，日本人看你面子，不割一寸地，就会痛痛快快把和约签下，鸿章也不用背负千古骂名，日后躺进棺材，也睡得安稳。不仅如此，日本高兴之余，不仅不要求割地，说不定连赔款也拒收，到时咱俩拿着赔款，平分秋色，就地存入日本银行，子孙十八代袖着两手，都有吃有喝，又何乐而不为呢？”

众臣忍俊不禁，一个个窃笑起来。朝堂重地，平时君臣总一本正经，板着脸孔，像吃多泻药，屁眼不净，好不自在。谁知这几天李鸿章到堂，口若悬河，嬉笑怒骂，一扫朝堂沉沉死气，始觉上朝不算难受，多少也有点意思。早知如此，就该奏调李鸿章离津入朝，同堂为官，面圣议事时也可活跃活跃气氛，君臣一团和气，欢欢喜喜，延年益寿，该有多好。

众臣正偷着乐，翁同龢已气得吐血，恨不得冲到李鸿章面前，施以老拳。无奈李鸿章身高臂长，恐怕你还没来得及出手，已被对方制服。只得忍气吞声，咬牙暗道，好你个李老二，老夫嘴巴和拳头没你厉害，当面奈你不何，背后总有办法整治你。

光绪也被逗乐，却不便像朝臣那样放肆，笑出声来。好不容易把笑憋回去，才苦着脸道：“割地难，迁都亦难，两害相权取其轻，只怕还得割地议和了局。然太后正在病中，朕岂敢遽断？今天朝会至此结束吧，俟太后大安，再禀商酌定。”

听光绪口气，割地意向已经明朗。正好日本让美国驻华公使田贝转话给清廷，日方已敲定本州西南港口城市下关亦即马关为谈判地点，中国如有意和谈，尽快派代表东渡。光绪跑到长春宫看望慈禧，转达日本意思，请其宸决。慈禧以头晕为由，不吱一声。光绪转而让孙毓汶去见奕劻，看有何办法，促使慈禧痛下割地求和决心。奕劻联络众枢臣，公奏慈禧：日本愿意和谈，若驳斥不允，则都城之危即在指颐。以今日情势而论，宗社为重，边徼为轻，利害相悬，无烦数计，大有必要授李鸿章商让土地之权，尽快赴日和谈成功，早熄兵燹。

李鸿章也递折曰：日本乘屡胜之机，逞无厌之求，坚持非割地不可，唯有将割地列入谈判范围，到时桌上再相机迎拒，能争回一分，即少一分之害。臣受恩深重，具有天良，苟有利于国家，何暇更避怨谤！唯事机之迫，关系之重，转圜之难，臣自应竭尽心力以图之。倘彼要挟过甚，固不能曲为迁就，以贻后日之忧，亦不敢稍有游移，以速目前之祸。

见过枢臣公奏和李鸿章折子，慈禧老泪纵横，答应李鸿章代君赴日，割地求和。光绪又单独召对李鸿章，颁下敕谕。敕曰：特授文华殿大学士直隶总督北洋大臣一等肃毅伯李鸿章为头等全权大臣，东渡日本，便宜行事，商定和约条款。该大臣公忠体国，夙著勋劳，定能详慎将事，缔结邦交，不负朕之委任。所定条款，朕再亲加审阅，果为妥善，便行批准。

接过敕谕，李鸿章忍不住多嘴，痛陈因循守旧，毫无出路，务必尽快改制变革，求富图强，绝地奋起。光绪深以为然，含泪应允。又殷殷嘱托一番，送李鸿章至养心殿外。望着李鸿章佝偻着走远，才抬起如铅脚步，低首回殿。恰值翁同龢入觐，说："李鸿章此行，任重道远，也不知何时才能归国。"光绪叹道："师傅担心日本人羁李为质，要挟大清？"翁同龢道："老臣不担心日本人羁押李鸿章，只担心日军如虎，海陆环伺，直隶和北洋无人坐镇，万一和谈破裂，谁替皇上抵挡劲敌？"光绪道："莫非师傅想撤掉李鸿章直隶总督和北洋大臣不成？人家前脚领命东去，朝廷后脚撤其职务，也不厚道吧？何况无直督和北洋实职，引起日本误会，定然影响和谈。"翁同龢道："老臣也知李鸿章职务撤不得，但可另选能臣，暂时署理直隶总督和北洋大臣，万一渤海有事，津沽危急，也有人替皇上抵挡一阵子。"

此理倒说得过去，光绪请示慈禧，慈禧也同意找人代署直隶和北洋，待李鸿章归国后再撤走。光绪回头与翁同龢商议人选，翁同龢道："皇上圣明，觉得谁行就是谁。"光绪道："日本已同意议和，东北战事趋缓，就调刘坤一西归，署理直隶和北洋吧。"翁同龢道："日本只答应议和，没说立即停战，东北战事虽有所缓和，随时都会再度爆发，刘坤一现还不可西返。"光绪道："不召刘坤一，又选谁好呢？"翁同龢道："可在张之洞与李秉衡两人中选取。"光绪道："李秉衡不过二品巡抚，资历太浅，还是张之洞合适。当年李鸿章就是从湖广总督任上，接替曾国藩署理直隶和北洋的，有例可循。"翁同龢道："张之洞资历够，不过李秉衡手握两万多鲁军，正可驻防直隶，万一和谈破裂，直隶沿海有警，也使得上劲。"

光绪举棋不定，不知该用谁好。翁同龢提出先听听吏部意见，不必急于决断。光绪点头认可。没待光绪召问吏部，翁同龢暗给张之洞去电，说已在皇上面前推荐其署理直隶总督和北洋大臣，再电告李秉衡，将发给张之洞的电文重复一遍。翁同龢这么做，意在一女嫁二夫，以便张李都领自己的情。两人都知翁同龢恨死李鸿章，早想找人取而代之，让你署理直隶和北洋，只是暂时过渡，改为实授乃迟早的事。

然一女只可能嫁一夫，得知互为竞争对手后，张李顾不得多年共整李鸿章结下的利益联盟，互掐起来。张之洞说李秉衡资历浅，能力差，做山东巡抚勉为其难，署理直隶和北洋，绝对不能胜任。李秉衡反击说直隶北洋系京畿门户，张之洞手无一兵一卒，如何守护国门，卫戍皇城？反观自己手上两万多铁血鲁军，战无不胜，攻无不克，正可担当大任。张之洞控告日军围困威海时，李秉衡见死不救，抗旨抽走威海和烟台鲁军，避走莱州，眼睁睁看着海军覆没。又告十年前中法之战期间，李秉衡仅在后方运了几天粮草，未放一枪，未施一炮，却冒领军功，谋求上位。此系两人合谋打压潘鼎新和淮军旧事，也被张之洞披露出来，李秉衡气急败坏，把中日开战以来张之洞所发密电全部张扬出去。密电显示，张之洞多次出重金，交李秉衡雇员潜伏北洋海陆防军，搜集和编造丁汝昌、方伯谦、叶志超、卫汝贵等人畏敌不前和投敌叛国罪证，递交朝廷，扰乱决策。李秉衡只顾揭发张之洞，忘记每次收到密电，自己都有回复，张之洞也拿出对方复电，统统公之于众。数年后李秉衡死去，张之洞仍无法释怀，将其复电编入个人文集，题为《李抚台来电》，以示后人。张李斗红眼，从此反目成仇。又知祸出翁同龢一女嫁二夫伎俩，也视同路人，不再往来。

张李丑态百出，光绪用谁不用谁都觉不妥，干脆撇开两人，征得慈禧同意，任命云贵总督王文韶署理直隶总督和北洋大臣。

转眼已近暮春，李鸿章稍做准备，头戴红珊瑚顶戴，身着一品袍服，率李经方、于式枚、马建忠、伍廷芳、罗丰禄、毕德格等僚属及翻译、医官诸人，登上德国商船，离开天津，望东行驶。六天后抵达日本马关，亦即本州西南港口城市下关。日方早派人候在码头，俟李鸿章赶到，客气着把他请入轿子，前往中方行馆引接寺。一路上李鸿章忍不住掀开轿帘，往外瞧瞧，但见樱树满街，竞相绽放，红花艳，白花亮，格外抢眼。街上行人不多，有的西装革履，有的身着和服，穿度于花树之下，行色匆匆的样子。日本人个头普遍不高，却颇有精神，步履坚定，不像中国人面带菜色，无精打采，永远睡不醒的样子。这是不是大清败给日本的背后原因？李鸿章寻思着，放下窗帘，合上双目，暗叹一声，心里灰灰的。

到得引接寺，日本外相陆奥宗光已站在门口，迎住李鸿章一行，客气一番。李经方从中翻译，李鸿章点着头，谢过陆奥。陆奥请客人进入饭厅，以接风洗尘。李鸿章毫无胃口，抿两口酒，吃几口饭，与陆奥商定翌日开谈，便由李经方陪同，回房歇息。小睡醒来，喝口茶水，忽闻箫声自远处传来，婉转凄丽，如诉如泣。李经方做过驻日公使，还娶了位日本妻子回国，常唱此曲，李鸿章耳熟能详，也能哼上几句。此乃日本著名民谣《樱花》。曲调本就低回哀怨，又用箫管吹奏，更显悲凉，让人心惊。

为照看父亲，李经方就住在外间。听到里间动静，悄悄推门进来。见父亲望着窗外发痴，眼里满是泪水，李经方着实吓了一跳。正要安慰几句，闻箫声自窗外传入，便明白父亲被触动心头伤痛，以至情不自禁，潸然泪下。李经方走过去，坐到父亲旁边，和着箫声，轻轻哼道：樱花啊，樱花啊，暮春三月天空里，万里无云多明净，如同彩霞入白云，芬芳扑鼻多美丽，快来吧，快来吧，快来看樱花。

李鸿章随儿子唱起来。唱上几句，才觉得心里好受了些，止住眼中泪水，叹道："日本人看去冷血无情，打仗心狠手辣，怎么口里歌谣竟如此忧伤悲情？"李经方道："日本是个岛国，资源匮乏，四面海浪汹涌，缺乏安全感，日本人也就天生忧患意识强。正是这种忧患意识，让日本上下齐心，放弃旧制，效法西人，行君主立宪，求富图强。也因这份忧患，日本人谦卑，服从，忠诚，团结。这自然是对内，一旦走出国门，则变得格外疯狂，以屠杀和掠夺释放压抑，满足兽性。民谣最能体现人性，《樱花》歌词描绘樱花烂漫，曲调却悲凉伤感，仿佛满目樱花装点的不只是春天，还在追悼不灭的亡灵。"

李鸿章深以为然，道："比起日本人内外有别，中国人则畏洋如虎，内斗内行，外交外行。比如翁同龢，凭帝师殊荣和军机大臣显位，怂恿皇上，借日军整垮北洋海陆两师，觉得不解恨，还欲置我于死地。轮到皇上召对，我开玩笑说要拉他一起来日本和谈，吓得他腿股打颤，赶紧推辞，生怕日本人喝他血，吃他肉，啃他骨头。"李经方道："还有张之洞与李秉衡，也没少伙同翁同龢，与父亲作对。为争署理直隶总督和北洋大臣职位，三人正闹得不可开交，出尽洋相。清廷荒诞，这些人最吃得开，若到日本来做臣子，只怕早已出局。"李鸿章道："这正是清廷软肋，底气不足，才希望汉臣相互掐，好像掐得越厉害，越能维持平衡。"

闲话间，远处箫声已悄然停止。于式枚、马建忠、伍廷芳诸位入见，商议明日会谈事宜。李鸿章让几位草拟份《停战节略》，说：“若先停战，再议和，也就更为从容。若日方不同意，只能相机为事。”众位也觉得日本人精明，以屡胜要挟中国，只怕轻易不会答应停战。李鸿章道：“咱尽力而为吧。此次和谈关系重大，各位做好详细笔录，及时电告朝廷，重要议题皆呈皇上和太后宸断。要卖国，君臣一起卖，老夫与各位卖不起。”

几位答应着，领命而去。日本对和谈也格外重视，翌日中方人员离开引接寺，来到日方指定的春帆楼，陆奥早已毕恭毕敬，候于楼前。待李鸿章钻出轿子，便碎步过来，问安道好，延入楼里。伊藤博文已到会谈室，闻得动静，赶紧起身，笑迎上前。客套几句，陆奥扶扶客方座位中间主宾椅，恭请道：“李相国入座吧。”

见主宾椅明显矮于桌对面日方座椅，李鸿章略略迟疑，却还是满脸微笑，弯弯腿脚，低身坐了下去。不用说，这是日方耍的小把戏，故意弄把矮椅，羞辱李鸿章。伊藤已坐到正对面主席位置上，抬眼望望李鸿章，笑道：“相国个高，本大臣才特意备把略低的座椅，好让相国坐着舒服，双方容易达成和议。”

李经方低首翻译给父亲。李鸿章往椅背仰仰，哈哈笑道：“舒服舒服。本大臣长年案牍繁巨，腰背劳损，坐高椅难受，惯喜低座矮椅。”

主席主宾坐定，其他扈从人员相继落座。初次会谈，不急于进入正题，双方交换完国书后，伊藤博文道：“若没记错的话，相国大本大臣十八岁，该七十有三了。如此高龄，还远渡重洋，东来和谈，真让本大臣过意不去。”李鸿章笑道：“中国有句老话，叫七十三，八十四，阎王不请自己去。本大臣本该去见阎王老爷，因贵大臣想念老友，拒张荫桓与邵友濂于门外，我只好改道东渡贵国，待替皇上办完差事，再去见阎王不迟。”

说得双方代表乐起来。伊藤又道：“时光如水，匆匆而逝。十年前西赴天津，本大臣才三十大几，如今已臻老境。记得相国当年雄心万丈，又是办洋务，又是固海防，干得颇为欢畅，一应轮船、制造、铁路、煤矿、电报诸般事业，皆风生水起。所憾仅限直隶一隅，国家成法毫无改变，至今依然君慵臣殆，文恬武嬉，将不敢战，兵不用命。”

李鸿章颇有同感，叹道：“当时贵大臣相劝云，中国地广人众，变革诸政，应由渐而来。本大臣也知不痛改成法，难有出路。然我国囿于习俗，事事难办，本大臣自惭心有余而力不足。因此转瞬十年，依然故我，令人抱憾。反观贵国，经贵大臣励精图治，悉照西法改革，政治日新月盛，兵将训练甚精，始有大成。东渡前本大臣入京与君臣相论，亦认为必宜变革，效法欧美和贵国，方能自立。”伊藤道：“天道无亲，唯德是亲。盖天之待下民也，无所偏倚，在各国自为耳。贵国奋力振作，皇天在上，必能扶持贵国如愿以偿。”

李鸿章称善，嘱咐于式枚、马建忠详细记录伊相良言，晚上发回国内。然后往主题方向过渡：“纵观亚细亚洲，中日两国地缘相近，唇齿相依，同文同俗，讵可寻仇争战？总该以永好为是。寻仇不已，有害于华，未必有益于日也。试观欧洲各国，练兵虽强，不轻易起衅，中日既同洲相处，亦当效法欧洲，力维亚洲大局，庶我亚洲黄种之民，不为欧洲白种之民所侵蚀也。”伊藤道：“相国之言甚惬我心。今两国和谈，正为早熄战火，永结和好。”

融融气氛中，首轮会谈渐至尾声，李鸿章拿出《停战节略》，请求先停战，再和谈，容易促成和议。伊藤道：“日军屡胜，相国来日乞和，必以日方条件为基础，不可由中方主导。”李鸿章欲做解释，伊藤又道：“今天相国说话不少，早回引接寺歇息，后天双方再议如何？”

“客随主便，后天再会。”李鸿章告辞，走出春帆楼，钻入轿里。回到引接寺，于式枚愤然道：“小日本欺人太甚，竟如此对待相国。”马建忠也道：“小日本心眼真多，就知做小动作，耍小名堂。”李鸿章讶然道：“日方够客气，伊藤说话也句句在理，哪来的小动作和小名堂？”伍廷芳笑道：“是日方让相国坐矮椅，晦若与眉叔愤愤不平。”

李鸿章大度笑笑，道：“坐矮椅有何不可？伊藤个矮，老夫个高，咱坐高椅，高高在上，彼此怎么对话？”李经方道：“父亲说得轻巧，日方可是有意羞辱咱们。”

李鸿章慨然道：“这点羞辱算什么？北洋海陆防军覆灭，才是大羞大辱，老夫都已承受下来，还在乎此小羞小辱不成？清廷自高自大，自诩天朝上国，谁都不放在眼里，冥顽不化，固步自封，不肯效法西学西技，西法西制，落到今天可怜地步，与其说是为人所辱，不如说自取其辱。曾几何时，老夫也自觉了不起，以为练成海陆防军，足可拒敌于国门之外，确保大清平安，对日本未能引起足够警觉。而今战败乞和，日方赏坐矮椅，正好警醒咱们，再继续盲目自信，自欺欺人，无以振兴中国，唯有放低姿态，多向欧美和日本好好学习，取人之长，补己之短，脚踏实地，变革改制。如此大清才能绝处逢生，实现富强目标，君臣才能真正挺直腰杆，不再跑到人家国土上来坐矮椅，做小人，说软话，赔款割地，乞求和平。”

说得几位脑袋低垂，五味杂陈，不再声言。

有意思的是李鸿章认定了矮椅，可两天后再次走进春帆楼，中方客座中间矮椅已经不见，换成与日方一般高的座椅。李鸿章扭头四处瞧瞧，发现矮椅被挪到了墙边，瞥了李经方一眼。李经方会意，把矮椅搬回来，塞到父亲屁股低下。

伊藤看在眼里，表情有些复杂，只是不置可否。寒暄几句，进入会谈议题。伊藤先道：“阅过相国所交《停战节略》，本大臣不能完全认同。贵国要求停战，可以理解，但日方得有条件。”李鸿章问：“贵大臣有何条件？”伊藤道：“由日军占领大沽、天津、山海关为质押，接管三处军需和铁路，中方负责停战期间日军费用。”李鸿章愕然道：“目下日军并未至大沽、天津和山海关，何以中方须让出三处为质押？太说不过去了吧？”伊藤从容道：“既议停战，两国均应占益。华军以停战为益，日军以据大沽、天津和山海关为益。”

这不是无理要挟么？李鸿章愤然道：“中日系兄弟之邦，双方已坐到一起会商停战，争取和议，为何凌逼过甚！且本大臣为直隶总督，三处皆系直隶所辖，平白无故被日军索去，本大臣有何面目向敝国君臣交代？首相大人设身处地替老夫着想，情何以堪！”伊藤道：“相国以中国计，故议停战；本大臣为日本计，与贵国交换停战条件，非如此不可。”李鸿章道：“此条件太过苛刻，万难接受，还请贵大臣另想一法。”

伊藤寸步不让，道：“本大臣别无他法，只能如此。两国相争，各为其主，国事与交情，两不相涉。”李鸿章道：“津沽和山海关为北京门户，恳请贵国不要往攻，否则京师震动，中国难堪，本大臣亦难以为情。且此次争端，实为朝鲜起见，今华兵已退至奉天，贵国之兵尚未到达直隶，竟然质押三处，于情于理都说不过去。”

清军海城屡败，转战辽阳，又被日军打得溃不成军，伊藤手握好牌，言语也来得重：“中方不出让津沽和山海关，本大臣只好命日军武力攻取之。”李鸿章难免气馁，唯有暗叹。仅凭一手烂牌，如何斗得过人家手里好牌？又不可能扔了牌走人，只得迂回绕圈，道：“贵大臣若答应不攻津沽和山海关等直隶地面，可搁置停战之议，直接进入和谈。”

甲午大战，日本代价惨重，继续战下去，后劲已明显不足。伊藤有意做出让步，口上却道：“攻不攻津沽和山海关，本大臣做不得主，还须讨得天皇谕示。”李鸿章道：“贵大臣威高言重，天皇定会恩准。”伊藤道：“天皇圣明，自会酌情善处。中方愿搁置停战之议，须交出书面承诺，本大臣在国人面前也好说话。”

李鸿章点头认可，会谈结束，回到引接寺。两天后承诺书拟就，一行人重返春帆楼，交到伊藤手上。伊藤边阅边故意道：“未知相国心里所想，是否系书里所写？”李鸿章道：“莫非贵大臣怀疑本大臣诚意不成？”伊藤道：“军国大事，不敢儿戏，该说的话先摆桌面上说明，不会有坏处。”李鸿章道：“咱合肥风俗，老年人出门，七十不留宿，八十不留餐。本大臣年事已高，轻易不敢远行，何况漂洋过海，远离家国。无奈清廷目睹时艰，知我与贵大臣有旧，特遣东来，足证诚心议和，别无他图。”伊藤道：“相国既已明言，本大臣足可放心也。”

李鸿章点头道：“停战之议已然搁置，请贵大臣出示和约条件，早商早成约。”伊藤道：“和约条款还在拟订之中，明天上午拿出来如何？”李鸿章道：“本大臣听便。”

议过正事，时间还早，两人又说些闲话。李鸿章道：“去岁战端伊始，本大臣便苦口劝和，谁知事与愿违，以至如此，多么可惜。”伊藤道：“战非幸事，可有时亦难幸免。”李鸿章道：“能免不更妙乎？此次中日起衅，贵大臣该知非我本意。”伊藤道：“兵者，凶事也，伤人实多。两国时势交逼，不得已而用之。”李鸿章道：“战非仁人所为，况当今器械锐利，杀戮更众。老夫年迈矣，不忍见此，贵大臣年岁富强，尚有雄心。”

“争端初起时，议和本很容易，可惜贵国君臣不依相国计，错过好几次机会。”伊藤也不无感慨道，“争战双方好比两人相背走路，开战之初相距数里耳，今则相距数百迈，回头难矣！”李鸿章斩钉截铁道：“终须回头，不可能老战下去。”伊藤道：“相距数百迈，回走又须数百迈矣。”李鸿章双目圆睁道：“少走几迈，不亦可乎！纵令再走数千里，不可能回到从前，友好如初，非继续战下去不可，难道日本能将中华四万万人民尽灭乎！”

伊藤良久无语，只心下暗想，你有四万万人民，咱叫你一人赔一两银子，赔款四万万如何？只听李鸿章又道：“本大臣东来前，朝廷呼战声高涨，文武力主迁都，与贵国苦战。贵国人少，中国人多，敝国君臣真痛下决心，让出半个中国，与贵国持久鏖战，贵国兵源战费能支撑多久？一年两年，也许能勉强维持，三年五年，甚至十年八年，熬得起吗？”

扔过这么几句话，李鸿章掸掸身上袍服，起立告辞，留下李经方，与陆奥商量明天谈判安排。到得楼前，正要上轿，李经方追出来，递上老花镜，道：“父亲说话多，情绪激动，桌上花镜也忘了拿走。给您送来，回馆看书方便。”

李鸿章接过花镜，低头钻入轿里。落座起轿，日方警察簇拥而上，开的开道，护的护驾，往引接寺方向行去。李鸿章戴上花镜，拉开轿帘，从身上搜出份稿纸，认真读起来。是马建忠从日文报上翻译过来的文章，内容与此次和谈有关，来春帆楼路上随便浏览过几行，此刻正好细阅一遍。原来日本效法西制，言论自由，报纸什么都敢说，文章批评日本政府消耗无数将士生命和八千多万两银费，连中国山海关和天津都没打倒，却坐下来和谈，简直岂有此理。李鸿章心下寻思，若日报所载属实，日军已消耗八千多万两军费，和约少于万万（亿）两，只怕签不下来。赔款倒也好说，未知割地要求多高，太苛刻的话，就为难老夫了。

如此想着，李鸿章放下稿纸，偏偏脑袋，透过镜片看向轿窗外。街边路人不少，一个个驻足引颈，好奇观望，估计是中日开谈，自己坐轿经过，招致关注。樱花依然灿烂，在众人头上火热地绽放着。说是火热，是这一带樱花多为红色，红得像朱砂，像落霞，像鲜血。对对对，就是刚从人身上喷出来的鲜血，殷红殷红，还冒着热气。李鸿章征太平军，剿东西二捻，没少上战场，见过太多敌我士兵中弹流出的鲜血，与朱红樱花毫无二异。

李鸿章满眼全是鲜血般的红樱花时，有位青年挤出人群，往轿子方向走过来。右手插在衣兜里，左手打着响指，像无事闲逛的路人。护警毫无反应，只顾紧随轿夫，昂首往前。青年突然加速，箭步冲到轿边。几乎是同时，手从衣兜里抽出来。手上有一样东西，是把手枪。青年手臂一抬，枪眼便森森指向轿里的李鸿章。李鸿章看得真切，脑袋闪过一个疑问：这是谁呢？是太平军旧将，还是捻军老兵？不不不，这人太年轻，一点不像。那只可能是日兵。日兵不在奉天和山东作战吗？跑回马关来击杀我这不中用的老头，有何意义呢？

容不得李鸿章多想，枪眼喷出一颗子弹，向轿窗直射过来。距离近，速度快，弹头瞬息而至。李鸿章愣怔着，不躲也不闪。或者说躲不及，也闪不过来。随着砰一声脆响，左边眼镜片碎裂，弹头钻入老人颧骨。钻得不深不浅，似乎被什么抵挡住，没能往纵深进击。李鸿章顿时瘫倒在座位上，觉得自己像一缕青烟，从身体里脱离出来，冉冉而升，浮上轿顶。这缕青烟是不是人们常说的灵魂？李鸿章不敢肯定，只静静地回望着低处的自己，半歪半仰，像尊倒下神坛的菩萨。血液从颧颊皮下缓缓渗出，冒着热气，仿佛朱红樱花，透露出暮春气息。很快鲜血染得满脸都是，然后顺着耳后根，淌向宽大的一品袍服。

眼观自己血溅袍服，李鸿章没有惊讶，没有恐惧，没有痛苦。也没有仇恨，只有油然而生之感激。感激青年适时适地放上一枪，成全自己。犹记三十岁投笔从戎，办团练，建淮军，数十年亲历和指挥过上百场战斗，汗毛未伤，不知鲜血是何滋味，实属侥幸。战争结束，筹办海防，为朝鲜出战，一败涂地，被迫负疚东渡，商议和约，赔款割地，必背千古骂名，幸挨此一枪，血荐轩辕，正好报君国，谢天下。且不用签署卖国条约，生保英名，死做鬼雄，如此两全其美大好事，若非运气好，又怎么轮得到自己头上？真该拦住开枪人，给他作个大揖，感谢他好枪法，让自己死得其所，死得其时，罪愆尽为血水洗去。

遗憾的是，待青烟飘出轿外，开枪青年竟被护警制服扭走。看热闹的人呼啦一下，已然惊散，余下满街樱花，似乎被鲜血浸染过，愈加红艳，散发着温热的血腥味。众僚慌作一团，纷纷围到轿边，想掀轿帘，看轿里人伤势如何。还是于式枚冷静，大声喊道："引接寺就在前面，赶紧回馆，传医救治！"

众人镇定下来，分头行动。青烟仍浮在空中，将地上情形看个真切，不出声咒道：好你个于式枚，谁要你传医救治？想要老夫醒过来，签订卖国条约？你到底居心何在？还没骂完，浓重的黑暗宛若无边巨翅，淹没过来，覆住天空，以及整个世界。

青烟很快消失于无形。李鸿章脖子一歪，昏厥过去。

开枪人叫小山丰太郎，系日本浪人社团神刀馆会员。日本军界和民间有不少战争狂，公然反对中日议和，以为干掉李鸿章，和局难成，日军就可打到北京，灭掉中国，称霸亚洲。在战争狂鼓动下，小山备了手枪，从东京赶往马关，潜伏于引接寺附近，俟李鸿章乘轿而归，冲上前来，抬臂举枪，指向目标。时值夕阳西下，李鸿章正抬了头，望向窗外，悠闲地观赏着街旁朱红樱花。小山忽然紧张起来，觉得已被轿里目光发现。最要命的是李鸿章鼻梁上老花镜，反射着夕阳晖光，在小山眼前一晃，本来瞄准目标的枪眼往上略略一抬，子弹射出后稍稍偏离，击到李鸿章镜片上，然后钻入眼窝下的颧骨。

李鸿章拣回一条老命，被匆匆抬到寺里，送入住室。随行医生做过止血处理，李鸿章渐渐从昏迷中清醒过来。还以为进了阎王殿，看到床前马建忠、伍廷芳几位，才意识到被阎王赶了回来。心里不免哀叹：老夫命真苦，想做鬼雄都做不成，只能日后做鬼奸鬼贼。

见李鸿章已醒，医生脱去他身上血袍，交给一旁的于式枚。于式枚哽咽道："此血可以报国矣！"李鸿章闻言，潸然泪下，道："舍予命而有利于国，予亦不之靳（吝惜）也！"正好李经方赶至，老人又用微弱声音道："大儿收起来，带回国。"李经方不知何意，眼含迷茫。李鸿章指指于式枚手里血袍，道："不能洗涤，原样保存好。"

李经方接过于式枚手上血袍，心想父亲也是，命都差点丢掉，还在乎这血袍。不过还是照父亲意思，叠得整整齐齐，用油纸裹好，收藏起来。李鸿章这才忍着剧痛，对各位道："立即电告欧美各国驻日公使和记者，通报老夫被刺经过。同时启禀总理衙门，速与驻俄德法英美诸国中国公使联络，分赴各国外部，声讨日本。"

李鸿章意图明显，要抓住此次被刺事件，做足文章，为停战与和谈争取筹码。这就是李鸿章，顾不上自己还没脱离危险，先考虑起国家利益来。几位心里感慨着，应声而出，分头落实。李鸿章嘴角掠过一丝浅笑，脸上疼痛似乎也轻了不少。

其时日医亦匆匆赶到，来抢救李鸿章。自然是伊藤和陆奥派来的。李鸿章离开春帆楼后，陆奥与李经方重新坐下来，商谈翌日和议事宜。还没谈完，有人跑来说李鸿章遇刺，陆奥吓一大跳，让李经方赶紧回寺，自己跑去休息室见伊藤。伊藤大惊失色，道："大事不好，大事不好！今唯有留住李相国老命，始能保中东大局，否则一切都会乱套。"陆奥道："首相所言甚是，微臣马上传医赴寺，非挽救李相国不可。”伊藤道：“你速传医，传马关最好医生。本相电禀天皇及内阁各大臣，齐心协力，共渡难关。”

医生找好到位后，陆奥回复伊藤，伊藤也让人发走电禀，两人赶紧来到引接寺。日医正在给李鸿章清洗伤口。清创不难，只是颧骨里的子弹取出不易，非伤筋动骨不可。日医让中方拿主意，李鸿章慨道：“奉鲁战火正炙，生灵涂炭，国步艰难，和局之成，刻不容缓，予焉能延宕以误国乎？死生有命，我宁死无割。”拒绝取出子弹，宁愿留弹缝合。

说得日医肃然起敬，尊重伤者，没触碰子弹，缝好伤口，施了药粉，蒙上纱布。夜幕已然降临，日医忙完出来，禀告伊藤和陆奥。得知李鸿章生命无虞，伊藤悬着的心落回肚里，道：“天助我也。”欲与陆奥进屋探视。医生说老人需要休息，两人只得继续在会客室静候。

李鸿章服过药，沉沉睡去。左脸打上厚厚纱布，只能仰躺或侧右睡。睡上个多时辰，忽觉唇干舌燥，迷糊中听于式枚跟李经方说，伊藤与陆奥已到寺里多时，便努力睁开右眼，道：“请伊相与陆相进来吧。”李经方道：“父亲疗伤要紧，儿子出去感谢两位，要他们明天再来如何？”李鸿章吃力道：“不不，现在就让人进来。”

李经方出屋，请进两位。闻得动静，李鸿章让于式枚扶自己坐起来。伊藤赶忙致歉，表示遗憾。李鸿章玩笑道：“听说刺客已被抓住，叫什么小山丰太郎。可惜枪法欠准，若击中要害，老夫也用不着再爬起来签约卖国，留下千古骂名。”

伊藤几分尴尬，道：“没保护好相国安全，是本大臣严重失职。相国大难不死，必有后福。”李鸿章微摇脑袋道：“本大臣这把年纪，来日不多，后福于我何用？若能死于小山之手，以身殉国，那才是大福啊。可惜命不该绝，阎王还要留我于世间，继续蒙辱遭罪，受苦受难。”

伊藤与陆奥唏嘘几声，怕影响李鸿章休息，告退出来。返回春帆楼，时间已晚，两人决定天亮再聚，商量应对李鸿章被刺事件措施。翌日早上，伊藤未及召见陆奥，陆奥急急来见，呈上一把电文。原来得知李鸿章马关遇刺，欧美各国非常愤慨，纷纷发来电报，谴责日本野蛮行径，连和议大臣也敢刺杀，简直世所罕见，骇人听闻，日方如不做出妥善处理，将发兵日本，武力干涉。伊藤叹道：“洋人动作真迅速，如此快就有了反响。”陆奥道：“李鸿章苏醒后伤口未及处理完，就忍痛传令随员，分头行动，把消息传给清廷及各国驻日公使，一夜间全世界都知道李鸿章马关遇刺。还有早就进驻马关的各国记者，闻风而动，连夜赶往引接寺，采访撰稿，发回各国，各国报纸近日头版头条，定然少不了李鸿章大名。”

“这个小山丰太郎，剥其皮，食其肉，吸其髓，都不足以解我心头之恨。”伊藤咬牙切齿道，“看来只能请天皇开恩，准许无条件停战，补偿李鸿章所挨这一枪。”陆奥非常认可，赶紧派人给天皇发电报。天皇见电，一时拿不准，咨询军政各界。各界表示不能停战，否则失去要挟中国的筹码，成千上万日兵白死在了战场上。

伊藤没法，准备亲自赶往广岛，召集内阁和军界重臣，争取达成停战共识，以避免各国干涉。临行嘱咐陆奥，尽量稳住李鸿章，别再节外生枝。伊藤一走，陆奥来到引接寺，慰问客人。李鸿章精神略有好转，陆奥也挺高兴，道：“相国受伤，好在未致命，真该感谢上天保佑。相国不幸，大清国大幸啊！”

陆奥离去，各国驻日公使陆续来到马关，走进引接寺，求见李鸿章，表示慰问。李鸿章不顾重伤在身，有求必见。特别是俄英法德美几国公使，每人见面皆不下一小时。这几个国家在华利益最多，最关注中日和谈进展。李鸿章也需他们给日本施压，和谈时中国能尽量少些损失。见李鸿章半边脸蒙着纱布，睡不好，吃不下，还要强撑身体，坐起来接见客人，公使们非常感动，油然而生敬意。这可是七十多岁的风烛老人，以战败国代表身份，远渡东洋，来跟战胜国讨价还价，不幸挨枪中弹，却像战场上中枪倒地的战士，包扎好伤口，又咬牙爬起来，继续战斗。因这份敬仰，公使们离开引接寺后，便发电回国，盛赞李鸿章不仅智慧超群，且意志坚强，说有这样的大臣，是中国之幸，中国竟不能崛起，又是大不幸。

因各国推波助澜，伊藤到达广岛后，摇唇鼓舌，晓以利害，终于说服内阁和军界重臣，同意无条件停战。天皇停战命令很快下达，陆奥又跑到李鸿章病榻前，如实奉告。停战不仅可减轻伤亡，议和也从容些，李鸿章欣然道：“老夫负伤未愈，暂不能躬赴会所谈判，然就病榻前会商停战议和事宜，随时皆可。”

两人于是议定中日同时休战，双方军队于现有位置停止前进，各不添派援兵，以一月为期。停战命令经两国朝廷下达奉鲁前线后，伊藤也回到马关，与陆奥一起着手议和准备。议和条件其实早已开好，主要为：承认朝鲜独立；中国赔银四万万（即四亿）两；割让辽东半岛和台湾给日本；外加通商航海诸条款。伊藤盯着手里文本，沉吟道：“本大臣原意，中国四万万人，每人赔一两银子，也好让他们长长记忆，改制自新，不想小山冒出来唱上这么一曲，咱总不能让李鸿章白挨一枪，得为他颧骨里的弹头付出点代价。”陆奥说：“停战不是代价么？”伊藤说：“停战是停战，该减赔款还得减。”陆奥问：“减多少？”伊藤道：“就减一万万两吧。”陆奥道：“减去一万万两，只赔三万万两，是不是太便宜中国了？”伊藤叹道：“李鸿章英雄一世，到老至马关议和，竟遭此一劫，咱得给足他面子。”

次日陆奥来到引接寺，递上议和条款。李鸿章无法接受，道：“鸦片战争以来，中国历次对外赔款加起来才五千万两银子，割让仅香港一地，此次贵国张口就是三万万两，还要割去辽东和台湾，本大臣怎敢答应？”陆奥道：“相国可知，张荫桓与邵友濂来日乞和时，咱们条件是五万万两赔偿，割让台湾和整个东北。因相国西来和谈，又不幸中弹，赔款才一降至四万万两，再降至三万万两，割地也仅局限于辽东和台湾。”

李鸿章不容置疑道：“贵国此条件，中国无法接受，只有迁都西安，做长期苦战打算，贵国必不能征服中国，而中国可抵抗日本至无尽期，最后贵国必败。”

陆奥离去后，李鸿章生会儿气，命于式枚几位，记录自己口述电稿：日本所索兵费过奢，中国万不能从。纵使勉强应允，将至公私交困，所有善后事宜，势必无力筹办。奉天为满洲腹地，亦万不能让。日方如不减削所索兵费，放弃拟索奉天南边各地条款，和局必不能成，两国唯有硬着头皮，苦战到底。

九、舍命换得和议成，回身满耳皆杀声

光绪见电，觉得日方条件似能接受，恨不得一口答应下来，速成和局，息事宁人。无奈众臣意见不一。孙毓汶认为速和为上，翁同龢依然叫嚷只能赔款，不能割地，庆亲王奕劻诸位一会儿言战，一会儿言和，没个定准。光绪命众臣去恭王府向奕䜣讨主意，奕䜣正卧病在床，喉疼不能言，只是握住孙毓汶的手，点头称善。

君臣聚讼半天，全是虚词废话，没一句管用。李鸿章等不到答复，只得交代扈从，拟份说帖，对赔款、割地、通商三项，给予辩驳。说帖词气纵横，有理有据，陆奥深为钦佩，说文章虽妙，但中方只能有两项选择，要么接受，要么拒绝，多辩无益。言多必失，日方担心出语不慎，露出破绽，影响国际对日本之观感，尽量少说为佳。

李鸿章不愿放弃，继续反驳日方无理要求。伊藤火起，约见李经方，威胁道："若谈判破裂，本大臣一声令下，便会有六十艘运兵船搭载援军，开往战地，直隶京畿必危，届时中方代表西渡回国，能否进入北京城门，恐怕都难说。"

数天后陆奥又至引接寺，探过病情，试问何时可重开谈判。李鸿章毫不犹豫道："日方看着办吧，老夫随时应召。"陆奥回禀伊藤，商定翌日开谈。

此系第四次正式会谈。望着李鸿章左边眼脸蒙着厚厚纱布，毅然回到谈判桌旁，伊藤又敬又畏，心下暗忖，中国若学英国与日本，实行君轻相重之君主立宪，由睿智坚毅的李鸿章任首相，主掌军国大计，肯定早已富

强兴旺，日本又哪是对手？幸亏大清君愚臣昧，处处掣肘李鸿章，让他伸不开手脚，没法尽情发挥才干，率领中国走上富国强军道路，才给日本留下破绽，侥幸取得朝鲜和奉鲁各战场胜利，手握足够筹码，狠狠敲上一笔。

这边伊藤动着心思时，对面李鸿章睁大右眼望过来，道："老夫没记错的话，伊藤先生就是紧挨马关的山口县人士？"伊藤点头道："正如相国所言，本大臣确属山口人。"李鸿章道："令尊令堂该八十高龄了吧，还健旺么？"伊藤道："家父家母已八十多，皆很健旺。"李鸿章道："山口水土好，地灵人杰，英才辈出。"伊藤道："不比贵国安徽，人文荟萃。"李鸿章道："安徽确实出了些人物，可比之山口，相去甚远。"

伊藤明白对方意思，道："相国过谦。此次败在中国，非安徽也。"李鸿章道："老夫若生在贵国，居首相之位，恐不能如贵大臣卓有成效。"伊藤道："日本维新以来，君臣守责，官民同心，若使相国异地而处，则政绩更为可观。"李鸿章喟然道："贵大臣之所为，皆系本大臣之所愿为。若易地而处，贵大臣便知我国之难为，有不可胜言者也。"

"使本大臣处贵国，更不能悦君服臣也。"伊藤早把中国研究透彻，叹道，"凡在高位者，都有难办之事。"李鸿章道："贵国上下交孚，易于办事。"伊藤道："间或亦有难为之事。如相国遇刺受伤，天皇有意停战，内阁和军界极力反对，本大臣颇费周章，才勉强而成。"李鸿章道："大臣不易对付，赖天皇善听嘉言，贵大臣心想事成。"伊藤道："天皇圣明，登基即变易从前习尚，故日本才有今日局面。"李鸿章道："如是贵臣之志得舒，贵国之业得兴矣。"

闲话过后，陆奥出示日方议和节略，伊藤特别强调道："相国见我节略，但有允与不允两句话而已，多言无用。"李鸿章驳道："不言不语，又辩不论，何谓和谈？"伊藤道："相国欲辩欲论，本大臣不会阻拦，但条件不能稍减。"

日方节略与此前陆奥所给条件差不多：赔款三亿，割让台湾与辽东，外加通商航海款项。李鸿章道："几天前已与陆相议过，此条件太苛刻，本大臣无法接受，还请贵大臣减免。"伊藤道："不是相国来日和谈，又不幸中枪，决非此数，故不能减。"李鸿章道："本大臣已与朝廷沟通，贵国条件太高，敝国赔不起，也割不起，只能迁都苦战。"伊藤道："再战费款更巨也。"李鸿章道："再战敝国费款更巨，然贵国亦无益处。请贵大臣取消割地，减至一亿两赔偿，扩大通商航海，和局可成。"伊藤摇头道："照办，固好，不能照办，即算驳还。"

李鸿章轻易不言弃，继续辩驳，另提出台湾不割让，营口排除在割地之外，赔偿一点五亿。伊藤干脆合上眼睛，不再吱声。李鸿章又道：“还有一个法子，发布贵国条件，请欧美各国公论。众国认可，本大臣一定说服朝廷接受。”

伊藤闻言，睁开双眼，望望李鸿章。见伊藤目光有些复杂，李鸿章以内急为由，让李经方扶起来，上了卫生间。伊藤呆坐片刻，跟陆奥交换一下眼色，两人起身去了隔壁休息室。

待双方重回会谈室，伊藤再作让步，赔款减为两亿，将辽阳划出奉天割地范围。

会谈结束，李鸿章命李经方致电朝廷，请旨定夺。隔日朝廷复电，同意两亿赔款，割地以一处为妥。于大清来说，东北比台湾重要，所谓割地一处，无非割台湾。然让日方放弃辽东，又谈何容易？李鸿章只能电禀朝廷，表示争回一分是一分，争不回也没办法。

第五次即亦最后一次坐到春帆楼会谈室时，李鸿章仍不肯放弃，继续赔着笑脸，说服日方再作让步。伊藤不容置疑道：“已让到尽头，万不能再让。”李鸿章道：“昨晚敝国朝廷电旨，务必减赔免割，否则老夫罪不可恕，无脸回国面圣，还请贵大臣设身处地，酌量稍减。”伊藤道：“本大臣之处境，与相国相似。”李鸿章道：“贵大臣德隆威重，所论各事，无人敢驳。”伊藤道：“亦有被驳之时。”李鸿章道：“总不若老夫在中国，被人驳斥之甚。”伊藤道：“相国在中国地位无人可撼动，本国议院权重，本大臣一有闪失，必致纠参。”李鸿章道：“哪有敝国满朝言路，动不动喊杀喊砍。贵国如此凶猛条款，老夫一旦签押，必遭参劾唾骂，死有余辜。还望贵大臣替老夫细想，赔款割地若能少让，即可定议，老夫回国，亦不至于身首异处。”伊藤道：“初时已说明，万难少让。双方会议四五次，该让皆让到。盖议和非市井买卖，争斤论两，讨价还价，不成事体。”

李鸿章还是不愿作罢，道：“再让五千万，全约可成。”伊藤道：“如能少让，不必再提，业已让矣。”李鸿章道：“五千万不能，让两千万可乎？贵国报纸载，此战兵费仅耗八千万，索赔如此之高，不合情理。”伊藤道：“新闻一味与国家作对，不可信。”李鸿章涎着半边老脸道：“赔款不肯减，地可稍减乎？到底不能一毛不拔。”伊藤道：“两件皆不能稍减。屡次言明，此系尽头地步，不能更改。”李鸿章低声下气道：“揖别之际，贵大臣能略让，权作老夫路费，定当常记心中，不敢稍忘。”伊藤道：“已减之数即为揖别之情。初衷本不愿改，因念相国多年交情，故减一亿。”李鸿章道：“如此口紧手辣，老夫只能讨米回国矣。”

伊藤没再吱声。李鸿章不厌其烦，好话气话，硬话软话，重话轻话，该说的说尽，该道的道绝，伊藤依然守口如瓶，关键处分毫不让，只细枝末节略作修改，算送李鸿章人情。李鸿章口干舌蔽，筋疲力尽，几乎虚脱过去。无奈之下，只得签字画押，以成和局。

起身作别，伊藤送出楼外，道：“中日争战，赔款割地，贵国君臣一定恨死本大臣吧？”李鸿章摇头道：“不会不会。敝国君臣感激还感激不过来呢，哪里会恨死贵大臣？”伊藤以为李鸿章正话反说，道：“相国真会开玩笑。”李鸿章一本正经道：“老夫可没开玩笑的意思。敝国君臣最希望见到的是两件事，一是北洋海陆两军覆灭，二是老夫人头落地。贵大臣调兵遣将，击溃北洋海陆两军，又逼老夫赔款割地，签下丧权辱国条约，正好授之以柄，斩杀老夫。两件大事，全赖贵大臣玉成，想要敝国君臣不感激您都难啊。”

伊藤不寒而栗道：“相国此言夸张了吧？”李鸿章道：“毫不夸张。老夫只要西渡回国，君臣官民喊杀声定会此起彼伏，响彻云霄。相反哪天贵大臣再访敝国，必将广受欢迎，敬为上宾。”伊藤笑道：“果如此，本大臣卸任后，定当出访贵国，验证验证相国预言。”

数年后伊藤下野，去往中国游历，果然人见人爱，花见花开，被君臣奉若上宾，轮番款待，不出声感谢他调动日军，消灭北洋海陆防军，使李鸿章成为拔毛凤凰，不如落汤鸡。甚至动议，请伊藤主持大清军政，把中国改造成日本属国。张之洞远在武汉，也心里痒痒，数电日本驻华公使，盛邀伊藤南下欢叙，在总督衙署大摆宴席三天，吃得客人满嘴是油，觉得无功受禄，内疚不已。张之洞还嫌不够，欲跟伊藤义结金兰，伊藤装聋卖傻，敷衍过去。回国后逢人便道，李鸿章哪是败给日本，完全是败给自国君臣，心里对李鸿章又多份敬意。

此是后话。且说李鸿章一行回到引接寺，不愿多留，赶紧清点行装，次日天刚亮就动身离寺，出城往海边奔去。时逢春夏之交，正值日本南国樱花过季，地上满是落红，惨遭凄风苦雨摧残，仿佛屠戮后的战场，鲜血横流。李鸿章呆坐轿中，望眼轿外惨景，倍感苍凉，觉得自己像流尽最后一滴血的战士，已无力止血裹伤，重新站起来投入战斗。不免暗暗恨起小山丰太郎来，恨他枪法太差，咫尺之间，竟没能击中要害，一枪要掉自己老命。也恨日本护警动作太快，制止小山丰太郎，若让他再补上一枪，自己以命殉国，已成鬼雄，也用不着回到国内，被朝廷斩杀，成为鬼奸鬼贼，千古骂名难洗。

月余时间的日本之行，至此结束。数日后回到天津，正是薄暮时分，李鸿章顾不得伤痛和疲惫，连夜具疏，奏报和约已成。接着泣血呼吁：臣昏耄无能，辜负圣恩，深盼吾皇振励于上，内外臣工齐心协力，及早变法求才，自强克敌，天下幸甚！

继借枪伤未复，血气日衰，力竭神疲，奏请准假留津休养，多苟活几天。又拿出和约文本，交付伍廷芳，携带入京，呈光绪加玺生效。

伍廷芳还在路上，和约内容已传出去，朝野哗然，群情汹涌，杀李呼声一浪高过一浪。

时逢春闱始毕，各省举人参加完会试，滞留北京，等待放榜。等待让人焦虑，举子们四处活动，渴望高中皇榜。皇榜在翁同龢等重臣手上，翁府也就车水马龙，热闹异常。其中广东举子康有为和梁启超跑得最勤，会试前两个月便经广东老乡张荫桓和翁门学子礼部侍郎徐致靖引荐，成为翁府座上宾。康梁识见宏博，才学斐然，翁同龢甚为喜爱，有心招到门下，加以精心栽培。无奈正处中日和谈期间，不时被光绪传入宫中问询，没能尽兴与两位攀谈。直至会试结束，和议已成，光绪高兴之余，恩准翁同龢回家歇息几天，轻松轻松。

可翁同龢见不得光绪高兴，轻松不起来。原因简单，和议已成，李鸿章成为有功之臣，于咱姓翁的可大为不利，是可忍，孰不可忍？这天正好康梁来访，见翁同龢愁眉苦脸，小声问道："老师何故不乐？"翁同龢唉声叹气，只是不语。两人道："老师有何难处，只要学生能使得上劲，赴汤蹈火，在所不辞。"

"别说你俩，就是老夫身任军机，也无能为力啊。"翁同龢说了说还没送达北京的中日马关和约大体内容。康梁问："老师不愿看到和约成为事实？"翁同龢道："如此丧权辱国和约，也只李鸿章能接受，老夫身为枢臣，真无颜面对先帝和天下臣民啊！"

两位心领神会，出得翁府，便将中日和议内容悄悄透露出去。举人们闻风而动，起草公呈，呼吁朝廷，撕毁和约，迁都苦战。一时间，各路举子纷纷公车上书，都察院门前车马阗溢，冠衽杂沓，言论滂积，殆无虚晷。

举人们反应如此强烈，文廷式等翁门弟子也不甘示弱，背后纠合御史言官，上书光绪，吁请杀掉李鸿章，毁约再战，争回大清颜面。

本来和议已成，战火熄灭，光绪觉得万事大吉，心情大好，被举子们和朝臣一闹，又心烦意乱起来。待伍廷芳至京，呈入和议文本，也就变得犹犹豫豫，不知该不该签批加玺。咨问枢译各大臣，众位也一时没了主张，说的说圆，道的道扁，莫衷一是。翁同龢趁机启奏道：“不能让李鸿章在天津歇着，败仗是他打的，卖国条约是他签的，回国后竟借口养伤，不屑入京面圣，仅派伍廷芳敷衍了事，不公然藐视皇上么？”

光绪这才想起李鸿章领旨东渡议和，西返回国，也不来京复命，简直大不敬，太可恶。正要发火，李鸿藻阴阳怪气道：“李鸿章卖国有功，自然得摆摆架子。皇上还是礼贤下士，派八抬大轿把他抬到京城来，听他言明和谈经过及利害关系，再论和战亦不为迟。”翁同龢道：“别说八抬大轿，就是十六抬大轿，三十二抬大轿，也别想抬动他。”李鸿藻道：“李鸿章吃了豹子胆，皇上旨令也敢抗拒不成？”翁同龢道：“若说抗旨，李鸿章还没此胆量，他是担心离开天津，直隶总督和北洋大臣位置旁落，自己再也回不去。”

翁李两人一唱一和，终于煽燃光绪心头火气，大怒道：“立即实授王文韶直隶总督北洋大臣职，以断掉李鸿章念想，令其速速入京复命，否则遣枪兵赴津，捉拿归案，严惩不贷。”

翁同龢要的正是光绪此言，赶紧草拟旨稿。稿成交给光绪，光绪拿去请求慈禧。朝野大哗，反对和议之声高涨，慈禧不好替李鸿章说硬话，只得同意罢去其直隶总督和北洋大臣实职，只保留文华殿大学士和三眼花翎空衔虚饰。

旨发天津，众僚愤愤不平，连王文韶都有些过意不去，觉得李鸿章以七十三岁高龄，漂洋过海，与日交涉，拿老命换取停战，议和成功，刚回到天津，朝廷便罢去其赴日前才恢复的实职，太过无情。李鸿章却很坦然，道：“自古鸟尽弓藏，兔死狗烹。北洋海陆两军覆灭，中日和谈结束，老夫已百无一用，去职降罪，不足为奇。”当即召入周馥，命他与王文韶衔接，办妥移交，以便尽快离津，赴京受死。

周馥赶紧安排人手，清点家底，登记列册。其他好办，只银钱局和粮饷局尚有库银千余万两，周馥不知要不要尽行移交，来问李鸿章。李鸿章道：“这有啥可犹豫的？自然得移交。”周馥道：“除头上文华殿大学士虚荣和不值钱的三眼花翎，相国已一无所有，不留点银子养老吗？”李鸿章道：“我还能有几年可活，留银子干啥？”周馥又道：“另有北洋海陆防军三万死伤将士，也等着抚恤，总该留几百万吧？”

说得李鸿章老泪纵横，凄然道：“老夫最对不起的，就是三万不死即伤的安徽子弟兵啊，跟随老夫南征北战，保家卫国，却败给日军，落得如此下场。好吧，留两百万安抚死伤将士和家属，其余八百万都交王文韶，以资大用。”

周馥遵命照办。事毕王文韶来见李鸿章，不无感慨道：“八百万两库银，未入户部账册，换了我王文韶，会不会拿出来都难说。”李鸿章道：“老夫积数十年之结余，攒下这点家底，原欲参照西法，编练新军，待海防坚固，再与日决战。谁知朝鲜事发，朝廷硬逼老夫仓促出兵，故有此败。老夫老矣，又已去职，只能让夔石（王文韶）兄完成未遂夙愿。”

王文韶大为感动，道：“文韶一介书生，缺乏带兵经验，只怕会辜负相国殷切期望。相国能否推荐知兵善战能人，替吾编练新军？”李鸿章感喟道：“朝廷上下，文恬武嬉，纸上谈兵，喊打喊杀之口汹汹，真懂练兵实战之有用人才则寥寥无几，实乃大清之悲哀啊。”王文韶道：“相国统兵数十年，手下总有良将可用。”李鸿章摇头道：“老夫手下良将勇士战的战死，病的病殁，已没几人存世可用。唯袁世凯驻扎朝鲜十二年，没少替朝鲜练兵，颇有手腕，咱俩可联名保举，召其出山。”

王文韶甚喜，赶紧草拟奏折，与李鸿章联名保荐袁世凯。正值议和初成，刘坤一自关外回来，途经天津，造访李王，又让他也署上大名，装封发往北京。

有王文韶主持直隶，又联奏保荐过袁世凯，李鸿章别无所求，让周馥召入于式枚、马建忠、罗丰禄等幕僚，几分伤感道：“朝野舆论如潮，君臣恨死老夫，此次挂冠入京，必然凶多吉少。无职无权，自然也无事可忙，众位还是各奔前程吧。”

真所谓树倒猢狲散啊。各位心酸不已，哽咽无声。李鸿章又含泪道：“各位入幕以来，正值多事之秋，老夫疲于奔命，没能为你们谋得显位要职，深感愧疚。玉山（周馥）能干，已升直隶按察使，我已跟王文韶打过招呼，他会继续重用你。晦若（于式枚）本系兵部主事，老夫给恭亲王去过函，他答应让你官复原职，容后升迁。眉叔（马建忠）学问好，盛宣怀已在上海招商局给你挂了名，可领份薄薪，整理手头《文通》。稷臣（罗丰禄）懂多国语言，又会办过天津水师学堂，刘坤一回任两江总督兼南洋大臣，正需要干才，欢迎你去任事。”

其他文武随僚也都安排妥当，李鸿章回到后衙，走进环水楼，叫过经方、经述、经迈兄弟，嘱他们护送家人回合肥老家，老家有田庄数百亩，糊嘴该没问题。经方与经迈倒也乐意，只经述没吭声。经述也是本届春闱举子，科场发挥不错，正盼金榜题名，不愿远离津京。殊不知翁同龢主持会试，哪有李家子弟便宜可占？早有人告知李鸿章，翁同龢见阅卷大臣看好李经述试卷，强行抽开，理由是卖国贼儿子不配做天子门生。李鸿章倒也无所谓，靠功名吃饭的时代已然过去，自己身边文武随僚如盛宣怀、唐廷枢、薛福成、伍廷芳、马建忠等没正经功名，事业也干得风生水起，比满朝两榜出身的翰林要强多少有多少。只怜惜经述十年寒窗，才华横溢，诗文一流，欲借功名谋取出路，竟受父辈恩怨牵连，实在冤枉。担心经述没法面对残酷现实，才有意打发他远离是非之地，南归故里，耕读传家，不亦善哉！

得知李鸿章要把儿子们支开，莫夫人不同意，说他年高体弱，身边无儿无女，一旦病倒在床，侍奉汤药的人都没有。正好周馥绝意官场，只想致仕回皖，息影林泉，李鸿章便把家眷托付给他，遵莫夫人意思，留下经方和经述，随侍左右。

送走家眷后，李鸿章让李经方设宴置酒，款待各国驻津领事，答谢他们多年对自己的支持。与朝中君臣态度正好相反，洋领事们觉得李鸿章凭一己之力，单刀赴会，争取停战，以低于日方期望之代价议和成功，真乃大英雄和大伟人，一个个佩服得五体投地。俄法德诸国领事还主动提出，李鸿章有何难处，只管开口，定效犬马之劳。李鸿章以酒相酬，道：“老夫别无所求，只请领事大人们救老夫一命。”

众领事不解，以为李鸿章危言耸听。俄领事道：“相国东渡，退兵议和，有大功于国，朝廷该重重奖赏，怎会要您性命？”法领事接着道：“日本起初要求四亿赔款，因相国遇刺，自动减至三亿，最后议定两亿，换作其他大臣，谁有本事，取得如此效果？”德领事也道：“各国包括日本政府，都对相国交口称赞，清廷能不识好歹，冤枉相国么？”

李鸿章默然良久，才长长叹息一声，苦笑道：“都怪日本贪婪，索要巨额赔偿，仍不满足，坚持北割辽东，南占台湾。辽东乃大清龙兴之地，老夫据理力争，仍未能保住，故为清廷所恨，项上脑袋只怕难留。还请各领事大人说服自国政府，给日本施压，若能替中国索回辽东，老夫脑袋或可在脖子上多待几日。”

听李鸿章说得可怜，众领事诚恳表示，愿传话达意，对付日本。

宴会结束，送走各国领事，李鸿章回到后衙，宽衣上床，安然入睡。翌日早起，由经方和经述陪同，望西而行。到得京城，仍住贤良寺。贤良寺紧挨皇宫，可随时应召入对。然左等右等，没等到光绪召唤，却等来铺天盖地的喊杀声。

原来翁同龢怂恿光绪，罢去李鸿章直隶总督和北洋大臣职，催逼入京，目的无非痛打死老虎，索其老命。李鸿章命硬，索之不易，翁同龢才唆使在京举子与言官御史，大造舆论，逼迫朝廷撕毁和约。毁约好办，再战万难，翁同龢又密电李秉衡和张之洞，上疏请战。

日军进攻烟台和威海时，李秉衡见死不救，率师西逃，遭到君臣谴责，正想挽回面子，接到密电，顾不得与翁同龢的隔阂，当即具折，慷慨陈词，请缨与日决战，虽说决战早已结束。张之洞恨死翁同龢使坏，自己没能做成直隶总督和北洋大臣，可一说到修理李鸿章，就像吃错了药，亢奋不已，连夜上书，请求先斩李鸿章，再惩小日本。一口气提出三个惩日妙计，一是拿出日索赔款，收买英国和俄国，助我剿日；二是把台湾押给英美两国，借款与日鏖战；三是以割让新疆和后藏（日喀则地区）为酬，乞援俄英两国，发兵日本，灭此朝食。连刚回任两江的刘坤一，因愁没法洗刷数败海城与辽阳之辱，闻听李张舍命求战，也不甘落后，赶紧致电朝廷，声称各军器械略富，兵勇可用，愿再度出战，效命疆场。

李张刘三人高喊抗战，无非口水成本低，喊得唇干舌焦，喝口水润润喉，又可鼓起腮帮，继续喊下去。反正和议早成，只等光绪盖玺生效，光绪早被吓破胆，量也不敢毁约苦战。假设光绪有心再战，北洋海陆防军已不复存在，真要李张刘拿命出阵，只怕早用针线缝紧嘴皮，一声不吭，躲一边歇凉去了。至于翁同龢，要的正是廉价的喊战声，喊得光绪理智丧尽，心血来潮，下旨毁约言战，必借李鸿章脑袋，以壮胆增勇，鼓舞士气。

仅几位外臣大呼小叫，还不足以鼓动光绪，翁同龢又唆使候榜举人另呈公车，呼吁绝地反击，保我河山。又让文廷式等翁门弟子串联御史言官，再度递折，奏请采纳李张刘等外臣忠言，先杀李鸿章，血祭天地，继调全国兵勇，以排山倒海之势，摧毁敌军，杀向日本。

就这样，杀李再战声此起彼伏，不绝于耳，整个北京城几成沸腾大鼎，热浪滚滚，汹涌澎湃。渐渐喊战声小下去，喊杀声越发高涨，最后战与不战，已无人关注，只等着斩杀李鸿章，快意恩仇，大慰人心。仿佛只等李鸿章脑袋落地，日本良心发现，不再索款割地，陈兵奉鲁的日军也乖乖退去，从此乾坤朗朗，天下太平，万事大吉。

李鸿章枯居贤良寺里，外面喊杀声如群狗扑门，清晰可闻。他已无兵无将，无职无权，徒有文学殿大学士空衔和三眼翎顶虚饰，孑然一身，赤手空拳，只能任人宰割。然毕竟仍属大清臣子，上折叫屈，总还有此便利，于是拈笔于手，开始拟稿。忽闻宫中有旨传来，还以为皇上想起自己赋闲贤良寺，召唤入对，不禁心头一喜，趴到地上，恭听旨意。谁知旨上说，李鸿章丧权辱国，辜负圣恩，举国愤慨，特剥去其专折权，以示惩戒。

也是翁同龢深知李鸿章口齿伶俐，文笔了得，生怕他凭三寸不烂之舌和手里笔头，开脱自己，获免罪过，以致死里逃生，故千方百计阻其入宫觐见，又说服光绪罢去其专折权。如此一来，李鸿章没法直达天听，有话无处说，有冤无处申，只能坐在贤良寺里等死。

事情还没完，又有成百朝臣联名呈折，请斩李鸿章。恰巧慈禧凤体染恙，翁同龢和李鸿藻三番四次催促光绪，再不下手，错失良机，无后悔药可吃。光绪道："下手容易，日后传至太后耳里，如何交代？"翁同龢道："先密令都察院，拿下李鸿章，做成铁案，还怕日后太后过问？"光绪道："做成什么铁案？"李鸿藻献计道："没得日本巨额贿赂，李鸿章岂肯答应割让辽东和台湾？只要都察院肯下狠手，施以重刑，拿到李鸿章口供，便可定案正法，过后太后病愈问起来，有据可查，有典可依，也翻不了案。"

光绪终于痛下决心，让翁同龢起草密旨，传令都察院采取行动。

自专折权被剥夺，李鸿章似乎感觉到危险正在迫近，不再傻等光绪召见，转而给慈禧写信，称从日本带回两份薄礼，欲敬献太后和皇上，所惜入京日久，未达天听，徒叹奈何。可怜罪臣衰朽病弱，又身负重伤，来日无多，生愿未遂，死不瞑目矣。

信写就，让李经方悄悄出寺，连夜送往孙毓汶府上。都察院准备采取行动，孙毓汶有所耳闻，正替李鸿章着急，更为大清命运忧心，接信于手，片刻不敢耽误，拔腿往宫里跑。到得紫禁城外，往禁卫怀里塞把银子，传话给李莲英。李莲英很快出面，迎孙毓汶至长春宫外。

此时慈禧刚服过汤药躺下，不愿见人，李莲英跪地请求道：“太后不见孙毓汶，李鸿章危殆，国家灭亡亦为期不远矣。”慈禧一惊，道：“传孙毓汶吧。”

孙毓汶走进暖阁，慈禧已端坐于上，强打精神道：“孙毓汶深夜进宫，难道不知本宫身体欠佳，正要歇息吗？”孙毓汶道：“微臣该死，不应此时入宫打扰。然事情紧急，不得不惊动太后。”拿出李鸿章信函，让李莲英奉至慈禧面前。

慈禧拿过老花镜戴上，看眼信函，道：“李鸿章小题大做了吧，不就两份礼物吗，至于死不瞑目么？”孙毓汶道：“太后有所不知，趁您生病，翁同龢和李鸿藻怂恿皇上，密令都察院捉拿李鸿章，欲办成铁案，定罪问斩。李鸿章枪林弹雨中走过来，又从日本拣回一条老命，自然不惧死，只想死前见太后最后一面，呈上礼物，了却心愿，也就死不足惜。”慈禧质疑道：“皇帝真要杀李鸿章？”孙毓汶道：“此事外廷已经传开，不过瞒着太后而已。”

当着臣子面，慈禧不好说光绪什么，只道：“李鸿章如此煞有介事，也不知其所言薄礼，系何稀罕之物。”孙毓汶道：“定然非同凡响，否则李鸿章也不好托微臣深夜传信入宫。”慈禧侧脸对李莲英道：“明上午你去贤良寺一趟，传李鸿章来长春宫见吧。”

孙毓汶跪谢而出，归府告知仍在座等消息的李经方。李经方长吁口气，返回贤良寺。李鸿章正在灯下看书，见李经方一脸喜色，便知事有转机，道：“孙大人接信没有？”李经方道：“孙大人不仅接了信，还连夜入宫呈给太后，太后答应明天召见父亲。”

只要慈禧召见，就没人能拿走自己老命。李鸿章热泪盈眶道：“天佑老夫也！”

然翌日早上，李家父子还没起床，便听人喧马叫，数十名捕快直奔贤良寺而来。李经方吃惊不小，忙穿衣下床，出去探个究竟。只见捕头一把推开门人，闯入寺中，嚷道：“谁是李鸿章，快出来受缚！”李经方喝道：“你是何人，敢来贤良寺撒野！”捕头拿出腰牌晃晃，道：“咱乃都察院巡捕房捕头，前来捉拿李鸿章。速速传人，免得老子动手。”

翁同龢动作真快啊！李经方倒抽一口冷气，嘴里大声道：“李相国堂堂一品大员，岂是你都察院巡捕房想捉想拿，就可捉可拿的！”捕头道：“少废话！此乃皇上旨意。”李经方道：“既是皇上旨意，圣旨在哪，请先出示。”

捕头只知依令捕人，哪来圣旨？道：“先交出李鸿章，去到都察院，自有圣旨给他瞧。”

“既然圣旨到了都察院，我这就进屋，看父亲起床没有。”李经方不敢与捕头硬顶，望望门外，转身回屋。李经述已扶父亲起来，正在给他左颧骨伤口敷药。听到李经方脚步声，李鸿章道：“是都察院来人要捕老夫吧？”李经方道：“正是都察院捕快。”

数十年大风大浪里闯过来，李鸿章还怕小小都察院捕快？悠悠道：“出去告诉捕头，老夫正在敷药，若怕老夫逃掉，可进屋守着，待药敷毕，便跟他走。”李经方道：“真跟捕快走？”李鸿章道：“咱父子三人，手无寸铁，哪敌得过数十真枪实弹的捕快？让他进来吧。”

李经方出屋，传达父亲原话。捕头招过几名捕快，手把腰间短枪，走进室内。李经述已给父亲敷好药，李鸿章正襟危坐，不动声色，许久才斜斜右眼，望一眼捕头，指指蒙着纱布的左颧，道：“知道里面有啥物吗？”

见李鸿章神态自若，语气从容，捕头相反被镇住，竖在地上，不知如何对答才好。李鸿章又道：“里面有颗子弹，是日本浪人小山丰太郎留下的。晓得这颗子弹值多少钱吗？”捕头摇摇头，仍没声。李鸿章继而道：“中国有四亿人，日本本欲索赔四亿两银子，后因这颗子弹，减为两亿赔款。”捕头不觉惊讶道：“一颗子弹值两亿？定是世上最昂贵子弹。”

李鸿章莞尔而笑，道：“昂贵是吧？老夫还要告诉你，小山行刺时近在轿边，举枪对着老夫胸膛点射，因老夫瞧了他一眼，他身一颤，手一抖，枪眼往上稍抬，子弹射着老夫眼镜，再钻入颧骨，才留下老夫老命。小山已被日本法院判处无期徒刑，再不可能出来刺杀老夫，你完全可代他朝老夫胸口补上一枪，以遂其愿。”

捕头一边摆手，一边往后退退，道：“不敢不敢，本捕头不敢。”李鸿章道：“有何不敢？担心老夫反击你不成？即使反击，残身病躯，哪斗得过你？不过老夫有一请求，就是你开枪时，得看着老夫眼睛，就像日本浪人小山一样。小山与我对视，子弹射偏，你若直视我眼睛，还能击中目标，一枪置我于死地，说明你比小山厉害，中国人比日本人厉害，日后皇上派你领兵奔赴前线，抗击日军，一定能大获全胜，灭掉日本，如此老夫死亦瞑目矣。”

说得捕头满脸愧疚，朝随从抬抬下巴，躬身退将出去。正好李莲英赶到，手持懿旨，高声呼道：“李鸿章领旨！”

李鸿章浅浅一笑，大步出屋，伏地听宣。听宣毕，起身上轿，随李莲英来到宫门外。下得轿子，拿个包裹出来，递李莲英手上，道：“烦家门大太监暂代保管，入宫后再呈太后。”李莲英双手接住，道：“什么吉物？”李鸿章笑道：“面圣后，一展便知。”

两人步入宫禁，来到长春宫，慈禧已坐在暖阁里，旁边还有光绪。光绪大早便离开养心殿，去了毓庆宫，埋头佯装读书，等候翁同龢进宫，传递都察院消息。等到日上三竿，也没见翁同龢影子，忽闻慈禧有传，不得不赶往长春宫。至暖阁行过大礼，小心坐到慈禧旁边，李莲英领着李鸿章进来，光绪暗吃一惊，心里嘟囔道，都察院那帮吃干饭的哪里挺尸去啦，连个风都吹得倒的老头也摁不住，竟让他溜之大吉，进了宫中？

光绪正在纳闷，李鸿章已趴到地上，连磕数个响头，哀声道：“罪臣领罪来了！”慈禧道：“先别领罪，坐下说话吧。”李莲英闻言，搬个杌子，塞到李鸿章屁股下面。李鸿章谢过恩，矮身坐下，用独眼望着自己脚尖，认真听训。慈禧瞧瞧李鸿章蒙着纱布的左脸，道：“你入京几时啦？”李鸿章道：“一旬有余。”慈禧道：“这么长时间，怎么没入宫觐见？”

没得到召唤，连专折权也被取消，想入宫也没法入啊？光绪在场，李鸿章不便实话实说，只道：“罪臣体弱多病，脸上枪伤未愈，没法入宫觐见太后和皇上。”慈禧道：“你脸上枪伤快两个月了吧，还拆不得纱布？”李鸿章道：“日医医术高明，在马关时枪伤便已好得差不得。无奈回国后杀李之声四起，罪臣自知罪责难逃，生怕再见不着太后和皇上，心里头一急，火气上升，伤口复又皲裂，只得重敷膏药，蒙上纱布。”

光绪一直没吱声，听到这里，实在忍无可忍，冷嘲热讽道：“故意蒙上纱布，装样子给太后和朕看的吧？”李鸿章道：“罪臣不是装样子，皇上可唤御医，揭开纱布验伤。”光绪大声喝道：“还要犟嘴！你知不知道，你伤的是老脸，朕伤的是心呐！割去辽东，出让台湾，赔款两亿，失国体，愧祖宗，乱民心，要朕如何承受得了？”李鸿章道：“罪臣该死！差事没办好，对不起大清江山，对不起天下臣民，请皇上治罪。”光绪咬牙道：“以为朕不敢治你罪吗？将你千刀万剐，也不足消朕心头之恨！”

待光绪发完火，慈禧才叹息一声，对李鸿章道：“你与伊藤数次会谈笔录，本宫和皇帝都曾认真御览，召枢臣反复讨论，知你虎口夺食，确属不易。两亿巨额赔款，还要割让辽东和台湾，如此丧权辱国，谁甘愿甘受？群臣激愤，满朝杀声，也不奇怪啊。”

出国前君臣就曾预判过，日本会乘屡胜之势，提出赔款和割地，到得马关，唇枪舌剑，每次讨价还价经过，都记录在案，电告朝廷，征得君臣复议同意，才最后签字画押，事至如今，还有啥不甘愿甘受的？李鸿章语轻言重道：“若不愿丧权辱国，别无他法，真只能如朝臣所呼吁的，取下罪臣脑袋，迁都再战。”

光绪火气又窜上脑门，怒道：“要你脑袋，能击退日军，还怕朕舍不得？”李鸿章道：“君要臣死，不得不死；父要子亡，不得不亡。君父需要罪臣脑袋，拿去退敌，罪臣在所不辞。可惜数万北洋海陆防军都已覆灭，罪臣一颗脑袋岂能吓住日军？”光绪道：“你还好意思说海陆防军，不被两军迷惑，朕也不会征伐朝鲜，落到今天这个地步。”

光绪意思，都是李鸿章练兵固防之错，好像没有海军和陆防，大清便可高枕无忧，安然无事，也不反思自己听信翁同龢唆使，硬逼装备老化宜防不宜攻的北洋海陆两军出击朝鲜，才引狼入室，赔款割地。可李鸿章没法跟光绪辩驳，只自嘲道：“都是罪臣不好，辛苦练兵，不能拒敌于国门之外，勤练嘴皮，无以挑动俄英法诸国逼日停战，战败更没法说服日本放弃赔款割地。罪臣自知罪孽深重，愿以死谢天下，好让翁同龢大仇得报，率领翁门弟子和言官御史，冲向直奉鲁前线，大喷唾沫，淹没日军，然后呼啸东进，震傻天皇和伊藤，灭此朝食。”

气得光绪浑身发抖，还想发作，慈禧先开口道：“实在难为少荃了。自朝鲜事发以来，外交斡旋阻战，由你出面；筹粮办饷备战，需你操持；调兵遣将参战，靠你运筹；战败东渡求和，依然离不开你。瞧我满朝文武，口水爱国，笔头灭敌，个个都会，关键时刻能派上用场，救苦救难者，又有几人？”

人心都是肉长的，李鸿章血染马关，剧痛难耐，哼都没哼过一声，慈禧轻轻数言，便感动得老泪长流，泣不成声道：“罪臣无能，辜负太后和皇上，虽九死无以报答圣恩矣！”

慈禧要的正是这个效果，悠悠道：“你不是有两份礼物要敬献吗，带来没有？”

李鸿章知道危机已然过去，心下窃喜，扭头对李莲英道：“烦请家门大太监拿包裹来。”包裹就在李莲英身后，他抓到手里，上前几步，递向李鸿章。李鸿章接住，解开包裹，里面有层防水油纸。揭去油纸，还有一层绸布。直到发开绸布，才是所谓的礼物。

这份礼物很特别，不是珍珠玛瑙，亦非人参燕窝，更非金银宝器，而是件宽大的一品官袍。袍服上满是血痂，因已干结，呈现暗红色，却仍散发着淡淡血腥味。

李鸿章将血袍递还李莲英，由他转呈慈禧。慈禧双手接过去，低头瞧瞧，两眼已开始发潮。李鸿章低声说明道：“罪臣被日本浪人击中左脸后，血流如注，袍服尽染。幸经紧急抢救，大难不死。身上血袍也被医生脱下，让随僚拿走扔掉，罪臣不准，嘱用油纸包好，特带回国内，作为礼物敬献给太后和皇上。”

慈禧已泪流满面。光绪觉得奇怪，慈禧平时心硬如铁，天塌下来，眼皮都不眨一下，李鸿章故弄玄虚，呈献血袍，竟动了真情，实在不可思议。只见慈禧抹把眼泪，又对李鸿章道：“你不是有两份礼物吗，还有一份呢？”李鸿章道：“还有一份在罪臣身上，须唤御医帮忙，才拿得出来。”慈禧怪异道：“什么礼物，藏在哪里，还得劳动御医？”

李鸿章撕下左脸上的纱布，指着左眼下面伤疤，道：“就是罪臣颧骨里面的子弹。当时医生止住血，验过伤后，决定开刀把卡在骨头里的子弹取出来，罪臣考虑手术难度大，术后一时痊愈不了，而前线战事正紧，伤亡重大，太后和皇上正盼和议早成，也就没让医生做手术，留着子弹在骨头里，简单清创缝合，休息数天，又裹伤回到谈判桌上，签下和约。今伤口已结痂，得御医割开皮肉，取出子弹，才能敬献太后和皇上惠存。”

慈禧无语凝噎，轻轻摆了摆手，像说如此礼物，本宫和皇帝消受不起，还是你自己留着做纪念吧。李莲英见状，上前扯扯李鸿章衣脚。李鸿章会意，趴到地下，磕完响头，慢慢退出去。慈禧睁开泪眼，望着李鸿章腰背佝偻，步履蹒跚，颤颤巍巍走出暖阁外，再也控制不住，双手抱紧怀里血袍，号啕大哭起来。

光绪越发不解，不知慈禧有啥好哭的。还以为李鸿章风烛残年，白挨枪子，险些魂丢异国，惹得慈禧心生慈悲，觉得好哭。又暗怪日本浪人不中用，没能一枪结果李鸿章。若李鸿章死掉，没签署《马关条约》，清廷不省事得多？

足不出宫的年轻光绪，每天能接触得到的，一是满腹怨恨的宫女，二是不阴不阳的太监，三是比宫女和太监强不到哪里去的翁师傅，又怎能理解慈禧悲哭声里的真正含义！殊不知，慈禧并非哭李鸿章，是哭大清羸弱，强敌环伺，自己天天担惊受怕，没过个安宁日子。更哭君臣颟顸，不识好歹，有个李鸿章替国家排忧解难，竟然也不能容忍，欲置之死地而后快。国家积贫积弱，真把李鸿章杀掉，一旦天下有事，咱孤家寡人，依谁靠谁去！

老半天慈禧哭声才渐渐小下去。光绪又痴痴侍坐一会儿，跪辞出来。垂着双手回到毓庆宫，翁同龢气急败坏赶至，嘴里骂骂咧咧，说都察院不中用，坏了皇上大事。见光绪脸色难看，知道又在慈禧那里怄了气，小声道："是不是太后给李鸿章支了保护伞？"

光绪一屁股坐到椅子上，叹气道："朕这皇帝当得太窝囊，连个李鸿章都收拾不了。"翁同龢道："皇上不用灰心，咱们奈何不了李鸿章，还有民气可用。"光绪道："官气不可用，士气也不可用，民气有何用？"翁同龢道："老臣前天傍晚从琉璃厂购书回来，见胡同里有人搭台唱昆剧，观者如云，挤进去一瞧，台上正演《丑表功》。皇上知道啥叫'丑表功'吗？"

光绪摇头，不知何意。翁同龢笑道："就是专门揭李鸿章丑的昆剧。"光绪讶然道："还有专丑李鸿章的昆剧？"翁同龢道："可不是？老臣犹记丑李鸿章的丑角唱过这么几句词：我败给日本军，我签订卖国约，我有汗马功劳，奈何夺我三眼翎，褫我黄马褂，免我总督职！"

逗得光绪忍俊不禁，哈哈笑起来，道："此戏好，此戏好！哪天师傅带我出宫，看场丑表功，好好赏赐赏赐丑角。"翁同龢道："皇上哪是想出宫就出得的？"光绪道："那就把戏班子请到宫里来演出。"翁同龢道："请戏班子进宫，动静不小，只怕瞒不住太后。"

光绪有些泄气，只得作罢。师徒俩又骂几句李鸿章，翁同龢悻然出宫，回了翁府。归府刚至书房坐下，门人入报，说有个叫李护国的人求见。李姓熟人不少，叫李护国的还从没听说过，翁同龢回绝道："不见不见。"门人道："李护国说是山东巡抚李秉衡派来的。"

翁同龢这才同意带人进来。李护国很快出现在面前，手里拿着李秉衡亲笔信。信里说李护国是李秉衡侄儿，专程入京，报杀兄之仇。

李护国乃李守国亲弟弟。去年李守国为日军带路登陆花园口后，被捅死推入海里喂了鱼，李护国发誓要为兄长报仇雪恨。李守国死在日军手里，为兄报仇，该找日本人报去，可李护国不，他要杀李鸿章。理由是北洋防军不跟日军作战，日军不登陆花园口，李守国用不着带路，也不至于惨死鬼子之手。冤有头，债有主，事起于北洋防军，北洋防军系李鸿章亲自练出来的，自然得找李鸿章寻仇。李护国于是离开老家庄河，辗转来到山东，走进抚巡衙门，向伯父李秉衡求助。李秉衡也觉得李鸿章该杀，且理由足够充分：包括庄河在内的辽南失陷，李鸿章罪不可恕，还要与日签约割让辽东，更不可轻饶。当即送李护国手枪一把，子弹若干，还有一大包银子。又考虑李护国从没到过北京，人生地不熟，不知上哪儿寻李鸿章去，又亲笔具函，让他来找翁同龢帮忙。

刚在光绪面前说过民气可用，这不正是民气吗？翁同龢点火烧掉李函，心里琢磨着怎么助李护国一臂之力。李护国以为翁同龢不愿帮忙，拿出李秉衡所送银子，放到桌上，豪爽道："银子不多，不成敬意，还请翁师傅笑纳。"

有银子还不好办事？翁同龢心生一计，道："你嫌银子没地方花，先拿着上街看场戏，消遣消遣，老夫这里慢慢物色强手，好助你去寻仇，保证马到成功。"把银子塞回李护国怀里，叫过家丁，带人出府，去找戏场。

到得戏场，台上又在演《丑表功》。看得李护国大呼过瘾，说李鸿章真正该杀。问旁边观众，台上丑角何人，答曰杨三。细瞧杨三台上功夫，确实了得，不正好配合自己杀仇么？戏快演完，李护国跑到后台，把杨三拉到僻静处，拿出银子，往他身上一砸，道："这是你的啦。"杨三诧异道："你是何人，为何给我大包银子？"李护国道："你不恨李鸿章吗？嘴巴恨有卵用！帮兄弟找到李鸿章，一枪崩掉他，才解心头之恨。"

杨三恨李鸿章恨到骨子里，又有大包银子，自然二话不说，带着李护国，直奔贤良寺而来。杨三乃北京本地人，京城角角落落，了如指掌，疆臣入京必住的贤良寺更不待说。到得寺外，见有皇宫侍卫值哨，一时近前不得。原来慈禧觉得李鸿章还有大用，特嘱步兵统领兼内务府大臣荣禄，安排得力侍卫，确保李鸿章生命安全。

近不了贤良寺，两人只得蹲守附近，静待时机。蹲了两天两晚，李鸿章没现身，也不见侍卫撤走，无从下手。直到第三天上午，贤良寺起了动静，但见李鸿章出得寺门，钻入轿内，由侍卫及毕德格等人簇拥，往东交民巷驰去。外国公使馆汇聚于东交民巷，看来李鸿章要去见洋大人。李杨两人尾随其后，远远望见轿子停于一处戒备森严的楼房前，门牌写着俄国公使馆字样。李鸿章很快从轿里出来，进了公使馆大门。两人不敢贸然行动，悄悄绕到公使馆后面，看能否靠近目标。公使馆后墙边有棵高大古槐，杨三一个鹞子翻身，眨眼间到了树上。李护国正叹杨三轻功厉害，杨三已扔下绳子，示意他抓住，往树上攀。墙内正好无人，李护国上树后，又随杨三跳入院内，贴住墙根，猫腰前行。到得一处窗下，里面似有人说话，驻足谛听，好像正是李鸿章有些苍老的声音："喀使久违啦！"

喀使就是俄国驻华公使喀希尼。只闻喀希尼道："相国马关遇刺，裹伤谈判，迫使日本无条件停战，少索两亿赔款，欧美各国视你为大英雄，赞赏有加。李鸿章道：各国赞赏无用，大清又不是洋国。"喀希尼道："有你这样的大英雄，难道贵国皇帝不感到骄傲吗？"李鸿章道："没错，敝国皇上确实感到很骄傲，正准备给老夫封王。"喀希尼道："可喜可贺！只是清廷规定，异姓不王，莫非相国功劳巨大，才破例封王？准备封什么王？"李鸿章道："平肩王。"喀希尼道："平肩王是什么王？"李鸿章道："就是把老夫摁到铡刀下，平肩削去脑袋，故称平肩王。"

喀希尼听出对方在开玩笑，讶然道："为什么呀？相国有大功，贵国皇上为何要如此待你？"李鸿章道："不都是俄英法三国害的么？日本侵占朝鲜之初，三国答应干涉，过后袖手旁观，纵容日军得寸进尺，犯我奉鲁，老夫丢掉北洋海陆两军不说，还得东渡议和，差点死在日本浪人手里。日本浪人手下留情，敝国君臣却不肯放过老夫，老夫只好逃往贵公使馆避难保命。"喀希尼道："避难不是长久之计，本使能为相国做些什么呢？"李鸿章道："老夫不知贵使能做什么，只知日本强索辽东，俄英法德在华利益，尤其散布于直奉鲁之军商两界，必将严重受损，难道贵使能继续装聋作哑吗？"喀希尼道："本使也知日本割占辽东，各国利益受威胁，再不能无动于衷，坐视不管，有必要采取适当措施。"

窗外的杨三好像听出点意思来，把李护国拉开，道："看来李鸿章杀不得。"李护国嚷道："李鸿章害死我哥，为何杀不得？"杨三道："你没听出来吗？李鸿章想借俄英法诸国之力，干涉日本索辽行径。留下李鸿章，游说各国成功，辽东或许能避免割让命运。"李护国道："我不管这些，只要李鸿章老命，不能让我哥白死。”杨三道：“你非要李鸿章老命也行，但不是现在。”李护国道：“不是现在，又待何时？”杨三道：“自然得看李鸿章能耐，辽东要得回，饶他不死，若最后割让给了日本，再取他命不迟。”

杨三好说歹说，李护国才勉强答应，缓缓再杀李报仇。接下来数日，两人又悄悄跟踪李鸿章，到过英法德诸国公使馆，偷听其与各公使交涉还辽事宜。经李鸿章鼓荡三寸不烂之舌，说服各公使与本国政府沟通，反复权衡利弊，意识到日本占领辽东，各国吃亏在眼前，遂下决心出面干涉。尤其俄法德三国政府，通过驻日公使，正式向日本外务省递交备忘录，声称日本一旦割占辽东，既有危害中国首都之虞，亦让朝鲜独立名存实亡，有碍远东和平，奉劝放弃占领辽东半岛企图。发文奉劝还不够，三国又组成联合舰队，耀武扬威，驶向中国东北，直逼日本驻军。与此同时，英国也电告日本，提醒三国联合舰队可不是做样子的。日本见势不妙，只得接纳三国劝告，宣布放弃辽东，然中国须付五千万两赎银。

日本就这样将吞进嘴里的辽东吐了出来。杨三由恨李鸿章卖国，转而敬他曲线救国，拿出李护国给的那包银子，还他手上，说：“日军就要撤离辽东，你还是回庄河陪伴父母去吧。”李护国道：“杀兄之仇未报，我怎么回去见父母？你不愿合作，我手里有枪，也能击杀李鸿章。”杨三道：“这几日跟踪李鸿章，你没看出他有大功于国，并非讹传的卖国贼吗？你要杀他，我不同意。”李护国道：“你干吗袒护李鸿章，他给了你啥好处？”杨三道：“做人得讲良心，你哥给日本人带路，死有余辜，怎能把账算到李鸿章头上？”

“你说谁死有余辜？”李护国火起，掏出手枪，指向杨三，“原来李鸿章是大卖国贼，你是小卖国贼，老子不能放过你，祸国殃民！”

杨三一惊，想不到李护国会动枪，手臂一甩，放出袖里暗针，直击对方脑门。几乎是同时，李护国扣动扳机，随着啪的一声脆响，子弹从枪眼里射出来。两人一个中针，一个中枪，晃晃身子，倒地而亡。

杨三原本是个普通戏子，靠扮丑卖艺，养家糊口，却肯舍身维护李鸿章，无不令人稀奇。一时之间，京城大街小巷，是嘴都在说道杨三，有赞他爱国，死得其所的，也有骂他狗咬耗子多管闲事，死也白死的。朝堂上下，大官小员，也议论纷纷，说啥的都有。毕竟日本归还辽东，和议已成定局，君臣欢天喜地，弹冠相庆。喜庆之余，实在没正经事可干，便拿杨三和李鸿章取乐，做成对联，曰：杨三已死无昆丑，李二先生是汉奸。

李二就是李鸿章，他在家排行老二，故有此称。对联虽系大白话，却做得很工整，杨对李，三对二，死对生，昆对汉，丑对奸，可谓巧对妙对。天底下大概也只有大清臣子，文字功夫格外了得，能化腐朽为神奇，作出如此高明绝对。

辽东失而复得，大清龙兴之地无损，光绪痛痛快快拿出《马关条约》文本，画押盖印，一边大声称赞李爱卿办差得力。翁同龢生怕李鸿章受光绪青睐恩宠，泼冷水道："日本可非白还辽东，又提出五千万两赎银要求。"泼得光绪吱不得声，只好闭上嘴巴。翁同龢又道："五千万并非小数，日本索取易，大清给付难。李鸿章不嘴皮子厉害吗？皇上可责令他，继续与日交涉，争取少出两三千万，大清子民也减些负担，多些生机。"

光绪便照师傅提议，颁旨给李鸿章。李鸿章知是翁同龢故意给自己出难题，题目做成，他建言有功，题目做不来，正好有借口收拾你。可李鸿章就是李鸿章，尽管心里一百个不情愿，还是重新给左脸蒙上厚厚纱布，躬起腰背，走出贤良寺，坐轿来到日本驻华公使馆，造访日本公使林董，请求减轻辽东赎金。李鸿章毕竟不是翁同龢，无意个人恩怨，心里想着时局艰难，民生不易，能尽臣子职责，争得一分是一分。

摇唇鼓舌，好话说了万万千，丑话说了千千万，林董眼望李鸿章脸上纱布，终于松口，愿与国内电商，看能否适当减免辽东赎金。李鸿章谢过林董，出门赶往其他诸国公使馆，请帮忙给日本施压，少强索恶要，让大清能喘口气，以重新振作。看李鸿章面子，各国公使立刻采取行动，奔走呼吁，为中国使劲。在各种力量作用下，日本政府终于答应减少两千万两，并让林董与李鸿章签署正式协议，中方交出三千万两赎金，日军撤离辽东。

撤出辽东后，日军乘船南下，转驻台湾。翁同龢指使门生奏请光绪，让李鸿章卖国卖到底，亲赴台湾办理移交。李鸿章知道翁同龢故意羞辱自己，以枪伤未愈推辞。光绪不允，最后闹到长春宫，慈禧发话，才免了李鸿章卖国大差。翁门弟子又上折，要求李经方代父卖国。李经方生死不干，请父亲代求慈禧免差。慈禧不好再干预，李经方不得不忍辱南行，去与日方办理台湾交接，成为千古卖国贼，录入史册。

至此，中日甲午大战落下帷幕。不用说，此战最大赢家便是日本，占领朝鲜，割走台湾，还强索两亿三千万两赔款和赎金。最大输家为李鸿章，所创北洋海陆两军覆没，直隶总督与北洋大臣实职丢失，仅留文华殿大学士虚衔和中看不中用的三眼翎顶。

翁同龢也是最大赢家。他巧借日本之力，成功消灭北洋海陆防军，把李鸿章踩到脚底，一遂平生夙愿。李鸿章与日议和成功，离不开孙毓汶和徐用仪支持，翁同龢指使光绪把两人开掉，自己一手控制军机处。海军衙门撤销，相关职责并入总署，光绪让翁同龢与李鸿藻兼任总署大臣。从此翁同龢军政和外交全抓到手上，可谓一人之下，万人之上。一人乃慈禧，并非光绪。光绪唯师傅之言是听，翁同龢不难拿捏，唯忌惮慈禧一人。事实也正因有慈禧在，没能如期取下李鸿章脑袋，不然这家伙早已身首异处，成了阎王殿里小鬼。

做成甲午战争，心想事成，翁同龢要大位得大位，要实权获实权，要爱国美名有爱国美名，唯一遗憾是身为朝廷第一重臣，手眼通天，一言九鼎，头上却还少顶大学士帽子。状元出身，两朝帝师，学问一流，还写得一手刁蛮无比的书法，竟连大学士都不是，简直天理难容。按大清惯例，大学士名额有限，通常满汉各四名，遇缺才能递补。偏偏李鸿章诸位汉员大学士活得长，多年没留出缺位，翁同龢一直被挡在大学士名额外，连协办大学士也没捞到。只好指望李鸿章死掉，其他大学士和协办大学士循序渐进，自己先晋协办大学士，日后再做大学士，直至擢首文华殿大学士，就如李鸿章一样。让翁同龢郁闷的是中日和局已成，杀李图谋成为泡影，唯有另找借口，把李鸿章整下去，虚出位置。

那又该找啥借口好呢？李鸿章位居肥缺数十年，固海防，练陆军，办洋务，理外交，手握军权事权财权，人在河边走，哪能不湿鞋？坊间早有谑语：宰相合肥天下瘦，司农常熟世间荒。合肥一语双关，既以籍贯代指李鸿章，又喻其以公肥私，形象而贴切。倒是翁同龢这个常熟人，虽替皇上掌管钱谷，自觉不过徒有虚名，从不占国家便宜，最多收些疆臣和门生所送宋版书什么的，哪能与李鸿章相提并论？

正是受此谑联刺激，翁同龢觉得非拿出非常手段踩死李鸿章不可。他拍拍脑门，传翁门弟子入府，谋划新动作。弟子们自然踊跃得很，赶紧呈折入宫，弹劾李鸿章主持两江和直隶期间，贪赃枉法，公饱私囊，奏请核实定罪，以平民愤。光绪见折，问翁同龢咋办。翁同龢出点子，命直隶总督北洋大臣王文韶、两江总督南洋大臣刘坤一，详查李鸿章主事两地劣迹，发现贪腐行为，如实禀报，不得隐瞒。还有安徽庐州，早有传言说，李家牛百里不踩外姓田，李家马千里不踏外姓山，子孙叔侄挥金如土，为害乡里，着皖抚据实查证，不可有误。

翁同龢想法，李鸿章贪腐成姓，臭名昭著，只要揪住他尾巴，纵使不能拿掉他老命，也可取走其文华殿大学士头衔，把他轰出京城，回合肥老家去丢人现眼。谁知事与愿违，不久王文韶复旨，李鸿章驻守直隶天津二十五年，公私分明，账目清楚，款项入出毫不含糊，有来龙，有去脉，没发现有何损公肥私行为。且理财有方，多年积存下库银八百万两，毫无保留，全部移交给继任。刘坤一也电称，上海金陵等地轮船、制造、矿业、电报皆为白手起家，资金缺乏，李鸿章常带头入股，吸引富商投资，事成赢利分红，业亏本钱打水漂亦不在少数。安徽巡抚回报，庐州合肥一带，确有不少李姓田庄、山场、商铺，大多系拉大旗做虎皮，冒姓顶替，部分属于李姓本家和李家兄弟子侄，可归到李鸿章本人名下者极少。安徽人会做生意，徽商名声在外，李家几位弟弟也颇善经营，生前确实积累下万贯家财，不过从无为害乡里劣迹，相反做过不少善事，诸如救灾赈济办学，有口皆碑。

翁同龢万万没想到，本欲揪个大贪官出来，竟查出个大清官，把李鸿章数十年贪腐污名洗得干干净净。细思李鸿章身居高位三十多年，公事公办，不须自掏腰包，加之参股办洋务，时有利息进账，薪俸也算丰厚，家里儿女不多，花不了他多少，实在犯不着贪占公款。

翁同龢仍不甘心，你李鸿章劣迹难觅，不少亲友在北洋海陆两军里管器械，办粮饷，浑水摸鱼之事定没少干。近如甲午大战，北洋防军经常枪打不响，炸弹引不爆，据说多系李家亲属采办，揪几个出来，再顺藤摸瓜，摸到李鸿章身上，看他怎么推脱。谁知布置下去，反馈回来说任职北洋防军的李家亲属诸如外甥张文宣等，大都身死殉国，尸骨难寻，查无对证。

当初李鸿章大权在握，拥兵自重，无人能把他怎么样，想不到如今手无寸铁，无职无权，仍没法修理他，能不令人沮丧？翁同龢觉得自己白做帝师，枉执朝政，徒有光绪皇威可借，数度出手，竟没能把李鸿章整趴下，实在太不中用。

十、强学会犯忌遭查禁，李相国起复游列国

翁同龢这里绞尽脑汁，欲拿掉李鸿章而不能，李鸿章却气定神闲，每天安居贤良寺，写写字，读读书，倒也自在。见风使舵者自然不会理睬失势人，倒是门生故吏仍念旧情，环绕不去。比如毕德格，李鸿章失势离津后，他怅然若失，美国政府让他返任驻津领事，也不接受，追到北京，重归旧主身边，继续给他读西书。且拒领工资，理由有些奇怪，说并非相国需要他，是他没法离开相国，若想赚钱，可给美国公使馆笔译资料，换取润笔。又如于式枚，因非翁门弟子，回任兵部后，不受待见，无所事事，一时又没地方可去，也常往贤良寺跑，来守恩师。再如直隶怀来县令吴永，本系李鸿章旧属，又是曾纪泽女婿，即曾国藩孙婿，一向敬重李鸿章，亦常来常往，陪侍左右。

这日清闲，几位来到李鸿章住地，一起听毕德格读西书。听上个把时辰，毕德格读累，几位你一言我一语，闲聊起来。聊到翁同龢不择手段，落井下石，一个个咬牙切齿，李鸿章却笑道："心底无私天地宽。老夫为大清兴洋务，固海防，办外交，皆出于公心，翁同龢公报私仇，尽人皆知，还怕他把老夫撕烂嚼碎，咽进肚里？"吴永道："相国无惧无畏，可翁同龢占据大位，不图振奋，只思报私怨，泄私愤，看来大清继续沉沦，亡国亡种，为期不远矣。"于式枚道："翁同龢除会几句古文，别无所长，不做点小动作，如何打发日子？"吴永道："也怪皇上少不更事，忠奸不辨，贤愚不识，才倚翁同龢为干城，坏国家大事。若换相国当国，又何至于此？"于式枚道：

“皇上听信翁师傅唆使，恨死相国，哪会让相国当国？”

李鸿章摆摆手，道：“功计于预定而上不行，过出于难言而人不谅，让老夫当国，也当不好。”吴永道：“相国贤明睿智，练达老成，皇上若明白事理，真由您当国，大清情形将大不同。”李鸿章叹道：“国体如此，谁都无回天之力。老夫虽没入朝当国，却经办洋务海防数十年，如今想来不过勉强涂饰，虚有其表，不揭破犹可敷衍一时，久之必漏洞百出。如一间破屋，由裱糊匠东补西贴，居然成一净室，小小风雨，打出几个窟窿，随时补葺，尚可支吾对付。若被爽手扯破，又无上等修葺材料，良好改造方式，难免真相破露，不可收拾。”

吴永与于式枚皆以为然。毕德格插言道：“相国自比裱糊匠，多少有些道理，大清纸屋百孔千疮，实难再糊下去。然相国兴航运，办制造，开煤矿，修铁路，建电报，件件桩桩，摆在那里，终将泽惠子孙。试想西器如此便利，人们已尝到甜头，还会轻易放弃吗？不用说，不管日后大清纸屋存不存在，相国一手开创的矿业、铁路、电报、制造等好东西，仍会保存下来，发扬光大。包括必不可少的海防，北洋海军虽已覆灭，毕竟相国做出榜样在先，他日重建，有经验可借鉴，也会少走不少弯路。”

甲午一战而败，前功尽弃，李鸿章从大清头号英雄，一夜间沦落为天下最大罪人，一无是处，君恨臣咒，连普通百姓无不唾弃之。相反洋人旁观者清，充分肯定李鸿章所作所为，认为大清不愿亡国，中国不愿亡种，唯一办法就是打起精神，沿着李鸿章开辟的洋务，求富图强。于式枚道：“只怪相国位高权重，动辄得咎，朝臣怀恨在心，参劾都参劾不过来，自然不会像毕将军样，以客观角度，看待相国所建功勋。”吴永也道：“木秀于林，风必摧之。据不完全累计，几十年以来，相国挨参遭劾高达八百多次，蔚为壮观。”

于式枚笑笑道：“渔川（吴永）只知相国被参劾八百多次，可知相国引西学，师西技，兴军工，办洋务，主持首创五百多个中国第一，两百多个亚洲第一，加起来也是八百之数。”吴永道：“相国所创三千年未有之大业，遍布神州大地，有目共睹，末学能不知道？末学还知相国通过毕将军巧嘴，用耳朵‘读’过英法德俄等各种西语著作，多达八百余种。毕将军说说，有无此事？”毕德格点头道：“有有有，末将为相国读过的书早超过八百种。”

于式枚总结道：“几位看看，相国用耳朵‘读’过八百种西语著作，眼界大开，求富图强，引进首创八百项中国和亚洲第一，可谓惊天动地，振聋发聩，才惹怒朝臣，遭弹劾八百多次。看来世间之事，没哪件是孤立的，有前必有后，有因必有果。”

“细思量，倒也不假，老夫无时不被纠，无事不被参。命该如此吧，先前老夫征发剿捻，屡败屡战，继办洋务海防，屡参屡办。”李鸿章叹道，“都怪老夫看不惯朝野上下，文恬武嬉，安位取容，苟求无事，只知动嘴不动手，平时讲求武备，辄以铺张縻费为疑，厉禁购械购船，一旦有警，方知兵力不敌，淆于群哄，轻于一掷。事机万紧，战绌言和，兵事甫解，谤书又腾，伐我罪我，纵有千嘴，亦难辩驳。可见言官制度，最足坏事。前明之亡，即亡于言官。此辈皆少年新进，毫不更事，亦不考究事实得失与国家利害，随便寻个题目，则信口开河，畅发议论，以出露头角。殊不知天下事，为之而后难，行之而后知。有些言官遇事弹纠，放言高论，盛名鼎鼎，后放外任，负到实在事责，芒角立时收敛，一言不敢妄发。迨升任封疆，痛恨言官，更甚于人。制度如此，后来者仍踵其故步，国无振兴之可冀矣！”

几位感叹数声，于式枚问毕德格道：“美国政府有无言官制度？”李鸿章道：“美国没言官制度，只有‘言民’制度。”于式枚道：“何谓‘言民’制度？”李鸿章笑道：“所谓‘言民’制度，其实就是新闻监督，美国新闻都是民办性质，代表民意发声。”毕德格道：“相国所言甚是，美国宪法规定，官方不能办新闻，只能民间来办，用以监督官方。”吴永问道：“咱言官制度与美国‘言民’制度，区别又在哪里呢？”

李鸿章感慨道：“美国新闻站在民间立场，监督政府所作所为，凡危害民众利益者，必公之于报端，逼迫政府改善服务，促进社会进步。清廷言官制度属官场内部牵制手段，无非怂恿群臣窝里斗，斗得你死我活，再分头寻求皇上保护，皇上正好控制臣下。”

于式枚举例道：“比如翁同龢，正是利用言官制度，纠合翁门弟子，围攻相国，以公报私仇。数十年来，不论相国开煤矿，修铁路，还是建电报，办制造，或是练海军，固海防，每一件利国利民大好事，都会被言官拿去当作借口，安上莫须有之罪名，横加指责，大肆攻击，非逼得什么事都砸掉，眼睁睁看着民穷国弱，落后挨打，才觉得畅快。”

说话间，天色不觉暗下来。李经述进来掌灯，背后跟着一人，李鸿章一见，不觉笑起来，朗声对来人道：“咱们正在说你老师翁同龢坏话呢，你来旁听旁听，好传回翁师傅耳里，让他纠合众弟子，再狠狠参老夫一本。”

来人不是别人，乃翁门六弟子之一徐致靖。徐致靖既是翁同龢门生，又系李鸿章年家子，才两头来回跑，翁门李门都不落下。这日徐致靖去礼部办完差，上翁府看望老师，翁同龢旁边围着不少人，近不得身，只好悻然走开，转而来贤良寺拜会李鸿章。

徐致靖坐定后，李鸿章道：“老夫已无职无权，名声又臭，渔川（徐致靖）少来走动。翁师傅如日中天，要多往他面前蹭，于仕进有好处。”于式枚道：“正因翁同龢炙手可热，往他前面蹭的人太多，徐大人不费点劲，不一定蹭得进去吧。”徐致靖实话道：“可不是么？刚到过翁府，翁师傅左簇右拥，致靖根本没法近前。”李鸿章道：“翁师傅左右都是些什么人物？”

徐致靖掰着指头道：“康有为、梁启超、文廷式、汪鸣銮、志锐、沈鹏、袁世凯等人，都是翁府座上客。”于式枚问：“袁世凯也投到了翁同龢门下？”徐致靖道：“相国离职前，曾与王文韶、刘坤一联奏皇上，请求起用无事返回河南项城老家的袁世凯，皇上以为然，诏其北上候宣。袁世凯入京伊始，聘幕友数人，避居宣武门外嵩云草堂，即河南会馆，闭门用功，翻译洋人兵书十二卷，再结合朝鲜带兵经验，自拟西法训练新军计划，以为敲门砖，奔走于翁师傅与荣禄门下。也是皇上痛感朝中暮气沉沉，亟欲舍旧图新，振兴庶政，看过翁荣两人所荐袁世凯西法练兵计划及其译稿，赞赏不已，令其至督办军务处差委。”

袁世凯到京日久，定然知你闲居贤良寺，却不闻不问，竟转入翁同龢门下，要李鸿章心里多么舒服，自然不可能。然转而思之，翁同龢执掌朝政，又是天子近臣，袁世凯欲有所作为，投靠翁门，也没啥错。放眼朝中文武，只知口水爱国，也就袁世凯有胆有识有谋，能通过翁同龢，引起皇上重视，借用西法，练成新军，保清卫国，确也不是坏事。

李鸿章心里原谅着袁世凯，吴永抱不平起来：“盖项城出相国门下，颇受奖植。而今相国投闲置散，常熟（翁同龢）方得权用事，袁世凯趋炎附势，另投新主，令人不齿。”

“没如此严重。”李鸿章哈哈一笑，转向徐致靖，“康有为诸士积聚翁门，都干些什么勾当？”徐致靖道：“无非纵论中西，畅谈古今。”李鸿章道：“文人嘴上功夫好，不论不谈，嘴巴也难受。”徐致靖道：“相国也许有所耳闻，康有为、梁启超、文廷式、杨锐等人还弄出个什么强学会来。”李鸿章问:“杨锐何许人也?”徐致靖道:“四川绵竹人，内阁侍读。”李鸿章道:“张之洞总督两广时，也有个叫杨锐的幕僚，此杨乃彼杨否?”徐致靖道:“张幕杨锐正是内阁侍读杨锐。”李鸿章道:“从张幕至内阁，门槛迈得蛮大嘛。”

吴永又插话进来:“张之洞不有巧宦之称吗?巧就巧在心眼多。也许觉得身处南国，天高皇帝远，与宫廷声气难通，才一番运作，把得意门生杨锐推举至朝中，先做内阁中书，再升内阁侍读，一步步往皇上身边靠。如此一来，无异于在宫中埋了根眼线，皇上和朝廷有何动静，可经由杨锐，及时传达给自己。”

李鸿章不屑多言张之洞，转问徐致靖道:“听说强学会热闹得很，康梁文杨外还有些什么人?”徐致靖道:“强学会列名会员者甚众，除康梁文杨等新锐主干，还有翁同龢、李鸿藻、袁世凯、张荫桓、孙家鼐、宋庆、聂士成等，可谓声势浩荡。”吴永道:“相国足不出户，不知如今京官见面，三句不离强学会。还创办了会刊《万国公报》，刊发西著，广为流传。”

惹得李鸿章兴致大发，道:“渔川哪天见到《万国公报》，给老夫弄几份，没事也好翻翻，长些见识。”徐致靖道:“致靖轿里就有几份，正好拿来给相国瞧瞧。”

说罢徐致靖起身出门，返回时手上多了把报刊。李鸿章接过去，戴上老花镜，翻阅起来，诸如《地球万国说》《地球万国兵制》《通商情形考》《万国矿务考》《各国学校考》《铁路情形考》《铁路通商说》《农学略论》《西国兵制考》等，都是西方新兴文明著作。不过李鸿章并不陌生，其中不少文章都听毕德格读过，可谓耳熟能详。

翻阅得差不多，转手递给毕德格。毕德格瞧几眼，笑笑道:“报上所译诸务，相国已实打实办了几十年，迟至今日，康有为他们才翻译到纸上，衮衮诸公竟少见多怪，耳目一新。”李鸿章道:“此时翻译出来，登报传播，亦不为迟。看来康梁文杨所办强学会还确是好东西，老夫愿省吃俭用，出银三五千两，予以声援。”

也是言者无意，听者有心，李鸿章不过半开玩笑，信口而言，徐致靖却很当回事，跑到嵩云草堂，把话递入袁世凯耳里，让他转达康有为。徐致靖想法是，若能通过强学会，把李鸿章与翁同龢绑到一起，消除两人夙怨，日后自己左右逢源，也好为人做官。别看李鸿章暂时落魄，手无寸权，说不定哪天慈禧一句话，又会再度出山，重掌大政。恰巧袁世凯也有此想法，康有为来嵩云草堂聚会时，极力怂恿他，吸纳李鸿章入会。

康有为大喜，准备上贤良寺见人纳银。岂料被翁同龢闻知，把他叫去，一番训斥，毫不含糊道："李鸿章若入强学会，老夫知趣退出，你们爱怎么折腾怎么折腾去。"

毕竟李鸿章已属去皮老虎，康有为不愿因小失大，开罪如日中天的翁同龢，就此作罢。却由李鸿章联想起王文韶、刘坤一、张之洞等实权疆臣，赶紧寄去《万国公报》，希望他们加入强学会。王文韶和刘坤一立即作出反应，派人奉上银子，成为强学会会员。只张之洞迟迟没有动静，康有为颇为不满，见着杨锐时，不客气道："还说叔峤（杨锐）是香帅（张之洞）得意门生，门生与同仁创办强学会，老师怎么不理不睬，毫无表示？还不如王文韶和刘坤一，与强学会诸君没啥瓜葛，见报后不折不扣，输银入会，多么爽快。"

杨锐也甚觉奇怪，张师傅天天高喊引西学，兴洋务，强学会所倡，正是其主张之翻版，学生又是学会骨干分子之一，他怎能无动于衷呢？当即给张之洞去函，将京都强学会盛况描述一番，希望老师能参加进来。末了还透露说皇上读过《万国公报》，兴奋不已，表示也要入会，皆因身份特殊，不敢孟浪，只嘱臣下，每期报纸出来，务必尽快呈送入宫。

函达武昌湖广总督衙署，张之洞桌上就摆着《万国公报》，正跟幕僚讨论报上文章，商量要不要加入强学会。其实张之洞早有入会意愿，只因手下幕僚意见不一，说啥的都有，才一时下不了决心。其中有位叫辜鸿铭的幕僚，最瞧不起强学会，说康有为不过兜售肤浅西学的"艺者"，只知咀嚼洋人吃剩的现馍馍，不足为奇，要张之洞另创一个学派，让北京那帮艺者长长见识。正是辜鸿铭一句话，让张之洞变得犹豫起来，暂时放弃加入强学会的念头。

那辜鸿铭是谁，为何一向自命不凡的张之洞如此在乎他的话？

辜鸿铭祖籍福建惠安，爷爷辈便离开中国，去了南洋，在马来西亚看管英国人的橡胶园。爷爷死后，父亲接任橡胶园总管，不仅会汉语，还会马来语和英语，母亲则是金发碧眼的白人，一口英语和葡萄牙语。恰好橡胶园园主没有子女，便收辜鸿铭为义子，自幼教他阅读培根和莎士比亚等英国作家著作。十岁那年，义父回国，辜鸿铭跟着到了欧洲，辗转求学于英德诸国名牌大学，获文、哲、理、神等十三个博士学位，可用九国语言会话、作诗和著书立说。十四年后返回马来西亚，偶遇马建忠奉李鸿章之命，来与英国人谈判鸦片专售事宜，两人一见如故，倾谈三日。马建忠不仅精通西语，且国学深厚，正在写作《马氏文通》，辜鸿铭深受感染，放弃殖民政府职务，专心研习中国文化，以期日后回国效力。待装下一肚子国学后，毅然来到广州，电告马建忠，准备北上投奔李鸿章。又刚纳了日本女人为妾，于是对外宣称：生在南洋，学在西洋，娶妻东洋，即任北洋。

“四洋”之语一出，顷刻传遍广州士林，时任两广总督张之洞得闻，心想辜鸿铭如此大才，怎能让其自眼皮底下溜走，好了狗日的李鸿章？赶紧丢下手头急务，亲自跑到辜鸿铭寓所，许以高价聘用。辜家富可敌国，辜鸿铭哪在乎张之洞所出高价？皆因感其真诚所致，决定先留两广督府试试，北不北上，日后另说。也是张之洞有心洋务，对满腹洋墨水的特殊人才看得千金重，辜鸿铭一入幕府，便委以重任，放手让他去干。英雄有用武之地，辜鸿铭也就跟定张之洞，再无二心。后又随赴武昌，湖广范围西学、制造和矿冶诸务，皆决于辜鸿铭。

自受马建忠影响，致力国学后，辜鸿铭便一反常态，觉得中国什么都好，相反西学西器屁都不是。然张之洞要兴洋务，有求于他，他又士为知己者死，不折不扣，尽己所能，把事情干得漂漂亮亮，属典型的知行不一。中国读书人包括张之洞在内，不崇尚知行合一么？遇着辜鸿铭如此另类，倒觉得新鲜，也计较不了那么多。

只因习惯对辜鸿铭的依赖，张之洞本来要入强学会，遭辜鸿铭反对，便三心二意，一时不知该如何好。都说李鸿章拼命做官，其实他做官为干事，张之洞则相反，干事为做官。正因如此，张之洞每办一事，动手前都会反复权衡，看看利不利于自己保官和晋升。若照辜鸿铭所言，趁西风东渐，另创学派，与强学会南北对峙，弄出大响动，引起皇上与太后关注和好感，岂不妙哉！中日大战后期，刘坤一曾离开金陵，北上统兵抗敌，张之洞受命署理两江，一心等着署上数月，理上半年，便甩掉署理两字，正式总督两江，待资历足够，再顺理成章，入主直隶。谁知李鸿章议和成功，刘坤一重回金陵，张之洞不得不夹着尾巴，西归原任。所幸刘坤一年高，王文韶平庸，自己能在湖广另创学派，崇西学，倡西器，为皇上和太后所认可，征召北上，入主直隶和北洋，接管李鸿章所遗洋务，自然不在话下。

偏偏杨锐信函送达，张之洞展阅之下，眼里表情复杂起来。辜鸿铭就在一旁，瞟瞟张之洞，还有他手上信函，疑问道：“香帅怎么啦？”张之洞没说啥，递过杨信，让辜鸿铭自己看。辜鸿铭低头还没看上两眼，门房通报进来，说有伙西洋妇女驾车而至，聚集衙署前，叫着辜鸿铭名字，要他出去答话，否则打进衙门，割掉他舌头。辜鸿铭觉得有趣，扔掉手里信函，掉头出了门。张之洞一向高看辜鸿铭，也没阻止，只是笑笑，任由他去。

署外洋妇为欧美各国驻鄂领事夫人，一个个来头不小。之所以骂上门来，并非什么正经事，皆因辜鸿铭开了句无伤大雅的玩笑，伤及她们自尊，特意坐着四轮马车，前来兴师问罪，讨要说法。见辜鸿铭很快出现在门口，一个个跳下马车，围拢过来，操着半生不熟华语，指指点点，骂辜鸿铭是大流氓，大淫棍。

等洋妇们骂个够，辜鸿铭才似笑非笑道：“中国有句古话，叫拿贼拿赃，捉奸捉双。你们说本幕大流氓和大淫棍，依据在哪儿？没有依据，我要反告你们诬谄罪。”

洋妇们一下子被问住，你看看我，我看看你，出声不得。还是有位胖妇，抖动身上肥肉，高耸巍巍胸脯，上前半步，嚷道：“咱们欧美文明国家，讲究男女平等和一夫一妻制，你却散布谬论，说一个男人可娶多个女人，逗得驻华领事一个个蠢蠢欲动，都想学你样子，也娶上三妻四妾，过回中国男人瘾。眼见咱们夫妻感情破裂，你要为自己言论负责，给予赔偿。”

辜鸿铭忍俊不禁，笑道：“你们洋人真不要脸，动不动就拿赔偿说事，有理要赔偿，无理也要赔偿。你说说，我到底散布什么言论，害得你们夫妻感情破裂？”胖女人说：“你是不是说过，男人是茶壶，女人是茶杯，一个茶壶，应配多个茶杯？”

逗得围观路人哄然而笑。辜鸿铭也笑笑，道：“我确实说过此话。你回答我，一个茶壶不配数个茶杯，难道每个茶杯都配一把茶壶，甚至一个茶杯配多把茶壶？”胖女人说：“我不管茶杯茶壶如何配置，只恨你说男人是茶壶，女人是茶杯，害得我家领事先生自视为茶壶，有事没事，到处寻找茶杯上茶。”

其他洋妇也大声附和，说自家男人也俨然成了茶壶，总想多配茶杯。自然又引来一阵笑声，围观人群越来越多。辜鸿铭看看人群，又对洋妇们道：

“既然你们不认可男人是茶壶，女人是茶杯，我也拿你们没法。只是你们得告诉我，男人是什么，女人又是什么？”

洋妇们张嘴结舌，不知说啥好。辜鸿铭又问道：“今天你们是怎么到督衙来的？”洋妇们指指身后马车道：“坐马车来的。”辜鸿铭再问道：“马车轮子要不要打气？”洋妇道：“当然要打气，不打气，轮胎怎么滚得动？”辜鸿铭继问道：“你们马车有几个轮子？”答曰：“四个车轮。”辜鸿铭道：“一部马车有四个轮子，你们车上是不是备了四个打气筒？”洋妇道：“当然不用，一个打气筒足可给四个轮子打气。”

辜鸿铭坏坏笑道：“一个打气筒可管四个车轮，一个男人至少也可负责四个女人嘛。”

逗得围观人群大笑。洋妇们见说不过辜鸿铭，只好各自跳上马车，落荒而逃。望着马车绝尘而去，辜鸿铭开心笑笑，转身进了督衙大门。来到签押房，已不见张之洞，道是回后衙睡觉去啦。都说张之洞是猫变的，喜欢昼伏夜出，辜鸿铭没啥可说，也回房躺到床上，做起白日梦来。也是在欧洲生活过十多年，辜鸿铭东归后，时差老倒不过来，白天昏昏沉沉，夜里则精力充沛，容易来事。师徒都有此共同爱好，想要两人合不来都难。

一觉睡醒，已是华灯初上时分。辜鸿铭赶往签押房，张之洞已在办公，精力旺盛的样子。辜鸿铭讨要杨锐信函续读，张之洞说：“不用啦，我已决定参加强学会，会费都已汇走。”辜鸿铭吃惊道：“香帅不自创学派啦？”张之洞道：“怪你没细看杨锐信函，里面说皇上对强学会很感兴趣，本督自创学派，岂不是与皇上闹别扭么？”

张之洞就这样成为强学会会员。让张之洞意想不到的是，随着强学会影响越来越广，奕䜣与奕劻等王公贵族不安起来，生怕大清天下受到威胁，密使御史杨崇伊，以贩卖西学、植党营私和蛊惑民心为由，奏禁强学会，捉拿康有为和梁启超等人。都察院奉旨调动捕快，四处追拿强党人士，一时之间，京中鸡飞狗走。

康梁大骇，逃往翁府求救。翁同龢摇着手，极力推脱，说两邸（奕䜣与奕劻）禁强，无人能阻。驱走两位，赶紧入宫去见光绪，大声痛斥强学会及其党人，以撇清与强党的关系。还说：“皇上可知强党幕后推手为谁？”光绪摇头：“不得而知。”翁同龢道：“就是李鸿章。”光绪讶道：“李鸿章也与强党有涉？”翁同龢道：“李鸿章丢官去职，闲极无聊，正好与强党勾肩搭背，打成一片。《万国公报》所登译文，便大都由李鸿章洋秘书毕德格提供，不然强党上哪弄西著去？再说强党多为闲官寒士，自给都困难，哪有钱办刊？李鸿章便带头捐银三千两，又号召门生故吏掏钱，为强学会推波助澜，不然强党也不可能迅速壮大，渐成威势。”

光绪闻言大怒，即命翁同龢拟旨，着都察院拿办李鸿章。都察院派遣十多名捕快，急赴贤良寺，竟扑了个空，没逮着人。原来奕䜣病重，李鸿章大早出门，上了恭王府。捕快们纵马赶到恭王府门外，欲入内捉拿钦犯，毕竟王府重地，不敢贸然行动，只得守住前后大门，再着人返报都察院。都察院做不得主，入宫禀报光绪。

不巧的是，此刻光绪正在养心殿召对奕劻和翁同龢，商议派人赴俄参加新皇登基大典事宜，一时没法搭理都察院的人。

不久前俄国老沙皇去世，由尼古拉二世继位，湖北布政使王之春受命赴俄，吊唁旧皇，向新皇致意。俄国已确定来年初夏举办尼古拉二世加冕大典，清廷电嘱王之春，参加完吊唁仪式后，别急着回国，留下代表朝廷参加庆典。这有些敷衍了事，俄国颇感不快，电令驻华公使喀希尼觐见奕劻，声称王之春位卑言轻，难当大任，望改派王公大臣入俄致庆，密商中俄铁路连接与两国军事同盟事宜。言下之意，非具有国际威望的李鸿章不足以取信于人。

正要借强学会事件，拿下李鸿章，俄国鬼子又插上一手，不故意搅局么？光绪恼火得很，大发雷霆，恨不得冲进俄国公使馆，揪下喀希尼脑袋，再撒上一泡尿。翁同龢也大骂李鸿章误国，企图阻其赴俄。幸奕劻明智，待两人发完火，使过气，才耐心劝道：“俄国联合法德两国，压服日本，归还辽东，有恩于清，要求派德高望重大臣参加新皇庆典，也不为过，还请皇上酌情考虑。”翁同龢道：“朝中德高望重大臣多的是，红毛（俄国人）鬼子为何死死盯住李鸿章，他们到底得过姓李的什么好处？”

见翁同龢不肯放过任何攻击李鸿章的机会，奕劻有些不满，含沙射影道：“微臣受命主持总署以来，才意识到吾朝所谓德望大臣，坐而论道，空谈爱国，嘴巴利索得很，一旦到得洋人面前，一个个张口结舌，话都说不圆，仿佛老鼠见到猫一样，出尽洋相。也就李鸿章跟洋人打过一辈子交道，不怵洋人，洋人也服他，乐意跟他交往。”

噎得翁同龢两眼直翻，只好闭上嘴巴。光绪又骂朝中无人，害自己看不惯李鸿章，遇事还得有求于他，好像没他李鸿章，清廷就得关门歇业似的。奕劻苦口婆心道："怪只怪大清羸弱，连小日本都对付不了，不得不联俄抗日。俄国肯帮大清，又愿两国衔接铁路，结盟军事，派李鸿章赴俄参加庆典，议成密约，确保大清江山稳固，又何乐而不为呢？"

迫于无奈，光绪只好暂饶李鸿章，同意他代表清廷赴俄。事关重大，又跑到长春宫，恭请慈禧。慈禧道："李鸿章名响位轻，不过总理衙门行走，闲着也是闲着，就命他为钦差大臣，出使俄国，兜兜风，长长见识吧。"

光绪于是让奕劻通知李鸿章，年后出使俄国。土已埋到脖子，还漂洋过海，万一客死异域，谁给收尸？李鸿章以年事已高，不便远行，上折请辞。光绪恨不得撕掉折子，定李鸿章抗旨不从罪，无奈赴俄非他莫属，不得不忍气吞声，复旨不允。李鸿章重又上折，旧话重提，说年老多病，已实在走不动，请皇上放过自己。光绪只得再次下旨哄劝，说尽好话，给足面子，李鸿章这才不得不勉强答应下来，着手出使俄国准备。

君臣折来旨往，传到欧美各国公使耳里，纷纷走进总署，要求李鸿章访毕俄国，顺访自己国家。奕劻做不得主，请示光绪和慈禧，两宫不好得罪各国，只有答应。几经商量，初定李鸿章访俄结束后，再绕访德、法、英、美、荷兰、比利时诸国，随员包括兵部主事于式枚、海关道罗丰禄、升用道联芳、副税务司俄人柯乐德、税务司德人德璀琳、税务司英人赫政（赫德之弟）等中外人士。李鸿章要求派经方、经述二儿随行照顾衣食起居，翁同龢公然反对，称因公出访，非私家旅游，怎可破费公帑，带上儿子，周游列国？还说李经方丧权辱国，割让台湾，名声极差，不宜代表清廷出访。

台湾是光绪签署加玺才割让日本的，李经方不过被迫办理交接手续而已，翁同龢故意借题发挥，实在无耻。李鸿章不辩不驳，只上折请求两宫，赐翁同龢李姓。慈禧与光绪不明何意，李鸿章复折道，翁同龢改姓李，好过继李家门下，代经方经述服侍老父。慈禧见折，笑得前仰后合，骂李鸿章活得不耐烦，也不怕折寿，翁师傅便宜也敢占。又体谅李家父子有大功于国，恩准李鸿章两儿随行，并赏李经述三品衔，以示优待。翁同龢气急败坏，本想阻止李经方与李经述随行，巴不得李鸿章无人照料，客死海外，烧纸招魂的人都没有，变成孤魂野鬼，谁知闹到慈禧那里，相反让李家得了大福利。

转眼进入光绪二十二年（1896）新春。元宵那天，颐和园张灯结彩，喜气洋洋，各大学士、六部尚书、都察院左都御史、南书房和上书房诸大臣，入园陪侍两宫游船、宴饮、听戏、赏灯，欢庆佳节。庆毕，李鸿章被传入乐寿堂，接受慈禧与光绪召对。行过跪拜大礼，慈禧正欲张嘴赐座，光绪先道："甲午战败，割地赔款，李鸿章知不知罪！"

光绪非把甲午之辱搁到李鸿章一人头上，李鸿章不愿争辩，磕头承受。慈禧得维护光绪皇威，不好打断他，赐座给李鸿章，李鸿章只能老老实实，继续跪着。光绪又道："知罪就好。你罪不可恕，本该严惩，太后仁慈，放你一马，还委以大任，让你代表朝廷出使俄国，你懂不懂感恩？"李鸿章道："皇上和太后信任，罪臣定当勉力而为，决不辜负圣恩。"

召对李鸿章，自然不是为兴师问罪，光绪出过气，君臣开始讨论中俄军事结盟议题。李鸿章入京以来，无职无权，仅挂总理衙门行走虚衔，最多算伴食宰相，军国大事插不上嘴，朝廷也不让他插嘴，中俄军事联盟事宜经总署与喀希尼密商，早定下基本框架，不过等着李鸿章赴俄后把关细节，签字画押而已，出国前务必得到两宫明谕，确定底线何在。

召对半天，慈禧与光绪明确表态，同意俄在东北建筑铁路，租用不冻港一个，作为密约基础，建立两国军事联盟，其他细枝末节，届时李鸿章可视具体情形，随机应变。李鸿章领命，谢过恩，磕过头，意欲起立。却因跪伏太久，全身麻木，腰僵腿硬，动弹不得。光绪以为李鸿章跪着舒服，赖着不肯起身，喝道："还不走干吗，想把堂砖跪个洞出来！"

还是慈禧见状，关切道："不是哪里不舒服吧？"李鸿章痛苦地摇摇头，道："罪臣怕是起不来啦。"慈禧指使李莲英道："扶李鸿章起身。"李莲英给侍茶太监使个眼色，两人急步上前，一左一右，把李鸿章搀起来。谁知挪动如铅双腿，移上没几步，李鸿章眼前一黑，昏倒过去。慈禧大惊，忙唤太医，光绪则嘴里嘀咕："不是演戏吧，演得还蛮像的。"

一下赶来几位太医，七手八脚，足足忙了一个多时辰，李鸿章才悠悠醒转来。好在并无大碍，回贤良寺休息一晚，便恢复如常。第三天访问过俄德法三国公使，第四天便以钦差大臣身份，率员出京，东至天津，会晤各国领事，接受王文韶等官员及旧吏宴请，其喜洋洋，一团和气。数日后登上招商局轮船，迎风南驶。抵达上海，各国军舰齐列吴淞口，鸣炮致敬，南洋防军跪列岸边，向天施放排枪，场面格外壮观。只见李鸿章身穿黄马褂，冠飘三眼花翎，雍容登岸，在盛宣怀、马建忠等松沪官商要员簇拥下，乘坐紫缰大轿，进城入住丁香花园。

上海是李鸿章发祥地，诸般事业肇始于此，至今招商、电报、纺织、造纸各局依然红红火火，生机盎然，旧主故地重游，自然倍感亲切。连日接见门生故旧，接触各国驻沪领事，又忙碌，又快乐，人都仿佛年轻了好几岁。正好大哥李瀚章到沪就医，兄弟相见甚欢。欣喜之余，李瀚章题吟东坡任职徐州时寄赠子由的诗句以娱：误喜对床联旧约，不知漂泊在彭城。

彭城就是徐州，东坡做过两年徐州太守。逗留旬日，时至春分，到了登船出洋时候。临别之际，盛宣怀告知，刚收到安徽抚衙电报，刘铭传已于数日前溘然长逝。坊间传言，作为首任台湾巡抚，刘铭传闻知台湾割让日本，不禁悲愤交加，口吐鲜血，病势转重，竟至不起，终年六十岁。李鸿章悲从中来，感叹淮军老将相继辞世，凋零殆尽，剩下他孤寡老头一个，还得面对大清残破河山，落寞自知。当即命笔，为刘铭传请功追谥。朝廷倒也大方，赠太子太保，谥壮肃，刘铭传也算功德圆满，年轻时立下的生封死谥大愿得以实现。

发走折子，李鸿章一行登上法国邮轮，离开上海，途经香港、越南、新加坡，到达红海口，再改乘俄国轮船，走苏伊士运河，由地中海入黑海，到达埃及，转登俄军舰，赶往敖德萨港。俄国举行隆重仪式，迎中国使团入都城彼德堡。李鸿章年事已高，腿脚不便，需坐自备轿子行动，接待官员和护警以替大清名臣服务为荣，个个争先恐后，主动上前帮着抬举轿子。记者亦蜂拥而至，问长问短，李鸿章有问必答，口若悬河。

这已是三月下旬，沙皇命财政大臣维特，请李氏父子乘坐五马金车，入宫觐见。宾主礼毕，李鸿章致辞晋颂，代呈光绪所赠礼物，诸如双龙金宝星、千年古铜瓶、大红毯之类。接下来维特与李鸿章坐到一起，讨论中俄军事联盟事宜。几经磋商，达成基本共识，中方同意俄方修筑中东铁路，若日本进攻中俄领土，两国联动互保。只是维持提出，中东铁路满洲支线亦由俄政府承揽，李鸿章拒不答应，理由是中国百姓视白人为敌，俄政府插手满洲铁路，易引起骚乱。至于李鸿章提出满洲铁路支线采用窄轨，不能用中东铁路宽轨，维持也不同意，认为干支两线铁轨宽窄不一，战时兵源与军需运不进去，不利于两国互保。

俄方依此起草密约文本，交给中方。李鸿章致电总署，请求定夺。奕䜣、奕劻、翁同龢见电，毫无主见，面呈慈禧和光绪，两宫也举棋不定。直至四月上旬，中方使团离开彼德堡，赶赴莫斯科，准备参加沙皇登基庆典，还没见只言片语回复。李鸿章发电催促，好不容易等来复电，说同意两国互保，松花江可共同行船，不提铁路二字。李鸿章再致电强调：俄愿与中国结好，密约无甚悖谬，若不同意修建中东铁路，实现两国互保，清廷无以抵挡日军，后患无穷。且俄方承诺，铁路公司资本限于中俄两国，不论营利如何，中国年得银二十五万两，铁路建成五十年后归还中国。如奉旨准许，即可画押。

总署接电，呈送两宫，两宫召集王公大臣，足足商议三天，才决定修筑中东铁路，两国互保。李鸿章接到电旨，又与俄方讨价还价，议成密约六款，明确双方益权和责任。密约文本里，李鸿章与维特都做出让步，铁路交由中俄法三国合资银行道胜银行承办，俄政府不经手，满洲铁路轨道采取中东铁路宽轨。虽说合资银行中方股份借的俄法两国外资，中方好歹也算个股东。密约文本送回中国，光绪很满意，当着翁同龢等人，破天荒称赞起李鸿章来，说是大清最有能耐大臣。听得翁同龢浑身不自在，恨不得抓过密约，撕个粉碎，心里说李鸿章你逞能，别再回国，回来看老夫怎么收拾你。

密约初成，俄财政部与道胜银行签订协议，设立李鸿章基金，清廷正式批复修筑中东铁路，便往基金账户注入一百万卢布，铁路投建后另付一百万，俟建成竣工再付一百万，共计三百万。基金性质为中东铁路租让权费用，支出需经沙皇与俄财政部特许，否则不能动用。四个月后，中俄密约由喀希尼与翁同龢、奕劻互换，正式生效，首付一百万卢布到账，另两个一百万则再无下文。英日等国不满中俄签署密约，借基金大做文章，说俄国为修筑中东铁路，贿赂李鸿章三百万卢布，企图搅局。其实基金掌握在俄国人手里，李鸿章不过挂名而已，一个卢布好处都没得过。

签署密约，无非中国有求于俄国，欲借俄制日。作为军事联盟，密约本身还算合理，李鸿章很乐观，说可保中东二十年无事。然俄国攫取中东铁路权益后，违约侵夺旅顺口和大连湾，引发日俄战争，有人责备李鸿章签订密约，开门揖盗。密约始作俑者为总署，经两宫与王公大臣反复商议批准，李鸿章最多算画押人，就如《马关条约》一样。怪只怪中国羸弱，不得不让利寻求俄国保护，偏偏俄国野蛮贪婪，比日本有过之而无不及。

此是后话。再说密约谈得差不多，李鸿章受邀参加沙皇加冕大典。

大典盛况空前，人山人海，估计不下五十万众。也是乐极生悲，有人忽被挤倒，顿时秩序大乱，人浪汹涌，全场骚动。只见人踩人，人叠人，唤的唤爹，喊的喊娘，尖啸声，哭叫声，声声凄厉，响成一片，撕心裂肺，仿佛天已崩，地已裂，惨不忍睹。

好在加冕台高高在上，没殃及沙皇与外国使臣。悲剧往往不会加诸导演悲剧的人。大典匆匆结束，事后清点，惨祸造成两千余人死亡，另有不下十万人受伤。李鸿章心有余悸，告别晚宴上，还向维特求证死伤人数。维特如实奉告。李鸿章道:“死伤如此严重,是否需禀报皇上详知?”维特道:“调查出结果后，便已禀奏给皇上。”

李鸿章摇头道:“怎能如此死心眼，据实禀奏呢?我总督直隶二十五年，治下瘟疫、鼠疫和洪涝灾害没少发，死人属常事，每次奏报皇上，尽量往好里说,死人之事能回避最好回避。皇上也不关心死人多少,只要不出乱子,无人造反，天下太平，便万事大吉。这叫报喜不报忧。试想皇上君临天下，劳心费神，身为臣子，得多替皇上分忧，不可随便报忧，让皇上苦恼是不是?当然事情闹得太大，实在瞒不住，无以替皇上解忧，也得拣轻的说，多奏报官员如何牢记皇上训诫，焦劳宵旰，救民于水火，百姓如何心存感激，谨记浩荡皇恩。”

宴罢李鸿章一行离开俄国，乘火车西访德国。维特送走客人，脑袋里还回响着李鸿章的话，对身边人感叹道:“毕竟俄国已走在中国前头。”

五月初，李鸿章来到德国首都柏林，入住凯撒大旅馆。次日拜谒德皇威廉二世，感谢德国配合俄法两国，迫使日本归还辽东。又呈递国书，传赠光绪礼品，致辞敬颂德皇，表达访德诚意，以冀两国永结和好。翻译用德语复述一遍，德皇致答，由德璀琳译为中文，称赞李鸿章为老大臣，有大才能，大名望，都是中听好话。

两日后，德皇夫妇主持茶会，接待李鸿章，尔后陪同检阅御林军。御林军操练得法，射击精准，李鸿章不禁失声羡叹:“使我有此兵十营，岂容日军入大清国境半步!”阅军毕,告别德皇夫妇,专门拜访外交大臣马沙尔,拿出赫德所拟《照镑价加税办法节略》，希望德国增加进出口关税。马沙尔表示，只要其他国家愿意，德国没话说。

德国为军工大国，接下来的时间，一行人天天往工厂跑，几乎将德国重要工厂跑个遍。虽说李鸿章已七十有四，心依然没老，梦想着回国后振兴工业，富国强军。先是参观来复枪厂。李鸿章好奇心强，看得仔细，问得具体，仿佛孩童发现心仪玩具，爱不释手，久久徘徊不去。隔日走进克虏伯制造厂。北洋海军购置过不少克虏伯大炮，厂方为表谢意，送李鸿章银制大炮模型，赠清廷值银十八万八千两的新炮六台。继而参观伏尔铿造船厂。定远、镇远两艘铁甲舰，就出产于此厂。两舰服役北洋海军时，何等威武，何等雄壮！甲午战败，定远被管带刘步蟾炸沉，镇远为日军掳去，编入日本海军。此刻置身伏尔铿造船厂，想着镇远与定远之前世今生，李鸿章难免心酸不已，差点忍不住流下老泪来。

西人崇尚李鸿章，誉之为东方俾斯麦，外加美国前任总统格兰特，合称为世界三大伟人。俾斯麦曾三任德国宰相，主持普丹、普奥、普法三大战争，化邦为国，实现统一大业，有铁血宰相之称。李鸿章创建淮军，南战太平军，北剿东西二捻，在军为帅，入朝为相，驭民为总督，交邻为通商大臣，足足影响中国三十年。俾李一西一东，遥遥相对，堪称双璧，令人瞩目。既享东方俾斯麦赞誉，到了俾相家门口，自然得登门造访，见识见识久仰的大英雄。

俾斯麦大李鸿章八岁，已八十二岁高龄，离任后住在汉堡近郊私宅里。得知李鸿章来访，俾斯麦非常高兴，穿上威廉一世所赐冠冕，佩上十字勋章，盛情出迎。进到屋里，宾主坐定，俾斯麦道："相国雅称东方俾斯麦，然在德国人眼里，这可不是好词。"李鸿章问道："何以见得？"俾斯麦道："德国人讨厌俾斯麦。"

俾斯麦嘴里德国人，所指乃威廉二世。威廉一世时代，俾斯麦功高盖世，俟威廉二世继任，担心功臣不好驾驭，借故让俾斯麦离职回了家。李鸿章略知德皇与俾斯麦过节，故意问道："鸿章登门拜访，主要请教俾相，怎么处理好与皇上关系？"俾斯麦叹道："为人臣子，总不可能与政府争高低，双方发生分歧，臣非俯命政府不可。"

问皇上，说政府，确也巧妙。看来君臣龃龉，中西亦然。李鸿章道："以政府言，何以图治？"俾斯麦道："练兵为立国之基，舍此别无长策。兵不在多，具备五万，练成精锐，所向无不利矣。且不必分驻全国，但择扼要屯扎，一闻军令，召之即来，足可卫国。"

德国面积小，五万精兵，已完全够用。若如中国，幅员辽阔，别说五万，五十万都不够调度。加之强邻环伺，不可能不分驻四方，分头把守。

看来英明如俾斯麦，身处小国，没法想象中国地域人口十数倍于己，区区五万兵员，如何护疆守土？李鸿章肚里暗忖，却不好把话说破，道：“俾相所言不差，当年鸿章初创淮军，进驻上海，以不足万兵，数度击退十万敌军。后慢慢发展，也不过五万左右，南扫长毛，北剿捻匪，连战连捷，威震华夏。”

李鸿章拿兵数敷衍，不过迎合俾斯麦而已，不想对方回过一句：“本相以抗击异族为己任，不以同胞相残为能事。”呛得李鸿章嘴巴张着，半天不知说啥好。这正是李鸿章可悲之处，当年有曾国藩掌舵，湘楚淮三军联动，征剿太平军和东西二剿，战无不胜，攻无不克，等到甲午大战，翁同龢当国，借刀杀人，百般使坏，以至陆军溃散，海军覆没，自己忍辱赴日乞和，还吃日本浪人一枪，弹头至今还留在颧骨里。李鸿章下意识摸摸左脸，感觉隐隐作痛，嘴里道：“敝国不缺兵员，唯缺训练良法，及充足粮饷，故鸿章带兵三十年，仍弱不可支。唯异日回华，仿照贵国兵制，练成新军，固我国防。”

听到恭维，俾斯麦颇高兴，客气几句。不觉午饭时间到，宾主来到餐厅。李鸿章常跟洋人接触，没少吃西餐，执叉使刀，并不生疏。俾斯麦见客人吃得高兴，也胃口大开。李鸿章重拾君臣关系话题道：“俾相刚才说为人臣子，不可与政府争高低，臣必须俯命政府。然据鸿章所知，俾相在位时，常固执己见，跟威廉一世国王争吵，给他气受。”俾斯麦道：“君臣相处，争执在所难免。”李鸿章道：“就不怕惹怒国王，下您大狱，甚至喝令左右，把您推出斩首？”俾斯麦摇首笑道：“不会不会，为办好国家大事，国王怎会随便惩治臣子？”

外交大臣马沙尔叨陪在侧，接过话头道：“威廉一世国王宽宏大量，每逢君臣争执，吵不过俾相，便拂袖而出，怒冲冲回到宫中，见啥摔啥，连珍贵器皿都被摔坏不少。摔得皇后心疼，大为不满道，又跟俾老头发生争吵了吧？亏你还是堂堂国王，老受臣下的气。国王道，你不懂，俾老头是宰相，一人之下，万人之上，下面那么多人发他气，他都得承受，只好往我身上发泄。我当国王的上头再没人，受气找谁发去，只好拿宫里器皿出气。”俾斯麦哈哈大笑道：“受不得气，哪成得了事？只是委屈了宫里器皿。”

李鸿章却笑不出来，陷入沉思。

与中国不同，德国相权有宪法保障，君臣平等相待，为图富强，宰相可向国王发火使气。中国正好相反，君重臣轻，皇上就是法，大臣身家性命，升降去留，不过皇上一句话的事。也就傍君如傍虎，到得朝堂上，从来只能伏地磕头，唯唯诺诺，任凭惩处。不小心惹皇上不乐，轻则受气挨训，重则脑袋不保，更不用说倒过来，向皇上发气动怒。说得难听点，国家可亡，皇权不可旁落，君威不可冒犯。盖德强中弱，德兴中衰，根本原因就在这里。哪天中国废弃家天下旧制，实行君主立宪，君臣平等相处，军国大事有宪可循，有法可依，不再皇上一张嘴巴说了算，国家兴旺，为期不远矣。

餐毕合影留念，就此揖别。回到行馆，李经方关切道："与俾相交谈时，父亲手摸左脸，莫非旧伤发作？"李鸿章道："没碍事的。"李经方道："听德璀琳说，德国物理学家伦琴发明X光透视法，可照见骨肉里面东西，父亲不妨去照一个，看看是何情形。德国医术发达，或可把子弹取出来，免留后患。"

"不用不用，我得留着日本人所赠大礼，一直带进棺材里面去。"李鸿章苦笑笑，抚着左脸，"不过德璀琳所说什么透视法，倒可见识见识。拜日本人所赐，送大礼给我，至今连啥样子都不曾验看过，也有些不恭不敬。"

李经方出去，走进德璀琳房间，说了父亲意思。德璀琳乃德籍人，很快通过亲友，联系上一家可照X光的新型医院。X光发明才半年，便有中国大人物上门试用，医院院长非常高兴，把李鸿章请进X光透视室，亲手给他拍片。片子拍好洗出来，院长又出面，送往凯撒大旅馆，交到李鸿章手上。李鸿章高举片子，对着明亮电灯，左看右看，连声说妙，道："厉害厉害，德国人厉害，发明这么好的照骨术。"

德璀琳翻译给院长，院长乐道："照骨术一词好，一听就懂，不像X光，解释老半天，病人也不明白是啥玩意儿。"又据片子说明文字，解释弹头多长多大，入骨多深，若动手术，大体需花时多少。李鸿章笑道："手术就免了。老夫不怕枪杀，不怕刀砍，就怕火烧，听说贵国时兴火葬，万一死在手术台上，拉出去用火焚烧，老夫皮肉受不了。"

在场记者觉得有趣，哄然大笑。当即写成大块文章，登在报纸头版头条，对李鸿章大加赞赏，说他七十多岁老人，好奇心胜过年轻人，敢为人先，成为第一个拍X光的中国人。看来李鸿章天生与"第一"有关。建军固防兴洋务，主持创造五百多个中国第一，两百多个亚洲第一，跑到欧洲来，不小心拍个X光，又成第一。

至此访德结束，一行人离境，抵达荷兰首都海牙。荷兰政府举行盛宴和歌舞晚会，热情接待李鸿章。荷兰之行无谈判任务，纯属感情联络，自然一身轻松，李鸿章赋诗曰：出入承明四十年，忽来海外地行仙，毕筵盛会娱丝竹，千岁灯花喜报传。

忙完必要的应酬，听说荷兰海滨排水防坡工程牢固，想起治理永定河多年，不甚得法，屡治屡决，特意去往海边，考察筑堤技术，又增见识。

走出荷兰国门，来到比利时首都布鲁塞尔，晋见国王利奥波尔德二世。利奥波尔德热情有加，双方就卢汉铁路建筑事宜，进行细致商谈。当年李鸿章主办关东铁路，遭君臣反对，甲午开战，因路轨出关不远，运兵受阻，清廷才意识到铁路重要，重新提上议事日程，不仅着手展筑关东铁路，卢汉铁路也列于筹建规划。列强得知，都想插手，经俄国出面，中方同意由法比两国承修。卢汉铁路合作谈得差不多，参观军械厂。厂家赠送新造大炮，李鸿章满心欢喜，转思以个人名义弄尊大炮回国，没地方安放不说，弄不好又授朝臣以话柄，弹劾你别有用心，企图推着大炮去轰紫禁城。可要李鸿章放弃大炮，又百般不舍，希望转赠清廷。厂家倒也好说话，赶紧安排人，把大炮搬上轮船，运往中国。

离开比利时，来到法国巴黎，已是六月初。先往爱丽舍宫晋见法国总统，呈递国书，感谢迫日还辽之义。甲午战败，背负巨额赔款，需向俄法举债，又赴巴黎大银行，洽谈货款事项。银行经理自然乐意，还说利息低，很合算。李鸿章半开玩笑半认真道：“银子借易还难，他日不能如期归还，贵国不会发兵索债吧？”

列强有恃无恐，有事喜欢拿枪炮说话。遇民间冲突或商务纠纷，动辄以武力威胁，凶相毕露。银行经理明白李鸿章话里意思，却装聋卖傻道：“寻常贸易，金融往来，岂能遽请皇家发兵？”李鸿章又讥讽几句，离开银行，赶赴法外交部，商议照镑价加税事。法方表示赞同，不过提出不少附加条件，李鸿章很生气，批评对方迹近要挟，颇碍交情。

恰逢法国国庆日，李鸿章应总统之邀，一起观赏军事表演。军演开始，乐队演奏国歌《马赛曲》，全场起立，跟随哼唱，场面壮观，气势如虹。歌毕坐下，总统问身边李鸿章道：“都说贵国属礼仪之邦，应该也有国歌吧？”

李鸿章想说没有，话出口竟成：“泱泱华夏，五千年文明，怎么会没国歌呢？”总统道：“国歌国歌，国人皆歌，法国可是人人能唱马赛曲。总督先生会唱贵国国歌吗？”李鸿章道：“中国也一样，人人能唱国歌，敝总督更不例外。”

经方经述兄弟和于式枚、罗丰禄几位就在一旁，听李鸿章如此说，颇觉讶异。国歌始自荷兰，渐盛于欧洲，还未传至亚洲，中国根本没国歌一说，怎么能凭空夸海口呢？几位正替李鸿章着急，总统又道：“总督先生会国歌，可否代表贵国唱一曲，让敝国军民开开眼界？”

李鸿章颇感为难，却还是朗声道：“谨遵总统之命！”总统掉头吩咐礼仪官几句，礼仪官手举麦克风，大声号令肃静，倾听中国国歌。顿时全场鸦雀无声，万众仰首望向观礼台。一时紧张得中方随行人员大气不敢出，纷纷抬起眼皮，瞟向李鸿章，不知他如何收场。

倒是李鸿章很是从容，端过座前水杯，喝上半口，润润喉，然后缓缓起身，接住礼仪官送上的麦克风，低首瞧两眼，然后对准嘴巴，大声唱起来：三河街十字路开了门面，东边卖瓜子，西边卖香烟，中间卖的酒和面，针脑线头样样全。到春天绸缎子苏州乌眉，到夏天茶叶子六安瓜片，到秋天骡马客湖广福建，到冬天皮货客西口北边……

这是颇具穿透力的颗粒状声音，深沉而又悲壮，悠扬而又辽阔，婉转而又苍凉，经由西人发明不久的麦克风传送，久久回荡在广场上空，萦绕不去。

唱毕放下麦克风，李鸿章竟莫名地心酸起来，一时思绪难平，不知是想起九泉之下的母亲，还是遥远东方多灾多难的母国。母国人民勤劳善良，所求不多，有吃有穿，有买有卖，有安宁日子可过，便已知足。可君臣无能，只知吃百姓，花百姓，驱使百姓，压榨百姓，却不知爱民如子，不能保家卫国，以至备受洋人欺凌，连小日本都打上门去，为非作歹。李鸿章百感交集，似乎被自己声音所打动，眼中不觉噙满热泪。

李经方与李经述兄弟听得真切，这哪是什么国歌，分明是奶奶在世时常挂嘴边的庐州倒七戏，父亲竟拿来滥竽充数，想不到还能震住洋人，在场法国军民都听得入了迷。其实兄弟俩不懂，父亲视祖国为母国，以母歌当国歌，最贴切，自然也感人至深。

音乐无国界。法国总统几分惊讶，万万想不到中国国歌如此优美动听，扣人心弦，尽管听不懂李鸿章唱的什么。在场军民也深受感染，李鸿章唱完后，仍痴在那里，竖耳捕捉那具有东方特殊神韵的妙音。

广场万籁俱静。良久，掌声雷鸣而起，响彻云霄，经久不息。

十一、勋臣失意赋闲于家，洋使得势大闹公堂

乘船离开法国时，已是六月下旬。到达英国南安普敦，轮船泊岸，一行人转登火车，直驶伦敦。水陆兼程，跨越欧亚大陆，历时三个多月，但李鸿章依然情绪饱满，精力充沛，又做起诗来：飘然海外一浮鸥，南北东西遍地球，万绿丛中两条路，飙轮电掣不稍留。

抵达伦敦，坐上马车，由皇家侍卫开道，徐徐穿越绿荫如盖的御道，穿越市民沉静温煦的目光，来到皇家豪华御苑。御苑不设门禁，市民随意进出，仿佛自家后花园似的。走进皇宫，晋见维多利亚女皇，恭递国书，李鸿章提笔，将刚做的诗录于留言簿上。

见过女皇，与首相罗伯特坐到一起，争取照镑加税。英国乃世界商务领袖，能在伦敦打开缺口，加税成功，其他各国自会跟进。可李鸿章舌灿莲花，好话说尽，罗伯特就是不松口。英方用意，无非利用加税之机，谋取其他利益。不过人家没明说，李鸿章也不便主动承诺，讨论半天，都是虚词废言，最后不了了之。

建军固防，兴办洋务，李鸿章受英国影响最深，而今进入这个世界头号强国，自然得多走多看。遍游英伦三岛，处处留心，不懂就问，问得多，问得细，求知欲之盛，无人能比。参观缝纫机厂时，亲自上前试机，见针动线随，细密美观，不禁爱不释手，问价欲买台回去送慈禧。厂方倒也慷慨，赠送两台，却死活不肯收钱。

听说格拉斯有家造机厂，能造中国人说的母机，李鸿章欣然前往，口

问心记，成本几何，利润几许，周咨博访，不容一物之不知。来到铸造车间，铁炉里正在熔铁，六万七千多斤的铁汁浇入铸型中，顷刻遇冷而凝，圆璧方珪，悉成大器。李鸿章赞叹不已，却对厂主道：“百年之后，此厂必废。”厂主愕然道：“本厂技术一流，举世无双，哪能说废便废？”李鸿章故作认真道：“无足怪，良工心苦，日臻进境，机车坚凝密栗，永无损坏之时，不必重新铸造，俟需求饱和，此厂能不废乎！”众人明白过来，大笑不止。

回到伦敦，天色已晚，李鸿章兴犹未了，走进电报局，亲拟一份八十五字电报，拍发上海轮船招商总局盛宣怀，中转十一次，十二分半钟送达沪上。盛宣怀即复九十四字，七分钟至伦敦。李鸿章高兴道：“上海与伦敦相距四万里，电报往返，多次中转，依然如此快捷，日后两地一线相连，四万里岂不瞬息可至！”

次日来到皇家海军军港，但见铁甲舰分列两旁，如山之立，李鸿章抬手指点，多达四十七艘，不禁感慨万千。当年组建北洋海军，竭尽心思，糜尽财力，好不容易筹银三百多万两，购得两艘铁甲舰，视若珍宝，只想密藏不宣，免惹盗心。想不到人家这里，铁甲舰仿佛寻常水鸭，司空见惯，毫不为奇。国家拥有如此强大海上实力，谁还敢妄存觊觎之心？

逗留英国近月，李鸿章不停不歇，遍观各类厂局，大开眼界，慨然叹道：“天下不可端倪之物，尽在英伦！”又知议会制度源自英国，走进上下议院，与议员交流。

伦敦有个“中国会”，由到过中国的商人和传教士组成，专门设宴招待李鸿章一行。李鸿章在会上致辞，赞赏英国工业成就，表示华人正在向西方学习，虽不能一蹴而成，亦不会停止进步。不过作为古国大国，幅员辽阔，人口众多，百事急不得，须循序渐进，一步步来，就如玻璃杯，若遽然放入沸水中，定会爆裂，事与愿违。

虽说外事活动频繁，李鸿章没忘至戈登墓前，祭奠老战友。当年征讨太平军，两人并肩作战，结下深厚友情。战争结束，戈登西归，直至中俄伊犁争端，重返中国，动员李鸿章做总统，自愿效犬马，率数千洋兵，攻克北京城。李鸿章不为所动，戈登悻然离华，被英国政府任命为苏丹总督。后苏丹爆发内乱，戈登死于战火，尸骨无存，伦敦之墓实为衣冠冢。李鸿章献上花圈，上书：李鸿章敬赠中国良友英国名将戈登。

含泪离开墓园，英国行程接近尾声。一行人来到码头，登上赴美邮轮。

李鸿章坐于舱室，扭头回望英伦冉冉逝去，口里嘀咕道："闻所闻而来，见所见而去。"

李经方陪护旁边，听得真切，明白父亲话里意思。三十多年前李鸿章初建淮军，征发上海，始与英人接触，后又听毕德格遍读西书，早知英国工业发达，民富国强。踏上英伦，实地考察，才知名不虚传，且比想象之中更胜一筹。反思中国地广人众，却君昏臣昧，夜郎自大，谁都不放在眼里。后被洋枪洋炮洞开国门，时时挨打，仍文恬武嬉，得过且过，不仅不思进取，你李鸿章苦心孤诣，尚西学，创洋务，办外交，建海军，还要从中作梗，百般刁难，非把国家拖入万劫不复深渊而后快。

这么想着，李鸿章像自言自语，又像问李经方道："英国为何强大，中国为何落后？"李经方想想道："英国人聪明，掌握先进技术。"李鸿章反问道："中国人傻吗？"于式枚插话道："中国人不傻，耍权谋，窝里斗，洋人望尘莫及。"李鸿章浩叹一声，道："还记得咱们刚到伦敦，经由御道，进入御苑时的情形吗？"

几个点点头，不知李鸿章此问何意。李鸿章道："照咱理解，御道只能跑御车，御苑乃皇室亲贵专属区，外人不得入内，可英国人竟可以自由行走御道，出入御苑，仿佛自家廊道和菜园子一样。"于式枚道："咱北京皇城甬道，还有紫禁城和颐和园，谁敢涉足，可是要坐牢杀头的。"李鸿章道："这就是中国远远落后于英国原因之所在。"

几位望望李鸿章，一时明白不过来。李鸿章又道："中国人的聪明才智都用到了一个字上。"几位问："什么字？"李鸿章道："一个防字。满防汉，君防臣，官防民，文防武，督防抚，内防外，上防下，北防南。你防我防人人防，谁还有心思和精力干事业？英国人恰恰相反，彼此不设防，不添堵，才一门心思钻技术，图发展。国家大事拿到议院，公开讨论，照议执行，不搞暗箱操作。个人纠纷请法院裁判，怎么判怎么执行，不肆意胡来。"

真是一语中的。于式枚道："怪不得英国报纸说，中国一暗室也，相国一明眼人也。可怜相国身处暗室，心明眼亮，什么都看在眼里，明在心里，却没法打开天窗，让暗室里的人睁开失明的眼睛，看清外面世界的鲜亮，还有自身丑陋。"

邮轮如梭，不日到达美国。美国总统克利夫兰正在度假，忙赶往纽约，接受李鸿章所呈国书。客气话说得动听，可论及关税事宜，总统表示各国同意，美国一定跟进，依然没落到实处。考虑美国并非中国主要进口国，李鸿章也不愿多费口舌，就此打住。

中美间无冲突需处理，投资往来也不多，此行无明确目的，李鸿章自可在这方自由土地上自由行走。走马观花，看过学校、医院、教堂，接受美国基督教会邀请，坐而论道。李鸿章发表演说道：“本大臣恒谓基督福音，实近于吾儒家圣道。唯儒教推崇己所不欲，勿施于人，基督正好相反，己之所欲，必施于人。贵国论道，人可分为三：人身，人性，人灵。身以医院救，性以学校救，灵以教会救。中国以中医救身，以私塾和官学救性，唯救灵一说，奉孔圣训为圭臬：未知生，焉知死，故存而不论。本大臣感谢贵教会，设医办学于华，施医施教，救身救性，实与救灵相辅而行也。”

李鸿章话里意思，华人重身重性不重灵，美国教会赴华传教，办医办学，自然颇受欢迎，若强逼中国人信仰基督，费力不讨好，还是勿施于人为佳。美国教会登报评论，承认儒教与基督区别，一者不欲勿施，一者所欲必施。却又认为基督上通神，下格物，中交人，非他教之偏颇可比。推究儒教，勿施者，不为也，主静；基督必施者，有为也，主动。言外之意，中国静而无为，暮气沉沉，美国动而有为，生机勃勃。

宗教各异，人种有别，非一两句话能说得清楚，李鸿章申明存而不论，没再辩解。他最关注的还是美国排华问题。五十年前，美国内华达发现金矿，世界各色人种怀揣发财梦，纷至沓来，中国广东淘金者也蜂拥而至，渐渐增至十万之众。美国趁机开发西部，修筑横贯东西的中央太平洋铁路，数不胜数的华人成为廉价劳力，逢山劈石，遇水架桥，付出大量血汗和无数生命代价。毋庸置疑，没华人劳工做出牺牲，就没有美西之崛起和美国经济之腾飞。然美国竟忘恩负义，推出《格利法》法案，公然排斥华工，让爱尔兰移民独霸加州劳工市场。一时间，排华浪潮汹涌澎湃，给华工生命财产造成巨大损失。

趁接受《纽约时报》采访，李鸿章严词痛斥排华法案是世界上最不公平法案，质疑道：“美国自诩代表世界最高现代文明，常以民主和自由引以为自豪。且问排华法案出台，华人还有自由吗？把廉价的华工逐出美国，无价廉物美产品出售，到底于美国有何益处？贵国人很有创造力，发明专利比世界各国总和还多，工艺技术和产品质量领先欧洲，但不幸的是你们竞争不过欧洲，原因是你们产品比他们贵。贵就贵在你们排斥华工，劳动力太贵。这是你们重大失误。贵国唯一出路，便是让劳动力自由竞争，获得廉价劳力，降低产品成本。本大臣相信贵报能阻止国会两院继续愚蠢下去，及早取消排华法案，也让贵国在与欧洲自由竞争中，能够后来居上，青出于蓝。”

一个来自封建古国的老年高官，对自由市场理解如此透彻，寥寥数语便将排华法案对华工及美国自身利益的损害揭露无遗，令记者们惊愕不已，顿生敬意。记者又问：“阁下觉得美国报纸如何？愿介绍到中国去吗？”李鸿章道：“清国也有报纸，遗憾的是编辑不愿或不敢告诉读者真相，不像贵国报纸讲真话，且只讲真话。不讲真话，不道真相，便失去新闻本身高贵价值，清国报纸也就很难取信于读者，发行量非常小，未能广泛传播现代文明。”

李鸿章游历欧美时，有一个人也到了美国，那便是毕德格。毕德格在中国一待二十多年，自始至终跟随李鸿章左右，直到甲午战败，议和结束，主子去职赋闲，才得以抽空回国度假探亲。李鸿章到访纽约后，每天占据美国报纸头版，毕德格见报，赶紧前来拜会。两人相见甚欢，无话不说。论及美国前总统格兰特，已故去十多年，幸夫人朱莉娅仍然健在，居住纽约近郊。李鸿章便由毕德格带路，还有经方和经述陪侍，坐车出城，造访夫人。

离格兰特夫妇到访中国，一晃过去十七年，夫人已近八十高龄，却雍容华贵，耳聪目明，一眼认出李鸿章，惊喜异常，把客人请入室内，摆上果品，热情招待。李经方拿出中国特产，递给李鸿章，李鸿章转赠夫人，夫人谢过，道：“早已从报上看到先生来访美国，本欲入城拜访，又怕先生行程紧张，不便打扰，想不到先生亲自登门，实在不好意思。”李鸿章说：“格兰特先生是吾老友，鸿章到了纽约，拜望夫人，理所应当。”夫人道：“先生真是有情有义之人，漫长的十七年过去，还念念不忘老朋友。”

毕德格给李鸿章作过翻译，对夫人道：“格总统与李相国、俾斯麦并称世界三大伟人，相国赴德时造访过俾相，好不容易到得美国，自会登门看望夫人，就如访问格总统一样。”

夫人感激不尽，嘱令一旁作陪的儿子，赶紧预定酒店，宴请中国客人。李鸿章说：“夫人年高，行动不便，美意鸿章心领，宴请还是免了。”夫人笑道：

“不能免，不能免。当年我与格兰特到访天津，先生热情有加，盛宴款待，而今先生到了纽约，不好好招待您，心里过意不去不说，格兰特在天之灵有知，也坚决不会答应。”李鸿章还要说啥，夫人道：“先生别推辞了，席上我还要代表格兰特，敬赠特殊礼物。”

说得李鸿章好奇心起，点头答应下来。宴会安排在市中心最大酒店，豪华气派，工商各界大佬名流都到了场。酒过三巡，主宾相互致敬毕，夫人看看儿子，儿子拿出一只条型锦盒，置于母亲面前。夫人慢慢站起身来，眼睛望望身旁主宾位置的李鸿章，用满是皱褶的手打开锦盒，取出一根美到极致的手杖，双手举起，问在座众人道：“各位认识此杖么？”

众人自然认识，说是格兰特总统生前爱物。夫人点头道：“正是格兰特手杖，生前曾拄着它周游列国。到访中国天津时，也拿在手上，深受李先生喜爱。因系卸任总统时工商界制赠，格兰特不好擅自处置，答应归国后征得赠者同意，再邮寄李先生。谁知踏入美国国土，格兰特忙于事务，直到去世也没实现诺言，留下小小遗憾。今李先生来到纽约，我欲代格兰特将手杖交给他，不知在座工商界同仁同意与否？”

话没落音，全场响起热烈掌声，众人齐声欢呼，表示同意。李鸿章却怔坐着，似乎没完全反应过来。当年在天津接待格兰特夫妇时，因客人手杖太别致，忍不住多瞧了几眼，惹得格兰特承诺日后寄赠。不想十七年过去，夫人还记得此事，实在令人感动。李鸿章起身抱拳，谢过各位，回首对女主人道：“此系格总统留给夫人的宝物，鸿章岂敢横刀夺爱！”

夫人把手杖放回锦盒，轻轻关上，扣好盒扣，然后双手托着，转身呈到李鸿章面前。李鸿章心潮起伏，搓着双手，欲伸还缩。夫人道：“李先生务必收下，以了却格兰特遗愿，不然他日地下与他相会，问起手杖，还不知如何回话呢。”

话说到如此份上，李鸿章不好再客气，伸长双手，接过锦盒，再退后一步，向夫人深深一鞠躬。全场又响起热烈掌声，将宴会推向高潮。

宴会结束，李鸿章离开酒店，来到格兰特墓地，献上鲜花，垂首肃立，默然祷告。又在墓前亲手栽下两棵银杏，托中国驻美大使铸制铜牌，安放树前，实名记之。天色渐晚，李鸿章久久舍不得离开，拄着墓主遗赠手杖，绕墓三匝，才向墓园门口走去。到得门外，又立住步子，回望暮色中闪着夕晖的墓顶，用低沉声音道：“别了，我的兄弟！”

在场人深受震撼，一个个眼里泅满热泪，为墓主拥有李鸿章这样的异国朋友倍感荣幸。

隔日李鸿章一行离开纽约，访问费城，接着乘火车来到华盛顿。《纽约时报》已大幅连版登出李鸿章访谈录，引起广泛关注。恰恰火车站警长是位爱尔兰籍人，看过报纸，对李鸿章批评《格利法》，心怀不满，以种种借口，制止车站人员为客人提供服务。接站官员欲请人抬轿子，也遭阻拦。李鸿章被困车厢多时，得知原委后，起身挪动老腿，准备自己下车出站。接站官员过意不去，雇用站外铁路工人，才把老人接出车站。

与英国一样，美国也由议员议政，李鸿章来到国会，试图弄清其运作方式。可惜正值国会夏季休会期，议员们在外地度假，无以旁听，只能作罢。其他政府机关也大门深锁，没人当值，不得不止步门外。李鸿章感叹道："老夫到美国后，总统休假，议员休会，官员休工，可美国却治理得如此好，国泰民安，生活富足，真有意思。"陪同美国官员道："美国讲民主和自由，官员包括总统必须在法律许可范围内行政，唯法律允许之事才可作为，故官员事少人闲。与此相反，民众自由度大，凡法律没明文禁止之事，自可大胆作为，故民众事多人忙，创造力得以充分发挥。"李鸿章笑道："这叫无为而治，故此官闲民忙。中国相反，民闲官忙，以至天上龙多不治水，地上官多不太平。"

离开华盛顿，乘火车北往英属加拿大。在美加交界处，一行人游览尼亚加拉大瀑布。瀑流喷珠溅玉，注壑奔岩，如悬天长虹，令人叹为观止。李鸿章被深深吸引，徘徊良久，才恋恋不舍离去。重登火车，先至多伦多，再奔三千英里外的温哥华。三千英里约为一万华里，六天时间便到，李鸿章又发感慨，中国非大修铁路不可。

八月上旬，李鸿章告别加拿大官员，登上美国太平洋轮船公司轮船，长笛一响，离岸出海。海湾驻泊英舰鸣炮恭送，炮声直达云霄，久久在耳。于苍茫海上颠簸十八天，八月底抵达日本横滨。日本外务省官员登船入仓，拜见李鸿章，说外相陆奥宗光已摆好盛宴，要给他接风洗尘。李鸿章淡然道："老夫游历欧美大半年，归心似箭，只想早日回国面圣，就不叨扰陆奥先生了。"掉头问李经方道："不说广利号轮船已等在横滨港么？命赶紧开过来，咱们好换乘回国。"李经方道："广利号已到港多时，父亲若不愿逗留横滨，上岸后转登广利号就是。轿子都已备好在甲板上，父亲出舱登轿吧。”李鸿章坐着不动，道：“坐轿上岸，岂不等于踏入日本土地？去年离开马关时，为父发誓此生再不涉足日本，怎可出尔反尔？”

怪不得父亲不肯接受陆奥宴请。李经方有些为难，对于式枚道：“父亲不愿上岸，只好雇请小艇，载至广利号。”于式枚道：“式枚这就联系小艇。”转背出舱。

小艇很快开过来，李鸿章起身弯腰，低头步出船舱门。一眼望见小艇舷边日文，又掉头缩回舱内，坐到原来位置上。李经方觉得奇怪，跟进舱里，小声问道：“父亲为何不下船坐艇？”李鸿章道：“坐日本小艇，与履日本土地，有何区别？”李经方道：“横滨港没中国小艇，又怎么办呢？”李鸿章道：“好办得很，告知广利号在哪里，我脱掉衣服，凫水过去。”

李经方无奈，只得再跟于式枚商量办法。于式枚道：“办法倒也有，就是怕危险。”李经方道：“先说办法听听。”于式枚道：“让广利号开过来，靠近美国轮船，再在中间搭块木板，扶相国过去。只是相国腿脚不便，千万得小心。”

除此别无他法，李经方请于式枚下船登岸，去与广利号接洽。不久广利号出现在附近水面，慢慢向美国轮船靠过来。直至两船并拢，于式枚来到广利号舷边，指挥船员，扛块木板，搭在两船之间。木板搭稳后，李经方又踏上去，来回试走两遍。毕竟在水上，两船虽停得很稳，多少还是有些晃荡。可李鸿章不在乎，没等李经方走下木板，便步出舱门，抬步要往木板上踏。李经方赶忙伸手来拉，李经述则在后面小心扶送。李鸿章振臂甩开兄弟俩，道：“为父此生没少经大风大浪，还怕过独木桥不成！”

兄弟俩只好撒手，望着父亲颤颤巍巍踏上木板，迈动蹒跚步态，向广利号缓缓挪过去。头次见客人如此中转换船，中美两船上的船员倍觉好奇，纷纷站到舷边，注目观看，不知倔老头唱的哪一出。偏偏微浪拍过，美轮与广利号轻轻一荡，李鸿章高大身影晃了晃，往水边倾去。经方经述兄弟魂魄都已吓飞，欲扑上去救护，脚下却僵住，动弹不得。随从们个个张大嘴巴，几乎叫出声来，又闭紧双唇，别过脸去，不愿看到可怕的一幕。

好在有惊无险，李鸿章抖抖衫袖，立定脚跟，稳住摇摇欲坠的身子。美轮与广利号渐归平静。李鸿章低头看看水里自己的倒影，又扭扭脑袋，望望两边船上众人，抬臂挥两下，微微一笑，像在说，小小惊险，还吓不住老夫。

笑过，挺挺胸，从容举步，迈向广利号。

回到北京，已属金秋九月。此番出行，历时两百天，往返三大洋，水陆行程九万里，遍访欧美大国强国，李鸿章感触分外强烈。他山之石，可以攻玉。西人上下一心，齐力合作，得以创乎夷原，成乎乔岳。清国政杂言庞，形如散沙，君臣以相互拆台为能事，以至羸弱如此。果能效仿西人，破除积习，上下同心，力图振作，积富为强，又有何难哉！圣人言，祸福无不自己求者，恃人终难持久也。事实是洋人不肯为我祸，又岂肯为我福？折冲樽俎，以夷制夷，实为国家弱势，不得已而为之。求人不如求己，根本之计，尤在变法图强。

满怀重振河山之激情，李鸿章兴冲冲入宫复命。趴到地上，磕过头，请过安，正要开言禀呈心中宏愿，展望大清未来，光绪眉一横，冷冷道："李大人周游列国，所到之处，人见人爱，花见花开，好吃好喝，好游好乐，朕以为你乐不思蜀，一去不返，想不到还记得回国。"

一定有人见你游历欧美，广受欢迎，心生妒恨，到光绪耳边进馋言，光绪故意给你难堪。李鸿章一个激灵，意识到已置身乌烟瘴气的大清朝堂，不再是生机勃勃的欧美诸国，这才沮丧道："老臣生是大清人，死是大清鬼，不会弃尸异国他乡。"光绪咬牙切齿道："说得真动听！口口声声大清人大清鬼，你到底为大清做出什么好事！"

一般朝臣，受到皇帝训斥，定然屁滚尿流，大气都不敢出。李鸿章毕竟见多生死，经多磨难，且七十四岁高龄，已至随心所欲境界，岂是二十出头幼稚皇帝镇得住的？光绪话甫落音，便反驳道："老臣历经四朝，受恩深重，为大清效力五十年，没有功劳，唯有苦劳，没做过好事，亦绝无私心杂念，所作所为无愧于大清。"光绪哼哼道："三百万卢布到手，便敢签署《中俄密约》，不惜置大清于俄国铁蹄之下，还说无愧于大清！"

因借地修路，俄国承诺拿出三百万卢布，设'李鸿章基金'，作为中东铁路租让权费用。密约生效后到账一百万，另两百万还没影儿，只因英日不满中俄结盟，造谣说李鸿章受贿三百万，光绪也信，真可笑。李鸿章道："老臣收没收俄国三百万卢布，皇上可派人严查。查有实据，老臣愿拿脑袋谢罪。至于《中俄密约》，总署早与俄使定下基本框架，老臣也向两宫讨得底线，赴俄后不过在细枝末节方面尽力争取，文字上把关矫正，期间又数电总署和两宫恩准，才签字画押。若说置大清于俄国铁蹄之下，也决非老臣一人所置。”

光绪无言以对，只觉虚火直腾，嚯的一声站起来，恨不得冲上前，对着匍匐于地的李鸿章脑门，狠狠踢上几脚。又怕他经不起踢，死在殿前，慈禧追究，没法解释。只好背着双手，来回踱步，寻找发泄理由。忽偏头见案上有样东西，过去抓到手上，往李鸿章面前一掷，吼道：“满朝文武，就你嘴巴厉害，凡事过你唇舌，死蛇变活龙，唱腔更动听！”

是份中文报纸，上面登载着有关李鸿章游历欧美的大幅文章。其中有段描述巴黎之行，陪同法总统观赏国庆阅兵，军民齐唱国歌《马赛曲》，李鸿章一时心血来潮，擅拿庐戏当大清国歌，破开老嗓，高歌一曲。文章旁批着几行毛笔字：今天以庐戏为国歌，明天便可以庐州为国都，后天再以李氏为国姓。字体刁钻，不用说出自翁同龢手笔。原来你在洋人面前出风头，翁同龢羡慕嫉妒，向光绪进谗，光绪生恨，小题大做。

从前手握海陆劲旅，毫无异心，如今无兵无将，无船无炮，莫非唱几句庐戏，就能把大清江山唱垮不成！李鸿章没再吱声，知道光绪耳里装满翁同龢坏话，你说啥都没用。光绪借翁同龢批字，训李鸿章没经朝廷恩准，信口开河，拿鸡毛当令箭，拿野戏作国歌，简直罪不容诛。训够了，训得口干舌燥，才放过李鸿章，命他滚出养心殿。

李鸿章心灰意冷，出宫回到贤良寺，独坐静室，叹息半天。可他并不死心，隔日去颐和园觐见慈禧。进得园子，由李莲英引领，来到乐寿堂。行过大礼，慈禧赐座，李鸿章谢恩，弯腰坐到一旁。寒暄两句，开始介绍欧美见闻。慈禧对洋器洋物感兴趣，若愿效法欧美，铁心变法图强，大清多少总会有些希望。谁知李鸿章越说欧美好，越显得大清落后寒碜，慈禧心里越不是滋味，脸上越阴沉难看。还是李莲英见状，忙插话道：“李相国送的缝纫机，已搬入颐和园数天，老佛爷挺喜欢的。”

“缝纫机还不错。”慈禧顺口道，把话题岔开，“少荃出国大半年里，北京多少有些变化，你还没见识过吧。”李鸿章只得道：“还没见识过。”慈禧说：“比如圆明园，全靠翁同龢等大臣操持，修复工程进展顺利，已初见成效。有空你去园里走走，提点建议，把工程做得更完善，以免留下遗憾。大清不富，银子来之不易，需用在该用的地方才是。”

李鸿章附和几句，心下已经凉透。拜辞出园，一路哀叹，叹自己七老八十，还如此天真，大清是爱新觉罗的大清，主子无意进取，你臣子咸吃萝卜淡操心，怪不得讨人嫌。

回到贤良寺，闷声不响，生两天气，又无别事可为，想起慈禧吩咐，让李经述作陪，坐轿赶往圆明园，去看修复工程做得如何。来到园门外，下轿要往里走，被守园太监拦住，讨要银子。李鸿章道："老夫奉太后之命视察园子，公事公办，哪来银子给你？"

"没银子别进去。"太监叉开两腿，挡在门口，要钱不要命的样子。李鸿章不可能从太监身上踩过去，想一走了之，又怕日后见着慈禧，问及到没到过圆明园，无言以对，只得忍气吞声，掏出三两碎银，递向太监。太监嫌少，说："你掌管直隶和北洋二三十年，富得流油，三两碎银也想进皇家园子，太瞧不起人了！"

李经述火起，伸手将太监往旁一扒，父子俩昂首入园。圆明园比颐和园还大，大得不着边际，父子俩游走小半圈，看过数处正在修葺中的亭台殿阁，复身出来。刚才那位太监还在门口，指着李鸿章道："你擅闯圆明园，我告到皇上那里，叫你吃不了兜着走。"

圆明园修复工程启动以来，朝臣无所事事，给太监塞几个银子，入园游荡闲逛，属稀松平常事，且自己遵慈禧懿令前来视察，还怕太监告御状不成？李鸿章也就没当回事，对太监说："你爱告只管告去，老夫不阻你。"

谁知光绪正恼恨李鸿章，得到太监举报，又有翁同龢从旁怂恿，竟借题发挥，旨令都察院从严议处。于式枚甚是过意不去，劝李鸿章找找翁同龢，只要翁同龢肯在光绪面前说句好话，大事化小，小事化了，都察院也省些麻烦，免得启动议处程序。要李鸿章向翁同龢低头，不是盼黄河倒流么？李鸿章笑道："都察院该怎么议处怎么议处就是，老夫不在乎。"

于式枚没法逼迫李鸿章，想起袁世凯脚踩两只船，常在李翁两人间走动，动员他代向翁同龢求情，或许管些用。经翁同龢力荐，光绪有意让袁世凯训练新军，圣旨都已拟好，不想有人弹劾他监理朝鲜时，胡作非为，制造事端，招致日军入朝，清军甲午惨败，奏请锁拿治罪，以儆效尤。光绪不得不收回成命，袁世凯很泄气，又别无他法，只有苦等时机。

于式枚来到嵩云草堂，见着袁世凯，也不转弯，直接道明来意。虽说李鸿章无异于拔毛凤凰，毕竟余威还在，若能化解李翁两人隔阂，两头都可讨好，袁世凯二话不说，跑进翁府，对翁同龢道："皇上执意处罚李鸿章，翁师傅能说说好话，免去其处罚，李鸿章心存感激，您俩一笑泯恩仇，于两人也好，于大清也罢，都是莫大福分啊。”

翁同龢又怎肯轻易放过李鸿章？只不愿拂袁世凯之意，笑道：“李鸿章名声太臭，君臣共愤，人见人厌，鬼见鬼愁，还老念着东山再起，也不想想自己七十四岁高龄，仍厚着脸皮跟朝廷死磕，能磕得几天？真是不识好歹，自不量力。慰亭（袁世凯）若能说服他，知趣引退，自娱晚景，老夫倒愿在皇上面前替他美言，让他免受惩处，善始善终。”

袁世凯得话，走出翁府，赶往贤良寺。

甲午惨败，马关签约，欧美游历回国又倍受冷落，李鸿章犹如失群孤鸿，茕茕孑立，形影相吊，谁见谁躲，袁世凯不避嫌，公然来访，倒也令人欣慰。且左一声鸿帅，右一句师相，唤得李鸿章如蜜入腹，浑身清爽。两人礼毕，李鸿章道：“慰亭啊，老夫无职无权，不能助你崛起，你还是少浪费光阴，往贤良寺跑，应多去翁府走动。翁师傅以帝师当国，又欣赏你，将你扶上马，再送一程，前景定然光明。再说你年富力强，又有助韩练兵经验，大清也需要你练成新军，振作国势。老夫访欧时拜会俾斯麦，畅谈国家大政，皆认为练兵才是强盛基本。可惜廉颇老矣，臣恨君怨，已心有余而力不足，希望只能寄托在你身上。”

听得出李鸿章此言，完全出自真心。袁世凯感激不尽，道：“师相出访欧美，载誉而归，诸国皆冀您重执权柄，主理军政外交，变法图强，让大清早日振作，民富国安，也好扩大中外贸易，互利互惠。无奈甲午阴影不去，朝野昏沉未醒，官民浑浑噩噩，师相徒存报国心，空怀强国志，英雄无用武之地，实在令人扼腕。”李鸿章道：“江山代有才人出，老夫位居显要数十年，为朝臣和日军联手击败，也该收手，见阎王去啦。”

“师相真大度。”袁世凯笑笑道，“大清沦落至此，皆因时势使然。师相再造元勋，功高汗马，德望智识，无人能及，才难容于朝，屡遭攻讦。连小太监都无事生非，上告御状，皇上竟不问青红皂白，旨令都察院议处，确实匪夷所思。”李鸿章笑道：“老夫此生，何时不被误解，何处不受冤枉，何事不遭弹劾？还在乎太监告状，都察院严惩不成？”

袁世凯身子往前凑凑，放低声音道：“学生初闻此事，也是义愤填膺。世风混浊，人心不古，师相一时恐怕难展拳脚，依学生陋见，朝廷待遇如此凉薄，师相以首辅空名，随班朝请，迹同旅寄，未免过于不合。不如抽身而隐，躲开都察院追究，以退为进，待时而动。”

李鸿章阴着老脸道：“怎么退，怎么动？”袁世凯道：“可暂时告归，养望林下，俟朝廷有事，闻鼓鼙而思良帅，不能不倚重老臣，届时羽檄征驰，安车就道，方足见老成声价耳。”

话音未落，李鸿章心头火起，点着袁世凯鼻子，厉声呵斥道：“止止止！慰亭是来为翁同龢当说客吗？他当国有时，汲汲想得协办（大学士），深恨我占着茅坑，他没地方拉屎，日夜盼我开缺，以次推升，腾出位置，由他安然顶补。你传我话，教他休想！其他大学士留缺，他得协办，不干我事，想补我之缺，万不可能。武侯有言，鞠躬尽瘁，死而后已，此语我还当得起。只要我一息尚存，决不无故告退，奏请休致，熬也要跟他翁同龢熬到底。至于臣对君上，哪计较得那么多？又何谓合与不合？此等巧语，休在我前卖弄，我不受你愚也！”

喷得袁世凯面红耳赤，巴动嘴皮，却吱声不得。李鸿章指着门外道：“慰亭你走吧，侍奉你主子翁同龢去，让他扶你平步青云。老夫该进该退，是老夫自己的事，无需旁人置喙。即使翁同龢唆使都察院，下我大狱，要人送饭捎衣，也不劳你帝师红人动步。”

袁世凯俯首谢过，诺诺而退。直至吴永入内，李鸿章依然愤愤，道：“刚才那人，你认识吗？”吴永道：“好像是袁世凯，知其人，不甚熟。”李鸿章道：“正是袁世凯，小人一个。他巴结翁同龢，来此为其做说客，说得天花乱坠，要我乞休开缺，空出文华殿大学士，为姓翁的做成协办大学士。老夫偏不告退，教翁同龢想死！我老师曾夫子秘授我‘挺经’，此时正用得着，我就挺在这里，岿然不动，看谁敢把我怎么样。老夫混迹官场数十年，何事不曾经验，难道会受此等小人捉弄吗？”

李鸿章死硬，不肯开缺腾位，翁同龢恼羞成怒，命都察院速速按旨议处，非把死对头打入十八层地狱不可。都察院不敢得罪光绪和翁同龢，议来议去，定李鸿章革职处分，着即离京回籍，接受地方府县监视。这正合翁同龢意愿，只等李鸿章滚蛋，空出大学士席位，自己进补协办。奕䜣实在看不过去，带病入宫面圣，替李鸿章说情。光绪不为所动，执意照院议处。奕䜣只好联合奕劻向慈禧求助，经慈禧出面干预，光绪才不得不让步，改处李鸿章罚俸一年，不准抵销。李鸿章还能说什么，只有低头认栽。

见赶不走死对头，翁同龢又生歪念，让都察院出面，动员李鸿章捐银五百万两，用于修复圆明园，则可顶罪。盛宣怀等僚属故交闻知，纷纷表示愿捐银子，为老上司消灾，被李鸿章一口拒绝。翁同龢一次又一次发动亲信，弹劾李鸿章贪腐，皆因证据不足，不了了之，此番真出五百万两银子，岂不不打自招，正好让其做成铁案么？李鸿章看穿翁同龢险恶用心，让都察院传话说，北洋衙署地下正好埋了五百万两银子，翁同龢自己扛着铁锹起去。

奕䜣带病为自己奔走，才免去革职回籍下场，李鸿章心存感激，上门面谢。奕䜣道："不用谢我，要谢还是谢太后，没她发话，皇上也不会改口。"李鸿章道："太后那里少去为佳，不然翁同龢又以为老夫居心不良，跟他争权夺利。"奕䜣叹道："翁同龢除会读书写字，别无所长，竟以帝师身份，掌管户部，入主军机，还觉不够，又当值总理衙门，满朝文武，谁还争得过他，夺得他赢？"李鸿章笑道："翁同龢大权在握，当国多时，连协办都不是，才往死里整我，好给他挪位。他爱整整去，北洋海陆两军被他整没，直隶总督和北洋大臣职务被他整掉，老夫死猪不怕开水烫，看他还能整出啥名堂。"

逗得奕䜣笑起来，道："翁同龢常以清官自居，不咒张三贪墨，就骂李四腐败，其实他才是大清头号贪官，不过他不贪金贪银，只贪权贪位，连大学士虚衔都虎视眈眈，急于贪到头上。听说他还以免除都察院议处为条件，唆使袁世凯上门游说，诱你开缺让位，腾出协办？"李鸿章道："可不是？袁世凯跑到贤良寺，稻草说成金条，被我骂得狗血淋头，灰溜溜逃掉。"

"袁世凯真滑头。"奕䜣感慨道，"少荃有大恩于他，他竟另投翁门，太没节操。"李鸿章道："鸿章其实并不怪袁世凯。他是个能干人，又正值国家用人之际，鸿章失势，百无一用，翁同龢能助其一展大志，于大清倒也不是坏事。"奕䜣道："众所周知，袁世凯脑袋好使，能耐不错。然甲午中日起衅，悉由其鼓荡而生，不过因朝廷连年多事，暂未找他算账而已。"

李鸿章静默良久，才声音低沉道："事已过去，不必追究，横竖都是鸿章的错，要算账，都算鸿章头上吧。袁世凯人才难得，正当盛年，还是留着他，为朝廷办点实事。"

奕䜣颔首道："少荃真不计较袁世凯背叛自己？"李鸿章道："也许鸿章年老，往事易上心头，想起当年李元度丢失徽州，久不归营，我老师执意弹劾他，鸿章阻拦不住，一气之下，拂袖而去。后老师不计前嫌，多次寄函安抚，召唤回营，奏创淮军，鸿章才有长进，一步步走到今天。鸿章不才，不敢与我老师比，慰亭亦非鸿章，然大清羸弱至此，靠翁同龢公器私用，胡乱折腾，前途渺茫得很，还需年轻有为之士，力挽狂澜，重振河山。”

奕䜣倒也认同，道：“少荃如此推崇袁世凯，本王似可考虑起用他，操练新军，固我国防。”李鸿章道：“若起用袁世凯，最好擢拔为直隶按察使，命去天津小站练兵。小站原系盛军屯兵处，有现成营房和大片粮田，拿起枪可操练，放下枪可耕种。且鸿章离津入京时，留下八百万库银存在王文韶处，正好拿来招兵买马，购枪置炮。”

奕䜣连声叫好，道：“满朝文武，恐怕也只少荃，丢官去职，受尽屈辱，还想着大清未来。只是周馥已回任直隶按察使，让位给袁世凯，周馥怎么办？”李鸿章道：“周馥带兵不如袁世凯，可胆大心细，让他筹粮办饷，行政治河，是把好手。且在按察使任上多年，也该上半个台阶，好为清廷效命。”奕䜣道：“少荃想让周馥任直隶布政使？”李鸿章道：“王爷看得起，周馥肯定不会辜负您厚望。”

李鸿章离开恭王府后，奕䜣当即写信给王文韶，道出重用袁世凯与周馥两人用意。王文韶正愁直隶北洋摊子大，力不从心，见信大喜，赶紧具折附片，奏请委任直隶臬藩二司给袁世凯和周馥，替自己练兵理政。光绪见折阅片，犹豫着要不要下旨恩准，又有奕䜣折子呈入，力陈复振京畿，巩固国防，势在必行。光绪心有所动，请求慈禧首肯，旨命袁世凯以直隶按察使编练新军，周馥以直隶布政使筹银办粮，助王文韶治事军政。

袁世凯接旨，自是欢喜。饮水思源，赶紧来到贤良寺，面谢李鸿章知遇大恩。

见袁世凯还算识好歹，李鸿章让吴永倒上茶水，关紧房门，又翻出曾国藩旧事，语重心长道：“当年老夫入幕曾府，太平军击溃朝廷精心打造的南北两大营，咸丰不得不采用肃顺建议，委我老师两江总督，后又晋协办大学士，节制江南四省军政。我老师感激不尽，欲写信致谢肃顺举荐，我力劝大可不必，要感谢就感谢自己好了。我老师以为我故作惊人语，我说若非老师训练出湘军劲旅，取得两湖赣皖骄人战绩，成为光复江南唯一有生力量，咸丰又哪会轻易听信肃顺举荐，托付灭贼大任给老师？我老师翻然而悟，不再理会肃顺，陷入复杂人际关系泥潭，而一心一意谋划江南，最后攻取金陵，再造大清。”

袁世凯何等聪明，听出李鸿章借题发挥，敲打自己，跟翁同龢等朝臣走得太近，耗费光阴精力不说，还易落进是非圈，无法自拔，不如抽身而出，专心专意练成新军，掌握铁师，才可伸展拳脚，干出惊天大业。觉出李鸿章良苦用心，袁世凯扑通拜倒在地，口里道：“大恩不言谢！学生唯谨记师相教诲，尽快成行，赴津练成能攻能守新军，报效国家。”

李鸿章连声说好，扶袁世凯起来，送出门外，一边道：“为师老也，复兴大清，只能指望尔辈矣。”袁世凯道：“师相门生故旧遍布津沽，学生赴津练兵，定能左右逢源，事半功倍。倒是师相寄寓京师，面对明里暗里的攻击，孤身难敌啊。”李鸿章笑道：“枪打出头岛，老夫不出头，谁能把我怎么样？”袁世凯道：“只怕师相想不出头都难。师相出访期间，深为欧美诸国所景仰，企盼您重振大清雄风。谁知师相回国后倍受冷遇，屡遭打压，大清军政毫无起色。各国深感失望，陆续调换驻华公使，大清外交将越发艰难，恐怕还得师相出面斡旋。”

也是袁世凯驻朝十二年，没白跟欧美各国公使打交道，一眼看出列强对中国态度的微妙变化。果如其言，李鸿章游历欧美时，受到空前欢迎，归国后为清廷所忌，弃之不用，各国倍感羞辱之余，更是大失所望，陆续召回原使，调派驻非公使来华。非洲多系欧美殖民国，让驻非公使转驻中国，无疑把中国当非洲小国对待，殖民中国意图昭然若揭。朝臣包括翁同龢等总署大臣蒙昧，看不出各国险恶用心，还以为李鸿章与各国原使有旧，旧去新来，外事他插不上手，说不上话，还少些干扰。

李袁两人的担忧很快成为现实。各国新任驻华公使初来乍到，人地生疏，对奕劻、翁同龢、张荫桓等总署大臣还算客气。时间一长，摸清王公大臣们底细，见这些人能耐不大，甚至比非洲小国官员还差劲，也就不放在眼里，变得蛮横起来。

首先向总署发难的是德国公使海靖。海靖原为军人，在非洲打过几个胜仗，留驻多国公使。德国政府派他改驻中国，正是要他用军人野蛮手段，获取在华利益。海靖以其军人目光，一眼看出胶州湾乃泊舰驻军好地方，动起歪脑筋来。他先跑到总署，找到翁同龢，提出租借胶州湾。总署领班大臣原为奕劻，奕䜣复出后，奕劻自得让贤，可奕䜣病魔缠身，几乎足不出户，仍归奕劻领班。可奕劻忙书法，忙古玩，忙陪慈禧打麻将，没几天到堂，衙门里的事基本翁同龢说了算。也就是说翁同龢才是真正领班，人称汉领班。翁同龢自然求之不得。他最听不得人说李鸿章是外交能手，觉得外交无非磨磨嘴皮，李鸿章有两张嘴皮，自己也有嘴皮两张，磨嘴皮谁不会？直到与洋人正面交锋，遇事皆关涉国家利益，才意识跟洋人磨嘴皮，不同于给光绪念经史，背诗词，常常话到嘴边，说出来不是，咽回去也不是，纠结得很。

这日海靖又跑到总署来，死缠烂打，重提租借胶州湾的事，扬言再不答应，就开着军舰硬闯。翁同龢支支吾吾，借口内急，出门溜走，留下张荫桓，独自面对海靖。张荫桓办外交多年，知道无充足理由，派军舰硬闯他国海湾，不容于国际舆论，海靖不过口里喊喊，不可能真采取实际行动。可也不好得罪人家，唯有温言敷衍。

翁同龢躲得不知去向，张荫桓东拉西扯，海靖只得暂时告退，另找岔子，再来要挟总理衙门。岔子找起来也不难。不久朝廷接到王文韶给小站新军购置枪炮的奏请，翁同龢怕袁世凯吃回扣，提出由总署代办，否则不予批准。王文韶拗不过翁同龢，不得不同意，不过要求购买德国货，因德国枪炮质量最优。翁同龢便委托得意门生张謇，与德商洽谈。张謇与德商谈妥后，交给翁同龢清单，言明照单付款，三月内货可发到天津。翁同龢一向以清廉自诩，担心自己插手枪炮购置，别人怀疑有啥猫腻，请奕劻审核清单，好多道挡箭牌。奕劻拿不准，找张荫桓商量。张荫桓觉得价格太贵，说英美枪炮质量也不错，若价格便宜，可另行考虑。奕劻顺手把任务交给张荫桓。张荫桓经与英美军火商接触，觉得英国枪炮价格合理，质量上乘，可作优选。奕劻认可张荫桓所请，翁同龢不好与奕劻唱反调，事情初定下来。

煮熟的鸭子飞掉，德商心有不甘，跑到德国驻华公使馆，请海靖帮忙，要回生意。海靖正愁找不到总署岔子，岔子不送上门来了吗？当即往总署跑，准备闹上一场，把事情闹大，再提胶州湾租借，到时不怕总署不乖乖就犯。

谁知跑到总署，却铁将军把门，不见人影。原来时逢年关，诸大臣都在宫里陪光绪和慈禧看戏贺年，没人当班。海靖也不急，盘算着年后开班再说。

翻过年头，进入光绪二十三年（1897）。总署刚升堂，海靖就昂首挺胸走进来，以军火事为由，指手画脚，大吼大叫，屋瓦都快给震了下来。奕劻、翁同龢、张荫桓等大小堂官见来者不善，吓得脸如土色，大气不敢出。

吼够叫够，海靖留下狠话，扬长而去。过两天再上门，又一番吵闹。如是数次，诸臣烦不胜烦，只好答应海靖，退掉英国生意，改购德国枪炮。海靖又提出大额赔偿，理由是总署食言，德商预付定金被枪炮制造厂家当违约金扣掉，损失惨重。几位听出海靖别有用心，却又束手无策，不知如何是好。

被海靖逼得实在无法，奕劻想起李鸿章停俸后闲居贤良寺，只好请他出面了难。派张荫桓上门恭请，李鸿章道："老夫脚长鸡眼，行动不便，无法去衙门当值。"张荫桓道："腿脚不便，可坐轿出行。"李鸿章道："老夫停俸，请不起轿夫。"

张荫桓于是回禀奕劻道："李鸿章说走不动路，又无薪请轿夫，王爷和翁师傅是否奏请皇上，恢复其薪俸？"奕劻望望翁同龢，道："罚李鸿章停俸主意出自翁师傅，还是翁师傅面奏皇上，收回成命吧。"翁同龢道："君无戏言，皇上成命哪是说收回就可收回的？不过总有办法，让李鸿章出班。"奕劻道："翁师傅有何良法？"翁同龢道："请皇上下旨，命李鸿章总理衙门当值。"奕劻道："那麻烦翁师傅，赶紧进趟宫吧。"

隔日翁同龢来到宫中，刚说到要召回李鸿章，光绪打断他，道："师傅不嫌李鸿章碍手碍脚，才让朕罚他停俸赋闲，你好大干一场吗？"翁同龢苦着老脸，说了海靖咆哮衙门事，提出唯李鸿章到堂，或可转圜，否则还有大麻烦在后头。

光绪只好同意翁同龢拟旨，召李鸿章复出。当日下午，传旨官就到了贤良寺，命李鸿章总理各国事务衙门行走。所谓行走，就是跟班和见习之意。于式枚愤愤不平道："相国办了大半辈子外交事务，到头来竟成总署跟班，简直岂有此理。翁同龢太卑鄙，要相国给他了难，还不忘做小动作，羞辱相国。"李鸿章笑道："不仅仅是羞辱，主要提醒老夫，他翁同龢是总署当家人，你最好识趣点，有事多担当，没事靠边站，别与他抢功。"

虽说君命如山，可翁同龢想凭一纸圣旨，召李鸿章去总署做他跟班，自然没那么容易。李鸿章依然安居贤良寺，足不出户，没踏进总署半步。气得翁同龢直骂娘，恨不得把李鸿章参进大狱。可参朝臣入狱易，拒洋人于门外难，这天海靖又气势汹汹跑进总署，后面还跟着参赞，以及翻译兼秘书，皆武高武大一个，仿佛来干架似的。翁同龢胆战心惊，忙点头哈腰，把人请到椅子上。又吩咐衙役端进茶水，亲自接住，恭恭敬敬呈于海靖手上。张荫桓几位堂官也学样子，分头动作，递茶给参赞和秘书。

海靖喝口茶，高声道："庆王哪去啦？怎么不出来见本使？"翁同龢诺诺道："庆王宫中面圣去了，有什么好事，跟本官说也一样。"海靖道："还能有啥好事？贵国到底赔不赔偿德商损失？不赔拉倒，咱一封电报，敝国驻沪舰队就离港北上，进攻胶州湾。"

真让德舰侵占胶州，自己岂不成千古罪人？翁同龢身上冷汗直冒，侧脸去瞧张荫桓，希望他帮忙挡挡驾。张荫桓清清嗓门，端出万国公法，说德国乃文明之邦，不会侵犯他国领土，行此无法行径。海靖冷笑道，公法母法，不如枪法炮法，老子驻非多年，都是用枪炮说话，枪炮所指，无不服服帖帖，乖乖听命。说得到意处，海靖越发激昂，不禁站起身来，颐指气使，狂笑不止。论到胶州，又说看中国面子，先提出租借，依驻非做法，根本不用照会总署大臣，舰到炮到，数小时就可拿下。

在座堂官神色尴尬，一个个鹌鹑似的，缩着脖子，不敢吱一声。翁同龢觉得颜面扫地，又拿眼去瞧张荫桓。张荫桓已被海靖呛过一回，不愿再讨没趣，僵着老脸，无动于衷。翁同龢又瞟其他人，几位装没看见，低首无语。实在没法，翁同龢只好鼓足勇气，开口辩驳。却声细如丝，仿佛蚊子找不到蚊帐入口，绕帐而泣。

海靖尖了耳朵，没听清翁同龢嘤嘤什么，正要发作，忽传王爷驾到。

十二、虎落平阳威犹在，维新变法起风云

王爷不是别人，正是庆亲王奕劻。奕劻身服团龙大褂，身后跟着十数名随从官弁，气势烜赫，一拥而入。翁同龢等众臣赶紧起身，肃立致敬。三位德人却端坐椅上，视若无睹。

见有洋人在，奕劻高昂的脑袋蔫下来，先碎步移到海靖座前，鞠躬打拱，脸贴到了对方膝盖上。海靖傲然如故，屁股都不肯抬一下，仰着脖子，伸出右手。奕劻双手并举，紧紧握住海靖毛茸茸的手，重重摇几摇。又跟参赞和秘书见过面，行过礼，才向自己座位走去。

等不及奕劻落座，海靖又摇唇鼓舌，哇啦哇啦，开始大放厥词。奕劻笑意一直留在脸上，显得极为恭顺。忽发现海靖面前杯子见底，忙给翁同龢使眼色，要他过去续茶，生怕渴着人家，喷不出污言秽语。

翁同龢自然照办。趁着海靖喝茶之际，奕劻才哭丧着老脸，小声诉说清廷困难，无以满足德国要求，还请多多包涵。话没落音，海靖拍案而起，指天画地，厉声训斥。奕劻语塞，翁同龢几位面面相觑，赧然汗下，唇舌嗫嚅，不敢帮半句腔。海靖喷够，参赞和秘书接着上阵，又是一番信口开河，声震屋宇，全无众堂官置喙余地。

张荫桓实在看不下去，不知何时，悄悄离座，出了衙门。来到贤良寺，李鸿章正微合双眼，听刚返中国的毕德格念洋书，李经述一旁茶果伺候。张荫桓顾不得许多，说奕劻和翁同龢脑袋都快被海靖扭下来，当皮球踢，实在有失国体，有丧国格，央求相国无论如何动动步，维护大清颜面。

李鸿章没开眼，当作什么都没听见。大清君暗臣昏，太不争气，颜面早已扫地，还有啥可维护的？张荫桓又叙述几句海靖大闹总署原因，说奕劻堂堂亲王，翁同龢两朝帝师，竟被洋人当崽骂，当孙喝，实在可怜，相国再不出面，洋人都要上房揭瓦了。

李鸿章这才睁开眼，站起来，背着双手朝门外迈去。李经述忙取来翎顶，托于手上，紧随其后，毕德格也放下洋书，提只洋皮箱，大步跟进。

轿子已停在门外槐树下。李鸿章钻入轿里，由张荫桓引道，直奔总署。李经述和毕德格一左一右，一步不落。不一会儿，轿至总署门口停下，张荫桓上前掀开轿帘，扶李鸿章出来，李经述与毕德格贴上前，几位穿过门廊，登堂入室。

海靖还在咆哮，忽见门外晃进一个长长身影，扭头睁眼，望将过去。长影背对天光，海靖看不清其面目，只觉有股英气直逼而至，心里一怔，快出口的污言恶语被舌头卷了回去。

长影移入大堂，缓挪数步，即止不前。也不出声，只杵在那里，横眉扫扫海靖三人。海靖终于认清，来者便是李鸿章。未成年时，海靖就从爷爷嘴里，惊闻过李鸿章大名。来华后又由德国前使陪同，代爷爷和俾斯麦，至贤良寺拜访，领教过李鸿章非凡气质和如簧辩才，深为叹服。想想海靖不过赳赳武夫，读书不多，年纪也轻，在文韬武略于身叱咤风云数十年的李鸿章面前，底气不足，心生敬畏，自然一点也不奇怪。

此刻李鸿章出现在面前，海靖有些猝不及防，难免暗自惊异。只知李鸿章受同僚排斥，不理朝政，怎么会突然从天而降？海靖变得谨饬，趋步而前，先鞠躬致意，再双手握住李鸿章，笑语问安。参赞和秘书来中国多年，最慕李鸿章，也过来行礼。

李鸿章依然沉默不语，只抬手往外摆摆，示意三人归座，自己仍立在地上，岿然不动。张荫桓搬来太师椅，用袖子掸掸，扶李鸿章坐下。李鸿章坐正身子，望向海靖，才启开双唇，冷冷道：“听说海使近段火气蛮大，动不动就来总署吼叫？”

没等海靖搭腔，李鸿章又问道：“海使今年多大啦？”海靖不知对方为何对年龄感兴趣，实话道：“已二十九岁。”李鸿章道：“二十九不大也不小，正好与老夫孙子同龄。上年老夫出访贵国，受到德皇盛情款待，后又会晤前首相俾斯麦，相谈甚欢。俾相高兴之余，曾让老仆现磨咖啡请我享用。老仆与老夫年龄相仿，咖啡磨得好，老夫问他儿孙何干，他骄傲地告知，由于俾相关照，孙子正在非洲做公使，名叫海靖。想不到老夫回国不久，海使就到了中国，还登门拜访，真给老夫面子。”海靖忙道：“是相国给面子，肯接见本使。”

李鸿章没接话，只用老眼望定海靖。海靖惶恐无言，奕劻、翁同龢及众堂官也愣怔着，没有吭声。屋里静极，如无人境地。少顷，李鸿章抬抬手，摸摸头上瓜皮小帽，李经述会意，前挪半步，将手中翎顶戴到父亲头上。李鸿章扶正翎顶，手臂一展，搭在椅子扶手上。李经述忙上前，来脱父亲身上便袍。毕德格见状，打开皮箱，拿出叠得方方正正的五爪蟒袍。李经述很快脱掉父亲身上便袍，毕德格几下抖开蟒袍，降低身段，往李鸿章臂上套去。套到肘部，李鸿章咳一声，毕德格停下手里动作，只是仍俯身太师椅旁，不进不退，木偶一般。

只听李鸿章慢条斯理道：“海使瞧清楚，在座各位大臣，不是你爷爷辈，便是你父亲辈，你怎能如此没教养，放肆失礼呢？”海靖红着脸辩道：“不是本使失礼，是总署失信，承诺进购德造枪炮，后又悔约，另找他国，致使德商损失惨重，托本使与总署评理。外交和商贸以诚信为本，总署不遵契约，如何取信各国？”李鸿章道：“遵守契约没错。请问总署与德商所签契约在哪里？海使把契约拿出来，总署不愿履约，老夫自掏腰包，赔偿损失。”

海靖这才想起，总署不过嘴上承诺德商进购德造枪炮，并无文字依据，确实算不上真正契约。无理也气壮的海靖哑在那里，支支吾吾，不知如何作答。奕劻与翁同龢诸臣也恍然明白，被海靖穷追不舍两个月，竟没意识到海靖空口无凭，完全可义正词严把他顶回去。

见海靖气焰顿消，李鸿章浅浅一笑，抬高手臂，配合毕德格，穿好蟒袍，然后长身玉立，拉拉袍领，甩甩宽袖，在地上来回踱两步，嘴里厉声道：“德国要租借胶州湾，总署不答应，海使扬言调舰运兵北上，以枪炮强租。且问德国能运兵多少？俾相与老夫论兵，说一国兵不在多，五万足够。德国地小人少，只招得到养得起五万兵，吾国地大人众，招养三五百万，不在话下。德国能把五万兵都运到中国来吗？即使都运来，老夫不信以数百万清兵，对付不了五万德军。海使也许要问，北洋覆灭，中国哪来数百万兵？告诉你吧，北洋仅为中国庞大军队之一，还有多军驻扎各地，总数何止百万。目下朝廷又在创建武卫军，以荣禄皇家军为武卫中军，聂士成武毅军为武卫前军，董福祥甘军为武卫后军，宋庆毅军为武卫左军，袁世凯新军为武卫右军。各军装备先进，战力超强，出征也许不足，守土绝对有余。”

海靖三人再不敢争执，只是低头听训。奕劻与翁同龢等列座堂官则重负尽释，扬眉吐气，开言嘻笑。李鸿章坐回椅子，又作沉默状。张荫桓命茶房送茶进来，双手接住，呈到李鸿章面前。李鸿章喝口茶水，放低声音道：“海使可能不服，中国甲午惨败给日本，怎能与德国抗衡？你这么想也有道理。不过老夫要告诉你甲午大战，并非中国败给日本，是老夫一人败给日本。老夫为何败给日本？因为好手不敌两双，老夫一人战两国，能不败是不是？海使也许很诧异，甲午大战除日军入侵朝鲜和中国，他国并没参与，一人怎么战两国？只怪你是德国人，中国事情看不懂。跟你明说吧，甲午大战时老夫不仅要战日本，还要战中国，这就叫一人战两国。当然准确说，不是战中国军队，是战大清朝臣，朝臣战斗力可非同凡响，远比中国军队强大。甲午开战前，老夫极力主和，俟中国强盛后，有取胜把握，再与日本决战。可朝臣不同意，非得借日军之力，把北洋军和老夫整垮不可。为确保日本战胜北洋，击败老夫，朝臣明招暗招阴招使尽，开战前停购船炮，阻止和议，开战后压粮扣饷，参帅劾将，唯恐北洋与老夫不能败给日军。试想不是中日两国联手，共同对付老夫，而假老夫以时日，先富民，继强国，再兴军，区区日本一国，能是老夫对手吗？”

说得满堂喝彩，唯翁同龢无地自容，脸上一阵白，一阵红，低下脑袋，回避着众堂官目光。海靖则似懂非懂，只觉李鸿章说得太有道理，虽说德国船坚炮利，真远征中国，中国文武齐心，军民协力，根本占不到便宜。毕竟中国不是非洲小国，如果中国学日本脱亚入欧，变法图强，别说德国，欧美诸国联合发力，也不一定啃得下来。

不过“如果”仅仅是“如果”，中国何时能富强，外国人说不准，中国人自己心里只怕也没数。海靖肚里这么寻思着，李鸿章已缓缓起身，掉转头，由毕德格和李经述左右拱护，迈开长腿，朝门外走去。三位洋人不自觉站起来，移步恭送出门。奕劻诸公也离开座位，来到堂外，望着李鸿章钻入轿里，悦然远去。

只翁同龢独居堂内，心灰暗，意茫然，坐不是，站不是，自忖老夫我怎么也算总署副领班，李鸿章一个小小跟班，竟敢目中无人，自顾信口开河，大放厥词，真不知天高地厚。海靖也不中用，平时趾高气扬，眼睛长在额头上，一见李鸿章，便夹紧尾巴，大气不敢出。也不知李鸿章身上煞气从何而来，能镇住不可一世的洋人。不行不行，咱既协同庆王主持总署，总署就是咱的地盘，让李鸿章随便撒野，洋人与堂官眼里只有姓李的，咱岂不菩萨样，成了摆设？总署又不是供奉菩萨的地方，到总署大堂来当菩萨，岂不贻笑柄于人？

翁同龢铁了心，一定说服光绪，非撸去李鸿章总理衙门行走职不可。

几日后，翁同龢趁给光绪讲经时机，说洋人都恨李鸿章，留李鸿章在总署碍眼，不易与各国交好。光绪也想赶走李鸿章，可又知凭一己之力，无奈其何。原因简单，慈禧不点头，只能白费劲。翁同龢便出主意，可动员奕䜣和奕劻联手，迫使慈禧把李鸿章开掉。

光绪便宣奕䜣和奕劻入宫，说了肚里想法。让李鸿章总理衙门行走，本就有些欺人太甚，还不能容忍他，实在说不过去，二王都闭紧嘴巴，不肯表态。光绪没法，回头又问翁同龢，有无其他良策。翁同龢阴笑道："贤良寺系外官入京请训临时落脚点，李鸿章身为京官，长期留居不去，有违循例，也不是句话。只有把他逐出贤良寺，逐得远远的，没法干预外务，总署堂官章京才可无拘无束，大胆替皇上办差。"

光绪自然照准。诏令送达贤良寺，李鸿章自嘲道："老夫面子大啊，住哪不住哪，皇上都得操心，满朝文武，大小臣工，谁享有如此隆高待遇！"于式枚不平道："真是虎落平川遭犬欺，见相国失势，翁同龢想咬就咬。"李经述道："那天父亲借教训海靖，说自己一人敌两国，孩儿见翁同龢满脸尴尬，就知他会报复父亲。"李鸿章道："我不说一人敌两国，翁同龢也会赶我出贤良寺。述儿到附近访访，看有无合适房屋出租，咱总不能露宿街头是吧？"

李经述在贤良寺附近寻访起来。租屋倒不缺，价格也合算，可一听说大卖国贼租住，屋主就大摇其头，不肯出租。李经述无奈，回报父亲。李鸿章长叹一声，道："看来咱还真只有露宿街头了。定是翁同龢做过手脚，屋主才不敢租屋给卖国贼。"李经述道："不是张荫桓请父亲上总署教训海靖，冒犯翁同龢，咱们也不至于落到如此地步。孩儿这就去找张荫桓，要他给咱们找住屋，不然就搬到他府上去。"李鸿章答应道："那就找找张荫桓吧。”

李经述找到张荫桓，张荫桓得知李家居无所居，实在于心不忍，赶紧动身，四处打听租屋。果如李经述所言，紫禁城周边屋主得过翁同龢的话，都不敢出租给李家，只得往远处访。好不容易才通过熟人，访得圆明园旁边的善缘庵，庵主心慈，答应李家暂栖。

李家于是离开贤良寺，迁居善缘庵。善缘庵离城三十里，跑趟总署不易，李鸿章便以老病为由，告假在庵，读书写字，等待阎王召唤，好让儿子运尸南归。这正是翁同龢最想看到的。李鸿章不出来晃荡，加之奕劻不在颐和园陪慈禧，就在庆王府写字听戏宴宾客，轻易不肯露面，翁同龢便成总署主角，凡事他一张嘴说了算。

见李鸿章遭受排挤，难得现身于总署，海靖比翁同龢还高兴。大清四万万官民，洋使仅畏李鸿章一人，其余都不放在眼里。趁着李鸿章靠边站，海靖双眼又盯上胶州湾，决定早把这块肥肉啃下来。也是天遂人愿，曹州出现匪股，洗劫官府民房，连德国教堂也不放过，杀死两名传教士。海靖借机发难，逼清廷免去鲁抚李秉衡，另赔偿大额银子。还不作罢，又以剿匪为名，调舰派兵，登陆青岛，占领炮台和港口，再提租借胶州湾无理要求。

消息传到善缘庵，李鸿章坐不住，登上两人抬肩舆，赶往总署。翁同龢爱理不理，说已跟海靖谈好条件，两邸（奕䜣与奕劻）原则同意，不用他人插手。李鸿章转问当值章京，想瞧瞧总署与海靖的照会记录，章京赶紧捂住抽屉，不让触碰。李鸿章无奈，回了善缘庵。

德国带头，租取胶州湾，俄法英诸国正好学样，纷纷上总署无理取闹。翁同龢敌不过洋使轮番轰炸，只得一一答应洋人非分要求。拟好条约草稿，才想起李鸿章躲在善缘庵享清福，派人叫他出来，陪同谈判，修改条款，一起签字。就这样，俄国拿下旅顺和大连，法国占去广州湾，英国租走威海卫、九龙和香港。

日本割据台湾，毕竟付出不小代价，德俄法英不放一枪，不施一炮，轻松进占中国领地，不显得清廷更加窝囊？从前翁同龢骂李鸿章卖国，骂得比谁都响，尔今他以帝师当国，主持军机与总署，卖起国来，竟如此大方利索，不自掌嘴巴么？只是御史言官皆为翁门学生，不会说老师不是，一个个缄嘴不声，不然早跳起天高，劾章雪片般飞入宫中。

毕竟也有未进过翁门的官员，见总署无用，忍不住呈折，参劾翁同龢。光绪执折于手，还能说什么呢？各国条约都经自己签字加玺，才最后生效，并非翁同龢一人之责。可不满情绪已悄然埋进光绪心底，原来翁师傅遇洋人使横，也只能割地求和，破财消灾。

倒是李鸿章得知有人弹劾翁同龢，说了句公道话：形势比人强。也就是说，中国势弱如此，换谁当国，都没法与列强争高下，只能忍气吞声，任其宰割。被人宰割，血肉模糊，可不是好受的，痛定思痛，朝野自觉不自觉，开始寻求救国良策。良策何在？人们想起变法图强四字。穷则思变，中国已至穷路末路，再不求变，只有亡国亡种。

这日于式枚几位正围绕李鸿章旁边，议论如何变法图强，礼部侍郎徐致靖走进善缘庵，拜望年家父。李鸿章悠悠道："不是翁师傅派你来的吧？"徐致靖道："也可以这么说。翁师傅被德俄法英四国逼得毫无退路，主持签订租借条约，君臣共愤，唯相国肯说公道话，翁师傅深受感动，叫我代来向您老致谢。"李鸿章道："君臣共愤？夸张了吧。君是弟子，言官御史多为门生，师傅卖国，谁会较真？又非李鸿章卖国。"

徐致靖叹道："翁师傅有恩于门生故吏，弟子自然不好说他不是。可皇上心疼割出去的要地，好像有些不满，没给好脸色，翁师傅担惊受怕，老想着如何改变皇上对自己的看法。"李鸿章道："要皇上改变看法也不难。"徐致靖问道："还请年家父明示，回头致靖转告翁师傅。"李鸿章道："要翁同龢把让给四国的租地拿回来。"

听出李鸿章在开玩笑，徐致靖苦笑笑，道："租期未到，拿回租地自不可能。"又说："翁师傅思前想后，觉得国家羸弱至此，唯有求变图强。若能通过变革，振兴大清，改变落后挨宰命运，皇上定能对他刮目相看。"李鸿章道："原来翁同龢担心失宠，绞尽脑汁，想着做些成效出来，重获皇上欢心。"徐致靖道："不管翁师傅动机如何，真能变法图强，于国于民毕竟不是坏事。"李鸿章道："从前老夫兴制造，开矿产，修铁路，办电报，建银行，购舰艇，置枪炮，筹军饷，翁同龢处处设阻，事事刁难，现在终于梦醒过来，叫嚷变法图强，振兴大清，只怕为时晚矣。"徐致靖道："只要上下齐心，劲往一处使，亡羊补牢，犹未为晚。"

李鸿章叹息一声，道："老夫已七十五，翁同龢也至奔七高龄，垂垂老矣，还如何补牢？"徐致靖道："年家父与翁师傅年事虽高，可精气神正旺盛，再活十年八年没问题。您俩能尽释前嫌，携起手来，共同辅佐皇上，求变图强，何事不能成？”李鸿章摇头道:“老夫老不中用，仅为小小总署跟班，早已心灰意冷，还能有何作为？”徐致靖道:“年家父经办洋务数十年，又周游列国，耳闻目睹欧美各国强盛，于大清变法图强最有发言权。”

李鸿章沉思良久，才缓缓道:“老夫说过，形势比人强。然事在人为，势在人造，只有人强，才可能扭转形势。人才何出？出在教育。可惜大清有举而无教，所学非所用，以致实用人才奇缺。三十年前老夫和曾夫子送幼童赴美留学，后办洋务，固海防，又陆续送年轻才俊赴欧求学，都是人才难求，花钱托他国培育。然派人出国留学，不过权宜之举，根本之计还在于改变学制，废除科举，辍春秋两试，裁天下书院，改作新式学堂，分门分年以课其功，学成即授以官，或充实各实业和各行当。照此设想，从现在做起，招资性聪颖儿童进新学堂，精习西文西学，不到二十年，风气变而人才出，国家振兴始有希望。”

李鸿章话里意思，图强在于变法，变法在于求才，求才在于变学制。可七十多年生命，阅遍人间，看尽兴衰，已让他变得非常悲观，继而怅然叹道:“欧美各国富强之策，饪然胸中，而清国管轴漠然，无可施厝，老夫此论亦不过托之空言耳！”

“年家父句句在行，绝非空言。”徐致靖说着，袖出一把报纸，呈到李鸿章手上。原来强学会查封后，梁启超南走上海，结识黄遵宪等有志之士，创办《时务报》，一时洛阳纸贵。李鸿章早有所闻，今日始获，赶紧戴上老花镜，翻阅起来。上有梁启超亲自撰写的《变法通议》，疾呼变革官制、学制和科举制，颇有见地。

徐致靖又拿出一份条陈，乃康有为所作《救国三策》，提出练兵、课税、学制变革设想，也不无道理。李鸿章粗粗览过，道:“康有为乃新进工部主事，无专折奏事权，他会交谁代奏呢？”徐致靖道:“康有为找到我，想请我代奏。我是礼部侍郎，代奏工部主事条陈，不合成例，特来找年家父，您系堂堂首席阁揆，若能代奏皇上，效果会更佳。”

李鸿章几分无奈，道:“老夫这首席阁揆啊，不过徒有空名而已。皇上又听信翁同龢唆使，对我怀恨在心，代人奏事，岂不适得其反？康有为的进士都是翁同龢取录的，何不找翁老师出面？”徐致靖道:“康有为写好三策后，首先找的就是翁师傅。因德俄法英租借事，皇上恼羞成怒，翁师傅不敢无事生非，再惹皇上不乐，不便接收条陈。”李鸿章道：“看来还只能康有为自己找工部堂官呈递，既顺理成章，又不易引起皇上反感。”

徐致靖想想也是，离开善缘庵，回城找到康有为，叫他还是请工部堂官代呈条陈。康有为只恨自己官小，没法直达天听，不得不低头求助于部里堂官。各堂官看过条陈，觉得出语伉直，议论放肆，谁也不肯代奏。康有为心灰意冷，卷好铺盖，搬到马车上，准备打道南归，像梁启超样办报著文，或许还能弄出点动静来。徐致靖苦苦劝阻不住，跑到翁府禀告翁同龢。翁同龢速速赶来挽留，说：“广厦（康有为）不能走！老夫正要托人递折附片举荐你，只要能引起皇上注意，还怕在京无用武之地？”

康有为这才把铺盖从车上搬下来，耐心等候光绪召唤。翁同龢与徐致靖连夜拟折，转由兵部代递入宫，呈到光绪手里，说康有为学问淹长，才气豪迈，谙熟西法，具有肝胆，眼下时局艰难，皇上正宜破格召对，用其所长，共振清室。光绪见折，问翁同龢道：“早闻康有为乃翁门得意弟子，其人才能如何？”翁同龢忙道：“康有为才能，强老臣百倍。”

要说翁同龢可非凡辈，咸丰状元，同光帝师，又主持户部、军机和总署，一向自视甚高，觉得普天之下，才学也好，能力也罢，无人可出其右。连李鸿章文武双全，功高元勋，都不放在眼里，常讽其不学无术。也正因此，师生相处二十多年，光绪只见过翁师傅贬低人家抬高自己，从没听他贬低自己抬高人家。想不到康有为初出茅庐，寸功未见，翁同龢竟如此高看厚爱，亲口说强自己百倍，要光绪不惊讶也难。惊讶之余，光绪顿生好奇，当即表态道：“那就麻烦师傅，尽快安排召对康有为。”

翁同龢喜出望外，赶紧着手康有为面圣准备。没能挡住德俄法英诸国强租国土，为光绪所恼，翁同龢战战兢兢，生怕大位不保，一心想物色帮手为自己挽回颓势，重获皇上欢心。恰好康有为抛出《救国三策》，翁同龢赞赏不已，觉得不仅是救国之策，更是自己救命稻草，非抓牢不可，才把人强留下来，以共佐皇上，变法图强，复兴大清。

听翁同龢说光绪欲召见自己，康有为觉得很长脸，暗笑工部堂官少见多怪，交条陈给他们，生怕惹麻烦，拒不代奏，俟皇上召对，自己直接进呈，效果岂不更佳？

不想工部众堂官闻讯，纷纷提出抗议，说是清廷旧例，四品以下官员不得入宫面圣，康有为小小六品主事，跑到皇上面前指手画脚，成何体统。光绪不理不睬，说非常时期，必行非常之举，决心破例出格，也要召见康有为。工部堂官不服，跑到恭王府，向奕䜣申诉。奕䜣觉得光绪随意召对主事小官，扰乱朝纲，岂不因小失大？抱病入宫，加以制止。光绪没法，只好让步，命荣禄、翁同龢等大臣与康有为面谈，先听听他求变图强良策再说。

面谈地址定在总署大堂。荣禄觉得李鸿章军政、洋务、外交经验最丰富，提出让他参加会谈。翁同龢担心李鸿章看好康有为，横刀夺爱，生死不肯。荣禄看不惯翁同龢公器私用，借光绪近臣便利压制同僚，道：“不让李鸿章参加，本大臣也只好回避，翁师傅一个人接见康有为得了。”翁同龢拗不过荣禄，才勉强同意李鸿章露面。

会谈时间定在戊戌年即光绪二十四年（1898）初。天没亮，李鸿章就裹紧棉袍，登上肩舆，离开善缘庵，冒着漫天大雪，往城里赶。到得总署，步入大堂，堂上炭火正旺。荣禄、翁同龢、张荫桓诸大臣皆已到场，背东面西而座。李鸿章一出现，张荫桓便上前，迎至翁同龢下手，又让茶房送上热茶。李鸿章坐定，端杯浅抿一口，抬首扫眼大堂。对面坐着位四十来岁的汉子，额高脸圆，鼻平嘴方，唇边留着两撇小胡子，不用说便是康有为无疑。康有为也正睁大眼睛，向李鸿章望过来。那眼光透露着自信和傲慢，又隐含焦虑和迫切，仿佛低阴处的小树，渴望伸到高处，接受阳光青睐。

不知缘何，李鸿章突然想起康有为广东老乡洪秀全，一心盼着出人头地，却四次童试未中，一怒之下，揭竿而起，发动太平军，席卷大半个中国，震得大清摇摇欲坠。康有为童试和乡试也屡屡受挫，假设像洪秀全一样，弃笔聚众，会不会闹出惊天动地的大举来？假设只是假设，毕竟康有为比洪秀全有毅力，咬紧牙关，熬到年近不惑，终于如愿以偿，考中进士，投入翁门，觅得一展抱负机会。难能可贵的是康有为脑袋灵光，不仅中学厚实，又广泛涉猎西学，通晓古今，学贯中西。这也是康有为最大本钱，虽身处下僚，职卑人微，却敢小视堂上位高权重诸大臣，包括恩师翁同龢。也是李鸿章久历宦海，阅人无数，一眼看出康有为目光里掩饰不住的狂傲，及急于扬名立万的迫切，意识到年轻激进的光绪仅凭康有为等新进末僚满腔热血，便企图求变图强，振作国运，只怕难上加难。世事往往知易行难，说起来好听，做起来不一定得手。康有为与梁启超才学超群，变法策论写得头头是道，令人神往，然要落到实处，见出实效，则是另外一码事。

正在李鸿章心猿意马之际，翁同龢打完开场白，把各位介绍给康有为，又将康有为吹捧一番，尔后请荣禄发话。荣禄不愿啰唆，要康有为先说。康有为也不客气，就变法图强话题，侃侃而谈起来，仿佛在老家广东讲学，当荣翁李张诸大臣为自己学生。内容并不新鲜，无非效仿西法，变革学制、官制、兵制。可李鸿章听得还是很认真，心想光绪若有心求变，发挥康有为等新锐积极性，同时争取慈禧和大小臣工支持，上下齐心，稳中推进，再假以时日，持之以恒，或能见出成效。然听康有为口气，变法似乎简单易行，只要写几个策论，订几项章程，颁几道诏令，便大功告成。至于谁来实施变法，六部靠不住，唯有撤销，另设机构。

因自我感觉良好，康有为也不管诸臣反应如何，不停不歇，只自顾自一路滔滔往下说去。越说越来劲，越说语速越快，声调越高，把诸大臣当成聋子，生怕他们听不清楚似的。李鸿章面无表情，不动声色。张荫桓觉得耳朵难受，皱了皱眉。荣禄阴着老脸，不瞧康有为，低首盯着面前茶杯，不知听没听进去。只翁同龢面带微笑，不时点点头，表示赞许。

最后荣禄不耐烦起来，打断康有为道："什么都可变，唯祖宗之法不可变。"康有为反驳道："祖宗之法以治祖宗之地也，今祖宗之地不能守，祖宗之法何用？因时制宜，诚非得已，该变得变。"张荫桓问道："六部尽撤，则例尽弃乎？"康有为道："今列国并立，已非一统之世，中国法律官制，仍系一统之法，弱亡至此，皆此物也，诚宜尽撤。"翁同龢道："变法为图强，图强先求富，何以为富？"康有为道："日本纸币，法国印花，印度田税，皆为生财上佳制度，以中国之大，制度既变，富可比今十倍。"

唯李鸿章始终作旁观状，坐佛一般，纹丝不动，不置可否。荣禄问道："李相国最通西学和洋务，有何疑问，还请开口。"李鸿章伸手摸摸喉头，意思喉疾复发，出不得声。接着扯扯左耳，再摸摸右耳，表示今天带来两只耳朵，专心洗耳恭听，无须多言。

李鸿章无话可说，荣禄没法逼迫他，宣布会谈结束。翁同龢入觐光绪，如实禀报会谈内容，光绪兴奋不已，又起意召对康有为。奕䜣觉得还是不妥，让康有为先上条陈，若可用，再召见不迟。康有为进呈《日本变政考》和《大彼德变政记》两书，建议于内廷设立制度局，凡关乎新政者，发制度局议行，再照西法，设法律、税计、学校、农商、工务、矿政、铁路、邮政、造币、游历、社会、武备二十局，负责新政推行。

光绪见书而喜，对康有为倍加称赞。康有为深受鼓舞，又接连上书，大声疾呼：宗社存亡之机，在于今日；皇上图存与否，在于此时。伏唯皇上乾纲独断，宣示天下，以维新更始，上下一心，尽革旧弊，采臣民之舆论，取万国之良法，或可图强，则宗社幸甚，天下幸甚！

说得光绪热血沸腾，暗下决心，非进行一场颠覆性变革不可。康有为要的就是这个效果，正好以光绪为幌子，大造舆论，鼓吹变法。年轻皇上锐意变革，得志新宠康有为推波助澜，各地于是纷纷作出反应，议论时政，蔚然成风。瞬息之间，全国冒出以变法为宗旨的学会、学堂和报馆多达三百多个。其中上海梁启超主笔的《时务报》，天津严复创办的《国闻报》，长沙谭嗣同、唐才常刊行的《湘学报》，倡导西学，推崇变法，调门最高，影响也最广。

报纸无脚走千里，一份份传入京都部院大堂，摆上各地督抚案头。大员们看不准风向，不便置喙，刻意保持沉默，静观事态发展。只有湖广总督张之洞阅毕报纸，自觉落伍，心存不甘，想有所作为，赶紧召集幕僚，分析形势，商议采取什么应对措施才好。却人多嘴杂，说啥的都有。张三说，头次强学会风生水起，朝野震动，结果没多久，被朝廷禁止，草草收场，所幸圣恩浩荡，没追究入会督抚，如今康有为卷土重来，能否有成，实难预料，还是悠着点为佳。李四说，光绪太年轻，嘴巴没毛，做事不牢，估计难成气候，不如以静待动，以不变应万变，待形势明朗，再作决断。王五说，国家到了非变革不可之时，光绪应时而动，又有康有为操盘，事情肯定能成，若湖广动作迟钝，等到变法成功，朝廷重新洗牌，香帅作为局外人，十有八九会被洗掉。赵六说，光绪力主变革，决心大，热情高，值得期许，可自始至终，没见太后影子，太后到底什么态度？是支持皇上变革，还是另有图谋？仅凭康有为等新进下僚奔走呼吁，没有太后认可，皇上能有大作为吗？

幕僚们还真说到了点子上，张之洞最不敢忽略的，就是太后对变法的态度，在没弄明白太后想法前，盲目跟进，万一变法失败，自己岂不跟着倒霉？然变法初始没有行动，事后再放马后炮，不仅会被朝野小瞧，弄不好丢掉翎顶，却亏大了。

好事不在忙中取，张之洞决定还是给杨锐去封密信，让他先摸摸太后动静再说。

杨锐早就跟康有为打成一片，极力主张变法，接到张之洞密信，无意打听慈禧态度，立即复函，说皇上亲政有时，锐意进取，变法图强，太后定然支持，张之洞身为封疆大吏，理应挺身而出，声援变法，切不可瞻前顾后，失信于皇上，亦有愧于千古难遇之时势。

张之洞见函，怦然心动，把辜鸿铭召入书房，递上《湘学报》，叫着其字号道："汤生啊，谭嗣同和唐才常都是土包子，竟然敢办报纸，大谈西学和变法。你在欧洲待过十四年，会九国语言，满肚子洋墨水，给我办份《鄂学报》，说说西学西器，议议变法革新，羞羞这些不知天高地厚的狂人，也让他们长长见识，你意下如何呀？"

有意思的是，康有为、梁启超和谭嗣同他们足不出国门，觉得月亮外国的好，迷信西学西器，视为大清救命稻草，辜鸿章生在南洋，学在西洋，见多西学和洋物，相反觉得没啥可稀奇的。尤其经马建忠点拨，恶补中学，认为孔孟儒学比西学强百倍，国人完全不必妄自菲薄，自己瞧自己不起。也就格外鄙视康梁之流，骂他们是"艺者"，并无真才实学，只知拾人牙慧，兜售西洋假货。这下张之洞提出学《湘学报》，创办《鄂学报》，附和"艺者"，辜鸿铭老大不高兴，毫不客气道："鸿铭追随香帅，给您办文跑差，理所当然，要我模仿康梁谭，狐假虎威，借西学吓唬国人，断难从命，您还是另请高明吧。"

也是收到杨锐信函，一时兴起，只道辜鸿铭学贯中西，请他出面办报，定能办出高水平，讨皇上欢心，给自己长脸，偏偏忘记这小子自接触国学后，格外鄙视西学，要他步言必西学的康梁谭后尘，跟着宣扬西学，不要他小命么？张之洞知道白丢了句话，哈哈笑道："老夫早知汤生不屑于西学，不过开句玩笑，快别当真。"

辜鸿铭哼哼两声，拔腿要走，张之洞忙打拱手道："汤生再坐会儿嘛，怪老夫嘴贱，惹你不乐。咱不说西学，只道家常，可不可以？"

辜鸿铭就有这么牛皮，人家才高八斗，他起码三五十斗，人家学富五车，他至少十车二十车，也就谁都不放在眼里，心高气傲如张之洞，都得矮下身段，赔笑脸，说软话。说得辜鸿铭脸上怒气渐消，才坐回椅上，陪主子东拉西扯，说些无关紧要的闲话。

拉扯得正带劲，赵凤昌进门，来向张之洞辞行。张之洞赶紧起身，挪过墙边椅子，塞到赵凤昌屁股下，说：“不急不急，没谁赶竹君走，再在武汉待几天，还怕老夫供不起饭食？”

赵凤昌乃江苏常州武进人，字号竹君。早在张之洞总督两广时，就入幕充任文案，当差理事。后随赴武昌，参预机要，愈见信任。赵凤昌读书不多，却记忆力强，聪明好学，多谋善断。特别擅长揣摩张之洞，最懂其心性，悉其癖好，居然能摹仿张体书法，代拟公牍私函，甚得主子欢心。以至主宾片刻难离，半天没见赵凤昌，张之洞就心里发慌，茶饭不思，无力公办。于是有人戏谑道：湖广总督张之洞，一品夫人赵凤昌，足见两人关系之密切。

然天下没有不散的筵席，有御史看不惯张之洞得势，参其言语张狂，行事铺张，顺便把赵凤昌也带进去，骂他是恶幕，助纣为虐。朝廷旨派两江总督刘坤一就近纠察张之洞，刘坤一有意为张之洞开脱，又不好不给御史面子，只有把板子打在赵凤昌屁股上，说他有揽权招摇情事，奏请将其革职除名，永不叙用，朝廷自然准奏。张之洞甚是过意不去，乞求盛宣怀，给赵凤昌谋得薪金丰厚的武昌电报局差事，派驻上海，替湖广督府办理通讯、运输和各项机密事务。赵凤昌前来辞行，便是准备离开武汉，赴上海应差。张之洞正为要不要响应光绪变法主张发愁，赵凤昌到了跟前，自然想听听他高见。

赵凤昌坐定后，张之洞亲自倒上热茶，送到他手上，再出示杨锐信笺，请其过目。试想赵凤昌何等聪明，拿信看上几眼，便知张之洞欲声援西学和变法，讨好光绪，又担心变数太大，弄巧成拙。要说张之洞担心并非多余，朝中两宫并存，光绪虽早已亲政，大事却依然决于慈禧，令臣仆左右不是人，迎合光绪吧，慈禧那里没法交代，对光绪主张不理不睬吧，慈禧年事已高，哪天不幸殂落，光绪媳妇熬成婆，还能有你好果子吃？

见赵凤昌眼盯信笺，只是不语，张之洞用讨好口气，小声问道：“竹君觉得，可否照杨锐信上所言，遵皇上圣意，公然声援西学和变法？”

赵凤昌依然没出声。张之洞急起来，一时顾不得总督身份，脱口道：“是黑是白，你好歹放个屁呀！莫非嘴里舌头被你当成下饭菜，嚼碎咽进了肚子里？”赵凤昌这才放下信笺，慢慢抬起头，指指张之洞，又指指辜鸿铭，莫名其妙地笑起来。

这小子笑什么？莫非你脸上有污点，或身上袍褂穿得不端正？张之洞抬起双臂，搓搓脸颊，捋捋胡须，又扯扯领口襟袖，局促不安的样子。辜鸿铭也有几分不自在，却一动不动，只拿眼睛去瞧赵凤昌，一脸不屑。

赵凤昌依然嬉笑不止，玩世不恭地指点着张之洞和辜鸿铭。

张之洞不尴不尬，干脆掉过头，去望窗外古槐。辜鸿铭则嚯的一声站起来，甩甩衣袖，愤愤然朝门口走去。赵凤昌忙起身，扯住辜鸿铭，把他按回座椅上，笑笑道："汤生别生气，我有话没出口呢。"辜鸿铭哼道："有屁就放嘛，故弄玄虚干吗？"

赵凤昌这才敛住脸上笑容，对张之洞道："香帅可否记得，江苏候补道吴之榛曾给你写过一信？"张之洞闻言，扭头道："吴之榛热衷教学，曾就此函商于老夫。"赵凤昌道："香帅信任凤昌，特拿出吴函，咨询我意见。我记得吴函里说，拟于苏州设中西学堂，创中学为体，西学为用，教吴人子弟。"张之洞道："吴之榛确实说过此言，老夫还有印象。"

笑意又浮上赵凤昌眼脸，只听他倏然道："香帅饱读诗书，以儒学立身，可谓中学为体。又逢国门洞开，西风东渐，汤生等众多才俊纷纷来投，仿佛前臂后肢，依附香帅躯体，倡导洋学，效法西技，开矿炼铁，办厂制器，可谓西学为用也。"

原来赵凤昌喻张为体，譬辜为用，确也有些意思。张之洞反应过来，道："莫非竹君在提醒我，将中学和西学拼到一处，做篇文章出来？"赵凤昌道："不止做文章，还应写成书，大谈中学为体，西学为用，既呼应皇上效仿西学，变法图强，又留伏笔于此，万一日后朝中有变，香帅事先倡导中学，根本仍在，自有转圜之机。"

张之洞大悦，送走赵凤昌后，让辜鸿铭召集众僚，分工合作，围绕中学为体西学为用八个字，大做特做起文章来。一做便做成四万余字，强调以三纲五常为中学本原，适当借鉴西学，多修铁路，大办矿冶，广设局厂，练兵强军。既然三句不离学字，便美其名曰《劝学篇》。先传输长沙《湘学报》连载，再送交印刷厂印制数百本，广为赠阅。另留出百多本，派专人运往京师，交由杨锐等人，敬呈两宫，散布部院。大臣们读后，不置一词，只是一个个尖着耳朵，探听两宫看法。不忘中学根本，又可顺手牵羊，拿来西学，徐图富强，光绪和慈禧还能说啥？自然赞扬几句，以资鼓励。

听说《劝学篇》得到两宫肯定，吴永出于好奇，也弄到一部，赶往善缘庵，献给李鸿章。伴食宰相无所事事，李鸿章戴上老花镜，一个字一个字阅读起来。待李鸿章读得差不多，吴永问有何感想。李鸿章答非所问道："老夫听人说起，张之洞写作《劝学篇》，还是赵凤昌出的主意，不知是真是假。"吴永道："应该没假。赵凤昌把张之洞比作体，把辜鸿铭比作附于张体的用，张之洞茅塞顿开，才召集幕僚，著成此书。"

李鸿章笑起来，道："假设张之洞是中学牛，辜鸿铭是西学马，将辜鸿铭马腿卸下来，安放于张之洞牛身，不知牛体马用能否使得上劲。"

逗得吴永哈哈大笑，笑得泪水盈出眼眶，道："只怕是非牛非马，牛马不如。"

两位笑得正开心，恭亲王府传来噩耗，奕䜣走完六十六年大起大落人生，撒手西去。李鸿章跌坐椅上，无语泪流。尔后出庵入轿，匆匆进城，赶往恭王府，捶棺痛哭一番。

李鸿章一生不群不党，没进过圈子，没入过团伙，只知埋头苦干，为而不争，犹如荒原雄狮，特立独行。可生命中却有三个最重要的女人：母亲大人、继室小莲，慈禧太后；还有三个最重要的男人：父亲李文安，恩师曾国藩，恭亲王奕䜣。毫不夸张地说，没有此六人，就没有李鸿章辉煌灿烂的人生，包括宝贵生命和丰功伟业。母妻父师先后故去，唯余太后和恭亲王，足可依靠，否则自己项上长着一千颗脑袋，也不够光绪和翁同龢砍削。不想恭亲王久病难愈，终至崩殂，置老迈的李鸿章和多灾多难的大清于不顾，叫人情何以堪！

幸两宫加恩，谥奕䜣以忠，进祀贤良寺，入皇家太庙，由其嫡孙袭恭亲王爵。

奕䜣故去，光绪少了顾忌，抖擞起精神，加快变法步伐。徐致靖立即进呈《请明定国是折》，康有为敬上《请告天祖誓群臣以变法定国是折》。

正值初夏四月，千树发花，万象更新。光绪激情澎湃，召集军机全堂，决然下诏，宣布变法，推行新政。依据定国是诏书，朝廷设立京师大学堂为示范，在全国广办大小学堂，推进西学，培养实用人才。受徐致靖推举，梁启超北上京师，执笔草拟《奏拟京师大学堂章程》，提出高等教育学制纲领。此举意图明显，先通过学制改革，撕道缺口，拉开维新变法大幕。

时逢戊戌年，史称戊戌维新变法。

自上年胶澳旅大不战而割，朝野便已形成共识：求变图强，势在必行。固维新之始，朝臣人人心向往之，蠢蠢欲动，渴望能参与其中，贡献自己一分力量。只是光绪目无旧臣，觉得老人靠不住，新事非新人来办不可。徐致靖见机行事，折保主事康有为、盐法道黄遵宪、候补中书谭嗣同、翰林张元济、举人梁启超等名宦新秀，运作变法。光绪要的正是此折，立即召见康有为和张元济，命两人在总理衙门章京上行走，梁启超察看具奏，又嘱吏部引见黄遵宪、谭嗣同。维新班子搭建而成，变法由造势进入操作层面。

见自己所保一揽子人才，无一不受光绪重用，徐致靖几分得意，乘坐马车，出城去善缘庵拜见李鸿章，一者表功，二者请其支持。到得圆明园门口，展腿下车，有人上前打招呼，一看竟是张元济。徐致靖笑道："皇上今日没召对筱斋（张元济），跑圆明园兜风来啦？"张元济道："皇上君临天下，哪可能日日召对微臣？元济到城外来走走，顺便见识见识圆明园。"徐致靖道："圆明园以后见识不迟，随老夫去拜访年家父如何？"

徐致靖已五十四，大张元济十五岁，又是其贵人，在他面前自称老夫，当然够格。张元济道："徐大人年家父是谁？"徐致靖道："先别问，见着便知。"

善缘庵就在圆明园旁边，徐致靖拿出名刺，通报进去。不大一会儿，吴永出来，引两位入庵，穿过回廊，直达庵后小园。园内有小石山，山间流泉潺潺，泉边石榴花开得正艳。山前花畔，凉亭峭立，李鸿章就坐在亭内石桌旁，耳听毕德格口操华语，念诵西书，不时伸手拿过桌上茶杯，举到唇边啜上一小口。杯为玻璃杯，茶为石榴花茶。原来亭廊旁还有只小火炉，火势旺盛，于式枚刚接来石泉，烧水煮茶，旁听西书。

三人到得亭前，吴永先入亭禀报道："徐大人到。"

"毕先生也念累了，先歇歇，老朽陪客人说几句话。"李鸿章侧首，望眼徐致靖，"进来喝茶吧。"两人步入凉亭，行过礼，坐到石桌旁。吴永端上两只玻璃杯，摆到两位面前，搁几颗鲜红的石榴花到里面。炉上铜壶正冒气，于式枚提壶于手，过来往杯里慢慢注水。杯中艳红荡漾，浮升而上，舒瓣吐蕊，美轮美奂。

李鸿章看着杯里石榴花，笑笑道："石榴花茶鲜泉鲜花，非用玻璃杯冲泡，才足以养眼，养舌，养心。”徐致靖端过玻璃杯，举到眼前，痴痴瞧上一阵，道：“如此美妙花茶，看都看不够，谁还舍得往嘴里喝？”于式枚道：“看够再喝。”徐致靖喝上一口，咂巴嘴唇道：“浅喝味似无，深品韵幽远，妙妙妙。”又问：“谁别出心裁，创造如此佳饮？”李鸿章道：“自然只有闲人，闲极无聊，才以花为茶，打发闲愁。”

徐致靖懂得李鸿章心境。城里维新，紧锣密鼓，热闹非凡，城外庵静，门前冷落，车马罕至，庵里人落寞自知，唯有借水泡花，滋润愁绪。李鸿章喝着石榴花茶，瞥眼张元济，淡淡道：“皇上正指望尔等维新变法，筱斋竟优哉游哉，跑到城外来闲逛，不怕辜负圣恩么？”张元济道：“皇上年轻，热情高，劲头足，天天派太监至总理衙门，催讨各项新政制定情形，恨不得一口吃成胖子。今因赴颐和园向太后请训，众同仁才舒口气，咱干脆出城放松，恰巧碰上徐大人，入庵拜访相国。”

徐致靖接过话头，赞扬张元济几句，又说康有为、梁启超等人器识如何宏阔，见解如何高深，才干如何卓绝，此番维新变法，定能大有所成。徐致靖夸耀维新人士，无非为自己识人荐人得意，想讨李鸿章几句嘉言。李鸿章偏偏不以为然，半天才道：“两位担水走错码头，该多往翁门跑动才是。”徐致靖道：“年家父精通军政、洋务和外交，变法维新乃千古大举，您老该多指点指点。”张元济也道：“晚辈随徐大人入庵觐见，就想听相国批评批评新政。”

李鸿章端过杯子，喝口石榴花茶，顾左右而言他。徐致靖不甘心，又将话题拉回来，恳请李鸿章发表高见。正好杯子喝干，于式枚提壶过来添水，李鸿章伸手抓住壶把，后抬前倾，只见壶嘴一栽，轻轻往杯里啄去。顿时，杯底花瓣如蝶，悠悠浮升上来。快至杯沿，壶嘴一缩，收住水线，花瓣微微一振，消停下来，静若处子。

几位眼观杯里红，心下寻思，相国赋闲日子应该不太难受，总过得下去。见徐致靖面前玻璃杯已空，于式枚伸臂来接铜壶。李鸿章不给，手腕一旋，陡然举壶，点向空杯。滚烫开水自壶嘴里喷涌而出，直射杯底。开水急且足，瞬间便已冲满。就在李鸿章收住壶嘴时，只听啪一声脆响，玻璃杯爆裂，开水泼满石桌，热气直冒。

在座各位惊一跳，奇怪李鸿章七老八十，一向稳重，今天为何毛手毛脚，像个愣头青似的。斜眼去瞧李鸿章，只见他不惊不讶，只盯住四散的玻璃块出神。

还是吴永手脚快，几下收拾干净石桌，重新拿出只玻璃杯，让于式枚给徐致靖另泡一杯花茶。徐致靖喝几口，觉得话不投机，正欲告退，李鸿章忽问道：“记得子静（徐致靖）小时患有耳疾，令尊还曾托老朽物色郎中诊治，效果该不错吧？”徐致靖道：“经年家父所请郎中诊治痊愈，至今再没复发过。”李鸿章道：“该郎中告诉我，你耳疾顽固，不易根除，难保不复发。尤其五十岁后，更须特别谨慎。”徐致靖道：“致靖好像没听郎中说过这话。”李鸿章道：“那时你小，不怎么记事。如今年过天命，该长些记性才是。”

此言听去，怎么别有意味？徐致靖心下疑惑，又不便多问。见时候不早，看眼张元济，告辞出亭。李鸿章安坐亭内，只立了手掌，朝于式枚摆摆，让他代送客人。于式枚陪两位出得庵门，张元济去叫马车，徐致靖无话找话道：“今天来向年家父讨教维新变法大政，他老人家怎么三缄其口，不置一词？”于式枚道：“其实相国该说的，已跟你说得很明白。”徐致靖不解道：“年家父说了些啥？致靖耳疾又没复发，怎么没听到过？”于式枚道：“没听到过，可也该看到过。”徐致靖说：“看到什么？”

于式枚笑道：“相国不亲自提壶，给你冲泡过花茶么？要知道式枚跟随他多年，他从没给我冲泡过半杯茶水。”徐致靖笑道：“年家父冲得好，把玻璃杯冲爆，吓我一跳。”于式枚道：“知玻璃杯为何会爆么？”徐致靖反问道：“为何会爆？”

于式枚不轻不重道：“冲得太猛太急。”

徐致靖毕竟不傻，似有所悟道：“年家父是在告诉我，君臣操之过急，维新变法容易坏事？”于式枚道：“相国有无此意，式枚也说不准。”徐致靖道：“年家父又没头没脑问及我耳疾，莫非也在暗示什么？”于式枚道：“你觉得他暗示什么？”徐致靖道：“要我装聋卖傻？”

张元济已叫车过来，徐致靖朝于式枚拱拱手，登车而去。于式枚转回庵后，只见李鸿章仍一动不动坐在亭里，眼里满是忧患。

十三、康有为挤走翁同龢，谭嗣同密访袁世凯

李鸿章并非杞人忧天，一个不谙世事的年轻皇帝，一帮从底层突窜及顶的暴发官僚，企图一夜间把大清改造过来，又谈何容易？其结果恐怕只能适得其反。

不好消息很快从宫中传来，翁同龢被光绪撤差，驱逐出京。也是年轻的维新党人出现后，光绪觉得翁同龢老迈昏庸，横竖看不顺眼，开始疏远他，转而与康有为等人打得火热。康有为暗自得意，以帝师自居，凭渊博知识和非凡谈吐获取光绪欢心。光绪崇拜康有为，就想让他入值毓庆宫，以便随召随到。翁同龢肚里明白，身上光环，手中权力，皆出自帝师身份，一旦帝师地位不存，自己狗屁都不是。只怪康有为太可恶，你好心好意，把他举荐给光绪，他一朝小人得志，竟恩将仇报，企图鸠占鹊巢。翁同龢恨得咬牙切齿，到光绪面前告御状，说康有为勾搭南海老乡张荫桓，与李鸿章暗通款曲，用心险恶。目的很明显，就是企图拿李鸿章刺激光绪，疏远张荫桓，赶走康有为。光绪不为所惑，翁同龢又呈上康有为《孔子改制考》一书，当光绪面点点戳戳，说此著玷污千年孔教，妖言惑众，必乱朝纲，必毁人伦。

原来康有为认为维新变法重在改教，改教无非改儒教，只有重新定论甚至颠覆孔儒教义，才可能彻底改变教制，培养出适合时代发展需求之新人，以达到维新变法目的。想想翁同龢吃了一辈子孔教饭，靠孔教两榜高中，做上帝师，占尽风光，若依康有为胡来，把孔教改得面目全非，自己

手上饭碗岂不砸个粉碎？

讵料翁同龢不仅没能离间光绪与康有为，相反把自己学生给彻底激怒。翁同龢当国多年，先花言巧语，蛊惑朝廷，逼迫北洋防军与日决战，兵败如山，割地赔款。趁李鸿章罢官去职，一手把持总署，外交连连失守，德踞胶澳，俄租旅大，法贳广州湾，英索威海与九龙，弄得天怒人怨。为挽回面子，力推康有为，欲借变法东风，为自己脸上贴金，重树权威。康梁诸新人大刀阔斧，干得正欢，翁同龢却忽然大泼冷水，说康有为坏话，不是出尔反尔，自掌嘴巴么？新恼旧恨叠加一处，光绪终于失控，夺过《孔子改制考》，直扇翁同龢老脸。旋即下旨革职，逐回原籍，永不叙用。还觉不够，又责成地方官府，严加管束，不让乱说乱动。

可怜那李鸿章，功高盖世，名震中外，位显权大，拥兵自重，翁同龢手无寸铁，仅凭笔头一支，舌刀一把，先灭其数万海陆防军，继夺其直隶总督和北洋大臣要职，仅给他留个文华殿大学士空衔，夹尾入京，伴食总署，想想多么解气，何等明快！谁知半路冒出个康有为，你好心举荐，全力扶持，此君呈数篇谬论，发几番空言，光绪便被逗得团团转，再也瞧不上朝夕相处数十年的师傅，竟恩断情绝，将你扫地出门，打回原形。翁同龢实在想不通，郁郁寡欢，没几年便含悲而逝，挺尸常熟祖屋。朝廷得报，装傻卖痴，没任何表示，连谥号都不给。直到宣统年间，大清灭亡前夕才诏复原官，追谥文恭。

击败翁同龢，康有为自是欢天喜地，觉得自己帝师位置坐稳，做梦都笑出声来。其他维新党人也看不惯翁同龢倚老卖老，被光绪赶走，没人碍眼，正好大显身手，无不拍手称快。倒是李鸿章得闻，猛摇脑袋，意识到翁同龢遭罢，绝非好兆头，麻烦恐怕还在后面。朝臣颇觉奇怪，李翁两人斗了一辈子，翁同龢罪有应得，最该高兴的就是李鸿章，他怎么还忧心忡忡，是不是有些惺惺作态，假仁假义？

要说李鸿章不恨翁同龢，自然是假话。翁同龢搬起石头砸自己的脚，身败名裂，你再怀恨于心，有多大意思呢？李鸿章其实在为光绪和维新党人捏一把汗。把朝臣统统撇到一边，光凭几个年轻维新党人满腔激情，企图挟天子以令诸侯，做成惊世大事，无异于痴人说梦。

翁同龢空出位置，慈禧正好命王文韶入京，授户部尚书，入值总理衙门。同时让荣禄充任直隶总督兼北洋大臣，全力经营武卫军，就近统督聂士成武毅军、董福祥甘军、宋庆毅军及袁世凯新军。满身锐气的年轻维新党人也因翁同龢出局，倍受鼓舞，信心更足，劲头更猛，没日没夜集合一起，摸着脑袋炮制变法新政，再经由光绪之手，以圣旨形式颁布下去。几乎一天出台一道上谕，纷至沓来，目不暇接。内容包罗万象，诸如文教方面：改革科举制，废除八股，改试策论；开办学堂，提倡西学，派人出国留学游历；准创报馆和学会，开启民智。政治方面：实行君主立宪，设立议会，允许大小臣民上书言事。经济方面：修筑铁路，开采矿产；改革税政，编制国家预算；鼓励开垦荒地，提倡私人办实业；奖励新发明、新创造。军事方面：严查保甲，实行团练，裁减旧军，督练新军。

毋庸置疑，诸般变法新政，出发点都不错，构想也不无道理。然构想仅停留于上谕，远远不够，还得有人推行，落到实处，否则无异于废纸一堆。谁来推行和实施呢？要么依靠朝廷内外臣工，一件件贯彻下去，要么打破现有官僚体系，重建新机构，重选新官吏，责任到官到吏。一句话，事在人为，没人则一事无成。若照李鸿章设想，先推行新学，经二十年新式教育，新人辈出，始可推新政，行新学。光绪和维新党人无此耐心，以为新政行诸于文，以上谕颁发出来，便万事大吉，至于可不可行，由何人实行，似乎与他们无关。

殊不知世间事，知易行难，嘴里说，纸上写，谁都会，真正落到实处，则完全不是那么回事。朝臣渐渐看穿，这帮维新党人，一无官场历练，二无谋事经验，纸上谈兵，笔底生花，没太大问题，欲真正成就事功，恐怕指望不上。嘲笑，批评，反对，各种声音开始出现，流播部院，传入宫中。光绪不乐，隔空大骂朝臣，不肯响应和拥护新政不说，还指手画脚，大放厥词，不是与天下苍生为敌么？扬言谁反对新政，摘谁顶戴，办谁重罪。气氛越发紧张，以至人人自危，从庙堂至地方，不满情绪越来越浓，明里暗里的抵制愈来愈厉害。

以往制度制订、执行和监督，皆交礼部负责，新政撇开礼部，任由康梁诸维新人物捣鼓，礼部官员自然不爽，憋了一肚子气，只不过敢怒不敢言而已。偏偏礼部年轻主事王照与康梁新党走得近，也凑热闹拟了条陈，奏请光绪游历日本及欧美各国，以增长见识，有效行使新政。主事无权面圣，只能由尚书或侍郎等堂官代递。礼部满尚书怀塔布和汉尚书许应骙看不惯康党得势，拒不接收王照条陈，其他满汉侍郎也把脸扭到一边，不理不睬。

王照拂袖而去，赶往广东会馆，向康有为一番控诉。康有为入宫面禀光绪，大骂礼部。惹得光绪怒不可遏，愤然革去礼部满汉尚书和左右侍郎共六堂官职务。忽想起李鸿章纯属多余人物，干脆也一罢了之，毋庸在总理衙门行走，免得有事没事入衙晃悠。还不解恨，又一口气裁掉詹事府、通政司、光禄寺、鸿胪寺、太常寺、太仆寺、大理寺，湖北、广东和云南三省抚衙也被撤去，巡抚职能移并同城督府。然后赐王照三品顶戴，赏谭嗣同及内阁侍读杨锐、候补主事刘光第、候补中书林旭四人四品卿衔，在军机章京上行走，参预新政，有关新政诏书，皆由四章京代拟颁发。四人名为章京，实为宰相，自然志得意满，盛极一时。

人事一乱套，局势开始失控。大小臣工战战兢兢，能不出门不出门，能不见人不见人，万不得已出门见人，也大气不敢出，装聋作哑，生怕哪句话说错，引火上身。各部院关门落锁，人影依稀，落叶满阶。种种谣言不胫而走，说什么的都有。传得最凶最离谱者，莫过于光绪易衣冠，剪辫发，废礼乐，改纪年，全盘西化，大清指日即亡。

虽说慈禧远居颐和园，城里乱象仍没法逃过她灵敏的耳朵。她也清楚，大清羸弱，非变法不可，才放手让光绪主持新政，岂料光绪太过激进，大打出手，今天革这个，明天罢那个，竟至头脑发热，将礼部六堂官全部扫地出门，一家伙裁去十数部门，砸掉多少人赖以活命的饭碗。没人愿意坐以待毙，礼部满尚书怀塔布去职后，让夫人赶往颐和园，凭借慈禧太后亲戚关系，一把眼泪，一把鼻涕，哭个痛快。慈禧嘴上没说什么，心里已意识到，再让光绪胡闹下去，说不定大清真会亡掉，决定采取必要措施。

偏偏御史杨崇伊再次浮出水面。他早不满康党做派，只因光绪主持维新变法，不便胡说八道，一直隐忍不发。直到李鸿章被罢，他实在看不下去，赶往善缘庵，替他抱不平。李鸿章经历太多浮沉，还在乎总理衙门行走不成？大度笑笑，不置可否。杨崇伊不可能逼李鸿章出手，又不愿坐视天下大乱，只好自己拟折，奏请慈禧训政。

光绪心思全在新政上面，并没意识到多股暗流正向自己涌来。经康有为建议，他还盘算开懋勤殿，以代替军机处，试图把军权握在自己手里，以强力推行新政。

开懋勤殿是大事，非慈禧恩准不可，光绪起驾出城，西行往颐和园赶去。

到得颐和园，走进乐寿堂，慈禧正在挥毫泼墨写大字。光绪行过礼，问过安，上前欣赏书法。慈禧平时喜欢写福寿之类吉字，用以赏赐臣子，这回却是四个字：止定静安。

光绪饱读经书，自然知道四字来自《大学》嘉言：知止而后有定，定而后能静，静而后能安。太后为何在你到来前书写此四字？也许是告诉你，她知止卷帘，定居颐和园，乐山乐水，日子清静和安，称心如意，完全不用你为她担心。

这只是光绪的理解。母子坐定后，慈禧借题发挥道："凡事贵在适可而止。皇帝推行新政，务必讲究策略，恰到好处，止于至善，致虚守静，安定人心，方可收取大功。否则急于求成，一味蛮干，弄得文武惶惶，众叛亲离，难免好事变成坏事。"

光绪心里不服，嘴上道："推行新政，须起用通达英勇之新秀，不可避免会触犯荒谬昏庸老臣益权，引起不满，百般阻挠。"慈禧质疑道："老臣就一定荒谬昏庸吗？"光绪道："不是老臣荒谬昏庸，国家又何至糜烂于此？要想复振大清，非得依靠新人，开创新气象。"

推行新政没几天，就想一棍子打死为大清出过大力的老人，不是太狂妄，太不知天高地厚么！慈禧颇不以为然，却还得维护年轻皇帝面子，道："新政不是召集几名新秀和新进章京，拍拍脑袋，出几个点子，匆匆拟成诏书，颁至部院和各地，就大功告成，万事大吉，还须朝臣和督抚齐心协力，共同推进，才能见出实效。"

毕竟光绪年轻，哪能体会出慈禧苦衷？只顾顺着自己思路，继续往下说道："人事有更替，往来成古今。一代人只能做一代人的事，老臣走惯老路，新政唯有依靠新人。儿皇准备开懋勤殿，重用新人，以为顾问官，取代军机处，共议新政，号令天下，恳请太后恩准。"

听说要撤销军机处，慈禧火气直往上升，瞪大眼睛道："军机处也是想取代就可取代的？皇帝知道它怎么来的吗？"光绪道："世宗皇帝始设于雍正六年。"慈禧道："雍正六年至今已多少年？"光绪掰着指头算算，道："已一百七十年。"

慈禧声音大起来："军机处设立一百七十年，历经五代明主，一直运转正常，效能显著，为何到你手上非撤去不可？"光绪道："照李鸿章说法，时逢三千年未有之变局，自然须行三千年未有之举措，才可能挽救大清，复振中华。故而很有必要撤军机处，开懋勤殿，排除荒谬昏庸老臣干扰，起用通达英勇新人，尽快打开局面，把新政推行下去，改天换地。”

“不可！老臣不能随意开缺，新人起用千万得谨慎。”慈禧斩钉截铁道，拿出御史杨崇伊所呈劾折，扔给光绪，“自己看看吧，看你所说新人惹下多少乱子！任凭这批暴发新宠胡闹下去，没有老成谋国旧臣维护局面，大清顷刻就会颠覆。”

光绪这才意识到确实操之过急了点，再固执己见，慈禧依杨崇伊所奏，离园回城，重新训政，赶走杨锐谭嗣同他们，新政必将胎死腹中，前功尽弃。只好委曲求全，同意保留军机处，暂弃开懋勤殿设想。老臣能用尽量使用，以维护现状，共推新政。

见光绪已有悔意，慈禧脸色由阴转晴，谆谆道：“事在人为，没有老成持重大臣张本，仅起用几个徒有满腔热情却毫无历练的新秀，欲一夜间维新成功，开创千古大业，哪有如此容易？好事不在忙中取，心急吃不得热豆腐啊。”

光绪低下脑袋，无言以对。慈禧又道：“本宫所书止定静安四字，其实后面还有‘虑得’俩字没写，意即安而后能虑，虑而后能得。皇帝回宫后，先静处安心，三省吾身，待有所感悟，境界渐出，虑得良谋，再言新政，必将事半而功倍。”

光绪诺诺而退，出园返城，回宫闭门反思。从夜里反思至天亮，才似乎明白过来，得罪朝中老臣，失去太后支持，维新绝不可能成事。痛定思痛，拟成密谕，派人传进杨锐，命他联络军机章京，遵照旨意，共谋良策，以尽快挽回目前被动局面。

杨锐接过密谕，藏于怀中。尔后跪别光绪，匆匆出殿，回到张之洞出资给自己租借的湖北会馆住所，关门落牖，展谕奉读。谕曰：近仰观太后圣意，不愿将法尽变，亦不赞同罢黜荒谬昏庸老臣，起用通达英勇之士，以为恐失人心。朕岂不知中国积弱不振，至于阽危，皆由老谬旧臣所误？急欲痛切降旨，尽变旧法，尽黜此辈昏庸，然则朕权力实有未足。果使如此，则朕位不保，何况其他？今朕问汝有何良策，俾旧法可以全变，将老谬昏庸大臣尽行罢黜，而登进通达英勇之人，令其议政，使中国转危为安，化弱为强，而又不致有拂太后圣意？尔其与林旭、刘光第、谭嗣同及诸同志妥速筹商，密缮封奏，由军机大臣代递，候朕熟思，再行办理。朕实不胜十分焦急翘盼之至，特谕。

阅毕密谕，杨锐浩叹一声，倒也颇能理解光绪苦衷。维新说来容易，却会触犯各方利益，阻力之大，可想而知。幸经太后垂训，光绪意识到旧法尽变，人心尽失，不仅事与愿违，适得其反，还会危及自己皇位，弄不好便全盘皆输，还不如借助太后威势，巧为布局，循序渐进，步步展开变法，或许有望成功，亦未可知。

杨锐决定上军机处找林旭、刘光第和谭嗣同三章京，出示密谕，一起谋划万全之策。走出会馆，发现天色已晚，只好次日再说。次日来到军机处，却只有一位老臣当值，其余堂官和章京都不见踪影，说有位军机堂官过生日，众人一起上门喝酒看戏去了。

喝酒看戏，没三五个时辰，哪得消停？杨锐无奈，只得回到会馆，拿出密谕，誊抄两份，改日再联系三位。改日刚吃过早饭，宫里来人，说皇上有召。杨锐把密谕底稿交儿子杨庆昶藏好，自留手抄稿，打算见过光绪，再会林刘谭三章京。

换好官服，没待出门，康有为来见，杨锐把他迎入室内，说："广厦兄没上总署当值，来湖北会馆有何见教？"康有为返身把门关紧，神秘兮兮道："听说近日皇上有重大举措，叔峤兄进出宫中，总该有所知晓吧？"杨锐道："这两天我没进宫，不得而知。皇上有何重大举措？"康有为道："直隶按察使袁世凯终于奉旨到京。"

杨锐哂笑起来，道："外官奉旨进出京师，有啥稀奇的？"康有为道："袁世凯可不是普通外官。"杨锐问："不普通在哪里？"康有为道："袁世凯手握刚练成的小站新军。"杨锐认可道："这确属袁世凯区别于其他外官之处。"康有为道："还有更不寻常的，这两天皇上已连续两次召对袁世凯。"杨锐道："皇上召对袁世凯干吗？"康有为道："具体不得而知，只知皇上听信有为建议，已升任袁世凯为工部右侍郎，仍负责操演新军。"

杨锐沉吟道："维新以来，皇上连续罢免十数昏庸老臣，却突然提拔袁世凯，只怕深意存焉！"康有为道："这是毋庸置疑的。想想看，力主维新诸同志，都是手无寸铁的书生和章京，皇上底气也不足啊，提拔重用袁世凯，明显是欲借其手里新军，支持变法，以抵抗荒谬昏庸老臣。"杨锐道："不好排除皇上有此意图，只是袁世凯狡猾成性，靠得住吗？"

康有为乐观道："士为知己者死，皇上如此器重袁世凯，他能不肝脑涂地，报答圣恩？”杨锐道：“就算袁世凯靠得住，又手握虎狼新军，可京畿直隶还有荣禄的武卫军、聂士成的武毅军、董福祥的甘军、宋庆的毅军，都不是吃素的。”康有为笑道：“将不在众，兵不在多，在于关键时刻能派得上大用场。”

说得杨锐激昂起来，心想袁世凯若肯为皇上用命，维新变法便有恃无恐，定能取得预期良效。当即拿出密谕抄稿，在康有为面前晃晃，道：“皇上嘱锐召集维新同志筹商变法大计，锐得马上入宫面圣，只好请广厦兄代为联络林刘谭等军机章京，先出谋划策，俟我出宫后，再一起修改完善，形成定稿，密缮封奏。”

康有为接住密谕抄稿，杨锐又嘱咐道：“皇上已然明谕，可将老谬昏庸大臣尽行罢黜，登进通达英勇之人，而不致有拂太后圣意，否则万难成事。广厦兄见到林、刘、谭诸章京后，务必申明此理，所筹大计才可能真正付诸实施。”

康有为自然答应，藏好密谕抄稿，告辞走出湖北会馆。

本来出门后，康有为打算直接去军机处会林刘谭三位，忽想起同父异母弟康广仁到了北京，何不带他一起去见见军机堂官和章京，若留京求职，也多些人脉？绕道回到租屋，康广仁还赖在床上，蒙头大睡。叫醒弟弟，趁他洗漱出恭时，康有为拿出密谕，仔细读起来。读到“尔其与林旭、刘光第、谭嗣同及诸同志妥速筹商”处，康有为心里不禁有些酸酸的，暗忖自己乃维新变法第一干将，出谋最多，腿脚最勤，可在皇上眼里不过忝于“诸同志”之列，要筹商大计，连名字都不屑提及。看来总署章京，还真没法与军机章京比，皇上天天眼里所见，嘴里所唤，都是军机章京，你这个总署章京，难免容易被其忽略。

这么想着，康有为就动起歪念来，欲把自己名字列到杨林刘谭面前去。又不可能进宫请光绪重颁密谕，只好亲自动手。反正密谕系杨锐手抄搞，自己再抄一遍，又有何妨？抄上几字，又觉光绪少不更事，对慈禧存有幻想，欲借其雌威，促成变法，岂不太过天真？变法阻力来自旧臣，旧臣又多为慈禧心腹，期望慈禧尽黜老谬昏庸旧臣，不是企盼太阳从西边出来么？看来当务之急还是搬开慈禧这块绊脚石，慈禧一去，老臣便不在话下。所幸袁世凯已归顺光绪，若借袁世凯新军，拿下慈禧，变法成功便不再是句空话。

想到这里，康有为重新铺纸，另外起头，篡改起密谕来。比起光绪，康有为文笔更老到精练，不多一会儿工夫，伪诏便大胆出笼，几可乱真：朕唯时局艰难，非变法不足以救中国，非去守旧衰谬之大臣，而用通达英勇之士，不能变法。而皇太后不以为然，朕屡次极谏，太后更怒，今朕位不保，汝康有为、杨锐、林旭、谭嗣同、刘光第等可妥速密筹，设法相救。朕十分焦虑，不胜企盼之至，特谕。

光绪原诏说得明白，担心有拂太后圣意，导致朕位不保，特嘱军机章京筹商顺应圣意大计，以求两全。康氏伪诏则危言耸听，编造说太后更怒，朕位不保，仿佛煞有介事，非章京设法相救不可。还把康有为三字列于杨林谭刘四人前面，以示自己最受光绪倚重和信任，变法成功，自己乃第一功臣，万一变法失败，青史留名也最显著。

伪诏稿成，康有为再读一遍，竟被自己笔头制造出来的危情吓住，顾不得康广仁还在吃早餐，收好伪诏，匆匆出了租屋。快至军机处，迎面碰上监察御史杨深秀，康有为拟制住激动心情，若无其事道："杨大人来军机处办差？"

杨深秀也属维新同志，数月间连上十七道奏折，大言炎炎，倡议变法，与康梁和军机四章京过从甚密。见着康有为，知道也是找杨林谭刘的，说："我来会四章京，商议变法事宜。听说杨锐在宫里，林谭刘三位则刚走，不知去了哪里。"康有为摸摸脑门道："三人中，林旭与刘光第都是福建人，咱们一起去福建会馆找找他们如何？"

两人来到福建会馆，没见三人，转奔浏阳会馆而去。谭嗣同是湖南浏阳人，进京时间不长，别无住处，浏阳会馆是其临时栖身之所。赶往浏阳会馆，果然谭、林、刘三人都在。见面互道问候，林旭说："两位大兄咋知咱们行踪？"康有为笑道："咱俩到过福建会馆，没你仨影子，直接追到浏阳会馆来了。"刘光第道："二兄莫非有事？"康有为道："不仅有事，还是要紧事。"谭嗣同问道："什么要紧事，还请快快道来。"

康有为没再吱声，伸手在身上掏起来。掏到一半，又停住，扭动脑袋，四处望望。谭嗣同会意，马上起身闩紧门，关好窗户，扯下窗帘。康有为这才拿出伪诏，递给谭嗣同，道："此乃皇上写给咱们的密诏，原稿有为已藏好，带了抄件在此，给各位过目。"

屋里光线太暗，谭嗣同点亮油灯，展开康抄密诏，埋首桌前，开始逐字细读。读到“太后更怒，朕位不保”，只觉脑袋嗡的一声闷响，差点炸裂。光绪皇位不保，意味着维新变法夭折，围绕光绪施行变法诸君项上脑袋岂不危哉！谭嗣同吓得不轻，满脸惊骇，瞳孔睁大，整个人都傻在那里，不知如何是好。

见谭嗣同情态有异，林旭和刘光第惊惧道：“密诏所言何事？”

谭嗣同已说不出话，只是手还能动弹，移伪诏至林旭面前。林旭与刘光第两人同时凑过脑袋，从头读起伪诏来。还没读完，林旭便脸色铁青，浑身发抖，口里哆哆嗦嗦，话不成句。刘光第则抬手在大腿上猛拍几下，嘴里悲号道：“完啦完啦，一切完啦！”

杨深秀虽已跟康有为待了半天，却未曾见过伪诏，忙趴到桌边，粗粗读上一遍，也觉大事不妙。幸而康抄密诏里并没有自己名字，最多算是维新诸同志，若事败追究下来，罢官充军难免，总不至于掉脑袋。

杨深秀动着心思时，谭嗣同、林旭和刘光第三人已泪流满面，哭得不成人形。又不敢放声大嚎，生怕惊动来往会馆的杂人，只能忍气吞声，咽进流到嘴边的泪水和鼻涕。

唯康有为不动声色，背着双手，在屋里走几步，然后立住，指指三人鼻子，低声骂道：“真没出息！见密诏里写着你们名字，就像死了爹娘似的，拿眼泪鼻涕不当数。皇上还活得好好的，刑部捕快也没追杀过来，犯得着大啼小叫，提前号丧么？就算捕快到了门外，咱康有为名字排在最前，要杀要砍，也会先拿咱脑袋试刀，你们怕什么怕！”

三人这才收住泪水，眼巴巴望着康有为，看他有无免祸逃生手段。康有为沉吟片刻，道：“事情还没到山穷水尽之时，总还有转圜之机。”几位齐声问道：“转圜之机在哪里？”康有为道：“经有为建议，皇上命袁世凯进京，两次召对，又火速提拔为工部右侍郎，继续操练小站新军。这说明什么？说明袁世凯已成皇上心腹。因维新变法，皇上大位难保，袁世凯难道不应挺身而出，维护皇上，确保维新变法大业成功吗？”

说得几位破涕为笑，欣喜道：“皇上主持变法，因无军队支持，底气不足，举步维艰，今倚袁世凯为干城，看谁还敢与皇上作对。”康有为道：“其他人自然不敢与皇上作对，只是身后有个太后，皇上才如履薄冰，如临深渊，担心大位不保。”

提到太后，几个又泄了气。康有为道：“皇上大位能否保住，咱们能否绝处逢生，变法能否取得最后成功，关键就看打不打得过太后手掌心。”谭嗣同道：“袁世凯乃当世之英雄，既已成皇上心腹，就该为皇上及其所倡维新变法大业，肝脑涂地，在所不辞。”

林旭、刘光第和杨深秀三人觉得颇有道理，点头表示赞同。康有为道：“既然各位认可袁世凯，咱们不妨在他身上做做文章。”谭嗣同问：“做什么文章？”

康有为压低声音，用浓重的广式官话说出四个字：“诛荣围园。”

“诛荣围园？诛何荣，围何园？”三人一时没反应过来，齐声问道。康有为拈拈颏下稀疏胡须，阴笑道：“有为早已定下妙计：游说袁世凯，速回天津，调动小站新军，先诛荣禄，再提兵入京，一半拱卫紫禁城，确保皇上安危，一半围攻颐和园，击杀太后，归权于皇上。还可顺便开掘太后设在园内的秘密金库，为变法大举提供足额资金支持。”

谭、林、刘三位兴奋地鼓起掌来。杨深秀质疑道：“诛荣围园，杀后掘金，妙确实妙，只是不知皇上会不会同意这么做。可否先入宫，禀奏皇上，密召袁世凯，面授机宜，再行大举？”康有为道：“皇上长于深宫，没经历过什么大风大浪，且与太后母子情深，试图请皇上出面，谕令袁世凯诛荣杀后，他肯定做不出来。唯一办法只能咱们背后秘密出手，待木已成舟，米已成饭，皇上自会认可，封赏各位，力推新政。”

林旭赞同道：“事不宜迟，咱们这就拿着皇上密诏，赶紧去法华寺面见袁世凯，促其潜回天津，依计而行，以图大举。”谭嗣同道：“事涉机密，众人出面，目标太大，容易引人注目，只能派人单线行动。”康有为道：“复生（谭嗣同）兄言之有理。此事不宜兴师动众，只可做小动作，人越少越好。”刘光第道：“又派谁游说袁世凯呢？”

“欲说动袁世凯，没别的办法，只能以利害诱导之，以大义感化之。”康有为分析道，“座中唯有复生兄豪迈善辩，可晓以利害，又有春秋大著，可明以大义。”林旭笑道：“复生兄豪迈善辩，众所周知，说可凭春秋大著明袁世凯以大义，又从何说起？”康有为笑道：“复生兄所著《仁学》，妙论公罪，颇令人信服，若带此著前往法华寺，赠送袁世凯，定能让他大长见识，甘冒‘公罪’，从‘仁’如流。”

谭嗣同倒也爽快，二话不说，满口答应去会袁世凯。当晚就拿出康有为留下的所谓“密诏”，夹入刚写就未及成印的《仁学》手稿本中，往胸衣里一塞，若无其事走出浏阳会馆，趁着浓浓夜色，悄悄去了法华寺。

到得法华寺，才发现里面很热闹。袁世凯新晋侍郎，荣列二品，在京亲朋故旧，纷纷前来祝贺，献媚讨好。何况不是普通二品大员，还手握小站新军，文武兼备，俨然大清支柱，谁不想靠紧点，为自己备条后路？没办法，趋炎附势，人之天性，若如李鸿章罢官去职，再无任何利用价值，自然人见人躲，不可能吃饱撑的，去触霉头。

一时没法走近袁世凯，只能先在寺外转悠，听乌啼凉夜。直到寺前车马渐稀，夜深人静，才悄悄闪入寺里，去叩袁世凯室门。应酬半宿，袁世凯已疲惫不堪，正要上床休息，听到叩门声，不客气道："什么人呐？本侍郎已经躺下，先回吧，有事改日再说不迟。"谭嗣同压低声音道："谭嗣同，我是谭嗣同。"袁世凯听得不太真切，道："什么铜？红铜黄铜还是青铜？"谭嗣同稍提嗓门道："军机章京谭嗣同。"

这下袁世凯已听清楚，不觉有些吃惊，暗忖军机章京夜访，莫非有紧急情况不成？赶忙开门，放入不速之客。也是操练新军需要，在京这几日袁世凯曾去军机处办事，与谭嗣同正面打过交道，算是熟人，自然得客气点，又是让座，又是看茶。问候几句，袁世凯笑道："谭章京不辞疲劳，夤夜突访，定有要事吧？"

"要事谈不上，是欣闻袁大人新晋侍郎，特来祝贺，顺便敬赠拙著，恳请斧正。"谭嗣同说着，从身上摸出《仁学》，双手呈到对方手上，"拙著初成，未及付印，仅存抄本，还望侍郎大人抽空赏读，批评教正。"

袁世凯抬抬屁股，弯弯腰身，接过谭著随便翻翻，心想为本书稿，深夜上门骚扰，恐怕也只这些不谙世事的暴发章京才做得出来。嘴上却道："难得谭章京登门赐书，世凯一定好好拜读。"合上册页，望望客人，等着对方起身告辞。谭嗣同没有走人的意思，拿回《仁学》，道："嗣同走时匆匆，未及签署拙名，可否借袁大人笔墨，落款以示纪念？"

真是难缠！袁世凯肚里嘀咕道，招过值宿亲兵，拿来砚台，接水磨墨。墨磨好，又取笔请谭嗣同在扉页上留名。签毕名字，谭嗣同啜啜嘴巴，吹干纸上墨汁，还稿给袁世凯。袁世凯看两眼签名，说声好字，正要合上书稿，忽从里面掉出一纸，也没细看，只道："莫非大著装订匆忙，竟漏纸页出来。"谭嗣同道："袁大人看看掉的那页，或可找米糊粘上去。"

袁世凯展纸一瞧，才发觉不是漏页，是纸圣谕抄件。睁眼细读，不禁倒吸一口凉气，惊问道：“这是哪里来的？”谭嗣同道：“此乃康有为所抄皇上密诏。”袁世凯道：“原来谭章京赠书是假，传密诏是真。”谭嗣同道：“密诏写得明白，皇上已危。能救皇上者，唯侍郎大人也。”袁世凯道：“怎么个救法？”谭嗣同道：“请侍郎大人速返天津，先诛荣禄，再提兵入京，围园杀后，归政皇上，全力推进新政。”

“诛荣杀后！”袁世凯如闻响雷，站起来又坐下，坐下去又站起来，“真吃了豹子胆！谁出的好主意？”谭嗣同道：“皇上给维新党人出的主意。”袁世凯道：“计出皇上？皇上有此胆量吗？”谭嗣同道：“皇上没胆量，又怎会传密诏给康有为，命我来找侍郎大人？”袁世凯质疑道：“真是皇上让你来找我的？”谭嗣同道：“不是真，难道是假？皇上传侍郎大人进京，两度召对，委以侍郎练兵大任，莫非毫无意图？”

袁世凯还是不敢轻信，道：“皇上既然有大举，为何召对时不直接跟我说，却转弯抹角托付康有为与尔等来劝我？”谭嗣同道：“难道侍郎大人没听说过隔墙有耳之说？太后虽避居颐和园，却没少在宫中安插眼线，皇上一举一动，都在其掌握中，才不得不偷偷写了密诏，趁单独接见康有为，塞他手上，嘱他捎带出宫。”

说得似乎有几分道理。袁世凯重新拿起康抄密诏，反反复复看过几遍，道：“皇上只说朕位不保，设法相救，并无诛荣杀后之语。”谭嗣同道：“皇上当然不便在密诏上把话挑明，怕泄漏出去，祸及自身，只得口谕康有为，密谋大举。”袁世凯摇头道：“大清以孝治天下，且太后与皇上母子情深，皇上怎会轻易做出这种不孝之事？八成是康有为擅自矫诏，扇动尔等，犯上作乱。”谭嗣同道：“康有为饱读圣贤书，胆敢大逆不道，假造密诏，欺世盗名！”

袁世凯拿过《仁学》，一边翻动，一边道：“谋反者，公罪也。谭章京大著名之以仁，仁乃儒学核心，总该秉承孔孟儒学，弘扬君臣大伦，竟欲打着皇上幌子，挑唆世凯，诛灭重臣，捕杀太后，岂不是陷皇上于不仁不义，置臣下于不忠不孝吗？”

问得谭嗣同一时血气冲顶，嚯的一声站起来，抖着指头，点点袁世凯鼻子，又忙缩回手腕，强行控制住自己，苦口婆心道：“谋反属公罪没错。殊不知清皇室残害我中华数百年，才是天下最大公罪，可谓罄竹难书，与仁义忠孝更是风马牛不相及。硬说仁义，也属假仁假义，算不得真仁真义；强说忠孝，也只是小忠小孝，并非大忠大孝。协同不仁不义之朝廷，以不仁不义手段危害中华，为虎作伥，助纣为虐，别说大忠大孝，连小忠小孝都不是，只能算大不忠和大不孝。此理嗣同已在拙著《仁学》里阐明，侍郎大人自可赏读，恕不赘述。”

原来谭嗣同不止欲行变法，还企图灭清复汉，改朝换代。袁世凯心惊肉跳，呆坐椅上，半天没有出声。谭嗣同拿眼望望袁世凯，以为他已被说服，拿过桌上康抄密诏，强行塞入对方怀里，说：“还请侍郎大人收好密诏，调兵遣将时更有号召力。”停停又道：“侍郎大人不愿背负叛臣逆将恶名，嗣同颇能理解，也不好逼您就范，可适当做出调整，侍郎大人拘荣围园，对付太后的事由维新党人负责。”袁世凯问：“维新党人手无寸铁，如何负责？”谭嗣同道：“此事不用侍郎大人操心，嗣同自有安排。”

原来谭嗣同虽系一介书生，却自幼习武，广交江湖，与哥老会头目长沙人许永年和人称大刀王五的沧州武士王正谊称兄道弟，许王两人纠合会党，组建镖局，潜伏京畿一带，只要谭嗣同发句话，便可密遣死士，潜入颐和园，擒太后，掘金库，大干一场。袁世凯也略闻谭嗣同江湖背景，只是不便多言，听他继续往下说道：“大清积贫积弱，内忧外患，唯一手段就是拘禁太后，归政皇上，维新变法。变法成功，复振大清，造福于民，才是大仁大义，大忠大孝啊。行大仁大义大忠大孝机会就在眼前，难道侍郎大人愿轻易放弃吗？”

不答应围园拘后，谭嗣同赖着不肯走，招惹是非，岂不祸及自身？袁世凯只得道：“谭章京义薄云天，冒死维护变法，实在令人敬仰。世凯无动于衷，袖手旁观，又岂对得起皇上栽培？于义于情于理，世凯也要挺身而出，配合维新党人，搏上一把。”

谭嗣同大喜，上前握住袁世凯双手，道：“嗣同先代皇上和维新党人谢过侍郎大人！皇上自身难保，维新变法便会落空，唯有侍郎大人与维新党人联手，灭荣围园，劫持太后，才能确保皇上不倒，推进变法。事成之后，咱们一定荐保侍郎大人填补荣禄直隶总督和北洋大臣重位，为变法保驾护航。变法成功，实行君主立宪，还可推举侍郎大人出任首相，就像伊藤博文一样，执掌军政大权，振兴中华，泽被万世。”

说毕谭嗣同松开袁世凯的手，昂首挺胸，朝门边走去。袁世凯叫声且慢，拿过康抄密诏，上前塞到谭嗣同手里，道：“密诏内容已牢牢记在本人脑中，还是谭章京拿着为妥，否则留在我处，万一不小心落入人手，坏皇上大事不好。”

谭嗣同觉得也是，接过康抄密诏，收藏妥帖，出门离开法华寺，返报康有为、林旭诸同志，准备配合新军，采取果断行动。此刻法华寺静如止水，袁世凯倚窗而立，见初月如蚕，闻夜虫唧唧，胸中波涛汹涌，无以平静。直到两腿站麻，躺到床上，仰望黑暗里的天花板，依然毫无睡意，谭嗣同声音仿佛仍在耳边回响着，拂之不去。真能像谭嗣同所说，先维新变法，再行君主立宪，由自己做中国伊藤博文，强军富国，再造中华，又何乐而不为呢？

痴想得远了，越发没有睡意。忽又念及善缘庵里的李鸿章，没少经大风大浪，何不上门拜访拜访他老人家，试试其口风，此事可行还是不可行？

袁世凯没有犹豫，从床上跃起，穿身便服，带领两名卫士，推开法华寺大门，打马出城，直奔善缘庵而去。

其时李鸿章正在梦乡，恍惚觉得床前人影晃动，继听儿子经述唤声父亲，说是有人急于求见。李鸿章合着双眼，道：“深更半夜的，不是紫禁城或颐和园有事，派来御差吧？”李经述道：“不是御差，是袁世凯。”李鸿章诧异道：“袁世凯？他不在小站练兵吗？”李经述道：“他入京接受皇上召对，新授工部侍郎，有事求见父亲。”李鸿章睁眼道：“掌灯吧。”

灯光驱走黑暗，李经述扶父亲起来，给他披上外衣，又递上一杯温水，转身出了门。待袁世凯进屋，李鸿章已端坐书桌旁，不轻不重道：“为振兴大清，老夫废寝忘食，忙了一辈子，如今啥都不是，慰亭还不让睡个安稳觉，是何居心！”

袁世凯赶紧趴到地上，边磕头边道：“惊扰师相，世凯该死！”李鸿章道：“没这么严重。起来说话吧。”袁世凯撑地立身，坐到书桌对面椅子上，接住李经述送上的热茶，咕噜咕噜喝一大口，抬袖抹抹嘴巴，道：“此事紧急，还须师相给学生拿主意。”

昏黄的灯影里，李鸿章老眼如炷，盯住袁世凯涨红的胖脸，心想这小子肯定碰到什么大好事，不然不会如此急不可待。偏偏袁世凯话说半句，扭着粗脖，左观右察起来，生怕屋壁漏风，话出嘴泄露出去，进入他人耳朵。

恰巧夜风掠过，鼓动门板，袁世凯嚯地站起，过去上好门栓，再坐回椅上，前倾了身子，望向李鸿章道："皇上大位难保矣。"

光绪失去理智，弄得人人自危，最后危及自己，倒也不足为奇。令李鸿章稀奇的是袁世凯正在操练新军，又不是没事可做，为何会对此产生兴趣。袁世凯明白李鸿章心里所想，继而道："谭嗣同夜访法华寺，求我灭荣围园，劫持太后，归政皇上。"

光绪皇位来自太后，太后可予也可夺，你跟谭嗣同起什么哄呢？李鸿章面无表情，仍不吭气。袁世凯又道："只要能保住皇上，维新成功，实行君主立宪，就非得伊藤博文式人物挺身而出，辅助皇上求富图强，复兴大清。"

不用猜，也知维新党人看中袁世凯手里新军，向他承诺，只要他领军勤王，保住皇上，就让他做中国伊藤博文。然中国不是日本，光绪亦非日本天皇，是谁头脑发热，想做伊藤博文，就做得成的么？李鸿章肚里暗笑，依然紧闭双唇，一言不发。袁世凯不愿白跑善缘庵，继而又道："世凯愚昧，不知深浅，还请师相点拨。"

一阵秋风过去，刮得窗棂悉悉作响。李鸿章透过窗玻璃，望望墙边竹影摇曳，忽然无头无尾道："慰亭（袁世凯）往来京津，见识过近畿武卫各军军容否？"

一个说保皇，一个言武卫军，真是前言不答后语。袁世凯一时未能转过弯来，还以为李鸿章故意搪塞自己。只听李鸿章又道："太后让荣禄总督直隶，兼署北洋，意在统督武卫各军，慰亭武卫右军归其领辖，他到津后有何新举措？"

毕竟袁世凯不痴，终于听出言外之意。前后左右中五支武卫新军里，袁世凯所建武卫右军成军最迟，人数最少，暂时还没法跟其他任何一支抗衡。荣禄又系慈禧心腹，袁世凯胆敢轻举妄动，他一声令下，其余四军蜂拥而上，不费大力就可吃掉右军。

想到此处，袁世凯不觉冷汗直冒，背膛发凉。怪只怪自己欲做中国伊藤博文，头脑发热，异想天开，却忘记其他四军驻扎近畿，真领军西来，京门都拢不了。

心里感激李鸿章及时点卤，袁世凯离开座位，五体投地，行过跪拜大礼，起身出门，上马离庵。回到法华寺，天已大亮，匆匆换上朝服，赶紧入宫，赴养心殿向光绪辞行。行过君臣大礼，论到变法，袁世凯旁敲侧击，试探光绪口气，到底有无杀荣围园计划。光绪一脸茫然，只嘱袁世凯回津后，好好操练新军，徐图自强，振兴大清。袁世凯意识到谭嗣同所示康抄密诏定然有假，若懵懵懂懂踏上维新党人贼船，必会船翻人亡，死无葬身之地。

北京非久留之地，出得皇宫，袁世凯就由亲兵簇拥，直奔朝阳门，恨不能身生双翼，即刻飞回天津。忽又多个心眼，万一维新党人冒冒失失，前来送行，敦促杀荣围园之事，岂不授人以柄？当即勒转马头，绕道东直门，出城东奔。到得天津，访过荣禄，并不急于回小站，干脆住进北洋衙署附近馆驿，看书写字，喝酒品茶，仿佛没事人样。用意明显，谁爱入京勤王，只管勤去，咱右军兵将分离，毫无觊觎京师企图。

袁世凯离京前，谭嗣同与康有为果然赶往朝阳门，准备为其饯行，坚定其杀荣围园决心。左等右等，没见人影，找人打听，才知袁世凯出东直门而去。康有为意识到不妙，详问谭嗣同夜访法华寺经过，得知袁世凯没拿走密诏抄件，就知他靠不住，问：“密诏呢，现在何处？”谭嗣同说：“就在胸衣里。”康有为说：“拿出来瞧瞧。”

谭嗣同抬手自搜起来。可搜遍全身，不见片纸，甚觉诧异。康有为问：“是不是落在了法华寺？”谭嗣同道：“不会不会，揖别袁世凯，回到浏阳会馆，密诏还在身上。”康有为问：“回浏阳会馆后呢？”谭嗣同道：“回会馆后倒头便睡，直到广厦（康有为）兄来访，一起赶往朝阳门。”康有为道：“弄不好密诏掉落在你浏阳会馆住处。”

两人急急赶往浏阳会馆，翻遍角角落落，也没翻出康抄密诏，你望望我，我望望你，不知所措起来。康抄密诏不会从地里冒出来，滞留浏阳会馆无用，康有为起身，准备离去。临行小声叮嘱谭嗣同：“别傻等袁军入京，可先联系许永年和大刀王五，采取果断行动。”

与谭嗣同分手，赶回自家寓所不久，梁启超来探杀荣围园计划落实情况，康有为直摇脑袋说：“袁世凯只怕指望不上，咱俩还是尽快离京，保命要紧。”梁启超道：“咱俩走掉，其他维新党人怎么办？”康有为道：“其他党人有其他党人的事情。”梁启超说：“什么事情？”康有为道：“谭嗣同准备联络会党头目许永年和大刀王五，提前行动。”

梁启超仍有些犹豫，道：“维新始作俑者主要是咱师生俩，眼见危机来临，咱俩脚踩西瓜皮，溜之大吉，日后如何面对维新同志？”康有为道：“这好办得很，找个奉旨外出办差名义离京，维新同志自然无话可说。”梁启超道：“老师打算进宫讨旨？”康有为道：“此时进宫，已来不及，还得另想办法。”梁启超问：“想什么办法？”

这自然难不倒康有为，拿出纸墨，笔走龙蛇，拟起诏稿来。着墨不多，无非命康有为与梁启超出京南下，赴沪粤办差之类。片刻稿成，梁启超拿起瞧瞧，道：“可惜并非皇上笔迹，又没加盖玉玺，难以令人置信？”康有为道：“你信我信，维新同志信，已经足够。再说密旨抄件，又哪来玉玺？”梁启超道：“再怎么说也属矫诏，日后皇上追究起来，如何解释？”康有为叹道：“皇上还有追究咱们那一天，倒是维新同志之福，中华四万万民众之福。”

梁启超说不过老师，还稿于他。正好康广仁从外面回来，康有为将所谓密诏抄件装封，交他手上，说：“我与卓如（梁启超）奉旨出京办差，今晚就得走，麻烦贤弟明天将此密诏送交谭嗣同等维新党人，也好知道我俩奉诏南下，免得担忧。”

康广仁接住密诏，走进内室，藏到壁缝里。梁启超问康有为：“老师不带令弟一起走？”康有为道：“吾弟没参与维新，不必随我流亡吃苦。”

说着康有为简单收拾几件行李，用皮箱装好，提到手上，与梁启超出了门。天气渐凉，梁启超得回住处带几件寒衣，两人说好朝阳门会合，暂时分开。康有为跳上马车，来到朝阳门下，命车夫停车，等候梁启超。却总觉耳边马蹄声声，由远而近，担心捕快追过来，等上没几分钟，便命马夫扬鞭打马，匆匆出城，“奉旨”逃命去也。

待梁启超带着行李赶至，早不见老师，踯躅片刻，只好踅返城里。回到寓所，疲惫已极，正想上床睡会儿，维新党人来报，说谭嗣同那道不翼而飞的康抄密诏，不知怎么竟然到了杨崇伊手上。杨崇伊如获至宝，连夜西奔颐和园，敬呈于慈禧。

梁启超吓一大跳，睡也不睡了，拿着行李，直奔日本公使馆。正好张元济从日本公使馆门口经过，见梁启超慌慌张张走过来，上前拦住他，问怎么回事。梁启超支支吾吾，不愿道出实情，只说天要塌下来了，扭头迈入日本公使馆大门。

张元济意识到将有大变，愣怔片刻，出城来到善缘庵，求见李鸿章，道：“有人怂恿太后训政，皇上岌岌可危，朝野臣工无所适从，相国乃国家重臣，该出面调和，保护维新成果才是。”李鸿章叹口气道：“你们小孩子，只知瞎闹，懂什么维新咯？”

张元济红着脸，起身准备告退。李鸿章叫住他，吩咐道：“抓紧离开京都是非之地吧。上海是个好去处，老夫可给盛宣怀打招呼，给你安排份事做。”又拿出严复所译《天演论》和《原富》，塞到张元济手上，道：“盛宣怀系南洋公学出资人，南洋公学有个译书局，你可到那里去，先把严复这两本译著印出来，定有大赚头。”

还不放心，又让于式枚备车，送张元济进城，顺便给盛宣怀拍电报，转达李鸿章意思。盛宣怀当即回电应承。于式枚把盛电交给张元济，催他离京。张元济开始有些犹豫，忽闻光绪被慈禧软禁，才仓皇南逃，赶往上海。

十四、变法失败鸡飞狗跳，东山再起赴任两广

光绪听说密诏到了慈禧手里，吓得魂飞魄丧，不知如何是好。别无他法，只得硬着头皮离宫，欲去颐和园请安，乞求慈禧原谅。

还没出城，便闻慈禧摆驾西来，走间道过西直门，入紫禁城，直闯养心殿，把近期奏章和上谕悉数卷去。光绪匆忙返宫，急奔长春殿，跪地请罪。慈禧拿出康抄密诏，往地上一甩，劈头盖脸一顿臭骂：“本宫抚养你二十多年，视为心肝宝贝，你竟听小人之言谋我乎！”

光绪拾起康抄密诏一瞧，却与自己交给杨锐那封大相径庭。定是杨锐狗胆包天，擅自矫诏，挑唆维新党人作乱。细看又属康有为笔迹，莫非是这小子干的好事？光绪忙趴到地上，磕着响头：“太后开恩，此系矫诏，并非儿皇所颁。”

慈禧鼻子哼哼几声，冷笑道：“不是你所颁，莫非杨锐、康有为他们敢矫诏不成？”光绪忙道：“确系杨锐、康有为所拟矫诏，还请太后明鉴。”慈禧喝道：“还要编故事！以为本宫是三岁小孩，让杨锐和康有为将密诏誊抄一遍，就可骗过本宫眼睛！”

光绪百口莫辩，唯有磕头哀声，泣血求饶。可一切为时已晚，慈禧怒不可遏，喝令幽禁光绪于瀛台，宣布垂帘听政。一场惊天动地的维新变法，以宫廷政变告终。事发戊戌年，时间起自四月二十三日光绪诏告维新，至八月六日慈禧再度听政，变法前后经历一百零三天，史称戊戌变法，或百日维新。

宫变消息传到天津，袁世凯惊出一身冷汗，离开馆驿，跑进北洋衙署，将谭嗣同持康抄密诏请求杀荣围园经过禀告荣禄。荣禄吓得不轻，不自觉伸出双手，捧捧脑袋，以为已被袁世凯取走。当即电发慈禧，奏报康谭杀荣围园阴谋。慈禧越发震怒，懿令搜捕维新党人及相关官吏。一时缇骑四驰，鸡飞狗跳，维新党人作鸟兽散。

康有为早已奉“旨”南奔，经香港出逃海外。梁启超逃往日本使馆后，剪辫易服，装扮成倭人，赶往天津，乘日舰东渡日本。谭嗣同也跑进日本使馆，准备步梁启超后尘，赴日避难，日本翻译多句嘴：“康有为可跑，梁启超可跑，你谭嗣同也可跑，皇帝能跑吗？大清能跑吗？”谭嗣同怔怔道：“革命需流血送命，就从我开始吧。”毅然离开日本使馆，回到浏阳会馆，坐等捕快上门。谭嗣同被捕后，其他三位军机章京杨锐、林旭、刘光第相继落网。监察御史杨深秀听说光绪被禁，还昂着脑袋，入宫质问慈禧，被当场逮捕。

最冤枉者还是康广仁，在老家待得好好的，听说光绪赏识哥哥，想着赴京混个美差，荣耀一番。正值梁启超受徐致靖举荐，离粤北上，便让康广仁作伴，一起来到北京。康有为正忙维新，没时间搭理弟弟，康广仁便躲在哥哥寓所睡大觉，偶尔去广东会馆听曲喝茶剥瓜子，打发无聊时光。康有为出逃前，假拟密诏，让他交给谭嗣同，制造自己奉旨南逃假象。康广仁与维新党人毫无瓜葛，懵懵懂懂赶往浏阳会馆，刚出手所谓密诏，捕快突然冲入，先控制住谭嗣同，再把他拎起来，一并扔上囚车。问捕快为何抓人，捕快说哥哥逃匿，不抓弟弟抓谁？康广仁大悲，用脑袋猛撞车壁，痛哭失声道：“天哪，哥哥之事，要弟弟来承担！”

维新党人捕得差不多，捕快又去抓徐致靖与张荫桓等相关大臣。冲进徐府，恰好徐致靖外出不在，捕快出府急驰张家，把张荫桓绑走。张荫桓办理外交多年，各国驻华公使不愿看他掉脑袋，推举日本公使赴善缘庵，请李鸿章出手救援。

李鸿章知道，要救张荫桓，唯有求助荣禄。慈禧重新听政伊始，便调荣禄入京，晋为文渊阁大学士，授军机大臣，掌管兵部，节制各军。李鸿章写好给荣禄的信，交与日本公使，日本公使打马回城，转递荣禄。荣禄自然得买李鸿章面子，又经慈禧点头，颁旨时以张荫桓并非康党，命交刑部看管，免予一死。

再说徐致靖，外出躲过捕快，完全可暂避风头，或干脆学康梁两人，一逃了之。却不知哪根筋出了差错，硬要返回京城，自投罗网。李鸿章闻知，不禁破口大骂："这个书呆子，已五六十岁的人，还不知好歹，不识时务，拿小命开玩笑。"

然骂归骂，毕竟是同年子，岂可见死不救？李鸿章拍着脑门，思忖良久，最后击掌道："此事，仍只能去找荣禄。"当即命人牵马套车，连夜进城，赶往荣府，求见荣禄。

此时荣禄已宽衣解带，准备上床歇息。听说李鸿章来见，不得不重新穿好衣服，出去会客。李鸿章赶紧打拱手，道："荣中堂身负重任，操持国政，老夫不知深浅，夤夜上门打搅，实在有愧，还请谅解。"荣禄先让座，再看茶，道："相国功高元勋，国之瑰宝，不辞辛苦，光临寒舍，是看得起荣禄，荣禄乐都乐不过来，何言打搅？"

李鸿章打几声哈哈，朗声道："荣中堂不喝令家仆，赶老夫走，还赐座赏茶，老夫受宠若惊，元不元勋，瑰不瑰宝，已一点都不重要。"

荣禄脑袋灵光得很，李鸿章未曾开口，便知其来意，道："前时相国具函为张荫桓说好话，我已遵办，莫非今日降临，又有李荫桓陶荫桓或牛荫桓马荫桓需您搭救？"李鸿章笑道："知吾者，荣中堂也。"荣禄冷脸道："都说相国大人属后党，没少遭帝党排挤，今帝党人士犯事，您老忙里忙外，给他们求情干吗呢？"李鸿章乐道："谁请老夫加入后党的？老夫确实也有党，却不是后党，亦非帝党，更非康党。"荣禄道："那相国是什么党？"李鸿章道："老夫是无党，从来都是孑然一身，独往独来，没与任何人有牵连，有瓜葛。"

此言倒也不虚，李鸿章一生只知埋头干活，不搞结党营私，还真没见他与谁勾肩搭背，过从密切。荣禄道："无党好，无党一身轻。相国非狼非狈，不需结伙抱团，狼狈为奸。"李鸿章笑道："不是狼不是狈，又是什么？"荣禄道："是虎是狮，独立官场，轻轻一声吼，地皮抖三抖。"李鸿章摇头道："哪里是虎是狮，不过一只落水狗，人人叫打，个个喊杀。"

"相国快别自轻，有太后在，谁敢动你一根指头？"荣禄笑笑道，"想替谁说情，直言吧。"李鸿章道："徐致靖。"荣禄几乎跳起来，道："给谁说情不是说，相国干吗对徐致靖感兴趣？您难道不知，康有为、梁启超、谭嗣同、杨锐等维新骨干都是徐致靖举荐上位的吗？若非他把康梁谭杨诸逆拉进总署和军机，能闹出后来的祸乱？跟您明说吧，太后已排好名单，第一个要杀的就是徐致靖，而后才轮得到康梁谭杨他们。”

想不到慈禧如此痛恨徐致靖，竟视其为康党首恶。李鸿章暗里吃惊，仍力争道：“徐致靖书生意气重，只会写字唱曲，根本不知新政为何物，还以为一伙文臣闲极无聊，以新政为名寻开心，才凑热闹，赶时髦，上折推荐康梁谭杨他们，务必请荣中堂说服太后，免其一死。”荣禄道：“太后那么容易说服么？要说您自己找太后说去。”

“太后肯听老夫的，老夫还来麻烦荣中堂干啥？”李鸿章只得拉下老脸，“据老夫所知，康梁谭杨嫌徐致靖人傻智弱，不懂新政，每每与皇上密商维新机要时，尽量避开他，不让他参与其中。故说徐致靖是康党局外人，一点不假。也不用荣中堂免罪，保住其小命就行。”

被逼无奈，荣禄只得答应李鸿章，到慈禧面前试试。隔日入宫，慈禧正好戴着老花眼镜，审批在捕维新党人榜单，徐致靖名列榜首，被判斩立决。荣禄麻着胆子道：“太后英明，这些人罪大恶极，千刀万剐都不为过。唯徐致靖是个书呆子，天天在家读古书，写大字，唱昆曲，吹笛子，于新政一窍不通，多少有些冤枉。”慈禧怒道：“徐致靖不是好东西，力荐康党人士，离间我母子俩，你干吗还袒护他？”

荣禄忙趴地上道：“奴才不敢。不过据奴才所知，皇上召维新党人商量机密，都没让徐致靖参加。尤其近三个月，姓徐的压根儿没进过宫。”

大清规定，皇帝召见臣下，都得记录在案。慈禧命太监翻出档案一查，果然光绪已连续三个月没召对徐致靖。原来四月下旬光绪诏告维新变法后，徐致靖去了趟善缘庵，受李鸿章暗示，再会维新党人时，耳疾复发，声音稍小便听不清楚。试想光绪四周皆慈禧耳目，跟聋子密商机要，讨论维新，你大呼，我小叫，岂不坏事？故召对康梁谭杨时，没再传徐致靖。

慈禧这才改判徐致靖绞监候，庚子虏变后出狱，拣回一条小命。其余在押案犯谭嗣同、杨锐、林旭、刘光第、杨深秀、康广仁，被判斩立决。谭嗣同早抱定必死决心，闻判咬破手指，留下《题壁狱中》诗：望门投止怜张俭，直谏陈书愧杜根；手掷欧刀仰天笑，留将公罪后人论。

题毕即被绑赴菜市口，与其他五人一起开刀问斩，史称戊戌六君子。其中康广仁最冤，枉陪脑袋，却忝列诸君之后，青史留名，白捡便宜。

至此，轰轰烈烈的戊戌维新变法烟消云散，清廷渐渐回归往日秩序。冷清的善缘庵热闹起来，朝臣纷纷前往拜会李鸿章，口气里满是喜庆。翁同龢倒台，光绪幽禁于瀛台，慈禧重新听政，要众人不看好李鸿章也难，觉得又到该他大显身手之时。李鸿章却晃着脑袋道："老夫老矣，还有啥身手可显？勉强活命，喝喝茶，写写字，足矣！"

众人都视李鸿章为后党，帝党败落，后党执政，他能不沾光？唯李鸿章心里清楚，自己什么党都不是，无论帝党得势，还是后党行时，都没自己的事，除非又遭大乱，需人出来了难。果然慈禧召王公大臣会议时，有意让李鸿章出山主持总理衙门，受到荣禄和军机大臣刚毅等一致反对。没办法，李鸿章能力太强，功勋太著，资格太老，没人镇得住。可这话摆不到桌面上来，荣禄找借口道，李鸿章臭名在外，恐各国干涉。刚毅也是满人，说得更加理直气壮：汉人一强，满人必亡。

慈禧只好作罢。可总得给李鸿章安排些差事，让他老在眼前晃悠，荣禄与刚毅他们也不自在。想来想去，想起李鸿章访欧时见识过荷兰海滨排水防坡工程，干脆命他履勘黄河，拟订治河办法，改善民生。李鸿章借口体弱多病，极力推辞。慈禧不允，非逼走他不可。也是迫于无奈，李鸿章只得道："老臣年事已高，需有助手帮忙，才能完成大任。"慈禧道："要什么助手，只管开口。"李鸿章道："于式枚自然少不了。只是他入幕多年，跟老臣处理中法战争、甲午大战、马关订约、欧美出访，费力不讨好，至今仍为小小兵部主事。让他随勘黄河，再不有所表示，实在说不过去。"慈禧道："礼部有员外郎实缺，就让于式枚替补吧。"

能让于式枚上个台阶，跑趟黄河也值得。十月中旬，李鸿章召于式枚、周馥诸故吏，外加绘图生和荷兰水利工程师，冒着寒风，登车出京。李经述要求随父同行，李鸿章没同意，让他留京温习诗书，以备会试。前次会试本已入围，且欲拟高魁，被翁同龢强行拿下，李经述一直心有不甘，还想再度参试，以遂夙愿。

一行人赶到济南，小雪已去，大雪到来，满天银絮飘飞。席不暇暖，踏雪直奔黄河岸边，描绘地貌形势，勘查河床宽窄，测量水势大小，探究河沙来龙去脉，再以此为基础，研究治河之法。一忙忙到光绪二十五年（1899）正月，初五乃李鸿章七十七岁生日，身边没有子女，没有亲人，周馥与于式枚商量，准备联系附近州县衙门，办桌生日酒。办酒自然是个借口，一行人忍饥挨饿，也想解解馋，暖暖身。可李鸿章不同意，说大过年的，不可惊扰地方。周馥只得作罢，敲开近岸乡民家门，购得几枚鸡蛋煮熟，聊以果腹。

依据勘测数据，荷兰工程师估算，若参照西方国家技术，筹银三千二百万两，花五年时间，黄河中下游河患始可根治。朝廷哪拿得出如此大钱？李鸿章让众人另做预算，提出九百万应急治标方案。办法易行，在河床主堤种草，栽柳，植藤，培养堤岸，固筑险坡，疏浚尾闾。至二月中旬，历时四个月，勘察完成，几位离开山东，西行返京。

半个多月后踏入京门，回到善缘庵，李鸿章便将草拟奏折连同治本治标两套方案，呈递入宫。可没人理会，治河方案泥牛入海，杳无消息。李鸿章也不追问，自己徒有文华殿大学士空名，无任何实职，养闲伴食，谁会把你的话当回事？也没人再往善缘庵跑，门前清寂，室内空落，唯有诗书不弃。世间多势利人，无势则无利，无利谁还来踏你门槛？

赋闲日子说长也长，说短亦短。夏暑过去，白露如珠，忽从合肥传来消息，大哥李瀚章在家仙逝，享年七十九岁。四个弟弟鹤章、蕴章、凤章、昭庆早已故去，而今大哥也魂归道山，唯余自己一人，独向黄昏。又想起四年前甲午惨败，大哥诚邀回乡，息影林泉，共娱晚景，自己念及项羽，志为鬼雄，没回合肥聚首，至今思之，不免略觉后悔，暗添伤感。好在大哥晚得悠闲，寿登耄耋，人称全福，亦奚足悲！

其时，吴汝纶所辑李鸿章奏章书信定稿，刊印成册。李鸿章甚喜，分赠朋僚。还经李莲英，敬呈慈禧一套。慈禧见书思人，有意让李鸿章复任直隶总督兼北洋大臣。跟荣禄商量，荣禄坚决反对，只得作罢。倒是端王载漪跑到善缘庵，暗示李鸿章，愿说服荣禄，让他复出。

载漪何许人也？还得从道光皇帝说起。当年道光登基后，连生三位阿哥，皆不幸早夭，所喜祥妃和全妃争气，陆续受孕，怀上龙种。受孕有先后，先孕先产，后孕后生，若两人所怀皆为皇子，后产皇子定会失去立太子继大统机会。全妃自知怀孕在后，不占先机，悄悄拿出重金，向御医讨得打胎药喝下，先祥妃产下儿子奕詝，成为四阿哥，后继位做上咸丰皇帝。祥妃儿子奕誴却先孕后产，退居五阿哥，与皇位擦肩而过。载漪便是奕誴儿子，亦即四阿哥奕詝儿子载淳（同治）和七阿哥奕譞儿子载湉（光绪）堂哥。也就是说，当年不是咸丰奕詝捷足先登降临世上，奕誴成为皇帝，再由载漪继位，哪轮得到载淳和载湉称帝？

载漪与载淳同年，大载湉十五岁，却因父亲奕谅早早过继出宫，寄人篱下，父子俩皆不读书，不学礼，只会喝酒抽烟，打牌遛鸟，与其他八旗混混不无二异。然毕竟有皇族血统，载漪讨得慈禧弟弟桂祥欢心，娶其女为妻，获慈禧关照，承嗣端郡王，成为御前大臣。人一得势，最不缺逢迎者，满员刚毅和帝师翁同龢有事没事就往端王府跑，巴结献媚，讨好卖乖。此二公最恨李鸿章，载漪自然也视其为仇敌。仇敌突然登门，笑脸示好，难免令人生疑。

原来自光绪被慈禧幽禁于瀛台后，载漪便开始头脑发热，动起心思来。同是道光孙子，为何载淳和载湉可做皇帝，自己却不能占份？载漪把想法悄悄透露给刚毅，刚毅分析说："光绪不争气，太后肯定会把他废掉，另扶小皇帝上位。"

载漪已四十三岁，听刚毅如此说，失望得很，几分不满道："为何只扶小皇帝，不扶大皇帝？"刚毅笑笑道："你想想看，扶大皇帝上位，太后还怎么听政？"

当年同治驾崩，慈禧扶亲妹儿子载湉继位，就因他年龄小，便于自己垂帘听政。载漪意识到自己不可能被慈禧看中，难免有些泄气。刚毅又道："王爷这个年纪，确实已无优势，可令郎并不大，多少应该有些希望。"

刚毅一句话又让载漪兴奋起来。别看载漪长于宫外，不读诗书，不通礼仪，毕竟是道光亲孙子，与同治帝载淳和光绪帝载湉属堂兄弟，身份尊贵。其父奕谅少小出宫，远离中枢，没法参与皇权竞争，相反从不遭忌，与那拉氏家族走得近。慈禧于是做主将弟弟桂祥女儿嫁给奕谅儿子即载漪做福晋，生下溥儁。只是溥儁已十四岁，载漪不无担心道："犬子不大也不小，比当年载湉继位大了十岁。十四岁继位，太后听政三四年就得归政，只怕她老人家没这个动力。"刚毅笑道："若倒回去十年八年，太后自然无此动力。可人生七十古来稀，她老人家已年高六十五，能听政四五年，再训政三四年，已属天大奇迹。"

载漪大喜。若凭太后亲侄孙关系，设法把溥儁运作上位，自己不做皇帝，做皇帝他爹，再学当年醇亲王，代儿执掌朝中大权，不也够风光么？于是带着溥儁还有半车礼物，赶往位于东城方家园桂公府，拜见岳丈桂祥。

公府听去不似王府响亮，可桂公府却比普通王府还有名气。原来桂祥不仅是慈禧亲弟，还系皇后父亲。就是说他既有女嫁给载漪，还有女嫁给光绪，亦即隆裕皇后。正是凭借太后亲弟和皇后父亲双重尊荣，桂祥虽无所作为，却受封三等承恩公，晋满洲镶黄旗副都统，门庭显赫无比。桂公府因系慈禧太后娘家以及隆裕皇后生长地，被人誉为凤凰窝。

载漪父子进府后，桂祥非常高兴，命人铺排宴席，款待女婿和外孙。虽说爷爷奕誴带坏头，祖孙三代不思笔墨，只知游手好闲，吃喝玩乐，毕竟溥儁长得高大英俊，正应了那句话，马屎皮上光，里面一包糠。皮上光也是光，照样养眼。且隔代最亲，桂祥视溥儁为心肝宝贝，把他拉到身旁，问喜欢吃啥，亲自给他布菜。溥儁胸无点墨，却很会讨人欢心，又行礼又称谢，端杯去敬外公酒，好话一套套，说得溜溜顺顺，入耳中听。桂祥很满意，夸赞外孙几句，还要在座各位孙辈，多向溥儁学着点。

酒后载漪支开溥儁，陪岳父去书房说话。翁婿坐定，喝口茶水，载漪叹道："也不知皇上怎么想的，维新就维新，变法就变法，干吗唱出围园杀后一出，真不可理喻！"桂祥道："都是康党太坏，唯恐天下不乱。皇上为太后一手养大，母子情深，决不会起此歹意。"

光绪是桂祥女婿，桂祥维护他，自在情理之中。载漪暗怀私心，巴不得慈禧尽快把光绪废掉，道："我也这么想，太后于皇上，恩同再造，皇上若受康党蒙蔽，欲害太后，那就太没天良。还是太后宽大为怀，只不过暂禁皇上，没动他一根毫毛。"桂祥道："昨日皇后回府，论及维新变法，说皇上毫无害母之意，皆因识人不察，好心办错事，正恨没后悔药可吃。"载漪借风吹火道："有道是一失足成千古恨。皇上自作自受，即使太后大度原谅，还想继续在皇位上待下去，只怕已难树立君威，号令天下。"

桂祥摇摇头，一脸无奈。载漪试探道："万一宫中有啥变故，也不知太后会选何人承继大统。"桂祥道："同治帝与光绪帝都没儿子，假若另选新君，还真有些难为太后。"载漪道："我倒有个人选，不知岳丈看不看得中。"桂祥笑道："我非太后，看不看得中，又有啥用？"载漪道："可岳丈是太后亲弟。"桂祥道："亲弟也一样。太后以国家为重，国家大事，不可能听弟弟的。"载漪道："不见得吧，举贤不避亲，弟弟有好人选，太后为何不认可呢？"桂祥道："此处没外人，你倒说说看，此人到底是谁？"载漪道："溥儁，您老亲外孙啊。"

这小子，带着儿子和礼物上门，原来有大企图。桂祥望眼女婿，半天没语。载漪怂恿道:“若皇上被废,最冤者并非别人,还是皇后。”桂祥道:“皇后有啥冤的？”载漪道:“皇后贤淑，没有任何过错，一旦皇上被废，只能黯然离宫，难道还不冤？”桂祥道:“嫁鸡随鸡，嫁狗随狗，真有这一天，也怪皇后命不好，别人无能为力。”载漪道:“皇上被废，皇后遭殃，岳丈宫中无人,威势只怕会受影响。”桂祥道:“太后是吾亲姐,能说宫中没人？”载漪道:“太后是岳丈亲姐没错，可她老人家年事已高，来日不多，岳丈可得未雨绸缪啊。”

毕竟血浓于水，皇后难保，太后来日不多，能把亲外孙扶上位，自己尊荣和桂公府地位才可能继续维持下去。桂祥心里开始松动，答应入宫找姐姐试试。

寻个机会，桂祥入宫拜望慈禧，说溥儁已变得很懂事，天天在家读书写字，不再像以往样只知瞎混。慈禧早有废立之意，听出弟弟来意，心想载字辈已出过两位皇帝，若另择新君，只能从溥字辈里甄选，无奈同光二帝无子，溥儁系最亲晚辈，又有那拉血脉，自比外人靠得住，似可考虑迎溥儁入宫，过继给已故的同治帝，先以大阿哥名义请师傅授教，再承大统。

谁知风声放出去，众臣不以为然，欧美各国驻华公使也表示质疑，一心看好光绪开明，期待他韬光养晦，一旦慈禧老死，便可重整旗鼓，率领群臣，变法图强。

载漪气急败坏，却无奈群臣和洋人何，只能干瞪眼。刚毅又出主意，说可争取李鸿章支持。洋人最听李鸿章的话，李鸿章肯出面，洋人不反对废立，王公大臣自没屁放，溥儁上位便水到渠成。载漪道:“咱与李鸿章向无瓜葛，他会帮这个忙吗？”刚毅道:“太后几次有意起用李鸿章，皆因荣禄反对泡汤，你告诉他能促成废立，咱们自有办法让他重新出山。”

载漪就这样到了善缘庵。明白载漪来意，李鸿章心里几分不屑。凭载漪德行,也妄想学醇亲王,过回帝父瘾,真是光着屁股撵狼,胆大不要脸。醇亲王奕譞有贤王之誉，代儿载湉理政，乃君臣之幸，大清之幸。相反载漪要德缺德，要才缺才，真行废立，由其代政，大清唯有早亡。且溥儁也不是好东西，犹如马屎皮上光，里面一包糠，人品坏，口碑臭，只怕没等他继位，列强不满，文武抗议，竟致天下大乱，国将不国。

想到这里，李鸿章一阵惊惧，暗叹皇家暗弱，国家不幸。只是载漪贵为郡王，当着他的面，李鸿章拉不下脸来，含糊其辞道：“皇上虽有过错，毕竟正当盛年，智毅圣明，太后系念母子情深，还不至于说废就废吧。”载漪道：“太后系念母子情深，可皇上寡情少义，竟密使康谭劝袁，围园杀后，也太狠心了点。”李鸿章道：“老夫听说杨崇伊所获所谓密诏，并非皇上原诏，八成系康有为篡改，岂可作为废帝依据？”

载漪也搞不清密诏真假，只得诱之以利，道：“太后有意让溥儁继位，相国若顺从太后旨意，说服洋人，支持废立，太后不可能亏待相国，刚毅和荣禄也会看太后脸色，促成相国复出。”李鸿章笑道：“老夫这把年纪，已老不中用，早绝复出之念。”载漪道：“正值国家多事之秋，相国不复出，谁挺身服膺，力挽狂澜！”

也是实在推脱不掉，李鸿章只得勉强道：“废立乃皇族家事，老夫不便置喙，料洋人也不至于狗咬耗子，多管闲事。”载漪道：“洋人最服相国，相国发句话，他们自会顾全大局。”

李鸿章打起哈哈来，不再多言。载漪离去，一遍遍回想李鸿章的话，他敢说洋人不至于狗咬耗子，看来已有心阻止各国公使反对废立，以换取复出机会。次日载漪跑到宫中，谎称李鸿章深明天下大势，认为废立之事可行。

慈禧半信半疑，传李鸿章入宫召对。来到养心殿，李鸿章刚趴到地上，慈禧便对李莲英道：“小李子拿凳来，给少荃坐。”李鸿章谢恩起身，坐到凳上。慈禧关切问道：“少荃已七十七了吧，身体还好不？”李鸿章道：“托太后洪福，老臣勉强还能饮食坐卧，读书写字。只是德薄年高，仍苟延残喘，存活于世，浪费口粮，实在问心有愧。”慈禧道：“你大本宫一轮，本宫六十五，也已老不中用。”李鸿章道：“太后人中龙凤，越活越精神。老臣每读唐史，总不免感慨高宗正值壮年，便身心俱损，五十五而崩，武后则恰好相反，年纪越大，越发强健精明，年过八旬，依然不聋不瞽不昧。”

慈禧叹一声，道：“武则天福气大，子侄孝贤，哪像本宫，为大清操碎了心，还遭人憎恨，只想着要本宫老命。”李鸿章道：“太后子更孝，侄更贤。”慈禧道：“真孝就不天天盼我早死，盼不来便传诏谋害于我。”李鸿章道：“前天老臣还跟端王说起，太后所见密诏属矫诏，不足为凭。”慈禧不满道：“皇帝对少荃如此刻薄，恨不得请出祖庙青龙刀，取你项上脑袋，以谢天下，因本宫干扰，不得不作罢，后又趁变法之机，将你仅存总理衙门行走罢去，你干吗还老维护他？”李鸿章道：“老臣不维护皇上，也不维护太后，只维护大清。”

说得慈禧笑起来，道：“都说大清是满人的大清，汉人巴不得大清早亡，好恢复汉天汉地。少荃身为汉人，干吗要维护大清？”李鸿章道：“没有大清，就没有老臣的一切，老臣自然得维护大清。”慈禧说：“仅余大学士虚名，你的一切又在哪里？”

李鸿章动起情来，含泪道：“老臣此生有三个最重要的男人：父亲、曾老师和恭亲王，还有三个最重要的女人：母亲、继室小莲和太后。父亲、曾老师、恭亲王、母亲、小莲都已弃我而去，唯余太后，便是老臣的一切。或者说太后即大清，大清就是老臣的一切。”

整个大清官场，文武大臣不上千，也成百，唯李鸿章会在自己面前掏心掏肺，要慈禧不感动也难。她泪眼模糊道：“既然本宫是少荃的一切，为何还阻止本宫实行废立？我看皇帝才是你的一切吧？”李鸿章道：“皇上有错在先，太后欲废之，无可厚非，可立要立得在人。”慈禧道：“溥儁是溥字辈里佼佼者，为何立不得？”

李鸿章干脆把话挑明道：“端王上蹿下跳，欲扶儿子上位，无非不服当年全妃早产文宗皇帝（咸丰帝奕詝），一直耿耿于其父奕谅与皇位失之交臂，才异想天开，以为儿子溥儁与太后有血缘关系，可巧取皇权，像醇亲王样过回帝父瘾。”

慈禧半日无语。载漪如此活跃，原来动因在此。李鸿章该说的话说过，告退出殿。回善缘庵后，心里仍不踏实，不惜开罪载漪等当国亲贵，又毅然呈递密折，告诫慈禧，时局如此艰难，大清再折腾不起，贸然废立，失威天下，开罪洋人，有百害无一益。

折子递出，又觉自己位虚言轻，另给张之洞、刘坤一、盛宣怀等权臣大吏去函，言明载漪父子野心，请他们共同发声，阻止慈禧一时糊涂，铸成大错。刘坤一见函，致电北京，声言君臣之分已定，举国之心难平。盛宣怀电称一物失称，乱之端也。唯张之洞怕得罪慈禧和载漪，借口皇室家事，外臣不便插嘴，保持沉默。

听到动静，载漪入宫拜见慈禧，探其口风。慈禧拿出李鸿章密折，还有刘坤一与盛宣怀等人电报，扔到载漪面前，要他自己瞧。载漪肺都气炸，恨不得纠集街头混混，踏平善缘庵，扭断李鸿章脑袋。又觉自己已是御前大臣，就等着做太上皇，岂能像从前样，仍与街痞流氓搅在一起？只好先忍他一忍，以后另想妙法，再修理李鸿章。

别看李鸿章今非昔比，手无兵，顶无翎，可背后有太后罩着，仓促间想修理他，还真不是说的那么容易。载漪又找刚毅，请他帮着想法子。刚毅道：“百足之虫，死而不僵。李鸿章虽已属行尸走肉，还不是你想拿掉就拿得掉的。”载漪道：“难道只能眼睁睁看着姓李的在眼面晃荡，坏咱好事？”刚毅道：“可换种方式，说动太后，放他外任。”载漪道：“放他去哪里？”刚毅道：“当然越远越好，要他鞭长莫及，没法干预朝中大事。”载漪道：“让他去云南四川？”刚毅道：“云南四川无缺，只两广总督正好空出，可把他赶到广州去。”

“两广总督可是大肥缺，岂不好了李鸿章？”载漪恨恨道，“两广天高皇帝远，广州则是南国大都会，一旦放虎归山，李鸿章在那边组建个什么粤军之类，朝廷更没法驾驭他。”刚毅道：“王爷过虑了。李鸿章土埋半截，已非组建淮军时之李鸿章，不用担心他还翻得了天。且广州属平川，不是什么山，王爷总闻过虎落平川遭犬欺一语吧？”

载漪嘴快，应声道：“莫非广州人喜欢养狗？”刚毅略显不耐烦道：“不是说广州人喜欢养狗，是广州赌毒盛行，会党肆虐，李鸿章置身其间，群狗扑咬，只怕难有善终。近有消息说，康有为和梁启超流亡海外后，募得重金，密遣心腹，携金潜回老家广东，大肆发展革命党，试图卷土重来，以雪变法失败之耻。恰巧在康梁眼里，李鸿章受太后恩宠，属后党分子，他只身南下广州，不是伸出脑袋，往康梁枪口上送么？”

说得载漪连声叫好，道：“此招实在高妙。外放李鸿章去两广，既可讨太后欢心，又可借康梁之手，搬掉阻止废立之拦路虎，真可谓两全其美。”

可又由谁到慈禧面前举荐李鸿章呢？载漪与刚毅都不能出面，不然易被慈禧窥破其用心。几经权衡，觉得可让荣禄代劳。慈禧重新听政后，两次提议起用李鸿章，先是想委以总理衙门大臣，继欲让其官复直隶总督和北洋大臣，都因荣禄反对告吹。其实荣禄与李鸿章关系还不错，不然也不会领他情，冒险营救张荫桓和徐致靖。只是担心李鸿章功高威重太能干，不怎么好驾驭，才极力阻其出山。远放广州则不同，不仅不会对荣禄构成威胁，还可省得慈禧一见李鸿章，又想着委以显位，荣禄肯定乐意送此顺水人情。

刚毅找到荣禄时，荣禄也接到密报，说广州革命党猖獗异常，大有星火燎原之势，听到李鸿章三字，觉得留此勋臣在京，碍手碍脚还碍眼，不如远派广州，镇压康党余孽，给朝廷了难。当即赶往宫中，力荐李鸿章出山。慈禧道："本宫见李鸿章闲着也是闲着，早想让他复出，给朝廷办差，你说他名声太臭，难以服众，莫非他突然香了起来？"荣禄道："甲午大战已过去四五年，李鸿章身上臭气也散发得差不多，也该让他出来起起作用啦。"慈禧道："总理衙门和直隶北洋已没缺，让他干啥好呢？"荣禄道："康梁派人潜入广东，大肆发展革命党，隐患不小，可命李鸿章出任两广总督，清除康党余孽，以保南国平安。"

慈禧心情有些复杂。李鸿章虽已老迈，毕竟非普通枢臣可比，留在身旁，无非备个后手，召之即来，以应急需。外放千里南国，哪天朝廷有事，朝臣靠不住，其人远在广州，又请谁出面了难？然欲废光绪，迎溥儁入继，又不得不把李鸿章赶走，以免坏事。

思来想去，慈禧决定还是先放李鸿章外任，待废立结束，再召他回京就是。当即颁旨，任李鸿章为两广总督，坐镇广州，捉拿康党余孽，防备洋人兴风作浪。

能远离京都是非之地，不用与载漪、刚毅等满臣纠缠，李鸿章自然高兴。可接到任命，还是循例上表辞谢，说自己年事已高，难当大任。慈禧再颁懿旨，赞扬李鸿章几句，不容另辞，命赶紧进宫请训，早日成行。

李鸿章无话可说，来到紫禁城，入殿辞陛。行过大礼，慈禧赐座，交给他总督两广三大任务：整顿税收，操练水师，缉拿康梁余孽。李鸿章应承道："税政和军事乃国家之本，微臣定当勉力为之。"慈禧叮嘱道："康党可恶，不能轻饶，少荃得花些工夫，给我铲除干净。"李鸿章道："康党皆书院经生和市井讼师之徒，不必太当回事。"慈禧道："何以洋人又都庇护他们，与我为难？"李鸿章道："洋人不懂华情，以国士待之，日久明白真相，驱逐唯恐不及。"慈禧道："少荃就知袒护康梁，怪不得有人谗你为康党。"

换作其他大臣，慈禧当面斥为康党，早吓得屁滚尿流，跪地求饶。李鸿章到底是李鸿章，人诬卖国贼，都不介意，还怕背康党恶名？不慌不忙道："百日维新期间，老臣冷眼旁观，静室思忖，祖宗旧法果能富民强国，大清之强久矣，何待今日？若主张变法图强，即指为康党，臣无可逃。何也？臣崇西学，办洋务，大半辈子所为，正是康党所倡。”

慈禧默然良久，道：“就算少荃不是康党，为何康党维护皇帝，你也随声附和，与本宫作斗？”李鸿章道：“老臣岂敢与太后作斗？前次召对，老臣已言明观点，太后欲废皇上，无可厚非，可立要立得在人。何况太后既已听政，大权独操，无须亟亟于废立。”

慈禧只好又拿康党说事：“康梁唯恐天下不乱，洋人居心不良，朝臣各怀鬼胎，一门心思盼本宫早死，让皇帝执政，好浑水摸鱼，各取所需。少荃不同于他人，深为皇帝忌恨，不行废立，哪天本宫老死，你还有好下场不成？”

这已不像君臣召对，倒有些老友私下聊天味道。李鸿章几分感动，笑道：“老臣活一天算一天，待太后老死，老臣骨头已可做鼓槌，供人击鼓传花。至于皇上忌恨，老臣岂敢心存怨愤？要怨也只能怨翁同龢借帝师便利，屡进谗言，误君误臣，误国误民。说到老臣反对废立，还是那句话，非为皇上计，亦非为太后计，乃为大清计，为天下苍生计也。”

即将离京南下，日后有话没法当面奏请，李鸿章顾不得那么多，干脆一吐为快：“太后若执意废掉皇上，让溥儁入继，端王代政，又有刚毅等狂徒跟着起哄瞎闹，今天抗洋，明天排外，大清还有安宁？国无宁日，变法改制也好，求富图强也罢，必将成为空话。”

也是李鸿章无私无畏，敢在慈禧面前说这种逆耳忠言。所幸慈禧还没老糊涂，心知满朝文武，唯此四十年老臣肯放下君臣恩怨，忧大清之所忧，换作他人，光绪如此罪辱，巴不得早些废掉他，以一解心头之恨。也正因此，慈禧才对李鸿章刮目相看，尽管他公然反对废立，与自己过不去，也不会轻易加罪于他。且心里有所松动，似欲放弃废立之念。

尽臣子职分，该进的言进过，慈禧听不听得进去，已非李鸿章力所能及。自己毕竟是汉员，载漪、刚毅身为皇家亲贵和满臣，天天进出宫门，慈禧再英明，一时迷糊，受其蛊惑，铸下大错，亦无人能阻。只怪光绪糊涂，视康谭为救命稻草，唱出围园杀后一出，要慈禧放下深仇大恨，又谈何容易？回善缘庵后，李鸿章嘱自老家赶来照顾自己的小儿经迈，打理行装，准备带上少数侍从，离京南下。

临近出发，荣禄才忽然意识到，听信刚毅怂恿，赶李鸿章出京，并非高明之举。于是专门设宴，为其饯行。酒至半酣，荣禄道：“南海虽偏远，实一大都会，得君往，朝廷无南顾之忧。君将高举远引，跳出是非圈外，福诚无量。留下荣禄，受恩至渥，责备亦最严。近数日来，求生不能，求死不得，将何以教我？”

原来荣禄有话要说。李鸿章问何事犯愁？荣禄摒开左右，悄声道：“非常之变，恐在眼前。”李鸿章明知故问道：“有何非常之变？”荣禄道：“自然是废立之事。”

李鸿章双眼圆睁，声色俱厉道：“此何等事，讵可行之！试问兄有几许头颅，敢于尝试！果行废立，国家必危险万状，兄能不知！各国不容，出面干涉；疆臣不满，离心离德；更有仗义声讨者，兴风作浪，如何是好？无端动天下之兵，为害曷可胜言？皇上圣明，更事已久，母子天伦，岂无转圜之望？在兄造膝之际，当委曲密陈成败利钝，岂能只顾个人荣辱生死？”

荣禄悚然若失，再不敢吱声。只心里暗暗后悔，不该阻止李鸿章复任直隶总督和北洋大臣。朝堂上下，满汉臣工，能以天下为己任者，也就李鸿章一人，诸如载漪、刚毅之辈，虽为皇族满员，肚里所装，全是私念，何曾真心忧患过国家安危？若李鸿章主持直隶，守护京畿，国家有急，自可挺身而出，排忧解难。今南派两广，天远地僻，一旦君国遇险，咱找谁去？荣禄真想入宫，恳求慈圣收回成命，让李鸿章留任直隶原职，又知事已至此，无法挽回。何况载漪和刚毅一心排除异己，怂恿慈禧赶走李鸿章，又哪是你荣禄能扳得转来的？

见荣禄默然不响，李鸿章唯有叹息。叹毕起身，在李经迈搀扶下，出得酒馆，启程东行，经天津，绕上海，继续南航。途中聊及康党，李鸿章故作正经道：“此番总督两广，奉懿旨追捕康梁，如获此二人，功劳甚大，大过平发剿捻矣，吾当晋爵。”又问随僚：“你们是不是康党？”答曰：“也许是。”李鸿章道：“不怕捉么？”答曰：“不怕。相国奉旨捕康党，先捉咱们可也。”李鸿章道：“老夫不能捉你们，老夫也是康党。陛辞前，就有人以康党劾我。”

说着，大笑起来。笑过，又难免大摇其头，唉声叹气。船行沿海，十二月中旬抵达广州，上岸登轿，直入督署，接篆视事。想起大哥李瀚章曾在督署待过六年，睹物思人，音容宛在，不免黯然神伤。然李鸿章没时间缅怀大哥，上任伊始，便大刀阔斧，整顿地方税政，操练水陆两师，还与各国驻粤领事频繁接触，改善华洋关系。

朝廷并不关心李鸿章所办实事，一遍遍催问捉拿康党余孽多少。朝会上载漪与刚毅还一唱一和，怂恿慈禧下旨，逼李鸿章派人东潜日本，追杀康梁二逆。康有为与梁启超已被日本政府保护起来，哪是想追杀就追杀得了的？李鸿章复折说，若杀康梁，只有先派军队征服日本，将两人引渡回国，届时朝廷别说斩杀，就是一寸寸剜割，剁成碎肉包饺子都可以。

没法征服日本，拿回康梁，载漪与刚毅又通过慈禧下旨：逆党康有为梁启超罪大恶极，神人共愤，逃往外洋，日久未能弋获，着李鸿章查实其广东本籍祖坟，即行刨毁，以儆凶邪。

朝局已岌岌可危，载漪、刚毅等当政大臣不思力挽国势，却利欲熏心，仇恨满腔，一门心思杀洋排汉，想着除康梁，泄私愤，国家能不早亡？可李鸿章还不能说得如此明白，只好找借口推托，说香港衣局正为新党承制勇衣战裙，名为勤王，实欲袭城起事，已密商港督查禁，广州山雨欲来，唯虑激则生变，平毁康梁祖坟，似宜稍缓。

朝廷仍不肯放过康党，严斥李鸿章身膺疆寄，当平毁康梁祖坟，力遏乱萌，傥或瞻顾彷徨，反张逆焰，唯其是问。李鸿章又找借口，一拖再拖，直到两个多月后的光绪二十六年（1900）年仲春，看看再也没法拖下去，才把幕僚刘学询叫入签押房，商量道："朝廷盯紧康梁祖坟不放，你说该怎么办才好？"

刘学询乃广东香山人，两榜出身，因仕途不顺，弃官从商，成为巨富。李家大哥李瀚章总督两广时，便是督署常客，李鸿章入主两广，需本地能手办差，招其入幕，棘手事务都交他办理。刘学询当即道："相国不必发愁，学询叫几个壮汉，找到康梁祖坟地，花上半天时间即可刨平。"李鸿章道："老夫与康梁一无冤，二无仇，去刨人家祖坟，又何必呢？"

听出李鸿章话外意思，刘学询道："带人去康梁老家，不过刨几个坑做做样子，朝廷远在数千里之外，不可能派钦差来实地查验。"李鸿章道："你看着办吧。"

刘学询得令，领着数十衙役，先赶往南海，找到康家坟山，砸烂墓碑数块，再在附近坡地掘几个土洞，扬长而去。梁启超老家新会比南海远，次日一伙人赶过去，见天色已晚，连镐锄都没动，便下山连夜回了广州。怕不好交差，一番围追堵截，拿住两名保皇党人，投入大狱，以便李鸿章复折朝廷时，多几个说词。

消息传往日本，康梁不明真相，只知李鸿章派人到过自家祖坟，不禁怒火中烧，拿出募捐所获巨款，收买杀手，登舟西渡，暗杀李鸿章。李鸿章闻讯，倒也坦然，对刘学询道：“当年老夫赴日和谈，被日本浪人击中面部，幸免于死，才苟活至今。康梁毕竟属中国人，能死在他们杀手枪下，总比丧命于日本人之手光彩得多。然老夫一死，朝廷另派新督来粤，不仅康梁祖坟难保，只怕连其九族都会受到株连，无人有好下场。”

此语传到日本，康梁稍感愧疚，立即终止暗杀行动，放过李鸿章。梁启超还饱含深情，开始动笔撰写《李鸿章传》，对传主大加褒扬。

李鸿章的话也传入京师，引起载漪和刚毅强烈不满。正欲怂恿慈禧下旨严惩，一时朝局剧变，天下大乱，朝廷自顾不暇，哪还有余力对付李鸿章？

十五、太后受骗悍然宣战，八国联手进攻京师

起因仍离不开载漪和刚毅等人不停聒噪，慈禧犹豫再三，置李鸿章肺腑忠言于脑后，悍然颁发懿旨，命溥儁嗣继同治，赏头品顶戴，以大阿哥身份入弘德殿读书，聘旗人状元崇绮和大学士徐桐为师傅，专职授课。父以子贵，载漪也自郡王晋为亲王，直追当年醇亲王。

一石激起千层浪，顿时朝野鼎沸，波谲云诡。上海一千二百多位士绅名流联名致电北京王公大臣，恳请禀奏光绪，勿存退位之思，力疾临御。刘坤一、袁世凯、盛宣怀等疆臣上书坚决反对。国际反响也异常强烈。日本公然表示，若光绪被废，一定出兵干涉。欧美诸国公使则联合起来，要求依例觐见光绪皇帝。一时人心大乱，危机四伏。

慈禧这才意识到废立之事过于草率，暗暗后悔起来。载漪生怕煮熟的鸭子飞走，到手的帝父泡汤，串通刚毅、徐桐、崇绮，给慈禧施加影响，说康梁逃亡日本，蛊惑倭人，粗暴干涉我朝内政，又有康党潜伏苏沪，鼓动上海士绅闹事，只有督促李鸿章派人赴日暗杀康梁，同时率领粤军，开拔上海，拿办肇事者，铲除逆党势力，事态即可平息。

懿旨发出后，载漪仍不满足，又想着如何惩治洋人，出气解恨。无奈洋人不是华人，岂是想出气就有出，想解恨就有解？不过载漪不愁，只要境内有洋人，总会找到下手机会。

机会说来就来。山东有平原县，县内有李庄，庄上有教堂，教民偶起冲突，教堂被庄人捣毁。县丞出面镇压，惹怒民众，近聚远结，云集响应，

号称义和拳，见洋人杀洋人，见洋物毁洋物，反官反教反洋。轮船、火车、电线自然不能幸免，谁抽纸烟，打洋伞，戴小眼镜，穿洋袜子，接触洋式洋字，皆毁物杀人，唯洋钱不弃。旗人毓贤时任山东巡抚，一向仇汉恨洋，不仅不设法保境安民，还支持义和拳杀教袭洋，鲁省全境失控。此时慈禧还没完全昏头，改派毓贤为山西巡抚，让袁世凯接任，平息事端。袁世凯毫不客气，铁腕镇压，义和拳抵挡不住，逃出山东，向直隶发展。直隶总督裕禄学袁世凯样，出兵力剿，后受载漪和刚毅指使，改剿为抚，致使拳民声势越来越大，一路向山西发展，一路向东北蔓延，所到之处，拆铁路，剪电线，烧教堂，诛教士，杀教民，闹得天翻地覆。

刚到任晋抚的毓贤正嫌没事可做，闻义和拳入晋，大喜过望，唆使拳民大肆袭击教士和教民。教士是洋人，教民是汉人，毓贤恨不得把洋人和汉人全杀光，仅留满人存世，也就天下太平，万事大吉。出于此目的，毓贤将义和拳大师兄和小师兄请进抚衙，奉若上宾，再将山西各地教士集中起来，押至抚衙门前，集中屠戮，一次杀掉五十多名主教、教士和修士。仍觉不解恨，又亲自操刀，手刃天主教山西教区正主教，接下满满一碗鲜血，趁热喝下。

暴行震惊世界，英美法德意诸国愤慨不已，照会总理衙门，责成中国政府立即拿办毓贤，剿平义和拳，否则派兵代拿代剿。慈禧不知如何是好，召集王公大臣会商对策。载漪异想天开，以为把洋人赶尽杀绝，便无人能阻废立大计，俟儿子继位，自己便是帝父，可代操皇权，号令天下，于是奏曰：“义和拳扶清灭洋，赤心可见，民气可用，洋人欺我中国久矣，正可借拳民灭洋兴清。”慈禧举棋不定，不能决断。刚毅又跳出来，唾沫四溅说：“拳民个个身怀绝技，刀枪不入，其术足恃，只需稍加武装，即可作正规军，剿灭洋人。”

洋人割我土地，索我钱财，还要干涉我内政，阻止废立，令慈禧切齿痛恨，听载漪和刚毅说拳民如此厉害，信以为真，命大开城门，放拳民入城，痴想借力驱洋。拳民进得京城，聚众设坛，舞刀弄枪，烧杀抢掠，还切断电线，捣毁各处火车站，京津与芦保（卢沟桥至保定）铁路瘫痪。载漪又怂恿慈禧调董福祥甘军进京，与拳民联手，护卫京师，抗击洋军。两股力量汇集一起，越发猖狂，见神灭神，见佛捣佛，长街短巷，犬吠人叫，鸡飞鸭跳，乌烟瘴气。董福祥还指使甘军杀死日本使臣，日本借机发难，遣兵两万，西渡而来。欧美各国也宣称将采取行动，派军队入津进京，保护各自领事馆和公使馆。

吓得慈禧心惊肉跳，意欲收手作罢，跟洋人议和。载漪生怕灭洋大举中止，帝父梦想破灭，夜访刚府，商量对策。刚毅受宠若惊，把载漪请入密室，施大礼，献香茶。不宠不惊都难，载漪已从郡王摇身一变而为亲王，就等溥儁登基，做帝父，主朝政，以令天下。客气几句，刚毅殷勤道："王爷有事，派手下仆人过来传呼一声，刚毅上王府请教可矣，何劳您老亲自动步，光临寒舍？"载漪道："事情紧急，仆人来来去去，岂不耽误时间？"

刚毅忙点头道："也是，王爷有话只管吩咐。"载漪道："太后年高胆小，听说洋兵要入京，便害怕起来，准备打退堂鼓。刚中堂快快想个办法，该如何是好。"

戊戌变法失败后，刚毅力主废立，受到慈禧青睐，晋协办大学士兼兵部尚书，故载漪以中堂相称。刚毅说："太后害怕也不无道理，以往每次洋人构衅，大清总会吃亏，日本和欧美各国真派兵入京，结局如何，谁也难以预料。"

载漪不以为然道："以往是以往，如今是如今。以往京畿卫戍单薄，洋兵乘虚而入，占得了便宜。如今京津一带不仅驻有兵强马壮的武卫军，还有数十万义和拳，刀枪不入，水火不侵，还惧怕区区三五万洋兵不成？"

毕竟刚毅已活到六十多岁，大载漪近二十，多少有些见识，深知废立属清廷内部事务，怎么折腾都没关系，与洋人闹翻可不同，弄不好就会亡国亡种。一时低首沉吟，不知如何回答载漪好。载漪瞪刚毅一眼，道："刚中堂想没想过，太后畏洋如虎，谈虎色变，洋人得寸进尺，继而干预废立之事，会是什么后果？"刚毅道："刚毅愿闻其详。"

载漪端杯喝口茶水，润润有些发焦的喉咙，起身来回走上几步，然后立定，眼望檐外灰暗夜色，再伸出食指，指指刚毅，又点点自己鼻子，道："废立之事缘起于你我，一旦洋人干涉，半途而废，光绪继续留居皇位，哪天太后归政，或不幸驾崩，咱俩能有好下场？"

刚毅心里一惊，脱口道："可不是，咱俩一唱一和，天天催促太后非废光绪不可，最后该废废不了，该立立不成，光绪离开瀛台，重回养心殿，还不先拿咱俩开刀？"

见刚毅已经开窍，载漪暗自乐呵，道："看来刚中堂还算是明白人。

开弓没有回头箭，事已至此，咱们只能一条道走到黑。其实黑暗不可怕，黑暗过去是光明，只要促使太后下决心，调动武卫新军和义和拳，众志成城，击溃汹汹洋兵，赶尽杀绝，从此天下太平，再无人在大清面前指手画脚，废立岂不水到渠成？到时大清就是大阿哥的，也是你我兄弟的。”

“能赶走洋人，废立成功，内无忧，外无患，光复大清基业，也就指日可待。”刚毅情绪激昂道。载漪并不关心大清基业，只关心早做帝父，早掌朝政，早逞威风，道：“大清基业慢慢光复不迟，眼下最当紧的还是说服太后，灭掉在京洋人，抵挡东来洋兵。”刚毅沉吟道：“太后担心洋兵进犯北京，更害怕手中大权旁落，只有让她知道怕字，才可能改变主意。”载漪赶紧问道：“那又怎么让太后怕起来呢？”

也是刚毅奸猾，很快想出一计，放低声音道：“可制造一份情报，说洋人强烈要求太后离开紫禁城，恢复光绪自由，让其重掌朝政，否则进军北京，捉拿太后。”载漪道：“好好好，此计甚好。只要太后相信洋人跟她誓不两立，不共戴天，她定会被激怒，非教训洋人不可。本王马上回府，连夜编造情报，明天进宫敬呈太后。”

刚毅忙摇手，说：“不可不可。”载漪道：“不是刚中堂说造情报的吗？怎么又说不可？”刚毅道：“不是说造情报不可，是说情报不能由王爷呈递。”载漪道：“为何不能由我呈递？”刚毅道：“洋兵还在各国海港军舰上，并没正式登陆，王爷身为御前大臣，天天进出宫中，情报从何而来？”载漪恍然而悟，道：“刚中堂是要我另外找人进呈情报，太后才会信以为真？”刚毅道：“可不是，情报不能取信于太后，王爷不白忙乎了吗？”载漪道：“那又找谁呈情报呢？”刚毅道：“依老夫看，非令弟不可。”载漪道：“刚中堂是说舍弟载澜？”

载澜系载漪胞弟，以总兵身份掌神机营洋枪队。总兵得时刻关注军情，由他截获情报，送交入宫，不容慈禧不信。载漪大喜，道：“今夜就召载澜见面。”

告别刚毅，回到端王府，载漪便命近侍，去神机营传唤载澜。待载澜闻唤赶到，载漪所拟假情报已成稿，称各国军舰云集大沽口后，洋兵登陆待发，除非清廷答应：一让光绪离开瀛台，重获自由；二驱慈禧出宫离京，永不干政；三由各国代收诸省钱粮，执掌天下兵权。

翌日一早，载漪就让载澜拿着假情报，入宫呈到慈禧面前。

假情报在手，慈禧大受刺激，方寸大乱，赶紧召开御前会议，流泪道：“洋人开战在即，大清亡在目前，各位说说该咋办吧？”

见假情报起到预期效果，载漪暗暗得意，斜眼看看旁边载澜。载澜会意，当即高呼道：“要太后出宫离京，简直岂有此理！太后下令吧，微臣愿率神机营洋枪队杀出城去，痛击洋兵，壮我国威！”刚毅与徐桐呼应：“洋人欺人太甚，唯有绝地反击，再不可任其宰割！”

兵部汉尚书徐用仪赶紧出列，恳奏道：“太后先冷静冷静，千万不可意气用事，毁大清于一旦。”慈禧扬着手里假情报，恶狠狠道：“洋人不仅逼我出宫离京，还要控制大清钱谷和兵权，本宫冷静得了吗！难道非等着人家打进京都，冲入紫禁城，才起来反抗！”徐用任道：“据兵部所知，洋舰仍留驻沿海各国军港，并没集中于大沽口，太后所获情报真假如何，可咨询各国公使，落实是否实有其事，再作决断不迟。”

慈禧觉得似有道理，看看手里情报，正要说啥，载漪生怕诡计戳穿，指着徐用任鼻子大喝道：“姓徐的你好大胆，视军情为儿戏！此系洋兵专程送达北京，为神机营所获，载澜亲自呈入宫中的，难道有假不成？”慈禧问载澜道：“真是从洋兵手里所获？”载澜拍着胸脯道：“千真万确，若有半点假，太后拿微臣是问。”

徐用任越听越蹊跷，质问道：“洋人最讲效率，遇事喜欢电报往来，为何放着现成电报不用，费力费时派洋兵送情报？就算情报为洋兵所送，洋兵系哪国人，操何种语言？”载澜语塞，不知说啥好。载漪瞪眼载澜，启发他道：“你不说洋兵会华语，自称美国人吗？”载澜赶紧点头道：“对对对，洋兵确属美国人，在中国做过几年生意，说一口流利华语。”

徐用任心里已认定情报为假，对慈禧道：“禀太后，就算王爷和载澜所说属实，情报不假，微臣仍建议派人去各国公使馆证实一下。反正东交民巷不远，要不了多少时间。”吏部侍郎许景澄也附和道：“徐尚书言之有理，微臣愿意出宫，去会各国公使，求证情报。”

气得载漪载澜兄弟恨不得冲上前，撕烂徐许两人嘴巴。无奈朝堂之上，不便胡来，只心里暗暗着急。还是刚毅急中生智，插言道：“无须找各国公使证实，入宫前兵部收到直隶总督裕禄电文，说洋兵登岸后，已陆续西进，形势万分危急。”

“我是兵部尚书，刚从兵部来，怎么没见裕禄电报？”徐用任直视刚毅，大声驳斥道。刚毅躲避着徐用任目光，阴阳怪气道：“你是兵部尚书没错，可老夫也是兵部尚书。只不过你是汉尚书，我是满尚书，祖制大事由满尚书把关决断，裕禄不傻，懂此规矩，只发电报给我，没有理睬你，你心里不舒服了吧？”

撑得徐用任两口张着，哑在那里，出声不得。刚毅哼哼两声，又煞有介事道：“裕禄电报里还说，洋人此番派兵西进，目的很明确，主要有三条：一是消灭京畿义和拳，保护洋使洋商；二是入京捉拿太后，迎皇上复位；三是瓜分大清领土，各取所需。”

慈禧最恨洋人与自己作对，维护光绪，被刚毅一激，头脑冲血，大声哭喊道：“战亦亡，不战亦亡，坐等亡国，还不如大张挞伐，一战而亡，亡个痛快！”

荣禄吓一跳，赶忙制止道：“战不得，战不得，千万战不得。以一弱国衅开十数强国，无异以卵击石，还请太后三思。”载漪喝道：“荣禄你到底是满人还是汉人？怎么屁股坐到汉人那边，帮着徐用任和许景澄一伙说话！朝廷让你耗费国库巨款，训练数万武卫新军，本指望关键时刻派上用场，你却临阵退缩，脑袋往裤裆里埋，像不像话！”

慈禧问荣禄道：“武卫军到底能不能战？”荣禄实话道：“武卫军兵源参差不齐，成军时间不长，训练不充分，枪炮也不如洋兵，没把握取胜。”刚毅道：“武卫军不中用，只管往边上靠，咱有数十万义和拳，足以抵挡洋兵。”荣禄道：“拳民不过乌合之众，更不是洋兵对手。”载漪道：“放狗屁！拳民刀枪不入，水火不侵，何惧洋兵！”

也是没法跟载漪和刚毅讲理，荣禄只好讲故事：“义和拳几位师兄得知袁世凯入抚山东，赴衙求见，愿与鲁军联手作战，驱赶洋人。袁世凯不好拒绝，提出先看看诸师兄功夫。诸师兄自夸刀枪不入，水火不侵，在衙前坪里耍起棍棒和拳脚来，耍得呼呼生风。袁世凯击节叫好，唤入衙役，举枪点射。诸师兄竟然毫发无损，志得意满。袁世凯故作惊讶，说真是大开眼界，提出可否亲自试枪。诸师兄毫无畏惧，请衙役递枪给袁世凯。袁世凯没接，掏出腰间短枪，手一抬，连扣数下扳机，诸师兄应声中弹，倒地身亡。”

故事并不生动，却逗起慈禧好奇心，道：“莫非袁世凯法术比拳民还高？”荣禄道：“袁世凯什么法术都没有。”慈禧道：“那为何侍卫伤不着诸师兄，袁世凯竟能击毙之？”荣禄道：“诸师兄为糊弄袁世凯，早买通衙役，衙役提前卸掉子弹，开空枪做样子，自然无伤诸师兄。却瞒不过袁世凯火眼金睛，诸师兄聪明反被聪明误，死有余辜。正是袁世凯不信邪，才指挥鲁军，操持真枪真炮，击溃拳民，逸出山东，流窜直隶和东北。”

生怕慈禧听信荣禄所说故事，载漪忙道：“太后别听荣禄胡说八道，袁世凯真有如此厉害，早灭拳民于境内，哪会眼睁睁看着他们从山东打到直隶，气势日盛？”荣禄道：“民间仇教恨洋情绪高涨，拳匪一呼百应，犹如蝗虫，越聚越多，仓促间如何消灭殆尽？”载漪道：“拳民人多势众，正好为我所用，击杀洋人。”

慈禧左右为难，问奕劻道：“庆亲王怎么不发话？你说可否借拳民之势，向洋人宣战？”奕劻不愿得罪载漪，含糊道：“拳民可用，不妨一战，怕就怕难敌洋兵真枪真炮。”

这话说了等于不说。载漪担心慈禧临时改变主意，望向刚毅，道：“刚中堂乃兵部满尚书，战与不战，最有发言权，太后还是以他意见为是吧。”

没待慈禧发话，刚毅便道：“荣禄刚才说过，拳民如蝗虫。老臣活了六十多岁，没别的见识，倒是见过几回蝗灾。每次蝗虫云集，蜂拥过境，树木庄稼都被席卷一空，甚至连地皮都会刮去一层。试想拳民层出不穷，若集结如蝗虫，铺天盖地，訇訇而至，数万洋兵岂不成地上草叶，转瞬之间被啃食一光，连渣滓都难留？”

拳民如蝗，蝗过如火！慈禧肚里嘀咕道，顿时来了劲，咬紧牙根道：“战战战，与洋人一战到底！”当即颁诏，向英法美日俄意德等十一国宣战，向全世界宣战。同时谕令各军及各省督抚，调兵遣将，入京勤王，共抗洋兵，共卫京师！

电旨先发上海，由电报总局转传各地。盛宣怀见旨，脸色都吓白了，惊呼道：“坏啦坏啦！太后糊涂，不想想中国连东洋日本都打不过，同时跟十一国开战，不自取灭亡吗！”

呼声甫落，赵凤昌进来问事，见盛宣怀脸色不对，道：“少卿不是哪里不舒服吧？”

因办铁路、银行和邮政有功，朝廷新授盛宣怀为大理寺少卿衔，故赵凤昌有此称呼。盛宣怀没做解释，拿出电旨，递给赵凤昌。赵凤昌也大吃一惊，简直不敢相信朝廷竟如此丧心病狂，干出疯狗都不会干的事。可电旨摆在面前，又不容不信。

见赵凤昌眼盯电旨，半日没出声，盛宣怀道："都说竹君脑袋灵光，给宣怀出出主意，怎么处理电旨好。"赵凤昌忽然笑起来，道："电旨说得明白，电令各省，发兵入京勤王，少卿遵旨转发就是。"盛宣怀道："遵旨转发何难，哪用开口向你讨教？"赵凤昌反问道："莫非少卿胆敢违抗朝廷，扣压电旨不成？"

从赵凤昌口气里，盛宣怀似已听出些别样意味，道："不扣压电旨，照发各省，各省调兵入京，与多国混战，待兵败国破，一起做亡国奴？"赵凤昌道："想不做亡国奴，只能指望一个人。"盛宣怀道："指望谁？"赵凤昌道："李相国。"盛宣怀道："李相国？"

赵凤昌解释道："李相国很反感废立，南下两广前，曾警告太后和荣禄，废立若行，大祸必致。为达废立目的，载漪与刚毅诱使太后向十一国开战，大祸已然临头，李相国不出手，亡国在即也。"

事到如今，也只有李鸿章才能力挽狂澜。盛宣怀问："可李相国出不出手，咱俩说了不算数。"赵凤昌道："可压住电旨，只发李相国一人，看他作何反应。"

盛宣怀拿着电旨，去了电报房。旨发广州，刘学询接电，飞奔签押房，呈到李鸿章手上。

虽说李鸿章早有预感，京师会出大事，见到电旨，还是颇感惊讶，想不到朝廷不仅不剿拳民，还公然向西国开战，且不是一国两国，竟多达十一国，国国都系当今列强。也不知大清当国者丧心病狂到了何种程度，才做得出此种亡国亡种之举动！

见李鸿章眼盯电旨，只是发痴，半天无语，刘学询小声问道："战争在所难免，相国要不要遵旨调动粤军，北上勤王？"李鸿章瞪刘学询一眼，骂道："勤王勤王，把中国勤得四分五裂才甘心！"刘学询道："不管如何，相国总得有个态度。"

李鸿章几下撕掉电旨，恨恨一团，扔到地上，大声道："老夫态度简单，乱命矫诏，粤不奉旨。"刘学询道："视圣旨为乱命矫诏，不怕朝廷追究？"李鸿章吼道："载漪刚毅发昏，是该老夫追究他们，还是他们追究老夫！"刘学询道："京师遥远，一时追究不上，还是说说如何复旨吧？"李鸿章道：

“老夫已说过：乱命矫诏，粤不奉旨！”刘学询道：“如此回复朝廷，不太妥吧？”李鸿章道：“不回复朝廷，就回复盛宣怀。”

复电发往上海，盛宣怀见是“乱命矫诏粤不奉旨”八字，忙召赵凤昌，递上电文，问他有何看法。赵凤昌眼盯电稿，不觉点头道：“有此八字，少卿可行大举也。”盛宣怀道：“行何大举？”赵凤昌道：“东南互保。”盛宣怀疑惑道：“东南互保？”

赵凤昌道：“对对对，东南互保。既然李相国已复电表明，两广不奉旨勤王，正好打他牌子，撮合刘坤一和张之洞，由三督联衔通电各省，声明出兵只会祸延全国，毫无益处，不如按兵不动，以守境安民，维持秩序，保护洋人，为日后复国留一后手。”

亏赵凤昌想得出，竟怂恿东南诸省与朝廷对着干。可细细思量，却不失为救亡图存可行方案，甚至是唯一可行方案。盛宣怀点头道：“竹君意思，中外战事一开，北方必乱，京城必破，早做安排，或可与洋人谈判议和，保住国家不亡？”赵凤昌道：“凤昌正是此意。李、刘、张威望最高，三人肯出面，再游说各省督抚，签订盟约，保全东南。东南保住，哪怕京陷帝崩，也可另起炉灶，另拥总统，定都南京，收拾残局。”

盛宣怀觉得可行，让赵凤昌拟电，发往广州、金陵和武汉。刘坤一与李鸿章先后回电，无条件支持东南互保，只张之洞毫无动静，不知他葫芦里卖的啥药。盛宣怀道：“张督也是的，国难当头，咱们急得团团转，他身为封疆大吏，竟无动于衷，真沉得住气。”赵凤昌笑道：“凤昌充幕张府多年，知张督性情，遇事喜欢绕弯，不像李相国有啥说啥，说干便干。几年前少卿曾受张督诚邀，西行救活行将破产的汉阳铁厂，对其人应该也有所了解。”

“了解不多，只知张督素有巧宦盛誉。”盛宣怀笑道，“与巧宦周旋，看来不可直来直去，只能兜兜弯子，施以巧法，才能引其入彀。”赵凤昌道：“那又施何巧法呢？”盛宣怀道：“咱俩一起动动脑筋，总想得出巧法来。”

可没等两人想出巧法，说服张之洞参与东南互保，北方已经大乱。原来慈禧宣战诏书下达后，载漪乐不可支，下令开仓放粮，敞库发饷，犒赏拳民，让其配合官军，施展法术，围攻东交民巷各国使馆，务必把洋人杀光灭绝。载澜热血沸腾，率领神机营洋枪队，耀武扬威，横冲直闯，击毙德国公使等使臣和洋人。拳民大受鼓舞，协同旗军，袭洋击汉，杀官劫民，血洗京城。徐用仪、许景澄等人实在看不下去，冒死进谏，反对灭洋，主剿拳民，被载漪、载澜、刚毅、徐桐等满臣所劾。慈禧一怒之下，命徐桐儿子刑部满侍郎徐承煜逮捕徐用仪和许景澄等五人，押赴菜市口斩杀，血染屠刀，人称庚子被祸五大臣。

各国很快做出反应，组成八国联军，以德军元帅瓦德西为司令，调兵四万，乘舰集中于大沽口，攻占岸上炮台，进犯天津。直隶提督聂士成率武卫前军奋勇抵御洋兵，却受到大股拳民偷袭，母亲和妻儿惨遭杀害。拳民口喊扶清杀洋，其实没杀几个洋兵，所杀除教士和教民外，大多属手无寸铁的普通乡民。乡民不甘受戮，自发组织起来，伏击拳民，或与洋兵配合，围而歼之。“天下第一团”首领张德成在天津城里一番烧杀抢掠，出城来到附近王家口，强抢恶要，搜粮逼款。乡民惹不起，也躲不起，把张德成请入祠堂，待以酒肉。张德成吃上几口，说饭菜不合胃口，推席而起，意欲发作。乡民愤甚，纵身向前，将其扑倒。张德成叩头求饶，乡民怒道：试其能避刀剑否！众刀齐下，斫成血糜，再合力击溃从匪。

武卫前军前迎联军，后战拳民，两面受敌，苦苦鏖战数日，主将聂士成身受多伤，中炮而亡。直隶总督裕禄欲借拳民抗洋，反受其害，兵败自杀。李秉衡三年前处理曹州教案失当，丢鲁抚显位，一直心有不甘，趁直鲁战乱，巧借张之洞刀笔，奏请恩准起复，以巡阅长江水师大臣名义，纠集拳民，以卵击石，伏击联军，以致一败涂地，服毒自尽。

不日天津失陷。联军稍作休整，便浩荡出发，沿运河两岸西进，击拳民，战清军，所向披靡，直逼京畿。与此同时，南满铁路长春、沈阳、辽阳等车站为拳民所据，俄国借口保护铁路，发兵攻占黑龙江、吉林、奉天各省。

联军战无不胜，很快攻陷通州，向北京挺进。多军搅和一起，战场混乱不堪：官军抗联军，拳民击官军，联军战拳民，联军、官军与拳民相互混战，分不清谁敌谁友，谁洋谁华，谁满谁汉，杀成一堆，乱作一团。眼见京师城破在即，拳民携清廷所发粮饷，逃遁罄尽，踪影全无。满蒙旗绿各军兵败如山，丢铠弃甲，抛戈扔枪，哄然溃散。联军鸣枪开炮，汹涌入城，市民呼啼号哭，扶老携幼，你踩我，我踏你，纷纷夺命逃窜。

此时载漪、载澜、刚毅等满蒙大臣闭紧嘴巴，再不言灭洋杀汉，悄悄脱下顶戴官袍，换成便服，混入难民队伍，偷逃出城。唯徐桐看到满城降幡，以为奇耻大辱，本君羞臣死之义，回到徐府，让老仆爬上大厅正梁，系下两个绳套，再拉过准备外逃的徐承煜，命与自己一同殉国。徐承煜不愿，徐桐道："父为首辅，君国蒙难，理当殉节。你是侍郎，捕斩五大臣，汉人恨，洋贼忌，苟活于世，能有什么好下场？不如随父赴死，留个忠君死国美名。"徐承煜拗不过老父，只得乖乖爬上骨牌凳，装模作样，去扯绳套。徐桐很满意，让老仆扶上凳子，踮起脚尖，伸脖于套。又侧首去瞧旁边儿子，欲看他先死，才放得心。徐承煜明白父亲意思，道："父亲不用怀疑，儿子一定陪你上路，共赴黄泉，成全大节。"话没落音，伸过腿，踢掉父亲脚下骨牌凳。看到父亲鼓大双眼，吐出长舌，渐渐落气，徐承煜心下暗喜，扯掉脖子上绳套，跃身下凳，脱去二品官服和顶戴，从后门逸走，逃之夭夭。

慈禧不比载漪、载澜、刚毅、徐承煜诸满臣傻，携同光绪，身着布服，扮成平民，匆匆爬上骡车，仓皇逃出西直门，美其名曰"西狩"。路上以光绪口吻，下罪己诏，指责臣工未能公忠体国，误国误君，名为罪己，实为罪臣。又专电李鸿章，离粤北上，力挽狂澜。

李鸿章正督促两广辖内官吏，划明牧师与教民权限，不得藉教为护符，鱼肉乡民。凡涉及教堂、教士、教民案件，务必小心谨慎，公允持平，不得胡来。由于整治得力，广州及两广地面还算平静，没出现拳民骚乱。

刚松下口气，电旨送到，李鸿章不禁仰天长叹。叹只叹慈禧老来昏聩，受载漪、刚毅等人愚弄，真以为拳民刀枪不入，足御洋军，悍然对外宣战。掰指计算，自拳民肇乱起事至京师失陷，不及百日，古来叛乱，亡家失国，未有如此之速，宁非天数乎！

京中无主，一地鸡毛，无人收拾残局，各国自然会趁乱作祟，宰割国土，瓜分利益，数千年大国必将四分五裂，国将不国。可凭自己一己之力，又能挽回清廷亡运吗？李鸿章心下大恸，不觉老泪纵横，恨不得撞墙而死，免得看到国破君崩。

正在李鸿章痛心疾首之际，刘学询进来，说："有位客人，相国不妨一见。"李鸿章问："什么客人？"刘学询道："学询香山老乡孙文孙医生。"李鸿章道："哦，是孙文，甲午那年曾至天津呈书献策，老夫因朝鲜事急，没能接见他。他不正组织兴中会，高喊驱除鞑虏，恢复中华，到处闹革命吗？老夫是鞑虏臣子，他想把老夫赶出两广？"刘学询道："孙文仅几个兴中会成员，哪赶得走相国？"李鸿章道："那他来干啥？"刘学询道："还是来建言献策，说相国能采纳他意见，国家幸甚，国民幸甚。”

李鸿章什么人没见过？自然不怕孙文闹革命闹到自己头上，让刘学询带人进来。孙文很快出现在签押房门口。刘学询介绍几句，孙文先作个揖，再上前几步，向主人伸出手来。李鸿章抬眼望过去，见来人三十四五的样子，五官端正，双目有神，倒也不觉讨厌，伸手跟对方握握，道：“孙医生坐吧。从香山过来？”

孙文坐到刘学询旁边椅子上，道：“孙文四处行医，居无定所，很少在老家停留。”李鸿章道：“你到底是四处行医呢，还是四处闹革命？”孙文笑道：“行医革命两不误。”李鸿章道：“原来是以行医为掩护，到处闹革命。”孙文道：“可以这么说。行医只能医人，革命才能医国。中国已病入膏肓，须把大清这颗毒瘤割掉，施以猛药，才可能彻底治愈。”

若在常人耳里，如此大逆不道言论，自然没法容忍。李鸿章并非常人，只是笑笑，问道：“主要在哪些地方闹革命？”孙文说：“四海五洲，哪里有人，孙文就将革命闹到哪里。甲午年还曾闹到天津，给相国上书，畅谈革命理想，可惜未获接见，只好灰溜溜回了南方。”李鸿章道：“甲午事多，然收到罗丰禄转递的贵意见书，老夫还是挤出时间，仔细阅读过，诸如人尽其才，地尽其利，物尽其用，货畅其流，至今还有印象。”孙文道：“相国记性真好，过去多年还没忘记。”李鸿章道：“忘得了吗？老夫聚集人才，引西学，办矿务，造机器，修铁路，架电线，兴运输，干的不就是这些勾当吗？”

逗得旁边的刘学询笑起来，道：“多些人像相国样，都来干这些勾当，大清早已富强。”孙文也笑道：“孙文也知大清全靠相国支撑，不然早已轰然倒塌。”李鸿章笑道：“你不要驱除鞑虏吗，不希望大清倒塌？”孙文道：“洋兵已占领北京，鞑虏还用咱驱除？”李鸿章叹道：“是啊，太后昏聩，满臣愚昧，把国家弄成这样，真是罪过啊。”孙文道：“京陷君逃，北方大乱，相国准备作何打算？”李鸿章摇头道：“老夫这把年纪，能作何打算？不过暂守两广，维护秩序，作一天和尚撞一天钟，待和尚死了，钟也就不响了。”

孙文跟着叹息两声，道：“相国不必太过悲观。孙文离开日本时，专门会晤康有为和梁启超，研究出应对拳祸三策，可供相国参考。”李鸿章开心道：“欢迎献策！原以为你是受康梁指派，前来刺杀我的。”孙文道：“康梁都认为相国是弥祸救国唯一人选，孙文就是想刺杀您，他们也不答应。”李鸿章笑道：“老夫不怕刺杀。反正已被日本人刺杀过一回，为何不可以让中国人快意恩仇，在老夫身上试刀验枪？”

说得孙文乐起来，道：“人言相国喜欢开玩笑，果然不假。孙文有复国三策，相国愿否一听？”李鸿章道：“愿闻其详。”孙文道：“上策是凭相国崇高威望，出任总统，脱离清朝，建立共和政府，再借洋人之手，杀后废帝，徐图北方光复。”

李鸿章盯住对方道：“这不就叫谋反吗？”孙文道：“清朝气数已尽，自取灭亡，何反可谋？”李鸿章沉吟道：“是啊，清朝即亡，欲反无反。中策呢？”孙文道：“趁北上议和，入宫称帝，追杀君臣亲贵，斩草除根。”李鸿章道：“称帝与出任总统不一回事吗？”

“不是一回事。”孙文从椅上站起来，慷慨道：“称帝不过取代清朝，重复秦始皇所建三千年帝制。总统乃创立共和民主政体，就像美国人一样，民众当家作主，共同治理国家。集全民智慧共同治国，比之君臣少数人当国，孰优孰劣，不是不言而喻么？相国常言，值此三千年未有之变局，创三千年未有之奇业。孙文以为，仅引西学，办洋务，不过舍本逐末，唯推翻旧制，建立共和国体，才能从根本上改变中国贫弱局面，属于真正的奇业啊！”

李鸿章可没孙文激动，冷冷道：“不引西学，办洋务，你们哪见过铁路电报和机器制造，哪知道总统共和是何玩意？”孙文也承认道：“正是相国数十年不断努力，洋务兴盛，西风东渐，才让国人包括孙文大开眼界。”李鸿章道：“下策是什么，你不开口，老夫也已明白，就是应诏议和成功后，迎两宫回銮，恢复清朝。”孙忙追问道：“相国会用何策？”

李鸿章没再答话，将脑袋靠到椅背上，做假寐状。刘学询附到孙文耳边道：“走吧，相国说了太多话，该休息了。”孙文走到门边，仍有不甘，又回头道：“相国难道非行下策不可？”

泪水从李鸿章眼角慢慢渗出，流经颧骨，漫过那道已不太明显的疤痕，向下淌去。疤痕里面的子弹仍在，深嵌在骨头里，让李鸿章觉得隐隐作痛。他紧抿的嘴唇动了动，似乎在说：盛宣怀的东南互保进展若何，莫非张之洞心眼多，怕丢命，不愿合作？

不出李鸿章所料，正是张之洞毫无反应，东南互保大计受阻，迟迟没能往前推进。幸赵凤昌脑袋好使，琢磨出巧计，对盛宣怀道：“香帅最听太后的话，咱就说太后有旨，命督抚各自守土，他定会配合咱们，参与东南互保。”

盛宣怀一脸狐疑，道：“太后旨在哪里？”赵凤昌笑道：“太后没旨，可自行编旨嘛。”盛宣怀道：“不就是假传圣旨么？”赵凤昌道：“不用假传圣旨。”盛宣怀道：“本无圣旨，又不假传，你到底要干啥呢？”赵凤昌道：“传假圣旨。”

弄得盛宣怀脑袋发懵，道：“假传圣旨与传假圣旨有何不同？”赵凤昌道：“假传圣旨在假，传假圣旨在传。”盛宣怀道：“怎么个传法？”

赵凤昌拿出一纸，呈给盛宣怀。盛宣怀一瞧，见纸上写着：洋电称，两宫西幸，有旨饬各督抚力保疆土，援庚申例，令亲贵留京与各国会议。盛宣怀笑起来，道：“你哪是传假圣旨，明明是传洋圣旨。洋圣旨能说动张之洞，不妨传他一传。”

得到盛宣怀同意，赵凤昌要过纸稿，跑到电报房，发往武昌。张之洞接阅，心想两宫有旨，自然不可违抗。又总觉不够踏实，复电询问：电从何来？

无中生有的事，谁知从何而来？赵凤昌对盛宣怀道：“香帅咨询洋电出处，该怎么回复为妥？”盛宣怀道：“你出的好点子，宣怀又哪知怎么回复？”赵凤昌道：“拿出发给香帅的电文，以少卿名义通电各地督抚如何？”

要借自己的名，盛宣怀后怕起来，道：“无论假传圣旨，还是传假圣旨，说白了都是捏旨，弄不好要掉脑袋的。”赵凤昌道：“就算捏旨吧，捏旨亡国则不可，捏旨救国又何碍？况称洋电，无法查实，吾辈得闻，传达而已，算不得捏旨。”

原来“洋电”二字简单，却奥妙无穷，既可号令东南，还能做挡箭牌，万一日后朝廷追究，可拿出来抵挡几下。盛宣怀依计而行，赵凤昌方复电张之洞，说盛少卿亦得洋电，已传电各地督抚，望香帅打消顾虑，赶紧行动，以安地方，免出意外。

张之洞这才附和李鸿章及刘坤一，联衔通电各省，实施东南互保。三大总督一号召，各地督抚纷纷响应，谴责义和团，申明乱民不可用，邪术不可信，兵衅不可开，自愿结成盟友，签订互保条约。条约共九条，核心内容有二：一是长江及苏杭内地各国商民教士产业，均归两江总督兼南洋大臣刘坤一和湖广总督张之洞切实保护，并移知各省督抚，严饬文武官员认真履行；二是长江内地中国兵力足使地方安静，各口岸已有外国兵轮仍可照常运行和停泊。

与此同时，盛宣怀奔走于各国驻沪领事和南逃公使之间，商谈中外互保措施。洋人需保护在华利益，公使和领事们无不积极响应，踊跃参与。盛宣怀又电请各地督抚派员至沪，与相关国家签署协议，付诸实施。这场东南和中外互保运动，使直奉以外地区免遭拳民和联军破坏，国家因而免去灭顶之灾，也为复国留出后路：东南幸存，可向行在提供钱粮援助，确保战争结束后两宫返京；万一京陷帝崩，则以东南为基地，另选总统，收拾残局，保全国土。

两宫离京，已没法遥制东南，唯一能做的只是一而再，再而三，电令李鸿章北上，效仿咸丰末年庚申旧例，与洋人金帛议和。李鸿章不得不打起精神，移交两广总督关防、盐政印信和王命旗牌，由儿子李经迈扶上轮船，挥别刘学询等文僚武官，吹着盛夏沉闷海风，沿逶迤航道，望上海方向徐徐进发。

四天后的傍晚，船抵黄浦江畔，盛宣怀、马建忠及上海道府官员已等在码头，迎住李鸿章父子，登岸上轿，进城入住丁香花园。几年前陪父游历欧美回国后，李经方便离京南来，将丁香花园修葺一新，赋闲其间，读书写字，过起清静日子来。北方大乱，李经述又携家人南逃，亦落脚于此。尔今老父到沪，一家老小正好齐聚园内，享受几日天伦之乐。

李经方已安排好简单晚宴，请父亲和各位入席。席上人多嘴杂，只能说些场面话，无非国破民忧之类。宴罢各位散去，李鸿章由三个儿子陪同，来到房中。还没落座，李经方便愤然道："父亲殚精竭虑，建成北洋海陆防军，君忌臣妒，逼迫出战，败给日军。国破京危之际，全靠父亲赴日，以血为代价，换取停战与和议，却被朝野视为卖国贼，罢官免职，高声喊杀。此番拳祸，父亲远离是非，毫无干涉，没必要入京给朝廷揩屁股。"

李经述接话道："老大说得是，朝廷寡恩薄情，父亲又已这把年纪，犯不着再出面为大清卖命。议和无非赔款让利，只要父亲落墨签字，就会留下千古骂名。况跟八国议和，不是赔小款，让小利，罪过更重，骂名更盛，又何苦来着？"

三兄弟里，李经迈最小，不敢随便出声。李鸿章望望他，说："三儿什么看法？"李经迈摇头道："军国大事，孩儿不敢乱说。"李鸿章道："你今年已二十四岁，也不小了，有啥说啥吧，说错为父不会怪你。"李经迈这才道：“父亲公忠体国，为使国家不被列强瓜分，甘愿给两宫分忧，挺身而出，孩儿不好阻拦父亲。”

李鸿章颔首而笑，道：“看看，还是三儿理解为父。”李经述不满道：“父亲哪是为两宫分忧？明明是给太后和载漪刚毅做替罪羊嘛。若非太后受载漪刚毅糊弄，悍然向十一国宣战，以至于此吗？”李经方道：“父亲北去，不仅做替罪羊，更是端着屎盆子往自己头上扣啊。”

说得正起劲，马建忠与盛宣怀进来看望老上司。三兄弟让开，把两位请到父亲旁边。盛宣怀道：“维新失败之初，太后欲让师相复任直隶总督和北洋大臣，因荣禄等人反对，才起用庸碌无为的满员裕禄。若师相坐镇直隶，守护京畿，君国哪会蒙此大难？”马建忠道：“朝廷视中国为满清天下，最妒汉臣，王公亲贵充斥部院和京畿要害部位，否则师相执掌直隶，与袁世凯双管齐下，早将拳民消灭于直鲁之间，也不至于星火燎原，酿成巨祸。直至君逃国破，朝廷才想起诏令师相入京了难，早知今日，又何必当初？”

李鸿章能说什么？唯有叹息。马建忠又道：“师相为清廷效力一生，忠心耿耿，毫无异志，仍遭猜忌，受尽排挤。清室不争气，满员不中用，师相大可不必应诏北行，委曲求全。求也求不来，就如师相所说，纸糊破屋，裱得一时只一时，糊得一阵只一阵，稍经风雨，又会百孔千疮，不堪入目。”盛宣怀也道：“大清君昏臣聩，文愚武弱，师相仓促北上，只怕费力不讨好，干脆待在上海，维持东南局面，也为国家留一后着。”

李鸿章摇头道：“老夫不止效力清廷，也是效力我中华啊。没有清廷，一国无主，就如一庙无僧，外人随便进出，壁瓦门窗，菩萨香案，岂不被洗劫一空？老夫这把年纪，活一天是一天，既然还活着，就得敲钟，告知他人，别来打破庙主意。哪天和尚死，钟不鸣，谁来收拾破庙，则是另外一回事。”语未竟，老泪婆娑而下。

两人唏嘘不已，久不能言。李鸿章继而道：“当然暂时老夫还不能北上，道理简单，一是朝廷仍心存侥幸，等待义和团卷土而来，驱洋复国，没明确表态予以镇压；二是王公亲贵全都逃离京师，无人肯站出来，老夫一人如何面对八国，决断大事？”

马建忠进入角色快，依李鸿章所言，拟成电稿，发给留守北京的荣禄。数日后，朝廷再度颁旨，授李鸿章直隶总督兼北洋大臣，准许便宜行事，电商各国，先行停战，再谈判议和，却避而不论李鸿章电稿请求。迫于无奈，李鸿章只好上折请辞直隶总督兼北洋大臣，让朝廷另选高明。朝廷急迫起来，又连下数道诏令，逼其成行。还嘱刘坤一电催李鸿章：洋兵驻京，生灵涂炭，望公速航海北归，设法议款，挽救危局，大清存亡，唯公是赖。

李鸿章不为所动。事已至此，清廷还忸忸怩怩，寄望于拳民，真是脑袋进了水。莫非让咱学李秉衡，纠集拳民，去找联军送死？再说事为载漪、刚毅等王公亲贵挑起，惹下大祸，一个个躲得不知去向，让你李鸿章一人前去卖国，你卖得起吗？

迫于无奈，李鸿章只得称病移居静安寺，暂避红尘，喝茶抄经，静养衰躯。

早不病，迟不病，值此节骨眼上，忽然生病，滞留上海，不再北行，李鸿章到底要干什么？莫非有不可告人之目的？举国都在猜测，李鸿章称病留沪，动机何在。

连远在武昌的张之洞也心下生疑，把辜鸿铭叫到后衙凉亭里纳凉叙话，有意无意道："李鸿章倡导东南互保，以图日后复国，各地督抚胸怀大局，配合他互保成功，他正好应诏北上议和，岂料赶往上海后，不再挪窝，也不知他打的什么鬼主意？"

辜鸿铭懒洋洋道："上海是李鸿章发祥地，淮军旧部遍布，他留沪不去，谁知打什么鬼主意？"张之洞狐疑道："莫非李鸿章想谋反不成！"辜鸿铭道："不好说。只闻李鸿章离粤前，有个神秘人物到过广州。"张之洞问："什么神秘人物？"

辜鸿铭没说神秘人物，撩衣当扇，往胸前猛扇几下，口里抱怨道："怪不得武汉素有火炉美誉，一到暑天，热气如蒸，鸿铭都快中暑成痧了。"

张之洞笑笑，唤衙役端上西瓜，亲自拿过一块，送到辜鸿铭手上。辜鸿铭狼吞虎咽，连吃四五块，吃得肚皮鼓得老高，才拣回刚才话题，道："鸿铭旅居广州时，与刘学询有过短暂接触，至今还有书信往来。昨日接刘函，说孙文专程自日本潜回国内，密访李鸿章，两人相谈甚洽。"张之洞睁大眼睛道："是那个到处闹革命的孙文吗？"

辜鸿铭点点头，道："正是革命家孙文。"张之洞问："据说康、梁、孙三个广东佬齐聚日本后，打得火热，狼狈为奸，图谋不轨。时值北方大乱，两宫西逃，东南互保成功，孙文突然回国，密会李鸿章，只怕不安好心。"

辜鸿铭道:“孙文给李鸿章贡献了上中下三策。”张之洞道:“上中下三策?”辜鸿铭道:“上策出任总统,建立共和;中策借洋灭清,自立为帝;下策北上议和,迎帝回京,恢复清朝。”

张之洞吃惊不小,忙追问道:“李鸿章会采用哪策呢?”辜鸿铭道:“若李鸿章及时离沪北上,自然是采用下策无疑。”张之洞道:“可他逗留上海,迟迟没有动静。”辜鸿铭道:“那就只有两种可能,要么做总统,要么当皇帝。”

“做总统,当皇帝?”张之洞站起身,手拍栏干,嘴里不停嘀咕道,“李鸿章已七十七岁高龄,想做总统也做不了几天,岂不为人作嫁,白忙一场么?”辜鸿铭也起身靠到张之洞旁边,道:“难道李鸿章想当皇帝?”张之洞道:“皇帝不是总统,可传位给儿子,李鸿章动此私念,也颇能理解。”辜鸿铭建议道:“香帅可派人东赴上海,面见李鸿章,探明真相,再采取应对措施。”张之洞道:“这也是办法。可派谁去好呢?”辜鸿铭道:“若无更好人选,鸿铭愿往。”张之洞道:“督衙事务繁巨,老夫哪离得开汤生?”

话没落音,门卫进来禀报,说有客求见,递上名刺。张之洞一瞧,哈哈笑道:“有了有了,有赴上海之人选了。”迈开两条短腿,离开后衙,迎出大门。

来人不是别人,乃湖南湘潭老名士王闿运,以及形影不离的周妈。王闿运一生钻研帝王术,早年曾跑到安徽,欲兜售给曾国藩,曾国藩觉得此公好为大言,毫无实用,没买他账。离开曾府,赴会左宗棠,左宗棠也哼哼哈哈,顾左右而言他。还不肯作罢,多年后又拿着《湘军志》,去李鸿章那里试深浅,再碰软钉子。这才死心,夹着尾巴回到湖南,开馆授徒,贱卖平生所学,希望通过学生实现未遂夙愿。一晃多年过去,学生中不乏才俊,有大作为者却寥寥无几。正在王闿运心灰意冷之际,忽闻八国犯京,两宫西狩,不觉心潮澎湃,暗想再不抓住这最后机会,售出满腹帝王术,便只能带进棺材,拱手交给阎王爷了。于是拖着近古稀之病躯,匆匆离湘,北上入鄂,走进湖广督衙,来见声名显赫的张之洞。

好在张之洞不同于曾左李三人,对王闿运热情有加,亲自迎出门外,拉着对方的手,亲家长亲家短,叫得亲切。王闿运目无权贵,却两脚乒乓走,专踏权贵门。踏不进也难不倒他,他有好几个女儿,可与权贵结成儿女亲家。先嫁女给川督丁宝桢儿子,不仅获取丁督每年四百金接济,还谋得成都教职,吃香喝辣不愁。丁宝桢死后,财源枯竭,又托人嫁小女给张之洞过继出去的儿子。张之洞效仿丁宝桢，每年出资四百金，安抚亲家，又嘱湖南官场多加关照，王闿运大名士日子依然过得不赖。

俩亲家互相问候几句，王闿运又让周妈见过张之洞，一起来到后衙。正属午饭时间，张之洞命衙役置办酒肉，又嘱辜鸿铭和儿子儿媳共餐，主客推杯换盏，相叙甚洽。酒后留下儿子儿媳陪同周妈，将王闿运和辜鸿铭带到书房品茶说话。王闿运不是来喝酒品茶的，有意把话题往京变上拉，道："此番拳祸可不比四十年前庚申之乱，当年只英法两国之兵犯京，眼下引来八国虎狼之师，想把他们请出京门，恐怕难上加难。"

张之洞自然知道王闿运来意，故意面呈悲容道："国家不幸，两宫蒙尘，咱做臣子的欲效死命，却远隔千里，束手无策，只能干着急。亲家来鄂，有何高见，还请赐教。"王闿运道："亲家当朝重臣，身膺疆寄，吾等乡野小民，国家大事，岂敢置喙？"辜鸿铭一旁道："王老先生过谦，香帅常在晚生面前夸赞，说当今天下第一名士非您老莫属。况又有亲家之谊，香帅面前，您老大可放言畅论，不必拘泥。"

辜鸿铭高帽一送，王闿运更加来劲，唾沫四溅道："依老夫陋见，当今能拯救天下者，唯亲家一人也。"张之洞故作惊讶道："亲家何来此言？快别吓着之洞。"王闿运喝口茶水，嘴巴一抹，微笑道："老夫并非空口发空论，自有其道理在，不知亲家愿听否？"

张之洞赶紧抬身，给王闿运杯里添上茶水，道："之洞愿闻其详。"王闿运不再客气，侃侃而谈道："清朝立国两百多年，气数渐尽，否则太后也不会听信亲贵妄言，借拳匪扶清灭洋，悍然向十一国宣战。联军浩荡进京，以太后为首恶，太后欲返京城，希望渺茫得很。洋人看好皇上，拿到赔偿，也许会允其回銮归位，然太后绝对不会轻易放皇上走人。至于载漪溥儁父子，乃拳祸根子，洋人喊杀，汉人也恨不得寝其皮，食其肉，卷土重来已绝无可能。那么谁来收拾破碎河山？自然只能依靠坐镇东南之汉臣。"

张之洞频频点头，道："亲家言之有理。清廷亲贵防汉如防贼，可紧急关头，又只能指望汉臣出面了难。"王闿运掰着指头道："眼下举国最有实力和威望者，莫过四大汉臣：李鸿章、刘坤一、袁世凯和亲家大人。可惜李鸿章八旬老翁，臭名昭著，失信于官民，难有大作为。刘坤一年过七十，且湘军零落殆尽，欲行大举，心有余而力不足。袁世凯属少壮派，又手握新军，来势汹汹，然毕竟太嫩，基础薄弱，短期内兴不起风，作不起浪。唯亲家年富力强，雄居武汉三镇，德高望重，人脉广大。经营实业多年，不缺饷银，不乏粮草。操练鄂军有日，陆军能攻，水师可进。加之洋舰往来长江，洋人朋友多，亦可为我所用。亲家若抓住此国破君逃良机，崛起湖广，坐镇东南，号令天下，定能成千秋帝业。”

说得张之洞热血沸腾，却故作惊恐道：“亲家高看，之洞哪担当得起！”王闿运正色道：“大清无道，生灵涂炭，天降大任于斯人，亲家岂能推卸责任，退缩不前？”张之洞道：“不是退缩，是之洞食君禄，受君恩，不敢做叛臣贼子，犯上作乱，留下千古骂名。”

兜售帝王术的最后机会眼看溜走，王闿运颇感失望，没再多话。茶毕张之洞邀登黄鹤楼观光，王闿运兴趣索然，拉上周妈，执意要走。张之洞挽留不住，叫过辜鸿铭，给张两万大额银票，指指王闿运略显落寞的背影。辜鸿铭会意，赶紧追出门外，把银票塞到王闿运手上，道：“香帅所给小小意思，望老先生笑纳。”

虽说王闿运每年都要从张之洞手上拿走四百金，两万大银还是头次遇到，不禁受宠若惊，脱口道：“如此重金，捐个知府都已足够，闿运岂敢无功受禄？”辜鸿铭笑道：“老先生名震天下，哪会将小小知府放在眼里？别看香帅以清廉著称，可为公事和朋友‘屠财’，从不手软。老先生出门在外，动步是银，赠几个盘缠，小意思而已。”

光绪年间，清廷官场曾有著名的“三屠”之说：一是广东布政使岑春煊，颇受两宫器重，参倒过不少官员，人称官屠；二是山东巡抚袁世凯，力剿拳民，杀人无数，有民屠之誉；三是张之洞一向大手大脚，不把公款当钱，挥金如土，享财屠大名。

正是张之洞出手阔绰，王闿运才主动送女上门，喜结亲家，不时来武汉揩揩油。每次都不会空手而归，但像此次一接就是两万两银票，毕竟绝无仅有，王闿运两眼大睁道：“武汉离湘潭不远，跑上一百个来回，都要不了这么多盘缠。”辜鸿铭道：“香帅并非要老先生回湘潭，是请您帮忙跑趟上海。”王闿运道：“跑上海干吗？跑上海也花不了这么多钱。”

辜鸿铭把王闿运拉到墙角，放低声音道：“香帅请老先生去上海见见李鸿章。”王闿运道：“见李鸿章干啥？”辜鸿铭道：“游说他坐镇东南，号令天下。”王闿运道：“劝李鸿章称帝？”辜鸿铭道：“不是劝李鸿章称帝，劝他做总统。”

王闿运几分不解，冷笑道：“我这亲家真有意思，老夫好心规劝他成就帝业，他不肯做叛臣贼子，反过来让我去游说李鸿章做总统。总统是洋把戏，不适合千年帝国，为何不让我劝李鸿章当皇帝？”辜鸿铭道：“劝李鸿章做皇帝，跟香帅有何关系？他为何操这个闲心？”王闿运道：“莫非李鸿章做总统，对亲家有好处？”辜鸿铭道：“老先生想想看，皇帝与总统有何区别？”王闿运不假思索道：“皇帝可由儿孙继承，总统只能选举产生。”辜鸿铭道：“是呀，李鸿章做了皇帝，死后传给李家儿孙，关香帅何事？”

别看王闿运古稀在即，脑袋却还算灵光，当即明白过来，道：“李鸿章年近八旬，即使侥幸当上总统，估计要不了几天便会眼闭人亡，亲家正好顺势而为，捷足继任。”

辜鸿铭眼望王闿运，笑而不语。王闿运继续道：“最主要者，是冒此天下之大不韪，风险太大，李鸿章事成，亲家可拣落地桃子，万一事败呢，与己亦无关，继续做湖广总督就是。如此可进可退妙计，恐怕也只亲家想得出来。”辜鸿铭道：“香帅可没说过此话喔。”

本来王闿运对洋人把戏不感兴趣，一心只想兜售帝王术，可两万两银票倒手，又实在舍不得还回去，不得不携同周妈，登上辜鸿铭安排的客轮，顺江东下，去会李鸿章。

无奈李鸿章仍躲在静安寺禅房里，品茶读书，吟诗写字，谁也不见。却难不倒王闿运，他多次进出湖广总督府，没少接触赵凤昌，彼此有些交情，听说李鸿章不肯露脸，便辗转找到赵凤昌，说明奔沪目的。赵凤昌看张之洞面子，随盛宣怀赴静安寺看望李鸿章时，顺便说了说王闿运名字。跟老师曾国藩一样，李鸿章对王闿运素无好感，却念赵凤昌运作东南互保有功，不好拂其意，才勉强答应王闿运所请。

在赵凤昌引领下，这天王闿运带着周妈，来到静安寺。周妈见佛拜佛，见神求神，王赵两位正好穿过旁门，绕出偏殿，来到住持安排给李鸿章的静室外面。静室不大，却窗明几净，清凉宜人。李鸿章正在桌前拟折，禀奏居寺静养心得，只字不提北上议和之事。拟得差不多，赵凤昌轻手轻脚进来，悄声道：“王闿运已到。”

“立即电发荣禄。”李鸿章拿过奏折，递给赵凤昌，“让王大名士进来吧。”赵凤昌答应着出去，随即王闿运进来，拱手道：“湖南湘潭乡民王闿运拜见相国。”李鸿章还过礼，笑道：“壬秋（王闿运）兄过谦，您可是满腹经纶的国士，名重朝野，何谓乡民？”

听到国士二字，王闿运心里受用，忙道：“相国谬夸，闿运担当不起。”李鸿章道：“非鸿章谬夸，国士实至名归。不说别的，只言国士吃人嘴硬，所撰《湘军志》，堪比今世《史记》和《汉书》。可惜曾国荃不识货，竟说国士拿起筷子呷饭，放下筷子骂娘，再花大银请人另作《湘军记》，给自己辩诬。却越描越黑，一身污秽，跳到黄河都洗不清。”

听出李鸿章话里讥讽意味，王闿运脸上红了红，岔开话题道：“人说相国贵体欠安，僻居静安寺静养，可闿运观之，相国气色上佳，精神饱满，根本不像有病的样子。”李鸿章叹道：“老夫不是身有病，是心有病啊。”王闿运道：“解铃还得系铃人，心病终须心药医。乡民倒有副心药，或可医治相国心病。”

“是吗？”李鸿章笑望王闿运，拿过纸笔，推到王闿运前面几上，“还请国士开具药方吧，若对老夫心病，愿以重金酬谢。”王闿运也不客气，拈毫于手，略作沉吟，写下十二个字：弘扬民主，构建共和，总统天下。

李鸿章一见，稍感意外，道：“国士精研帝王术，四处兜售，怎么突然改土归洋，热衷起西人把戏来了？莫非囤积居奇，却售不出好价，才另起炉灶？”王闿运道：“闿运花费毕生精力钻研帝王术不假，无奈时移世易，人心不古，诚如相国所言，恰逢三千年未有之变局，帝王术已成背时术，闿运所学无所用，才四处碰壁，潦倒一时。识时务者为俊杰，闿运算不得俊杰，却也知形势比人强，唯有顺应潮流，才可能有所作为。当今潮流便是民主共和，相国愿忍痛放弃腐朽没落的大清，站立潮头，因势而为，定能造就时势，创三千年未有之奇业。”

像是不认识王闿运似的，李鸿章将他一番打量，道：“本以为国士来劝老夫称帝，想不到你一反常态，给我兜售民主共和。老夫若不倡民主，不谋共和呢？”王闿运道：“不谋共和，便执鼎称帝，无奈又非相国意愿，唯有北上京师，金帛议和，迎两宫回銮。过不久祸乱再起，引狼入室，又破财消灾，掏银弥祸。如此往复，没完没了，直至亡国亡种。”

要说王闿运此语，倒也不无深刻之处。李鸿章道：“国士言之成理，老夫颇能认同。让人费解的是，两湖比邻，国士为何不就近去武汉游说你亲家，谋共和，做总统，却舍近求远，辛辛苦苦跑到上海来策动老夫干吗？”

王闿运道："香帅也属人中龙凤，然毕竟不比相国威重名显，华洋敬仰，只要登高而呼，便万方响应，万民臣服，万国拥戴，容易成事。"

既倡民主，谋共和，又念念不忘凌驾于万方万民万国之上，哪有此等好事？李鸿章觉得王闿运语无伦次，颠三倒四，渐渐不耐烦起来。正要端茶送客，盛宣怀进来道："张元济求见相国。"李鸿章道："张元济也知老夫住在静安寺里？"盛宣怀道："戌戌事变那年，经相国推荐，张元济南来上海，先入南洋公学译书局，后主持商务印书馆，出了不少好书。商务印书馆近在静安寺旁，张元济不知从何得知相国踪迹，专门找到宣怀，非来拜见相国不可，相国见与不见？"李鸿章忙道："见见见。"

王闿运不好赖着不走，只得起身告辞。他早知没法说动李鸿章，只因要给张之洞那两万银票一个交代，不得不勉强来沪跑上一趟。盛宣怀送客出门，顺便叫进张元济。

十六、甘冒千古骂名北上签约，舍命报效国恩死而后已

张元济进门后，奉上刚出版的《天演论》和《原富》，及马建忠所著《马氏文通》。李鸿章爱不释手，说："求富先求才，多出中西著作，启蒙民智，富强希望才不会落空。"

论几句西学，说起王闿运，李鸿章拿过他留下的字条，让两位过目。张元济道："王国士真有意思，一心做帝师，成帝业，怎么想起劝人谋共和，做总统？"盛宣怀笑道："汉阳铁厂濒临破产时，宣怀受张之洞急聘，前去了难，才知这位总督大人心眼多，不愧大清第一巧宦。不用说，定是受张亲家指使，王国士才远来上海，劝相国先吃螃蟹，事成张之洞可步后尘竞选总统，事败与他无关，只管高枕无忧，继续做他的大总督。"李鸿章大笑道："张之洞居心不良，图谋不轨，欲诱老夫上当，没门儿！"

三人相谈甚欢，至晚盛张两人才离去。李鸿章送出寺外，想起交给赵凤昌的奏折，嘱盛宣怀问问，看发走没有。隔日赵凤昌来回，说早以电报形式发往北京，荣禄已转发西安行在。朝廷没再犹豫，复旨答应清剿拳民，命李鸿章为全权大臣，便宜行事，朕不为遥制。又派随驾的奕劻回京，主持议和，不用李鸿章唱独角戏。盛宣怀接到电旨，送至静安寺，说："相国将作何打算？"李鸿章叹道："两宫已做出让步，只能北上。"盛宣怀问道："此番北行，不知洋人会提什么要求。"李鸿章道："无非剿拳匪以示威，揪首祸以泄愤，索兵费以赔款。"

果不其然，李鸿章回到丁香花园后，南避上海诸国公使来见，一致要

求，先灭拳民，继惩载漪、载澜、刚毅等首恶，再言其他。唯俄国已抢得先机，占领东北三省，爽快答应撤走驻扎北京的俄军，且愿为李鸿章提供军舰，护送入津。

李鸿章不稀罕俄舰，决定乘招商局轮船北航。盛宣怀摆席十桌，置酒饯行。张元济也在席上，李鸿章主动敬酒，嘱他多出好书，惠及中华。张元济满口应承，日后借主持商务印书馆，出版众多百年好书好刊，为引进西学，启迪民智，文化强国，奋斗一生，成为出版大家。其联语：百年旧家无非积德，第一好事还是读书，亦广为流传，人人争诵。

挥别盛宣怀和张元济等门生故吏，李鸿章率李经迈和马建忠等随从，登船北行。到得山东烟台附近，遇上大风，轮船靠岸避险。正值袁世凯依旨追剿在逃拳民至海边，上船入舱，觐见恩师。施礼毕，袁世凯道："师相复任直督，进京议和，无非惩治首恶，赔偿巨款，难免招嫉恨，背骂名。祸起清室亲贵，本非汉臣过错，师相借故拒不抛头露面，也不会有人怪罪于您。"李鸿章道："我不抛头，你不露面，难道看着八国挥舞屠刀，将中国大卸八块，各取所需？"袁世凯道："其实欲与西人结好，还有他法可行。"

知道袁世凯要说什么，李鸿章也不答话，只眯了老眼望定他。袁世凯起身关紧舱门，推上窗页，坐回原处，几分神秘道："日前德英俄日驻烟领事找到世凯，明言表示，只要师相肯挺身而出，各国将鼎力相助，玉成大事。"李鸿章明知故问道："玉成什么大事？"袁世凯道："大清气数将尽，师相可应天命，顺时势，出任总统，拯救中华。"

李鸿章浩叹一声，道："中法战争期间，戈登就曾专程来华，愿助老夫改朝换代，救中华于水火。出任总统，就能拯救中华，老夫何乐而不为？然事有如此乐观吗？中国羸弱久矣，岂是赶走皇帝，换个总统，就可大功告成的？关键还在启蒙民智，求富图强。而图强不可骤得，假以时日，积沙成塔，方见大功，至于谁做皇帝，谁任总统，只那么重要。"

冰冻三尺，非一日之寒，三尺坚冰，亦非一两日可融。袁世凯深明其理，陷入沉思。李鸿章又道："再者大清建国后，蒙古、新疆、西藏、西南相继归附，一旦清室不存，蒙回藏维认清不认汉，各自为政，中华分崩离析，国将不国，做个总统，又有多少意思？老夫游历大半个地球，比较欧美，美国最强。然美国年轻，建国才一百多年，易总易统。中国三千年帝制，习惯成自然，遽弃皇帝，种种意外都会浮出水面。最佳途径乃先求富强，继开风气，效法英日做法，实行君主立宪，保留皇室，组建内阁，制约天下，或可走出条康庄大道。”

听恩师把话说透，袁世凯不便多言，起身告辞。李鸿章又道：“老夫老矣，已活不了几天，慰亭还年轻，中国未来得靠尔辈支撑。你手握新军，他日若执掌朝政，切勿急于求成，宁肯师法英国，借鉴日本，耐住性子，循序渐进，方可成大功。”

袁世凯诺诺下船。风浪过去，海面平静下来，轮船启航北上。到达大沽，由俄国军队护卫，赶往塘沽海防公所。兵燹过后的天津，处处残垣断壁，遍地瓦砾灰烬，路上车马，上插洋人旗帜。有居民留守破屋，门贴字条，以策安全，字曰：不晓语言，平心恭敬。眼见三十年惨淡经营，一朝荡尽，李鸿章一时没法自控，痛哭失声。

收到裕禄留下的总督关防和北洋大臣印信，又遍访各国驻津领事，沟通感情，才动身西向，走水路进京。秋风萧瑟之中，抵达京城。去京未及一年，旧日繁华不复存在，取而代之的是满目疮痍，还有弥漫在空中的硝烟味。李鸿章又情不自禁，洒下老泪数行。

此番进京，已非空头大学士，无须自掏腰包租用住屋，庆亲王奕劻早命人将贤良寺打扫干净，联军司令瓦德西还指派德国宪兵，负责值勤，保障李鸿章安全。一行人进得寺门，安顿停当，奕劻来晤，表示慰问。李鸿章抱拳相谢，问候过慈禧和光绪近况，论及此次清廷自招大祸，不免唏嘘不已，黯然神伤。又就谈判事宜，交换几句想法，奕劻起身，嘱李鸿章先好好歇息，恢复体力，再上谈判桌。李鸿章点点头，倚杖起身，挪动老腿，送奕劻出门，望着他入轿起驾，晃晃悠悠，融入沉沉暮色。

返身回屋，李经迈已点好灯，送进近日洋报。李鸿章戴上老花镜，随便翻阅起来。没翻几下，忽报德璀琳来访。放下报纸，迎其入内，主客寒暄几句，德璀琳喝口茶水，望着灯影里的李鸿章，轻声道：“相国此番进京，除议和外，莫非别无所图？”李鸿章道：“国不可一日无君，除早日迎君复国，求富图强，还能作其他非分之想？”德璀琳道：“相国公忠体国，却屡遭清廷打压，难道非铁心迎君东归不可？”李鸿章道：“君是国之本，君久在外，国家危殆。”德璀琳道：“太后老迈昏聩，光绪意志消沉，清朝腐朽没落，相国若肯另起炉灶，本司愿说服各国君臣，扶您上位，开创出一片新天地来。”

李鸿章不声，手扶拐杖，斜倚椅背，抿紧须下嘴唇，做无语状。德璀琳自觉无趣，起身出屋，赶往总税务司，拜见赫德，大骂李鸿章冥顽不化，只知一味愚忠清朝，可悲可叹。尔后对赫德道："赫司与李鸿章交往四十年，彼此知根知底，情深义重，您出面开导他几句，或许能说服他弃清朝如敝帚，改变政体，振兴中华。"赫德道："李鸿章乃大清四朝老臣，忠心耿耿，岂是你我鼓动唇舌，就轻易背弃旧主，改弦易辙的？不过我还是可以老友身份，去看看李鸿章，叙叙旧，试一试他口风。"

翌日赫德到了贤良寺。李鸿章拄杖出迎，问长问短，热情有加。并肩入室坐定，赫德破口大骂清廷王公亲贵和身居要位之众满臣，成事不足，败事有余。惹出大祸，只知夹着尾巴逃跑，留下破碎山河，让平时又恨又嫉的汉大臣来收拾。李鸿章笑道："满臣是臣，汉臣也是臣，皇上有难，身为臣子，自当舍身报君救国。"赫德道："可惜清朝从外到里，已经烂透，早已无药可救，相国最好别存幻想。"

说得李鸿章哑口无言，满眼忧伤。赫德又道："相国兴西学，创洋务，固海防，办外交，创造五百多个中国第一，两百多个亚洲第一，全力谋国，为何越谋越弱？原因简单，就是清朝已无法适应时代潮流，必须有强人出来，推倒旧体制，另建新秩序。"李鸿章黯然无语。赫德干脆挑明道："这个强人，便是你李相国。"

李鸿章闭紧两眼，端坐如石佛，仿佛已沉睡过去。赫德得不到反应，悻悻出屋，离寺去往联军司令部驻地西班牙公使馆，觐见瓦德西，怂恿他拥立李鸿章为总统。

瓦德西倒也很热心，趁着夜色，轻车简从，来到贤良寺。待客人坐定，李鸿章先开言道："感谢瓦司令安排宪兵执勤，本督无生命之虞，住得放心，睡得安稳。"瓦德西道："作为联军司令，保卫相国安全，是我应尽职责。"

寒暄过后，瓦德西故作神秘道："相国可知，本司令为何夜访贤良寺？"李鸿章玩笑道："司令担心本督人老病弱，能否上得谈判桌，亲自前来打探虚实。"瓦德西道："不不不，本司令早知相国人老体健，毫不担心贵体欠安。"李鸿章道："那司令担心什么呢？"

瓦德西挪挪屁股下的椅子，凑近李鸿章，道："当年相国访问欧美，本司令正出征非洲，没能为相国效力，深感遗憾。回国后拜访俾相，说起相国风采，俾相赞不绝口，本司令仰慕不已，通过俾相，谋得来华带兵差事，进驻胶州。曾入京觐见皇上，想拜访相国，相国已出任两广总督，又失之交臂，直到今日才当面呈教，倍感荣幸。”

李鸿章打几声哈哈，也不多话，等着对方下文。瓦德西又道：“相国可知本司令与俾相关系？”李鸿章道：“不得而知。”瓦德西道：“本司令乃俾相学生和战士，是他一手培养起来的。”李鸿章道：“怪不得，有其师，必有其徒。”瓦德西道：“本司令夜访相国，就是来转达俾相问候。”李鸿章道：“感谢俾相，有机会代向他老人家问好。”瓦德西道：“那当然。俾相还专门责成本司令，调四万联军及百余艘军舰，拥相国为总统，效法德国，振兴中华。”

李鸿章还能说啥？又搁脑袋于椅背，眯眼望着天花板，不再声言。瓦德西只好辞出。旋即吴永出现在寺里。李鸿章以为这小子也来游说自己做总统，拒不接见。吴永让李经迈递话，说是端王载漪特派前来，有要事相商，才勉强获准入内。

没待吴永行礼毕，李鸿章不客气道：“君逃国破，皆因载漪作祟，杀他千刀，都不足以解君臣之恨，渔川（吴永）怎么跟他扯到了一起？”吴永道：“若在平时，吴永小小怀来县令，自然不可能攀上王公亲贵，是两宫西狩，诸王随扈，途经怀来，吴永负责提供食宿，才与端王有了一面之缘。端王知我与师相有旧，西行前特嘱咐我，师相入京后，一定代他传话，请求原谅。”李鸿章咬牙道：“载漪罪大恶极，轻轻说句原谅，就万事大吉啦？”

“端王自知罪孽深重，才求助我这小小县令。”吴永说着，从身上掏出一纸发黄的文契，摊到李鸿章面前，说：“这是端王千恳万求，让我转呈师相，请师相笑纳。”李鸿章冷眼道：“这是什么？”吴永道：“端王府房契。”李鸿章道：“载漪让我给他保管房契，看守王府？”吴永道：“师相北京没有房产，今住贤良寺，明居善缘庵，终非长久之计，端王体谅师相艰辛，愿以房契为凭，无偿出让端王府，好让师相居有定所。”

李鸿章拿过端王府房契，认真瞧上几眼，道：“偌大王府，说让就让出来，载漪真够大方的。说说吧，什么条件？”吴永道：“条件不高不低，就是请师相阻止两宫回京。”李鸿章盯住吴永道：“不让两宫回京，让谁回京？让大阿哥溥儁回京，登基继位，好满足他载漪太上皇的痴心妄想？”吴永道：“载漪正是此意。”

李鸿章手一扬，扔房契于地，低声吼道："老夫宁肯露宿街头，也不稀罕他端王府。"吴永解释道："吴永也知师相不在乎王府，端王非逼着来求师相，我得罪不起他老人家，才勉强应承，来见师相。"李鸿章冷冷道："你不是得罪不起王爷，是心存妄念，以为阻止两宫回京，助载漪逆谋得逞，溥儁成功上位，你凭拥立之功，日后享不尽的荣华富贵。"

说得吴永满脸通红，一时语塞。李鸿章又道："你告诉载漪，他该死还是该活，得看洋大爷高不高兴，老夫说了不算。他若非做太上皇不可，就赶紧回京，亲自去找洋大爷，洋大爷看中他富丽堂皇的端王府，愿扶他儿子上位，老夫无话可说。"

吴永弯腰捡起房契，悻然而出。李鸿章转怒为哀，老泪长流。李经迈忍不住道："国已破，种将亡，载漪还在做太上皇美梦，可笑不可笑？可怜太后和皇上身边尽是载漪、刚毅、徐桐等蠢猪样的王公亲贵，能不坏事？"

李鸿章不愿多说载漪，弄脏嘴巴，让李经迈执笔，记录电折：联军准备进攻保定，朝廷务必拿出诚意，尽快促成开议。一是感谢俄国答应撤兵，二是优恤各国遇难使臣和官民，三是处置载漪、载澜、刚毅等首祸。

电稿送交奕劻过目，奕劻签字同意，发往西安行在。慈禧见稿，复旨恩准。载漪听说要处置自己，很不服气，派人四处散发传单，要求李鸿章议和时维护大清权益：洋人给中国赔银四万万两；洋舰不准离开中国；收回租界；增加关税；不准日本和各国洋人入境。

慈禧向十一国宣战，战败求和，要战胜国赔偿让利，不可笑么？看来载漪癔症已无可救药，怪不得自己小命难保，还念着做太上皇。李鸿章没工夫搭理载漪之流，拿着电旨，带上马建忠，走进西班牙公使馆，回访瓦德西。

瓦德西知李鸿章无意总统大位，不便逼他，又见清廷还算有诚意，答应开议。李鸿章谢过，道："有一点须言明，联军并非与本大臣谈判。"瓦德西疑惑道："不与相国谈判，又与谁谈判？"李鸿章道："与清廷谈判。"瓦德西道："相国是朝廷全权代表，与你谈判不就是与清廷谈判么？"李鸿章道："老夫并非朝廷，只是朝廷代表，太后和光绪才是朝廷。"

瓦德西还是没反应过来。李鸿章挑明道："瓦司令得承诺，联军不追究太后和光绪，否则朝廷无主，谈判也会失去意义。"瓦德西道："本司令没话说，只要其他各国不反对，毕竟太后是向十一国宣的战。"李鸿章道："太后并没向十一国宣战。"

瓦德西颇为惊讶，盯李鸿章半天，拿出清廷宣战诏书，说：“宣战诏书在此，白纸黑字，难道仅凭相国红口白牙便可否定？”李鸿章指叩诏书，说：“此乃矫诏也。”

瓦德西不懂矫诏为何物，经马建忠解释，才似懂非懂，晃着脑袋道：“宣战也可矫诏，本司令闻所未闻也。谁胆大包天，敢如此胡作非为？”李鸿章道：“载漪和刚毅。”瓦德西又问道：“他俩干吗要矫诏宣战？”李鸿章道：“载漪做梦都想当太上皇，因洋人反对废立，耿耿于怀，撺掇一贯痛恨洋人的刚毅，联手制造联军登岸西进逼后归政假情报，再矫诏宣战，与多国为敌，企图借义和拳赶走洋兵，阴谋得逞。”瓦德西道：“真是咄咄怪事。”

“清国地大人众，无奇不有，怪事层出不穷。”李鸿章振振有词道，“正因宣战书纯属矫诏，本大臣根本不认可，才与江南各地督抚联名抗议，实行东南互保，未悍然领兵北上勤王，否则全国军队一齐出动，胜者到底是联军，还是清军，谁也说不准。”

瓦德西脑袋摇得更夸张，不知该不该认可李鸿章说法。李鸿章又道：“瓦司令同意不追究两宫，本督再让赫德出面，说服各国。”

告别瓦德西，李鸿章直奔总税务司，去见赫德。毕竟数十年交情，李鸿章也不拐弯抹角，上场就道：“要想议和成功，还得赫司出面，给予支持。”赫德道：“赫德最希望中国和平，不然我找谁收关税去？相国说吧，只要赫德能做到，一定尽力而为。”李鸿章道：“老夫请求瓦司令免予追究两宫，他已默认，还请赫司动步游说各国，放过两宫，不然国中无君，谈判无主，一切虚玄，日后无人兑现谈判条件。”

赫德也知道，李鸿章不肯出任总统，只能认可两宫。当即游走各国使臣，呼吁宽大大清朝廷，不必仓促改朝换代，更不可瓜分中国，应给清廷以时间，徐图富强，以免人民遭殃，华人聪明勤劳，大有希望。然各国没把赫德的话当回事，谈判日期则一天天迫近，前景如何，实在不容乐观。

时值初冬十月，北国早已转冷，逆风呼啸，寒气逼人。李鸿章大早起来，吃过早餐，率领随从，出门赶往谈判地西班牙公使馆。入馆出轿，正好奕劻赶至，彼此作过揖，一前一后，走进议事厅。联军司令瓦德西已到场，见两人入厅，上前握过手，打过招呼，坐回谈判主席位置。各国将军陆续进来，落座瓦德西两旁。奕劻和李鸿章也坐到主宾位置，留京办差满大臣那桐、顺天府尹陈夔龙及翻译分坐左右。

开议伊始，联军首席代表瓦德西介绍各国将军，中方首席代表奕劻介绍在座清国官员。尔后瓦德西拿出联军所拟议和草约，交给奕劻，请他发表看法。草约主要内容有三：惩办以慈禧为头的首祸分子，赔偿各国军费共一亿六千万英镑，划分各国在华势力范围。草约末尾声明，中方接受条件前，各国均不会撤退驻京军队。

平时奕劻能说会道，不想上得谈判桌，竟结结巴巴，词不达意，言不及义。没说两句，便侧首去瞧李鸿章，似怕他临时开溜，留下自己，任洋人宰割。奕劻如此紧张，也情有可原。毕竟城下之盟，主动权在人家手里。否决草约不是，和议破裂，洋军不撤，利剑高悬，难免亡国亡种。认可草约也不是，灭后杀王，赔款让利，君臣不满，自身性命难保。

见奕劻支吾半天，不知所云，瓦德西和各国军官眉头直皱，桌上气氛尴尬无比。为掩盖难堪，奕劻只好把草约交给李鸿章，附他耳边道："洋人只服少荃，还是你来谈吧。除惩办太后，其余倒也不太苛严，包括一亿六千万赔款，比甲午两个多亿还少。"李鸿章指着草约赔款数后"英镑"二字，轻声道："庆王看清喽，此处写的可是英镑，并非白银，一亿六千万英镑，相当于白银十个亿。"

奕劻明白过来，脸上一红，再不敢吱声。李鸿章撇开奕劻，望向瓦德西，道："本大臣先向联军表示歉意，朝廷放任拳匪杀教民，毁教堂，攻击领事馆和公使馆，误害各国使臣和商民，违反国际公法，理应承担相应责任。"各国将军表示赞许，瓦德西也认可道："相国有诚意，谈判成功不在话下。"李鸿章又道："本大臣还要代表朝廷，感谢联军出兵助剿拳匪，恢复东北、直隶和京师平安，也避免别有用心之徒，借拳匪祸乱，倒行逆施，实现废立企图。可以想见，若让缺德无能之辈做上皇帝，国家必将陷入万劫不复深渊。"

洋将们鼓起掌来，嘴里嚷嚷道："联军出兵出力，出枪出炮，替清廷消灾弭祸，清廷自应痛痛快快，无条件赔偿联军损失，以维护公平正义。"李鸿章摆摆手，道："本大臣还没说完，各位将军先别着急，有话稍后慢慢发表不迟。"

瓦德西也抬起双手，向下压压。议事厅安静下来。李鸿章话锋一转，道："可各位知否，拳民为何风起云涌，一夜间席卷鲁直和东北，疯狂杀教灭洋？”

洋将们瞪大眼睛，紧盯李鸿章，不知如何作答。李鸿章接着道：“理由只有一个，就是各国见中国贫弱，以种种理由欺上门来，占我地盘，侵我水域，来华洋人则借自国军威，横行霸道，为非作歹，民众忍无可忍，才奋起反抗，哪怕鱼死网破，也在所不辞。”

各位结舌语塞。李鸿章悠悠道：“不过本大臣无意为拳民辩驳，太后命我和庆王来谈判，只想议和成功，各国尽快撤兵，恢复清国秩序，再图富强。”又指指桌前草约，口气坚决道：“不过如此霸王条款，本大臣绝不能答应！”

惊得满座眼目圆睁，怒向李鸿章。没等各位发作，李鸿章又道：“就算本大臣口头答应草约，过后无法履约，又有何意义呢？”瓦德西道：“请相国说说理由。”李鸿章道：“理由不复杂，首先国不可一日无君。把太后列入首恶，说明联军不懂大清国情，纯系胡搞蛮干。”有军官道：“惩办太后，不正好让光绪执掌朝政，实行新政，求富图强么？”李鸿章道：“两宫西狩，皇上受太后控制，列太后为首祸，岂不致皇上于危境？”

帝后关系太复杂，洋将们不明就里，还是瓦德西不愧为联军司令，脑袋转得快，道：“相国是说太后活不成，会先对皇帝下手？”李鸿章道：“太后会不会对皇上下手，本大臣说不准。可以肯定的是太后若有啥差错，皇上绝对回不了京。”瓦德西道：“光绪回不了京有啥关系？可另立皇帝，甚至推举总统，实行共和。”李鸿章道：“推举何人做皇帝或总统。难道寄希望于载漪与溥儁父子，任其高举灭洋复国旗帜，与联军血拼到底？”

各将似有所悟的样子。李鸿章指指自己，又指指奕劻，道：“本大臣和庆王都是太后安排，来与各位谈判议和的，各位列太后于首恶，把她杀掉，我俩代表谁跟你们谈判？谈完以后，谁认可且付诸实施？执意要惩办太后也行，先拿枪来，把我俩毙掉再说！”

这下奕劻来了底气，提提嗓门道：“本王敢留下来谈判，早已抱定必死决心，刀削脖子，不过碗口大疤。至于李相国，几年前已被日本浪人枪击过，子弹还留在颧骨里，更不在乎多死一回。”那桐和陈夔龙也道：“为国而死，死得其所，万死不辞。”

洋将们略感震动，没再持异议。李鸿章继而道：“一亿六千万英镑赔款，也没法答应。清国财源短缺，道咸期间年入库银不到两千万，同光中兴以来，洋务兴盛，产销两旺，才渐至七八千万。可收得多，花得也多，加之甲午等战争赔款，每年支出过亿，不得不靠洋债度日。一亿六千万英镑，折合库银十亿，清国官民不吃不喝，也得十年以上才赔偿得起。本大臣要问的是，各位将军见过何人不吃不喝，能活十年以上的？”

瓦德西摊摊两手，道：“如何赔款是大清的事，与咱们无关。”李鸿章道：“与你们无关？本大臣另问个题外话，各位将军漂洋过海，远来中国，目的何在？”瓦德西道：“为国家服役。”李鸿章又问：“为何派你们来中国服役？”瓦德西道：“保护来华官民。”李鸿章再问：“各国官民来华干吗？”瓦德西道：“来华从事外交以及经商贸易。”李鸿章继续追问：“各国商民来华经商贸易，又是为甚？”

“不对吧，八国与中国，到底谁是战胜国，谁是战败国？”瓦德西意识到已处于下风，指指奕李两人，又指指自己鼻子，“怎么战败国神气活现，咄咄逼人，咱战胜国相反步步后退，被逼到墙角，无处可逃？”其他洋将也道：“战败国比战胜国还威风，太不像话！”李鸿章道：“谈判桌上无所谓谁败谁胜，不可以势压人，只能以理服人？”瓦德西道：“势都到了相国一边，咱还有什么势？”李鸿章叹道：“本大臣早已失势，大清国失势亦久，不然何至于自取其辱？”停停又道：“言归正传，还是本大臣替瓦司令作答：各国官民来华，无非一个利字。中国话叫天下熙熙，皆为利来；天下攘攘，皆为利往。中国有利可图，各国官民来往不断，兵将亦尾随而至，保护官民利益。换言之，各国兵将来华，无非也是一个利字。图利没有错，然联军索要赔款过巨，陷清国于绝境，无力还款，必将竹篮打水一场空。”

说到这里，李鸿章顿住，伸手端过杯子，慢慢喝起茶来，良久无语。瓦德西急不可待，问道：“清国那么容易陷入绝境么？”李鸿章道：“国家如人体，财货似血脉，一旦血水抽干，人死国亡，以后各国还怎么来华谋利发财？再说逼人太甚，百姓活不下去，满街都是花子，难道能从花子手上索回巨额赔款？”

也许翻译译得不够准确，瓦德西问道：“花子是啥？”李鸿章道：“花子就是乞丐。乞丐可偿还各国巨款，本大臣也愿上街乞讨还债，保清国平安。”

桌上又出现短暂沉默。李鸿章伸出指头，敲敲面前草约，道：“各国已在草约上划好在华势力范围，就等议和成功，把中国大卸八块。大清国破，两宫西逃，本大臣无力阻止你们各取所需，只有话提醒各位三思而行，别自取其咎。”瓦德西道:“相国有话只管说。”李鸿章道:“中国有句老话,叫官逼民反,不得不反。同理,洋逼民反,后果亦然。就是说各国逼人太甚,谁也难保百姓揭竿而起,杀教灭洋,就如义和拳一样。”

瓦德西撇撇嘴角,道:“事实摆在眼前,暴民不可怕,枪炮必胜拳头。”李鸿章冷冷道:“直鲁数十万拳民,洋枪洋炮还能对付,全国四亿五千万民众都成拳民,自四面八方洪水般涌过来,请问瓦司令,你的洋枪洋炮还管得了用?”瓦德西道:“难道中国人不怕死?”李鸿章道:“世无不怕死之人,然存活无望,还会怕死吗?民不畏死,奈何以死惧之!”

瓦德西一惊,半日无语。其他洋将也面面相觑,不知如何是好。

“该说的话,本大臣已经说过,请瓦司令和各将军权衡利弊,慎重考虑。”李鸿章拿过草约,推到桌对面瓦德西眼前,“联军唯有同意维护清廷,及中国主权和领土完整,再在此基础上确定惩恶、补偿、通商等内容,议和方有望成功。”瓦德西道:“若不同意呢?”李鸿章道:“无非以西安为陪都,收集全国军队,化亿万民众为拳民,与联军血战到底。”

说毕李鸿章站起身,挪动老迈步伐,朝门口走去。出门到得轿前,奕劻还有那桐、陈夔龙几位跟过来,满脸喜色道:“姜还是老的辣,相国软硬兼施,便喷得洋将们服服帖帖,无言以对。”李鸿章叹息道:“老夫不过虚张声势,自己给自己壮胆。京破国败,回天无力,只好死马当作活马医,尽量争取保全太后和主权,留下余地,再图自强。”

首轮谈判,李鸿章竭尽心力,劳累过度,病倒在床。但还是强撑病体,分头与各国公使会晤,争取宽容,请求优待。各国公使与瓦德西等洋将会聚西班牙公使馆,根据李鸿章要求,放弃草约惩办慈禧和割地内容,另商议出“议和大纲十二条”,通知中方照会。

李鸿章再也爬不起来,奕劻不得不单独牵头,率那桐和陈夔龙,再赴西班牙公使馆谈判。双方坐定后,西班牙公使领衔,宣读议和大纲十二条,内容包括优恤各国被害使臣、严惩首祸、修改通商条约、改革各国使节觐见中国皇帝礼节等。

照会结束,奕劻辞出。一时拿不定主意,递大纲文本于陈夔龙,说:“你与那大臣一起跑趟贤良寺,请李鸿章过目审定,立即会衔电奏西安行在,望能获准允。今日必须办妥,电稿不必送本王酌定,发电后再抄送可耳。”

陈夔龙手执大纲文本，请那桐上轿，一起去会李鸿章。谁知那桐连日接触洋人，担惊受怕，又被寒风一吹，骤然发病，浑身筛糠样，颤抖不已，再没法行动。陈夔龙不便勉强，只得钻进自己轿子，单独赶往贤良寺。

此时李鸿章正昏沉不醒，眼睛都睁不开，如何审阅大纲？可迷糊间，隐约听到外间陈夔龙与马建忠说话声音，还是动动嘴唇，似有话要说。李经迈就在床边，赶紧蹲下身子，把耳朵凑到父亲嘴边。屏住呼吸，凝神静气，才闻到游丝般字音：“拿议和大纲来。”

李经迈出去，朝陈夔龙要过大纲，回屋念给父亲听。没等念完，李鸿章便使出全身力气，吐出十二个字：军机迅急，存亡一线，须用重笔。李经迈会意，出到外间，还大纲给陈夔龙，道：“家君嘱咐，奏件重要，须用重笔。”陈夔龙沉吟道：“重笔重笔，何谓重笔呢？”马建忠道：“只有请出宗庙社稷，才算重笔。”

照此意思，两人一商量，当场拟成一稿，声明：宗社陵寝均在他人掌握，稍一置词，即将决裂，存亡之机，间不容发。稿成交李经迈送入卧内，扶父亲坐起来，撑开眼皮，勉强阅定，即画押认可，让李经迈交还陈夔龙，连夜电发西安。

慈禧见电，责怪李鸿章与奕劻，不肯向洋人据理力争。可她心里清楚，既然清廷宣战在先，战败求和，强兵于侧，哪里还有讨价还价资格？偏偏张之洞窥知慈禧心思，站着说话不腰疼，屡屡进言说，不可接受大纲，愿在武汉设立行都，恭迎两宫前往，以图大举。

李鸿章愤然回电，指责张之洞外任多年，稍有阅历，仍是二十年前居京书生习气，局外论事，置国家安危于不顾。又用讥讽口气，说他如此英明，可亲自进京议和，或待两宫到达武汉后，再挟天子以令诸侯，挥师北上，剿灭联军，自命魏王。

魏王就是曹操。张之洞无曹操之胆量，不得不闭上臭嘴，没再胡说八道。因张之洞搅局，慈禧犹豫再三，拖到年底，才颁发谕旨，忍痛接受大纲十二条，表示量中华之物力，结与国之欢欣。李鸿章接旨，口里说：“结与国之欢欣，自然没错，可不是非到挑起事端，失君失国才结，要结该在中外无事，彼此和平共处时结，让中华在与洋人往来通商过程中，互利互惠，逐步实现求富图强宏愿。”

大纲十二条得到慈禧认可后，进入第二轮谈判，具体讨论惩办首祸内容。首祸多系王公亲贵，无一不是野心勃勃的狂徒，李鸿章恨不得借洋人之手，赶尽杀绝，一个不留。可考虑首祸们与奕劻瓜葛深，尽量让他拿主意，自己少说话。

奕劻没法，只得硬着头皮，向联军求情说好话。在联军坚持下，最后达成一致意见，于光绪二十七年（1901）年正月布谕宣明：毓贤饬即行正法；定载漪、载澜为斩监候，发配新疆，永远监禁；废溥儁皇储身份，赔罪父载漪远徙新疆；处刚毅斩立决，此君逃难途中业已病故，免其置议；徐承煜逃出徐府后被洋人抓获在监，即行正法；徐桐、李秉衡斩立决，因已自尽，免于再议。董福祥也在首祸名单内，因陕西为甘军地盘，慈禧不敢逼狗入穷巷，命李鸿章和奕劻向联军言明利害关系，从轻给予革职留任处分。

接下来商议赔款事宜。这是场艰难的拉锯战，各国凭借胜势，依然咬定草约所拟数字，不肯让步。奕李体谅国家多灾多难，旧债未去，新款又来，只得厚着脸皮，央求各国能发慈悲，少索赔款。各国认为不惩慈禧，不割土地，已是最大慈悲，再减赔偿，说不过去。双方你来我往，从春到夏，从夏到秋，耗尽心力和体力，一直未能达成协议。

其间，李鸿章早出晚归，与俄国交涉退还东三省事宜。俄国条件非常苛刻，包括中国和他国不能在东北三省练兵及运输军火，各处矿藏和水路利益尽归俄国，另铁路支线由俄军控管。李鸿章自然不能答应，英美日诸国也不满俄国独占东北利益，愿出面给俄国施压。张之洞和刘坤一以为又可借合纵连横手段，借力打力，联衔电奏，建议利用各国矛盾，联英联日，力拒俄国，语气慷慨，言辞激昂。慈禧转电李鸿章，命依张刘意思办。

张之洞与刘坤一远在南方，隔空遥控，脑袋怎么想，嘴里怎么说，说的比唱的好听，李鸿章身处局中，哪敢如此乐观？无利不起早，洋人帮你，过后总得还回去。当年俄法德逼日还辽，事后加倍索取好处，强租中国海港要地，李鸿章耿耿于怀，心知请十国出面出力，给俄国施压成功，日后势必群狼扑羊，把中国啃个精光。当即回电慈禧，请先问问张刘二人，若中俄在满洲发生冲突，英国和日本会否出兵助我？英日不出兵，张刘有无胜俄把握？慈禧原电转发张刘，两人回说不能保证，顿时收声。

排除张刘干扰后，李鸿章再拼老命，就赔偿事宜，据理力争，争得一分是一分。瓦德西和洋将们仍坚持一亿六千万英镑亦即十亿白银赔偿，一两都不能少。赔偿减不下来，议和难成，各国军队留驻京城，横冲直闯。

国不成国，两宫逃亡在外，东望难归，万分心焦，一天一封电报，催逼奕劻和李鸿章快做了结。

人非铁造，况李鸿章老迈，与联军周旋年余，早疲惫不堪，再一次病倒，高烧不退。急得奕劻眼睛冲血，慌忙跑到贤良寺，恨不得以病榻为轿，把李鸿章抬往西班牙公使馆，摁到谈判桌上，凭其三寸不烂之舌，说动联军让步，早日签下和约。

昏沉中李鸿章意识到有人进屋，用力睁开眼睛，嘟囔道："谁来啦？"经迈正要作答，奕劻几步上前，握牢李鸿章发烫的手，仿佛抓住救命稻草，道："是我奕劻，少荃你没事吧？你可得给我挺住，两宫不能没有你，大清不能没有你啊，你有个什么三长两短，扔下我一人，怎么对付狮口大开的联军？"

李鸿章想说什么，终因太虚弱，嘴巴张张，语不成句。经迈心疼父亲，把奕劻拉开，小声道："父亲梦里说胡话，都是太后和大清，醒后则问庆王与联军谈得如何。"奕劻顿足道："没令尊出面，我能谈得出什么名堂？请过医生没有？"经迈说："请过两位土郎中，抓回几副草药，效果都不太明显。若马根济在就好了，他最了解父亲身体状况，往往药到病除，可惜拳匪作恶，人已不知去向。"

"宫中有几位老御医手段不错，无奈也已四散，不知踪影。"奕劻说着，掉头要出门。忽闻李鸿章蠕动一下身子，嘴里似咕噜有声。奕劻止步返回来，配合经迈，扶起李鸿章。李鸿章喝口经迈送到嘴边的水，喘口粗气，对奕劻道："老夫只怕挺不过来了，和议只能指望庆王您啦。"奕劻哭丧着脸，哀哀道："少荃千万别弃我而去，和议难成，无法面对两宫，本王只能一根绳子结果自己。"

李鸿章还想说啥，已毫无力气，微微合上眼睛。奕劻嘱咐经迈好好照看父亲，一步一回头，出了房门。电发西安，禀报李鸿章病情，慈禧复电，不把人救活过来，就拿奕劻是问，褫爵去职，贬为庶民。

李鸿章死掉，没法复国，王侯贱于庶民，谁还稀罕爵不爵，职不职的？奕劻上蹿下跳，打听到有位老御医流落怀来老家，亲自出城请入贤良寺，给李鸿章把脉开单方。无奈京城药铺大都倒闭，找到城西一处偏僻药店，缺药少引，抓回熬服，并不管大用。

和议搁置，大清君臣心焦，其实联军也着急。瓦德西听说李鸿章病倒，多方诊治，不怎么见效，带上随军西医，来到贤良寺。也是李鸿章信中医，更信西医，配合军医打几针，吃几把西药，病情得到控制，渐渐好转起来。奕劻紧锁的眉头稍稍舒展，天天往贤良寺跑，守在李鸿章身边，嘘寒问暖，递药端粥。又拿出银子，往洋医怀里塞，尽快拯救李鸿章，拯救大清天下。洋人也爱银子，自然肯花工夫，李鸿章终于可离开病床，下地走动。

没等李鸿章完全恢复，奕劻把他请上桥子，赶往西班牙公使馆，坐到谈判桌前。李鸿章感谢瓦德西安排军医给自己诊病，瓦德西也客气几句，气氛轻松友好。可一进入正式议题，瓦德西和各洋将脸色便拉下来，以战胜国自居，不肯稍减赔款数字。李鸿章别无他法，只得施展辩才，笑笑道：“本大臣有问，到底谁是战胜国，谁是战败国？”

“这还用问吗？咱们都是战胜国。”瓦德西朝在座英法美日诸国将军摆摆，再指向李鸿章和奕劻，“大清是战败国。”洋将们纷纷附和道：“对对对，联军成员是战胜国，大清是战败国。”李鸿章大摇其头道：“不不不，此处无战胜国，也无战败国。”

众洋将先是愕然，继而七嘴八舌道：“联军都已攻占清国首都，还说清国不是战败国，联军不是战胜国，好不好笑？”李鸿章徐徐道：“联军攻占北京没错，可清军并没参战，你们并非攻进来的，是清廷敞开城门放进来的。”各洋将不服道：“明明是咱们开枪放炮，才好不容易攻入城里，相国竟矢口否认，实在不讲理。”李鸿章道：“联军确实开过枪，放过炮，然抵抗者是拳匪，并非清军，否则联军也不那么容易得手。”

说得各洋将发起懵来，说：“拳匪与清军有何区别，不都是中国人吗？”李鸿章道：“拳匪是拳匪，清军是清军。也是拳匪人多势众，清军剿不过来，全靠联军枪炮威猛，帮大清击垮拳匪，维护京津安宁。”

这话洋将们爱听，觉得李鸿章说得有理。瓦德西道：“联军交战对象多为拳匪不假，可聂士成毅军袭击联军，也属不争事实。”李鸿章道：“拳匪袭击联军，聂军剿讨拳匪，三军混战，彼此误伤，不足为奇。”瓦德西道：“甘军进京，联手拳匪，与联军作斗，相国作何解释？”李鸿章道：“朝廷并没旨令甘军参战，是董福祥受载漪刚毅挑拨，擅自出兵作乱。”

瓦德西哪知清廷旨没旨令过甘军？一时不好吱声。其他洋将提出：“就算甘军受载漪、刚毅利用，纠合拳匪与联军作对，可慈禧颁诏向各国宣战，总能代表清廷吧？否则甘军也好，拳匪也罢，都不可能与联军为敌。”

“本大臣曾跟瓦司令解释过，所谓宣战书，纯属乱命矫诏，系载漪刚毅妄为，并非出自太后和朝廷，不能作数。”李鸿章说罢，望向瓦德西，请他帮忙解释。瓦德西已被李鸿章说服，将载漪刚毅造假情报和矫诏宣战说法灌输给洋将们。各位信以为真，不再质疑。李鸿章趁机道：“正因如此，清廷和联军无所谓谁胜谁负，自然不存在赔款之说。”

洋将们怒不可遏，齐声道：“联军驶舰出兵，付出惨重代价，好不容易剿灭拳匪，维护京畿不乱，清国不作赔偿，怎么能行？”李鸿章道：“联军助剿拳匪，说明清廷与联军为盟友，盟友之间何来赔偿？当然联军耗费粮饷，付出生命代价，补偿军费和恤银，理所应当。”

洋将们才松下一口气。会谈告一段落，李鸿章又游说各国公使，反复陈述联军与清廷为盟友，盟友间不论战争赔款，只谈军费补偿。各国公使倒也认可，与联军形成共识。在此基础上，再经一轮又一轮艰苦谈判，议定七千多万英镑补偿，合库银四亿五千万两，以海关税、常关税和盐税作担保，分三十九年还清。

补偿款确定下来，再议贸易通商与航海航江诸条款。你来我往，唇枪舌剑，渐渐统一看法，只等形成文字，确认签字。文字量不小，除总约《北京议定书》（此值辛丑年，又叫《辛丑条约》）外，另有中国分别与十一国之间的分约，皆需以中文和多国文字固定下来，文字翻译成为当务之急。好在马建忠精通多国语言，由他负责翻译，足可信任。无奈任务重，时间紧，马建忠哪里忙得过来？正发愁之际，毕德格出现在贤良寺。

原来李鸿章赴任两广时，毕德格没有同往，准备返回美国，将在华经历见闻写成书，让世界认识中国和李鸿章。谁知带上几箱资料包括多年所留日记赶往天津途中，得知义和团运动爆发，不得不掉头西返，躲进美国驻华公使馆。不久拳民大举进京，冲击各国公使馆，数箱珍贵资料被毁。后联军赶走拳民，李鸿章回京议和，毕德格从中斡旋，没少出力气。和议初成，毕德格来贤良寺看望旧主。李鸿章正好抓住他，替马建忠分摊些翻译任务。毕德格二话不说，配合马建忠，冒着炎炎酷暑，埋头苦干起来。

经马毕等人昼夜不停工作，总约和各分约陆续翻译成文。大功即将告成，李鸿章也耗去全部心血，元气大伤，不得不遵医嘱，在屋里养病。却没法静下心来，由李经迈扶着，颤颤巍巍走出房门，去后院看望马建忠和毕德格，以示慰问。

不料没挪几步，毕德格匆匆走来，说马建忠不行了。李鸿章吓一跳，问怎么回事。毕德格说为赶时间，马建忠已连续好几个昼夜没上床，直到翻译完最后一份文本，搁下笔管，未及起身，突然头一栽，伏倒在桌，不省人事。

也不知李鸿章哪来的力气，甩开儿子双手，身子前趋，直奔后院。走进马建忠房门，见他垂着脑袋，静静靠在桌边，伸手去他鼻底试试，已经没有气息。李鸿章心上大恸，口喷鲜血，往下一缩，昏死在李经迈怀里。

但李鸿章不是马建忠。翻译任务完成，马建忠自可放心而去。然《北京议定书》没正式签署生效，联军仍驻扎在城里，两宫无法返京，即使李鸿章想走，阎王也不肯收留他。隔日李鸿章苏醒过来，想起马建忠累死在自己眼皮底下，又伤心不已。正好奕劻派人送信来寺，告知签约日期已定，即两天后的农历七月二十五日。

两天后李鸿章不顾医嘱，强行从病床上爬起来，坐轿赶往西班牙公使馆。奕劻已先到，过来扶住李鸿章，走进门里，与英国、美国、日本、俄国、法国、德国、意大利、奥匈、比利时、西班牙和荷兰十一国代表面对面坐下，举行《北京议定书》签署仪式。

十一国代表签完名后，庆亲王奕劻代表清廷签字。奕劻五味杂陈，一时手足无措。先端过条约文本，看上两眼，轻轻放下，再取笔于手。望着笔尖出会儿神，才伸到砚台里，醮醮墨，收回来，朝条约上落去。笔尖快触着纸面时，手腕开始不听使唤，剧烈颤抖起来。

奕劻才识平平，却写得一手好字，受慈禧赏识，常代其起草懿旨，笔拟私信。君臣关系因而渐密，奕劻受恩深重，晋升迅捷，成为堂堂亲王，主理朝政。至维新变法失败，载漪怂恿慈禧废立，奕劻配合不力，才靠边站。拳祸事发，两宫外逃，命李鸿章北上议和，李鸿章身为汉臣，难独立应命，要求亲贵参与，慈禧将一起西逃的奕劻打发回京。也许慈禧觉得奕劻字好，签署条约时字写得漂亮，可给大清挽回点颜面，才降大任于斯人。

谁知事到临头，奕劻手腕战栗不止，没法落墨于纸上。可他不甘心，努力镇住自己，抓牢笔管，再次伸向砚台。一边探墨，一边自我提醒，一定得稳住，不能显得太窝囊，出大清的丑。探上一阵，探得笔毛里墨水尽去，又戳到砚堂里，饱醮墨汁，重新放砚边探起来。如此反复多次，手腕依然不停抖动，难以自控。人也开始虚脱，脸上汗如雨下，背上已经湿透。各国代表不知奕劻要干什么，投过好奇目光，像说莫非堂堂亲王，连名字也不会写？李鸿章就坐在旁边，见奕劻情形有异，无头无尾问道："庆王今年贵庚几何？"

值此非常时刻，谁还提得起兴致问年龄，真有你李鸿章的。奕劻心下不满，抬抬左手，用衣袖抹抹脸上汗水，侧首瞪眼李鸿章，苦大仇深的样子。李鸿章面无表情，又不紧不慢道："老夫没记错的话，庆王应该小老夫十五岁。"

奕劻吱声不得，回过头去，目光痴痴停留在笔管上。李鸿章仰仰脑袋，望向天花板，嘴里道："老夫已满七十八，进七十九，算来庆王仅六十三，比张之洞还小一岁。老夫若是庆王这个年龄，该有多好？记得老夫六十多岁时，正大力引西学，办制造，建海军，多么得意！只是人生有多少得意，便会有多少失意等着，天命如此，没谁能独善其身。"

因两人属于私语，在场通事没义务翻译，各国代表望望奕劻，又瞧瞧李鸿章，极为不解，觉得清廷官员真烦人，签个字也这么磨蹭。谈判谈了一年多，该议的议尽，该论的论够，还有啥可拖延的？十一国代表急躁起来，说："庆王动笔吧，天气炎热，久待难受。"

奕劻手腕仍在不停地抖动着，不得不搁笔于砚边，努力平静一下自己。好一阵，深吸口气，犹豫着抬臂向笔管伸去。刚碰到笔管，手指一弹，马上收回，仿佛触着热铁似的。又过去半天，似觉热铁已散完热，才再次鼓起勇气，终于把笔拿到手上。可没有用，手腕又开始莫名地颤抖起来，依然无法落笔。

"世间最难写的字，不是其他字，是自己名字。"李鸿章实在过意不去，幽幽感叹道，"庆王还年轻，未来路还很长，老夫已土埋到脖子上，什么都不再在乎。让老夫来签这个字吧。反正签完字，四脚一伸，黄土封顶，骂名再响，也听不见了。"

说毕，李鸿章抬抬手臂，拿走奕劻指间笔，醮上墨水，定定神，几下在条约文本里签下名字。签得很奇怪，看去像一个字。字很复杂，木字为首脑，肃字为肚腹，腹中似还藏着一个十字。洋人自然看不懂，只奕劻心知肚明，木为李字头，十乃章之尾，代表李鸿章姓名，肃则指肃毅伯，连起来便是肃毅伯李鸿章。

看眼签字，李鸿章扔笔于案，一时老泪纵横，不出声道，一世英名，就这样毁于一旦！

回到贤良寺，李鸿章虚弱得连坐都坐不稳，只好躺倒在床，几乎已死过去。幸联军还算遵约，陆续撤出北京，亡国危机过去。李鸿章略觉安慰，强行坐起来，背靠床头，执管上折，泣血悲啼：臣伏查近数十年，每有一次构衅，必多吃一次亏。上年事变尤为仓促，创深痛巨，薄海惊心。今议和已成，大局稍定，希望朝廷坚持定见，外修和好，内图富强，或可渐有转机。譬诸重病之人，善自医调，犹恐或伤元气，若再好勇斗狠，必有性命之忧矣！

两宫见折，百感交集。慈禧特嘱明发王公大臣和各地督抚，引以为戒。尔后率光绪与文武百官，自西安起驾，望东而行，同时旨令奕劻赴开封迎銮。奕劻想起李鸿章甘愿受过，代签条约，不免心存感激，行前专门入贤良寺，问有何需要代奏，好当两宫面，邀功请赏。

殊不知李鸿章为清廷效命五十年，该立的功已立，该得的赏已得，还有何功何赏引得起兴趣？若仅为功赏，岂甘离粤北上，来与洋人议和，自污其身？无非不愿眼睁睁看着江山被多国瓜分，亡国灭种，才宁做替罪羊，背千古骂名，也在所不惜。李鸿章摇摇头，淡然道：“老夫老病，不能久跪，若侥幸活到两宫回銮之日，召对时还请破格赐座。”

在场众人闻言，不觉心酸。李鸿章为大清呕心沥血，奉献一生，临头别无所请，只求面圣时免跪有座。要怪只怪清廷瞎眼，无视汉臣耿耿忠心，却倚重载漪等蠢妄亲贵，以至自取其辱，京破君逃。然李鸿章不只在乎满汉有别，心情似更复杂。犹记出访欧美，各国君臣虽分尊卑，却能平起平坐，不用跪拜。跪在地上的民族目光短浅，无以远视，缺乏自信，又如何战胜昂首挺胸高高在上的洋人？李鸿章让奕劻转达此请，其实不无深意。

奕劻口里答应，起身告辞。到得屋外，又返身回来，似有所思道：“本王老在想，当初若非裕禄尸位素餐，由相国回任直隶，义和团又哪兴得起风浪，让载漪心生妄念，怂恿太后，借拳民扶清灭洋，终致引来八国联军，遭此大难？”

奕劻话说半句，便闭上嘴巴，只拿眼睛去瞅李鸿章。李鸿章知他后半句欲说什么，挑明道：“庆王是觉得直隶事关京师安危，担心老夫年高体病，一命呜呼，后继无人吧？”奕劻闪烁其词道：“相国有大德于清，将长命百岁，哪那么容易呜呼？”李鸿章道：“老夫已活得够长，早不想苟延残喘下去，天天被臣民唾骂。王爷觉得谁适合继任直隶，只管奏请太后，老夫断不会阻拦。”奕劻道：“难道相国没合适人选吗？”李鸿章笑笑，对侍奉在侧的李经迈道：“准备笔墨纸片，我与王爷各写一人名字，再拿到一起，看看会是谁人。”

李经迈遵命。先在外室桌上放上纸笔，请奕劻出去，拈毫落墨。又折回内室，取块小木板，置于父亲膝上，再铺张小纸，递过毛笔。李鸿章书毕，奕劻亦进来，互相交换墨汁未干的纸片。就着窗外天光一瞧，同时哈哈大笑起来。原来两人都没提名，只各在纸上写下一句成语。李鸿章写的“狐媚猿攀”，奕劻写的“易辙改辕”。

李经迈不懂何意，待奕劻走后，向父亲讨教。李鸿章道：“不见两纸成语里皆隐含‘袁’字吗？”李经迈明白过来，道：“原来父亲与庆亲王都看好袁世凯，觉得日后可由他继任直隶和北洋大臣。”李鸿章道：“直隶和北洋关系大清存亡，交给口水爱国或自不量力以洋为敌者，肯定不靠谱，唯袁世凯既明中外大势，又善练兵办饷，精于外交，足可担当大任。”

“父亲说得有道理。”李经迈点点头，瞧瞧奕劻留下的纸片，“只是庆亲王此四字似有不祥。”李鸿章道：“有何不祥？”李经迈道：“经此大劫，大清元气大伤，一旦袁世凯得势，改天下为袁姓，更换国体，也很难说。”

李鸿章合上两眼，未置一词。朝管朝，代管代，谁有能耐，管得了身后事？眼下最当紧的是奕劻离京，自己还得一人面对俄国纠缠。俄国已答应交还东三省及山海关至牛庄铁路，但满洲铁路、矿产需由道胜银行建筑和开采。道胜银行其实是俄国财政部控股银行，李鸿章自然不愿东三省置于其控制之下，不顾医生劝阻，由刚从上海赶来的俩儿经方和经述陪同，亲往俄国公使馆，据理力争。

俄公使气势汹汹，大声恫吓，逼其就范，李鸿章寸步不让，谈判没能取得共识，只好暂时搁置，走出俄使馆。时至深秋，万物萧瑟，寒意逼人。李鸿章仰首而叹，悲从中来。迎面冷风忽至，不觉一个冷战，周身寒彻。经方经述兄弟忙扶父亲上轿，速往贤良寺赶。进入寺门，李鸿章出得轿子，一阵咳嗽，吐血不止，死去活来。

一夜昏睡，直至隔日午后才醒。由经述扶起，喘着粗气，喝匙米粥，正待下咽，喉头一鼓，喷出大口鲜血。病情再转沉重，连续昏迷两天两夜。第三天醒来，让经述代笔，向行在禀报病情毕，又口吟绝命诗一首：劳劳车马未离鞍，临事方知一死难；三百年来伤国乱，八千里外吊民残；秋风宝剑孤臣泪，落日旌旗大将坛；海外尘氛犹未息，诸君莫作等闲看。

命将绝，诗伤情。遥想当年离皖北上赶考，李鸿章豪情万丈，作诗曰：一万年来谁著史，八千里外觅封侯。此后征太平军，剿东西二捻，引西学，兴洋务，办外交，建海军，虽说著了史，封了侯，到头来却只能伤国乱，吊民残，留下满眼孤臣泪，悲矣哉，悲矣哉！

诗吟罢，喘咳良久，吐血碗余。稍稍消停，正要躺下，俄国公使来到贤良寺，推开经述经迈，硬闯入内，逼李鸿章在中俄协议上签字。李鸿章以协议尚未谈定，拒不认签。俄公使穷凶极恶，去捞李鸿章手腕，非逼他落字不可，被经述和经迈一左一右架出卧房。

俄公使还在门外哇啦哇啦大叫，李鸿章切齿痛恨，呼道："可恨载漪、裕禄、毓贤之辈，误国至此！"喘息良久，自知大限已至，让经述兄弟给自己换上寿衣，平躺于床，渐至弥留。

直隶藩司周馥得知李鸿章病危，已自保定任所星速赶至，匆匆来到病床前。李家兄弟哽咽无声，赶忙让开。周馥伏到床边，口里呼道："我是周馥周玉山，老夫子您听得见吗？"李鸿章喉中咕噜有声，已不成语。周馥默然垂泪，一直陪在一旁，给主公守气。

延至次日午刻，李鸿章已气若游丝，几尽于无，然目犹瞠视不瞑。周馥失声痛哭道："老夫子到底有何心思放不下，不忍去耶！"

李鸿章似有所闻，嘴动欲语，眼睛张得更大，渗出两行老泪。周馥伸出手掌，轻抹李鸿章双目，嘴里呼道："老夫子所经手未了事，吾辈可以接办，不必牵挂。况两宫已至开封，不日即可入京复国，重整旗鼓，收拾旧山河。您老只管放心去吧。"

说完，周馥松开手掌，见李鸿章两眼仍然鼓着，只得挪到一旁，让李经述跪过来，伸手覆住父亲眉眼，泣不成声道："莫非父亲担心代庆亲王签署条约，留下骂名，永远洗不清？父亲大人大量，大可不用在意。纵使近人嫉妒父亲功高盖世，极尽诋毁之能事，但假以时日，国人总会明白，父亲不顾生前身后名，以生命为代价，挺身而出，与列强一争长短，无非为保全国家不被瓜分，迎两宫回銮，尽快复国。历史不可欺，父亲公忠体国，无私无欲，总有一天会得到合理评判，赢取公正定论。”

哭诉良久，李经述松开手，只见父亲两眼仍然张得大大的。接着李经迈跪到前面，哭道：“父亲是担心咱们兄弟没出息吧？咱们虽科考无望，却也饱读诗书，精通多国语言，日后从文或经商，皆能养活自己。再不济，合肥还有田土和山场，可南归旧籍，半耕半读，总不至于挨饿。想太后也会念父亲急公好义，有功于清，不会亏待忠臣之后，您足可放心。”

见李经迈也没能合上父亲眼睛，李经方赶紧上前，边哭边道：“父亲一辈子创洋务，办外交，固海防，开创三千年未有之大业，只因君臣颟顸，才功亏一篑。然父亲留下的商船、制造、矿山、铁路、电报、银行仍在，又有盛宣怀唐廷枢等人继往开来，发扬光大，前景可喜。海陆防军前赴后继，新人辈出，袁世凯凭父亲所留八百万库银，训练北洋新军，渐渐崛起，堪当大任。换言之，父亲富国强军理想绝不会落空，您用不着担忧，足可安心上路。”

可依然没能让父亲瞑目。李鸿章到底意欲何为？周馥百思不得其解，捧着脑袋，嘴里嘀咕道：“难道没得到太后恩准，老夫子不肯就此撒手西去？”起身出门，赶往总理衙门，发电行在，说李鸿章已快断气，却两眼大睁，不愿合上，恳请太后谕示，准其上路。

慈禧见电，仿佛天塌将下来，眼前一黑，晕倒在地。好不容易被随行御医救醒，仍没法自控，号啕大哭起来。一边哭，一边痛心疾首道：“少荃忧国忧君忧民，死不瞑目啊。”命李莲英传唤刚至开封的奕劻，有话要说。奕劻入见，闻李鸿章死不合眼，心里一酸，悲泪夺眶而出。倒是慈禧已平静下来，道：“电旨李鸿章，就说本宫记着他遗折，回銮京师后，即召集君臣，变法改制，施行新政，外修和好，内图富强，完成其未竟大业，重振大清山河。”

奕劻记下慈禧口谕，电发北京。慈禧又召见荣禄等随扈大臣，正式宣布实行新政，即刻着手经济、军事、教育、官制等方面重大改革。

周馥一直守候在总理衙门，得到电旨，赶忙返回贤良寺，来到李鸿章床前，道：“太后有旨，李鸿章听宣！”然后一字不漏，将电文宣示一遍。也许得到慈禧懿旨，李鸿章这才头一歪，落下最后一口气，静静合上双眼，走完七十九年人生。

结语：柱倒大厦倾

李鸿章辞世，大清失去顶梁柱，末日将至，慈禧不免又伤心一回。随即颁旨，着李鸿章照大学士例赐恤，赏陀罗经被，派亲王带领侍卫，前往贤良寺奠醊；予谥文忠，追赠太傅，晋封一等侯爵，入祀贤良祠；除在原籍和立功省份建立专祠，准在京师建祠，列入祀典，岁时致祭，享受汉大臣从未有过之恩例。赏银五千两治丧，赐李经述四品京堂，承袭一等侯爵，李经迈以京堂候补。尔后依李鸿章遗愿和奕劻所请，命袁世凯接任直隶总督兼北洋大臣。

周馥遵旨主持丧事，两宫和各王公大臣纷纷送上祭礼、祭联、祭词。周馥忽想起李鸿章七十大寿，张之洞所撰寿词最肉麻，李鸿章颇不以为然，说哪天自己身死，只怕姓张的惜墨如金，连只言片语都不肯奉献。周馥赶紧查找，发现张之洞不奉片语，却还是献了个冷冷的奠字，别无他哉。原来张之洞忙得很，正创作反对赔款卖国和以洋制洋之类电文，以充实个人诗文集，告知时人和后辈，自己忠君爱国，与卖国贼李鸿章誓不两立。

丧事毕，李经方与两位弟弟一起，流泪扶柩，起程南归。毕德格伤心欲绝，一直送到码头。眼望灵船渐行渐远，消失于水天相接处，欲给旧主再读几页西著而不能，顿觉满心空落，不禁抬举步子，迈向水边，似欲追随偶像而去。幸旁人手快，将其拽住，送回美国公使馆。各路记者闻讯涌至，问毕德格如何评价李鸿章。毕德格道："自秦汉定国，同时定下文字、伦理、制度以及生产生活方式，此后两三千年几无创造。至明清中国已衰朽如风烛残年老人，却仍端着天朝上国架子，视已拥有船坚炮利和政治文明的欧美为边夷蛮夷。一个民族昏睡千年，愚昧懵懂，抱残守缺，不思进取，必然积贫积弱，落后挨打，甚至亡国亡种。幸鸿帅横空出世，引西学，创洋务，建海军，办外交，成就同光中兴，富强在望。无奈君昏臣愚，上下掣肘，鸿帅无以彻底改变中国局面，只得像耶稣样，背负沉重的历史十字架，代国家和民族承担过错，受苦受难。只是耶稣有幸，受万人膜拜；鸿帅可悲，为千夫所指。”

说到此处，毕德格闭紧嘴巴，从此不言不语，不哭不笑，不悲不喜，犹如木头样，似已失去知觉和意识。至来年春，寂然长逝，追随李鸿章而去。

再说李鸿章灵柩到达合肥磨店，停于李家宗祠赵小莲灵旁，遵灵主遗愿，择距宋代名臣包拯墓不足一里的肥东小夏郢村，营造墓地。墓地建成，李家兄弟将父母灵柩移出宗祠，同穴合葬，入土为安。墓前刻碑曰：清故文华殿大学士直隶总督太傅一等侯李文忠公之墓。

另慈禧回京后，不忘李鸿章遗志，谕令全面施行新政。设练兵处，裁汰旧军，编练新军；设商部，制定商法，允许自由发展实业，奖励工商企业；推出君主立宪制，以九年为期，逐步实现宪政；颁布学堂章程，建立大中小学校制；禁止缠足，兴办女学；定国旗、国歌、国徽、国花。诸如此类，不一而足。

可留给慈禧和清朝的时间已不多。就在各项新政全面铺开，成效渐渐显现时，光绪三十四年（1908）冬，光绪与慈禧一前一后，两天内相继驾崩。光绪无嗣，由同父异母弟醇亲王载沣三岁儿子溥仪继位，是为宣统。宣统三年（1911）黎元洪武昌首义，各省群起响应，袁世凯拥兵自重，逼帝逊位，倡汉满蒙回藏五族共和，建立中华民国。

后记：圣贤与英雄

看完本著后，读者也许会自觉不自觉视曾国藩为圣贤，当李鸿章为英雄。这大体没错。曾国藩誓为三不朽完人，一生致力于立德立功立言，颇为时人和后世称道。李鸿章没这么多讲究，一心建功立业，愿值此三千年未有之变局，创三千年未有之大业，求富图强，复兴大清。

曾李师徒又是怎么成为圣贤和英雄的呢？本著已写到，曾国藩曾授李鸿章以《挺经》，觉得口舌百无一用，凡事须挺身入局，才能迎刃而解。当年太平军杀出广西，进逼湖广，席卷江南，八旗与绿营望风而逃，大清江山岌岌可危，曾国藩顾不得在家守孝，挺身出山，以在籍侍郎身份组建湘军，穷尽十年苦功，不惜九死一生，终于消灭太平军，光复江南，保住大清。曾国藩转战湘鄂时，李鸿章也投笔从戎，南归安徽，与敌浪战，由翰林变成绿林。后入湘军老营，为老师出谋划策，排忧解难，继建淮军，东征上海，与左宗棠楚军左右开弓，肃清苏浙，助曾国荃攻下金陵，结束战乱。湘军师老必裁，作为老师替手，李鸿章又率淮军，北上击败东西捻军，继创洋务，办外交，固海防，成为大清干城。

毋庸置疑，曾李师徒能收取盖世大功，都是践行“挺身入局”四字的结果，不过方法略有区别。曾国藩挺身入局时，便思谋着如何出局，觉得仅立军功还不够，还得从局中脱身开来，立德立言。德看不见，摸不着，怎么立？曾国藩便日三省吾身，通过奏折、日记和书信，有意无意透露给朝廷和世人，自己如何忠君爱国，如何仁义理智，如何修齐治平。曾国藩就这样如愿成为三不朽完人，成为万人崇拜之圣贤。

李鸿章无意三不朽，一门心思著史封侯。早在二十岁离皖赴京赶考途中，就写下诗句“一万年来谁著史，八千里外觅封侯”，盛传一时。青史留名，封侯拜相，主要靠军功和事功，立德与立言似乎并不重要。正因专注功业，李鸿章前剿太平军，继扫东西捻军，后建北洋海军，护万里海疆，军功已不在老师之下。又大力创办实业，打理外交，折冲樽俎，其事功甚至远超老师，成为晚清首席阁揆和大英雄。

在世人心目中，圣贤高出英雄，故后世推崇曾国藩，对李鸿章却颇有微词，毁誉不一。原因有两点，一是甲午大战，北洋海军和淮军败亡；二是《马关条约》和《辛丑条约》等为李鸿章所签订，“卖国”事迹昭然纸上。有意思的是当国者慈禧却从没认为李鸿章卖国，公然宣称他是再造玄黄之人，不止一次说没有李鸿章就没有大清。盖棺论定，李鸿章死后，清廷谥以文忠，认定他公忠体国，与卖国毫不沾边。事实也是，若非李鸿章赴日和谈，挨日本枪击，献出殷红的鲜血，签署《马关条约》，日本不会停战，中国损失更大。数年后李鸿章出任两广总督，御前大臣载漪想让儿子取代光绪，遭到列强反对，于是哄骗慈禧，说义和团刀枪不入，灭洋易于反掌，慈禧发昏，竟同时向十一国宣战。八国联军攻下北京，慈禧携光绪外逃，一时京中无主，国家面临亡国灭种危机，李鸿章北上斡旋，签下《辛丑条约》，终止列强瓜分中国的企图。也因此，日本首相伊藤博文有言，李鸿章是唯一可与列强一争长短的中国人。欧美各国更是把李鸿章与时任美国总统格兰特、德国首相俾斯麦，并称为19世纪世界三大伟人。直至20世纪70年代，美国国务卿基辛格访华时还说，19世纪后期欧美列强大肆向外扩张，亚洲各国皆成殖民地，大清积贫积弱，还能勉强保持主权独立，皆因有李鸿章周旋于列强之间，以夷制夷，力挽狂澜，强支中国于既倒。

梁启超见证过甲午战争、戊戌维新和庚子之乱，曾作《李鸿章传》，认为李鸿章属时势所造英雄，非造时势之英雄。理由是庚子之际，天下大乱，李鸿章本可顺势而为，出任中华总统，创立共和政体，却放弃良机，甘做罪臣，可惜又可悲。不过鄙人觉得，仅因不愿背叛朝廷，放着现成总统或皇帝不当，就定论李鸿章非造时势之英雄，似乎有些站不住脚。古今皇帝数不过来，欧美总统或首相也不在少数，又有几人造过时势？即使开国君王，改朝换代，也不过新瓶装旧酒，不断重复历史，毫无建树。倒是李鸿章没做皇帝，没当总统，却穷四十年之功，引西学，建学堂，造西器，筑铁路，兴交通，办电报，开矿山，倡商贸，创海军，收三千年未有之奇功，实现近代化，所造那可是大时势。鄙人曾归纳出李鸿章三个“八”：一是通过毕德格等洋幕口译，用耳朵“听读”英法德俄等各种西语著作，多达八百余种；二是兴办洋务和外交四十年，主持首创八百个第一，其中五百多个中国第一，两百多个亚洲第一；三是事功显著，遭人忌恨，挨骂被咒成家常便饭，可谓无事不被纠，无时不被参，一生遭弹劾八百多次。正是在朝野唾骂声中，李鸿章为而不争，不辩不驳，不理不睬，只顾埋头苦干，开创中国洋务、海防和近代工商大业。记得20世纪80年代初，鄙人参加工作刚领工资，不孝敬父母，不恋爱结婚，先省吃俭用，积攒“巨款”，跑供销社购回豪华三大件：上海手表、永久单车和海燕收音机。三大件为何产于上海，不在别处？重要原因，自李鸿章主政苏沪，创办洋务以来，上海制造便代表中国制造最高水准，兴盛百年，至今不衰。

李鸿章不仅功高，自其门下或所创机构走出来的军政大才成百上千，遍布海内外。大名鼎鼎如袁世凯、黎元洪、伍廷芳、盛宣怀者不用说，后起之王士珍、段祺瑞、冯国璋、曹锟、吴佩孚等，数不胜数。还有不少学界泰斗，也出自李鸿章腋下。如北京大学首任校长严复，福州船政学堂毕业后，被李鸿章送往英国皇家海军学院，回国任过天津水师总教习，翻译出《天演论》，影响深远。丹徒马氏兄弟都做过李府幕僚，兄马相伯创办复旦大学和上海交通大学，弟马建忠写作出响当当的《马氏文通》。另有中国现代出版鼻祖张元济，参加戊戌维新失败，被清廷通缉，李鸿章及时伸出援手，助其逃京奔沪，投于盛宣怀门下，后主持商务印书馆，开创中国现代出版业。至于詹天佑，人人知其中国铁路之父名头，却不晓原是曾李师徒奏派赴美首批幼童，回国后无所事事，被李鸿章召到直隶，安排给英国铁路工程师金达做帮工程师，修筑塘沽和关东铁路，积累丰富经验后，才受袁世凯重用，独立承修京张铁路，该铁路被誉为第一条中国人自主设计施工的铁路。

事实证明，自晚清以降百多年来，李鸿章影响丝毫不减，从没消失。至少誉其为造时势之英雄，没半点夸张成分，也不会有人反对。也许有人认为李鸿章只立功，不立德，也没立言，不值得推崇。时人就讥讽李鸿章见事不见人，不像曾国藩满纸圣人言论。李鸿章往往先做后说，多做少说，甚至只做不说。即使笔谈口言，也只对事不对人，就事论事，不去争辩是非。可这丝毫不能掩盖其立德之高尚，立言之勤劳。李鸿章要干大事，脑中所思，笔下所记，都离不开经手的实在事业，要他故弄玄虚，张长李短，没时间，更没心情和兴趣。

要说吟诗作文，实乃李鸿章拿手好戏，一生留下奏疏、书信、诗词等两千八百万多言，是其师曾国藩著作两倍。两千八百万字是何概念？就是每部长篇小说二十八万字，共有一百部。世上有几个作家写过百部长篇小说？除非在键盘上敲击网络小说。可惜晚清没有电脑，李鸿章也不是编小说和故事，仅凭一管毛笔，记事言理，议政论军，说中道外，留下如此皇皇巨著，不得不令人刮目相看。李鸿章天性，凡事乐意亲力亲为，作文更是我手写我心，我手写我为，述之有物，言之成理，落墨千言，下笔成章。如为说服朝廷恩准购器造舰，煞费苦心，详细奏述蒸汽机动力原理，形神兼具，栩栩如生，历历可感，一般科普作家都写不出如此生动的文章。智者倡导知行合一，知而后行，必成事功。李鸿章行知合一，行而后知，知之更切更深，也就理在事中，道在言外，无一字玄虚，无一句落空。后来康有为与梁启超倡导维新变法，其欲维之新，欲变之法，其实李鸿章早已无数次给朝廷奏陈过，且身体力行，落实于行动上，不只纸上谈兵，空口说空话。

就像李鸿章从来不用嘴巴爱国一样，他也从不用嘴巴立德。别说马关和议，用鲜血和生命交换停战，迫使日本减少大清一亿白银赔款，只说庚子之乱，发生于李鸿章离京赴任两广总督之后，与他本没什么关系。可眼见京破君逃，亡国灭种在即，太后一纸电文，他便拖着近八旬衰朽病躯，毅然北上，与联军谈判求和，维护国体。谈得差不多，由庆亲王奕劻签署城下之盟，奕劻手腕发抖，迟迟落不了笔。李鸿章见状，淡淡道："世上最难写的是自己名字啊，王爷你还年轻，未来日子还长，老夫行将就木之人，已顾不得太多，就让我来卖国，来背千古骂名吧？"拿过奕劻手里笔，签下自己名字，最后迎回光绪和慈禧，避免国家被八国瓜分命运。了解《辛丑条约》签署内幕，还能说李鸿章见事不见人，立功不立德吗？德很抽象，说有便有，说无便无。故高扬德帜，以德化人，口说笔录，并不太难，因为德在哪儿，化得如何，并无准则。反观李鸿章，甘背生前身后骂名，代君受过，为国受难，其大德高德，又有几人能及？

如此说来，圣贤与英雄并无高下之分，关键看是什么英雄。或者说，李鸿章就是另类意义上的圣贤。